泉州文庫

選堂題

（明）何喬遠　著
楊清江　點校

鏡山全集

（上）

泉州文庫整理出版委員會　編

创于1897
商務印書館
The Commercial Press

前　言

泉州建制一千三百多年，爲中國歷史文化名城和古代海外交通的重要港口。“比屋弦誦，人文爲閩最”，素稱海濱鄒魯、文獻之邦。代有經邦緯國、出類拔萃之才，歐陽詹、曾公亮、蘇頌、蔡清、王慎中、俞大猷、李贄、鄭成功、李光地等一大批傑出人物留下了大量具有歷史、文學、藝術、哲學、軍事、經濟價值的文化遺産。據不完全統計，見載於史籍的著作家有一千四百二十六人，著作多達三千七百三十九種，其中唐五代二十九人三十二種，宋代二百人三百九十一種，元代二十一人四十種，明代五百三十六人一千五百八十五種，清代六百四十人一千六百九十一種；收入《四庫全書》一百一十五家一百六十四種，《四庫全書存目叢書》五十六家七十四種，《續修四庫全書》十四家十七種。二〇〇八年國務院頒布第一批國家珍貴古籍名録，屬泉人著述、出版者十三種。

遺憾的是，雖然泉州典籍贍富，每一時代都有一批重要著作相繼問世，但歷經歲月淘汰、劫難摧殘，加上庋藏環境不良，遺存至今十無二三，多成珍籍孤本。這些文化遺産，是歷史的見證，是泉州人民同時也是中華民族的寶貴文化財富，亟待搶救保護，古爲今用。

對泉州地方文獻的搜集與整理，最早有南宋嘉定年間的《清源文集》十卷，明萬曆二十五年《清源文獻》十八卷繼出，入清則有《清源文獻纂續合編》三十六卷問世。這些文獻彙編，或已佚失，或存本極少。二十世紀四十年代，泉州成立“晋江文獻整理委員會”，準備整理出版歷代泉人著作，因經費短缺未果。八十年代，地方文史界發起研究“泉州學”，再次計劃編輯地方文獻叢書，可惜後來也因爲各種條件的限制，其事遂寢。但是這兩次努力，爲地方文獻叢書的整理出版做了準備，留下了珍貴的文獻資料和書目彙編。

二〇〇五年三月，中共泉州市委、泉州市政府決定將地方文獻叢書出版工作列爲國民經濟和社會發展第十一個五年規劃的一項文化工程。翌年,正式成立"泉州地方典籍《泉州文庫》整理出版委員會",着手對分散庋藏於全國各大圖書館及民間的古籍進行調查搜集,整理出《泉州文庫備考書目》二百六十七家六百一十四種,以後又陸續檢索出遺漏書目近百家一百八十餘種。經過省内外專家學者多次論證,最後篩選出一百五十部二百五十餘種著作,組成一套有一定規模、自成體系、比較完整,可以概括泉人著作風貌、反映泉州千餘年文化發展脉絡的地方文獻叢書,取名《泉州文庫》,二〇一一年起陸續出版發行。

整理出版《泉州文庫》的宗旨是:遵循國家的文化方針政策,保護和利用珍貴文獻典籍,以期繼承發揚中華民族優秀文化傳統,增進民族團結,維護國家統一,提高民族自信心和凝聚力,加强社會主義核心價值體系建設,增强文化軟實力,爲泉州的物質文明和精神文明建設服務。

《泉州文庫》始唐迄清,原著點校,收録標準着眼於學術性、科學性、文學性、地域性、原創性、權威性,具有全國重要影響和著名歷史人物的代表作優先。所録著作涵蓋泉州各縣(市、區),包括金門縣及歷史上泉州府屬同安縣,曾在泉州任職、寄寓、活動過的非泉籍人氏的作品,則取其内容與泉州密切相關的專門著作。文庫採用繁體字横排印刷,内容涉及政治、經濟、歷史、地理、哲學、宗教、軍事、語言文字、文化教育、文學藝術、科學技術等領域,其中不乏孤稀珍罕舊槧秘笈,堪稱温陵文獻之幟志。

值此《泉州文庫》出版之際,謹向各支持單位、個人和參加點校的專家學者表示誠摯的感謝!由於涉及的學科和内容至爲廣泛,工作底本每有蛀蝕脱漏,加之書成衆手,雖經反復校勘,但限於水平,不足或錯誤之處還是難免,敬請讀者批評指教。

泉州地方典籍《泉州文庫》整理出版委員會

二〇一一年三月

整理凡例

一、《泉州文庫》（以下簡稱“文庫”）收録對象爲有關泉州的專門著作和泉州籍人士（包括長期寓居泉州的著名人物）著作，地域範圍爲泉州一府七縣，即晋江（包括現在的晋江市、石獅市、鯉城區、豐澤區、洛江區）、南安、惠安（包括泉港區）、同安（包括金門縣）、安溪、永春、德化。成書下限爲一九四九年九月以前（個别選題酌情下延）。選題内容以文學藝術、歷史、地理、哲學、政治、軍事、科技、語言教育等文化典籍爲主，以發掘珍本、孤本爲重點，有全國性影響、學術價值高、富有原創性著作優先，兼及零散資料匯總。

二、每種著作盡量收集不同版本進行比較，選擇其中年代較早、内容完整、校刻最精的版本爲工作底本，并與有關史籍、筆記、文集、叢書參校，文字擇善而從。

三、尊重原著，作者原有注釋與説明文字概予保留。後來增加者，則視其價值取捨。

四、凡底本訛誤衍漏，增字以［　］表示，正字以（　）表示，難辨或無法補正的缺脱文字以□表示，明顯錯字徑直改正，均不作校記。

五、凡底本與其他版本文字差異，各有所長，取捨兩難，或原文脱訛嚴重致點讀困難，或史實明顯錯誤者，正文仍從底本，而於篇末校勘記中説明。

六、凡人名、地名、官名脱誤者，均予改正，訛誤而又查不到出處之人名、地名、官名及少數民族部落名同異譯者，依原文不予改動。

七、少數民族名稱凡帶有侮辱性的字樣，除舊史中習見的泛稱以外，均加引號以示區别，并於校記中説明。

八、標點符號執行一九九六年實施的國家《標點符號用法》。文庫點校循新版二十四史及《清史稿》例，一般不使用破折號和省略號。

九、原文不分段者，按文意自然分段。

十、凡異體字、俗體字、通假字，如非人名、地名，改動又無關文旨者，一般改爲通用字；異體字已經約定俗成、容易辨認者不改。個別著作爲保持原本文字語言風貌，其通假字則不校改。

十一、避諱字、缺筆字盡量改正。早期因避諱所産生的詞彙成爲習慣者不改正。

十二、古籍行文中涉及國家、朝廷、皇帝、上司、宗族等所用抬頭格式均予取消。

十三、文庫一般一册收録一種著作，篇幅小的著作由兩種或若干種組成一册，篇幅大的著作則分成兩册或若干册。

十四、文庫採用横排、繁體字印刷出版。每册前置前言、凡例。每種著作仿《四庫全書》提要之例，由編者撰寫《校點後記》，簡略介紹作者生平、著作内容及評價、版本情況，説明其他需要説明的問題。

泉州地方典籍《泉州文庫》整理出版委員會辦公室

二〇〇七年二月五日

鏡山全集叙

經載道，史載事。經非史，則道不衍；史非經，則事不章。此如天地間日月兩輪也，合之而文章氣節，理學之能事畢矣。吾得一大儒出閩中，曰鏡山先生，即贈大司空穉孝何公也。其集稱《萬曆》、《泰昌》、《天啓》、《崇禎》者何？如白樂天、元微之曰《長慶》、蘇老泉曰《嘉祐》也。其全集稱《鏡山》者何？公十九雋於鄉，丙戌登進士，官刑曹，俄轉禮曹，以詿誤謫粤西，給假歸隱於鏡山之荔園，結土臺數椽以居，鏡山者，其著書立言處也。公誓墓三十年，數薦不出。光廟登極八日，即起公光禄少卿，典山西試，歷太僕、通政使。請告，加户部右侍郎，復起南工部右侍郎。予告，七十四而終。賜祭葬，贈工部尚書，予謚。

公少嫺詩歌、古文辭。所至結社以"千秋"自命。既而悟曰："文章辭賦，小技耳，四書五經雖成於先儒之手，而頗費討論者亦有之。請即經解經，可采《大學》，依古本舊文可乎？《尚書》二孔之解，昧於道；蔡氏之解，昧於文。請釋《大誥》，《召誥》、《洛誥》可采。"公與同會諸賢，但願發明聖賢之心髓，而不願割裂章句，自托于糾謬補亡，角先正之醇疵同異。其有功於經學者如此。家有譜，閩有志，業總裁於公。而明朝正史，則公筮仕初，遂引爲己責，决不令《九朝野記》、《永昭二陵崇信》之類鬼嘯神嗥以亂朝野之公是公非。故先生立意編摹，克完大典。或摘其斷璧碎金，或彙其竹頭木屑，無地不購訪，無書不採摭，無日無月不易稿，如燕之壘巢，蜂之釀蜜，而《名山藏》若干卷始成。其有功於史學者又如此。經史雙融，理事無礙，發越而爲文章，則光射九霄；震耀而爲氣節，則勢排五嶽；變化而譚理學，則通造化達古今，鑿鑿乎類藥石之必能伐病，菽粟之必能療飢。不言則已，言則必中；不言則已，言則必行。如疏並封而旋奉反汗矣；如疏倭奴封貢而失事報罷矣；如疏開宗科而近奉特旨餞行，至有擢木天貴人者矣；如疏藩府與朝廷不同而肅王行三年喪矣；如疏請省差宴虜而浮費節矣；如疏請薦舉而年來牘滿公車矣；如疏撫蓮妖、撫鄭弁，皆稽首聽命，受我戎索矣。蓋公之學問，本於躬行，而又加之以一塵不染之守，八面受敵之才。蠻貊服其忠信，逆璫駭其知機。側目者不敢以僞學禁公，而公亦絶不以學自諱。省臣論鄒吉水建書院于都門，公直任云："上樑之文，實出臣手，請與元標同去。"何其光明正大，直捷痛快，一洗鄉愿人閃儵回互之故態哉！葉文忠公嘗問林宗伯云："何穉孝何如人也?"林曰："文章氣節，海内皆知之。其深於道學，人未必知也。"葉文忠曰："穉孝，吾未嘗見其講學。"林曰："惟不講道學，乃真道學耳。"繇此觀之，則易名上謚，俎豆孔門，誰曰不宜？况累奉明旨曰"老成體國"，曰"篤學清修"，即後薛文清、王文成而配鼎足，寧愧色乎！

儒八十老布衣，公未識面人也。昔嘗謬舉啓事中而逡巡未敢詣謝，故諸司農公遠命而僭序之，以代徐南州之隻鷄絮酒何如？公伯子九轉，廩生，譔《繩庵稿》，蚤卒。妻王承静死於烈，賜旌閭。次公九雲，中壬子科，兩臺薦舉理學，奉詔保舉，不就官，願選教。季公九説，以父任，授太常簿，歷冏丞，掌京營少卿事，值虜迫近郊，拮据應變，卓立於璫弁争搆之餘，今司南計部。公立朝之節，主於匪懈，過庭之訓，主於勿欺，故其家人人有道學家風，信乎清白吏子孫也，得附書。

崇禎丁丑九月丙子日，華亭八十布衣陳繼儒拜手譔。

鏡山全集序

何大司空公以年紀集，曰《萬曆》、曰《泰昌》、曰《天啓》、曰《崇禎》，晚歲復自選，名集曰《鏡山》。鏡山者，公讀書處也。版行者數矣。季君計部兄悌偕其仲舅悌更爲排纘倫次，別類分體，盡蒐其漏佚，不遺隻字，彙而付之梨棗，加精焉，蓋敬其親之美，不忍失墜，以詒地下羞，息索俸羨以共役，孝之至也。刻成，仍題曰《鏡山全集》以示黄子。

黄子今日始得覩公之全矣。猶恨昔者窺公之淺也。昔迹公行事，今始見公之心也。公之心事，天清日霽；公之襟度，地負海涵。正色立朝，侃侃嶽嶽者，公之風采耶；忠謨斷國，彲彲諤諤者，公之悃誠耶；里居善俗，羞短恥知者，公之鴻逵儀羽耶；同道爲朋，無偏無黨者，公之平康正直耶；盟心如矢，不激不隨者，公之納牖遇巷耶；情恕理遣，何人不容，置腹推情，無物不化者，公之一體賢愚耶；千頃汪波，莫名其器，四時柯筠，不改其色者，公之堅貞一節耶；豚魚可孚，萑苻可散，侈一諾於千金，重片言於九鼎者，公之至誠感格耶；滌除塵垢，茹嚌沆瀣，於俗無所低昂，人莫得而親疏者，公之雅量鎮物耶！以故清修恬尚，簡在帝心，朱紘素絲，望隆朝野。生而信馴暴鱷、甘化滷井，殁而閭里輟舂、輿臺持服，此豈可以聲音笑貌爲哉！蓋公之道德，聖賢是師，内外無間，初終不渝，是真孝悌人也；公之學術，恥躬爲範，暗室不欺，衾影罔愧，是真仁義人也。姚江主致知，公補以行，踐履始有實地；莊老明自然，公貴名教，二氏始有匯歸，是真道學人也。孝悌之人，其言肫如；仁義之人，其言藹如；真道學之人，其言鑿鑿不虛，恢而遠於事情。公所謂顔、閔、游、夏，合爲一科，儒林、文苑，同爲一傳，叔孫豹之三立不朽，公何忝焉！

今讀其《經解》、《騷解》，獨抒玄珠，不拘訓詁辭賦，包括宇宙，總攬人物，言務纖密，理貴側附，而總歸之於“麗以則”。至於頌、讚、箴、銘、誄、碑、哀弔，皆有韻之文，而體各異，公惟辨裁，故兼美焉。如彦龢所云：“鏤影摛文，音徽如旦，義嘉則弘，文約爲美。選言録行，石墨鐫華，情往會悲，文來引泣。”斯則風雅之正變，睿作之古式矣。其詩繇《選》入，本原《三百篇》。五言古祢漢郊魏，間出入陶、謝，不墮齊、梁纖靡。七言歌行、絶句宗李、杜，而律獨宗杜。不模擬而肖，不刻畫而工，時或規韓而藻蘇，不顓名其一家，則可謂情性之風標、神明之律吕矣。文若疏議、封事、表奏、論策，練習朝章，通達國體，剴切如賈長沙，婉摯如陸敬輿，明白調暢如永叔、子瞻。七歸用枚乘體；叙記、世家用龍門體；傳述、紀事用扶風體；書啓、題跋、説解、識、辯、神道碑、墓誌銘、行狀，用昌黎、河東、眉山、紫陽體。物多姿，體屢遷，塗無遠不彌，理無微不綸，可謂被金石而德廣，流管絃而日新矣！且以六經之學爲二事之文，如《名山藏》、《閩書》，句衮字鉞，褒誅千載，則又才學識三長，四朝少雙，七閩寡貳者也。

蓋有公之人，乃有公之文。余知公之文，因以知公之人。殆河汾氏所云：“文深以典，約以則，其人君子者耶！”余夙受公知，則愈之郊也，軾之耒也。晚定公文，則雄之譚也，思之謐也。麟筆莫贊一辭，蠅附幸私千里，即屑玉碎金，寸彎片羽，不忍棄捐也，而况采著存不忘世其手澤者哉！計部君表揚先德，率祖率親，自詫其家世七葉重光，如王筠氏之文材相繼。既刻王父《怍菴集》，而族祖比部、族母鼎吴、世父廷尉、伯氏文學諸集以次剞劂，與《鏡山》並傳，皆搜自斷編蠹簡，而何氏之大觀備矣！是役也，上治祖禰，尊尊也；旁治諸父昆弟，親親也；身比焉，順也；明示後世，教也。行一物而四善皆得，此孝子慈孫友于弟昆之盛心也。余故表之爲世胄風焉。

崇禎辛巳玄枵下澣，友弟八十翁黄居中拜手譔。

鏡山三集序

霞野下士黄以陞譔

司空穉孝先生以紀年名集，則有《萬曆》正續集、《泰昌》、《天啓》等集數百卷行於世矣。兹掌南邦土，都人士請合刻於金陵，以貴通國、傳百世，殊甚盛舉，而總曰《鏡山三集》，以里居撰述處也。命序于以陞。

陞少也賤，又不文，然先生之弘獎後進，不允辭，則拜言曰：文章之道昉於天，故德言與功鼎峙人間，而亦昉於天。天不言，以清虚覆幬爲德，以雲漢星斗爲文，以寒燠不爽，雨露、雷霆振作萬物爲功，而體其道，惟孔子。子以其躬行爲德，繫《易》、《論語》爲言，删述作《春秋》爲功，豈待用我却萊兵歸鄆、讙後哉！繼是惟孟氏，而竟以百家争勝，若存若亡，至揚雄而孟氏始尊。今讀"七篇"，而有德之言，行仁闢邪，何非功焉！先生學孔孟者也，志潔行方，不曉曉于擁臯引朋，人群宗之。謫居廿餘載，鏟彩鏡山，甒無儲而桁無衣，贗贄盈門。就立言一事，其解《經》説《書》，原本心性，折衷諸儒。其作當代帝謨臣紀，有《名山記》，修七閩山川文獻，有《閩書》，大義凛然，志固已不在小技矣。今讀其詩若文，萬曆以前熊熊魂魂，天啓以後粹精不露，化乎道矣。嘗慨修詞有二塗：鞶帨者以藻蒨騁長，講理者以迂緩寡色。先生之詩，融鑄六朝，駕王、岑而躋陶、韋，七言歌行悲壯渾雄，則昔之青蓮，今之崆峒也。大都文闡經指關世教，綽有菁華。若誌傳紀録，則斷斷遷、固、范、劉、荀、袁間，又非唐以下諸儒所能及也。

先生一日問予陞曰："吾於明作家何所擬？"予擬以王關中、唐毘陵，而先生頷之。又欿然曰："吾該博不如成都楊文憲。"憶過吴興，朱相國謂陞："記載高廟以試事殺劉三吾，何先生辯其謬，不穀心疑之。偶在秘閣得殘編於架上，東葦毵毵也，閲爲《三吾集》。其《一統賦》在建文時，稱述太祖高皇帝，則三吾且耆碩於三朝。”先生之該博,相國心服之矣。第姑舍是,請進而擬之韓公可乎?退之推孟氏不在禹下,而尼山益尊。其詩歌各體,與《原道》、《原性》諸編,何彬彬也!至贊淮、蔡之必平,解成德之叛帥,雖不盡用,而文人之功立矣。先生郎儀曹時,糾石司馬東封平秀吉,卒以辱國。起卿列,時建夷猖獗,議且置遼陽而急守廣寧,人或以爲迂。頃之,廣寧並失,請誅督撫之先逃者。先生每言皆驗,具集中。時不能用,然功等昌黎矣!謂大儒短經世,吾不信也。然較韓亦有異同。退之以師道自任,晨炊不給,館穀常十數人,此與鏡山何異?先生勳光禄,苦井變甘,與惡溪之徙妖何異?兩公有子象賢,取科第同。獨先生生平困躓,不通長安片楮,視三上書何若?兩公再任侍郎同,而先生以素清受主知未艾也。然從韓後進有張藉、李漢輩,皆垂名,以陞卑卑,無足倫,視李漢之敘韓集,又不知何若矣。

萬曆集序

南昌劉洪謨譔

不佞代庖清源，造請何匪莪先生教，竟不可得。辱惠《萬曆集》，披讀數月，恍如面命。謹擷掇英華，書之座右，用比蓍龜，等之瞻對。

先生論學本孟夫子盡心宗旨，以不愧不怍爲源，庸德庸言爲委。且曰："不怍人易，不愧天難。"又曰："庸德庸行中，步步繩尺，如饑有食，如寒有衣。"曰："聖門之學，其妙歸於神化，而道盡於知行，其成要於上達，而功起於下學。"曰："不即用以見體，且離庸言庸行之常以求玄妙，不繇微以之顯，則但足獵取時名而無以爲後來宗仰模範之實。"曰："今只是戒慎恐懼，而使喜怒哀樂之中節；克己復禮，而使視聽言動之合宜。躬行實踐，便是下手工夫。"曰："聖人之道，凡事停停當當。明聖人之道，惟引人以易入之路，牖人以可進之機。不必論之太精，令人難踐；不必獨主一説，開門分户；不必較諸異同之論，不必剖拆前人已講語。"語在《學論》，與李見羅、許敬菴、范晞陽諸公書中，可繹思也。

士大夫有不向此道者，則曰："與其寓情於文章禪學，孰若專心於此，冰蘗雅操，始終一節矣。尤願加意聖賢學問，則所以涵養氣節、擴充操守者當益大。"語在與徐獻和、洪桂渚書中，可繹思也。

論釋經，一從古人之舊，不以己解經，故《大學》從古本，《武成》從古本，"三誥"不從孔氏、蔡氏疏註，發聖人忠厚慈祥之意，諧天地自然宫商之韻，尤曰："温故知新，切磋琢磨，總在學者，即如四書，宋儒精析，今儒合一，理各有明，未可膠守。"論修史疏請發中秘之副録，裒方内之僉聞，選擇士賢，責之久仕，俾合穎抽思，輯爲正史矣。此志不售，則十五年山居，獨撰《名山記》，成本朝一史，尤不欲了之草草，輕以示人，曰："更加五年當成。"先生之於經史，苦心多年，學有源委,此可師已。

覆禁奢靡疏曰:"人之福澤各有涯量,過分則不能承載,而必至於招損。人之善心生於勞苦,過節則不能循撿,而易至於犯刑。"《報許甸南書》曰:"山中每念動心忍性二語,以聖賢之心,豈復有不動不忍時候?但其本體,故自純全,必借動忍乃能見之。動心忍性,所以進德性之本,然增益不能,所以拓學問之無盡。"《與徐奕開書》曰:"先輩登第後,蹇驢布服,人共一皂,今不可得矣。節用嗇養,可無借貸之苦,然後能遂身直志,進退無不可。至朝廷典章、法家律例,皆不可不究。心雖在翰苑清曹,當自有受用之日。此三論當合讀。竊謂今日奢靡成風,不能望之凡民共變,當望士大夫先變。士大夫不能慎之初仕,後日狼狽,欲變尤難。動忍增益,非獨未大任時爲然。降大任後時時此苦,時時勞餓空拂也。"先生有所不爲,言行相符,此意可師矣。

《跋張公閉關三疏》曰:"忠臣當致其身,明主可奪以理,天下事直須爲之耳。"《送蔡廣文序》曰:"聖門之學,無日不教人爲心身性情之要,國家天下之務,無不欲爲然。"又曰:"人爲而不必己,己爲而不必人,此大同之世,聖賢無我之學。"故《訟六臣疏》曰:"陛下之操大柄,宰執之集衆思,諸臣之陳公道,要以共成天下之事,原無異同。"告相公則曰:"文章之士巧而浮,德行之士椎而朴。巧而浮則易跳以變,椎而朴則常剛中而不移。兩不相兼,未可以耳目之投合,定終身之衡鑑。"告銓部則曰:"視大事如小事,先輩名臣皆用此道,賢愚高下亦不必太爲别白。"議理財則曰:"生財莫如節,開財莫如閉。大司農毋理畿内之財,務兼思畿外;毋理一時之財,務兼思數世。鬻爵、開礦均非,宜禁。"議戎事則曰:"武備一廢於邊欵,不宜再廢於倭市;徵後釁於三敗,不宜行封貢於狡倭;爲朝鮮紓難,不宜自以其國爲禍胎。"議建儲則曰:"祖訓所列,朝廷無待嫡之條;《會典》所載,元子無册封之禮。"議宗仕則曰:"諸藩衆多,禄入不繼,開科事言之有年,而督學使者多牽製文義,今故申明其説。"談荒政則曰:"論人立人達之心,不見人儔;己獨己饑己溺之政,與心合一。"《送竇使君入覲》則曰:"有爲本之無欲,爲天下國家之心不可與爲身家子孫之心兼行而無傷。"先生可爲則爲,爲必無欲,此意可師已。

《與楊給諫書》曰:"吾黨出世,一腔葵藿,寢食以之。既不在事,當與野獸山禽自放林藪之間,世事絶口不復道及。"《與徐奕開書》曰:"洙泗之傳不有删、贊、序、述,則斯文之統墜矣。鄙意亦欲紹明世、翼道統,使斯文在宇宙。第蓄之胸中,不欲語人,又不欲驟變舊所爲,聊爲和光同塵。"先生不可爲,不獨不爲,且不言,言必翼道統、樹不朽,此意可師已。

《答戴亨融書》曰:"古以正爲諫,胡今以諫鈎名?古以敬慎爲勇,胡今以邊才憤事?古以定見爲文,胡今如鼠竊餖飣?古以明道講學,胡今如面壁打坐?須師孔子之四可,庶幾易之四合。"《佛論》曰:"不闢佛而闢今之佛口利心者,不拒佛而拒今之聖言賊心者,不責佛家之禪而責聖門之標名目、立宗旨者。"先生之胸中井井,衡鑑不淆,此意可師已。

師先生之有所不爲與其可爲則爲,不可爲則勿爲;質諸先生之談經修史,上下古今,則其所以爲學之源委,庶幾儼然温厲,心目如對。不此之師,第擬詩文於有意無意、不漢不宋之間,以是爲才,則所得於先生者,不亦淺乎!先生不嘗曰:"詩文小技,不必專究於此耶?"

姑蘇友弟吴安國譔

予與穉孝同爲郎,初見之,落落穆穆,不可得而親,不可得而疎。已相與,莫逆於心。蓋温乎其容而無憍也,冲乎其衷而無飾也,默而深沉而有餘思也。昔人所云"對子真而懷古之情更深"者,非耶?穉孝居閒曹,湛静無營,爰書之暇,博綜千古,于書無所不讀,往往閉户下鍵,如諸生時。與予二三友人結社聯盟,更唱迭和,每一篇出,衆皆傳賞,以爲擅場,而洛陽之紙價高矣。從儀曹上疏争國事,忤當事者,謫官湘灘,夷曠自若。所至探奇覽古,發爲文詞,若燕公之於岳,柳州之於柳,以竄逐愈工,而絶無牢騷抑鬱之感。及山居屏跡,徑滿蓬蒿,即長卿四壁,而惠施五車,玄亭之草成,而名山之藏益富矣。

一日,以《萬曆集》寄余山中,曰:"子其爲我序之。"予非知詩文者,然而知穉孝矣。昌黎氏不云乎："根之茂者其實遂，膏之沃者其光燁。仁義之人其言藹如也。"穉孝性敦孝友，學本聖賢，清脩以表節，忠正以立朝，而皭然于汙泥埃壒之外。故其文醇雅典則，根底於六經，而卒澤於道德仁義。詩秀朗高華，溯源於建安，而取才於杜老。無論長篇鉅什，霞變雲蒸，即率爾即席，川至泉湧。蓋其志潔，故峻而不浮；其神閒，故夷而不激；其學富，故贍而不穢。知穉孝，而可以知穉孝之詩文矣。嗟乎！文而《左》、《國》、太史也，詩而《風》、《騷》、漢魏也，五尺童子能言古矣。葉葉而雕之，步步而趨之，殘膏剩馥，染指一臠焉。在其爲古，故不必爲古者，而後能爲古者也，斯其可以言穉孝乎？文章與時高下，漢之盛，必稱元鼎、元封；唐之盛，必稱開元、天寶；宋之盛，必稱慶曆、天聖。穉孝之以《萬曆》名集也，亦將快休明而翼右文之治乎？元、白之集，俱標《長慶》，人到于今傳之，聖天子嗣大曆服于萬斯年，穉孝之集，庶乎同不朽矣！

友弟林雲程譔

昔人謂文章與時高下，蓋時代升降，曆數推移，人生其間，精氣才力醇漓强弱，亦因以殊科，發諸文章，一代自爲一代，今人不如古人，高下懸絶，大較然矣。太古混沌未鑿，羲皇人文未啓，唐虞也者，其中天而興乎？孔子删《書》，斷自唐虞，《尚書》一經，古今傳記、載乘、疏奏、詔誥，咸該是矣。《周易》卦辭備先天、後天，《春秋》褒貶嚴華衮鈇鉞，所以孔子韋編三絶，游、夏不能贊一辭，聖人代作，篾以加諸。《詩》三百篇，下采《國風》，上陳《雅》、《頌》，雖《江漢》之游女、《兔罝》之武夫，亦陶寫性靈，發爲正聲。彼其時天地方中，風氣丕盛，深閨委巷，遐陬窮谷，人人能吟，蓋時隆則文從而隆。三代而後，先秦、漢、魏，最爲近古，毋論遷史、班書，後人所北面，即李斯之書，賈、董之策，鼂錯之疏，孔明之表，陳詞援筆，皆絶俗驚人。漢詩不可多見，惟十九首與蘇、李數篇，曹氏父子、建安七子，繼響風騷，不落色相。繇唐逮宋，氣漸弱，格漸卑，韓、柳、歐、蘇，號詞人宗匠，亦唐宋之雄耳。少陵、太白超詩家上乘，亦唐詩之雄耳。吾嘗謂唐無古詩，非無古也，唐自古非古古也。今不可使古，猶水不可使上。時習摩染，溺於其中,莫能擺脱,縱超然拔出,亦超彼群耳。書契之變,古文後爲大篆,大篆後爲八分,八分後爲行草,欲變今法而斯籀,猶决江河而之山,勢則安能?文之變,何以異是!明興,青田、金華初倡而詞質,毘陵、晉江再變而理奥。弘、正、嘉、隆間,北地、信陽變之,歷下、琅琊又變之,並豎赤幟中原,自謂班、馬復生,且擯毘陵、晉江爲"腐宋"。歷下於詩錚錚有聲,乃所爲古文詞,艱澀聱牙,讀不可句,不知遷、固視之何如?琅琊天授獨高,衆體咸備,乃傳、叙諸篇,宋體居多。大都古今文人,百慮一致,惟臻妙詣,豈必專門!誚宋者必真秦漢方可,非秦漢而似秦漢,當居宋下,安能誚宋!

吾於是乎喜何氏集,爲其文皆立一意,篇不拘一格。謂之蹈襲,則機軸繇胸中;謂之杜撰,則步驟從古人來。不拘拘摹班、馬,而雄渾則麗如班、馬,乃其能爲班、馬也。不拘拘摹李、杜,而俊逸宏贍如李、杜,乃其能爲李、杜也。時乎釋經闡理,不妨語録如張、朱;時乎托景陶情,不妨平淡如元、白。出之若不經思,而嘔心劌肝、勞神苦思者,反讓其深奥;成之只在頃刻,而彌日連旬雕琢推敲者,反遜其巧速。變動不居,奇崛難狀。置諸秦漢則秦漢,置諸唐宋則唐宋。可以初唐,可以盛唐,亦可以中唐。世代自我興,文衡自我握。如穉孝者,時能使之高下乎!數十年來,七子互相標榜,睨睥一世,海内人士望風逐塵,掇拾殘膏,遂爲斯文一大厄。不佞激於衷久矣,因讀斯集而發之。

佚　名

古今稱著述名家者,曰理、曰識、曰習,兼舉而並用之,乃能擅大方。至若才思超群,則天授,非人力也。文之才思,如木之根,如水之源。岷山、崑崙,發源既巨,流爲長江、大河,襄陵滔天,一瀉千萬里;豫章楩楠,植根既深,發爲修幹勁枝,干霄蔽日,聳立千萬尋,然則才亦猶是矣。天之降才爾殊,而詞藝亦區以别。才高則神王,神王則氣充,疾徐操縱,惟意所投。才有限則氣不舒,出之即竭,用之易窮。今夫文至六經,詩至《三百篇》,尚矣。三代而後,語文惟宗司馬子長,論詩惟推少陵、太白。前無匹,後無繼,三君子皆天才也。六經其聖於文,《三百篇》其聖於詩乎？史遷其雄於文，李、杜其雄於詩乎？匪惟韓、柳、歐、蘇、駱、盧、岑、孟難與三君子争雄，即班孟堅之典贍，王摩詰之清新，視之尚隔一塵，其分量大較然也。

我朝作者無慮百家，弘、正、嘉、隆之季，哲匠迭興，人文涣發，信陽、北地、新安、關中、歷下、琅琊，其翹楚也。新安宗左而格拘，信陽清俊而氣弱，關中豐健而語雜，歷下工於摹擬，千篇一律。夫惟北地古風、歌行，横縱闔闢，奇崛驚人；琅琊詞賦、傳記，博採旁搜，諸體咸備，宇宙二百餘年間，墨卿騷客，無有軼北地、琅琊而上之，儻非才調高人一等，安能超越諸子之右耶！吾温陵文獻，自明興以來，登壇竪赤幟者，前有王參知，今惟黄宗伯、何儀部二公。宗伯理爲政而騁以才，儀部才爲政而根諸理，皆同執牛耳，狎主齊盟。兹捧何氏《萬曆集》而讀焉，機軸自操，風斤獨運，百折千廻，千變萬轉，續而復斷，斷而復續，歛而能放，放而能歛。取才於先秦、二京，取格於建安、開寶，或出馬入班，或出韓入柳，或出歐入蘇。至於譚理釋經，註解語録，則又出秦、漢而入於張、朱或出《雅》入《騷》，或出杜入李，或出陶入宋。至于撫景陶情，平淡率易，則又出盛唐而入於元、白。倚馬咏成，刻燭篇就，織句爲錦，落唾爲珠。當其才騁思湧，勃發横生，穉孝初不知其所自出，迨夫雄篇逸藻，摭古通今，人亦不知穉孝所從來。無摹倣，無蹈襲，謂穉孝自爲穉孝可也。篇各爲一體，作似非一人，謂穉孝爲百穉孝亦可也。以彼其才，天實縱之，使握斯文柄，寧非天地古今一間值哉！余非能詩文，能識詩文，遂弁數語于其首，覽者必以爲知言云。

年弟洪有助譔

萬曆丙子，何氏二孝以《禮經》並薦于鄉，而吾師楊文恪公、國相李世禎氏與余不佞俱同年舉者。每歲時倡酬，逆旅紀詠，則數子之肘相逮矣。丁未秋，余將有粤東之行，過辭穉孝，"吾子結髮修古文詞，一臠餘馥，膾炙四方，奈未有全刻。五羊，羅浮僊人所都，藏書之府，子則裒而畀我"。於是觀察陳公謂予："此地冠蓋如雲，簿書如蝟。集中各體備矣，吾與子之睫，烏能概諸？他日縣書國門，亥豕魯魚，將所不免，盍走一介，具筆札就主人之廬而求編摩焉。”即蜀人乞名《法言》之意，未爲不知子雲也。蓋自戊申抵今，四易歲，剞劂告成，余得而卒業之，因喟然有感焉。

文章不朽大業，亡寧作者之難，邇三四年間，此刻未行，乃余以憂解郡。吾師及觀察公先後物故，已不勝河清之嘆。今穉孝之舌尚在爾，有如主上一日思舊儀郎，召而用之，將更有所謂不朽者歟！此刻並存天地間，知不爲窮愁牢騷已也，是爲此刻者也，然而非穉孝所敢知也，是不自爲此刻者也。

年弟李懋檜譔

余讀《萬曆集》，而知天之於穉孝也，固縱之以總萃之才焉。其於詩也，體無所不備，境無所不詣，情至而神成，思人所未嘗思，語人所不敢道，杖履寵賁，紙筆淋漓，即或嘻笑，亦成佳叶。古無齊、梁之靡，律有元、曆之盛。《三百》以後，未可多得。明興，其大成乎！其發爲古文辭也，内不窘於意，外不牽於詞，所欲從心，無之非是。如輕車之就熟道，萬斛之珠，建瓴之水也，宋蘇長公似之，而穉孝之得於兩司馬者，尤深也。猗歟盛哉！

余觀穉孝爲郎時，侃侃立朝，封事待旦，慨然天下已任。於朝紳，無論交之淺深，直以豪傑相望，共濟擔當，一何壯也。叱伏拂衣，遂築室著書，而尤急於先人丘壠之廬，祠祭之堂，俎豆之數，襟懷灑落，有曾點浴沂風雩之致。遇事執持，有狷者不屑不爲之貞。士從游者，門履相蹈，皆得被其欵洽，而干旄之至於斯，即欲式廬一奉顔色而不得。鏡石萬仞，人咸指謝傅之在東山。屢薦入官，世每望温公之起洛社，而穉孝弢豐儉之穀玉，躭洗礪之枕漱，直有終焉初衣之志。賓至命觴，朋來染翰，不知其甑之塵、壁之立也。穉孝别有《名山記》，而今郡國方以載乘相倚重，而其尊人有《温陵文獻》若干卷行於世，然則司馬、班氏，固世世其美矣。

友弟林學曾譔

蓋予學曾辱與何穉孝先生遊也，則竊聞其論學之旨，以爲人生天地間，不怍於人易爲，而不愧於天難至。因循其説以求之，遂覺聲音笑貌一切粉飾於人者，無益於身心實用，反之適有餘愧，而濯淖磨刮之恐後，此穉孝教予也。又從一日譚經，偶及子貢問伯夷、叔齊何人也，穉孝曰："此以夷、齊比公子郢也。"余忽悟曰："許夷、齊則許公子郢矣。"穉孝相視莫逆，余亦芒然彷徨乎咳唾之外，曰："吾師乎，吾師乎！"古者謂"是帝之懸解"，穉孝其人矣。

穉孝幼抱奇質，步趣皆學，其日夜湛思古先，直欲與聖賢爲徒。立朝忠憤不容，正氣勁節已炳炳於郎署。遷粵西謝歸，偃仰衡門間，益大肆力文章，遠自姚姒，近自國朝，伊、洛之經笥，班、馬之史槧，晉、魏以下之聲律，靡不醞釀苞孕。雖二酉五車，未足以盡其富，而參伍縱横，澤於仁義道德，藹如也。掃一室於北山之麓，扁曰"自誓齋"，四方執藝文就正者屨常滿。時或門徒載酒，蕘牧班荆，吟嘯揮題，千言立就，不待字纂句摹而悉合乎桑林之舞。今取其全集讀之，其鉅關於古今政理興衰治亂之故，其細足以曲盡萬物消息與夫世態炎涼向背之情狀。其莊語也，可以誘俗而勸善，使人瞿目竦心、景慕不能已已；其寓言也，即漁樵問答以及衢巷小説，皆如犧尊郜鼎，爲當代之所極珍。嘗試私評其文，以爲酷似吾鄉陳紫峰先生。紫峰之淵源承受，獨得蔡文莊之大，其發之爲文，充然自得，繫於名教不淺，監司郡邑大夫嚮往傾下之興，至報以一言，不者則否。穉孝名滿寓内，大吏或屏騶願見，竟不徼一望顔色，其不怍不愧，信能踐其所難。至與蔡、陳兩先生較，若後先一揆也。余慚不能詩，而穉孝之詩尤爛焉名世。竊擬之陶靖節，穉孝逌然曰："小齋以'自誓'見志，常恐陶靖節笑人爾。"然穉孝方以事業大嚮用，未可徒羡其甘貧樂道，與靖節之詩賦並垂不朽已也。

友弟蘇茂相譔

文章載道之器，非豪傑之士莫與也。豪傑之士有志有識，有思有度，上下古今在乎志，淹貫倫物在乎識，愛國濟時在乎思，忘得喪、齊險夷在乎度。志餒者卑，識淺者暗，思泛者荒，度隘者憤。如是而謂之豪傑，得乎？欲一言之幾於道，庸可冀乎？古今之詞人墨士置力於此衆矣，然惟唐韓退之，宋歐陽永叔、蘇子瞻,明李獻吉三四君子爲最著。此三四君子者,皆吾所謂豪傑士也。試取其集讀之,卓勵㪍發,凜凜猶有生氣,而其縱横參伍,不悖於聖人之道,猶之輕車熟馬馳驟康莊,而無一軼足也。雖欲閼而不傳,又孰能閼之!

吾友何穉孝先生,幼負奇穎,弱冠標名,即脱離俗趨,寤寐古昔。迨夫結綬明庭,握蘭省署,清曹多暇,凡金匱石室之編,海上名山之記,罔不旁搜密罟。不佞時一過從,見其束身書巢,坐不容膝。而會島夷釁起,當柄失籌,草疏削牘,披抒忠憤。每一蒿目國事,不啻杞人抱憂,而賈生隕涕也。嗣而戇直多忤,承謫西行,陟衡祝、浮瀟湘、返鄉井,所至探奇弔古,嘯歌自若,絶無愊憶牢愁之態。日惟汲汲孜孜,謂學必直造聖賢,方爲實地,第以躬行實踐爲工夫,勿用近世一切講學把柄。儻所謂豪傑之士,非耶?

先生藴蓄既弘,結撰復敏。詩初宗《騷》、《選》、盛唐,文初宗先秦、西漢。在郎署時,篇章流傳,已貴長安之紙。里居以來,宋儒名理、近代精華,復爲沉涵枕藉。每一下筆,情觸境生而無滯境,境借材合而無擇材,方圓舒縮,靡非道腴。蓋登岸舍筏之功,彈丸脱手之妙,有未易語人者。五色錯繡而章成,八音和聲而雅叶,以是傳之來祀,讀者想見其人,亦彬彬乎可稱一家之言而鳴今上人文之盛矣!先生散沉既久,公望益揚,三事愧於先登,百牘虚以右職,而天聽尚高,環賜未遂。夷考韓、歐、蘇、李諸君子,當其身,皆轗軻拓落居多,而陟崇躋膴之日淺,又何必介介於造物焉?

四方問道求文之士,户屨恒滿,急欲窺先生全集而屢空爲阻,剞劂未遑。於是年友洪懋孫、陳道源,門徒高第合力鋟梓,而先生題之曰《何氏萬曆集》,托不朽於聖明,若待文王而興,不敢以豪傑自命者,則先生謙挹意也。

友弟李光縉譔

《萬曆集》者,儀部何公穉孝所譔著之集也。以出自聖主右文之世,故名曰《萬曆》。天子神聖於萬斯年,公後有作,富有日新,擬議變化,滋多於是矣!

何公以萬曆丙戌成進士,繇刑曹晉儀郎。會島夷釁起,上疏言本兵事,中忌者沮,被謫家居,結茅石鏡山下,寂寞著書,爲《名山藏》,朝吟暮誦,寒暑不輟。玆其網羅今古之外,時見之應酬響答,積久而成帙者也。于詩備歌行、排律、五七言近體,于文備序、贊、傳、記、表、誌諸雜體,種種臚列,稱大國之風矣。蓋吾鄉以古文辭主盟當代者,前此推王道思先生。王先生初喜擬古,非周秦兩漢書不讀,語非漢上人不道。後始厭其鈎棘,乃棄而步趨於歐、曾之門,而雄深博厚先之,以爲但宋人法,非也。濟南、弇山二三君子出,始推尊北地之業,是能秦漢人者,并廬陵、眉山之法下之,而往往訴其食宋人之遺,不知彼之所哆口而奉一尊,政王先生之所吐棄而不屑道者也。

千古文人惟南華老仙善用奇,芴漠無形,瓌瑋無傷,稱引人與事、姓名、語言率自造,不用古人典故,卒能使後人稠適其書,適得怪而用之,而若不知曼衍爲寓言。此神化之手,萬古之雄也! 惟眉山坡老善用虛,於才甚高,其蓄甚厚,一揮毫千百萬言立就,而不使一實語,嬉罵怒笑,咳唾自成,渾不見有渣滓之跡,而使人終莫窮其萬斛之源。此變化之手,千古之雄也! 龍門司馬之爲史,乃證繇今古之書,而記事之文也。其褒諱必以正而不堪用奇,其參訂必以實而不得用虛,乃其良史才,見推後世莫及,則不以搜羅博綜之富,而以其模寫肖像之神,讀之能使人可泣可歌,或拜或舞。此實而未嘗不虛,故萬世稱奇絶焉,亦變化之手、千古之雄也!

余嘗持是以概觀著作之壇,而齊一衆家之喙。其奇也,往往得之虛,而其虛也,未嘗耑有所擬。何公之文,不竭不蜕,亦虛而已矣。何公於書亡不窺極,自放逐以來,無牢騷不平之氣,聲利不挂胸中,誘進後學,從游益廣,問德乞言,户外屨常滿。居恒走筆應之,富而廉出,頃刻之間,雲蒸霞變。不多摭前人事以供吾具,未嘗結古人句以益吾藻。觸之目前,流之胸臆,淋漓百態,情境皆真;坑谷各滿,即遊刃中桑林之舞,殆不是過。其於詩也,亦若是耳。律隨意轉,聲出天放。何者? 虛故也。何公不摹擬漢、宋人,漢、宋人不落何公擬。何公之鳴,有聲無色,天籟也。擬則跡於人,爲比竹之音,而人籟矣。拍肩而入宋室,撟足而登漢庭,兩者互譏,何公不爾也。王先生有所擬,以博綜醖釀之厚,麗則以行其實。何公不有所擬，以幽遠閒曠之趣，疏越而致其虚。王先生文已盛行於世，雖或祧之或祫之，然終不能少貶其名，傳響於嘉、隆間，中興而稱作者。乃何公亦變化之手，而萬曆間一代之雄也。何公作《名山記》，見其書者，無不怖河漢而無極矣。其以何公爲千古雄人乎！後自有定何公者，余淺鮮，今未能具道之也。

龍溪張燮譔

今上時野多逐臣云，然或丘壑而預禁臠，簪裾而籌里井，輿童牧豎已叫號之，安能自標清芬哉？

余友何穉孝，自儀曹謫居粵西，歸結茅鏡山下，扃户著書，大吏屏騶候塵，不得一奉顔色。惟客以問奇來者，輒貫簪市醪與商玄，勝曳踵而聲金石也。以故先生蕭然食貧，而其爲古文詞、歌詠獨富。夫明興，文教翔洽，二百數十年，作者之變屢矣。國初諸公朗暢而蔓，成化時館閣爲政，穠郁而靡。弘治一變而爲追古，説者謂有驅除草昧功，則北地、信陽開其統。嘉靖初年，變詰屈爲直達，而原本諸理藪，則晉江、毘陵維其緒，于時並起羽翼，有間鑄獨匠，别成一派者，然合異幟而同盟，耦俱無猜，勝於名高爲敵國也。嘉靖末年，復變爲追古，而步趨驚挺，指顧高華，則濟南、琅琊諸子衍其宗，此道之盛，被於隆、萬，殘膏剩馥，轉極雕摹，久而亦厭之矣。然其統既分，其緒寖雜，而宗亦寖墜。論文於今日，盛之終而衰之始也。詩之代變亦略因是。

穉孝自握槧懷鉛時，即已名能文章。比釋褐爲曹郎，振藻長安，一時能言之士，倚爲水鏡，其落筆神清而氣和，語秀而格爽。嗣以立仗馬見斥，飄遥嶺外，垂翅故棲，其落筆神定而氣夷，語冲而格逸。登壇既久，機穎漸調，覺遊戲皆屬正諦，其落筆神王而氣溢，語森而格宏。計穉孝之文，不必借古事古語以資吐納，第就世間之人情物理、饑食渴飲、暝雨晴曦，宛轉關生，便開衆妙。譬之佳山水亭榭，不更假粉白黛黑，火齊珊瑚，而一草一木，曉鳥暮霞，自成佳絶，有心人攬取不盡焉。其詩往往爲意中景、筆中事，而生趣乃自言外爲多。讀他人詩，惟恐不足，讀穉孝詩，惟見有餘而已。若夫闡道之文，微覺直敘似大儒語録，詩或率意出之,似元、白、子瞻,亦先生之無所不有以成其大,不足關先生至極也。先生每對客含毫,不加點竄,元擅速藻。其爲長語,或拄杖踏花間,披蓬拂石,偶爾意到,便復淋漓,其發興遠矣。嘗歎萬曆以來,作者大率有二:自矜皮毛,遼豕皆白,此以襲七子而病者也;嘲笑東海,身處井蛙,此以反七子而病者也。若穉孝者,真能自爲穉孝而成萬曆第一流人耳。使先生早竟驊騮,得時而駕,功見能信,未必卓然成一家言。又使先生以逐臣自豪舉,多所染着,縱言異水而湧泉,筆非秋而垂露,亦屬枝葉。夫惟瑾瑜見放,賁采蓬楹,道高易激,鎮之以恬,名高易浮,鎮之以朴,現前無所懟,末路無所覬,賈其全力,因文以幾道。客有問賜環事者,徙倚筆床,笑而不答,是謂純德之守而進乎技哉!

先生别著明興信史,藏之名山。兹行其詩若文,題曰《何氏萬曆集》。天子萬年,斯集與俱不朽,先生所仰答右文之朝者也。

海客黄泗清譔

穉孝何先生生嘉靖之季,齠齔知學,自隆慶其弱冠科名,繇比部郎晉禮官,及以言得罪而放逐湘灘也,退詠歌叙述,且著書以副名山,則具今上之御極,故以《萬曆》紀集,而徵序不佞余。

余考遡往牒,歷代紀元非一,乃今所稱誦,則漢之建安,唐之大曆、長慶,宋之嘉祐。夫非以應、劉、錢、李諸中,應運而興,並聲留金石,以休明其世,而後有歌樂天之章,讀明允之作者,盡侈長慶、嘉祐之一時,然則誰謂文章無益於君上耶?即君天下者,天下業稱至治,猶藉之乎名賢輩出,斯之爲盛。先生之所著作,余汙不能贊其詞,請援諸古杜陵之懷李白曰:"清新庾開府,俊逸鮑參軍。"明允《上歐陽永叔書》曰:"執事之文,紆餘委備,往復百折,而條暢疎達,無所間斷,氣盡語極,恣言竭論,而容與問(閒)易,無艱難勞苦之態。"大凡溢類。要二公所評説,各當其人之身而親見之,時不謂溢,而今不謂妄,是即可以贊先生矣。然則後之誦今,亦猶今之誦建安、大曆、長慶、嘉祐焉者,光昭一代,文治於千萬載,無有窮期,寧不臣主俱美甚盛心哉!

夫古人之文,江河行地,未聞序繇何誰。至左太冲借士安以重其賦,而孰知士安至今反用太冲重。先生居恒過比余於子期,又自喜晚而得余,若退之之有翱、籍,以故世豈少賢而貴者,而獨屬余校而序之,而忘其出於愚賤之口。余以爲兹集也,言既足以興世矣,心又睠然懷顧不忘其君而下以信其友焉,則先生之才之賢可知,而余言俟諸百世,或者托而爲士安。集凡若干卷,續是作者名後集。至其名山之副義類遷史,備載國家典故,不具于兹刻。

泰昌集序

友弟黄文炤譔

泰昌皇帝龍飛九五之日，三四大政犂然立辦，如罷礦使以蘇民蠹，發内帑以舒邊困，勤枚卜以廣輔弼，册立東宫以定國儲，斯皆宗社根本、軍國機宜。而又振滯起晦，弓旌賁相望於巖穴，予友光禄何穉孝君其選也。

穉孝在萬曆中自儀曹謫居粤西，歸葺茆休山下，結束冠蓋，不問户外事者二十七年。惟是手不停披，口不輟吟，與余輩講延平四先生之學者，月一再會，雖風雨歲除不廢焉。故其爲文出入理窟，其爲詩抒發性靈，不待凑泊而自中窽綮，不事模擬而自合軌矱，不必雕繪組織而自成文采。在萬曆，有《萬曆集》行世矣。斯泰昌改元間文稿也。昔宋林鬳齋曰：漢儒不達性命，洛學不好詞章，使知性道不在文章外者，自林艾軒、林網山、陳樂軒三君子始。劉後村稱艾軒文高處逼《檀弓》、《穀梁》，平處猶與韓並驅。網山之詩，人許其得杜少陵之髓。樂軒爲文，有宗廟百官富美之稱。予獲讀其剩篇，諒哉！至讀休山前後二集，兼之矣。先生出山有日，今天子岐嶷，夙聞豐芑多士，幼冲踐祚，曦御初升，他日當召公末年，揚休鳴盛，必有《天啓集》一書出焉。炤老矣，願爲山東疲癃，仰見一代象成，俯請先生三朝鴻寶，豈非聖世逸老一大愉快哉！

後學莊際昌譔

匪莪何先生里居二十七年，留意千秋業，所編輯有《閩書》、《名山記》，未及刊行。嘗彙刻其所著作爲二編，題曰《萬曆集》。玆被召出山，復彙其近稿，題曰《泰昌集》。泰昌御宇纔一月耳，元朔未頒，龍髯遽號，然而册立分封，發帑罷税，召閣員，補大寮，下考選，起廢臣，美政娓娓不可殫書。數十年鬱滯之象，概得疏通，真一時而千載者。其所召用諸臣，皆取顯皇帝所經票者急收之，何先生即在其籍中。夫貞皇帝既收召顯皇帝所欲用之人，未及竟其用以遺之今皇，而先生以顯皇帝廿七年優容之身，蒙拔擢於貞皇，未及効其報，亟以報之今日，明良遇合之際，豈苟而已哉！先生所以命是集者，意可知已。

吾聞之，古之君子處則冥冥，出則犖犖；處則爲真聖賢，出則爲名公卿。泥蟠天飛，豈兩截事？何先生庭訓夙承，其學問一本之恥躬實踐，經濟宏抱，卓越一世。當在禮署時，所上國本、宗仕諸疏，侃侃爲一代石畫。迨廢里居，角巾野服，混跡耕樵，屏絶請謁，名可聞身不可見。而留心經國，弗忘不朽盛事，堪扉鏡山，惟以編摩酣意載籍，且奬掖後進，孜孜接引不倦，見一善言嘉行，亟褒揚之，且詠歌之，蓋嚴待身，寬待人。當途縉紳，望之如祥麟威鳳，不可得狎，而後生小子、田夫野叟，暱而就之，如和風霽月，無不欣暢。今且出而爲天子贊襄大政，建竪設施，爛焉國勳，寧可量哉！小子際昌，奉教先生有日矣，道德功名，氣節文章，吾有以窺先生於出處之大矣！高山景仰，竊嚮往焉。是爲序。

門人蔣德璟譔

先生既被貞皇帝光禄勳之命，尋以兩朝大行，龍髯再抱，八月餘不忍有行色，士大夫祝轅曰："開讀諸賢多出山者，聖主恩恐久傚也。"不應。一日，角巾單輿，携兩僮，步三十里，貽信舅悌曰："吾從南皐鄒公後且之闕。"而裒庚申間所譔著者曰《泰昌集》，命其門人德璟編之。於是其子及諸門士始知先生行，怳然若翔鶴之御風也。

先生在顯皇朝，故有《萬曆》二集，海内讀而見其忠義貫日月之氣，與夫恥躬遁世之學，旁標直舉，固已韶鳴泉湧，上鼎韓、蘇矣。以貞皇一月之堯、舜，而亦命集曰《泰昌》，志慕也。且夫近代之聖，未有亞貞皇者也。萬曆四十八年之中，諸美政所擬行而未果者，取遺旨行之，若繼日待旦，群渴驟甘，雖一月固足千祀，而先生於鼎湖之攀，尤三致愴焉。即以一月内河清之瑞，既爲聖人表覝，而轉以開今天子龍文鳳表之先徵。泰運之昌與改元，符於斯信矣。古之君子，其遁不憂，其升也不榮，其繇遁入升之際，隱然以天下爲身，而見於辭色，無幾微之渝乎素以受人闚者，逼而徐起，憺然而中宫商，天下受其變而莫之測也。璟既讀斯集，且欲追先生而瞠乎後也，以爲先生處遁升之妙，與古人合，因編而序之。先生别有《名山記》、《明詩選》、《閩書》諸稿，藏之休山，以俟異日。

天啓集序

西吴後學唐時譔

古之英傑血戰沙場，一方割據，然料理整齊，一毫未當，仍未貼然。有道之人，但於空山絶壑，一點孤燈，數椽蓬屋，安頓十方，廓然平定，與功名之所收較量，世界不啻滄海之與稊米。世界既已無邊，人物又復清泰，盡其劫中永無刀兵水火、争鬬亂離之趣。惜乎，凡眼但見有形之割據，而不見空明之平定，言之率爾不信，不知割據者幻相有形，其實須臾變滅，只自有書史，其間得鹿失鹿，幾更世宙，瞭然指掌，若空明中之平定，即不言未有天地以來之事，但觀尼山講求片地，任山川鼎沸，彼中何刻不清寧？斯不亦有徵而可信乎！若猶未也，則請就文章一道言之：吾輩讀辯士書，心氣輒爲之逞逞；讀大賢書，心折其理矣，而氣猶未静；至讀聖人書，不知何以降心抑志，如《論語》中論説君子、小人，凡説小人處，無一欵與我輩無分，可謂切骨之鞭笞，而低徊墜泪，不敢求伸一辯者，何也？當時聖人絶無以善服人之意，但從大悲心地發爲憫憐之語，是以所感之深淺或有不同，而其不敢抗忤則一而已矣。

余十載讀匪莪先生之文，坦然如置人於和風慶雲之下，純乎以善養人之意盎於楮墨之間。不飾其智以驚愚，故智愚悉爲之歛衽。《書》云："汝惟不矜，天下莫與汝争能。"其先生之文乎？頃從其公子孝廉遊，至先生讀書處，數十載大官，依然白屋丘民之家，園中有十二笏小樓，覺千古元運，儼然襟帶之間，古所謂天民而大人者，其先生之人乎！

友弟張維樞譔

詩文之道誠深而格，難以兼工久矣。是其才必縱於天，而其學必極于人。

才者，靈心之所濬發，而學者，追琢漸摩、專習凝領之所會通。明興，用經義取士，士非英年得一第，未暇專心學古。山人墨客間多以寒儉侈溝澮之觀，故或工文不必能詩，或工詩不必能文，或各號爲專工，而才與學亦未能極其所至。時有擅一家之言、一代之製，掘强偏至焉，而亦鮮矣，蓋工而並至之難也。樞乃有當于何穉孝先生。

先生之《萬曆》前後集久已懸國門，兼綜之而彬錯出之，其前茅耶？中權耶？今得讀《天啓集》，益躍然神爽也，庶幾後勁耶？將兼至而未艾耶？先生當舞象時，伸紙揮毫，天竅自發。學博太翁甚奇其才，惟元方亦私謂難兄，家庭師友相爲知己。十九齡即領賢書，茂年而成進士，長篇短什，擊鉢可成，其才天縱之矣。先生復不以穎慧而廢摶埴，繇儀曹直言謫歸，結茅鏡休山中，大肆其力於古文詞、歌咏。文自周秦西京而下，詩自開元、大曆而上，諸集自唐宋八大家，我明之空同、大復、應德、道思、于鱗、元美各家言，無不摭其華而茹其實，汰其滓而領其神，就人情物理、朝暾暮霞而畫其象，就小大長短、遠近淺深、悲愉遊戲、風雅騷些而裁其衷。蓋以情緯物，以文被質，能鎔萬有而不露有相，能以我用法而不爲法拘，一洗藻繢襞積之習，卓然自成。其爲鏡休山中業，信今傳後無疑也。

余獲交先生有年，見其道俗環應，垢凈齊觀，上可交王公卿相，而下可群賣漿牛醫，莊可對高士名儒，而逸可狎樵夫漁父。奇字可師章縫，而鼎言可解刀劍。蔬茗可供山屐，而壺飡可活翳桑。品置泉石，嘯吟烟雲，靈活之機，流露眉宇。且其學以耻躬，以不爲不欲。其著作出之以坦適笑嘻，暢之以性真天倪。至于奏疏、試策、櫟文、歸牘，皆忠君愛國、明道潔身之大者，余安能執一家名先生？今先生用矣，學演而爲言，達而爲功，發揮經緯，與觸物寄懷、拄杖拂石何異！余且俟《崇禎集》出，見先生才學兼至及德言功之大全也。

崇禎集序

友弟黄居中譔

何司空穉孝先生生逢六帝,仕閱四朝,而林居之日逾半。西征以還,築室鏡山,誓墓爲終焉之計。日誦絃著述其中,味道含經,詠歌講德。一時衿紳學士、子墨客卿,從之者如雲。而先生圖發龜馬之藏,賦重鷄林之購。碎金霏玉,傾瀝液於群言;鴻藻豹文,照碑版于四裔。所論著無慮數百餘卷,各以其朝名其集,猶白樂天之有《長慶集》,田表聖之有《咸平集》,蘇明允之有《嘉祐集》也。《萬曆》、《泰昌》、《天啓》諸集,皆先生手自排纘,序之者劉惟後、吴文仲、林登卿、黄季弢、張子環、唐宜之,其斐然者矣!《崇禎集》則先生歿後,仲子雲、叔子説蒐輯版行之,授簡於余,使代匱。

余惟崇禎初元,帝誅逆閹、鋤奸黨、徵用舊碩,此乾坤再闢、日月重光時也,而先生於未出山時,言行動天地,中孚格豚魚。懷好音者,信柳下一言;受戎索者,慴汾陽單騎。人以占其元老壯猶矣。南少司空之命,以陪推膺特簡,先生乃疾趨國警,念主上殷憂,兵餉匱乏,欲用其所未足。余讀其《寶刀歌》曰:"鏡山老作劉崐舞,世人置之不足數。但云年紀合刻鳩,豈識壯心尚飲羽。君王憂邊心煩勞,天下無人精六弢。何有千群見浴鐵,那得一劍可吹毛!日本精兵過武庫,用之無人乎五步。扶雲劃見天地開,閉匣恒貯月光素。中華得此百不憂,一隊可敵萬貔貅。功成藉手報明主,然後高卧歸山丘。"語雖説劍,蓋自況也。先生生平不問家人産,一旦而職六府之司,米鹽凌雜,持籌握算,勾簿帳,察侵牟,不爽鋒針,若素練者。然竟以此枘鑿當事,知上方貴少,嗾言者以老至及之,遂聽其引年去矣。上素重先生清修,且嘉其恬尚,欲全其易退之節,君臣之遇,庶幾始終以禮。而先生則身退而名益高,年尊而德彌卲。即置之一壑一丘,賢於三槐九棘矣。

迹先生出處，六載清郎，萬里投荒，去國三十年，載起載躓。兩戹於椓人，三摧於同絨，終不能以三年淹。雖云皓首宜休，亦緣蛾眉誨妬。而上值訪落之初，丁集蓼之會，先生出矢虞箴，歸效緯恤。條兵餉機宜，策海禁利害以獻，此何必減樂天之奏狀策林，表聖之驛書邊事，明允之權書衡議？蓋先生介直如田，骯髒如蘇，而論執强鯁，晚益不衰。詩文多至數千篇，齊名稹、錫，如白。白以侍郎改少傅，分司東都，終刑部尚書。先生繇侍郎致政，贈工部尚書。其官同，其年亦逼逼似之。而先生猶謂身遭不世之主，横被非常之知，自甘晏叔原之癡，每志葉少藴之愧。而倏爾騎箕天上，修文地下。其能齎志以没耶！

集起戊辰訖辛未，僅僅四年耳。而詩各體，文各類，序、記、書、疏、跋、引、箴、頌、銘、贊、説、解、志、傳、碑、表、哀訃、啓、劄之屬，無一不具。蓋繇其道廣理充，氣厚情實，所以思風飈馳，言泉波湧，時雅時奇，時繁時簡，大能使之微，小能使之著，遠能使之近，侈能使之約。至於紀載叙述，散而不亂，肆而不流。謝華啓秀，物多姿而體屢遷，如林文簡之神道碑，葉文忠、蘇司寇之行狀，即蔡中郎之於有道，朱侍制之於正獻，方之其無愧色矣。

余交先生幾五十年，别二十八年而復萍聚於留都，甫及一年而去之江干，執手泣下沾襟，其時先生若永訣然者。今余以八十耄齡，獲從二子遊，序先生集，先生得無听然曰："是吾門之籍、湜、黽、秦也，儻亦虞翻一人知己乎！"是集也，於詩文爲絶詣，於先生爲絶筆。集中贊余小像，簡余數詩，壽余詩二十韻，文七百言，似先生與余爲别書，余幾廢卷不忍竟之矣！

釋經序

姪楷拜手撰

伯父匪我先生研精味道，著述之富，甲於近代，而經解存者，獨有《大學》一篇，及古文《尚書·武成》、《大誥》、《召誥》、《雒誥》四篇而已。雖粗示津梁，而全秘未睹，學者惜之。

愚爲之説曰：自聖人往而微言絶，漢嘗合諸儒于石渠、白虎觀講論五經同異，識者猶以爲借天子之勢，侵聖人之官。沿至今日，而學者益怠，經術益蕪，彼徒皓首傳註，藉口謂功令固然，夫誰得而議之！抑思窮經何事，顧第爲拾青紫已乎，亦將求其有得於心，以謝虚生之愧也。今夫《大學》、《尚書》，世固童而習之，而知味者蓋尠。《大學》之簡，未嘗錯也，原程、朱兩夫子初意，不過欲稍示學人門庭，裨一覽而悟。乃更定之後，支離轉多，格致補亡，謂是八目，無缺陷矣。"誠意"一傳中處於致知正心之間，先後安屬也，究之止成七目而已。《武成》雖經程子是正，尚疑其有脱簡，若"三誥"之文，其佶屈至不可以句，徒依傳爲讀，而是與否，終莫之能明也。讀伯父諸釋，其於經文，宛轉逼肖。蓋伯父之言曰："吾以經解經，不以己解經。"雖舉似無幾，而第欲學者循是意以求之，姑取世之所疑其譌錯、苦其艱深者，令之泳游浸漬焉，莫不有可涣然冰釋之理。昔人謂善問者如攻堅木，先其易者，後其節目。伯父特取其法而倒用之，此所謂善誘也。夫貫穿章句以昭晰斯文，固甚有功於學者。然伯父之學，其大關鍵處，尤在從誠意悟入，道德、經濟、氣節、文章皆繇此出，此伯父所以不徒爲經師，而且爲人師也。愚又因是而得窮經之法矣。夫誠反欺而爲言者也。在昔程、朱兩夫子，彼各出其胸中之所見以立教，愚終不敢謂之欺人，後之學者苟於先正之言，未能真見,其所以是徒墨守雷同,莫之或徙,其毋乃淪之乎自欺者歟！於戲！能説諸心,能研諸慮,則如伯父於程、朱,雖間有可否,而皆所以畏聖人之言,反是離跂與剿襲等侮也,誠欺之。辯畏侮之分,於戲！可不慎諸,可不慎諸！

離騷解序

里中後學蘇琰譔

語有之：日月有明，浮雲以蓋。夫惟明有而蓋之者浮也。故君子之過擬諸其食，而仰者不嫌其更。然亦有食之將既而幾於無可更者，惟一有其更，則食多之仰與食寡同，雖至於伐鼓用牲，省身勵衆，總之，無竟日竟夜之晷刻也。臣子之仰君父情，莫不然。蓋有當食不食、將救而轉之以賀者矣，孟氏所謂“惟大人能格君心之非，君正，莫不正”者也。雖然，亦其君也。叔世之後，難乎遇矣。一列於倫，終身不解，爲庸爲具，豈所甘心！法巽俱窮，晝無所措，於古尚或二法，於今則一途而已矣。貴戚異姓，孟氏嘗兼舉之，戰國之末與春秋之世異，公族之尊日以遠，驕主之隔日以滋，時勢又自有難焉者矣。

屈子，貴戚之卿也。其君之者，則懷。其肩而並者，則子蘭數輩。權不可假，而行遁又無復之，萬喚千呼，杳無響應，高上九天，深入九淵，此志難通，此誠難泯，非彭咸之居，何歸宿地？歌以當哭，哭罷再歌，豈不大可悲哉！故千古貞人志士，無不詠《騷》惜《騷》，千古通人博人，無不玩《騷》解《騷》，皆有會也。晦翁之說行於世者久，其分節之詳祖王逸，而其旁引繁稱兼欲以資多識近溫陵。何稺孝先生又從而爲之，徑約其指歸，平易其援引，總其分節之段絡，拈惝怳彌漫之說，於忠厚惻怛之途。蓋雖無殊乎晦翁之旨，而使讀者不阻於艱深複蔓，是則稺孝之爲《騷》，亦其一生初志之所寓也。嗚呼！稺孝之於兹日，似非當食不食之候，尚在可更可仰之時，豈其禹跡茫茫，盡作汨羅浩渺，不得已而但以《騷》見者乎？彭咸之居，一楚大夫從之足矣！

閩書序此《閩書》全序也，今集中止附論贊。

福清葉向高譔

《閩書》者何以志閩也？閩故無志，黄公仲昭始創爲之，久而莫續，故弗傳也。侍御山陰陸公夢祖來按是邦，謂閩名藩也，而文獻之弗徵，何以示後。檄下郡邑，各修厥事，而請匪我何公與一二鄉紳之有文者，董其成載筆焉。何公辭不就。迨列郡志成，以上學使者慈谿馮公烶。馮公復裒而致之何公，請竟斯役。公于是盡取八郡一州五十七邑之乘，而遍閱之，撮其精華，去其繁冗，文其朴野，折其混淆，而又旁搜博採，凡遺蹤逸事散見於他書者，悉行摭拾，以苴其罅漏。爲《志》二十有二，爲卷若干，其義例皆公所創定。更五載，始成編。携以示余爲之序。

余窮數旬之力，讀之乃竟。嘆曰："美哉！皇皇乎！非但一方之信史，亦千古之鴻裁也。其足昭既往而鏡來兹，奚疑哉！"抑余因是有感于閩事焉。閩在上世不列於職方，至無諸佐漢，肇啓王封，爰登圖版，是閩之一初也。然而草昧新開，經綸未具，龍臺、歐冶，若有若無。未幾，而復徙其民於江淮，遂墟其地，此一厄也。裔及六朝，差同賓服。唐常觀察建學興文，衣冠始奮，又閩之一初也。載更王氏，竊據稱雄，初猶小康，終則大亂，龍帳宣淫，寶宫崇慝，縱横巫鬼，荼毒干戈，又一厄也。此如重陰濁霧之境，乍露微光，忽復蔽塞。蓋揺荒陋而文明若斯之難矣！至宋而龜山先生得統河洛，諸大儒接踵繼起，焕乎揭日月于中天，幽遐奥渫，悉耀光明，鄒魯之名，繇此而著。明興，益緒其業，山陬海澨，絃誦相聞，碩士魁人，後先繼起。吾讀《英舊志》而咨嗟慨慕，不勝高山景行之思焉。要以淵源所自，實本宋儒。故宋儒之功于閩，不啻闢鴻濛而開天。閩士守宋儒之訓，宜不啻若功令。廼今拾瀋時流，操戈前哲，等傳註于弁髦，以穿鑿爲捷徑，此如故家子弟豢養膏粱，而忘其先世之遺籍，家有千金，棄若敝帚，良足嘆矣！天地淳龐之氣，積久而發，則其發必昌。及其發之過，而無爲之醞釀，則又將衰颯而不振。故論閩於今日，亦盛衰升降之會也。兼之干掫失職，桑土疎防，滄海緑林，莽爲盗藪，其民亦習于淫侈，物産日耗，吏治滋偷。吾讀《扞圉》、《島夷》、《萑苻》、《文涖》、《風俗》、《南産》諸志，而穆然深思，不勝杞人、嫠婦之念焉！往事之不忘，後事之師。何公之孜孜矻矻，竭數載之力，從事于此，其用意深，而其爲閩慮遠矣。至于抽揚小善，遐邇不遺，闡發幽光，鴻纖畢舉，則在閩言閩，寧恕毋刻。惟是非之不謬，斯懲勸之有裨，固不必搜瑕掩瑜，過爲吹索，此實公厚待桑梓之盛心，而非輕於持論者所能窺測也。

公家世源流，具載志末。生平篤學真修，無愧宋儒。里居二十餘年，日惟談道著書，誨引後進。於古今成敗，國家典故，無不考究，談之歷歷如指掌。以名儒而兼良史，惟公其人，於志閩何有？昔春秋時，列國分争，孟氏所舉有史者，僅魯與晉、楚耳。魯有夫子、丘明，晉有董狐、史墨，楚有左史倚相，是以有史。吾閩有何公，故有兹書。夫何公，聖人之徒也，何論董狐、左史輩哉！於是乃益見閩之爲鄒魯矣！

奏議序

晉絳門人韓霖撰

三代而下，聖澤既遠，以豪杰命世者，多文章氣節之士。奏議之文，漢爲盛，賈長沙、劉中壘、晁、董、公孫稱最矣。東漢之人，規矩模楷更相褒重，然卒不得爲聖人之徒。惟廣川天人之對、正誼明道之言，有儒者氣象。余讀《春秋繁露》，多牽合附會之論，乃知學問有源有委，中之所存，深淺未可强也。

先師何鏡山先生當神廟時，屢犯顔諫諍，因議肅藩喪禮，牴牾中貴人，獲譴林居幾三十年，海内望風仰斗者，見其探驪投鼠之疏，與夫雕龍繡虎之文，多以文章氣節相推許，而先生闇然自修，講求誠意之學，以不欺爲主。念百年之易邁，恐斯文之將墜，窮經求友，中夜徬徨，不分别門户，不支離心性，以“恥躬”名會，“寡過”名齋，惟戒慎恐懼于庸德庸言，步步繩尺，如饑食寒衣之不可離也。其論盡心，求仰不愧天，俯不怍人。又言不怍于人易爲，不愧于天難至。無常變生死，一以順受天命，還稟天則。其教人也，或從不爲不欲開端，或從懲忿窒慾用力。嗚呼！先生之於學也，深矣。三仕三已，難進易退。退則與耆宿時髦切磋文行，進必靖共爾位。凡國計、官邪、士風、民隱，以及寇盜、夷狄，借箸補牘，三萬餘言。其言有用有不用，要皆先民是程，大猶是經，都俞吁咈之遺風，《伊訓》、《説命》之伯仲也。

先生撰著詩、賦、古文辭，有《萬曆》、《泰昌》、《天啓》、《崇禎》諸集，編輯國史，有《名山藏》、《編年録》，《閩書》志八閩之文獻文徵，存昭代之鴻編。《離騷》、《大學》、《武成》、《大誥》、《召誥》、《洛誥》各有釋，而《釋經》尤有功。先聖嘗論《大學》一書，盡之乎誠意，以古文爲正，先生學問淵源所繇來矣。使先生而不遭際迍邅，其輔翼君德，裨益民生，建白當不止此。然三十年青山皓首，磨練得真聖賢。福唐相國雅相推遜,非虛語也。余觀國朝兩大儒:河津、餘姚,皆從患難夷狄中萬死一生,體驗聖學。讀先生奏議,且論其世,出處造詣,亦足得其大略矣。閩人之稱先生曰:"有伯夷之清,而無其隘;有柳下之和,而無其不恭;有伊尹之任,而無其去就之迹。"宋李清臣議歐陽公謚曰:"明于道德,見于文章,宜謚曰文;豫定策謀,有安社稷功,宜謚曰忠。"余于先生亦云。特祀易名之典,上請未得,海内知先生者,當不乏人。余智不足以知先生,大白、八公兩太史,孔門之游、夏;東厓中允,蘇門之山谷也,其誄先生也惟肖,豈至阿其所好哉!

邑史後學黄景昉譔

鏡山先生既拜南司空之召,余數從交戟下,讀所上章,未嘗不三嘆也。先生三十載屏居,聚徒講德,素不問米鹽凌瑣狀,乃使之分析簿帳、勾稽乾没,如老主藏,舌費筆禿,嘵嘵然與一二灶婢莊僕抗,豈先生得已哉!余知先生且從此隱矣!嗚呼!先生非今世人也。生平論學以誠意爲宗,以靖共正直爲準。著書萬卷,動則先王,列爵貳卿,身如寒士。方其屢疏諍國本、諍東封,一時郎署少年,頗多踵起,然未有剴明鯁亮如先生者也,以故終神祖之世,蒙譴獨深。已而弓被遺招,茅征衆彙,先後偕福唐、吉水、關西數公登朝,海内喁喁望治焉。屬璫患已蘖芽,其間履霜堅冰,先生實陰慮之,以故值熹廟之初,見幾獨决。先生之與數公者友也,庶幾桴鼓投而水乳契。然當其意所不可而發爲棄遼城、讞罪醫之議,逖聽鬩然,持不稍改。蓋久之而始悟先生畫之平策之蚤,殊致同歸,事未易目睫論也。上神聖,特再起先生田間,有師命不可以辭,因以兵餉機宜請。無何,旋自求罷。至垂解組矣,猶力疾上閩海開洋一疏,然後去。累朝求舊之禮也,老臣報國之忠也,出處語默,雅稱無愧。

余觀古文章之士,道德之儒,其以奏議著名者,漢賈誼、劉向,唐陸敬輿,視先生名位操履不必盡同。韓昌黎佛骨一表、淮西事宜一狀,先生饒爲之,時亦稍異。惟歐陽永叔封事紆徐沉痛,婉中物理,爲有先生之風。然余觀永叔初年微亦有虛憍恃氣，不純學問之嫌，晚又以濮議累，不能如先生粹然。夫先生所惓惓誦法者，固文武舉政之方，而堯、舜告王之旨也，乃所願則學先生也。上方崇正學、敦實行，擬舉行徵辟舊典，先生前疏業預及之。又宗科之設，海禁之寬，練湖運道之復，其説皆始自先生。凡廟堂因革宏議，具載篇中，後之君子，庶亦有所考焉！

詩選序

福清葉向高譔

詩之道多端，而大要不出于道性情之一語。性情苞塞于中，有暢而出之者，有鬱而出之者。暢而出之，其時亨、其境適、其意歡欣而鼓舞，如“明良喜起”之歌，《鹿鳴》、《卷阿》之響，二南三頌，自朝廷以至田野之篇什，何雍容也！鬱而出之，其遇暌，其道厄，其衷憫，畏而悲思，如夏后“五子之歌”，《北門》、《巷伯》、《小旻》、《菀柳》諸念亂憂危之作，讀之使人惆悵而不歡，愀然若惟恐其身值之者。《詩》亡而後《春秋》作，非《詩》亡也，《詩》猶治亂兼，而《春秋》純乎亂者也。純乎亂，則所謂暢而出之者，業已無存，而其鬱而出之者，變爲《離騷》、《九歌》、《九辨》、大小《招》諸篇，蓋憤悶無聊之意多而優游敦厚之旨失矣。自漢而後，詩之最著者爲杜陵。説者亦謂其以窮而工，其于流離放逐之感，蓋十居其六七。雖其意亦原本于《三百》，而要之所得於《騷》者居多。律之以性情之正，殆猶未免于哀而傷者歟。

今天子聖神在御，治化雍熙，凡在含生，無不暢遂，真唐、虞、三代以來之一時，固宜有歌詠頌述，以嗣“明良喜起”、《鹿鳴》、《卷阿》之遺音。而一時骨鯁諸臣，偶有違忤，投荒遠徙，接跡于春明，甚且淹頓至老，尚不得收。主非楚懷，世非天寶，而流離放逐，跡若同之。于是被厄者或不能無憤悶無聊之情，其形之聲詩，亦或有鬱而不暢，使論世者不能無遺憾。而吾鄉匪莪何公，自大儀謫粤西，歸而里居，已二十餘年。家徒壁立，饘粥不能具，日以譚道著書、登山臨水爲事。其即景抒懷、觸物遣興，往往見之于詩。雖窮工極變，無不盡之藴，而音節和平，用意忠厚，若不知其官之久謫，而身之窮愁者，此真有《三百篇》之遺，而較之靈均、工部諸人，尤渾然無涯涘之可窺也。夫何公則可謂得性情之正矣！

近世詩人徑户不同，而總不外于剿襲，襲唐而唐，襲宋而宋，襲六朝漢魏而六朝漢魏，于詩愈近，而于性情愈遠。若何公，則非唐非宋，非六朝非漢魏，而傑然爲温陵何穉孝之詩。故讀公詩即可知公之性情也。

余以甲午歲一識公於長安，其後遂絶不相聞。居政地日，每欲推轂林下之賢士大夫，而力不能得，世亦多以此咎予，無以解也。頃過温陵，愧見何公，乃公把臂歡然，絶口不譚升沉得失事，反若引予爲知己者，予以此愈益服公。適有客持公詩選示余，欲題其端。余負愆之人，恐爲公累，然意不容已，故爲論古今詩人性情之正變，與公之所以爲詩者如此。國家運祚方隆，泰道將興，聖天子旦夕且召公。公起而賡歌矢音于巖廊之上，盡攄其暢而出者，合於兹選，而詩復不亡，亦千載之一時也。公生平詩甚多，兹選初得二百七十篇，益之爲三百。於戲！後之譚詩，有能不失性情、舍輓近而推明《三百篇》，則必以公詩爲嚆矢矣！

入晉詩序

皖上阮大鋮撰

詩自《三百篇》而下，其體日變，如江河注而未有極也。然其直截註疏，“思無邪”一語，尼山已蔽之，而作者懵然不悟，衣外乞珠，一望幾成黃茅白葦者，其故安在？性情失而群怨之道乖也。惟能根性生情，善其所爲群怨，斯忠臣孝子之極思，結即爲法，散即成彩矣。以余觀於匪我何先生，則近是。

先生當神宗朝，以直諫謫居嶺表，坎壈侘傺，宜若有怨焉，而其詩顧悠然澹蕩，鼓琴詠歌，了無慍意，讀之者殆若遊彭澤松菊三徑中。今天子求簪履之舊，起先生于卿寺，需次有掄才之遣，應圖求駿似群矣。乃劉覽于河山表裏間，而褰帷攬轡，其思又胡慨然深以長也。先生前後所著詩曰《萬曆》、曰《泰昌》，以及兹集，古法備矣，異彩炫焉，總之根抵性情，故其變日益新，而于處群怨之道，兩無所失。先生之詩，誠忠臣孝子之極思哉！余請括其先後詩而統名之曰《思無邪集》，起尼父於九京，其於“一言以蔽”之旨，尚亦不謬乎？

里中後學蘇琰譔

嘉祐之知舉者，廬陵歐陽氏，聞其闈中約客行觴，拈題賡韻，執役之史，抄謄幾不暇給。撤棘有期，尚以酬咏未終，稍寬其日。我天啓元年秋，光禄何先生穉孝奉天子命取士晉中，號稱得人。歸，出其《入晉詩》示琰，近五十首，視歐公詩數可十之三。意者嘉祐闈中之什所爲百七十餘首者，總計賡吟之目，未必歐公一人也。

我國家功令糊名易書，諸小史闈中覆抄應試生文不暇，邇來嫌忌多方，何物細人，敢輕侍函丈，應笑古今人不相及，今日場屋中覓一抄詩史亦不可得。何先生《入晉詩》有和亦作，獨吟亦作，而不妨閱文示式之期。情足以暢，典足以該，山川風物足以紀，頌與諷皆足以懲勸，謂何先生程式外又一程式可也。小說又云，歐公試日，士子有不辯堯、舜者，公語之曰：“疑即勿用。”何先生入晉，以“使君堯、舜”命題，諸所取士，皆能大㫒其旨，爲楨王國，則先生實有油油然酣暢於斯役者，是詩之刻，寧可已哉！

何鏡山先生圖像
象贊

何鏡山先生像讚

長洲小友文震孟譔

惟氣度之融然，而挹之冰霜；惟志節之肅然，而即之春陽。未弱冠而登第，甫爲郎而忤璫。養丘中之草木，葆谷口之幽光。同晴雲之舒卷，均化瑟之弛張。玩陰陽之變化，騰今古而超驤。詠《雅》、《頌》之徽音，搜《墳》、《典》之伏藏。辦貞亮以爲鞶，雜綵藻以爲珩。洵遁世而無悶，比幽蘭之自芳。迨君子之得輿，儼正色於朝堂。暨聖王之御宇，甘吏隱於陪京叶。方帝眷之崇隆，遽懸車而高翔。秉先哲之遺謨，詔來學以周行。振羽儀于埃壒，獨蟬蛻乎冠裳。仰真人於天際，遽乘雲于帝鄉。惟德盛而業廣，信山高而水長。

豫章後學曾櫻譔

公夙秉豪傑之姿，學以聖賢爲師。出處俱不流倚，心事可對天知。其志欲爲霖雨舟楫，其才當與韓范壎篪。使公得盡行所學，何愁世運不臻乎雍熙。讀公書，瞻公像，欷歔默默淚交頤。然而公純孝純忠，大仁大智，爲聖門真狂狷，爲後學真羽儀，則已照耀乎往古來兹。繪者徒彷彿公丰容之似，而櫻直仰見公精神之遺。

潭陽後學徐舜年譔

惟世斯回，清風振頹。惟人斯寐，正學覺聵。朝獻家修轉注，司馬程朱。國仰樑棟，人稱麟鳳。鏡山亭亭，百世師刑。

太原門人王邵譔

閾何云崇，惟孝與忠。慶奚自積，緊清且白。疇其兼之，於惟我師。嗚琚佩茘,忘其老至。升則政理,潛則俗美。運會悠悠,遺像千秋。小子景行,穆如觀瀛。

後學蘇琰譔

此鏡山何先生自壯至老之像也。先生之與天壤敝者非像也,有私貌私祝之者。如晉中王子,不睹其顔,庚桑其主,都下齊民,私寫其像,奠哭其訃,何所要哉!若我枌榆,萬心一追,萬口一頌,停杵暨乎相聞,請祠徹於天上,游、夏蔑以贊矣。癸酉之春,舅悌昆玉孺慕哀輯,薦委輸湊,遂盈十幅。余觀夫明眸正色,揚休山立,玉笋班中,神仙第一,則筮仕之初也。望之儼然,鬑鬑有鬚,瞻視益尊,焕其内腴,則春曹之長也。角巾方領,鬚髮蒼蒼,縱其山澤之臞,表其無悶之衷,則逆鱗恩譴,鏡山誓墓,殆三十秋者也。幞頭公服,簪笏莊嚴。眉若有顰,見丹心之憂國;鬚非人拂,雖時見而終潛。則兩都三事、兩徵兩應,樂行憂違,靡得而羈焉。逍遥樂天,一杖一屨,渾元氣於四時,將圓滿於來去,其從心奠夢之辰乎!夫目瞿心瞿者,孝子之極思也;見羹見牆者,私淑之顧諟也。惟夫三變者,隔於百年,故遺形者,貴於印心也。余不肖,得侍先生鏡山之日,追乎光、熹二廟,鵷篷班餘,受知最深,知先生亦最悉,睹斯遺像,既潸然出涕,復躍然以欣。赤水玄珠,異哉罔象。於謳副墨,快睹真人。敬拜手稽首,而作贊曰:

三十而立,七十而從。中間三轉,伸屈猶龍。勿云道大,斯世莫宗。我讀其書,我熟其容。子今無語,我已在鎔。敢申來者,百世聞風。

門人鄭之玄譔

於戲!此吾師鏡山夫子何先生之像也!當光、熹二廟間,歲辛酉、壬戌,先生自山中出爲光禄勳,鬚鬢蓋皓然矣。在光禄一無所問,而以其公費之餘,繕治署中頽垣蕪徑,下人無所窟穴,而周卹常以惠。有鍾氏者,竊圖先生之像而祠事焉,先生不知也。今崇禎五年壬申,先生之訃至自家中,長安簪紳莫不隕涕。鍾氏爲服而哭,朝夕上飯,悲哀如喪其私親。予聞而異之,而竊歎先生之德入人之深也，猶將格豚魚、貫金石，而况於人乎！司馬温公之在朝與在洛中，愚夫走卒莫不知爲君實，及其歿，而莫不失聲嗟慟，徬徨太息，予今廼於先生見之耳。予不忍於先生之歿，亟取而觀之，神氣依然，痛來塡膺，而又以嘉鍾懷惠之誠，識其年月，仍歸之，使之世世供養，而又書先生之德，爲他日西州馬策也。壬申四月晦日，之玄將于役楚中，謹識。

泰西耶蘇會士艾儒略譔

旅人抱事造物主之學，航舟西來二十餘年，於斯丙寅歲入温陵，得接先生，一晤即成莫逆。既而贈詩賜序，數年往還無厭也。惜乎辛未歲暮，余再入温陵，先生已謝世矣。噫！先生可以無世，世不可以無先生。鄉國搆堂特祀，蓋不忍其亡，而先生樹德表於世不可滅者，政猶不忘也。余不文，何能贊揚，獨夙服先生天高海闊之量，好學真情與夫逍遥清風，可冠百代焉。玆見先生之像，如見先生也，故有感而識之，以復其賢子兩先生之請云。

何鏡山先生小傳咨諡南部時上錢宗伯。

何喬遠,字穉孝,福建晉江人。幼奇穎絶倫,父試之對,曰"乍雨乍晴天未定",即應聲曰"有麟有鳳國將興",識者知其偉器矣。八歲就外傅,博通經、子、史,《昭明文選》、《唐詩品彙》等書,略皆上口,而恥爲記問之學,志希古聖賢。出見交遊,與己不類,復自疑也,返求本心,始得真我。

年十九舉于鄉,丙戌成進士。起家比部,署本科有聲,調春曹郎,歷精膳、儀制。屬有旨,三王並封,遠上《恭繹祖訓疏》,謂朝廷無待嫡之條,元子無册封之禮,震器不可以久虚,國本不可以徐定。上爲收回詔諭,封事得寢。癸巳内計拾遺,科部意異,考功趙南星被劾褫職,諸論救之者,語侵執政,鐫秩有差。遠復訟言陳泰來等六臣非黨謀亂政,不宜嚴譴,爲宰臣釋憾,且奏記太倉,語甚切至。而倭攻朝鮮,力阻本兵封貢議,疏糾欵倭非策,亦上太倉書,責以詳審力持,其後東事數年始解,本兵以誤國獲罪,人始服其蚤見也。甲午當大比,禮垣議變京考爲監臨者地,遠謂監試而攘考試之事,謄録、彌封等官而攘同考之事,皆欺不敬,京考竟行至今。而立宗學、開宗科之議,亦自遠發之,今入仕者纍纍矣。至駁鄭世子之辭封請,封世子之子以成其讓,覆肅藩之宜行三年喪,而停其襲爵,不狥椓人請,覆晉宗之應爵中尉格不以聞者,至今尸祝也。然坐是失椓人歡,思有以中之。會部有宗室名封疏,主事洪文衡對讀不詳,誤遺遠名,例罰俸三月耳。椓人吹求,坐不敬,謫粤右藩司經歷。小史請委罪文衡,文衡願自受。遠亟止之,謂俱去無益。亡何,文衡改銓司,即請告去,曰:"我壞何長官,敢就職耶?"遠亦欣然之謫所,人兩賢焉。

既至粤幕,執手板謁兩臺,絶無遷客態。旋假歸,舊宅既推與兄住,僦友人居者二載。開泉南雅社,講德授徒。郡守程朝京爲搆丙房一區,僅可容膝,日讀書嘯咏其中。復避浚都干旄,於北山先塋之傍,結土室數椽,取古人誓墓之意,顔其齋曰"自誓",示不復出。刈麥及山薯爲飯,客至沽茅柴與醉。時從田父泥飲,不厭也。每念百年易盡,而生平嗜好皆詞章末技,無益心性,恐終墮落。時與許恭簡論學,不分别門户,不支離同異,惟于庸言庸行,斤斤繩尺。謂《大學》一書,盡于誠意格致,傳不必補,依古文作《釋大學》。謂蔡氏《書傳》句讀俱失,作《釋武成》、《釋大誥洛誥召誥》。復搆天聽閣,懸至聖先師像,兩壁圖諸名賢像,月朔望,肅衣冠拜焉。郡故有一峰書院,是羅文毅謫泉時講業處,請蔡守善繼重修,祠文毅。因發明文毅之學,惟在無爲不爲、無欲不欲章參透。月集諸冠紳聚講祠中,以"耻躬"名會。每臘月,則欲與會者循省自家一歲中善念幾何,惡念幾何,庶幾改過遷善,有近裹着己之意。其題座右偶句云:"人心中無私便聖,天理内行事最樂。"復搆休山書院,名堂曰"耻躬",齋曰"不自棄"。嘗語門人林欲楫曰:"人以聖賢自期,聖賢無不可爲者,惟在刻刻提醒,無一時放過,廼爲真儒耳。"

光廟登極,起光禄少卿。鄒忠介一見握手曰:"吾道碩果。"遂定交焉。是秋,典試山西,以得人稱,録文推省直第一。答諸生名刺,不稱友生,復却其贄曰:"吾爲國薦賢,豈私桃李耶!"時虜陷遼陽,朝紳鋭意恢復,遠疏宜堅守廣寧,未可輕戰。未幾而廣寧陷,經撫逃,復同馮從吾等五少卿疏請逮治,而上書葉文忠,請誅失事諸臣,以不悮山海之守。若山東蓮妖,無知赤子與遼虜黔夷異,復請招撫赦宥,以明好生之德。上嘉納之。其長光禄勳,一意稽核撙節,宿蠹頓清。尚方金錢,手自封秤,不委僚吏。革外解舖墊輸納。以時放米,則坐門親發,無復稽滯。每進東華門,中貴人相語曰:"佛爺至矣。"光禄故羶地,吏倚天庖爲陸海,往往窟穴其中。自遠爲之,洗手奉職。署有苦井,忽變而甘,葉文忠賦十絶頌焉。時皇子生,遠每日兩進朝,積憊嘔血,再疏乞休。忽拜通政使,有言其因病得遷者,求去益力,出城候旨,葉文忠挽之不可。疏五上,始得請,加户部右侍郎歸,蓋異數也。今上新政,登庸舊碩,會推南工貳,啓事者以遠陪,特蒙簡用,遠疏辭。屬虜薄都城,道梗不通,因念國家多難,遂之南都任。署户、工二部篆，所職皆財府，精心勾較，徹底澄清，不以代庖傳舍，自溺其職。以京衛漕船，有造有支有銷，自逆豎崔文昇虚張其數，曰二十萬，至今淮庫遂爲口實。因上核經費疏，有旨科按勘查，當事者仄目矣。隨有以衰老議者，遠再疏乞骸。上温旨賜歸，以成恬尚。出留都時，橐中惟餘一金耳。

因入延陵，拜吴季子墓。入閩關謁考亭書院，歷西山莒口書林，拜諸儒先墓，復乘小舫入將樂，拜龜山祠，探奇玉華洞，而返歸抵鏡山，則秋之半矣。復聚講于泉山書院，撰《懲忿》、《窒慾》二解，曰："人有不是，只求多於人，討便宜，争體面，便是忿之未懲。古人不忮不求，何等見地！若衣服、飲食、男女上多求便益，便是慾之未窒。"蓋諄諄善誘，欲使一世人皆爲善人君子，惟恐一夫一物不得其所也。有言講社不可使人濫入者，則曰："吾輩講學，正欲引人爲善，若徒標論辨，外示高峻，不令學人自廢耶！"是歲臘月立春，從里中父老躋堂稱觥，極驩乃罷，詰朝微病腰痛，蓋寢疾七日而逝。逝之日，閭里輟舂，婦孺休相，衿紳臺隸，無不行哭出涕，而先一夕，地震如雷，有星熠熠騰上，人咸異之。敗篋敝衣，殯殮不具，假木貸帛，始得成禮。訃聞，禮臣請祭葬，撫臣請特祀，悉如令甲。

遠性地光明，胸懷灑落，無不可對天知人言。遇大事有膽識，勇往直前，招不來而麾不去也。其赤心白意，可孚同儕、格異類，而天空海闊，未嘗蓄怒一人，計較一事。周茂叔之光風霽月，程伯淳之美玉精金，庶幾具體矣。所纂有《皇明文徵》、《名山藏》、《編年録》、《閩書》、《萬曆集》、《泰昌集》、《天啓集》、《崇禎集》、《西征集》、《獄志》、《膳志》數百卷行於世。

黄居中曰：何侍郎於文好龍門、眉山，於詩宗拾遺，而猶以雕蟲小伎，恐淪窪卑。其講求誠意之學，以不欺爲主。入仕惟遵守"靖共爾位，正直是與"八字，人惟賢則友之，言惟是則從之，不知門户何人，南北何黨，所謂真理學、真經濟、真氣節文章也。葉文忠曰："穉孝吾未見其講學。"嗟乎！穉孝而以講學名，百鍊化而繞指矣！

先師何鏡山先生行略

門人林欲楫譔

嗚呼！欲楫忍狀吾師哉！憶在壬寅，楫以文字受知於師，遂托門墻，考德咨業，乃今三十年往矣。間嘗竊窺其名山之藏，然十不悉一；亦嘗私淑立朝之節與過庭之訓，然百不能悉一，乃又安能狀吾師也！惟是先一月，見師有札于吾周母舅華屏，云："弟每舉杯，輒作瀉不止，自知不久留人間世。"又楫親詣師請席，師手書示楫，亦云："老病委運，自知不久，若愛我以千秋，相勗不在杯酒，若有意乎？"今日者，兹師舍楫去矣。舅悌兄哀毁，未能修辭，門下故多士，或聽睹未能習，微楫孰狀吾師者？因舅悌見委，遂抆淚謹次行概。

師以嘉靖戊午八月初二之午，產於贈侍郎公安成學舍。先夕，母林太淑人夢安成城隍鼓吹導送而生，異香滿室。蓋時贈公五十三，太淑人四十二也。名師爲福城葆。及痘方愈，太淑人恍惚中見二侍者跪伏謝去。稍長，奇偉不凡，贈公時置膝曰："亢吾宗者，必此子。"方五六歲，贈公教作大字，取大磚書之，以無古帖可按，市姜立綱帖及顔魯公《麻姑仙壇帖》命習，至用草，比畫短長。八歲，從贈公自靖江歸抵洛陽。仲父南陽公試以駢語："叔姪今朝歡會面。"師應聲曰："師儒春蚤樂抱琴。"贈公亦試之曰："乍雨乍晴天未定。"師以"有麟有鳳國將興"爲對。贈公知爲國家之禎，且素位君子也。及試破題，題爲《冉有》某句，訓詁家稱冉有賢者，而師門人之，贈公詰曰："誤矣。"師曰："若聚歛附益，安得賢？"贈公大喜。一生清白，已見其概。方携筆入學舍，仲父遇諸塗，指筆爲題。師立就曰："運孺子之妙手，見良工之苦心。"又占師必以作者名世矣。時初自靖江歸就塾館，師藏唐詩几中，塾師命棄去之，師不喜俗師齷齪，遂輟歸。獨贈公教之，即博綜六經、子、史及建安、《文選》、《唐詩品彙》，皆過目成誦，日有志聖賢之學。

年十四五,輒發憤爲古文辭。已乃念贈公、太淑人老矣,鋭志爲時文。贈公一日批所爲作:“吾兒决以文鳴。”因摩師頂:“今翰林諸公,惟有王荆石公爲聞人,兒後當拜其門下。”而督學二溪胡公爲名宗師,得師卷,拔應儒士薦,時年十九,與兄大理齊孝公同登賢書。丁丑,歸娶温淑人,讀書家園五步廊中。師髫齔即慕古聖賢,既出,見交游並不相類,因自疑爲癡爲拙,還求本心,仍歸故吾。間與大理及宗伯楊文恪、貳守陳及卿、李世禎結詩社,山人黄克晦倡和其間,有“温陵五子”之稱。越壬午,師與大理赴公車,贈公歿於家,師泣痛幾絶,以不逮湯藥含殮爲恨,賦《攀木篇》。於巾軸中得裹贈公齒,作《泣齒文》。因自矢奉母膝下,不脂輈出門矣。母太淑人謂:“而兄弟終貧孝廉,何榮父母?”師次且就道,遂以丙戌登第,果出荆石公手拔。廷試日,怦怦心動,而太淑人已先於正月即世。師恨登一第不及令太淑人見,聞訃殞地,久而方蘇。徒跣奔歸,江干旅次,號嗚骨立,入門仗不能起,得血疾,怔忡不寐,假先伯震西池館調養年餘。從大理後,躡草鞋遍行山谷,擇地一惟大理意。襄事畢,釋服謁選。過蘇門,贄文於王弇州公。冬至京,頓城外者久之,曰:“吾豈市入覲官帕金哉!”至明夏四月,乃選授刑部雲南司主事。

刑部爲西翰林,本科必擇倜儻能文辭、明習典章者,始委重焉。群以推師,師亦以西曹多暇,與戴亨融、袁君學、吴文仲、王惟允、劉懋學六子過從論詩,爲刻燭吟。又遍抄本朝實録,著典謨名臣諸記,號《名山藏》。故事,刑曹郎提獄一月。師獨坐讀書其中,搆《獄志序》。好生欽恤,取動上心。而先是張江陵從者肆爲鴟張置獄,師召責,若富於贓,其以裹足布百餘煖諸囚者,時聲望大起。欲推典試,而銓曹欲引入爲屬,皆旦夕上矣,爲他營者所得,師泊如也。已擢禮曹郎精膳,有《膳志》。海内諸公以爲朝制詳核,具見是篇。爲儀曹郎,值三王並封,師侃侃上《恭繹祖訓疏》,以朝廷無待嫡之條,請册立以正國本。考功郎趙南星被斥,陳泰來、賈巖、薛敷教、顧允成、張納陛、于孔兼諸臣以論救鐫秩,師復極言不宜,爲宰執報復。而倭攻朝鮮急,大司馬石星闇弱,至爲請封貢,師力阻之,責其不爲國家計數百年,徒以和欺主上,且上言本兵偏執失策,而一再上王文肅荆石公書,其一言:"天下之士,文章德行兩不相兼。閣下之信而知者,徒出於向所以文求知之士,而士以其不肖之身,附于宰臣之私人,今歲計吏所擯而黜者,何人可數也。閣下所係情,則舉朝所甘心;閣下所加貌,則舉世所指名。天下之謂閣臣私者宜至也。"其一言:"主上未嘗以封貢堅持於上,閣下爲他人紓難而自以其國當禍胎,異於孔子之使子貢説田常。某在門牆,愧不能爲子貢,而望閣下之心,如子貢之有夫子。"其後東事數年始解,石星斃獄,識者謂師蚤見李文靖,真聖人也。甲子科鄉試,禮科有考官之議,師以爲監試而攘考試之事,謄録、彌封等官而攘同考試之事,皆欺不敬,當以京考爲是。其時大爲臺臣所不悦,然竟行,至今不廢。而宗室入仕之説,亦師先發之。今諸藩府咸得觀光登用,與博士諸弟子齒,以及覆修史、覆禁奢靡,皆國家大計。會肅藩王薨,其子請襲爵,大宗伯羅文懿公以藩府與朝廷不同,當以行三年喪爲正,而肅府求浼中貴得封。師力拒中貴請,聲言欲將私書聞上,肅府竟行三年喪。中貴人憾師,思有以中之矣。師不亢不隨,益惟朝章是飭。鄭世子載堉辭爵甚堅,師歷引累朝訓敕,謂盟津有罪,世子不宜曲爲追説,而硜硜然慕節于臧札,惟封世子之子翊錫以繼其統,使以世子之名老,則世子之讓名成矣。晉藩新橦、新㸸者當封,及期上於禮曹,胥史輩未厭谿壑,冒給月餉,師盡核故牒,立榜笞主者,力爲辯,改還其封,並爲鎮國中尉,而新橦、新㸸伯仲不知也。久乃聞事繇師遂,立師主堂中,焚香祝曰:"何公生我!"其强精吏事,日無留牘,胥史慴服,不敢復生奸竇。他如浙王生某,中順天鄉試,以冒籍革,復中於浙,則曰"是坐冒籍革者也"。又中應天,則又難之。師以士有才如此,豈他籍、本籍舉盡錮之耶?爲復之。儋貢生范時化牒没於水,同輩勸之歸再取牒,不者部中必格爾。范曰:"海南萬里,吾安所歸,有死耳!"至部訴於師,竟准其入試。去之十餘年,范來爲永春令,通刺稱門生。師駭,安所得是人?范縷縷爲云,始知之也。師當官好爲德如此,不獨爲惠於諸宗。既中貴人憾師深,屬有宗室名封之事,本尾誤遺師御名,其時洪桂渚爲主事,當對讀,不及詳閱,師坐奏牘不恭,例罰俸三個月。中貴人從中吹求,六改旨,謫添註廣西布政司經歷。小史請委罪於洪公,師叱去之。洪公作一疏,願自受。師聞而亟止之,以俱去無益。不數日,洪公改吏部,洪公曰:“我壞何長官官,尚敢就職耶?”即請告歸。而師去之粵西,幾微不見顏面。

師官京師六年,圖書堆室,未嘗一日去卷帙。先後刻先世安公、祐公二集,及贈公所修家譜。歸至家,過洛陽橋,六金而已。將出都時,值同年行人諸葛公表之喪,身爲經紀,而奉其母妻同歸,以所賻金爲買田贍之。既赴粵幕,慷慨夷猶,無遷謫意,觸處題咏,有《西征集》。奉手版謁兩臺使者,兩臺跼蹐主臣,師搴韝自如,而師配温淑人先於六月不禄,旋假歸,賦《悼亡》諸篇,築罜如岡以盟同穴。贈公所居,既推住大理諸子,寄居友人郭翁右舍者二歲。時郡守歙程蘿陽公重師風節,捐俸爲搆丙房一區,至厨、溷悉行視,其愛慕如此。又爲師刻贈公《清源文獻》、王忠文、真文忠二公留墨於郡邸。而竇淮南公來代爲郡,竇公廉而肅,無所可者,與師契若平生,每事輒造廬問教。二守連相引重,師關節一無所通,而爲邑人請利病不少靳。開泉南雅社,講德授徒,髦士畢集。每郡邑試,列薦三四十人,多不使其人知,而桃李盈門矣。既而篋服懸車,日惟與郡中諸公及四方墨客遊士倡酬吟咏。又自以昔日嗜好皆文章詞賦末技,無益道德,惟恐學問不逮,日淪窪卑,黽勉不休,庶幾一紹千聖之道脉而後已,扁贈公所居之東曰“寡過齋”。己亥,大理過里,見師衣服縷敝,顧謂曰:“爾猶從縉紳後,奈何示可憐色於里中二三父兄?”與師一把傘,一圍帶,一襲衣,兄弟老相歡也。師傘與帶以出,里中怪曰:“何公今日張傘。”友人見者,亦問君腰帶何寬? 仲兄逑歿,嫂王氏蚤寡,奉贈公、太淑人終三十餘年,備極荼苦。每直指按部,師惓惓以未得表揚爲念。庚子秋,自古玄洞聞仲父南陽公創癧,夜涉大水,奔行二十里問視。時南陽公二孫應春秋試無在者,而先夏間粵西按史錢公慕師甚,走書幣聘師分闈較士,師方堅隱,辭不赴。至是,拭瘡奉藥,歿而執喪,凡百日不少怠。辛丑夏,大理訃至,荒憒愁痛,方四十四歲而鬚髮盡白矣。

以所居夷門冠蓋輻輳,北山先墓在焉,且爲贈公手植荔園,遂之鏡山,結土屋數椽,名其齋曰“自誓”,取古人誓墓不出也。刈麥及掘番薯爲飯,客至,沽村白與醉。時從田父泥飲不厭也。每念百年之業，斯文之統，行恐墜落，中夜徬徨。與許敬庵、李見羅、徐匡嶽、范晞陽、洪桂渚諸公論學，不分别門户，不支離心性，惟欲着之身心，以知行下學，戒慎恐懼，無一放過爲主，於庸德庸行中，步步繩尺，如饑有食，如寒有衣，以爲如此，庶不負終歲讀書求友之意。《報許甸南書》曰："弟比歲四書之言，先儒所論，具已會心，至於五經，則竊謂一人精神有限，雖已經先儒之手，尚有宜討論者。《大學》古文，故自錯綜變化，不知文公何故改徙之？嘗欲依古文訂定《書經》，則蔡氏《傳註》，句讀俱失，不足以闡聖人之旨。近已改數篇，尚欲全改之，以俟後有知我者。"師以有即經解經，未有割裂章句、移置先後、正簡補亡，而云解聖人之經者也。《大學》一書，盡之於誠意，所謂致知格物者，謂必明于本末之物，窮至其理，然後知吾一念之微，可通於天下國家之大，而無敢有不誠其意，以明此德。此微危精一之旨，所以乂安四海，永終天禄之意。今徒例在字，一字之文，推本博約，以爲必先窮理而後可以誠其意，何拘之甚也！近世餘姚王氏頗知此意，惜乎終欲發其良知之説，不竟所云，而其他言格物者，紛然無定，抑古文簡要，即欲訓格物爲窮理，則如切如磋者，道學也。一語已盡，似又不待補亡也。作《釋大學》。以宋儒易置《尚書·武成》篇，非闕疑之旨，作《釋武成》。以少讀三誥迷困，二孔之解昧于道，蔡氏之解昧于文，夫惟能發聖人慈祥忠厚之意，而後能明於道，能諧天地自然宫商之韻，而後能審於文，作《釋大誥召誥洛誥》。間益取《名山藏》，極意編緝，凡國乘、野史、先輩文集，搜羅檃括，得其零金碎玉，以爲採擷之助。蓋無日無月不易稿，凡記、志、列傳種種數十部。

師每念贈公、太淑人丘壠，月必携襆被一往，顧視松楸，累夕不忍去。乙巳建墓祠於竹篙山，一錢一縷必以治傭，四載乃能畢工。丁未，病瘧三月餘而愈，爲書付二子翁悌、舅悌曰：吾幸奉先公、先妣之遺，分穀七十擔。吾登第二十二年，增置三十擔矣。吾今分與二子。吾先兄子九雍有三十擔租，來依我食，我已爲之增益。我今又欲依雍而食，計其娶時，尚可八年，吾幸未死，有當道四方問遺之禮、潤筆求文之資，聊沽自活。尚欲作一祠堂，以成先公之志，今皆不能，要常留此未了之願耳。戊申,而翁悌無年,一孫繼殤,貞烈以死殉。師摧楚之餘,爲之穿穴聚甓,庶幾延陵之達焉。先丁未歲,程蘿陽公復來爲觀察,訪師山中。秋聞師病,以是屋貼山而濕,割俸爲師搆閣,且命其閣曰"天聽"。師於己酉夏始搆而成之,懸孔夫子像其中,又爲一木主奉先師至聖孔子神位。兩壁圖諸名賢像,海内則列自本朝,我閩則兼唐歐陽四門以下,朔望肅衣冠而拜焉。郡守姜同節公敦崇風教,重師尤甚。時要家有請城東濠爲利者,姜公以畀師,師謝不受。冬入覲,疏地方人才,首薦師。守例無薦疏,而姜公獨越格爲之。庚戌,今少司農吕天池先生按粤,念師故貧,爲括寄藩幕中俸金,而祠堂成矣。置祀田,定春秋二仲祭禮,俯仰籩豆,粲粲言言。

辛亥,郡邑大夫詣廬,請師同大宗伯黄儀庭公修郡志,而按史山陰陸公以閩自黄仲昭後無志,文獻弗徵,復請師董其成。會陸公代去,學使者慈谿馮公哀致列郡志於師,請竟斯役。師於是盡取八郡一州五十七邑之乘而遍閲之,歲傭書手二人,如在官之禄,而餼門下士二三人職其較讎,他筆札之費亡算,皆師以問遺潤筆諸所入,裁家用給之,無分毫糜官帑。起壬子及丙辰,五年而成書。以名儒兼良史,惟師其人。癸丑歲,楫入都得侍葉文忠公,嘗從容問楫:"何穉孝何如人也?"楫曰:"何師之文章氣節,海内皆知之。其深於道學,人未必知也。"文忠曰:"穉孝吾未嘗見其講學。"楫曰:"惟不講道學,乃真道學耳。"因具述師生平得力,惟自誓、寡過,不求人知。文忠歎曰:"粹然君子也。國家何可無此人!"以是序《閩書》,稱師"生平篤學真修,無愧宋儒"云。潘鵬江先生藩粤西,復念師貧,再寄幕中俸金,而貞烈有旨得旌,師買地於祠堂之左,樹坊其前,搆一堂祀先世之有德善行誼者,皆贈公譜中之志也。請郡守蔡五嶽公修羅一峰先生書院,送主入祠日,痛發一峰先生所以能取重於世者,只緣《孟子》"無爲不爲,無欲不欲"一章參看得透。於月之三、八日,與鄭孩如、唐見梅、韋衷芹、黄季弢、張玄中諸公及諸門人集講其中,以"耻躬"名會。每臘月,則欲會中諸君循省自家一歲之中善念幾多,惡念幾多,此則漸漸有改過遷善,近裏着己之意。嘗題一聯於座右曰:"人心中無私便聖,天理内行事最樂。"復于鏡山下買田家數椽爲休山書院，扁其堂曰“耻躬堂”。嘗語楫：“人當以聖賢自期，聖賢無不可爲者，在刻刻提醒，無自怠棄。”數年之間，弟子操觚執鉛者益衆。雖少自穉髫，僻而窮鄉，持文來郢，欣動顏色。字句剖晰，咸與發蒙。每一題輒自爲一文以式之，人人群坐春風化雨中也。

師家食既久，不以仕進爲意，未嘗通長安一書，而兩臺無歲不奏起，臺省無日不奏聞，海内以師與鄒南皐、趙儕鶴有“四君子”之稱，其一已忘其人矣。曩冢宰王射斗公爲選郎，至以師名亂在推陞雜職中，冀徼俞旨，果得汝寧通判。中貴奏聞，王公以朦朧推欽降官，幾坐降級。師爲作《憫知賦》。間推欽州知州，其後推光禄、大理，兩次批紅，竟爲中官奏罷。光廟登極八日，即起師光禄少卿，師感泣拜命，以爲大行而得遷，且龍髯再斷，腸裂眦枯，不忍出山。葉文忠公書爲勸駕，乃以辛酉春就道，登嶧山，謁孟廟，入曲阜，低佪孔林、顏巷，久之乃歸。六月抵京，同起廢者爲鄒南皐先生，一見握手，曰：“吾道之碩果也。”師以神廟遺詔起用註誤諸臣不及死者，光廟遺詔所指僅國本諸臣，投揭吏部、都察院，令其推廣詔書論叙殁者，時議大韙。

師七月而有山西典試之命。故事，門帖廻避。師曰：“吾何私哉，用形跡爲？”撤去之。凡閲卷，主考只批“取”字、“中”字，師詳悉加評、訂勘瑕疵，三場皆有品第，遂拔宗生二人。時乙卷以登極恩得貢監，方伯欲如甲額，師以此皆得一命，碍異日選法，核之，僅收其半。在簾中每食二簋，不發一票外間市蔬也。録《典雅剴切録序》勉諸士，以爲天下士非一時之天下士，百千萬世之天下士也。千萬世豪傑莫如孟子，彼其教人一出乎舜，則以爲鄉人，爲盗跖，“爾諸士生堯、舜之鄉，皇上爲今日之堯，臣與諸士所以事皇上者，必舍舜無所依歸”。晉士自薛河東而後，復孜孜然以聖賢爲必可爲矣。録文出，南北群推第一。放榜，見諸生親如父子。行之日，諸生追送徒步十餘里，人爲盡三觶。所經州邑，有父兄若子侄携果盒饋於道左者，師必爲酌之。諸生至京，輒引見治飯，却其贄，并免犒役諸費。名柬不稱友生，曰：“吾爲朝廷得士，豈我私人耶？”

師自山西還朝，晉添註太僕少卿。時遼陽已失，方鋭意恢復，師疏且嚴守廣寧,通國以爲迂。及廣寧再陷,讀師疏者,始無不服其先見。念關外日蹙,神京單危,每思慷慨自効,至自請於兵部,以京朝官四品對除邊道,事雖不果,然日日以無人分憂朝廷爲歎。其冬謝絶入覲饋遺,有瀆之者,答書曰:“某讀鄒、孟交際之言,非敢爲孑獨之行,第正奉明旨,臣子寧敢爲欺,願與門下共守之。”經臣先逃,師蚤朝於闕下聞之,馮從吾、董應舉、朱一桂、許維新諸公即囑師屬稿,請逮治以正典刑。撫臣繼逃,師復爲合疏,請並逮。時傳“五少卿疏”,朝端爲之悚慄。又上書葉文忠,以爲慈仁之過,“孔明罪李平、廖立,公何惜失事諸臣哉”!請一番整頓,以不誤山海關之守。又書言孫樞輔以材略見稱,非爰立之比,不當仍聚閣中。後樞輔竟出關,皆師發之也。晉添註左通政,值山東妖賊數萬攻陷城邑。師以赤子無知,與遼東之虜、黔蜀之蠻異,疏請乘大捷之後,招撫赦宥。有旨:“稱朕好生之意,該部即行,與他解散。”時工部尚書鍾公羽正詣宅,再拜曰:“某當率東土士大夫謝活我東人之恩也。”署銀臺半月,凡冒濫陳乞,必引典章駁之,求者沮退。時朝士洶洶,欲聲李可灼紅丸弒逆之罪。師引孝宗皇帝定李孜省罪、穆宗皇帝定金倣等罪爲議,人謂師識大體。科臣論鄒元標於都下建書院講學,師疏“書院上樑之文,實出臣手,請與元標同去”。再疏乞歸,不允。

冬,進光禄卿。時卿寺席滿,一缺出,輒有攘之者。諸閣臣相語,冢卿何公三十年林下,囊無一錢,須以善地待之。蓋以光禄爲陸海也。師洗手自將,寺積書奸猾百出,剔蠹鋤奸,宿弊頓銷。放米皆親坐門驗發。革外解鋪墊,即與交納,解官歡呼。每月上供銀,躬親封秤,不敢委之僚吏。疏省差遣、節冗濫,疏省差宴虜,皆冀爲國家節省金錢。時有旨,着皇親鄭養性於外方遠處覓便居住。師因參劾寺屬珍羞署丞鄭養氣玩旨,諷之告病,瞀然不應,夫非養性兄弟也,而敢若此。又疏舉德行文章之士以助教化,稱旨。報國寺有澳夷二十四人,朝廷召以教藝、煉藥者,師取酒飲之,即賞以銀杯二、玉杯一。夷人脱帽辭不敢受,師謂譯者曰:“吾以勸忠也。”越數日,諸夷騎馬入器皿廠中,脱帽致謝去。待下僚以恩禮,中秋置宴與促膝爲歡,有庾太尉南樓之風。先是長光禄者,每當給諸中貴人米,輒故爲稽滯。師以此中貴應得,奈何示嗷嗷?爲之盡放。每進東華門,諸中貴相語曰:“佛爺至矣。”師圓顱豐頤,雙目鳳彩,鬚髯盡白,如神仙中人。將事太廟,屢廻瞳顧。熹宗一日問侍臣曰:“光禄卿是前太廟捧爵,白鬚如土地者耶?是何處人?”蓋心重師云。天庖歲久,署垣多圮,諸雜畜蕪穢,湫褻其中,師以俸資修葺。於珍署後搆堂一區,名曰“正氣堂”,記云:“君子、小人,中國、夷狄,有介然不可易者,一理一氣而已。建酋孽孽尚未寧弭,吾輩既無邊圉封疆之責,則惟有養其氣以勝之耳。故因斯堂以告後之君子,皆以光明正大之衷,盡奉公忘私之誼,無一毫陰濁蔽翳介其中心,則葆攝温存於此,固有所銷鑠震盪於彼也。”署中舊有苦井,自作《記》之後,化爲甘泉。檇李陳無功嘗而異之,爲賦以紀;葉文忠詠十絶頌焉。

師以主上少年勵精,老而出山,不敢不盡匪躬之義。每朝參未嘗失期,又恐廝僕炊食頻仍,每朝啖二燒餅,隨入衙門,而衙門又甚遼絶。值皇子生,一日趨朝兩度,如此者兩次,既積勞困憊,饑飽失時,夜忽吐淤血數升,遂註籍欲歸。然師素無他端,初不爲害,日日漸可,念方親祀圜丘,豈臣子安居城闕之時!陪祀供事,一毫不倦,欲於萬壽節後致仕。上已晉師通政使矣。言者謂師因病得陞,少綴兩語。師聞言即日出國門崇恩觀中,方上辭疏。有旨:“何某篤學清修,起用未久,不得遽去,且進退當出上命,方成法紀。”師堅辭,以完臣修,正所以尊王法。閣臣無出城之例,葉文忠躬詣觀中力挽,竟不可。凡五上,始得請,晉户部右侍郎歸,蓋異數也。

出都之日,簡橐中則銀六星而已。治舟潞河,過濟寧,登泰山,有鄒魯斯文未墜之感。以小舠入靖江,謁拜贈公學舍,見人家編槿爲籬,依依七八歲時風景也。甲子夏入里,即便道鏡山,作客位帖,引太祖皇帝戒汪仲魯告歸不得,輒通郡邑官長。作祠堂帖,引孔子於鄉黨恂恂,張横渠稱乾父坤母,戒子弟勿得横取人財,横辱人箠楚,以慢父母、虐兄弟。得宋李文肅公邴醉月巘故址,樂而建之。其所與講德、問業、求書、辨字,仍接踵至,益與社中切磋躬行之學。朱文公祠故爲泉山書院,與黄季弢、張玄中諸公,鳩同志新之,而集講其中,雖寒暑風雨不輟。郡邑兩庠博士咸執贄侍弟子列，彬彬如也。又自昔歲林居以來，取列聖鴻藻、賢士大夫所稱説，擇其詞之雅馴近古者，彙爲一部，下及於方外、閨秀、外夷之作，無不兼採，欲令一代事功文章巍然焕然，長存天地之間。至是逐日較研，名其集曰《文徵》，以卷計者七十四。乙丑春，贈公所居燬於火，大理諸子無可棲者，雖極窘急，悉力爲重造，然後續營一廬，以居舅悌兄弟，拮据首尾六年，始得成室，至今後架尚荒頽未治也。所燬餘材，取以搆小堂於休山，扁曰“不自棄堂”，爲文記之。於城東北隅搆芡淀小亭，種魚植蓮以自樂。

師自通籍三四十年，講求誠意之學，以不欺爲主。出山惟遵守“靖共爾位，正直是與”八字，不知門户，何人爲何黨，但其人之賢則友之，其議之是則同之。逆璫煽焰，一辭而退，不俟終日。諸君子駢首逮戮，師歸老鏡石，青山無恙。逆璫時屢欲起師，以收拾人望，而有言師講學者，遂且加毒螫，廉知無罅，緘不發，而師竟不録用。乙丑以來，幾於僞學之禁，海内士大夫杜門喑口，懼禍旦夕至。師於鄒南皐之歿，寄文爲奠，以寫吾道之慟。至如朱平涵、文湛持、姚孟長諸公皆在風波臲卼之中，師貽書慰存如平生，人咸爲師縮舌。丁卯，有旨助大工，師即括子婦簪珥納質庫中得百金，輸將恐後。時郡有七星湖，灌田數萬畝，以制回禄，以興文明，歲久葑閼。師倡義捐資開濬，爲泉民之利。於小民大利病，無不爲立白之。時催徵鞭朴甚嚴，貽書當道，數年荒旱，民以木皮、草根爲命，乞從容聽其補納。諸佐領私設外舖，監繫纍纍，至一百一十五人。爲書與郡推唐公，盡釋之。錢價沸騰，本道枷責錢户某等把持，各錢行罷市。爲言當道，稍寬錢法，諸行始安生。是冬海寇猖獗，郡城危急，計無所出。鄭芝龍故有意歸命朝廷，且素聞師清望。流言芝龍潛兵入城，惟鏡山前後十里勿動，諸大姓多從師，求依舍傍席地爲命。師於除夜登埤，親編垛子，凡單户窶儒俱不苦以役，而開誠諭芝龍，約束以不殺不淫，欣然就撫。李魁奇蓄疑再叛，以釋憾芝龍爲辭，焚掠海濱，諸所鎮軍民守禦月餘。時濱海諸郡兵餉單竭，城中權再爲撫散之計。魁奇益咆哮，獨言：“欲招我，非何爺不可！”於是兵備道蔡公率郡縣躬詣鏡山，求一再撫之。師念數百萬生靈方在塗炭之中，鄉縉紳亦合請師一出爲芝龍、魁奇解鬥，以無禍赤子。親交私相沮師,恐見羈留。師毅然躬至同安,慷慨曉諭,譬以禍福,激以忠義,偕行者曾武部霖寰、李孝廉焻,立散賊黨八千人,收回巨艦利器,俛首就戎索。後當事遂得運其密籌,一勦收功。

自今上御極,赫曦當天,夙霾盡掃,臺省交章薦師理學清品,人皆仰之爲泰山北斗。聖明鑒知,啓事者方以陪南京工部右侍郎推上,而欽點之命下矣。師具疏引年,且言點陪非例。時虜騎薄都城,道路梗塞,家人行至山東,不達而還。因念國家有急,即日就道,而寄書家中,令園丁護視草竹松柏諸樹,乃公行即歸矣。未入南,遇友人於衢,爲師賀曰:"公此行可得册立一廕。"師以朝廷倥偬如此,爲臣子者無汲汲恩澤之理。過蘇、常,入周季侯、周蓼洲、高景逸諸公家,弔其遺孤。甫至南都,聞虜已稍退,即上《先瀝林壑微忠》一疏。恐虜盤據内地,蔓不可圖,須日夜撓亂之,毋以塘報爲了事,截殺爲虚名。請開鎮江之練湖,以通運道。上以師聞警趨任,條奏兵餉機宜,老成體國,旨大嘉悦。而師每書歸云:"國家有事,京師見南都安静若登仙然,吾不知何所了局也?"未幾,虜拔去,上《合慰奴虜歸巢疏》,疏出師筆,有云:"望于賞功賑絶之餘,廣行搜求旌録之典,以風邊民,而壯神氣。"署工部、户部二篆。宵夙興寐,毫無怠曠。在户部,有《覆清冗役以破窟穴考倉期以示振刷疏》。在工部,則以空乏已甚,取解不貲,無其入而有其出,舊時每逢催取,輒量解多少而不詳言其繇,遂使朝廷謂拖欠如此之多,因具疏陳經費致匱之因,一一剖析。且言《大明會典》一書所載,祖宗畫一之制,今經費率與《會典》無一事相應。陪京根本重地,不可不預蓄修治,次則城守最重,皇上所宜留心。而遍致書閣部、垣省,冀一蠲免,不惟爲賜南曹,而所以爲德於江南民庶商賈者甚大。又以京衛漕船有造有支有銷,自逆監崔文昇虚張其數,曰二十萬,逆璫魏忠賢揑籌漕裕民之旨,至今淮庫遂以二十萬爲口實,復具《核經費疏》,有旨:科臣、按臣勘查。未幾,大司空至受事,而隨有側目師者矣。

師矢心國家,見中外空虚,明旨森嚴,所掌所輸,乃財府之事,必欲究心撙節,徹底清楚。署二部僅二三月,侃侃敷陳,言人所不肯言,而不忍以代庖傳舍,一日自溺其職。凡雜用不取庫中一錢,即造几凳、櫃竈皆自出錢給傭,謝絶司官賂遺,曰:“吾方爲屬官表率,而受其物,何以教之清正耶?”題其堂曰“表端堂”。堂之西偏有四柏焉,復題曰“四柏堂”,至即書四律於屏末,云:“明歲衹應從汝别,故山亦有老松關。”蓋師破老爲國徼而來,然歸念已決矣。直指晉張公見師《閩書》,以爲楚之白珩,巡撫黔熊公尤賞是書,以師之志不異乎聖人,捐贖鍰數百金爲刻於閩省,至是成書。而先是所選《文徵》,師自出俸薪一百五十餘金刻之,以傳文雅。好事者競來助刻,盛行東南間。會有衰老諷師者,師即瀝辭。上以“素著清名”留師,師勉待萬壽、元旦、千秋諸大禮畢,復力乞休致。上欲成師恬尚,遂得温旨賜歸。自鄉邦中海寇之後,即上“開洋議”於當道,以奸民無所得衣食,勢必驅爲盗賊。師至是將歸,雖知部議稱其不便,嚴旨禁飭,復上《請開海禁》一疏,以爲“臣知朝廷無反汗之理,欲止不言,且臣本求去,何苦爲此煩瀆,實以弭盗安民,莫先此舉”。其爲桑梓長慮如此。

出南都,則槖中又餘一金耳。角巾野服,與酒人文客登眺棲霞、牛首之間。入延陵,拜吴季子墓。吴越之間攀留杖屨,歷時踰月,乃得入閩關。至建陽,停二十餘日,謁考亭,登層梯,題壁以識。低徊遍歷西山莒口書林,拜謁蔡西山九峰、劉屏山雲莊、黄勉齋諸先儒祠墓。欲至朱文公墓,土人以險不可步爲沮。而崇化里有張横渠子孫在焉,盛暑盤礴石碑上,親書祠記。以爲《西銘》一篇,括盡仁體,而要以完天所生爲主,無常變死生,一以順受天命,還稟天則。此則先生一生横絶千古之見,而程、朱二先生理一分殊之説,似猶未呈露而使其燦然也。至延平,買小舟入將樂謁楊龜山、游玉華洞探奇而反。四月自南都解舟抵鏡山,則八月之杪矣。復於月之三、八日會講于泉山書院,而撰講《懲忿》、《窒慾》二解,曰:“諸子相從有年歲矣,察其中似未有卓然立志者。諸公每期議論,皆是最上乘道理。僕粗淺之人,謂且從‘懲’、‘窒’上用工夫。大凡人有不是,只是求多於人,要討便宜,要争體面,便是忿之未懲。古人不忮不求,何等見地。若衣服、飲食、男女上頭,多求便益,便是慾之未窒。克伐怨欲不行,孔子以爲未仁,鄙見謂今有人如此,已是仁人有餘矣。”語尤切至。又數年以來,欲彙列朝

《實録》,纂爲《編年》,曰:“左氏成傳,厥有《國語》,吾志欲儷二書。”是秋歸,益取《實録》,竄掇仁、宣二廟,至臘月脱稿。廿日,猶呼舅悌至前,令較訂也。有里婦柯刲臂療姑者,師遺以肉米。先十五之日,師親至其家問之。鏡山諸父老治觴,擊社鼓延師,爲立春之飲。師與盡歡,五鼓而罷。越早,腰及右手稍痛,乖起居者七日,尚於卧内裁答饋歲之牘。時方夜漏,扶掖登床,閉目匡坐,有頃端逝矣。逝之日,縉紳哭於位,門徒哭於堂,傭夫走卒太息於市,深山穉叟無不唏嘘流涕。而先一夕,地震如雷有聲,有巨星熤熤自地騰上,人以爲異。及曉竟夕,陰風慘冽,以迨初殁,風月恬霽。敗篋蕭然,無以爲歛,假木於友,貸衣於肆,僅有故大紅員領一襲、行衣一、直裰一而已。承衾飯含,口有異香。小歛易衣,自巳至酉,蜕顔和暢,懌於生存。師其真奠楹而去也。嗚呼痛哉!

師性至孝,傷贈公、太淑人,爲終身慕,諱日必子夜肅將,輟餰涕漣。是臘朔日,焚黄太贈公弘菴公墓下,猶竟夕涕泣,以代贈公之痛。忠愛之心,根於肺腑,自林居至老不衰。神、光二廟弓劍繼號,茹蔬扶杖,前後作《野哭》十二首,酸楚煢悼。每元旦、列朝萬壽節,必登山望北叩賀。兹臘之廿日,屨呼令蒼頭浴足曰:“吾且拜聖壽矣!”於朝廷,一夫一騎不欲妄遣。癸亥寄書舅悌携眷,曰:“浙中船可直至張家灣,吾輩臣子,須爲朝廷惜費,不可濫用濫寄。”兩度出山歸山,所携惟書五六篋。南都蓄二鶴,或勸籠歸,師以贈山人鮑山,曰:“此皆費驛站夫馬。我覺趙清獻尚是爲累。”好講明典禮,見李叔玄先生新喪而葬,粥而蔬,有菜色,前慰之曰:“願卒勉之,斯道也,久已亡矣。”答杜鳳林先生問出繼喪禮書:“爲人後之禮先代極嚴,自世廟議大禮後,則所生亦不爲不重,稱謂以降服孤哀爲當。嘉靖末年,題准内外官員爲人後,遇本生父母亡故,許給假治喪,既以告君父,即開堂受弔,固禮之正。”答林省菴先生問禫禮書,以古人祥、禫皆有祭,祭必卜吉,世俗斷以親死之日算之,皆非禮意。與司官吴國模論出母喪服,謂禮持杖,杖可以出應酬人事乎?斯禮也,將亡久矣,所賴士大夫相與維持之。諸生郭儲琰、陳逢文行三年喪,嘗嗟嘆焉,而惓惓以昭代爲憲。即先墓碑柱,其尺寸必一依《大明會典》,尤不信尅擇家言,以爲皆宋、元以後書。門人李焻嘗問師曰:"先生素不信尅擇,何以舉事皆是吉日?"師曰:"吾看曆書耳。此乃帝王敬授之大者。"

與人交,洞見肺腑,以三代以上待人,隸卒農夫無不接以至誠。即有欺師者,師不忍億也。自任之重,惟恐一人一物不得其所。見人温温善誘,恒欲使一世皆爲善人、君子。愷悌平易,色温氣和,覿者心醉誠服。至見師而退,灑然如春膏之沐百卉也。有言講社不可使人濫入者,師曰:"吾輩諄諄講明,正欲引人爲善。若徒標辨説,外示高峻,不乃令學者自棄耶!"署通政,嚴拒陳乞,而嘉意先輩子孫,如練中丞、劉忠宣後裔,力提挈之。好表章節義之事,字孤恤寡,矜厚有加。有不能婚娶者,惟恐其怨曠仳傠,力爲完之。葬不能葬者數十喪。其葬同年傅公秀岐,且割罣如岡之地界焉。

嗜欲輕淺,養生粗簡。對客及自奉,皆薯芋、茄菜之屬,欣然一飽。布衣敝幃,在北日服窮丁所穿羊毛襖,蒙茸寸許,以爲温襖。不蓄一金銀杯匜。丙戌諸同年皆從田間起爲大僚,娶宴爲歡,師治具銀杯盤取借鄰舍郎。大司農李公崧毓笑舉謂師曰:"此從何借來耶?"兩度出山,所寄家中金率不能滿十。歲令家人惟望斷荔枝爲息錢,而待親知極厚。北都越萬里外,重趼裹糧相問訊者,師資其道里費,量爲之餘,俾無失望。而在南都,來者絡繹,悉支借與之,毫無厭鄙之容。處鄰里尤篤,歲時伏臘,必遍集諸長老斗酒相勞,未嘗强市人尺壤寸堵。世鄰欲以所居相售,愀然曰:"先君子貧甚,先祖叔欲棄屋,先君子曰無食猶可,無居何以安身?廣東盛尚書起屋,鄰人欲賣之宅,盛曰:'自吾先世卜居於此,世爲德鄰,奈何一旦舍我去?'君當以先君子爲法,僕當以盛爲法。"

師負人倫之鑒,於文字中决人科第,後卒如其所期不爽。楫方困儒冠,師一睹楫文,輒擊節器賞曰:"此即日脱穎翰苑之文,區區科第,不足多也。"春秋二榜,門下士聯翩而起,高魁碩卿,咸出甄陶。山西自壬戌、乙丑、戊辰、辛未,每科館選一人登第者,已十五人,晉中以爲開科未有之盛。古文好司馬遷、韓愈、柳宗元、蘇軾,詩好杜甫,所作格力,直與頡頏。凡四方序、記、碑、銘,必走幣乞以爲重。晚惟欲闡發性命,不專以華藻爲工。詩文不治草,援筆立書,如萬斛之泉隨地而湧。書學《停雲》、《淳化》,登第時,好學獻之,至老益契右軍,所以妙,以其結撰渾化,縱横可喜。嘗爲兒曹書一帖曰:“余之書無所不入,乃有此地位。然所以不能名家者,以士君子在世宙當講學論文,居官當爲國家建立事業,若屑屑一書而已,何足了一生哉!”師道德之餘,風流豪邁,爲騷壇主盟者四十餘年。產之所入,不足餬數口,而座客常滿。好佳山水,既林居日久,凡郡中一幽一勝,無不躡屐眺賞,遇佳日美節,必續古人之遊。所至持箋懷箑乞書,相擁雲集,侍者至麾退毋令苦師,而師應接不疲,即緇流市儈,必口占與之。

平生不近名,未嘗以道德文章自炫。嘗書與門人徐奕開先生曰:“無名,大道之始。”當官之蹟,未嘗自言。其大節,賴奏議中可考;他軼事,或載於名公之所稱述,或出於好事之所傳誦而已。蓋師專力本根,斷意浮華,功名富貴,視如浮雲。其心事磊落光明,無纖毫曖昧不可對天知人言。居常欿然若虚,而遇大事膽識堅決,有千萬人必往之氣。學問真實,德性冲融,天空海涵,未嘗計較一事,蓄怒一人。顔子之不改其樂,孟子之不爲不欲,周茂叔之光風霽月,程伯淳之精金良玉,具體無愧云。師稟異質,盛暑不汗,隆冬不寒,每讀書飲酒,好坐烈日猛風中無所避。平生不信藥餌,精神健旺,豪飲輒能竟夜,酬應詩文,行書、小楷如壯年。童顔鶴髮,人皆期爲百歲。廿日爲一絶,榜於門:“盡道新年不得過,不知去年如何做。若依去年做去様,怕他新年一百個。”蓋前知將盡者。南大司空靳公習魯與師同事,景師清真端品,方貽書於師,云祝釐之役,欲面請召對首舉師。蒼生引領,猶冀鏡山再興雲雨,而師遂一旦溘然矣。嗚呼!山頽梁壞,吾將誰仰?千秋不朽,師實具之!楫又安能狀吾師也,姑掇其概,以寄哲人之痛云爾。

不孝孤九雲等罪逆深重,禍延先君,以十二月二十二日子時末,疾而逝。親友來唁,見索行實,念先君四十餘年立朝居鄉,大節在人耳目,孳孳躬行,斃而後已。不孝九雲荒迷摧裂,不能泚筆。不孝九説羈職都下,奔訃未至。蒙大宗伯林先生篤厚師誼,闡悉生平,賜之如椽。不孝九雲感且刺骨,卒哭後,尚當廬居山中收召魂魄,續次年譜,以述哀慕之私於萬一云。不孝孤九雲稽顙識。

先師何鏡山先生行述

門人李焻

吾師鏡山何先生以壬申立春後之七日卒于正寢，蓋享年七十有五。先數日，猶捧少司空恩綸，焚黄於二代之塋次，矍鑠無恙，已而微覺腰痛，卒之日尚與舅悌説家庭常話，囑以照管書籍，乃公一生精神所注。薄暮辭出，俄而忽報目瞑。舅悌驚問，則先生已匡坐含笑而逝矣。夕前有大星自地騰上，地震有聲如雷，其夜寒風蕭颯，天色慘淡。正人君子生死與造物相關如此！時兄悌初官太常，季二小郎穉弱，舅悌倉遽失父師，視含視歛，哭踊幾絶。子姪門生、内外親友哭先生者盈門。念先生德業最隆，舅悌方摧裂未能攬筆，焻從先生遊有日，受先生督誨最深，敢以私淑所聞見者，拭淚述之。

先生諱喬遠，字穉孝，號匪莪。父怍菴公靖江教諭，贈如公官。子四，叔爲大理屏臺公，季即先生。嘉靖戊午八月初二日生於安福司訓之署。林太淑人夢城隍鼓吹呵導，抱一嬰兒至室，寤而誕先生，故小名呼爲福城葆。廣額豐頤，雙瞳如電，靖江公知爲英物。稍長，讀書過目成誦。七八歲爲破題，稱冉有爲“門人”，靖江公以當作“賢者”，先生持不可，曰：“彼聚歛，安得稱賢？”靖江公益異之。垂髫即攻古文詞，有志聖賢之學，未肯俯首舉業，以希急售。時大理公屢蹶棘闈，每放榜，二人輒廢箸，先生乃感憤曰：“爲人子不能顯庸以憂父母，非孝也。”始鋭志作時文。丙子與大理公同領鄉書，年纔十九耳。已又結社攻詩。壬午北上，靖江公登遐，先生歸而慟絶嘔血，有《泣齒文》，至今讀之，一字一淚，創甚。時林太淑人在堂，先生一意奉親，無仕進想。太淑人勉勸上春官。丙戌成進士，前輩將以中秘屬先生，而太淑人之訃至矣。先生苫塊血泣，雞骨支床，借林震西公池館養痾三年，不親世事，惟與大理公躡芒履遍行山谷間，覓吉壤以畢襄事。

服闋謁選，得比部，精核爰書，多所平反，提牢尤慎毖。晉雲南司視草，每折大獄，人服明允。暇則遍覽典故及本朝祖宗名臣事蹟，集成一書，題曰《名山記》。又與吴文仲、戴亨融諸公結詩社，爲刻燭吟，時稱“六才子”。比部自瑯琊、濟南後號西翰林，至是風雅再振。轉禮部儀郎，時有三王並封之旨。先生上《恭繹祖訓》一疏，力言震器不可以久虚，國本不可以徐定，《祖訓》所列，朝廷無待嫡之條，《會典》所載，元子無册封之禮，其議始寢。東封起，先生指陳利害，昌言彈劾，謂于謙、余子俊、劉大夏、馬文升而在，規爲斷不如是。本兵氣奪，事亦遂阻。又救言事被譴陳泰來等六臣。又覆開宗科以上四疏，或關宗社大計，或係國家大體，侃侃嶽嶽，屢批逆鱗。

會公疏失僉名，例應罰俸，神廟欽降先生廣西藩幕。先生飄然之官，歷遊名山，無遷謫意。假歸，就靖江公鏡山荔園，開逕結茆，圖書充屋，與長公翁悌、次公舅悌，朝夕講解，生徒屨滿。客至者上自縉紳，下逮緇流，無不倒屣，供白酒麥飯，談道講學，薄醉唱和，酬應詩文不懈。尤喜獎植後學，持文字相質者，細爲評閲，今多爲名卿碩彦矣。當道造訪，不一語及私。家徒四壁，嘗冬凍異常，薦蓐不具，右臂痛楚，作詩叙懷，有云：“壟斷醜商征，干謁潰士防。古有固窮者，敢不銛鋒鋩。”丁元光先生至，畀舊卧床，助舅悌娶婦。微有俸寄，即建宗祠、置義田，不入私槖。時温淑人已捐世，先生悲歎牛衣，有終焉之意。嘗病瘧，即以靖江公所遺數畝分付二子。焻嘗從舅悌得其鬮讀之，蓋登第至是，所增僅僅。及翁悌殁，婦殉，先生復有嬴、博之達焉。性敦厚友愛，叔南陽公病，親奉湯藥。大理公捐世，哀毁踰情，撫諸姪不啻子也。朔望肅衣冠展拜宗祠，祭祀必豐潔誠敬。《家譜》則自禮部時已續贈公之志，倏葺成書矣。又曾協脩郡志，總修《閩書》，今撫臺刻于三山焉。

山居幾三十年，兩臺薦剡，銓部推陞，歲無虚月。光宗登極纔八日，即首起先生光禄少卿，蓋在東宫時素知先生也。壯年遷謫，白首還朝，至即有山西典試之命。故事，閲卷主考只批“取”、“中”兩字，先生皆詳悉加評，瑕疵并爲勘訂。放榜謁見，殷殷提誨如父子，却其贄幣，免其犒役諸費。今布列要津館職者若而人,是科得人爲盛,晉人頌先生藻鑑如神。又有爲起廢諸臣分别贈廕公揭。轉太僕,值遼陽失守,忠憤激烈,抗言於朝,有乞嚴守廣寧,逮失機諸臣,請樞輔出鎮諸疏議,及貽政府書,皆言言石畫。時計吏捆集闕下,上諭諸京官不得收書帕,先生遵旨,一切屏絶,纖塵不染。陞銀臺署篆,力駁冒濫恩典。尋轉光禄正卿,放米皆親詣,手持籌,吏胥無所乾没。外解舊有舖墊例錢,多出中人侵漁,先生悉除之,解户歡呼而去。又以羡餘修厨舍,建正氣堂,署中苦井變爲甘泉,長安傳爲奇事。中人亦無不心折先生之清操。熹宗嘗一日問侍臣曰:"光禄卿是前太廟捧爵,白鬚如土地者乎?是何處人?"蓋心重先生云。會生皇子,詔取光禄金錢五萬。先生苦心料理,竭蹶趨朝,血癥復作,一嘔數升。決意乞休,擬以萬壽節後上疏。時屬陞通政使,而言者有因告病而得陞之語。先生聞言,即日出國門,囊中俸餘六星耳。温旨慰留,先生意益堅,乃加先生户部右侍郎,予告以歸。

歸則剪荆榛於大休鏡石山下,復闢古蹟曰醉月巖,而結草舍遊焉。課園丁,薙蔬種稻以自給,號鏡休二山人,與嚮日謫官三十年情景了無異也。祖廬失火,先生先爲營建,盡以畀大理公諸子,乃自葺一屋,至今後架尚未落成。燬餘材料,拾以搆小堂於休山,扁曰"不自棄堂",爲文以記之。聚搢紳文學之士,日講學其中。其學以躬行爲主,曰:"陽明云,無善無惡者心之體,有善有惡者意之動,知善知惡是良知。吾謂爲善去惡是躬行也。"又曰:"無善無惡者理之静,有善有惡者氣之動。不作好作惡,惟循乎理,不動於氣,此又吾所謂躬行也。"可以破禪學之僞、俗學之支,爲孔、孟傳燈矣!郡有七星湖,灌東陌數萬畝,歲久葑閼。先生倡義捐貲開濬,爲東民之利。適海寇猖獗,郡城危急,鄭芝龍故有意歸命朝廷,且素聞先生,開誠諭之,欣然就撫。近先生又疏聞於朝,二鄭遂爲一路效力。李魁奇既撫復叛,焚劫海濱,殺掠尤慘,興泉道蔡公躬詣先生之廬,求一再撫之。先生毅然躬至同安,諭以禍福,激以忠義,慑以國家威靈,動以良心天理,立散其黨八千人,收回巨艦利器,旋俯首就戎索。雖厥後叛服叵測,當事決策運籌,一剿收功,而先生銷弭之力,烏可忘也!

己巳之冬,銓部以先生陪推南少司空,上特點用。本堅意疏辭,適奴騎闌入内地，三輔震動，道路梗澀，疏格不果上。先生以國家多難，豈臣子乞身之日，束裝就道，抵任掌本部、户部兩篆。百務煩劇，先生處置，迎刃而解，扁其堂曰“表端堂”，大抵以清脩倡諸曹郎。故事，鑄錢差有堂錢，又本部堂上有應支公費錢。先生一切革去，凡錢糧應給，俱照原封給發。又，工部每歲應貼淮上造船銀兩，近日隨支隨應，並無稽核，先生疏聞查算。公餘之暇，則遍借未見書而讀之，或靠壁循檐，據梧趺席，必盡其卷而止。所選《皇明文徵》，至是多所增入，因捐俸刻于金陵。而自著《萬曆》、《天啓》諸集，亦爲及門者重剞劂以行焉。署中親友來訪接踵，先生一貧如洗，時時借貸以資其行李。焆時北上寓金陵，每謁先生，論文講學之外，亦時譚天下事。先生蒿目，真有憂國忘身之意，而世亦未有大用之者。未幾，苦痢疾，有歸志。上封事者以衰老諷先生，先生即引年乞休。上以“清名恬尚”奬先生。凡兩疏，方得請。貧不能具行裝，鬻家私以給。舅悌罷試歸，相與蕭蕭一棹，衝暑南行。白下諸紳眷慕不置，携箋捧筐，丐詩求字者項背相望，騷人墨客下至厮役，追扳多泣下。蓋先生誠心和氣，如春風風人，其感人也。直入關鬲抵家，囊中僅餘有數金耳，依然曏時謫官三十年情景也。

先生精神健旺，飲酒尚能竟夜，酬應詩文，行書小楷如壯年。龎眉多髯，人望之如神仙，皆期爲百歲。蒼生引領，猶冀鏡山再興雲雨，否則講學開後進，著書垂不朽，尚未有艾。奈何一旦溘然，嗚呼！世有蘇玉局，方能知先生之文；有郭有道，方能知先生之德；有李太白，方能知先生之豪；有陶靖節，方能知先生之恬；有周濂溪，方能知先生之趣；有程伯淳，方能知先生之學；有陸宣公、韓魏公；方能知先生之經濟之膽識。顧焆何足知先生哉？略摹其概，以寄泰山喬木之思云爾。

先君初歿數日，玄駇兄日來奔視，謂不孝孤九雲曰：“先生一生完懿，子斯時如天崩地坼，何能爲述？焆從先生游最習，敢識其大者。”蓋不待一一詢之不孝，惟據其胸中所蓄記者，濡筆而成。嗚呼！是足以見先君之德業昭揭有素，而非玄駇兄篤信之深，亦不能洞熟如此也。若林宗伯公，則又參之奏議及先後文集中如所云，他軼事或載於名公所稱述，或出於好事所傳誦，因而錯綜之，故總爲一狀。不孝孤九雲稽顙識。

目　録

鏡山全集卷一

賦

角　鷹　賦

原夫深山之奇毛，蓋非衆禽之儔匹。偉白黑之殊姿，聳昂藏而獨立。縱八極之週遊，坐超忽而可畢。千禽遁而不飛，衆鳥驚而若失。忽潛跡於草間，如奔星之下匿。復疾擊而風飈，若飛電之雜出。觀夫爪喙之决利，侔劍戟於秋霜，乍盱回以盤矚，閃攫搏而翺翔。若夫臘盡春生，炎散秋回，或林茂而鷇飛，或草枯而羽摧。爾乃展翮搏搏，恣眸睢睢。兔三窟之深憂，鶩累百其無如。博一飽於林間，尚騫舉於太虛。何虞羅之見施，來君子之階除。爾其受金精之異質，稟殺氣於幽都。雖無騶虞之擇蹈，豈比鴟鴞之嚇腐！

觀夫骯髒威稜，雄心猛氣。百摧殘而鎩折，終勁烈而悍鷙。目瞠瞠而遠凝，身竦挺而若企。譬君子之剛方，復棲遲於下位。不煩冤於末塗，豈飄淪其夙志！偉斯物之爲徒，聊標名於所擬。

七　夕　賦

繆繆兮營室，渺渺兮靈匹。邅吾乘兮銀潢，通佳期兮夷律。步修梁兮西逝，騰蘭車兮雲之際。風颯颯兮漢沚，紆霧裾兮曳霞履。思不極兮會不邇，歡未究兮愁望始。捐玉玦兮河津，聊報章兮雲幌。吝欻翕兮日光，心仍悲兮河廣。

傷賢賦有序

楊惟彦婦賢而孝也，與同貧賤也。言逝半載，惟彦遂以及第載筆承明，雖續絃再奏，而傷往彌深。戴大行自京師來，具言惟彦之悲。友人何喬遠爲作《傷賢賦》。

夫何佳人之洵美兮，實君子之宜配。幼束髮登君堂兮，在二八之年歲。誦河洲之窈窕兮，侶望月之歸妹。服《孝經》之明訓兮，循女典以爲佩。奉尊嫜以託歡兮，拳微虔何明晦。君子蓬累而行兮，徒家立之四壁。持門户其誰健兮，委纖閨之弱質。慰嘉願于金石兮，譬懿德於丈匹。既柔顔之無它兮，復静志之若一。彼蘭形與玉曜兮，非余心之所暱。余行乎天下兮，契闊無一日之展。指蒼天以爲正兮，諒兹誠之不淺。蕙悴芳於内帷兮，茝銷臭於中房。鰈涸轍以西東兮，鴻鴈飛而分張。余豈不知佳人之可再得兮，何德音之能忘！朝束帶於明光兮，夕繫馬於蘭臺。懷賜肉以歸遺兮，繡縑羅之新裁。鼓鸞膠於復續兮，詠錢刀之何爲。雖俔婉之宜笑兮，渺伊鬱而誰思。因徘徊於綺疏兮，風長逝乎余懷。方心曲之隆亂兮，何欣願之能開。魯婦泣於簪遺兮，楚王嘆夫履墜。彼偕出而不偕入兮，尚慷慨而發譬。歷百艱而不同一歡兮，遂糟糠之永棄！若登枝而捐本兮，將無美於斯二。嬋娟照於空梁兮，秋草晞於沉瀣。亦天運之參差，且委懷于大塊。

望槎賦有序

友人劉玄子，海内奇人也。孟秋之初，銜命淮揚。喬遠有感於乘槎之事，因爲賦之。

秋風既清，秋水既平，牛女的皪，河漢縱横。惟一流之渺渺，接大海之茫茫。雖靈神之有匹，終側身而無梁。若有人兮乘槎，溯洪源兮崑崙，邇斗杓兮如見，混天地兮不分。揖織女於河洲，問黄姑於漢津。睹雲霞之炤爛，美報章之熒煌。鄙八翼於陶夢，謝一笑於東王。

於是月色既白，草光轉碧。芳庭已暮，瑶階初夕。朝送客兮九衢，夜掩閨兮四壁。指雲旓之葳蕤，想絳節兮翕赩。望雙星於遥遥，循遐川之脉脉。將通宵兮不眠，雖少别兮如積！况乎求四海而得師曠，絶世而爲及。湛精兮天窺，盪胸兮地負。賦屈、賈兮離搜，文淵、雲兮躪蹂。道無爲兮歸宗，名不踁兮遠走。繞日馭兮鳳騫，乘金商兮鵲起。汝以南兮天中，吴之會兮雲裡。河洲織女將復兄，漢津黄姑立相俟。授君五色爛離披，投君七襄爛旖旎。

重曰：天水兮一色，大江兮南北。悵乘槎兮不息，渺思君兮何極！

思親賦

杳然潛精者，惟思而已矣。乃有歲祀不悠，畿赤非遐。神眙蕩其遠注，心來往以交加。怳睫矚之有觸，廓存想之無涯。

若夫忠臣放逐，蕩子遊遨，望魏闕而不見，瞻故鄉而逾勞。或有操篪執簧，忽焉遠别，指金誓石，悵然獨絶。莫不追往慮來，魂飛意結。斯時也，望何地而弗思，思何時而可輟！然猶未足以擬天性之附維，而盡暮戀之離索者也。乃有表太和爲丈夫，含方寸曰人子，稟面告於他方，阻呼吸于萬里。亂絲繞歐陽之身，噬臂動黔婁之指。此則旁皇無所，羽翅難以。然城郭其可越，及日月而遂喜，亦未足以窮思慮之所起也。乃有舜田爲耕，鯉庭是趨，出入膝前，遊戲坐隅，佩備礪觽，浣及裙腧。衣綵衣而斑斕，擷白華之絳趺。朝周文之暮朝，問曾皙之有無。自謂三公不易，萬歲焉如。忽焉人莫遂心，蒼不贍年，奠閣維終，臯屋無旋。臚臚衰桷，嚴嚴几筵。玄夜冥冥，重泉綿綿。祭豐恨人養薄。悲夫！此則人生之至哀，而孝子之所留連焉者也。則有列兹紳裳，策彼簪弁，服官依宁，菸人寓縣，身吉家食，名華人見。斯時也，生及國之交游，壽賴君于三族。而離裡屬毛，掩塚登木，則身不若山林，仕何耀乎輪轂。此所以心怔怔而懸胸，淚淫淫而溢目者也。於是乃有退食興言，自公思最。穆容聲之肅如，曖氣息其安屬。於是乃有登高賦哀，望雲涕落。嘆百年於一眴，周萬里其猶促。寫彷彿之遺貌，幾神精於一矚。比王裒之廢詩，像丁蘭之刻木者也。

新安程公，清源太守。腹潔蟬飲，齒厲石漱。察淺淵鱗，仁及巢鷇。乃有尊人，懿焉先民。古隱德於屠釣，此修行于刀緡。鬻私掛以掩骼，拾遺金而還人。代舍有馮驩之券，里閭多原涉之恩。飲德吴越，慕凱甌閩。吉人藹藹，君子逡逡。易簀有元愛之譏，觸床無咸諂之教。踔然勵以天爵，偉然示之人好。而捐年不救，返見無期。望復望而不得，思重思而無知。抱遺體以孑立，悲專城而自居。過隙白駒，銜索枯魚。太守所以悄然獨潸，撫然形鑠，願披髮而入山，請挂冠而辭爵。禄不逮親，志於何樂。嗟嚴君之逝已遥，慮北堂之日難度。固戀慈帷，猛辭郡閣。何生廼請撤季路之列鼎累茵，止臯魚之長風廣漠。奏束皙續詩之音，而擬王粲贈潘之作者也。

憫知賦有序

萬曆二十二年，余放逐爲粤西從事，於今八載矣。主上惡諸臣狂躁，固欲抑之，凡以言事及公罪蒙譴者，率不得調，數年之間，且二百人。文選郎王君永光，乃以余名及聊城逯君中立，雜於小吏概疏請遷，冀主上寬而見録，竟坐罪降級。余於王君無一日之交，廢處中，聞其爲余坐累，怏惘者累日。夫余無足道也，何至以累王君於是！作《憫知賦》。王君竟得旨降俸云。

維皇祀二十有二載兮，蠻孽跳梁乎海介。豈惟正朔之不供兮，乃憑陵我冠帶。肆皇威之未蕩兮，何典午之慮敗。許封爵以羈靡兮，通貢市與易賣。惟小臣之私計兮，察夷情之尚貳。彼肆言於國外兮，我破膽於嘉季。許獻女以入宫兮，歎辱國之遊説。惟孽曰十吉刺郎兮，初樵採於窮山。其酋長爲關白兮，愛夫孽之睅皤。酋使孽掌鞍轡兮，孽殺酋而奪之官。不誅叛而奬逆兮，又惡用予禮臣。予執謁於典午兮，既訑訑莫省議。叩九閽而陳詞兮，庶不假此名器。臣敷奏之不恭兮，奉明譴乎湘灕。既懲咎以屏營兮，甘餘生之囚羈。

伊斯人之蘭蕙兮，秉藻鑑于銓司。昧平生於夢寐兮，何援引之不疑。既得罪於吾君兮，敢懷情乎軒冕？群賢濟濟而在列兮，何及予之疵賤。念下體之無薦兮，若素誠之不展。苟一士之伸眉兮，若有補於王衮。俯蓄縮以在列兮，固非君心之所要。甘明命之伏竄兮，去天闕之崇遥。捨咫尺之清班兮，甘廢黜夫下寮。襲荃蓀以自馨兮，樹松柏之高標。伏海澨以乍聞兮，望天末之迢迢。愛君子而不見兮，神儻蕩而無聊。惟神交以相勉兮，庶永服夫芳劭。

海上孝婦賦

桃源孝婦，居海之湄，婉容静德，習禮明詩。誦佳人之窈窕，奉君子之光儀。偶鴈群於藪澤，匹鳳侶於軒墀。肅舅姑於庭闈，侈冠帔于衿褵。爾乃貴不忘下，弱而能健。鷄儆昧旦，琴和百練。體夫君之孔嘉，合素誠而同薦。其時嚴慈具慶，萱柏雙榮。出門有騎從之光，入室有傔媵之并。然而上堂執箕，循厨作羹，勤清温於夕寢，總縰櫛而晨征。尸饔虞噎，候寐恐驚。既居室之亡何，從宦遊於萬里。親帷地極，帝都天咫。雖音問其遼夐，乃心神之密邇。已而嚴霜乍吹，堂北先萎。望朝昏而不見，啓筐篋以無遺。君憂不解，我楚亦重。歷日月以靡遷，視年歲於如夢。既思姑兮莫從，倍奉事舅兮如父。洞繩繫於白日，畏草晞乎陽露。儻一失於履綦，更何禅乎風樹。爾乃愛不舍心，愉無去顔，致兹薄養，幾當大還。

維君子之英淑，壓寧㞩于寤寐。仕不獲辭，隱無繇避。向遠遊其尚可，比念老而難離。决心辟除，投冠衡泌。顧子懷之則云，非父期之所至。寧綵衣之奉鞠，首征途以同跂。人驩有餘，天侈多畀。緊王事之賢勞，咏靡鹽于遑將。泛鷁舟而南飛，攀鹿車而分張。展也内子，如我斯躬。有弟天末，匪爾孰望。向結珮於同心，今我門之獨當。視舊有加，遨新無方。胡吟越莊舃之思，而觀濤枚乘之章。既鈞天之聞樂，遂左肘之生楊。俞跗不能貢其幾，橋熨無可效其良。刺心不擕，雪涕徒滂。聞割股能愈疾，顧捐體之非恭。遂扼伸而剔臂，厲金錯於鋭鉎。煎三江之餘波，瀹五葉之背陽。高麗人作《人參贊》曰："三椏五葉，背陽向陰。"祈百籲之可禱，亦一割而無傷。中心自知，有口不揚。熾煙煤以爲糜，雜鹽椒而燖湯。爾乃鬱如盤辛，芳似瓊漿，宿熱頓祛，煩痾忽忘。潤膏雨于寢席，來和風於帆航。何膈痞之滌邑，而胸腹之開凉也。既則矍然而起，若寐得醒，解厥饑劬，平其寢興。聞新婦之頽摧，豈二豎之凴凌。侍者以告，杌魄摇靈。曷慧哲之達契，篤慈孝於服膺。蓋刮骨惟武力，乃剜肉必佛能。非老夫之夢思，抑孺子之于刑也。

於是族黨里閭，讚歎瞻仰，於古寡貳，在今鮮兩。蓋聞乳姑以延生，未見起舅而如響。匪閨閤之能希，即丈夫亦難放。於是何子喬遠作離合郡姓名詞以記之。其辭曰：太白若辱，上善如水泉。愛河刀割，三仕無喜。在河之洲，潛匿于涘州。北山有木，南山其子之李。敬奉二親，兩手其舉之。在手者擎，在門者俟開。一草一木，覆載乾坤。繁滋庶品，且委且源藻。大慧取中，有齋季女妻。匹兹重闈，藹然吉士周。曰古先民，差或可擬氏。

沉香山子賦次蘇東坡韻有序

予素無几席之玩，友人祖希寅來自廣南，致二沉香木於予，曰："維兹二木，合若假山，蘇子瞻所謂沉香山子也。沉香易得耳，其兩股相稱，可合爲山者絶少。鑿小座函之，便假山矣。"數日，客有餉予，予無用酬，取二香答之。其答香書草遺之几上。又數日，希寅復來，偶見書草，懊惱者久之。予察其色而愧其意，因取子瞻《沉香山子賦》次韻和之，以不虚希寅之誠，亦以識予之不辯佳惡，而開予之固也。

渠液充膏，闢馥流芬。狀蟲嚙而刀劃，色雷焦而火焚。比其蘇合遜品，都梁却薰。結岩峻於具體，湊節理於靈文。聚之則崒嵂而倬聳，剖之則清泌而馨葷。兩股不格，一巒無分。入黎岐以遠致，比沅澧之懷君。豈金博之所供，蓋山子之前聞。意其静窗裊裊，清秘云云。伴松筠之幽獨，配鏡山而爲群。既攝靈以聞鼻，亦比體而健筋。窈窕愚徙，憫默倕斤。峰既取於群玉，雷亦假於聚蚊。孰萬物之不合，何佳耦之無欣。恐夫人之同味，或磨屑而飄雲。睹仁顔之惆悵，感素契之殷勤。惜斯物之長别，假賦筆而自耘。比不死於員丘，何消歇夫巾帉也。

辭曰：形骸幻妄，意氣氛氲。詠友生之伐木，况野人之食芹。

石菖蒲賦有序

友人黄懋顯齋供石菖蒲，命予賦之，曰："蘇子瞻已有之矣，子其續賦。"予取閲《東坡集》，第有所謂《菖蒲贊》者，而諾懋顯有年，因爲就之。

有草有草，纖葉促節。離屣櫛結，毿觧屈拙。比石髮之寄生，譬枯柯於枿櫱。爾其清齋獨幽，静室人遐。瓦盆匼匜，供石槎枒。注以清水，養以浮沙。承以香爐，幕以績麻。滌清泥而不沾，浥皓露之瑶華。如蟬吸空，若夔憐風。資屢剪以韶秀，絶雜出之蒙茸。皎潔夏秋，蒼蒨春冬。苔過雨而不滋，莎待暖而方融。何九節之鬱勃，發孤穎於玄工。似脆實堅，雖瘦而芃。盛書帶於康成，詠石上於文通。映美人之竹素，儷仙子之金光。攝氣導靈，展卷焚香。緑入而雙眸豁清，澄生而中竅開凉。豈特收照燈之餘煙，愈徙宅之健忘而已。

睹昔賢之有作，辯異本於昌陽。因抒筆以述賦，答夫子之報章。未足以闡幽人之藴素，而瀉君子之中黄者也。

孔　泉　賦

李大夫、詹隱君以仲冬之日，昇容鹿之輿，張綷雲之蓋，登清源之山。徘徊盤石之上，弄清泚於雪竇，觀濯洌之玉界。曰："異乎哉！自有造物以來，即有此石；自有此石以來，即有此泉。石坼而流泉，泉生而出石。不泡不湧，含含脉脉；不涸不盈，汩汩割割。"

於是何子振藜策而徐行，躡芒屩而後至，敬告大夫曰："此孔泉也。則有瀸濫異流，沃汣殊出。或酒醴之嘉名，或貪盗之同嫉。龍城有如冰之泠，湖縣有爲鹽之質。負丘有不老之赤泉，神宫有長眠之英泌。迅馬踐而忽飛，猛虎跑而自潏。雷平以田叔得名，臨城以舒姑號實。維此泉也，上下皆石，其中平裂，其竅如瓴，其眼如玦。測之莫知其源，瀉之不見其絶。若須彌之納芥，忽下隳而如屑。如吴姬之壓酒，承溅溅而可醊。且夫在昔閩越保於泉山，記在《漢書》，是其處也。且夫有漢荒落鮮少，十里一堠，則猶密櫛也，千里一舍，則猶齒鋸也。而耳食之徒，膠尚所聞，輒以閩越之保聚，歸之福州之强禦。如是則舜也至九疑以何因，禹也穴會稽而曷據？老子何以有流沙之行，而穆王何以有弇山之御？陋古前聞，甘比荒述，博雅君子，願審自出。"

於是奉《寰宇》之記，呈《海録》之篇，請大夫覽之。大夫曰："善哉！善哉！”爰命肴酒，載酌載斟，而遂言曰：“孔泉乎！孔泉乎！體既擬於鼻目，義亦尊乎洙泗。蓋孔觀之不舍，非莊梁其同意。”於是明月舒光，泉流觱沸。大夫、隱君，復酌復盼，爰歌爰咥。少焉，海水應潮，遠流漲天。睇之靡極，望之無邊。而此泉滉瀁混瀁，皎好靚娟。蓋君子語大則天下莫載，語小則莫能破焉。

攀龍社賦有序

吕純陽仙翁與安平諸子結社賦詩，名其社曰“攀龍”。箕筆求余賦之。

爰有物焉備德，載乾天之六爻。比羽蟲之最長，倚阿閣而爲巢。等巉巖之長嘯，震林木而怒號。鄙吐珠之靈蛇，賤堪罾之鐖蛟。能潛見以異宜，乃小大之兼包。若降精於渥洼，尚神駿乎蒲稍。或同群乎大象，遂護法於利忉。

若有人焉，動静無常，周流不居。間闒茸於煩濁，恒游戲乎太虚。念聚侶之懸長，來結交乎襟裾。探寒雪於隴梅，翕和風乎林篍。儒雅則翱翔乎百家，風流則貴盛乎七輿。託前知以喻人，寄屬和於倡予。侍立者睡屢磕乎門棖，陪乘者足久跛乎階除。尚傑作以揮掃，猶逸興之開攄。懸箕頻動，吮筆靡徐。若夫人蓋自處於窺牖之天龍，而令諸子爲跳門之額魚者也。若使釣伯同國，鼎湖不斷，豈不青雲爲車，白日生翰，周八極若有咫，騰天門而無岸者耶？

重曰：彼紫芝兮，不與我餐兮。彼鸞鶴兮，不使我同援兮。唯有詩篇，不作難兮。唯有蕋書，軒以蹯兮。龍兮龍兮，使我攀兮。放醉長歌，置我於其間兮。

鏡山全集卷二

詩

庚辰下第辭朝，值上方御門，退而口號

曉隨天仗謁金門，得後千官奉至尊。晝袞九重瞻日月，微軀猶似隔重閽。

洗心精舍詩二首有序

八月移棲北郭精舍，愛其幽美，可以避喧。至今月餘，未得新詠。雲霞之致，異其夙心。家大人偶來三宿，作詩二章，謹和以志鄙懷。

生平窮勝覽，近負此精廬。山氣常侵帙，松雲動惹裾。晝鼠緣桁架，寒蟲吟庭除。對景何凄清，得句何徐徐。大人几上什，誨我勤著書。勉以丹鉛力，勿使歲月徂。結交全文字，衣服盡樵漁。儻有塵世心，能不愧幽居。

其　二

遂此避囂性，出入無近遠。雲生興獨往，日入甘忘返。野袂濯清風，舊醅携絶巘。才癡並小王，家貧過南阮。繩床支一足，荆扉無全楗。園丁種三蔬，簑笠荷兩畚。崖蜜結細窠，山芋栽長阪。時有君子來，以此效懇悃。

過林亦至宅飲

君家博士先尊人，我家大人之老友。三年携手客薊門，二人相視莫逆久。尊人廢退十九年，强起青氈終白首。縣吏下車獨扣關，有時抱孫當户牖。惟君勤儉見素風，短褐披肩露兩肘。展衣延我坐中堂，力致殽膳兼蒸糅。大兒扶病强相見，博士雍容無不有。手持一束縑素書，蠹蔮蠹魚字已朽。大人來往三十

年，片東隻字皆珍守。飲君青絲玉壺漿，津津世契尚在口。作詩與君叙通家，君今更肯藏之否？

報親寺夜坐

殘僧初入定，清夜一山空。古瓦眠幽鳥，頽垣響暗蟲。潭心虚受月，樹面静須風。遥聽微鐘發，迢迢古渡東。

攀木篇十首

昔有温太真，絶裾赴時招。我雖禀命行，違親豈相遼。痛哉出門時，永爲終訣朝。奄忽隨旬朔，慈父已日遥。亦知去不返，疑望終迢迢。事親且不終，求名亦何要！

其二

羈旅遑爲歡，聞訃復京師。新悲未有涯，昔恨當何追？雖有同生親，形影相孤危。生無一日歡，没有萬里悲。空餘未死身，稱男亦何爲？

其三

孟春首歸路，蒼黄返閩越。遠道空自嗟，舊秋何當發？我父年十三，我祖昔云殁。悲此不及養，白首尚酸骨。况我滯燕京，執手不及訣。親心寧一歡，子罪當萬罰。負此終天心，惴對中夜月。

其四

哀去從何極，憂來不知自。四壁杖屨存，感歎泣虚位。白日不聊生，銜思終寤寐。夢想覿容輝，醒定隨驚悸。殘魂何處還，徒然痛往事。

其五

先公少嶄嶄，備嘗家難屯。十三失怙恃，溝中幾不存。弟妹弔冢兄，王父撫孤孫。挂經市肆中，呑聲睇乾坤。王叔乃深仁，勉令向藝園。短布給冬月，藜羹助朝飱。即事理章句，探討忘寒暄。後鄗崇爲表，宗工矩其言。飽食且安坐，割棄生身恩。傷哉負米人，中心何煩冤。

其　六

慈父耽文史,壯心夙馳騖。百家既旁窺,大道復上溯。玆晨繙遺書,手澤空傳註。墨跡尚疑鮮,畫點翻成故。涼氈黑落月,哀堂寒晨露。有時伸紙讀,臨感不能句。衰腸實剜傷,形神屢驚懼。

其　七

慈父秉高尚,夙與丘樊契。耒鎡不辭把,短褐忘年歲。幽林漑新條,陳根理殘翳。僮僕亦欣欣,青翠紛交麗。一自泉壤歸,禽鳥亦哀逝。殘甓上虛墀,衰草繞空砌。柴門經日開,反泣不忍諦。玆事已如此,況足繼先世。

其　八

四歲就筆硯,顓蒙兼鈍癡。先公初引步,曲禮與少儀。見人令拱立,揖客教垂齊。家僮負背上,屬對偶稱奇。頷頤拊我頭,語母稱佳兒。稍長不就傅,一一稟庭規。涉川無迷津,臨路無紛岐。已哉重泉下,喪父亦喪師。莪蒿今何知,缾罍空如斯。

其　九

不才逐朋侶,屢爲文字困。寒燈返深夜,高堂必見問。出門交有功,歸家承嚴訓。今諦兩楹間,心折無一寸。趨庭音詎聞,入寢淚徒抆。

其　十

行雲飛悠悠,涼風吹習習。天地豈不寬,跼蹐孤兒立。時節忽復改,皇皇從日入。大運當自知,哀思寧免集。嗟哉古來然,豈獨臯魚泣!

送傅國毗還海上

十年登君門,布衣于明世。東遊過魯鄒,北上經燕薊。白璧無人憐,烏裘空自敝。陟岵逾慘傷,望椿增流涕。辛勤彌月日,羈孤動年歲。風高平陸悲,雲暗柴荊閉。誰知獨往人,發我平生契。傅侯何深心,未可窮根柢。迥於時輩中,綽有先民製。上自建安初,下及大曆際。縱橫總無垠,跌宕終難繫。破海人莽蒼,乘雲來迢遞。豁然心期開,廓如寒山霽。策蹇驅病魔,吟詩答酒債。竈下具黍鷄,松間供粗糲。稍緩孤生嗟,翻慘離别袂。後會當何知,前歡未有計。詩囊君行傳,文塚吾將瘞。

寄題陳玉叔方伯竟陵别業十一首

考槃草堂

層層五華巔,上有風后宅。吾意遺軒冕,豈不慕疇昔! 登堂想其人,懷哉安可獲!

六羡草堂

晨晞汲古井,徘徊廣霄翁。斯人不可見,茶經感遺風。惟餘西江月,千古城下同。

玉沙草堂

微雨潤寒沙,金屑湧白玉。化作雲夢川,春流净如縠。讀書竹林中,四顧平岡緑。

獨耕草堂漢桓帝幸竟陵,百姓聚觀,漢濱父老獨耕不輟。

上下秋天空,俯睇了全沔。蕭條古原中,曾經漢時輦。父老復何人,耕隴心獨遠。

蓮花草堂其池爲唐太史故物。

翰林書池館,蓮花清净因。年年實不收,歲歲蓮花新。採蓮莫採根,念此栽蓮人。

背郭草堂

結屋背西郛,漢水一何廣。漁歌近柴門,水鳥穿簾幌。日暮望夫君,扁舟來相訪。

南紀草堂

江漢合兹流,春城對漁復。出門稻花香,爲酒足吾腹。踟躕千載人,於陵空使獨。

建興草堂

幽篁團沔端,古柏凌汉口。鳥行春畦中,月出孤城首。借問城中人,何如城外叟。

梅花館

君家竟陵上，何以似揚州。開門白雪光，俯映寒江流。豈無艷陽標，所貴在清幽。

天尺樓

重簷呑清風，峨峨倚天碧。昭曠瞰遥山，白雲連藪澤。日月生樓端，雨露沾在席。

壽硯亭

石硯洗波濤，色如龍劍淬。君侯雅風騷，乃出張王外。吾知一代名，永與衡祝對。

蓋余素悦武榮中山水，曾於春夏之交四至焉。林中慨然寤嘆，作昔我何所悦詩四首

昔我何所悦，所悦在嬋娟。嬋娟三五六月天，水凉沙白舟上眠。清露侵肌不復畏，雙溪下抵黄龍川。傅生携酒上我船，割瓜飲我甘如泉。荔枝百千紅團團，寫堆船頭酒未闌。向曉不知山月下，猶思弭棹前洲湍。

其二

昔我何所悦，所悦在春天。騎驢走出西門道，税駕蓮花古寺邊。上隴行遍經下隰，麥花菜花香相襲。桃花李花臨水開，隔墻遥見不得入。城邊潛行九日口，寺僧寂寂空垂柳。登高吊古無人知，踟蹰佇立能良久。九日，山名。

其三

昔我何所悦，所悦在青山。鄭生家住西山前，邀我望山山廻環。其時正當春三月，寒氈卸盡着羅襪。亂行數里足不熱，平沙坱莽無誤蹶。蒼翠重重難計峰，雙陽聳豎如鳩筇。楊梅五疊黛照眼，葵花百丈青盪胸。雙陽、楊梅、葵花皆山名。此時有景説不得，願爲山鳥飛春翼。

其四

昔我何所悦，所悦在般若。琳宫瓊宇不足歡，大愛頽墻覆古瓦。朝坐禽飛

暮蟲鳴,無人來到空王下。曙鐘寥亮月西沉,起視紅花山如赭。寺前借問往來人,潮到金鷄或未也。一僧七十不持戒,身在仙都心欲界。雖然與語無遠情,乍喜清林坐消憊。

泉趨八首

騶駱爲王歸漢帝,永嘉避地籍中州。嶺徼從來當楚越,日邊何處是琉球?

其二

閩王遺殿虺狐登,宋帝行宫土木崩。臘月此中花發滿,泉南自古號温陵。

其三

盤盤九日秀城西,高隱秦君自剡溪。松樹千章今不見,猶想清猿兩岸啼。

其四

鄉里衣冠不乏賢,貞元登第破閩天。一從元晦經行後,猶似諸先問道年。

其五

宋家南外刺桐春,鳳凰臺榭塚麒麟。至今十萬編民滿,時有當年龍種人。

其六

海門對郭萬峰交,孤城鎖鑰似函崤。再熟稻秔常税國,千年戎馬絶生郊。

其七

潮去潮來抱遠洲,風南風北候漁舟。海味難窮膠鬲市,魚王不上任公鉤。

其八

絢彩朱天曉露披,更無珍果過荔支。海國佩芬甘自遠,紅塵不入笑妖姬。

上公車作

三上不得意,歸耕思隱居。親友脂我輈,聊復出吾廬。林風響颼颼,細雨濕行車。豈爲泣荆玉,感歎方欷歔。老母拭雙淚,玆情實愁予。昔捧雙親衣,今牽北堂裾。我家南山下,豐歲幸有餘。腥風吹海水,煑酒多嘉魚。苟可乞養母,何必求上書。

姑蔑舟中

促織夜鳴晝有霜，丹楓紫橘滿江鄉。待魚翠鳥深難立，啄黍黄鷄衆不妨。估客異州多合爨，篙師獨月自鳴榔。狂歌十載仍寒士，不及歸鴻足稻粱。

贈張涇縣有序

涇縣尹新淦張堯文與兄水部克文於隆慶二年計偕，舟中疾十八日，若死，空中有發聲而趣舉其尸者，水部君遂不以收。居二日半而寤，語水部君曰："昔遊崑崙之山，觀河源，循河而走，至入中國境，見河决甚巨，因隨刊疏導，及於淮、邳之間還焉。"

大塊何寥寥，人馬出於機。以兹大夢身，常苦跼促爲。垂楊不足惡，肝臂安復辭？君病二十日，恒幹去焉依？神騎兩黄鵠，手射雙熊羆。所未歷弇山，已到崑崙湄。靈遊畢遐矚，兀然歸骸肌。傍人驚嘆嗟，毋乃丁令威。

今夕行

今夕何夕讌高堂，殽饉錯列坐中央。蒸豚刲羊薦葱渫，鮓龍胹鱉膳羶薌。圍棋迭勝繼華燭，移床雜坐披清凉。席中最有山人老，黄君孔昭。世上無過二生狂。山人半醉出鄰家，生復持杯邀月華。月華初過三五夕，朏魄含圓照東壁。山城見月更已闌，六街如水人無迹。敲門驚起林中僧，看竹暗走他人宅。秉燭誠苦一宵長，舉袨翻嫌六合窄。吁嗟二生誰則然，大兒穉孝小叔玄。叔玄好奇復年少，月下浮白忽大叫。弱冠聲華衆但驚，一生心事誰能料！含毫高館費白日，焚膏夜室明殘照。詞賦於我化神奇，古人能得專工妙。吁嗟乎！惟我與子亦一時，王喬赤松難等期。身前大業須自愛，世上浮名那得知！

和黄比部塞上曲

遼東天塹起臨洮，刁斗無聲漢戍高。城下流澌常飲馬，水中嗚咽暫磨刀。

春日遊九鯉湖，道士携酒飲予與内弟
温生於三漈，遂作三漈歌

閩山無過幔亭高，閩湖無過九鯉奇。煉液燒丹久寂寞，石床茶臼相參差。就中山水佳難數，青柯丹璧紛撑拄。更有三漈絶倒人，自天瀑布千尋注。回首高穹近可捫，下窺地底深難睹。雪花迸澗時無休，石齒觸浪聲交拒。斤斧空令神鬼驚，蛟龍或恐天地怒。上山下山白雲色，碧桃仙子那能得？劉晨胡麻何處覓，王烈素書誰人刻？風落澗花芹菜香，爾來持酒澆我腸。人生富貴等閒事，明騎黄鵠摩蒼蒼。

再飲三漈

今日胸懷復不惡，再觀三漈相盤薄。羽士携尊酒已香，温生望山心先樂。虚空不住雷霆聲，天地無奈蛟犀攫。忽然澗底洞風哀，打上雪花當面落。雙袖龍鍾片片飛，蒼茫雲雨然疑作。石髮預愁襪踉蹌，林竅最怯衫微薄。安得懸縋施長繩，與君下飯如猿玃。羲和馭景白日馳，人生飛鳥沙上掠。黄綬青袍君何意，安期羨門吾將託。羽士深山爾最諳，何處靈芝領我斸？

先塚

先子衣冠去不還，長留孤塚白雲間。蓼莪自廢空秋草，凄斷江門無數山。

賦得直如朱絲繩

朱絲何綿綿，七道懸琴面。比矢難千彈，况弦非百練。越隨白玉張，膠豈青鸞變！貞性中詎知，開囊君自見。

對酒謡

烈士在世多壯懷，手擊如意唾壺缺。太行羊腸在平地，白雪陽春入劍吷。勸君酒，君莫辭。君若要，身後名，當去西山學伯夷。

和黄全之睡起之作

日色滿松枝，知君睡起遲。能無千里夢，來與故人期。鳴鶴常依砌，飛花不出籬。尋常幽事足，安用歎如絲！

贈　派　公

君來茅堂下，引到北山雲。中厨無五浄，不敢復留君。

陳及卿於張氏園亭集諸子

借得名園泛綺筵，知君歸乏買山錢。欲舒孤興平郊外，不阻清歡暮雨邊。歷歷亭臺多古色，蒼蒼栝柏定何年。吾生與爾合丘壑，醉卧秋城看遠天。

閩　溪　吟

閩溪之水緑於藍，溪中白石交巉巉。東來水流波如箭，回首望郎郎不見。安得郎來溪水邊，與郎同刺波中船。

長平驛先廣文諱日

嚴親今日諱，孤子一生哀。落日魂空斷，他鄉夢自來。地寒霜後葉，天遠望中臺。旅食凄凉奠，重泉能到哉！

題　望　夫　石

霜枝槭槭天風夕，楚水閩山異鄉陌。天涯蕩子行不歸，空閨思婦日愁迫。愁轉迫，化爲石。天長地久石不滅，愁殺關頭出關客。

吴山文昌祠下負暄效韓退之體

昔我三尸未破除，越國紛紛足臭帑。於此爲客過十日，一何委身暄兢居！

北風吹雨化微雪,朝來杲杲照庭除。吴山三十有六觀,無有一觀無精廬。文昌祠中足幢蓋,真人大帝之所於。邃路玉蘭香不滅,蒼胡頡竇光爛如。肅揖開墉向曉日,古柏不動森林篨。仰天大卧暖五體,俯捫吾腹何渠渠。嗚呼! 古人白骨漫黄土,宋家君臣隨榛墟。奸人誤國故不淺,忠臣幽憤安能攄? 古往今來已可見,何苦跼促中躊躇。夕陽西下山鳥没,吾亦首路騎歸驢。即此琴心成三疊,何須細寫黄庭書。

夜别陸繼芳三首

繼芳自稱通家子,送我虞山隔江水。嚴城鼓角宵已殘,燭下離尊情無已。

其　二

一杯一杯復一杯,一揖一揖復一揖。一杯一揖復何當,總爲相思不相及。

其　三

喬遠閩中老客生,一朝嘶馬薊門行。夜宿楓江楓林口,轉憶陸郎相送情。

黄比部紹夫出守贛州歌

崆峒之山高且幽,章水貢水城下流。使君五馬五驊騮,飄然乘風白鵲樓。昔日起家出下蔡,中外聲名從此大。白雲司裡辭青組,西出虔州坐大府。冠切甘泉扈從雲,衣沾三晉洗冤雨。君不見虔州山下廉泉水,春溪夜雨流瀰瀰,使君西去但飲此。

酬秦汝睦

射策天門出禮闈,與君共解薜蘿衣。秋園俱泣杜鵑血,春殿齊瞻赤豹旂。騎馬選曹朝並入,談詩客舍夜忘歸。同心忽有瑶華贈,四壁真驚夜夜輝。

家兄落第南還

晚成信大器,小就非君心。因泣陵陽玉,轉悲桓山禽。先人壠上露,畏及秋草侵。去國念歸旋,安得久滯淫！羽翼臨乖違,曷用慰浮沉？惟有荆樹枝,可以喻中襟。

濯纓亭迎沈水部座主呈諸同門丈二首

高亭出古岸,宛似江南山。檻外孤帆過,溪邊雙燕還。柳陰蟬嘒嘒,花下草斑斑。會有春風至,温然坐此間。

其　二

草閣俯漣漪,流澌拂柳絲。地因逢洗沐,人是迓旌麾。玉樹臨風切,台星入座移。同門吾數子,合詠在桑詩。

悼幼女肅嫣三首

中原一片土,茫茫竟何之！如何萬里餘,瘞此枯骸肌！念汝從我來,所歷盡險夷。駢闐過城郭,窈窕輕川坻。時時破旅顔,嘲笑欣自私。我出終日回,問我逸與疲。我行束帶還,時我飽與饑。念女雖孩嬰,綽有成人姿。出方挾女行,歸不挾女隨。吾生少兒女,女何去我爲！

其　二

吾初得女時,弄汝資笑吻。及汝數齡來,慧朗如道韞。則雖闇賦頌,亦可治麻緼。花枝不及春,泫露先朝槿。獵獵清商素,微微纖月隱。零落墮環戒,枯乾澁鉛粉。當風摧燒之,毋觸吾淚抆。

其　三

幽幽谷中蘭,光風不及佩。團團握中珠,失手易爲碎。皎皎膝前女,竟負中心愛。依依笑語聲,盈盈婉孌態。至性固自天,儉德非繇誨。已諳習德言,所未工繡繪。慈母失中懷,沉憂方易痗。吾腸非金石,誰不裂五内！

敝　廬

緑竹青松滿故園,敝廬卧聽海潮喧。憑將白馬看吴市,不愛爰居上魯門。

别蔡體國之南比部

君不見蔡君起家一進士,手瀝封章上天子。十日留中不報聞,匹馬南渡建康水。古來杞國多憂天,豈論新人與少年! 徐樂奏書及世務,賈生流涕當上前。丈夫結交自有因,風期暗與君相親。水頭縱有東西別,肝膽誰分南北人?

門有車馬客行

門有車馬客,萬里指幽燕。長鈴短劍交鳴鏘,挂在車衡與馬前。問客何所適,欲往三城邊。問客何所爲,樹勳向燕然。左手提月支,右手控左賢。歸來拜天子,戎俘獻三千。丈夫志四方,輕軀爲國捐。安能紆朝紳,相視莫爲先! 出門送客行,入門私自憐。

中秋玩月詩五首有序

己丑八月中旬,屬天子萬壽之節,累夜月色如晝,都人宴賞,若出一日。家有濁酒,無夕不飲。飲醉命紙,率然爲詩。雖名狀不周,而興致良遠,亦以見聖人在上之占,用比於康衢矣。

十 二 夜

風雷生昨夜,鳴雨來清朝。披經不及終,對酒坐無聊。常恐秋霧生,掩我蟾光標。片雲捲重陰,疎光灑層飈。冰鏡飛遠天,桂影静無摇。寥寥太宇色,清如披鮫綃。天意固難分,晦景成良宵。

十 三 夜

夕照銜山西,月魄挂天半。馬上見月魄,豫賞今宵玩。入門集友生,殺膳沾几案。相看各盡觴,流光何爛熳。秋思易爲愁,空閨多長嘆。人生苦晝短,可使韶華晏。徙倚坐鳴鷄,惟恐秋露亂。相彼空林鳥,何爲鳴盍旦?

十 四 夜

秋天不宜霧,居然彌川坻。茫茫白氣浮,灝灝金風泥。時近萬年節,方習朝天禮。雲外聞山呼，烟裏立丹陛。亭午猶如晦，入夜乃若洗。遂呈高秋容，益表太陰體。兔影明過玉，桂枝細於薺。宴坐至深宵，微微見月娣。世人謬度天，何異測海蠡！

十　五　夜

聞道中秋月，晴陰遍天下。玆語庶不謬，此景何美也。素魄中空浮，流華千里瀉。天清片影孤，勢遠衆星寡。長安朱門開，高樓行尊斝。團餅象月圓，瓜果及四野。薄宦吾病貧，素交或風雅。中厨有何有，濁酒且聊且。不知既醉後，誰是先歸者？

十　六　夜

今夜月稍遲，清光竟無負。未覺弦勢損，愈見逆雲走。滅没隱南箕，芒寒蔑北斗。何如鏡盤龍，不減屏雲母。徘徊此秋色，再索前夕酒。涼風委蔓草，零露沾高柳。勿辭酒盈觴，但盡杯在口。陰晴明未料，圓缺理必有。

侍祠山陵思先人塚二首

直北燕山數百峰，峰峰不減青芙蓉。一如紫帽山門裏，白雲秋草暗青松。

其　二

九朝陵寢九門開，上國衣冠盡此來。小臣亦有先人塚，惆悵千山土一坏。

碧　雲　寺

寶地建天中，霞外明雙闕。白雲如可攀，飛鳥坐難越。長松出傑閣，流水過門閾。谺谺丹洞幽，隱隱微鐘發。自覺清塵心，可以黑華髪。空庭坐不眠，孤琴弄明月。

香　山　寺

微軀角崇險，陡然萬丈至。複殿翼朱廊，丹漆極殊致。既都毫光眉，還瞻金色臂。東轉忽西通，前觀復後企。來青敞南軒，秋色滿天地。上有龍蛇蟠，乃是今皇字。大哉帝王筆,迥與凡人異。既得揮毫理,因悟斫輪意。

吕　公　洞

崖根擘一門,群石相崟岈。既如龍蛇窟,復似藤蔓架。欲探鍾乳竇,誰照明珠夜?但見湧泉穴,騰沸開微罅。溯流源未窮,觀道心先化。反顧濠梁侶,且緩都城駕。

翠　華　寺

向來香山寺,土木森宏麗。今到翠華巖,頹墻環薜荔。雖興今古感,亦愜山泉契。物象在興致,豈以衰旺計!磴廻石洞幽,景晏秋山霽。寒兔莽自逃,夕鳥飛相繼。遺趾任蕪没,吾遊方容泄。

昭　法　寺

誰知一眼水,漲作西山湖。參差垂弱柳,縱横冒短蒲。魴鱧遊可見,鳧鴈鳴相呼。其流達御溝,湯湯湧神嵎。其膏潤香秔,天廩之所須。逶邐似驪山,鬱紆疑東吴。興來藉草眠,冠帶誰能拘?

功　德　寺

昔聞宣宗初,四海皆謐寧。太后奉至尊,三楊在朝廷。金城户夜啓,玉關門朝扃。二月上陵還,御溝春柳青。弋廩時來過,矢魚或暫停。熊羆疾三驅,鳳凰朝百靈。甲楯儼後先,冠蓋交闐駢。邇來百餘年,古柏森空庭。行宫既泬寥,佛像空煌熒。六龍今時巡,造次具軒櫺。吾皇崇儉德,茅茨實儀刑。

擬　古　三　首

飛鳧西北騖,孔雀東南飛。微禽尚有之,游子當何歸?清風吹空閨,夜月鑒疎帷。月以明妾心,風能吹君衣。君衣定復單,妾心安能非?思子以愁憂,默坐想音徽。

其　二

松柏霜霰歲，桃李艷陽年。春枝能再芬，妾身可久妍？常恐灼灼花，飛墜重重泉。東南多寒鴟，西北多鳴鳶。熊羆夾路行，狐兔交横連。君軀難自保，妾心安能宣？

其　三

高樓結綺窗，户牖何玲瓏。雜英彌芳庭，好鳥鳴春叢。微風吹檲楹，花葉飛西東。昔爲連理枝，今爲斷根蓬。刺紋復刺繡，終日不能工。

貧　士　行

君不見東方有軀長七尺，不及侏儒粟一石。又不見國子先生受人憐，韓愈之妻啼豐年。碌碌一官出人後，水衡有錢不救口。獨行瘦馬飛風沙，金鞍夾轂逢狹邪。西去鬬鷄長樂苑，南來走馬章臺花。鬬鷄走馬逐南北，射鳶射兔紛争落。長安佳麗日悠悠，北邙風雨空殘丘。雖有夜珠續夜飲，誰能晝錦竟晝遊？丈夫逶蛇未可欺，有才不肯學干時。明日騎馬上章去，誰憶妻子啼牛衣？

少　年　行

提將鐵如意，碎却珊瑚鈎。拍箏挾瑟彈箜篌，醉卧倡家楊柳樓。腰間寶劍光如水，明日報仇爲君死。

出自薊北門行

山東一布衣，杖策來西秦。去家遊公卿，入洛見故人。常忝君子顧，遂得同車茵。托躬雖有向，含心殊未伸。一朝見天子，伏檻開喉唇。微箴指乘輿，顯斥及要津。明明垂薄罰，謫去瘴江濱。北方依鼯鼪，南土雜蛟蛤。螟蟲甘沮洳，蓼蟲甘苦辛。

嵩陽行贈劉玄子

君不見嵩陽先生如雲日，汝南射策推第一。永陵聖主中興年，天下見公直如弦。府中丞相方近天,迎賓開館羅長筵。眄睞四坐流英賢,滿堂衣履静如淵。起來爲壽先生前,先生雙眼横秋天,手墮玉碗色晏然。仲孺朝廷終自去,更生心事誰能宣?五色出騎巴蜀馬,二頃歸無汝潁田。先生父子世有聞,誰其繼之比部君?吟詩恨不過二雅,讀史苦自窮三墳。芙蓉片片飛明月,玉壺秋水清心骨。一生自淬龍泉鋒,五十初秉魚須笏。如君經緯似古人,甲兵錢穀皆留神。飛袂直可安河嶽,測景遠能辨星辰。酌君酒,爲君謡,飲君真率長生瓢。男兒生世未可料,看君自致登雲霄,坐令四海聞簫韶。薊門月高不辭醉,寒日杲杲琉璃橋。

桃花山歌送冢宰楊夢山先生還山

平陵城東桃花山,昔日明公隱居處。日日飛鷗静白沙,年年楊柳漫飛絮。春雲引入桃花來,春水漲出桃花去。公自上卿歸此山,便欲築室老其間。應龍在野雲在樹,猿鶴驚啼虎豹怒。詔下東山起舊人,云亭梁父皆清新。百僚師表率太宰,社稷重輕倚老臣。公常嶽嶽引大體,力排群咻諍丹陛。蒼生盡遂引領私,天子時加改容禮。三朝白髮一龜蓍,公胡爲乎,苦憶平陵桃樹枝。手勑再三未許去,力疏懇惻天垂慈。夜來歷下北斗明,傾都滿陌送公行。公到山中春未晚,猶及桃花爛熳生。

夏日與劉玄子、陳爾司登白雲樓歌

閒曹晝長如山寺,柳絮榆錢飛滿地。槐葉陰陰日色明,登樓闢户望山翠。蔥蔥官樹箇中分,歷歷胡天千里至。遺人陳跡滿樓中,令我悄然憶數公。嘉靖之間七才子,濟南吴郡翩翩起。翰林西署建芳標,詞賦東京立嚆矢。華藻風流彼一時,文章寥落今後死。海内詞人誰最優,汝南二子稱陳劉。一生讀書破萬卷,當年射策横九州。朅來携手登高樓,不醒不醉歌樓頭。日落低回未肯去,飛雨颯颯吹江樹。

再登白雲樓歌

君不見樓上山,昨日青巉巉,對此宛如吾江南。君不見樓上山,今日愁人顔,風塵撲撲上衣衫。人生不得常美好,韶華山色俱同道。有酒不向樽中醉,今日焉知明日事!

送蔡弘中之太倉南刑部尚書王元美、今相公王元馭,皆太倉人。

繡組擁朱輪,皇恩寵渥新。尚書爲上客,丞相具州民。花滿海陵夕,潮平京口春。知君多古意,不肯逐時人。

憂旱詩

五年三不歲,更得復禁當。昔我來京華,東出荆吴鄉。城郭盡蕭條,悲風吹未央。小民困疾疫,闔門死路傍。身體各脖脹,饑烏啄其腸。安穩浙江流,一夜驟懷襄。高浪擁天至,人廬兩漂亡。淼漫太湖川,化作春池塘。地膚盡坼裂,不用乘舟航。今春大河北,疾風砂礫揚。白日忽曶昧,不復辨康莊。路人墮眢井,秉燭行堂皇。薊門二三月,夜夜旄頭光。一年已强半,朝昏但亢陽。突兀火雲升,雨氣潛何方?天子既沛然,不惜千斯箱。嗷嗷枵腹民,開口望太倉。更聞太倉竭,不足輸邊疆。誠恐木皮盡,亦慮魚鳥藏。昔我在山中,荷鋤學耕桑。薄田頗有秋,斗酒雲雪崗。於今何爲者,惻惻中懷傷。食禄宜分憂,中宵起徬徨。九京如可作,吾其問堯湯。堯湯不可問,且詠周宣王。

鳲鳩行爲汝南劉文英賦

鳴鳩雙飛巢白楊,劉生抱樹泣沾裳。鳴鳩伏雛高下飛,劉生廬墓尚未歸。毛斑斑,聲關關,飛來飛去繞空山,劉生三年居此間。精衛木竭海已枯,杜鵑血盡魂未還。世人不識劉生面,意生儒冠流英眄。邊烽一夜明玄菟,生乃彎弓射胡去。

酬吴文仲答劉玄子夏至齋居見貽之作

瑶琴既却彈,旨酒亦屏御。肅穆祠官禮,超遠幽人慮。蟲飛静院暝,烏啼空山曙。庭虚審雨聲,樹密雲迷處。吾曹二三子,同心各異署。劉郎厭鷄棲,翩然欲霞舉。吴郎和歌聲,清商動淮楚。纓華獵詎榮,梧槁瞑方據。卧聞白雪唱,夢逐江南去。

三義廟訪樂子晉

昔年客閶門,共榻憐同病。今日重相見,豈非再生慶!上都翰墨林,冠履交闐并。子來且半歲,一何寡將迎!疎槐蔭巷幽,天棘繞架盛。寂寥煉丹經,脱落談麈柄。東吴厭糠籺,南楚富梟獍。朝饑空爾驅,出山諒非性。太白夜逾高,虜騎秋方勁。聞道孤城圍,更失遊兵偵。卑官無重語,高天難顯諍。中宵起披衣,與子憂心並。

送程鼎卿還建昌兼遊廬山

禰衡鸚鵡應全未,文考靈光更不遲。弱冠稱詩如子少,上京久客有誰知?幽棲獨向麻源谷,薄禄空難尚子期。明到匡廬蒼翠裡,煩君一爲寄相思。

夜集吴文仲宅得深字

初月照高林,清秋感客心。憂時雙下淚,覽物一悲吟。山葉村村冷,江蘋處處深。空閨聽不盡,愁絶搗衣砧。

中秋戴亨融宅得中字時方有虜警。

故人杯酒帝城東,明月清宵净遠空。薊北雲山秋色裡,未央宫闕露華中。羽書夜渡三河水,鐵笛時聞萬里風。漫道高陽多慷慨,欲將投筆事從戎。

月下聞鴈與亨融賦

蟋蟀鳴階露濕衣,疎燈遥夜片鴻歸。雲邊失侶時相應,月裡分行不亂飛。風動蘆花前浦白,秋寒菰米五湖肥。稻粱自笑無年足,欲往空江問釣磯。

送僧遊峨眉

蜀嶺險無地，峨眉高亘天。空門辭白足，遠目望青蓮。瓶鉢千峰度，香烟兩臂然。遥看飛錫影，應落錦城邊。

與吴文仲夜宿乾上人房

偶對名僧坐，澄心似遠江。談高殊不着，行苦更無雙。一榻聽朝雨，千花現夜缸。中宵禪定後，白月滿虚窗。

送陳性甫還吴二首

杳杳瓜步洲，蒼蒼寒江浦。未登北固樓，先辨延陵樹。

其　二

久客歸舊丘，巖岫還如昨。蘿逕日應合，山泉寒猶落。

秋日送秦汝睦上陵

方中臺殿迥難攀，渺渺園陵霄漢間。萬里河山環象衛，九朝弓劍閟龍顔。清霜輦路朝清仗，秋月祠宫夜滿關。爲問白雲陪祀吏，更從雲外幾時還？

送客之蜀

遊酒來燕市，依人到蜀中。看山知劍閣，覽古得蠶叢。日短斜陽路，天高落木風。子居從此去，争席笑家公。

隱　吏

隱吏一室無風雨，黄花數株能白紅。今春悔却栽芍藥，不得霜林傲晚風。

冬夜諸子枉集得天字

薊門美酒斗十千，主人醉客囊無錢。葛巾獨漉色含凍，爉炬高燒花欲燃。

每苦黄沙風渺漫，終愁蒼壁路夤緣。明朝杜笏還西望，迢遞燕山雪滿天。

冬夜集戴亨融宅賦得金波麗鳷鵲

漢家鳷鵲觀，宛造天中央。反宇接迎風，複道聯長楊。片月東海生，影射千門長。動摇蟾兔魄，泛灔琉璃光。長安十二衢，樓閣鬱相望。擊鐘聞衛霍，徵歌艷金張。君家曲巷北，易知復難忘。興文發瑶篇，緩節動高倡。但恐芳樹枝，歲晏凋嚴霜。願以徑寸心，流光入君觴。

潘庚生歌

庚生昔作金陵客，斗酒每醉長干陌。長干女兒如燕輕，舞態歌聲各有情。桃花爲衣雲爲鬟，羅襟香籦坐中間。日炙重茵猶未起，夜拾遺簪竟不還。燕山飛雪如亂巾，君來作客又更春。黄金駿骨不招士，白璧貂裘將與人。北風吹折楊白花，夜來復宿胡姬家。只道相如排閒館，誰云宋玉愛承華？庚生子，庚生子，雙鬢隨風眼照水。古調翩翩絲桐起，爾等豈合爲情死！古來作者意不同，看君詞賦出國風。

除夕前三日雪夜集王惟允宅得家字

積雪生殘夜，嚴城起暮笳。欲闌芳歲節，先舞隔年花。涉世才空拙，流光鬢易華。惟須浮大白，爛熳醉君家。

除夕作

今夕何夕，爐燈歲候，相因仍殘年。晐景未周，無計可稽留。屠蘇漸把，讓人酒杯空復春。燕山雪色驚心，越鳥思故林。

首春送何侍御謫楚

天涯春色帶愁新，春雪霏霏欲送人。舟入猿啼應墮淚，道逢歸鴈益沾巾。

青牛柱史迎關吏,白獸天杯失逐臣。共道風雷無竟日,廻光終照楚江濱。

並蓮合竹引爲陸元白賦

萬曆初年覈吏治,桐汭大夫徵卓異。天官開宴奉天恩,金樽玉斝留君醉。是時計吏人如市,看君不異果是李。循良欸欸從昔難,史册紛紛誰者是? 長安貴盛易爲工,君胡槖落西曹中。朔風吹衣别思苦,君胡偃蹇乞外補? 陸大夫,陸大夫,守雌百美集,善下衆名俱。古來名德各貞孤,安能仰首當交衢? 君不見大夫昔守桐汭日,徵祥表瑞不但一。並莖菡萏似同心,合本篔簹堪吹律。君不見大夫自還桐川節,蓮花離披雙竹裂。

送汪子建南還

長安朱門何妙麗,東郭先生獨留滯。裘馬淹遲公子家,悲歌醉舞將軍第。黄河春冰裂有聲,九衢雪融九軌明。送君别君不勝悲,聽君還吴歌五噫。

春夜集庚生客次得春字

有客相逢心自親,當杯意氣交嶙峋。分明愛爾秀詩句,空復令人悲隱淪。御苑柳枝不受雪,玉河冰片難禁春。風光若此更相負,明日落花來惱人。

送吴文仲慮囚閩中

藹藹夫子,志澹神遥。服道前哲,稽典先朝。奮翮弱冠,論文垂髫。筆如濃雲,思若輕颸。蚌蛤望月,磁石引鐵。予於夫子,迹遠心綴。亦既遘止,叶于夢思。共翳霞外,並踐雲司。珠載圓流,玉藉他山。夫子垂眷,謬置其間。朋歡未弭,王事靡寧。濯濯春月,芒芒使星。後騎在御,前旌渡河。竚瞻凝睇,思如之何。明明天朝,零零露湑。笠無招獸,網有漏魚。僕車既脂,敢獻掌徒。植恩立僵,沛澤鱗枯。

春夜集袁君學宅,賦得城闕春雲滿,得翰字

客徑夕初開,春雲朝未散。輪菌匝近堤,晻黕蒸遥岸。兢亂一城飛,未隨雙

闕判。迎香止舞衣，傍酒摇歌幔。芳樹各含葩，遊禽皆盡翰。惟餘北郭貧，屢發東方難。

送葉參軍

見君無幾日，又復送君時。屢歎新詩好，休嗟一命卑。岸花迎騎近，春樹出帆遲。惆悵從兹别，江流無盡期。

月下同庚生訪孟孺不遇，因題其壁

已散城頭雨，初明月上枝。夕風輕自動，朝露暖還滋。酒醒題詩筆，花侵洗硯池。空齋人不至，竚立夜何其。

恭謁長陵

聖武神垂略，文思德協華。乾坤重定位，日月再承家。破斧心猶旦，煉天力比媧。移都臨朔漠，鞭虜服昆邪。六月師初凱，千秋帝已遐。壖縈温谷曲，殿壓鼎湖斜。虎豹岡巒攫，松楸蹕路賒。猶疑飛馭出，西伐到流沙。

恭謁永陵，先臣以貢士射策蒙永陵親擢云

嗣服推真主，垂衣數中興。龍飛三楚外，鳳起五雲層。英武天將縱，聰明古未曾。文思多自涣，威惠乃無恒。議禮群臣屈，箴心哲聖能。居深三殿秘，坐致萬方澄。龍首朱堂建，具茨法駕登。夜飛陳寶石，春映壽宫燈。名昔張相達，聲終顔駟騰。私門哀卞璧，萬姓泣橋陵。甲楯神猶護，松楸淚培增。中宵天仗外，明月滿觚稜。

送唐太僕之南京

青春符傳出滁陽，白下風烟入帝鄉。地遶園陵雲盡紫，峰環官闔樹仍蒼。台星近傍三山曉，卿月遥分八舍光。公望一時推北闕，諫書它日憶東廂。龍門賓客雙鸚鵡，牧寺旌旗萬驌驦。却羡征驂霞錦色，從君飛去盡乘黄。

何鴻臚仁仲二園詩二首

芳林三墮露，天亦愛茲園。巧搆倕能失，幽尋客不煩。山禽春裂竹，江樹夜啼猿。道侶時相過，滄洲每踐言。

右甘露園

其　二

郥江水一支，曲引入山池。芳草爲誰玩？春鷗獨我私。堤圍晴埤垷，舟弄碧漣漪。樹樹堪攀倚，君應愛桂枝。

右百花洲

劉寅長懋學以新都楊太史詩蹟見示

松下展生綃，花間發長諷。詩篇何沉雄，筆畫復飛動。循墨猶如新，論世翻疑夢。伊公玄成子，讀書似高鳳。宏才足股肱，麗詞叶雅頌。緬想中興初，議禮方謥詷。至尊攬英謀，列辟紛聚訟。伏闕辨尊親，延頸鳴哀痛。九叩不可聞，一謫終蠻洞。荒途山鬼雜，孤身瘴烟中。吾友滇南秀，宰公舊里閧。登堂得斯篇，不啻寶銀甕。委藏緗縑重，披觀雲霞衆。嗟公豪俊人，淪落空無用。沉憂千古興，絲淚九原送。不獨翰墨遺，能令我輩慟。

送吴吏部年兄憲副浙東二首其治在紹台，先尊人兩仕此邦，而吏部實生焉。

南省聲華冠百僚，新持憲節下層霄。風烟川路隨飛鵠，日月天門憶珥貂。鴈宕春高滄海氣，樟亭秋湧浙江潮。十年離合悲龍劍，愁見尊前有柳條。

其　二

群仙縹緲紫鸞笙，瀑水霞標滿赤城。昔日釣遊曾此地，重來耆舊盡相迎。鄭虔宅裡青山在，羊祜碑前碧草生。君去登臨雖自好，定知孝感不勝情。鄭虔爲台州廣文，謝康樂有《孝感賦》。

夏夜齋居偶作

雲門未踏雙青鞋，猶是風塵行六街。小騎時衝京尹馬，山妻又值太常齋。黄鸝無數坐啼樹，白鶴一雙鳴向階。鈴柝餘聲遶四壁，殘燈我獨何爲懷！

偕諸子集王惟允宅得天字

仙郎庭下花娟娟，日日朝回花下眠。好事題詩每滿竹，邀賓沽酒寧論錢。青山如黛浥朝雨，夜月含華開暮烟。伏枕三春忽已盡，誰能更負今宵天？

哭黄孔昭

夫子慕禽向，清詩凌鮑謝。白髮老明時，青山即長夜。空憶黄公壚，難命山陽駕。援琴欲塞悲，翻使雙淚瀉。

賜金歌爲程福生賦

蒼頡茫昧禹迹空，帝王翰墨如隨風。古雅無過漢章帝，遒勁尚數唐太宗。千古緲綿寡心賞，吾皇合在二君上。九天風韻崒爽森，萬里神奇宏泱漭。御題閶闔映金鋪，大筆梵宮排銀榜。吾皇萬幾得一時，龍箋鼠管常臨池。每發睿思窮要妙，多搜天府撿神奇。宫中一日得牙牌，龜文漫理籠風霾。上有二字鐫刻古，八分篆隸相和諧。帝怪此字未嘗見，詔令秘書繹之遍。再敕人間有賞音，便可予之雙南金。微臣福生一秀才，漢書秦篆窮兼該。春風筆落茅齋裡，白日紙貴黄金臺。中使聞生索生急，青絲維馬排門入。問之二字心眼開，曰此平生吾所習。古文六體曠蕩蕩，此字八分相參廣。蟲書繆篆合交并，牌中之刻名送往。國家一統通九夷，舌人番使縱横馳。軍諜戎機或叵測，兹體秘密人難窺。中使聞言兀然起，因入叩頭報天子。天子命考工作時，正統年中使邊是。是時大官方尚食，再三問生憫幽惻。特出朱提御手封，重詢相貌天顔憶。鴻都待制無不有，家家自謂識蝌蚪。傳聞天子賜福生，一日詞林皆袖手。臣嘗聞蔡邕陳留布衣客,太學門前穹碑刻,觀者車塞洛陽陌。又嘗聞陽冰學篆五十齡,垂垂白髮悲伶俜,願爲大唐書石經。皇明文章光天地,生今又竭一生事。殊伎專長世所稀,可令至寶虛金匱。小臣愚魯好讀書,敢爲稽首上天居。福生福生今何如,家無儋石出無驢。

錦衣行

驅馬白日夾道行,自言天子羽林兵。入番陛楯稱衛士,出捕仇家得主名。錦衣翩翩意有餘,人生何事須讀書? 戚畹主家開甲第,勳階門庇曳華裾。漁陽健兒猛秋鷹,道逢緹綺如寒蠅。殺人逾衆爵逾多,五城旗校繁於羅。

送劉金部陳情終養

君年方强仕,未合理初衣。疏以陳情入,官因念母歸。代耕舂水碓,調膳采山薇。古有絶裾者,不知今是非。

省署

省署空何有,松花常滿關。讀書成病癖,爲吏任疎頑。隱几時聽雨,登樓或望山。斜陽騎馬路,明日復來還。

别秦汝睦二首

少年結驅馬,遊戲燕與并。中過齊魯都,懷古空餘名。獨立望長天,撫心以屏營。三十方彈冠,長裾獵華纓。論交四海士,獲我關中生。一生鑑今古,萬事觀虛盈。秋風從西來,匹馬東南征。踟躕狹路間,日暮不能行。

其二

慶陽特奇俊,詞筆掩千古。武功質而理,鄠縣艷以嫵。華州鬱麗文,焕如日當午。因君憶前哲,皆爾舊鄉土。錦繡雖淩亂,所貴能藻斧。人生在不朽,何論腰間組! 落日清渭川,秋色灞陵雨。王途或有程,生事堪自取。文禽浮遠汀,落鴈逗前浦。羡彼翩翩飛,嘆此肅肅羽。

庭　前

庭前紅蓼花,纖纖隨風移。朝來雷雨過,綽約不自持。

寄贈李季宣孝廉尊甫廣文

久嘆清詩李季宣,夢魂常繫孝廉船。衹言獻賦如揚子,誰識傳經出鄭玄?白首山春鋤藥圃,青門酒熟醉瓜田。淮南鴻寶繇來地,何日松枝遇偓佺?

夜集朱汝脩保御修竹館得山字。館中時有二白鼠

修竹有寒色,翛然几席間。高城捲暮雨,茅屋映秋山。仙鼠緣床白,禽花覆砌殷。清尊不盡醉,疑遇壺公還。

别戴亨融

秋氣初鮮,夕波微瀾。振策路隅,歛轡河干。對羞不御,臨觴無歡。按節緩歌,請歌路難。翼翼上京,天闕桓桓。太乙鈎陳,上冒雲冠。攢鸞集鳳,刷羽摇翰。爾獨何爲,在天南端。小人多慮,情難預覿。達士保貞,不豫險難。如彼松枝,莫附莫攀;如彼竹竿,自檀自欒。夙夜欽止,明德慎完。守此至和,消彼萬患。石頭崔嵬,鍾阜巑岏。帝圖斯興,王風所蟠。爾心伊何,其直如弦。孰遇不爲,疇知不言。昔我與子,密如雲攢;今子去我,忽若風摶。人生離合,孰足憂歎!惟有竹帛,可以自宣。去矣君子,保此歲寒。

九日同玄子於大通橋送客,關門周使君方與玄子雅泛,因艤船見待,爲竟日歡

敢屈度支使,維舟待碧潯。淚痕因别酒,笑口爲朋簪。野服娱前渚,輕橈狎

近林。山疑吴岫美，水比越溪深。上國清秋晚，層城落日陰。變衰傷弱念，風物動高吟。把菊花間意，囊萸客裏心。興來無不可，未必擇川岑。

署夜聯句

柏陰蜿若虬，松色澤如髮黄裳。高臺垂寒雲，疏窗流皓月喬遠。

追代鄰老答李端李端《觀鄰老栽松》詩："雖過老人宅，不解老人心。何事殘陽裏，栽松欲得陰？"

春松難得陰，春花難留心。若把春花種，老人傷更深。

送陶二尉龍巖

尊酒嘆離群，何人不惜君？世徒悲屈宦，吾更念高文。駿馬蹄空在，干將氣屢分。古來皆若此，岐路共誰云？

虜退

虜退關朝運，天戈不待揮。雖云貪塞欵，終自懾皇威。隴水旄頭落，秦城太白微。夷情終叵測，未可偃戎機。

滇南歌送王惟允督學

滇南江樹何青青，點蒼山色横翠屏。昆明邛筰合渤溟，若水遥逕入蜻蛉。昔日當羌未勤銘，星旋日轉西南扃，象犀翡翠織貢停。髦牛天馬生郊垌，皇風暢洽開千齡。冠裳禮樂光煌熒，文石紫貝充天庭。僰僮巴客稱六經，王郎胸中羅列星。流商刻羽動高冥，手握蘭蕙飛芳馨。九天吹散風泠泠，引來鳳凰朝百靈。燕雲連綿督亢亭，尊前日暮猶自醒。五絃揮手不堪聽，愁送胡姬雙酒瓶。

書齋寒夕

塵途懷百憂，暮節興千念。出郭行杖藜，望山坐支劍。雪霽寒猶凝，日斜照欲斂。寒雀空檐喧,飛鳥枯枝占。倏已高秋没,况乃上春艷。羅綺不可娱,服食終無驗。惟有千古心,默默在懷槧。

柬劉百世

胡姬百尺樓,遊子千金堰。調笑菡萏幃,射策虎豹圈。劉生獨何爲,戚戚布衣願。壯歲功名惻,經旬人跡遠。空庭寒日微,茅齋朔風怨。神物終自并,淑質應無悶。子若困鶉衣,吾將飽藜飯。

鏡山全集卷三

詩

送吴郎中守嘉興，吴舊爲潤州守

鳩署清詩獨許窺，熊車新命衆皆推。同心翻嘆遥相憶，直道何愁晚見知。吴岫越山看不極，海雲江雨到無時。應知畫舫朱方過，故老攀衣鼓棹遲。

區用孺翰林以貞元體詩見示，手札下貽，頗有鍾期之意，因效貞元體答之

六義何包該，作者隨所到。翩翩曹劉間，宏敞開清奥。沈謝逾精研，刻畫工啄菢。開元大曆上，諸子異調操。杜甫鬱淵深，李白肆洶浩。稍及貞元體，亦叶當時好。情周境彌真，語近俗亦靠。所以元白輩，沛如衆流導。文章非一途，英華在擷芼。奈何近世人，拘束在槁暴。才情窄内宣，音節紛外盜。多心希商彝，綿力並魯縞。鼓掌貌疑優，狂言口强奡。區公南海秀，金馬排雲翿。阿閣鳳凰巢，南榮偓佺曝。退朝開斗酒，清詩以自勞。上下巨唐間，精好及粗糙。一一毫端見，言言意上造。鄙俚采里巷，情事盡覆燾。寶山拾珷玞，玉海收玳瑁。君既火居誚，人頗翰林號。成化間，詩出翰林，諸曹皆不習。有能詩者，輒以“火居”誚之。李空同以郎官出語驚人，翰林訝問之，有客從傍對曰：“火居所作也。”“火居”者，優婁也。王鳳洲每作詩不愜意，輒笑曰：“翰林詩來矣。”下問感虚懷，淺才愧隆報。清言誦江河，微義滯潢潦。未效新豐謍，方致少君竈。

送梅禹金還宣城

大雅淪無象，千載竟誰勇？睹君清詩篇，詞響先直講。舊家宛陵城，春花滿

敬亭。觀風採古樂，識曲變新聲。八月鴻鴈秋，挾册上京遊。酣歌向空茫，飛鳴無匹儔。夜雲朔風卷，夢入江南遠。開田稻米香，垂鈎蘆花晚。昔日未見君，萬里平生初。今日既見君，寸步翻相疏。避人余既深，失路君誰憶？燕昭臺畔草，空自歎行跡。凍雪夜霏霏，君行雪裏歸。歸到故山下，應憶謝玄暉。

送范節之閩中

衆客且莫歎，范子且莫悲。聽我歌何生，爲子鼓羽鬌。我先廣文嘉靖季，春風振鐸靖江湄。學宫三百六十士，衣冠楚楚揚威儀。升堂講德者誰人？范子宿學窮軒羲。昭陵皇帝大選士，子有懿行鄉人推。千古賢聖生夢想，四海豪俊承攀追。鴻都觀經二十年，青雲往往輕毛錐。誰知浮沉後時哲，百氏六經空爾爲。今秋射策復不第，乞官乃得縣丞卑。小吏應嗟路傍耻，貧士難仰皇天慈。唾駡且遭官長怒，箠楚未與此身辭。昨日已持手板拜，手拈一紙猶吾伊。何物腐儒不曉事，亦有達者稱大奇。君不見何生起家登甲科，刀筆之吏乃執之。長安軒軒貴人面，無數睥睨當輪騎。吾生有眼殊能白，吾生有腹未可欺。文章往往限才俊，屠沽處處藏男兒。子今且向閩中去，拳曲未可僵腰肢。不然揚子長江浪如雪，江魚白白多鱸鰣。

柬劉玄子病中

寒月流輝夕，霜鐘入夜初。經旬方不見，閉户欲何如。行藥延山客，清齋證道書。應聞躭坐隱，未與奕碁疎。

晬兒歌

君不見晉江何生三十餘，耳聞鐘鼓如爰居。日暮吟詩古冶子，平生結客夏無且。一官稱貧常告貸，微禄不足充魚蔬。家人誶詬輒狎至，日中僵卧方晏如。大兒九轉年十三，怯弱未可勝衣裾。去冬稍喜得一子，頭角頗足充門閭。商隱嬌兒知六七，長卿幼子堪琴書。臘月八日逢周晬，慈母將出坐堂除。雜列玩戲恣所取，欲因長大還占渠。或書或劍或印綬，或金或銀或布帑。何生入門忽大笑，此非吾族之所於。不願兒大躡卿相，紆朱拖紫盛車輿；不願兒大富錢刀，吹竽擊鼓烹羊豬。我家有田南山下，釣竿付汝或犂鋤。

改儀曹後答程生

酒過時時有，書淫歲歲增。祇應安蹇劣，郁復問飛騰。獄吏猶慚貴，祠官敢謂能。省回新紫燕，官去舊蒼鷹。北斗垂檐迴，西山出樹層。威儀雖漸盛，簿領總相仍。興發愁無賴，狂來俗可憎。勞君歌郢曲，一似飲春冰。

寄答蔡體國南駕部

十載遨遊嘆轉蓬，那知楊意得相逢？青春結綬歡應並，華省含香恨不同。碣石風雲通海右，廣陵烟月到江東。賈生莫道猶年少，願繫名王絶塞中。

春　省

上苑融融暖氣歸，輝輝春日近人衣。檻前吏散花枝晚，省裡鶯啼煙樹微。鑿壁燒燈心好在，牽裾引席事多違。幔亭却憶神仙宅，桂葉松花滿地飛。

家林諸子宴集得園字，時諸子方下第

纖花舞前榭，幽禽啼後園。入座青陽敷，望郊緑陰繁。彈冠車馬客，逶迤登朱門。何來二三子，列坐我短垣。澹爾丘中興，超然物外言。吾鄉富才俊，昔鶩多華軒。比來握靈珠，家家窮詞源。芳蘭有密契，美玉非終冤。請君勿復嘆，醉此握中樽。

别黄巍、黄岑二昆落第南還二首

可道非殊品，誰能識雋才？春前隨鴈至，淚裡别花回。客路斜陽外，孤舟野水隈。延平雙劍在，好爲護風雷。

其　二

賢兄優墨妙,令弟富詞英。卞氏悲雙璧,田家羡一荆。同隨下瀨鷁,誰聽上林鶯? 若嘆倦游客,君應念馬卿。

塞下曲二首

匈奴雜虜寇邊城,詔奪和戎賞不行。忽縛叛夷求自贖,天書又罷羽林兵。

其　二

朱提十萬出花門,幙帳氈裘盡拜恩。數行胡騎如飛鳥,烽火仍傳到固原。

騰　逃　謡

騰逃復騰逃,私馬食菽官馬糟。糟酸菽美肥瘦殊,私馬安逸官馬勞。太僕帑金一百萬,買得民馬價數高。芻糧月給與寄牧,顧覓分外求錢刀。今年備胡大點馬,四蹄褁骨高於尻。又開馬市與韃靼,市來胡馬增芻茭。君不見主將尅軍軍尅馬,叱撥老死駑駘下。

揀　練　謡

揀練復揀練,北兵重鈍南兵健。京城十二神機營,弓馬教場日習戰。十人一隊大喊吶,長欘無刀弦無箭。番休直日作踐更,挖土扛磚隨旗面。夜傳刀劍宿皇城,繡澀持入大明殿。詔書遣使巡邊行,專委將軍與列卿。猶學昔歲戚元師,敢死大募義烏兵。君不見衛霍百戰樹功勳,破虜降羌皆北軍。

别從兄華先

登枝捐本根,薄行古所貶。雖在登華要,未可棄寒儉。處士吾懿叔,放志習閒淡。裋褐肘不完,藜羹盂未掩。白小美海錯,玄椹甘山檿。風雨既無侵,精氣日以歛。吾兄承令德,素絲出所染。賈疎閲屢拆,藝通藻乃掞。深玆鶺鴒心,忘彼川原險。蕭然萬里至,入門塵滿臉。赫曦蒸敝裘,暑雨漬寒簟。飯我羹芋魁,果然腹已厭。兹行適武夷，名山如入剡。棠棣再偏反，魚水復喁噞。儻有山行詩，寄我一竄點。

家兄拜官建陽之日是其誕辰

家晏喜團圞，朝恩正拜官。祇悲三釜暮，不薄一氈寒。弧矢欣初日，雲霄望遠翰。應知君子意，從此詠河干。

李玉真詩

灼灼桃李花，青春生路隅。玉真初嫁夫，慊慊上容車。有一婢子，牽蘿賣珠。緗綺下裙，紫綺上襦夾車趨。玉真十六嫁夫，二十亡夫，寡鵠孤燕，難以久居。父母登堂逼嫁之，舅姑涕下，許出門樞。上堂拜舅姑，入室持白揚刀。婢子抱持，相向哀號。不願嫁人，願從寡嬰陶。遥上西山墳，渫渫淚如雨。朽木不可以近柱，卑人不可以附主。死願葬山足，去墳一丈許。

王熺、王文昇詩

烏生九子，鳳將九雛。柯拆巢顛，獨留一雛。雛翼離蓰東西飛，徬徨哀求不能歸。上堂置酒，入座沾衣。今我不樂，七十者稀。西日在淵，則不可依。白楊在地，則不敢嬉。父言孺子慕，子言嬰兒啼。大水時至，父車上山不得驅，陸走不得趨，負上空床，竈滅囪虚，手足沾濡，不敢以疾呼。母病思食荔枝，時尚緑跗。母死荔枝熟，不得薦中厨。心裂腸斷，兩眼爲之枯。

春晚林公廸至

閒雲棲野幔，新月照流渠。高閣鐘鳴後，空齋客至初。貧家樽尚滿，公子意何如。請看東風下，花枝日漸疏。

送石司訓之莆田

此去木蘭陂，見君能幾時。江邊林藴宅，驛外蔡襄祠。乞禄依家近，窮經得選遲。若愁餘俸少,丹荔可療饑。

晚出左掖

東觀朝光迴,西山暮雨微。苑鶯啼未住,宫燕語還飛。籠殿瞻朱綴,垂簾想寶衣。端門看漸近,月裏可徐歸。

爲孫兵部壽母

勿歎潘輿遠,君家自有園。竹鄰修褉嶺,花接浣紗村。蚌蛤雕盤美,芙蓉繡縟温。此時蒙雨露,易使忘憂繁。

闕　雨

朝雨響空濛,蕭蕭複殿中。檐虚聽不極,閣迥望無窮。御氣涵西海,斜絲捲北風。平生子牟意,寥落撫丹衷。

梁夫人詩

慈母居中闈,内言久不聞。盤龍迷繡暗,棲鳳滅香薰。機下雙鴛斷,花前寡鶴分。當門如健婦,教子比嚴君。餘片悲魚膾,蒙雙羡鳥群。標高南紀域,詔下北堂雲。起色今朝綵,淚痕往歲裙。感兹辛苦操,不減古人云。

别家兄齊孝九首

倬我有何,系自姬周。迨我元祖,遘亂之秋。食荼比薺,履險若浮。化國造邦,乃優乃游。逌世弗諼,肇啓先猷。

其　二

我先君子,奮學童孤。備美難該,至孝不渝。游夏登堂,詩禮門徒。翱翔藝苑,容與名都。道貞教本,德秉家樞。

其　三

亶我賢昆,彬駁勃蔚。德音孔徽,文望有崒。繄余小子,幼被噓拂。慶雲翼景,緒風煦物。鵠起非騰,龍蟠非屈。

其　四

周極之馬,始于車後。摩蒼之鵠,孚于郊柂。巍巍高山,功積培塿。累德程行,亦惟其有。翼翼名邦,言結其綬。

其　五

維此名邦,先哲所挺。微言既精,大道以炳。川谷含芬,冠紳蒙景。豈無武夷,群仙所境。雲動烟消,日出爝屏。

其　六

祁祁周道,先民程之。秩秩大訓,君子成之。哲德惟行,爽德惟行。譬彼鍊形,執而勿攖。漠其未兆,久特以生。

其　七

有緐者苜,長蕙緑實。結子同房,隨風别出。緊我同生,春融霧密。忽焉分飛,羨此鳥翼。戴瞻路衢,使我心惻。

其　八

昔與君子,載詠南陔。求養違榮,朝夕孔懷。俯惕層淵,仰悲重閡。今我升斗,以飽童孩。雖有載冕,不如蒿萊。

其　九

穆穆先猷,其德彌顯。漫漫長路,其望彌遠。悠悠車轍,則不可轉。汎愛惇仁,闕焉莫展。小子作詩,比諸小宛。

秋夜,蘇君禹携其門生葉、曾二僚長見過,得微字

儲苦難期客,虚庖忽枉騑。不愁秋夜短,但恐濁醪稀。弟子隨元亮,才人接孝威。徵歌聲有和,憂國淚頻揮。野曠墜蟾昜,天空過鴈微。上賓聊暫坐,花露未沾衣。

送蘇君禹

畏途空榮貌,山心多遁情。常願棄寸禄,秋田及歸耕。忽見羽檄飛,戎馬皆

馳鳴。愧非劇孟士,不及魯連生。静躁既雙乖,淹留遂無成。長公乃眉山,文章流華英。朝列願識面,士林傾盛名。萬里捧金函,千門朝玉京。叩閽不復見,葵心虛抱誠。獨去遊昭曠,離立挹孤清。空谷答長嘯,流川飛浮觥。追隨滯故歡,愴惻臨前程。亮無晨風翼,從君以遐征。

别安小范之南吏部,兼寄亨融

乞官養母到南中,冰鏡蘭香署不同。萱草暫寬春後夢,禽花偏發别時叢。山環鍾阜迷吴苑,天入金陵敞漢宫。頗怪故人詩寄少,待君酬和滿江東。

送徐獻和督學吾閩

端笏陪承明,振纓隸華省。槐陰披朝曛,蘭風嘘夕景。力微怨長路,汲深憂短綆。素交忽告别,末念未有請。伊君獨邁往,千古寸心猛。仁義恣遊遨,洙泗窮馳騁。海壖亦何幸,達者聞要領。宋璧雖慚周,燕書逾喜郢。仲尼譬成山,孟軻喻掘井。隰朋獨何人,黄軒以爲秉。願君廣末光,錫類比封潁。

别彭九亮廣文二首彭,先廣文門人也。

文采聲名四十年,微官西去代耕田。朔風吹雪冰三寸,不及虔州一片氈。

其　二

桃李安成歲歲新,憐君猶自憶前春。王裒門下無多士,罷講蓼莪尚幾人。

别龍君御

狂風夜起東海濱,吹散龍生衣上塵。散髮獨歌滄海月,披裘又釣武陵春。龍生何以罹世故,只爲年少工詞賦。翅掩大鵬尚側飛,蹄羞天馬稱高步。前年謫宦滯東甌,彈冠畫省盛風流。未深醉客同沽酒,又向行人欲買舟。古來布衣豪傑願,只用詞林問誰健?造物妬人久自知,文章困我焉能怨?别君西去遠茫然,宣武門前一片天。揮淚路岐愁不極,閉門日落夢相牽。

得王惟允書却寄

故人杳何處，翹首西南天。洱海春雲流户下，點蒼山色入眼前。從君别後素交慵，雙魚忽自開心胸。載筆班揚知總好，升堂游夏幾相從。邪狹長安復問誰，此心不説君應知。年來亦有雙蓬鬢，漸敵京塵不化緇。

别蘇弘家民部

與君同是泉州人，送君因作泉州歌。甌駱開國三千年，文采風流孰更多？遠有四門起崛礧，歐陽詹先生。近見參政揚流波。王慎中先生。乾坤二子亦齷齪，何人鼎峙相盪摩？吾鄉蘇生出時輩，少年星宿緡藏羅。落筆雄飛半風雨，引弓捷墜雙駕鵝。尚書郎官如禪舍，空庭烏鵲喧枝柯。燕市擊筑者誰人，惟子與我聲相和。嗚呼，人生大業足自愛，富貴於我如鳥過。近日國論彌紛紜，二年邊塞猶干戈。扣閽何以明日月，洗兵未見挽天河。相如酒褌不嫌着，禰衡鼓吏尚須撾。子今負弩過鄉國，觀經仍托舊山阿。青天背風羽翅長，榆枋之雀奈爾何。

送吴伯焜轉解帑金造防倭舟於天津

島夷烽火照朝鮮，計日東征備戰船。奉詔乍爲滄水使，校緡轉給大農錢。三軍赤羽將横海，六郡黄頭欲赴邊。不用沙場鳴駿馬，看君此去亦翩翩。

送黄明起翰林册趙藩，便覲母

燕雲星欲散，宛洛意悠然。借問將茅土，何時返木天？挂帆分日下，扇枕在秋先。相憶長亭柳，垂垂向别筵。

送李翰林册周藩兼覲母

夫子表詞林，超然世外心。嘗持鄉校論，自獻虞工箴。剪葉承新命，縫衣憶舊吟。豐城家住處，相望斗星臨。

别于文若

少年慕古初，雅志游無垠。興文結慷慨，棲心會清真。中歲被微禄，竽瑟各所陳。常願棄此去，垂竿于海濱。君侯夙抗厲，清時踔光塵。牽絲固今轍，織絇實始因。昔者何拂衣，門子思老親。欲希曾閔孝，寧念顏原貧。文章祇績躬，翰墨聊熙神。舉世不知君，以此稱上珍。麟角難别識，鶴脆易淪泯。伊余過逢淺，慕美絶等倫。人生重知心，豈在相見頻！青龍翼宫闕，白馬開河津。高防動征蓋，莊馗邁通輪。宛洛非游戲，梁宋久苦辛。願君揚仁風，晞穆於上春。

别同官四友詩四首

于元時判安吉州

元時夙磨淬，抗志表朱方。歎惋興慷慨，雙袂若楚莊。前無鼎鑊驚，欲以身投湯。去年東南夷，烽烟犯樂浪。龜兹乃出走，形勢極倉皇。煌煌聖明君，豈有内外荒！劉毅比漢帝，賈山借秦王。臣心固至忠，子言毋乃狂。清時霈雨露，謫子非沅湘。迢迢天目山，雪涕沾衣裳。

陳伯符尉饒平

伯符圭璋姿，其氣伏鏌鋣。文章該騷選，典故閲年華。輕心繫去留，素抱辨忠邪。悠然歎世人，其聲常咨嗟。登第十七年，未得佩青緺。比方近雲逵，今復負鹽車。道屈志不衰，跡遠衷未遐。君心如寶玉，投火色愈加。嶺表饒毒霧，虎豹交磨牙。雖不畏摧輪，亦當防含沙。

顧季時判光州同時薛敷教謫光州學正。

季時若嬰兒，其心一無僞。此身空自知，舉世若皆醉。憔悴效褱言，鬱勃論時事。虎豹若可嬰，刀刃不嫌剚。入仕方八年，見黜已再次。謫宦今何憂，削籍已分棄。承譴有薛生，同地復同志。太阿及龍泉，二子可一譬。爽鳩下虞羅，志氣終悍鷙。何時撇雙韝，慰我高雲思。

張以登判鄧州

以登動義憤，其聲如黄鐘。欲以鐵如意，擊破世人胸。和光柱下史，齊物漆園蒙。問君胡不然，少年多英風。與君厲古初，相與追鴻濛。豈特素心諧，亦以古調同。桐柏川南流，熊耳山西崇。揮劍隨浮雲，飄飄入洛中。君如天地翼，我乃榆枋叢。别君發長嘆，安能究始終？

和章武選元禮宋西寧侯西園宴集歌

帝城五月薰風和，侯家主第花開多。宋侯西園花刺眼，對花不飲奈愁何。百果垂垂映窗曲，窗户琉璃生微緑。竹格攀梢縛翠屏，銀床激水濺寒玉。娉婷幽樹拂還合，宛轉嬌禽啼仍續。山雨紛來碣石宫，夕陽忽照蓬萊閣。羡君城闕有幽賞，清流怪岫居然爽。陰洞霏微穿霧入，高臺崚嶒挾風上。日暮酒闌坐花底，白雪清歌愁盡洗。花底清歌誰最高，江南司馬章元禮。

西寧侯宋太夫人詩

雍容齊石窖，文采漢班昭。虎帳看三代，翟衣侍五朝。鞠歌西第獻，瑶席北宫邀。萱樹春風裏，天香夜夜飄。

題宋侯峨眉山雪圖

高臺懸匹素，四座生寒色。爲有峨眉峰，積雪與天逼。

榆枋齋爲高正父賦

僦居城闕内，棲息似幽林。歷歷榆枝流霧氣，青青枋木翳春陰。看君早歲工詞賦，子墨嶺南稱獨步。朝服惟霑金虎雲，山心頻挂石羊樹。瀟然散木號高齋，舉世誰知事外懷？若爲刷羽向空微，若爲側翅傍林飛。君不見漆園小吏逍遥身，貸粟監河絶世貧。連犿著書遊造物，誰能更問蓬蒿人？

送屈比部奉使歸省

白雲仙省吏，西望白雲歸。秋色朝隨馬，星河夜照衣。關門函谷遠，津樹渭川微。遥識知年意,心心愛晚暉。

鄭郎中新園

仙郎因在告,暫學賦閒居。超曠道心外,逍遥物化初。編花兼代援,種樹即觀書。山翠旋看積,林光不覺疎。園喧啼百鳥,浦響躍雙魚。隱几松烟潤,開簾竹氣虚。何人同射虎,或日自騎驢。畏世心常澹,戀山夢不袪。子真應愛客,仲蔚亦能廬。君若憐同病,相從問溺沮。

送葉比部審决江南便還江西

爲銜新命出鵷行,勝覽迢迢到水鄉。吴主孤城當北固,滕王高閣入南昌。砧聲秋散千山雨,劍氣朝飛一夜霜。若倚白雲思碧樹,知君還憶舊曹郎。

贈别王伯固之臨漳

黄雲黯黯陰風繁,秋城雨多傷葵根。九衢泥深馬蹄滑,欲行不行愁車輪。嗚呼王生休嘆嗟,深山大澤蟠龍蛇。達士坎壈古來命,健兒蹀躞世人跨。憶昨君爲太湖縣,嗇夫三老時相見。留賓算器冰調漿,殺賊雕弓血洗箭。胸中一生紆籌策,海内詆作文章客。雲霄整翮真自知,泥塗蹶足實可惜。燕市逢君若夢寐,與君高歌視天地。盱衡千古多會心,慷慨一尊饒下淚。王生謫宦今臨漳,往到西陵鄴水傍。應笑英雄亦竟爾,但見古木寒蒼蒼。

伯固小飲卑齋,因即席爲長句重别之,得開字

王生此别幾時來,甕頭春酒爲君開。何人窮愁好詞賦,何人磊落隨風埃?昔年與君同門生,青春數爾柏梁才。逶迤束帶大明門,出入騎馬長安街。雨墮雲散非一所,韶光轉盼移斗魁。莊公沈公各幽明,豈但出處分途乖!君既槖落晉宋墟,予亦卧病軒轅臺。未得長天奮兩羽,已見短髮垂雙腮。襄陽杜甫富典則,雄奇鬱勃窮兼該。國朝傑出李夢陽,詞林飛湧鳩群材。爾獨沉酣兩家體,盤

礴吞吐纏風雷。秦碑漢璧法奥壯,川號石走聲喧豗。文章古來必有用,出世非止瓊與瑰。相如不終滌器者,蔡邕豈徒彈琴哉!秋天莽莽漳河道,勸爾蒲萄緑醱醅。邯鄲客舍酒雖美,不如齋頭再一杯。予同邑翰林莊公履豐鄞令、湖廣副使沈公一中,而伯固與予同爲二公門生。

惟寅大將軍席上拜謁武靖王遺像

將軍愛客華筵集,濮陽汲生得長揖。開簾膜拜武靖王,滿堂英爽風習習。眉蒼眼秀顔脣朱,髯端四角别有鬚。垂旒執玉坐如趨,雍容一似魯國儒。敢决誰知膽氣粗,年未三十破骨都。一身格鬬萬卒徒,刀箭不得瘢寸膚。降城摧敵焚金珠,巨筏載首驚天吴。應昌西出驅群胡,山絶紅羅海臚朐。中山開平功卓絶,王與二公成三傑。中華大地獩貉除,日月千古乾坤挈。將軍弱冠文且武,凜凜英風似乃祖。藝苑沙場四十年,羽毛麟鳳聲貔虎。東夷跳梁北虜黠,勁羽合向幽并刷。富平小侯字汝藩,體態又與王仿佛。繇來公侯復古始,功勳父子君家起。

恭睹惟寅李侯家藏孝陵御筆歌

真人提戈起淮北,掃蕩中原胡氣黑。風雲日月開蒼穹,馬上詩書兼翰墨。岐陽曹國舅甥親,帷幄行間肺腑臣。英謀雖作貔貅冠,廟算實遵雲雷屯。吴擒漢蹴出沙漠,將軍射胡如射雀。皇帝勞問數賜書,龍箋遂滿軍前幕。臨淮壯侯天家孫,綾錦愛護什襲存。烏弓阜履王氣遠,衡碑石鼓神靈尊。小臣稽首得借觀,龍拏虬躍森攫盤。體勢雄壯鎮遠嶽,氣色崩騰飛怒湍。聖神運筆動撇捩,經首桑林皆應節。不似子客空含毫,百遍臨池愁嘔血。

訪韓倉部不遇,索飯而題其壁

滿院寒光秋氣微,蕭蕭古柏倚斜暉。主人莫道空餘竹,更對黄花得醉歸。

中秋次日,偕諸比部郎易楚衡、陸元禮、高正父、朱叔理、朱用晦、袁君學集劉懋學館,其明日爲萬壽節,得卮字

邀歡深酌手中卮,月出高城尚不遲。朏魄遥懸青桂樹,疎光近上碧梧枝。

五年北闕餘孤興,七子西曹又一時。明日蓬萊佳氣滿,玉筐金篋好題詩。

賦得中夜不能寐

百役雖已休,寸心未能理。援琴坐自悲,滅燭行再起。寡鶴時聞音,哀蟲屢充耳。緘情憂一世,鶩念思千祀。中心空自知,感歎誰諭此?

送查仁卿視學江右

視草重仙郎,衡文復一方。鳳來瞻振彩,鴈去憶分行。江樹明斜日,山城暗曉霜。如何臨短景,偏使别愁長。

刻燭吟九首有序

戴亨融以江使者報命,止都門外,五日而入郭,一日朝而上功,二十五日而受制。五日而辭,將四十日耳。縉紳往來之會六,勞問燕餞之會三,閒隙之期十不得二,書史之期十不得一。而操其翰觚,以與吾鄙從事,故謂亨融之於詞篤也。始亨融以大行人稱詩長安,予時守比部,亨融欲得一當,則媒袁君學于行人中,而予亦媒予僚吴文仲、王惟允、劉懋學,六人者會於壇坫之上。亡何,亨融去爲南御史,唯允督滇學,文仲守四明,獨予與懋學無所往,而君學亦從行人郎比部,然而岑岑若三家之肆。亨融至,修其故勇,以復舊盟,輒一相過,輒一從席上賦。始猶藏韻而探之,繼乃同韻而較之,又繼則險韻而難之,又繼則限韻而格之,終更刻燭而成之。雖甚夜,必彈射畢乃休。瑕不苟蔽,集無虚歸,斯已奇矣。夫亨融之始至都,二三子汎然相歡也。已而探鬮難險,設格刻期,若迫若妬,相操益急,蓋已盡詩心之變態,以極平生之嗜。故裒而刻之,聊以見二三子之相操益急,則其巧益進,而其别亨融益難也。會凡九,詩亦九,懋學一不與,共得三十五章,皆七言律。何喬遠序。

喜亨融入都,席上同賦,得君字

三年春色客愁分,念爾詩名處處聞。避馬繡衣還向闕,雕龍尊酒又論文。寒城薊北看霜月,秋夢江南散暮雲。席上何人先得句,驪珠應可贈夫君。

君學席上賦得深心託毫素，分心字

漆園柱下任浮沉，閉户書成歲月深。千古文章關大運，百年生事在詞林。就令瘞塚皆吾好，自信藏山别有心。不厭朱絃多苦調，鍾期流水待知音。

穉孝齋中懷文仲、惟允二子，得刀字

幽州冬半朔風高，蕭瑟孤齋引濁醪。始信飛蓬惟宦轍，終憐投漆在吾曹。梅花夢斷殘邊笛，雪色愁生折夜刀。頻道故人書不見，江南嶺北使心勞。

懋學席上賦得愁多知夜長，得寒字

白紵歌殘悄不歡，坐銷宫漏尚漫漫。他時秉燭嫌宵短，此夕聞鷄覺曉難。結軫空悲孤柱促，攬衣還望衆星乾。枯桑海水無窮恨，倍憶天風與暮寒。

冬夜待月在穉孝宅，賦得花字

東鄰流影過西家，乍隔高樓尚覺斜。數聽林間驚暝鵲，未經窗外動寒花。揭來階面光應滿，遮莫庭心色更加。傾倒酒杯殊不厭，漫論春夜與霜華。

懋學宅賦得中堂起絲桐，同用中字

綺疏朱户素秋通，促軫繁絃調不同。渺渺林間聞别鶴，泠泠天際送飛鴻。疑飄雪色虛空裏，欲墮江雲杳靄中。直至嘉賓沾醉後，繞梁清韻尚無窮。

穉孝、君學集亨融旅舍，各難一韻，得衫字

石城纔挂北來帆，計日紅亭判客衫。岐路先時頻惜别，清尊無夕不同銜。燈前雄劍將鳴匣，橐裡新篇欲滿函。若道青絲能絆馬，定知綵筆勝瑶緘。

君學席上限韻，各賦一事穉孝賦得嘯。

但聞幽吹過空林，縹渺玄蹤不可尋。激響臨風隨宛轉，清聲振木變浮沉。天人有竅皆爲籟，川谷無情亦應心。借問蘇門何處所，千秋冉冉白雲深。

送亨融報命後還留都，得衣字

萬里長天一隼飛，玄冬處處避霜威。丹心尚戀芙蓉闕，清夢先廻燕子磯。古道平沙迷去馬，寒原片雪點征衣。誰堪相送離亭外，獨向高城月裏歸。

同參軍屠田叔、光禄卓澂父、西寧侯宋忠父過普光寺，得山字

不復悲摇落，高樓共一攀。寒光輕近寺，午色淺前山。濁酒從人載，清言滯

客還。同心與離念，併豁此林間。

送李伯東户部督餉永平

國朝冠蓋如雲興，詞林誰復稱多能？鼎彝竹帛各有好，裘馬粱肉坐可憎。李生兄弟美才藻，大兒小兒與我好。風塵仰面日無多，翰墨交情苦不早。叔玄絶調生冲融，文如天馬行虚空。伯東就中獨贍蔚，能事往往兼名公。有時典則操神鎚，有時妙理推禪宗。有時屬文占倚馬，有時作賦擅雕龍。有時六書窮鳥跡，有時尺絹畫雲峰。長安縱酒恣毫素，觥籌棋弈住寒暮。十日停車意未歡，一朝征騎心堪妬。盧龍東望海門開，羽檄尚傳遼左來。大農頗費武功爵，儲胥猶護羽林材。君心籌畫敏風雨，應知好文兼好武。笑談坐使胡無人，錢穀莫言吾有主。

送傅中書奉使台州，便歸覲母

持節始還朝，江南又使軺。鄉心思壽母，家宴及元宵。路永王程速，天寒魯酒消。待君還報命，請問赤城標。

因王良川年丈寄其叔父少泉先生先生名格，嘉靖中修《承天大誌》，年九十餘，以詩名楚中。

當日如椽奏未央，至今詞翰尚飛揚。篇中舊友先朝士，海内新知大父行。乳食身長疑漢相，筆花夢短笑江郎。題詩遥寄仲容去，林下應望醉一觴。

哀重泉爲程鴻臚賦

出自東郭門，遥望白楊村。村下有重泉，是我罔極人。一解。逝水尚可從，流風尚可追。哀哉重泉人，一去不復回。二解。敦道冲靈心，哲德諧懿配。重泉去不回，蒼蒼理若昧。三解。嚴霜飄中天，酸風射口耳。兄弟在齠齡，孰憫予小子。四解。遺音不可聆，素軌猶在式。側身眡淵冰，終天以爲則。五解。

雙林寺遲諸僚友不至

落木萬條明,虛林象外清。坐看孤鳥没,轉覺四郊平。霽日驅寒薄,流泉敵凍生。所思人不至,一望一含情。

雙林佇立良久,廼聞諸寅長皆在城内雙寺

夙有尋幽約,相期問考槃。孰知同眺聽,又屬一林巒。獨酌非無賞,孤吟亦自歡。山光與野色,總在暮雲端。

送林從奐守饒州

鄱陽太守陶先生,二百年來獨著名。君去下車勤借問,人應騎竹喜相迎。不愁瓷碗無霜雪,祗察江魚有濁清。共信包公能却硯,九江行旅亦歡聲。

贈李克蒼二首

長沙謫去真堪惜,宣室召回亦可憐。須信主恩殊不薄,微官未可問蒼天。

其　二

十載從君别路岐,一回想見一回悲。青青御柳花枝發,未必春風勝舊時。

病告不得,顧朗哉約袁季友僚長過訪,季友先至,不俟朗哉行矣,乃携其郎君漢符留連竟夕,予出子九轉侍,得年字

相逢又過一春天,回首分携已去年。擊節放歌白紵曲,移尊太費青銅錢。催車輟軛從人意,愛子驕兒各眼前。却歎故山看不見,幾回罷買潞河船。

李侍郎思親詩

永慕切容音,隆思恍惚睫。循陔悲極恩,折(析)薪念前業。緬想君子人,淵懿與天協。懷和軒簪輕,博古文典涉。甫田勞暮歌,幽林姿奇躐。鳳毛丹穴

生，驥步天衢接。積禄絹爲糧，取芋錢係葉。帝璽褒孤貞，人望歸舟楫。蜜章感今榮，菽啜恨舊愜。化途或同原，神理諒猶浹。

送李夢塤中丞之鎮保定二十四韻

授鉞臨三輔，專征領一方。蘭林離禁近，榆樹接關長。副相先威望，貳師倚保障。山川笳鼓動，羆虎幟旗張。弄印推榮寵，埋輪肅紀綱。澄清車上意，輕緩幕中行。西虜雖羈縶，東夷尚跳梁。井幹誇海鼇，波際隱天狼。禹貢猥云大，堯封謂不妨。繞朝争贈策，算廟竟如簧。憂國公心切，陳謨世道昌。謀同房僕射，黷似汲淮陽。李廣猶遺郡，燕昭尚有疆。漢都馮翊地，唐部赤畿鄉。弭節人皆伏，紆籌士莫當。佽飛應訓練，乘廣定精良。師暇知兼整，胡來可大創。風今寒易水，氣早奪賢王。外宇芳搴杜，中懷皎截肪。才華微李白，家世傲應瑒。菲體稱真忝，羔裘詠敢忘。寸衷隨鐵騎，雙闕别牙璋。津樹近城緑，塞雲出地黄。交衢攀舄笏，傑闕佇彝常。

送侯給諫奉使，便道謁墳

關頭行不厭，奉使亦還家。曉禁傳青社，寒山薦白華。河流天外盡，秦嶺磧邊賒。諫草人人重，歸期望漢槎。

和林侍御獨石閱邊值雪之作

開平南望翠烟浮，獨石邊城宿靄收。春後輕陰猶集霰，軍中殺氣總凝秋。花門欵合三千騎，薊鎮形高百二州。共道使君能振武，已看白雪照吴鈎。

廣慧寺與諸子送劉懋學太守之蒼梧

離途指海壖，别袂判林表。神思方鬱紆，波濤復浩渷。南瞻桂嶺遥，西去梧州小。五馬出黄茅，雙旌穿緑篠。山色映落暉，客恨隨征鳥。何日惠清風，中懷寬濁醥。

寄上益殿下十六韻

天屬兄王室,人譽首列藩。謙恭根至性,慈孝則諸昆。鴻竇寧捜括,詞場絶討論。文光瑩鸊鵜,字勢聳鸞鵷。樂善傳方寓,函書索至尊。玉臺如董舍,朱邸似袁門。伐木歌賓客,行葦詠子孫。魯經翻古壁,楚醴閒芳蓀。盱水清通郭,姑山翠照垣。鬬鷄誰應教,賦柳孰陪園? 泛梗音書遠,投麻禮物繁。詩書饒宛轉,墨氣滿氤氳。疎放慚通籍,羈栖笑在樊。誤書猶薄譴,自劾更何言! 秋鴈思菰唼,晨凫恨駿奔。幾時西鎮宴,一醉南皮樽。

送益相諸葛弼父還府

弼父丞相孫,諧朗獨無匹。文章匠哲心,孝友敦明德。憶昨湖口江城居,路傍折腰殊不辭。禄米賦與貧民食,秫田併作公家資。上官行縣暮匆匆,鄱陽擊鼓聲逢逢。衣裳顛倒手版急,惡風大浪波濤中。舵捩檣顛兩槳折,性命幾落蛟鼉宫。束帶戴星見公府,意氣馮馮兩顴怒。仕途怪底太局窄,使君口腹輒相逼。欲辭妻子隱市門,竟作侯王老賓客。益府賢王天下少,傅相無事但觴醥。林館惟多賦大風,江湖不復愁窮鳥。長安二月饒啼鶯,朅來潦倒薊門城。溝水東西春燕語,風林斷續露蟬鳴。丈夫出處不須悲,浮沉升降皆如斯。勸君莫自苦頭白,世上幾人還至百。君不見何生清狂最侈哆,一官六改金門火。朝來數馬誤車中,吾皇譴死驚殺我。

送張虞絃宣捷黔、滇歸壽二母

天子坐明堂,戎俘宣四方。黔滇君此去,桑梓意何長! 慈竹枝枝好,萱花蕊蕊芳。馬卿徒諭蜀,未必奉親觴。

買舟潞河,程鼎卿携酒來看,憫其旅泊之苦,因作是詩

長安詞客各翩翩,苦思誰如爾少年? 多病禪僧供旅爨,無資估客借歸船。愁中對榻開詩興,江上移尊費酒錢。却愧五年沾禄食,故人生計轉蕭然。

津　　鼓

驛樓更鼓急，野色正荒荒。風静傳能遠，江虚聽倍長。潮生占夜候，星轉辨宵光。津吏毋勞問，風波有渡航。

浦　　樹

浦樹滿林垌，眠芊宛翠屏。依依如遲客，裊裊欲連汀。不辨何枝好，惟看遠色青。誰云摇落後，秋思不堪聽。

雜言别程仲權

野水白，輕雲陰，與君同舟相和吟。吴岫高，越溪深，同舟見君識君心。空山葉，寒城砧，别君不寐彈鳴琴。春蘿衣，秋竹簪，待君蒼梧江水潯。

天　　津

海北有天津，驚濤似七閩。河源通碣石，水族聚鮫人。唇（蜃）蛤朝朝市，風潮處處春。島夷猶警急，終自念波臣。

舟行望梟山

梟山何蒼蒼，連綿亘鄒棠。相去當幾何，青翠落舟航。合沓隱層陰，巉巖入滮光。我行多原陸，忽此瞻雲崗。不因兹山遠，豈覺龜蒙長！游情有餘睇，懷古暢所望。未能濯塵纓，渺焉思滄浪。

濟　　水

濟水清無底，盈盈會客心。朝朝看不厭，匡坐但長吟。

淮上吟三首

淮水黄河一派流，河身高似古時丘。禹貢蠙珠誰得致，漢家淇竹總難求。

其　二

淮酒千鍾黄豆炊，秋來紫蟹不勝肥。北風漸入山陽郡，黄雀蘆花處處飛。

其　三

草子湖頭浪拍天，過湖盡待使風船。誰知估客鳴橈處，半屬當時上上田。

惠　山　寺

香林幽不絶，最勝是流泉。竹翠常沾袂，松陰欲暗天。望山收暝色，涉澗破秋煙。欲愜平生興，應須載酒船。

龔　　園

地勝資天作，園深恣客來。面峰臨古寺，背洞轉芳臺。迷樹亭相失，通花徑屢廻。平生無住着，幽興亦悠哉。

塘西爲友人卓澂父故居

河橋舟楫往來頻，愁淚寒風獨滿巾。秋晚不憐江燕去，霜繁偏妒菊花新。故人入粟原非好，高士步兵總有因。碣石年年悲雨雪，吴山夜夜識金銀。素交驛馬殊難遍，佳興吟詩輒有神。城郭鶴迷歸表日，欄干鴨失鬬花春。山陽路斷堪嗟笛，剡水舟藏孰問津？遷客飄颻今不厭，一從南北傍江蘋。

沈 道 士 館

一入尊師館，便知隱者情。石欄花委曲，幽院樹縱横。道籙函雲氣，瑶壇駐月明。扁舟猶未發，重坐聽吹笙。

至武林聞家兄校士江西三首江西，先廣文遊宦之地。

三年遊子異行藏，客裡聞君在楚鄉。他日拜官卑武騎，此時校籍上文昌。雲山北嚮頻朝望，鴻鴈南天獨夜翔。浙水潯陽皆可渡，不知何地買舟航？

其二

迢遞安成楚水湄，吾兄曾此數聞詩。氈堂寂寞何人住，鷁首經過合淚垂。已見高山稱後輩，更誰遺廟動深悲？翩翩蕚棣長吟望，杳杳匡廬有所思。

其三

千佛庵前一解携，長安斜日五陵西。虛名遲暮孤華省，客夢飄零到毒溪。殘菊經霜凄夜月，凋楓過雨作秋泥。上林花樹開春色，好伴鴛鸞與共棲。

鼎卿置酒西湖，因爲長句

詩人程鉉年最少，到處維舟窮吟眺。萬里羈遊殊苦辛，三年病骨幾餓殍。囊中鵝眼澀藏錢，湖上蟹螯盈列醥。好事令人笑大奇，看山知爾興非小。輕雲羃歷水間生，寒日霏微波面曉。貫渚長堤虹蜿蜒，映流粉壁雪光皎。林亭不比懿公軒，岳廟同悲伍員沼。煙艇畫橋遍浦中，楓林松嶺更樹杪。幻堂鍾乳香泠泠，石佛山龕像了了。拄杖青天看遠蟾，題詩黄葉恨飛鳥。翠華細袖兩寂寥，方丈蓬瀛思縹渺。晚過集慶寺，觀宋度宗與閻妃行樂圖云。

靈隱寺

靈隱知名寺，幽林四望間。莊嚴千佛好，寥落一僧閒。深洞全沉月，孤亭獨面山。前賢佳句在，吟望不知還。

自龍游陸行至鉛山仿元和體五首

龍游

暄暄野日帶前峰，江暖寒遲翠尚濃。細石團團應作燕，深潭杳杳若藏龍。當灘野艇呼風上，近瀨村秔使水春。風物鄉關殊不異，攀林穿谷屢從容。

衢州

藤巷陰陰雨脚垂，山雲細細挂茅籬。斷橋削溜崖將坼，亂澗鳴泉石欲移。珠顆平匀如柏實，金彈沉重似柑枝。前林向夕開斜景，空翠渾來撲接䍦。

常　山

千章古木暗津亭，路轉溪廻隱去汀。苦竹可憐齊薈翳，寒松偏喜破蒼冥。潭聲過雨流餘碧，山色埋雲失半青。最是征途勞白髮，三朝三暮亦星星。

廣　信

葛水東流暖不冰，靈山西望石如稜。霜楓土岸能同色，嶺樹人家各數層。一對紫鱗齊入饌，尺餘紅燭亂燒燈。貴溪此去無多路，龍虎山中想道陵。

鉛　山

山亭漸短趁車輪，蓐食兼程不待晨。嶺上擔夫矜作捷，冬前啼鳥巧爲春。封苔丹穴生鉛礦，伐竹清溪造紙人。南去北來勞驛使，琴書笑亦累吾身。

閩舟雜詩八首

陸行嶺路惡，水行溪流枯。水枯費時節，嶺惡勞人徒。況我琴書累，安敢煩僕夫！鬬石獷淺瀨，輕舟可肩扶。兩崖逼層巖，青翠撲肌膚。幽深武夷山，群仙之所都。兹遊雖未能，昔往猶懷娛。尚聞白蝙蝠，陰雨遊門樞。飛舟架巇嶭，兹理焉可誣。中年齒髮疎，悔笑服食愚。誤落婚嫁網，稽此茅茨誅。枘鑿違世人，功名安足圖！

其　二

山雲暗始開，舟子已動槳。卧聞寒潭口，颯颯風雨響。眠貓與走馬，眠貓、走馬，皆灘名。果然連灘上。穹石互堆埼，矛戟森交敞。突星激奔濤，雪浪噴高掌。最能慣逞巧，捩舵雙臂攘。掉盤從渦漩，擺側隨流枉。忽如箭離弦，山水豁清朗。安瀾固我心，奇瑰亦吾賞。

其　三

潭邑多先賢，考亭特挺起。風物藹山川，惆悵感墟里。其人不可攀，遺文着心耳。墜緒竟茫茫，所愧在後死。吾兄教兹邦，努力崇文史。不負聞師心，屢闡趨庭旨。子美愛杜觀，北棹經時艤。待來竟不來，踟蹰發河涘。未知過時路，相左竟何以！勞舟倦波濤，長江迷風水。征蓋何處飛，愴惻遊宦子。懷家兄也。

其　四

青銅轟奔雷，羊角閃流電。青銅、羊角，皆灘名。纂纂萬石灘，盡向甌寧縣。不知天上星，何時隕波面？駕浪排千層，取道争一線。何當五丁力，鏟此平如硯。小兒昧死生，踴躍歡未見。大兒癡心胸，視險目屢罥。平陂亦天行，安得長清晏？嘆彼得意人，過眼無餘羨。桯杌亦固然，况我長貧賤。

其　五

寒雨灑中宵，曉溪長數尺。洪波漫湍稜，狼石猶露脊。龍灘從南來，駭聽心砰磕。連峰湊兩邊，五色耀丹碧。冬秀暖不凋，稱此無衣客。日長人事疎，放浪文字隙。

其　六

黯淡視上流，平溪數級剉。蒼龍恣攫拏，天吴逞謦唾。山猿斂臂登，烟禽墮翮過。雷門津鼓死，風箕汀櫓簸。前駭濤山崩，近愕浪花大。舟師無顔色，及岸始相賀。微官一身輕，巨險寸膽破。妻孥各驚歎，豈非緣饑餓！

其　七

延平何巃嵸，群山終古亘。望高天有涯，入郭地稀剩。千家俯女墻，百雉懸危磴。撑柱江根摇，梯牖巖心稱。山水雖多端，行邁無餘勝。前臨劍浦橋，始發平生興。沉竿杳玄極，照犀黝奇證。維舟獨徘徊，龍吟候清聽。至寶如可徵，斯文吾不佞。

其　八

白沙散奔湍，諸灘乃肯平。廣澤損壑勢，百里無江聲。望峽失水端，知近越王城。汪洋灝兼茹，演漾莽不停。鮮腥登鱗介，珍錯呈丹頳。恒資乾坤功，豈與巨細争！大哉百谷王，造化涵生成。善下美無度，敢以獻王明。

過林表兄故居，兼贈其子維清

人世有悲吟，寒山無古今。梅枝新歲蕊，竹樹舊時林。遠策愁難至，遺書喜可尋。阿戎殊雅興，留客緑杯深。

甲午除夕諸兄子與兒轉侍飲，因爲二律

韶華如水奈吾何，三十七齡忽爾過。白髮無心期竹帛，青山有夢稱藤蘿。鄉關瘴癘侵人少，海市烟雲傍眼多。聖朝近聞寬法網，逐臣甘自老風波。近聞以進鲊逐楚藩諸臣，旋召宰輔而寬之云。

其　二

三十宦遊儋石無，文章敢信鼓洪鑪。百年大命誰能滿，七尺餘生自有軀。海内詞人稀聚首，眼前諸子亦吾徒。留連不忍殘宵别，漫向更闌倒酒壺。

春日飲林丹銘武舉園二首

辟疆園舍好，復此值青春。橘刺能牽客，棠花欲眩人。睹棋喧酒盞，急管落梁塵。總爲過逢慣，交遊一倍真。

其　二

孰道韜鈐士，風期遠不群。花前留愛客，酒半論玄交。櫪馬堪超極，腰刀待决雲。中原無戰將，望子領千軍。

送潘茂才遊廬山，兼寄蘇弘家户部

廬山秀色青溟濛，雲錦九疊開屏風。蒼崖四立吼大壑，簾泉三級無路通。東林開先何奇絶，虎溪緑坂凌虚空。太平宫頭日月懸，畫廊鐵瓦蒼碑豐。潘生杖策振遠岑，萬里潯陽江水深。手携明月緑綺琴，一嘯山水聞清音。浮雲峰色無去住，白日江流何古今？丈夫壯遊七尺身，風期浩蕩隨鴻鱗。關門蘇君况好事，定有清尊作主人。

莊中輔招同傅國毗、莊伯暉、陳時業三山人，陳生初仲遊賜恩巖歐陽室，得新字。中輔，予亡友彦升子，而初仲，亡友及卿子也

遷觴改席不嫌頻，白石清泉總可親。十載重來飛錫地，一尊半異題詩人。

自驚鵠髮隨年改，最喜鳳毛出世新。感慨登臨同此日，雍門從古易沾巾。

將赴粵幕，莊伯暉、蔡時省、陳時業餞我道周，馬首立賦得時字

樽酒山城惜别時，數行凄淚故人思。芳蘺不怨生江色，小草應知失路岐。幕府井梧秋自好，長天野鶴夜空悲。閩中風雅今寥落，數子追隨合賦詩。

汀州司理吴左海年兄邀登朝斗、霹靂二巖二首

白日空濛片雨飛，流泉處處噴人衣。楓葉松枝不住鳴，濤聲秋色客心驚。汀州城樓挂北斗，此巖正縮南山口。城郭未論銷客憂，星辰已見落吾手。徐宗二子何太奇，風雨中原來賦詩。使君携我置巉壑，千古風流亦一時。

右朝斗巘巘中有徐子與、宗子相詩。

其　二

飛巖霹靂出城頭，羽人洞壑開丹丘。使君觴客酒未半，移尊嘯侣仍淹留。文石飛來駕虚壑，盤根直下千尋木。木根詰曲如龍蟠，石勢峥嶸似鬼斫。粤西山水聞奇絶，遊子此行亦彷彿。朝來忽向九龍山，夢中疑見七星月。

右霹靂巘。

九里嶺夷衍數里，群山在下，奔凑滿地，一大奇也，口號二首

山開九里嶺，嶺有九里松。松根半死生，嶺色何重重。

其　二

高峰敞夷途，仰首攀天樞。神遊日月池，目愁彭蠡湖。

自瑞金至贛舟行數百里，削壁奇峰，散漫兩崖，似入武夷山中爾二首

岸頭峰似武夷峰，似鍾似釜似崇墉。仙人煉藥更何處，不向虔州山下逢。

其　二

層層丹碧俯漣漪,時有驚猿透竹枝。從來山色貪空翠,頳壑黄岑亦一奇。

贛　中

章貢城西水夾流,波光野色動城幽。一時關客迎綪旆,何處美人登綵舟?疊嶂雲迷頻悵雨,空江樹晚乍登樓。楚南粵北煩專鎮,仗鉞觀風不易謀。

鏡山全集卷四

詩

安成城隍廟歌

余昔載筆朝文昌，桂宮上下天帝傍。玉螭蚴蟉群仙集，嗜酒謫作大荒客。安成西來謁道君，撞鐘擊鼓望流雲。道人問客何方來，何拜何揖何徘徊？大人昔宦吉安州，我兄十三髮齊頭。曈曈瑤京白玉觀，隨風夢入開清秋。群帝靈旗颯來下，羽管參差飛九斿。再拜主人致一子，霞錦爲襁蘭爲舟。憶昔墮地花斑斑，竹馬窈窕垂雙鬟。朅來白髮蔽兩耳，文史不足窮繙刪。男兒齷齪真可惜，天門浩蕩何繇攀。真人神山自有巢，金巾翠毦摩雲旓。何時領我遊其郊，俯視人世皆浮泡。

湘中二首

楚山行不絶，湘水問舟船。卑濕長沙地，西南恒漏天。岸雲陰自斷，江氣霽還鮮。此地多嘉橘，繇來命不還。

其二

衡山南紀盡，郴岸楚江深。日暮向何處，瀟湘一片陰。征鴻群背水，斑竹自成林。愁絶千秋地，低回獨望吟。

衡嶽

朱鳥炎方配帝尊，祈羊北極下天門。舜巡禹紀洪荒遠，玉簡金書異代存。閶闔璣衡旋日月，西南巴嶺割乾坤。羽翰白日如堪托，芝菌丹霄尚可捫。

大　營　驛

宋室將軍破賊回，驛樓題墨尚堪哀。經行下馬人皆拜，孤憤看碑客自來。古廟繁雲何黯黯，澄江白日竟皚皚。去年記得西湖畔，猶見南枝滿柏臺。

熊　羆　嶺

熊羆嶺上熊羆關，孤客西征最破顔。喬喬陰林能墮霰，蠻蠻幽鳥善啼山。

永州道中二首

作客轉殊方，登山興倍長。修通雖廣坂，合沓盡層崗。奇石飛嵐净，高雲古木凉。無因沿水曲，鼓瑟聽靈湘。

其　二

楚水今應盡，吾行尚未休。久離朱鳥嶽，合上瘴江樓。良牧思元宰，詞人憶柳州。平生飛動意，蕭瑟在前修。

全州道傍官松歌

全州官路何逶迤，十里五里松參差。間桐攢梓相撐薄，穿雲參天互蔽虧。冰霜一道遏驕陽，笙簧兩徑吹流颸。鱗甲老爲赤鐵色，蔦蘿挂作青虯枝。共言官樹不敢伐，或有剥蝕無枯皮。昔余京師宦六年，心愛此樹常攀搴。報國寺前葆蓋團，顯靈宫裹虬龍顛。天壽山中最蔘爽，原廟閟密無繇前。誰如此樹看不絶，行人客子心俱便。借問此松何年有，國初種者章太守。古人爲政重精詳，津梁塗巷皆紀綱。蔽芾遺思今則亡，斤斧且得非時傷。嗚呼斤斧非時傷，我行大江以南不見梗楠與豫章。

幕中諸公邀登逍遥樓

幕府簿書日夜清，壺觴賓客聚高城。參軍敢道令公喜，從事繇來有酒名。

桂嶺雲開千嶂立,灕川雨過一江平。莫言傲吏堪蕭散,手版明朝有送迎。

贈張羽王

直木徒爲長,幽叢徒爲芬。置之爨室中,芻薪遂同焚。泣麟有魯叟,千載揚靈文。自非博達士,孰能離垢氛?旅途逢夫子,耿介立人群。早年富古史,中歲奉明君。徒念惠蒼黔,遂爾徵玄纁。公伉等張摯,憤切似劉蕡。曾杼歎屢投,楊岐泣不分。著書垂白首,辨討窮象羵。志欲遊黄虞,力以代耕耘。蓬樞深巷静,朱門空橑棼。豈無聞窮愁,誰復通慇懃?虚榻穿管膝,長林篤稽筋。正聲久寂寥,作者如雷蚊。伊君賈餘勇,使我張微軍。聳心振雄風,啓秀披卿雲。凌厲砥夷頹,逍遥解愠欣。素心亮不衰,浮名安足云!

送徐司理之景東郡丞

灕水滇池共斗杓,西南天地去非遥。並斷五馬蠻君長,自領千牛漢吏僚。刻葉成書通緬畫,賦縎入貝代賨徭。祲氛濮柘繇來郡,總待清風一路消。

東歸有日,答陸德光見别之作

相見雖云晚,相知即自深。同依蓮幕府,共有竹林心。屢得詩賡唱,都忘地毒淫。湘江秋棹後,憶爾在嗚砧。

紫薇山堂歌贈胡幕長有序

胡君廷廉,予僚之翩翩者也。語予曰:“廷廉少讀書吾郭東山文昌山下,既不成,去學參同之事,未了世緣,佐幕于兹。念先大父以伯氏大司空公貤秩參藩,今不佞跋踆牛馬走,墜墳素矣。乃齋故所讀書西,使諸子修業其中,齋堂名紫薇,以毋忘吾祖。子其爲我賦之。”予曰“唯唯”。

君家堂名法東嶽,丈人高峰開寥廓。南山有橋北山梓,樹色一一當窗落。匡衛藩臣十二星,紫薇中央垂紫冥。南極老人何的爍,往往照燿流天扃。弓更冶改星長存,夜色猶來照北軒。文昌遥遥列梓橦,化爲石室凌蒼穹。君昔諸生傲今古,時向此中吟梁父。齋頭懸空石比鏡,山頂鑿田水如乳。丈夫可龍亦可蠖,塵世功名不爲薄。煉丹直自求炎荒,餌苓應足補微禄。一丘預作石泉盟,七閣還留子孫讀。吁嗟乎!君今朝暮公府趨,短袖難舞人揶揄。山中梧桐枝百尺,佇聞天樂鳴鳳雛。

早秋答梧州劉懋學使君澧中見懷之作

青楓遠秋天,白雲被楚澤。誰知遷鶯人,尚憶竄身客。蒼梧亦不遠,千里限于役。思君明月初,感嘆七襄夕。

七夕西川宗侯携酒見過,即席分得看字

昨夜商風向曉寒,衰梧今日雨中看。一天銀漢悲機石,萬里金莖憶露盤。詩興老年君獨健,酒盃狂客暮偏寬。李邕劉向才非減,何事天家嘆考槃?

張質卿太僕開筵於次公郡城聯壁館,即席分得心字

華席向何處,盈盈在水心。秋歸松院窅,月敞竹樓深。康樂開池館,羊何許和吟。君家兄弟好,幽興共雲林。

秋日署中言懷二首

謫居日閒曠,秋氣復清佳。野鳥集庭柯,高蟬鳴疎槐。蒼松何羃歷,清陰空蔽階。虚亭瞰城外,遥遥列蒼崖。即事循除吟,最與野性諧。小人甘下位,君子宜天階。斗酒不爲濁,永愜平生懷。

其　二

始吾至桂中,計日還舊居。要衝人事稠,牽率遂月餘。上官恕顔色,諸公贈斗儲。時有文酒人,高會頻晏如。小人安豢養,忽忘賦歸歟。名慚下季柳,行謝伯玉蘧。道喪多岐羊,學異忘筌魚。韶光不我留,秋節來望舒。撫心循故衷,感

嘆何躊躇。

陸德光以感遇詩見示，率爾賦答

功曹既不舉，書記復罷辟。無矜晝諸尊，誰領三語益？汙茵豈得逋，祭竈非自匿。秋風入始安，山水澄清碧。鳴蟬號暮枝，幽蛩聞破壁。趨府不遑朝，索居歎日夕。世事有衰興，君心本孤直。蒼松鬱澗底，不與山苗匹。大鵬搏高天，寧悟鷽鳩適。

西川宗侯再移尊見過，即席分韻得時字

王孫白首好吟詩，載酒相過復不期。世人幾人能至百，盃中何物勝當時？涼颸正爽藤蘿院，野照斜翻菡萏池。晚熱新涼殊氣候，悠悠天地信無私。

秋日湘南雜興八首

桂林秋色滿清湘，天畔登臺百粵長。南入交州多薏苡，東來海國有扶桑。雲游衡祝窺三楚，風馭羅浮限五羊。鴻鴈稻粱無信息，不知何地望江鄉？

其　二

堯山舜廟鬱盤紆，丹鳥青沙事有無。斑竹暮雲誰鼓瑟，蒼梧明月有啼烏。登封自古朝炎服，下瀨何年入戰圖？今日直煩龔渤海，令人解犢勸樵蘇。

其　三

高樓四望瘴煙收，觪觪群山似笋抽。倒挂赤虬知石壁，疊成蒼玉見浮丘。乳床銀屋開天幻，白酒黄鷄散客愁。自入始安多暑雨，最憐衰病起清秋。

其　四

紀后當年奉至尊，觀津諸竇久無存。據龍有夢終成寵，飛燕何人得共恩？粵國星辰悲末極，泰陵風雨泣長門。八宗漢代推文景，千古周家溯姒嫄。

其　五

靖江王子帝昆孫，灕水湘山繞殿門。秩比封桐周史禮，事殊羹頡漢皇恩。

呰家洲館開茅社，顔守書臺入兔園。春省尚書期不再，桂枝何處可攀援？

其　六

漢家開府有韓雍，都督山雲後再逢。鐵騎遥清蠻峒穴，銅關永閉日南封。黄茅秋瘴吹朝雨，烏鬼幽篁散暮峰。北虜東夷頻寇盜，斯人安得起從容？

其　七

辟客遥憐李義山，西崑新賦動江關。宋公題壁空多感，柳子誣溪且未還。官散兼無監税局，村遊時見趁虚蠻。惠州蘇軾真堪學，田父藜羹共笑顔。

其　八

何李文章一代雄，同時又有戴郎中。衣冠伏闕憐當日，服食誤生歎此公。賈誼井眢乾宿雨，羅含宅在老秋風。古來賢達今猶爾，懶慢無心問塞翁。

瞻鶴洞歌有序

宗大王孫所居洞故名“仙鶴”，以其先侯之號，易爲“瞻鶴”。觴我其中，命予歌之。

桂林諸山多幽奇，城内已足歌採芝。風洞華景饒雲谷，清泉白石何離離。顧此夷顯人共得，東家歌管西家嬉。宗大君侯居城北，平生文雅甘橐落。一吟一嘯在清林，前山後山遶茅屋。忽從座客見我詩，齒頰若不忘我爲。延我屋角一古洞，觴我恣我隨所宜。此洞空心一石喉，玲瓏窈窕通上頭。梯空穿暝忽高出，懸欄虚牖如雲浮。告我洞名故仙鶴，昔人畫形於此琢。吾父好之以自况，我用今名易兹壑。層穹厚地一生悲，急樹號風豈在目。嗚呼！鶴乎鶴乎何處歸，千古獨有丁令威。君侯日夜想音徽，載魄通精總不違。雖無城郭看是非，夢裹飛鳴，或有玄裳與縞衣。

秋日發湘南三首，時余有悼亡之戚

遊鱗逐逝波，飛禽翔暮渚。托生萬動中，安得恒晏處？兩歲三行役，奔走貫寒暑。忽驚流火變，秋風聞砧杵。徘徊素月空，延佇高霞舉。宦情既難説，鄉思復何許？感歎向路岐，自古傷羈旅。

其　二

壯心空千里，寧歲忽七奔。自入瘴癘鄉，豈復垂堂言！家兄宦建州，四載違凉温。兹行擬此游，泛濫瀟湘源。一奉姜生被，再入荆花園。忽聞閨中婦，奄忽捐重坤。生兒未百日，不知今亡存。偪側浮東粤，冀早及衡門。衣牛感今哀，烹雛傷前冤。登徒有僻好，誰能歌莊盆！

其　三

昔歲游兩省，守官遵舊章。僚曹多暇日，文藻共翱翔。一自奉恩譴，忽來天一方。奇峰送輕舟，清湍迅鳴榔。心中既不歡，所遇但悲傷。我友蒼梧守，友人劉懋學。書來具餘艎。誘我翰墨英，動我清醥觴。此友夙心同，相堅百練剛。前途無斯期，何以寫慷慨？

陽朔舟中懷張質卿太僕，兼以所見述之短章二首

煩馬去桂林，勞舟指陽朔。峰巒亂遠近，日出映波緑。澄潭碧于藍，白石净如玉。日夕何所聞，哀蟬噪暮壑。居人感離長，遊子傷别促。君侯住東山，高曠陵雲鶴。日蒙携手歡，採芝共幽獨。路岐空有贈，風義難在目。興言詠短章，秋天寄鴻鵠。

其　二

桂山饒靈異，騰挐不可律。指天盡孤峰，插地皆石骨。乳結密窠房，溜文細垂髮。方嶂拱若圖，尖崖仰似筆。西峻擎宵暉，東險遏朝日。前觀奇方端，後顧秀未畢。誰知越鄉客，輕橈從此出。雖公始安人，恐未窮蕩潏。題詩贈山中，聊以豁初疾。

府　江

府江天下險，瘴色閉重山。複樹縈帆出，崩波湧棹還。野橈浮刳木，崕柝響茸管。菌露夷方曉，蒸雲客望開。雖云清洞徼，終是恐神姦。忽聽玄猿唳，多生憔悴顔。

劉懋學蒼梧郡齋得君字

哀蟬落葉總難聞,失路悲歡復見君。握管未忘金虎署,題詩還共鬱林雲。同時諸子音書隔,信宿孤城愁夢分。今夜郡齋齋裏月,幾能流影伴江濆。

發舟東下,懋學追餞江滸,因與登塔賦詩得邊字

襆被秋齋已共眠,河梁追餞一凄然。還登湧塔青霄外,更聽風鈴白日邊。濁浪溪聲來象徼,大荒海氣入龍編。明朝總作孤雲别,誰復江門繫酒船?

三水舟中

合水三江闊,輕波百櫓齊。望天秋視鴈,赴渡夜聞鷄。野色村村好,鄉愁處處迷。鳴蟬不解事,亂噪夕陽西。

妙高臺

妙高臺上妙高峰,學士芳祠儼舊容。蚌蠣累牆緣野葛,桄榔亂樹雜秋榕。山深瘴嶺風猶熱,江斷靈洲水且重。聞説海珠今不遠,隨潮雙槳及宵鐘。

暹邏賈客持扇乞詩,書以予之

番使不須招,占風復乘潮。貢琛裳有譯,問賈爵毋刁。絛脱金穿耳,花文罽繞腰。所憐歡翰墨,持贈乏簫韶。

海珠寺

海國入扶桑,南天極望長。一拳浮石嶼,四面至風檣。維艇如瓜步,登樓似岳陽。無因隨化鳥,羽翼恣遊翔。

海珠寺有懷高正甫比部、區用孺翰林

詞賦平生客,鄉園正在兹。銀山初泊浪,金馬憶題詩。比部英篇遠,翰林絢

藻披。暌携今日怨,汗漫一天悲。客酌辛椰乳,山觴醒荔支。江亭如眺聽,彩筆定相思。

足夢三首有序

自喪婦之後,忽忽無歡,不復理吟帙矣。大埔舟中晝睡,忽夢至一園林,得詩忘之,尚記其起句二端。其一云:“今年一歲裡,行役在扁舟。”其一云:“後會知何在,殘生隨白鷗。”廻循之間,未知所定。復憶九日次龍川,其夜將就寢,心中憶古人有龍山之會,夜半亦夢得詩一章於古石刻上,起云:“南浦輕雲剪翠屏。”覺尚能舉其他,悠悠數日亦都忘却。神遊所會,不忍棄置,因足成爲三章云。

今年一歲裡,行役在扁舟。白鶴秋過院,青山夜倚樓。棋今無晝局,醉有不梳頭。歸到衡門下,東臯行念休。

其　二

後會知何在,殘生隨白鷗。水侵蕉徑下,月滿竹塘頭。久客難抛飲,窮愁不廢謳。悠悠千載後,寧與問蹻丘。

其　三

南浦輕雲剪翠屏,此沙高岸逗廻汀。千年勝宴嘲山帽,兩歲征心問水萍。天遠鴈鴻霜氣絶,秋開瘴癘海風醒。羈懷病骨雙難理,枉挾丹經與酒經。

予以悼亡歸舍月餘,辭謝諸親故,友人莊應曙以詩見慰,且有白髮青山之約,次韻和之

唐時書記漢功曹,獨往西州敢告勞。猩狒山箐憐窟穴,鮫鰍海氣足風濤。歸尋麟角秋風斷,憶泣牛衣雪夜高。獨有故人猶昨日,欲將詩賦續風騷。

余築罣如之塚以葬亡者而亦自預之,伯暉移酒勞我役人,分得游字

陶令爲文還自祭,朱雲築塚已先謀。未知枯髑能南面,敢道岱宗不北游。

白首即甘穿穴兔，青山終合作藏舟。君今斗酒來同醉，勝向黄公他日愁。

與伯暉爲朝酌，得清字

夜飲鄰翁尚宿酲，起來已愛杯觴清。此中累日有天趣，物外嬰心非我情。初暈乍隨晨旭暖，餘酣徐待夕風輕。休論酒客徒逃俗，飲者當年自有名。

立春前一日，伯暉過我新移書齋，得前字

東郊握手野梅邊，新歲相逢又一年。書卷貧移鄰舍裏，酒盃病減曉春前。晴花雨樹輕寒色，列嶂層城欲暮天。正好幽齋吟夕興，清宵況近望舒圓。

紫　帽　山

岧嶤紫帽壓群巒，迥出西南最好看。翠結千家山郭曉，青飛百里海潮寒。蓮花四𦐆疑華岳，朱鳥上干直井幹。雙屐幾廻窮勝覽，只愁昏黑上頭難。

東方朔圖歌壽謝封公有序

惠來謝君岐峰，沮溺同趣，漢陵俱適。道心而色幹，人貌而天行。劉伯倫之畚插自隨郊墟，龐德公之足跡不履城市。怡心《黄庭》之道，博達《青囊》之經。有子正蒙，發穎皇途，馳聲藝囿，不以禄養忘善，不以人爵肥心。乃使之披褐越鄉，負笈問道。蓋安輕意肆志之貧賤，以廣其子鴻龐堅固之事業。誠逸民之高蹈，哲士之韜光。乙未嘉平八日，其初度之辰，正蒙讀書泉州，不獲稱觴膝下，乃畫圖方朔，遠寓家闈，請何子歌之。

君不見漢家方朔歲星精，下落天宫墮紫冥。輕爵傲禄事人主，赤虬白鵠難羈攖。小遺帝殿比溷厠，大笑天語聞雷霆。漢廷冠冕森羅列，公孫衛霍文闐并。屏營脅息不敢語，帝時見之無冠纓。此公時來一諧謔，鞭笞幸舍如兒嬰。王母西來致巨實，一核千歲盈筐傾。少君欒大目不識，此子咀嚼已三行。丈夫傲世自有真，世人不識稱長生。出塵蜕俗有至理，豈但談笑無精誠！世人溷濁不我

知,拂衣雲霧朝上清。子今遠致此一幅,南山北海開壽觥。四座賓客各歡宴,恍如天樂張洞庭。太丘家君豈足數,下士聞道蒼蠅聲。

重山歌爲莊徵君壽

崑崙之山西極來,葱嶺南亘高崔嵬。坼裂中原散秀色,合沓勢如坳堂杯。高者去天三百尺,延廣千里百里何奇哉!珠宫貝闕紛崒嵂,仙人群帝朝上台。名山嶽嶽不易數,辟如群玉堆瓊瑰。一丘一壑有曲折,累椒疊巘開腰胎。雲屏霞洞遮隱見,虎兕狨鹿交蹄腮。蒼柯翠幹不復辨,青天白日殷濤雷。何處有山不作峰,何峰爲山不作重?若使窅窱皆夷顯,安得方外藏高蹤?徵君八十編皓齒,一生但隱重山裏。風馭欲從羽化人,鍊顔自擬巢居子。春風春日吹春莎,百勞鳲鴿鳴人家。錦里先生閑啜菽,扶風豪士朝掃花。人生白髮易爲老,枉學鍊丹茹芝草。惟應三萬六千日,一日看山一日好。

送吕健還廣陵

國朝何人畫花鳥,邊昭林良名不少。後來四明吕廷振,弘治之間復最盛。詔賜上殿問何師,對師造化天機聖。孝宗嘉歎催賜金,一似公權喻筆正。吕公没後且百年,畫師紛紛空復然。世業家傳必有擅,比來公孫得吕健。曠野平疇最簡遠,前日見畫蘆洲鴈。昨者致我一幅竹,參差恍若瀟湘見。風神雨態各有情,烟竿露葉何葱蒨。古來愛畫重神韻,亦須其人有道分。看君浩蕩出塵氛,又工八分善自運。世上相逢但爾爾,來訪閩中佳山水。吾友叔玄號人倫,好君獨與君坐起。温陵二月初花景,送君北還過滁潁。聞君移家住廣陵,八月秋濤好高枕。

泉州太守歌

温陵古郡東海濱,太守軼絶稱何人?前有王龜齡,後有真景仁。國朝嶽嶽守相崇,繼者誰復行步工?近有朱衡陽,朱名炳如。遠有胡清江。胡名汝器。古人勸課重教化,政理爲上簿書下。不然何世無劇才,安得吏道俱塵埃?使君冠冕伊洛後,通今學古文章舊。南來五馬一馬驄,教令綽與前賢同。宋家丞相韓魏公,持鉉調鼎伊周風。傅箕申嶽杳何處,令公守郡生兹邦。荒祠五百殘伏臘,春草自生秋井塌。梁相豐碑日月湮,蔡襄斷碣芳苔合。忽然舊事新聞見,公來采蘋行客薦。此中作者歐四門,文獻其他百不存。缺簡遺編細討拾,擷英掇錦窮搜繙。金石流布蟲魚滅,論衡文苑同推尊。只今藏斗十萬室,歲歲水旱無擔石。象犀海外千胡椒,舟航不得來大食。雖有簪笏如雲攢,豈救三禾與二麥!公論便宜宜海市,方擬條奏上天子。待公條奏上天子,爲公作歌再歌此。泉中有韓魏公祠,舊有梁丞相克家記、蔡忠惠襄贊,公至重新之。先人有《清源文獻》,是程公所刻。

寄家兄四首

卑秩狗微禄,承家不墜名。三年初掌故,六館又諸生。小騎聞南發,扁舟竟北行。應知遊宦子,蓬轉是征程。

其　二

先人膺令德,到處有遺蹤。弟子遵玄論,春秋列瞽宗。生雖淹一命,終不負三冬。近日遺編出,人人比景鐘。

其　三

盈川前歲路,咫尺異征途。姜被方迎候,芝城又僕夫。山原紛自遠,鳧鴈急相呼。轉憶燕臺上,秋風别路隅。

其　四

揚子多玄論,虞卿有著言。古來垂藻采,未必貴生存。奉職增官謗,投荒倚國恩。杞人終過計,日夜望乾坤。

示兄子九似

爾如學劍起江東,一意耽詩萬事空。忽愛嘐嘐千古後,敢誇采采一門中。癡人久已忘騎馬,瞞子殊無巧中風。欲把青氈常點撿,爲裘付與嗣良弓。

次和仲父南陽自壽詩

世事茫茫似弈秋，何論蠟屐與持籌！至人自息莊周踵，高士無嫌子羽頭。皓首古文希得壁，輕身健屧易經丘。鵬騫鵠跱諸孫事，羽翰樵漁百不憂。

新安隱君閔壽卿失偶不娶，結茅金山之顛，自號一漚道人，發自行願，不宰生命，不食螺螄、蛤蜊、蝦、蟹、鰻、鱓、鱉、鮓之類，六齋之外，惟用净肉助養精氣而已。客遊吾州，爲予言閩中之勝，荔支絶品，他諸美菓足飽一歲，儻道成之後當來辟穀於此。於其行也，詩以訂之

幻世似浮漚，夢身亦焦種。人生貴大患，眩瞀驚辱寵。何異登鐵山，火宅懼將恐。達者視弁簪，無殊對牿拲。即復縶人倫，如偶蠛與蛩。中國茹稻粱，絶域飲馬湩。空相雖異門，習性各所踵。金山鎮江口，孤刹中流嵸。天外衆峰圍，岡心神瀵湧。道人號一漚，乘化中懷慂。開巘草菴誅，穴石土門壅。對盆歌無生，宿儲絶空甬。忽隨雲緬邈，來觀海呼洶。紛吾卧幽谷，喜同足音跫。飽飡荔支快，聽説龍目竦。白蓮秋藕香，紫蔗寒苗茸。猶有蠙蛙盛，海物窮鼊蛹。奈君發行願，禪性斷除勇。海月儻堪拾，吾衰敢慫恿。浮桴終無着，巾車望還軵。

題李克蒼祠部園樓

爲樓多遠意，憂國寓中情。眺野兼知稼，豐年願耦耕。暮蟬鳴樹亂，曉鷺下田輕。對面山煙起，孤雲欲共征。

和陶詩有序

生世闇劣，勉希恬曠。弱冠登名，壯齡通籍。青緺五塵，寸禄竟乏。家有薄田，再逢儉歲。無論没升，盡資貸丐。友人姚如龍固窮有日，永懷不告，賞丘壑而忘返者也。會其晤言，緬懷頌師。昔蘇東坡貧困嶺表，常和陶詩，適覽其有會

之章，相與欣然，次之云爾。

逢年猶苦乏，當春尚念饑。不羡卜商癯，寧詰陳平肥。生世無定端，浮雲如我衣。突竈即可憂，溝壑非端悲。勉希達者心，安知所行非？古人去我久，棄我一如遺。海鶴鳴向人，萬里焉所歸？耿然良友朋，風義勗相師。

余索亡友彥升遺文於其子中輔，卷中有通噎篇，大抵憤江陵相時所爲作也。其辭曰：莊生時欲有所論著，以其言之，則有罪於人也，會食則噎，抑之且疾。因筆紀之，曰通噎篇。予讀竟其詞，潸然而作是詩

凉風肅秋氣，百卉蕩高畛。郁郁當門蘭，嚴霜委朝菌。寥寥亡友篇，感激肝腸緊。當歌發浩歎，滯念彌紆軫。對食不能飡，飽如結症疹。恨無扶摇風，羽翼搏高隼。坐令衝冠髮，蕭蕭變玄鬒。徵聲動荆軻，魚膾慨趙盾。鳴鳩猶慈心，獨鵲多義吻。如何畏途愚，遂使烈心殞。賤士叫蒼旻，未敢謝不敏。在器爲觚稜，在劍爲戈銃。玉美恒患碎，星朗時能隕。回循誦斯篇，矯首雙淚盡。孰是繞指姿，化作填膺慣。商梁既茫昧，凄其霹靂引。

八月十七夜，莊、蔡二子見過尚友軒

中秋夙夕氣佳哉，孤館蕭蕭獨舉杯。海國砧聲雖寂落，江城角韻總清哀。詞人節裡多悲感，二子丘中一散材。莫道濁醪成率爾，留連能俟望舒來。余閩中地煖，不用收理寒衣，故無擣衣之聲也。

吴人彭興祖遊我泉中，將歸，戲作十絶送之。興祖語余曰余歸吴且遊京師矣，於是并訊顧朗哉、朱汝修二故人

海表人稀到，探奇怪爾來。高秋濤浪至，客興只難裁。

其　二

客路背斜陽，凉風向曉發。何將海門陰，不及閶江月。

其　三

柴荆適然至，詩興歡無負。今日送君行，蒼苔應復厚。

其　四

黄金結年少，鄙性愛吴人。非關音妖浮，直以懷清真。予取友天下，惟吴人疎淡雅率，最與余宜，故云。

其　五

吴音余亦歡，閩語爾殊喜。請誦囝郎詩，答君歌汝爾。

其　六

嶺外無舟檝，山輿聳兩肩。醉中時騎馬，或恐似乘船。

其　七

荔支海國私，爾來乃恣飽。持贈虎丘君，孰似山茗好。

其　八

高樓一携手，湖光入酒杯。征途逢九日，何客共登臺。

其　九

迢遞返姑蘇，參差望京邑。故人朱與顧，相訊應淚濕。

其　十

爲我問朱生，好減昔善病。顧君儻開壺，請莫嚴酒令。吴中酒令最嚴，而顧君尤嚴云。

閏月中秋重别與祖之作

纔唱驪駒曲未終，那堪三五再秋中？金波更轉芙蓉月，玉露重垂楊柳風。幕爲社遲徐别燕，渚緣霜晚寡來鴻。何因匹馬思歸客，太易離愁遂向東。

哭王揚甫吏部

投荒猶寂寞，遊岱更凄凉。誰使冰埋照，空嗟坐不香。秋來增客恨，波逝逐心傷。同侣窮途失，中年鬢自蒼。

靈　山　詩

磴道盤虚曲，秋山恣幽討。層臺鬱霞搆，危岡插晴昊。片石似尼珠，高榕如翠葆。朝觀峰巒净，晚菈城郭好。西域何代人，雙塜茁瑶草。縱目學蜀槨，司命疑楚禱。覶舞時庭除，梵經紛楣橑。還聞永樂初，天詔下絶島。中使入諆斯，來此奠繒縞。服食豈神仙，好恠非吾道。尺軀淪重泉，寸骨安足寶？况是東郭墳，纍纍蔽杞栲。當樽君不歡，鬢髮應難保。蜀王縱目死，作石棺、石槨，國人從之。俗以石棺槨爲縱目人冢。

答林庭霶二首

謫居日恬曠，久與世情疎。未遂成仙隱，難忘是著書。清詩橫獎借，佳句足歎譽。北郭多閑圃，相從學種蔬。

其　二

未見雲中侶，相期眼已青。交情何落落，鬢髮但星星。令節懷萸菊，高秋愛杳冥。牛山君不淚，好去共茗艼。

秋日與陳山人過田舍戲題。田舍翁有女爲山人愛妾

偶尋野叟坐盤桓，最愛茅茨野興寬。山圃餳甘烹豆美，瓜田芋熟穇薑乾。楊枝谷口移門並，桃葉泉源擬渡看。不爾何因陳處士，居然青鏡入飛鸞。

九日題海上曾氏壁。曾氏所居柱故爲龍所擘出

秋日秋風海氣清，主人茅屋看雲情。同來落帽今朝會，不識揚塵幾度行。雷雨龍鳴春破柱，星河蟾朗夜飛璚。茱萸滿把酬佳節，看取年年健興生。

龜山詩山爲歐陽詹、林藴二公讀書處。

魯國有龜山，尼父歎斧柯。今者吾州東，乃得來遊歌。危石既迫側，峻岡亦嵯峨。松林互蔽虧，鬖鬖如垂緺。昔賢聞二子，讀書揮日戈。神理雖茫昧，文章

則鯨鱓。又聞叢祠神,財寶盈舟馱。捨身委烏槿,一似紇尸羅。精靈忽不散,悦此棲岩阿。寸心生慈悲,千古享盤艖。踟躕偃仰間,太息豨韋波。

彬上人房别陳嶔

清訶苦行兩難群,共對西風倚夕曛。茗飲爐殘燒後葉,莆(蒲)團香裊定前熏。未應縱酒妨空姓,屢有精言契梵文。月下辭僧還送客,明朝何處望孤雲?

燭中題彬上人壁,林子發有詩次答

祇林素壁白于雲,不數羊生有練裙。洛下諸人羞咏婢,韓家一買僅張軍。卯冠髮禿鈎頻免,酉酒書花眼屢醺。誰道風流稱賞鑒,淋漓繆誤比鵝群。

秋日獅子巖懷莊伯暉

孤巖天際絶人群,秋色陰晴晝不分。劃爾欲崩崗頂石,條然將雨嶺頭雲。遠溪映地忽亭午,大陸穿窗旋暮曛。知爾不離空翠下,踟躕終日望氛氲。

與友人飲菊花下得東字

愛爾不隨秋葉紅,亦無花片飛西東。幽香直欲駕秋色,冷艷未肯降春叢。籬下南山非必見,尊前北海竟難空。君今獨醒我漉酒,白皃黄鵠愁衰翁。

十月一日陳宸甫孝廉水亭看菊

十月江天霜氣微,娟娟黄菊尚芳菲。寒葩豈妬秋俱盡,冷艷還疑露乍稀。隔圃岸頹斜竹徑,虚池水涸落漁磯。浮名得失知何用,且向尊前弄晚暉。

别　陳　嶔

短褐殘年匹馬過,留君不住奈愁何?寒隨霜鴈還衡臘,夜聽江猿更渡河。朱履有門應作客,青峰得酒定須歌。江南見雪如相憶,山裏梅花比雪多。

至日治具寒茅，謝修之初入社

三徑相過此弟兄，新歡又喜得平生。羞將濁酒酬高詠，笑指青松作遠盟。乍暖勁風因候減，初長麗景與宵争。更聞春信今年早，看破梅花比雪清。

至後一日偶過秦伯起，與通家子王茂才同飲，時伯起方續鸞

南方薄嚴冬，疾風無衰榕。村鷄啼午日，野碓聞鄰舂。虚堂絶人聲，但見原上峰。屋南浯筍水，二江滙葱蘢。出郭無枉轍，叩扉因緩蹤。陶然邀我酌，墟沽問淡醲。昨者陽生初，弱線添針縫。吾亦愛兹日，晷刻筵酒鍾。知友復共歡，世交續雍容。君雖琴瑟新，風義殊未慵。願以蔦蘿好，持贈柏與松。

紫雲塔寺玩月得空字

寶塔湧蓮宫，霜蟾泛桂叢。人天渾不瞑，冰鏡凈皆空。標絶金光迴，輪圓午影中。徘徊参梵誦，幽意轉無窮。

歐陽四門讀書室賦呈曹進士能始

玲瓏石竇愜幽探，雲樹蒼蒼倚碧潭。客有吟詩過酒社，人因懷古憶書龕。馬遷涉泗年方少，宗炳遊山興不慚。日暮登臨還慷慨，吹臺千載更誰酣？

清　源　洞

清源神瀵湧崔嵬，錫水金山不羡稀。石罅迸流中坼裂，林香挂溜遠霏微。西峰翠積疑青玉，東海雲生似白衣。羽客蘇耽如有夢，欲騎黄鵠上天飛。

追和潘安仁悼亡詩三首

人生貧賤交，富貴非所易。慊慊糟糠妻，莫以堂幃隔。先民志斯言，篤摯誰能益？况乃生死間，大塊悲物役。幽明隔行途，室穴異閲歷。生平居奥窔，一去

無遺跡。秋風射虚檐,蜻蛚聞四壁。愁人有宿思,感物重中惕。悠悠形影間,相贈稍不隻。凄凄重纊中,夢想猶分析。丈夫雖寡恨,汎(氿)瀾清夜滴。恩愛無時合,憂思日以積。自非無懷民,莊缶孰能擊?

其　二

昔我蒙主恩,杞憂嫌多端。纍纍出國門,故交歡漸闌。譬彼秋天葉,被霜漸凉單。之子結髮歡,與我同歲寒。歲寒日夜同,兩情何朧朧。浮湘我有適,返舍爾竟空。鴛匹叫清瀾,鴻侶哀廻風。明明生死訣,早晚不能容。萬物皆有心,誰能但空胸?心胸不能已,安知端所起?穉男留餘息,呱呱尚在耳。覽形或念肖,失母還喜子。誰知不旬朔,鬼録又見紀。茫茫白楊枝,戚戚青門鄙。

其　三

玄髮日以改,浮光念代逝。哀思逐時遷,歎音隨風厲。璧月無難虧,榆光遂易翳。朱華已足悲,況乃在中歲。懷戚潛復生,憂起難内制。掩絃泣鳳求,撫嬰感獺祭。念爾一寂滅,音響俱歸盡。不及李氏靈,帳幄暫相引。出門或朝歡,入室終夜愍。虚陳白頭吟,易嘆朱顔隕。煎膠怨新絃,撫琴念前軫。别鶴多爲悲,離獸復能忍。别鶴與離獸,哀怨尚踟躕。況此古人詩,戚戚當坐隅。合歡非忘憂,贈歸難文無?重念穿月絲,因用悲日車。浮生不可料,雪泣已無餘!

詠　破　衲

摧殘故衲擁窗虚,裁自龍宫落髮初。雙樹坐披同臘算,一瓢行挂似風梳。時防竹露侵袪冷,自剪松雲綴袖疎。空相總知終不壞,蕭然百結豈求餘。

夜　宿　蜕　巘

一夜宿巑岏,浮心息萬端。聲聞皆返寂,禪定自生觀。月落空疎澗,風乾縮複巒。因知天路近,卧覺白雲寒。

爲陳宸甫悼内四首

只言夫壻是王昌,千騎東方候拜郎。薺菜朝飡同案舉,鮫燈夜織傍書光。

鷄鳴高樹今誰儆,鴈弋山厨不共嘗。此際腹悲應自識,那能更學薛山陽?

其　二

鸞影當年已一拋,羹湯自薦代中庖。絃斷只知須鳳嘴,風乾翻易拆麟膠。孤魂深夜悲雙枕,比翼長林失舊巢。繡闥鎖空春寂寞,望靈寒月挂花梢。宸甫悼内於兹再也。

其　三

去歲湘南返舊村,曾悲荆婦入修門。霜寒襆被孤燈夕,露冷蘭帷淡月昏。哺脯遶床愁息弱,行園倚杖嘆鷄豚。吾兄今日憐同病,潘岳遺詩合共論。

其　四

山公嵇阮素交聞,我輩蘭心亦共芬。久識聽屏知哲配,更誰雜佩問夫君。若偷靈藥當奔月,儻化江神必作雲。須信浮生如夢電,相將非聚散非分。

冬日陳宸甫水亭

寒林晦色全埋照,嘉樹炎洲不受冬。雲葉沉陰天欲墮,梅花零亂雪如封。詩情不爲連觴減,酒興偏因愛客濃。黄髮漁樵甘歲月,相期巖壑入重重。

新　　曆

獨坐空山暮景賒,忽看新曆到天涯。願年數臘希頒杖,算老驚心憶聚沙。雲紀無私開凍雪,晴光作意轉風花。鄰家農父如相問,卜與支干話歲華。

寄黄明立海上

寒城君去掩松扉,雅會諸公亦漸稀。出嶺千峰孤戍盡,黏天一壑衆溪歸。潮來浦響同雷吼,濤立風翻似雨飛。牡蠣竹蟶如可寄,春盤酒力未愁微。

冬夜李文學水亭

水氣含雲暝不昏,葱蘢疎月挂幽園。過浦淡煙藏竹淺,臨池虚影蘸梅繁。波翻山雨魚龍夜,春近寒江薜荔門。書閣暫分藜火照,翛然清興共玄言。

迎春日陳宸甫宅

暮陰驚歲改,衰態怯春遲。喜見青陽至,漸看淑景移。不慭知節候,無約到茅茨。閲曆欣新令,迎郊識舊儀。一州填老稚,夾路昡旛旗。抹額倀人戲,緩腔蠻隊吹。土牛占太歲,花勝剪春枝。雪怕晴蜂侮,風招煖蝶欺。辛盤詞客賦,椒酒帝京詩。綵筆謡來劣,新篇更贈誰?

寄子發、宸甫山中

空山兼暮歲,爾去竟淹留。井稅何時集,酒人誰共遊?打魚池館樂,射雉野林幽。江閣蕭蕭雨,思君獨倚樓。

歲　盡

青山自老苦吟身,逼歲囊空甑欲塵。舊與阮家爲北里,新從陶令結東鄰。桃符帖煖寧辭冷,竹爆驚寒不送貧。更坐杯中多酒債,尋常棄責望何人?

答　子　發

寒城微雨夜沾塗,客子衡門不可呼。憶看梅花開爛熳,愁聞角韻響清孤。病餘杯酒從頻減,老至詩篇莫竟無。鐘鼓鄰家催獻歲,春江鳴鴈候歸蘆。

除夕諸子見過

四十明朝暮景初,殘燈杯酒意何如?常時苦恨嫌宵永,此際留連愛漏徐。剪綵霜毛春日亂,頌椒天闕遠臣疎。諸君麗藻翩翩在,待薦揚雄似子虚。

元夜李孝廉宅試筆

昨夜殘燈合坐明,今宵又是一年情。酒杯占彩呼梟轉,詩句捻鬮逐韻成。火樹吐春長有焰,檐花墜雨細無聲。文章大塊將相假,總在江梅與谷鶯。

人日陳氏江亭夜集

春月春城尚未高,春風春浪近蘅皋。孤根不没滄江石,遠岸自翻碧海濤。花事關情催羯鼓,寒尊隨意引香醪。衝星流水何須問,綵勝驚看對二毛。

元夕值雨

一春乾鵲不聞喧,風雨連朝到上元。驚向南天寒有雪,愁看宿霧晚多昏。千炬此時空夜永,九枝何處似星繁?先生東郭蕭然坐,漫對疎窗獨掩門。

送伯暉遊武夷

吾友詩人莊應曙,海上幽居飽煙霧。神仙秘怪窮窟宅,山水莽蒼歷杖屨。一日告我武夷山,三十六峰峰廻環。天地奇瑰不可辨,恨此耳目虚登攀。大道不聞堪嘔心,名山未遂亦凋顔。春風匹馬捨我去,我今談詩向何處?即今人世多機巧,遁跡山中爾亦好。嗚呼!人生年歲未可測,吾今與爾過半百。自笑微官不足論,即爾一子亦難得。窮愁有命合安之,攀巖入穴固一奇。使爾腹中無所有,飽食煖衣空爾爲。

送詹孝廉還建陽

詹生已折蟾宫桂,江都園門尚自閉。織屨西上苦不辭,負笈南來遠豈計?何生閩中一楚狂,顛毛種種雙鬢蒼。愚公精衛不自揣,篇章謬意窺混茫。一官棄置未爲惜,有時窮餓愁中腸。世不譏理已足寬,敢望采采來登堂。爾獨執贄稱弟子,避垣反走不獲已。吾子虚謙衆所欽,老夫謬妄人共鄙。即今别去欲何爲,歸念高堂有甘旨。峽江海水闊於天,劍溪春流疾如矢。爾來從我學古文,樂羊馬融堪共論。人生翰墨亦徒爾,要在道德揚清芬。爾邑自有紫陽老,餘子碌碌豈足云!

送林垣斗秀才平樂省覲

春城暮雨送行舟,才子思親不暫留。去望山川經楚澤,還持詞翰入昭州。

囊螢乍别幽林草,扇枕先廻瘴嶺秋。君在諸生多感慨,臨風莫惜數登樓。

别徐仁和年丈

人生無定端,如彼百鳥征。偶然相依集,遂爾同林鳴。憶昔登甲科,三百盡豪英。青春無私照,振條於神京。聚族傾肺肝,論交昧生平。豈非意氣合,歡然爲弟兄。惟我與夫子,山川限閩荆。夫子宦臨安,望縣獵華纓。余亦忝華省,牽絲隨班行。中途各槖落,巖谷學耦耕。何意輕川陸,千里扣柴衡。入室攝敝衣,顛倒出門迎。共追夙昔好,各叙憂患攖。野遊班荆聚,膝坐盡杯傾。訪舊半沉淪,安得復縻縈?鳳凰絶飲啄,竹實猶嬰情。野鹿無拘攣,念饑思藾苹。城闕或隱跡,山棲非遁名。去矣吾夫子,願各保素誠。

送黄紹夫賀萬壽後還赴楚藩

同天佳節拜瑶墀,還按分藩楚水湄。客路遊絲春裊裊,江門芳草日離離。夫夷峰勢依衡嶽,岣嶁山名托禹碑。君去旌旗多暇日,登臨莫忘寄新詩。

二月一日莊中輔宅賦贈

梅花亭畔集壺觥,吉月令晨屬爾生。憶昔垂髫方秀穎,即今作賦已縱横。燕并結客多豪士,文雅承家有令名。秋至馬蹄應頓健,風前會看一長鳴。

清　明　日

山樹鷓鴣春,青郊祭掃人。酹觴祠塚土,施餅與墳鄰。稺子抽園麥,江頭搴水蘋。壺觴多既醉,日暮返城闉。

社日寄莊伯暉武夷

笑稽名岳遂誅茅,君去爲余若解嘲。雲樹抽春新翳翳,沙禽過渚遠交交。經函有洞應探籙,羽客何峰共結巢?短髪自憐山社裡,獨將濁酒話農郊。

穿　　林

穿林飛雉翅初長,新雨如膏花氣香。秀麥成岐千畝緑,和風散暖四郊黄。兒童士鼓祠先社,鶏黍腰鎌聚闔鄉。分日遨遊寒食裡,春泉松逕試茶槍。

新　　荷

風翻遠浦娟娟净,雨浥方渠冉冉披。初溅圓珠看蕩漾,稍擎翠蓋望参差。芳流蔭鯉沉波細,新葉礙鷗出浪遲。准擬晴天齊泛艇,碧筒澆酒醉題詩。

觀與熙齋中畫松

怪爾茅齋暑氣消,凉窗颯颯吹靈飈。虬龍寒雪枝交映,雷雨空江幹不摇。即北高柯難辨色,微看隱勢亦干霄。畢宏韋偃將誰擬,仿佛山中好見招。

題趙仲穆畫,爲李孝廉贈程太守

董源山水何神微,畫人多作青紅衣。趙雍師之最潤秀,細密亦繼廼翁後。誰家寶此三百年?山木翠色如新搆。丹柯碧葉上無枝,千尺凌空皮骨透。點苔戢戢古石蟠,高原膴膴芳草湊。兩人騎馬此林來,袍笏不解心齊開。一馬純白一馬蒼,二馬差池二馬良。挾琴提鞚忽後顧,馬首嚼勒亦廻步。一人傾注如點頭,風蹄蹩踏如前赴。似指山前有佳色,亦喜近峰莽回互。達人生世常出世,冠帶在身心摇曳。决事西湖蘇長公,醉酒滁州六居士。程公温陵二千石,拄頰時時看翠碧。遺鲊獨愁江路遥,望雲擬作思歸客。父老牽衣但苦留,公亦安得問行舟?海頭四月寒林雨,緑樹陰陰黄鳥稠。孝廉李君贈此幅,爲公進酒消百憂。請公五馬暫踟蹰,山中我亦來前驅。

贈別陳從舜

南薰月離畢,衡茅漬暑雨。東望羲和鞭,日車在何許?泥深屐短嬾出門,君來征途何處所？武夷天台兩歲遊，度年如日經林丘。閩川嶺嶠既看絶，更向鱷海探窮遊。我生貧居但意氣，短髮狂歌久自恣。祇愁古人不可攀，何意豪士來同醉？看君山水心躭躭，腹似道經三百函。可惜孤城難久駐，鴻鴈明朝飛北南。

洛陽橋歌爲陸別駕賦

君不見洛陽長橋卧海波，江翻浪撼奈橋何。累石重棧屹不動，牡蠣戢戢生鹹鹺。憶昔此橋未駕時，秋水汗漫愁兩涯。蛟螭無怒或戰鬭，黿鼉有勢深凌欺。宋家莆陽蔡太守，乞官近地麾旌旗。梁空疊址懸機綷，安置妥帖静瀾漪。水道灑爲四十七，三百餘丈何逶迤！善男法子來落飲，大書深刻穹豐碑。至今三百有餘歲，風濤枕席忘莊馗。往來人馬何坦坦，豎子亦識端明祠。郡人相傳昔造址，河伯海若愁不起。銀山雪屋日呼洶，重淵何處厝寸趾？公遣移檄告海神，龍宫水府深無津。隸夫持檄但大叫，便欲醉死投鮫人。懷袖須臾得報章，剋日約飭鮫龍藏。公遂鍥基鞭鑿石，天清氣朗不可當。參差烏鵲如神相，居然萬載波無揚。顧此好事者附會，或非實跡徒誇張。又聞二碑在祠畔，石理精粗異體段。傳言絶域賞國寶，鐫仿一石來暗换。但恐亦屬虚誕詞，總之爲公張筆翰。祇聞邇歲寇火燒，雙碑一裂高岩嶤。漫理欲斷還不斷，忽復縫合無頳焦。此乃居人真聞見，得非神精守藏徧。氣勢遒勁森矛戟，光芒恍惚生雷電。怪底海内競摹榻，流傳初如離筆硯。陸公陸公來此邦，豈無異物開心腔！獨好洛橋海色湧，特使蔡子圖滄瀧。蔡生下筆圖滄瀧，陸公嫣如軒天窗。公行璽書承召入，安得如此頌刻垂示千古爲並雙！

武榮吴老人園夜宿賦贈五首。老人者，吾同年李祠部舅氏，其尊甫與先君相厚，又晚而得子，與余次子雲同庚

偶然籬下醉芳尊，論舊方知世好存。先友合碑柳子厚，渥情欲亞魏陽元。

其　二

屋東溪水屋西山，山鳥自鳴水鳥閒。千古素心誰尚友，較書舊隱對松關。

其　三

側生旁挺滿林丘，青李來禽向晚收。野老豈榮侯萬户，江南不減橘千頭。

其　四

虚窗歷歷點疎星，石蛤山蛙鬧草亭。几上惟多栽樹傳，胸中别有度人經。

其　五

七十年來産一珠，牽衣曳履遶庭隅。我家兒子同庚甲，願爾爲龍我作豬。

吴次公園二首

溪水來三面，山光繞四圍。主人能愛客，遊子坐遲歸。明月宵侵袂，松雲晝染衣。此中真不厭，朝夕滿烟霏。

其　二

弟兄俱益算，孫子更盈前。白髮能相並，青雲各自賢。邀朋嘗樹菓，對客望山烟。安得如鄰叟，東皐共種田。

啖荔吴園

日啖荔支三百强，名園多品見殊常。江鰩似未齊蘇軾，菓譜還疑漏蔡襄。懸樹丹砂應並艷，開跗白玉轉多香。林間却笑輸猿鳥，歲歲枝頭恣竊嘗。

鏡山全集卷五

詩

陳良猷山人見過。山人爲吾叔父老友，予最愛其詩，嘗有“摘花煑酒增蜂惱，掃葉燒茶礙蟻行”之句

愛君白髪思悠然，屢舉清詩向客傳。掃葉摘花多野興，惱蜂礙蟻有新篇。窮年入郭貧交喜，望閣投書府主延。今日竹林聊暫坐，歡如河漢會秋天。

與顏範卿左相集陳孝廉水亭，時山人林庭霽新物故

江雲垂雨捲虛亭，亭外凉生四望青。隔院林幽喧暮鳥，近塘草長隱秋螢。故交有恨同川水，浮世何人似歲星？此日當樽拚盡醉，愁腸欲付晚風醒。

秋　蟬

素節滄江暑氣分，凉蟬悽切嘒高雲。風前急響催秋序，林外繁吟向暮曛。乍喜喬枝終日蔭，不堪落葉一時聞。星河耿耿宵多露，悲爾楓林易失群。

諸公來賀得孫劭，即席賦

荏苒韶華四十春，添孫初喜及玆晨。謾勞上客金錢滿，差慰阿翁白髮新。魯國堪增論世刺，愚公又得徙山人。它時儻置鄭莊驛，不識知交許共親。

題金粟洞壁

鴻濛不遥，天路非賒。俯睇飛雲，仰湌明霞。鍊顏方疎，採芝人遐。何繇吐

納,餐日月華。

程太守歸養詩

去郡何翩翩,歸心不負言。君方榮一疏,人最念雙旛。潁叔非無母,於陵亦有園。悠然高世意,豈復問寒暄!

大椿圖歌爲李主簿壽袁南安

君不見莊生著書號逍遥,大椿奇樹開高標。根株蟠地枝破天,蘺蓰蓊鬱争岧嶢。八千爲春八千秋,萬六千歲何長悠!回視冥靈五百載,尚如朝菌陰蜉蝣。此樹誰生復誰種,子母廣成公浮丘。至今墜地作何子,何山何谷乃有此?安得此木老我園,仲文毋復婆娑矣。乃有畫圖絶蒼古,李君持贈袁明府。明府清標出寶安,明珠讓光掩木難。嶽嶽羅浮山色直,莽莽扶胥海氣寒。竭來鳴琴坐武榮,龍劍匣中初一鳴。禮樂儒風世所仰,神明老吏人皆驚。文章瑰瑋政卓絶,蓮峰九日交峥嶸。梗楠豫章廊廟具,匠石經林屢回顧。冠冕自合著人倫,經綸行見襄天步。勸君壽酒三百杯,一杯一歲看崔嵬。丈夫事業如風雷,千秋萬歲猶喧豗。成湯問棘忽已小,衆人匹祖還自咍。與君銜杯忽大笑,何有萬六千歲此樹哉!

偶至黄文學山居,夜宿其處

曲巷君家最易知,看花忽到夕陽時。新歡下榻偏如故,自至披襟不待期。竹塢烟生朝縱酒,苔階月落夜彈棋。中林别後應相憶,書幌寒窗有夢思。

雨中與諸公約遊歐陽室不果。歐陽先生故有"高城已不見,况復城中人"之詩

卷茅昨夜驚秋雨,曉起移尊阻入林。鸛鶴摩天翻羽玉,鯛鱅抛尺湧鱗金。四門精舍行應到,一騎衝泥怯獨尋。却似當時愁不見,高城難擬繼遺音。

别故給諫羅公廓年丈

羅君自通太常籍,文章已冠兩京客。除書初拜大行人,馳驅少駐長安陌。握手可涼執手熱,漢家丞相何翕赫!君爲諫官不二旬,妄意刺虎嬰鱗逆。兩端豈復如鼠首,匕盡直視等鷄跖。奏書朝上夕編民,便向白雲歌草澤。山妻不管泣王章,勝友競來贊田晝。獨恨名山未遍遊,大海南觀天地劃。同籍弟兄三四君,青雲失意俱頭白。避暑共作山中行,亂斟濁酒澆胸膈。我生活埋已有庵,請君再往還不獲。朝來馬首又清漳,果布應看湊海舶。吁嗟丈夫一世身,上觀千歲下閲百。名位不足登鼎鉉,道德儘可垂竹帛。摩天但作黄鵠遊,視地可令梟鴟嚇。勸君酒多但飲之,安能禽息悲黄馘!君不見向來君彈丞相公,門客於今久書翟。

贈相者王隱林

君不見君平賣卜下簾肆,忠孝兩言隨所至。賈誼長安出觀采,季主高談何磊磊。古來藝術寓名理,豈但勢利欣人耳。豫章王君號隱林,一生江海棲遥心。聖人豈云有不相,嘆君獨未逢知音。過我發論何蜂湧,遠者麻衣近袁珙。人生萬事繇心造,君心借此教人好。安得置君莊岳衢,頓令善相生凡夫。

黄孝廉母兩目復明詩二首

東南有悲婦,感嘆揚哀音。三月春草萎,不及秋霜深。入室既無人,持門方難任。牽衣乳下兒,不識五與三。高視但夢夢,淚下何淫淫。兩眶日以枯,雙瞳自岑岑。羽冀長乖絶,豈但分北南。不知重泉下,哀我何如心?

其　二

悲至雖無終,淚霑亦有極。昔者乳下兒,日長如春籜。詩書既貫淹,名譽逾充斥。冬夏常清温,甘旨時膾炙。棄置艷陽萎,歡暢天日白。金篦遂無功,净如拭雙璧。豈比齒髮儔,遽與神明隔。貞婦歎閨人,孝子感途客。

訪王唐秀才落第後留飲，几上有唐崔融將軍詩，因次其韻。時三殿災，詔書量移逐臣

五星耀壁聚金方，一領敝裘挂草堂。卞氏從來悲獻玉，由基有日不穿楊。偶然蜥蜴驚徒手，畢竟文章起大荒。飲石可如都尉虎，入群且混左慈羊。節前荒徑存華菊，秋後清尊應落桑。近讀詔書灾罪己，稍聞陛戟雨更郎。貢冠不忘期王綬，屈賦無心輟楚羌。

陪林德芬飲劉公可給事園得江字

恨别似秋江，相思鬢易厖。聊因君去緩，乍使我心降。素月生虚牖，寒風薄夜窗。夕郎多酒興，莫負對銀缸。

題何氏壁二首

蒼蒼寒夕烟，了了晴峰色。鹵地斥耕人，信潮占海客。

其　二

區中有夙緣，物外多餘日。行矣棄軒冕，睠焉歌沮溺。

過嘉禾嶼訪傅國毗，夜集分韻

鷺門漠漠一帆風，幾轉音書夢裏通。命駕我能方吕子，入城君自學龎公。襟期乍見宵應短，鬢髮相憐曩不同。若問宦情與詩興，此生併付酒盃中。

鷺城月眺，城爲江夏侯周德興所築

溟渤周遭繞戍城，蒼蒼寒月海頭生。北風正捲南夷舸，山壘全屯水戰兵。吹浪魚龍遥滅没，争枝烏鵲近分明。周侯澤哲當年役，此夕登臨萬古情。

國毗席上有妓年四十餘，曾爲厮養卒婦者也

燕子飛飛幾度秋，今宵明月在高樓。夢中空憶鴛鴦侣，春至應生楊柳愁。

舊譜竹枝多恨淚,新聲珠撥異歌喉。尋常盃到休辭酒,眼底花容易白頭。

岱浦泛月。浦在泉、漳之間

丈八溝頭古有名,桃花潭水聽歌聲。此中濠濮真無異,到處烟霞總自生。小浦浮花輕進榜,芳林蔭竹亂飛觥。歸來月色當天好,徙倚寒窗夢不成。

岱浦再泛

明月重游一澗長,扁舟蕩漾水雲鄉。川寒不落偏平岸,樹暖難凋轉耐霜。文圃高峰遥突兀,東林清夜近蒼茫。吾生自有林中趣,不謂留連但酒狂。

冬日海上

歲宴乘桴到海門,茫茫何處更窮源。長涵日月爲池大,不夜魚龍識浪暄。才愧木華空有賦,懷如謝客欲無言。行塵仙訣誰能得,白髮愁看兩鬢繁。

海上抽兵行

晉江居民環海口,捕魚但識罶與笱。有時打網入波濤,浪惡風顛還反走。關白近搶朝鮮急,王京已破南原入。下令閩兵募八千,陸載戈鋋海舟檝。平生目不慣刀鎗,石厲腰鐮錐卓墻。洪濤瀾汗渺何處,豈比我家海口長! 山礁島石太多事,捩柁維綃非容易。國法通夷有禁章,犯者破家身斧鑕。登萊以北遼陽南,水道何曾有人至! 聖朝草木含生長,我等公戰敢不勇。天吴祇恐震中流,身落蛟蜒或象罔。跽逢里正但哀訴,一言不應官長怒。回頭少婦漫須啼,漢家威德清鯨鯢。近聞小捷獻露布,庶幾不戰歸丘墓。

賦得愁多知夜長

愁心一倍歎茫茫,幽怨翻驚夜未央。虬箭徐聞宵漏永,蘭膏遲促曙星光。十年邊信思遼水,一片春情恨建章。總爲中心如玉局,不應秋扇但含傷。

題馮新興祖父詩二首

古人多道情,寄懷於物端。此心常虛空,何繇干異患。亭亭高梧枝,皎皎明月團。層陰朗清光,對此但盤桓。玆人不可見,流風如逝瀾。君亮懷孝思,表此同歲寒。

其　二

明月在高天,高梧亦扶疎。據槁人已寂,朗玩何清孤。對此不能忘,淚下如明珠。非無美木陰,情乖理自殊。見似心雖喜,見似目亦瞿。誰能終蓼莪,睠焉於玆圖。

次韻酬高正父比部見和江亭奉懷之作時高守制。

湘水南浮日,思君獨未歸。忽聞親舍痛,益令客情非。就養悲何極,匡時志乍違。貧居知不厭,薄俗任多機。余亦栖青嶂,無人共翠微。驛梅勞贈信,天末綵雲飛。

游宗謙將遊粵中,過我齋頭,分賦得春字

逐客飄零歲五新,未忘海内是詞人。白頭怪爾能騎馬,青嶂何方可結鶉?九鯉乍辭珠箔濚,五羊遥探鐵橋春。忽思京國同遊日,半醉高歌萬事塵。

重別宗謙

莆陽山客游宗謙,出游江海歲何淹。敝裘敝馬無人問,山酒山花時自拈。益國大王天子親,君住梁園凡幾春。推案不買侯門喜,使酒頻驚四坐人。瑯琊元美大司寇,風流冠履共奔湊。君遊其門最高名,詩篇燦燦流華英。復有小史范夢鹿,亦學高吟詩滿簏。短句常從鬢下成,長篇可摘紙尾讀。司寇自掩夜泉日,海外詞人無顏色。青山不救腹中饑,白眼徒憎世上兒。嶺南區用孺,邑人林咨伯,二子矯矯玉堂客。雖云與君最相知,俸薄不足振蕭索。青春獻歲未十日,南遊南海附賈舶。兩袖龍鍾倚嘯歌,一囊羞澀愁眉額。吁嗟乎,君與范夢鹿,出

山羸騎射酸風,住山秋雨卷茅屋。詩篇爛熳滿江湖,眼前一口不得餬。此去璣珠果布湊,豈望海中明珠青珊瑚！雖無明珠青珊瑚,猶勝元載胡椒八百斛,霍家家奴姓馮名子都。

建除詩酬屠田叔

建嶺鬱岧嶤,軒車菹海澳。除山廠官衙,衰海理鹽竈。滿盈佐國資,周防警吏盜。平政民盡惠,散懷吏非傲。定交雅風騷,寄興高調操。執心誓久要,論文窮義奧。破榻穿積勤,南食紀殊號。危峰筆勢平,急峽詞源倒。成言鷄壇盟,蛩音空谷耗。收心謝世儔,白眼迕時好。開械愜遠思,投桃愧明報。閉户念暌離,何繇申戀繆。

寄答黄全之二首

隴畝躬耕客,江湖放逐臣。有懷歌邃古,無字問要津。原憲貧何厭,嵇康嬾是真。丈人勞記憶,書訊每頻頻。

其　二

莆陽詩客老,白髮向蒼天。爲鴈居鳴分,非熊應卜年。銀鈎頻寄客,鐵騎尚憂邊。雲樹看何許,心期一惘然。

冬日歐陽氏園亭

高人多素心,其内亦贍智。偶然得地勝,遂欲奪天意。曲閣屢逶迤,曾軒輒邃閟。分行通一徑,轉盻異列翠。睠兹尋尺圍,數畝廣不啻。寒陽檐際來,蒼岑城外至。吾徒二三子,負暄復把臂。林木美貞堅,世情薄炎熾。近日寄幽興,樂飲無餘事。儻許酒人過,衰腸尚可醉。

題乾山風木圖贈莆中故林方伯

滕城掩夜扉,蘇鶴幾年歸。樹檟枝枝長,巢鴉歲歲飛。行人思按節,孤子恨沾衣。尺劍悲相後,無因掛翠微。

爲薛生輓母。母少善刺綉,老而雙瞽四首

倚門莫待王孫買,織屨誰將翟子威? 春社從今悲乳燕,不得爲雛傍母飛。

其　二

遺篋朝來獨自拈,天吴紫鳳尚纖纖。陽生歲歲增愁恨,弱綫紋絲豈再添!

其　三

刺綉非徒爛紫霞,教兒兼悟藻天葩。老來兩目雖雙廢,口口頻吟魯歎家。

其　四

齒髮神明一併殊,死生殘夜痛泉途。謾言甘旨悲無所,舉杖何繇泣伯俞!

國蒿詩有序

友人黄泗清,故字國藩,别號游門。今春喪其嚴父,寄余書曰:"夫子顯者也,猶以'匪莪'之號寄厥終天。不肖孤,猶人子乎哉,將改字'國蒿',號曰'鮮民',寄悲慕焉。"書幽憂沉鬱,凡百餘言。余因括其意爲詩以勉之。

海濱有一士,讀書紹明膏。饑寒三十年,但留齒與毛。披褐尚不完,望餐空自勞。瘦妻怯弓鞴,熊羆夢尚弢。過庭一老親,無以充餳餻。黽勉授里兒,束脩救分毫。贏饒能幾餘,譬吸江中醪。反顧已歡然,甘若嘗豚牢。昊天不憖遺,重泉忽蕭騷。昔抱固窮節,今懷蒼旻號。尺書轉見貽,鳴聲何啁嘈。云昔曾元養,口體不足褒。乃我四壁家,更無復儲韜。死闕斂首形,生虧供匕刀。四野絶茫茫,一叩一天高。不及昔饑寒,膝下長游敖。緬惟我夫子,簪紳盛翔翱。匪莪尚自悲,嘉名寫愁熬。况我窮賤人,釁罪深難逃。從今稱鮮民,改字曰國蒿。没齒屏酒肉,大布縫衾綢。庶以徑寸心,表我終生忉。惟我聞此言,契若鼓應鼗。嘆音欲克堂,憂緒亂絲繰。人生無父母,榮貴如牛氂。我莪誠匪莪,爾蒿亦匪蒿。惟有淵冰心,終天於覆幬。

堂前萱

未敢論前舍,聊因詠北堂。日高舒宿蕊,風起泛輕香。葉自侵袍緑,鬚應妬

粉黄。憂懷原不繫,非爲借相忘。

一丈葵

擢葉一初蕚,開花匝近枝。亭亭如竹立,冉冉似荷披。暗緑高檐瓦,膩紅壓酒巵。朱明偷氣色,已占晚春期。

答傅國毗

山中來共住,郭外復同吟。疎燈殘尚對,佳醞滿仍斟。青松無改韻,白石有初心。故人看不見,明月滿江潯。忽奉相思引,非君獨不禁。

壽林登卿太守

竹符四剖領專城,海内争傳刺史名。白傅虎丘詩草妙,右軍鵞館筆花生。歸來濠濮林間想,老去煙霞世外情。儻許百年從杖屨,願歌淇澳佐杯觥。

夕陽

紫帽峰前夕照陰,孤城縱目此登臨。烟横數道遥銜浦,彩散千重近射林。看背歸禽連樹没,知翻峻壁入江深。黄昏衰病驚心客,東武何人可共吟?

中輔生日,集其名五齋中中輔不勝杯酒,故未及之,亦用何克事。

去歲兹晨此地來,諸君爲壽客懷開。少年偶爾輸同學,先輩何曾讓儁才!汝健摶空圖六月,吾衰上樹憶千廻。高名驃騎名終埒,傾釀惟應問舉杯。

畫菜歌爲傅則及年丈賦

傅君中堂挂幅菜,嫩葉長莖兼白芥。曾持索歌楊翰林,三年不得空苦心。廼今委我一歲餘,饑腸亦費吟躊躇。憶昔鷄舌香氛緼,君住度支我白雲。長安八月秋風起,菜圃刈穫高如廩。小車推入正陽市,我等貿買亦紛紛。亡何冬月冰三寸,片種不得開愁悶。乃有火窨藏黄芽,數錢聊可供一頓。呼盧擲博俠少家,公侯中貴交矜誇。燔炰熬炙羅長筵,爛幇菜甲如秋瓜。此時俸薄但凉醜,單覔此物來行酒。耳熱一笑天地寬,世上澹濃何不有?君既挂冠神武門,余亦卧病歸舊村。依然吾腹有故物,堆盤滿眼傍觴尊。平生性僻好此菜,臨管不能狀梗概。但使烏白烏能角,總無俗氣熏肅鼐。菜乎菜乎挂君堂,我今未見聞清芳。蓮花九日君隱處,此味與之共悠長。堂中挂畫碗作羹,對此便足了一生。何時歠羹兼看畫,一腹彭亨雙眼明?

許濬先齋頭觀淳化泉帖

昭陵埋墨妙,淳化萃書英。泉帖人皆寳,秦摹價不輕。斷砥蟬塌翼,驚埒馬嘶聲。細勘多精意,流觀滿韻情。傾囊愁可買,舞劍嘆難成。君自多神賞,元常且抗行。泉帖以秦家摹者爲佳。當帖未出時,人以鋪馬厩,一夜發光,馬驚騰作吼,以是出人間云。

李叔玄母夫人墓二首

溪水清還駛,寒山莽自陰。與君同眺望,春草欲同吟。

其　二

虚嶺峻蒼松,危峰鬱疊嶂。遥憶南溪人,知君獨惆悵。百里奚《琴歌》:"母已死,葬南溪。"

夏日武榮黄氏山家三首

達魯當年令,休官即寓家。田遺今日玉,陵憶故時瓜。沙岸隨流擁,溪門向樹斜。衣冠誰擬族,江左似瑯琊。

其　二

青山當户正,明月映波翻。促坐忘更漏,沾衣恣露繁。行花催鼓亂,中覆奪杯喧。好酒吾疑使,清狂道自存。

其　三

村曲殊堪理,家蔬不用沽。步畦如熟徑,傾釀似私厨。上樹餐荔飽,臨溪射鼈腴。電光從晚發,似欲笑投壺。

晚　　凉

鬱暑愁炎午,衡門喜晚凉。風來如拂掠,霞散似文章。遠照銜檐短,餘光映壁長。不須愁酒熱,正可引杯觴。

昔讀東坡有約歸去來詞,適座客以集中送劍易硯詩爲題,予聊仿之以成律語

石硯君藏隋而窪,匣中銅劍我赤蛇。大明牙玉須上殿,爾雅蟲魚待作家。縑蒯草玄非等别,易城换馬但矜誇。無情永好還相贈,投報應如李與瓜。

用韻呈弘家

可當此世吾相失,學古文辭爾最能。謝病青山供嘯傲,讀書白室閲衰興。狂來險語將金石,老去卑官但股肱。忽憶過從思快意,百壺惟問酒如澠。

鄭士愛遺我刻詩,乃知去秋三山客邸有見懷之作,賦答

不謂他鄉夕,凄凉旅客愁。藝場方戰蟻,詩思在牽牛。不減堪三歲,將歸又一秋。若聞當日意,短句早應酬。

伯暉五十餘未子,其姬有身過期,會中爲作催生詩,得生字

渥洼天馬已胎成,只看超騰應降精。巴震老年將喜睫,蘭徵姬舍待啼聲。挾彈須趣仙人過,解袋應催彌勒生。謾論梯(稊)楊弧矢意,吾儕湯餅亦關情。

葉氏山園二首

山中日無事,來此寂百感。春樹暗楓樟,秋果密柑欖。溪光晴可吸,山色秀

堪擎。午風吹繁陰,杯酒洗肝膽。

其　二

日出禽鳥喧,風交竹樹門。靡靡良苗披,團團遠峰皺。秋庭花尚娟,晝户人莫扣。絲桐何必聞,坐聽繁蟬奏。

再題葉氏山園四絶

四面高峰不辨名,山中但道滿黄精。採茹肌骨何繇健,歷盡天門一羽輕。

其　二

久識樂山如日觀,峰頭見日始三更。平臨對酒如相待,兹頂誰云不抗衡?

其　三

突兀層巒高蓋山,夕陽吟望不知還。文章千古人如昨,誰識龍蟠在此間?高蓋山爲歐陽詹先生讀書之所。

其　四

岫攫龍蛇虎豹蹲,清溪西望北桃源。四時蒼翠常當眼,一夜嬋娟獨照門。

葉氏花徑

開户桂花香,微風過短墻。朝來烟徑滑,閑步亦踉蹌。

九日葉秀才邀遊郭山二首

佳節登臨興欲飛,虚臺獨上遠巍巍。陰沉林氣幽人語,蒼翠山光逼客衣。楓葉嵐晴還不動,藥苗秋晚正應肥。主人愛客清尊滿,十日留連歸未歸。

其　二

巀嶭重階百二層,一層一酌興憑陵。百年勝具還誰健,九日高臺恰好登。跑眼流泉奔響谷,空心寒樹上綿藤。牛山戲馬目前事,細看茱萸我不能。

蔡體國、蘇弘家小集丙房得車字

秋夜竹窗虚,邀歡枉草廬。人含鄒衍律,胸富惠施車。濁酒還無厭,清言總有餘。下弦猶見月,待照城頭初。

酬弘家見懷山中之作

高蓋峰前鳳麓傍,更勞憶我在何方。行周别見讀書處,仲晦猶傳過化鄉。隱寺霜楓晴帶緑,野林秋柿晚垂黄。郭山百級遥階好,一級思君緩一觴。

莊伯暉舉子

千首清詩酒一瓢,無人付與亦寥寥。白頭作父真堪喜,黄口爲兒已足驕。盤舞故交同太劇,愁心舊夢破無聊。秋風病肺蘇能飲,快挹香醪聽爾澆。

别叔玄

昔余隸承明,子方教蒲沃。信芳不自宣,拂衣卧巖谷。雲霞暢真賞,眺聽惟所欲。士有甘藜羹,誰能朵狼臅?子既隱山中,余亦竄海曲。共捋故山薇,同種甫田粟。誓言將久要,矢志寂諼告。蘭深人聞芬,石表匠徵玉。詔書下東箱,宦轍還西蜀。飽看梁岷山,恣訪楊馬躅。念離嘆道長,思暌傷别促。伊子耿介心,豈作轅駒跼!仲尼論不争,老氏誦若辱。彼美蒙莊周,經身訓緣督。臨岐乏縞帶,申辭於僮僕。

送屠田叔之辰州

念君直道歎何窮,此會匆匆若夢中。組綬七年仍袁海,旌旗五馬始嘶風。行探大酉書應好,未到衡陽鴈尚通。别後芷蘭頻悵望,總非芳草恨微躬。

顔範卿至自山中,蘇伯潤至自海上,同時見過,座中各出詩相示,并讀壁間蘇户部詩

山中海上兩詞盟,兄事尊行弟後生。領袖裴家人獨秀,文章庾客老初成。易因前玉知形穢,難以孤樽比聖清。近得蘇君君見否,新篇又是一連城。

送顔範卿左史之會城

姓名久已在諸公,汗漫今遊越嶠東。上客人争爲地主,高年天與作詩翁。會看碧海青冥外,併眺三山一郭中。城闕獨驚終歲别,聚萍浹日又飛蓬。

苦　雨

寒雨連綿半月來,垂垂雲葉黯難開。若當北地千層雪,儻在暮春五月梅。犬防從此迎陽吠,鷄笑還能報午催。尚喜山城逢小至,菊花狼籍對銜杯。

久雨忽晴

初雨何時起,縣長忘日曆。久見絲纖纖,但記聲淅淅。漏室釀沮洳,塗階盪清激。望突有濕薪,赴市無乾糴。但云昧五行,幾欲禱巫覡。老夫望日心,轉作聽雨僻。宵坐月忽窗,早起日已壁。雀聲乾先喧,花色秀初滌。屋烟騰若烘,檐霤殘還滴。陽升向何藏,雲净今誰劈?亦怨忘祈寒,後笑先號詻。不因沉困久,誰悟居常適?

贈袁永春

昔賢既疎曠,世風遂淪邈。雕鎪失本姿,慧巧散太朴。衣冠若糾纆,項膝遂齷齪。孰能砥流波,壹意等先覺。袁公皖水英,雅志何卓犖。襟懷既怡晏,文采亦班駁。任心有至理,先軌皆真樂。軒然風塵表,如彼千仞嶽。瑩然專氣中,如彼未琢璞。飲貪心不磷,處辱看彌濁。伊余拙疾姿,喜此芳杜葯。患無兔絲名,恐似車軥朔。公來獨不疑,握手相騰踔。愧比陽晝言,未返曹思服。投分奉仁風,今古以揚榷。

飲孝廉王孟遴齋中因贈醉歌

王生卞玉凡五獻,漢廷狗監無人薦。白髮深知豈足驚,青氈素業仍未變。

生即五上三十餘,早歲登科誰爾如? 腰間便少半通綸,腹中已有千笥書。千笥上下無不有,更愛蘇家不置口。取彼父子兩弟兄,作我平生三師友。自言得此開心胸,有時藉之寬窮醜。吁嗟就中長蘇得之天,口無難語意先傳。今人纂組玉剪花,何殊竊鈇東鄰家。王生夙好與我同,兩如弟子参黎閣。中夜置酒邀我醉,不歎窮愁不得意。此物何物神何神,千秋萬歲猶自恣。宣經翼聖我不泯,倒海排山有何人? 使我成仙復成道,浮丘河上今安身。嗚呼! 王生齪齪不足語,衣冠楚楚蜉蝣羽。雖有羜牡速我歡,我醉輸心向何許? 我如騎馬路傍子,筆楮無膏俗欲死,王生白眼而已矣。

萱柏圖歌壽顔母

種柏勿食葉,食葉柏自苦。樹萱當樹根,根多花自吐。柏葉雖苦根幹香,摩天蟠地何蒼蒼。萱花滿樹花色黄,含歡含笑開北堂。誰人畫柏復畫萱,寒霜旭日交中園。不比過時秋霜萎,豈似無根幽草繁! 桃陵左相吾老友,兄弟之子兩瓊玖。手持此圖令客歌,一歌一觴壽其母。請歌顔母愁人心,四坐賓客皆沾襟。早歲晨風號北林,鳳凰折翼鴛鴦沉。郵作溝水東西吟,兩兒膝前七與叁。良人既去二孤喰,萬事但愁不可知。絲履何嘗出門基,髧髦頻念特與儀。日居月諸雙雛長,離巢學飛相下上。老身忽已五十年,回首始覺愁無象。朅來二子請我歌,我歌雖樂奈愁何? 愁心已往樂方多,萱花柏木開顔酡。人生歡娛無若老父母,天均人性無不有。況復爾母百苦辛,饑寒啾啾心血剖。子今壽母兩弟兄,讀書千卷未成名。小人有母即嘗食,會須大庖官膳令得嘗君羹。

早　　梅

凍雨凝霜暖未回,衝寒輕艷已江梅。似凌北氣難禁發,更占南枝無數開。驛使遠心春裡見,玉人幽夢月中來。巡吟只愛垂垂樹,白髮誰云此易催?

歲暮蘇伯潤自海上見過,分得過字

歲華欲改青山晚,人世惟增白髮多。老夢關心餘綵筆,朋來對酒但清歌。

入城君豈爲擔石，近市吾今自薜蘿。海上寒光曾賦否，颶風定不減蘇過。

與熙齋中觀書畫册

怪爾長貧富素翰，名書佳畫不勝攤。揮毫仿佛人如昨，玩譜流傳蹟未殘。物理巧心偏獨創，天然遠韻耐徐看。衰年能事甘雙廢，披閱閑生亦恨難。

新歲寄謝高青厓憲副年丈

金虎白雲漢署多，當時簪履共鳴珂。百城八使開旌旆，六載孤臣紉芰荷。江鯉素書冰後泮，京梅生菜夢中過。柴門小隊無繇得，咫尺閫天可奈何？

送洪爾介視學兩浙

當年建禮步後塵，讜論時時動縉紳。典屬國名聞象譯，大宗伯署贊神人。搴帷地接三吴遠，振鐸風生兩浙春。知爾東修平日意，總須四教統陶甄。

春　　寒

客窗寂寂曉春寒，獨酌杯中雨未殘。濕重不聞香散桂，凍嚴猶覺茁含蘭。受風舞燕飛應怯，戲煖啼鶯至恐難。好聽深泥埋短巷，蕭然高卧學袁安。

聞中使下閩採礦兼開市舶二首

中使不遲遲，天書已有期。銀官尋廢礦，番舶貿窮夷。珍寶言堪艶，徵求事可疑。江南凋敝久，誰詠大東詩？

其　二

島寇烟方息，宸居役尚仍。鑿空猶不繼，言利乃無恒。使者寧民否，群臣共命能。回思還鎮守，烈祖頌中興。

劍蘭細蘭歌酬張南淮文學

劍蘭葉如菖蒲槍，細蘭葉如桂葉長。劍蘭花似紫含笑，細蘭花比麥穗繁星芒。二花形類生各殊，本異名同均吐香。蓼蟲居士種劍蘭，瓦盆蕭索庭中央。便欲矜詡媚春風，更無葳甤佐四旁。南淮張兄來歎嗟，子花獨足舞商羊。抱甕老人家好事，手培細蘭三尺强。移蘭致盆當贈子，使子花氣合沓紛飄颺。竭來果致作伴侣，林雨霢霂飛微茫。兩蘭相對有起色，莖枝秀嫩難禁當。居士大快酌斗酒，幽意不覺與之森開張。吁嗟兩蘭一似我，與子衫袍靴笏異行藏。子雖衫袍我靴笏，冲襟遠志諧笙簧。世人皮相誰識君，胸中無數璆琳瑯。史部性理靡不學，早歲鑿壁資螢光。吁嗟子居巷北世不識，譬處幽谷無人芳。我生正恐當門鋤，溝中斷木灾青黄。安得如子博聞彊記富囷倉，不嫌五臟仁義列多方。

益相諸葛弼父詩集見委裁定輒寄贈二首

益國賢王天下無，王官君去列文儒。忘憂華館人皆賦，公宴西園夜共娱。帖向蘭亭臨定武，酒從仙醴泛麻姑。正堪身世浮雲外，何事當年嘆畏塗？益府有《蘭亭》石帖。

其　二

飄零逐客賦歸歟，蕭瑟茅齋久索居。匏繫此身堪共擬，蘭言千里未相疎。壯夫不薄揚雄好，少史還貽季重書。佳惡君心知總得，從人改定不應徐。

贈泉州竇使君

激矢無枉絃，清冰無濁泥。此心有夙好，明誓良不睽。伊我與夫子，當歲從執珪。神交無古今，曹分限東西。余既竄南荒，夫子理北鞮。不謂窮海陬，得借撫氓黎。握手慰疇曩，下車舒雲霓。雪山有重輕，安得動歸栖？愁歎滿四隅，牽挽環旄倪。江南山海賦，天地開航梯。顧比久凋勞，蒸黔費挈提。固本有至理，穴蟻防隤隄。汎泉既浸薪，才賢難剸犀。圓方若互乖，出處理亦齊。初沐知彈冠，晦雨占鳴鷄。兹行謁大府，慰勉或可稽。不者遂初衣，悵焉思袍綈。

酬黄鳳鎮兼送之京師二首鳳鎮，翰編黄公之叔。

垂髫挾册里門秋，老大行藏各自謀。豈謂君篇能日富，坐增吾黨一風流。

羅浮窮海曾淹歲，碣石高天轉壯游。金馬君家新小阮，到時詞翰定相求。

其　二

布衣只合隱柴關，名勝亦須遍往還。訪古殊堪資翰墨，探奇政在助江山。五陵豪俠風雲地，雙闕岧嶤日月間。此去有詩須見寄，山中使我一開顏。

謝修之酌顔範卿、黄明立、蘇伯潤、金陵心上人於其翠幄園，邀予陪之，得招字

若若羨君不上腰，十年灌莽盡高條。盤蟠剪格柔花性，蓊鬱扶欄縱藥苗。客至全龍三逕滿，僧來笑虎大江遥。人生歡會無如此，浮白抽黄不用招。

酬林長菲山人

客有素心人，書來論久要。棲山群猿鹿，隱跡同鷦鷯。齧倪問披衣，巢由洗唐堯。古有如此人，清光邈孤標。我獨何爲者，坐使餘風遥。因君託末好，睠焉思淳澆。

送劉潞州赴謫廣東市舶。劉，秦中人，其謫也，以潞州解紬不中程。余曩謫時，劉有詩見送

華省十年半翠微，一生清德學胡威。遽還上黨行春馬，坐失後宫曳地衣。闕下清風猶在握，天涯炎瘴忽同歸。羅浮此去探奇勝，應詫山靈北客稀。

送楊惟彦學士之南掌院，惟彦嘗從宦南中，久居金陵二首

詞壇早歲共聯翩，勁翮看君獨上天。御筆峥嶸題鼎甲，仙班清重影花磚。鎬京卜食周家地，天禄藏書漢署年。漫道南中非日下，三台久已朗星躔。

其　二

高沙闕下擁翰林，南去江山烟樹深。童子昔年嬉綵服，詞臣今日首華簪。

全無軒冕宦遊氣，多是文章出世心。别後相思思勝聚，覆棋風竹聽鳴琴。北京翰林院門常有飛沙高積，相傳除去復聚。

送鄭進士沛北上

海國富絃歌，昭世方盛文。龍潯二百年，詩書始氛氲。夫子首破荒，赤幟張千軍。甲第既高華，韶齡復英芬。焯爾先民程，澹然超塵群。顧我屢綢繆，風義高秋雲。荆扉失逢迎，禮數慚慇懃。握手未有時，路岐忽告分。丈夫樹功業，壯志遊無垠。願及隆茂年，輸力於明君。

干將篇五首有序

皖中袁公伯伊，慷慨烈士也，作令三載，拂衣而去。余爲之賦《干將》。

奉君干將吴鈎之寶劍，孤桐焦尾之清琴，結君委地之長綬，抽君切雲之華簪。人世逼側天毒淫，何時抗舉揚高音？掉頭轉臂不復顧，群鴻北飛孤雌南。稻粱翅肥難舉遠，我獨清饑横絶萬里之空陰。

其　二

首山有銅鑄爲金博山，南山有竹截作孤笛吹。百年之木破犧尊，交疏刻鏤何葳蕤。銅金竹木失本性，似我遊世被棲羈。人身自有無名樸，誰能桎梏縶履綦？山田荒蕪久待我，日來磬折路傍兒。掉頭轉臂不復顧，白眼横厲絶四維。

其　三

荆軻擊筑燕市傍，自歌自泣四無旁。藺生睨璧倚殿柱，掀髯四奮驚秦皇。丈夫一言相爲死，意氣如山不可當。咄彼下蔡監門人，倉厠觀鼠分雌黄。死者千古不可作，中宵涕淚沾衣裳。我生七尺腰脊强，不能低眉俯首學括囊。放之横絶四海間，俯視蠻觸爲大荒。

其　四

阮咸騎馬逐姑婢，人世譏議那能理？禰衡撾鼓摻漁陽，了無愧怖負紳裳。古人氣魄峥巉巉，嗟我去之商與參。禮法本非爲我設，如仇直視中心甘。屈平雖耿介，遠跡未遠人得讒；伍員榮忠憤，鴟夷血碧江水藍。漢庭惟有東方朔，遊戲萬乘主不銜。我生不得如此人，早向蒼苔白石家茅菴。

其　五

騏驥伏櫪志千里，烈士暮年心不已。古人放歌唾壺缺，我亦仰天大笑開皓齒。循除棲塒自有人，更能與爾久居此。扼腕掀髯不可忍，塗頭抹額久所恥。人生亡何詣冢頭，安用錢刀富妻子？元龍百尺之樓端，政欲再上上頭耳。嗚呼拔劍砍地清歌哀，眼中之人吾老矣。

天倫真樂圖歌爲蘇弘家作

蘇君自請金門急，身着班衣下馬入。周道赴家直可兼，中心愛日如靡及。昔年奉使動征輪，曾謁親闈下禁宸。簡書祇畏王程綏，歲月未深子舍頻。求賢帝遣入黔中，官舟欲渡牂牁江。征途夢鄉忽游子，歸家移疾拜鬌麗。椿樹萱花入門秀，荆蕚桂枝馥清晝。芳園半畝日陪娱，華尊百歲先上壽。闈門朝典儼顔色，逡巡欲進未敢即。琥珀注手光動浮，孝慈滿眼氣充塞。君今歸來已三歲，嚴親促裝尚容裔。老夫時陪笑語歡，開圖放歌助融洩。

孫將軍還山歌

浯峒自得將軍孫，島寇不敢窺海門。長風千里破鯢鯨，七閩萬室安朝昏。向來投劾乞歸林，但憶延平溪水深。臺使監司同强起，風檣海舶非初心。一爲慰勉一譏彈，十羊三虎可長嘆。君但不言亦不愁，何者蠖屈何龍蟠？看君閩中一將種，義膽忠心夙自勇。中懷芳潔比儒流，文藻葳甤富詩冢。白簡將軍塞奏章，誰知正中君膏肓？青山無恙玉華洞，寒斗自衝鐵劍鋩。嗚呼！北胡雖欵關白死，播州弄兵日方起。君歸射獵南山裏，誰人搴旗躍馬報天子？

贈王生有棟二首

王生彝鼎器，綽在商周先。胸中富古文，開口何便便。世人好明媚，所樂在嬛娟。坐令儔侶中,或然或不然。古士多迂疎,俗客破攣牽。我心有素樸,安得改猶荃?願君執固志,棲息於無前。

其　二

家鶏笑鵠雛,轉徙籬落下。及其羽翅長,橫厲絶四野。駃騠生七日,雖云毛色赭。會須齒向長,乃號千里馬。咄彼塵世人,皮相非云寡。抗首登青雲,乃與時輩謝。鑿壁聚飛螢,願子但無舍。

貞姬詩二首爲黄廣文側室作

人生有綢繆,豈擇衰盛端!微禽亦念偶,何必鳳與鸞!夫子既不留,賤妾能自完。生世無一裨,死歿有餘安。庶以衾裯恩,下泉奉君歡。松柏可摧薪,不能改歲寒。嬝娜楊柳花,隨風乃漫漫。秋風衆草萎,蘭蕙雖同乾。踔彼芳馨姿,遺香竟攢攢。哀此貞厲人,千古發長嘆。

其　二

繐帷秋風空,涕泣如雨零。寂寂虚館中,音徽想儀形。結髮事夫子,受恩歷歲蓂。一旦分形途,誓欲從冥冥。大火方中天,陽曜何煌熒。乃有助宵暉,腐草朗微螢。明月照四方,餘景流中庭。乃有在東芒,三五嘒寒星。生以奉殷勤,没欲揚德馨。灼灼重泉中,千載生光靈。

謝修之坐遊閣初成,招社中諸子一眺

高樓初向小園開,秋色長天四望來。不用看山還出户,應知眺遠似登臺。一生屐兩寧論幾,百尺麗譙何有哉?濟勝吾衰愁少具,壺觴合此醉千廻。

送蘇弘家赴京補職二首,篇末有戲弘家奉命典試貴州,以病不果往,諫垣薦語乃有"割鷄"之嘆。

月旦當門推孝友,壇坫流譽重詩騷。一時不脛爲珠玉,何物無言似李桃?戲綵歡娱窮子舍,還朝資望首民曹。勳名祝爾今誰比,萬里雲霄一羽毛。

其　二

貴陽不薄典文衡，鷄割翻爲衆所驚。狗馬小臣真是病，膏肓邃壑乃今輕。三年徵逐千秋業，一日踟蹰萬里情。此去南風吹北上，更無不競在秋枰。

小至日，王唐秀才，黄巍、黄岑二孝廉過我齋頭看一丈菊，得陽字

空庭小至菊猶芳，白日寒花各自長。日比初冬添線縷，花於他本倍尋常。披霜嫩色仍嬌夕，上援殘枝欲過墻。佳節樽罍來共對，相看疑是泛重陽。

寄前劉潞州二首

海珠江寺鬱茫然，尚憶題詩到此邊。作宦誰論同病客，登山時誦昔遊篇。天涯海色寒應湧，嶺表梅花春可憐。莫道乞歸歸未得，榷籌堪佐上仁偏。

其　二

先朝勳業張司馬，謫宦當時亦爾論。似此丹心堪尚友，起家墨榜又同元。一官特借爲專領，萬里須寬夢故園。頃訊山中書好讀，不知霜鬢已星繁。劉任廣東提舉，吾鄉張先生岳亦曾謫此官。劉與張皆起家鄉榜解元。

過王唐秀才，讀其兄王言遊金陵詩，次杜晚登瀼西草堂韻

野客愁俗迫，敝裘皺寒擁。相過衡門開，延款清尊動。人逢塤兼篪，喜如蜀并隴。遊旅遠行歸，詩思中杯湧。奚囊瀉無停，綺語好相踵。陪京官舍静，舊都衆山拱。勝覽依賢主，佳興自孤聳。吾生跡但幽，逐客員久冗。天高蓬萊宫，官小須彌孔。甘心歌帝衢，妄意堆文冢。後來前浪卑，同黨時流重。書劍一無成，衰老日方恐。

贈陳幼安四首

一閉柴門冬又春，越鄉問字有何人？勞君百里來相訪，數卷殘書一釣緡。

其　二

天然心巧本崩騰,不用卑卑學壽陵。君但守此爲家法,詞場千古必先登。

其　三

司寇清聲滿白門,三傳家食已難温。予生亦慕硜硜節,不識後人可自存?

其　四

五辛一歲不開齋,特以劬勞報母懷。似子岐山威鳳侶,醴泉竹實自雝喈。

家廷尉使歸,余待之錦田,宿莊氏園林二首

廢居人事疎,足跡少出户。結軫候歸輿,忽已離城府。平生絶交游,旅客誰賓主?莊生聞我來,顛倒移步武。陟岡携肴炙,開館具酒脯。此家簪纓人,孝友聯堂廡。慰藉群從頻,悃朴素心古。淹留撫松根,棲遲坐竹塢。三晨日已週,萬里人未睹。矯首望高天,悵焉雙頰拄。

其　二

徘徊登孤城,縱目一覽畢。其人固淳秀,於俗亦朴質。蚌蛤市海頭,麻枲織巨室。望天貽來牟,詠風歌蟋蟀。老夫城市中,人事苦綿密。琴書曠若遺,衣履窘如桎。忽來此盤桓,僮僕寡入出。朝夕對虛堂,孤峰但峭崒。奔迫歎忙年,淡曠悟化日。

莊伯任秀才偕其姪徵甫孝廉携酒登科巖,夜移尊林館

五岳君家舊最尊,梓橋雙美竹林繁。朝探古跡寒烟薄,暮飲虛亭衆鳥喧。蓮葉峰高環眼望,仙人掌好益盤飧。仙人掌,惠中海錯,一名石蛙。中庭一片流光月,久向霜天欲忘言。

莊氏園作

楓葉寒猶在,松枝短可攀。入門循古石,終日對青山。交誼存傾蓋,吾生好閉關。偶然來信宿,吟望不知還。

鄭氏椿、柏二昆見招，邀吴德渾、莊徵甫相陪

歸鴻五日候飛翰，縱飲平原一半看。詞客相逢雖忽漫，詩篇乘興肯留難。野橋携手山煙合，華屋移燈海月寒。世業康成雙不忝，居然弓冶見毫端。

答吴德渾惠中有鄉先生鄭瞻雲能詩，吴故與之相善。

惠邑稱詩老鄭虔，此來不見淚潸然。及君猶喜當吾世，握手翻悲失早年。糠覈山林無瘦色，風塵幽薊有佳篇。詞壇只道千秋業，不用相憐歎左遷。

贈鄭生柏，柏爲吴德渾門徒

文考名高方弱冠，士衡賦就亦英年。客中得爾遊纔壯，杯次論文酒失權。遒上總知師不讓，刹那應見佛齊肩。千秋相屬誰相似，孟德初逢太尉玄。

聞家兄楓亭之信志喜，時家兄以轉餉遼左，便道掃墓

楓亭前問館垣人，六傳今宵到是真。碣石經行真萬里，錦田候望已將旬。邊儲頗怪煩廷尉，三尺翻兼校萬緡。愛弟官聯歸勿問，且看雙鬢近垂銀。

歲暮同家兄集黄孝廉二難玄覽軒

何人歲事不峥嶸，我輩還能自在行。四座卷波雖臘酒，近鄰爆竹已春聲。垂垂短髮從年改，滚滚新詩對眼明。今夜兩家春草句，敢言不是夢中生。

送童將軍赴檄入蜀

英風猛略久聞聲，頰下刀痕看尚明。漢壁亡奴如仲孺，成都殺賊一花卿。夷酋飛羽驚全蜀，辟舉馳書重本兵。知爾平生多敢决，定應鐵騎不留行。

庚子元夕謝修之宅看新蘭

新年伐木喜當歌，尊酒華堂興若何。桂魄寒宵猶嚳栗，蘭心春事已婆娑。

吐莖似與銀花合,泛艷寧須羯鼓多。遮莫天公私寶樹,芳香早放伴姮娥。

送張廣文潮之懷慶

輕舟上瀨出閩中,更入覃懷路不窮。濟瀆東行流若帶,太行南峙勢如嵩。大王比德今吴札,君子詠詩昔武公。直道看君人共羡,十年苜蓿未愁空。

賦得王孫芳草

幕歷煙綿看似茵,青袍顔色亂游塵。碧生大地千門晚,緑帶平蕪一片春。絶國秦吴留别賦,高臺軒帳恨征人。萋萋底預江湖夢,無數懷思無數新。

林第卿遠心亭詩

林生有屋貼東滎,長廊咫尺天光傾。廻軒内轉無數武,櫺牖亭檻紛峥嶸。綴素披縑書案滿,攢花選石苔階盈。陶叟人穿秋嶺樹,瓦盆魚跳春池萍。穴嵌門勢豈非巧,倒植懸培皆有情。林君名亭額遠心,使我放筆歌長吟。君亭迫窄我筆短,安能霹靂開商音?大人先生如蟬蜕,一室坐與陶鈞會。君不見宋玉作大言,長劍耿耿倚天外。

暮春詠蘭亭修禊

勝賞集英群,靈辰净宿氛。吟詩隨興就,汎酒聽流分。陳迹終多慨,遐觀亦乍欣。人生同隨化,撫景感斯文。

瑞　像　巖

鑿石作空王,高巖若夜光。那繇無量壽,如意有餘祥。禮足生悲海,看身悟福堂。醉吟東牖下,山色滿斜陽。

雨中訪佘宗漢丁氏水亭

鄰寺高榕不動風,隔池流水雨聲中。嫩萍吹岸翻多點,鬬雀依花不一叢。

游客縱能寬酒興,詩人總易泣途窮。但憐把臂經旬少,看取新吟坐滿筒。

寄答朱汝修

玄針游華池,丹良耀夜明。皦皦萬里思,寂寂一宵生。勞君懷舊綈,華緘寄家荆。疑思既久戀,密念遂已盈。君感昔遊輩,消謝淪前聲。我慕曠士懷,閴默佇深馨。泥蟠甘宿賤,雨散悲稠誠。愁無黄鵠翅,悵焉獨含情。

寄顧朗哉山人

昔予郎曹歲,是子論交年。何意激風雨,契闊傷東西。音先。故人愁珠桂,逐客悲烏鳶。思君寶劍贈,有淚如流泉。桂林肺限地,幽薊光絶天。惟有賞愛遺,不絶於鳴絃。

寄劉懋學紹興

意氣各華年,别離遂分天。金臺憶遊袂,桂林思别絃。會稽佳山川,繚繞浙東偏。君來騎五馬,獨使聲光宣。政理既優游,咏觴可悠然。眷焉懷音英,砥德於無前。

歐氏竹亭下詠竹林七賢

昔賢抗高跡,綿邈謝塵名。棲心柱下史,託好蒙莊生。逃虚既棄禮,孤尚殊賤情。修竹隱虚館,白雲浮高城。結軫來聯翩,嘯歌抽華英。當知千載意,不在酒杯傾。

五月二日新晴過秦伯起

偶到歡相欵,遲留興不孤。稱心傾蘉面,適意坐庭隅。雨幹滋蒼蘚,晴花鞸艷鬚。江橋明日路,門巷滿菖蒲。

鏡山全集卷六

詩

送駱啓新督學粤西

海内宦游輩，如君意氣稀。文章不盡興，才略有餘揮。征蓋懸長路，駐車欵敝扉。嚴關相望後，草草寸心違。

諸君聚吟山寺，謝修之以患目不赴，戲簡

行吟山寺問山花，坐待僧房啜露芽。慧眼乍聞迷色界，靈心應不眩空華。草生幽逕人皆寂，雀乳空庭日自斜。爲目笑君何似腹，詩腸不付道逢車。

送佘宗漢還莆，并寄黄全之、游宗謙、宗振兄弟

全椒舊令佘宗漢，半生江海游汗漫。十載相聞一日親，忽然分手在朝旦。憶君作牧淮楚間，聲名獨與他州冠。差肩即比路傍兒，强項難瀉胸中悍。應門歸迎有五尺，負郭還視無一段。莆陽春月過泉山，清詩累日吟柴閈。巨觥百罰玉初頹，綵毫數欵珠同貫。山僧解事或移尊，海賈知珍争乞翰。鬻紙驟騰城内直，寄餉終愁竈下爨。戍樓高樹蟬聲清，五月炎天馬毛汗。菡萏香風送遠湖，荔支絳色頳高岸。舊驚秀句若鳥駭，今悄離思如雨散。莆中黄游我相知，憑君歸去歌石爛。龍鍾寧論滿百年，鯉魚惟應長尺半。

贈阮從事

下位甘棲託，高才屈紀綱。飲冰從府主，拄笏望山光。坐見庭花寂，堂聯官

樹蒼。繇來賢岳牧,多藉股肱良。

賦得落日池上酌

雲物澹相將,虚池夕景長。客懷生獨醒,幽興動高凉。萍散開天影,花清聞暮香。季鷹千古意,杯酒自難忘。

送羊從事還徽州判,兼懷其同邑蕭觀察、劉武庫存没二故人從事之兄名可立者,爲御史,抗章被譴。

羊家御史舊知名,抗疏傳經兩有聲。隴樹心懸三尺劍,幕蓮喜得一枝荆。中州尚入閩天路,卑秩寧論塞下城。此去蕭劉同邑子,憑君生死寄交情。

與諸葛弼父夜宿古玄洞

共作山中人,相看物外身。蕭森經暮色,寥廓仰秋旻。歷歷星河夜,蒼蒼柏樹春。狂歌非自恣,醉裏見天真。

自古玄洞至靈水巖途中口占

野色亂輕暉,幽山滿蕨薇。偶遊須盡興,累日未應歸。迷路防蒼耳,投岩指翠微。秋來餘伏熱,步屧尚沾衣。

殤孫後步至張氏園

忽忽心無賴,尋君共涉園。攬絲掀廢牖,掃葉坐盤根。暈散開陰日,池晴漲雨痕。交遊多不速,一一欵柴門。

送竇可揚使君入覲二首

領州新最二千石,籌餉舊饒三十鍾。瓢飲翻鹹東海水,齋居惟對北山松。教條民吏無旁午,禮樂文儒自肅雍。臨路人心歡竹馬,計時天詔獎銅龍。

其　二

微官久已廢丘樊，夙歲神交孰共論？公損饔飧頻割禄，人榮車騎屢過門。聲名始信無虚士，著作還期不負言。此去衮衣瞻北闕，清秋立馬望乾坤。

林洪宣山人自山中至，得仙字

結隱欒山羡有年，時時笙磬聽神仙。人如幽圃當霜菊，思似湍溪下瀨船。羹糝蜀鴟休並玉，果羅秋柿漫過拳。朅來取醉吟無賴，口占拋君總是磚。

以詩代書答林思奮山人

俟罪承嘉惠，投身返初服。蒲姿衰望秋，蛩足寂聞谷。紛披時文史，旁午或農菽。物情賤疵吝，素志甘懦薄。徘徊歎途衆，契闊傷侶獨。羡君雲霞棲，久卧峰巒複。遠書豁孤懷，新詩洗塵目。感兹綢繆深，宛若風義夙。相期託嵇吕，千古希園甪。

林洪宣還山歌

林君自隱蓬山下，明月在天雲在野。少男未忘舐老牛，愛妾寧將换良馬。以此買宅來城市，我因從君得知己。不然且學龐德公，一生自號鹿門子。君從還山歷寒暑，我累見君缺鷄黍。昨來得錢不復疑，沽酒相對但飲之。恨君更不勝杯卮，朅來贈我雙鴟夷。醉裏高歌讀君詩，君胡乍來忽告辭？石瀨濺濺山路古，芒鞋西行無復苦。歸見晚稻在秋田，打拂腰鐮歌土鼓。

寒朝客來看菊，醉中口占

清朝醉起束寒衫，客到看花口又饞。五色重英深似染，累層密葉蔓如鑱。紛披日久毬逾毳，綽約霜來朵不緘。敗落東籬寧減興，羸當盛雪荷長欃。

贈蘇懋祉先輩

薦鶚當高秋，奪標方青春。潛心入有間，鋭志遊無垠。俯首謝時儔，仰心師古人。孰是英妙齡，抱此希絕珍。鄙夫固窮賤，久懷甘隱淪。形骸付天地，榮瘁隨陶甄。何因挹損意，託此聲光親。君如高天風，我似幽池蘋。鼓動既相應，神氣當逾振。聊以山中月，贈子征車輪。

予數苦火病，每夜睡輒怔忡。十月十八日偶夢與一西僧弈于橘叢之下，橘子纍纍，予摘而啖之，西僧又出棋子若丸若膏，予取而且弈且啖，覺口中有甘露氣，甚適也。起，步庭看菊。是日清晨，室中大小尚寐，柴關無人，寒意肅如，欣然而作是詩

予生暗聞道，尚友少師承。猶賴趨庭餘，詩書頻服膺。以茲僻不改，黽勉似蕘陘。窮稽隨日落，沉思及朝興。望洋歎河漢，集盈慚溝塍。坐伏胸中炎，安得凌寒冰？思業亦相生，寐趣乃無恒。沉沉寒宵月，皎皎孤光澄。四壁清有餘，幽園夢夜僧。雪山從西來，甘露如膏凝。手談且口啖，火輪散餘烝。有如無熱天，研交了不乘。攬衣循庭花，鬱如朝霞升。儻有扣柴關，兀然坐不應。

莊國禧園

虛庭闢户向城東，寒菜青青茉莉叢。蘭轉西軒宜落日，竹侵北牖易高風。幼輿丘壑生毫底，宗炳雲山在卧中。須識鄰翁呼酒意，頻斟頻貰興無窮。

猜枚詩

謾道當筵興不開，藏鬮攘臂客争來。約時心算權枚馬，射得聲喧奪酒杯。撩亂衆囂胥後擬，縱横一決逞群猜。朱門歡宴茅茨會，總看千場尚未廻。

鄧道馭新徙南民部，過家，冬夜集其齋中小山，得山字

仙郎猶未赴仙班，故里暫將故侶閑。燒燭高張庭外樹，引杯深看座中山。詩篇踊躍心仍在，書卷留連許未還。後夜縱能乘野興，思君已在秣陵關。

壽趙姚安先生九十詩一百韻

清世多英傑，吾鄉有大儀。學常尊孔孟，年欲過耄期。波委迴河漢，音稀響濩池。在朝當刻杖，於道合靈蓍。賤子詞非佞，丈人喜或知。緬惟初度歲，上及四朝時。總角凌群稺，論文屈宿耆。幽憂生感憤，諷詠愛忘疲。壯志初鵬鷃，茂齡已桂枝。魁三名有象，玉片衆同推。再上旋高第，新銓可貴鐫。物情榮鶩寵，晦德讓居卑。胡瑗心無倦，鄭虔價豈貲。辟雝仍組綬，禮樂盡葳蕤。士羨登門重，寮傳讓齒詞。公有《移太學博士書》。陪京還壯麗，郎署更逶迤。美價能逾長，上卿必屢諮。含毫霞綵絢，借箸晷光移。東署度支庫，後湖户口司。閉扃嚴守護，勾籍力操持。公爲户部郎，有欲借勾後湖册者，公嚴拒之。遇事寧人諾，自公乃我私。漢宫龍宛轉，天闕虎蹲踞。牛首青山麗，燕磯碧水澌。聯曹間命駕，嘯侶乍浮卮。意氣歡相薄，文章切共劘。益州弄棟郡，楚地昆明涯。驍冉遥千里，熊車遽一麾。人皆嗟蠖屈，公豈薄龜兹！巴僰填牛馬，楪榆静圉陲。督陲全潁霸，丞相叩曹丕。公耳聾，絶不聞。仗劍酬恩遇，通箋省怨咨。點蒼開窈窕，文石走蛟螭。驛使煩征騎，居民苦倍輜。糞車周史訓，筐篚聖人慈。永閉從狐穴，輕裝減馬棰。儲胥殷帑藏，賦課逮茅茨。地寶鑪錘遍，津人畢網罹。牙籌愁紱冕，金穴注罘罳。三品滇還貢，微䋤詔未垂。縉紳它日砭，黼扆此時醫。公嘗請封閉大理巖。伏臘深迎竹，芳韶早解龜。自云吾道爾，豈問世人爲？青簡心終愜，華顛興靡衰。麟來經一就，羊失路多岐。景伯傳空在，當陽癖復誰？研鑽堅守墨，講討恣攻絲。日録初争賞，年深轉不疑。會神同合併，析義破瓠梘。久鑿偷光壁，翻勤繁露帷。聖門爲孝子，海内是人師。公著《春秋日録》。且也聞該贍，何徒積倍蓰！摯虞談了了，向朗校孜孜。辭喜歐公達，篇躭馬史奇。虱懸端一貫，牛解縱雙批。朱墨重重勘，菁華欵欵披。近翻金匱室，上溯古軒羲。探源歸巨浸，鑽木出重離。朝宇嘗推轂，承明擬别居。匪惟資正字，行以副受釐。山服甘裁野，敝衣竟輟緇。祇今猶旦夕，一似當裘絺。當時以公博學，擬别處之秘書之職。覆簣山頻仰，趨庭爵實縻。鄭君交父執，柳子重先碑。芳逕聊仲蔚，多方愧惠施。郝隆徒曬腹,王濟僅諳騎。薄宦終何益,陳編或可追。占鷄寬粤卜,賦鵬緩湘纍。秋院閑松菊,春園亂菉葹。門餘群鳥雀,室任少儋甀。壁敗蝸乾沫,冠塵范落緌。數容敷外屨,時接惠前綏。士撿今凋刓,斯文久背馳。咿嚘渾孟敖,詰曲閏秦隋。難審周人璞,終輕商廟彝。語全應似瓦,論熟已成荑。能障須稱柱,未頹賴有坻。尋常忘狎鳥,簡易飽蹲鴟。載質宗恬澹,躬行鄙吝疵。恭居安不釋,漏屋信無虧。自寡邦家怨,寧貽嗣胤危。鏡眸光煜煜,矩步準夔夔。觀歲知凋後,瞻淇頌斐漪。况兼盈玉樹,莫不羡螽斯。有翼皆翔鳳,何蹄匪逸騏?肸蠁名儷晉,奚午代高祁。若若朝中佩,參參膝下觿。比干應授算,忠武但頷頤。蟻酒看頻引,龜床問底楮。道從下士笑,貌比藐姑肌。叔子親牏厠,中堂薦履綦。壽親毹舉兕,奉使觀辭鳷。乍許衣冠會,同來几杖隨。歡娱沾戲綵,夙昔領神椎。窮鳥江湖夢,勞薪爨甑炊。許身愚企咼,聞道僭希姬。未得餘陵步,慚將測海蠡。不勝攀太尉,聊復詠延之。黄石鞋寧墜,曹溪米可篩。渡津須望筏,召鐵待施磁。緣此尋黄綺,相携嚼紫芝。

庭　　雀

空庭飛雀隱花叢,不怕狂吟一老翁。窃窕誰將樂府曲,蕭條大似翟門中。江城日曉喧秋稻,茅屋天寒噪暮風。借問穿簾同幕燕,何如高漢覓冥鴻?

同詠過臘魚得霜字

疾風吹海凍嚴霜,過海魚群無數長。罟客暖餘知滿載,饔人春至漫須嘗。甘分牡蠣偏同候,來與黄花不亂行。賁酒老夫從歲俗,題詩更喜近椒觴。

冬日東郊十二韻

春林稀密樹,秋稼净平郊。泯泯潭流净,微微野日交。鷲峰孤岫隱,雉堞衆山包。麥暖苗抽壠,梅霜萼在梢。叢祠開曲逕,佳客聚層坳。寶座如獅吼,清泉若虎跑。素懷申契闊,劇興恣歡嘲。筆點斜欄借,杯傳稺子教。寒時添野服,坐後信山肴。醉耳窮冬熱,詩心萬事抛。荒唐希蒙叟,消息體周爻。蠟屐情應在,移居信可捎。

謫居日久,生計轉疎,今冬寒凍異常,薦蓐不具,賤軀多病,益難料理,右臂痛楚特甚。曉來伏枕口占是詩,陶淵明所謂今我不述,後何聞哉

古時謫籍人,投跡于一方。雖云置閒散,尚可資衣糧。吾君聖明姿,群臣莫敢望。放流多唐堯,共兜滿炎荒。挂名隸彼州,束身歸本鄉。無繇得官錢,安得助身强?我等讀書人,譬農耕畝疆。微禄無可狥,若苗不登倉。壟斷醜商征,干請隤士防。古有固窮者,敢不銛鋒鋩!今歲東南天,寒嚴倍往常。薦蓐既稀疎,夜眠比冰霜。右臂久苦痛,今似錐刺囊。一體受其殃,神氣遂無光。實恐便偏枯,有如杜襄陽。鳥獸能毨毦,豸蟲可蟄藏。而我困窮人,僛類秋餘螿。令復生幽并,久矣凍與僵。作詩叙悲懷,曠焉歌未央。

友人林魁掄有畫烏一幅,既索諸公詩,使予再題之。魁掄所爲題烏,念其母也,於是何生爲作烏生謡

烏之生,母子隨。烏母飛,不能歸。子獨立,枯樹枝。心中悲,當語誰?

舊遊卷爲黄伯豪題

黄君昔遊白門裏,當日故人焦與李。書劍汗漫客吴山,錢鏐祠前謁君子。渚蘆江樹吹風烟,夢中不知向誰是。泉山郡内三名卿,延君上賓送君行。大阮詩人黄克晦,畫筆蒼然紀遊最。楊参政,李宫詹,顔長史,謝海鹽,題詩贈君似江淹。老來坦腹坐短檐,猶憶江南清酒帘。

疾風滿郊,獵獵撲人,有言北嶺梅花盛開者,不能待暖,家中空虚,出德化瓷瓶,提兩壺燒酒,袖梧桐子數十顆,從張秀才往覓諸葛左史同看。適其高卧,抉門

拉起。左史顛倒衣屣,往至梅下,破寒劇飲,班坐麥園,以刺桐爲蔽。酒盡還到左史家,再煖觴命酌。醉後因憶白樂天琵琶行詩,左史一一能舉其辭。是時朔風晏然,寒月斜照。再步過王秀才家叫歡久之,皆曰大奇!大奇!明次琵琶韻紀焉

季冬寒風吹殺客,四郊茫茫寒瑟瑟。閉門欲飲無酒船,愁腸雷鳴若急絃。風寒沙噎歲將别,豈計今宵得明月?見説北嶺梅花開,交樹駢枝鬥寒發。陡生狂興欲語誰,衝寒看梅不可遲。北鄰張兄時相見,匡坐緩行素清宴。中心轉念諸葛侯,睽隔連朝不見面。高眠驚起叩門聲,門中應聲喜我情。一説梅花興相似,不枉平生爲同志。貂帽籠頭衣倒顛,轉覺花心是忙事。欲綻未綻鬚可挑,一出兩出看如么。點點斜紛飛白雨,裊裊向人若欲語。栢黄微挂白玉彈,蚌珠匀亂水晶盤。撒下鹽花出空曲,噴成跳沫飛清灘。一樹一樹開不絶,一林一林過未歇。相看酒興波濤生,那管酸風迸面聲!輕雨洗胸愁意解,春風入髓歌腸鳴。麥苗班坐若卦畫,刺桐障風如添帛。德化雙瓷擬定州,殘糟燒過堆花白。梧桐滿把出袖中,高盤寧減充饑容。笑我久似龍王女,一生只在婆竭住。雖云五障限此身,意欲十天超八部。吾道寧非率野居,一官已忘入宫妬。大遊運鯤正足寬,閒曹問馬翻迷數。湘潭謾卜漁父清,愚溪反遇羈人污。諸葛散朗張兄樸,二友林間美無度。青衿老解墨綬除,造物那得知其故?斜川紀歲栗里遊,雪堂謀酒東坡婦。有酒無肴便足歡,披衣但向花前去。花前行步如乘船,龍鍾雙袖不知寒。大傾小酌還無已,豪氣直欲凌鏌干。鏌干豪氣未能息,俯聞人語如啾唧。狂發大叫何太奇,遠心豈必它人識!天上白玉十二京,我輩便合居層城。不聞曹蜍李志等,黄髮在世厭無聲。古人得此白樂天,婆娑歡喜過一生。長杠大筆琵琶詩,至今若聽嘈嘈鳴。坐上全篇舉如流,歌罷長吟更可聽。燈前黍谷忽回暖,斜月轉見中庭明。深巷寂寂四無人,鄰曲再往叩門行。回首風時海水立,轉眄須臾失愁急。琵琶哀怨六百言,我今歌笑江州泣。歌泣同歸總無情,才短韻多愁束濕。

贈　許　翁

八十餘年黑髮翁，道經釋部並穿通。谷神養後非資鍊，佛性動時不礙空。選穴講圖兼畫筴，賦詩擬古豈雕蟲！吾生最喜及先輩，小徑頻勞步屧中。

王侍御塑像次韻二首

峨冠當歲一丰神，恬静歸來比法真。貧後蓬門多謝客，健餘鳩杖總抛身。龍章中散疑應是，泥塑河南望可親。便道紫芝非正字，超然已脱六根塵。

其　二

淵明齊化影形神，遊戲公今似寫真。誰道子綦忘故我，宛看帝釋現他身。幽亭曲徑深深隱，藝菜蒔花事事親。歲歲小龕長伴侣，坐觀千劫似微塵。

寄柯萃藻、陳貞城二生

三徑偶然開，能詩二妙來。文章何所慕，宇宙固多材。新製堪勞紙，行吟屢盡杯。相思春月裏，延望向江梅。

蔡山人精弈，新歲有廣州之行，口號送之

柏葉纔傾酒一尊，便向番禺望海門。好事堂塗同蔡穎，應知韋曜不須論。

夜宿田家作

野人家住春山小，朝朝開户見山曉。尊前片月浮高雲，枕上數聲啼幽鳥。

田　　家

土墻茅舍净無塵，小屋初成刮眼新。乍喜野人生事足，淋漓不覺酒盈唇。

詹司寇水榭川茶、玉繡球雨後並開，分得麻韻二首

曲曲江頭檻，依依雨後花。璚英團白雪，絳蕊簇丹砂。蹋踘新名繡，旗槍别

樣茶。東西隨地勝,素艷各天葩。

其　二

投軌芳標遠,開園列樹嘉。青門垂欵接,朱紱委高華。杯滿花前倒,燈懸葉底斜。雨餘江路滑,歸夜不知賒。

二月院中長春花盡開,客至同用春字

濁醪客至信吾真,喜有庭花作主人。深緑過墻垂復密,疎紅散樹綴還匀。香分秋沼芙蓉氣,色併南天芍藥春。即道四時同作蕚,題詩更喜及芳晨。

韋起宗詩韋所居里故名"會通",先子爲諸生白有司,請易之曰"節孝"。

晉邑有孝子,姓韋名起宗。三歲喪嚴父,母欲捐身從。念子復不忍,母姑逼行重。買餅私置毒,誓死絶其蹤。韋公方七齡,怪母異顔容。驚呼救止之,相依如駏蛩。稍長問父事,涕泗悲盈胸。蹉跎母六十,令甲當旌庸。往謀里中老,陳詞聞黄龔。時見郡縉紳,祈懇同愚惷。稍得一字褒,不啻奉璧琮。棨旌既垂成,讒口施蠆蜂。血泣十許年,雙目遂眯籠。有司憫勤苦,與奏闕芙蓉。孝子聞踊躍,豁然開心忪。瞽目復故明,有若繭出蛩。母没傍墳廬,著存致尸饔。念孤不服喪,六載仍從凶。雨甚廬且圮,白衣忽聞跫。韋公出户視,土室潰如癰。蝗蟲蔽四野,群來食楸松。抱樹感無知,蒼然原上峰。終禮返舊居,霜鬢改容丰。再謂死葬我,即依此堂封。天詔旌母宅,華表纏雙龍。韋公没有年,祝融浩呼烽。四鄰悉燎盡,此表巋高墉。德馨久始芬,天書今復鑀。公孫念顯祖,祈懇亦顒顒。念公所居里,市人貿寶賨。公昔稀齡時,先君在章縫。詣告郡邑長,里名易菲葑。尚有詩篇贈,於今五十冬。公孫持示予,國風似邶鄘。因兹頌感并,不覺涕横縱。

小院二首

小院春光大稱人,堆紅積翠相鮮新。瓦盆復有門生送,好畜朱魚戲眼頻。

其　二

百朵紅花併一株,蜂環蝶繞無時無。細碎木犀如玉雪,纖穠短草似氍毹。

題丁處士故莊

曾叩柴關卧不應,似從長嘯見孫登。松�寂寞人何處,坐見青山尚百層。

過諸葛弼父花下

一架酴醿冷艷粧,柴門盡日鎖飛香。春深百和渾高塢,客至清陰坐短床。亂落輕紅關歲事,來尋重翠逐人忙。娟娟素影侵籬動,好醉花傍與月傍。

庭中長春花開不絶,王子入門大快

紅花濃艷滿低高,王子看花興太豪。試以花枝兼客態,春風一樣醉酕醄。

再詠長春花

庭花着雨濕臙脂,半落花根半在枝。續開濃艷仍當眼,初褪殘香尚到卮。入户踉蹌爲笑柄,循除吟諷作詩資。洛陽金谷從他勝,數武吾今樂不支。

四月一日齋中與諸子觀魚

惜春三月恨春遲,今日薰風喜早吹。沙岸泥沾穿燕幕,瓦盆萍點養魚池。飛騰未逐雷聲化,遊戲還看日影移。詩卷酒盃無一事,衡門鎮日但相隨。

黄季重携一武人酒,來我丙房與諸子聚飲

客至何曾厭主貧,盤蔬終日對清真。喜君移酒青油幕,助我狂吟烏角巾。欲雨風高雲不定,過春花盡鳥還頻。夕陰莫訝開明晚,且坐空庭待月新。

諸葛左相弄孫詩得成字

入門孩笑兩英英,白髮弄孫非世情。肅出勝衣當客拜,領將學語繞庭行。分甘膝下時相引,緣臂懷中或共争。韋孟在鄒官不達,後來奕葉衍玄成。

别王仲紹之楚

尊酒蹔將當石尤,楚天北去夢中愁。愈風草檄人争得,促膝論文爾不留。鰉片綴糟宜稻飯,笋尖如豆點茶甌。風騷屈宋關心地,多在湘江漢水頭。

謝修之坐遊閣同諸子賦,時久不雨

樓外高枝蔽午曛,檐前小磬觸風聞。俯看亞地花數種,坐見摩天鶴一群。遠岫無窮巉矗石,炎空不動蒸高雲。何時開窗快望眼,四郊涼雨飛紛紛。

落花舞風到酒卮下

輕風階下發,吹送夕花來。開落關人意,似應勸酒杯。

寄戴亨融二首

宦遊爲爾歎牢騷,書到翻令破鬱陶。物外緜來輕組綬,身前總是重詩騷。青山客夢歸無厭,白眼人情看自豪。咫尺雲天難聚首,十年風雨憶吾曹。

其　二

巖廊望爾我江潯,清貫誰知乍陸沉?自有胸襟翻綵筆,何曾腰帶失黄金。李華爋紙留高閣,居易行文阻二林。長路解裝無一物,勞將阿堵贈同心。

過林垣斗秀才有贈

荔樹陰陰當巷門,階前泥滑暑雨翻。東鄰破屋餘椽在,古礫頹墻宿溜存。林子讀書未梳頭,老夫倚杖來扣門。歎我舊學衰以荒,念子新詩壯且渾。丈夫得意在片言,當使千古豪傑皆崩奔。安能蹙蹙時輩選,甘心與之居籬樊?子稱我詩我不敢,願子詞筆浩蕩湧如源,横厲四海高騰騫。

李將軍攜酒來丙舍,得香字

無事將軍向戰場,馬蹄何惜逐林香。南山飲羽從人羨,北海開尊與客嘗。

暮雨乍收庭北角,朝花多發樹中央。吾生自有煙霞癖,不問顛衣與倒裳。

贈表姪林如源

歎爾文才美,近因得贈詩。去書非好劍,向學豈爲箕!思以烟霞長,頤從嶺岫支。老夫今不逮,一任鬢毛絲。

陳比部壽圖次謝修之韻

陳公文史少已豪,富如倉粟堆秦敖。爲官十載同鷄肋,讀書萬事輕秋毫。欵識漠漠汾出鼎,鋒鋩隱隱丁藏刀。白雲不果趨金闕,青山暫爾歸松臯。玆圖何圖葱籠青,上者層山下海濤。公來獨立翠柏間,鷺鷥繡胸朱爲袍。世上百年蠻觸小,丈夫七尺胸中高。自是陸沉合我輩,且付騫騰與爾曹。

寄答黄全之

平生愚戇姿,玉成恭天示。世道歎波頽,人命有如寄。但願一枝棲,不望千間庇。達人希莊周,昧者悲賈誼。丈人藝林叟,胸腹屢予置。隰哀心彌殷,杞憂誚豈避。大耊逼百齡,健筆手亦轡。炎暑得新詩,清風破暍睡。

次答黄季重見懷之作二首

霢霢空齋夜,燈前不易論。路分楊子駕,雨折林宗巾。破俗爲知己,隨塵尚仰人。孰能欽褐玉,念爾一錢貧。

其　二

苦心寧易擬,逸氣更難群。隽語千秋競,清吟四座聞。同行蕭寺月,幾望北山雲。一自江門别,虚亭但夕曛。

示徐熼二首

炎暑蒸人不可當,君來負笈趣何長。欲將真訣還相語,輪扁當年意已忘。

其　二

人巧天機繡滿胸，文章徒擅古人風。謾言出户知天下，只在經書萬卷中。

示僧六善

貧家無處布黄金，君復清詩寡賞音。土室編蓬何不可，虚空更足助禪心。

龍廉孺令君過泉，出示所藏汝帖，使予引之，且謂予曰海内知交不爲不多，所與予素心者，丹徒劉君叔熙、江夏段君幻然兩人而已。叔熙知汝州，實寄此帖遺予。予謂杜甫廼有丹青引，故引廉孺帖不以文而以詩

古來字書何萃藏，泉州閣帖絳潭汝。三帖字體類莊嚴，汝獨横放多豪舉。乃知帖刻不一摹，學者參酌須孕貯。又識停雲近失真，豐姿潤氣但驕人。試觀王慈中數帖，落落古色蒼然新。大鼎封烹取一臠，崑山片玉居然選。就中欸刻八分書，頗怪閣帖恨苞卷。龍君故人知汝州，豈無遠物當瓊璆？即論此帖人或有，未必致來同心友。龍君失宦不失意，健筆對此寧掣手。君來作吏海澄縣，果布象犀看盡賤。天涯一行携此物，矯如長劍蛟龍變。劉君致帖龍君寶，何生小引輒草草。何物江夏段幻然，聽君一言令人老。

郭哲卿中丞出扇索贈，書呈

公昔起家清江縣，寒冰一片人人羡。陪京召畀觸邪冠，封章豈遠明光殿！江陵相者代天口，掩抑才賢盡出走。一朝人事乃無常，公請搜歘起林藪。是時煬竈焰猶存，公論未剖尚煩冤。謫宦亡何聖主悟，還令覽轡清中原。内苑左貂賜跗注，鐃鼓日夕動宫樹。比部郎官董山東，一語未得回天怒。公來既蹐更再興，上章救阻何頻仍。須臾左官寧復怨，皎然直節孤憑陵。天子察公還公賞，年來積資内臺長。峻壁勁風獨坐生，臺端柏樹亦蕭爽。批鱗夙悃總上劘，帝雖不俞亦不訶。在山虎豹清天下，隱隱士氣森崇峨。慈堂烏啼歸夢驚，支床鷄骨閉

柴衡。門外不呼乍三載，坐使吾黨獲先生。公忘朝端直臣首，還屈行輩與我友。聞道清詩近日多，開元大曆復何有？

九日莊氏園是時有先兄之戚。

佳節客過秋院静，昨宵雨洗曉峰新。即無黄菊能開眼，何處茱萸可健身？坐競清詩緣勝集，來頻濁酒是東鄰。若將浮世悲前事，不淚牛山有幾人。

贈　林　蓑

謾道士行徒八翼，怪來叔子不三公。左書掣筆能難得，何必夔蛇更歎風。

芳祠次韻同傅國毗

對郭芳祠倚碧岑，畫梁高牓亦泥金。登登石徑松林静，短短山垣荔樹陰。老至參商稀會面，病餘詞賦尚關心。離居且莫嗟前事，回首交遊半古今。

鄰竹穿階同國毗賦

有竹穿階自比鄰，根排石罅鬱方伸。籜龍暗卷潛行地，葉鳳偷翔欲傍人。風月對分雙塢夜，平安兩報一家春。此中似我無拘礙，東舍西庄忘主賓。

莊中輔席上便送之德州訪其婦翁傅計部

百年野色開行色，萬里長征是北征。素月素秋天預净，寒蟬寒樹暮猶鳴。明朝爲客還邀客，今夜歡情是離情。劉穆高才才共羡，玉壺清去對冰清。

時業、伯暉、伯興三山人同移酒
李世南廣文衙齋看菊

苜蓿先生菊滿籬，壺觴許客賞花枝。坐看香色不忍採，欲把新詩更贈誰？芳徑此時憑縱飲，清齋他日對忘饑。槿榮久歇簞簹老，不與江城秋蝶知。

謝登之憲副以使事過家，予與其伯兄修之集其桂萼館，時登之新有冏卿之命

關河雄百二，駃駈盛三千。領圉之官日，還家奉使年。參商論往事，棣萼與高筵。燈下英州石，稜稜到酒邊。

莆中三教先生祠二首

曾從莆上挹清塵，今到芳祠古寺鄰。三教把來歸一教，總爲料理自家身。

其　二

聖學專門不可參，先生會一欲齊三。兑天震旦人相去，東魯何曾擯老聃。

李斯成山人老而得男，泉俗客賀生子者用鷄、酒，蔡少參謂山人貧家，可以餅沃酒。斯成如少參言，予爲戲題其壁

入門相見大胡盧，六十二齡得一珠。湯餅此時真上客，尸鄉留與祝咮咮。

送洪懋遜榷關杭州洪先爲南安司理。

二十餘年老弟兄，暫時相見不勝情。吾安逐客身甘老，君久需官歲亦更。郎署星高都水部，關門紫擁武林城。楚吴賈客人聯近，宦譽先聞衆喜生。

題　　畫

晉江畫鴈有陳鐩，破紙蒼茫尚筆意。一鳴一應春澤中，長天萬里齊雙翅。

自誓齋與諸子看海棠

海棠雨過鬥先春，刺眼殷紅絶映人。名苑無心矜艷冶，南枝有意避風塵。丹明海鶴疑爲頂，血染山猩欲點唇。諸彦請從燈下看，夜深還傍燭花新。

過先兄延評公墓

檟樹猶能長,荆花永不春。夜衾悲昨夢,旅櫬失兹晨。涉世名空在,銜恩事亦陳。夜臺仍菽水,早晚奉吾親。

自誓齋

未能許邁辭家日,已學羲之誓墓年。永日一杯從濁酒,孤生萬事信蒼天。栽花但畏居春後,移竹頻期在雨前。剥啄聲聞山客至,峰陰野色共留連。

柯朝星、曾言任在席,李世南廣文適至,得高字

山霧朝晴海氣高,寒潮二八尚秋濤。主人有意來何暮,好友無心望不勞。因識江瑶名馬夾,稍斟臘酒滿春螯。先生散步郊園下,弟子都忘坐是臯。是日席上有江瑶柱。

吴德渾以自誓齋醉後詩見示,次答

寂寞山棲不出鄉,孤齋野色入年芳。煖風抽出芽紅藥,春日烘開睡海棠。頗事幽居同谷口,未能仙訣學華陽。君今道有餘酣在,無酒堪嘗勺水香。

題畫二首

塔寺何層層,蒼然出林表。突兀來逼人,行客看山小。

其二

高峰劃若刻,茂樹儼如列。茅齋訪讀書,波光下明滅。

晚池小酌得簾字

石近小池磯當几,窗遮返照樹爲簾。棠花點血紅新重,松葉垂油翠且纖。弱荇洗泉春雨共,細魚吹浪晚風兼。青蔬白酒惟相對,手倒瓷罍更自拈。

自誓齋西有巨石若壁者三，下湧泉一勺。兒轉與姪叡透過前除則詰曲清駛，顧陡不可步，予命僮岸之。岸成地寬，遂爲廣庭焉。伯暉語予曰檐高簾遠而外垣可隱者，垣外行人與籬落罷亂，大率不見，但見水田、山松，蒼翠不絶，此可石几矣！詰旦，居人致几，以觴以咏，豁然一新，喜爲之賦二首

我昔爲斯齋，本爲愛其泉。未得鑿混混，但且從涓涓。轉叡始開通，引到中階前。兩石初谺谺，驟若雙橋懸。顧此山中區，迫陒無餘延。雖可俯絶下，未得步高天。我來命小僮，貼石岸泉邊。向來數武地，遂敞一畝然。花色日窈窕，山氣春新鮮。庭前兩小荔，樹陰復連蹮。隱隱見茂林，蒼蒼望野田。故人顧語我，石几可酒筵。竭來移置之，果愜丘中緣。始悟達士懷，昭曠靡所偏。片宇既豁紆，萬象自魚鳶。我心有所契，誰謂守蹄筌？

其　二

佳境不能秘，躍然欲自呈。特假故人目，動我山中情。遥峰翠卓窗，遠樹森臨城。高松何直幹，上有千枝擎。夭桃不自持，爛熳披繁英。比鄰樊落碎，古道交人行。短墻爲之隱，但見蒼翠盈。近郊彈射恐，衆鳥喑無聲。春來歌喉痒，不覺群嚶鳴。石几既可坐，清尊自可傾。何得率爾致，居人勞贈誠。道是故塔遺，刻畫尚分明。其秀則蓮花，其象或龍鯨。文簟忽讓凉，繡褥遂忘輕。永願千古色，對此山齋生。

贈黄揆臣文學

士有英妙年，綽然追大雅。其人尚子衿，其文已作者。我當先求君，君來向我下。迤邐北山麓，誅茅結籬笆。聊以寂寞性，悦此過逢寡。君來執素榼，酒向松扉瀉。及予欵君門，復得承笑啞。厚意感綢繆，清詩讀瀟灑。別開竹房幽，膝坐行尊斝。家醞釀山泉，食器羅海鮓。曠若披青天，静如對般若。看君超騰姿，故是汗血赭。謙冲不自盈，良假識途馬。顧我復何知，但盡尊中把。何天君當

衢,衰顔吾甘野。

山中望城歌

望城南,望城北。山中看城城寂寂,城裏看人人不足。

春仲、國蒿、伯潤與諸子過訪山中,時紫荆盛開而山茶尚花、石榴已萼,喜爲之賦,得飄字

紫荆短花似步摇,東風許顛仍未飄。寶珠玄冬艶尚在,安石盛夏紅先饒。茅齋喜逢山客至,杯酒坐對春禽驕。城外濠梁不啻帶,醉歸安得乘蘭橈!寶珠,山茶名。

與諸子詠山中鏡石得妍字

未必峰如玉女妍,已誇百鍊賽銅堅。寒潭滿地秋俱浄,明月中天夜並懸。四大盡空何色相,千山如黛有風烟。他時李廣南山下,飲羽無疑射虎年。

彌陀巖

因石爲臺祇樹林,石尊石牓殿陰陰。清凉曲折風雲徑,合沓虚無水竹音。古木側枝猶遠蓋,春藤變葉轉高尋。超然身世諸天上,頓發空門不礙心。

北山道上贈黄、蘇二子

林中古木連山頂,澗底清泉出佛庵。怪石蒼松同作鐵,水秧春雨兩如針。出門招呼我誰子,客有江夏仙蘇躭。二子海畔不時見,山興勃窣詩清酣。昨日小游還未厭,雙屐着脚仍駸驔。不然我衰酒力微,登臨幾負青春三。明朝捨策復欲去,衡茅咫尺天山南。

山中口占六首

杳杳稻田人去遠,垂垂荔樹客來低。二水何如八功德,一山欲化三狻猊。

其　二

小髻八哥遥自語,白頭一翁近好音。便以真山當假石,何如林鳥不家禽?

其　三

荔葶初心房比黍,松枝欲葉穗如禾。上屋鶵争休錯啄,採花蜂嬾可盈窠。

其　四

一林老幹枝方嫩,有樹先花葉未繁。近阜遠崗千疊看,朝陰午霽兩山觀。

其　五

石壁如刀剖半開,紛紛青蔓此中來。舊言薜荔堪爲服,待與芙蓉一色裁。

其　六

可憐紫棘厭人眼,總入青春破客顔。鬥鷄有距鷹能角,嫩葉朝花底事慳。

與王文學、莊山人小飲

敝裘猶未篋,春服亦兼開。海味憑人送,山觴得貰來。園丁看荷蕢,田甲自甘灰。公等雖時至,習池擬幾廻。

次郭哲卿中丞恭頌聖諭志喜

聖德如天忽自開,十行不識何因來。雷雨一聲新解澤,風雲萬里起窮垓。關征市榷祟朝罷,朔塞炎荒九死回。草莽小臣甘白首,典錢沽酒醉蒼苔。

丘太學觀魚亭醉後歌丘之先人豪于酒。

丘君約客觀魚亭,百花千草鬥春青。主人有酒何能涸,衆賓皆醉我獨醒。憶昔此亭聚傑儁,君家先子名酒星。小兒黄孔昭,大兒顔範卿,至今勝事五十載,誰其再繼我諸生？舉杯當筵縱不飲,能無愧者先劉伶。就中李夢帥王元卿,酌我山中百日醒。木瓢長生亦自可,荷鍤何必遺骸形？題詩點筆開狂眼,星河倒立天冥冥。

食　芹

客來何可共,春蔌掇新芹。嫩色杯盤喜,餘香齒頰聞。泥坊聊一飯,泮水憶斯文。此身還在野,何處奉吾君?

御　愛　花

花譜看未遍,無能識此花。粤西名御愛,春日發吾家。重紫深紅變,高梢簇蕊斜。如云溪可浣,還門錦城霞。

草盈疇被畝,莫知可蔬,浙人採之,乃識其爲薺也

叢雜蓬蒿深徑參,多生舍北與園南。根從雨後苗争長,香到春來味自含。野草舊沿芟穢及,山蔬新賞佐貧貪。相逢自歎陋聞甚,不證毛詩久詠甘。

黄明立下第還家

高城春月夜參差,游子還家正一時。湖海矜爲三歲客,衣裘愁失五陵兒。下帷此後仍風雅,放榜當初愧主司。仲蔚蓬門寥落久,喜君來往又無期。

過林表姪維清山居因贈

此來還信宿,真念昔人情。艱苦兄同妹,提携舅及甥。少孤悲曩昔,天地荷生成。肴核山薇好,但煩酒數傾。表姪,家姑之孫,兄妹舅甥,言先子也。

馬　鞍　林

馬鞍喬木好,入谷不知天。春至新高嶺,風來自韻泉。無枝穿午日,有葉逗朝烟。縱步從輕策,林丘興窅然。

雷

緣何昨日熱,乃急早晨雷。過雨峰多態,旋晴鳥自來。春田深正足,山霧散還堆。城闕乍過此,欣然坐不迴。

馬鞍林酒坐聽鶯之作

山人衣白袷,公子聽黄衣。樹密應難見,春殘忍遂歸。同隨童子喜,乍接客人稀。但得長如此,寧愁酒力微。

林表兄水尾山故居

出谷方亭午,過林愛曉晴。移尊因好事,戀酒豈逃名！窈窕看山好,踉蹌願體輕。昔人遺此地,最可濯吾纓。

同李、王二廣文,陳、莊、黄三山人東城樓遠眺,得青字

南俯澄湖北翠屏,登樓環望鎖葱青。屏開返照明千樹,湖浸晴空倒七星。四郡客來同燕喜,兩年身病嘆飄零。軒盈豁達憑高際,吹斷天風卧裏聽。

贈鄭光星、陳應中二首

大道何甚夷,超然復無外。泱漭造化機,乃與目前會。世儒日虚空,游意於蟬蜕。如羡飡雲霞,而棄藏廪廥。即饑胡當食,縱飽寧久賴。所以洙泗門,下學亡耆艾。其初尺寸間,有若攣綿蕞。盈科造大海,豈復問溪瀨！神化不可名,天載難爲繪。吾衰安近淺,守此願顛沛。

其　二

海客得明珠,還向良工剖。予心有所覆,望人射窶藪。伊君越州鄉,出谷求其友。玄言超八荒,清歌動林柳。原憲所居室,饘粥他何有？終日對盤蔬,論道不釋口。下士驟聽聞,大笑或反走。携手與子期,夢寐魯中叟。

修之閣上望見攀枝花樹,同詠用斑字樹是嶺南物。

三月紅花四月斑,蒼蒼古樹坐開顔。重重菡萏鬟同纈,宛宛芭蕉色並殷。

佳種粤南應度嶺,繁葩樓北欲燒山。秋來採實同綿絮,布褥裝成穩卧關。

張氏山高堂和黄朝燴韻

旦日行園好,飛觴到夕闌。當頭爲竹樹,對面是峰巒。亂藥殊妨履,卑枝復礙冠。君原爲藝圃,吾乍作詩壇。海氣常朝旭,天風忽夜寒。櫚楹闊無限,易得斗牛看。

百雀圖歌爲王生題

林中百雀何喧驕,誰其圖者邊景昭?蒼蒼古色拂素絹,裊裊神意生輕描。就中羽翼紛無數,飛鳴行止自儔伍。占枝墜地或交歡,啄花銜蟲時共乳。雀乎!雀乎!不因禾黍聚空城,亦匪銜環一體輕。春林春風暖春日,不向林間禁不得。圖上了了見羽毛,開口無聲若在臆。近似榆枋控一枝,遠比冥鴻未可弋。雀乎!雀乎!吾聞岐山有鳥名鳳凰,體中五彩多文章。瑞雲祥日高翺翔,盍往群飛參其傍!

送周公含秀才還楚四首有序

公含在蕭令君廨,初不相聞,適客傳至其集,乃有作《温陵二先生》詩,其一謂予,其一謂李宗謙解元也。於其行也,次韻送之。

衡山千仞高,其下多丹雘。圖靈寫金碧,斫異燦軒閣。弘開荆楚風,有士厲蹇諤。於文擅後規,在道開前鑰。遠懷大國風,來觀百川壑。波濤洶若雷,嶺岫峻如削。誦言惟興文,詠德縻好爵。跬步睽前綏,寸心照成諾。願言施鍼砭,吾其奉榘矱。

其　二

荆楚多才俊,宏辭麗金雘。文常規二西,書欲窮七閣。令君嗣蕭統,才節雙諤諤。來下三重階,遂管百里鑰。好事採溲渤,求友窮山壑。伊予復不免,奉此簡牘削。君自侶麒麟,吾故守燕爵。既承臨邛敬,得委將軍諾。夫君崇明德,示我以型蘐。

其　三

懸車習芒屩，結茆謝粉艭。挂帆海月拾，支劍前山閣。守玄變初白，窮口默囊諤。夜雨曉山鐘，春色深巖鑰。君來吹鄒律，煖入我幽壑。未諧子桑笑，已稟工師削。清如秋芙蓉，古若瓦銅爵。聞多七步成，結作在咄諾。努力競千秋，屈宋有遺蘐。

其　四

嫫母遇西施，横加以鉛艭。蘭艾雜都梁，混褻沉香閣。伊君起南楚，千人重一諤。載筆當石渠，聽寢行金鑰。好善何所比，有若水赴壑。毛骨空冀群，文義工魯削。人心有同好，何貴禄與爵？但得解帝懸，不願隨人諾。送君從此去，天衢逞芳蘐。

雨中一丈葵

空庭細雨静花枝，坐對紅葩欵欵披。只見抽心還丈許，即殊衛足亦名葵。莖長出架能相向，根淺傍欄不自持。茉莉此時同作萼，無將輕粉傅臙脂。

醉貧吟贈國蒿

昔有白居士，醉吟名先生。醉亦自有酒，吟亦自有情。顧彼軒冕人，華膴方無營。自非拘迫士，安免憂患嬰？黄生濱海客，四壁臨前楹。貧對山妻笑，酒與詩朋傾。有時引鏡看，吾相非餒惸。告子安糟糠，問人開瓶罌。所居連溟渤，郡國一日程。因人來城市，賦詩欵吾荆。坐扣撞鐘聞，高談解刃迎。傍人初不知，謂彼滿囷籯。而生亦稜稜，殊無寒乞聲。偶然尊酒間，贈生醉貧名。放浪非天戮，憔悴傷人誠。微吟亦自況，聊比歲寒盟。

伯暉送到小梧桐二株

垂雲凉雨近無停，新發雙梧小院清。三寸輕摇風泛泛，十尋高擢日冥冥。

枝看宿羽禽爲鳳，葉待編珠實似星。愛爾更知秋意早，歲寒獨立自亭亭。

四月一日作四首

祝融初命駕，太皞急廻軫。青蕪望欲長，白日消難盡。

其　二

且將今日酒，來約故時人。相逢防流景，未許説殘春。

其　三

抗形超物役，好道愛清真。試看南窗下，羲皇漸有人。

其　四

夏去秋應改，春殘夏尚俱。若把悲秋意，春光更似無。

宗謙令器遠來，方知去年之變，即席口占，用當一哭

雷雨空階乍晦冥，去年知失少微星。王門椎案應難見，燕市和歌孰可聽？短字撿詩長有恨，新愁與醉舊無醒。壺峰馬鬣千秋後，誰勒山中處士銘？

仲紹席上賦得雨色晴光

炎天霢霂晴還雨，高院虛無暮及晨。片照有痕難影地，輕陰未斷已明人。浮雲皛皛看應雜，野色朧朧望未勻。即道尊前誰對眼，荷珠榴火鬥鮮新。

彎　角　樓

城上高樓向北開，樓頭終日坐徘徊。井烟隱樹無窮望，山勢迎人不礙來。亭午斜陽高下雨，物情心事淺深杯。柴扉數武遥通郭，此地無如數往廻。

端陽前一日李世南廣文學齋

蒼松高蓋先師廟，朱栱當頭御墨亭。長夏雜來桑柘雨，短墻新護薜蘿屏。廣文愛客觴如液，吾黨狂歌酒應星。苜蓿盤空來趁節，艾心蒲葉早青青。

林德芬自南嶽歸，夜來見訪。予亦故游南嶽，因約以是秋同出普游名山之勝

六年不少尺書馳，寧比燈前慰夢思。雙屐坐深知所向，孤尊夜永忘何其。應將山水添心錦，莫遣年華負鬢絲。五嶽與君方得一，清秋杖屨擬追隨。

故將軍陳季立至山中，得卮字

十載相聞恨見遲，愛君寬禁受杯卮。輕裘黑髮辭邊壘，雙屐青山戀海涯。盤曲古村餘有徑，輪囷高木欲無枝。水精盤外還何物，頃豆初收和薄糜。

許濬先書舍新成，得登字

高雲熳熳樹稜稜，碧瓦新泥未覆藤。層塢科頭堪待月，磨磚赤脚不須冰。詩魔難伏從葱嶺，酒令初威困白登。委巷沉沉門徑遠，任他剝啄謾輕應。

蝦　蟇　詩

石蛤田蠅共一川，花陰樹影出泥邊。脹膺如鼓便便屬，皴脊似斑宛宛連。科斗誰人摹素簡，蟾蜍何處上青天？山中服氣吾師爾，不羨神龜永壽年。

贈黄煜黄爲佘宗漢表姪。

佘公棄官來歸家，一貧終歲無生涯。表姪黄生詩隸好，收作揚子門侯芭。金陵吳門恣歡眺，彭蠡匡廬窮所妙。世人識人不識真，假托畫工寫神照。君平百錢下簾肆，士有高潔食其藝。財帛如山不足矜，困粒躬耕喜自致。海内已游公卿間，山中見我獨開顔。相對仰天但大笑，杯酒天地非人間。嗚呼生復孝且友，一錢供親不入手。一錢供親不入手，西游泉州難救口。

司寇詹公來我山中

山如獅子列重屏，雖有層軒不面庭。崖氣流雲須背看，松聲送雨費翻聽。諸君暫至惟趺石，司寇還教築望亭。稍待誅茅容膝後，前蒼後翠恣吟醒。

鏡山全集卷七

詩

顔範卿左史至自誓齋中短呈

園亭四面壓枝柯，溽暑清陰奈我何！小友詩心虚謦欬，丈人幽意雅藤蘿。懸泉石室諸峰在，翠柏疎篁野徑多。可但齋名名自誓，山衣久已紉芰荷。

壽 詹 母

藝苑盤礴作者場，何來多得閨門女？國朝楊孫兩夫人，蠹魚入手筆能語。莆客詹生山裏來，詩選枕藉心胸開。手持幅絹請我題，小人有母詞林材。行年六十今尚健，目不停卷心善裁。詩句滿篋壁挂紙，適未送子觀兼該。東家有士窮心力，青雲一生换顔色。腰下横金衣襲朱，尋常不識音平仄。鮑氏小妹班家姑，異氣所總多挾扶。譬彼陽春助百物，一林花卉皆紛敷。子今賢母奉歡娱，少年著作時所摹。慈堂朝夕儼庭趨，海圖何問移天吴？子行聲價懸五都，方諸人美大秦珠。

慧上人携酒到齋得瓜字

連日郊居似出家，喜携佳醖對黎闍。空門自解三旬夏，小圃來看五色瓜。行蟻銜風猶有陣，奔蜂自午不須衙。山中最好親人月，待照流光到戒裟。

山中有鳥，其音似云急急沽酒者，予作禽言焉

客來四座寂無言，數杯沾唇盡歡喜。胸中鬱鬱萬斛愁，不是酒來行欲死。人生不得恒少年，莫惜床頭沽酒錢。有錢沽酒若不急，刹那白蟻穿木人。

鄭畧思民部見枉山齋，因與爲南臺山之遊。畧思即時别去，次臺上扁額韻紀之二首

彈冠出清漳，戒徒望薊門。緩帶輕長路，紆軫來孤村。伊君富詞藻，寸心翻皇墳。珠玉同貫駢，音畫側本原。削猴微棘集，束馬高雲奔。巖巖閶闔外，中有虎豹蹲。往者嬰天關，蕭然歸舊樊。閒情寄弋釣，静心銷煩喧。開元與天寶，開元、天寶皆漳州山寺名。嘯侶或命尊。高文合偉氣，君子何桓桓。

其　二

支離指天撮，王駘餘魯兀。道心苟中完，形貌固其末。維我與夫子，神交有歲月。山中得屐齒，深談忘燭跋。君甘滯行邁，予敢託景滅。追隨接徒御，登眺兼山渤。宿火炎威殘，初金曉風豁。仰攀伏虎巖，俯探降龍鉢。日景有横斜，離别在恍忽。坦腹歌彌厲，科頭幘猶脱。自顧荒唐姿，何所動君悦？

白　鬚

久蒼霜鬢聽高天，安得于思更守玄？近面衹疑通傅粉，非眉未得錯施鉛。鑷殘舊紫難銷素，藥過爲虬恐似弦。霜色不如從放出，小兒少婦任驚憐。

鳥群來有序

鳥有黑翅白羽，狀似鴝鵒，南人不知其名，曰“番鸜鵒”。是日大來山中，予佇立良久，既嘉斯禽之至，爲易其名曰“九哥”，使之無蒙番族。

阿兄久不至，令弟時復來。俗人亂我朋，遂使俱驚猜。今日寂無蹤，倚杖步園苔。忽爾招其群，邀呼滿蒿萊。高樹互上下，短草交毰毸。語音調細碎，足跡何徘徊。欣然適所同，竚立竟忘懷。爾若海鷗姿，我亦丈人諧。無寧近几席，躑躅共觴杯。

七夕用杜韻

星滿遥空月照林，清秋爽氣最高森。寒生桂闕光還濕，影落銀河皎自陰。

虬箭中宵天女恨，蛛絲千巧世人心。何當槎客支機石，取作深閨送遠砧。

蹊古玄洞入靈水山，相從者少年之交也

三日遊山不出山，客行漸遠異人間。巖虛竅石還開牖，秋静空山好閉關。剖竹引泉人共喜，懸梁度樹客同攀。白頭故友同歡醉，好似當年竹馬還。

萬壽節得虞字世宗皇帝以八月十日生，今上以八月十七日，皇太子以八月十一日。

中秋嘉靖獻山呼，再世湯孫濬發符。慈殿月明承虹渚，震宫星朗拱辰樞。山梯海舶供琛贐，西塞東韓定弩俞。春省小臣曾受表，十年天樂憶歌虞。

别蕭士威南安二首

長公天下士，杜門獨自免。陶亮棄彭澤，南山心殊遠。廓落非世器，傲吏自偃蹇。纓冕陌塵翻，榮華花露泫。掉頭從此去，悠然泠風善。屈宋何牢騷，千秋有不腆。至今詞林中，罕得嘗一臠。棲息暫衡門，君心寧詎淺！

其　二

如意握中把，唾壺若可碎。丈夫重相知，離居如合喙。咿嚘屬彼曹，骯髒在我輩。皮骨苟猶存，風雨安能晦？楚水廣以深，茝蘭可爲佩。日新恒在兹，精進但勿退。累書限天交，一别阻地肺。岐路自此辭，放懷望大塊。

别徐進士奕開奉親赴京謁選二首

爾初爲諸生，雲霞滿毫繭。南宫奏甲科，青雲掇上選。游意詞翰表，被服仁義緬。歸來拜家慶，奉親望京輦。川陸舟車從，晨昏温凊展。兹行兩無負，忠孝夙所演。

其　二

孝先辭温飽，希文懷憂樂。君子仕明時，豈不在所託？伊子富文義，英英風

雅薄。立名不吾黨,更欲於何索? 歛心脩内躬,廣志詢宏略。屋漏爾室相,衢尊當路酌。中外有閼淤,豐蔀多巖瘼。遥遥戒長途,清夷勉共廓。

秋日盧氏樓

高樓空翠近漁磯,秋日樓端坐不歸。洲外浮洲三浦水,岸頭並岸萬家扉。葛牽山柏高還引,雀聚溪蘋散復飛。天地鴻泥吾出處,陶潛久覺昨時非。

題連仲邁人笑軒

老聃下士聞大笑,世人那得知其妙! 浮生難逢是開口,何處拍手鳴天竅? 連君有軒茅茨葺,木椽竹桷不盈十。東身俯與時輩辭,開卷仰見諸彦集。氈席哦書屋瓦振,東壁運屨西墻及。眼前揶揄何足道,心中放曠無不可。不見西僧面壁來,嗒然天地吾忘我。餘杭别駕無功勞,旂旄五丈愧爾曹。自今復有來笑者,仰天我輩寧蓬蒿。

九日秦鍾震、張鵬翅、黄揆臣、黄拱垣、林欲楫集我齋中,兒轉亦侍,賦各體詩

中秋割令,重九襲朝。輕日映山,肅風鳴條。園菊毳英,岸蓉豔標。濟濟彦髦,翩翩俊劭。咏言隨賦,顧我丘椒。曰余寡昧,永矢簞瓢。翔泳會心,古人非遥。良晨尠歡,佳侶來招。彭澤嗣欣,藍莊續謡。睠兹鸞鳳,羽翼鷦鷯。百年委運,誓言久要。

黄以益齋中人詠菊花一種,得大紅纓

佳種標籬各異名,譜傳未省有紅纓。秋殘流火燒空焰,花借滄浪濯錦清。酒暈大王燈後絶,毫光尊佛寶中明。南方正色留天地,不管黄英爛熳生。

哭蕭士威令君十二韻

府君徐入廨,賤子未踰垣。箋牘頻通記,文章與細論。心知諧調古,死别痛

聲吞。北面稱空在,西州涕自湲。孝廉終下位,才子失高門。辭印方三日,生芻遽一尊。櫬停當午道,家哭寄孤村。行旅傷丹旐,居民泣素旛。堂前深髮鶴,膝下弱雛鵷。郢曲真蕭索,巫招最抑冤。芳蘭楚老弔,詡(栩)蝶漆園魂。不朽千秋業,遺編已立言。

次韻寄答高正甫袁州二首來詩有“縱是賜環憐聖主,知君顔駟鬢應蒼”。

不看除書已數霜,思君但記舊爲郎。書來知拜二千石,詩到循吟五步廊。宜水春城清自遠,鈐山秋閣秀相望。聞道政成無一事,蕭然冰蘖拊黔蒼。五步廊,予齋名。

其　二

雨露任天并雪霜,敢較州曹與省郎。一畝開泉爲灌井,數竿種竹作吟廊。幽居塵跡應能絶,勝友天涯不易望。顔駟縱憐吾老矣,離騷更莫問蒼蒼。

食　番　薯

東南海中夷,有國名吕宋。人無水耕勞,野有木實衆。番薯類蹲鴟,被疇不待種。歸者吾鄉饑,農人泣飡饔。斗米百餘錢,疾耕不足供。乃有航海人,剪苗入艟艨。遺種遍南天,培根充日用。物性喜沙鹵,不復費培雍。綿綿蔓靡絶,有若機中綜。開花淡圓紫,色如垂天虹。逢雨培發生,脹土不容縫。維此懸磬民,遂得稍從頌。霡霂一朝滋,不減豐年頌。我來開山齋,瘠岡石氣重。菽麥且難肥,况望長茭葑。命僮治嶕嶢,根葉恣所縱。是冬亦登圃,荷鋤發其封。中色皎白玉,外膚明朱鳳。園丁食素力,分領似官俸。予亦同烹煨,甘苦識所統。緬想豪貴人,犀筯飫還恐。雖有方丈前,既飽亦一夢。予心安糟糠,何必稻粱共!不見匈奴中,别美牛馬湩。

贈方行漸二首

明月似華還似空,浮沉世事任西東。主人獨向巖中坐,高樹無心聽曉風。

其　二

巖客在巖巖水清，巖客出巖巖水濁。應知清濁似浮雲，蒼狗白衣兩不惡。

陳表叔山人六十六舉子

行年未過六十六，不敢笑人足與目。此是先子自詠詩，今將轉爲丈人讀。先子舉遠五十三，已是老蚌珠胎涵。丈人六六始得子，花初破萼劍發鐔。仁者有後固至理，老來能事非空譚。方朔房中多少女，少君坐上似丁男。衆賓歡喜不可説，屢來湯餅與杯酣。丈人請再舉五子，季者如遠荷長鑱。酒闌還此前致詞，未識丈人心肯甘。丈人外頷中不喜，碌碌者愧先作庵。我即有季不如爾，無災無害公卿參。

黄秀才會心亭二首

濠濮真遊不易逢，江村事事似吴儂。水秧堤柳年年緑，文杏香茅曲曲重。豈設平原酣十日，早儲厭次用三冬。高錐紫帽當空出，道是檐前卓筆峰。

其　二

一家奕葉照琳瑯，領袖後來不可當。書帶草雜春草出，螢燈光傍月光長。桂花如霰時馨座，杏樹似燒欲過墻。閒步假山山不假，谷門窈窕是車箱。

伯興座上看黄孔昭詩畫

故交波逝久心傷，遺蹟猶傳詩畫囊。雙墨閲人殊未故，輕紈染翰轉多光。青山無恙難尋玉，白髮如存尚可霜。酒半縱觀徒爾爾，虎賁何處覓中郎？

李與熙齋觀王摩詰畫梓潼

文昌列星明梓潼，右丞畫筆真人風。天上掌籍香案吏，人間司命朱衣功。栗皮古色蠶繭紙，驢騎生態玉花驄。雙童莫道不泄事，綵毫先夢東家公。

詹司寇先生移尊北嶺賞梅

先生自擬白先生，醉興吟心千古情。北嶺梅花開正衆，南天雪色看同清。

高張布幕臨芳樹，深酌銀罌對晚城。只願百年隨杖屨，平分風月謝塵纓。

大海波寧圖爲沈將軍賦

將軍昔在東北邊，黃沙白日飛漲天。將軍今來大海國，連山爲波窮日域。將軍昔在東北邊，蒼兕自吼黃熊前。將軍今來大海國，鯨吞鼉抃淩滐潪。將軍昔在東北邊，朵顏兔卜若可鞭。將軍今來大海國，日本逃遁薩摩踣。海濱瘠鹵無寧歲，奸民四引外夷鋭。商艘賈舶一家命，浪濤何堪遭少蹶！佳禾島門向海開，紅巾暴客愁頻來。自從作鎮可一載，屢破賊首披胸題。石湖東頭海負郭，高墩烽火時落落。忽然寇至莫抵當，徑到泉州橋下泊。被檄新膺領制臺，移家更此開戎幕。風和静聽海童語，氛起坐見天吴薄。郭生家住石湖濱，曬網維綃喜此晨。北堂山赴中座水，蔡生爲圖絶涯涘。將軍勇粗一世無，頻提髑髏擲模糊。亦須自愛千金軀，威風坐鎮若長驅。長驅威風海隅色，登壇圖畫看八翼。東陵老挂青海弓，普天永斷白頭賊。

仕宦之難歌送廖安溪

噫吁嚱！巍乎高哉！仕宦之難，難於上青天。太行羊腸車不得前，蛇退鬼愁馬不得懸，使我騃駒褌蝨諂笑而脇肩。性命得自全，丈夫人面絶可憐。堂堂正氣射牛斗，束腰罩頭便出走。行不敢徑趨，語不敢妄口。一人牧羊，十人來牽。一夫當官，十夫當權。出入改顏面，委曲異方圓。銜杯嗽醪我本性，大人先生以爲命。至此跼促對杯斝，膝席鞠巻謬恭敬。噫吁嘻！仕宦之難，難於上青天。我生三萬六千日，更有幾日能嫣然。誅蝨拔薙以爲暴，伸眉舒眼以爲傲，曠達任放以爲躁，簡要寡綜以爲眊。路傍折腰殊可耻，宦車生耳亦何已。一篇盗跖之文送林下，使我體曠心胖亦所喜。仰天大笑正出門，兒女嘔嘔尚相存。目中纓紱人無此，心安煩冤我不言。

冬盡馬甲山中即事五首

海日蒼蒼白，寒山泱泱青。犢嬉時騁足，鳧没不沾翎。野店蔬芽供，崩橋石齒經。居年塵俗滿，乍若醉初醒。

其　二

不習南天冷，輕冰詫異常。山深欣午旭，晚霽識朝霜。捉鼻烟呵遠，循髯凍刺長。流泉終汩汩，竟日滲魚防。

其　三

登稻空田外，畦隅但野蒿。馱驢驅路狹，燒炭伐山勞。欄淺防牛盜，荆稀藉犬嗥。歲寒聞葛屨，吾意愧尊醪。

其　四

樟密交枝緑，楓高墜葉乾。一林同氣候，衆木異凋完。夜静鵂鶹響，山空鸛鴿盤。南枝兼南鳥，風物稗官看。

其　五

春青期放犢，夜燒縱明龍。小爆聞遥界，殘熏突別峰。其如凋樹幹，所向蟄蟲封。火宅觀玆相，千心歛幻容。

送石廣文轉官王府

掌固方書考，王門忽曳裾。能言先輩事，好誦古人書。貧久官錢少，病多宦譽疎。行藏吾道在，遮莫怨躊躇。

送石廣文乃郎畫

甘輟諸生講，奉親到鱣堂。來從吾北面，去自楚南荒。人世非岐路，官評笑穀臧。羽毛偏在爾，振翮起黔陽。

除日王文學以詩見示，次和

逼債門方盡，題詩忽有人。擊鮮喧小市，乞米過西鄰。日月疑飛彈，塵埃欲拂巾。中厨辨酒脯，吾亦祭吾春。

豐山寺陳季立將軍曾讀書寺中，是日在席。寺有石如羊

春風蕩蕩不知寒，雙袂飄然對酒歡。碧海呼洶來几席，黃沙曲折到林巒。羊群石態尊前見，螺髻山形寺裡看。自得君來成勝事，他年應作讀書壇。

三日，國毗諸君集我齋頭，時兒曹小試有捷

三日蹤來有此晨，庭花院桂共鮮新。空齋對坐虛修禊，騷客詠詩憶麗人。猶想高梁橋下戲，坐看垂柳席邊春。兒曹破賊尋常事，錯擬殘棋折屐頻。京師三月三日出平治門，遊戲高梁橋下。

沈士弘將軍捕倭詩，次國毗韻

窮冬晦節沉海月，將軍殺氣連宵發。賊蹙無處歸東韓，風强不得奔南粵。閩海盡頭别種番，此曹久此棲遊魂。虎狼無聲假窟穴，蛟龍有怒難併吞。將軍殺賊賊血湧，番種遥觀皆神竦。若電不啻刀箭鋒，如山一任波濤擁。船頭頃刻便成功，平野坐笑須九攻。酋長鹿麞三日獻，領腰蟣蝨一朝空。紅帕纏肩花插額，犢牛行酒使君賞。將軍宴罷寂不喧，我輩座客英風上。

山中呈國毗二首

念子歲初耆，嗟予鬢亦絲。酒懷輸此日，詩興盛當時。命駕歡中散，聞琴契子期。山中無一物，花鳥坐相貽。

其　二

撫舊悲前事，論心及此晨。沉吟傷棣萼，敏捷憶莊陳。後死知誰與，先生怕獨嗔。蹤來多苦思，固自語驚人。棣萼，吾兄也，莊謂中益，陳謂及卿。

龜　山　巖

崒嵂高巖欲盡巔，明窗曲牖更廻旋。幽禽啼樹蒼烟破，怪石當門翠靄懸。

混跡醪尊忘雅俗,浮生蜜食悟中邊。殘春半月方愁盡,晚景宵輝喜對圓。

大休巖

大休巖下白雲生,鐵壁泉流細細清。古佛當龕猶有相,高僧持律久無情。亂圍緑樹餘千尺,雜囀黄鸝不一聲。咫尺茅齋難乘興,今朝始得向空行。

詠石老君次韻

玄表三尋大十圍,蒼山影落静斜暉。遂疑星隕描青騎,錯擬雲來尚白衣。養拙此鄉朝積翠,不言何歲坐空微。谷神留跡寧龍性,久適流沙與世違。

予爲茅齋鏡山之麓者兩歲,父老莫過者。一日,吴叟携尊飲予樹下,予曰吾方有意以隻鷄斗酒聚年七十以上者爲歡,未能也。吴叟歸告其儔,皆曰野人固陋,未敢請耳。遂以四月十二日觴予山門之下,談飲大劇,二鼓乃散。昔陶元亮紀斜川之游,年三十七耳,猶云悲日月之遂往,悼吾年之不留,况予今兹過之九歲,爰疏年紀,記其時日,率爾賦詩,有若昔者佳禾公年七十六,吴元孝、柯續成年七十五,吴貴年七十,林志義、江良守年六十五,蔡思明年三十,丘良基年二十八。

僾僾里墟,汩汩隴芮。平疇如概,巉山若劌。午雨乍稀,林風微逝。父老八人,六百餘歲。携尊來門,錯列鬒皭。獻酬有章,令謎無藝。各具子孫,茶烹酒涚。夜燭初燒,社鼓雜噦。里曲迭歌,山觴彌厲。爲歡有從,孰生非贅?貴賤不論,賢愚誰揭?近局未招,斜川先綴。寥寥栗里,於我歸税。

餘暉

朝日照四郊,餘暉在孤村。衍縵敷平疇,窈窕穿石門。倚杖觀時芳,寂然歸無言。俯睇尺鯉躍,仰盻高鴻翻。

久　住

久住山中境,時光得意猜。曉煙知霽至,山雨識風來。客習陳蔬酌,天長上石臺。無心隨笏冕,終日卧莓苔。

李廣文衙齋有菜可以調蟳,予請廣文摘煑,廣文乃云庭中白槿花可以合肉。亦摘煑之,其味甚佳。廣文失耦不娶,因以詩戲

蟳菜蔓生可調蟳,閩人反作尊羹讀。千里有羹未下豉,此物豈宜在山谷!廣文年方五十餘,無家羨雉似牧犢。庭中白槿花作羹,有如白面來映肉。張翰秋風固宜爾,龍蛇反怪走陵陸。頗疑兩耳中宵熱,矢知插房弓韔韣。寒雨蕭蕭暑氣凉,蟳菜先生睡方熟。

飲鄭士愛花徑下

繡褥金屏香吐煙,雕盤石榻擎花燃。古筆飛騰光照壁,美人歌笑妍當筵。新梢十尋霑翠雨,曲衖三尺容高天。看挂九枝不啻燭,客心先許罷宵眠。

雨中李廣文衙齋

海雨先陰風自雲,不知午霽與晴曛。葵留合色階前映,花竹通根墻外分。氣冷巾衫時見薄,聲饑鳥雀乍來聞。吾師痛飲襟期少,杜甫頻過鄭廣文。

送朱午臺觀察入賀萬壽

軒車方問俗,旌節遂朝天。篋重千秋鑑,裝輕五兩懸。綵衣應過里,金闕尚趨燕。建水清還畝,烏程美入筵。閩中初旦夕,海上已安全。殺氣窮冬静,軍容永日鮮。騏驎開上道,寶玉在豐年。胥吏風霜肅,閭閻雨露先。卑棲甘窮巷,命駕辱高軿。似憶京華契,未將故舊捐。姓名無可記,肝膽乃依然。伏枕衰殘甚,

登門禮數偏。如公真意氣,海内恣騰騫。儻慰凋疲望,毋遲赴鎮船。

端午後一日丁元光池館

新蘆映水似垂楊,木槿雙開樹樹香。虚閣雨殘池面大,芳園風泛草頭凉。念年歲老貪携手,沽酒錢稀愧載觴。昨午無絲堪續命,添歡一日即爲長。

賦得百年地闢柴門迥

荷鋤墾畝復開園,自剪柴荆覆竹繁。老傍桑麻惟永晝,林騰烟火不通村。蔡珪墻角寧青石,何妥巷居似白門。平野四虚看不極,斜陽倚杖欲忘言。

寄訊亨融

戴子聊問訊,遲遲貢氏冠。出山何不易,行路豈良難!天柱春松大,龜峰夏木攢。爾期吾策杖,吾候爾鳴鑾。

和顧明府蒜嶺感懷之作

鳴琴不下序,趨府乃東行。衝暑山程倍,在輿客思生。此心元水似,何路更岐驚。乍聽勞歌意,深知拊字情。

送蘇懋祺、懋祉二先輩北上

二陸無先後,三蘇自友師。文看新體變,格具一家奇。京洛隨肩入,江雲抗手辭。聽鶯明歲地,憶我住山時。

重別二蘇

良玉有尺寸,側視乃厚倍。寶劍未剸剸,其望亦若水。伊予二蘇君,胸中何嵬崋。不捨固逡逡,再扣乃藿藿。及其下筆端,焫然會衆采。欵刻列彝尊,鋒鍔森矛鐓。骨幹高扶疎,眼節細蓓蕾。在人或隔垣,伊予可飽餒。山中無所歡,得君示每每。持此戰文場，却走千鄙猥。明歲應龍節，觀子奏雙凱。

雨　過

葉心樹底净浮埃，薄暑輕暉到小臺。草帶近床猶有濕，水衣縈沼忽先開。片痕蝃蝀天初挂，殘影蟾蜍夜可猜。屐齒一雙藤一伴，芳畦閑去破蒼苔。

柬伯暉

城中人家十萬户，詩人但有莊伯暉。新池蓮葉百餘莖，一花始見開芳菲。詩客蓮花如此少，使我抱膝沉吟微。午節池頭石如羡，炎敲無處避煩威。到晚開透天香薄，顔色不得田田肥。請君看蓮趁朝起，清露含輝香滿衣。

自誓齋蓮花

亭亭一朵近新秋，十丈何論比華州。君子棲遲方隱谷，佳人綽約正當樓。窺池鶴頂驚雙蘸，出水龜毛礙獨遊。興至不辭澆濁酒，碧筒高卷欲齊頭。

鄉先輩顔左相廷榘年八十餘，善詩，嘗名天下八大景而賦之。文學蔡應徵翩翩古文，兼通繪事，因畫而命予題焉。予詩不及左相，抑八勝地未涉，徒以傳聞模仿作歌。昔宗少文列宇内山水室中，謂之卧遊，予今亦卧吟耶八首

岱宗日觀

無字碑頭不辨人，忍寒宵起候鷄晨。須臾一線金光湧，海若高擎是曉輪。

華山仙掌

仙人高掌印崇山，三日行來尚此間。怪得武皇頻候望，白雲五時待來還。

東海蜃樓

城郭樓臺遠吐蜃，海烟雲氣了無痕。莫道此生真世界，到來五蘊合空根。

峨眉晴雪

峨眉太古猶殘雪，佛光無定空中發。肯消春水下長江，流與人間照明月。

洞庭秋月

茫茫秋色遠無邊，秋月秋波正杳然。鐵笛一聲秋籟起，仙人來泛洞庭船。

錢塘春浪

雪山三疊響如雷，錢塘潮對浙江開。不待廣陵秋勢壯，一日樟亭坐一回。

廬山瀑泉

廬嶽山前五老峰，天嫌雲錦太青葱。特於九疊屏風外，匹練長拖界遠空。

天台石梁

陰壑谺谺氣杳濛，飛流直下擣龍宫。天懸片石仙人度，不用曾孫駕彩虹。

山行望蘇君禹墓

玄草無千古，青山但一丘。荒村看寂寞，誰復酒瓢留？

予歲暮山居，叔玄寄詩四章，久未及答，兹有浙臬之命，如數賦贈。叔玄爲我言五言律詩合近於古，故仿其作爲之。茅翁是叔玄所築以奉親者

茅翁高士傲，早晚奉嚴親。不意徵書至，重來起隱淪。柴關挂薜帶，象笏仍山巾。出處非殊轍，此心應復真。

其　二

一生惟自好，十載兩抛官。世上高名甚，山中久住難。蘆花别嬝娜，松樹罷盤桓。禪性君無着，行雲出岫觀。

其　三

累月不相見，山中深淺殊。秋風忽行客，落日遥征途。鳥下天邊樹，鴻飛汀上浦。江門垂片月，搔首望冰壺。

其　四

踟蹰歲且晏，凉氣生晨風。别思牽康酌，離心在嶧桐。夫君行許極，天未(末)望無窮。夙夜體明德，願言欽在躬。

潘士雅讀書樓

高山小閣鬥嶙峋,一席還堪起坐頻。何必大千論世界,正看五百列繇旬。短檐側樹擎雙幹,輕雨長空露一輪。身世無窮圖出處,静觀先合對松筠。

七　夕

明蟾下海荒,銀漢度天梁。一徑初秋夕,雙星永夜光。靈妃千古異,佳會隔年長。天上猶如此,人間豈易量！高樓流片燿,芳砌響輕蛩。咫尺明明契,銜杯黯自傷。

送祖希寅入粤,兼携其婦翁旅骨

少小學長沮,清吟不廢鋤。浮羅探洞府,嶺海看扶胥。椰乳尋香日,螢囊入候初。外家原見重,此去不應徐。

用韻寄答北平太守程公,公前爲泉守

北平太守興淋漓,對客揮毫寄所思。意氣真傾天下士,涕零憶奉北堂慈。盧龍孤竹臨邊郡,桂水灘山繫籍時。一去干旄無復顧,柴門終歲對籬資。

謝修之、諸葛弼父、周以衷携尊山齋看蓮,已登齋後望二塔若筆者,謂我曰可名齋拱筆,因即席賦之。時以衷携有西粤桑寄生酒

蓮香澹澹緑鋪池,不愛蓮花愛筆奇。筆穎蘸蓮如洗硯,蓮峰擬筆好題詩。山房永寂同人好,暮雨初凉晚興時。曾到粤西欣勝飲,寄生今復對盈卮。

題畫八首

高樹挂模糊,層崖懸跳沫。道人盤石坐,仰聽風泉聒。

其　二

草亭依碧樹，小艖漾高沙。日暮層崖下，悠然興未涯。

其　三

長天何寂寂，空林但飛雪。安得鶴氅衣，來此似望月。

其　四

秋風吹層柯，丹葉若可數。危亭俯清湍，垂釣石崖古。

其　五

山岫何峨峨，松枝獨了了。遠睇暢孤懷，容膝茅齋小。

其　六

雲亦不見葉，樹亦不知根。孤舟渺獨往，安測泉來源。

其　七

石磴夾石峽，欲上反回顧。從此到上頭，不知當幾步。

其　八

兩石備俯仰，令我顛倒拜。枯枝間叢竹，各與中懷會。

羅惠安壽詩。羅，圭峰公之孫龜磁，羅圭峰所居也。

盱水渺清深，姑山饒靈異。侍郎文章伯，丘明韓令意。精言一字破，苦思奄然至。麒麟吐韶華，龜磁專地瑞。偉兹賢孫後，來作蓮花吏。睟穆雖未瞻，高華久先企。無錦崔秋浦，飲冰劉都使。祈風翔烈翻，禱雨甘滋墜。巖巖登科山，翼翼虛亭跂。誰謂藜藿心，不逮先民義。壽公作朋酒，努力崇閎懿。永紹箕裘芳，見復公侯始。

八月十二夜，山坐甚月，時轉試二場

關山同此夕，河漢凈無塵。朗照含山影，流輝到海濱。一年防雨夕，連日喜秋旻。桂樹如龍濕，瑶華可上身。

靈源洞二首，末首懷姚如龍、黄明立、國蒿、蘇伯潤、柯朝星諸子

步屧不知艱，相將古寺間。僧堂高下見，客興往來閒。蜻蛚翻晴晝，蜩螗響暮山。荆花開正好，了了坐忘還。

其　二

扶桑晞髮地，獨愛此峰尊。雜卉花樵徑，千章裹寺門。同懷躭寂理，中歲斷名根。搔首二三子，踟蹰秋露繁。

顔左相年兄西疇小泛

休官惟畏客，杯酒不相饒。杖策來何遠，孤舟坐見招。溪清流汩汩（汩汩），堤曲望迢迢。静者遂生興，入山明尋樵。

石佛巖，巖鑿石作三佛，得恭字

武擔又列最高峰，不用長鞭起祖龍。古匠琢身三相妙，衆生合掌一心恭。杯前碧海恒河色，檻外青山怪石供。野興探奇窮海畔，秋來全得一枝筇。

秋日安平八詠

靈巖山下萬人家，古塔東西日影斜。巷女能成紵麻布，土商時販木棉花。

其　二

山鎮田希多賈海，小村市鬧亦成虚。只驚五斗鹹仍濁，不怕三湌飯少魚。

其　三

寥氏爲錢禮上蒼，何如大宛面如王。南風一片孤帆入，泉布人誇欲斗量。

吕宋番國爲錢上鑄宫闕之狀，謂之祀天，其稱天曰“寥氏”。

其　四

西橋五里海門遥，小閣觀音壓岸腰。陡見蓮花清宿淤，拍天白雪是秋潮。

其　五

畫拱雕窗俯海荒，朝朝廟下跪祈祥。層龕累櫝玄真閟，大似金身鎖武當。

其　六

五尺清流一丈溝，水秧田穗夾溝頭。平疇中斷孤洲晚，千箇鷺鶿點素秋。

其　七

不分東西有雨晴，少年羅綺曳秋輕。衡門别有幽人卧，終歲長饑汗漫生。

其　八

石井西頭鰲水波，考亭别廟亦嵯峨。諸生魯國絃歌在，白首高山竟若何。

一片瓦

入山不知遠，遂得窮高巖。圓石净如琢，方坪端可鑱。百丈一何高，落廓開欹嵌。四隅不相見，長廣千客銜。孤撑拓崇搆，旁仰斥中函。階梯備歷涉，樓閣分連摻。危檐不借瓦，敞基寧棟杉。天巧有如此，鬼工或難緘。憶予游粤西，洞壑多嶃嶃。虚明時穿通，隆窪終未咸。安得渺宏闊，垂垂覆貞瑊？是時秋霖初，曉雨朝霢霢。晴陰遞間作，天氣吹衣衫。躡空方窘步，窮遥殊眩瞰。上有白石懸，立鶴似雙鹻。我欲捫其側，亂藤苦難芟。奮翅羡高鳥，趯足思輕毚。徘徊下高頂，大酹千杯椷。逸興既不留，醉口亦遂饞。仙都與欲界，了如辨酸鹹。百奇難一述，大海飛微帆。

山名五峰，峰頂石有影象二鶴。予曰可改名白鶴，丁元光欣然欲鐫詩其上焉

雙垂玄石雪花奇，遠似胎禽未可知。太白山人堪永住，緱峰仙子不曾騎。形留千古飛難去，立近高天勢豈卑。未識惠州能得比，令威原與爾家宜。

覺海寺寺有石當頭若燕。

寺門雙樹老枇杷，歲月流泉碧蘚花。佛石有峰堪擬燕，僧園無畝不栽茶。

午烟亂葉生殘竈，空壁單橋貼破查。連日山遊山總好，無如此地足青霞。

百丈坪

泰山之溜石穿堅，我聞其語今見此。長坪清泉無泥滓，仰瓦直落千尋底。稺子跳躑走坂丸，老夫踉蹌躡石齒。流泉旁溢土沙壅，攑策特去山毛冗。須臾長流冷肌骨，赤脚盤礴洗雙踵。我來暫憇作此勞，笑比愚公移高隴。

梅山廢寺二首限韻

尋幽不復見山梅，廢寺香殘只燼灰。雨後峰巒雙眼刺，秋來雲漢一天開。綢繆野老烹茗荈，消息農家探芽魁。但愛晚田人有歲，贏錢鋪地比蒼苔。土俗以八月朔日取芋，便知園中多少，謂之"探消息"。

其二

逋客清歌恣落梅，交遊老嬾寸心灰。亦知廢刹中何有，總爲登高興倍開。溪雨尚餘三日漲，野花争作九秋魁。藤邛逞健從抛擲，一尺芒鞋一寸苔。

秋夜重遊鄧道馭農部庭中小山

携客賞庭巒，夫君欲上官。寒宵他日永，秋雨此時殘。鶴子今全大，花枝晚更丹。酒杯多逸興，燈火焰闌干。

詹司寇見示遊山諸作，兼移酒山齋

林間多理登山屐，酒後常成覽勝詩。苦思只求安一字，病身猶任滿千巵。百年杖屨頻蓬徑，九日茱萸早菊籬。垂老不忘淇澳詠，風流豈但快吾師！

石橋二首

石橋去水不盈尺，秋風海畔卷波入。橋板動摇自有聲，山衣激激吹波濕。

其二

緑榕浸池根如線，苗田水滿似波面。眼中此景何處看，曾過粤中三水縣。

採　菱　詩

採菱蕩漾微波裡，菱葉層層何者是？欲尋菱實葉底看，只認觵觵波中起。

遊陳江溝水，夜上橋頭，王唐秀才大歌杜子美秋興八詩

棠舟蘭枻再橋頭，錯斝亂觥夜未休。杜甫清秋存八興，王唐沉醉好長謳。數行擊節終無次，千轉會心不敢偷。水檻欲將當日想，謝陶述作令同遊。

陳江溝水再泛二首

澄波秋不極，桂楫弄潺湲。短草無高岸，平田有遠山。過橋低屢伏，逢樹亞齊攀。處處蘋花好，清吟暮未還。

其　二

泛舟凌遠浦，戀酒極江城。雲錦層層薄，風紋面面輕。岸移行過馬，杯滿吸如鯨。從此憑空去，桃源或姓名。

畫馬石，宋末江東道人盧隱遺跡

何年石壁畫麒麟，毛骨看來遠倍真。一匹長留千歲練，四蹄新界數條銀。蘚苔剥落猶能見，風雨護持别有神。見説前朝老道士，時來乞食問村人。

繇姑嫂塔轉虎岫寺作

海壖表特峰，高塔浮雲抗。馭風身彌輕，多險力匪讓。梯空無餘幽，行檐暢所望。石上如花女，宛宛鬱相向。相傳宕子思，或記貞姜創。棄策轉紆廻，林端佛堂壯。雕鏤廠崇基，慈悲開寶相。男女百餘人，秋來庭聚餉。羊鷄何腥羶，僧厨甘所傍。俗事從野人，吾行得奇狀。危砌遠近廉，虛楹俯遥浪。逆木壓風枝，怪石森玉障。居然塵想空，忽爾孤懷放。終老卜誅茅，玆言庶非誑。

與諸公繇虎岫巖至石湖，訪沈士弘將軍

七級浮圖挂海雲，筍輿東望即思君。關山月裡同吹笛，風雨尊前况論文。四座彩毫歡後競，高樓畫角静時聞。明朝便好揚帆去，無復孤舟怯曉氛。

贈還珠、夢鳳二老人。二老人先友仙遊廣文林公前川之子也，事吾先子甚謹。先子有與前川公往來書札，珍奉不失，予二十年前嘗至其家，出示完好，猶如一日，予嘗作飲林亦至宅詩者也二首

仙陽廿載拜高堂，世契津津不啻存。雙老弟兄過八十，一家慈孝則諸昆。廣文有道多貽翼，善士占天盛子孫。聞説簞瓢猶昔日，高風顔巷可同論。

其　二

小篋封緘絶蠹魚，先人手札奉璠璵。比藏八版四菩薩，勝奏三年一簡書。似敬無容猶不滅，即聞獨立更誰如！對人每説吾兄好，憶拜床前淚有餘。

九日從詹司寇泛海訪沈閫帥，同登石湖塔禁體

曉霽輕烟失石尤，危帆柔櫓送陽侯。浮圖自插天南盡，極島遥明海北秋。應節層梯堪試健，憑高絶頂正空眸。將軍別有軍中樂，不止清歌水調頭。

以詩代書答傅國毗。國毗書末引唐人“書去魂亦去，兀然空一身”之句

書去魂亦去，兀然空一身。知君相思意，爲我山中人。君言秋痢劇，欲洗腸胃新。君言埭田破，欲成高士貧。有子不得第，前生之所因。我父能義方，安能較屈伸？有身常疾痛，六根之微塵。往者不可追，於今守吾真。數言我爲君，實我所書紳。君問我所樂，九日天氣新。我從司寇公，逍遥到海濱。軍中賢主將，帷幕開上賓。高筵四羅列，長揖何逡巡。擊鹿東夷獸，斟醞西粤珍。一舉連十觴，宵歡將及晨。司寇座上言，終日皆人倫。遠窮八表外，斂之一心春。惜此蓋

代才，清時坐垂綸。湖上孤塔好，摩穹抗遥闉。攝衣上層巔，健膝靡苦辛。同游三四人，或陟或周巡。凉風吹我衣，浮雲四無垠。遠看蹴天浪，其闕或金銀。海月不可拾，望洋氣益振。明朝挂席回，信潮送歸津。視君愁苦并，相去越與秦。賦詩獻一笑，萬勿墮火輪。

諸葛左相坐上嘲王應元盜菊

落英似欲待餐之，轉眼尊前不可追。笑爾有花爲太守，知君高興取非其。幾荒松下三條逕，遂失東邊一角籬。猶喜耽耽非俗物，何曾畢卓是偷兒。

次韻答吴文仲四首

天長思海嶠，日落望胥臺。句與梅花到，書稽鴈字來。子雲多著述，仲蔚但蒿萊。懷抱因君盡，何年得好開？

其　二

謾道西征草，居然大雅存。葆光看爾賦，絢綵好誰論？一代真能品，盛唐正法門。還思蕭寺夕，談劇快詩魂。君有《葆光草》，余有《西征集》。

其　三

謂我高堂上，壽言不子迂。尨眉今豈見，鷄骨可能扶。履盡寒霜苦，看餘暮鳥孤。清音知不託，筆硯想應蕪。時文仲居尊人之憂，予爲郎時，嘗有文壽文仲尊人，尊人甚喜也。

其　四

秋署高樓上，燕山望雪華。四明君出守，八桂我還家。幾取諸侯印，難乘野客槎。有才當日月，無運穩泥沙。

賦得遠山秋色

群山四繞望如環，秋色秋空獨對關。積翠遥明皆可辨，薄雲輕舉不知還。微茫獨鳥穿晴漢，迢遞疎林透曉山。江樹浦烟無限意，坐忘霜鬢落雙斑。

許子應麒求詩刻石以娱其尊人。其尊人别號一峰

庭帷欣耆耋，菽水暢晨昏。何有世間物，惟多仁贈言。卧爲五岳長，坐見一峰尊。玄度雖云老，猶應勝具存。

杏苑先鞭圖贈池魯夫孝廉，時登科鎖榜

魯夫昔上笥江舟，酒杯詩卷置兩頭。吴儂傖父來歡宴，黄龍溪橋乍淹留。携妓行酒恣欣謔，高亭九日南山幽。就中亦有秦伯起，酒酣落筆殊未已。年少青春盛意氣，紅顔冰玉映相似。别來忽爾八年餘，不得鷺門一尺書。鷺門往日嘗經過，其若山陰返棹何？竭來致我圍棋匣，髹漆照面堪摩挲。予既卧病不出山，君遂讀書長閉關。伯起棲遲不得意，頗亦落魄傷人顔。秋風前月卷海水，魚龍在天海在底。無諸高樓墨榜開，君與秦君奪雋來。始信遲驟有天意，亦知穎脱須人才。長安宫闕高連天，君今北去揚先鞭。上苑杏花最先吐，東望望春春可憐。天門曈曈挂曉日，應與秦君馬蹄疾。笑向秋光領九十，倒看春宴占第一。

畫松圖題贈高安溪尊甫

錢塘南北峰兩高，臨安東西天兩目。上有春松十丈青，徂徠新甫不相服。棲來鸞鶴裹烟雲，化出虬龍雨林麓。下根上枝不知歲，楩楠豫章尚非族。錫山過生有古筆，圖此無異韋與畢。徐君持贈君家公，泰山桂樹將無同。佛耳山前大如掌，坐見高松凌風上。詩禮趨庭學孔聞，絃歌爲國嗣言響。邑裡蒸民尚厥初，床下諸公拜父黨。壽筵開圖忽對此，千年長跽歌燕喜。更將百尺一高枝，再比南山雙橋梓。

如龍、伯暉同來山房詠石鏡

客來詢石鏡，只在此山房。潭水何能比，祁陽詎敢方？月明雖黯黯，雲過總蒼蒼。不餂菱花碧，芙蓉照我裳。

爲龔君題殷宏畫鴈

龔君有畫絶寶藏,業請名筆題上方。開圖見此得仿佛,諦觀乃是弘治物。孝宗之朝好畫士,工者賜官紆朱紱。仁智殿中集待詔,翎毛秀艷花柳莞。殷君呂紀沈政儔,畫鴈倏見江湖秋。深蘆淺渚各生態,飛鳴食宿具匹儔。鴈乎鴈乎物性行樂耳,十步五步看澤雉。請君此圖便作真,蟠泥飛天隨吾身。

漳州孝廉張紹和見訪山中,便送會試

獨坐幽齋何意君,翩然筍輿到斜曛。英風目底生飛電,奇字胸中富古文。名下江南知有士,空餘冀北定無群。杖藜明歲聽新雨,萬里春雷海上聞。

宿清源洞同紹和

張子登臨興欲飛,須臾遂爾結重幃。坐令海日扶桑短,總愛山田種藥肥。殘葉墮雲經客帽,勁風吹酒點山衣。人生忽漫逢如此,不識清狂有是非。

獨　眠

獨眠還獨醒,中意不曾迷。舍外聞晨鳥,窗前警曙鷄。寒知霜氣重,暖待曉光齊。晚節安身世,莊生有馬蹄。

潘秀才藻結小樓讀書城下,以其尊甫名維城,名其樓曰思名

君家高樓連百雉,崇山屹塔鬱然起。目中愁望白雲飛,惕如仲車平生履。中情跼蹐不忍登,縱然登之不敢指。

送王欽在廣文之泰興王汝止,泰興人。

二十四橋人共遊,蒼蒼葭菼滿長洲。郡中多有渡江客,郭外頻來泛海舟。

雪色書氈應轉冷,春風講席可常留。布衣汝止王家學,亦是杏壇一派流。

慎夫齋頭賦得鐵馬

檐牙發響多,驚雀不堪羅。林静風初徹,秋高夜若何。行空真躍冶,結駟欲超河。虚室開禪供,西經似可馱。

答祖娗客舍病中見懷之作

客舍朝升日,江城晏起時。窮途因返轍,秋晚坐相思。念我書篇撿,何人藥裹隨? 晚來持格律,得子共吟詩。

贈龔材官

烏傷今日似山西,將種中原靖鼓鼙。海上有君過枕席,波間久歲絶鯨鯢。將軍何氏文兼好,猛將花卿手可提。金鎖緑沈生氣象,嫖姚擬與漢家齊。

李克蒼年丈邀林太守、詹司寇及司寇令弟賞水紅梅于水亭,次林太守韻。亭中有吕仙自貌,成都玉虚觀刻像

主人宴客除夕邊,水紅梅花似陸蓮。清淺横斜色瀲灎,交加雜亂恣嫣妍。曉氣海棠籠霧日,晚光楊絮照霞天。銀觥百乳白於練,卷波大鼎蟻浮面。一枝當燭折香孤,五點傳骰擬令遍。嚴冬朔地雪縱横,我見獻歲花方清。海嶠寒風冷終薄,只此臘節争娉婷。含蕊豈非脂點粉,飄英豈但月飛精! 天地何我亦何吾,酒杯詩卷可逋逋。眼前梅花縱恣發,敢道此境羅浮無? 年迎半百日將晡,主人有酒我當呼。電光決眥耳垂輪,吕公自貌高松春。玉虚觀前石亦爾,何曾行着見仙人?

放鷓鴣

底事樊籠獨見投,當前釜鬲不堪愁。奇毛錦翼吾何忍,碧水青山爾可遊。

此去崎嶇行便得，儻逢媒侶慎相求。笑爲遷客還家住，春樹亂啼聽自繇。

除日答王應元秀才

不才拙薄宦，晚節棄明君。養形羨漆園，講道非河汾。頗種北山松，自卧東林雲。故人文學秀，清徽裔右軍。兔躉時弄黏，鷄黍日爲群。遠心踈俗囂，仁言揚德芬。已無世塗意，多情謝勤殷。

甲辰穀日

兹晨爲穀日，百歲是山家。久隱知心事，流光鬢閱華。猶龍爲松樹，似馬是桃花。吾老終無奈，恒河覺舊沙。

贈趙參軍

巖巖廊廟具，必藉楝與櫟。諧諧俎豆實，必資桂與薑。孰是大郡佐，不借股肱良。抱關古有人，何况幕賓堂！伊君淮水秀，才具施未央。一如庖丁刃，有間遊無旁。束身趨公府，斂跡來此方。嚼冰不慄齒，茹剛無傷腸。時爲糾賊曹，間作勾稽郎。霜凌戢萑葦，纖毫明庫倉。伊予田間人，獲此賢紀綱。茅屋曠枕席，居民絶桁楊。值兹春雨柔，得事農與桑。飲水不知德，居下能潤長。作詩擬長謡，末路望輝光。丈夫貴特立，寸心當不忘。

山中贈友友，通家子也。

挂冠久向碧山東，世態無心着夢中。只道文章千載契，誰知吾若一家翁？清音谷口絲兼竹，晚實林端紫并紅。歡會連朝能有此，只愁告别欲匆匆。

林登卿太守宅同諸君子觀燈，得朝字

十年假節省趨朝，東市觀燈夢社消。良夜不圖來此宅，德星高聚别爲橋。紅紗夾鏡明禽羽，白火亂絲噴柳條。萬户城中齊得月，無如我輩醉春饒。

送蔡太守之松江

朱轓新載入雲間，一片清冰映玉顔。三泖濤來寒似雪，九峰烟起翠如鬟。東南財賦繇來大，使者征求日未還。琴鶴知君嫌却累，華亭仙産放歸山。

正月廿七夜夢詩六句，曉起足二句以成之

野緑山青絶可親，王正廿八高亭春。檐前朔雪不至地，江上桃花相映人。豈有文章歸大雅，聊因泉石振沉淪。曉將舊句聯新語，只恐拈來未有神。

客座賦得飲中八仙，得水字

全盛開元勝事多，逍遥海内詞人喜。未論蘭禊减群賢，已比竹林嬴一士。黄閣青茅雜布衣，佞佛稱仙抗天子。笑我不辭落井花，對君恐少如澠水。

春日詞客大會于東郊，得郊字

翩翩詞客似連茅，方外同來把臂交。最喜攀嵇還並吕，欲凌瘦島與寒郊。池魚得水初離穴，谷鳥鳴春不去巢。連日山僮行酒慣，呼么擲塞不須教。

鏡山全集卷八

詩

前天柱峰歌同管明府、五陵戴亨融往遊。

天柱之峰何奇哉，清泉白石懸空來。連山波濤蹙縐縠，大海戭漾坳堂杯。仰捫俯墜始一至，青柯接笋同崔嵬。古木巃嵸紛無數，風枝翬葉聲喧豗。就中梅花歲歲開，雪花玉蕊明高臺。仙人昔此飡瓊英，何異十二樓五城。地勢幽阻到者少，坐令峿嶁横高名。嵌崎歷落固不改，茶臼丹井依然在。古來名山必主人，好事始得神明宰。茂宰管公舄兩隻，彈琴百里延賓客。海内諸公來探奇，樓頭屢見題詩石。山中支筇蠟屐人，遂亦至此坐霄碧。高閣開尊夕興闌，攀巖穿竇窮餘觀。峽如九鯉下窺窅，路擬靈湫欲過難。夕陽斂地月挂天，遠山火燒雙龍纏。安得乘此馭風去，不知身在若個邊。闌干北斗稍就枕，頃刻啼鳥驚山眠。

後天柱峰歌

天柱石屏十二丈，縱廣横直不相讓。吴門虎丘坐千人，此是立豎彼倒放。雨瀏垂白苔積青，無聲布瀑乾相向。四角如隴鬼有工，微顛似屋人堪傍。帖屏直幹久干雲，仰看半壁猶未當。昨遊但記峰尖高，曉摩始覺氣勢壯。再轉曲嶺眺層崗，方石突捍森鐵障。遠海環規墨半池，朝月留痕弓始韔。管侯携酒上我巔，餘石左右夾城仗。近峰對面指蓮花，撒空芙蓉立高浪。須臾賈勇窮岸兀，春水如天坐孤舫。垂淵千仞直壑底，捨身萬一幾無恙。振衣大叫得三奇，終然恐墜神難王。杖扶人拉始下來，回首觀心知想妄。

詒戴亨明

平生拙世態,頗亦躭文史。粗通臨池技,殊非性所喜。偶來清漳間,不復挾片紙。偷逸故自嘲,疲薾合宜爾。不謂君相見,筆墨便垂委。且愛詩篇好,使我持送似。無營心固寂,有請興亦起。慨然捉筆書,所愧乏旖旎。君年正韶華,文采無度美。且有棣萼輝,著作追前軌。奈何逐臭好,適咄嗜瘕鄙。請君棄置之,勿復穢笥几。

山中呈亨融

刻燭憶京師,彈琴是子期。入門餘大笑,對酒尚相思。宦轍悲風雨,山心矢鹿麋。如君有雄劍,端亦動孤雌。

山中詒汪有泉

敝帚應何物,一旦千金饗。三沐復三熏,薦之明堂上。伊予拙疾姿,文章豈其長!逢君屢太息,不啻盛心賞。君才富藻翰,兩漢夙所仿。下及六朝具,駢偶摹無象。我如一杖錢,不足充内帑。佳譽既獲溢,衰懷遂直往。日夕天柱峰,極目望泱漭。相思不得見,白雲盪孤掌。行將南入海,扶桑極蕩槳。遲君島嶼門,春月弄清朗。

山中詒汪宗蘇山人

夫子初相見,翛然出世群。客行不暫駐,林表那堪分?出郭思芳草,登山愛白雲。此時如共坐,豈厭子規聞!

天柱望德芬至

武德吾能至,梁山子不來。坐闌林上樹,幾廢手中杯。清夜子規月,芳春天柱梅。幽巖千丈許,日夕待徘徊。

喜德芬至

十日山中此最歡，因君命駕聚高巒。危泉下與深潭會，峻閣上將絶岫干。佛火連床同夜夢，海天憑檻豁川觀。三年一見無窮興，醉掃松花石上寒。

贈勤上人

僧爲佛弟子，其責在勤事。或舂脚踏碓，或樵斧奮臂。或耕或爨竈，或糞或掃地。時逢嗔恚人，張口肆駡詈。其受如甘露，其視若幻戲。庶以忍辱門，絶此上慢意。上人住山頂，清心耿無寐。終日宣梵唄，五體投尊位。取經入欑兒，乞食重繭致。縉紳賢大夫，題詩滿贈遺。我輩安坐人，來此歡笑恣。於心了無營，相見良自愧。累日金石交，文字極攻刺。一語稍不協，連聲齊詬誶。以此頗自喜，亦見日有爲。因言贈上人，悲往欲垂淚。

重遊岱浦

八年今再泛，繚繞舊春流。小渡人來寂，前林眼望幽。沙平翎刷鳥，水淺背過牛。不異桃花岸，能迷楚客舟。

川上歌

朝從川上望，夜向川上宿。春朝滙海門，日色曉空谷。溪上高林衆鳥争，溪下渡舟争渡行。明朝予亦從此去，卧隨海日觀滄溟。

湯泉詩

道傍百沸不須煎，天與行人洗濯便。春草怪當温處緑，寒陰似起爨時烟。驪山浴賜憑誰會，沂水衣成是我年。從此東流還幾許，清冷方得匯長川。

大輪寺呈國毗，寺兩山如車輪，中藏一壑

探幽步步到山巔，得見吾兄恰一年。人比牽牛來漢水，髮如飛鶴出芝田。

病餘起色全能健，覺後靈心不廢禪。象馬莊嚴臨碧海，雙輪似欲輾春烟。

梅　山對寺有雨華亭。

春霽前峰遠不遮，入門雙樹老枇杷。登登閣與空山盡，汩汩沙隨淺水斜。客坐松陰臨雉堞，僧來竹色上袈裟。高臺日暮還移席，對寺鐘聲是雨華。

梵天寺寺後有朱晦翁祠。

山逕深深滿緑榕，廻廊虚殿最從容。巑岏再造還層閣，窈窕上登又一峰。古刺無枝高矗矗，春禽有韻語重重。芳祠别肅先賢像，長向空門振鼓鐘。

西　山

不盡憑虚興，空門此復過。溝塍紛畛域，岸谷散坡陀。白乳澄甘井，青柯老弱蘿。鳶飛遥不動，坐看碧穹摩。

宿陳允闓書齋曉起

蚊蚋鬩我床，百舌鳴我屋。鬩床鳴屋兩不謀，何不早起吟幽獨？門前冉冉未辨樹，墻頭但想數竿竹。撫竹聽鳥有餘歡，不待扶桑出朝浴。

西洪塘書舍呈允闓

野色曠依微，衡門坐夕暉。四時山果具，百畝水田肥。客興三春盡，巖遊累日歸。讀書吾宿處，高卧得禪機。

端平巖偶和坡公韻

晚宿醉饜紅釉酒，晨起飽喫黄鷄粥。夜飛巖壑朝棟檪，輕身不及群蝙蝠。遊寺獨愁縣令知，臨邛雖恭我已俗。端平廢巖城郭遠，盤石堆埼叠青玉。水根雖朽古佛肩，香煙尚遶如來粟。階前聖水一泓幽，山僧不歸偷渴鹿。游侣更尋石室奇,汗沾息喘同僕僕。先生對弈日西歸,坐隱無心看黄鵠。

周以衷頫江樓

高樓鬱危構,臨城瞰江涯。百雉遶清流,雙橋落虹霞。飛鴻去遠林,寒蚊來空叉。羡君林上寂,賞此丘中遐。酒爲平生懷,竹況主人家。長天過朝雨,衆山青瑶華。坐起滄浪心,長天望釣槎。

哭黄以益孝廉,訃至京師,以益有兄以恒亦孝廉也

但聽梅花信有芳,何期吹笛斷愁腸?浮生幻世真難料,千古良朋絶可傷。堊鼻郢人誰復匠,琴心子敬業俱亡。不須荆樹徘徊日,淚灑天涯始覺長。

蔡吏部失火,携酒往看,得英字

祝融來君家,帝若厭天吴。坐令一畝廛,有化先生烏。人生亦遽廬,當境化已徂。君何長短嘆,戀物非吾徒。林回棄千金,赤子負而趨。黄帝喪天下,赤水求玄珠。臂鷄或輪馬,冶聽彼蒼鑪。柳子賀参元,尚祝登要樞。勸君解生滅,火宅冷如無。

黄秀才齋山丹花

江城久雨似長暄,赤日烘成瑪瑙盆。簇出千紅花並細,毬團大焰蘂無痕。龍珠自覺翻空衆,鶴頂能多一片繁。誰道香魂牽不得,海棠亦自悄黄昏。

黄　氏　園

即事園門興不孤,墙頭牛犢縱青蕪。梨高衆樹應爲谷,橘熟今時識是盧。巢隱無山何用買,步兵有分莫非厨。野禽不怕雙雙語,久悟忘機屬老夫。

新亭詩四首

夜短不能寐,衆鳥喧我床。攬衣下檐際,倚杖觀時芳。蓉葉一何稠,荷莖一

何長？茫茫沾晨草，濕我山中裳。雨露各有滋，欣欣及年光。荷鋤欲芟之，鋤下不忍傷。

其　二

北山開户牖，南山對躬耕。濛濛畝中煙，匝匝江上城。初日未高照，衆山已呈頳。林居年亦久，坐能測五行。不知身中事，安問勢與名？慨然歌黄綺，千古若弟兄。

其　三

神仙曾賣杏，我亦收圃實。荔支七十株，先人手所植。不見蜀相尊，纔有桑八百。杜公千古人，饑拾橡與栗。季倫夸邁姿，清詩故無匹。柏木以萬株，弋釣娱白日。徒以財爲累，後世寡稱述。吁嗟採薇人，勝景馬千匹。

其　四

巖巖危石下，小亭鬱初搆。拙我計巢居，五載圖方就。陶磚與架木，頗亦費前後。竹樓若茅舍，其名雖自壽。野人隋四支，自鄙不耐陋。近局時眷盻，或來列觴豆。一醉已頽然，安能料明晝？

悲　哉　行

悲哉海濱民鮮食，航海吕宋求生息。吕宋東夷富銀錢，多者百萬少十千。賈客歸來曝衣節，不曬笥篋曬精鏍。鳥貪稻粱魚好餌，微命如綫走死地。漳泉二郡三萬人，藉此生養一家親。是時天子開礦税，奸民念此東夷最。上書淘金採銀豆，有詔報可賜冠帶。破浪揚帆到彼中，文身剪髮來趨拜。華人久賈誇華大，喜迎天使隨車蓋。此夷桀黠竟不應，了無一錢上廩膾。事往回思華賈多，萬一旦夕罹殘艾。一刀重價十錢售，盡斂寸鐵腰間鋭。忽然屠戮恣所爲，三萬餘人同日劊。雖然作過總不寧，陰遣中國伺威靈。藩臬大吏寂不語，家家但見招魂靈。嗚呼！誰人灑泣奏天子，手刃奸民礦税止。

下　輦　舖

垣庭鳥雀喧，候館荆榛茂。征人首路隅，峙峰列屋後。感嘆前朝事，棲遲夕陽逗。念此宋家名,幼主出南走。下殿天子非,蒙塵主顔厚。旌旗歷亂來,車馬蕭條驟。下支三丞相,上撫楊太后。生靈苦腥膻,百官悲汙垢。不知次舍膳,飯麥或羹豆。繇來創造艱,永世在堂搆。千古或殷鑒,早剪門庭寇。

題蘇弘家壁二首

疎桐間密槐,脩竹復成林。雖在人境中,跫然空谷音。

其　二

節是末支筇,韻乃無絃瑟。散坐滌煩襟,冷風動虚壁。

張小翮、紹和二孝廉下第後便枉草堂,約賦二十韻,同用聊字

小草猶通籍,文魚不在腰。一園餘薜荔,萬事寄漁樵。酒是忘憂物,詩真破恨謡。浮生因有託,清夢豈無憀!自信交長絶,寧知侶不遥。雙雙來廢牖,敝敝息勞軺。念爾皆英傑,同時屈俊劭。千金堪一字,群玉是孤標。浩蕩鴻都日,崩騰碣石宵。舉頭干象緯,出語韻簫韶。射策偏遺漢,疇咨漏選堯。毛吹鋒竟在,穎脱末還鐃。超軼幽并騎,棲遲吳會船。終然思賦客,仍此泛江潮。開篋光真動,盈篇氣轉驕。誰人云羽鎩,吾道振龍雕。季子甘辭趙,仲連耻救聊。狎鷗貪枉渚,鳴鶴出高霄。白髮悲無補,青山興見招。鄉關雖逼近,慎夏慰空寥。

題　畫

滄波渺渺荻蘆邊,一翁進艇一翁眠。直鈎久作無心釣,只愛烟霞泛滿船。

蘇弘家來小亭,連日次韻爲笑三首

世人結交愛光輝,篫篠所以謡孝威。白髮毵毵青眼笑,冷焰譬如燈在幃。林下歲寒二三友,日晚尚爾開晴暉。讀書聚螢代照眼,談經驅獸來合圍。禿鶖短羽對鴻鵠,我似鷗鳥真忘機。小亭姻娅助殘構,豈有鳥跂並翬飛?山磽蔬甲

只愧少,風凉酒氣但愁微。稍見曉煙輕籠檻,忽送秋雨驟吹衣。只此兩腋已習習,况爾玉屑兼霏霏。床上有棋尊有酒,何人戰勝何人肥?我生今年四十七,數去兩歲合知非。眼前勝友有如此,再舍斯人誰與歸?

其　二

芝田毛羽鮮且輝,世間豈有丁令威?小山雜樹如蓋葆,孤亭天地爲簾幃。虚椽數架穿東日,巨石十尋捍西暉。白坡遠見大海合,青蕪近繞高城圍。緑尊濁世開笑口,青山白日看道機。我生如此已便足,何必行地學仙飛。枵腹暫須一軟飽,凉風信醒清醺微。深山久絶來車馬,榮塗不記盛冠衣。即看白雲多變態,初朝晴朗夕煙霏。山田今歲雖少雨,登場亦喜稻粱肥。犀筯鸞刀總無益,既厭口齒物皆非。請君園蔬比大臠,爲我飲噉無期歸。

其　三

漳河太守近衛輝,曩者思子吟伊威。三年睽闊還相見,須臾喜若處重幃。遂携琴酒結儔侣,高亭眺聽延清暉。潘生雖老憶擲果,王子能談待解圍。時潘、王二秀才在坐。山中今日復何日,雙星天上近支機。咫尺嚶鳴同伐木,何處烏鵲真南飛?對眼百年吾與女,有如白樂隨元微。勝友論文龍爲腹,閒情賦物領在衣。野人初斛秋田水,滄茫滿眼浮煙霏。入室婦子亦歡喜,瓦盆對酌黄鷄肥。我輩飽食得清宴,何煩與世問是非!看君榮名策竹帛,我學陶潛來去歸。

九日山廢寺寺,故隱君秦系故居。

長城當日五言休,荒寺千年感昔流。菡萏有花還涌塔,琉璃無火可明甌。閒雲似帶看綦縞,近樹如幢坐碧油。垂老餘生諸念盡,登高弔古未辭游。

和王應元五尺軒詠懷之作

半階秋雨泥滑然,獨對閒窗手一編。貰酒細君傾旨蓄,辮纑弱女换魚饘。東鄰道侣真裘仲,西舍文心豈太玄!五尺便應同百尺,繇旬不見維摩禪。

集余可著宅喜雨分韻二首

詞人如雨集，喜雨對壺觴。豈但祛煩暑，乍能領晚涼。蒲葵先節好，螻蟈隱更長。祗恐西郊密，稀星數望光。

其　二

山雨猶能至，應知憫衆芳。正當開小飲，倏若步高唐。喜潤田龜圻（坼），遥看水鸛翔。吾儕雖翰墨，幽意係穹蒼。

蔡子瑞吏部即其家園中砌石三層以望北山，曰此亦足觀，何必臺榭哉

庭樹參差透夕陽，虚亭已自動清涼。猶言未得看山色，坐喜無煩置石床。高洞正當墻北角，三台恰見岫中央。人生隨意真堪會，不必鵬騫與鵠翔。

九日客來

殘生雙鬢久雙斑，不是風流不往還。客至臺卑非馬戲，風高帽落是龍山。千年佳節千年賞，一日浮名一日閒。何必茱萸黄菊並，方堪祝健醉朱顔。

黄國蒿自粵西游歸，與諸子酌我亭下

我昔奉譴粵西吏，清江白石窮靈異。堯山縹緲十芙蓉，鬬鷄迤邐千螺髻。對酒行歌是我懷，散局簡府亦何事。君去杖藜作幕賓，違我奉譴十餘春。詩名遯匿不可得，却被牽引隨風塵。永寧太守吾同籍，庭中無事延詩客。下瀨將軍解戰船，亦來共結詩中歡。旗鼓迭建猺獞驚，三人對壘静無聲。交游一日從此盛，諸公歡喜皆相敬。空山流水久絶響，造化封我新亭長。君下扣關來倚闌，我邀故友仍抵掌。一時吾黨三四人，馭風待月真孤往。西粵吏，幕中賓，我嘗談詩人不信，惟爾數子無留神。丈夫立言待後世，何得諧俗避憎嗔！後世不知吾則已，今日談詩我如此。

先兄友人黄上舍園

一鶴和鳴一鶴陰,聞天聲是九皋侵。我家棣蕚曾同樹,今日嚶鳴許入林。説劍風雷看時躍,精禪歲月静中深。平池門外清如玉,不敢黄庭向水臨。

英山寺二首

登山白髪此行遊,携酒山中客兢(競)酬。莫折初生林下笋,留將千尺贈湖州。

其二

擲塞投壺酒正酣,就中龍目似黄甘。蘋婆佛苑尋常樹,只愛餘香老口饞。

龍興寺

兩行佳木自清陰,柏幹楊枝勢十尋。艷眼紅花雙不語,傍人黄蝶故無心。幽僧迎客師徒具,峻岫干天遠近臨。垂老凡心何住着,惟餘登涉興難禁。

無事

無事山中獨卧慵,起來朝日已曈曈。杖藜獨坐東籬下,數綻秋英欲幾叢。

送陳尚書公子錦衣之京,便之滇南覲尚書

總憲府中遥覲父,拜恩天上别移家。勳推門子因喉舌,禁典親軍是爪牙。洱海蠻荒兵盡洗,燕山朔雪樹能花。封侯投筆真堪快,何事窗前守五車?

題扇,扇畫王右軍爲老姥題葵

棐几鵝群逸興生,蕺山秋扇復令情。分明筆落猶相强,直到錢多始不輕。畫幅箑頭還是箑,臨池名下更無名。繇來率爾多豪興,老姥重來合笑迎。

米君夢山人同社中諸子見顧

訪侣尋山未乏人,布衣蹤跡更誰真。諸君不制題詩興,小酌寧羞供客貧。

渤水浯溪三徙宅，天南海北獨遊身。老夫忘世甘空谷，坐愛跫然屐齒新。

題　畫　馬

帕鞍初離仗，脱絡復歸閑。神駿調餘王，毛文畫裡斑。嘶風疑有韻，囓草若忘還。遮莫師曹霸，令人起悵顔。

贈别米君夢二首

我隱家木末，君游來水濱。意氣相逢合，如木遇青春。九月秋風高，流雲薄穹旻。與君共延佇，有似淡交真。酌醴促密席，吟詩朗虚楹。古人文字契，千秋以爲鄰。何況當吾生，襟期超俗塵。

其　二

人生難局居，當在雲水間。寰中遊五嶽，海外探三山。旅行雖長貧，一心應自閑。讀君清詩篇，幽意何相關。惆悵不久留，宿夕遂言還。

李祠部園中泛舟觀蓮

蓮花盛緑漪，紅白間相宜。山雨來能翠，水風至不知。亭隄浮一線，岸樹轉雙規。泛泛留連暮，尊前朗月隨。

送汪經府之昌邑丞

四載蓮花幕，羡君但飲冰。仁能行假令，官不負新丞。闕里風聞魯，蜃樓郡接登。名家多治譜，到處有徽稱。

李廣文席上聞詔獄諸臣放歸，得臣字

尊酒看秋菊，乍聞黍谷春。心蘇非望外，詔出再生人。不殺知明主，憂危恕小臣。懸思收礦税，早晚沛恩新。

郭哲卿中丞望山亭

高亭數武向城開，四望群峰亦快哉。緑野園林無地買，東山棋局許人來。

江烟滴翠侵衣袂，秋色流暉入酒杯。闢户吟成詩客别，更無俗跡破蒼苔。

林登卿太守携酒山齋，有詩見貽，次答

白首如公不盡才，真空衆作洗煩隈。未論縱筆凌虚出，坐見圍棋格鬬來。醽醁杯中勞滿引，芙蓉池上欲争開。自從步武開林地，來到高賢得幾回。

郭哲卿中丞來茅舍，共題唐伯虎畫

失意知名士，棲棲託醉歌。子昂精物象，倪瓚妙松蘿。歲老摹難似，家貧得不多。藉公神賞鑑，佳句况陰何！

蘭溪祝無殊同余可著、黏以平過自誓齋

江南詞賦正如雲，何事遊閩遠論文？况我久居蘿薜地，六時但侶牧漁群。故交二子真同調，勝友千山可少君。偶爾有人供筍蕨，一錢不用買微醺。

贈祝無殊

勝國沿昭代，文章湊婺州。布衣君廓落，詩義得優柔。貧甚猶矜節，奇多好探幽。世人蟬翼重，吾道在林坳。

林德芬至

自從天柱别，望子在河梁。作客憑争席，逢人幾賣漿。征途遥百里，閏月再重陽。燒燭從他短，秋宵總未央。

顔烈婦詩二首

莽莽遊魂些不來，烏鳶銜肉骨封苔。妾身縱欲留餘喘，一寸堅心一寸灰。

其二

愛女嚴親留苦死，島夷何地君何許？遂破天下父母心，只重生男勿生女。

池　月

脱水影蕭蕭,曾無上桂條。波澄看印鏡,霜冷怯行橋。不夜魚龍喜,垂光藻荇饒。踟蹰還遠望,雲氣似披綃。

鄭家古觶歌

鄭家古觶何年物,土花不蝕金光鬱。至寶埋精復吐輝,不用華山來拭拂。筆筒似許開圓深,柔脂滑手無痕尋。八卦層層方外稜,宛似鐵簡環中心。觀者但知漢魏器,欵識渾失未流淫。鄭生書齋作軍持,我言勝於白玉卮。遂知古觶即爲此,揭來行酒歡淋漓。鄭生鄭生古物無人識,有如世態同耳食。爾來行酒按古圖,滿堂方爾生顔色。吁嗟滿堂生顔色,更蝕土花亦不得。

賦得夕陽無限好

獨有山中日,偏從返照宜。斜光穿大地,碎影落疏枝。欲斂雲同卷,低懸彩正披。遥紅垂海岸,近翠皦江湄。小酌看貪喜,長吟就怯遲。魯戈如可借,頃刻欲留時。

冬日温、王二丈携酒倉中

城中寺觀亦多勝,此地翻能絶片塵。縱步千廻吟甬道,支頤終日望高闉。鳴鷄晝午聞虚地,觀鼠身閑憶古人。瓜葛枌榆頻見愛,壺觴滿酌最情真。

甲辰詩效玉川子作

萬曆甲辰斗指子,一月地震猶未已。乙酉之晝日入戌,庶民闔户方寢止。西北空中忽有聲,窸窣微見動窗紙。燈翻几倒不復論,屋梁戰擊無宫徵。榱桷須臾若倒懸,墻垣柱礎何繇恃。老小踉蹌出屋立,叫走喧闐滿城市。恰如中夜鳥驚巢,一似大海龍翻水。兀立空中不敢入,夜深渴睡頭觸抵。曉來孤城看雉堞,百垛齊平空邐迤。浮圖鐵灌崩不完,華表石搆顛相倚。巨石高峰若轉丸,直下十里或五里。猶聞地裂海水湧,魚腥氣觸多鹹滓。嗚呼地體尚安静,况爾寒冬閉藏始。如此震撼胡爲乎?初驚乃後尋常耳。下土賤臣何喬遠,頗學盧仝玉川子。長跪蒼蒼問天帝,天有四遊包地裡。豈非動盪陽不伸,如湯沸鼎百泡起。維地四維鎮八荒,八柱承當不容咫。毋乃天高陰翳卑,維顛柱壓傾相似。羲和出没經地中,或者元氣膈與痞。北陸景長熱尚蒸,蕩擊不得歸濛汜。太陰陰燧竭方諸,蚌蛤縮殼乾庚癸。川脉石骨兩不通,如人身戰齦擊齒。大海潮汐有嘘吸,充融泄漏若反徙。海若無權水怪生,奰屭遷陵來車軹。崇山峻岡古來奠,蘧蘧寢室安床笫。康回豈怒貳負逸,章亥步窮空擣批。下土賤臣何喬遠,稽首扣帝請所以。帝既不聞亦不言,蒼蒼何問小豎子?賤臣四顧但酸辛,不者肝膽吾皇披。稍學宰夫揚觶言,知防與敢虧刀匕。關梁脉理山川通,有址堤堤道如砥。横欄梁厲鐵鋃鐺,箱車舟艦遭齕齮。醢町賁古與無雷,地雖不愛得亦侂。椎鑿爇灼逼迫之,膏竇鑱絶山骨毁。又聞臣正專亦震,政似及米糠先舐。大明麗天赫皇皇,誰敢倒持竊陰詭?中官奉使無時出,開採取辦金接軌。此等刑人終陰類,豈有在握手不捝?縱是慈悲婦人心,爪牙繁衆螯兼跪。不搏不噬丘壑填,肯放閭閻留骨髓?吁嗟此物終陰類,負嵎煬竈何蹲跜。賤臣叩天天不應,援筆披肝復告此。九閽遥遥即不聞,孤賤一寸心未死。

歲暮短述二首

聖主恩深自有餘,投荒萬里許家居。朝中芹曝終多戀,海内魚鴻聽自疎。痛哭賈生年少日,醉吟白傅老來初。翻憐華省同時客,一半峥嶸半溘如。

其　二

白頭盡日守觚鉛,攬鏡自嗤太似癲。名位從他今日立,文章聽我别時傳。故非失意爲矜語,自有長情託短篇。達士聽知還大笑,東陵不異首陽年。

林德芬西來,懇留不住,會謝脩之明府,蔡擎甫、蔣中葆二文學移尊,分得宫字

故人相見便西東,不及春粧點守宫。以我今朝堅縶馬,料君何日寄飛鴻?

燈前引滿當深酌,野外同携況數公。莫道苦留還不住,請看雙鬢各衰翁。

張紹和書至,道至日前後有登臺之約,忽訊改春,依其來韻二首

書來道爾欲登臺,已遣園丁辟草萊。老夫懸榻千廻掃,穉子候門一向開。騄悵烹魚空有約,不如信管自吹灰。南天兼閏春應早,若待開梅已過梅。

其　二

知阻清尊江上臺,張家原自戀蒿萊。無期便爾心終已,有約翻令思不開。東壁圖書君自府,西崑蠟燭我難灰。林間驛使音書斷,百里何繇寄折梅?

題百仙圖追和李義山韻

仙人雖出世,身亦世間藏。玉液時時潤,金丹顆顆香。鶴軀身並健,鮐背面多光。有姹殊儔女,分曹總號郎。吹簫凌屏翳,稅駕到扶桑。飯是三山藥,衣多百卉裳。氣騰迎尹喜,風下拜軒皇。大道吾粗述,專柔骨自强。

沈　郎　歌

沈郎意氣真縱橫,一言投合肝膽傾。黄金如土不足惜,惟有天日踐交盟。隱侯華胄世有聞,璚枝玉樹凌青雲。不學書生守下帷,甘作蕩子行從軍。青絲白玉裝馬鞍,少年横行游上蘭。貪掣匈奴射生手,愛戴上將進賢冠。朝趨丞相府,夕飲將軍堂,短衣技擊幽冀客,長袖作使邯鄲娼。司馬檄書赴薊鎮,虜首前來但血刃。獨循刀環手有聲,亂睇戰騎目無瞬。世人愛郎但愛情,郎受世愛愛有名。此懷舉世無人識,甘作青門老逋客。島夷羽書日夜來,閩海之上不可裁。壯士赴國平生心,沈郎仗劍復徘徊。海壇中左石湖濱,三開戈戟垂海漘。鼉抃鯨鼉斵倭首,龍宫蛟窟輕一身。數年坐鎮弢櫜韃,窮寇不敢闖海門。華觴錯落盛筵客,蔀豐咽啜安抱孫。賈胡近日藏奸宄,紅毛黑齒求互市。舳艫百丈山欲如,砲銃千斤雷不止。明詔催督便拒歸,諸將促促坐無威。沈郎談笑入指麾,片

語一出不敢違。郎昔捕虜殊過當，歸去陵陽卧仙嶂。比歲殺倭如殺羊，東番歡喜迎壺漿。捷書北上報幕府，坐者得賞行無償。只今賈胡麼小醜，不知得叙復無有。不知得叙復無有，沈郎安坐但垂首。

諸葛弼父尋墳詩

葵峰連亘如綿瓜，東接雙陽西蓮花。古墳纍纍上無數，居人年久迷誰主。泉州城北諸葛君，司隸南陽世有聞。傳及宋家兵部公，奉使不屈胡羯群。兵部當時祖父母，坏土别祟三嵝嶁。舟藏玉韞自尊先，狐丘獺祭應望後。明興以來賢良公，杜門避世闔與豐。五尺全無應門子，九原漸失若堂封。賢孫益相字弼父，二百年來孝且友。手抱譜記自悲心，老念尋求不輟口。朱邸昨年謝病歸，穿林陟巘攀峨巍。兩世三墳一日得，喜如窮子珠綴衣。弼父作記示我讀，言言慈孝聲相觸。嗚呼慈孝聲相觸，世間多少子不葬父，孫不葬祖，葬後不得登塚楮。一束白雲山鬼伴幽獨，何況千百歲後陵與谷。

祝無殊尊甫以寄名亭求予賦之

人生一身寄而已，浮漚泡沫古所談。辟明寄目聰寄耳，彼目寄眶耳寄聃。又如火光寄薪油，亦譬水影寄溪潭。至於火水又何寄，陰陽二氣所交參。若復二氣問所始，茫茫俯仰歸輿堪。吁嗟六慾與五毒，以妄爲真白作藍。何怪蝸角若蠅頭，氣力皮骨空皴擔。一悟吾身本來寄，道波恬澹山巖巖。視彼素封生貴者，財帛腐土家空庵。寄亭居士婺州人，俯視一世如癡憨。溝壑困窮死則已，不與人世争饞貪。遺風山澤固常在，有子羊棗思曾甘。持文問我歌寄亭，意欲寄我於雅南。嗚呼吾詩亦寄爾，行覆瓿醬穿書蟫。

甲辰小除日，集蔡子瑞選部園，得元字

仙郎逼臘尚開園，管領東風自到門。最惜流光先守歲，似忘佳節欲朝元。馴禽澤吻全多語，佳樹芳心已破痕。請問明年春事好，無將樊雉種荃蓀。

乙巳元夜獨坐

近身向爐炭，火氣自然暄。合眼向燭燈，火光自然燃。斂身邇至道，未有不芳宣。行年四十八，禮義多非譽。跬步或片言，一一迕周旋。鄙夫視短蔭，潔履思上玄。疚心用内省，庶免虚暮年。

元日張大來使君以歸興詩十章相示，次和見慰留之私二首

不謂頌椒日，翻爲憶鱠辰。公猶生此念，世更屬何人？海國魚龍暖，江天蘭杜春。二毛更不受，五馬況方新。

其　二

繇來賢哲用，政術與文章。晚世誰兼此，如公乃擅長。文翁人仰蜀，司馬客非梁。宇宙憑吾道，浮雲信所望。

贈王海陽

鳧舄飛西楚，聲名盛海涯。新詩方鋭戰，美政復多師。驅鱷人真並，雕蟲技但爲。風期吾隱隱，早已識雲披。

連　日

連日書齋閉小樊，乍來花氣已盈門。輕風不墜夭桃葉，留與徐徐對酒尊。

巖　壑

巖壑人間去不遥，吾生隱此亦鷦鷯。看花倚杖真天性，散髪行歌應本朝。穴蟻初行猶怯凍，山禽新囀已如調。天風海鶴從吹去，豈計高松復短苗！

步　園

輕陰輕雨濕莓苔，老夫步園時一來。曉起鳥聲從上下，春來花發不疑猜。

贈陳志齋觀察

豹隱龍藏不可知，精光文采自陸離。問翁清望高如許，只在山田自咏詩。

贈戴太公公有子士衡，以諫官謫戍廉州。

丈人海鶴姿，萬里鳴空碧。扶桑非脩枝，珠林無滯跡。芝田産異雛，化作鳳凰翮。儀庭百羽光，朝陽寸心赤。本欲報君恩，反爾見彈射。鶴亦不顧巢，雛亦從棄擲。棄擲天南垂，齬齵何咫尺。靈禽多幽變，皓質尚丹幘。庶隨王子喬，矯首飡璚液。

哀　河　豚

早歲宦京師，南客薦河豚。感謝相厚意，聊爲加盤飡。喫乳雖甚甘，入腹不敢捫。斂手更他食，頗覺微生尊。尋甸蔡太守，當官殊觸藩。七年下詔獄，懸解歸孤村。親朋慶殘喘，頌恩及九閽。尊酒乃不戒，譬腼生熊蹯。聖賢慎高深，永服垂堂言。如何口腹好，甘心喪璵璠。性命雖子有，何至徒智昏！曹操噉野葛，子公嘗烹黿。所用雖不侔，行險看同原。寄語江南客，盜泉尚畏渾。况有梅都官，詩篇永鑒存。

日暮海棠花下

夕照來花徑，春風媚海棠。明霞銜艷質，片雨濕新粧。老眼真因炫，詩心轉爲忙。移根從此地，三度惱吾腸。

衰　　白

旭日偏全煦，輕雷間薄威。雨晴無定候，厚薄屢更衣。泉脉覘初大，花芽覷不微。青春佳節物，衰白亦光輝。

同閔逸之、潘可元、蘇弘家游清源山三首

遠畝初犁麥正黄，溝塍刻畫水雲鄉。清明穀雨時相近，洞口茶槍緑自長。

其　二

飛雲如剪貼層巒，君道西山雪未乾。更望溪船蘆鴈似，笑將罕譬畫中看。

其　三

淙淙石罅瀉鳴泉，纔出雲根便翳然。我來決去蒙茸色，聽泛流光照遠天。

洛陽晚眺，其亭柱有宋人題禊之記

落日望長橋，虛亭正在腰。度關時小騎，閣汐有輕艄。蠣趾初支殼，蟶田別種苗。摩挲看題柱，高興感遥遥。

黄公洞貽謝脩之

空山惟寂寞，怪石自巃嵸。捫曲承彎月，望高界上穹。來遲奇佹失，不引步幾窮。雙屐誰家物，憑詩訊謝公。

自誓齋喜紹和遠訪次韻

尺書久約去年來，屐齒何曾破緑苔。屢恨重陽移小至，真能遠道上高臺。即看雙眼誰先喜，忽報千花亦自開。時節禁煙君禁酒，終羸醉飽閉蒿萊。

别張使君還東山草堂

今年開歲元正日，使君忽枉山中作。陵陽池肥憶藥滓，敬亭天遠望芝鶴。公昔東山卧草堂，文史泛濫搜馨芳。不知人外有輕肥，亦道舉世皆康莊。管樂自才夷自廉，我今持此遊無旁。衆口鑠金尚可説，一人謗虎難禁當。開心洗膽誰愬聽，斂車束馬但摧藏。公來泉州四閱月，髖髀初解絃初撥。春雨微霑已潤膏，冬日輕照堪晞髮。不謂書計得下考，民情苦死心圖竭。愓嫠不得公衮留，豪猾只愛公車發。海濱京師八千里，安得朝行暮天子？縉紳大夫但歎息，甿庶牽泣知誰使。何生避世十餘年，公來陋巷駐旌旃。文章道德時討究，豈比俗吏徒周旋？古來文人官不達，應不自公獨超越。白衣蒼狗是何物，胸中知公久撇脱。

東山草堂故無恙，麋鹿長大蒼松栝。主人還山理初服，應笑棄官如蜩掇。嗚呼！人生仕宦艷壯遊，幾得暮齒怡園丘。鶉衣磬室何不可，遶膝孫子行觴籌。不見何生三十餘，瘴癘已赴逐臣居。吾生别自有可愛，安能戀顧破甑常躊躇！

凌霄塔上有石鼓。

泠泠風馭不曾留，遠塔層雲勢未休。海若玄珠來赤水，仙人緑玉在丹丘。平看西日天相對，下俯南山浪自浮。石鼓何年遺此地，欲將聲響劃神州。

張紹和自漳來訪，與二三詩客同遊歷老君、觀音、彌陀、巢雲、南臺、清源、蜕巖、瑞像八巖洞，得詩八首

空山琢片石，道像宛秋毫。虚敞前楹大，蒼茫列岫高。不垣臨北郭，如掌望東皋。佳客催歸興，誰能意不勞？

右老君巖

藤竹亂人行，徘徊得化城。地清真净土，相妙證無生。午日蒸花氣，近風透鳥聲。刺桐如斗幹，幾欲不知名。

右觀音巖

何年擘石徑，琢石此山峰。崖白傾湍響，林青嫩木容。鷓鴣聞坐久，睥睨入看重。優婁從開士，禪心得所宗。

右彌陀巖

入徑人皆喜，坐空得水音。春泉應更大，夏樹轉多陰。雲起浮生態，巢居哲士心。上頭行欲去，日暮尚沉吟。

右巢雲巖

南山平北斗，東影挂西枝。阡陌紛紛辨，樓臺宛宛疑。笋根僧送饌，蘆葉客題詩。尊酒殊開興，登臨倦可支。

右南臺巖

一泉名一郡，兹事亦奇哉。名是漢家得，泉應太古開。團團石甲坼，滚滚水

紋廻。不似稱泡眼,但從地底來。

右清源洞

蜕巖雖雨望,終可挹仙風。何物飛天去,猶留此洞中。土苴毋乃是,舍利亦安窮。今者我吾喪,棲心總太空。

右蜕巖

白日穿平地,高巔乃霧封。不緣來谷口,幾誤失高舂。石佛多摹相,人天各自容。婆娑尋古蹟,惆悵散餘蹤。

右瑞像巖

紹和歸後四詩爲别,依數次答

筆無高塚墨無池,不識何因獨我私。豈緣十日同高飲,别愛千秋自一時。野徑吟成春日短,美人歸去暮雲遲。相思不得如期至,又向重游預作期。

其　二

少年詞藻爛如雲,玉奏金摐坐不分。豈復諸生能有此,定知前哲必爲群。言端不得窮真長,游興何曾減少文。獨怪一時嚴酒戒,十游九不到微醺。

其　三

北地弘詞起正嘉,岐山孤鳥破鴟鴉。自應古物追彝鼎,不數黛脂入草花。固未嘗羹能舍肉,終難醒酒可無茶。望洋眼底尋常事,天外相從覓漢槎。

其　四

笑我詩篇久不談,向人欲語似昏酣。迸空嘆世嫌多事,嗜古知君總久貪。周客縱逢開藏玉,豐城合見灼天鐔。分携不作寒暄語,偶爾狂言代尺函。

黄篤俟至山中

亂林朝啼鶯,虚池夜鳴蛙。碧蘚滋陰石,秀木青高崖。倚杖步空園,反門閉幽柴。誰謂素心人,動我平生懷。雙屐每到山,孤舟方游淮。袖中金石聲,考擊靡不諧。昔游記秦生,宛然與我皆。子今復占作,放蕩渾無涯。宇宙才難窮,吾老願未乖。贈子聊短篇，孤劍寧但埋。

次答丁長孺見夢山中之作

子昔客鳳池，數見温室木。奉使入閩中，輶軒盡地軸。採風百俗貢，還朝嘉命復。我時謫小吏，遇子靈峰谷。劇談坐宵央，微言佩思服。寧歲廿七奔，彌天安一目。詎意長安中，子亦席不燠。雲霄自有人，山藪我輩熟。箬溪君魚蝦，温陵我麋鹿。遥遥清宵夢，不破寒松謖。長嘯出海壖，携酒同山閣。自非百瘠歎，得越千林麓。清詩讀未終，孤枕事已宿。應惟垂老懷，共壯燕市筑。尚友嚮古人，餘生畢陳牘。

次韻酬閔逸之山人

吾衰息交游，心尚賢達士。其於斯道中，未敢亂朱紫。當花時自傍，近酒常嗛使。但防末流淫，豈慕當時仕！緬希長統樂，久詠淵明止。丈人何荷篠，東郭何决履。所求心悦志，寧望世知己。夫子夙素懷，鶩情在千祀。游亳托僑居，入閩措遠趾。新詩詠鳳凰，精畫及棘枳。時抒蛟龍氣，隱然巖岫峙。中握久若荃，外秉一如砥。稱述盡先民，不假濁污泚。相見叙平生，分手念一紀。會面今寧知，煩思昔難薙。徒倚高山屐，信宿寒齋被。文字既有歡，尊斝亦移晷。所用歎世詎，庶幾吾及史。至愛忘吾醜，反不攻我否。省躬鑑有嗤，味君言可市。吁嗟山中人，久作侯門倚。甘入餳中飴，澀忍霜前柿。輪取游無垠，步豈局寸跬！託身君既遥，傲物游方始。不作曹丘揚，寧比武叔毁。徒負子期心，譽此持送似。

引水追次杜韻

石泉山下裂雙頂，野人天與亭頭井。竹筒全引尚愁貧，灰隔兼泥粗覺省。此泉一線石根蟠，全入僧厨始不乾。告僧微剖僧無難，山中歲月泉流寬。

示夏、聲二僮次信行修水筒韻

阿夏我同庚，五年已無内。阿聲不出語，諸務亦少礙。旦夕使引泉，頗覺事細碎。在吾誠有欣，於汝真何會。但其開鑿際，慧力微須大。不則山根盤，寧免土偶對。雨淋暑炙體，憔瘁均吾愛。便省小杖觀，來供老耳最。既得溜階渠，又見團户蓋。尚借信行遠，慰爾百武外。

柯拔民攜酒山齋與國蒿、篤侯同賦

客至不能主，翻移佳醖留。空山無外事，偶集盡詩流。蚱蜢飛花久，螳螂上案頭。伯勞愁聽聒，鷹隼待高秋。

送李世禎赴闕補職予少時，從吾先兄與莊中益、楊惟彦及世禎游，泉中稱“五子”云。

少年意氣各翩翩，擬作詞壇五子傳。論舊故交非一轍，望秋吾鬢不能玄。君才俊逸真無減，人牧西南復屢遷。闕下只今還謁帝，囊中郢雪定依然。

雨後陪郭哲卿中丞歐陽洞

江城方暑劇，山洞得凉先。豈爲林間地，應知雨後天。清談前輩洽，勝跡古人傳。相近吾茅舍，餘寒到引泉。

弘家復來山中，用去年韻

去年熠燿今宵輝，時光矢脱飛弧威。具觴開枰候童子，又來訪我讀書幃。相顧形心同和就，感念今昔異曦暉。舊木再見中心直，新苞政可五指圍。近亭剖竹新引水，破溜恍若張虞機。八鏡名山鐫深刻，未許半破上天飛。今吾山心已不厭，看子道力亦非微。彈琴東方風滿室，囊螢武子光炫衣。舊史六朝弗貫串，新言百氏花蕤霏。山中無物可餉啖，玄談坐聽剌齒肥。君真思玄比平子，我欲口吃似韓非。今夜相期留一宿，月痕草草恨送歸。

七夕前招弘家再至山中，用前韻

黄姑何者秋宵輝，織女毋乃天南威。洛神或比子建賦，夫人若致延年幃。

烏鵲卒瘏思繞樹,瓜菓候望陳斜暉。豈非上天有欲界,火宅未了鐵山圍。緊我與子雖兩人,合如經緯同絲機。入林欲作蛩蛩負,渡海不啻鶼鶼飛。安平黄子吾得私,乃是江天一少微。論文精妙中蝨貫,披藻輕拂浮蠙衣。山中聚首共寂寞,真可一洗瘴與霏。君當持文來彈射,寧欲竹瘦或肉肥。儻過七夕非佳節,牛女已别河漢非。攀接桂枝待淹留,山中之人尚未歸。

弘家至弈者布衣陳學玄、文學王止所席上,用前韻并贈

饌客何有鮮且輝,無聲但見戈矛威。目不眴視手靡停,矯來兩將運籌幃。携手傍觀但歎奇,亭午對壘侵殘暉。藏梟隱劫各意態,攔頭破眼皆攻圍。小行輕凫覷荷帶,大叫猛虎下穽機。海内弈棋凡幾人,陳君國手名四飛。王生餘藝得一當,但有崛强無低微。小技憑陵奚足貴,榮名人貌亦冠衣。弇州四部號博載,陳君齒頰霑餘霏。只今王生心太苦,空華生目貌難肥。何日粼粼整駟鐵(驖),點綴蹄騎如秦非。偏師直用攻長城,千觥罰醉教無歸。

松鹿圖壽蔡子瑞選部

是何呦鹿來君堂,擾馴不驟毛色蒼。靈松高柏失年紀,青柯合圍百尺强。蔡君家世華簪纓,大司農公何有名。青春韶華開繡口,攀雲浴日欲唾手。盍來歸卧北山隈,鹿自爲群松與友。龍是何物在天飛,鹿是何物山中走? 何物萬年天上枝,何物千歲山中壽? 人生如此亦偶然,豈必比較問高天! 狨啼猿嘯各意態,艾榮蕭長從塵緣。唐虞揖讓臯夔興,我但無具始棄捐。片腸自剛心自白,置我涔淖深泥蟠。世人自爾何不可,我愛我久寧周旋。看君倏忽五十三,冶光猶躍雙劍鐔。用之爲虎或爲馬,文仍炳蔚啼騕驒。只今撫鹿與松方盤桓,床頭有錢且酒酣。

吾　兄　歌

吾兄少小不讀書,山田一畝學耕鋤。立苗欲疏去非種,遂得騎馬千兵擁。軍中笳鼓競喧囂,海上舟航入洶涌。鄰叟農伴共驚詫,功名如此從天下。懸貆

懸特是何因，取禾三百真無稼。世人但知功名奇，不知吾兄合得之。憶昔潢池弄戈起，東鄰走失母與兒。槊上懸頭心刺刀，骨肉道路寧相疑。兄年十二慧如癡，啼哭救母不棄離。捐胆灑血甘代死，賊亦驚顧收茅鈚。止戈世胄復何有，兄但萬事不挂口。片心便可向千人，寸腸惟多藏斗酒。看兄涉世真無機，登年自合過古稀。况是垂髫有至性，佑仁福善天寧違。兄今六十人來賀，我但口占吟一過。父黨自古稱無容，不敢虚張襲世唾。

郭中丞見訪茅齋不遇，承其口占，次答二首

雜篠亂藤咫尺迷，箇中柳徑亦桃蹊。見訪書齋偏不遇，只道無題却得題。

其　二

時時屐齒候東山，一到山中不可攀。便言看竹難稱竹，欲作閑人不得閑。

八月十六夜山中玩月

四山寂無聲，明月天行獨。一林荔枝樹，衆葉風不觸。不知雲與星，何人斂在櫝？夜深漢表高，徐來挂天腹。山中人盡睡，但我縱幽目。碧玉追遠峰，銀波來平陸。坐念城中人，見月亦相逐。觀光衢巷隘，偪側如布幅。喧囂聚酒肴，轉見月行速。匡坐秋宵長，吾遂忘止宿。餘光欲待終，朗吟誦黄鶴。

朝起看花呈伯興、國蒿二丈

芙蓉仰夜露，含蘂稜䚡䚡。朝開色尚淺，午日紅方入。蓼花亦輕艶，凌亂如黍粒。又似珊瑚珠，自串不須緝。鷄冠别一種，離披出屈立。葳蕤結朱茸，莫計百與十。山中爲秋月，連日佳客集。相將但取醉，玩弄遂不及。朝來無人事，坐對華光濕。知君幽興同，愛我茅茨葺。散髮未及梳，呈詩舌猶澀。君尚和幽興，恰我谷中汲。

送李漢陰

漢陰從此去，谷勢合褒斜。近界交南楚，名山望太華。土風憑解徼，公暇問

栽花。抱甕忘機意,當官理亦賒。

别國蒿

蘋蓼發盈枝,芙蓉開滿池。故人從此去,花下但相思。相思難可見,故人難致辭。敝絃且莫彈,殘箏且莫吹。持我山中鐮,割我園中葵。佐君酒,傾君卮,丈夫悠悠一生事,世上何人鍾子期!

秋日同弘家看芙蓉花於李氏亭,用前韻

芙蓉花色秋多暉,李家爛熳回炎威。愛花無過蘇氏子,孤舟同挐幕紅幃。朝來即向舟中坐,直接初月承餘暉。一池一岸一樹繞,千廻千轉千花圍。艷光欲化琥珀盞,錦紋似點鴛鴦機。舟行穿藻驚鱗起,小魚撥刺大魚飛。吾園此花亦縱恣,乃是單葉紅澹微。即道子園百葉有,無此凌亂冒人衣。山童攀摘抛水面,可惜亦愛浮輕霏。吾譬單葉與百葉,飛燕騫舉楊妃肥。即未兩園春色貶,只恐十日秋光非。深杯對賞管我醉,不問吾子獨醒歸。

弘家有九日之約,聞潘山黄家園木犀花當盛開,意欲弘家移尊賞之而不敢質言,聊用前韻,以探其意

蓐收行令太陰輝,桂枝蟾兔亦生威。人間桂樹坐相應,花在樊圃香透幃。就中木犀一種樹,葉如荔子高遮暉。此花不大不能開,一開衆香難圉圍。一年祇有一日盛,正當重九迎天機。登高明日子有約,何如往看從帽飛。世人賤目但貴耳,桂花鄭重木犀微。桂花三尺便能花,自秋徂春襲人衣。此花應候但一日,知者我賞不斂霏。我將二花送子評,誰是菜瘦誰肉肥?請子看花趁時節,不者枉過光陰非。花園何處潘山頂,攝策朝去夜堪歸。

青蜓

弱質翾翾化,輕身欻欻飛。螳眸還比鏡,蟬翼欲爲衣。秋水看相逐,凉風至

不違。山中無一事,高下見天機。

次蘇弘家韻贈余可著

石骨插地生岡陵,江清山削見始興。余生骨相亦如此,皎如寒玉冰出凌。看生巉巉意氣盛,詩體直欲追遒勁。向學開竇資吟壇,今酣漢史窮詞盟。空庭數武花倒飛,瓦盆編竹挂人衣。細君縑纑生坐讀,插籤充棟堪忘機。蘇侯吾黨推筆手,每誦生詩輒點首。前輩復有郭中丞,愛生稱生不置口。當今人世何紛紛,生但閉户吟白雲。坐狎寒鷗如共侶,卧聽鬬蟻似千軍。吾詩慕古不知處,一回一見辱稱譽。看生不日登詩堂,但願充耳俟我著。

鏡山全集卷九

詩

詹司寇公約遊九仙山,不果追隨,承作見懷,次答

桃源深入龍潯山,涉險成詩意自閑。十日裹糧窮勝踐,九仙策杖阻同攀。挂猴棲鶴峰何絶,點漆丹砂樹自顔。紫炁真人應獨占,西遊將去又將還。

丙午元二日康店旅舍

古驛依山岸,長逵出野橋。鄰傭争道價,市女倚門調。開歲人行少,輕風物態饒。前途今夜宿,應問醉盤椒。

至嘉禾嶼哭國毗兄四首

曾把舊詩向我删,意留佳句與人間。苦吟千遍今那得,衰病三年竟不還。亂水送潮空打岸,暗風吹霧欲包山。人生離别尋常事,只怨修門無路攀。

其　二

去年九日君捐我,獻歲三朝我哭君。生菜椒花成底事,茱萸黄菊罷論文。嘉禾海畔風濤日,白鷺山前洲渚雲。回首只今須慟絶,西州岐路那能分?

其　三

衝風一騎覔船來,道傍梅花無數開。憶昔追隨詩自發,從今攀折恨難裁。惡風大浪真無恐,詩卷山杯何處哉?人日蜀州今亦近,拾遺千古有餘哀。

其　四

子昔嘉招約歲寒,出門僦騎亦殊難。祇云白髮遥相憶,豈料朱絃已罷彈!

審爾應須憑重趼,貽書奚翅慰加餐。諸郎送得遺編在,淚落書痕不忍看。

嘉禾集池魯夫宅,時乃伯奉常公在坐二首

海雲收不盡,春雨似寒冬。欻欻階前地,陰陰户外峰。夭桃明小塢,馴鳥出輕籠。漫道辛盤勝,竹林今夜逢。

其　二

人將山作字,天以海爲池。委曲來窗几,虚無動帳帷。衆禽喧夕樹,亂蘂約春枝。蠟炬高燒夜,坐忘戍鼓遲。鷺門有人字山。

送陳巍石守順德

邢州太守李于鱗,才子當年意氣振。帝以分符專此郡,君寧妙譽遜前人。太行雲起高堂好,鉅鹿風生北闕鄰。蹤跡頻年疎訪問,山中折柳又逢春。

寄方行漸與乞柯氏宋史

宋室當天四百春,中原國史屬胡人。新編近有柯公在,儻與丘明列素臣。

新開山徑,篤侯携酒見過,得徑字

我正荷鋤開曲徑,黄生樽酒來相命。招邀二仲忽過尋,窈窕一丘遂合并。種竹栽花塢始成,爲山徙石人須倩。牛羊將下且莫歸,谷口遷鶯尚可聽。

齒　痛　詩

老年氣血虧,遂至左齒痛。初來嚼喫軟,如磨不可礱。漸漸根株豁,似馬難爲鞚。且難附骨肋,至怯有稜稯。糠覈殊亦甘,砂粃乃時中。但此飲食耳,禁忍尚堪控。至其奔横時,頭目皆暈懵。中膚刀戟剟,竅腦喧陊鬨。飲噉冷熱妨,夜席不帖夢。鐵圍何周落,火山大倥傯。尚畏出語言,何繇申吟諷?劇歡大地少,當苦一節衆。斂心寂無言,中懷廓空甕。

莆中鄭公相郡丞園同賦，得蓬門今始爲君開，分欄字

十轉亭臺百轉欄，千尋喬木一泓瀾。芳園累世相傳在，大隱避人得見難。家釀欲傾何子媿，吾師痛飲鄭公歡。蓬門擬賦真佳事，山鳥山花坐未闌。

方子及學憲、行漸文學、林咨伯太史移尊鄭郡丞園見訪，得天字

昨雨今晴春日天，閣前閣後總蒼然。山山勝客皆頹玉，韻韻新詩可被絃。百嚩言禽真比興，十圍喬木欲方年。連朝屐齒勞相問，不信登臨有夙緣。

佘宗漢招遊白水塘泛海，雨阻不果，改席棠林，得溪字

孤舟准泛九華溪，羯鼓鴟夷辦亦齊。林表關心惟螮蝀，江干得意是鳧鷖。帆懸海月今難拾，酒近青山只舊携。四壁立家遥致客，天公若爲阻銜泥。

小寒食泛舟綏溪，飲田家，同鄭公相作

炭載舟中食不寒，鍾繇丙舍坐盤桓。田家荆楚殊生事，野老魚蔬又一盤。谷口春溪何寂歷，檐前雨竹甚平安。久聞延壽佳川步，今日因君住杖看。吾邑歐陽詹公寄莆林藴先生詩，有"川步如延壽"之句，又公相尊甫墓田在焉。

三月三日曲水詩

九曲爲渠，千尺作林。問何清流，何以浮沉？

咏瓶中紅白桃花

銀缸樽酒對軍持，入眼桃花兩自奇。度索綏山渾地種，如冰似馬各天姿。垂窗滿月應無異，射牖朝霞更不疑。座客一枝同謾興，芳園還看樹參差。

贈僧惠能

削髮新弟子,住山舊本師。傳燈因寄鉢,悟米在春篩。芳草同三徑,空雲共六時。湯休有白足,應少不吟詩。

陳日卿宅壽其尊甫侍郎公

周家元老漢征西,洱海年年静鼓鼙。蒟醬應通來冉笮,銅標新紀過蠻溪。軍前封事多温旨,天上推恩屢御題。六詔八閩遥萬里,玉壺春酒總同携。

李克蒼園池觀蓮,因用弘家咏牡丹韻

浣水溪如韋曲杜,松筠地擬輞川王。二蓮紅白交矜態,一意輕盈不任妝。正看香風來几席,直須細雨亦餘皇。碧筒況可連枝飲,不啻杯行累十觴。

送王應元秀才從册使入琉球

漢室琉球比職方,山南山北中山王。于今世告仍君長,直使朝紳與印章。鷁首護靈來蝶舞,鷄毛作氣避龍翔。窮經皓髮遥横海,壯氣翩翩尚慷慨。海上有急,率禱天妃之神。若舟中有舞蝶,則是神護之應。

題一團和氣圖

仙人隱首欲齊肩,兩脚連蹺自在眠。清温周匝不外泄,服氣辟穀中强堅。林翁高堂挂此圖,相過鄰叟稱大年。翁心不是如此説,張家百忍顔訓傳。兄弟妻子和且翕,父母其順真籛佺。庖丁論刀得養生,翁乃大道合自然。願廣此意作家範,一化人世皆神仙。

送楊官詹令嗣孟孺京試

抑抑瞻隅德,謙謙識吉人。諸生名正重,任子命方新。羽翼寧黄綺,文章已鳳麟。趨庭還見客,遮莫是平津。

送陳日卿京試

結束一書生,裘箕繼上卿。囊螢窗下讀,躡屩里中行。綵筆諸公長,青雲萬里征。九秋看日下,鵬鶚見縱橫。

送楊貳車遷潯州守

憶歲廿餘别帝京,一來爲郡不勝情。九年滿考應三陟,十上銓章始百城。天與善人初令子,民言循吏本書生。不知此去潯州路,何物裝船可壓輕?

送陳觀察入賀,并過家壽親觀察令兄在諫垣而未子。

虎拜不遲遲,萊衣亦我私。趨朝稱岳牧,入室奉嚴慈。省闥春池草,華堂北海巵。州人還祝兆,佳夢得熊羆。

贈别秦伯起比部還金陵

李白金陵後,清詩不易逢。吾兄饒逸興,千載繼遺蹤。比部理官牒,攝山聽寺鐘。餘春到尚在,堤柳太平重。

李祠部園咏桄榔樹,得深字

月照無枝林,風摇直幹陰。麵花飛雪細,文木卷雲深。椰樹叢中得,栟櫚種裡尋。芳園春正長,嶺嶠若爲吟。

崇陽樓詠王潮刺史遺事

高樓中郭嶺南薰,出牧千秋舊事聞。隨從光州傳故姓,保障泉郡即殊勳。閭閻自廣弦歌俗,戈戟全收虎豹群。不但吾徒生全盛,刺桐花下得論文。

題驄馬圖贈王明府

明府驊騮迅於鳥,藺筋欲比雙鳧小。權奇乍養追風力,垂鞭縱鞚行春曉。

昨日聞登清源山，新詩初記白雲閒。未得從公求授簡，陽春已見滿人間。

送高廉訪年兄入覲

七閩旌節屢經過，萬里朝天路若何。茹蘗飲冰貞操久，春風冬旭煦人多。官聯取次尊方嶽，書信頻仍到薜蘿。今日非公常籍在，那能相送出巖阿？

翠幄亭詠鸚鵡得齊字

嘴緑喙紅羽翼齊，鍊銅作架碧檐棲。靈禽雙見真堪喜，妙賦相傳未易題。頻囑銀鐺心自遠，不愁香稻夢終迷。山人野性無拘束，欲縱高飛聽隴西。

紫雲寺重新

桑樹蓮生十畝青，紫雲甘露舊禪庭。即空諸相塵終劫，大發群心佛有靈。飛瓦布金弘勝力，吼獅坐象儼初形。我來擬聽三乘教，花雨壇新可講經。

王明府見示董翰林所畫盧鴻乙圖

明府藏圖不盈尺，神仙真寶在几席。草堂臨摹傳者誰，今日董史古鴻乙。明府寶此何爲哉，蘼蕪荔薜茅茨開。西山拄笏正爽致，豈戀俗物徒坌埃。盧鴻乙，盧鴻乙，天子召拜亦不得。禮爲忠信薄，遐心慕上德。仲尼堂下乃違衆，不敢倨侮尊草澤。請公傴僂循墻趨，冠垂纓緌屨戒絇。他日成名拂衣去，然後綯宵茅畫懸畫圖。

送婁廣文遷玉山令。婁，貴州人，故自嘉興徙家

豫章南郡接閩方，懷玉仙山谷隱堂。里俗耕犂仁自美，官途車馬日相將。舊尊皋坐莪興士，新掌銅章宿應郎。莫道黔陽遊宦遠，東瞻檇李是家鄉。

送汪别駕入覲

半刺三年一郡歡，忽乘厩吏入長安。雙旌初攝二千石，五嶺真輕百八灘。北闕青春先客舍，西山白雪上征鞍。吾皇應有書功獎，碧海安瀾静水端。

送蘇弘家之江西憲副

關門使者舊江西，牙纛重來喜若傒。此去臬臺開獬豸，早年詞苑吐虹蜺。盛名家食還人望，新簡廷推即御題。獨有秋山無限别，郵亭征馬屢聞嘶。

紹和北上，雨過丙房，即席賦别，次韻

佛祖何方最上乘，貪癡斷了覺門登。功名久識輕塵土，世態無心問愛憎。偶爾出山偏乘興，獨來冒雨切求朋。扶摇寧與高飛事，日有天端起大鵬。

送張子環比部還京

結屋北山隅，衡門閉薜荔。道經終日開，竹徑無客至。忽有同心人，携酒要我醉。有言皆坊表，靡析不文義。感此平生衷，雅托千秋意。吾衰則豈能，君行尚自致。文章古有神，譬之昌歜嗜。自非金石契，誰肯相爲媚？東粤富犀瑁，果布亦湊委。奉命乃求賢，不比問珠翠。剖璞披恒沙，得寶皆國器。應知九方皐，始識千里驥。冠蓋過里門，車驅不遑使。白雲吾舊遊，曹署素寡事。先輩起名家，往往探討恣。臨岐效一言，業勤功崇志。

王應元客琉球詩卷次韻

因人渡海作奇遊，丘壑自專總不侔。欲把一杯同達磨，應將六月笑莊周。夷王詩送黄金售，天使文成大白浮。聞道風檣低颭浪，猶能歌笑狎陽侯。

過内弟温遴卿分韻

獻吉暮年愛左生，吾今得爾屢逢迎。詩篇學就能含徵，劍首裝成欲請纓。此日相看真衎衎，當時轉憶有卿卿。鄰春市竹家家意，喜傍新年報曉晴。

胡人出獵圖爲老文學莊君題

胡天三月邊草青，胡人出獵近邊城。放鷹放犬射生盡，兔獐遁走麇麇驚。

一鹿橫斃挂馬背,收韁下馬箭插翎。一人騎馬尚未下,仰視高天目橫野。意者得無飛禽無,當令委亂羽毛赭。嚴夫子,東丘生,武子螢囊匡鼎壁,一生千卷不成名。六月披裘臘歲葛,直來東丘看明月。胡爲高挂此圖哉,殺氣稜稜四壁來。騏驥伏櫪志千里,烈士暮年心不已。不見古人詠此唾壺缺,磈礧盈胸目決眦。

送沈士弘僉書浙省四首

秋風萬里送旌行,鼓角新騰都護營。此日浙江驅虎豹,十年閩海洗鯢鯨。縱橫捷月時時報,頃刻長風隱隱生。世上何人真勇略,漢家驃騎接高名。

其　二

弱冠翩翩俠少場,輕裘健馬出遼陽。莫邪向斗衝文直,鷹隼憑秋殺氣長。虜首當時提北漠,倭船比歲破南荒。憑君欲話馳驅事,一片精心意氣將。

其　三

宛水衣冠累世誇,孝忠文武總承家。掃門丞相心真斷,坐樹將軍語不譁。按堵在民如牧守,揮翰對客有雲霞。野人生計頻相念,徒愧遺肝古道賒。

其　四

野叟杖藜歎世人,憂時蒿目意還真。殷勤憑得籌邊問,惆悵寧聞報國身。小醜年年名騄駬,大農歲歲出金銀。何時專閫真相託,坐壓邊烽與虜塵。

送王鴻磐會試

讀書山裏歲華深,支劍平生一片心。矢發忽然驚中疊,琴彈方信待知音。外家劉穆人相重,小友中郎老共吟。此去郄詵登第後,許身須自比南金。

觀如上人持一鉢自檇李入閩,欲化檀香作三尊佛送供五臺山,書此贈之

四捨檀香作佛身,豈必身成便法輪。僧家不得長自在,喫苦甘癡道始真。

贈俞明府

明府柴荊枉駕頻,不知肝膽坐誰親。百年甘我於陵老,十載憐君宓子新。

强項總知真意氣,察眉憑仗尚風塵。即看磊落還如此,定見騫騰致主身。

山中歲暮,送觀如上人歸檇李

茅簷垂短日,山雨到還昏。歲事匆匆過,山心得得存。薜蘿聞鳥雀,杖屨到肴罇。飛錫看遥去,離思欲忘言。

謝修之服闋,社中諸子載酒問之,得覃韻

不成世上老萊子,新失君家太史談。七十在身猶致毁,三年食旨未嘗甘。移尊相就今方敢,開徑重來似始諳。不久知當還閉户,墓廬又欲過精藍。

周以東宅詠盆中古梅樹

瓦盆三尺漫莓苔,老幹嫩枝相映廻。樵斧劈餘花後雪,野燒焚過樹前雷。沉香仙子炎洲供,罋水槎頭天漢材。堂上爲君伴幽意,蒼龍白玉一時開。

咏　投　壺

中空不礙筒留底,兩耳雙懸鼎有鐺。祈中只須心上取,命投應向手中生。籌因並耦斟杯滿,響入高堂聽韻清。偶爾輸贏同一笑,無心退遜無心争。

首春宴集陳初仲連鶴館吾友陳及卿丞郡潯州,初仲是其長男,園中有井泉佳,可以染。

潯州才子世間無,連璧當年十五都。弧矢鵜鶘連迅鳥,渥洼騏驥本名駒。文章玄草千秋業,歌管青春永夜娱。聞道出藍園有井,華箋寧染薛濤殊。

陳兵侍宅觀滇南輿地圖

天垂華壤寬,日出皇風溉。玉斧限圖形,木牛穿地肺。王褒奉漢儀,楊慎紀滇載。洱海象昆明,蒼山比嶽岱。安邊重老臣,固圉先窮塞。欲誦壯猷功,且閱

高堂纊。

張仲京宅聽黏以平、莊象賓吹鐵笛，同用鐵字

高堂四月夜飛雪，長者簫竹短笛鐵。黏生吹簫莊子笛，緑玉初破玄金裂。憶昔玄金物象時，風胡鼓冶禹鼎設。黄帝伶倫只解吹，不見鑄管承歌舌。竹簫但聽韻虚無，鐵管纔聞聲有截。泛濫寧同蘆荻秋，錚鏦直與梅花徹。泉聲墜石下千尋，劍首皇荂笑一吷。擊壺如意心空雄，從軍刀箭音徒切。愛此平生百煉剛，赴爾三寸九坂折。蔡公桓子何足論，荆軻易水應相掣。中宵胡騎我未知，杯酒且瀉心中結。

題謝修之田園百詠

陶令厭官達，非憎命不猶。百篇還有賦，千歲豈懷憂！應節及熏鼠，埋名混儈牛。兒童歌佐酒，鐘磬發林丘。

詠十八尊坐功圖

終知相有壞，欲得壽無量。白足雖觀寂，黄庭或借方。熏修忘歲月，坐卧調陰陽。莫道神仙術，空門有藥王。

王伯興邀詹司寇遊深滬寶泉寺見拉

十畝圍孤戍，千家寶一泉。海鹹來四面，石乳湧中邊。户牖層如挂，階衢逼易穿。滄溟臨極地，兜率上高天。闔市觀新客，從人指遠巔。山來青有盡，浪去白無前。雜錯嘗應遍，當樽佐更鮮。汐時持網集，潮至聒窗眠。亦見天風好，漫愁夜月慳。書墻詩换世，題石筆留仙。今日知公賦，千秋永不鐫。

繇深滬過永寧城

巨舟颭高浪，遠勢欲驚沉。自愜青山意，何知碧海深！低雲結小雨，朦月罩

遥岑。不倦謝公興，惟因片石尋。

永寧觀海石五代王仁裕，字德輦，有詩萬首。嘗夢剖腹滌江沙中，沙石皆作篆蝸文勢。

何年王德輦，清夢滌江沙。剥齧沉香樹，玲瓏古篆蝸。雪頭濤噴上，山脚浪吹斜。勃勃乘桴意，褰裳未有涯。

毗陵袁翁詩

嘉靖之季袁龍溪，毗陵山中焚青藜。郡邑大夫賦里正，急公趨事先蒸黎。白粲輸京匪秷秸，代以禄入萬朱提。手將羨鏹付冶工，錙銖不染入囊奚。玄都賈客徽歙人，揭來對飲歡如泥。七十精醪(鏐)置篋中，晨起揖别忘歸携。去之三年封固好，後會完璧相如齊。公口不言人不知，客亦辭還但首稽。回語孫子此何人，爾謹識之旎傳倪。恒願蒼蒼福善報，雨晴不爽雲若霓。公既去之六十年，客亦凋謝日沉西。子孫雖挂口與臆，報琚報李無階梯。聖主當陽十一年，臨軒策士收璆璨。公孫遂稱子大夫，春風騄駬騰四蹄。黄榜名傳天下人，論父按祖兄弟妻。袁子大夫誰者世，毋乃同姓紀與酅？客答賈子是公孫，九方名馬生盜驪。聞言奮躍中心喜，快過得寶珠象犀。始將前事與人説，再三歎世惻以悽。不疑已遠管寧久，攫金白晝翻成鷖。峩峩大冠高堂坐，敲追搜索過櫛箆。公心秋水天並高，布衣獨行混塵堅。天公無口乃有目，酬答響如桴鼓鼙。袁君命我述祖德，十年始就今方賚。筆札疎慢則豈敢，公德未可造次題。我昔東省君我言，家尊失偶久孤棲，一行一坐一顧復，拊畜小子教不迷。君今按察長楚臬，武當衡嶽互昂低。祖孫父子盡長者，世德層累益結締。我歌不獨咏祖德，聊一捍障如防堤。

荔支歌贈以平新得側室子

鏡亭居士隱鏡山，園裡荔支歲歲看。臘末徑寸起花頭，園丁盡喜荔子班。

開花直至二三月，淺春風雨落難慳。不如正尾二月中，暨萼已過東風寒。清明小滿開復結，天氣融暖盡留顔。珊瑚垂圓鶴頂紅，低亞接地卧可餐。花有梅花冠花魁，誰人不愛早梅開！含霜茹雪甘不得，及其結子酸人懷。牡丹花王不待説，香後不實墮莓苔。人生萬事亦如此，朝暮早晚安能推！要以晚暮得久成，此亦天道之環回。山人黏生欲五十，舉子始學身居濕。古來詞人未可知，盧仝孟郊空書笈。生久不舉舉便男，駃騠下地足難縶。譬我荔支春後花，箇箇珠顆香蜜汁。君不見側生古樹在瀘戎，飛騎徑入唐皇宫。愛君子大亦如此，一策萬言獻天子。

爲朱益陽年兄題四時畫軸四首

牡丹紅藥百花王，錦翼差池步石梁。春唤催歸名正别，碧桃紅杏氣能香。秉簡士女心相好，拾翠佳人贈不忘。畫史不惟圖意態，年年領略笑東皇。

其　二

五條絃上舜韶風，風氣南薰滿太空。白鷺索魚深淺草，黄鸝挂柳倒顛叢。蓮花交倚輕輕艷，安石自燒泛泛紅。素絹不愁顔色改，居然氣韻見青葱。

其　三

蘆荻翻風不奈秋，鶺鴒棲荻聽風柔。芙蓉蓓蕾兼含吐，鴛鴨飛鳴具去留。遠思凄遲明月望，放懷歌嘯白雲收。青蓮覺逸非無謂，不必將歸詠宋愁。

其　四

枝上梅花十二紅，石邊竹樹野鷄雙。寒冰緑玉總生態，艷羽花衾各調腔。素影不愁難入月，流澌預識欲消江。山茶獨樹還燃眼，不道霜風鬢易龐。

閩縣馬季聲、徐興公將遊惠州，見過丙房，即席賦别，兼送季重還莆

清詩久向人間讀，濁酒歡爲席上吟。秋雨驟來遲去客，嶺雲雙望結遥心。朱明洞遠行應到，白鶴峰高跡可尋。更有故人莆口别，東瞻西送悵離襟。

山中訪侯秀才因贈

秋山終日静,對客啓柴扉。時菊枝枝好,流泉處處微。遠溪樵斧近,沃土種花肥。策杖遥來意,真令興不違。

侯秀才館和伯暉韻

溪流昨夜若爲聲,鳥語今朝似喚名。野老耽幽尋崒嵂,主人愛客詠嗚嚶。看花只見秋無狀,對酒自澆氣不平。已過登高萸事少,惟應待月繼西傾。

詩　　山

歐陽博士已年久,千載詩山尚著名。今日真因公一至,何峰得與此争横?吹笙老鶴疑無地,執玉群仙有太清。弔古登高同此日,溪清嶺翠若爲情。

太坪山飲野人家

月明竹樹下,來此坐彈棋。衆壑去何有,群山合在兹。凉多翻不睡,步慣更忘疲。野老能留客,沉沉尚酒卮。

重遊郭山廟次伯暉韻

古廟遺靈鎮碧岑,廟前神路直千尋。雲君山鬼人人拜,社鼓村旗歲歲深。好石碻磝庭不動,重檐虚廠客同吟。十年却憶登高興,豪舉狂歡太劇心。

重游謝山葉秀才館次伯暉韻

老絶交游不勒銘,重來十歲忽霜星。居然主客頭皆白,惟有心期眼共青。虚壁舊題詩尚在,花神似笑我曾經。同游有客如雲聚,會合群山到草亭。

林口廟次韻

舊廟空林口,虚無少客過。梁塵侵法像,爐火散樵柯。葉落寒林晚,蛩鳴衰草多。高峰終日對,睡起發長歌。

社壇庵次韻

古寺社壇裏,高原對數家。雕梁乾木蠹,深井濕苔花。空相慈悲好,遥峰眺望賒。聽泉兼向日,紗帽任横斜。

陳懋仁經歷北歸賦貽次答四首

蓮花幕下並專城,一日倦游賦馬卿。主簿有時高世士,參軍奚必遜時名?乾毫泚搦編書續,餘俸持歸種术成。别有語溪桑數畝,春田布穀候蠶生。

其　二

古詩十九詠行行,捐棄繇來戒道名。緩帶相思深晚歲,加餐努力慰平生。君曾妙理聞三語,予亦當年賦兩京。歸卧各憑心自穩,無論蹤跡夢終清。

其　三

藝苑知君已有年,文章善隲古時賢。謬猜作賦心應苦,豈料抽思鬢盡玄。官小獨持三尺法,身輕不暖一年氈。漫須汲黯公卿憤,蕭遠論成不問天。

其　四

漢室内庭重守宫,譬如辟妬不心蓬。此懷水畝寧嫌盗,世事浪生豈待風!飛至總從騰下上,蜜甜一恣食邊中。避人戀主吾寧敢,自信虚舟與爾同。

孫參軍歌

君不見孫郎功名海澄起,佐縣栽花滿紅紫。灼事如以卜鑽龜,剸煩直擬泥印璽。去年大計缺令君,君直攝覲附庸比。賢能乙徹聖明聰,應對復稱銓曹旨。事竣轉秩得參軍,仍向泉州大海濆。堂上將軍雖習武,幕中才子總能文。如君氣宇似春陽,何人不歎君才良?軍卒共推君有聲,將軍深得君在旁。憶昔國初定天下,萬户千户皆汗馬。旌旗常載熊與羆,鼓吹直兼南以雅。此時僚佐左右倚,軍書羽檄真難理。堂上自高大樹謙,幕中亦贊蓮花美。二百年餘静徼邊,將軍支劍但看天。幕中諸公亦寥落,千金無處買馬鞭。君來無事日高眠,上官知君知在先。鸞刀雖不一割鳴,隱隱刀環自有聲。即今署篆假令尹,又向清溪溪水清。清溪縣水直可吞,君去便如運游鯤。訟庭苔色坐映屐,琴堂雲氣來封門。聞君家中有真樂,不向人間争齷齪。阿兄州佐早致官,朝恩榮母千金歡。人生有母不易得,况值天性心中寬。放歌贈君不作難,請君引滿笑且看。

梅花歌壽陳志齋觀察

江城十月梅花月,誰其圖者滿堂雪?諸公來壽觀察公,噴薄忽見連枝發。憶昔公當嘉靖間,結廬讀書居梅山。雙鵠連中子大夫,萬里一蹴天門攀。曹藩州府屢遲廻,骯髒不改心與顔。青天白日故磊落,寒霜歲晚寧蹣跚。曼容厭官忽自免,子廉固窮節不淺。歸來仍結梅山居,竹書曝背開墳典。棄置但聽世人呼,風義寧與前賢湎。老來撝披不輟手,常聽高歌暢飲酒。聽歌暢酒只自知,白石蒼松歲已久。公既木石侣衆人,田夫野叟皆來親。庚桑交祝居爲壘,桃源僅識世有秦。合力爲公起大屋,横闌高閫臨清濱。行者低佪坐歎息,山有鳳凰澤麒麟。武榮令君奉國典,稽首再拜延上賓。只今公頭白如雪,觀者宛似梅花月。梅花如月開有時,公頭髮白無盡期。願公春秋八千歲,坐看人間桃李枝。

冬日以事至安平,黄國蒿、柯朝星、蘇伯潤、顔日廣、陳主孔、柯拔民、登民携觴夜集陳明華道生館,得屏字

履霜歷平郊,冒寒來遥溟。結軫在初朝,弭驂及宵暝。既奉主人慈,得造中門扃。吾儕二三子,聞知欵户庭。披衣相視笑,携手更過經。紆廻涉巷陌,參錯列楹屏。肴觴恣所携,翰觚思不停。悠悠暢神理,瑟瑟開心靈。當筵易跋燭,挂窗换芒星。誰謂素交歡,不使中懷醒。相期遲暮節,各保歲寒齡。

立春日蔡吏部宅

細雨融融濕,孤城脉脉新。暗通天地氣,初轉柳梅春。袨服紛游客,華堂賀

主人。椒盤貧舍有，無此盛延賓。

春日盧氏樓分韻

兩疊高樓水一江，江聲浪意不相降。素絲易至三千丈，老齒難成五十雙。潮滿只看洲際草，風飛應覺檻前艭。並來綵勝成佳會，寒樹何能守舊窗？

童將軍祠

祠旁高樓覆柏叢，將軍死賊尚聞功。賢孫丹䐉真承祖，令典春秋是報忠。戰血總留泉下碧，陣雲應結海頭風。福唐一片搴旗地，明月千年照遠空。

送吴廣文之樂清

鴈山遥入浙東雲，刀剪奇峰更送君。岫裡羅浮携並去，眼前瀛海望無分。高名久壓靈州氣，妙理新傳講座文。此去鳴琴山水縣，鏡亭能憶舊微曛。

莊伯暉、王應元登先公塚

廿年先子去修文，隴下新祠但白雲。曉雨松楸滋競長，春風鳥雀傍成群。蓼莪無計垂哀泪，素篋遺書尚鯉聞。鄭重心交稱父黨，低佪來此過斜曛。

伯暉、應元登先兄塚

春風暖不到泉臺，一望愁腸欲幾廻。倚樹遲留看覆屋，班荆寂寞對銜盃。圜橋舊滿經生席，貫索今誰法吏才？念爾鷄壇深夙約，特來棠棣看餘栽。

伯暉、應元登罘如岡先内塚

峻峰上塚步徐徐，當日孟光念有初。好色登徒今已矣，斷機樂子更誰如？交游知汝孤衿佩，同穴無官少玉魚。待我黄公他日飲，河山緬邈定應疎。

罘如岡下産靈芝

芝房漢室詠遺詩，奉使先朝採不遲。自笑一丘同旦暮，何因三秀發靈奇。

茸茸青草當春避,冉冉芳烟向曉披。却恨翼儲還出世,商山徒使至今疑。

二月望日盧氏樓

江樹蒼蒼宿靄收,今宵明月在高樓。人生得意時相聚,客興逢春可自繇。不必飛身凌百尺,尋常寓目過扁舟。早聞擊柝城頭近,賢主流連我合休。

黏以平出扇求書,久負其委,山晴倚杖,忽然書示之,不知是以平所委扇否也四首

念爾四旬餘,書來稱老初。一莖無素髮,萬事有蘧廬。歎世同荷蓧,狂歌值接輿。無人能領會,謬傍草玄居。

其　二

躭酒非吾素,善吟爾亦癡。聊存千古事,不負百年期。圖史紛空舍,妻孥共一枝。古人誰絶極,但待後生爲。

其　三

春雨前宵至,驚雷聞夜深。知君未枕席,燈火尚沉吟。能事真如此,高文正在今。老夫徒卧穩,衰病聽難任。

其　四

虚亭聊倚杖,團扇憶孤題。晴日舒春眼,高雲愜岫蹛。縱懷看鳥木,隨意過東西。還録幽居事,歸君袖裡携。

明月篇爲方烈婦賦

芙蓉並蔕花,寶帶同心結。青春不及終,何處望明月?明月在高天,妾心如可掇。但過三五夕,甘向西方没。明月西沉三五間,蕣華朝槿同朱顔。千古杜鵑泣殘血,貞姜塚上看明月。

哭諸葛弼父

吾兄今已矣,萬事總徒然。爲令不終歲,藏家無百錢。古文校亥豕,時草種

蓀荃。從此無期見,鍾琴空絶絃。

山中看新笋分韻

白髮生年亦易窮,青春竹意終難盡。突包鳳翅起孤根,暗領龍孫通旁畛。漫論嶰簫黄帝吹,先期土脉神農胗。武夷頓覺壓峰高,不者何須名接筍。

次韻送馬主簿還新安二首

自誓山前一鳥飛,與君同是理初衣。坐兀空山留暮宿,酒醒日落早知歸。一生無着從人棄,萬事聽談勝戰肥。溪水新安清可鑑,武夷吾亦並漁磯。

其　二

睦州北去興如飛,未到山中已舊衣。九日峰尖隳淚在,新安溪沫洗塵歸。魚從秋鱖受鈎直,菊已春苗待種肥。欲問浮名何所用,嚴陵千古一漁磯。

以平來宿齋中,甚喜王建體,余率然效之二首

攤書來不掩,知爾箇中人。池潔慚臨帖,樹卑防礙巾。小亭談過夕,濁酒罄儲晨。移寢聞中夜,還疑内舍茵。

其　二

鳥攪朦朧睡,心懸歷亂霞。臨階城霧散,開牖岸田斜。雷過能焦樹,蟲移欲損花。園蔬競豆莧,粗飯牙齒沙。

禹　碑　詞

岣嶁山中有禹碑,字青石赤形模奇。又云神靈有隱見,見者時得不可知。至今流傳人世上,輦致岐陽石鼓祠。碑文向不知何物,但見雲水形離披。近世楊慎與沈鎰,以意揣摩得其詞。魚龍出没之所及,八年三過勞神思。其文其意則相邇,遂令識者交無疑。但是我心猶置喙,豈古碑跡改雕鐫!造字繇來蒼頡始,羲農以後遞相師。神禹淳化故有帖,十有二字何神奇!即看宣聖延陵筆,瘦

勁屈鐵枯木枝。未應此書獨肥美,潤澤豐厚肉稱肌。昔賢故自有題詠,我敢億度生異詞。聊記此語存一説,博聞稽古或信之。

送故戴給諫還廉州戍所

去歲相逢寒食邊,今來午月亦堪憐。春風解釋仍未得,桂樹淹留尚宛然。莆口乍將雙劍合,廉州又喜一珠還。寧親聖世終寬典,不似儋雷安置年。

賦得城東門

大梁古道夷門通,瓜熟青丘亦此同。陌上採桑朝有路,城中飛雀夜無空。市朝閱歲因成代,邪俠逢人盡向東。莫問千秋黔與皙,徒令進酒感悲翁。

友人來詠盆中朱魚放子

坐玩朱鱗樂有餘,春風在藻稱閒居。不驚自有親人意,相逐還看化物初。鬐鬣動揺身宛轉,雌雄憑藉氣吹嘘。何時乘雨能飛去,不數琴高赤鯉魚。

程觀察公往(枉)顧山齋

丘壑甘從野叟同,特勞車騎坐春風。詩篇信手真驚眼,世事昌言絶快胸。海表遺思歌芨召,邊頭出牧壯從戎。大才世上如公少,開府還看作鎮雄。

送林祖熼遊潮

饑豈能驅去,遊因發興生。題詩過古驛,懷刺謁專城。不作鄉音隔,無難客路行。韓公祠尚在,吟望若爲情。

贈鄧生

論文坐久問君誰,方識家尊老筆師。儻有元和新樣脚,外人不怕更無知。

贈蔡彦恂

黄金不買賦,末俗久多機。作客人無遇,非君今獨稀。讀書仍牛角,垂釣還漁磯。予亦陶潛者，天風久在衣。

贈蘇伯潤

何生謬有千秋志，蘇琰爲吾一字師。不識揚雄甘覆瓿，鍾期當日屬應誰？

答黄懋弢問疾次韻

不攝初無不攝心，聲空過耳絶無音。九旬坐夏開門少，一榻忘機入道深。緣想君真空妄幻，欲根吾學斷貪淫。縱然善病俱無着，君可禪吟我病吟。

予瘧疾數日，柯拔民有詩來問，并示五月之作，次答

寒來六月朔風高，熱至毫光發孔毛。青眼紛拏迷枕席，白頭歷亂滿蓬蒿。短身野諺心疑大，三歲杜陵病歎勞。佳節知君吟雅句，閉門白雪到秋濤。

童將軍祠前雙柏

翠柏摧殘葉未疎，含風細細上清虚。長敷春色斜陽下，新洗秋光宿雨餘。嚣雜無林留獨韻，離披挂屋覆鄰居。芳祠肯得千年在，未必青銅石不如。

東湖泛舟次李斯成韻

今年秋勝别年秋，前宵明月西南流。邀朋移尊中夜坐，不數城角隨更籌。東湖潦盡尚水滿，朝來泛艇探奇遊。朋侣過從偶然至，見人明月無心猶。老齒百年久素髮，殘生萬事皆白鷗。坐弄宇宙布元化，安能齷齪爲身謀？見月但飲我何比，吟秋蟋蟀陰蜉蝣。

壽顔左相九十

書壇老將詞林客，九十仙翁四代人。士讀舊編如隔世，老爲小友得相親。孟趨孔步依然在，舜齒堯年不啻鄰。鄉舊眼前真有此，桃源何必羡逃秦！

先輩林郎中義田詩

昔有范文正,置田贍族人。我朝徐文定,亦仿敦所親。二公皆政府,彰君義亦陳。寧肯甘隱賜,坐愧齊國臣。猗歟我林公,五品列朝紳。素絲食五紽,薄禄釜易塵。未及一麾守,況復論要津。所贖先人田,斥鹵大海濱。以此養其家,僅僅聊昏晨。顧亦先贍族,不用充私囷。至今三世後,嚼喫猶調勻。含哺比堯頌,酌觥似歌豳。令嗣方伯公,清修繼絶倫。垂老不煖突,無可資水薪。向公有所貽,豈至貧復貧? 當時不顧謀,翻念根蔕因。乃知藴志厚,輿仁湛無痕。作詩告末季,庶返偷風淳。

陳嶔自莆來,遂别去東訪章元禮祠部,因用寄懷

綽約花鬚始出房,輕輕春雨正禁當。故人相見睽違久,天末同聲道路長。今日賦詩爲即席,亡何蕩槳又他鄉。須知落月山中夢,杯酒遲廻在屋梁。

李思睿山人以所作詩託友人求予删之,輒賦貽

翩翩公子初未見,采采新詩已謬删。老去湖山君是主,春來花鳥興無慳。登臨只恐題將盡,城市寧愁意不閒。久在紙勞循誦後,案頭猶吝浦珠還。

葉廣文出論學卷見示,因求詠其祖母遺事

居敬以復性,夫子講河東。斯道久不聞,曠然披心胸。持示覺世途,訇若振鐘鏞。下撫我輩人,矻矻真雕蟲。夫子有祖母,清貞柏與桐。心堅荼蓼苦,名垂川嶽豐。盛年撫孑孤,艱鞯歷災凶。遂延葉氏世,一線綴千縫。夫子出三仕,寒氈貫春冬。所至頌慈遺,題詩乞諸公。以此至孝心,充滿寧復窮。孟氏擴四端,斯言真有功。予因得悟學,相證庶發矇。

山中夜宿同黏以平

床頭明月甚,顛倒出庭陰。幽壑無人響,高天獨我心。草稀蟲警籟,石寢虎

鷲林。醉後吾昏濁，憐君興獨深。

歲盡諸子見過

過了迎春冷不銷，八風何日變成條？餘五六行看曆簡，思詞賦客頌盤椒。釀成臘酒肴還少，提得寒爐炭未燒。諸子忘貧能見過，慰吾雙髪欲蕭蕭。

蔡子瑞吏部居樓新成

南牖清涼北牖春，長懸霄漢捧紅輪。暈飛鳥跂虚無遠，茨塈丹塗氣象新。鐘鼓遥聞高閣夜，井煙初起萬家晨。我來試脚身猶健，樽酒斯干詠幾巡。

山中諸子見過

春風吹散案頭書，鐵馬輕敲韵亦徐。不定寒威欺野服，無期酒伴稱閒居。嬾吟相强詩還就，願見便來喜有餘。萬點海棠真快目，蜀山春色在吾廬。

同應元過陳紫峰先生祠下

二十年前上此堂，而今雙鬢已蒼蒼。與君垂老真深切，共歎斯人已渺茫。石徑芳春香檜柏，洞門輕雨翠篔簹。徘徊絳帳當年地，轉憶聞詩一倍傷。先子嘗授公諸子經于祠下。

元夕，南海朱季美文學、三山陳季立故將軍與諸子同集

明珠南海照人懷，璧月春城一倍佳。客有遨遊淹海内，同來歌笑並江涯。杯觴勝事逢元夜，簫鼓喧聲到六街。更喜新詩成即席，歸携金石動門柴。

送朱季美遊武夷南都諸勝，兼寄高正父

朱生南海英，文章振靈氣。青陽弭遠軫，玄冬撰遊轡。能事非一端，知名空近世。著論比朱穆，結交同馬異。嗜痂予真偏，逐臭君胡至？抵掌談古人，開襟及藝事。視鵾若可眸，憐蚿匪停御。昭曠展遥懷，憫默歸寂趣。歡會有幾朝，握

手無何去。探幽窮絶奇,尋仙不知處。東雲遠遊將,冷風善行馭。吾友牙期徒,雅有輪扁意。榆枋返初服,珪璋斂國器。君歸致我懷,兼寓遊山記。

衆山皆響詩爲黄懋弢作

陶潛撫素琴,琴絃無一聲。宗炳畫衆山,山色無一形。皆可自怡悦,不至中懷扃。開囊一再鼓,幽韻動清泠。譬如號空甕,甕聲聞噌吰。又譬虚谷傳,隱隱重復聽。達士有至懷,所貴心無攖。下視齷齪人,奚啻莛擊楹。咫尺盡槁木,無餘留户庭。夫子好琴理,清泉墮高冥。時似松納風,或比鶴飛汀。慕兹古人意,題詩契深情。我衰味音節,見促孤吟呈。儻謂爨下木,猶得遁天刑。

覺　齋　詩

末世昏濁人,無夢亦無覺。有覺生有夢,無夢覺奚屬？維彼至覺人,天鏡空不觸。遡厥智慧因,乃在巖幽獨。伊尹覺自居,姬文緝熙續。潛伏有孔昭,斯言諒聞熟。黄君供大士,用覺題華屋。空教理雖殊,大道歸一軸。願言勗良悟,學海趨赴谷。

黄秀才書舍用韻

當頭佛殿列如屏,過院佛香不斷馨。雙塔高標輪外紫,遥山一抹海頭青。襄城七聖疑迷野,平陸千峰怪突星。老將酒中承謾許,愁城輒擬破先零。

季春八日,飲黄太學賓寓宅,因過其伯父參知園亭,次楣間韻

方池曲沼碧淪漣,古石高枝翠復玄。軟草日深承履下,平疇春及到亭前。一門分阮南還北,五柳希陶醉且眠。已過禊期贏五日,傍尊猶説永和年。

送唐進士之京

老夫托契末,相識在毫端。果得南宫雋,來從子舍歡。每言先立德,不敢易

爲官。所志有如此,道長亦何難!

夏日同諸子泛舟城濠

衣帶動蓮舟,任風去復留。楫輕茸荇罥,篙驟恐鱗投。緑岫朝高岸,明霞晚映流。自偕同調客,不易共行休。

哭莊伯暉五首有序

予往山中數日,歸聞伯暉病困,過而問之,則曰:“鏡山之亭,無某之跡矣!”不謂果然。老而哭友,能無慟乎!

謫宦歸來始得君,甘貧皓首討靈文。龍鱗虎脊雖未馭,天寶開元已有聞。

其　二

一帶泉山黯不蒼,詩人夢斷到斜陽。吾今杖履行應少,無伴清吟到醉鄉。

其　三

探鈎射覆醉中頹,分黨雙拳鼓兩枚。座有車公人盡樂,與誰歡飲在泉臺?

其　四

琴書坐後困無聊,猶疑君在欲招邀。人生行客真應是,數去狂歌但數朝。

其　五

床前問病歎衰顔,君言不復鏡亭山。單豹何曾能養内,空將濟勝羡躋攀。

再哭伯暉

京索先生本詩客,斛斯六官吾酒徒。古人跡與今人並,在家心是出家俱。泛舟着屐更何日,殘卷遺衫共一厨。有淚眼前收不得,飄零貧病此生軀。

初月詩用韻

鈎曲不能方,鏡破未安床。初魄皎有輝,太清湛無香。遥遥高城陰,微微層牖光。分明與衆星,無心獨擅場。

雨夜招以平飲，以平忽携尊見過，同用溪字

秋雨不沾畦，夜流驚滿溪。山人雖兀坐，心喜過扶犂。惡草書初報，佳肴至忽携。留連且未放，凉月夜窗低。

七夕詩

繞枝難得定，措石爲誰留？落日明商渚，垂虹飲素秋。泳江能誘士，仙匹有靈迷。寄語參商者，津梁好共謀。

壽嫂詩

吾家有孝婦，專心養老姑。老姑年幾何，八十在中樞。老人能健否？豈有無疾乎？骨髓久中乾，玉池若爨枯。四肢復委墮，時時厠與牏。一婦奉一姑，日事難擔輸。非肉不澤口，無湯多垢膚。何論筋力倦，且校資薪無。拮据百措置，要以奉歡愉。雖有吾兄在，亦可蓄與沽。至其羹湯勞，嗛嗛誰中厨？嫂年今六十，兄加三歲踰。兄又非自出，四齡方承劬。兩人互左右，備極共侍扶。吾姪念孝母，請我上壽娱。我歌孝婦詞，永示門内模。

三山陳良鼎先生詩

憶昔世宗朝，慈駕登西弇。顯陵在江漢，未得地同函。宸衷念諸祖，多蜕天壽南。意欲奉北來，再鑿方中菴。遲廻復不果，又去楚郢探。聖孝良殷勤，臣心天生憨。誠恐聖躬勞，又慮民亂餤。伏闕上臆言，有如絲吐蠶。豈無三事列，濟濟盈華簪。無人阨行車，用爾開口談。郎署有數君，於公獨二三。問公何者人，橋門拖衫藍。唐宋太學生，伏闕殊喃喃。顧其邀朋儔，意氣盛驂驔。踽踽公一生，忠心貞柏楠。崇崇錦衣門，三木何曾諳！天語下重譴，反首肩垂毵。大駕及中途，祝融來乘驂。彩虹度萬騎，扈卒墜江潭。念此幺麽生，愛君良獨酣。傳語釋鉗徒，弛輸石與擔。朝還授一尉，亦使冠裳參。銓曹落奏詞，許令歸山龕。逍

遥八十餘,手種木奴柑。傴僂旋封蟻,翻鑽充蠹燂。後人高其風,列俎薦兔鶴。當時三緘人,雖貴黄粱邯。乃知忠義心,百世芳馨涵。九死信不移,何况崖與儋。

送鄭台擢明府赴京補職

三十年前髮尚髫,先人每每誦瓊瑶。總知國寶非家器,豈有芳根不茂條?邑錦如君還再製,鬢絲於我已無饒。天中雙闕岧嶤在,鳧舄待飛仙令喬。

泉城西偏諸子結社,名曰西社,内弟遴卿與焉。其日相期不至,乃承諸子見懷,以所作詩命看,率爾步王仲紹韻呈之

後浪高推前浪遅,何來猶許託鍾期?人持綵筆青盈眼,春對紅芳緑滿枝。喜有新知能念我,歎餘佳句始看誰?衰顔撫景才從盡,妬殺他家擅白眉。

哭楊惟彦少宗伯六首

青宫思講讀,黄閣罷絲綸。宗伯官雖貴,朝端望未伸。虞庭初失鳳,魯國欲傷麟。幾度幾訛謬,翻驚信已真。

其　二

愛爾官仍達,居然舊布衣。謙光和白屋,物論擬黄扉。隱隱憂時切,拳拳悟主微。聖恩方眷注,誰信露朝稀?

其　三

廿年居史局,累次掌文衡。韓子録應别,歐陽體一更。如山孤節峻,似水此心平。萬事真已矣,沉吟身後名。

其　四

絞衾聞屬纊,歲製且日修。安得艾齡節,居忘千歲憂?輓歌時自唱,築塚更先謀。賢達元如此,君今信與侔。惟彦年未五十,絞衾之屬已預治之。卒之日,家人出以

屬纊,朝士歎其達生。

其　五

痛罷追前事,春風上第時。居停還共駐,僦騎或更騎。通籍君台鼎,羈身我瘴夷。雲泥漫自歎,今古遂成斯。

其　六

緑鬢翩翩日,詞林筆已强。彼時稱五子,似爾擅兼場。毫繭無留色,葩英有焰光。老夫徒後死,涕淚滿衣裳。予早年與惟彦及莊中益、李世楨、予先兄,泉中稱爲“五子”。

鏡山全集卷十

詩

寄廣右朱用晦方伯，兼懷舊蒼梧守劉懋學

詞賦何人憐楚客，樞衡久矣屬卿才。題詩舊省真如夢，問訊如公肯易裁。獨秀城中瞻四嶽，逍遥樓上望三台。蒼梧父老應相見，峴首于今合有臺。

送吴堅孺侍御赴通州判

淮海維揚地，風塵祗暫栖。藜光猶有焰，驄馬尚聞嘶。霖雨藏方久，蒼生出可稽。如逢白太傅，正便寄詩題。

題何肇嘉田舍

海岸亘長堤，清池繞屋西。魚群逢客淰，燕翅點波齊。入饌鮮盈錯，巡除樹暗蹊。困京愛年歲，來此日攀躋。

同王鴻磐及象小、宏禮、宏度、肇嘉、尚庭諸何夜坐海磯觀汐

海水涸餘泥，坐待歸潮立。瀺灂忽微聞，江沙燈前濕。

别定興丘貢士

忽漫相逢意氣新，一廻一見一清真。丰容有道看應别，世事無心自不磷。本合希夷歸大契，聊將山水暢餘春。殘生丘壑何時會，望爾爲官至海濱。

送徐奕開以部郎赴京考選二首

文章識子在垂髫，廿載騫騰播俊劭。節著一官良自苦，事追前哲總非遥。乍承子舍雙親樂，忽過流光半歲饒。明詔用才當不格，行途未可滯征橈。

其　二

孝親如子世應稀，步步承歡願不違。内行潔修真白璧，平生篤好在緇衣。此時畫省名官秩，他日青袍表殿扉。但得英賢常振世，何須念我老漁磯？

壽詹司寇公一百韻

名哲推邦國，稀齡表紱裳。三朝卿月朗，百里壽星光。降嶽人真是，爲霖道孰望？遵時謙自養，斂美暢恒彰。匠郢收才廣，鍾期協趣忘。聊因申末奏，敢曰動高倡。恭諗追家胄，於昭冠海荒。小山攀踡桂，令尹蔭甘棠。俎豆于兹浹，詩書累世昌。葛磯同水濬，佛耳共山鄣。熙代還無斁，華宗更有閌。備官一角獸，振彩九苞凰。枝俯禽師北，庭趨鯉立傍。超宗毛得一，安石樹專芳。違岵初離褓，當門已自强。蓄菑新塈䵚，口舌捍蜩螗。慧穎多飛越，知交盡老蒼。流觀隨默悟，有涉遂聯行。胄子從師樂，司成稟負墻。陪京尋展翮，上苑繼騰驤。宓子之何縣，陀君拓舊疆。猷泉金不易，錯節刃偏芒。地故襟三楚，人兼萃八方。牘書清委滯，文采盛翱翔。沾溉寬溟渤，繁猥悉戭桑。俊韶閎宇局，遲頓隱鋒鋩。皎素深衷抱，馨芬朗外揚。驄乘中厩駟，斧執内臺霜。白玉天爲闕，黄金地作堂。鳳笙疎蘭殿，龍輦斷椒房。庶士心空切，憂危論靡遑。諷詞問伍舉，露草必王章。七廟神靈喜，千門氣色颺。帝能容骨鯁，公更問豺狼。少府錢逾減，度支利或攘。水衡憑縱恣，黍尺寡提量。剔蠹持刀鋸，批根徹闠闤。城狐非易灌，秋隼漫相當。轉復思先世，無如聖孝皇。詢咨勤北極，契合屢東廂。黠鼠投須忌，淵魚察避祥。果然違黼扆，遽爾冒桁楊。臀削柴銷骨，盃坳芥泛盂。幾微融慍沮，怖震尚趨蹌。宰相求威霽，冠紳慰巨創。鑿耕歸主力，圭蓽分臣常。芸簡書生業，藜羹老圃嘗。嘯吟歡劇會，儔侶興相將。屐兩行資蠟，詩篇夾貯囊。雲巢晴雨瀑,溪榭海風泱。勉起猶殷浩,移文絶孔璋。炎涼還奥竈,泉石本膏肓。賜玦無終畝,燃灰復見暘。九遷看歲月,三事首班行。諸老柔皆茹,群聲口遂簧。匪躬勞室宴,明目整朝綱。獨信操如矢,寧因化鍊剛。存身謀蟄隱,游世恐羊腸。初服欣還芰,餘羶厭戀鄉。裴公園野緑,白傅社山香。堅閉申詳舍,時歌孺子浪。披衣搴茘薜,拏艇弄菰蔣。居洛齊温國,言公擬鄭鄉。通玄窮釋部,若辱混蒙莊。藴籍誠難探,澄清總未仰。乾坤均覆育,湖海日蒼茫。導瞽人焉覺,隨車醉暗傷。譽荃翻見妬,點璧競先張。穹昊高難扣,山川險且僵。京坻懸患寡,獫狁俟于襄。中使仍開府,内盈每羨藏。嘵音從學鳥,頳尾但愁魴。大器安操柄,沉機慮舐糠。縱云包垢濁,胡不念劻勷? 澤杜今虚採,江蘭久自纕。杯盤浮下若,霹靂組商梁。天儻需楨幹,臣應屬楝樑。百年承纘大,四海頌雍康。賤子生髫齔,英名慕慷慨。豁懷何磊落,絢藻最洸洋。鳩署尊卿貳,雲司忝省郎。平反聆出入,風雅示低昂。汲引躋前輩,經營愧擅場。君恩垂雨露,林卧許沅湘。眺聽陪雙袂,招延侈十槳。六么巡比櫛,大斗泛疑航。花下徐徐醉,尊前欸欸忙。顧雖諧豕鹿,動必及縹緗。歷歷脩真切,孜孜析義長。無書非涉獵,有搉盡纖詳。審諦彌臻妙,誤愆輒恕狂。勁風時變徵,嚴韻或清商。睿武箴人戒,衛蘧過自匡。緬心追枉石,末俗賴隄防。碩德如山峻,純禧比露瀼。河章原著馬文升,關陝習言王恕。林瀚首推閩縣,劉健先數洛陽。凝冬包四氣,迓歲集千慶。碧海萬年棗,仙家九節菖。闥闈分蒞芷,孫子溢琳瑯。乾户心無閡,牝門谷未央。明知精累黍,健不借殊粻。朝杖瞻周典,行惇待舜庠。當年稱背耉,億載記肱良。

除夕前一日海上陳周士宅

朝日明郊夜星换,衆賓留我尚未散。集雅堂中賢主人,芳草久許詩人玩。醉酒歌詩醒復眠,狎妓呼盧夜及半。趁虚曉鬧小村東,名園坐此静囂判。人生笑口良獨難,况有相知共几案。蚌殼明穿綺牖光,蘭膏煙裊華鐙爛。今夕何夕樂未央,浮柏頌椒歲可算。海上諸子盛吟詩,文藻遂作大風冠。諧宫謬振鐸車音,截管還取柯亭椽。書册紛披竊西藏,金石呟噌留甲觀。朔風凋葉暖與争,青春作花寒難絆。諸子今夕氣詵詵,老夫明朝路漫漫。眼花頭白實可憐,强起和歌學盍旦。

張廉訪昔令粤西,得士曰張生者,於其没也,千里來弔,廉訪子弟義之,索詩而送之歸

繡斧凄然向夜臺,西方國士不勝哀。生芻遠自南州至,白馬還同汝郡回。嶺海崎嶇閩徼入,江天浩渺楚帆開。交情千里人誦義,愧殺門中翟客來。

林雲谷翁子植遠索詩,以壽其母姚。予既聞母平生,因代翁作言爲壽

賢妻爲壽舉青尊,願以艱難對客言。避賊我扶千丈漈,賑貧人待百家村。武昌雷岸還均愛,樛木東星各共恩。覆鼎好將同五鼎,天厨分養到私門。覆鼎,林翁所居山名。

花朝,詹司寇公邀同戴亨融、傅寅修二丈於巢雲巖,同用朝字

先生宴客選花朝,更躡層巖到碧霄。鑿竹引泉千尺挂,開門吹律八風遥。息機萬事從俱寂,勝賞佳晨未肯饒。記得曉來山下路,梨花樹樹散瓊瑶。

亨融至泉中,諸子邀之入社,亨融會以急事驟返,悵然賦寄

雄筆大篇似鼓鐃,偏師偶爾出函崤。櫜鞬知爾能争長,縞帶何人不願交?頓使好懷今日盡,翻傳秀句舊時抄。無論諸子踟躕久,刻燭都門夢裡抛。亨融與予京師有《刻燭吟》。

寄吴文仲少參

十年書信兩悠悠,尺鯉能來隴水頭。忽憶薊門風雪夜,遽驚詞客鬢毛秋。

曹溪法水香官舍，庾嶺梅花到驛樓。閩海武夷君待久，何時千騎領諸侯？

孟夏，歐陽承藻、承東二昆携酒集其先祖唐四門公讀書室，分賦

怪石撑泉空，逝風貫巇竇。虚牖翳日蕩，仄徑藏雲湊。昔賢緬玄蹤，未意想遺搆。遥思翰墨光，嘗染窗前岫。秉燭嘆年衰，奇服感吾幼。雖有咫尺居，永愧千秋後。長筵列衆賓，遥孫今時秀。嗣響豈聲遐，高文方日覯。相知劇新歡，懷古追華胄。申言殊未窮，高會庶難又。

寄龍廉孺農部

海内廉貞客，如君世所稀。來時曾作牧，去日盡牽衣。傲骨有伸詘，真心無是非。美人天外望，何處想音徽？

諸子過山齋，採衆花置盆中於座上

行圃尋花老病慵，採芳合雜客筵供。欲將鬬艷堆春色，還以薰紅亂酒容。藥纈何曾分簇簇，鬚深無復計重重。諸君只得相看笑，明日香提又别籠。

山中天聽閣初成，友人過賦閣是參知程蘿陽助建。

不能倚相讀三墳，東魯還慚辨怪羵。竹素古書終老在，茅堂官俸故人分。南山秋色朝相對，遠海雷聲暮忽聞。猿鶴有心長伴侣，孔璋應不待移文。

潮陽曾邁孝廉見寄，輒次二章復之

曾君詞林彦，黄初建安骨。白璧懷寸胸，寧論他鄉越。斯文宇宙間，一脉誰能闕？神明寄真宰，豈比關齒髮！看君陋夸父，逐日走不歇。遂使閩海頭，高天垂明月。既别復有贈，清歌何發發。從來千里姿，無繇測滅没。

其　二

我衰不自振，老來但皮骨。如彼蚊與蝱，階序不能越。塵心新知昏，疑義古

文闕。聖賢去我久，遠如望窮髮。恒恐時節過，坐使孤芳歇。如君方韶秀，乃是初朏月。九仞手中興，萬里足下發。亨衢看何天，泥塗吾甘没。

遠遊篇贈王貞伯

王郎明州來，示我遠遊篇。誰賦遠遊篇，屠沈二公詩蔚然。遠遊何所始，請從明州起。繼溯沅湘登衡山，别入峨眉棧道褒斜出成紀。秦晉燕趙韓魏古名都，一一到眸入芒屩。吁嗟王郎信奇哉，夢中八極心蓬萊。屠沈贈詩十年前，君今何山登何臺？行年五十餘，饑寒迫迫多驚猜。稍涉閩海觀武夷，向者不知何處車轍馬跡隨風埃？跼旅齷齪今輒爾，更復何年汗漫遊九垓？嗚呼，人生只在心不俗，何必狂奔絶走騁逸足。禽慶向平徒有言，豈真見彼窮幽獨！閒居一室已在天地外，千秋萬年與我會。或醉或卧或悟言，便是放浪北遊最。即如王郎博古好玩物，寧必盡得周彝與商敦！王郎王郎看爾數莖白髮骨一束，滴酒不復沾唇曲。問爾生計世事爾不知，但愛登山臨水據槁木。此是天下大觀與真遊，下視卑卑五嶽者，直如丘垤培塿拄撑我胸腹。

寄鄧道鳴總兵道鳴久握兵海外，葬其妾若子於海外村島。其葬子也，以擬季子之嬴博；其葬妾也，以擬蘇子之惠州，築庵曰"嬴惠"。

天生奇甸付將軍，千里延袤麗海濆。十載不離專閫委，空山屢奉尺書聞。庵希嬴惠真觀妄，地喜儋崖有盛文。况是日南妖氛靖，時時握管暢靈芬。

王貞伯過自誓齋次和

過我茅齋不擊鮮，君復不飲似乘船。山菓已空千顆荔，畦蔬但滿一瓢泉。宣和博古圖盈眼，靈運登高屐短前。莫話貧居有清事，於陵生計未應然。

哭張爾衢

痛子真長已，詞林失異才。古文無撰著，浮世但悲哀。晁賈人誰繼，王盧命豈猜！轉兒如問父，蠟燭尚殘灰。

詹躍江翁媪雙壽詩

何子秋仲，鏡山讀書。姪壻詹生，走而告予：吾父及母，兹月帨弧。我謀稱觴，匪酺與沽。望子一言，以慶桑榆。遂告何子，生平大都。曰我父母，質瑾行瑜。我父始生，寇來海隅。祖母逃竄，産父隴墟。齒髮甫長，復罹負芻。茅茨燼燬，闔室被驅。父年十三，同母縶拘。贖金乃出，已罄斗儲。祖時在外，日夕艱虞。父或瞰賊，盗飯母餬。幸我鄰人，助粟充哺。拮据雜作，賴母復蘇。出死入生，惟大母劬。伯父負笈，父掌門樞。舅男孤苦，叔子寇俘。各有男女，皆無恃怙。父念骨肉，煦沫相濡。雖席祖貽，難坐待哺。奔馳數載，騖舉鶩趨。伯業不遂，行賈江湖。我祖命父，從兄化居。武功開爵，許人卜輸。父遂告伯，此亦一途。何必什一，不騁長衢。盡上擔石，入于公帑。時有里子，彈鋏無魚。父憂酸骨，豈吝財糈！伯名既遂，絶口錙銖。出其券紙，付之火餘。此時生計，如瘦復腴。追惟鄰父，昔我持扶。一粒一金，報以瓊琚。雖報瓊琚，誦義靡渝。伯宦與游，猶子嬰雛。百凡究度，我父所圖。推其餘惠，族戚咸敷。培水植根，不學天符。東粤饑饉，暴骨流逋。父客於彼，目擊心愯。若恫若悴，賑殍埋枯。餽米遺薪，鄉故厚胥。送歸田里，以緩涸鮒。平民被虜，官府按誅。父用百口，保其頭顱。女出右姓，不良於夫。迫逼楚笞，困辱當壚。五陵公子，來肆其痡。父念里閈，辟之環璩。女子歸只，父母歡歔。我母十六，則我父俱。閫則肅雝，内治穆愉。我祖善病，減算祈瘉。復損飧食，祝朋老姑。伯父之官，實奉潘輿。母内襄父，酌家盈虚。奇羡歲積，何論粟帑！夜燈晝紡，日居月諸。教子讀誦，課僕耰鋤。緊我父母，喆德難摹。愧我小子，不能揚揄。父今六六，出可無車。母亦加一，髮黑如姝。凡此儷美，實藉中孚。敢告叔舅，錫之歌歈。我歌不諧，我言匪諛。不成報章，援毫直鋪。無逸則壽，有德寧癯。子親實兼，以久其軀。子有此心，菽水足娱。我言發世，匪以葭莩。

送蔣中葆孝廉北上

爾自諸生擅古文，筆花紛落似江雲。八閩選首名幾占，奕世承家美益聞。

山裹青精懷宿飽，殿頭赤羽看晴曛。從今捉管徐題鶴，大鳥先將賦海濆。中葆故作《鶴經》。

陳主孔明華宿我天聽閣，同賦二首。予閣中繪古人及當代名賢之像

窈窕開層山，徘徊搆小閣。窮居似北騷，隱几學南郭。曉鳥歌疎楹，宵蚊穿破幕。紅窗僭臒施，素壁侈銀堊。雨笋列槍栽，風花散錦落。老夫藉晚娛，痼癖知難藥。鳳侶不題門，鶴鳴期好爵。談開曾耳鍾，豁解滯心籜。小友歲應忘，先民人可作。支邛入麓便，把臂在林樂。薄飯塡調饑，清尊慰索寞。俗情儘不堪，野意原玆託。古像擬圖麟，微章即印鵲。君無嘆蟠龍，期我求伸蠖。

其　二

避客掩柴關，爲君開蘿逕。遊遨無廣畝，上下但孤磴。目盡已殘觀，景遷亦屢興。籬頹花幹紛，罝絶禽聲應。文疵憑子改，詩朗合吾聽。子態比雲生，吾衰迫夕暝。室廬念尚賒，來往愁難定。對雨筆寧濡，解懷酒差勝。

贈　丁　生

今我閉關方讀書，清漳丁生來叩門。手示詩卷與古作，疾讀不及相寒温。生心好遊不能遠，其意顧不安籬樊。來過泉州三百里，三十六洞探芳蓀。襆被不具行囊澀，勺米寄竟給孤園。夜卧佛几與禪榻，蚊蚤嚼囁寒無喧。乃自樂此不爲苦，如遊帝側排鸞鵷。吁嗟人生當其適，口不能喻心難言。白衣蒼狗化浮雲，何有廣厦朱華軒？生心復好遊長者，結韤倒屣求攀援。佳詩名筆輒請得，袖歸得寶如璵璠。此物此道竟何益，豈如絲竹吹篪塤？生今欲别告我去，求我放歌歌酒尊。我歌不足贈生行，黔州之驢遼東豚。

己酉春日諸子過自誓齋去歲有亡兒之戚，今方托於音。

江國歲頻新，柴門客自陳。百年難稱意，尊酒或宜人。世路憧憧過，交情澹澹親。鏡山雖寂落，得爾復嶙峋。

黄篤侯攜酒山中，適山中之樓初成，時篤侯爲莆陽司理西賓

子携斗酒與詩篇，論世黄初突過前。正值小樓成結搆，恰宜大筆掃雲烟。才人坐數真難得，我輩相逢豈偶然！司理莆陽知待久，壺公明日又分天。

壽甘子開參政

木天當日照藜紅，桓典都城復避驄。此日郵筒承及我，蚤年場屋憶瞻公。詞臣帝選文昌伯，閩嶠春生海屋風。爲壽諸生何所獻，惟應進酒詠高崧。

詹司寇山池産並頭蓮，有詩見示，次和

一枝高擎兩紅雲，姿有芳嬌氣有氳。倚葉雙雙如並蒂，凌波裊裊不曾分。麻池變白莖終别，泰華如船藕底聞。瑶圃岸頭行對酒，霞標隱隱射斜曛。

詹司寇病起見示莆遊諸作，因携尊過訪石鏡山房，賦謝

林間多理登山屐，酒後常成覽勝詩。苦思只求安一字，病身猶任滿千卮。百年杖履頻蓬徑，九日茱萸蚤菊籬。垂老不忘淇澳詠，風流豈但快吾師！

池明翁、詹咫翁見示遊莆諸作，僭括屬和

壺公千丈翠撲衣，天馬鷄足烟霏微。廣化寺古青巒圍，六朝塔在人代非。月峰南山高巍巍，松雲杳藹竹泉肥。白日匡坐堪忘饑，我髪曾向此中晞。廿年棄擲思巖扉，側身東望不能飛。大火六月赫炎威，出門衣履汗如揮。池詹兩公興不違，遥隨明月延宵輝。西巖學士靈光巍，十連五岳解袍緋。佘公棄官還淮淝，莆中濟濟盛音徽。來此交臂如雩沂，蒙泉太守麾京圻。西湖當日開嶔崎，木蘭陂水匯漁磯。海脣溪齒帶與褘，黄石雖無履脱腓。蒙山穀城若庶幾，馬氏父子今古欷。亡軀甘廢世兩稀，地靈人傑雙崔嵬。夢寐破我癖與痱，兩公十日遊

未歸。烟霞大餐穀少嘰,仙舟李郭誰得依?太史合奏真人機,咫尺如此不可晞,五嶽杖屨又能祈。聽譚佳勝和音希,清琴似見文王頎。

送日卿之京省覲其中丞公獄中

寧親遥向五雲間,節鉞舊時定復還。湯網從來開一面,魏書應不問中山。險夷一節心終赤,天日何愁土是圜?舟楫安流君自在,未須魂夢繞江關。

送洪爾蕃之常州省覲

君家勝賞水明樓,一似冰壺貯素秋。詰旦束裝卷圖史,千山顏色覲弓裘。金閶水滿南來棹,鐵甕城高北去舟。懸識縣齋染翰墨,每於枕扇暇時留。

林岐埜老兄來泉相看,用前韻賦贈

吾衰嗜酒困河魚,頷下鬚留一尺嶼。八十九齡君能健,一千餘里到非書。垂竿溪畔休熊卜,伐髓山中有鶴如。東老縱貧心自在,此心終慕復何餘。

送胡明仲太守之惠州

少年治縣似輕車,此去專城定有餘。閩越土風元不異,羅浮山色況無如。鐵橋頌酒方應在,鶴院瞻賢跡未虚。直道古心誰爾似,真看行李兩囊書。明仲語予:"此去作守歸,當携書兩囊而已,不者爲君所哂。"

王鴻磐書齋次韻

文選今時爾有臺,湖光終日坐徘徊。乍聽山雨連宵長,忽見春秧趁曉栽。酒令不嚴還自醉,同人得意兩無猜。群峰海上迢迢遠,狂眼還看似點埃。

黄懋弢榴臺詩

仙人黄金白玉樓,大丹成後方能即。有無況是不可知,中雲半霧長太息。我昔曾行武夷君,遺舟高高封白雲。黄心絳橋雖茫昧,意或來此避囂氛。陶復陶穴是何年,秦中板屋今聯駢。黄生木末高臺懸,太古直擬軒羲前。登臺何啻雲物一,上樹似貪梨棗千。隱避正從日向背,笑語似托風吹傳。從君登臺凌巀嶭,後足初升前足及。仰面僅足胡盧軒,俯身不綽盤旋揖。徘徊墻頭讀大筆,思玄歎世道非一。嗚呼,思玄歎世道非一,惟我與子默默超超、稍學朝冠朝衣膝加韠。

送蔡元履分守荆南

文采英劭絶老蒼,十年粉署兩爲郎。除書一日分南服,開府三方鎮岳陽。滿地蘭風吹楚澤,遥天楓色動江湘。華容亦有先賢跡,好訪東山舊草堂。

伯潤自崇安還

扶桑挂朝旭,夕憇咸池阿。四序有代遷,人生奈老何。城市不相見,忽已三時過。即復爲遠遊,條歸經藤蘿。衡門偶聚首,時光歎蹉跎。觴行無停揮,緩節開清歌。倘有金銅狄,當取屬摩挲。

寄前泉守程公四首

七十年來賦遂初,清詩健筆老閒居。黄山杖屨偏能健,行地神仙太不如。

其　二

溪水新安净可漁,杜門終歲讀殘書。嚇雛點璧從他事,鳳隱龍藏是我廬。

其　三

當年車騎過江橋,頃刻詩成離恨消。促膝分途愁太劇,青山支劒望朝朝。

其　四

鏡亭山隱野人秋,不敢懸瓢擬許由。結構書來捐厚禄,坐令百尺有高樓。公嘗分俸爲余構天聽閣。

題百老圖

翩翩群仙,有百其侶。羽衣逍遥,玉袂延佇。或隮巔崖,或翔神渚。或馭長風,或戲廣野。人貌而夭,童顔若女。夭矯龍游,虚無霞舉。望之可狎,質之無所。年齒既齊,心懷靡拒。層城爲闕,閬風爲籞。蛤食龜捲,石煉金貴。人世所窮,天步無旅。海桑互變,日月代序。下挹晷景,廓焉邈阻。

得孫,蘇弘家携酒來看

天機氣化任人憑,造物何曾有愛憎? 喜至賓朋交集慶,暖來冰雪不相凌。柏椒自愛春宵坐,弧矢偏逢元夜燈。牛酒感君來見賀,當尊不敢遜難勝。

弘家生日,同往洛橋一看,因以爲贈

欄干七百色似銀,遠映泉山洛水春。九月濤聲從激射,千年石勢穩嶙峋。模書碑下人時有,望月關頭客自新。烏鵲欲將持贈爾,列仙行海本揚塵。

迭夫人歌爲陳子豸臣壽母

君不見豫讓報恩妻不識,於陵内子甘辮織。古來俠士本天生,賢配儷偶亦難得。嗛嗛但戀饑與寒,買臣後車堪歎息。讓妻聽夫不問之,所以國士生顔色。於陵亦任辭三公,其名至今尚久特。里君陳公一布衣,要離貫高世所稀。掾曹公府無辟除,以身白冤百不辭。豺虎縱横塞里門,伏匿且有未招魂。公入虎口不色變,回風轉火消流電。只憑三寸一捫舌,不須千騎從酣戰。魯連蹈海義何高,子推入山身豈見! 人生尋常守妻子,骨肉分離憂疻痏。里君有媪聽里君,豫讓賢妻無迺是。君乎垂老復難料,韝鷹檻猿空自嘲。媪復百計求有無,健婦門户勝丈夫。膝下小兒媪所生,翩翩長大遂知名。五上闈中不得舉,射雕射虎皆誰許? 媪來但信蒼蒼天,菽水自甘心晏然,尚欲求詩歌壽筵。我歌不足助子觴,稱引賢媛歌未央。稱引賢媛歌未央,堂北萱花日正長。

林志唯文選潔身亭次韻

洙泗真修自有門,躬行不在飾輪轅。林子閉關城市裏,角巾蒲屨少出里。

覆蕢寧學丘陵山,聞善若决江河水。廣庭舒卷信浮雲,散綺餘霞實至文。便將墁圬咫尺地,東西縱横題古字。看君道力不退轉,一心向聖誰能遣?遠追先民反白賁,近卑俗物攤黄卷。朝衣曾撲長安埃,富貴於君何有哉?魯中一叟我本來,望而不見中徘徊。坐厭塵土千黄金,但愛絲桐七素琴。城外平疇緑似絹,北山青葱開我面。朝暾光射牖中光,宵月明瑩窗裏見。歎世寧狂復寧癡,壺觴酒多第飲之。繁紛聽似惱鵜鴨,冲襟淡虚明鏡夾。傍花隨柳是詠歸,雩沂歲歲春花飛。智無人益心日損,道有戰勝中常肥。與君心耳兩不隔,古人千載地可易。不愁上天靡梯階,只念行地尚轍跡。君乎大鵬搏八極,我願腹下備一翮。聽君講德復譚經,靈心稍比點頭石。

泉山圖歌爲黄參軍題

泉州之山何奇哉,紫帽清源相映開。湧泉如絲出石罅,直上千巘萬壑交瀠廻。雙陽如維柱,九日有高臺。石筍稜稜拔江曲,江水春流如明玉。彭湖遠瀉入連天,前水後水流相續。東湖寬廣四十畝,渟漲演漾含星斗。唐時觀察常京兆,蕩舟置酒延賓耦。洛橋欄干七百餘,兩頭海岸千家居。行人過此如枕席,砰訇下聽春潮噓。刺桐爲城名龍骨,裹青流白高勃崒。荔支不讓興化軍,尚留進貢名江濆。黄生蓮幕一秀士,林園琴書心所喜。到此拄笏望青鸞,馬曹置對時或似。天下名山勝水亦何多,何獨戀此心婆娑。葛彊垂鞭醉習池,陶潛投策詠曲阿。一淹一宿人所懷,何况三歲於此紆青緺!使客畫圖比明月,請我歌詩携入越。豈非好爲廬山謡,興因廬山發越中。自有禹穴與蘭亭,千古萬古留丹青。一見此圖無大笑,東海之鱉來過埳井誇滄溟。

以平自金陵歸見訪

知君意氣尚憑陵,儘可驚豹與臂鷹。俠甚得錢輕處盡,奇多載酒問時應。秦筝西氣應逢妓,吴苑東林合共僧。未拂衣塵先過訪,滿杯濁酒一床繩。

以平携還故劍

舊劍牀頭復破顔,江南遊客與重還。來携建浦深潭雪,去倚崆峒何處山?此日自矜龍作侶,他年空笑繡成斑。酒徒對眼仍君在,一哄曼胡興未慳。

示李生

聖道無二三,異條故共貫。未測一源理,中心徒泮涣。李君昭陽秀,精切會體段。散之或無窮,合則總同串。以此知融通,動居有深玩。尊前倒濁酒,微言竟日旰。所恨飲不多,望我廼無岸。天下行取友,好學忘昏旦。君既遡道源,吾能一言贊。但須勉末途,毋使緝熙斷。

題畫二首

矗矗青峰欲刺天,遠山羅立近當前。平溪出谷春流慢,倒蘸高松翠且妍。

其二

傍岫茅庵小復低,長松匡坐聽風吹。過橋有客來相訪,借問道人知不知?

别李生

孔門論忠信,十室不如己。孟氏闢楊墨,蒿目能言士。宇宙一何寬,誰人猛礪砥?末俗徒曉曉,世風日靡靡。豐城徐先生,力起振頹圮。論學得真源,養德皆實履。遂令山斗瞻,蔚然劍獄起。綏安有李生,望風師遐軌。既厲爲山心,遂踵及門趾。皈依寒暑變,輸灌心胸委。擔簦復泉州,問我到海沚。中懷既迎刃,外聞若印璽。日復歸豐城,再質徐夫子。聖學匪自天,無止在崇累。寄言廣産乘,濟溱以及洧。

寄蔡爾輔

自去大庾嶺,何時可復還?有書遺秀句,知爾憶吾山。槿樹難觀静,梅花未破顔。江南共流水，不隔粵閩關。

黄懋弢卧遊詩

畫壁白於雪，名山隱似拳。卧遊寧計日，了世不須年。聞熟無空恨，心閒即道緣。神州真九點，欲接渺茫前。

春日諸子群集

豈必論交海内新，山中總是素心人。同聲有客皆麕至，掞藻無篇不響臻。菜甲開筵真草草，酒籌密坐好勾勾。暖烟莫負今宵燭，輕雨輕寒是此春。

夜集黏以平家

層層巷陌到柴關，門對高園即遠山。夜雨垂檐乾復濕，春風吹户去又還。書籤隨手抽堪得，弈算關心念自閒。吾道繇來多樂地，連宵佳會破愁顔。

古意寄丁長孺

鳳啄玉禾芒刺吭，十年但飲醴泉傍。楝實可食不復往，甘心岑寂無飛翔。忽然百鳥來朝宗，秋宵缺月明高桐。鳳亦不復來此間，但願四海皆岐山。

詠　朱　竇

水晶四面緑環朱，未見紅衣不作盧。二四以前皆合飲，十三而上豈能輸！就中百戰枚難數，此外雙成葉任呼。既醉空山人寂寂，向時火氣也曾無。

許山人種菽

披衣策杖值開門，蘼畛窪窠已滿園。藝菽即看時及稻，登場應信白過蘩。豳月流甘同食鬱，南霜不隕足供飧。鄰家老叟無恒飽，欲趁爲箕耳熱論。

賦得老年花似霧中看

龍鍾雙袂倚雕欄，老至戀春絶可歎。彷彿緑紅攀尚得，分明鬚蕊辨應難。

輕霞的皪疑翻濕,寒雨霏微望未殘。却笑幻身當幻境,空華四大一齊看。

題僧卷十首

雪山卜室

布金佛勝力,無金佛家風。我來卜兹地,飛雪滿高空。

靈隱標奇

曾過靈隱寺,下接飛來峰。石龕佛千千,吾師但一公。

持鉢入城

壁坐十餘年,不饑亦不餓。我所入城者,爲化衆生箇。

開堂演法

演法與世人,導師廼在我。所驗我人天,曼陀自然墮。

水邊得句

冥意何不會,獨來行水邊。此中有空影,水性然不然。

石广棲禪

古樹石壁側,獨棲無何有。坐看石或泐,法性獨不朽。

大海揚帆

吾讀蓮花經,佛皆住海裏。尚有海中人,獨行無涯涘。

平坡放牧

佛言六畜道,安知非我身?獅子亦獸屬,轉頭即麒麟。

築圃耕雲

空坐了性靈,勤力乃生藷。不圃或不耕,行遭游手罵。

撈潭笑月

潭寧不貼月,月亦不在潭。須知天一月,萬水盡虛涵。

送林維逵之道州省覲

彩鷁迎風去不停,蛟龍宵睨劍頭星。江城錦製看披彩,官舍庭趨聽講經。

炊米陽公留釜杓，鬫租元叟起蘇醒。濂溪更有高山在，爲我低回寄景形。

寄馬季聲、徐興公

憶昔江城夜雨時，燈前酌醴共論詩。羅浮猶發梅花夢，芳躅能忘石鼓祠。馬氏五常今最長，徐家七子久多推。遥知月峽春江急，鼓楫無繇聽所之。

四月十二夜同黏以平、以炳、黄國蒿集王與甫、瑞卿叔侄遽然齋，即席口占

明月照高樓，流光歛殘雨。虚館敞華筵，欣然嘯同侣。杯觴劇歡娱，文字妄標許。廻瞻林木秀，遠望霄雲舉。振響有遺聲，趨庭皆近武。遂聯韡萼華，得此班荆語。四壁客盡寐，引滿余與汝。中夜尚無停，清歌動林楚。

哭　胡　翁

夫子去冥冥，誰當處士星？繐帷成仿佛，藜杖罷過經。鄉里稱遺行，兒孫憶舊形。蘇躭如化鶴，尚可至門庭。

往看伯起病日留宿，次日黏以平亦至，示我道中所作詩，次韻二首

空華漸滅辨青黄，避客簾垂静晝長。陪絶五辛能並醒，待君春興共飛觴。

其　二

朝聞布穀屋頭鳴，欲雨前山竟放晴。行逐忙人有閒句，知君詩思大關情。

蘇　弘　家　園

半畝園寬風自南，坐來手口兩高譚。層軒我輩愁容散，鎖徑他人路不諳。眼忘自青心共喜，花迷紅紫看仍貪。昨宵中酒今還倦，所少未能暢晚酣。

懋弢琴莊詩懋弢著有《琴經》。

世俗名莊墅與林，無君托契遠愔愔。聚園比竹鳳將至，挂壁如梭龍欲吟。

九寡家貧難得寶，衆山圖合動能音。文王宣父千秋意，已著琴經緒可尋。

綵袖圖爲莊太守壽其祖母夫人

綵袖復綵袖，袖綵相綴連。上堂舞閻易，下階翻翩躚。四座賓客騰且歡，聽我高歌綵袖連。惠邑莊家名錦田，聯跗踵武光後先。嘉隆之中方伯公，五嶺鈐轄旬與宣。紫闥結情鬱時棟，蒼梧流譽和風絃。冀畦菜室人尚在，論年去百少十載。師氏誦言道猶齊，瘠土訓家情未改。英英扶牀復繞膝，長沙太守諸孫伯。好爵欲縻天下人，素絲自潔中心質。太守高堂有嚴君，上承慈母先諸孫。朱幡過里拜重慶，壽星襲朗春風温。嚴君爲園但一畝，堂成路熟青郊負。開徑杖藜補藥欄，閉門撫竹敲茶臼。田父泥飲或同歡，貴人下車輒反走。板輿日日奉慈顔，九秋丹桂三春柳。綵袖綴，綵袖連，嚴君綵袖行當前，長沙太守後芳鮮。人間富貴古來有，難如太守美且賢。美且賢，樂年年，陛下三萬六千歲，莊家子母父孫亦如莊生椿紀歲八千。

懋弢廼兄書館二首

弟館在西兄館東，雖殊院落徑交通。高門桂樹五枝裏，同巷荆花一氣中。不釣盆魚強丙穴，聽沽村醞劣郫筒。經過兩憶冬春日，毬繡鷄冠不一叢。

其　二

閉户著書倚藥欄，新成典論姓爲桓。人來穿塢偏宜曲，客到開扉不作難。小忘庭前喧鳥雀，高欣郭外聳峰巒。棲遲仲季雙雙隱，不用移文出袖彈。

興祖重游泉中，席上次呈

朱顔十載逐風塵，乍見翻疑諦始真。酒伴山中初不乏，詞壇海内豈多人。稍詢生事貧如舊，再讀清詩老益新。君道昔遊徐作别，并州客舍意須頻。

祠堂初成，張仲京携酒見賀，諸子同賦

言言寢廟妥神棲，適士官師數可稽。締搆先人心久切，承家小子禮多迷。

堂階升降尊遺制，瓴甓參差取僅齊。杯酒諸公勞賦賀，綿瓜周雅若爲題。

弘家爲先人作集序，秋夜移尊至大筆堂謝之，分得珠字

先子淵源自宋儒，何人著論識潛夫？父書藉子爲皇甫，兒志慚余空獨孤。聖學有門非繡帨，玄言無字不明珠。魚蔬携酒山堂夜，秋色新來海一隅。

青牛出關圖爲洪廣文太守二昆壽其舅氏林應石

君不見關尹堂堂天人貌，垂臂下膝形長雅。青牛薄板聖人來，開關迎拜紫氣赭。東方聖人西方去，苦縣流沙無定處。遂令千載學仙人，隱几倚樹槁梧據。清溪林翁仙人姿，蚤窮墳典探軒羲。比肩遐想英豪選，抗手近與風塵辭。鳳翼驥足不得展，名山名水坐游衍。赤嶺家如赤甲春，應石心同黄石遠。彬彬群從盡時俊，州縣文學並高振。武接踰連氣象新，杯銜屨奉歲時進。姊子二人如雙璧，廣文先生二千石。二千石公感渭陽，獻圖使我歌壽章。懋功燎後思進粥，廣國墜時憶採桑。今日獻圖復獻歌，豈非見舅如見娘？人生倫叙若經緯，兄弟姊妹同一氣。内賢猶子外賢甥，何似當身自榮貴？聞翁老來得少子，岐嶷聰穎復可喜。芳蘭美玉不在多，商瞿況爾未但已。看翁一生孝友人，吉祥善事當集身。道心毁足契往哲，壽祉自合超夷倫。請翁開圖復開樽，深酌大醉歡甥昆。君不見道德玄文有五千，轅固表是家人言。

大椿圖壽次峰陳封公陳之先有名章應，仕禮部郎，太祖美其官蹟，下本州書而榜之。

人生晚節誰慰意，無似封君號榮貴。朱芾家庭宛戀歡，黄紙天門累疊至。郡中陳宗冠冕家，甲科開國首公車。帝命寅清揭里門，芳芬名德垂清華。累世簪纓固不絶，臨江太守何卓軼。棣蕚於翁實賢兄，鳳毛復産翁丹穴。朱旛千騎行雙旌，賢郎三輔兩專城。帝命治兵浙以東，璽書未幾付文風。鄒生魯客繽紛

至,岱宗日觀參差雄。昨來爲郡得恩詔,封翁如官並騰趠。近傳鶴書過海來,正值兕爵稱觴笑。於今翁年政八十,齊眉結髮如疇昔。數過無煩子擊鮮,上車不僕人争席。是日詔書到門閭,滿門賀客盛簪裾。翁獨循墻傴且趨,辨辨不足朴有餘。李翁枌榆老社友,寫圖莊椿爲翁壽。更來持圖問何生,使生高歌題圖首。君不見春卉秋花固不一,香風爛熳能滿室。椿樹輪囷但垂天,更無紅葩與朱實。雖無紅葩與朱實,難凋後老冠山澤。看公孝友自廉謙,萬事稱意心逾恬。何殊椿樹歷炎嚴,色絶紅紫絳與黚。歌大椿,誦耄耋,如翁德福酌不滿,注不竭。賢郎公望若虹蜺,三命益恭禮有截。學翁踧踖過棖闑,賢聖事業總人爲,何有伊周稷與契。此時何生持圖復執筆,爲翁高歌歌愛日。

爲石生題圖壽金中丞

中丞自還閩中節,長向西湖望明月。九還欲訪仙人丹,三疊自契琴心訣。憶公冬官起爲郎,容臺禮樂轉趨蹌。粉署兩曹依日月,青衿三楚歸文章。漢家丞相勢熏灼,枌榆桑梓楚江曲。公心如水不知寒,朱門那得辱白足?世人暫爾味芳荃,久之特節方大宣。藩司臬省歷華踐,彭蠡匡廬窮漢沔。公在楚中行義倉,萬室飽備無嗛恇。樂郊何處鼠不適,淵心總見馬斯臧。公來閩中又一會,犬羊跳梁海以外。曲突預徙主人薪,先聲已走昆夷喙。即今碧海静安瀾,公功不見知無端。蒼生日夜思霖雨,公迺斂跡深泥蟠。公家但在武林口,閩人過者問安否。石生感公意氣厚,千里將圖佐壽酒。純陽先生七尺軀,青蛇膽氣初無如。挂公堂中起顔色,祝公步履健如翼。何生蒙公貽紙書,今來動已十年餘。安得王喬化雙舄,從公歌笑凌紫虚。

贈沈醫士

楊公遊東粤,七日不知人。頗聞鈞天樂,空疑四大身。族醫既無効,僮僕但酸辛。長跽請居士,再三還逡巡。開心忽然來,爲試參與陳。調劑不數日,遂覺减蹙顰。沉痾既已蠲,中氣尚未純。居士復周旋,左右過朔旬。囊中何所有,一片度人春。室中何所藏,琴書雜衣巾。自居心寂然,不受謝一緡。楊公索詩贈,使我欽清真。何年携手游,狎君於鹿麌。

七夕後一日,楊穉實進士來集,詠支機石

天孫支時具,女后鍊餘分。蜀肆非因卜,人間那得聞?隔晨懷漢匹,作賦想靈文。化燕如真舞,還能更乘雲。

爲彭輿祖壽母四首

吳人壽母乞閩詩,道遠誰云莫致之?行篋解包同海物,何須犀瑁始爲奇。

其　二

山鷄澤雉有誰樊,六月披裘到海門。處處忘憂萱草色,江湖芳草屬王孫。

其　三

論歲繇來首姓彭,仙人行地是長生。想應堂北當時樹,霜雪青青號女貞。

其　四

壽母佳晨夕若何,衡門月色素秋多。廣寒最有靈娥藥,桂樹山中不屬他。

送葉箴甫還松溪

湛盧本是蒼龍精,君邑高山此得名。今日臨岐還送贈,他時天路迅長征。

再送箴甫

漳水去求天寳寺,泉山來看洛陽碑。雕龍已結吳門彦,搴荔還尋楚客辭。世亦有人劉識備,予寧知己項言斯。考亭鄉邑高山在,君但千秋篤夢思。

畫馬圖

徐君示我畫馬圖,五花連錢具過都。奚官牽來平原裏,顧盼意與馬心俱。馬行遲遲俯舐膝,尾長窣地紅絲粗。借問此馬本雄俊,胡爲馴習怒驕無?松雪

道人作此馬,上有老樹枝如枯。當是寒盡春尚蚤,四郊未見長青蕪。馬亦調足斂氣息,未肯人立鳴天衢。請待青帝東行日,千林萬樹開昭蘇。此時樹長馬亦肥,蹄輕毛澤空八區。問君千里百里乎?爲君超忽越與胡。

賀林吏部得第二子,子與長子同月日

丹穴應遲産,奇毛必自雙。令晨齊伯仲,燕憙動家邦。桂樹香秋浦,芙蓉艷曉江。尊前挂冰鏡,宴客並蘭缸。

清白豐足圖歌

泉山畫者亦不少,傅君畫菜兼畫鳥。畫鳥已窮羽毛相,畫菜更極蒼翠繞。此圖畫菜意何如,令人轉憶青門鋤。一似蹲鴟葉帶練,一似黄菊葉初舒。上葉青青下葉黄,朱莖含潤紫苗薑。一枝秋花插其中,香風物態紛無同。雀戲蝶遊暖日裏,林園清宴絶可喜。君寫此圖名豐足,我觀其意亦不俗。古人不歲名曰饉,此物同功於五穀。今來爛熳榮我堂,神清腹飽誰禁當?君不見崑崙蘋壽木華青水,嬴賓其遠不可誇。不若開圖緑且碧,吾意與之交無涯。

丘君生孫歌是歲屬庚戌。

丘君生孫求我詩,正月至八詩方成。青陽轉律天地開,素秋流商風氣清。我詩應候亦一歡,況逢合璧蟾輝明。憶君新歲得佳孫,我亦啼聲賀盈門。於今眴笑已慧識,知爾頭角和清温。聖賢可學本繇人,要之陶鑄亦天真。子瞻汗漫應才俊,退之磨蝎罹憎嗔。不知東魯與建陽,何因庚戌同歲晨。曹交擬聖未必是,偶合生年亦可喜。如君世德久應大,中丞合有承簪履。知君令嗣始生日,左史顔公賦賀筆。顔公今歲九十餘,見子蜚聲復充閭。我今歌詩賀令孫,丹穴紫鳳荆山琨。年少飛騰亦轉眼,謝我飲酒健朱唇。

松石圖爲蘇伯潤壽虞崇安來初

崇安先世有謙者,爲大理卿,號玉雪。

君不見玉雪先生舊有名,詩書畫筆流清英。上書言事達國體,解冤釋滯關人情。來初後來復繼起，高才博學無與比。制科射策得前矛，綰符遥向閩州涘。縣中名岳武夷君，仙人鸞鶴日乘雲。朝治簿領暮絃歌，葛洪王喬安足云？吾友蘇生學春秋，好古不與經生伴。泥塗峻坂人無識，南金荆玉君先收。看君帳下有馬融，應知大國弘文風。生今千里致君壽，其意盡繫高圖中。高圖何所有，嶽嶽崇岡河岱久。岡下何所生，高松鬱鬱上青冥。此石此松安所譬，人瞻人仰實其器。峭壁遠有雲霞姿，蒼鱗獨挾風霜氣。他年携置廟堂間，爲楨爲幹一時看。回望尺玉千丈雪，岧嶤不啻居人寰。

賦得梧桐樹别方士昭還客嶺南

詞客清宵别，庭梧月在衣。曉行思露泫，夕憩想風微。海雨枝常緑，南天葉未飛。轆轤秋井意，音信莫教稀。

題三友圖贈湯半刺

張生示我三友圖，寒歲青葱德不孤。嚴霜凍雪日豈少，勁姿嫩態無時無。紛柯自有連枝秀，擢本似同一幹敷。生持此圖何所贈，餘干湯公人實稱。千尋直上高無倫，一片通中皎净瑩。憶昨貳車嶺以東，中官狐鼠威炎風。嶧陽自繞指中絲，湛盧且詘鍊時銅。城頭烏鳴聲喔喔，公來强項折其角。量移雖損官一階，峥嶸自吐氣千斛。壺公高峰峙莆口，半刺還來似太守。琴書簿領明且清，俸錢之外復何有？公乎所至分民憂，吾知借公不得休。不携家室寄官舍，獨倚秋風上郡樓。如公磊落胸懷開，歲寒之圖何有哉。衹今海色湧溟渤，青天萬里月明來。爲公開圖詠此篇，恍如高山蒼幹交崔嵬。

哭詹爾欽司寇四首

城南落大星，卿月下泉明。梁壞無先輩，猷詢失老成。廟堂終闕略，紱冕總峥嶸。正氣乾坤在，乘雲直上征。

其　二

憶昔先朝日，青春正乘驄。貂鐺批近侍，鳳寢慰中宫。屈軼寧辜草，危帆一信風。至今金匱簡,猶載逆鱗忠。

其　三

逶迤衣履盛,强半在林居。德里惟扃户,茅齋便讀書。琴尊心自好,眺聽道寧虚。叢桂山中物,雲天空自疎。

其　四

逐客誰能問,公來謬諦交。清詞追沈謝,命代見繇巢。石鏡無山屐,溪橋空樹坳。雙眸流欲罄,不爲世人拋。

爲陸行人凝遠題其廼祖册二首

人生身後跡,所託在傳志。孝子寫遺容,儼如聽與視。音響雖不聞,形神若爲寄。青天及黄壤,心何所不至。當世求立言,爵里記名字。白華想寧窮,蓼莪心斯萃。我識陸封公,永念嚴君意。賢孫携入閩,復爾出相示。慈孝再世敦,維則古奚翅。

其　二

高士出世心,放懷於物外。本原既中徹,巨細兼包會。以兹大隱人,有時混牛儈。毗陵陸先生,咏詩祖周鄶。臨池縱毫素,游意襄與芾。譚兵得上駟,行醫或下帶。繕生恒自尊,坐隱方爲大。玄牝祖無名,多藝旁沾丐。觀其易簀時,魯叟譬年歲。斯人雖已矣,與我契心肺。

寄酬張紹和

青山多傲意,俗駕寡浮蹤。兩處空相遲,終年未得逢。惟餘尺素在,不數離别悰。開篋披詩卷,塵紛念自慵。

題古松圖贈友

李公畫古松,蒼然如屈鐵。雷雨破餘枝,龍蛟蟠後穴。石笋何崒嵂,歲久亦頑缺。拄撑作氣勢,一似不材物。憶君玄鬢初,印首偶時傑。寶藏韞玉府,微渺洒玄屑。英名方日遒，咫尺高雲掇。荏苒歲華滋，蟻封淹前轍。空餘懷古心，丘壑卷芳潔。用兹持壽君，諒以比高節。

與彭興祖雨中詠雪

江城臘盡雨漫漫，吴客銜杯共笑歡。忽憶劍花飛雪色，遥思楓落阻春寒。陰沉雲葉同初合，重壓梅枝總未乾。蚤歲楓橋曾縱目，隨君鶴氅夢中觀。

山中曉霜

少年客旅舍，淮北屢霜天。老向山中見，寒侵雪後權。鋪檐凝作毯，着地欲似綿。留看層花細，朝光或慢穿。

山中即事

曉起霜嚴凍不舒，無風煖日照檐除。空山遠遠人行獨，間砌依依鳥跡徐。四並鄰稀喧稗弱，一年事畢絶耕鋤。紛囂城闕心塵盡，來守寒窗養太虚。

送童以藩之武平

將軍裘馬歸金闕，初向燕關望邊月。承恩新領武平兵，遥制江閩轄百粤。詩客還思舊酒徒，床頭沽滿燒榾柮。醪水甘分柏葉投，劍霜色逐梅花發。奇山霹靂有笑歌，曠野箐林無戰伐。蒯緱魚館怯征途，知君憶我春溪蕨。

盱江李公歌

君不見盱江李公廉且清，同邑百里聞英名。之官單車人莫識，質訟無鍰民不驚。徵科簿領混尋常，就中教化開維張。邑中一男子，年方十六過毁齒。父老在堂久頓委，刲股作羹籲色起。父口啜羹香氣聞，沉痾吐盡胸中滓。忽然立起如平生，廼知遺體供刀匕。邑南一女子，二八論年亦男比。父母許嫁與夫家，六禮未行從夫死。千勸百挽不可留，他適誓不入其耳。長跽别離決死生，拄地撑天心自擬。二人孝烈人自羡,何况邑中一時見。比屋從來有可封,芳心何必論孤賤。吁嗟古人稱循吏,歌襦詠雉麥兩穗,民豐物足固民天。禽鳥相感或偶然,何如禮義生人心。貞婦孝子懷好音,興仁興讓漸漬深。陳生請我歌李公,菁莪棫樸弘文風。公之得士復如此,一邑盡在春風中。

石　工　歌

何子築祠祀先祖,石工之裔出蔣詡。兄弟四人和且恬,俯首攻作無一語。何子望之心正疑,是何骨肉相怡煦? 何子監工無所爲,徵詩索字日傍午。長者見之向我言,請書泥金衣墻堵。何子顧問何所爲? 願借公文壽慈父。萬曆初年憶治邊,江南無匠可應取。移文直到我縣中,執捶操鑿穿沙鹵。敵臺墩戍一日成,隱人扼馬交撑拄。幕府告身賜冠帶,歸來聊可具賓主。吾父株守不出鄉,但業此工無呰窳。有口逡逡不捨詞,通心直腸悉肺腑。鄉里皆承愛且歡,家計僅充釜與庾。請公予我如椽篇,勝似朝夕饌脩脯。何子聞言心大驚,我所相人真如睹。欣喜贈爾七言詩,佐汝力作勤手股。古來石工亦多矣,跡在人非安得數? 禹碑秦刻饒鬱蒼,驪山未央逼崇廡。王侯第宅開華居,釋道壇塔搆璃宇。誰非石工所手治,顧問姓字兀且腐。元祐獨存奸黨碑,名與諸賢列黻黼。今爾發心孝且友,乞言於我吾寧拒! 待余旁搜圬梓人,爲汝著作石工譜。

鏡山全集卷十一

詩

寄竇可揚廉憲

海内清名竇可揚，千金恣歃玉流方。中懷信皎冰霜潔，外宇還兼蘭蕙芳。學海舊瞻玄岳楚，法星新照武林杭。託鴻寄鯉無他意，道德文章久不忘。

黄季重至自錦田，特來見訪，與到自誓齋中竟日時予方產子。

莆中匹馬到蓮花，百里還來訪我家。興爲懷人寧覺淺，途因好事不知賒。尋山拉我登巀嶪，入室賀吾產渥洼。酒罷清泉還入俗，風雩清韻浩無涯。

壽黄季重季重居黄石山下，其乃公自號黄石公。

蓮子花時江上行，人人歡喜得黄生。未滋白髪三千丈，善破愁心十五城。叱咤風雲從座起，淋漓翰墨使人驚。家尊翻憶論交日，黄石葆祠隔世情。

東溪黄公還山歌

黄公華簪萃門閎，太守爲父參知兄。翰墨諸生蚤有名，字書一出紛拏争。文藻翩翩冠時英，游意古作突縱横。商彝周鼎不易酬，出綰百里分民憂。鸚鵡洲邊漢江口，撫摩爬節蘇瘡疣。是時貂璫横榷税，漁獵誅求何狂猘。千心萬口費調停，强項稜稜玉不劌。拊字自苦無人知，道傍折腰徒易欺。公但脅息不敢言，來作吴門弟子師。潯州冠蓋百粤地，隼旟熊軾黄堂勢。朱絃不改素絲心，寒冰遠絶貪泉意。三年奏最擢州守,彌勒維摩些麽舊。百夷遥望洗瘴清,諸公共竚披雲覯。公廼挂冠忽堅辭,堂開紫帽筍江居。南山學射李廣虎,濠梁真釣惠施魚。問公漢陽昔苦心,世人不知甘陸沉。庖丁刃久無厚見,何乃轉覺冠纓賤。公答我母生我身,一子一母無他人。臣門世沐天子恩,吾母獨未蒙絲綸。古人君羹且思遺,犬馬寸心獨待遂。以此翹首得冀之,杯圈生色光崦嵫。海内才俊固多矣,何必我獨勞恩私? 掉頭長跪乞奏牘,開軒開徑種松竹。北窗静横雙文簟,東山動携一棋局。請公龍蛇書滿紙,示我飛舞開旖旎。暇許棋局幽澗隨,一聽先手或饒子。

紹和挾吴潛玉山人遠送蔣道力太史,
兼爲三山之遊,見枉小集,分賦

思歸遠客駐征軒,送别他鄉問小園。二友一新兼一舊,奇遊非静總非喧。貧家欵借他家供,老態狂餘酒態存。珮劒繡紋藏匣久,爲君拂拭不須言。

紹和小樓夜集分賦

酒罷春山興未慳,圍棋孤燭紙窗燃。小村蚤掩人皆寂,一榻雙栖客半眠。起看滿林流夜月,翻疑積玉皎遥天。高低檐外俱無着,虚閣靈襟坐悄然。

潛玉、紹和與諸公同集,分得書字

北山雨點曉來疎,到晚春烟裹里墟。韭剪燈燒深夜飲,薤吹硯洗小池書。紉荷未厭衰雙鬢,倚玉還看盛七輿。仙侣一時非易集,琴高不羡有騎魚。

紹和自三山還,諸公載酒來看

爾向三山幾日回,囊書便借兩肩來。江城雲滿黄爲麥,園樹彈懸緑是梅。竟日樓端同聽鳥,他年花事憶銜杯。但聞好友芳春至,載酒諸公不用媒。

紹和同集歐陽行周書室

蟹螯醉夢從他熟,竹簡欣攤未厭生。飲酒讀書知孰是,巖花谷鳥總同情。

山鄰茅舍來還少，老謁祠堂愧不成。每憶遺文猶縮手，敢如好事亂題楹。

合　喙　引

君不見吴中司寇王元美，嘉靖之中稱五子，揚旗揭鼓表詞壇，歷城弇州在人耳。又不見龍池處士彭孔嘉，徵仲並軌吴人誇，恭讓淳秀名長者，大書古作流菁華。彭城山人隱閶門，元美學徒孔嘉孫。白雲種長烟璧玉，春風吹徹芳杜蓀。蚤歲策杖遊閩海，十五年餘一枝在。長篇短什清泠温，隸書楷法精光彩。我家一子二十餘，幸免當户樵與漁。邯鄲强學古人語，鉛觚不守諸生書。忽見彭生契投合，鼓掌起舞翻輕裾。携肴移尊不我告，探詩對壘忘歸歟。效顰臭乳豈復論，千金敝帚班璵璠。更向書肆召刻手，深鑱廣布雷門喧。老夫見之一大笑，我起結髮難窮妙。新學稺齒復何如，勇過壯夫狂先覺。刻成問我紀詩名，我取南華合喙鳴。合喙鳴，喙鳴合，江風海雨聽不窮，瑶華留我山中榻。

秋日李祠部園賞木蓮分賦

池上芙蓉歷亂花，池邊小艇穿横斜。傍城高幹逞秋日，卧水卑枝蒸晚霞。舉手欲扳赤瑪瑙，回頭恐失紅磲硨。主人撒網亦隨意，興在雙魚不上槎。

與諸子再至祠部園看木蓮分韻

潊浦廻環貯素秋，輕橈盪漾去還留。芙蓉再至紅寧減，醽醁初開白自浮。風動樹心疑起鵲，雲來波面已盟鷗。登臨不倦謝公興，江左步兵況共遊。

客有爲人邀失期，過我齋中，適有携酒吾齋者，
客因爲詩，遂戲和之

折簡何緣便爽期，吴濃鹽豉亦相宜。蘇公毳飯真成戲，杜子寬杯不售詩。筵自東林從客剩，來如西魄凑蟾虧。相看不約還相喜，只怪車公至稍遲。

送僧之京求藏經

藏經何多端，一生不能了。上書求宮闕，江途輕浩漾。西來雖無□，□願故不小。老作飽經鱣，焚香坐清曉。

歲除前三日至海上，與黄國萵、陳熙甫載明叔侄夜集周士、周雅集雅堂

朝日明郊夜星換，衆賓留我尚未散。集雅堂中有玉昆，芳草久許詩人玩。醉酒歌詩醒復眠，狎妓呼盧夜及半。趁虚晚鬧小村東，名園坐此静囂判。人言笑口良獨難，况有相知共几案。蚌殼明穿綺牖光，蘭膏烟裊華燈爛。今夕何夕樂未央，浮柏頌椒歲可算。海上諸子盛吟詩，文藻遂作大風冠。諧宫謬振鐸車音，截管還取柯亭椽。書册紛披竊酉藏，金石呟嘈留甲觀。朔風凋葉暖與争，青春作花寒難絆。諸子今夕氣詵詵，老夫明朝路漫漫。頭白眼昏實可憐，强起和歌學盍旦。

東石漁磯晚坐

潮落江門尚有風，歸川猶自湧洶洶。曉驚高浪千層立，晚見平沙一半空。淺鹵蝤蛑争出穴，亂流荻葦已支叢。陽侯咫尺看天色，片席終期挂海東。

贈盧人紀居士

古來用世人，寂寞隱屠釣。落落安賤貧，皤皤出壯少。爲乾學天飛，作離似明照。坐令丘中叟，聞風想騰跳。我來絶島岸，乘秋入窗寮。遯世二三子，携手共歡笑。誰意得盧敖，餉損合酒噍。袖中出束書，示我以玄要。易卦通前微，箕疇闡無紹。五行與六子，牝門洞谷竅。坐收罏冶功，一使乾坤調。虞周復中天，致身亦皐召。顧世無人知，翻用資嘲誚。請君守玄經，來兹待海徼。

金門觀海亭

長風乘高秋，來此觀溟渤。不知天際頭，决眥是何物？

重來觀海亭盡山，海中山名。

金門浮絶島，四面斷歸路。候風未得還，觀潮復成趣。惟知天際雲，不辨海頭樹。流颷逝遥雷，跳沫濺高霧。隱滅幻盡山，砰激崩近渡。孤帆歘還行，片筏輕無附。徒聞待月盈，未側歸虚注。濁酒快澆胸，烹鮮喜充箸。陋彼求仙人，三山焉可遇？

贈　曾　邁

君不見黄岐之山羅浮下，榕溪漲浦來交渚。有美一人居其中，讀書作賦無晨夜。青春奮翮上天衢，才華詞價重兩都。雙屐五嶽歷欲盡，芙蓉筆底無時無。昔日負笈來泉州，夢思未斷復此遊。劇譚未得朝竟夕，告别忽已夏兼秋。而今日晚告我去，我復思君向何處？稜稜病骨况斷飲，有酒相對仍不御。君不見鐵橋梅花是何物，天風海雪任飄拂。君遊曾遇野人仙，應師秘訣健充鬱。

壽李同安青岱

玄元皇帝胄何遠，泰伯先生道再興。到縣單車人不識，爲官三載歲頻登。長才遊刃初無厚，雅興弈棋間一乘。今日公堂躋柏酒，難辭但飲玉壺冰。

三君詠有引

郡有三君，我教我治。寮寀之際，翕然寅衷。入則同心，出則聯輿。一時之盛，可以想見。遠在閭巷，竊睹輝光。爰贈小詩，各二十韻，譬延年之詠五君，仿文通之擬雜作焉爾。

太守生白陽公

維南有衡，九疑斯崇。倬彼萬仞，摩斗捫穹。煌煌我君，北平玄風。道州扇仁，延英貢忠。我君爲政，既明以聰。哺啜兆庶，几席耇童。敦廉刓稜，揆道受中。斂煜挹素，捧滿持冲。林林士子，挾厥櫜弓。衡準鑑照，如别稑穜。修閭司瘏,伍井衛宫。互攈干掫,不詰其戎。我君下車,黍稷芃芃。麥苗被田,無止馬舂。我有國紀,年歲委叢。耆舊孔碩,久佚龎鴻。於維我君,畢網並籠。敷采惠潤,剪拂磨礲。我君之政,細大修通。愷悌君子,繄于民衷。

别駕若愚徐公

遥遥黔中,江流牁牂。披毦服毬,犵狫羅獚。雰雰聖澤,溉及大荒。太陽耀景,靡不扶桑。於維我君,系瀫之陽。珠淵折圓,玉水流方。蘭風披陔,鬯氣注黄。有領有襮,截然紳裳。英年結綬,華藻飾璫。君得陽公,爰挈其綱。陽公得君,爰佐其强。帝藉才賢,開鎮海疆。不敢專居,斂躬就行。肅飭儲胥,平均概量。言言廥庾,廼積廼倉。充篤克謙,匪亟匪彭。伊昔南詔,君治宜良。今涖閩海,來天一方。地有遠邇,政並弛張。繄我泉人,受天之慶。

司李金臺伍公

貴竹無諸,若粵望燕。歷險改輿,乘水易船。方域寥廓,希貫華鐫。維此一時,璧合珠聯。徐君司農,君職反平。上佐陽公,和瑟調絃。哲心政始,朗鑒詞先。敷化崇朝,折獄一言。游刃屢借,匣劍無剸。晉水滎山,言武宓單。我君有懷,中美具宣。不撓不狥,解厥弢攣。遠望暢豁,中扣純堅。則是裕玉,秉此芳荃。維竹於今,簪笏聯駢。銛比會箭,侈並淮蠙。我君起家,掇其魁纏。流馥剩芳,可埴可埏。既庇拊循,而沐陶甄。我儀圖之,聲實兩全。

答陳經歷無功二首

足音空谷久無聞,世態人情坐不分。秋草任生今日徑,寒花看發古時墳。山居積歲懷青眼,客到携書滿白雲。府裏蓮花如舊日,何人才調得如君?

其　二

野鶴群中不受塵,歸家屠釣聽天真。泉書雨牘堪稱史,爾雅稗官有此人。吴蜀名都皇甫序,春秋繁露漢時臣。江湖魏闕吾無與,已掩山扉欲廿春。《泉書》、《雨牘》無功所作。

贈朱季長二首

當日天池鼓紫鱗,竟成東海一波臣。百年髮短身殊健,萬卷書通筆有神。

自濯塵纓江口沫，坐淹芒履海頭塵。家兒見説文心上，蚤學任公辦釣綸。

其　二

一區生事鎖寒雲，門對西湖處士墳。久擬卧遊無宿飽，姑從行脚買新文。燈前緑蟻深愁别，山裏梅花賀得君。烟雨江樓吾日望，愚公何處隱晴曛？

長句壽伍司理

憶昔今皇甲午歲，薛公御史行黔中。上書收士廣解額，請以天網羅無窮。此時賤子忝儀曹，覆奏得請垂天高。遂頒綸綍御史府，得以增士抽賢豪。西署朱公大理竇，二公文采希朝覲。列名并請持旌南，行求才俊備鵷篷。維時我公出儔輩，身應魁宿計偕最。文字廣刻薦書中，海内大行炙與膾。湛盧純鉤不自隱，發硎但蚤歷紆軫。鄖子國裏坐比臯，武侯廟前参旗隼。貴陽去天三百尺，崇峰突岫森如戟。朅來閩中看孔泉，下憑大海淩無極。使君五馬一馬驄，公間其中純白良。舒徐容與行步工，四虚八達開明聰。律吹黍谷忽回暖，花種河陽耐信風。臘月梅枝開如雪，公坐海頭望明月。諸生邑子來捧觴，蔡生尤頻奉履襪。令我高歌長壽公，公乎大道久生心，廣成羡門何津筏。

二郎廟看霰

南雪何曾有，况復孟冬交。凍日黯層雲，城隅行林坳。踟蹰古廟庭，擊瓦微喧呶。着地雨氣化，展袛市人捎。寒色有如此，可以罾長蛟。

李吴山假山堂

臘酒寒宵坐未央，主人愛客興難忘。忽然海石生南牖，謂是岷山赴北堂。雜卉霜前深尚軟，明星月後爛多光。懷君後夜棲遲地，小徑層軒曲几牀。

同張紹和看菊

譚詩有客到清漳，開徑看花聚草堂。緑艷風翻交燕紫，紅葩夕噴炫鵝黄。

更闌爛熳增多興,春後護持識費方。笑口難逢兼勝侶,況聞銀椀湛仍香。

謝修之宅新梅

社會經年一舉杯,快抛衰抱向君開。陽廻北陸初吹管,園鎖南枝已放梅。風閣香微還費嗅,月窗影小已堪猜。謝公尤有無窮樂,屐齒春青破古苔。

水陸寺故址

佛劫年多變,禪門跡可知。試看墻外樹,猶有寺前池。祝聖留深意,會僧見一時。王詢能捨宅,今古有餘思。

送祖熙寅之貴州謁鄧道鳴總兵

祖生挺海濱,心尚賢達士。至其有撰述,意合古人軌。毛詩三百篇,往往啜遒美。採薇方自甘,拾糞非所耻。貴筑天西南,欲往須鐵屣。饑飽雖向人,尊樂終在己。鄧公天下才,而實出吾里。□炙子方初,望思予亦始。

過懋弢先人墓廬

爾出東門月屢廻,芒鞋過我歇還來。白楊同倚吟風木,黃菊仍傾應節杯。數畝環門皆委曲,群峰赴海盡崔嵬。秋原寂寂秋雲白,不是玉山態亦頹。

寄蘇伯潤登第

山中野客夢魂清,不問春風有世情。嘉祐忽聞傳世業,放懷驚起吸滄溟。

與謝曰可刑部遊紫帽次韻二首

杖策城西市,君車已出郊。塵埃徒自逐,衢路錯相交。風急憑行馭,雲深探定巢。清詩勞悵望,劇興忍相抛。

其　二

移尊登紫帽,攀塔俯青郊。作客翻爲主,新知即舊交。石泉濺雨穴,谷鳥恐風巢。相對皆無着，塵心已久拋。

何五宅分韻

霽曉雲光廓，佳晨春事和。緑條抽樹幹，紅蘂擘花窠。桂月宵初朏，蘭風客自多。琴尊諸彦洽，不在選巖阿。

同謝曰可賞川茶於李園

宿雨湔雲色不除，春風寧與物情疎。紅葩眼底真何限，緑萼枝頭尚有餘。心遠不殊垂柳宅，林芳還稱浣花居。南州高士欣相對，一片道懷聽卷舒。

同曰可遊延福寺

勝會誰能歇，山游又一時。攝衣危磴上，磨蘚古碑窺。溪雨無多點，山雲屢異姿。更從懸壁眺，山帶晚風吹。

同曰可遊清源山

巖巖崇丘，高賢戾止。岡磐縱步，石液厲齒。液芳比玉，磐遥如砥。暢此遠心，豁然遐軌。

曰可遊泉將别，出漳中諸公贈行詩見示，余展閲一過，卷末紹和齒余，因次和之四首

十載相望渴論文，茅齋一見坐難分。人多寶石寧知玉，我欲爲龍君作雲。淮海濯纓桐柏水，閩山策杖武夷君。就中萬里江門月，不待鴻飛信始聞。

其　二

海内甘從宗少文，朝中不肯對珪分。北山久斷驚玄鶴，西署何曾夢白雲。挂席波濤看拾月，搴芳荃杜愛留君。披裘溽暑何須問，散髮行歌處處聞。

其　三

好少難逢與好文，坐令雙鬢白無分。五湖我得逢龕慶，後世書應識子雲。

莫逆三人成視笑，不知五詠可輸君。泱泱東海玄風滿，遮莫收聲令不聞。

其　四

驟疑絳灌本無文，鬬弈喧枚閺不分。心巧細抽微似繭，筆花亂落簇如雲。周旋難道甘爲我，心膽將輸盡與君。野岸江蒲行信息，苦留香氣不同聞。予與曰可兄恒笑何得吾兩人者爾爾，故有"周旋"、"肝膽"之句。

送臧廷用都閫入賀

捧表新從北極廻，嵩呼又進萬年杯。聖人寶曆彌天算，群后葵誠向日開。久絶飛烟閫成静，坐聽宴語海童來。臨軒頗牧如垂問，更有邊頭上將才。

送張以忠觀察入賀

西曹廿載奉清芬，尚憶官樓賦白雲。天聽忽然高北極，主恩終自煦南薰。遲回宦跡安心水，鎮静邊關霽海氛。金鑑有書將篋去，定同嵩表一時聞。

賀張觀察生孫公蕭然一室，並無妾媵。

坐鎮江城似水清，蘭孫羸得一枝榮。全收紫帽清源氣，遂見明珠碧玉生。欲祝華封家已得，便言愚谷徙能成。羡公當夕虚中寢，頷首堂前漸滿盈。

八月二日晚作

老夫病起步晚凉，檐瓜垂架凄迷蒼。朱斑紫焰復何事，自愛疎陰淡淡長。

約吴門盧一清，莆陽方伯諫、黄子升水亭小集，遲盧不至，同用亭字

九里仙人易乞靈，莆陽詞客競清泠。二君忽有乘桴興，吾老但堪隔壁聽。席上詩篇何磊磊，眼中鬚髮各青青。酒闌共佇盧鴻乙，夕照參差亂水亭。

懋弢宅賦得罌粟花

晴霞一朵泛輕叢，雜卉流英自不同。深緑數莖還嬝娜，淺紅千葉最蒙茸。

實須渭畝煎餘瀝,花借并州剪後絨。胃氣老來終歲健,分明種此領春風。

磁竈吴生宅二首

八月秋風爽氣新,山中日日望高旻。林深近岫青開户,水落前溪淺釣緡。戀酒有招尋作客,披襟一見便相親。翛然素壁心俱净,圖史時時閱古人。

其　二

揚雄初有宅,蘇展舊餘橋。磁竈有橋,蘇展所造。近竈陶烟直,翻車壠水遥。衣冠門族聚,絃弈酒懷消。眺望看星遠,天風信袂飄。

爲一生題卷送楊太守入覲

陽公爲郡簡且稀,九月已振朝天衣。重瞳萬里瞻顔色,黔黎咫尺扳光輝。就中一士踵門請,求詩誦公戀餘景。借問鐫心何綿纏,只云飽德在俄頃。公乎鑑衡無醜好,是非曲直繇人造。太空霄漢高且清,遂令蔀屋皆和平。一人頌聲一人私,萬人合喙萬不疑。揮金却玉不敢進,長跽但請留詩詞。

送翁裨閫歸海上

將軍坐鎮海門寒,浪静風潮碧漢寬。估客挾貲隨去住,何人禁物敢干闌?豈料謗篋移書惑,從此戈船得帥難。三泖五湖原不薄,鴟夷歸棹暫爲歡。

送倪丞廼郎還嘉興

哦松藍署滿秋陰,扇枕初收别緒深。罨畫歸尋書帶幌,無諸去結綵衣心。人如豐歲呈朱穀,文似軍壇掃緑沉。白首相期何所寄,海頭他歲聽泥金。

途中呈紹和

仲冬寒氣變,朔風凄以厲。與子携手歡,廼在征途憩。前驂或綴衡,後軫復聯袂。聚首何朝夕,别思念年歲。遥遥高天月,仰首以長掇。

壽黄儀庭大宗伯二首

鼎甲先朝識聖顔，黄扉公望斂歸還。共尊宗伯三卿月，未立殿廷二品山。屢疏言官皆自伏，寸心憂國不曾閒。方書高庋神應王，况養天倪坐閉關。

其　二

寸草當年戀母顔，告身將去又將還。生來宦况恬如水，老至廷推仰出山。革履苧衣何太僕，膏油竹簡不曾閒。賓朋爲壽歌淇澳，廳事須教莫上關。

送伍司李之西安

秦中自古帝王州，五馬乘風控紫騮。太華終南看嶽表，濁河清渭拊洪流。家居貴筑黔江遠，人過洞庭楚水秋。欲識使君輿誦意，洛橋來往滿歌謳。

元夕觀賽，許真人次韻，戲作

秦風千片射蛟冰，鐵樹遺容尚有稜。禮斗猶疑三尺劍，步虚不用一枝藤。像嚴法馭驂爲鶴，人獻名花爪是鷹。楚俗覡巫紛屢舞，雲中君下滿餚蒸。

元夕後過洪穆菴工部宅，工部見示先元夕之夜賦七瞽踏歌行，次和

人人盡愛春光好，不知七瞽亦忘老。竹林賢者同暢心，襄城聖人翻迷道。兩眼人來百無覿，此生心事朗如晝。萬卷雖難一語通，千轉何曾片譜漏。泉州城内有高臺，葳甤魚鑰七門開。同來跫足聞山谷，相向歌喉逐酒杯。靚妝艷妓華堂迎，坐厭朱門宛轉聲。秦箏齊瑟不復喜，但聽此輩踏歌行。遏響秦青聲益振，矐目漸離韻愈明。一似奏鈞聞簡子，何如終曲賦湘靈？行道偶聞喧自寂，坐客相歡飲欲轟。漫道皇夸堪嗑笑，總識春風不世情。元夕藜燈來已後，陽春郢調和難成。共愛百年人鼎鼎，一從雙鬢髮星星。

戲賦海苔限韻

何物春盤伴嚼冰，海苔乾剪細稜稜。青同夜雨燈前韭，生是扶桑枝上藤。

誤聽翻令疑拗鴨,清齋何似困饑鷹!一經焙火尋堪啜,絶勝烏麻待九蒸。

詠酒龍次韻

葉好在堂爾近庖,吐珠噴霧莫相嘲。已知有口流皆液,誰識無腸酒滿胞?小引輒依吟水調,大樽不慮泛江匏。澄窗吾老頻看易,坐憶乾天有六爻。

許眘夫宅看蜀茶花

照眼茶花艷不堪,蜀山之北西川南。與君對榻開顔色,令我寬衣擬醉酣。晴雨乍來烘復洗,雲霞相絢吐還含。肯分一朵榮衰鬢,誰憶曾抽漢署簪?

蔡忠惠祠

美芹豈必嫌團餅,嘉樹仍聞譜荔支。好事已傳埤雅注,行人還看洛陽碑。魚龍潮汐遵靈涘,蘭芷春秋薦古祠。感慨名流千載意,不徒爲政頌于兹。

洛橋中亭次聶雙江先生韻亭柱有宋人修褉篆記。

天上遥聞白玉庭,朔風吹起戲龍醒。扶桑挂影初無障,海若司潮似有靈。樓外行人亭寂寂,尊前逋客鬢星星。昔賢修褉求題柱,篆筆摩挲眼尚青。

予與弘家過洛橋亭題壁,承安溪鄭明府見和,轉次贈謝

百里提封近户庭,弊風逋俗盡蘇醒。人來佛耳真歌暮,文向羅浮久乞靈。近縣講堂吹化雨,窮鄉按堵静疎星。長虹千里垂明月,江水泠泠兩岸青。

公仕、國蒿、仲謨、眘夫見過賦引滿浮白酒令,分還字

六博呼盧往復還,空時盡飲滿無慳。空雖下手難量腹,滿即浮觴亦解顔。不論玄黄斑駁處,只防先後有無間。劉伶似覺無綱紀,藉此嵇家倒玉山。

詠繡鸂鶒得年字

繡工妙手美嬋娟，蹙出文禽絶可憐。錦羽刺成生並弱，奇毛緝就畫同鮮。色絲雜組真成五，綵縷挑鍼不啻千。雙影徘徊蓮下立，似矜似顧忘歸年。

海棠吟爲兄子九似作有引

兄子九似，廿年前得一子，成諸生而歿，久未子也。冬月盆中海棠花忽爾盛開，遂得子。子出於冢婦，年四十餘矣。

海棠吟，海棠吟，玄冬花開稱我心。二十年前長一枝，二十年後葩繁陰。卑條衆蘖不一發，獨此蒼鬱抽長尋。東皇南陸接踵至，再看爛熳盈頭簪。

至後半嶺巖訪弘家乃郎文焆

遺榮知乃父，苦學見兒曹。素饌供朝粥，青峰朗夜膏。譚戎欲過阮，責儼不須陶。來續佳晨勝，兼看綵筆高。天風吹寥闊，海雨到嶅嘈。明日塵寰裏，禪心空望勞。

曾志甫再至泉中，與諸子宴集，分賦

炎暑秋生退尚遲，君來猶是短裘披。重游城闕知如昨，新得交游又一時。劇興病餘新減酒，名山探後轉耽詩。請看澤雉神能王，總爲天游不受羈。

壽李廣文青精

君不見漢江浩蕩分翼軫，郢中中興毓龍隼。英偉神聖之所鍾，多産傑俊護陛楯。李公亦是執戟家，奇姿高朗精神緊。一生好爵敦詩書，棄擲此物如土苴。雖未青雲盛簪筆，已先藝圃誇瓊琚。苜蓿謡來飯不足，公心獨好如昌歜。標格動操古人風，齷齪一洗師儒俗。坐令馬融與鄭虔，千古高賢生我目。古人去我何遠哉，不有後學拄撐來。乾坤幾何不混濁，禮樂無乃隨坌埃。如公文史窮勃崒,詞源文海相蕩潏。遂令學子争攀躋,坐使吾黨名碑矹。野人見公真會心,爲公進酒壽知音。廟堂掌固方在握,杏壇道德堪自任。

别楊穉實赴京謁選

兩度蓼莪廢講經,七年登第尚袍青。高梧棲日心初切,匹馬嘶風客已聽。遠影長空看度鳥,高天明月望流螢。踟躕斗酒今宵别,遥指河津碧漢星。

曉起訪歐陽懋寅生男,即席賦

老我生男百惱除,華年君況得男初。深山大澤繇來異,名犬呼豬定不如。清曉叩門求一醉,近鄰招客不須書。嚴更呵止無煩慮,日未西斜興有餘。

秋熱呈李明府,時明府方校士

新秋毒熱氣尚煩,林静蒸雲雨不翻。竹露雖時沾曉徑,荷風何處送清園?謝安白粥愁能食,杜甫層冰叫可言。翻憶輪山仙舄吏,獨持冰鏡照詞源。

紹和寄詩賀我得男,而書來得男亦同此月,因次酬并賀。張詩有客到無功酒亦酣之句

論功未敢並驔駸,能事差云可共探。嵇阮神情原托契,劉盧牛酒忽同男。侍中總識孫多葉,充國但誇老尚堪。善頌清詩兼善禱,芬留齒頰漱餘酣。

題節婦卷

松枝翠壓寒冬雪,竹葉青垂朔風節。窮年寧復恨高天,貞心但取照明月。吴琴越瑟不能緩,秦箏燕筑清歌短。杞國原乘柏木舟,趙家那數夫人管?

棋師詩三首有引

林居無事,弈客頻來。有同安張楙仁,新羈而先道,而四明李廷倖與黏以平

時時携枰就余弈也。席上作《棋師詩》三章,一贈張子,一贈李子,其一自貽。以平素呰予弈,末兼奉戲。

吾郡陳堯老弈秋,方岑海内舊相儔。此生忽起成高躅,一局真能洞兩眸。妙在貫珠聯後得,長于算子罷時收。輪山芒屬來三日,好事諸公轄屢投。

其　二

勾東李子與吾遊,一客泉山已數秋。輕似寒雲初離嶠,密於春雨遠盈疇。熟圖饒減方先下,重計輸贏未輒投。深夜小堂雙燭跋,更能引滿動詩喉。

其　三

野老平生不自謀,每逢棋局殺機浮。先鋒信奪輕趫氣,坐隱認輸仔細籌。有日拳空張兩臂,亦時席卷破千愁。獨餘城北黏居士,不許登壇印取侯。

和懋弢賣田易琴詩

孔谷不須還去軫,舜田從此易高風。春秧穲稏緑稱綺,野燒崩騰爨得桐。不復登場驅聚雀,但來揮手送歸鴻。成虧總屬無端事,盡付昭文一鼓中。

送黄煜入粤

莆口懸年久,江門喜復來。欲知馬首路,去入羊城隈。春鳥醒鄉夢,山花足客杯。懷中漫滅刺,醉嬾爲君裁。

張鯤水廣文招集城東樓

折簡頻辭罷勝遊,華筵真恐太綢繆。果然苜蓿盤虚爾,况是杯觴醉未休。望海方知鯤水大,看山恒見鯉城浮。雨餘毒熱兹晨甚,清泠因君更滿樓。

上故廣文陳伯孝塚

何事殘陽挂一丘,廣文地下憶風流。塵封遺草平生篋,宅换藏書何處樓?雨後桃花雖破日,風前松葉易經秋。低佪横灑澆杯淚,安得頻仍到塚頭?

謝修之偕公仕兄久别，此日復聚共吟

嫌余留客少，念爾别時長。伐木聲何遠，擲金韻未央。輕花紅小雨，新樹緑高蒼。貧舍真無有，惟餘酒數行。

歐四、歐五丈宅觀陳學玄、賀又新對弈，用江字

陳翁雙眼洗秋江，賀子澄心明几窗。棣蕚春風相自媚，雌雄永日不曾降。辭壇只道争千古，國手寧知有一雙。苦思看餘同是幻，欲將醉態付銀釭。

二月二日過李斯成山人宅，次韻。俗以是日爲土地生日

故交門巷滿烟霞，新舊何論異孔嘉？偶值芳春游欵欵，恰逢五祀祭家家。山中引水祈栽稻，湖上開園祝種花。逋客四娘斟後酒，席排餳粿截横斜。“四娘”出陸放翁詩。

答林公美

旗鼓當年羨築壇，老來但愛酒杯寬。書成錦字知何意，詩滿瑶篇和最難。都嶠仙經游篋秘，胡公山色捲簾看。江城翠雨無時絶，獨坐懷人暮轉寒。

壽李臨高

同榜弟兄四十年，繽紛白髮盛齊肩。如君出牧多令譽，垂老承家有後賢。下筆箴銘盈几案，平居食息慎籛鏗。人生遵道彝常域，混沌未開自有天。

讀黄大司馬紹夫五日觀競渡詩，次和

明時未許學巢由，公自山中賦急流。碧岸鷺鷗孤艇狎，烟波風雨一尊收。鳴橈逞捷江聲壯，鼓槳翻濤水力柔。群從能詩凡有幾，憑陵佳興壓陽侯。

中秋夕，蘇六安年兄園亭陪黄紹夫大司馬時正苦旱。

假山窗外雅能幽，曲沼橋頭淺尚流。烏鵲無枝天闕迴，魚龍不夜海門浮。時瞻雲漢方思雨，人佇蟾華亦愛秋。况值東山陪謝傅，酒杯棋局動淹留。

懋弢席上賦得園中白蓮、白金鳳二花

一點紅心緑作裳，藥欄盆沼澹相將。夜深月出渾無色，雨裹雲垂但有香。雪片團團擎檐蔔，銀花若若串玎瑺。主人心相俱明浄，對此應如白玉郎。

黄鶴仙人歌爲倪丞壽其陳令長尊人

武昌何雄哉，河漢萬里從空來，三十六磯水瀠廻。翬飛井絡何周沓，俯視城郭如浮杯。黄鶴仙人時來此，鸚鵡洲前漢陽水。黄鶴飛飛無定倶，仙人騎來東海隅。木公爲父金母母，武夷廼是彭籛雛。武夷暫住武夷山，彭籛省視開朱顔。沆瀣天高秋氣清，芙蓉黄菊掃門迎。海門空闊未可以徑度，躝跚班綵聊此駐霓旌。城郭人民本欲界，大丹普餌肌肥輕。雞兒倪君愛仙侶，欲詒烟雨江樓紫。何生且唱黄鶴歌，二山爲壽能老何？

寄鄒德輝司李

鄒公案頭釋丹筆，讀書翻卷無暇日。譚天繼飾龍文雕，吹谷自滿黍風律。古人入官兼學古，今人入官但紆組。未論蔀屋有察眉，何况藝林争繡虎。南劒灘頭南劒山，公今憑軾來其間。黯淡夷平殺湍勢，九龍蜿蜒開山顔。飲冰茹蘗書滿腹，尚擬辭官向山谷。宛若李白入匡山，一比魏萬歸王屋。公道强勉學江都，我言游刃公垣屠。一簣九仞在彷彿，古來賢聖真令模。

寄劉懋學懋學參政四川，撫治松潘羌夷，其起家新都令。

故山寂登聞，萬里承芳訊。素心具疇昔，華貫已高峻。會知憫默深，料得聲名震。西川仰賜履,新都憶發軔。在昔撫花封,于今表岳鎮。西竺佛國土,梁州禹疏濬。松疊蠻族屯,漳獵虜門墐。碉房窠似蜂,綽領冠比駿。非君宏紆謨,安得静孽釁?事在衣裓初,名與岷峨襯。白雲省署遥,青春韶光迅。古詩誦蘇李,素交尚廉藺。高文猶着胸,餘生但看鬢。願君崇明德,不損爲山仞。

送陳令尊甫還楚

欲將治狀問趨庭,太史真人奏有星。爲吏果知真不俗,生男何逌有寧馨?一來官舍香聞荔,此去江船實問萍。鄂渚柴門非久閉,漢家掌固待傳經。

水陸寺重修,余輩開詩社焉

放生池裏養龍魚,池水平填寺寄居。梵唄稀聲僧欲散,法壇門敞徑新鋤。客來茗饤開新酌,月出循吟步廣除。吾黨歲寒相媚意,頻時徑過莫躊躇。

寄黄孝翼

吾老論文久失權,翩翩才藻盛齊肩。孝翼於今吾再見,文采風流正妙年。

送楊子聲還清漳

求友清源共讀書,窮年方計還敝廬。山中縱有梅花發,寂寂柴門賦索居。

蔡爾輔、姚孺初、葉穉勳、郭聘卿、洪爾蕃、林玉卿集予館中

蒸餾爲羞芋作羹,柴門只此是逢迎。諸君鳴矣嚶求友,野叟跫然足聽聲。道貌天形渾意態,文心詩思各功行。寒窗獵獵燒燈夜,相對聯床不世情。

和弘家鳳笙曲壽李祠部慈堂三首

黄龍溪頭水如銀,吴家桃李開青春,來偶李公稱如賓。稱如賓,鳳鸞舞。躬

紡績，治棗脯。

其　二

賢臣聖主頌王褒，翁媪堂錫芾與袍，高堂雙壽未二毛。未二毛，玉相映。萃福祥，集善慶。

其　三

百年九十過青陽，華堂慈母專壽觴，班衣綵舞爛輝光。爛輝光，坤厚載。姥爲星，童如海。

蓮花山次韻呈傅則及年兄

十月江南暖未寒，天風吹散酒杯寬。近巖歷歷行皆盡，細磴徐徐步不難。山下久看終是夢，老來新到劇爲歡。如君況是依林住，願向青溪傍釣竿。

山中題野人壁二首

野老何修是福堂，但能孝友便慈祥。墻東日對前山色，看領諸孫向日光。

其　二

臘月竹林秋稻熟，蔗漿收圃磨黄犢。鄰翁相訊何人過，白髮先生來此宿。

送曾舜徵運判二首

措大終難守故園，鹽官亦是聖朝恩。遂離衡嶽新山徑，來到無諸舊國門。葱嶺西天探法旨，杏壇東魯證微言。吾兄有此同歸意，行見精醇不露痕。

其　二

蘭省分携二十年，祝融記對酒杯前。東游保限烟霞氣，薄宦聊分月俸錢。梅蘂共看休待驛，鷄群暫混亦歸禪。古人努力期明德，何況相隨已白顛。

林彰德以牡丹花勝畫圖集句見貺，山中口占賦謝二首

南天春色牡丹初，剪綵真花却不如。江城滿把梅枝發，不及莆陽一紙書。

其　二

紅泉翠壁老蒼蒼,集句題詩宛盛唐。殘機碎錦家家有,誰解成文合七襄?

題李廸群鹿投林圖

群枝無葉鴟啼飛,野草寒泉日影微。角下懷瓊班帶索,相呼相召警防歸。

贈　掾

不向南山與北山,猶能涉事到人間。曩日功曹今郡將,三語應聞臺閣還。

携酒與諸子看李園芙蓉

紅花白髮豈相宜,共約扳條莫折枝。賢主未論觴有佐,濁醪先遣杖俱隨。年年飽看人能記,樹樹難弢客不知。但愛吾儕長健勝,芳園佳事每淹遲。

秋日諸子來集,賦得催菊詩

今年少雨秋緩寒,菊花未得滿把看。欲以主客一杯斝,速此黄白千琅玕。蓓蕾一時已意態,紛披何日開瀾漫?座上清吟或變徵,無庸羯鼓動江干。

潭陽江公詩

江公持直道,骫髒逞末俗。既饒理人術,復富籌邊局。播酋囮海龍,腆鮮螫蠆毒。問罪稽天誅,負嵎恣兇酷。當其首難時,朝議弛鞭督。公獨明不軌,所期加矛鋈。魚鱗雖釜游,羝角已藩觸。屏星方在萊,羽書遂赴蜀。上將佐指揮,小醜就拲梏。獻俘携臘鼠,揭籠靡亡鵠。投杼甫錦貝,迎門賦僮僕。至今泉壤間,寤嘆寄芻束。

爲涂生題圖壽詹翁

誰圖歲星獻壽者,涂君上舅六月夏。涂君令舅詹老翁,司寇爲兄父驄馬。

紈綺久絶世俗態,交游盛有文章雅。爲惠布德口不言,傾囷倒囊中如瀉。公事未畢不飲食,黄金一諾重輸寫。即看樓櫓刺桐城,垣墉高壯儷臺榭。禪宫梵刹野人居,畫廊矗矗森瓴瓦。四郊行人度枕席,飛梁扶欄百道灑。槐市雍容庭牖開,學徒濟濟來户下。扶頹起墜皆翁功,居人行客忘陶冶。如翁弘願發一生,祇園布金世尊捨。蹲鴟自飽儉素封,令翁爾爲面且赭。吁嗟人生貴有益,方見度世不虚假。歲星有無吾不知,如翁乃是歲星也。

張鯤水廣文以詩見貽,兼期小兒春闈之捷,次答

蚤歲中原建旆旌,無那卞璧罕知荆。新篇白雪修詞古,雙眼春風對客明。道過羲皇如鄭老,教尊忠孝是陽城。小兒未遂經書學,尚擬臯皮聽講横。

小餉張廣文輒承賦謝,次答

村酒難濡子敬氈,娱讀聊將佐孝先。匡坐高城還舊雨,懷人芳草是春天。忽傳秀句千山緑,頗怪躭吟兩鬢玄。垂老交游長寂寂,得公把臂劇相憐。

傳則及年兄館中

華館何時闢翠嵐,十五年來我始諳。官輕皂蓋二千石,腹飽道經三百函。飲酒何曾嫌客醉,圍棋只勸戒心貪。相看兩鬢誰先白,羨子青牛似老聃。

次弘家韻壽林登卿太守

公子大夫肅廟年,股肱出牧頰兼顴。狼山瀕海民稱母,薇省分曹署屬仙。春色遍行臨汝郡,頌聲滿播九江船。兩麾出守餘朱紱,自返初衣未白顛。意氣延津三尺劍,文章華岳一峰蓮。珠知形穢玠在側,巷絶人居叔出田。退筆一生凡幾許,新詩至老尚聯翩。初陽五後還添縷,七百二旬始到籛。坐看青山常得得,若存玄牝足綿綿。鄉名君子人皆拜,會舉耆英世久賢。執贄翻思年少日,銜杯來賀此時筵。共言天子曆爲萬,坐見先生算且千。

賦得春山欲雨

群峰四望不嶙峋,但見天低雨意新。廿有四翻初變信,百餘五日欲紛人。林枝滜滜看先潤,雲葉垂垂望恰勻。魯國此時離畢月,憑將詩句測高旻。

童將軍祠修禊

古道東門百尺臺,將軍遺廟向城開。同人笑語恒相聚,勝日尊罍此共來。地去水濱惟咫尺,春深雨砌滿莓苔。秉簡賜浴千年事,但到芳時興每廻。

簡林宏伯

采采方韶歲,翩翩雅父風。心期俗跡外,夢寐古人中。越境游非遠,踐巖興不窮。貧家有斗酒,待爾激玄衷。

賦得露氣聞芳杜

輕舟遥夜泛江湘,江畔蘼蕪楚澤長。清露客衣沾不徹,微風水氣送相將。馨浮豈逐流波散,芳遠難將曲渚藏。吾道中洲留未蹇,美人清夢繞河梁。

送黄懋弢爲五嶽游

挾筆游五嶽,琴聲何處發?持此太古心,青天望明月。

雪　峰　院

楊梅峰高插天半,山腰白石交凌亂。世尊毗邪有此閣,三乘辟支如是觀。烟開天雨曼陀花,山色溪光錦繡段。方丈能容一卜居,禪心不動流年换。

分　　菊

土氣暖相熏,根苗亂錯紛。欲看秋後品,須及雨前分。吾老真無契,陶情似有欣。庶幾籬下採，仿見山南雲。培穢應多有，疎株若待耘。受風同廣莫，數月可英芬。蚤起須防虎，高抽聽及麞。淋漓儲斗酒，綵擷預山裙。

凱瓊館詩有引

蔣中葆尊甫分鎮瓊州時有征黎之命，尊甫屬在督餉，中葆以此名館，蓋歸禾名書，獲狄名子之意。

丈人海外師千里，孺子城南宅一區。不藉書堂名搆肯，長懷瓊管託庭趨。賈捐之議棄非策，李德裕孫入會圖。銅柱功勳今好立，漫勞戒子寄天隅。

待月詩

精魄初遥海，長光忽射江。乍知騰玉闕，不久到蓬窗。息熘明從特，看身影欲雙。徘徊無寢意，清興罄銀釭。

徐興公自漳返福，作詩送之

清漳合郡醉衣冠，爲得南州興劇歡。自有蒹葭形座客，第無苜蓿餉園官。長裘熱甚貧還着，短鋏星高笑不彈。至此苦留還欲去，荔支明贈一途丹。

許眘夫有小園夾在開元寺中，名綺雲館，五日集客分賦

園當古刹佛壇重，屢有山僧花下逢。一片綺雲明月地，數章喬樹雪山峰。圬墁經始觀初改，亭砌仍前力似慵。不用津頭觀競渡，尊前勝友盡人龍。

夏日餘姚徐翹、沙縣趙孚順集鏡山亭，得林字

不是藍家荔滿林，亦能飽客坐崎崟。聖人徐邈少時中，孟子趙岐千古心。同以越鄉懷褐玉，直爲出谷聽鶯音。山亭暑雨煩蒸甚，相對清風豁我襟。

送趙孚順還尤溪四首

賃廡靈臺已數秋，擔簦復向此中游。翻思黄幹朱門日，未見朱門寢不休。

其　二

公山自古産大賢，道德文章百世傳。當日新安猶寓客，維桑今屬阿誰先？

其　三

太素山人田秬山，詩名吏部鄭公間。今日靈蛇君在握，晶光閃爍艷朱顔。

其　四

文采翩翩兩鬢青，陸機王睐等年齡。君鄉亦有延津劍，爲雨爲雲上杳冥。

林中丞宅上靈芝詩

夫子辭朝列，葆光如兒嬰。砌上青苔厚，階前碧草生。當庭謝屈軼，拏舟攬江蘅。誰謂九莖秀，發此三秋榮。披經徒有載，畫形亦但名。紋璇玉始雕，卷舒雲未平。掐之初無根，扣焉若聞聲。賓客競讃歎，主人開心情。榮華與壽考，慶集非一評。耆欲固有先，將興自呈禎。瀰淪亘無垠，斂在方寸精。

送洪爾蕃之京二首

聞詩昔聽毗陵雨，射策今懷上苑春。弓冶家風原有舊，琴書世路豈辭塵！人倫欲友上京盡，紙價將令洛下貧。風雨薊門如有夢，能忘石鏡素心人。

其　二

與君行止各西東，聚散無期似電虹。詩卷千山杯裡月，征輪遥夜海頭風。一毛有鳳原稱鳳，其羽堪儀本屬鴻。再續雪樓多少賦，寄來新雨對梧桐。爾蕃家有雪樓。

埔　塘　庵

草草行村局，頻頻問里鄉。跳波知獺窟，歇廟得埔塘。看客喧童子，供厨借佛香。庭前雙小塔，色相亦蒼蒼。

將至崇武，祖希寅候我十里之外

行游海岸亦山陬，薄暮微茫指戍樓。短策未嘗離崱屴，孤帆若可至琉球。

雷霆簸蕩鼉鼉窟,沙月清虚蟋蟀秋。陶令門生能爾似,藍(籃)輿直待野橋頭。

龍　喉　山

雕龍自古諸騶奭,天下善畫陳所翁。岞崿如何有此石,掀張直擬排高空。神姿全具脣喉吻,生態久飽雲雷風。便傾海水净洗滌,就中澆酒開吾胸。

青山廟

廟祀漢末將張梱。梱殁,葬于惠安縣治堂。太平興國中,開縣治得墓,有銅牌,載"送我上青山"之語。邑人從之,併徙銅牌廟中。國初,倭夷登岸,誤以爲金,載之歸,中流船没,牌亦失之。

遺廟向滄溟,風濤對面生。海門須有捍,漢將舊知名。碧砌滋苔蘚,陰廊畫鼓鉦。銅牌金碗似,温嶠待犀呈。

林 三 教 祠

蚤歲挹春風,今來似夢中。門徒人尚在,遺教世俱宗。會道真精意,衛生亦有功。徘徊疇昔意,衰白歎愚蒙。

贈 胡 埏 三 首

靖海將軍有世風,神駒出地已騰空。隴西欲笑當户李,未大先人猨臂功。

其　二

方今羈貫雅能文,欲向金門紹世芬。南邊北塞方多事,弱冠英風好出群。

其　三

昨探龍喉從我行,撞鐘考鼓走縱横。山陰亦有長驅道,只在先鋒破百城。

風木圖引有序

銀同洪君儼咫製錦名邦,剸犀水國,人歌其德,天限之年。其子朱祉將游都會謁諸名士鉅人,摛爲文詞,以載其美而志其悲,圖曰"風木",命予引之。

昔者吾先子,爲圖名風木。上希負米悲,下師抱樹哭。歲久我心悠,抱卷子來觸。茅廬擁衰疾,手足如拳梏。强起看子圖,雨淚滿山谷。念子先大夫,百里分民瘼。載星恒出入,盤錯靡不屬。瘁躬人隱紓,勞志天神斫。匪但囊絶金,亦且地埋玉。執手阻綢繆,訃音來寥廓。不知蒼蒼天,何以禍不穀?不知重重泉,何所開面目?夢思既無常,歡情終難續。美哉王哀心,廢詩人不讀。子見海内人,應同性動覺。豐山有霜鐘,相憐非予獨。

鏡山全集卷十二

詩

萬曆甲寅七月八日，偕許日都、温如珙、如琺、兒九雲來游崇武。次日諸友翩來會聚，遂以十二日開講崇武署堂，次日開講城隍廟。集者十有六人：千户黄懋絢、徐夢陽、朱孔陽、祖熑，諸友卓應繩、甘棠、陳敬瀍、王道源、陳麗明、戴亮禎、張世禄、陳于舜、祖焥、駱日高、經應第、胡埏，諸友以爲海濱勝集，令予識之朝陽樓以示來者，并命詩之

我登朝陽樓，大海何渺茫。徘徊發慨慷，斯道如望洋。安得同心人，相與乘舟航。翩翩二三子，胸次森開張。攤經窮篇帙，析義繼晷光。跗注有君子，亦來集講場。居人來俯聽，亦謂非荒唐。方知聖哲緒，可比中衢觴。願言勉末力，秉德希乾剛。

初詠明月，既廼不爾，用穉勳韻再賦

初疑月滿林，雨歇尚雲深。大地猶明隱，遥空但爽森。扇紈時掩面，臺鏡未安心。吾欲催先甲，前期放朗吟。

客至飲新炊酒

糟花雖已清，濁氣尚未明。信宿方爲米，逡巡已滿觥。家貧儲盡出，興到飲俱傾。涎口猶車上，新名况麴生。

八月十三夜玩月

雨散雲雖薄,終無滓太清。桂枝看漸裊,兔魄望皆輕。預卜中秋意,先開劇飲情。文園雖渴病,不敢問金莖。

贈林玉卿

擔簦來別郡,游泮遂越鄉。求友如遷谷,爲文復擅場。齋頭論夜雨,匣裏穎秋霜。萬事須年少,看吾鬢已蒼。

送黄纓貴之建昌

老夫終歲閉柴關,何意君來問鏡山?自笑書淫長作蠹,愛呈詩句請人删。方來海國看明月,忽向江城悵别顔。盱水賢藩今兩世,淮南叢桂定須攀。

送林中侯再往南都二首

林生富古文,讀書開明聰。兩手捧一腹,出游大江東。高文難掩藏,遂得交諸公。鍾阜鬱崔嵬,曠焉披心胸。吴王姑蘇臺,撫古懷無窮。一去十五年,執經馬扶風。吐論今時選,秉道先民躬。兹復别我行,衰懷感忡忡。何時春花枝,照我山中叢。

其二

吾子開行篋,示我詩盈卷。縱目吾已窮,寓情故不淺。置之時輩中,誰何孰能辨?子尚再三叩,欲求韶盡善。昨日拔木風,茅屋皆吹捲。飛瓦若轉蓬,舞椽如敗軫。仰視天漢中,孰鼓孰披皽?正合南華經,可指亦可踐。風後雨大至,海水復漲演。平地廓巨浸,洪波壞高巘。屋廬蕩其中,有如甕浮繭。消落亦從我,畚鍤誰能遣?二災澒洞來,萬室憂心殄。顧其所發舒,足譬文章變。噫氣九竅生,筆潤九里遍。氣格故高張,光怪亦邈緬。誰能大鼎中,彈口嘗一臠。臨岐贈子言,庶以資輪扁。

蔣太恭人詩

不共龐公老鹿門,獨留孤月照黄昏。曹昭别有東征賦,杜泰居爲南鄭尊。晚詠白榆還獨健,蚤乖青鏡了無痕。板輿自笑潘生拙,翟茀何如盛錦軒!

黄大司馬遊石佛寺有作,次韻石未鑿佛時,屢有夜光。宋朝高僧募意匠鑿之,與約但欲精緻,不計直,錢將以斗量,石灰就日亦計斗量錢。久之風颺,僅存石灰,量錢計直,正當每日三分之數。

妙相應知法益尊,點頭只少石能言。吐毫金色宵時現,量斗石灰風與存。真以鷲峰窮地軸,頗疑箭括達天門。裴休别有禪經解,擬叩玄扃得細論。

壽許鎮江

不戀潤州五馬車,乞骸加秩帝恩遐。二難藩臬榮當日,群從風流萃一家。雲寺霞標看涌塔,潘山月色載浮槎。明朝又泛重陽菊,共醉衡門滿把花。

王伯輿久不到城,偶來,喜賦

山人衹合在空山,君亦躭閒便得閒。龜手不封真有分,鴟夷無計晚知還。入城忽喜龐公至,出郭遂令杜甫慳。今夕陌頭須共醉,茱萸莫使擅名灣。

秦伯起比部、駱尚孺孝廉見過,得霜字駱,惠安人。伯起時方患目。

詩如秦史鳴秦玉,人自錦田佩錦囊。二仲來開三徑益,素交勝於八行將。聖人何止徒爲腹,酒客漫云有别腸。風雨菊花還被妬,虚擬烏夜一天霜。

曹生行

曹生廣陵來,劒帶豐城氣。袖出豐城書,故人千里意。長揖延曹生,東序就賓位。稍具寒温詞,漸得平生概。四座且莫喧,聽我歌曹生。曹生家住晉陵城,梟獍入巢啄雛嬰。白日殺人不顧死,稍加忤意心怒獰。生二十餘攬書史,不識門外陌縱橫。安能妄學朱家魯,與探赤白分杯羹。韝鷹檻猿宛轉見,畫地刻木誰能辨? 吁天搶地莫可云,長溪邊城備征戰。虎豹争磨吮血牙,箐荆來刺發紅面。高句驪人方中倭,裝腰抹首行負戈。徒步直奪大于浦,歸來坐酌金叵羅。高麗人名大刀、大刃曰大于浦。大軍從入山海關,遨遊塞上不知還。邊城旅客人皆識,幕府諸公坐可攀。生念佳兵故不祥,何如十指生黔蒼? 難經本草横胸腹,小嘰大藥須毫芒。邯鄲洛陽隨所至,帶下耳目無名字。生尚鬱鬱未開心,追歎逋亡一生累。生不見古來真丈夫,横遭戾拂無時無。生不見世上夸毗子,生前繁盛死汗史。勸生但養一生心,袪遣忍辱開滯淫。鴻濛象罔渾沌活,廣成羨門安可尋?

攜酒看弘家生孫弘家廼郎京師驗糧所得。

驗餉廳前憶昔游,鳳毛同看産丹丘。翩翩文采珠兼玉,滚滚佳兒公與侯。人有高堂榮再世,喜如暖氣襲重裘。他時長大應傳説,今夜燈前醉白頭。

十月望日,黄賓寓攜酒其伯父參知園,得咸字

夫君生黄氏,不減阮家咸。諸父園攜酒,先期簡發函。寒聲高木起,春意小陽緘。今夜望舒蚤,晴窗暮已銜。

示然上人

維摩初出家,乞食舍衛城。所爲如凡夫,何足爲重輕! 一説不二門,方知聆德聲。其再示問病,一室坐縱横。復知法力大,遂使世人驚。奉告諸桑門,所重貴精誠。

贈僧

古重白足僧,今重黄金地。若無黄金心,自多白足意。

贈南昌魏孝廉

魏公長南曹，昔予濫朝紳。雖未覩丰容，仰止良殷勤。緊公隆慶初，上劘切楓宸。勸請視經筵，儉止買珠珍。南曹有奏章，北曹當覆陳。予備刑曹郎，起草屬小臣。於今廿載餘，問公已沉淪。遺風想耆舊，何啻星在晨？伊君鳳毛秀，來此閩海濱。開函示瑶篇，焕若披陽春。箕裘信堂搆，意氣何嶙峋。斯文吾老矣，盛德君方新。杯酒立須臾，悵焉望清塵。

題山中人館

亂山叢裹有人家，偶爾行來看曉霞。老兄領弟同耕讀，栽竹前崖後種茶。

乙卯正月三日表侄林維清宅曉起

夜卧不覺雨，微聞打瓦聲。村虚傳犬吠，山遠透鷄鳴。世誼敦親喜，韶華益老驚。八年方一過，風物舊時情。

人日，謝氏群從招同維清飲雙髻巖中，是日立春

寶樹諸君同致客，立春新歲日逢人。只須臘酒陪花勝，况盛椒盤益菜辛。階下峰巒俱嵜嶁，天端笑語最嶙峋。醉餘石磴徐徐步，畏傍高巖似捨身。

春日訪謝偃師，翻擾盛饌

陶公户外五株柳，君自門前十丈楓。半畝石田僮自力，一宗茅屋巷相通。年高白鬢身還健，道在青山興不窮。求友盛筵翻過費，醉從倚杖聽東風。

余過師尹兄田舍與王應元題詩十七年矣，而劉公可和詩又不知何年月。乙卯元正道此，感王、劉之淪謝，歎年歲之不留，再題與師尹，當同此懷耳

田舍題詩十七年，王劉異物兩凄然。當時諧謔今何得，搔首從君看遠天。

再題師尹田舍一笑

詩書壯業老青山，厫口開封久不關。莫怪人情厭貧薄，坐來鳥雀少過還。

贈唐生奉孝

唐生客塞上，志在清邊塵。仰首看胡烽，撫心思突薪。壯遊無所建，萬里長苦辛。忽作乘桴行，海嶠問波臣。衣屨何蕭條，清漳訪故人。故人倏已死，淚下沾衣巾。偶來到茅檐，吐論何嶙峋。吾徒二三子，涣如披陽春。清尊未及終，告别在明晨。俯仰有陳跡，君當懷席珍。

古意三首贈沈介菴

少年十五時，嫁與東家王。稱詩詠淑女，習禮明貞姜。宋葦重興思，秦鏡羞臨芳。西家執金吾，駟馬照道傍。既非心所輸，睇如秋葉黄。朔風凄以厲，憔悴入空房。抱此歲寒姿，定非心所傷。

其　二

寒風何凄其，層崖皓冰雪。饑虎有時啼，冰蛟無日熱。雖有明明月，在天不可掇。白石履如齒，陰谷踏欲裂。出入懷袖中，尚存三寸鐵。仰首攀鸞鳳，俯身殺貐猰。

其　三

古人不可作，夢寐與我會。美人在西方，宛轉結心肺。周道日以遠，不覺緩衣帶。余信自情芳，一聽雜蕭艾。琢磨復切磋，乃在俗情外。

梳箸二物壽鄰舍馬翁二首

柴門深巷傍城樓，盡日濠梁咫尺游。新買魚苗十萬箇，好乘水滿放池頭。

其　二

向年醉我泛芙蕖，自脱衣裳下取魚。竹筯送君饌自取，檐前短髮亦須梳。

別蘄州周文學

紛紛江湖客,屢扣諸侯門。謬言褐有玉,何曾見道尊?維君好書史,神賞靡不存。上自東魯書,下及西竺言。講德别派流,論人分蕕蓀。矯矯翩然來,有如鶴飛翻。中厨不買肉,與君咬菜根。臭味一以同,何啻甘熊蹯?君歸鄉里矣,我獨守籬樊。夢思何所屬,寒月流山園。

中葆遠省尊人於幕府,時有征黎之役,中葆夢登五指山食荔。於其行也,詩以送之

直向幕中伸定省,兼從海外探靈奇。皇圖定拓咸賓大,五指山頭劈荔支。

題僧化栴香佛者

我願檀栴丈八長,憑師裁像丈六强。我願檀栴千萬片,師雕手眼千不散。我願檀栴飛如雲,使我香氣山中聞。我願檀栴寂無有,非佛非香在心口。師乎施得造佛無,亦可千秋萬古恒沙老。

贈同安萬廣文

善卷仙洞最幽奇,尚讓夫君出世姿。蓮葉田田方映日,槐枝擢擢正成帷。遠來乞禄真因母,近覺升堂有我師。建禮承明今咫尺,切雲還看厠螭。

初秋莆中林咨伯司成送乃弟弘伯游泉,有詩附訊,次和

道在青山興自留,喬林高瀑對相酬。鶺鴒送遠情無歇,烏鵲看飛勢未休。謝客應吟臨海嶠,仙人時候子喬緱。歐陽博士泉南住,曾過君家老邵州。歐陽謂詹,邵州謂蘊、藻兄弟也。

人紀兄自浯海遠來見訪,家釀海錯皆自携至,遂觴我於許隱君山舍

客至田園餉未能,遠勞壺榼遠擔簦。肴堆海錯牙鋒厲,酒辣松花臉暈升。

薤韭自將尋水瀹，腥鮮還買倩人稱。坐來醉飽歡娛甚，只少寒蛟肉未罾。

李伯東方伯老得幼子二首

海上明珠不易求，三十餘年始一收。翻使諸公皆賈勇，競圖英物取公侯。

其　二

方岳摩天厚地蟠，噓雲散雨普中原。自家今日蒸靈氣，潤長松兒與竹孫。

題泰山圖贈黄紹夫大司馬

公觀泰山雲，如輪復如馬。於今騰霄漢，正欲雨天下。

贈王黄州，舊爲同安令

銅魚宰邑人猶頌，晝軾專城政復淳。三楚以南風俗厚，大江之上姓名尊。堂名坡老雪應有，樓結元之竹可存。白首故人天末意，難從五馬玩芳蓀。

戲束歐四止酒

無繇座客看頹玉，免倩傍人正接䍦。獨坐囊螢孤閉幌，何年泛蟻對論詩？三春花事看全過，初夏禽聲又一時。不見陶潛巾漉酒，還吟止酒羡皇羲。

次韻答張公仕二首

不見張仲蔚，還思已一春。田園餘雜興，魚鳥但時親。濁酒誰相向，清宵憶可人。柴門時徙倚，苔色厚無塵。

其　二

白髮心難變，青山興不禁。披襟春草色，行藥夏蟬吟。滄海余懷意，戴雲君夢心。迴環團扇句，鐘磬若爲音。

蘇弘家園分韻

詞客忽相逢，山厨遂命供。陪樽從主洽，捉筆起詩慵。籬本繁争擢，泥蓮嫩出封。青燈相對夕,意氣各重重。

敦卿素不識予,乃與季重作詩見懷,尋而因季重定交,即席赴酬

老閉柴門漉酒巾,誰知是爾意中人? 才生吾世寧能盡,興寄新詩轉覺真。聞所聞來慚見異,我於我久恐交新。相從儻欲看山色,籃輿無煩挂病身。

江　門

一樣江門雨氣昏,山中或有了無痕。祇緣雲色含斷續,遂見林烟異吐吞。珠霧無恒看似唾,覆翻隨狀總忘言。請君預別前途意,不識歸飛何處村?

袁中丞以歸山詩見示,次答二首中丞以裁抑稅璫爲其所持,中丞譚笑當之。

老成出鎮重威名,鈐閣原稀羊枯荆。虎豹齒牙生物怒,戈矛譚笑一時輕。天高萬里清君側,心苦千廻計子甿。物論偶然同耳食,傍人原自有平衡。

其　二

乞身疏屢阻楓宸,不住掉頭自主臣。吴郡人但稱飲水,都亭采已振埋輪。公如威鳳從鴟嚇,帝且投豺論鬼薪。江上鰣魚歸正好,飽烹送酒看天紳。

林弘伯以夢古名齋,出其尊公太守及令兄司成四詩見示,依韻賦和。前二首和尊公,後二首和司成。尊公嘗爲鄴守,故末有雀銅書絶瓦之句

不資占夢訊,但爾忘心齋。古道彝兼鼎,澆風龜與蛙。華胥幾欲至,栗陸每縈懷。海上大荒色,望洋喜未涯。

其　二

看據高梧郭,如軍細柳營。一天猶有大,四壁至無聲。魯汲真人紀,韋波非我情。壽陵鄙學步,書劍一無成。

其　三

塵世蒸蒸俗，高齋事事幽。秋雲掛户牖，春樹礙簾鈎。蓬直資麻起，橋高聽梓儔。呦呦爲爾咏，示我以周行。

其　四

雀銅書絶瓦，芸蠹辟多香。小警留於枕，嘉言紀在墻。一舟虛汎汎，千里氣昂昂。禮樂斯文在，看升游夏堂。

戴亨融起爲貴筑督學，寄我五子詩，和之五首

吴參知文仲

高門文定公，維持風雅缺。振以王司寇，斯道遂不絶。於今閶門中，夫子乃匠哲。解綱初行閩，上奏在守浙。安居吟吴趨，拂衣歸粵臬。手抄想充棟，閉户知合轍。君心玄守墨，我頭白盈雪。

王學憲惟允

尻輪復風馬，敢作不祥金。已遂首狐丘，豈怨晨風林！渺渺廣莫遠，望望夜泉深。美言今尚記，懿德昔所欽。緬懷悲負米，中憂非盍簪。尸饔北門歎，雪霜玄冬侵。勞薪竟爨灰，何從抽清音？

劉參知懋學

新都初被徵，西省遂相慕。戍削若不堪，含弘乃無度。迢迢洱海頭，正聲振韶濩。仁心趾比麟，潔操羽擬鷺。居身戰已肥，涉世心終素。方仰梧陽朝，誰舍蘭風暮？應知廊廟姿，自具鼎鉉數。

戴觀察亨融

守試方聯艘，銜盃已投盟。洶洶鏟域畛，默默訂壘營。文驟兩漢規，詩掇三唐英。堯尊置中衢，天路阻遐征。丘樊甘踟躕，出處測虛盈。誰謂簫韶奏，不復竟九成。振纓今夜郎，端笏行神京。

袁廉訪君學

袁公冠玉姿，丰標垂天紳。爲郎日吟諷，摛藻何清真！自此游夏徒，升堂若

而人。大道雖逶迤，中心無故新。戴子仕同方，有如匹靈宸。張雷劍終合，杜王居固鄰。綢繆堅久要，騰騫勉致身。

壽林太守丹山八十詩二首

典禮容臺日，開渠守鄴年。皇塗才未既，天爵道真全。鯨海籌吞寇，鳳山習論禪。野人蒙不棄，頻枉滿懷箋。

其　二

讀書車武子，愛客鄭當時。山骨爲仙相，春風是道姿。玄文太上在，耆德一方推。杯酒思顔色，天人更不疑。

送宏伯還莆稱觴子舍，兼簡司成咨伯

七月秋風吹北阮，百年春色詠南陔。還家若有池塘句，當使羊何屬和來。

宏伯夏日過飲山中，作三十韻見詒，今將歸矣，漫次賦呈

放逐似三閭，蜚騰謝八愷。功虧覆簣成，問寡撞鐘待。五嶽夢懷游，百川學歎海。山中瑶草拾，木末芙蓉采。混璞浪名聲，雕蟲薄藻彩。漫希梁甫吟，敢擬楚狂殆。牧豕我爲群，屠龍子實宰。才光照乘珠，文戲登場儡。執耳奉盟壇，克家當户棖。安豐巖電生，叔夜玉山璀。誦衛隅威儀，學羲寡吝悔。道專席聘珍，人愛緇衣改。再世忝通家，論年於數倍。英韶擅老蒼，蠹朽能欺詒。自識器根殊，幸然臭味在。星湖水色光，鏡石山容摧。夏木雖扶疎，春條尚蓓蕾。池荷初足擎，園荔稍堪餧。爲筒誠彎彎，充盤亦每每。畦葵呼童烹，村酒向人浼。但取發高歌，庶幾免中餒。主先慚饋漿，客啜感遺醢。金石奏何長，戈矛森靡怠。喜聞肉裏聲，自待行間罪。中紙嗅芬芳，删章知鄙猥。士林有冕冠，皇路定休寀。夷比驟莊逵，峻如登岣嵬。高門論古來，九牧於今逮。大澤固龍蛇，清渠多芷蕊。猗歟鄴下侯，矍爾堂前綵。可學已良弓，尚餘未調鼐。漫悲白璧和，正候黄

金隗。扣角行賡歌，鬭鷄再礪廼。衢驤簫渥注，耕輟望林霎。

賀張廣文令器得賢書

朝恩海内廣賢書，得雋偏居拓額初。永泰城垣天若撤，清源親舍喜何如。經傳公穀推家學，人擬鳳麟應石渠。吾道從兹增氣象，不徒華選盛簪裾。永泰舊無城，科第輩出，自有城之後寥寥。去歲大水城壞，而令器應之。是年閩中解額拓爲九十五人，而令器名列九十之外。

九日暮到山園，朱廷璜、黏以平續至

夕照登高獨自來，城南城北風悠哉。蒼天明月無臨首，白髮狂歌且上臺。少見菊花猶有恨，可云萸酒便無杯。朱黏二子後先至，不待懷人意屢廻。

九日朱廷璜出郭登城樓，循湖而行，都無所遇。偶至予園，余方獨坐，令人携酒，適見其來，大出望外

不使令晨過寂寞，可能袖手過閒行。芳園豈負孤懷客，濁酒真貽兩麴生。向使一人都不遇，豈非造物太無情？龍山帽落真癡絶，怪底千秋尚挂名。

寄題九鯉湖

採芝曾一躡，窮踐限餘生。山屐疏頻蠟，春衣但自輕。鯉魚知有穴，鷄子憶爲城。南雪無人識，珠簾好借名。

與伯潤集約公房

東風吹霽雨，來此坐禪堂。經藏繙多寶，齋厨領積香。風心闢幔動，寒意怯燈光。酒肆維摩舊，精心總不妨。

自大盈曉步至小盈二首

離立高槦樹，前山一半遮。斧修猶聳傑，簑挂轉槎牙。客步從人躡，官途任

意斜。海瀛吾肘腋，兩日已離家。

其　二

曙光征旅少，朝步舉身輕。捨御僕夫喜，狂歌老態成。晉南看有界，大小爲誰盈？客意兼秋興，悠然極目生。

自沙溪至劉五店作

濯足沿沙渚，看山入海鄉。古絳隨地有，蕃薯被岡長。虜裔人編户，劉家店號郎。乘桴吾未已，海月欲揚帆。偶憩山市間，有丁、達、賽三姓，皆元時爲令長者之子孫。

曳　杖

曳杖來觀滄海夕，篝燈更宿秋堂陰。階前島嶼屯朝氣，天外峰巒入近岑。杯酒歡移歷上下，洞簫韻繞清高深。待潮盤石久難至，返聽濤聲楓岸林。

高　崎

雙藤過海門，三户望江村。入里群顔喜，登筵兩鬢尊。鑽泥探蟹汐，蓄火候魚昏。時薦雕盤美，終憐物命存。

行海堤上作

迢遞堤防亘似橋，層層版牐隔迴潮。滄桑陵谷寧互變，鹹淡尋常已自遥。遠望無遮眸轉闊，同行相後首須翹。還疑兩信歸何處，便欲揚塵問沃焦。

普照寺唐時僧文翠斷臂化緣而作此寺。

海風不盪祇園地，潮水時分大士音。烏玉黛峰相枕藉，白波粉壁遠浮沉。盤枝古柏千年色，斷臂高僧一片心。普照應知還不照，無明無盡古來今。

贈普照寺翠松上人

文翠後身又翠松，莊嚴一鉢建層峰。高僧自有無窮事，那得晨昏但鼓鐘？

雲頂巖港有魟魚最美。篔簹，港名也。

衆峰穿溜蹙如紋，星沙亂點海頭分。魟魚港俯篔簹近，白鷺洲傳島嶼群。不斷天風吹萬里，何曾佛日鎖微曛？登階最喜巖前石，百丈蒼然挂暮雲。

漳庠廣文易仁甫招飲文昌閣

高閣層層接碧霄，梁崗天寶翠岧嶢。潛翁道士知何處，許碏仙人似可招。海信六時雙渡艇，江流一里兩垂橋。廣文醉客寒城晚，未覺温陵歸夢遥。

冬雨中集林玉卿宅

司馬千頭内史百，黄金皮色蜜瓤銀。行園雨滑看不得，對酒山明坐可親。清晝一時稀接應，滿堂諸子盡嶙峋。老夫自策扶衰杖，霢霂任他屨折巾。

南人無車，行至坂尾胡太守家，乃有里門糞車十餘輛，心目之，曰撤其糞厢以載酒杯，非古人牛車之意邪？諸子曰諾。醉飲車上，目光出牛背。歸而作牛車行

氍毹鍾盞車初整，老牛駭怖時驚騁。車停坐穩脰行遲，牛杯承軛心亦知。行徐驟急輕塵飛，牛牽客醉兩不違。榆柳肯種兩行直，大是江南似江北。

相逢行贈郭翁

我適來漳欲歸泉，乘潮唤艇滄波鮮。榴山主人擘木奴，見問何客何繇緣？神農廟下長致詞，且到茅茨一醉眠。再三揮手不肯住，殷勤曳挽情彌堅。入門小徑雙青眼，世父顔朱髮皤然。世父郎君小侄甫，出門萬里行高天。柔魚爲脯鹿作羹，須臾布席開長筵。歡娱劇飲興不足，又舉杯觴當月圓。宿醒未解宵向分，烹鷄殺羊羅駢連。東夷華席五丈許，西番文錦交連錢。梨園伎樂來歌舞，孌童如花絶可憐。一堂主人盡勸酒，意若使我遲歸年。酒酣欣笑同游侶，意

氣白髮忘垂肩。榴山主人孝且友,闔門琴瑟薰風絃。洛陽糟丘何足道,扶風豪士未之先。榴山主人使我歌,會合如此一難千。明日路岐遠相送,海風吹破江門烟。

夕陽寺唐宣宗嘗出家此寺,先是出家衡州,爲衡州刺史所困。

白龍花藥困衡州,又向南天汗漫游。隱跡三年高座侶,空山千載夕陽秋。飛泉挂絶峰應改,洗垢橋懸水尚流。匡坐終朝人到少,潭雲林鳥兩悠悠。

胡太守劉訾山舍

登山入海躡胡威,又宿園林欲忘歸。大地初曦長客影,下弦曉月挂書幃。荀門星朗龍同席,郄樹風清桂襲衣。蒲荇前塘從泛艇,鱸魚未許羡秋肥。

胡夫人詩

夫君涉世道逶迤,問着家中總不知。四度從官皆布縞,一行欵客盛盤巵。鳴鳩愛爲其儀廣,棣萼心因則友推。嵇阮山公交已久,白頭今得拜階墀。

贈丁從龍

離居無日夜,慷慨不可任。之子有奇服,忽焉垂德音。邈邈趨名理,緬緬生道心。遥遥阻海瀆,恨不同衣襟。一簣無輕少,進往將千尋。豈不振玄風,結軫鄒魯潯。

送弘家南尚璽

拜官辭不獲,卿望有同心。須卷江頭釣,還囊谷口琴。陪京餘有署,國璽尚留琛。去矣春鶯曉,柴門念好音。

蘇氏草堂

彎海遥遥九十彎,彎彎至此出平巒。入門衆萼紅似醉,開牖群峰秀可餐。

蘇伯潤山莊

開莽珍石田，引洳寶水府。王孫愛蹲鴟，刁間嘉亡虜。斥鷃適溟鯤，夜郎大漢主。種魚寡陂塘，耕田愁斥鹵。决隙待人封，洗鹹望海雨。於此隱蜀山，一似侈鄭圃。遥遥含遠天，蒼蒼廓平楚。窈窕闢蔬畦，匽匝覆茅宇。未有囷與京，已先大廩庾。未有介與鱗，已畚設罝罟。愚公谷方嘲，子居人遽侮。既逢井底畏，遂見泥中怒。廣莫角觸蠻，青天横猰貐。我來看小畜，駭若占上蠱。市虎易騰舌，川心難勾股。放懷訊長吟，大酌醉清酤。

朝霞曲

雲城百堵看未畢，魚龍斜貫初生日。天孫百道霞錦工，氍毹丹罽靺鞨紅。極目睇遠天垂空，朝光參差桑田中。

草菴

佛教摩尼又一宗，烏斯藏國是門風。黑衣宰相參權要，白學先生讓變通。古檜枝高春轉静，鳴鳩聲煖谷方融。沙石咽泉欄斷砌，獨餘幽韻坐無窮。“黑衣”、“白學”見《南史·天竺迦毗黎國》，其教爲明，起宋孝武，來中國後，我太祖以其教門犯國號，廢之。

白沙鄉歌

海上白沙白如雪，岸頭白沙白如麵。浪掀風起無時停，撤（撒）珠屑玉寧知片。白沙白似雪，人心白如月。海陰風暈不時生，有時觱栗愁明發。我願人心白如月，素手青天仰可掇。天吴海若與我好，高檣賈舶無不可。步桀大鰲堪巨魧，苗蝦腴膏比長棗。其他海物紛云綸，盈筐充筥賚波臣。開門扃户恣飽食，一抔海水千年春。

贈胡宗之山人二首

宗之少小入泉中，重來九載我衰翁。尊公此地曾杖屨，碧桃如舊笑春風。

其　二

不採西湖湖上花，武夷來探仙人家。明朝匹馬清漳路，遥看寒潮上古槎。

子聲客游最久，囊無一錢，歸謀娶婦，詩以送之

山人作客似虚舟，櫓缺舷空不自謀。吹簫秦女待君久，彩鳳雙雙入畫樓。

鼠　婦

大小擬侔妃，名稱何太非。鬭看敗亦喜，拱相禮無違。多足行難僵，未然色已灰。家山何處所，華牖近磚衣。

寄吴繼疎中丞

近從天末奉璠璵，彈鋏遂令食有魚。節鉞承家真不忝，風猷出世定誰如。縣官宗室安衣食，虜主邊頭問起居。漫道河汾餘教在，先朝薛子有遺書。

七月十日左伯蔡體言年兄見顧話舊，旦出箑命書，賦呈

句句清詞孟浩然，焚枯漫學應璩編。帳中自秘人知少，筆底高才世孰先？聽話邛崍山最絶，更聞鹽火井雙穿。太冲作賦真爲缺，大令馳心且待年。去日苗蠻蒙鎮静，歸來海嶠信蹁躚。追論分手孤城曲，共喜銜杯短燭前。同榜弟兄生死半，如君行業見潛全。悲歌慷慨吾忘老，風雨心期道亦偏。方欲坐深邀璧月，抑儀旋詠武公篇。

壽許七丈二首

清源道士行脚，松拙先生隱居。儉歲半饑半飽，衡門有耒有鋤。

其　二

看山洞讀玉髓，合藥只用刀圭。種樹久知物性，醉吟多作詩題。

贈鄭從龍

鄭生郊居詩，五十有六篇。風韻既簡遠，詞華復英翩。意其野鶴姿，勁翮眇

孤騫。虬鬚乃尺餘,大腹何便便。又意床頭金,資斧不啻千。空囊望五嶺,羞澀無一錢。古來賢達士,皮相何能全?惟有出世懷,緬邈高雲烟。

武榮送別圖爲趙南安題,時改閩縣

武榮爲郡泉州先,人民城郭千餘年。緑葵插入天漢表,黄龍飛起大江邊。江水江花不終極,東晉松高三百尺。隱君來繫釣海絲,姜相同作讀書宅。金鷄橋頭行人渡,晦翁竹隱相逢素。泛舟襆被暢高歌,明月至今懸江樹。朱晦菴嘗與先輩傅竹隱遊金鷄甚樂。鵬溪溪水環泮宫,衣冠禮樂盛文風。榕枝倒挂根若綫,官路曲邍彎如弓。趙侯來時此條路,征車行幰交盤互。絃歌自寫舞絃風,濟川直擬商霖雨。學劒自有萬人敵,武城難繫割鷄客。同官李君别路隅,髦童牽挽盈阡陌。鼓山接天垂平野,南看不異吴門馬。武榮遥指一漚中,滿縣春花色還赭。

春夜呈國萵

春風無不遂,老至但依依。世事如夢寐,人情有是非。孤城寒雨静,高月海雲微。君第躭書籍,濁醪相對稀。

蔣貢士茅舍四首

山前半是野人居,問知名姓不知廬。門間題句疑應是,果背斜陽覷古書。

其　二

自言胸次喜溶溶,好聽清歌畜小僮。唤出唱歌兼勸酒,樵蘇原掃爨下松。

其　三

龐公足跡絶城門,採藥爲仙事不根。賢達古來如龍蟄,巢居只是隱深村。

其　四

白頭尚可坐皋皮,年初七十棄如遺。班行笑指樞衡老,漫擬渭川是我師。

古人以雪譬月,偶與王仲紹對酒曰
獨不可以月譬雪乎?因賦月雪詩

天暖不融垂溜碎,風颺難舞抹墻斜。剡溪若發王猷棹,定映城陰起櫓花。

贈游宗謙孫

老見君三世，貧携一束書。故人欣有後，作客歎無魚。楓葉經霜日，梅花破臘初。江干相送罷，夢遶草玄廬。

虚上人自慧寺見訪，兼携樂山茶分惠

山寺焚香演佛經，雪峰黄蘗共惺惺。楹間累歲馴栖鴿，松下千年飽茯苓。道貌黧癯真面目，詩篇風趣絶葷腥。樂山穀雨茶分惠，賫罷餘香嗽晚汀。

潘　秃　翁

潘秃翁，潘秃翁，手携明月緑綺桐，坐向高山流水下，翛然四面來清風。高山流水有何意，秃翁携琴興所至。世人不識高世士，聽翁老窮而已矣。

送萬郡丞東歸

去住無心不繫舟，達人空闊與天游。暫將驥足淹霜蹶，豈以羊腸輟軫遒？黯慘浮雲來北極，逍遥歸夢入南州。洛橋春水流無際，難繫雙旌一日留。

楊太守家廟詩

楊氏名裔，起自關西。至我熙朝，德懿遥躋。綢繆冠紳，掩映壁奎。匑然長史，在鄒傅齊。輔獻匡恭，恭、獻二王謚。如取如携。王訓王師，鄰弦催觿。有偉侍郎，亦佐桐圭。從龍于天，奮亨塗泥。朝事改張，出守浯溪。感格神祇，拊和蒸黎。餘公秩秩，莫可殫稽。文章董賈，禮樂銅鞮。一解

翼翼寢廟，侍郎厥初。鳳産於穴，龍蟃在豬。以釣以游，爰詩爰書。攸宇攸芋，君子所居。幸未鞠草，已化蘧廬。霸州太守，如失璠璵。徐石却步，曾里廻車。誰謂鳩鵲，不及獺魚。蹐地拊天，貫涕漣洳。二解

信及中孚，神感至誠。維霸州守，永言嗛嗛。人服厥誠，天啓其緘。載拓新

居,若改舊衙。有秩階陀,有肅彝械。雕楹爲翬,樹庭及杉。西舍芳祠,紫陽巖巖。北石名山,清源巉巉。三解

爰言霸州,步榘行尺。俯絶時流,仰希古昔。處窮怡志,望洿屏跡。敝屣專城,鹽車半刺。關榷梁課,棄甚雞跖。行匪離輜,鄉慮越璧。設帳授經,儼如雍辟。我儀圖之,君子無斁。四解

苦蚊曲

饑不作暗飧,渴不爲盗飲。命儔嘯侣相續來,薨薨告報驚殘寢。破帳垂垂十年足,蟲穿鼠嚙多空曲。尋虚穴隙滿牀游,翅似風飛眼若燭。白頭少睡皮骨枯,不得延君飽糢糊。

送施正之大將軍還山

俞戚當年大建功,如公何論兩隅空。坐令碧海安瀾日,遂發玄風坱漭中。無恙婁江春美鱖,有懷閩海暮征鴻。横瑠斂跡鯨鯢遁,長劍宜懸日本東。

贈泉守蔡伯達

才子吴興舊有名,新詩句句謝宣城。不須點綴雲生坐,豈假潺湲沫上纓!畫象風披行自遠,觀空心在化俱清。海壖祗愧衰疲俗,出教煩公屢繫情。

林仲謨將讀書太學,有詩見别,依韻送之

爲文只貴辨有口,能令雲霞筆下走。七層懸塔標似針,一川飛石大如斗。林生筆落字三千,首尾無一可棄捐。大地飄飄灑臘雪,微風縷縷騰春烟。虬髯作鬚松爲骨,逸氣如虹高吐出。淡艷祗憑中意生,豐約豈可一塗律!湯風暑月烘寒江,束裝北征陟或降。囊裏詩篇皆美錦,擔頭兔穎真長杠。男兒有才久不遂,譬如雀釵排翡翠。若慳衣繡不行朝,翻慚食肉徒充位。東湖蓮花開未了,緑葉又見明秋蓼。年光念别思轉新,天衢得意喜非少。

贈明初師歸瑞巖明初舊爲大將軍。

愛着僧衣篋鐵衣,寶刀換鉢化緣歸。法心不關春松長,本性唯隨秋水微。葱嶺玉融誰等別,竹窗木榻任依稀。謾言老大從師嬾,寸地憑教證不違。

寄鄭德輝司李

宋人自警編,我朝日格子。容齋隨筆有其書,西涯樂府無乃是。鄭公爲官百不暇,十旬未嘗少休暇(假)。往古流觀事如昨,寸心欲與道俱化。看公萬事不一存,修身讀書兩獨勤。意間已寓斫輪扁,筆下又有運風斤。莫云古人不可見,千秋萬歲道寧變。步趨豈有瞠後觀,東西必不多岐眩。征帆北上快如馬,看公此去友天下。回頭忽到彼岸中,不知誰是成山者?

送李廣文之含山

春風北去到濡須,孤棹青天倚歷湖。短褐舍中顛紫鳳,寒氈囊裏罄青蚨。蘗冰令尹今知有,廉礪先生本世無。不見漢家三輔重,淮流東合是中都。

趙松雪所畫文姬歸漢圖

漢南莽莽平如席,漢使立馬高八尺。佇待文姬東入關,胡笳淹淚看抛擲。髯王啼眼不能言,雙眉隱隱斂沙磧。小男小婢提向身,大男牽挽曳長襞。前途一卒捲旗旌,數卒青絲總驕蹠。臨岐各各傷心肝,悵懷黯淡慘無懌。漢使翹首心亦悲,人生莫苦生別離。方知妙筆寫生貌,意象顔色隨所到。元朝學士宋家孫,亦應到此雙淚捫。君不見王嬙琵琶朔風歇,千秋青塚明漢月。

雪峰寺義存禪師所居。

存師云已去,遺跡未凄凉。霸國崇僧甚,宗門演派長。秋溪鳴向淺,朝樹净多香。現世應難再,依稀或石霜。

宿雪峰寺四日作四詩

秋山終日静,兀坐對空王。谷口無人至,溪流空自長。掩映出雲岫,動摇徐風篁。雖云堅止酒,醉興亦相將。

其 二

夜長不得曙,山鷄始一啼。下床攬衣帶,倚壁尋杖藜。隱隱海日生,冥冥溪雲齊。未敢衝霧行,循廊讀前題。

其 三

夕寢憶晨興,八月初一日。僧來撞鼓鐘,鼉鯨滿堂室。吾亦肅衣履,俟其禮佛畢。語嘿道雖殊,慧覺趣則一。

其 四

盈盈池水平,瀌瀌澗流活。仰視峰稜巉,俯聽風泉聒。欲尋流觴跡,短蒲冒浮沫。展席共探鈎,已覺心神豁。

雪峰寺贈鏡公

鏡公邀客興從乘,不比凡緇俗可憎。飯我芋魁收後甑,照佛桐子搾餘燈。約略詩篇能對舉,徘徊山石屢同登。楊梅自古何人在,今日高樓尚百層。

故觀察陳志齋生祠

入仕真同邴曼容,居鄉還似管遼東。滄海珠沉光尚媚,青山璧瘞道俱空。祠前古柏成都色,渡口靈旗柳子風。晚節承公呼小友,今來膜拜已衰翁。

蘇許州阜山出註杜詩見示賦呈

解組歸來卧一丘,年餘八十費膏油。杜陵雖往神長見,匡鼎但來衆自休。大似王通資阮逸,真同郭象註莊周。蟲魚磊落人嘗誚,古哲看公日應酬。

送楊稺實督學嶺南稺實時方主試雲南。

滇中方結軫，嶺表復鳴騶。日月懸衡鑑，精華上斗牛。天遥南海郡，城入尉陀秋。新會餘風在，江門或繫舟。

答李平遠勉叔

先生有詩四百首，瓜步一落胠篋手。自古神物去復還，何時使我看璠玖？莒子國臨東海邊，尚得新詩數十篇。泰山日觀共真宰，齊魯未了相鈎連。朅來製錦程畋鄉，翠屏緑綬時倘佯。小縣坐鎮休衙蚤，高亭惟有讀書忙。君不見潮州太守不可攀，高名千古在人間。當其御史落清班，荒茅篁竹居陽山。

伯興、仲紹慈堂輓章

年將九十主蘩蘋，亦是妙明不壞身。破屋薄田甘善養，賢夫令子作詩人。去添天上百榆樹，餘種人間藍玉春。滬海際空流不極，江魚從此罷饌鱗。

天目山歌贈蔡太守

苕水出自天目山，賢哲還生苕水間。蛟龍雨池作眉眼，崔嵬千古開心顔。莫道天目不可見，萬仞高峰如對面。古來尚有飛來峰，況公來鎮海門東。

次韻酬蘇許州二首許州家居阜陽谷口，云比欲入城赴賓席。公有註杜詩。

日光燭秉有誰儔，絳縣年過八十秋。芝宇眉祥黄耇見，蠅頭墨氣赫蹄浮。百年重九應尋菊，明月初旬始挂鉤。聞道賓筵歌好我，擬從門外候青牛。

其　二

憶宿園林望衆峰，夜深酒氣尚重重。詩詮杜曲過千首，學與眉山正一宗。旱雨不來書帶潤，秋雲長捲鹿柴封。白頭侍側青雲繞，教子如翁是老龍。

榕

粵嶠閩天樹樹高,海邊群木若爲豪。不遷受命如嘉橘,終古蟠根似索桃。百尺帷成車蓋合,千條簑挂繭絲繅。還聞茶飲葉堪代,擬洗寒鐺熾素濤。

葉進卿相國來游泉州,賦贈二首

國朝廊廟盛平章,文雅但推懷麓堂。公自鑑湖無待乞,獨憑鳩杖信行將。漁樵跡遠同流俗,社稷心勞鑒上蒼。紫帽清源環百里,大風東海起泱泱。

其　二

丞相無私斷掃門,素交心事對忘言。總知汲引繇來切,未必泥塗不是恩。只問青山無恙否,私誇黄閣有人存。浮生鼎鼎徒爲爾,千載堪留竹帛尊。

池致夫孝廉生日避客龜巖,令弟直夫從余數客爲致夫壽,席上出圖欲余題之致夫兄弟並精禪理。

曇花敷天雨,杏花燃上春。紅桃弇山併上苑,賓鴻社燕來親人。弟勸兄酬樂未已,使我歌詩佐筵綺。四座賓客聽我歌,龜巖去天不盈咫。上有石室名歐陽,貞元登第開文章。龍虎榜中比韓陸,琳琅筆底追燕楊。令弟壽兄此巖下,無亦祝兄如此者。高天騰雲劍比龍,大海快風帆似馬。看君兄弟世所稀,雲間二陸稱雲機。無着天親出倫表,鶺鴒棠棣盛音徽。弟曰無量壽,兄曰無邊身,恒河見性如一見,塵客鄰虚不作塵。以此度世兼匡主,豈徒婆娑戀雙樹!海上應看兩宰官,胸中渾是一净土。池兄避席不敢當,吾家尚有老奉常。雖云子舍不稱老,可使諸子不與令弟奉兄觴。

贈永春廣文吴聲伯

建安吴質晉安才,彩筆經逢無數裁。劒浦玉華仙洞入,花源桃樹古場開。官閒自得讀書樂,地僻偏多問字來。别後高天明月在,幾番搔首對徘徊。

謝修之宅戲柬林子騰

謝公清興向人開，又使芳尊夢裡廻。新失青州從事約，故將白社督郵催。詩心老矣抽如繭，息壤茫然落似梅。長至請看今向邇，無言葭管自吹灰。

題鄭封公壽圖

谷口占鄭樸，巖石開躬耕。聲名震京師，在在勢上卿。翳翳鄭次都，垂釣川湄平。交酌長林遠，究微玄言清。古實有斯人，豈今遂涬溟！君侯秉貞尚，緬邈寄遥誠。風疎復雲上，不受塵枉争。豈不與二公，千古爲弟兄。鳳毛長葳甤，鼓鐘聞噌吰。平生欲奮翮，託之青雲征。開圖望千山，萬木寒峥嶸。

潘士雅席上祝龜詩時士雅將北上。

神龜來席，好我顧我。昂頭舒尾，衣裳顛倒。盆盂杯水，濤飜浪簸。有如甲士，頓首而坐。主云我龜，匪曰頤朵。當其無情，足斂神裹。時或静息，累月帖妥。今夕何夕，頭角硪砢。遂及平生，示兆止火。家鼠垂涎，不刃自剁。其餘靈異，先告細鎖。鑄像圖形，似如蠃蜾。主人出門，萬里周道。北闕遥遥，長天皓皓。整翮刷羽，張帆捩柁。我龜相之，無所不可。

山中示黄爚

歲暮江亭暖未寒，蕚梅半破楓林丹。遠山晴色好無數，過雨花心潤未殘。百里爾來真好事，空齋客至最爲歡。喫餘茗粥渾相對，看搨新鐫下石端。

臘月初二夜時飲桑寄生酒。

獨坐信年芳，幽齋衹夢場。茶香逐月桂，酒輔寄生桑。皎日寒能白，繁星凍少芒。窮愁都不着，只覺夜空長。

鏡山冬暮二首

山静無風天欲垂，雪花如墜雨將吹。近人雲物變生態，迫臘春心種異姿。

野水盈池清復淺，孤城出樹蔽還虧。息心閉户衰殘甚，歲事相看入暮時。

其　二

北極遥懸天漢曉，南山高卧歲華陰。霜鴻失侶江湖遠，春犢白肥水草深。老腹詩書無宿物，病懷麯米尚盈斟。劍光久閟珠淵隱，短髩梅花獨上簪。

贈李玉赤都閫

驄馬高都護，丹青魏子孫。武雖須膂力，人欲具乾坤。才藻翩翩起，家聲燁燁存。芝城開閫地，風雨憶清尊。

贈僧落髮四首

儒冠緇布盛三加，僧門只是一袈裟。當知服息三生後，空性惟存一法華。

其　二

漆髮如雲墜地鮮，剃刀如霜絶可憐。莫言新作頭陀樣，并剪心頭火裏蓮。

其　三

新從受戒説金剛，列在緇衣末一行。今日請看階下樹，新從紀臘是寒霜。

其　四

師學彈琴弟畫菘，琴菘兩是一清風。律師再拜求經解，便作桑門第一宗。

漳徒蔡鴻陽新從徽歙回，見過問之，則賣文江湖間，而内舍奄忽矣，久别之餘，次舊韻爲贈

黄山白岳去初回，問字猶煩鏡石隈。向日背無從獻納，切雲冠但有峨巍。兔管江湖知足活，牛衣圭蓽不重來。吾生與爾同艱阻，春信但看又入梅。

黄懋弢園玉蘭花

玉蘭花發近新陽，一葉未生萬蘂香。寒似雪光初晃帳，影疑月色半過墻。謝庭寶樹寧他物，隋苑璚枝若箇芳。閉户先生繙易罷，披襟相對日爲長。

過吴田年宅田年,侍御堅孺之子也。

承家興肯搆,入夜集同人。繪彩無丹雘,成材堇奂輪。藏書文庫盛,過栅古園春。指佞猶餘草,遊鯤久養鱗。來看玄賦妙,不似白頭新。深夜雙相向,燈花入照頻。

清　源　山

幽居强出村,杖策到山門。踈雨終多點,輕雲亦有痕。近郊山自合,遠海浪無喧。日夕登臨盡,相將酒似源。

磁　美　人

西施刻畫一般人,學月爲珪轉未真。銅雀舊隨爐裏鑄,蓮花新出焰中春。從金鍊骨神終旺,匪石爲心態可親。不厭無情輕薄倖,依稀清夢繞牀頻。

丁巳元日次和季相見詒之作季相與余同庚。

椒花生菜又新天,海上依微起舊烟。倚醉高松攀粒五,朝元楊柳憶垂千。青門自契栖遲日,白髮兼無大小年。明返山中人問訊,春風雙袖客途邊。

春日林維清山房二首

倚山開門幽,傍溪結亭斜。古木雜無名,移植紛多花。剩石圍作假,圳水留爲窪。百丈門前峰,千尺軒後樺。吠犬似小豹,鳴禽無亂鴉。返睇舊時居,有似西鄰家。

其　二

匠構雖草率,意結殊紛紜。新造自小子,本志從先君。百年喜寡營,四十安無聞。誓將萬事遺,獨未小硯焚。山心希古人,邪懷遏魔軍。頌隱蕭大圖,卧遊宗少文。帷帳滿書述,有如羊欣裙。

雨中作

曉雨飛不徹,高樹助寒聲。穿磴俯層窗,春流石上鳴。

謁伯暉新塚

周衣斂長恨,復土更增悲。殘骨腴蟲蟻,貧吟富篋笥。酒杯無地合,花樹聽風吹。老淚乾何有,雙眸濕不垂。

丁巳元正再題師尹田舍

偶來午飯若前緣,數過題詩恰貳年。老夫人事未能絶,坐費山中七日眠。

出塋門

徐步塋門外,故人忽爾來。倉皇結衣袂,草率陳酒杯。高韻對松竹,遥情忘蒿萊。輕陰初月上,幽興亦悠哉。

夜宿糖房

出郭殊非遠,秋深夜覺寒。借衣來襲葛,覆首代除冠。坐榻眠難熟,明燈漏易殘。未消朝日酒,食品况盈單。

寄陶衍泉

不見先生動十年,春來花草定依然。數間破屋從他住,不少流雲到枕邊。

鏡山全集卷十三

詩

集丁亨文吏部宅

山公在告理初衣，坐聽高譚白雪霏。家富縹湘（緗）隨客借，亭虛花樹繞窗圍。瀫溪舊艷燒難短，潭縣新清醉未歸。桂霰風微香滿席，明朝又掩讀書扉。

可著得孫和韻

懸弧報得孫，持進共過門。莫管牀頭貯，但開甕面樽。傳家貽筆硯，娱老待雞豚。大父吾行執，無令世好諼。

秦伯起比部宅次韻

吾衰籬下寄疲庸，君亦携家住此峰。天上羽儀還鎩鳳，海頭目病並醫龍。花間共坐看新徑，竹外相過憶舊蹤。瓶粟倒垂猶飯客，黄雲門外太重重。

黄　　園

訪侶有佳興，探奇方自深。開園殊結搆，移屐盡崎嶔。水竹供幽覽，琴尊暢近尋。秋燈一片影，泱漭寄遥心。

有長鑱倒挂樹間，客至咏之

荷鋤衰力倦，將爾亦清陰。倒挂休勞木，高懸偃鋭金。無情同一息，當用亦重尋。明日肥磽地，依然共所任。

喜紹和至泉，集拔民客舍仿紹和體

君苗予棄硯，仲悌爾鳴鞭。憶別經流火，聽譚迅湧泉。老仍生意氣，愁忽起騰騫。海客新知樂，爐頭許醉眠。

兒雲入門，時患足，尋愈

得失歸真宰，文章有命司。當知慈父意，勿使遠遊思。得信猶疑隔，入門便不遲。老懷曠斗酒，脚氣不扶持。

賦得劉泰瑛贈姚母

漢家大鴻臚，爰有劉巨公。厥女名泰瑛，嫁入楊氏宫。桃李不永年，凋傷急寒風。兒女雙孤癡，雪泣望焉窮。柏舟有遺音，列在大國風。三遷孟氏慈，垂訓謹童蒙。大兒出醉歸，問寢不許通。十日跪檻頭，戢足如寒蟲。誓言必改圖，似鳥驚傷弓。小兒白請客，中厨饌潔豐。翩躚蜉蝣子，楚楚集簋饛。所來非賢人，豈不等瞶矇。怒笞不敢號，長跪輸心胸。以兹兄弟名，鬱然士林中。母教三世流，子才先人隆。吁嗟姚文母，千載將無同。母氏有令子，衣冠夙所宗。願言芝蘭馨，一本母教崇。嗣響詠泰瑛，齊等布絲桐。

送王鴻磐之萬安

青樽諧意氣，別思繞江南。得縣初爲赤，稱師敢道藍。廬山符聳峻，贛水與流甘。海内瞻吾黨，何殊大乘曇！

贈　謝　客

虬鬚有似武林郎，翻向藝林筆墨場。彝鼎古文何不識，尊罍雅興盛相將。人前一語俱無諱，肘後千金尚有方。寶玉沉沉誰認取，灞陵醉尉且猖狂。

贈故給事王瑞原還歸德三首

鴟鴞鳴我屋，虎豹磨其牙。荆棘生路隅，門巷暗風沙。人生能幾何，愁苦浩無涯。中堂發浩歎,何能翻日車?平生所知友,棄我如敗瓜。我欲何爲者,曠焉空咤嗟!

其　二

杲杲太陽日,東照長安衢。鳳凰十二樓,下有夕郎廬。雲漢肅冠紳,蚴蟉立履絇。韝鷹未寥廓,檻猿已須臾。非有博陸侯,推罌索私酤。非有王林卿,假奴被襜褕。卧席不帖背,僕車靡遑驅。望望入海裔,悠悠去桑榆。幾欲變姓名,慮非孔子徒。

其　三

老聃見陽子,歸來乃争席。仲尼過宋都,微服隱行跡。匿采終有暉,和光自生白。習坎貳尊酒,需血亦出穴。忠信與篤敬,道可蹊蠻貊。臨岐申哲章,願君懷無斁。

贈趙都閫廷

白皙紅顔鎮海頭,手中百萬握貔貅。磨牙熊膽張弧落,齒劍貂璫一笑休。

壽林進士廼翁八十

五家之文互異怫,律曆間治雄翢忽。司徒測景欲揆中,羲和寅賓初御日。公乎夷梁隱抱關,鳳山葛水清溪灣。萬舞在庭人政簡,十畝之間桑自閒。公無渡河竟渡之,陽侯波臣奉履綦。仙子揚塵還入海,丈人狎鳥忘真機。公作一團和氣圖,歌詩命我聞庭趨。尋常對客啓齒笑,有時入肆滿眼沽。而今轉盻且八十,登筵過里尚長揖。鬢邊少見秋霜生,坐間渾得春風襲。六月荔枝紅垂枕,雕盤凉簟從公飲。壁上下錢老畫叉,庭前戲綵新宫錦。

歲晏,門徒二十餘人載酒鏡山

鏡山籬外滿梅花,不是西湖處士家。忽爾門徒同載酒,有如湖客坐横斜。

五月六日,陳汝策將軍席上賦

將軍苦樂問從誰,作客幕中亦如斯。穿域餘糧堪蹋鞠,如澠引滿太淋漓。

登壇坐看龍舟鬭，擊鼓兼聽蘆管吹。細雨濕衣筵屨徙，嚴城更柝不知時。

陳予黼進士來寓江氏樓分韻

青眼如君見未曾，茗杯已洽况如澠。峰巒假館庭中得，筋力從人醉後登。數仞蚴蟉天與幻，一丘曲折匠多能。東風昨夜顛狂甚，知撼高樓百不應。

秦伯起比部瞽奕詩

先生象弈法如何，似向垣方見外過。帝索玄珠令象罔，人從闇刻摸曹娥。勢分彼己都能記，妙抉堅瑕不在多。若道左丘繙國語，還須假手寄搜羅。

偶閱宋人箸詩，因次其韻

形骸隨竹木，塗飾信青紅。爲象能亡國，前籌有立功。分聯千客會，雜配一群中。結束團如蒜，匀圓滑比葱。一生同協力，千啗不濡躬。飽德吾何贈，初筵是折衷。

朱衣朱襮爲晏司理封公作

朱衣朱襮，朱衣朱襮，青春受天禄。丹筆詳平反，素心媚珠玉。揮施放巨川，積仁崇高嶽。一解

聖皇壽無疆，聖皇壽無疆，慈孝敷八荒。有一臣勤思，寵之黼黻章。榮被堂上親，衣被日月光。青冥仰長天，靈宿靡所藏。二解

矯矯晏君，矯矯晏君，百行莫選分，供奉慈父九十春。寒雞淹羊，烝黍浮麢。鬵栗含湯風，肸㦏流浮雲。寣寐在羲軒，搜討於皇墳。三解

心事孚神明，心事孚神明，宴寢不訛驚。簡子聞鈞天，金人來户庭。濯濯楊柳枝，冷冷在肘生。軒耀同平昔，北辰奮休榮。四解

煌煌帝謨，煌煌帝謨，絲綸下天樞。忠心教委質，義方森庭趨。望闕拜天恩，緘書報勞劬。壺公仙人若天使，閣皂洞府開靈符。陛下樂年壽，臣父三萬六

千亦不殊。五解

百里高士遺荔支問安否，并問道學，草筆賦答

鏡山居士本無奇，强健還能啖荔支。但得飽飡無一事，自然夢寐到皇羲。

李長者陂詩陂爲叔玄尊人所築。

皇子千秋名，兹陂天更清。岑參携我酒，方進飯人羹。鶴背春流慢，龍鱗寒漾生。年年村社鼓，坎坎送還迎。

吴仲聲道中折梅有懷見寄，次答

鏡山章圃兩徘徊，道傍一見復心開。定知孤賞情無限，又以懷人看幾廻。

黄文寓集楊玄翀、黏以平、李廷倬、陳進士予黼及予兒于城東樓，同賦女墻，得多字

女墻城上勢若何，高樓廻首碧天多。犬牙交錯横山色，雉堞遥聯接海波。障閃朱旗雄睥睨，吹殘畫角靖干戈。新秋縱酒垣墉下，卧看牽牛欲渡河。

蘭溪鄭明宇結客瀫水之陽有年歲矣，不遠數千里來訪，故人寥寥也，於其歸也，漫書識别

千金分結客，徐取數銖償。争煬從同竈，饋筵憶玉漿。林秋先望鴈，嵩霞易聞蛩。去矣金華洞，在君隱舍傍。

答林士宏二首

夢古齋中夢復誰，吾生謬附老詩師。憑君不待千年後，先聽秋砧栩栩隨。

其　二

温陵花發滿秋初，莆中蒲葦近何如？應知雨後强三尺，亂葉看看好寫書。

九日重遊詩山葉家園

桂樹深秋細細香,頻來半爲此花忙。暮蟬滿耳將明月,朝露泫衣未墜霜。鳴鴈天清稀海嶠,稻粱地遠足江鄉。陶籬孟帽休談及,千古詞人一夢場。

次日曉起題時主人方禁酒。

接木向花奪本性,寄生與樹爭繁陰。清晨寂寂人不寐,前夜娟娟月當心。廓落山中有如此,崔嵬胸次何能任！主人止酒學元亮,怪異劉伶荷鍤吟。

秋蔬酬葉居士

秋蔬無不好,況復布長筵。名果登園得,佳魚舉網連。宋朝丞相系,巨族一家賢。謬誤名當恕,香醪困白顛。

題葉君乘小屋二首

秋山寂無人,秋田黍正熟。主人樂餘年,閉户課耕讀。

其　二

少年塵累牽,到老歸閉静。縱目南畝寬,開懷北風勁。

答張公仕次韻

衰朽遺世情,文字尚留癖。虞愁筆著書,曹笑有霑幘。古人不可作,望如遠行客。於人徒落落,舉世皆脊脊。自同不繫舟,難齊可轉石。緬想龍潯山,磊砢衆岫積。紫芝生其間,連蜷可採摘。仲蔚蓬蒿廬,林居寡人跡。芟蕪劉立苗,精探王鑽核。寄我新詩篇,有如月圓璧。流颸吹炎天,凉泉心塵鬲。室邇人若邇,夢遠神無隔。遁幽魯兩生,張軍晉三郤。無能定營壘,徒爾飽酒炙。仿佛雲中山,奇峰望夏日。

以平被偷兒竊去銅盆布裙,有詩戲柬,次和

瘦雞下饑鷹,枯花來懶蜂。城中富家人,燈火夜不懵。疊石固窗牖,擊柝走

兒童。高檐不可下，重門終難攻。餬口無緣繇，得不走屢空。朝來銅盆失，垢面從老翁。布裙無可着，好取袒爲衷。一笑匪繇人，天實梏困窮。

看園丁收番薯，以平有詩，次和并送少許

瘠園糞少地全貧，惰僕種陳實不新。市買一擔終便爾，園收半簍即欣人。珊瑚比色明昏眼，糖蜜爲甜飽瘠民。聊送五斤供野餉，未宜饔飧食頻仍。

宿故戴少參石洞

石室崎嵌不閉關，山中醉卧未言還。東方初白當殘月，誤認連雲作遠山。

登科巖，巖爲宋八行盧先生讀書處

秋風了不蔽，海氣來無門。城市紛盤糾，樓臺互吐吞。遐觀今古大，近賞牖窗存。往哲藏修地，懷人酒一尊。

黄季弢菊花下懷蘇弘家尚寶

蹤跡稀疎過草堂，欄楹微見稍更張。白頭藉在芳樽滿，黄菊參差小徑香。南國秋遲開十月，北山烟煖透斜陽。南都遥憶無些事，待漏朝靴不上霜。

貞孝詩二首爲宜興陳侍御作

荆溪陳氏子，隨父宦桐廬。壽命何不長，青春遂淪胥。邵母一聞訃，自剸學專諸。阿婢驚扶持，震器尚未虚。幸得遺腹兒，豈不充門閭！忍死復須臾，所産龍非豬。天只還不諒，逼我授綏車。斷髮且弗信，刺目悲無如。秋波一流枯，有似片玉餘。行年七十四，遺孤久軒渠。臨盡方欣心，得遂青鸞初。可使瘳醫手，邇我枯河魚。

右頌貞

其　二

懷古邵母子，厥考號古愚。所懷非古人，實仰先公迂。少鞠寡母懷，慧巧識

之無。教授里中子，董園坐荒蕪。束脩不救口，日夕憂盤盂。乃其入侍母，衎衎復于于。母歿忘羸孱，仰天長欷吁。當道爲奏旌，遂得聞天衢。念父昧平生，詢諮摹眉鬚。刻木奉丁蘭，桑門薦伊蒲。晚以侍御貴，紳衣拖紫朱。僻不當車中，言鮮出門樞。豨韋寧詎波，信美羲皇徒。

右頌孝

别林仕濟翰林還朝

十月孟冬節，朔吹經海東。望天方遥遥，别路何匆匆。吾子發詞壇，矯矯凌群雄。遂讀中秘書，藜火九天紅。於今已十年，漸漸長諸公。奉使過里門，未即朝陛楓。寒暑坐四更，報命方趨風。朝家百官守，惟有翰林崇。豈徒霄漢上，得沐天慈豐。將來陟台衡，坐看吾道通。其先結主知，要在敦朴忠。小心既敬畏，和氣復冲融。潔白無磁磷，殷勤深鞠躬。以此百謹凛，預徹於宸聰。及乎得時駕，自牖輸丹衷。開誠布公道，一體調府宫。出見士大夫，不復别賢蒙。近代賢相臣，以斯有始終。吾子一片心，渾然明空同。至其挹損意，戢如未開弓。用此秉素心，豈不鑒灝穹！中庭睹鳳儀，于逵瞻漸鴻。臨岐申慷慨，庶代他山攻。

蔣有崇少參征黎圖詩

蔣公登壇誓六軍，朱衣綉胸赬紅雲。維時萬曆甲寅歲，陽月十八開朝昕。狼酋岑球伏斧鑕，血迸劍首留瘢痕。六軍整捌静不譁，連騎綴隊寂雷蚊。抱𧾷系羅活悉擒斬，四百餘級堆京囷。黎岐五年積逋寇，一旦洗雪無埃氛。借問二酋何等黎，一生一熟殊族群。生黎羅活産奇香，特購熟黎换金斤。熟黎負進久不償，攻掠牛隻如招豚。蠻夷相攻固其俗，貪功幕府中炙燻。以黎攻黎詡奇策，我但遥制不動君。偏裨徼倖非一算，撓亂紀律交紛紜。二黎相比拒我師，横摧直擊争崩奔。肉袒膝行見兵使，困獸還鬬何足云！但願縛獻二酋首，敢乞收刃垂帨帉。兵使鬱怒不可解，兩欲剿滅動戈矜。公駐雷州持不可，不見不戢行自焚。請但借剿以爲撫，撫則其實剿其文。當事掉頭不聽諦，土舍再遣逼齾齦。木弩正中土舍胸,倒地一束枯麻黂。幕府最愛張總兵,借其驍勇制磠狺。尚復二黎出投招,諸將反縛詣轅門。皇帝不信有如此,我等豈敢保領元!彼視中國如天皇,故以皇帝呼兵尊。公曰殺降大不祥,胡不縱之歸荒垠?當事不信益解體,然猶盤畝奉勤殷。幕府復遣袁游擊,乘其聽撫突蒸臐。伏兵四出大躪蹂,隕十六帥聲死蕵。攝州潘倅持太急,致其流惡如澮汾。攻燒劫掠誰可道,騰妖逞怪盛夔獖。幕府復遣王都督,大率狼兵渡海濆。狼蠻肆毒過諸黎,龍酋岑球亂耡耘。兵使監軍公主餉,此時渡海耀玂員。分布衆狼犒帑糗,岑球先斬豕牙豶。乘勝蒐獮正此月,兹仗蔣公鳩育賁。蔣公功大心不喜,主剿終非我所欣。國家征黎四大舉,尖鬃乾脚仍罯獯。我兵屠黎黎屠我,忍看白骨腐紅筋。以此善後嚴保障,俾守疆界如湖閿。撫黎州官掌黎舍,除去浄於蝨捉裙。事聞不賞口不言,北堂萱樹香氤氳。奉歡子舍胡不樂,能侶儔輩参蕕薰。公心不獨覆群黎,南撫交趾心猶勤。交自爲交黎自黎,晏然清泰開乾坤。古來盛德藉紀述,公口不言誰則聞?趨庭有子名德璟,採擷首尾筐葵芹。古文奇字既珠綴,忠孝文武復星分。丈夫立功志四海,鞭撻夷虜轟砏磤。聖人神武原不殺,糞車走馬徵皇墳。

屢擾醉吴瑶京兼有詩奬我,依韻賦酬

梁岷巴蜀閲山河,環堵歸棲不啻多。馬隊校書君學祖,城西立竹我如羅。篇中美句慚難受,湖上清風喜屢過。從此論文休劇費,只須菘芥與稜波。

春 曉 二 首

紅花欲過緑初繁,坐對主人無一言。麥穗打餘還曬藁,匏栽乞得正培根。老婢篘酒苦無米,鄰舍曆書與記尊。二仲長貧寧厭薄,荳芽魚餅罄寒温。

其 二

春花春日春風慳,片片辭枝了不還。蜂蝶穿餘如斷蔓,胭脂褪後想初顔。幸留未雨兩三點,能照新晴大小山。白頭相對此無事,正好吟詩互削删。

蔡母壽詩

妾心如枯柳，兒生如飛絮。絮飛漫舞隨天風，那知棲止向何處？妾身如孤雌，兒生如初轂。霜鶻逢鷗或碎首，蝮蛇上樹時延脰。天時人事不可知，厚極多崩高亦危。出門上堂還入户，愁思俯仰當告誰？日月平分此四時，惟有上天普不私。盈虚循環固其理，蔡氏夫人乃測之。請道夫人新寡年，二九再過春風偏。夫君孝秀才且賢，天衢咫尺望騰騫。鴻鵠摧藏鴛侶叫，空山寒寥但殘照。文木柯堅那得判，柏葉心苦誰能調？上堂作羹進公姑，入帷哺啜循藐孤。公姑氣息奄僅續，藐孤頭角看未足。一日難得一日寧，一宵未免一宵驚。兒漸長大讀書起，膝下生孫非望始。蹉跎不覺六十春，襲錦奪標孫旖旎。昔日藐姑六十餘，忽已老大高堂居。神明不隔飲啗勝，健婦少女尚不如。女牛七月天風秋，慈闈設帨高旂斿。諸孫羅列璚與璆，客醉長筵主列羞。萬事破涕忽爲笑，歷艱數往方知憂。爲兄一唱壽母歌，更請壯士揮日戈。母氏爲壽千無極，吾兄念母百不磨。

壽蔡翁

蜀漢張仙靈梓潼，奎壁掩映文昌光。持弓挾矢射天狐，跳梁走竄驚伏藏。遂令人間生男子，一一頭角森昂藏。聞道仙生亦有日，二月十一夾鍾律。蔡公肇降同此時，瑞芝靈草開霧術。天孫織作雲錦裳，越羅楚練生輝光。吴歌秦唱陳酒觴，賓客雜遝歡華堂。漢家丞相清如水，春生棣萼門掃軌。羔鴈來結兒女姻，上堂舅姑拜醴醮。小阮時過竹林下，喜看王濟能騎馬。輒來使我歌壽章，青春藉手薦杯斝。翁乎昔年曾顧我，緑鬢雙垂柳絲髀。於今倏忽七十秋，骨格稜稜方峨岢。人生萬事在眼前，惟當飲酒樂華年。從來上壽得純嘏，但取一寸畊心田。

贈江右曹生生有《傚雨文》。

傚雨爲文意，看山度世心。近聞探雪藥，還復動高吟。盧阜五峰遠，江根九派深。爲吾尋片地，他日結茅岑。

許松拙、吴瑶京鏡石山池聽泉同賦

竹片雙垂似倒瓶，石頭羅列聽當丁。十尋冷浸楓間葉，千歲潤含松下苓。傾耳枕流恬蟻鬪，合□蹲隱失熊經。夕陽轉覺鳴泉盛，滿印宵空月□星。

丁司理家慶詩

丁公越錬純鈎强，手持三尺清吴霜。荆玉三薦上明堂，燕馬一出馳康莊。朝昕夕星出涖政，官署子舍奉家慶。紫袖雙舞斑斕長，銀帶初束衣裳正。太公少小教我公，步趨規矩詩書中。揭來射策天門崇，甲第唾手高飛鴻。將來八閩看司李，紫帽蒼翠清源葱。陽月灰葭動暖風，日長一線和冲融。我公長跽獻壽杯，華筵列俎交崔嵬。合郡衣冠來拜賀，門闌只得望璚瑰。家在江南秦淮郡，秦淮水流門前近。白鷺洲遥竚遠天，鳳凰臺高聞餘韻。今來汪洋跳大海，山暉海怪呈光彩。石首消爪擘山蠔，子魚通印薦霜蟹。人生富貴足極樂，聚順承歡百不惡。酬忠報劬兩得之，壽官迎養清芬馥。岐山阿閣盛來巢，那有遼東令威鶴？

鄰翁郭兄壽詞

東衢郭翁號石野，柔心低氣中心瀉。榮名何必市朝間，厚德自尊桑梓社。翁昔壽康八十餘，子孫滿眼享純嘏。靈光魯國久無存，喜有老兄紹良冶。老兄石野常在心，夢思像貌真非假。秉心行事百繼述，真如高松並美櫃。我去兄居百武餘，兄在街頭我巷下。兩人踈出並閉門，兩心相照天日赭。至其品格相差池，兄如屋脊我檐瓦。諸郎向兄稱壽觴，春山使我圖中寫。東家有丘未見輕，西鄰之禴誰能捨？我欲就兄飲壽酒，比舍幸不煩重踝。我量幸稍視兄加，兄浮仲雅我伯雅。如兄避世久忘機，膝下諸郎多清灑。將來必有大門閭，漸見貴盛施行馬。

柯朝星不至郡城一年矣，寒月來集齋頭，喜甚分賦

片月海頭來，隨君亦快哉。人如牛女會，和喜羊何裁。濁酒香還在，燼燈花

尚開。年華與世事，白髮兩相催。

鏡山和吴仲聲廣文

江城臘雨欲肥梅，石鏡荒園先自開。楓樹洗輕丹愈艷，荔枝壓重華將頹。無風散遠香魂静，有霧遮層白氣廻。行絆山衣侵少濕，來將酒令數多枚。乍聞羯鼓催吾笑，翻信鹽羹屬爾材。痛飲老來無别興，諸君全仗滿流杯。

陳欽仲四雪亭同用亭字梅香雪、梨白雪、海棠胭脂雪、桂花鵝黄雪。

六出非垂地，飛花自杳冥。江南寒信使，漠北凍王庭。灑滿張公谷，標侵内史經。袁安不寂寞，因有草玄亭。

徐奕開携酒同諸君賞梅章園，禁體得猿字。時吴仲聲道其福州籐山下有梅萬樹，名梅花塢

北郭梅花樹樹繁，迎風笑口已開園。門生載酒同來此，野客尋芳更孰村。不怕成詩嚴禁體，最憐墜片點青尊。藤山聞説萬株塢，清夢先如聽嶺猿。

梅花下聞鶴

香雪盈盈一望斜，然聞清唳破寒花。緱山庾嶺猶相隔，大是西湖處士家。

黄母壽詩

我昔曾遊紫雲寺，黄生欣然延客至。瀲灧千層緑玉杯，峻嶒一片青雲氣。從生痛飲月幾圓，其夕何夕年何年？駒足已能周八極，鵬翼尚未摶青天。黄姑妃嬪名天孫，下嫁人間阿姥墩。百花釀爲如蜜酒，九章散作綺霞文。遂來孕育生此兒，青絲紅錦胸離披。殿宇靈光匹延壽，典型文賦推陸機。北山臘月梅花發，白雪彌山明雲月。黄龍江頭龍一群，蓮花峰巔蓮十笏。夫人匡坐在中央，黄生諸昆立兩傍。眼中數子並老蒼，齊來壽母登君堂，萱花發詠霞錦光。鏡山老

人數行語，來與諸子歌白紵。倘如當年紫雲寺中杯，白髮星星忘處所。

題温陵十景圖贈蔡伯達使君

蔡公雪水布衣者，去去名齋字休夏。六時强半誦雪山，一日遂爾登金馬。作吏遥尋仙子家，麥斜九鯉珠林花。詩篇不斷四時草，法花間演三禪車。璚枝琪樹不着雪，更向垢膩試高潔。心孔但取納須彌，鼻觀何曾嗅迷迭。秦淮水流鍾山高，擁袍拄笏看林臯。所居粉署若菰蘆，問之寶劍名豪曹。天地使公主海若，三度爲官滄海脚。大浸崩騰浴扶桑，長空泱漭翻巨鼇。郡齋佳句傳人口，官爲荔枝難解綬。八詠直繼沈約前，清詞不落玄暉後。温陵十景胡爲哉，雪山重輕公去來。驊騮群趨厩吏下，琨瑶本是君家排。泉人作《蔡忠惠迎神》詩："洛陽橋，洛陽橋，一望四里排琨瑶。"泉中三載今書考，人人盡道使君好。棠蔭邵陽敞茂林，梅花官閣香晴昊。温陵舊名本是温，公今復爾烘高暾。甘霖爲雨滿天下，九里潤河先海門。

張令公高堂雙壽詩

仿佛谷水陽，婉孌崑山陰。周墩孔宅開南北，五湖三泖横高深。中有鉅人富詩書，穴産龍子三軒渠。九秋同折蟾宫桂，一春獨奮鯤溟魚。嚴君張公子，慈母陸夫人，毋乃赤松留侯之後裔，得非機雲伯仲之遥嬪。大哥前領小弟後，我公先手攀星斗。青袍乍脱九峰山，銅章新綰晋江口。朱顔白皙方盛年，高堂黑髮相聯翩。弟兄繞膝公望雲，母爲西王父籛鏗。海物盈車載重馬，公有懸魚無遺鮓。荔枝不寄紅鹽煎，牡蠣絶却蠔山瀉。洛陽江頭萬人家，河陽花滿賴明霞。津津輿誦不一口，便當壽酒流璚華。人生起家子大夫，難得具慶齊驩娱。丹山一毛已足貴，况復渥水三神駒。赤縣齊州遍四海，蒼生赤子須人扶。公來不愧樂只詩，視傷如保無時無。得全全昌萃一門，喜氣笑口開春温。稱心快意有如此，神仙行地何足云。君不見華亭一鶴三千歲，物尚如此况人瑞。清尊滿飽柏家糕，長筵燕設鱸魚鱖。

送萬參軍還易水

萬公世廟名臺史，出鎮閩中解組還。身領千騎屯海表，手提一劍入行間。如麻倭寇芟夷盡，若木蓬瀛氣象間。故老論功思出涕，承家有子見開顔。蓮花古幕時時静，玉樹芳階欵欵攀。共佐黄堂高馬骨，獨開華館厚苔斑。鄉心遥挂生殘夢，宦組遂捐返舊山。易水流甘醪正好，淶田膏沃飯寧慳。孤舟時探女思谷，匹馬行經武水關。雞肋莫言容易棄，幾多穿眼玦仍環。

戊午春讀書故山，以平有詩見詒，依韻戲答

愚公高興劇移山，自許春秋不可删。老與秀才爲伴偶，酒於田父數過還。校書辯字疑多有，覷笋覘芽喜不閑。疎嬾自云君宜爾，愛留緑髮悦紅顔。

仲春八日邀蘇阜山於黄季弢君子齋，阜山别後，與歐陽懋照懸燈碧桃樹下，對月劇飲，分賦桃字次韻

蘇翁望九老盧敖，猶喜吟詩會我曹。不敢强留春冷後，還來發興月明高。當杯有客同青鬢，和露何人種碧桃？孤影半輪誰辨得，輕風細細散香醪。

戴貞母壽詩

禄米朝家未易沾，大臣賜老助歸廉。小人有母時頒給，不啻君羹得屬厭。

陳元朋自漳過泉，即席分賦元朋曉丹術，初至時，門者却之，元朋張拳奮怒，輒有末句。

五羊喜見素心朋，二月仍燒元夜燈。勝戰獨肥糠覈食，達官聽與文章憎。老隨白髮從年變，藥鑄黄金羡爾能。七步詩成吾妬甚，應門難怪不輕膺。

十一洲山房用蔡使君韻題贈黄若古。若古乃祖爲學士

不盡十洲一我村，君山楊子似兒孫。壺公鎮日來相訪，若士當年未到門。

裨海吐吞胸裏具,中原昏曉眼前屯。清聲學士聞名久,芝草誰言不待根?

丁巳人日與黄瑞卿集維清山亭分賦

春山寂寂上高亭,雨底鷲峰漠漠青。笑語不殊生意態,杯盤相對坐沉冥。乾坤風物古來有,桃李年華少所經。楓樹樟柯將放眼,韶芳欲借制頹齡。

夜飲維清山房

明月今宵不屬他,特將疎影照芰荷。響泉咽處流疑斷,螢火飛時星覺多。谷静林虚禽警驟,疇平水滿蛤聲和。懸知無客閒來往,倚杖柴門自嘯歌。

暑月過維清山房,無事率爾成詩十首

萬樹參差不見天,龍形鳳羽久忘年。嬌鶯轉覺喉多力,自在高啼亂葉邊。

其　二

北牖高掀亦快哉,南風都向此中來。窗前欲展陶潛席,池上兼多袁紹杯。

其　三

門前流水一溝開,相逐儵魚去復廻。欲笑巨鱗争跳躑,龍門歸去曝愁腮。

其　四

溪流雨後易禁當,小揠防魚亦自長。細細殘聲穿穴出,亂行石罅似鳴璫。

其　五

接得飛流潤芰荷,又穿暗竇出松蘿。池底衹疑通地軸,不知何處響雲和。

其　六

一徑紅花明老目,兩邊緑刺罥人衣。坐深時有香風至,山葧池蓮是與非。

其　七

半畝園亭如苑寬,四十韶華便老看。人生最苦無知足,行路何時不歎難?

其　八

黄石張良因願滿,五湖范蠡爲名成。少微無意看明隱,大藥何心問島瀛?

其　九

山静日長眠不徹，棋心詩卷興多方。昨宵祗事行杯滿，坐看明蟾欲墜光。

其　十

曉望啼鶯不見端，午來忽過小墻垣。似欲向前呈羽翼，使人知我是能言。

白　蓮　花

子從藕節非離母，衣取緑莖下作裳。夜晃月華渾水色，朝擎露湛總天漿。愛隨老叟陪銀鬢，更似佳人字玉郎。醉眼忽看無數點，鷺鷥疑是一群翔。

紅　蓮　花

南天日午正燒空，一朵卿雲百道風。泰華峰頭争丈數，麻姑池裏有初終。座敷帝釋尊雄殿，山奪匈奴入漢宫。文字此來歡劇飲，紅裙兼到酒筵中。

臭　蟲　詩

褐衣使者入吾帷，快鶻鑱烏太被欺。引罅尋空時自匿，振衣循褉急相窺。臭夫窮海難争逐，毒手如孤亦飽爲。獨有一長能伏氣，頗如元緒守真雌。

白虹潀詩

紅日照天地，飛雪白紛紛。道者偶來此，雷霆殊不聞。

望翠樓曉坐

霧重雲昏樹不知，恍如水墨畫圖披。此身亦覺同枯木，沾漬從他濕鬢絲。

自東坂曉行至犟橋作

鬱鬱披蓊薈，蒼蒼轉岧嶢。虹流飛石脇，鳥道鑿山腰。審徑徐下嶺，關心欲渡橋。漁樵日來往，雲路不知遥。

自鞏橋至仙門洞肩輿上得詩四首

鞏橋如偃月,石勢似吴門。古縣仙遊道,青山虹瀑村。鄉初窮郡界,人已别方言。大壑廻深澗,峰峰盡覺尊。

其　二

山水相因去,樹林交讓來。流泉青嶂下,飛雪白雲隈。已向丘中適,還從岫外猜。清晨無卯酒,客思已悠哉。

其　三

篁篠暗層穹,泉聲出此中。昨宵新暑雨,午日似秋風。百畝看多隱,三家望未窮。遥聞仙子宅,不遠數峰東。

其　四

稼成良可喜,不必屬吾田。高隴雲中乳,汙邪溪上泉。問途從客指,下步息輿肩。祇事青松古,懸殊老鬢宣。

仙門洞二首

洞裹仙人化鶴飛,不知華表幾時歸。老夫養拙嫌多事,但與沙鷗約是非。

其　二

石仞崇墉鬼斧裁,奇哉天地此山開。飛泉百道千尋樹,終日杯盤未擬回。

龍華寺曉起

佛殿晨燈在,經堂曉月孤。劫灰猶鴿棟,塔影尚龍珠。啼鳥聞非寂,高松徑未蕪。古今雖變態,僧寶不人殊。

龍華山池

魚遊經殿影,鳥度倒潭心。還日坐依塔,看山步出林。

何　嶺　歌

山是我家山，嶺是我家嶺。湖州尚有道場天，仙源福地非凡境。人言神仙樂事多，我胡百年愁轗軻？高丘絶壑但婆娑，仙乎仙乎奈我何？

國歡寺三首。寺僧熏修甚勤，而有東林、獅林二僧好客，知之兄弟也

國歡新寺鬱崚嶒，滿眼名緇續焰燈。百丈青原雖各派，曹溪不離祖惠能。

其　二

囊山當後壺公前，翠色長浮海上天。大浸茫茫誰得渡，明珠貯鉢是歸船。

其　三

一水瑩澄勝剡溪，天工分閟福廬西。至人獨往心隨會，醉客相歡酒屢携。北向千山群壑赴，東來片雨扁舟迷。尋盟擬待三年後，更看桃源與柳堤。

贈湖上僧

碧桃道士今何在，翻使頭陀奉列仙。爾家亦有菩提樹，灌取真珠滦底泉。

南寺黄季重携飲，柬鄭蘇州、林祭酒

兩徑青松緑酒開，化城舊是讀書臺。崔嵬勢與天中近，縹緲人從象外來。暑雨驟昏雲聚散，飛流不斷客徘徊。鄭公酒癖今還醒，尚待林逋放鶴回。

贈璨上人

璨公屐齒下層臺，忽見泉南一叟來。下榻人爲青眼喜，吟詩句與白雲裁。春穿孤竹根侵座，雨漬凋榕葉化苔。謾説西來無字義，空希乞食衛城回。

夜宿南山贈進公

巾屨進公惟挂壁，更留古壁護殘墨。開晨好客供禪悦，充卯療饑取苦益。

甕牖一天窺月大，藤床七尺容身窄。終宵被惱不敢言，自擊木魚響經帙。

南山四首

如箭山門樹兩傍，層階百級到禪堂。遊人只説南山盡，尚有南山在上方。

其二

大寺原包寺百餘，一林今尚一僧居。麻衣長老募緣日，黄鄭二公正讀書。

唐黄滔、鄭露並讀書于此。

其三

三十年前憶此遊，溪聲瀌瀌俯楹流。非徒改閣觀殊狀，賢守題詩不可求。

予三十年前來此，溪聲在長廊之前，廊挂郡守詩，有“吾民多少未炊烟”之句，蓋曉望軫民之意。今來，閣壓溪上，溪不可見，而賢守詩問守山僧，並失所在，慨嘆久之。

其四

達摩圖畫陳提學，題壁上陽卓小仙。寄語諸師休間歇，辛夷花發四時年。

是寺有陳伯獻畫達摩，卓晚春題詩。階前辛夷四時皆花。

林咨伯祭酒南谿山房

耳亂鳴泉語不應，穿林過磴聒相仍。流雲匝地知何限，飛雪自天凡幾層。魏國綵虹疑結搆，何家赤鯉恣凌騰。吾園亦有泉如鏡，祇可從公佐小乘。

雨中溪聲閣夜飲

天欲何在傾海瓶，故吹急雨凌冥冥。此泉合自赴滄海，醉氣衝起蛟龍醒。

壽玄若老僧

上堂拈拄杖，音旨何宏暢。欲祝吾師壽，壽者本無相。

林咨伯、宏伯雨中携尊見訪，而周爾修亦來致餉

遠山迷去路，積雨濕鳴鐘。澒洞澗中石，棲遲雲外峰。携尊尋白帢，送米入

青松。相别寒泉下，孤燈相對慵。

贈果上人，南寺山門金剛是上人所建

入門闌楯悉金銀，聞是吾師振法輪。謾論檀施無方力，且看金剛不壞身。

贈鳳山寺僧如湛割股奉師

如來以肉飼餓虎，四大坐看委塵土。况受吾師棒摑恩，霜刀小劫敢辭苦！

法　海　寺

法海名法即非法，山僧住山不離山。獅象波濤齊出没，魚龍嶺岫各廻環。鄰虚寧有塵些子，食蜜豈但甜中間！寺裏我來三四日，非因佛相仰尊顔。

上巳同韋東芹、許松拙、黏以平、傅維章、吴瑶京、兒雲祓禊東湖之上

里俗競春社，祓禊事蓋寡。提觴坐水次，不識胡爲者。豈是酒人徒，不則讀書暇。惟我意中人，歡喜道古雅。雖無温泉浴，東湖春水瀦。亦無修竹陰，但坐蘆荻下。况下有古墳，觸景合陶寫。詠詩示末俗，禮失我求野。

王仲紹過我新舊二園

清泉夾短岸，新楓蔭嫩藻。錚琮響古石，漲滿冒弱草。聊緩激湍聽，再過新園好。鳥聲聞近遠，風日開晴昊。萬花如飛絮，亂落不可掃。蝶拍徑向低，蜂銜日尚早。田夫進麥粥，救我荷鋤飽。

寄張子經年丈

西署分携三十年，白雲樓在阿誰邊？衹餘霜鬢蕭蕭久，一似秋雲白滿天。

詠紫菊二首

瘦菊一枝裊娜，紫花數朵紛披。不怕候當雪霰，欲將色鬭胭脂。

其　二

若是牡丹姓魏，如爲荔子名陳。参軍紫髯白久，學士黄州見新。

紫雲寺吴仲聲招飲

辟疆昨日暢叵羅，雙寺今朝復再過。趨府客邊人作主，飛觥醉後飲仍歌。新嘗海錯丁香鯛，預喜時鮮鸝鴿螺。檐角翹頭延明月，魯陽吾意莫揮戈。

贈僧七首

已自得上根，還未聞極則。無情墮法意，有想非道力。

其　二

福唐始開鑿，奇勝繇天造。我師結裴休，時時聞大道。

其　三

此覺不易了，一了亦非覺。如露復如電，形色難捫捉。

其　四

攬勝即丹霞，看花得法雨。霞起復雨收，親聞何處所？

其　五

地水與火風，一一恒沙數。見性倘問吾，了不知其故。

其　六

問師真作假，還應假是真。雙遣俱兩忘，四大一空心。

其　七

琴不爲我鼓，詩不送我讀。天鼓自然鳴，我聞在空谷。

次吴廣文、徐侍御新園詩八首

酒鋒如軼起，詩書若文桓。坐遣吟心暢，不使酒盟寒。

其　二

方池通曲沼，老竹雜新竿。夾此雙條緑，坐令一徑寒。

其　三

層山還設□，小徑不安欄。登高兼渡水，膚粟凛生寒。

其　四

攢峰兼峭壁，千片是琅玕。水中何所擬，金焦北固寒。

其　五

磯頭藉短草，樹底醉行盤。片月城頭上，杯中光自寒。

其　六

隔水聞語響，相望不可看。微風吹大笑，噫氣若爲寒。

其　七

窈窕經他塢，徘徊過别壇。水風宵轉盛，襲紿囷輕寒。

其　八

西莊王給事，曾有此峰巒。白簡雖收却，霜威尚自寒。

次周仲先侍御山樓見贈之作

蘇公首拔主司歐，莫大文章貫索丘。早列内臺名道直，暫從外服使人愁。東來窈窕頻尋壑，西去逍遥欲上樓。所至五漿争饋食，衡門無轄可容投。侍御爲名解元，今憲副西粤，粤中有逍遥樓。

再用韻呈陳侍御荆璧。時同周侍御並宿小樓，侍御方以母憂家居

夫君剸決風胡歐，風節崚嶒失衆丘。相對久尊西府望，萱花深結北堂愁。乍來小隱三條徑，愧乏君家百尺樓。鷄黍逢迎都簡略，真如客舍暝須投。

寄括蒼太守陳起潛陳舊令永春、丞建寧。

南明洞裏顛公筆，萬象寺中趙老書。太守一官貧更劇，山城萬室喜何如。桃源處處思大令，甌治人人頌貳車。野客殘年逾拙劣，看碑闇地不能疏。

贈真聳上人三首有序

惠州不在天上，漳泉乃吾一室。予不能如子瞻，而上人求我不啻契順，然尚不知契順當時能如上人善書能詩能畫與否也？

皎然靈徹是前身，鏡水越山在我閩。來問墻東老居士，衣珠殊愧綴後塵。

其　二

一鉢雲遊一鉢空，祇餘甘露在杯中。蒲團笑殺硬頭坐，一字原無是祖風。

其　三

不二維摩有説經，王維摩詰善丹青。千古兩人成一片，酒肆但殊異養靈。

送陳生鄉試南京

越境來負笈，山池借讀書。馬良堪服後，翅滿欲飛初。日闕新秋桂，金陵舊石渠。鏡山垂釣處，聽子捷音書。

林德芬贈我湖鏡兼詒十韻，次答

大道本無名，王倪問齧缺。亘古同如斯，何繇見生滅？不比對鏡照，顏面乃生發。惟其清光輝，可照膽與骨。妍媸隨所來，一體無等別。貴從富鼎珍，貧聽儉薇蕨。所以貴此物，光景無不徹。我友贈我鏡，云照我宣髮。我知我友心，恐我指視忽。置之如坐銘，長奉比明月。

予黼移尊王梅溪祠，山人錢凝之、朱願良、黄季重、朱廷璜、黏以平在席，得分字

詞人海内集如雲，文酒連朝到夕曛。文倚舊盟尋息壤，酒行新政劇商君。芳祠自古秋花亂，晚雨獨來暑氣分。莫道孟公徒好客，將來旗鼓屬中軍。

西瓜皮詩同用皮字有序

莆客黄季重十五年前過我，刳西瓜以爲酒巵。今來此，予問復能飲西瓜皮

否？季重欣然劇飲。莆人儉鄙，泉中頗作嘲笑云：有二客食瓜，見緑尚噉，兩面穿空，相對笑曰：兄亦在此乎？又一人啖瓜至出齒血，以爲紅瓤，尚啖不輟。

眼光透緑還相笑，齒血混紅尚自疑。夫子拙於爲五石，大樽今得泛鴟夷。仙人期我千年棗，邵老供吾五色卮。遥憶建安諸子在，可將此物醉南皮。

重游泰山，山在安溪縣

白髮來三度，青山只一村。比閭皆合族，赴席但殊門。菊蘂删初綻，柿林摘尚存。溪光如練净，何處擷荃蓀？

壽蔡伯達使君詩

諸侯共是守專邦，海内名流又别腔。膏澡甘泉泓福海，胸開武庫湧文江。俸錢何論能名一，神劍伊誰敢並雙？三度泉人歌燕喜，家家如供佛堂幢。

黄明起學士見示聞遼警詩，次和二首

西風遥想薊門秋，烽火何時静戍樓？列塞旌旗稀固壘，控弦將卒少明侯。荷戈有限徵兵遠，無米難炊主餉愁。聞道諸公商海運，不知果可到邊頭？

其　二

奴酋貢款本年年，忽獻嫚書敢唾天。大抵守臣開釁孽，亦繇□土久留連。至尊静攝煩邊計，樞管新膺果世賢。學士憂時天闕遠，只將愁詠寄江邊。

小兜道中二首

天風吹不極，對面擊平沙。漠漠行初盡，亭亭望未涯。漬鹹低石白，邊磧遠岡斜。刳木何年得，遥凌渤澥賒。

其　二

何須關塞外，亦有龍沙堆。風偃水紋細，日晶金色開。雲如飛鳥影，海若鼓天雷。列子泠然馭，吾懷欲九垓。

鬮子詩有序

予黼爲予言,一鬮子中自具雌雄。此予所未聞也。時座中有自詡能詩者,予黼難以此題,遂逃席去。

謾道蚨錢稱子母,已如龍劍合雌雄。惠文綴首千聯月,海若爲帆兩片風。鮫室下疑珠忽至,沙彌欲與芥俱融。酒籌只怕將渠借,故引他辭似脱空。

葉進卿先生見寄山中雜詠詩,率爾次答十六首

人生天地間,各各含生趣。蒼蒼視下土,但覺群萌聚。希微如蠛蠓,仿佛似烟霧。而人於其間,展轉求智度。直心翻曲出,拙誠乃巧護。遠矣羲黄軒,令我發遐慕。

其　二

太素本無始,攖神在耳目。俯聆空泬寥,仰睇窮高矗。聲象歸烏有,化如白日速。桓温臭比芳,主父鼎均福。及共厄將極,有如挺險鹿。隄穴匪難穿,風巢當易覆。

其　三

真人守玄宅,緬邈無西東。三危垂寒露,八表圍高松。皎皎出塵表,泠泠居心中。舉翼戾四極,飛步凌層穹。溟濛元化游,安能測始終? 望之將何見,躡之不可窮。

其　四

皇天分四時,代謝藹庭序。年不爲彼私,歲不專我與。春風吹菉蒉,嚴霜凍平楚。悟者揚子居,昧則孔文舉。虚無周埏區,炎凉變寒暑。無端升與沉,何況默或語!

其　五

玄鶴遊東海,結巢扶桑巔。游飛不知處,豈但忘歲年! 神龍戲高雲,海波爲翻翩。及其斂精氣,宛傳(轉)蝘蜓然。飄飄王子高,凌虚吸雲烟。遇我於緱

山,相對坐忘言。

其　六

風雲多玄感,盛哉唐虞際。抔飲蒸乃粒,洪流平可厲。今人苟若此,是何作氣勢。維彼上聖人,視之乃衿裔。形雖隨景滅,響不同風逝。明明日月光,千載孰能翳?

其　七

垂紳入天閽,結軫還里社。共是一人身,誰作高卑者?自心苟異觀,況欲横天下。所恨出世時,經綸道殊寡。果其君民心,真切良不假。脱屣去榮塗,寧心卧廣野。

其　八

望山峰巉巉,臨水石齒齒。偕侶殊爲歡,獨游亦足喜。泥飲或争席,相與坐忘起。吐論不俗憎,題詩多古擬。所居號墻東,其儔名綺里。遠看豨韋年,迹若我父子。

其　九

文字滿今古,飽閲少年時。於今較亥豕,豈不徒自疲!青山千萬疊,所苦不能飛。又苦無蹄足,捷若猿與麋。西北上崑崙,東南捫衡嶷。頭髮澤如油,宛若新淄絲。

其　十

末世好佞佛,弟兄於天親。而吾孔門徒,豈復希斯人!但付東流波,遣此羨與嗔。中懷苟有契,含心各自伸。吾非無階梯,彼自有梁津。一日洞九天,攀躋當無因。

其十一

世人但出門,殷勤囑兒女。一朝乘化徂,倉卒無一語。四言是葉公詩中語。達哉至人言,天行何處所?皎皎織女星,踟蹰亂機杼。脉脉一水中,隔如漢與汝。況我塵土人,血魄徒相侣。

其十二

咫尺有神仙,何必稱不周!逍遥看玄闕,何必在丹丘!迢迢閬海頭,十洲一泡漚。偃息隨所任,行歌盍歸休。觀身已自妄,於世復何求？吾知雖無涯,吾生故自浮。

其十三

遥聞石竹山,高石互離離。下有無患溪,清流堪長怡。是公家中物,又不須檀施。雲霞各異狀,朝夕亂糾披。猿猱乞餘食,恍與人境迷。分唊或不足,獰狺任其爲。

其十四

金峰與銅石,奇怪千萬片。吾讀江淹詩,未知所麗奠。十二祖師身,不啻滄海變。公來游其間,似睹西域眩。既已陟層層,猶欲窮面面。陽岫及陰溪,誰道不能遍？

其十五

清秋何佳哉,明月來庭除。公來示我詩,恍若披畫圖。便欲奮兩翅,倏忽隨風舒。客言且須臾,先答尺素書。書成復長懷,冥心乃無如。古亦有斯人,愚公谷名愚。

其十六

伊公自束修,矯矯事明主。千秋契水魚,萬邦憲文武。宏施披八區,勞謙遜寸補。被衮九罭鱒,敷綸五雜組。淇澳莊賓筵,矍相嚴射圃。我輩雕蟲人,公寧噲等伍。

題世禎兄高齋

曲牖玲瓏花氣通,層樓豁達風光融。虚無僅在咫尺裏,突兀欲出高空中。雲夢洱海射波眼,黎岐五指盪雲胸。行藏小大各生趣,蚿夔風足憐無窮。

送林仲謨讀書南國學

髯鬚如戴玉爲山,山舍寥寥喜往還。去矣上庠聽鐸振,定何名士與荆班？鳳臺行卷供揮筆,鷄寺披經自閉關。忽憶介公傳舊詠,酒瓶書卷兩回環。鄭介公俠讀書清凉寺，有“漏隨書卷盡，春逐酒瓶開”之句。

寄永叔中丞

聖主含茹不可言，起家謫宦屢承恩。上書青瑣知臣直，建節彤騶見道尊。躍馬引弓身總健，函犀浴鐵士無喧。先公教澤人人誦，魯國諸生尚講論。

寄蘇弘家太僕

不羡九方空冀北，寧誇八駿得周王。詠詩直有無邪在，君馬還將頌我皇。

鄰家看菊

東籬省事不栽菊，但訪鄰家取寓目。盆裹千般保護勞，尊前一笑須臾足。寒霜未瘦逞嚴姿，晚雨乍肥從嫩欲。數武芒鞋最便歸，重來山袂頻相逐。

次韻答陳彦質秀才二首

如今作者固應稀，驅駕如君力不微。一劍横行當孰圉，三軍鏖戰乃空歸。得錢買茗烹寒雨，賃馬還家趁落暉。造次會心尋作别，難將尊酒解愁圍。

其二

東坡漫擬笑非倫，應識吾生别有真。尚友當論至不至，方今只是人看人。衰年於我如殘照，韶歲於君正上春。努力加餐須慰意，古來豪傑患無身。

李廣文贈黄菊

先生贈菊似黄雲，餘譜殊名豈足云！天地一時開正色，江湖此日送斜曛。繁枝滿見高低出，亂蘂何曾小大分！明歲培桃還種李，聽吾爛熳醉紛紛。

賀安溪見訪客處

龍津橋外龍吟水，鳳髻山前鳳下空。縣闕正當明月裡，人家多照水光中。江林翠幰看行客，官寺黄花對夕陽。相見踟躕還小酌，將無白社一樽同。

呈賀安溪二首

寂寂安溪縣，遥遥山水鄉。問君來百里，何似在三湘？田稼猶儲雨，楓林未墜霜。征鴻無限意，早晚對重陽。

其　二

崩崖千尺斷，岸樹欲參天。片席挂青舫，高城鎖翠烟。月華新皎皎，沙氣白娟娟。吾欲來垂釣，槎頭何處鯿？

贈　萬　曾

荆溪萬尚書，當朝稷卨徒。文好司馬公，詩喜邵堯夫。歷官身屢退，志道心如無。有偉季公子，箕裘紹門樞。九苞必穴鳳，千里本渥駒。槼步從孔門，振翼方天衢。君家有懿親，閩中仰師模。述美每無恒，睠言嘗不渝。自非臭味合，豈識德充符！何日璚樹枝，用以解渴劬。

送胡別駕入覲

直道人皆念，高才世共聞。攝行如皂蓋，上計亦青雲。柳色瞻天闕，梅花憶海芬。應須留傺直，不敢借離群。

鏡山全集卷十四

詩

戊臘與安平諸子拜吕純陽于來青閣，得非字

笑語迎人喜不違，分身隱相示依稀。想騎鵠羽隨風瘦，恣養珠光戲海肥。曾不碧桃分一啖，縱憐白髮醉安歸？瑶篇降筆連招手，前世他生是也非。

乩　詩

開樓海月高，熾炭煑波濤。相看無一語，萬事折(析)秋毫。

予來，吕祖喜甚，作詩一句命我酒一杯六首

翁自天仙號我君，仙風俗侶豈爲群？算來只怕詩神速，一句詩來酒一樽。

其　二

烟中香氣自薰薰，寒夜還如旭日暄。若道神龍吾豈敢，長江差擬一鯨吞。

其　三

只接字書若見容，神交只在酒杯中。借問黄鶴磯如許，至今酒氣楚江香。

其　四

一夜寒雲一夜天，高雲如見海中烟。原來酒態殊無幾，却被純陽攪不眠。

其　五

我生玩世是何心，自信鴟梟不改音。最喜仙翁能識我，銜杯但使到更深。

其　六

列仙數裏我翁尊，豈不天門下吴門？東山携妓想應有，金陵今有謝公墩。

詠玉蘭花呈吕祖

仙花本爲仙人春,縱使無芬亦有芬。圭璧一時同碧玉,雲霞作意報東君。

前樂樂歌有序

海上陳生事純陽先生甚謹,先生命陳生來邀余,余與先生處有日,先生甚喜,作《樂樂歌》贈予,一揮而就。予亦信手寫答。先生作序,有"一往一復,沛然若長江之水"之句。予喜而樂之。先生有三詩,予和其二焉,恐其轉和無已,而予難掩予盡也。

先生賦樂樂兮,復歎老丘軻。自非一生詘兮,安能千歲高?日月有薄蝕兮,江海變時多。恨不如先生兮,乾坤奈爾何?所喜來瀛洲兮,遊仙復觀濤。先生與我好兮,歡笑不斥呵。我謂先生天人兮,先生亦許我人豪。笑語我不聞兮,運箕如懸河。借手以爲口兮,文心湧滔滔。大丹示少許兮,長江投杯醪。迷舟載汎汎兮,楫師濟筏篙。先生飲天酒兮,我亦餔餘糟。所未飽我口兮,與以綏山桃。鳳凰集高崗兮,鳴鶴唳九皋。草履輕霜雪兮,神劍揮鍵橐。雲梯躡無階兮,雷門播巨鼛。欣然來鏡山兮,携手颺詩騷。虞舜固大聖兮,亦往雷澤陶。歎世之啾啾兮,一笑答嗷嗷。薰絃鼓南風兮,朔吹縱騷飀。節腹復量口兮,彝尊欸饕餮。與我不死藥兮,碧鷄往王褒。蹇(褰)裳或可致兮,相從輕羽毛。先生太愛我兮,罵世填溝壕。西域有一菓兮,瑣瑣名蒲萄。

後樂樂歌先生下乩。雲母一名"隗"。"飀"是大風吹海之義。

吾道宗尼丘兮,但識參與軻。不從化人遊兮,安知宇宙高?聖辨羊羵若商羊兮,見聞一何多。豈非至人與仿佛兮,其奈秘怪何?予未見我先生兮,汪洋如望濤。但謂天地交上下兮,鬼神來護呵。役使變萬靈兮,膽氣粗雄豪。精神能前知兮,上窮天界下江河。一來覲渥丹兮,使我飲酒劇滔滔。先生漸引道以至道兮,先則淡醴後醇醪。元精太始開派頭兮,桃源徐撑篙。俯視練形以養生兮,不啻粕與糟。富貴何烜赫兮,過眼春花桃。唐虞盛揖讓兮,百執龍夔皐。我既不可得兮,爲囊弢弓櫜。豹尾息瞻旂兮,鼉鼓收鳴鼛。忽聽先生之博物兮,勝如讀離騷。太乙若照揚兮,八翼如夢陶。望腹來果果兮,待哺正嗷嗷。雲母照天一名隗兮,大風吹海以爲飍。我心虚谷溪兮,弘願過饕饕。府庫陳瓊玖兮,奇險開斜褒。先生但廓我聞見兮,不冀假羽毛。故修身守重寶兮,益高城而浚濠。儻不奉先生之明訓兮,請罰童羖千葡萄。

吕仙爲周士製酒又爲製糕,與諸子賦得仙醞、仙糕二首,同用堂字

先生愛世盡長房,便與人間不死漿。火向水流香蘸白,庚將辛合色流黄。諸方加減成三宿,一吸清温列九皇。九皇,足也。仙人足名兩皇。上帝亦聞曾有醉,肯令行炙侍天堂。

其　二

劉郎捉筆難輕賦,袁子當筵不忍嘗。製出仙人從飽喫,詩於諸子又連章。千搥搗屑疑爲玉,百和流甘不用糖。炰鳳擗麟終有待,尋常寒具滿華堂。

木　蘭　花

芙蓉名木素秋丹,嘉樹又將號畹蘭。榜枻越人橈櫓盛,從軍女子戟矛攢。字填柳七終難減,皮傅辛夷轉自繁。白雨初晴開白玉,白頭白墮白團團。

鳳尾蕉蕉影照日,其中梗虚空若無梗。然廣西王府有蕉二樹,一如龍形,一如虎形。

欲比麒麟能食鐵,真同鳳凰不群鷄。養雛出地花心亂,孳尾中天日影迷。合本團團承礎潤,相當葉葉剪刀齊。一龍一虎形雙向,曾見梁園到嶺西。

波羅蜜出交趾以上三詩皆吕仙同作。

貝葉久書西竺國,瑶根今到日南天。菩提空性能同美,薏苡無言與共傳。

房比石榴差少核，瓤甘丹荔稱多煎。若令閩樹皆凋葉，香橼枇杷豈甚懸！

兒雲生日，吕祖下乩，甚爲雲會試先賀，而安平諸子畢集，遂作二首

仙人浩蕩來瀛海，手賣狀元不用賄。南天先醉白髮翁，燕臺久築黄金隗。

右謝吕祖

其　二

詞客今宵集如海，一爲仙翁一翁乃。但識諸君愛我深，敢料仙翁但相哈。

右謝諸子

西林詩二首有序

凍雨微晴，寒陰欲雪，但有名園秘界，皆可撞門而入。顧指引之無人，或延欵之有待。冬臘，柯道民命其二子槐、樑飲我西林，階蜿蜒以上臺，閣窈窕而含風，竹樹四匝，梅花滿枝，一何奇也！客温遴卿、黄國蒿、陳周士與俱，余賦二詩，客各一焉。

遠海送潮寒，天風在水端。北方應作雪，晴日若非乾。竹徑爲予闢，梅壇許客看。相娱尊酒後，申慰在加飱。

其　二

涉級欣盤鬱，登亭喜豁然。高臺因海設，曲磴與城懸。煖凍全憑酒，邀賓太盛筵。重游縱戀洽，計日亦明年。

和蘇伯潤五老觀太極圖贈陳熙甫尊人

拊鹿前行看鶴回，看圖四□坐蒿萊。總知太極原爲易，自信真仙不用胎。高樹對松長有韻，大丹燒火更無灰。瓊宫遠遠如蓬島，要待唐家學士才。

與聘卿飲懋中樓二首

曲榭登登盡，洪波遠遠來。酒杯還極目，客興何悠哉。

其　二

樓望更何處，扶桑在海東。寒光雖已暮，猶有未收紅。

題伍氏墓廬

孝子松楸一片心，每延詞客到高岑。曹蜍李志何須道，劇孟仲連豈異今！不用青蠅爲弔客，常留白鶴到棲林。腰間亦有吴門劍，未敢翹枝挂十尋。

周士家藏戴文進壽意圖歌

昔年畫筆見戴璡，勁姿遒緊如霜刃。遥知指腕但盤礴，突見氣勢已高峻。此圖驟看若不類，徐徐始識行家意。古木蒼然何穩深，所未清露泫其林。二老對弈此林下，一老置膝彈鳴琴。仙翁逶迤出石洞，致桃與鹿若爲斟。安石海榴紅焰焰，又見西北鳴胎禽。凡此畫格亦便爾，妙在形相宛相似。注目審耳各生態，青茵玄石可徙倚。陳君得此張華堂，滿堂賓客坐飛揚。清風習習四筵起，芳園佳木亦蒼蒼。戴文進，戴文進，清朝名品次倪鎮。黄金令人生羽翼，汝何不得見堯舜？仁智待詔政何人，豈有虎頭韓幹駿？一紙一墨流人間，好事争購初無吝。返視落落者誰子，江河不廢聲彌振。圖尾陳焕補刓缺，殘膏尚爾沾芳潤。白頭何生不識畫，便知其意欲下拜。所謂佳人我見憐，何況老奴能不快！庭前繡毬如瓊英，玉蘭臘梅交晶明。君復飲我置此畫，豈不一舉三百開唇傾？

累日安平欲歸，吕仙翁再爲詩見留，次答。仙翁常别往看梅，或爲人看地理

明朝又判再徐徐，輟卷包衣櫛與梳。明主賜環久已矣，仙人捐玦復何歟？難窮千古新聞見，大費東家盛酒蔬。絳節况知常不住，非看梅樹即堪輿。

戊午歲除，乩示我夜觀紫炁在東南之間、戍亥之頃，時至觀之，則在吾廬之上，而兒雲所居屋頭尤多，喜而賦之

老子騎青牛，紫炁結璠璵。關尹來相迎，拜受五千書。頗聞紅雲中，玉帝之

所居。真仙齊排引,絳節青幢車。今是輪囷者,何爲來我廬?仙人蚤見示,觀之亥戌初。豈非所放光,或天自開舒。小臣立下土,仰見盛披抒。其光如雜繒,紋似錦鯉魚。陸渾始發山,黃河初淩瀦。屯屯益以□,紛敷又或疎。紅鹽亂瑣碎,芒耀燦空虛。隱隱太乙騰,衝衝微靄徐。造化私我乎,氣數所值歟?小臣承仙示,不敢遽寐蘧。直待白雲鋪,又聽鷄聲呿。闔門復入户,幽夢尚懷儲。明歲狀頭乃莊景説君,君所居在南鄉,□□喬遠見若吾廬之上,蓋仙靈秘密以示人,又不□□人也。鏡山居士識。

寄吴文仲兼以亨融相聞二首,戲用二人姓名,一倒一歇後文仲有今是堂。

向歲江門得鯉魚,蠅頭猶是往來初。應知如月看書眼,不羨流螢武子車。

其　二

西曹五子各行藏,今是名堂表海荒。亨融信息近知否,入蜀新爲司馬相。

九日自鵬洋行至肘内作

採藥山中還,偶向川上渡。夜入山家宿,朝起尋歸路。忽逢山中客,招要命相顧。九日况佳晨,望天秋方素。溪頭再乘舟,游鱗可知數。廣疇復閒行,仄岸屢廻步。東皋多沃壤,菑畬莽回互。芒蔗餘百畝,甘橘可千樹。蕎麥正新花,白雪卷寒霧。落蘇三尺高,番薯長畦布。看山心所喜,望巖日欲赴。忽轉望秋谷,篁竹繞茅屋。出門稻花香,楓林立巨壑。吴牛卧其陰,群侣或字犢。家鷄鳴虚村,寒蟬響危木。始强方能來,今去誠恐速。惟須漉巾醉,以答陶潛菊。

冬雨不眠,枕上排悶四首

青山入夢欣難熟,白首爲文苦未休。垂老已無宣室召,他生恐有茂陵求。

其　二

萬竿爲竹難稱惡,三尺名松已自新。枕上檐頭聞雨響,故園别塢不勝春。

其　三

孤燈坐久光初焰,布被眠餘煖不勝。甯越每歌朝漫漫,袁安只少雪稜稜。

其　四

古來賢達多無命,再過新年六十三。只恐伏生過漢壁,少微乞死似江南。

送紹和會試

大海玄風吹無極,君復天南往天北。薊闕雲高碣石宫,蒼梧日照扶桑域。君薦賢書我謫官,今尚書生我籬樊。相逢不用歎淹久,只問行藏有好醜。大器晚來君自知,君乎君乎此一時。

贈安然上人

問師法性何安安,自覺無心豈有端?熱竈騰烟憑自冷,枯枝挂雪不須彈。睡前隱隱眠奚着,食後行行嬾任殘。相見便知空起滅,庭前寧樹相風竿。

贈揭仲玉

揭生如春萌,其意乃秋實。掞采何秀出,稱詩況高格。玉虛洞軒敞,吾未作游客。見子已翛然,清風下松石。

仲紹讀我解離騷有作,和之

吾昔讀離騷,其文如羊羵。解者非一家,紫陽亦已勤。靈修比懷王,又以荃爲君。又以美人譬,又以神女云。理不求串合,義但取多聞。所注諸衆芳,本草同紛紜。蹙節寡所諧,意專旁湘濆。叢委如積薪,重膇若千斤。春窗寂無人,持斧開髀筋。慈父伯庸意,楚國甚惡氛。上官猰貐列,鄭褏瀟湘裙。一一爲比況,行伍歸三軍。吾友來讀之,喜如揭秋雲。慰此千古悲,解其中心焚。予一取次讀,對酒亦歡欣。雖未如郭象,遠勒漆園勳。猶勝註爾雅,但與蟲魚群。

三月三日東湖作

今我携酒東湖東,春水蕩漾青山空。野燕拂掠無數起,沙鷗飛泛輕群通。

青尊但藉新短草，白頭尚怯顛長風。莫道麗人徒爾爾，蘭亭亦劫灰燼紅。

荔　蜂

散如風蝶入花深，聚似雷蚊鬨暮陰。暖失午衙歸豈懶，香湌朝露飽同吟。一林緑葉渾迷翅，兩股黄衣未褪心。久學靈丘終不善，妄希崖蜜得層岑。

鳥聲次韻

舌轉喉調衆韻深，遠聞樹底近花陰。紅林日暖輕相應，翠壁風恬静自吟。異侣高低渾合節，流光九十共關心。獨逢黄鳥初遷谷，雖聽新音尚在岑。

許徵君貽鶴蘭一莖，賦呈，末句有贈

人兮若有思鳴皐，手藝芳蘭意久勞。遂産芝田七十種，如聞天路八千高。玄裳改作脛前縞，丹頂翻移腹下毛。花蔕緑莖疑長喙，銜書應爲到蓬蒿。

上元贈林宏伯五丈

刺桐城中十萬户，客舍桃花宿林五。姹女挑燈擬白門，越人榜枻謳青浦。萬卷經書百斛舟，珠履來趿東諸侯。以雅以南奏胥鼓，不言不笑看吴鈎。新年報賽樂未已，紙帳春寒夜如水。彩毫未許夢他家，眼中之人屬吾子。

一峰祠下望北山作

芳祠遥佇立，弘敞豁心期。天遠看方近，山高望轉卑。風恬雲氣煖，野曠夕陽遲。坐愛同人洽，韶光不自私。

題　畫

古林數枝禿，孤舟一抹長。遠天無限意，獨往更何方？

己未春寄岳提學

山杏江梅又一新，白蘋黄鳥欲宜人。明知律爲鄒生暖，坐見風披魯國春。文字天交從邂逅，經書聖統藉陶甄。扶桑亦有欲晞髮，垂老蕭蕭散未勻。

早春黄懋弢絳梅、玉蘭二花俱開

絳梅玉蘭紅白雲，春光酒氣相蒸薰。蘭姿解苞宋葉楮，梅枝噴萼湘妃裙。生態入眼各國色，微香嗅鼻並清芬。青帝此時非贈我，分明雕鏤送夫君。

遴卿得宋嘉定三年修城磚，數之四百年矣，磨以爲硯，命予輩詠之

天生玉石時莫識，人紀鑪錘歲尚明。齊國入懷殊惡俗，翰林移影亦虚名。筆毫初點紋生粟，墨瀋新翻色似瓊。蒼頡却思天爲雨，未逢夏鯀學成城。

五月朝日，三山徐興公來泉，雅集東城樓，集者九人：謝修之、王仲紹、余可著、陳駿千、許沓夫、黄俞言、余穉孝、兒九雲。詩，興公先就，繼復和予一首，以後賈勇屬和不輟，遂交和至盡，是夜人得七篇。二鼓矣，駿千、俞言則先分韻，别尚未有詩也。修之、沓夫各和二詩，可著一詩

徐兄才調有三隅，兩探驪珠四座無。小設魚蔬貧北阮，長懷薇蕨採南湖。詩心酒興還相逐，日永樓高不可孤。衰老臨風黄髮亂，欲將白項比城烏。

次修之韻徘徊、嶙峋皆押韻所不能易者，漫寓一戲，是日爲朔日。

廣檻長楹恣步頻，不知身在最高闉。從他舊雨還今雨，寧見心塵與跡塵。月旦此時真朔日，徘徊誰不叠嶙峋！深宵劇興杯長滿，難較漿漓與酒醇。

次仲紹韻

城東野人生事微，斜暉弄罷望朝暉。登樓王粲乃吾土，望郭蘇躭有孰非？燈下老翁鸜鵒舞，江干五月鷓鴣飛。詩篇賈勇頻頻和，不擬更殘攝屐歸。

次可著韻

危梯百尺可夤緣，樓下青山樓外天。歎世迸空何意態，揮毫落紙聽雲烟。君云清茗人宜瘦，我道芳樽濁亦賢。但看醉茶同醒酒，山中幽韻有誰懸？

次眘夫韻

詩思如君有慧根，策鞭難字了無痕。才藻得從香吏案，功名欲付夢婆村。登樓此夕堪千古，作賦似今有幾翻。我比鶯鳩飛决地，一時春入亦能言。

自得來字

遠道炎天匹馬來，不因干謁不尋媒。憑將傾釀招吾友，坐愛登樓獨爾才。五日初臨逢插艾，三山還憶共看梅。清風四牖無窮望，可飽茶鐺便擬廻。

次兒雲韻

樓上青山並我長，孤城何論不金湯！有時欲止柴桑酒，今日真傾河朔觴。燈火萬家稀復密，峰巒四顧暗還蒼。殘雲宿雨無拘礙，頻去頻來度短墻。

劉芬、劉華兄弟書齋與薛君寵同飲，末贈君寵

水風時不定，雲月夜中生。睥睨連書閣，頹唐入酒觥。杖因劉穆至，心與薛逢傾。老筆詩篇健，知難半字更。

輓陳毓台司馬公好道術，死獄中。

不賞功臣自古冤，中山謗篋亂騰喧。全城俘虜身難贖，拓土安邊績可諼。視聽游移群小喙，雷霆恬静聖人恩。金仙料得大丹就，託境纍臣返本源。

贈沈將軍赴登萊歌有引

士弘兄舍我閩海，備兵登萊，昵於私情，睠然難别。國家所以借重士弘之意，吾當急公，恨不飛至，歌以壯之，情見乎詞。

聖皇御曆五十載，建夷來擾東北邊。初破一堡無人敵，繼奪全城亦復然。開原鐵嶺率陷没，瀋陽遂棄如蜕蟬。十萬雄師遠趨利，空付肉骨酬烏鳶。吾皇

威稜早歲大,倭夷哮拜皆笞鞭。播州豎子久逆命,醢骨亦比薑鹽煎。彼夷不過漢大縣,奈何飽擊驕鷹鸇?平時彪虎養士卒,用之一臂無夤緣。大農軍儲太耗廢,私家禾粟或闐駢。募兵戍兵半散走,輸輓欲罄增民錢。千家萬室寡清宴,天下全力幾顛顛。吾皇寬仁雖不怒,豈不朝夕望眉燃!十羊之牧有其九,議論又若長牽纏。杞人漆室坐愁嘆,中懷但迫何繇宣!沈公沈公最桓赳,一向長城倚海堧。捕倭捕賊如捕雀,擊陸擊水如擊鮮。波濤汗漫過枕席,俘虜招呼同食眠。登萊海面數百里,彼岸便邇酋南偏。所喜胡羯習騎射,不能使馬如乘船。但恐搜羅恣狂逞,中國逋播爲後先。持示阨塞與虛實,暗爲畫策規方圓。若使我家有勝算,先登涉海批喉咽。海蓋金復耀戈甲,驟擣巢穴空中堅。豈不先聲善奪人,不學鼠鬭窺睊睊。漢家海運三十載,法本亡命元朱瑄。通漕鑿河雖已久,針綷尚可張高舷。昨日朝議稍修復,或可節縮車牛牽。吾皇召公鎮彼土,急銷太白明璣璇。舊日備倭今兼虜,兩者重擔皆公肩。公乎公乎在行間,少壯斫虜膏矛鋋。于今坐鎮前借箸,營平老將正當年。薊門曩者戚元敬,墩臺遠築相鉤連。彼時雖虜無大志,總畏其名屯如邅。今來失地數千里,何如痱癖身未痊。漢家金甌全盛歲,可使一缺不補填。京師車書玉帛湊,衆目相視如孤懸。丈夫然諾感知己,何況聖主恩如天。公乎公乎手丈八,跨鞍矍蹀驅隴汧。發機大布攬地網,洗兵真挽天河泉。萬世一時固此日,男兒要使人共傳。公乎公乎要使人共傳,何生雖老矣,尚能杖策濡筆爲公大寫鐃歌篇。

送沈士弘總兵東鎮

聖主憂邊自不言,只看推轂壯東藩。威名閩浙留南徼,保障登萊是北門。渤海旌旗應改色,奴酋羠羯定驚魂。遼陽謾道籌兵食,方略營平早共論。

寄題九峰山是山有午時蓮、三足魚、五鬚松。

五通玄藥是仙都,峰勢中天定有無。菡萏午開如夜合,峻嶒雲挺似秋蒲。魚吹歌扇多三足,粒醉松枝有五鬚。弘景隱居繇導引,可能於此結方壺。

張公仕見示近體，有庾子山之意，因效庾體贈之

談天有鄒衍，稷下自名家。殺青千畝竹，扶蓬一頃麻。尋詩響流水，得句開園花。清歌應七奏，妙舞齊三巴。

登東城樓望東湖作

携尊上戍樓，湖水滿如浮。龜尚前朝坼，蜃疑今夜樓。暑光還俯日，凉氣欲凝秋。夕照山山紫，瞻徊無定眸。

紫雲寺塔頂有毫光

化城夜有毫光浮，上入寒雲勢未休。遠近白牛航是寶，蒼茫慈嶺蜃爲樓。七層久矣摩高漢，一氣居然朗十洲。當日空華明見性，右肩偏袒欲淹留。

别劉無機

慷慨悲歌淚數行，無人燕市識荆卿。洛陽風雨荔枝路，一夜寒窗夢不成。

五日觀妓次唐人韻

長湖春水碧於紗，令節佳人泛物華。競渡不遑寒薜荔，清歌正及落梅花。午時午日相看笑，雙槳雙釵一樣斜。五色同心空結縷，無令今夜宿西家。

五月六日詩

豈但渡聲窗透紗，江城萬室響堂華。再過午日還沉黍，已静波紋復鼓花。安石難歸風浪起，禰衡遥想操撾斜。壯夫漫賈黄頭勇，汎宅浮居本我家。

東湖十首

湖上風光四序新，湖中來往百年人。水編竹扈皆東會，波濺明珠是大秦。

其　二

通管莩薺堪吸酒，空心荷葉可擎杯。芰菱浮水層層密，荇藻牽風細細來。

其　三

網罟罾又可奈何，白魚三寸不能多。湖邊薪米家家急，難待秋深滿尺過。

其　四

若箇弄珠神女游，輕風自泛觸虛舟。□□□□張雙臂，疑信初盟未定鷗。

其　五

孔泉峰頂刺高冥，影倒湖頭蘋蓼汀。一隊遊魚驚影散，千行飛鳥印潭經。

其　六

鸂鶒鴛鴦泛泛浮，若爲前往追涼飈。一拳螺髻皆銜日，萬點秧針已奈秋。

其　七

岸上秋秤角一廻，小舟已遶半湖隈。酒籌弈數皆吾事，水調高頭屬爾才。

其　八

七箇星文島嶼光，西蟾方墜東烏煌。方丈仙人三島藥，渭濱釣叟一溪璜。

其　九

城頭擊柝未相聞，湖畔歸船手已分。欠飲醱醅千頃綠，但携泱漭一川雲。

其　十

縱聽朝歌車未廻，何論卜夜不銜杯。難逃人害須鳴鴈，要養天年貴不才。

次洪水部招同諸老登樓二首

江邊百雉遥環檻，天外群山盡入樓。自淡微雲明皓月，三經潦雨洗高秋。久拌歎老青非鬢，亦喜隨人白上頭。邊警時聞憂國淚，江湖未可付悠悠。

其　二

何處五翁同野老，朅來明月上高樓？滿筵真率成歡宴，四壁罘罳貯素秋。善鳥寧榮臺與寢，全龍信有尾兼頭。臨池作賦推賢主，風雅今時豈謬悠！

秋月承世稷命尊示詩次韻世稷令器孝廉與予兒雲同禄命。

攤卷談詩事事清，喜看詞賦一門并。龍豬行齒無先後，風雨同心有倒傾。

謾説持杯論次道，總難飲酒勝公榮。深宵欲唱當筵贈，先和幽林伐木聲。

詠狀元紅荔支二首

閩果群中第一流，列名應在鳳池頭。祝融朱實從他貴，仙子炎洲爲爾留。玉理輕雲浮客座，絳囊初日壓皇州。北方不識南天品，只道紅苞翠蓋浮。

其　二

清遠香聞色澤鮮，桃花如膜肉如綿。莆陽陳紫此最寵，荔譜君謨盛與傳。占斷韶光無少讓，獨排千百自爲前。牡丹見説河陽重，想並花王亦可憐。

兒雲致客東湖，分賦得先字

秋城湖在下，遲月酒居先。風岸平於席，村橋低過船。人煩太史奏，兒擊乃公鮮。小椎還重鼓，中流弄影圓。

春日休山書院牡丹花大開，邀林登卿先生暨令嗣國璽、國兼群從户部國先同賞，時兒雲亦侍側。次日先生有詩見示，次答

名花迎上客，其艶乃大展。浥露緑轉舒，照日紅不鮮。鸞鳳倚差池，魚龍戲曼衍。望之快窈窕，對焉樂歡宴。興懷太劇歡，同心皆在眼。杯淺斟故遲，屋小坐欲滿。衣冠合再世，骨肉並仝産。侈讓金谷園，暖比宜春苑。游蜂近墻尋，宿鳥下檐睆。非酒色皆醉，不風香自遣。有如我闇劣，謬辱翁繾綣。華燭未及移，巾車遽命返。重辱贈瑶華，末繇寫欵悃。

再過五日，登卿先生携酒賞花，花已被雨打，用前韻呈謝

薄庖意不嗛，嘉招興大展。但嗟風雨惡，再至花已鮮。花信若春秋，春秋十二公。寒食過人衍。向此對葉殘，有若負芳宴。人生如過鳥，富貴亦瞥眼。何況

嬝娜姿，得過弦朔滿。枝護此時勁，苗待明春産。安得比天霜，來冷南國苑。避炎幕尚遮，察土根屢晥。所喜達觀人，共了無情遣。佳殽既羅列，美酒復繾綣。杯行滿還乾，盧呼往仍返。題詩次前章，聊以謝悃悃。

再過五日，兒雲迎登卿先生于其讀書之荷墅，時先生以久雨早歸，次前韻賦呈

德音克明貊，君子大成展。下贈及頑癡，爲榮豈淺鮮！翁有詩貽雲。譬若蘭奢王，獎豈談天衍！非徒盛誘掖，且可警荒宴。書齋僅容膝，長湖來當眼。久雨愁不晴，其水則喜滿。未知三足烏，開雲何日産？南鄰近魚罾，北嶺對鹿苑。潮來罾難叉，雲遮苑莫晥。翁時泯然坐，定有詩懷遣。出門苦泥濘，對局喜繾綣。豫愁歸路滑，早駕肩輿返。悵此矚遥林，無以暢宵悃。

大行皇后輓歌

后德雖無象，人心自不伸。久知修静宴，時復贊經綸。天闕匡扶閟，慈宫孝養均。螽歌周太姒，席許慎夫人。國本危疑泯，王絲氣候新。吾皇投缶擊，四海想鼉親。獨月埋虚照，厚坤永失春。小臣雖廢罰，白首與悲辛。

野哭詩八首同秦伯起賦

野哭君臣際，朝艱涕淚增。龍髯相續斷，鸞馭一時升。目極三千界，心悲十二陵。萬方皆引領，天意或中興。

其　二

上聖貽謀遠，初皇纘緒新。蠱雖無可幹，道亦有亨屯。恭默方終慕，彌留祇數旬。普天齊遏密，哀痛上楓宸。

其　三

顧成新有廟，問寢遂無宫。憂杞天真墜，垂衣子正冲。信疑紛遡慮，扶佐仗諸公。未可勞旒扆，宗祊繫聖躬。

其　四

陰陰幽壑裡，日月挂林端。禪代終無極，虧盈遽不完。蘭霜寒歷歷，桂露冷團團。不及湘纍者，孤身但赴湍。

其　五

鎩羽長林下，稻粱祇所謀。驟逢真宰恕，縱使九秋游。寡鵠終長叫，馴龍豈自繇！楊朱與阮籍，沾漬在雙眸。

其　六

肓老艱虞切，悲風淚自乾。祇能憂社稷，不復怨凋殘。藉草雖勝拜，及階尚怯難。圍棋同阮籍，罷後血闌干。肓老，伯起也。

其　七

鏡水清如玉，芙蓉艷過燒。愁同泥五斗，看減墨孤描。胡羯驕秋馬，飛狐急夜刁。向來千萬帑，挾纊泣譙嘵。

其　八

三日良朋住，深宵萬感生。炎涼原世態，坎壈屬時名。摸紙料下筆，彈棋寓請纓。尋常寬鷁杓，今并損藜羹。

後野哭詩四首

明明皇帝，四十八載。游神太冥，棲真大隗。洪聖紹運，協風旁逮。月麗于天，日出于海。望舒未圓，虞淵弗待。

其　二

維聖紹運，圀人順天。矩率應方，規自中圓。慮在神始，道叶思先。響臻匝月，化浹千年。皇皇上帝，遽替其延。

其　三

帝散内帑，則萬則百。帝召寺人，無津無陌。脉脉廟堂，通之釜鬲。幽幽中園，賁之東泉。帝作明堂，以表皇宅。

其　四

哀哀下土，蒸黎弗造。眷之不垂，德之無報。遥遥小臣，光光大號。辟如天地，無不覆幬。心之憂矣，憒悴煢悼。

河　清　詩

黄河清，聖人生。清黄河，小臣歌。永樂皇帝一統天，中興世祖降祥年。河不渾，海不波，魚龍鱗鬐明纖羅。吾皇踐祚逢清寧，龜書圖馬會交呈。成王訪洛新天步，願無豫戲知兢懼。

新有光禄勳之命，仲聲賦賀，次答

三十餘年世路塵，誰知棄婦嫁爲新？先朝遺詔如天大，聖主憐才比父親。恭默諒闇深寢殿，清光普照到微身。橋陵弓劍情何極，翻憶當年被命辰。

次答仲聲勸駕之作

富貴人生一鳥過，天書何意下藤蘿？醉吟諷詠白居易，雲水逍遥張志和。困涸鮒魚新潤轍，逃虚門雀久虞羅。故人勸駕情良厚，且聽狂奴恣放歌。

次韻答葉相國應召述懷之作二首

弓劍橋陵泣未銷，宫車又見駕雲霄。人稱英主方期月，帝有大行已兩朝。白首元臣深隕涕，青宫舊學切嘉招。調元只藉中心赤，公衮何嫌兩鬢蕭。

其　二

司馬洛中天下聞，蒼生其奈深源殷。當扶社稷新冲主，兼答殷勤舊長君。黄閣調羹宜老手，青山策杖輟詩勳。彦倫但是區區隱，怪得稱珪不作文。

過荷墅，榻有處州磁盆盛海石，上所莳錢蒲，用蒲字荷墅，兒雲讀書處。

瓷盆處郡闇靡蕪，文石谷王森鬱孤。鵝眼根隨子母集，龜毛藥豈君臣扶！幔亭山色大峰頂，粤徼波心小海珠。不用收烟誇妙力，澄湖秋事在菰蒲。

送程復甫農部還朝

奉使復還家,歸朝正及瓜。東探灤水闊,北望薊門賒。海日明雲鶴,秋山香桂花。邊頭有警報,聞稍静風沙。

山堂雀

共是空城雀,山堂意自殊。樑虚知棟響,林静覺風孤。閒似鳴相應,冬曘色易腴。誰令三十口,生計日區區。

贈李同四首

蚤年結客千金盡,今又行歌乞酒錢。便與開尊爲痛飲,雖非謬誤已陶然。

其二

近來新體變西崑,君尚聯駢守許渾。駐馬牽牛爲比對,詩家亦有此宗門。

其三

凱歌十首獻軍門,幕府王公與詘尊。詒我長篇無一贈,相邀招手看乾坤。

其四

君言好士翁宗伯,資汝半歲粟與帛。儻如給足可週年,今日那有泉州客?

次韻仲聲詩郵詩

橙黄橘緑自秋叢,點綴謬云借好風。荷莖折取藕絲滿,可把郵筒號碧筒。

贈崇安光化寺僧,是先賢熊勿軒之裔

爾是先賢裔,來參十二門。緣習未能洗,尚爾涸盤飧。聽我戒律言,忽焉還本元。人生回頭易,迷妄徒顛奔。西來無字義,彼已探其源。片語都不會,稱佛何煩冤。吾願爾歸去,翻經無朝昏。雖未了大覺,稍稍窺籬樊。托鉢今行矣,明月隨江村。

報親寺二首

山寺晝陰陰，寒冬稱客心。佛堂新有磬，僧寶再歸林。金地天開久，福田雨潤深。卅年三回首，此日兩招尋。

其　二

廣庭時縱步，舉目是葵山。岫岫蓮花色，層層薜荔關。禪心終歲寂，客思一時間。橋水金鷄上，扶携相與還。

藥名贈謝客

奇贏久棄王餘算，行李難敷玉馬鬃。縱發善心菩薩豆，難除病骨白頭翁。市門中斷空羊藿，塵事夢疎付馬通。老去桂薑吾本性，香脂端合愛香楓。

楊能徽六十壽詩

銀同秀才楊崑質，好將春興詠春日。險韻僻戰一百篇，有如文綺三千匹。從僻得夷難得易，令我思索無所出。君似摶沙作黏餳，又如栽棘益華實。鷺門孝廉池致夫，爲言君兄與君殊。楊君之兄字能徽，步趨繩尺百不違。但知學術有精微，豈與浮世問是非？人人盡道青雲器，跂首秉笏垂朱緋。督學使者不憐才，試目坐失青衿衣。君雖坐失青衿衣，紛華不羡戰勝肥。君不見柯國材、丘釣磯，二子汝鄉之先輩，豈必高冠聯佩載旍旗！人生道德有素風，能令百歲生光輝。酌君酒，君當揮，客不醉，莫言歸。再使令弟高歌僻戰詩，百獻深杯更不辭。

次韻别孫奕士

短燭寒齋坐對君，罫枰細細麗星文。詠詩洛下知流水，撾鼓漁陽識遏雲。大海飛濤禪舍寂，高原落日客愁分。手譚别後思音信，覆局還如對語聞。

爲池直夫題圖壽蔡敬夫

池生馳書東城東，持畫命詩鏡山翁。嶽嶽層山高九峻，大川混混流無窮。云欲奉壽蔡長公,長公皇覽與我同。手披百氏富且豐,寧心觀妙歸禪宗,契如蘭蒞飛香風。憶公弱冠名冲融,聯步唾手登南宫,手治司空白雲中。又往夏卿佐治戎,賜履所至極楚楓。蠻夷威懷歸彤弓,有苗不戢箐棘雄。大府血之如虋桐,公語大府毋貪功,不然攪亂一窩蜂。大府移文節制崇,欲公手版如服驄。公乎不可狗我躬,賦歸大輪茅屋攻。我馬雖瘦行步工,太音希聲或雕蟲。有時四六尺書通,翩如入海戲群鴻。池生駏虚公蛩蛩,我参其中頑合空。請公爲壽朱顏紅,匏子彎曲瓜籠筒。

賦得曝背竹書光

不希武子囊中照,漫道匡衡壁上光。漢帝罷笞今况暖,秦皇留爐我堪忙。玄黄眩後縑和錦,肺腑温來雪沃湯。貴欲相君言不可,小人日日盎扶桑。

戴公祠歌

小兜城外一丈地,大海茫茫接天至。戴公本是海若精,騎鯨來下流香氣。維桑與梓必敬共,前輩諸父兄老農。竹馬娱嬉如一日,鷄豚社會頻相從。海頭物産富蚌蛤,鰛魴鰳帶紛雜沓。漁人舉網家室資,估客裝船子母合。豪門據鹵爲家池,箕斂牙儈若毛吹。公獨捐弛一不顧,登龜取鼈聽所爲。往年三韓寇朝鮮,募兵東征修戰船。丁男里正招呼至,獨無一人須行邊。借問胡爲得爾爾,戴公言令令且止。婦子完足一家春,耕犂無害閭鄉喜。公始騎鯨還騎去,水府龍宫靈槎恣。兩旗不來風泊之,旄倪涕望吹参差。畏壘名居門通德,生時不取一錢陌。至今祠下何所薦,沼沚潢汙群海客。

黄季弢齋中玉蘭花

玉蘭花發近新陽,一葉未生萬蘂香。寒似雪光初晃帳,影疑月色半過墻。謝庭寶樹寧他物,隋苑瓊枝不異芳。閉户先生緡易罷,披襟相對日爲長。

贈羅仲多明府之官廣東

前輩南城羅景鳴,廣昌又見三先生。一家兄弟相師友,百里風雲合雨晴。

椰子聽從階下長，鮫人時向舫頭迎。匡君已飽吞江蠡，更望朱明吸海瀛。

送劉小仙地師

崑崙四萬八千丈，散入東土如聚米。東西南北日月池，群龍遊水飛方止。伊洛瀍澗固其跡，禹貢周官具有紀。劉君豫章之小仙，匡續周顛毋乃是。針盤埋錢正中心，卦例占星不差指。有如明堂銅人圖，骨節六道臚脈理。又如靈臺渾天儀，泰階垣朗明弧矢。金陵吴趨竹杖遍，武夷鯉湖布襪始。劉君劉君真仙人，我歌爲爾發皓齒。白首青山恣一丘，我但荷鍤而已矣。

蘇漢英自莆移沙，自沙寓書於余，示我詩篇，古詩漢魏渾合無跡。予驚吾閩而有斯人，作延平劒、胡公仙二篇贈之

君不見延平劒，遥夜燭天光焰焰。千年下地土花蝕，天門八翼初無驗。一日躍入延津浦，浦深江闊誰能見？蘇生古詩非人間，鈞天之奏聞空山。我欲從之過劒浦，白日使我凋朱顔。

其　二

君不見胡公仙，出入上下無窮年。壺中大藥不可得，世人空望山雲烟。莆口蘭陂但有跡，海頭蒼蒼高遥天。蘇生生莆僑寓沙，陶金吴蚤湌明霞。古詩古句了無跡，亦如仙跡無定家。

送朱願良還考亭

崇崇考亭，閩邦所瞻。扇響遺風，暴秋餘嚴。準魯宗鄒，懦立頑廉。一源霱淪，萬象涵淹。凡我後死，馥丐膏沾。所宜臨履，以謹昭潛。介介夫子，如錦續縑。道惟龍變，人則鳳占。内靡稆穮，外流光謙。處穢不垢，居卑能尖。清商乍歸，素月方纖。戾止何歡，告别難恢。言念合契，不隔釜甑。荆山必玉，海水定鹽。直不可回，鈍安能銛？吾已白髮，子匪玄髯。帝堯在羹，仲縣可兼。天雖頹曦，月

有明蟾。願言夫子，振榮磨鏞。不遠搆堂，恍若帷幨。臨岐慷慨，申此炎詹。

贈黃同甫廣文

廣文自昔飯難足，末俗如今轉不禁。十口移家餘百里，兩庠視篆絶兼金。誰趨下席聽提命，獨抱遺經自討尋。庭樹一枝閑嬝娜，將來匡坐聽春禽。

壽黃明起學士

當年黑髮首鵷鸞，十載還家樂考槃。學士新巖居白馬，翰林宿望重金鑾。宸聰啓沃前陳舜，儲傅亳河舊學盤。帝使維寅仍典禮，師尊教胄久敷寬。歐陽貢舉爲文大，皇甫弁言借譽難。南國雙金身比價，豐年片玉坐除寒。委蛇進止恭循走，浩汗篇章立怒瀾。已並狎鷗忘海滳，還思懸特詠河干。青春登第同門喜，白首傳經孤夢殘。預祝出山黄閣老，先將獻壽紫金丹。

晚到後安

侵曉即山行，真如赴客程。寒溪一道白，雜樹兩邊青。觸目嶺皆峻，吹衣風尚輕。陶潛有佳酒，何處向人傾。

哭歐陽懋照三首

子没已一月，吾今方知之。胡不入我夢，使我爲子悲。郢人空已矣，誰復知我私？

其　二

子昔故縱飲，其後乃止酒。止酒良養生，乃亦不長久。吾今且鑒子，垂楊聽生肘。

其　三

觀子兄弟間，和怡無舛午。觀子文字藪，流覽徹今古。觀子友朋交，契合靡茹吐。意子上青雲,豈謂入下土!道益增衰鳳,世遂絶繡虎。攬衣不能言,淚下如迸乳。

讀王弇州和蘇東坡王晉卿江烟叠障圖有頡頏之意,予雖不見畫,謾書次之

宋時畫筆今時山,其山其人如雲烟。烟耶雲耶人是非,其間孰然孰不然?文章吾黨有後死,使我下筆如流泉。蘇公磊落既千仞,王子閎肆亦百川。欲作降龍未肯住,相隨射虎俱無前。大地一區海貯水,長湖萬頃江含天。洶波湧濤有晝夜,狂風曉日無媸妍。還我混沌象罔物,返爾鄲讙龜陰田。人間刺促但延日,江城穩卧都忘年。春風澹蕩吹芒皡,秋雲高潔明嬋娟。作書未學王鵝經,看畫難遇李龍眠。天人位數豈非人,地仙八百吾亦仙。大藥刀圭領玄略,讀書飲酒終殘緣。若道桑田見成海,郭璞亦有道士篇。

玉簪花次王弇州韻

芳如清露九秋溥,色與明蟾一夜寒。骨朵拓長渾楚璧,鋒稜剜樸上雲冠。黄鬚有待開心透,香氣先聞撲鼻看。莫向梁家思墮馬,美人清夢在雕欄。

蜀　葵　花

吴桑似掌疎疎葉,鶯背疑黄欵欵花。色借便牛秦鑄後,名同去婦魯臣家。丹心紅日傾全樹,通理中天泛麗霞。未可貪枝隨手折,恐連皮附損瓊芽。

夾　竹　桃

蘇子論筆原宋魏,杜公引杖奪蛟龍。此花未省同根出,合本遂如連理重。照日汗駒韝出血,翻風紫鳳羽垂慵。便如五祖傳及鉢,神秀惠能共一宗。

茉　莉　花

佳人恣態逞嬋娟,露浥風凝絶可憐。縹緲瓊枝明夜月,依微雪色點南天。

開簾合作披香館,入圃翻疑種玉田。嶺嶠尋常聞撲鼻,江南客思繞風烟。

普慧寺

東澗泉流西澗分,後堂鐘磬前堂聞。分身菩薩鄰居是,出世名僧比屋群。普見雨花同一界,慧知燈影朗千曛。維摩示疾亦時有,不二還能講舊文。時僧方病。

龍華寺

龍圖學士蔣公家,鷲嶺大師雪徑花。捨宅王珣基僅在,開山支遁迹殊賒。鐵圍劫火難崩塔,潭影空心可數沙。初地虛無塵境外,寶幢峰頂吐流霞。

九鯉湖

棣萼相將窮越絶,桂枝不肯客劉安。雖無漢畤魚乾古,自異烏君烏羽寒。赤鯉鱗騰飛霧杳,白鷴血拯竊丹冤。鏡山野客原同派,家世非徒只近韓。

囊山寺

山似囊形未倒囊,應知滿腹貯青蒼。崇岡疊勢蓮花出,疊岫拖横鶴翅長。樹暗積苔猶古徑,燈明選佛已新場。古人檀施今人賞,炎暑相將坐石梁。

黄蘗寺二首

寺爲唐斷際禪師所居。師,百丈禪師高弟,相國裴休受學焉。休次其《心論》一卷,又有高足祖師十二人。近日朝廷賜《藏經》。寺中聞有龍潭甚奇,恨未得至。

黄蘗名山但見山,我來不得一枝攀。心醒百丈吟吟笑,經讀裴休得得還。御藏罘罳金碧外,群峰飣餖几筵間。龍潭老足相欺甚,只許中宵夢裏閒。

其二

江淹當日吴興令,杖屨緣何到此爲?草昧乾坤人物色,雲連詩句采葳蕤。祖師十二參聞識,衣鉢今誰妙即離?漫溯宗門傳直下,勤修精進且須追。

贈鑑上人黄蘗寺,近葉相國所造,上人守闕求《藏經》者十五年。

鑑公一法不離心,特乞藏經鎮寶林。欲與僧徒開月慧,大將文字振潮音。衣鞋破綻耐貧久,十五年華守闕深。斷際裴休爲弟子,今亦閣老布黄金。

福廬寺四首寺爲葉相國開山,有三尊銅佛,來自雲南者。

天擲名山落海頭,百千萬劫不曾收。而今徑入葉公手,拊鶴呼鸞駕玉虬。

其　二

何意如來寺此中,三尊又到滇池東。葱嶺雪山知不遠,葦乘杯渡若爲通。

其　三

入門佳石各谽谺,公與嘉名種種誇。我看總來無一似,福廬大地出蓮花。

其　四

石鐫南斗比廬山,綀擬飛梁接笋還。斜日西來縈紫氣,怪來衰鬢倏紅顔。

與林祭酒、黄季重、方行漸諸君賦得
禪心江上山,得何字

長江澹澹水增波,上有青山可奈何?佛力至深堅退轉,禪心不動對嵯峨。如如法體參阿耨,了了净明契密多。縱入鐵圍都絶火,全抛筏渡只空河。樹經三宿忘恩愛,壁面窮年等刹那。再過恒沙他日見,長懸臺鏡本來磨。異香門外諸花雨,悦鳥林中共命柯。老大漫將輪勇猛,衣珠原自綴尼摩。

佛手柑八枚壽池致夫孝廉

叢桂九秋緑馥,高橙十月黄酣。周珍取和羹餁,禹貢未充匭函。陸績展懷墮橘,王羲送帖書甘。卧枝委地如佩,立棘排條鄰簪。香入甌閩迷迭,種來交趾瘴嵐。露承波色銅狄,門豎毫光鉢曇。夷塞人天頂禮,億千眷屬和南。白瓤鎰玉流潤,蜜纈香箕滲泔。日薄韻應鬬菊,霜嚴力足堅楠。大悲木現垂引,尊相寶呈舛憨。花實雖生雖滅,栽培如契如參。性空豈道無狗,亂視又如主蠶。小弟謗憎名蠹,吾兄精進過藍。果成初地三乘,月印祇林萬潭。説法握中拂麈,悟書道上争擔。世間五福難頌,篋裏八枚易探。浄垢雙忘乃幻,嗔癡首戒爲貪。品符經説無二,數近後前各三。莊子是非借喻,大師次第玄譚。固知微物深意,但恐下根不堪。

月痕詩用韻

狡兔轡將�,蟾蜍戰已酣。明根呈一綫,魄體露空函。濯厭清輝苦,微分澹象甘。金人承半指,玉女撩孤簪。星鵲須澄霧,風蘋易撿嵐。乍飛閃電母,未閉睡瞿曇。石鍊媧掐北,紘絲舜鼓南。稍如書漏屋,渾尚米漚泔。一寸寒鋪桂,千尋影挂楠。舒光寧有恨,認焰即爲憨。雖道萬分減,詎容半翳參!冰清新貯椀,腸皎欲眠蠶。薄乃刃無厚,盈爲青出藍。烏驚誰合璧,蛟駭欲罾潭。在握描文筆,於肩彎左擔。無階誰可摸,有窟總難探。風浪波從委,金銀氣豈貪!稍争弦與朔,徐閲五兼三。怪待剛入砍,奇聽衍來譚。一畝高秋卧,長天老眼堪。

欒山秋茶用韻禁體

南海一天炎氣薄,西風九月素秋酣。春芽已蟄猶含茁,寒樹還滋復露函。蘗有黄心醲最苦,果留青色淡餘甘。仙人西蜀今留圃,葉氏諸昆舊盍簪。露重雲霄遲泫日,峰高雪頂漫愁嵐。懸崖根挂岱宗柱,破熱花開優鉢曇。燠煖豈驚終自北,疏通更喜凱從南。全消漱齒喉餘瀝,浄洗清腸腹剩泔。吸向江心憑較水,香騰嶺表欲過楠。醉醒餔餟人真俗,夢寐羲黄卧可憨。冷骨堅於霜氣落,蓐收來許祝融參。真如大小登雙麥,只讓春秋繭八蠶。貯入瓷瓶輕尚臬,烹傾玉碗碧逾藍。臨天銅石千尋岫,墜井銀瓶百尺潭。細響笙簫諸竅應,高懸日月兩頭擔。江公百拜增多想,漢帝旁求恨莫探。足下崚嶒扶杖澀,燈前瀲灩泛杯貪。學盧未必歌爲七,敵李亦將影對三。文武火齊須手調,旗槍禁酷損鋒譚。秋陽無尚清同皜,酒政難支樂鄰堪。

答林宏伯其家有夢古齋。

吾生與汝真忘年，詞筆但嗤不大椽。朝向娱親堂上醉，夜來夢古齋中眠。廻風素壁欲含雪，迎日高棚可望仙。忽到清詩茅屋下，還如相對未言旋。

洪水部鄉飲詩次韻

夫君解組入林壑，節與松桂争寒貞。自是幽人甘特操，豈從俗客噉時名！鑿坏踰垣不得遁，遂有郊浚來干旌。朝廷典禮重已久，欲示四海安無争。夫君徘徊不肯應，有司勸勉始一行。琴瑟鼓鐘樂遍奏，豢芻鹿豕牲初刑。橋門雍容觀聽罷，内愧自訟皆汗頳。夫君行吟不自得，詫歎櫟樗人皆驚。誰能不波豨韋世，如此有幾鄉先生。方珪圓璧各天性，但取皎潔中净瑩。

答穆菴水部此公老而新嗜詩學。

老來西日頹，公方起朝暾。百花盡嫣笑，衆鳥皆鳴喧。僕本中林士，神賞無一存。安知華嶽大，但仰培塿尊。自有詞賦來，作者何其繁！或擢千尋秀，昧探徑寸源。亂峰恣突兀，崩流信飛翻。譬彼羽林士，戈甲如雲屯。投醪與挾纊，誰復加寒温？維公啓夕振，獨窺正始門。披金必麗水，選玉定荆崑。倏然寒潭表，嗷焉聞清猿。虚亭日月延，高樓星宿捫。堂前植嘉竹，屋後栽芳蓀。末俗人情捐，古心宿好敦。秋風正厲思，九日望遥原。婆娑撫孤樹，採菊寂無言。忽見披璚瑶，歡如奏篪壎。天行示人貌，凡心轉法輪。游麟擇芻踐，孤鶴隨風騫。相從泛蓬瀛，溟渤豈足論！

南徐歌贈徐季良使君

昔徐孺子稱南昌，今稱南昌徐季良。孺子山林高頡頏，季良廊廟陳珪璋。孳孳蔀屋循農桑，泱泱持斧衮繡裳。農桑蔀屋問馬羊，繡裳當道驅豺狼。岷峨江漢安懷襄，弭耳戢喙犇氐羌。稜稜風采不可當，使車遂爾觀大荒。人言徐公何昂藏，却來平等無低昂。公雖平等無低昂,寸心和柔雙耳强。海上倭夷何强梁,聞公戈楫皆輈張。招摩韎韐如鷹揚,執訊馘耳紛相望。鄮縣學士岳季方,大開西湖當莆陽。湖水縮蝕堤無防,茨菰咫尺鴈鶩妨。公撤其蔀曠且莊,朱欄曲閣交連墻,隳都壞垣垤與岡。孔丘鄭僑初謗傷,忽焉中心廻以翔。我公愛我開文章,不然出入旗纛森騰驤,何必念我以無航。公乎公乎天生豪傑高翺翔,寧獨一路吹芬芳。扶桑天吴集鳳凰,榆枋啾啾使我歌其傍。人生道德當難量,古不云乎慨以慷。

贈聞人别駕

禮記遺書數萬言,高堂后蒼不能了。更有徐生善爲容,記誦之事尤其小。姚江諸公善禮學,聞人世業稱先覺。吾少曾窮諸註解,微詞奥義此門獨。我公聞人承一家,海頭如接天潢槎。青雲獨步富詞藻,白璧流光爛才華。忽然半剌剌桐城,寒冬旭日交晶瑩。波濤車屏星萬點,湖田不礙蟹千生。崧靈嶽神不易逢,邦人喜遇歌玄風。大兒小兒相繼起,孔子釋老來閩中。公鎮安平臨海澨,亦如姚江有二郭。賦財獄訟專城居,鈴閣日高堪晏如。駔儈天吴有轉致,蠻夷賓貝紛灌輸。公獨弭節不肯住,揮手如掃海頭霧。蹀躞豈着珊瑚鞭,婆娑但看荔枝樹。聞公家食聚囊螢,今來弟子争執經。命我高歌長壽公,霜天匣劒横青萍。吾少起家故禮記,座主吴中舊陸贄。陸公亦佐泉郡者,騄駬收我在廐下。我欲諸生壽公亦如我,看公綬結金紫明婀娜。

李生唐讀書鏡山,爲余頌其邑侯雲中傅公篤孝嗜學,輒口占爲贈,蓋將希蹤君子之後耳

孝爲大道宗,百行之所基。詩書本同原,豈有多路岐!奕奕傅君侯,古人以爲師。黄軒有遠好,淵損盟内持。翩翩凰鳳羽,來宿梧桐枝。矯矯蒼龍翼,來戲碧海湄。懿德有彝秉,納契方在兹。申章結久要,豈在奉光儀!

送陳予黼進士赴選

看君迢遞動征鞍,寶劒無霜亦自寒。韶歲上春生旭日,高才大雅激廻瀾。

關山萬里朝英主，軒蓋千門拜命官。轉憶山中鷗社侶，玄言無復共爲歡。

送鄭道圭北上

已如積學鄭康成，又似高材漢馬卿。麯蘗真珠千斛瀉，璵璠雙璧一時呈。正逢若木飛龍馭，定見崑丘彩鳳鳴。不獨君轅三致祝，還期豚犬共登瀛。

送陳宗九秀才

筆袋儲胥金瑣碎，墨膏狼籍珠聯駢。有日相過偶率爾，老夫坐聽恒歡然。出門西笑逢今雨，舉首北望攀上天。豈獨秋風健馬耳，四蹄更見春花顛。

贈池直夫初度

不壞金剛是本身，何曾些子有緇塵！卯君此日呼兄長，亥首他年見老人。賦就雕龍干象緯，時逢獻襪上星辰。玉屏雪色高千丈，定有書臺築海濱。

鏡山全集卷十五

詩

入　　浙

已窮閩嶺豫章路，又過常山浙水重。懷玉道人方作別，爛柯仙子復相逢。高松密篠中穿徑，細雨層雲遠送峰。白髮趨朝仍蓐食，宦情詩興兩誰濃？

草萍驛和孫忠烈韻二首

溪聲山色兩相當，擬辦青錢僱去航。簑服一辭抛我貴，華紳初被逐人忙。老懷王馭偏輕險，愁思墨絲易化蒼。未識葵誠常向日，果堪持此報朝堂。

其　二

餘姚忠烈氣難當，新建提俘罷戰航。國步一時生氣象，人心從此不匆忙。浮生來往秋萍緑，周道年華野草蒼。壁上兩賢詩句在，乾坤牛斗射堂堂。

夜渡龍津

灘急水流疾，雨多江勢高。一聞宵櫓濟，遂省客心勞。秉燭看津樹，開窗望縣皐。瀫溪須一會，不待罄香醪。

蘭谿贈方秀才

經書燈火對晴窗，瀫水龍津只一艭。漢帝天人方對策，玄英今不在桐江。

過釣臺，有反舊釣臺詩者，予亦和之

出處非留意，利名兩不牽。此心有真隱，孰然孰不然？

西　湖

千層翠色情峰滿，十里澄光烟樹深。檣纜宋家亡國恨，東南遊客快時心。白蘇堤岸遥當眼，錢岳墳祠近可尋。獨有孤山林處士，梅花猶隔一湖陰。

杭嘉舟中，時聞遼陽失陷

渚平茭白通田畛，岸斷蒹葭接石塘。小櫓動摇明越苧，長涇宛轉開吴桑。争先捷艇遽超纜，欲濟前村屢度梁。征戰豈無人萬里，應多閨淚濕遼陽。

舟中四月二十七日是皇上大婚之期，歡忭有述

小舫遠臣朝離寢，遂瞻紫氣北方高。蓬萊天仗明珠闕，日月雲門響珮璈。芬馥椒塗通使鳥，分明熊夢薦仙桃。他年田竇應無寵，坐佐垂衣静不勞。

吴門留别吴文仲

離居有海江，夢懷無日夜。誰知北山移，得奉吴門駕。憶昔市駿臺，各侈連城價。入署佐平反，臨文交彈射。相見理伎倆，共媚健腰胯。韎羯過獵狁，京輦備劍靶。垂領乾素髮，袜首乖紅帕。徒抱杞人憂，難博沛公罵。楓橋别歸船，晚雨明桑柘。

寒　山　寺

寒山古寺流傳久，如何拾得不同名？雷霆霹靂諸天上，下界蒼蠅但聽聲。

贈西流法師

崑崙汗漫向東流，滚滚蓬瀛尚未休。首座獨標西向號，禪心忍逆在回頭。

贈德範法師

静室昏昏轉曲廊，不容老子一登牀。相投忽爾婆娑笑，引看閒庭對海棠。

寒山寺德輿上人持蓮花紙乞書，口占

借問何爲號德輿，欲將羊鹿駕三車。蚿風一足何曾有，無住諸天法性初。

止　息　館

真人在踵本無調，千林萬木聽刁刁。要吾止止偏難止，花雨群獅震吼驕。

玄　音　堂

何曾大海有潮來，螺唄鯨鼉百不猜。若道性聞何所性，從他如幻自徘徊。

焦　　山

焦山拔起孤臨江，不與金山鬬麗龎。樹色籠蒼堪自老，石頭巉絶不相降。浮蘆餘地開千畝，瘞鶴何年畜再雙？隱士嚴光風並遠，漢家末造鼎還扛。

金山寺僧舍

團團似玉缸，練拖挂小窗。入門惟見寺，面壁不知江。龍藏家非一，曇花樹本雙。徐行懸磬下，萬念已俱降。

將有山西掄文之行，留别諸門徒

太行東望紫雲深，轉憶都門舊合簪。馬首滹沱秋色净，尊前澤潞遠城陰。玄黄容易迷雙眼，金石還期奏八音。待到重陽陶令醉，門生又可昇登臨。

入晉詩十九首

天啓元年秋，皇帝命臣遠，山西今比士，女往閲試卷。御筆大點名，應知汗不反。緬惟堯舜都，平陽與蒲坂。論文復覽古，豈不快心眼！故事有試録，考官費增損。士子雖能文，未可獻黼衮。至于發策問，自難自繾綣。平生所著書，止是攄積宛。狂歌發詩篇,下筆頗滚滚。至此經世文,胸當富琰琬。少年三餘功,老但具仰偃。此來東書無,况但心腹忖。誠恐報命難,連日不能飯。小兒愛慈親,借書數十本。剪裁才雖劣,翻閲目頗狠。所欲問承學,稍稍有根本。且爾緘行縢,可辦入棘閫。征途未便發,白日匡坐晚。時有鄰舍生,命酒持茗椀。枯腸忽蒙潤,冷耳亦覺暖。呼童問朝參,已不在此限。譬如鳳朝陽,斥鷃許睡穩。即此銜上恩,小小未易宛。

其　二

白日麗飛甍,參差皆可見。小臣出都門,詠此望宫殿。天下大矣哉,誰非我宇縣? 惟餘一東虜,遼左費守戰。士悲骨如麻,士憤鬢皆變。上天予外懼,不宜太薄眷。迢迢去赤畿,望望入芳甸。馬跡既驟馳,車輪復流轉。似此輻輳都,虜頸不足濺。慷慨復登程,一緩中懷戀。

其　三

道旁入古寺,殘衲下階迎。禽華老紅葉,夾階疑艷英。晚縣入良鄉,華燈照孤城。曉雨小作泥,出郭濘愁甓。是時秋試邇,所遇皆諸生。僕背負巾盝,車旁挂燈檠。塗次隨豐儉,蹇驢或徒行。驢騾雜馱載,穃布兼豆秔。摇尾與垂頭,輕重之所呈。方值造玄宫,巨石連輜軿。九牛或十馬,喘息不成鳴。掌車持大鞭,聲下但騰驚。郵人前驟來,跨躍如奔傾。又云御史使,又云督撫伻。旗鼓復喧喧,雙輿夾路迎。輿中坐中官,翠蓋長荷擎。道上紛旁午,目接無時停。而予舊耕人,亦此動車聲。笑如過雷門,薨薨(甍甍)嘈蚊虻。

其　四

盧溝接桑乾,河水不可涉。洪橋鎮中流,遠與前岸接。闌干護兩邊,獅虎水怪厭。雕刻備蹲拱,毛髮光燁燁。締搆此何年,嘉靖之中葉。天子時奉玄,靈風下箕牒。橋名標玄恩,帝命廠嶫嶫。涿州近入望,秋色上凉袷。樓桑想殊産,督亢慨輕劫。薄午乍偃息,未得前途躡。官邸來暮風,高樹聞獵獵。後亭入徙倚,蒼鬱山心愜。

其　五

出涿不二里,遂轉入西路。此走晉秦道,異經魯齊故。耳目所新迎,瞻矚遂頻屢。遠望西北山，斷續莽回互。有如江南峰，挺拔復騰赴。問是紫荊關，天險之所駐。翠色入衣裾，遥遥愁杖屨。

其　六

午入定興縣，城墉響砲發。入廨挂紅帞，門前雙鼓伐。小吏執手版，逡巡閾門閥。彼謂觀風使，不知老羯末。彼謂韶華人，不知老白髪。一飯復登車，前途望明月。

其　七

安肅古道中，兩旁皆高柳。枝葉絶茂密，根幹又强厚。近行若陰廊，遠望如翠阜。全州有古松，道旁列蚴虯。行行到三日，尚未得尾首。其令粤西人，與談此相耦。中宵發遐思，夢入湘江口。

其　八

城雞啼不歇，下弦月欲落。謂是天已明，跨馬出縣郭。關吏執火燎，相送過深澤。非我敢勞人，曉月誤疑著。倏忽中山郡，朝釜菜方瀹。蒲萄滿案堆，清馥似房葯。稍取飲啖之，何待製酒酪。征途復前趨，亦見奉命躩。轉悟曉發時，不嫌先罷柝。

其　九

清苑因河名，官隄中最高。隄旁溝水沿，泛風還騷騷。内有柳雙夾，外有垣周遭。於此道上行，豈讓濮與濠！此郡有楊公，馬市拒胡臊。觸忤仇將軍，狄道謫甌猺。天子忽回顧，召還入兵曹。無端引皇儲，借擊權相豪。其名雖泰山，其命則鴻毛。哀哉萇弘血，草碧不可薅。

其　十

慶都堯母墳，乃是堯生地。堯父本帝嚳，堯母又何自？故是旁支子，來居唐侯位。世廟駕過此，異陵感慈比。擢官謝司直，謂其通古義。興懷詠唐風，聊寓瘉叔季。

其十一

少讀獻吉詩，久識清風店。不知在何許，定州乃壇坫。石亨截虜馬，劇戰當天塹。勤王靡遺簇，當關寧故劒。祇有宋二公，韓蘇尚留艷。走尋閱古堂，虛室但楹檐。還去訪學宫，雪浪何處占？盆水供白石，字刻尚無欠。手植雙古槐，猶泛風瀲灎。我昔行永州，石亦黑白閃。再去一舍間，爲類多可念。奈何此塊質，遭賢發光焰。李斯歎太倉，所處亦一驗。

其十二

行行新樂縣，上有伏羲臺。伏羲云此生，不審果不哉？云有伏羲池，水流分瀠洄。一赭一清白，千秋劃中開。兹事與人言，豈不增笑咍？維我高皇帝，盱眙降靈胎。産在神祠中，神奔如驚雷。所浮紅羅水，其水淮泗來。至今雙面流，紅白若分裁。聖神固靈異，可用此理推。

其十三

新樂一出城，便是沙河水。牛馬可徒涉，清淺若見底。稍行入鉅鹿，周道沿城址。古隄爲長道，古道爲河涘。菡萏發其間，澤蒲十尺起。渡舟問中流，滹沱此乃是。前去入趙陵，又問何所以？佗塚三十六，文帝爲封此。主簿束帶迎，尻高曲擊跪。與之取謁看，乃是一貢士。君亦我徒也，豈敢當爾爾！

其十四

奔峰若泉山，其上似武夷。山頭大過腰，蹲騰互相欺。乃是土門關，華山之所掎。一路皆衍坦，至此遽嶔崎。山石盡犖确，壘門以爲居。或用障場圃，於焉滋蔬荑。紅白兩扁豆，垂花紛華滋。輿中睏睡起，開眼江南疑。

其十五

獲鹿將盡頭，遥遥入井陘。其徑本鑿山，中道穿冥冥。陘之言刀脊，井之言淵渟。左車告成安，此策萬必聽。云胡不用之，泜水喪軀形。至其背水處，衣帶非遥溟。置死與置亡，英雄欺聽熒。抑豈山川改，陵谷化郊坰。趙人感韓信，彼時得晏寧。所至淮陰祠，春秋薦牲腥。功高不善居，千古爲涕零。

其十六

故關在山頭，至此爲入晉。山川何奇哉，天地劃包孕。石勢如横切，其高則千仞。關門開壑中，陿阻不可陣。車驅道若窮，轉彎復上振。飛石不盡走，崩崖尚餘峻。所崩之斷崖，色又若新釁。不知太古來，幾劫幾摧震。又有鑿屋居，寒户可朝墐。看其土屹立,竪挺如立笋。不愁紛頹壓,故可門牖襯。韓信有古城,下對柏井鎮。晚日已銜窗,秋花僅餘蕣。虚館久徘徊,獨對寒燈燼。

其十七

古州入平定,坊郭滿人家。行行欲盡頭,謂可入官衙。乃復上層城,其高貼雲霞。其名爲榆關,韓信開軍牙。方信下趙時,據高四無遮。伐榆塞關門,用此稱名遐。此州喬太宰,大老亦名家。交遊廣賓客,文章吐華葩。身後僅一孫,其毋乃狹邪。家人迫逐之,謂其出艾豭。縉紳義存孤,力爲還根芽。大賢後凌夷,從古所嘆嗟。

其十八

西風吹肩輿,曉入壽陽縣。他日蒼蠅飛,合雜攪人面。此時了不來,有如雪見晛。入驛看壁陷,題句滿前彦。總是寒團音,一韻異調遣。始知韓昌黎,留詩在此院。詩云特地寒,景色今若見。平淡一言爾,作者勞千變。因知作文法,貴剪葛藤牽。

其十九

生日倍悲痛,古有此言者。顧我六十四,不日歸泉下。八月初二日,是我生辰也。行行至榆次,太原但數舍。謂我奉使人,禮數增儼雅。輿皂來遠迎,衣背挂紅赭。旗幟具五色,鼓吹皆上馬。呼童語平生,無若此汰奓。兒子戲綵衣,張樂鏡山野。酒肴頗狼藉,賓朋盛尊斝。明朝撤壽筵,知其費借假。不懌復竟日,何如此只且。不直歸詫兒,吾親亦笑啞。

固關二首

井陘東盡望崤陵,文物山川憶代興。上黨太行天下脊,董狐師曠晉之乘。神京右臂襟三輔,羯虜外關冠百層。欸市覊縻滋歲月,戈矛難聽繡鋒稜。

其二

已經夏后幽并合,未割秋巒趙代分。闕下芙蓉離七日,邊頭鎖鑰入層雲。五臺多寶人皆悦,北嶽渾源秩未文。舉目驊騮紛道路,何緣此去便空群?

自固關至柏井

大壑流乾曲曲灣，塹門壑底堞包山。輕車限日疑無路，峻壘騰天又一關。鏟土崩頹真畏道，盤峰奇險亦開顔。南人到此尤爲喜，嶺坂家鄉本不慳。

壽陽曉飯，追和韓文公韻

拂騎西風曉未安，熱心尚爾愛凉寒。山桃滿案兼蘋果，付與厨人切作團。

晉闈口占三首呈同事諸公，末首專贈同考南汀李公，是日公長公亦試東省

海内群英戰棘闈，綵毫近睹晉陽揮。東西列舍皆張幟，内外分簾並著緋。各取經營抽巧思，共將繪藻鬬天機。三年績學從頭寫，燭火熒熒應未歸。

其　二

考官試目不相難，只愛求賢報主丹。直把太行翻筆勢，倒流汾水起文瀾。持梭織錦無停擲，應舞提刀四顧看。老眼不愁迷五色，諸公今日在盟壇。

其　三

才於濟水不分清，名與岱宗欲抗衡。步武連朝同鎖院，文章千古别連城。龍門李御皆争羡，鶴和天聞定有聲。今夜文光千萬丈，看隨流月一時明。

八月十五夜

太原東望接神京，萬里風煙對月明。多士精心猶射策，人間快眼已開觥。素秋天遠雲俱净，中夜華開暈不生。明遠層樓簾外出，近聽畫角在高城。

晉闈閲卷畢口占

求賢本是又王家，却愛諸生筆有花。製就抓攓呈美錦，火成文武足丹砂。才難堅外都忘朽，額滿瑜中更索瑕。格調老夫能别識，只憑見性舊恒沙。

示王生國維七十五子

子在天西北,我在天東南。不意萬里餘,文章結盍簪。念子初出門,未知苦與甘。最苦是何物,一心生饞貪。最甘是何居,神明質不慚。此是義利關,方寸當先諳。然後以用世,身名高漸漸。忠孝爲冕冠,百行爲衣衫。靖共修股肱,勳勞著定戡。七尺方不虛,三才於此函。世人得門生,與爲和且耽。望庇我子孫,或崇吾官銜。我心却不然,愛子爲回參。陸贄得韓愈,山斗孰能探?歐公有蘇軾,譏嘲從諵諵。我衰欲歸田,望子騰驂驔。明德勵日新,毋俾復二三。

余郎禮曹時,於宗室失爵者皆曲爲保全,入晉陽,新（火童）、新牲二宗來見,曰子實生我,執贄爲弟子。入其門則祀予於堂上者,且三十年矣。漫賦以呈二首

何曾清夢到河津,却比如來有化身。牌位入門人不曉,門行户竈若爲神。

其　二

余生不分乏腰裹,一騎遥看太行小。董奉有人爲設食,顧雞下啜如飛鳥。

場事竣答陳補亭參政

掞藻懷多日,臨池羡有年。難瞻天北極,更阻地東偏。欵欵看流輩,騰騰愧昔賢。百剛將化繞,一割只爲鉛。握手今非後,投誠更孰先?廟廊需黼黻,楨幹屬楠梗。學古探龍藏,官清坐馬韉。浙江名藉藉,粤嶠士翩翩。晉國藩因重,唐風俗遂還。鏡逢秦便暗,施敢母争妍。地紀善卷勝,天將上黨駢。雲中明日路,邊塞劇風烟。

承南二太方伯以棘闈二詩見示,次和,末首專贈南公

垂衣天子正當年,三晉河山得氣先。文治精華常累洽,王家羽翼在多賢。太行上黨深蟠地,勾注盂門遠入天。絳縣塗泥方久辱,粃糠何意列公前?

其　二

真儒家學有誰儔，公又關西第一流。御李門龍懸北斗，嘶風代馬倚高秋。薇垣棘院承青眼，郢雪牙絃聽白頭。獵犺于襄原世業，竚看柱石壯皇猷。

將發晉陽，留别晉國殿下

晉頌先臣王世貞，於今身見雄風生。即看造次皆儒者，定識河山永裔盟。子建石才天下遜，汝陽斗飲衆仙驚。他年若問棲遲地，只在朱陵與赤城。

留别同考李南汀户部

李公天上拾瑶瓊，下界紛敷與世驚。若見唾壺無數擊，忽焉天鼓自然鳴。鵷雛嚇鼠從他好，鱗族宗龍豈世情！棘院論文吾最樂，不須復問濟南生。

贈同考郭文玉廣文

郭生古調發歌謳，堂上岷山坐見秋。硉矹馬揚應繼起，慨慷燕趙與誰侔？精心已鑒空群馬，野性還諧舊狎鷗。莫道老夫無所似，論文尚欲割鴻溝。

贈同考党德允廣文

党公渾古人不識，公亦不言聽耳食。厚倍側視乃知珍，决拾微穿有餘力。商洛杜鄠生此材，令我一見心悠哉。短歌擊節發慷慨，持與人世聞風雷。

九日黄花嶺寺有西方菊二首

自古重陽説菊花，何曾山寺遇袈裟？庭前菊放西方種，優鉢栴檀一樣花。

其　二

僧帽邊風已着氈，孟嘉難擬向人偏。黄州縱有蘇居士，西菊飡英不共憐。

冬夜五臺永明寺同見玄、不壞、雪嶺、
覺海四上人合坐有作

瞿曇謁罷禮袈裟，清夜高談剪燭花。銅殿金銀爲世界，石牀冰雪是年華。

苦甘燕麥辭人酪,寒斷鴈門入塞笳。本性此時方有會,盡還無垢見恒沙。

五臺清凉石

片石本虚空,寧論立幾人。維摩方丈室,五百坐蹊旬。

永明寺柴、千,樹名。因土人所名,亦不知何木也。

山樹柴與千,南客曾不省。云最難長大,我見刹那頃。

永明寺勑建觀音聖母爲像

觀音只是現祥光,聖相當今照萬方。先朝天子奉慈切,又向閻浮轉法王。

南臺懷南二太方伯,蓋公示我五臺之勝甚悉,愧不能遍耳

南臺雪後起朝曛,四頂都將望裏分。東嶽顔回能辨馬,衡山韓愈善開雲。赤畿北去黄花鎮,紫塞西來白鴈群。獨有佛燈看不徹,應慚慧力契靈文。

九月十五夜紫荆關

蜚狐谷口浮圖峪,拒馬河邊遶塞墻。石勢本從天設險,灘聲欲與夜争長。關山有月誰家笛,秋草無春胡地霜。白首壯遊還慷慨,五陵年少意難忘。

雪中虞興宗、林希上、曾用之見過,日自晉中歸

汜濫燕雲曉雪深,細飄白髮混華簪。即看鳳閣天中色,轉憶鴈門塞外陰。冀北歸遲因相馬,鍾期喜劇爲操琴。明朝只爲當朝奏,未敢貪杯口一臨。

壽陳予黼農部

壽君尊酒意何如,長至陽生淑景初。日月天中瞻斗緯,風雲海内仰儲胥。歲星前度今方朔,麗藻同時舊子虚。事業英年真凑手,老夫拭目在樵漁。

韓母壽詩二首

掄文三晉得韓霖，漢室相如又見今。更識吹塤先伯氏，早將縫線報慈心。天高上黨婺星近，暖到御溝孝竹陰。預算慈堂聞捷信，鳴鳩乳燕未春深。

其　二

夫君昔日大句廬，綦履星辰盛五都。中歲獨專堂以北，老年雙見鳳之雛。應把備官聞童子，久知持户勝丈夫。起居他日勞防禦，未信東征羨大姑。

壽槼卿丁初陽公，公生辰後皇上三日

聖主冲齡御紫宸，一陽初動萬年春。公於堯祝尊先甲，帝以崧靈寵及申。思馬魯坰臧僕寺，伏蒲東海表波臣。即看偉幹如山立，八柱承天正此人。

壽李母詩

李家壽母張家姑，沃瘠名言古不殊。未隔神明猶女子，能持門户一丈夫。關頭紫氣時窗牖，天際婺光夜斗樞。春色皇都看正好，碧桃仙菓薦蓬壺。

鴉

一群東去天初白，九子西歸日未斜。御史棲高寒樹柏，深閨啼近透窗紗。飛從青海初無影，銜入黃雲尚有遮。清夢不離江上月，君山遠望近浮槎。

早　朝

向夕傳丹禁，通宵候紫微。燈前梳短髮，飯下理中衣。燈影寒看細，人聲遠聽稀。一旬三起早，何似卧魚磯。

朝天宫

珠樹琪林白日閒，玉皇香案儼仙班。闌干圍繞三清殿，城堞周遭萬歲山。

土窖封花春意隱，煖窩熾炭凍風慳。陰陰翠柏天將雪，枝上啼烏坐未還。

送楊太常陳情歸養

芙蓉辭闕忽匆匆，總爲烏私意不窮。持節三韓經虎口，歸朝萬里犯鮫宮。太常日月銘旂盛，樂事椿萱戲綵融。聞道盡忠須移孝，君今併在一身中。

次答陳無功見詒之作

禁籞城高不可登，西山積雪並人膺。少官閩越從沉陸，老客長安似飲冰。已辱再官司牧圉，未能半步泣橋陵。小臣豈有無從涕，雨泣中宵注比澠。

臘月十三夜，翰編姚孟長見招限韻，同侯木菴翰撰、周蓼洲銓部、魏仲雪國博賦得庚字

天王元曆兆庚庚，臘八春三歲送迎。犬馬雖然衰暮齒，文章未敢負詞盟。翰林子客交爲重，冰鑑芹堂相與清。庭際依微今夜月，邊頭感憤一時情。消寒九九閶閣記，伐鼓騰騰稺弱聲。光入蘭膏燒不跋，數如金谷罰難成。即論白戰皆文略，深以生擒望武英。四座和歌延綠綺，中宵真氣動青萍。

辛酉除夕前三日集侯木菴太史宅

若爲駒隙去難招，轉向殘年戀此宵。熾炭焰燈光不鮮，霜棠雪竹坐寧遥。才慚旗鼓争鳴鏑，老憶菰蘆事緯蕭。君自木菴尊木德，長生真率定餘瓢。

壬戌元日皇極門告成，上御門受賀

皇極開朱闕，王春拜紫薇。卿雲浮御幄，暖氣上臣衣。雪日晶金屑，霧風散玉霏。邊夷還未靖，奏凱仗天威。

枝隱歌追次王元美爲中書吴彬賦

吴君人奇畫亦奇，更復能詩人未知。那須玉堂老學士，那須驄馬名御史？

床頭一劍酒一卮，俠氣往往凌要離。樂府題爲五雜俎，蜀道貌出噫吁巇。上林萬樹鴉滿棲，少年不敢金彈之。吴君狎之如春鷺，御賜時讀君王詩。憶昔吴君未知名，秦淮但號枝隱生。桃葉渡口竹枝歌，攝山牛首忘蹉跎。司寇王公爲君歌，歌罷還書顛婆娑。藏之廿載字不滅，雙鈎影出鐫銀鋏。命我歌詩心復切，謂我閩中一豪傑。古人逝矣不可招，試觀作者誰劉曹？我學陶潛覺今是，行且挂冠不可住。君今鳳池飛且遥，誰能枝隱舊鷦鷯？

王元美先生復仿蘇子瞻轆轤歌體爲吴彬賦壺山别墅，聊復次之，以博一笑

轆轤歌長井繩繫，古來作者有三士。蘇軾世貞喬遠氏，二子學蘇作園記。園記歌成送與誰，吴彬又是一奇士。吴彬所隱園，乃傍壺山之仙子。蓬萊水深復清淺，壺山仙子千古死。我非吴子復誰與，司寇久失文苑愁，乃今我與吴子游。何生鏡山久落魄，如今起廢官不薄。官不薄兮酒盈尊，閒曹吟雪看流雲。飛雪流雲雙總粹，敲門又有吴君輩。山林姿態鳳池貴，片紙展作小便面，豆人寸馬畫中見。長披大筆五嶽形，戴進吴偉不敢聲。山無聲兮水有色，華堂高挂人人悦。人人悦兮可奈何，心非所好請不阿。請不阿，畫仍多，心中之人屢爲作，片金一錢不須索。苟非其人欲嘔悉，從他竿牘百遍削。吴君隱園在壺麓，四裔名馳乃無足。日落桑榆景翳翳，呼盧浮白復大戲。長安客邸絶烟蘿，吴君不厭時我過。長安攻金善掀禁，工學彝卮方其姓。何生瓦鐺之外無可續，袛餘滿甕貯酒堪引竹。吴君薄暮出鳳池，黄芽赤根亂睥睨。睥睨若謂可同群，腰間方銀出如雲。如雲之色白不昏，酒酣耳熱數大舉，遂令何生汗如雨。皇州春暖鶯遷喬，春盤顧我稱頌椒。東鄰臘酒今正熟，又比元載胡椒斛。斛斛飲盡朱顔酡，命我再作腰杯歌。腰杯之後憶腰杯，如此飲酒能幾家？千古止酒有陶潛，我今去之已千年。雖則飲酒俱宛然，誰得銀杯出腰邊，相對惟有燈花眼。花燈腰邊寶劍光如流，腰邊綬組長悠悠，不聞腰杯酒人游。陶公有腰尚折米，吴君雙杯腰間留。留之千古以後爲勝事，酒譜詩壇名始著。吴生胸中開八窗，腕中復有千株

樹。千株樹色壺山長,如今移種宮未央。昔年落筆中書堂,貂璫觀者如堵墻。匼匝屏風十丈上,飛白填金鬱相向。神宗好書無不有,愛看君書開御牖。方朔金門大隱仙,君亦仍舊壺山禪。壺山有禪還有仙,雙脩飽喫金門烟,金門烟中米家船。元美西州君廻駕,又求何生一筆瀉。長安春雪袁安寒,牛衣苦少日三竿。三竿起憶上林樹,知君騎馬來復去。來時騎馬去時歸,雪深不畏馬蹄滑。上林如此春復夏,當陽聖主正英多,君當復獻上林歌。上林作歌歌喜起,帝城雲闕春樹雨。春樹回春轉後胙,香氣如聞馥殿椒。唾壺不擊暮年烈,但喜腰杯歌臘月。故鄉壺山夢還涉,夢中壺山若可度,布衣還憶來時路。布衣如君太傑奇,能酒能畫復能詩。詩成復爾携琴至,薰風習習兼明庶,一身數器真能事。君不見來時綠鬢頭裹荷,金門今獻明良歌。明良之歌歌宛然,君生莆口我生泉。君列仙班尚有年,我老要還鏡山眠。鏡山亦有峰立壁,業已請君作圖記。乞圖九雲我豚子,我持君圖歸山樂忘死。忘死兮分雲泥,雲君巧兮我泥拙,此中之樂不可說。不可說兮須鉗口,欲鉗吾口兮,惟有腰間之杯入我手。君以腰杯壺墅托我傳,請君爲我畫畢兼賦鏡山篇。

吴氏一門孝行歌

世尊割肉喂猛虎,何况親生母與父。高皇論孝不責難,戒人刲股割心肝。當時淶水李得成,乃復用之列班行。莆口胄子吴望久,至性宏仁無不有。刲股療父父不死,留與子孫作樣子。家督君宇如父爲,亦以起母脾病羸。望久次子孫國宣,又復行之母病痊。君宇有子名文中,夫婦孝母心怔忡。神人語母母子傷,起死贈之柳葉湯。文中之婦已母病,仍以割股完慈命。世間難得此一家,陰功又况恒河沙。文中巨筆賦子虛,人道天子之相如。寧知累世百行本,所愧余言非華袞。

題畫馬爲紹和四首

連錢滿一身,蘭筋掩肥澤。尋常低俯頭,誰識追風魄?

其　二

五花忽反顧，目光已橫出。四足欲趫騰，輕風翻毛質。

其　三

紫騮勢反背，只得看其骨。登高若上天，便欲若滅没。

其　四

四足挺雙前，有此黑盜驪。兩耳豎兩尖，其意欲鳴嘶。

贈朱世其大理

我昔寒林斧斫樵，楚江相去最迢迢。何知名入山公啓，不使歌從隱士招。闕下周旋如夢寐，天中步武已雲霄。看公忠孝懷思切，欣睹名賢立聖朝。

予爲紹和媒邀姚孟長、侯若樸兩太史邸舍，時三月三日

漢家邊塞近胡塵，自在山河大地春。三月蘭亭修是舊，百年龍劍合方新。等閒潦倒當芳草，多事逡巡賦麗人。御苑玉湖無限水，此時客舍正爲鄰。

紹和、范之來集京邸，放筆爲長句

張子紹和久不來，何生寂寞真可哀。太僕圉人百萬匹，無有一匹是龍媒。燕市徒然買駿骨，騏驥伏櫪空城隈。言亦不能爲之盡，思亦不能爲之開。自從遼東軍馬動，未見一騎能飛鞚。幕中但聞主帥乖，帳下反爲虜酋用。四十萬人白起坑，六百餘里商於送。哲人久仰謀夫臧，下民祇覺視天夢。遂使至尊憂社稷，何有大老扶樑棟？何生憂天天不知，張子談天天靡涯。筆花墨瀋雲離披，就中復有張范之。二子閩海文章客，同時來獻干時策。子房借箸固有籌，裨諶謀野應多獲。春花正發上林枝，肴酒正滿長安陌。老夫見此心乍歡，披擲瓦礫看琅玕。開舵中流捩寶鷁，吹笙雲際騎飛鸞。於戲英雄幹濟必有膽，明志致遠在寧淡。即令談笑靖陲邊，斷非哆口矜蛙坎。平生意氣坐何許，眼中亦但有二子。在前不穢珠玉形，臨風轉快蒹葭倚。從古詞人未可料，二子咫尺青雲霄。丈夫

出世吐骯髒，老夫歸去遊逍遥。

孝翼過我邸中絶句四首

我道如直鈎，舉世乃封侯。誰知褊心人，初不怒虚舟。

其　二

飲君一杯酒，肯如敵王愾。拍浮殊不辭，大吸杯中既。

其　三

我有雙龍劍，與君孰短長？世人既不知，均之無晶光。

其　四

前日遼陽師，未戰衆皆靡。不如吾賦詩，加遺尚一矢。

兒雲棘試，諸君命酒候出余登第亦四上。

聖朝天子重元元，首仿虞廷闢四門。小子文場能逐隊，老夫官邸坐開樽。浪翻墨瀋騰毫彩，花發燈光熳燭痕。登第少年皆四上，漫將跨竈逼家尊。

長句壽朱奉常慈堂

天上何所有，日光月光星。七斗天闕何所藏？丹符緑籙金碧光。人生慈孝爲太常，天爲人世開未央。有其得者珠錦囊，賜之佩服雲鳥翔。朱太夫人父韓衆，生一男子名道儂。仙乎佛乎不可知，精忠至孝天門玒。天與賢哲扶皇風，邯鄲錢塘明且聰。照之冰鏡朗八方，崇蘭泛蕙春光融。珪璋置廟輝煌煌，鳳鸞在世鳴雝雝。奉常昨日陪方丘，周旋典禮明庶羞。文王后稷儼對酬，高寢衣冠漢出游。千騎擁護排城闕，百官罄折班道周。兆民有慶孝孫喜，遂勅宗伯嚴旗斿。奉常十載江門居，東園菽水心宴如。帝令奉常赴金馬，不使快活承潘輿。韓衆之女年八十，道儂先寄仙人書。瑶池容容下青鳥，武昌白白飛江魚。江魚有腴鳥有翼，此時歸壽心何極。巫山神女化卷衣，衡嶽夫人攝行跡。母乎母乎忠孝人世無，有子麐爵堪衡樞。四部分樂膳官爵，朝班子舍皆天都。君莫言江陵之水巫峽來，奔騰滉湧大壯哉！何生家在海濱邊，浴日濯月蒼蒼連。方壺蓬瀛路不千，碧霞麻姑飛雲鞭。吾將持此獻杯杓，佐君起舞歡翩蹮。扶桑日出八表懸，楚山楚水壽母年。

寄高日觀袁州

林卧已多年，還聞步如仙。尋山有宿好，服道屢新詮。暮齒慚朝列，夢思入遠天。他時文字契，相望各潸然。

仲京，余勝友也，於其丞三水，詩以送之

老子玄今白，吾徒青出藍。神君班列二，海水至分三。孚缶人皆應，明珠志豈貪。江門有詩句，爲我寄書函。

朱世其太常東郭園詩二首

東郭先生舊索居，履衣鶉決出無車。支頤日向江門坐，入饌惟應想白魚。

其　二

寥寥東郭一先生，夕陽釣水雨田耕。江風吹上天門去，爾愛爲舟濟世情。

寄程廣州

飽挹廬山勝，還探南海奇。鮫人爲下户，翠鳥出南枝。政俗非相遠，慈仁本自宜。行藏吾老矣，望子似朝曦。

送魏仲雪國博之南工部

不辭鱉蹩混騤驔，新許論文醉二三。詩格徑超唐以外，仙郎今在帝之南。似金盧橘時方熟，如乳河豚味正甘。君去吾將尋舊隱，秣陵相訪躡巉巖。

送周蓼洲稽勳

誼輩方辭闕，清懷遂夢山。主恩寬洗沐，物望滿區寰。種竹開新徑，攤書向

舊關。東南有紫氣，金馬識來還。

送李南汀户部出守杭州

錢鏐藉甚臨安縣，歐九繁稱有美堂。要以百城爲上首，真看千騎領東方。山師泰岱龕吴赭，水貯西湖汶泗洸。三晉交游從忝竊，雙旌南望意蒼茫。

次韻陳計部予黼追和李獻吉下糧廳杏花詩

北地先生有此詩，百年追和未爲遲。杏花爛熳昔何好，老樹扶疎今别枝。春色寵光猶昨日，前賢感慨亦多時。寄題莫訝經他署，署裡仙郎我子期。

張御史詩

上天未肯消欃槍，奴兒跳梁在東方。瀋陽開鐵連喪亡，大衆又來窺遼陽。遼陽中丞忠且良，智勇不足知微剛。降夷四十牧犬羊，家狗上竈鼠囓囊。肘腋胡將狎虎狼，百萬反走虚捷張。開門頃刻失金湯，御史有印無戈鎗，蹶張佽飛不在傍。他時叛將名永芳，拜賊爲父尊爲王。賊亦擁公入賊場，抑之雙膝如鐵鋼。反面不與瞻清揚，簟輿送歸御史堂。叛將長跪訴衷腸，瞪目不語汗如漿。叱嗟仰面天蒼蒼，君乎親乎罹此殃。稽首西嚮如趨蹌，長繩懸梁自施吭。唐家巡遠宋天祥，有人節鉞高翱翔。平生自許潰且洸，見賊跋疐似跛牂。公乎大招下大荒，帝恩寵公官乘黄，易名孫許相頡頏。鞭笞不日膏胡盂，公尚行間助戰鋩。

予走馬西直門外，黄泰穉孝廉謂我似二十許少年也，且自嘲其舊日墜馬，有詩見詒，次韻和之

四蹄瘦馬直籠筒，走墜憑他似塞翁。鳧鷁脛浮從泛浪，蜻蜓翼展一隨風。果堪癡叔輕王濟，盍舉并兒問葛公。嵇氏養生譏杜甫，好將瓠落破心蓬。

送唐子安令諸暨

英多登上第，山水得名鄉。溪響明城堞，峰光入縣堂。戴星皆撫字，暇日即

文章。直道新羈日，天衢騁乘黄。

送林圭仲赴南民部

桑乾南去是陪京，才子青春正發程。對御兩番呈御覽，讀書仍舊守書生。鎬豐神聖天無極，彝鼎勳猷旭始明。韓愈李公交父子，吾衰那敢抗前旌？

送黄泰稺落第南還，泰稺與兒雲甚厚

大器寧爲公等伍，新詩不下古人詞。唐生相聖從吾有，李廣行軍偶數奇。今日漁樵皆可侣，他年旗鼓更當誰？吾生最少謦兒僻，只道相師是得師。

送朱北泰司李金華

青春結綬向南行，浙水東邊入海瀛。勝國諸儒他日盛，興朝碩輔一時生。仙人羊叱成靈跡，孝子烏傷得縣名。出世有期吾道在，寧須標格振華纓。

送簡司李之泉州

除書初下黄金闕，嘉譽先聞洛水橋。若冞疇咨逢帝舜，官方淑問學皋陶。百城千騎迎風肅，五馬雙旌傍路遥。韞藉一時資穀玉，姓名他日在雲霄。

壽葉師相

當朝聖主倚調元，天下蒼生仰一尊。雨露沾濡無跡象，華夷鎮定有乾坤。福廬新隱隆中地，東閣重來涑水轅。夜看雙星明斗漢，君臣密契未應諼。

送夏經歷之南通政

清節中丞一世推，先朝仰止是吾師。於今蘭玉孫枝秀，益見箕裘祖德垂。邂逅綢繆瞻意氣，雍容文采盛葳蕤。銀臺南北天相望，牛首棲霞有所思。

濟陰繩齋許公自門下左省遷卿光禄，有留别署中雙柏詩，予躡芳軌，噤吟雅奏，次韻賦和。時公有還山之意，故詩中及之

惟月官離次，遷鶯韻在林。御厨親近禁，省樹憶留陰。蚴虬龍蛇筆，雝喈鸞鳳音。山心猶念舊，物態動規今。雙柏何年植，長天宿露湛。春深鳴吹管，秋迴響流碪。出地惟孤直，經霜尚爽森。映階軒轉緑，隔牖徑疑深。交讓真名德，相和是雅吟。銀臺高並極，金馬陸寧沉。楸徙昌黎意，松憐子美心。衣沾金闕雨，夢繞碧峰岑。濟沫頻思濯，京塵坐畏侵。若云躬不匪，正恐世難禁。處己慚居錞，行年欲視蔭。折楊從嗑笑，渤澥聽飛禽。躡級爲沙礫，同心厠斷金。婆娑雖未盡，去住總憑任。鐵色蒼磨劍，鋩鋒勁可簪。後凋齊有意，千里一堂尋。

送朱慎鍳以宗室登第還晉

劉向漢家爲宿輩，李華唐室絶清才。皇恩破例開科日，吾子能文應詔來。最喜兩禽連中也，從他八駿長牽哉。異時聖主思賢哲，家門原有棟樑材。

送姚孟長翰林將太夫人南還文狀元是太夫人之弟。

北堂垂老憶江鄉，清暇官曹靡不遑。後夜月隨烏始定，清秋風與鴈南翔。手携虎子新孫褓，眼看龍頭小弟郎。朱紫朝班榮豈少，幾人戲綵奉慈觴。

少師公以乞歸詩二篇見示，若責余之變前説者，今欲和我，當仍送我歸耳，漫次賦呈，固知前後之説自有當也

希夷恬潔豈非名，不合歸心此際生。即道友朋猶可挽，寧論臣主太無情。乾坤作聖風從虎，仕隱如農古寓兵。野老似鷗非布穀，安能催唤早春耕？

其　二

帝恩臣感一時生，雪涕中官達下情。舉世盡知心最苦，吾君可説諫難行。

早從北斗斟元氣，漫學空堂坐二更。勸駕非將前説變，總憑外論一持平。

送滿少卿削籍還山，公舊以礦税逮繫

都門來往數何如，今日騎驢昔檻車。舉世何人堪快意，吾生本質合離居。逢人只説乾坤大，嘉遁全忘感憤初。愧殺龍鍾招鶴怨，曾無膚髮補乘輿。

寄蕭副使察書從李户侍寓往

共事西曹三十年，君今無恙我官聯。交深舊事如新夢，道在餘生信久全。三甲繇來成疊嶂，五通自合並神仙。朝回頻過司徒舍，一詠停雲思渺然。

壽鄒南皋總憲

浮榮登第棄如空，社稷乾坤寶至忠。垂老三朝初拱北，平生百折總趨東。心承千聖維文統，力贊新皇正世風。今日壽公同壽國，千秋吾黨有盟宗。

送陳如有年兄同知太平

四十七年老弟兄，謙和清慎足平生。海頭囊橐無珠寶，淮上河渠有水經。宋室舊餘懷古地，高皇留載渡江旌。而今五馬經行處，又見人人頌德聲。

寄林懷瓊年兄

天連粤嶠雨，地起秣陵雲。意遠握蘭贈，書成吐鳳文。簪纓流俗外，麋鹿野人群。白髮如秋月，相思在夕曛。

送龍廉孺知岳州

突兀衡山峻，凄迷楚澤多。十載官如此，雙旌意若何？方隅多劇盜，蒼赤盡沉疴。去酌巴陵水，徐風起緑波。

送王守履知許州

昔者邵文莊,初仕知許州。懷賢追古初,誅奸佐春秋。積倉囷如京,重農粟盈疇。民財阜以充,文風蔚然抽。芳躅邁往哲,清聲垂後休。吾子始發軔,繼踵躡前儔。矢志專飭躬,貞懷篤好修。不過貴人門,竿牘與答酬。家寶信可尊,世味安能投?出門已見卓,末路知益遒。吾門有此徒,孟軻喜樂優。勉哉善自愛,將來翼皇猷。

夢先姊

五十年餘別姊容,無兒不歲丈家窮。若無老弟白頭在,更向何人託夢中?

題葉機仲卷

葉生求我書,我謂題行卷。卷紙白勝雪,長可丈餘展。曩昔有二卷,常携涉邈緬。今又裂此幅,名公乞轂輦。請問所乞何,兩世報慈善。貞婦復貞姑,荼苦良不淺。剛心匪臂斷,自誓豈髮翦。姑則長已矣,婦尚留餘喘。惟此餘喘人,拊我惟終鮮。游子久滯淫,念此中厨臠。秋風起薊門,中夜雙淚泫。惟有君子言,可以當琰琬。長跽希短章,慰此中黽勉。丈夫有夙心,始志在割剸。及其衰晚途,駑馬空戀棧。有覥視息心,何用佩璲琄。作詩詠母節,實勗令德憲。

送許繩齋光禄還山

吾輩還朝侣,羡君早乞歸。辭榮殊不易,葆節固應稀。賢名紛祖帳,勇退卜麻衣。濟水經過地,吾來訪翠微。

韓寅仲携尊見過,時坐中武孝廉燕卿長齋

初謂移尊酒數行,長筵何意屢飛觥。黄花不借燈前色,白鴈難聞塞外聲。礌磈澆胸醒北苑,旗槍撑腹醉南溟。醉醒未識何人是,共向霜天問月明。

和葉少師中秋詩次韻

月缺人人喜再圓，中秋見月更堪憐。不知列宿藏何處，只覺浮雲斷遠天。白首簪紳依北極，黄扉邸舍近東偏。何來此夕酬高唱，意在邊頭息燧烟。

和葉少師重九詩次韻

燕臺老馬愧孫陽，薊北閩南道路長。心逐曉鴉依玉闕，夢隨霜鴈到江鄉。頻年醜虜聞邊警，指日王師下大荒。憂國元臣多感慨，登高意不在殊方。

葉少師復以中秋、重九二詩見示，且末及豚兒，次和并謝

大家詩格具方圓，秀句驚人不自憐。已過中秋逾浹月，還將逸興寫遥天。冰輪桂影空無象，兔魄蟾光静不偏。杯酒留連行徹旦，鳳樓猶未起朝烟。

其　二

薊門大澤滿隨陽，陣勢字書兩共長。宣室寵光榮漢室，帝鄉節物異家鄉。棲遲游子慚漸陸，獎許鉅公是泰荒。蘭玉退朝看鵠立，周家麟定合相方。隨陽，鴈名。

壽許恭簡夫人詩

曩余爲郎官，奉竄適嶺表。倉皇返家室，驅車入海嶠。恭簡方建牙，不鄙閩中小。折簡到江干，相邀坐清醥。初間析精微，極談造浩淼。人自泰山頹，夢有岱宗繞。謫居三十年，來此備鳳沼。遂得睹麟趾，何異追騕褭。相從記末契，愧彼擇木鳥。厠聞老夫人，八十尚光皦。至孝先鳴鷄，長貧甘集蓼。從官佐宦學，篤老勤昏曉。當其艱子時，祇恐孤無趙。泛愛及衾裯，反側在窈窕。寧馨竟自出，雖一不爲少。游子念春暉，歸心捷飛鳥。命予扣五音，壽筵配六擾。緬惟明德人，定有佳耦鷺。已見蘭玉儔，牀扶復膝遶。小人歌侑章，仰愛高鴻矯。心依北堂慈，目送遥天杳。

題周恭肅冢宰畫卷

少保青田十一鶴,學士細描墨千斛。王公貴人有至好,品格風流在人目。太宰書筆若有神,近情遠勢皆清真。蒼勁突兀寫古色,緊爽紆徐貌野人。有時執筆疾飛鳥,意超神逸更不少。青天月出長松低,白日波平遠江小。自詩自題自落筆,詩乎可畫畫可律。作家那得問淵源,老手一恣點疎密。巖廊之上紳簪纓,選人選務紛如林。坌塵旁午辭止水,靈漢咫尺開遥心。峻節宏材今逝矣,可作與歸在爾爾。神羊着冠公曾孫,出此遺蹟視賤子。公詩更有古人風,詞清旨韞姿態空。閟晦不肯争詞雄,嗚呼公乎謙且冲,嗚呼公乎謙且冲。

次孝翼懷魏仲雪初雪行

舊雪汝同魏仲雪,今雪何子口不輟。何子白頭一老翁,仲雪緑鬢日初東。二人老壯不同歲,汝游其間無礙滯。秋圃故有花鳳仙,碧海復有香龍涎。炮鳳烹龍歌颯纚,汝當快飲仍加匕。龍乎鳳乎蓋名矣,此雪無乃即魏子。

次韻答孝翼

侍御馬公居近天,不然見爾無繇緣。守邊未見骸爲折(析),持節那能雪和氈?此夕慨慷持斗酒,誰人絲竹列長筵?愁心與汝對明月,亭障何時静燧烟?

耿中丞乃翁詩

萬曆初年相,其人明申韓。倚山雖似水,栗齒不在寒。桓桓驄馬公,按節臨新安。中有豪貴人,欲市鄉里歡。蠶絲國初税,更易良亦難。顧欲五縣氓,齊匀爲分攤。蚩蚩既不饜,狺狺遂争端。蔓延無時休,幾復陷衣冠。公乎持益堅,寧可拌微官。玆銜自不忘,静眼開徐觀。鼕鼕街鼓下,有囚來鳴冤。豈以湯網仁,頓令斧鑕乾。踟蹰貢登聞,未遽坐探丸。相用其學術,怒勢如崩湍。何物獬豸羊,自擬金鷄竿。烏鳴御史府,起挾虞人彈。仕宦不遇合,藩臬竟盤桓。苟非仁有後,植槐天亦刊。惟其好生理,細及於鼠肝。中丞挺高標,流芬自握蘭。比來入東越,鐵鉞揚朱干。俯顧非我能,先德培羽翰。盟心訟前冤,雪涕攀上欄。大哉乾坤内,充塞寸衷丹。捫衷復退聽,正氣無雕殘。試將彼相兒,來與公同看。

送耿中丞開府浙江。中丞舊令浙中

中丞持節鉞,往鎮浙江湄。並海東西盡,如天雨露垂。名卿從此大,賢令昔在兹。動色人相賀,平生已自知。

韓寅仲以調官詩見示,次和四首

砥柱障狂流,壯夫翻日車。旅邸向北榮,日光映古書。官曹多暇日,開卷當墻隅。韓生忽然來,拜我摳衣裾。我衣頗短窄,敝裘破尺餘。寒風雖穿牖,稍蔽肌膚疎。見面返歎詫,不復笑貧迂。生昔爲縣令,如雛視苞苴。中道被棄捐,人謂社樹樗。所以遂合契,若扁於跗俞。往者不可諫,來者慎勿渝。

其　二

我雖厠大僚,但似小星嘒。端門可五里,老脚尚能至。惟防拜跽繁,如涉不能厲。前日陪大廟,天威匪違咫。獻俘北御樓,下視復九地。睠此遠近殊,悉展葵赤意。祇有急流退,不能自爲計。上羞秃秃頭,俯愧種種髮。夙心早所期,餘生成底事。翳媒因悦侶,受鈎坐芳餌。久辱北山文,行矣西關氣。輒以行藏轍,與子互相似。

其　三

一人獨把舵,十夫共摇櫓。百執各受事,頭足相照顧。如此共撑持,庶可除患苦。吾子雖縣令,簪笏亦皇路。向來重此誼,安敢棄如土?中誠靡猜疑,直道嫉回互。諒無憸壬謀,守此四士固。然雖鐫階級,何曾錯武步?右軍縱云賢,敝滯在誓墓。沮溺非不能,思孔我獲古。參軍苟拮据,股肱亦皇祐。

其　四

中州多古塚,終久不曾開。熒熒鏡與玉,人世出泉臺。問何以得此,長鑱穿蒿萊。聞聲知有無，殉朽占主陪。如斯探寶奇，亦見游刃恢。我欲廣哲心，借此開子詠。慧鑑朗仍玄，德基老彌培。觸天有靈鈞，遇物無虚裁。渺乎委吏矣，斐然君子哉。敝徒蔡君鍾有亦以縣令謫仕中州，嘗謂中州人探塚得寶者，以長竿穿地中，聞其有虚跫之聲，輒知如何寶，何處是主殉之位，遂開而取之，不待先發也。余歎未嘗聞此，故因寅仲往彼，談此以備一奇。豈博聞如寅仲已先識之，不待予言乎？

送白省翁之南少司徒。近聞汝州有凰鳳之瑞，末及之。此員久裁，近方奏復

陪京仍設少司徒，寵命新膺到彼都。風采三朝瞻物望，統均九扈壯儲胥。白門聚寶秦淮水，黄册靈貓玄武湖。凰鳳此時鳴汝郡，懸知國勢會平胡。

近城朱太公壽詞

我昔懷秦鏡，飛入汾水陽。堯官舜牧九十二，欲爲明主羅才良。輪囷赫霍迷兩眼，歎息萬古難相望。忽得明珠七十五，照乘朗月紛芒光。汾陽有仙人，挂籍通瑶京。騎驢遠探華陰掌，擬接靈遨遊太清。遨遊太清尚未足，吹簫去弄雲間鶴。雲鶴養子日以大，鼓翼憑風凌無外。仙人拊之入瀛洲，黄金白玉鳴天球。饋我黄鼠肥且鮮，紫貂可以縫長裘。飽食温煖靡所報，但願仙人三千秋。上有黄扉之天闕，下有班綵之明月。稍待鶴子舞堂前，華簪輝映長安雪。

長安道中見雪，觸目成詠，一切古來詠雪之辭不用一字

躝蹂九衢還色相，鋪封千屋净埃塵。小家箕掃拌盈斗，稺子燒湯沃幾廵。朝旭映光檐不溜，宵蟾助朗燭無神。總有高低寧缺欠，或爲隱顯異昏晨。試看大片真如綴，時屑零星又最匀。夜帳不風滋氣煖，曉窗尚暗已雲屯。劍揮渾脱空中舞，結解楞嚴指下巾。安得輕堆高十尺，衡門封墐絶轅輪。

送姚仲舍銀臺還山

姚子題詩秋菊軒,寒樹只欲覓花殘。豈從輕艷愛顏色,定欣骨幹撐乾坤。看君心事既如此,豈得長住長安裡? 冰壺桃笙一片秋,平延明月挂天罳。昔日看山過武夷,筇長屐短峰爲低。銀臺金馬是何物,舊日天祿燃青藜。以此棄去不顧懷,袛有鱸蓴勞夢皆。烟雨登樓舊所好,泖水蕩槳今非垂。入堂家慶拜燕喜,高堂大笑今父子。待余再解景平龜,山中聽爾尚書履。

送黄二爲太僕册封唐藩

天遣僕臣今日使,命銜尚璽向時郎。國同史佚仍唐叔,王在南陽即帝鄉。直破冰河開濁浪,遠將春色入浮梁。豐山亦有霜鐘應,遮莫遥聲到建章。

題光禄官舍

日月廣無遮,不見出入束。微官司内饔,其職似祝卜。惟有敬畏心,庶免悔殆辱。興懷詠河干,捧此鼴鼠腹。

鏡山全集卷十六

詩

次葉少師韻送鄒爾瞻先生歸吉水三首

冲主中天景色新,茹征方奉屬車塵。悄心自昔滋多口,去國無何是老臣。四海干戈窮杼軸,五湖烟水有經綸。拂衣且莫矜高尚,晚節斯文并此身。

其　二

四門從此不須開,耆舊於今去内臺。若道魯鄒非本色,定須管晏乃名才。長安驄馬無人避,文水沙鷗有客回。咫尺匡廬尋白鹿,鵷雛那復理群猜?

其　三

黄鵠難飛只爲肥,公今輕舉正勝衣。時危道直方爲貴,身退名高不算歸。即訊雌雄人具聖,安知兕虎道仍非?相從乞假還難遂,寤寐能忘白石扉。

次葉少師韻送馮中丞仲好還關中,公與鄒公俱以講學被言三首

何曾黄鵠在軒墀,那有神仙不茹芝?天下莫容真病矣,我生有命合安之。素交顔色初無改,舊隱編摩儘可披。漫道關閩天隔絶,張朱當日若鄰比。

其　二

都門雨雪正霏霏,戎馬干戈人未歸。兩見名賢還故里,誰扶聖主佐宵衣?求聲嚶鳥方遷出,携手凉風有是非。仍舊入門尋宿侶,論文講德各依依。

其　三

此身内艮外無庭,猶見訛言滿闕廷。慢比宋人來伐木,嚴如子産鑄書刑。

青牛函谷騎能度，仙掌華山勢自亭。但祝上蒼加我歲，猶堪三絶誦韋經。

送文文起翰撰外謫

天榜龍飛首石渠，葵誠又向玉階攄。熙朝再見羅彝正，漢室誰留董仲舒？吁咈爾爲堯佐重，鹽梅帝以傳才儲。華亭亦有徐丞相，外服棲遲十載餘。

送鄭謙止翰林外謫，其乃翁亦以建言謫籍

家尊本在鄭公鄉，君又上書歸草堂。湖海可無人鎮壓，廟廊自有客翱翔。青春華貫人争羡，白簡翰林爾太狂。皓首著書吾老矣，猶將直氣塞蒼茫。

萬壽節即事

象輅雙雙列午端，午門、端門。旛幢戈戟不勝攢。表宣宗伯終呈馬，時唱句臚始定鸞。疊鼓長撾先九奏，四夷齊拜後千官。廷臣共愛天顔晬，日表人人仰首看。每遇大節慶，則通夕鳴鼓。

王蓬滏庶常乃公詩

至人無轍跡，游意於象外。怒獰尋開霽，驟與風雲會。落落初難合，久如肉切膾。文酒朋盍簪，羔裘詩詠鄶。偃室絶處女，窒皇急錦貝。父母題此兒，不瘳窮乃大。高堂冰若履，夫子天爲蓋。其至皇彝衷，人仰孝思最。一經困漸逵，穉子説言兑。善德後必昌，不異約駔儈。君本曲阜人，試看孔廟檜。

郊壇陪祀有述壇中揭燈，則皇上宫中望拜。

上帝居歆北極來，高皇東幄儼昭廻。風燈高揭宫中拜，天樂微聞壝外陪。緑玉樽浮攢七曜，黄牛香爐噴三台。即看明月融和甚，天意若增萬壽杯。聖節即在此月。

送徐二俞侍御之維揚

吾鄉多君子，徐公固其一。曳履入承明，當陛簪白筆。昌言排淆詞，申章明

國恤。持斧入維揚,淮水清蕩潏。定知激頹風,可以扶朝日。

送錢受之太史還里

吹毛從世態,掉臂本山心。吾道合如此,斯文應孰任?雪花飛遠漢,春色入前林。遽作新知別,鍾期何處音?

送楊晉菴刑侍還山

吾道甚廣大,其界嚴進退。試觀爻象成,乃與語嘿對。得時則乘駕,見幾在遵晦。夫子出洛水,意欲邦家乂。一聽斥仗鳴,祗獻向日背。滅景同抱關,息心在秉耒。虛舟更何心,尺組真無礙。旋同屈尺蠖,意在帖群喙。有此夕惕乾,敢毀終日介。德機此焉杜,山心一何快!臨岐申濯磨,日新寄慷慨。

送汪大司徒還山

聖學所入門,道在於主敬。夫子講山中,以此約其性。著書名中詮,載論表實證。豈但爲身珍,政可供世應。邊方急呼庚,大農劇懸磬。蒿目軫民艱,紆籌振國病。一意防節出,不敢許濫請。如藜粗飽腹,若衣差揜脛。以此當旁午,不至詘車乘。天子羡至忠,老臣稱不佞。乞骸固避賢,歸懷遂動興。竚看道貌肥,再見門徒盛。無能從屨綦,更何歙視聽。唯有夢寐衷,蘭心長照映。

除夕詩

誰將一串日,截斷作雙年?豈有埋詩塚,遂多守歲篇。雪光蒸氣後,春色送寒先。冉冉冠簪側,依然冷白顛。

祫祭供事太廟,黄屬官有詩,次韻

降真香起不留淹,恍惚居歆似可瞻。金玉白瓷三爵酒,稻粱青韭一匙鹽。象胥舞應高低奏,龍衮興看左右襜。歲祫禮於時享重,不遷祧主一堂兼。

次葉少師立春享廟詩

曉日觚稜麗照回，千官入廟不須催。土牛禮應犧牛候，福酒香隨春酒來。布鎮銅山齊拜位，椶承玉趾接登臺。寧神四表歡無極，立見皇風遍九垓。

次葉少師人日詩

須彌大地滿爲人，又況同靈屬此辰。合有銷愁千斛滿，頗聞送喜四方頻。筰邛近報平苗賊，鞬鞨行看静虜塵。相國調羹心最苦，中朝公合是元臣。

次葉少師除夕詩

駐世仙方寧有諸，殘生一任改乘除。忙中經手皆錢穀，倦後開心罷册書。猶喜聖君崇在儉，坐令經國用之舒。夜深守歲賡詩後，更辦朝正整佩琚。

次葉少師元日早朝二首

黄扉門外對高闉，百步趨蹌即紫宸。當閣具瞻元老重，出山三見王正新。分班虎拜聞天樂，傳制鴻臚普上春。近日中州鳴彩鳳，朝陽正喜照龍鱗。

其　二

元老耽詩興最酣，肩輿呵道四聲探。成篇得句叉應八，除夕元正首已三。輔主朴忠攄素抱，籌邊長策破輕談。舉朝借衮心方切，莫與嵇康較七堪。

少師公三以酣字韻詩見示，次和三首

官厨難比步兵酣，縱欲嘗黿無處探。身辱泥塗將絳六，客歸飲博及髡三。欣逢一德歌肱起，更有餘功及手談。垂老趨朝頻唱和，漁陽欲比不支堪。光禄釀酒俱内官掌之，寺卿不得有也，公詩及此，故云。

其　二

昨朝春色已紅酣，明月青天手可探。對酒未辭康爵叉，詠詩仍捧白圭三。恰如元白頻通信，若許羊何可共談。不隔盈盈常脈脈，平津閣下置筒堪。

其　三

輿呵道上索詩酣，又向清宵枕畔探。衮職忘情朝與野，鄉心劇夢再仍三。方隅何日安耕鑿，邊計無人靖笑談。還鳥倦飛知最切，調羹老手看猶堪。

次少師公立春詩朝内以柏、柿、橘三果用綵繩串之，遍賜宫中，曰百事大吉。

春色長安四望開，千門萬户盡蓬萊。宫中賜綵繩穿橘，炕上焙花樹發梅。小鼓六街童子鬧，巧燈東市美人裁。華顛老至羞新勝，短韭行盤自薦杯。

何節婦詩

鎖却嫁時箱，貯君生前衣。熨帖裁縫百不施，襞積帶領交無虧。小兒學語面生花，真珠玳瑁交横斜。取出廂中衣，裹此繃中兒。芙蓉蘭蒞雖敗葉，一氣重泉尚可接。草木無情猶有瘳，磁石召鐵從來協。記憶嫁時金剪刀，鎔爲寸鐵明秋毫。濡縷試血立可死，佩鐫綴紉心煩勞。孤兒息屬百不憂，奉姑只畏姑心愁。是母是子道固然，豈必責報蒼蒼天！寄言御史府邑大夫，桑樞子母一節無。皇皇詔書到海隅，樹聲表里開蒙愚。賢孫再世心念母，石移棹楔大道口。呼兒盍贄諸名卿，緘書乞言四裔走。

署中春雪，一切古來詠雪之詞亦復不用

墜衣將漸蝕，入幕靡留餘。蟬翼翻爲密，鶴翎轉未疎。稜微仍似剪，葉細不勝噓。度馬還明跡，躙車已作淤。無風能及地，淺日尚鋪廬。入土三分潤，彌天一望舒。來牟行可賤，雨玉即安如。官局罷開印，老夫便讀書。

别於大常通政二首

彼美君子，守道之貞。執方雖峻，宅心維平。人爵不諒，天爵則榮。庶幾在位，秉我素誠。

其　二

蒼蠅點壁，其究可涴。直道摧輪，其復不遠。哲人斯舉，望慕莫展。維南有

都,周道孔衍。

别顧所建道契南還

白璧易爲玷,素絲易爲緇。丈夫有片心,所貴在不移。彼其路旁子,蚩蚩安得知?太陽忽廻光,幽谷東風吹。舊條冰與雪,洗滌再無遺。乃知下石人,徒有竊鈇疑。身死爲國殤,平生百不辭。天命既如此,吾道隨所之。

送蕭總兵之淮上

賀蘭討賊血殷戈,皓首三朝老伏波。五鎮雄邊氊騰静,一麾禁旅虎彪多。平江擬繼陳瑄跡,行水還過宋禮河。美酒高郵詩興發,雅歌其奈祭遵何?

蘇武節行爲沈允一貳車賦

重慶城前江水流,重慶城外紛戈矛。天子養酋還養賊,征虜無一得酋力。御史大夫來犒師,張旗伐鼓城中居。朱袍繡胸汙賊血,監軍使者無一脱。沈生持詔下秦中,晝舸來過江水東。國狗之瘈(瘈)無不風,蒼茫頸項中其鋒。募兵無預乃公事,刀刃幾向胸中剚。虎口投袖忽一撇,亦可仿佛蘇武節。

河池州行别允一之官

吾聞河池州,土城如斗無督郵。響器之聲鬼巖發,金江之水城外流。又聞居民如晨星,漢法不用用土酋。民間犯罪問家産,百罰五十如相酬。皇明開疆二百載,文明未變夷風在。沈君自署大官庖,寸臠不染葷腥臊。豈有天上明似月,更向窮徼學猿猱。吾愛沈君挽却錢塘濤,一洗濁瘴無秋毫。

喜林咨伯禮侍入都

東風淡蕩入長安,坐憶山中歲月闌。柳色青葱迎禁掖,花枝爛熳待春官。五湖久壓鷄壇長,三殿今承玉陛歡。白首夔龍欣踵武,終慚秀句接風翰。

答張民表孝廉次韻,少京兆王公屢以民表爲言

相投臭味似蘭芝,相向論心更不疑。君自龍門腮屢曝,吾雖鶴筪鬢都絲。古今詞賦誰爭長,得失文章理可推。馮翊扶風時念爾,西山紅日對揞頤。

周文恪家廟詩

大禹列九鼎,神姦刻晝然。千秋土花蝕,但見鑄作堅。虞廷輯五瑞,於今孰歲年? 魯璜若晉棘,用不若刀鉛。梁谿周夫子,葆貞固自天。動即與道合,居不爲物先。雖秩上卿貴,積歲不一遷。當時備朝右,楚相政持權。無戎而縗墨,汝安蓋爲焉。公卿盡叩閽,頌留如嘒蟬。夫子在成均,客言當周旋。戟手仰堂楣,彝倫名何緣? 我生本枘鑿,安能隨方圓? 彼已薰天勢,亡何終棄捐。一時齟齬人,各自相嬋娟。南京屠祭酒,其聲遂駢闐。北京周司業,中懷寐不宣。舉世從鼠璞,我心有蕕荃。珠林雜火阜,源本在溯泉。苟非三歎音,孰貴清廟絃? 畏壘户庚桑,公卿尊鄭玄。蹇偃開芳祠,狼藉顔華椽。長老儼祭酒,後生駿執籩。高堂絶施帳,都講邈銜鱣。近愧築場私,遠慚及墻肩。

贈　潘　生

文皇開天天與覺,賜之真人袁廷玉。肚臍只候到髯鬚,將相頻將許部曲。兩般布豆仰日分,五色亂絲隔窗燭。奇術過今二百年,異蹤曾無一人續。御史大夫有趙公,天子弄印明光宫。餘生但擬東山老,一年遂陟西臺崇。憶昔諸公在山間,祇有賜玦無時還。汝南潘生先送喜,趙公大笑寧癡頑。開口如射東方覆,信手似探羊祜環。以此名姓滿長安,衣冠觀采無時閒。人言生相百不虚,獨我謂生可破除。唐舉曾稱聖人不,莊周久分支離疏。

器皿廠午坐

公事清晨了,虚堂卓午俱。夏陰雖互映,春氣未全徂。庭遶低飛燕,窗穿候

哺雛。鳴鳩長在樹,乳鷃亦蹲株。緑柳開雙徑,蒼松列四隅。絮輕吹不定,錢小疊能鋪。海曲家原古,天都興自殊。醉猶同客醒,老未倩人扶。莊舄吟終苦,張翰思轉孤。明朝報朝御,又欲學鳧趨。

送劉小壺之南都

諸僚皆俊彦,羡子獨英年。此日從南去,何時更北還?衣冠高帝寢,俎豆法宫筵。明信知無斁,憑將贊上虔。

題錢穀畫

碧樹青峰隱小臺,偶然送客過橋來。山中訪道無虚日,又有行人載舊醅。

送熊羽人司教文昌

海外靖遥氛,楊枝折送君。樓船尋故事,銅鼓醉餘醺。弟子當願學,先生善古文。毋令丘學士,前哲擅清芬。

齋　居

茨菇葉長蜀葵芳,碧樹蒼蒼紫燕翔。禁掖久於天最切,齋居轉覺日偏長。上清杳靄懷何極,群籟虚無坐未央。宣室遥知懸想像,精禋何以贊吾皇?

宿齋次日作

從來有寺便棲禪,此日寺卿更闃然。嚴仗趨隨晨月色,虚庭行步夕陽天。在陰叫鶴清人耳,入帳飛蟲亂客眠。報道景星前夜朗,坐看九土奏豐年。

林宇穉候補長安中,猥承長句見贈,推許過當,兼以近作録示,皆感時觸事之詞,不揣步韻以復,知無當於大雅也

紆紳依近禁,錯趾雜餘刑。較象蒼舒秤,問豬黄霸亭。栗榛詳納篚,椒糈别

充庭。玉食尊維辟,黄流薦上靈。駿奔徒謏謏,鬢髮不青青。奉旨承天語,趨朝及曉星。櫪騏千里遠,軒鶴半空冥。同調人殊寡,和歌有孰聽?越禽巢共命,南樹發分馨。官序刀生夢,詩勳柱可銘。山鷄鮮吐綬,孔雀翠開屏。僦屋偕鶯燕,傷時歎螣螟。更承佳句贈,益使素心惺。羞我遼東白,翳君北海溟。

送薛晉江

尊親大禮諍異同,世廟初年薛考功。再睹諸孫荀鶴下,仍欣萬室葉凫中。青雲久識披江左,初日遥持照海東。料想政成無事日,紫髯堂上拂春風。

陳予黼計部邀遊通惠河分韻

通惠河流演玉泉,波澄太液御溝連。人牽楊柳遥堤纜,漕轉秔稌萬里船。關上使君閒似鶴,筵中夏日少於年。山人醉態狂猶舊,對沫銜杯玉蝀懸。

再次予黼韻

鑿河截土似分瓜,各治隅方卒不譁。輸輓功高漳水豹,引泉甘過撫州麻。太倉政復饒觀鼠,邊塞第難得怒蛙。坐上諸公皆俊逸,老吾雙鬢遜於鴉。

和蔡伯達使君二首

仲文槐樹久婆娑,忽誦清吟起積疴。五嶽快瞻游咫尺,岱宗寧問了如何?安危海内公須仗,保障閩中事已多。對和幽齋長夏句,猶如賓御發清歌。

其二

長安明月影婆娑,杞國私懷若負疴。元首虞廷天最近,遥心漢塞夜如何?長城鎖鑰丈人寄,老手經綸輿望多。白首趨朝無藉在,餘將龍劍壯高歌。

送史相國南還

料公今日不書門,一向庭前雀亂喧。世上知希吾乃貴,急時退勇道方尊。

歸家緑野初無地,去國黄扉始定論。惟有聖明深眷注,待將鎮定奠乾坤。

送　客　谷

臨關月出海頭灣,海上征人坐未還。無數飛帆齊上下,共聽吹笛滿關山。

似許凝長都護

許君一世士,豪俊故無匹。異香發瑶圃,靈草披霧術。嚴君在先朝,天姻連雲日。列爵参侯王,高門忘貴七。有美箕裘世,得此珪璋質。挽强輕忘歸,操管秀不律。宏詞光振鷺,新詩盛聚鷸。芳醴洽遠郊,静言浹悟室。池蓮馥過麝,岸柳密如櫛。西山終日對,咫尺瞻崙崒。北海滿孔融,南皮延吴質。安得遂初衣,素心於此畢。

次韻壽葉少師公壽日爲七月晦前。

長安秋色總年年,頻歲從公捧壽筵。柱國新銜酬最重,垂衣冲主眷深懸。牛當犯斗身依漢,龍起爲霖見在田。共擬發祥明月盡,朔宵生魄一痕錢。

送劉行素之南太僕

百昌明世詠繇庚,馬政南都得圉卿。柏子潭中興聖地,醉翁亭上紀賢名。棲遲同病憐遷次,老大關心惜别程。待至黄花秋節後,楓天霜鴈憶吾兄。

宣城太守慈母詩

燕趙忼慨悲歌古有之,豈無貞心勁節名閨帷。人生十九是何年,春花照日開嬋娟。嚴霜中夜忽摧折,令我舒鬚展蘂無繇緣。春風雖照薊門春,朔雪飄零不少辰。我心不見春與雪,自有正氣扶蒼旻。宣城王大夫,昔日有母擔石無?嚴君文苑循墻趨,文鴛雙綺不得少踟躕。此時夫人十九是,何知天只與人只。襁中兒子知有無,中心已可恃無死。百方養子不得長,百方養子不得强。巢中雛鵠一日摩蒼蒼,漢家明堂和柏梁。是母是子人耶天,天使立教扶世權。天章寵錫龍蛇蜒,以報臣親旌臣賢。王氏之門獨不然,褒崇貞母光瑶鐫。大夫今日專城居,東方千騎百不如。惟有念母若歸墟,浴日涵月開扶胥。東海何生援筆爲作歌,母乎母乎,天地萬物夫如何!

次韻送林宇穉之嶺南幕

松柏繇來困野蒿,鴻冥難得順風毛。都門頻雨泥顛馬,驛路深秋草刺袍。晉室諸賢多從事,漢家名士亦功曹。嶺南漫羨桄榔樹,君自成蹊有李桃。

壽王鴻臚封公詩

歌南山,詠北斗,南山之歌壽無疆,維北有斗難挹漿。王公績學開文章,早時藝苑聲悠揚。朅來大城老居士,賞溪舟楫風帆張。世人看公如斗懸,公兒有聲能徹天。交戟陛楯句臚傳,寵公朱衣舞壽筵。公家自有琴高山,仙人何時當來還。尋常兒齒垂胡胸,晉家賀元頻相從。

送陳大司徒南還

大農去國問如何,賓御驪駒不敢歌。中外持籌心最苦,平生歷宦鬢先皤。要於我道行藏决,坐使邊庭議論和。此去襄陽江口望,太平山色映漁簑。

送王損仲開府東藩,次葉少師韻

東秦初守孛,蓮社唱聞香。響應屯蜂盛,妖纏引蔓長。欃槍清下土,寢食慰吾皇。游梁詞賦大,休汝姓名芳。滅景雖藏匿,高懷轉激揚。書删元史宋,學富茂先張。賜履兼齊魯,鼇圭且召方。古人如可作,前事定難忘。户牖謀綢徹,瘡痍仰息將。繕兵皆作怒,察吏使無殃。公語向予盡,民生定不傷。秋光明列旆,川漲肅行裝。小草嘲靈藥,後功仰太常。懸心思地肺,逸足送天房。更有臨岐贈,人儀詠在桑。

秋日呈葉少師用前韻

賀監誰相賀,香山有底香。擎天堯日大,歸路楚雲長。緑野缺裴晉,平泉無贊皇。朝簪方雨集,山服遽風揚。主眷深甘負,人綱去孰張?佐君知有術,延壽儘多方。朝市豈非隱,江湖政可忘。此時堅決絶,何日得明將?野老初長往,荒年不見殃。賴公頻寄贈,於我若扶傷。當職真尸位,從行合治裝。茘支甘地産,番蕷飽家常。蟻附羶難陣,蜂分蜜各房。福唐求片地,隨意逐耕桑。

葉少師以重九詩見示,次和二首

秋節時當至,無能待菊花。思鄉懷總切,辭闕事還賒。天氣澄川漲,年光逐歲華。誰知萸鬢插,三度已離家。

其　二

元宰思歸甚,中朝可奈何?凉風迎塞鴈,寒序到庭柯。指歲忽秋杪,論年翻舊多。倦飛真不啻,役役歎蹉跎。

重和葉少師重九之作

十疏求歸不得家,笑人門外比天涯。茵容小史猶堪酒,掃斷公門孰送花?原草潦餘胡馬健,邊笳月盡塞鴻賒。秋風那得情如許,落帽贈公露鬢華。

長句贈僚屬程三樂

神宗末年鼎湖夢,東夷西塞干戈動。但聞城守有竄亡,何曾長吏定澒洞。秦中城固大如掌,漢高孔明此税鞅。深山懸塹阻且宊,礦賊蜂屯捍罟網。江陽程君本物望,七尺長身中骯髒。春江流並悦瀘清,秋天氣與岷峨壯。親向賊壘招且呼,行其巢穴若家閧。椎牛送米似犒軍,總悲赤子潢池弄。手中知意解不辭,腰間銀帶與寧詎。改心革面八百人,忽然中變獰舌脣。閉君蕭寺百圍繞,君但飲博輕朝昏。喉乾吻敝開愚蠢,賊亦妥帖安心忪。鳳翔關頭斜谷口,散使歸里耕春農。三十餘人武有力,感君從君執戈鉍。衣鮮馬怒飆且豐,鳩尚鷹眼魚跋罭。剉燒春磨總佛恩,雷霆霜雪皆乾德。如此里兵凈不洗,他人定首山公啓。君既無言人亦忘,來食大官八合米。世間事業總人爲,爲之有功又見遺。已笑侏儒漢方朔,但未入山介子推。

長句贈僚屬羅抱日

江門先生隱白沙,嘉魚遥來李大厓。擔簦董(重)趼數千里,要求要妙藉爐鍛。先生詩酒與日月,時凌古岡凌紫霞。大笑我道固如此,不在石髓兼丹砂。佛家上堂曳柱杖,棒樴弩箭皆機牙。石鏡老人同官谷,忽赴北闕穿朝韡。東粤區公與羅子,神意合契如瓠巴。大道無言衹如此,室則甚邇人非遐。頗怪分宗别門户,有似衆鳥紛楂枒。江河長流日月明,呵佛罵祖攻堅瑕。性命事物本非兩,無有焦種能發芽。若道講學山中業,中都夾谷胡爲耶?羅子仕宦不稱意,墜匪千仞毫靡差。柳子厚《自訟》詩有"豈知千仞墜,衹爲一毫差"之句。持之孤往不掉首,其意實在思無邪。來此一食大官粟,鹽醬酒米薪蔬茄。凌雜瑣碎亦已矣,時有内豎紛喧拏。順事普物萬泛應,風不假足目資鰕。衰齡惛聵膚垢痒,待子刮洗施搔爬。扶桑若木家不遠,相與握手歸江叉。

署中胥有求言贈母者

禄卿堂上坐,胥史階前趨。胥史持文書,禄卿施墨朱。何物鍾應期,問我求筆濡。此惟蘇學士,平等視哲愚。其上則世尊,聖智同凡夫。應期所求我,乃欲壽母劬。請之再四三,有如催郵符。其父本務農,早已棄門樞。厥母久嫠居,天上種白榆。今雖七十餘,猶能撫嬰雛。爾鄉舜所遊,爾乃此孝乎?

贈尹生。生浙人,其父號聽松,爲光禄署官,有陳孟公之風

雖未上堂升,來此床下拜。盃酒叙平生,亦見遠遊快。

和葉少師秋盡未見菊花，奴子市得兩本，次韻二首

孟冬逢置閏，時菊故遲秋。入市得雙本，杜門散九愁。字呼温國慣，興助陶公幽。遂見華堂上，清光映蓐收。用"曾驚陶侃胡奴異"之句。

其　二

盆菊方當眼，秋風已泛枝。孤芳雖後節，雅興尚先時。論種品猶衆，忘言意較遲。龍蛇題素壁，殊復異編籬。

葉公作詩後遂有送菊者，次韻二首

閣元筵衆客，花亦聚群芳。廳事爐缸滿，衣冠揖讓妨。列應齊鴈序，美不獨鵝黄。皎皎騰駒詠，陶園請任荒。

其　二

冬蘂如能綻，秋殘豈恨花！人應知主好，物亦愛詩家。殿節猶商素，陶情及月嘉。閒庭雖有餽，未敢匹群葩。

贈朱季長中書南還

不甘白首隱空山，來到鳳池日月攀。政值朝廷開館局，行求典籍付脩删。寒鴉鵁鶄迎晨動，霜鴈菰蒲獨夜還。看我菩提有本性，不離清夢繞田間。

題曾翰林先世像

沂國大賢後，南豐世裔人。歌猶金石韻，胸盡雩沂春。石隱遁累世，布衣尊一身。瀛洲有仙客，四海廣垂綸。

送胡來陛教通州二首

山西才子美風流，苜蓿清齋雅興酬。驛使鱣堂知不易，令人遥憶元通州。

其　二

狼山登望俯大江，洶湧東流不易降。更倚太行爲宿物，詞源筆勢悟應雙。

送周季侯侍御按楚,周向查刷光禄

長安一見即懷音,況在天庖屢盍簪。貞亮久輸忠悃盡,精詳寧受蠹欺侵。幅員全楚廵方大,箐峒三苗格化深。黔蜀稍聞烽火静,還資石畫佐遥心。

珍羞署後有廳事一區,老而且積敗,予令人斸治之,名其堂曰正氣堂。前有古井,苦井也,堂成之日,苦化爲甘。予初不知,胥有告陳無功者,無功以詩來紀。夜夢得二句,因足成之

天涵山影月涵泉,北極繇來一片天。自是膳卿無蘗操,故將鹹苦化甘鮮。

送蔡體國還浯嶼

山中銀艾出,銀艾山中歸。爲璧受蠅易,能緇方玉非。中懷真作惡,薄俗冷多機。歸去浯州路,暫閒坐釣磯。

皇子生,陳四游尚璽頒詔江南、閩中四游舊以御史廵江右。

天上鳳書下一封,口銜天語去從容。新章日晃鍾山闕,舊斧霜寒廬嶽峰。璽尚紫宸猶載璽,龍飛黄道更生龍。過家又到芝城裡,韊矢先驅太守從。

郊壇供事柬亨融

嵩呼欣訪戴,扈從阻攀稽。奉引驅馳肅,周廬警衛齊。高城思轉越,暖日望如迷。不謂金臺上,還同錦水西。

寅仲自汴入賀冬至、正旦二節,方喜相聚,坐閒復出聖駕郊祀詩六首見示

手捧琅函拜玉墀,即同方岳賀昌期。宋宫周府殊今古,獻禯頌椒盛典儀。白雪詩篇黄綬幕,青絲驛騎碧雲逵。病中快讀郊禋賦,代我甘泉扈從詩。

送無功客廬州。無功故爲吾郡幕

貸得宵糧晝未舂，封將行卷坐難逢。賦成漢室虛楊意，宦薄先朝讓况鍾。鼓舵江聲春語水，扶笻海氣晚灊峰。彼中不少仙人宅，儻寄莖芝與粒松。

和葉少師郊壇詩四首，末首專贈少師

端門鼓響風聞吹，樓上鐘聲亦不遲。司馬總戎隨後乘，太常宗伯引前綏。無塵黄道如弦直，不獵朱旗似幔垂。但道迎鑾齊舉目，板輿青蓋過還疑。

其　二

行宫駐蹕即天家，警柝外嚴内不譁。賜食午朝傳并免，謝恩内閣寵仍加。千群浴鐵犀渠甲，五色蒙粧獅子花。更道齋床來已久，並無雕飾綺雲霞。

其　三

黄幄高支齊候駕，紅燈雙引已升壇。天神只在圜丘上，皇祖如臨配位端。葭管無聲調夜暖，星辰有影朗芒寒。聖躬不倦頻仍禮，坐錫寧神八表歡。

其　四

元老生來本列星，更承分獻上青冥。六宗不分人天相，五夜真瞻斗秉靈。鬯臭灌將香並嗅，珮聲縹緲樂同聽。病臣黽勉陪供事，濁氣連朝一夕醒。

别亨融五首亨融向爲南御史，時以考績聚京師，與予有刻燭吟。

爾持堯祝自西來，欲獻吾君萬壽杯。海内詞人看寂落，眼前佳氣結崔嵬。催詩刻燭幾千遍，分賦臨池不數廻。御史省郎無箇事，方知今曩異風埃。

其　二

擊虜徵夷事已非，坐令重慶失重圍。十旬堅壘籌資餉，一紙音書結在衣。部曲舊人招到健，欃槍妖氣掃餘微。吾鄉惟有林貞肅，曾斬藍鄢匹馬歸。

其　三

井蛙白帝謬天子，陣鳥成都是武侯。猷略爾真干象緯，文章人但識應劉。

糞金危棧通車馬，濯錦澄江洗甲鎣。西顧至尊知藉在，文犀賜帶壓重裘。

其　四

成客滇南老狀元，遺書烈焰悉無存。此時先輩亦遭劫，惟有藩王不動尊。天下蒼生謝太傅，布衣秘計李長源。邊才屈指尋常數，要在丹心不負言。

其　五

天柱山頭結草堂，移居今近武夷傍。金鑾奕奕新承命，驅馬駪駪到舊鄉。掌上弄珠看劇喜，松間坐隱對流光。乞歸未得吾今老，黼黻待君繪舜裳。

元夕贈别許凝長戚畹

長安春雪飛漫天，何子閉門獨醉眠。玄都道士不相問，況有朝貴來周旋。許凝長，挈榼携樽何所往？此時長安十萬家，高樓一半珠簾遮。上元燈市恣欣賞，五侯七貴争豪奢。凝長天家之外孫，不向此中開瑶尊。獨來觀中訪何子，如棄繡谷探荒園。憶昨去夏李家莊，蓮花十里開芳塘。坐我貼雲高閣上，神皋下俯凄迷蒼。又憶去秋日重九，招客羅筵一無有。獨致老夫堂中央，茱萸舉觴菊插首。許凝長，許凝長，字書不異聖教榻，詩句直逼唐人響。衆口謡詠信轉深，清言鬱郁心何上。我今買舟向海頭，别君思君何時休。曷日重來汗漫游，爲我海岱門前造酒樓。

將出都門，留别葉太傅二首，末首次太傅韻

子瞻得友洛司馬，元晦逮事莆正獻。我生雖非蘇與朱，洛莆二公眼中見。國初相者首建安，閩中黄閣稱調元。功同房杜固不淺，事比王魏尚煩冤。武夷間氣鍾福唐，手扶雲漢來海荒。功在先朝護國本，帝資晚節張天綱。避賢樂聖不可留，衮衣歸卧雙旌秋。新主初正北宸極，輿圖驟失東建州。老臣懷君復憂國，詔書頻促卧不得。此時公再來朝端，至尊動色蒼生歡。曈曈曉日丞相府，扶桑千尺無枝拄。當機通洞在睫眉，持論公平調肺腑。朝常政紀既提要，詩奕臨池仍臻妙。入緡圖史恣掎摭，出見賓客開歡笑。從來經濟本文章，經術經世無

低昂。韓范富歐豈草草，皐夔益稷真堂堂。公乎公乎人耶天，胡引賤子頻周旋？疑義許析柴桑叟，新詞委和香山篇。公既憐予不放歸，予將待公從拂衣。丈夫意氣不可摧，何况晚暮知是非。彌天矰繳徒爾爲，八極四表皆長逵。明朝鼓舵春江去，青鞵白氎任所之。

其　二

鏡山尺璧直上陌，出山破碎如龜坼。鳳凰不矢卷阿音，鷓鴣仍聽江南客。見幾疏廣不可希，何有道傍觀嘖嘖？大篇隻語破愁城，孤笑群咻發歡伯。公是三朝元老臣，坐令四海皆回春。自有身名依日月，何須海嶽問涓塵？比來言官目如電，孽鏡高懸照妖遍。數言刻畫失無鹽，一寫褒鄂開生面。公加文繡土木衣，泥蟠欲引向天飛。青山總自宜石隱，白鳥何能遠釣磯？昨者苦死闕下守，公贈朱提杯命酒。銀臺未拜遷官新，司農復向加銜有。老翁塞上失勝得，磨蝎宫中午破酉。牛馬綂從呼白鼻，乾坤坐看扶赤手。清源洞，福廬山，别有天地非人間。方丈仙洲行可到，五粒松枝醉可攀。

答王巢父

君作清詩送我行，新交絶有故歡情。布衣自以文章重，豪士從來意氣輕。古觀巢烏初定樹，春風岸柳已動城。坐間更訂南歸日，談及西湖野興生。

書鈕節母卷

孤子身上肉，寡母口中血。誰將羿妻藥，補此蟾兔缺。一時苦蘗荼，千載聞迷迭。

次别萬瞻明都尉

雲霄天上客，瓜葛主家親。貂珥蟬聯首，金鞍玉在身。年年綵鶴日，歲歲碧桃春。雕户翻蓬牖，奉車反木輪。高談皆俊逸，佳句最清真。蘭省聞翰墨，楓除接珮紳。後駒爲老馬，新契乃陳人。鳩鷽雖恬翼，鯤鵬寡静鱗。從兹求石隱，遂得奉明綸。遠别如濛汜，相思望漢津。燒燈思閣夜，祓禊想河濱。東海瞻西笑，南天仰北辰。不愁離夕夢，衹在素交神。

贈吴本如少司馬之薊遼

欵貢先朝五十年，虜塵不動静風烟。彼中酋子今争長，此日邊城亦息肩。固圉衹須師李牧，奇勳不待勒燕然。知公忠信行無外，坐見聲名蠻貊傳。

題崇恩觀四首

天子蒼生不問神，求玄打醮罷高真。崇恩道士都閑却，只把空房賃與人。

其　二

都人更不就燒香，只管騎驢到武當。借問天堂何所在，寸心已自貯靈皇。

其　三

開天二祖兆龜蛇，坐使碧桃千樹花。今日觀中何所有，兩株古木一巢鴉。

其　四

兔葵燕麥已成空，舊事棲遲到此中。但道莊周辭曳尾，不知御寇已乘風。

通　州　詩

文皇當日有高臺，駐蹕六軍何壯哉。水合御溝經大内，山聯天壽接三台。輓輸萬里貔貅集，輻輳千騎麟鳳來。今日羯胡雖跳越，關門西望却東回。

潞陽贈董見龍中丞

遼左興師費餽糧，公承帝命廣開疆。周家后稷原爲重，漢將營平正可方。析木仰瞻天闕近，桑乾東下海門長。帑金若問餘多少，羞澀能無恐槖囊。

汲古齋爲舒署正題

舒君長綆五色線，挂在武當入天半。微茫擲下漢江流，雲水虚無但一片。

衡嶽禹碑岣嶁尖，墳典丘索倚相兼。楚自千秋垂典籍，文談萬卷森崇嚴。江漢滔滔固不竭，舒子汲之亦無歇。挈瓶居眉政何有，王明得福如新發。何生夢寐此高齋，往欲從之無津階。何時雲遊一寓目，雖不能讀破老懷。

臨清州郭廷璋使君署

關門魏博稍維船，便費夫君買酒錢。翠柏數來杯可記，丁香開後醉堪眠。清淵漱玉此地有，日觀登封何處邊？衰病不能從朝列，虚亭一到已欣然。

次日又飲廷璋署

今朝又看昨朝花，直把仙郎當酒家。驢背人騎堤上柳，鴉巢晝永閣前衙。相知去住渾無着，快飲觴罍那有涯？侵曉發船須打鼓，汶河可得便浮槎。

次日廷璋相送河干，再飲佛寺，次韻，是爲三月二日

已判春衣斷酒痕，車騶相送又孤村。打篙測水知橋脇，繫纜登崖恰寺門。祓禊佳晨先詰旦，浴沂古地正東藩。相思後夢應何處，鏡石山前比陸渾。

關門三小史乞詩，各因其人口占與之三首

老人酒過知相恕，來向空門乞筆濡。怒罵總知皆是教，當時只爲紫繒襦。
就中有以紫爲襦者，余怒而責之。

其　二

小史堂前事事佳，趨承唯諾稱人懷。我生慧巧能如爾，前程早已坐三槐。

其　三

孝悌爲根忠信基，人人不道有無之。衣冠閭井都脩得，頭上青天可與知。

太白酒樓呈濟州董太守

昔賢一杯酒，遂爾成千秋。苟非豪俊人，何貴堆糟丘。邂逅賢太守，真率具唱酬。仰睇酒星光，下俯濟水流。

次新嘉驛女子詩三首

河東拄杖忽驚塵,笑殺貔貅百萬身。越女西施雖有恨,曾棲烏喙一枝春。

其　二

媚己便堪與虎遊,蒼天但可付悠悠。漢家亦有長門后,即倩相如賦白頭。

其　三

露葉霜枝欲恨誰,一行作妾萬行悲。舊人若曉能題句,折斷大垂與小垂。

附　新嘉驛女子詩并序

余生長會稽,幼供書史,年方及笄,嫁與燕客。嗟林下之風致,事腹負之將軍。加以河東獅子,日吼數聲,今早薄言往溯,逢彼之怒,鞭箠亂下,辱等奴婢。余氣溢填胸,幾不能起。嗟乎!余塵中人耳,死何足惜。但恐委身草莽,湮没無聞。故忍死須臾,俟同類睡熟,竊至後亭,以淚和墨,題三詩于壁,并序出處,庶知音讀之,悲余生之不辰,則余死不朽。

銀紅衫子半蒙塵,一盞孤燈伴此身。恰似梨花經雨後,可憐零落舊時春。

其　二

終日如同虎豹遊,含情默坐恨悠悠。老天生妾空如此,留與風流作話頭。

其　三

萬種憂愁訴與誰,對人强笑背人悲。此詩莫比郵亭咏,一句詩成千淚垂。

舟中書所聞寄葉太傅,時聖躬不安四首

兀坐孤燈夜悄然,舟中共説老難眠。箇中自有關心事,難向傍人輕易傳。

其　二

三五良宵朗月懸,今朝封事聖人前。大憂小喜蒼蒼意,天子從今合萬年。

其　三

扣户貂璫一不應,百輩傳宣快騎乘。吾皇現病親留住,借問元臣去得能。

其　四

欲移天柱福廬山，心許何生醉後攀。高廟神靈還不許，勉留因使近天顔。

泰山詩三首

石級來廻百萬層，通輪短轎挽雙絙。虚無帝闕金光現，上下天門絳節憑。積翠秋空寒並矗，興雲春霧午相蒸。虞周緬邈千年事，鄒魯斯文墜未曾。

其　二

南贍部州開震旦，東方青帝朗王春。脩真靈氣歸天女，度劫生門總兆人。山海有經興寶玉，朝廷無課助金銀。振衣絶頂河流外，清淺蓬萊幾度新。

其　三

上聖熙朝邁古初，登封東幸絶乘輿。高皇正號名山重，神廟爲臺至孝攄。馳道宋唐芳草没，磨崖碑頌翠微虚。漢家司馬文才有，斷紀茂陵封禪書。

至泰山下懷董濟寧二首

驅車抵山麒，只見峰紋蹙。晴雲朗葱蒨，斜照影空曲。

其　二

合沓亘巒長，頓拔逞崗獨。在衣終顧裾，翠色爲君掬。

呈泰安州守

泰山山下吏，日日泰山親。披霧雙宜客，興雲並澤人。晉才同楚用，魯變轉齊淳。靈雨登高歇，憑君話好春。

寧陽贈吴節齋少司馬

韶華同榜稱兄弟，老大登朝隔後先。匹馬忽逢東嶽雨，孤舟曾泊廣陵烟。雲中朔塞三城戍，濟上汶陽二頃田。久識雲霞無世意，聖明仄席待籌邊。

臨清州人有瞽而賣卜以事母者

視不在形聽匪聲，筳篿便是潁封羹。世間多少眸煜煜，誰向尸饔聚素誠？

歌風臺

邑西空縣獻,海内故鄉歸。皇帝今方貴,丈夫如此稀。碭山豐樹遠,淮水沛流微。猛士無情極,留侯早息機。

寶應

苦蒿方離口,又飲五加皮。酒品故並美,湖光若可私。蟹鮮肥易醉,蝦腊細堪箕。船牖東西揭,流觀至海涯。苦蒿,淮酒;五加皮,寶應酒。

高郵

氾光連甓社,一帶是長湖。遥艇呼魚蟹,近堤長荻蘆。天南江望近,地北氣看無。漢室將興業,沉沉在白駒。張士誠也。

江都

秦郵據水瀆,維纜日將曛。檣影懸虚月,笳吹起墮雲。湖光遥尚辨,人語近堪聞。家信迎船得,開心到夜分。

四月八日,顧所建小侯邀同汪讓之及予兄子九旬平山寺,即席口占

岡通西蜀爲同竅,泉與中泠欲作雙。堂出寺前如隱寺,山涵江表不知江。百年密契啣杯地,千古高賢過化邦。况是佳晨逢佛浴,慈雲慧日滿晴窗。

次日所建邀同讓之及予兄子九旬迷樓覽古,即席口占

重樓複閣不知方,玉女仙人解珮璫。四寶流蘇春自煖,雙梟續焰夜何長。遥堤緑草官溝冷,平野蒼松輦路荒。即道眼前猶幻迹,夕陽杯酒對寒塘。

皃舠二首

皃舠雖云短，續之所未宜。莫言常泛泛，亦有乘風時。

其　二

借問鷗與皃，不知若個輕。我心有脈脈，一水隔盈盈。

常　　州

七齡從宦六十冬，白首今來一老翁。忽憶眉州團練使，去年於此泣途窮。

蘇東坡卒常州時年六十有六，予過之一歲矣。

欲渡靖江拜先君名宦祠，阻風不得，夜睡忽夢先君入舟

阻風不得渡，先子夢中來。應有春風在，大江倚釣臺。

江陰江口二首

江陰渡船來馬馱，船中滿載半鷄鵝。青青竹笋政穿地，白白鰣魚方跳波。

其　二

靖江先子宦游日，江裏馬馱堆白沙。成聚此時通市販，衍墳禹貢續天家。

靖　　江

先君去靖江，五十有八載。教深久逾思，尸祝方畏壘。孤兒老出山，應世如馬隤。不能取世容，斂跡返閩海。輕舟入毘陵，特往薦蘭茝。涉江方溯波，潮信正相待。乘風望高闉，學宫躋崔嵬。捧主跽拜餘，恍瞻顏色在。出門念終天，喜極悲亦倍。憶孤生三歲，從父此班綵。七齡隨南邁，花木初蓓蕾。戲弄父母懷，摩撫到頷頦。老人愛小兒，過望爲元凱。中歲遭廢逐，老亦備駑駘。上堂望宫墻，下阤循門棖。丹雘新氣色，規模舊爽闓。幼時所婆娑，蒼松尚翠靄。是縣在江中，漲沙起崛礨。土膏潤如酥，原田多每每。人家籬編槿，平疇竹穿塏。麥枯

啼春鳥，鳥名。蝦螧博錢賄。夜宿華巖庵，其地近城猥。菴側繞長流，瀾港江潮匯。此中資水利，民食方不餒。先君悉疏瀹，勸相勞無怠。所恨官職卑，無人河渠採。不者白公河，垂名寧不逮。玆行篋衣冠，徒步借咸脢。賓朋靡邂逅，作客怏瀟灑。匡坐對夜僧，望過月出朏。明發買江舟，雙帆挂飛飄。

惠山二首

我昔來惠山，盎然一甃爾。甘冽雖澡肌，寂落虛無趾。今時飲食變，鼎鬻上芳旨。茗椀鬭香新，競來汲此水。擔夫盈後前，寺道滑爲駛。原本所推尊，陸羽品題美。上士亦被愚，均之食以耳。羽跡未八區，安得雌黄擬？山泉本無心，人汲足生理。君子流瀛澤，取與汾澮似。

其　二

寺中三法王，其相具豐滿。妙哉泥塑手，化世陵蛟卵。君子有德容，誰不貢誠欵？轉過不二堂，經誦頗不嬾。六僧中一人，雙目不他睆。出門問老僧，六者孰斷斷？答云擊鉢人，我等所嚴憚。正我心所欽，眼相亦不短。

華巖寺僧衆群來乞詩，各因其人其地其名，信筆贈之九首

江心開寺不崔嵬，宛似文殊百尺臺。高足大師皆楚産，真傳原出自黄梅。

其　二

小麥黄時竹正長，小穿密牖坐清涼。栴檀檐蔔是何物，雙樹能如此竹蒼。

其　三

衡州昔有廖道士，高坐前身無乃是。岣嶁山尖萬疊峰，馬馱江頭一派水。

其　四

唐家學士李青蓮，法號如何與比肩？莫是淤泥同不染，有誰名佛有誰仙？

其　五

長老住山是本山，槿籬竹徑坐來閒。白首重來年六十，恒河見性笑無慳。

其　六

從來米熟更須師，既已自明問阿誰？總是無明無明盡，漆燈塵鏡不須疑。

其　七

上人法性不鄰塵，本自無塵更孰鄰？我欲併虚皆不集，湛然水月見吾真。

其　八

戒珠終日不離身，佛喜逢人便愛人。我若衛城老乞食，亦將坐我十繇旬。

其　九

拄杖上堂慢問人，且來先喚自家親。忽然大衆群中起，衣鉢先傳續焰身。

自富陽至桐廬作

濯騰暑雨迷隄防，渺漫開虚銜扶桑。兩邊山色煙樹蒼，參天直來壓航檣。牽江舟卒脱兩襠，跳涉江陰復江陽。時回摇櫓動兩槳，布帆高挂風飛長。

桐　　廬

乾坤慟哭供晞髮，山水清音奉缺唇。古夢桐君千樹木，長懷嚴子一溪緡。

七　里　瀨

世人堆錢疊假山，我來觸目不曾慳。曉雨一江流迅疾，風泉千丈響潺湲。

訪趙凡夫歸途有作

趙璧明周客，凡夫即聖位。井渫寧惻心，石隱非憔悴。倉頡鳥獸跡，古文科斗類。篆隸究本初，鍾鼎辨欵識。明誠聚金石，永叔總會萃。墻牖别結構，几席異布置。父子具師友，山水徵仁智。端居快岑寂，客來扣造次。喧静雖殊途，虚空本一致。山中有一區，歸亦改茨塈。

贈林金華太守

一從晝省聽朱絲，久信吾鄉首白眉。江雨芳洲初有夢，山城尺素已相思。

金華羊洞仙人宅,文憲龍門學士祠。政暇登樓追八詠,傳經綵筆更垂帷。

戲贈唐翁,翁以其邑之楓山先輩許我二首

開門縱所如,轉覺老骨健。夜來得蒲葵,殊異蕺山扇。

其　二

二老飲竹間,燈前發大笑。楓山千尺高,不異松與蔦。

贈尹汝霖

綵縷五色絲,繡紋五色線。線添與子别,絲續重相見。

鏡山全集卷十七

詩

贈張紹和紹和喪偶不娶,其來也,携其子于壘從。

山箱初貯進賢冠,不遠佳人對坐看。老鳳將雛真得意,炎天求友故無難。曾希狗監稱司馬,衹見鴈門訪士安。早晚鳴皐聞海鶴,何愁影鏡罷飛鸞。

紹和座中各賦一物得枕

以予千里夢,奉子相思年。蘭膏照方隱,桃笙展未偏。綉鴛頻喜並,聞鷄屢驚圓。若論巢許意,只在碧流前。

清漳張干壘十五能詩,逼迫古人,從其尊甫游吴,過我山中求詩爲贈,走筆凑韻

蟹鱉紛多足,水母不見睫。魚蝦進似艇,蜃蛤呷如鑷。水族故多物,淵人所未涉。餌網下鼎釜,有口不能囁。迨其造庖刀,魂喪已妥帖。此如大海水,入於無量劫。杯酒送入口,但取頳兩頰。雖嘗子公黿,似飽莊周蝶。張童子不然,但見海物怯。有時動筯匕,羊肩或豬脇。陸産之所須,麞鹿出殘獵。非是學行戒,祈與空門協。生來厭乳酪,衹喜喫豉筴。勉强慰親慈,聊且資餉饁。予昔忝膳卿,大烹與一歃。兩牢豬鵝鷄,第復不具鴨。光禄寺御膳無鴨。豈非彰儉慈,更以辟瀆渫。退之嗜南食,還朝未易楪。子瞻美江瑶,垂老多口業。大君仰令典,世賢稽往牒。固是養德方,亦備尊生帖。童子此生活,大樹之一葉。及其治文詞,驅駕老長鬣。就篇成七步,亡書記三篋。談天擬騶奭,雕龍過劉勰。與爾瓜葛

者,精爽亦震慴。折薪足負荷,爲弓勇决拾。令我桑榆人,渡河亡維楫。所愧師項橐,不能從負笈。秋風晨夕至,凉風入衣袷。過吴非賃舂,客趙豈任俠!奉親温凊便,探奇騁遊慊。渥洼有天馬,四蹄風景躡。吾衰非蔡邕,寧敢以長挾!

壽德上人

僧臘未論階樹年,佛生正值盂蘭會。南贍原非遠世間,西天豈在此心外!

别得夫西還

古來製作人,其意皆倔强。倔强則專詣,專詣則獨創。第一倔强人,退之是榜樣。其後諸名家,刻意不相讓。清漳郭成英,立志最孤伉。下筆爲文詞,勁如鐵壁嶂。至其輕舉時,一羽隨風颺。快馬峻坂馳,野鷹平原晾。吾衰得此人,如弓配服韔。相去三百里,咫尺若相望。鏡山蓬蒿滿,門户未可傍。胡爲執弟子,神情輒往嚮。一簣階層梯,末路安能量?有道宗人倫,宏詞表哲匠。

送朱立望翰林還朝

詞臣休沐出皇都,還家只駐小西湖。去酬君貺恩何極,來拜師門道不孤。北地秋風迎塞鴈,南天海色到江蒲。清華雅望知誰並,紫闕黄扉取次圖。莆中有小西湖。

秋　風

本喜林風相與清,况逢秋色滿峥嶸。未看落木蕭蕭下,先聽候蟲瑟瑟聲。蘆鴈横斜因有勢,紙鳶高下貫無情。獨憐蓬鬢花難插,每閲年華落未生。

柬秦伯起比部比部,盲比部也。

冠冕清朝出世才,虚無門巷滿蒿萊。西河儀禮應誰續,左史傳經已化裁。可笑聖人原爲腹,更聞佛子亦非臺。鏡山倘得時來屨,何惜衡門不盡開。

爲林秀才贈其曾孫

孔氏自叔梁,數世皆單傳。至今大昌熾,衢兖盛接聯。苟非明德後,達者能蕃駢。林君比干裔,忠精貫日天。至今海宇内,閩中尤多賢。緊君家三世,亦自單傳焉。今名其曾孫,祝之曰昌先。命予爲歌詩,以代響鳴蟬。君看赴海水,始於一勺泉。

寄鄒爾瞻先生

不見鄒夫子,于今已四年。道超語默外,妙契象爻先。天子雖優老,斯文未息肩。望雲常佇立,鷺水正洄沿。

送洪亨九之江西

憶昔正嘉間,莆陽盛黼芾。惟時林貞肅,鬱爲流品最。道德相切磋,文章互藻繪。所以觀摩中,聲名從此大。道高因望尊,時康逢道泰。有美洪夫子,青春束朝帶。守道飲寒冰,義不假人蓋。法嚴樓季垣,政急求年艾。廬陵古名州,文江何澎湃。遠望入桂郴,衡岳居其會。開府向此中,春風蕩和藹。何意吴楚鄉,鎮此大龜貝。林間聽鳴蟬,遠想鸞聲噦。努力崇明德,精金在百汰。

彭太守壽詩

昆明在天末,金寶所日出。彭公來守郡,不復持一物。鎮臣席驕横,厲民如捉蝨。詒書直顯諍,嚴若蕭何律。采采紫芝芳,色過夏盧橘。貴陽接壤地,備兵駐畢節。伺釁常眈眈,氣勢持蚌鷸。清惠之所孚,弭耳服咄咄。三徑賦初衣,環堵無堅密。有斐君子斯,歎我交臂失。阿咸稱壽觴,求贈老退筆。懷人有夢思,短章難殫述。

靈應巖二首

法師標玉表,泥塑尚真身。雨以曝軀應,文因著誦臻。爐烟雖有篆,僧竈徑無薪。坐誦山光句,憎他常建新。

其　二

旁挺枝皆古,側生樹亦危。高峰遥矗矗,清沘近瀰瀰。觸眼堪參法,支頤獨詠詩。前林秋色滿,日暮向何之。

過維清表姪山舍

高樹今逾古,茂林晝乃明。無寧知我至,有似欲相迎。孝孫思祖母,老客念餘生。古誼今應少,入門百喜并。

贈陳叟有序

夫歲序邁遷,秋匪悲而覺逸;人生會合,老宜歎而偏歡。臨水登山,何挂將歸之送;邀賓命駕,轉爲最勝之緣。千乘至尊,尚攬無死之涕;群賢畢集,猶嗟難喻之懷。達者幾人,觀則盡妄。是以夜遊秉燭,客滿開尊,悟性命之須臾,悦親戚之情話者也。爰有太丘善士,梅溪仙叟,論世同拜床之父執,序齒則行雁而兄稱。龐公隱於鹿門,妻子皆在王霸。有其萊婦,車馬奚慚,既蓄旨以禦冬,又雜佩而問子。我來蓬藋,月維茱萸。樹無古而不攀,峰靡高之弗躡。清酤布席,明月在天,雞黍見孰爲之高,衡泌懷永矢之樂。願則適我,道固相謀。當臨别之期,蓋來復之日。因其索詩爲贈,於乎沘筆申忬者矣。

梅溪有高士,古木繞環堵。平仲且十尋,君遷不數武。松竹與梅花,合本如臟腑。白雀復白鳩,靈奇幻毛羽。行歌君榮期,莫逆吾桑扈。蕭條矢變衰,留連飽酒脯。再拜謝孟光,申詞贈當户。人生當别離,豈必遠寰宇!須臾咫尺間,兩心皆太古。

戲别公仕

張公豪儁人,垂老還如舊。歷山來相尋,正值菊花候。横天披玄雲,閲古覽蒼宙。世事如流水,一去誰能留?惟此一片懷,歷落洗塵垢。君復山中歸,石泉孰共嗽?携有如花人,春風若相鬬。獨我無一歡,餘芳坐自嗅。

送友之杭州

霜風十月滿西湖,曉日輕烟散若無。此去正看梅樹發,孤山放鶴憶林逋。

醉月巖新成,承黄太傅年兄移尊見訪,兼示佳章,次答。巖是宋李文肅公舊趾,真西山嘗稱李公文爲中興第一,故有末句

山中小搆貼流雲,竅水檐頭借此君。訪跡昔賢求尚友,移尊名世聽論文。詩稱杜李皆成誦,語置錢劉坐不分。便道中興誰第一,古今懸隔似相聞。

蘇夫人壽詩

紫溪先生清且廉,高名如山衡霍灊。精探羲易窺洪纖,文勢赴海筆鋒銛。清晨天漿到西崦,盤中留客水晶鹽。醉來高歌隨詹炎,白眼天地横眉尖。松窗雲起飛絮黏,一旦騎鯨杳喁噞。夫人儷德西海鶼,霸妻萊婦貧賤恬。起持宗祏扶危阽,諸孫繼起張門檐。天壽慈母寧幃幨,神明不隔和且嚴。人生有苦還有甜,稱觴樂飲歌夜厭。

五因先生歌贈維清

買書過東阡,借書向西陌。買紙往城南,買筆來城北。書册紙筆通近遠,燒膏盈盞燈花滿。長庚月上鳥音寂,野樹風飛水聲散。此時四壁地籟虚,五因先生正讀書。往行聖賢接几席,古文雲藻流階除。研朱磨硆絶所喜,編玉選珠何時已？茹靈盡會一腔心,傭書輒付五男子。遠學聖門分四科,世説新語何足多!先生嗜書兼嗜酒,當令三酉同二酉。情知金石一諧心,便使蟹螯頓入手。三酉謂酒,初無典故,予創言也。

别林叟

不遠輪山路,來尋野老居。隱身惟牧豕,同好在觀魚。七十人稀有,夢廻跡

未疎。歲寒良自保,委志各詩書。

同秦比部咏醉月亭前石硯二十韻,同用硯字

比部每來,輒索筆賦詩,硯爲比部而設。

秦郎浩蕩人,詩思春花片。着屐每須笻,吟詩輒索硯。近峰突魯龜,遠海明吴練。架木巖上頭,鑿石窪兩面。質假山川呈,寵資文字薦。摹求意匠真,巧心神椎衍。切玉刃中游,揚灰風外扇。趺承磁鐵堅,池貯珠璣濺。青紫朴無顔,波濤動自變。奇非到溉輸,重比鬱林見。米芾欣龍攀,包公駭虬戰。提携坐省煩,摩挲醉亦便。漱流且誤兼,文陛永辭踐。深夜郢人書,千秋燕子殿。眼從鸜鴿憎,色恣金星悁。方毁既難諧,圓流復匪羨。鋭稜發墨濃,有咫濡毫遍。我學君苗焚,子寧張籍眩。高歌啓蔀蒙,時過慰衰倦。掃却蘇公銘,裁爲石丈傳。

送李潮州

羅浮以北仙人宅,大海在南禹跡奄。出牧重逢紆紫綬,行春一道徹彤襜。地偏物候時皆暖,人近方言語可兼。去拜韓祠碑下讀,長公千載筆尚銛。

賀蕭生得子

商春應丑煖風吹,玉樹君家長一枝。看打細腰騎屋棟,登朝老大掌銓司。

登卿先生年九十三,以乙丑元日詩見示,次和

歲餘九十衆稱仙,登第於今六十年。先輩亦趨瞠在後,諸公如浪敢推前。上天受命柏松獨,五世序倫棠棣翩。欲舉初筵歌淇澳,將清表聖濁名賢。

德化林令兼署永春

都嶠仙峰勾漏山,大丹分散與人間。裁成錦製爲雙段,揮却庖刀似轉環。

食息東西僑衆母,往來朝暮尹迎關。戴雲我欲移家住,詩酒陶君傍笑顔。

送王念貞司訓惠來

苜蓿春初長,荔枝花正開。之官如入里,望海即登臺。甲子所門近,羅浮仙洞廻。昌黎有趙德,君步遺塵哉。

國　清　寺

佛性本無居,况在高垣墻。夷之若平地,安心得所臧。

九鯉湖二首

高嶺黏天嶺背田,衆流束峽下長川。仙人自厭淮南樹,兄弟來觀石上泉。幻夢一時同閃電,乾坤何日是歸年?茫茫瀛海尋常地,醉下江門乘鐵船。

其　二

不見花飛與鳥鳴,十洲芳草澗邊生。下窺地軸捫天遠,小抉雲根貼水平。終古清宵青玉峽,有時明月紫鸞笙。追風躡景他時事,垂老唯求鶴骨輕。

贈醫士次韻

玉兔生班十二辰,明蟾擣藥四時新。妻如后羿方能竊,家過麻姑幾度塵。怪爾越秦頻徙業,笑來休伯欲欺人。吾衰並不資金石,何物善消麯米春?

仙溪諸子再來湖上

仙溪諸子似蘭芬,相訪能穿虎豹群。湖上秋光掀白日,山中酒態起斜曛。年華忽漫真人宅,宇宙還須我輩文。明到麥斜仍伴否,心懷衆石出層雲。

贈南寺諸上人七首

璨公善爲詩,開口不一及。此如西來義,有問初無答。摩尼則光矣,不厭明燿熠。大道總無名，寧復問等級。

右璨上人

其　二

爾見恒河沙，遥遥在眼底。不知幾何年，還見復爾爾。遇禪則能悦，遇法則能喜。他日大導師，誰復能過此？

右瓔上人

其　三

一真千萬真，論假無數假。所喜定我心，不逐意中馬。安得如此人，瞻仰吾不捨。

右真上人

其　四

法席既弘開，生徒日以衆。回頭六十年，皦如在清夢。徒孫來求詩，爲祖快吟諷。何以得我醉，甘露開一甕。

右石谷上人

其　五

璨公居室相鄰並，老夫西訪近數武。小院同穿竹筍香，秋宵交聽桄榔雨。

右果上人

其　六

桄榔百尺垂垂子，橘柚虛園箇箇香。白足一僧歸上乘，華顛野老禮空王。

其　七

法堂山院總森然，南寺重來已七年。僧出舊詩猶記得，老愁拜佛不如前。

右寧上人

和葉太傅自壽詩

臣主三朝盛卷阿，便方周召未云多。斗杓表極台爲象，東海在門静不波。即道衮衣歸亦得，試看朝事近如何。葛巾藜杖知能老，五馬雙旌恣放歌。

木　蘭　陂

木蘭陂上海風秋,海與諸溪隔别流。陂費彼時千萬鏹,三經開鑿使人愁。

莆陽驛四首

暮蟬不可聽,聽之自可喜。何物秋韻清,悠然入吾耳。

其　二

厩置新成寢,吾便來託宿。蒼松千尺表,無數悦人目。

其　三

團團莆陽城,其上有古墓。當其未城時,視此固旦暮。

其　四

出游人不問,喜此好驛宰。薪水具厨舍,眉宇有蘭茝。

贈嚴生三首叔玉莆中孝廉,與生同里。

去家來仙溪,道塗欲百里。不遠携酒肴,吾寧不醉此。

其　二

久識蔡客言,子居有水竹。鄰並李叔玉,吾來結茅屋。

其　三

欲學嚴君平,終日無百錢。祝子蜀鄭公,金鞍浣溪邊。

莒溪公館口占七首

莒溪公館文,作者蔡伯達。此公喜摛詞,探碑心目豁。

其　二

兩日鯉湖上,乞書大爲困。到此仍作書,行可借撥悶。

其　三

蕭蕭榴與桂,盛夏花不發。地瘦乃如此,亦可對活潑。

其　四

驛卒太多事，借鼎便鬩詬。鄰婦喧亦喜，争竈此焉覯。

其　五

莒溪煎午粥，青山來在門。僕夫催上道，不得到黄昏。

其　六

老夫臨時詩，穉子臨時抄。臨時景何若，山鳥方交交。

其　七

山僮始識我，來看何侍郎。不知村婦詬，不及一賣漿。

贈江山程生

閩山浙水接逶迤，太末山中勞夢思。金石時聞夫子廟，文章暗疏偃王碑。八荒車馬衡門滿，一縣春秋彩筆爲。入剡敢誇程氏子，不須傾蓋已心期。

哭黄以恒二首

不獨吟詩少我師，山中誰與對鴟夷？秋風爽氣朝朝發，盡是殘生寂寞時。

其　二

扶風爲令世間稀，不得遷官垂槖歸。七尺大家貍首後，誰人騎鶴帶腰圍？

黄烈妾詩有序

贈光禄卿鏡潭洪公仲子蒼螭，中歲喪偶不娶，而納側室於黄氏女，生一子矣，亡何仲子歿，一子襁褓殤，黄氏殉而從之，年二十三耳。銀臺吕爾搏公作《黄氏傳贊》，稱婦人集苦者也。予既欽黄氏之烈，因演銀臺公苦辭以贊之。

嗟婦人，百苦集。榦瘏瘏，蘖戢戢。旅分愛，獨退蟄。專石妬，抱裯悒。結髮傂，續膠浥。九魔母，一箕泣。死長瞑，生不給。一解

黄鵠舉，離哉翻。孤雛叫，何煩冤。雛不存，井則眢。泉已竭，况得渾。福無家，禍無門。二解

綉鴛鴦，初覆額。未二八，夭桃劃。居亡何，震一索。謂主父，我斯宅。命不延，兩乖隔。錮南山，猶有郤。何救頸，不繫帛。寃本親，隸上客。綉鴛鴦，憶覆額。三解

衿簪悲，里巷驚。華而夭，金石盟。陋且穉，開精誠。螾蛭飛，反舌聲。薶松柏，缶噌吰。四解

遼土崩，帥牛奔。千金軀，尺璧元。皇赫怒，殺孤豚。街鼓喧，泉路昏。何不若，死揭掀。彼汙泥，我厚坤。五解

李烈女詩

李氏有一女，父母養育之。十八頗有餘，足不造門基。油油理櫛縰，尚未施笄髢。灼灼春花枝，皎皎明月姿。媒妁上高門，許與楊家兒。几上雙華燈，筐中雙文絲。家兒苦讀書，朝夕忘羸疲。膚體忽戌削，神明爲頹隳。翩翩鴻雁匹，鎩羽中路逵。雝雝鸞鳳儔，仳離但孤雌。母氏夙憐愛，不敢形言詞。憫嘿語流輩，誓將棄骨肌。流輩相共語，未結楊家褵。未爲楊家妻，安用死楊爲？女言何必妻，一諾已不移。不見媒妁來，許與楊家兒。几上雙華燈，筐中雙文絲。鷄鳴起盥櫛，揮涕修容儀。既不形言詞，母氏何繇知？錯愕奔救拯，已見襳袿垂。烈女世殊少，名根或覬希。或就夫壻家，輜軿授前綏。或告諸親串，遍拜謝恩私。道傍觀太息，衢路盡嗟咨。或至視解繯，上以煩官司。女乃不求名，委身在希夷。死亦無所言，人亦無所期。壻家駭驚聞，競來舁櫬尸。合巹非洞房，井幹飄繐帷。少小不識面，重泉吹參差。莫道女盈盈，仁義爲佩觿。莫言女苒苒，鐵石金犀毗。致命以遂志，天日垂暉曦。寄語偷生人，蠛蠓活褌攗。

長句壽林長公

君不見男兒生世將何來，一片河車護紫胎。草衣木食太古是，里鄰跬步至老無往廻。監門臣虜不辭作，用以佐聖茨茅階。黼黻龍蟲之人乃如此，何況三德六德之賢才。大道荒餂淳樸散，明明日月纏風霾。瓊宮雕宇不足道，下至民庶文繡衣壁舒毾㲪。日食萬錢猶貴人，胡爲烹魚炮鱉閭閻哉。輓近一切弱强

食，得一華要恣睢氓庶如嬰孩。安車既安仍屢僻，冷竈不冷加焰柴。前人求福無消受，來者尚望天網恢。毋論孔孟絶不齒，老莊見此應愁咍。西方有一士，但住西城隈。鄰與西鄰並，門對西門開。府君列爵五大夫，大兒青春柏梁材。漢家銀艾朱鷺魚以鳥，詔書黄紙垂蒿萊。翁離葺蕙閉一室，不見東家百尺之高臺。菜甲不啻擗麟脯，不聞北里歌管紛喧豗。但願衆庶熙熙復啿啿，便如我分贈之瓊瑶瑰。如此至人游天倪，我欲一見與之閬風玄圃共徘徊。君亦不我游，君亦不我懷。奉君金卮君不飲，我亦無處陳觴罍。從君大兒戲斑綵，君復不羨天孫雲錦之奇裁。順風但學具茨拜，標爲天門頹波砥柱之轟雷。

寄徐獻和方伯

吾聞匡廬山，上有五老峰。大江流其下，奔湍浩呼洶。昔人學聖居，白鹿高遺蹤。千秋立宗門，百派滙冲融。懿哉君子澤，渺彼仙人風。皇皇聖明君，不貴虚言崇。謂士孰不學，如水合朝宗。何必築户牖，寧用闢畝宫。望臣意誠厚，使之皆立隆。要以等級殊，猛縮不一工。有偉徐先生，講求勵韶蒙。於今八十齡，尚爾殫明聰。顔氏何人分，孟子舜堯同。茫茫未墜緒，果爾膺在躬。俾余决拾人，奮起希鴻濛。祇慮末力難，不能究厥終。貧子悦寶珠，未敢辭貧窮。因風申夙契，矢志明蒼穹。

贈養湛上人

養淡無色香，如何道色香？養淡無味觸，味觸如何嘗？要以百法空，雖有一切忘。維摩在酒肆，江水春魚秧。彌勒食猪頭，有如踏菜羊。世態千萬變，我心無所將。便是入心意，我似蟹無腸。春渚初日落，黑甜夢難詳。秋夜豈不永，默坐空明長。此謂真淡矣，併養可除妨。吾亦能言爾，但見白荒荒。

贈江道人二首

松葉飽饑腹，精粻飼其母。我聞反哺鴉，未見哺母口。五臟既枵然，尸蛔欲出走。祇念顧復人，恩如天地厚。吾幸不君窮，猶可活升斗。

其　二

本願斷家室，所念在繩續。彫風摧霜枝，其實尚在木。有種落地中，千年青霄矗。蚕絲雖裹身，蛾子在其腹。吞卵或履武，尚啓聖賢躅。遂妄婚娶謀，聊以永愚谷。

與周文斗泛湖作文斗嘗受學鄒爾瞻先生。

老至乍逢信有天，月光同上泛湖船。尊前風快乃如此，堤外空長若個邊。藻鏡大開當世眼，衣珠尚綴舊時傳。雙携緑玉渾相笑，汗漫蒼生上九烟。

贈金作礪將軍二首

而今海上滿長鯨，將軍何事不南征？賁育縱使千人廢，肘掣衣袪不得行。

其　二

武臣惜死便非賢，今日還先不要錢。阿婦善炊無米付，誰當門户執持權？

寄趙子荆别駕二首

吴越争衡地，千秋在甬東。天清堇子國，地極禹王宫。半刺連城在，遥溟一葦通。乘桴何日快，宗慤鼓長風。

其　二

四明仙子宅，今復在何方？滄海層城遠，澄湖一鏡長。黄魚行賈集，紫蟹美人嘗。借問行春暇，新詩有幾章。

秋海棠追次王仲山韻

綽綽復盈盈，明霞照清水。紅粉蝶翅間，黄鬚蜂股裡。秋風轉多姿，陰砌尤所喜。不比蜀山春，睡重不能起。

贈周原鬱參軍

蜀門殘破已無家，萍梗微官滯去槎。獨有新詩盈篋在，清鮮人擬錦城花。

李白篇贈黄孝翼孝翼爲周中丞槖饘,不遂而還。

李白山東士,浮烟五百金。彼國魯仲連,仰之如千尋。平生肝膽交,愛子挾伯禽。意氣摧五嶽,性命芥與針。駢闐吴會間,綿邈三江陰。仁膏布四隅,闓澤敷重潯。上念宵衣勤,節省及織絍。天門有虎豹,鋃鐺下國琛。黄生動義憤,椎胸涕横淫。願爲槖饘客,矢合在原音。浮雲爲不流,蹇驢還故林。卧柳觸咽喉,脱骨力不任。客店枕蒿萊,楝橈裂衣襟。士權詘言辭,成器臺嶔岑。以兹生死懷,寫我貧賤心。要離與慶忌,何有古與今?歎息見斯人,衰殘發哀吟。

終南山圖爲唐太公追壽其尊甫

終南何有臺有柏,太上老君所手植。終南何有柏有石,青牛偃卧歲千百。騰騰紫氣滿西關,流沙一去無時還。化爲捺暈帝拔宅,托生又向胸前劈。道德玄文垂五千,化胡經卷七部連。始知此老天地間,長生化生無凋顔。仙溪唐生六十餘,老大思親心不除。白華薦藻動循陔,子養涕泗悲臯魚。永言永慕不能已,畫圖便以終南擬。天遠石牛如着青,風吹古柏似聞耳。君乎君乎圖終南,我道尊公似老聃。出脇李樹既在苦,擘胸捺暈復流甘。看君秀句滿名山,江南佳勝遍追攀。所未雙屐終南裡,夢寐何曾發皓齒。君不見仙溪九漈九鯉俱,九峰九座青糢糊。太乙天都即咫尺,終南佳氣何時無。

壽丁蓼初太僕用吴山人韻

涵江捲海潮,汐至若大野。其勢則百王,其德乃善下。蠣房厚黏山,蟶筒似仰瓦。海月宵蛤張,明珠老蚌瀉。可以快南客,亦足食貧者。乾坤所儲精,顧不在此也。文篇逼李華,詩句軼趙嘏。笑談青玉霏,翰染白雪瀉。耽書嗜益淫,暢懷興稱雅。此亦公緒餘,無關於稷社。公德則冰稱,公才合大厦。南秩貳裸將,天圉試相馬。駿奔儼文思,塞淵大衛問。安得中衢尊,普此華堂斝。負鼎待育賁,執玉看萋苴。

秋日靈水巖呈虚舟居士是巖宋時有爲太守者隱此。

四大自焚露電消，早年修道此山椒。棄官弟子二千石，入室繇旬八百寮。古洞一重還一掩，寒峰無暮復無朝。遠公若肯容入社，不用攢眉悶見招。

答李叔玉孝廉

開緘動遠思，和我游仙辭。碧落翔朱鳳，青山絢紫芝。蹇予方士格，羡爾大還姿。緬睇秋山外，重游曠等期。

壽 王 别 駕

何年此日挂桑蓬，人在蓬萊弱水東。海邦佳錯多似蟹，監州視舊不相同。

季弢以大篇賀余兒晬依韻

老怯河魁不在房，舞筵今笑郭家郎。賓朋濁酒難供醉，燈燭茅齋聽自光。聊借笑啼娱老目，不求長大繼書香。賀詩忽接黄居士，勝聽雙成奏八琅。

送李懷藍之任粤臬李舊知潮州。

新乘六傳展霓旌，又向浮丘嶺表行。已見靈溪驅暴鱷，還看鉅海靖吞鯨。聲威應震南交外，氣勢初高百粤城。傳語諸蠻休蠢動，璽書不日奉專征。

題戴生家傳俚語

聖賢之爲學，其道在日用。斟酌自不窮，有如飲乳湩。奈何世俗人，徒爾資讀誦。或開講學門，便復紛聚訟。戴子躬修士，美種必自種。反身自耕耨，用力以培壅。向年猶有轍，於今益無縫。我朝薛文清，其言何鄭重！戴子所書紳，最合其操縱。舜也何人哉，無待徵杞宋。吾衰得若人，意可窺聖統。繼今有所獲，頻寄牖愚蠢。

藍處士詩

國初金陵人,杜環與李疑。一養常家母,一存范氏貲。人生生死間,中心所合離。惟有節義者,始終無欠虧。彼美藍氏子,真衷不磷緇。綽以古人心,長挂在肝脾。明明日月光,彌天東西垂。苟無此輩在,誰配之無私?

贈阮澹宇邵武公尊甫函峰公舊撫閩中。

中丞開府有邊聲,令子又來領百城。大海壇登詩社長,八閩輿誦使君名。神仙宅近看佩鳥,樵水流澄取濯纓。官暇七臺時命駕,前修下雉不勝情。吴明卿曾守此邦。

爲王别駕壽其乃叔

阮家不但徒竿布,謝氏非關第賭棋。自是曹公深見愛,繇來王掾不曾癡。衣看白髮新垂領,坐對青山舊賦詩。火棗綏桃曾得致,官衙惟有寄荔枝。

黄季弢修南臺山寺詩二首

山中已築讀書臺,又學杏壇九仞開。大地乾坤收眼底,四天風雨入懷來。峰腰矗矗幾懸綆,山骨稜稜絶片苔。老矣何時同一宿,夜深拾得朗光廻。

其　二

曾謁文殊上五臺,此中不啻彼中開。只緣大内賚金護,不比道人托鉢來。終歲白雲惟戀樹,何年金卵化從苔?請看匡續廬峰隱,終生都絶一來廻。

龔侍御見示中秋諸老登樓詩四首,并以歲酒見遺,次和二章,末章專謝歲酒之賜

老去登樓少皡天,當年封事聖人前。一從執法歸林表,衹看壽星若個邊。耆舊諸公聯榻聚,深宵明月半空懸。香山元爽無詩句,始信英華勝昔賢。

其　二

醽醁使將需守歲，拍浮吾立向池中。不羞饞口流涎甚，坐看暈顔着頰紅。瀉椀一時如陣蟻，啣盃終日似蘆鴻。敲門索債人雲集，醉卧誰應訴苦窮？

兒雲得穿山甲，養之庭中，生一子，雲持放鏡山下，季弢有詩，次韻

老人久已過花甲，尚與兒童鬭疾捷。爾何見人不滅没，拱立擁面羞還怯。主人一烹一踟躕，安知爾腹藏一雛？悲哉性命子母俱，爐中有火鑊有水，幸無一點蒙焦濡。南臺老子心春温，喜謂片念興子孫。鼯鼠緣枝兔穴棘，冰上野狐走無跡。爾亦何能比靈龜，終歲牀足搘如石。

贈蔡廣文

先生振鐸忽停喧，刁斗齊鳴上北門。海上旄頭還自落，營中驃騎但空尊。金錢行賞初無吝，首蓿垂囊總不言。若道廟堂聞俎豆，何因司馬具征軒？

追次黄孔昭韻爲張若曾大父宇公題

辰沅司馬搜峒巢，雷廉太守威南交。大賢名德自有族，豈比庸人生碌碌！公與司馬名位殊，譬山五老江小孤。下筆文章鷟翥鳳，躡屣賓客維歌駒。韜鈐庭趨晰孫武，性命家學窺諸儒。羅浮峰下博羅縣，葉侯化甫剛百鍊。遺肝閔貢意殊愍，鳴琴宓父奉已遍。英德靈璧相與高，宦遊載輓人勞勞。公但韶石時擊考，歸借陸績静江濤。公今徂伏可年數，有孫命我歌令祖。文考之詞陸機賦，年少夢寐皆千古。公架牙籤手盡抽，公庭玉樹人皆睹。三月春花事未殫，清明雨零上巳寒。蓮花飽聽林啼鳥，菱水驟響溪聞灘。爲公歌詩百不惜，只愁老大筆無力。還侍公孫奉國恩，朝家贈公高文與大册。

三月三日張若池頭作

曲水雖難引，方池不可厲。頓續蘭亭笑，何異牛山涕。

楓亭題壁二首

狀元滿眼荔枝香，老夫林間時一嘗。榕樹道傍人歇息，誰知種自蔡公襄？

其　二

九子求仙一眼青，雙楓暫借結爲亭。我來於此候秋色，醉卧江門落葉聽。

皎公示我鯉湖詩，舊有予弁語，今去之十年，再見如夢二首

師示鯉湖詩，讀之記如夢。如何有弁語，甘露雜馬湩。

其　二

師出此紙書，道藏有年數。我有一片光，無今亦無古。

重會守一禪師草貽

杖錫當年遇塔山，老來初不記慈顔。今從石竹還相訂，見性應愁也自慳。

石竹山。山有無患溪，山向多猿，今乃無有

石勢崚嶒削面孤，穿通窈窕幻靈區。非歡春樹看還合，有患仙溪飲自無。人恨機生猿頓去，力窮山盡鳥憑呼。濟貧笋莫因吾採，留捨衛城乞食徒。

石竹山房爲葉相公長孫君錫題

蒼霞仙人不可呼，庭餘玉樹明珊瑚。著書石室天之上，矯首龍門海一隅。泱漭八風吹動盪，灝茫一氣混虚無。藜床已辦通宵飲，醉看春山片月孤。

蒼霞亭追和朱晦翁韻。時公詩寺中已亡，門人戴子振爲我誦之

高寺中間四面山，宋家名已在區寰。昔賢紀勝人如昨，我老來遊鬢盡斑。

香石摩挲聞尚氣，芙蓉突兀勢難攀。清詩零落門生記，泚筆環吟不暫閒。

蒼霞追和葉相國韻

相國遺詩尚可尋，山僧藉此鎮祇林。當時論歲年應少，晚節名書意自深。公著書名《蒼霞草》。精舍一從隨輿到，亂花不忍滿頭簪。高僧清事般般好，寧獨莊嚴聖相金。

詒戴子振

携肴載酒到禪關，相送還期過别山。雙屐何曾踰户外，追隨爲我不曾閒。

永陽道中四首宋時此地七里三狀元，余所過者，狀元黄定之宅也。

霞寺過方廣，探奇興倍添。狀元三七里，宅近九高尖。瀨下響應疾，溪分渡屢淹。纍纍波底石，如卵復如銛。

其　二

水如嚴子瀨，山似大王峰。切玉崖臨艇，廻潮淖没笻。彌望無間竹，仰面不凋松。船婦争錢鬧，睢盱自笑慵。

其　三

春天無等候，寒燠半陰晴。日暖青裘重，風來白袷輕。迷途人借問，施路石鐫名。方語時遷就，相逢多曼聲。

其　四

王家兩父子，忠孝振裘箕。勝國心猶戀，儲宫力暗移。多能非一藝，古作雅遥追。靈武春山望，凄凉宋玉悲。王翰、王偁父子忠孝，是此邑先輩也。

方廣巖追次林員外鴻韻

古樹鬱西東，穿巖但杳濛。忽凌高頂盡，方見翠微中。入室初無構，廵檐即太空。垂珠憑石壁，吹散不驚風。

方廣巖追次葉相國韻

坐我一丘管幼輿，浩然蘇子飄凌虛。何來龍伯探龍洞，須作石人與石居。風泉極地一魯縞，乾坤太古真蘧廬。倒垂鍾乳恐尚軟，開口急取蜜食如。

贈沅倅張鯤水四首

疇昔逢君處，栖遲苜蓿盤。歲華皆老大，丘壑各盤桓。不意山中屐，來看江上灘。肴觴陳不盡，相對極悲歡。

其　二

爾入滇中去，憂時其奈何？官卑才不展，退勇鬢空皤。絶域勞安輯，餘恩及棘那。高牙如得建，寧復叫哥哥。

其　三

黔酋當日亂，間道絶經行。人鮓輕渦甕，羊囊破水程。中途仍寇盜，顛沛極平生。夢寐如相對，參商何限情！

其　四

梓橋皆五馬，槐柳更三春。綵筆老彌健，蘭言意轉親。昌黎題馬細，子厚紀碑新。吾讀永陽瀨，陳言破已頻。公有《永陽瀨記》。

贈王右仲永福

甬東才子世間無，吏道相煩太劇拘。自有文章驚海内，從他簿領混人徒。九懷我識師蘇軾，三昧還知貫曼殊。請讀能仁公館句，永陽今日是仙都。公有《題能仁公館》詩，憫僻宕山中人被游山之苦。

宿張有傳山樓，樓挂林貞肅公詩一軸，詩後有跋，出傳丁戊所記，云高蓬仙得公書與張東海書，極其寶愛。公書一日失之。數年後，丁戊行市中見之，贖返以與蓬仙。丁戊跋有許多喜幸之意，又囑蓬仙勿再失之。誰知今日又在有傳樓上耶？予造次作三詩，

皆步貞肅公韻，一題張氏樓，一喜見貞肅公書，一爲丁戊解嘲，呈有傳一笑

清晨園客未開關，窗外言禽不暫閒。緑柳自垂依檻沼，白雲長帶繞樓山。月涼宵枕寒無夢，酒濕春衫醉未還。鎮日溪聲遥響座，溪行欲探幾層灣。

其　二

疏草青年抗九關，攖鱗攫虎快投閒。清朝忽見陳周鼎，魯國終推重泰山。久識詩於大曆近，今知筆自吴興還。一枚圖記亦疎質，不費雕鐫募篆灣。

其　三

高瀫仙人自閉關，張林詩筆樂餘閒。越鄉豈直難懷璧，出岫應知不返山。總料潛魚無竟伏，終然雙鶴一飛還。漫將詰盗誇丁戊，世事河流曲曲灣。

呈王右仲明府四首

我聞鴈蕩山，一生不曾到。忽讀紀游篇，白首濺飛瀑。

其　二

平生有仙氣，欲訪安期生。採芝茅山峰，觀濤廣陵城。

其　三

君夙結五老，欲與名六逸。寧復許我來，編就七賢室。

其　四

不意大海鴻，印爪聚沙汭。君來葉縣居，我作臨邛客。

贈林翠屏廣文八十

六十餘齡笑口開，何曾一日不悠哉？從今只少五千日，欠爾六十餘萬杯。

余游鯉湖，有山客光秀携酒至湖上，特來乞詩及書，口占爲謝

予適湖上行，見子携酒至。酒亦吾時飲，爲子生意氣。

壽王半刺

王公負材起南徼,八桂五嶺窮奇妙。天衢驤首不可期,路傍折腰歸自笑。分符揭爾到清平,春風忽覺吹南詔。簪笏徘徊丞刺間,有如榆枋控鷦鷯。去年太守未到官,借公從計代朱幡。不知囊中何所挾,長途不免饑與寒。聖主當陽大察吏,清廉賜宴大官醉。銓部隨聲孰薦公,但使公還歸所涖。公乎公乎我輩詞人何所能,能圓能矯能崚嶒。惟有一片清净心,官資宦履從滯淫。公今司馬無所見,只好仰屋數層椽。幸有武榮缺令尹,仗公爲政明花縣。黄龍足底溪雙流,九日窗間山一片。知公平生明且清,要使煦噢遇窮賤。坐看六月禾黍豐,餘秫爲酒與我成歡讌。

朱祠中庭坐月

明月出墻角,頃刻在中庭。陰翳未曾消,半掩半晶熒。此心苞靈光,豈能無晦冥? 願言净掃除,悠然洞八坰。

壽黄我珍八十

有水何須戽,戽水,地名。無山不可看。人非新齒髮,家是舊衣冠。愛子夏侯勝,餘生申屠蟠。門前有新竹,日日報平安。

壽我熙

卜居人群内,寄意在寥廓。溪聲響宵枕,山色悦朝目。奉慈供薇蕨,弄孫飽芋菽。布衣便爲綺,一食是吾福。我來訪所居,蘭桂當庭馥。避喧方一日,寄興已萬壑。因用特壽君,結侶於黄角。

壽唐司理

九月秋氣肅,嚴霜下庭陰。離離時菊芳,將表歲寒心。日旰坐彤闈,衆山列蒼岑。遥遥既辨樹,翛翛復開襟。理人愛髮膚,决獄洞幽深。員方咸愜適,近遠交威欽。因知陵陽仙,來此大海潯。何以宣餘徽,七絃借瑶琴。

元夕龔潤寰以細君所仿元宵團子并以製梅花醞見遺,兼示大作,次和

玉碗傾來琥珀光,春盤京洛憶煌煌。酥醹粔籹纖纖手,雪色梅花宛宛妝。飴老洞房須自饌,分甘野客未能忘。每逢佳節頻爲贈,忝竊中衢與置觴。

贈林存嬰二首

林公有佳句,不止吴江冷。逢麯涎已流,臨文興彌騁。素交失嵇吕,懸思在箕潁。矍鑠秉燭光,使我發深省。

其　二

陶令門栽柳,杜公溪浣花。醉即卧北窗,饑便餐明霞。健筆追千古,殘生累一家。鏡山無所贈,乘興看春花。

别三山雲師

看爾苾蒭歲,如何老宿然?懸巾知解結,食蜜貫中邊。詩就音皆法,畫成趣合禪。三山歸去路,春日海風顛。

春日叔炤、久亨訪茅齋不遇,步張相國韻

我步君詩城下盟,君探我隱丘中耕。春郊携手真一快,野老關門悵此行。書幌屢移朝日晚,酒杯獨對海風生。窮愁客子知何意,書到衡茅繫我情。

春日武榮柯懋可宅

垂老過鄰邑,平疇逐曉風。茅茨開遠岫,埤堄入晴空。樹色深春緑,詩顔到酒紅。少年誰爾似,賦已逼河東。

花朝歐陽懋寅宅

煖日烘當午,輕風信自朝。朱華含蓓蕾,艷色露妖嬈。青帝若爲令,紅雲坐

可邀。終年經過少,不見翠烟消。

壽蔡母八十

泉州前輩蔡先生,萬事杜門不繫情。萊婦舉眉同作苦,孺妻迎客不羞耕。稀齡八十人間有,賢母千秋不世名。池畔放生家住久,春風素月馥荃蘅。

寄吴大車澄海

大海黏天遠,蒼梧接地春。方言初不異,新政雅能馴。宋帝遺宫近,韓祠古跡新。山城多暇日,詩筆想嶙峋。

鏡石山嘗有贈牡丹者,待甫、麗甫二難携酒過賞,次韻

數朵名花日欲寒,開簾方見寸心丹。謫仙宫硯雖無捧,杜甫堂甌覺甚安。特借異香熏蠹篋,稍移煖日遠風欄。二昆若不携壺至,安得中宵帶醉看?

送馬劬思之南大理二首。馬爲御史,論奉聖夫人客氏

奉聖當年沐主恩,宫闈聲息撼乾坤。漢庭方朔人誰在,虢國華清勢莫論。公自牛衣初不記,時稱獬角總能言。一從見晛(晛)冰消後,始信龍門砥柱尊。

其　二

留署星高貫孛秋,鍾山紫氣夙宵浮。周家豐鎬專居守,原廟衣冠奉出遊。丹筆莫言多暇日,黔黎生計合先籌。只今聖主思賢甚,冰蘖憑公赤手酬。

偶有驛使來,問日觀兄,歸然靈光也,喜甚賦訊

詞人海内久凋零,翠柏□城獨自青。問着有如清夢接,詩成還記白雲聽。好將禮樂追先進,盡挽閭閻入大庭。太姥羅浮須一約,荷衣握手振遥溟。

别王媿兩赴京謁選

頹坻似末俗,百挽不能振。追逐羶腥中,澆漓喪其淳。有偉七尺軀,甘心後

古人。晚得王氏子,挺然東海濱。杜囂朗寂光,廻昏開靈辰。觀其所命名,一心在君親。緬懷思邃初,我豈讓先氓!聖主方當陽,加懷得臣鄰。何當堯與舜,獨無禹益臻。吾子萬里初,方領厠冠紳。結主必有素,契合在精神。非待行崇巍,方謀斧藻身。與子臭味合,臨岐吐殷勤。探水當渤澥,登山期嶙峋。更有縞帶言,歸誠洙泗濱。

壽趙總兵

將壇久矣仰洸洸,一箭能穿百葉楊。無米還能炊巧婦,空拳猶足恐貪狼。行籌坐算周青海,殺氣高騰滿素商。今日普天多戰伐,待公霄漢掃欃搶。

壽趙玉淑明府

美人來製錦,青鏡與朱絲。甬水清無底,慈雲暖四垂。家傳孟子註,經守毛公詩。願以維南獻,年年秋月期。

寄呈湛如殿下

岣嶁峰頭墓古字,浯溪水畔挹流澌。遠書珍重猶堪寄,政是秋來回鴈時。

壽周玄映明府

楚天芳杜滿江湄,香散千山到海涯。排鴈文章同體勢,遷鶯日月正華滋。曉光郭内雙旌色,夜雨溪頭一拂祠。弟子執經還獻壽,維南合詠無疆詩。

長歌贈蘇石水大司寇

君不見泰華之峰高接天,石骨齫齶相鈎連。黄河奔流出其下,清涇濁渭分兩邊。又不見彭蠡湖中石鐘山,岷峨水流匯其間。鏗鍧鞳鞈不一音,萬古推盪相廻環。水之爲物風擊之,映空淪漣呼洶奇。撑天石壁杳支柱,雖有澒洞無頽欹。試看砥柱三天門,風聲石水長相聞。太乙仙人蓮葉舟,隨風演漾無停流。

一嗽一枕恣興態,噫氣大塊吹無休。安得我來從之遊,俯視世界如浮漚。霞起山人石水翁,少年枕藉萬卷中。軒車紱冕棄如遺,膏火明焰宵繼曦。伊尹出莘姜起渭,淮南越嶠窮地肺。大農之積堆囷京,貫走空虛天無城。崔巍磝碻石嶄嶄,飛濤倒浪不能撼。歸來風水交清輝,舜韶岣嶁高音徽。豈與跨蹄嶅嶁者,青蘋拂嘘力尚微。大地卑卑無足數,我欲從之遊太古。何生鏡山一片石,東湖遶空竟沮澤。清風倘得蕩五濁,習習泠然飄兩腋。

題趙總兵家藏四大家名畫

匡廬瀑布永與天地垂無窮,泰山之松崔嵬竦鬱直挂徂徠峰。黄鶴江流浩呼洶,天清日朗波不興,明月照耀涵長空,峨嵋霽雪樛枝古幹龍虬紛結交濛濛。誰其畫者白石翁,永之藏畫徵仲□,秀色可以餐吾胸。鏡山衰醜筆力拙,付之題識趙元戎。趙元戎,趙元戎,吾欲與爾洗兵挽天河,緘滕陏兑之戈弓,滿堂酒酣擊劍仰天大笑端首歌雄風。

贈施四明使君

昆吾大冶高十尋,炎烟流液皆玄金。用之百折勢不回,低昂天地揮陽陰。横浦有梅號鐵漢,其人可以卑管晏。浩浩正氣塞牛斗,俯視崑崙直一半。施公施公會稽英,豪曹純鉤瀼光晶。靈明匪石難得轉,剸犀切玉如泥斷。巨卿自有如水心,片言豈改移山判!吁嘆人世學識趣,有肉無骨甘垂胡。覥顏覘眼胡爲乎,坐比巾幗非丈夫。丈夫生世自有真,富貴在天非繇人。即爲鄉愿無訾省,何如狂狷多譏嗔!贈公鐵漢乃稱情,雲烟日月回清明。廉頑立懦奮氣概,坐令蚊虻豺虎不得紛縱横。坐令四海皆寧成,朱絃錦瑟聽和平。

送鄭道主高第還朝

還朝正復值河清,川岳相期似有靈。知爾爲駒應俊傑,笑吾老馬亦車軨。當今堯舜新在御,不是皋夔敢執經。吾道佇看新氣象,賡歌喜起在明庭。

贈林英伯

林生每見我，遲廻不能去。或聽其吟哦，或觀其寫署。坐爲拭塵垢，飲爲整匕箸。扶將翼步行，拱立侍蹲踞。言我神仙人，世間無是處。盡空一切有，都絶世人慮。願卒爲子弟，終始惡含呿。此亦我所畏，顧非我所據。文章少緯經，學問寡錫鑢。耄耋近偏寧，出處皆惄懅。如此雖大醻，亦不能呑茹。如此雖大□，亦不能滌除。子雖山中人，亦可便騰翥。愚公孰驅駕，漆室誰干預？上有聖明君，下無贊襄勴。桴鼓重忘身，夷狄輕犯圉。貽此北闕憂，未可南畝絮。子看古英豪，經世實多曙。豈不慕渭莘，直欲甘溺沮。

次答蔡體國見贈之作二首

臨邛方借敬，阮藉遂無窮。地重須人重，司空是色空。少應英氣合，老益素心同。共有幽貞在，無時不貫虹。

其　二

一及文章事，何能後廣蒙？人但知少戇，老誰識餘忠？呼門猶垩室，嘯侶譬江鴻。天以芝蘭玉，階前與謝公。

題山川出雲圖爲史相國乃侄壽相國

光華歌虞廷，瑞紀開軒后。紛靄保章占，輪囷太史奏。燕山潞水宅天都，四時佳色葱籠鋪。世廟末年靖八荒，卿垂裔布中天光。天門上哲扶社稷，席儲弼賚貽後皇。度支史公丹穴鳳，産在紅廠一衕衕。樑棟牟尼大地明，旌旗導從靈神送。朅來現世七十年，玉堂黄閣班聯天。調羹老手蒼生遍，春風噓拂披芳甸。懸車歸卧雲臺山，絪緼鬱勃尚未散。憶公神廟二十載，鼎甲掇取聲名大。豐芑燕翼貽厥孫，光熹二聖倚經綸。即今英主復嗣起，唐虞吁咈追盛美。若見有君未有臣，非公匡振孰其人？殷宗生夢固有在，周文協卜應爲真。九州四海方望風，阿戎又欲稱華封。命我高歌出雲圖，一如宋人持贈文潞公。

壽蘇弘玄五十

我昔起廢遊上京，鄒馮二公興講會。司農汪公太宰余，今都憲曹亦傾蓋。彼時只借叢林中，有如草野綴綿蕞。最後書院名首善，逐有萋菲張錦貝。貂璫秉權肆兇横，仆碑毁室草翳薈。聖人之道如日星，有時剥蝕還清泰。不見吾鄉紫陽翁，始何阨塞今何大？泉州太守太好事，要令文學聚黼芾。弘玄蘇君爲出力，不此堂室何藉賴。令兄學問具本末，譬如周召兼邶鄘。君既奮臂必前趨，使我賈勇亦盡鋭。我昔謂君豪舉人，乃今脱去超蟬蜕。横渠論兵明道獵，延平騎馬改鶩曦。古來賢聖亦何常，扶桑未出固蒙昧。歌詩贈君祝大年，伯玉知非此其歲。

思親詩爲門人韓雨公作

沃沃絳泉，湅流沛之。湜湜澮河，汾水會之。其沛伊何，伏而復出。其會伊何，灌溉蕩潏。穆穆顯妣，我之攸息。不弔昊天，俾我罔極。我弟我兄，觀於上國。不及奉母，薦此素臆。藏書籤軸，不及榫椸。飲食四方，不及盤匜。我咨名公，以奉其粥。我求哲友，以廣其德。顧瞻户庭，不奉母則。千里旋車，無母何暱？惟帝寵恩，我聲悲吞。帝寵伊何，棹楔言言。母何寵帝，歸田塞垣。遼左軍興，帝命屯田。母有甫田，歲取十千。以獻于公，萬一儲邊。我弟我兄，經營津門。母不嗣音，無所晨昏。爰思先公，維母扶胥。家喪罔妣，母理門樞。晰禮明義，女也丈夫。前籌預知，足破蒙愚。匪我之母，緊實我師。心之傷矣，精魄弗居。蓼莪之哀，靡日可紓。坻頹流波，息視安知。杳杳重泉，悠悠雲漢。我作此詩，以比王粲。

題雨公斗山堂，兼寄乃兄長公四首

萬户高門舊徹侯，百城又擁讀書樓。牙籤金鎖紛稠叠，劍氣文光日夜浮。

其　二

懷清主上賜恩偏，秦帝高臺憶往年。爾乳駃騠凡幾日，吾瞻鴻鴈久遥天。

其　三

禹穴探奇從古無，春風行脚極扶胥。龍門著作今應有，壺遂誰當上大夫？

其　四

相逢昔日禮爲羅，正是先朝第一科。聖主當陽今再見，三春天樂聽雲和。

題豐谷陂

豐谷陂頭勢若何，鐵牛疑鎮蜀江波。轟雷終古喧長坂，浮碧清秋擁曲阿。遠接千山流玉液，近攔岐海静銀河。魚蝦得意蒲葦長，歲歲登場有醉歌。

送石眼上人就别山和尚講經董巘二首

曹溪有别派，憨山有别山。董巘聽經去，黄梅在此間。

其　二

海眼云是塔，石眼是名僧。尚有天眼尊，好尋廬山登。

訪池直夫東山草堂二首堂係蔡敬夫舊館。

東山有佳趣，豈必謝公居！非我求師古，因人舊結廬。烟光通户牖，佛日滿庭除。句句新詩好，幽吟大起予。

其　二

客路通山縣，幽懷動野人。泉源迷所出，山勢失空因。琴自蔡邕得，草從池夢新。輞川名勝地，之問舊松筠。

寄黄蒼徠太守

吾兄爲郡繼玄暉，百尺樓高翠染衣。賓客聖俞應在席，杯觴李白定相依。晝長鈴閣無人到，風静鈎簾有鶴飛。高士五因煩寄語，陽元相望意非微。

追次蘇坡仙岐馬詩韻壽劉心哲

饑不食肉糜，渴不食米汁。性命各鱗羽，生長隨卵濕。空門與聖域，奥閫從所得。不爲前業除,不爲後因急。生理且薑桂,甘旨况鵝鴨。明燈續焰輝,清香繞幃幂。露獎一何目,鐵圍安可赤?齊心摩詰玉,通禪樂天白。頭從巾臼杵,笑或沾巾幘。大之則飼虎,小亦巖啓蟄。羨君有妙契,欲我多見缺。何時登君堂,作君青菜客。斥彼粱肉人,閉門不許入。

贈陪貞廣文

吾鄰慶良朋,多士推得師。誰知夜郎地,中天固在兹。清貞表絶俗,虚受曠無涯。持此書紳旨,可以化侏僑。

贈　僧

吾意談高僧,所貴在實際。不見西來初,腹中無一偈。惟其大歡世,一切無畛畦。末世重上人,要以通文藝。靈徹與皎然,因不屬嗱囈。又重茹齋人,弘慈及隆諡。中心苟不然,何貴斷魚鱖。惟我選大師,一意屴蟬蜕。無念止山安,幻光閱水逝。行事俱終始,精進動年歲。從此不退轉,不用頹齡制。

楊碩人輓章

毛裏繇來總一身,如何倏忽便埃塵?比翼並頭期白首,而今不見誌公人。

鳳莊四首

雙雙翠柏立中庭,榕樹如雲不斷青。齊插春秧齋飯罷,還來趺坐閱禪經。

其　二

出門春稻與秋秔,膏雨盈疇四望平。香積即云贏一飽,也須乞食到衛城。

其　三

山中不用索糜饜,草屋鄰居有數家。講經當使排門聽,禪心原不别自他。

其　四

蚌蛤魚蝦無數鮮,大海東邊是輞川。腥風不入琪林樹,尋常撲鼻滿檀栴。

姚明府飲東湖詩四首

茂宰青郊不厭遊，蘋芽芷眼漸汀洲。沿江出郭無多路，只在縣南百雉頭。

其　二

一種春花號播田，含葩蓄蘤已春烟。野人羯鼓無須借，只請河陽縣裡仙。

其　三

長湖畝頃遠蒼茫，稻魚誰識是江鄉？稍待秋場湖水滿，共擊魚鮮薦稻粱。

其　四

一石二三量不窮，高才敏手大家風。弢光縮飲都無見，一聽山人醉眼空。

泉州文庫

選堂題

（明）何喬遠 著
楊清江 點校

鏡山全集

（中）

泉州文庫整理出版委員會 編

创于1897
商務印書館
The Commercial Press

鏡山全集卷十八

詩

贈晏仙游

老大龍鍾又出山，殘生真復覥餘顔。衹緣遇主銜恩切，兼願分憂拯世艱。未奉執鞭徒想晏，所欣候騎已迎關。尚方遥望雙飛舄，爛熳春雲合殿班。

贈劉淳如

不知山中縣，有此大才子。吾生閲人多，少得心頭喜。

仙溪陂二首

晚到陂上行，遂得陂上景。黄雲壠頭麥，青山水中影。

其二

我望屋後山，其名爲紫帽。何時頂蒻苙，與之匹管皂。

葉文忠墓下作

閻羅公案定，御筆易名垂。七尺於斯在，千秋定阿誰？時艱思鼎鉉，後死憶龜蓍。細雨來澆淚，斜風不散悲。惟餘春草色，歲歲緑芳祠。公見人講學，輒曰"吾不講學，惟恐閻羅殿勘案不過耳"。

贈熊心開中丞二首

武緯文經任所攄，威名海上日生初。事經百鍊方爲熟，心自盈腔已有餘。授首鯨鯢人共効，建牙笳鼓晷方舒。龍泉劍氣吾應蝕，欲把似公愧不如。

其　二

目中垂老少英豪，忽聽高談解夙勞。自古男兒一片氣，若論身世九牛毛。股肱心膂非他巧，管樂范韓是我曹。此去出山須回首，看公勳業漢霄高。

題白沙瀛山寺壁二首用兒説韻。

大江日夜流，禪心無時休。空明一片色，只在寺西頭。

其　二

花香看未落，鳥語聽不徹。何當持尊酒，今宵望江月。

題畫二首

金色指蓐收，紅榴結安石。黄雀正初肥，蜚鳴遠彈射。

其　二

穗黍結方垂，鳥宿枝更重。幸勿啄無餘，留我具朝供。

水口驛二首

驛樓挂霄漢，百尺俯層波。對面峰巒近，仰天星斗多。看流心欲競，憑檻意如何？向晚子規急，春情滿薜蘿。

其　二

畫梁飛紫燕，雕砌發朱華。橘柚榮無比，杉松直不斜。雨昏迷近騎，江急捲流沙。鄉井頻年旱，寧逢旱母耶？

延平道中一帶古松特盛，近爲造船以備海寇，多遭砍伐，鄭道主題詩驛壁嘆之，因次其韻

暴客弄兵蕩海瀆，城門失火被廣畝。龍鱗入海作波濤，定欲使汝立授首。多謝翰林一主人，臨岐爲我歎咤頻。怪殺莊生太欺我，不材今亦受風斤。

嘉靖中楊吏部載鳴謫爲將樂尉，失舟嵢峽，得黄田驛宰出之，楊公有詩驛碑，諸公多次其韻，余亦步之

爲官難直道，生世少逢辰。璧幾投水府，珠欲送鮫人。騷反湘纍賦，患生柱下身。至今詩句在，夢覺定誰真？

自水口驛至延平道中二首

連壑山相抵，參天樹不虧。幰頭影皆緑，馬首葉時垂。對語看山鵲，獨聲聽子規。深宵已春月，雲掩不相隨。

其　二

沿途皆古木，數里盡雲峰。如此却難了，不知凡幾重？俯江流似箭，循隴勢如弓。爟火明高下，穿雲破夜封。

大横驛次壁間韻

參差老樹有高低，若問栽時歲久迷。皮骨慣經風雨飽，珍奇何必鳳凰棲！峰環碧瓦青於染，石砌苔庭浄不泥。謝豹尚懸黄鳥語，王孫南北兩萋萋。

太平驛再次前韻三首

十圍古楝勢非低，秋氣木犀似迭迷。也識重關看客度，定知寒月有烏棲。紛紜世態蠻爭觸，出處人生爪印泥。只問故山鋤無恙，不希執玉厠苴萋。

其　二

一片岐途日欲低，千峰野色襄城迷。雙啼黄鳥有時見，亂叫子規何處棲？急唤蒼頭沾白墮，似謀赤壁過黄泥。只今興雨田需甚，坐憶詩人咏湇萋。

其　三

黄雲遥去碧天低，極目中原望不迷。國耻一時猶未雪，心兵何日可能棲？縱欣南海氛初靖，終恨東奴首未泥。痛飲黄龍須早辦，渾同江草看萋萋。

崇安道中短述四首

祇愛仙人眼底逢,幔亭似欲上崆峒。若於山水經行盡,不異繁華夢後空。

其　二

爲官只是一身將,琴鶴累人亦覺忙。所喜越閩途不遠,金衢似未屬他鄉。趙清獻公嘗令崇安。

其　三

驛樓燈火枕年衰,一夜天明叫子規。若是天公留耳聽,應使東風轉面吹。

其　四

路穿雲樹盡陰陰,行客思家定不禁。無情不見關頭石,破鏡大刀望藁砧。

題丘生允恭館二首

平日心知丘止山,今來世譜睹遺顔。墻間又見詩兼筆,始信高人不易攀。丘止山名雲霄。

其　二

假山古木閣香爐,何似匡廬氣勢孤。我欲君文皆如此,俯看長流匯五湖。

舟初賣於衢州城下,窄不可眠,岸傍鬻米胡二者有小樓,延我其中。問之,則堂有老親,家無妻子,漫題二詩贈之

世上漫云少好人,三衢城外若比鄰。何當大地皆如此,不待彌縫魯叟淳。

其　二

嚴親八十老萊衣,牧犢且老商瞿非。不是天孫雲外織,定應螺女竈前炊。

王生乞詩贈其乃祖,年九十餘矣

九十五年以歲計,若復連閏且百歲。我想當時秉燭遊,已是二百在人世。

石　門

泥馬南來駐石門,至今古驛尚留村。飛甍連市人聲雜,過舫亂橈水氣渾。

麥外茭苗齊上下，蠶時桑價變朝昏。霂兒此去無多路，吴越春秋一夢痕。

劉伶墓二首

想是當時一鍤埋，至今屹爾竟成堆。年年歲歲春風裏，醉氣澆泥尚發醅。

其　二

先生萬事一虚舟，當年已任此生休。紂飲不須堆麴蘖，虚原千古是糟丘。

過楊象玄國博留飲

國子先生雅興多，小園幽事滿藤蘿。多情自喜同人在，不飲吾將奈爾何？竹影長將花影雜，鶯聲高與鳥聲和。此來聖域煩陪歷，十廟鷄鳴況遍過。

送杜函三大司空還里

不待秋風憶季鷹，孤舟便向泖湖乘。主恩優老原非薄，臣病甘辭百不勝。匠手斂從華穎落，履聲遥向亂峰應。嚶鳴特地來求侶，興阻龍門僅一登。

過于典籍修父，于新轉東昌司馬。其尊甫贈光禄公，與余善

國子先生花滿園，雖居人世絶囂喧。語中愛我皆相勗，心裡内觀不負言。骨力尊公真氣象，縹緗尚友是羲軒。東藩今有如君在，狂虜應知褫斷魂。

送周士六屬僚假省

白下雍丘夢裏牽，鶯聲柳色去翩翩。備官入室聞童子，破鏡當年憶背天。彩袖滿携鍾阜氣，雕盤不借水衡錢。開顔下拊二難美，豈數雲璈王母邊！

黄明立罷國子，寓居金陵，過飲我齋，限韻

温陵結社憶當年，俠氣文心兩傑然。今日重逢如結夢，他時諸子半登仙。如君寄跡鴻泥爪，老我官情榆樹錢。雖共一城同住處，明朝相望各風烟。

題水仙花

不染孤根狼藉香,雲根月下王爲郎。五月東湖湖上發,令人轉憶海頭鄉。

夏至齋宿署中,呈諸屬僚

昔年魯守膳卿齋,高閣今宵共此懷。倏忽兩朝殊變態,浮沉大地尚風霾。長空片影看明月,萬里遥心注泰階。所喜同曹群彦集,共持耿耿佐壇埋。

孝陵陵下作

高皇陵寢在鍾山,紫氣晨宵自往還。南土鼎湖深歲月,北都原廟儼朱殷。衣冠共拜臣文武,喜起如瞻天笑顔。嘉賴孝孫恢九土,東胡授首到榆關。

成化御畫敬題

春月蒲萄未結花,白頭翁已占年華。心知秋實必纍垂,可以招侶食嗟嗟。御筆游戲有至理,一枝下彈復高起。獨立靈禽得氣先,聚族群來從此始。

少宗伯丘見南署在隔鄰,携酒見飲,有詩垂示,次答。先一日予携尊于少宗伯宅

誰論意氣似吾曹,即道啣盃舉亦豪。今看長筵泉似酒,方慚昨供水投醪。芳鄰天設無煩卜,老健人稱各自高。安得時時長若此,笑談頻聽解塵勞。

贈朱工部

銜命南來但飲冰,平生老眼見何曾。共知見地人難及,如此清修我不能。天下軍儲今罄竭,邊頭胡虜未膺懲。中宵對汝徒長嘆,坐到珠宫剔爐燈。

次韻答李臨淮侯玄素

旗幢高建大江南,周道逶迤舞兩驂。甥舅天親相與永,卿孤三世不曾慚。

遡波鷗羽人同狎,對坐驪珠手獨探。誰是好文兼好武,絶甘都喜得分甘。

見南公携榼并次前韻

肥鵝珍果錯分曹,盤有綏山更足豪。不用清冰開宿納,偏於溽暑快香醪。涼風對榻繇他到,明月共墻不啻高。方朔金門從嬾慢,滑稽諧隱豈爲勞。

署中四柏堂詩四首

四柏堂前歲月深,不知誰種到而今?如繩比直還遒上,似矩齊方相對陰。豈逐楊榆鬬孃娜,寧容桐桂爭高尋。我來休暇巡檐喜,霜雪無凋寄素心。

其　二

松小杜公爲客憶,楸高韓子讀書還。自然此物古今判,不識誰家大小年。鄰舍况兼群竹映,中庭更有十圍聯。願言官署長長在,喬木峥嶸故國天。

其　三

静觀百物各生涯,更向春秋玩歲華。高坐啼烏來聒噪,快緣鼯鼠各横斜。呼兒莫漫驚他去,如我於斯即當家。客至酒杯時一探,夕陽挂壁滿明霞。

其　四

孝陵直北是鍾山,萬樹垂垂不可攀。兩道人行皆四外,此林吾得坐中間。閲人日月幾來去,獨客虚無自往還。明歲衹應從汝别,故山亦有老松關。

贈鄒太僕斐石二十八韻

借問騶思馬,何如劍化龍?古來師泰御,今不止人舂。江北群雲錦,天閑致霧鬃。逸蹄應湩乳,汗血定呈蹤。豐樂山亭古,清流關路重。備官閒豈厭,嘆世感無悰。虜騎雖難夏,胡弓固勁冬。至尊憂可獨,吾黨職須供。萬曆初終運,微忠正滿胸。言皆徵典故,事必著功庸。繼代規尤切,匡時意轉濃。銓曹方特借,衆口遽難容。君側思除惡,而家示誡凶。出身當咥虎,伸手莽辛蜂。幸不罹湯火,第令看笮卭。何知離戍壘,尋得聽朝鐘。金馬纔收籍,丹心已露鋒。平生何學術，敢復隱愚蠢。奏引林公俊，官稱況氏鍾。別圖陳表餌，不但祝華封。榮命慚沾丐，殘生苦病慵。來因趨國儆，去合竟山農。海内今知己，千秋孰所宗？如公師孔孟，兼復秉干逢。物象歸雕刻，文章滿鑄鎔。吾衰今已矣，斯道敢相從。命駕懷難理，開緘足聽跫。何當雙蠟屐，一到繞滁峰。

六月六日拜御容，承王内侍招飲

武英殿裏拜天容，因得從君挹酒鍾。曉日觚稜環睥睨，水風楊柳散芙蓉。墨子有心絲五色，天孫能巧錦千重。繞床童子皆知弈，一局重來坐古松。

與劉機話舊

莆陽詩客劉無機，曾共東湖泛酒卮。倏忽已經十二載，同時坐客半朝晞。

戲呈劉機二首

五加皮酒比天膏，携到揚州使便操。醉倒花間吾不怕，帖膏風穴解煩勞。

其　二

嘉隆之際重山人，及到後來轉失真。喜爾時過同飲酒，不令干謁乃翁嗔。

四柏堂中秋作

一杯本爲賞中秋，翻覺微雲靄不流。所喜小堂名彦集，如登群玉衆峰頭。咏詩洛下諸生好，吹笛舡中上客留。江左風烟如昨日，東山誰續謝公遊？

琢吾宗侯見邀賦謝

子孫高帝原隆準，樓闕仙人本玉京。漫爵桐圭茅領土，只君毛穎管爲城。不疲愛客惟公子，已倦遊梁是馬卿。蘭焰沉沉歌舞續，素秋朗月似無情。

送楊象玄國博赴大理

人欣同里還同調，官出儒家又法家。進秩雖榮貧轉甚，趨朝有召衆皆華。

王生請結何論襪，于氏爲門且大車。君縱駁娑依北極，南中須亦念仙槎。

題十八羅漢

遊戲大海水，棲息波羅國。人人有神通，現示皆道力。東坡羅漢頌，我亦偷不得。攬之若有形，即焉本無色。

題七賢

琅琅天人姿，矯矯風雲態。眷此物外心，遊神於異代。

鳳凰臺九日詩

當年李白此曾遊，九日朝來宿靄收。漠漠輕雲方護日，飛飛暮雨忽盈頭。陰晴半餉還難定，主客深杯合未休。鳳去臺空人久矣，各將佳句答清秋。

瓦棺寺九日詩

摩挲仙子誰銅狄，菡萏高僧僅瓦棺。人去寺存猶古跡，天晴日晚正輕寒。無生證果菩提在，有恨開尊菊蘂歡。旅鴈未來霜候變，冶城秋色已闌干。

次韻題張士昌聽雪齋

問爾南天不作雪，何因有雪更堪聽？一心虛白自然色，衆竅相吹分外縈。磧裡鳴沙衝遠塞，窗前迅羽過前庭。袁安高卧稱頤睡，道者無心總自經。

壽曾遠公

宗伯少年爲好友，老人八月喜同生。嘉祥百世猶華會，金石千秋不異聲。客裡青山依采石，門前文水接溢城。君家兩世聯翩甚，彩筆雲霞狼藉横。

次韻壽黄明立

君年六邁九，吾老七加三。早歲膠離漆，暌塗商望參。何知收遺履，忽爾契盍簪。白首騰腮曝,青春笑鬌鬖。文章方價踴,述作大思覃。玉水誰能測,珠淵畢竟涵。四門名逴厲,六館典通諳。揮灑今兼古,鑽研苦轉甘。追風超冀北,附景半江南。講席盈冠蓋,登門各暢酣。人爲入洛貴,賢比過江談。采石青蓮喜,成都工部耽。風霜門巷古,雨露黍苗含。僑寓人休汝,睢盱客學聃。鴻寧拘塞磧,鯤豈囿池潭。衰病慚鰥曠,平生乏討探。律吹鄒變黍,雲遏薛師譚。肯許看籌屋,聽從閱石函。遐蹤追彭偓,餘事付丁男。庶幾將蒲柳,於焉附柏楠。

叔玉、一復二先輩過訪留酌,適選部張印梁挈榼至,分賦丹字

公車二妙至,文陛謁楓丹。貰酒對松酌,彈棋忘晝寒。令公襲香氣,清論聆宵闌。鄉里賢非乏,老夫行挂冠。

次韻壽吕農半少司徒

吉水高名北斗懸,羡君衣鉢及當年。古愚露質呈今直,長語精言約短篇。桑柘舊京依日暖,菰蒲淺浦戲舟偏。多財爾若令吾宰,長袖將來薦舞筵。

長歌二首贈韓姬命

鏡山頽唐老海客,不識明珠珊瑚是何物。明珠受月於方諸,珊瑚百尺紅朝日。吾時彷彿或見之,未見人生有此質。南海韓如璜,生來天禀不可當。涵天浴日漭空闊,坐見渤澥清滄浪。富亦不可極,渺亦不可測。五車七略靡不窮,大匠工師以爲則。偶然吐辭合緯經,忽爾乘風騰頃刻。人生得有如此兒,通侯萬户寧足奇。吾友韓寅仲,渥洼龍種生雄姿。老來交君父子間,歲華春酒開酡顔。

其　二

粤嶠起何人,作者張九齡。相業兼文章,於今照汗青。我讀余靖集,斐然君子稱。文章之一途,固難追濛冥。孫蕡實奇才,適逢天地開。後來梁有譽,楩楠拔蒿萊。二子人刑與天刑,惜乎不及修齡哉。瓊山萬錢無一貫,江門雖奇非正

觀。丈夫致身堯舜前，不者步武躋聖賢。文章枝葉自然生，侏儒調笑終優旃。禹皐洙泗垂靈文，吾子於此探清芬。

贈梅太鴻諸生，其祖禹金曾交於予

老翁猶在世，得見故人孫。宛溪有床笏，鹿裘非衡門。文章存幅尺，眉宇燦蘭蓀。握手一相見，心期寧負言。

寶刀歌次虞白華韻有序

國家方有東奴之憂，余來趨命，携得日本刀十餘，適興宗從蕪城過我，酒闌出示。興宗曰："先生原是有心人。"即席賦寶刀歌，余次韻和之。

鏡山老作劉琨舞，世人置之不足數。但云年紀合刻鳩，豈識壯心尚飲羽。君王憂邊心煩勞，天下無人精六韜。大臣賜鉞佩金玦，倚仗頃刻便折缺。那得一劍可吹毛，何有千群見浴鐵！公孫大娘且漫言，更誰馮鋏莊生吷？日本精兵過武庫，用之無人乎五步。抉雲劃見天地開，閉匣恒貯月光素。中華得此百不憂，一隊可敵萬貔貅。黃帝應少野涿鹿，共工合笑崩不周。功成藉手報明主，然後高卧歸山丘。我亦無所能，我亦無所欲。鷦烏棲樹依無枝，淇園塞水比一束。許身即未學雙金，中懷敢道皜片玉。虞生虞生故劍本在牀，久客日月雕鸕鷀。豈直高臺罷築燕，且亦無游可倦梁。酒闌空闊望泱漭，咫尺何物快心賞。東胡幺麼氣可吞，健兒身手今堪仿。藏之寸膽似斗寬，開來怒髮衝冠上。爾留此語不歇滅，行看鐵嶺平如掌。

送李廣霞守邵武

使君千騎領方州，碧海閩天最上頭。路入杉關飛皂蓋，門迎樵水接丹丘。山城自識居無事，樂土惟應望有秋。聖主卿材勞寤寐，竚看名姓記宸旒。

贈曹君求醫士

問來捷得意，指下即生春。舉世皆逢汝，夫安有病身。如吾真下士，不藥是全真。携手黄山路，相期遇至人。

贈駱乾沙大宗伯二首

高皇定鼎在金陵，建禮當年切玉繩。紫禁只今遥地軸，紅雲如舊繞觚稜。公來宿德人倫表，衆識御批帝簡凝。官舍比鄰猶席末，龍門最喜不時登。

其　二

海内何人清德傳，如公百美一身專。洛神夢斷房無薦，魯酒尊開菜有權。露掌金莖天上侣，明霞翠柏世間仙。唐家楊綰絲綸下，看减前騶孰最先。

徵鶴詩三首，爲李臨淮侯壽母

翩翩仙禽，載飛載鳴。集于母之庭，母氏以攸寧。

其　二

翩翩仙禽，載蹁載躚。集于母之前，母氏以大年。

其　三

翩翩仙禽，載頡載頏。集于母之堂，母氏以無疆。

題李玄素若有居

若有名居有若無，先生一似太模糊。至人仿佛惟玄宅，大乘空華祇寶珠。沆漭烟雲來户牖，紛敷花萼接氍毹。朱門請看如蓬户，一畝分明魯國儒。

題李叔玉九漈圖詩

分從九漈外，别作一林居。靈異觀無始，空明印道初。遥峰天籟至，長日旭光徐。金馬行通籍，山雲且慢鋤。

送虞國鈇歸浙

孝烏生俠士，義鶻激人肝。一臂真堪托，七絃尚自彈。白頭吾返舍，赤幘爾應冠。匹馬鍾山路，歸歟方歲闌。

蔡元崗太常槐堂新成四首

直北高樓拱紫宸，中藏諫草四時新。聖人燕寢搜封事，且召先朝讜論臣。

其　二

東陽爲縣不多時，不取民間一寸絲。今日小堂粗四壁，只懸八咏昔人詩。

其　三

七十梁山不盡峰，峰峰削出青芙蓉。歲時日月來堂牖，旦晚雲霞映几窗。

其　四

黄如溪頭春雨足，無象山前旅客行。海嶠民生多呰窳，愛看年歲樂豐成。

歲除呈黄明立四首

少年平地上飛天，老去惟餘國子氈。豈無邊城輝五馬，此心原不在燕然。

其　二

玄武湖頭薜荔齋，宵宵藜火映高台。半山罷相來開卷，公亦僑居此放懷。

其　三

謝安李白昔曾游，詞人于此托千秋。他日黄公成故事，仲宣不用賦登樓。

其　四

詞賦交游四十春，此來相見若爲神。漫言吾老將歸去，霜鬢明朝總一新。

寄贈徐中岳年兄

同榜弟兄五十冬，今朝始得挹丰容。名懸朝籍山濤啓，家住陵陽謝朓峰。送客遠來過郡界，涉江一去杳仙蹤。諸公回首凋零盡，衹合歸耕問老農。

贈熊壇石大司寇

太湖逐盜杳無蹤，閩海洪波静不風。意氣泛交天下士，文章真在古人中。

夜郎一去名逾重,南國重來道益崇。城旦有書都不用,太平堤上柳絲濃。

次韻答唐子安職方

子昔看花逢春霽,目視乾坤渺無際。坐見古人在几席,遂與老夫結交契。一從分手歲月多,陪京喜得復相過。玉山但止頹無象,太液長含静不波。怪爾平生一鐵漢,胡然稍見面目换。中懷藏樸衹自知,當年折腰殊可嘆。嗚呼人生遇合自有緣,我與我久寧周旋。難向此中澆磊塊,豈與人世分媸妍!君不見何生神明尚不隔,龍鍾昨日被指摘。秦淮嘉月不同看,鏡山行還弄初魄。

贈岳抑生職方還山二首

司馬門前受職方,宏猷看爾靖邊疆。只今寸尺無從展,散髮扁舟弄濁漳。

其　二

抱嬰拔薤嚼冰寒,文武良民政自安。項領此時能强得,古來直道路行難。

送姚岱芝太常入最四首

典禮奉常亞秩宗,書功入奏覲重瞳。君王若問南中候,瑞雪新年兆歲豐。

其　二

高皇陵寢在鍾山,紫氣騰騰霄漢間。領袖群工齊對越,著存恍切玉宸班。

其　三

山川苕霅孕精華,振起如公實大家。謾道清詞同雅頌,且看彩筆鬬龍蛇。

其　四

北闕曾隨門下省,南都同拜大明宫。祠官名碩先朝滿,返看從雲早起龍。

鮑山顛影贊七首

以此三尺劍,洩我不平氣。意中有不然,孰測其所至?

右游俠

其　二

雙帶仰巾結，臯皮偃其上。其意有所極，其神則彌旺。

右沉吟

其　三

兩足跣蹁躚，雙袖揭崒嵂。舉世若虞廷，吾先百獸率。

右起舞

其　四

鮑山但前來，梅神已相語。此子且下拜，謂吾其母侶。

右拜梅

其　五

大塊有文章，厥象昭在天。非敢測禨祥，欲觀其燦然。

右觀象

其　六

斗笠大於頭，竹杖高於肩。兩襠不掩脛，陡然升巍巔。

右尋山

其　七

其衣則達磨，其色紅氇毺。了了復如如，何有五六祖？

右静坐

為鍾應期書記壽母四首

關帝神籤信筳尊，母年看過百兼千。汝但念劬無刻輟，自然精意感高玄。

其　二

問母大年八十三，三十寒閨守一男。即日王門充杜蕢，封羹定不口先饞。

其　三

光禄堂卿何爾德，圖像僑居拜朝夕。愧殺掉臂世間人，羊腸對面不相識。

其　四

閔下惠鮮更疾威，書來不敢一毫非。奉慈似此尊遺體，末路清音定有徽。

送僚屬王季常守延平

殳山仙人出雲海，劍潭龍子先相待。萬家高挂盪波光，百雉平臨穿翠靄。水衡方爾藉一臂，熊車新命忽然至。玉洞名山故自奇，知君先拜龜山祠。

送僚屬陳當人守湖州

溪山苕霅畫中披，五馬行春綵鷁移。寧得一枝堪噴飯，喜無千串費題詩。東南錢穀於斯聚，閭井蠶桑故所宜。見説察眉須平賦，可能鳩愛到茅茨。噴飯，用文湖州事。唐湖州貢顧渚茶六千餘串，刺史韋高題詩刻石。

次韻送蘇弘玄南還，并懷其故太傅公

白下春晴徹晚暉，王孫緑草滿行衣。愛君佳句能驟長，知我宦情故自微。道院鵝群留欵欵，征途鴈序感依依。歸從吾黨仍開講，哲德應看玉韞輝。

四柏堂咏雙鶴二首，一次林仲漁，一次鄭沐初

小院虚墻四面方，傍墻顧景遶前堂。有心自戀庭階住，欲去非無羽翅長。春暖正宜依白日，寒冬已慣侮玄霜。歸田吾且無何去，碧海愁難共爾翔。

其　二

爾如待詔漢東方，只見恒饑歲月長。豈少雲霞堪伴侣，似憐窮老兩依傍。丁令表外蘇飛白，鸚鵡樓前吕憶黄。此是虚懸千載事，曾同咫尺在吾堂。

咏柳絮二首，一次張士昌，一次黄虞龍，用飛字

已隨書幌近相依，更傍硯池止復飛。人意衹猜爲弱質，天工若勑使忘機。雪渾六出成無出，燕點烏衣雜白衣。共喜因風迷去住，不知春色漸將歸。

其　二

辭樹隨風便不歸，還從老子傍依依。有時墮草還騰葉，不分穿窗更出幃。織素細凝吴苑紵，流黄練入美人機。白眉自笑甘流落，不畫春宫競瘦肥。

贈楊思泉善人

君公只是隱墻東,不住茅山第一峰。嘯咏相看娱永日,梁州崔觀最從容。

贈姚慕汀孝子

憑將負米當青精,一卷經書雪案横。聖朝自有旌書至,又見懷州王友貞。

唐王友貞割股愈母。

初夏四日承李玄素招,同顧不盈永慶寺轉上謝公墩,更移席先尊侯瓜圃,登清凉前山,劇飲至暮,分得枕字

堵波古寺尚堪登,屐齒東山應未寢。路轉邵平問圃瓜,衣被李白明宫錦。長筵列盡五侯鯖,一餉當爲千日飲。醉態頹唐渾欲眠,長江浩浩展高枕。

玄素於永慶寺中見遲,有詩垂示,次答

佛暗壇知古,鈴彫塔不音。懸心遲飲客,匡坐聽鳴禽。四世交情古,千秋雅道今。徘徊無限意,都寫在高吟。

臧幼愜茂才聘修熹廟實録竣事,輒賦小言

熹廟當年六御乘,龍髯無幾即遥升。射雕胡馬終難逞,指鹿城狐未敢憑。晉代春秋孫盛記,漢家典故蔡邕徵。史宬名姓編摩列,分得餘光贊丕承。

贈鴻臚曹上林二首曹舊幕泉衛。

昔年曾坐蓮花幕,半照淤泥不染根。今日薄田無數畝,只將尺宅付來昆。

其　二

紫宸殿下大句臚,白嶽山前老襏襫。窮巷清居不厭貧,康衢歌帝知何力。

爲隸人李嘉弘壽母

我雖非潁封,小人亦有母。不知晏嬰御,曾同此請否?

牛　首　寺

一入牛頭寺,登登雲路深。辟支存古定,天闕起遥岑。塔影卓佛案,龜趺(趺)裂碑陰。持杯銀杏下,貞觀樹留今。

題　僧　卷

爾自隱凡夫,吾稱證聖位。不作平等觀,便落第二義。

題王承之東西二園二首

門巷静幽嘉,南山自一家。開園餘半畝,移置滿千花。窈窕廻瀾轉,穿通曲檻斜。遥岡名樂意,名勝發天葩。樂意岡,高皇帝所名。

其　二

東園丙舍近,西圃佛堂陰。要以親恩報,全資法力深。稻秔從歲序,魚鳥任升沉。斗酒誰相勞,遥遥上客臨。

千佛巖在棲霞寺。

六朝相踵鑿厜㕒,石石龕龕供導師。施捨翻爲亡國釁,雕鎪偏使法身虧。空餘上客留詩筆,猶有名卿作佞碑。聖祖許存名刹號,方知大象契無爲。

贈棲霞寺僧自融二首

匝月尚未薙,特薙來見我。須知菩提心,見人無不好。

其　二

我來宿山房,見爾供好菜。看我何所嗜,平生薑辣芥。

贈王襄敏公孫爾執二首

崇德弘勳侈上公，至今孫子有遺風。若云世澤尋常斷，定是周書不記功。

其　二

蓬蓽蕭疎隱舍深，長梧修竹歲陰陰。王家子弟還應有，豈必烏衣巷裏尋！

燕子磯磯廟甚敞，是武皇命造。磯石有鎖，爲章聖太后南祔而設。

敞臺承帝命，瑣石護慈靈。氣勢增千丈，安瀾過萬舲。喬枝無附土，漫水始成汀。兩社春秋日，年年展翅翎。

弘　濟　寺

娑羅雙古樹，移植自西溟。雷燒更年活，春花遞面生。遥階旋左礒，矗石起層城。人道江洲滿，新蘆接岸平。

金　山　寺

孤嶼插長江，風潮勢不降。根深何所底，影倒或成雙。高閣聲喧櫓，座定浪擊窗。蘇公東去唱，歌罷繞流艭。

夢月詩爲吕少司徒念母賦

司徒未生時，明月在天上。司徒將生時，月墜芙蓉帳。司徒既生後，皎皎明月樣。司徒生既久，月漸化幾望。門前馬陵川，月色所滉漾。閣後青要山，月影所依傍。明月尚在天，夢月人何向？挹此方諸水，或以供酒漿。取此山中桂，或以薦几杖。兔魄有虧盈，皆我夢中相。持此白華心，千古長忻悵。

題鮑元則百子水注册

皮日休詩帝青石，王仁裕腹篆蝸文。天將此物與居士，曼陀瑪瑙交繽紛。

遊甘露寺

鐵塔高於鐵甕城，金山聳出金陵京。秦朝王氣今安在，吴帝大都亦僅名。座上佛尊呈妙相，壁間前輩紀山行。酒闌更憶曾遊處，三十餘年感慨生。

吴調陽年侄拉遊招隱寺，偕者柯爾思、程博之，即席賦紀寺是戴顒舊隱、昭明太子讀書處。

當年遐想桂枝攀，文選高臺何處間？遊客只尋甘露寺，清流誰濯湧泉灣？片帆遥落蒼天外，古刹深藏碧蘚關。幽僻平生耽興極，一來吟望不知還。

遊招隱寺還，暮與諸客入鶴林寺寺多宋人碑刻。

一過橋頭古色來，前朝老寺暝烟開。斷碑摸索兩三段，殘酒傾澆七八杯。黄鶴化僧來種樹，蒼筤探院獨登臺。庭前劉裕還餘井，猶未寒漿鎖碧苔。

米元章遊鶴林寺而樂之曰我死願作此寺伽藍。元章没，寺伽藍自廢。今寺塑伽藍，印綬冠帶儀狀如太守

米公發願其自取，欲向伽藍作神主。世尊好輦祇園石，勅使自寫經百部。

贈僧

雲色垂垂覆八荒，看爾鶴翅誰短長。我欲散髮山門下，待他雲鶴兩相將。

贈慈雲上人

佛印曾棲枯木堂，慈雲今覆鶴林蒼。我學當時蘇學士，偶將四大印無常。

吴調陽年侄出示其尊甫都門奔喪翰林同年送詩卷

瀛洲同籍淚交垂，共佐三春泣母悲。今日火居猶在世，海門西望憶騎箕。

題蘇長公圖

藤帽木屐,一杖齊足。此時春夢,雲散花落。

舟　中

水國麥秋奏有成,岸傍拂拂是枷聲。但祈時雨豐年足,加賦願輸預北征。

虎丘二首

雲根二畝寬,卧坐隨客意。喬樹兩邊開,層階百尺至。虎來守劍池,石亦悟僧智。佛劫示灰塵,虛無表大地。

其　二

重游五十年,只是刹那邊。轉憶有涯日,翻思無始前。蒼烟揚子遠,白日海虞懸。遊客登臨意,徒多感慨篇。

贈慈印上人上人能酒。

醉中往往愛逃禪,豈必高僧不醉仙!只爲猪頭猶未食,尚輪彌勒世尊前。

余南歸,承鮑元則追送虎丘城外,賦此爲别

木實鶉衣自歲年,心無片翳目無全。久棲白岳三千洞,近入華陽第八天。髮綰雙丫如侍者,瀝殘百榼醉癲仙。虎丘遠道煩追送,夜半隨潮趁客船。

慈上人自虎丘追送

慈師相送虎丘東,棄筏徒行反馭風。到岸登舟杯滿飲,滿懷離思一時空。

贈净一上人

本來無净垢,如何有二一?去讀維摩經,法門無他律。

贈問宗上人

爾問南宗與北宗，看來總是一般空。只消等待人篩米，雙足時時不離舂。

贈雲閒上人

掃地焚香又砍山，雙腓盡日走蹣跚。欲如天上飛雲色，只恐求閒不得閒。

過王江涇感張司馬事

機謀秘密若爲神，誰識禍胎是殺身？儻遇憸邪開直道，便使功成不妬人。

偶及趙甬江

揚子江心不見江，千艘平地建旗幢。本州太守趨風拜，未得部民色一降。

西湖

繁華自古盛西湖，便比西施得似無？宋室君臣亡國恨，前賢蘇白富民圖。入山臨水招提是，走馬蕩船士女俱。我欲臨風歌蟋蟀，茭封一任滿千區。

予入招慶寺，僧題佛前燈曰緑野堂。問所以，則云此裴相國故墅也。西湖志不載，輒有此作

黄蘖禪師題直下，裴休相國領真如。緣何緑墅名空在，不記黄圖跡久虚。門外印經該法藏，春來受戒滿精廬。高樓鎮日無些事，只聽龕龕響木魚。

錢塘江口作

六和塔口離樟亭，別見長天入遠溟。兩信潮高横拍槳，三家人少失飛甍。布帆挂去凌波白，雲岫迎來排岸青。正值江城梅雨候，一群鷺羽看冥冥。

富陽江至衢州雜詠五首

春山雖號富，東越覺爲貧。寂落寒江瀨，依稀逆旅人。呼風如嘯鬼，打鼓似祠神。留脛將浮涉，無襠下蔽身。

其　二

桐廬一點縣，只在舫西邊。江闊旋渦少，峰孤窣堵懸。近山籠宿霧，遠竈直孤烟。喜得風帆便，逆流翻突前。

其　三

有無但相風，七里遂殊瀧。泥没牽江路，舟同涉否卬。水神虚楮祭，舟子苦柴供。爾昨呼風劇，石尤今恨重。舟中火爨，俱舟子供柴。

其　四

雙山孤峽夾，群瀑一門拘。灘急篙窮力，路危纜費呼。漲來羹沸鼎，卷至髮旋顱。杉客木簰宿，流湍上下俱。

其　五

一溪無沃土，碎石但團圞。微具空青色，非能雨燕翻。篙乾如戛釜，船淺過磨盤。正好風來快，安排費上灘。

釣臺二首

一領羊裘理釣緡，玄纁物色至江津。君臣天澤繇來定，文叔知他大度人。

其　二

不羡人間鏹與緡，通綸何意挂平津？當時吏事承鉤考，不過鄧馮等輩人。

幽居菴菴中有建文皇帝像，帝遜號來此。

烟蘿寂寂竹爲門，寶殿初成供世尊。一瓦飛來僧自力，孤笻坐後客忘言。白龍江外猶留服，杜宇山中有望魂。法相淒凉千古在，時陪梵唄禮朝昏。

辛未暑月遊聖壽寺，閒雲大師求予爲書募疏。世間見出家人持疏登門，即世尊托鉢，好語靡卻之矣。寺有唐僧貫休畫胡僧十六軸，聊爲題一長句，使持爲扣門之磚，即世人厭募，知此寺有數百年高僧名蹟，必一資勝力，令莊嚴佛土以爲護高僧名畫之一藉也

貫休十六軸胡僧，僧僧畫筆皆權奇。或顱山突額覆眼，或頂龜縮頞支頤；或顴雙豎占半面，或面四削垂長眉；或眸遠射如望羊，或鼻内觀棲肝脾；或耳垂肩抵頷下，或唇黏齶没齒齝；或斜偏臉無全目，或排瘦骨枯膛胝；或閉兩瞳石殼䂙，或閃飛電波琉璃；或滿員方凝天人，或氿狰獰張蒙倛。佛家亦有大弟子，無如此相紛迷離。佛家亦有諸羅漢，無如此相鱗之而。佛家亦有百繇旬，無如此相蹺戚施。佛家亦有衆菩薩，無如此相蹲躨跜。異哉畫筆近千年，絹素如新尚潤脂。我欲疑之不可得，人欲摹之無爾爲。貫休師，貫休師，爾雖出家殊亦歷落與嵚崎。長劍七尺入井絡，四州一字慳臨池。垂垂得得雖見推，總戀舊隱甘厓巖。僧家何與人世事，對客矜語酷吏辭。汝自谿刻是本性，固爾畫筆露驚危。汝曾草書歌懷素，我亦作此長句，使爾遺蹟在世擒龍捉鳳拏蛟螭。

題靈源廟

蘭城如甑裏，此地若天中。廟門無暑氣，長拂大王風。

題郭泰象層院

滿院清陰挂薜蘿，梧桐秋色露高柯。請看今夕如弦月，流影平分瀫水波。

舟次蘭溪，留住唐待甫宅數日，臨行賦贈唐舊丞晉江。

綰綬曾臨晉水清，開園種藥百無營。菘芽凝碧新名畫，血臂留疤舊孝誠。家直斗杓爲婺女，門臨仙井是初平。陰宫燕肉何年飽，待我山中慶道成。

爛　柯　山

不識柯山境,到來是石梁。一條懸霧術,兩柱駕雲崗。斧鑿翻縫罅,温凉各室房。浮生徒嘆世,一餉費賫糧。

上 饒 道 中

葛溪前夜雨,水長半篙强。堪認沙痕在,翻争席影張。遠山移欲近,來樹迫相將。頃刻靈峰到,如冠削頂方。

信州一杯亭亭因宋守趙汝愚而名。

心料宗祊不可知,一方尸祝欲何爲? 高賢自有流風在,翻把微言重寄思。

信　　州

寵利功成不可居,碩膚公遜竟何如? 況緣一語風雲際,未是千秋魚水初。召即頻繁歸亦數,恩雖藉在怨誰除? 縱横有美文才妙,衛足堪嗟智術疎。

武 夷 山 二 首

漢時秦壇不記年,遊人還拜十三仙。雲岩黄木猶餘壑,鶴圃青芝何處田。天上瓊芽栽玉露,人間落葉唱哀蟬。幔亭峰頂橋雖斷,何日歸來一葦船?

其　二

四十餘年五度遊,不曾清淺碍行舟。蔽虧突兀奇兼壯,蹙踏含藏險且幽。白玉仙風丹竈在,紫陽清韻棹歌留。宋家猶有奉祠例,今日無從寄一丘。

夏日集建陽護國廢寺,限韻

溪漲落痕沙,清流亦似巴。山觴携古寺,海錯到温麻。龍象留尊相,鹿羊餘廢車。主人能愛客,野興樂無涯。

謁考亭

斯文留墜地,六籍振中天。頓入非難詣,功循必有先。燕居依至聖,陪位選前賢。止水青山外,喬林碧瓦邊。户庭猶宛爾,筆墨尚蒼然。近甚思鄒孟,低佪似馬遷。

過崇化里中會張氏諸昆,張是横渠先生之後二首

土墻數仞直無斜,門巷穿通自一家。堂外常烟一爐篆,庭中定供兩盆花。

其　二

關西孫子瓞瓜綿,徽歙繇來各一天。今日比閭成故族,他年步武踵前賢。

飲張克之宅

龍尾象尊列一堂,新秋月朔若爲凉。快斟家釀如油緑,絶飽高盤一尺强。

題岱嶂寺檀香觀音像二首

雪山本在諸天外,又向炎州極地來。大海風飄惟兩日,蓮花聖相最奇哉。

其　二

初開妙相氣氤氲,山下天香處處聞。今日飛騰何所着,岱峰門外滿流雲。

岱嶂寺贈僧各隨其名其事四首

夜舂有孰知,一向碓頭活。只用一兩言,大師付衣鉢。

其　二

身體耐忍辱,法性惟隨順。有得則豁然,不是亦無悶。

其　三

一領破袈裟,有何可管家? 僧徒皆信服,法性本無遮。

其　四

好箇火燒頭,燂湯與滌甌。上堂一箭來,機鋒不自謀。

岱嶂寺僧先是賈人

揚州賈舶滿帆風，天與陽侯霎忽空。始信世尊深愛我，不容一物挂胸中。

壽張榮吾

潭陽老人八十春，滿臉清和一段神。衆客還言描不盡，胥庭懷葛是天民。

别熊仰宗老人

潭陽熊老人，曾遇柯山樵。持枰來對弈，一子不相饒。傍觀與爲言，貴人固大僚。亦須稍委曲，奈何恣騰趫？答云我固然，殘生本孤標。譬如大道直，安能折迂遥？譬如膂脊强，安能學折腰？盡劫未肯和，有目要令梟。我亦爲一笑，子人乃姒姚。於今寧復有，隨俗供齉調。我雖屢被窘，視子如天驕。苟使遁六贏，不失霍嫖姚。

莒口三賢堂翁道淵築室延謝枋得、熊禾講學其中，後因名焉。

莒口新禪刹，三賢舊講堂。當時天地否，吾道日星光。金字同心斷，龍湖砥柱長。炎曦來晚對，山色近蒼蒼。

崇泰里觀虚

曉起喧闐午宴如，小村暫市亦成虚。此鄉大率嬴糧米，雜物惟多問菜魚。地近去無煩榼餉，貲微來要酌乘除。風人自古推唐儉，故是神堯教化餘。

黄勉齋書院。文公往來雲谷、西山間，皆宿其中

才向横渠祠廟廻，勉齋書院復徘徊。高山景仰知何限，先輩遺風故遠哉。絳帳尊師疑駐處，講堂學侶想群來。朱門篤信餘公在，小子歸歟不用裁。

妙高峰是建陽縣學後龍。

了然城外復城中，坐見水南復水東。山表有山藏不得，瀨頭響瀨聽無窮。

薩守堅指興文地，朱元晦開養士宫。向晚輕烟溪上起，朝爲雲氣暮成虹。

玉華洞呈蔡幼魯明府四首

造物瑰奇深秘惜，山靈竅妙終開通。勾陳麗天失旦晝，息壤留帝迷南東。蚴虯䡖踞各生態，噌吰宎窅難盡窮。耳邊聒聒幽泉響，或恐明河泛此中。

其　二

摸捉暗中亦可得，卻探奇相終難量。玄珠象罔索黄帝，大藏光明資燧皇。忽爾玉樓開寶殿，有時金屑懸璚漿。老夫勝具故如昨，仰面低頭應接忙。

其　三

七星已識凌西粤，陽羨何如比善權。地勢忽來宛委國，石光誤作蔚藍天。蘂珠帝釋九華殿，種玉仙人二頃田。心擬玉華如玉白，到來山色是重玄。

其　四

山城喜遇神明宰，勝事縱令野客游。一似仙厨擗麟脯，返如天樂聽鳳洲。悠颸罡風動白袷，崚嶒秋色明丹丘。歸來比擬爲君説，地有玆洞天蜃樓。

斑　龍　宴

暇日讀醫書，乃得斑龍宴。養馴一牝鹿，喫以人參煎。拌渣米豆麥，錯之諸藥片。其餘雜水草，不使得吞嚥。筋骨既堅强，後足高懸練。力士握前足，執角兩耳牽。鐵針刺頭穴，殊不得轉輾。銀筒如筯大，斜鋭入似箭。主者咂其血，啜酒赬顔面。再咂復再啜，要使百懷展。生肌傅破穴，還養備後薦。一鹿四五年，一年十二遍。既經五年後，吾意且放遣。又復剖其髓，用之爲丸練。老疾盡蠲除，顔容絶葱蒨。天地生萬物，豈云微命綫！不知宴龍人，於今尚可見？昧者筆之書，此工良爲賤。吾自任衰殘，從鹿所游衍。

贈驛宰陳我葵

厩吏長安近不多，朱文露冕少經過。驛樓匡坐無些事，長對青山自嘯歌。

黄麗甫從予東遊而歸，逢其生日，子慶之求詩爲壽

黄子强年賦壯遊，遍行江左窮閩甌。山林禮樂同吾好，奏疏文章藉爾留。此度屐齒興不淺，將來筆陣滚寧休。我衰百願未酬一，接軫全資繼後遒。

久淹大田驛中，適陳公楚同諸昆見顧，有詩二律見贈，次和。公楚貌大類葉文忠公，第頰上長一白毫，故末及之

浩汧黏天大浸涵，人云苦海我稱甘。偶經古驛爲留滯，快睹高門盡雅南。客裏得朋真足樂，笑來相視不須談。前途黄蘗無多路，可去山中直下參。

其　二

文采風流不啻高，白頭猶自困青袍。談經杜預惟耽左，作賦揚雄是反騷。衣褐久知懷裏玉，投交新喜水中醪。虎賁敢擬中郎似，右頰還增白一毫。

蒜嶺道中

曉色秋暉好，前山望鬱紆。古榕隨處暗，秋穡罄疇腴。澗斷橋粗續，山遮路若無。綿亭知不遠，霎去看扶胥。

漁溪道中

福道漁溪路，人傳駙馬街。一途平似砥，雙柱儼還排。緱嶺曾鸞吹，巫山應鳳釵。仍聞公主日，詩句鐫高崖。

夜夢先府君與贈淑人居運甓齋中，黎明往問寢，則先府君已篝燈讀書，從以二小僕，贈淑人寐未起也。頃之，起至便房，則羹肉盈案，果餌之屬盈筵。又頃之，步入中堂，先府君又在一處運筆，曰吾方分田業與爾輩。嗚呼！先府君田蓋書田也。喜而記之

先君生世自丙寅，一百二十有六春。園裏舊齋名運甓，篝燈讀書尚精神。

秋天如月一雙眼，披經繙史先朝暾。小子紙窗微窺隙，首方低看目如存。賢聖之書儒先意，豈不精契但舌根！又作契券欲付子，總是充棟非京囷。轉覷先慈尚在寢，忽然已起入房門。缶甕似欲貯蘖麯，肴胾滿几堆餾饙。經營庋置已至老，今百餘歲尚留勤。我得母養父示學，飽食安坐豈所貽後昆！君不見孔聖尊遺體，後死意欲與斯文。

壽諸葛公弢六十

歐邏巴學近精通，天主歸依似養蒙。東海聖人西亦有，殊途百慮一歸同。紛華盡屏塵心外，慈孝繇來至性中。最喜知非新耳順，更尋洙泗溯真風。

鬼虎歌贈徐建安

建安有鬼嘯於梁，徐公一劍叱之走且僵。建安有虎號于野，公令殺人伏田下。天下尚多鬼與虎，蒼赤黔黎如何得安堵！徐公置身高巍峨，更復何患鬼虎多。嗚呼！生人勿患虎與鬼，只望上人政平如春水。

贈念溪高人

醉卧日宴方起得，忽有高人到山陌。世路從他白眼人，胸中自辨青雲客。道來相我不要錢，只是尊相能百年。百年之後可奈何，應知墳土高嵯峨。且將蟹螯對爾銜入口，黄帝廣成今在否？

葉潮州

清流有名輩，乃是葉潮州。縣志署科名，懿美不搜求。曾孫教泉庠，始表其風猷。鏡山一見之，得寶勝琳璆。蒼松廣畝偃，翠竹青霄修。國家才子誰，空同實名流。公與相後先，詩品寄侶儔。朱絲剛練弦，苦口摩貴游。致其施毒螫，棄官如割疣。我心有是非，孰能昧沉浮？益部列耆舊，黌宫光魯鄒。誰云道德真，能閟聲光幽。

贈尚寅侄判武昌

挾策入他鄉,天邊近越裳。方言猶自記,祖德定難忘。詩禮傳家盛,冠紳繼緒昌。吾生嗜魚癖,送爾憶鱒魴。

匡岑歌贈葉惠安

君不見匡岑之峰五千仞,九派江流下一瞬。石鐘湖口兩姑山,穿空鞺鞳何鏜震。葉侯家在匡岑下,屏風九叠舟如馬。宏才大手恣縱横,俯視何有一世者。葉公好龍不好真,葉侯好龍真有神。龍淵剸割沓何有,世上誰有屠龍人?惠安海上龍喉山,山下海水横潺湲。葉侯一來作此縣,海風不動鯨鯢還。朝騎初離蓮岳峰,夕照已到洛橋東。洛橋蓮岳且百里,暖日晴烟處處起。出口方爲堂上言,流聲已遍行人耳。只今梟舄到上方,楓宸定省書功章。海嶠雖仍銅墨綬,螭頭已備紫荷囊。公便不日明光宫,閩人還望到閩中。君不見閩中安撫葉夢得,挾到御前將士清海客。

題鄒雨商霖

古來仕途上,有如江上舟。行舟遇風波,收舵且行休。待其順風時,一放如飛流。昧者强舟師,進寸退尺留。如此則古人,轉眼皆公侯。退之處陽山,子瞻居儋州。一日即九遷,寧得此勝否?曹公天下士,弘才兼好修。置身含香班,咫尺青雲浮。朅來張皐皮,來此閩海陬。主爵不久淹,復以刺史酬。教士與牧人,非兩不相謀。願公攄夙學,黼黻宣皇猷。

題畫二首

高山遍喬松,紅樹在其下。道人草廬中,日見緑間赭。

其二

峻峰上干霄,其下盡喬林。臨流濯雙足,亦以洗我心。

送德雲上人求經南都

國初高僧名宗泐，太祖使之求經入西域。山川杳綿何所見，瓶鉢直至日出國。眼中忽遇一尊者，爾何至此窮荒野？西來本無一字義，我但一緘送歸也。宗泐持緘獻帝前，啓之乃帝告佛篇。一篇告畢已焚化，何得紙墨尚依然？古僧道力乃如此，爾今亦復能爾爾。惠州本不在天上，南京天上終人間。帽破衲穿雙足繭，不知此去何時還？陰那之山清且幽，定要得經方消憂。廣長撩天高座語，大迷開覺衆生謀。穿通融洽了機緣，上堂放箭施長鞭。潮州刺史雖非我，還來送衣與大顛。

鏡山全集卷十九

釋　　經

大　學

大學之道，在明明德，在親民，在止於至善。知止而後有定，定而後能靜，靜而後能安，安而後能慮，慮而後能得。

大學之學，有體有用之學也。明德不以自私，而以明之於天下，此體用之學也，故曰明明德。明德，朱註備矣。親民，能令民親之也。能令民親，而後可以證明明德之效也。止至善，明德之極，所以能親民也。繼之者，善出於天也，誠意之旨具於此。已知至善而止之，則心有定矣，所以靜生於定後，安生於靜後，而慮從生焉。其所慮者，皆明德、親民、止至善之理也。而後德得其明，民得其親，至善得其止矣。

物有本末，事有終始，知所先後，則近道矣。

明於本末，終始之道，則挈本而末該，要終而始貫矣。

古之欲明明德於天下者，先治其國；欲治其國者，先齊其家；欲齊其家者，先修其身；欲修其身者，先正其心；欲正其心者，先誠其意；欲誠其意者，先致其知；致知在格物。物格而後知至，知至而後意誠，意誠而後心正，心正而後身修，身修而後家齊，家齊而後國治，國治而後天下平。

即如所言先後之理備矣。《大學》之本在於修身，故曰“物有本末”。修身之始在於誠意，故曰“事有終始”。夫天下國家大矣，吾以一人之明德而欲明之，而惟在於誠意，豈不謂一意之微，不足以包該天下國家之大乎？而不知惟其未知本末之物，則或疑天下國家之大，未必取足於一身之修。

修身之事，未必起端於一意之微，誠致其知而推極於物之本始，則斷無有無本之末，無始之終。故能窮至本末之物，而先後之道昭然矣。格至也，窮其至也。物即本末之物也，誠者天之道也，一誠而天下之能事畢矣。

自天子以至於庶人，壹是皆以修身爲本。其本亂而末治者否矣。其所厚者薄，而其所薄者厚，未之有也。此謂知本，此謂知之至也。

孔子曰：躬自厚而薄責於人，則遠怨矣。本之既亂，厚者薄也，末之能得，薄者厚也。明於此，而可謂知本矣。明於知本而其知至矣。知而曰至，則物無不格矣。今按，先儒所以疑《大學》之錯簡者，大抵謂用“此謂”之語，必須引古語先之。今上文既無古語，則此處安不得“此謂”二字。不知下章“此謂誠於中必形於外”及“此謂爲國不以利爲利”等語，俱未嘗引古語在前，讀書者不以文害辭，可也。即此一節而釋“本末”之義已備。古人之文，錯綜而來，不必先釋“明德”，次釋“親民”，後釋“本末”也。

所謂誠其意者，毋自欺也，如惡惡臭，如好好色，此之謂自謙，故君子必慎其獨也。

毋自欺，誠也。天下有惡臭而不惡者乎？有美色而不好者乎？惡惡臭，好好色，皆自中心流出，人所同然，可自欺乎？謙者抑損卑下之意。較然不欺於中，則意之所發，必刮磨净盡，收斂退聽，不敢有一毫露張表著之習，而意無不誠矣。此君子之所必慎也。誠意在於無自欺，而無自欺之實在於真好惡。以此推之，治國平天下，亦不過以己之好惡同民之好惡而已，故絜矩章極論好惡之理也。今按先儒以不解致知格物爲錯簡，不知《大學》之道，但有誠意而已。如謂解格物致知而今亡矣，則下章解脩身、齊家、治國、平天下，皆有所謂“修身在正其心”以冠之，而此篇獨曰“所謂誠其意者”，不應獨遺曰“所謂致知，在誠其意”之語也。陸象山云“所謂誠其意者，毋自欺也”一段，是總修身、齊家、治國、平天下之要，故反覆言之。此語良然。

小人閒居爲不善，無所不至，見君子而後厭然，揜其不善，而著其善。人之視己，如見其肺肝然,則何益矣！此謂誠於中、形於外,故君子必慎其獨也。

閒居不善,無所不至,不自謙之甚矣。至於厭然而後爲謙者,謙其外而不謙其中也。誠中形外,其謙也光矣。自謙者,慎獨之所當然也。誠中形外,慎獨之所必至也。

曾子曰:"十目所視,十手所指,其嚴乎!"富潤屋,德潤身,心廣體胖,故君子必誠其意。

指視之嚴,肺腑之所必見也。心廣體胖,誠中之所形見也。《書》曰:"作德,心逸日休。"孟子曰:"睟然見於面,盎於背。"

《詩》云:"瞻彼淇澳,菉竹猗猗。有斐君子,如切如磋,如琢如磨。瑟兮僩兮,赫兮喧兮。有斐君子,終不可諠兮。""如切如磋"者,道學也;"如琢如磨"者,自脩也;"瑟兮僩兮"者,恂慄也;"赫兮喧兮"者,威儀也;"有斐君子,終不可諠兮"者,道盛德至善,民之不能忘也。《詩》云:"於戲,前王不忘!"君子賢其賢而親其親,小人樂其樂而利其利,此以没世不忘也!

意誠則身修,而德明矣。以切磋爲道學者,《大學》之學也。以琢磨爲自修者,自謙之誠也。以瑟兮爲恂慄者,誠中之實也。以赫喧爲威儀者,形外之著也。盛德至善,明德止至善也。民之不能忘親民也,没世不忘親民,於是乎至矣。大凡化足以感人者,當身而止,未有至其身後久遠而猶思之者。先王之治,至於親賢樂利,君子、小人,世世蒙澤,此其政教畫一、紀綱昭明,遠近鉅細,莫非精神心術流貫其中。其創之當身者,則若慮後而永賴之,其垂之後世者,則若當身而目睹之,自非一念誠意之精,何能融洽徹到至此。所謂以《關雎》、《麟趾》之意,行《周官》法度也。大凡人所没世不忘者,莫若子之於父母。子於父母,時有至而哀有思,居處笑語,生晨諱旦,無時不在心目之間,親之極也。明德君子,能使人没世不忘,則其親親也,如子之親其父母,而其所以爲明德之驗者至矣,此親民之義也。

《康誥》曰:"克明德。"《太甲》曰:"顧諟天之明命。"《帝典》曰:"克明峻德。"皆自明也。

明明德於天下者，欲與人共明之也，先以自明誠意也。

湯之《盤銘》曰："苟日新，日日新，又日新。"《康誥》曰："作新民。"《詩》曰："周雖舊邦，其命維新。"是故君子無所不用其極。

明則無不新矣。日新，明德也。作新民，明明德於天下也。其命維新，顧諟天之明命也。夫欲使吾德日日常新，自非道學自修之至，其能之乎？無所不用其極，無時不明，無時不新矣。

《詩》云："邦畿千里，惟民所止。"《詩》云："緡蠻黄鳥，止于丘隅。"子曰："於止，知其所止，可以人而不如鳥乎？"

證止也。

《詩》云："穆穆文王，於緝熙敬止。"爲人君止於仁，爲人臣止於敬，爲人子止於孝，爲人父止於慈，與國人交止於信。

證止至善也。仁、敬、孝、慈、信，非必文王也。古文有先言其理，而引《詩》以證之者，有先引《詩》而後言其理以實之者。即上文亦先引《詩》及後章《桃夭》、《蓼蕭》諸詩是也。

子曰："聽訟，吾猶人也。必也使無訟乎！"無情者不得盡其辭，大畏民志，此謂知本。

無情之人，不誠者也。其志大畏，畏吾誠也。借孔子聽訟之意，以證知本之義也。曰此謂"知本"，總結所謂"誠其意"之義也。一誠意而天下國家畢舉矣。按古人之文，其於歸重之旨，必抑揚反覆，旁引曲證，以盡其妙。如《易經》六十四卦，大要爻象已畢，無復贅詞，而《乾》之一卦，則爻象之外，加以《彖辭》、《文言》，協以韻語，推明反覆，以盡乾德之大。此篇以一誠意括脩身，以一脩身括明明德於天下，故亦推明重疊至再至三，而明德、親民、止至善之義，盡包貫"誠意"一章之中，不待分更分漏逐句循行而後可以釋之也。

所謂脩身在正其心者，身有所忿懥，則不得其正；有所恐懼，則不得其正；有所好樂，則不得其正；有所憂患，則不得其正。心不在焉，視而不見，聽而不聞，食而不知其味。此謂脩身在正其心。

心之爲體,廓然大公而已矣。身者,形氣之私也,是以有忿懥、恐懼、好樂、憂患之不同。身至於有所忿懥、恐懼、好樂、憂患,皆繇心之不得其正也。豈特如此而已?心之不在,且視不見,聽不聞,而食不知味矣。然此皆繇於意之不誠,意誠則步步謹獨,念念自謙,寧有外至之感,得以偏窒在心,而留滯在身者哉!

所謂齊其家在修其身者,人之其所親愛而辟焉,之其所賤惡而辟焉,之其所畏敬而辟焉,之其所哀矜而辟焉,之其所敖惰而辟焉。故好而知其惡,惡而知其美者,天下鮮矣。故諺有之曰:"人莫知其子之惡,莫知其苗之碩。"此謂身不修不可以齊其家。

辟,古譬字,還以譬之我身也。親愛、賤惡、畏敬、哀矜、敖惰,家人必有之情也,顧未知其能合於真好惡與否?吾以吾心譬之,如一一以身處其地者,則發而皆中節矣。人有偏而好其家者,其家之所親愛、賤惡、畏敬、哀矜、敖惰,而莫不以爲是也。人有偏而惡其家者,其家之所親愛、賤惡、畏敬、哀矜、敖惰而莫不以爲非也。好中知惡,惡中知美,自非正心之後能用好惡之當,誠意之後能察好惡之真,不能也。若使一家之中用情無不得其當,而家有不齊者乎!莫知子惡好不知惡也,莫知苗碩惡不知美也。惡,貌醜也,非謂不善也。莫知子惡,人情之恒也。

所謂治國必先齊其家者,其家不可教而能教人者無之。故君子不出家而成教於國。孝者,所以事君也;弟者,所以事長也;慈者,所以使衆也。《康誥》曰:"如保赤子。"心誠求之,雖不中,不遠矣。未有學養子而後嫁者也。一家仁,一國興仁;一家讓,一國興讓;一人貪戾,一國作亂,其機如此。此謂一言僨事,一人定國。堯、舜帥天下以仁,而民從之;桀、紂帥天下以暴,而民從之。其所令反其所好,而民不從。是故君子有諸己而後求諸人,無諸己而後非諸人。所藏乎身不恕,而能喻諸人者,未之有也。故治國在齊其家。《詩》云:"桃之夭夭,其葉蓁蓁。之子于歸,宜其家人。"宜其家人,而後可以教國人。《詩》云:"宜兄宜弟。"宜兄宜弟，而後可以教國人。《詩》云："其儀不忒，正是四國。"其爲父子、兄弟足法，而後民法之也。此謂治國在齊其家。

有諸己，藏諸身，皆誠意之旨也。故曰："心誠求之。"

所謂平天下在治其國者，上老老而民興孝，上長長而民興弟，上恤孤而民不倍，是以君子有絜矩之道也。所惡於上，無以使下；所惡於下，無以事上；所惡於前，毋以先後；所惡於後，毋以從前；所惡於右，毋以交於左；所惡於左，毋以交於右。此之謂絜矩之道。

矩可以絜，恕可以喻，天下國家一而已矣，非自謙之至，何能貶抑其情，比度至此。

《詩》云："樂只君子，民之父母。"民之所好好之，民之所惡惡之，此之謂民之父母。

好民好，惡民惡，絜矩之義也。誠意之初，亦無自欺其好惡而已矣。已之好惡，與民之好惡一也。

《詩》云："節彼南山，維石巖巖。赫赫師尹，民具爾瞻。"有國者不可以不慎，辟則爲天下僇矣。

不能好民好、惡民惡，是之謂"辟"。

《詩》云："殷之未喪師，克配上帝。儀監于殷，峻命不易。"道得衆則得國，失衆則失國。

得衆得國，爲民父母也。失衆失國，爲天下僇也。

是故君子先慎乎德。有德此有人，有人此有土，有土此有財，有財此有用。德者本也，財者末也。外本内末，争民施奪。是故財聚則民散，財散則民聚。是故言悖而出者，亦悖而入；貨悖而入者，亦悖而出。

人君所以託乎天下之上者，有人有土有財而已。而天下之民所以自託其身者，不過曰財。有財，則資生不乏，安逸富壽，恒必繇之。故財者，民之命也。明德之君，則視人重於土，視土重於財。昏德之君，但知有財而已，土崩人解，率不之虞，至於民散貨出，悔之晚矣。聚財，民之所惡也。散財，民之所好也。德，明德也；慎，慎獨也；先，誠意也。

《康誥》曰："惟命不于常。"道善則得之，不善則失之矣。《楚書》曰："楚國無以爲寶，惟善以爲寶。"舅犯曰："亡人無以爲寶，仁親以爲寶。"

《康誥》所言，善脩其身之善也。《楚書》、舅犯所言，善用天下之善也。四海之廣，兆民之衆，非得天下之善，何以兼理之。寶善寶仁，其爲財也大矣。所以廣吾德於天下，永享人土而天命歸之也。

《秦誓》曰："若有一个臣，斷斷兮無他技，其心休休焉，其如有容焉。人之有技，若己有之；人之彦聖，其心好之，不啻若自其口出。實能容之，以能保我子孫黎民，尚亦有利哉！人之有技，媢疾以惡之，人之彦聖，而違之俾不通，實不能容，以不能保我子孫黎民，亦曰殆哉！"惟仁人放流之，迸諸四夷，不與同中國。此謂惟仁人爲能愛人、能惡人。

有此愛人惡人之仁人，吾安得不以爲寶哉！昏德之主，爲一身計，知有財而已；明德之主，爲子孫黎民計，惟善與仁，以爲至寶也。

見賢而不能舉，舉而不能先命也；見不善而不能退，退而不能遠過也。好人之所惡，惡人之所好，是謂拂人之性，菑必逮夫身。

不能先命，不能遠過，連作一句讀。見賢則宜急舉之矣，乃不能舉，即舉而不在命官命爵之先；見不善則宜遠退之矣，乃不能退，即退而不能迸諸四夷，則與不舉不退同耳。堯、舜之仁，不偏愛人，急親賢也。首命羲和，得舜爲憂，何先命如之。流共工于幽州，放驩兜于崇山，四裔以禦魑魅，有北而畀豺虎，是何如遠過也！好人所惡，非必不退不善也，即退而不能遠過，猶謂拂人之惡性。惡人所好，非必不能舉賢也，即舉而不能先命。猶謂拂人之好性，菑逮夫身，失國矣，爲僇矣。

是故君子有大道，必忠信以得之，驕泰以失之。

中心爲忠，實心爲信。發於吾心之真好惡，以合於天下人之真好惡，誠意也。驕者自尊，泰者自大，不自謙之甚，拂人之性也。故曰："謂人莫己若者，亡。"

生財有大道,生之者衆,食之者寡,爲之者疾,用之者舒,則財恒足矣。

生財而曰大道,非生一己之財也,與天下共生此財也。生之者衆,與天下生之也;爲之者疾,與天下爲之也;食之者寡,教天下寡也;用之者舒,教天下舒也。財恒足,足在民也。

仁者以財發身,不仁者以身發財。

以財發身,以大道爲民生財,而尊顯其身也。以身發財,惟知有身,謂聚斂悖入,可以起富。即知生衆、食寡、爲疾、用舒以生財亦不過用之一己而已。

未有上好仁而下不好義者也,未有好義其事不終者也,未有府庫財非其財者也。

百姓足,君孰與不足也?人土永附,子孫黎民永保,下之所以事是君者終矣。

孟獻子曰:"畜馬乘不察於雞豚,伐冰之家不畜牛羊,百乘之家不畜聚斂之臣。與其有聚斂之臣,寧有盜臣。"此謂國不以利爲利,以義爲利也。長國家而務財用者,必自小人矣。彼爲善之,小人之使爲國家,菑害並至。雖有善者,亦無如之何矣。此謂國不以利爲利,以義爲利也。

平天下之道,好惡二端而已。明於上下、前後、左右之好惡,而絜矩之道備矣。聚財,民所惡也;散財,民所好也。用賢,則天下無復有不義之利,民好也;用不賢,則天下無復有利之義,民惡也。故爲治者當順民心。聚斂之臣,務財用之小人,下毒於民,上怒於天,有天下者不可一日有也。太史公曰:"嗟乎!利誠亂之始也!"誠哉是言也。

何子曰:有聖學,有古文。有入門,有歸宿者,聖學也。實而若虚,虚而若實,連而若斷,雜而若不倫者,古文也。聞有即經解經矣,未聞有割裂其章句,移置其先後,正簡補亡,而云解聖人之經者也。《大學》一書,盡之於誠意,意發爲好惡,而本於性。能實其好惡,而出當其可,則修己治人,恒必繇之,故菑逮夫身者,本於好惡拂人之性。然則《大學》一書,教人復性者也。其所謂致知、格物者,謂必明於本末之物,窮至其理,然後知吾一念之微,可通於天下國家之大,而無敢有不誠其意,以明此德。此"危微精一"之旨,所以乂安四海,永終天禄之意。然則所謂致知在格物者,虚詞助文也,不可與正心誠意等類而觀。韓退之所引,可以見古人之精。今徒例"在"字一字之文推本孔子博文約禮之學,以爲必先格物窮理,而後可以誠其意,何拘之甚也!且吾聞先誠其意而後格物窮理以證之,未聞格物窮理而後誠其意者也。夫博文約禮,孔子之學也;格物窮理,朱子之學也。何所不可以明此學焉!必泥之以發明《大學》之書,則是以己解經也。古人之文,變化無方,"誠意"一章,反覆推明意之不可不誠,意一誠,而明德、親民、止至善並舉之。疊引《詩》、《書》咏嘆淫佚,意義重復,文詞縟芳,此古人之文也。今必改厥舊章,明己所得,小子不敏,昧之甚者。近世餘姚王氏頗知此意,惜乎終欲發其良知之説,不竟所云,而其他以爲格身心意知之物,以物爲行事之物,又以爲捍格吾心之物欲者,紛然而無定。大要《大學》一書,載在《禮記》,即當與《學記》諸篇並讀。其云《大學》,明非一身一己之學,而其明德,可以明之於天下。其以明德之學,盡之於誠意,則體極其精;其以明德之推歸之於散財益民用賢,以平天下之政,則用極其實,此所以爲學之大也。而以《大學》首篇爲經,後十傳爲傳,謂曾子門人記述其意,並不知出自何載?有漢諸儒去聖不遠,故未嘗述,後之君子,又安從而臆斷之也?至近世諸儒斤斤焉推爲聖經,輒竊其一字一義,標門立户,以爲教旨。其學未嘗不善,而其意則非古人之初矣。抑古文簡要,非如後世曼延,即欲訓格物爲窮理,則如切如磋者,道學也,一語已盡,似又不待補亡爲者也。夫後學之士所以尊先儒而師之者,仰其躬行心得之真,不敢加謗議焉。古人之文,當與古今共明衍之,又安徒曰不能贊一辭而已!喬遠不揣闇陋,解釋如前。章節、音訓一如其舊。歐陽子曰:"後世而復有歐陽脩,必以余言爲是矣!"

武　成

惟一月壬辰,旁死魄。越翼日癸巳,王朝步自周,于征伐商。厥四月哉生明,王來自商,至于豐。乃偃武脩文,歸馬于華山之陽,放牛于桃林之野,示天下弗服。

丁未，祀于周廟，邦甸、侯衛，駿奔走，執豆籩。越三日庚戌，柴、望，大告武成。既生魄，庶邦冢君暨百工受命于周。

此武王武功既成，商臣初來受命，武王召而告之，述己所以克商之事與所以反商之政者，因與商臣維新，教之保民治國之道，庶幾己或得享其成也。魄，明體也。孔氏以爲生魄爲十六以後者，在丁未之先，恐是二十七後，明體可見，爲生魄也。"庶邦冢君百工"，皆商之臣也。上文"邦甸、侯衛"，周之舊臣也，故使之助宗廟之祭。庶邦冢君百工今則新受命于周者，故武王召而告之也。

王若曰："嗚呼，群后！惟先王建邦啓土，公劉克篤前烈，至于大王，肇基王迹，王季其勤王家。我文考文王克成厥勳，誕膺天命，以撫方夏。大邦畏其力，小邦懷其德。惟九年大統未集，予小子其承厥志，底商之罪，告于皇天后土，所過名山大川，曰惟有道曾孫周王發，將有大正于商。今商王受無道，暴殄天物，害虐烝民，爲天下逋逃主，萃淵藪。予小子既獲仁人，敢祗承上帝，以遏亂略。華夏蠻貊，罔不率俾，恭天成命。

惟其爲商之臣，故稱之曰"群后"也。仁人，不如仁人之仁人也。祗承上帝，於何見之？華夏蠻貊，罔不率俾，則即天之成命，而吾當恭之矣。人心之歸，即天命也。

"肆予東征，綏厥士女。惟其士女，篚厥玄黄，昭我周王。天休震動，用附我大邑周。

士女以篚玄黄迎而願附大邑周者，即天之休也。

"惟爾有神，尚克相予，以濟兆民，無作神羞！既戊午，師渡孟津。癸亥，陳于商郊，俟天休命。甲子昧爽，受率其旅若林，會于牧野。罔有敵于我師，前徒倒戈，攻于後以北，血流漂杵。一戎衣，天下大定。乃反商政，政由舊。釋箕子囚，封比干墓，式商容閭。散鹿臺之財，發鉅橋之粟，大賚于四海，而萬姓悦服。

自河至朝歌四百里耳，而以五日行者，緩而進師，俟天休命也。倒戈漂杵，即人事，而天意可知矣。

“列爵惟五，分土惟三。建官惟賢，位事惟能。重民五教，惟食、喪、祭。惇信明義，崇德報功，垂拱而天下治。”

此告戒之辭也。列爵則五矣，分土則三矣。吾今建官惟賢，非官人以世也。位事惟能，非四方多罪，崇長信使者也。父子有親，君臣有義，長幼有序，夫婦有別，朋友有信，此五教也。欲以教民，必先養之，食、喪、祭，養生送死之具也。食足則生者有所養，喪、祭則死者有所終，而後可以施吾五常之教。蓋王道不外教、養二端而已，而後惇信以孚結之，明義以整齊之。崇德而使天下知所重，報功而使天下知所勸。此王政之大成也。則予也將藉汝贊襄之力，垂拱而天下治矣。蓋武王所以托重於庶邦冢君百工，以永周家之祚者如此。

何子曰：凡吾釋經，所以一從古人之舊者，不敢以己解經也。繹吾思焉爾矣。此篇孔穎達亦疑之，然而不敢易置其文。至宋儒而易置焉，非孔門闕疑之旨也。

鏡山全集卷二十

釋　　經

大　　誥

王若曰：猷，大誥爾多邦，越爾御事，弗弔，天降割于我家不少延。洪惟我幼冲人，嗣無疆大曆服。弗造哲，廸民康，矧曰其有能格知天命。

《書·序》曰："武王崩，三監及淮夷叛，周公相成王，將黜殷，作《大誥》。"猷，《爾雅》曰："謀也，言也，圖也。"亦曰："止也。"弔，安也。周公稱成王之命，曰"召多邦御事"，止而告之，若曰"居，吾語女也"，言我家不得安寧，武王未受命而即崩，天之降割不少延待矣。我以冲人，嗣無疆曆服之大，於此而大思之，不能以明哲安人，其尚能知天命之所至乎！格，至也。天者，難諶者也。既割我矣，安知不復傾覆我者？然天與民一也，民安即天命保。能以明哲灼天下之幾，戡亂定傾，廸民於康，即所以知天之命而奉承之者也。

已！予惟小子，若涉淵水，予惟往求朕攸濟。敷賁，敷前人受命，兹不忘大功。

已，發端歎辭也。敷，布也。賁，明也，大也。明則音"庇"，大則音"奔"。言以今天之降割，民之不康，予方有涉淵之懼，當求所以得濟之方。而所以濟之之術，惟在以文武之道陳布而光明之，俾前人受命之意，大布于天下，兹所以不忘先王之大功也。蓋武王受殷之命，原非得已，惟其當日之意不明於天下，是以武庚倡之，頑民成之，雖管叔至親，亦且致疑。夫惟陳布前人受命之意，以明於天下，則武王之大功，予一人知之，而天下亦共知之矣。

予不敢閉于天降威用，寧王遺我大寶龜，紹天明。即命曰：“有大艱于西土，西土人亦不静。”

威用，龜也。《禮記》云：龜爲卜，筴爲筮。卜筮者，先王之所以使民信時日、敬鬼神、畏法令也。所以使民決嫌疑、定猶豫也。又曰大人之器威，敬言卜筮也。先聖王以神道設教，最重卜筮。言寧王所遺我大寶龜者，其先知之用，可以紹天之明，是龜者乃天所以降威用也，我寧敢閉而絶之？今寧王所遺大寶龜，即命曰：“有大艱于西土。西土人亦不静矣！”寧王，武王也。安天下之王，故謂寧王。

越兹蠢，殷小腆，誕敢紀其叙。天降威，知我國有疵，民不康，曰：予復！反鄙我周邦。

蠢，萌動也。腆，厚也。《漢書·地理志》云：周既滅殷，分其畿内爲三國。《國風》邶、鄘、衛是也。邶以封紂子武庚；鄘，管叔尹之；衛，蔡叔尹之，以監殷民。武庚自謂其國未絶，尚以爲天所厚也。小腆，猶言小醜；叙，緒也。鄙，屬邑也。《春秋》曰“鄙我亦亡”是也。言兹蠢動小腆之武庚，乃敢謂餘緒未絶，知我靈龜爲天之威用，曰“有大艱于西土，西土人亦不静”，遂妄意我國之有疵亂，下民不安。將復，復殷之舊，反以我周爲其屬邑也。

今蠢，今翼日，民獻。有十夫予翼，以于敉寧武圖功。我有大事休，朕卜并吉。

蠢，武庚也；翼，管、蔡也，以下言考翼，知是謂管、蔡也。十夫，蓋畢、召之屬，武王遺臣，猶有存者。又《史記》曰：武王崩，成王少，天下既疑，賴同母之弟成叔、冉季之屬十人爲輔拂，亦稱“十人”也。言蠢動之武庚，以亡國之後稱亂，而有王室羽翼以佑之，以爲此得志之日矣。乃民之所共以爲賢者，尚有十人，則是予之翼也。管、蔡雖我周親，而十夫乃我仁人。予與之以圖敉定寧王武王之功業，即有大事，我亦可休美不害矣，而况寧王之寶龜，吾今卜之又吉，非復如向者大艱不静之云也。

肆予告我友邦君、越尹氏、庶士、御事，曰：“予得吉卜。予惟以爾庶邦，于伐殷逋播臣。”爾庶邦君、越庶士、御事，罔不反曰：“艱大，民不静，亦惟在王宫、邦君室。越予小子,考翼不可征,王害不違卜?"

我卜得吉者,何哉?將以伐殷也。以告爾庶邦庶士、御事,將往伐矣。爾邦庶乃皆反,而答曰:"亂之艱大,民之不静,皆自管、蔡佐之。是管、蔡者,乃王叔父,在王之宫,立爲三監,居邦君之室者也。以予小子觀之,王之叔父是父同體手足肢節,如羽翼然,寧可以征乎?王其何不違卜所言?"予小子,蓋托庶邦答王而自稱也。考,父也。

肆予冲人,永思艱,曰:"嗚呼!允蠢,鰥寡哀哉!予造天役,遺大投艱于朕身,越予冲人,不卬自卹,義爾邦君,越爾多士,尹氏、御事綏予曰:'無毖于恤。'不可不成乃寧考圖功。"

以武庚之亂,則不可不征,以我之叔父,則又不可以征,其事蓋甚艱矣!予永思其艱,而將已之也。曰:"嗚呼!此蠢然之武庚!宗社則蕩覆矣!國祚則改移矣!不啻鰥寡之人可哀之甚也!予今倡始而伐之,是天役自我造也,豈不以大自遺、以艱自投哉!乃不自憂其陷於不義,而欲征考之翼,而謬之甚也!爾邦君多士,尹氏、御事,乃共安予,曰:'毋征考翼,他日陷於不義,憂之無及矣!得無慎乎!'然則我今其不征之矣,寧考圖功不可不成就之也。"卬,我也。毖,慎也。哀允蠢之鰥寡,言武庚可以無征也。卬自恤義,言管、蔡自當不征也。蓋征武庚以定亂者,固所以成寧考所圖之功,而思天顯之親,不敢輕舉以蹈不義之名,乃所以成寧考之大者也!然則其不征之矣!

已,予惟小子,不敢替上帝命。天休于寧王,興我小邦周,寧王惟卜用,克綏受兹命。今天其相民,矧亦惟卜用。嗚呼!天明畏,弼我丕丕基。

予以庶邦君、多士、尹氏、御事之言,永思其艱,則既勿欲征之矣,然而民之亂不可已也。民亂不康,其何以安天之命?即上文"不造哲,廸民康,矧曰:其能格知天命"之意也。予小子復從而深思之,不敢替上帝所受之命。蓋昔周之興也,寧王承天之休,亦惟用卜以受兹命。今以民之亂如是,天其有不相之乎?興周於先,既用卜矣!相周於後,我敢不用卜者哉!卜而并吉,是我行師之時也。嗚呼!龜紹天明,其威用可畏,上天之心,無非欲弼成我至大之基業,以相民於康耳。

王曰:"爾惟舊人,爾丕克遠省,爾知寧王若勤哉!天閟毖我成功,所予不敢不極卒寧王圖事。肆予大化誘我友邦君,天棐忱辭,其考我民,予曷其不于前寧人圖功攸終?天亦惟用勤毖,我民若有疾,予曷敢不于前寧人攸受休畢?"

乃復呼庶邦而告之曰:"爾等皆耆舊之人,亦能遠知舊事。爾知寧王當日所以定天下,而受天之命者,亦甚勤勞哉!"閟,密也。《詩傳》曰:"閉也。"《箋》曰:"神也。"民之不康,天之神密示我以慎重。寧王已成之功,殊可憂也。所予敢不極卒而成之。所予,猶《論語》言"予所",變文也。前言不可不成我寧考圖功者,固自懼其征考之翼陷於不義,而今欲斷然征之,尤所以極而卒之,以圖寧王之功之大,而成其當日受命之勤者也。忱,實也,諶也。考,成也。棐,輔也,弼也,比也。威用之降,明畏之弼,天若以誠信之辭示我弼輔之意也。言我乃大化,誘我友邦君。天若誠實之辭示我,而欲輔庇我,以成吾民,此天下無事時也。予曷不于寧人圖功攸終?今民之不康,若有疾然,此天下有事時也。天所以示我憂勤慎重者也,予曷敢不于前人攸受休畢哉!于棐忱成民之天,則曰"曷不于",敬天之辭也。于勤毖疾民之天,則曰"曷敢不于",畏天之詞也。曰"極卒",曰"畢休",蓋再三反覆思惟,管、蔡之不可不征,不敢拘攣"考翼"之義,而成武王受命之功之遠且大者也。

王曰:"若昔朕其逝朕言,艱日思。若考作室,既底法,厥子乃弗肯堂,矧肯構?厥父菑,厥子乃弗肯播,矧肯穫?厥考翼,其肯曰:'予有後,弗棄基。'肆予曷敢不越卬敉寧王大命。若兄考,乃有友,伐厥子,民養其勸弗救。"

王又曰:"若昔者,予言既往矣。雖然,以予思艱之心,思而又思,吾甚有不得已者。若考作室,底法矣,子不堂而肯搆乎?考耕田而菑之矣,子不播而肯穫乎?有此不堂不播之子,即爲考之翼者視之,亦豈肯曰:'予有後人,弗棄其父之基業乎!'"涓涓不絶,終成江河;枝蔓不剪,終尋斧柯。武庚爲亂，吾以考翼之故而不征之，此弗堂弗播之子也。儻至於成江河而尋斧柯，則寧王之大命自我絶之矣！此不構不穫之子也，予其敢不仰思而敉寧之哉！吾又以管、蔡之不靖於王室者而譬之，若兄存時甚友愛其弟，兄之不存則伐其子，爲之民養者，其將勸弟勿伐其兄之子乎？抑坐視其伐而不救之也？武王以邶封武庚，而以鄘、衛封管、蔡，蓋友其弟之大者。今管、蔡作亂於王室，諒非庶邦多士、御事所宜坐視而不救者也。

王曰："嗚呼！肆哉！爾庶邦君越爾御事，爽邦由哲。亦惟十人，廸知上帝命。越天棐忱，爾時罔敢易法。矧今天降戾于周邦，惟大艱，人誕鄰，胥伐于厥室，爾亦不知天命不易。"

肆，侈也，多也。予之所以化誘爾之辭，不覺其多而贅矣。欲光明邦家之業，繇明哲之人爲之，爾等皆哲人也，亦思民獻十夫。當我寧考時，所以廸知上帝之命者乎，而可不效之天？若以誠論輔我而相安於無事，我尚不敢謂天命之易而不法也。今天降戾，若是艱大，人之與鄰，咸伐于厥室，此天又以棐忱之意警動我者也。而不知天命之不易，而泄泄然不救乎！哲，即造哲之哲。法，即孟子行法俟命之法也。人，以譬武庚。鄰，以譬管、蔡也。

予永念曰：天惟喪殷，若穡夫，予曷敢不終朕畝？天亦惟休于前寧人，予曷其極卜敢弗于從率？寧人有指疆土，矧今卜并吉，肆朕誕以爾東征，天命不僭，卜陳惟若兹。

予今蓋永念之矣。天惟喪殷，予敢不黜以成終畝之功！天若休于前人，則極卜之龜，予敢不從率乎卜而并吉龜？蓋欲成王極卒寧王圖功，故云"極卜"也。"寧人有指疆土"，即上文"有大艱于西土，西土人亦弗静"。蓋寧人指示之，可慮之大者也。而況卜又得吉，今朕以爾東征亡疑矣。蓋天之明命，無所差忒，卜之所陳，顯然可見有若此者也。

按管、蔡作亂無足言者，周之臣民尚欲阻東征之師，命之而不從，至藉天明以告之，敷前功以示之，猶疑於考翼之不可征。此見三代人心之厚矣。當時成王幼冲，周公攝政，蓋托成王之意而示之。反覆再三，且興且止，大慮違庶邦多士之言，既而思天命所在，民功所係，殷一日之未絶，則周家一日之不安，頑民摇動，至親乖疑，冲人在位，且不可保其終，武王大功行至傾覆而不救，故寧蹈萬世不義之恤，決然而欲征之。以己之意，托諸成王之口，告戒議論，煩復申重。蓋周公亦恐萬世之議己，不得已而爲之。然周公東征，雖若以弟而殺兄，而成王在位，實則以君而誅臣。管、蔡不有其君，不有其兄，成王亦何有其叔父哉！讀者觀是篇曲折委宛之意，而知周公之心焉！

召　誥

周公爲成王作洛，將遷殷之頑民于洛焉。定洛之位，即以命殷民爲之。一則使其率作興事，以明君民之分；一則使其勸勉子來，以生親愛之心。既而用書告諭，一旦丕作，周公知殷庶可與終事，而猶慮其革面而未革心也，乃申告以武王當日敬德畏民，所以祈天永命之實。今武王雖崩，成王雖幼，然其諴于小民，顧畏民岩，誠不敢異於武王敬德之意。一則以明武王之德，膺天眷命，未易遽改。一則以見成王雖幼，明於承天諴民之道。天命終終屬之，所以止庶殷杌隉之心，杜其覬覦非分之萌，而欲其勤恤相成，以永殷命。蓋所以告戒之者，不啻再三之切矣。舊説以爲召公因周公以告成王之詞。今觀《康誥》，亦成王誥康叔之詞，豈康叔以告其君乎？大凡《書》之所載，蓋皆周公之詞也。此篇周公因召公以告殷民，首句曰："告誥庶邦殷越，乃自御事。"可見矣。

惟二月既望，越六日乙未，王朝步自周，則至于豐。惟太保先周公相宅。

是爲周公攝政之七年。既望，舊云十六日，而乙未爲二十一日。今以下文"越三日戊申"，又"越三日庚戌"之文觀之，則既望當是十五日，而乙未當是二十日，下文"丙午朏"，當是朔日也，且孔安國《傳》亦曰："二月十五日。"朝，早也。步，行也。周，鎬京也。去豐二十五里，文武廟在焉。成王至豐，以宅洛之事告廟，而命太保往洛相宅也。蓋王初未嘗至洛，特告廟,命召公往,其後周公則往巡功。及文武之祀既定,王乃往祭,而命周公留洛。周去洛三百里,可朝發夕至。下篇戊辰,王祭文武之廟,則甲子王尚未至洛中。本文既無此時王至洛之文,而以爲告王之詞,恐未免懸斷也。

越若來三月,惟丙午朏。越三日戊申,太保朝至于洛,卜宅。厥既得卜,則經營。越三日庚戌,太保乃以庶殷攻位于洛汭。越五日甲寅,位成。

“越若來”,舊爲句,今當曰“越若來三月”,如云“來年來日”也。蔡邕《橋大尉鼎銘》曰:“越若來二月。”可見矣。庶殷,殷之舊臣民也。位,郊社之位也。若新邑,非五日可了者。

若翼日乙卯,周公朝至于洛,則達觀于新邑營。越三日丁巳,用牲于郊,牛二。越翼日戊午,乃社于新邑,牛一、羊一、豕一。越七日甲子,周公乃朝用書,命庶殷侯甸男邦伯,厥既命殷庶,庶殷丕作。太保乃以庶邦冢君出取幣,乃復入錫。

郊以后稷配,故牛二。“朝用書”者,朝見殷臣民,而用書以告之也。“用書”,恐即下篇教工之文也。“命庶殷侯甸男邦伯,厥既命殷庶”者,周公以命庶殷侯甸男邦伯,而侯甸男邦伯轉以語殷之舊民也。丕,大也。作,起也。殷庶既來攻位矣,一聞周公之言,益大起其戴周之心,而鼓舞興事也。於是太保乃使庶邦冢君出取幣,入見周公。公還以賜庶邦冢君,若今賞功者然。

周公曰:“拜手稽首,旅王若公。誥告庶殷越自乃御事。

旅,陳也。王,成王也。公,召公也。周公將告殷人,不敢質言,拜手稽首,借成王召公之意而陳於庶殷御事之人也。告庶邦冢君而曰“越自乃御事”,謙也,猶今言“執事”、“足下”也。

“嗚呼!皇天上帝,改厥元子兹大國殷之命。惟王受命,無疆惟休,亦無疆惟恤。嗚呼!曷其奈何弗敬!天既遐終大邦殷之命,兹殷多先哲王在天,越厥後王後民,兹服厥命厥終,智藏,瘝在夫。知保抱攜持厥婦子,以哀籲天,徂厥亡出執。嗚呼!天亦哀于四方民,其眷命用懋。

王,武王也。追論武王受命之日,承上天眷命之意,以敬德而撫四方之民也。既,已也。遐,永也。在,察也。言天之初改元子大國殷之命,則殷之命,武王受之。武王固以爲甚美,而亦以爲甚憂,作而歎曰:“當此之時,奈何可不敬乎!”當殷之興也,天亦未嘗有心終殷之命也,蓋已令其永永爲天子矣。然當此之時,實惟殷多在天之哲王,一心先民,能察天之意,天所以欲遐終其命也。厥至後王,以民爲後,天命遂不于常而終焉。智士退藏,則賢人無位;瘝痌在夫,則窮民無告。其以民爲後如此,民皆保抱其子,携持其婦,哀籲於天,而紂以此失位矣!然則周之眷命於天,實天哀四方之民,而非有私於周也。嗚呼而歎,此武王所以爲惟恤也!

“王其疾敬德。相古先民有夏,天廸從子保,面稽天若,今時既墜厥命。今相有殷,天廸格保,面稽天若,今時既墜厥命。

此述武王所以奈何不敬之意也。蓋王之德不但敬而且疾敬矣。其,發問之辭也。言武王所以疾敬德者,何如哉!蓋言“相古先民有夏,天廸從子保,面稽天若”,今則墜厥命矣!“今相有殷,天廸格保,面稽天若”,今則亦墜厥命矣!夏、殷失命之易如此,蓋真須臾不敬,即須臾失命,此敬德所以不可不疾也。面,即“緬”,古字通用,遠也。若,順也。言遠稽之天,而天順之也。蓋上文“遐終”之意。夏傳子,故曰“從子保”;殷革命,故曰“格保”。“既墜厥命”,即兹服厥終也。

“今冲子嗣,則無遺壽耇。曰:其稽我古人之德。矧曰:其有能稽謀自天。

今冲子,成王也。無遺壽耇,即不敢後民之意。蓋殷之舊臣民,自冲子視之,皆壽耇之人也。曰天命靡常,寧可與謀者,吾惟稽古人之德而已,何暇稽謀於天乎!蓋鑒于夏、殷,而天謀已可見矣!

“嗚呼!有王雖小,元子哉!其丕能諴于小民,今休。王不敢後,用顧畏于民碞。王來紹上帝,自服于土中。旦曰:‘其作大邑。其自時配皇天,毖祀于上下,其自時中乂。王厥有成命治民,今休。’

嗚呼!王雖幼冲,而實元子,宜爲君者也。王之所以宜爲君者,以其大,能和於小民。今天下雖安,而又不敢後之,以爲碞險而可畏。蘇氏曰:

"民猶水也,水載舟,亦能覆舟。"物無險於水者矣。"不敢後",則非若後王之後民者也。洛邑天地之中,故曰"土中"。"旦曰,其作大邑"者,周公勸成王都洛,即此洛可以共天地神祇之祀,以事神也。即此洛可以居中制外,乂安天下之民以治民也。王既有成命,作而治之,民今其休美矣!

"王先服殷御事,比介于我有周御事節性。惟日其邁,王敬作所不可不敬德。我不可不監于有夏,亦不可不監于有殷。我不敢知曰有夏服天命,惟有歷年,我不敢知曰不其延。惟不敬厥德,乃早墜厥命。我不敢知曰有殷受天命,惟有歷年,我不敢知曰不其延。惟不敬厥德,乃早墜厥命。

此又追叙武王敬德之實,而申相古先民之意也。庶邦在殷則爲殷之御事,既入于周,則爲周之御事矣。言武王當日所以撫服有殷御事及有周御事節性者,其日則既邁矣。蓋武王未受命時已八十,年既邁矣,然以敬作所而時時以不敬德自戒也。其視夏、殷之服有天命與天命不延,皆付之不敢知,而一歸之德之不可不敬,則武王所以受命之實也。即前言成王不敢稽謀自天之意。節性,未詳。後篇亦有"諸節"二字,豈當日官名若"御事"之類耶?若解作"自節其性"亦通。顧詳上下文勢,非古文也。

"今王嗣受厥命,我亦惟兹二國命。嗣若功,王乃初服。嗚呼!若生子,罔不在厥初生,自貽哲命。今天其命哲,命吉凶,命歷年,知今我初服,宅新邑。

今王,又言成王也。我,周公借成王之詞也。成王言我今嗣受厥命,亦惟以夏、殷受命、失命之故,監觀如武王,而嗣武王之功而已。嗚呼,亦如上文。嗚呼,奈何不敬之意,成王語也,言成王作而歎曰:"我今雖初服,若子之初生,其智其愚,皆其父自貽之也。今天之於周,基哲命若吉凶、歷年,皆非我所敢知。我之所知者,惟在初服,而宅兹新邑而已。"善則得之,不善則失之。得衆則得國,失衆則失國,正在今日也。

"肆惟王其疾敬德,王其德之用,祈天永命。其惟王勿以小民淫用非彝,亦敢殄戮用乂。民若有功,其惟王位在德元。小民乃惟刑用于天下,越王顯,上下勤恤。其曰:我受天命,丕若有夏歷年,式勿替有殷歷年,欲王以小民受天永命。"

此又述成王之德，以告諭殷民也。言武王當日則知疾敬德矣，今成王疾敬厥德，用以祈天永命，亦無忝於武王者。王之用爾民力，以治洛邑，皆爲爾民計乂安之，謀非無常，而淫用之，即此治洛一事，不敢淫用民力，其敢以爾殷民未盡服從之故，殄而戮之，以望治安乎！今爾一旦丕作，可謂順而有功，則王爲首出之德，而得安於其位，不但作民元子而已，而爾小民亦爲遵道遵路之民，可以儀刑遵用於天下。蓋王畿四方之極，其民易使，則天下之人皆慕效之矣。而王亦顯於天下後世，爲明聖之君。是君民者，交相成也。今爾當念周家敬德之治，武王開之，成王成之，與吾王交相勤恤。夏受天命，我則如之。殷受天命，則既替矣，我勿替之，惟欲王以小民受天永命可矣。安我者，所以安天下；厚我者，所以厚蒼生，上所以當勤恤于上也。民之欲君安富尊榮，傳千萬世者，有之以爲利也，下所以當勤恤于下也。小民之可以祈天永命者，後民則終，誠民則休，昭然之驗也！

拜手稽首曰："予小臣，敢以王之讎民，百君子越友民，保受王威命明德，王末有成命，王亦顯，我非敢勤。惟恭奉幣，用供王能祈天永命。"

前拜手稽首矣，此後拜子稽首，自稱小臣，謙之至也，再三丁寧也。周公不驕，不其然乎！殷庶，讎民也，然其念殷不忘，莫非君子也，莫非友順之民也。予小臣輒自揣敢求諸君子、友民，保受王之威德明命，使王命永終。王亦顯於天下後世，是皆爾等之勤，而我不敢自以爲功也。今日所以取幣錫爾者，非答汝攻位之勞，以祝爾供王祈天永命，相成於勿替也！

洛　誥

此周公作洛既成，將退明農，成王來新邑廟祭，留公居洛。公因述已作洛之初，承成王之命，所以毖祀教工之意，爲洛人誦之也。篇言已既卜洛，齊殷百工伻來見成王于周，使受王教，因獻圖及卜，而請成王。所以作元祀於洛者，成王使公推擇宗功之大者，爲洛祀之首，而教戒百工伻之訓，亦惟公命之。周公承王之命，教以順其常道，明作惇大，僚友相勸，以裕舊殷之民，無徒恃一時火焰之勢,以爲無有終絶之理,而若向日之倡亂於殷者。因諭以順常撫事,則能保有禄位,以得長久,不則殄絶厥命,亦且不免以儆懼之。蓋殷之百工伻,即前篇"庶邦侯甸男邦伯"之人,而周公所以戒諭之言,疑即前篇"乃朝用書"之書。篇中述當時承王命所以告戒百工伻之語,及王來祭文、武之廟,留己所以留洛之故,以告殷人而終之以明禋文、武,爲殷人祈錫篤叙之福,庶殷人與周相安於億萬斯年。其告戒重複見威見德,無非欲馴服殷人之心,使其自順自從,皆忠厚之意也。大抵此篇不出前篇所謂"毖祀上下"、"自時中乂"二意。祀文、武,以示宗功毖祀之意也,教工若彝篤叙中乂之意也。

周公拜手稽首曰:"朕復子明辟,王如弗敢及天基命定命,予乃胤保大相,東土其基,作民明辟。"

拜手稽首,告于洛人也。周公攝政,今將以位還成王也。成王雖未立,位故成王之位,故曰"復"也。子,親之也。明辟,尊之也。周公拜手稽首而告洛人,言我歸政於王,而王謙讓未遑,如不敢及天基命定命者。基命,始也。定命,終也。成王蓋鑒于夏、殷天命之靡常,命哲、命吉凶、命歷年,皆不可知,故弗敢思及之也。"予乃胤保大相",東土或有可以爲王業之基者,庶王可以作民明辟也。此時尚未得洛,但往東土相基耳。胤保,召公也。胤保,如今稱太子太保者然。言與召公爲成王大相,宅而治新邑也。"東土其基",基,命也。"作民明辟",定命也。

"予惟乙卯,朝至于洛師。我卜河朔黎水,我乃卜澗水東、瀍水西,惟洛食。我又卜瀍水東,亦惟洛食。伻來以圖及獻卜。"王拜手稽首曰:"公不敢不敬天之休。來相宅,其作周匹休。公既定宅,伻來,來視予卜。休恒吉,我二人共貞。公其以予萬億年敬天之休,拜手稽首誨言。"

乙卯朝于洛師,即上篇"乙卯,周公朝至于洛"也。師,衆也。卜河朔黎水及澗、瀍二水之東西,惟洛食而已。卜必先墨畫龜,然後灼之兆順。食,墨也。此時得洛矣。伻,殷之舊臣百工。伻也來者,周公使群來周,以聽成王教命，并以洛邑之圖及食墨之卜，使來獻也。蓋武庚未誅，殷之侯甸男衛尚爲陪從之臣，今則盡屬之周。周公既用殷民營新邑，即以殷之庶邦冢君爲監工董視之人。又欲分任以政，如下文所謂作四方新辟者，使其達周家之意於殷之民以安之，所以使之來聽成王之教也。王則拜手稽首，言基命、定命，來洛相宅，此小子之所未敢，必諸天者，公以爲天休而敬，共其命來洛相宅，與周齊美。周，成周也。周人都周以據形勢之地，其都洛以治天地之中。漢人兩京蓋仿之，故曰與周匹休也。公既定宅，使伻以卜來獻，美而且吉，我二人當以卜爲正而從之貞正也。成王因言公以敬天之休弼己於萬億年之永也。

周公曰："王肇稱殷禮，祀于新邑，咸秩無文。予齊百工伻，從王于周。予惟曰庶有事今。"

此亦當時周公使百工伻請命之詞，而述以告洛人也。"咸秩無文"以上，周公請成王所以事神也。"庶有事今"以上，周公以百工見王，命王教之，即下文教工所以治民也。觀前篇用牲于郊社，則郊社，新邑之祀，不待言矣。至於宗廟之事，則周人禘嚳而郊稷，周公尚未知洛將何所祀者，故以請之。王曰：王始稱殷薦之禮以祀新邑，而新造之邦當秩祭者皆未有其文，予齊集殷之百工伻，從王于周，待王教示。蓋曰今殷之臣皆爲我周之臣，我將任使之，而使有事於今，非王教之何所遵守乎？蓋周公以毖祀、教工二事請於王也。

王即命曰："記功，宗以功，作元祀。惟命曰：汝受命篤弼。丕視功，載乃汝，其悉自教工。"

此以下皆周公追叙成王當日所以命祀文王、武王及命己教示殷工之意，而申述之也。言我當日請王所以祀洛者，而王即命之曰："記功，宗以功，作元祀。"記功，似是書名，若《大訓》、《周禮》之屬。宗以功，作元祀，想是記功之書所載之言，而成王述之。祖有德，宗有功，周道也。若但云擇功之大者，記之以示不忘，亦可解之。但成王發端，即令記功，於文意似爲鶻突。元,首也。成王言今欲首祀於洛邑,惟當擇功之大者,則命周公曰:汝受命而厚於輔弼,凡我祖宗孰爲功之大者視之,當出於汝也。成王之意,蓋明示周公以宜祀文王、武王矣。“其悉自教工”者,百工伻亦惟公悉召而教之,蓋公以毖祀教工請於王,而王皆以委公也。工者,臣工。以“庶殷丕作”證之,若爲董視治洛之臣,然言百工,則殷臣皆在其中矣。舊説自此以下,皆周公告成王之詞。然“拜手稽首”,既用“予”字,自此節及下多用“汝”字,周公告不應自稱爲“予”,而爾汝其君,不敬若此。即成王前後面命周公之詞,亦未見有以“汝”稱者,知是周公追述成王命己之意,以告殷伻,故即曰“汝受命篤弼”,“載乃汝”也。

“孺子其朋,孺子其朋其往。無若火始焰,焰厥攸灼。叙弗其絶,厥若彝及撫事,如予惟以在周。

此周公因成王命其自教工,因召殷伻而教之也。孺子,周公呼殷伻也。今按,先儒讀者皆泥孺子爲成王,以致前後文意乖戾。不知古文有異而實同者。如前篇寧王、寧人、寧考、武王,其實武王之類是也。有同而實異者,前篇武王、成王,皆謂之王;殷庶自稱小子,成王亦自稱小子之類是也。此篇冲人、冲子、孺子、工伻、有僚、正父、多子、御事,皆互易其文,讀者當不以詞害意也。朋,類也,衆也。殷有百工伻,故周公呼而丁寧之曰:“爾孺子,其與同類往治事,居臣工之任。”其往,猶《堯典》曰:“汝往哉!”下文“亂爲四方新辟”是也。殷之頑民其始倡亂,蓋如火之始焰然,今我既治洛,爾當無若其始焰之初。蓋火之焰而至於灼灼,而至於絶,必然之理也。當頑民倡亂之初,豈曰焰必至灼,而叙竟不絶乎?蓋終有絶之日矣。叙弗其絶者,設疑詞也。今汝之往,惟當順厥常道,撫事不怠,如我以汝在周者然。蓋殷庶在成周,則居輦轂之下,當無不若彝撫事之理。惟其在洛,誠恐以爲遠於周,而匪彝怠事也。上篇言治洛非淫用非彝,故此勸以若彝。

“工往新邑伻,嚮即有僚,明作有功,惇大成裕,汝永有辭。”

兹殷百工之往伻于新邑者,尚嚮導其僚友若讎民、百君子友民之屬而教之曰：振起其精神而作之，則凡事有功，從其廣大者而敦厚之，則事業垂裕於有永。以此嚮誨有僚，則汝亦有美譽之辭於永永矣。《伊訓》曰“萬世有辭”是也。

公曰：“已，汝惟冲子惟終。汝其敬識百辟享，亦識其有不享。享多儀，儀不及物。惟曰不享，惟不役志于享。凡民惟曰不享，惟事其爽侮，乃惟孺子頒。

公復召殷伻而重告之。言予思惟王之意，尚欲有以終教汝者。凡百辟之享不享，汝皆當敬識之。志之不存，儀物雖多，不足言享。下民若有不享，則凡事皆差謬，而侮慢生矣。此其責皆在孺子，頒示之享者，以下奉上之義。下文曰“四方其世享”，《詩》曰“罔敢不來”，享《禮》曰“五官致貢曰享”。役志于享，則明作惇大而實心歸化矣。殷民久歸武王，今日尚相煽以亂，皆繇歸心之不實，而作事若此，其爽侮也。爾孺子列在臣工，爲下民之倡政，當頒示而教之耳。百辟之享，使工伻教臣也。民之享，使工伻教民也。

“朕不暇聽，朕教汝于棐民彝，汝乃是不蘉，乃時惟不永哉！篤叙乃正父。罔不若，予不敢廢乃命。汝往敬哉，兹予其明農哉。彼裕我民，無遠用戾。”

言我今告汝之後，且歸而明農，亦不暇在洛朝夕教汝。我所以教汝者，總不出若彝、撫事之外而已。蘉，勉也。汝若于輔弼彝教之事不勉之，以至於若彝，我不殄絶汝命，則奪汝爵位，乃是汝之不得永久也。汝若篤叙正父，以至無有不順者，則予不敢廢汝之命，而爵位恒保矣！篤，厚也。叙，次也。正父，若宏父、祈父之類，古人有官職皆謂之父也。正，《酒誥》“庶士有正”，“惟王正事之臣”皆是也。人臣爲國家任事，惟其無求名要譽之心，次第條理而行之，則今日爲所當爲，明日爲所當爲，必無見小欲速之意，將有日共厥職而不知爲之者。此惟其心之厚於國家，是以有倫、有要，爲之而罔有不順。不然，雖不至於懈弛委靡以廢天下之事，亦必至於矜激馳騁，以壞天下之事。此周公所以拳拳以若彝、撫事告教殷臣也。若彝、撫事，有篤其叙，則明作惇大，所以弘施於國家者溥矣！殷臣誠能如此，則公雖歸而明農,不暇朝夕教汝,而亦即朝夕教之已。又言汝當以我所教者爲裕民之道,無以洛邑遠於成周,自外王室,以蹈罪戾也。蓋上文予惟以在周之意。彼,疑作"被"。

王若曰:"公明保予冲子。公稱丕顯德,以予小子揚文、武烈,奉答天命,和恒四方民居師。

周公又述當時已欲明農,而王留之以治洛也。言王聞我明農之言,其命我,又若曰公大相東土,明保予小子,稱丕顯之德,以我揚文、武光烈。答天基命,定命之意。使四方之民和而且久,聚而且衆,是公所以爲我相宅者,其功之大若此。蓋申美公中乂之意。

"惇宗將禮,稱秩元祀,咸秩無文,惟公德明光于上下。勤施于四方旁作,穆穆迓衡,不迷文武勤,教予冲子夙夜毖祀。"

及我厚於祖宗,將禮而祀之,又未有其文。惟公德明光于上下,勤施于四方旁作,其所以迎太平之政者。穆穆,如其深以遠也。公德之盛如此,而洛又公所營,即待之將來,自爲洛元祀之先,無不可者。而其心不忘文、武勤勞之功,教我夙夜毖祀之,是公所以教我作祀者,其功之大又如此。蓋申美公毖祀上下之意。

王曰:"公功,棐廸篤,罔不若時。"

王將命公留後,而先言曰:公之功之大如此,其輔我、導我之至,不特如前所爲卜宅作祀之事而已,其平日所以弼成王家,無不若此者。按公自叙而爲此言,疑於誇矣。疑"命公後",册中之詞,而公述之。

王曰:"公,予小子其退即辟于周,命公後,四方廸亂,未定于宗禮,亦未克敉公功。廸將其後,監我士師工,誕保文、武受民,亂爲四輔。"

成王既自周來洛烝祭文、武之廟,將退辟于周,而命公留後於洛,言以公之功德若是,所宜永爲洛後日不遷之宗者。今四方啓治之初,宗禮未定,亦未能定公功次之大,惟是借公仗公爲我啓廸,爲後於洛,爲我士師工之監,大安文、武所受之民治之,爲四維之輔而已。明當依倚公也。

王曰："公定，予往已。公功肅將祗歡。公無困哉！我惟無斁其康事，公勿替刑，四方其世享。"

成王言我留公後，公明農之志可勿復萌，而予將往于周矣。教我作元祀、毖祀，是公肅將之功也；爲我教工以致中乂，是公祗歡之功也。公用心如此，得無勞耶？我退即辟于周，不敢忘我安民之事，而公留後於洛，勿替儀刑之化，則四方將世享焉，而明農之志更勿復動也。按此亦疑留後册中之詞。此以上皆述王所以美公、命公者如此。

周公拜手稽首曰："王命予來承保乃文祖受命民，越乃光烈考武王，弘朕恭。

拜手稽首者，公復告洛人也。如《召誥》亦再用拜手稽首以申之也。言王托己留後，永毖文王、武王之祀，而弘其恭於神也。

"孺子來相宅，其大惇典殷獻民，亂爲四方新辟，作周恭先，曰：其自時中乂，萬邦咸休。

孺子，謂成王也。言成王不以殷獻民爲亡國之臣，皆任官而使之，使之嚮僚頒民，治于四方，爲民新辟。辟，君也。古侯王、君公皆言君也，猶曰"雍也，可使南面"也。言王來相宅之地，於殷之賢人，大厚典常，以優待之。蓋曰殷之稱亂者，皆昔日不忘殷之人，而恭於殷，今爲我周四方新辟，其先爲恭周之臣乎。王望人弘己之恭，而獻臣皆體之，則我天下自此大治，而萬邦休美也。

"惟王有成績，予旦以多子越御事。篤前人成烈，答其師，作周孚先。考朕昭子刑，乃單文祖德。

毖祀乂民，恭行於神人之間，此王之有成績也。我寧不與若等成孚先之美乎？篤前人成烈，弘朕恭之意，上對文、武也。答其師，時中乂之意，下對殷民也。殷之獻民，以恭先之，我當以信成之，則爾之恭，要之有終，而我亦爲周之孚先矣。是我與汝共成朕昭子儀刑之德，而文祖之德亦盡布於天下也。公蓋欲與多子御事共勉之。多子御事，即百工伻也。按公教殷臣爲恭之先而已，欲以孚先成之，所以示信於殷之民，使有反側自安之意，昭契其肺腑肝膽洞然而無疑也。

“伻來毖殷，乃命寧予以秬鬯二卣，曰明禋，拜手稽首休享。予不敢宿，則禋于文王、武王。惠篤敘，無有遘自疾，萬年厭于乃德，殷乃引考。王伻，殷乃承敘萬年，其永觀朕子懷德。”

言我所以教汝篤敘，欲以永汝者，不但言詞申重以爲汝願，且爲汝籲告於文、武在天之靈，祈開汝之聰明，無災無害，使汝殷與我周共永於萬年也。上言毖祀，是毖周之祀。此言毖殷，命周公以秬鬯明禋者，當是成王既行烝祭歸周，復使伻來，使告文、武之廟，而若爲殷人祈福者。然公即遵命，不敢越宿以禋于文、武，而告之曰：我文、武尚啓殷民之聰明，使其若彝、篤敘，無遘于疾，萬年厭飫我有周之德，殷人未絶之命，乃引之有終，而殷工之爲王伻者，亦次第相承，至於萬年之久。朕子孫以德治天下，而殷王伻之子孫亦永觀而懷之。蓋武庚爲亂，周雖誅之，復封微子以續殷後，則殷祀猶未殄，其百官雖皆爲周四方新辟，尚是殷庶邦冢君之人，故以殷係之，明周家不絶殷世之意。臣雖爲周之臣，仍稱之爲殷之臣，其忠厚之意如此。

戊辰，王在新邑。烝祭，歲文王騂牛一，武王騂牛一。王命作册，逸。

周公追述營洛之始，王命作祀教工，又述王上所以留己居洛而己所與洛邑之人勸勉祝願之意，至此已盡，此以下則史臣記辭也。戊辰，即繼前篇甲子周公乃朝，言郊社既定，王即來新邑祀文、武也。烝雖冬祭之名，《易》曰：烝，薦之祖考。亦曰“升也”。今若以戊辰即繼前篇之甲子，則不得言冬祭矣。云歲者，歲歲如此也。史臣言王既祀文、武，命作册，而今逸其詞也。

祝册，惟告周公其後。王賓殺，禋咸格。王入太室祼。王命周公後，作册，逸。

史臣言王既祭文、武，其留公居洛，亦以祝册告廟。賓，禮也。賓殺，如云親視牲也。祭文、武，親視牲，不待言矣。此祝册告廟，命公留後，亦重其事，而親視牲，助祭百工咸至于廟，王入太室而祼，其以命公，後亦有册，而今亦逸矣。意册中之詞，當是光明勤施等語也。

誥在十有二月。惟周公誕保文、武受命，惟七年。

史臣言，周公居洛，其冬始述其營洛顛末以告殷人。周之十有二月，夏之二月，亦豈正月布象魏之意歟？大凡誥者，皆是誥臣民之詞。若謂周公告成王，不應言"誥"也。史臣又言周公居洛，誕保文、武受命民，在攝政之七年。蓋此二節，文勢倒錯用之。當言攝政之七年，其三月之戊辰，王在新邑烝祭文、武，而告留後，周公遂保文、武受命民，而其十二月，公作誥以告殷人也。孔安國《傳》：《召誥》惟二月既望云。周公攝政七年二月十五日，與此正相合，而蔡氏以爲公留洛七年而薨，誤矣！

何子曰：韓子云："周誥殷盤，詰曲聱牙。"信哉！遠少讀三《誥》，不能成誦，先君子督之急，更迷困，實蔡氏解不能得其指。稍長，意註疏當得之。讀孔傳疏，乃益甚。二孔之解，陋也；蔡氏之解，固也。二孔之解昧於道，蔡氏之解昧於文。夫惟能發聖人忠厚慈祥之意，而後能明於道，能諧天地自然宫商之韻，而後能審於文。遠小子敢謂庶幾能説《書》？以待賢人君子。

鏡山全集卷二十一

釋　　騷

離　騷　解

帝高陽之苗裔兮，朕皇考曰伯庸。攝提貞于孟陬兮，惟庚寅吾以降。皇覽揆余于初度兮，肇錫余以嘉名。名余曰正則兮，字余曰靈均。紛吾既有此内美兮，又重之以修能。扈江離與辟芷兮，紉秋蘭以爲佩。

帝，楚之先王也，言楚之先是高陽之後也。伯庸，原父也。原父生原，名而字之矣，而又以"脩能"、"内美"祝之，如父冠子而醮之者。然名之以正，則欲其心無一不於正，而紛然内美也。字之以靈均，欲其慧無所不通於物，而加之脩能也。扈，如"扈從"之"扈"，擁也。辟，《禮記》："素帶終辟。"註："辟"讀如"裨冕"之"裨"，謂以繒采飾其側。蓋父名原之初，已望其有美有能，扈離辟芷，紉蘭爲佩矣。

汩余若終不及兮，恐年歲之不吾與。朝搴阰之木蘭兮，夕攬洲之宿莽。日月忽其不淹兮，春與秋其代序。惟草木之零落兮，恐美人之遲暮。不撫壯而棄穢兮，何不改乎此度。乘騏驥以馳騁兮，來吾導夫先路。

原承吾父命名之意，其敢不勉乎！吾慮吾之汩没而年歲之不吾與。吾搴阰之木蘭，其時方朝，復往攬洲之宿莽，而不覺夕矣。日月春秋易邁如此，吾惟恐年歲不足求造於賢人君子之域，遲而且暮也。吾不撫此壯年，棄厥穢行，何能不改吾平日之所行之非乎？吾勇猛進脩之切，且欲逐騏驥而先之矣。

昔三后之純粹兮，固衆芳之所在。雜申椒與菌桂兮，豈惟紉夫蕙茝。彼堯、舜之耿介兮，既遵道而得路。何桀、紂之猖披兮，夫惟捷徑以窘步。惟黨人之偷樂兮，路幽昧以險隘。豈余身之憚殃兮，恐皇輿之敗績。忽奔走以先後兮，及前王之踵武。荃不揆余之中情兮，反信讒而齌怒。余固知謇謇之爲患兮，忍而不能舍也。指九天以爲正兮，夫惟靈修之故也。曰黄昏以爲期兮，羌中道而改路。初既與余成言兮，後悔遁而有他。余既不難夫離别兮，傷靈修之數化。

三后，高陽也，楚之先王及吾父伯庸也。吾聖人之後，吾國先王與吾家之皇考，其德行純粹，衆芳具有，豈維紉夫蕙茝而已，而且雜申椒與菌桂也。吾鑒堯、舜、桀、紂興亡之跡，以此脩身，即欲以此自靖自獻于吾君，而黨人導之幽昧險隘之路，吾一身殃灾不足恤，而深慮吾君之敗績于皇輿也。吾爲奔走，吾爲先後，惟冀吾君踵武前王而已。乃吾君不揆余情而疾怒之，吾明知謇謇之爲患，而不能舍，敢於指天誓日，而爲正者。吾守皇考命名之意，字我靈均，望我修能，其心果可以無愧也。何吾君期我於黄昏，而改道於中路，成言不信于初，他遁復悔於後。予亦何難離别吾君而去之，唯自傷吾靈修之屢變耳。荃，謂懷王齌疾也。黄昏，相期繇闇而將趨於明也。

余既滋蘭之九畹兮，又樹蕙之百畝。畦留夷與揭車兮，雜杜衡與芳芷。冀枝葉之葰茂兮，願竢時乎吾將刈。雖萎絶其亦何傷兮，哀衆芳之蕪穢。衆皆競進而貪婪兮，憑不厭乎求索。羌内恕己以量人兮，各興心而嫉妬。忽馳騖以追逐兮，非余心之所急。老冉冉其將至兮，恐修名之不立。朝飲木蘭之墜露兮，夕餐秋菊之落英。苟余情其信姱以練要兮，長顑頷亦何傷！攬木根以結茝兮，貫薜荔之落蕊。矯菌桂以紉蕙兮，索胡繩之纚纚。謇吾法夫前脩兮，非世俗之所服。雖不周於今之人兮，願依彭咸之遺則。

余既滋蘭樹蕙，取留夷揭車而畦之，取杜衡芳芷而雜之，冀枝葉葰茂，竢時而刈之，吾將持衆芳而效之。吾君而今悉萎絶矣。吾身萎絶，吾亦無傷，而衆芳蕪穢，則群賢屏跡，群邪得志，世道一大傷也。今世之所馳騖追逐者，皆競進貪婪，不厭求索，恕己量人，興心嫉妬，而非余心之所急也。量，如較量之量。吾惟慮老而無名耳。苟余情信姱以練要，則雖飲露餐英不得宿飽，使筋骨堅練，而顑頷空長亦復何傷。人瘦削則頷領長，舊以爲饑色面黄，恐未必然。要，讀如“久要”之“要”也。仙人練氣練神，惟練可久於人世也。攬木根、貫落蘂、矯菌桂、帶胡繩，如游方道士、乞食山僧，纍纍垂垂，歷歷落落，無復人世衣冠結束之態。胡繩，舊解“香草”，鄙意謂即古人之帶索而歌爾。周，如“君子周而不比”之“周”。彭咸，殷賢大夫，諫君不用，投水而死者也。屈原死於頃襄之世，而作此篇，當懷王之時，蓋其憂君憤俗之意非一日矣。

長太息以掩涕兮，哀民生之多艱。余雖好修姱以鞿羈兮，謇朝誶而夕替。既替余以蕙纕兮，又申之以攬茝。亦余心之所善兮，雖九死其猶未悔。

吾太息掩涕而哀吾生之多艱。民生多艱，如《詩》“鮮民之生”，皆自謂也。余之好修如御鞿絡羈，豈敢有一毫縱逸之意哉！而吾謇謭之言，朝夕被人誶替，其所替我者，又非謂我競進貪婪，不過謂我違衆自異，纕蕙攬茝而已。然余心偏有此昌歜羊棗之嗜，雖九死亦奚悔乎？

怨靈脩之浩蕩兮，終不察夫民心。衆女嫉余之蛾眉兮，謡諑謂余以善淫。固時俗之工巧兮，偭規矩而改錯。背繩墨以追曲兮，競周容以爲度。忳悒鬱余侘傺兮，吾獨窮困乎此時也。寧溘死而流亡兮，余不忍爲此態也。鷙鳥之不群兮，自前世而固然。何方圜之能周兮，夫孰異道而相安？屈心而抑志兮，忍尤而攘詬。伏清白以死直兮，固前聖之所厚。

吾自怨自艾，吾以靈脩爲善而自好，其恍洋漭瀁，無所底止，而實不涉世解事，不能察夫人之心。夫人心非我心也，如蛾眉本貞女，而以淫加之。一時氣習，徒有工巧、周容，改規矩背繩墨而不恤。吾坐此窮困，而不能爲此狀貌。鷙不群鳥，方不合圜。吾惟有屈心抑志，忍尤攘詬，求死而無愧於前聖耳。

悔相道之不察兮，延佇乎吾將反。回朕車以復路兮，及行迷之未遠。步余馬於蘭皋兮，馳椒丘且焉止息。進不入以離尤兮，退將復脩吾初服。製芰荷以爲衣兮，集芙蓉以爲裳。不吾知其亦已兮，苟余情其信芳。高余冠之岌岌兮，長余佩之陸離。芳與澤其雜糅兮，惟昭質其猶未虧。忽反顧以遊目兮，將往觀乎四荒。

佩繽紛其繁飾兮，芳菲菲其彌章。民生各有所樂兮，余獨好脩以爲常。雖體解吾猶未變兮，非余心之可懲。

吾以死自盟，求無愧前聖，而吾亦尋悔之矣。慮吾不審察知相導，吾將反而求迷復之歸矣。吾步蘭皋、止椒丘，吾念今進而入朝不與邪人相忤，以罹愆尤，第返而自修，世不我知，吾姑置之，吾自求吾心之不愧而已。如是，則余冠仍高，余佩仍長，不復攬木根、貫落蘂、矯菌桂、纚胡繩、作纍垂彳亍之狀矣。芳，芬也。澤，膏澤也。芬芳膏膩，一聽雜糅，惟信吾昭質之無虧而已。如是，則亦涉世之一道乎？吾往觀四荒，將謂持此道以往，雖入大千世界亦可無害。然反顧之間，又不覺佩繽紛而芳彌章者，蓋忠耿之人，性習不移。如韓愈初貶陽山，入朝之後又貶潮州；蘇軾初貶黄州，入朝之後又安置惠州，皆所謂佩繁飾而芳彌章者也。人生各有所樂，而我偏獨嗜好脩，雖體解其猶甘，况懲心之可變耶！

女嬃之嬋媛兮，申申其詈予。曰鮌婞直以亡身兮，終然殀乎羽之野。汝何博謇而好脩兮，紛獨有此姱節。薋菉葹以盈室兮，判獨離而不服。衆不可户説兮，孰云察余之中情？世並舉而好朋兮，夫何煢獨而不余聽？

女嬃未必屈原姊，即室謫家人亦可耳，自婞直亡身至煢獨，不聽女嬃之語也。

依前聖以節中兮，喟憑心而歷兹。濟沅湘以南征兮，就重華而陳詞。啓《九辯》與《九歌》兮，夏康娱以自縱。不顧難以圖後兮，五子用失乎家巷。羿淫遊以佚畋兮，又好射夫封狐。國亂流其鮮終兮，浞又貪夫厥家。澆身被於强圉兮，縱欲殺而不忍。日康娱以自忘兮，厥首用夫顛隕。夏桀之常違兮，乃遂焉而逢殃。后辛之菹醢兮，殷宗用之不長。湯禹儼而祗敬兮，周論道而莫差。舉賢才而授能兮，脩繩墨而不頗。皇天無私阿兮，覽民德焉錯輔。夫維聖哲以茂行兮，苟得用此下土。瞻前而顧後兮，相觀民之計極。夫孰非義而可用兮，孰非善而可服？阽余身而危死節兮，覽予初其猶未悔。不量鑿而正枘兮，固前脩以菹醢。曾歔欷余鬱邑兮，哀朕時之不當。攬茹蕙以掩涕兮，沾余襟之浪浪。跪敷衽以陳辭兮,耿吾既得此中正。駟玉虬以乘鷖兮,溘埃風余上征。朝發軔於蒼梧兮,夕余至乎縣圃。欲少留此靈瑣兮,日忽忽其將暮。吾令羲和弭節兮,望崦嵫而勿迫。路曼曼其脩遠兮,吾將上下而求索。飲余馬於咸池兮,總余轡乎扶桑。折若木以拂日兮,聊逍遥以相羊。前望舒使先驅兮,後飛廉使奔屬。鸞皇爲余前戒兮,雷師告余以未具。吾令鳳鳥飛騰兮,繼之以日夜。飄風屯其相離兮,帥雲霓而來御。紛總總其離合兮,斑陸離其上下。吾令帝閽開關兮,倚閶闔而望予。時曖曖其將罷兮,結幽蘭以延佇。世溷濁而不分兮,好蔽美而嫉妬。

吾聞女嬃之言,將取衷前聖而歎,前日所爲者,皆師心自用而至於此。自古聖人莫過虞、舜,而蒼梧之野,舜跡在焉。吾就而陳詞,庶開予心哉!《九辯》、《九歌》,出《山海經》。其文曰:"夏后開,開上三嬪于大(天),得《九辯》與《九歌》以下,開焉始得歌《九招》。"《竹書》曰"夏后開,舜(舞)《九招》"是也。郭璞注:"夏后開,即啓。漢人避景帝號也。"錯,如"錯枉"之"錯",舍置之也。輔,輔相之也。所謂"皇天無親,惟德是輔"也。聖哲之人,則於行茂矣。苟德之人,則處土下矣。天之無私阿如此。吾瞻前顧後,相觀計極,非義非善可服用哉!吾不悔吾初不量吾鑿,時之不遇,涕之沾襟,吾敢陳之虞、舜者,自恃吾得中正之道也。駟虬乘鷖,吾將排風而上矣。朝發夕至,欲少留而不敢留,意窮日之力,上下求索,吾以求見虞、舜耳。舜不可見,時則曖曖,而吾亦疲敝矣。唯有結蘭延佇,歎世溷濁耳。

朝吾將濟於白水兮,登閬風而緤馬。忽反顧以流涕兮,哀高丘之無女。溘吾遊此春宫兮,折瓊枝以繼佩。及榮華之未落兮,相下女之可詒。吾令豐隆乘雲兮,求宓妃之所在。解佩纕以結言兮,吾令蹇脩以爲理。紛總總其離合兮,忽緯繣其難遷。夕歸次於窮石兮,朝濯髮乎洧盤。保厥美以驕傲兮,日康娱以淫遊。雖信美而無禮兮,來違棄而改求。覽相觀於四極兮,周流乎天余乃下。望瑶臺之偃蹇兮,見有娀之佚女。吾令鴆爲媒兮,鴆告余以不好。雄鳩之鳴逝兮,余猶惡其佻巧。心猶豫而狐疑兮,欲自適而不可。鳳皇既受詒兮,恐高辛之先我。欲遠集而無所止兮,聊浮遊以逍遥。及少康之未家兮,留有虞之二姚。理弱而媒拙兮,恐導言之不固。世溷濁而嫉賢兮,好蔽善而稱惡。閨中既邃遠兮,哲王又不寤。懷朕情而不發兮,余焉能忍與此終古!

古之昏主讒夫昌,而皆繇於女謁盛。妲己亡商,褒姒亡周。賢明之君則有永巷之妃,鷄鳴之女。太姒佐文,邑姜佐武。楚懷外欺張儀,内悦鄭褎,屈原不得於君,而尚望於其君夫人。託言於高丘,要求兩美之一合。若宓妃可謂美矣,吾求宓妃,已有家而不與我應,與我緯繣乖戾矣。吾復窮石、洧盤而求之,但覺吾之驕傲淫游而無禮耳。若有娀佚女可謂美矣,而先配高辛有家矣。鴆心毒害,鳩音佻巧,皆不可爲媒。鳳皇則仁而受欺,又不能爲媒矣。少康奔有虞,有虞因妻以二女。宓妃、簡狄皆有家矣。吾及少康之未家而求見二姚,因以求見虞、舜乎!吾之肌理甚弱,而吾之蹇脩甚拙,則不能永固導言明矣。嗚呼!嫉賢蔽善,楚之諸臣既皆如此,吾欲求之宓妃、有娀、虞氏二姚,則中閨遠矣。訴之虞帝,則哲王不我悟對矣。吾情無所發舒,此千古沉痛也。

索藑茅以筳篿兮,命靈氛爲余占之。曰兩美其必合兮,孰信脩而慕之?思九州之博大兮,豈惟是其有女?曰勉遠逝而無狐疑兮,孰求美而釋女?何所獨無芳草兮,爾何懷乎故宇?世幽昧以眩曜兮,孰云察予之善惡?民好惡其不同兮,惟此黨人其獨異。户服艾以盈要兮,謂幽蘭兮不可佩。覽察草木其猶未得兮,豈珵美之能當?蘇糞壤以充幃兮,謂申椒其不芳。

吾求女不得,托揲蓍而占之,而靈氛告我兩美有必合之理,而信脩相慕者,無人也。然九州亦大矣,豈直此宓妃、有娀、虞氏二姚之三女?但遠遊不疑,彼求美者將不汝釋,何待濟白水、登閬風歸次窮石、濯髮洧盤、周上天、望瑶臺,求之無何有之鄉哉!賈誼所謂"歷九州而相其君,何必懷此故都"者也!自兩美必合,至申椒不芳,皆靈氛之言也。盈要,盈滿。要,帶也。珵,美玉也。猶未能知草木,其能知美玉乎!蘇,如"樵蘇"之"蘇",取也。

欲從靈氛之吉占兮,心猶豫而狐疑。巫咸將夕降兮,懷椒糈而要之。百神翳其備降兮,九疑繽其並迎。皇剡剡其揚靈兮,告余以吉故。曰勉陞降以上下兮,求椝矱之所同。湯、禹儼而求合兮，摯、咎繇而能調。苟中情其好脩兮，又何必用夫行媒。説操築於傅巖兮，武丁用而不疑。吕望之鼓刀兮，遭周文而得舉。甯戚之謳歌兮，齊桓聞以該輔。及年歲之未晏兮，時亦猶其未央。恐鵜鴂之先鳴兮，使夫百草爲之不芳。何瓊佩之偃蹇兮，衆薆然而蔽之。惟此黨人之不諒兮，恐嫉妬而折之。時繽紛以變易兮，又何可以淹留！蘭芷變而不芳兮，荃蕙化而爲茅。何昔日之芳草兮，今直爲此蕭艾也！豈其有他故兮，莫好修之害也！余以蘭爲可恃兮，羌無實而容長。委厥美以從俗兮，苟得列乎衆芳。椒專佞以慢慆兮，樧又欲充夫佩幃。既干進而務入兮，又何芳之能祗？固時俗之從流兮，又孰能無變化？覽椒蘭其若兹兮，又況揭車與江離？惟兹佩其可貴兮，委厥美而歷兹。芳菲菲而難虧兮，芬至今猶未沬。和調度以自娱兮，聊浮游而求女。及余飾之方壯兮，周流觀乎上下。

如靈氛之言，可以求福矣。而吾心有疑，將從巫咸而求之，而巫咸告我以求福之道，但擇君而事之。如摯、咎繇之於湯、禹，傳説之於武丁，吕望之於周文，甯戚之於齊桓，毋使有後時之歎可矣。世俗如此，毁方瓦合，比比而是。昔爲百鍊鋼，化作繞指柔，可歎也。是以蘭芷變芳，荃蕙爲茅。蓋好脩爲害，是以芳草甘爲蕭艾，以避禍耳。若余之意，汝以蘭爲佳矣，然蘭無實而空有其容。若委美從俗，亦何嘗不得列於衆芳。苟得列乎衆芳者，亦苟且以竊芳名也。椒也，而變佞慆矣。樧也，而求充夫佩幃矣。祗，敬也。《書》曰"庸庸祗祗威威"是也。汝若匿影收聲不在人世則已，既欲干進務入，又何芳之能祗耶？椒蘭名芳，變化如此，而況藒車、江離獨名一芳者，其何能不變！蘭委美從俗，得列衆芳，芳亦不虧，草亦不沫，調度浮遊，流觀上下，大直若詘，道固委蛇也。不然，日月逝矣，歲不我與，飾之方壯可常恃耶？此以上皆巫咸之言也。

靈氛既告余以吉占兮，歷吉日乎吾將行。折瓊枝以爲羞兮，精瓊靡以爲粻。爲余駕飛龍兮，雜瑶象以爲車。何離心之可同兮，吾將遠逝以自疏。邅吾道夫崑崙兮，路脩遠以周流。揚雲霓之晻藹兮，鳴玉鸞之啾啾。朝發軔於天津兮，夕余至乎西極。鳳皇翼其承旂兮,高翱翔之翼翼。忽吾行此流沙兮,遵赤水而容與。麾蛟龍以梁津兮,詔西皇使涉予。路脩遠以多艱兮,騰衆車使徑待。路不周以左轉兮,指西海以爲期。屯余車其千乘兮,齊玉軑而並馳。駕八龍之蜿蜿兮,載雲旗之委蛇。抑志而弭節兮,神高馳之邈邈。奏《九歌》而舞《韶》兮,聊假日以婾樂。陟陞皇之赫戲兮,忽臨睨夫舊鄉。僕夫悲余馬懷兮,蜷局顧而不行。

從靈氛之言,則欲博求賢君而事之,而不必懷故都。從巫咸之言,則亦欲求君而事之,不則變節以趨時。然變節趨時,吾所不可從,惟靈氛求君而事,庶幾獲福,或可從乎！靈氛不惟告予吉占,而又爲予選日,爲予具羞粻,爲予治車駕,吾可行矣。若從巫咸之言,則使吾與離心之人相同,吾斷不能也。吾其遠逝而自疎於吾君矣。皇路緬邈,賢君難遇。吾將歷崑崙至西極,行流沙,遵赤水,轉不周,指西海。吾不忘奏《歌》舞《韶》而見虞、舜也。升高日出,舊鄉在望,僕爲我悲,馬爲我懷。僕本下賤之役,馬僅有情之物,尚如此悲懷曷顧,則吾雖被放逐,能一日忘吾君哉！

亂曰:已矣哉！國無人莫我知兮,又何懷乎故都！既莫足與爲美政兮,吾將從彭咸之所居。

吾向感僕馬之悲懷,有舊鄉之思,奈國無人,莫我知何！吾雖爲故都之懷,復何益哉！吾君之不足與有爲,吾固知之,吾從彭咸也決矣！

考　異　附

"日月忽",古文作"忽",又一本作"曶"。

"曰黄昏以爲期兮,羌中道而改路"二句,王逸不解。洪氏疑爲後人所增。看其文勢,以六句爲一段,亦可。且以"路"叶"故",應前起後,自不必拘。

"冀枝葉之葰茂兮","葰"原本作"峻"。

"勉遠遊而無狐疑兮",一本無"狐"字。

"爾何懷乎故宇",一本"宇"作"宅"。

"謂幽蘭兮不可佩","兮",朱本作"其"。

鏡山全集卷二十二

表

册立東宫謝賜紵絲表

伏惟前星朗照,雲錦自天;少海宏流,恩波接地。立天下之大本,建萬世之洪基,微臣歡喜倍常,况復寵頒下及。釋田間鋤耒而至,便承文繡在躬之光;就深宫繈褓之中,已有衣被蒼生之意。臣不勝感激欣忭之至,謹稱謝以聞。

奏　疏

恭繹祖訓疏

臣職隸禮曹,日與聞明旨,遵守《祖訓》,暫封皇長子爲王,以待中宫皇后將來之日,有嫡立嫡,無嫡立長。臣本部尚書羅萬化等乞遵前旨建儲,未蒙俞允。陛下再引《祖訓》而申明之,一二廷臣,觸忤天聽,明旨切責,大小臣工,揣摩惶惑,不知所出,而臣獨以爲不然者。竊謂陛下之心,生於遵祖之意重以專,而諸臣未有明言其故者也。使陛下細玩高皇帝之旨,深思而得其立言之因,則明君在上,决無不可以感悟;天語在前,决無不可以挽回。

臣謹按《祖訓·法律篇》第拾肆條有云:“凡朝廷無皇子,必兄終弟及,須立嫡母所生者。庶母所生,雖長不得立。若奸臣棄嫡立庶,庶者必當守分勿動,遣信報嫡之當立者,務以嫡臨君位,朝廷即斬奸臣。其三年朝覲,並如前式。欽此。”此一條,蓋爲親藩入繼,恐生僭竊之端,不得舍嫡而立庶者言也。臣又謹按《祖訓·職制篇》第伍條有云:“親王嫡長子年及十歲,朝廷授以金册金寶,立爲王世子,如或以庶奪嫡,輕則降爲庶人,重則流竄遠方。如王年三十,正妃未有嫡子,其庶子止爲郡王,待王與正妃年五十無嫡,始立庶長子爲王世子。欽此。”此一條蓋爲親王封爵初無宗社之寄,猶可懸庶以待嫡者言也。方今聖天子本支百世,麟趾詵詵,瓜瓞綿綿,而徒然旁牽《法律篇》第十四條之語;四海重寄,萬世洪基,而薾然下比《職制篇》第伍條之例。愚臣旁魄,詢人考己,連夕繼朝,不識所謂。既而伏讀高皇帝御製之《序》,有云:至於開導後人,復爲《祖訓》一編,立爲家法,大書揭於西廡,朝夕觀覽,以求至當。首尾六年,凡七謄稿,至今方定,豈非難哉!而又再三叮嚀聖子神孫,不得改易一字。則知《祖訓》一書,高皇帝遠慮宏謨,積旬閱歲,萬無疎漏之理。若謂東宫必不可先立庶生,則必不附見兄終弟及之條矣。若謂立東宫必待有嫡,則必不獨載親王無嫡之條矣。高皇帝知震器不可以久虚,國本不可以徐定,是以《祖訓》所列朝廷無待嫡之條,《會典》所載元子無册封之禮,是以先帝登極甫及二年,即立陛下爲太子,是以慈聖皇太后居之而不辭。先帝聰明睿智,當時大臣之老成秉禮者不乏也,而未嘗有他言,誠遵守《祖訓》之道得也。

今陛下以守祖訓爲得,則先帝不爲得矣。先帝不爲得,則慈聖皇太后亦不爲得矣。夫以陛下至孝深仁,豈忍違異先帝而虧損慈聖皇太后之明德哉!臣故曰遵祖之意重以專,而諸臣未明言其故也。陛下一意於遵祖,而深怒諸臣進言之非;諸臣一意於犯顔,而不悉陛下遵祖之念。交相抵拒,何怪觸忤!臣聞執成遂見,監謗防口者,衰世之秕風;轉圜止輦,銷印裂麻者,英主之美譚。陛下若抑情觀理,深惟《祖訓》之所以然,未有不垂宗社之安而杜僭竊之禍者。即使陛下益篤肅雍之愛,中宫皇后再薦熊羆之兆,順天而動,自有大公至正之圖,不爲膠柱調瑟之事,何間何疑,别有後悔。伏祈陛下澄神息怒,兼聽並觀,遠繹高皇帝之法,近體先帝之心,下順四海臣民之望。大聖人之作爲,無過此者。不然,他日隱憂猶未有底,誰生釁端,必藉口實。

臣雖知愚賤萬不見從,然爲國臣子,不忍聖明過舉,貽誤將來,是以猶冀萬一焉。臣不勝隕越待罪之至。

留中。

與洪啓睿同訟陳泰來、賈巖、薛敷教、顧允成、張納陛、于孔兼六臣疏

方今陛下深居九重，儲貳未建，人心摇動。北虜陸梁，東夷獷悍，水旱疾疫之災，數數報聞郡國。臣等每見都城内外，畿輔近民，饑殍載路，抱携兒女，表蒭頭額以識行鬻。公私之象，甚可憂危。所賴大臣秉直於上，小臣効誠於下，知無不爲，言無不盡，舉措協人心，議論扶國是。少有暗昧集詬，必不容於堯、舜之世。所以賢士正臣，仰首遂氣，論列國家之是非。如近日並封三王之詔，大小執諍，幸而聖明感悟，收回詔書。雖神謨睿斷，非群臣所能干其間，亦足以見朝廷之有人矣。

比考功郎趙南星以處置一二小臣不愜聖意，在廷諸臣，出天理人心之公，交口諫諍。求之君父而不得，則移罪於宰執；責之宰執而不得，則諷動以衆論。引覆轍爲龜鑑，調苦口爲良藥。臣意陛下將曰：吾臣所争者大，必賞其直，必諒其戇。乃加以亂政惑衆之名，重以朋謀結黨之罪。損國家忠厚之氣，隳賢良正直之風，息大臣匡救之心，長奸邪羽翼之路，無過此者。夫忠臣好君，必防其漸。君子愛人，不存姑息。當陛下震怒斥逐南星時，雖曰聖衷之睿斷，實則一時之誤動。封還詔書，非絶德也；補牘復奏，非異人也，而二三宰執竟失之。及諸臣争急時，善則稱君，過則稱己，亦古大臣之誼，而二三宰執又失之。諸臣責宰執是，陛下存其説，宰執良藥也；諸臣責宰執不是，陛下存其説，宰執龜鑑也。陛下將以諸臣之責宰執爲宰執益友乎，抑以陛下之自爲宰執釋憾於諸臣、爲宰執慈父乎？臣愚以爲陛下之操大柄，宰執之集衆思，諸臣之陳公道，要以共成天下之事，原無異同。幸而主上富於春秋，總攬乾綱。二三宰執皆以老成宿望，先後起田間、貶所，然且客氣未消，精誠不至，則景星慶雲晦於天，而麒麟鳳凰絶於世矣。宰執誠忠陛下，正當責陛下之難；陛下誠愛宰執，正當成宰執之大，不宜加雷霆焉。而若爲宰執報復焉者也，其究將使覥腆無耻之徒屏息而就位。遇大可

否、大是非，孰肯開口出一言爲陛下計安宗社於無疆者耶！夫以都御史李世達力救南星，而益重南星之罪。臣至疎賤，豈區區爲陳泰來、于孔兼六臣者計去留哉！誠爲陛下惜人才、重國體也。臣等無任隕越祈籲之至。

留中。

請止倭夷封貢疏

比者刑科給事中楊東明以河南饑民繪圖上進，皇上惻然憫念，親降德音，發賑遣官，不踰旬時。臣因而窺聖人之心，如天可籲，如父母可告。及東夷封貢，大關國家利害，在廷諸臣，先後無慮數十章。近日寺臣萬自約、科臣孫羽侯、田大益、臺臣黄一龍皆剴切正當。然自廷論東封以來，皇上不過曰"兵部知道"而已，又其要者，則曰"兵部看了來説"而已，未聞發有手詔，詰問當事大臣倭可封不可封之狀。豈諸臣之疏連篇累牘，皇上萬幾之煩，無暇詳察歟？抑皇上以當事大臣，皆憂國奉公，可信心委之歟？抑謂邊士將吏，皆以實情入報，不敢説謊歟？

臣昨見朝鮮陪臣刑曹判書金睟等捧表謝恩，安歇會同館，提督二館主事臣啓睿覿面譯審，陪臣叩首流涕，具言倭夷慘酷猖獗。李如松既與講和之後，抑勒朝鮮，任其殺戮，朝鮮束手受刃死者六萬餘人。倭夷言語誖謾天朝，不一而足。奸民沈惟敬所與講好者，皆以和親爲名，中間尚有道路所不忍聞者，而輒粧點曰乞降、曰悔罪。當事大臣至於動色相告，自以爲功。若此事果成，傳言海外，豈不重爲别國君長觀笑！臣恐自此之後，朝鮮力不能支，折而降倭，倭狡以逞，動干戈於邦内，國家之憂，無寧日矣！臣伏見前年寧夏之變，師老財匱，收拾無期。皇上赫然震怒，而哱承恩授首，虜酋逃遁。以一方一隅之憂，尚煩聖慮，豈今日國家千萬年之計，一概委之於外，勝負情形，不復問其顛末！皇上聰明震世，當不若是。臣因而簡得萬曆十九年，中國被掠人許儀後自倭國寄書内地，預説今日事機，合如契券。内中所云關白設計，欲直取北京，稱帝大唐，善行金、反間、詐和、假降以破敵國等語，讀之可謂寒心。今舉朝之人皆知之，獨以市井瑣碎之言，不敢塵瀆天聽，君門九重，何繇洞燭。臣所以謂皇上不復問東事顛末者，良繇諸臣連篇累牘，皇上未及詳察，以致當事因而敢於矯誣，邊吏因而敢於說謊也。臣今將許儀後書信并主事臣啓睿面審朝鮮情節，及倭夷所答總兵劉綎書，與歷來入寇，先朝所以處置之宜，抄略上進。皇上儻垂一刻之覽，將前後情詞互相比照，則倭之果爲真降，果爲可封，不待臣言自然明白。伏乞皇上從中特降勑旨，亟止封貢之議，依高皇帝故事，却其表文，止勑兵部一意防守，令經略總兵量行救援朝鮮之策，則何威不奪，何人不懾，何奸民敢愚弄，何當事敢推諉！若一下兵部，便成故紙，萬無救正之機。天下者，皇上之天下，亦高皇帝所傳皇上之天下。惟皇上熟計深慮，臣不勝迫切祈懇之至。

奉聖旨：兵部知道。

論兵部尚書石星疏

臣惟自古大臣不畏天下之公議，偏執獨任者，未有不僨事而誤君。切見兵部尚書石星，以一時狂狷之言，偶觸先帝廷杖，陛下採擢榮級，倚重樞筦。但人之品具不同，蓋有有節而無才者，有有氣而無量者，有有爲而無識者。今封倭不可，在廷諸臣群議僉同，石星乃敢逞臆，飾非文以將順之詞，堅其必然之說，欲與諸臣較逆睹之明，角前知之見。此時蚤計之士，亦何從而辯之？然臣以爲欲徵後釁，當觀已敗。

方東事之初起也，舉朝以爲倭狡善戰，鋒不可當，不如量助朝鮮金錢，畫江守之。石星攘臂自奮，越國餽糧，喪師異域，此一敗也。侍郎宋應昌鄉評物望無一許可，舉朝謂不足與計事，石星請遣經略，前後跋踕，狼狽而歸，此二敗也。沈惟敬市井亡賴小人，何足聽信！石星以爲種、蠡復生，儀、秦再出，任其簸弄，無與昭奸，此三敗也。且嘗請太倉之儲造戰船矣，遣人説暹邏國，令其伐倭爲内應矣，遣人航海偵探關白動静矣，迄皆虚費妄行，毫無左驗。自有東事以來，無一舉動足快人意，則推之後事，不問可知其僨也。古者舉大事必順人心，汝則有大疑，謀及卿士、庶人，三人占，則從其二。石星聞苦口逆心之言則耳硬，聞諂訾比周之言則耳軟。聞縉紳大夫盈庭之言則耳硬，聞狎邪闒茸造膝私人之言則耳軟。聞數百年恭順之國利害切身之言則耳硬，聞狡黠跳梁風波杳茫之言則耳軟。痛疥醫爲癰疽，風痺治爲羸瘵。乃大言曰：封，虛名也。封而得弭朝鮮之患，實利也。何其敢於欺人一至此耶！夫當倭夷表文未至日，石星曰：將虛心以待諸臣會議。今會議諸臣絶無贊决，而覆疏已議封矣。小西飛捧表，石星曰：將暫羈廣寧以待倭夷盡去。今倭夷未去，而覆疏已遣入都譯審矣。臣度無幾何時，石星將曰：譯審小西飛恭順矣。臣度無幾何時，石星將曰：倭夷盡去，可封矣。臣度無幾何時，石星將曰：倭得封之後，果不犯我，可貢矣。臣度無幾何時，石星將曰：人誠心來貢，奈何無以答之？可厚賞矣。臣度無幾何時，石星將曰：人與我好，奈何無以利之？可市舶矣。當諸臣争封緩時，則伸而言貢；及諸臣争貢急時，則縮而論封。兔穿三窟，鼠持兩端。節節設局，漸漸逼真。微哉虛名，朝廷所甚重也。美哉實利，朝鮮所力辭也。謀視蔭之短圖，謗恤緯之忠心。于謙、余子俊、劉大夏、馬文升而在，規爲斷不如此。

石星壯猷元老，非臣豎儒腐生所能窺測，臣之喋喋亦知無用，然儻遵明旨，候督撫顧養謙再報之時，科道官勘實之後，勿執成心必伸己説，則國家大事尚未失策，臣之守禮亦與有榮。此臣所以區區石星之先意，而忠陛下之本職也。伏乞以臣言，勑下石星，使之悔悟，而將臣罷斥，以爲小臣闇澁不通，唐突大臣之戒。臣不勝悚息賔越之至。

奉聖旨：石星耆德重臣，留心邊事，何喬遠憑何的見，肆言巧詆！姑不究。石星着以邊事爲重，毋得與小臣争辯。該衙門知道。

覆禮部尚書陳于陛修史疏

有一代之興，必有一代之史，所以宣登休美，恢閎鴻鉅，示天下後世於無窮也。臣觀三代之治，先王之典則猷訓，其當時皆已大行顯布，所以歷之萬世，猶如一日。漢、唐、宋之盛，治體名教，多其一時君臣纂輯搜羅，子孫遵爲故事，臣庶奉爲舊章，炳朗翔洽，爛然于後代。明興以來，列聖之崇德偉功，揭麗天日，當朝之英才髦俊，感會風雲，可以等埒先王，甄陶近世。然而列聖之所昭垂者，備載《實録》，尊崇禁密，中外臣民，荒州陋郡，無以深知神化之精微，功德之酆廣。而本朝先臣，淵謀巿議，亦多散在遺籍故記之中，未有網羅。至於六曹庶司之務，因革損益之宜，單見複出，《會典》之條目，雖詳籌畫之，規模未悉。辟如天球赤刀，秘於清廟，未傳示而出諸人間；荊玉南金，混於沙石，未追琢而薦諸天府。今歷年二百，歷世十葉，公私記載，朝野充盈，深秘而不發，則無輝煌曷奕之光；爛熳而不收，則有歇曠凋零之患。

臣等伏見太祖高皇帝干戈初定，翰墨嗣興，大召儒臣，遠徵耆宿，議禮制度考文不可殫述。成祖文皇帝修輯《五經性理》諸書，廸世彝訓。逌及皇祖，正禮考樂，郊廟禋祀之制，莫不定著折衷，獨見獨裁，補累朝之未周，成一代之鉅典。是以嘉靖之世，號爲中興。我皇上春秋鼎盛，學問日新，遠比皇祖，正禮考樂之歲，實維其時。比者叛將跳梁，終歸授首，黠夷闚闖，亦漸弭心。可見天眷明德，猶未有窮，闡美昭庥，不宜謙讓。若允尚書陳于陛所請，發中秘之副録，裒方内之僉聞，選擇洽嗜之士、强筆之臣，假以歲月，責之久任，俾合穎抽思，輯爲正史，用以寵靈列聖，啓佑後昆，實昭代之宏規，不刊之盛事也。

覆禮科都給事中張貞觀禁奢靡疏

竊惟禮也者，辨上下，定民志，衣服有章，等威有别，明主所以納民也。臣嘗莊誦《大明會典》、《大誥續篇》及《大明律》諸書，太祖高皇帝當時奢靡之禁，蓋亦甚嚴。我皇上即位以來，再三申飭。至十三年，因科臣之言，命本部將題禁事宜，通行内外，使天下共明禮制，同遵法守。乃不數年間，頹靡如故，殊未見其可復於盛世之風者。豈惟小民蠢愚而無知，抑亦有司奉行之不實。

今天下水旱饑饉之災，連州亘縣，食力丁壯，轉徙失業，公私之藏，甚見匱詘。而閭巷競奢，市肆鬬巧。切雲之冠，曳地之衣，雕鞍繡轂，縱横衢路。游手子弟，偶占一役，動至千金。婚嫁擬於公孫，宅舍埒乎卿士。惰游之民，轉相仿效。北里之絃絲益繁，南畝之耒耜漸稀。此皆顯然可見，無待密行訪察。夫人之福澤，各有涯量。過分則不能承載，而多至於招損。人之善心，生於勞苦，過節則不能循矩，而易至於犯刑。小人蚩蚩，但知適一時耳目口腹之快，誰能逆慮於後，先憂於敗！若恣其沐漬無界，不惟非所以維國紀，亦非所以壽民生也。京師四方之表，簪紳衆庶之標，從風易嚮，不可不謹，誠有如科臣所言者。行父區區相魯，而家無衣帛之妾；平仲僅僅顯君，而日甘脱粟之飯。翼翼京邑，民極所歸，赫赫師尹，具瞻攸屬，誠不可不厚自準繩。首先士庶，以副聖天子還淳崇儉之意。至若太祖高皇帝、成祖文皇帝尚浣衣而再御，納敝絮於袖中，用能媲德卑宫，軼光綈服，肇基大統，丕纘鴻猷，則臣等所願我皇上遡稽前紹，建維皇之極而錫平康之福者也。

恭候命下，臣等將十三年所奉旨頒布，再行申飭。内之責成巡城御史及廠衛衙門，外之責成省直撫按，俟命下半月，或文到一月之後，嚴加緝訪，敢有仍前僭違者，即依律問罪。若工匠技藝造作淫巧，織鏤違禁者，亦從重究遣。務在着實舉行，不得虚應故事，則禮制明而法守亦一矣。

覆鄭世子不准辭爵疏

看得鄭世子載堉，以已封之越次，明盟津之當襲，先因四陳辭讓託疾求退，本部覆題不允，而世子之意愈堅。廼今復借祧祖之議，陳省禄之意，無非欲以白盟津之無罪，彰已爵之當辭，克讓之美，誠不可及。但盟津王見濍先以不孝、魘魅、打死宫人得罪其父簡王，奉旨送發高牆。在憲宗皇帝雖嘗勅戒簡王，亦謂其愛而不教，敬而不先，未嘗謂見濍之無罪也。在孝宗皇帝，雖有勅勸簡王，亦謂憐其怨艾，許其改悔，未嘗謂見濍之無罪也。在世宗皇帝，雖追復見濍之爵，賜謚恭懿，亦謂祐橏係革爵後所生之子，未嘗許其封也。即《祖訓》嚴以次奪長之條，亦指倫序應得之次，非謂有罪之人也。即世子謂嘉靖十年以前，見濍未蒙追復，其父恭王厚烷可以授封，今則不可以封。然考嘉靖二十九年，祐橏與恭王訐奏，恭王送發高牆，王爵正缺，亦未聞朝廷之以祐橏襲也。及隆慶三年，赦回復爵，祐橏雖卒，亦未聞恭王之仍讓祐橏子厚焯也。明明大訓，誰敢干之！昭昭成憲,誰敢易之！見蕩先經革爵,繼發高牆,原非曾參、閔損之行,而復曲爲追説,似未免彰簡王之過也。恭王復爵,朝廷不以爲非,厚焯不敢復言,而復追遜其舊封,又未免改恭王之道也。違先朝之令,顯前人之失,而硜硜然慕節于子臧、希聲于季札,以世子之賢,臣知其所不安,且不敢矣。然以嘉靖中追憐見蕩,賜之美謚,則遠體世宗皇帝之意,復其孫載壐盟津之爵,以稍雪其冤,而竟不與之王,以明其先世之不盡爲無罪,則世子之讓功見矣。世子不願襲爵,即封世子之子翊錫以繼其統,則世子之讓心遂矣。不王世子,亦不必别加世子之號,使以世子之名老,待其身終之日,追封爲王,以伸世子之子之心,則世子之讓名成矣。臣之愚見,似出于此。若不顧國家典制,曲爲他解,以自成其固志,萬非世子所宜出口而臣等所敢奉行者也。但事在彼中,未經彼處巡撫、巡按代奏議處,又非臣等所斷以爲必然而無疑者。恭候命下,臣等移咨彼處巡撫及咨都察院,轉行彼中巡按、御史勘議,再奏本部覆請,以俟聖裁。

覆山陰王俊栅開宗科疏

國家建一議,興一事,必當視爲實政,毋徒付之空言。宗藩衆多,廪禄不給,無入仕求生之途。先憂者,常有不知所終之慮。今既許之開科,若又漫無一定之制,則有司奉行不實,宗人終當阻抑。臣等謹按,郡王子孫,有文武才能,堪任用者,宗人府具以名聞,朝廷考驗,换授職官,此祖制也。名糧庶宗,不蒙爵號之榮,無名無糧,未沾升斗之賜。有願入學作養者,聽長史司起送與民間子弟一體考試,此部覆也。推原先年部覆之意,不過以中尉而上,本爵既崇,就令收録,有難换授,是以未易輕議。但臣等載觀《祖訓》,宗人府以才能名聞者,朝廷即與考驗换授者,本謂不繇科目,出於咨訪,即以其本等官職考驗换授也。今既開其選舉之途,與祖制考驗者稍殊,是换授之舉,亦當稍通之舊章之外。臣等以爲諸宗既脱蓰應得之封,自求可致之路,自當折節爲儒,與士子齒,豈宜復論故秩之崇卑！若拘换授之文,則分職授事,不考察乎？或有過犯,不降革乎？是固未可以本等名秩爲拘也。今即輔國中尉以上名位稍崇,未便科選,若鎮國中尉而下,則爵秩稍卑，且世世爲中尉，即開其選舉，似亦無礙。合無自今鎮國中尉而下，有不願授封者，聽其入學應舉，一體照依出身資格，授之官職。既官之後，禄米即行住支，致仕罷閑，亦不得再行重給。其淹遲不舉，願歸舊封者，仍以與之。

至山陰王謂各省舉人制有定數，宗人文字雖優，似難去可中之生員，填額外之宗室，殊爲有見。臣等照得兩京監生應舉順天、應天者，場中俱有一定之額，別於生儒之中。今天下王府凡十七府，而有王府省分，不過八省。若程衡王府、省分之多寡，一省量增解額數名，合八省之中式者，不過五六十人。三歲之間，多此五六十人者，貢於天府，不過崑山之二瑴，大海之乘珠，而授官之後，又不復給前禄，則既可以開效用之門，又可以省出禄之費，毋使國家受吝錮宗人之名，計似無便此者。其各省增添宗生解額，恭候明旨定奪。臣等另行酌議，伏候聖裁。

論東事疏

太僕寺添註少卿臣何喬遠，爲邊事方殷、廟算宜勝，仰望聖明宣示戰守之宜，使經、撫二臣奉行畫一事。

臣備員僕御，目擊時艱，杞憂嫠卹，不避狂瞽，輒爾有言。臣聞閫外固有不御之權，廟堂亦有制勝之策。高皇帝戡定禍亂，底平天下，雖徐、常、湯、鄧之力，其進取機宜，皆高皇帝授之成算。常遇春每受命出征，輒欲直擣巢穴，高皇帝常戒其輕，但使之從外而漸入內，繇遠而漸入近，動爲萬全之計，以制必勝之畫，蓋其慎也。今遼東之役，費皇上金銀數百萬矣，士卒敢有越三岔河一步者乎？民既渙散，士復愞懦。折箭埋沙，鑿斃馬脊，芻豆之費，取以餬口，以此人心但可導使之守，豈可使戰哉！輕戰必至喪地，力守便有完城。地失而城亦失，城存而地亦存矣。臣愚以爲皇上宜明示成算，但使堅守，庶可以安人心、壯氣勢。如是，則户、兵二部，措置亦紓。夫以成祖之時，國家初興之日，張輔宿將大臣三下交南，然不能保，宣宗皇帝决然棄置。成化間，虜入河套。嘉靖世，當事大臣鋭意恢復，而世宗皇帝發怒罷兵。夫宣、世二廟豈不欲輻員廣大、國勢威强哉！誠慮及根本，爲國家，愛人民，惜財用也。虜破遼陽，取其金帛財寶，轉徙入穴，今老酋公然據城而居，此其目中無我矣。彼其八子，各典兵馬。縱得恢復，我更何人可以填實城中？若復來争，何以禦之？往古遼左之地並屬外邊，與中國合者十四，離者十六。今舉朝臣子徒以肘腋近地，不敢明言棄置，而臣又非敢明言棄地也，但以堅守廣寧爲第一義。若欲進戰，必須養威而動。廣寧地方五百里也，猶可以爲善國。儻能永保無虞，抗衡東西二虜，毋使近關，以衛山海，以壯神京，便不失爲功首。

臣江南人也，嘉靖之季，倭擾江南，在在而是，江南郡縣惟以堅守得全。以今士卒十餘萬，不能戰也，獨不能守乎？江南人守城，又非費朝廷帑餉、弓弩、刀鎗也。分畫牆垛，多備瓦石，燒滚人糞，雜以毒藥，投擲倭頭，不惟穢溷，且有潰爛。其餘小堡孤村人民，招之入城，縱有踐破，搜掠不多，不久去矣。方今河雖云凍，草已盡枯，馬不得食，虜必不來。若其來期，或待草青。臣願皇上明示旨意，止令堅守，且謾言戰，使議論歸一，士卒膽氣自壯，無令眩瞀軥張，先自决裂。夫我與虜兩戰而兩不利，士卒僅有一頭，豈能再長？欲逃欲竄，無怪其然。請及今人馬湊集，車輛備具，出之以爲外蔽，抽揀壯丁，使之深溝高壘，即以諸臣所議屯田之事，次第興工，以其阡陌溝塍之餘土，聯綴坑塹，其他地陷地網之類，亦乘時穿鑿，多種榆柳，長大之日，可防奔突。但蓄艾以治病，無見彈而求鴞。至廣寧城中，但使分派埤垛，多設栅隘，俾將領人民聯爲什伍，預行守望。其所駐宿，即在守處。時令料積磚石，習放火炮，若有餘力，便於近河所在多築城堡，以壯備禦。儻援兵太多，即分往錦、義二城，俾之屯種，許有室家。屯種既足，芻輓自可漸減，人民亦爲蕃庶。祇患無實心任事之人耳。臣所居海上，近佛郎機，彼夷自衛，惟是以炮傷人。前日黄克纘所運去火炮，聞奉集用之，一發而死者六百餘人。若近日安塞知縣張房如，西虜至城下，擲以磚石，擊傷至五十餘人，虜旋引去。此皆不陣之戰，不交之鋒。士若尚怯，不名爲士矣。袁應泰以出戰而失遼陽，毛文龍鋭身縛叛，後勁不繼。《詩》云："伐柯伐柯，其則不遠。"臣恐遲戀不割，竭天下以奉一隅，其爲騷動，不止四川。

昔者吴之報越也,畜之三年;越之報吴,以二十餘年。即奴酋發難,亦積謀在三十年之前,而發之三十年之後。而皇上之所以寵異熊廷弼者,亦非有戰功,不過當日能守遼陽不失而已。至於廣寧之民,當事之臣,亦宜弔死問孤,稻脂餔歠,若一心一家,方能得其固志。若必欲恢復,當如李牧士卒開門願戰,岳飛家軍撼之不動,方可進取。豈堪以烏合之衆,草草舉動,幾倖旦夕,冀不可成之功哉!又若王化貞忠心壯膽,皇上亦宜下勅褒奬,用示激勸。儻能堅守,十年以後,不妨與之流伯,坐鎮其處,所以處熊廷弼亦如之,待其衰倦謝事,更選材望之臣,亦以此例,用示優待。又至遼左之民,臣聞之使臣楊道寅,圖保首領,勉從其俗。若彼中有一二豪傑,或國中人能出死力歸義反正,亦可出榜曉示,許侯、許伯,無所不可。惟動示萬全,則但能永保廣寧,即是擁護神京,不待斬虜搴旗,方議功賞也。微臣蒿憂,不識大計,言之爲先事,伏惟皇上裁察。

奉聖旨:知道了。兵部知道。

明典禮疏

太僕寺添註少卿臣何喬遠奏,爲尊御名以明典禮事。

臣伏讀皇上登極詔書,錦衣親軍業改爲旗尉,以避御名。臣元日候朝皇極門,立近諸人,見其所懸銅魚牌尚未改鑄,此有司奉行詔書不謹之過也。臣又見御名上一字,雖屬皇上行輩通稱,第天下大小官員,孰非皇上臣子,而章奏脚色所叙出身,無不通用。見今吏部考察過堂,誰不自念脚色?臣愚,欲改爲"進士出身"、"舉人出身"等字,庶見普天率土尊上之誠。夫禮者,所以别嫌明微治政尊君也。二名不偏諱,雖太祖有制,入門問諱,亦古人之義也。今一則禁衛親軍,日在階墀之下;一則内外百官,罔非奔走之臣,而御名不避,非所以明禮也。孔聖曰:"爲國以禮。"而况朝廷之上乎!爲此具奏,伏候聖裁。

奉聖旨。

五少卿合劾熊廷弼疏

大理寺左少卿馮從吾,翰林院提督四夷館、太常寺少卿董應舉,太僕寺少卿朱一桂、何喬遠，光禄寺少卿許維新，爲奴兵過河，經臣先逃，懇乞聖明速行逮斬，以警人心，以保社稷事。

遼事告急，經臣熊廷弼主守，臣等以爲能守三坌河，能守廣寧，庶幾可以少贖平日跋扈之罪。今奴酋過河矣，廣寧且陷矣！而廷弼先逃至山海，遂使人心搖動，三軍俱奔。先是，瀋陽之逃臣高出等不誅，以致人人效尤。今廷弼先逃，其誰不逃者！竊視山海以内，再無肯守之人、再無可守之地，社稷之危在旦夕間！懇乞聖明即遣緹騎，速逮以正典刑，庶人心知懼、社稷可保。臣等無任懇切待命之至。

奉聖旨：兵部知道。

五少卿合劾王化貞疏

大理寺左少卿馮從吾，翰林院提督四夷館、太常寺少卿董應舉，太僕寺少卿朱一桂、何喬遠，光禄寺少卿許維新，爲廣寧已陷，撫臣亦逃，懇乞聖明與經臣並逮事。

臣等於正月二十九日入朝，聞奴兵過河，經臣先逃，不勝驚懼，具疏公糾。彼時廣寧尚未知存亡，撫臣王化貞亦未知下落，故止糾熊廷弼，以儆其餘。近接邸報，廣寧亦失陷矣，化貞亦棄城而逃矣。敗壞至此，兩臣即不逃，亦當服上刑，而况其逃耶！若不重處，儻守山海者而亦逃，即處之又何及矣！懇乞聖明，將化貞與廷弼並行逮治，庶國法伸而人心知儆，山海固而社稷可保。臣等無任激切待命之至。

奉聖旨：兵部知道。

患病未能謝恩疏

原任太僕寺添註少卿、今陞通政使司左通政臣何喬遠，爲祗承新命，感激高厚，因患病未能謝恩事。

臣自侍皇上陞殿傳臚本日還寓舍，驟得頭眩耳鳴之疾，隨註門籍。經今一月,方在調理。忽蒙命下遷轉臣官。臣沐皇上深恩,一歲未週,徙官者再。即日當趨詣闕廷,恭行謝禮。緣正在床蓐,行步不前。臣子之心,踧踖不安。謹具本奏聞,伏惟天恩垂寬鈇鉞,容臣痊可之日,即詣闕稱謝。臣不勝惶悚感激之至。

奉聖旨:知道了。

乞致仕疏

通政使司添註左通政臣何喬遠,爲主恩未報,臣命垂盡,懇乞天慈,放歸田里事。

頃自邊疆多事,群臣戢戢不敢言去,而皇上於求去諸臣,每曲加諭留,臣又何敢煩瀆!第有一二之臣,實情上請,亦許放歸,臣是以亦敢有言。臣年六十餘,久患頭暈耳鳴、臂痛足僵之病,以召命出山,勉强支持,而今日加一日,自三月侍班傳臚之後,顛頓更甚。註籍四旬,未見痊可。方圖乞歸,皇上陞授臣官。臣感激聖恩,竭蹷出謝,而臣身之病,啞子喫苦,第自知之耳。蓋凡陰陽之患,冒犯之觸,藥石可施,旦夕可俟,及其平復,强健如故。如臣前病,乃垂盡之症,奄頽之候,有如北土之楊,空心纏皮;江南之橘,蟲蠹實中。一旦迅雷猛風,不斧自折。如前月東直門外,槐火中發,是其証也。

夫人臣服官,受事以事主上,必當自度。若臣精神尚强,奔走不憊,則藉一臂之用,尚可展夙昔之忠。若但跽拜成禮,進退如人而已,則外充中枵,徒取具數,僥覬爵位,實爲冗官,耗廢廩禄,並名蠹蝕。仰惟皇上御極,不忘遺簪墜履之恩,是上之所以厚下也。若小臣量入,當常存鼠腹蝸蜒之意,乃臣之所以忠上也。皇上起臣廢痼之中,猶之陽春布煖,陰崖畢被,枯株榴枿,並有生意。但此等株枿,終不足爲棟樑宗闑之需,何如棄爲溝中之斷,任其浮沉波沫,尚名一物。臣自入京以來,無一效忠皇上,一歲未週,再轉臣官。臣膽小材劣,素餐實恐。方今英賢布列,官常不乏。欲用英俊,則方剛具有;欲用老成,則耆德實多。伏惟皇上念臣精力不逮,總無擔當之日,便行放歸。臣無他技,尚能爲皇上教諭鄉里,使之作息畝隴,誘掖子弟,使之步武聖賢,則臣放歸之日,猶之嚮用之年也。

犬馬下情,不敢飾説。伏惟天慈垂鑒,不勝願望。臣臨疏惶恐悚息之至。

奉聖旨:何喬遠簡用方新,安得遽辭求去!着照舊供職。該部知道。

請招撫山東妖賊疏

通政使司添註左通政臣何喬遠,爲乞開東土再生之路,昭神武不殺之恩,用邕皇仁,以培國脉事。

臣待罪通政司之末,得預簡章奏,見東土叛民數萬,攻陷城邑,其勢不可謂不披猖,而我之斬獲首級,先後且三千餘,則兵威亦不可謂不振矣。愚臣鄙意以爲,東土用兵,與遼東、黔、蜀異。遼東,虜也;黔、蜀,蠻也;若東土,則我民也。方釁之初開,撲滅貴蚤,及剿而大捷,撫諭當新。赤子無知,民惡其上,此時正可憫而寬之耳。皇上,天也。天豈以蛇虺虎狼絶其生生哉!臣請及此時,宏開天地之恩,出一紙詔書,大張榜文,赦以不死,許其自新。東土之民,數年饑饉,衣食無所,初被誑誘,亦不可知。今也求生無路,困獸猶鬭,亦不可知。在地方官,則宜殫心竭力,爲皇上勦絶此寇;在皇上,則宜仿虞、舜之舞干,師成湯之祝網,廣邕皇仁,永培國脉,方爲大聖人之作爲也。

當嘉靖之時,大同卒叛,督撫劉源清欲闔城誅滅,世宗皇帝諭略曰:"劉源清欲城破人誅乃爲忠乎!夫城破人誅,又復何難?無罪何辜?又何時完實是鎮,以壯京邑?"大哉聖謨!真爲國家固根本、聚元命也。今日東土叛賊處處皆是,若盡行勦絶,他時土地荒蕪,城郭空虚,更不成股肱郡氣象。即萬一再有驛騷之形,何遽能充實以固吾圉?世宗皇帝之言,誠聖子神孫所宜深念。臣又覩正德之季,劉六、劉七蹂躪近畿,數年始定,皆因彼時朝廷未嘗招撫赦宥,致其蔓延。興言至此,又一遠鑒。昔漢龔遂有"陛下赤子弄兵潢池"之對,唐裴度有"蔡人吾人"之語,宋岳飛平湖湘群盗,用其豪傑,以有成功。臣愚,欲東土當事之臣,略仿此意,而皇上則乘此報捷之後,大兵四集,大開招撫赦宥,以上媲虞、舜、成湯之盛舉。臣泥古迂謬,輒爾有言,伏祈皇上裁察,如不可採,則赦世狂易之罪。臣不勝幸甚。

奉聖旨：愚民被妖教哄惑，以致殺身，良可憫念。已有旨着撫按官出榜曉諭解散。這所奏甚稱朕好生之意。該部即再行與他每知道。

乞休致疏

通政使司添註左通政臣何喬遠，爲衰病已極，仰乞天恩，俯容休致事。

臣先於春間以臣命垂盡上疏乞歸，蒙恩不許，而元輔臣向高亦力阻臣去，臣是以不敢再有陳瀆。臣居常自誦曰："臣子何功於君，必欲坐而索大官？朝廷何負於臣，必欲立而致高位？"凡諸臣之濟濟出山者，將以有爲也。若臣行能最下，鬚鬢盡白，度體量材，最宜先去。近值科臣先後禁學之疏，所以規都御史臣元標者，極爲至當之論，乃講學書院上樑之文，實出臣手，臣去尤宜。元標且去，臣且從其後矣。

臣因得而論之：臣讀書至於《洪範》之篇，曰："無偏無黨，王道蕩蕩。無黨無偏，王道平平。無反無側，王道正直。"蓋謂人君出治自上之語，而非所以責之人心世道也。若欲以人心世道責之一人之身，則孔子在魯，且不能弭季孫、陽虎之暴；孟子在齊，且不能化王驩、陳賈之奸。而元標欲以學術講論之間，謂可以鎖反側、歸正直，即臣亦不以爲然矣。臣又誦法孔子之稱甯武子也，曰"其智可及，愚不可及"。凡濟變撥亂之才，智者能之，若忘身立節之事，非愚者不能也。當元標之以新進士論張居正之不奔喪也，不知杖責放謫之在前，此愚者之所爲也。講學招尤，今古同貫。宋臣蘇軾，氣節文章垂之宇宙，至今猶自生色，而極論程頤以爲奸邪。朱熹講學之禍，呈身貽笑，殃及門徒。元標不古是鑒，仍蹈此轍，此又愚者之所爲也。雖然，元標愚則愚矣，令其出山之後，反愚爲智，乖覺伶俐，絶無遲頓迂闊之象，則亦不足爲元標也。臣嘗造元標寓舍，襆被之外，一榻瀟然，絶無帷帳，布袍敝緼，而又外不作敝衣垢冠之習，即此一端，固已難得。臣見先朝諸臣，如羅倫、陳獻章、王守仁、李夢陽輩，國史、野記多被醜詆，或其當時身遭侮辱，今其人品固在也。王世貞作《直中丞》詩以譏海瑞，謂"龍逢比干非俊物"，於今海瑞亦未嘗損價。臣嘗語元標鳳凰麒麟祗可間出，公終當還山耳。元標深服臣言，第以主恩垂眷，邊隅多警，未敢言去。元標昔爲鳳凰，今則衰矣；昔爲麒麟，今則傷矣。伏祈皇上即允元標之去，併憐臣衰病，妄作上樑之文，放歸田里。臣擊壤鼓腹，感戴高厚寧有極也。

奉聖旨：鄒元標行品素著，豈容輕詆！何喬遠方以素望起用，如何遽辭！着照舊供職，該部知道。

再乞休致疏

通政使司添註左通政臣何喬遠，爲揣分陳情，再乞天恩，即賜休致事。

臣小臣也，日以衰病求去，蒙聖恩稱臣素望，命臣供職。臣感皇恩，自宜再不敢請。但臣連今春之疏，於今而三矣。近見光禄寺卿許維新以衰老求去，兩疏即允，况維新清望臣所不逮，臣之衰病，尤過維新。伏乞皇上即許臣休致，臣不勝感切。臣又有説焉：朝廷之上，固不可無有猷有爲之彦，亦不可無知止知足之輩。清明之世，固不可無濟濟振鷺之儔，亦不可無冥冥鴻舉之士。則皇上即賜臣歸者，不惟體臣之厚，而亦維世厲俗之一端也。

奉聖旨：何喬遠饒有才力，着遵旨即出供職。該部知道。

考察自陳疏

光禄寺卿臣何喬遠，爲自陳不職，乞賜罷斥，以公察典事。

臣聞黜陟幽明，君道也；知止知足，臣分也。臣萬曆十四年進士，授刑部主事，歷禮部儀制司郎中，坐罪貶斥二十七年。先帝即位，拔臣幽賤，擢任本寺少卿。皇上即位，二年之間，臣叨轉官三次，其初爲本寺少卿，爲太僕寺少卿，爲通政使司左通政，皆添註備員。百凡服事，自有主者，臣差可幸無罪。而今寺卿之任，臣當事首，其爲瘝曠，夫何復辭？臣惟寺卿之職，非仁孝誠敬之切至，必不足以佐聖主之明禋；非廣大節儉之兼通，必不足以備惟辟之玉食；非振剔警悚，必不能裁經費之冒濫；非周詳縝密，必不能悉出納之纖微。而臣才質不逮，虚有其心。未事非不有自攝之恭，而臨時鞅張，幾至失墜；當務非不有徧物之意，而雜至紛沓，便復瞀迷。蓋不待當考察之期，而臣之自考其當退也亟矣。伏乞聖明，將臣罷斥，庶黜幽之典不虚，而臣知止之心亦遂。臣不勝席藁屏營之至。

奉聖旨：何喬遠照舊供職。該部知道。

省差遣節冗濫疏

光禄寺卿臣何喬遠，爲省差遣以節冗濫事。

臣惟本寺舊有上供錢糧，因先年省直各處俱不解進，以致天庖缺乏。先該本寺卿趙健題遣署官催儹，以陸柒員爲率。蓋一時足用之計，非經久題請明著爲令也。臣到官數日，查本寺歲額二十四萬，而今去歲之數，收銀近二十萬，放銀近二十二萬，所餘尚有二萬。相提而論，不甚懸絶。尚有積欠，則户部以二萬餘，工部以一萬餘，又係在京衙門，不隸在外省直之數。在外省直，見今陸續解進，當亦不至藐然。君臣上下，一體一心，誰敢曠慢天事，而必使署官守催若索負然，亦非國家之體也。臣惟臣寺屬官，近雖稍進用正途，而入貲爲郎者尚多。以一閭巷布衣，輸金五百，邀有章服之榮。朝廷有吉慶，即得與覃恩之例，而又給以俸禄。不徒使之，即其家中賦役，亦得從七品例優免，而又有前途陞遷，得爲州縣之吏。蓋輸於朝廷與所獲於朝廷者，何啻倍之！臣計有差遣一往一還，最省亦須費驛遞、州縣二百餘金，雖云散漫各處，孰非民之賦役、國之膏脂？求差之臣，固宜念之矣！又近日有援遼事例，員屬添註，云不管事，衹合候差，此不過一時堂官分撥之便，並無明旨，遂欲沿爲成規，以致一人便求一差，必滿六七差乃已。夫朝廷之上，以爲有事，則如臣等備員本寺，不過文書之僉押，印章之護持，此外皆屬素餐，有何竭精敝神，爲國家立一不朽之業？若爲有事，而實無事也。以爲無事，則朝參不失，無得偃卧私家，便是夙夜匪懈，以事一人，以爲無事，而實莫非事者也。而何必衣冠楚楚，爲《清人》之逍遥，車馬駪駪，若《皇華》之靡及，動驛遞、麋餼廩者哉！

伏乞勑下，容臣將各省直積久多年至一萬以上者，方許差官催儹，其所催儹地方，即得併及附近省分，毋得一省一人，以致繹絡出都，紛拏雜沓。其欠至數千以上者,臣寺自行移文催取,庶上供無闕,支數不乏,亦節省冗濫之一端也。

奉聖旨:差遣太多,委爲騷擾。所奏依行,該部知道。

參劾寺屬玩旨疏

光禄寺卿臣何喬遠,爲查參玩旨屬員,仰候處分事。

臣竊惟皇貴妃鄭氏,當神祖之朝,倚寵眷之恩,生嬌妬之念,國本爲之動摇,中外爲之危疑。先帝即位,所以待之仁孝有加,而皇上近日詔旨所以處之,亦備委曲,可謂仁之至、義之盡矣!乃有臣寺屬官珍羞署署丞鄭養氣者,已經言官論列,臣諷之告病,謷然不應,招之入署,兀然不動。夫非鄭養性之兄弟也,而敢如此!臣若不參劾,則於明旨所謂"着于外方遠處,覓便居住"之意謂何?不惟事君之體有虧,而率屬之誼亦失矣。是以不避嫌怨,具疏上聞,仰候處分,庶便去留,謹俟勅旨。

奉聖旨:該部查議具奏。

發處廢銅疏

光禄寺卿臣何喬遠,爲發處廢銅,以資鼓鑄事。

臣比見皇上發尚方兵甲備邊,方戰守之需,可見不以有用之物,置之無用之地,而所以裁成物曲,真得其利。因念臣寺國初之時,御膳法宴皆於本衙門烹飪,是以鼎釜、爐竈,鐵築銅冶,不億其麗。今大官供應,多改折色,所有前器,龜坼瓜剖,露委土埋,往往而是。切見近者户部奉旨鑄錢,一切銅料俱費貲買。臣與巡視科臣陸文獻、道臣周宗建共議,具疏上請:以此破壞之器,發爲户部鼓鑄之用,蓋模仿皇上發尚方兵甲之意而推廣之。但未知果否可行?儻蒙俞允,容臣與科、道二臣清查斤數,再疏上請,庶白選肉好,足以資九府之輕重。爲此具奏,伏候勅旨。

奉聖旨:這累朝烹飪銅器,豈得以鼓鑄議毁!還該管員役嚴行看守,勿致損失。

合慰皇長女殤逝疏

適聞皇長公主薨逝，臣等同用悼驚。月蚌虧輝，春蘭隕馥。瓦弄歡而長寢，玉呈質以遽藏。凡屬萌生，莫不縈想，況在上聖，烏能割懷！伏惟念震索伊期，主器之祥，有所專注；泰亨方始，綿瓜之慶，尚且無疆。保和以召天地之和，尊生而遂兆庶之生。將配日月之恒升，坐見子孫之千億。合詞恭慰，無任瞻依。

鏡山全集卷二十三

奏　疏

薦舉德行文章之士疏

光禄寺卿臣何喬遠，爲薦舉德行文章之士，仰祈旌録，以光聖治、以隆聖化事。

臣讀《禮記》至《月令》之篇，季春之月，天子以布德行惠，勉諸侯、聘名士、禮賢者，誠以三陽開泰之期，而廣彙征茅茹之典也。及讀《周禮》，以鄉三物教萬民，而賓興之，而黨正、族師皆掌其鄉之教令，是以知其鄉之賢否爲最真。當今之世，民有奇邪之行，鄉乏不二之老。遲頓狎侮于輕儇，貞士詆欺于不肖。隽詆亡等之習，遍於海内。則惟有舉其善者而旌之録之，庶幾民可嚮風，草靡不偃。臣敢舉臣鄉數人而言之，不過求一褒章之典，並不敢費朝廷半通之綸、一鍾之俸。

臣伏見臣鄉有李光縉者，晉江縣人，中萬曆十三年解元。韞樸履貞，懷古拔俗。其文章已足詔世，而食貧家居，半武未嘗出門。鄉里後生執經問藝，户外幾滿。今年七十有五矣，久絶公車，其終以青衫老也。有李開芬者，永春縣人，中萬曆十三年舉人。才情風格，超脱塵外。應舉之日，年最韶秀，儘可以服官受事，祇爲其兄故南京太僕寺卿開芳出仕，當時其父八十在堂，遂承歡菽水，絶意簪紳。今其父久已下世，而開芬尚守固志，滅景雲栖。此二臣者，在先朝有文徵明、瞿九思、來知德諸臣，皆以翰林待詔榮其身，臣謂此二臣足以當之。

又有同安縣生員黄文炤者，篤志聖學，潛心力行，所著發明聖學之書，大抵數種，意欲自比於臣鄉陳真晟之倫。年六十餘，日以述經譚道爲事，真所謂“俛焉,日有孳孳,不知年數之不足”者也。又有海澄縣儒士丁玉明者,家居海濱,絶意科舉。土牖三間,沉酣六籍,自擬繼往開來之任。有子二人,悉遵古禮,三十始娶。監司、守令咸禮其廬,以軌風俗。此二臣者,在先朝有莆田縣劉閔,舉于先臣林俊,遥授學官,臣謂此二臣足以當之。

臣又舉文章之士一人,曰張燮,龍溪縣人,中萬曆二十二年舉人。學海文瀾,振藻擢秀,詩賦辭章,足以輝映先達,其所著書不可枚舉。此一臣者,尚應公車,自有合授官職。臣謂當此纂修之時,可暫備中書之選,以待收會試之效者也。臣又推之臣鄉以外,則有華亭縣布衣陳繼儒者,臣未見其人,而久讀其書,見其博綜典故,諳通世務,真有用之才,而知其已自慮大樽浮之江湖,此一臣者,亦當加以一秩,如先朝文徵明諸臣故事者也。

臣之舉此數人,欵欵丹忱,誠欲爲皇上助流教化,風示寰區,俾屋皆可封,人盡同倫,不敢有一毫私情欺瀆天聽。如蒙不罪臣戇,乞勑下所司施行,臣不勝跂望之至。

奉聖旨:士習日漓,宜加風勵。這所奏薦,着該部議覆。

預請鹽斤疏

光禄寺卿臣何喬遠,爲預備供應鹽斤事。

據掌醢署申稱,長蘆鹽運司每年額解本寺,供應正耗青白食鹽二十二萬八千四百六十斤,鹽磚二百七十六塊,計重四千一百四十斤。萬曆四十五年十一月内,該署寺事少卿徐必達具題,查得本寺食鹽,臣等若肯加意節省,大約三年内可折一年原徵買價,及水旱脚價銀六百九十五兩九錢五分。定以寅、申、巳、亥年解折色,餘年仍解本色。又于四十六年二月内,仍該少卿徐必達題,查在庫鹽斤僅足一年之用,所有四十七年分鹽斤應解本色,以俟年分臨期再行酌議。各等因在卷。天啓元年,又該户部會議題,將長蘆食鹽一項,自天啓二年、三年、四年共計三年,俱改徵折色解部,以充遼餉。

今職查得前項鹽斤,自萬曆四十六年後,惟四十七年、天啓元年解鹽本色,泰昌元年，遇庚申之年，則徵折色矣。天啓二年、三年，雖徵折色，但俱解户部助邊，以兩年本色并在庫餘鹽支應五年之用，似亦不至濫費。且自泰昌元年以來，冠、婚、喪、祭，典禮浩繁，傳取供用，溢于常額。今查册載庫内實在食鹽一十一萬五百三十八斤，中間消耗之數，尚未稽查。此外尚有泥鹽二萬餘斤，皆累年堆積，不堪供用。近該司禮監掌内膳監印王某於乾清宫奏，本月十一日，常在許良女傳："乾清宫上用膳饈，每月鹽三千斤，着光禄寺送用，欽此。"奏知奉聖旨是，傳帖到署。隨查算，自本年九月起，至十二月止，連閏該用鹽一萬五千斤，又應給别項未發年例六萬七千二百四十斤，本年内共該用鹽八萬二千二百四十斤，則所存者止二萬八千二百九十八斤而已。上供玉食，時刻難緩，若不預先呈請，恐有缺乏，供應難措，伏乞具題，并移文户部，行文長蘆鹽運司，預將天啓四年分額用本色鹽斤，作速起解，庶供用不致有誤。等因到臣。

該臣等看得，臣寺食鹽之數，以正鹽合加派通二十二萬八千四百六十斤，以鹽磚計實數通四千一百四十斤，總爲二十三萬二千六百斤。以合用歲數計之，大約十八萬。今奉旨每月送進三千斤，則一年又合用鹽三萬六千斤矣。緣神祖之朝，俱未嘗取進鹽斤，所以臣寺歲有餘積。而先年寺臣有寅、申、巳、亥等年折色之疏，今又該户部題將長蘆食鹽自天啓二年、三年、四年共計三年，俱改徵折色助邊，則并今歲癸亥折色之年亦不行矣。夫鼎鼐調和，資鹽不淺，而天厨日用，玉食爲重，臣寺之鹽，既當朝廷經費大典之後，又兼户部折色助邊之餘，今所存實在只有十一萬五百餘斤之數，則日後送進、支用不敷，伊誰之罪？乞勅下户部行長蘆鹽運司，先將天啓四年徵解本色到寺，待天啓五年，臣等料算有餘，方行折色助邊，庶上供充足，庶用不乏。又臣惟該署所申泥鹽二萬斤，皆二百年來之鹽，雜在泥土塵坌之中，以内府雜物無人敢動。臣入鹽庫，目睹此鹽皆中人之家所不用，或下户小民可備日食。若容臣等眼同尚膳内在，秤發外零賣，計亦可得三四十餘金。即今諸庫房厫倉，積雨坍塌，資此細數，亦可爲修理之需。此等瑣屑，本不當煩瀆天聽，第太祖皇帝嘗出黄金一錠，以示近臣曰：此表箋袱盤龍金，令官人滌鎔得之。又出雜紵絲片逢如毯，示近臣曰：此製衣所遺，緝以爲被。則儉德克慎,微物必惜。固開天聖主所以垂家法於無窮者也。

奉聖旨。

省差宴虜疏

光禄寺卿臣何喬遠,題爲黠虜受宴無期,久差稽命匪體,乞賜蚤處,以便遵行事。

據差出掌醢署署丞楊汝芳呈稱,北虜宴差,萬曆四十八年,本寺監事姚時彦,同鴻臚寺序班劉志位差往,繼而時彦請告,以職代之,迄今三載有餘,求完一差不得。頃監事王演初、序班李用科,又以四十二年之宴,奉差繼至。一城之内,四差雜遝,皆名宴虜,而虜又不赴宴。將謂虜志在宴,非是不足結其歡,則去歲臨邊,而不受宴也,何故?將謂虜重在差官,無之,恐以拂其怒,今且疊至,又故不受也,何故?虜以邀賞未遂,固無完宴之心。卜酋正欲併吞素囊,又無暇,赴宴之日,究之不惟今冬杳無宴期,即來歲亦未可必。悠悠歲月,跼蹐以糜廩餼,職實恐委上命於草莽也。且故事,主宴者有道鎮,辦宴者有撫夷,職等二差,實爲贅疣。況均是北虜受宴者,均是散夷套虜之犒宴,未聞遣有差官,何必于卜素而獨優之?竊謂此差可議去也。又竊謂新差既至,職等宜撤回也。邊城斗大,四差駢集,舍館供應並苦難支,地方官民實爲病之。職身履其地,目擊其苦,坐視無言,國家亦奚用職爲?職愚謂宴虜一差,若曰故事當因,則新差既至,舊差撤回。總之,以朝廷職官辦公家務,何論已完未完,即一年一替可也。更祈自今以往,虜賞可以預發,毋信押賞詭説,以啓喜事糜費之端。領賞原有委官,毋豫遣宴差,以絶久擾疊糜之弊。伺表貢既至,受宴有期,就時差官亦未爲晚。庶於舊典不廢,朝廷之體統亦尊;糜費無幾,地方之供應少節矣。等因到臣。

該臣看得,國家有撫和戎狄之仁,而尤有居重馭輕之體,虜不赴宴,三年于兹,我領宴之臣,盻盻而待之,小則糜費,大則褻體,而況續差者有人乎!楊汝芳之呈,殊爲有見第。題差原在,禮部其可裁省與否,當俟酌議。伏乞勅下禮部查議覆題,將宴虜一差,或新出而舊回,或一年則一换,著爲定例。其楊汝芳差既日久，撤令回寺，以省煩費。或令自今以後，光禄、鴻臚差官二員，須待虜貢至京，及舊差盡還之日，方可出京，庶差官不至久候，而國計亦藉節省矣。

奉聖旨：禮部知道。

奉旨進銀疏

光禄寺卿臣何喬遠，爲傳奉聖諭事。

十月二十八日，該司禮監太監王體乾於會極門傳奉聖諭："户部等衙門，朕以皇子誕育喜事應賞各該員役、軍士等項。今宫中搜括殆盡，查照舊例，取太倉銀二十萬兩，太僕寺銀十五萬兩，光禄寺銀五萬兩，順天府税契等銀五萬兩湊給，着各遵行，奉諭，欽此。"除先將諭旨隨部奏繳外，臣等伏睹皇子誕生，皇上萬年有道之長，中外臣民普天之慶，大賚弘施，濊覃露洽，誰不引領！又伏讀聖諭，知比先朝舊例，已加斟酌撙節，仰見體悉至意，臣等敢不竭蹶奉行！臣等隨查得寺庫實在銀兩僅存五萬餘兩，每月御膳等膳折銀并各得品味價銀等項，約費二萬餘兩，僅足兩月之需。臣等再三會同料量，若以五萬兩全進，則寺庫止存七千九百餘兩，儻外解不至，每月御膳時刻難緩，臣罪奚逃！今擬以二萬兩恭進，以備頒給。蓋計其餘剩銀，止足月餘之用，而即今十一月合用錢糧，及郊祀大禮急需，尚無措處，臣寺尚當嚴行催解。伏乞皇上俯念臣子下誠，非敢拒違，姑准解進，庶玉食上供不乏，而大賚之恩，亦少裨於萬一矣！

奉聖旨：着依前旨解進。

告病一疏

光禄寺卿臣何喬遠，爲病劇不能供職，懇乞天恩，俯容休致事。

臣本南人，不耐寒冷。臣又衰老，不禁勞頓。前於閏十月初九日朝參已畢，退還私寓，嘔血數升，遂得虚弱之症。恭遇皇子誕育，郊祀大慶，萬壽聖節，黽勉將事，俱不敢言。今爲日已久，筋骨駑緩，精神涣散。揆之人理，勢不久長。恭誦皇上近日有"自審年力"之旨，臣之年力自審最真。伏乞勑下，即容休致。臣得餘年，以終田畝，皆天高地厚之賜也。

奉聖旨：何喬遠資望年力，正堪任用。着照舊供職。該部知道。

告病二疏

光禄寺卿臣何喬遠，奏爲臣息僅屬，乞求帷蓋事。

臣於本月二十二日上疏，爲病劇不能供職，乞求休致，方候命間，乃衰老之病有增無減，忽然而右目就盲，忽然而右耳就聾，忽然而右臂、右膝就不仁。蓋痿痺之症，已成廢人矣。臣蒙皇上"何喬遠資望年力，正堪任用"之旨，感激涕零，仰戴皇上體仁之厚，而自恨臣命之薄也。臣孑然寓舍，並無妻子隨侍，飲食醫藥，種種不便。誠放臣歸里，使得江南就醫，庶幾枯柟婆娑，生意尚還，不然，必捐溝壑於輦轂之下，徒污輦轂下一坏土而已。爲此哀懇閔下垂覆，仰見大聖人不使一物失所也。

奉聖旨：何喬遠資望留用，豈可屢辭！即出供職。該部知道。

告病三疏

原任光禄寺卿、今陞通政使司通政使臣何喬遠，爲臣病最苦，臣義當明事。

臣於前月以衰病求去，蒙皇上有"何喬遠資望年力，正堪任用"之旨。臣繼疏再請，備寫阽危之狀，要極所苦，仰冀好生，復蒙皇上有"何喬遠以資望留用，豈得屢辭"之旨。臣捧讀天語，温而且嚴，臣爲臣子，敢不仰遵？用是屏營將攝，以期痊可。會吏部推臣爲通政使司通政使，復蒙皇上不即棄臣用臣，而此時臣病向愈矣。臣仰念君父洪慈，又何敢以飾病虚辭，塵瀆天聽？方圖謝恩受事之後，徐申前請，求遂本圖，而告病得遷，人言已及。雖皇上以"清恬久著"獎臣，以"不得牽及"慰臣，而臣已不敢留矣。總之，臣病真病，臣愈真愈，臣之求去真爲求去，不敢一毫爲欺於君父之前者。夫免（勉）留再三，君恩也；一辭而退，臣義也。臣今已待罪國門之外，伏祈皇上蚤賜臣歸省。臣以狗馬餘生，頻仍慁聒，臣不勝引首籲望之至。

奉聖旨：何喬遠篤學清修，起用未久，且新經推轉，豈得遽去！着到任供職。從來言官論人，皆聽朝廷處分。若因一二言牽及，輒行辭避，進退予奪，不憑君命，成何法紀！以後都着遵旨行。該部知道。

告病四疏

原任光禄寺卿、今陞通政使司通政使臣何喬遠，爲臣修得完，主法自尊，乞即允放歸，以全晚節事。

臣比以人言求去，伏蒙聖旨："何喬遠篤學清修，起用未久，且新經推轉，豈得遽去！着到任供職。從來言官論人，皆聽朝廷處分。若因一二言牽及，輒行辭避，進退予奪，不憑君命，成何法紀！以後都着遵旨行。該部知道。欽此。"臣伏讀明旨，感激再生，悚恐無地。

夫以皇上褒臣之切，責臣之嚴，此豈臣輕率辭避之時！第臣伏而思之，進退予奪，以馭臣下，此皇上之法紀也。一聞人言，退伏屏息，不敢就列，使皇上予一人而進之也，必爲君子；奪一人而退之也，必爲小人。則君命不聲色而自行，法紀不繩墨而自肅，此正所以畏皇上之法紀者也。故立身有不奪之志，而後當官有匪懈之貞誠；平居有輕去就、齊得失之心，而後臨事無完軀體、保妻子之顧望。則下不負所學者，正上不負天子。而皇上所以奬臣篤學者，學此者也；奬臣清修者，修此者也。伏望天慈，即行放歸，庶君命益重朝廷之體，正臣節無愧學修之量完。謹此激切祈籲，不勝翹首待罪之至。

奉聖旨：何喬遠素負時望，已有旨諭留，如何堅意求去！着到任供職。該部知道。

告病五疏

原任光禄寺卿、今陞通政使司通政使臣何喬遠，爲舊疾復發，氣勢轉劇，懇乞聖明，便允放歸事。

臣於去年十二月十九日具奏，爲臣病最苦，臣義當明事，奉聖旨："何喬遠篤學清修，起用未久，且新經推轉，豈得遽去，着到任供職。從來言官論人，皆聽朝廷處分，若因一二言牽及，輒行辭避，進退予奪，不憑君命，成何法紀！以後都着遵旨行。該部知道。欽此。”尋於本月二十四日具奉，爲臣修得完，主法自尊，乞即允放歸，以全晚節事，奉聖旨：“何喬遠素負時望，已有旨諭留，如何堅意求去！着到任供職。該部知道。欽此。”臣兩奉玉音，感激無地，即欲遵旨到任供職，奈衰病之年，十分調養，未見充實。一被虧損，立成頹敗。即今待罪道觀，病勢日增，延醫命藥，萬難支持。竊惟皇上所以命臣到任供職者，謂其精神尚健，力量尚優也。今病久再發，陰氣之伏藏愈盛，陽春之和煦難解。此時臣精已銷，臣力不逮矣。伏乞允臣放歸，仗狗馬餘生，尚得從康衢之民，擊壤光天化日之下。臣之子孫世世榮施，臣不勝激切跂望之至。

奉聖旨：何喬遠資望既深，告病懇切，着加户部右侍郎，回籍調理，候病痊起用。吏部知道。

辭賜加銜疏

通政使司通政使臣何喬遠，爲恩命自天，捫心驚駭，乞容辭免，以申愚欵事。

臣於本月十七日一本，爲舊疾復發，氣勢轉劇，懇乞聖明，便允放歸事，蒙聖旨：“何喬遠資望既深，告病懇切，着加户部右侍郎，回籍調理，候病痊起用。吏部知道。欽此。”臣不勝驚駭。竊念臣萬曆十四年進士，授刑部主事，歷陞禮部郎中。皇祖朝以罪廢居二十七年，蒙先帝起臣光禄寺少卿，復蒙皇上歷陞臣至今官。臣無尺寸報效，四年之間，洊陟卿列，今陞通政使，因病未能到任，皇上賜歸，使全狗馬餘生，已爲深幸，乃復加銜户部右侍郎，臣之自揣，何以克堪！草木無靈，春風拂嘘；昆蟲無性，亭毒暢育。皇上厚下之仁，即如天地之無恩，而臣比之草木昆蟲，尚有靈性，其敢安然受賜而不辭乎！伏乞收回成命，使臣分得安，臣心得遂。臣雖戴笠荷簑，與田夫農父耕鑿歌帝，尚有餘榮。

奉聖旨：加銜已有成命，不必固辭。該部知道。

臨行謝恩疏

通政使司通政使、今加户部右侍郎臣何喬遠，爲恭謝天恩兼陳辭悃事。

臣本月廿一日謹奏，爲恩命自天，捫心驚駭，乞容辭免，以申愚欵事，奉聖旨："加銜已有成命，不必固辭。該部知道。欽此。"臣不勝踧踖，不勝欣喜。即於旅寓恭設香案，力疾叩頭訖。竊惟禮有三義焉，其一曰君子撙節退讓以明禮，故禮有三讓。又曰：君賜車馬，乘以拜賜，衣服，服以拜賜。明君賜之，不敢不受也。臣銜戢深，至今且扶掖就道。仰望天顏，已隔九閽。伏願皇上體乾行健學聖純，亦修明二祖列宗之家法，以仰追唐、虞、三代之隆。臣亦且以皇上所奬臣"篤學清修"者，俯焉孳孳，勉而進之，則孟軻所稱唐、虞、三代其臣，得與於見知之列者，且庶幾焉！臣主俱榮，永世有辭，固區區犬馬心，所望於日新又新之聖人者也。臣臨行不勝感激祝願之至。

謹瀝林壑微忠疏

南京工部右侍郎臣何喬遠，爲分當引年，謹先瀝林壑微忠事。

伏念臣七十三歲矣，去冬蒙皇上洪恩，起改臣官，臣旋具疏引年，齎奏家人行至山東，不達而返。臣念國家有急，即日就道，既聞虜稍退，而臣亦到任矣。顧臣一念杞憂，有不能自已於皇上之前者。

臣在途次，見時常報捷。臣意此小勝也。臣在田間，聞皇上之言曰"必使匹馬不還"，又嘗曰"步步向東"，大哉皇言！此臣子所宜鞠躬盡瘁，終始承當者也。而以小勝報捷，所謂近其小喜遠其大憂，臣謂奴虜之智，已效於前事矣。彼其得我遼東，不有我土地，不有我人民，荒而棄之。得我廣寧，又不有我土地，不有我人民，荒而棄之。此何爲者？意欲使我亭障烽燧都廢，數千里無人跡，而彼可長驅直入，莫之禁禦耳。今得我永平、遵化諸處，又用此術，又欲使我人民蕩盡，以爲他日横行之地矣。臣見虜始至時，皇上下入援之詔，急督戰之令，何其切也！一報東行，援兵遽遣，使其迄今盤據駐牧，了無歸期，則似當日之有所失者。當日何不悉以入援之兵，爲窮追之舉，使匹馬不還如初旨，而致令窟穴於此，來而去，去而復來，如其家鄉然！有如一日，出我不意，遏我糧道，阻我良、涿，何以禦之！凡天下事變之起，多藴蓄於時日歲月之間，而勃出於轉盻突忽之際，不可不慮也，不可不重也。故曰“勿謂無傷，其禍將長。勿謂無害，其禍將大”。臣歷觀中國與夷狄戰，未有能得志者也。穰苴、吴起、韓、白之徒，號爲知兵，彼不過爲勝於中原者爾。韓信將衆無敵，白登之圍，信果安在耶？高麗今雖弱國，唐太宗征之，亦不得志。宋之都汴，非宋自弱也。太宗身與遼戰，不能勝之，六舉而六敗，即斯以談夷狄可以計破，難以力圖也。夫今日之奴，即宋女真。女真之法，什百伍皆有長，伍長戰死，四人皆斬。什長戰死，伍長皆斬。百長戰死，什長皆斬。臣安知今日之奴，不異古所云？我今欲戰，亦當仿其法，毋徒專責將帥一身，以爲士卒卸罪之地。然欲行此法，又必欲我將帥平日能得士心，不啻家人父子，而又訓練之有素。臣度今日不能也。

臣謂今日禦虜，無過如皇上“匹馬不還”、“步步向東”之兩語，所望我將帥心心在奴，毋遠屯爲觀望，毋相視待合舉，毋以塘報爲了事，毋以截殺爲虚名。無有不和心，無有不相下心。人自爲方略，人自爲計算，日夜撓亂之，出於其智之所不料。彼雖獰猂，亦且不得爲晏處，其勢將不戰而自困。今有猛虎於此，東西格叉之，南北機穽之，毒弓暗弩，布伏必經之處，則雖不必搏虎到手，虎亦困而遁矣。若我必欲戰，又當稍寬文法，且勿以一敗論罪。一敗論罪，則其賢者拌身一死，可以塞責，奈吾後無可用之人何？其不賢者，如曩日李永芳、賀世賢之爲，是亦中國之憂也。若我所委任其人尚在，疑信向背之間，尤當推心置腹，使其坦然無所顧畏，然後可望其爲我用力。臣民有反正來歸者，亦當開其生路，無絶内向之誠，致其反爲彼用。至於論罪文武臣，度其才尚可用者，且出之使立功自贖，稍仿洪熙、宣德間爲事，立功官名色以責後效，若其不效歸死司敗未晚耳。夫當此醜虜紛拏之日，正群策畢舉之會。《傳》曰：“無使滋蔓，蔓難圖也。”至如邊牆已毁，内地通行，虜反在内，關反在外，守此安窮？政當逼而致之，營壘相望，聲息相聞，時出不意撓之亂之，在此舉矣。臣觀此奴，諸王子勢分得我財物馱載而返，亦未必能大有所爲，顧我禦夷道當如此，不可輕也，不可後也。夫天生異常之君，必有天下異常難處之事。故大過人者，非有大過人之才不濟也。高宗伐鬼方，三年克之，久而後克，可謂濟矣，而聖人以未濟終焉。今日我皇上正以大過人之才，濟天下大事之時，而天地間既濟、未濟之候也。臣老且陋，蒙皇上起之田間，念皇上焦勞於上，而奔走禦侮，未有足稱上意者，故敢冒昧一言，以先瀝林壑之忠。

又臣本貫海賊鄭芝龍、芝虎輩，皆臣招安，彼時必藉臣一言爲信。臣臨行時，鄭芝龍語臣，欲自備火器，領人二千，皆平日手下驍健者，前來爲皇上殺賊，求臣薦舉以聞。至芝虎，年二十有二，見賊輒跳越，不知死命，賊中號爲"妄二"，謂其排次第二而狂妄敢死也。以及鍾斌之徒，彼皆平日習慣殺人，了無怖畏，且有倭刀、角甲可以深入。臣謂宋臣岳飛用湖湘群盗立功，亦是此義。但彼一路無餉，儻皇上欲用之，必有以處之，此臣敬誦爲皇上治兵之一助者也。臣昨過鎮江府丹陽縣，原任太常寺少卿姜志禮，爲臣言其縣運道所經河身高仰，運糧之候又屬冬月，此時江潮不入，河水淺澁，役民開河，汔無小康。本土有練湖，周亘九十餘里，水澁之時，開導可以濟運。國初爲運道計，設禁甚嚴，犯者成邊論死，今被豪民實以爲田，莫有問者。若嚴行清復，運免愆期，民無苦役。此臣偶有所聞，敬誦爲皇上治餉之一助者也。凡臣之言，粗淺瑣絮，但聞見止此。伏祈皇上不遺葑菲，稍寬鈇鉞，不則放歸田里，以遂臣引兵之初心。臣不勝悚仄待罪之至。

奉聖旨：何喬遠聞警趨任，條奏兵餉機宜，具見老成體國。該部知道。

合慰奴虜歸巢疏

爲三日四捷，虜遁邊清，恭輸下悃，仰慰聖懷事。

切惟奴虜不義，世濟其惡，忘累朝金繒之賜，背中國撫摩之恩，破我遼東，毀我廣寧有年歲矣。去冬知東道之戒嚴，闖他途而直入，呼吸之間，狼狽已甚，遂長驅畿甸，逼近神京，人民難必其命，臣下莫知所出。賴皇上神武布昭，風雷震疊；軍士登陴，匪朝匪夕；將帥披甲，靡雪靡霜；正騎游兵，更入迭出；飛礮神砲，西擊東聲。雖小阻而小挫，終再接以再厲。我既反顧旋踵之無期，彼亦救死扶傷之不暇。即未北出，亦漸東行。此雖群力之衆共攻，其實天子之自爲守。顧尚蹂躪遵、遷，窟穴灤、永，殺人如麻，彌山量澤，掠財一罄，車載馬駝。賴中樞總戎，士卒將領，前茅後勁，師武臣力，雖困獸之猶鬭，畏僨豚其不死，是以轍亂旗靡，鼠竄狼奔。池魚之火雖殃，烏鳥之聲已樂。蓋其始也，民不習兵，若驅羊而當虎。其既也，吾目無寇，自褫魄而驚心。中原净土，豈腥穢所能留！大明當天，宜群妖之悉伏。臣等陪京備員，前籌無路，昔徒驚悸於心魂，今始晏安夫枕席。當知生人之劫數，亦念啓聖之殷憂。從兹修邊整旅，無事若有事隄防；卧鼓息烽，有事若無事鎮静。臣等仰窺皇上，自有廟算，而群臣奉爲戎韜者也。臣等又唯送欵叛臣，闔門被殺，固是神靈之假手，亦聞所在士女，捨身盡命，更爲民秉之自天。想恇擾之難明，亦州縣之未記，并望於賞功賑絶之餘，廣行搜求旌録之典，使英爽尚足以張軍，耿光不隨於腐草，亦所以風邊民而壯神氣之一道也。

覆清冗役考倉期疏

南京户部署部事工部右侍郎臣何喬遠，爲奉旨清冗役，考倉期，以酌定具覆事。

臣於五月十四日，據南京巡按直隸監察御史任僎奏，爲陵軍聚噪，懇勑嚴查，并陳管見，以候酌議事，奉聖旨："倉司書役尅軍，着該撫按官嚴查正罪。該司官有無狥縱，即着任僎奏來。本内裁冗役、更差期二欵，酌定具覆，該部知道。欽此。"除尅軍、聚噪事情，聽撫按查覆外，其裁冗役、更差期二欵，係本部職掌。

按各倉人役雖有定額，而一人常有幇役數人，甚而白役聽差於中。此輩窟穴倉庾，作弊爲生，實煩有徒。請如臺臣之言，行各管倉司官着實清革，俟臣部不時查汰懲治。至於管倉司官，歷查二祖神謀定制，凡南京各倉，俱以一年爲例。至宣德年間，差多人少，故奏改三年一更。景泰年間，人多差少，又照祖制題改一年。至嘉靖四十五年，方議准南京户部管倉主事俱以三年爲限，不許改差。此則世宗皇帝責成吏治至意，欲其掌管有常，則事任難諉，誠神謨睿斷，爲國家計經遠者也。但經今六十餘年矣，法久則人玩，人玩則弊生。而臺臣任僎所云管倉司官獨註三年，習久則走卒狎，年深則倦勤起。倦勤起則振刷爲艱，走卒狎則弊端百出。欲依巡倉御史一年報竣。此雖爲鳳陽倉差主事一人而發，然琴瑟不調，必改而更張之。此其一時。誠作新耳目之會，而整頓倉司之喫緊者也。合無仍遵祖制以一年爲限，將在外鳳陽倉并在京錦衣、復成、豹韜、高平、江陰五倉，司官三年註選者，照依江北倉差序俸輪劄一年，日滿報代。庶官無廢事，人各自奮。伏乞勑下該部施行。

奉聖旨：鳳陽倉差便定一年爲限，依議行。見役宜裁，全在該司官潔己馭下，不時查革。所有縱容奸弊，以不職論。該部還與嚴飭。

請信明旨蠲浮科疏

南京工部署部事右侍郎臣何喬遠，題爲恭報解銀實數并陳經費致匱之因，請信明旨，蠲浮科以紓積困、以固邦本事。

臣部於本年五月十九日，工部候代荆差主事朱大受順帶劄付抄白手本，催解龍蕪關正餘銀一十二萬有奇，内又欲依前旨，將臣部奏認過六萬六千兩先行速解。及查本年三月内，先任本部尚書杜士全已將關税一萬七千兩差指揮夏昌胤解進，此皆係積累歲月而後有。今朱主事來催，相去不過一月之間，而夏昌胤所解，在朱主事未奉守催之先，即坐朱主事催解可也。然臣念朱主事銜命特來，而皇上所許工部催取，一以協濟挑濬城濠、鑄造水關楞柱等費，無非欲以鞏固都城，永培根本，敢不多方措置，以干後至之誅！今再搜括那借，共得一萬五千兩，差指揮施益政解部，合夏昌胤所解，共三萬二千兩。據工部來文，昔日奏認六萬六千之數，今只欠三萬有餘而已。而臣又案，查崇禎二年五月，准咨解過荆關員外崔源之買銅銀一萬四百兩，則合先今實解，已得四萬二千四百兩，今只欠二萬有餘而已。夫此六萬六千之數，先經杜尚書奏認，不待贅矣。

至於一十二萬有奇，臣請剖而言之：京、蕪二關一歲税入，各有三萬三千有奇,此其大凡也。自天啓四年間,咨稱每年每關出餘税銀三千六百解北。自天啓四年至崇禎元年止,共計五年,以每年三千六百兩計之,共該餘税銀三萬六千兩,除天啓五年六月内給發過一萬兩,今則欠銀二萬六千兩矣。又於崇禎二年間咨稱,京、蕪二關正税三萬兩,内南部留二萬兩,而每關又割一萬兩解北。又天啓七年起,至崇禎元年止,共計二年,以每年一萬兩計之,兩關共該割正税銀四萬兩。就以上二項計之,除給過銀一萬,今只欠六萬六千矣。而忽又有欠銀一十二萬有奇之數者,何也?蓋緣崇禎二年四月内,又准工部有二萬兩留南之外,其餘有儘數解北之咨。工部但據考成繳册,照數扣算盡解,是以欠銀之多,殊駭聽聞,是不惟自皇上閲之,以爲拖欠稠疊,即臣承管,亦何能解溺職之罪也!而不知蒙皇上蠲免固已久矣。聖恩大同天地,聖旨信如四時,無奈工臣之不切磋究之也。臣案,查崇禎元年正月内,本部尚書商周祚疏言南部告匱之故,北户、兵、工三部借支四十萬八千兩有奇,北工部連咨取四十七萬八千有奇。額内之需,日漸抽減;額外之應,日漸加增。又不幸逆璫擅權,北部一咨而加每關撙節銀三千六百兩解抵買銅矣,一咨而加每關羡餘銀三千兩解助大工矣,近又新行一咨,欲割兩關原額内一萬兩解助陵工矣。又前此漕監崔文昇題改蕪關税銀一萬八千七百七十兩,不經臣部,徑解淮庫矣。欲將臣部京、蕪二關税額定三萬爲正額,聽臣等通融盈縮之間,作正支銷斷,不割南以解北,間有餘税,仍前報留充本部接濟,而一切違悖祖制額外名色,如羡餘之三千兩也,撙節之三千六百兩也,盡從蠲免。奉聖旨:“覽奏,關税苛增,原非祖制,况南工匱詘已極,豈可復增額外之徵,以增民困。這所請蠲税,具見爲國苦心,着該部即與議覆。欽此。”大哉皇言!“南工匱詘已極”,明見之矣;“豈可增額外之徵,以增民困”,明念之矣;“所請蠲税,具見爲國苦心”,明許之矣,而無奈工臣之不覆也。不覆則不行,而臣部一十二萬之數,牢不可改矣。又查崇禎二年七月,本部尚書杜士全疏言,南工空匱已極,那借萬分難支,外解任催不應,欲乞皇上涣發明詔,凡臣部額銀,容臣部各舉其職,不得輕議取留。户、工兩部咨催舊欠關税蘆課,或查明舊案豁免,或督催外解抵償。其城垣修理,仍照舊規,責令各府州縣分修等因。

奉聖旨："各部額派錢糧，南北自有定額，向因陵工軍需權宜措借，此後酌量商確，以見共濟。江西等省班匠皮張等銀拖欠數目，着嚴行催解，勒限回奏。其北部催欠關税、蘆課，應否蠲免，并留都修城撥役解料孰便，各與酌議覆行。該部知道。"大哉皇言！曰定額則不可侵矣，曰權則不可常矣，曰措借則當措還矣，曰酌量共濟，則何有何無，當黽勉思之矣，而無奈工臣之不覆也。不覆則不行，而臣部一十二萬之數，牢不可改矣。而近又准南户部尚書鄭三俊題，咨借蕪關税銀一萬兩糴米矣，無而爲有，借而不還，臣亦何術以處於此！

至工部但據考成繳册扣算盡解，則臣又請剖而言之。大抵臣部有歲出之數，有歲入之數，又有不時出之數。歲入歲出，額也。不時出，非額也。所謂歲出之數者，臣部之事，頭緒猥多，第大約以成造修理爲主。《大明會典》所載，昭然日星，不可誣也。計其所修理成造者，大而孝陵、奉先殿、皇城、皇牆、泗州祖陵、鳳陽皇陵、天地壇、帝王廟之嚴且重，下而至於竹籮、篩簸、蠅拂、綿布、包指之微且細，雜而兵仗、軍器、戰船之要且急，凡百費用，何啻不貲，此所謂歲出之數也。所謂歲入之數者，營繕司則歲有夫料班匠地租之額，入應三萬餘兩。虞衡司則歲有漆、鐵、皮張、料價、水脚、班匠、地租之額，入應一萬一千餘兩。都水司則歲有油、蔴、租、掃箒、庫秤之額，入五百一十餘兩。屯田司則歲有折苗、生漆、五園、五廠、京、蕪二關蘆政之額，入十一萬四百餘兩。此所謂歲入之數也。所謂不時出之數者，祖宗朝職掌無旁侵，外解以時至，日節月省，至萬曆中年，遂有八十餘萬之積。自萬曆二十八年，兵部咨借二萬充京營軍餉，而那借之端開。于是四十四年，户部遂咨借五萬兩充密雲、寧夏邊餉也。四十六年六月，又咨借十萬，至十月，又咨借五萬，皆曰充薊、遼兵餉也。至天啓三年六月，又咨借四萬，曰解黔矣。四年三月，又咨借蘆課一萬二千兩矣。十二月，又咨借蘆課二萬六千兩矣。是户部一衙門，而借二十七萬八千兩矣。至於兵部，則萬曆四十七年七月，咨借十萬兩，曰買馬矣。本年八月，又咨借一萬兩，曰充大營軍餉矣。而合兵部所借，共四十萬八千兩矣。至於工部，則天啓三年，咨取五萬兩修武備，改交北工部主事萬燝買銅矣。三、四、五、六年節咨取慶陵助工銀共七萬兩矣。三藩并建，則咨解銀十五萬兩，又咨據主事湯齊定、南商、史汝霖陸續湊解四萬六千兩矣。三殿大工咨差主事許觀吉買木六次，湊解八萬二千兩，前後又共三十九萬八千兩矣。此那借之不時出者也。又如對景袍服之三萬四千二百九十四，臣部該二十七萬兩，今歲尚該五萬餘兩。此上供之不時出者也。又如水殿黄船、新江營戰船，皆逐年次第輪修，今一時合併攢造，又當三萬餘兩。錦衣等衛運船，每年輪造一百六十一隻，今併補造，又當三萬餘兩。此成造之不時出者也。夫合營繕、虞衡、都水三司之額入，僅得四萬七千五百有奇。必合屯田一司十一萬四百餘兩之額入，而後得十五萬七千有奇。而三司之所修理成造，莫可數計，而僅僅取於三司之額入，勢必不能，勢必借資於兩關蘆課之數。今即以蕪關言之，歲入有三萬三千有奇矣。不曰餘税三千六百解北乎，則僅三萬矣。不曰割取一萬解北乎，則僅二萬矣。漕運崔文昇不題將蕪關税銀一萬八千七百七十兩不經臣部，徑解淮庫乎，則蕪關之留南者，僅僅一千餘兩而已。至於歲辦蘆課，載在《會典》者，合得二萬六千七百有奇，今則加長至五萬有奇。而户部又歲取二萬八千九百餘兩，則臣部之留南者，又僅僅二萬一千餘兩而已。如此，則合臣部歲入之額，不過七萬餘兩，而况乎歲有豐歉，以致課有完欠、税有多寡乎！而前項所謂不時出之數，突出新增，有平日之所不及料理，而大義之所不得不急公者，那借轉移，又將何從？而工部尚以考成繳册，苛算取盈於臣部，必得十二萬有奇，則必南中有金穴，而南工先後諸臣，皆能化水銀爲黄金乃可耳。固無有也，固不能也。

抑臣又有感焉！《大明會典》一書所載，祖宗畫一之制，天下臣民世世守之者也。今計經用之費，率與《會典》無一事相應。夫陪京根本重地，高廟神靈陟降憑依，宗廟神祠建於此，百官六軍聚於此，倉廪府庫萃於斯，除皇城宫殿傾圮，累朝以來不許修飭。至於承天一門、正陽之第一門，官民人等於此瞻仰走趨，而棟宇坍塌以數丈餘，草樹悉生長其上，此何可不預蓄而修治者？皇上度世數之遠近，當自知之。皇上知之，當皇上念之也。其次則城守最重。臣四月間從内官守備侯伯諸臣巡視，見城垣雖無損壞，但軍器朽頓不堪。江淮之上，其人輕心，五都之聚，亡命所穴。萬一有逞樓季之能，而損葳蕤之尺寸，臣不知此時何以禦之！而至於祠廟聽其摧毁，廨署聽其顛頹，倉廩府庫聽其疎漏，則亦何以侈周家豐鎬之隆，而壯漢室西京之觀者！此亦皇上所宜留心也。臣在田間，每見皇上錢糧出入之數，輒有徹底清查之旨，故一一詳剖以聽處分。兩都並重，皇上豈獨加意于北，置南不問？衹緣遠在天上，而北工臣亦未身處南地，故未遑察祖制之額，與臣部今日之困、措處之艱耳。

伏乞勑下工部，細閲逐年奏繳庫册，已經支用無存，示以明旨之當信，覆奏之必行，將臣部十二萬及餘税三千六百盡行蠲免。又餘羨銀三千兩，本助大工，今大工既竣，并行停罷，止留解北一萬，令臣遵依。至於户部軍餉，及今奴酋稍寬之時，將蘆課二萬八千九百餘兩亦歸臣部，使職掌分明，毋致朝廷之上，徒取懸空之算，以爲不了之局，而臣部之中，徒懷罄空之憂，以蹈不恭之罪。則《會典》所載，如臣部所掌者，可舉行於萬一，而下民亦不至重困，皇仁且昭布於無窮矣。

奉聖旨：該部知道。

請核漕船經費疏

南京工部署部事右侍郎臣何喬遠，題爲京衛漕船經費不可不核，臣部空極，不可不念，并陳外解積逋不可空懸，敬循職掌，懇垂聖鑒事。

臣於四月到任署部事，知漕務重大，即催司官那借銀五千兩，并蕪關解到銀二千五百兩，劄付漕運委官李本然解淮，而臣親至庫簡閲，僅封貯百餘金而已。五月初四日，接到淮臣咨，爲漕船補造難緩等事，部覆内開南部拖欠清江廠銀二十餘萬，自近年所欠計十一萬有餘，業經咨催，而謂臣此已徵在官應解之銀，不須借口别項，以滋多事者。在工部前後相沿，上承下接，謂臣部欠銀如許之多。臣歷查案卷，實無如此之多也。

謹按，蕪關税額一萬八千七百七十兩，供京衛漕船大料之費，船造於淮則解淮船，造於京則京庫支給。有一年之造，方有一年之支；有一兩之支，當有一兩之銷。自天啓七年逆監崔文昇不問支若干則銷若干,而概以一萬八千七百七十兩爲程。又不問某年支則某年銷,而概以萬曆四十三年至天啓六年,共十二年積欠二十萬八千餘兩爲名。不知萬曆四十五、六、七、八年,天啓元年,皆係龍江廠成造年分,則此五年關稅應歸南部支銷,計九萬三千八百五十兩,不得復入淮額也。崔文昇虛張其數,曰二十萬,且曰今後蕪關不必解入南部,徑解淮庫,而設官堂屬相臨之。大體錢糧互相覺察之微意同於土苴,祖制掃地矣。逆璫魏忠賢揑旨,稱該監體廠臣籌漕裕國之心。當時逆焰薰天,言出禍隨,誰敢置辯!而至今淮臣遂以二十萬爲口實,而臣部不任受也。前此二月間,工臣覆疏,稱遠年積欠姑俟再議,亦有見於此乎!

若夫天啓元年至崇禎二年云欠十一萬有奇,據天啓四年、六年,淮撫吕侍郎、蘇侍郎節咨内開,清江工部分司顧元鏡呈稱,同知郭維翰詳查,天啓元年至六年,止造過四百九十三隻,每隻大料銀七十九兩六分六釐七毫,共銀三萬八千九百七十九兩八錢八分三釐,請乞轉詳咨南京工部照數解發等因。則照數解發之議,淮臣行之有年矣。此時淮臣心事如青天白日,計船支銀,有支有銷,省一分則佐軍國一分之急,不惜以造船實數開示。而前此二月間,工臣疏稱每年該廠司官將用過銀兩、造過船隻,造册奏繳,遇有贏餘,報部咨解南部應用,又亦有見於此乎!然則天啓元、二、三、四、五、六年之料價,定當以三萬八千九百七十九兩八錢八分爲據者也。及今年四月二十一日,淮臣咨稱造過船三百四十九隻,未開料價實數,共該二萬七千五百九十四兩二錢六分八釐三毫,前後共該六萬六千五百七十四兩一錢四分八釐三毫。再照天啓四年十一月二十九日,漕運委官郁廷璧領解七千兩;天啓五年五月十三日,漕運委官鈕應兆領解七千兩;天啓七年九月九日,漕運委官孫如皦領解一萬八千七百七十兩;崇禎二年九月初八日,劄付漕運委官關名教三千兩領訖;十一月十一日,劄付漕運委官萬士衡一萬兩領訖;今又劄付漕運委官李本然五千兩,蕪關轉解銀二千五百兩,一併領訖矣。又照蕪關移文屯田司付文,自天啓三年四月起,至崇禎三年四月初七日,淮商陳所藴等過關應納稅銀正羨,共八千六百五十四兩七錢六分四釐,皆當准實解抵扣者也。前後共開銷六萬一千九百二十四兩七錢六分四釐，當以四千六百四十九兩三錢八分四釐三毫爲實欠，方可以服臣部之心，而在皇上可以袪逆璫揑旨之虐政。即不然，亦當計現今補造之實費，以共效同舟之誼。

據補造船六百六十五隻，其大料應出於本部者，每隻七十九兩六分六釐七毫，共五萬二千五百七十九兩三錢五分五釐五毫。然而庫藏如洗之日，萬萬無别項可那抵者。止有歲額班匠銀兩，屬江西、福建、湖廣三布政司，福建欠二萬一千五十兩四錢六分七釐，湖廣欠一萬一千九百九十二兩五錢，而江西一省自萬曆四十四年起，欠至二十一萬三千二百二十九兩九錢二分一釐。歷催不應，視臣部如贅疣然。在臣部，則設處那借，心血俱竭。在江省，則急呼不應，口吻爲乾。夫非臣子而敢坐視朝廷法紀蔑如也。臣按天啓五年，准工部咨取惠、桂二府協濟銀兩，比因庫藏匱乏，湖廣應解班匠銀兩自萬曆四十二年起至天啓七年止，共五萬九千一百八十兩，抵兑會支事例，有行可以比照。今將江省班匠銀兩内除五萬二千五百七十九兩三錢五分五釐五毫，并前實欠四千六百四十九兩三錢八分四釐三毫，共五萬七千二百二十八兩七錢三分九釐八毫，抵兑淮船料價，亦不過該省積欠四分之一，宜可旋取而旋應者也。或專差一官守催，凡淮商採木必繇江西，即以所催之銀，隨便給商，勒限齎買，此又官商兩便者也。除抵兑外，其餘銀兩，則依崇禎二年户部尚書鄭三俊考成之奏，限以十月完十分者紀録，八分者免議，不及五分者降俸勒追，停其給繇陞轉。更乞皇上嚴旨勑下，使省、府、州、縣一番震悚，而臣部得奉威明以從事。又得工臣銓臣中外同心相應，着實舉行，則臣部有藉手以佐國家之急，而亦可以逭皇上罪責之一二耳。不然，如天啓年間，遼餉則十五萬，藩封則十五萬，三殿助工則五萬，陳設則十萬，皆不在額編之内者，當時不得不那借正項以應。今正項一空，而在外班匠銀兩在額内者，將二十年一毫不解，貽臣部以極窮極迫之勢，而蕪關料價前二月間，工臣覆題三年補完，懼未能者，更責限六月報完，方且迫臣部以回奏，臣部計無復之，舍班匠銀兩抵補之外，萬無可措者也。

伏惟皇上憐察臣部困窮之因，料價逋欠之實。立嚴外解之抵兑，差官守催，而又申明考成，則不特漕務有急濟，而南都根本重地，其經費之宜，亦有大裨矣。臣不勝激切懇祈待命之至。

奉聖旨：邇來漕船缺額甚多，何以船費支銷又復不少？就中必有情故。這本内歷年欵項及造船隻數目，着南京工科官一員同總漕官及淮揚巡按，一一勘查錢糧，明白具奏。各省解部班匠額銀，如何一任積欠，江西一省遽至二十萬有餘？是誰侵没，僅擬抵兑五萬是否常法？還着該部核議，并該撫按將前後歷逋通查奏來。該部知道。

乞歸疏

南京工部右侍郎臣何喬遠，爲衰老乞歸，仰祈恩放，以謝人言事。

臣頃閲邸報，見科臣盧兆龍題“爲特糾衰庸之臣等事”，内論臣龍鍾已甚，當知止足。奉聖旨：“何喬遠既素著清名，不必苛求。欽此。”臣捧誦天語，仰承知遇，不覺涕零。不知有何因緣，虚辱聖鑒。臣伏自念神祖之朝，以禮部郎中得罪，名在謫籍二十七年，已安心填溝壑。不謂光宗皇帝登極，首先召臣，授以光禄寺少卿。熹宗皇帝朝，又自光禄寺少卿三年之間四轉而至通政使司通政使。臣以病乞歸，又蒙恩加臣户部右侍郎回籍調理，病痊起用。臣鼴鼠飲河，鷦鷯棲枝，於分足矣。又不謂去歲吏部以臣名陪推南京工部右侍郎，又蒙聖恩特賜欽點。臣自念已七十二歲，例當引年，遣家人賫本行至山東，以虜警不達還歸。臣又念方受聖恩，而都城有警，正臣子奔命效力之時，竭蹶而前，及至南中，則虜已先後遁去，臣可乞歸矣，復念聖明方䘏臣下之私，凡如臣官，皆得乘傳。臣一番出山，勞人傳送，徒取自便，非臣子恭命之道。意欲爲皇上辦事數時，待明歲方行陳乞。臣功名念頭輕於秋葉，而事君盡禮之道，禀仰孔門，分毫不敢越軼。此肺腑本心，不敢片語飾僞者也。今已被人言，臣身辱矣。即天語垂褒，如灌泥淖以清冷，文枯朽以黄青，臣可幸無罪。然臣子立朝事主，自矢忠誠，立身行己，亦有法度。業蒙訕詬，不亟回首，靦顔班列，尚齒爲人。伏祈皇上俯念臣志氣雖無時而衰，血氣則有時而衰，即行放遣，以表臣守孔門盡禮之初心，而又遵老氏不辱之明訓。臣麗土戴天，曷其有極！爲此齎本上請。臣不勝惶悚祈籲之至。

奉聖旨：何喬遠起用未久，着照舊供職，不准辭。該部知道。

請開海禁疏

南京工部右侍郎臣何喬遠，爲乞開海洋之禁，以安民裕國事。

臣備員南署，節閲邸報，見有閩中開洋之議。祗誦明旨，未見詳奏。臣閩人也，敢言海事。竊見閩地窄狹，田疇不廣，又無水道可通舟楫，上吴越間爲商賈。止有販海一路，可以資生。萬曆間開洋市於漳州府海澄縣之月港，一年得税二萬餘兩，以充閩中兵餉，無所不足。至乎末年，海上久安，武備廢弛，遂致盗賊縱横，劫掠船貨。兼以紅毛一番，時來逼奪，當事者遂有寸板不許下海之令，至以入告，而海禁嚴矣。然海濱民衆多生理無路，兼以天時旱澇不常，饑饉洊臻，有司不能安撫存恤，致其窮苦益甚，入海從盗。其始尚依一二亡命爲之酋長，既而嘯聚漸繁，羽翼日盛。海禁一嚴，無所得食，則轉掠海濱。海濱男婦束手受創，子女銀物盡爲所有，而蕭條慘傷之狀，有不可勝言者矣。自鄭芝龍招撫之後，頗留心爲我保護地方。近者海氛稍靖，此政開洋之一會也。失今不行，海濱之民無所得食，勢必復爲盗。

臣請言開洋之利。蓋海外之夷，有大西洋，有東洋。大西洋則暹邏、柬埔寨、順化、哩摩諸國道，其國産蘇木、胡椒、犀角、象齒、沉檀、片腦諸貨物，是皆我中國所需。東洋則吕宋，其夷佛郎機也。其國有銀山出銀，夷人鑄作銀錢，獨盛我中國。人若往販大西洋，則以其所産貨物相抵，若販吕宋，則單是得其銀錢而已。是兩夷人者，皆好服用中國綾緞雜繒。其土不蠶，惟藉中國之絲爲用。湖絲到彼，亦自能織精好段匹，鑿鑿如花如鱗，服之以爲華好。是以中國湖絲百斤，值銀百兩者，至彼悉得價可二三百兩。而江西之甆器，臣福建之糖品、果品諸物，皆所嗜好。佛郎機之夷雖名慧巧，顧百工技藝皆不如我中國人。我人有挾一技以往者，雖徒手，無所不得食。是佛郎機之夷代爲中國養百姓者也。此東、西二洋之夷，多永樂間太監鄭和先後招徠入貢之夷，恭謹信順，與北虜狡猾不同。至若紅毛番一種,其夷名加留巴,其國去吕宋稍遠,向歲羡佛郎機市我得利,强我人鬻販彼中,我人憚其險遠,而佛郎機亦惡其争彼貨物,教我人絶之,而紅毛番始爲難於海上矣。要其人獰頑,惟利是嗜,不畏死而已,而其信義專一之性,初未嘗負我錢物,且至其國者,大率一倍獲數十倍之利。曩雖被我大創,顧未嘗我怨,至今往來我近海地不絶也。

自我海禁既嚴,泉州、彭湖之外,有地名臺灣者,故與我中國不屬,而夷人亦區脱之。於是紅毛番入據其地,我姦民爲接濟,而佛郎機見我禁海,亦時時私至雞籠、淡水之地,我民姦闌出物,官府曾不得其一錢之用,而利盡歸於姦民矣。夫與其利歸姦民,而官府不得一錢之用,則孰若明開之,使上下均益,而姦民亦有所容乎！且始惟以海賊横劫販船,故禁一船不許下海,賊既不得志於海,而反爲暴於海濱之民。度商船之遇賊也,十不二三耳,且其船俱帶有火藥器械,連艅而行,賊來殊死鬬,其不濟者常少。賊來海濱,則男婦束手受創,子女銀物盡爲所有,視商船所失相萬矣。

臣伏念萬曆年間,税以二萬餘也,立法之始則然也。今天下人民日衆,圖生日多,若洋禁一開,不但閩人得所衣食,即浙、直之絲客,江西之陶人,與諸他方各以其土物往者,當莫可算,原漢司馬遷所謂"走死地如鶩"者也。如是,則四方之民並獲生計。且往者既多,積漸加税,度且不止二萬餘,但可充閩中兵餉而已。臣見中國之財,天産地毛,悉以輸東、西二北邊之用,其欵虜者一出,而不復返。天生大利在海外之國,而一切閉絶之,但見有出孔無入孔,使姦民竊竊自肥,而良民坐受其困,殊爲可惜。此其故雖有先後諸臣建議,臣意廟廊之上,未知其詳且便之若此也,故敢爲皇上披陳。

倘以臣言可採,則洋税給引,或仍舊開於海澄縣之月港,或開於泉州府同安縣之中左所,即使泉、漳兩府海防官監督,而該道爲之考核,若有貪墨顯跡,申明糾治。而鄭芝龍既有保護地方之意,責其逐捕海上,如三年内盗賊不生,人船無害,即行大加陞賞。《禮經》所云:"四方來集,遠鄉皆至。上無乏用,百事乃遂。"此古帝王生財之大道也。臣具疏臨遣,旋接邸報,户部覆奉聖旨:"這開洋通商事宜，該部既稱不便，着照常禁飭。欽此。”臣知朝廷無反汗之理，欲止不言，既伏念天下事知之明乃處之當，此事臣知之最真，非臣一人之言，合臣泉、漳二府士民之言也。未論裕國，蓋弭盜安民，莫先此舉，仍再乞勅下臣本省撫按，廣狥泉、漳士民之言，著爲一定之論，布而行之，以爲永利。臣本求去之人，何苦爲此煩瀆，實以欲靖地方，必開小民衣食之路，閉之者乃所以釀禍，而開之者正所以杜萌也。臣不勝仰望待命之至。

奉聖旨：海禁已有旨了。該部知道。

乞休致疏

南京工部右侍郎臣何喬遠，奏爲報國有心，引年已後，懇乞聖明俯容休致，以全餘生、以完晚節事。

臣於去年十月内奏“爲衰老乞歸，伏祈恩放，以謝人言事”，於十二月内接得吏部咨文，奉聖旨：“何喬遠起用未久，着照舊供職，不准辭。該部知道。欽此。”臣伏念時當臘月，出賀聖壽，恭祝元旦，新歲又有稱賀皇太子千秋令節，不敢復言。今大禮已畢，而犬馬齒亦七十四矣。自揣耳目艱於視聽，手足艱於拜跪，揆之人理，正合歸休。若徒竊名位，尸素已甚。伏乞聖明宏施帷蓋之恩，得免殆辱之耻。臣以餘生歸老山林，謡衢歌壤，當無有極。臣言短望長，不勝激切祈籲之至。

奉聖旨：何喬遠屢疏乞休，准回籍調理，以成恬尚。該部知道。

鏡山全集卷二十四

議

理財議一萬曆二十一年

生財莫如節,開財莫如閉。古之善富國者,如管、商之徒,蓋君子所不道,然其術皆闢土務農,以本力爲重,無所損於民生。國家之制猶有近此者,惟墾田屯邊一事,然尚扞格而不行,況其他乎！若别求生財之道,勢必取足於民之身。今一切關市閭閻之利,毛瑣細碎,無一不籠於縣官,而四方水旱蝗蟲之憂,無時不報有司。平日無拊循之恩,急則鬨然而起,若欲求多於民,勢必召亂。此所謂生財莫如節也。

今有素封之家,其始成立,百用俱足,數世之後,子孫席祖父之資,漸以恢廣,往來賓親甚衆,食指甚多,其中自有厮養狎客,嗜利無恥之人,而主人之家方賴用於主藏之家督,稍有不繼,家督濡首疾足而求赴之,厮養狎客、嗜利無恥之人見其求之尚有可繼,而得之尚無難,必又從而呫囁叢附於其間。不若明謝主人,告以無有,主人將内自儉省,以復其祖父之舊,而呫囁叢附之徒,不驅而自散。此所謂開財莫如閉也。今天下民窮甚矣,既不可以加求,爲理財之説者,惟有開礦、鬻爵二門,然徒啓紛争之釁,滋僥倖之端,未見其可也。

理財議二

今天下之財匱矣。職以爲宗藩親盡之支可止禄而聽其爲生,胡虜可與閉關而戰,閹宦之漁蠹可露章而劾,將吏之貪儳者可按法而誅,然皆迂遠不切於事情。以職耳目所及,而大司農宜計者,則鬻爵之令不但不可以多開,尤當設法而停止之。今開納之令,以四百金納監生,四百金納儒士矣。自職受任以來,無日無之。是監生、儒士果真欲得朝廷一官以爲榮乎?殆亦如出券之人,欲以數倍之息,取償於縣官耳。開納既多,吏部之選法必壅。一官之任,不二三載而除之,以待後之人。貲郎心知不久,一至任所,其取民也如饑鷹之得雛鷇,不力攫不休。試觀貲郎致政之家,多者數千金,少亦數百,是從何來哉?且其未官之時,本户之賦税得從優免,或有挾其衣冠,别爲逋負,有司無所責治。此江南之常也。而原其始進,縣官直利其四百金耳。譬如士大夫之家,窘急無以爲用,有人攜數金而投其門,慫恿收而存之。無幾何時,衣食之費不止數金,又内欺其家之米鹽,外壞其主之名節,其所損傷,殆十倍於數金而不啻。豈不損削國家之元氣,益開耗財之端耶!如去歲度牒一事,每牒一紙,鬻價四金。户、禮二部夾合奉行,以四金之利分勞二部,衒售於各布政司,已非縣官之體,而印牒既備,仕宦之出都者,争挾以往,公然乘傳而行。所發度牒,不知布政司獲價幾何,而驛遞之費,益不知其幾矣!凡若此類,可以比舉。

夫所謂大司農者,非理畿内之財,亦理畿外之財也;非理一時之財,亦理數世之財也。若取實於畿内而損於畿外,取充於一時而耗於數世,國家亦何利爲之?元之亡也,法令廢弛,官爵輕多,不責備行法之人,而别開便宜之路,以塞眉睫之急。其弊也,害民之徒百出,草木之間,乘是而變,故曰"殷鑒不遠",是亦西漢之亡秦也。

鄉試主考仍用京官議

竊惟科舉之制,布政司選聘教官較文簾内,御史從簾外監察之,其土之吏不得有所爲。國家立法之初,謹始防微,詳於唐、宋。世風不競,人自爲私。教官不得與御史抗,而潛移之御史。當事者謂其非制,於是議遣京官進士,謂京官進士得並衡御史也。京官進士不得與御史抗,又復舊日之教官,則又復潛移之御史。當事者又謂其非制,於是議遣翰林、給事諸官,謂翰林給事諸官得加重御史也。是累朝之制,教官輕,則用京官進士;京官進士輕,則用翰林、給事諸官。終未嘗以較文之權,明歸御史與其有土之官吏。則當時所以遣京官進士以改教官之舊者,直爲之提衡其偏重之勢,以不失國家謹始防微之初心,殊非兩意。則今日所以處科舉之議者,亦更無别法。

職愚以爲立法在一,奉法在共。士不敗節則已,若有敗節之心,何人不可以喪操?人不撓令則已,若有撓令之私,何法不可以更立?主人之居室也,謹其垣宇,飭其丹雘,固其樞鑰,室數百年可以不敗。若復紀易而期改之,向背其牖,南東其庭,恐數移數遷,寢食起居將至無所。故古之大臣,若魏相觀漢故事,李沆報罷,中外所陳,皆所以爲國家遵率繇之章,守畫一之令,息議論之端,杜覬伺之門。今日科舉之議,願爲國家謀其大者,若沿京遣之舊,以存國初之意,而後徐議其節目焉,職愚謂便。

遼東經略廵撫戰守議

職聞宿仇可金繒贖也,乍詬可揖讓解也。經撫不和,一則主守,一則主戰,意見不同,無非爲國。今以欲戰之撫,鬱鬱使守,則守必不樂;以欲守之經,草草使戰,則戰必不樂。枘鑿相持,定是僨事。皇上何不欲戰者使之戰,戰而勝,則經臣出而繼之,遼陽可復矣。戰而未必勝,則撫臣欲得者,六萬人耳。撫臣且不有身,六萬人何得旋其踵乎?况夫毛文龍與撫臣同心之人,撫臣領兵東行,毛文龍自朝鮮出而應之,前後犄角之力雙收,三方布置之勢立成,亦未有不可勝之也。遼左之人如不順服,則我敵也,因糧於敵,我太祖取天下亦是如此。如其順服,則壺漿以迎,跂首内嚮,便爲我人。撫臣憫其陷溺之久,而必欲出之死地,固一義也。欲守者,使之守,屹如山嶽,絶不摇動,以爲撫臣之中權,以爲撫臣之後勁。此經臣萬分慎重,而爲鞏固神京之圖又一義也。欲戰者而使之戰,則外有可以張撻伐之威,明朝廷無可逋之寇,此王者之義師也。欲守者而使之守,則内無自虚之計,明朝廷有萬全之策,此王者之勝師也。且夫戰而勝也,夫亦愈知戰矣。戰而未必勝也,夫亦愈知守矣。而職又有所獻焉:兵法貴謀賤戰,決機在於臨時,則撫臣未可豫爲必戰而輕於一擲也。師克在和,凡經臣之計畫，儘爲深遠，惟望奏疏、書揭之間，一意和平，内以服士大夫之心，外以歡撫臣之交，此即經臣所易爲虚受者也。職疎謬不識大計，輙獻愚瞽，以備蒭蕘之擇。

李可灼進藥議

通政使司添註左通政何喬遠議，近因禮部尚書孫奏，爲綱常大分宜明，弑逆顯形難掩，欲禦外寇，須除内奸，欲息群奸，須除大奸，懇乞聖明速正典刑，以圖社稷治安事。奉聖旨："卿言雖忠愛，然事係傳聞，併進封移宫等事，當日九卿科道官多所親見，還着據實會奏，以釋群疑。其李可灼輕易進藥，不能無罪，着併議來説。該部知道。欽此。"職恭惟先帝升遐之時，職僻處在海濱，正係傳聞之人，何敢妄議！但恭繹旨意，"着據實會奏，以釋群疑"，則先帝升遐之故，皇上侍疾，已明始末，所欲廷臣據實會奏者，但以釋中外逖疑之心耳。其云李可灼"併議來説"，職愚憒，亦何敢與會議之末！

職按，成化二十三年，憲宗皇帝賓天，孝宗皇帝即位，禮科等科給事中韓重等疏論列李孜省等罪狀，末言太醫院掌院事、通政使等官施欽、任義、胡廷寅、仲蘭、劉文泰、章淵、鄭文貴、蔣宗儒、錢宗甫等俱以庸醫濫叨重用，當先帝不豫之時，偏執方藥，先後不同，旬日之間，宫車晏駕，罪狀深重，法所難容。伏望皇上獨斷乾綱，大彰天討，下各官于獄，明正典刑。監察御史陳轂等亦言太醫院官施欽等，術非傳世，濫受尚醫，平時昧於調護，臨事遂致倉皇，投劑乖方，事上不敬，俱乞執送法司，明正典刑，以爲不忠之戒。上下旨："李孜省等本宜置重罪，但宅憂中姑從寛，謫戍甘州等衛。施欽、仲蘭降院使，任義、章淵、劉文泰降院判，鄭文貴降御醫，蔣宗儒、錢宗甫降醫士，胡廷寅削其官。"

又按，隆慶四年，掌吏部事大學士高拱言，近日審録重囚，閲方士王金、陶世恩、陶倣、申世文、劉文彬、高守忠等獄詞，不覺隱慟流涕，曰：先帝受誣，一何至哉！古之人君有殯于非命不得正終者，其名至爲不美。蓋實有其事而不容掩，故有以流傳而取議於後也。以我先帝果不得正終，實其事否乎？先帝聰明睿智，事無大小，悉洞燭其微。至於保愛聖躬，尤極詳慎。即用太醫院一劑，亦必有御札與輔臣商榷，安肯不問可否，輕服方士之藥，又安有既服受傷不言，又復服之之理？陛下所明知也。今乃曰：金等妄進藥物，遂損聖體。比金等子殺父律，謂先帝是金等所害。皇天后土在上，然耶否耶？議事者假先帝爲詞，誣以不得正終，其將謂陛下爲何如？且陛下以父子之間，而明于陛下前誣先帝以不得正終，其將謂陛下爲何如？今罪招中明開先帝爲人所害，是何事體？每歲審録，大廷之上明説先帝爲人所害，是何語言！臣若不亟明其事，恐天下後世信以爲真，卒使先帝抱不白之冤於上天，留不美之名於人間，則天下古今之憂，無有大乎此，而陛下亦何以爲情也？伏望勅下法司，會問多官再訊，務見明確，然後涣發明綸，明其事於天下，宣付史館，明其事于後世，使皆知先帝以正而終，更無他説，則不惟可以仰慰先帝在天之靈，而陛下爲親昭雪，亦可以明父子之恩，臣等爲君昭雪，亦可以盡君臣之義。萬代瞻仰，在此舉也。至若金等惡孽滔天，自有當誅之罪，宜以本等罪誅之，萬死何足惜哉！於是刑部會鞫承天門外，上諭再論金等别罪。刑部尚書葛守禮奏，金、儆、文彬、世恩、守忠，習故仲文左道惑人。世文稱習天書，亦非正術，供應爲從論，第世文未冒陞賞，守忠入京未久，宜稍從末減，發原籍爲民。金、儆、文彬可編置口外，所流妻子應赦歸。詔如議。

又按《大明律・十惡名例》“六曰大不敬。合和御藥悮，不依本方，及封題錯悮，醫人杖一百。料理揀擇不精者，杖六十二”條，文同罪異。又《八議條》“七曰議貴”，末云：“有犯罪者條具所犯奏請上裁，其犯十惡者，不用此令。”謹按，二條文同罪異，蓋《十惡條》是《大明令》所載洪武元年之令也，《禮律》條是《大明律》所載洪武六年之律也。職愚昧不能定李可灼之罪，敬引先朝舊事及律令文同罪異，以備採擇。

户部理財議一天啓元年

承貴部以理財之策下詢，職不能舉其凡，試言一事。職謂開財之源，不若節財之流。聞登萊之兵可二萬人，俱屬無用。奴酋初未嘗造舟，即有舟亦不能渡海。登萊之海南岸低而北岸高,即來亦難登岸。奴酋所習者馬,若一人一馬,一船之中,只可十餘人馬;若用千人,則須船百餘隻矣。又海中之戰與江中之戰不同,江中之戰可以連艅結纜,海戰則泛泛波濤之中,零落星散,彼亦不能撑駕也。故曰南人使船之有長技也。聞守登萊者,舊皆義烏兵,彼皆有親屬往來,帶彼中貨物來此商販,身家充足,自無離散之心。近日傭募之兵,則全無身家,開口待哺,有一急難,又復鳥舉獸竄耳。職愚謂可汰去一萬五千,但留五千餘人,此則可省一萬五千之費矣,而令其坐食無事,日煩大司農仰屋而計者何也?且職又聞前輩翁公萬達之禦邊也,不在增兵,但在汰兵。兵汰而後得健卒,兵健而後可練習。若老弱不分,名數太多,萬一有事,又是逃散。又聞諸將士在邊多所侵尅,月餉之數,不得一半到手。何不令當事者親爲分給,俾有實惠。此雖無與貴部之事,若得明言,亦餉得實用之一端也。

户部理財議二

職看得黔省燃眉之急,近閱奏副,楚撫已議將楚省錢糧盡供黔中之用,尚憂不足,又虞楚之或有驟變也,而滇省未見接濟。近又見滇人之仕於朝者,上書請帑。滇中近日雖有變動,旋已平定,則内帑之請,似當急於黔而緩於滇也。職見沐國世受國恩,力量尤大,亦宜糾合大衆,以克成功。一切興發之費,亦可責沐國隨力出助,而楚、岷、荆、崇諸藩,不能如蜀藩、魯藩協力共奬乎?記職謫粤西爲小吏,在萬曆二十二年,彼時布政司老庫云有五十萬之積。三十年來,未見粤西興兵之費,不知可通一信問之粤撫否?職又見納銀納馬而得監生者,景泰中爲備虜之費,始開此例,迄今行之不廢。又見英宗朝浮梁人胡本初納稻千石,賜勑旌異,盡復其家,後亦爲例,有授以九品虚銜者,《實録》所載,一歲之中,殆不乏人,職鄉有得之者,今其子孫尚出勑書誇詡示人,以爲先世豪舉。若舉而行之,亦先朝故事,非創見否?

至若天地自然之利,莫大於鹽,欲廣官鹽之利,唯有嚴私鹽之禁,犯者一如律從事,則其行自廣矣。又如淮鹽,歲掣有額矣。他若江西、湖廣、南京、江北等處,歲經一掣,則過所有期,解捆候掣有期,地廣人稠,官鹽常缺,私販遂盛。如近日蜀中有警,私鹽每兩賣至二分三分,每斤賣至三錢四錢,屯户反沾實惠,官商並不蒙恩。合無每歲超掣鹽四五萬引,不論夏秋,止聽有力商人先完課銀,每引八錢,引價每引五錢六分,報司轉申鹽院,委官陸續稱掣,接濟各省缺乏,而屯户有本,亦令照引完課,則私鹽雖欲盛行,而官鹽已自不乏,興販亦可潛消矣。又聞吉安、贛州故食淮鹽,因寧庶人之變,暫食廣鹽,以致淮課有虧。又聞吉、贛間多食私鹽,復舊嚴禁,以濟軍興,亦一便也。又如河東鹽池,先臣張公敷華請於歲課之外,加增鹽引,依時變價,以備蓄積,不審尚可仿而行之否?又如春間貴部會議條欵,亦須移文責成,毋徒使有司空文視之而已。

大要國家之事,任事者則當專任而使不分,集事者則當共濟而使相合。以今天下之大,豈患無生財之方?弊在呰窳之吏,痛痒之不相關;貪黷之吏,谿壑之無饜足。宋臣留元剛有言,今天下有貧國、貧民而無貧士大夫。此言殊可深味也。此在察吏矣,此在察吏矣!

守禦京城三議

曰環衛宫闈近地。職睹世宗朝,命左都督朱希孝入直西苑,仍令親率官軍環衛大玄都四面及安定門,侍郎葛縉亦令率營兵入衛,鎮遠侯顧寰亦一體干掫。今合無以官軍環衛宫闈,以勳臣有才略者領之,前則大明門,後則厚載門,如世宗時屯聚。但有奸人竊發,事跡明白,無論内外貴戚,便以奏聞處治,即有城内别處事變,不許擅離信地,恐爲奸人引誘,致失重輕。保護有功,自受上賞;如有疏虞,亦服上刑。

曰謹慎風火。職謂近宫地房屋及京城草場,容易發火,奸人竊發多在此處。若能定守嚴防,則奸人不過數人,即多不過數十,隨發即滅,亦絶奸之一道也。至於京東府州縣各有嚴城,皆當令嚴行搜剔,仍以精勁之兵,專防内潰。列城能守,則京師安於磐石矣。

曰密設隘門。職聞正德末,許逵爲樂陵令,其時中原流賊大起,州縣至有棄城逃遁，逵築城浚隍，令民築牆屋外，牆高其檐，開竇如圭。家令一壯丁執刃伺竇内，餘皆入隊伍。因設伏巷中，賊入竇或出走者，刃棍交發，盡擒斬之。今京城大地，若如許公築牆屋外，固爲不雅，若於街道之上、衚衕之内，當隘口轉折，設立欄栅，蚤閉遲開。嚴行保甲，輪守隘口，不但全委廵夜官軍，如别里别鄉有鬧嚷火起、可駭可惑之事，本鄉本里只自嚴隘門，不得開越，亦一議也。又聞臺基廠雜木甚多，聽其朽蠹，何如以此爲有用之物耶？

海上小議崇禎二年

天下之事，當於未然圖將然；謀天下之事，當於無計求爲計。今海上鄭芝龍之功不待言矣；芝龍無餉，我無以處之，亦不待言矣。顧處餉之方，未有能出於海洋税之外者，唯在變而通之耳。凡洋税，於海澄縣給引發船，此故事也。自海寇爲梗，人多不往吕宋興販。顧興販在也，緣吕宋酋長因我貨不往彼，來就雞籠、淡水築城貿易，而紅夷亦住臺灣，與我私互市。顧皆奸民奸闌接濟，是我不得收税者，不得收海澄縣之税耳，而雞籠、淡水、臺灣諸處税獨不可嚴奸闌之禁，必令給引乃發乎。夫利歸奸民而上不得一分之用，此所謂舛也。

愚見以當請於朝，將海澄之税移在中左所，而我以海防官管之外，則使芝龍發兵廵邏，私販之人，治以重罪。彼素知其窟穴而習夫風濤，必不至漏網，則昔日海澄之餉，今在中左，此仍舊之道也。夫芝龍歸心於我，爲我守護，萬耳萬目所共睹，而海上之民倚爲捍禦。若令其自出餉軍，則是我意彼舊日作賊，財帛尚多，既貰其罪，當出爲我用，則我尚以盗心處之矣！令彼自出財力爲公家幹事，世上亦無此差使。且我地方如此之大，千處萬處不得一餉，何彼作賊數年，便有不貲？昔漢卜式輸財助邊，但有一次耳，豈能日日策應武帝，以爲南征北伐之需哉！亦當念芝龍財帛雖多，亦有罄盡之日。彼雖不敢再叛，捨之而去，别居海島上自爲田横，此時海寇復來擾我邊鄙，以此思餉，則餉當急矣。又念去年春，軍帥棄鎮逃竄，漳、泉禍在燃眉，以此思餉，則餉當急矣。又思海運不通，米粟翔貴，百貨騰踊，人民艱窘死亡，無可輸納錢糧，以此思餉，則餉當急矣。又假如李芝奇作反，芝龍被殺，海事無人料理，彼來作炒，以此思餉，則餉當急矣。又試追想曩日三省會勦之旨意，有一省奉行否？有一處措置錢糧否？大凡我中國之待夷狄，因其跳梁，動言征勦者，此皆事外之人好事之見。國家遼陽亦坐此病，極之天下一方可知，萬望當事大人君子留意處分。

鄙人又有欲言者。殺人者死，此律法也。彼殺人者，未必皆平生梟悍之人，亦偶然人爲之死耳，而坐以殺者，謂之償命也。今芝龍解來之賊，雖云被虜，但當時急於求生，聽賊使唤，若持刀殺人便當償命，何必問其平生善惡與否？家屬保任有無？蓋芝龍目見面審，必是真賊，無可疑者；而吾欲以不死待之，此小惠非大德，反失豪傑任事之心。若今縱之去，彼後作賊，又可責芝龍再捕之耶？此愚見之一也。聞近李芝奇來求撫，當因而收之，使其在我掌握，後日欲殺欲留，權則在我，或待其黨既散，憑芝龍與之分疏。此隆慶間我欵俺答之事。若怒其人而禁之，則彼掉頭不顧，即芝龍力能擒之，亦費許多事。此又愚見之一也。

山中之人不知事體，惟是鄉邦之急，不揣有言，伏惟當道大人君子採擇行之，幸甚！幸甚！

開洋海議崇禎三年在南都作。

竊謂海者，閩人之田也。閩地狹窄，又無河道可通舟楫以貿遷江、浙、兩京間，惟有販海一路是其生業。高皇初定天下，彼時寸板不許下海，是時亂離新輯，人民鮮少，呰窳易活。其後漸有私販，雖敗露之後坐以大辟，然走死地如鶩者，不能絶也。至嘉靖初年，柯副使喬殺八販夷人，朱巡撫紈大嚴海禁，申明大辟，然二公之身，皆以不免，海之不能禁明矣。至萬曆初年，始開洋税於漳州海澄縣，其時收税共得十三萬餘金，人民安樂，軍餉饒足，此一時也。吕宋夷人朴質，一柑中口售一銀錢，他物類此，不可枚數。侵尋晚末，我人奸詭，夷亦自開慧識，無此狼藉。顧其地有機翼山，金銀自出，充溢流露，不似中國須燒鑿煉冶，故彼亦不甚惜，今民間所用番錢者是也。至於紅夷作梗，劫奪于貨，以致盜賊旁挺。官府以聞朝廷，遂絶開洋之税，欲使奸民無所得爲盗。於是盗不得於海上，而轉熾於海濱矣。

紅夷與吕宋皆西洋之夷也。紅夷本國名加留巴，吕宋本國則佛郎機也。兩國地形相直海中，紅夷舊不知與中國爲市，及見吕宋與中國交易得利，亦欲强我載貨其國。我人生怕，不敢與通，而紅夷强牽我船至其國中，於是吕宋不得貿易，互相讐怨，謂我人此是歹夷，此是窮夷，教我絶之。紅夷無所得利，又劫奪我貨於海中矣。其實紅夷顯悍重信，不怕死而已，而其意只圖貿易，别無他念。蓋自萬曆甲辰歲求通，彼時税監高寀欲許之，而其時臣子方與税使爲難，漳南道沈公一中首使把總沈有容好却之。及于近歲屢欲求市，我以爲賊，痛絶之。撫臺南公至于大創獻俘，而彼尚愍不畏死，一心通市。據在臺灣，時時闖入中左，與鄭芝龍爲唇齒之交矣。

臺灣者，其地在彭湖島外，於夷人無所屬，而我亦以爲海外區脱，不問也。今則紅夷入據其處，其地廣衍高腴，可比中國一大縣。我中國窮民俱就其處結茅刈菅，苫蓋家室，而奸民將中國貨物接濟之，於是洋税之利不歸官府，而悉私之於奸民矣。吕宋見我不開洋税，亦來海外雞籠、淡水之地，私與我貿易。奸民又接濟之如紅夷，而洋税之利，又不歸官府，而悉私之於奸民矣。夫以中國税額大利悉閉絶以與奸民，此舛之大者也。佛郎機之地，本在西洋，吕宋不過海島一浮漚耳，其民皆耕種爲業。佛郎機奪其地，開市於此，人遂名吕宋，而亦名東洋。其開市于此，猶我中國都北京，而設荆州、蕪湖之鎮，以抽分然。其夷能與中國貿遷，其國貨賄大集，則佛郎機王有賞，不則有罰，此如中國黜陟幽明矣。若此，則販海之興，夷人所覬幸而不可得者也。雞籠、淡水之地，一日夜可至臺灣。臺灣之地，兩日兩夜可至漳、泉内港。而吕宋夷百物、百工，悉藉於我，其來雞籠、淡水，我等百工如做鞋、箍桶之類，凡可以備物用者，皆至其處，又可無往返之勞。此又小民餬口一生路，亦我小民所視幸而不可得者也。此皆據今日吕宋、紅夷二夷入我近地而論，此所謂東洋者也。

此外尚有暹邏、東埔寨、廣南、順化以及日本倭所謂西洋也。暹邏出犀角、象牙、蘇木、胡椒。如加留巴，又出西國米、燕窩，他番所無。東埔寨、廣南、順化亦出蘇木、胡椒。日本國法所禁，無人敢通，然悉奸闌出物私往交趾諸處，日本轉手販鬻，實則與中國貿易矣。而其國有銀名長錡，別無他物，我人得其長錡銀以歸，將至中國，則鑿沉其舟，負銀而趨。而我給引，被其混冒，我則不能周知。要之，總有利存焉。而比者日本之人亦雜住臺灣之中，以私貿易，我亦不能禁。此東洋之大略也。

今日開洋之議，愚見以爲舊在吕宋者，大販則給引於吕宋，小販則令給引於雞籠、淡水。在紅夷者，則給引於臺灣。省得奸民接濟，使利歸於我，則使泉州一海防同知主之。其東洋諸夷及大販吕宋，則仍給引於漳州，使漳州一海防同知主之。興販大通，生活有路，賊盜鮮少，此中國之大利也。竊因而論之：開洋之家，十人九敗，其得成家者，十之一二耳，而人争趨之者何也？此譬如吾輩讀書能得科第者有幾？其不遇者，至於窮老無以爲活，皆云書之誤人，然而人人皆喜讀書者，以其有科第在前也。今興販之人亦有遇盜喪其資斧，亦有喪身波濤以飽魚鼈，然而甘之者何？以有成家十之一二者可幾幸也，而又可以苟且度日。其在國家，以爵禄縻天下之士，使其童烏以至白首，鑽研於功名之途，一生不暇休廢，至其不遇，則亦已老矣。而小民被其設財役貧，亦可苟且度日，此亦所以銷海上奸民之一議也。且夫盜賊而横行海上，不過劫取一二船貨，殺傷數人之命而已。而開洋概絶盜賊狼子野心，無所得劫掠，仍來登岸焚略劫殺，子女、銀幣悉爲所有，則其爲禍轉烈，而爲患轉大矣。竊考有宋之時，市舶司實置在泉州，彼其通番則有彭亨、百花、大食等國，凡三十餘，皆來城下，載在泉州舊志，可考也。又每歲四月，則郡守爲海舶祈風，以求回船。彼時諸公皆有祈風之詩，刻石在泉州九日山，可考也。是以有宋之朝，金繒和虜，不至恇匱，其後宋家失事亦不在貿易之夷，皆往事之可見者。

夫此其往者也。今海上洋禁百凡猶可，而漳、泉之郡地陿人稠，人仰粟於東廣則不得食。彼無所掠，則將買粟之船盡數取去，而吾民之饔飧困矣。又如泉州須紙於延平，須酒於建州之類，諸物不敢下船，一從陸地駝挑，而百物之雜用困矣。夫此猶其小者也。行賈者,天下之大利也。今天下之人無所不行賈。賈於吴越爲盛,吴越之人利莫大於湖絲,而夷人所欲亦莫大此。夷人所工者,織罽作絨,而不得湖絲,則無所得下手。其湖絲已成之貨,若綾羅紬緞之類,則彼又鑿以爲花爲鱗,服之以爲觀美。又如江西甆器亦彼所好。是洋税一開,其爲商賈之利甚廣且遠,所以生天下之民人也。夫此猶其小者也。今中國之中,只此財用有出孔而無入孔。出孔莫大於西北邊,而入孔莫大於西南夷。出孔者,以之欵虜守邊,一出而不可復返;入孔則西南夷,寶貨所聚,而一切閉絶之。而徒求之加派重歛之間,其後民不堪命,轉而爲盗,則征勦之費,又繼其後,破財更大。瓦解土崩,皆兆於此,爲國家深長思者所宜慮也。海濱鄙野,悉索見聞,惟有位君子實重圖之。

鑄錢議

看得鼓鑄者,天下之大利也。生財有大道,則曰生之者衆,爲之者疾。當職近攝户部事,查户部每鑄銅以七千兩爲本錢,而户部常裕者,以其每月皆鑄也。但户部每一鑄,則鑄本皆留之,所給放者,盡取諸利錢;而本部每一鑄,連七千之本盡作開銷,又復再鑄,又復給本,有時節慎庫本銀不足支給,即無銀可買銅鉛而停鑄、隔月一鑄,皆所必至矣。當職近已查户部鑄息之數,每千尚得利若干。若一月一鑄,則一歲之中,計可得若干之利,何不可也?而留此七千兩爲鑄本不動,既铸之錢,兑出價值七千者於節慎庫,仍與節慎庫兑銀七千爲鑄本,有各項當支應者,仍出節慎庫鑄錢給之,其兼搭分數一如鑄局之例,省得節慎庫之銀一出而不可復收,而節慎庫之本有時不够鑄,不知可行否?鄙意又以廣鑄局者,本部所委之役,以不奉題請,但更迭輪司官一人,或一委一鑄而已,則又何如隔月一鑄,其例如寶源局之例,第錢不發賣,取以充各衙役工食之類,以廣寶源之所不給者。至其工食之類,皆派定分局,毋得相混,而必隔月一鑄,亦稍别於題請之差。如此,則節慎庫不至有重複給本之煩,而四司並獲利息之收,不知可行與否?惟我寅長實重圖之。

從兄處士積孝公私謚議

古者卿大夫之卒也，君爲之易名。漢、唐、宋之間士之賢者，其歿也，故舊交遊至私相謚。傳曰：“禮不下庶人。”有士於此，褒衣峩冠，口仁義而心穿窬，則將士之乎？有庶人於此，衣褐懷玉，卑墻厚基，則將庶人之乎？士而庶人，則庶人之矣；庶人而士，則士之矣！

故處士喬遴，予從父之昆。内有含貞，躬無擇行，孝事父母，友洽兄弟。親戚朋友，莫不如一。餬口日中，怡心古哲。於以易名，殆庶幾乎！處士奉吾叔父南陽公就養無方，出遊必告。八齡失恃，哀痛切心。奉事繼母，終身一日，銷間以忠，融乖爲順。此孝之發於事親者也。繼母僅産一妹，童年病急，處士爲文籲神，願易己子，曰：“吾尚能男，母惟一女。”歲之札凶，妹氏艱食，處士絶甘分少，升合之入，必分其半以飴妹氏諸甥。鄧攸繫樹，郄公箸頰，方之名德，良無遜媿。此孝之發於兄弟者也。垂髫服賈，慨然以一鄉君子自期，與人子言依於孝，與人弟言依於悌。此孝之發於交遊者也。價不二言，物無呰窳，哀死憫窮，棄責釋負。此孝之發於治生者也。貿遷之暇，書册未嘗去手，每有討繹，先求孝悌。上自虞氏，下及于兹，片辭特趣，莫不區其條貫，贊其芬芳，凡著書十餘篇。此孝之發於立言者也。自惟蒲柳，永念淵冰，身不居内，女無二色。此孝之發於慎身者也。脩短隨化，來去如適，瀆甚之言，興念祖宗，含悲菽水，别無貪怖。至於易簀之期，强形示健，臨没之令，止吊者哭，曰：“恐傷老父之心。”此孝之發於敬終者也。

處士之言曰：孝於其親者，非謂其身於親之謂無所不順行也；孝於其親者，非謂其言於親之謂無所不順詞也。夫愛敬之實，有生所同難也；貧窮之感，達人所易動也。故薛包、孟嘗、臺佟、閔貢，道雖該懿，行或專芳。處士目矚心惟，口言足蹈，莫不推極孝思。而又貧病有年，神情晏爾，缾罍屢枵，藥石不具。死之日，覆被粗完，裸形竟免。君子聞之，莫不嗟傷。若以什二廛民不得推明其美，則儈牛荷甑之侶無所表於將來矣！泰山之穿溜非一日，九仞之高功非一簣，處士嗜孝無厭累行。至滅,請易其名曰"積孝公"而不敢稱先生,以别於卿大夫士,聊以傳示同然,永貽子孫云爾。

揭

上吏部都察院揭

光禄寺少卿何喬遠揭:竊見神廟遺詔,於詿誤諸臣,酌量起用,不及死者。至光廟遺詔,不拘存殁,召用卹録,然其所指,僅國本諸臣,而神廟遺詔,未及推廣。比都吏部奉行遺詔,如遠等犬馬餘生,未填溝壑,皆得離巖穴之下,依日月之光,甚盛事也。獨於泰昌,國本新詔,即召用卹録,亦未大舉行。而卹録之典,尚待其家之子孫上疏請乞。

遠等竊謂,泰昌新詔,雖特爲國本而發,而神廟之建言詿誤先後蒙譴,其間昭昭揭日月,凛凛犯雷霆,章章睹記,大自不乏善人國紀。其在異代尚有闡彰,豈當吾世便行抹摋?若俾之蒙恩一時,垂名後代,亦足以明聖世之有人。竊見世廟即位,吏部將正德年間得罪諸臣,先後召用卹録,不待其家請乞。穆廟登極,則吏部將存殁二項,預定三等叙用卹録,以後惟照等第推恩,良爲易簡。今卹録身後,雖遺詔之所不及,然使諸臣而在,定不在推舉之外。乃存者得罪有輕於殁者並得召用,殁者得禍有慘於存者反從湮泯,此亦主上維新之朝一大缺事也。而推而廣之,則在門下。遠以爲諸臣姓名與共得罪緣繇,具有册記,若訪論得實,上請加恩,諒在明旨,必不棄遺。生者録用,屢費推敲,誠恐其末路改節,玷朝廷連茹之塗;殁者論叙止憑事跡,便足爲生前酬報,侈朝廷採菲之美。此不過一紙書一詔勑,復官贈官,便有光彩,非如議蔭録之濫施官秩,議祭葬之多費財用者也。儻待子孫請求地方薦舉,彼家貧道遠,門户凋落者,終於不見天日,尤爲可憫。遠等過蒙叙録,梯若枯楊,而諸人寂落塚墓,寒過死灰,不爲一言,如同竊位,心不自安。具詞上請,伏惟裁察。

鏡山全集卷二十五

山西試録

義

君子信而後勞其民

君子之勞民也，必其心可見之天下焉。夫心可見之天下，而後天下信吾之心，此勞民之術也。嘗謂慈父有勞子，明君有勞臣。君子之治民也，日與斯民淬厲道法之中，使其精神無一敢怠，力量無一敢弛，而不開以自便之門，蓋其勞之也至矣。君子勞民，不敢遽求民也，其肺腑足以昭揭天下，而後使天下寬以赴吾之令；其志意有以聯絡天下，而後使天下勇以從吾之趨。念此厚生之民，一日稍愆吾出作入息之期則以懈，而呰窳其生。君子所必勞也，而必自爲明作，使天下信我之能勤，而後備嘗以勞身苦筋之事，不則侯明撻記，且徐隨其後也。念此正德之民，一日稍違吾戒休董威之用，則以玩而慆淫其德。君子所必勞也，而必自爲乾惕，使天下信我之能健，而後振發以提撕警覺之新，不則垂綏嘉石，乃徐表其耻也。其勞之也，不在體膚之痛，而在心懷之踔厲，斯其勞之也深。夫民也，沐浴其膏澤，而歌咏其勤苦，馴而習之，相與爲不倦，則吾所以成其亹亹者，若懸日月而章之乎。其勞之也，不在歲時之近，而在畢世之憂勤，斯其勞之也久。夫民也，不怨於擇可相忘於先説，潛而孚之，相與爲不戒，則吾所以結其肫肫者，若播四時而示之乎。民之勞，若實以所不堪，而實君子之自見其勞。自見其勞，君子自爲信矣。君子之信，若自修其分内而實先民，而陰予以信。陰予以信，斯民自爲勞矣。故曰“君子信而後勞其民”。噫！斯道也，其在唐、虞之世乎？勞來匡直，輔翼振德，具可見矣。是以君子有諸己而後求諸民，堯、舜帥天下以仁，而民從之。

吾豈若使是君爲堯舜之君哉

元聖憣然欲帝其君有任於使者也。夫何事非君，有以使之皆堯、舜也？此尹所憣然自任者乎？豈不以論天澤之分，則君曰事，臣第曰使。論一德之交，則君須臣，臣能使君。夫聘我者而至於三，明欲以堯、舜自爲，而以堯、舜其君期我之爲之也。帝未簡在，吾君尚在不蔽之列可爲也。學焉後臣，吾君且有則就之雅又可爲也。畎畝之樂道，固不若自爲堯、舜之爲，真出畎畝以行道，又不若使君爲堯、舜之爲。大堯之欲得舜也，堯若甘爲舜使也，用以佐二十八載之勳。又若舜之能使堯也，以我所積念而寄之堯者，忽焉而使是君爲堯，其動變何如也？舜之欲得禹、臯陶也，舜若甘爲禹、臯陶使也，用以課十二牧之績。又若禹、臯陶之能使舜也，以我所仰懷而寄之舜者，忽焉而使是君爲舜，其光被何如也？吾固不輕使之之具，而道爲時急，則以孚合之臣主，償晤歌之明良，而使人知唐、虞之精神，可潛而亦可見。吾亦必卜所使之人，而道與君遇，即以誦讀之勳華，造泰交之宇宙，而使人謂莘野之抱負，可帝而亦可王。不然，吾終囂囂而堯、舜之道，遂泥而不能變；吾終囂囂而堯、舜之君，遂違而不相遭。輕吾也，亦輕君也。此伊尹意也。孟子平日以任許尹，此言可見矣。而要其有堯、舜之道在，道不在，而自詡能任，不至剛愎自用，誤天下蒼生不止也。

論

君子而時中

君子之中與時偕者也。時也者，天之所以爲度也；中也者，天之所以爲性也。天以中爲性，若天有時而不中，則天體墮落，而時行物生之盛，無以宰其樞矣。君子以中盡性，若君子有時而不中，則性體游移，而澄湛虚明之地，無以居其所矣。天無時不中，君子法天，亦無時不中，斯則盡性至命，以不失最初稟受之理者歟，故曰“君子而時中”。今夫均是人也，何以謂之君子也？名曰君子，則必能贊天地之化育，兼己物之仁智，妙至誠無息之功用，可以大博厚高，明悠久之施，弘經綸立本知化之能，而造篤恭天下平之極者也。而"中"何物也？則本來最初渾渾灝灝，不落形象，肫肫豚豚，不倚空曲，至無而具有，至虛而具實，至静而具動者也。一失其中，則失本來最初之物，而與天不相似矣。

夫天之"中"，何"中"也？有可睹乎？有可聞乎？惟其不可睹、不可聞，而不已之命，一元之理，爲萬靈載，爲萬物根，此天之所以不毁而化之，所以常行也。人受天之中以生，而不能體天之撰，則亦一煢然能視、眭然能聽、矯然能持行之人而已，又何以靈於萬物，而參於天地也！故夫天之中一時也，君子之無時不中一天也。凡爲學之道，漸進時習，可歲月待也。"俛焉，日有孳孳，不知年數之不足"，以一生計者也；"加我數年，五十以學《易》"，以年計者也；"其心三月不違仁"，以月計者也；"苟日新，日日新，又日新"，以日計者也。獨中之在人，無可計之日月年歲。使有可計之日月年歲，則中有時而曠歇矣。君子之中無時曠歇，故曰"君子而時中"也。

君子無中，中即時，而在君子無時，時即中而存也。中奚葆乎？葆乎戒慎恐懼之精神而已。若先鼓以警，若先聲以防，若登壇受誓之爲重，五申三令之爲嚴，是君子之戒也，戒其離此中也；若涉春冰而慮其墜，若臨高臺而慮其隕，是君子之慎也，慎其離此中也；若住空宅之中，敗垣孤燭而暴客之將至，若行莽蒼之野，風颸景落而山鬼猛虎之將出也，是君子之恐也，恐其離此中也；若大敵壓境，已聞人馬之行聲，若糾纏拉搢，而白刃之加于頸也，是君子之懼也，懼其離此中也。戒慎所睹則不睹之時，中離矣，而君子無不睹時也；恐懼所聞則不聞之時，中離矣，而君子無不聞時也。其繇不睹而之睹，繇不聞而之聞也。喜者喜，怒者怒，哀者哀，樂者樂，隨情而付之，而君子所以不喜不怒、不哀不樂而爲吾心之中者，自在也。其既睹而反之不睹，其既聞而反之不聞也，何喜何怒？何哀何樂？而君子所以宰喜、宰怒、宰哀、宰樂，而爲吾心之中者又在也。其朕則載靈抱一而不掩其昭融，其元則渾淪泯默而不見其來往，其體則苞含隱藏而不窮其設施，其宅則玄奥岑寂而不屈其揚詡。護而將之，若慈母之懷嬰兒；衛而壯之，若虎豹之守九關。其於物也，爲神守，爲木雞；其於人也，爲畏四鄰，爲養玄牝；其發而出之也，若長林大薄，芬敷華滋，枝葉暢茂，根荄成遂，而元春之氣，所以絪緼其間者，木不得而知，亦不可得而離也。若長江大河，吸天虛地，浴日涵月，浩無涯涯，而太乙之源所以淵澄其止者，水不得而知，亦不可得而離也。

夫君子所以兢兢惕惕，時保此中者何也？誠以天地之塞吾其體，天地之帥吾其性，誠不安於能視、能聽、能持行之人而已。既不安於能視、能聽、能持行之人，而不求之本本源源之地，則蘊藏洩露之處，必有逗漏罅隙之端，雖欲蝎蹶於步趨，持循於尺寸，而以之自成，祇爲小就，以之成物，祇爲小康，其終於小人也已矣！戒慎恐懼，有忌有憚之實也。無忌無憚，戒慎恐懼之反也。戒慎恐懼，名之曰"君子"；不戒慎、不恐懼，即能立天下之氣概，豎天下之事功，而亦名之曰"小人"，何也？無源本故也。故君子謂之"中庸"，而小人亦謂之"中庸"也。譬如聖哲之與凡夫揖讓而稱賓主也，聖哲升降，凡夫亦升降，聖哲周旋，凡夫亦周旋，然而聖哲之遇凡夫，有見賓承祭之心；凡夫之遇聖哲，則賓主而已。此君子、小人之别也。《書》曰："勑天之命，維時維幾。"又曰："顧諟天之明命。""時"者"時"乎，"幾"者"中"乎，"諟"者"時"乎，"命"者"中"乎。又曰："小人不知天命而不畏也。"不畏天命，即謂之小人而已矣。嚴乎，嚴乎，至於無可中立。惕乎，惕乎，至於莫可觀望。而天人之界，至是乎嚴矣！下學於此，安施功哉！說在乎"闇然"之章也。大凡下學之士，無論生安，即學利固已少矣。彼其少年浮蕩之習，既未能忘於内，而世故嬰擾之變，又從而紛於外。自非痛自洗刷，力爲收持，斬絶根株，一意内向，必無有能實履實脩，洞徹天根，歸於無欲之地，以不失最初之體，此《中庸》一篇所以申重"闇然"以馴致天載之微者也。孟子教人收放心，蓋即此意。而宋儒静坐以觀未發，殆亦近之。下學之士，所宜禀承，以爲入道之階者也。

策

問：主德則一，主術固殊。有用寬者，有用嚴者。且宰世非一主，而所值非一時，孰主宜用寬歟，孰主宜用嚴歟？抑寬嚴不係乎時，而但取主德之所近歟？

我國家祖宗列聖之盛，以致有道之長，用寬用嚴，出治不同，有可得而揚厲者歟？抑寬嚴互劑適當其可歟？皇上冲年踐祚，正取法祖宗，以脩新政，而諸生効用明時，先朝治化之隆，亦宜明其同異，晰其歸趣也。即自我皇上今日言之，用寬用嚴，宜何法而可歟？皇上用人行政，固自適寬嚴之中矣。而天下之人，猶若疑而未信，今必使天下之人皆信皇上爲大有爲之君，何道而可？夫光考期月之治，能使天下臣民謳吟思慕，何脩而得斯於人也？皇上躬承末命之訓，其必有善繼善述而不能已者矣。有可爲新政之助，以紹承祖宗列聖之美者，諸生悉心以對，吾將爲諸生獻芹曝焉。

有開世之主，有紹世之主。開世之主，值天地鼎新之會，立綱紀以爲人極，必有振發踔厲之規模，而後可以張國家之神氣。紹世之主，承祖宗熙洽之後，保泰滋豐，以廸先猶，必有優游和平之景象，而後可以養國家之神脉。故有特起，有中興，大率爲開世之主，大率道用嚴。有靈長，有俄頃，大率爲紹世之主，大率道用寬。蓋世之治也，天生是君，若與運相劑，即君有是德，若與天相應，而其中嚴而未嘗不寬，寬而未嘗不嚴，嚴之後濟以寬，寬之後振以嚴者，是又哲辟。上聖所以斟酌而迭用，操縱而持柄者也。主上冲年在宥，心與天通，化與道洽，一時用人行政，寬嚴固得中矣。而執事猶欲愚生揚厲祖宗列聖出治之所以異同，以爲新政之助，使天下之人皆知主上爲大有爲之君，生也敢不鋪張鴻庥，少伸先資之獻！

蓋我太祖、成祖，黄屋化家，戎衣纘緒，當胡虜頹綱之後，臣民異心之日，而二祖又悉世道之變遷，人情之誠僞，故其道用嚴。仁、宣、英、憲、孝、武六廟，端冕以居，垂裳而蒞，先朝有畫一之政，一時無旁落之權，而列聖又以廣大包泰荒、愷悌萃丘涣，故其道用寬。二祖用嚴也，而世宗起自藩服，號爲中興，所繇似之，則亦道用嚴。列聖用寬也，而穆宗久在東宮，襲緒乂寧，所繇似之，則亦道用寬。世宗在御四十餘年，天道民故既晰以精，而神祖曆服比於世宗，則亦道用嚴。穆宗在御襲緒乂寧，泰荒涣丘，既夷既洽，而光考踐祚，比於穆宗，則亦道用寬。然人知二祖之嚴也，而不知其妙於寬；人知列聖之寬也，而不知其間以嚴。今自太祖言之,《大誥》"凛於鈇鉞、鐵榜,烈乎風霜",則嚴矣。而王升教子,獎以百金;王庸當誅,美其自訟,則寬矣。自成祖言之,録高皇之勅,用戒武臣;諭中外之吏,惕以刑章,則嚴矣。而纍臣盡忠,不吝賞仇;劫盗貫死,尚望改過,則寬矣。至於列聖之寬,又有可言。淮、徐賑饑,草勅立待;諸司用刑,鞭背盡弛,仁宗則寬矣;内使挾私,置之重典;入蜀窮治,以付弋謙,則嚴矣。水旱蝗蟲,賑民恐後;隆寒盛暑,蘇獄是先,宣宗則寬矣。中官琦虐廣東,則磔之廣東;中官受虐南京,則梟之南京,則嚴矣。銀礦珠寶悉罷採辦,土木暴露不忘埋瘞,釋建庶人囚,除殉葬令,英宗則寬矣。脩武伯煜、給事中儼受餽瀋藩,覘偵下獄;裕州知州永貪酷坐誅,罪及監臨使者,則嚴矣。廣進士之額,重老臣之歸;冀絳嘯聚,令人宣諭,不遽除勦;荆襄流民,立爲郡縣,使蕃版籍,憲宗則寬矣。委任大臣,略無猜忌,或有干紀,屏黜靡疑;諸司章奏,手自閲披,字畫誤差,詰問不恕,則嚴矣。王恕察吏,任未二年,留用太半,劉健薦人,不愜上意,不舉其名,孝宗則寬矣。面責閔珪臯緩獄事,召問劉大夏裁抑内臣,則嚴矣。八萃頻仍,九鼎晏若,廉陛坦夷,蹕警簡易,武宗則寬矣。權倖罪覺,凛無假貸,邊夷釁起,慨爾鞭笞,則嚴矣。太祖崑崙也,世宗起而爲恒、華;太祖黄河也,世宗濬而爲沱江。主上於太祖爲祖,而世宗則祖中之祖也。世宗嚴,穆宗寬。神祖如世宗,光考如穆宗。是皆所當念而脩纘而承者也。萬幾在握,阿柄自持,獨發獨收,莫可控揣,則世宗之嚴也。念護引軍士山中寒凍,若裂己膚;召諭承天父老子弟,呼爲里人,則世宗之寬也。光禄膳羞,裁減最約;買綿命下,納諫減半,則穆宗之寬也。大閲三營,張皇六師;内使挺捽廷臣,煙瘴戍之,則穆宗之嚴也。主上則法神祖乎,四十年之治也,而持之如一日。主上則法光考乎,期月之化也,而衍之如四十年。以法世宗、神祖,至剛也,至健也。以法穆宗、光考,至明也,至仁也。雖然,愚又有以窺世寬世嚴循環之數也。大凡國家之天造初屯也則嚴,久於世則寬也;人主之帝震初出也則嚴,久於位則寬也。以我祖宗累世之治,遞而下之,至今固必嚴之勢也;即主上御極之新,遡而上之於昔,亦當嚴之候也。

然在今日,若見嚴,若見寬,天下尚疑而不信,何也?若曰出乎内者,左右之人,而出乎外者,輔弼之佐也。蓋自司寇貢忠嚴論下,迨言官論事,恩譴時及,若見爲嚴矣。僨邊之撫貸生足矣,偃然得高枕於私家;完軀之臣使過可矣,靦然同積薪於内地,又若見爲寬矣。雖主上斟酌操縱之微權有所不可知,而天下卒疑而不信者,何也?誠望我主上之深且切也。所以望主上之深且切者,誠欲主上爲大有爲之君也。主上誠欲爲大有爲之君以答天下,則當明示之以其實,而無開之以其疑。所謂明示以實者何也?經筵之御,無間寒暑;燕閒之居,不廢講求。章奏不輟於聽覽,心志不涉於娱嬉,而明示天下以勤學。謨訓既詳,經史旁究,凡天下州縣輿地之圖、户口之籍、軍兵之數、官治之職,上而上供服御之費,下而百官等級服俸之式,外而夷狄蠻夷之名字、部落土官溪峒之酋長,莫不知其登耗豐儉崇庳之差次、險易勇怯馴鷙之情形,而明示天下以敏政。召問群臣,無論大小,如二祖之時,教官、秀才、武人、軍卒之屬,無不引見,使達其情而畢其口。吏、兵二部有所推舉,自巡撫、總兵而上,其在京師者召而察其平生,在外者令開具其才能,如唐之薦狀、宋之劄子,使先朝保任薦舉之意默行於其中。稱則賞其善任,不稱使亦無所開罪。將主上之於群臣,如孝、世二廟,論列品第,如圖生像,使天下翕然以爲英主,而明示天下以思治。政有窾會,法有操割。凡先朝之實録,累世之功令,熟睹習見,遇事之來,如璽印泥,若針貫綫。無二三之教令,無參差之刑賞,而明示天下以明習。收召四方技擊之士,聚之民間,使之教戰,簡閲三大營,汰其老弱,毋使虚冒太倉;自公侯而下,皆使會集騎射,時有察視,毋令以世禄自老,而明示天下以振武。如是,則一令之出,一政之行。時乎寬也,固以爲滋世之膏粱;時乎嚴也,又以爲救弊之藥石。蓋有以明示而出之,雖寬、嚴若微畸,而莫敢不服,未有以明示而出之,即寬嚴適當可而若有不愜。

愚生故曰:天下望主上深且切,欲其爲大有爲之君也。於戲!光考朞月之化耳,能使天下臣民謳吟思慕,可以動後世,何脩而得斯於人?主上所明也。末命之語,堯、舜爲望,主上所承也。法祖急矣!纘考尤先問天子之年,是精神鼓舞而適以奮之時,致於夢寐。斯夢寐矣,致於繼述;斯繼述矣,仰視榱桷,俯視几筵,湫然清静,有冲子冲人之思,以劑宰世寬嚴之實,以光列聖重熙累洽之盛,天下臣民所願於主上也,非愚生一人所願於主上者也。

問:有堯、舜之爲君,則必有皋、夔、稷、卨之爲臣。今天下臣民跂首齊心,皆願我皇上之爲堯、舜矣。皇上少也,而望之爲堯、舜;一時大臣皆元老也,而不望之爲皋、夔、稷、卨乎?蓋爲大臣者,將在德矣,將在才矣。如何而爲才,如何而爲大臣之才歟?如何而爲德,如何而爲大臣之德歟?是德與才也,將分之爲二乎?抑合之爲一歟?明興亦一代之臣,何必上古?晉亦一方之士,何必海内?爾晉之先輩求其才德可當古大臣者,亦諸生所仰止者也。諸生且無遠引,求之於晉,有餘師矣。吾不語子以姓名,而子自舉之,若我藏鬮而子射覆,若我持節而子合符。苟其所舉實獲我心,是一奇也。或其所舉廓我未聞,更一快也。芻蕘之論,可著廊廟。有頌有規,諸老其憖置之乎?則求其可以券晉之先輩,以上合於皋、夔、稷、卨者,何道而試言之,而吾以爲必繇學焉;而又有謂皋、夔、稷、卨,何修何學者,予又不得而詰之也。諸生爲我明之。

所貴乎大臣者,何也?才足倚也,德足儀也。何臣之無才?至於大臣之才,則經綸康濟,所暨者閎矣。何臣之無德?至於大臣之德,則標表型範,所風者遠矣。大臣者,朝廷之毗也。大臣正而朝廷自無不正。大臣者,庶僚之望也。大臣正而庶僚亦罔不正。故大臣貴矣,是測景之臺也,是相風之竿也。今夫何名爲才也?才之爲狀也,師師沄沄,洸洸皇皇,至整至詳,不仆不僵,魁梧奇隙,莫有向方,迫而察之,不失故常。何名爲德也?德之爲象也,函光苞貞,紹明濬深,挹損攖寧,不替其成,顯允柔嘉,毛輶風輕,動容周旋,準軌步程。才也,德也,均人之所受於天者也。才必拓之而後大,德必養之而後純。而偏全鉅細,從此乎出焉。所謂大臣之才也者,魄力慧智,敏健洞精。卒然投之而不驚,瞥然撓之而不動,轉盻咄嗟之間,足以尊宗廟、定社稷,此鉅才也。所謂大臣之德也者,上格君心,下孚物望,雨施雲行,道溥化光,垂紳搢笏,措天下泰山之安而聲色之不動,此全德也。德之出爲才也,如抽繭繅絲,經緯萬端,而各會其緒。才之歸於德也,如冶鐵鍛金,汁溶液流,還而爲堅質也。有分也,未始有分也;有合也,而亦未始有合也。唐、虞之朝，臯、夔、稷、卨之臣爲之輔佐，至於今，望之若神人然，何其盛也！彼其得堯、舜而君之也，如耳目手足，脩視、修聽、修持、修行而赴元首之會也；如五音六律之聽黄鐘之宫也。其協侣同心，自相爲用也，如象耕鳥耘，不費人力；如戲瀨躍濤，群鱗之相與忘乎中流也。豈不德全才鉅，一體一心，古今最盛際哉！

三代而下，大臣才德未易更僕，而執事謂"且無遠引也"。生晉言晉，稽我景行，用則從先，殆其意歟？則愚生試數之，而執事試聽之。講道河津，復性爲的，挺節權閹，救死爨奴，則薛公瑄之爲也；出使安南，撤其狗竇，窮追孟養，遠渡金沙，則侯公璡之爲也；御史入廨，發篋一空，名不要錢，受知聖主，則楊公繼宗之爲也；童子頌清，淮水不如，主上知名，老成可惜，則耿公九疇之爲也；勞來流徙，編户晏如，俎豆荆、襄，廟食而是，則原公傑之爲也；議鹽拒勢，力抗詔書，伏闕合疏，必逐君側，則韓公文之爲也；裁拒陳請貴戚倖近，邦計垂稱王旦、李沆，則周公經之爲也；郊關觴客，默識地形，輿隸習兵，太仆比卒，則喬公宇之爲也；帽撤待繫，節儲治供，長揖權彬，正色不謝，則寇公天叙之爲也；篤信宋儒，歸重踐履，神劒貽詩，邪咒不害，則王公雲鳳之爲也；宸濠誅叛，新建屬心，三邊建節，春秋耀士，則王公瓊之爲也；八閩掌憲，一菜供飡，兩浙首藩，三千積羡，則陶公琰之爲也；止宿塞垣，憑墻血戰，頤指揮霍，主信人親，則楊公博之爲也；生民柔虜，營平自方，那吉欵關，趙全授首，則王公崇古之爲也；霈澤厚民，芟壬舉佚，口銜心算，且翕且張，則張公四維之爲也；御批封還，雷霆上觸，再詰再疏，不可以道，則王公家屏之爲也。之數公者，皆吾晉所謂大臣也。夫其太行所掎，首陽所起，黄河大陸，迤演曼靡，景霍汾陰，經壖遶址，溯厥遺風，至於堯都，豈不有名世之儒、承天之柱挺出乎其間？是以宗匠陶鈞，群材緝熙，天懷發中，人官能外者矣。要而論之，薛河東、王和順其以德乎，侯澤州而下諸公其以才乎。然而王山死獄，持之至堅；蘇、松饑民，活者甚衆；代草時政，陳言累萬；備兵洮、岷，邊政大修，則薛、王二公固不乏才。而侯澤州而下諸公，言有軌物，行有壇宇，亦何匱於德也？今天下呰窳極矣，猶數百年之杜樗，非不枵然大也，猿猱所穴，糞壤所集，其蠹固不可得而騷除。國家晝一,破壞已極,閭左單弱,呻吟自苦。朝廷之上,則議論之滋多,而經緯罔聞。州郡之下,則身家之自便,而拊循無日。惟是主上推己懲艾,有可爲堯、舜之資,二三元老大僚,幾安相勑,天下群然而仰皐、夔、稷、禼之盛,於以贊襄,翼爲風勵,宇内太平,其有日乎!

道至精也,而散之於事則爲粗;理蘊内也,而比之於外則爲情。皐、夔、稷、禼如彼其赫赫者,豈有他哉!協事比情,克一乃心而已矣。芻蕘之論,可著廊廟。愚生請遂言之,無亦一意而奉公歟?夙夜匪懈,靖共正直,公家之利,知無不爲,盡瘁鞠躬,無以有己,則無有玩愒見。無亦同心以共濟歟?職司之外,靡不旁逮,非其主者,亦行切磋,輔仁集思,無水濟水,則無有人己見。則請毋限曹局之守歟?事務關涉也,委曲相成;文牒來往也,和平相應。如舌接餒,如爪赴痒。則請無設忿悁之岸乎?我闥八荒,何門何户?周道四達,何徑何塗?小見過差,食同日月,一聞藥石,益速風雷,則吾有虚受名而又獲告善之利。促膝之談,彼已皆呈,露衷之久,才情若揭,則無有汲引名而又收知人之益。追隨我者,不以裝吾懷;彈譏我者,不以犯吾慮。護持保任,吹律黍谷之中,則垣府除而包容大。已干謁,屏絶庭,除閴寂,少府絶報謝之交,丞相斷掃門之役,則壇宇峻而影響空已。於是而介石以爲貞,急流以爲勇。進以三揖,退用一辭。浩浩乎有必東之勢,亭亭乎有直上之象,則名節立而功名完已。以是服寀立朝,傑出高跱,居則岳屹,動則雷擊,揭則張日,垂則作霖。所謂鳳凰芝草,賢愚皆以爲美瑞;青天白日,奴隸亦知其清明。如此,則人主見之而加親,士大夫見之而加仰,兒童走卒聞之而加信,四夷荒服聞之而加畏。德才全鉅,朝野利見。皐、夔、稷、禼又奚讓焉!駒隙人生,羊腸世路,目論睽睽,史書班班。

士大夫遭時遇主,而堇堇以就功名者,真寶山入而空手返者也。而其本必繇學矣。學則邃入於性命之微,而其見也精矣;學則細入於千百之詳,而其用也悉矣;學則廣見斷也必矣;學則忘私己也化矣;學則立方無恐怵矣;學則無欲無顧戀矣。學也者,所以成德也。德也者,所以達才也。皐、夔、稷、禼之世何學何修哉?庖犧則已具《易》矣,危微則已具《書》矣,明良喜起之賡則已具《詩》矣。

禋祀柴望，咸秩無文，不圖三月之響，日在耳目之下，則已具《禮》、《樂》矣。黜陟幽明，侯明撻記，則已具《春秋》矣。後世之六經乃後人之所追習，當時之六經，乃皋、夔、稷、卨之所親見。夫如是，則士大夫好學之功，真不可已於内而懈於修，而戰戰兢兢，真正英雄所繇來也。夫如是，則吾晉諸先猶存乎見，少而尚友千古，躋世唐、虞，愚生固於我二三元老大僚乎望之也。

問：頃者遼陽之民淪入腥族，河東之險，移在醜虜，調募行間爲戰守之計，亦朝廷不得已之役也。而所在逃亡見告，如墜雨辭雲，秋蒂謝風者何也？兹宣、大之兵又見告矣，是豈有不得已之情歟！將上之人所以處之，其術疏也。宣、大，三晉北門也，諸士其嘗筴之乎？自有此兵以來，國家曾得其用乎否也？嘉靖之中，見其屢變矣。彼自作孽乎？抑亦上人有以致之也？予即泛就嘉靖之世論之。北虜外訌，島夷外躝，用兵者屢，何啻今日。彼其時何法以禦之，抑爲將者與將將者亦自有人歟？抑其間士大夫亦或有慷慨發憤、爲之游揚主持，一爲國家壯氣而生色者歟？兵則募矣，募又多逃。然則兵無募歟？抑亦募兵自有法歟？抑又有制勝之道，出於募兵之上者歟？夫兵而既募，則屬之將領，其未募也，固民也。孟子謀梁，欲制梃以撻秦、楚之堅甲利兵，不在將也。凡諸在外，有司亦自當有道，以佐朝堂廟算之勝，不可徒曰："我吏也，我吏也。"諸生有可以内告將領、外告有司者乎？悉述所聞，又奚讓焉？

天子無皆勇之將，將軍無皆勇之士，天下無難涣之人群，天下無難萃之人心。無皆勇之士，則未可罪士之怯也；無難萃之人心，則自當脩上之政也。季康子以殺問孔子，孔子之對斑斑如也。鄒與魯鬨，孟氏以罪有司。夫宣、大之兵入衞而行，而遽奔返也，非自宣、大始也，一見於湖廣矣，再見於寧夏矣。愚意上之人亦當察其離涣之因，而體其情事之實也。夫夫也，非其尺籍伍符之舊，則其田畯樵牧困於餬口之無資，而爲此負戈之行也。不則膂力之强，獷狡之氣，扼腕而欲附於佽飛期門之選者也。業櫜鞬就道，奉鞭弭以爰方也。忽爾反弓背馬，睢刺而馳，不可嚮邇者何也？古之爲將者，皆其人與士習，士與將習，通其飲食衣服而察其便安之意，與之坐作馳驟而知其勇怯之情，其爲士者，亦皆比閭族鄰之相聯，心志手足之相關。夜戰相聞，晝戰相見。閫外之事，跪而推轂，而以委其人，得聚之而教，得帥之而征，芻轂輓輸，一繇其興發。是以士無饑疲委頓之形，而將有身手指臂之益。而今也去古遠甚矣。調募之者一人，統領之者又一人也。調而募之，則出於文臣；統而領之者，則畀之武將。餽餉芻粟皆不出於其手，戰守進退仍禀成於文吏。古人十人爲伯，五人爲伍，小大相維，綱領相挈，皆不行於其中，已難使之遵其號令，聽其約束矣。又其所使之人皆下將耳，貪夫僨帥相踵也。朘削之，簸弄之，士忽然鳥獸散，則輒謬以桀驁之氣，反戾之事，張皇抵塞。士既亡矣，面誰與爲質，而身誰與爲訟也！夫普天之下，莫非王土。亡人故鄉，猶其東西家也，官府之刑章無之非是也。而逃以千百數，又非穴竇可隱，川谷可藏也。故曰"當察其離渙之因，而體其情事之實"也。蓋方調募之時，則當有其法；既調募之後，則當得其所。領兵之人，則當重其權而察其才；不善領兵之人，則當正其罪而嚴其法。

夫宣、大之兵，平昔人所稱好義而任力者也。當英宗之北狩也，楊洪守宣府，郭登守大同，虜人不敢闌入，是此兵也。當武宗之北廵也，陽和天城士殊死戰，應州之役，上手虜一級，是此兵也。若夫五堡之建，利非不遠也，孤懸莫救而驅迫之者非也。李瑾之殺，惡非可赦也，穴水攻城而窮竟之者非也。嗚呼！兵在將也，將在將將者也。若見以爲子弟焉，若見以爲父兄焉，散之而不去矣；若見以爲萍合焉，若見以爲蚊噆焉，呼之而益遠矣。愚生有感於嘉靖之世也。戚繼光臨戰，手捫士胸，按其跳定以列前後，士重傷者，至其卧寢而口問之。俞大猷見士賭戲則大喜，曰："是其財盡，又將爲我殺虜掠財。"是皆有儕侶游戲之意。今如此將者幾何人？翁公萬達得一胡兒，待如愛子，倚任王千斤，若其手足。胡公宗憲鼓舞顛倒，人盡死力，引入王漵，與同卧起。今如此將將者幾何人？至其當時士大夫如唐公順之舞棚嘗砒，慨然有殺倭之志，如趙公時春方與士大夫持盃酒相歡笑，語及胡虜輒裂眦攘臂，誓不與之俱生。今之士大夫如此慷慨發憤者幾何人？戚繼光之爲將也，汪公道昆奉之如師；俞大猷之爲將也，譚公綸知之如友。今有將矣,而有士大夫如此爲之主持游揚者幾何人?嗟嗟!鵷鷺列篋,鞅鞈跗注,此何人斯!罪異奔陳,輂母乘車,贈乏繞朝,送帑履足,何責士也!茅絰表井,號出是祈,于思爲植,則那不愧,何責士也!

以愚生所聞,道路之口,則又有可言者。其一言浙中也,每士以十八金行募,皆取丁力之家。而丁力之家得八金耳,而又以轉之市井亡賴子,亡賴子得五金,而中道亡矣。又其一言河南也,有亡賴子四走真定道,曰:“吾四往返矣!”募復亡,亡復募。又其一言固原也,而沿途爲攫市之。三者非所募不得其法,則所領不得其人也。而今宣、大將領已見告矣,愚生以爲募士不必如此其多也。土木之變,我師陣動,擁腫也。趙全之對高公拱曰:“兵多累贅,不如用少輕健。”今也,若以募五兵之費而養一人,則一兵健矣。若以募五百之費而養五十人,則五十人健矣。而必使之饑餧不振,僅名爲兵,而數十萬也,則何爲也?愚生以爲募兵不必如此其遠也。夫千里餽糧,士有饑色,而况數千里而求之!餱糧其自齎也,衣械其自將也。夫行脚之僧,一瓢一鉢,猶須擇蔭而休,至聚而處也。萃以徒衆,限以程途,奈何不乏且困也。愚生以爲遠募不如近募也。樂毅用燕,廉頗用趙,有宋韓、范之經略西陲,皆宋人也。今謂川蜀勁矣,宋人嘗謂恇怯而不用之。今謂江浙捷矣,宋人嘗謂短少而不用之。大抵遠道募兵至也有時,虜入無時也。近其募而少其資,以其遠募之費,養近募之人,此所以示不逃之本,而兼得應敵之利者也。愚生又以爲貴人募不如本土募也。漢人重徙吏,且爲國家惜送故迎新之費。何况貴人遠來而募士,而何如本土之有司?何如本土之將領也?愚生又以爲募其人,不如修其器、明其法也。戚繼光以狼筅勝、以藤牌勝,俞大猷以棍勝、以劍法勝。而國初又嘗得安南黎澄之神鎗,必其器尚在御府。此皆有以禦其來而鬩其鋒,不徒取輕身向前而已。而今之調募之兵,皆不見持此。此猶命人作書,不與之佳紙筆墨。村學童隨人進取,其作文之法,初不經經師口授,一入試場,茫然亂已。愚生又以爲募兵不如求將也。文臣無吻嘔心,一片肝膽而已,禦敵之方,必須武將。若文臣而可握武,則武將亦可作文矣。今世胄裨將未知名者,不少草澤之間亦有其人。此其人尤包藏不測,無事待用,有事且自爲之耳,則又安可不旁求而委任之也?

嗟嗟!遼陽之民淪入腥族,河東之險移在奴虜,保河西所以保山海,保山海所以保京師,可不慎歟,可不重歟?而愚生以孔子所以答康子、孟氏所以責有司者而推之,師帥與士之將領,均有責焉。彼其既募則兵也,未募固民也。其平日皆當教以孝悌忠信之事,引而進焉,與之稱説古昔英雄慷慨之士,臨難忘軀之人,以作其忠義之心,奮其洸潰之氣。至於賦役之所徵,府庫之所貯,通融籌度,積貯奇羨,毋以職事而緩大計,毋以寓縣而忘朝廷。要使兵部一呼,户部可應。前行有期,後繼無乏。漏卮莫滲,畫餅勿懸。而後爲文武一心,同舟共濟,以無負奔走先後之職。而又聖神在上,赫然一怒,脩安攘之至計。當事大臣,折衝樽俎,以翼以爲,則德之休明,楛矢人焉,而况東人切雨蘇之望,小夷負曲老之師者哉!如是,則兵固可以無募也。

鏡山全集卷二十六

閩書論贊

分野志

何子曰：我太祖有私習天文之禁，吾閩中楊文敏與諸公不能對仁宗之問也。余小子何以知之？大概次在星紀，野在揚州。不離於古文矣。

贊曰：維閩有疆，大海之陬。次屬星紀，野入揚州。或婺或須，麗斗與牛。越門限戒，雲漢下流。東垣南六，天市上浮。文明之域，是爲治甌。

方域志

何子曰：予志山川，而郡縣之創立，坊里之因革，以及古今賢豪託寄之蹤，遊覽之詞，與夫恢誕奇偉或有或無之事，莫不羅網，亦或觀方採勝之一助也。

贊曰：閩見載籍，昉自職方。聖人之裔，服此遥疆。秦廢爲郡，入漢復王。分争寇敓，遂致竄亡。歷吴越晉，吏置官張。以緯以經，侈于隋唐。閩越割據，天統靡綱。有宋聿興，益厚宇章。爰入我明，遠鬯遐昌。耀明被景，日出天光。土壤間錯，都里鬱望。古往今來，共此海荒。我志奇勝，亦及荒唐。何如鄒子，曼衍無旁。

建置志

何子曰：先王辯方正位，體國經野，后以裁成天下之道，輔相天地之宜以左右民。其在斯歟？其在斯歟？

贊曰：城郭廟社，臺闔藩臯。下及州郡，百凡無缺。文以興士，武爲民衛叶。

風　俗　志

何子曰：予記閩中風土，其概耳。至其歲時節事，大抵相類，蓋沿古而因俗，是亦民夫人所以崇愛敬、接殷勤、聯屬上下親疎之意，治世之道矣。夫非賦平、刑理、歲豐、時和，能使閭閻及時歡樂無愁怨之聲哉？《蟋蟀》之詩，憂深思遠，有堯之遺也，閩何獨不然？大抵土瘠人貧，善心易生而易致之理。夫孰無類俗疵行？所以維而化之，在君子哉，在良有司哉！

贊曰：風俗之殊，厥與政通。好惡從違，我制其衷。在昔良牧，務滋化原。敢曰文禁，以爲民先。群動方紜，罔覺其始。既習而安，力莫之止。維禮斯經，維政斯行。自我作則，永協蕩平。

版　籍　志

何子曰：余讀諸郡縣志，蓋具談"古者十一而賦，用民之力，歲不過三日，君子用一緩二"云。繇古之道，變今之俗，此何異孟氏所謂"貉道"者。蓋征課不一，約以條鞭，海内以爲大便，不特閩中。顧予里居久，睹朝廷時有恩詔赦免錢穀，起某年盡某年，幾分幾分者，而縣已徵解久矣。里甲踵門，必如數輸官，一有不敷，叫呼罵詈隨其後，而以復有司："民户輸納不前。"何膚受也！僻遠之邑，冠紳乏人，老舉人歲貢爲之令長，分頭加額，任其恣睢。而大縣之吏，以新進甲科爲之，其材力强智足以壓服，人輒謂上官，以此定優劣。雖云九分爲率，急之不至十分不止。其資高明者，盡徵於公而未必盡輸於公，何可究詰之也？孟氏曰："若夫潤澤之，則在君與子。"此本夫人之贍智哉！又必有仁心爲質，意不盡民，夙夜在官，不懈于位，悉其耳目聰明，以行於版籍額數之中，則庶幾徵斂不失，民不至困桁揚而竭囊橐，又烏敢望曰蠲曰貸乎哉！

贊曰：民生在衆，匪衆土荒。聚衆在食，匪食人亡。古獻民數，王敬是章。矧爾庶邦，敢不自彊。農事既卲，九穀茂昌。是斂是程，邦有典常。維民可近，亦維易傷。無作怨府,俾其卒痒。在昔令貢,土物惟式。禁厥奇巧,以示民極。庶人在官,歲有常職。罔匱其力,亦賦之食。厚生重本,審厥政役。彼懵罔念,從欲是亟。“大東”既空,“碩鼠”安適?

扞　圉　志

何子曰:閩中成、弘以前,山寇多而海寇少;正、嘉以來,山寇少而海寇多。國初州縣仍宋、元舊,山林深阻,菁棘蒙密,奸宄時竊發,至乎蔓不可圖。今其地芟夷之後悉置縣司,即欲嘯聚,靡所藏寄。此山寇多少所繇異也。國初太祖嚴通夷禁,寸板不許下海。江夏侯經略海上,城寨方新,士伍驍健,又孰有寇?嘉靖之初,都御史朱紈以禁夷仰藥死,副使柯喬亦坐誅,海上市易未易輒禁絶。至乎季年,倭從浙直入犯,閩中大亂以數歲。於今閩人生息益衆,非仰通夷無所給衣食。又閩地陋山多,渠瀆高陡,雨水不久蓄。歲開口而望吴越、東廣之粟船,海烏能禁哉?倭故蹂躪吾民乎,來亦有時。今其所行劫海上者,率吾内地之民,假其面目,借其名號,殺越于貨,了無畏恐。此海寇多少所繇異也。方此之時,山寇少矣,當事者眷眷憂海上倭。要以前所言,海外之倭有時,内地之倭無日也。予友寧國沈有容,舊爲浯嶼把總。海濱之民皆知其生業出入,貿遷何業,所藏貨物當往何夷市,劇奸捕治之,其次可用爲耳目。力使者,籍爲兵,彼習知衝犁抵拒之法,見刀刃而不懼,望旗幟,聽金鼓、銃礮色不怖,而又爲之利器械、堅船具。有容爲把總數年,泉中絶海寇。嗟乎,事在其人哉! 雖然,人何容易! 今夫武將一途,仕路啞竇也。文吏恥之而不敢言,且無人知也。不費之文吏,費之督總矣;不費之督總,費之兵部矣;不費之兵部,費之煬竈中央之人矣。而又欲自肥其身家,非虚冒賣放剥刻,何得也?下朘軍士,上噆國家而替武備。予於武臣乎何誅?在當事歟! 在當事歟!

贊曰:虎去爪牙,百獸起敵。桓桓如林,以奠南北。陸則剿滅,海則誅亟。有此隸籍,縣官仰食。武將統領,文吏拂拭。殫猷竭念,師武臣力。不者糜費,明神糾亟。

前　帝　志

何子曰：七閩五嶺之地，皆後天下而興，亦後天下而亡。雖以其非戰争之地乎，閩得因此以奉宋之終，是亦忠義之一贊。而况有若陳文龍、陳瓚、林同者褎然生其間，足與張、陸、文山諸公並垂於天地者也。

贊曰：宋祚百六，如旒斯綴。貞臣不貳，奉如一髮。閩海景從，恃不脱拔。汀州莆城，應義殞越。耿耿兆人，足補天缺。

君　長　志

何子曰：太史公曰："句踐稱伯，至餘善國滅衆遷，其先苗裔繇王、居股等尚猶封萬户。"繇此知越世世爲公侯矣，蓋禹之餘烈也。陳元光鎮漳，先輩惜其不列於唐史。予讀《太平廣記》："宰夫腼肴膳不佳好，尋蒸而出於元光之前。"豈其用虐耶？所表請立漳郡治，云"誅之不可勝誅"，或近是哉！王審知爲德於閩，詳在于兢之碑。若夫留從効之不忘起家，陳洪進之順天歸命，有足述矣。陳友定臨决自謂"死元"，故併及之。

贊曰：一方一域，而能爲君，必其材智，足以撫群。無諸聖裔，光啓海濆。王留與陳，撫甿治軍。雖其後代，殞絶崩分。溯厥本原，仁義實聞。閩山海嶠，霽景晴曛。偏霸互雄，遐想英芬。

文　蒞　志

何子曰：予志文蒞，令長以下蓋採諸郡縣記乘。若夫兩臺藩臬，其官則尊，其任或久或近不同，非若郡縣親且切，聞見寥寥也。予所爲志，蓋採諸傳、狀、墓誌流傳人間者，會粹良苦已。夫士服采亮工，誰廿汶汶哉？得予志而讀之，煌煌乎國家賢才之盛，布列中外，海内泰寧者此矣。

贊曰：簪笏紫朱，旌節旗幢。黄綬紺綸，孰匪代工？平則枕奠，亂則鼎扛。嘉譽令問，口載皓厖。書屏賜璽，天門上玒。前後相望，殿我大邦。

武軍志

何子曰：余閱武臣之籍，爛矣哉！其起家從開國、靖難者十九，其以殺除寇暴，立功得官者一二耳。夫豈無韎韐跗注之君子乎？武胄寡文，既不具載其先世行烈，而紀乘之書亦不勤於訪采，余歎其多軼矣！余又竊惟開國、靖難有大勳勞之臣，莫不謀勇兼資，以得上公列侯，依日月之際，而開國諸公當高皇帝威嚴之下，克終其世者僅僅。維兹指揮、千百户而下，其先人皆以荷戈躍馬，一乘一障，累功積勞，而得之列官外服，胄廼以長，豈不亦一門之榮，奕世之福耶？

贊曰：高皇晚歲，大召武臣。叙厥艱難，念其年旬。頒之勑命，賜以金銀。維彼一時，感激皇仁。載稽戴叩，涕泗紛紜。積勞一身，貽慶後昆。曷用報公？匪天匪親。世禄繇禮，敢告後人。

英舊志凡七則

縉　紳

何子曰：善乎，學使馮公烶之遺予書也，是一省之大家乘也。大賢、小賢，其又何分焉。要其條貫多寡之倫，文詞豐約之會，足論世矣。於戲！彼其道德文章，事功節概表表，於夫人安所置疑信哉！至如郡邑之吏，文學之長，仕於其官者，里人不知也。居於其里者，天下之人不知也。居於其里者，非夫吾里之人，誰明章之哉？仕於其官者，雖其家之子孫，亦未之知也。吾舍海内州縣之志奚稽焉，而又奚擇焉？若夫八郡之中，其有以志書來者，吾亦不得而疑之也。且夫仕於官者，必有彊幹敏練之才，以此取聲，而以之居鄉多跅弛。居於鄉者，必有長厚遲頓之意，以此名德，而以之居官多淹晦。居官之評，居鄉之論，亦莫得而並尊。丈夫之仕也，猶女子之嫁也。嫁而宜其夫家，父母之家何論焉！丈夫之不能仕，而宜於鄉也，猶廉賈之賈也，折閱損羸，亡傷賈德。煌煌乎閩之先哲也，朱文公哉！朱文公哉！若夫吕惠卿、蔡京、確、卞、章惇、黄潛善之流，代自有史書，吾鄉之先輩也，予不忍述之矣，予不忍述之矣！

贊曰：閩之爲疆，大海之陬。山谿間錯，隘郭儉疇。乃有君子，爰比魯、鄒。高翼孔、孟，次展念猷。歐陽開先，考亭闡休。毓靈胤秀，項背相侔。於維福郡，宋首烈襄。掞采披華，大風泱泱。才子十人，亨我泰陽。桓桓司空，迎駕虜疆。林氏一門，袁、楊、謝、王。楚楚吏部，振藻披閶。維我泉郡，以晉名江。風流斯遠，德業亦崇。受遺定策，猗維魯公。莊留若傳，耆碩龍嵸。丘學宗朱，釣磯銀同。密箴演蔡，疑典續蒙。小山石鼓，高峙凈峰。參知軌宋，四門遂雙。建州之學，朱門冠屨。聖經有五，四稟傳註。碩碩文敏，王、魏同趣。輔我三朝，高振天步。延平立雪，稟自河南。李氏開朱，青出於藍。汀州峒徼，人林孔武。簪纓不絕，所侈羅、伍。廖、賴、丘、雷，亦世其户。墜地三絲，徵夢明主。莆仙在興，壤北曹、滕。領袖冠冕，霞鬱雲蒸。其在李唐，九牧英騰。齊方聯鄭，引武繩繩。君謨、應求，廊廟呟噌。紅泉夾漈，文獻斯徵。明兩司寇，韓、歐廉稜。御史處士，寢草懷冰。亦有頑臣，絶頸斷肱。伊邵之陽，忠定在宋。護國康人，南渡倚重。漳水瀰瀰，昔賢所止。北溪匪遐，剩夫孔邇。子衿六人，頑臣同軌。福寧一州，在昔石堂。觀星測象，不讓保章。有頎莊敏，抗疏夕郎。晚遵明哲，嘿容孔彰。揭揭儀刑，皇皇昭夏。我述鉅人，以告來者。

弁　　韐

何子曰：宋有右庠以養武士，其求士則有武科。我朝絀矣，惟世胄之爲重，士繇武科舉于鄉者，一不中會試，去之如平民。比者稍重進士選，而三舉于鄉者，亦得赴會試矣。文士逡逡尺寸，不失爲賢公卿大夫，而武士自非一心忠義，安能忘軀捨妻子視死如歸哉？然而智勇之士，身名俱全焉。子曰“必也，臨事而懼，好謀而成”者也。

贊曰：越六千人，名君子軍。靺韐跗注，其稱亦云。躑盪跳躍，既鼓育、賁。沉鷙周詳，不墮妖氛。道先致身，義不後君。侁侁桓桓，奕世令聞。

關　　柝

何子曰：古人云：“燕雀安知鴻鵠之志哉！”夫鴻鵠亦安知燕雀之志哉？鯤鵬、斥鷃，各有適耳。卑秩小吏，而藴蓄不朽之心，自喻適志也。夫如是，則與公卿大夫奚讓焉！

贊曰：古有賢人，隱在下位。田或有龍，姜不棄悴。自喻適志，攸攸遂遂。不畏于天，崇腆斯愧。

韋　布

何子曰：凡志録先輩，則首道德矣，是有政事、文學、忠節諸門。予論次《閩書》，第分縉紳、韋布，列於世次，以便流覽。是以朱文公不别於縉紳，李延平諸賢亦不離韋布。若夫名登薦書者，未經釋褐，當亦不離韋布。又有先則韋布，後以子孫貴，爲封贈君者，所以得傳之繇，不緣封贈君，並列之韋布。

贊曰：德足代工，而無世柄。弋釣耕隱，各守其正。人爵玩之，天爵則敬。造有淺深，道同正應。戢景潛光，斯文之慶。

閭　巷

何子曰：匹夫修之家而著於世，其必有合君子之道，出乎天稟者耶？人之秉彝，好是懿德，性無有不善也。予雖得若人也，或其附立言之士，及借賢子孫乃見。至其湮滅深山窮谷之中，姓名翳然，可勝道哉！可勝道哉！

贊曰：編户閭閻，刺草笠簑。我躬不閲，能計幾何？軥録疾力，忠信靡他。以美七尺，若切若磋。掌窌可粟，垩間可緺。我志其人，執柯伐柯。

僑　寓

何子曰：鵂鶹所至，而人逐之；鳳凰所至，而人喜之。彼能重我山川，吾能尊其名姓矣。

贊曰：人生應迹，泥印鴻爪。語默出處，棲托異抱。或過者化，或儉自保。或挾遨遊，悦此陵島。或隕顛沛，羈于櫪皂。並發德音，遠垂周道。苟非斯人，孰載孰討？用比嚆箭，盼胡之苛(笱)。

裔　派

何子曰：惟楚有才，晉實用之。維閩有才，出而用世。天下一君，四海一國，溯所自出，不亦大乎！

贊曰：古人族望，必著本始。維桑與梓，乃恭敬止。儀操南音，念舊是美。

丘也殷人,則我孔子。我傳諸公,意亦如此。

方伎志

論贊缺。

方外志

何子曰:閩中仙道之盛,則董奉其著;釋衲之盛,則百丈懷海、雪峰義存、黄蘗希運、潙山靈祐其著。董奉、義存,已别載於本州志中,而玆復得仙道三十四人,釋衲三百四十九人焉。其他載於本州山川者,尚未易枚舉也。要以釋衲之徒,《五燈會元》所載,閩中爲盛。而閩中之盛,又在王審知有閩之時。豈非以其崇尚佛教,弘飾寺宇,緇流雲集,起而應之耶?夫其橋誣邪惑,猶能驅一世之慧哲,聆寂表真,著玄言於後世,而况興聖人之教,明先王之道以導之者也。

贊曰:仙道之教,堅固其軀。非人不遇,非法不符。至于釋門,相去凡夫。靡自靡他,並引覺途。飇流厥初,意慾雙無。道雖二門,心實共模。我擇言要,併載身樞。啓世愚昧,以翼泗洙。

宦寺志

何子曰:《唐書》:宦官楊思勗,羅州石城人;田令孜,蜀人也。而宋陳石堂普皆以爲福州人。"七閩轉海即洙泗,僅有令孜與思勗。令人不忍讀史書,不勝林壑溪山辱。"此石堂《詠閩中》詩也。按唐時諸道進私白,閩中爲盛,坐是閩多閹。杜宣猷來爲福建觀察使,每寒食,遣吏分祭其先壟,時謂宣猷爲勑賜墓户,然則思勗、令孜大抵然矣。私白者,閹兒也。

贊曰:閩在海濱,而有宦閹。林侍霸國,戒口如鉗。蕭事五朝,壽永崦嵫。志除宵小,施石與鎌。謀用不遂,恪守勤謙。銀同有張,掖庭嗛嗛。劬勞保聖,爰啓龍潛。視彼北土,貂璫炎炎。孰與斯人,善勞孔兼。

閨　閣　志

何子曰：郡邑志志閨閣，取其貞與烈。有貞以烈，有貞以德，予是以列賢、貞二門。

贊曰：持貞作幹，以順爲正。處爲女師，嫁爲婦鏡。

島　夷　志

何子曰：宋置市舶於泉州，以通諸番。舊志所載有占城、賓達儂、三佛齊、渤泥、真臘、登流眉、大食、日本、注輦、靈牙蘇嘉、麻逸、三嶼、白蒲延、日囉亭、真里富、三泊、單馬令、闍婆、羅斛、雪峰俱輪、須華公、琶離、佛囉安、達囉希、吉蘭舟、西棚、波斯蘭、高麗諸國。元三山吴鑒爲泉守偰玉立修《清源續志》，余於友人家僅得其一本，曰《島夷志》。志所載凡百國，皆通閩中者。其載三島國有云："國男子嘗經紀泉州，罄其資囊以文其身。既歸國，國人以其至唐國，貴之，待以尊長之禮，延之座，雖父老不得争焉。"有土塔國，國中有土磚甃塔，其高數丈，刻漢文云："咸淳三年八月畢工。"蓋我人爲之書。有古里地悶國，其國淫濫，兼婦不恥，至者多染疾死。泉州吴宅有百餘人貿易其間，既畢，死者十八九。間存一二，類羸弱乏力。隨風回舶，安瀾之夜，則狂魂游蕩，唱歌摇櫓，夜半或時添炬燁燿，使人魄遊而膽寒。而其他則載其風俗土物。夫是百國者，蓋皆大西洋之國也。於今則大西洋貨物盡轉移至吕宋，而我往市，以故不復相通如元時矣。乃余兹所志琉球、浡泥、麻剌、倭諸夷耳。琉球，恭順之國也。浡泥、麻剌，於今不至，以其王死而葬此。嘉靖之季，閩受倭斃矣，我防而絶之，自國初於今爲甚。然聞有中國人入其地，皆來敬禮。古《論語》在其國中，其人皆通書史，有文墨，特其俗尚佩刀劍，勇不畏死。其悍譎者，海上行劫，而實我奸民勾引之。奸民所闌出犯禁物，得利十倍，走之如鶩矣。吕宋、東番，小夷也。吕宋與我市，而東番密邇，我民時至其地，市薪與鹿，聊併記焉。

贊曰：來王來享，曰是商常。我所備禦，則在海荒。外壯舟舵，内毖池隍。

則永鞏固，號曰金湯。

靈　祀　志

何子曰：凡八閩靈神，有山川可附見者，業分隸於山川，亦或載其行於《英舊》，其未盡者，具列曰靈祀。

贊曰：惟我高皇，禮削繁紛。祀典有經，咸秩無文。禦災捍患，亦匪淫昏。肸蠁社里，報賽鏞蘇。迎釐迓祉，盪釋埃氛。屈平有述，司命雲君。

祥　異　志

論贊缺。

萑　葦　志

何子曰：豺狼蛇虺，鷹隼螟螣，天不絶其生，寧以承平之世，無亂離之民？然而攬觀閩志，宋之葉儂、范汝爲，國朝之鄧茂七、温文進輩，並以胥役、臺隸激於時政嚴猛忽玩之過，轉盻生心。弭盗必先安民，豈不重有司耶？要以閩之上游，山郡也，山寇易逐。其下四郡則瀕海，溟渤無際，飄忽不時，禦之爲難，故夫其道在備。而備之人，徒以委之懦將債帥，則棄之矣。夫民當其無事，困之以法，及其有事，委之懦將債帥，安望晏寧哉！安望晏寧哉！

贊曰：民之居常，蹙頞疾首。及其爲變，戈鈍甲朽。子之不欲，盗則有在。賢聖之言，垂戒千載。

南　産　志

何子曰：韓退之謂閩越地肥衍，有山川禽魚之樂。閩中山川泙渫奥鬱，其氣候恒暖，稻則再易，葉則寡凋，故其草木最盛。海於天地又最鉅物，含淹卵育，不可圖狀。余志"南産"，亦一傳奇矣，惟土云乎哉！

贊曰：閩在南方，火離之宅。樹無凋條，物靡希革。騰逴啁哳，滋華娟醲。

量谷充園，被皋布澤。爰有大海，爲江河伯。異産殊形，羞厨薦客。或膾或烹，以醢以腊。筵陋重肉，美兼累跖。昌黎有賦，致雍是籍。備載于篇，飛蟲是獲。

畜德志

何子曰：《詩》云："如彼飛蟲，時弋有獲。"《記》曰："蛾子時述之。"其斯之謂歟！

贊曰：潄液擷芳，以廣六藝。爰擴舊聞，亦論其世。

我私志

何子喬遠曰：閩故有通志，弘治初，黄公仲昭所撰。去之一百三十餘年，未有續者。萬曆庚戌歲，巡按御史山陰陸公夢祖，久候代不得，與都御史句章丁公繼嗣、都御史武進前方伯袁公一驥，慨然欲續成之。下諸郡縣，悉先修其本郡縣之志，上籍御史臺，而延諸公縉紳總之，則閩縣尚書林公烴主其事。予喬遠，與前都給事中林公材，今大理寺丞前吏部郎董公應舉，及諸公主之。陸公尋得代去，不果爲。提學副使慈谿馮公烶，則以郡縣所修書盡送予所，曰："子其成之。"予起壬子之冬，以及丙辰之春，首尾五年，論次成書。而擷掇删潤，予徒黄鳴晉、王有楝有力焉。

客曰："《華陽國志》、《襄陽耆舊傳》乎？"何子曰："何敢望二書也？何景明之《雍大記》、廖鳴吾《楚紀》哉！"予志"天文"焉，沿弘治之舊也。仁宗皇帝以問三楊、蹇、夏諸公，猶未之知也，故沿弘治之舊也。予志"方域"焉，首郡縣，載沿革也；次都里，載版籍也；次列山川、陂塘、井泉、水利之屬，其間古跡、舊事、名人之所寓寄，方外之所遊處，與夫登眺記乘之文，其可傳者，悉次於其下，使人一覽瞭然，無勞互證，是仿酈道元《水經》而爲之也。予志"建置"焉，凡城邑、壇廟、官署、學宫之所以興創，與夫有文字碑述可垂遠者也。予志"風俗"焉，仿《歲時風土記》而爲之也。予志"版籍"焉，按之《大明會典》而舉其綱，其詳則籍之諸郡縣也。予志"扞圉"焉，武衛也。予志"前帝"焉，宋雖式微，出居于閩，尊正統也。予志"君長"焉，雖其踞有一隅，自非慈仁德茂，不足享世，其子孫敗亡，則驕與暴，不則中原有主也。予志"文蒞"焉，吾師帥也。有德于官者，則識其行事，不亦考之前史，參之今獻，得其平生，則其當官，當不苟然也。有不職其官者，久遠則書之，不久遠者，吾不載其姓名，使其子孫見之曰："吾父祖曾官於斯也，何其佚厥名也？"予志"武軍"焉，公侯干城乎。予志"英舊"焉，曰縉紳、曰弁韐、曰關柝、曰韋布、曰閭巷、曰僑寓、曰裔派，不遺善也。其於縉紳，有一善未嘗不書之也。仕爲大臣，有名於世，有德於身者，未嘗不詳書之也。將來有修國史者焉，吾不詳其德誼行善，他日何以爲採掇之資也？予於前代縉紳，未嘗不採史書、求譜乘而詳之也。不知其人，不論其世，可乎？寥寥數言，誰復悉其道德行誼之實、氣節謀猷之大、政事文學之美也？予志"方伎"焉，藝之精者，未始不聖也。予志"方外"焉，《五燈會元》以及道家之書，未嘗不括也。予志"宦寺"焉，宦寺多産於西北，而閩亦有人，至有功可扶國家者，烏得略之也？予志"閨閣"焉，女子之貞也，猶丈夫之死難，與夫幽人之抱獨也。有德之母，不見於世乎？何劉向《列女傳》亢其門也？予是以先賢女也，而後繼以烈女。予志"島夷"焉，非其向附於我，我倚爲藩屏，則其外患於我，而當豫防之也。予志"靈祀"焉，謂其禦災捍患，有功德於民也，亦必其閩人也。予志"祥異"焉，仿《春秋》也，亦沿夫舊志也。予志"萑葦"焉，是封豕修蛇，毒我鄉土，其衰也，亦有賢豪將吏，出而蕩滌之，其經略之方，亦著於此也。予志"南産"焉，不志南産，不名《閩書》也。予志"畜德"焉，賢人君子，業見正志之中，亦有其遺言往行可師法者。或其非賢人君子也，而能取一世惡名以爲魁，是未必無機智才具、文章、政事可稱述者也，或其雜事之異於見聞，與其人之未詭於正者，兼志焉。

予志"我私"焉，予家有縉紳者，不敢以列於"縉紳"；予家之閭巷者，不敢以列於"閭巷"；予家之閨閣者，不敢以列於"閨閣"也。

曰江山訓導，喬遠之五世祖也，諱安，字叔恭。領洪武丙子鄉薦，授開建教諭。國初，邑學無士中選，則謫其學官，坐改爲江山訓導。先祖通《毛詩》、《春秋》二經，爲文温和清瑩。自江山奔母喪歸，既除服，涕出若初喪。

曰儋州同知，喬遠之高祖伯父也，諱祐，字天錫。正統中，應貢入太學，授建陽衛經歷，陞儋州同知。先學校，興教事，除苛政。有訟立决，無繫者，决之時，必教戒而罪之，訟者不之州長，而之先高祖伯父。儋人通傜蠻，數反覆爲變，先高祖伯父出榜文誘勸之，語以“天下無有白頭之盜，聖世無不内面之民”，民皆化爲良善。

曰靖江教諭，喬遠之父也，諱烱，字思默。專精學《易》，治宋儒書，有名諸生，褎然爲後輩師表，士從游者以數百人。嘉靖中應貢試内庭，世宗閲其文，手拔爲第一，授安福儒學訓導。以忠孝訓士，曰：“唐陽城曰：學者，所以學爲忠孝也。”擇周、程、張、朱四先生遺言之切於讀書者，刻之學舍，以教生徒。從其邑先生鄒文莊守益講德論業。邑先輩少司寇彭公黯，名臣也，没而未得祀學宫，先子首舉之。邑有百年之老，先子薦之賓席。僕夫楊伏刲股療母，先子具羊酒其家，爲下拜。其他有濫乞鄉賢，不急在原之難者，嚴拒善誘，卒皆服且信。遷靖江儒學教諭，署以正，率人師保如臨於學齋，召諸生月試之。靖，僻邑，諸生爲時義外，史傳朦如。先子試目必先論策，後經義，以進其才識。邑科第久乏，自先子在官，遂有中選者。性至孝，早孤，孺慕不替。衰白修家譜，以識先德；嚴寢堂，以肅先祀。編次泉郡先哲之文章爲《清源文獻》，裒王文忠、真文忠二公守泉之文章、政教爲《温陵留墨》，二書並刻於郡齋。

曰刑部員外郎，喬遠族父也，諱琚，字佩甫。舉嘉靖丁未進士，授刑部主事。受事提牢，哀矜切至，視護周旋。他日楊忠愍繼盛以諫得罪繫獄，則族父之同年以次提牢矣，其人希權相意，嚴切閉禁，即藥物微鮮輙使拒不通。族父屢爲請，不得，歎曰：“世有匿媚事人至此！”徑入獄中，見忠愍慰藉之。忠愍大駭，曰：“公不顧禍福迺爾耶！”時同邑史朝賓爲刑部郎，忠愍屬其擬比，而史公輕之。上怒，降史公判州，族父復往慰藉，如所以慰藉忠愍者。居常蒿目時事，自謂得行其志，上之當爲朝廷計安國事，外而得一郡守爲之，亦必使一郡之民載利蒙恩，無不得其所；若退居田野，則讀書養性，以進於君子之域。竟以員外郎卒。

曰大理寺評事，喬遠同母兄也，諱喬遷，字齊孝。萬曆丙子以《禮經》舉鄉試第四人。授建陽學諭，曰："此朱文公之鄉，吾敢不勉！"至，則以"宗朱"顔其堂。又曰："吾父靖江公有《清源文獻》之書，小子不敏，敢從事焉。"亦彙《潭陽文獻》，刻之學舍，以備邑故，訓多士。擢國子監學正，大司成諗其學問淹詳，委校二十一史。擢大理評事，卒京師。大宗伯黄公鳳翔序其文："俊潔典亮，桀犪歐、曾。"是所得列於縉紳者也。

有曰浚者，喬遠之叔祖也。兄早卒，有兄子二人，又二女也，皆零丁孤苦，莫必其命，而姊妹所出甥，亦凋瘁不堪。浚鬻纑爲業，本直少，不足自餬口，節哺省啜，並收養之。其所謂兄子二人，一曰喬遠之父也。有曰喬遴者，喬遠從兄也。賣紙爲業，格前賣紙，格後讀書。見市上有鬻破故書者，以餘錢易之，雖零落不備讀，必終卷迺已。擇其可以修德養生者，裒而存之。其事後母至孝，母病，爲文禱神，乞延其壽考。後母所生女，與己子同時患痘，而後母女瘡甚，喬遴密書一疏，告關帝廟下曰："繼母年大，僅有一女，民子同痘，顧民壯尚能生育，妹而不生，母無望已，若上蒼見禍，願以己子易妹之生。"竟子、妹同愈。其患痘子，曰夢駿，舉于鄉，人謂至行之報。是所得列於"閭巷"者也。

喬遠有二世祖母，曰蕭仙奴。幼通《孝經》，歸吾二世祖原清，二十八而寡。有子曰道、曰安，撫教之。安舉鄉薦，而蕭母歎曰："天而有知，毋俾吾兒爲州縣，恐其不通民政以病民。夫人若使領學官教士，則吾子能之。"後安授開建教諭，請迎養宦邸，不許，曰："有汝家蘋藻之禮在。"喬遠有母曰林金禖，慧敏通文，性至孝。早喪父母，哭之哀，隣嫗爲之輟食投筯，曰："有此孝女！"歸吾先子，先子煢然一諸生，先母内經營，家以不困。從宦兩學舍，教子以學，教女以禮。先子篤先世之祀，先母手治潔蠲，未竣祀不敢食朝食。此所得列於"閨閤"之賢女者也。

喬遠族父、員外郎琚之繼妻曰吴扶陽，通經傳，莊事員外爲師友，不徒曰夫婦。其起居有度，交接有禮，誦詩閲史，鑒古訂今，能斷往事，揆世變，好稱引古人還苦高潔之行，以壯員外之守官。員外没，無子，吴氏爲立嗣，處治纖詳。選日，見夫之親友，爲絶命書，自經而從之。其絶命之詞曰："嗚呼！吾夫之亡，妾上無舅姑可守以孝，下無弱息可守以慈。安得顧戀殘生，不自引決?”參知王慎中歎其見之正、守之定，爲私易其名曰“純節善道吴氏烈女”。嘉靖三十三年，賜旌表。喬遠有嫂曰王，爲先兄述繼室。先兄，諸生也。王二十七而寡，靡子也。孝事舅姑，慈兄弟之子，年八十餘，有司頻旌焉。余有子曰九轉，爲邑諸生，有文學，不幸無年以死。死之二十餘日，予孫亦殤。予子婦曰王承静，自經而殉之。先期語予請死，及時日，遍拜諸家長親友，亦如吴烈女。縊後端拱如生，手不下垂。其生時，事予至孝。臨死曰:“昔者嘗從學於女史矣。女媧補天，婦之死者，寧無補乎?”萬曆四十一年，賜旌表。嗚呼！此所得列於“閨閣”之烈女者也。

贊曰：漢太史令，自擬卜祝。世教朝常，有何綴屬？昌言釁禍，羅失麟續。夫人有心，遂思隱約。我久幽閒，尚友緬邈。外稽籍記，内諗鄉曲。如絲得繭，欲吐在腹。况有使幣，賁我丘壑。泛泰群氏，雜閱陳牘。遂次《閩書》，及我私族。

一日謁總憲鄒平張公華東於留署，問九説曰“尊公理學文章，海内師表也。當余官大理，尊公勳光禄，每見承旨御前，哲皇嘗屢顧識其名以告中官”云。因詢及家集，以《名山藏》、《編年録》、《鏡山全集》、《閩書》對，曰:“是足不朽。”急爲覓之。説答以《閩書》卷帙浩繁，板藏藩司，恐不能驟致。張公曰:“且先示大意，庶知作者之旨。”九説因録《論》、《贊》以獻。蓋昔有刻《二十一史論贊》者，因仿其意，梓以附集中，而竊有感焉。

夫閩，海濱鄒魯也。道學禮義之風，漸被于山陬水澨，氓俗樸野，皆有先進之遺，豈不彬彬善國哉！數歲以來，軍興日煩，民不堪命。水毁木饑，求生無術。且海禁販絶，潢池復嘯，今日合剿，明日上功，惟見閩民之歲罹陷阱也。《閩書》大者足徵文獻，至《扞圉》、《萑葦》、《文莅》諸志，不勝未雨之望焉。當事者尚以虜寇未靖，朘膏敲血，若不容閩一日安於衽席之上者。嗟乎！苟子不欲孔聖垂訓，化盗爲民，驅民爲盗，事在反掌間。説繹先志，望當事者之無盡我閩而還海濱之舊也。崇禎庚辰閏正月，春分前一日，男九説謹志。

鏡山全集卷二十七

箴

外饔箴

昔周先王，典禮雝雝。豐潔簋飧，博碩牛羊。苾鬯勑醴，以薦其祥。一獻之饗，豆籩秩秩，莫敢不明將。蠻夷戎翟，辮髮貫胸，體委於門外，酒食惟良。迨及後胤，弗徵德音。徹其畏相，以用仲允，而有醉飽之心。格帝惟敬，觀化惟孚，刀匕知防，請正言而無誅。膳臣司饔，敢告宰夫。

銘

硯銘

其發墨也，必吾之有以發也。其不發墨也，必吾之無以發也。

杖銘

而扶其顛，而導之使前。

文石几銘

貞堅潔瑩，具有文理。人以爲屏，我以爲几。不册不書，是吾之耻。

曙戒軒銘爲葉君節題

戒之一曙，終生不誤。一曙不戒，百以一壞。鷄鳴孳孳，舜跖攸分。上帝臨汝,不見不聞。

頌

達磨渡江頌

達磨西來,是何意指? 若無一葦,便落海底。

益頌爲胡南城作有序

臣某備員南城四年所矣,恭炙大王殿下,令德懿行,耳濡心熏,欲有所發明,未能也。兹值千秋之期,敢作《益頌》以獻。量淵測岳,莫摹高深,稍彰讚歎云爾。頌曰:

於穆憲祖,天潢衍盛。包茅秩禮,綿瓜徵應。赫赫益藩,作隆贊聖。孝爲人綱,忠惟國鏡。巖巖建昌,舊邦所殿。拙鳩匪居,靈虵時見。天啓平蒼,人待間獻。址不革方,舊惟仍貫。端莊肇基,訓子恭儉。爰及先王,休問四漸。顯顯我王,黽勉無斁。令德孔彰,威儀允憺。乃心皇室,翼翼内虔。或慶或獻,肅其章牋。帝旌賢兄,錦綺文箋。王拜稽首,天子萬年。奉先思祖,率祖以義。敬昭明禋,哀當大事。徒跣送輀,累息承饎。欵穆忡思,感動陪位。王命護衛,毋譁于伍。世俾盱人,得寧其宇。容接薦紳,如儕若侶。嗇廨節帑,以充饎簠。文章既侈,禮樂亦富。陳思著作,鄭玄箋註。翰如霞絢,思若泉注。父子之間,自爲師傅。緬維魯侯,憂懼形歎。富貴宴安,千古同貫。伊徽近世,終熏且灌。誰行能躬,孰文斯煥? 願王勤矜,不替其猷。孫孫子子,永藩于周。微臣作頌,以佐思柔。於萬斯年,迓天之休。

貞孝熊公頌有序

貞孝先生熊公以登稟皇靈之淑精,遵聖謨之夷軌。行爲士表,道挈人綱。天壽不延,後論咸贊。學子門人尊以私謚,藩臬州郡薦之饗宫。厥嗣觀察公宇

奇悼先德之易零,冀來兹之可俟,欲圖嗷白,不憚求咨。於是同年何喬遠爲之頌曰:

大江之西,有熊先生。通玄明德,憑跡先萌。睹善斯居,遵道爲經。福惻井渫,爵縻鶴鳴。猗歟先生,履孝秉貞。蹈趾參騫,束轄段旌。陟高攝長,匪震匪崩。人域是域,中庸爲徵。處汙彌厲,在醜無矜。穆穆雍雍,肅其範稜。西人之學,餘姚是宗。至其高第,益博以充。先生執經,如筳撞鐘。靡訓不承,何説不躬!興念本支,溯厥源派。合穎同根,可剪可扻。有饟有儀,合歡共蘛。後千百年,庶無隔閡。先生喪母,遭離九歲。天懷發中,孝理不昧。袖果致羞,匪殊自出。後母悒然,屬離如内。家老族媦,交讚明彗。迨長母病,廢櫛罷醴。矢溲口嘗,衵褕手綴。靈神來告,開厥恫悸。飲子投中,久痾若涚。克孝嚴君,盡歡菽啜。長跪受捶,庸敬在位。白華限薦,玄丘餘懟。顧室授兒,庶我歸税。猗惟先生,有道無命。攝形以律,束德惟正。翹翹左使,臯比是敬。將幣則往,試文不應。函丈負墻,造次安定。客子叩門,暮金無踁。任德居間,揮手絶聽。慕善若登,避利如阱。仁粟可求,禮食何病?孔門十科,厥首德行。學使察舉,有奕嘉評。不可無年,夫復何悲!陳寔郭泰,靡愧邕碑。寔所易名,文範人推。泰所享齡,先生同期。朝聞夕可,小智大年。豈必松喬,龍乘鶴軿?有崇閟宫,以奉前哲。匪著匪儀,孰契在列。位序其間,莫我敢隻。卬盛豆登,薌合肅焫。析薪之業,所克負荷。窀穸絲綸,責在崇阿。顯丕式靈,于先有光。我作頌聲,以贊搆堂。

蔣母頌有序

蔣子德璟,以其觀察公之命,求余文以壽祖母吴太恭人。過而語予曰:予祖母持家,再日用一錢也,有魚肉手切治,鼓粟播精,不惟不以委諸婦、諸婢,具身而已。褐帳床几,猶其嫁時裝也。旨蓄具有,未嘗輕飲食。客至,出諸厨,而若驟擊鮮。從家大夫於東甌之官舍,家大夫上謁錢塘以月餘,予祖母未嘗誠吏持市中一物也。平明而起,諸婦莫敢後。幸有蕆蕣之鑰,必待予祖母啓扃,蕆蕣之聲聞,藉以或徐徐。家大夫金紫矣,時時長跽而請命。家大夫製一衣,治一靴若帶,必自吾祖母召工視之繕。吾祖母見諸孫有善客至,畢出旨畜食飲之。不善客至,又爲鉤距,知其人量,予酒饌而已,過此不益,時步扃以内作謦欬聲,不善客至攝衣納履矣。吾居海上,族指殊衆,吾祖母具知其家事。後有與人搆者,悉舉其顛末。不惟悉舉其顛末,又備記其日時,則與其人具質吾祖母,吾祖母曰是如此,當如此,盡退聽。吾家世弁也,諸姻多弁,或奸觸,幾失其世官,吾祖母扶持之。所以扶持,助之金或百或數十。家中有以田園鬻者,或負租不責也,曰:"當吾兒分之俸至。"所以處其外家,不暗與一錢也,曰:"豈以蔣家物私吾吴哉!"泉俗,女人尚鬼而尊巫,吾祖母未嘗不敬也,所以禱與祝,若求不欺其心。然吾曾大父母塚與吾子孫所庇宅,皆吾祖母自相治,不堪輿師也。吾海上之城中倭,吾祖母散粟千石佐城戍,揉米爲團,中裹肉,夜食城戍人。團數千,城卒無害。吾祖母居而有嚴翢之色,諸孫皆憚見之,毋敢跛倚傍侍,及聞其言,灑然有法度,至其濟變,經久豁達而洞暢,諸孫又忘其侍之遲也。吾祖母十七而婦,二十七而寡。徼天之靈,以受朝恩。自孺而安而恭,而持身如一日,要亦有神相。蚤歲盗百餘入室而不敢犯,曰:"吴節婦寢。"而疇昔之夜,現夢於家大夫。家大夫令江山,吾祖母渡,而命爲橋。先是屢橋不成,至吾祖母成。蓋邑人嘗夢神告之,必寡母守獨子者宦於此,橋廼成。蓋吾祖母之平生如此。於是何喬遠爲之頌。其詞曰:

猗與賢母,女吴婦蔣。彤管師風,衿臭振響。造家不辰,凡百摧蕩。雪落霜飛,松軒柏爽。撫是藐諸,孑俯孤仰。内外之門,緊我自仗。恭尸姑饔,敬薦舅饗。家私籍記,如指諸掌。儉慳一錢,德輶百繦。寇來拒門,不戇不慌。頌節同聲,戢戈喙往。天相神呵,形于寤想。大夫皇皇,得天之獎。詒穀用光,孟遷匪讓。迓祉迎禧,初月之朗。茀褘則新,褐布仍囊。閾言有關,閨懿無像。我贊斯頌,以告女黨。

周烈婦頌有序

周烈婦,今吴興司理鏡水王公之仲婦也。年十八,歸公仲子命賡。司理公既登第就銓司理，過家入子舍省視。不期月，封公卒，仲子卒與同日。烈婦曰："吾死矣！夫雖然吾王翁以是日死，吾夫以是日死，我不敢以慼。我舅氏未嘗有所，三年淹則不敢越，厥志爲王氏婦，爲孫婦。"則自如去之。三年，王舅除喪，仲子喪亦除，而舅氏且北上矣。烈婦曰："向也不敢慼我舅氏，舅氏未出而事明君。舅氏將出而事明君。婦也，從夫而死，然而終不敢慼舅氏。"乘舅氏出，拜王氏之祧，上王姑，次其姑，下逮其妯娌，闔户而自經。是爲乙丑王元之五日。先是婦未經數日，蓋剃髮爲髻，置之几上。至是所縊帛與所覆首足，皆其自製云。何子曰：婦有烈烈死者，有隱隱死者，有慷慨死者，有從容死者。烈烈之死，其志决，其名震；隱隱之死，其志潔，其德潛；慷慨死者，其意氣感憤，無不之也，無不之也；從容死者，若存若亡，若滅若没，竟伸初志。故曰："慷慨易，從容難。"烈婦爲其難者矣。維烈婦嗣祖蹟山公，世廟時以郎官捄楊富平之獄，斃于杖下。嗣祖母吴，貞志以天年終。周氏一門，風教所漸然耶？何浩浩正氣，無論丈夫、女子也！頌曰：

刻面劈耳，剔目斷臂。行雖不同，志則無二。形骸外表，肺腑中衄。毁形自明，剖心用示。曒曒烈婦，無遂有遂。念舅則孝，揆時斯智。被之素絲，剃厥雲髮。我秉既貞，匪人能譬。日月行天，江河流地。凡百偷生，望此顙泚。

蕃薯頌有序

度閩海而南，有吕宋國。國度海而西爲西洋，多産金銀，行銀如中國行錢。西洋諸國金銀皆轉載於此以通商，故閩人多賈吕宋焉。其國有朱薯，被野連山而是，不待種植，夷人率取食之。其莖葉蔓生如瓜蔓、黄精、山藥、山蕷之屬，而潤澤可食，或煑或磨爲粉。其根如山藥、山蕷，如蹲鴟者，其皮薄而朱，可去皮食，亦可屬食之。可熟食，亦可生食，亦可釀爲酒。生食如食葛，熟食色如蜜，其味如熟荸薺。生貯之有蜜氣，香聞室中。夷人雖蔓生不訾省，然吝而不與中國人。中國人截取其蔓只(尺)許，挾小蓋中以來，於是入吾閩十餘年矣。其蔓雖萎，剪插種之下地，數日即榮，故可挾而來也。其初入吾閩時，值吾閩饑，得是而人足一歲。其種也，不與五穀争地，凡瘠鹵沙崗，皆可以長，糞治之則加大。天雨根益奮滿，即大旱不糞治，亦不失徑寸圍。泉人鬻之，斤不直一錢，二斤而可飽矣。於是耄耆童孺行道鬻乞之人，皆可以食。饑焉得充，多焉而不傷，下至鷄犬皆食之。於是何子開鏡石山房樹陰之隙地而種焉，而爲之頌曰：

不需天澤，不冀人工，能守困者也。不争肥壤，能守讓者也。無根而生，久不枯萎，能守氣者也。予向行江北，天大旱，五穀不登，民食草木之實亡厭，今乃佐五穀，能助仁者也。可以粉，可以爲酒，可祭，可賓，能助禮者也。莖葉皆無可棄，其直甚輕，其飽易充，能助儉者也。耄耆食之而不患哽噎，能養老者也。童孺食之止其啼，能慈幼者也。行道鬻乞之人食之，能平等者也。下至鷄犬，能及物者也。其于士君子也，以代匱焉，所以固其廉以廣施焉，所以助其惠而諸德備矣。而吾邑粱肉之家猶駭焉而不敢食，食之則謂同於窶與賤。於是何子掘而出之，浴之清泉，薦之潔鼎，乘之陶匏，沃以濁酒，而爲之歌曰：令珠而如沙，人以之彈鵲；令金而如泥，人以之塗雘；令朱薯而如玉山之禾，瑶池之桃，人以之爲不死之大藥。雖則不死藥，不足佐五穀。吾亦不忍其禾玉山、桃瑶池，獨從羽人於丹丘，坐視下界之人，瘁饑啾啾而不得一嚼。

山寺紅菊頌

如來不動尊，現此大瑪瑙。衆生墮劫塵，化作一坑火。

山寺黄菊頌

世人不知佛，但看佛生面。我以法眼觀，朵朵是宫殿。

贊

漢壽亭侯像贊

繄古之人，有勇有義。豈無賁育，政軻離忌。軀魄既淪，英風亦墜。如公千古,尚在天地。舞擬刑天,體疑負貳。捍城助陣,生死存憊。至護空門,魔奸愓懼。傳志寥寥,陳壽帝魏。公勇公忠,在人口喙。長棗似面,斷山比鼻。目拂髯張,猶可駭避。何斯畫斯,褒鄂生氣。蒼然風雨,矛戟窣至。

吕純陽先生像贊降乩命作。

先生風標開雲日,峨眉天表一丈雪。檀栴香起翠陌流,有心無想靈鑒徹。昂藏軒舉偉丈夫,不作痾瘻迷蹩躠。東家留住西家在,南天游戲北天越。黄河入海一派水,明蟾挂漢十方月。西園招我復命留,酒如共醉茶同啜。大似忘機一老翁,涉世混世無轍筏。笑語啞啞排諧生,天工示景何曾説。朝無飱飲夕無眠,扣之更無須刻别。李白天仙但縱言,先生道我同根節。我若以我譬先生,行天游龍偶寒鼈。元精苞孕有孳萌,大道平常無歇滅。過江履海飛洞庭,此是先生小生活。乩示:"汝問我,我託汝。"予問:"何託?"曰:"爲我作一像贊。"成呈祖,復乩批曰:"超朗其音,盡仙之境,得天之趣,爾雅而秀,如四時之長春也。"明日又取看,批云:"如同詞援而出,何戀戀也。"

梓童帝君贊爲兒雲題

我不帝求,帝當求我。我應帝求,有何不可?

漢壽亭侯贊爲兒雲題

棗面虬髯,精爽豁達。是伏魔帝,亦大菩薩。

吕純陽贊爲兒説題

天日之表,風雲之氣。自度度人,分身分意。

張三丰贊爲兒説題

我步如飛,帝見難亟。金馬寶雞,浮蹤所寄。

方希古先生贊有序

希古方先生像來自南都，四明山人王恒閱之，嘆未曾見，且曰："即其家侯城遺子孫，亦未有此。"一坐再稽首，請工圖之，將以傳之寧海人，而祀其讀書之齋，使喬遠爲之贊。贊曰：

予羽譙譙，予音嘵嘵。心實慕虞，跡則吠堯。三浴三酌，而公耻之。扣馬採薇，而公起之。韓孟復生，英風如對。追述往事，靡不心悸。

温中書公良贊

閩於國初，越在南疆。嵎夷初生，陽曜未彰。光光中翰，振羽遐荒。攄葩含質，握瑾懷璋。與物無兢（競），維道是慕。哲人温克，凛凛淵懼。日月在躬，風雨有度。外刓其廉，内純其素。既據于德，亦游于藝。六書殫窮，九品寤寐。載筆清廟，題靈聖帝。神穆萋且，寵溢金幣。樂只君子，弛其周防。居孤有鄰，在衆彌重。南陽永新，鬱爲時相。欽我典刑，吐握競尚。公身下世，年餘二百。人寶公書，珍於尺璧。雖珍公書，莫詳公德。瞻此晬容，庶測畛極。

李封君行樂圖贊有序

李子叔玄，雅秉素絲之尚，不忘《白駒》之歌。雖復身被朱芾，未嘗志違斑衣。爰繪尊人懷素公奉其伯兄一崑翁山中怡晏之樂，載之宦篋，曰："時令游子天涯，不異庭闈，所以解憂。"乃命喬遠爲之贊。贊曰：

道貌天形，黄流玉瓚。俯仰友恭，怡然親串。孰展勞勞，想此衎衎。載盼載瞻，以悦昏旦。

先君外史公贊

貌矜而莊，言法而理。遵蹈古先，含茹文史。尚友維遐，蓍龜孔邇。辨麗孅趨，弗考弗履。忠孝之言，洽于髦士。纘創之祥，施及孫子。

母舅林公贊

坦而易也,慈祥其無懟也。孝于父母,而友于兄弟也。此素所聞於吾母,而得公之致者也。行合詩書,而人出乎叔季者也。

自　　贊

予三十一歲時以進士服闋,將赴選京師,畫客史朝定圖以贈予於臨岐。觀者歎息云具得予之鬚眉。夫其朝服初膺,予母萱萎,萬里奔訃,獨骨與肌,此予所以雪涕横悲者也。堊室既除,愁病漸辭,裝束衣書,童弱提携,此予所以就道逶遲者也。其時性嗜文史,尤好吟詩,尚友論交,繼月承曦,此予所以暢懷自怡者也。繼今十五年之間,二親日遠,莫可瞻追。明主見棄,不被榮私。悔而思夫昔日之嗜好,皆文章音奏之末,而無益于道德之崇彌。予顔改素,往事若疑,學問不逮,無所表師,其不能游于君子之高明,而日淪于小人之窪卑云爾矣!

温氏諸公贊五首

通判公贊

拙宦多清,拙士多貧。孰知所以清,孰知所以貧? 古之人歟! 古之人也!

封　公　贊

不涉蠡、然之策,而化儋石爲倉庾。不侵游、夏之文,而盛館穀夫文儒。杯酒淋漓,肴膳沾洽,老少冠童,咸被歡狎。是宜有令嗣之纓冕,而邀天寵於韎韐也!

邑文學公贊

其周賑人也,人何有而己何無。其飲食人也,限不竭而歡無餘。然人之負公者多,而公之責報于天者徐也。

郡文學公贊

行方而守之以迂,才通而出之以拙。幼脱穎以見奇,晚抱經而未輟。淵源師夫令弟，而望表于縉紳。宦穸瘁于二親，而臂病于穿穴。既不踰夫尺寸，胡不究乎毫釐。尚期後之人大振其芳，而有名章徹也歟！

副郎公贊

既贍於文，亦精於伎。其爲文也，不穢於體；其爲伎也，不虐于戲。晚而立朝，操修彌厲。視利若染，視誕若醉。蓋公之不究於位者，年歲也。

先兄大理公像贊

肅飭斯將，孝友維良。韞玉有廉，匣劍恒鋩。斐然文名，振我閩荒。陶士考亭，掄才豫章。胄子教寬，司空刑祥。雙乎聲實，以莫不彰。

王道思先生像贊

弱冠登朝，文章漢魏。大祀詩成，長安聲沸。帝選木天，衆賢斯彙。有名在籍，不謁相畏。清秩華鐫，方岳是貴。懸車有日，强仕殊未。歸嗜歐、曾，有炳有蔚。先哲概模，後途沾溉。何斯人斯，竟此仿佛！

王見龍小贊

篤乎其守之也，默乎其融之也。守之則久，融之則通。予之於子，蓋志之合而道之同也。

鄭廣文像贊

貌似古人，心若處女。其蒼然而闇然者，日章之實也。其若鈍而若迂者，有隅之矩也。所以委蛇簪紳，厥美内含，比跡廊廟，惟德之所也歟！

鄭廣文燕服圖贊

古之君子，其燕居也有度，其獨處也無惰。是以冕裳紳笏，則容足飭之；緇縞革絇，則美足娜之。吾觀先生朝衣朝冠，其貌肅以莊；小巾便帶，其色静以方。

此所以世人競趨,先生不足濡;世人謂愚,先生守厥株也歟!

何翁贊有序

何氏子應鶴,捧其尊甫近津翁小影而求題,曰:吾父今年政八十,鶴欲上觴酒致親友爲壽,而吾父不欲也,且鶴貧亦不能也,惟求當世君子之一言,以貌榮吾父,鶴之願也。夫鶴則誠孝矣。予非君子也,援筆而題之曰:

奉親思孝,勞而不怨。磽田湫宅,孰全孰半?古且有人,棄責燔券。况我同生,豈不千萬!親存菽水,奠但羹飯。睠此終天,悲我方寸。飽膽厭蘖,履霜是願。人生有道,孰敢誕曼!我贊斯人,福善天勸。

姚如龍山人贊

泠然而悠者,兄之詩也。聳然而遒者,兄之書也。叢然而稠者,兄之所知也。廓然而幽者,兄之所期也。然皆其外郛與其餘支耳。至于守恬修貞,不渣滓塵垢之紛;甘寒樂饑,不俯仰富貴之門,此兄之所達天知命,超然高舉于人群也歟!

龔處士贊

維君尊甫,先子實課。白璧有辭,未生先賀。隱隱令德,不貴而大。伏波訓子,子玉銘座。含默合真,若切若磋。别沾旁暢,諧調謦唾。不虐衛武,亦德之佐。先子所期,拆(析)薪斯荷。有復公侯,兒郎必做。

林志唯選部贊

充而有輝,熙以時緝。其魯以求道也,心無所不入;其勤以自克也,身常若不及。望前哲以爲師,允實踐而非襲。蓋予每見兄而退,則喜正學之有人,而歎此志之不立也。

余處士贊

急病弦高,先公原涉。下及我私,前昆來葉。反己而修,求志無惡。賈服儒心,言性則故。孝子乞言,不踁而趨。我作斯贊,以佐目瞿。

林薪山公贊

百里牧民,一廉當官。卻金之亭,巋然寶安。敷教胄子,以莫不寬。大國楚風,採其荃蘭。講經于汝,何必馬肝！長裾有曳,獵纓匪曼。溘然物化,篋匪餘殘。峻節清尚,是挽頹瀾。

余可著山人贊

癯而腴,通而拘。癯者其不肥於糠覈之餔,而腴者詩書之潤足以華其軀也;通者其不守于枯橛之株,而拘者謙虛之色足以矩於模也。斯人也,在老夫爲期、牙之侶,而詩書亦郊、島之徒歟！

吕潛中像贊

温乎若玉,虛乎若谷。求友乎天下,而栖心乎寥廓。吕氏有君,若李氏之有德裕,而王氏之有定國歟！

鄭州貳車贊

名位邅廻,道德清真。方寸與天,形貌與人。學不負世,心靡愧身。忠信蠻貊,聖門書紳。我實有之,豈非先民！太上之風,悶悶淳淳。至于季叔,慧巧日新。我贊斯人,如松如筠。如可作也,吾踵後塵。

徐封君像贊爲季郎芬題

少有文歟,稽皇墳歟。中不群歟,振鏞蕘歟。情怬欣歟,美氛氳歟。孝誠殷歟,通蒿焄歟。篤榆枌歟,惠帛饋歟。絶塵棼歟,解挐紛歟。撫仍雲歟,佳賓賁歟。奉牏裙歟,集夕昕歟。庭有聞歟,獲以耘歟。渺思君歟,祀兒芬歟。

謝偃師公贊

非人而人,非天而天。身生叔季,心游無前。處巖谷之間,如木如石;鏡人世之途,守雌守玄。此公所以自貴其尊爵,而自結其大年者歟。

胡生贊

其少也如此而已,若御六氣而行八風,吾又安知其所窮耶!

葉進卿少師贊

其衍澤流膏,在社稷蒼生,而不見其蕩潏;其轉日回天,在密勿黼扆,而不見其弼拂;其文章疏暢洞達,足以維風振雅,而不徒皇猷之飾肸;其胸懷坦白平易,田夫樵叟往來酬對,而不但出交士大夫,德同而心一。所以文起八代之衰,道濟天下之溺。上可以陪侍玉皇,下可以周旋田乞者耶!

陳封君贊

幽乎其光也,鬱乎其唐也。質焉而章也,弱焉而强也。漢疏宋註,子氏鑑綱,如繭抽絲,若琴韻張也。其運之也無轍跡,而軌之也有繩韁也。之人也,其憫人之不若己,而耻己之不爲軒黄者乎!

郭愚菴少司徒像贊

堂堂愚菴,天人之貌。德用介尊,忠繇心造。卑安乘委,崇叶旗纛。昌言正辭,貞衷閎抱。天爲下聽,民懷伊教。愷悌君子,明神所勞。凡我後進,是則是效。

郭符所贊

侃侃翼翼,而康而色。吾何以頌兄哉!有杜少陵之詩,以贈竇侍御;有蘇東坡之贊,以美王定國。

吴仲聲廣文像贊

充充乎天與之貌,而自華潤乎道腴;耿耿乎骨竪之幹,而不唯諾夫人趨。意度軒豁,有時稱賢樂聖,而目論者以爲酒徒;才猷閎達,可以敷政陳謨,而皮相者以爲文儒。屹屹乎扣角,沉沉乎據梧。吾望子之名位也,則如爾鄉之林文安、馬恭敏;期子之文章也,則如翰林之王孟敭、吏部之鄭善夫。

張襄惠公像贊

其神凝焉而若有跂想,其身飭焉而若有盤桓。其文非不能躋歐、曾之閫奥,而慮其分吾德性學問之功夫;其學非不能趨超悟簡徑之時流,而慮其失吾窮理居敬之籬樊。其愛國忠君雖顛沛流離,而有所不顧;其立身行道,遺死生禍福而有以自全。秩雖峻夫貳卿,而時浮沉于散吏;身雖列于内臺,而終不得一望夫國門。信乎裔夷,威伸苗蠻;德完行鉅,身詘道尊。所謂公家之利,知無不爲,鞠躬盡瘁,死而後已。上世之所謂大臣,聖門之所謂君子歟!

張氏始祖經歷公贊

明明皇帝,新國重典。斬腗斮指,以求自免。不爲君用,則靡不殄。八頃良家,公奮而興。勸部尚書,無有變更。尚書不弔,盡節于頸。欒布奏事,公或響影。丞不哦詩,惟民是孚。不懈于位,以免連株。幕有蓮花,失公而輕。有允令名,莫之敢争。張氏祖公,以爲不遷。簪纓皽黼,瓜瓞綿綿。

惠邑王孝子像贊

耿耿葉侯,强項爲令。求之不行,不問則應。獨造衡門,作禮恭敬。惠頌葉侯,以爲善政。復有陳公,匍匐其喪。致賻贈殯,有千孔方。介介宗伯,輯理郡志。當君之存,已列載記。豈待蓋棺,乃採芳懿。皤皤薛老,仁心爲基。言及君孝,至于涕洟。譾譾何生,來作君贊。靡有贅詞,但用嘉歎。開宗明義,孝百行本。爰仰道貌，不愧參損。

馮誠菴贈公贊

聖人之道，中衢置尊。爰咀爰釃，廓我善根。飛蟲有獲，六合可論。先王古昔，下帶斯存。嗛嗛贈公，好德無門。傾耳洗膽，養我心元。即舍穡事，博塞彼昏。以踐以躬，終不可諼。甯越東方，反覺輪轅。展矣君子，大起後昆。

馮兑泉郡丞公贊二公關中馮仲好父祖也。

表裏河山，三晉名區。余吾寡文，樓煩逼胡。忻水之陽，嬰、臼風徂。公教公治，沁心澡膚。以文觀人，闇室摸珠。崇墉深池，遠走猰貐。豪暴陰健，竄首奔孥。鉅鹿股肱，入佐郡符。何有丞相，叱其子都。我贊斯人，曰馮大夫。

葉進卿太傅贊

功在社稷蒼生，而人莫知；忠能轉日回天，而自不尸。文章足以起衰振墜，而不爲詰曲聱牙之艱驀；心事有如青天白日，而不設標門立户之路岐。人而侔天，希而甚夷。出則卓犖，處則逶迤。此所以無平泉緑野之娱嬉，而有居洛處潞之羽儀也耶！

顧讓侯贊

一氣孔神，函三太素。徹侯通人，殊非我故。得失若驚，形影靡傅。書開我心，酒温我度。詩題我懷，畫寫我趣。雖我所欣，匪我所寓。宛其死矣，莫我封樹。生既無羡，没復奚慕。此其適時適順，而聽造物之鼓鑄者耶！

顧所建小侯贊

誦詩讀書，藜羹短褐。我懷先民，若跂若跋。國耻乍生，忠憤難遏。投戈而起，如兔斯脱。世人不知，則爲一身。如有用我者，吾豈衆庶之馮生，而隨世以求活者耶！

題王宸相馬贊

相馬失之瘦，相士失之貧。一朝人馬忽相得，驤首騰蹄鳴向人。王生拔劍斫地歌莫哀，文章有道交有神。

林宏簡廣文贊

夫所與夫子講學洙泗之濱，則有子淵之飲瓢、原憲之懸鶉，三旬不能以十食，二釜不足以雙親。然則一堂之上，皆單人窶子之儔倫，而聲光垂後世者，道德有於身而已矣。即夫子所稱無量而不亂於酒，則公罔揚觶，百觚在手，不爲之困，於我何有？然則一歲之間，多沉湎麴蘗之頹友，而從容中于道者，從心任其取而已矣。故夫貧也者，鄰于病也，樂之不憂，則知天之命者也。酒也者，累於性也，飲之克温，則守德之柄者也。而先生兼而有之，誰云不得爲孔子徒也？固循於道而證于聖者也！

朱簡菴都憲提督鴈門關軍務戎服像贊

盪甲鋈鍪，豹飾朱袚。劍立不萎，手撚如戟。是欲得入塞之虜，先登而取捷者耶？是欲迎返國之駕，扈蹕而景蹕者耶？調護太上，復立元儲，則公立朝之正論。偏廂拒敵，棧豆遲馬，則公守邊之奇策。我武既揚，虜氣大慴。鴈門之關，晏然妥帖。歷年既遠，論世遂稀，誰爲公考圖而按牒者耶！

林負蒼觀察像贊

君侯學仙得其骨，若個些子在杳忽。皇路戢景豈非處，鄉間爲德寧異出。至人乘化游無垠，下視大荒如蟻蛭。玄廬恍惚是空棺，芊芊靈草披霧術。

安上人像贊

法體充，密行莊。除煩惱，絶津梁。靈泉供，甘露漿。法喜食，禪悦薌。摩尼照,栴檀香。大導師,皈十方。

汪道人衆願贊

夫人布施一錢一飯,一瓦一木,莫非願力。衆願一願,衆力一力,莫匪陰功。而况爲人延綿綿之嗣息,濕生化生,卵生胎生,環飛蠕動,皆天地之爲德,而况繼繼承承,與造化而無極。爰有道人,方外是慣。衆人贊之,莫不瓞其瓜而自爲久特。既蕃既滋,爰道人之稽。道人曰:我不敢忘,公爲我贊,庶福于食。

戴子振像贊

質古其衣冠而土木其形骸,苟道實有諸躬,而譽無間于人,則何論所處之材不材。蓋聖門之學,力行爲根,忠信爲胎。是吾一生所未得窺其堂牖,而子已造其梯階者也。

郝思涯隱君贊有序

金壇郝思涯君,高士也。乃子量載其遺像以適四方,求贊於四方君子。一日爲客携去,久稽焉。量索之急,貽客書:吾父之像不可失也。假如朝廷欲賜量死,有傳旨曰:毁父像則免,量延頸受刃矣;假如朝廷欲奪父像,有傳旨曰:捐兒斬之則免,量捐兒矣。予堅其孝而偉之,故首贊其先君之高,而末美量孝。

骨比肉稜,鬣並髪稱。神觀之完,氣血之盛。茅容師恭,黔婁同正。宿舂雖空,殘卷尚剩。餒夫是甘,國士則應。子載考容,過楚入越。奉之如生,長抱不脱。父像若喪,寧我可殺。置之康衢,八版菩薩。

太師葉文忠公贊

以忠誠懇切之心,爲自牖之納,故巽而易孚;以廣大和平之福,爲丹扆之箴,故慶而多賴。不以勝心待縉紳,故事事皆適其調;不以輕心逮窮賤,故人人皆得其歡。不以門户開講學,而所踐者洙泗之實修;不以禪誦佞佛喜,而所畏者閻羅之公案。此所以爲三朝之名相、一代之偉人歟！

王襄毅公像贊

豸冠有峩，斑綵是戲。江表振纓，皇衢奮翅。名德無瑕，膚功寡二。有田有廬，番族拜賜。遠徙群遷，自鉢和寺。百堵重垣，亭障烽燧。虜矢蠻鏃，無敢加遺。公官廿一，汾陽廿四。較功並勳，不相遜避。公按吾閩，實我師帥。自喜後死，拜瞻穆睟。

先師王文肅公像贊

赤眼黄鬚，病鶴瘦龜。胸富萬有之藏，如金流鐵液隨地而是；文振千丈之光，如快刀利劍望空而麾。立朝有砥柱之正色，奉親有孺慕之極思。心雖不諒于當世，而忠誠孚夫人主；澤雖未究於斯民，而聲稱浹乎于兹。知難而退，成功不居。夫非古之名臣，則將斯焉取斯？

黄孝翼文學贊

其人則目前，而文章映發乎上古；其軀則七尺，而義俠傾(澒)洞乎千秋。萬卷已焚，久記河東之篋；五嶽未竟，尚懷向子之游。此其弱冠之窮覽，而壯歲之周流者也。晚而聞道，欲沿濂、洛而溯魯、鄒。與予相證性命，忘厥謬悠。此將不知老至，憤樂而未休者耶！

黄海鶴小影贊

其神專凝而不摇，其容敦篤而不恌。其嗜學也，不知炎旭臙而寒星朝；其績文也，有如川嶽富而雲月遥。海内之士，聲求景附，集雨赴飈，不啻如寶相塔之金光標，而琉璃界之英瓊瑶。此吾友之莫逆，而士林之後凋者耶！

趙昌期駕部贊

精心卦爻，專志思問。多士景從，師風慕韻。兩仕名邦，金寶土糞。濊澤旁流,潔操中藴。駕部南都,清軍豁運。伍則無虚,民用解愠。角里之崗,列石名隱。玉樓忽召,使司冥郡。伯道中郎,豈必庭訓。我懷斯人,不隕令聞。屬詞題贊,老筆尚奮。

馮氏諸先贊四首

將樂禮部尚書文莊公贊

宋家末造,棟樑尚有。領在秩宗,喉舌北斗。推明楊學,佑啓我後。魯無君子,則予焉取?

郡佐進士公贊

大厦將顛,一木寧支。龍蟄虎守,以奉親私。有元之世,有宋之遺。目睇瓊崖,憂莫之知。

明四世祖伯敬公贊

廣貸弘施,是何金穴?歲時伏臘,奔走嗜耋。遠視布金,劍之一吷。子孫蕃庶,此國滕薛。

鄉大賓北泉公贊

公心好修,一片尚義。百凡公私,惟力是視。遠宗伯敬,下貽仲季。清時憲老,鹿鳴之肆。

胡氏諸先贊八首

八十七叟庸夫公贊

恬静守義,耽尚詩書。賓筵三請,避席而趨。科舉立田,以示先謨。不易爲庸,是公之夫。

媪張氏贊

德純于内,而見于外。慈眸豐下,聲色不大。以配君子,説言乎兑。自甘蔬緼,寧齒刀貝。

文峰贈公贊

煜目皤腹,二三不醉。風雨雷霆,生于寢寐。殺賊賈身,鄉邦垂淚。帝旌公忠,血食世世。

九十三媪張氏贊

敬姜之姒,杞梁之妻。恨憤鯨鯢,心傷鼓鼙。守貞斂志,胡福是禔。教及孫曾,如誘如携。

元軒公贊

維胡之先,孝弟力田。至公而大,揮斥刀泉。輸粟助賑,聲聞于天。仁義所附,積慶綿延。

媪黄氏贊

翁思大家,奮然以起。母氏佐之,若鼎有耳。令母纖儉,能不尼止。德洽幽明,報食孫子。

九十一翁直叟公贊

貌古心真,樸茂温純。履規蹈榘,質有其文。年踰九袠,無名大椿。太上淳風,嘘拂後人。

九十一媪王氏贊

天儷其德,又均以年。翁賜冠帶,媪亦花鈿。門内之治,鼓鐘自宣。遂有縣尹,墓道高鐫。

先妣世孺人林安人合贊

我先廣文,以嚴治家。維世孺人,貞静無譁。其德則純,而壽匪遐。繄太安人,莫不柔嘉。内外咸宜,德音不瑕。豈徒中饋,飲食絲麻。

先嫂陳孺人贊

家非甚迫,而不敢寬喫寬著者,儉之懼也;兒非長大,而未嘗廢詢廢扶者,慈之注也。夫子將禄仕而不及共享,仕將考績而不及沾恩者,身後之遇也。其没也猝,不及圖像,久而口授畫工而宛然如存者,孝子心精之所喻也。

文

泣齒文

萬曆壬午春，父病消渴，牙齒衰殘，齴然欲脱。遠時奉侍，命摇去其一，旋命棄之。遠時不忍，裹藏巾軸。是秋有萬死之罪，妄遵治命，赴京求舉。其冬奄忽捐館，母氏不知，弗及以殉。明春奔歸故里，瞻肅堂闈，音容杳絶，遺衣故履，懸挂堂序，手澤墨跡，瑟瑟殘編舊紙間。嗚呼！吾父忽焉安歸。笥中發藏，敬索故齒。紙裹猶存，虚堂不見，日月無停，將及歲期，神情若喪。吁嗟！齒哉！生自齠齔，附氣含血，倚托輔車，護毗柔舌。勢錯錯其森列，根盤盤而若紲。方其少年盛氣，玄睛緑髮也，朱鳥華池，白石清洌，編貝同文，嗽流滋潔。作爲詞章，腠理必得，鏗鍧煌朗，劃然中砉。及其思湧皇墳，典稽丘索，欺混沌之端倪，咀聱牙之莔軋，際古初之無垠，追季世之一切。時縱論之喤喤，或小鳴其呹呹。當斯時也，齒亦有勞，得比其列。及夫星星髮白，茫茫眼黑，雖舌本之閒强，尚芼羹之能啜。至其渴似茂陵，病侵杜曲，神瞶眊而侵尋，齒齾齾其摇落。或崩撼于唇端，或柱撑于輔頬。雖吞舌而竟存，終露齾而已齺。偶爪指之剔叩，同枯朽於摧拉。吁嗟痛哉！魂荏苒而無歸，神恍惚其安續。悲笥中之竟遺，曾不殉於内槨。彼其附氣含血，不同藏于絞紟衾帽，何殊屬毛離裹，不襚含于終天訣絶。嗟夫！理消息之有常，諒衰旺之終歇。歎離合之定歸，似秋風其葉脱。曾何戚於大化，誰齒剛而不折？爾乃役役其安，如理北京之車轍，背垂死之嚴君，豈喪心而情滅。哭無窮之永痛，淚淫淫其横决。與絶裾之不殊，何嗟及於泣啜？

弔城下文有序

歲既不登，民以流亡，舟出延陵，餓殍之死於城下者以十數。何子見而傷之，因憑而弔之。

夫何三五之敻邈兮，曾不得遊於昔者。生不得並爲人兮，死棄我于城下。

嗟天道之不辰兮,逢凶年而饑餓。朝木實以爲飧兮,夕糞土以坐卧。神貿貿以内眯兮,足綿綿而及髁。强行乞於市中兮,又逢人而見唾。常驅逐以顛躓兮,或投擲而頓萎。設軟音以伺獲兮,每迴廻而數過。時杓勺之見憐兮,終不厭乎豆莖。造物者既嗇吾生兮,雖夭殁吾何得喪!力匐匍于中野兮,及吾目之猶明。魂懞懞以飛颺兮,魄隤隤而乖張。上以充乎烏鴟兮,下以飽乎蟻蜣。

誶曰:發發予舟,江之涯兮。下有死人,身首離兮。膖脹腐腥,骨如麻兮。凹口露牙,如夜叉兮。明明王政,有春令兮。給棤掩胔,獸不得以爲横兮。納納莊周,不足以爲信兮。洋洋孟軻,有大訓兮。文以弔之,告虞舜兮。

弔有道文爲吉水李大理衡作

青春受謝,白日昭只。泱漭盪天,河漢摇只。太行摧輪,良御僬只。天作高山,松柏喬只。銜文服皂,振三條只。木鐸夫子,發亮寥只。鳳凰高飛,鳴簫韶只。貫索明宵,長空遥只。太白而辱,恬不恌只。大直逶迤,英瓊瑶只。急流勇退,卷三焦只。講德問業,羲軒堯只。夫子服義,誓久要只。積月成歲,易斗杓只。慨然寤寐,不可招只。斯道在天,不舟軺只。鬱焉相望,若夕朝只。窮次極紀,躔玄枵只。夫子有道,靈嶽標只。修身現世,鮮神飇只。退居陋巷,樂簞瓢只。食貧河上,甘緯蕭只。吾道大通,豈蟬貂只。有祖有述,百不祧只。夫子造微,涣冰消只。穆如清風,豈調刁只。色軀則壞,神不漂只。耿然長存,鎮邪妖只。緊予未死,淚横澆只。撫景臨風,邈孤超只。

弔貞文有序

吾友蘇弘家之妹端莊靚好,四德備完,行年二八,言歸于傅。傅生熺光,齊年儷美。方曦御之朝明,遽夜露之晨晞。告父與兄,願言赴死。姑媪家人,止解萬方,有距無頷。去之十日,自決以殉。遠近弔望,啃舌彈指。弘家上防嚴親之傷,下發同生之痛,悲從中興,義用外斷。且歎且思,若解若結。而傅氏之人合喟同嗟,家有喆媛,不配英劭。於是何子喬遠悲女寡不年,晰契大綱,膜拜其廬,爲文弔之。

望舒初升，困于蟾蜍。圓體不虧，彂素流虚。懸黎結緑，靡辱泥淤。燧鑽投擲，顔色有餘。銚弋猗儺，故稟正質。雖柔自引，端慤其德。維彼蔦蘿，施于松柏。高附上緣，齊孤並直。愍貞淑之遘凶，歸良人未歲更。簧翻破裂，琴瑟無聲。鏡掩高臺，簪墜寒荆。無響徐聞，有涕疾迸。望繐帷之長空，即修門以遐征。悲莫悲兮蒼蒼之長天，樂莫樂兮昧昧之黄壤。勸視息以鬱噫，聽永滅而撫掌。割面剺耳，劓目斷臂。坐火烈而甘焚，從水來之不避。抱父屍以沉浮，冒姑側之刃錞。古人如可作也，吾甘從之九地。巨靈擘石，湧流瀆兮。嫦娥竊月，奔高雲兮。爝火孤熒，紹餘曛兮。輪囷高明，撑杳茱兮。吾不知吾女體習禮明詩，少有聞兮，壯夫烈士争馨芬兮。彼甄蔡之不淑，踐二廷而得意。雖椒宮與文囷，固陷塗而藉穢。厨有素廪，可以療饑；堂有奥閫，可以爲居。姑悲咤且死至，兒窈窕若生如。寒風淒其，素衣茹藘。指金誓石，束骨扼胠。吁嗟貞女，視死如鋭。父不見女，兄不見妹。天年夭閼，寧馨淑配。内外親族，藴憤懷憒。人極明章，永垂大塊。

拜梅文爲鮑元則作有識。

原夫詘體鞠躬，攄誠切衷，惟拜而已矣。於是有服甚服盡，其至其順，虎王休以對揚，禹昌言而無吝。《周禮》九以有章，《鄉飲》百而彌恂。穆滿七萃之膜壯其威，楚平當璧之壓兆其信。若決疑於蓍龜，或修容乎相擯。旋周折而悉中，德謙光而愈峻。至若馬首群羅，牀下不答。風因劉而火滅，井遇耿而水渣。此則詳孚異類，孝感天合。冥漠鑒其至顓，長者遜爲偶恰者也。又若王徽之稱蒲作君，米元章號石爲丈。侈王公之尊榮，盛袍笏于揖讓。此則羡芳馨之可仙，而快崚嶒之足王者也。

至若大地嚴霜，亘天寒雪，流膠九河，冷侵五洩。於是素艷净雲，清影蘸月。官閣動何遜之吟，茅檐索杜甫之笑。豈非契結遐情，賞洽久要。望梅花以流連，穿玄壑于窈窕者耶！不獨此也，乃有枝枝條條，柯柯節節，鼎佐王調，使附驛折。

前途之實,涎流從軍;如豆之青,思結幽闥。九英初映,綠華始萼。庾嶺之林過千,羅浮之橋名鐵。舉目長途,四睇無絶,而皆五體投地,厥首崩角。此胡爲其拜跪而不脱者耶?

爰有叔牙曼裔,明遠遥孫,外物形遁,隱跡道尊。訪黄嶽於軒轅,尋句曲于茅君。酒肆結爲不二,蒲團現其上根。念羅裙之祥貺,悦班綵之承歡。曰:“吾見梅如見母,當門感倚門,莫不行行綢繆,步步殷勤。臨水則曲拱素葩,值石則稽顙精魂。”此猶曾子輿之見棗不食,徐仲車之過石他奔,永口澤于杯圈,報手線乎車轅者也。

於是何子喬遠爲之讚曰:“梅也有窮,而母也無窮。有窮在日,無窮在中。惟其不觸,而靡不存,是以一觸而不能忘。鮑生見梅,虞氏見墻。蓋拜則名爲鮑梅,不拜則擬之召棠。”

鮑元則高士也,其母夫人夢梅而生,元則見梅輒拜。海内諸公感元則孝誠,皆有所贈。余亦賦作蠅頭書贈之,時年七十四。崇禎辛未佛月。

辭

拜延陵辭有序

崇禎四年辛未,何子喬遠舟邁雲陽,覩驛門之外有孔聖書延陵吴季子墓碑。問之,則孔子石碑自有真本在季子祠中,此其重刻,以應過客之摹搨者。於是,何子問季子墓去此幾何?曰五十里。遂問路而拜之,爲辭曰:

緊夫子之退耕於是野兮,必精靈尚繫於斯。敢斂袵以肅拜兮,跽稽首而陳辭。自古知子莫若父兮,蓋孤竹而有之。惟君道之宏達兮,在納垢而甘卑。合大冶以爲罏兮,包九荒於須彌。彼伯夷之望望兮,誠非國體之所宜。諒叔齊之静默兮,似不見其施爲。故命之以託國兮,俾含弘而普施。若壽夢之於夫子兮,亦豈異於斯逵。孰知二子俱高潔兮,棄脱屣而不眙。緊子臧之守節兮,同衛郢之致辭。楚欲王夫子捜兮,甘入穴之熏曦。古之有斯人兮,蓋先後若一時。自餘祭而遁承兮，亦克讓之無虧。國人又欲奉夫子兮，諸兄子亦不敢萌夫亂滋。蓋叔父之令德兮，素有以服其天彝。若夫子以命光兮，示長幼之有儀。僚亦將俛首以就列兮，何至罹於剪劙。所謂置君而後去兮，皎白日於亳伊。惜哉同佛家之自了兮，非曲成而不遺。藏美玉而韞匵兮，弢燈焰而入帷。去人爵而尊天兮，寶若驚以爲師。孔聖寫其嗚呼兮，蓋久遠而歔欷。讀蕭定之遺文兮，撫仲堪之廢碑。望川原而遥睇兮，嘆末世之淪澌。睹沸井於前後兮，皆汍檻如滚糜。豈非夫子之洋洋兮，猶寄暢於寒漪。歸途返于舟中兮，方明月之半規。爰泚筆以獻忠兮，殫千古之獨知。

鏡山全集卷二十八

解

文傳解

或曰："子之文傳矣。"予曰："何以知其然也？""自古文士不達，子不達矣。自古文士窮，子窮矣。"予曰："何爲其然也？""自古能文之士皆有高世之志，守道服官，一有不合，奉身而退，觸阱蹈鼎，不知避悔，不亦不達乎？非其義不取，不亦窮乎？能窮能賤，其立言足以取信於人，不亦傳乎？然則不達與窮，非命也，文士自爲之也。"曰："然則聖賢之道不達乎？不窮乎？何文士之不至也？"曰："談何容易。聖賢之學無窮賤，而文士常見窮賤焉。豪傑聰明之用也，聖賢之學以爲善窮善賤，不足盡吾生，而求進於道。故夫聖賢之學無窮賤也。"

古文解

凡文藝之事，予以爲有二端焉。同此字書也，書之屏几、卷軸，流快人目者，一書也；勒之金石，垂示後世者，又一書也。同此詩律也，即席詠賦，對客揮洒，帖括便習，新麗可喜者，一詩也；質任遠蔚，無造次之意，玩之而愈有味，久之而後人能知者，一詩也。同一文也，華箋而筆之，泥幛而張之，軒窗窈窕，堂序烏奕，文采芳縟，鋪叙有章，嘉賓奪目，賢主快心者，一文也；篇不數詞，詞不數字，閎肆之辨，捉之而不可使寡，寂寥之篇，拓之而不可使長者，一文也。是以李華、李邕，文名當時，而垂後者必歸之韓、柳。韓公曰："以爲不好則世人好之矣，以爲好則世人不好之矣。待其人而後知也。"故謂之古文。

雜解九條

古者國有學，州有庠，黨有塾。凡謂之黨者，皆小學中人也。故曰“闕黨童子”。漢有達巷黨人碑曰：“君姓項，名橐。”《漢書》云“項橐七歲而爲孔子師”，正言執御、執射一事。古人用文含蓄不露，而朱子不之考也。

余一日，侍王太僕先輩，論及孔子誅少正卯事。予曰：“誅，或言誅責而已。如孔子責宰予曰‘於予於何誅’是也。第愚則以爲此周法也。《禮記》曰：‘言僞而堅，行僞而辨，言非而博，順非而澤。’‘析言破律，執左道以亂政者，殺。’孔子之誅少正卯，用周法也，如今用《大明律》者然。”太僕爲之拊掌。

“需于血，出自穴。”象曰：“順以聽也。”朱子釋爻，以爲方出險難，似于“順聽”之義未協。蓋“需郊”、“需沙”、“需泥”，以漸而困矣，“血”者，兵刃臨身，困之尤者也。如此，則雖逃之穴中，寧遽免乎？出而當之，其死其傷，惟其所命，蓋吾之立身行己無愧乎天，無怍於人，而卒然有至險之遭，出而聽之，此聽命於天而不聽命於人者也。剛健而不陷，其是之謂乎！

入于穴，吾謹避之矣，而有不速之客至，此又無故之禍，惟有敬之則吉矣。《左傳》曰：“陳氏之亂，惟禮可以已之。”先儒曰：“雖盜賊必有禮樂。然則不速之客，無禮之客也。”古人用文極雅耳。《鄉飲酒禮》：“主人速賓及介，而衆賓從之。”故夫速而至者禮也，不待速而至者無禮者也。古人名盜賊曰“暴客”。又江西人爲余言，劉石潭會試，猝遇盜江中，石潭衣冠出拜盜，盜亦尋去。

拔茅連茹，《否》、《泰》二卦皆有之。茅之爲物善靡，然則拔茅連茹，去惡絶根之意。《泰》之爲卦，小人退而君子進也。《否》之爲卦，欲進君子先退小人也。

《詩》曰：“野有死麕，白茅包之。”諸解俱未了然。古人用幣帛以成禮，故曰：“事之以皮幣，不得免焉。”死麕者，以麕皮爲幣，以成婚禮也。《書》曰：“三帛，二生，一死贄。”死麕，蓋此義也。蓋用白茅包麕皮以爲聘幣矣。

《麟之趾》謂“吁嗟麟兮”者，歎麟之爲母者也，故以比太姒，而爲《關雎》之應也。韓退之《墓銘》曰:"云誰其子,其有無孫。"

《鵲巢》之詩以爲鳩拙不能爲巢而居鵲之居,與"之子于歸"義不協。第云鵲有巢而鳩居之,若謂吾有室而娶婦居之云爾。"鳴鳩在桑,其子七兮",《螽斯》、《麟趾》之類也。

《騶虞》之詩,《禮記》曰:"天子之射以騶虞爲節。"騶虞者,樂官備也。"一發五豝",則禽獸繁盛,而騶虞之得其職可知矣。蓋騶虞,掌鳥獸之官也。

鄉　愿　解

門徒以"鄉愿"作文,其發無非無刺太深。余曰:"如此,則是一狡獪不可方物之人。天下寧有小人終久不敗露者哉!"據鄉愿自言亦曰"善斯可矣",而《萬章》又以爲一鄉皆稱愿人,爲無所往而不爲愿。愿之爲"愿",朱註本爲"謹愿之稱",非大奸大詐之小人也。斯道擔負最大,惟有氣魄力量之人,足以勝之。如狂之進取,狷之不爲,皆有一段不可掩抑之意。勃然其必行,介然其必守,故可以進於聖人之道。若鄉愿,第鄉里中一謹慎慤實之人而已,同流合污世俗中。長厚也,居似忠信,行似廉潔,其於忠信廉潔,蓋僅似之耳。吾欲非之刺之,則彼已忠信矣,已廉潔矣。此如今鄉中里老可以長社會,可以舉鄉飲者,然惟其一味柔脆,平常初無振拔聳勁氣味,故不足以入聖賢之道。孟子急於望人爲聖人,爲堯、舜,以爲世人見如此一等人,但以爲如此作用,已足涉獵世故,支持門户,更無上進之想,故以爲害道最深,而直指之爲"德賊"、爲"邪慝"。若孔子忠厚立論,則直以爲三代直道之民而已。嗚呼！今世上之得稱厚德長者,孰非鄉愿哉?欲進聖人則不能也,將以望之編户齊民,吾舍鄉愿莫適歸矣!

匏　瓜　解

"吾豈匏瓜哉?焉能繫而不食!"解者難圓其義,至謂"匏瓜,星名也。"《東山》之詩曰:"有敦苦瓜,烝在栗薪。"註:敦,猶專專也。婦人思其君子之居處,專專如瓜之繫焉。瓜之瓣有苦者,以喻其心苦也。然則"匏瓜",敦瓜之謂也。

“繫而不食”，瓜苦之謂也。

舟行解詩四條

“我心匪鑒，不可以茹。”茹，納也。明鏡人必照之，而容貌皆茹納于其中。“我心匪鑒”，有誰人欲納我照中耶？“亦有兄弟，不可以據。”古人謂夫妻爲兄弟，不用引兄弟爲兄弟也。

“緑兮衣兮，女所治兮。我思古人，俾無尤兮。”女，即我也。若呼而咎之之辭。是緑衣，是女手治之物，如莊公之有嬖妾也。是女當日所進於莊公者，今日令其得時而我失位，然國君有嬖御之屬，以廣胤嗣，古先王所制之禮則然，吾自盡君夫人之道，以求合於古人，又何尤哉！

“絺兮綌兮，凄其以風。”古人製服，豈不欲盡爲輕煖以禦寒？而有絺有綌，不厭凄其之風，要以順時之令而已。蓋任運委順之意。

“乃如之人兮，逝不古處。胡寧有定，寧不我顧。”如此不古處之人，社稷人民亦且棄不顧，寧獨我哉？“胡能有定，俾也可忘。”吾終不能忘之也。“胡能有定，報我不述。”述，稱述也，長而無述焉。我所以見絶於公者，皆我平日不孝，不能報父母之恩，以致今日受報如此，更何所歸罪哉！

舟行解書

《洪範》七稽疑，蔡氏解“從”、“逆”謂有龜從筮逆，而無筮從龜逆者，龜，先聖人所重也，故《禮記》“大事卜，小事筮”，《傳》謂“筮短龜長”是也。此語固是，但《洛書》是龜所負者，龜本來已無逆矣。

辯

史遷謬是非辯

班固謂子長是非謬於聖人，故所論著《漢書》，多準子長，獨《遊俠》、《貨殖》二傳自爲之叙，推本于先王治世之道，以爲正則。噫！聖人是非是則然矣，抑非知子長者也。子長不世之才，自擬甚高。何擬乎？直擬伯夷耳。彼其以《伯夷》爲列傳之首，慨歎發憤，反覆重複，異於諸傳，以明天之報施賢人不得其當，其寓意可知，其貴處士明矣。黄老者，時君之所尚也。生當其時，得不云乎？彼其爲孔子作《世家》，爲孔子弟子别立一傳，傳次《儒林》，而老子獨與莊周、申、韓之徒共立一傳耳。可謂先黄老而後六經乎。作文之法當如優孟爲優，極其形容摹擬，乃能筆意淋漓，神情動盪。《游俠》之序，語及原憲、季次，有抑有揚，未嘗退處士也。《貨殖》則歷叙天下都會之區，若親至其境土而目見其貿遷者，天下古今之奇文也。其論所以治生之道，歸于本富，而要之誠一之效，未嘗取作姦犯科者也。其云無巖處奇士之行而長貧賤，好語仁義，爲足羞者，意謂有巖處奇士之行，貧亦可耳；無其行而徒語者，以口應世，不如治生之本務也。夫就《游俠》、《貨殖》而論之，得不云爾乎？不然，則兩傳不作可矣。

予嘗論古人爲文，未有駡題者。子長自叙其作《游俠》之意，則曰："救人於戹，振人不贍，仁者有乎。不既信，不倍言，義者有取焉。"其叙作《貨殖》之意，則曰："布衣匹夫之人不害於政，不妨百姓，取與以時而息財富，智者有采焉。"亦猶叙《酷吏》曰："民倍本多巧，姦軌弄法，善人不能化，惟一切嚴削爲能齊之。"此皆明其有爲而作之意。班固不知此法，於《貨殖・序》則結語曰："此大亂之道也。"於《游俠・序》則曰："罪不容於誅，殺身忘家，非不幸也。"真駡題矣。又《貨殖》總爲一篇，若范蠡、白圭之徒，則古之人之治生；蜀卓氏之徒，則近世之治生。皆引以證《貨殖》之實，殊非分節爲傳者，其分節爲傳，必褚先生爲之，而班固因焉。若以范蠡、白圭之徒爲傳，則子贛《孔子弟子傳》已有之矣，而復見於此，是二傳也。寡婦清之後，又復間以議論；宣曲任氏之後，又復結以他辭，一何無章也！且班固作《漢書》，則《漢書》而已，又何遠取范蠡、白圭之徒也？蓋固之不知子長，不特此而已。張湯、杜周已爲傳矣，而《贊》尚仍子長之舊，論其爲人，此贊語也。子長《衛青》一傳，深明大將軍謙恭不伐、仁善退讓之美，而天子不益封，天下未有稱驃騎將軍，貴不省士，而天子親之，多屬之深入敢戰之士，令其秩禄與大將軍等，於是驃騎將軍益貴，舉大將軍幾落莫無色，所以爲大將軍歎惋者，意在言外。固乃分爲二傳，且一字不易，其何以知子長之意也？固曰“史遷是非謬聖人”，予曰“班固去取謬史遷”。

周公誅管、蔡辯

《汲冢周書・作雒解》：武王克殷，乃立王子禄父，俾守商祀，建管叔于東，建蔡叔、霍叔于殷，俾監殷臣。武王既歸成，歲十二月崩鎬，肂于岐周。周公立相天子，三叔及殷、東、徐、奄及熊盈以略，周公、召公内弭父兄，外撫諸侯。九年夏六月，葬武王於畢。二年，又作師旅臨衛，政殷，殷大震潰，降辟三叔，王子禄父北奔，管叔經而卒，乃囚蔡叔于郭凌。然則建管、蔡者，武王也，非周公使之也。監殷而致殷畔，可不論罪降辟者，明其罪以示人也，初未嘗有大辟之辟。管叔自經而死，非周公誅之也。蔡叔則但囚之而已，畢竟未嘗殺之也。抑誅者討責之意。子曰：“於予於（與）何誅！”豈孔子欲殺宰予乎！《周禮》大計群吏之治，而誅賞之，亦非不職之吏盡殺之矣。

雜　紀

學測二十三條

造端夫婦，起知于《易》，起能於簡也。察乎天地，乾以易知，坤以簡能也。聖人所不知，聖人不知之矣。聖人所不能，聖人不能之矣。夫婦之知，良知也；夫婦之能，良能也。天地之大，道在其中矣，而人猶有所憾。非憾天地也，憾其不能知天地之外，而求天地之所以能也。大莫載大於天地之内也，小莫破小於天地之内也。費者其顯然者也，隱者其所以然也。下學爲己，性與天道在其中矣。必欲求其所以隱，不幾于索隱乎？此章當與不遠人爲道並看，今日但願會中諸友，存實心、修實行，步趨繩尺，而上達之學在是矣。不然，其不至于高譚性命者幾希。

人之爲道而遠人，不忠恕也。執柯、伐柯猶二物也，忠恕、治人有二心乎？以子臣弟友求人，以人治人也。以子臣弟友求己，不願勿施也。無忠做恕不出，行庸德、謹庸言，求忠之道也。有所不足不敢不勉求之，可知可能之内也；有餘不敢盡不敢求之，可知可能之外也。言實言，行實德，君子之慥慥也。

孟子開口便欲人尚友千古，讀其《書》，《書》先堯、舜，故曰"人皆可以爲堯、舜"。誦其《詩》，《詩》首文王，故曰"文王可師也"。文之爲文，不顯肅雍仁。敬孝慈信也。堯、舜所以爲堯、舜，欽明文思，睦族於變也，重華玄德、克諧底豫也，此所以論其世也。若自以鄉國天下善士，而求與善士爲友，不幾於臨深爲高，説不若己者哉！

禮其可以爲仁哉！孟子曰："仁，人心也。學問之道，收其放心而已矣。"放心既收，仁在其中矣。非禮之勿視、聽、言、動也，收放心也。視、聽、言、動皆己也。己之所以必克者，以爲仁必繇己也。舍視、聽、言、動無所求爲仁矣，舍勿無所謂克矣。

見賓承祭，即非禮勿視、聽、言、動也。犯而不校，人以不欲來施己，甘受之矣，多一勿願勿施。此見顔子、仲弓兩人地位。

所謂誠其意者，毋自欺也。爲不爲，欲不欲，自欺孰大焉？

隱居求志，志如何可求？於公物、公善而審其，不若安信懷之爲大，於政事、禮樂而審其，不若當時之爲適。愈求愈進，廓然與天地同流矣。

嘗舉聖人之學以問諸君，諸君第曰：學者所以爲人也。爲子學孝，爲臣學忠，爲弟學友之類是也。如是，非見君、父、兄之時，將塊然而已乎！聖人之心，無一刻暇逸者也。仲尼焉學，子貢已言之矣。《學記》一篇，得非古之爲學者律例乎？博學於文，約之以禮，聖人之訓昭然也。向使學而徒止於學爲人而已，而不博之事物之繁，以廣耳目之用，則夫子何以問官問禮、好古敏求？《曾子問》一篇，其禮節至爲繁雜，至爲倉卒，而夫子何獨隨言隨應，取之左右逢其源也？吾人讀書，其志存乎科舉也。如不志存科舉，則思惟其義，體會於行，即聖賢之學矣。亦如爲官者，舍治賦、聽訟文、移簿書之外，亦無他法也。維其志於取功名,或至于肥身家,則非古人之仕矣。如不志取功名、肥身家,則念念有忠君愛民之意,而爲君子之仕矣。若徒曰吾學聖賢而已,而一切經史皆可不寓目,其不爲束書不觀、游譚無根者幾希。仰鑽瞻忽,顔子虚見也;竭才卓爾,顔子實見也。虚見如游,實見如執,所以未達一間也。雖欲從之,末由也已。譬如嬰兒學步,倚靠行車,除其行車,欲步欲却,無一可者矣。從之如與子語太師,從之一般,亦與從心所欲,從字一般,從心不踰,不患其末由矣。顔子一時丢了文禮,便似嬰兒失行車,所謂從之末由也。

聖人之學,不求人知也。依乎中庸,遁世不見知而不悔,惟聖者能之,故以人不知而不愠終焉。悦則誠悦矣,樂則誠樂矣,未免有自喜之意焉。火候既足,憑他冷蕭蕭底,寒寂寂底,太和元氣未嘗不在天地之間也。

面如何是睟,背如何是盎?《禮》曰:“天子之立,左聖向仁,右義背藏也。”今人題墓穴云:“面甲背庚,面乙背辛。”然則面是前,背是後也。君子根心生色,揚休玉色,不亦睟於面乎?山立時行,不亦盎於背乎?心廣體胖,亦是此義。

知命則深于《易》者也,知言則深于《詩》者也,知禮則深于《禮》者也。

萬物皆備,惟有反身而誠可以體之。如心爲恕,强恕者,無以不知爲知,無以不能爲能,一如心之所自出,是亦反身之誠也。

性命於天,静則天體,動則天行。不睹不聞,是天體也;莫顯莫見,是天行也。天體之謂中,天行之謂和。天地所以位天地,得天地之性也;萬物所以育萬物,得萬物之性也。吾得吾性,吾不與天地同位、萬物同育哉!

天地所以位,位於中和也;萬物所以育,育於中和也。致中和則與天地萬物一矣。故天地位焉,萬物育焉。

戒慎恐懼,誠意也。誠意,所以存性也。

人心惟危,道心惟微。精則不危矣,一則不微矣。道也而以寓之人,人也而未嘗非道。不信乎,其執中哉!

大德不踰閑,敦化也;小德出入,川流也。不踰閑,正行而不滯也;出入,旁行而不流也。

欲尋顔子所樂何事，此是先賢引而不發之意，欲人自得之。而今儕輩中推勘不已，予曰："必尋所以樂，只是仰不愧天，俯不怍人。"

韓退之《原道》篇所引《大學》，宋儒以爲打頭不穩。不知學先誠意，正是韓公讀書之精處，宋儒爲格物所泥耳。

巧力聖智，力者有意也，有方體也。巧者無意爲之，無方體也。安勉之異也。

陳白沙欲於静中養出端倪，予謂亦須有戰兢惕勵之意。

今日是送羅一峰先生主入祠，一峰當時首論李文達奪情起復被謫于此。記净峰張先生作《一峰書院記》，引《孟子》無爲不爲、無欲不欲一章，因爲諸君發之。無爲不爲、無欲不欲，只是一片真心而已。人生不爲不欲之事甚多，而怕死懼禍則其大者。然此事若有見幾之哲，委曲之術，皆可得濟。且人生遭此光景亦少。今會中諸君相處，有退老林下者，有埋頭書生者，鎮日周旋，只是名利二件。若肯置力此二件，一處以光明正大之心，而無貪昧僥倖之意，則於《孟子》此章已得過半矣。至於學問精微，起念一非，未能自克，此則不爲不欲之細者，惟有慎獨工夫可以了之。人能存不爲不欲之心，則天真呈露，性體流行，而根心生色之妙，自然不待言者矣。舉動何等展開，面目何等發舒，豈有一毫隱昧私翳之氣，入於澄湛清明之地？孟子每言羞惡是非，言耻、言穿窬、言鄉愿，無非此義，直截而入舜出跖，分途在此，第愚玩如此而已矣，五字尚太結煞。如孔子則欲禮行、遜出、信成、主敬、行恕以先之矣，何如何如！今日一峰先生所以能取重於世者，只緣《孟子》此章參看得透，而净峰先生以此贊之，極切近。見《彭華傳》，惡其陰譎，謂李文達奪情，一峰初只是私下不平，而彭公從臾之，曰："君是大魁，若肯出一本論之，則自得行矣。"若此，則一峰是彭公撥置乃爾，尚足爲一峰哉！

臘月十七日諸君共集於會所，是散會之日也。何子喬遠敬諗于諸君曰：是一歲之終也。行市商人每遇歲終，必籍算簿帳看一歲所得幾何，所耗幾何。人家治家亦必稽考出入之數。至於官府，亦以勾稽文書爲事。凡我會中諸君,終歲會聚,莫非談説書史以爲立身行己之資矣。今亦當循省自家一歲之中善念幾多,惡念幾多,善事如何,不善事如何。如此,則漸漸有改過遷善,近裏着己之意。不然,會間所説,無過《學》、《庸》、《語》、《孟》之書,而終日所行,無一會中講説之意,則與學堂書館講求書旨以治科舉者何異?趙清獻日之所爲,夜必告天。況三百六十日,祇是尋尋常常而已乎?今吾黨言善人不止也,必曰“希賢”;言賢人不止也,必曰“希聖”;言聖人不止也,必曰“希天”。遠非敢爲諸君作一自畫之地,但鄙意以爲能作一善人足矣。善人豈易爲者?必無一念不善,無一事不善,而後足以當之。必先清夜無愧於心,家中無愧妻孥,而其持循之功,又必先自步趨言動始。蓋步趨言動,是外邊人所共見者,舍此不循規矩,而曰“吾中心潔白,滿腔仁體”,誰則信之?此宋儒所以必先居敬窮理,反躬實踐,而遠與諸君以“耻躬”名會之本意,不可希圖簡徑,徒謂宋儒爲迂也。

耻躬會叙語二條

學有闡發本原者,有救時急務者。孔、孟之學雖同,而稍分之,則孟氏正心、息邪、距詖、放淫、救時爲多。我朝若薛文清之復性,此闡發本原者也。王文成之致良知,此救時急務者也。諸君子業相聚講,千古聖賢只此一理,何待諄諄?鄙意惟欲在此會之中,以躬行爲先務,毋曰“講之於口,而行不副”。毋曰“爲之於己而人不知”。毋曰“圖於其大而小不急”。斷然必以身體實踐爲切要,則雖未能一蹴而至聖賢之域,而其於道也幾矣!願我同志勉之。

孔子射於矍相之圃,使子貢出延射曰:“賁軍之衆,亡國之大夫,與爲人後者不入。”蓋去者半,入者半。又使公罔之裘揚觶而語曰:“幼壯、孝弟、耆耋、好禮,不從流俗,修身以俟死者,不在此位也。”蓋去者半,處者半。又使序默揚觶而語曰:“好學不倦,好禮不變,旄期稱道不亂,不在此位也。”蓋僅有存者。夫聖人一射之間,其嚴如此。今吾黨之爲此會也,雖曰學門廣大,俞扁之室,不拒病夫,工匠之家,不拒拙匠,然亦須自身體會,雖未必十分聖賢地位,自循自省,果有些不愧不怍、退省足發意思，方可來聚首。若滿腔昏濁，一團勢利，未離講席，已越規矩，則無貴在會爲矣。吾儕各自勉之。

講章二條

曾子曰吾日三省吾身章

凡諸老終年所講，探討性命精微之理，開示存養省察之方，不啻詳矣。鄙人今日淺淺有一句話，譬如三者是何人不有、何日不遇？我等老大，雖是欠缺多端，尚亦有些識見。若諸子年齒方盛，意氣方新，今亦自家想一想，果是有小便宜背地自取否？果是一毫不肯讓人否？果是全不欺心否？果是遇不如意事便狠狠不平否？果是自已做不是，即自反伏罪否？果是自己做得不是，尚對人掩護飾説否？如此不忠不信之事，尚是多端，難以枚舉。夫學何爲也者？只是學做人耳。一箇人不忠不信，更成何人？我不欲人之加諸我也，吾亦欲無加諸人。夫子便以爲非賜所及，而一言終身可行，不出一恕。如一貫之道，只是忠恕。而以爲聖人之一貫、學者之忠恕，此是先儒高視聖人之道。推上一層，不知忠恕是一貫，註解有何異同？今吾儒深排佛老矣，若有人如老氏之守黑守雌、能慈能儉，有人如佛氏之慈悲忍辱，無憎上慢下，真是滿街都是聖人否？新春會始，敢實實落落以爲諸子他山，若微妙之言，鄙人所未能窺，亦鄙人所未能闡明也。

天下之言性也章

今天下之言性，則故而已矣，豈非以赤子亦有啼號，夫婦亦有喜怒，皆此順其忽然勃然之動，以爲固然之性。不知此情也，非性也。情則故，性則利。故但已然之迹，而利則未發之中。試觀赤子於其渾苊之日，夫婦於其與知與能之際，而利見矣。彼夫滔天懷山以爲水之故哉，而不知善下者，水之性也。禹順善下之性而爲，智大矣。此一智也以故，則鑿以順則大。天亦有時而風雨冥晦，寒暴失節，星辰有時而飛而隕，此亦以爲天、星辰之故乎，而不知未嘗求之也。苟於故之外而求其所從來，則天清地寧，日月星辰順軌，此則天星辰之利，雖千歲以前，千歲以後，萬不能易。蓋孟氏論學，只是以性善爲宗，而陷溺牿亡，世人所錯認爲故者,皆非秉彝降衷之常。故聖賢之學,只在復性,誠以性無不善也。先賢曰:"明善以復其初。"能明善復初,則位天地、育萬物,何一不從此性中來?何事何物不在我把握中?此今日吾黨所宜實力者也。

仙示雜語五條

天體不動,日月星經行其中,天未嘗運也。雲者,山川草木之氣上騰於空。

東海中有三高石,其中石尤高,日初出時,中石先被光也。

"户封八縣,家給千兵。"每讀《千字文》,不知其説。一日問吕純陽,云:"此出石書,漢事也,今已不在人間矣。漢蕭何爲高祖畫破秦十策,高祖封之八縣。衛青有功,武帝與之千兵,皆大官給食。"

世廟好神仙之術,爲白蓮教所弄。一日,上獨坐,有一女子從空而降,至上前。上問:"何女也?"曰:"廣寒宫女也。自唐明皇後不下人間矣。天上有柏梁柱,近折,請以金柱易之。"上選日爲金柱,果有仙童扶上,冉冉而去。一日,於某山中有數僧争斫金柱取金,歡呶外聞。有一樵夫聞之於官,往視之,則金柱也。以上聞,舁入宫,柱已被數斧矣。上秘而不言。此吕純陽降著所云。

人身有三魂七魄。七魄者,心、性、情、志、智、禮、明也。問三魂,吕純陽秘而不言。

漫書四條

今皂隸帶巾俱岸幘,莫曉所謂。至蘭溪,求章楓山先生像觀之不可得,祇其外家藏有家慶圖一幅,其岳祖上坐,子坐,並帶平定巾,侍立兩傍,俱畫岸幘。楓山先生立于堂外階序之上,則紅袍金帶。意岸幘帶巾,必是太祖法度,隸賤役也,庶人列於士之次,皆是會歸皇極之人,既製以巾之,而又令其岸幘者,何也?殆不可曉。

余至蘭溪幽居庵,云建文皇帝曾寓此菴。菴藏建文像,清雋秀朗,不似亡國之君,方知皆是尊用方孝孺柄國所誤。學問文章,經世撥亂,各自異途,拘攣執古,其不足與匡濟明也。

余拜方孝孺墓下而悲之。夫夷、齊叩馬數語而已,妙在不食周粟。而孝孺必肆其嚚罵,何補于事?有天命者,天既與之矣,人能違乎?赴宫入焰,衰麻自經,此是正義,誰秉國成,而令至此?建文亡國,孝孺誤之。九族之禍,孝孺貽之也。

余見人家祀土地、竈君二神,俱是男子,心謂列於五祀,固其宜也。一日坐大田驛,無書可讀,向道士借《太上安土地安竈經》觀之,乃知竈本一老母,居崑崙之山。真君問太上此何人也?太上答以此掌火母。方知竈是婦人。因憶《禮記》:"夫竈,老婦之祭也。盛於盆,尊於瓶。"少時讀之,以爲婦人祭竈之義。今乃知所謂老婦,指竈神也。

枚　乘　體

七歸呈葉太傅

有守塚主人問於忘歸胡老曰:"吾子慕唐、虞之風,志周、召之業,懷孔、顏之道,抗箕、潁之尚久矣。昔者皋陶、陳謩、益、稷以賡《卷阿》,詠《詩》天子是媚。上有三台之摩乾,次有八柱之承天,是以一言而君上答,舉足而天下安。而子刀匕是供,粱肉攸司。銖兩權衡,則有司察臺省之官;鍾釜豆區,亦惟同寅和衷之侣。計謀發慮,或遷於緯繣;獨曉獨行,或呰於粟斯。夫衆手可以舉一鼎,而一人不能齊衆手;一柂可以駕櫂卒,而群卒不能握一舵。即能舉其職而名其官,已搹然矣。又況職之不能舉、而官之不能名者乎?吾子何不攄孔、顏之夙懷,還箕、潁之本尚,發言高秋天而無所忌,舉蹠踐實地而不爲慚者哉?而何必紆朱拖緑,逐逐朝貴之後,而不自已也?"忘歸胡老曰:"虎賁綴衣亦可知恤,抱關擊柝尚有仕貧。吾雖非虞周之上臣,得遊其庭而盛其際,亦一時之耿光也。"

守塚主人曰:"昔先朝之宅區宇也,上懷堯、舜之智,臣下莫敢望焉。任使不稱,席位常虚,闔部而得一人,則以爲具官也。十年而得一調,則以爲速化也。

當此之時，一紵組綬則展采錯事，稍躐承華亦功見言信。而今品秩參差，如箕在天。蓋掌坰圉之政者，二十有餘人，率闔户而誦詩書，時開門而通賓客，未有得服勞受任者也。夫江湖之崖，渤澥之島，一鴈起亦稻粱之一紵，一凫飛亦魚鰕之一生。子何不效邴公之自免，希二疏之見幾？又何必壅閼清流，扼塞賢路，如求推食之施者，持鉢而待次；觀俳優之場者，跂矬而聳肩？不亦捨靈龜而朵頤，略漸鴻而需逵者耶？”忘歸胡老曰：“拔茅彙茹，泰道斯亨。濟濟多士，可寧文王。亦吾黨之一時也。”

守塚主人曰：“昔吾子之寥寥山棲，二十有七載也，非吾子之能安之也。仕宦之籍，有其名而無其官。啓事之書，齒於奏而不及於政。然世之人猶以子未失其素履，以子能樂之也。樂之則安之矣，安之則忘之矣。是以鏡石之山，有如同官之谷；東湖之廬，不比終南之徑。猿鶴久以爲侶，魚鳥久以爲群。側生發而花香，旁挺實而肉甘。竹澗爰清，荷沼載欣。時人以爲子考槃之寬，而白駒之場也。而子聞命若驚，上途知趨，遂使怨猜交生，喧寂異原。今也言遄其歸，尚可以完幽人之貞，不然，恐青黄災木，文繡傷犧，愧斷尾之雄雞也。”忘歸胡老曰：“孔駕不俟，漢輪赴徵，古之人有行之者也。”

守塚主人曰：“紫帽之峰，清源之巔，是仙人之所游也。其下則吾子之所，丘而松楸，廬而窀穸者也。青冥長天，子豈黄口。人莫不穀，子非鮮民。拘樹而號，固皋魚之思；入墓興哀，亦回、仲之所贈處也。”忘歸胡老曰：“子之能仕，父教之忠。立身揚名，孔以爲孝。亦人子之道也。”

守塚主人曰：“今之騶騎長衢，呼唱外庭者，子亦見之矣。其始也，莫不聲望薄雲霄，名實加上下。海内仰流，朝端引領。及其久也，鑿乖圓方，直殊尋尺，孤懷難宣，秉心獨塞。既天只之不諒，遂子和之無陰。則有竊鈇載罹，投抒屢至，雖百口之難名，遂一眚而見棄。蓋有踉蹌而出國門，胡尾而受跋疐者矣。是以君子見幾，哲士足興。今觀君子，雖日深於己責，幸未罹於人非。高飛遠逝，實維其時。”忘歸胡老曰：“善哉言也！斯志也，我未之能行也。”

守塚主人曰：“乃有大事無常，終身莫得。是以牛山興悲，雍門發哀。子秩雖未晉於大僚,官已總乎三署,於是解頭冠而帶夫須,棄手笏而執耒鋤。睹黍稷之芃實,撫雲霞之卷舒。歲時伏臘,斗酒自勞。此亦人世之福庭也。蘧伯玉既化之後,莫知其年歲;范宣子視蔭之時,人以爲短途。歸舊丘,返故扃,閱内典,覽《黄庭》,可以躡仙人之遺蹤,可以踐洪喬之所經,又何必待素旐央央,玄輿于于?出春明,而以青蠅爲客;履長途,而以脱驂爲車者哉?"忘歸胡老曰:"微子言之,吾亦慮之久矣。雖然,吾曩所以對子者,皆枝梧其詞,而非素心之本然也。夫君者,出令者也;宰相者,代人君之命而致之臣者也。吾自去歲日蓋兩請之吾君矣,宰相不許也。爰有福廬仙人、瀛洲上客,惠然好我,挽之尤力,吾是以有維谷之進退,而未得林下之見一也。"

守塚主人曰:"夫如是也,吾子歸矣。夫福廬仙人、瀛洲上客,固無日忘歸者也。爰自先朝,相帝八年,挈領提綱,有萬斯千功,能已著于國家,而其身亦既隱矣。二聖崩殂,四封多故,躍然赴義,圖國之艱。比者王上親萬幾,决庶獄,入廟奉璋,肆朝執玉,於是封隅禔福,干戈載戢,遠至東夷,亦且逃遁而伏匿。夫乃公也,未嘗一日忘歸者也。子何不載簸爲糠,執殳前驅,相與夷猶大海之濱,逍遥十洲之居,明農於畎畝,而樂志於桑榆者耶?"忘歸胡老欣然而起,再拜受教曰:"吾將往見而請焉。"

諭

光禄諭

大凡人説做官便言革弊。衙門有弊不革,官便不濟。問作弊是要何事?曰:"不過要錢而已。"問如何方要得錢?曰:"要錢須是欺心。"且問要錢而能富,則古之陶朱、石崇,今皆安在?若要錢只圖些日食使用,則窶子乞人,天亦未嘗絶其禄,生許多計較何用?夫人生可貴者惟此身,人身可貴者惟此心。自欺其心,是自賤其身也。凡在衙門小官,當須念一官半職出自朝廷,便生一點爲朝廷之心。本是以律例出身,便思件件遵律例行,小心謹慎。若是才調不經上官刮目，久久行之，自是上官愛敬提挈。若是才調已經上官刮目者，一倍小心，日後做官亦能做到，當得盡頭乃止。若是當該人等，更須念出身之難，自從納吏出門，得三考到京者十人有幾？念此便知自己愛重。若是書辦人等，日後有前程者，便須存此意。若日後無前程者，亦須打叠乾净，便趁得一碗飯食，對妻子亦無愧色。此等人，造物當予之賢子孫富貴，不亦享有清福，爲鄉里敬重？官吏若依此做去，在衙門中每日叫上官千聲老爺，如念阿彌陀佛一般，每日磕一百下頭，如拜菩薩一般，此是我分當然。若一下欺心，即仰面叫一聲老爺，一聲天恩，低頭磕一下頭，被上官呵斥，有前程者欲參究，無前程者欲責打，參送枷號。即便未有此事，從傍看他，一箇低錢不直。俗語云："厨下食一碗，不如堂上食一盞。"此言淺近，極有道理。亦且慢説到故意作弊是欺心，但凡把一切事泛泛有頭無尾，以致查刷不清，開銷無路，都是欺心。凡我在官人等，戒之戒之。我論爾等，無深詞奥義，粗粗淺淺，如世尊勸世一般，聽之聽之。

疏

同文書院疏

同文書院在書坊，中祀大成之文宣，旁列聖門之四配。仰惟國家崇祀之典，皆有郡縣一定之方。上則辟雍，極其尊嚴，近則曲阜，致其親切，未有别廟置在下鄉。維是建陽輒有兩所。一則子朱子之朝夕瞻奉，設在考亭；一則子朱子之游寓藏修，作于兹地。傳聞當日纂輯《綱目》，於此成書。又道元時鐫刻簡編，亦來起手，所不敢廢，有其舉之，書之同文，蓋莫盛矣。

予遐思文獻，特來拜瞻。則見堂宇雜在廛肆之中，弦誦混于喧豗之處，戟門既隘，影壁全無。馬隊屠門，實來相逼，翬飛鳥跂，夫豈能完？爰告同來之友生，盍無外庭之充廓？轉以相告，夫豈特兹屋宇漸頹，廡序不潔，時乎織婦麻枲於其下，甚則優伶棲宿於其間。夫特饗上賓，而籩豆之不虔，則主人爲失職；上尊帝釋，而香焰之不續，則釋衲爲敗群。爰有邦達魏生，大發誓願，實惟應虬余子，不惜鏹緡，首索鄙詞，欲申同志。夫此鄉文運在昔寂寥，一際昌時，今方振起，志之所至，氣必至焉。道之將行，爲之兆矣。廟堂本先儒規制，行大振海濱鄒魯之風；書坊又群籍叢林，將恒朗天階壁奎之照。

古陵疏

予閉户山居，而古陵鄉父老若楊、若丘、若莊，齊來扣户求題緣疏。當今郡城中家多勤儉，其於緣疏厭惡，恨不即擲毁之，予則安能爲役？且又何必予也？二三父老告予曰："今歲天災盛行，人人旦夕莫必其命，幸予一鄉老少婦子莫不完好。一日古陵廟熊府公降神，告人曰：'爾等闔郡完好無恙，是我庇爾。爾等爲我新廟題緣之疏，必求何某爲之。'我等聚居此鄉，但知有熊府公廟，亦不知府公是何神也？又或知爲本府州主，亦不知坐得何事來祀此鄉？搜求《府志》，乃知府主殺賊遂殞軀命，今已移祀城中之衛民祠，而舊廟瀕溪，壅淤卑濕。我民不知有公，而我公不捨我民，去之百有餘年，靈爽如在。民受公庇，敢不如命！雖是一鄉之力不能成廟，藉手求題，庶易興築。"予聞其必求何某作疏，未敢信以爲然，而以公之靈，能使一鄉之民完性命、保家室，公忠義慈愛，真百世如在也。方今民困饑疫，我司府上臺悉心賑救，元元獲福，而公陰功如是。即父老爲謬言委予，予亦何敢不信而奉之？遂以告于闔郡善人君子。

告閻羅疏

南京工部右侍郎臣何喬遠，稽首皈誠告於閻浮羅王曰：今有海上李魁奇，嚮爲大盜，殺人破鎮，焚劫奸掠，不知其數。賊性既衰，善念頓起。欲求依怙，疑惑多端。特來求臣主盟招撫，弭耳抑心，願爲王民。輙有宿侶，乘其無備，襲擒解送，遂致殞命。臣道過福州，托形言詞，謂被臣誤。臣聞閻羅堂下，大開方便之門，一念懺悔，許登天堂。論魁奇之生，死有餘辜。既經悔禍，亦可傷憫。臣念其疇昔歸誠於臣，今道出此，爲其遊魂悽惻，虔修醮壇，設與酒食，伏祈閻浮羅王出之無間獄，勅使再生爲人，或作壯士爲國家保守地方，建立功名，贖生前罪，免作餓鬼墮六畜道。魁奇必能收魂受煉,永報羅王,以表皈依。爲此具疏,代爲宣誠。

論

學論上

今之言學者,其於心性之辨,何紛紛也?予見友人合聚答問,輒舉相詰,其於本原之地,可謂晰然矣,何卒未見有幾也?衣欲煖也,食欲飽也,今亦知布帛之衣,勝於綺羅之輕麗,而亡當而不事織,亡益也。亦知五穀之勝于粱肉之不足以資生,而不事耕,亡益也。何謂心?惻隱、羞惡、辭讓、是非是也。何謂性?仁、義、禮、智是也。何謂意?惻隱、羞惡、辭讓、是非之將發動時也。何謂情?惻隱、羞惡、辭讓、是非之發而見於外是也。譬以五穀,性其種也,心其實也,意其芽也,情其苗也。苗後爲實,實後可芽,而均不離其初種。孟子曰:"盡其心者知其性也,知其性則知天矣。"故夫盡惻隱之心者,知吾性之有仁也;盡羞惡之心者,知吾性之有義也;盡辭讓之心者,知吾性之有禮也;盡是非之心者,知吾性之有智也。此皆天之所與我者,吾烏乎敢失之?故曰:"知其性則知天矣。"今之學者詰之如此其辨,究之如此其詳,若知天知性然,而吾未見其盡也,則謂之不知也亦宜。至誠與天地參其盡之謂乎?或日一至焉,或月一至焉,皆未之能知也。

學論下

學也者,盡其心而已矣。盡心之學,有源有委。何謂源?求仰不愧天,俯不怍人,以是存心,則無不盡之心矣。何謂委?庸德之行,庸言之謹,以是修事,則無不存之盡矣。人生天地間,有愧有怍,可謂人乎?然不怍于人易爲,而不愧于天難至也。易爲者,可聲音笑貌爲;難至者,不可心知强也。庸德之行,庸言之謹,下學之事也,非繇是焉,無以見躬行。行而躬之,其於愧怍也鮮矣。然則欲造聖人之學,其必繇心乎。心而性、情、意皆舉之矣。彼守主静致虚之論,以爲尊先儒者,吾見施之動而棼移,效之實而浮妄也。予之説曰"主静莫如居敬,致虚莫若明理",猶庶幾乎庸德庸言之一端也。

佛　論　上

或問:子之不闢佛,何也?曰:不足闢也。聖人之道,其本則孝弟仁義,其用則禮樂刑政。自修身以至治天下,無日不繇其中。天下所得久治久安,生人所以得全其類者,皆此道也,佛何能與焉?自古戰國之世,則尚楊、墨,孟氏闢之。漢尚黄老,未有闢者。唐尚佛教,韓愈師孟氏闢之。程、朱諸儒乃闢佛老,要皆祖于孟氏。夫戰國之時,士鶩私智,各出其口舌才辨之所極,皆務爲功利戰争之習,而有楊、墨之論出於其間,視功利戰争固已遠矣。士之好爲楊、墨者,亦士之幾於道者也。孔子之道在世未遠,士未知所以尊之,幾於滅息而不著。是以孟子昌言而明之,而天下至今知有孔子之道。後世之好佛老之道,其本皆起於貪生而畏死。黄帝千二百歲矣,形未嘗衰。老氏千有餘歲,西入流沙,是以當世之人羡而慕之,然而未及于身後。至于佛氏貪生之意及於身後,而後世之人其好佛氏,始甚於黄老,此其意之所從來,固無足闢者。譬如五穀可以療饑,而世尚有方外辟穀之人。辟穀不食,終不能勝食五穀者之衆,而其終亦不足以不死,則五穀之爲用明甚,而何待譏理辟穀者之爲非耶?天下之風俗教化不責之庶民,而先之士君子。佛之爲教,大旨舉一世而空之,必欲趨空,先自其粗且易者,始則莫若去貪瞋癡之想,以求戒定慧之根。而今好佛之徒,皆自士大夫先之,其禄位財利之意横結於胸中,而壟斷墦間之習暗萌於屋漏,乃外則結侶緇流,托心釋部,口厭粱肉而閒修持,身奔竈突而閒坐空,此濁世誣人之甚者也。兵家之争也,必其有以勝我也,而後與之戰。既不足以勝我,此猶赤子弄兵潢池中,我有哀而憫之而已,又何暇與戰闘哉?然則聖人之教,終無與明乎?用吾性命之道,修吾仁義,以復吾天之所以與我者,此吾所以明聖人之道也。

佛　論　中

今有佛氏,與孔子並生並地,髠首緇衣,入而見孔子,則孔子許之乎?其將拒之乎？佛與老也，並後儒之所闢也。然而孔子問禮於老聃，出贊猶龍焉。則佛氏入而見孔子，孔子不拒之矣。禮也者，卑己而尊人，先人而賤己。聖人不忍辱耶，汲汲焉轍環七十二君之間，救人爲務，而哀生人之窮困。不慈悲耶，天下之人，苟無鳥獸其心，盜蹠其行，則孔子將進之矣，故曰吾非斯人之徒而誰與？佛氏之緇而髡也，西方之俗也，猶夫羲、軒、堯、舜與我以冠冕也。講經論道，常有眷屬，以萬以千，非無妻子、父母也，棄國不居，巢、由、隨、光之流，與其惓惓乎憫斯人而欲化之心，與孔子同也。取其精言而以入吾道，而去其所爲幻化之習，降魔歷劫之邪妄，不猶愈於堯、禹其言，穿窬其身者耶？然則闢其精者，於吾道則精矣，而不足以救末世之浮僞，能使斯世從其粗者，亦不失爲君子矣乎。

佛　論　下

佛有佛、有禪。《佛説十二部經》，論精而思廣，道如此其大，義如此其深也。後之學佛者，面壁打坐，無所見聞，偶得一轉一偈，相與讃歎，以爲妙義云。文字非西來本旨，此謂之禪而已。聖人之學繇博文而約禮，繇致知而力行，拾級登階，一折一周，無一之可急遽也。而今之講于聖人之道者，謾標一名目，偏立一宗指，遂欲鼓舞一世，束其論而歸其門，至於博文致知之學，悉廢不講，此佛家之禪而已，故夫聖人之學之難明於天下也。嗚呼！學文以廣之，躬行以實之，得於耳目而必反諸心，出之聽睹而不詭於志。下學上達，馴至性命之域，勿以一蹴求道，一指明宗，雖曰非聖人也，殆亦聖人之徒歟。

衛公子郢論

衛靈公夫人悦宋朝之美，召之於宋。蒯聵過宋，聞婁緒（豬）艾豭之歌，歸而欲與其家臣戲陽速殺之。戲陽速不應，以是出亡。然則蒯聵蓋欲殺其母也。靈公遊於郊，公子郢僕。公曰：“予無子，將立女。”不對。他日又謂之，對曰：“夫人在堂，三揖在下，君命祗辱。”亡何，靈公卒。夫人曰：“公子郢爲太子，君命也。”對曰：“郢異他子，君没吾手，若有之，郢必聞之，且亡人之子輒在。”乃立輒。孔子列叙伯夷、叔齊、泰伯、吴子札之倫詳矣，問焉而不對，對焉而以正君没焉而爲不弗聞也者。然則公子郢，夷、齊、伯、札之流也。衛輒上有不孝之父，自絶於宗廟，何怪靈公不以爲子？南子猶在，豈不惡其子而及其孫耶？衛輒者，宜披髮入山，哀痛以求父，佯狂以避位，而輒不能。以子貢之聰明才辨，明知夫子不與之矣，而冉求猶以爲問，一時未敢遽以意答其友人，故入而問伯夷、叔齊何人也，蓋以夷、齊與公子郢也。與夷、齊，則與公子郢矣。與公子郢，則不與衛君矣。而朱註乃略不及公子郢。新學之士，徒謂子貢問在夷、齊，意在衛君。夫衛君之與夷、齊，不啻天之與糞土也，子貢聰明才辨，必不問之矣。予是以作《公子郢論》。

趙女論

同邑嘉禾嶼趙氏女，許聘於何公保。公保歿，趙氏女年十六，奔喪死其家。同人嗟歎而異之。何子曰："海濱而有此女哉！吾宗而有此婦哉！"《禮》曰："一與之醮，終身不改。"夫是未醮也，不得嗣爲兄弟，聖人弗責也，君子弗非也。而趙氏女激然而死之者，其有耻心也乎？夫其許配於何，自以爲何氏婦矣，里之人亦以爲何氏婦矣。此身有歸，旋而他適，其中必有耻而不爲者。夫耻，羞惡之心也，則必發而爲惻隱之心，不忍其所天之亡矣；則必發而爲是非之心，斷斷乎其不可以二姓矣；則必發而爲辭讓之心，雍容周至以禮終矣。故曰：人之有四端也。其事不必以爲訓，而時一見焉。譬如鳳凰、芝草間産於人間，則人人以爲瑞，而東流之柱，百川之障，又時爲人心一提醒，時爲世道一維防。夫世其可少斯女哉！夫世其可少斯女哉！

説

蘭説

予家藝蘭五六年矣。鄰之藝蘭者如其年，長丈餘，蘗茁蔽藹，望之不見其本。予家之蘭，葉節萎蘔，特存本耳。造諸鄰之父請焉，鄰曰："子之藝蘭之年多，顧不霑涓滴之潤蘭，恨不能走桔槔丈人請潤矣。"歸命僮灌之，期月，猶故蘭也。責諸鄰曰："子之教予蘭也，則有遺蘭者乎？予歸抱甕，而猶故蘭也。"鄰曰："不然，是其性幽約，畏炎迸霜。子歸抱甕，而實置諸廣庭而炎霜之所，憔悴無以庇之，蘭又恨不能走越下請庇矣。"歸命僮架焉，蒙以椔葦，編之樹楸，旬日牙嶄嶄如也。家大人命撤架："物固有咻於風霜而暄於日者，夫蘭異性乎哉！"

鄰之父進曰："濯清者不可以炙烜，履皜者不可以踔淖。深山大澤，偃松嵬柏，蓬蒿所紛侮，猿狖所攫拏，雪霜風日，更燠迭咻，且時匠石過之而侵尋。及其參天，日月蔽虧，三光隱耀。夫芝一簇九莖，幽林邃澗，不見風日，猿狖踐之，蘗草翳之，則萎必死。觀者尚不敢爪其膚，况侵尋哉！夫子宜何處焉？物有殊性，人亦宜然。有鏗鍧鞮軩，震燿焜熠；有鞠躬逡廵，而不動輴車；有備嘗周旋，才氣縱横，攘臂以議；有圭璧束修，處女其身；有挫撓厄佚，老於大受；有廣夏膏粱，坐不垂堂而總於成器；有卬首信眉，不避艱籗而關當世之務；有嵁巖藪澤，深藏不市，一出以爲天下。夫子惡乎齊？且也修之不姱，則其流污；養之不密，則其施疏。今吾之蘭長丈餘，蘗茁蔽藹，望之不見其本也，惟是潤之以灌溉，庇之於越下。君子以文章潤其身，而托之道德庇焉，焉往不適矣。"

予不材也，不能鏗鍧震燿，以老於受而冒於艱也，而恂恂以居，吾托之蘭，家大人松柏也，何敢比家大人。作《蘭説》。

醫説贈林表兄

林國華表兄問言於予，予曰："兄事母孝矣，處弟友矣，爲人質而端矣。雖在四民，闇合君子之道矣。當何以進子？雖然，兄學醫者也，扁鵲之長兄視病於神，未有形而除之，而名不出於家；中兄治病在其毫毛，而名不出於閭；扁鵲鑱血脉、投毒藥副肌膚間，而名聞於諸侯。夫扁鵲之長兄，仙醫也；其中兄，神醫也。然可以自治，而難以治人。人皆病而後求吾醫也，夫其鑱血脉、投毒副肌，不習於勤而辨于精，醫其能明乎？兄之於醫，猶士名爲士也，四民之業於君子之道，可以闇合矣。名爲士者,亦可云闇合君子之道乎,則名爲醫者,亦可云闇合於醫乎?語曰:老醫少卜。不勤習而精辨,吾未見其能老也。"

讀禮説贈表姪林生

表姪林生有周既喪其父,問孝於何子。何子曰:"古人云:'君子之所謂孝也,非終親之身也,終孝子之身也。'吾子當思而父存時,故欲子刻厲何道,建豎何嚮?子修而爲之,是爲善成之孝。何如可爲天地之成人?何如可爲人世之善士?子修而爲之,是爲善大之孝。雖然,喪禮廢久矣。吾子習禮者也,古人居喪讀喪禮,既葬讀葬禮。古人非不習禮者,居喪乃讀,何也?其親始死時,士相之矣,君子不預凶事,當親之存,則有所不忍者乎!今人如《喪服》、《大記》、《雜記》諸篇,皆捨而不讀,則爲應科射舉試目不凶而已。孔子言:'喪,與其易也,寧戚。'節文習熟猶不足言喪也。而今也,飲酒嬉戲無所不爲,併其易而無之,蓋所存者服而已。何古人不忍讀《禮》於親存,而今日併不忍讀《禮》於親没?若易若戚,子求爲士,必有所從矣。"

及説贈劉惟後參政

《中庸》論天地山川有"及其無窮"等語,余謬爲之説曰:及者,推而至之之謂也。昭昭,即盡天矣。日月、星辰、萬物豈天乎?撮土即盡地矣。華嶽、河海豈地乎?卷石即盡山矣。草木、禽獸、寶藏豈山乎?一勺即盡水矣。黿鼉、蛟龍、魚鱉豈水乎?然則昭昭也,一撮也,一卷也,一勺也,天地、山川之所以爲大者,惟其能推而及之。雖不必天地山川之所有者,而以盡包且縮於天地、山川之中。卒也雖非天地、山川中物,而竟以共成天地、山川之大,而高明博厚、萬古不毁,職此之繇。夫學也而不其然乎?聖賢之心體,蓋已光明潔白無私汙參其間,而尚求古之人與夫當世之士所爲嘉言善行,修飾而充大之,而聖賢之學益以無窮。舜之居深山之中,沛然若决舜之所爲舜也。

惟後先生分鎮漳南,有事泉州,余出篋笥之遺奉教先生,可數百篇。先生悉取言之近理者掇而出之，寄以示余。余又因知先生於余書窮究首尾，兼總條貫，歎先生何不憚煩至是。先生更示予易州失火對。則知鎮易時，偶以公出署，及於火，器用服具蕩盡無遺，皆不足繫先生心，而獨憶其平日所著，時時往來於懷。因述其平生書癖，每讀一書，必擷英掇華。於理學，輯《宋明同然録》；於《四書》，録其所見所得；於楊少宰《周易全書》，纂而聚之；於《古今名臣言行録》，人爲一篇；於本朝名臣，分别其德行、事功、文章，名《左右鏡》；於本朝大事，備紀首尾，名《明事得失本末》，其多若是。夫先生於政治、吏民之間，既已殫心盡力，而復晨披暮閲，朝夕而不怠。蓋先生所以自成其大者如此。然先生所紀載於平時者，猶曰古人之跡，當世賢人君子之遺，而又何有於余？因謬爲《及説》以呈先生，見先生不遺葑菲蒭蕘之意，且將自忘其精力之不逮，仰跂而思齊焉。

蘇爾穆字説

封翁蘇公艾齋以庚戌正月望日，冠其次君寧陵令之子肇煌。遵行古禮，筮日筮賓，賓以命予。先期問字，余曰："煌"之爲義於"皇"不遠。《詩》、《禮》之云"穆穆皇皇"，而解者以爲幽深和敬之意。然則皇皇在外，穆穆内也。非有穆穆，不能皇皇也。故曰"充實而有光輝之爲美"。子張問達，則聲譽馳流，芳名普傳，至煌煌矣。而夫子告之，乃在察言觀色，下人以行其直義之意，然則聖人之涉世也畢矣。闇然而修之謂幽，淵然而居之謂深，不起凌蹈之謂和，不生弛慢之謂敬。夫如是，則充實於中，其輝外著。請以"穆"字，不亦可乎？封翁曰："善。"

既行禮東階之上，賓介有奕，威儀肅將，遂事而退。肇煌拜余舍下，余曰：古人字必有説，行以前説爲君文之。居兩月未就，封翁速者再，予既引聖人之道爲封翁説，復即肇煌之家而喻之。今蘇之内外宗黨以及吾郡之人，無不贊美封翁賢者，封翁之名，皇皇郡中矣。而察翁爲人，惟其擇地而蹈，口無選言，躬靡惰行，則夫封翁之能爲名者，非自處皇皇，所以自處者穆也。今自淮泗以北，大梁以南,無不贊美寧陵賢者,寧陵之賢皇皇汴豫矣。而察寧陵所以爲令,視民如子,惟恐傷之,一意拊循,不求赫赫,則寧陵之能爲名者,非自取皇皇,所以自處者穆也。於是復語肇煌,求之聖賢,尚法遠矣;求之祖父,取譬近矣。請以余言質封翁而寄往寧陵,以爲何如也?

鏡山全集卷二十九

識

高皇帝御像圖識

此太祖高皇帝御像也，諸王府及京師侯伯家往往尊崇之，顧非真御像。太祖好時時微行察民間事，恐民間識其貌，又欲以頒示四夷，使之讋讋。像成，諸王侯伯人賜一圖，故其家多有。世俗所傳，謂太祖初畫像時，意欲如是，不以語畫工，工緣是得罪。召工數四，描寫益真，得罪益重。最後一工，作如是圖，太祖大喜。此言不知是否。觀其作，疑像如是，或可信也。若太廟真圖，張子中所謂天地相朝，日月相拱，天日之表，龍鳳之姿，正是其實。《禮》云："德輝動於內，而民莫不承聽。"《中庸》曰："見而民莫不敬。"我太祖真御像是也。宗廟饗之，子孫保之，於萬斯年，與天無極，豈偶然耶？

詩識八條

《關雎》，后妃思得淑女以事文王也。見不妬不淫之美焉，是以致子孫衆多，故曰《麟趾》，《關雎》之應也。《鵲巢》，諸侯之風也。諸侯嫁女於諸侯，其子孫亦衆盛，是以有騶虞之祥，故曰《騶虞》，《鵲巢》之應也。

樂不淫，哀不傷，非指《關雎》一章言也，舉《周南》在其中矣。故子夏《詩序》概以《周南》爲《關雎》也，置周行云何，吁，非哀而不傷之驗乎！

拙鳩巢居是固然矣。鵲，喜鳥也，靈鳥也，譬男子焉。鳩，慈鳥也，譬女子焉。鵲巢鳩居，男子有家，女子入室也。

《關雎》，王者之風也，而不可不壯居重之勢，是以干城之公侯重焉。《鵲巢》，諸侯之風也，而不可不布庶列之賢，是以《羔羊》之大夫重焉。

《書》曰：三玉二牲一死贄。死，皮也。太王曰：事之以皮，幣不得免焉。古者婚姻皆用皮幣，"野有死麕，白茅包之"，言以白茅包麕皮爲聘禮也。樸遬，小木也，譬如下户人家。然以茅束鹿，無非禮矣。"舒而脱脱兮，無感我帨兮，無使尨也吠"，非獨其女貞静也，其婿入門亦皆雍容舒遲，有君子之風焉。曾見有峩冠博衣入人之室，而犬妄吠者乎？犬之所吠，多小人耳。

《禮記·射義》云："其節，天子以騶虞爲節。"騶虞者，樂官備也。然則騶虞是官名，掌鳥獸者也。《註疏》謂："諸侯射時，則虞人牽出五豝，待君射之。"已不成文理。一中兩禽，連則有之，何得一發五豝如朱子所言？蓋葭甚暢茂，豝生至多，此養育禽獸之官得其職也。故曰："吁嗟乎騶虞！"五豝、五豵，皆以譬子孫衆盛也。

"及爾同死"，此曩時之德音也，今日何遽變而爲怒哉？吾所以"行道遲遲，中心有違"者，念子之不遠，伊邇薄送我畿也。子果棄我，則不送之矣，抑子外示見禮之貌則遠送之矣。及畿而止，猶謂我尚子之室人也。子謂我苦乎，我固甘之。子雖宴爾新婚乎，吾固兄弟視之，其尚容我厠於姊妹之間乎。子謂涇濁於渭乎，其沚固湜湜也。子宴爾而不我屑也，得無逝我梁乎？得無發我笱乎？我之躬不閲，而恤我後者，此吾湜湜之素心也。方舟泳游，黽勉匍匐，此先王切求民瘼之心也，子獨何謂不然乎？我向之有旨蓄也，爲子禦冬而設也，奈何以我禦窮，洸潰見詒，不念昔日？吾其已矣，所謂及出晝而王不予追也，予於是浩然有歸志。

凡《詩》所謂不顯者，皆真不顯也，而云"豈不顯乎"，誤矣。濟濟多士，所以"對越駿奔"者，何哉？以文王不顯不承之德，無厭斁于人心也。夫有明則有顯，文王緝熙，上同於穆，何有顯乎？有斷則有承，文王不已，上同維天，何有承乎？其功在於不見不聞之地，其境至于無斷無續之天。文王之德，雖於萬斯年，孰有厭而斁之者哉！

引

名山編年引

或問於何子曰:"子既有《名山藏》矣,又何以《名山編年》爲?"何子曰:"國典也,朝章也,我列聖之德與其政治也,士大夫之德之才與其行事也,用之當年,施之後世,以爲不刊之典,著之擘畫,以爲人存之策也。《志》曰:'賢者識其大者,不賢者識其小者。'夫苟留意於斯矣,小大奚擇焉? 賢不賢奚辨焉?"

陳令君壽册引

莊生朝弼持册求題,曰:"將以壽吾邑大夫陳公者。"余曰:"而邑之士三百餘,人人持一册以壽邑大夫,可勝壽乎?"曰:"予知壽吾大夫而已。大夫有大夫之心,余有余之心,各得其心,而壽道出焉。大夫有大夫之心者,不有市恩沽名、愓威疢利,曰官理如是爾。余有余之心者,凡大夫之不市恩沽名、愓威疢利,余小子獨先被之,凡大夫所以獲余小子之心者,皆聖賢君子之作用,可以獲天下之心也,而余小子獨私被之,此所以余有余之心也。"何生曰:"仕而得上官之心,善仕乎。上官之心,不可不得也。而顓於得上官,其仕可知也。仕而得鄉縉紳之心,善仕乎。鄉縉紳之心,不可不得也。而顓于得鄉縉紳,其仕可知也。於此有道焉。道有誠焉,出吾之誠,行吾之道,則無所不得也,此莊生所繇稱壽於大夫也。大夫得莊生之心,何有乎三百士之心? 則謂一人即三百士可也。"於是不辭而爲之引。

帖

客位帖

洪武中,司直郎汪仲魯告歸,太祖皇帝戒之曰: 近侍之臣予告還鄉,郡邑官長皆須來候,爾當飭門,絶不與通。不者,筆柬示之,曰:“仲魯蒙恩予告,理宜斂門,輸租應役則國有恒制,不敢速厥戾。如是,則可以考終。”喬遠比歸,築室山次,凡我父師車騶見臨,不敢攝衣出迎者,非效段干、申泄之風,遵守我太祖皇帝之訓,以見臣下不倍之義也。

祠　堂　帖

孔子於鄉黨恂恂如也。其稱魯之人,則曰“父母之邦”,魯國之人第目爲“鄹人之子”,孔子不怪也,其謙且厚如此。張横渠《西銘》稱乾爲父,坤爲母,而目疲癃殘疾之人,以爲吾兄弟之顛連無告者也。宋儒之學,其大如此。凡我子弟,毋論横取人財,横辱人箠楚,但有以意氣加人者,是皆慢父母、虐兄弟,祖宗不以爲子孫也。吾老矣,爰體祖宗之意,書于祠堂之壁。

讀

讀孫武子

世多謂孫武子反覆變詐,三代王者之師,《詩》、《書》、《韜》、《匱》所遺,至武索然焉。然武談兵猶以不殺爲上,先伐其謀,隱掩其形,疾據其利,又何殺焉?後之用兵者,權智機宜不足應,卒至于鏃盡糧殫,彌山殷澤,而後勝負乃見,離孫子遠矣。嗚呼!三代以後之士,士之所得者,無論醇駁淺深,而才智皆足以發其所就,非若後人鹵莽并括,期於兼獲,而卒無一詣。孫子之書,吾以是好之。

讀王陽明集私記六條

越州聰明特達,其妙悟於斯道者多矣。至其答問之間,未免概天下之理,舉而歸之良知。取其不合者,而私記之。

草木瓦石亦有良知

草木瓦石可謂有性,不可謂有知。惟人有知,所以異於塊然之物也。曰亦有良知,謬矣。

夭壽不貳以爲困知勉行工夫

聖人立言之旨,率歸於末,盡心知性,故能知天。知吾性之出於天,敢不事乎?天能總一元之理,而亦能主氣數之命,夭壽不貳,不爲氣數之命所限,而命自我立矣。其始也,吾得天之命以生;其終也,天之命賴我以立。

静坐時將好名好色好貨之根逐一搜尋掃除

好名好色好貨,非本心之初也。静坐時存未發之中可矣,何用掃除?

聖人不貴前知

至誠之道可以前知,非不貴前知也。惠廸吉,從逆凶,理本如此,廸之與逆,前知之所從出也。

孔子遠慮周公夜以繼日與將迎不同

將迎,私心也;逆詐,億不信也。適也,莫也,遠慮仰思,天理之正也。正可不思乎?思曰睿,睿作聖。

天下歸仁以爲八荒我闥之意

聖人言歸仁,必有歸仁者,非泛譚也。吾一日克己復禮,偶然有一天南之人見我,必以我爲仁人矣;又偶然有地北之人見我,必以我爲仁人矣。迷誤不追,咎於終身,而回頭便妙應于一日。非如他物,必待知逢賞識者。

讀黄曉江集

《黄曉江集》凡二本,先子修《清源文獻》,博求郡中集,曉江在焉。予時年二十餘,但流觀其詩文,不省也。嗣是但心識,謂曉江詩人而已。王遵巖作《曉江漁者記》、《曉江文集序》,彼皆推其人以就己之文,而不能以己之文寫人之真。予於遵巖《序》若《記》,亦視曉江隔世人而已。曉江有集,其後嗣不振,庋之房闥中。黄鳴晉麗甫乃以一金就其孫鬻之,曰:"此吾諸父中高士也。"予閲其詩與交,總之不過數篇,而其板刻逸者十之一,已不可得矣。

曉江名淑清,其兄蓮峰河清,仕左通政,正德中才子也。曉江爲諸生不遇合，棄之去隱武榮山水間，士大夫皆雅重之，南安令顔容端紫山尤極注仰。曉江貽之書：“某本分田野，農讀爲生，平居在里閈，非弔喪問疾，足不出户。邦有賢大夫，得朝夕左右，面領道教，以圖進修，此是君子第一義。嬾嫚相成，知負萬罪。既自思曰，丈夫不能進而堯、舜君民，即當退而堯、舜其身。木石鹿豕，糗草飯茹其分也。若以田野冠服奔走官府，買隸而入，賣口而出，塵容俗狀，顔汗顙泚矣。執事者知周公吐哺白屋之士，魏文式閭踰垣之人，則今日所以取不肖，當不在于朝夕左右，而道教之惠，不肖必不在乎出户之間矣。”其後紫山擢水部，丁艱家居。曉江貽之書曰：“今俗以仕宦丁艱曰給假。蓋謂縻官日多，不能縱肆，只一居喪，當爲假日，利田便舍，肥肉厚酒，所言出莫違意，着群應走，入耳驗目，大都如此。昔東萊在艱講授，陸象山已議其非，何今昔相遠，不啻懸絶？執事學自頭腦，頓足處量踏定一步也。”如此二書，皆是極有益世風之語。其他格言尚多，至其詩，雖未馴然雅則，皆是歎世憫時之作，因讀而記之。

題

題先兄像後

此先兄官建陽時，建陽人爲畫之，雖不甚肖，而望之神骨俱清，知爲端士也，孤九雍得而奉之。古人謂一髮不相肖即不相似，而徐文貞駁之曰：“然則有一髮不相肖，則舉而棄之乎？”此語足以發天下之爲人子者，而九雍得此意也。

題張襄惠公家藏書帖後

右世廟時縉紳大夫所通襄惠公書十一帖。其書類言公耿介，絶不干當時權門，或稱公之美，或勸公逶迤於若詘之直，而公平生大略可見矣。遠自少好從梓里考論公行事。公以二十一歲發解閩中，其時天下省會皆有中官鎮守，舉子例合參謁，則皆跽而見。公長揖而已。中官恚曰：“今歲解元，豈琉球生耶？”及爲郎過莆中，林貞肅過公，送之出門，貞肅坐肩輿中自如，聽公長揖輿左，退語人曰："林公真先輩也。"公視中官奴儕耳，事有道前輩惟恐不至，於權門不肯通一卑婐語。此平生何如也！因公孫文選君迎出以示遠，聊爲述之，不知文選君亦知此事否？文選君刻當時往來書，有《張中丞論世考》，此即其所通真札，而一時諸公之爲人亦可以見。

題温中書公家書後

家書者，父母、兄弟、妻子之間，不質不文之際。其最挂士大夫口熟者，則有宋王十朋公。今觀敬齋公奉母一帖，而愛高堂、惜名節、持門户、護先塚、敬當道、修身克己，雖買僮索進之微，莫不周謹。王右軍善書，書之善者，悉殉昭陵。今所流傳人間，率弔喪問病之作，及與子姓兄弟作家人語而已。謂之簡遠則可，若持身保世之道，有如公一語者乎？聊因公雲孫珙出此示遠，謹題其後。

跋

跋先公抄本朝祭式後

右式載《大明會典》，先臣述而藏之。夫人對其先世，或追美前庥，或侈之來者，則貧家廢禮於薄芘，昧士徼祈乎于兹。仰若《會典》所載，直道所天，引以至性，是爲不分君子匹夫，壹凡有身，皆當念之，是謂無涯。大哉王言，義涉於《蓼莪》，文廣乎《家禮》。於今竊附從周之訓，遵而用之，意者風行四隅，或自臣私門先。

鄒吏部邑學藏書記跋

居是鄉也，有以教衆而範人，是稱先輩，後進不敢傲也。得諸身則思同諸人，謂之君子。尚書吏部郎中孚如鄒公，僻書最奇。自爲郎時，目注心存，非海内之人才，則千古之文章，舍是無他之。直指使者出錢，表公宅有奇，公不敢辭，亦不敢居，畀諸生徒爲雲夢之藏書。公之用心既篤以精，尤欲以得諸己者同之，君子之志也，先輩之行也。遠雖去公閩楚而遥，猶將欣欣重研（趼）而求觀焉。公有記文，遠故樂述以殿公。

閉關三疏跋

正德丁丑，毅廟出居庸，視宣府，張公欽以關御史，兵而立諸門，三抗章詞，毅廟竟止不出駕。何喬遠曰：當張公持兵立門時，思得一頸血釁關，灑七萃之車塵，豈顧命哉？而乘輿竟歸，張公不死，此時名重天下，乃知忠臣當致其身，明主可奪以理，天下事直須爲之耳。張公之事可與漢周亞夫、朱游並稱，令人恨不從之當時。乃公没且五十年，而其事其疏已不詳于縉紳之記，而絶於邊卒塞吏之口。向非二大司馬曲周王公、東明石公爲之表著，則公之勁節壯氣，且不及關門之梁麗，有志之士豈不悲夫？今其孫寒累孑立，公祀幾於忽諸，持公疏以見卿士大夫，而求餬其口，予蓋三復而爲之流涕。然藉令公之子孫芮温克鞔，擊鮮馳肥，而公生時敝敝焉爲之牛馬，臨利害縮朒自重，無所見於當年，知公不爲明矣！

四義士傳跋

何生曰：人盡夫也，父一而已。今者不幸，近出臣族、公室、私門，固有間矣。盗蹠日殺不辜，向魋作亂，柳下惠、司馬牛豈得無諍，而不能止也。潘文從吕伯一、伯四諫其父、兄作賊，不聽，卒投詣協謀排難而反之，徐行愷用帶下之業，往來塹壘中，且間且諜，出所囚質千户侯，邑令長夜劫其營，令自反戈内向，事成羞以爲功，此與介子推、魯仲連何異？一蓬壺亡命狐孽，爲泉萑葦，而節俠之士有四焉。其事微不著，僉憲志齋陳先生採蹤跡於耕釣之餘，憫厥淪墮，傳以傳之，亦以識天理人心之不容泯焉爾矣。蓋“十室之邑，必有忠信”，吾夫子實云。

鄭靖臣所抄李文節閣臣品第跋

相國李九我公集皇朝閣臣之名而品定之，其最契賞者大概以品勝。蓋公不惟評閣臣,亦以自寓也。予謂閣臣肩天下事大矣,太上以德,其次以才。當正德之朝,李長沙可以引去,如皆引去,則孰與事主優游委曲於權閹肆焰之日,保全善類十亦得五六?楊新都迎世廟於藩邸,臨朝稱制,以二十日餘誅江彬、剪閹豎,皆在轉盼咄嗟之間,事殆有未易言者,迎世廟以後,孝宗本其代言,若中改以從繼統之意,豈不長保富貴?而温諭屢臨,執奏彌堅,竟觸天怒,削籍不悔,亦庶幾於古大臣之風矣。因李公品評之嚴,而二公未在許與之列,故爲靖臣論之。他日靖臣立朝論世,當知予言之不誣也。

杜律意箋跋

予嘗讀《千家註杜詩》,《上汝陽王篇》末句云:"淮王門有客,終不愧孫登。"孫登,孫權子也,天下名士皆與爲布衣之交,故用於汝陽爲切,而解者謂蘇門長嘯之孫登而已。《解悶》絶句詠妃子茘支事,曰"勞生重馬翠眉須"。註曰:"重馬,一作害馬。"予讀《漢書·劉屈氂傳》有"重馬",註謂"孕馬也"。走馬既空,用及孕牝。蓋從平聲,其字甚奇,而解者不知何也。唐一代名人惟杜子美、韓退之無書不讀,退之常取其古文奇字,而子美常取其隱詞旁語,人各有所好也。周公之文意深而詞亦深,孔子之文意深而語益淺。讀周公之文,其句讀可上下,讀孔子之文,其意義可近遠。善爲文者,未有匠意者也。至其音節條理,艱而發之以易,煩而出之以簡,此亦作者之則也。杜公筆力既健,讀書復富,其用之也,若探囊而寫櫝,雖杜公亦忘其所自出,故其詞意所至,可以八面四方而求之。而今之解者,家詡其語所自來,人測其意以一端,此仁者見仁而智者見智矣。

鄉先輩左相顔範卿公沉涵唐詩有年,其爲《杜詩意箋》,殆竭一生心想,老而後出之,大中丞滇南近華朱公爲刻而行焉。中丞有所評鑒,左相公亦以載於箋端。左相所箋,取得杜公一章大指之所在,而不貴以博洽自見,其義約而理明。中丞公所評甚簡,然皆確然而無疑者。予曩從中丞公備官西曹,其時公殊不談詩,精言不多,乃至於此。語曰:"知兵者不言兵。"其中丞公之謂乎?又曰:"善用兵者不用衆而用寡。"則左相矣。

程生東西紀俘詩跋

今之平胡蕩寇諸歌，蓋古鐃歌之遺，其作也甚難。莊艷則易窮，和婉則易弱。要在以今事傳古音，然後謂之詩史。音而違事則夸，事而爽音則滯。滯則噍，夸則浮，不浮不滯，所以難也。今二歲間，羯奴跳賀蘭而餧肉於獸，東夷跳樂浪而焦骨於土，皆國家神靈威武之烈，爲此詩者，豈特貴傅事比音而已，又當有吞胡茹敵之氣溢於筆鋒之外。予嘗呻吟往來，三搆三輟，縮手而不敢爲。程生嘉思湧而才全，語詳而氣昌，敘東西二舉文武將佐之能如在目前。予因是嘆予受奇之嗇，而喜爲國家耀靈揚武者，就諸生中有人也。

書别范節詩後

先廣文好古寡諧，嘉靖中掌教靖江，諸生中最愛范柏雲君。柏雲尊甫思泉公爲令，去爲王官，不挈家，獨將母在舍，問寢視膳，動如古禮。先廣文未嘗交思泉公，而筆札往來甚習。先廣文免官，思泉公有詩云："忽憶清修何怍菴，大行風教好儒官。清修反爲人憎累，歸去田園是挂冠。"其詩亦不以寄，後于公集中得之。予時爲童子，猶記憶公家父子與先廣文交遊之悉，今且三十年，予署金虎，而柏雲猶迍邅成均無所遇。今年秋，相見於都下，潸然出涕，念先廣文如平生。亡何，乞官得丞，邑邑者累日。柏雲心非薄一丞，始歎其篤志力行不遇而且老也。嗚呼！柏雲侍先廣文時，予出入膝前，數摩予首，對屬命我。予得一官，雖幸方壯，然二毛已見端，尚時有嗟悲之感，何況范君。雖然，人生何極之有？河梁分手，神愴色飛，既作别詩，復興舊嘅，遂書其後。

書讀史韻言後

唐陳伯玉《感遇詩》二十八首所以誦傳，取其聲調而已。朱元晦作《感興詩》，欲仿佛之，卑其仙佛之談，而歸之正義，顧亦僅僅二十章。惟我朝李賓之作《西涯樂府》一百餘一首，而今吾弘家繼之，起三代至有宋總爲百篇。弘家所著不直詠當時一事，又從而推引前後，穿通傍曲，自非古今書籍融洽胸中，安能觸心應手，如南人使船，北人使馬之習以便也？今世好諛好高，有所稱頌，動欲凌跨古人以爲推美。余非敢謂弘家此篇勝於伯玉、元晦，亦見弘家之凝精於學，而棲志於道，異日與《西涯樂府》並傳後世，皆我朝關係之文也。

書呂少司農南庾詩後

呂介孺先生來掌南大農，覩南庾罄乏，難以贍軍士，左拮右据，大者疏聞，小者節縮，心力俱竭，晝夜匪懈。緣是白選赤側，稍見給足。輿枕之間，作詩十九首，無非上憂主憂，下憂民憂。此十九首與古詩十九首大異，風人之思憂以深，殆其然歟。先生請學密都之野，與關中馮仲好先生相善，故其莅政持心忠篤如此。

蘇氏四世恩綸跋

太傅蘇公弘家有勞于國，上推恩及其三代，奕奕先廟，煌煌天語，景鑠休哉。維公尊考仲齋公先受公中丞之封；維公令祖璧峰公先受公尊伯考侍御公之封，譽接風飛，久聞來者。維公曾祖直軒公隱于賣漿，有還金之高，世莫知也，維公摘爲先徽，用訓于子孫曰：天公記性，不其然歟？予維天下事則氣爲之。史載張留侯、韓淮陰布衣豎子耳，一則持鎚而擊萬乘于野，一則令塚傍置萬家焉。此二子者，其氣已足吞人矣。人當其隱約時易得耳。直軒公氣概如此，此真有分國錙銖之意，享有今休，不亦宜哉！乃如之人，乃如之德。日用飲食彼己酬應，無非金也者。目之所昭，耳之所入，手之所持，足之所蹄，無非還金也者。太傅公摘其一節，以明示不誣。予也揣其生平，測其無邊隅。太傅公以示子若孫，予也以規佩夫人人世世，敬跋于四代恩綸之後。

李氏恩綸跋

南太僕卿李公伯東，萬曆間起家部郎，馴致方伯，有聲江右、粵東西間。天啓初，遷南太僕，熹廟榮其三世，錫之恩綸，公子公衡以請相國張公手書而勒之。

王言至重也，相國至尊也，相國書又至有名也。太僕公以天語榮其先世及其身，而張公爲之書，寧獨李氏子孫世世寶藏，即以此摹榻人間行世又至久遠矣。太僕公平生好作書，年八十尚作蠅頭字，應人求滿紙不厭。今日得上公名書，以寶其子孫，光其先世，所謂無言不酬，無施不報。一書如此，而況太僕公以忠貞篤王家，而爲德於黔黎至廣遠者哉！

杭州守李公誥勑跋

杭州守李君燁然自有通籍，服官中外，蒙被朝恩，得勑若誥凡三矣，則求當世諸公名善書者書而刻之，曰："吾藉諸公書以行，吾親藉以聞也。"遠惟制誥之體，唐以楷，宋以行書。君勑若誥頒諸朝者以楷，行諸世者以行書。將兼而有之乎？夫球、圖、彝、鼎，陳清廟、列東序，貴重矣，不手自巧工不能得也。君求書諸公之意何以異此？君博洽疏朗，千里不曲，百尺無枝。其守杭也，不動聲色，以片言置反側子枕席之上，不獨慈惠在人，韓退之所謂"天下有大事，公可屬"。

李太白像卷跋

詩家稱李翰林、杜工部，予嘗見二公像。工部俶儻權奇，故思而不困；翰林風格瀟灑，有塵外之氣，故逸而自遠。夫其嘯傲任誕、杯觴淋漓之間，能使語不經心，思自會意，驚動千古，豈非風流人豪者耶？此卷雖畫蹟未精，因翰林乃輒有生氣。克蒼收而藏之，其又足爲此卷重矣。

彭興祖印章跋

古人大雅頌、大製作，鐫金刻石，非篆隸不可。唐人猶有講焉，至宋而衰矣，不惟執筆者少，蔡邕、李陽冰之徒，其文章亦無足當此者。豈非古文簡，今文繁；古文奥，今文暢？繁簡奥暢之分，其於篆隸亦有宜不宜歟？吴中隸書，我明以文徵仲爲最，篆則未聞。友人彭君城接踵文興，留心六體，篆隸並通，時時磨礲玉石，爲人作印章。書既以贈人，亦欲留之，常先塗其章於卷，久而成帙，俾予識焉。嗚呼！以城之才，英秀無比，不遇於世，沉酣詩酒間，可惜也。大製作、大雅頌，今世不作久矣。城篆隸無所得書，僅僅托此以自樂，其亦可歎也夫。

蔡氏兄弟畫册跋

予讀《畫史》，見史道碩兄弟四人並名佳畫。蔡氏子應徵則蒼勁簡遠，應階則穠密匀麗，應朱翎毛之意態，應宣山水之贍秀，一門兄弟多伎若此，予不知於史氏何如？池君致夫故自擅畫，又愛蔡氏兄弟之畫，求人作數葉，裒爲玩賞，且自以交蔡氏父子間，欲存爲永好焉。蔡子尊甫則山人爾輔，能爲詩，詩可畫也，予又不知史氏之父有此否矣？

池致夫篆刻跋

耳目不博涉，則篆體不富；胸腹不老蒼，則筆勢不遒；行欵無規畫，則疎密不匀；手腕不勁健，則石刻不精。無天慧巧焉，則不能游意象之外。印章雖一技乎，若承蜩貫蝨矣。布衣文雅游閒之客，致一焉猶未之游刃也。致夫佳公子，方治經義之業，書草詩畫各臻妙解，又以餘力爲此，人之多才，何所不至邪！

東坡草書醉翁亭記跋

予平生不見東坡草書，曩歲有持此記見示者，謬意非真。及省甫出此卷，得讀諸先題跋，文氏所云“彷彿楊少師者”，良是。時友人王應元在坐，云：“東坡晚年書學懷素。”然此帖不是懷素，却似少師也。

蘇長公書歸去來辭跋

蘇長公此詞體自漢碑中來，跋則學右軍者也。他如《醉翁》、《豐樂》二記，則學顔魯公，《醉翁》草書則學楊太師。用是知昔賢下筆變幻飛動，不可摹捉，何嘗一家一法哉？振華兄藏此，可以寳矣。

黄山谷書狄梁公碑跋

黄山谷書如樵夫入山擔柴上肩,又如道士衣履蹣跚下山而行,雖風韻稍詘,筆力自在。據其作法,蓋學蔡邕。蘇、黄同時共價,振華兄合而寶之宜也。

祝希哲草書跋

祝希哲意不可一世,故筆端潦倒不自矜重,直欲繼張、王、鍾、索之後,屈唐以下而北面之。曾觀其所稱者,述一時諸人,多被"奴書"之誚,兹卷亦可謂自名其家矣。賴君久蓄是書,遠及觀于楊惟彦所,乃知古人文章詞賦皆欲獨臻窔奥,不希已往之堂户,故敢奴僕前修,衙官名哲,非書獨然。

書王右軍帖後

林和之裱王右軍《黄庭經》、《蘭亭帖》、《聖教序》爲一卷,命予叙之。余觀《黄庭經》則筆運精勁,《蘭亭帖》則結作藴藉,《聖教序》則位置開穩而體態風流,則兼有備美。益右軍作字,帖各一體,字各一撰,即羲之一名百狀千形,無一類者,非如今人守其一門一法不能變化也。唐、宋以前名書法家姑所未論,如近代宋克、王雅宜、祝允明、文徵仲,皆得一帖之中一段光景而已。故曰大而化之,以聖名至今,而况聖人之道?故曰"神無方而《易》無體"。和之知此義也,不惟可以得書,而亦可以進於學問。和之勉之。

書祝京兆帖後

長袖善舞,多財善賈。凡作文必讀盡天下書,而後能名家,於書何獨不然?祝京兆博覽古今字學,不專一體,故能爲當世獨步。此書備歐、虞、李北海、趙松雪之趣,周士寶之宜也。

文三橋草書跋

文三橋草書如垂綃曳縠,疾走輕趨而逶迤之態自在。李君廷翰以爲先世所寶,命予跋以美之,宜也。三橋既草此卷,復識"二卒誦'不敢言而敢怒'之句",以爲當今之學者所不如。予按《志林》之意,若爲東坡巡誦不已,二卒苦不就睡,一卒遂舉此語。可見東坡一生嘻笑怒駡皆成文章,其門下走卒亦善戲不虐,一時風致,殆可想見,與鄭康成婢意同。而三橋結以此意,可見三橋質行君子,不知人間有戲謔事,其爲人亦可知也。

書李忠文公書跋後

李忠文書,遠初未之見,其筆力遒媚如此。因憶楊升菴評公《剪刀》詩,謂公直節清操而詩殊嫵媚,所謂留侯不稱其志氣者耶?吾於維清所見此書,亦與同意。

張東海書趙清獻、周茂叔、程明道三先生詩跋

東海翁之筆跌宕樛瀏,蓋本之張伯英、僧懷素源流,而此書雍容渾古,一削顛倒之態,豈書道學三賢之詩,固自應爾?孫過庭論王逸少書《黄庭經》、《樂毅論》、《曹娥碑》,筆意種種不同,所從來也。東海翁此書,當與《鐵漢樓記》同看。知公所以記鐵漢樓,則知翁所以書三賢詩矣。

書蔡忠惠公帖後

讀此書,當是公在泉州時作。古人赤牘無支蔓之辭如此。至於泳瓷,亦賴公而傳,豈必目前古董耶?

碧香齋帖跋

蘭溪柳久也得高皇帝所賜蜀藩宋人書舊凡九帖,中秦淮海、胡澹庵二公筆蹟,則余所未見者。見停雲館宋人蹟尚多意,久也以其已行,故不之收。日予過鎮江鶴林寺,見陷中多宋人書,古雅可玩,悉多斷裂。又拜延陵季子廟,亦有宋人書。因知有一代之興,便有一代名公,精心學問,以其餘致意書畫之間。今世

人忽宋爲近而不之寶，徒循聲云蘇、黄、米、蔡而已。此猶人家子弟遠引前哲先輩，而近遺其父祖鄉閭之人；遠慕海内賢豪，而近失其東家丘。久也既用心如此至到，余欲久也博求宋人書自爲一帖，以傳有宋諸公於無窮，誠爲宋諸公生色。且不特爲宋諸公而已，當吾之世，以宋諸公爲近而忽之，其或後之人更忽吾近，吾其如之何？吾有明諸公正自有不可忽者。予慮後之人謂吾忽宋而轉忽吾也。蓋學貴博聞，不徒一鑒别字書爲然，故舉爲久也誦之。

書焦弱侯論佛九段後

《論佛九段》，不知是澹園老人所作或其述。書末二段證入孔、孟，殊爲有合。老人書初自大蘇入門，及其自成一家，乃如陟健山叟，短衣瘦杖，楊太師、陳簡齋流品也。

文待詔行書跋

文衡翁行書《赤壁賦》，此急筆也，而範我馳驅若是，蓋以其書法爛熟胸中，故疾行善跡如是。余觀趙孟頫所書《處州萬象寺碑》亦然。此蓋不惟以文衡翁重，即王吏部隸首四字，亦渾古蒼然。始信吴中士大夫有致，奕章寶之。

書兒説出師二表帖後

七月十三日退曹無事，客亦鮮至，兒説出是帖，請予書之。兒欲學字，自有古帖可按，而勞七十三歲老父何也？因憶余爲兒時，方五六歲，爾祖即教余作大字，第取大磚書之，書畢拭去，然初無古帖可按，不知横斜曲直。其後祖自靖江往常州，市得姜立綱帖，稍學之。彼時亦有顔魯公《麻姑仙壇帖》，然小刻模糊，其意以爲不足學。年十七，祖欲購《淳化帖》示予，欲鬻米一斗，祖召予示之，予念祖母勤儉，米其所惜，第告祖，兒方欲學謄卷書，此古帖無暇觀也，然終懸在心。年二十六，會試過蘇州，伯氏始市《停雲帖》一卷，予好之，舟中至摹臨竟日。歸家，祖母以祖父没，分家與我，此時始有贏錢，以銀五錢買《淳化帖》一卷,稍售夙願。彼時《淳化帖》不值五錢,以予好之也。然向前泉人多學文衡山書,高者學蘇東坡,亦不知《淳化帖》何物。郡中顔廷渠(榘)、黄克晦,有名宿輩也,予登第後,草書一仿《淳化》,而克晦不識之,語予:“草書只可師其意,可盡從其體耶?”顔廷渠(榘)自其壯年開社學,書亦無一筆古法。泉人如此可笑也。又憶余童子,無帖可學,郡中有賴存誠者善書,書稍仿《聖教》前帖一帙耳。余比時亦不識《聖教序》何物,第愛賴存誠書,亦第得其所書杜詩一首。比時以單竹紙摹臨,其位置印照不爽乃已。嗚呼!若此時得古帖,以其摹臨存誠之勤,書寧止是耶!予登第時,所好書以獻之爲入門,當日亦不解右軍書所以妙,至老方知結撰渾化,縱横可喜,而力已不能學矣。獨意以學書如作文,然作文之道,必破書萬卷,然後下筆如意,非學一先生之言所可臻其妙也。余之書固爲不佳,然無所不師,無所不入,乃有此地位。然所以不能名家者,以士君子在世宙,當講學論文,居官當爲國家建立事業,若屑屑一書而已,何足了一生事業哉!因兒請書,録出示之,亦見余一生出入於字學之場如此也。

書兒説毛穎傳帖後

爲説書真帖之明年春禊月,説又出册子請書草,不敢白,托其兄賦悌爲請。此時説將上京謁銓,余老,益憚書,念其將遠行,且其意云“欲得而藏之”,亦良善,因書付之。月之初九日。

篇

母子篇有序

吴門姚孟長先生讀書中秘,尚友天下,於晉安何喬遠無同室之契,有信芳之歡。千里尺書,慈堂見命,於是喬遠搦管攄章,用申孝子之懷,命其篇曰《母子》。

何生曰:姚先生孟長對策明庭,承子大夫之問,登金門、上玉堂,此自今日耳。其始爲孝廉,母氏有節,孟長章之;母氏有行,孟長張之,使母氏以寡鵠孤雌之餘,被王言之寵光,蓬藋茅茨,風聲樹之,所以奉母者大也。以寡鵠孤雌之餘,寵光王言,蓬藋茅茨,樹之風聲,以爲人儀,而母氏若有不愉快;孟長舉於孝廉,貢於天子之廷,當世以爲賢人,君子而願交焉,而母氏若有不愉快。母氏所以望孟長者,遠也。孟長之言曰:"母氏二十二而違我先府君太學公也,孤生十月耳。孤而渺然也,而不能無釁孽;孤而孱然也,而不能無疾苦。日月居諸,風雨頻仍,無論生之,孰克成之。自天之言,亦惟九列、三事所藉乎以光其前人遠者,先哲賢豪,所以榮之萬世。孤得此於母也,或者可報母也。母氏之言曰:'古不云乎?立身行道以顯父母。'身何如立?道何如行?不立不行,以顯父母。如電照我,有時而晦;如露潤我,有時而晞。孤知孤母所以期孤者遠也。十月之孤,喪其父也,而衰麻被之,苫茨處之,寧能使孤飽於乳也。出於襁褓之懷,入於師傅之手,晝而視緒,夜而考成,能有喜不能有悲,寧能使孤績於文也?孤有祖母,當其濆甚,潰泄横決,母氏奉之如檀栒,而藉之如璜琮,則是教孤孝也;孤有伯父,是釁孽我,久不即於土,而命孤厝之,則是教孤悌也;孤實有室,中道棄捐,門無五尺,母氏井臼,則是厲孤力也。孤之不敏,承教君子,四方之賓,中心之好,孤不能爲茅容之鷄,而母氏顧爲陶母之髮,則是廣孤奮也。孤哉,孤哉!斯焉取斯,孤能須臾忘母也?"

何生曰:"父之於子,教以義方,未聞母也。及其能仕,父教之忠,未聞母也。家人有嚴君焉,父母之謂也,乃兼母也。母氏之賢,常自教兒。且夫天之相人,必先迂之而或離之,若或試之也。迂之適以徑,離之適以成。其不福也,先徑而後迂,先成而後離也。夫以太學公之篤於學而不服於俗也,何不可壯?何不可强?而必二十二也?母氏十五而字,亦既抱子,何不可二年?何不可四年?而必十月未週也?十月之孤,何不可以晏寢晨笑,而必釁孽動之,疾病亂之也?天百艱母而使晰於哲,百瘁母而使篤於慈,百迂百離母而使懿行上聞,有明章徹也。舉於孝廉,貢於天子之廷,射於澤宫,或時有中不中也。對策明廷,承子大夫之問,登金門、上玉堂,身無不可立,道無不可行,母氏媮快矣。"其在國初,有寡婦清守獨子也,僞吴之卒掠之以去,夫人曰:“夫人行哉!”寡婦清曰:“吾爲吾子乎哉!”子以歸,寡婦清以旌,是在高皇帝初有天下日也。如式商容之閭而封比干之墓,是姚氏先世之剛妣也。游於四門,廡於靈臺,觀鴻都之經;雍容槐市,擬賦南都,挹江左之餘風,是姚氏太學先府君也。雞林之人、高句驪之國,稽首庭下,購文與書;青社之君,式招德音,亟歸而返之;東甌之長,嚴父爲之,君無禄即世,脱驂如孔賻,亦不敢以拜受,是文待詔之爲也。令于浦陽,手書貽女,勉以大義,女哲以爲師,如谷之虚,是文衛輝之爲也。剛妣唱之,府君刑之,待詔爲曾,文母爲玄,衛輝則以爲天相摩而成,相師而興。吾故曰:“夫天也,迂之適以徑,離之適以成。”敬再拜緘,書獻之孟長先生之木天,而命之曰《母子之篇》。

上 樑 文

首善書院上樑文

天子正南面而治,作之君,作之師;庶民遵皇極之猷,有其歸,有其會。故修身爲本,一是無他;建學以明,三代則共。若人生之不可無饑食渴飲,如天道之未嘗已月恒日升。今皇帝聖敬緝熙,天將睿哲,經筵寒暑之無怠,典學終始以有常。誠見精一執中,本上古相傳之統;明新至善,當天命顧諟之勤。自有帝而之王,歲皆餘乎五百;若自聞而合見,臣孰踵其二三?

爰有都御史臣元標、副都御史臣從吾,有道而見,爲覺之先。懷股肱之惟人,豈可主有唱而臣無和?追畎畝之所樂,正欲上見君而下見民。爰開木鐸之壇,大集鳥嚶之侣。究仁義之條貫,講道德之本元。蓋匪徒以其窮義達道之真,不塞變於泉石;實欲以其草偃風行之尚,開民止於邦畿。惟是鹿洞、鵝湖,人易分爲門户;蜀支、洛派,動或至於參商。議者雖憂于末流,論人當視其所以。今皇帝若曰以道出治,朕方志夫風動時雍;優仕則學,臣正資其後先啓沃。維臣元標、臣從吾,念京師厥惟首善,在彼都鬱爲民望。日雖群萃夫冠紳,初實假館乎禪舍。地則偪隘,道亦異同。既奉焕赫之明綸,宜開革翬之壯觀。爰得城南之宅,遂搆書院之區。維大學士臣向高仰體聖懷,下同臣德,爰摛文以作記,將垂訓夫來兹。行斯道之大明,可封比屋;儻壯修之有暇,斯撻利兵。約閣攸芋,上樑廸吉,爰伸善頌,以永爰居。

兒郎偉,抛樑東,日月八表車書通。中天揭曜開曈曈,何有黑水與混同。

兒郎偉,抛樑西,嘉峪關門阻九泥。葱嶺乾竺不得題,洙泗鄒魯窮攀躋。

兒郎偉,抛樑南,濮沿交僰皆漸涵。太極元氣兼函三,書紳衡倚常前参。

兒郎偉,抛樑北,京洛煌煌如弦直。軌途夷易無擿埴,我王綱紀歌《樸棫》。

兒郎偉,抛樑上,雲霞奎璧光相映。文教四洽興仁讓,陛下千萬壽無量。

兒郎偉,抛樑下,皇風八極皆陶冶。君子獻朝民修野,禮樂衣冠暢華夏。

伏願上樑之後,庶民興而大經正,道德一而風俗同。親上尊君,生其固有,成德小造,歸於達材。之子于征,皆大成之展也;仇方詢爾,咸默順而不知。福禄並來以如茨,單厚定爾而孔固。

紀　　事

詹司寇公居鄉事紀

傅西巖公爲大行人,抱《凱風》之怨,佯狂混世,世謂傅公實然。司寇公削籍時省候之,傅公避匿者數矣。公適值其如厠,逼之于厠上,傅公曰:“吾見公,吾見公,公且出。”出見公,遂與公爲莊語,公歎息登車去。傅公殁,公爲言郡太守載傅公行事郡志中。及公起家卿執,請于朝,謚蔡文莊公。而大司寇黄公篤學好修,居官辦治,得壽最高,殁請卹典,先朝之臣,莫有知其詳者。公爲吴郡、太倉二相公具道黄公生平,于是黄公得謚曰恭肅。

泉之爲郡,水二支從他縣治滙抵於城下之浯溪,而入於海。德化、永春水爲一支,安溪、南安水爲一支。晉江之南曰南鄉,其地廣衍斥鹵,水有白石九溪通流其處,第若畎澮,不能浩漾。昔人爲七塘以溉南鄉田,歲久塘湮,畜注淺,天旱率不歲。浙人自都水郎出爲觀察使者,自詡治水其所長,聽一二奸民之言,當金溪橋處鑿一支引入南鄉，曰使南鄉歲。其所鑿處皆民良田，民大驛騷。而使者復勸借大户，調用軍兵，至有富民自經死者。諸公入言使者，使者不省也。公疏十害以告使者，其詞曰："古人因山水環會之區，建治置城，豈偶然哉？山水環會，則精氣萃聚，而毓産人材，滋實財賦，恒必繇之，别引一支水折南奔，不復拱郡。此一害也。自溜石上抵金溪，晉、南二邑，田奚啻萬頃，其灌溉皆資於溪。海之爲水無所不至，鹹難溉矣。此數萬頃田，海潮貫其中，然不爲害者，溪力敵潮，淡與鹹拒。苟一亢旱，溪力微已，鹹無所拒，田必不歲。鑿溪分流，是溪力無日不微，而自溜石上抵金溪，其田無日不受鹹苦也。明府何爲歲於南鄉而不爲歲於附郭？此二害也。聞明府欲毁金溪橋故址，垻而陂之，第留三道洩水，要以無分水力。不佞數杖策溪山間，習知水性。蓋自郡城上抵金溪爲橋者三，天雨水址上之流高於址下，何者？橋梭爲之壅也。梭且壅水，垻而陂之，其爲梭也大矣。天雨不止，山水渤怒，逆而反衝，金溪以北數十里之地、數十里之田，盡魚鱉也。此三害也。郡城首四縣交相資者也，四縣魚鹽則資晉江，晉江薪粟則資四縣，往來互通，非舟何載？塞金溪之橋，僅存三道，水陟勢壯，舟不得下，須待潮平方便利涉。潮平以朔望前後，可常得乎？此四害也。安不忘危，治郡邑與治天下一也。往者山賊猖亂，欲去金溪之橋，絶泉钁道，垻而陂之，毋寧意外之資。此五害也。明府曰：'有溪則塘可廢矣。'賤鬻予民，使之爲田，可充鑿溪之費，則又不可。夫塘今雖湮，塘形在也。以貯水則病淺，以穿田則又病窪。築窪爲田，何時可就？而先責鬻價，民之不承，笞箠從其後矣。此六害也。明府又以鑿溪之道出民田中，令民受塘田二畝易其一畝，曰我益之利。夫民東阡西陌，皆在廬舍前後，守望饁穫，旦夕其處，何能棄已成至近之業，遠而就不可治之田？夫田也，官履畝數，籍之天府，淆而棼之，不惟籍不相應，異日熟田已棄，生田不成，且有虚糧之累，抑所鑿處迴廻曲折且七十里，田不少也。此七害也。且夫鑿溪而成，塘亦不可廢也，爲有近塘高田也，又何能遠而戽於下且遠之新溪？然則鬻塘穿田亦不可得。此八害也。白石九溪流入南鄉，南鄉有水矣，恨不如溪大耳。然其不如溪大也，而不能泛溪，則泛漲時有，又合於白石九溪之流，泛益易矣。

南鄉一帶名爲洿下,春夏之交,淹宅壞舍,又烏能受之? 此九害也。且明府塞橋陂之,此平時安瀾,而未睹夫積雨暴漲者也。漲則決,決則陂化爲灘,而陂又必不可成。近日所鑿如仙店、黄石頭,效已睹矣。其高倍溪,若廿六、廿五、廿四諸都高又倍仙店、黄石頭,水能逆行乎? 則功必不可成。此十害也。古人曰:'凡舉大事,當順民心。'今鑿溪之役,闔郡士民通謂不便,一二么醜無知妄言,明府輕信而力持之。白公之渠,翟氏之隙,當不如是。且夫自有泉以來,惟此山川,惟此土田,枕席哺啜,無所患苦。嘉靖之季,寇賊充斥,但見地無耕人,何嘗人無耕地? 明府知民不願役,盡調軍兵,慮費無所出,嚴下勸借,自謂愛惜民財,保護民力,而不知勸借令下,安溪富民有雉經者。民避軍兵,如避賊寇,若此役不休,未知所底。惟明府慎之。"書入,觀察使者不聽。時觀察使者之爲此役也,不以聞兩臺,曰:"聞兩臺徂矣。待我半月,而工已成,聞豈後哉!"郡中士民紛囂不安,公復言於太守鄒、邑令彭。二公乃密白之兩臺,兩臺即日論劾觀察使者,使者踉蹌去。而郡人以多詹公功。

何喬遠曰: 詹公所以闡揚傅公,若蔡、黄二公懿德之好歟? 予觀鄒文莊、羅文恭二公,爲其邑人量田蠲賦,而余閩中則楊文敏爲閩奏改折色,吾泉若黏侍御爲郡人疏減鹽税,顧司徒居里,民間有不便,輒言之當道。有道仁人君子用心類然耶! 公書阻鑿溪,可載郡志,以鑒將來,余故備述俟採擇焉。

先父母行實書墓舍牖下,以示子孫二十九條

先府君鶴背電目,隆顙稜顴,先大父奇之。四歲時遍識難字,鄰父意先大父沾沾者,戲曰:"吾試汝子難字,十得十,我輸爾;十得九,爾輸我三。"府君舉至七,鄰父佯引去。

府君年十三,先大父母一年連喪。其時先曾大父在堂,先叔祖持家。先大父鬻纑爲業,先曾大父命棄書受纑。府君提纑而泣,曰:"誰復辨此者?"取所受師書伏肆下泣且讀。先叔祖曰:"孺子勵矣,我賈爾書。"府君遂以成學。

府君之棄賈受書也,衣不掩骭,日再食,饘粥而已。顧嗜讀無朝昏,所居樓

臨道，丙夜咿唔徹道，行道之人喟然嘆曰：“何物寧馨，爾爾書聲！”

府君年二十三歲，爲歲戊子。是時陽羡頤山吴公仕以學使校士于泉，會聶貞襄公豹以御史按部至，亦校士。吴公携牘往惠安閲之，以避聶公。聶公出案，食頃，吴公之案亦自惠安來，並府君選首。人爲之語曰：“何生文斕，一日雙案。”

府君名籍籍諸閩閭。辛卯大比，有相人者往九鯉湖乞夢，曰：“今歲閩士誰爲選首？”仙人舉府君名告之。場試《孟》義，其目爲“今樂山古者”。士子悉泛舉作文，府君獨以齊樂爲説，曰：“齊音放辟驕志，固也，不有東海太公之遺，温良能斷。宜歌，齊固也，不有聞《韶》不圖之響。”時御史陳公讓與府君同席舍，讀之，大驚曰：“君屬詞精切，今歲選首屬之君矣！”因亦用其語，而選首屬陳公，乃知神仙靈秘，而陳公選首之得助於府君也。

府君年四十九，以貢士試大廷。貢士廷試尋常耳，而其時世廟勤政好文，名第皆必手定。其試目爲“爲政以德”一章，府君破題曰：“大君以德而出治其化，所以同天也。”世廟閲之大喜，遂自第四親擢第一。

府君學先本原，初銓吉安安福司訓，語諸士曰：“陽城不云乎，學者所以學爲忠孝也。”遂揭四字於楣端。安成士紳作《學爲忠孝詩》以贈府君。

府君在安成從鄒文莊守益公講學，文莊七十，四方學徒爲文上壽，皆引不踰矩爲説，府君曰：“此豈所愛公邪？”具以質贊其後。安成人山泉周公寀廵撫吾閩，遠以進士入謁，語曰：“某自童子時識尊公，不激不隨，先輩矩矱也。”

府君能從文字知人。在安福庠時，大理丞傅公應禎讀書庠舍，時尚未隸弟子籍，又未有室。府君得其文，大加歎賞，引之守與令，爲求婚偶。後傅公仕御史，以直言謫戍，再起大理丞。

府君再仕掌教靖江。靖孤懸江中，成化中新設縣，科舉寥落。府君月兩試士，爲設食具饌，凡試目，先論後經義，後漸淹貫。嘉靖甲子遂得舉者一人，曰朱正裕。

府君一生最重家譜，自二十餘歲即修輯家譜，至七十歲乃定。常賦詩曰："天生我肝腸，平生頻念祖。"

府君一生以少孤爲恨，風晨雨夜，默涕静悲，不知其幾。嘗作《風木圖》求薦紳先生賦之，又作《一呼遺囑卷》以識其悲。"一呼遺囑"者，先大父鬻爐惠邑，得疾舁歸，入門呼府君名而遂絶。府君居恒歎曰："一聲之呼，千古之恨也！"

府君爲諸生時，所著有《四書紀聞》、《易學紀聞》。其《易學》善發明蔡虚齋、陳紫峰二先生之藴。泉人言《易》者，皆從府君，門徒最盛。晚歸田，所輯有《清源文獻》，以載鄉先哲遺文。又録王忠文、真文忠之作於吾泉者，爲《温陵留墨》，曰"二公吾郡賢守也"。今二書並刻郡齋。又府君最嗜宋儒之書，手録不知凡幾，今並遺失。先母時時語遠曰："自吾得從汝父，未嘗時刻捨書，雖當食亦且讀且看。"

府君歸田，扁後圃齋曰"運甓"以自勵。後買園北郭，名精舍曰"洗心"，皆闇修之意。暇輒行汲灌園，曰："此高士之爲也。"

府君自少與尤參議最善，晚與趙知府結契。參議名烈，有清節；知府名恒，老而秉燭讀書。其取重於前輩，則王參政慎中。

府君僅一弟，曰處士非我先生，最愛之，而嚴之不啻父。教諸子，並用嚴。晚教兄遷及遠稍寬。易簀時，遷、遠並北上，誡弟曰："勿離勿離，丈夫不没於婦人之手。"其求得正而斃如此。

右先父行實十六條。

先安人顔色靚好，舉動端重，語言無戲，喜怒有常。自爲女時，外大父母亦奇之。既亦父母連亡，先安人朝夕泣不懈，鄰媪爲之輟飡投筯。此其至性，何必減二吴男子。

先安人歸府君爲繼室，時府君有名諸生間，執經滿館，下顧囊槖蕭然耳。先安人于歸數日，探索無有也，語府君曰："夫子授經，脯金當多，囊槖乃爾？"府君指几上書曰："囊橐在此。"先安人曰："'書中自有千鍾粟，書中自有黄金屋。'夫子謂歟？"府君服其敏。

安人既探府君囊亡有，乃毁簪珥釵釧之屬以治生計。吾舅過而嫌其太速，安人曰："婦人當作家立業，婦飾何爲者？"迨及三月，舅過府君而謂之曰："妹歸丈三月矣，未嘗虚食丈家一飯也。"

安人從府君諸生時，釀酒紉襪以資家計，束脯之入，即用以買田園，曰："此家根也。"後從宦兩庠，悉教二姊紡績。在靖庠，始學種蠶，老而居家，尚織帛可以衣。

安人居家，夜必燭，不潔之衣不以服，不正之味不以食，然卒不求侈厭。黎明而起，深夜乃寢。非甚疾病，未嘗廢櫛梳也。

府君肅將祀事，安人謹饌潔牲，承而進之。有客至，亦手治中厨，然不肯效時俗作異巧，曰："吾非不能，非所以益生，非所以作家。"

安人畜子孫至慈，至有愆違，不顧柔愛之道，外家子弟敬而畏之，不敢當前謾出一語。有臧獲不敬謹者，自請受笞譴，安人量治之而已，退皆無所怨。生平未嘗一言及死，未嘗以死詈人。

遠自在襁褓，未嘗受責罵。四歲在靖庠，頮而窺井，八歲過嚴陵墜於瀨下，安人痛責之曰："如臨深淵，如履薄冰，是何謂邪！"

安人渡瀨，偶有畏舟，安人心動，恍惚見二白衣入船相慰曰："無恐福人也。"及將歿之歲，夢白衣大士時時謂之曰："速徙家可以免。"竟貧不能徙家，以至於盡二孤之恨也。

安人淹通書史，知其大意。府君歸田時置屏門間書《蓼莪》、《天保》二詩于上。安人請曰："夫子懷親，是用録《蓼莪》矣。顧夫子有父母，而吾子孫亦有父母也。哀哀之詞，寧足祥乎？"府君曰："然，然。"命去之。

府君一意讀書，至不識衡石銖兩、泉布窳良，而安人皆盡識之。財帛出入皆有籍，晚歲盡去之，曰："寧有不衷之用邪？抑寧可覆得勉爲儉而已矣。"

先安人臨殁時，亦當二孤北上，謂諸婦曰："吾老矣，死不恨。幸期在春也，不妨二子試場。”其遺言如此。

右先母行實十二條。

前母世氏,婉娩深静,儀度莊肅,事府君食貧讀書,糟糠不厭,無年以卒。以遠蒙恩,累贈淑人。

右前母行實一條。

鏡山全集卷三十

啓

答蔡興國啓

末俗浮湛，稀聞赤縣之明宰；雅情金石，下及幽壑之陳人。譬如黍苗，膏培陰雨；方諸草木，味同芬芳。杜甫布衣，擬謀謨於稷、卨；李白狂客，詫出處於丘、軻。士獨自高，言實易怍。卷而懷之已久，過而問者，何人？

恭惟門下，猷略開通，業履淳固。進而不負所學，道則必見諸行。維虔州襟閩帶粤之區，屬江城谷阻山深之域。自宋家屢警夫寇盜，在本朝亦費乎經營。而門下與民息肩，以心運掌；庭稀訟牒，邑絶罷人。蒞衆則誠欵之交孚，出教復文章之具有。下迨治道成梁之儆備，奚啻種薤養豬之精詳。且也待舉火者若而家，飯脱粟者皆善客。雖廪囷之傾倒，實囊橐之澀羞。節則魚懸，人活鮒涸。振古誼於俗情之外，凛特操乎吏道之中。光霽襟懷，芝宇未瞻夫色笑；葳甤翰札，蘭言已契於肺肝。重價買文，温詞賜問。如公誰有？於我何堪？塗飾青黄，終爲斷溝之物；衣被墻壁，總是覆瓿之資。慈命不敢固辭，無文安能行遠！俊傑在位，舍驥足以何推；中外需賢，定鶯遷之有日。調劑眠食，珍重國家。

答徐雅池中丞啓

曩明公之載秦鏡而南也，蓋文還正始之音，士知先進之舊。及諸子之叨龍門以入也，若衆流之宗大海，繁星之麗中天。比者開府三晉百二之關，實壯中朝萬里長城之勢。軍士歡收挾纊，文武節式素絲。警備東征，募兵西塞，貴人車騎騰逴而來，州縣送迎絡繹不絶。當此公家匱詘之會，輙有他門騷動之行。衆或爲之依違，公獨明其不可。選熊羆之士止在轅門，節鉞幣之需以充左藏。蓋時當多事，宜共濟乎同舟；而公實有心，真謀家如其國。凡諸安攘之宏略，紛不知其百千；顧惟睹記之私懷，此直聞其一二。

遠少也有志，老矣何能。竭蹶趨朝，庶六月其可息；馳驅入晉，仍七日以來復。毋論學識難别乎玄黄，即亦精神久疲於道路。所賴棘圍共事，罔匪蘭臭同心。四外共傳，所得皆知名之士；中心自訟，此行真浮食之人。猥辱赦其愚蒙，更復被之光寵。尺書遥逮，筐篚兼將。九罭之魚鱒魴，人仰我公袞繡；太常之旂日月，世勒當代庸勳。心同代馬之嘶風，喜並越禽之巢暖。

復林沛縣啓

上聖照臨，四隅蠢動，蓋因天地之刼數，亦緣二帝之連崩。哀哉我民之弄池，豈非赤子之入井？上失其道，散則久矣，既有疾視之心；城非不高，委而去之，孰存效死之念？遠向在通政，忝竊納言。每覩東人之奏章，實增衷曲之疑惑。胡爲均此將帥，亦云統是甲兵。用之以殺奴兒，則奉頭穴竄；用之以戮妖寇，則獻馘京觀。是以不揣陳辭，仰求霈澤。開恩再造，吾皇固深獎其契心；奉詔以行，東人亦求充爲使者。其奈當事之見愛，顧非一决之本懷。

兹遇明府門下，義不捨生，仁必有勇。就平時之訓練，已制梃可撻利兵；及當事之馳驅，遂保障獨當一面。讀平妖之實録，見禦侮之膚功。蓋直遏江淮之衝，以壯南都之勢。豈但銷鄒、滕之釁，用寬東顧之思，且也招降以數萬人，兼之安置皆得其所。出之阿鼻無間之獄，與以枯骨再肉之生。似此洪仁，政遜鄙志。令人主不知顔太守之作何狀，相去藐然；使相士歎息李將軍所不得侯，豈曰過也。中外共頌夫臣力，黼扆亦知有公功。公今被召而赴徵，遠且順風而下拜。臨書九頓，頌德五中。

復朱總制啓

竊以自古中興之主，必有命代之賢。廟略佐功，聖譽契獨。

恭惟明公門下,忠根孝幹,武緯文經。爲濟世之舟航,表承天之柱石。曩者奢酋發難於重慶,遂至群盜併力夫成都。授兵登陴,鳩旅遏潰。偪陽懸布,無所用其九攻;汾水灌城,逾不懈於三版。總戎雲鳥之陣,蓋一髮而引千鈞;小麥崆峒之師,若兩禽而連隻中。遂使骨山血水化爲安瀾之區,就令瘴霧毒烟消作晴明之界。聖躬頻勞夫送喜,學士遂免於奔波。居然沃野之仍千,可識雪山之爲重。方叔元老,壯猷簡於帝心;丈人師中,大《易》占其元吉。行看虞廷之格逆命,何啻漢家之開不賓。

遠衰朽陳人,疎冒充列。所得濫牽絲紆組,君也餘波之振光;若不藉誅孽除殘,吾其微管而披髮。末繇從鍾會以諭蜀,幾欲賦王粲之從軍。拜絶甘分少之恩,如釃酒椎牛之饗。聊用申報,不知所裁。

答林圭仲民部啓

伏念遠大拙用瓠,老反爲駒。自審但見其容容,在人亦名以碌碌。邪叟逼西晐,何日車之能翻;繁葩化枯荑,靡秋實之可採。猥蒙慎話,厚見周稱。

仰惟省郎門下,妙歲英流,清神茂氣。儀刑先輩,超軼同儕。蓋有志經綸康濟之猷,豈復爲温飽身家之計?風積厚則大翼也力健,驥絶塵而千里也群空。比服度支,知經鹺政。學張天譓之監竹,不笥舉家;誦蘇子瞻之詠詩,無鹽五月。彼中山川嘉麗,又有高皇帝開拓之洪謨;更聞載籍充闐,兼以諸名公交游之勝事。應知探奇考古,游目騁懷。讀書而造玄微,修身以爲模楷。及盛年之多暇,將日進而無疆者也。尺牘所馳,神思俱往。佩言永好,銘德難宣。

答朱總制惠扇啓

恭惟門下,獨坐而清天下,專征以制群蠻。仁風門扇而户吹,瘴霧坌飛而塵屏。乃惠清凉以周物,蓋出揮拂之緒餘。用知葛亮行軍,此其仿佛;敬誦袁宏急試,便當奉揚。對使拜嘉,臨書銘篆。

復周提學啓

伏以治世播《簫韶》，人快鳳庭之象；名賢振衿佩，士慕龍門之登。冶大鼓夫洪爐，文遂還乎正始。蓋風聲之被，無脛自飛；而標表一清，有目共仰。

恭惟老公祖門下，禀乾坤嘉淑之氣，副海内歸往之心。綵筆三千，幾奪大狀；銓司卓異，首列前旌。懸明鏡平衡於階序之間，毫無私我；秉朱絲玉壺於具瞻之位，備有儀刑。主上方虚席夫六太六卿，明公遽縈懷於一丘一壑。

遠自知闒茸，甘伏嵁巗。干旄浚郊，慙傴承之靡自；白駒場圃，恨維縶之無因。即獨善其身圖，何遂忘夫宁倚？行見怪石爲供，尋蘇學士聚寶之奇；居然端坐插秧，襲吴尚書對使之謹。冥冥鴻舉，何慕弋射；奕奕鸞書，且賁帛束。足音聞夫空谷，齒記及於陳人。中心藏之，明德遠矣。臨風劇佇，拜賜孔殷。

復李懷藍啓

維揚綰郡，曾辱瓊琚；石鏡隱山，頻勞酒炙。每見則退然爲後輩，居常蓋恒念夫先公。視孔李不啻通家，仰箕裘延及累世。

恭惟門下，德普以容，心平而虚。光大高明，而細不遺夫纖悉；經綸遺略，蓋學盡出於本源。兩載朱幡，並地大人衆之會；重紆赤綬，在涵天浴日之區。家學則規矩率用夫高曾，治譜則更張不勞乎琴瑟。是以摶扶摇而直上，弱冠青箱；於焉石二千爲最良，謳謌白叟。

遠疲駑下乘，頑滯幽姿。早學文章，粗承鄉曲之譽；老持鑿枘，殊乖濟和之能。而門下過奬連篇，相期盈幅。此時賤軀摇落，既不能勉强夫趨蹌；抑亦朝局變更，又何從測望其本末。惟有効子綦之枯木，體安國之死灰，尚能使縶聲不憂於仲子，雅拜無累於君公者哉！潤貸監河，光分鄰女。持以責米，白石爛夫南山；佀乎賣漿，妄人外於豪舉。素心匪昧，不限城闉。上台在望，瞻厥光耿者矣！

答張仲京啓

老人于林之下，吾子之楚而游。緬各一天，何云如面。荔枝山色飛入鸜鵒之洲，黄鶴樓烟吹起白鷗之夢。耄不我捨，遠有朋來。

恭惟仲京足下，三水鳴琴，五材講略。參軍口非蠻語，但坐待遷；武帥目不知書，皆從請教。清詩新於鮑照，紫髯盛乎張公。比者猶子之科名，又繼先君之丁卯。行看前階玉樹，再呈千里家駒。

僕也木則不材，鳴匪善鴈，仕逢好少，老豈如人。向也範馳，日不一獲；今雖善飯，頃見三遺。飾蟠桃以爲杯，副言蘭而遥壽。知吾鄙之可裁，喜我德之未孤。

與杜函三大司空啓

恭惟門下，介石利貞，車耳高懸。欣奔瞻陶氏之宇，安樂穩邵公之窩。此譬如歷風波者之抵彼岸，掉市道者之返寧舍，豈非仕宦之成勞，而人生之完節哉！恨遠望慕多年，暌違即日；將即遽離，雖從末繇。所謂方喜公子之同舟，而復遭吾道乎洞庭者也。兹因報命之人，敬申起居之便。天祚元老，聖夢良弼，此固同然，匪直我私。

答程博之啓

寶石還星宿，頑廿尚存；文木已樽犧，敗樗亡恙。傷死者之不可作，幸傳世猶有其人。

恭惟世講門下，克紹庭聞，聿追來孝。慨尊公於我，進前便御，聞聲還思，蓋莫逆之中又莫逆；乃大雅如君，聞名瞿心，見似瞿目，覩尊公之友如尊公。緬懷三十餘年之天交，歷盡百千萬形之世界。真則莫真於忘我，敬又誰敬夫久要？老至涕零，書來喜極。羡箕裘之有種，歎龍豬之相懸。夏木方陰，切鶯鳴於夢寐；秋風迅發，擬羊角而扶摇。

答麗户部啓

羅浮之秀多奇，淮海之清見底。爰兹計相，藉此哲賢。當國家三空四盡之時，拮据方困；乃門下求賢取友之意，臭味常通。一何時詘而舉贏，固知自公之多暇。琅函遥辱，精鏐聿頒，一之爲榮，再烏可矣。

恭惟君子在位，介持己而和飲人；總知大賢勤施，上不傷而下不害。臨書瞻遡，景仰無窮。

答孔户部端節啓

鄰人之媪來視鄰人之家，奉扃鑰，謹蓋藏，事固易稱；鄰人之婦來奉鄰人之媪，呼諸母，問無恙，節已過隆。中禮盡周旋，盛德必辭讓。仰見君子之不捨我耄，徒令拙士之若無所容。頌德知歸，銘心不懈。

答朱户部端節啓

關門一奉，翩翩乎紫氣滿冠衿；華札重來，盈盈乎一水若衣帶。念民生之勞止，憂國計之未充。方煩緯經，仍勞顧眄。念此日此時之共得，敢謂我私；誦如川如日之清風，以歸疇祉。好音拜辱，連璧還將。

答李倉部啓

恭惟長官門下，絃歌生君子之邦，道德承五千之裔。關門呈其紫氣，南方萃厥精華。官聯石城虎踞之都，署部鍾離龍興之地。源源豐裕於庚癸，桓桓給足夫儲胥。

僕錡釜有尸，菅蒯代匱。東家食而西家息，職思豈居；旱資車而水資舟，物曲無利。猥承寵問之見及，深慙德厚之隆施。佇斗望光，臨風拜賜。

答李户部啓

許昌之土上腴，淮水之清見底。關門呈其紫氣，中州産此人豪。雖時政征以兼譏，顧君子和而爲惠。

僕捉衿見肘，越俎代庖。鼯鼠技能，蚊虻階序。方喜龍光之伊邇，遽承魚腹之非遥。跂思齊于見賢,望助予於將伯。臨書繾綣,拜德綢繆。

再答李户部啓

石榴穠麗,黄鳥嚶鳴。序本出於同人,儀乃辱而及我。深懷蘭贈,恭附璧完。

與姚孟長官坊啓

人子爲父祖之榮,必得王言之大;翰苑本文章之府,尤重君子之辭。

恭惟孟長先生門下,人天涵乎胸腑,嶙峋起於耳目。鴻冥高舉,矯乎弓繳之莫施;鳳覽來儀,雝然《簫韶》之叶應。聖代天口,言爲木鐸。揮毫澄大海之波,八荒汗漫,而源竟莫能窮;範身嚴爾室之相,百練精罡,而候猶若未足。朝藉螭頭之重,士快龍門之登。敷陳密勿,盡是格心之陳閉;謀謨廊廟,已具大手之經綸。如此異人,豈非間氣!

遠應求有日,晚暮倍敦。兹徼恩霈,得贈先人。念不匱孝子之思,當無靳爾類之錫。譬必求仁人之粟,乃可充薦熟之馨。匪我良友,又誰伊人?頫首拜瞻,仰希惠許。若得累世其有辭,豈非片言而居要!特緘遠誠,莫殫中述。

答李户部賀壽并中秋啓

我覺秋興逸,然而有送將歸之歎;壽者天所厚,然而有去苦短之悲。舉一之爲甚,又安可得兼?

恭惟門下,潔己如朗月之明,愛人比河流之潤。故稠疊其無已,乃衰朽則何堪?爲惠不貲,美言可市。敬九頓以誦德,借寸楮以布心。

答朱户部中秋啓

仁人之惠,曩者既不敢承;君子之頒,今又見其無已。

恭惟門下,潔己與朗月同明,愛人比河流廣潤。故己但覺其有加,令人不敢以自外。烺烺雲翰,覩星使之輝光;奕奕國琛,仰闕門之紫氣。拜首颺言,臨風頌德。

答龎户部賀壽啓

向居攝之疑真,今謝事而知假。在市道不勝其掉臂,乃君子尚切於繫心。

恭惟今天下文物之華,首聚東粤;即此時南都交游之雅,半屬同盟。讀來札之精工,知修詞之敏妙。念殘生犬馬之齒已長,政林壑優游之時;乃朝家簪履之恩忽垂,又歲月荏苒之及。蒙高賢之不棄,尚衰朽之有顔。睠念臨書,儀刑有望。

復趙工部賀壽啓

大塊勞我以生,辰之安在;君子愛人以德,譽乃過情。衰朽何堪,寵貺疊辱。玄黄實篚,駢麗充篇。老馬爲駒久矣,不作前車之駕;遷鶯鵠起今日,仰看後浪之推。申謝臨風,緘誠向日。

復周賓召經歷啓

恭惟衛蒼足下,精心左氏之書,留神蕭相之業。持一廉而作吏,費百鎰以佐公。舉世若人,何至刀筆之俗;吾鄉有此,可爲工曹之光。所以老夫久處傾心,追歡握手。鴻蜚有信,遠到鍾離之天;燕喜特將,深感桑榆之契。使旋頌德,不盡佩私。

答王起一吉水啓

出門萬里,綰銅墨於道德文章節義之鄉;坐鎮專城,攬山川於日岡吉陽盧水之地。仰止則先輩之在望,孰非我師;撫莅則兆庶之入懷,實惟吾子。故立功名則江西最勝,勵操守則瘠土爲宜。惟門下之好德清修,久超物表;若一方之令聞嘉譽,定在人前。當此東塗西抹之時,吏治所以呰窳;若有崇功廣業之志,吾道豈不隆昌。

如遠逝水頽波，只希後浪；要公中權後勁，急建前茅。拭目政化之成，佇應台垣之召。魚書下及，高厚莫承；鳧影遥臨，晨星共遠。臨楮馳戀，莫可勝宣。

答袁曦臺、劉孔敬諸公啓

恭惟列位先生，桑梓具瞻，台衡夙望。内外敭歷，人盡仰其風華；几杖逍遥，鄉共尊爲蓍蔡。遠依仰有日，締結方新。猥以邑父母送行之章，下索鄙賤人不腆之作。輸心已罄，有拙難藏。顧古人之文少褒，乃吾世之腴獨溢。初不可以垂後，徒取悦於當前。遠每屬詞，輒祛此弊，既不遠以相命，當委心而敷陳。詞隱意中，非有美而不述；頌寓祝表，蓋言寡而思深。自謂頗合於先民，惟恐將嫌其太質。故原所以，用備採擇。倘覆瓿之無益，祈粉繪之莫施。臨書靦顔，有懷在抱。

答韓徐州啓

莊周千仞之懸蹈而無私，蘇軾百尺之樓用以相制。所以治民者，順而與之爲出入，則民樂其便，千情萬態，無不得其所欲，而處之也自裕；幾而預之爲調劑，則民忘其用，至幽極渺，已先得其窾窍，而運之也無跡。門下以龍門砥柱之英，撫徐方平墅之地。孔氏之觀既樂，韓厥之攸若相。則昔日反側之民，今悉安堵；昔日魚鱉之殘，今悉奠居。豈非舉世之所共仰，通家之所樂聞者哉！茱萸方賦，魚鴈適承。覆舟山下，特瞻紫氣之光；戲馬臺中，遥想令晨之會。臨書睠注，延佇殷勞。

答陳賓門太守啓

蓋聞干雲之章，必飽歲月、經霜雪，然後可以壯其用；鎮世之玉，必資琢磨、聽鍛鍊，然後可以表其光。道固博本於悠，古云人須求舊。

恭惟門下，發穎韶華，棲遲中外。亢而無悔，所以爲龍；服且不辭，益堪稱驥。自非中誠有素,歷久遠而彌堅;安能上下咸宜,奉師保於有永?亶甲古王之地,鄴下人文之都。豹治方新,河伯之安瀾如故;雀臺空在,西陵之風雨惟時。歲以豐寧,人用和樂。豈非君子之幸,而吾黨之光哉!

遠壯歲西曹,曾瞻塔寺之清輝;白首夷門,祇望銀同之紫氣。夢中一札,江表三山。自念赤水墜珠,忽爲罔象之得;總知塞翁失馬,應是吉兆之□。弭耳人言,冥心初服。惟願聖明念先朝之碩彥,首召京□□□外藉頌德於老成,大裨世道。

答各關主政啓

桑榆尚爾牛馬走,固已惡射於人;稻粱而爲鴻鴈謀,猶未毫即捨我。惠施不報,德頌莫名。仰惟一線日長,固將增門下他時之補衮;而三台雲近,政以現太史今日之書功者也。君子道長之期,自有所屬;衰顔視蔭之容,又將何裨?頌謝使還,銘篆心載。

鏡山全集卷三十一

書

與林登卿太守書

遠之執贄於使君也，則已後矣。使君握司風雅，長短中尺度，輕重應金石。遠雖未執贄，蓋久有聞焉。以爲望而見之者，神融而意愜；望而慕之者，心往而神越。二者未有親睽也，若使君之眷眷於遠也何故？夫雲門寧倈，桑濮乃奏其音；珉瑜寧倈，碔砆乃呈其質。豈以爨桐可絲，牛鐸能諧，毋世禎過言之，而使君誤聽之邪？以世禎誦義使君於遠，其言遠於使君也亡疑，實其間有當有否矣。吾里中舍業者可數四輩，獨世禎逼迫乎凌古人而上之，而亦謬以期遠。遠恒思之，古人之鳴文辭，皆其少壯已抽百家之藏，繹大道之趣。遠生於世二十有七年矣，去退之上書宰相之年後一臘耳，而褊偪淺鮮，彳亍而無所自旌。再後二三十臘，其卒有名否邪？凡爲文之道，氣聚而振，語曰"三軍之士，一鼓皆作"，氣所趨也。若使君旗鼓揭江以南，遠與世禎差多於自好，且爲六郡良家子，應使君桴鼓之下已。夫海内之士，有同趣古文者，則謂之同道矣；其有千里相慕尚者，則謂之同聲矣；其有心膽不渝變，以起衰振廢相激發者，則謂之同氣矣。遠於使君雖曰同道，而實忝同聲，故敢私布之。

上趙特峰太守書

袖歸大作，細玩之，真有先正之遺，難爲等輩道也。家譜奉覽，先人行狀檢之家兄所述，頗謂無恨。至於先母，似欠記憶。先母聰明方重，居閒甚整畜子孫，不專柔愛之道。動静語默有尺寸，以勤儉柄家者五十餘年，非如他婦人契闊中饋，經理蠶織，從夫子爲官而已。早檢先公所傳，至於少當父母歿，每哭盡哀，鄰媪爲輟飡投筯，即其至性，豈減二吴男子？惟老先生臨筆之日，稍參揄揚。居常慕誦往哲，每歎人同此身，今豈不及古。世運下頽，筆力艱敗，惟無能文之士闡宣其所長，遂令正人、隱士、賢婦之迹，汩汩相承藉於九原，可痛也。惟老先生文字之宗，杜門讀書，老而不倦，世之欲如孤兄弟得老先生之文以久其親，蓋寡矣。而老先生亦自少褒，然私念先母之行，自不溢美，故敢再聞，伏存記聽。

上王鳳洲大司寇書

古今譬文章之士，以爲建旗置鼓，比于代興。夫有代之興，必有一代之人後先驅逐，戮力一心，以會成太平之業。愈之於郊也、籍也、湜也、宗師也、喜也，宗元之於禹錫也，修之於聖俞、子美、曼卿也，軾之於庭堅也、與其弟轍也，數君者莫不推四君子爲主盟，剪闢芟薙，互爲雄長，以自附而施聲焉。雖然，譬之代興，當其草昧，雖埋椎緯蕭，皆可景附。及夫天下底平，大業已定，才士無藉於其猷，勇士無藉於其力，智士無藉於其巧，則管蠡尺寸，常當竭蹶而後顯。

恭惟明公閣下，握文之柄四十餘年於今矣，上自《墳》、《典》、《丘》、《索》，以及諸子百家之書，其是非端衺，無以逃於胸；自古今文章始末之變，其骨力情態之興衰，無以謬於鑑；自開國以來以，及當代之士，能一言以上者，無以匿於辨。平昔所與建旗置鼓，自五君七子以及諸先，皆附明公以顯，而又巋然爲天子之臣，赫然係四海之望。明公殆無藉於天下之士，天下之士亦孰敢蘄當明公之一顧？乃有疎愚如喬遠者，扣門而請謁，亦不知其身之暗以劣也。然又竊思之，居常屈首受書，多懷尚友，恨不得一當其世，以自甘掬溜捧敵之役。乃幸而及明公，即雖不敢望郊、籍、湜等，其亦掬溜捧敵有以畢爨者之意。蓋古人求通之禮，莫盛於漢，莫卑於唐。漢人裹糧重趼，千里求師，一得其門，至乎累年而不獲見，而猶隸於都講而甘自待也。唐人呶呶然道古譽今，乃以覼縷一官，求爲升斗地，雖大賢其猶不免。今也喬遠也，舉於禮部，聽於天官，升斗之禄有以自致，而一命之寵亦足資身，特其心將求大賢而請焉，則所以俯伏明公之前者，蓋將求有合於古人之誼，非敢苟焉也。

別有諸體詩數篇，輒謄寫進呈。特以旅次筆墨苟完，不能畢陳以見其志，然明公業建文衡而成一代之業，喬遠之獻斯言也，直足以當明公踞洗之一待。喬遠不勝干冒之至。

再上趙特峰太守書

遠無似，辱老先生提携，置之臂膝之末，時時與抗論古哲，談當今事務，遠即懵然無知，第心識老先生汲引之心惓惓也。泉中縉紳先生不下百餘輩，敭歷中外，蹟業可頌著者，未謂乏人，至秉燭讀書，稱道不倦，親見諸躬，不愧行事者，出老先生，未有兩也。此遠所以私心跂仰，願爲門下。乃先生不鄙夷遠，置之臂膝之末，惠之吪沫，或以是乎？老先生今年政八十矣，遠每竊觀老先生神色意象，殆將百歲餘人。天當愛魯，使靈光一殿巋然鄒阜間，與泰山日觀並麗區宇。後進之禔身立業者，尊老先生而有所慕憚，老先生而有所不屑，則造物者意也。

曩歲赴都，一再候門，卒不得見，匆忽以行，至今在念。先君子棄孤，不及執手訣，竊二釜之禄，而涕之無已也。時取老先生所爲銘讀之，乃稍自解。老先生於遠不世之恩矣。西曹吏多暇，且如老先生昔日南都時，第風流文雅，自揣不逮甚。若所謂禔身立業，求無媿鄉先輩者，終不敢自後於古之人，是所以報答老先生耶！餘惟頤葆天和，以膺隆祉，遠不勝拳拳之至。

上胡二溪老師書

自丙子歲得以文字辱知吾師，其時稺齒，不涉世務，愚無所知識，但隨人曰“胡老師天下之文人也”。雖吾師不衆人之，而未嘗得步趨威儀於前後，嚌嚼道德之精懿，蓋自衆人已此。譬如覩荆和之璧而無繇玩，旨大官之臠而無繇饜，則安能深知其美妙之所存？然則不得其門而入，端木所以攀援推仰其師者，千世同情矣。閩中昔頗號才藪，而未有求通於古義、音響先秦、馳驟西京者也。至於左、國、揚、馬之業，彪然郁然，皆自吾師倡之，吾師乎乃爲全閩興一代之業。閩中去之十有餘歲，未嘗不羹墻吾師者也。邇來逍遥祝融、夢澤之間，所爲文章當可垂之金石，明示後世。遠在萬里外，復不得嚌嚼步趨，以益胸中之奇，而振其磊砢瑰偉之氣。日備西曹，頗號清閒。明興多君子焉，仰視先輩，獨媿僂儸，棄之不能，策之不進，不知吾師終何以教之？

燕邸獲覩君子之子，如吾師也。備詢定履，又知天之難老吾師。大哥醇密而姱潔，其爲吏也必不俗，必能推吾師之餘澤以惠於潮。是皆所以爲壽於吾師，而爲光於師之弟子。休哉！休哉！敬因省覲，附問居起，比承手勅，百不答一，伏惟慈炤。

答李本寧太史書

遠庸劣闒弱，百不聞宣，出世罕任，於道未聞。譬箕在天，如瓠不慮。徒以執斤斧者，當登倕工之門；辯圭璋者，宜入卞和之肆。是以不敢虚枉此生，庶幾得奉清塵。然里子大嚼於屠門，宋人自慚乎周客，乃蒙大雅包含延援，是枯朽之器見稱於鄒子，盤散之夫得客於平原。遠雖離楠之資，謬辱棠棣之好。若明公嘘吹而剪刻之，未必寒谷之陰不可以黍，溝中之斷不可以犧。是所願也，非敢望也。

先君子少孤力學，白頭稱道，鄉閭稱其孝懿，後進宗爲矩矱，而瘞名青氈，晦采玄臺。誠念呼非風故無聞，言非文乃不遠，是以敢乞洪章，彰往著來。夫山中之釀，非一宿之味；蜀江之錦，非匝月之工。明公所教，具聞之矣。使來損書若儀，雅眷芳縟。西望河嵩，私心綢結。

答張中丞書

恭惟榮服新命，彌節下邦，飛鸞鳳於天端，按熊羆于遐澨。武夷生色，海若效靈。甚休！甚休！頃者島夷區脱，遥言内訌，瀕海之人久不見寇，聞響傳風，輈張悸怖。明公文武壯猷，坐壓其勢而先奪其聲，海上之軍以衽席過矣。明公不忘百姓之病，詢于蒭蕘。不佞竊謂島夷之警有時，閩人之窮無日，故敢以臆對。

閩人心懦形鈍，撫易爲德，虐難爲怨，能飽一菽之家，魚肉及之，其弊乃不在卑官而在長吏，不在豪右而在衣冠。實恃荒遠，易驕以恣，然而無藉奸民，跳梁狎侮，亦時有之。至於怙寵子弟，席資年少，曳縠擊鮮，畜那豎而戲牧豬，惰游慕效，虧傷本業，風亦不少。隄防决流，是在大君子。昔匠石求本於鄧林，令愚谷居人持斧先焉；離朱入師氏之里，其里名居姓問於師氏乃能知之。明公不矜匠石、離朱，遠敢肆狂愚，附谷人、師氏以仰副求瘼之萬一？臨書戰恐，不知所云。

答林第卿書

李世禎至，辱手書，是何意氣之鬱勃，而文采之鉅麗也！泉中舍業作者之門，比殊相望，然未有自治諸生業，時輒自遒上如足下者。以足下之才固宜早自致，乃屢困曝腮、刖足之間，殆天老足下之才，將終究之也。足下當益遒上，不可沮輟。

不佞故多病，繫籍以來，稍復輕減，實不敢自棄。一日去卷帙，然頭目昏瞶，了無獨得。又貧淡至不能歲，賓客相過往，日不暇給。造物若憐何生，不敢望囊有餘錢，第得使賤軀諸病俱除，當刻苦自力，不敢負千秋之業。又若使囊有餘錢，可以無饑，則又當挂冠神武，結茅紫帽之麓，畯心擢腎，諸先復起，勝負未可知也。其在今日，乃貧子説金耳。向世禎行，便欲附八行於足下，竟以冗奪。且承足下遠寄佳品，兹竟無可酬，則信乎何生之貧也。何生不向足下狂，無可白心，故不蔽焉。

答吴文仲書

恤事已竣，晤對不遠，諒今冬可得抵京，甚幸，甚幸。閩，荒區也，尚有幔亭以爲東道主，足下其終以言酬之否？寧夏事，老師匱財，當宁震怒，爲繫大臣，皆緣議事者多，任事者少。兹聞决黄河之水，城且旦夕潰，若得一了此方，則士氣稍壯，物力未虧，東漸無憂倭夷。不然，恐未有所底也。承問知釐大慮，敬復所賜恤録并附謝。不宣。

答蔡弘中書

別來無恙,幸甚!聞海陵太守櫛垢剔痒,殷殷蒸黎。義所不可,不飾於其心;事所必行,不壓於其分。善哉,海陵公,吾鄙平生意氣相期,當如此已。弟鷦鷯爽鳩,無所表白,當道者近又授以禮官,無亦謂遠尚識一丁耳。然丈夫事業,斷非刻鵠雕蟲所可了塞,嘿嘿苟容,亦非士君子之操。比居長安日久,世事人情多不厭,吾私轍欲奮臂伸舌,效鉛刀之一割,雖不敢如少年輕薄之態,亦庶幾古人侃侃之道。退而念考績未期,朝恩未及,恐遂竄謫,終身不得,無以報先親罔極地下。若過此秋,得了夙願,自兹以後,功名進退,便當付之天矣。海陵公,海陵公,士能自表見,何所不可?遠自入京師於今,首尾四年。尊官美秩,羅人口頰,不得以善退者何限,而我輩猶竊禄瓦全,此之謂多矣。來書謂不敢苟且脂韋、自壞心術,便欲矢之天日,實獲我心。以足下待我,不吐露所蓄,則遇霜不鳴,無取於豐山之鐘,是以敢私布之。

報孫月峰中丞書

明公雅望高標,傾動天下。遠自髫弱即生景仰,恨擁篲掃軌之無從也。殊不自意,叨秩蘭署,步武後塵。第念位分闊絶,終不敢承朝夕之閒以圖宴見。顧辱手札下貽,感誦喜躍。東土昔日輕裘緩帶,稱禮義之區,乃今烽火斥堠,警在旦夕。明公緯武經文,必有内爲國家完養物力,而外警動聲威、折服夷蠻者,則豈惟東土仰藉,即二都三輔,實惟係賴保障。遠伏在下風,竊傾耳而拭目也。

報趙南渚中丞書

明公從田間起官春曹,正聲直氣,不惟無減,乃益加焉。遠不佞,蓋時竊竊聞之寅寀以及輿臺之隸矣。明公雖去之十年,今先後諸僚所以交相砥淬,不敢隤然自失先進之風者,皆明公所延而教也。向在都門,私心甚切嚮往,然終不敢以先後一日之誼,偃然附於車茵門墻之末。乃數辱慰存,兹復重承教誨,則遠雖欲以攀援之嫌,退避於大君子之側,其可得耶?

報黄紹夫提學書

壬辰聚首都下,其時坐禁嚴,不得數數請益。然而白雪之響,曾探囊中;清酤之酌,頻霑座左。諷采觀英,殊自得也。回虔之轍未幾,教蜀之命旋下。政以仁丈綴翼雲條,振藻霞匯,騁跡揚芬,非此不宜。仁丈心馳揚、馬,才並陳、杜,游宦其地,尚友慨然,當不張目於朝歌矣。文章千古所難,蜀士亡奇,固亦應爾。截肪之賞,必出卞和;絶足之價,必繇方臯。患在有之而不能辨,不能亡之而强使有也。諸所較衡,一一妥允,但即其中,亦有一二奇士,未可便謂無人。况德陽曾生、新都劉生輩,又皆弟所未見者乎。見潘鵬江兄時,當以數子相聞爾。

弟羈宦六年,棲遲有日,先人塚墓,夢寐在懷。擬以此春乞告,未遂所圖。對文史而躊躇,理案牘而恍忽。若使宦能益契,則長公濡首、曼容登岸矣。仁丈然明之操,安漢之守,割俸相貺,能不媿心?西游詩詞義斐然,文采英多,晝諷夜吟,紙勞墨故,不徒以付喜事小史而已。儀曹之務,雜遝紛馳,遂爲俗吏,不得沉潛如昔。去歲曾與戴亨融輩即席爲詩,皆造次亡奇,聊寄備渴睡一觀焉。别有開科、選貢事宜二本附覽。今諸藩衆多,禄入不給,開科事言之有年,而督學使者多牽掣文義,弟故申明其説。蜀宗雖寡,儻有可加意者,稍稍作興,令此法遂行,固國家不世之利,仁丈不世之德也。

報許敬菴中丞書

明公道重鼎鉉,望隆山斗,私心企仰,積有年歲。海邦多幸,得明公秉節旄而涖之,實閩人三生之一逢也。閩人故自愞怯畏事,易與爲治。寧爲法屈,無復求屈上之法者;寧爲令梗,無敢復梗上之令者。雖有一二瞋目之豪,舞文之吏,譬如螳螂之怒,鼯狌之智,不足與窮治。明公德動於政之外,誠施於物之先,可不言而自化,此歲數之效,日月之功也。遠竊計東夷小醜,北闚樂浪,西窺京室並海以東諸郡，貪猛如狼虎，其視閩中殆若鷄蹠，必不垂涎。然設寇至，警動於朝夕，計定於轉眄而已，固當有備，不可爲恒。恒在得賢守、令長拊循之，不然，寇乃在内。比閩之無良漸有偷風，各生競心，以成侈俗，是不可不懲艾。若夫首禮誼，重德教，使復見延平、紫陽之遺習，樹表立候，是在大君子。遠之爲此言也，若嫌於不問之對，然竊計明公以老成宿望填撫閩中，閩人亦三生而得一逢。芻蕘之言，殆大君子所樂聞也。

與安小范書

自足下别去，無日不思。非徒以同調之雅難合，亦以相觀之義殊深也。足下出都未及一年，署僚局面大變，良可歎惋。于、陳諸兄雖過亢激，但吾輩時時得聞直諒之言，可爲自治一助，今不可得矣。弟輩庸庸，非時時有人提醒警發，便自沉淪，所以於數君之去，尤爲繫心。愛惜人才，乃執政第一事。近日乃不其然。弟因自念所以低回不去者，非以家貧欲得數兩俸金邪，可笑亦可歎也。膳曹無一事可爲，署牘押案故事而已，第疎拙之性，尤嫌其多，便欲如僧居道家，乃適我願。至於足下所云肆力著述，雖不敢當，亦不敢不勉。第今三十六歲，頭顱已白，良無見於今，更不圖有見於後，欲甘白骨黄壤邪？願足下毋忘此心，以弟之愚，猶將勉之，况足下之高明者也。

上王相公老師書

禮部精膳清吏司郎中、門生何喬遠頓首奏記王老師閣下：喬遠聞周公之爲相也，身下白屋之士，吐食三，握沐三。天下之士有求於相門者多矣，周公之日見士也，安得不臧否其高下？苦躬瘁膚以與士相酬應，且以其汲引之衆，人各有心，周公雖不負士，士安知不負周公？士之進而見周公者，安知不祓濯其心，退而蒙夸其所爲以欺周公邪？而喬遠則有以知周公之不然也。夫天下之士，文章與德行二途。文章之士巧而浮，德行之士椎而朴。巧而浮則易跳以變，椎而朴則常剛中而不移，兩不相兼也。蓋有兼之者矣，其心闡以明，其氣正以舒，殆將兼焉，然而甚鮮也。周公之爲相也，因其五物興，以三鄉考其德行道藝，斷不徒以文章信知天下士，則天下士之所受信知於周公者可推矣。

閣下起家詞林，以文章名海内三十餘年，士懼不得一當閣下，閣下亦視士無如也。此時天下之士争以文求知於閣下，迨閣下秉樞端揆，可以富貴人，可貧賤人，此時天下之士慕通顯而艷華要者，争以私求中於閣下。士之以私求中閣下者，閣下知其匪人無疑矣，必將堅距而不得進；士之以德行自居者，又不輕至相臣之門，則閣下之信而知者，其勢不得不出於向所以文求知之士。是以文求知之士，能保盡循五物乎？盡操三鄉乎？盡苞藏德行道藝乎？進而見閣下，揭揭然含芳嗽潤，退則以其不肖之身，附於宰臣之私人。私羽翼人，私瘡痏人，閣下能家置一瞷客耶？今歲計吏所擯而黜者何人，可數也。閣下之所係情則舉朝之所甘心，閣下之所加貌則舉世之所指名，而閣下尚不勝其憐才之至，惻惻然憫之，則閣下所以愛天下之士者可謂不勤，而士之負閣下者可謂不厚邪！夫反背之能以相成，專一之難以合聽，閣下豈不知之？而顧因幸舍之恩，示綈袍之意，則天下之謂閣下私者宜至也。孔子，大聖也，猶曰失之子羽、宰予。顔子篤契也，則退而省其私。閣下之於士毋乃尚失之言，未省於私，徒以耳目之投合，定終身之衡鑑。今朝論紛紛，不諒閣下有憐才之美，而競窺閣下以比周之意，雖未足以損閣下之公，而亦足以傷閣下之明。閣下乃徒抱欝忠之疾，閉門自疎，設起謗之招，與喙於儔人，喬遠恐閣下進退無所見，而名實未加也。

喬遠出閣下之門，陪縉紳之末，議聽而不信者有之矣，安有聞而不告也？誠其愛閣下者，不敢後周公，故敢以書獻，惟閣下幸察。喬遠恐懼頓首頓首。

上石東明大司馬書

竊惟倭夷爲中國患久矣，高皇帝文武聖神，蕩滌乾坤，兵威物力，冠絶千古，然猶肆其跳梁暗逞以變，是以終高皇帝之世，絶之重溟之外。文皇帝仁明英武，又憑高皇帝之餘威，海外君長臣上古所未臣者數十國，倭夷乃始俯首求封爲王。文皇帝猶爲之嚴其貢期，限以使數，以謹防之，然亦變詐四出，不能終文皇帝之世。其後宣德年而變,正統年而變,成化、正德年而變,至於嘉靖之季極矣。肅皇帝遣將厲兵,嚴誅而不與之好,故其焚城屠邑,雖慘於江南,竟殲内地,亡一人得返者。三十年來,江南幸無兵革之憂。然喬遠閩人也,倭昔入閩興化,爲之城陷,至今富室巨家,燹火之跡猶存,殘基斷址,巇巇可畏。不意明公今乃欲引之也。

喬遠聞古之爲大臣者,皆爲國家圖數百年之安,而不近計於目前,故能流譽竹帛,垂號丹青。明公起家省垣,不難犯主上之顔色,批鱗逆指,濱身於死亡,明公之忠至矣。晉司空司徒,愛民節財,爲國家歲省數十萬。握兵之柄,兩值軍興,西靖叛將,東援屬國,明公之心勞而功見矣。雖然,明公之忠國而勞於憂,行道之人皆知之。而近日許封倭夷一事,猶未免爲苟且目前之計者,則明公慮事之明與聽言之方有所失也。

從臾明公者,不過曰:"國家財力詘矣,倭席捲而來,何以禦之?不如暫與之好,以完吾力,而後修我戰備。"爲此言者、當事者,嘗主之於北虜欵市之日矣。今何如也?以爲修乎?則洮河之役,失我良將;寧夏之變,結我叛人,胡爲無以禦之?以爲未修乎?何宜修而久不修也?聞之道路,虜欵市之外,既得正賞賜矣,復時時出掠邊。邊將慮失機坐事,蔽不以聞,則皆朘削士卒之月糧,挂虛伍而陰取其餉,分外以飽虜。夫既已提兵稱邊帥,豈盡縮朒無勇氣,不怒虜恣飽之哉!以爲朝廷業與之和矣,誰敢戰者?卒士之存者日削,而不免于寒饑,其挂虛伍者又皆空無人,故武備之廢,莫欵邊若也。今邊患未發耳,邊患苟發,譬如潰癰,而明公又欲移而之倭。數十年之後,國家之財,東竭於倭,北竭於虜,賦税空乏,武備弛縮,東西之變並起交訌,勢必潰敗决裂而不止,竊爲明公危之。

言者又曰:"欵倭與欵虜異,欵虜用金,欵倭用市,且我有利。"則又非也。今吕宋、西洋之國,輻輳互市於東粤不可勝計,何獨侫一倭哉!誠畏其黠狡無常,入内地變耳。夫虜勁而戇,難戰尚易防也。倭柔而奸,難防又難戰也。虜繇陸來,關門陘口,其至也有息,其禦也有方。倭繇海來,並海之地皆可泊舟,責之則謂風水之不常,無所擇泊,其至也無息,其禦也無方。且倭與朝鮮交易數十年矣,久者居其國,朝鮮人至謂之“恒户”,豈虞變哉!一旦至此,明公所知也,虎噉鄰牛,持梃驅之,引而置之籬落之外,今日之事何以異此?

言者曰:“今倭入内地貢,不利於我,止之朝鮮之島,我商人往焉,彼不知我貢道與内地虚實,何所不利也?”則又非也。倭飽朝鮮,又得我利,是倭得二朝鮮也。今有富人之家,使其僮僕至於莊田之户索責漁獵,誠苦之矣,而不敢告主人,何者?爲其衣食之也,爲其德之也。我商人豈皆修士、君子哉?往與交易,能保無一騷朝鮮乎?騷,則朝鮮飲苦而不敢言;即不騷,則朝鮮歲歲爲東道主,亦疲於奔應矣。況我中原比歲以來人心至於思亂之極,若椎埋惡少出爲姦宄,於屬國之海上,朝鮮不敢詰我,又不及制,則朝鮮苦二倭也。且倭繇浙入而失事於南,猶爲國家手足之憂,倭奴繇朝鮮入而失事于東,必爲京師肘腋之患。故曰與倭奴市於朝鮮未便也。

言者曰:“倭封亦來,不封亦來,不如暫且封之,尚冀其不來。則胡若必其來,而修我武備也?”喬遠竊計,倭亦人耳,與我三戰而未大有所得志。我輻員廣大,内據形勝,尚畏其三十六島之國,彼豈敢遂有驁然輕中國之心乎?竊計其損傷物故與我相當,力亦詘矣。封之固不來,不封亦未必來,患在來於數年之後耳。

言者曰:“倭與朝鮮爲難,不封則必逞志於朝鮮,是我棄朝鮮也。”則又非也。朝鮮我肘腋唇齒之國,胡可棄也!彼以國難告我,我爲之克復其三都;彼以善後告我,我爲之命將留後。今倭幸稍卻,屏立絶島,不㦔然於朝鮮,即㦔然於朝鮮,我有大將在彼,尚可助之,如其兵餉不足,我倉帑未竭,尚可資之,第我不爲朝鮮先嘗倭耳。若倭再逼而嘗朝鮮,我可晏然委之乎?昔日則不惜百萬金錢而救之,及再有難,則不繼而委之,諺所謂“不辭稽首,而憚一揖”,爲德不卒,乃棄朝鮮者也。

抑喬遠聞之,問病者必問其受病之人,問傷者必問其當鬭之人。朝鮮之於倭,受病而當鬭者也。我所遣大臣宿將有事於朝鮮者,則從旁解鬭之手而視病之醫也。去冬朝鮮陪臣許晉等有所白於禮部,其文甚多,喬遠不暇盡舉也，而其末有云："日本之見絶於中國，如向所列者，揆以王政，必誅無赦，而以其限於大海，不可以兵入也。今乃起無故之戰争，賊奉職之藩服，抑其假途之謀，犯順之計，播在天下之口耳者，不可掩也。况又對救焚拯溺之師而恣乍和乍背之奸，是自致於域中而厚其兇惡，以速天討也，其不容但已也。"審矣斯言也！計亦必以抗訴於明公，明公不召問之，而信他人之口吻，則是問病者之病於醫，問鬬者之傷於傍人也。

抑喬遠又聞之，擇婚者女求男則必遇卑賤矣，赴宴者客求主則必遇倨侮矣。倭謂我有可以自王，何藉大國？大國不自威重，强而求我封貢之事，講之半歲於兹矣。彼欲來即奉表來耳，而我遣人守取者何爲耶？雖有所獻於我重臣，而我昔日先求之者何爲耶？夫封貢之初起也，舉朝争之曰："封則必貢。"明公語人曰："吾與倭封空名耳，不貢也。"今明公議及貢矣，經略宋公請以歲一小貢，三歲一大貢矣。明公若斷然從之，則是欺主上而失信於縉紳大夫也。自古史傳所載，與與國外夷和者，未有不終於自弱。明公爲書生讀史時豈不爲之怒髮指冠，曰："異日者，我不爲也！"今以舉朝之衆奏牘之多，言封貢之不便者踵至，明公乃奮然而爲之。明公天子之大臣，意有所必至，尚無有能爲明公游説者，况九閽之上、重陛之間哉！喬遠恐後之人有怒髮而指冠者矣。

喬遠竊謂朝廷向者所命宋經略、李將軍使救朝鮮之急而已，未嘗謂盡殺倭奴乃謂功也；朝鮮亦望救一時之急於中國而已，未嘗謂盡殺倭奴乃謂賜也。今朝鮮廓然有其故都，室家逃散而復聚，人民瘡痍而復瘳，則宋經略之所心畫，李將軍之所血戰，已足暴於天下，又何待竟封貢一事，然後全美而亡疵哉？今日東夷之事，當以救援之功與善後之宜分爲兩節，更端而别論。將士之用命者先爲之厚其犒，亡軀者先爲之字其孤。功賞明白，人心鼓舞，而後虚心博採，擇衆任人，詳酌守禦之策，以爲國家圖數百年之計。明公以流竹帛而垂丹青，豈不休哉！豈不偉哉！不然，假令異日者，喬遠不幸而言中，追論首事之臣，有所歸已。

喬遠仰明公久矣，以其疎賤之身，不敢自通於門戟之内。既而思倭夷之封貢，於職事有連，而又聞明公憂國之至，數數詢蒭蕘，故敢以言通。抑又恐明公以喬遠爲腐儒，不足與計事，敬録楊文懿公所論東事者附獻，使明公亦知先朝之臣所以得名者如此，惟明公詳擇。

再上王相公老師書

日以皇長子講學之事，數數奉教門墻，見閣下位極人臣，服御如書生，氣蓋一世，而欿然如儒士。至主上所不可測知而救挽者，掀心露忠，輒争之必得。故閣下雖自比於書生儒士，而功在宗社者，不可掩也。喬遠竊見朝廷之上，百官皆已得職，萬事皆已就緒，乃舉朝所扼腕而不能得者，止有倭夷封貢一事。然私念閣下所不得之主上者，權在主上也；舉朝所不能得之主上者，權在閣下也。今閣下可謂無權矣，而又曰權在閣下者，何也？閣下曰："吾任本兵而已，本兵任督撫而已，我豈邊臣哉，而能知倭之可封貢與不可封貢也？"夫開國之君，其精神智慮皆若曉然見於後代之事。倭奴之不可與通，太祖高皇帝告戒叮嚀，不啻再三。倭自嘉靖之季，變於江南，焚虐蹂躪，帶邑連城，又不在閣下未生之前，閣下豈不知倭之不可與封貢哉？而竟欲與之者，先事者急於掠美，後事者急於委負，當事者又急於息肩，閣下不詳審而力持之也。閣下所不詳審而力持之者，以爲吾爲宰相，知布公道、集衆思而已，何爲併本兵之權而操之也？夫所爲宰相不操六曹之權者，謂他有所舉引，請乞攀求，而從中默援焉與默阻焉者也。若關係數百年國家安危成敗之機而亦置不問，則何以曰天子經邦之臣也？又戎事之機所云在本兵，本兵云在督撫者，其軍中主客之形，虚實之勢，而我難遥度焉者也。若倭夷之不可與封貢，豎子皆知之，江南之人比之談虎，而輒曰事在彼中，則何以曰"廟算"、曰"幄籌"也？虜昔假道西入番求經，我爲仰華寺與之。生變之後，追論首事之人，部、侯二公至於削官奪誥，閣下所知也。夫非倚督撫耶？今主上未嘗以封貢堅持於上，閣下又一言而可得之本兵，而獨無意焉！故曰舉朝所不能得之主上者，權在閣下也。

田常之欲伐魯也，孔子使子貢説之，移而之齊。夫孔子於魯，非執政之臣也，人伐其國，嫁而移之，非仁人之心也。孔子不嫌爲之者，爲其宗國亡窮之計也。今倭發難在朝鮮耳，非我有眉睫之憂，腹背之害，爲他人紓難，而自以其國當禍胎，其亦異於孔子矣！喬遠辱在門墻之下，愧不能爲子貢，而望閣下之心，如子貢之有夫子，惟閣下慎之重之。韓愈曰："宰相者，澄源清流，統一應萬。"毫釐之差，或致弊於寰海；晷刻之誤，或遺患於歷年。惟閣下慎之重之。别有閩本兵書一通，聊述杞人之憂，亦以附獻。若夫關白以弒主得封於中國，喬遠方欲自附里革更書之誼，又恐閣下以爲迂焉，而不敢也。

報薛侍御書

明公含納細流，斤斧曲木，故即以遠無似，猥承賜教而問之也。黔在天一方，比來人物斌斌，齒於上國。薦士之牘，視滇尚讓，士心觖望，良有繇然。今西南用兵多起，苗蠻爲梗。即明公激發其子弟，振之以文事，使皆洗膽明目，與於冠裳，將牂牁、夜郎之都，慕羡騰跂，不復藏匿菁谷間比於沐猴，此明公用夏變夷之一端，遠伏下風，敢不佐論而贊頰耶！異日者，芝蘭之滋彌芬窮谷，桃李之芳延艷幽陵，孰藝孰植，德於場師，是明公爲賜黔中，將百畝九畹蒙景襲陰，不言而下成蹊也。使旋，肅附興居瞻溯之念，不盡欲云。

與查仁卿提學書

足下行數月，弟察視署事，無所得爲。其得爲者，皆簿領勾稽之役，爲之振廢急滯舉而已。獨念國家螽斯之盛，宗藩衆多，莫甚今日。昔當事者憂其禄入無所出，稍稍爲節制，顧皆齪齪不宏遠，要以吹毛求疵，使其舉手觸扞，墜我法中，幸得加剸裁。此何異主人設食食客，堂外復有數客至，食不足不益炊米，加沃而已，曰："甑之罄矣。"夫如是者，不如明謂諸客出食於他所。遠謂今日欲出食宗藩，莫急於開其四民之業，使得自爲生。然而國家典刑所從來矣，固未易旦夕變。獨開科應舉之議，自萬曆初年講之，有歲於兹矣。其在今日，實可設誠行之。夫國家懸爵制禄，且欲爲寵於奥渫疏逖，奈何自親而自格之？即萬世而下謂我朝之宗德人才士，鬱結歎息，讓漢、唐、宋，以戾我太祖開國立法之初心，則吾黨諸臣殆有責焉。

會開科應舉之論,先發於伍希泉年兄,而足下行後,又有山陰王、鄭世子繼之。遠因稟承大宗伯爲之申明昔歲之説,使願舉宗人得辭禄求試,試而得入官者,至致仕投閑,終身不預禄,老而無成者乃復予之。宗人無所群聚糜倉,膺志輸能,而心立功者,亦無不自見之恨。主上以爲無傷也,有詔從公用舍,以破拘攣。從今而後,遠請得大宗伯告政府授勑督學使者,别載宗生應試一條,據爲功令,所望督學使者直切磋究之耳。夫大公而破拘攣者,足下之志也。况出官禮曹,備知今日宗室之困,而又平時蒿目焦慮,不愛狥智以竪功於當時如足下者哉! 故以開科歷疏二册,附授使人,惟足下爲國家留意焉。别有選貢事,宜亦以二册獻。

答杜提學書

督學使勑自明公拜命之後,則上章請於朝,豈俟教哉! 遠未得謁明公也,而獨仰明公如星斗者,明公之名使之也,士固不可以無名已。遠平居論國家之事,要在于知者言之,能者行之,如殊方而同舟,乃克有濟,則雖在他人,猶或望之也,况如明公哉! 所以敢伸其説也。

明公生長齊魯,而宦游大梁之都,二土皆有宗室焉。而大梁之宗食指視齊魯倍,明公亦知其困矣。夫其踈鹵秫絀甘於饑寒則無足念爾,即有企竦横睨,思欲自見者,奈何令其視息闉闥、豢體圈牢? 士固有志,以骨肉懿親,坐有不自表明之歎,不亦盛世之耻耶? 况今公族日蕃,外府益虚,增禄則困民,限禄則困宗。遠之奉此職也,不能無坐念耗禄,稍刓削,顧皆毛舉細索,幸其有紕繆致入於吾網。吾大宗伯羅公蓋歎之曰:“設法致人而奪之禄,豈國家親親之恩、吾臣子所稱君子者哉!”方請於上寬之,獨計謂可興起廣厲,使宗人無失禄之嘆,而我亦無所見奪者,不如開其薦舉之門。然薦舉之開,行之數歲於兹矣,聞其中亦有求進者,督學使者以拘攣格之,彼亦數數有後言。大宗伯曰:“非督學使者之過也。條議之規模未詳,而網羅之目尚簡也。”會鄭世子、山陰王、伍黄門公先後上封事,遠因得稟承宗伯,究昔日所未備亦頗悉。業奉詔,方欲請政府就明公勑書中别綴一條。宗伯公在告,弟亦坐狗馬病,謝客不得爲。顧業奉詔,明公可設誠行之矣。晉中諸宗聞其椎少文不及齊魯、汴梁,亦聞其困甚無以餬口,明公誠設誠行之,求自試者即失禄無所怨,禄入於無以餬口之家又甚喜。是明公爲天子敷教,而内寓理國。遠以爲甚厚施,故不遠侵事之嫌而併獻開宗科之疏,以備明公裁擇焉。

與黄全之山人書

喬遠頓首啓全之足下:游君至,復承手教,拳拳在念,是何不佞疎節於足下,而足下拳拳若此也!弟自去秋從粤歸,則有亡婦之喪,其冬爲之料理窀穸,左支右拮,春初乃得成事。嗣後則先人在日,曾修有《清源文獻》一書,未遂鍥木,今春以呈敝郡郡公,欣然梓之,其校讐一委之遠。衣冠先輩,文字寥落,又有當搜採者日無虚,時亦無虚賓客相過,即游宗謙有書寄我,亦未及財答,其弟宗振所知也。而足下料我以投閒而慍者,殆非知遠也。

士君子七尺軀耳,進則龍蟠,退則蠖宅。廊廟冠冕,豈生來一定之物哉?在則奕奕,没則泯焉,斯人多矣。遠自弱冠以後即存此心,非今日也。要在志行不媿古人,文章足表於後,則素志爾。足下視僕豈齷齪鬱鬱之人哉!夫得罪於君父,杜門省咎,則臣子之分宜然。乃因仕進迍邅,不通素所往來者,是當始不如無通往來也。凡僕之胸懷,宗振君相見能道之。稍待《清源文獻》成書之後,僕尚能出其餓腸,聲我金石,遠寄足下,不則裹糧而從足下九鯉麥斜之間,足下幸無以我疎節而疑我,而遂忘我。天且寒,珍攝幸甚。外承寄大作,附此謝教。

謝黄方南侍御書

遠釁深罪重,獲霑恩譴,自惟陋劣,不知生所。幸遇明公曲賜矜全,假以顔色,周之日餼。念其家私冗散,無勞從徒安坐,遂令殊方樂於中原,左官榮於右職。顧念生平已爲過溢,而明公復縱以文翰之殊觀,榮以不朽之盛事。剪飾羽翼,俾厠古賢,故無因緣,得遂僥倖。是以甫從授記,遂聞私服。而明公復矜憐而優恤之,俾即長途亦及燕處,雖復家人父子,何以踰茲?

川原跋踄,以九月二十一日抵舍。荆扉無人,幼煢觸目,雖欲抑希超曠,未免無情。然聖賢安身立命之道,天地憂戚玉成之意,固明公所諄復提撕,而遠奉以没齒者也。茲因使人,敬修輶謝,遠不勝瞻仰之至。

答屠田叔運副書

都城客舍相過,杯酒論文,至於秉簡問柳,並步連轡,可謂同於物外,齊其賞心者乎!若夫逐臣去國,游子望鄉,大篇琅琅,置我懷袖,明珠引淚,清風散愁,又一時也。

遠以去夏祇役湘灕,奔走楚、粤,不得定居。已而糟糠喪帷,稺子亡乳,卒卒無歡,獨居一室,饔飧僅續。親朋之問,亦皆闕焉,其不得起居足下宜也。囦溪之關,惡水頑山,圊懷隘目,意足下傀焉無所發舒,乃馳問數百里外,訪古問奇。大雅之韻,聳我迷方,海内交遊,寥落三載,今得足下一書,可謂空谷聞音,跫然而喜者矣!使還答謝,不悉欲云。

答劉懋學太守書

子生天西,我生天東,不意臭味遂投千古,心中謂吾兄文字意氣,雅所願託,即所範身處己之詳,未及悉知。去歲郭志先歸,廼備道吾兄蔬菜糲羹,絶無厭意,不日不月。彼居常與稺孝處,謂稺孝過苦,及觀懋學起居飲食,則稺孝正易也。弟聞而媿其言,然竊自喜。吾之信友畏於吾之狎友,自託果爲不爽。

蒼梧既别,黯然魂銷,而老伯母凶問忽至,令人不能縮地走哭,真是一悲痛事。承委作一輓章,而不知旬日之間,何故文委稠疊,近親遠朋,接踵繼至。將信之人,行在旦夕,督促數四,僅撥冗完得令先兄墓表而已,徒有此心。《哭母》、《思母》二編,儻有鴻便,萬勿見遺。怡齋令先兄不審葬未,足下故高堂在養,諸昆濟濟,比來釁愍若此,萬宜自愛。

報孫萬户書

先民有言:"文臣不愛錢,武臣不惜死,天下太平已。"夫愛猶人情也,愛而至於篤惜,猶人情也。惜而至於畏,此則末世之滋垢,而古人率不可希也。天地至永,人生至促,獨有我身,奈何勿惜? 要在作計於鮮,加心於無事,令不至有死地者,此則武臣所當日夜念者耳。僕於門下,絶無相知之素,門下枉其前旌,就而下訪,若竊與不佞之無所愛,而不佞亦心知門下之無所惜也。及承示條陳諸欵,皆鑿鑿之談,預爲桑土之論,不佞固心知門下之無所惜,而門下先計加心如此其重以詳,始不至有不惜之日。此僕所以私爲公家喜,而竊竊謂見門下後也。拜問之辱,輒布腹心。時事多艱,政深注想。

與程蘿陽太守書

不佞於明公非有宿昔之交、介紹之雅,而明公入守敝郡,謬承意氣最先。敝郡之人謂不佞不足以取重明公,而明公實愛士也。然爲郡而禮其土之士大夫,不必以賢者,故亦常格,而不佞之見愛於明公也,不以一身。先人玄臺之下,晦德未彰,而明公揚之,青簡之編,生前未就,而明公彰之。《詩》云:"孝子不匱,永錫爾類。"吾郡之人謂明公不特重遠先人,而實明公自爲孝也。

拜別之後,跧匿山城,不得動定。繼聞太夫人仙逝,道路之口,以爲悠悠,久不之信。去冬見洪同安父母,乃知有之。明公昔者在郡,食不甘寢,不寧天假良緣,得歸與太夫人訣? 毋論脱屣一二千石,即千駟萬鍾,足多乎哉! 此明公至誠所感。而若不佞遠者,自從孝廉後,即棄背二親,遠道不一執手,所以痛恨追思而不能已者也。玆者敬修一奠,便附洪父母往,乞吒名令先慈靈几致意。日月有期,惟抑割哀情以慰逝者而需後眷,不宣。

與潘士鼎書

都城一别,短劍爲贈。嗣後逐臣遠蒞荒徼,不敢相聞,而足下清譽日馳,出於道路之口，入於鄉閭之耳，真可謂吾黨有人，吾儕生色矣！竊謂吾人學問，惟以真心爲主，如足下之爲，皆所謂較然不欺其心者。憶昔癸巳之歲，毗陵張君文石坐言免官，别弟致謝，寥寥數語，曰："如足下氣節學問，可謂不俗，第當廓而大之。"常愛此君之言，以爲服膺。天涯素交，無以爲贈於足下，亦用此耳。第張君所以贈弟者，弟終少佩服，歸鄉杜門，僅易得"株守"二字而已，未見妙用有可以化俗善世者，殆學問未至，而分量之未克也。如足下心事沉潛，學力遒上，又方在仕路，可以有爲，勉而進之，當自不遠。此弟所惓惓屬望也。

家居尊人、令弟以足下故，相愛殊深，數相過從。令弟文字矯矯，必非凡品，家學之傳，足証足下淵源矣。去歲承手札及割俸之賜，疎懶不及裁謝。兹尊人行，敬附報章而申其他山之誼如此，潦略不悉。

與李夢墀侍郎書

君子之在事也，汲引天下之士者有之矣。士窮而在下，去之數歲，猶念之不忘，非大君子不能也。遠向在京師，明公殆取其意氣向慕之誠，響然應之。逮遠得罪出都門，明公已仗節鉞於近畿，則可以已矣，而尚遣人追之國門之外。及跧伏田園五有餘歲，又遠在萬里外，則又可以已矣，而尚不忘諮問下吏，飛札詢存。然則明公好士之誠，殆終始平生者。持此以收天下之人，集天下之事，其爲國家之利，寧有窮乎！然而明公自不安其位矣。明公不安其位，則天下之士無如明公何也。顧亦明公自不安耳。若有欲安其位之心，雖數十年可也。

自辱書之後，久擬報章，率無便羽。兹因敝同年人便，附此申心。敝同年道明公歸而杜門，罕所交，與兄弟怡怡，同爨共衣，不殊膝下。有此至德天彝，寧復知世上有所謂卿相者？遠歸而閉户，二毛已生，著書爲樂，頗足自老。天假之年，使得卒業是間足矣，亦更不問升沉事也。但韓愈有云："其心尚以憂衣食亂。"今遠所苦亦在於是。若使安意爲之，七尺之管，立不磨之言於天地間，較之古人，未敢多讓也。士固申於知己，微足下無以發吾之狂言，韓愈亦云，遠於明公又類是焉。草率難盡瞻企。

答戴亨融書

得亨融書,歎年歲之易邁,慮道德之不究,美矣哉！責躬之苦辭,尚友之極思也。遠聞之,君子修其在我者而已矣。孔子曰:"用之則行,舍之則藏。"可以仕止久速,則仕止久速也。故曰大人者,與天地合其德,四時合其序,與日月合其明,鬼神合其吉凶,是四合者,聖人所爲四可也。聖人所謂四可者,素其位而行之謂也。足下方焜燿冠裳,敭歷藩臬,古所謂日宣日嚴之任也,何德不立？何功不建？學問循序而就之,則德日新而有恒;事業循資而究之,則功日遠而彌彰。夫非我無以握世,而隨世以成我也。

古之君子以正爲諫,而今也,患下位之終淹,或預知其宦蹟之將敗,憤詞肆論,退以語於人曰:"我以言得罪也。"古之君子以敬慎爲勇,使之當事,皆沉幾先斷,獨發獨收。而今也,執弓挾矢,握兩丈矛,叫號叱咤,則謂之邊才,覬不得用,用則僨事。古之爲文者,皆其胸中先有所見,即酬應結撰,皆其平時講論有益世道人情之數,寓綴其中。而今也,竄竊飣餖,矜誇繡藻,且其博涉不廣,問之六朝以後事,則不知所對。古者通天、地、人之謂儒,講於學者,明三才之道。而今也,摘《語》、《孟》中一字一語,標爲門目,自立家山。夫佛説十二部經,極論精思,如此其遠也,即十大弟子皆辨博而多才。而世之爲佛者,面壁打坐,以爲得西來意矣。孔子之道大,吾以比之佛。今之標《語》、《孟》一字一句者,吾以比之面壁打坐,然乎否也？嗚呼！士君子立身應世,豈有兩途？節概、事功、道德、學問,亦無岐路,特其所養有淺深,所造有遠近,故其成也,至有不至焉。蘇子曰:"吾文如萬斛之泉,隨地而湧。"遠以爲士君子修身處世,良亦似之。遠蓄此久矣,足下及焉,故肆其狂言如此,便中惟教之,幸甚！

答李見羅中丞書

得老先生手札良久,意欲得有實見,以報答老先生教誨之意,然卒未可以報者,則信乎學之荒也。聖門之學,盡在《論語》一書,學者隨時隨處依傍摹仿,若問刑者以律爲歸，自然無巨無細，合中天理，而要歸之誠敬謹獨，則無念不純，無息有歇，而聖人在是矣。凡學者所以視聖人不可幾及者，皆起於論之太精。論之太精，則必有所難踐矣。今但須淺淺一看，使學者易曉。譬如聖門論仁，仁之爲義，生於吾心謂之仁。果之有核者，其中亦謂之仁。則仁之爲言，蓋收華斂實而藏於中，出之又可以生生之謂。而世之學者視仁何如何如，則謂爲仁之難，亦必然之理也。遠嘗謂學聖人之道，在事事體會，要於中正而已。譬如稱鍾、王之字書以爲獨步，而不知鍾、王所謂書者，不過筆畫端確而已；稱唐人之詩以爲擅場，而不知唐人所謂詩者，不過音韻穩帖而已；學聖人之道以爲不可幾及，而不知聖人之道凡事停停當當而已。則夫聖人之道本無難能之事，而明聖人之道者，惟須引之以易入之路，牖之以可進之機，譬如世尊大開方便之門，極垂接引之義，此則老先生柄持道統，誘掖後來者所必先也。

別來恭諗道體無恙。莆中文學之邦，必有深造實詣以應老先生獨苦之意者，便中願聞其人。徐獻和立身制行卓然上知，猶罣吏議，世道若此，令人短氣而已。適謝廣文之便，率此附候，而貢其私見，然度終不足以答老先生明教，便中更示之。幸甚。

答吴繼疎吏部書

都門邂逅，似兩各有心。但此中藏之，不敢語人，不知門下何以遂爲不諠之契？可謂同《南華》之視笑，譬《離騷》於目成，真人生一大緣會也。門下醇衷方質，究聖人之學，憂蒼生之患，而孝思切至，交誼敦崇，此宇内第一流品，猶然不鄙遠念，重疊記存。千歲之前，四海之遠，持此心也，何所不貫耶？

遠久廢之人，但合自理，幽壑豐林，是我故物，布衣粗飯，以爲家常，寧復敢問當世事？又豈復以浮湛一念置之胸中？第既具支骸，不應自虚此世，學問文章，殆將求一可耳。天假之年，或者得竊老先生之緒論，衍其支流，成一究竟，此則平生之不敢自棄者也。門下方鑒衡當代，隨才授任，博訪廣延，自足蒐羅才俊，上報國家，亦何至以一二拓落之人置諸胸臆？然若此者，政足深見門下也。

讀老先生之文，輒思厠筆諸公之間。適尊使行逼，未能造次，然此心嚮往矣。

與周窾六年丈書

別窾六有年，忽忽無所聞問，而道窾六起居於我者，亨融也。亨融一行蒞官，留心千秋之業，良可歎。尚不知竟坐何以渠患有餘耳，豈不及也？窾六鴻罹漁網，亨融驥並駑櫪。遠於二子雖不敢望，然竟爾矣，豈造物者於吾黨將有所伸耶？不然，何游於人世之詘也？

窾六仕宦不遂，所聞删定明詩以垂諸後，此一段久遠事也。前有選者，窾六丈視之有當否？大抵古今豪傑之士，其才情學問相去不遠，此可懸度而知，古人固有過於今者，今人亦有逾於古者。譬諸器用、衣服，今人以古爲精且備，然於今又有變而日新者焉，使今人一襲古初，迂且固矣。今北虜南倭，西而緬甸，僕皆嘗見其字書，觀其刻畫奥整，皆不失古者篆籀之遺。蓋其先世以是傳之，而夷狄不能變也。吾中國固亦以篆籀起者，今變而爲八分、爲隸、爲真草。在中國之人，固以爲失古之意矣，然亦惟中國之人乃能變而爲八分、爲隸、爲真草，若夷狄之人則不能也。此見夷狄之蠢，而中國之人之化也。起古之人與今之人對，今人必羡古人之精奥，古人亦必羡今之俊奇。譬如老少並立，少者則羡老者之高年，希其壽考而不得；老者亦羡少之芳韶，愛其健爽而難逮。僕嘗以是衡論古今之文章未可有軒輊也。梁昭明築臺而選《文選》，極所稱量，然腐敗而色不鮮，淺短而味不長者有之矣。如今之驅駕而沉深者，又少所見焉。非古人之不能，其時精采未開，講論未遠，古人亦自限於習氣而不知之也。唐人之詩，我朝人所選者，莫備於《品彙》，然皆取其氣醇而詞雅，若餖飣繡組者而録之，坐令唐人怪偉深奇之氣象不復並存，後生粗學習見其書，不得諸人全集而觀之，以爲唐一代之技如此而已。稍欲自見其奇，則曰："非唐詩！非唐詩！"大駭而笑之。夫温厚和平，詩教也。《三百篇》，聖人之所删定，豈復可置瑕疵？然温厚和平，詩之意也，其中艱奇之字，獨造之辭，必費考叶乃能得之，則竟謂如餖飣繡組而已乎？抑唐人之詩，其怪偉深奇，遺於《品彙》所選之外者固多，其弱而腐且稗者，集中殆亦不少。律之爲詩,自唐人始,又見創造之難,而論詩者不可不審也。明此則不至於過尊古,不過尊古,則不至太卑今,而選詩也,不拘拘唐人籬下走矣。

窽六所選之詩,遠固未嘗得見,又未嘗得窽六之意,然遠之意如此,或窽六亦不遠也。外拙刻數帙,便中請教。窽六或不私其後世之名,以分與遠,遠或可冀一大伸矣。

報金中丞書

向在京師,得以舊僚末誼,瞻望顔色。山斗之懷,欣償夙契。繼則明公仗節鉞于無諸東冶間,而遠也得與於州民,固不勝喜幸,然不敢以疎賤之身自通書記也。去歲家兄獲奉門戟,明公尚念舊吏,俯賜慈言,則遠復見齒及,以此知明公不遺天下士矣。明公七年於斯,仁滲蔀屋之心,威懾遠夷之膽。風教所嘘,門扇而户吹;整暇所庇,席帖而哺飴。八郡士民具幪噢咻,遠也固與田叟市庶共在治教禮樂之中。乃頃之陸别駕公祖持示手書,仰悉明公見念之意。

遠起家儒素,先人薄宦,差具饘粥,户籍所載,産米三石而已。幸蒙朝例,悉已優免别民,米一石有奇,寄籍安溪縣。家有犬子,爲諸生五歲,並未敢向彼陳乞私念,家受朝恩,稍爲小民分減毫毛賦税以給公上,此本心也。兹别駕公祖携明公德意,且爲行文於彼,盡豁之矣。夫非如天之福,何以及此? 道遠人難,敢仍以書附之上記。少見區區,伏惟崇鑒。

與竇可揚提學書

向者横被老公祖破格之愛,雖吾兩人者不覺,乃閭里見當道過辱,羨傳以爲勝事,迄今生色,感激何云! 且不特如此而已。三年之内,備承治教,啓我蒙瞶,長我識見,言言入理,事事皆真,此交此情,當於古人中求之。

不佞弟宦情素薄,屏跡自甘。初妄有行可之爲,冀効(效)鉛刀之割,既則時運大謬,賢聖所以卷懷遁世不悔,服之終身矣。輕肥之志可必無慕顧,未知安身立命作何結局耳。世自有人,漆室寧用歎也。楚人大國之風,得天下英才而教育之,豈云不若一道一方之及物哉！且夫人臣之誼,以人事君,此其大者矣！

與門徒徐奕開書

披褐出門,遂登上第,喜躍之懷,孟氏樂正,正足相方。且夫士不厄,烏能激乎？初仕之道,誠敬爲本。固不在傲人,亦不必悦人;固不在廢事,亦不必生事。久久操服,自見効驗。僕雖仕宦不遂,不習爲吏,所聞於聖賢之義,坐觀夫世事之變,聊得梗概如此矣。先輩登第之後,蹇驢布服,人共一皂,今雖不可得矣,節用嗇養,可無借貸之苦,然後能遂身直志,進退無所不可。至朝廷典章,法家律例,皆不可不究。心雖在翰苑清曹,當自有受用之日,此則前輩名臣所用以起其家者也。

足下每有家信,皆承念及。屏居之人,書信不宜外通,其時雖足下尚在江湖之間,於僕亦自有難者。今兹大喜,故不得不勉作也。尊公艾年怡猶,此是人間大快事。比亦數數相過,又蒙其齒愛,亦聊以聞,以見君家橋梓之厚。諸不悉。

鏡山全集卷三十二

書

與龍廉孺海澄書

敝徒李生適持大作見示，感仰之餘，輒僭爲一言弁首。明府所爲豪傑之士也，何幸得於吾世哉！明府之爲海澄，其苦節純政，不佞數數聞之，第無繇一通左右，瞻望顔色也。大計投杼，徹于九閽，澄人閉關持刃，願留明府，當道大吏繼爲上書頌冤，此閩中二百年未有之事，甚盛，甚盛。但近不知得請否？儻未得請，則不佞尚有未同之言者。

明府今日，君命也；百姓苦留，私情也；大吏上書，臣子也。私不勝公，臣子不勝君父，所從來矣。臣之於君也，東西南北，惟命之從，孰敢不死？孰敢不去？孟子謂“君子必三自反”也，即明府忠心賢行可鑒之天地，告之人人，今日君父有命，尚當自引過。若晏然以所治爲己桐鄉，而待後命之及，則是明己之無罪，而彰君上黜幽之失也。且明府之有今日，固以抗中貴、擊豪暴，當時明不有官矣，迺今若未免有鷄肋之跡。即上幸而勉留，中貴再來，明府將抗之乎？抑順之也？豪暴再至，寧念昔日戀戀固留之情，其不忍拒之乎？澄人必留，以明令尹之賢；明府必去，以伸去處之義，則明府與澄人兩得之也。三代而後，人心虚己者少，自護者多。銓曹諸公業已處置，豈肯自居考察不審？恐命未必下，即下，銓曹亦未必覆，是澄人終不得賢父母，明府竟之宜去，則明府與澄人兩失之也。夫藏舟於壑，藏山於澤，夜半有力尚有負之而走者。明府自身自手，夜半可行，不待負也。澄人有强而追之者，則應之曰：我身在也，即上有後命，我可自來，若其無也，豈有百姓自留其令，令我作躍冶金者？此孟子所爲卧隱几者也。

自古聖賢所以超出衆人之上者,其出處大節皆皎然於天地之間,而後論用世。大丈夫世不用我,又焉往不得哉?不佞竊謂明府今日當決於去,而澄人苦留可置勿恤。不佞於明府非有一日之知,輙如此盡言者,聞明府之平生,輕千里而來告以善也。狂妄之罪,想高明能恕之。

答杜農部書

慈堂之喪,欲入山一吊,以賢甥奔訃未至,故爾稍須。承手札,乃知抵家有日,容即赴繐帷一哭也。爲人後之禮,先代極嚴,自世廟議大禮之後,則所生亦不爲不重,但觀《大明律》所載一欵,似亦别無處法。所示稱謂數字,云"不杖期子"爲太抑情則誠然。至稱"出繼哀子",則"出繼"二字似稱宗支,而非謂服制者。稱"降服子",則少一"哀"字。稱"降期哀子",則露一"期"字,亦似覺非從隆之意。鄙意謂"降服哀子"爲當。以既在永感,更加一字曰"降服孤哀"。至開堂受弔一節,則嘉靖末年題准云:"内外官員爲人後,遇本生父母亡故,自願回籍者,許給假治喪。"有治喪,則不止給假矣。既以告君父,即開堂受吊,固禮之正耳。本無所知,承問及,以意奉答如此,惟更裁之。

與林志唯書

日承顧,不及奉迎。歸而家僮道丈以禫禮下詢,足見丈精謹虚心之至。古人云:斯道也,將忘之矣!禫者,澹也。澹澹然,平安之意。《禮·間傳》曰:"中月而禫。"註謂:大祥之後,更間一月而爲禫祭。三年之喪,二十五月而畢。石梁王氏謂:二十四月再期,其月餘日不數爲二十五月,中月而禫。註謂:間一月,則所間之月是空一月,爲二十六月,出月,禫祭爲二十七月,徙月,則樂矣。古人祥、禫皆有祭,祭必卜吉,故二十六月則預卜下月之吉,將以行祭,非如今人不祭,擇日自爲,即吉地也。三年之喪,再期之内,以其親死之日爲斷,馴至二十七月,不復以其始死之日爲斷者,爲卜吉行事也。今世俗相沿不祭,安取卜吉?其不卜吉者,則又猥云禫服三月乃畢,遂以大祥之日爲始,數至三月而釋服,則是二十八月矣。夫親喪三年，論其首尾二年而已，世皆依之。而至于禫，則必以三月，豈非不能三年之喪，而緦小功之察乎？君子加隆於親，不在此也。又今吏部算百官起復，扣至二十七月，亦以聞喪之日爲限。此則職司者不能盡知人家卜吉何日，姑以其日爲定耳。而世俗遂斷以親死之日算之，皆非禮意。丈悯悯好古者，必欲依禮，則當擇一吉日，設神位於靈座故處行祭禮。禮用哭，祭畢送神主合於祖宗之龕室，此爲正義。如從世俗不祭，則不必擇吉，即于二十七月之朔日釋服，無用更湊至聞喪之日爲也。夫君子行事以禮爲則，其心於父母固自有終身之喪矣。世俗不知禮意，固不必從。愚見如斯，謹以爲丈守禮之一助。

報許敬菴中丞書

王友至，獲承教誨，不料前輩先生詢詢汲引後進若此其盛。聞先生居家清貧而著書不倦如故，真是擔當千古事。遠罪廢有年，向徒慕文章氣節之高，今乃從事學問，可謂晚矣。然天假之年，或得奉朝聞之訓也。竊意今世講學者如治天下，然理財用人終日討究，而卒不見之施行所爲，開門分户曰聖道云云者，亦未見有親切着之身心。愚見謂莫若庸德庸行中步步繩尺，如饑有食，如寒有衣，庶不負終歲讀書求友之意，不知先生以爲何如？

《論語述》具已記存胸臆，講章二篇抄上請教，便中惟示之。

答馬聚生司理書

遠之少也，寤寐海内士大夫君子。今老矣，固無所用其意氣，又烏敢以土木之身，薦諸文繡之前？明公交誼直無古人，如罄之篪，不名一錢，猶然割俸相寵，此豈所期於世耶？清詩倚馬，媿不敢當，璵珪之美，亦所未論。至讀《孟子講義》，洞透大原，深爲歎服。學者終日論性，畢竟何處入手？終日論存心養性，何處歇脚？所謂依乎中庸，遁世無悔，俛焉日有孜孜，斃而後已。此所以能紹千聖之道脉，而擔當天地間一大事也。承教念之，爽然而知明公之學進乎藝矣。

使旋，無可酬，鄙寥寥短札，神往甚長。

與黄士京秀才書

遠騃騃老矣，方知向學，而足下黽勉不休，左提右挈，幾望一至於聖賢之域，此君子盛心也。鄙意謂吾黨今日爲學如耕農然，凡禾稼之事，物土之性，溉墾芟穫之法，自后稷相傳至今，其方法已明有上，農夫者但勤治之而已。孔門教人只是爲仁，仁者只是純然無惡，盡之矣。凡心性之辨，古來辨難不啻絲髮。而入門之塗何方，不可以證助，即如朱文公之道問學，陸象山之尊德性，薛河東之敬以復性，陳新會之主静，王新建之致良知，李豐城之修身爲本，件件俱是主腦，件件俱可入頭，政不必獨主一説。今日吾黨切務，只是戒慎恐懼，而使喜怒哀樂之中節，克己復禮，而使視聽言動之合宜。自己破病正在於此，朋儕疎漏亦在於此。而性體心體已發未發，前人之講已明，不必剖折（析）之也。使農人深知稼穡之事，安坐自惰，終歲不得一穫，雖復起后稷於地下，寧何益哉！至於學問之功，當下俱了，固無節級，而立言之法、用功之序，亦有不可得而混者。昨者曾看《大學解》，前輩有謂"知止則定静安慮"，一下都了，固爲渾然然。儻真如此，則只曰"知止而能得"，便足成文，不必中間安"定静安慮"數語，亦不用許多"而後"數字矣。辟如登百層之樓，豈不當時即至？固非待數日乃陟其巔也。然總之一級登一級，乃爲可至，豈曰吾一舉足當下上樓乎？然其心則舉足之時，而登樓之意已完具於步武之中，此則可耳。

承汲引之教，故弟遠亦略述所以向學之意如此，不審有當於潛心君子否？

再與黄士京書

承手教往復論難，非好學之誠，何以有此？遠昨所云者，蓋有激於世之學問爲徒言者。設坐令世人以學爲詬，又天下之理無窮，聖賢之立言無方，不在乎以專門求也。若爲學之法則，豈有外於聖經一章之理？大抵名爲學問，而實未嘗切實修證，此今日講學之弊也。留心講學，而掇取聖門一言一節以爲把柄，號曰"專門"，此近世開講之弊也。足下慎守師説，安得不云爾乎？足下若作薛河東弟子，必以敬爲把柄矣；若作陳白沙弟子，必以静爲把柄矣；若作王陽明弟子，必以良知爲把柄矣。要之，聖學本本源源，固不待分解歸總然後明白。譬如言四時百物，總之不過一天盡之矣，若必尋其原本，則天亦不足以盡天。一冲穆不已之命盡之矣，然徒曰"冲穆不已"，又何足以見天？必著而爲天，一天亦不能自成其爲天，必見爲四時百物。四時百物而終歸曰"天"，天而終歸曰"命"，此一本萬殊，聖學所以一貫也。足下若詰遠曰："戒慎何指？恐懼何爲？喜怒哀樂其本安在？"遠則曰："喜怒哀樂即性而已，性即天命而已。"足下若詰遠曰："己從何克？禮從何復？視聽言動其本安在？"遠則曰："視聽言動，其本在心。"克之復之，其道名仁，仁即性中之理而已，理即天之命而已，足下所謂"知止"，固未有不用之喜怒哀樂、視聽言動之間，而遠所引"戒慎恐懼，克己復禮"，又孰非至善之用？足下所謂"一步進一步，一級歷一級"者，即遠之戒懼、克復，無一可放過者是也。所謂"止"者，即遠所云"本本原原，自有所在"之謂也，又何不同之有乎？而足下所謂"繇階升堂，繇堂入室"者，又舍件件省察持審，何所用其功乎？以孔子之聖論，上達而必本之下學，吾黨何人，又安可不置力者？若必於斯道之中尋一至尊至一之處，則"修身"二字亦不足了之。此聖經所以從天下國家説入正心誠意，又從心意説出致知格物，此即遠以四時百物譬天者也。

遠今日鄙見，但欲以躬行實踐爲下手工夫，而他諸異同之論姑且置之。足下精心猛進，留意斯道，不識以爲何如？

答王漢冶秀才書

聖門之學，其妙歸於神化，而道盡於知行；其成要於上達，而功起於下學。孔子曰，不寢不食以思，不如學也。"發憤忘食，樂以忘憂，不知老之將至"云爾。聖人學是學何事？憤是憤何事？樂是樂何事？若不讀書窮理，是終日無一課程可做，而歸宗於静虚，尋知于不慮，其不爲佛之面壁打坐者幾希矣。不慮而知者，自然之知也。人性皆善也，誠而明者也。慮而知者，學問以後求其放心之知也，明而誠者也。佛家有窮子得寶之説。繫珠三年，猶未之知也，一日知之，可以起田廬、積財貨，圖謀母子，商度貴賤，而寶於是得矣。天下事未有不先於知而遽可得者。窮子繫珠之時，未知是寶也，此時非不千方百計尋求生活，慮而失其所慮也，以故不能得。知寶之後，以起田廬，以積貨財，圖謀商度，件件合宜，慮而得所慮者也，而得真寶矣。朱文公曰，明德者，人之得於天，而虛靈不昧也。不曰以具衆理而應萬事乎，不慮則孩提之童可以憑虛作用，何能具衆理應萬事？不曰物欲之蔽，人所易昏乎，不慮之良，必不能蔽昏，既欲反蔽爲通，反昏爲明，非繇慮而能得其不慮之本然乎？故無聲無臭，信爲妙也，而必先之知遠、知近、知微。不睹不聞，信爲妙也，而必先之戒慎恐懼。然則無聲無臭、不睹不聞，可以盡明德，而似未可以盡明明德，而謂之至善君子。無所不用其極，極，大成之謂也。善也，實地也。足下曰"不慮而知爲良慮，而知爲不良"，遠之所決，不敢從也。曰"以不慮慮，以不慮得"，質之聖經本文，而遠之所不能無疑者也。足下又欲歸止至善於虛者，質之聖門之學，而反之本心，遠所謬欲得其實履者也。至于事物分解之説，是遠不免偏枯。足下謂察遠之意，欲使學問步步着實，有做地，不欲空譚，不做得事者，誠爲得其微，而遠亦不覺其言之過也。遠之鄙見，又以近世論學尋虛尋静，不免將聖門"庸德庸行"一條一筆抹殺，而較勘聖人平日之所自爲學問者，大是不同。是以不覺縷縷，令其親切。足下愛遠之至，故不佞再三教之，遠實有所疑，故亦未敢昧其本心，而但云"好好"也。

據案草復，第恐愚昧，一時未究指歸，尚容細玩而嗣請之，謝教不盡。

答鄭申甫年兄書

兄翁謂我逢人説鄭申甫，今何如也？聞鄭申甫今設絳帳，縣彈丸地耳，而士越州連郡，從者如雲，則申甫竟何如也？苜蓿先生，饘粥不足飽，尚遠修以惠故人，不益窶耶？兄近所著何書？所作何文？便中一示之。向先兄奠章，知出大筆，一字一血矣。日月云邁，今遂及期。弟完山之禽，羽毛雕落，無復儔侶，苦口難言，鬢衰自白。逝者不可復得，尚念百年之業，斯文之統，中夜不寐，行墜落耳。申甫於道若有所見，於身若有所明，願益充大之。男子在宇宙間，撑常拄紀,不必一甲科。申甫十有五六矣,願卒勉之。

與李見羅中丞書

累承老先生手書,未繇奉答,實以山中之人疎慢,不知有鯉與鴻。然要亦歸依篤信,未及深誠,以至於此,罪愆,罪愆。老先生七十餘歲之年,乃古者安居祝噎之候,而令淪落至此,海内山斗,坐爾摧藏,凡我同心,孰不在念! 孔子曰“顛沛必於是”,又曰“不知老之將至”云爾。聖人平生厄窮困塞,孰有自得之鄉,不知老至,有所以不知之也。老先生今日大類於是,不然,何以謂之任重道遠也。

遠平日荒昧,比私淑教下,輒爲老先生頌而祝之如此。時下冬寒,仰在珍秘。

與徐獻和書

前柯舍親至,承手札見示。老公祖與人爲善之心,惓惓屬望。乃知遠向者流蕩於文章、詞賦之業,皆非歸宿,必直造聖賢,方爲實地。又向者所以不繇道學一派者,衹爲世人徒憑口説,大失躬行立身、居位爲人,鄙訾者往往出道學先生,是以心不願向之。今思欲責躬行,則自躬行而已。孔子曰:“爲仁由己,而由人乎哉!”今世士大夫不向此道者,必有一途寄寓其心,非文章則禪學而已。與其寓情於彼,孰若專心於此。且夫文章之與禪學,亦非易造之地也,皆必有其實焉。無實行而空言,無實得而空禪,亦何異於不躬行斯道者之非也。

良朋久别,無可相證,聊因黄友行便,以山中所得質之高明。若夫得時行道,要當不負此生,老公祖已探其源頭,未有失之支派矣。

答蔡元履比部書

去歲薄游山寺,承道雅光顧,得接玄論,繼以肴餉憑陵如意爲贈,高誼世講,可謂兼之。别來山居疎嬾,不獲一字奉訊。第於蔡啓宣、張紹和二君時聞謦欬,何啻面談也。三年愁痛,知近即吉,□爲寬懷。聞尊公窀穸尚未就緒,又爲丈一費心矣。令弟楚楚韶令,昆玉並爽,令人羨嘆。來書謬與獎借,皆非所敢當。遠短髮蕭蕭,桑榆莫了,惟有講學讀書,是心所向,顧何足窺斯道之藩,而得文字之波也!向在貴縣,諸友輿論皆推服丈正直慈良,真是鄙心所在。吾儕惟期不墜此意,確要其終,聖賢易爲也。詩文小技,不可不知,而又不必專究于此。丈其以吾言爲然否?

承問及《名山記》,遠自少年則有意聞國家典故,而又欲希古人文字,不敢了之草草,泚筆十四年於此矣。塵務經心,筆力有限,猶未脱草,何足副明指乎?聊復及之如此。

與駱啓新提學書

庚子一别,於今五歲,向來車駕過里,業候館人,已知取道便去,得傅生寄語,知翁兄惓惓不佞遠也。翁兄人倫是範,天衢大亨,何至置念屏棄之人,旋思丘園之下哉?士有曠世相感,對面不相知者,此之謂也。媿弟遠桑榆日暮,學問淪落,反觀内訟,百過叢生。雖時猛省,有拔去病根之意,終歸窪下。原其弊端,止在"玩愒"二字而已。天涯良朋,其終何以策之?《西粤人文序》可謂偉談。貴臬掌司鹺政,聞署前有古榕蟠結,門出其下,殆甚奇賞。前輩於此,殊有藏修。以遠所知,吾鄉李太宰公其一也。張襄惠公似嘗爲貴臬之屬否?景行高山,請以爲頌。

復范晞陽方伯書

喬遠自束帶從縉紳後,則聞新安有明公也。讀《南昌志》而得明公之文章,以天之靈,閩中得有明公,而省會、下邑相去不啻數百里,引脰企頸,神夢爲勞。明公不爾遐遺,何所置人言於耳,厠之志唯、叔玄二兄之間。喬遠荒陋末學,百無倫放。明公心體完粹,政術光大,猶欿然下問體用顯微要義,喬遠雖不敢與於斯道,竊以臆對。

今談學者類言本體,少及作用,是以以言笑動作爲末,以應酬經用爲粗。然舍是而不運量吾身之精神，則無以見天則，而所謂本體瑩净，於何見之？至論“顯微”二義，則世所置力，惟“顯”而已，據其謹飭於共見共聞，豈不純然？君子之歸質諸衷曲衾寢之地，恐未必神明屋漏之嚴，是體用顯微，在聖學雖云一貫，即今論着己之功，則似稍有互重。喬遠以爲不即用以見體，且離庸言庸行之常以求玄妙；不繇微以之顯，則但足獵取時名，而無以爲後來宗仰模範之實。明公云“不言本體，但言工夫”，喬遠以爲此正有體有用之學。至謂局理簿書，覺繁覺苦，益見必勤必矜之意。竊惟運之以至誠，出之以自然，則其繁苦在簿書，若以爲冗務外物，而不質之本體，徒求之顯然可見，而不原本此心之微，則簿書之繁苦在己矣。要以實繁實苦而若不繁不苦者，此正明公學問真切用力之地也。今夫狂瞽之人無與語也，狂者一刺其心病，而静叩之，則且欵欵而露心，有引瞽者而與之欵洽，彼亦自幸得與成人之列，而貢其所欲言者矣。喬遠今日臆對，無類是乎？

與洪桂渚書

頻辱兄割俸，又禁弟少寄，得無謂弟貧乎？弟故不貧，有荔支一園，蓋先人之遺，間歲得收其實，時時賣文爲活，以佐稻田不給，差足餬口。蓋我輩造物者雖不令饒裕，要不饑餒之耳。然如此安貧亦何足道。而兄每書，尚以此稱許我，何也？追憶曩時以氣節用事，不免雜之客氣，雖無偏邪私意，要亦未講學問。屏居愈久，始知進而求之聖賢，百在心端，百不副意。蓋平居所講者道，所誦者書，而目前所日用者，起居飲食，所酬應者，云爲動静，覿面之際，政復失之以爲自苦。兄冰蘗雅操，始終一節，此在士大夫之口不待贊矣。鄙心尤願兄加意聖賢學問，則所以涵養氣節、擴充操守者當益大。百年易邁，駒隙如迅，惟兄念之。既不敢再寄答，又不敢作寒暄語，此念相炤，千里十年，不異咫尺。

答黄紹夫中丞書

相别九載，望各一天。丈遂陟崇階，八座九列，指日可竢，此斯道大行之候也。讀諸大疏，可謂不負其位，不負平生；讀《揚子雲辨》，又知丈整而多暇，觀書窮義於理物酬事之間。至諸詩刻，宏達開廓，能發胸中之所欲言，蓋唐、宋諸大家而外，惟白、蘇方有此筆力，亦知丈鑽詣之深，不肯虛度時光，羡之，羡之。

國家大慶者再，諸臣貤親任子，不及例者亦得擢官，而弟此一輩人戴盆而錮，聖明之世，自分已矣。顧道行道廢，自有天命，此孔門家法，亦何足置意？自省平生以來，道德文章，兩者一無所就，其於心身德性，源本學問，時作時輟，無一良師賢友可以夾助攻治，殆如春月夏雨，乍明乍晦。又山中雖欲求静，應酬紛拏，亦無數日寧刻，可以大肆其力於稽古博文之事。今斑毛種種，知無復及，奈何，奈何！弟自爲郎以來，輒有志作本朝一史以垂諸後，雖不敢望子長、孟堅，亦欲如《東觀記》、裴松之註等書。於今粗了，計已十五年，今更加我五年，當成之矣。丈便中有何先輩名臣家譜、奏疏，或名士文集，不吝賜之，亦可爲考核一助。更不勞手書相貽，以省往返裁答之煩，乃爲佳也。人旋，肅謝不盡。

與徐奕開書

親友自遠方相訊，輒以賜環見念，不知僕山林之志已久，不則何爲篋藏冠服，隱避當道諸公爲也。承示著述之事，開我胸臆。洙泗之傳，不有删贊序述，則斯文之統墜矣。鄙意亦欲紹明世、翼道統，使斯文在宇宙間，久有此意，第蓄之胸中，不欲語人耳。又習染已深，一切世味驟然變舊，所爲未免駭於聽睹，故聊外爲和光同塵之意，此不佞本心也。西山《正宗》、昭明《文選》，尚是文耳，鄙意欲採掇菁華，爲大文字，《昭代故實》亦兼見之。班氏所謂“漢家文章，炳乎與三代同風”者，是其意也。本朝奏疏、論、策，無一可觀，間第一二耳；表、劄、四六、雜説，亦或有可觀者；詩歌則本朝名公多所擅技，不可廢也。足下方歔歷中外，烏能爲我游、夏，異日比於伯玉、子産之倫，不亦善乎？別諭所謂“難以得之上官，而條理不可行之家”者，大抵聖賢爲人，只得管自己而已，此身而外，妻子亦難與言。

惠及二豚，感念可比。粗葛二端，奉爲秋衣，不鄙存之。

報許甸南書

祖熙寅携來書及《廣易通》、《就正編》二作。《易通》確似《正蒙》、《通書》之意,《就正編》而丈所得,具見之矣。山中嘗念"動心"、"忍性"二語,以聖賢之心,豈復有不動不忍時候?但其本體故自純全,必借"動"、"忍"乃能見之,謂之曰"動如震雷迅蕩,萬象咸作",謂之曰"忍如白玉入火,顏色益純"。如聖賢生下便在亨通一塗,雖不至汩没,而品物咸亨、德性堅確一段,必難自見。聖賢猶待增益,况我輩乎?動心忍性,所以進德性之本,然增益不能,所以拓學問之無盡。年歲荏苒,老已及矣,此孔門所以"俛焉日有孳孳也",不審丈以爲然否?

弟比歲四書之言,先儒所論,具已會心。至於五經,則竊謂一人精神有限,雖已經先儒之手,尚有宜討論者。《大學》古文,故自錯綜變化,不知文公何故改徙之?嘗欲依古文訂定,尚未暇力。《書經》則蔡氏傳註,句讀俱失,不足以闡聖人之旨明甚,近已改數篇,尚欲全改之,以俟後有知我者。至本朝之事,諸公前後所著,未見其佳。弟意欲令一代事功、文章,巍然焕然,長存天地之間,此則自郎署時已究心者,今稍就緒。偶抄得《洪武紀》一本,附熙寅往覽,便中更望爲弟評之。蓋弟意如此,實則未能。丈近必更有著述,便亦見示爲慰。千里同心,謬發狂言,不勝咫尺寒暄耶?

復林志唯書

伯兄瀕行,尚不忘命弟,真若以弟可與教者。顧弟涉世甚淺,久在山林,何足知之?惟願伯兄當事至公至慎,視大事如小,視小事如大。竊意此時上下釜鬲,太認真則事必難濟。視小如大,伯兄優爲之;至視大如小,先輩名臣皆用此道。若當務之急,當急之人,到日自有事會,到日自有官評。不惟弟不敢知,亦真不知也。又竊意賢愚高下,亦不必大爲别白。資俸相應,相去不遠,便可用之矣。如此,似方可得海内士大夫之心,而相忘不争之地。鄙見如斯,伯兄教之。

與楊給諫年兄書

同門兄弟，天各一方，而丈兄久侃侃欵欵，弟夙所瞻奉。數年之前，得讀大疏，辱承薦齒。不才駑下，何足當之？徒有懸感而已。丈兄耿直自將，至觸網墜阱，然向覲叙名，又復在列，以此知當柄者悉丈兄枉也。吾黨出世，一腔葵藿，寢食以之。既不在事，當與野獸山禽自放林藪之間，世事絶口不復道及，此亦居身一義。曩當軸之人，丈兄不諱昌言激論，爲國家也。今日别當以鄉先輩尊之。孔子曰："出則事公卿。"公卿豈必賢者？然固有事之之道焉。而況維桑之地，敬止之恭，先民有言，萬望從此不復置口也。

令親徐君楚楚英年，一見便知遠器。弟久庋衣冠，不復通謁當道，便作野夫田叟，自歌自酌，亦不復能爲一臂之助。今自度爲此，庶幾可以忘世。第刻厲虧缺，頽落易生，心中佳朋友又在遠地，不知此心末路作何着落？丈兄春秋富茂，願相與努力。

與蔡體國書

丈事方面之寄，具有施爲，甚休，甚休！宦中必有爲地方垂永賴之業者，弟所願聞也。向承書若貺，弟多在山中，初不知有往來之人，無一便羽可以相酬，非敢忘之，亦非敢惰也。文章之業是入道一障，少年爲之，今已垂老，方悔其用心於枝葉，而内養獨修，又未見其真切之意，此生真不知所底。丈學政不廢，知必同之也。

兄嫂遠歸，知携令器畢姻，而當乘傳過里。弟適在愁困中，不及踵門，又增一失禮也。緣弟長兒於此秋之初化爲異物，竟産一孫已十餘歲，亦復失之。弟老境迍邅，已無意于人世矣！知丈愛我，爲我傷之。近閲《魏莊渠集》，晚節亦曾喪子，然此公力學修身不怠，前輩之勇如此，弟今遭天罰，惟有効前輩之爲，庶可答知己耳。前書不責不謝，又復割俸見頒雲霄，故人用意良厚。使旋，敬謝不盡。

答張紹和書

伻來,悲乎哉!送夏之禽,未旦而傷;别秋之條,不風亦槭。而況足下唁之以哀詞,敷之以長苦,骨肉之痛,重自恨矣。人生五十,當是孫子遶膝,歌笑盈堂,如僕之人,無有五歲不遭哭泣。少年未冠,輒有姊、兄之喪;幸博一科,先人永訣,復不在旁;登第之歲,自慰母在,三月放榜,先慈奄忽,已在王正七旬之間,亦不少竢。終天之心,此其大者。登仕五載,一官拓落,先兄膺秩,差强人意,萬里之外,化爲異物。他如叔昆嫂姪,尚不具説。豚兒遊意書史,志在千祀,開口跂首,妄想高第,自非衣冠修飾,不敢輕造膝前,推其心行,故自遠擬,不意遂畢此生,有才無命。屯厄之士,古亦有之。初謂有息,一脉尚存。何孫非子,何祖非父?二旬有奇,復罹殤故。弱媳慟絶,舍身而殉。登堂跪拜,從容有禮,洞觀堅志,略無怖驚,所謂驚慟國都,悼歎萬人,然於老境殘生,毫有一補否?鬚髮故緇變而爲素,其已白者化作黄色,愁怛之餘,藉書遣日,兩眸昏昏,忽爾如霧。兼以春間喪一女子,年可八歲。大小四柩,累累目前,觸不欲觀。爲之治葬,穿穴聚甓,又復割心。人非金石,何能當此?一死生爲虚誕,齊彭殤爲妄作,古人已言之矣。足下爲我輟茱萸之會,濕裲袍之襟。椎案填膺,惝怳如失,宇宙意氣,其可盡乎?僕既壯子瓦碎,足下亦小襁蘭焚。造物缺陷,誠如來指。亨融推羡亡兒,謂我可貧可老、可醉可病,要不如蓬髮歷齒,不識一丁耳。

適在山次,遽使遠來,蒿里之贈,尚不及觀。葬期即日,遽使留之不止,顧足下輓章恰在此會。素車白馬,何異古人。逝者有知,棺輕自舉。前有張弁還漳,似是寄足下一書,恍惚之間,亦不的記,大要欲爲足下與亨融數子求亡婦貞烈之詩。此中見贈,盈卷滿帙,霞中諸公,寧可便已?寄去行次十卷,或有好事可以傳觀。哀次不悉。

與羅匡湖書

年兄比來何似吾儕,幸然出世,乃皆白首碌碌無成,惻然念之,惜陰忘老,當有俛焉孳孳者矣，年兄想同此意。去歲承寄令祖先生傳，弟得讀未嘗聞，快不可當。謫官一節，《實録》俱不曾言，第云："上書言及本兵，本兵短之於成祖，竟優容之。"于忠肅公功勳在人口頬，人亦不敢異同，而《實録》記于矜己傲物。弟讀其奏疏，但有上書論事者，于公覆疏之末，必云："彼能爲此言，必能任此，即以臣任委之。"則計當時其於集思廣益之道，或未之大。最後令祖先生上書與于公争辨，未審年丈《家録》有之否？弟審諦令祖先生有才略人也，其機權智慧當亦不可測度。而《實録》又記英廟復辟之時，爲家人子弟求官，意亦全身遠害之智耳。乃其守邊之功，可謂難泯。敝縣亦有前輩朱公鑑，當日守鴈門，功與令祖同，而國史亦泯泯，如何得令賢人才士見知于後世也？年兄暇日當與鄒南皐諸公講學論道，不廢大要。士君子不在用世與否，要以蓋棺事定。今世士大夫不患無講學者，而患無躬行實地之功，弟知年兄又同此意也。

與焦弱侯太史書

聖賢之學，合人己者也。大舜所以爲大善，與人同而已。舜不惟自勉爲善，而欲與天下之人共爲善，此舜所以大也。維門下沉酣道學之源，蒐獵文字之府，名顯天下，枉抑人間，則既居晦彌明，在下愈高，海内衿紳孰不知門下？然求之古人，固亦有之。維門下之心，見人一善，拳拳成就，恐其不然。即此心也，歛而藏之，爲人立人達之意；推而施之，爲不獲納溝之耻。然則門下之心，法大舜，尊仲尼，儷伊尹者也。

遠向濫朝紳，雖嘗以風期之私，望顔色衿佩之際，顧未嘗有半刺之通，得一言之辱。而門下徒見遠文字之間，示之以名書，廓之以廣見，令遠不求而得，不望而獲，甚盛，甚盛。陳一齋、蘇眉源諸兄時在譚間備述門下德純學備，胞與爲懷，遠所歸依，匪日匪月。第以晚節多故，骨肉凋傷，命之不淑，思齊景行，心遂減歇。兹創痛稍定，料理遺書，方得伸戔戔之詞。臨緘溯往，不盡欲宣。

與虞崇安書

貴縣士大夫多骯髒直諒之儔，如于景素叔姪，遠所知者也。嘗聞敝徒徐奕開言，老父母開爽軒豁，具是海内人豪，心在慕想，末繇相通。乃老父母復過以姜公祖及敝徒之言爲信，昔人有逐臭嗜痂，老父母與姜公祖得無似之耶？伯潤陸沉諸生，赤貧四壁，獨遠謬與爲千古之契，一旦爲老父母得之，抵掌大快，天下固有識玉之人。即此一節，而老父母與遠已有牙期之分矣。盛意更欲遠爲武夷之遊，而老父母爲東道主，甚謝，甚謝。

遠因而念游道一節，古今人亦自不同。孔、孟歷聘轍環，未有非者，至朱晦菴隱約武夷之下，呈身鵝湖之側，便爲話柄。陳白沙當日江西諸公請主白鹿書院，辭謝不往，誠爲得之。至其授檢討南歸，塗列叉槊，而國史以爲譏，則以比于後車數十乘，從者數百人，當爲何如？羅念菴嘗出游南畿講學，羅整菴作書責之，念菴公惶恐無地。大抵古今人不相及有如此矣，抑居今之世不得不然也。老父母見招，與謬恭之令、輕薄之尹故自不同，而前輩諸公亦非遠敢望，聊述以備老父母一抵掌爾。餘諸瞻溯，不勝延結。

與于景素書

承來翰，知好學不衰，雖老不倦，此義我夫子發憤忘憂境界，何丈得之深耶？至一意程、朱，專尚躬行，不用傍門異論、希聲鬬巧，此弟平生自守，不敢語人者，何丈又與我獨契也？今世論學、參禪、參玄，固非聖門正派大宗。第禪、玄之人，肯以平日所論見之行事，亦何非世上好事？惟其爲禪、玄之言，而未必爲禪、玄之行，則雖緇林道侶，其人非習能禪、玄者，尚且實應且憎，何况我輩服膺孔、孟，即不立講學名色，且當拳拳勿失，乃哆口高譚，心尚背之，真可比于穿窬無忌憚之小人也。講學先生所以不信於世，正坐此弊。讀《願學》、《億言》之契心，不覺鼓掌開頤，爲丈讚嘆，而深喜吾儕學問之有人也。來刻小集，蓋酬應之文居多，然其中亦有論學者。至酬應之文，雖爲酬應語，亦不敢自悖於聖人之道。然非丈先以示我，亦未敢坐而進之，丈幸爲我一目之。來翰又云："妄希道岸之登，直抵易簀之夕。"獨哉，勇哉！頌言至此，不刺自痛，不鞭自馳。二十年來相慕相尚，未有於今獨切者也！

舍親造就諸令器,業貽書爲謝,諸令器今秋有得意者否?弟先室出兩兒,長者讀書有聞而夭亡,婦以烈殉之;次子九雲,今秋得雋,知丈亦爲我喜。餘謝教無盡。

答丁長孺書

陳公祖至,承手書見貽,發揚凌邁,知我兄老而益壯,俊拔遒勁之氣矯然,龍鳳擧而騏驎發也。長安景象,久置不問,乃弟之初見,則謂我兄出山方始,且待朝事有更大者昌言正詞,令人見有充養藴藉之意,更進於道學法門一步。何至欲兄容容晚節,玩愒時光,以希望卿相哉?徐奕開還里,弟問動定外,云兄示之奏草,渠對曰:"此我輩後進之事,老先生請少需之。"亡何,大疏已上矣,然未嘗不服兄之决,而歎其高也。今弟與兄已自分割斷世緣,而弟猶復云爾者,亦學問相證之意。然如尊見者,益見弟齷齪之所不及,適足相證也。

小刻已就,奉寄正郢。我兄暇時爲作一序,以弁其端,尤所願望。承問小兒九雲,已僥倖矣。我兄諸郎今政何似?便中示之。

再答丁長孺書

向得奕開處書,知丈惓惓於弟。奕開此行,道欲格外作事,不作尋常故套,其意良嘉,而丈又欲清高贊之,真吾輩一段勝事。讀《三太宰傳》,近事最難考求,丈不惟知其人,而又諗其實,讀之令人有高山之意,中且併齒及弟,何幸託之?著稱三疏,畢竟以前疏爲佳,蓋弟之鄙見若此。乃丈書屢屢以晚節爲戒,丈意弟尚有用世之心乎?而不知割斷久矣。鄙意以用舍繇乎人,而所學必諸己。今林居已二十載,髮毛種種,死期將至,猶未臻聖賢門户,何以見列聖前賢耶?所云者皆事外之見、學問之實。若丈蒿目世道,江湖遠憂,意則甚盛,以弟所云較之,似弟爲長耳,不審是否?尚祈教示。弟今惟閉户著書,暇則飲酒。先輩何孟春先生有云:"不讀書,何以善身?不飲酒,何以暢倦?"蓋治心治身兩得之,弟時誦焉。徐兄彳亍旅次,弟貧居不能爲禮,然稍聞龍灣先生行概,亦一勝快也。

答劉衡州書

里門之下，兄翁相存出常情之外，媿未能展席負墻，詳領教益，此心有在也。國蒿歸，備述令名善政，計賢太守之名與炎祝俱崇。而來書見示，若謂鄙僿之地，不足展拓，一何謙讓未遑也。此地朱、張過化之鄉，遺風所噓，至今如見。貞婦潔女雖嫁村落中，節操皦白，芳澤華飭。方之廼後，前人拓落，無寧心輕其地，自我爲之，重自我始，弟固知仁丈謙讓未遑爲此言也。小兒僥倖，皆尊庇所及，猥承華腆，何以當之？臨書裁謝，片念依依。

答徐奕開書

黄九石至，甚感書問下及，而自家不入一錢，此便是作大官體格。至讀所寄家書，對尊公言之，而郎後做大官，此書便可刻爲家帖，以示後人。所諭不欲一吸直上，委蛇屈伸，前輩正是如此作念。第心欲如此，而命運不是如此，則自有數焉。要以士君子處世置身，榮辱是非之外，而自有一段獨得處，則道當然爾。吾鄉諸公承懇切置念，真是一片熱心，古人不云"行廢有命，行止使尼"，若謂抑之而後使伸，則古人何謂有百折必東之勢？若謂磨而消之，不久自化，則古人何以窮餓一生，垂名千祀？然要僕當此，終不復出，亦不待鴟鴞之嚇鵷雛也。

所要刻書，俱不得當。大凡行世之文，必須可久，如草草爲之，終屬目前。韓子曰："其爲之也易，則其傳之也必不遠。"聊姑俟之。陳東滙事實，《元史》不載，以太祖當時急於成書，史臣不暇致詳，其實廼見於《禮記集註・序》，而《一統志》載有數語而已。成化間有請入從祀者，竟厄不行。要以漢世訓詁之儒，苟行已無虧，則皆得進於從祀之列。《五經註解》是我太祖親定以爲士人誦説，豈有誦其書而不報其人？抑豈不及瞽宗樂祖耶？蔡文莊學問精神全在《密箴》，謂之"密"者，藏之篋笥，不以示人，後見楊月湖出示之，而月湖爲傳於世。從祀聖門，特重行誼，文莊不阿奉寧府，致身見幾，以不陷于殺身成仁之烈，正合聖人不入不居之訓。其所貽孫九峰公書，讀之則文莊生平，此其大矣。

抑僕又有説者：我朝之推尊朱夫子也，而及於延平，又及於楊龜山，蓋以師以及師之義。今胡餘干、陳白沙皆受業於吴聘君者，餘干、白沙俱得從祀而聘君獨貶焉。今人所以致疑，爲聘君與弟訟田，囚服公庭，則庶人往役之義非耶？江西撫州人有劉甯者爲憲副，記有聘君事，謂聘君所賣田皆御聘之金，以供祀事，乃弟酗酒鬻之，告官治罪，有何不可？謂其稱門下士於石亨，則僕見其跋《石氏譜》，寥寥數語耳。彼時亨有震主之功，英廟且待之不疑，而彼實出所舉，便亦何妨？蓋聘君之大者，在于不應科舉，而白沙已詳定其人。今人蠅營於功名之途不能拔出，而輒譏姗先輩，尤可恨也。且白沙不以用僕隸、輿從出京見詆當時耶？

抑僕又有説者：宋儒若歐陽修，唐儒若韓愈，雖曰名世之士，視之聖門道學，終隔一墻，今已從祀，元之吴澄、許衡亦與祀典。我朝三百年天下，固不可使寥寥四人而已。又餘干、白沙，韋布之儒二人，而與薛河東、王餘姚縉紳先生亦居其二，然則我輩不競甚矣。今考之，曹月川久推公論，而關西吕涇埜純粹深潛，若以此推入祀典，不惟爲縉紳作氣勢，抑從祀四人皆係江南，而中原、西北添此二公，亦一段體面也。今將諸公行實具上，惟吾子自考究之，作成一疏，僕之意也，實吾子之意也。鹽法久壞，所以阻滯之端何在？究其源流，作一疏上之，雖未必行，留之天地，爲一代故實，亦盛事也。

與張紹和書

遠每得紹和若蘇弘家聚譚，則輒服博雅。自以考究國朝，於古書不能徧觀，又乏記性，知其事而忘其姓名，識其姓名而忘其字，若地若時，往往有之。是以下筆臨文，既不能徧索古事，又不欲多引古事。其不能徧索，因性之懶；其不能多引，亦嗜之偏也。兄謂我不借古事古語而自開衆妙，正弟短耳。然古人亦多有是，未必非繇學而然也。遠文字不足當世之賞，然循誦兄文，知兄流覽全集，悉知其端倪意向，乃爲此言。其所稱許，非遠敢當，而所結撰，深合作者。至如“道高易激，鎮之以恬；名高易浮，鎮之以朴”四語，真鍼世之膏肓，而亦得遠之意趣,敬服,敬服!

賀小兒佳什,遠亦漫次一韻,以備一笑。顧視兄作,瞠乎後矣。所寄借國初諸公之集,遠悉無有,第借《胡頤菴集》四卷,今附去。《金陵志》、《田叔禾集》,遠有所采,未之及也,是以遲遲。葛布一端,并賀令郎詩一箑,惟兄留之。

答鄧總戎書

藜閣一譚,意氣激發,情韻瀟散,真千古所稀。一别旌旄,枕石漱流,生理如舊,而望我道鳴先生已在漢外天表。知彼中氣候清明,山川怪奇,鼓角多暇,應支劍投壺,望貴竹諸峰,發浩歌而對樽罍,一勝事也。三苗作梗,自有虞時,不能馭之,何怪其不跳梁溪峒間?弟書生也,按之以干羽之文,則古帝王但馴之耳,而後備員京師,每叩西南邊事,第宜與爲撫,而我翁若憤然以爲不可。懷化有志,張襄惠公之略,弟之妄測遜聽,則有所未喻者。且襄惠公當時亦儘費事,黑苗許保蓋勞經營屢矣,不審是否?

轅門大屬清泠,遠念故人侈儀下逮,何以當之?弟比有修志之役,鬢鬒益變,可知書淫魚蠹,前生稟受,已不自累,人亦以累我也。祖熙寅心懷高誼,尚欲遠來,知我翁能延進之。

答馮景貞提學書

首春辱老公祖念及舊曹之誼,感德甚厚。貴役旋,附有所請,即蒙發下,益見老公祖惓惓留意閩中之盛。别承見教,鄙懷正是如此。向曾奏記於陸公祖,道居鄉縉紳向爲諸生時,不過逐隊子衿,無以甚異於人。及其得官一職之寄,有志實事者,有志立名者,皆能兢兢奉職,遺澤於一州一縣,卑污苟且,亦自有數。至于宦成之後,求田問舍,爲子孫計,亦人情之常。郡國志書不過一大家乘耳,必責備求全,則遺者衆矣。前人不過就志修志,遠今博采府、州、縣志書,凡有列在名宦者,一概收録,至于道德、文章、政事等項,原無甚分别,强立此名,乃影響其人以就之,尤爲虛用其心。遠今一縣歸一縣,散之則爲各縣之志,合之則爲通省之志，似較了然。至賦役之事，遠修郡志時，鄙意亦欲仿《平準書》，作一篇直叙之，緣有同事者在，今得明教，寔獲我心，敬佩服之矣。

復劉惟後參政書

老公祖求志二親，不於顯者、文者，需之歲月，直以命喬遠，而喬遠又固陋闇劣，不足與於斯文者，承委重之意，尚敢以臯綏之辭護醜遲重。老公祖不惟不鄙其不文，而更許爲有道之褒，則媿滋甚矣。承教以近裏着已之學，異於書肆文囿之學，是二之也。博文約禮，致知力行，聖賢原兼舉之。弊在博文而禮不約，致知而行不力，此口耳之粗，而徒耗其聰明之用者也。若老公祖身體躬逮，夫孰非好學之益。彼直言本體，謂究根源者，終不免趨於簡徑，而不學之，殆所不能免也。志即此志，道即此道，奚有間隔，奚有彼此！愚見如斯，不審大賢以爲然否？聞老公祖杜門解組，長吏士民攀留切至，而當道亦强留將駕之轍，深爲喜慰。蓋士君子去就當有名義，留戀固非，而掉頭不顧亦涉矜激。中庸之不可能政以此爾。

著書之事，須在山中，若依當道爲主人，終未免宦跡去住無定。喬遠今此書竊附《益部耆舊》、《華陽國志》之意，若云方軌古人，則蔑如也，尚圖請教。《荒政》亟需編上下、古今，而《銷荒》、《釀荒》尤大議論也。謝教不盡。

報吕益軒少參書

方横璫之發難也，遥聞老公祖首出而攖之，遂使其晏然入於匣檻之中，未始不推服老公祖應卒之裕，而處棼之整也。嗣是乃聞異同之説。以遠愚見，古今豪傑處事，大抵有二端：有鋒鋩英采，顯露聲跡，必伸己是，無論事濟，此一等人。有寬弘安泰，視事似無，善發善收，神用寂若，此一等人。前一等人，王陵、褚遂良行之；後一等人，狄梁公、韓魏公行之。要以時事共濟，不妨兩美。若開門户而生意見，則雖名爲賢人君子，亦落第二義矣。老公祖今日惟有静定一念，便足鎮世，一切是非不惟塞兑，且莫萌心。士君子胸懷皦如青天白日，區區形跡,何足論哉!膚見如此,諒有契於高明也。

答竇淮南方伯書一

洛川片餉,便足快十餘年積悰,何愜如之。覽揆之旦,不能將名香爲壽,勉承諸生之委,反覺溷瀆,而重辱寵頒,真爲媿之,欲修一言之謝,未有其會也。承台教,有不久圖歸之云。遠於老公祖天交狎暱,敢質言之。遠不覩邸報,第得於蘇、丁諸兄之傳聞,私相語老公祖折强瑺、甦疲閩,用心獨苦。顧心難户說,跡易影響,當此議論横生之日,惟有見影知形,聞響知聲,斯爲明哲。又老公祖望已著矣,位已尊矣,今日政當以大臣自待,以聖賢君子自待,不必言及同官,方爲老成。嘗讀《薛文清集》,文清公受許多冤抑,集中並無一語訴斥,前輩行事可法可師。便中敢爲老公祖言及,蓋以道義之交,有所聞見而不以相質,是自欺也,仍不敢自外如此,唯老公祖涵茹之。

答竇方伯書二

李宗謙比者匿景遁栖,去城郭可三十里所,詢出處無從質問。但遠以時揆之,徵聘一事,國朝惟吴康齋獨隆,陳白沙尚有入試之舉。比時以李文達之重,藉以石侯得君之專,方能行之。直指太公祖既欲以揚熙朝盛事,恐徵聘疏入,徒被寢閣。今日主上所嘗行者,則有江西之鄧、劉,楚中之瞿,蜀中之來,業已舉行,則不見駭異,尤覺便耳。宗謙今已六十餘,常道便得登第,亦不受官。今即得官,當亦不應。第得如鄧、劉、瞿、來諸公之例,亦足爲閩人生色,又使閩人頌老公祖若直指公祖,優賢好事之盛,一異典也,輒敢臆對。

答竇方伯書三

沈介庵鈇者,仕萬曆初年,以卓異被旌,清節流聞。不能狥俗,棲遲郡丞,以發秦撫贓事,爲諸大老所嗛。令順德時,又以試場録文見怪蘭溪。乙未大計,蘭溪當軸,蔣考功以與丁勺原同時抹擦,人人不平,謂考功害一公祖、一知友,坐是不能自全。遠嘗至介菴之家,居屋數椽,飲食粗惡,蓋心服之。夫漳俗頑悍,老公祖所知,林、沈二家族大人衆,藍田之約不行,義門之風久衰。介菴安能以沉晦鄉宦,阻此頑悍子弟之不爲惡也?銷骨折軸,介菴以一古董陳人列在城旦,知公祖亦憫之。日起解時,一過寒茅,今尚在會城,不知作何狀?望老公祖轉語當事,許從會赦之後,若其子弟作惡,則自有當之者矣。《浮湘集》是其著書,附送台覽。因老公祖加意宗謙,故以衆惡必察,爲老公祖望之。

報林彰德書

伏承賜書累幅,知老夫人棄鹿門而歸瑶池之上,令長君亦捐子舍以赴修文,翁一時懷抱,寧復堪此!然此景此痛,遠蚤備嘗。亡婦二十七奄化,而亡兒又復無孫。比之我翁,則老夫人爲彭,亡婦爲殤;令長君不死,而亡兒真死者也。漆園之歌,東門吴之達,政翁可耳。翁愛我不置,鳳林之社,夢古之齋,棲遲延佇,一何情至。第遠在里中,非弔喪問病,尋常未嘗出户,良以踰五望六之人,世緣將盡,爲此俗因,膠膈不斷,徒爲幻境。又來就肩輿者,皆貧窶小人,方弛轎檐,便索傭錢,窶澀家事,一時未應,喧呶滿室。以此簡出,有同伏獸。莆、泉二百里之近,遂同數千,而翁與遠之心,則雖同數千,實如一席耳。翁仙人也,耳目聰明,而心聖智,古人以爲吉祥善事,兼之蘭玉滿前,詩禮盈室,以遠比翁,奚啻千百?而况鷹揚齊姜,壯猷方叔,世方於翁乎望之也。遣使綢疊,深荷厚雅,草率布謝。

答林宏伯書

來人賜書,問道我宏伯也,視其外箋,紅心青緣,目瞿心怦,次得所爲紅箋書者,驚定良慰,揭而觀之,驚中之喜,如我心也。宏伯憂患相仍,情懷愁廢,此誠奚堪。然朝夕侍下,其精神可以游五嶽,其方略可以壯長城。尋常此景,寧易多得。慈堂侍病,不異離裹;長兄分痛,壹似同胞。宏伯極人世之孝友,而尚有鷄骨之支與人琴之慟者,遠恐其有傷於侍下也。衰世之人,不借耳目而喜自任其耳目,不詢議論而喜自生其議論,共是士大夫仕途、林下,便作兩路之觀。林下之言,雖公亦以爲私;仕途之論,雖非亦自爲是。宏伯高明暢達,豈不曉此?僕自審初無才長,惟其耐忍,寡所接待,寡所酬對,以免其較短論長,量頭比耳,雖涉鈍頑,自省亦是一見。又諸公之間謬有虚譽,謬見推擇,俗心之人,或另作一種看覷,而不知僕久庋冠袍,自杜門户,誠自審年光已邁,河清難俟,萬無出期。此其時候,儻果一出,衰俗難處,又且不得其人耳。僕於尊公,故自不同,其爲此言者,聊爲宏伯發一噱,而林下之人,不足爲重輕也。

《莆陽比事》,向於三山馬季聲齋頭稍閱其書,恨不得之。承賜,若獲拱璧。兒雲詩心技癢,近爲武夷之游,尊札留示之。

鏡山全集卷三十三

書

答葉進卿相國書

翁當軸八載，精意苦心，綢繆主持如韓魏公，而汲汲天下賢士大夫，范、歐二公不能過也。遠跧伏下風，景服深切，不待讀《綸扉集》乃見耳，廼惓惓以遠輩不及出山爲歉。古云君相所以造命，若翁惓惓遠等，而遠等淹遲林壑，真有命焉。然以遠之愚鈍，得自諸生，列於衣冠之林，已爲過分，何必戀戀世途，濡首而不知休也。翁行日，欲走道傍一送，而人云自巢雲巖間道出洛陽矣，坐是尚缺一會，負罪，負罪。《家譜》得翁題識，非特遠之生色，實以寵光先子一念孝思於九原，而山園刻石，又足爲光於百世之下。百世之下，亦知何生當時得追隨天下名公如此也。

黄友文炤，布衣中最號有意思者。此人雖不敢遠望聘君諸公，即往時閩中傅君汝舟，近日南昌章君潢，俱被當路見重，而此友寥寥巖壑，未必非吾鄙之責。既辱翁齒記，遠知此友之幸也。

與丁長孺書

自從陳公祖處得丈手教，嗣是有所寄而未遂，然此心拳拳于丈也。山居僻處，又不家於通都邑舍之中，殊不知人間事。東林議論，今政何如？弟之鄙見，以爲誠其人也，何必不東林？非其人也，何必東林？不問其人，一概指目曰“東林耳，東林耳”，此等議論名目，非盛世士大夫勝事。何如虚己而游世，反身而修德，有官守者盡其職，有言責者盡其忠之爲盛耶？至如我輩一種山林之人，則輒自枯槁山澤之中,翻聖賢遺書,求殀壽不貳歸宿,斯爲宜爾。何如?何如?

與蔡元履書

採藥人窮途索書,其人雖老學究,亦有耐苦一節,故以聞門下,亦知門下宦況多暇,薦一昌歜羊棗之好也。遠家居日久,幸未死,得究觀前哲遺書,覺向時文雕篆,皆爲小技,雲霞魚鳥,皆爲賸興。俛俛孜孜,尚冀榆景,稍聞大道,未覺果有進否?偶因言及,輒露胸臆。門下一日在事,自是有益人世,懲貸粟牽犬之障業,爲此拘繫,殆話柄耳。彈翻爲薦,去即是陞,何洞然於世途之外也?

讀《鑿餘全編》,如入武庫,用字用事,天作之合。宋人視此,覺未强意,自非退食流覽、處溷净心,未有若此其妙者。愈風起色,一大快也。更承分俸,故人覺富,而天末君子轉貧矣。小刻不知漢大何意?門下覓之,不敢匿拙,敬貢上求教。

與洪參知書

奉違光範十年所矣,切欲一望顏色,而山中日久,兼以衰病纏綿,不獲如心,中懷藏之,以待異日。老公祖一至銀同,父老童穉驩若天親。誰云三代直道,有異今日也。蓋老公祖爲政以維持風化爲先,故民夫人久久不忘矣!日者海警張皇,民心易動,賴老公祖威稜福德,遂爾清晏,豈非閩中之幸耶!鄙見以敝泉人家多者二三百丁而已,而漳中人户多者以千丁,自非販番一路,難以餬口。似乎海禁當稍寬之,而漳、泉仰賴廣東、三吴之粟,粟船尤當大開。舍下有一舍姪,從海上爲賈客,言海賊縱横,多是漳州、福清之人,光然出露頭面,有登岸見之者,而哨兵多與相通。鄙意似當揀擇勇略將官,提防海面。記往歲寧國沈有容曾爲浯嶼水寨,海賊逃遁滅跡,此人家居,似當可用。敢因老公祖譚及,聊申一得。

遠自老公祖榮任,不能一縑致賀,而輒勞損俸,何以當之?對使唯有銜戢而已。

寄鄒南臯書

古人作《責沈文》,爲其不知程伯子也。夫同時而不相知,自其生世之未深，見聞之不廣。而沈公業知孔聖，猶問其人，意其有疑焉，此子路所以不對，蓋其罪在不知伯子之上。乃若知其人矣，又無疑矣，而不一通聞質證，此其人則何如也，罪又在沈之上矣。

向歲漳州蕭公司李至過而相問，道翁之意近黄儀庭，廼郎求銘於翁，翁輒寓書見奬。而遠也以蚤年夢寐，肺腑之誠，不一通問質證於有道之側，設後世讀公遺文者，曰："此人與鄒爾瞻同時，廼不相知。"則翁不失爲孟子輿，而遠直一莊周之流爾。仰惟翁平生不待繪天，遠今年六十矣，計翁望七去不踰，亦近孔聖曰"俛焉，日有孳孳，斃而後已"，曾子曰"仁以爲己任，不亦重乎；死而後已，不亦遠乎"，士君子所以晝夜行善而不懈者也。仰以祝翁，而遠亦不敢不勉焉。

萬安令王鴻磐者，敝徒也，因其執贄門下，輒寓居起。敝徒意氣高明，唯翁有以教之。小刻一部，并上求政。不宣。

與門徒王鴻磐書

得榮發之信，喜若自子。鴻磐意氣揮霍，心懷豁達，此當世致用之器也。聞又當得縣令之選，政合家數，名在前知，又當得大縣矣。僕廢棄之人，不敢言游宦事，第鄙意尚欲鴻磐當事之日，歛其骯髒之氣，而發以不激不隨之行，則委曲周旋，事事有濟。此自僕於林間酒次得鴻磐，若鴻磐當事，自有妙用，自非待仕宦不達之人饒舌也。然意誼所在，不覺真切。此日爲五月廿日，雲兒尚未到家。接學修叔書，進退維谷，不知尚留京師與否？蓋僕所欲聞也。

復鄒德輝司理書

遠得托老公祖握臂之末，最稱相知，而相遘之日僅一而已，方信人生會合之難，而意氣慕尚，則又有不在頻數促膝者。閲邸報，知老公祖在行取之列。老公祖清聲亮節，自合居青蒲白馬之任，而比時行取者類眼穿都下，殆令人益輕我輩。前輩劉忠宣至自請外補，而近時楊虞坡掌銓有名，諸公皆欲留之在内，而虞坡公亦出爲提學，然其後皆至大官、爲名臣。小人之見，謂老公祖行取入京，亦可仿此。

讀老公祖諸書，見禔身之切，流覽之勤，委遠閱勘，豈不謂後非相知，孰定吾文者哉！遠已審諦，間亦稍加損益。至讀史諸篇，亦有久而遺忘，未及詳其當時光景，但得大概者，第就老公祖下筆之意而觀之，則所劈判已若庖丁之解矣。老公祖當官盡心李事，而又以其暇用功如是，求之古人亦鮮。海内有士大夫若此，真遠所敬服也！

答沈寧海參戎書

去歲兄翁飄然拂袂，久乃知之。近日有云兄翁重來到任，弟於人寡接，亦未知其真否？今接手教，躍然喜甚。東沙之役，原屬歹倭，被擄之人，原屬我人，二事甚明，而衆口紛異，不有掉頭不顧，何稱沈士宏哉！台旌再蒞，海上長城，此一時也。弟杞人憂天，建夷作反，此於國家之憂方大，而覆軍殺將之耻未雪，奈何，奈何！兵餉兩件不能充足，而議論徒多。弟謬謂夷狄亦可以信義結者，七宗惱恨之書，邊將不能服其心，良亦有之。即正統中，北虜做許大事，亦繇王振尅減馬價，不能服其心耳。愚見以爲朝廷亦可一下勑諭，俾其悔過謝罪，倘若頫心抑首，奉貢、質子，聊姑赦之，或可免於措置之煩難。蓋威命之令，文告之辭，從古而有，不可盡謂犬羊無知，置之不答也。百凡不備，而動曰大征大勦，吾中國果能有此長技否乎？山叟迂見如此，不審兄翁以爲然否也？當邊報初聞，弟慨歎獨無薦沈士弘者何，及讀唐侍御之疏，差爲吐氣。不審有能用吾兄於東北者否？

來諭欲于七月前後到石湖相會，此一段勝緣也。餘諸起居，俱問來使詳之矣。承割俸之賜，戔戔用報，殊不成禮。臨楮遡瞻難寫。

答洪桂渚書

承示乃知兄與高景逸來游武夷，如是，則飛一信相聞，弟亦勉强可赴。奈何弟猶在人世，遂邈河山，所云"疊遭變故"，未審何事？便中相聞，尤弟所切切者。至云"功名一切灰冷，以得與黨人爲幸"，此則兄見之篤而信之至也。敬服，敬服！令弟府君車驂重來，漳民感德益深，方信三代直道可行之人，而兄家一門彬彬君子，何其盛也。

弟比歲薄田無收，惟往日漳人自吕宋番國傳得番薯一種，雖沙地斥鹵，亦皆可種。讀書之外，日惟督家僮作此生涯耳。今浙中已傳其種，若有閩使之便，令其取去，與小民種之，亦兄片念之廣施於人也。偶有道及，以資《稗雅》。

與岳提學書

明公祥麟威鳳，趾定羽儀，先被海荒，快睹何限，而謬以後凋期遠。當此物情，雖有松柏之千歲，不如蕣華之一宿也。所教《閩書》事，許生兆馨已寄信相聞矣。所謂爲二品立傳者，得非陳幼溪歟？遠林居二十六年，心平如水，目光如鏡，斷無乞米作傳、賣文求活之理。既無其情，則必身居二品，自爲己地者爾。若遠今日正宜爲湮沉下僚之士發憤增價，若官至二品，多是熟利乘便、識時審勢之人，正當嚴而汰之，而非然也。士君子積資至此，涉歷風波，兢業飭厲，良亦甚難。且大臣之行能去小臣之行能即自無幾，而朝家贈恤之典，自與小臣不同。抑一州一邑之中，而有爲大官者，州邑之中，自以爲眉毛，以此求之，以恕則可，豈有深文而雕刻之？若謂遠顓爲二品立傳，則亦未嘗爲陳文峰瑞立傳也。若陳幼溪者，當肅皇末年不豫，意在舊邸，乘輿將駕，元臣祈請莫得。而工侍張公至楚，撤毁陵寢，欲再造矣。幼溪公止之曰："待某上疏，數日方撤未晚。"張公曰："上旦夕至，無令某膏斧鑕耶！"幼溪曰："罪吾當之。"即上疏，不止駕行，第痛言楚中人民荒疫，鄖、郢、襄、鄧一帶盜賊縱横之狀。肅皇召徐文貞，謂之曰："陳御史所言如此，藩邸殊不可往。"此謂一言回天，省國家萬萬之費。徐文貞每與人書稱陳御史，載在《世經堂集》者，可考也。江陵雖云權相，其所任用之人，豈謾無表見者？幼溪公一入其網，晚節不善，則誠有之，然遠第言其爲御史時事，亦不言其爲都御史、爲侍郎時事也。主父偃生不五鼎食，死即五鼎烹，有何晚節？太史公好奇節偉行之士，便爲立傳。又莆中宋時徐公鐸狀元冢宰，莆人亦侈言之，舊爲立傳，遠亦爲削去，所重不在大臣也。然此亦閩中一省之書爾，若遠作《名山記》,則雖有賢於幼溪數等者且不得人,况幼溪乎!

若兹修志有"道學"一門,便當立"事功"一門、"政事"一門、"文學"一門、"孝友"一門、"節義"一門。遠以爲"道學"者上也。何事功之無政事,何政事之無文章,何文章之無孝友、節義?强而立一名目,而强其人以就之,於古無有,即"韋布論贊",羅、李二公已特□而論之矣。若貴省薛公《方山志》則不惟不立"道學"之門,而且良楛齊列,老子、韓非同傳矣。作者人自有體也。至於"我私"一志,則此書明是一家私書也。若以爲公書,則當從諸公之後,坐官局、食官餼,而後謂之公書。而遠初間不過從諸公之後,受陸瑞亭公祖二十金聘禮耳。其後諸公人皆散去,而馮景貞公祖以爲遠頗好讀書,盡歸諸州縣志草於遠,遠受官家二十金之聘,而稿經五六易,給散寫手、供給飯食、鬻買紙筆,費以百餘金,明是私書也。太史公自序而及其父談,班固自序而及其父彪,私書也。歐陽文忠修《新唐書》不自序也,元脱脱修《宋史》不自序也,公書也。父祖有善而掩之,是不孝也,是以有"我私"一志也。

又蔡五嶽公祖取看,問遠曰:"子何不爲奸邪立傳者?"遠應之曰:"閩中奸邪第蔡確、蔡京、吕惠卿、章惇、黄潛善數人,《宋史》已備,後世共知。不佞有鄉先輩之誼,不用更加詆毁。且奸邪一局,亦未易當也。我朝以來,夫豈無人?第恐奸不成奸,邪不成邪,無足繼有宋諸公之後者。即有之,其子孫尚在,見之不怪而怒者鮮矣。如此而徒有打死虎之名,故不爲也。"蔡公祖殊然其説。抑遠有言,人固未易論,論人亦未易也。譬如今秋奉謁道左,而敝處通城之人嘲且謗曰:"何穉孝三十年不見官,今日迎接提學道矣。"一以爲奔競,一以爲闗説。夫岳提學固不易受人迎接之人,而遠亦非盡日打點迎接提學之輩也。人固未易論,論人亦未易也。韓昌黎曰:"士固伸于知己。"微足下,無以發吾之狂言,是以不覺肆誕如此。明公一見,爲我抵掌可也。

答蔣中黄書

爲大行而得遷,有非臣子所忍言者,是以避之山中。足下特書爲我稱賀,彌增哀痛之感也。

與鄒南皋大理書

向承書惠之辱，未獲再候居起，此心耿然。恭惟廷尉新命，爰立廷推，遠不直爲翁喜，深爲天下蒼生喜倍也。遠樸樕闒劣，不足踵翁萬一，而行跡則有相類者。先朝久棄，忽因大行，便蒙收復，臣子於此，不能爲懷。翁忠愛緼積，亮同此意。維翁出處行藏，勘印孔、孟，此時不審行止何似？幸一見示，遠當奉以周旋也。

再與鄒南皋書

前有書候翁，何尚未達？翁道遠青年，遠今年六十有四，殆不青矣。所道出處之義，翁雖上辭疏，主上懸佇想，當天綸復下，翁必不得辭。翁，天民也，如遠何足道者！溝中之斷，直安之矣。

與洪桂渚書

先帝御極，與臣子洗刮穢垢，進維新之域，豈非世道大幸哉？弟近幸忝竊，有問弟出處者，則告之曰：遠在先皇祖之世斥逐且三十年，忽爾被命，則無遽出之理。先帝憫念遺佚，幸與見知，龍馭上賓，則無忍出之心。其終山林，長往也已。所最可痛者，先帝善繼善述，臨御數月，遂了數十年滯留之事。有君如此，遽棄人世，四海蒼生之不幸，不獨吾臣子之不幸也。逖聽風聞國事在危疑之間，今日當事大臣，直以保護聖躬爲第一義矣。令弟老公祖平易愷悌，八閩之人並受其福，玆有秦中之擢行，有邊閫之寄，殊爲國家楨幹之喜也。

答黄季弢問國朝知遇名臣書

本朝人物本自稀少，其一以舉業出身，半生尚未問道；其一官員稀少，一人常苦鞅掌，無暇讀書明理；其一法度太嚴，堂陛隔絶，難以展布，國初尤甚；其一自外官入者，浮湛外服，意氣稍沮，入朝當事，多是摸稜；其一内官暗地用事，國朝中葉尤甚。所以欲求終始知遇之人，甚是難得。耿文裕亦可，梁公長厚長者，軒公清德被眷，有始終不可缺也。若欲圖可以上結主知，下收人譽，無如清德一節，而又貴不忤於物。然清者無人肯做，又是難矣。

答姚孟長翰林書

遠頓首，頓首。曾臨川至，特示華札，并寄到太夫人記實之書，文采瀏灕，孝思敦迫，於是知吳門之濱有孝子、仁人、賢士大夫如我孟長先生者也。遠曩以缶音混鳴鐘序，豈其能揄揚太夫人盛媺？先生愛母而喜其善頌母者，是以究觀其條貫，而暢心其諧比，而遠也何足以當之！跧伏巖竇垂三十年，惟此蠹魚之業不忘後死，則見坊間行卷多有孟長先生之作。繼頒到命詩之題，則知先生之爲孝子。既小兒雲從計偕客顧小侯所建所，則云小侯時時道説先生。既則蘇行人伯潤久羨先生三傳之業，於諸生時，既則從曾臨川讀先生所爲贈其父者，不惟敷詞元本，而且灑翰飛動。然而當世孝子、仁人、賢士大夫，非先生其誰哉！文非以講學也，而非道不載；文非以徵人也，而非德不傳道也。德也，其著文之具乎！吳之爲邦，季札、言游遠矣，唐則敬輿，宋則希文，我國家徐武功、韓襄毅、吳文定而外，亦僅僅耳。今在先生夫，今在先生夫！夫孝，百行之本也。百之爲義，何不孕苞？穎封之羹，此猶一節耳。有可爲之品，居可致之位，莫如先生，百而大之，何忠不立，何道不行？自古膝下稱子而能賢聖者，自舜、文、周公而外，則皆稱孤者也。故以孔子之聖焉而孤，孟軻之賢焉而孤，韓愈、歐陽修之文焉而孤，朱熹之學焉而孤。夫孤也者，亦天所以疢疾人也。李于鱗云："著於愛斯愛，著於悲斯悲矣。"處斯愛斯悲之天，而有可聖可賢之路。昔賢所謂玉汝于成，其在斯耶？故曰："今在先生夫，今在先生夫！"

所委爲太夫人作傳，則諸公已備，今謬名其篇曰《母子》，以贈太夫人兼頌先生，即附蘇行人以來。行人素仰先生，而與遠爲雞盟之交、葛肄之親，先生見行人，庶幾見遠也。遠頓首頓首。

答陳無功書

山中寂落,遂得來書,歡喜如面。讀《歷游賦》,古哉! 獨哉! 不惟載德,亦足徵孝。喜詩寄詩,則僕不敢當矣。僕山居無事,見無錫先輩俞是堂所選《盛明百家詩》,嫌其太恕,至近百本,又以諸君子之詩,業得是堂公苦心攢聚一處,不可使我朝此段盛事泯泯,遂爲重選而嚴之。家中有具全集者,則從全集中爲選。蓋人各一見,又不能盡相從也。詩佳者則選之,其足備一代故實,足見其人一生品格,足廣一時見聞者,但不失家數,則便亟録。蓋昔孔聖删《詩》,初非無謂之作,今者僕意亦如此懷中。正欲得吾無功詩以備一途,不謂華緘見及,以後望尋一便寄至。

僕之出處則始以萬曆朝久棄,不敢遽出,繼以泰昌朝見知,不忍遽出,二者躊躇,方在維谷。肺腑之籌,惟吾無功可以語之。所賜亡婦節詩已領并謝。僕所集通志名《閩書》,無功特爲録之,不以生存,蓋恐後有不知無功者。草草奉復。

答沈方伯書

自壬辰歲獲望清光,而今三十年所矣。昔從先老伯與令叔二先生於寅誼之末,得叨通家,今我公又孫且子之也。《外饔箴》久聞我公爲刻之舊署,又聞知我公逢人輒問遠著書。我公好善,一何篤摯如此。讀《救劉道長疏》及《馮僉事傳》,益知我公心心在世間賢人君子。至於爲西人折糧讞獄,則惠利在人,又復何限。又讀處置建酋事,益見我公柔遠良圖。夷狄雖異類哉,忠信篤敬,固可行也。觀我公責之即服,撫之即恩,是知王忠肅在邊,諸夷上章乞留代不虚耳。七宗惱恨,以至如爛癰潰瓜,豈非怨不在明,生此厲階? 遠雖嫠婦,猶同漆室也。

華翰見及,奬借盈楮,遠平生癖嗜亦或有之,顧其所作不足傳遠。《名山記》自始隸西曹時,業已着手。廢居以來,所恨僻在一隅,未及盡見我朝諸公文字,得其零金碎玉,以爲採擷之助,兼之年老,難以兼日,獨手無從傭書,是以遲遲。今十已八九，第尚費挪移，方成位置。我公欲觀，未敢遽呈其醜也。《閩書》爲之七年而就，出示諸公，多不之喜。惟福唐相公許可其書，以爲收之詳而取之恕，在閩言閩，或庶幾焉。而爲諸公所不喜者，莫如不爲朱文公立世家。鄙見以爲既立"世家"，則須立"道學"一門，有"道學"一門，則必有"政事"門、有"文章"門、有"孝友"門。舊時立此門者，多是遷就其詞，則何道學之無政事、何政事之無文章、何文章之無孝友。若貴省方志，則且老子、韓非同傳矣。蓋作者自有意，亦自有體也。其餘收採之不愜人意者尚多，然我公問及，不敢隱醜。書凡五十餘本，去歲携入福唐，福唐公隨被留抄，今方寄到十八本。想彼海上傭書之人，亦不甚備。今將十八本寄上案頭，餘或勑人往取之，或命人爲抄所未抄，以貽福唐，亦其一助也。若其是非顛謬，仰伏我公大爲删削。承學之私，真不虚言。

與葉相公書

日承翁賜書，便無可復，然心識翁見念之厚也。天步多艱，龍髯再斷，草莽小臣，腸裂背枯。况翁三朝元老，知遇獨至者乎？朝使何日敦請？翁見示固無出山之意，然士君子出處何常，想亦當視主上睠切何如耳。如遠孤蹤末學，放逐日久，如嫠婦、野僧，已自慣熟，何能整襝再嫁、留髮還俗乎？所著《閩書》，沈方伯公祖下詢，告以多在翁所，後不審來取與否？儻在翁所，望以抄過者陸續見寄。

玆因孫山人之便，草率輿居。夢寐尚在西溪、福廬之間。杖藜尚在，猶能博翁蚩然之喜也。

與鄭申甫書

會中相聚有期，又有年長於我者，即有意見，亦無處伸説。弟"躬行"二字，蓋真見夫實踐之難。聖人一生工夫，皆從下學上達做去，而以語諸友，便欲高談性命，侈言合一。而吾兄最爲潛心學問者，亦云："要尋箇源頭所在。"弟不知兄於源頭尋幾年矣？至今尚未得到手。又兄云："凡戴方巾者,孰不躬行?"如此,則真滿學秀才皆躬行乎。凡躬行一事極難耳。譬之事親者,凡爲人子者,孰不知孝？謂之躬行孝可也,若論其極,有一毫未盡,皆不得謂孝,如此,則謂之未躬行孝可也。凡聖賢豪傑,皆有一段救世之論。當孟子時,人心陷溺,故抽出"性善"二字。王陽明見人多昧本心,故抽出"良知"二字。及今兄看天下士大夫名爲講學者何如？果躬行乎？抑不躬行乎？吾意戴方巾而躬行者,惟兄一人而已。抑秀才之躬行易見,而士大夫之躬行難得也。秀才家入而事親,從兄妻孥相對,出交朋友,無放僻邪侈之事,亦可謂之躬行矣。若士大夫出門步步是酬應,步步是設施,名利之心既入於胸中,機械變詐之術遂生夫趨避。兄試觀士大夫躬行者有幾人乎？即居鄉一事,有卓然有名耆英,而儻幾不免于里巷之口,亦是躬行之未至。吾見秀才躬行,惟兄一人而已。此外儻有一心鑽刺,一心便宜,内撫方寸,皆非躬行。兄以爲然乎不然耶?

今譚天者皆曰天有太極,是則然矣,乃其行生之理,流露於人物之間,千景萬象,不可端倪,此是太極乎？譬如觀水者游於吕梁,涉於廣陵,而水之大觀備矣。今不之吕梁、廣陵,而曰待我去星宿海,則何時可到星宿海乎？觀山者陟華嶽、登東山,而山之大觀備矣。今不之華嶽、東山,而曰待我去崑崙,則何時可到崑崙乎？要以觀山、觀水而知其原委出于星宿、崑崙則可耳。而今捨置吕梁、廣陵、泰山、華嶽,以爲此不足言,吾言星宿、崑崙,不知兄果曾至星宿、崑崙乎?《魯論》一篇,步步平實,至命則罕言性,與天道則不可聞,而天命、率性、未發、已發,載在《禮記》一書,蓋聖人欲爲學者立則,而真見體驗踐履之不易耳。捨《魯論》而之《禮記》,此亦不可曉也。又有一種道學先生,禁人讀書作文,曰:"皆是用心於外。"則孔子所謂發憤者,發何事？忘食者,忘何事？又云:"學而時習不是讀書。"而引"坐如尸,立如齋"以解之。如是,則孔子問禮問官何事?而所作《春秋》又云:"嚴一字之褒貶。"何也？孔子不讀書作文,能嚴一字之褒貶乎？所説"夏禮"、"殷禮",皆是今人立券契、朝家設律令,而初無一句文章乎？甚哉,世俗之陋也！本無學問,而欲文以不立文字之説；本無枝葉,而謬爲尋根源之論，吾誰欺乎？

至吾兄亦爲學者，語尤可笑，曰："凡讀書者，欲中舉、中進士。吾今官已做了，講學更爲何事？必有所歆艷於前，而後其學不輟。"窮而究之，則曰："吾欲做聖人。"夫聖人而以歆艷爲之，此如齋公、苦僧，尚有西天一景以感動之，其弊將至于積薪自焚，無所不爲。何者？彼其中有物也。凡自古聖賢所以孜孜矻矻、戰兢惕勵者，真爲天地不可無人立心，萬物不可無人立命。世上無我一輩，便紛紛擾擾，共敝隨盡，而此生特承天地因緣，現露世間，不可徒具軀殼，虚度年光而已。而其無己之心，又欲與世人共明之、共行之，若其不能盡如吾言，則吾盡心焉，以留之天下後世，故曰予天民之先覺也，非子覺之而誰也。

區區之見，緣畔靠岸，殊非高明所屑聽。臨紙欲書，擲筆復默，誠以會聚一場，相與一場，而不悉所見，亦屬欺隱，故不敢自護如此。

與林雨華年兄書

龔先生之行附書居起，想徹覽矣。鯉湖之行，非丈明賜，幾於絶糧，玆又爲弟長途之惠，何丈念我備至也！二聖崩殂，臣民震悼。弟本無出山之意，久而親友競來勸駕，謂小臣紛紛瀆擾，非朝廷之體，兼及二先親贈典，即多一級，亦是朝恩，於玆不復萌舊念矣。二十七年林居誦讀，意欲少効鉛刀之割，斷不敢負所學爲知己之羞也。士君子用世須有本源，不出之聖賢學問，决不能樹無前之業。如丈所述之人，直莽、操、懿、温之循規矩者爾，何足道哉！抑丈必不可得，故思其次乎？因丈以第一等相期，故漫出狂言如此。

問之龔先生，知動履甚健，賢子佳孫，蘭玉滿前，以爲慰喜。弟想春夏間就道過莆，得仰清光，舒數十年鬱積之懷，是所願也。

答楊參政書

遠跧伏田野，則聞大伾、黎陽之間有楊先生，著聲柏府霜臺舊矣，殊不自意，得與較文之役，又在先生建牙開府之地，星辰相望，寤寐已通。翰教遥辱，學術是慮。若謂升降沿革之會,在于潛移密奪之間。其愛人最厚,轉世最切,顧此惟大賢君子如門下乃能之,而遠非其人也。要能如制如額而止,而門下用心所在,則遠已心服而默契之矣。凡諸生來見者,遠輒語之曰:“世人以門生爲喜爲榮,我亦勿藉於子,子亦勿藉於我。第得師不媿於弟子,弟子不媿於師便可。”相視而笑矣。以仰答明教,然乎否也?試録一時未具,無可奉教,而遠亦且東行矣。

復劉懋學南鴻臚書

兄清聲亮節,徹首徹尾。西南數千里之外,無有先容,清卿晉秩,無蹊自奏,豈非道德之驗而自然之符耶?人之出處,如魚飲水,冷暖自知,兄不出山,弟亦不能爲兄勸駕,蓋弟亦賦歸之人也。龍卧養珠,光滿神全,一出照曜銷伏,必不至如時局憒憒,兄知我耳,出兄之外,誰爲我鍾期耶?第兄既奉朝旨,倘欲再辭,附奏甚難,又且未必得命。弟此出,亦碌碌隨人而稱起廢,第先父母叨得兩重恩典,此則爲人子烏鳥之一快,而所徼於主上者厚矣。兄獨無意乎?國家自失遼左以來,奴酋之事未有所底,而奢酋又復叛逆,其弊皆出于募兵。奢酋其大者耳,而四方之兵凡被募來者,道路之間騷擾驕悍,又不可云國家送財送命與虜爲搆,而當事者無必然之策。兵,虚道也,而當事者實用之;兵,詭道也,而當事者正用之。其力既不足與抗,其智又不足與謀,但見日日討兵、討餉,添設無用之官,以縣官内帑爲己自肥,號爲讀書臣子,猶不免此,何怪貪弁債帥乎?當今之時,弟譬之主人遣其家奴爲人興訟,百凡打點,央浼之費已備付之,而未嘗一見官司。又譬之病家求醫,參、术、苓、附,無不聽其鬻置,而醫人未嘗下手,第怪嫌藥物之不中,所謂“病人之病道多,而醫人之病道少”者也。夫全蜀、中原,不可一日失之地,而論者姑置之第二義,以爲必滅之寇;遼左可有可無之外邊,而論者以恢復爲第一義,窮天下之財之命以奉之,而自不能越三岔河一步。此弟之所未服者也。先於陽月曾上一小疏,識者以爲睹未然、圖萬全,而不知者乃以我爲非人耶?兄云長安聚首時,先帝東朝未定,定朝鮮、策平秀吉,紛拏未有堅決。兄言雖有行有不行,而事後無不符者。弟于今日,亦豈願幸言而中哉!兄殷殷慮國家,故弟不覺發其狂言。

弟此來初不携孥,惟豚子隨行。所著《名山記》記國家事者,廿餘年於兹,尚未就緒。六月至長安,七月即有山西之行,而試録之文,南北謬推第一,所謂歇後鄭五作宰相,時事可知矣。蜀中奢酋已圍成都,久未有信,弟在此日夜念亨融耳。所示欲得佳舉子業可教世侄者,弟不問此道已久,亦未有可以應也。

與沈寧海總戎書

京師諸老有問及將材者,弟惟以我兄對,以弟腹中衹有一兄也。而所以揄揚兄者,則謂其有謀有勇,不至孟浪舉事,可仗萬全耳。兄一片肝膽爲國家任事,此無容贅,第見示謂"所以處異同之間者,猶屬做官體面"語,願兄明白見教。此時恢復遼陽果有機會否? 水戰、陸戰取道孰便? 所謂"欲出一言,恐蹈不恭"者,幸明以告語,或弟有可昌言以佐廟謨也者,即兄之樹功於國家也。此時竭天下之財力、動天下之人馬以奉一隅,兄果有所見,更復不言,將待何時乎? 便中幸有以教之。至異同水火之情,自古未有忠信篤敬不可行之蠻貊者,而況列在士大夫,又何參商之有! 惟是和平之人,一言可入,剛果之人,百委方通。兄有讜論石畫,惟朝夕宛轉於陶、熊、王三公之間,計無不得,若萬萬不可爲而欲兄爲之,萬萬不可同而欲兄同之,則有掉頭反駕以俟異日知我者耳。兄在閩中念挂冠者屢矣,豈以此時猶委蛇遷就乎? 至于一時將材可以濟方今之急者,便中乞指示其人,以備詢訪。

弟有愚見,近亦上疏,此是書生迂談,然弟亦以本朝往事徵之,兄爲我評駁,尚可行否耶? 此時廟堂亦不行弟言,弟只存一議論於朝紳耳。弟今秋往山西無所稱意,第不敢錯過一卷。開榜之後,多是名士。又不敢騷擾地方,早早竣事還歸,此亦爲之我者當如是也。僕寺之命,自揣過當,非弟山中始願所期,今亦擬挂冠矣,天下事自有人任之。

與楊商澹書

翁一行清節,表率群僚,規條整肅,施行簡易,大江以西,人受其福,口碑頌説，不待赤石公揄揚也。赤石公亦道翁虛懷下交之盛，甚感，甚感！翁兩度貽弟手教並盛推獎，顧弟飲河已足，鏡山中始念殊不及此，而言路中有言起廢之典不光者，雖不指弟名，弟寧無一分在其中耶？弟亦行挂冠神武門矣。主上少年英睿，儘可爲堯、舜之資。葉公初進國門，大可人意，奈邊隅多事，一層復一層。弟鄙意以爲自古中國難與夷狄戰爭，不如趁早割棄，然孰敢明言？近日忍不過，愚見有小疏上陳當事者，祇足以供其糊𥽈覆瓿之用爾。弟鄙意謂國家法度廢弛已久，四夷蠢驁，小民橫驕，不但川中，即浙中募兵，亦自不帖然。又生財之路已竭，而内帑糜費數百萬，無一着落，真有不知所終之歎。憂心如焚，第可與知己者道爾。翁實心任事，若得一道節鉞，撫蒞邊陲，或司馬、或司農，無所不展其用。如弟者，與翁同心而不能與翁同德同力，惟有翹首以俟，籲天而祝耳。

弟仗翁庇下得兩層恩典，藉王言以榮逝者，亦出山一快，而實藉重翁庇有此也。山西之行本非掄選，只是承乏。入都浹月，驟然見委，官邸無一本書可作擬議，第心忖意想舊日腐爛之餘耳。承問不敢護醜，謹上一册請教。

上葉進卿少師書

閣下相神宗、安儲宫、出藩王，疏瀹政事之底滯，通達中外之人心，海内仰慕，誠社稷之臣也。獨近日邊事未見振刷一番，使精神聳動、疆圉强固。説者謂閣下慈仁之過，長此安窮，率以攸行，且釀成南宋之弱。此非遠之言，人人之言也。人人以此議閣下，而遠不以聞，是辜閣下之愛，而非林間所承閣下期許之誼者也。夫熊廷弼、王化貞、□□□三人者，必逮之人也。閣下業逮李維翰矣，而此三人尚在使過之列，豈有所畏乎，抑有所私乎？有所畏與有所私，亦外人之言也。夫佐人主治朝廷，當使政事均平，人心攝服者也。熊廷弼自欲逃而又唱民使逃，平日言守，一守安在？望風先潰，獨不念朝廷蟒玉之賜，士大夫傾朝出餞之盛？一味暴戾，恣睢鴟張士大夫之間，此其人已不待言。王化貞向謂其堅心決戰，亦一丈夫，人民士卒潰散，意必有死綏之忠，伏劍之勇。見廷弼不死，而復逃竄繼之，尚憚國有法乎？□□□苟活偷生，早辦欲逃，其人雖不足責，而法總無可貸者也。廷弼、化貞二人奔潰蒲伏，請死則亦已矣，而入關之後，尚以口角相争，彼此委罪。計三人當日在廣寧，無十日無疏。遠計一疏上，當一日屬草，一日抄謄，一日治中朝諸公書，一日打發人行，而已屬四日矣。又復一疏，又復如此，無窮日力，不以拊循民庶，訓練士卒，而作蠻觸之局，人心離散，士卒解體，亦何怪乎？遠非于三人有讐也。計此三人者，行險僥倖之機熟，意見異同之隙深，必不能同心爲國。今山海係神京門户，又與廣寧不侔，萬一三人者仍其故智，致虜突來城下，此時雖寸斬三人亦何益乎？

凡事豫則立。豫之爲道，今日不可不講也。見今朝覲留用邊才，吏部咨訪中外之所得，誠得其人，便可與以僉事職銜，以當監軍之寄。夫佟卜年，一虜人親族耳，聽熊廷弼之言，以同知便爲監司，何着實邊材不可破格用之？至所留蕭如薰、白兆慶二將，與其用之於内而未有職事，何如用之於外，使統師鎮喜峰、古北諸口？又如毛文龍者，又何如取而用之？夫禦寇之道固在邊鄙，不在門廷者也。又聞薊遼王司馬衰耄已極，登萊陶巡撫貪婪最甚，此時又何可顧惜情面，令其苟且支撑？人之精神、見識、任事、鋒勇，止在四五十歲之間，今着實有材之輩不及時用之，而徒留衰耄、貪婪之人，凡此皆誤事之甚者也。借曰新人未必諳練，則彼衰耄前輩亦非生而知之者也。遠不知留此逃臣據在士卒之上，有何光采，有何面目？逃臣統於上，逃兵萃於下，邊關有急，又襲故智而走耳！

夫奴酋與諸邊之虜不同，諸邊之虜貪在財帛，奴酋利在土地。財帛可不惜而與之，土地可屢縮而棄之乎？聖矣哉，神宗之馭臣也！當哱承恩之亂，魏學曾討賊無功，一行逮繫，而承恩就平矣，故曰"治世以大德，不以小惠"。今廷弼三人之不逮，直小惠耳。三人人品何如魏學曾？邊境失事何如魏學曾？主上冲幼，所係閣下三朝元老，此事惟在閣下斷而行之耳。

閣下每謂人曰："吾能爲太平宰相，非撥亂反正之人也。"今使閣下居周公之位，有兄如管、蔡，敢誅之乎？周公能誅管、蔡矣，而要其平日則仰而思之，夜以繼日，幸而得之，坐以待旦，吐哺握髮，下白屋之士。而孔明根本亦祖周公，所謂集思廣益、開誠布公者是也。而李平、廖立，罪之不怨，孔明亦僅僅如此而已。

今仰思待旦、吐握下士、集思廣益、開誠布公，皆閣下之所能，然則閣下之不能，惟誅管、蔡，罪李平、廖立而已。此皆無難之事者也，遠則又願閣下亦誦法孔子焉。夫以言僞而堅，行僞而辨之少正卯，而猶在必誅，何况熊廷弼既有偷生幸免之計，而兼以言堅行僞之習。若是者，必誅而無疑者也。而中朝之人又非欲即誅此三人也，惟逮繫詔獄，别用一番整頓，令不誤山海關之守而已。《書》云："沉潛剛克，高明柔克。"蓋古人學問皆自知其氣質之所至，反而振之，則聖人之道可幾焉。今閣下自知能爲太平宰相，而不能爲撥亂反正，則亦在反而振之。而遠所望于閣下之反而振之者，亦第如周公之誅管、蔡，孔明之罪李平、廖立而已。而其先後機宜，則又在閣下秘密而次第布之。若復悠悠忽忽，恐綢繆不固，侮予隨及，不但有妨宗社大計，而閣下近日誤國罪深之疏，亦可以無上矣。遠沐閣下知愛素深，今日不言，又誰爲閣下言者？伏祈裁察。

答張總督書

翁膺懲姬公，壯猷方叔。節鉞一指，成都解圍；群策畢舉，重慶刻期，甚休，甚盛！承示大疏，似重末後搗巢一節，駕言雪耻除兇，希功展吐，則利在臣下；廓清内地，息兵安民，俾元元不罹鋒鏑，海内不致虚耗，則利在朝廷。非翁謀國長算，孰發此論？苗蠻悖肆，自虞、舜已然，造物生此一輩，與天地相爲終始。昨歲固繇叛酋作逆，亦緣其始至欲黥其面，欲鞭其後，欲短其糧，跳梁跋扈，遂生厲階。遠觀夷狄反面，多因士大夫處之非貪則肆。貪則不服，肆則不恭。及其壞事，但歸罪夷狄，希逭罪罪，以致損生靈之命，費國家之財，皆所不顧。即如楊應龍發難，有何不可寬處？而致損命費財，淹遲年歲，得遵義一府，至今未得妥貼，則翁不輕搗巢之説，非長慮遠算而何？遠一生不知兵事，亦不知局中情形何如，但成都既已圍解，瀘納既已掃清，則重慶之賊亦如釜魚罝兔，必所不免。遠亦欲翁出一文告之辭，諭以逆順之理，使之公擒首惡便與肆赦，如此，則即未服我言，必且上下内外狐疑不寧，而以圖恢復，亦一策否？至謂先日固守省城，解圍功次，當行畨議，尤快人心。此事自朝廷行之則爲激勸之典，翁言之尤爲同心之盛。蓋解圍之功，既是彼地巡撫之力，翁以此爲言，則朱公亦感翁慰藉高厚之意，而進取倍覺協力，精神倍覺奮發，其爲收復之助，豈淺鮮哉！教至，深承提撕，宣謝不盡。

答林咨伯祭酒書

翁之出處，遠惓惓在念，顧館閣事體，俗吏何所置喙？既見新命，慰躍無量，何力與有？問莆客翁出山何日，想兹得命之後，秋凉便可動身矣。聖主賢明，諸賢具列，此朝政清明之候，無奈强敵臨門，小醜四發，又當力詘法弛之時，人人懸心。遠去歲有堅守廣寧小疏，通國皆以爲非，但彼時以去山海尚遠，苟能保障，尚足擁護神京，及至今日，又不是此説。若恢復之議一日不在口吻間，則守成日久，人心玩怠，士馬數多，支持靡竟，而奴虜自得廣寧之後，溪壑未滿，尚未有息肩之日。我借力西虜以爲屏障，有何財帛足塞其望？大凡虜人日日整練，而我之治兵多有先時可乘之機。尋常棄置，急而後思前説，則已潰敗不可爲矣。日日如此，人人如此，恐未知所税駕也。

弟以衰老乞歸，尚未見許。相見不久，書不多及。

與姚孟長書

翁出長安，遠遂無復之，非無之也，非我心中人也。世上如翁忠孝，寧有幾人？豈直綵筆登場、詞林振藻而已。來書大欲充覽古書，盡窺二酉，將來潤色一代之皇猷，振起千秋之大業，非翁其誰！老太安人慈候萬福，又知此春爲令器納婦，此皆人間吉慶，又爲老太安人增一喜也。文仲先生書來，道翁語次頻及弟，又知時與令舅文起先生相聚，前輩後輩，風味相投，知爲一樂。見令舅乞爲致意。遠向自知非宦局之人，是以屢屢乞休。今既不可得，亦不敢頻上瀆。近日掌印，遂有事可做，第以不敢慢一事以爲盡職。若翁謂遠可以按舊章稽時變，則大不敢當。小兒已於某月日南旋，所惠寄詩扇已到，俱出示之。臨行倉卒，亦不及作一字相聞。想到吴門，定來相謁。其《二園記》挾以行，翁欲爲作詩，彼時可以披圖而按之也。翁書中所道者，遠演其意作一詩，書之扇頭，固無足噴飯耳。

答林沛縣書

向會董見老，津津吾丈，是以入覲之時，渴於一見。及客座片晌之間，瞻仰尊顔，俯領宏議，而所得者奢矣。至讀沛上之報，爲之奮臂起舞。公天下之人也，非吾閭之人也。彼有蟒有玉，一遇危急，奉頭鼠竄，不媿死耶？董見老津門甚是任事，大有實效，爲公言此，蓋見魯之多君子也。

答吴文仲書

弟入長安，自知素非仕宦格套，屢欲求歸，再三不得，於今欲再乞，似瀆聒者。自察精力尚未銷減，聊且隨人度日，但不敢慢一事，曠一日，以是爲盡職耳。吴中多君子，文文起至忠，姚孟長至孝，兄爲之前輩，不亦後塵有光，先進共從者哉！戴亨融在蜀，遂有功勳。弟常語諸公，先朝吴明卿、徐子與浮沉一轍，然彼時諸公知之重之。即今文人闊絶，如亨融者殊少，即以京卿處之，亦何不可！然誰復知之，誰復信之！來書稱杜陵詩“不知貧病緣何事，能使韋郎跡也疎”，弟推斯意作一詩奉酬大作，祇可博兄一笑也。

與許繩齋光禄書

翁退棲濟上，故自樂也。《考槃》永矢，塲苗難縶，鳳翔千仞，不歎其衰，羡仰，羡仰。遠無似，不意繼翁之後，名德達人，運用自别，自覺瞠乎後耳。尊目比來當益清明，聖人爲腹不爲目，大抵以腹觀目則目瞭然，以目觀目且益晦矣。翁謂何似？

兹因參軍洪子徵龍之便，奉記起居。洪子，舍親之有志向者，故弟命其登龍以觀先輩之賢士君子焉。

答李翼軒太常書

自王元美去後，文章一途等晦蝕之日月，得本寧先生起而振之，萬靈曜於明光，百昌奮于成遂，如我輩下陳之人，乃得竊竊自附衣履之末，則孰非先生爲之領袖也？讀大疏，見先生養重韜光，深合先王引年之誼、老氏不辱之戒。第會葉相君，道欲還先生木天故物，曳履寅清。會來人索書時，未見明旨，但長者出處，要當以上命爲尊耳。猥賤下走，教誨頻辱，臨書不勝感跂。外小刻一種求政。

答鄭峚陽庶常書

自古無俚道德、濁英雄。奇哉其言也。此其道必本于心體，心體必繇于學問。老先生其人，而遠何以當之！長安中一時把臂，遂成千古。昔人謂出門如此之大，天地如此之寬，兩情相喻，寧復有幾。茅山之崗，太湖之藪，進平生所未進之學，讀平生所未見之書。趨庭置對，明農爲侶，宇宙間何限樂事。道德不出於俚，英雄不至於濁，其必繇此矣。

一别秋光，方切夢寐。捧讀來章，有如面對。所媿遠學無所成，空有此心，其終焉也已矣。用世之猷，垂後之業，須於老先生乎見之。努力明德，皓首爲期。

答蔡元履書

華札下辱，若謂吾兩人有相契者。夫是之謂不慢其心，不慢其心則自不虛其心，不虛其心則能自盡其心、盡己性，而盡人盡物，贊化育、參天地舉從此出矣。若吾丈之節省勤毖，省一身之趨奉供應，而爲地方留不涸之源，非自盡其心其能然乎？己不敢不自盡，而又以責之州縣、道府之各自盡，此則盡人之性而盡物贊化，俱在其中矣。大疏不及發抄，走通政司取觀之，大率皆是此意。至哉言乎，皆拯時之急務，捄世之良方也。黔中決裂，近聞稍可，大要皆起於諸酋不自安而爲自全之計。善乎，劉公維後之言曰："得其首亂者首，其餘皆可撫而全也。"追論十餘年前，若當事者用我丈之意，豈不恩信大感服乎夷人，而甘爲不畔之外服哉？故天下之事，始皆苦於好事而妄爲，繼又壞於闇事而冥動。夫如是者，惟吾兩人可語此也。

答林省菴書

凡游宦南中,得交我伯兄者,誰不道伯兄賢聖軌塗,先輩程準也。使遠益快歸依之早、覆翼之厚耳。以伯兄崚嶒千仞,周折半武,羽儀海内,標表人群,非伯兄其誰?而漫動蓴鱸之思,遠不待公聞之人,而已私爲伯兄阻之也。幸銀臺之封未進,而金陵之色生輝矣。史聯翁立己孑獨,於世寡諧,便起物論。顧其持家之嚴,立節之方,公論孰得而掩之?上則受知於主上,下則保持於諸輔相,固不待遠一人慰留之也。關土賴孫相綢繆,幸旦夕無事,第奴酋蓄謀滅没,杳無動静,飄雨忽風,恍惚而來,其何以禦之?比又有朝鮮廢立之報,其爲奴酋所脇情節,亦未可知。毛弁海上孤軍,誰必其命?中朝士大夫所謂泛泛乘舟,雖責有所歸,事不繇己,而愚見觀之,似大家尚少一卧薪嘗膽之志,幾幸無事而已。孫相復病,代者夾袋中枵然。所喜主上恭儉勵精,聲色財貨不入其中,可以保宗社靈長之慶,臣子所藉以寬蒿目之憂。知伯兄睠念不置,故聊及之如此。又思念吾儕如此年光,都不是做官時候,而平生詩酒學問,每事俱要預分,卒無一成。如遠者早歸尤宜,而伯兄猶勉以兼備時出之事,是使虻負山而胡孫扛鼎也,其無虚拳拳之至意乎。然幸而後死,猶不敢不勉副焉!承教數章,言言俱有關係,非苟爲文辭而已。循循善誘,銘篆曷既。

答周翌畿書

十載參藩,僅僅故物,而猶棲遲嶺海,不即榮召,將使弟輩尸素大爲媿色。第比時海内幾於野無遺賢,所謂穆穆布列,而都下京堂一官至以二十許人,其視蘇長公所謂三人共之者,何啻數倍!至如遠者,又如烏蜂食蜜,牛皂同驥,可發一笑也。至於一時占缺者固多,而求缺者亦多,以此知伯兄榮召之不遥。都下一時之謡曰:“舊時講嚷搶,今日討炒保。”聊以上聞,又可發一笑也。伯兄所謂衣狙猿以周公之服,此莫如遠。伯兄自以君家之公,服君家之服,豈復詠在梁而歌彼其也?

與彭讓木給諫書

雖奉顔色，未暢德音，朔日嘉招，藉此祗領，何喜如之！奈遠衰暮之人，容易脾泄，既不能勝匕箸，而棲止之地東西限阻，間或赴席，同時散去者，已就寢鼾睡，而遠尚蹩躠長安市也，以此少所酬應。而所携帶家人，皆樵人牧豎，無一能烹飪者，至不能還席，尤爲失禮。此則叨在枌榆之末，尤不敢不實對。蓋此三件，俱是真情，望門下赦其方命之罪，不復責備，喜勝醉飽也。

與沈寧海書

遠在僕寺，曾上小疏，謂遼左既已破壞，誠未易恢復，惟有堅守廣寧一着。彼時朝紳視恢復若取諸寄，謂遠三十年山居，只作如此學問，而孰知并廣寧亦不能得守也。關門之兵，聚之太多，而給之不易，誠未見其有膽勇向前之意。此時朝紳漸漸言守關門矣。然關門政恐亦未易守，若守得堅固，即遼陽置之度外，何損國家幅員？不見成化以後，日日言復河套，而今河套復耶否耶？然遼陽雖未易恢復，而不可一日無恢復之心，不可一日無恢復之論。誠張其虚聲以待夷勢之自衰，則彼將不能爲國家患苦，而我或可乘之耳。如兄與毛帥牽綴海上，虚張聲勢，則雖不言恢復，而恢復在其中矣。兵家之計，伐謀爲上。遠時時言於朝貴曰："如吾友沈某，未必戰必勝、攻必取，然其智謀足用也。行間用揣摩，是其所長。"今劉愛塔之事可以見矣。朝鮮助順，則彼國廢立之事，可以不問。云欲以八萬人助戰，則似太多。吾固未能戰也，且此一時也，慮吾之問其廢立之罪，故爲此恭順之語。我全盛天下，措餉尚難，彼一小國耳，歲歲爲我措八萬人之餉，久之懈怠，必且數百不得。不如令其歲以二萬人爲我聲勢，則八萬人之餉，可以分作四年，或小國之易爲者耳。近日朝中乏餉，大小九卿會議，遠謂天津之兵可撤，而山海關内外宜屯，開屯之事，莫如委之董見龍。此公確實任事，真可倚仗。然會議之事，當事者自有主意，而發議單不過虚文耳。衆人皆以遠爲讀書不曉事之人，孰聽而從之？因兄牽綴海上之語，故不覺書之滿紙。

答林圭仲書

韋聖俞至，捧讀華札，雕飾過當，非所敢當，而文采贍麗，知遠爲丈所最留意者。遠久不答人四六，見丈用心之至，輒以荒言勒爲八行，以擊轅之詞，謾酬大雅，媿之甚也。丈英年妙品，志氣卓然，何事不立，何功不建？遠不特爲丈喜，深爲吾泉有人喜也。長安中備員太多，如遠一班人，皆坐而待缺，既無所建明，又求去不得。去年一歲四求歸，而當事見留，今歲且不作歸想，然素飧甚矣。因憶張季鷹蓴鱸之思，以爲美談。季鷹東晉人，時都南都，而季鷹家在松江，作如此想。吾輩八千里外，老暮宦游，更當何似。聊舉爲丈一笑。來書貴堂翁欲以事相借，而皆力辭又不是。如此，若我輩有意思之人，而不肯任事，待無意思者爲之，則弊孔益多，而陋規立見矣。何如，何如？

與蔡元履書

郵札至，知必有大疏，即從通政司取而讀之，皆以古文爲疏語，端剴博蒼，經世之文也。敬服，敬服！中朝之患，只是大司農束手無策，索餉而無以濟之，惡言至於耳，而司農不安其位矣。鄙意謂當今調兵當如主人請客，量瓶缶中幾多米豆，方可下釜炊爨，給衆客之食。未可漫然折簡，致其枵腹，使客無一歡，將來且受怪恨之虧。今日之事，何以異此？登萊以海爲界，奴酋無馬則不能騎坐，而戰無舟則不能容許多人馬，即欲海戰，賊又漂蕩四散，不如河道湖面，可結艅而行。又其登萊之路，聞僅有一路，鑿崕峻險，不可連隊而登，而我用數萬之兵以備之，坐費縣官，日以窮匱，則裁登萊巡撫，用萬兵以一道守之，不亦爲備而有餘乎？若賊入登萊，我既不能禦之海外，而又欲禦之天津，又焉能支！則天津巡撫亦屬可裁。此事近方議及，而遠之愚衷，辦此久矣。

老朽出山，去住用舍皆不得自繇，世人但以可有可無置之，不冷不熱處之而已，而門下尚以徐太室爲擬。此時當事固無江陵手段，即欲用一太室，物議不沸騰乎？吾恐即有太室圓融超絶才調，亦不能使世無言也。

答南中丞書

閩,海上之長堧也。民爭於地,粟爭於金。海隅之民,仰哺東廣、江南,而紅夷扼之,雖水旱以時,斥鹵悉獲,尚不足望閩人之腹,而況天爲之災,而寇爲之警乎! 富者閉糴,貧者攘臂,饑餒所逼,遂爲横目之民。自非老公祖執其魁首而綏其纍纍,亂有既哉? 聞老公祖欲移鎮漳州,督剿紅夷,真爲閩人除虺毒之害。顧此夷可以計誘,難與力戰。昔王文成做出許多大事,不過用計而已。蒭蕘之見,聊爲老公祖誦之。蓋伏讀老公祖問吏之篇,吏悉舉職,將民安而夷遁矣。

答陳無功經歷書

八日不知尊駕之至,謂何有此缺禮也! 所示甘井事,問之隸人,初不知,候明日往嘗,倘有之,亦一奇耳。第不知何人所説也? 大作謹謝教。

再答陳無功書

老公祖入署嘗泉,真好事也。來賦無一字不佳,韻節鏗鏘,而體裁恰當,斯泉當有名於世矣。藉重,藉重! 遠數時爲饑飽失時,飲食過度,乃得嘔血之疾,然覺非根本,亦自不妨。知老公祖念我,便間道之。

鏡山全集卷三十四

書

答徐明衡考功書

夫觀人之養，則於其得喪時矣。遠謫宦之年三十有七，夷夷然，于于然，客過之曰："吾未見有謫宦之人樂若子者也。子其醉夢人耶？"日過門下所，而門下之色可覘也。色生於心，門下之心可覘也。遠先朝棄置三十許年，今主上朝斥夕召，若轉圜然，政復何憂？然遠爲此言者，猶淺之乎待門下也，學以殖之，躬以逮之，固遠之所望於門下，而亦門下所以自待者。一切非毁巧拙，廊廟江湖，知門下能置之也。令器途行，想亦安好爲慰。

與沈寧海總兵書

世上人品無論君子、小人，即君子矣，其性行格局亦自有不同者。即如令弟高談竑論，轉變搬弄，要錢要官，其將能乎？弟署中行一好事，作一好陰隲，其敢對人言乎？光禄寺有苦井，二百餘年矣。弟入署六月，化爲甘泉，不須外汲，此亦並不敢對人言，弟言及此者，以世人皮相，未易與言也。如兄善斷善謀，開誠布公，惟弟遠知之耳。而世人耳目必以掀揭鬧動，方爲實事。爲此等論者，皆是其心不細，其識不遠爾。然兄在則人不足爲輕重，若兄去則求其代者無有矣。横逆之來，惟有孟子以仁存心一章可以消除之。遠孑然老儒，不與於縉紳諸公之議，而時時聞之街談巷論之口。有當大事之人，而嘖有煩言。嗚呼！安得大光明藏菩薩、大鐵漢，爲國家出力受任，快人意氣哉？然此惟與兄道可也。

弟自入都以來，凡朝參之事，無一日敢推躲。此月初九日以勞頓過度，饑飽失時，其夜吐血數升。已决意求歸，第朝廷有吉慶，未敢上告病疏。計聖節後可爲之，數時註籍並不過師相，儻相見，爲兄一吐胸中之不平也。戚南塘公，弟仰慕之久已不待言，弟爲之作一名臣傳，只憑汪副墨意，此公當不止此。今得其年譜，讀之大快。弟雖病困，尚圖爲戚公作一序，更藉戚公以傳也。

别葉進卿太傅書

遠從髫齔即知慕古聖賢，至十五六歲，志尚未墜。十九鄉舉，出見交游並不相類，因自疑爲癡爲拙，狥而從之。如此沉墜，忽五六年，然後返求本心，仍歸故吾。壯年入仕，慨然慕古豪傑，有志氣節文章之事。斥逐還山，講求誠意之學，以不欺爲主。出山以來，惟有“靖共爾位，正直是與”八字遵而守之，並不知比周朋黨爲何事、何人？又林居歲久，長林豐草是心所安，亦不知軒冕官序何卑何崇？第私自懺悔，酒人謬誤，時恨淵明；群居戲謔，或類退之，如是而已。而世人不知本末，尋聲捉響，横疑旁索，此遠所以投袂而起，屨及於窒皇，車及於蒲胥之市者也。向非閣下發憤游揚，不遺餘力，遠幾爲詬集闒茸之人而已矣。雖主上神聖，不遺下體，而轉移扶持，使遠平生不至滅没，歸可以見里閭，而有顔上父母丘墓，皆閣下生成之賜也。至閣下去留，自關國家社稷，不可輕議。但國家社稷經濟，扶匡也無涯，而生也有涯。此遠每見閣下乞歸，不敢效世俗挽留之態，而惟望臨時揆度義理，上觀主心，下觀人情，不爲不去，不爲必去，此則元臣立朝之正誼，而所宜卜度於自心也。遠辱閣下收之交游之末，所爲忠閣下者如此。乃若文字之往返、唱酬之頻仍，猶在第二義爾。

舟至河西務，孤帆長往，銜恩戴德，手勒上記。人去更不復來，不敢索答，臨書瞻望不盡。外，盛使持書至通州下灣，不見船，並不見來，遠亦不能候之而行矣。

答葉太傅書

黄山人持至大教，發明知幾之學，大無餘藴，士君子以此修身涉世，寧復有墜陷阱而犯誅戮者哉！故曰繇辨之不蚤辨也。繼而小力歸，又承腆賜，厚往薄來，豈復陋腐所堪承載者耶？灸針之學，難究其微。前道善針者，未敢進左右也。惟願清心養神，順適所性，如好動則動，好奕則奕，好書則書。詩出之思索，則不必作，如流雲飛泉之便，則聽其自來，要使如不繫之舟，無羈之馬，而我不與焉。鄙見如斯，亦或養生之第一義。源清而流尚濁，根固而末不茂，未之信矣。身之爲我有，而我亦大矣。一曙失之，終身不可復得，故爲翁畢盡其愚。

遠患飲酒多火症，稍見秋氣清嘉，亦復爽然。朱平涵公見取飲酒之有致，豈翁吹嘘之耶？所寄論斷後，《湧幢小品》當有遠名其間矣。艾思及又欲到尊宅，便附興居，不恭不備。

與馬季聲書

缺別有年，懸思難寫。今春得所寄吴潛玉書，知足下不棄遺我。秋間有艾西客之便，便附奉答。既聞西客有西行，想不達於左右也。玆潛玉復行矣。僕聞盈虚者，天之行也；順逆者，人之會也；洞觀者，達之致也；尊生者，德之宗也。是以老貴知希，孔絶悔慍。是以身都卿相，一旦而門可羅雀；世席貴盛，易代而子即負薪。然而不負薪不足以顯貴盛者之爲賢，不羅雀不足以識卿相者之爲妄。僕讀足下書，若歎惋夫身潔而名不成，家貧而人不親。蕭疏世界，寥落交游，展翫佩勞，三加歎息。僕聞己有至寶，方寸最尊，虧乎其外而并喪其内，則剖身奚藏？我有朽質，須臾便失，自褻其天而責重於人，則掉臂誰顧？是以享喬、松之壽，非吐納之爲區區，其所自葆者完也；遵孔、老之道，非敬慎之爲兢兢，其所自韜者晦也。不佞遠亭塗、困轍備嘗之矣。曳組金虎之署，珥筆建禮之門，年當青帝，歌和白雪。當其時也，亦有同聲侈其騷賦，游士望之雲霄，此一時也。既而湘纍放逐，傖父言旋，頭巾舂杵，手板倒持，然諸公尚察其無罪，期以再舉，是以上官有引席之坐，當道有式廬之駕。既而賜環永絶，書空徒咄，緇緇素衣，冉冉華髮，甑無炊而誰憐，錢莫借以救活，道悲今窮，人歎囊拙，又一時也。已而泥塗忽拔，夢思不到，三事洊登，九列在望，亦有俗子邊見，愚夫旁詑，是將雨露司存而星辰密邇者耶！既而二豎見侮，三尺相繩，一言已辱，百簡難騰，白璧頓點，流淄不涅，斂衣裝以南還，已冠佩之朝興，則有嘯歌漁父，鋤耒田塍，自詡謂光和已塵，心冷如冰者矣！而尚有妖狐見號，僨豚相凌，顏犯既銷，魯鬨猶仍，此雖不告之永矢，而亦逖聽之所明者也。

嗟夫！舉世盡榮，非我誰辱；舉世盡直，非我誰曲！維辱維曲，與榮直並存於天地而莫之承當，惟僕與足下出而承當之，是所以補化工之欠虧，而服孔、老以爲師者也。僕與足下又何疑焉？百年易邁，尺璧非寶，足下勉旃。

答蔡子瑞太常書

焚黄一節，弟非敢儉其親也。查《大明會典》，只是焚於墓所而已。吾泉所行世俗之禮也，墳上供具略如祭家廟之禮，蓋有告必有祭，想當然耳。至冠服之屬，弟皆在京師備之，謹以復明問。

與門人韓雨公書

兩與僕書，雖不得達，知吾弟拳拳於僕也。吾弟當今司馬子長，壯矣哉！若更入閩，則子長不如矣。來書所以譽僕，皆不敢當，惟吾弟以子長之足跡兼其文章，使我明郁郁炳乎與三代同風，則其盛也。僕之生涯，只在鏡山，近日又選《皇明文徵》一書，極其苛刻，意欲爲我明傳之後世。蓋孔聖一生尊周，講習周禮。《春秋》一書，有丘明爲之素臣，以致當時士大夫不茀廢，則孔聖爲之先耳。若我明諸公儘有佳文，要以作者之難，百乃得一二，不廣收精擇之，猥云"吾世無人"，殊可嘆也！晉中翩翩諸先哲，恨其道之太遠，其著者，僕皆有其書，其不甚著者，吾弟幸爲選擇，留心寄我。丘明素臣，非吾弟其誰？

所道讀書萬卷，志氣甚壯，第恐一人精神未必窮盡。鄙意謂只時時温養，不將放下，則觸處有得，妙靈自生，舉業即此中精進矣。知吾弟饒爲之。《游草》見示，雅而多風，異日登壇，非子其誰？羡之，羡之！所委書僕舊詩，一時失之，覓篋中又無稿，今爲吾弟作《思親詩》一首，或可發《白華》一慟也。

與鄭芝龍書

久聞足下奇男子也，玆又善作善收，非豪傑智士，其孰能然？凡足下諸情，已具在當路與吾輩諸鄉紳中，不待多贅。但在左右尚有萬餘人，不審是否？足下有一片懟懷，不肯妄殺荼毒鄉里，則人人知之矣。但既有萬餘人，安肯盡體足下之心？或有求飽煖口體者，或有求財貨者，此其勢非殺掠搶奪，惡能得之？譬如足下每書來，輒歸鄉紳門幹害人。鄉紳俱是守分安坐，門幹害人何以知之？足下今日徒衆如此之多，俱是窮民頑民，逃兵逃罪，甘言好語，歸順足下，爲海上大王，足下亦樂有其名而順受之耳。此正如鄉紳門幹害人，而鄉紳不知也。吾爲足下計，既有一片歸順之心，更無反背之理。吾當道鄉紳，既有真心，更必無欺詐之謀。足下此時囊橐尚滿，何不略散些銀，付其還家，以爲新春維新之計，量留千餘人立功候命，則人口甚寡，所費不多，海邊之人亦得寧靜。不然，坐食山崩，囊橐不足赴應，雖欲禁其殺掠搶奪，亦不可得也。如此，則不義之名歸之足下，猶宦幹害人而不義之名歸之鄉紳也。

世間有奇男子，心中切切一見。若來歸之日，定有時也。菩薩三尊引意。臘月廿四日，鏡山老人具。

答朱平涵相國書

遠疎愚不涉世事，竊謂士大夫在世，當使人一見之間，便覺疏暢洞達，表裏豁然，則其人必能立天下之事功，樹當世之儀表。即或道不大用，時不大亨，然要之，必天下間不可無如此人，然後足以支撑世宙，羽翼賢聖。如老先生碩德宿望，所不待言，乃展席揆地，不過歲餘而已。其易退之節，先幾之智，真所謂龍變蠖屈，不測其度。藉令當時久於其位，則前者二三歲間，亦豈一賢之所能支耶？向舍侄起居，歸道老先生數椽之屋，葛衣一提，時出時入，問訊纖悉，與相應答，如儕耦行輩。此一片真心，疏暢洞達，表裏豁如，亶其然矣。蓋曩昔京師，遠一見遂投誠歸向，不然，何厠跡之淺而素交之洽耶？所最奇者，老先生留心本朝事,而遠亦同斯志。誠以天地間必有紀載之文,然後一代之典章、人物藉以不茀廢。所以孔聖尊周,一生在念,《春秋》之作,未論其筆削深意,要欲使魯與周並藉以聞於後世,以與夏、商二代並也。老先生近歲所修未及續刻,知有所疑避,今其時矣。願再刻海内,以示同志。遠與老先生雖並是老年,然孔聖不知將至,俯焉孳孳。若以後途不悠,匡坐自壽,此視蔭撫景之人,殆非遠與老先生之所自限者也。恃在誨愛,不覺繁稱。伏惟老先生教之。

再答朱相國書

遠之爲人如村夫野叟,何足與於冠裳之會?遠之爲文如醢雞竅蚓,何足籟於晨夕之響?老先生過爲獎借,不過以臭味之同,收之參芝之末耳,何以當,何以當!使者遠將,知愛念無已,乃其至福唐之日,會遠亦在,得讀手札,又先數日,雖云偶爾,亦一緣也。

承問《閩書》刻未,此書遠費心七年,時有相知當道亦舉以相托,奈敝處之人眼孔如針芥,既不下手,止圖貶摘破壞成事,然此一二公今亦安在矣?《英舊志》一時未便得遍録,零星六本寄往。《張半洲傳》及《我私志》具抄上,倘私家有小善可以採略,望老先生不棄也。所云"遣力借書往,來歲以爲期。定此遠交,了同近取"。快哉斯言!是遠暮年奇遘也。大作寬收前輩,深見老先生存心之厚。至遠所收,差見其狹,亦自有説。司馬遷傳漢名臣不過數人而已,必其人奇、其事奇乃爲傳之。想其意以爲欲垂永久,必須嚴謹。至若《宋史》所修,覺爲濫矣。遠今所修,亦必其人置之衡石,銖兩不差。餘都分爲小註,令人知所以不傳之故,而又未嘗遺之。如向所註《名山藏》者,尚苦未備,當嗣爲之。

遠歸田不問家人産,竊謂私淑老先生,文酒之餘,又將《實録》删爲《編年》,採衆小説集合其中,鄙意欲將《名山藏》學《史記》,《編年記》學《左傳》,然愚公之志,故是如此,今太行之山何曾見缺一角耶?遠又遍讀諸名公集,選爲文選,其名曰《皇明文徵》,所見差以爲廣。然天下之家集,終苦未得盡見,我朝諸名公儘有大製作、大學問,詩之大力不讓古人,所恨無披沙索金、入山採寶之人耳。

遠今承老先生有借書之云,已召能書者書成一部奉寄,倘貴地有欲刻者,爲遠行之,此不待避忌,不必掩諱者也。恃在愛下,又不覺其言之贅餘。望道體珍攝,永鎮靈光。願言不盡。

與林志唯大司徒書

僻處山中,一物無所見,蒙大教開示,如發蒙瞶。翁真任重道遠,一息不容少懈之學。遠平生雖有一念向上之志,而爲之不力,持之不勁,此政對病之劑,所宜服膺不懈者也。命誠之説,遠以俟命乃能知命,知命乃能立命,似稍有節次。若不欺即是無妄,無妄即是至誠,豈必盡人物、參天地乃爲至誠乎?蓋盡人物、參天地,此堯、舜地位。而吾輩立人達人,便是盡人物;仰不愧、俯不怍,便是參天地,則謂無妄之即是至誠,其或庶乎?

孩如兄誌銘恍似平生,非相知之深,不能如此其盡。其家産被争,兄弟不能外禦侮而内自鬩墻,比弟爲解之,已和矣,但得孔懷敦篤,雖百千産業,寧足介意!彼侮奪人者,亦未有能善其後者也。

與姚石嶺晉江書

民子處山中,不敢時來唐突聽教,廼老父母蒞任之日,一見如平生,知老父母知民而愛民者也。兹有聞於田里小民者,業在愛下,不敢不轉聞。僉云者,老父母帶徵之法,皆極其善,惟是縣官急賦,大司農催督,小民皆知此事之不容已,其奈泉中三季失收,海濱貧窶,多以木皮草根爲命,不知老父母肯從容再三,聽其舒徐計處否?不則,上捎雲根,下拂地足,古之人有行之者,是所僉望於上也。若夫悍民豪僕,有干法紀者,下民惟恐老父母創懲之寬而海網之闊也。民口妄言,言之爲生事,實念老父母愛民而愛老父母也。

與文文起侍講書

講筵進講,格心規諫,罨然有餘思也,恨不得全篇讀之,以爲同心一快。讀邸報，忽閲《沈石田集》，有《讀楊宫詹與屠太宰論事劄》詩，侃侃餘五百字，末云“令人思三原，當此熱心胸”。循誦往來，可發一嘅。弟老大出山，實非始願。去歲上引年一疏，道阻不達。赴警而來，稍見不避難之意。明春决作歸計，桑苧山中，翹首以觀翁當軸之盛，致吾君於三代之隆耳。在事一月，天上知己如在夢寐，輒因便人附此起居，餘不盡。

與姚孟長宫坊書

去年承書問問及，兼讀《慈孝》之篇，翁孝思之極，《蓼莪》之後再見之矣。朝事已清，奴虜已遁，此泰寧一會，知翁潔己靖共，博綜朝舊，以養他日揆席作用。弟雖老矣，庶幾見之。聞諸道路，輦上玄黄之戰，尚未有已，協恭和衷，以事人主，何弗爲也。大抵今世之弊，在貪位而多慾，若肯自修自證，則方維日之不足，尚何暇外念。比讀令舅先生大疏，異時作用自可知矣。

弟向承書問之及，及後旋得今命，遣人上引年疏奏記左右，尋以道阻而歸。四月到南中，人事匆匆，雖有到任謝恩之疏，俱是臨時附達，有慢起居。兹有便人敬候并謝。天上故人，夢寐見之也。

與曹總憲書

遠在山中，兩奉華札，備知教愛。而遠之本鄉後輩俱言翁在朝時，薦遠非一二。翁方望遠出山，而何以遽返初服耶？吾輩在世上，出與處兩途而已。出則爲天下開太平，處則爲往聖繼絶學，無他道也。聖學一途，誰復以身撑拄其中，“俯焉孳孳，斃而後已”者，此事當今惟翁肩之而已。遠非無志，奈爲他岐所遷，不能如翁之堅以專，然亦不敢不勉也。今秋令器輩有可以掇秋闈者否？願聞而俟之。

適謝司城住居相密邇，問知翁起居甚盛，輒附一字奉候，伏祈爲道珍重，臨書睠切。

寄朱上愚總河書

向曾寄一函於劉忠宣乃孫，不審到未？謝玄老在此中百凡振刷，萑葦之間，陸梁遁跡，上固藉仗之，不知何以遽萌歸志？此鼠輩相賀之日也。上雅念爲國任事之臣，不惜心力，以措天下泰寧之理，翁正其人，未卜何日上啓事之牘也？弟遠用世有志，第老大之人，出非其時，所謂“臣之少也，尚不如人”，方求歸山，而見謝玄老旨意，又未可遽動此念耳。百年易盡，致身須人，自家宅宇，則當自家住。坐此，翁“俯焉孳孳，不知老之將至”之候也，寸心耿耿，惟此爲望。

答門徒李括蒼書

僕株守古人之誼，林居不曾一字入長安，是以高賢賜書，雖念我厚，然亦付之杳然而已，知知己知我，不我罪也。此行功名真是自天而墜，亦不知所以得簡主上者，何從而來？本心報國極熱，但時不我待，肯早之十年以前，必有出力處，今徒取充位而已。去冬有小疏不達，黽勉出山，顧亦乞骸不久也。吾弟念我不遠相存，此懷何限。向奴虜來時，吾弟承監軍之命，後來如何結局？所願聞之。

兹因賫奏人便，附此起居。外亦具有小疏，稍見杞憂之懷，然都是常談，聊見老人一念不能自已者爾，不及揭謄請教。尊甫今尚在仕途與否？便願聞之。

答劉太守書

車從人門，知拊穉子、問家室，至樂也。汝南之命，甚爲門下喜之。向讀賜書，知門下困於諸生，淹於仕路，顧其心戞戞然，務學古人而師之。所著格言，信可爲韋弦之佩，心服，心服。大凡士君子之拙於仕進，皆其誠心在世與民，而逢迎之事寡。今得大郡而治之，而汝南之俗猶爲近古，此門下大發舒時也。僕世上陳人，見棄而臣方壯，見用而臣已老。惟望世有大君子發誠心，布公道，爲國家維持命脉，留不盡以遺蒼生耳。非門下，誰復望耶？

書來，知尚未抵任，而見念如此，感尤不諼。使旋，鳴謝不盡。

答沈和所中丞書

遠舊在山中，得讀老公祖奏議，恢恢乎經國之石畫，憂時之極思也。七閩有幸,得借上頭,海上帡幪,實惟二天,獨以未能親炙教誨爲懷耳。老公祖一誠金石,八面鋒稜,武緯文經,何所不可!二東内困蕭騷之民,外防跳梁之虜,匪老公祖,誰實綢繆戡定?國家長城,賴藉多矣。

民衰朽孤蹤,忽漫充厠,不能馳一走奉賀以祝,乃承華翰下逮,悳悚實深。敬因使旋,附頌明德,臨楮瞻依。

與南二太大司空書

别老公祖數年於此矣。恭惟老公祖在閩則紅夷獻俘,立朝則奴酋却走,固大君子威稜福履之所先聲而默奪之者乎。日朱主事奉命催取本部銀兩,不敢虚來委,已發一萬五千解進,合前夏昌胤所解一萬七千兩之數,共得三萬二千兩矣。其餘二萬有奇,遵旨自當速解。祇緣本部空乏之甚,請得再假一二月以完前數,則老公祖之賜也。又貴部責額以十二萬,遠按本部舊積,故自不少,惟萬曆末年至今,借取非一,故罄乏至此。且不特貴部責取十二萬而已,淮漕近催欠數亦以二十一萬爲言,然此皆據前人成數而言,而本部舊時每逢催取,輒量解多少,餘則苦訴困乏,以求蠲免,而未詳言其繇,使旁觀者以爲南曹積貯如此之盛,拖欠如此之多,此亦無怪其然也。遠今總覈敝衙門實入歲額,祗有十有餘萬而已。比年奉旨解北之外,所留本衙門經用者僅八萬。以八萬之存留,而欲還十二萬與二十一萬之數,何啻倍蓰!歲復一歲,重疊架積,何時清楚!是以具一小疏,直剖君父之前,道明求蠲,諒當下貴部,萬望老公祖賜之覆議,使南曹得免那借措處之艱,竟蹈慢命不供之罪,則爲賜於南曹甚大。夫以老公祖履綦所至,爲德中外何限,而今者爲本部覆疏,只一片刻寓神之間而已,而江南受賜,南曹蒙寬,知所不靳矣。爲此專瀆,伏冀留神。

與閣下書

遠闒茸俗吏,不敢自通於閣下之前,固其宜也。長曹未至,適在代匱,職事所關,不得不言。南曹之空乏久矣,計一歲之入,不過十五萬耳。然而前此蓄積至以八十餘萬,非所入之多也,前人之能也。比時空乏已甚者,非前人之不能也,取解之多也。蓋自萬曆末年與天啓之年,有邊陲之警,又有兩朝山陵之役,近日虜警又至,而所以取之者不貲矣。近日工部又向本部取額銀十二萬,而淮漕又向本部取二十一萬,非工部、淮漕之過求也,前此工部、淮漕以名色索之,而本部量處以應之,即有求蠲主上,亦未嘗明言本部歲入之額數也。而逖聽者遂謂南曹有入無出,積貯甚盛,第其慳吝不肯發耳。頃者,朱主事守催亦作是言。夫中人之家,彼其主人吝於財用,銖積寸累,將以厚身家、貽子孫也。有一州一縣之寄,於凡當發錢糧,慳吝不發,彼其獨手獨身,冀可染指得之,而竊耳盜之也。且夫古人久於其官者,多其積貯,將以禦不虞之變,應意外之急也。以朝廷之財,赴朝廷之用,既非作家吝嗇者之可比。堂屬相臨,衆目睽睽,又非一州一縣可以染指掩耳於其間。官曹去來,有如傳舍,即前人積之,未必後人繼之,而爲此長久不必然之慮,甘蹈一時不恭朝命之罪,夫人知其不可也。且夫耕當問奴,織當問婢。歲之不登尚有來歲,責奴以租穀如額,蠶之不成尚有來蠶,責婢以丈匹如數,則尤可補也。今也一畝之田,僅容舉趾,而責以千箱萬倉之入;一畝之桑,僅充懿筐,而責以千繒萬綺之就,則是牽牛之所不能畝,而天孫之所不能機者也。今者南曹財用實類於此。且南曹之用其所入之多者,只有龍、蕪二關。近者稅額加增,別亦無路得財。若取盈不已,勢必嚴爲禁呵,令商人不堪,亦非所以安養。不民不盡其力,而遺以安全樂利之休者也。

閣下方以道佐主上,將致吾君於三代之隆,伏望俯察疏中所言,大沛蠲恤之恩,則非徒爲南曹逭罪責,實所以爲生民培本根也。爲此賫上揭帖,伏惟留神省覽。幸甚,幸甚!

與顧若虛都諫書

仰惟門下風裁品望,標表朝端。遠伏田間,久在聽聞,顧未從班行之後,無因通左右也。兹以譾劣,適逢代匱,受事之初,竊睹工曹困乏,方爲仰屋,既閱陳牘,見連年拖欠,不啻數十萬。其初多是暫取,嗣後永以爲例,解進不前,遂爲罪案，亦因先是當事之人每逢催取，但訴匱詘，而未嘗詳匱詘之因，故旁觀者以爲留工積貯之盛，而拖欠之多，歲歲責逋，殊無了期。遠今者覈本衙門錢糧實數，其初不過十餘萬而已，因先後解北，存留者僅八萬，而南中經費千頭萬緒，皆出於此，甚至工部取之猶可言也，而户部暫借軍需，遂爲絜令。夫以工部而資户部之用，則何以分曹爲也？爲此具一小疏分拆(析)，上籲天鑒，祈在蠲免。

伏惟門下在工言工，細晰南曹匱詘之因，一爲張主，俾百凡宫殿城垣、上用袍服之類，得以錢糧赴急，庶敝衙門職事修舉，物力不至大困。不惟南曹之賜，亦江南下民之賜也。敬以揭帖主覽，萬冀留神。

與顔同蘭給諫書

遠跧伏田間，側聞門下侃侃論天下事，各中窾會，私心喜謂“吾鄉有人”，顧無繇得通大君子之側也。自分老大出山非宜，而以國家有儆，不得不赴，然非門下極力推轂，亦不至此，遠知德矣。

兹有啓者：敝衙門錢糧故有積蓄，自萬曆末年以來，屢次奉旨取借，到今罄乏極矣，而取者尚未已。在工部則云十二萬矣，在淮漕則云二十一萬矣。先是敝衙門每一來取，則就處多寡應之，而不明匱詘之因，重重積疊，歲復一歲。主上不知，將謂留工拖欠如此之多，幾何不得罪也？今總覈敝衙門歲入之數，共十五萬七千有奇，本爲不多，而北解取借遂爲定額，所剩留本衙門經用者，第八萬耳。以八萬錢糧輒應十二萬、二十一萬之催取，何時得完？不揣具一小疏，剖明君父之前，以祈蠲免。但事在貴科，伏冀門下力爲主張，且求轉懇顧虚老，將小疏參抄或轉語工部，必在題覆、必在蠲免，則門下不惟爲賜本衙門，而所以爲德於江南民庶、商賈者甚大甚盛。此事非一人一家之私，而況重以門下桑梓之誼，有不俯聽而施行之者乎？顒望，顒望！

答李葵如漕撫書一

鏡山舊民，惟有守荔枝數株以及薑芥芋粟之屬而已，無端來此，又無端爲此代匱，國家多事，中外空虚，明旨森嚴，而所掌所輸乃財府之事，令人無所措手，亦猶當門之婦倒首爲足而猶不能一米之炊。老父母至此，何以教之？承老父母週至之誼，不忍斥呵，而猶善口呼拊，令人愧感無地。人旋，附謝至愛，未將之私，敢以爲報。

答李漕撫書二

主上藉重老父母，知老父母一片精勤之思，不啻日夜圖之者也。天下事出於心力者易抒，而藉於財物者難措。今日爲國家任事，需財物者也。何有何無，尚可黽勉以求，今則全無矣。近日爲北部徵索不已，彼見往者幾萬幾千，索無不應，以爲南工積貯之多。聞都中諸公謂南工有入無出，恁地與他要便是。昨有一小疏，詳具歲入歲出之額，仰籲明主，兹請教老父母一覽便知矣。前書下貽，尚有欠數，小疏欲以班匠抵者，已奉明旨遵行有日。若老父母更欲急於策應，則南垣不日到淮上，老父母或爲言一轉移，可令敝部隨分處置可也。兹遣敝役一人，同來官往蕪關，即將今歲之入解上，知有七千餘數，餘當相銜而至，不敢後也。

答李漕撫書三

萬掌科行，已有書奉左右，兹解册上覽，伏祈垂電。民之此出，譬如老婦人再嫁，本圖衣食，誰知其家道罄乏，更費拮据，且名分不正，第以爲妾，正妻將來，老婦人徒費心手耳。聊爲老父母一笑。

答鄭玄嶽大司徒書

遠家居時，凡往來南都者，輒道老公祖頻頻寄聲念及，何幸辱大君子齒記之末，而又不知何以得此於大君子也！山中趨命，老公祖方爲入賀之行，意謂竣事即可還任，藉以領教，而輶軒遂過梓里，當事者又忘其無狀，見委代匱。入署見老公祖圖畫詳明，計慮深遠，仰服經濟之大，自度愚昧，無以踵規隨之美。忽奉教音，過所奬借，又何以當。主上方急於思治，經緯錯綜，藉仗訏謨，伏惟式遄其征，不惟遠一人私跂，亦合曹諸君所願望禀承者也。顓人迎候，并謝德音之及，臨書惓切。

與門徒王國維書

吾弟當發久矣，何爲尚未？今内則急於小兒，外則急於吾弟耳。雖君子立身本不在此，然今世非此一途，必無以自見於後。不然，生下刻苦立志如陳白沙、胡敬齋二先生乃可也。春闈在即，萬望勉之。文章以氣爲主，氣焰逼人，未有不可發巍科者。如吾弟先後貽我書，其語皆不舒展，恐文亦然，故以爲告。餘則安貧樂道，吾輩事也，知吾弟能之矣。

復門徒韓霖書

吾弟晉中才子，而十年舉人於此矣。文章學問，雖士君子立身不在此，而非藉甲科亦不能行遠，不然，古人何以云德時位兼隆也？吾弟意氣則可謂美矣，聞見則可謂該矣，似於八股之事，切若不可不置力。此事聰明之人潛心數月便可到手，今去會試尚有五月，何弗爲也？晉中諸子實多，吾弟名士，屬望尤切，故特此惓惓，聊作一戲語曰："先填三百人中一卷，後開三十乘中萬卷。"一笑。

復韓徐州書

今日吏治呰窳甚矣，而競風貪風，不可救藥。惟有大雅君子儼然鎮之，世庶有瘳乎。鄉科州縣做得如麥如麻，丈自爲之，一以爲香萁，一以爲明粢，薦之清廟明堂之上，非我其誰？僕於丈乎厚望之矣。杜甫曰："王郎拔劍砍地歌莫哀，我能拔爾抑塞磊落之奇材。"敢爲丈誦之。

與史聯岳相公書

世態浮雲，物情驚浪，惟老先生鎮以無名之樸，隱然有終之代，可謂魯殿靈光、中流砥柱，遠竊竊心服矣。遠此出，漫無建明，年又老大，只是計明歲圖歸耳。令郎不來南中，想徑趨京師以圖省費。遠碌碌老朽，惟望老先生益葆天和，以享遐算。另具一芹，不足宣心，鑒納爲幸。

與郭岱山書

有人來南都者，屢屢問兄，皆云見兄門首坐也。此門首不可不坐，一日不坐，作怪矣。弟此官忝在九列，惟僉押文書，依樣畫葫蘆而已。而親友俗物，以爲侍郎俱是金穴，日來不絶。今弟已作一驛官，支應錢糧，衙中作一鋪主，整辦蓐席耳。而家中母子日日啼哭，謂弟無銀寄去，此景何如？

復世鄰黄二官書

别欲匝歲，心如一日，老貧士常惟有樂天知命而已。承諭云云。昔者先君子貧甚，先祖叔謀棄屋，先君子曰："無食尤可，無居何以安身乎？"廣東盛尚書端明起屋，鄰人欲賣之宅。盛尚書曰："自吾先世卜居於此，世爲德鄰，一旦舍我去，我何所稱兄弟乎？"今日云云，兄當以先君子爲法，弟當以盛尚書爲法。令郎遠來，助之盤費遣歸，一芹表意。

與錢受之少宗伯書

天地如許大，着不得一受之先生，人實爲之，其敢尤乎？君實命之，其敢怨乎？虞山之下，拂水之巔，洞宇宙今古之變化，究生人萬物之委源，此亦受之先生一時也。會益吾令親知先生胸次飄脱，一毫無芥，此正當與古人求之。

遠老大出山，本非所宜，以去年引年小疏道阻，黽勉赴命，然亦且返初服耳。在家時，選本朝諸先之作，計已近三十本，但尚恨聞見有限。先生於先朝諸先有何罕出人間文字，便以名指示之，使得覓求，固一快也。

答王煙客符卿書

大卿門下，闊别之久，寤寐爲勞，捧誦德音，恍若面對。遠好觀當世士大夫行事之跡,何人可當古人,以爲明家之光,上下二百餘年,未有如吾師者也。吾師品地光明,慧智傑出,作爲文章,得之於天,發人所不能發之詞,言人所必不得不言之意。至其奏疏,上告人主,指境陳詞,如在目前。至於必不可得之事,至懇至切,欲哭欲啼。是以神祖天德至高,爲之感動。終神祖之世,所尊而重者,吾師一人而已。遠嘗侍吾師,深歎閣臣之難。遠曰:"如師奏疏,名世無疑。"師曰:"此後五百年事。今日求士大夫不怒駡足矣。"遠髫齔讀書,既解時義,每見王會元之文,則輒心喜。年十五六,一日先子命題獨試,批遠文曰:"吾兒必以文鳴世。"因摩遠頂曰:"今翰林諸公,惟有王公荆石名爲聞人,兒後當拜其門下。"誰知丙戌之役,遠在落卷,被師賞拔。父子一時之言,龜筮筴卜,無此契券。又遠既成孝廉,時輒聞神祖聞王學士之名於南都,書名御屏,又輒心喜世乃有此人。遠今老矣,尚不知名是何物,望作何狀。當世士大夫豈不兢兢砥礪,得當世之名,而望不歸焉。且望也者,亦怪物也。質而見其人,尋常耳,而其未見也,若天人然。且夫居其世與之處,怒駡者有矣,訕毁者有矣,及其去也,與其死也,論天下之人品,又必歸之。

遠每過吴門,輒拜師墓下,非直爲師門之誼,誠如前所云。而大卿第謂遠事師之厚,尚未知余心者也。古人云:"莫爲之前,雖美不彰。莫爲之後,雖盛不傳。"陸宣公,名臣也,亦必韓退之而後重;歐陽公,名臣也,亦必蘇子瞻而後尊。從古以來,都是如此,遠於今日或庶幾焉。至如大卿德器温爽,文學優長,終日行不離輜重,真足稱名臣子孫,而遠深爲吾師喜者也。又惟吾師在世,嗣息不蕃,不無零落之感,而今大卿鳳毛玉樹,聯翩庭穴,真是有德之人,其後必昌。爰考孔聖三世單傳,而今繁盛若此,此最上證矣。適使人河下解舵待發,草草書復,不恭不備,統在崇鑒。

復虞來初少參書

遠衰朽野人,蹩躠南來,當此漏盡之時,尚作夜行之客,不辱何堪,無耻至極。實緣去冬有命,具疏引年,北行不達,旋念國家多儆,勉黽來赴,實不久將歸圖,見老父母於勾曲善權間也。到時即欲修候門下,奈無便羽,而華札及之,殊愧遲慢矣。

仰惟老父母冰檗雅操,金石純誠,鋒開八面,刃入無厚,正宜節制一方,台衡上宰,而無妄生災,意外波及。顧下韝之鷹,初何損於奇毛;在筊之鳳,終自明其五彩。不惟士大夫將伸夫公論,即明主且霽其威嚴,解網弛箝,行有時矣,遠旦夕望之。

使來下辱,具載明德。伏惟老父母明消息於周爻,體明夷之文德。天日必開,風雲定感,臨書翹戀。

復陳賓門太守書

雙塔寺得瞻顏色,於今四十餘年矣。升沉仕隱,人各異路,君子之思,何日忘也? 弟固陳人,兄亦古董,所恃物望,有以持之耳。顧兄馬伏波之鞍方據,而弟廉將軍之矢頻遺,則自計決矣。主上新覈吏治,首選居上,兄必其列,弟日望之。

與周元立司李書

敝邸一會,玉山冰壺映帶左右,德丰固自可掬矣,而況一郡之民之事,坐於堂上,有不直達清明、砉然而有餘刃者耶? 吾見朱方之民,濯之清泉,而吹之冷風也。

答王起一吉水書

遠廢朽,杜門跬步,不敢出鏡山,而承門下過辱衡茅,不啻再四,業知爲有心人矣。自吉州來者,並道門下清聲惠政,與節推洪公爲吾泉雙美。何盛如之。吉州多君子焉,門下弟畜而兄事之,於以爲治政修身之助不少矣。方今爲吏,拊循固急,錢穀尤重,上應功令,下紓民困,又知高明必有碩畫也。

與熊中丞書

民一見老公祖真誠實心,見於面目,海内名公如老公祖有幾? 别後夢寐,不啻渴饑。秋間曾有一字起居，不審徹轅門未？鍾寇向蒙招論，渠尚疑而不敢信，今聞已就戎索，此皆老公祖處置得宜，而威信日久，方爲所服，海濱自兹寧謐。民亦有書招慰之。通洋事不知入告否？此海民之福，國家之利，惟老公祖圖焉。

答沈泰垣大司空書

恭承台翰，深感老公祖周念雅誼之摯。登平成之堂，則景芳躅之在前；望苕霅之鄉，則稔厚德之在里。蓋禀仰瞻慕，匪日匪歲。第主上方眷思舊德，想東山不久，北曹再借，使海内蒙爲霖之澤，而廟堂得承天之用也。

遠去冬蒙恩，分當引年，遣人賫疏，不達而返，念國家有急，非臣子宴安之日，竭蹷就道。風花霜柳之軀，車煩馬怠之歲，行歸耕舊隱，拭目老公祖大行之盛耳。使旋肅謝，不盡欲吐。

與劉含白侍御書

翁向年諸疏，直節已著於天下矣。昨有疏被旨，心甚疑之。及兹得讀，蓋正論也。身雖見詘，此論不可不存。主上不久行召翁矣。先此謝教。

與司官吴國模論出母喪服書

詳玩《禮》意，爲人後者，不杖期，不敢顧私親也。喪出母杖期，得自盡其情也，《禮》意精矣。

再與吴國模書

曩足下兩過僕門，僕使人辭足下，意謂足下持凶也。昨見固心疑，及爲足下考禮制，則禮當持杖。杖可以出應酬人事乎？謂當爲位而哭如禮，持杖不出，門刺書“降服哀子”乃得。僕見京師武人在職守制，則穿布員領。夫古人父在，爲母杖期，見父，則杖不上於堂。期之與杖，於禮不輕矣。子思喪出母，孔子不拒也，孟子惡夫莫之禁，而不爲者。斯禮也，將亡久矣，所賴士大夫相與維持之。

知足下非以薄爲其道，其於禮意、禮文講求之未熟也。敢再以此進足下。

答吴觀我年文書

同籍兄弟去之四十餘年，升沉存没，難言之矣。弟與年兄尚在世上，此可爲人理之慶。一切蝴蝶之夢、鴻泥之跡，並可棄擲不論。恭讀諸篇，聖諦禪旨，兼總條貫，所謂合大通之道，而探無盡之藏者乎！子夏《儀禮》，左丘《國語》，曷復加諸？天下之理，静則專，專則神，所願年兄持之若存若亡之界，而居之無何有之鄉，則將百歲大年不知老之將至，而成其爲世道倚賴之真身矣。皖城相望，真如一舍。臨楮報章，惟有神往。

與蔡弘甫大宗伯書

王一之至，恭詢起居，知翁八十餘矣，而神懷健快，留心聖學，日有孜孜。閲邸報，又知翁急公之誼。翁之居身立朝，真有名儒之風。敬服，敬服！弟杜門索居，不問人世，而朝命忽及，勉强一出，反被口舌，視翁高蹈，真有愧焉。第士君子出處斷之於心，亦非夫人所能測識也。學問之道，曾子以弘毅爲家法，俯焉不知年數之不足。翁欲繼道統之傳，其在斯乎？附有所白，以表切磋之誼。聞之朋友，若謂翁於扶趨儆翁有介介然者，然弟方以爲賀。二翁之介介，朋友莫不聞，君子不黨，此之謂乎？即二翁以田産財帛相角鬭，即戈矛際天，波濤接地，誰欲置之口喙？兹二翁乃以意見之不同，議論之不合，則吾儕學問正在於是。舜何人也？予何人也？舜曾有一人之不合者否也？

因王一之談，附貢他山，唯翁翻然思之，以見聖學之大。

與姜同節太常書

天留老公祖爲世道壽，爲民生壽，則泰山自爲之高，靈光自爲之巋，有不待祈祝而坐致者。遠碌碌無能，辱在老公祖齒記之末，仰佩明德，當以世世。近以鐘鳴漏盡，挂人口頰，一身行藏，有玷老公祖所期許多矣。明春行返初服，不復令人齒冷也。

兹嵩祝微忱，敬附貴門生以往，無期無疆，敢薦南山之詩於几席之側。臨書慶忭莫喻。

復門徒諸葛乾輿書

來書不作駢語，甚見相知相愛。倉庾一事，固云國家大計，而聖賢學問存焉。敬怠緩急之間，皆學問所從出也。臨清官署，僕嘗一入，其中柏樹園亭，清井灌園，賢契官暇，作詩論文，一快事耳。憶早歲計偕守凍此地，彼時寓居多寶寺中，及癸亥歲過之，則寺廢僧無一存矣。因感乾坤轉換，光陰代謝，而吾輩士君子當有爲之日，不可不急爲豎立，以自著於人世也，援筆聊寫及之。

僕平日功名淡如秋水，此番出山，實爲國徵，擬以明歲乞歸，不負此出，而人言已及，鵷雛嚇腐，亦何顏處此？有歸與尊甫銜杯于林之下耳。承書問及，附謝不盡。

復屬僚趙主政書

老不知休，爲輦上少年所物色。吾將逝矣，厚念如何敢當？緣剞劂事簡帙浩繁，未即畢工，即命來人將尊餉賫之督刻者粤中一韓春元，亦作門下佛家布施之義也。

答葉慕同侍御書

遠里居杜門送老，一切人事，殊不關心。虽以老年丈時至城中，不惟不得一面，且聞問闕然，此懷謂何？恭惟乘驄持斧在大江之西，彼地土雖儉瘠，其士大夫有講學之風，小人亦質愿直致。老年丈以清貞之德，安静之政，風而感之，當瞿然顧化矣。

遠本非世器，且無意出山，偶上命之及，時方聞徵，竭蹶備員，終不足效一臂之用。既污人齒頰，即日乞骸南還。拭目老年丈榮膺京卿之選，以副聖明虚席待賢之意而已。

答朱平涵相公書

遠頓首：韓昌黎有云："賢者雖不吾與，吾將强而附。"其遠與相公之謂乎？相公至尊重矣，緑野平泉，何所不遂志，而猶據梧丈室之下，置榻寒窗之前，車胤難方，管寧莫喻。揆之古昔，想歐陽文忠家居之日，沉酣有此，餘未之聞也。著作大業，造次未得詳悉，安得寫手十餘，抄而藏之於家？遠山中選有本朝之文，名《皇朝文徵》，南都同好見而屬梓，候完當寄上請教。

相公爲遠道南都即是仙境。遠一到，便行署篆，廟堂之上，急取庫藏，使者煎逼，至爲揭借民間應之，此一事也。他諸酒則熱甚，水則鹹甚，僧則俗甚，山寺則蕭條甚，民則貧甚。不惟無可快心，而更爲之蒿目。想相公所云，在二十餘年之前耳。遠近已被人言，不日告歸，一片忠君之誠無可告訴。"在山泉水清，出山泉水濁。"古人所云，定不虚也。尚圖道南潯晤對，尋一蕭寺盤旋數日。此回之後，無復見期矣。相公念之。

復門徒傅子訒書

去冬承念，銘篆在心。兒雲父已服官矣，而北上資斧，尚取之友人，似爲不絜矩者。然諸孝廉近備百窘，聞有來浮梁者，俱是調劑而去。朋友高誼，無有不感服者。其吾弟居官清正，舍姪來備道之。《戒溺女文》情義曉暢，足以感動無情之人，故不得一讀之。

夏間南糧開俸，是僕署篆所填，今不知尚有欠否？吕少司農綜覈之甚，若有欠不可不早完也。棘闈得士，想皆國器，而聞道圭主考，西人頌服，方信吾門之盛也。大計在即，百凡費用，而特地割俸相貽，甚爲得力。此中蕭索之甚，若非親友相存，幾不突矣。賤軀初來，又不服水土，病痢者五十餘日，而人言及之。僕平生不作長安中書，到南中時，熊壇石相見，便語以爲老先生此官可名天官，謂其從天而下也。君子之仕也，行其義也。僕此出可謂進禮行義，而人不見諒。

鏡山之麓，紫帽之下，何非何生耕鋤之所乎？行返初服矣。

答鄒匪石太僕書

恭惟老公祖絶世清貞，高才幹濟，當今主上方以廉能厚望臣工，而僅置之寬閑之地，使斯世未得睹物阜民安之盛，此遠之所私心扼腕者。書來，乃謬見褒，及行藏之際，爲之歎息。自揣老大濩落，無所用之，衆人不知，則爲一身，此其時矣。解纜有日，雲天在望，顧念我公，能不依依？别承寵賜，敬附璧謝。遠比歲集有本朝之文，諸公已爲刻行，奉上一部。臨楮瞻注。

與熊壇石大司寇書

老公祖留意聖賢學問，天人備貫，文武兼通。遠平生歸依，舍老公祖何適矣。舟次河干，過承光顧，座次領誨，侃侃正言。世路有此議論，方是無偏無黨之大道，青天白日之公心。側聞聖明將召對以觀老公祖素抱，政斯道大行之日也。邊塞之事，草野謬見，以爲恢復尚在第二義，惟隄防壯圉，便是良圖。堯、舜之時，宇宙不過荒服，而聖人歸之。要主上堯、舜，則先朝之安南、河套初無損國家之大。不識壯猷元老以爲何如？舟次丹陽，夢寐盛德。草率布謝，不盡瞻私。

答鄭芝龍遊擊書

從玉華洞歸，舟中見有問何爺者，不知門下即在舟中也。歸聞貴體有所苦，問來使，果然，又知平復，喜甚，喜甚。三省會勦，業奉嚴旨，而來使云："二省軍門俱未到，獨吾熊軍門在上杭。"可見此公任事之勇，門下須體其意。三河九龍之捷，此中亦聞，第尚在疑信之間，今果然矣。從此潮、漳路通，是大利益。令弟真是膽氣過人，但從今亦須相機而動。昔常遇春嘗以此取勝，太祖皇帝常戒其輕至。三省會勦之舉，嘉靖中賊張璉亦據大帽山，張璉被擒，本是俞虚江公軍，被江西軍攘奪去，一軍不平，俞公大笑曰："但得賊平，何分彼此？"悉讓功於江西軍。此前輩名將所爲，并告，以爲門下勗。

答林宏伯書

南中雖寂寞，但心謂吾弟必至，何足音之不聞也？懸切殊甚。僕老大出山，心念聖明特點，必有見知之意，去則逐隊，而又老矣。又年雖老，而精神尚如故，志欲爲世道一張設勃勃也。後生輩既不相容，亦何顔處此？方知用世貴於涉世。不然，孔、孟何爲委興廢於天哉？心度吾弟只是讀書守貧而已，歸槖蕭然，一物不有，聊分筆四枝、墨二塊奉用。儻有興過泉，以丁蓼老爲主人，而僕幫襯之，實心願也。兒雲歸途得病，今已佳矣。承問并聞。

答某秀才書

别久甚念，高才如足下尚在青衿，僕一老侍郎歸山，何不足耶？第念此出原非爲功名而出，而言不用、道不行，被少年嘲侮。卷而懷之，實所宜然，非高蹈也。《閩書》何從見之？所云"嚴而核，詳而不濫"，雖知虚褒，然心亦以爲當論，所恨聞見不多，《閩書》既成之後，尚有許多古蹟、許多好人不及詳之也。方知著作一事，古人所難，良以此耳。至近於南都刻得《皇朝文徵》，相知者皆讚爲佳選，然選之頗精，收之未盡，亦以爲恨。今尚欲選宋文，鄴架若有宋集，見寄相借，尤感。

復蔡虚臺書

頻承諮問，真如見之。弟在南都刻有《皇明文徵》一書，可五六十卷。板在南中，卷帙重大，帶數部來，已分送人矣，恨不及請教翁兄也。至所論刻集事，昔張籍勸韓退之著書，退之答以俟五六十爲之未晚。但退之畢竟無所撰著，其行於世者，衹應酬之作爾。可見著書之難，古人不敢任。弟歸來，一切邸報俱不聞問，邊事初不之知，第愚見以爲越之伐吴，尚須十年生聚、十年教訓，使其長育子孫，屯種贏餘，方可望之僇力同心。若以一月九錢之餉，要得人死命，彼方饑寒之不免，且時光易邁，老壯頓易，安得如身使臂，如臂使指？堯、舜之所以爲聖者，惟其一念在民，聲施至今，初不在疆土之廣大。若以祖宗故地不可棄，則仁宗已棄交阯，固不失爲聖君。梁惠王告孟子曰："願比死者一灑之。"孟子但告以省刑罰、薄税斂，教之孝弟、忠信而已。自有遼事以來，費多少生命，聖人决不爲也。若只嚴邊備，令内地充實，相機而動，自當有濟。若今日加派，明日預徵，令海内生民不得其所，吾恐季孫之憂，不在顓臾。惜乎無以是義入告，然亦知告必不聽也。近日所薦邊材之人，第亦見其伶俐活動而已，豈良賈深藏，固未易窺耶？若熊壇石真有任事之勇，其勝任與否，亦自有數焉。攝公高簡，亦喜其不擾。弟見其所以處弟，非簡慢人也。弟不能書，承委書往，深覺不足爲世伯之重耳！

與蔡幼魯將樂書

遠平生素慕玉華之勝，求一寓目，然非得明府導之炬火，履之芻藁，賜之酒食，則不免於枵腹而冥行。此明府地主之隆施，而名山之遊，尚在第二義也。遠生平好慕天下賢士大夫，顧未數數然，一見明府謙尊而光，翕受而虚，操潔而施密，與人交，洞見肺腑，此則得交豪傑大君子，以快平生之爲大幸，而地主之隆施，又在第二義也。今天下吏治呰窳，安得如明府者棋布中外哉？主上急於求賢，定有顯擢，遠日望之。歸途載德，無有便羽可以修謝，但偶寄聲於王季常公祖而已。兹逢奏最，而鏞之師生遣諸生馮日銓之父來請賀文，區區朽劣，何足以寫大賢君子爲政之萬一？又不敢效世俗諛辭，則即舉名山爲擬，不知果有當於大方之家否？

遠入林生涯，則課耕蒔種，品農圃之書，翻古昔之言，故是家常，求畢餘生而已。馮民行，聊附戔戔，伏惟涵炤。

鏡山全集卷三十五

序

獄志序

刑也者,聖人所隱情也。刑入於死者,乃生人之大極。聖人有仁恩以昭其情,凡獄,司正聽之,以上大司寇,大司寇聽之,以報廷尉,以奏聞天子。不即刑焉,則命列卿當秋而會於朝,歲一秋審、一夏審,五歲一大夏審,聖人所以死民而求其生也。既當罪矣,又不即刑焉,殲其尤無良者。加錮縶之,饑與食,寒與衣,疾病與醫藥,聖人所以刑民而忘其死也。聖人死民而民忘其死,是故匹夫有罪,可得而誅也。

自有我國家以來,寬刑之詔,無歲不下,以至於今。天子緩刑者六歲,歲讞死罪三百餘人。此三百餘人者,天下之凶人也。習不義,捍姦禁,以一主事官督六獄吏與百獄卒守之,而常徐析緩鈐,高枕而不害,豈惟二三君子之力也,實賴我聖人之仁恩。故以喬遠之頑昧,自受事以來,得免於戾,乃又得以暇餘,取故《獄志》讀之,則於越孫公及吾師吴平晏公所先後手定也。嘆曰:"二三君子之言備矣!煦如春風,密如秋荼。恩不縱法,義不掩慈。"乃就中復爲稽其沿革,芟其繁蕪,令史書而識之,使後之敬繇獄者有所考焉。語曰:"不習爲吏,視已成事。"喬遠與後來君子共勗之矣。

膳志序

予讀《膳志》,未嘗不廢書而歎也,曰:古法繁,今法簡;古禮繁,今禮簡,非三代以及季世之謂也。蓋昭明之代,亦自有古今焉。今夫郊祀百神之胙,饗群臣之宴，九夷八蠻之饗餼，大者天子親主之，小者大臣共之。不以煩縟殺殺，則爲凶爲荒，以爲與天下休息而示權，此古禮也。牲豆酒膳，可以取辦於京師，而必實徵之郡國，禽魚、菓蓏、醢腊之屬，亦至微鮮，必使數千里善藏而貢之以登於俎，此古法也。先朝豈不知釋邇産而求遠物，物物而輸之，數數而致之，徒爲費日勞人？而必如此詳者，若謂不如是不足以罄四表之歡心，示無外於王者。至其行之禮也，綦隆而甚修，寧舉其廢不以失厥常，寧多于嚴不以昵諸豐。又若謂不如是不足以修敬養安，而不可一日懈，此先朝行禮制法之初心也。迨其後也，徵發之不時，怠於道路，厲於有司，民無所畫一，乃始弛徵損數，行折納之令，牲豆酒膳多取辦京師，以便於民。蓋亦法省而禮充。然其禮之必行而不廢，勢又至於詘財以行禮。乃有光禄不足，借之度支，度支不還，轉爲乞辦，乞辦不敷，至於大宗伯奏度人爲僧，鬻緇黄而行禮，失其體矣。則雖有篤恭之主，强有力之臣，勢又不得不貶禮以就財，繁極而簡，固其變也。

今天子遵先朝之典，崇節儉之德。凡上供之輸，聽法之便，無所更易，而微燕小饗，大率報罷，歲省大官錢數萬，然内庖之積告羡猶未有期，則豈非閹豎之誅求無饜，百役之冒漏難塞，而所節不足實所費也耶？此雖光禄之憂，而掌禮之臣亦爲之仰屋矣。微臣之意，以爲法可簡，禮不可簡。法而太簡，猶爲宜民；禮而太簡，且將廢敬。故夫簡其法而不至於廢禮，節其禮而不至於廢敬，今日深有望於吾君也。

考亭志序

朱文公十一世孫用圭嘉靖中丞滁州，其時豐城雷公禮爲滁太僕，問及考亭，以爲不可無志，預作志序以遺用圭。用圭歸，欲成雷公之志，會目失明不果。今其十三世孫弘演始成之，以授喬遠，使喬遠序。

序曰：文公著書立言，有功六經，昭如日星，不待言矣。後生小子平居有疑焉。今日序公之志，不可不論質也。古文垂世，如天之星辰，地之河嶽，錯雜鈎貫，莫可位置。而公之表章《大學》也，一以爲錯簡，一以爲補亡。喬遠謬以爲

《大學》一書，重誠意也，故不曰所謂"致知在誠其意"，而曰所謂"誠其意"者。喬遠謬以爲格物之文，承物有本末之文，而致知之文，承知所先後之文，以深明意之不可不誠也，則簡當無錯，亡可無補，庶乎合闕文之義也。《中庸》本《禮記》之書，時泛而及於祭祀、宗廟之禮，初無支分節解之詳。喬遠所謂"星辰河嶽，錯雜而鈎貫"者也，戒慎恐懼，中和位育，恐夫剖之太細而析之太精也。漢儒分章，舊以在下位爲一章，以起論誠之端，恐當仍其舊，而無以合於哀公之對也。周之三誥，喬遠謬以爲誥其民也。若以爲誥成王，則君不可誥也。鄭、衛之淫，恐其聲也。若以《關雎》、《麟趾》之詩，被之鄭、衛之管絃，恐亦當流蕩而忘返也。喬遠謬以爲當依《詩序》也。詩之有《序》，非子夏爲之，則子夏之門人爲之也，似不可以己之聞知審於子夏之見知也。凡若此者，皆後生小子平居之所疑也。

疑者其言，不疑者其理。疑者其外，不疑者其心。則有終身惓惓於斯道斯學，無造次顛沛之離如公者乎！則有夙興夜寐、寢食起居，無一不步趨繩尺規矩如公者乎！則有難進易退、匡主濟民、懇至光明如公者乎！世之溺於文詞者，既不足與於斯文，其有根本雖正，而尚不能整齊嚴肅於言貌動静之間者，此不重不威，動不以禮之弊所不能免。至名爲講學，行實悖者，譬諸聖門則穿窬之盗，而不容一日立於文公之世者也。文公殁二百有餘年，有爲超悟簡徑之學，舉世亦群然而趨之，乃其用功之密切，與其内境之霽澄，當不能逃於篤學著己之士。故韓愈曰：微孟氏，則皆服左衽而言侏離矣。孔子集群聖之大成，文公集諸儒之大成。周東遷而孔聖出，宋南渡而文公生。前輩之言，豈欺我哉！

公居考亭，蓋年六十以後，而至今過者，亦如曲阜之闕里。闕里有志，則信乎斯志之不可無也。弘演能詩能文，有名詞籍，而善繼善述如此，可謂詩文人乎哉！蓋足與於其先祖之道者矣。

開元寺志序

語曰："周之士也貴，秦之士也賤。"其信然歟？繇晉及唐，釋子名緇，尊重士大夫間，至藐朱門爲蓬户，比豪貴於鷗鳥，高遁逸彦，稍異戒律，幸被招呼，則稱爲破格，故有捨宅爲寺，投身而名弟子者矣。彼其人皆鏡象教之宗，深虚無之旨，且遺外其身，尚何有可羡戀之物？其取重於士大夫宜也。佛教之衰，世人不知其精，而所以事之者，但出於捨宅施田以爲侫名，見謂遵世尊割肉施眼之遺德，而心直以爲福利而已。夫佛氏之教，其精在性與心，而粗者乃在於施捨。然其粗者恒易以感動人，而精者固不可得而至也。予謂世尊憂憫衆生，其拳拳覺悟誨譬之心，與吾夫子並。世之人有能守其慈悲忍辱而不離者，是亦夫子之所與矣。彼其去冠裳、離人倫，此自西方之教，豈在一一摸擬？譬如夫子之時，冠章甫而衣逢掖，吾儕之學孔子者，則但祖其章甫逢掖，而不一講於仁義之道也乎。佛教之衰，世人所以尊佛者，既但出於施捨以爲侫，其徒亦利其物之可羡戀，屑越叢蠹其中，甚至椎屠作姦，酣牢醴而私婦豎。豪有力者從旁憤曰“是不足任此齮齕”而奪之矣。甚則廬佛之居，燬佛之像。夫其不足以任緇衲也，此自緇衲之罪，於佛何與？有如吾輩不講於仁義之學，盗跖其行，穿窬其心，則亦可以壞夫子之宫乎？聖人與佛之教，其勉人爲善之心一也。聖人之言文而遠之，則士君子之所繹；佛氏之法歆而畏之，則愚夫愚婦之所慕。政不必托於排闢異端之美名，竦然而師之也。

吾州之西有開元寺者，蓋唐時長者黄守恭捨園而爲之。初，守恭晝夢一僧乞宫其處，謬應曰：“待蓮花生樹端乃可耳。”僧喜稱謝。忽見千手千眼菩薩騰空而上，數日園中桑樹遂生蓮花，香色具足。守恭靈佛之力，因出其地建大悲閣以居僧徒。入宋以來，高坐踵出，皆與士大夫矜重頡頏，何其盛也！寺有二大塔，累石嵾嵾，高十丈許，欄楯輪磴，鏤寶雕相，莊嚴罕儷。州人捨田施宅，從古有之。近世僧徒乖離其宗風，入其田之賦，至髡而里胥於縣門，習諸讖呪，爲人薦禮，飽其酒肉，凡諸所有，遂爲豪有力所目攝，見貴人則旁立搶地以爲常度。佛氏忍辱之教然乎？於是垣爲行道，壇有茂草，僧徒之不任，而并以及佛之宫。比歲防海，火攻之藥，軍匠擣磨其中，石火之不時，或延祝融。梵誦結制之地，雜於馬隊屠門。邑人憲副肖源黄君，守恭公裔孫也，目其弊壞，告觀察乾銘楊公，徙諸匠於他所,而郡太守蘿陽程公想藏刹之遺標,偉浮屠之桀竪,舉酒賦詩,割俸以主興脩之政。黄君復協資鳩工,共成盛舉。僧有正派者,持戒通文,異於他僧,召而主之。州人睹其完繕堅潔,如實始興,具知佛力之未衰,生其瞻仰,而弘宣聲辟,將待桑門上首之徒焉。正派德三君子之惠,輯兹寺興廢之始末而序之。夫佛道廢久矣,固賴士大夫振之以其餘力。然必士大夫操持孔子之道,而後可以責佛之徒不廢其教,若楊、程二公與黄君其人也。

泉山志序

予以丁酉之歲與李叔玄間行北山之址,見茅舍一區,翛然簡遠,流水遶其前,而山翠映其後。問之,知爲其味蓮丁處士隱處。叩門請見,處士辭拒不納。又久之,得其《北山記》,刻作小板,方在珍藏,旋復失去。及辛丑歲再過之,則處士殁故久矣。

居數歲,處士之子筠坡君與予游,出是志請予爲序。予意久具,苦於下筆,又二年矣。今歲會修郡乘,復從筠坡借觀之。見其尋訪甚核,摹寫極備。証郡載於足下,濡古筆于毫端,一似陶元亮之記桃源,韓退之記畫馬,即古人《三輔黄圖》、《洛陽伽藍》諸編,未必謝之。處士可謂山中之謝幼輿、陶弘景矣。因序而歸之,而請筠坡君再行而大之,使世知吾泉蕞爾而得以文章甲於寓内者,有不偶然之故也。

九鯉湖志序

世列老子於神仙,而又尊之於道家,何老子之多門也?道與仙則有間矣。《中庸》曰:"惟天下至誠,爲能經綸天下之大經,立天下之大本,知天地之化育。"又曰:"非聰明睿知達天德者,其孰能知之至誠?聖智不二人哉!"耳目聰明之謂聖,真致純一之謂誠。予謬爲之説曰:仲尼,聖人也;老子,至人也。必欲强而推一人焉,爲道家之首,以配孔子世尊,則廣成、黄帝乎!何者?彼其有鼎湖之升也。廣成,黄帝之師也。老子西入流沙,莫知所之。秦失之弔,弔何人也?仙之儕類,難以枚舉，而閩則武夷之十三君、九鯉之九仙爲著。九仙始不知其何所出。其云父爲淮南客者，不見於史書，殆亦推測之詞。然武夷之十三君，堇堇藉山水爲勝，不見乞夢靈響，使世人裹糧攝衣而競赴之者。予意九仙之生，殆聰明豁達之人，有豪傑之趣，而以恬漠之氣味出之。其好事之意，猶未能泯泯於人間者歟。譬如天地間，尊神往往有露靈現光於世，世人爭崇奉之，而孔、老世尊寂然不見其動静。孔、老世尊如天然尊神，仙人如雷電日月然，亦皆不可不存於世也。

莆人方某重新《鯉湖志》，書山水則載其詳，詩文則選其可以垂後者，示夢則擇其靈異，裒而行之，而以序問余。予素有疑於仙人、老子之所以殊，聊爲一發之，而復以語之曰："至誠之道，可以前知，是亦儒者之一節也。"

瑞巖報恩寺志序

予向從施大將軍遊，數數爲我言瑞巖云。蓋開闢之功，大將軍居多，而休寧汪令君、邑人葉尚賓先後之。余友張紹和往訪大將軍，歸爲予述兹巖之勝也。明初上人比以故大將軍出家於此，益化緣開山，成所未就，名寺"報恩"，而作爲寺規，以式訓僧徒，不外家常之語，如聖門所謂庸德庸行，皆夫人之所能爲者。孔子不云乎："下學上達，知我其天。"寺名"報恩"，爲祝聖哉？是奚足也！天地生我，我不報其恩邪？君親生我，我不報其恩邪？佛氏生我，我不報其恩邪？天則大矣，君則遠矣，親則捨矣，佛則千百年之遠，緬以綿矣。恩雖異，歸報乃一途。返而求心，返而求性，性不失性，心不失心，天地、君親、佛氏之恩，有不報耶？壞心壞性，甘他弗自，甘冤弗親，揑目之華多月，麴誠之雨絶淚，名曰爲人，實則賊子，於是天地君親不我容載，佛氏不與我爲依歸，則忘恩莫大乎？是聖人之道言之也，極其精妙，而服而行之也，極其易且近。佛氏何獨不然？明初上人名寺"報恩"，爲寺規式訓僧徒，令上首苾蒭，即上人所爲寺規，遵而奉之，爲頓爲漸，皆從此出，於以報恩，不亦大乎！

志稿棄餘序

予修《閩書》，始於辛亥之冬，終於丁巳之秋。其始患收羅之不廣，既又慮删擇之不簡，既又慮搜括之未詳，既又慮字句之未精。或别立一例，或别更一體。稿凡六七易，其紙之棄者，或翻其背以起草，或付之裱以護書，或以窒壁穴，或以護窗櫺，或撚以爲釘，或重以覆瓿，穢者以揩拭，雜者和灰以爲泥。古人有愛惜字書者，而吾不爾，惡其不盡於用也。兹稿蓋僅存而又復欲棄之者，書記張子曰："公幸留之，可以稽脱誤，可以防佚失，且以見公用心之苦、下筆之勞。"予曰："爲我彙之。"尚得十二卷。學醫費人，著書費紙，詎不信哉！抑予因是而有感焉。均是紙也，或棄之如彼，或僅留之如此。亡也，或以存；散也，或以聚。物尚猶爾，而況於人哉！而況於人哉！

文廟祀典考序

吴興蔡公伯達來守泉，百凡文事，無不備舉。又考文廟祀典，輯爲一篇，以示司訓張君啓睿，刻而傳之。刻成，公遷觀察使者，鎮于建州，而張君亦遷沅江倅。將行矣，問序喬遠。喬遠則莊誦我朝之尊孔子，一何盛哉！自高皇帝易像以主，以不比於道、釋之教；自肅皇帝易王以師，以定於在三之列，簡而文忠，實而不浮，而所以敬孔子者，益無以加。自高皇帝退揚雄進董仲舒，自英宗皇帝進胡安國、蔡沉、真德秀、楊時，自肅皇帝退註疏諸漢儒，進后蒼、王通、歐陽修、胡瑗，自穆宗皇帝進本朝薛瑄，自神宗皇帝進陳獻章、胡居仁、王守仁，復進宋儒羅從彦、李侗，而後孔子宫墻益不敢以非人與，則所以尊孔子者，一何盛哉！第不知郡縣禮樂之器，果數符其制、人通其義，有合於古所載祀典者否耶？予嘗見元大成殿編鐘，於人間製，極其工，而今恐未必有此矣。《禮》曰："君子之行禮也，因其財物而致其義焉耳。"然則無財無物，固不足以行禮，患在通禮樂者無人，而備禮樂者無具也。昔有道士歐陽器虚觀於孔子之廟，當祭之日，有太素垂天，貫于廟廷。然則孔子之靈，無日不陟降於昭。當祭之日，明其禮，備其樂，忠信誠慤以涖之，洋洋乎如在左右，如在其上，豈不甚盛美哉！

抑予復有説焉。本朝諸儒進而與諸從祀者，既得其人，惟崇仁吴與弼則尚缺焉莫舉者。陳獻章、胡居仁之學皆淵源與弼，即邇歲神宗之進李侗，無非考亭淵源之意，而與弼直以訟田一事，至今爲不結之案。孟子不曰“往役，義”乎！撫太守必致與弼，太守自輕薄，於與弼非失也。身爲司成之子，出可以應科名，受知有道之主，聘幣之隆，進可以取富貴，猶然不屑也，而尚數畝祭田之爲區區。予讀國史，譏獻章列叉槊出都門，失其常度，亦無取焉。夫獻章授翰林檢討也，不許其進而爲官，與弼辭當宁特達之知也，又不許其退而爲民，然則君子宜何居哉！予故因祀典而併及之，庶幾有得予説而採之者，即以請張君轉質伯達使君，以爲何如也？

山西鄉試録序

伏念臣喬遠海濱賤士，自訟有年，先帝即位八日，遵神考遺詔，起臣廢棄之中，有如土蟥出壤，登枝化爲露蟬。先帝上賓，臣哀思痛慕，萬里竭蹶，欲攀烏號於慶陵之下。皇上忘臣之不才，使臣偕户部主事臣煒然求士晉中，臣復不得與於復土之役，則惟有竭力盡心，大搜才俊，庶幾異日可備國家之用，以見臣報皇上與先帝之萬一爾。既與臣煒然驅而入境，遂執役簾以内。簾以外則廵按御史臣增光毖飭周詳，罔有弗肅。提調則左布政使臣居益、右布政使臣翼聖；監試則按察使臣豫立、右參政臣文焕；同考則推官臣齊芳、臣以良、臣維嶽，知州臣志隆，知縣臣顯宗、臣鳴世、臣先範、臣延洞、臣思順、臣從容、臣夢夔、臣文運；徵聘教諭則臣文衡、臣脩吉。暨諸執事，各慎厥司，遂進宣大御史臣李九宫與提學參議臣文翔鳳。所掄士三千三百有奇，三試之得七十五人焉。先晉額七十人，五人者，皇上所增以新文明之治；而兩人者，宗生也，皇上將與其入仕服官，毋俾公族之彦終賁朱邸，此維新之化也。既録其文以獻，臣則進七十五人者，而詔之若曰：

臣今爲皇上得士，非得一鄉一國之士也，欲得天下之士也。又非一時之天下士也，百千萬世之天下士也。夫孔聖尚矣，千萬世豪傑莫如孟子，彼其教人曰：“舜何人也？予何人也？”一出乎舜則以爲鄉人，一出乎舜則以爲盗跖。盗跖、鄉人與舜對舉並稱，若重左偏右，出此入彼，更無中立之名相，則天下後世之爲士者，與以鄉人、盜跖必不受，斷乎當如舜而後可矣。而舜非生於爾諸士之鄉者乎？臣考孟氏之所以爲學，則在於收放心，養夜氣，以蹕蹴簞豆，抉人生死利害之關，而要其歸必至於受爾汝餂人，以言不言，一掃净盡，而後免於盜跖之實，是以能居天下之廣居，立天下之正位，行天下之大道。此其人豈非堂堂轟轟、青天白日、高山大川、廓落宏偉之氣象哉！而考舜之所以爲舜，則惟以至誠純一。處父母兄弟之間，雖已底豫烝乂而尚若不齒於人，數忘己，下善好問，察邇與卑鄙庸陋相響答，如虚谷之傳聲，快然行之，若沛江河而迅風霆，又豈非天下極小心之人？而所以法今傳後，盡在於此，而孟氏所爲汲汲而師之者亦在於此。蓋其要之，同歸於胸中净盡，無一毫陰濁蔽翳，藏於不可知之地，而臣所謂百千萬世之天下士，亦如此而已矣。光天之下，至於海隅日出，罔敢不讓，罔不敬應。蓋舜以光明正大與天下相酬酢，而天下以光明正大赴之也。堯、舜，君也，而孟氏謂人皆可爲之，而又謂不如舜之所以事君爲不敬。皇上今日之堯也，臣與諸士所以事皇上者，必舍舜無所依歸，而後臣之所以求士，與諸士所以應臣之求者，桴鼓相答，而臣所藉手以報皇上與先帝之萬一者，其在此矣。濟濟多士，生此上國，濟濟多士，我后以寧。諸士尚無負哉！

是役也，監臨按臣既肅飭於上，提調監試諸臣復百務精詳，使臣二臣不虞瑕釁，一心比閲。宣大按臣與學臣選玉登珠，使臣二臣得剖璞而見十五都，剥蠙而照獲乘。同考諸臣朗夜明於帷燈之下，測寶氣於匣劍之中，使臣二臣不煩搜括，坐得真才，而臣燁然又能匡臣所不逮，鏡臣所未照，臣所藉手得士以報皇上與先帝者，非臣之能也，諸臣之功也。維時總督宣大山西軍務兵部右侍郎兼右僉都御史臣董漢儒，巡撫山西右僉都御史臣徐紹吉，巡撫宣府右僉都御史臣解經邦，巡撫大同右僉都御史臣高第，巡鹽御史臣張潑使，至太常寺少卿臣白所，知兵部員外臣任光統，主事臣向日升、臣張爾嘉，刑部司務臣徐秉元，光禄寺署丞臣吴維寧，後□都指揮使臣許濬祥，督餉户部郎中臣葛如麟、臣吴伯與，員外臣史垂則，藩臬左布政使兼副使臣金應鳳，右布政使臣佘自强，按察使臣李應魁、臣劉遵憲、臣郭尚友，右參政臣陳一教、臣耿好仁，右參政兼僉事臣魏説、臣楊州鶴、臣邵可立，副使臣王子陛、臣張曉、臣王之臣、臣汪元功、臣都任，副使兼右參議臣李得中、臣王家賓、臣賈克忠，總兵官臣文應奎、臣江應詔、臣張國柱，參將臣宋國臣，署都指揮僉事臣王家卿並列華貫，用光盛典。

山西乙榜遊雍叙齒録序

予與汶上李公視山右試事，方伯公見告曰："主上登極覃恩，則章縫被之矣。正額之外，有得列乙榜者，增附予廩，廩予貢。山右今歲增額七十有五人，乙額當如之。"予對曰："不防濫耶？不佞慮將來礙選法，請收如甲榜之半。"既分考諸公人持數卷來，予曰："是舉也，必果可甲者限於額，而後乙之。"不謂房各有卷，卷盡可乙也，則悉爲裁定。於今也，禮部若提學御史再行條覆，果如予所見。蓋天下之物，必上之人貴之，而後下之人自爲貴；上之人不先爲貴，則下之人以爲易得而不貴也。其在人也則輕之，己亦以爲易得也，苟且而赴功名之會矣。故夫易得則衆，不易得則寡。衆寡之間，輕重之判也。

今歲之夏，其得貢而讀書成均者，以十六人來矣。謁予曰："吾師也。"予曰："我不甲子也，而猶師乎？"皆曰："不師也，曷從成均來也？"予觀其丰采奕奕如也，容止言辭齗齗如也，心喜曰："防濫之效也。"因取其《叙齒録》而序之曰：吾有以鑄子，其必繇學乎？吾觀子之鄉先生有大理曹公，學人也。曹公立朝正直，其仕也，仆復起，學爲之殖也。今所録甲申牓者，安邑王生，曹公高第也。曹公爲余舉王生，學人也。予何繇知王生之爲曹公高第也？以其言也。夫如是，則有學之言固與淺學者有間矣。予之鄉先生也，亦有其人，則文節李公。夫文節李公也，是穆廟登極，覃恩貢士，闈中之選首也，學人也。夫諸生也，予以曹公爲子師，以李公爲子師也。又爲子祝。夫諸子之出身也，有似李公也，此吾所以鑄諸子也。夫如是，則上之人與下之人其在人也，與其在己也，交爲貴者也。

諸葛氏族譜序

老子曰："善建者不拔，善抱者不脱，子孫祭祀不輟。"誠哉是言也。繇華門圭竇而上，皆有以思庇其子孫。己之生也有涯，而其謀子孫也及於涯之外。人之智也能作，而其謀子孫也圖於作之先，其意可謂遠，慮可謂周矣。然而得之之難也，未若居之之難也。居之之難也，未若久之之難也。其所以建而抱之者，非其道也。夫躡積廣畜，多益田宅，食肉衣絲，不穡不稼，則是遺子孫惰也。席朝列封君之餘，家僮錯踵，食客雜指，鍾鼎車騎，役貧徵賤，則是遺子孫驕也。是將竭意數恣舞斷而後能得之，則是遺子孫黠也。是將遴閉纖慳而後能累成之，則是遺子孫鄙也。其將至怙而爲邪，不明罹鶵次之典，即幽薄岱宗之祐，則是遺子孫禍也。夫忠孝之行，仁慈之誼，德善之施，寒不可以衣，饑不可以食，然其於人也，若木水之有本源，象貌之有胸心，而以遺其子孫，賢人襲焉，愚人休焉。所以旁唐澌汩，閭醳靈暢，永世滋美於無窮也。嗚呼，非明德達人，其誰尸之哉！

諸葛氏之姓，蓋漢司隸校尉、丞相武鄉侯之後。其居泉爲吾同年弼甫氏之鼻祖者，則宋轉運判官公，仕於閩，貧不能歸葬，即家武榮，五轉而爲尚書兵部侍郎少保公。司隸校尉特立剛直，長安貴幸、賓客竦息於闒然之間。武鄉侯精忠紆籌，伯仲伊吕。而少保公擬剛特於司隸，摹猷論於武鄉，當其以柱史使弔金人，求丹鞓墨帶之服往，正色嚴詞，顧盻折争於刀戟之間，凝然不動，而國勢竟尊，首足順次。他日諄諄牀下之訓，不出忠孝之一言。諸葛氏之祖所以遺子孫者何如哉？是以諸葛氏之人，雖蕭然蓬蒿之下，其著朝聞世者，譜牒相望，不可殫述，而二公亦得春秋嘗禴至今。當時所以建而抱者，得其理也。

諸葛姓譜久佚，弼甫爲益王相，多暇日，乃詮次先事，鳩其宗名族屬，下聯上比，若恐前德不詔於仍昆而已，又欲以其慈孝之心，滋培垂裕之，可謂篤先而佑後矣。弼甫出仕爲廉吏，忤於時，左官益相，志不加悔。其姪公儀氏亦同年於予，孝友篤摯，多感憤之思，而亦陸沉於俗，貧不能家。夫諸葛氏之二君，皆熟於建抱之理，以善守其先世之遺，異日者，子孫不輟時也。

陳氏族譜序

晉江安平鎮後庫之有陳氏，來自仙游。其先宋時，有朝散大夫知肇慶府可大公舉進士，來仕泉爲右工曹。可大公父汝器，號積善公，盡遜其家産與弟。元豐四年七月七夕，忽有飛錢滿庫之異，積善公與其夫人拜祝曰："天貺小人，無庸多，願得賢子孫。"有頃，錢飛去半，遂生可大公。可大公有兩子，其季曰仲珪公，以蔭積官朝奉郎，漳州通判，人稱爲帥幹公，始家于泉。帥幹公年八十餘卒，反葬於仙游，而其子孫家泉如故。安平之陳名後庫，以飛錢也。陳在仙游故有譜，其譜直推至於虞舜，上至黄帝，蓋江左望族之意，其用心良勤。今十五世孫國子生國錦，乃分爲二譜，其推自虞舜以上者，别爲一譜，以不忘前勤。其自帥幹公以下至于今，别爲一譜，識信焉。陳自帥幹公至今，何啻千人？國錦一一分其支派、里居，記其名字、生卒年月，其有官爵、德行者，又别記之。而陳氏之宗，一覽瞭然矣。則使予序其端，予爲之序曰：

陳，黄帝、虞舜後矣。黄帝何人也？隰朋耻己不如，而哀人之不若虞舜之道，孝弟而已矣。譜以敬宗收族，孝弟之大者也。合陳之譜，先後不啻千人，今其稱父兄子弟、同堂而聚者，當亦不下數百人。是數百人者，生有歌，没有哭，歲時有聚，無事有往來，貧者賙之，孤者卹之，患難者救之。吾一人而能處數百人若是，是數百人者，以我爲孝弟人矣。舜之於象也，親之不懈而避之無所，愛之靡盡而毒之無方，然則吾處數百人之難，未若舜處象一人之難也。於其所以處數百人之易，未若處一人之難，而吾孝弟之心可以油然生矣。舜之爲天子也，四凶則誅之，大義滅親，何所不可？所區區一象，爲何人哉？念自瞽瞍而推之以至黄帝，敬宗收族之大者也。有庳，道州之地，後人爲亭而祀象。象於此有遺愛矣。舜不愛象，不足見舜孝之大，象不遺愛于有庳，不足見舜化之神。而唐柳子厚作文以記毁，可謂不善觀舜、象之間者也。夫陳去虞舜、黄帝不知幾何，猶汲汲而欲附之。舜何人也？予何人也？有不油然生孝弟之心哉！予故舉以告國錦，使轉告其宗人。且夫積善公飛錢人庫之異，與今日子孫所以昌且熾，皆繇孝弟來者也。

詹氏族譜後序

清溪少司寇偲亭詹公出所修家譜見示，則司寇公尊甫、憲副企齋公修其本支,公乃廓而廣之,凡詹氏之宗具載。蓋自後周以來,世次如見,墳墓臚列。惟詹之先,有清隱公爲令清溪,實開縣始,至今尸祝清溪人,其子孫亦流傳至今,蕃衍融貫。於戲,盛矣！司寇公既示喬遠,命喬遠爲之後序。喬遠作而言曰：

維泉文獻,有歐陽四門開闢於初,其爲吏有土於是邦,而子孫即家焉者,則有王氏、留氏、陳氏三姓,皆位州將、刺史,尊顯矣。至其尸祝於人,世次如見,墳墓臚列,未有如詹氏者也。豈非教化仁義之流篤於詩書,而恬於仕進,世澤如是遠哉！維清隱公爲父,又有處士公、年德公爲之子,莫不修參、騫不仕之義,尚憲次獨行之節,博古好文,高尚其志。清隱公勉應王氏之招,首開縣治,遂事而退,舉賢自代,一以爲桐鄉,一以爲彭澤。處士、年德二公繼之,不隤家聲,此所以有詹氏子孫之盛也。其在我朝,則憲副公剛毅直達,不爲媕婀闒忽之行,寧不合於時,不肯苟喪其守。司寇公繼之,尊主勤民,至於匪躬蹇蹇,直忤皇聽。徵書再及,立朝不滿三載,式于鄉閭,兒童走卒,莫不聞知。至若户部公、參知公亦皆克篤前烈,同維共振,此所以有詹氏今日之盛也。夫清隱公名德懿美,開詹之先,既以衍今日之傳。至於有宋諸祖,雖不大著,類皆克守譜牒,不至失墜,使後人有所沿證以考世論行。此司寇公所以重念水木本源之意,繼先憲副公之志,廓而廣之者也。夫譜者,普也;詣者,祖也。身爲人子孫,他日祖焉,不自尊祖,何以尊於子孫？不普其傳,何以合於宗人？詹氏之先,惟其名德懿美,以有今兹。司寇公廓而廣之,又以開將來之盛,既普且祖,詹氏世世名清溪矣。

楊氏家譜序

遊擊將軍起伯楊君輯其家譜成,以示予,而使序之。予閱楊氏之宗,來自壽春。自國初從征,以勳伐授指揮使,至今蓋十一世。可屈指數者,不逾九十人,而所紀載,已纚然可觀,一何盛也。蓋人之得永其家,而稱盛於人世者,莫不貴有文武忠孝之貽,子孫益不墜而昌之。今楊始祖昭武將軍公,從高皇帝躍馬荷戈,至定天下,竟以護衛旗校亡于永平陣間。其二世祖驍騎將軍從成祖靖難,艱難再造,始有世官之選,及乎宣德間,亦陣亡于交阯。夫無論其一瞑而萬世不視，其骨肉已化爲虜塵蠻灰，而血灑於沙漠蔄箐之草露，非忠與武，能有如斯？天遊先生生考亭之鄉，留心學問，再世有聞。起伯君今能光而大之，習韜鈐而敦詩書，楊氏斯譜，實創起伯，讀其言，其慈孝可想見也。起伯有母，茹荼食蓼，實撫實復，以存楊氏之祧，孔子所謂“有婦人焉”！此皆楊氏之彰明較著者也。蓋予讀高皇帝賜軍士護身之勑，晚年所以叮嚀告戒領軍之將，愛惜材官蹶張者，其言不一二，而成祖於靖難從征之士，時寒時燠，有死有生，無或忘之。二祖之澤，浸灌一代之人心，所以拊循甲胄之士，而報其勞瘁，尤爲深且切，是宜楊氏二祖所以報之而不有其身。至於一代之治，必先耆定武功，而後文教得以翔洽。楊氏之世，先武後文，又皆出而應之，甚哉其盛也。夫縉紳大夫得躡青雲之上，當身而止，其著者不過及子孫。而惟勳伐之家，世有纓弁，不下帶若礪，所以與國咸休。起伯所以心念不墜楊氏先世之盛，又欲自保其世以報，且應國家於無窮，斯譜之作，是其意也。則夫爲起伯之子孫，其惟文武忠孝，足世世持之矣。

聶氏家乘序

劍州聶公德甫序其先世之譜，爲内外二編，命何子喬遠序之。譜内篇則首王言，次譜序，次譜原，次譜例，次根宗，次支宗，次傳，次贊，次旁支，次誌銘、表狀，次墓圖，次祭祀，次宗約，次皇圖，而所以尊祖教宗之道備矣。聶氏在周，衛大夫之采邑也。子孫散處中原，故無兩姓。萬曆中，歙人天衢爲滁陽内史，序聶最詳。公採而集之，是爲外編。而有宋諸名公若范公祖禹、劉公摯、陳公康伯、楊公時，其序文或其手書，具弁譜，而我朝諸名公亦後先有次載。取而讀之，如讀歐陽永叔《集古》、趙明誠《金石》二録也。維我國家户口之籍藏在後湖，人莫得窺。公以南司徒大夫得掌斯，故爰稽國初以來所載户口之數，述而載之譜中，名曰《皇圖》，是又如入册府而覩元龜，躋太廟而見天球、河圖之屬也。聶氏之譜，蓋爛然哉！遠讀而爲之序曰：

凡内外二篇，譜王言，譜皇圖，教忠也；譜序，譜原，譜例，譜根宗，譜支宗，教仁義也；譜本支，譜誌銘、表狀，譜像贊，教孝也；譜旁支，教愛也；譜墓圖，教哀也；譜祭祀，教□□□宗約，而教宗之道備矣。蓋皆古人之嘉言善行，修身正家之至理。聶氏子孫尊而行之，聶其大乎！維聶氏衣冠奕世宇内，具著於簡編，其尤在人口者，在戰國則政，在漢則壹，在吴則友，在唐、宋則師道、紹元。政、壹以俠，友以神，師道、紹元以道術，而公所以持其身而教其宗者，乃以忠孝仁義、愛敬修齊之實。純純常常，爲聖賢不易之大訓，人秉自然之彝則。譬之養生，政與壹也，則金石也；友則芝术、昌陽也；師道、紹元則服氣導引也；至公而始用菽粟以飽之，粱肉以滋之。譜之爲言普也，譜之爲言布也，言普遍其宗族，而大布其慈孝也。而譜本於族，則夫鴟鴞也，必不可入鸞鳳之穴；檮杌也，必不可遊麒麟之囿。非其族也，不在譜典。聶氏子孫知公所以譜、所以族之意，聶其有不大耶？大則永，永則傳，將《皇圖》之載，頂背相望。而予得以是文弁譜也，猶之乎有宋諸公使聶之後傳誦至今，後之人讀予序聶氏譜，亦若予讀《集古》於歐陽、《金石》於趙氏也，則又豈非予之一大快哉！

莊氏族譜序

去吾邑二十里許，青陽市爲盛。青陽大族，莊氏爲盛。莊氏有譜，蓋起於五世震彦公，續於贈太僕少卿、前僉事用賓公。今去之七十餘年，而後譜復成，則少卿公曾孫修撰際昌公也。

喬遠捧而讀之曰：大哉，忠孝之道、正直之行乎！忠孝，生人之倫也；正直，本來之心也。維莊之先，其來久遠，而始居青陽者，則祐孫公。公有丈夫子五人，俱英毅卓立。宋幼主南奔，五人者與潮州司户參軍蔡若濟唱義迎駕，語張公世傑，欲効鉛刀一割之用。張公壯之。會蒲壽庚閉城拒駕，殺宋宗室之在城中者，遂以不果。後三人散處四方，而獨思齊公、公茂公還守青陽，奉公之老。意其三人懼壽庚之殺之故，散之四方，而思齊、公茂守故居以奉父，則忠孝並至者也。思齊公有子復圭，元文宗聞其學行，蒲輪屢下，卒以不起。豈非不肯爲胡虜之臣，而與先世迎駕之心，隱然忠孝之意乎？少卿公仕雖不遂，以喬遠所聞於故老者，其正直之行，可得而陳也。維公之仕，當嘉靖之朝，其時張文忠爲相，汪榮和爲家宰,尊重矣。榮和有所督過於公族之郎吏部者,公挺身詣文忠,大詬榮和,坐以行人,出爲浙江僉事。浙乏督學,公攝之,較士得袁文榮以爲選首。下令諸選首,毋以乃公知子爲私謁者。文榮不勝知己之感,一日,走謁公,公使隸笞其背逐之出。邑人汝南太守林公雲程途遇公,下車傍立,公呼名過之宅。而在邦時時言利病於有司,質之人中,有司憚忍不能受。泉中倭,觀察萬公民英閉城門毋納避兵人。公呼萬公名,責之曰:"備兵使者固如此耶!"自往坐闉下,大開門盡納之。父塚被發,與其弟用晦出家兵逐倭,負骨以歸,更捕倭得首虜。萬曆中,是以有太僕之贈,居鄉日久,盜不敢入里中,里中桃李垂街,毋敢採其實者。臨没,而某山神移檄公家,請公涖其位。正直是與,神之好之矣!

夫忠孝爲生人之倫,如五穀之有實焉。堅好穎栗,以飽萬民,養育是以蕃。正直爲本來之質,譬喬木之有幹焉。參天撑漢,以蔭千畝,枝葉是以暢。既蕃且暢,宗族不大,子孫不才,烏可得也?青陽之市,莊氏之族以千餘人,不既蕃歟?莊氏之先列在朝右,可比上縣,而舉于南宫、稱子大夫、兩榜皆元,泉中未有。修撰公捷得之,不既暢歟?修撰公既舉鼎元,不即授官,退而讀書山中。及除官目下,必就斯譜,方即前路。予指數譜中人,則乳名、諺字與尊稱、顯諱並次同叙,而執耒牧養之夫,雜然儷耦冠裳簪笏間,其於親親也大矣。至所以告誡族人,無非誘掖諷譬納之於善,蓋忠孝正直具有其外内。比來京師問序於喬遠,喬遠曰:美矣,盡矣!蔑以加矣!故於其泚筆也,不以叙而以述。

張氏家譜序

永陽張氏自曲江分派,遷徙中原,以入永陽。無論若而年,合其祖先至今;無論若而人,就中以詩書顯者,道德有諸身,功施及於人人;無論若而公,余得其鉅人長者三人焉:則有太師睦公之惠而多規,龍圖觷公之廓而能斷,集英勵公之介而善持。張有三公以得世裔之昌、子孫之盛,不其宜歟!王審知以區區屋驀擁有海上,蓋亦一小國之君,而太師公爲之撫和蕃夷、通商貿遷以不乏,軍興無賦於甿,閩人哺啜燕娭,皆不願死,故曰"惠而多規"。蔡京挾震主之威,龍圖以一釋褐諸生，褎然據其師席，正色以訓子弟，無一善柔之態，使京虛懷以趨下風，教以薦起名賢，以慰天下之望；軍帥不力，推功與之，使媿以奮，以共成功，故曰“廓而能斷”。吾守吾身，吾治吾官，權倖悦不悦，一置度外，所至畢吾心焉，以能歘歷中外踰六十年，以有榮施而躋大耋，故曰“介而善持”。夫如斯之逝，派流長矣；遷于之木，枝柯繁矣。張氏之有三公，以有子孫之盛、世裔之昌，而況其以道德功施爲三公衍而阜之者，又復不窮也。

是譜謂之《金華張氏譜》，蓋以太師得名。譜凡三支，分天、地、人云。修之者，則元江别駕公啓睿，搜散帙於蠹殘，寄耳目於耆舊，不啻其評，而蠅頭細書，皆出公手，蓋年六十餘矣。予過永陽，公出斯譜，命予序之。張氏子孫閲斯譜者，當知元江公慈孝之苦心，進而上之，當取法三公，以大張氏，以不負元江公慈孝獨苦之意也。

林氏族譜序一

林氏之姓出比干。比干諫紂，紂曰：“吾聞聖人心有七竅。”遂剖而觀之，然則紂明知比干爲聖人矣。其剖觀心竅與刳孕腹、斫涉脛，同一遊戲耳。孕婦、涉人，與比干同一劇酷，而比干獨著。彼猶閭閻也，九醢鄂脯，三公貴重矣，亦不著於比干，豈非比干忠哉！夫忠生於孝者也。比干，王子也，其諫也，念殷先王也。孝及先王，能無忠乎？比干之後，不知幾何林，林之爲林，不知幾何代，然林之爲姓，古今有之，而在閩爲尤盛。林蘊對策之詞曰：“臣遠祖比干因諫而死，天不厭直，更生微臣。”林攢負土葬母，白烏來而甘露降。然則比干忠孝之遺至唐，又一明彰矣！入自皇朝，林以科第顯者踵相接，其炳然以忠孝稱，未易更僕，誠以是心也，天地之綱，人生之理也。

林氏子如源者，吾先姑夫東山公之孫。林氏之譜，東山公修之，而吾先子潤色之，久而佚。如源，幼孤子也。年二十一歲，則取舊譜詮次之。族人聚散，耳目不詳，槀藏篋中有年歲矣。天啓乙丑，乃繕而完之，此時如源年五十一云。如源之言曰：“世不可再，老不復少。及今不修，誰是修日？”又曰：“使地下吾祖知吾自弱冠念此不忘也,使他日吾子孫知吾自弱冠念此不忘也。苟爲善,後世子孫必有王者矣。後世中衰,絶於予乎!”遷之自序其父云爾。然遂以大談之緒,耆欲將至,有開必先,殆且然歟?如源當知予之推比干忠孝之遺而大之也,亦猶自序之文,溯顓項北正黎司地之意也。

林氏族譜序二

林之爲言,林林如也。林之聚材,木也,衆矣。而又謂之林林,則衆而又衆之謂也。物不可爲衆也,將受之以大,大則可以久,將受之以久。余考林氏之先,蓋自九牧而來,其大且久,先世受之矣。愈久愈大,其於今日,其可量乎?

何子曰:塗樓林氏之譜,蓋首宣義公云,斷所知也,然實則九牧之派也。何子曰:林之有斯譜也,林氏子如源爲之也。壹何林譜之似我譜也?我家之譜爲紀、表、志、傳,而林譜亦然;我家之譜其系年表也,仿諸序卦,而林譜亦然;我家譜之文,微優孟夫司馬遷,而林譜亦復仿佛之。壹何林譜之似我譜也?何子曰:夫林子如源者,豈非吾之自出哉?其譜似我譜,蓋仿諸吾父云。雖然,不獨譜仿吾父之譜也,其生平遭際、立身存心,亦大類吾父。吾父年十三而父母俱背,如源則喪父以六年,喪母以九年矣。吾父不以少孤自棄捐,日俯首受書,其長也,人目爲“何書篋”,老尚不廢。如源雖不遇於時乎,年五十餘矣,猶晝夜讀,奥義煩辭,悉能舉之。吾父以二十餘歲脩譜,迨七十乃定,六七易稿矣。如源之譜脩自二十一歲,起萬曆之丙申,訖天啓之乙丑也。吾父譜,貧無所傭書,凡書譜皆以命予及予兄廷評公,而予書尤多。而如源之譜,亦皆其三男子互書之。夫林譜可以傚吾譜也。其於吾父之平生,與夫脩譜之景象,又誰傚而然乎?凡吾父之意,欲子孫忠孝耳,以爲必如是然後可以久、可以大。吾父幸有余兄弟及余兒,稍顯聞也。如源三丈夫子林立,餘尚未艾,其有不然者乎?何子曰:余叙林譜,思吾父矣!又思吾母云。夫吾母也,亦林姓也。夫余也,安知非九牧之自出者?可以興,可以觀,可以群,可以怨,非獨詩也。予於讀林氏譜亦云。

田氏族譜序

吾鄉先輩多古心直道，而官不大顯。世俗目論，遂因其不顯，寡所稱述。後進諸公亦不復論世以彰先輩之美，而湮滅者多矣。朱文公嘗歎吾泉當時但艷羡吕、蔡，而不知有蘇子容。以古揆今，俗態一而已。今吾泉之人，自蔡介夫、陳思獻、王道思而外，所知者誰耶？予林居，究心此事，閲《顧華玉集》，則知有《贈田景瞻詩》"默默長埋采，寥寥獨守玄。知音空四顧，立德渺孤騫"之句。閲陳思獻詩，則與田景玉來往最多。閲《吕仲木集》，則有《答林宏用問政序》。閲方思道《述友篇》，則所稱取友天下五人，而耆學好古，動則先王，惟黄應期爲最。今郡志第叙田、林三公，而黄應期一語不及。陶淵明云："操行之難，姓名翳然。"同一歎矣。

余屏居休、鏡二山間，景瞻先生孫樸出先生所脩族譜，命予序之。予既仰慕先生有年，至是得先生像及景玉先生像於譜帙中，有慶快焉。景瞻先生守邵陽，其歸也，以終養也，車騶在途，有老人持青柑出送，勞苦明德，問之，則疇昔以罪被逐者也。此與刖者之生子羔何異！景玉先生守均州，與玄嶽守璫相抵亢，璫示指道士以毁萬歲牌位，横坐罷官，均人有"太守爲民驅猛虎，直道難容棄如土"之謡，而今譜亦不載。豈當時先生嫌於自著，而田氏子孫佚之耶？抑復有别録也？因爲樸叙譜而并詳之，以見田氏之先明德遠矣。

樸語予曰："予先譜有云'後世子孫有修譜者，當求當代立言君子序其前後'。此樸問序於公之意也。"予自媿老且陋，無能比於顧華玉、陳思獻、吕仲木、方思道四先生。然吾郡先輩尚賴四先生以顯，後世若有知予者，田之二祖或藉予言以傳，未可知也。樸，閭巷布衣也，喜藏法書、名畫，善别識玩器、古物，一旦其先墳被奪，樸出身死争，自髠爲沙門，墳竟以完。此田氏之藺相如也。景玉先生善行草書，如蒼藤古松，書末書"忍翁"，又併識。

謝氏族譜序

安邑司城謝君傳顯持其家譜示余，自其可知者始，蓋十一世矣。合之人三百餘，而科第者三人。其曾祖父曰譽公，仕泰安州知州。其始仕，令昌樂，爲昌樂人捍流寇，身没，家無餘貲，昌樂人廟祀之。其曾祖叔父曰誥公，舉進士，歷仕户部員外郎，所至清廉，不喜爲諛阿。而其一則司城君也。司城君語余曰："吾之譜序作自吾祖爲諸生者，曰應奇公。其爲譜也，不敢冒夫疑吾祖者，不敢混夫非吾祖者，不敢記夫忘吾祖者。"其不敢爲冒也，則遥胄之華也；其不敢爲混也，則蜾蠃之負也；其不敢爲記也，則乾餱之愆也。

何子曰：譜者，祖也。譜者，伍也。譜者，普也。譜者，祖也，不敢冒之謂也；譜者，伍也，不敢混之謂也；譜者，普也，不敢記之謂也。其在《詩》曰"民之初生"，蓋言祖也；"文王孫子，本支百世"，蓋言伍也；"式相好矣，無相尤矣"，蓋言普也。持諸義也，而仁孝之道備矣。司城君爲廣文時，督學使者試以《海運南溟賦》，援筆立就，博於《齊諧》之志，而廣於湯棘之問。令于曲陽，惠愛在民。其爲子孫也慈孝，其爲人臣也忠敬。夫謝，神明之胄也，其在江左，賢士君子尤盛。《赤鸚鵡》之賦，則名謝莊；丹陽令之聲，則名謝方明；純孝至性，則名幾卿、景先；匡翼輯睦，則名安石。而司城君數器具有，持其不敢冒也、不敢混與不敢記也，以張謝氏，微三百餘人而已，雖江左之盛，其孰能當之！

馮氏家譜序

將樂馮氏故有譜，隱君宗慎念日久，請其叔忠賞、忠惠，兄宗岳、宗鄒、宗仲及其姪日光再修之，尚未殺青，先求余序。

予未睹新修之譜，據舊譜而爲之序曰：余讀馮氏譜，世次、名字、生卒、婚娶、里居、墳墓，綿綿如也，斑斑如也。其在中葉，子孫皆以正倫理、篤恩義爲行次，藹如也，孚如也。溯馮氏之先，宋代有時公者，仕兵部尚書，其子孫皆仕，而曾孫初心公爲禮部尚書，貴顯矣。自兵部公以下，厥像不傳，傳者惟禮部公。自元至於我明，寥寥矣，其以善行著鄉族者，僅數人，然亦不載其像。合馮氏譜載像者，三人而已。宋則禮部公，明則四世公嚴、八世公廷恩。禮部公篤志博學，淹通經史，推明楊龜山，爲之立祠宇、置公田，其名在國家。嚴公素封，自先世國初爲縣官，備粟米力役之征，坐不中，父兄皆論法。公年十八，赴京師擊登聞鼓訴兄冤。兄得免於罪，而公父則免罪在公之生前矣。公老而脩因果、廣施捨、賑貧急、助公私，數千百金不啻，没而里塾僧道至今祭祀不輟，其德在鄉里。廷恩公起家功曹，爲惠吴、蜀間，退而杜門掃軌，養素茹淡，脩譜合家，留心慈孝無虚日，則其功在一家。夫馮氏之世，自宋迄今四百餘年，子姓且千，而得載像於譜者僅三人而已，豈不難哉？

何子曰：馮氏自三公而外，皆不足像乎？夫其不仕於朝則天也，其且千而爲子姓者，善行著聞數人，此外皆無人乎？《洪範》之疇也，聖人錫庶民以五福，而所重在攸好德。當時聖人所以錫天下者，無不欲躋之仁壽之域，而攸好德者，須人自爲也。至其當時之民，無有作好遵王之道，無有作惡遵王之路，則人人以爲攸好德也。堯、舜之時，比屋可封，皆何姓、何名、何像、何貌哉？人人攸好德也，而莫得傳其像貌，不勝像貌也。堯、舜君也，則一人而已，夫是以後世尚得而像貌之也。陸象山先生知荆門軍，元正吏民請建醮祈福，而先生獨於設廳講《皇極》，人人盡望，以攸好德也。然則馮氏之譜，綿如斑如，用以聯祖宗一體之愛，溯初生水木之源，則不待言矣。繼今爲馮氏子孫者，當念曰："吾父祖多人矣，何以獨三人像也？"又從而思之曰："夫吾馮之人也，攸好德也，無有作好惡也，悉可封也，烏在乎像不像。"則天下後世將以爲聖世皇極之民，其中自有卓然傑出爲名世，繼兩尚書之後，以大其未究之緒餘，予雖遠在海涯，行且聞，而爲馮氏之宗喜之。

陳紫峰先生年譜序

英雄豪傑繇來以當意氣壯烈之士，斯道亦有之。孟子作七篇述仁義，其發明辨難，有排山推嶽之風，此真英雄者也。琴張、曾皙、牧皮，其心事磊磊落落，如太空無雲而春風可習，此真豪傑者也。吾泉鄉先輩德行、文章、氣節可謂盛矣，最著莫如蔡虚齋、陳紫峰二先生。虚齋謹密精微，涵而揉之而不見其端；紫峰光霽峻潔，融而超之而莫得其跡。蓋虚齋聖門曾、閔之徒，而紫峰琴張、曾皙、牧皮之侶也。聖門而後，其悠然温厚者，莫如陶元亮；其脱然瀟灑者，莫如邵堯夫，紫峰先生殆欲兼之。

先生自其布衣時，則已亢自矯厲。入仕三年，世利皭無磷緇，告滿得恩，以榮其母，便挂冠歸養，聲名特達。朝命屢下，堅卧不出，卒奉菽水，終厥天年。林居二十餘載，粃垢塵俗，飲酒賦詩，飄然有物表之致，而卒歸之精義正學，可謂風舉雲停，鴻飛鳳立。嗚呼！先生於古人，真豪傑之士矣！先生冢子敦豫躬行實踐，無媿先生，嘗有志修先生年譜而不逮。季嗣敦履屬稿未就，先生冢孫復乃與同志考核論次，又請蘇君民孚、李君叔元重加削訂，復使遠卒其業。遠皓首老大，於虚齋與先生望之不得其津涯，序先生年譜，不覺爽然自失也。

戚少保年譜序

嘉靖之季，蓋有俞、戚兩名將云。俞公不萬全不發，於敵無所不摧靡，而見功稍遲，然其沉幾善算，變化無方，敵莫能料之也，是以世人名俞公爲“龍”。戚公則疾雷破山，席捲而來，無所不蹈，藉此如猛獸鷙鳥，見則攫噬耳，故世人名戚公爲“虎”。王弇州言公善用寡，善用衆，善用勝，善用敗。善哉，其言之也！今皇帝踐祚之初，奴酋不靖。元輔葉公思兩公敵愾之勳，爲之請謚，於是俞公賜謚“武襄”，而公謚“武毅”，蓋兩公功勳爛然於國家社稷矣。

維戚公年十六起家世胄，二十餘而在行間，以大將爲國長城者四十年。退休一年，年六十而殁。平生南北水陸，大小百餘戰，未嘗挫衄。在浙江則平倭，在江西則平寇，在八閩則又平倭，在北邊則又擊敗東西二虜，馘倭首以萬計，覆之水火以數萬，平土賊殆十餘萬，最後鎮薊門，爲京師後勁，練南兵、建臺堞，虜不敢一跡南向，而京師晏然高枕。方欲揚威沙漠，振耀成祖之耿光，而當事阻之。既則江陵相下世，論者齮齕及公，移公兩粤，而公亡何歸矣！夫將相和調，則士豫附。公固未嘗以江陵爲竈，元帥立功於外，而内與相爲難，其將能之乎？此一節，士君子不得志則引身而退者之所爲耳。公文武忠孝，仁心爲質，横槊賦詩，翩翩雅馴。其所御士以恩爲舟，以威爲舵，士得賊寇財物置不問，有妄殺者必誅毋赦，蓋以孔、孟之道行孫、吳之術。然而與忌參半，或欲害公殺公而後已。公去，則其所布方略、所費人財，皆謬於公。而思公者人人，而公則歸而亡何逝矣。

公殁有年，其年譜未具。公子閫帥祚國等，乃搜羅舊事於什一之中，成厥全書，顧力又無以刻之。予友元戎寧海沈公乃爲公刻行，而問序於予。寧海公慷慨有大略，真心爲國家任事，類公之爲人，故相慕如此。予閩人也，父老子弟方盟公世世，而寧海公於予，不減公當日之於王弇州、汪新都，則其爲公序，奚敢讓也！

鏡山全集卷三十六

序

南臺奏疏序

黄居約氏以己丑歲成進士，予時隸西曹，過從甚驩。及居約有司李韶州之行，予方視獄事嚴，不敢往來。居約入獄廳别我，小僮從予送至門外，稍前再致詞。予見居約拱小童手，予竊竊識之曰："世有古君子若此哉！"及居約爲韶州司李，迨下仁明，而事上端執，兩廣制臺欲召治其吏胥，抗不與，寮友有失名而喪位者，身周旋之，乃作偉丈夫氣。予坐罪謫籍，居約召爲南御史，是時主上怒群臣之不逮，東方有遼左之慮，中原有礦税之興，楚藩有小人之搆。居其位者，勢不得不言，主上又時時督責言者。而居約當前弗卻，開口無所忌諱，乃其敷奏明達，詞旨優裕，上亦不得而罪也。主上既久，竟從言者言，可以見居約挽回之先幾，其一時未從者，居約所言亦足備當世之存論。居約誠不曠其官、溺其職者矣！

居約没，其疏稍稍行於世。其兄國子先生居朏已先合而刻之，而使予序。蓋居約在南臺，時從德興祝無功、上虞何禹門、潛江歐陽千仞及吾郡駱啓新、李猨卿爲讀書之會，相磨相厲如諸生。其没也無一日之積，僚友經紀其家，乃始得歸櫬。其爲人也如此。

諫草焚餘序

《諫草焚餘》三篇，長樂中丞陳公幼溪爲御史時所上疏也。其一爲肅皇帝末年，思謁睿陵於興都，閣臣徐文貞公日夜諷止不能得，會楚中水災，興都守備若巡撫都御史來告，且言睿陵亦被水，上益心動。公是時爲御史，獨不與守備、都御史同疏，獨極言楚中災傷，湯沐之民所以困苦流離狀。上即念親，又念重勞困湯沐民，事竟止。其一爲遼王淫惡驕縱，公暴其罪，竟錮高墻。其一爲穆廟初年，中官保挾官府作氣勢，公露章劾之，遣人京師上疏，疏爲京貴人所遏，不竟上。公一排擊，楚中恣王，誠王自取之。萬曆初年，中官保果論罪。顧當是時，若木有櫱，公先折其萌，恨疏不達於穆廟耳。然公功所最大者，無如嘿止乘輿疏，不特爲德於楚人，而所以功宗社者甚大。蓋當是時，肅皇不豫已一歲有奇，藉令文貞公説不售，上必行。毋論中塗敝民費財與夫建造宫殿，百凡不貲之役，奈聖體久疲，登頓上下，萬一不可知何。孔子曰："諫有五，吾從其諷者。"此公所以功宗社也。是時江陵相者方在館閣中，私快其鄉藉庇於公，一得柄政，即推引恐後。蓋以予所知，嘉定徐公爲江陵相者推引至大宗伯，而原其所以，徐公嘗守荆，與景王府之人抵抗掣忤，爲江陵人争土田關市之征，毋令重困於狐鼠奸劇之輩。相之爲相，後雖不愜於人心，其始初未嘗不欲得才人君子而用之也。且人雖爲不善，未嘗不欲假善者以自著。今輒以相論之，不愜於人心，併所推引之人而疑之，此則世人之求多，而公所以耻於自明，甘退耕吴航之野者也。

公子所立於予爲同年，出公疏刻之，并書公所私識以示於人，而語喬遠序之，曰："此家尊隔世事耳。雖然，誰復知苦心者？"喬遠讀《徐文貞公集》，見公與楊中丞書，亦稱公疏助彼作氣力，引諺語"金疾有藥，不如無傷"以爲哂笑。及予讀世廟國史，殊不及公所以諷止狀，因知公之諫草，果出於焚餘，而所立所欲傳示於人人者，不可已也！

先師王文肅公奏草序

當神宗朝，天下臣民所難得於上者，無如立太子云。喬遠小臣，追測上意，若謂世宗不立太子而其祚永，穆宗早立太子而其祚促，而不知世宗再立太子而失之，是以不立太子而全之也，未有無上事而不立太子者也。當是時也，神宗雖無瘞璧拜紐之意，而天下臣民輒有羽翼易動之疑。文肅公之爲相也，與申文定一再請而不得,公又獨請而不得。及文定公去位,公方將太夫人還里,神宗手詔趣公再四,而公獨首揆席矣。此時天下所望主上者,無如册立一事,所望於公者,亦無如册立一事。而神宗之意愈求愈遠,亡何有三王並封之詔,若爲上仿世宗。而公亦以爲光宗皇帝業當在冠婚之期,諭教之典决不可後,遂承上意而推行之,而舉朝之臣鬨然,以爲非故事,以爲公咎。公尋引爲己過,神宗亦收前旨,而册立之事杳然矣!公以爲册立未也,諭教决不可後,惟無與二王同時出閣者,庶可默維倫叙而解天下之疑。求之一年,而公之言亦行已。當公之在南都也,神宗則聞公清貞之節,書名於屏,特旨召相,所以眷公有加於文定諸老。而公門祚不蕃,世態多端。上念公母,上念公弟,上念公妹,上念公子,有如家人、父子之親。公亦慨然思展其平生,爲上致唐、虞、三代之理。而上故静攝宫居,朝講久輟,自公首揆,召見特一二,而上是時頻怒建言任事諸臣,斥逐無虚歲,公匡時之吻已敝於儲教,拯溺之憂僅伸於救罪。公亦思奉母歸矣,則上泰交一疏,蘄爲造膝入告之忠。上不應公,而公去也。跡神宗所以褒公獨至,敬公獨深,固公忠孝大節,有以感動之,而公之章奏,真誠愷至,涉樂方笑,言憂已歎,寫艱苦於目前,圖迫阨於毫端,機鋒隱而愈銛,吐露盡而彌摯。外則回護上意而爲之扞蔽,内則轉移上心而爲之闢動,而神宗亦服公之才而憚其直也。

方公在事時,喬遠方以禮曹郎侍公。一日,公語喬遠曰:"今吾上有不可得之主上,而下有不易滿之人心,提獨手以挈四維,挾家貲而充官用,比之謫戍,無此苦也。"喬遠對曰:"如吾師奏疏字字風霜,言言肝膽,其爲名相亡疑,吾師自寛。"公曰:"此五百年後事,今日誰知我者?"公既去位二十有餘年,神宗又復思公,又復特召公。公既無出山之意,而一二後輩不利公,方嚴沮公尼公,多方其詞,不知己爲鴟鴞之嚇腐,而公亦尋薨矣!蓋方公之未相也,天下仰其風裁,如泰山萬仞之高,恨不即出而當揆。及出而相也,天下望公援引提挈,庶幾附公青雲,而公端亮正直,初無旁蹊曲徑之可攀,則忌公愈多,而不容於口。及公之薨也,追數萬曆朝賢相,惟公一人而已。

喬遠之少也,頗爲先子所奇,父子間自爲知己。一日語喬遠曰:"方今海内名人,無如太倉王公,吾兒必出其門。”及喬遠上公車,適公知貢舉,喬遠投牘,先海内士,公首抽而闔賞之。既翰林莊公置喬遠備數之列,公特拔出焉。蓋公所以知喬遠,亞於歐陽公之知子瞻,而喬遠學問無所底,老大趨朝,碌碌備員,不能如子瞻足爲歐陽公重。適公孫時敏出公奏疏,以序見命,喬遠欣然授簡。韓退之所謂“列在二王之次,有榮耀焉”。

洪桂渚奏議序

何子郎西曹時,洪子平叔方舉進士,會何子馬上,何子心識其眉宇。亡何,何子郎禮曹,亡何,洪子亦以曹郎至,相得甚歡。何子署郎,諸郎皆以使假行居曹,獨何子與洪子會。歲杪,何子核曹羡,以二金遺洪子,洪子喜見面,何子退,稱洪子云云,知洪子至廉貧也。何子有曹事,大宗伯或以意授何子,何子或勉從,洪子必争。何子曰:“君第言,遠第行。”既亦無不行。至如定京考、絶倭封,其議皆發自洪子。曹中事惟諸王府最繁,最當費心眼。何子獨手任曹事,事成上奏,洪子當覆對。凡諸王府王子名皆假借五行,聱牙樛雜,洪子覆對惟審,乃奏牘尾小史落何子名銜。洪子念沿舊當不錯,目力偶不涉,何子遂得罪。諸小史請何子委罪於洪子,爲小人姑息愛,何子叱去之。洪子作一疏,曰:“奏牘不詳恭,罪在臣文衡,不在臣某。臣不敢有罪留,不敢使臣某受臣罪去。”大宗伯及諸僚長聞而亟止之,曰:“事已然,俱去無益也。”居數日,洪子調銓曹。洪子曰:“予尚敢入銓曹一步哉?有俱去而已。”去之五載,神宗督察銓曹,無論在列、在告,洪子遂調南别曹,於是洪子爲南工部矣。亡何,上亦稍用洪子,洪子卿光禄、卿太常、卿大理,功名方通遂。會無錫顧子伯時,久淹謫籍,特起卿光禄。一時人不喜顧子,中朝士謗毁如仇。洪子昌言明顧子,中朝遂亦不喜洪子,洪子又復家居矣。今上即位,起洪子卿太常,轉大理,轉太常卿。何子亦從田間得列諸卿末,方與洪子相聚,孰知洪子遂奄忽。

洪子見何子,示何子所爲南曹卿寺時奏若議,使何子序曰:“予每任一官,不敢虚其事,必洗刷其瑕垢,思舉其經,久此亦如老媪治家常酒脯,無非無儀耳。

雖然，予心注焉。予在南曹，節省最多。卿禄寺，嘗爲神宗請免景命誦經，神宗欣然納予言，此予所以見信主上之大端也。”嗚呼！誰知何子方欲爲洪子成一序，洪子遂奄忽！洪子没，上以洪子勤其官，卹典獨厚。柩將發，洪子諸郎索何子序如故。何子謂洪子當官，其於國家錢穀財用，不啻如家人米鹽瑣屑之細，其爲之勾稽節縮，皆與中貴人爲難，若障狂瀾而排鐵山。其籌算如桑、孔之纖悉，而濟以《周官》之詳明。其任事爲人有見必伸，不狥衆人之議；有善必附，不辭朋黨之名。其持心粹白，秉己潔修，内可以對妻子，而外可以對天下。此則洪子一生之大者也。何子嘗語洪子：“君所詣純以實矣。盍進而求之學問乎？”洪子答何子：“吾但知精心爲國，誠意持身，講學途徑非所敢聞。”洪子斯言，即前輩願爲真士大夫，不願爲假道學之意。嗚呼！室邇人遐，猶有餘思，而况死生之際，邦國殄瘁，無善人之謂！何子序洪子疏議，三涕三收，猶餘淚之覆面矣。

銀臺疏稾序

高皇帝新定天下，欲周知天下之民情物故，其於天下臣民、里巷田野之夫，莫不得直至上前，應答如響，又慮縣令肆虐其民，許所在老人剌舉不職，縛致闕下，法如此嚴也。厥後漸成奸利，轉爲欺誑，高皇帝懲而絶之，有“苟壽高年”之語矣。國初以來，臣民章奏，通政司無大小並封上，蓋欲使治如懸曜，政若流水，而後乃設穽飲章，詆欺舞文，以致覆人之家，傾人之産，往往不絶，自是網稍除焉。繇此觀之，始未嘗不開通，而後始遏杜也。

今上嗣位，大霈恩澤，而大臣子孫請乞相踵，恩後加恩，例外引例。遼左失地，草澤無行，敢爲大言者，往往守銀臺、乞上封事，不過欲得官耳。此一時也，亦宜閉不宜開之候乎！皖城本如吴公爲大銀臺，諸如此類，一切疏止，他如不繇封進，越奏御前，及解進錢穀，臯緩時日者，往往重加參糾，上無不欣然聽受。夫今天下物力竭而國用詘，非徒邊圉足困大農而已，一切濫官濫予，盡足開僥倖之門，滋耗蠹之竇。讀公諸疏，殆不徒爲國家重名器、崇體統，亦所以塞倖孔、厚物力之一端乎！堯之有唐，何其盛也。當日命龍之語，戒以讒説殄而朕師驚，然則以堯之世，殄行亦所不免，而堯所以得與皋、夔、稷、契，都俞吁咈於一堂之上，惟龍一人爲之捍拒於外，而使其君臣從容風議於内。於是龍也，可與明刑、典樂、粒食、敷教之臣埒能而儔功。孟氏有云：“使邪説不得作，作於其心，害於其政，發於其政，害於其事。邪説在人，流弊在政，有不得姑息而寬假者。”使孟氏今日居公之位，亦當以公所言所行服厥官守矣。公今以少司馬鎮邊，予方歌詩送公，其大指亦率類此。

馬侍御疏稿序

奏疏五篇，侍御馬公誠所之所遺也。公早歲好學，壯年立朝，旋蒙罷斥，四十餘而下世。元嗣幼齡，著作軼散，所遺僅此而已。夫天下人品未有不繇學問成者，即天下治政，亦未有不繇學問出也。《禮》曰：“班朝治軍，涖官行法，非禮威嚴不行。”其於學問亦猶是矣。公自試御史，上疏言興學、保民、治邊三事，而歸之無自欺之學，蓋立朝之初，議論已正已。其二言薊門諱伍，其三言卿貳侵官，剖折明晰，大指率不外是。其四當神宗萬壽之期，請視朝涖政，利見臣民，以解天下聞聲之疑，暢四海元氣之會，所望緝熙聖學，尤爲切至。其五則神宗怒諸臣之不逮，舉朝言官大行斥逐，輔弼股肱救解不得，公昌言繼之，末言：“皇上震怒，言臣降則降，逐則逐，無一敢衡命者。萬一天怒皇上，謂皇上不郊也，不廟也，不朝也，不講也，不惜才，不賤貨也，降以大災異變，皇上亦能衡天乎？臣何自知，繇皇上下失人心，知其必上拂天意。”於是編民之命，因今大廷尉林公繼救而下矣。嗟乎，嗟乎！公不惟學問精實，而肝腸忠壯，真豪傑之士，孟氏所謂大丈夫也！新天子御極，使公而在，必大用公。惜乎公年不永，而僅得贈卿之命。蓋守道之儒，用世之賢，無不爲公追恨者。

公初舉進士時，余郎刑曹，此時見公時文，已心慕之，方圖造請，亡何，予旋得罪去，時時從田間讀公奏疏則心服。聞公歸田潛心學問，則心服公尚圖自進其學，欲得海内名人而友之。而其時有李禿翁者，風節文章高一世，公延至其家，求與講德論學，而禿翁尋以高峻罹禍，公爲周旋備至，生死不負。謂公豪傑丈夫，不其然歟？余比以貳卿南歸，道潞陽，求拜公像，如生覯公，復詣禿翁之墓而拜焉。公元嗣健順出而肅予，謹括洞暢，見示文詞，端整有矩度，予恨不得見公，而以得見健順爲快。健順出公五疏，命予序之。予遂序曰：予於潞陽得二名臣焉，其一則張侍御閉關三疏，其一則馬侍御遺草五疏。士君子所以傳世，不在多也。

史相國奏議序

少傅連岳史公出其歷事三朝奏疏以示喬遠，而命序之。序曰：夫唐、虞之世，禹、皋、稷、契之爲臣，何其盛哉！彼其協恭和衷，一德一心，人營其職，人治其官，而無有比周黨與之私，此元首股肱所以千古稱隆也。世之衰也，乃有諂諂訿訿，噂沓背憎之徒。流至後代，則唐有牛、李，宋有洛、蜀。然牛、李之黨尚以國事起見，蜀、洛之黨則道德文章之路異也。當吾之世，乃有所謂門户，有所謂綫索，傳之後世，亦一噱也。人臣析人之圭，擔人之爵，有兩身乎？無兩身豈獨能析兩圭？無兩身豈獨能擔兩爵？而綫索、門户相尋不絶者，何也？居其官，恨不以歲月化；處崇高，恨不以擁戴久。守一錢穀獄訟，恨不刀布孔方、蹛積泉流，傾身障之，而外厠名教，可幸無罪也。蓋遠讀公奏議而有感焉。

公爲宰輔，首揆則福清葉公。是時上方雅重弼亮之臣，列黄扉者以六七作，公居其間。轉移調燮，形跡渾然，無濟水專一之聽，而天下不見其功。其爲少宰，則東萊趙公爲長，上章入告，一切倚公，而趙公有同心受成之美。獨公署銓南都，時神宗以考察委公，公得專行事，於凡汰貪黜淫，既以風厲平允，乃有一二勝流，方磨牙礪角以盗當世之名譽，公乃並施矯揉，用示懲毖，一時人人駭公，擯此强幹矜脩之士。迨其後也，雖復出而服官，無不碎瓦化緇，踉蹌晚節，然後服公見之明而行之決也。公飭躬束脩，出與士大夫相酬應，無周折之煩、甘悦之語，一時士大夫間或以門户、綫索望公，而公如止水之無波，凝雲之不流，則見爲古板，爲簡傲，而求多者至矣。公在神宗朝，兼攝三篆，班朝治官，無有叢脞，蓋神宗鑒公詳慎，任之不疑。在光宗朝，首膺爰立之選，以爲初政之光。其在今上，則求退之疏至十八上，而後俯狥公志。蓋公受三朝之遇最隆，而所以報三朝之恩者，亦忠誠而無貳矣。公易禄難畜，易退難進，一意破雷同之私，而挾孤獨之見，真置之古大臣而無歉。至其文辭之矜莊，條理之舒和，以陳於上前，易入而無忤，特其餘者也。

老子曰："寵辱不驚。"寵爲下，失之若驚，得之若驚。其驚寵得也，患咎也；其驚寵失也，患過也；其驚辱失也，患爲同也；其驚辱得也，患爲獨也。故曰："吾所大患，爲吾有身。及吾無身，吾有何患？"然則士患用世，爲吾有位。敝屣其位，亦復何患之有矣！尚憶遠初起田間，在莆陽舊輔周公坐間亦言及此，遠起荅曰："遠不佞，知有靖共爾位，正直是與。不惟無黨，且不知何人是黨也。"周公擊節嘉歎。玆敢因序公奏議及之，以竊自附於公。遠與公俱不在位矣，即附於公，又何黨焉？

林廷尉疏草序

天啓四年五月，户部尚書臣李某、工部左侍郎臣柳某、大理寺左少卿臣區某、太常寺卿臣盧某、光禄寺卿臣李某、太僕寺卿臣黄某上言：當萬曆之二十四年，臣等以言官待罪陛戟下。神祖怒臣等不言事，臣等三十餘人並斥逐。皇怒創驟，言官合申救。大凡申救疏名，更直署首，得罪與不，則首疏之臣受之。維時有一都給事中直疏首，廢然避也，獨御史臣馬經綸、工科都給事中臣林熙春、御史臣鹿久徵鋭身救，先後謫。陛下即位，次第收復。是三十餘人者，獨臣等七人在，而疏救臣三人存者，臣熙春一人耳。熙春從茶陵州判漸次進光禄少卿，入國門，陛下不次擢用，洊歷大理卿。熙春引年乞身，陛下勉留不得，晉户部侍郎予告，所以優禮老成人甚盛。臣等追念神祖怒諸臣不逮，時始第調外而已；繼閣臣陳某救，則降爲小吏；繼冢臣孫某救，則削籍矣。蓋神祖降罰不之救者，而之其被救之人。臣等民而辭陛，民而出國門，民而巾平定巾、布衣、芒屨也，民而策蹇，民而道傍舍爲蘧廬，而廢然避者，揚揚長安道中矣。比時非三臣申救，無論臣等破甑，即三臣全瓦爾。去之二十餘年，而臣等蒙召爲今官，今熙春又先臣等去。臣等恐當日事久遠不明，章乞勅下史館，備脩實録，昭示後世，以明先朝臣有清忠直亮如熙春也者。抑熙春粤人，家天南，至遠。侍郎故事，得乘遽，臣等合辭請，且爲絜令，非都給事中，削籍二十餘年，加銜侍郎者不得引爲例。魏徵録疏，唐史增光；廣德懸車，漢官獨盛。甚休，甚休！制曰："可。"於是林公行矣。朝野歆傳爲上優禮老成人，果如此盛也。

公歸隱海陽之濱，去予泉五百里而遥，而數相存。蓋予與公地相近，方言相通，其賜環同，其歷官同，予歸同，蒙恩加官如公官則又同，故時時相存。而一日者，公諸子孫刻公先後奏疏以傳寄予序之。予讀公疏，在户言户，在工言工，僕臣言僕，奉常言常，大理言理，要以成主上仁聖恭儉之德，拯民生之困，劑時務之宜，飭官常之惰窳，預邊鄙之備禦，而典故周通，經畫詳明，真一念不苟，一職不負，以故獲承上恩，備有終始。公其可謂名臣也已矣。予最愛公大理時疏，與僚屬分閱外詳一節云。蓋予少年備官西曹，見大司寇所受成與諸郎聽斷者，悉民間鬬毆財産諸事，而外詳置高閣。即不置高閣，欲有所施行，正郎輒以副郎之新入署者，使依葫蘆樣判。予此時雖不更事，輒歎中外吏留心職事者少，而况獄訟之情，無寧騁私鬻智、惡上官駁而他屬，而又惡所屬人反之。夫人也，誰不爲仍者，無寧上官權要授指焉。州縣顔色承之，無寧年少也，或憒憒也，何知律例高下，聽吏胥而葫蘆樣者，後官復承前官也。公之疏曰："寧無有應死而不死乎市？寧無有應生而不生乎家？"美哉！仁人之念，勞臣之庸也。上方嘉公疏、聽公施設，而公行矣！

予謂凡此世界，亦憒憒世界耳。一有仁人勞臣焉，欲不使憒憒而卒不得伸其志，或者每生衆庶，蒼蒼者置不問耶。不然，何有善言卒不行也？然公以生與人，而天以其生與公。公今年望八矣，匕箸尚健，孫子膝下繩繩也。此蓋天所以佑德人。天佑德人，主上又與諸臣同贊天之意，則天開人爲善之方已見之矣。是又安能於每生衆庶、人人問之，而人人生之也。

四書章意序

聖人之道如日中天而水行地，其大宗正脉，獨照獨流于宇宙之間，而當時之言語文字，蓋以簡奥之詞，發精微之理，則其先後轉折之際，方嚮或殊，頓漸遂别。故非千載而下，一家一人所能盡其歸趣。大抵有宋諸儒析之，惟患其不精，今之諸先合之，惟患其不一。此其較也，而莫非循之大宗正脉之内，深求而入於無間，而其理亦日益以明。蓋有宋諸儒意見辨難，不啻紛糾。朱文公始出而較量權衡，歸于一致，而後士無異論，列於學宫。近世王文成公者出，創爲異同，别有出入。諸先輒亦互起，有翼、有贊、有黨、有伐。然而學無古今，道何人我，忠臣孝子，孰非一政，要以前之爲是，後之爲非，則墨守膏肓爲外護可爾。聖人之道猶中衢而置尊，吾黨之學如入山而取寶，必以守厥舊聞，無所玩探，温故知新，其無日矣。如切如磋，如琢如磨，其斯之謂歟？

李宗謙氏潛心洙泗，尋繹不懈，内定一尊，外别白黑，選璞披沙，有年數矣。新進後生請無虚日，乃就《學》、《庸》、《語》、《孟》之書章爲講意，先衡以一定之理，而後取諸先之論，有合有異者，而折其衷。時以淺言而發聖人之微，時以精言而會聖人之趣，其諸先所論見爲合者，則具録而載之後，而歸宗於文公爲多。宗謙之精鑽博採，可謂大有勞於斯道而益於後學。王友士興既得其説，尊而誦之，既别録爲一書，且爲行於世，而使予序之。士興之心與秘《論衡》者有間，而獨媿予之荒落錮陋，無以助宗謙起予之萬一。抑宗謙所總萃斟酌若是，予能盡讀而悉其歸，故爲難矣，亦無所用起宗謙也。

田父性參序

黄子龍見作《性參》，以爲性只有義理之性，而氣質之性不與焉。既解《學》、《庸》、《語》、《孟》中言性之辭，復設爲一疑一解，以發明之，而性無餘藴矣。黄子曰："孔子言'性相近'也，分明是性相同也，對遠廼有近之名耳。"鄭申甫曰："'近'可作'同'乎？吾知守聖人之經而已。"

鏡山子曰：予素與諸子以"躬行相勗"要在能盡其性而已，何必同？何必近？雖然，吾試言之，而子試聽之。莆人林兆恩有言性如石火，然石中自有火性矣。予曰：善哉其譬也。而復爲推廣之，能代日月之明，備鑽燧之用者火也，燎原而焚崑岡亦火也。石中之火能有幾何？用之在人，至燎原而焚崑岡，豈火之本性哉？古人製字，用之非一義，如人曰人耳，而《春秋》有齊人、衛人、鄭人、宋人，可謂即此一人乎？死則死耳，而《左傳》之"將往死之"，可謂即此一死乎？犬之性不可同於牛之性，牛之性不可同於人之性矣，然不均之謂性乎？故知義理有義理之性，氣質有氣質之性。分之則兩明，合之則益亂。今第知有性之一字，牽紐而附會之者，此皆拘方之見，而不足通於大覺者也。孩提之知是良知矣，稍長之能是良能矣。孩提之童，豈無搏箠争拏之態？豈無狠叫亂啼之習？而可謂良知之知乎？乳飽而歡，視母而笑，母一他往，號哭若亡。人擊其父，以手擁蔽，他客分飴，必與兄姊，而可不謂之良知之知乎？搏箠争拏、狠叫亂啼，氣質之性也；視笑哭亡、擁父分兄，義理之性也。證性而至於孩提，則又何思何慮矣？近亦何離，同又何合？莊子與惠子觀魚濠梁之上，莊子贊魚樂，而惠子曰："子非魚，何以知魚之樂也？"莊子曰："子非我，何以知我不知魚之樂也？"相近之與相同，義亦如此。

三原考辯序

伏羲畫八卦，黄帝因以制律曆，至堯、舜而大備。古人之言也，天地之數，胡爲而有十？其觀於人身乎，手有十指，足亦有十指也。其胡爲而有八？觀於四方，而四盡之矣。四方之中又有四方，而八盡之矣。十，盈數也，十而十之，則不變，八而八之，可以行無窮。夫天定位乎上者也，地定位乎下者也。人也者，居天地之中，所以錯綜萬變，行無窮者也。聖人欲以盡天地之象，自十而衍之至於十二，或爲十二月，或爲十二辰而止矣。聖人欲以盡人之變縮，而至於八，而遂推之至於六十四之無窮。故夫體天地之位，四而八之，而天地之體立矣。極天地之化，八而六十四之，而天地之用行矣。乾之策，二百十有六；坤之策百四十有四，凡三百有六十。當期之日，其二百十有六也。兩之則百以八也，其百四十有四也，兩之則七十有二，而堇儉於八也，此夫以八卦曆者也。黄鍾天統，班氏以爲長九寸九，以合天數，太史公則以爲八寸七分一。太吕地統，班氏以爲長六寸，以合地數，太史公則以爲七寸五分三分一。太簇人統，太史公以爲長七寸七分，而班氏以爲八寸，以象八卦，以合人數也。而總之於八，無甚懸絶也，此夫以八卦律者也。蓋予之膚見如此矣。

歸善秋涯任先生年九十餘，作《三原考辨》。余從安溪令君鄭公抑銘所得之，公語予曰："是書也，任先生一生精力盡在於是。"予取而讀之，則見其論樂律也，謂五行納音出於黄帝，黄帝因醫以制樂，亦猶伏羲即占以作《易》。其論《易》也，謂伏羲本《河圖》中數爲太極，其奥義在原太極以明天道；禹、箕以《洛書》中數爲皇極，其奥義在建皇極以叙彝倫。其論曆也，本象類以準曆類，本象數以準曆數，本象法以爲曆法，而若見其無差者。蓋先生其始也，考詳樂律，既則因樂以溯曆，又既則因曆以溯《易》，即委尋源，本心證古，其按之也甚詳，而論之也甚精。自非浄以得之，潛以體之，不能如是。先生今之伏生、轅固也。余因令君問序於予，出予膚見，爲先生誦之，非序先生書也，所以請政於先生也。

周易象説序

易，人易也，易言天道。聖人欲人體天，故言人易也。是以一則曰"君子以"，二則曰"君子以"。夫以，以天者也。人也者，天地間之至變者也。一身之中，不勝異境焉；一日之中，不勝異象焉；一事之中，不勝異數焉；一言之中，不勝異指焉。故夫易也者，亦舉天地間之至變而示之，有未始變也者，有未始不變也者。有未始不變也者，有未始有變也者，則乾坤盡之矣。乾坤之用，則坎離盡之矣。立天之道曰陰與陽，立地之道曰柔與剛，立人之道曰仁與義。陰也，柔也，仁也，皆離之屬也；陽也，剛也，義也，皆坎之屬也。典謨訓誥以爲《書》，《國風》、《雅》、《頌》以爲《詩》，猶乎無一剩詞也，猶乎無一不可觸長而引伸也。伏羲以一畫而演之爲六十四畫，有不可穿通曲暢、縷析條分而不窮，而尚可爲聖人之畫乎？庖犧氏爲《易》之君，文王、周公、孔子遞而爲之臣，有不依傍羲畫，推明其意，而尚可謂之演《易》乎？卦也者，畫也；彖也者，斷也；爻也者，効也；象也者，象也。如卦、彖、爻、象之詞，三聖人有不依傍畫意而推明之，則玄黄戰野、門柝待暴之類，不幾乎荒淫辭而昡之觀者乎？

大中丞永城彭伯王先生，蓋深於《易》者也。謂夫卦之爲言，不特上下二體而已，畫畫而變之，畫畫而象之，一卦具衆體焉。以變觀《易》，如觀人心也，窍而通也；以象觀《易》，如觀人身也，賅而存也。則凡玄黄戰野、門柝待暴之類，即單言片辭，無非聖人因象明意，不啻繭絲牛毛之爲精。《易》之爲《易》也，自無而引之有；先生爲《易》，自有而發之無。若不觸而自長，不引而自伸，而先生於《易》，觀其深矣。先生又以《乾》之無首，《未濟》之濡尾，譬之聖人無始無終之學，而真可配天地之無疆。予又見先生之《易》，不但察之極其精，而又體之極其純。先生宏才廣度，智無所不給於物，而念無所不本於真，其盎然春風，豁然八達，不待振暴廓拓，而自然流露於威儀文詞之間。蓋以人爲《易》，而以天爲心。

先生有黔中之行，出是書示予，而命予序之。予淺之乎爲《易》，得讀先生之書，然後游於無垠，而入於無内也。

詩　識　序

"思無邪"，一言蔽《詩》矣。興、觀、群、怨以教門人，而舉以教子，則惟《周南》、《召南》，何也？油然不乖於應，而介然不易其方；放之若流而不止，而反之則戛而若截，斯《周南》、《召南》之教乎？《書》，實教也；《禮》，静教也；《詩》，動教也。《書》載其實，《詩》以布之，然後暢於政事。《禮》守其静，《詩》以和之，然後洽於骸膚。非夫《詩》也，難以諧夫《書》與《禮》也。故夫人各有情，閼之則閉，寂之則空。不閉不空，以各得其本然之情，所以會歸於流行之命也。不達政、不專對，此之謂面牆，其足游於無方哉！仁者見仁，智者見智，及子夏之門而聞聖人之誘者，説《詩》何多也。謂子朱子盡《詩》乎？故夫《詩》之有識也，擇夫前輩之説《詩》者而載之，是熊羽人之爲也。默而識之，一則爲志，一則以爲識。多識草木鳥獸之名，一則以爲識，一則以爲志。吾安知是編之爲"詩識"乎？"詩志"乎？統而言之，要以暢性命之歸，而約之於"無邪"之旨也已矣。

大學原本闡義序

解經者,解聖人之經也,而遷移置之,吾所未聞也。予久居鏡山中,嘗作《大學釋義》,一從古文之舊,而訓物爲"物有本末"之物,訓知爲"知所先後"之知,以爲虚詞助句,以起下文誠意之説,而證以致知之不亡者,在所謂"誠其意者"一語,異於所謂"修身在正其心者"之相引而來。其後從蔣道林集中見其説與予合,則以爲大喜。王陽明知從古文之舊,其起語曰:"《大學》一書,誠意盡之矣。"良爲確然。而復引"致知"以伸其致良知之説,此雖欲反朱子之移置,而以古人之成説就一己之眼目,要亦非正論也。善乎唐自明先生之言曰:"《大學》之經,明明德而已矣。明明德之本,脩身而已矣。脩身之要,誠意而已矣。"可謂括盡一經之旨。而先生所釋親民,其妙在使民之不能忘,以爲親親之極,此又與予最相契者。其致歎《大學》之妙,以謂太上立德,其次立言,立言者不患雷同,便患牽攓。此書或寡或多,或反或正,或疏或數,或卷或舒,或化有爲無,或化無爲有,或本段不詳而寄意他段,或後條未及而先見此條,神機變幻,脉絡融通,是何作者,神妙乃爾? 真是因文見道。若讀書不能知古人化筆神工之妙,則將拘攣行墨,編籬插花,如宋儒之爲者矣。

先生令子梅臣出是篇,命予序之。予謂"明德""脩身""誠意",先生發揮已極,何待再三言之! 惟據先生長於讀書,善會古人之意,而爲益於身心者,表而出之如此。予見梅臣每有撰著,超然蹊徑之外,而其立身行己,卓然君子之域,不知出於庭聞者素也。

禮記翼宗録序

禮也者,敬而已矣。《禮記》一經,開卷言敬,四十九篇之中,檃括是已。孔聖言仁,本體也。《禮記》言敬,工夫也。夫其無一時之不敬,無一事之不敬。自一人之身推而至家國、天下之大,理幽治明之道,内安外治之謀,而無一不出於禮,無一不用其敬,尚不謂之仁乎? 故脩己以敬,脩己以安人,脩己以安百姓,堯、舜猶病，爲仁之方所從出也。是書也，以爲漢儒之書，而余以爲孔門之徒之書也。其義既廣大而精微，而其文則疏達洞暢，如日月明而江河流，斷非孔門之徒不能作，秦火之後，漢儒不過收拾而會稡之耳。二典三謨，雖非益、稷、臯陶親筆，定非益、稷、臯陶之徒侶不能著也。何者？其文則中天之文也。至於孔聖正學之外，定有讖緯術數一種，第其義微渺而涉於怪，惟孔聖自知之。故太宰達巷有博學多能之疑，而子張亦以十世可知爲問，孔壁男子之云，是其明徵。夫是則《月令》一書近之。是以《正義》有孔子後七十二之徒共撰所聞之説，而鄭康成云《月令》吕不韋所脩。盧植云《王制》漢文時博士所録。曰脩、曰録，斷非自撰明也。夫七十二徒也，見而知孔子者也。漢、唐、宋諸儒也，聞而知孔子者也。聞之也有久近，則述之也有詳要。漢、唐諸儒舉其詳，故制度文物無纖微之不悉，彼見夫孔子一生之習於禮也。宋儒舉其要，則約而歸本於敬，亦猶夫安安克讓，允塞温恭。堯、舜於禮，何等持循！而今第傳其"精一"兩字，以爲正訣矣。夫是者禮之本旨也。夫其書也，雖其文義精詳而意間有微奥。精詳者，制度文物可得而稽也；微奥者，雖漢、唐、宋之儒亦不得而盡也。

尉氏靳習魯先生生於五千餘年之後，醉心是經，慨然以發明斯學爲己任。剖其異同，定其歸趣。蓋自百氏諸家以及禪釋之義，無不採證，立辨言行迂事，自以求合乎禮，而又蒿目斯世，怒乎有江河之思，而欲挽之三代之隆，意尤獨至。書成，命其録曰《翼宗》。余讀先生《禮論》二篇，究極治人之具，生人之方，懇到周詳。蓋真見夫天地非禮不位，人生非禮不立，而翼經之功於是爲大。先生又家有賢昆紹明斯道，兄弟之間，自爲師友，討論印證，必獲乃心，乃定著而録之，可謂有功於《禮經》甚大。遠少受是經，常欲考諸儒之論會而折其衷，因循老大，未果斯志，而先生先之持以示畿南邢子琦、滇中高子梁楹，二子一見喜之，立爲先生刻以廣其傳。夫河南程氏兩夫子講《易》，今有尉氏靳先生講《禮》，列於漢、唐、宋三代之間，而知吾世有儒如此，何其盛也。

易經正譌序

古人讀書，非徒習其文辭而已，其於句讀、字畫之間，莫不留意。是以象形、諧聲、轉注之倫，皆詳加審究。孔子一身既通三才之理，而七十二人之中，所稱爲賢者，皆其身通六藝，非如今之世得一高賢而師之，習於性命之談，善於駁正先儒之論，而便以高第相標也。蘭溪郭君泰象讀四書、五經，積疑胸中，於是稽古文之同異，按句讀之上下，辯字畫於毫芒，證音韻於影響，既作《四書正譌》，又作《易經正譌》，舟過蘭溪，出示余，命序之。

余向讀《易》，頗有管窺，出一二以證泰象，泰象欣然首肯，兹敢因《乾》卦而首質泰象。凡《易》爻，吉則曰利、曰亨、曰貞，凶則曰吝、曰悔、曰咎，次則無咎而已。而《乾》則兼利、亨、貞而有之。故曰“大哉乾元”，又曰“至哉坤元”，則“乾元”、“坤元”當作一句。後人徒滯孔聖“元者，善之長也”，與“亨者，嘉之會也”，聯作“四德”，遂云“元、亨、利、貞”。如此，則彖辭何得單言“乾元”、“坤元”也？文王之意蓋曰：乾爲元善之長，其德兼亨、利、貞而有之。而後人又以元、亨、利、貞分爲春、夏、秋、冬四時，尤爲拘滯。鄙意以爲若依宓羲畫卦之初，則“乾”一字作一句，“元”一字爲文王之文，作一句；若依文王之文，則“乾元”直作一句，庶於亨、利、貞諸占爲順。敢首舉質泰象。泰象倘以爲可，則引而伸之，觸類而長之，當有自得於無窮者矣。

四書五經旨序

今世名爲學士先生者，率多習佛家語，掇其餖飣，以爲談資，爲文字，非遠非近，别作一種言語，以爲高奇恢宕之習，而於聖人之道，不啻離而去之。其名爲山人、遊客，則又以短章幅句自通於薦紳之門，即有纂述，亦多品外之詞，僅可爲多聞之助而已。

胡君子著入山之深，不與俗接，而所闡繹者，皆四書、五經之旨。書以數萬言，發明極其精微，而體貼極其切近，要以不造聖域不已者，可謂勇於爲而獨於得也。其書卷帙既繁，有慕子著之學者，彙而刻之，爲行於世，使世人知子著爲不悔無悶之士。余惟本朝章布之學，則吴崇仁、胡餘干、王泰州爲盛，然所著作無此之多。諸君爲刻此書，固以開誘學人，其爲斯道之助不淺，且使吴、胡、王三先生之後，不至絶響，甚盛心也。

五經蠡言序

學貴能疑，疑則思，思則悟，悟則契於大道，契大道則心得躬行生焉。許夫賡之《五經蠡言》，蓋從疑生也。吾與古人同生千載之下，何知我之爲是，而古人之爲非？惟酌其理之短長，意之全偏，而是正其間，則古人可爲吾師，吾亦可爲古人友。虞、舜執端用中，蓋此道也。千流萬派，同歸一源，經有五，理則一。夫賡用心之勤若是，於是執《易》之中，執《書》之欽，執《詩》之和，執《禮》之敬，執《春秋》之嚴，會之於心，而措之於躬，後世欲論大儒，舍我其誰？朱考亭之於經也，盡心焉爾矣。顧時亦有牴牾，以致近時前輩多破其論。惟其心得躬行，一生孳矻，是以列聖門之林，莫得而貶焉！吾所以進夫賡，其在是乎，其在是乎！

褒忠録序

孟子曰："無惻隱之心，非人也；無是非之心，非人也。""立乎人之本朝"，則堯、舜憂其君而衮職或闕，宵人爲政，中外洶洶，群心危疑，於是而無太息感憤之心，則非人矣！徒曰"國有大臣"，又曰"自有主諫職者耳"，此又與於無惻隱是非之甚者。予嘗考之國故，聞之長老，正德之末，諸閹用事，以遊幸之戲導武皇帝。上始數騎至東西華門耳，其後幸南海子，群臣諫不聽，則謀請乘輿於海子。諸大臣曰："古者天子以時廵狩，南海子，階序之地。即上遊戲，群心如懸旌，奈遜聽何！"竟止。則其冬上幸宣府，明年幸大同，幸榆林，莫諫者。上又以明年議南廵，其時宸濠方重結錢、臧諸閹，幾幸以變，而乘輿固不可止。翰林、吏、禮、兵、刑諸臣伏闕諫，上怒，則暑庭跽之五日。行人司繼諫，則下詔獄。吾長樂林質夫先生以大理評事，乃與其僚及工部之屬往。上益怒，械繫之庭跽，下獄如前事。亡何，杖闕下死者十餘人，先生與焉。夫跽以五日暴，詔獄繼之後，言者其不輕，明矣！評事七品官耳，敬獄明讞可以舉於職，而塞《伐檀》之譏，先生南史之氣方勁，茅焦之論益危，其於忠有所憤，而於義有所激也。先生雖死，其時武皇帝亦竟止不南廵，宸濠竟反，諸閹亦竟以先生輩抗衡，不敢大肆，則武皇帝於先生之言，其悟直有先後，而先生之言之行，跡雖甚隱，功則甚大。令先生當時位大臣、位諫官，必不難剖心折肝，摩厲而須之。前即南海子可無幸，即幸南海子，而宣府、大同諸邊，可無再。彼借天子廵狩之義，以掩寒蟬之口者，若果生邪？公果死邪？

先生没，其子某，九江倅，集世廟所以追贈先生之文與傳狀名表爲一通，書曰《褒忠録》，刻之木，災於火。孫模來爲晉江司訓，乃重鐫而傳焉。余因從司訓君得聞先生爲人，知先生孝友忠敬，事事可法。夫士平居修身，砥行恂恂若儒生，出臨大事、大難不退怯，屹然朝廷之上，使邪佞之徒視之，有虎豹在山之勢，則先生其人也。先生名大黼，質夫字。

全高録序

《全高》何録也？陳子豸臣侈其父里君言寵於郡太守，有冠服賜，因録里君故時降賊功，以著於人人也。冠服之榮，侈於君上矣。幕佐之吏，簿領之長，主爵者朝受於天子，猶然無以異也，何榮乎太守！太守也者，一郡之民因以與明禮教者也。重禮而敦教，則民榮之矣。不重禮而敦教，則民不榮之矣。太守之言曰："守所與吏民鈞禮者，歲兩鄉飲酒。"若鄉有子大夫、縉紳先生，則朝著崇之矣，四方觀之矣，守亦時時禮其閭，毋亦使齊民之老得與守敵，亢爲尊重，庶乎齊民侈榮而人人競勸也。而會十月鄉飲，郡邑諸生以里君故時降賊狀上太守，太守曰："俠士也，蒙難而爲德於其鄉，其亟聘之。"書幣至門，里君逡廵避曰："言故夷門抱關者也，見我公宜搶階前地，安敢與禮？且言故有狗馬病，病不能出户。"太守又曰："高士也。"則賜之冠服以全其高。豸臣既侈太守寵其父，不忍淪其父故時功，則即以太守言，名其録，而命予序之。

蓋嘉靖之季，倭寇苦東西陲，閩中爲甚。亡命之民，慮皆等死，操梃應之。久之，負嵎箐棘中，奮戈格我士，我士莫奈禦。里君一日欵備兵使者門，上書請告身百餘通，直挾入賊壘。諸賊酋皆驚訝，語稍合，則引見里君於群賊。賊數百人班荆，坐里君中央。里君與言大義、權事勢，諸賊皆心開，遂自焚其營栅，從里君詣備兵使者爲良民。其掳有力者，復爲備兵使者擒諸他賊，他賊悉解散，而郡中大平。里君即辭備兵使者去，絶口不言入壘事。承平日久，遂無知者。

夫今邊陲之上，起家武功爵，出入車騎甚都甚衆，而其始往往屠沽兒，寄人幕下，倚大將聲勢，假借首虜，直上功得之。里君掉三寸舌，入不測之賊壘，賞不酬功，羞于自著，乃今太守知而欲禮之，即又以夷門抱關自閉匿。夫抱關何害？直顧於人功不耳。鼓刀而隱於賣漿者，何以聞至今？太守不問故時抱關人，當搶我階前地，守知重禮而敦教，此豸臣所以侈其親，圖光而大之者也。太守乎，太守乎！人人勸爲善矣。太守謂誰？淮南竇公也。

寶善編序

士大夫立身行己，隨世運以自見者也。高皇帝有天下，仿伊耆揚陋之典，學武王繇舊之意，凡勝國人才，一行一長，成名於世者，綸絲下求，弓旌垂訪，以是草野遺逸之彦，莫不翺翔天路，其羽爲儀。而高皇帝神武聖知，夐出一世，非諸臣之所能承，以是甄收至博，棄捐亦衆，其有能傑然自繕、終始行素者，蓋亦鮮矣。詒及嗣君，有志於興賢舉才之治，一時彬彬輩出。亡何，忠禍播延，視息駭伏。既歷三紀，士猶恐懼不敢自盡，服在有位者，競競（兢兢）朝夕，是圖救過，何暇從容繩律之中乎？繼則宦寺勢勝，大僚耆公皆必有所比附而後得有爲，所謂詘身伸道，在此時也。弘治以後，士大夫處在宥之世，立寬政之朝，乃稍稍得伸眉吐氣，高者講性命之學，次亦爲古文詞以齒立言之副。蓋至乎于兹，縉紳先生始班班遂遂，益尊尚夫躬行，而晰心於正誼云。

蘇弘家氏紆組輦下，振鐸大邦，東笏結綬，退而隱於霞起之麓，於凡十三經之秘、二十一史之録，莫不黄流通理，金聲振玉，於以講明聖賢之軌，考究古先哲士之行藏。尚念本朝先正未及表章，復以暇日綴其嘉言善行，彙而存之，名《寶善編》，以比於《世説新語・自警》編之法。弘家用心如此其苦，蓋將擷芳綴馨，以代韋弦之助，以益暗室屋漏之修，而書名《寶善》，則亦取楚國惟善之旨，以明國家賢才之盛。予故爲弘家序而存之,而論後先世運之概,以見士大夫操行之難,其有不隨世而靡,而鞠躬束修自著於世者,其傑然者也。

闡幽録序

"事君有犯無隱","服勤至死",孔子之訓也。"責難謂恭,陳善閉邪謂敬",古之義也。君也者,得行其意者也。臣也者,宜守其法與道者也。君之所行,未必非法與道也,而下之人以爲行其意也;臣之所爲,未必非意也,而自以爲法與道也。上之人曰:彼其託於法與道也,而實皆其意也。臣之所以意君者,謂其便也。君之所以意臣者,謂其希位也,沽名也,黨也,抗也。君臣相意,而臣之道窮,國之體傷。其始也,謂其犯也,謂其責也,陳且閉也,其道之窮也。犯之中又有犯焉。責也,陳也,閉也,又有責與陳且閉焉。其既也,不見其犯,不見其責與陳且閉也,但見君臣相意而已矣。夫其犯也,責也,陳且閉也,十人而十也;其出于意也,十人而四五也。迨其久也,上之人亦曰彼其犯也,責也,陳且閉也,皆是也。無奈其不從巽而從法也,不巷遇也,不牖納也。雖然,吾且觀之,彼欲爲我犯也,吾亦下與之爲犯;彼欲爲我責也,陳且閉也,吾亦下與之爲責,爲陳且閉也。孔子曰:"視其所以,觀其所由,察其所安,人焉廋哉?"天也,司寒暑者也,爲祁爲暑,汝怨咨哉?日月也,無私照也,汝曰覆盆哉?汝不位也,今毋乃爲旁觀乎?汝不名也,今毋乃爲旁噉乎?汝不黨也,今毋爲偶語。汝不抗也,今無爲繞指哉?且汝向爲高也,久之卑耶;向爲清也,久之濁耶。上答之也,不敢以榮;上不答之也,不敢以懟。故君子之于忠也,没身焉耳矣!久之,而上亦曰:"吾固將用之也,惜乎其年之不待也!"又久之,上自嗟嘆曰:"吾固將用之也,惜乎予年之不自爲待也!"夫如是,則魚水隔世而後歡,灰律瘞地而自感。明與良相遇也,亦明與良相長也。

當神宗之朝,所最不得于上者兩事:國本也,礦税也。而用人行政之間,則猶其小者也。夫國本也,上意自定也,心欲希世廟之壽考,不立東宫,而父子俱壽康也。外庭不知而逼之,逼之而欲得其爲《黄鵠歌》也。上肯曰:"是會吾心乎！”礦税之興也，上蓋曰：“吾不取之民也，取之天地也，與其民之逐末者也。吾欲使汝也，汝也又抗也，寧使吾閹也，使之而果有可以報命也。”今也在内則激聒，在外則阻撓。上肯曰：“是體吾意乎！”久之，而上自爲立東宫也。立矣，父子俱壽康也。上悟矣，礦税不罷矣。至于下民自横目敢火閹也，敢水閹也，敢瓦礫閹也，上又悟矣。上蓋自爲嘆曰：“吾固將用之也，毋奈吾年之不自爲待也，與彼之自不爲待也。”而遺詔于是乎頒焉。

先帝聖子，今上神孫，計遵奉遺詔之意，無所不召復，無所不收衈。大冢宰涇陽張公與都御史吉水鄒公相爲計曰：“不可爲欺也，不可爲溷也。”臣有臣品，故曰難溷，品臣之品以告君，故曰難欺。夫生者之召用，亦既有差次矣，是死者，我等尺度而較量之，必其當是典也，然後可以上聞。于是得七十五人以上，曰：“是可謚，是可蔭，是可以贈官。”上允之，乃今而後諸臣侈上賜也。夫是諸臣也，當其生也，皮骨之不屬，瘴癘之不保，衣食之不充。而今也，榮名著于册書，官爵及于孫子，黄壚之軀得以其赤芾銀艾之光，收魄集靈侍于鼎湖之上，而立于鳴條畢郢之側也。耦俱無猜，咸有一德，如其平生，可不謂榮哉！如是者，雖先二帝之澤，今上之恩，而大冢宰、都御史二公之鑑别至詳，論序至精，實有以上宣德音，而下勵世教者也。

都御史刻奏疏、詔書而廣之，名其録曰《闡幽》，以命安生廣譽。安生者，贈光禄少卿晞范君之子也。而又命之曰：“是典也，上賜也，實何子穉孝趣我請之。冢宰公子其問序于穉孝。”何喬遠曰：“夫是録也，可以觀上恩焉，可以觀臣節焉，可以觀友誼焉，可以觀人衷焉。而要之曰：君子之于忠也，没身焉耳矣！”

孝感編序

儒、道、釋三家，惟孔子不言報應。孔子以彝常教天下，行其所當行，而無望報之心；道其所當道，而無喜報之論。此所以爲天下之達道，萬世之常繇也。道、釋之家，老子不言報應，其流弊也，乃與釋氏同旨，有若桴鼓形影之有必然者。然其法足驚駭庸庶，鼓動而奮興之，以歸於善，此亦教世之一義已。孔子之道，如五穀蔬菓，可以栽培飲食，而釋、道之教，猶之乎合本之禾、兩岐之麥，靈芝、甘露之降于樹而生于階也。古人董永、姜詩之流，蓋其驗歟？

吾泉國初有朱拙翁則文先生，幼鞠於伯父。孔賊欲殺伯父，拙翁以身代之，卒免於死。内相陳氏孝事父母，追奉舅姑，盡敬竭誠，顧力是視，上天鑒之，爲生都御史公鑑，爲時名臣，所以報之良不少矣！至平生徵夢、徵祥，又不一一，三獲白金以得遂葬祭之懷，三夢試目以得成都御史之薦，若叩而應，若問而響，何其奇也。聖朝有御製《五倫全書》，爲善陰隲書，皆所以教天下子臣弟友之道，所謂以牢醴代鈇鉞，以鼓吹佐象魏，而望斯世共登雍熙之理。朱氏之事，其符之乎？《書傳》稱陰隲，陰，深也，默也；隲之爲言定也，爲言舉也，爲言升也，爲言生也。朱氏夫婦孝於其身，既深以默，而天定之，而天舉之，而天升之，而天生之。予讀斯編也，可以爲道、釋之證，而進人人於孔子彝常之大也。

本朝生氣録序

余南歸道蘭水，蘭溪徐君與參出《本朝生氣録》，命余序之。凡我國家仗節蹈義之士，捐軀於危急之間，昌言於忌諱之日，一切報國殉身、不避險艱之人，無論文武臣，下及孝子、義弟、閭巷之俠，外及貂璫之倫，輿僕之賤，莫不備載，而生生之氣盈滿楮軸間矣。

何子曰：天地間一氣之爲也。自有天地以來，草木禽獸、蠉飛蠕動之物，生生死死，何可勝窮，而其聲色形像，無有不同者，則草木禽獸、蠉飛蠕動，雖不可勝窮而生生之氣相傳而來，固未有已也。古人云："死生亦大矣！"苟生苟死與真生真死，何啻相萬！子路素聞害仁成仁之訓，而以死爲問，良欲尊所聞。夫子答以知生。夫其知生者，正所以生死也。老氏謂"吾之有身，爲吾大患"。釋氏惟以大事無常，究極生趣。夫古之至人所以葆持生氣於人間者，夫寧有一之不同耶？

明興，高皇帝躍馬渡江之初，禮福壽之葬，表余闕之祠，繼而巖穴詩書之彦，褒衣博帶，稱道古今仁義之儒，莫不玄纁徵聘，置之有位。朝廷既以節烈風概樹聲於上，士大夫復以其所講所求廸踐諸下。是以赳赳洸洸，既足以備定鼎開基之用，其平昔明仁義而通詩書者，率皇皇焉以有負其生之爲媿。馴及靖難之日，其自靖自獻于先生者，若皦日月而震乾坤。至於羅罻彌山，飛鳥遁翼，焚烈滿地，走獸匿跡，氣亦稍縮矣。然而仁、宣之間，交趾死事之臣尚未絶也。王振用事，劉忠愍首犯其鋒，被禍最烈；土木之行，班行大抵喑無聲，其身膏草野者，似出於躪轢蹈藉之餘。成、弘之代，羅文毅、李景文一起而振之。劉瑾之禍，意若前事之已忘，至於南巡之諫，大禮之争，士亦忘身以自見。自兹以降，士大夫有不氣節自豎，禽息苟視於人間者，群起而非笑之。馴至萬曆之朝，其以忤璫罹禍者，可數而知也。及乎天啓之年，閹豎熏灼一時，諂辭詘禮，一國若狂，賴有二三君子秉道直躬，九死如飴，至於前軌方顛，後車益勁，不然，幾不成世宙矣！聖明聿興，賞忠誅佞，分毫不爽，誰則死耶？孰則生耶？故夫生死之關世道人心，一大根幹也。惟其講於性命之學，則其決之也精；明於殀壽之道，則其立之也固。如此，則以上應風聲之標，下答斯世民不失望之意，無不可者。此徐君此書所以補於生人，光於本朝甚大。

余尤怪徐君一書其蒐索之勤，雖稗官、小史，無一遺漏，其聽睹之真，耳目近事，無不詳核。此則用心之切、誘世之殷，有非徒以著述自見者。蓋其平生所學所行，莫不具是。舟次衢州，因序而證之。

鏡山全集卷三十七

序

陳紫峰先生言行略序

陳紫峰先生既没，其學尊表於世，祀學宫有年矣！其孫復欲推明而大之，以貽諸後，命喬遠次其生平言行及當世學士大夫所尊重先生者，彙爲一帙，而爲之序。

序曰：聖人之道大矣，包乎天地而不見其玄虚，統乎萬物而不見其繁萃。兼言之未嘗不精，微言之未嘗不該。其深入於性命者常顯於事物，其博散於事物者常通乎性命。後世名儒君子得其一指一歸，發揮昌明之，可以淑身而善人，何其大哉！後世之儒所發揮昌明其一指一歸以淑身而善人者，非有所擇之也，其性有近焉，其力有入焉，而以至聖人，猶繇津之有筏，適國之有徑，其理未始二也。夫三代之世，人共明一道，士共修一學，則既無異同矣。異同生於漢，然所謂膏肓墨守者，特以守其師門訓詁之傳，非聖門安身立命之大端也。而後世乃以膏肓墨守乎訓詁之説者，膏肓墨守乎聖門安身立命之道。夫聖人之道之不能雜於異端也，猶太空之不能不陰翳、大道之不能不荆榛也，所賴名儒君子羽而翼之，使之垂光於中天，廓清乎四達，以盡後死者之責而已，豈可有彼此之間哉！君子之學，動則踐履，静則涵泳，天高地下，萬物散殊，莫非吾心之化工。誠有以盡其廣大高明之量，使之昭暢洞達，其内無纖欲之可留，則其中無一理之不居。仁義禮智以爲徵應，孝弟忠信以爲躬行，皆其必然之效、自至之符。故日用飲食可以盡神化，愚夫愚婦莫不與知能，此聖人之道所以性命事物、顯微精粗、一貫無二，而剖析其同異、較論於毫釐者，雖忘言可也。

先生之學得之蔡虚齋，虚齋之學宗之朱晦庵，而所歸宿獨詣實在於此，先生固不輕以語人。世之尊先生者，徒謂其高潔不滓、光明無累，亦未有得其精微者也。至論先生出處之際，則其肥遁不仕，蓋爲太夫人之養，而非以隱爲高者。令太夫人下世之日，先生暮齡未艾，廟堂一日用先生，則又必有爲世道之光者，非但如斯而已也。

喬遠生先生之鄉最後，私有志聖人之道而不敢以語人。間嘗竊取蔡虚齋與先生遺書及其平日尚論，玩索蓋亦有年，反躬内鑒，不得其仿佛。而先生之孫復以此相命，遂攟掇先生所學之大要與其切近精實者如此。嗚呼！論先生之世，豈特可以祀學宫而已，以躋有宋諸儒俎豆聖人之廡可也。

趙古愚先生家藏手澤序

泉前輩趙古愚先生珤，成化中以解元登進士，自比部郎出爲嶺南學憲，善以文章卜人，貴賤壽夭，無不得者。其爲郎時，充會試内簾官，得謝文正公文，大奇之，手批曰："狀元拜相必此子也。"及視學嶺南，考校海南士，所拔科舉多不足先生意者，曰："是姑録之，後來受用終不及諸下劣等。"亡何，科舉士過海就大比，盡溺水死，而下劣等者以不就試無害。泉人以此二事，至今好談先生。

先生宋家苗裔也，其往吊宋厓海之濱，過奇石碑，謁慈元殿址，祭大忠祠，具有文字。其《過奇石碑》詩嚴切惋恨，尤膾炙人口。人徒以先生忠義慈孝人也，而今讀先生曾孫大紹所輯手澤編，則有《自歎》詩二首，以寶鑑喻心，大道喻學，乃知先生平日惕於内省而端於趨向。當時海内名流如陳白沙、羅一峰二公，皆與往來切磋，以求斯道真實之境，此則先生所造之精微，自知自進。而歲月之久，著作流落之多，泉人亦未有以窺公之全者也。

是編凡十三首，詩居其七，文居其六，而先生遺筆盡在是矣。然皆大紹訪求之四方殘編斷記之中，然後乃能得之。大紹席門窮巷，無旦夕之積。自其少年時，裹糧重繭，絶險以求先生遺文，遍請海内縉紳詠歌先生之德行，以陳告之當道。先生蓋没百餘年而後，棹楔表於里閭，鄉賢崇于祠祀。今大紹年七十餘矣，朝暮必至先生祠下低回護視。其委喬遠以是編之序，凡五年而未得應，心不加怒而請愈切。爲人子孫如此，不亦克稱先生之後人，可以媿夫世之無廉耻、嗜飲食而忘其先德者哉！

濟美堂遺稿序

莆之有黄，自唐御史公滔始也，予蓋讀其文詞云。自唐入宋，登進士者九十有七人。道德事功、節義文章，各備品格，可謂盛矣！至入我朝，則簡討壽生公爲鼻祖。簡討公而下凡八葉，鄉舉六人，甲科八人，解元三人。何黄氏多賢，世濟其美也！

何喬遠曰：余自束髮以來，則知有黄未軒先生云。先生備官翰林，爲編修甫三月耳，言非其職，而先生切於匡輔君德，慨然以責難陳善爲義，與章公懋、莊公杲、羅公倫名重一時。“出官外服，顛頓轗軻，十九家居，不求聞達。力不勝衣，心負九鼎；行未寡過，志張四維。官不踰七品，而下視金、張爲無物；學未究一經，而妄意顔、孟爲可師”，即公自贊之言，可謂自知之明而自處之高矣！至若簡討公以文章佐天子之鴻裁，東鹿公以循吏致群民之詣闕，非此源也，孰開未軒公之委？又非二公及未軒公之源也，孰衍今日之盛哉？

公曾孫臺司教吾庠，以其所傳之先世若序文、志傳、詩札、銘碣之屬，悉裒而刻之，蓋已欲發先世之美而恐其無徵，諸如序文、志傳、詩札、銘碣之屬，皆得之於人，而或自出其家範、家信傳示之孫子者，此如形之有影，明之有光，信以傳信，有不可得而牽假者矣。輓季修史，類借諸家誌傳、行狀以爲信徵，正此意也。司訓公教吾泉，闡明先聖之道，開悟引掖，無所不至，而用心仁孝，一至於此。乃公猶歉然名位不稱，有媿其先大夫。士君子所以不媿先人者，豈以位哉？將在德矣，將在德矣！

謝母節孝録序

太公文學謝先生，少孤，育於其繼祖寡母蔡氏，今年八十餘，思蔡母恩，孺慕如一日。太公自謂平生與李令伯同苦，而慶其祖母之有合者。令伯陳情用“僞朝”譏，意念爲古人一洗之。一日，夢令伯峩冠修衣，突如來謝，則謂“僞朝”之語屬《晉史》改竄之文。於是，太公驚異，作《夢李記》。郡人士既追美蔡母之節與慈，而誦太公蒸蒸之性不衰。群詣當道，請褒於朝。郡縉紳諸公合爲詩文，侈大其事，而海鹽公使遠序之。

予謂太公與令伯哀苦雖同，而所遭亦微有異。幼孤，同也；養於祖母，同也；令伯師事譙周，方之遊、夏，而太公故以文褎然膠庠間，則又同也；二子賜、興，文才甚美，州郡知名，而太公長君則海鹽公，次君則冏卿公，並儷時美，則又同也。“僞朝”之譏，夢詞雖洗，而母志舅奪，語尚未圓。太公生當清明之世，無有賤俘之逼，母以天年夭折，無有重行之悲，則不同也。而蔡氏母也，非有屬毛離裏之恩，以二十三年之女，堅《柏舟》之志，爲謝門維如綫之緒，視孫如子，撫子如吾，則蔡之與劉固有大不同者。且也，舅奪母志，劉不能勸而存之，又烏在其能祖母者？此太公之孝與令伯同難，而蔡母之節則大非劉氏敢望也！思與人鬭者，夢操戈；思報人恩者，夢銜璧；夢在爲君者，思祀天；夢在爲僕者，思祀竈。母氏之節既以皦然天地之間，自非其當日之慈有以深於太公之心，太公所結想縈魂無一不在母氏之愛，又烏能兆思成夢，兆夢成人人於千古之上，夫太公、令伯則必有分矣！

李母節孝録序

予爲禮曹時，迨事羅文懿公。徽歙之間有寡婦某者，夫没而三十餘年獨居其室之樓端，足不下涉也。是時江南直指使者上節婦凡十餘人，以烈烈死者蓋三之二。文懿公曰：“此爲難耳。”故事，上孝節行誼於朝者，皆待四方奏至，按季而覆核。文懿公以是婦爲難，則先舉以請旌曰：“使其異於諸婦死，易耳，日月之洊至也，寒暑之倏代也。居有人道而處有人歡者，則以爲流水也。不然，坐針於氈而咽礫於羹也。”予竟從文懿公後，以請於朝，得特旨焉。

女之與士也，豈異也！士修其心矣，而於衣冠言動之間，必有坊表壇宇焉；

官修其職矣，其於輿馬服用之間，必有徵見焉。故夫衣冠中而動作慎者，士之坊表壇宇也，而後可以知士心；敝車羸馬，脱粟而無重肉者，官之徵見也，而後可以驗官職。何孺人稱未亡人於李，忍死可能也，恭於其舅姑可能也，字夫之妹與夫之弟可能也，其以二十四年寡以六十六年完者，夫不曰日月之洊易也，寒暑之倏代也，坐針於氈而咽礫於羹也。孺人所以處之者，束髮一青巾，閉户一寒燈，居常未嘗破笑，房闥之下，日灑掃數過，衣必布，食必蔬，一杯匙必再滌乃御，修其坊表壇宇徵見也。蓋孔子與二三子論清忠才辨則曰："仁，吾不知也。必也回乎？能不違也。"女之與士豈異也！以二十四寡以六十六年完者，孺人不違於貞也。

孺人蓋憲副何小雒先生之女，其歸於李爲太學生玉汝君，則銓部李抑齋先生子。其所謂孺人字夫之弟者，則玉河君。玉河君以其子化龍子孺人，蓋報孺人，所以字孺人之節。有諸公爲之誄叙歌傳文學，父老爲之聞於公，化龍以序委予，稽久而請益切。麻蓬芷滫，夫亦何、李二家之一門也。抑化龍寧徒切於予序而已，幾幸得如文懿公，所以特請，徽歙間寡婦某者而不敢望也。聖明在上，行特旨矣！

節孝録序

人於天地必有與立，節之與孝，則與立天地之第一義也。少司徒吕豫石公以大王母贈淑人大封公《節孝録》見示。王母節以育封公，封公孝以報慈闈，此人道之常而乃有與立天地之大者。蓋日照月臨爲天之常，山静川流爲地之常。一失其常，便將震撼澒洞，不清不寧，交失其位者。故天地清寧，不覺爲奠位，有時震撼澒洞而後知之；母節子孝，不覺爲祥德，有人蕩軼愆戾而後人知之。故曰世道所以立人心，所以淑懸示，千古不可得而蝕晦焉者也！贈淑人不特以節禔身也，執義方以教諸孫；封通議公不特以孝事母也，普吉祥善事以惠烝庶。此則所以推節孝之行而廣之，又若天地之持載覆幬大生廣生於無窮。此贈淑人所以發皇再世徽有朝恩，封通議公所以年六十餘有嬰兒之色以拊有司徒公之盛。司徒公體國成民，爲朝藎臣，則既盛矣，乃其志猶欲闖聖域而進之，方倡道中州，上繼伊洛，人且稱封通議公爲程大中，益有以演義方之，訓於無窮，不特一時朝恩之寵而已！

雙節序并詩

虞衡高子梁楹持事狀與朝家之恩命示何子，告何子曰：楹先人凡三子，楹也與夫楹兄梁楷、弟梁栻也，而不同一出也。楷之母也，何也，嫡也。楹也，栻也，生吾之母吴也。蓋楹先人五十未子也，而嫡母何來爲繼，方二八耳。夫其從二八而上之，皆子之日也，需而冀之，吾先人其何辭！而嫡母何自進於先人，曰："凡天下之事分之則兩有望，專之則獨難期。夫夫君也，五十而尚未子也，而獨望妾也，萬一妾也而不足副夫君之望，則俟河之清也。請爲夫子舉如妾者一人，庶乎夫君兩有望也。"於是薦余母於先人，曰吴姒。楹也推予嫡母之心，豈不曰令吾母子也，則己也，可不子也。乃亡何，吾嫡母舉楷也先之，乃次楹，乃次栻。推吾母之心，豈不曰我主母薦我也，望吾爲主父子也，母氏子矣，我無子也何害？乃舉楹，乃舉栻，楹也與楹兄弟也以五年之間舉也。先人方幸有子，而三子也乃無先人。予母也重悲余先人，捨楹也與栻也而從之，而楹也、栻也不敢望有母矣。而余嫡也，不以楹與栻也視楹與栻也，而以楷也視楹與栻也。楹也推吾母地下之心，豈不曰楹與栻也無母而有母，孰使我主母也有子而名厥子也？而不肖楹也，乃爲楷也之先驅，推吾母地下之心，又豈不曰何物孺子而敢先長？天實命之矣。孰使我主母也有子而名厥子而百年奉之也，乃楷也以八月舉，而母氏也以八月終也。天乎！何不令吾母一日見之也。

何子曰：高子蓋昔令岳池，今官虞衡，而高子之兄今令長陽云。高子昔令岳池，能其官以得徼朝恩，而今虞衡繼之，蓋已兩贈母而要。高子始爲孝廉時，則已走吴入越，遍求所以旌母者，而母節已明旌於朝矣。夫高子也，孝子也，不吴之急而何氏之爲奔奔，天道恢恢，豈不大哉！令長陽公也而先高子舉也，何所不旌母？又何待高子？天將表高子孝也，而又欲明母養高子之利也而以先高子。雖然,長陽公舉矣,又不令母一日見之,何也?人命猶幅尺然,不可長也,不可短也。亦猶土圭然,晷長則從而長,晷短則從而短也。故鬼小新鬼大,大則無所不靈徵。夫其雖死之日,猶生之年也,靡不憑也。靡不憑也,則猶之乎見見也。故曰天道恢恢,豈不大也!不可無詩:

茫茫宇宙内,真宰非人私。視其有德者,先後以報施。或始而艱辛,或終而潤滋。苟非有德人,忽成倏而虧。有美高氏子,念母之憫斯。母氏可子年,爰請薦髮髦。弓褐固同受,已則先得之。朱顏如蕣華,翕艴重泉隨。三雛羽翅短,在桑合孤雛。竭來所餔雛,奮起飛天池。不久其自出,迢迢赴雲逵。但取玄夜輝,何須見面爲?高子急彰母,吴越遍請祈。所以得朝恩,自吐胸臆奇。恭人惴小心,切偲胸胞肌。顧此一家人,鞠躬秉天彝。願言諸憑生,步趨準令規。

清源文獻後序

喬遠先人集宋王梅溪、真西山二先生守泉時所論著爲《温陵留墨》,則既刻郡閣矣,復檢括泉中先輩文字,唐、宋以來,上自縉紳,旁及羽、釋、閨秀之倫,彙而次之,曰《清源文獻》。其言則文,其意則寓事於文,以爲郡志之副。殺青未就,玄臺已扃。吾師故翰林編修莊公履豐、友人故潯州貳守陳公紹功,復搜摭而廣之,合九百一十二篇,作者二百八十二人。遠與吾兄藏之家篋亦既有年。今太守新安蘿陽程公一見喜之,命廣文昆陵馮君夢龍與喬遠重校以傳刻。既成,使序末簡。蓋宋嘉定中有《清源文集》,實樞密程公卓守泉時所論次,而真西山公爲之序,今無存矣。公實公之支宗也,後五百年復成斯美。泉之先獻,賴程氏先世後人得以不墜,有不偶然者。序曰:

古之君子,不習其時王之典訓彝章則恥之,仕焉而不知其土俗民風、人才興廢、政事得失之端則恥之,居焉不講於鄉之前哲令德、問焉而不能對則恥之。春秋之際,聘問會同,至用此數者占其人之吉凶悔吝,而自漢以後亦時以詑於筆舌見聞之間。故古之人仕與居也,未嘗廢考求也。泉亦一國之故,土風儉陋而人無造次馳騖之智,釣海耕山之外,非詩書絃誦無可以資生。是以區區海濱,冠帶邵右獨多於天下。然自歐陽行周以至宋、元，先生學士德見名立何可勝數！其言之見於後者，則腐帛斷蠹什一千百而已。明興以來，俊偉倜儻之士、温恭玄邈之彦，有紱有組，有泌有衡，固未暇一一次載。若集中之以言見者，其著則有若布衣陳公真晟、文莊蔡公清，僉事陳公琛，同知蔡公元偉之潛心伊洛；都御史朱公鑑、襄惠張公岳之希蹤韓、范；中書舍人何公觀，大理林公希元，侍御郭公楠、陳公讓，主事周公天佐之抗節章雲；給事史公于光、恭肅黄公光昇，方伯林公一新、史公朝宜、恭質王公用汲之砥節素絲；都御史康公朗、尚書陳公道基之懋宣風猷；大都督俞公大猷之剖勳干城；行人傅公檝之師孝凱風；侍郎顧公珀、太守黄公偉、參議張公冕之紹美段干；參政王公慎中、侍郎洪公朝選之玄思竹帛；孝廉王公宣、京兆易公時中、教諭沈公亨、太守丁公自申之好學篤行，即遠先人亦獲不敏，至若山人黄公克晦之詩沿鮑、謝，中書舍人温公良之書體羲、獻，斯並魯國之龜、蒙，巴漢之華、岷，文之不存，實將安傅！古人志英雄、傳耆舊，一士一女尚懼其闇翳而不彰。昔者先人實揆斯旨而公之，喜而傳之也，亦豈徒躭聲好文，爲二千石之能政而已？殆將寄教於事，徵人以言，與吾黨共師而勵之焉。至若事之偶符，可不媿聞哲之子孫，又推其餘以振人，令喬遠兄弟得藉手化者以無忘授簡。斯皆仁人君子之舉動，烏可使世無聞也哉！

皇明文徵序

孔子作《春秋》而丘明爲之素臣，則周家之典章文物與列國諸侯及其賢大夫士行事爛然於記載矣。司馬遷廢，明聖盛德不載，功臣世家賢大夫之業不述，則以爲罪莫大焉；而班固欲漢家之文章炳乎與三代同風。古之君子其嘉意本朝如此其厚也！明興二百七十餘年矣，列聖之所垂訓、賢士大夫之所稱説，皆可以軒天地而涣散不收，即前輩有收，而時日久遠，於今在天地間者，又日新而月盛矣。

遠山居有年，過不自量，擇其詞之雅馴而近古者彙爲一部，以卷計者七十有奇，而國家之施設建立、賢士大夫之經營論著，具悉其中，下及於方外、閨秀、外夷之作，無不兼採並録，所以示明德之大、明文之盛，足以昭布於無窮。所恨僻居一隅，見聞有限，未能盡窺海内之大全，尚望博雅君子補我未備云。

乾坤一覽序

乾坤一覽，覽乾坤也。乾其上也，則有日月星辰；坤其下也，則有山河大地。日月不可攀也，星辰不可捫也。涉山河，踐大地，而日月星辰變乎其中。人者，乾坤之人也；詞章者，乾坤之文也；音律者，乾坤之籟也。程相如輯一書曰《乾坤一覽》，分爲四類：一曰山川，擇其有名而古者，而古人游覽之詩，擇其精而有故實者附之；一曰音韻，約《韻府群玉》而簡之；一曰唐、宋、元及我明詩，而精加焉。曰"吾之爲此以公之海内君子之爲汗漫游者也。登其山川而悉其名實，探韻焉可拈而賦也，讀其詩焉，知其世次與其音響氣運之殊，亦憑虚凌空之一助也。登臨陶寫，取具立辦，莫詩若也，挾書以游，莫輕簡若也。吾之爲此，若助鳥四翅，資馬六蹄"。相如足跡遍宇内，所至具有撰述，而公海内之心若此也。其於山川則縮地也，其於音韻則促節也，其於世次之詩則一唱三嘆也。採之古則古乾坤也，採之今則今乾坤也，笥之則可使舟車，納之則可盈懷袖，而相如之心與目，則既上下千歲，綜摭群籍，苦而且精矣，是宋人之楮葉也。相如才兼文武，名著當世，意氣稜嶒而胸懷空闊，若在巨嶽洪流廣莫何之鄉，是相如之乾坤也！

九邊輯略序

夷狄自天地以來與中國爲難。虞廷修干羽而有苗格，何謂哉？庭階之上，干羽在列，以此知虞舜武備在廟堂矣。不然，有苗去舜至遠，干羽之舞何以知之？以史臣侈舜之辭而歸之修文來遠之盛，何頌聖人之迂耶！陳公培所所著《九邊輯略》一書，地圖形勝要害如指諸掌，夷虜種類情形如至其家。國家二百餘年，子大夫列於夏卿之署亦衆矣，何公一爲職方，用心如是。國家《輿圖修攘》則有羅吉水、何括蒼，《九邊圖論》則有許靈寶、桂安仁。顧虜事日異，而我之所以待虜亦不同，不有公之作，其又何稽焉！

余既從謝客所受公書而讀之，則謂謝客曰："自余得讀公書，真所謂聞所未聞，策所未策。雖然，客乎，客乎，子能不餉而竈乎？子能不刃而殺乎？子能使餉士之費出於司農之庫、入於士卒之口乎？子能使帥不債乎？子能使文不錢乎？子能使中篣之宰不亂於方圓、移於左右乎？子能父老何自爲郎者鳴脰伸喙、止輦而受之乎？凡古人所謂動九天、潛九地者，皆鄰國制勝之術。狡爾犬羊，溝壘不足以爲險，金帛不足以爲恩，約誓不足以爲信，行陣不足以爲紀，夫亦修其在我者矣！古人恒言：'信賞必罰，與士卒同甘苦。'又曰：'援桴鼓之，則忘其身。'其在今日，我有以使之忘身者，我能忘其身也；我有以使之同甘苦者，有足同甘苦也；我有以使之信賞必罰者，我自信必之也，是在文臣也。夫是在吾君，干羽在庭，止輦在朝也夫！"謝客曰："陳公之書，桑土之謀也；吾子之言，根本之論也。盍書而獻諸陳公。"客復謂余："今日建州之憂近在蕭墻，而公久策之，此公書所以可傳也。"

客名克亮，遊公之門者也。

家傳俚語序

予與諸子講學海上，諸子動稱性命之學，予以爲曷不自日用言行求之，而諸子不是也。予曰："日用言行皆性命之流露，精凝之印證。捨此不求，其不至於玄虛而無實者幾希。"予至福唐，而戴子振甫來見，出《家傳俚語》相示。其所箴服警切者莫非人世常行之事，其言必本於父教而功最切於躬行。自言終身所修持者，惟在游息密箴一條。予取密箴讀之，則有"行坐夢想，息息在心"之語，何其契予之甚也。

振甫身爲諸生，借學宫以居。海警至，披儒衣提刀登陴爲縣人先。縣大夫貧之，給以公田。振甫度不可辭，分以畀諸近田之家，其忠孝篤於君親而取予嚴乎一介。而振甫又不出而游世，修諸身而行之鄉，使予不至福唐，何繇得知振甫也？維福唐之先有王信伯、林亦之諸公倡道海上，其徒翕然從之，今又有振甫者不失其意，獨哉！篤哉！勇哉！無令王、林二公專美於有宋，余於振甫乎望之矣。

月令採奇序

堯命羲和,敬授爲先。《易》之爲書,上日下月。《春秋》,天時以名,魯國繫年繫月,則曰王正。《詩》有《七月》之章,《禮》有《月令》之篇,古先聖王敬天順時,如此其重也。敬而順之,夕愓朝乾,與俱無窮,謂之聖賢;鷄鳴而起,清明在躬,謂之君子;玩時愒日,謂之惰士;狎侮五行,怠棄三正,謂之小人。人之生也,無一息不在天時日月之下、周旋運轉之中也,如魚與水,日相呷吸,化而爲龍,遂得行天,與之上下。士希賢,賢希聖,聖希天,此義也。

程鄉李先生巨川來教吾泉,輯《月令採奇》一書,凡古義古事無不備載,可以養身,可以治家,可以詢俗,可以博古,可以尊天,可以和人,而乾坤之事備矣!巨川爲人卓乎其必爲君子也!其好善也如登,其聞義也如赴,其心事可剖以示人,其幽獨可發以對衆。其爲此書,蓋其學問之暇,而先生寓意之深,則有進於是者。蓋將以希聖希天自期,我日斯邁而月斯征,俯焉日有孳孳,惟日不足者也。

家塾醒蒙序

上下四方之宇,古往今來之宙,而幸有我並稱人於世,豈不亦可幸哉!人生一世,多者百年,少者五六十年,與人並稱人,於人世而不得齒爲人,若是者,患生於自棄也。其上者,鑒聖賢之儆戒,佩先哲之緒遺,有待而興,有借而礱。其下者,懼之以將來之禍殃、不可知之大報應,而懮然覺,凛然畏,不失爲德人善士也。懼之以將來之禍殃、不可知之大報應,而猶然若無睹也,若無聞也,彼其耳目四肢雖具,吾以比之二角四蹄、兩翅長喙之類而已。故夫德善行義,無君子、小人而皆可學也,無穉壯男女而皆可遵也,而後我不虚乾坤,乾坤不虚生我也。

巨川李先生集古先善言懿行、修身齊家、處世涖官之道,歷歷以告人,而總之報應之道終焉。所謂教之不足而又震而懼之、驚而動之也,而名其篇曰《家塾醒蒙》。若謂教人以州里之近、童孺之初,近之無甚遠,卑之無甚高,而吾所謂無君子、小人可學,無穉壯男女可遵者也。於戲,先生淑世之意,可謂切矣!繇先生之道以成先生之心,其必繇損乎?損其志,使不敢淫汰,則抑而入於范;損其心,使不敢驕溢,則虚而游於樊;損其神,使不敢馳驟,則嗇而精於專;損其情,使不敢盪焰,則寧而入於淡;損其身,使不敢奢厚,則儉而戢於禮。而以遊上下,以處順逆,以持久暫,以提小大,無之非是,逢源取之矣!孔子曰:“君子懷德,小人懷土。君子懷刑,小人懷惠。”言夫君子、小人各當有懷也。懷德者自然,懷刑者當然。懷土者思得土,則必有以敦而安之矣。懷惠者思得惠,則必有所以受而饗之者矣。先生之教天下,必使小人之心皆有所利焉,而群趨之,而均不自棄於君子。懷德懷刑,是先生醒世之説也。懷土懷惠,是先生篇終而終之以報應禍殃之説也。

九經書文序

胡越之人生而同聲,長而不可以爲方,此天下之至變也。蒼頡之始造字也,因物象形,轉象轉多,至於不可勝窮,此天下之至賾也。聲之爲言,英也;音之爲言,心也;韻之爲言,均也;字之爲言,孳也;書之爲言,如也;文之爲言,純也。出之元氣之英,合於有節之心,而和之爲黄鐘之均,故曰天下之至變也。觀於鳥獸孳生而知字,觀於象形如似而知書,觀於纂組之純而知文,故曰天下之至賾也。人生而静,天之性也。感於物而動,性之欲也。感於物而動而至於其動愈出,聲之謂也。夫禮之初,始諸飲食,及其既也,三百三千至於優優。人情喜斯猶,猶斯咏,咏斯陶,陶斯舞,既則八音萬舞至於洋洋,字之謂也。乾知大,始聲也。聲,無形,陽也。陽則乾也。坤作成物,字也。字,有形,陰也。陰則坤也。夫如是則聲也字也,其乾坤之體矣!五經、《語》、《孟》、《孝經》、《儀禮》之書,謂之九經。此九經者,天下之全經也。

汝南崧毓李先生於此九經也,既已浸灌之胸腹而體驗之躬行,而又即九經之文,歸其聲之所合而測其字之所繇來,使天下之人知宫、商、角、徵、羽之有元聲，而大篆、小篆、八分、隸、楷之有從來，而名之曰《九經書文》。如是，則胡越可同也。轉象轉多，可返而還之一也。藝有六，書居一焉，書則一。《周禮》論書，又有六焉，古人之于道也，何所不用其極也！既以事歸之藝，而又以藝也析之德。德成而上，藝成而下，多才多藝，不試而藝，周公、孔子無是藝也，不名爲德也，《虞書》依永和聲以至神人以和之盛，蒼頡製字，天雨粟，鬼夜號也。世能得先生是書而寶重之，山林之士不失爲博物君子。縉紳先生聽受民辭，侃侃誾誾於上下大夫間，著之文字，爲金石以流後世。上之可以進講經筵，載筆石渠，又上之可以佐天子禮樂，兼總條貫之全，豈不盛哉，豈不盛哉！

自古究心字書者，漢則揚雄、蔡邕、皇象、索靖、許慎之倫，六朝則周顒、沈約，唐則李陽冰，宋則夏竦、吴棫，我朝則新都楊慎、清河張之象，近日韓城張士佩、三山陳第。今又有先生，足光一代之典而收同文之化也。先生學無所不窺，算知天文，武貫六韜，道合一揆，見兼數器。天子今起先生田間，一歲屢遷，倚爲濟世之用。而先生用世之資，此亦其一。先生含弘光大，忠孝切偲，疑事歧言，一語剖斷。予見先生所以用世濟世之無窮也！韓退之記科斗書後曰："欲爲文辭，須略識字。"遠得公以書見示，以序見委也，欣然而爲之。

圖書編序

《易》曰："天生神物，聖人則之，天地變化，聖人效之。天垂象，見吉凶，聖人象之；河出圖，洛出書，聖人則之。"此蓋言天地圖書有自然之數，聖人則之，因數以見理，何嘗有圖爲八卦、書爲九疇之説？八卦九疇，其説自孔安國始，孔穎達以爲經無其事焉，而皆出於哀、平以前讖緯之儒，其説良是。範者，法也。疇者，類也。天以大法常類錫禹，使之爲君也。今據《洪範》之九類，皆天與人以本來厚生正德之恒性而維皇極三德可以用之。皇極三德，君事也，言天錫禹以爲君也，亦何嘗及神龜之文？天不生神龜，將五行五事、八政五紀、疑徵福澤之事泯然於人間耶？蓋漢儒測度之，宋儒推衍之。漢儒之爲學也以智，宋儒之爲學也以心。用智則欲測之極而入於術，用心則欲究之微而入於妙。遷合歸并，必欲合一而後已，而實何補於天地之大、先聖人開物成務之原耶？予以謂聖人之道，將使人用之，非欲使人占驗測度以爲不必然之學也。吾而讀《易》，則尊其象繫之示告，趨吉避凶而已矣。吾而讀《洪範》，則脩其人常，自其視聽聰明以至睿聖，其可以置力者用之以□生，其不可以置力者付之於天命，而人道之常盡之矣。此非諸葛讀書通大義、杜甫難字過之意，實理當如是也。

河圖洛書，宋儒既有其説，而郭子志京又採先賢之書合而一之，其用心良勤，其精微亦吾之所不逮。然吾之意則如此，郭子取吾説而存之可也。

國史紀聞序

孔子一生以尊周爲義，有感於同軌、同文、同倫之盛，而不敢與於議禮、制度、考文之後，他日作《春秋》，孟氏推其指曰："天子之事也。"明所載雖列國之事，而莫非天子之諸侯也。如後世傳名臣者，雖名臣之本末而莫非其國之臣也。我國家二祖列宗，煌煌乎烈矣，其間法制典章之詳，政事施爲之跡，明是一代之禮之度之文，而其間賢士大夫之所建立，足以效左右先後奔奏禦侮之用者，莫非國家之臣也。

見平張公自以其上谷理官候命闕下，取野史家乘及諸先之紀載，揀沙擇狐，見金得腋，彙成一書，名《國史紀聞》。其於本朝之大經大法、名臣之嘉猷嘉謀、政事弛張、人品邪正、民生休瘁、世道淳澆以及土宇版章，或拓或削，莫不窮源極委，有略有詳，自謂不蔽見聞之實，而得是非之公，而尚恨其不得寓目石室金匱之藏，公之留心國故，可謂勤已！大中丞弱水楊公爲公刻之，命序喬遠。喬遠平生亦頗討論此事，不敢以不文解也。公，三晉沁水人，以御史按遼。奴夷作亂，公兵不在握，捍禦無從。遼陷，衣服冠北向拜，死之。天子喟焉嘉歎，累贈兵部尚書，賜謚忠烈。蓋我國家殉節之臣，其大者則有靖難之戀主、土木之扈駕，次則交阯歿而喪元、宸濠叛而捐軀，莫不視死如歸，確乎成仁取義之旨。公臨難不苟，其得之前聞者豫乎？弱水公爲余言，與公處無非相勗以道義，相勸以德業。夫士無平生之素聞見，學問之蘊藏，能一旦臨大難堅節伸志不悔以奪者，吾未之見也。

思問篇序

學問之道,惟考究爲最難。談天文則必知其躔度次舍之分,談地理則必知其古今疆域之殊。欲就古人而折衷,則必窮經史之異同;欲斷古人之行事,則必按操歷之前後。蓋凡讀書之事可以一卷而披,而考究之功不啻百十卷,可以一日而盡,而考究之勞不啻百十日,不則無以確斷古今之事理而得其不易之歸矣!此道惟漢儒最精。彼其於名物制度之跡,無不銖分毫較,而宋儒以爲訓詁而末之。若如宋儒之著述,則籠統一道理盡之,議論雖高,於漢人其用功勞逸,固有間矣。古人無論,如國朝則惟有楊升菴加意於此,而王弇州次之。然二公皆登科第之後,而升菴謫棄遐荒,尤爲閒寂,是以能竭一生心力而求之。若諸生而究心是業,吾未之見也。

予記莆田有一先輩落第之後,欲與狀元對試者,考官試以聖門七十二賢、雲臺二十八將,皆一一舉其名跡。而曹文襄取大魁廷對之文,深詳河洛象數之義,已爲難矣,而陳宗九此書,事事而窮之,物物而稽之。自性命文章之精微及禮樂兵農、天文律曆、陰陽之繁碎,講求定斷,鑿鑿乎不可易也。宗九於書無所不讀,尚留滯諸生間,而世之取科第者多有不知平仄體裁爲何物,豈非"伊優北堂上,骯髒倚門邊",爲世道一慨哉!彼有所專,此有所分。專則捷,分則遲,亦其理也。然吾未見有讀書如此致多,尋繹如此致詳,而但以諸生已者,宗九勉之矣!欲爲天下大經濟,非天下之大學問,其誰能之!

逸函序

《逸函》二十五種,皆當世賢士君子之所論著而練江閔士行編次焉者也。如新都吴明水《圜中論》,論三教之道芒昧儻荒,恢乎大哉,而要歸之莊周;順德馮文孺《半峰論語》,精言朗見,有時借佛證儒,真足以發揮聖門之義,爲洙泗羽翼。其餘皆道外之道、人外之人、言外之言,讀之者將胸懷雲豁、羽翅風生,超然爲一世達人通士矣!士行居陋巷蓬藋間,逢掖敝履,而所搜羅致多致精若是,此真布衣之儒操一觚伸一紙者，莫得而並矣！刻而行之，見吾世之有人可與周末秦漢諸子、歷代小史、《世説新語》諸篇並垂世宙，其於世道人心豈小補哉！

五因閒抄序

晉江林如源五歲而孤，七歲而通文史，年二十餘舉有司不遇。時國家方有三韓之患，如源慨然挽弓鳴鏑欲建功樂浪、玄蒐(菟)間，又復不遇，反而曰：“青箱，吾故物也。”築室於其所居馬鞍山之傍，名堂曰“五因”，蓋因山，因水，因樹，因石，因其先人故所、遊盤之跡結而隱焉而大，讀書其中。讀有年，遍借書籍於人人。録其佳話分爲四科，人倫庶物靡不捃載，惟所常目則罷抽揚。星霜七更，稿楮四易，命其兒夢叶、夢甲、夢斗手書之，而名之曰《五因閒抄》。

予曰：備矣乎，夫又善也！皇甫謐帶經而農，書淫躭玩；范宣貧儉躬耕，通綜大儒。蓋古人且耕且讀，伊尹則然，其來久矣。而輓近之人，自其結髮讀書，不過取科第、求富貴而已，及其久也，無論得不得，並棄擲縹緗，鐍扃籤軸，如出妻絶交之不得近，是以游談無根，操行不律，夫蠟屐之與障簏致且相夐，何况傴傴離離、恣睢觸抵、暴慢滿容而鄙倍盈耳者乎？如源之集此書，非徒讀之也，將以行之也。以此爲清蹈衡門，以此爲間氣布衣，鄉有鄉行，國有國行，天下有天下行，傳之子孫，示之來者，使奕世不隕，比屋可封，如源之意也，亦予之所以期許如源者也。

如源有丈夫子四人，其三爲諸生，有名於時，其能成父之美如是。予又不知陶令所作孝贊、史述、聖賢群輔諸文，亦盡出其五男兒所録否？抑徒取舁籃轝而已耶？

吟書序

王堇甫氏出《吟書》示予，其事則仿《全唐詩話》，其體則仿《世説新語》，而於人情物理風諭之道備矣。夫温柔敦厚，《詩》之教也；言者無罪，聞者足戒，《詩》之感也。世代有高下，體製有雅俗，而大抵動於情，即其勃然窣然之間，真率切至、委曲微婉，自有足以感人於無窮者矣。故《詩》首於風，風也者，情之所自動而道之可以寓焉者也。唐人以詩爲事,即其一人之身莫不有詩,莫不有話,而爲詩話者卒亦不能致多。若我朝之詩,故自有數,其名爲詩與其爲韻語者,皆其散見於文集之中,或稗官野史之所雜記,而堇甫聚之如此之多,用心良苦已。堇甫之學,上窮天文,下達地理,中深史學,而最所留神者在《大明一統志》之書。其書浩瀚汪洋,令人舉一帙不能終其條貫,世未之能行之也。或者觀是書如昌歜羊棗然,有嗜而行之者乎? 今世所好無過《世說新語》,謂其奇而警、雋而遠,予近選我朝諸先之詩,其學力才情真有難窮其所詣,而可以垂世寓教於後人。何代之無才,何德之無言,世人得堇甫之書而讀之,即以爲我朝之"新語"也亦可。

諫術序

山陰張慎甫氏見末世之爲諫書者,篗者,絜者,切而傷於激、直而傷於戇者之未得納牖遇巷之道也,爰取古人之諫,其足以悟主而成事者,彙爲一編,名曰《諫術》,亦葵藿之隱忱、糾繩之圓機也。

何子曰:"'術'之爲言,自孟氏發之。慎甫引以立諫,則不惟解衣危論、折檻請劍者之闇於道,即逢、干以殺身,屈原以湛生,其於納牖遇巷亦未見其有合矣。"何子又曰:"余嘗聞諫術於孔子焉,所以對其君之問政、問禮、問儒行者,莫不莊重其詞而精微其旨,真足以振其君,明愚强柔之習而蠢愚以志諸心,信義不敢戲,儒者其詞何閎,其旨何遠,其格君何効也。蓋孔子曰'臣事君以忠',又曰'事君盡禮',此諫本矣。子夏知其意而推明之,曰'信而後諫',誠未見有不信於君而能行其諫者。而孟氏人適政間之爲末,視之好貨、好色、好勇之論,至是爲莊語云。"有復於何子:"若是則諫無術乎?"何子曰:"胡爲其然也? 孔子曰:'諫有五,吾從其諷者。'此孔子之諫術也,即慎甫氏之意也。"

枕中書譜序

書無法乎? 無法何以成書? 書有法乎? 余觀今人之書體,其長短肥瘦、神情形貌之間,非像其人之容,則像其人之心,不可誣也。學書之道有似爲文。爲文者必讀盡天下書，而下筆之時則有吾心真文焉，不然，學一先生之文，未有能文者也。大凡書貴以神勝而韻次之，不神不韻，雖法無當也。霍去病不學兵法，彼非自有操全勝者耶？羲之之書初無飛蕩拓壓之勢，而結撰精當，一字一體，殊無定象，所以爲聖。若獻之之書，則人得而仿佛之矣，此羲、獻父子之辯也。雖然，字以人勝。予嘗見蔡卞書，具有晉法而流落厭棄於人間，韓昌黎、歐陽六一書初不甚工，世人寶之。又見布衣陳真晟字粗拙之甚，而漳人特爲愛重。然則書存乎人，而余曰陳布衣爲言，蓋爲雉卿發之也！

歌詩音節篇章序

子貢告師乙曰："賜聞聲歌各有所宜也。"又曰："夫歌者直己而陳德者也。"以此觀之，則必有其德而後可歌，又資歌以爲克己之助、補偏救弊之方矣。張南軒與朱文公書："頗聞會聚之間，酒酣興逸，悲歌慷慨，如是未必不是血氣之剛。兄學成道尊，人皆出其下，恐學者亦未敢直言。"古之朋友相愛如此，并並書之，以爲李得御進脩之助。

草訣歌序

昔人譬草書如春蚓秋蛇，又龍蛇相競乃爲草聖。余觀伯英、逸少往往有之，顔魯公《争坐位帖》其筆畫溜潤之甚。又嘗觀宋人勑命誥身尚有此意，竊怪皆軟筆爲之。及趙承旨乃遂失龍蛇之象，作氣勢拳勇矣。豈今之膠筆起元人耶？古來相傳之物，惟外夷短於趨變，尚仍其舊，今朝鮮所貢筆皆軟筆耳。

《草訣歌百韻》，不知誰作。據其體古人名能書者未必盡用之，然其規摹一定，若熟於心，則一時筆窘可以助意，不至作真體置草書中。且其比況攢會，用心良苦。友人吴充國夙究斯道，草隸兼通，爰摹舊帖，再填雙鈎而手刻之，苦亦不減前人。夫霍去病不學兵法也，烏可不知兵法耶！此吴氏摹書意也。

痘症百問歌序

曩時張總兵嘗爲予言："黔貴中諸夷，其人多不種痘，買得漢婦女，用爲繡女,率不敢近,曰漢人嘗痘,恐其生子或痘。”問之不得其故。予思之,豈非西方天地清氣,諸夷在萬山中,得風露清涼爲多。西方屬金,金爲水母,而痘毒火症,固不能尅所旺之方耶?不然,何異也?予又聞海外諸夷生子,種痘率視如瘡癬,抱置水中,瓜破而洗滌之。此又可怪。抑南夷火旺之方,又不嫌其水尅之也。而惟吾中土人最慎痘症。兒子種痘,抱持密室中,不敢風者四十餘日,不敢葷食者亦四十餘日,其發痘有年歲方向,平治虧損皆以其類,若天遣使者下行察人口者,然其危者常與死敗爲鄰。兒子之父母一聞痘發,莫不惕惕戒慎。於此之時,得一良醫,事之如父,師而恭之如神明矣。

西甌張君士興,少遊庠序,已而善病,遂通於醫道,詳及痘疹諸症。凡士興所精病門最多,未暇著書,而所爲《痘症百問歌》先就。士興游於見羅李先生之門,南來講學,以醫爲游學資,而卒不受人資。來泉且一歲,告予歸,以其所著問示予。予讀其書,若岐伯之對黄帝,淳于意之奏孝文,詳哉其言,辨哉其解也!雖然,予比在山中種蒔花木,見諸花木一歲之間潤條含苗者可三月,孕葩蓄蘤者可三月,吐花者可三月,結實者可三月,蓋包藏發露無一月之停,而後得佳實焉。而今人父母種子,當其胎息之時,絶不別寢異牀,淫慾之火内蒸,清滋之氣外泄。及其邪毒流注、痘氣盛發,然後旁皇求救,以爲愛其兒,不亦後哉!人多犯此者,而少年尤甚。予因士興之請,序其書也,并書以告世人。語曰“不治已病治未病”,此予之論也。秦越人非能生死人也,知人生死而已矣,則士興哉!

印鼎集序

予觀禹碑而疑之,謂當是後人贋作。古人書皆瘦勁,蒼頡仿鳥跡爲書,其時尚未有筆,安得肥澤如物象然而若筆爲之?且禹書,《淳化帖》有其文,豈如此肥澤耶?余嘗作《禹碑歌》,欲以破世人之疑,而世人未易破也。歐陽子曰:“余以謂自孔子没至今二千歲之間,有一歐陽脩者爲是説矣,又二千歲,焉知無人焉與脩同其説也。”予於禹碑亦然。且余采之既登泰山觀制,曰:“可一碑矣。”自禹至秦又幾何年,而筆尚瘦勁乃爾。流入於唐,予獨有取李陽冰書,真無一筆懈弛,其法皆出於古人。余評篆書如此矣。采之此集,自《博古圖》搜而廣之,下及昭代,用心至苦。余深服其攬之甚廣,擇之甚精。古人法物藉采之以傳於世,其開書家之見聞何限!采之近爲余刻印章二,後世有得之者以爲此采之書,余之名當與采之筆并傳矣。

堪輿啓秘傳家四錦序

風水之説,古今論之備矣。予謂擇風水者在心巧,居風水者在德福。余里中有黄湼槃所擇曾魯公家二祖墳及莆中林婆墓,其奇巧非庸眼所能識。於建陽見朱文公母祝夫人墓,至精而巧在其中。其餘江南卿相祖墳,率正大卓立而亦有巧焉,自非爲地師者神識在心,其將能乎?故曰擇地在心巧。又嘗謁泗州祖陵及朱家巷之墳,皆極其廣博深厚,當時豈有地師爲擇哉?又京師中貴爲余言,成祖得長陵時,騎乘偶從天壽山後出,見其山川,深加賞愛。蓋亦從無心得者。孔林、泰山、泗水拱挹之論,今爲還合之説耳,孔子萬世爲土,豈藉一孔林以福後哉!予但見其與北土民間之葬同。世俗又謂勿傍父祖側,恐傷其氣,伯魚、子思之墓去孔子幾何,故曰居之也在德福。然周公卜洛,如彼其詳,則風水之説自古有之。

汀州吴子太真作爲是書,皆發明《青囊》諸書之意,猶先儒之解經然,其用心可謂至精。孟子曰:“能與人以規矩,不能使人巧。”是書,吴子之規矩也,巧在吴子矣。

鸛　經　序

觀察蔣公九覲起家令江山,作九清橋清湖之湍。橋成,二鸛來馴於公之令廨。鸛,水鳥也,橋成而至,河伯水師實來貺公。于時孝廉叔子中葆隨侍廨中,年方十四,感家君之仁政,從邑人之輿頌,檢括鸛事,集以爲經。鸛之爲族,見諸記乘,非如麟鳳龜龍,彬彬斑斑,掀簡尋章,良費搜羅。而中葆彙萃成書,别貫分條,琅琅滿袠。至乩仙示靈,標厥琰藻,以博佳傳,求比屈、周,亦菁華之異聞、緗鎌之怪録也。

夫禽鳥飛類，得氣之先，明祥之原，是以彩鳳、玄鳥、赤雀、孝烏、鳴鶴、馴雉之類，皆足章王人之嘉禎、宣賢士君子之德表，以故徵應叶瑞不得而遺焉。觀察公橋成而鸛至，中葆氏文嫻而仙乞，蓋君家父子所得於斯禽者侈矣，作《經》以傳，亶其宜乎！

往事可鏡編序

家之興也，莫不繇孝弟、德義、勤儉之美；其衰也，莫不以悖逆、淫放、惰汰失之。揆古揆今，若出一轍。蓋有一人之身，始於困窮艱難，生其善心，終以不念而亡者矣；又有一家之世，始於困窮艱難，興其善運，終子孫亦以不念而衰者矣。壽命之短長，門祚之隆替，實繇於是。周家后稷以農事起家，一田夫耳，數十世而後至太王、王季、文王，又儼然弁冕黼黻者，數世而後爲天子，其規模體勢視故時田舍翁，氣象萬無一二。而周公於詩書之際，拳拳舉以爲言，惟恐後之人謂諺誕而無聞知夫昔之人。我太祖皇帝令儒臣載筆，紀辭碑於皇陵之隧，可以顯親千萬世，乃謂粉飾之文不足述艱難、明昌運、示聖子神孫，又復不自掩諱，歷叙其發身之繇，勞苦萬狀，千載而下讀之，猶可酸痛。夫以王室之尊、四海之廣，基厚業崇，猶然如此，而况庶人編户之民乎！

叔父南陽公生三歲而吾大父母俱没，鞠于仲大父，長撫教於吾先人，日無叁飡，冬無重襦，少時讀書，長不能竟而棄之。其所資生者，鬻纑播精以食於人，其所取奇贏肥瘠者，惟伏雛牧猳種瓜之政，自給而已。始吾大父母没，無寸田尺帛之遺，叔父貌不知其父母也，賴叔與兄以有成立，而後稍資生自給，而後稍復爲儒，以爲黨人師，而後其二子食力而養之，而其後其孫今爲鄉貢舉也，而今八十餘歲也。叔氏之子孫雖未有文繡甘肥可以娱其耄境，然衣食粗給，繼述無憂，而叔氏閔然不敢忘其跼天蹐地之故，履薄臨深猶如一日。玆編之作，蓋歷紀生平行事，大抵皆以此意推而明之。傳曰："壯者無怠，老者無偷。"諺曰："老人易忘其目前，而常記其久遠者。"夫惟無偷，所以能老，久遠之不忘，目前之師也。惟我叔氏子孫慎毋忘兹言也，祖父所以老也，又非不忘祖父所以老之言也，所以自養其壽命，而自持其家世也。

蘭窗雜記序

聖人之學，求盡其心而已。盡心之謂忠，忠之謂誠，然則聖人之學，誠而已矣。慮夫子貢以己爲多識，而語以一貫，使其知平日所枕藉典墳、步趨樂禮，無非欲以究誠之用以得其體，或借而明之，或培而滋之，而推以與人，而後能爲恕。故曰"躬自厚而薄責於人"。自厚，誠也；薄責，恕也。此曾子獨明其旨而世儒膚受之見，若謂其教子貢以學而曾子以心者。然則學與心有異乎？聖人所以行之家邦州里之間，而推之蠻貊之遠者，固此物矣。

登卿林公妙年上第，耄齒閒居，雖嘗列朱紱之榮，而屢困州郡，棲遲郎秩。然公不悔摧輈，改我方軌，操其混沌素樸之天，以游於凌競蕩靡之塗。久之，而得者亦已喪，斥者亦已沉，顯者亦已晦，焰者亦已灰，而公獨以遲頓質訥之身坐而睹之。不特如此而已，當公涉世之日，蓋亦有擠公阱公，而公陽不知而陰不言，久之，其人或知以愧且悔，或終不自愧以悔而竟以死也。公好書善詩，筆墨流傳海内，海内縉紳皆識公名而仰其厚德，顧獨未見其撰著。今年公壽躋八十，遠輩壽公之堂，公乃出所爲《蘭窗雜記》見示。則公平生制行之本根，行己之大略，一一具是。客曰：此何異崔子玉《坐（座）右銘》、馬援《訓子書》與夫《顔氏家訓》也！遠曰："非是之比也，聖門忠恕之學也。"

琴莊筆記序

古人精通内典，舉以通斯文者無如王摩詰、白樂天、蘇子瞻數家。摩詰、樂天則以内典通之詩，子瞻則以内典通之文，其餘裴休、張商英之徒則内典而已矣。然其所詣亦自有不同者。余嘗作《佛論》，以爲世尊而見仲尼，仲尼將與之乎，其拒之也？仲尼所以處一世之人，陽貨、季康互鄉之徒皆可以進。然則世尊而見仲尼，仲尼與之矣。彼其忍辱卑下以持其身，既不殊於觀察慮下之旨，而敦敦誘悟衆生之意，亦何殊於人立人達之方，至其幻妄世界、虛空一切者，富貴浮雲，從吾所好者也。今世之儒徒沿古人闢佛之意，文字之間，佛家一辭不敢措手，此何異世之學唐詩者不敢一字入宋，而近時爲制義者，不得越用禮部所限語也。余之鄙意，四夷衣食服用之具，其精且巧於中國者亦多，而中國率用之。至論學論文則曰："彼佛經也，彼佛義也。"講學之士尤嚴其禁，而他縉紳人士名爲尊佛者，則徒取齋且誦，而身實悖馳之。故夫取佛之義旨以廣吾聖人之道者，則聖人之道之大可以兼佛之所能知能言者也。

余友黄懋弢氏夙心東魯之學，其於人倫日用之間，不敢越之尺寸，而旁通内典，以爲餘力。居閒讀書，偶有所得，則筆而記之。謹閉一室，澄目静心，所以嘅歎有懷、懲艾自訟，莫不椝於聖學而時時證以佛經諸語，章章法言，字字良箴。嗚呼！若懋弢者，其真善尊聖人而善廣之者也。余不能爲佛經之言而能知其意，故爲懋弢行之，而爲之序而歸之。

遊閩記序

孔子教於洙泗之濱，以立人達人爲旨。其於安人安百姓，發念即是；其棲棲於列國之間，不可而爲，見若爲不曉事之人；其於滄浪之孺子、泰山之婦人，皆足以寄其視聽之所存，而發其精神之所通。聖人之心，何其睠切至是！後世有張子厚者出，竊其意以作《西銘》，以發物我一體之義，此所以爲聖人之徒也。

余處東海之南，聞江東有吴叔嘉舊矣，知其能詩與書而已。叔嘉客遊泉州，發書數種見示。予讀之，皆濟世度人之意，其得其書名而未見其書者，大指當亦稱是。蓋叔嘉無論在家、出遊，目有所觸，意有所動，莫非上憂主憂、下憂民憂之意，雖身在韋布之中，明知其不足以有爲而有可以爲之，與夫己不能爲而人或能爲之者，無不爲之。區畫規圖，盡厥心力而後已。予讀其《遊閩記》，大意如此。夫孔子，大聖人也，教傳至今，其所得行於世者，惟其假魯司寇之權，用之三月而有効，其餘不過托之空言而已，而惟其切切惓惓之心，千載而下，行之不盡其言，而推之不盡其用。然則吾斯人欲爲孔子之徒者，惟其爲有孔子之心而已，吾斯人而誠爲孔子之徒而欲有孔子之心也者,非叔嘉孰足以語之!

西學凡序

歐邏巴去中國九萬里,自佛法入中國,溯天地之初,幾何年矣!既入中國以後,又不知幾何年矣,蓋不聞有歐邏巴者。我國朝自成祖遣使通西南諸國,使者遍行海上,亦不聞有歐邏巴者。艾思及先生重譯而至,學吾中國之言語,通其文辭,其衣冠格度恍若與吾中國莊士大儒同一修整,無一毫越禮義,其學則以敬天爲宗,深闢佛氏,謂己不尊天而自居于帝釋,自登于兜率。蓋其入中國也歷海以三歲所,其來也堇堇居一室,塊然獨身而已。其所以來,爲證學而已。出所爲《西學凡》編,命予序之,要如吾中國天子之學,府、州、縣之學。其教人之爲之也,要如吾中國始求之六藝、會通於性命,而歸重於尊天。益進益深,愈精愈微,所謂:"東海有聖人出焉,此心此理同也;西海有聖人出焉,此心此理同也。"西方先輩入吾中國者,萬曆中有利君瑪竇,今則先生,余於京師又得接龍君華民焉。余方奔走輦轂風塵下,未能深究龍君學,今在山中則朝夕艾先生矣。

先生習中國之學有年數,至於《西學凡》之文字,闓暢明健,可以當吾中國先輩之作,操觚之倫未能或之先也。余於是慶中國同文之盛而聖學大明,盈天地間無之非是焉。先生又爲余言:"我歐邏巴人人敬學,民大和會。"其國主相傳久非一世,而又有教化主道在國主上,專壹以善誘人。國主爲君,教化主爲師,國主傳子,教化主傳賢,用是上下輯睦,禍亂不生,美矣哉!此華胥大庭之世也。曩吾中國有莊周者,至詼誕矣。若聞此世此景,當能益闡而大之,以見其奇,惜夫莊周不得而見,而幸見於余也。

真奇圖序

今歲有西方人龍華民者來遊京師。予往扣之,見其所藏先世至人之書,皆旁行手書,亡慮數百卷,豈不勞而費功哉!入其卧榻之旁,有二球焉,以測天地之圜方。有竹筒乘鏡一寸許,以觀天之象、度地之里,無不瞭然,不似中國懵懵爾也。有琴焉櫝而架之，牙在絃下，抽其牙則絃鳴，如中國之琴聲，非如中國簡易也。予因而記郎儀曹時，得見北虜、緬甸進貢表文，北虜書大概如中國古篆，而緬甸書亦若西方旁書也。大概蠻夷戎狄之人顓顓，故不變其先世之所遺。中國之人，哲者慧而黠者幻。夫慧與幻，則何所不變？好簡與便，人情也一。謂之變，非簡便，其何之？夫西方之人與夫北虜、緬甸之人，其始作爲西方、北虜、緬甸書，皆彼中至聖人也，亦彼中至奇人也。

有宋薛尚功有手書《歷代鐘鼎彝器欵識》二十卷，轉轂人間，最後在弋陽府王孫幼晉所，南海熊羽人氏佹得之，又復失，念之往來於懷也，最後乃重購得之，去之十年所矣，則命之曰《真奇圖》。羽人用心如此，其亦可謂奇也。羽人善古隸，予不識羽人隸所本，第見其似衡嶽《禹碑》，然質以岐陽之鼓，猶覺有畔岸，故以此圖爲真奇。韓子不云乎："《易》奇而法。"夫文言、大象、爻象之謂乎？宓羲之畫，文王先天、後天之位，河之圖，洛之書，戴履肩足之數，謂之奇也已矣！

逸　史　序

李子韡示余《逸史》數篇，余意其必有所出，深怪其博聞。問之，則其所自爲，余益服李子。余所以怪李子之必有所出者，以其文似古人之文，讀之而莫辯誰何也。李子之爲是文，寓正論於偏鋒，發刺譏於調笑，其荒唐如莊周，其斷案如宋儒，亦吾閩中之異才也。余嘗得於陵仲子書讀之，知其斷不出仲子之手，然其文皆周末諸子之文，惜乎其晚出，並不列於子書，其篇數不多，余屢得而屢失之。問之李子，李子以爲未見，李子尚求而觀之，始知古之人有善爲古人之文辭者如此也。

鏡山全集卷三十八

序

陶　册　序

台山徐公令都昌，不遂强年懸車。自以官彭澤之鄉且賦歸之早與陶元亮相近，則取《歸去來辭》裝册子，分其賦詞六十語爲六十葉，一語一畫，畫後乃綴陶詩相近者書之，不復自作。公語予曰："此一事耳，求有能畫者而不能得能書者，有能書者不能得能畫者，蓋爲之三十年而始成。予强年作此，今已七十二矣。"因使予序其端。

予謂陶公出處尚已，好陶者莫如蘇長公，其在海外，不挾他書，惟陶集自隨，遍和陶韻。長公千古人豪，自不待贊，然陶公賦歸，直用五斗折腰棄而去之，而蘇公海外之日乃在隕越超悟之後。公今亦不得意於都昌也，古今人殆不相及歟？長公故和陶詩，公今不詩，綴相近者書畫之後，此又與撫無絃琴何異？然古今名能琴何限，獨陶以無絃得名，然則公雖不詩，亦不媿長公，蓋古今名士高人亦各惟其意之所至而已矣。

宦　譚　序

孔子曰："《易》之興也，其於中古乎？作《易》者其有憂患乎？《履》以下九卦之所以執於德也。"聖人非不知無忤於物，以迂其身之可以免，乃至秉道不回，蹈入憂患之中。然則憂患者，聖人所自取也。自取憂患之中，又思所以執德而進之，若有悔焉，若有悟焉，於是知聖人之學之無窮也。

志齋陳先生自其壯年起家成進士，服官世路十有餘年，亨而復屯，起而復躓，而要其所以適不逢世者，惟以不取不狗爲家法。夫不取則無所以饜人之欲，不狗則無所以逢人之意。先生適不逢世，夫亦其自取之歟？然其心則一於是而無悔焉者。今去之三十餘年，生平所履若客若夢，尚一一而追維之，筆示子若孫，一或以爲毖，一或以爲懲。蓋先生林隱之日長，其于《履》以下九卦盡心焉耳矣。先生今歲七十有五，無一日手去書，聰明神智如少年，鄉人望以爲德人而尊之。予讀先生所敘次，條理穿貫，若在目前。海内曩日交遊諸公，去之三十年，其爵里姓字一一記憶如當時即歲，此又足以見先生頤葆强健之徵。所謂年彌高而德彌邵者，其先生也歟！其先生也歟！

兵　紀　序

子之武城，聞絃歌之聲，莞爾而笑曰："割雞焉用牛刀。"彦質爲信宜，嶺表一雞棲地耳，而練兵如此其詳，豈不牛刀之擬哉！彦質爲信宜，寓狼於農，寓農於田，家爲戰而人爲守，有合於管仲之意，而其訓練之法，至于步伐之方、製造之原，以及火藥之性情分數、器械之短長圓方，無不周悉詳備。雖曰本其先人家世之傳，然亦何一書生留心若此！方今海内虜寇外躪、賊寇内訌，以彦質之才，何所不可？粤之上官知彦質而薦之，從此海内諸公必知有彦質矣。度彦質必應余曰："君子知兵則愛人，小人知兵則易使也。"夫君子知兵，則明於教戰之道，制梃以撻，何至委而棄之；小人知兵，則作公戰之勇而生其親上死長之心，何有不易使者。彦質從余游久，余見其博雅韶藉，爲文章有紀律，而又作爲此書，殆欲兼游、路之所長。惜余半武不曾出門，不得一到信宜而開莞然之口也。

援黔議序

侯子爲予言黔中王中丞事，予不覺憮然流涕也。當中丞深入血戰時，侯子蓋饋餉入大方給軍，時以大黄射殺黔賊云。中丞死軍亂，侯子與其數騎從深箐中格鬭歸，其不死於敵，亦其能也。今讀其所爲《援黔議》，詳哉言之矣。

夫用兵，以戰則憑力，以謀則憑機。黔中事用力用機，隨人所嚮，當無定端，但兵家用兵一似書生射策。書生之射策也，必其平時經史時務熟于胸中，然後下筆沛然，足以取功名而拾青紫。今以侯子言黔之詳如是，有用侯子者，臨時韜略則吾未之知，要以黔中夷酋之名姓、兵數之多寡、地形之要害、人情之向背晰如指諸掌，則有用侯子者，舍此書何以物色之！

攀轅録序

士大夫在國初者，其進退皆繇上所命，毋敢私自爲去。即有私自爲去者，則謂擅離職事而憲典隨其後。當此之時，士安得獨自高？宣、順、成、弘間，人爲長厚，摘拾徼摭之讒譏不作，居官久者至一二十餘年，增秩進俸，不易其處，而士稍稍重爲去，即不賢者亦久爲不去，以自托於賢者。至于今進退之議滋章，士乃有寧輕於去而重於就者，曰："不俟終日，聖人之概也。"大抵國初仕者畏而不敢去，及乎中葉安而不能去，至于今益自遠而多爲去。夫士爲世出，則固不得獨自高而傲於禄位者矣，上以統其公卿大吏，公卿大吏以統其屬，孰得爲名高者，孰不得爲名高者？若夫自遠而急於去，患且有二匿焉：或其口語心跡不能自明，託於一去以待其同事之人移易而事時稍久遠者；或其才踈於任事，機慮於畏途，終南其家而北山其居者。安而不能去者，若守職矣，而不足於作見幾；自遠而急爲去者，若潔身矣，而或溺於喜近名；畏而不敢去者，所以尊君先上而不敢擅進退也。

始，余數從程公杯酒間，酒數行，公思念其母夫人，淚簌簌下，漬於盤盂之上，賓從皆爲公廢匕箸。頃之，移檄求去，而國人之挽留公者日以數輩來，公不從也。上之監司使者，而挽留公於監司使者，使者日以數輩來。已而上之行省御史大夫若御史而從之行省，挽留公於御史大夫若御史者日以數輩來。御史大夫若御史若監司使者留公者三，公求去如初。諸公知公之決去，以爲緩語不足奪，則作急責曰："方今島夷之寇有曰關白者，後於膏斧鑕，數數爲大言，弄兵警我瀕海上，程泉州心知有警，其爲怯而匿乎？不然者，泉人固留守，守固求去，即爲念母，即安得爲急君？"於是公畏而不敢去。公固畏而不敢去，即公不畏而不敢去，將泉人之日以數輩來者屨及於國門，衣及蒲胥之市矣。莊生曰："子之於父母無所解於其心，君臣之義無所逃於天地之間也。”程公有焉，是以予樂爲之序。

馬司理狀教序

有二三父老訪予山中，出司理蒲圻馬公上狀下教之文曰：“子其序之。”蓋公自莆陽假守吾泉三月而其言如此也。予曰：“是馬公狀若教不及其胸中十之一，父老何自見而愛之？”曰：“吾父老見父老者云爾矣。有蘧廬其名位而以身爲重闉，有禪悦其邸署而以心爲止水，而施不下民、稱不聞後者乎？吾儕於公蓋得十二焉！”余讀之卒業，則知公茹服起居皆從儒生寒士之故，而日所勃磎隸首胥臺之間者，惟恐陵雜米鹽，民虚受上惠，名其心，若不能一日白於下而以自隳其守，其可謂飭且毖矣！

有婦於此，闥無倩笑，幃無歡睆，見人蔽面，夜行以燭，而又與家人妮婢量勺較分，上匕箸舅姑，毋敢嘗一臠，忍口節嗜，哺歠卑幼，處先後若避者，能婦也。有婦於此，簾箔靚矣，文繡工矣，時時私爲德，與外婦人眤眤語，見能侵門外者，不能婦也。故人以爲能而家不能矣，人謂不便家乃便矣。一進士高第理於劇郡、班諸刺史二千石，而釋其大布之衣、儒生之冠可一二歲所耳，此婦之婦者也，宜公飭且毖若此也。雖然，爲母也而可乎？爲大母也而可乎？予竊竊見士自州縣時，愓愓顧畏，稍歇歷府刺史若臺省、藩臬，則異矣。予又竊竊見士臺省至藩臬時愓愓顧畏，稍進三事而上九列，則又異矣。老成前輩，不克令名，離此患爾！富者，人之情性不學而俱欲者也。嗟乎！利誠亂之始也，或羡焉，或懟焉。言語以爲階，比歲白簡之所飛聞，丹筆之所促章，多以此爲口實，又安得曰於宋餽七十鎰而受乎？又何爲以不貲之軀動其食指而鼎嘗黿者哉！馬公一狀一教，不離名撿品格，他日爲人母也，爲人大母也，吾知所税駕已。二三父老烏直見父老哉？君子也！

竇使君頌序

鄭有子産，漢有孔明，皆當時所謂名卿才大夫也，其於爲政何如哉？高皇帝承亡元政偷民玩之後，大震以武，榜文律誥，斧鉞一日。當時之民驟承維新之治，尚以爲高皇帝若逼而禁之，乃貳百年來海内禔慶蒙安及於累世至于今，臣子能不奉尊德意亦如一日，則幾於自用自專以倍在下矣。蓋孔子生周之季，去文武六百餘年，乃其素所憲章者，亦惟開周之二君而已。

合肥淮南竇公之來守吾泉也，民佚于教而公繩之，吏舞於法而公摧之，人求於情而公藩之，獄訖於威而公敬之。其自律也，約於處女寒士而嚴於日承師保之訓。公之始爲之也，民若離慈母而側嚴師，或者爲不便，既而察公之私，無所得訾議，求公之心，出於惠與教，然後知公欲休息民而創其强者，欲提撕民而剔其不臧者，耻獨爲君子而修其彰彰者。夫海之爲物，大矣！莫不茹納，猶然兼濁穢。峻嶽高華人無所從登，登則日月雨露霜雪，先得四時之正焉。故夫收民以寬者如飲醇，醇飲不醉亦至眠睡；蒞以嚴者若啜茗，始苦中甘終日惺然；與民爲寬者若植木，木植於地，久之自芳，埸師尚可棄不顧與？爲嚴者若接戰，鋭氣不繼，主將倏然而敗矣！公之臨民，蓋先之以啜苦而其自與，則後之以鋭戰，與四封之民終日於憬然猛然之中，而久久無廢骫隳落之患。今者三年於兹，民則盡著公之心而服於其教矣。

夫子産褚衣冠、伍田疇，日夜思政如農功，要恐没没令名而以焚象戒；孔明科條嚴明，風化肅若，至其自矢不以餘帛贏財終負厥君。我高皇帝震武之化，則尤嚴墨吏之誅，故曰："正其本，萬事理。"公之所爲既不殊于二公，而所憲章高皇帝之訓又有合於孔子。異日爲國家名卿才大夫者，則公其人也！

閩海贈言序

《閩海贈言》者何？宣州沈士弘來爲裨帥，得縉紳諸公所贈言合而刻之者也。自嘉靖以來，名爲帥者無如俞志輔、戚元敬二公，故與縉紳交游獨盛，故如王道思、王元美、汪伯玉皆有贈言於二公，而元美、伯玉所贈於元敬尤爲頻數。士弘之得交游諸公，毋廼是乎？

士弘束髮游京師，乘遼左、宣府一障，從大將軍出逐虜，取虜首如斮苞栫。

棄而去田間，栽桑牧豕十餘年，被檄復起，驟見海艦，拍天濤浪，無風自湧，首不眩而目不瞬，捕倭若平地。比者紅毛島夷據島門求市，船木厚尺、砲聲疾雷，士弘脱身諭去，皆稽首返舵。然自束髮至今猶故，此亦千里之馬若滅若没，萬斛之載慮爲大舟，浮之海中，與波上下，武弁中一奇男子也！

荒政編序

古之君子，一民饑，己饑之也；一民溺，己溺之也。人耳，人耳，饑溺無不繇己焉，此當仕有官職者也。己立人立，己達人達，乃亦無分人己者。天下之人，惟見爲人多而己少，人儔而己獨，獨見己耳。苟以一己對一人，一己飽而一人饑，一己安而一人溺，靡不惻然矣。所以置人度外者分於多與儔也，多者人多，儔者人儔，以一己對一人，一人一己而已矣。如是而當仕有官職人，養人奉己得而君之，亦以度外置者之人也，雖處父子兄弟之間，吾且知其漠然也。何者？父子兄弟莫非人也。古之君子得人養，人奉以君。夫人，凡人之榮瘁、豐嗇，欻然若其一身之事，則莫非己也。己饑己溺之謂政，人立人達之謂心，心、政合一，聖賢之學也。

皖城雲陽汪公來守吾泉，時當萬曆癸巳之歲。泉饑，公賑救不遺餘力。論其所以賑救之方，不特發倉告糴而已，爲之原其所以能饑之繇，爲之處其所以不饑之故，疏牘條教，細擷旁舉。饑良已，泉人德公，爲公書而刻之。公違泉十六年往矣，今累陟粤東廉訪使。公向未子，而今有子。昔日公行，泉人爲公立荒政之碑、去思之祠，比泉庠弟子員若林奇標輩更録碑若祠之文，刻之以附是書之末。夫逝世士大夫所至輿誦民謡，及其離官而止，公違泉十六年所，是書尚存，板刻如新，弟子員輩又推廣而大之。然則公之疏牘條教且將與蔡君謨、王龜齡、真景仁絜令並行泉中，後之永永涖兹土者，考公所行事而申之，可以備天時民欲之不虞，又豈特泉人十餘年之後不忘公德而已。予復爲之序，以永存之宜也。

姜使君頌序

子産曰：“政如農功，日夜以思，如農有畔。”然則子産之爲政也詳矣，而孟子猶有徒惠之譏,政固厭詳邪?子産之爲政也,要令無所越思,彼其如農有畔,揭然章服井伍之辨,而徒杠輿梁顧未之及,則子産之思其有所不逮歟?子産之思不逮,則子惠之政亦不及也,雖謂之徒惠也亦宜。若孔子則不然。三年期月未之嘗聞,而一蒞官,首則兩觀象刑,若不可一日後其教,使人晨不飲羊而男女别途、膏豚不飾者,論其事若在耳目之微,而要所以教人者則關人心世道之大。然則孔子之政有不待思者矣。彼其化入於男女豚羊之間,而尚有不思之政。蓋孔子一爲政,則弘綱細目備舉之矣。舉其弘綱細目,列國之賢大夫所能也。一蒞官首而所以教化有關世道人心,列國之賢大夫不能也。

丹陽姜公同節之爲吾郡也,以古人之真心行古人之實政,凡世所謂鈎餂發擿之術,公皆能而不用,知之而不察,而所以教一郡之民切於世道人心之本原,事有繫於彝常名紀者,書之於牘矣,而復榜之於衢。其罪可與衆共攻者,不自讁於二千石之庭而罰,且告於鳴鼓振鐸之聚。蓋公之奬人善也,榮于高門禮廬之光,而其懼人淫也,耻於罰鱝立石之辱,要所以生人自有之良而偕之大道之歸一,孔子之教也。公之大機識、大鎮静,足以銷患亡形、整且暇於人不及整暇之地,而其興修城垣樓櫓以及道路橋梁之務,亦莫不悉以纖。蓋其細則兼子産之所詳,而大則合仲尼之所要,故予於泉人群然頌公也,而總挈公之原本以與泉人共頌之如此。

李令公德政序

嶺南葵孺李公爲我晉江且一年矣,潔本以禔禠,平情以審俗,有舞有歌,有謡有誦,民之蚩蚩,不能次載。郡邑諸士爲之盛而傳之,問序於何子。

何子曰:古之君子之爲治也,政與教二端而已。政也,是以有化;教也,是以有風。風也者,不扇而自吹;化也者,已緇而還素。後之君子則事而已。簿書獄訟之間,批郤以爲材,迎刃以爲能,上之所殿最,下之所否臧,咸在於是。不化不風,謂之胥史,胥史之治,名之曰俗。公之爲政我晉也,批郤迎刃則亦有之矣,察公大意不在於是,乃在風聲而變化。公請大府行鄉約法,以不失聖祖教民之初，旄旎少壯具伏其心生所固有，而公亦藉其中以簡聽而省訟。月與博士弟子爲文會，句櫛讀稱，手煩校讐，而日費廩餼，他諸有可以摩厲勸率切切然行之。政也行於民而教在焉，教也行於士而政在焉，此公之爲我晉所以合先王之治，而成其爲君子之學也。

公嘗顧予山中，見公葛衣數浣，裙襦悉用疏布，冠履有風塵之色，潔本褆褾，不待形言而已見於儀容矣。扣公之蘊，冲焉而自下，虛焉而有容，以此用世，何所不可。予雖無諸生之請也，且將以草野一言頌公，而况青青子衿儼然造之者耶？則以公爲政之大者，爲四封之人語之。

王尉功德記序

城郭區肆，高門密闉，地之俗也，則必居巘觀川、茅茨水竹以清之；肴酒徵逐，輕綃跕屣，人之俗也，則必臨池作賦、茗鐺芒履以遠之；簿書獄訟，桁楊鞍蓋，吏之俗也，則必招游彼都、挹損内交，爲民興治久遠之務，計其足以田廬衣食者，芟除闒茸以安靖之。故夫俗與雅對，廉與貪對，直與譎對，誠與佞對。廉直與誠，雅之徒也。貪譎與佞，俗之徒也。其爲人也不俗，則其守必不貪，其行必不譎，其心必不佞，而端人正士也幾矣！

海寧王君鳳崗來尉武榮一歲餘，一日，扣予門求通。予不知鳳崗何如人，意其以當事通邑子諸公折節爲禮爾。一日，其邑之文學先生徐君過予，則備述王君所以不俗之實，而廉直真誠具備之。予閱唐人遺事，得一襄陽尉，其上官饋魚於尉，尉不在治，妻却不納。其上官曰："吾得二賢。"世人徒知梅福脱屣棄官爲仙舉耳，如襄陽尉者乃真尉也，則以"得二"名君之堂，而君欣然謂予會其意，益與予習。予暇過君，君則能詩能畫，潔治一室，花卉雜列，文酒錯陳，翛然物外之致。徐考君所以尉者，皆爲邑修築壞城，開濬畝澮，橋梁道路，除治闢䦨，其爲事也甚詳而爲力也不費，有可以羨不入私槖，復益己禄以治他務。上官愛君有如親子弟，君事官長有如父兄。視其邑之士大夫青衿子文學，非其所師則所友也。君既肝膽相示，予亦意氣盡傾，而益知君幾正人端士亡疑矣。夫君之善畫，予所謂居巖觀川、茅茨水竹以清之者也;君之善詩,予所謂臨池作賦、茗鐺芒履以遠之者也;君之爲吏,予所謂爲民興治久遠、計其足以田廬衣食而安靖之者也。人俗之而我自不俗,繇乎我者也。我固不俗而人俗之,繇乎人者也。君今作鎮於建寧之西安,古人所謂得一障而乘之,有可以不俗自在。適將行也,交游父老刻君所以不俗之政,予亦爲不俗之文弁首而贈君。

郭廣文學政頌序

惠邑郭龍湖先生教士於漳,而士頌之。師者,私也。頌者,公也。私則人有親,公則口無間。凡漳士所以頌先生砥氣節、勤文學、敬恭孔子之廟堂,其大指近是。乃先生吾郡人,而吾知之。先生父病,當得草木之藥,入深山採之,虎見先生避去,今高堂年八十餘也。先生家故貧,然自掇科後,而家無不婚之人,無不葬之喪,邑有善事義舉,常損貲出力爲倡,其爲人如此。夫樂道人善者,予心也,論人之善必推本其素節内行者,予學也。女適人爲婦,耐夫家美之曰:"我有賢婦。"其父家詡人曰:"此我家賢女。"非有賢女烏成賢婦哉!於漳士之請也,書而弁諸頌端,蓋曰先生在家已然矣。

江淮愁語序

士君子之處世,其有憂乎?其無憂乎?夫其不畏天命而憫民窮則已,誠畏天命而憫民窮則不能無憂矣。《國風》之詩,美者什一,刺者什九,皆士君子不得其志之所爲也,非傷其君之失政,則悼其民之失養。風俗之不厚而禮義之不敦也,《離騷》之所繇興歟?

張懋中公學聖人之道,從事士君子之行,循蹈所至,意氣生焉。授一令長,介在江淮之間,民化魚鼈而歌鴻鴈,欲加以勞來旋定安集之功,詘於文網之大吏而不得展,未及報政,卒以失位。其在位而憂也,民饑民溺之憂也;其不在位而憂也,孟氏不豫之憂也,此愁語所以作也。懋中公學聖人之道,從事士君子之行,今雖林居終老,不與當世,乃吾知其憂尚有甚者,蓋孟氏曰:"如舜而已矣。"

余固謂士君子之處世,不能以無憂也。

閩海紀事序

漢文學對御史大夫之問不啻數千言,而司馬遷一言以蔽之曰:“嗟乎! 利,誠亂之始也。”孔子罕言利,常防其源也。利之爲害,有國家者,不審其始初,窮其本源,則固視爲涓涓綿綿而謂無傷矣。人有欲爲則争,争必至於亂。利者,人所同欲也。通於君子、小人,普於上下。聚於上而下不資之,用於下而上不與之,行於君子而小人不參之,未必如此其甚也。

粤有香山之澳,以賓外夷,與爲貿遷,豈不甚利? 而今與我實逼此處,城而障之,凌我小民生,侮我長吏心。癸卯吕宋之禍,數萬白骨化爲海外之行塵,中國不能伸其威,廟堂之上若不聞,夫非言利之人實階之禍哉! 高皇帝最嚴通倭之禁,實惡其狡且悍,而倭之仰中國食用亦自不貲。凡國家所許閩人與夷市者,蓋吕宋、啞齊、麻六甲、柬埔寨、占城、真臘、暹邏、大泥、爪哇之屬,而走利如鶩者往往給符詭之,而倭奸闌出物,既則勾引之爲亂,蓋夫龜鑑不遠。在嘉靖之季甲辰歲,則有和蘭國夷人駕巨舟載貨物闖入泉界彭湖嶼,以求市易。夫是國也,故與倭通者,言利之人方一時用事,税閹寀謀之前帥,亟許之。閹利夷貲而帥嚇夷武,即遣人與約信。其時,今大將軍雲石施公以副帥鎮漳,則與參知四明大若沈公力阻之,而不費一卒一糧,掉三寸舌使挽舵還向者,實裨帥宣城沈君寧海。往來其間,夷人業出彭湖界,前帥尚入閹説,欲留市之東番,而大將軍復力持之,卒使奸閹之饞不遂,狡夷勾倭之跡永絶。此大將軍所以爲功,顧大將軍殊不言。大將軍入主禁旅,久復出鎮閩。而閹寀尚在去年之夏殺越悖貨,輒出火攻,火延民廬,死者以二十餘命,更劫制中丞袁公。袁公辭色不變,寀不得有所爲。既以聞上,留中久之,而閹故銜大將軍往歲阻市之謀,則妄言所載尚方貨玩悉被緘留。語聞上,上固疑之,然竟有旨召寀還,而中外服上明聖矣。

大將軍自念爲國家杜塞禍罅,幾不免虎口,暇舉閩事始末紀之,若以自明而自幸者,寄以示予。予謂是大將軍所自明而自幸也,然而閩之人與後來當閩事者皆當知大將軍之苦心，留此編爲一方故實，以備徹土徙薪之計，亦可以告夫士君子之謀人國者慎不可不諦始亂之萌，而預防源之幾也。

正俗編序

周末文勝，孔子生當其會，如有用我則當參商之質、本夏之忠。夫文始未嘗不莊嚴而流乃浮靡也，言焉而不揆夫心之所安，行焉而不顧夫道之所合，雖離文遠矣，其原皆起於文勝。質焉則具有其體矣，忠焉則必出於誠矣！令天下之人皆出諸誠心而不離其本體，則隆古之風而比屋之尚也。文也者，君子之所以賁其身，俾其合於物采節奏之宜，而究也僞士竊之以爲僞，又其究也小人壞之以爲非，而其原皆不出於其心之忠。忠散而質漓，質漓而文之傷也，莫之救挽矣，故曰："文而不慚。"夫爲治者能使天下之人生其慚心，耻不義而重爲邪，於以救文，其庶幾乎！

同安令君建武李公示予《正俗》一編，其所以論同之俗，極閭巷之情而盡風謠之變，慨然思所以挽之者，力禁而詳言。而予以爲同之有此俗也，非同之俗，亦閩中之俗，而天下之俗也。何也？今天下文勝也，君子、野人始離其忠質，末流之弊，至于破繩毀尺而不知。公慨然以正俗爲意，既已力禁而詳言，而又思夫欲民之質必己之質，欲民之忠必己之忠，其於樹表標軌已得其本原，而公尚歎於世之爲令者多傳舍其官，坐其以四五載代去以不得成化於久道。予謂國初官制合於虞氏之三考，正、嘉之間，率用三載遷，而有宋士大夫徙官尤亟，其賢者皆能有以維風而成治，不然，何以云期月而可俄頃功化之神哉！天下之事患於不知，知之，患不爲。公知而爲之，何問旦夕，何問四五載！孟子輿云："德之流行，速於置郵而傳命矣夫。"

劍理三書敘

誦《詩》三百可通於政，誠哉是言也。《周》、《召》可以觀化，《豳》可以成民，《干旄》可以明好善，《子衿》可以教興學，《葛屨》、《汾沮洳》可以訓德禮，

《伐檀》可以戒貪,《碩鼠》可以止歛,豈待微吟遠諷然後知其精微哉？温焉而不迫,柔焉而不猛,敦焉而不疏,厚焉而不薄,用之有政,則愛人學道君子也。古有絃歌爲治者,夫非聲詩誰實被之？

豫章鄒德輝公以名進士司理劍南。劍南之山鑱刻而峻削,其水清澈而蕩激,意若無餘者。自公爲理,廣之以大塊,煦之以陽春,其山若廓然而遠亘,其水若夷然而安流,而公仁聲義聞流布九龍、玉華間矣。公自其爲諸生時則好爲詩,出而授政,馭於李官,輶軒襜帷,時時從採風使者行部問俗,憑軾結靷,亦時時稱詩而不廢。予得而讀之,見其芳津流溢,膏馥華芬,無結嗇諂促之氣。因以窺公之養,其原直溯於《三百》,非徒求工格調、取娱景光而紓塊磊而已。

莆人蘇漢英既得以詩從游於公,不遠千里寄所爲《劍理三編》見示,曰:“此公之餘也。”然讀平反之言精焉而使人莫能離析也,讞獄之章斷焉而使人莫能刻深也,奏記出教之文達焉而使人莫能不信用也。不繇此見公,亦不知公所以爲公也。夫《詩》之爲教也,美刺則靡不明彰矣,寓温柔敦厚焉,言之無罪,聞足以戒也。理之爲法也,勸懲則靡不嚴密矣,寓慈祥慘怛焉,樓季莫能越而跛牂可以遊也。公以其精心爲詩,而直溯夫《三百篇》之原,又以其詩心爲理,而直神夫律條四百六十之用,真所謂誦《詩》達政學道君子。公不日以諫官、御史召矣。夫是兩官者言官也,公又以其專對者推而颺之,予行見公得詩之全也。

期可録序

漢世守令在官最久,有至長子孫,而遷徙之速則無如宋,蓋有一歲或半歲而去者。其時士大夫所以得名於其涖官之地者,皆其道德才望有以取信於人而人稱美之。我國家太祖時用虞廷三考之法,九載乃遷,及其久也,漸以不便於後來銓授,則第書一考而已。至若更調之法,則自國初以及今日行如一時,良以人地欲其兩稱,望緊取其相宜,是以地大才小則移才以就小,地小才大則移才以就大,此功用有相得之美而人才無不盡之歎也。

溧陽亦步史公以名進士來宰南安,期年入覲,會崇安缺令,銓部以公便移崇安。崇地衝事繁，而南安僻在泉州一隅耳，銓部固謂非公無以治崇，而南安人無如脱慈母之懷而不得朝夕乳哺之快也。於是，徐生集公所以行於南邑與南邑所以頌公者名《期可録》而使予序之。予則語徐生譬之鷄鶩家畜也，爲人孕字抱乳，其長育也，可以養父母、食子孫、奉祭祀、借賓客，功豈不甚鉅？而人未嘗貴鷄鶩者。鳳凰一儀於庭而虞以盛樂，一鳴於岐而周以名國，彼豈有積日累月棲其榯而群其欄哉？用是知聖賢過化存神，其妙在俄頃之間，而有宋士大夫所得名於其涖官之地者，以語公今日可也。

三署贈言序

三者，數之全也，在宇宙之間爲才，在人爲衆，日三成魄，月三成時，蓋天地之數如此矣。子文之爲令尹也，三仕而三已。楚人之已子文也，雖不足累子文之德，然倏然仕之而倏然已之，其已之之日無亦有不見信於上，而未盡孚於民者耶？使楚君已之，楚民欲之，扣閽而求，挽轍而請，楚國之君能已子文耶？

吴中婁石孫君起家曹掾，來爲衛幕。清溪缺令，上官才君，一使署之。已而令缺，則清溪之民請，已而令又缺，則清溪之民又請。上官之始委君清溪也，才君耳，其既也，寧無有周旋他幕之意，分而任之，而清溪之人不欲也；君辭之，而清溪之人不受也。楚人之欲王子搜以爲君也，子搜不欲，逃於巖穴之中。而楚人强之，子搜曰："予不願，君子亦不可以已乎？"其國之人曰："此政予之所欲得以爲君者也。"清溪人不欲他假令以往，君蓋有所不欲於清溪之民者矣。夫民之於上，猶赤子然。畜赤子者撫而摩之，飲而食之，欣欣然欲入其懷，豈問其真父母與其父母之貴賤貧富哉？兩漢之時有起家曹掾致位公卿者，此其人皆有長才異能，國初之時尚亦有之，今此法不行矣。法雖不行於朝廷，而公道尚存於人世，此予所謂赤子入懷無擇於其父母之貧富貴賤者也。《詩》曰："樂只君子，民之父母。"論父母者論其可以爲父母何如耳，豈論真假之間哉？此予於君三署贈序所以作也。

陳令公頌序

公嘗過予，自言讀書洪山寺，累月方歸。方讀書寺中時，長天浩浩，江流無涯，歸則第見城闉之爲隘而居人之爲少。予因而知公有超忽八極、凌虚御空之意。夫見城闉之爲隘，則惟見天之爲大；見居人之爲少，則惟見己之爲大。士修身見世無以自異於世者，惟其儕人於己，如蟻鬭而雞睨，所造卑卑，無足道也。公令吾邑，戴星受事，日昃不遑，無不白之懷，無不舉之政，當道復借公餘力以視南邑之政。公往來晉江、武榮間，綽乎游刃，此非有大天下之心、高天下之見，孰能廓廓光光，因物付物，泛應周旋而無怠惓底滯之意？予知公之與天爲徒，而兩邑士紳歌頌形於毫楮，予亦樂與邑人游公之天也夫！

李貳車署沙頌序

太學生張君子芳走書幣來，言我沙令以計典行，莫可視縣，當道遴吾郡丞豐城東山李公。公，君子也，涖事之初，以寬和行政，自瘠其身而不盡求於民。民生所繫，莫先乎賦斂催科，公弛桁楊而寬要約，出教二三父老若博士諸生，條上縣中不便狀，劑衡可否以舉，以置屬者，更役更賦。正當十年之期，公出坐堂皇，日受牒以千計，不自明聰，令各召其里正付所受牒私計議縣門外，皆自以爲不重輕，乃入報。役有勞且費，不可但已，俾朋合而輶舉之。下户薄産以次出金錢相資佐，要令成事而已。里正所處分，即民尚言不便，使更之，但求安利，不厭四三。於是公乃涉筆署定，而一縣之人翕如稱畫一矣。凡公善政，未易枚舉，若夫勤學重農則一邑之綱也，懲奸弭盗則一鄉之略也，止紛息争則一家之德也，潔心白躬則一己之操也。惟是賦役之政及於户户，需於人人，此吾儕頌公所以爲公先舉之也。惟子惠我一言，俾我藉手獻公，庶幾公知吾沙人之不忘其惠利也。何子唯唯，則言曰："今縉紳大夫頂踵中外，風尚聲習各有不同，而惟大江以西重於行誼而明於道德，簪冠佩紳之倫莫不有軒豁磊落之氣，雖其嚴重者與爲精察，樂易者與爲慈祥，要皆無有私污蔽翳參其間。"

公,名家子,年踰弱冠即領鄉書,非出于困衡淹練之餘,通籍仕路,起家文學,再陟留都,稱國子先生,不離講德授經之選,而一出爲政,達民情、審大體若是。是皆其學問之所深造,善類之所陶冶,風之漸致然邪?公之鄉有李孟誠先生唱鳴修身之學,而吾友徐獻和昌明而嗣之。予始識二人者於豐城,今得公而三,夫豐城之劍必有合也。公丞南劍,正當其地,予得交於李、徐二公,則既合矣,兹因沙人之請,得以文頌公,則沙之諸君子亦將爲予與公作先合之媒乎哉!

曹侯德政録序

方城曹侯初知銀同,惠然我顧。予睹其貌冲如也,其神瑩如也,其衷谷如也。予心許曰:“是必善爲同。”居一年,輿人以謡誦聞,同士大夫以文辭贊。予曰:“果然矣!”輿人謡誦凡三十餘條,執而見予曰:“子大夫文辭人也,爲我序之。”

予曰:凡爲治之道有出於其心者乎?心不在民,雖才諝精敏猶未之逮也,而况其没没者乎?心一在民,雖椎魯朴茂,靡不究也,而况其煜煜者乎?才諝精敏而不逮,民不用之,民用之,他之也。椎魯朴茂,靡所不究,一用之民,非其民無之也。今世士大夫多患心不在於國家,不在國家,必不在民。既不在民,用之他之又何之哉?有則惟恐其官之不達,位之不高,泛應酬酢、曲拳擎跽之間,歸其私署而神已罷矣,罷則必至於昏。又何昏也?是泛應酬酢、曲拳擎跽之間,獨不藉未將之敬乎?欲以將敬,則必取諸民。夫其官望達矣,位望高矣,使其子孫無一日之積以比於若敖之相,則向所望高望達之意又不至是,而神又昏矣!此之一昏又不待罷。夫孔門所以訓弟子從政者,其言不一二,然總之於心焉括之矣。輿人所以誦侯如是,云侯今期年也,人盡見侯。予喜侯之善爲同而以復輿人。予始見侯貌冲也,神瑩也,衷谷也,决之少選矣,何待期年哉?君子之贈人以言也,必其人可與爲盡。予愚人之見,不於序侯盡也,又於何人而盡之?

禦寇輿頌序

先是,惠邑令當上計,桃源令君來視篆,遂還諸其治所。海寇突至,廵海使者過惠，問誰圉寇，則無有，僅有蔡先生，命之曰："公即廟堂掌故乎？顧舍此無人矣！"先生諾而登陴，召集父老子弟來守陴，嘉其鋭厲而扶其不勉者。始謂蔡先生，廣文先生耳。至是，皆嚴先生，莫敢犯。先生又出私財行賞，鼓而壯其氣，民皆奮殲其賊以數人。於是輿人頌曰："在泮獻馘，是惟蔡先生！"或曰："先生一人耳，而兼曾子、子思之所爲有當否也？"何子曰："今天下一君，何臣何非臣，寧微即不臣，蔡先生是也。古遠亡論，宸濠之反，何與南贛軍門王伯安擒而定之。胡永清補官過滄，大盜圍滄，永清入滄城爲滄守計，卒殲盜。楊用修木天之彦，戍於滇，却滇蠻。此三君子者，皆越其職事，攄其蘊中，義激於衷，忠欵於國，而心在於民也。"先生師父兄也，而行臣微之事，揆之三君子若有合焉！先生則不論功，而惠人頌先生，其章以卷帙計，爲先生刻之，先生曰："吾知臣微而已矣，何敢如諸君子言！"

園居録序

當萬曆癸丑，是爲神宗末年，東粤韓寅仲以遂安令上計闕下，當事者謂寅仲不能其官，鐫一級。夫寅仲固能其官者也，而謂不能者，當事者不能之也。寅仲久守闕，則上書神宗言民間利病，而末及建州虜之當防，預爲遼左憂，神宗不省也。亡何，當神宗萬壽節，則奏賦一篇如《天保》之意，而寅仲亦遂歸矣。歸而其父母先後下世，寅仲得坐足執手以無憾於大故，而去之數年，建州虜蠢動跳梁以至于今，遼左喪師而失地，而神宗皇帝亦不能遂寅仲《天保》之私，游於橋山之上矣。寅仲爲人子則得無憾於大故，爲人臣則言不見省、祝不得遂，而寅仲之于世途可知也。寅仲既詠《蓼莪》而薦《白華》，優游羅浮之下，則得園一畝，有水有石有竹有樹，名爲桃源而居之，閉户讀書，竭力躬耕，若見古人貸粟之爲陋，而病末世歸田之無實者。其所讀書自聖賢之至精，及佛道之至秘，遠而逮於古初之記，近而發爲會心之作，無不貫洽穿通，蹁躚紆餘，蓋牆几筆札，杯觴賦詠，無虚日月。讀其文而見其淹以通，讀其詩而見韻之長、語之奇而思之幽也。寅仲所交皆物象之外、才情之傑，而其自爲心懷則栖托玄澹、周游緬邈，超然穆以遠矣！寅仲之仕也，當逝梁發笱之日而無不閱遑恤之怨；其隱也，當栖遲饑惄之會而獨有寤歌永矢之懷，何異古人之進不忘君而退高其道者也！

粵多君子，論詩則吾推孫仲衍焉，論人則吾推陳公甫、葉化甫焉，而吾謂寅仲可差次之。化甫先生，寅仲舅氏也，當穆宗初年上書萬言，天子不召見，爲令有聲，棄而去之。神宗末年見召用矣，而化甫老不究，然而東粵之人以化甫與公甫並尊也。夫令寅仲有謀不用，有策不究，使其胸臆鬱結，徒託於詠懷之詩，而其末路得如化甫之召用，吾知寅仲不願之矣。然又令當世以寅仲爲能其官，寅仲仕無所不遂，遂安之人不一名寅仲。寅仲歸而無書史以實其腹，無著作以垂諸後，吾又知寅仲又不願之矣。然而寅仲顧尚仕也，夫安知其謀策之不用而末路之不究也。

筮仕盟心録序

商人作會而民始畔，周人作誓而民始疑，不對人而私盟諸心，可自信乎？曰：盟諸心不可信也，盟諸心而又以言諸人則可信也。盟諸心矣，言諸人矣，而又背之，則穿窬之盜也。

吾友池致夫初試爲大夫，得和陽焉，作《盟心録》以自誓，切切君父之爲重，惟恐其有負于朝廷而辱其先訓，致夫之用心可謂篤矣！致夫曰："吾以孝廉爲此官也，其途甚促而不延，世之人所不爲輕重者也。雖然，促也而延之，不以世人之所以待我者待其身，而以我自待其身，或者其有延候乎？即不延也，猶夫人也，天其或者延之後乎？吴印、況鍾，彼何人也，而能立名於世，吾雖孝廉出身，視吴與況，不逕庭哉？"

致夫爲諸生時即以學行名里中，講於聖賢之道，兼通西竺之旨，詩律既工，書繪並善。其先公奉常公起家遂昌令，遷銓部以去，遂昌人送之郡界上，牽掣官舟者累日，遂昌人因爲立曳舟亭於郡界。致夫既奉聖賢之道，受過庭之訓，故以作此盟心之言也。有諸己而後求諸人，無諸己而後非諸人，所藏乎身不恕而能喻諸人者，未之有也，《盟心録》之謂也；可對天知，可與人言，《盟心録》之謂也。

夫其以見賓承祭之心，而若爲家喻户曉之政，若是而和陽之人不興起者則非人也，夫如是而致夫前路不延則又非世也。然致夫已置延與促於度外，而一意惟恐其有媿於君父，此予所以服致夫之篤，而深知其可信也。老氏曰：“吾所大患爲吾有身，及吾無身，吾又何患？”夫惟無身則其患自去，致夫之置延促於度外者，老氏之所謂無身者也。

名宦彙紀序

布衣而欲不朽，當世之湮没名士君子有幾何人哉？夫此其中有耿耿者矣。夫是耿耿之懷，天彝之所以不滅，世教之所以長峙也。

吉水張公宗璉國初丞常州，盡瘁於民，與上官力争。上官詬辱過當，尋發憤以卒。常人悲思之，爲立廟於君山之陽。按祀以祠名也，猶人之也，其以廟名也，則神之也。是以唐張、許則有廟，宋岳公則有廟。廟所繇立，其血食也遠矣。張公爲常，其事則具於典故之載，詳於賢人君子之書，而君山之廟荒址微茫，茂草已鞠，公之神靈飛翔於雲霞島嶼之中，浮游於波濤渤澥之上，不屑如柳州柳子瑟瑟然弄奇現怪於羅池之間。常人久而忘，忘而廢，宜也。徐弘祖一布衣耳，慼然若其遠祖達，人必求與聯屬而後已，而其所爲張公新廟者，舍皆取諸其宫中，如是，則漢之兩王生所以拂拭張廷尉、龔渤海者，尚生而兼欲自著於耳目之間，其視弘祖猶若有所爲者，而弘祖之爲人，林回也已矣！愚公也已矣！

撫勦紀略序

海上中寇有歲矣，鄭芝龍本一窶人子，流入島夷，夷人女之，顧其返正之心無日忘也。一日挐舟亡歸，而亡命之徒蟻附來依，相與餬其口於海上，望内地而幾返焉。軍帥武人納其金、悖其約而彼不逞矣，顧旋弭心聽我，擁其人徒束手海門之下，然亦無所見其奇，而其黨與李芝奇者乘便而背之，從之者實繁有徒，芝龍追之於海澨，極之於粤中，與其弟芝虎力戰數合，用寡擊衆，俘斬其人幾以千計，而倉惶溺死與散遣寧家者又復亡論。不遇錯節盤根，不别利器，芝龍之謂乎！芝龍之弭心聽撫也，固其一念報國贖罪之誠，實我中丞、直指兩使者，寬其文網而解其煩冤，而又實我方伯五嶽蔡公室隙杜瑕，一以爲桑土，一以爲狼跋，凡有指畫措置，中丞、直指兩使者翕而受焉，而逖聽君子尚以爲此么麽耳，宜一大創之以伸國家威靈之氣，以示儆於將來。

夫牛雖瘠，僨於豚上，其畏不死，瘠牛僨豚不亦勞乎？虎之於人異類而媚養己者，順也，夫此其小小者也。王餘姚受田州之命，乃釋而移兵於大藤之峽，而上疑於人主；胡徽州開門以納王直，引其子入卧内，而下疑於人臣，夫猶其小者也。高新鄭使王蒲州餌俺答而封之，今垂六十年，邊陲晏然，而當時有葉歸善之駁疏；申王、二吴群起，鄭安肅以敉臨洮之敗，而當時有萬南昌之悁忿，夫此猶其小者也。高皇帝誅漢蹙吴，方國珍乍服乍叛，卒待以不死，爵而侯之，貳執服舍，帝王之道也。故君子之當大事也，如發蒙振落，然動刀甚微，砉然而批大郤、導大窾，予之爲我蔡公及此也。非徒美蔡公也，實示蔡公與中丞、直指兩使君綢繆經緯之勤勞於人人，以令反側子自安之意也！

保障篇序

鄭之火也，子産授兵登陴。火猶登陴，况寇實來，卑邾不備，臧文仲所以詠淵冰也。方寇之來也，雖在泉海中，顧去郡城尚百有餘里，太守王公晝夜警備，嚴鎖鑰，壯樓櫓，次雉堞，列栅隘，具火器，戒里正，百凡先事，無不周密。賊寇知公有備，竟不敢一跡城下，卒之受撫而歸順。方公之警而備也，士民見公有愀然愵然之色，焦然嘵然之慮，以爲公之念我民也。率其搜其觖副公憂勤之意而莫敢逃匿，以至窮陬極澨之民無不襁負奔走，求庇宇下，若曰："我不附，則公誰與守?"及其受撫而歸順也，窮陬極澨之民返曰："待我民如此其切且至也!"蓋兩漢之世如法雄、滕撫、馮緄、度尚之流，皆以一州刺史禦積歲繁徒之劇剽，而龔遂、張綱又以詣壘單車顯，公先後皆兼而有之。辱不及於四郊，神已轟於千里。如是，則景風之賞當甄，疏名之屏必首矣。公治泉寬毅明恕，嘉譽流聞，兹特以禦寇一節爲公録之，故名其編曰《保障》。

曹令君政録序

方城曹公爲政於銀同，政靡弗善也。同人業將公之教令風指備載而行之矣，而陳生子曾又續而著之，以大布于閩中，問序於余。余曰："凡公之政靡不善也。雖然，猶其小者也，有大於此者。"

今年春夏之間天旱，穀大涌貴，海則有賊匪茹入寇。同人警恐，請公下令守城門。公曰："小民晝則作勞，圖錙銖之利以贍其口，夜又使之乘障而登陴，民未見賊已自仆矣。且也，賊來則入豪有力之家，寧問小民哉？責守城者，豪有力自爲之可也。若縣中庫無千金之積，賊來，令一身耳，生死在天。"而同小民大受公賜。賊有投嫚書者，不問也，曰："此不怕死而來者，殺其一人，衆賊憤矣，毋動爲大卒捕賊，寧有真賊乎？則皆被虜人捉之以塞責而邀功。"公又不問，使鄉里人得自殺死賊，曰："是皆其熟識人，群而殺之，真賊必矣。"異時復有被虜人新募之卒捉之入見，公皆面問而遣之。以此同人大歡，賊今遁去矣！思昔猖獗之時，公不惶遽不輈張，既而晏然以寧。此何論一邑，即以制勝千里之外可也。

蓋士君子欲任天下事，必須識與力。雖有其識，苟無其力，不足任也；雖有其力，苟無其識，不足圖也。公兼而有之，將來文武之略、安攘之猷始基之矣。區區教令風指，豈足窺公一斑哉！陳生曰："美哉！同人所載公者渺乎小也，請以弁之首而先布之閩中。"

署甌條示序

徐明府來知建安，余既得其《政規》諸篇矣。兹復過建，則陶生光庠兄弟出公《署甌》諸牘相示。太平驛中無事，繙讀一遍。則凡民之以事至公前者，一爲判決，先陳其理，繼臚其情，終開其心而引之以道。雖以民之顓愿，不能即事以知公之意，觸類以偃公之風，而公猶諄諄而未已，公之愛民誠深矣！原公之心，使建、甌二縣之民體公之心，雖脣疲吻敝無所愛惜。故判牘，公之餘也，所以判牘則公愛民之心存焉。孔子曰:“聽訟,吾猶人也,必也使無訟乎?”夫既曰無訟,則安有一辭至于君子之前,而尚曰不得盡其辭,明是聽訟矣。所謂無訟者,蓋經明德君子一聽之後,則忿銷鬱解,無復後言,更不萌一鬭争嚚嚚之念,故謂之曰無訟。而曰大畏民志,則君子之明德有以先之,無私無欲,無黨無偏,民其有不畏者否耶?公治二縣,矢心盟神,出私財助公,豈特不取而已?又承家學之傳,飫聞大道,故所得如此。天下豈有無學問而能經濟者哉?因書以示陶氏兄弟,使轉似明府,其以爲然乎否也?

鏡山全集卷三十九

序

蔡忠惠公文集序

使君蔡伯達先生刻《蔡忠惠公集》於郡之雙瓮齋。蓋使君起家莆令，在忠惠之鄉，今來守郡，又爲忠惠過化之地，凡忠惠爲人爲政，使君師之久矣！是以慕尚表章有獨切焉。是刻也，校讐之役以命廣文先生張啓睿。役既就，復命問序於遠。遠曰："使君所序及王龜齡舊序與歐陽永叔所評，而公之文定矣。即復序寧加焉？"雖然，無以復使君之委，則序曰：

公《四賢一不肖》詩，契丹使購而張之幽州之館，文聞於外夷。生爲顯人，殁爲先哲。今其文章去之六百餘歲，與歐陽永叔並存天地間，豈不盛哉！公嚴重切至人也，任諫官、直史館，侃侃論天下事無忌諱，大率以進賢才、退不肖、伸國威、柄治法爲主。兩守泉、福二州，去舍直百餘里，而泉又爲公母家，惟以其用夬肅宰，化如秋霜烈日，以故能行之父母之邦，莫敢干撓。推而及於字書，皆體方畫勁，不作姿媚旖旎之態。故其發爲文章，簡潔深厚，詞載其道之所當生，而語畢於意之所欲出，如峻岱削嶽，無待陂陁迤邐之餘。觀其詩亦奥壯渾古，質勝其文。蓋予論公爲人如鄭子産，而其文如韓退之。或者猶謂公龍團一節爲歐陽永叔所致慨，若以爲公微瑕。《傳》不云乎：臣事君，猶子事父也。昧爽日入，慈以甘旨棗栗飴蜜以甘之，堇萱粉榆、免薨滫髓以滑之，脂膏以膏之，豈不孝子哉！况乎公之爲人爲文凡百森整，豈有供御品式不致精鑿，以悤尚方，屈建薦芰，必違乃道。仁宗絶愛公書，命公書《元舅隴西王碑》，公唯唯奉詔。及書《温成后父碑》，則辭曰："此待詔職也。"若謷然而慢其上。予謂合此二事可以觀公之爲臣焉，遂以質之廣文先生，請以復使君之委何如也。

何二先公遺稿序

何氏之先至今十世矣，自鼻祖計及今乳兒不滿三十人，雖無顯仕於朝，然所謂文學者不絶也。其始則自三世祖江山司訓公安開之，四世伯祖儋州同知公祜繼之。安公遺文僅墓志二篇，其一載諸家譜，其一則先府君得之前户部尚書蔡公克廉家譜中。祜公遺文詩二十首、墓志二、榜文一，則雜在公所手録殘稿，先府君别蒐而籍之者。意二公當時著述尚多，而竟若此，先府君蓋傷焉，手録再四。乃儋州公文佚於府君之手者三，江山公文佚於喬遠之手者三，是尚可不急圖哉？於是合而刻之，名曰《何二先公遺稿》。

喬遠惟國初之盛，士率坦心直道，故其發之文皆平易典則，無鈎深艱棘之態。何之二公雖隱下位，而已能出其文章以從世運之隆，去之二百餘年，使人讀之曉然，知其必爲温恭君子，即未必顯行侈播於人間，抑何之子孫善寶而藏之，亦知二公所以不殁於何者，非偶然之故也。萬曆癸巳八月壬寅，八世孫禮部郎中喬遠拜手序。

劉國用集序

士之所以爲士者，非徒避聲名高潔而已，蓋貴於用世。雖然，有以用無以知之士弗用也，有以知之無以用之士弗用也。嗚呼！待夫有以知有以用而始爲世用，孔、孟之道也。

括蒼劉世學國用，蓋文成公誠意伯之後人，徒步數千里辭母入國門，得以勳衛見録，而當事者紈袴畜之，往往詘折以苛禮。國用無所庸，不得其志，仕數月，免胄辭去，圖歸以養母。其母自括蒼聞之，使人止之曰："吾遣爾効功能於國家，亦以爾名世輔弼之後人也，而不得庸，毋歸見我，勉之哉！毋以我爲意。"國用竟止京師不敢歸，棲禪舍，誓三年齋，寫經以報母。予每叩國用，見其談國家事歷歷如指，未嘗不歎才而悲之也。推國用之志，即身形屠裂一瞑而萬世不視，而聲名著於景鐘，有以報國辭母，豈有悔也哉！顧世竟無知者！即有微知國用，直憐之爲涸轍之鮒魚，又非國用之所歡，國用其已矣。國用雖貧，寫經於禪舍，所以自律其身者不敢後古人，其果稱文成公之子孫也。予聞文成公未遇時讀書南田山中十年，高皇帝聞之，三聘而後起，其所贊畫平吴取漢混一天下者，决于始見之一言，若與耕野築岩之倫同能而類功，是以一時雷動雲興之臣皆出其下，故曰士有所不爲。方今南北脊脊言邊，主上翻然革故，有意《六月》之詩，安知世無真知國用者哉？

國用所著别有《劉子集》，是以悲其志而序之。

温公宣集序

户部員外郎温公宣君歿十餘年，其子珀彙其遺文若干篇刻而藏之，命予序。

夫士有圭璧束修而不偶於天、不究於年，則命也。以圭璧束修之不偶於天，則不圭璧束修以求偶乎哉？以不偶於天者之爲無益，則恣睢滑亂自快於同盡以爲猶然乎哉？造化之於人也，儻荒不可明原，而修身立命之道，習之聖賢而貴於爲士，士所以孜孜夙夜行善而不已也。君少以文學名諸生，人皆國器期之。固久困不第，及四十餘成進士而已，抱尫羸之疾仕户部五年，爲員外郎竟没，獨其志趣皦然可見也。君爲户部斤斤其職，錢穀計算毫髮無所濡染，榷場税務稍有脂膏在形迹，一切辭避恐汙。肥鄉張公、霸州王公皆中朝正直長者，先後爲大司農，愛君文章，引以自助，奏疏朝議及他所酬應皆倚辦君。

君爲文善於敷陳而甚剴暢，一時諸曹郎與君處，其絛達嬋利者嚴君方而不敢狎，齷齪卑孅者忌君高而不敢前，獨温恭敬慎之人望知爲君子而願交也。君於書翰奕棋以及蹴踘之戲，無不精巧絶倫，要以持儉不放，雖玩弄之間，風雅具存，矩矱不失，故同儕望而畏之。向非成名之晚又不以病困，則學問文章有不知其止者，而君亦以此自歎也。予得托壻君之兄，少與君同舉，其時亦嚴君而不敢自盡，及壯，仕於朝，見海内名德大雅皆知有君而悲君之不可復見。而君之子哀君之志，收其遺文十一而欲予序以傳。夫古之學士仁人固有傑然自立，不幸奪于天，竟得其同類推明光大之以名於後世，而予豈其人哉，豈其人哉！

先師莊公集序

國家之盛，其士大夫皆循習忠厚、推獎遜讓、恥言人過，及其後也，始廼誕而爲訐、肆而爲刺，而無有忠厚之風。夫訐與刺也，蓋古人用以修身自攻而非以應世也。其人訐與刺矣，而風未泯焉，無損於盛世。其風訐與刺矣，而人有存焉，尚足以尊忠厚而翼國運之隆。蓋東西二漢，西漢則麗於質矣，東漢則纖於辨矣，論治者率以西漢爲上。我國家士大夫循習忠厚、推獎遜讓、恥言人過者，宣、成、弘治之間是也。以迨於今，其可知已，然猶得一二士大夫以古人之意實踐而陰維之，是以猶不失先進之遺，而國家之盛終有賴焉。夫士大夫，國家之所涵育也，國家亦士大夫所翼贊也。

吾師中熙莊先生，少贍英穎，長獵詞華，方及壯年，起家中秘。一時館閣宣上達下之詞，四方垂金勒石之製，不得先生之文則鴻景寂歷，焜燿沮鑠。先生爲文，和墨伸紙，一筆數行，墨池不足膏其英，紙繭不足填其思，於當食篝燈修四方報問之章皆率爾成文，不勞草創。先生以壯歲起家爲輦轂詞臣，給于才而辨于作，彦流英輩意有孰可，乃不爲魁岸指摘以傲世人，折節詘禮士大夫間，見人一善若自己出，或聞有過，蓋覆周旋如其自計，惟恐失名而喪位，其他所先容而陰薦之者何限，其人不知，先生亦不使聞也。世人見先生博達宏闊，川湧岳停，皆擬以公輔之業，乃歿于中道。先生平日孝友肫切，事其封大人飲食起居，惟恐傷之；友育弟妹，悼往篤存，出于人情之表；事其諸父，嚴恭敬謹，莫敢方埒，集中多有可見者。繇其内行之修，故外與士大夫處和暢闓洽，繇其心之忠以恕，故其見之文者典朗而醇厚。先生没而言不可復見矣！先生之言不復見，而其人益不可多得矣！

同門楊君汝若以名御史按鹺淮東，求得先生遺文刻之以傳。喬遠以爲，文特先生一斑耳，故尚論先生之爲人有益於國家，當世不可無此人，則後世不可無此文矣！

傅廷瓚公集序

國家以經義取士，雖卿相繼起，而精經生之業以出身者數人而已。其褎然南宫之選首，子大夫以應明庭所治經義膾炙人口者，自國家以來亦僅得五人焉：吴郡王公濟之、毗陵唐公應德、海虞瞿公師道、吾武榮傅公廷瓚、今太倉相公王公元馭。是五先生者，皆以經術名，而嘉靖之間居四焉。蓋國家之運至于肅皇之代，文章彪炳焕爛極矣。要以五先生之作，吴郡正于質，毗陵澤於理，海虞淳於氣，太倉相公贍於才，而吾傅先生沉深醲麗、蒼然鬱然，尤陶鑄於六經而型範乎群儒。然吴郡四公皆致身卿相，有人倫之望，獨先生浮湛郎署間，繇禮部郎丞光禄轉爲吏部郎，遂廢不用當世。

公治經義老于孝廉者二十載，而其游世之年差及孝廉之半，故公經義至今爲後生洛誦之宗，而事功當世無聞焉。公所以不聞當世者，繇其淡然無競，訥焉而多内歛，其言貌聲光無足使世有可駭可喜之端，而斯世亦群然去之。公固不怨不尤，其邑之南有坂田山者，退而築室老焉，灌園種樹，與世相絶。凡離支、龍目、來禽、青李他諸美果，皆身植而手蒔之，接葉交枝，翳然匝甕繩者數畝。公既取其重葩累蘤以暢四時之觀，又藉其嘉實蕃子以代力食之入。世既去公，公亦果於去世，而竟以終其天年。夫文辭之業皆探玄鉤深，有出世之思然後得之，史稱千頭橘、千畝竹、千畝卮茜，其人皆有心計之畫，乃能埒户封。公所用於治經者精如彼，治生者纖如此，豈其漫無經世之術？士之無競内歛者，當就其無競内歛用之，置之廊廟，比於夏敦商彝，以爲代寶，乃器之言貌聲光之間，公不拙于用世，世何拙於用公，使一代名人終老林麓，可惜也！

公歿之四年，其子萬容等彙公遺文刻焉。大要公之文皆其久精于六經群儒之論，故見之諸體者隱然麗於聖賢之言而卓乎不詭於正。公無四公之建明，而其心術學問可伯仲之而無媿。夫麒麟凰鳳，山谷陬澤之中皆可以瑞世，豈必盡儀帝庭、群遊先王之苑囿也？故敘而歸之，以存吾鄉前哲之概，且見肅皇一代所得人文之盛，毋論仕於朝、宅於邦者，莫不皆有先正君子焉！

王遵巖公文選序

載道之謂文，本文之謂理，紀跡之謂事。依乎理者本之經，載其事者出於史。文無常則也，論文體焉，又祖所本始。今夫頌、贊、銘、述之類，其體多始於古而盛於漢，序、記、辨、説之類，其體則盛於宋而始於唐。古詩之體出漢魏，律詩之體盛於唐。爲古詩者不出漢魏則鄙之爲唐，爲律詩者不出唐則鄙之爲宋。詩之如此，文可知也。今所稱漢人之文，奏疏居多，非必人能爲之也。凡奏疏之文載在《漢書》，皆班孟堅之所删潤，而他諸傳誦至今不絶，則惟孟堅、子長《史記》、《漢書》二書而已。然《史記》之文或沿《戰國策》，《漢書》之文多采《史記》，迹其近者而非遠襲虞、夏、商、周之爲也。頌、贊、銘、述之類仿諸漢，序、記、辨、説之類仿諸唐，而出之以吾見解之所至、學問之所極，此亦不離本始而足以傳矣。

嘉靖間，晉江有王子道思者，與毗陵唐子應德並以文名一時。二子之文，其體皆沿宋歐、曾，而立意著論則常依傍於經學而時出以所極所見，此亦一家之作也。後二子者有濟南李子，遂以爲詬病，與吴郡王子共排訾之，然而四家之文卒並存天地間。今觀李子所爲文，不先秦、兩漢以前不出也，而其自爲言亦曰："日月經天，光景常鮮，夫吾亦一家之作，何必兩漢、先秦！先秦、兩漢業已用之，吾襲其後，何得鮮也？譬之字書，有篆隸、有八分。爲今世應酬之文，動必兩漢、先秦以前，是責楷書者不篆隸、八分書也，則子長、孟堅何不取諸虞、夏、商、周，乃列國世家？子長又何改易《左》、《國》之文，反出以己語也耶？"

武林俞公瞻白博學多才，爲政之暇獨求王子集，選刻之以示後進，貽予書曰："王公文品在濟南、吴郡以上。子，鄉先哲也，不可無一言。"予喜王子之文厄而復振，後世知有子雲乃在俞公，是以原其所以爲之序。

率真稿序

丈夫山傾岳移，震雷發而不畏，剖心折肝如平生。苟非其好，趙孟卿相不足爲我腐鼠。如此之人，其心事皆空空豁豁、磊磊落落，斷乎其不爲不義，則其於言也亦然。

桃源令皖侗袁公名所自著之文厥曰《率真》，曰："吾文章之才豈不如古人？而又不欲强如古人，恐相於古而失吾真。"故其所自著，觸衷感事有爲者居多，雖於古人乍合乍離，而神情之出于天者，時相上下而不讓。故觀公之文則知其爲人，以公之人其於爲文可宗也，則世之周旋於人世，令人人自以爲意得，廻環結撰蘄見其文采，紙勞墨故而未休者，克類至義，可比於穿窬，公其以予言爲然乎？

沈古林公遺草序

自王文成以良知之學首倡天下，天下翕然宗之。其以本體爲依歸，自然爲旨趣，故以省夫即物求物之煩。高明者喜其易入，遂以趨於簡徑超詣，自覺而自證，雖若免於支離之弊，而其契悟以静虚，直捷以意見，至謂尋常可以見天，則知識可以管經用，即欲準準繩繩、防撿於倫常實行之歸者鮮矣！夫食何爲也？求飽也。衣何爲也？求温也。學於聖人之道何爲也？求所以爲人也。不實求所以爲人，徒取撮略高妙居爲見解，則亦空空玄玄，又何足以與於所學之正？

宛陵沈古林先生自其爲諸生時，稟學於其鄉之貢受軒先生，既而得從歐陽南野、鄒東廓、王龍溪三先生而師之，其原皆本於文成先生。又從而博求天下之士。一時如羅念庵、錢緒山、羅近溪、耿楚侗與其鄉之梅宛谿、周都峰諸君子切磋砥礪，以共明夫斯道。先生雅篤本敦，實求無負所以爲人，稍有過差，至于嚙指自責而不敢侈然一蹴。夫聖人之域所謂俯焉日有孳孳，不知年歲之不足者也。

先生没既有年，其子修撰少林公大魁天下，有名於時，以歲之不修，不及行先生之文而傳之。先生長子蒲州肖林公有子有容來宦閩中，蒲州公乃命有容携入閩中刻之。讀先生之文，知其寬裕而慈愛，懇切而收斂，儒者氣象油然見於言外。喬遠自幼聞先生以御史按閩有聲，意其風采宣奕，不知完粹冲融一至於此！

有容刻既就，則述其尊公之意使喬遠序之。喬遠粗窺斯道之藩，何足明先生？抑居常論《中庸》一書，贊中和位育之大極、之無臭無聲、之天載，而其原以戒慎恐懼，人所不見爲宗。今世之士忽獨知而希位育，炫闇然而談天載，若爲無當於實踐。觀先生之文忽有契于予衷，故於先生中外敭歷之績不暇具論，而論先生之所以爲學，以識尚友焉！

沈修撰遺稿序

國朝以狀元大魁躋位鼎鉉著名公輔不可勝記，其不仕而稱者吾得四人焉，則羅彝正、舒國裳、羅達夫、楊用修四君子。之四君子者，立朝論争或有不同，類皆輕温飽之志，尚慷慨之節，而宣城沈公君典實與伯仲。其出處之跡頗類彝正，而其時其勢微有異者。彝正得昌言廣論於不諱之朝，身雖遭斥，竟無有逢、干之恐，以得遂章、雲之抗。公之所處則猛虎磨牙、毒蛇當道，胸度不足膏碪鑕而口業以爲斧鉞。故公之飄然而去，堅然而卧，即無彝正之遭，而青天白日之氣、烈霜震霆之象，均足皎然于人之耳目。公既以持論奪情，不合時相，雖不及露章顯諍，然相業聞忠告之言，惜乎其徒陷於邪佞之輩，不數年間，時相僅僅以要領没，而公已淪墜九原之下。世道人心之不幸，其可悲也！

公兄子有容來爲閩閫帥，出公遺集示予，蓋去公没之二十餘年。時公子有則已登薦書，而有容之兄有嚴方以德慶守奉諱家居。有則至泉，則述德慶君與閫帥君之意，使予爲公訂而刻之。予讀公之集，論學則懲良知末流之弊，而必躬行實踐爲宗；論政則鄙當日綜核之嚴，而以王道寬大爲本。蓋學問文章出於正義，非徒用一節自噭噭者。公夙承尊甫侍御公家學，既端以修，又故慕豪傑長者，傾財好客，説劍談邊，慨然有烈丈夫之風。其文采葳蕤，襟懷磊落，直欲置身古人之間，固未嘗拘攣咫尺步趨之誼。乃其心事較然，終不放焉措於非義之途不仁之事。蓋庸夫孺子皆知公之爲正人傑士，斷乎其必爲之也。天假公年，必有潛心默會以進於聖人之道，而當日公所以自待既高，天下之慕公者亦臂交踵接，竟不得以其間有所著述以垂於後。然則公壽不長，殆天靳之，至其心跡物論,已足見於後世矣!

予爲諸生上計時過吴越間,是時公方舍承明著作之庭,縱遊江以南。江以南人士慕誦公甚,而予缺于一見。乃今得讀公文於公之猶子,勃勃尚有生氣,其猶交公存也夫,其猶交公存也夫!

諸葛弼甫文集序

漢去古未遠,其詩若文皆得古人之意。唐以詩賦取士,士少而習於音調之業,則其文或不能工矣。其作文也,乃有不可讀者,漢人之爲文則無不可讀也。其有不可讀者,乃在于脉絡轉折之間,忽然易置,不可端倪,而唐人徒見不便於讀而已也。宋之文則無有不可讀者,患在於讀之太易而知之太盡也。宋人始以詩賦取士,終以經義,是宜其所造之止此。國朝沿宋經義,而其膠結於人之肺腑,其弊尤甚。士壯歲而取科第,則爲經義所困久矣!經義無取於古文,可以省博雅;無取於諧音,可以昧律韻。其去詩若文之道甚遠,則一離經義,何時可以通詩賦也?故非少年科第則不能以爲,又非一心爲之則不能以通。

予亡友弼甫君蓋壯歲而始雋於鄉,既則困公車者久之,既又阨塞於赤縣,淪落於朱邸。既没,其子昺出其遺稿乃多若是,則是弼甫氏自其治經之日已兼習之矣。晚游朱邸,淪落益甚,乃其著述益多。嗟夫!詩文一道也,可以徵學焉。吾觀世人之困經義者,日踽踽焉恨不得一脱屣,既得脱屣則思安坐逸居。其不得意功名之途者,又擯而棄之,不啻仇讐。弼甫未得意而兼之,不得意而樂之,蓋弼甫之於斯學未嘗離也。弼甫讀書之妙,凡古人奇文大篇能一一舉其詞,隻字無所遺失,予以是服之。予既爲弼甫傳,弼甫在時,嘗序其《兔園吟稿集》,今于其子昺之請也,又復爲之序。

詹司寇公文集序

孟子曰:“其爲氣也,至大至剛。以直養而無害,則塞乎天地之間。”盈天地間,日星之昭列,水土之流峙,蓋莫非一氣之所磅礴通貫。其於人也爲文章,其韶秀、高偉、鬯盛、奇奥不同，其所出之途而各類其爲人。

清溪詹公起亭繇御史以至列卿，其於生民之病無日不在懷，而於國家之事知無不言、言無不爲如其家政。其忠實孚於中而剛毅發乎外，是以著之文章誠切不浮而正大光明之氣流溢筆楮，若雲漢之有虹霓而山澤之有烟霧，自有不可得而掩者。公侃直骯髒，直道不回，世能知公而不能容公，是以大於用而不久。其家居之日，結屋於巢雲水榭之間，流覽百氏，含茹往古，雖至晚歲，未嘗一日捨書。至于玄經内典，莫不討究。乃其所出以應酬於世絶少，蓋公心所存不在於是。公歿，公子洪鼎裒而命遠序之，則多其晚歲之作，意者盛年撰著不以留篋中耶？然文也者，所以見其爲人也。如公爲人既以昭然耳目之表，則千百世而後得公一斑而知其剛大直養之氣有如一日，雖以公之文若而篇也，良已多矣！

趙特峰公文集序

喬遠先子無他嗜好，惟績學讀書，見多聞畜德之士，倒履顛裳若趨父兄而奉蓍蔡。晚年家居，則惟特峰先生深所注仰。嘗見先生一過先子，先子不能具尊羞肴，第命先慈治粉餈油酥，家僮傍立手捧薦。先子在世簡質，其以此薦先生比于袒割先饋矣！先子歿，則喬遠數過先生，私念先生先子所畏，又見里中一時靈光山斗無過先生，以故心儀而師之。先生一日語喬遠："作文之法非命詞之難，命意之難也！高在命意，妙在襲氣。司馬子長意高天下，識足副之，其所取裁于繁簡豐約之會，既有一定之識，而諸所論贊足以斷今古之邪正是非，推其本出，極其裔流，命意高深莫子長若也！唐、宋以來文章，最有法者則又無如歐陽公。彼其詞何必盡古人，襲其氣而已，譬如黍稷馨香，鬼神肸蠁，豈必真餔啜之耶？"喬遠嘗從先生借出《史記》，皆手自批評，而歐陽公之集則從首至尾丹筆點勘，無一遺漏。復時時爲喬遠述吾鄉王遵巖之遺論。蓋先生之文遠法司馬子長，近法歐陽公，而當吾世則漸遵巖而有得者。

喬遠從先生遊時方備鄉士之末，其時先生年七十餘矣，尚篝燈讀書，夜分乃寢。乃喬遠罪廢而歸，則先生且九十，論文如舊，無厭怠之意。喬遠於是歎先生得天之厚、好學之篤也！先生少而奇穎，日誦萬餘言，兼有幽憂之疾，精神無所傍洩，獨用之書。以《春秋》舉鄉闈高第，繼成進士，科舉之文褎然有聲，《春秋録疑》傳於海内，家而有之。仕歷校官、胄監、郎署，出守姚安，不敢一日苟其位。其覃精潛思沛然而爲文，若崇岱巨華，倚天隱日，黄河奔流於其下，涇渭濟淮，一聽其渾淪而蒼莽，而皆委於聖賢之淵源，咀諸宋儒之精華，於以儀刑先正、楷楷後學，豈不卓然而光大哉！先生與李濟南同時，嘗爲喬遠論濟南之文，深所不滿。濟南嘲毗陵、晉江，而今我晉江復誚濟南也。濟南以詞，先生以意以氣，宜兩不相下。今取《左傳》，《戰國策》，先秦、兩漢書以按濟南，濟南誠有其字句矣，若取《左傳》、《戰國策》、先秦、兩漢合之以聖賢之論，軌之以大方之作，先生未有不兼者也。

先生殁有年，喬遠政不得先生全集讀之，而曾孫元頌承其尊甫伯循、叔氏伯誠之命，爲先生剞劂，以序見屬。喬遠非名能文，而知先生之文與先生之爲人則不敢讓者。又喬遠一日問先生曰："先生孫子聯翩皇路矣，今諸孫中又孰賞心？"先生曰："元頌。"元頌爲先生剞劂是書，可以知元頌也！

楊文恪公文集序

文恪楊公自萬曆丙戌歲以及第第二人入官翰林，洊歷南北至禮部侍郎，天下方望公大用，而公溘然化矣！天子聞之，盡然震悼，予恤賜謚，具有終始。曾日月之幾何，而公之墓木且拱矣！公所爲文，公子刻而行之世矣，公真古人耶？公子既屬予校定公文，復使之序。

序曰：古名臣所以負天下之望者何哉？惟其上得人主之心，而下得士大夫之心而已。上得人主之心，而下不得士大夫之心，必其人逢也；下得士大夫之心，而上不得人主之心，必其人遂也。所謂上得人主之心者，直而婉之，切而懇之，主見其匡之心而不見其匡之跡，則其誠易孚，言入而道行矣！所謂得士大夫之心者，士大夫以爲當然，吾亦以爲當然，士大夫以爲不然，吾亦以爲不然，採之至公之論，而納之至虚之受，則其心易知，思集而益廣矣。

公之在禮部也，適大宗伯久缺之日，公以少宗伯攝行大宗伯事，凡有大建明、大舉措悉公主之。而又當天聽至高之日，士大夫紛淆異同之際，然公有言而上無不從，公有爲而士大夫無不是也，豈非公之誠素孚於人主，而其心易知于士大夫哉？公蒙上眷，在位之日連疏乞休，挽留益切，講讀東宫，而東宫遇之厚。先後典文衡，取士遍天下。士出公門，尊公如陸忠宣、歐修文忠。既歿之日，在朝之臣美公完節，頌公達生，而永終之譽不改於身後，公其可謂名臣也已。公之文典則疏通，密緻詳雅，不爲奥怪詭儻、傲人所不可知，詩詞優柔悦懌，而出之以鏗然之韻，其奏疏講章暢達和平，有關國體治道，蓋予所謂“直婉而切至”者。蓋公之爲人温秀廣博，潔白而坦夷，故言而如其心，讀其言而知其人也。令天假公年，則公所以係朝野之重當不可量，而據止於是，豈非斯世之不幸而吾黨所共悲痛者哉！

余老矣，弱冠從公遊，於道無聞而無益於世，徒以相從之久，知公之人與文，而公子委予序之，予亦安得以不文解也！

叢蘭集序

登卿林先生成進士於嘉靖之季，仕於隆慶、萬曆兩朝之間，陟歷中外，官不過二千石，然海内士大夫無不知有先生者。先生自通籍以後，躭極詩史，出入《騷》、《選》，上下有唐三百年之世，而士大夫知先生有詩矣。官暇則玩古帖、臨法書，遠香名畫，雜陳其前，其筆勢洞精，遒勁麗腴兼而有之，而士大夫知先生有書矣。

先生今年八十餘，其治詩與書猶其宦遊中外之日，暇則挈榼提枰，就二三老友奕酒相命，户外事不闗也。念其生平之所撰著出授諸子，付之排纘而命遠序之。遠惟吾泉自王道思先生稱作者海内，而先生撰述之富仿佛其後。喬遠方少也，視先生不啻麒麟鳳凰，從李子世禎求交於先生，於今年五十餘，亦既老矣，而得序先生之文，何其快哉！

既卒業，則揚筆而語曰：先生之詩似白樂天者也。其言質而顯、徑而達，不用刻畫搜索之勞，風態物色，悠然在目，托興寓思，温厚而深至。至其爲文亦類於詩，而先生以爲非其精意之所存。夫樂天之於文也亦然矣。樂天晚歲致政東都，優游文酒間，識分知足，極人生之樂，而先生亦似之。顧樂天聲伎樂童不免爲竹烟波月之累，而先生翛然叢蘭之館，寓目花樹，寄情魚鳥，有澹適之致。樂天老而乏胤，年六十有八已頽然病廢，而先生孫子滿前，于于熙熙，八十餘齡，健於足而充於腹，此則天授先生福澤之厚，而非樂天所能及者。黄鐘大吕不爲諧俗之音，而天下之至音出焉；玄酒太羹不爲極口之味，而天下之至味出焉。故夫質顯徑達不爲刻畫搜索之文，而天下之至文出焉；故夫坦夷悃幅（愊）不爲儇巧便習之態，而天下之至人出焉。觀夫至音至味，知先生之爲至文也；觀夫先生之文合乎先生之爲人，而知先生之爲至人也！然則先生所以模楷鄉邦、桀獲後進者，豈徒以其文哉？又豈徒以其年哉？蓋求者當自得之矣！

黔中草序

秦始皇造阿房之宫，下可坐萬人，上可建五丈旗，鐘鼓帷帳不移而具，以今觀於亨融《黔中草》，何其似之也！序記之文則序記矣，代士子射策論文則射策論文矣，書牘奏記則書牘奏記矣，詩古近體則古近體矣。材既無借於外，裁則各異其撰；事則雜資于古，用則適宜於今。賦才之兼菁華，猶昔好學之篤，晚暮未衰，予於亨融見之也。

亨融入山十有三年，而始得一黔中八使，爲夜郎羅施文學之長。當世既無能惜其用之嗇而受之小，則亦已矣，而洗垢吹毛從其後，此何論去古人愛才之世遠甚，即予觀嘉靖之朝如王稺欽、顧華玉、王道思、吴明卿諸子，猶許其邅廻棲遲於仕路之間，而今一見亨融出山，如粃之不容以着目，而肉之不容以填齒，何其急持之甚也！余京師時與六子者，少年意氣相誇詡，三載之間，在西南者三人焉，君學長滇轄，懋學長蜀臬，而亨融以八使者督學黔中。予頻頻從亨融得二子信，雖入山之深不減少年京師一時。而今亨融仍還山，君學隨其後矣。懋學雖長蜀臬乎，三十五年制科，何僅僅也。而其他則惟允化爲異物矣！文仲還山久矣,如穉孝則二十四年幕府不調矣! 古云:"天窮文章之士,其天爲之耶? 抑人與之會耶?"而余觀從古知名君子,足跡所至,山川增重。亨融雖在黔中,嗛嗛而已。黔中人物被其點綴,黔中風土被其寫輸,則天所以貺黔中者侈,而奉亨融者實厚。亨融何必久於黔,亨融又何必再求黔以外以自奉,而以滿其筆墨文字之所至也。

岳陽彙稿序

余舉進士時,則聞我惠邑望海劉公治蕭山爲兩浙縣令第一。第知公以賑饑平糴顯名,而未悉其百凡措處之方與條教經緯之詳。今歲公孫藻刻公平生之文,以序見屬。

予得而讀之,則見公以名御史按兩關、按左廣、按滇南,奏牘政令十之一,而所以治蕭者十之九。蓋公爲蕭人築海塘、創樓閘、立社倉、禁江渡、撫流移、乞蠲免,興湖湘之利,罷折差之役,行《月令》掩骼之政,申子罕入哭之哀,皆百世永賴之規,一念懇切之誠。公所自處廨舍老屋,支柱欲頹欲落,帷帳不備,蔬草是甘。惟其所以爲蕭人救焚拯溺,不啻其處分家事之纖,所以禁蕭人爲非而導之善者,不啻告誡家人父子之至,然後知公爲令所以名冠一時,非偶然之得也。當公按左廣時,主上方怒諸臣之不逮,遷謫嶺嶠者冠屨相望,公延而禮之,推而薦之。而所注心左廣之民在於行賑饑之政,修舉十郡之義倉,以預爲左廣之民備,蓋即治蕭之意。及再按滇南,舉學田以贍諸生,又以治蕭之民者推而惠之士。而其時則主上有礦税之役,閹璫横恣,公費力調停而璫惡日滋,州郡長吏爲之被逮,觀察使者被其窘奪。公其時焦心乾吻與之爲難,幸而天聽雖高,天網靡漏,滇人忿怒,積薪赭宫,而璫身不免。主上竟爲罷璫不再遣,則公之精誠所藉天之靈,以爲德於滇者大矣。公又與都御史陳公芟夷不賓之蠻,開設郡縣,於今順大入我版圖,功何偉也! 公履綦所涖,綽有勞烈,宜其九列三事,爲國幹楨,而竟循常調出參藩政。公復秉哲見幾,戒持知足,亦尋還山而返初服矣!

古人謂天下事惟宰相得爲之,惟諫官得言之。以予觀今之世,天下事惟縣令得爲之耳！公按關、按廣、按滇，其所得爲者必咨衆力之協，而所得言者無奈天聽之高，蓋通阻參半，惟夫得百里之地而君之精至神到。上之人既有從嚮之真，而下之人又有覆露之感，百念而百孚，百爲而百遂也，豈非士君子幼學壯行一大快哉！蕭之循令，自古不知其幾，惟吾閩諸先，宋有楊龜山焉，彼其圖像家祀，何施而得於民也。公邑先正在元有盧平陽者，爲祈晴之疏，有“願賜一日之霖，甘減十年之算”之語，余居常誦之。讀公《蕭山禱雨》之文：知縣有罪，其祟降疾殃于厥躬；百姓有咎，知縣請以身代罰。公之斯言又何謝也！公今壽祉疇離，子孫繁秀，得非斯言之祝歟？

凡公兹集之文，多有關世道，至按關、按廣、按滇之奏牘政令，皆經世文章，而所紀治蕭尤詳，故予亦不啻再三，亦以告之君子，知縣令之得有所爲，而當其任者之可以有所自見也！

濟美堂文集序

蔡子國鋌刻其尊甫心可公之集既成，問序于予。予曰：“韓子有言：‘《易》奇而法，《詩》正而葩。’”夫其奇與葩也，而不離法與正也。無法不得以名奇，無正不得以名葩。若夫尊公之文，予敢謂之正。夫言之所宣而心係之矣，心之所存而人係之矣，其心正而後其言正，其言正而其人正矣，故曰：“不知言，無以知人也。”

公承尊甫大司農可泉公，家學淵源所漸，粹然正義，立身行事，修飭而端莊。當其起家駕部，轉郎主爵，出而典試齊魯之邦，聲名方奕奕鵲起。令其時稍周旋俯仰，即可躡踵卿貳，而公乃持正而守之，執德居方，無少避狥，雖當震撼摇蕩之際，而確然有不可移奪者，譬如舟人操舟於大浪惡風之中，揚帆執舵把握在我。是以忌公嫉公者，雖欲中公阱公，而公之心事竟以皦著而昭明。《語》曰：“有德必有言。”信夫！公今杜門讀書，固不知有當世，乃當世未嘗一日不知公。推轂彈冠，日望公出而圖天下。公誠出而圖天下，持此正也以往，予於斯文見之。

説劍集序

集有行於世者，藏於家者。有行於世者莫得而選焉，藏於家者莫得而棄焉。

建州謝劍雲公以名進士兩爲縣令，召入爲御史，棘棘便便，人方望公之用，而公遂不竟於天。公所爲文，其子孝廉紹芳刻而行之。公遺文尚多，建中患水，篋笥散落，而公之文亦亡矣。今其刻者，僅僅耳，而寒暄之語、謁謝之章亦所具載，蓋所謂不得而棄者也。人子之於親也，歿而不能讀其書，而況心精之所抽、毫楮之所寄，又可孰留而孰捨之！廼余讀公奏疏六篇，修主德、扶善類、定國本、核邊功、振風紀，皆國家之大務，一時之公道。其上劘之語既寄之於温厚之中，即排擊彈劾亦不爲苛求刻核以傷雅道。巡察庫監多建便商之計，而其貽書當事止勿調選民兵以應東征之役，論販夷之不可罷以通漳泉人之生，皆揆度物理而切於人情。公之令南城也，捐俸賑饑，人人得生。而其令安化也，去而楚之人尸祝之。然則使公竟其所就，而其所以爲當世倚仗者，豈淺鮮哉！

予推紹芳之孝，以爲凡公有作，莫得而棄也。乃公奏疏六篇及巡視庫監之議、復閩中當事之書，即以行於世又莫得而選者也。有可以莫得而選者，則雖公之一班，卒亦莫得而棄也。

曾志甫集序

志甫獨坐一室，而有包絡宇宙之趣，諧世儕俗，而有尚友千古之思，孤唱無和，獨行寡儔，而志固已遠矣！予向讀志甫詩，翩翩有漢魏之致，已爲序而存之。志甫今歲過泉，又合所作序記述作之文使予合序。予讀志甫之文，翩翩如也。志甫好遊，其所爲遊山諸記獨多，莫不悉其跡象，盡其奇奥，千壁萬峰，一巖一壑，嵬嶷濆渺，徑曲顯邃，莫不會於濡泚之下。予因而歎志甫胸中之奇，乃合前所序志甫詩之意而總之曰：

文章之道莫不始于簡，盡于詳。詩如漢魏，簡之終也；文如班固，詳之始也。志甫所爲詩，其簡幾於漢魏，而其所爲文，其詳彷於班固，此志甫詩文之大都歟？乃志甫之年方韶而學方新，吾則有以進志甫。嶺南之士以觚翰名者先後不絶，而莫有過陳公甫者。其爲文也，非簡非詳，而其悠然宇宙今古之間，有觸斯呈，無入不得，斯又有所出於言語文字之外，而志甫獨無意乎？

吴楚游草序

文有情至，有意至，有詞至。情至者淋漓而周洽，意至者情深而含蓄，詞至之文適中規矩，方圓合度。方合滋於始搆，亦有斐於完篇。夫是者其藴心恬淡、布格齊匀，以筆勝者也。

黄孝翼之作，予得之五六年以前矣，且嘗爲詩贈予，予不能當而不能不心折之也。玆且有上京之行，出其《吴楚游草》命予序之。予讀之終卷，益詳孝翼所爲文，曰：其詞至者乎！昔王元美序吴明卿之集，謂文有極則，而明卿獨中于其則，予謂孝翼似之。

虎岫續集序

古之名爲將者，悦禮樂而敦詩書。詩書禮樂可以將乎？近時若孟諸之戚、吾里之俞，其亦可以爲將也已，乃其原本皆依於道德而麗於學問，然後知詩書禮樂之果可以將也！然古之悦而敦者，以其世禄之家鮮克繇之，意是以爲難。今文教翔洽，兔罝勃蔚，武舉一科，掇選登壇，率皆出於章縫之士，禮樂詩書固其素習，第悦與敦未審古人何如耳。

施子顯槃繇武科上第，領守閩海上。此特得一障而乘之，而其心繫於爲國，而事切于立功，無復債帥自點之習，武弁曲拳擎跽唯諾之態，既不爲世所知，卷而懷之，僻居山寺，潛心著述，莫不出入於七書而會通於經傳，其於敬與義尤反覆焉。予喜施子之爲書也。以之論學，既得夫本原，而以之論將，深合于聖門懼事成謀之旨也！夫悦也者，洽而嗜之，則其會之也深；敦也者，篤而厚之，則其體之也力。非徒言之，實能行之，蓋在施子夫，蓋在施子夫！

蒼霞續草序

高皇帝得國之正軼於湯、武，故不惟以武功首天下，而於文章一事亦欲使天下士大夫光明正大、疎暢洞達，無鈎棘槎牙之氣。而其時宋金華出而應之，其材雖富，其用雖巨，斂而歸於温厚而爾雅。楊廬陵歷事四朝，文章醇潔若不能勝其質，而終無緣飾之態；岳漷縣類博之篇邃於學而明於理，□□□□□□以學勝，而不知其長於詩；劉永新博雅藴藉，有先儒之風；李長沙開肆和平，雖紛拏叢委之中搦毫抽管不廢時刻，與士大夫更唱迭酬如居山林閒静之域；張永嘉奏疏明健特達，或若以意奪理而實能發其理之所以然；徐華亭疏通紆徐，不詭作者；趙内江屑然而玄論。今上久道化成，端揆諸公若王太倉，鋒穎鋭厲，變化而高華，下筆敷對，倏忽以數千百語，而卒歸於剴切而委蛇，斯實一代之傑然者也！夫是皆館閣諸公佐綸扉而居台輔者也，自此而外則有王餘姚，氣象開明而詞藻沛發，彼其爲一代豪傑有不偶然者。而其餘諸公名爲雄長一世，則皆刻意而思，鏤詞而出，其才力氣勢若有餘於館閣諸公，而不能有其和厚醖藉，有欲學館閣諸公之和厚醖藉，則又薾然而無色，斯亦我朝文章之概也。

維我進卿先生無文而無所不文，其明白暢快足恢人之耳目，其典刑規矩足範我之馳驅。意加婉焉不失其正，詞加蔚焉不掩其質。蓋遠曩歲讀先生所爲《蒼霞草》而大有當於心，謂先生之文真可起八代之衰，而非徒以今日之位望爲此諛言。而先生近示《蒼霞續集》，則若古柏高松，稀枝直幹，而鬱蒼之氣掩映霞區，蓋益簡易平淡而益不可及矣！先生向歲過泉，遠以此頌先生，而先生挹然若不足者，曰："令我軋茁爲之，我實不能，非斥不屑也！"先生居恒自言爲人平平耳。夫使先生以平自歉，則何以《大學》、《中庸》以平天下爲極也？先生當揆輔主則平其政，處於士大夫則平其心志、平其議論，而復爲此平文，遠徒見夫先生之文之無以加也。《中庸》之贊仲尼也，曰"憲章文武"，夫高皇帝我朝之文武也，先生之文推明其意，此先生之所以無以加也。

丁布衣集序

丁布衣索序屢矣，未有以應也。布衣口對人曰：我狂！我狂！友人郭聘卿在坐，曰："狂，美德也！孟氏何以動曰堯舜、堯舜，孔子、文王名位懸甚，而曰'文王既没，文不在兹乎'？孔、孟非狂，必不能成孔、孟也。"予因憶唐叔賢述鄭申甫訓"發憤忘食"之旨。申甫欲以"士氣憤盈"訓"憤"字,謂其中自有勃勃而不容已者。余謂此義也,如春笋穿地,踴起奮出;如麯蘗和水,響發騰沸。叔賢大以予言爲然。聘卿論狂,何以異此布衣貧士也!

予嘗至其家,頹壁巖牆,妻織其下,長儿可七尺,蓋闤闠列肆之物。布衣憑而哦書、著書,見前言往行慶快中心,高步朗讀,自身寒饑而爲一世憂衣食,時時抗言當道,欲赴闕上書,如其鄉之陳布衣也。予館布衣,布衣日一食,或再食,食不過一器,曰"毋重累夫子貧",而心次悠然無一塵累。予觀布衣,狂人也!樂人也!雖然,予有以進布衣,孟氏之美顔子也曰:"雖閉户可也。"予願布衣毋抗言當道,毋詣闕上書。持其狂也、樂也以竟此生,雖希聖希天可也。

寥一生集序

潭上朱願良叩予門,持《寥一生集》示予,求予爲序,語予曰:"吾令先兄門下士,而朱文公十三世孫也。使氣負奇,厭鄙里中兒,好爲文章詩賦,出一語輒沾沾喜驚人,客至,鬻衣與飲,有所感觸輒叱咤不平,有勢者半言齟齬,望望然去之,此吾平生也。《寥一生集》,此吾沾沾喜驚人者也。"坐定,揭所謂《鳳笙賦》讀之。予方欲觀其翊吉光之羽,擬歸昌之聲,敘女媧之遥妃,稱子喬於緱山。廻循諷誦,則"冬月閑居,紙窗吸朔,宛然鳳笙,以適寂寞",所謂咿咿嚶嚶、琮琮琤琤,幻巢和之餘響,呈匏巴之妙曲,假好畤之一竅,呈至樂之玉振。予不覺掀髯展袂、驚瞿粲笑。夫爲文之道如用兵然,多而示之寡,寡而疑之多,正而詭之奇,奇而出之正,動静無倪,縱横互生,而後可以敵萬人,願良之文無乃象之歟!凡願良之文卓然而理義立,噫然而感慨生,幻焉而靈變出,森然而隊仗列,稟材宏雅而造詞芳潤。而嘗一臠盡大鼎,則舉《鳳笙》而餘可知。然則願良何慊沾沾自喜者,即人人讀之皆以爲得意也。願良與予居數日輒若數十年交,臨别低回不能去。予又自喜不見厭鄙於願良,令其望望然齟齬於片言之間焉!

史筍江公文集序

正德丁丑之歲,吾郡舉進士五人焉,而四人爲名德長者,則如惠安净峰張公岳,同安次崖林公希元,而吾晉江則紫峰陳公琛,筍江史公于光。四公者皆潛心學問,踐宋儒之軌。而其究也,則張公以事功顯;林公立朝有昌言直諫之聲,末路亦有志事功,而竟躓不振;陳公則棄官長隱以爲高;筍江公讀書中秘,改官給事告歸,再起,不永於年,而以清節著於世。凡四公之文章,張公以氣,林公以質,陳公以勁,史公以簡。張、陳二公之文皆久行於世,獨林公子孫稍落而史公尤甚。

萬曆壬子,同安令李公春開方刻林公之文,而史公之文竟莫知者。天啓辛酉,净峰公孫璽卿公迎與其侄子琮及吾友黄君文炤始求而得,合貲並行之。公所著有《易正四解》,在給舍有《争大禮疏》,卒而無以爲家。人但知公道學人也,直氣清節人也,乃遠讀公之文不惟鑿鑿簡嚴、無浮蔓之習,而中亦具有奇語可膾炙。如以淹通論仕進,譬之争宿暮鳥或不得栖,而倚阜修篁每得於静夜孤飛之羽;争蔭夏魚或不得依,而浮涯幽藻多偏於獨游後至之鱗。又論仕有三壓:曰勢,曰利,曰衆。勢壓則卑,利壓則昏,衆壓則憒。又謂世不好古,笑學古者,而又指其小疵不似古者而訕之,間有古心而亟稱之者,則群謂傳僞。贈人之深於《易》,而求蔡文莊之《易》者,譬蜀人之食蒜,皆可謂旨于言而雋於喻。而至于擬作之詩,又如張天樂洞庭之野,備儻荒之氣,公又豈僅僅步趨宋儒爲簡易率爾之作者哉?

凡公之爲人,吾邑李公文節尤所深慕,爲公特立小傳,敘其仰天誓饋一節。而予又於亡友易教諭得公二事焉:公殁蓋在嘉靖丙戌之歲,是春入闈校士,彼時一榜進士皆以一金贄於入闈主司,公臨没,請净峰公悉返之;公在告道逢一賣油者,其表兄也,下手並行,表兄擔油,公且行且與語,臨岐乃别。二事雖小,足以見前輩之風!

薛西原公全書序

儒者之學動闢佛老,西原薛先生曰:“天下之理本同末異,二氏之家並本無私,苟無私心,異安從出?”儒者之門各著宗旨,西原薛先生曰:“未發之中一言盡之矣！夫學者於聖人之道苟非實有所見，必不敢獨創爲論，不避訾詆。苟非深有所得，必不能獨探大原，推本性初。”西原先生以仲尼、佛老並列爲聖，實有所見也，推本性初，獨探其原也！

先生少壯登朝，筮仕西曹，則諫武廟南巡，既調右曹，則諍世廟大禮，坐下獄。既復官，竟爲張、桂諸公所不懌，屢薦不起，而竟終焉。自其少年游意文詞之業，枕藉《騷》、《選》，步趨顔、謝，既而棄之而修養生，既又棄之而究佛老，既又棄之而大窺聖賢之道。其學之博及于醫卜，禄命金丹之術，無所不講，其論之精則有《約言》、《老子解》、《五經雜説》諸書。蓋其學繇博以入約，從文而修行，人但見先生早歲之詩有名於時，稱爲國朝才子，而不知先生於道也深矣！先生之言曰：“賢者處屯否之世，苟時勢有可亨之理，則雖險難可以動而有爲，不則，雖在平世，惟有止而已。”此尤見先生出處之正而有合于潛龍勿用之説也。先生之學，師儀封王子衡先生，友洹上崔子鍾先生，然于子鍾頗有論難，而于子衡亦時規正，又可以見直諒之益。而所與游文章之士則何仲默、鄭繼之諸公，皆一時之傑然者也。

先生之書舊各自爲一部，先生世孫大年公來知吾縣，乃出示予，訂正合而刻之，使人知先生之全。念余景作先生有年，而區區所學繇文詞而進於道，亦頗臭味於先生，因大年公見命，遂爲先生論敘如此。

存真集序

《繫辭》，夫子之文也；“匪兕匪虎，彼婦之口”，夫子之詩也；《春秋》，夫子之記事也；“以禮以忠，興邦喪邦”，夫子之奏疏也；沐浴而朝，夫子之彈章也；夫子何爲，夫子之竿牘也；一匡如仁，君子道四，夫子之志傳行狀也；誰毁誰譽，所否天厭，夫子之真也。真故簡，簡故實，確乎其不以文辭而足信天下，傳後世，下學上達，知我其天，其藏真於不可知之地也久矣，故曰：“文不在兹乎！”

爾瞻鄒先生游意洙泗之學，明辨慎思，自束髮以至白首，斷斷乎不爲雕蟲無益之技，而不能卻宇内賢人君子、孝子慈孫之請求。然得其與於先生之言，必人有當于其言，而言不離乎其道，溣洽之爲詩篇，懇切之爲章疏，莫不皆然。蓋枝葉在行，鞶帨不繡，可以扶世，可以翊學，非徒其文之謂也。

予自弱冠知先生，而不敢率爾自通，林居老大，得自通矣，又以未見先生爲恨。今年吾兩人者蒙恩赴召，相聚京邸，歡如蘧瑗、程本，得即夫子之容光也。先生出《存真集》命予序之，予與先生同願學夫子之道，斷乎以不欺本心爲主者，得先生之委，遂欣然而爲之序。

正學堂集序

聖人一生精神意念無不在于學問者也。其論學之勤，至半途之不能廢；即中道廢矣，而猶忘身之老，行之益力也。而論學之徵，必至于不愠無悔，乃爲盛德之極，聖人之地。夫以聖人如此之學尚繫心於知不知，其猶有羶念乎？聖人論學境也而必驗之貧富，論學力也而必驗之知不知，蓋皆即常情之所必至，剪其初根而振其末力，而後方可言學之全也。

豐城匡嶽徐先生自其壯歲登朝，則已從游李孟誠先生之門，講止修之旨，迨其垂老，守之弗懈而爲之彌堅。先生之文見於語録答問之間，靡匪粹然出於正，至其他酬世之作、竿牘之篇，亦殊無一語離學以外，予是以服先生學之正而信之篤也。以先生平生沉酣斯道之中，其人品心事既已高明卓絶，而及其施之政事、用之經綸，則精神穿貫，條理畢陳。予意先生當大用當世，裨補國家，乃僅僅以臬使懸車，而先生絶無中餒外覬之意，此真有得於聖門不愠不悔之實，而世人不知而不用者，益見先生弢晦之深、静定之極也。《書》不云乎："念兹在兹，釋兹在兹，名言兹在兹，允出兹在兹。"蓋虞廷精一之學，惟其念、釋、言、出之常存，所以開洙泗之脉而闢中天之運，有不偶然者矣！

先生昔爲東省，遠幸從寮，末既又藩臬我閩，遠久在林居，事公仰公尤深。先生比寄其所爲《正學堂稿》索序于予，予所心醉而誠服。惟是先生念念在學，至老不衰，至不知不用則付之世道而已。先生今年八十矣，武公睿聖，豈異緊人？予敢以百里半九十爲先生疑哉？遂序而歸之。

羅近溪公集序

羅近溪先生講萬物一體之學以發明聖門求仁之義，惟欲使此心暢達和平而推之，一世盎然，盡在春温太和之中，則鄙吝不生，户闥洞明，以成大公無我之象，而引之共立共達之域。此不惟深契聖門求仁之旨，且於佛家之大乘普載、一物不遺，老氏之和光同塵、百谷善下，皆會爲一趣，歸我同途。其於斯道可謂融貫而周浹矣！余惟本朝之學，陳白沙主静則收攝自身，王陽明良知則急醒迷人，而先生又欲人人皆聖、人人皆善，蓋皆同條共貫、覺世師人。顧陳、王二家之學已尊於世，而先生猶未有推明而大之者。其私淑而服膺者，吾見惟東粤楊復所先生一人而已。先生守寧國，能使一郡諍訟皆銷，簿書都絶。去郡之日，黄童白叟捧酒獻茶，學人書徒乞言求書，凡二十里間，行至三日乃得離去，此可見人心之猶三代，而儒效之章明較著者也。

寧國一時鄉先生從事聖人之道者則有貢受軒、沈古林二先生，先生悉與交契。兹古林先生之孫某輩合諸士得先生之集而刻之，殆將以推明而大先生，又爲本郡留賢太守之名於無窮，抑沈氏諸孫亦念其先祖之得與斯人交契，可因祖父以見先生，又因先生以見祖父也。

楊相國文集序

管仲得君如彼其專也，行乎國政如彼其久也，功烈如彼其卑也。管子信天下才，藉令齊桓用管子數月而已，則高山牧馬、輕重九府之令尚未及下流水，又安能成一匡九合之勳也者？管仲，曾西不爲，而況不爲管仲者乎？古之用人也，君爲政；今之用人也，人爲政。高宗用傅説也，云“帝賚之也”。彼一操畚握鋤版築之人，豈有地望氣勢哉？高宗用之不疑，而有商在廷，無一人敢沮其非者，曰：“天薦人於天子也！”今夫金甌卜相，是非古帝王之盛事哉？主上卜而得楊公，是非天薦之者哉？而不得久於其位者，何也？衆人不知，則爲一身。身在於公，則重在國家；身在於私，則重在其身。吾未見夫去就不潔、進退不尊能立朝廷之上，輔天子論道經邦者也。

楊公爲相五閱月耳，而得請以還，潔身之義、進退難易之關，雖主上亦不得而留之也。天下有事，則慷慨劻勷之人，不可一日不秉鈞軸以成安攘之計、綏懷之略。天下無事，則急流勇退之人，不可一日不振於朝端，爲士風維廉恥、飭稜隅。然則楊公之爲相，以五閱月歸者，楊公之大有補於世道而大有資於學問也。天下事有出於己者可得爲之也，事出於衆而一口一手能争之乎？楊公之去相位也，以曩日衆手衆口之爲，而併於楊公之一手一口也。《中庸》之論君子也，德性尊矣，問學道矣，其中所爲廣大、精微、高明，《中庸》何所不置其功？而要之曰，既明且哲，以保其身而已。哲則出於一心之明，悟明則通於天下之情。故明哲相兼，君子於此，蓋已燿然天日照而雲霞舉矣。而要之，僅得於默足容、言足興而已。其容也，其興也，關乎世道者也；其默也，其言也，足乎一身者也。故曰“聖人之行不同也，歸潔共身而已矣”。公之在位也，上嘗三召對矣，最後論邊事有“破情面，振法紀，無事偷安，有事倉皇”之語，上喜動顔色。公每承票擬，未嘗不思爲國家培元氣、用正人，以求不虛平章之義，其奈世之不能容公何？余故曰：潔身之義，大有補於世道而大有資於學問也！公居位既不久，而壽又僅中身，毋論事業之不大行，而公之學問文章亦尚有未究者。

公既没，公子孝廉旬瑛出公集，命予序之。予讀公之文，朗乎明以清也，遒乎俊以亮也，蓋有道君子其言自别，固不待論世而後見。予獨舉公一事：予兒雲辱公同年之末，顧久困公車間，公每通刺稱年家子甚恭。予於此見公不以名位加人之素，則今日孝廉君之以公集序見委也，雖不能爲序也，亦有不能不爲序者也。

愛鼎堂全集序

大司馬傅公星垣自其以名進士讀書中秘，則有《木天稿》，自其以名御史出按畿輔則有《恒南稿》，自其以茶馬按秦、蜀間則有《西征稿》，自其以大理奉常晉大中丞節鉞虔州則有《南游稿》，自其以南樞貳晉大司馬則有《南都稿》，方子文煒總而彙之曰《愛鼎堂全集》，而問序于序。序曰：

予讀傅公之文，如千仞之臺，上應星宿，建於四虚之塗，地震山摇不動也；如風狂雨驟，簸蕩域中，江海爲立，頃之，天清日霽，静寧如故也；如千乘萬騎聚於平沙絶漠之中，而部曲不亂，行次不失也。是其下筆之時咄嗟立辦，變態互呈，即公自亦莫測其所以然者，蓋神來、氣來、情來、境來并合齊生，模象備極，公真古之所謂博大真人者耶！公奉天子命，輶軒所至，地北天南，古跡靈勝，靡不踐涉，似太史公；其於讀書未有知而不求得而不觀，似韓吏部；酷嗜古人之蹟，洗剥發瘞，披金剔石，行之人世爲《集古録》，似歐陽内翰；其爲文也，萬斛之泉隨地而湧，似蘇學士。謂公博大真人，亶其然哉！而要其所以神來、氣來、情來、境來，一本之學問，天下無俗功名、濁文章所從來矣。且公不特泛覽博綜而已，其於天官之書、地理之脉、仙佛之秘以及筆墨紙札、彝鼎之器、神怪之徵，莫不探其精微，析其指歸。是以滙而爲材，聚而爲識，見之也至精，而出之也無涯。其治官涉世，臨材利不有其私，當禍害不顧其身，寧萬姓則以恬熙爲勝算，蒞群囂則以鎮静爲大力，其所以爲國家培植命脉、扶助元氣，銷釋乖戾棼糾，歸之四砥六通，而不見其動静。予讀公《感興》、《雜述》諸詩，《論情趣》、《答客問》、《述拙》諸文，雖不足盡公，而公性命之緒於此窺見其一班矣。夫鼎之爲言大也，鼎之爲言新也，既大且新，盛德大業其至矣乎？予老矣，行返初服於田間，將拭目公道德名位於無窮也。

蔡清憲公文集序

諸葛孔明《出師》二表，蘇長公直謂其與《伊訓》、《説命》相表裹。夫二表之文亦經略之語，而謂其可以表裹伊、傅者何也？孔明之言曰："鞠躬盡瘁，死而後已，若夫成敗利鈍，則非臣之明所能逆睹。"蓋其所以表裹伊、傅固在於是。

同安清憲蔡公敬夫，少年掇科第如取諸寄，其顓精古文辭之業，可謂海涵而地負，而公所以爲公不在於是。公以郎官歘歷外服，無心不在於國與民，而身家之念不一毫芥胸中，即饑窮以死，誓捐不顧。在辰沅時，黔寇出劫掠，公第勸當事者撫之，而公謀不用。遼東虜變，公在易州，嗔目焦齒，恨不得揮戈手刃與一決鬬，而公又不用。及黔中安酋爲亂，攻城掠衆，殺一都御史，死一進士，而朝廷方用公爲少司馬，開閫蒞之。公出兵一大創酋，日夜治軍書、調兵食，精神耗廢，鄰於死者，尚事事理會，不少休輟，坐是卒軍中。公所爲身，真有孔明食少事繁之意。賊嚮平矣，而公即世，"出師未捷身先死，長使英雄淚滿襟"，公真足當之。公死不能爲歛，諸公束其骨。其貧苦無年則亦已矣，而血嗣遂絶，公僅一弟，亦絶血嗣，其先人令尹公遂以忽諸，天所以處賢豪、君子何如也？

予忝令尹公友，公惓惓父執不置，而公之李漢裒公文而刻之。予謂公文章儘足垂世，而要非其品格之所存，故略而弗論。此時朝家身後卹典甚靳，公肉未寒而朝紳歎其忠篤，當宁侈之易名，庶足酬公定國勤事之勳。至成敗利鈍，明難逆睹，公直付之而已矣！

全文自序

百工技藝莫不有師，雖然，爲弟子而信其師，難矣。故夫工之有巧拙，繫其人之信與不信也。紀生禄受業予門有年矣，余見其時藝之外，間作詩詞、古文，洒然異之。一日出余《全文》，則裝潢甚整，雖手若未觸而胸已目熟。予乃知生信余之深也。夫古之爲文者，未有不依於道者也，生能信余之文，其必信余之道矣。夫苟能信余之道，則余雖非聖賢之言，從余文以求至聖賢之道，又何難者！

鏡山全集卷四十

序

杜詩七言律序

嘉靖初年，晉邑有趙虚舟名本學者，趙宋之後也。布衣大隱，究極古文，讀《易》、《書》得聖人之指，蓋深浩淵博之儒。而吾邑此時政當拘牽佔僤、株守宋儒以求科第之日，初不識虚舟爲何如人，而虚舟亦不屑與世人一吐其胸中，而久之虚舟名亦殁矣。

余爲鄉舉時讀《俞都護集》，見其談兵説劍，時時推本於吾師虚舟老，第心識之。已宦京師，見當道已爲刻其《韜鈐》諸書，而歎曰："世亦知有此人耶？"比者，吾友黄懋弢得虚舟所爲《註杜聲律》，出而示予。懋弢既好其註，益論考虚舟平生，而始大驚以服，以爲何得斯人泯然吾世，吾黨當相與表章之。嗚呼！俞都護公秉心忠孝，深謀遠略，有底盪江南之勳，而心常在於朝廷。身殁之後，東粤、吾閩且憎有口，又從何而識其師哉？誰能不波耳目窄狹、議論苛刻，乃至於是。

凡虚舟所註杜詩，蓋依杜公《年譜》，按其出處，考究既精，闡發復確，深歎其壞於劉須溪之詳，再壞於虞伯玉之註，以爲杜公厄亡之一會。予近見敖陶孫評謂："工部如周公制作，後世無能擬議。"今觀虚舟所註，當與敖公千載之下並名杜門知己已。蘇弘家又言其官鄴下時，趙府有趙虚舟名，又言其能曉大還之術。予不及詳扣於趙之子孫，不知彼時曾游王門與否？然政不必問其子孫，令世自知有虚舟可也。

冶城詩序

自予治軍司空，閒無事，潘庚生則挾詩數過余。庚生曰："吾黨幸以是業附於當代之契，烏能曠焉不痛談得失向背之端於千古之下？吾將及子有論著。”生之言曰：“凡詩之道，非謂摹古人而象之之謂也，又非謂離古人而去之之謂也。凡結撰之體千百年不變，而造物之精華、景象用之日新而不可窮。夫以日新之至變合不變之體於古人而不越畔，吾之守此有日矣。”余所以益生，則謂古之作者非徒取合於古而已，皆有以明其意，使千載之下，如見其爲人。

居亡何，庚生將試南都，且別去，則出所爲舊游南都詩示余，命予序，且嗛然若不足者。夫生也，取骨於漢魏，其旨遠；取態於宋齊，其詞艷。變出於心矣，體合於古矣。抑予聞之善守、善化、善聽、善廣，生誠守其言無易，而以吾説兼焉，不化且廣者，未之聞也。

黍谷詩草序

夫詩之道，儲庤貴廣，裁決貴精，陶鑄貴獨。予與庚生遊，不啻詳之矣。庚生諸古體蓋取材於建安、黄初，慮其不暢，則陰藻之以開元、大曆；諸近體蓋取格於開元、大曆，慮其不遠，則陰引之於建安、黄初，竟生之至其必傳於後也。當今海内，士能寸管者皆遊京師自廣，故騷人選客菀薈於燕，自庚生至，輒折伏其儔。夫燕幽朔重陰，於今在日月之際，卉木甲折（拆），茹荑涌出，荄萖勾明，一耀于陽春。生雖有巧律，無所用其吹，然使生生戰國之季，見禮燕昭之宫，持生之詩長吟谷中，不知於鄒子何如耳？夫和歌而祥飈，至商絃而林木震，吹簫鳳來，援琴鶴舞，物有相感，精有必喻，吾固不知生於鄒子何如也！

卓光禄北游詩序

光禄卓澂父以詩名越中，壯歲擬《初學記》、《白孔六帖》，作《卓氏藻林》，轉轂藝苑，比之泉布。見王元美仿江淹爲雜體詩七十一章，欣然効之，日夕成篇。蓋欲上追先輩、下躡時選，而與之較絜，畢極情態以自發其所嗜。澂父之於詩，可謂至篤好矣！澂父之交，上自嘉、隆之間世所稱大方鉅匠，其身所及見者；下自酒人狗徒能單體小品以上，其耳所及聞者，莫不尋聲望景，投意委慮而與之游從。日益薈當世之采藻，合於古人之菁華，以自廣其才趣，是以其時騰踔乎都市，吟諷乎江湖，懸購乎羽人開士之官，於是操觚之流即澂父所未聞者，莫不願交澂父，而澂父又得之矣。夫爲之不已，而尤吸呷攟掇以自取盈。其既也，則人未必能自擅，而己已收其專全，此自孤方小技之家求極一藝，以至大人君子欲長德而增聖者，莫不皆然。予見澂父之嗜益不衰，其詩當益遒以老也。

予習詞最淺，交澂父最後，澂父朝交予而夕責予言以序其詩。蓋予之所以得交澂父者，即如此矣。夫澂父之詩，今則固已遒且老也，豈待余言爲之贊哉？故論其所繇名於詩者，出於篤好而多求也。澂父有詩千餘首已先行，兹復數百首則得諸内饔之署，故謂之“卓光禄詩”，而次其目曰《北游》。

奉使篇序

文詞之難，莫難乎所在而得其情。山林之詞宜幽，行役之詞宜感，邊關之詞宜壯，廊廟之詞宜麗。歲在癸巳，天子以西夏之功奏郊廟、頒天下、宣示九邊。何仁仲用東宫僚屬與奉詔，故其詞麗以莊；仁仲所宣邊在薊、遼二鎮，鎧甲士馬，肘腋神皋，天下要害處也，故其詞壯以遒；繇二鎮歸楚返其家，循魏徑鄴，涉淇浮漳，入於雲夢，耳目之所經見，故其詞感以悉；家本安陸公子，葳蕤藻翰，好丘壑之致，行則軺輪不廢於觀，止則衡泌得偃於遊，故其詞幽以冲。

嗚呼！仁仲兹行，其所得諸詩與其行記，何諧情而協於理也！當仁仲奉詔東北行時，受事太宗伯，過余署中，其時玄冥陵陰，雪霜在天，予與仁仲對爐炭，數大釂，色不能赭，予慊慊不能出國門送別。哱劉之亂，幾及一載，天子賜劍繫帥卒憑赫斯，晨御皇極門，輦上午門樓，見群臣受賀，獻俘耀武，面縛賊付西市碪斧鑕，功在夏甘周徐間。臣爲郎緩衣博帶，安坐私家，無能出一言附於凱歌鐃鼓。仁仲挾二蒼頭，穿風霜，宣威塞上，車塵馬足數千里，撚冰髭，呵凍穎，隨其所嚮，莫不適夫情好之所宜。古云：“登高能賦，可爲大夫，專對四方，則貴在誦《詩》。”仁仲於兹行也，使乎！使乎！

方舟藁序

盱人程鼎卿，年二十餘，善爲詩。其五、七言近體學唐人，而居多於杜，世之宿齡而習詩者莫過也。鼎卿與人小言，徐譚名理，娓娓不絶，若高論誇嚴，則噤不能聲。其見貴人常羞，以此遊長安中甚困，病復毒之。當其急時，輒謀捨身於空門。居二年，而鼎卿之游倦矣。方圖返盱，適予以罪竄粤西，因與鼎卿方舟而濟。鼎卿體無完暢，而吟諷不絶，當其沉思，至于眩目疾首，猶加苦不怵。以余吏道之迫迫，廢稱詩者三年矣，見鼎卿輒有獵心。蓋相從五十餘日，彼此爲詩，共得若干首。鼎卿過玉山，假道視其家，因合録之而使予序。

夫當余與鼎卿爲詩時，嚴韻在前，敏思在側，加以吏道拘迫之後，神情驚憒之餘，余之力固甚詘矣。然得鼎卿刮磨彈射，亦漸還其故性，怡然而忘倦。以鼎卿之苦吟，亦宜鼎解摧頽、病甘益進，而體乃加輕，神乃加王。繇此觀之，羈旅窮愁，詩亦不爲無益，故序而不忍棄云爾。

陳觀察詩集序

始喬遠爲郎時，睹公詩一二友人所。見其春容而有體，暢亮而亡疵，心甚快之。方欲從公求窺其全，而公故以部使者按邊還朝，亡何，出視粤西憲矣。又亡何，喬遠得罪，放爲從事，適居公幕下。公乃出其全詩視之，而并命爲之序。喬遠欣然執役。序曰：

《詩》三百篇至矣，仲尼齗齗於洙泗之濱，贊二《南》焉，良謂二《南》之詩，醰而玩之情，正而揆之理。醰則痺洽而不繁於思，正則和動而不拓於聲，而天下之神思大聲靡不元本備具焉。夫其外之無以觸衷逼而求之，内之無以流怡激而應之，則謂楚苗之不可以啜而游意玉山之疏，越不可以縮而高張促柱之響。固其學焉而有畔，抑亦養焉而未充，厖亂其思，趫急其詞，亦其宜爾。乃喬遠誦公詩則冲然雅以則，穆然瀏以長，無所内局而自撿於奏，無所旁出而目溢於光。一切支離章交、睥睨恡憏、世俗之態無所見，而涵之彌韻，刮之彌澤，大雅宏達，將於不譽。人尊焉而益卑，而發之行事，皆寬通和平之理，蓋言足觀人，風可知政。故誦公之詩，而《周》、《召》二南，聖人之意見焉！

夫喬遠始者恨不窺公全詩耳，公既以其全授之，而又示之以人與政，是在論作者於吾世，公其選已。喬遠比者從公周旋，見公爲人澹夷密妙，喜愠自遠，仕淹焉，而異時食指動一酌，而今拍浮於蘭陵之池中，異時求觀會稽之美箭，而今兼恣遊梅梁柯亭之下，士適如是，雖窮放其身，以終從公，何所不足耶？

剩夫漫稿序

詩也者，本温厚和平而爲之者也。車馬纓笏，有土有人，非吾性所自有，夫使非性所自有，則亦何羨於外？無羨於外，則亦無戚於中。而詩人多以迫促怨懟自明所遭之窮，夫何微於性也？

鰲城陳君良猷沉酣六籍之塗，參總九家之論，適弗逢世，年且六十，舌耕以餬其口，可謂窮矣。而方自號山澤剩夫，好於詩不厭，老又加工焉。其所爲詩多坳麓郊野之趣，幽人静者之詞，無有無聊不平，是又何其去詩之道近也！然予讀君詩，至於《重有感》之篇而悲之，深爲當代用人者惜，而因以效君之志之未衰。雖然，吾老矣，朝廷無聘君之命，州縣無辟才之典，君之不用於世無疑，而君之虚緬冲曠又足甘爲丘壑之姿。君所不能忘者，後日之名耳。

吾叔父南陽狎遊於君，君因叔父命序斯詩於予。嗟夫！仕而顯者相武也，筆舌之潤足以從臾人者相聞也。君既捨焉而椎木之人是徵，得無以古人之道相望也！古人之道，不妄悦人，而兜者好諛，進人於黄初、開元之際。故言之雖美，褒之雖崇，而不當於今，難有冀於後也。君既不鄙椎木之人而托之名，予故得以質論曰："陳剩夫窮似孟郊，似周朴，而優游自在，不爲郊迫促怨懟之態，郊標格清越，剩夫不似也，其佳句最多似朴，大有晚唐之致云。"

醉墨樓詩草序

詩之爲教也，可以風。《風》、《雅》、《頌》不同辭，其爲可風一也。優婉哉，

《古詩十九首》也！彌降彌下，何其遠於風哉！予居常與傅國毗論詩而難之。夫其平直則傷率易，委曲則傷雕鑽，創言則傷師心，祖舊則傷襲唾，持今之耳目耳目乎古之人，抑又異矣。古之人亦有平直者，亦有委曲者，亦有創言者，亦有祖舊者，今之人以爲古人弗駁也，而駁乎今之人。予與國毗何居乎？作而蘄今世之人好乎？作而蘄後世之人好乎？予以此上下古今，不勝狂誕，則謂詩一亡於曹植，再亡於杜甫，餘子碌碌不足置喙，何以説也？詩如曹、杜，攖撫諸人，才情兼收，衆妙備極，過此以往，無或未施，所謂殷、周之樂盡矣。若夫美無儷至，中不疊雙，與其該焉而未精，不若專焉而獨潛，此又才之不可得兼焉者也。國毗從少言詩，豈不能具體彙狀，要以獨潛專精，又安得兼之？

國毗之詩學唐詩而爲之也，五、七言律乃唐人繩趨尺步之作，辟以三尺法持平，稍扞文網，慈母操箠矣。國毗於律詩而家焉，思必有獨至，語必有所出，一字未妥，千金不易，晝以忘晐，夜以忘旦，誠不知其心之苦，又誠不嫌於見短，釋其具體，而以偏師求是於古人。故其爲力也專，而於風之道近也。嗚呼！國毗勉之。詩一門耳，生死豪傑於其中而不得出焉，久遠者累年代而不得出焉。是以唐末卑刻縟，而宋人窘名理也。

籍閒草序

閩中介胄之士，首稱大將軍虚江俞公。予讀其《正氣堂集》，其思報國家之志不釋於筆端，故能樹勳東南，鬱爲儒將。孔子曰"有德者必有言"，信乎哉！

予廢居杜門，少所來往，家居近學宫之傍，時時從諸廣文相過，而延平吴先生與予習。一日，見峻修孫君於予曰："此吾徒也，故武弁世家子，今總戎浯海上。"繇是峻修與予過逢如平生。因出其故所爲詩示予，予受而讀之，深愛其有俞將軍之心也。峻修自敘其詩，謂杜少陵氏繫心社稷，津津然慕之。然杜一老拾遺，艱闞流落，言雖苦，無所得自著。峻修晝海守之，時時動戈戟於波濤之間，猶其小者爾。他日無論國家有無事，屹然以身爲之長城，何所不得爲？何生曰："予少識俞大將軍，文弱有書生氣，非魁然也。峻修儀觀英爽，容止斌斌有度，平居决取舍去就一依於儒者。今復讀其詩,閩中介胄又不寥寥矣!”

姚如龍詩序

吾縣東南鄙有安平鎮者,去縣二十里而遥。鎮埒於一縣,士之取友成學者,自相往來其鎮中,不待如縣。故以姚君如龍善爲詩,而予不知也。一日,與友人莊伯暉見過,予觴之東樓之上,分韻而賦,則律詩勝矣。又一日,自鎮盡寄其故業,則吴中王元美先生已爲之序,其古詩又勝矣。嗚呼!予取友天下,凡有名入於予耳、文章寓於予目者,皆將求其人而得之。縣東南鄙有如龍焉,爲吴中前輩先得之,予又不能往求,而待其挾詩見過,予於斯道何如也?

始如龍少年學科舉之業,燃膏達旦者數歲,求之至切,而竟不遇。其志趣益橐落,則慕江左風流,入吴中者久之,學書於周天球,學文於元美,歸而盡得之,是以八法九品,書漸精微,而其詩益善爲擬古。顧世無知之者,徒謂如龍能爲韻調之響而已爾。嗚呼!世不好古,其已久矣。共是論文,有能爲古文者其知鮮矣;共是論詩,有能爲古詩者其知鮮矣;共是論書,有能得古書法者其知鮮矣;共是論人,有能爲古人之行者其知鮮矣!如龍少年刻苦爲科舉之業,將以求知功名之途,人之不遇,猶安之也,尚能以其人之不知其能合於古者,卑儕而爲之,以求見乎其近者哉!如龍坦而朴奥而内峻阻,其將守古人之行與其藝文以俟之,而無所更駕可也。

彭興祖閩遊詩序

嵔𡾟崒嵂,合雜環紐,别丘壑而異泉石者,閩之山也;驚鞺澎湃,洶湧汗漫,立洪濤而王川谷者,閩之水也;蕤然而冬秀,炫然而秋華者,閩之草木也;腥然而風,嗷然而音,雜然罝阱網罟之下,紛紜怪俶不可名狀者,閩之魚錯禽獸也;慤然而忠信,侗然而不善爲嬛娟者,閩之人也;質而有條,訥然而多情思,隱乎其麗於文行者,閩之士君子也;核而不靡,鬱焉盤洑廻互而有體致者,閩之文詞也。

嘗觀夫名邑大都、聖賢産孕之域,帝闕王居之壯瑋,而談者不能髣髴其什一。又嘗讀古人之文章，奇瓌幻變，竭態極命，使人恨不得裹糧一觀其處。又偶得至其處，則多寂寥荒闊、頹垣廢墟、隩山激瀨之所區叢，何則？係於人也。有可以摸擬形容而言之者，不能其什一。頹垣廢墟、隩山激瀨之所區叢善爲文詞者，不啻倍蓰什伯其本原，而令人有不得裹糧之恨，世何以不貴能言之士乎？

夫閩亦一天地也。閩得以遊興祖，而興祖亦樂遊於閩，閩與興祖兩相得也。令興祖不能言閩，何以所至衿屨駢錯、筆札紛紜，有日不暇給之勤勞也？覽者觀其《閩遊》之詩，則知興祖所以不暇給於閩士君子者矣！

莊應曙詩序

古今從事文章不少矣，而著名後世者寥寥也，豈非其人之操行立志未必足以自異於當時，行揜於言，没則已焉者耶？然則人之所以傳者，文章也。文章之所以足傳者，人也。

吾友伯暉莊氏，故前輩新興玉泉先生子。幼嶷長恂，蚤見知王道思先生，稱其爲佳兒者也。少學應舉業，不專治經，常學詩。暇日，詩數千言。與吾邑江山人一鯉、陳山人鷗、黄山人克晦相游善。行年三十餘不遂所圖，則盡棄應舉業，一意爲之。家有千金之積，弗視也。酷好古圖書、彝器、琴硯之屬，出其囊中金百餘鬻置爲玩好。而已鬱攸之不戒，火燎其居，燋然若爐毛，伯暉亦無所歎惜，獨挾其詩簏出走，曰："是吾以耳目入之，以心神出之，當與我俱在。"伯暉既以遭於此灾也，家日益罄，所交游諸公間不屑與言也。對妻孥有饑色，尚時嗚嗚，目蠹魚之簡。其婦告之曰："瓶中之粟，不足突矣！"則應曰："天實爲之，袁安何人哉？"

一日過予曰："予年且六十，毛髮斑斑，已北跂岱宗，南入羅浮，此亦吾之至遊也。閩有武夷，未得操杖屨。此猶吾東家兒，少從賈，浮湛豪俠富人間，獨不識其里中老，以方禽慶，宗炳，殆一愧焉！吾將往訪之，若或出詩諸公，而無有弁言，人謂莊生何客哉？"予曰："子之詩清切流婉，體物而近情，賦事而幽思，隱者之致也。雖然，不及開元、大曆矣，其在會昌、乾符間乎？"伯暉曰："恨非其人也，如其人多矣。雖然，年歲所不及爲也。愚公猶以冀子孫，予雖漸老，毛髮日斑斑，其耳目尚足入，而心思尚足出也，子毋概予。”予曰：“古之老且貧，學焉不廢以傳於後者多矣，敢概子哉？造物者既以貧成子、高子，又不懈而上之，柳宗元曰‘祝融、回禄之相吾子’也！”

兔苑吟稿序

士之游諸侯王者，無如淮南、梁爲盛。諸侯王循循德善行誼者，無如東平、河間。夫淮南王親漢庭骨肉而有將心，梁孝王貲鉅萬者不可勝計，士游其門，皆甘其豢養者爾。河間修學好古，實事求是，造次儒者。東平出入禁闥，悉心對政，引之大道。兩人漢家賢王，然山東之儒靡不從河間遊者，其名已不著。而東平王所得人如丁牧、周栩，久久更篤。天子面召見之，拜爲議郎必皆名德長者，亦僅僅載記中。乃蘇飛、左吳、鄒陽、枚乘之徒，其□□浮辨詰詭，無關至教，而其書與其詞賦反傳，豈非言之不可以已也乎？

吾友諸葛弼父氏起家文學掌固，轉令江州，不得自遂於長吏，遷爲益相。益大王忠愛恭讓，賢聞天下，至其諸子王孫莫不好詞賦古文，而其國故貧。弼父間以其詞賦奏大王，王以下未嘗不稱歎也。王愛弼父，令人詣闕上奏，乞爲假傳。弼父坐久留府中，不忍去。久之，居數年，弼父所爲詞賦益多，則彙以寄予曰：“不敏之詞，何足有亡，抑因以見吾大王好士，與吾出處有明也，子其爲我序之。”予惟賈洛陽出爲長沙傅，所邑邑者，直其王不足與發明，太傅坐自悲。令太傅事得人，宜益自張奮。今益大王賢聞天下，其貧不足豢弼父。弼父居其詞賦於蘇、左、枚、鄒之間，而寄其出處於牧與栩，視太傅得所好矣，寧復有不足發明之歎而坐自悲者哉？弼父之作，其氣則曠以永也，其詞則雅以洽也，抑時時有左官之感焉，故因敘其詩而復以勉之，將使益精其業而堅其志，以求自見於後也。

陶情集序

邑庠謝石衢先生爲其弟子鄭生椿命予曰：“惠安故思恩二守鄭瞻雲先生，

君子也，兩爲拊循之吏，具有善政，歸隱家園者二十餘年。今歿二年，里人感懷名德，刊石勒銘以聞於後。蓋古之名士所僅僅樹譽於其鄉黨者，而先生得焉。先生復雅好爲詩，今子椿與其兄槐等爲之刻，子其序而傳之。”余生也晚，故習知先生先輩德人也，乃不知其爲詩工而以篤好。先生自上公車至宦爲吏，舟轍所繇，凡有佳山水或古人遺跡勝事，未嘗不低回吟嘯。既自免家居，杜門謝客，獨與邑中友吴德渾游，時時對壘登壇爲敵國。先生之詩含芳擷秀，必自按於唐人，若造次便易，即寧廢不作，以故少所流布，即所存僅如是，宜予有所不知先生也。然函牛之鼎，取珍一臠，抵鵲之玉，徵寶尺璧，以列風雅，此之謂多矣！予既以不及交先生爲恨，而又恨讀先生之詩之晚，序何敢辭！

何生曰：惠之先正斌斌爾矣，其稱詩者，宋以前予不得盡舉，在元蓋有盧希韓先生，其在國朝則大中丞盤峰康公，布衣黄君孔昭其著者也，今又得先生，其鼎峙乎？中丞公之詩麗以典，布衣君之詩穆以長，先生之詩潤以理。中丞公委蛇素絲，布衣君咏歌緼袍，先生師段干憲次之風。生既以名於吏而没，又得祭於社，行事亦復相差亞，士固不可以無文。既序以歸椿，曰：魯國男子曰，雖無老成人，尚有典刑。先生已矣，爲我取德渾君之詩，使我讀之庶幾見其人，亦猶及交先生也。

醉月廊詩藁序

陶嘉月、漾清風而詩之懷見，對遠境、觸近情而詩之思見，摹奥經、探積史而詩之才見，按古格、避近禁而詩之法見，深磨淘、苦推敲而詩之巧見，故夫詩未易言也。日者，蘇弘家氏以度支郎養痾里中，常爲予言：“友人顧希夔，奇士也，善爲詩，子急之，勿失會。”予以多病有日，蘇君亦反職，而顧子叩予門，挾其詩，命予序之，又使余益之。

予緜爲進士時，曾見弇州王公於白下，以詩進，其時王公有所評隲。及辭歸，予復請所爲方。公曰：“子第往求之，而後當自得之。”退而思焉，滿志之牛、貫心之虱，古人所繇擅技者，皆從久且專。予自見王公十二年於此矣，而常以廢弔之未絶，酒炙之相徵，疾病之因仍兼軼焉。而欲思文章之業、筆墨之好，貿瞀雜出而未專，予詩宜落落。顧子年富學充，其懷思才情飽滿不匱，進之巧法而精奇，予見子之未有量也。予不能久專，轉以告顧子，吾黨而有能詩者，豈必予自爲之哉？

黄季重詩序

詩之爲道，温厚和平爲之也，而有風流曠宕之意，逡逡循墻者不能得也。故挾之以豪飲，而發之以狂態，專之以無所問生，而兼之以若不涉事，如此人者真能詩者也。爲《國風》、《雅》、《頌》者邈哉，吾不得知。自唐以後，往往其人焉，吾又未暇枚舉，即李、杜兩人論之。白之爲人，挾豪飲而發狂態者也。甫之爲人，無所問生而若不涉事者也。爲是家者，其於退讓君子之道遠矣，然皆有光明特達之氣，衷心誠切，夷坦�，隱伏無所藏匿其胸中，非夫實誕以謾托焉而獵空名者也。吾黨之道依歸孔子，亦曰與人歌反而更和之，惟酒無量而常憂於困，其非嗛嗛不出口，麯蘗不沾唇明矣。狂者進取，曾皙爲高，風浴詠歸，合雜童冠，今不謂疎放不押撿者耶？乃其爲人何如也。

莆中山人有黄全之者，善爲古詩，少年與戚將軍、汪司馬游，有名於諸公，而與予善。全之爲人骯髒遒遠，年八十餘意氣不衰。今其子季重挾詩過泉，請予序之。季重之詩與其爲人，以吾所云者可知也。身爲諸生有志聖人之道，父子間又自爲家風，故吾以斯言也，壯其志而廣之。

清源遊稿序

予素不能詩，而竊能詩聲。所居東門之鄙，車馬往來道也。四方能詩之來泉者，皆先物色予。欲見予之二三同志，則以予爲媒。予少好爲詩，老而漸棄失，然有欲爲詩者相挑相賈，予亦與之，孜孜而不倦，則以人爲囮。

今年春，莆黄季重過泉者且兩月，得詩二十五章，其爲予之所得與者凡十六。甚哉！季重之爲我囮也。諺曰：“媒人送嫁，多美其婦。”季重之詩具在，固非予之所得口譽也。抑季重去我而囮四方君子之能詩者,予之詩殆將索然矣。

天放采真詩序

海澄令君龍廉孺氏,既以廉不得於令。會當去,海澄之民閉關門,操刃而止廉孺行。當道諸公亦止廉孺毋去,上書爲廉孺頌冤,曰胥後命。於是,廉孺以其間潛行晉之清源山、莆之九鯉湖恣遊焉,皆有紀興。予徒李生邂逅廉孺山間,得其詩,持以示予,并及廉孺先後諸詩。予讀其所爲贈予亡友陳及卿者,而推廉孺年,則廉孺自二十許歲已舉孝廉,以詩聲西粵間。予曩以罪謫西粵,得尚友戴時亮,而會張羽王,乃今於廉孺三矣。廉孺游清源、九鯉數作耳,皆清壯遠澹,西粵之才乃總萃於廉孺。以斯其才出而游世,寧甘爲謭謭者。廉孺且行,澄人苦止不得去,李生於廉孺山間一邂逅,輒爲刻其詩而傳之,人心之公、士人意氣之盛,其可盡乎?

史禮齋公詩藁序

詩有二高,亦有二病。刻鵠雕蟲,鞶帨是繡,此以詩病詩者也。以爲道焉,匠巧者乖,率其自然,此以學病詩者也。有唐一代之業,士大夫詩名獨盛,此高夫詩者也。陶潛、杜甫兩君子也,所重以詩,其平生亦可概見,此高夫人者也。陶公風趣天洽,終卷一致。杜公早年辨麗雄奇,至其晚歲潦倒汗漫,時或有之。人之少也,富於學而健於筆,老則菁華墜落,豈謂杜公必無是耶?且夫杜公亦五十餘齡耳。禮齋史先生今年八十有七矣,其好爲詩不廢,猶子太史世程諸君爲裒其平日之作而傳之。先生之詩,迎而望之,其圭角若剷而無餘;擇而玩之,其菁華尚披而有采,豈非少而好之、老而篤於學之驗耶?

先生故與尊兄方齋公同登世廟間進士,翱翔宦路,爲不磷不緇之臣。方齋公仕大方伯,不濡染權相以歸。而先生一麾出守,微忤當路,已早拂衣去,其飲食衣服有貧士之所弗堪,而晷刻讀書,壯者遜之以爲勞。觀先生之詩,其於榮期之歌索,兩疏之召鄰,與夫陶公之賦歸,有餘慕焉。羡海上丈人,恨不百飛鳥舞者；思追杖藜之老，從之青山白雲間，其於陶、杜二公何如也？先生好詩不廢，其所論學尚有校正《大學》古文之作，兩者不以相病，詩與人並高鄉國間，矍相之詞曰好學不倦，好禮不變，旄期稱道而不亂者，則先生其人矣。遠之先子故交先生，習知先生庭趨之下，故敢執筆序諸首。

傅國毗詩序

同安大海中，有山突起曰“鷺門”，吾友人傅國毗居之其地，去漳、泉兩近，可輿可舟。國毗少時數從二州之人游，携妓縱飲，客經過，往返不厭。既而折節爲詩，於漳與金比部三洲相善好，而於泉則陳貳車及卿、莊太史中熙、太史弟户部郎中益、太史之叔氏秀才彦升、蔡秀才春廓始唱爲詩社，而國毗爲長。其時陳、莊三公皆在諸生間，及後貴以文學鳴，其源蓋得之國毗。予與予兄齊孝舉孝廉，乃從國毗遊，蓋得之及卿，而予與國毗尤篤矣。予向嘗序國毗詩曰：“國毗於詩，一字未妥，千金不易。晝則忘晐，夜以申旦。”蓋國毗之爲詩如此也。國毗向時歲一入郡城，從吾諸子游。吾諸子雖有出處不相及，然國毗率歲一至。比歲陳、莊三公及兩秀才與吾兄皆奄棄人世，獨予與國毗存耳。國毗每與予追念往昔，未嘗不悼傷也。國毗寓予書曰：“吾老矣，固不能相過如曩時。”

今年春，忽携所爲詩過予山中累日，命予校之曰：“古人有云：‘後孰定吾文哉？’”則謂予：“子向序吾詩，有交勉之意焉。吾老矣，骨力僅是，固蘄自見後世爾！”國毗近從豐城李孟誠先生講於學問，益剷削光采，收斂造詣，大有就於斯道，而其爲詩苦如故。夫珠玉、琥珀、空青、丹砂、水銀之美，皆聚物之精，或數百年乃成，良工藥王即採珠亦取其僅僅，故其精光靈氣獨爲世所寶需。國毗爲詩繇苦致精，即不欲不聞於後不可得矣。且夫以國毗之才，何所不可爲？而其爲詩於律獨多，意又欲以專門詣，又欲不聞於後不可得也！蓋閩中山人之爲詩者，自我明以來乃有二人，傅木虛、黄孔昭，今於國毗而三之焉。

度越詩草序

古人之詩，惟羈旅行役爲多。夫羈旅行役，則非吾之鄉土矣。吾之鄉土，固人所羈旅行役者也,然而善詩者必於此發之。生其鄉土者,習於耳目之所見,而頓於情懷之所安。而羈旅行役之人,觸焉而皆新,感焉而皆動,是以古人之詩惟此爲多,亦惟此爲勝。

張生汴《度越草》可三十作耳,而越之山川風物已得梗概,胸中所寄亦陶寫其十一,况乎巨椽大槧,圖載天下而後世以爲詩史宗工者耶?生方讀書亡厭,寤寐古人,夫圖載天下爲後世詩史宗工者,固讀書亡厭之人也。

遊閩詩序

祝無殊詩,如入會稽之山,修竹干雲,鄧林有木,盡破天也;又如長溪邃澗,清流委委而不絶。無殊結髮在游間,所知交皆海内名士。始則讀書深谷,探究有年,是以其詩往往有雲物之想,聽其談藝,皆得正派,繇其汎覽游從者多也。無殊每足跡所至,必探佳山川,訪求其土有爲詩社者,否則社中所爲若而人於是。吾閩之中,無諸則有瑶華社,莆陽則有西園社,泉中則有泉山社,漳中則有霞中社,無殊皆與更唱迭酬,過往而不休。無殊善於困窮,雖至落魄不肯妄干人。至其劇飲,興可餘一石,諸公皆以此高無殊而大其胸次,故雖以予之枯槁怯懦,亦若爲無殊作氣而張軍。

無殊今别我返婺,則以其所爲《遊閩詩》使予序之。予能序無殊遊閩詩,而尚未能盡發無殊詩所以美。無殊數數爲我言其鄉先輩余君房若、上海唐君公諸公,無殊挾詩而問之,必能盡無殊詩所以美矣。

北游詩序

紹和爲文章,所用事多予所未見者,而予所知,紹和能歷舉之,予以是歎予學之陋而紹和博聞敏給亡涯也。紹和持束書上公車應詔,而心之所剄,懷之所怡,乃在文字間。所至訪問知名士,與傾心倒膽,遇佳形勝,縱筆浩歌而不窮,其精光射人,層見疊出,紹和之才可謂兼矣。紹和爲我言,屢困公車,今且作山中人,所至通謁,不具狀,第稱山人張某而已,篋我青袍,不復作孝廉衣冠也。予應之曰:"何至是? 吾輩之不可無文字也,正猶不可無山人也。雖在用世之中,恒有山人之意,則常恬淡清静而後可任天下事,而欲必爲之則枯槁而已矣。"紹和得予言猶在趣舍間,時涇上張大來有詩名,爲泉太守,適去官,予與紹和送之洛江之涘,勸紹和勿爲山人,大指亦如是。

游泉詩序

紹和既北上,還道過我,税駕茅屋下,哦二十韻詩乃去,曰重陽前後且復來,既而不果。曰冬至則不來,而改期曰明春。予始貽紹和書曰:"北人以車爲屋,江南人以舟爲馬,訪友尋奇可以累月。獨吾閩中陸走不裹糧,命僕夫數人舁則不得出門,然興之所至不在是論。"紹和得書啞然以爲佳話。及是春,果來訪予於鏡山之麓自誓之齋。予即四履之内與紹和登山泛舟,俯時弔古,數日凡得詩可二十章。蓋靡所不遊,則靡所不詩。及歸,彙而刻之。

予因有感於北人以車爲屋也,然有驂不停軌、鸞不輟軛之袁奉高;江南人以船爲馬也,乃有興盡而返之戴安道。紹和果不憚裹糧舁僕夫,造泉而訪予於鏡山之麓自誓之齋,紹和之高懷曠致且未論,予固自喜不見棄,紹和作袁奉高、戴安道相望也。

吴觀可詩草序

詩有三宗,《三百篇》尚矣,則有漢魏之渾奥,六朝之綺藻,唐人之流麗。又有五派,則有曹子建之俊瀏,沈、謝諸人之婉美,陶元亮之質逸,李太白之飄翩,杜子美之鉅壯。於今之世,又有五方,則關洛、并冀之人疎以勁,巴蜀之人肥以直,吴越之人清以佻,楚之人倔以蕩,江閩之人質以方,五嶺之人暢以稱。於今又有三好,則有李獻吉之軒朗,李于鱗之峭潔,王元美之嬛富。然而學于鱗者多矣。蘇子瞻之詩出於陶、白,黄魯直之詩出於杜,世之人謂宋而不好焉,甚哉,耳食也! 夫于鱗則善矣,而學于鱗者乃至叫號豪舉以爲别出聲調,而吾求之古人而不合,唐人譏以"聲折爲雄壯,勢奔爲清逸",况夫聲折勢奔而且未必有也。

觀可吴先生夙起嶺南，爲之領袖，於詩尤工而好之。其初計偕則有《石龍軒草》，最後客徐州者久之，又復上計，則有《寓徐草》。既教閩永，復有《永署草》。已令興安，左遷吾庠，而著作日益富。先生之詩不求諸遠而自不見近，不待離而自無不合，出諸胸中之武庫而實若在豆登几席之間。嶺之先輩，故有孫仲衍、梁公實、黎惟敬、歐楨伯諸公，而先生之詩與相伯仲，蓋天與之以方，而先生又得於源流者遠矣。今世以求合于鱗之軌爲奇，而先生反是，予知先生之詩不古人不已也。升降之間，可以觀學。故予爲先生論而欲與先生共勗之如此。

言志稿序

詩言志者也，在心爲志，發言爲詩。其志潔者其詩峻，其志玄者其詩深，其志狂者其詩邁。甚矣，詩之似志也！

龍池居士，人不謂之狂也，而自謂爲狂生。觀其志，遺外世事，抗然於塵埃之表，尚友千古，夙夕詩書，雖不能酒，强而附之以爲豪。讀其詩，其志可見也。夫自不謂狂也，而人則狂之，動以人者也。人不謂之狂也，而自以爲狂，動以天者也。王元美稱李于鱗曰："吾而不狂，誰當狂者？"人不謂之狂，而自以爲狂，聖門之所謂狂也。居士姓柯，名萃藻，拔民其字云。

山房外編序

優孟學孫叔敖，世人至今以爲排戲，而孟子曰："服堯之服，是堯而已矣！"豈所習有善有不善耶？善則爲堯，不善則優孟而已矣。

王子鴻磐自少篤志藝苑，既久，浮湛布衣，人徒謂鴻磐狂生。今一試青衿，遂奪前矛以進，人則又曰："士固不可以不狂。"予最愛鴻磐之作，賦即賦矣，樂府即樂府矣，古歌行即古歌行矣，律即律矣，絶即絶矣，詩餘即詩餘矣，習之而無不似者。蓋似其氣其格，而非若優孟之似也。近世李濟南，當代推許。乃其樂府諸篇代字代句，意未有殊者，至其古詩不敢闌出《十九首》，吾嘆濟南之爲優孟也。予少時嘗好是業，與陳及卿、莊中益、楊惟彥、李世禎、予兄齊孝爲之，然是時皆已舉孝廉，里中人尚驚嘆謂異事。其後，秦伯起、張爾衢自諸生爲之。今鴻磐乃自布衣而爲之，伯起亦一奮舉制科，今歲爾衢又與鴻磐同舉。於是，里中諸子漸不以詞賦爲狂而競爲之。予老矣，向好是業，今欲棄去而有志於聖賢之道而未能。鴻磐無不習也，無不似也，抑予將有以進之，不曰："服堯之服，是堯而已乎！"

莆遊紀興序

少司寇詹公平生有山水之嗜，極其游之所至，以酒茗若詩佐之，所從來矣。比歲家居益健，興亦益倍，故聞莆口南寺之勝，乙巳夏，拉奉常池公往。既至，婆娑寺下，莆中諸公聞皆來會，遂遍遊他諸勝處，而大宗伯陳公與二公唱和尤多。歸且二年，公次而刻之，以示喬遠。

喬遠曰："是有三能焉。卿大夫致事歸，不以塵俗自累，放情物表，是謂能鄉；不用精神於歌舞田宅，耗有涯之生，遺所不知何人，是謂能老；杖屨所極，以賡歌唱酬，爲道心中清事，不徒杯盤肴核狼藉快適而已，是謂能遊。"昔陸賈分金諸子，極欲十日而更猶少之也。至於他客，一歲再三過，數見不鮮，其一時交遊過從可以想見。而疏氏父子問金幾，所趣買供具與賓客朋友爲歡。蓋古之人超豁遺外，至今讀其書想其人，猶油然得之言表。三公今者之趣大類是乎，若夫陸、疏二公，賓客交遊，履綦所至，詩與不詩，可以不具論。

青溪别業詩序

莆之爲州，其山聳秀而特出，其水清美而周濬。今天下承平已久，士大夫家多治園圃於郊郭之外。予嘗至其地而觀其勝，無不競致而輸奇，此譬如時和歲豐則農人皆委積露囷於屋傍舍後，至其結搆造作之間，洞暢曲折，雖一畝之地而有數倍之觀，則惟足於慧而贍於智者能之。而慧智之人，又必其專精於文詞，肆巧於菁華。自非是者，則必俗而移之於籌算矣。

予之至莆也，晉伯蓋邀予至其青溪别業，出諸景詩見示，大要如王摩詰所謂輞川詩者。晉伯之詩信美，其景信多矣，不知者以爲極山水之觀，窮土木之麗，而其地不過予所謂一畝者爾。以晉伯之慧智，其曲折變化能至於是，而予觀其花木位置亦皆森列而有度。凡天下之物，小以少則侈而張之，大以多則縮而匿之，此亦人情也。晉伯青溪之園記，蓋所謂侈而張之者也。

祖希寅詩序

希寅之詩祖王摩詰而爲之者也，清以越，深以静，守其格律，不肯作時人宏放奔軼之語。希寅胸中故有獨詣之解，其品隲古人時輩，聽其談甚辨，讀是詩可見其一斑矣。希寅爲海外之遊者，再求吾友許雲程君而師之，今又將往見，其必以予言爲然也。

吴楚游草序

季立陳公以甲辰之歲自三山出游南都，訪兄廣文先生於饒。尋白嶽、登九華、陟匡廬、上武當，復泛彭蠡，還南都，又復之饒，蓋以三年所。戊申之春，過余鏡山，出詩示余曰："此余《吴楚游草》也。"而語余曰："余游有數樂焉，自裹糧，寡疾病，不怕死，不戀家，凡世人之游非真遊，若吾乃遊耳。仕宦所至，車馬之所淹，登陟眺聽矣，而仕宦也；商旅所經，或時有焉，則商旅矣；江南北人有進香梵宫禪刹之居，則祈福也；山人詞客，時時至焉，要以謁貴人噉名耳。自吾裹糧，而無待求人，自吾寡疾病，不怕死、戀家，而何所不可遊？吾遊之市鎮，市鎮人問：'公將何之？'則應曰：'吾索一人負。'吾遊之城邑，又問：'公將何之？'則曰：'吾將謁一貴人。'吾之佛宫禪梵之下，問吾將何之，則曰吾進香焉。世人之不無事漫遊也久矣，吾率率答之而不言所以，吾自遊自樂耳。"

季立所爲詩，本之多識，而出之自然，其所爲古詩有元、白之風，要以興到爲之，若不搆思，淺見寡學者苦心不能至也。其講求音韻字學，一聲一響，一點一畫，莫不究根源、窮指歸。近作《毛詩古音考》傳於世，金陵焦弱侯最好之。季立好談論，晝夜申旦不懈，時時飲酒健如之。二十備諸生，講聖賢之學，授徒説經，屨滿户下。三十餘，從燕趙走邊圉，悉得其險易形勢。與故大司馬譚襄敏，大將軍俞志輔、戚元敬相善，慨然有志於功名，因之得官爲驃騎將軍。官七許年，忤當路大吏，棄去不顧。名卿大夫强起不應，索之不得，隱默避世，營精千秋之業。邇年亦嘗走粤東西，其意尚欲適陝入洛，觀于龍門，西下巫滇，以畢其遊之所極。其爲人也如是，余奇季立，是以備論與海内同志共知之。蓋世人托爲游，而季立乃真游；世人强爲詩，而季立乃真詩。季立游若詩未艾也，真遊真詩，余已於是編得之。

今是堂集序

唐人芮挺章論詩，以聲折爲雄壯，勢奔爲清逸，以爲詞人才子，禮樂之一大壞。王元美序吴明卿之文，以爲文有極則焉，自唐以來詩人，自李、杜而外，惟元、白二人終身斯道之中，其餘則有至不至者矣。文仲束髮修古，宦履所涉，惟詩之爲飲食夢寐。其平生蓋與元、白相似，而自序其詩謂“世之凌轢同列，掎摭前人，逞傲誕而長浮華，爲詩家之蠹”。吾知其於挺章、元美之旨有合也。士大夫當其用世之時，不寄意於文章以自芳潤，則必以闞瞷爲狐鼠，以谿壑爲蠅狗。及其老而不究文章之業，則必求田問舍之爲心，武斷鄉曲，沉淪聲伎，處於褌中而僊於車上矣。文仲一意斯道，童艾無間，行年七十，好無改於初，而詣愈邃於後。讀文仲之詩，舉其一二，猶未之乎暢也。至其導之泉注，頓之山安，用事恰當乎其情，比對適叶乎其偶，抒懷則切至而不雜，調韻則温厚而無忤，而後知其高不能亢，卑不能抑，合《三百篇》之遺，而得禮樂極則之道也。

余及事文仲則西曹對壘之篇，與所見《葆光軒稿》，而今復以《今是堂》之作見寄，若悔其蚤歲纓緌之累，亟反其初，無使齒冷於彭澤之笑。予謂文仲，今則是矣，昨未見非也。文仲守於四明，會東夷跳梁，挾貢求封，文仲以海上二千石上疏力阻之，以爲天子守圉。於今讀其《無題》五章，身雖隱矣，不忘當世之病，此又何非何是？韓昌黎論文，自謂無奇，第求一是而已，則文仲《今是集》之謂乎？

林南陵詩集序

林慎甫君結髮諸生，有名一時。既則旅食京師十有餘年，角逐海内人士，久不得意，頫首爲令，自免以歸。居京師時，爲許歙州、王太倉兩相西席，翩翩文雅，並見推重。旅食既久，宫殿之壯麗，山川之奇勝，朝廷之舉動，歲時之風俗，無不涉覽，而又得盡友海内之豪傑，則時時發之詠歌。其後爲令南陵，挂冠里社，莫不有作。因自刻存之，而語予曰："予觀世之用心者衆矣。生鶩軒冕、錢刀之華膴，用之有餘，則以其所不盡及於子孫，廣其田宅，多其物用。然而田宅之多、物用之廣不可以記而存，若其子孫記存之，人不以爲俗，則以爲陋。吾今存之以文字，庶乎猶可以示之人人曰：'吾祖父生平如此也。'蓋或有賞其文采而心儀之者矣。此吾自刻詩之意也。"

予曰："君之意，將以是存之於家耶？然即推之天下亦可。夫今天下人所用心者，何不如前所云，抑不特天下而已，推之於古，亦何不如前所云。然珊瑚數尺，胡椒百斛，固亦有記而存之者矣，乃其爲俗且陋則一而已。丁男五人拾薪行汲，柳門藍輿獨高其道，至於慕誦不絶。君丈夫子不止五人，雖無所遺之，然皆有以自見。儸佟之疏可以無作，顧後之觀是詩者，其亦將以爲有柳門藍輿之風，蓋君之所自擇者審也。"

遊閩詩草序

擕（檇）李朱季長以布衣讀書閭巷，無所逢世，衆人欲殺。以湖海之上爲魯朱家，垂老一再遊閩，而詩遂滿閩中矣。季長生於繡水，籍出鹽官，閩人故有令鹽官者曰莆陽鄭公，嘉靖之中，浙中中倭，鹽官幾失，鄭公力禦倭而力活避寇民數萬。年變人易，口舌遂斷，季長聞諸長老，得鄭公疇昔《胥史》，日紀其事就而記功，欲爲之請秩祀之典。客謂季長曰："鄭公後嗣無顯有力，君欲明鄭功，竊子産立洩之義，易爲力也。"君曰："吾鄭公足自著，無待因人，若因人而著鄭公，無所用著鄭公。"即季長所以處鄭公一事，而其游世之術，幾可睹矣。

季長之詩穩切不浮,雖甚委曲,具有直體,淳心古色,如見其爲人。即其不因人以明鄭公,豪舉自在。是以閩中士君子無不爲季長倒屣者,季長雖不逢世亦逢世矣,何必輦上貴人鳴騶擁巷,分席置酒爲上客乃快心游道哉!

閩游續詠序

父子兄弟,於人至切也。其未爲父子兄弟時,無屬也,一謂之父子兄弟,而遂謂之父子兄弟矣。然則人其生於情乎,其於朋友也亦然。何非人也,一謂之朋友則朋友之矣。於是,聚焉則有歡,别焉則有思,重相見焉則有懷。其於宦游也亦然。宦遊也,而重至於宦游之處,見其人與地而未有不感者也。其於山川名勝也亦然。杖屨至焉,登眺及焉,而得復游則謂之重游。重之爲言,情之所至也。詩也者,其生於情乎?

吴人彭興祖嘗以丙申之歲游我閩中,去之十五年,爲今庚戌而復來游,勃勃焉喜,名其詩爲《續游》。閩誠藉重於興祖,顧興祖亦何念於閩?而興祖勃勃焉喜者,情故也。興祖來閩訪友道故,其山川土物如舊,而存殁之殊、風俗之變,足以繫興祖之思矣。興祖之詩如澄江瑩玉,冰流澌而風吹衣。重以重游之感,如懷情美人,綽約而有致。余益信興祖之善爲詩而善爲情也。興祖自少讀書弇州先生之門,而今從少宗伯柏潭孫先生游,故其爲詩,詣致如此。余於二先生皆嘗聞其緒端而誦其文章,興祖於閩爲重游,而余得交於二先生如興祖者,而讀其詩,亦若重見二先生矣。

曾志甫詩序

漢魏之詩遂而悠、婉而詳、深切而著於事意,可以觀其神焉,可以觀其才焉。下逮六朝,則詞常至於掩意,而功遂至於抑才。然而作者之勢必出於此者,宇宙人情物理有時而盡,而自恐其言之不能出於古人之外也。故皆雕琢摩厲至於大盡而無餘,而上天所賦之才,吾胸中所欲罒之語,固亦覺其索然矣。

嶺南故多文藻之士,志甫曾氏獨握管自雄於潮、揭之間。予讀其詩,展懌而無礙，廓廓落落而無有掩抑之意，推其原本，當出於漢魏之間，因歎志甫之能爲此，其材使然也。予因而與志甫論詩，自漢魏而溯之《三百篇》，有來莫知其所從起，而去莫知其所從止者。志甫能知之然乎？志甫而能知之然，其於詩也，引之無初而行之無極矣！

白雪山樓初集序

予年二十餘則從黄孔昭學爲詩，孔昭每見未快也，謂其韻不調而響不振。予心良熱，則取古人之作與吾之作而並按之，而尚未得孔昭一快心也。最後取友於天下，則天下之友言亦如孔昭曰："此閩音乎？"吾不能詩，而并以累吾閩，可笑也。及余爲之十有餘年，則覺天籟之自動，而金石相宣之聲、旗鼓震耀之色。讀之古人而得吾心，運吾之心即時時與唐人齟齬，而吾未嘗不自喜也。吾之所自喜者，今固未得諧天下之心，乃得吾所以有此自喜之地，則吾之用意良勤矣。

洪生爾蕃見予三歲矣，是時始學爲詩，今出示我，則其韻調響振，若爲之數十年者，予因以歎予之鈍而服生之敏也。生今盡取古人之書而讀之，以博其識而證之學，何論吾與孔昭，即古之名家且避子矣！

小有初藁序

漢英蘇君自莆寓沙，移書於余，示予以所作詩，命予序之。予謂取漢英古詩置之古人，莫辨誰何古人，誰謂魏武也，乃律詩則稍次之矣。然魏武時故無律詩，漢英去其律詩，專以古詩行世，何不可者？漢英一意爲詩，不問物外事。比者祝融爲戲，四壁瀟然，起探其詩囊在也，篤嗜如故。郡司李鄒德孚公素重漢英，爲人引爲上客，然德孚公乃善爲律詩，漢英何不進而請之？昔柳子厚作書爲參元賀火，今者祝融與漢英戲，或者欲其專一爲詩，合今與古而出之爲一轍也。

雅歌堂草序

秦無函，胡無弓，越無鎛，令海内無詩哉？予觀國初名將，皆扼虎命中之技以論詩道，此時有函有弓有鎛爾。嘉靖之間，俞、戚二公爲最，而聲詩稍稍出焉。以今觀括蒼李氏，何其盛也！維景山翁開府兩浙，爲時名將，健也承箕裘之業，有武有文，父子間自爲師友。胡宗之爲予言："健也，博雅韶令，風韻映發，八叉七步，不後古人。"予讀其詩益信。蓋健也論金鏃僕姑，穿楊貫蝨，然而寒暑殊力，晴雨異用，以破虜莫過火器，是以善射之人尚當兼習一藝，然後不至以空拳應敵。夫斯編也，健也之火器也，不然，不幾以空武應世乎哉？

鄭憲章詩序

憲章三投我詩，詩皆手書，書一如漢隸，心殊奇之。讀其詩而古今故實、人物梗概、山川之跡、圖記之詳、鳥獸草木之多識、性靈胸次之陶寫，各詳其事而極其趣，其取材甚便而屬對甚妥。如初唐之駱、王，晚唐之許渾，驟見之如班君之言，諦而玩之，自非博經籍、詳書史，有未易措辭者矣！

憲章，青門一布衣耳，孤行獨處無所遇，爲我言嘗遊益藩，見帝子及諸王孫，而比復得從吾友李叔玄之後。益藩，賢藩也，今聞其以好客故貲用不饒。叔玄潔修君子，持守嚴介，自處如此，處人宜然。吾知憲章將挾是詩貧且老也。然人不貧則不高，詩不窮則不工，吾於憲章券之矣！

百哀詩序

古人云：太上無情，其次不及情，情之所鍾，政在我輩。鄭士千哭子以百章，其我輩之鍾情乎？士千何不爲太上也？孔聖才不才之言，詞不哀傷，意獨至矣。終孔聖之身一孫而已，亦不以子亡而有别置媵妾者，可知其不惟不傷，亦且不懼。吾見士千之情過於鍾也。士千百章之詩，一聲哭則一章詩，然則百章而外，情遂散耶？

何子曰：人歡喜，其初不擬爲人道説，既則不禁，喜所迫也；人鬱怒，其初不擬爲人發憤，既則吐盡，怒所激也。雷發焉，而雷之力盡矣；風激焉，而風之力盡矣。然則士千聲焉，而士千之情散矣。子夏，善説詩者也，彼不以《三百篇》解其哭子之悲而至於喪明，不惟不作詩，而且不讀詩，情磅礴鬱結而不能已，而明以喪。彼其親受業於孔聖之門而尤若是，然則士千之爲此詩也，言止意盡，吾與進於孔聖不傷不懼之學矣。予亦嘗經士千之變者，聊以所得爲士千誦之。

鏡山全集卷四十一

序

詹司寇公詩集序

詹公愳亭，自年二十九即以御史建言削籍，徘徊泉山之下者十有七年。而復起爲卿執，復不數年歸，家食之日三於用世。其廊廟之具縮而入於山澤，經綸之用散而暢之詠歌，與泉中諸公結社賦詩。良辰佳夕，公無不賞，幽巘清流，公無不探，而悉寓之詩。詩題既殫，輒取雜事、小景抽爲賦目，故其摹擬足以寫奇宕，纂組有以極變態。而公搦管之時，用心獨苦，一字未安，或當盃而繹，或即枕而敲，雖流覽極富，取材最儉，要以不敢越唐人尺寸。而公之詩心時自喜，而出示於人亦以爲然矣。今集中所作《十五君咏者》，蓋皆一時相與之人，取而讀之，亦知公交游之端、取善之詳。至於魯國靈光，猶存一二，公尚未及爲存歿口號以記之。而如遠之後死者，不能有助於公之詩，而能知其美而序之，則所自詫取盈於公者也。

玉釜園詩藁序

趙生孔年，開園玉釜山中，閉户讀書，不預人事。歲偕計挾策上京，遍交名士長者。暇則爲詩歌，温然其詞，穎然其質，如新花結萼，而春禽調舌也。既足跡盡閩中，復來學温陵，再往返不厭。既問業於予，復出其詩命予序之。予既序之，而復進之。新花之萼，不有亭亭之枝；春禽之舌，不有喈喈之韻。斯道也，至無窮也，子歸而求之。子鄉之先輩不有田柜山其人乎？子年方韶，志方顯，著作方日富，吾他日就子而觀之，必進於是者矣。

鄭毓季詩序

世間多少豪傑，而毓季見予，若天人神仙之不可覩見，詩篇尺牘，望慕不一，故曰："子誠齊人也！"毓季居於岞海之濱，三家市肆，宜乎見穉孝若此矣。毓季曰："於《風》，吾得其趣焉；於《雅》，吾得其體焉；於《頌》，吾得其質焉。"夫如是，予將問詩於毓季，何毓季問詩於予也？毓季不獨稱詩而已，其讀史談經皆有意致，蓋賢而隱者也。世無知毓季者。毓季蕭然蓬荻之下，朝夕之不給，走入郡城，託於禄命之業，寄食旅店，而猶不足以抵主人之食錢。人知毓季治禄命人也，而孰知其稱詩人也。

予因語毓季曰：詩亦有命焉！出於貴人之腹，音節結轄，精爽越渫，而四座高張，賓客發揚，抵掌掀髯，緩吟長咏；出於賤士之腹，雖聲和金石，響諧《韶護》，愚人見之，若鐘鼓之駭爰居，手揉足踐，無所復惜。去矣，去矣，子我稱詩，吾亦從此逝矣。

香雪山房詩序

昔人謂謝宣城工於發端，如"大江流日夜，客心悲未央"，其尤膾炙人口，而唐人"暮蟬不可聽，落葉豈堪聞"，則其次之。予以此推之《三百篇》，則如"旄丘之葛兮，何誕之節兮"，"爰采唐矣，洙之鄉矣"，則亦起語之最豁而可諷詠者。蓋文字之工，雖古人亦自有數，而今觀於仲聲先生諸作，何發端之工之多也！

仲聲玄黄抽思，藻黼爲飾，白璧待知，黑貂屢敝，而伸紙濡毫，造次彌精，風雨靡輟。家在三山，本郢雪之鄉，業世康成，有青箱之襲。觀其所作，遠者王翰林、林員外諸公，近者鄭吏部伯仲見之矣。桃源古縣，唐有盛昭州，宋有陳休齋，元人仕其地者則有盧平陽，以今先生稱詩其間，是又廣文絳帳一勝事乎？《香雪齋集》，先生之片臠也。予謂先生發端之工，斯集數數見之也。若落句之語，當以杜公爲勝。彼其結作，發有餘之意於已言之外，而先生亦有焉。若"慣經説惶恐，不待到灘頭"，"聚散真無定，明朝又遠之"，"來宵相望處，明月不同方”,“鳴雞催曙色,僧報日東生”,此亦予之最愛者也,予見先生之詩得首尾之全也。

吹劍集序

爲文之道,理爲之主,而氣輔之;爲詩之道,情爲之主,而聲輔之,故夫詩從聲出者也。《三百》之篇,奥義奇辭,《爾雅》所不盡訓,非詩序、傳、疏,無以相證明,豈不謂深哉?而讀之者不見重遲艱澁之病,其聲善也。六朝之際,斯義尤嚴,唯古人之聲動之天而後世嚴之以人,此爲不逮。宋人之作,雖窘於理,蓋亦有妙于情者矣。以不善理,其聲則後世無傳焉。夫詩,樂府之遺也;樂府,《三百篇》之遺也;《三百篇》,八音之遺也。八音之音,所以被諸絃歌,薦諸郊廟朝會,不有諧聲,何以須后夔也?上世以來,不辨音者莫如宋。今海内詞賦之業,户匝家圜,其劣於音,則閩人不免焉。吾鄉先輩蓋有卓然自名其家者,尚不能服中原好事之口,而甘爲之北面,其故可知已。故夫情之不至,假嘷噪以爲雄者,今海内之病也。有其情其聲不能按而舉之,并掩其情而不彰,今閩中之病也。

士愛方襲制科之榮,技於餖飣,廼以其餘閒用之詩,抵隙而求工,瘁精以發嗜,可謂顓篤已。故余以其所私得者爲士愛誦而存之,士愛固不以閩自限,亦不以海内一時自喜,其將與子論於千古之外也。士愛有二集,故命之《瓦鳴》,而玆曰《吹劍》。士愛之詩,其詞清以揚,其氣婉以舒,猶嗛嗛然如是,斯其心不千古寧已耶?

鄭道圭詩序

今世稱詩者,云唐詩唐詩云爾,予恨不宋又烏唐也?天地古今景色法象布濩流衍,何所可窮?千百世上,千百世下,心思神智,何所不極?有宋諸公業挺然以文章自命,其有不竭一生心力思維結撰,出前人所未嘗有,而徒襲其影響跡象以相師者耶?且夫既唐矣,胡不漢魏也?既漢魏矣,胡不《三百》也?且夫一唐矣,自分初、盛、中、晚,而何獨宇宙之間,不容有一宋也?宋亦一代之人,凡前輩今日所以不喜宋詩者，目皆未嘗見宋，如瞽人隨人而言日月耳。予讀文與可、秦少游、陳無己、戴式之諸公詩，莫不鏤心刻意，有物外之思。予讀唐人全詩，上自渾灝，下及鄙俚，一凡人情物態可以敷飾風雅者，無所不點染，而世人亦未之盡見，其所見者，楊士弘之《正音》、高廷禮之《品彙》而已。宋人最好唐詩莫如嚴滄浪，予取《滄浪集》讀之，如肥酒大臠，可供一嚼而不可啚劇飲，彼皆爲唐詩所限。而高廷禮列韓昌黎於正變，亦殊失之。夫昌黎古詩奇字奇句，學《三百篇》而爲之者也。宋諸公長句之法皆祖昌黎，而王荆公、蘇長公尤甚，諸公各自得意，各不自言，而音響臭味自有不可得而掩者矣。

予徒鄭道圭，予喜其文詞於覊丱之日，而今讀其詩，有唐之氣，有宋之骨，有先輩大方之度。予喜其有合於予心也。夫予也，少而稱詩最篤，老則廢而返求之學問，而名爲知詩，則予不敢辭也。予也與道圭無爲唐詩，無爲宋詩，爲一代明詩不亦可乎？

史世稷詩序

余廢居二十七年許矣。其始廢時，則聞史世稷稱詩諸君間，至今不能請益，反使世稷命詩序於予，予詩人乎哉？夫詩也者，高人達士之所作也，豈以聲響韻調耶？白樂天名能詩，則以謝康樂山水與陶元亮田園對舉並稱，今著於世者誰乎？山水一時之適而舒遲，田園則高風遠韻，有未易及者矣！試觀絺綌冬陳、瓶罍夜罄，而謝康樂有之乎？唐人名詩不啻多家，其品格行事涉於怪誕僻拙則有之，未有溷於塵濁之塗而能著名後世者也。若世稷之詩，謖然如松下風，漣淪清瀾而婀娜嫩柳也，予皆未爲世稷稱許。予讀世稷《貽張執卿》詩，“賢者自賢愚自愚，聖人與俱難概冀。在囂能恬可任囂，不雖尸居難保睡”，此有道之言而陶元亮之侶矣！其在於宋，則坡老有此境界。予所許世稷詩者以此。世稷又曰：“余能爲貧又不能爲名，孰知我者？惟何先生與我同此境耳。”夫詩能貧人又能拙人。若予之詩，固當富比陶朱、巧並公輸，乃亦與世稷同境，抑可笑也。然予之貧，予自爲之，若世稷席先尊方伯公之貽，生王、謝之家，諸父太守而兄少宰，亦坐令世稷貧，可笑又甚焉。

世稷有子方射策公車，蓋與予兒同支干云。是父是子，吾不知能終不貧與否也。

還閩詩序

杜公《北征》之詩，還家之詩也。杜公北征，急於覲其君。劉無機還閩，篤於思其祖。杜公還家，風塵滿面，瘦妻饑女破涕爲歡。無機還閩，上其祖先之丘墓，與諸父諸姑道疇昔、序平生，返之金陵，則上杯酒於慈母之側，歌寸草縫衣之章，故足樂也。貧似杜公，樂則過之。杜公《北征》詩，鬱紆悲憤結而爲長篇，譬之激雷狂風，崎山嶔嶺，極其盤礴曲折之致，故垂之千古，與秋色争高。無機束征衣，憩旅舍，陸則輿，輿則山，水則舟，舟則川，人則邂逅，契則金石，以故逸興徐生，秀句遞發，如散星麗天，碎金露沙，致固自不同矣。杜公雖時寄酒人，其精意結於内，而極意盡於外，殊覺無餘於邑；而無機笑口日開，雄心時露，此則自不同者。杜公曰："安得詩如陶謝手，令渠述作與同游。"予又安得拍浮池中，使無機與杜公面對詠詩予側，予爵以大斗，張目二子，如螟蛉蜾蠃也！

覆瓿編序

内弟温遴卿出其詩命予縱删之，如關雲長飲酒聽華陀刮骨也。删畢，將爲之序，而黄國蒿適從海上至，以酒中漫語曰："自先生林居二十餘年矣，泗清初見先生，而先生評泗清詩曰'大唐'，彼時大駭怪。比歲有袁宏道者，其所論述一如先生。曩時袁公書出在先生之先，而先生所論已在袁公之先。今泗清上下古今之變，而知先生有味乎其言之也。"余遂爲國蒿縱言之。

凡言文章必曰漢，然至韓昌黎而已變漢之體矣。王道思少年起家爲漢文甚合，已而甚悔之，而唐應德最後悔之矣。言字書必曰晉，而顔魯公已變晉之體矣，至於蘇、黄、米、蔡，而變不可勝言矣。言詩必曰唐，元人最爲唐優孟，而僅得其晚近之氣，而不能有其振作。言理學必曰宋，而王伯安氏動與朱元晦相出入，世亦豈得而擯之也，非求異也？一世之精神才智，愈生而愈不盡，一人之見，一家之法，果不足以盡古今之變也。且文而必漢，則漢人當如典謨也；書而必晉，則晉人當如蒼頡也；詩而必唐，則唐人當如《三百篇》也；理學而拘拘於宋，則宋人當學揚雄、王通也。且文而學漢，則人但讀漢而已，何必我也？書而學晉，則人但慕晉而已，何必我也？詩而學唐，則人但詠唐而已，何必我也？道學守先儒之訓而不敢跬步離，則何有時行物生、天地變化、草木蕃之象也？雖然，文不必漢，不師漢可乎？字書不必晉，不師晉可乎？詩不必唐，不師唐可乎？理學不必宋，不師宋可乎？夫有所本之也。

吾遴卿之詩，師唐而爲之者也。雖不必闌出古人之外，觸規破矩而自見其奇，而一段清新之氣、空瑩之象，模寫景物，發舒才情，無一入塵俗之韻，其得意處已在王摩詰、儲光羲之間，此則真有不可掩者。遴卿少而俯首讀書，去之不得意，學擊劍，去之不得意，學書畫，又學爲詩，其興在茶鐺酒盞之間。與人言，惟恐一語不撿，挂人胸臆，遇催租算緡之人，如見怪物而入鮑肆。其事父母至孝，其生平真有過人者，而今五十餘，老矣！余從吾妻呼遴卿爲兄弟，吾所言詩平時在諸公間，而未嘗一與遴卿語之，玆因遴卿出其詩命予縱删，故敢爲遴卿盡發焉。凡我海上諸公，聽予言而有得者，自國蕎而外，則有蘇伯潤、鄭道主，而吾兒雲亦厠其後。夫其不爲唐詩，此乃所以爲唐詩者矣。

李勉叔詩序

陽山天下窮處，有韓文公至其間，而陽山藉以重。今平遠之爲縣也，陬居山谷間，治之者令、尉二人而已。其始置縣也，本以禦盜，非有文物之華，簿書之繁也。而勉叔坐而領之，其邁往之意、劇治之才無所發舒，則惟寄之讀書文字以爲樂。故其所得詩如是，豈非仕者優游之一適哉？

勉叔之詩充然而有餘於思，澹然而有餘於韻。莆中多風雅之士，而勉叔爲之冠。他日爲我言有詩四百篇，盡落於胠篋之手，今僅有此而已。

夫文公以名御史出仕陽山，其道雖尊，其窮故甚。勉叔振鐸吾泉，入爲翰林，出爲曹郎，而局促於此，視文公當日何異？以文公陽山之窮，尚有區册者至其間，爲之稱書史、論文章，惜乎平遠無有焉。而余以衰朽，又未得一至歷階而升與勉叔稱賓主，聊爲勉叔序其詩而寄之，亦當區册當時之在文公左右也。

玉屏詩草序

王摩詰通禪而發之精秀，白樂天通禪而敷之通達，賈閬仙通禪而出之瘦峭，靈徹、皎然之徒身爲禪，而語若出於學士縉紳。韓退之好奇而非古不道，盧仝、孟郊好奇而非自撰不運，李長吉好奇而非幽怪不顯，李義山好奇而非迂澁不口者也。池直夫通禪而禪其詩，凡禪中妙義無所不遍舉；好奇而奇其詩，若人間俚雜之事之語，無所不插入也。其慧照了於精微，故參禪而詩無所不合，其心思入之玄渺，故雜俚之事之語無所不供其轉使運動也，此直夫之禪之奇也。比海内有徐渭、袁宏道、吕維祺數君，皆以奇儻削落之詩快人口眼，而吾鄉一時諸子則有蔡國鋌、蔣德瓚、德璟兄弟，而皆與直夫善。而直夫尤能濯膽洗髓，抽精奇而露閃爍，余見直夫之詩，欲界盡爲天都，凡夫盡登聖位，不净不垢，無盡無邊，爲詩林之上乘也。

周恭肅公詩序

詩有體乎？無體胡詩也，然而自有吾體也。詩有法乎？無法胡詩也，然而自有吾法也。詩莫盛於唐，以今觀唐之詩，李白自李白，杜甫自杜甫，韓自韓，白自白，孟郊、賈島自孟郊、賈島，不一體也，不一法也。國初論詩專祖唐人，近來乃有欲離唐人而爲之者。要之，何必唐，何必不唐，惟其所學之深則其發之爲言，自有不同矣。

吴江家宰周公白川之詩，自爲一體、自爲一法者也。其思淵以清，其語曠以遥，若列樽俎肴羞以延上客，而皆非世間常有之物，如霓裳羽衣翩乎其仙也，自他人思之，若不知其所來與其所止，而自公爲之，如取目前而出懷中。而遠又怪公之詩如此其精以妙，其所交游又皆一時顧東橋、王浚川諸公，乃無一人言及公詩者。王鳳洲公自視一代文人,評隲風雅而追敘其鄉先哲之詩,第稱公振臺綱、開藻鑑而已,豈公之詩鳳洲公未之見耶?抑公在當時不揭揭以示人也?夷考公敭歷九列,與張永嘉、夏貴溪同朝,當時處之,不見異同之迹。時值大計,則黜及嬌婿亦無所私。合公之詩與公之爲人,公蓋恬然闇修,其所得所學有不以語人者,而世之標榜以爲名高,踔發以爲風裁,皆所棄不屑。今日自非讀公之集,殊不知公之希夷寧澹,不求爲名,真足軌先民而程往哲者也。

遠來京師,謬見狎於公孫侍御季侯君,出公集見示,始爲季侯盛稱境詣之佳,而少師葉公復歎公文之美,謂可追蹤古人。季侯因命遠爲公選詩而將別刻之。遠謂公詩蓋無可選者,因爲評而歸之。昔王充《論衡》因蔡邕而後重,韓退之之文迨宋而始得歐陽氏表章之,以著於世。遠學無所底,不及二公,而知公之文自擬可謂不讓,蓋天下之物久而後出人間者,乃宇宙間之至寶也。

天全堂詩藁序

小范自禮曹郎去而爲南吏部郎,則上書神宗皇帝,言上於用舍進退之間,不無謬邪正是非之辯,而以歸咎於閣臣不能究有容媢嫉之所繇分。神宗皇帝曰:"謂朕漫無裁定,但倚閣臣耶?所以敢如此疏,謂前有救陳泰來者留中耶?"立命逮繫之,時爲癸巳歲之臘除。上既出是旨已,便欲飲守歲酒。諸大閹環跪上前曰:"王閣老聞上旨,在閣中哭未退也,願萬歲且無讓酒。宫中上酒至尊曰讓酒。"上躊躇良久,改爲削籍,而後讓酒飲也。閣臣者,王文肅也。小范之疏,蓋爲高存之削籍而發,而上旨有"救疏留中"語,蓋謂予也。予嘗申救檇李陳伯符云,此時小范方年三十耳。神宗皇帝,君父也;閣臣王文肅,公師也。小范一言而所以致意於君父、師之間者,良爲切至矣!小范年二十三登第,翩翩英韶,喜讀書文辭,與戴亨融最相厚。而久之,來與余爲同舍郎。余厚小范,不啻小范之於亨融也。小范一謫不復振,至神宗賓天,方遺敘復之詔,而小范亦歿矣,而年未六十也。而余與亨融長小范七歲,尚在人間,尚得與於簪組之列,興言小范,能不爲之悲傷乎哉?

小范既殁，其子廣譽入都上書，求爲小范身後之榮。而上亦自行贈小范爲光禄勳，不待廣譽請矣。小范謫居里中，與存之諸君講學不厭，而詩尤其所宿好。廣譽持小范詩示予，命序云："此其十一耳，家中遺藁尚未悉搜録也。"小范早歲之詩，步武唐人，晚歲則闖入陶、韋、白、蘇之間，清通簡勁，無一毫塵心塵事。且買山吴興，而將歸隱，世人比小范於愚公，而小范益自喜其愚固當。予赴召時，過錫山訪小范，小范正作古人，諸郎持服鄉間。但見庭中葵花焰焰刺眼，爲悲傷不自禁。今又得小范詩，讀之亦猶見其庭中葵焰焰也。葵歲歲花，自有葵以來花時無窮已也，小范之詩亦如其庭中葵，傳之後世無窮已矣！

愛日齋詩集序

予少年未得唐人所選《河岳英靈集》、《間氣集》、《又玄集》讀之，而徒見其名，心謂以唐之人選唐之詩當何如精妙！及爲郎時，得而讀之，則五言居多，但見其所取格律不失、音響諧調而已，方知唐人之詩，所號爲登堂入室者，其法門皆在於此。王元美叙吴明卿之詩，以爲合於古人之極則。《易》曰："範圍天地而不過，曲成萬物而不遺。"天地如此其大也，萬物如此其賾也，聖人所取範圍曲成，第曰不過、不遺而已。不遺者，詩人無所不極之謂乎？不過者，詩人無不合則之謂乎？有極有則，唐人選詩之謂乎？

許君信之名久在海内，雖以予疇昔入山之深，亦嘗聞之。比予官内饔，則君信已先予爲僚佐，乃出其所集《愛日堂詩》命予序之。予讀君信諸詩，既大類唐人，而五言律詩視唐人所選諸集尤合，君信一何其近於古也！予觀今人選詩，律必窮於聲之表，格必出於情之外。窮聲之表，予慮其淩厲而近於怒；出情之外，予慮其谿刻而入於促。既促且怒，去雅遠矣！紓徐而不迫，篤慤而不浮，君信之詩其《河岳英靈》之詩乎？《間氣》、《又玄》之詩乎？君信淡以居心，潔以守官，勤以奉公，具載夫人之耳目，而以"愛日"名齋，則終慕之意焉。予又曰，君信之詩，非徒《河岳英靈》之詩，《間氣》、《又玄》之詩，遠之事君，邇之事父之詩也！

悖物集序

天下有無所附麗而能立者乎？無所對待而能合者乎？無所模擬而能似者乎？無所鈎索而能玄者乎？無附麗而能立者，才之生於天也；無對待而能合者，工之契於化也；無模擬而能似者，聲之出於元也；無鈎索而能玄者，奥之孚於道也。而集之先生之詩具有之。

集之結組在腰，心忘象罔，影纓近天，意會風雲，非聖之書不讀，風人之旨斯彰。自其爲大行時，奉使西凉，車軺所指，視聽所留，觸而爲詩，古則伐柯，清歌貫珠，天才化工，元聲道奥，如予所稱，靡不具足。爰命其集曰《悖物》，出以見示，謂禹貢悖物是言華山也，是所奉使西凉時之所見也，是謂觀止，是謂志該。夫仙人之掌、烏鼠之穴，松枝五粒，藕船十丈，茹其苦者長飽，寢其温者長眠，此皆世間不經見之物，無所因襲之事，方宇垂稱，古今現殊，不知集之似悖物乎？悖物之似集之乎？予讀集之之詩已，如捫坪歷幢，通帝座而躡神皋者矣！

觚草集序

昔王元美作《觚不觚》之篇，蓋孔子思觚之意，而司馬子長以《破觚》頌漢，將觚乎？抑破觚乎？秦之觚則可破也，周之觚則不可破也。詩之爲道也，言棘思乖，聲疾勢奔，是今之觚也。玄言合乎道軌，元韻参乎先正，是古之觚也。要以無沿之義不能興詞，有待之音便非元始。集之《觚草》之詩，若爲報瓊代覲之酬酢，而時遇蒿目之思，間有努力之贈，真可謂誦穆風清，言同蘭臭。觚哉，觚哉，吾不得而破之矣！

林宇穉詩序

吾鄉葉相君好爲詩，云浹日輒數章。余曰："相君胡治之暇也?"曰："予以輿中及枕上得之，夫皆無所治者也。"相君又好人和詩，示余詩而不和，則語人曰："何穉孝不詩矣，唱之而不和也。"於是，相君有詩，余輒竭蹷和。昔吾郡之永春縣有顔範卿長史者,年九十餘,好爲詩,稱詩吾郡中。而其旁德化縣有張公仕、林仲謨之倫從吾論詩,蓋皆得派於範卿。而其時,予長隱矣。宇稺先生亦公仕縣中人,方上公車試州郡。予無所相從游,不知先生能爲詩也。予來京師,先生一日以詩見示,則蒼蒼爾矣,遒遒爾矣。予快然喜曰:"以先生之詩而令遠不知也,先生盍大之?今葉相君好詩,遠爲先生介紹,可乎?"先生亦喜,書詩以請教於相君,相君亦歡然也。

夫古人之詩,有游大人者,有游高賢者。游高賢者如韓退之有籍、湜、徹、喜諸人,蘇門之有六學士也。游大人者如昌黎之上書宰相,蘇子瞻之求通於富鄭公、韓太尉諸公也。葉相君以稱詩名長安,宇稺先生嗜詩而善治之,而無所得知。於今得及相君之門,此又可與宋時諸君子得游歐陽公之門者比,而唐宰相,宋富、韓所不可同論者也。宇稺先生直而不能委蛇,真而無所隱伏,仕州牧起復仆,今而去爲幕僚嶺以東,嶺以東諸公又善稱詩。予見先生之詩,上自相君,中及士大夫,下至山人墨客之儔,皆得與先生周旋唱和矣。

七州詩藁序

州有九,吾游其八。然則車有五,吾能讀其四乎?亡書三篋,不遺一字,然則從四篋以至什百,其將奈何?且夫州游八矣,吾亦安能歷歷其城郭,而昐昐其鄉廬耶?天下意而已矣。州九游八,是吾之未嘗忘游也。然則五車而不能舉其四,三篋而不能舉其二,亦見吾之未嘗忘讀也。

孝翼頃問予,請名其齋,予名之曰"慕甯",而孝翼大喜,夫亦人休不休之謂也。故曰:不出户知天下,此游之至也;默而識之,讀書之至也。孝翼語予曰:"凡吾所歷七州矣,故吾以七州名吾詩。"孝翼家徒四壁,讀書、養母之外,無他志向,人休不休。其於五車三篋也,猶乎并包之也。孝翼詩骨方遒,後茅彌勁,高者含慷慨,次者稱平匀,猶夫九州之有山也,又猶夫九州之有土也。孝翼方聚首燕市,今也又將别予而去,其爲雲將,其爲汗漫,予莫得而望焉,其爲詩也,亦將如此矣。

蟲天館詩藁序

友人趙子荆三刻其詩矣，始曰《玉釜園》，爲諸生讀書時詩也；繼曰《荆璞》，爲再獻再刖，最後俛得而俛失時詩也；兹曰《蟲天》，謂夫玉釜時詩，此鳴天者也。再獻再刖、俛得俛失時詩，此問天者也。今也龍飛蒙恩，倅苕霅間，半刺方新，三釜遂絶，歸而抱樹廢我於沈溪之上，此聽天者也。子荆天禀遐邁，人詣篤至，文詞俊逸，殆不可當，才與行莫不優且厚，三刻詩而三托之天，予意其晚節若不能無侘傺無聊之感，而失其少年之始望。

何子曰：夫人，倮蟲之長也。蟲一天也，群生之蟲莫不能天，而吾人尚有疑天之感，謂蟲能之，人不能乎？語曰"蓼蟲忘辛"，既曰忘之，烏乎疑之，夫子荆之於能天，亦若此而已矣。

王君澤詩序

粤西得天地清淑之氣居多，握靈蛇而含和璧者，雖不能如東粤之林林，然有數之人則必有有數之材起焉。以予所覩，正、嘉之間則有郎中戴公時亮，隆、萬之間則有半刺張公羽王，其崛興者矣。若予所得交游，則有太僕張公質卿、太守龍公廉孺，而今若太史王公心乾三人，其著者也。昔在吴公獻臣欲以詩就學於李北地，北地不之許，而晚節與爲仇。其後公之立朝著聲，又别有在。然若吴公者，豈不欲苦心畢力而求之，而求不可得，則又豈非天之生才不數，而又可見粤西有數之才也，於今乃得吾郡半刺王公君澤實能詩云。

公初下車，即以撰著聞之人人，而余授簡爲最先。公定禄才士也，屢上公車，竟不得一第，遲廻於廣文郡縣間，其所歷之地，天授之極北，既而反之其西，既又授之以極西，則清平之縣、苗蠻猖獗之鄉，征輸甲兵無虚日月，既已有功，緒得貳車矣。然地方之事，非公得主者，諸文武大吏亦竟無以報主上，而公來吾州矣。公來吾州，視昔所歷之地頗爲宴寧，而職亦稍簡無事。余視公詩所爲詠於清平者，惄然百姓之憂，而不勝其突薪之慮。公之所言雖在於民，顧不廢於倥傯雕敝間,而其爲言也,又憂而多思,暇而多整,良爲公難之。今來吾州,地則宴寧,職則簡無事,無疇昔之煩勞。行見公意興益寬舒,詩筆益豪贍,且將歌詠於庾公之樓,而春容爲大堤之曲也。予也鄙,不能爲李北地,而公自進於吴司空,異日執筆以從公後,予庶幾哉,予庶幾哉!

叢蘭館續稾序

老子,商人也。喜起之賡詩,始虞廷矣,五子之歌,夏詩所從來哉!老子,商人,乃不能爲詩。然老子雖不爲詩,其《道德經》用韻之文,悉詩也。《易》之爻象,予以謂其用韻者,亦周公之詩也。《道德經》玄矣,邈矣,至其用韻之文,無不明白而剴暢,如曰:“載營魄抱一,能無離?專氣致柔,能嬰兒?滌除玄覽,能無疵?”“與(豫)兮若冬涉川,猶兮若畏四鄰,儼兮其若客,涣兮若冰將釋,敦兮其若朴,曠兮其若谷,渾兮其若濁。”孰非老子用韻之文也?詩與文異,文可以奇,可以奥,而詩也者,必平正通達,發乎情而證之性,雖其宛焉有餘思,愍然有餘悲,要之,皆含而不露,其詞之可見者,則平正通達而已矣。孔子問禮老聃,在其出關返流沙之後,相去千有餘歲矣。然孔子亦不能詩,觀其“彼婦之口,匪兕匪虎”之詞,若見謂不能詩者,乃其事則顯然可見,其言則顯然可知矣,此孔子之詩也。

登卿林公早擅詞林,至老不衰,縹緲之積,日新富有。年九十有五,猶稱詩如曩日,而其寓之篇什者,率平易流暢,無支離廻鬱之狀,此殆與孔、老家風如出一轍。故詩獨名於時而其年特出於衆,非偶然而已也。公飲啖尚健,年少人自以爲不及。其五内之中,譬若洪爐熾火,一入皆化,然不善爲酒。蓋酒也者,所以適興,非所以養生也。予又怪衛武公“初筵”之詩,亦在九十有五之年,然則武公少年似乎以酒爲命,乃悔之九十有五之年,不知其平生費酒幾許多矣?然讀其詩,著誡極直捷,而模寫極情態,此則武公之善爲詩而亦其所以壽也。詩與酒兼之者,武公也。飲啖詠歌互答而雙進者,公也。然武公年雖高,予終不敢以限公,乃以老子能詩之云舉以爲公詩之序。予以文字交公最爲晚進,而較之孔子問禮之時，則一似最先。然老子之以河上公冉冉騰化也，在漢文帝之時，其時孔子去之久矣。予雖序公詩，尚慮蒲柳之姿不能侍公河上之日也。

亭亭居詩序

予與梅臣論詩，始而吾心有詩也，已而吾心無詩也。吾之始爲詩也，曰何者爲曹、劉？何者爲沈、謝？有時乎曹、劉，有時乎沈、謝。其已也，無曹、劉，無沈、謝，詩而已。

梅臣之詩，何其似於古也。其閒淡者如陶彭澤，其俊逸者如李青蓮，其鬱然幽、瑰然奇者如李長吉，其醞藉而含蓄者如唐一代人，其中無所不有也，懷之所之，無所不似也。雖然，予望梅臣之無詩也。善學孫叔敖者，優孟也，則優孟而已矣。余獨想像，夫孫叔敖之有可以學者也。其爲楚國謀也，起而行，據焉而若木。其爲楚王言也，王行善，則翹然喜，擊節抵掌，生其意態；王不善，其言若不聽聞，多方而誘之，彌曼而譬之，其法與教行之，楚國之人民斷擊截的，莫之敢軼越。其和心惠意，如濡膏雨而拂春風，其當身之後，無一日之積，枵枵焉，調調焉，峩峩乎其冠也，曳曳乎其裾也，戞戞乎其綦履也。故夫孫叔敖之貌，有足爲優孟學者也。然則梅臣之於詩也，其如叔敖焉爾矣？

梅臣曰："子爲我序詩。予淺乎爲詩也，寧箴我，無奬我。"夫梅臣爲孫叔敖也，而使天下後世爲之優孟，此無詩者也。予於梅臣乎望之。

閩游草序

余長光禄，周原鬱爲署正，稱余堂官矣。及原鬱來丞龍溪，余稱原鬱爲父母矣。余與原鬱習如是，今乃不知其能爲詩。原鬱雖遷去，顧懸空缺以待耳。于是原鬱不得意，復謀爲北游，臨别出詩相示。予曰："詩大似杜，從杜得之耶？抑蜀人氣侯風韻俱是如此也？"原鬱心是予言。予嘗歎端士多貧，詩人多困。端士多貧，則自取之；詩人多困，誠何説也？將杜公不萵苣，不橡栗，便其詩不傳耶？

原鬱先公爲僉憲，守其清白之遺，不敢軼尺寸。賊破重慶，廬舍火，田疇荒，留滯南北無所栖止，貧困甚矣。然不貧不足見端士，不困不足見詩人，則予又爲原鬱甘之也。

江仲譽詩集序

仲譽，古人乎哉？其詩則古之人也。仲譽之詩，言言古人乎哉？其山居客游、懷古道志則古之人也。仲譽身之所處而心悦之，足之所涉而興隨之，意之所慕而念攣之，中之所安而言出之。故夫山居客游、懷古道志也，而靡不之古人也。“城市不堪居，林幽仍結屋。矗矗嶺上松，青青園中竹。獨坐清興生，歌聲滿空谷。瑶琴坐石彈，藤牀留月宿。雨餘澗沼清，風動芝蘭馥。何須身外名，且盡杯中緑。”此仲譽山居詩也。“停棹西巖下，秋風拂釣竿。鴉歸楊柳岸，鷺過蓼林灘。花日千峰暝，空江一水寒。滄洲今夜月，惆悵與誰看？”此仲譽客游詩也。“孤棹泊嚴灘，松梢滴露寒。潺湲聲别澗，蒼翠迴層巒。垂釣名還在，中興事已刊。悠悠千載意，誰復共盤桓？”此仲譽懷古詩也。“富果爲人所欲，貧莫非士之常，無病身能夜讀，不愁家宿荒糧。”此仲譽道志詩也。余舉仲譽數詩，以似騷壇君子古人乎否也？惟其有之，是以能言之，仲譽之謂矣。

何子曰：仲譽蓋嘗過大傷之灘，溺焉與濟俱没，與没俱出也。燭龍過而循其茅茨，家有萬卷幾灰於秦焰。溪伯、水妃、回禄、祝融若妬仲譽，若憐仲譽，要以鼓弄仲譽，使其不能爲長袖舞，而志益堅，而於詩也益振。仲譽不見夫孟郊、賈島乎？至今讀其詩，知其困窮，又知其不死也。

楊元補詩序

張湯平居便爾，一遇決獄則心開；曾子三旬九食，其於歌聲若出金石也。玩“心開”二字其作爲爰書，何等確中！何等明盡！鍛鍊周内，即當今世士大夫讀之，尚以爲喜，何況同時之人主。三旬九食，聲若金石，無論其充充之氣如飛灰之管，一段浩然而昌大有游於風雲塵埃之表者矣。張湯、曾子寧是儷偶之人？

吾今引之，亦老子、韓非同傳之意乎？蓋予與楊元補論詩也，張湯之開，吾以爲詩之朗；曾子之聲，吾以爲詩之響。元補之詩不足當此朗、響，吾寧能引不倫之人以爲元補譬哉！唐人之詩，誰爲開者？吾必曰白樂天。誰爲響者？吾必曰韓昌黎。而元補近之，後進之英，吾不於元補誰望耶？

元補，予友宗伯公惟彦之子也，能世其業如是，是不足父宗伯公哉？則予又命之曰："乃翁之詩，温柔而和暢，子更能如之乎？則錢起、劉長卿、温庭筠、郎士元之儔兼之，聚爲一爐即鎔爲一冶，大成之道也！"

閩語集序

胡越之人生而同聲，長各言其方，孔子謂之"鄭聲"，孟子謂之"蠻舌"，莊舄越吟，賀公吴語，夫安知中原之是而閩音之非耶？父曰郎罷子曰囝，此晉安之言也，而前人入以爲詩文料。泉之優人爲曼聲，而漳、潮之人皆學之，登場出唱有不爲泉聲者，場下之人瓦礫擲之而胡盧向之矣，此亦泉人之雅音也，何暇論閩。楚之有屈原、宋玉、唐勒、景差也，是楚音也，而孟氏輒謂楚大夫欲學齊語。孟氏在齊，自重其齊耳，不曰"齊音傲辟，能驕人志"乎？以脰鳴者，以注鳴者，以旁鳴者，以翼鳴者，以胸鳴者，雕琢而薦之宗廟，夫是皆天籟也。韓退之曰："擇其善鳴者而使之鳴。"所載以文辭鳴者，皆東西南北之人也。紀子應明以"閩語"名其集，亦若此而已矣。

南谿草堂集序

林咨伯先生與余同庚，余長先生一月，壯歲在京師相與結社，賦詩相樂也。居亡何，余得罪譴逐，先生從詞林循資至南司成，亦家居者久之，比時時相聞問。又十餘年，予一過莆中，飲先生南谿草堂，綢繆數日，甚歡也。嗣後聞問益數。天啓初，余蒙召還，尋以病請。而先生起家少宗伯，歷大宗伯，抵牾權閹，亦不能久安其位矣，歸一歲而遂卒。何先生遽返其真也！先生有《南谿堂詩》，令嗣觀察君爲先生刻之，刻成問序於予。

予謂先生詩温潤典則，瀏利輕颾，見若甚易而不知其磨錯之甚難，見若甚難而不覺其疾讀之甚易。卑不可抑，高不可亢，淺而章，深而不窮。斯雅道之極致而太和之元音也。抑余觀海内諸公集，亡論其能頡頏先生與否，即開卷之間，非贈寄某通人，則頌壽某耆碩。而先生之詩，一切擬古命題，即景設色，所攀拉儔侶，一二詞客，山人爲多，而煙雲風花之致，蕭疎筆楮間，可見先生之酬世應物，介然而自有我法，孑然不藉情欵以爲涉世之梁津。故先生官至秩宗，而家食之日恒居强半，其恬讓之懷，蓋有高出萬物之表者。先生將殁，命家人具山巾道服，一物無所將往，此與蜕化神游何異？蓋余讀先生詩，知先生有此舉動久矣。

菊花百詠序

蘇子曰：求之而不窮者，天下之奇才也。體物之詩，求工於數首難矣！欲詩出一題，首共一韻，而至於百詠之多，非求之不窮，能有是乎？《菊花百詠》，蓋甬句東吴潛玉之作，余鄉史相國讀而喜之曰："贍而不劌，切而有倫，非文字不窮之才，實不能有此！"出篋中資爲梓而行之。余間取潛玉詩爲之續和，勉强兩首，神氣索然矣，乃知潛玉信奇才饒且宏。

今夫天地間奇葩異幹，其枝葉之位置、柯條之長短小大，能一一皆同乎？然其色、其香、其性、其味則無有不同者，此之謂化工。潛玉之詩何以異此！或曰："夫菊也可以薤清商、傲嚴霜，潛玉爲人澹泊簡遠，蜉蝣塵壒之外，其節有相似者，不然，何是之取爾？"余曰："良然。潛玉不用於世，無所見才節，其鬱勃之氣，發之於此詩矣。"

楊能玄詩序

天下之理至虚而未嘗不實，至實而未嘗不虚也。天則實有是天，地則實有是地，而日星雲漢之昭回，山河草木之呈露，虚孰甚焉？國朝之詩若李空同則至虚，若楊升菴則至實，然大意則然，而所以虚、所以實則未嘗不兼者也。王弇州在虚實之間，而早年之艷語，晚歲之儲材，則又未嘗不實。蓋虚則無盡，而終歸於有盡,實若有盡,而終入於無盡,故虚實之會,是亦文字之極則也。

楊能玄之詩,讀之若實,而味之實虚,吾以是評之。能玄生海上孤島,砣砣窮年,與筆硯爲友,無題不命,無思不句,既出其詩前刻之,而又此集如是之多,乃近一二歲之作耳。天下之物,致專則必有其詣,致精則必有其神,吾見能玄之詩之未已也。日者海上有强賊,能玄念欲以口舌説之曰:“吾布衣之技止此耳!”能玄吾黨魯仲連也,斯人也,虚虚實實,何以測之也?

泠然草序

《泠然草》者,王右仲教宣平時所作也。予得而論其詩云,右仲之詩蓋清明而直達者也。詩之爲道多矣,而清明直達,惟大家有之。唐人之作不具論,其以清明直達名者,則有韓吏部、白太傅、韋蘇州諸公,此其原本出於陶彭澤,而沿入有宋歐陽六一、蘇長公、朱紫陽,率用此法。以此知清明直達,大家之所宗也。《樂》云:“清明象天,廣大象地。”詩之爲道,與樂通矣。王弇州以大家名文,其世實少此法,而所推引胡元瑞若以爲不逮,彼自群其黨耳。至其同輩諸公所許與若黎惟敬、歐禎伯,亦未免落唐人之臼窠,詩故未易言也。

何子曰:予又無論海内,即右仲之鄉言之,張司馬豪而乏於諧,豐考功質而乏於遠,范司馬理而乏於情,沈山人合而乏於離,余太常勁而乏於婉,屠儀部俊而乏於桀,沈方伯正而乏於通,屠辰州束而乏於離。右仲之詩,右仲自知之,亦予自知右仲耳。若夫古之君子,其作爲文詞,莫不有義焉。詩而無義,《小雅》諸篇何繫綴也?右仲《謝公亭》之詩,有其義矣!余讀右仲詩於台,得能仁公館之句焉。今讀右仲詩於永陽,得罪言之什焉。故夫詩也者,風也。風也者,君子所以憂世而繫情也。至若右仲之文,則有惜時、立志諸箴,一貫、克復諸解,右仲詩人乎哉!右仲詩人乎哉!

桂石軒詩序

右仲先生於泠然見師襄焉,於遠志見謝公焉,於桂見仙客焉,於石見米顛焉。桂,辣友也;石,介友也。先生遺余書,志不輕功名者不可以樹功名,兹令永陽,名軒"桂石",而以名其詩,辣且介者歟?輕且樹者歟?若先生之詩之義,則余於《泠然》篇具序之矣。沅江别駕張鯤水公,先生之部民也,先生喜其詩而與爲友。鯤水公行先生《桂石軒詩》而問序於予,予因書以復鯤水公。

汗漫吟序

江左之有王、謝也,子弟樂有其父兄,父兄亦樂有其子弟也。父兄而無子弟,又孰父也?孰兄也?張氏之有無晝先生也,王之導、謝之安也。無晝先生爲王之導,而無美爲之恬、珉、徽、獻;無晝先生爲謝之安,而無美爲之封、胡、羯、末,斯已奇矣。無晝先生有恩於朝,不以遺子孫,而以與其弟,無晝至大也。無美得兄任,棄而去之,至高也。天下之物,重其所輕則小而賤,輕其所重則大而貴。爲政不用子孫爲卿,孟氏以爲賤。無美之棄而去之也,乃登岡壟而望雲霞之卷舒,川壑之流衍,罔以爲吾利者,文史之富、書畫之奇也,此之謂知輕重,大丈夫烏得而賤之?無美之詩直而不倨,曲而不屈,則誠雋乎!顧謝安遺其弟萬書曰:"願君與爲士之下者同。"夫無美,方以余爲不足齒之傖也,必不與同詠歌往來,無晝先生無慮之矣!

林岳陽詩草序

萬曆之季,福唐林翠屏先生來訓惠安,從余游。先生善爲四六之文,歸家壽而康,尚善飲酒也。崇禎初,其兄子岳陽先生又來訓南安,復從予游如翠屏。居三年,遷永寧州學正。臨行,出其詩命予序之。

余讀其詩,雅健蒼勁,語率古意,詞盡古法。余怪先生何不早見教,先生曰:"余之爲此詩也,即予友不知也。毋論予友,即予叔亦不知之也。"余作而歎曰:"閉門造車,出户合轍,有是哉?""孔子於鄉黨,恂恂如也。"朱文公釋之曰:"不以賢知先人。"天下之人得之心而不發之口者少矣,得之心而不發之口,在酬紛應泛之間,則以爲深中,在立德、立言之人,則以爲恂恂爾矣。甚矣!予不徒得先生之爲詩，而又得先生之爲人也。昔王掾之癡不見知於其兄子，及偶見其騎馬而得之。夫兄子事叔父也，日夕周旋，而令其兄子不之知，若王掾者，可謂大恬然。余又怪以王掾之恬，其兄子不能得之平居，而偶得之騎馬，若兄子者，亦可以爲大慧。今先生出其詩而命予序之也，歸則翠屏先生必知之矣。翠屏先生亦且曰："吾兄子善騎馬者也。吾之爲四六也，故遠甚！"

朱擢秀詩序

予嘗以試事入晉中，其山則太行亘天，壯乎哉！城外山率培塿，問之不知其名。水至清淺，不可魚也。擢秀奉使入餘杭，猶壯夫健士一插足温柔妖麗之鄉，有不覺心軟而意折者，其發爲詩歌，娟秀明媚，固其宜也。且擢秀爲諸生時，故嘗讀書江南，兹其詩也亦大似江南人，而諸游記則似柳州矣，夫非其音格之似柳州，而神趣之似柳州也。

雖然，余願擢秀之有所掩也。客問："子何掩擢秀也？"天下之物有其大者，則其小者爲之掩矣。日掩月，月掩星，海掩江，江掩河，夫非有其大者耶？夫薛文清，擢秀之鄉先輩也，予讀其詩大似李太白，可謂矯矯雄一世，而學士大夫無稱焉。其居相位以道事主，不久於日月，亦不在世人之誦記。惟其以道學名，而遂躋聖人之門而程朱之也。擢秀爲國子先生，首折權閹之無狀，履厥虎尾，然以比文清公之得罪王振幾夫死者，余尚欲爲擢秀之田晝。始朱文公初登朝時，胡澹菴薦其能詩，而文公不喜。若夫文章與相業不相掩者，宋得一人焉，曰歐陽公。有所掩有所不掩，掩斯在擢秀矣。

九潔小草序

士必有超然物表、遺外聲利之途，而後有以自尊。夫超然物表、遺外聲利，此之謂無欲。無欲，聖人也。世之讀李叔玉詩者，以爲逃禪人也，采真人也，文章人也，山水人也。禪之謂空，空有欲乎？玄之謂虚，虚有欲乎？言者，心之聲，不出於心，雖有文章，言弗立矣。山水者，智仁之樂，不出智仁，雖有樂，弗真矣。

蓋繇前四者，不惟人以此歸叔玉，即叔玉亦若以此自歸者。然而，予讀叔玉之詩，率遺外聲利而超然物表，而無欲非叔玉其誰？純然無欲，聖人也。學而至之，賢人也。不學而合，謂之上根上智人也。叔玉勉而進之，“富貴不能淫，貧賤不能移，威武不能屈”，何莫非從斯道耶？孟子曰：“是心足以王矣！”予於叔玉亦云。

二京草序

高皇帝好正直光大之文辭，一時最稱上意者，無如宋潛溪先生。岐陽王親爲天子之甥，使掌中書，使掌内臺，又掌國學以教天下之賢士。則王之文章，今雖不可概見，而當時得上意如此，其指固可睹矣。王數傳而有太保惟寅公，太保公一傳而爲小侯汝藩公，小侯公一傳而爲侯士安公，侯公一傳而爲今太師玄素公，祖孫父子四世，皆以詩名，何其盛也！太保之詩典以重，小侯之詩莊以便，侯之詩朗以健，而今太師公之詩峭以直，要皆有得於《雅》、《頌》之遺，而合治世之音。

夫文章之道，與國運相通者也。比來操觚之家化和平爲倔强，變簡易爲艱棘，其意直欲出前人而上之，而俚俗淺近，卒有所不免，幸其哇嗚蟬嘒，不足以與於升降之大機。夫惟世臣之家，其聲華與國脉相附麗，其氣味與運會相斟酌，誠於世道有繫。而今李氏四世之詩，雖其音響各殊，而卒不離於大雅正義，殆於國家有道之長有足占焉！太師公身爲徹侯，家若寒唆（畯），所有俸賜悉以分惠諸部曲，是將有以昌大太保公三世之業，以上繼岐陽之盛，不徒稱詩而已者。予得交公四世，何幸而得覩其明昌，故於太師公之以《二京》序見委也，不揣而爲之先引。

林綏之詩序

聲莫尊於宫，而羽在後，然宫音至濁，羽音至清。後世音聲伎樂之好，歸趣於羽耳。荆軻爲變徵之音，予尚不知變徵作何解。而繼云復爲羽聲，豈非徵音次清，羽音至清，變而爲羽，淒清寥亮之甚乎？故曰“絲聲哀，哀以立廉”，有繇然也。

里中林綏之最後出，初學詩，其調皆羽音也。余愛其如露下芙蓉，月中楊柳，喜後進之有人，爲序而還之。綏之將北入京師，并以余言質諸公可也。

白雲初草序

今大司寇熊公壇石以正氣吹文章之翳，凡有製作，抓(鋠)摫大雅，詞林誦而傳之。暇以所作出示曹屬，而葉美度最能詩，屬和公詩最多，讀之暢洽悦醳，悠然而有契於余心也。諸體畢備，刻畫具渾，司寇公所稱良然。

夫詩道自隆、萬至今，可得而言。其始也，以伉厲爲壯；其終也，以俚近爲新。夫壯不在伉，新不在俚，古人之軌可得而知也，反而求之，去之所以益遠。西曹無事，美度得以暇日坐進此道，而又廩奉司寇公之抓(鋠)摫。此視古人賓從僚佐與其一時上公使相交和互賡何異？白雲常流，爽鳩不揚，於以答永日於青春，延聖世之化國，可謂甚盛！美度在先朝以直節失官，蹶而復起，故其爲詩能不逐時好若是。

遊紀咏序

客語何子曰：“袁季傳先生善爲游，而不善爲宦游。其爲山水游也，足之所履，無不記也，無不咏也。景物受其劖劌，而意態恣其狼藉，此夫天下之至遊也。至於仕宦則反是。其起家也，才情暢達，文采爍熚，似乎善爲游。官至五大夫，廢然若欲返者，二千石朱幡熊軾之榮，若其几前之飷飣，而不獲一匕箸。尺有所短，寸有所長，亶其然乎？”

何子曰：此袁先生所以爲善游也。子謂袁先生紀咏諸篇是以一日得者乎？人之游也，自其清曉躡巉巖，泛汍瀾。日既夕矣，所之既倦，則挈壺觴、攝杖策而返焉。而後續重遊之興，廣未見之觀。而仕宦固不爾也。一爲挈壺觴則不復再挈矣，一爲攝几杖則不復再攝矣。然則舉一日游與仕宦論之，皆所以養神而息之，收氣而冥之者也。若袁先生之宦游，劖劂於司空城旦之書、閭史版籍之載，而狼藉於阿堵之爲多，而金紫之爲曳，而遊有極乎？先生雖仕宦僅五大夫，主上其未忍舍先生，他日當有"吾久不見賈生"之歎。其尚欲續重遊而廣後觀也，則先生尚在唯唯否否間，然吾以爲先生之遊也善矣！孟子曰："子好遊乎？吾語子遊，人知之囂囂，人不知亦囂囂。"先生之爲山水遊也，囂囂者也，其爲仕宦遊也，亦囂囂者也。

七遊草序

嘉靖中，莆中有陳昂者，流落金陵，最後入蜀，不知所終。其詩流落人間，有鍾伯敬爲刻之。余愛其蜀中詩《白帝坐秋窗》，大奇也。越有徐渭者，詩亦奇謚，得陶周望、袁石公表著之。今以大行林仲漁之詩亦有二人之意乎？仲漁嗄音跛足，右臂折，以左手行書，顧其步履與書若飛也。善飲啖，州有九，仲漁遊其七。其貌奇，其行事奇，其寄興奇，故其詩亦奇，而予之序仲漁詩也亦奇！

丘止吾詩序

國朝弘、正間，館閣諸公多有詩奕之好，客之以詩奕自進於諸公者不少矣。嘉、隆間，王弇州稱詩海内，詩客皆進其門。弇州之名既盛，竿牘得行其意。客藉弇州以得游資不少，而奕客亦時有弋獲。比歲葉臺山亦有詩奕之好，余官京師時，奕客多聚臺山之門，而詩客一二爾。然臺山竿牘多不爲客通，時使然也。余於詩奕亦頗窺一班，海内以詩奕名者雖不盡識，顧皆聞其名，而獨不知崇安有丘止吾公。去歲過大安，公子諸生允恭入郵置求余詩爲其乃公壽。余問公平生，獨道其被有司造廬敦請爲鄉飲賓而已，並不道及詩奕事。今夏，余還山中，再過允恭，則公化爲古人矣，因出公遺詩示余。

余讀之，與予兒九雲駭然曰："予讀乃公詩，乃公於此道留心久矣！"允恭曰："余父詩以數百首，不自愛惜，作輒棄去，此僅僅耳！"余曰："閩中能爲此等詩者絶少，子善寶之。"允恭又曰："吾父善奕，建州之善奕者無過吾父。"余又訝平生乃有不知有丘止吾奕，此不惟余不知，即臺山亦不知也。余遂作而歎曰：士之獨尊其道、自晦於山林間者，豈少哉？公前後皆與弇州、臺山同世，而亦嘗爲京師遊，而詩奕之名並不著於人間，公善自寶也。然曩時詩奕之客自進於二公，其知名者亦僅一二，人之無其實而居其名者多也。止吾詩奕之名雖不著於人間，然得一何喬遠知之足矣，遂爲詩序而歸之允恭。

丘文舉詩序

丘文舉訪余不遇，余不識文舉也。及余還訪文舉，投刺者不告，予下車相接，茫然不知何人。入其門，則子野遺像在焉。余讀《朱文公集》，知有子野，余修《閩書》，已爲先生立傳矣。坐定，文舉出所爲《閩都賦》見示，雖未敢謂其頡頏古人，然亦該以博已。語予曰："吾詩有十八本，聊出一本，子其爲我觀之。"予讀其七言律詩，無題設題，一作再作，而尚未已也。予知文舉詩外無他嗜好，然文舉詩即佳，亦不足盡文舉。予所敬服文舉者，瀟然一宅，穉子膝前，有古人貧樂之致，可不媿子野先生孫。古人稱高人逸士，則贊其素風，不素不足以爲風，且亦無風之足云矣。孔、孟所以稱顏回、原憲，有以也！余序文舉詩，謂文舉無媿子野先生，第不知余之詞足擬文公否也？余尚願與文舉共勉之。

鏡山全集卷四十二

序

遊筍江詩序并詩

萬曆十五年丁亥，鍾公來晉江二月矣，自正月至于三月不雨。來牟梗立，百姓草服道拜，擊鼓告災。公朝夕步禱，廵行郊外，發廩賑窮。是夏，天答之年，大以狼戾，同年生何喬遠，謀所以樂公者，絲竹管絃，雅鄭雜奏，則非公所娱。維是山人黄孔昭、計部郎李叔玄一時風雅之士，六月之望，相與泛舟筍水，乘潮而擊汰，安流以望遠，風吹波動，雲移日陰，不知祝融之司令也。公曰："今日釋簿領之紛拏，而暢溪山之觀，離胥吏而從二三君子，豈非極快!"於是九日之山，唐秦系之廬在焉，讀殘碑之先故，想哲人之所遊，緬懷古昔，如與並世。公躡巉巖而踞虎豹，則二客不能從焉者也。及夫夕陽方馳，雲物就翳，乃斥酒不湑，罷鼓不咢，悄然命駕，回思乎堂皇。所謂禮不廢政，樂而不極之致歟！倍公遊者，人爲詩一篇以歸之公。詩曰：

維此邑民，藉公于庥。公治便便，不激不柔。八月民成，衆夢維魚。我圖樂公，維彼騤騤。乃招名士，載追載隨。九日之山，秦君所廬。吊古懷人，一葦以如。公在舟中，清風發發。鳥跂魚沉，雲興霞没。公在中流，坐待明月。明月初生，公歸遂遂。凡百君子，不懈于位。

温陵八景詩序

孔子教洙泗之濱，講仁義之實，闡道德之秘，又以其間删述《詩》、《書》、《禮》、《樂》，可謂日不暇洽，然時時發其樂山樂水之趣於川上山梁之間，所以測天地之倪，玩萬物之情而順所性之適也。故逢掖、章甫隨所屬以爲衣服，獵較、釣弋悠然處於其鄉，人而無忤，非若後世之儒岸然自異、矻矻乎守其典籍訓詁而不敢越階序。是以其作《易》也，深達乎變動周流之理。其用之也，可以游矍相之圃、赴萊夷之會，而其測天地、玩萬物、順所性也，亦隨處而觸，即地而呈。壯觀泰山，南行吕梁，出門而游沂雩，經丘而涉農山，不過桑梓履綦之所易至，亦非若後世眈眈五嶽之勝異，一甘心而寓目。其卧游以思則若秦漢方士望方丈於大海之上，一至其處，則又蕭然而悲、俯焉而嘆，恨功名之不立，悼年歲之易陳，而放心豁情之區，乃爲導憂增戚之之具也。戰國之末獨一莊周稍能自放宇宙之處矣，然實憂生之不免，而故爲猖狂繆悠之論，其局促之懷往往見於澤雉陵鵲之譬，則亦何異既溺而笑與夫荆軻倚柱之一噱也！故其去聖人之道亦特遠。

今夫吾泉亦海濱之鄒魯也，山則清源、紫帽、雙陽、九日之奇，水則洛陽、簡江、東湖之勝，花木則有刺桐可以驗年，荔枝可以代飯。可觀可樂，雖無能勝於中原，然亦足擅一方之獨有。使孔子而生斯土，皆足與門弟子逍遥詠歌而不厭。而今之吏吾州者，固困於簿領之不遑，其文學掌固先生，率較量弟子羔雉以補月俸所不給。延平吴同庵先生，獨取吾州名勝圖爲八景，以暢其餘閒。先生之心既不拘物而俗，亦不誕世而虚，其於道有發明，無媿孔子廟堂之文學掌固也已，因爲景賦一詩而序之云。

送袁行人詩序并詩

先人有言，文章生人之大業，而不朽之至榮也。不精專則不得，不交劘則不造。古人之爲文章，博之以《詩》、《書》六藝之言，澤之以九流百家之論，費日靡夜，猶必至於白首而後成，如此之難也！而又必有同心合行之士，下志而相師，面訾而不疑，其相信之篤，至於數而不狎，久而不踈，如此其深也，故卒能共有成。嗚呼，古之人其用心於内者也！

予與君學同舉進士，其時君學以文名，予持服者三年，比入都過之，則君學始爲詩。亡何，君學又奉使者一年。比還朝，予又過之，則泛駕超乘而與久習者並。君學每手一編，怡然得，瞿然疑，往復討論，求是而後已。予與吴吴文仲，楚王惟允，滇劉懋學，吾閩戴亨融、吴伯焜二三兄弟方定交，交章以相下也，君學方進未已也，而復以大行人出使諸王子。今年春，文仲方别去之閩，君學今又去，予輩交劘將愈稀。二三兄弟重君學之去，而君學亦惘然其難之也，相與歌詩祖之。予所以告君學者皆古道也，庶乎君學雖離之日，猶聚之時也，因系之詩曰：

風柳簇春煙，鶯花近别筵。離懷殊惘默，别爾更凄然。王適奇男子，宗之美少年。不知分手後，何日剡溪船？

妙譽推名級，英年尚未及。輶軒涿郡遥，江路廬山入。獨鳥下晴原，群芳披廣隰。别觴不盡歡，望遠空佇立。

送王郡丞詩序

國家循資用人，不四年不徙官，惟不次之擢以待異焉。邦大夫南城王公來郡城二年耳，而擢駕部以去。大夫曩嘗爲縣於吴中，以直道不容於時，坐廢。廟堂就家復起公，稍遷爲郡丞。凡在於外者一廢不復，而大夫特辟起，是謂從内京朝官之數。乃今又不二年以徙，節白而身庸，政成而遷疾，以此知大夫矣。大夫散朗骯髒，囊無私錢，徐澄可以應卒，單片足以紏棼，然則郡丞出而治軍駕部，入而協旅，位事鈞一。然則是行也，是又舉於其職，其又將復遷。喬遠因是知公道滋章，王路昭暢，正人君子莫不依日月之光，而闇逖躓蹶者，斯亦曩日韋脂之朋也。盛矣哉！邑侯鍾公新膺寵命，父母於兹，悵不獲周旋在公而被蒙覆露也，鳩諸鄉先生之詩若干首以送。

送區廣文詩序并詩

凡自百蠻、百粤以内入於其土者，則有惡霧、毒溪、瘴氛之氣，蝮蝪虺蜮之所家。古人所爲謫徙量移，不敢寧居，則北向祈恩以求近地。明興，治化八達，施及方外，無不明耀，士之仕於百蠻、百粤者，若東西州。然而彼土之人亦能以文學自振，貢於闕下者多得高第。然則區先生之是行也，樂矣！

區先生三爲人師，皆在善地，綽有文雅，所驅策型治亡慮數百。安莊衛學雖云蕞爾小國，而文武之士兼焉。若得十數人從先生之教，皆如先生，則是先生有大造於彼人，而文稱武顯者，兩不乏缺。寮宲諸公惜先生之去者，咸爲歌詩，以重同寅之恭，而增一介之行李。喬遠，邦人也，樂其盛而贊其行，序諸後而賡之曰：

中州冠蓋客，驅馬出近關。安知君玆去，迢迢向百蠻。聖化方翔洽，四海淳風還。卉服尊同文，簪裾充人寰。區公秉木鐸，遥聲響千山。入門開講堂，子衿侍兩班。黔中達秋氣，牂牁水潺湲。惟有海濱士，蒼茫不可攀。

送吴樂清詩序

予嘗遊衡山，至其中半有亭沼，皆廢而址尚新。怪而問之，曰："客遊至此，多樂忘歸，縣令苦供應，一日倔除之。"故相張文忠公爲孝廉時，有御史游鴈宕山，故相投詩諷御史，御史無以復也。士君子之仕，得一佳山水之地則以爲快，而其足以取人之厭如此。然則仕而得山水之地，有其山水不可也，不有其山水亦不可也。有之之謂荒，不有之之謂俗。子産之治鄭也，能使賓至如歸，而厨傳蕭然，昔人謂衰世之陋風，而非太平之景象。士君子之有名於時者，足之所履，身之所經，一觴一咏，後世率艷侈而流傳之，又不在於終歲竟日，留連忘返而已。然則亦盡其在己者而已矣，能使其所治之地政清民和，賓至禮之，不使見詬去，而吾不必敝敝焉，藉希韝鞠吾以爲結歡延譽之胎，又能使當時頌之，後人仰之，一觴一咏，借以爲重，而無有厭斁之意，則亦何往而不得也？

嶺南吴觀我先生以名解元來教吾郡，擢樂清以去。樂清故有鴈宕之山，而先生博雅風流，足以發舒其磊塊雄奇之氣。予知客過樂清者，必喜先生之稱其地主，而樂清之人且借先生以爲其山川重，不至如故相所諷之云。於是吾郡人皆爲詩送先生，而使不佞序之如此。

筍江送黄孝廉詩序

明立君衷襟藹若，毛骨森然，寶藏不足方富，彝鼎無以擬蒼，對車有日，棄繻自遠。仲夏之月，言邁闕下，馬遐途其將發，袂乍把而難摻。友人秦君伯起招拉朋儔，設餞笥江。溯舟金鷄之水，振策九日之高峰，乘月而舒眺望，極朋友之歡，預遠大之擬。皆曰：笥，筞班也；鷄，鳴天也；九，陽數也；日，朝景也；月，朗耀也。凡我二三兄弟奕然相命以文詞，而明立尤嶷嶷如也，兹行兆之矣！何生曰：山，崇高也；江，弘流也。維高有基，維流有源。基積不薄，故常高；源深不涸，故常流。君子之立德也，厚基深流，故光煜日月，行無迷陽。自天祐之，以膺班爵，明立兹行也，其似之乎？芳譽榮名，予日望之，豈徒榮僨郄家之崑玉，亦以寓忠公孫之撲滿云爾。

送杜貳車詩序

予觀宋時士大夫出知州縣，歲一再遷，曾未有以二三年居其地者。而士君子所至亦赫然有聲，豈非德行之美、學術之正，雖一布政發令，自有合於君子之道，不待久而見奇歟？

雲間杜公雲樓以漳郡貳車來假吾郡，數月而已，爲民質訟徵賦，時當鄉舉里選，甲乙其文，靡不明且清者。臨去之日，吏白尚有贏錢，公不顧視，送爲修治洛陽橋之費，兩袖翩舉，登輿而去。惟其有之，是以稱之；惟其稱之，是以歌而頌之。閭閻之稱公也，質則有口；縉紳大夫之稱公也，文則有歌頌之篇。口但可聞，而篇或可傳。予是以知公有合於君子之道，而平時德行之美，學術之正，可以見焉。故夫以官爲傳舍蘧廬者，雖三年九載，猶傳舍蘧廬也。欲以一身係當世之事、一日爲百歲之圖者，雖造次俄頃，猶切磋究之也。詩可以觀，予於諸公所以贈公者見之。

伍廣文贈行詩序

安成伍先生登進士高第，就銓當爲吏，不樂也，請於朝，乞爲廣文，於是得教吾泉。先生有母夫人，請與偕，母夫人以病辭，且曰：“閩山谿險惡，吾不能跋涉。”於是先生獨來泉。居久之，念母夫人甚也，凡以進士乞爲廣文一歲所，遷去矣。先生曰:“吾無援,孰還我? 吾有歸而已。”則從大府乞一差遣行。行有日,國學之報至。先生顛倒踉蹌,若三命班而九列晉也。泉庠諸士喜先生得歸奉母而又悵然失良師,榮先生還而又戀戀不敢言留也,醵詩詞而送之。安成之去京師,視閩稍遠,顧舟航可濟,少險惡。母夫人當與先生偕,以絶先生之慮。思陽亢宗之爲國子師也,曰:“學也者,學爲忠孝也。諸生有久不省親者乎?”蓋歸省者二十餘。先生兹去師國子,國子諸生瞿然顧化,無所俟揭亢宗語。至於詩可以興,泉人士歌詩送先生,靡不人人頌先生孝。泉人興孝不替,於先生行後,寧獨一時戀戀良師望望循崖而猶未返者耶?

蘆川橋詩序

行水之道,有狎而與之爲遊戲者,有順而與爲趨避者,有贊而與之爲補助者。西蜀水發水入,裹餱糧,騎羊鞟,乘流直下,以報水期,吕梁之游,與濟俱入,與没俱出,此狎而與之爲游戲者也。破浪乘風,瞬息千里,如其不然,泊澳縶灣,不敢跬步進,弄潮之人,隨潮上下,識其勢而已,此順而與之爲趨避者也。水則資舟,涉則資橋梁,此贊而與之爲補助者也。以引重致遠,則橋讓舟之載;以趯舉迅趨,則舟讓橋之便。

南邑之有蘆川橋,其來舊矣,橋之廢興,莫知其年,廢亦舊矣。吾友李叔玄之子仲悔出金三千,造而新之,邑中諸先生高仲悔之誼,爲詩頌美,而以敘屬余。余惟孟子論性而譬禹行水,其言曰:“天下之言性也,則故而已矣。故者以利爲本。行人之竭蹷掉纏而欲至其處也,如轉轂旋磨之亟,而須舟以濟人,則何利行人之利行人之故也。利有二義,非三千金其能成之乎? 莊子曰:‘蹈水之道無私。’無私也者,忘於水者也,亦有二義,私其三千金其能渡之乎? 仲悔之爲此橋也,惠普於鄭僑,便同於蔡襄。然襄之爲橋,尚曰‘求諸施者’,非取其官中而用之也。昔杜甫詠李司馬橋詩三章,竹橋爾。蘇軾作《東新橋詩》以美鄧道士,浮橋也。司馬有守土便民之職,道士廣行方便,其法門猶以竹橋、浮橋得名人哲士之作垂之後世。仲悔一書生耳,而能揮金如土,且其力雖足爲橋,而平生未嘗有好衣美食，此其一念弘濟之懷，良其天性爲，故爲利有不待外求者。聖人作《易》，'既濟'之後，繫以'未濟'，蘆川之橋，仲悔濟之矣！仲悔一身其可濟者何限。仲悔以爲濟乎？未濟乎？願加勉之。"

蘭林集序

天下之物，氣爲之也。燔柴以通天，爇蕭以求神，薑桂以悦口，薌澤以娱色。律可以吹，灰可以飛，先秋而葉凋，近春而冰解。氣之於人也，無所不通也。雖在一室之中，而契合感召，不呼自至，無踁而走。其於善也，則其臭味也；其於言也，則其響發也。

予友顧所建氏居於維揚之濱，垂髫而精文史、通賓客，其所居則四達之都，其締交則千古之誼。於是與所建游者莫不有贈好，與所建集者莫不有口占，所建悉受而藏之，梓而行之，而命之曰《蘭林》。其在《易》曰"同心之言，其臭如蘭"。故氣之馨香，莫蘭若也。臭之爲氣，不可捉摸，而其利至於斷金，此豈有鋒欸剸割哉？出其言，善則四海之内應之，德不孤，必有鄰，無不之也，無不貫也。余屏斥林下有年，而余兒雲以上公車得交所建。今歲承召命過維揚，所建則儀余而尊重之。所建所交皆天下名德長者，及一見余，尤爲屬心。余會所建時適當遼左破陷，所建顧座客而言曰："今市道之間，有互相攘擊者，尚有憤心之人從旁而佐鬬，好口之人平剖而解紛。今天下多事，無有一人爲朝廷出力。小人有母，此身未敢許人，而今欲以許國，且吾所謂許國，有可以不許者也，吾仗劍行矣，直未有路耳！"

所建故鎮遠侯之後，身爲胄子，屬御史游公以遼左之役募兵江南，一見所建，國士相遇，屬所建以所募之兵。所建遂得奉朝命以軍將之秩領兵北行，遵海而東，放於登萊，而求余爲序《蘭林》之編。"同心之言，其臭如蘭。"孔子釋"同人也，同人之良"曰："先號咷而後笑，大師克相遇。"所建之交於海内名德長者也，無號咷之先，而有不厭之笑。今國家方失遼左，蓋號咷之日，所建領兵而東，師克在和，所遇無前，天爲之笑，豈特海内名德長者云乎哉！

藍氏紀烈詩序

人生所以不亡於天下者，忠孝節義爲之維也，不男子而有，不婦人而無，不限鄉隔封而自聞，不假年借位而自永。故人所以爲生者，是生者與死者交維之也。死者身之，生者言之，而後人倫之道不亡於天下。

大埔縣藍氏女者，其邑文學吴生欽藩之妻。吴生先代累以明經籲俊顯，至其祖藩参公與言、尊甫孝廉君墀，益用科第振起。生美如冠玉，文才甚瑋，年二十一而殁。藍氏哀慟幾死，念有遺腹在，不得自決絶。已生女，不育，藍氏喪葬禮畢，從容就盡，顔色如生。頌藍氏之烈者既遍滿其粤中，而益流聞於閩，吾鄉縉紳皆爲侈大其事，見之詠言。

藩参公，故遠先座主編修莊公之座主，遠於藩参公有子濯庾公之誼，則爲之一言以弁之。夫令藍氏女不以烈見，即用節自堅，亦白首閨閣下而已。而今也，越鄉洞封，流聞傾動，而其事尤顯。善言不煽而自香，善行不播而自彰，其有助於人倫彌大。編修公而在，則紀録不朽之事，固太史氏職，而遠也得與於後死，又安得不推編修公九京之意，爲著而存之也哉！

程士録序

映垣饒公行視八閩學事既竣，選擇其前矛，梓其文字曰《程士録》，先示不佞遠，使序之。遠惟冀北有馬，必九方臯乃得其良；荆山有玉，必卞和乃見其璞。物不患無有，實患難知，公知之矣。雖然，程士以文，必先程士以道，程士以道，則學、政兼焉。學也者，本之倫常根本之大，而極之視聽動静之微。政也者，則所以一其心而端其向也。士也者，進之人也；文也者，進之具也。有進則有退，有進退則有争。用争於文，視道遠矣。猶曰白戰先登，士固宜爾。乃不争於文，而争於旁竇；不競進於心，而競進於力。旁竇啓而使士各得其所爲力，此亦爲政者之大累也。與一競，則百恬化而爲競；止一競，則百競化而爲恬。夫始之與之也，固心計其不得不與，而夫人之競也，遂不自度其不可以競與不能化，而競不能止。故夫止競之道,止其所不得不與者,而恬節生矣。大哉政乎!使其父兄安於無顧望之心,而其子弟束於必自盡之能,然後教之以倫常根本之大,約之以視聽動静之微,而後聖學可得幾也。

夫閩,海濱鄒魯也。待文王興者,猶豪傑也。有文王不興,乃凡民耳。凡公攝身之道,静以勤,謹以專,不動聲色,確然有持,飲食夢寐未嘗忘學,問學與政兼得之,此公程士之大者,士其將有興。若夫擬公以九方、卞和,殊小之乎待公也,然惟璧與馬則具是矣。

興士録序

兩目高公來令清溪,勤政興文,暇則與諸生講習課藝,定其高下,如大比取士之格,群而試之,諸生無不亹亹向學者。而公向者來視晉江篆,晉江士所以歸依如清溪,則彙諸生所得許可於公者刻而行之,而名之曰《興士録》。

予惟公所以菁莪棫樸,望諸士濟濟輩出,爲國家他日楨幹,甚盛心矣,抑予有言公之心非徒如此而已也。孔子曰:“其善者好之,其不善者惡之。”又曰:“舉直錯諸枉,能使枉者直。”今國家文教翔洽,泉又文獻大郡,合七縣之士,何啻三千人,是皆必善人直士乎?則又有競於有司之門而煩於兩造之質,以犯卧碑。其勢切於剥牀,而鬭急於同室,間或有之,亦未必三千人盡爲之也。然上常以此詬其下,下亦常以此疑其上者,何也?下以無他而望之,而上以一端而概之也,疎其本業,浮籍羔雉,以博囊末之錐,固有其人。彼其真士也,有不矻矻窮窗,召之而後來,試之而後自見,不命之而先退者耶?夫若此者,則所業必精,精則誠士也,而後可得許可於公。夫然者,則誠可興也。然則公所以刻斯文之意,非徒興士於文章也,所以與諸生勉爲善人直士而興之於道德也!

泣璞篇序

嶺南吴觀我先生,以名解元上公車者二十餘載,竟不得第,則歛其所爲應舉之作刻而存之,而命曰《泣璞篇》。先生之文,信和璞也,其云泣者,其真耶?將有所托而戲也。玉者,一物之質也,璞與不璞,質不改也。文章出於吾心,應於吾手,可更絃而張,易矢而射也。而先生猶然操清廟之疏越,執顔高之六鈞,此自先生之不肯改也。夔奚返命,不失其馳,王人好竽,而子鼓瑟,余以是知先生之泣之非真也。且夫文者得之於心,應之於手,然而吾思而未必相,吾書而未必暢也。其於爲人也,可以改方而圓,改韌而脆也。而先生其徐其于,立於不趨之域,遊於無畛之途,一仕爲廣文,再仕爲令尹,三仕而復爲廣文,則先生之爲人亦不肯改也。予以是知先生之泣之非真也。文也有璞,人也有璞,璞再獻而見刖,又再獻而得封,此與吴起求將、易牙食公者何異?而先生之足固無恙也,且有尊足者存,胸臆鬱結,馭於繩墨,雖有奇安施?必曰姑舍我所學而從汝,則不羞而泣也者幾希。蓋先生之足未嘗刖,玉亦未嘗泣,相工不知先生,而海内文章之士、豪傑之輩知有先生,先生即從此躋崇陟要,寧爲璞韞不爲玉衒也明矣!

晉庠制義序

師也者,所以成人之德、達人之材者也。德如良金美玉之爲品,成之則追琢鎔鑄而至於精完。材如楩楠杞梓之爲具,達之則暢展發遂而至於堅鉅。何有科舉之業哉?古者教士之道廢而取士之法興,以此應國學之令、盡師儒之職,亦其宜也。今夫與三寸之晷,責之五百之言,理貿昧而不串,識淺陋而無裁,而謂可成之德乎?則其必無淵邃之學、超卓之詣,事不能契其物之所宜,語不能뗊其意之所至,而謂可達之材乎?則必處高而不通國體,處卑而不悉民情。是故科舉一途,亦見德見材之路也。比而較之,賡而厲之,使其悉心於傳註,而精探之筌蹄,因而所造愈以深,未必非成德也。養其鋒而使之鋭,發其蔀而使之光,引之無前,投之如意,未必非達材也。如是以見之於用,則於國家有賴而鄉邦有光也。

龍谿朱先生署晉江學事,日集諸士,課比於明倫之堂,列几授餐,既費且勞。畢一歲,選其文若干,爲之行而傳之,偕僚莆田黄君、程鄉李君問序於予。予既以古道望人,則以朱先生所以爲教本於古人之道者發之。晉業已稱文獻矣,若夫樹桃與李,以備一莊之資,射覆命中,如望氣推禄命,詡奇料於他日者,皆非先生之心之所存,而諸生所宜勉而副之者也。

金蘭社義序

宋、元之季,師儒甚重。既席函丈爲人師,入棘試士,率式聘之。入我朝猶循斯軌,士群肄學宫,師長坐而誨之。是以三歷學官,身先惇行則有胡若思;學舍夜讀者,手持茗粥慰厲則有魏仲房。二公起家乙榜,用是蔚爲名臣,有傳於世。凌遲至今,師不教士,士亦不循先生之教。有自甲乙榜而來者,雖相與綢繆無間,要皆往來酬謝之彌文。而明經先生,直弁髦視之,召之而不來,來不得其尊禮,而况於讀書之業、操觚之技哉!

乃今傅先生以興聚士而課之,士皆聽其約束,所得時藝輒累數十牘。先生既自爲評隲,又以請余品較之。余怪傅先生何以得此於士,士何以歸心傅先生哉? 若保赤子心,誠求之赤子,其能一日去慈母之懷耶? 凡人家子弟聚而爲文,父兄必擇一前輩有學行者與爲提視,前輩坐於上,子弟坐於側,無敢闌語以嬉。先生聚士,士得先生爲師,此亦人家之前輩也。而况士師前輩者,尚當飲食而贄幣之,而先生反飲食士,不問其束脩。飲之食之,君之宗之,兩相得者也。三代之學有小學正、大樂正,蓋即先生今日之官,而父師、少師,則朝夕坐閭塾,與學正、樂正分其教。説者謂父師、少師,皆仕而已者。蓋古之爲士者,自少至老無一日不在於學,而師無一日不教其弟子。然則傅先生之命我品較諸士之文也,誠謂仕而已焉者之不可已於學,而欲余與先生共成此士也。先生誠於求士,余至孤陋,敢不與諸士誠應先生哉?

課士録序

天地間有大法手,有正法眼。大法手作者是,正法眼觀者是。莆陽鄭先生之教吾南邑也,蓋選諸士子所爲文而刻之,曰:“是文也,皆不佞以私廪食諸士,而諸士子來齋頭面作者也。”予得受而讀之,快余意特甚,因知先生正法眼人也。抑正法眼必有大法手，乃能作而能知之。先生疇昔廻翔諸生有年歲矣，雖未嘗不刮主司之目，然倦得倦失，如是者屢，無徵不信，敢稱先生大作手哉？然正法眼則具是已。

因思先子亦繇廣文入官，其於得雋亦倦得倦失，後其老也，閲里中後進之文，無一中先子意者，里中諸後進怒曰："老廣文何知，渠特愛其少子耳！"比時先子實奇余甚。先子服官在江南、江西間，所物色無不中者。世間士子中選者寡，不中選者多，何怪先子少所許可也。然先子正法眼不以驗之里中，而以驗之孤，予爲此言非自誇也，以明正法眼之難也，然幸爲先子所物色，則無不奇中。鄭先生爲廣文亦如先子，先生之子必有興者乎？蓋正法眼之人神先王矣，然則獲登先生玆選者，其可以自喜也。先子所至，亦出私廩以課士，予憶爲童子時，時得其爨下焦鐺而啗之云。

關門游戲篇序

此諸葛基畫關門之文也，天機自動，水波不興，真應手之作。基畫於理可謂恬，而致可謂逸矣。恬則其心不役役於世俗之務，逸則其神恒止於倉冗之中，此有道君子所以喜自寄其意於筆墨之外者也。予嘗觀東人士之文，氣勢邁往，風稜遒勁，得基畫之飄飄摇摇若神仙之致，以興發其趣，而遊於象表，則所以爲東人士助不少，遊戲云乎哉！

賀詹翁修城序

孔子居魯也，視齊、衛、陳、鄭之邦有以異乎？其必有以異矣。古人敬共桑梓，尊而親之，以爲父母之國。其尊長者，吾父兄；卑幼者，吾子弟也。有人焉爲之重計深謀，吾不以孔子之道進之歟？

維吾郡司寇詹公，以直道清節標率鄉邦，令弟守齋公博達慷慨，濬發爲善，平時振舍畀貸，德在人人，而所興廢舉墜在於橋梁道路、道宫禪刹之居，顧未足以明公大有德於郡人。去年之秋，疾風異甚，郡城墉盡圮，堞覆于隍者數千，父老言耳目覩記未曾見此。如此之役，當事有司欲修治之，則郡邑幕長、軍帥武人董以視然。余所居在東城下，見城靡歲不無少壞，壞靡歲不修，治亦靡不完善，亦輒靡久不壞者，非州縣幕長、軍帥武人溺其職也。其料用之窳良，貲費之倍省，工作之亟緩，皆未能習其事而明於心，其心則欲善其事者矣。未習而明，固自有缺略不舉之弊，至其晏作而蚤罷，緡鏹乾没，牙蠹臃腫，或半歲而成之，或一歲而成之，亦勢所必至，至問其所以修治之費，則出民間矣。且以其缺略不舉，必且墊隘而卑薄，人事之不虞，或無陴可登而隼可射，萬一意外變，則皆吾父老子弟身與家也。觀察使者、郡邑大夫目之而難爲舉，聞公高誼，不敢以煩。公直前請曰："某爲之。"觀察使者若郡邑大夫則大喜。而撓者曰："官府治之，子胡干焉？又且有衆。"公則不顧，計財量力，早作夜罷。凡料用之窳良，貲費之倍省，工作之亟緩，無所不明心。門有七，日一視者數。期月爲之，期月就之，無不完善可永久者。觀察使者若郡邑大夫交口勞公，郡人皆以稱公德且能，於是撓公者息其説。

余謂天下之事，惟其心之不欺以私，則雖填海徙山，可當前而不阻，徒曰我何與爲，則古有犒師先韋、助邊輸財，彼何人斯？以余從縉紳後，無能如司寇公標率鄉邦，勸勉父老子弟於德行仁義，有公捍而固之，計而謀之，真可謂念父母國者。故以孔子之道引而進之，而爲之頌曰：君家司寇公不出門外預一人事，而公視人世事如其自身。司寇公不預一人事，司寇公美也！公視一如自身，公美也！

賀林子騰召還户部序

林子子騰以比部郎謫判鹺司，久之，復召爲南計曹。諸親友命予爲文賀之。予曰："此之爲詘矣，何賀之爲？"皆曰："賀林子之不失舊物也。"大凡以郎署謫鹺司者，遷則爲州守，爲郡貳，而林子獨用計曹郎遷，蓋異等也。凡郎署被謫遷爲州與郡者，非其懊懦而寡於守，則其跅弛而罣於議，而林子之被謫也，獨以抗獄而執詞，當事權有力者皆釋憾於林子，然後林子得謫。然則林子所繇得鹺司，非其罪也。所謂拒之而不受,而今得仍舊爲郎,當事知林子枉矣,林子其亦融而銷之也。如是,則吾親友之賀也,非徒賀林子之不失舊物也,賀林子之所以得謫,而又賀林子之所以得遷也。

何子曰,郎署之官,自古文人才士棲遲之地也。大率士大夫之通於世途而練於官守者,人情熟貫,必無危機之可蹈。夫惟文人才士則恒居其身於古人,而盡謂人之猶己。居其身於古人,則動以高朗傑特自待,而謂人猶己,則其心事坦然而無物,恒不虞陷阱之當前而氣焰之在後。彼其肆於文章而銛於毫穎,既易以起人之妬忌,而逼而索之,吹毛洗垢之無繇,則又不得而遂棄之,而置之郎署之間,秩不至於冗,而曹不失爲清,蓋古人所謂投閒置散,乃分之宜然。其久也,氣焰陷穽,其事其人,悉化爲烏有,而文人才士其心事燭然於人人,則後之遠到,恒必繇之。是以士君子寧蹶而千里,寧玉而碎也。

林子自諸生時肆於辯博之材,而勵於文章之途,涉世當官,誠心爲質,厲之以介,守之以疆,玆舉也,世謂不知林子而終知林子。夫碎而後知玉也,蹶而後知千里也,糠覈土苴,猶足陶鑄堯、舜,從此無不知林子者。林子之道大行而身大顯矣,則諸親友之賀林子也固宜。

賀唐廣文膺奬序

孟子曰:"奮乎百世之上,百世之下聞者莫不興起也,而況於親炙之者乎?"以予論之,親炙者,不如聞風之爲服且慕也。今夫伯夷之人也,同時之人不貶爲谿刻乎?今夫柳下惠之人也,同時之人不訾爲傲誕乎?夫惟其人既往,其聲跡不聞,一時譏彈吹洗之夫,泯然莫在於世,而二子高風遠韻長留天地之間,是以莫不繫心聆耳,黽勉而思齊。今夫士君子志於斯道也,未有不從學問入也。從學問入之謂博文、之謂致知,而後可以約禮而力行,而進於聖人之閫奥。不從學問入者,是謂超悟,簡徑禪門之所宗,而非聖人之所入也。蓋入聖人之道,則必以漸矣。

善化唐先生,楚品也。楚故多才,而先生尤爛然而侈於文詞之業。夫屈原、宋玉、唐勒、景差，此楚之有文才者耳，若聖人之道，紹而明之，乃在嶽麓君子。嶽麓君子，吾聞考亭氏之所不遠而求者也。今其遺風尚在，而原也、玉也、勒也、差也，不能與是君子分席而同堂。

先生既生於是鄉，而又開氈坐臯於清溪之庠。夫清溪之邑，亦考亭氏之所遊寄，其遺風所噓，亦如先生之邑。先生桑梓之邦，宦遊之地，皆如見是人焉。奮乎百世之下，聞而興起，必有從文詞之中精察而求進者。予方有志於斯，將就先生而共學焉，山陰陸公以名御史按閩，稱先生之學之富之美，嘉詞而褒之。先生僚長胡先生求予文爲先生賀也，予故書以爲先生期。

賀夏永春考績序

楚材之多，自古記之。泉在今日，得借者三焉：郡太守則邵陵陽公，吾邑晉江則江夏陳公，而永春則蘄州夏公也。歲當計吏，邑令公多以上計行者，江夏公以邑之繁勞特借爲重，而蘄州公則所治簡令邑如故。於是江夏公攝武榮，而蘄州公攝惠安矣。江夏、蘄州二公有其所治邑，而復兼視他兩邑，是泉所得倚楚材以爲庇者五也。

蘄州公爲永三歲矣，日以奏績聞銓曹。察公所以爲令者何狀，知其永人專之，惠人分之，是公所奏績以名爲材者兩也，乃公所以治永攝惠則有可得而言者矣。永之人顓而愿，其治在山谷之中，其爲心志也固，公之所以爲之也，若無聲色之可知。一日俾往攝惠，則攀戀而不能釋，蓋公所以爲永者，居無事也。惠之人朴而信，其治當往來之道，其爲口耳也，習公之所以爲之也，若其肺腑之可揭。一日見公在事，則羨仰而不能置，蓋公之所以爲惠者，行無私也。邑吾邑也，若固有之矣，以是易弛怠。邑非吾邑也，第蹔寄之耳，以是易忽慢，此亦人情也。爲永得永，爲惠得惠，公乎何施而得斯於民也！

楚之爲材也，博碩廣潔，軒舉而暢遂，用之則無畔岸之可方，而居之則有尺幅之能持，是以古有申甫之儔，春秋之時其大夫皆可以爲卿，而於今之世則先朝諸公若華容、嘉魚，昭昭乎足述矣。要以才之爲稱，與德對舉，而惟發於性者合德而無疵,是以孟氏以擴充固有,爲能盡其才。公好修以端,直方而大,介特之意,常寓於怡愉之中。公暇嗜心文史,流情翰墨,字書尺牘莫不精妙,是皆發於真性之緒餘,而其游刃於修政立事之間,則所謂擴充以盡之者也。蓋予俯仰瞻望於我邵陵、江夏二公之前,知其所造大率類是。於是知楚材之所以爲盛於天下者,非直其材,直其德也! 予於江夏公之索文以爲公賀也,於是乎書,而公異日所得顯陟崇柄者,可得而略矣。

賀孫參軍考績序

國家重疆場之意,何其盛哉! 蓋文臣自七品而上,官三歲上功狀,狀亡害,予恩封其親,而職在幕府,得徼一絲一綸以爲親榮者鮮矣。若夫疆場之臣,蒙其先世汗馬之勳,列爵介胄,與國同休。而用文職主其幕,九載奏最,絲綸掇之。蓋予觀洪熙之朝,總兵侯伯用進士郎官爲掌書記,名爲識字,此見國家不責武人翰墨之能,惟欲其有功邊陲,以爲扞禦,而使幕僚以三考久其官,所以佐其不逮而贊其未遑者,又欲其詳且練也。然當其時,羽書之嚴繹,籌畫之周毖,蓋亦日無休暇,而佐其幕者,非有長材異能不足當之。今天下無事,武人匣劍束馬,緩帶優游,其官既無所得爲,而幕益無所得問,然如是者固宜益久其官,無所待更易,而亦倏來倏去,有如文職之幕署,何也? 其才之無以受,而器之無以居也。

吴中多文雅君子,而婁石孫公來幕泉衛,嫻才綽器,不自矜詡,不用窺見緣覬一切之好,而上官悦之,士民重之,縉紳大夫稱許之。職則局於戎幕之中,而意則游於文法之外,蓋君嘗丞海澄矣。海澄與泉聯壤也,人已知君海澄之名,而君之器之才又有以獲上而信下。當其優游無事時,而會清溪三缺令,而君三視其章。清溪巖邑也,故號難治。上官才君器君,清溪之人亦才君器君,缺而三求之,求而三頌之,稷祝吟謳,翩翩以起。於今考績者再閲六歲所矣。夫去是而加之一考,吾且見君之有勞於國而得徼恩於其親也,移忠爲孝,其在此行。

於是君之僚友喜君之能久於自見而俛受之也,請言以爲賀。予謂國家重疆場,則有推恩疆場之臣,人情思致之親,則必有不負任使之意。君其將益篤於才，益廣其器，以不渝受事之初，予將又爲君賀矣！

賀陳別駕考績序

三十輻共一轂，當其無，有車之用。誠哉，是言也！夫有車之用者，當其無者也。士君子之出而用世也，夫孰無經綸宰割之意？顧人各一心思，人各一才諝，非必不賢之心思，非必不賢之才諝，而其意見運用自有不同者。我出我之心思則有矣，以其心思就人心思則無矣；我出我之才諝則有矣，以其才諝就人才諝則無矣。是之謂同心而共濟，是之謂同德而相師。一輻長，一輻短，一幅槎牙而横拒，可以共轂乎？可以得無乎？士君子之居其官也，莫非與海内之賢士大夫比肩共事者也。辟如一郡之中，守也，貳也，倅也，李也，皆同轂之輻也。處於可有可無之間，而居於有用無用之處，則可與之共轂矣。

楚岫陳公，倅我郡也，廉潔以爲操，虚受以爲懷，慈祥以爲理，纖悉以爲辨，則既全盛德矣。而公居於守貳、司李之間，則若無有以倅者。以我司會計，則會計當；以我餉伍旅，則伍旅均；以我任一鎮，則鎮事戢；以我上計吏，則計典舉；以我視縣，則縣治；以我防海，則海宴；以我治干掫，則閭里寧；以我平刑獄，則犴狴清。以公之才，無所往而不可，則若有之也。以公之無所不可，而卒不見其無所不可，則誠無之也。聖人之門，有高弟焉，曰："有若無。"孟子之贊禹曰："行所無事也。"

公今倅郡三年矣，當有考績之行，而方以入計還郡，當不待奏績於天子之前。儻奏績天子之前，天子顧而問之何以倅泉，公得無有？安得長者之言而稱之，如王生所以教龔渤海者哉？公之幕僚諸君求予言，爲公考績賀，直以爲公績不勝書矣。而予以公之自居其績爲諸君告之，固以賀公也，亦欲諸君知公之美，奉而師之，以共成股肱紀綱之良也！

賀殷福寧考績序

宋人建置郡縣，大者謂之州，小者謂之軍，皆以京朝官出涖。其高而貴者，至以學士待制爲之，又或有樞密參知求便出領，謂之使相，綦尊重矣。國朝之制，大者爲府，次者州，次者縣。縣或隸府，或隸州，而州或隸府，或徑隸於諸道，則多自新進士除授得之。其隸府者，趨府如縣儀，其徑隸諸道者，抗衡諸府矣。其趨府如縣儀，則有爲婦之禮。其徑隸諸道而下有縣爲之隸，則有保傅母之義。其自新進士除授爲之，則如廟見之初，而即委以保傅母之職。夫是，其不輕也。宋時士大夫之爲州者，其宿望在人，皆出於宰世成務之後，其精敏而勞勤者，固自不懈其位。而或者取宿望鎮物，則或優游於山水之間，怡恬於文酒之會，亦足坐理而無妨。而國朝以初授進士付之，自非精心撫字之道，游刃文書期會之間，審詳酬應，事使之宜，則能勝任寡矣。蓋宋人先得我朝之意而倒用之，我朝沿宋人之法而直用之也。然則宋人之爲州也易，我朝之爲州也難。

福寧之州，所從來矣，是徑隸諸道之州也。宣城大滌殷侯爲之，美不專條，蹟屢異最，州人誦之，閩人傳之，余山中之人，聞之久矣。侯以三歲考績，僚佐興安楊君、東鄉王君走書幣山中求致賀之詞。侯承其尊公先世家學之傳，其美不專條、蹟屢異最，則楊、王二君言之詳備。而予聞侯入閩闈，得閩士爲選首，海内膾炙其文甚，則侯爲國家得人，又可書之大者，而二君未之及也。

方今主上重臺諫之選，不以輕畀，而入爲臺諫者，皆自郡推縣令得之。郡推縣令不足入爲臺諫則治行不高等，入爲臺諫則主上不輕畀人，是以雖無前魚之棄，而有後薪之憂，而獨州守資望入爲部尚書曹郎，更無異秩，而主上復不難以輕畀，則其於致青雲而躡卿相也易爲治，此亦殷侯之一時也。唐時有殷侯侑者，銜命出使於回鶻臣順之國，韓退之爲文送之，稱其出使萬里外，無幾微見顔面，爲知輕重大丈夫。則有如我侯，先勞無勸，尊美屏惡，合聖門爲政之義，而稱當世賢人君子，予又烏得於二君之請而已於言耶？

賀徐閩縣報政序

唐人論縣，蓋有所謂赤、畿、望、緊者。閩之爲縣，蓋望與緊合也。閩治海介八郡一州五十餘縣之輻輳，南北往來，客使旁午，而上官棨戟節旌之所涖止，無論治政聽訟，日有不給，即禮文紛于候謁，而精神疲于酬應矣，而江寧君羽徐先生爲之霈然而有餘。其器宇如麟之祥，而聲價如鵠之起，環八郡一州五十餘縣，未有能上于先生者。兹及報政之期，而同安傅生士驊求予文爲賀，曰："吾受先生陶冶教誨，不以日月，無以頌先生，惟吾子之言是以也。"

夫先生爲縣既如是之繁勞，而其政治如是之騰踔，而又以其間汲引人士，施之教誨。余以是服先生之餘於才而宏於受也。均是縣也，蓋有日晏升堂，鳴鼓而退，可以從容高枕爲之有餘，而尚有籧篨臃腫之歎。而先生處夫萃而不可涣，急而不可臯之會，其施之也中律度，而用之也中脉理，而又能以暇餘與四方之士論業講德，善誘而兼收，何人之才具相去之遠也。予讀國史，夏忠靖公巵從京師，兼筦九卿之印。每一退朝，小大執事捧案抱牒，盈庭環几，紆徐條理，口手應判；王文成公開府虔臺，每集諸生講論，恒至夜分，忽然出兵剿寇，莫知所如往。蓋自古豪傑必有兼人之才智而又有其氣魄力量，廼能爲人之所不能爲。予於先生治閩一班見之，夫天下有大於閩而天下之事有繁且重於閩者，先生以漸爲之忠靖、文成之業，予庶幾見焉。

賀賀安溪報政序

蓋聞古之善養馬者，不雒、不縶、不橛、不筴，縱之廣莫之野，寬閒之濱，使之調其水草之宜而適其性，或囓或飲，或靡或踶，或偃或立，一隨其意之所嚮，而不以己與馬，而馬蕃息名。天下之治民其何獨不然？夫今之治民者，太上之而已矣。太上之世，其人機智之不生，其上法制之未備，則聽其自爲民而已。而三代之世始予民以民，則治之也如其家，而處之也如其身，範圍其所不域，而裁成其所未周。逮乎今則法制密矣，機智生矣，無所待範圍，無所待裁成矣。患乎齊民，而使無以爲民。無以爲民，則何如太上之不以己與民也。漢宣之詔，至今以爲名言，其言曰："使民安其田里，無愁歎之聲。"夫不有動之，何有不安？不有驛騷之，何有愁嘆？漢治去古未遠，吏治已然，而何况乎當今之世也。

不佞睹賀公之爲人矣。其神恬以穆，其氣安以静，其文章光潔而深厚，而以發之政治，焕乎其無有滯窒。其拊循安邑之民，與心思争勞苦，與耳目争聖智，與口體争裁約。至其行之政事也，與强暴争弱小，與銖兩争蠲卹，與囂競争寧静，然皆悉以己勞民，而使民無與己焉。維公大父爲名二千石，維公尊甫爲名備兵使者，皆先朝之民譽、海内之良牧也。少年之子，千金而買新羈，盛其鞍轡，侈其鞦題，馳之驟之，手加掣之，足加諟之，惟恐馬之不怒也，彼新見馬也。造父之子、泰豆之孫，非子、毛仲之族，其見馬也，猶乎其見家畜也，不以人意加之，慮其作而僨也，不以馬意加之，慮其騖而絶也。公家世之所見，無非民者，此所以不以己與民也。公治安邑未報政，而公子舉于鄉，安邑之人曰："天之貺也，賀公之徵也。"公今報政，主上閲公最，旌公尊甫若慈堂，曰："子大夫，昔之民譽良牧也。有箕裘焉，奚啻祥熊羆？"旌公夫人曰："豈獨佐夫子，又生彦士以爲國楨，他日以寧予。"旌公曰："增爾秩，胥後命。"

於是我邑令君張公偕五邑諸大夫，徵不佞其言爲賀。不佞謝不敏，而借馬以喻司牧之意也。我邑令君與諸大夫曰："子以爲政者無與於民而可成民也，則何道乎？"不佞遠曰："諸大夫有之矣！其在於《詩》曰：'秉心塞淵，騋牝三千。'塞之爲言，肫肫仁也。淵之爲言，淵淵淵也。故曰：'思無疆，思馬斯臧。'在馬也，思在馬也，是猶古人以禮相贈遺，束帛加璧，先乘馬而將之者也。"

賀趙使君奏最序

姑蘇靖菴趙公守劍州有聲，遂徙來泉，於今合之三年所矣。書功銓曹上之闕下，是爲聖天子踐祚之年。天子曰："趙某有勞於二郡，胥後遷。"於是八庠廣文先生群造喬遠曰："某輩以下吏，日在趙公教育之下，公且遷矣，願藉吾子之詞以爲公賀。"

於是何喬遠則語諸先生曰：孔門所以論"居敬行簡，可以宜民"者，何哉？得非無擾其民之謂乎？我清净，而民自正；我無爲，而民自化。太上予民爲生，其次不擾之，其次争生矣。治而與民争生，不簡孰大焉？敬者，敬也，簡者，恕也；簡者，略也，敬者，詳也。君子詳於自治而略於治民，執己以敬，施人以恕，是以其身尊，安而爲德，於國家有勞利也。

趙公治泉無乃合歟！公以名邦之彦、名世之昆繫官此郡，宜若無足爲者，而公不鄙而與之興治。公若曰："當今之世，法令則章矣，條制則具矣，按而行之，要惟使之各安其生，共樂其所，則吾政有餘焉。"公今書功於此矣，民若不知有公，而公若不與其民者，則公不言之賜也。公之所以治民者既如此，其略而所以見之身者，則待吏以恭以恩，馭下以綜以嚴，接引士紳以禮以情，盎然之色，豁然之度，不待出口露色而肺腑精神已滿映於士民之間，此則公持身之詳而有契於聖門論敬之旨也。方今天下之民不得簡矣，天子之踐祚也新，内而有山陵之役、大婚之禮、諸藩王分封之費，外而有邊夷之驛騷，赤白之羽時聞，於是有加賦之令、預徵之需。上雖欲簡其民而不可得者，如使方内二千石，所以涵煦其民，一如我公安静之政，釀爲太和，天可以不憂水旱，民可以不警寇盜矣。

公且遷矣，倏而超遷，倏而大用，吾儕之在海内者，方爲公特賀屢賀而未已也。夫稱其邦君之美以代輿人之頌者，州民之責也，而况乎有諸廣文先生之請。諸廣文先生執夫子之經以教其徒，予故以孔門之所以論敬簡者，舉似諸先生以證趙公，諸先生其爲有合趙公乎否也？

賀簡司理考績序一

予讀《東漢書》，見宣秉、王良二子處優重，甘蔬薄，當世咨其清，人君高其節，豈非一代勝流之士？而又當光武之世，去史記未遠，宜乎斑斑文字間。乃今世士大夫談廉吏者，率稱引公儀休、孫叔敖之徒，豈狃於口耳之所及而遠者不暇詳耶？蓋廉者布衣之誼，然獨布衣饒爲之，彼其舍練推蔬菽之外，寧有可以復移羨其心意以自媮佚？夫惟得一命而官之，而泊然無所遭逢，欿然無所嗜好，此所謂喜之以觀其守，樂之以驗其僻，而情僞美惡無所失之者乎？以今觀於訒思簡公，豈不其然？

公大江以西名進士也，司李吾郡，郡亦忝爲名郡，公來司李，若人馬之相得而工器之互習也。大凡兩臺之察吏評官，是非雌黄，率於司李乎寄，司李有權矣。處二千石之亞，寮吏人士仰而承之，司李有艷矣。縣時乏宰，司李得下行宰事，司李有盈矣。而公視之若無有也。自處於鈍，乃不爲權使；自處於淡，乃不爲艷遷；自處於虚，乃不爲盈集。而公又正己以標率，平心以剸裁，勿身督聽，利身平静，兼而有之，以爲班爾之妙，曲木改容，朱藍所染，素絲改色，不啻穿窬譬而丘陵比也。窺公之廨，厨傳蕭然，蔬食瓦器，豈讓宣、王二子者！夫宣、王二子，雖今世士大夫罕所稱述，當其時，光武賢君也，幸其府舍，過其里門，問所疾苦，不可不謂遇。方今主上大創貪墨之風，褒奬廉潔之吏，於中外無所不察知，而考按之法隨其後，可謂至核。公不日以臺諫召行，且遇知聖明，比之二子之受知光武，公儀休、孫叔敖僅僅爲國相，詎足多哉！

諸廣文先生掌故則古昔稱先王者，求予言以爲公奏最之賀，當逌然有慨當於心矣。

賀簡司理考績序二

新喻簡劬思公奏泉南司理之最也，二三將軍鞢鞈跗注，魚麗而進，旅贄陳賀。維遊擊將軍車君進曰："應山不佞，守海以南，駐軍彭湖，遥制東番。湖之蝤蛑大於元龜，東番鹿角筋爲盛，可腊可膠，以續天齡。其他水品，充牣罟網，莫得陳也，敢薦以賀。"維守備將軍黄君進曰："翼舒不佞，隸於備兵，日湖、浯嶼，承乏假帥，古終之華，來從海陵，金鈎之蝦，麗於火齊，其餘産錯，差可衣食，敢薦以賀。"維守備將軍翁君進曰："宗輝不佞，備兵泉徼，離支之焙，益智之乾，上林所張，唐宫所珍，所隸戲下卒，維金華蘭紹之釀、火劑之肉，或時至焉，敢薦以賀。"維浯銅遊寨將軍陳君進曰："文爃不佞，弭於鷺門，則有判竹爲絲，漆以爲皿，穿犀之角，洞以爲盃。厥惟海物，篔簹之魚，烏橐之蛤，塗龍如鰻，沙鼊若腸，海濱之人，以饗上賓，敢薦以賀。"公曰："酌水懸魚，我思古人，實獲我心，敢煩諸公？"

二三將軍鞢鞈跗注，魚麗而進公謂："某也，仕於其土，則以其土之物獻也。維應山也，汀人也，則有上杭之布、永定之篚、倫紙之笋、彭侯之芋，帨不膩垢，竹爲葳蕤，是戔戔者爾。維翼舒也，泉人也，則絲以爲繒，熟之爲絹，匀之爲羅線，而繡之爲胸背之文章，然不敢獻崑崙之柘，錬以爲餳，澄其膏液，潤於琥珀，旨於甘露，堅白爲霜，嚼之齒牙，四座響聞，蠣如黏山，鵬所化也，敢實匕箸。宗輝也，福唐人也，改機之絲，針篦之需，自巨及細，不敢具論，所敢獻者，維是越王之算，綸組之菜，塗釵尺餘，吐苗如簪，丁香雙金，不鮰是倫，其他舒頭可千、石蟶穿石矣。文爀也，漳人也，海賈之珍，銜艫而來，公所厭也，若夫漳燈裹紈，明於九枝，梁山之章，瑩於截肪，柔魚之甘，秦袋之形，沙屑之殼，蝴蜆之狀，其餘外至而中產，可爲樽俎需者或可陳也。夫不佞輩皆閩人也，而公閩官，有如父老子弟，稱兕獻豜，公卻之乎？”公曰：“飲水投錢，取芋繫葉，吾久識之，敢煩父老？”

於是四君翩然而進曰：“不佞也，武人也，何庭實之敢知。惟是兑之戈、和之弓、燕之函、秦之廬、昆吾之劍、會稽之箭，我輩武人所服也，而他日公之所節鉞用之者也，敢預爲賀。”公曰：“君則服之，以戮鯨鯢而殲萑葦，即君賜也，敢固以謝。”

於是四君曰：“不佞則既聞命矣。公，刑官也，兵於刑爲近，兵之，刑之，要以靖民。皐陶爲士，瞽瞍是執，公法如是。某輩敢縱一盜於波濤之外者，惟公罪；聰明忠愛，共汜赦疑，公詳如是。某輩敢冒一首一馘自爲功者，惟公罪。鈞束乃聽，三千是鍰，公悉無有，其廉如是。某輩敢朘士一廪一錢，惟公罪。不反不内，不貨不來，公嚴如是。某輩敢有奸闌海物、藉寇資盜，惟公罪。苟小人得免於罪矣，何非公最？何非吾儕小人最？以爲公賀，拜公之賜，可不可乎？”公曰：“信然。刑曰祥刑，兵曰佳兵，何弗近也。二三君子誠以斯言也爲不佞賀，不佞不獲戾於海上編户，而海波晏然，即以此考績於銓曹而聞天子，是亦諸君之一臂也，敢不拜耶？”

賀簡司理考績序三

劬思簡公考司理之最，諸廣文先生業造喬遠，求文以贈矣。公之門下士魏君、黄君、林君復來請曰：“善言必再。”予贈公文稱公廉也，今也公門下士之請又奚加焉？

諸君之受知於公也，以文也，請以文喻。凡爲文之道，人各有慧智，人各有遠賞，合衆人之致之賞而萃爲一篇之文，可也乎？要以躭思凝渺，極一己之見而致精焉，是謂廉於意。經史百家則穿洽矣，今古準繩則上下矣，及其用之也，察覽精研，非吻吮宫商、殿最錙銖不受也，是謂廉於詞。一闔一闢，一往一來，文之道盡矣，而竭情不悔，懷盈自足，尺幅之紙幾何堪此狼藉也？是謂廉於法。一字千該，片言居要，若針必刺，若蝨必貫也，是謂廉於情。廉也者，儉也；廉也者，方也。不儉則不能富，不方則不能稜，故爲文能廉乃稱純詣。若公之廉，胡獨不然？水必寒，火必煖，其性然也，若橘不能淮，貉不能汶，魚之不能飛，鳥之不能馳也，則公之廉，意也。人之一身，容貌，詞也；言語，詞也；行止，詞也。身不能廉，爲畏人鼠，爲憎主盜，則必鞠拳擎跽以承之，則必多言繁稱以至之，則必纖趨趦趄以進之，而不者且一直無枝柱，黄河千里可不曲也，則公之廉，詞也。所治司空城旦書也，則必密秋荼、嚴夏日，然後威稜可得而著，金矢可得而繁也，而既廉矣，又何求焉？要以法如是足矣，則公之廉，法也。峻其城府，設其藩牆，人莫我窺測，然後筐篚悉至，賄賂來集，而公業剗崖破觚，無不可見之意，無不可信之詞，人之來貢，何佞何諛，則公之廉，情也。故其人廉，然後廉於文；其文廉，然後廉於官。廉於文，所以獲官也；廉於官，所以成人也。《周禮》以六計弊群吏曰：廉曰廉善，曰廉能，曰廉敬，曰廉正，曰廉法，曰廉辯。始之以善，其體則完；終之以辯，其極則審，廉道備矣。漢家舉士，名爲孝廉。孝也，塞天地，横四海，教之本也，立仁之方也。士未爲仕，故孝該之。然則公也與其諸門下士交，爲廉者也，以之立身、行己、福國、庇民，有涯量哉？公簡於意而略於節，予之爲此文也，猶若繁稱也，恐以言傷公廉也。

賀徐司理奏最序

君子所以出而爲世用者，豈徒自取富貴功名以爲其身華哉？其耳目心思神智必有所以用之也。耳目心思神智不用之於世，而用之於身，則爲自封自肥之人而已矣。不以用之身而用之世，則盡己之性，盡人之性，盡物之性，聖人所以參天地也。今夫人莫不欲生也，有可生之路而不爲之求生，則其生也傷矣。人莫不欲財利也，而狼藉之、逼索之，即己無所牟焉，而民已困矣。公家之事而莫匪民也，民夫人之事而莫匪公家也，淹滯之，格閣之，而隤頹隳落，不勝其委矣。夫民弱也，而不與爲植，則暴者至矣；夫民顛也，而不與爲持，則危者至矣；夫民愚也，而不與爲教，則刑後矣；夫民詐諼也，而不與爲情，則蔽我而敝人矣；夫民憂患也，而不與爲捍備，則立盡矣。

江陰石城徐公之司理漳州也，官以李爲名，則莫重於求生。而公之耳目心思神智，靡不入也，靡不受也，其他諸則不以財困民，不以滯廢事，不以剛吐，不以僵仆。教民而後法，情民而後求。寇賊姦宄之飄忽，如飈風猛火之爲驟，而公先事而備，百悉以治，城守無害，竟以宴然。至其持身簡易而潔修，公虛而和平，則軌於聖賢之途，而出於物情之外者。方今主上勵精圖治，翹然太平之理。惟是冀得宣力之臣、不二心之士，以清吏治、安民生，而使政刑、兵食、錢穀、獄訟之類，犂然振舉，薄海之内，編户蓬蓽之衆，無不按堵而列眉，得如公輩爲之，即主上高枕無憂矣。

公兹以最奏致身遇主，此其一時也。諸以文字受公知，爲公門弟子者榮公之政成，而請予文以賀公。予惟弟子之於師，感恩也，知己也，於賀爲宜，然必有所以賀者。有師如公，則真可賀也。而予以文應諸弟子之爲公賀，夫非直爲公諸弟子賀公也，爲閩人與天下人賀公也，而又仰爲主上賀公也。

鏡山全集卷四十三

序

賀姚晉江奏最序一

今天下財賦豈不稱急哉！州縣之吏考課之日，不論功能，即以此定殿最。蓋自遼左發難，財賦之所增益者，有加派，有扣免，有拓關征之額，有税典兑之家，有以援遼予官者，有以援遼予諸生者，搜括設處，不遺餘力，終不能窺遼東一武，而閭閻之下、畝畝之間騷然矣。

予考覽國家舊事，蓋有一設而不可復易者，有一借而不可復舊者，有已定而復中變者。援例監生，用以買馬，此景泰中爲土木之變，而至今沿之，此一設而不可復易者也。永樂宫殿之建，暫借文武官俸，而至今悉不如洪武全俸之故，即邇者，天啓三殿之役，官俸悉借，殿工已成，亦未復也，此一借而不可復舊者也。嘉靖中，官賣天下寺田協濟大工，有明詔矣，至萬曆中，又入於民田之賦，而至今洗索未已，此已定而又復中變者也。而天下之可以興利者，若邊境屯政之廢，鹽法之弛，縱而不核。二事當事者常以爲言，則置之不問，並不見諸施行，而大司農之所朝夕磨勘、課最州縣者，惟前此數端而已。獨不思景泰之先，未有監生、買馬也，永樂之後，宫殿已建也，嘉靖以來，協濟詔書已定也，其未也，則方内作何支持？其既也，則除罷作何融通？而徒仍其故也。

予嘗私論天地之才，有出孔，亦有入孔。今中原財賦皆盡於西北邊疆，而第出中原一片土。西南夷寶貨之通也，其人但知貿易，不能爲變，則禁其一切海上不與互市，使瀕海之民貧而中外之用詘。出孔則多，入孔則無，而邊徼之費用以互市養兵者，區脱一跳梁，茫無措置，脱巾一呼號，猝莫支發。至於内外之冒破，文武將吏之侵削，無從詰問。又有設處以養某所兵，而兵則既除，添設某衙門以充某餉，而添設則既罷，而賦額尚存也。蓋出孔、入孔兩失之，而第於州縣之吏財賦責成之爲斤斤，豈不失補救之方而昧九府輕重之法哉？

予之爲此論也，蓋有感於今日州縣考成之政，而會予邑大夫姚公奏最，六邑大夫求予言爲公賀者言也。姚公今以財賦考，幸無害。而察公之意，當其征歛之日，常愀然有緩二之心而皜然無復取盈之念，是以賦僅足而考僅無害，而公心所以用之於民者，則至苦矣！公治予邑，善政嘉績不可殫書。令予復臚列詳舉以爲諸大夫告，以爲公賀，不已贅乎？故以平日所感論者發之。抑予居恒謂國家欲得當事大僚，可以暨功見德於海内者，其起家必繇爲州縣吏。彼其涉歷既多而隱軫備嘗，有所施爲，必有補於大政，而他諸以聲望、品秩，爲名高，爲華要，殆州縣起字之不如。夫我公也與六邑大夫他日銓宰計相將異日任，得予説而存之，或者可以備殿最吏治之一助也。

賀姚晉江奏最序二

《語》曰“君子學道則愛人”，豈不信夫？當吾之世，去聖人遠矣，而皆當有學問道術之意，嘗寓於心懷智想之間，而後出而用世，可以不虛一世之用而不媿本來之初，而世之爲吏者則功能而已矣，才諝而已矣，據其揮霍綜練之長，豈不敏足以應卒、詳足以治官？而要之，道未詣也。則吏事既舉之外，返而内，顧必爲身家之圖。夫仕也，而爲身家之圖，則其心不清，其政不純，而有益於斯民寡矣。

石嶺姚公之爲吾縣也，蓋學道君子也。公既從事聖人之道，而又一禀其先公治譜之詒。居是官也，而不見有其官，當是事也，而不見有其事。何者？有超於官與事之外者也。其意悠然，其致翛然，而所藏於中者遠矣。是以遇文學之士則常有汲引獎許之勤，遇饑寒貧困之民則常有周救賑恤之方。見有求多於閭閻之功令，則常苦於無以爲之處分而減省。遇兩造之質成，則常爲之寬解，使自改悔，而無勝心求備之意。而蒞官之暇，鉛槧詩篇，綽然其有餘閑。晉雖蕞爾，亦海濱一壯縣也。自公爲之,若從容而有餘者,蓋公有得於學道之旨,内清静而外簡遠,則雖不必聞武城絃歌之聲,而所被於人人者,已宛然洙泗之遺矣!今縣大夫之以高第擢者,莫如諫垣御史天曹之爲華貴。比者主上急銓部之屬,司銓者業以公名聞,公不日當弊天下之群吏,而其以所以學道愛人之意爲藏身之求,行見方内泰寧而所以答主上勵精求治之心者,遠且鉅也!

諸博士先生與文學弟子皆沐公學道之化,於公之奏最也,求予言爲賀。公之爲晉,治行多端,予不能悉舉爲公頌,而約公大指,然公之爲人固不可得而親疎者,即悉舉而詳言之,亦寧足當公一首肯也。

賀陳當人考績序

金鍊從金,火煉從火,絲練從絲,木楝從木。至人之攝心性也,從金、從火、從絲,皆名曰練,獨未有從木者。金、火與絲皆就本體,而木之名楝,取其葉可以楝物,則猶有所借焉者也。何子曰:練之爲義,豈不大哉!聖人所以開物成務,定天下之是非邪?正成天下之亹亹者其在斯乎?知之明,則處之當矣;察之精,則行之盡矣。彼夫尊倨其衣冠,盤辟其儀容,持一先生之道試之經濟,不能通圓方,欲以用世,其將能乎?故夫世人以爲名法而自性命出之,則以爲緯經矣;世人以爲功用而自性命出之,則以爲彌綸矣。元首明哉,股肱良哉,庶事康哉!其在叔季,即道也而靡匪事;其在堯、舜之世,即事也而靡匪道也。康之爲言,安也。官得其體,政事得其施,凡衆之動得其宜,康之至也。何子故曰:練之爲義,豈不大哉!

曹司南昌陳當人,通練人也。其存之也專以静,其持之也潔以修。舉進士,未嘗爲州縣官,而凡有綜理靡不犂然當也。問之以事,了然其契于余心也;求之以言,斷乎其洞於予耳也。予每語之曰:"大受器也,子必勉之!"比者余被人言而主上知我,予有言於主上,主上立可之也,而所爲予屬草者,實出陳子。原予所以受知於主上,則以余有言而主上可之也。陳子爲予言,其效若是。他日自爲之而自言之,其有不爲天下開物成務,定天下之是非邪?正而成天下之亹亹者哉！

陳子考績，諸僚友命予言，書以期之。

賀蔡將樂考績序

予素慕將樂玉華之勝，今歲一遊焉。始至見其山，猶夫山也，草樹蒙茸山也，峰巒團結山也！一入其洞，則窈然以深，廓然以容，聳然以突兀，高之爲華蓋，擎之爲柱石，燦之爲斗星，方之爲頃畝，鳴之爲鐘鼓，滙之爲潭壑，蔚藍乎爲將曉之天，藻井乎爲誠懸之石，火光之所照灼，如以爲真實，而屐齒之所上下，如以爲夢寐也。同遊歎詫，咸謂大奇。返而出山，則草木蒙茸猶故耳，峰巒團結猶故耳，蓋其體本質也。嶽有五，余遊其二，泰山、衡山云。方其未至也，望之以爲不可至也，意謂何如奇也。及陟其巔，則草樹而已，沙石而已，無奇也。而天下之名嶽必歸之，惟其質也。夫其高極於天而有赴下之勢，善卑者也；立乎無旁，望乎無止，善虚者也；沙石草木之不御也，善受者也；至其廓落之所昭回，天日在其上，而雷風出其下也，則天下之名爲山者莫及焉，夫是以稱名嶽。

余之遊玉華也，則令公蔡幼魯公實爲玉華主。余不識玉華，而於兹始得玉華；予不識蔡公，而於兹始得蔡公，兩未曾有者也。入蔡公之縣，小大纖巨，靡所不舉也；文武寬嚴，靡所不振也；教養撫摩，罏冶剸割，靡所不懇篤而周詳也，而接其容則善卑而虚受。家有令子，方柄主爵，欿然若無有也。其應世而酬人，若和風煦而甘雨潤也；其酌水飲冰，若拔葵而懸魚者也。論蔡公之經緯萬端也，則玉華洞之爲奇；論蔡公之善卑虚受，而其品地位置直高出於縉紳冠帶之表也，則余所歎夫泰、衡二嶽之爲質。蘇子曰："於山見華岳之高，於水見黄河之深，於人見歐陽公之大。"余於玉華遊也亦然。

公兹報三年考也，將樂廣文先生及邑庠弟子員遣人請文爲賀。余因書所見者以爲公擬，復進而語廣文先生與諸弟子曰：天下有無本之學問而能施之有政者乎？余聞公銘其清心之齋，以昭揭獨念、無媿先哲自期，則公所爲政本者也。《中庸》稱"今夫山"、"今夫水"，如彼其無窮也，而要之曰，其爲物也不貳，予又請以此而擬公。

賀馮永春考績序

永春縣廣文先生陳君祖念、葉君日新偕其諸生來請曰:“邑大夫慈谿馮公玄水三年報政矣,請子文爲賀。維公寬和勤敏,不假聲色,用善道化民,追徵有法,聽訟必公,倉庫必察,盜賊屏息,外門幾於不閉,而勤於課士靡輟,時旬出私錢飲食之。公政在民,民則有衢路之歌謡矣。惟諸士在公教下,故敢求文以賀。”余曰唯唯。

余聞慈谿先輩在宋有楊公簡者,宰樂平,謂教養一邑,欲使邑人皆爲君子,況在學者乎?作講堂,醇醇訓誘之所至,崇孝養、明宗族,仿周官敬敏任卹之政。余聞永春令在宋有黄公瑀者,爲永春,廉儉約飭,蠲宿負,除虚産,令民輸賦,第揭姓名市中,與爲期,大治學館,刻厲諸士,士上謁者延接之講學。公,楊公之鄉後進,蓋聞而興起者,而所治在黄公數百年之後,其行事何契符耶?司馬遷曰:“文武不備,良民懼身修者,官未曾亂也。”孔子曰:“君子學道則愛人。”愛以成仁,仁主於愛,烏用文武哉!余深服馮公之政有合於孔子之道也。方今主上課實吏治,切切安民是務,郡縣之良牧且以不次擢用,公行將應之。蓋楊公仕至學士,而黄公擢入爲御史,余請以兩公爲兩先生賀公,非賀公也,爲永人賀公於今,而爲天下之人賀公於後也。

贈吴封公序

余竊國史,知少保文端公之業在先朝最著。後稍客吴,讀《玉涵堂詩》,有中唐之風,知少參公與皇甫子循先生遊。予上春官時,從今贛州守黄紹夫見文仲《西曹》諸篇,汎濫乎《三百》者也。今年夏,文仲復補前官,與予爲同舍。其秋,予友民部李叔玄自吴關報政,數數稱吴中士二人,則王少湖君、一先生也。予與文仲未交而知其名,未貌而知其心,予知文仲不以相門子,知先生不以文仲,繇吴氏四世足自著也。文仲曰:“安國一仕洛,再仕越,奉吾父之教,不能以尺縑半菽將吾父，恃我朝家之寵命，吾父復自遁而不應，兹復得以司寇郎推恩，吾懼吾父猶前志也。"

何喬遠曰："予聞先生於李民部，每飯若見於羹也。夫曳霧絹履，文纂黴艷，歌乘輕艎，遊敖洞庭、劍池聞者，吴諸公子也。而先生篤尚玄墨，四壁欲頹，掃軌蕭然，人謂先生質乎哉！則先生積楮成丘，焚膏如池，註疏史傳，累帙連篇，一目數行下，終身不忘，人謂先生文乎哉！則先生讓財之義過於孟、薛，自晦之清軼於任、姜，先生内德隱行足師吴人，然羔鴈在庭，干旄在門，時謹避之。故文仲下里門而趨，不敢呵止人，恐聞先生。先生蓋曰：'君子得志於身，行道於時，則有車服、旂斿、黼黻以自章也。既隱矣焉，使榮之，方以大練纇推躬耕於隴次。子止，子止，毋文先生。'"

文仲曰："雖然，是吾心也。吾三仕而無以尺縑半菽將吾父，恃我朝家之寵命，吾父復遺榮而自遁，人其謂國辱親乎哉，國也，且不能子矣。"喬遠進曰："先生先生，不耕而穫謂之素，耕而不穫謂之莽。夫文仲三仕而三有名於時，誰教之忠？三仕而三貧也，誰教之廉？文仲不但以吏著，有以飭之，誰教之學？今日則先生穫之之時也，夫子與身何間？身與君孰重？先生世受國恩，不宜至身而逃之，且先生豈用子任貶高乎哉？文仲兹被命瀟閩道其家，捧制書，具衣冠，擎跽膝前，若先生猶前志也，則以喬遠也斯言進。"

贈馮廣文序

先王之經天下，治與教二端而已。其教之也，所以爲治，而治之未有不本於教者也。五物之常、十二教之施，蓋即先王所以勸率號令之端，而其間田野賦役之制、條章政令之頒，皆所以使民明孝弟忠信之義，急於君父兄而和劑其家。於時雖用之戰鬭，亦未嘗無不教之治。其士君子之生其時，居則講於道德，出則用之政事，即一人之身，未有不兼焉矣。故其治也，足以振俗，而所表之師儀無有不則之範；其教也，足以信民，而所據之位望亦無有不行之勢。三代之世既遠，士始以其博贍疆（彊）敏之材，就其資之所近，以用於人塗。其所以齊民而御化，始不出簿領、賦税、獄訟之間，而學問躬行，反以爲緩事。其陶鑄於禮樂而沉潛於六經者，從以爲一先生而已。蓋嘗論漢之士，道德之意微矣，然猶能緣飾其經術。士講一經，終身用之，以匡君而成民，故其治尚近古而未遠。唐則經術、吏治稍分稍微，猶能不失兩漢之意。宋則士之講於道德者，既不獲用於治，而其濟時達變以爲才者，終不出簿領、賦税、獄訟之所委萃，治與教益分爲二途。居今之世，士之有治人之責者，亦不出唐、宋之所課吏，而其源本學問，可以有教人之能者，又格於勢之不行。則治之與教，上之人先相懸遠，而非獨士之自分也。士豈獨不能自分而已，且無有可以分者矣。將有待於傑然之君子，身乎其道以爲治，通乎其治以爲教，躬體而自行之，則庶幾焉！

晉陵馮先生生於唐應德、薛仲常之鄉，及其時而講其學。二先生蓋近世之以經術傑出者，先生既從事其間，凡人心之邪正、學問之是非、文章之高下，無不力辨而精求之。司教吾庠，又貳師也，雖有可教之道，而無可行之勢，然確乎可以教與治者，有其實也。直指使者嘉才之宜令，疏而薦之公車，則先生行有治人之責者。故予舉古所以爲治教者以爲先生誦，見先生之學之宜於治，而他日所設施者，當不徒簿領、賦税、獄訟之間而已也。

贈陳翁序

予觀鄉飲酒禮，則歎高皇帝愛民之深而勸民之善之備也。鄉飲酒禮，蓋古者諸侯之鄉大夫薦其賢能於君，君與飲酒，及夫國索射序而正齒位焉。高皇帝乃始參酌《周官》讀法之典，旌别其淑慝而明章其勸懲。郡國太守、州縣長吏，古所爲寵之二千六百石，而爲一國君者也，嵁巖之老，里社之耆，得藉其累仁積行分庭稱嘉賓，嚚昏過犯，即有豪有力者坐之下坐，不敢進與齒。蓋觴酒豆肉之間，無非以勵化而劘俗。民之辜奇衺者，其與於會，黷罰之政已，威於司空，耻於嘉石，而當時又出大誥以示之，立旌善申明以記之。蓋一歲之内，一鄉之中，民之善敗，鮮不聞有司，其舉動行事，咸有所媿以畏。故曰：與其爲善於鄉也，不若爲善於家。民修於家，而後鄉可得而尊也；民尊於鄉，而後家可得而諦也。不待媿之畏之，頮焉而思善者，民之上也。見夫有以媿以畏之，仰而求善者，其次也。高皇帝蓋曰："朕惟愿民壽。若恣肆冗雜以墮刑憲，是不壽，惟朕罪。"故民生其時，不待媿畏者，則固能自壽矣，其待媿與畏者，亦莫不濯濯然求應上人所以壽之意，此盛世之治而海内所以多善俗也。

今郡國去國家二百餘載，其禮雖尊行如一日，然終不能如當時之周詳而切至，而民亦以怠聽觀，則徒待於善自壽以應上之壽者而已。以予所見，永春懷泉陳君其人也。君自少年以至皓首，無非敦行孝弟忠信之實，勤力勞思以致居積，好行其德，附於仁義，蓋予所謂不待媿畏而爲善者。其邑令袁公方用實政拊其民，不可訖以富與威，獨所致君而均禮之者，逼焉而加勤。予愛君之自壽與袁公所以壽君，猶不遠國初之意。昔孔子常思樂周家之先焉，有以也。

君之甥李生望臯以文字與予善，舉君質行爲予言。予既信李生而知其不謬，故於其稱觴壽君也，書以爲君觴之佐。

贈袁永春序

同爲賢人君子矣，有涵養之士，有豪傑之士。涵養之士，其得之也以造詣；豪傑之士，其得之也以高明。涵養之士，其得之也在人爲人行之中；豪傑之士，其得之也在人爲人行之表。孰能皎潔其心，空如大空？孰能遺外形骸四肢以存太始？孰能心在舌端、意在貌初？孰能不諾不趨波以全其軀？孰能褐衣蔬食，起而爲吏，不敢受賕枉法爲姦觸？孰能柔民如嬰兒，擊强如鷹鸇？孰能膠漆不以言，不投合，不以日月進？凡此豪傑之所爲也，聖人皆有焉。有而不露其中，藏之而無彰，故望而見其全，窺之而不測其方也。聖人道既備矣，學既邃矣，以爲諸它，揖讓進退、言語威儀之間，少有闌出入，皆足爲定命養性之瑕疵。故誦法孔子，而知其無遺行也。其言造次顛沛是也，其夙興夜寐皆以爲天德，期月三年，以之自許，而男女别途，羔豚不飾，豈不足徵有體之學問，不徑不竇之士，若心憫其愚，不足超於化，其於負劍之仲由，歌門之曾皙，未嘗不欲急歸而裁之，而以爲簡且狂，則夫聖人之道，其有在矣。當時七十子之徒，其性體皆已光明，心術皆已瑩净,聖人日與習六藝而講禮樂,章甫縫掖,斷不可以佻焉,執射執御,亦非馳騁詭遇之物也。故謔不爲虐,猶不免於戲,惟酒無量,尚以爲困而苦之。不戲不困,殆聖人居身之所珍歟!

予自罪廢以來,不敢慁有司。吾永春令皖侗袁公一日叩門而相呼,遂以爲莫逆。公之修身莅官,蓋予所謂豪傑之士也。公之心既超然以千古之人自命,若謂繩尺周卑,執之可以爲禮,然去囁嚅趑趄之幾何,亦微以寄玩世之意而望之者,若謂不勤而不矜,以此參疑信。今臺大吏舉援所屬守若令,有騰章而薦者,有出教而旌者,公比得旌,衆賓皆賀。予謂如公之人,姓名豈不足騰章?又何僅僅也,大吏知公殆有參歟!故於文學先生之命言賀公也,輒誦聖人之道以爲公規,亦聊以答公叩門莫逆之雅。夫公誠求聖人而至之,即舉世疑公而不信,亦烏足爲公有無哉!

贈葉司訓序

聖人之學,先於立心。其行事震動訇耀,較然不欺其心者,豪傑也;恂恂退讓以不欺其心者,善人也;澤之於道德,君子也;至純無疵而不見其始終,聖人也。故聖人之所以爲聖人者,心而已矣。欲以令,人未必從也;欲以平,人未必調也。心者,吾之心焉,繇吾誠僞而已。順其心而言之,如其心而行之,人未必知也,久焉而以信矣。美其言,詡之以爲大;揭其行,張之以爲高,雖未必戾事而遠情,然而有矯誣之意焉,人盡知之矣,久焉而疑之矣。昔者孔子教於洙泗之上,與二三子講聖人之道,循循如也。起而爲政,兩觀之下,以爲始誅,考其所以聲罪之繇,則謂言行堅以辨也,而皆出於僞。夫行堅言辨,是世人之所以詡張於人者也,而乃爲誅始。故夫聖人居焉則明其教,出焉則肅之法。法也者,懲一人以正千萬人之具也。吾得而教之者,誘之以進於聖人,吾得而法之,令皆爲善人焉,斯可矣。

予邑廣文謝先生迎嘗與吴先生鏜爲僚於桃源,具爲予言,先生强年恬尚,其人恂恂可師,予心識之。亡何,臺使者行部按泉,察先生爲人,既去,移檄而加獎。爲先生之桃源僚者則何先生,美先生之見知於大吏也,率其弟子從謝先生,求予言以爲先生賀。予問使者所以獎先生者何語,謝先生曰:"以誠。"故不佞不敢以諛辭侈先生,而即臺使者所以獎先生者,欲與先生共勗於聖人之道焉。

贈陸別駕序

《中庸》曰:"不獲乎上民,不可得而治矣。"予聞有二端焉,曰才、曰誠而已。善調劑矣,然而無真愛民也;善節約矣,然而無真惠民也;善整齊矣,然而無真教民也;善精勤矣,然而無真服民也。是謂才、誠不兩合,民不可得治已。民不可得而治,則上不可得而獲也。上不可得獲,則民復不可得治也。民之心志同也,耳目同也,議論同也,上之人心志亦同也,耳目亦同也,議論亦同也。上下之人,其心志、耳目、議論靡不同者,觀吾之何如才、何如誠而已。君子身居其間,合乎上下之人心,得獲而治之者,聖門之學也。民有不知焉,則怒而以爲謗我,上有不信焉,則懟而以爲憾我,謂民之不得爲焉,寢處而不以爲意,謂上之得爲焉,謍媚之而無所不至,非聖門之學也。

海鹽鴐山陸公爲吾郡司農,勵之於義以潔其守,和之於惠以平其政,養之於恬以尊其長,賁之於文以敷其教。其所調均張弛,則既合夫吾郡之人心矣。日桃源乏令,公下行令事,桃源人所以稱公亦復如郡中人。御史使者行部方欲疏公名於朝,以不及於年而先之以獎。桃源之博士弟子喜公宜於上下之間也,授簡喬遠,俾序以爲賀,故喬遠援《中庸》之教申其旨。

贈廖廣文序

師也者,所以教士也,從來尚矣。國初人師之進退,乃視其歲舉之多寡,不則有黜罰。當是時也,士固不敢一日不從師之教,而師亦不敢一日不教士。至於今,國初之典不行,士不信師,師亦不涉士,徒見隸在名籍,則有束修通見文牒之請求。爲師者徒有弟子名,至於月有考、歲有試,悉置不講,亦繇士不信師而師固不能人人强之也。雖然,齊、魯之士閒於文學,其天性也。問山必於崑崙,問水必於星宿，物各有所祖始。宋學在閩，延平爲之先，以視先生，蓋在星宿崑崙之下。先生涵育延平，先生之鄉必有獨詳其秘而深淑其論議者。向謂士不信師，師不涉士，謂其文藻有新宿，條格不相入也，道則豈有新宿扞格哉？爲諸士端行誼而理身心，是亦先生之所宜急也。夫歐陽四門，其文學閩中鼻祖也，乃武榮所始起，則武榮亦閩中之崑崙星宿。先生適教於兹，而以所聞於延平先生之緒論，與諸士一講明之，不亦進文章於學問，令問學等鄒魯而愉快者哉？

先生，順昌人，交予十餘年矣。誠心爲質，文實斌斌，始爲光澤，今來武榮，士無不信以愛。御史中丞善先生而奬之，故予因諸弟子之乞言賀先生也，爲先生推廣而進焉。

贈沈將軍捕倭序

比者内地不逞之氓勾引倭夷，竊奪艅艎，寇於海上，急則蛟徙，緩則鯨吞。二三將帥各分汛地，如臠已割而餅已畫，逐出其方隅則已悛悛幸無事。至於歲宴隆冬，朔風爲政，游汛告休，則聽其與玄溟海若共息，即其越人于貨，亦不敢聞大吏。而今縱横海上者，七舟也，無人乎閩、廣、温、台之間，其在閩海上則以東番爲窟穴。東番之夷，裸如鳥獸，射生箐棘中，盗亦時時賊殺之，而夷人以爲苦。寧海沈將軍齒劍語曰："任盗縱横，信如割臠而畫餅，我豈禮食而小兒啖耶？"下令其帳下目長曰："料簡軍衆，備火攻，具器械，持五日糧，從吾之所之。"亦謾之曰："吾近往耳，聊以懼竊竊邇我分地者。"舟既發，則曰直抵東番，諸目長慺然從之。以朔風之政，舟檣曉曉波濤間，諸軍茫然相失，將軍意氣自如，一日夜皆集，鼓行而前，出賊不意，將軍露身鋒鏑之交，將士齊作。懼者束手而請降，强者迎鋒而立斃，怒而不與將軍爲功者，腰石而湛於滄淵，而數歲之鯨鯢立盡。

於是瀕海人爲海賈者，群來告予，請爲文賀將軍。予曰："將軍捕海上賊，職也。上以報國家，下以衛人民，豈區區爲若海賈德者？賊之得也，漁人歌于舟，海濱之人歌于途，烽燧游徼之士歌于軍，東番之人快於夷，豈特若海賈德將軍者？且夫賊之得也，將軍上狀於兩臺觀察使者若大府、若其閫之帥，而自不言功以級。若俘獻大府,大府爲之舉宴稱觴,列兩隊之軍於壇坫之上,請將軍徹襜帷、衣朱緋、篸金綵以觀五達之衢,而將軍辭。酒半,起離席,伏請將軍終樂之,而將軍辭,將軍又豈以德若爲名者?"則群曰:"吾嚮得全吾貨而往來海上者十九,而越于貨者十一,然而心有盜也。今得將軍,而後吾心無盜也。吾向之越于貨也,相與瞋目而怒,而莫之誰何,今得將軍以爲我報也。將軍長者也,豈復德吾? 吾儕小人不能不德將軍。"於是何生進而語之曰:"令將軍見賊縮頸奉頭,有不虞之事,爲規避以蒙大吏,則若何?"曰:"逃於文法矣!"則又曰:"令將軍守汛地自固,有暴客逐出之,有不虞之事,以歲宴息軍爲解,則若何?"曰:"高枕矣!"則又曰:"令將軍齒劍而行,語目長爲近往者即近往,曰'吾無所見賊',則若何?"曰:"得勇名矣!"則又曰:"令將軍與賊遇而敗,則若何?"曰:"失官矣!"則又曰:"令天不返風,舵折檣顛,則若何?"曰:"葬於巨魚之腹矣!"夫不慮失官則以官博之也,不慮葬江魚之腹則以身博之也,不有其官與其身以與賊博,而若輩亦得宴然貿遷波濤間,則將軍雖不德於若,若等德將軍宜也,遂以爲將軍賀。

贈管長泰奏績貤恩序

南陵管彦懷公來治長泰,自興教立政之大以及賦斂征役之繁,服用之所蠲,道郵廩畛之所治,防垢之所堙,剔良暴之所摧持,棼之所糾,瘴之所瘉,細大之務,如攝其家,調節之宜,如攝其身。長泰甿士有祝有謡,大縣缺令,令遠借公,則恓疑惶怖,奔走而祈留;近邑缺令,令暫借公,則割之以爲德色,而分之以爲甘飴。公之爲令,邑有善政,而善爲之後;邑有不善政,而善之爲先。上有不可已之政,不敢言善,亦不敢言不善,而善爲之中,以故泰人惓惓愛公而不置。既三年,上最於朝,天子嘉公,理進公階,贈公太公如公官,贈公太夫人如所以授公夫人者。泰人以爲盛事,其孝廉諸君子將詣公堂,脩慶而稱驩,吾友戴亨融氏使予爲文先之。

亨融誦公不一一,然予業聞公久矣。凡君子之出世也,當使人懸而若有慕,得而不能捨,有吉祥善事爲之修慶稱驩而不置。蓋天下之事,有報焉,有施焉,凡公之盡心於令，不負其身，所以報君親之大者也。泰之人得公一推恩父母，如其自父母見恩之爲快，所以報公之大者也得乎天子，而吾身有所施設，宣被於天下，能無報乎？有吾有親而後有身，而後有教以能，能無報乎？吾壹欎而不得揚婉，吾疾痒而不得抑爬，有上之人爲之綜挈開舒，民之蚩蚩，胸固有心，心難以口，其君子尊賢而誦誼，能無報乎？公所以報君報親，君親有施也；泰人之所以報公，公有施也。君之耳目遠而民之耳目近，親之心意親而民之心意疎。起家甲科，得一邑治之，無所得失。比及三年，上官不後於薦剡矣。得薦剡，主上不閡之恩，必授之階，推之親矣。然其所治之人或不爲之喜，爲之修慶而稱驩。吾得有子能要朝家之命，推及吾身，以爲有榮施，雖其風木之痛、鼎養之思，亦能起九原而顔色之。其生也，則喜於堂上；其九原也，則喜於九原。然其所治之人或不爲之喜、爲之修慶而稱驩，此遠近親疎之别也。朝廷無上閡之恩，而能使近民如我遠君；吾親無不食之報，而能使疎心如我親意。君子於此，有所以得之者矣。益思其所以得之與吾所以修之，則所以上報君親而下施於人民者，必有不敢懈者矣。

公爲一泰如此，君固公之君也，親固公之親也，天下人則猶泰之人也。公爲而不懈，所居愈高及愈以遠，天下行望公於無窮，所以爲贈公贈夫人修慶稱驩者時無已，則皆公之所得自爲報者也。

贈柯翁序

治宇柯翁隱於安平之野有年矣，名不挂太常，籍不繫主爵，然而敬於閭里，重乎家族，其德行足師也。郡大夫聞翁名，延之鄉飲，薦以大賓。翁辭不赴，曰："鄉飲，重禮也，而郡大夫貴人，吾腰脊强而足趾緩，安能傴僂於筵前？"郡大夫既歎翁之高，而翁鄉人與其子姓復群頌翁於郡大夫。郡大夫乃擇吉，具衣冠，使人致翁家，以爲翁壽。翁復前卻曰："吾故不敢赴賓筵而見郡大夫，敢勞大夫賜？且夫古之高士有書幣至門，羔鴈在庭，鑿坏踰垣，猶慮不免，葛巾皂帽，若終其身，彼豈復有世人之榮貎乎哉？某也不佞，每居常媿之。且夫人有當身而願棄之,有不當身而願求之者,此亦人情也。故士大夫恒侈言杖屨,而山林之士恒尊慕衣冠,而某非其人也。”郡大夫業致矣,鄉人子姓業請矣,無以得翁一幸許,則群來求言於何子,曰:“子其爲翁一言。”

於是何子奉篋笥、執觴酒而進曰:“固也,山林之士尊慕衣冠,古有之矣。夫皆人尊之也,故夫木謂之公,湘謂之君,武夷桐亦謂之君,然而猶神人仙侶之屬也。則有表愚以公,祝庚桑以子,薦醉鄉以侯,傲五湖以長,崇山中以宰相,夫非人尊之乎?身當之矣,則併其所悦情怡性之具而侈之,則有名竹以君,加歡以伯,拜管城以子者矣。若其當時,君長乃又至式璧而聘囷京之家,高其門而堊其閭,飲食賓客足以自通,賓客封之萬户,則乃以其有馬牛羊蹄角千,竹橘梔茜之類千株畝。夫是人也,而猶足當邦君之所尊,當世之所好,况乎德行敬閭里,重家族者哉?鄉人子姓以是事翁,郡大夫以是致翁,夫皆人尊之也。翁而拜郡大夫之致,以君於家而長於鄉。鄉與家之人有所鼓舞於善,而忸怩於爲不義,則皆翁教化之矣。翁之高,固自如。”翁曰:“某也不佞,不敢虚郡大夫賜敬,聽子言而舉子觴。”

贈莊君序

蓋人之爲人,必有所爲之地者。無有良田,農不能耕也;無有良圃,工不能植也。地者與天,爲地者與人,然則人而無忠信仁義之質,其無以爲地矣。許行名神農之教見闢孟子,要其所爲亦自有足以過人者,是以能鼓一方之衆而從之。彼其衣褐織席綑屨,儉而無取於世,市價不貳,國中無僞,信而不眩於財,其去陶朱、猗頓之徒用其慧巧與造化争急人之捷,而操其羡者相去奚啻天壤哉!令居今之世皆許行其徒,衣褐織屨其人,綴姓繫氏於郡邑州里間,天下治乎?亂乎?

福全之鄉,有莊君原亭者,自其祖父行善有日矣,至君益深而固之。君之爲人,大概以忠信仁義爲地,其純白貫乎肺腑,而惇切本於人倫。賈名爲廉,庶幾不欺不貳之風,負我者不之責,而悖我不之較,至其周捨賑施,竭盡心力而後止。福全人群然頌君太守之庭,而太守進而旌之,以風海上。夫世之下也,以澆爲能,以遌爲便,撲茂原慤,迂之謂鈍,以爲不足與自謀,抑且厭其積累之難而知聞之不易。人心風俗,去古遠甚,所從來矣。君既取其鈍而不足自謀者,尊之以爲上,而其久而難積以聞者,持之而不厭其終,此其爲地也廣矣!大矣!許行之徒既堅持其所自得而又嘵然鳴之以爲是,以争勝於聖賢之門,此其所以見闢於孟子。君也,以其所自爲地者陰行而獨守之,所謂遷善不知,而爲王者之民。蓋君爲之而人未必能爲,人未必能爲之而未嘗不知君之爲者,此三代直道之公,而予所以不能已於鄉人之請,爲君頌而傳之者也。

贈汪建陽入覲序

萬曆四十七年己未,天下當大計。建陽令君徽州汪公景承以入覲行,建陽博士洪君來等徵文爲贈。何生喬遠作而歎曰:“予閱徽乘而知汪氏之多賢也。”我國家久道成化,莫如我太祖高皇帝、世宗肅皇帝以及今上,而徽州之汪皆有人出而應之。當洪武之初,則有仲裕、仲魯二公親承顧問,託重編摩。當嘉靖之季,閩中不靖,則有司馬伯玉公與大司馬胡公汝貞協力驅勦,而胡公又徽産也。今上壽考作人,而公復稱子大夫。公之位而復在閩中,今方起家耳,顧上之壽考未艾,公之嚮用亦未艾也。凡公所以治建陽,才與誠合,政用德施,則載諸建陽士民之口,不待贅矣。

抑公玆行,僅僅從計吏入朝奏功,出而謁於銓宰司功之庭,受成事而已,必將究心一時之務,蒿目當世之憂,圖其體要,審其機局,以待異日之用也。方今建夷狡啓,去京師數日而遥,而我所以禦之者,兵餉空虚,勢力駑緩,一時士大夫有蓄憤之心,而無自强之策。公入京師豈不亦往來於懷耶?夫天下而有事也,未必一强夷爲之也,恐人心、事勢皆因强夷而騷動也。士大夫而有爲國家深謀遠慮之意,則當圖其騷動之端,而爲窒隙杜萌之計。身在邊陲,則思有捍禦之實,使士飽馬騰,城壘完固,而旌旗改色。身在域内,則當使一方之民安其田里,無思亂之心,搔除奸宄,而潢池無所謀變。一方然,推而至於四方皆然;一人然,推而至於人人皆然,而國家有不治安者否?□如此者,凡爲臣子皆屬當然。而於今久安懈弛之後，其勢尤最急，而公獨無意乎？凡今所藉以爲邊陲重者，皆取其計謀勇敢之名，而其内恐未必有不二心之誠。凡今之藉以爲域内重者，皆取其有廉謹退讓之節，而恐其精神之所運用未必遽洽於民命國脉之間。如公之才與誠合，政用德施，固其人也，而予於公乎望之也。士君子之相與有言也以誠以質，予雖未望公顔色，而聞公之名於建劍間，聊因公行獻一言，爲公他日之用以佐我皇上久道之化，無俾汪氏先哲專美于先朝，若夫增秩賜金如漢人所以奬吏者，公一時之寵，而予可無及也。

贈易司訓序

余自弱冠則從仰虚先生攻二戴書，予兄仰虚，而仰虚溟涬然弟我矣。予所以得稍有治經之助者，非先生其誰哉？先生既久詘膠庠，就銓龍溪司訓，過而問曰："何以贈我？"予則爲先生誦龍溪先哲之盛，宋有陳安卿，明有陳剩夫，二先生無位而以道淑人，尚欲以斯道與斯人講明之，況我先生以教爲名者耶？漫云今不如古，要未有躬行之實，可示及門子弟傚法之端者也。先生諸父有媿虚先生，蔡文莊虚齋之高第，而参知王遵巖之師也。媿虚以媿自號，歉謂不及其師，而先生以仰爲號，又若自媿虚而私淑文莊者，先生之志固已遠矣。蓋予自從先生遊，杯酒談笑，栩栩相驩，有所不可。先生義形於色，友朋不義之事，先生力爲救正，無面諛之語。至其視他人之事如己之有事者，先生真執正任質之士，而爲吾黨之所畏。龍溪之士真學先生而步趨之，亦可謂蔡文莊淵源之自，而以要二陳先生之歸，不難矣！

贈周永春調福清序

古之君子，其學也，凡以爲己也；其仕也，凡以爲人也。爲人也者，所以行其爲己之實，而明所學之推也。士莫大乎染於世習而不自知，其始也，猶呀然曰："胡爲如此也？與吾所學異也！"其既也，則以爲世習如是，當與之推移矣。以爲吾然乎，何不見之人人也？以爲人人不然乎，何比比也？且其攸往之利，有譽之蚤也。嗚呼！非有特立獨行之君子，三代之治，其不可見乎？凡人之情，莫不欲人與之爲陰陽也，無險易也，便可通巽，可語上無忤、下無格也。然卒然問之曰："斯人也，何如也？"則以爲習人也已矣。其自持也，不可以入也，其懷民也，恕而使民也義也。吾守吾道，不知上忤下格之爲難也。然卒然問之曰："斯人也，何如也？"則以爲不習人也已矣。道之弊之，人自營其私。營私也者，世習之大者也。有則營實焉，視民也，我外帑也，我私囊也，吾謀吾實而已。有則營名焉，訖富訖威，爲波爲葦，曰："無町畦，吾與之爲無町畦；爲嬰兒，吾與之爲嬰兒。"夫是也，三代之始終不可見於世乎？於不可見之時而有人焉，自爲可見也者，所謂卒然問之，不習人者也。私良久而公也，獨良久而衆也，而况不待久也，而咸公之也，而咸衆之也，胡爲其然也？吾以君子之道，爲己爲人，而無一可也，則聖學不靈矣。

今海内惟楚有材，其軒豁之舉，有以破天下之陋，其俊勁之氣，有以振天下之靡，所謂豪傑之士也，玄映周公其一焉。侍御王君鴻磐，習爲吏者也，居於永春。爲余道其邑令君之賢曰："非吾一人之言也，永人共言之也。邑令君，周公也。"侍御君爲吏，而習以名其吏，其實則不習也，其稱周公也，有不當乎？侍御以不習而吏，名爲習周公之不習也，其有不名爲習者乎？凡侍御君所以稱周公，直己挹躬，愛民便政。其糾之也，如鐵之爲截；其暢之也，如流之爲濬。數器既兼，四時具有，可不可，惟道存焉，視世所謂壯頏强項猶意之也，公其可謂君子矣。

公嘉績流聞，銓曹奏調省會之福清，未之官，又調建州之崇安。福清瀕海，海上萑葦之無時，其爲縣也，緊縣也。崇安居閩上游，閩中諸縣悉觀法，其爲縣也，望縣也。緊之爲備，委重在才；望之爲範，委重在德。有德有才，惟公兼之。銓曹以此屢調公藉，公可知矣。公年方韶艾，後路尚遒，行見公名益起、道益亨也。余與公及侍御君皆意氣之交，侍御君則見而知之，余也則聞而知之，遂因侍御之委，爲公祝轅之贈。

贈沈使君憲副粤西序

郡大夫漢陽沈公未及報政，擢觀察粤西。七邑令君醵辭修賀贈，以命喬遠。

遠曰：今國家至重，豈不在邊哉？毋論東西北酋虜，即東西南蠻夷，孰非邊者？昔人謂中國有邊，如衣有邊幅。邊幅綻釁，衣服無章，邊無綻釁，中國乃鞏以奠，奠以安，要在得人矣。比者海内多故，遼左失，西蜀敝，黔中殘破。原其釁孽，禍不在大，漢過實先，要以平時治邊之吏、防邊之將，勢脅之，利迫之，或格絶之恩，或過當之法，夷狄鳥獸易動難安，一旦麋鹿决而虎豹怒，即掩釁不言，發難罪彼，以至損大衆、費大財、詘大力，而人民被虔劉，土壤被割據，國家脊脊多事矣。孟氏之論治夷狄也，曰膺之，曰兼之。孔子不然，以爲行之。而必行之之而不可棄，誠以忠信篤敬之人居處執事與人之地，諴之有必感，孚之有必洽，故至於聲名施及，血氣尊親，而後爲至誠之大。夫如是，則豈不天下晏然，定一尊而承一帝者哉？

今夫兩粤之有蠻夷也，各有其君長世其土地，勢固不與東西北邊等，然彼各自有其俗其法，而我必以中國之法之俗繩之，彼或自爲戰鬬，自爲魚肉，我恒與知而攘臂焉。至其平居，將吏威脅利迫，何獨不然？鞭長及馬，牛瘠僨豚，而邊陲業不靖已。夫惟平時朝廷選用大吏，一以名德長才、賢人君子往，清之以徐静，發之以震迅，其廉惠普於九天九地之中，而聲威動於九天九地之外，然後邊號得人，國永無他也。夫之人也，豈必當其事任，值其操握，然後乃能然，惟其平時樽俎之上，議論擘畫之間，而爲國家圖不見不聞之功者，固已大矣。

兹主上所以藉重公粤西者，屯田焉，水利焉，鹽法焉，戎政焉，郵置焉。以予所論，皆非公當職之所存，而予所謂爲國家圖不聞不見之功，非必其權在手、其事當身也。公朗融堅忍，真心實見，有所當然則雷雨滿盈，有所必然則山岳屹峙，蓋卷舒隨時，文武惟用。故予謂粤西邊當藉公，而主上將來所以借公、大公者，殆未已也。胡仁和、翁揭陽，豈非我先朝名臣哉？其始並繇粤西徼一二千石、一八行使者而已，而以邊見才，以才練事，以事成功，後來塞垣帷幄，一藉鎮重。公兹行矣，蠻夷靖則胡仁和、翁揭陽，如其不靖，韓長洲、王餘姚，公優爲之也。若曰屯田耳，則有操守耕種在；曰戎政耳，則有尺籍伍符在；曰水利耳，則史禄之渠可以修明；曰鹽法耳，則先輩殷歙縣藉(下原缺)

贈鄭照磨序

葦航鄭君，歙人也。初至官，訪予山中，肅而拜，有手捧之意，若恐其顛也。與之坐，應對甚高，若恐予之不聞也。坐良久，誦予平生之美曰："歙諸君子爲吾道之也。"時則語聲漸細，蓋知予之哲於聰也。肅送而出門，無復手捧之意，蓋知予之健於足也。

居一歲，從予兄子叡求予言，辭之而益堅，蓋知予之能文辭，不獨其平生也。叡語予曰："刲股以療父，此鄭君之爲人子也。背負大父，出於火盜之難，兇刃剚其胸，幾不免，此鄭君之爲人孫也。若其在府中謙抑以事上，廉勤以當官，慈惠以撫民，則吾叔父之所習聞者也。"予曰："鄭君資格如是，雖不得高官大爵，然而自此升矣，後世子孫自此才且大矣。"客曰："鄭君之見夫子也，驟而恐其顛，驟而恐其不聞，驟而但誦其平生也。良久乃知其哲於聰也，良久乃知其健於足也，良久乃知其善於文辭也。夫子一聞鄭君之行，而知其升也，知其大子孫也。何鄭君知夫子之遲，而夫子知鄭君之捷也?"余曰："鄭君之知予，以人道也。夫人老則衰，衰則不任，彼其匕箸之不能勝，何况紙筆，以是知予遲也。余之知鄭君也，以天道也。夫孝悌也，天之經也，聖人論事君當官之不盡其職者，皆謂之非孝。維天陰隲下民在孝悌矣，予以是知鄭君捷也。雖然，余之得稍厚於此，又幸不至爲戮民，亦天與之也，作善降之百祥，實惟天道。鄭君之身，孝悌也，固人成之也。參贊位育，夫孰非人?"

余之書此以贈鄭君也，世宙之事，天人之際，可以觀焉!

送何彰德序

刑於政爲近，天下禮樂、錢穀、兵甲之宜，吏之窳隆，民之情性，習俗孅惡之所隄防，皆寓寄於刑書。故今有土大吏繇吾刑曹出者，皆能精覈敏練，治司空無冤天下民。雖然，未有不先教化者也。夫大河以北，鄴，一都會也，亶甲帝，文侯侯，曹氏雄。明興，方内撫寧，八達清夷，田里無愁嘆之聲，二百餘年於兹矣。比歲五穀數不登,往者江以南萑葦之澤不安其處,主上往來兩宫間,久而後伏斧鑕。河北之民,數年口不厭糠粃,大風晝晦,雨雹夏墜,饑康瘥癘之不時,而其民齚舌蒙目,嗛然自甘而無望者,豈非天性淳朴,可與爲善務本事而重犯法也哉?民如是,是可以教。夫田疇細甿,鋤櫌林莽,安知深文顯律,蹈之而後悲,觸之而後懼,然使上之人有以早教之,則彼介然避忌之途,而刑罰可以省少。

伯龍曩之爲都官也,職刑也。詔獄之所逮問,繡衣直指之所逐捕,大者百數,小者十數,櫛比銖稱,按情而内之於法,使兩相麗,如是則已。今去而守鄴,政教法令皆在掌握,安徒取辨司空書,令民無冤如都官時矣!以予觀伯龍,内洞朗而外肅括,深厚而有文章。其都官四川,部事簡於他部,然司寇公常令過他部會獄,與他部分章,章既成,多推而附之輕典,而有哀憐之意。河北之民微重矜節,嗇力而勞思,以此爲伯龍民,以伯龍爲此民守,必兩無負。是行也,其不但以精核敏練顯,且流循良聲於鄴後世。古今治鄴言西門豹,豹不戒而峻,欻然投巫、三老以數人,猶然得此聲也。諸君子謂:“伯龍才且誠,豹於何有?”伯龍曰:“予也鄙,不能如子所云。”雖然,吾以子之言爲韋,用比於西門豹。

送劉司理之台州序

越天台之山,有石梁焉,廣不盈尺,下垂於淵也,不知其幾千丈也。臨之者心戰目眙,不施武而縮焉,行而濟者,非樓季莫與也。山之下,五尺童子常往來遲回,不戰不眙者,非捷於季也,五尺童子之心無是高者也。習見習行,既純既一,以遊乎其天,故其度險也若越。

夫外服之吏亦有石梁焉,理是也。理也者,所以糾虔刑章,治爰書,使麗於理也。今則御史大夫若御史、若監司常倚理察群吏,出郡國常挾理行群吏,慮理以其情,貢於御史大夫若御史、監司,御史大夫若御史、監司又患理有外泄漏,反爲諸群吏遊説。聞言惟恐其盡,而聞聞言者惟恐其有餘;操法者惟恐其過,而操操法者惟恐其不足。故有德於人,人嘗忘之;無德於人,人將曰:“是惟理手左右我。”然則司理者,辜功之府也。不難理者,惟純一不二之君子能勝之,無執心，無滿志，温恭有恪，吾未見理之難爲也。

金谿仁甫劉君，緼暢而軒闢，内不藏其外之儀，而内不隱其外之結。劉君雖初涉理乎，譬如孫興公之於天台夢寐之間，若已再升焉者。他日稱越理者，仁甫哉！仁甫哉！我署中二三僚長皆越中之君子也，不則習爲理者也，不則習仁甫者也。仁甫於我署中久，試以予言而質之吾二三僚長。

送袁憲副之粵西序

曩河西不靖，酒泉、張掖間爲虜巢穴。天子赫然命元戎總巨帥往視師，又命在朝卿執之臣閲其軍，稍稍上首虜百餘數。比滇之邊，緬甸擁衆犯我四屬夷三宣慰，寒我輔車，諸撫鎮之臣有舐糠之憂，兵家之變，不可遥制。文吏無事而掉其舌，武夫當急而縮其手，捕虜若啓釁，奏捷似攘功。疆埸之臣，居相戒也。雖有博達疏通沉鷙之士，亦且旦夕相蒙，幾無故。一朝有急，飛羽馳傳，上警乘輿。今有賁育之强，防風長狄之廣大，蟣蝨齘其股，蚉蝱噆其指，曾不得枕卧。與其臨事調兵馬、運芻粟，薄伐微創，而後獻俘告廟，勒山表海，孰若擇賢帥蚤填之。

今夫西粵之地，蠻獠錯雜，瘴癘流被，沿府江上下，其山牙排戟列，其水箭激雷鳴，挽舟逆流，若登於天。苗夷率出，恣剽掠，急則竄匿箐棘中，往往蓄毒火、縋巨石，窩伏機弓中壓人。緩則復爲寇往，雖嘗一剿洗之，是鳥舉獸駭，散則復聚，斯亦蟣蝨蚉蝱之患也。天子以公備兵府江，固將命公朗闢政教，設度機宜，爲國家圖不聞不見之功。今輦轂之下，惟緹騎最横，稱禁兵，從執金吾徼循逐捕寇賊姦宄。而彼因以爲姦利，受賕曲法，批根嗌吭，莫之奈禦。自公爲尚書刑部郎中職其人，而緹騎之士肅然無敢以巧詆亂，繇公之令行禁近，其遠且小者終無難焉也。

公外沉毅而内恬澹，居曹無事則扃户讀書，無所不觀。同公登進士者爲左、右侍郎，據堂上，公旦日升堂，拱揖出執牘口之，詣几前待署判，或時燕見左、右侍郎，至盤辟不能禮，而公之心二十四年如處女，夫非恬澹樂道之效也歟哉？朝廷用人，介胄名譽，寬急有宜，如公仁勇兼蓄，可急可寬，是宜持節鉞以往鎮壓西粤人。公爲國家圖西粤功，且不聞不見，毋寧兹即北虜可也。

送程子仁還盱序

人有其父祖以世宦赤貧無資守，則憫之矣；其人，士也，屈首受三冬，不得自致，則又憫之矣；其士兼也，游於辨博之林，而巧於文章之變，與凡翮足伏櫪困敜，則又憫之矣。而程子仁生皆遭焉。

生盱人，楚國公之後，其尊甫半樓公以廉吏著名。正、嘉間，仕至苑馬卿，而生果腹不給。生爲古文，無所不就，尤長於賦，以名諸公。一試棘闈，則如李將軍行異道，廼輙斷席曳裾於王門。其子鉉，七歲能詩，不自支持，客京師，病且死，幾出業于浮屠，生之窮甚矣！生念鉉浮繫京師數千里來，方趣之歸家，其意亦欲觀於大都縉紳大夫以自廣，交生者皆以息相吹，望其門如重室。稱生者亦僅概生有學負，不知賦之贍優，生之窮甚矣。生方返於從姑之間，以復其蓬甕之處，色不愠而氣不阻，其心若有以自樂焉者。夫其在昧而彌彰，固窮而益達，此生之所以爲生，堅守其祖父之訓，優游於聖賢之義，而予所以重生者，此也。

生挾鉉行矣，同生調者請書以寬生。

送王簿序

喬遠居常好言前輩風軌，則聞楚大司馬劉莊襄公立朝節概，終其身觸亢中貴人不相下。公以司空治河齊東，而吾邑先生寶慶守復齋王公，以都水使爲劉公屬，深相驩也。治河之役，水衡錢得縱使者出入無所問。寶慶在楚西南，其民嗇生而善畜，豐財而懼刑，是皆膏脂可自潤。然公歸而居室如郵亭，及公之子如今龍川公，饔飧已不足以接餒，故觀公之子之困，則當時所以得驩於莊襄公者可知已。

今龍川公夙以治大、小戴名有文於時，五舉於閩，三舉於留都，皆幾得而竟失之，公亦甘守父風而無怨，已而餒益甚。而公之子維辰亦以文學久困諸生，未有以養公。公雖欲不托於抱關之意，不可得也。喬遠先君子素與公莫逆，居常恒誦公長者，其後又得以諸生與維辰同入學舍，今雖貧，尚幸有升斗之禄。而維辰侍公以來京師，突寒而簞敝，喬遠每見公於客舍，退未嘗不歎文章之能阨士，而廉吏之無以庇子也。

公行矣，當道賢士大夫儻因喬遠之言知公爲先輩長者，滌除其小節苛禮，使公得壹心問民疾，亦如莊襄公所以厚遇寶慶公者，則遠之肅歎而矜言，聊足比於抵掌摇頭以明負薪之封者矣。

送諸葛弼甫還益藩序

今夫天子親藩王，周匝宇内，惟蜀、益最賢。蜀王以恭謹有禮奉世，而益王忠孝無貳，幽獨具嚴，耽嗜書史翰墨，輔而文之。士大夫入其藩者，王至不敢居朝，宴饗勞問，俯與爲驩，尺一之牘幾等敵者，故海内士大夫莫不仰頌，益賢王，王忠孝名聞天子。異時國家厚重親親，王以《春秋》修其軺輪，傅相皆得隨入侍，則盡置文學行誼之士爲輔佐朝廷之臣，藩國之相常更出迭入稱榮寵。其後，王稍守其國，不得有往來，傅相亦益輕仕，而無地望者乃以委之，即不得復遷敘，中外用世之士以爲散府。譬之成室焉，其宋楔梁棟則皆餘材也，士之寒門薄資者以比於太倉大廡之下，其王亦無所召見，闋隔不問其賢愚。嗚呼！士之無所表明，至此甚矣。

吾友諸葛弼甫氏爲湖口令有聲，以直道忤大吏，當枋者不復察，别遷益理官。王素聞其賢，禮之逾等，請於朝爲假相，又再請爲真，王世子群從，莫不尊上弼甫。弼甫請急而南，王趣之治裝數四，其見親禮如此。夫當弼甫爲令時，稍逡廵，卑不失五大夫，既不吝以稜稜之骨當大吏車轍，豈其大倉散府之下以曳長裾若此者徒足深知王也？弼甫今且還見王矣，居常必能講經論道，以益成東平、河間之美，以踵申公、董相之風，士無復有不表明之悲，此亦其一時也。君子之道，有可及於人而人信從之，則以爲得志，况設醴授簡，儼然稱天子之元兄者哉！弼甫勉矣。弼甫曰："自度譾且陋，終無益吾賢王，且世處我散府，我實散材，子無斧斤我。"因啞然别去。

鏡山全集卷四十四

序

送程太守歸養序

意氣之感，豪傑之士爲之也。馬宫責文而陳遵任讁，歐陽出教而郅惲舉觥；張長公仕爲大夫，拙於爲容；朱南陽治在臨淮，彊於自遂，斯皆古者踔絶觚廉之士也。迎之而不可與，望之而不可得許也。乃又有後入府君之廨以抑群情，日隆祖希之好以著風政。歛檢校之用而啼鷄來譏，耻威肅之風而過衣患重。彊陽異態，委蛇易形，固有所不可方料也。人所逡而廵者，直而遂焉，乃高也；人所邈而委者，抑而下焉，乃卑也。踔絶觚廉之士，非有心懞其上傲其大吏，反焉而釣人譽，義動於心而行合於志也。俯仰順比，必且違心而乖志，不如其心，不蔽其志，藉以優增其禄，進薦其位，所不能爲也。志有見焉，心有伸焉，去位損禄，無傷也。大丈夫官至刺史，亦榮矣！固宜有以見志而伸心，執手版，上下望顔色，頫首就位，婫婫無敢闌語。歸而媿其府中人，雖有東方上頭，呼唱内外庭，出入雍容甚都，吾不羨之也。且夫有所俯仰於逡而廵者，必有所懞傲於邈而委者，即欲如陳仲舉、王東亭、賀桓諸公之爲，不能得也。

刺史吾州蘿陽程公，賢太守也。自其下車之初，追崇賢之教，弘《緇衣》之風，敦愛民之理，興人易俗，慨然志先王之化。家有老母，思念之甚，則又棄官歸養，以效古之爲孝子者。郡人再四留，不能强也。察公治泉時，賦政而行令，端居而逖眺，静言而遠思，無不心在母者。郡人固疑公不能久留，公去堅以决，則又有疑公之以養母托者。予於是而益信公所爲意氣可知也，斯所謂"在下位，不援上"，毋失名譽，固在善事人者乎？母也天只，身也人只，公也得乎其天，亦何恤於其人？待乎以養母托者，必有不待托養母者矣。不然，何陳、郅、張、朱諸公亦不得遂遂也？

公所屬博士諸君，凡八庠二十餘人，皆素獲於公，而知公之心，蓋人人能言公孝矣。惟遠也素持其若存若亡之身，而公不以爲陽鱎魚，故特爲諸君頌公之道，有合於豪傑之趣焉。

送陸别駕入覲序

陸氏之先其在浙中莫如唐之宣公顯，其輔國弼君之業，當時以衡伊説而軫典謨，而究公所以自靖者，二言而已，曰：上不負天子，下不負所學。夫士當其學之之時，誰願負天子也？及至時至之日有異焉，其所仰而望事者，父母也，近而望沾潤拊翼者，兄弟子孫也。而君之門方以九重，而吾所聞於聖賢六經之義者，已爲已贄之羔雉，既陳之芻狗，其去誦讀之時日疏而日忘之。夫以天子之遠與其故所學之疏，固無足以竦動牽繫其精神，而又欲爲厚膴便利以明得意者，皆必先負其君，繼負其學，然後乃得之。一有不負其君其學之心，則必有不得厚膴便利者矣。君門之九重，顔色固不可窺，而父母兄弟子孫易見喜慍也。學固易疏以忘，而飲食、衣服、居室、田宅與我日親，不厚膴便利，不適也。登崇陟要者則曰："將待其人焉。"不登崇陟要者曰："自有登崇陟要者。且彼將以有爲也，又安須吾？"則不負天子、不負所學之人，其將不可幾乎？

吾郡别駕錢塘陸公，蓋生於宣公之鄉，苗胄相接也。始，公治令有聲，當柄者固宜處以臺諫之任，而竟以吾郡别駕來。令遷别駕，恒調耳，即有内負之心，孰見爲親於天子，而平生所學之有必然也。公固無所磷緇於别駕，而别駕亦有不可得磷緇者。然而，當道才公，屬縣缺，移公假令，而公如其治别駕。海上莫視師，令公以朱提之餉餉士，而公如其治别駕。郡乏司理，令公平反牿拲之微曖易爲出入，而公如其治别駕。公有揮霍之才，不以自見；有冰蘗之操，不以自明，其無媿於宣公之鄉人與後胄也。

公居郡三載矣，當考績京師，適與蔽吏之期會。會使君程公以養親去，而公遂兼上蔽吏事。諸廣文先生榮公之行，則令喬遠以一言獻。喬遠惟閩去京師疎遠萬里外，公入見天子益親。上其所以治泉狀，人譽而内加慊焉。公平生所學與所欲自靖於吾君者，其均可以無負也已。增秩之崇，累遷之寵，非所以告君子也，故不敢以獻。

送徐時卿西還序

方術技藝之事切於民用者，莫若星占、卜筮、醫藥，然皆近而有據，而其責驗亦易知。惟堪輿一家，其吉凶利害易以惑人。人貪福利者比比，求之愈急，則其心益惑，而其驗乃在於百餘年之後，近者當數紀乃定。其吉凶利害既遲而難見，而習爲是家者多貧困無聊之人，捨其故業而爲之利，其驗之遠以久，乘人眩瞀而易惑，則益紛淆其説以求伸，不則遷就意向而諛其主人，於是若聚訟之不可究詰，愚暗之家至爲之輟窀穸而不敢舉，不則數移徙改易莫之能决。夫儒道多方，上窺天而下測地，講於山川大地起伏去來之因，聚散向背之形，皆所以通三才之理。而高人方外之士娱玩而得其趣，時時爲人擇居治塚，以寄其游戲之術，取天地之旺氣以益人，而恔仁人孝子之心，靡非陰功陰德之用，初非留意於此。夫以其事之易惑，而驗之至遲，以高人儒流之所樂，而雜之貧困之人之所擇術，固宜世之難知也。

德興徐君時卿，其尊人少峰君特精是家言，著人子須知之書以訓世。君習其家學，益傳而大之，來游予郡。予與論天下之山川城郭，具得其形勢，上及陵寢，下及王公貴人之營兆，鮮不足躡者。古人《葬經》、《青烏》玉尺之屬，莫不探其藴奥而折衷焉。而又時與談海内之人、當世之事，莫不備聞而曲中，而世之人無知也。君所裁治，一準古法，時自寓其神理於法之外，所謂不失其馳而矢如破。一有不合，拂衣而去，而不爲丘陵比。予愛其爲人有當於君子焉，故其歸也，申辭而贈之如此。

送葉江津序

予與桃源令袁伯伊公善，順德葉先生視其縣之教亦善伯伊公。伯伊公居吾兩人間，而吾兩人者未相聞也，然即不聞葉先生，視伯伊可知已。今葉先生得遷令蜀縣之江津，伯伊公曰："先生且行，子其文。"

予惟今天下内外吏自書佐功曹而外縣爲百人下，乃士君子莅政當官則惟潔己立身，可爲百人上也。縣者，懸也，言民所懸也。縣者，玄也，言治當玄静也。縣者，絃也，言貞直自守宜如絃也。士君子不濯不磨，人易之矣；可通可狎，人玩之矣。以身循民疾苦如米鹽厨㕑之卑，儀於民上如泰山喬嶽之高，故能爲貞直之絃。能爲貞直之絃，故能爲玄静之玄。能爲玄静之玄，故無媿民所懸也。今方内民數年之間，天匱於災，地匱於徙河，北匱於虜，南匱於島寇，内匱於鬱攸之變以煩興作，外匱於征令之不繼。官於山海，而採榷之使四出。若夫興作之煩，工師入蜀而求大木，採榷使者開礦以取金錫，連則於蜀亦有之。縣雖一邑乎，譬彼腹心四支枵虚震動，則其膚孔未有不時迴中，而指爪未有不時縮攣。先生昔所處者，皆文學子衿，相許以騰逴而翺翔。今則凋殘么麽之民群仰望焉，求玄静者也。

先生行矣，是巴蔓子之國，習習晨風之歌，喧喧吏來之刺，具載於其先世之誦謡。又聞其山有君井焉，溢涸、清濁，視其牧賢否，山川待之矣。先生故東粤秀士，予見伯伊公言先生不激不阿，殆饒爲之。抑伯伊之令桃源，亦若此也，故舉以爲先生誦。先生行有日，予尚庶幾求見先生。

送竇使君入覲序

士君子欲有爲於天下，其道皆本於無欲。伊尹、周公之用世也，至以人之大物操縱予置于其手中，而天下後世不見有一毫私利之意。孔子雍容洙泗之間，一起爲相，則捍大勢、鏟大憝，人皆帖帖無䠞杌，繇夫無欲之心，有以澄徹其本原，而昭信於衆也。人非可以輕易服從也，莫不有求責焉。求之不得其罅，責之而無所得議，乃服從吾而無從言也。其自反也，醇然無疵心，明白於天下，然後天下可以惟吾爲而吾無所畏。古之用世也，以爲天下國家，今也，以爲其身，爲其家與其子孫。其爲其身家與其子孫也，未必無爲天下國家之心焉，初亦謂無傷而可兼行也，及其當前也，莫之能救挽也。

予居京師時，則與淮南竇公相聞，雖未及握手，而意氣之所噓蒸、議論之所感激，已契若平生。去之數年，竇公從度支郎出守予郡，予廢黜，固不敢以州民進，公益俯與爲歡。公之用世也，逼而後就，群望之而後應，其守直以清，其教密以肅，其政簡以寧，其當大事無所懾怯，而亦不見有亢厲之氣。公始下車，語予曰："今海内民敝久矣，直須休息之而已。"三年之間，不改此一言也。公於當世之務，審見之矣。公留其家挐内事封公，獨挈一二蒼頭邸舍。所食俸緡外，不取人一錢。燕私而無怠惰之氣，和泛而有嚴馹之色，四肢耳目淡然無嗜，尚何有於家子孫！

古之邦君諸侯皆有日宣日嚴，用能稱其職。公茲覲行，豈徒條吏治上功狀，如兩漢以後之爲者哉？公屬吏廣文諸君，求予文以累公行李。予故述公所以用世之本，亦尚爲公勗而進之。夫伊、周、孔子，猶夫人也，豈謂吾輩謬矜詡居，引古人自高重者邪？抑廣文諸君固志伊、周、孔子之道，而異日將以用世者焉！

送顧明府擢儀部序

聖人之道，以庸德庸行爲宗，初無岸焉求異、皎然求聞之意，而言天下之德行皆歸之。其秉義直以質，而其言色思慮所以酬精神於人者什之三，禮行遜出，所以重於爲者什之九。聖人以爲吾心如是焉，而未有可以遽遂者，故舒婉而達之，謙虚而應之。至其律身洗心，則毫無一之可恕，而百無一之可迂，故曰正行而不泥，旁行而不流。既已正行矣，又烏有所謂旁者？其旁也，實所以成其正也。夫其不泥焉，已近於旁矣，而又加之以不流。聖人之所以抑卑其心，俯與天下之人相應，若謂不如是，則出於吾之庸行爲可駭可愕以求聞且異，故夫涉世持身如此其中且正也。

惺涵顧公自崇安令徙爲晉江者五年，擢爲禮部郎以往。夫國家天子文學之臣，則詞林居首而禮曹次之，往時諸郎官，莫不砥礪於操脩而潔白於行誼，吾今於公往而知公之誠其人也。公爲人畏慎善下，絶無高張之容，而其中有脩然自遠之意，其所以交於上官，接於士大夫，人人得其情，外爲和悦，内實峻方而不可干以非義。其嘉惠究心在於窮蔀，催科甘拙，法令甘寬，而公之心若以爲不可忽一民慢一事以爲治政之虧。其内行之嚴，至於囊中不能名一錢，却出私俸以補官費之缺，身自誓念，不爲身家肥而貽子孫腆，則雖伯夷之守未必謝之。然公卒不以所苦形人，而以所長詫人，其爲畏慎善下如故。此公之爲公所以合於聖人之道，而予樂誦之者也。

公行矣，唐虞命禮官之詞曰："夙夜惟寅，直哉惟清。"夫其寅也，是以公之慎且畏也；其清也，是公不謝伯夷之守也。

送蔡廣文序

天下之事，有人爲之則不必己爲，或己爲之則不必人爲者矣。人莫蔽於人己之爲見，人爲而不必己，己爲而不必人，此大同之世而聖賢無我之學也。不當職授任，則曰"非我得爲也"；當職授任矣，又曰"此尚有人爲之"。非其時之未可，則曰"其人之當爲有先於我者"。高官大禄者曰"吾將有待焉"，又曰"事猶有急且大此者"；不高官大禄者，吾即不爲，雖不得譽亦無咎爾矣。則天下之事其終無人爲之乎！聖門之學，無日不教人爲也。其於四端之善，五常之德，皆曰爲之。故曰爲之，不厭他諸，涉世酬物，無一不關其貫統。至當時以爲譏，曰是知其不可而爲之。聖人之心，欲以身成天下事，雖天下之民之物無與我者，猶自汲汲然、皇皇然爲之計度而劑布。故凡内而心身性情之要，外而家國天下之務，無不欲爲之也。自己爲之，亦若自人爲之。有人爲之，吾可爲而亦爲之，此聖人之心也。

省吾蔡先生充積而篤實，惠和而慈厚，分教吾邑踰五年，擢冀州學正以行，同官婁、李二先生若諸弟子皆喜先生之升而惜其去，命予爲文贈先生。先生在事，見可爲而爲，而不分人己之爲見者，故予以聖門之學爲先生頌之。抑予早歲服官於朝，亦不自料其劣闇，不分人己而欲爲之者，今竊附於先生之志，故以頌先生。

送沈士弘序

貴賤貧富、顯晦存亡之交可以觀人。先賤而後貴，先貧而後富，先晦而後顯，先亡而後存，其人可知已。反其所先，加易心焉，則其人又可知已。

予得罪以來，十餘年於兹，杜門謝客，不復知有當世賢人君子，乃得定交於士弘。蓋士弘其人也，其於古今之事、人生之故，榮盛消歇，瞭然遷變之大端，所用存心赴於德義，而揭其光明，立身處世施於朋友上下，率是行之，有所不可，雖有貴富勢如山，不爲移動。其所肫復懇切，於士大夫交游之間，常落落寞寞於當事之日，而加意於退閒謝官之後。平生之所投合，即其淪墜有日，無不可以託妻子而寄危艱。夫是之行，予有其意而未能顯然爲之，士弘能顯然爲之，而其意氣議論，又足以張發其力量而不怠，一切智數計術，士弘能之知之而不肯爲。世恒重縉紳，輕介胄，以予觀縉紳士大夫，其易心貴賤、富貧、顯晦、存亡者比比，而處顯晦尤甚，易以存亡，則藐然矣。此皆士弘之所不爲也。士弘起自田間，來視師我海上亦十餘年於此，兹擢浙江僉閫以行，爲言送士弘者，皆頌士弘之謀勇，令我海上晏如。

傅氏子南曦、南暉者，其尊人國毗有文於士弘。國毗往矣，而士弘待之益摯，故因其求文以贈也，述士弘之所以爲士弘如此。士弘之念國毗，蓋其亡者也；予之得交於士弘，蓋其晦者也。

送婁玉山序

黔陽環所婁先生以名孝廉來署吾晉庠教事，滿考，擢玉山令以行。里中先達群爲先生賀，謂遠所居於先生密邇，交誼篤摯，宜有贈序。序曰：

學也者，所以學爲君子也。聖人之學，莫嚴義利。先民有言，學而後入政，非以政學者也。利之爲物，非可以一有獲即得千萬鉅億，先饜吾志，而後行吾善事也，必將錙聚而累之，多方而計之，而後可得百千鉅億也。人情好利之心，非謂苟有衣食，可無饑寒，志遂饜也，必將多爲贏餘，豐於其身，充溢其子孫。故夫出乎利則入乎善，欲爲善則不得復爲利，不兩立也。孟嘗君曰："欲以遺所不知何人。"自其子若孫以至所不可知子若孫，而尚念之得百里之地而令焉。君當身而事其人民困踣艱瘁，當身而見而不及其所不可知何人，則惑之甚也。

先生之教吾庠也，毖先聖之祀，謹當官之箴，厲功令之路，潔白其衷，和以與人，與諸士子偕於道德仁義之域，其心事光明坦達，無所疑於夫人。比者將别置酒歐陽書洞與予劇飲，夜深酒次，具論其先世前輩仕不爲身，官不爲家，而世之貪黷潰冒、污壞名節者，其身未必融盛，而其子孫亦未充饜，而歸之天道之不可知，蓋先生之心已見其大。今去而令於玉山之邑，則有宋汪公拱宸及陸公九淵講學之鄉。汪公卓然不附權貴，以有其名。陸公與朱文公聚徒講學，諄切義利之辨，當時竦聽有汗出者。知先生此行當不媿二先賢與其家之先世前輩，先立其大，而後理民之事、爲政之端，次第舉之，以不負先生初乞廣文，學焉而後入政之意。然則遠之爲此言也，非所以勉先生也，即先生所言所行爲先生誦之，以復吾里中先達之委也。

送馬簿還建德序

建德馬君四田簿武榮，五歲當遷，乃擢王官去。公簿武榮，人群稱曰君子，既去，當道憐君貧，且留之，欲有所委，使君曰："下官業得遷矣，今日來臺謁者，此後不敢復求見。"武榮人惜君去，欲求諸公文，繡諸雜繒，納君行李。而君峻却之曰："是塗飾我也，吾歸不敢衣墻壁。"於是歛其冠帶袍韡，角巾葛衣，過予鏡山之麓、自誓之齋曰："吾且行矣。"予問之曰："君而有以爲家乎？"曰："先世爲儒，家故貧。吾邑中之田價甚儉也，而易以卒歲。"問之曰："君嗇哉，其宦也？"曰："吾以布衣入仕五年，取於國家之禄，入蓋五百餘金矣。"問之曰："君歸何如哉？"曰："吾好菊，植之籬圃之下，可以忘吾老。"蓋君於是又鰥居亦五歲，行橐蕭甚也。君既峻却諸贈言者，又贈行一無所受。其僚丞俞君瀛海亦吴中高士，則語君曰："吾將求言贈子，不可衣雕峻之墻壁，而可以張石田茅屋之山林，則子許之乎？"君曰："是所欲耳。"

於是,問之於何子。而何子者,固君所角巾葛衣過之鏡山之麓、自誓之齋者也。何子揚觶言曰:嚴之爲州,仕而顯者,往昔無論,至于國朝,則有商文毅、姚文敏二公,而求之出世之士,徐方舟堇堇耳。溯而上之,乃有嚴陵先生,而方玄英亦著。三子者,豈以名位哉!君出而仕,是官高不過遷縣令,商、姚之業,則吾不敢許。退而隱也,即亦未敢遽居君嚴、方間,廼以得意如彼,獨善如此,此亦古今出處之概也。君既蕭然無繫,簿之與令相去幾何?而或者不知君之高,爲君歎屈者,祗見其陋也。而予也又未能忘君於古人得意獨善之際,挈度覼比,若用以相寬者,亦未離乎陋也。君行矣,抵家而秋風生,時菊正華,何者不嚴陵,何者必武榮?

送伍司李之西安序

韓昌黎送鄭尚書出守嶺南,歷叙其體貌之優,鈐轄之廣,貨物之夥。歐陽公爲梅尚書作《有美堂記》,稱武林之郡,俗習工巧,邑屋華侈,湖山映帶,人物輳聚,以爲守土盛事。然則游宦之人而得都會之勝,廣大名跡之地,豈不一樂哉!今夫關中,古帝王更都焉,則有泰華、終南之山,洪河、涇渭之川,秦嶺龍首,杜霸五陵,相望互映,鄠、杜、商、洛,提封五萬,漢人之所握管而賦,執簡而述,後世望之,以爲陸海神皋、天府百二之國,而唐人繼之,則有驪山之湯、曲江之春、玄元之宫、慈恩之塔,侈於詠歌,有自來矣!余觀汴洛之處,亦帝王所都,乃伊、洛、瀍、澗,僅見周公之書,而宋人文采黯陋,無得垂遠。若夫堯之蒲坂,舜之平陽,自非晉問所述,亦靡得而記也。惟此關中,漢人張之,唐人詩之,至今册載間猶令想見,風景如在目前,豈不盛邪?西安爲郡,蓋古關中,隸州者六,屬縣三十,可謂地大而人衆。居太守之次,據而爲之長,其亦至尊重矣。

伍公金臺以貴陽名人司理吾郡。吾郡故亦海濱鄒魯,顧其習尚人情,不免委敝纖譎之習,簿書物務,坐是鞅掌。公以其明察之藏,出而斷之,其剖之也無遺明,而游之也又有餘地。乃此中山川之美,固自有數,而公履綦亦斤斤耳。今去而丞西安,其地則大,其民則有先王之遺風,而予聞公職守,殊亦静謐而寡營。公時而弭節杜笏,尋望諸勝,指而稱之曰:某山某水,古某地也,某所某處,古某宫室也，豈不見爲政之多暇而博古之一資哉！蓋予見公在吾郡，雖斤斤不遑，亦時時取天下名山勝景及吾郡諸概册而圖之，展玩几席間，今而之陸府神臯之地、天府百二之國，予知公之必有樂也。

公諸賓佐於公之行也，求予言贈公。諸賓佐聞予之言，念終日受事於公，今不從于邁，必有跂然而思，霍然而起者矣。

送李同安入覲序

建昌李侯之爲同也，單車涖邑，厩長舍人莫之聞知，既而敷政立訓，與民爲易簡，作正俗之編，舉修志之典。新飭紫陽學舍，旌獎烈風，表章前哲，振其孫子。三年之間，望雨而雨，祈豐而豐，邑之舉孝子者一，舉烈女者二，值薦賢書之期與計偕者以十人，直道誠心有詒於邑，而同以大治。會三載考績，我令君陳公合諸邑僚長來徵何生之言以爲侯賀。

何生揚觶語曰：蓋聞上世之治民也，因之；中世之治民也，教之；後世之治民也，養之；末世之治民也，繩之。故觀於周而知其教民之備也。至於漢世，號得循吏而養道居多。唐宋以後，其繩之乎！繩之使不爲非而止矣。民之非也，惟其上之人無所以風而教之。侯之爲同也，不矜而使民無争，不貪而使民無欲，不虐而使民無涣，不玩而使民無惰，而所以風而化之又如此其盡，當繩民之世而尊教民之實，何其有志於古也。政一也，而有道法；吏一也，而有雅俗。侯兹考績，復值覲行，銓曹計吏，問侯簿書期會則無有呰窳不虔，問侯而邑之以孝子貞婦舉者幾何人，以貢士至者幾何人，平時所表章前哲，振飭風俗，具何職事，則所以維風化、淑人心者甚大，而侯之置對侈矣，率雅遵道，雖古良吏何以加焉！

建昌，大江以西邑也，其士君子莫不敦尚氣節，嚮往於仁義。而侯邑先輩莫盛椒丘先生，其孫子相繼爲尊官名士，皆潔白貞亮，號稱時選。侯既有得於其尊昆司理公家傳之舊，而又漸鄉先輩之儀型，故其修持造詣如此。乃我諸邑令公莫不與侯同塗合趣而相親，故具徵野人之言以爲侯頌。乃野人之爲斯言也，不獨頌侯，而亦可以頌諸邑之令公。若夫不次之擢、卓異之旌，皆侯宜有，是以不敢爲侯張而大之。

送趙南安調閩縣序

萬曆乙卯之歲，晉江令君以入覲行，武榮令君趙公霦宇來攝縣事。居且一歲，公以才調閩縣。行有日，丞侯蒙城王君、簿侯常熟趙君來請言以别。何生不獲辭，則進言曰：

古之守令仕焉之謂真，試焉、攝焉之謂假。真則無所不真矣，假則無所不假矣。君子之於天下也，無衆寡、無小大無敢慢，一日當乎其事，則一日盡乎其道，夫如是則雖假亦真也。雖其事任，若無與己事任，雖其職守，若無與己職守，如是，則雖真亦假也。致之真而真矣，人民則其真人民，政事則其真政事，僚屬同官則其真僚屬同官也。致之假而假矣，有其真人民而非真人民也，有其真政事而非真政事也，有其真僚屬同官而非真僚屬同官也。

公之來攝此縣，持心一誠，律己一廉，接人有盎然可親之色，而臨事有介然不易之操。桁楊少試，聲色靡大，而民已默喻公於動敬言信之表，公其所以交於僚屬同官可知也。王、趙二君之求言别公也，蓋感公以爲真僚屬，而事公以爲真同官也。欲誠持心，而公可師也；欲廉律己，而公可師也；欲和接人，欲介自守，而公可師也；欲仁喻民，而公可師也。此二君之所事公以爲真同官者也。

予嘗問公衙餐豆蔬，浹日一肉，筐篚斷絶，算器靡餘，公則得矣，無公夫人乎？無公郎君乎？而公輒以教家訓子之道，爲余備言之。余觀世之持其家者，貧賤不厭糠覈，富貴則列鼎珍，彼不直爲口腹之養而已，且以誇詡帷笫之間，而若有德色，而若有矜心，夫其視妻子假也。士大夫有純心實意孚於其妻子，而後可外信於國人。如公泰約一律，奢儉無二，蓋以真持其家者也。

公往矣，豈特爲閩而已，行將宣力四方，保乂王家，以一真貫而行之，又焉往不得耶？而後見我萬曆之朝，徽歙之間，有真君子真大臣，則公其人也。

送張晉江入覲序

今天子吏治，蓋尚清德哉！天下名爲治平無事，而實枵虚而不充。中外有天時地利之爲警，邊境有甲兵之爲備，朝廷之上復時有大禮之爲費。每有一役，借之度支，借之水衡，借之馬寺。北度支借之南度支，北水衡借之南水衡。而上請主上之内帑則幾於盡矣，而又下之加賦於民間，預徵於先歲，窮追夫未盡，則天下之財安在哉？東吴之機杼非絶也，南海之珍賮非少也，蜀之茶、關中之馬、海上之鹽非盡也，古有以富其國，而今何枵然也？夫若是者，經理之無人也。經理無人，非耗則廢。然則今之天下，耗矣，廢矣，非有清德之吏居其間，其孰能乂安兆庶而寢哺家室之爲樂乎？然而清於己也，而難以清於人。不清於己之爲汙，併清於人之爲拙爲陋。非惟人不可得而清也，自身以外，雖家之妻子，亦不可得以清概之也。夫今天下公私交困矣，爲吏者雖欲不清得乎哉？然而自有可以不清者，則有諍訟之爲繁，則有箠楚之爲威，則有權衡出入之爲私。不論其可以自洞自澤，而以行之於人，其亦不爲拙且陋矣。

晉亦一邑也，財雖不聚，賦歛雖不多，而諍訟之爲繁、箠楚之爲威、權衡出入之爲私，皆可得爲者，而吾張侯澹若爲之，獨晏然以清静，而行之於無事，不察察而無所遁形，不斤斤而無所弛令。居之也自簡重，而行之也自仁恕。蓋侯之爲我晉修學宫，教士子，掄才俊，則其學道之愛，而其餘則皆清静無事之日矣。

侯以入覲行，邑之廣文先生與諸弟子謂平日受侯修學、教士、掄才之賜也，來徵言於予。《禮》云：君子之行禮也，因其財物而致其義焉。爾禮之資財已久矣，侯以覲行得無資乎？而束裝治具，皆取辦於其家，故予舉今天下公私交困，非清德無以爲吏，而又舉世情人心可以清自律，而不可以律人者爲侯頌之，而侯他日所以握樞當軸者，亦始基於此矣。

送李廣文序

聖門之狂者，則既有定論矣。夫非謂其疎失闊略於人情事物之間，彼其自視有磊落卓越之襟懷，以爲再籌度點撿於細微，則不免顧瞻萎薾之氣，以累其高明之體，而不知聖人之學，必約之見賓承祭、參前倚衡之境而後精。凡聖人之見賓承祭、參前倚衡也，其猶如畏四鄰，豫若冬涉川，若入於鄉愿顧瞻萎薾之跡，而不知其所以約而審之者精、化而裁之者大矣，則其道必繇學。博文者，聖人之所謂學也；約禮者，聖人之所謂見賓承祭、參前倚衡也。而今之講學者，遺外學問思辨之力，而一蹴性命玄譚遠想以爲高。夫《論語》一書，循循教人入道之法，初未嘗輕言性命也。必專求性命，舍學問而可以爲學，則大禹所爲惜陰，文王所爲日昃，周公所爲無逸，聖人所以俯焉日有孳孳者，是何性命之難言一至此耶？以謂繇學問以見性命，則可以謂舍學問而直窮性命，則今學者之通弊，恃其才辯口説之長，而以掩其孤陋寡聞之失，此可謂聖門之罪人也。聖人所以問禮問官，學於老聃，傾蓋於程本，友於蘧伯玉，而見阻於晏嬰者，是何行事？《曾子問》一篇，隨問隨答，如百門之炮，一火俱開，萬斛之鐘，隨撞而應者，彼其平日作何功課也。嗚呼，斯學之不明也久矣！

程鄉巨川李先生篤行力學，研鑽不倦，於凡天地事物之變，古今治亂興衰之跡，人生之所切，養生攝性之所宜，莫不究其源本，滙其歸趣。來教我晉庠，矻矻孜孜，而以之當仕，事上洞達，處友切偲，絶無末俗一切廣文之態，使人輕宫墻而侮俎豆，而又歆焉從學於予。予與先生皆所謂當世之狂者，而於見賓承祭、參前倚衡之功，俱自覺其踈漏，而斷然不敢高虚玄遠，外日用躬行之實，此則好學之本心，日與先生共勉焉，而先生不以我爲不然者也。

先生擢高要掌教，行矣。學無在不可勉也，豈必同地同時哉！於其行也，書以贈先生，以爲先生他日德成道尊之一券。

送徐參知入賀登極序

維皇祀在庚申九月初旬，聖天子以冲年踐祚，閩藩大夫若谷徐公以入賀行。泉守趙公率貳車舒公、半刺聞人公、司李丁公暨七邑令長張君等徵言别公，猥及喬遠，蓋以喬遠在公盻睞之末，不鄙其文辭。

喬遠拜手颺言曰：維天地中天之運則盛於唐堯矣，若我國家中興之烈其赫然於肅皇帝乎！惟堯年十六爲天子，我肅皇帝亞之一歲。而今我皇上踐祚，與堯齊年。草莽小臣伏在下風，知昭明時雍，且與中天比隆，而聖神威武，年所多歷,嗣繩肅皇帝也。徐公兹行,其快覩泰運之亨,利見在天之會乎!維先皇祖以鎮□□□,延有道之長;維先皇帝以英敏果斷,神俄頃之功,忽焉而棄劍,忽焉而墜弓,此四海臣民之一變也。而有我皇上聰明睿智,起而承其後,而我國家恒貞之運未嘗變也。維我公起家賢令,入爲名御史,出按益部,岷峨並高,巴漢偕湯,而以直道亮節不容於時,暫從外服。是公功名之一詘,而公撫有閩方,愷悌覃濊,威聲震聾,民以太和,歲用大豐,鯨鯢遁景,哺啜嬉春,則公恒貞之德未嘗變也。賢士君子一履世途,可内也,可外也,可俯也,可仰也,是以任運靡常,而利用安身,德業高大也。以公恒貞之德,值此國家恒貞之運,陽道方張,龍德正中,其公顯揚之日乎?凡兹普天之下捧表執玉,合而嵩呼於殿陛之間,莫非藩臬之崇,當世之良也,而以舊名御史如公者,應鮮其人。

公行矣,有如主上見公姓名而追記之曰:是在萬曆之朝,指佞觸邪,著名朝列,出而按蜀,時時入奏,有惠利於岷峨巴漢間者。人惟求舊,公其當之矣。當宋之時,以宰相之重出守州郡,名曰"使相"。而嘉靖初年,楊文襄立朝治邊,維天子使。比者中朝之議,且欲酌内外之間以榮爰立之選。公以其可内可外、可俯可仰之身,樹駿流鴻於當世,而持之以恒貞之德。喬遠知公兹行也,且有以佐昭明時雍之理,他日如嘉靖舊臣立朝治邊之盛也,遂因趙公之委以爲公脂車之獻。

送顧澂江序

西域有客來游京師,爲予言天地之大也。所謂裨海之外,復有瀛海,其四時之氣皆與中國大異。中國之春也,彼乃冬月;中國之秋也,彼乃夏令。蓋天地旋轉,照臨異向,理或然也。何論西域所云,即均此九州也,北寒東温,西爽南炎,已不同矣。寒則冬也,温則春也,爽則秋也,炎則夏也。

吴江顧子慶恩爲酒正遷澂江别駕以行,喜而告余曰:比者黔酋作孽,滇中有震鄰之警,澂江獨不及。吾聞其地不冷不熱,所謂秋爽。吾閲圖經,道其山明而水秀,某殊喜得此遷也。古之君子,蓋得宦遊之地則樂而安之,借其風景以爲吾棲息偃仰之區，而自暢其中之所懷。而今志功名者齪齪於簿書期會，一畢事則頹然而寐、嬉然而醉飽，志身家者惟垢惟羶之逐逐，人民之與仇，而會歛之爲計，雖有佳山水美風日，不問矣。君子之宅心也，不以窮約懈修，不以亨遂快意，其涉世也不通顯之尊詘而貧賤之棄捐。然則澂江不冷不熱之地，吾知其於顧子有合也。顧子尊甫則道行先生，督學吾閩，稱詩吴中，詩足傳也。其外大父則周恭肅公，爲先朝名臣，其文章有先進之風。家聲所漸，宅相所貽，皆足激發其志氣而醇和其性命。顧子能詩能畫能書，恬然内澹，其進退委蛇，中哲人脩士之榘。以予之戇直朴野，每見顧子，退而心媿之，彼中有麗水之金，珥海之璣，賨貝之饒，業非顧子之所喜，則亦不足爲顧子道也。

送王瀣生還潤州序

富貴功名，幻境也，於幻之中又有幻焉。凡謂之幻者，以其非真也，以其有盡也。非真也，而執以爲真，有盡也，而護之求無盡，此得失之通患也。於此有不幻者存，行焉而揆乎心之所安，作焉而質乎事之所宜，則其得之也，吾合如此得之也，其亡失之也，吾亦合如是失之也。得之無榮，失之無愠，非賢人君子正己居易，其孰能當之？

金壇瀣生王先生來令武榮，時余方在京師。鄉里人來京師者，具道令君骨立稜稜，不可狎以非分義，匹夫匹婦歆仰讚歎。予意謂此强項吏，世所罕見，然必其纖微曲折，有不周於務而難諧於情者。既予歸田，獲拜顔色，則見温然大雅，受善無厭，禮士愛民，凡百庶務，巨細應節，即尺書墨妙之間，贍博遒美，具足寶愛，方知先生出世豪傑，用不詭於正，而心秉於道也。兹被計行矣，凡在宇下唶舌彈指，莫測所繇罹此患。予曰："予昔在京師所聞先生鄉里井市之言也，兹先生所罹非鄉里井市之言也。鄉里市井之言，天也；非鄉里井市之言，人也。夫先生也，天而人者也，夫予之聽言也，人而天者也。"既予走武榮見先生，既知先生殊不敢爲慰薦之詞，乃察先生眉宇無幾微見，且翩翩若欲仙舉者，予始服先生始能以不幻處幻，今能以幻處不幻也。是乃所以爲先生也，是乃曩者鄉里市井之人言先生京師,而予信先生於京師者也。

再送王灐生序

將爲彊直自遂之吏歟?弱者有所恃,强者有所畏,其稜稜嶒嶒之氣足以快人耳目,作吾意而伸吾心,然而不安其位矣。將爲奉法治官之吏歟?勾稽簿籍,混同圜觚,上悦而下順之,見爲汶汶爾也,然而無害其官矣。彊直自遂之吏非不知汶汶者可以安且久,以爲不然者,詘吾意而昧吾心,夫是者非故吾也。奉法治官之吏則竊竊念之曰:“日何必爲此區區也者。”夫致高位而延名聲者,亦飛之至也。奉法治官之吏以爲不必然者,慮有悔也。彊直自遂之吏固曰:“我道當然,又何悔哉!”

潤州灐生王公之爲武榮也,彊直自遂者歟?不安其位無悔者歟?國家自失遼左以來,加賦於民亡已也。公念之曰:泉南佛國也。昔時捨田於寺者至衆,今皆爲豪有力者得之。入其下貲,獲其上腴,清而入之官,不可以補加賦之一乎?邑澳山綰谿,瀕溪之田化而爲谿,而賦尚在,山則瘠土。夫民圃之貪爲餳蔗,治以爲田,不本事乎?令民毋蔗圃也,慢其疆界,匿其征斂。匪今斯今,履而實之,亦可補加賦,公心則苦矣。民之自利而憚勞,何知公心彊直自遂,此一斑矣,乃復有大所謂人人快者也。人則快之,而有大不快者存,我道當然,夫何悔哉!今夫雷霆者,天地間至可畏也,無則不能震動昭蘇,發堪而達萌。風之勁也,破林立海,斯以鼓盪掃滌,使萬籟得性命之情,必此風也。琴瑟不調,鼓而更張,至大至剛,以塞天地,公其然乎?予既爲文贈公,諸生黄鳴晉等復來索詞,公讀之喜曰:夫夫也,仕宦久躓,誰不知我,即望勾曲華陽去。

送張廣文序

大夫去其國,曰:“奈何去宗廟也。”士去其國,曰:“奈何去墳墓也。”故有反睇徊翔,徹緣鞮屨,不鬋馬,不御婦人,眷然出涕而悲傷。今天下一家,四海一人，士即不得安其故鄉，浮寓他所，是亦東西家爾。雖然，“奈何去墳墓”之一言，何繇洗而滌之也？

蓋上踐祚之歲，土酋叛黔，黔地幾喪，其所創殘殺戮，不可勝紀。彼時璨宇張先生方來分教吾泉，不與其難，然而其家毁矣。今歲遷粤西之藤縣掌教，曰：“吾一身浮萍，無所棲托，速携吾兒之官而已。”吾泉人與於先生壇坫之會者，合詞求予言贈先生。先生雖無家，而先生有其家，道德仁義是先生之所家也。忠信篤敬，蠻貊可行，何况天下一家，四海一人，儼然臯此而蒞之者哉！先生行矣，余因是而有感也。黔滇之有苗蠻，是與天地相終始，自虞舜以來，干羽格之而已。今世一種士大夫，非功則利。急於利者，雖黄白二金計百與千，以爲貨賄，尚不足塞其谿壑之欲，誅求朘削，無所不至。急於功者，欲其子弟爲卿，圖一金吾世胄。苗蠻稍桀驁，則曰“反矣，反矣”。請於朝而征之，費人費餉，不可勝計。朝廷擇智數勇略之臣以禦之，則又不能行反間、用機宜，得其作反者一人，而概盡誅夷，意欲郡縣之苗蠻不能安其性命之情，致死爲難，而吾之城邑破矣！既已費人，仍復費人，既已費餉，仍復費餉。一方用兵，而舉天下之人皆不聊生，此孰非書生爲之也。至於遼左之失，亦復如是。夫非人民，孰與禦寇哉！非有婦子室廬，孰有人民哉！區區越霸，生丈夫，二壺酒一犬，三丈夫者與之母，二丈夫者與之餼。故以遼生長之人，使守遼土，三代寓兵於農，此其義也。今也，聚十四萬之兵群萃關門，是皆烏合之衆。思鄉之士，絶其人道，不使生育。夫生人少壯以至衰老，瞬息間爾。趙營平老將視師燉煌，屯田之外，無他奇策也。今也，四體不勤，五穀不分，開口待哺，不則請内帑，不則問司農，動曰恢復疆土，談何容易哉！

余老矣，欲談天下事，夫人直以疎漫見應，非於張先生孰發之？至於二廣之間，弊亦如是。而東廣所爲我眈眈者，則莫若黎，“刻箭爲約安得銷，薑水那堪吞滿臆”，萬將軍之詩可念也。故欲使天下平治，莫若士大夫去其功利之私。士大夫欲去其功利之私，莫若講於聖賢之道。張先生固講聖賢之道者，余不於張先生發之，又誰發也？

送南中丞赴召總河序

孟氏論好善之美，上自虞帝，下及樂克，無不以爲有益於世，足以興化而淑人。善也者，天下之同性也。好善者，天下之同心也。好而愛之、慕之、赴之若不可及也，士庶人之好也。愛之而當其生前，緇衣以貽之，館粲以禮之，笙簧以樂之，承筐以將之；及其身後，爲之華衮以榮之，俎豆以光之，此士大夫之好也。士庶人之好止於其身，士大夫之好則興化淑人，率此道已。

大中丞二太南公之舉進士、郎西曹也，西曹士大夫盡稱公潔白無磷緇，斐然以文雅風流自命。出守廣平，有爲使者於畿南者爲予言廣平之鑼，至其趾蹄尹正，銖兩明晰，觀公之細大可知也。及公爲大方伯晉中，會予受試事，既填榜，公提督學時所賞士什得九焉。公大喜，謂予知文，而不知公乃知人於先也。公來節鉞我閩，則以武事顯矣。會海上有紅夷之寇將脅我爲市，公驅遣絶海渡。公身涖軍，正當壁壘處，又非徒倚檄文爲督促者。暇乃訪求名通之士，雖在韋布，與爲鈞禮，而公文武條貫，倫要兼總矣。吾邑有郭恭定公，先朝以直諫直道顯，有謚於秩宗，有祀於學宫。公謂未足明公之重，爲特祠而表章之。而公之好善，所謂既及其身，又推其後者乎？

主上察公政成，倚公治水，公以司空晉秩總河。恭定公令嗣、主事君夢詹，德公知其先人之深，於公行也，求遠一言爲贈。遠既稱舜，則又舉禹。禹之治水，水之道也善下，水性也，就其善下者引而導之，而無與爲難，水其治乎！國家有大費二，其一則邊，其一則水。費滋甚矣，水之與邊，卒不可治，坐何等也？治水之吏與治邊之吏，大率耗蠹其大費取以自肥，而用之水與邊者十之五而已，如是而邊與水足治乎？故夫兵甲朽鈍、城守呰窳、奮練臯怠，治邊之弊也。埽樁或不設，杙鍵或不固，工築或不力，治水之病也。是以河自去歲横發，而吕梁之城去其大半。故夫順其勢而大之，而河靡不治；摭其實而堅之，而河靡不治。如公之鈞禮韋布，嘉奬前哲，此好善之實也。順勢而大之，摭實而堅之，此治河之實也。治水者求其端，治人者於其倪。從其端而治水，不見水端矣；從其倪而淑人,咸動天倪矣。舜也,禹也,一也。舜善好善,禹善治水,亦善好善。公他日爲國名臣,爲天下蒼生之重,遠舍舜與禹奚祝焉!

送黄廣文序

天下之事,萃於所好。其人好爲富厚也者,則凡銖積寸聚,以求富者,無不至矣;其人好爲貴顯也者,則凡拾階累級以求貴者,莫不至矣;其人好爲學問也者,則自從孶孶以求進於聖賢之道者,無不至矣。學於孔門者衆已,仲尼獨以好學薦顔淵,日月至焉,何好之足云。

莆陽心蓼黄先生,好學人也。其爲人也,深邃和平,真純篤實。自其早歲沉酣六經,鑽研註疏,手抄目披,夜以繼日,蓋祭酒諸生中有年。比年分教吾庠,則日與諸生討德論業,不厭不倦,偕余輩講學朱文公祠,每會必有講章,每章必有發明,一以下學克己改過之功,漸進於上達性命之域,不敢一蹴而求至,一時聽者無不躍然愉、憬然悟。非先生平日篤好深嗜,安能即粗求精,因用尋體,循序切實,久焉愈勤之如斯也!

先生今遷司教壽寧矣,壽寧又朱文公之鄉,而先生則未軒先生□□也。國初,先輩遵守文公之訓,無敢背馳,不比今之人爲意見,家爲門户者。先生即以未軒先生所佩服於文公者,出爲壽寧人講頌之,涵濡於父祖,仰止於先賢,壽寧之士必有瞿然顧化者矣。夫好者人之真精神也,未有人焉提撕而發動之,則作焉而還止,立焉而還弛。先生以好動壽寧之士,壽寧之士以好赴先生。先生好學,人好先生,行見文公之道,復興於文公之里。惟是先生行矣,吾庠諸士待先生愉以悟者,廢焉不能自始終。於是送先生者,百里之外尚有擔簦負笈,不能循涯而返焉。

送侯南安入覲序

古之君子,任其職則思其居,有其位則思其立,是以海内有養恬之慶,而下民無艱阨之聲。先王之道所以教之者,豫也。彼其德行道藝之修,以得與於賓興貢士之典，士皆童而習之於下，上則以真心實意率之於上，是以仕而行所學，有如符券。今也，士之舉也，驟出於草莽之中，而所以得舉者，盡經生帖括之業，一行唾手，其高明特達者則以應世酬物爲先，務下者惰窳不飭，重在身與家矣，處無實學，出無實用，天下之治所以不若古也。

今有一人焉，挺然流俗之中，獨見獨行，處於有土有民之間，而初無自營自便之意，一切惟民是念，惟國家之恩遇是酬，豈非傑特丈夫哉！若夫述職之典，古所從來，孟子曰："天子適諸侯，曰巡狩。巡狩者，巡所守也。諸侯朝於天子，曰述職。述職者，述所職也。"肆朝群后，蓋自虞已然。今之方伯，即古諸侯；今之守令，即古大夫。諸侯朝於天子而不及大夫，則大夫可以省無行矣。然竊怪當時諸侯入朝，有無方之旅幣，加璧之束帛，其他多儀之享，車馬往來之費，交際之禮，當亦不貲，然尚可有道者。古諸侯有世禄之入，土地貢賦皆得自擅，積之三歲，以成朝廷之禮，計亦無難。若夫在今，方伯常俸之外，餘羡幾何？守若令，視方伯厚薄，又有等差矣，而又皆入覲，不如古諸侯獨行也。覲，公也；覿，私也。賫金操幣，莫非私也。爲守若令者，財賦既盡入於公家，鈞金束矢之獲，又用之積穀，則所賫者何金，所操者何幣也！蓋世俗之人，類以此藉口，而私牟之意即在其中，若夫廉白之吏，處此安出哉！余意大計之年，主上輒有明旨，嚴餽遺之禁，惟不餽不遺如明旨足耳。吾不敢下求其民，而敢上欺其君乎？如此，則金幣可省，如此則得壹所志而完所守，如此則功名秩位付之天而已。

予之爲此言也，爲葵衷侯公而言也。公之爲人，其大指在余述古道今之中，不待條列。因拜手别公，曰："公行矣，海忠介非公之鄉先生乎？敢從廣文先生之請，舉以爲公北轅之頌。"

送謝建陽入覲序

將爲一州一縣之吏，則一州一縣之事皆在其目中，一州一縣之民皆在其心想，民之貧者、富者、强者、弱者、善者、惡者，無不若家至而日見之。而一州一縣之事，何者當先，何者當後，何者當興，何者當革，何者當弛，何者當張，一心指意畫之,而後措之也有餘地,而豎之也有餘功矣。黄霸之爲潁川也,彼其耳窺目測易矣。河南之人至今有先王之風,而況於古,其民心易知也,其民事易舉也。江南之人率跳以越,而機智生焉,利害纖微,窟穴殊工異曲,未可以耳目用也。而一人治之,一人舉之者,彼其精神固湊洽於一州一縣之中,而猶以爲耳目外也。故先後興革弛張,一惟其宜,而文武寬嚴,無所不可。自非仁人君子之心,而加以廣才廣度,其將然乎?

予居金陵,而潭陽諸薦紳大夫不遠數千里,緘其群誠,列其邑大夫克齋謝公之賢以告於余曰:"我公將入覲也,則將舍我去。我公入覲,而天子留之,置之禁闥之間,海内則爲我公幸,吾儕亦爲我公喜,而無奈不能舍我公也。"予曰:天下事惟諫官得言之,則惟諫官得爲之。天子而留公置禁闥間,公豈惟念潭邑而已,其將舉全閩之民,生齒所以繁,衣食所以困,凡當興當革、當弛當張、當行當後,無不爲民上言之,何獨潭邑?又將舉天下之民而無不上言之,何獨我閩?蓋海内民困催科久矣,非吾主上之得已也。會奴虜内訌,兵賊間發,大司馬之兵革無時休,而大司農之持籌不得充然足也。今幸虜已東遁,無畿甸之憂,遼東故失地,可徐圖之。公或進一言爲海内請命,而弛增賦兼年之征,以休養生息我民,我民其庶有瘳乎?信斯言也,國家泰寧之會也,天下之福也,又匪直吾閩之福也,又匪直諸君子潭邑之福也。公於一縣之民之事,若得日見而家至,蓋公之精神聚之也,天下一邑之推,其又何難焉。於是潭邑諸薦紳大夫其以余言致之公,公曰"固有時",遂登車而入覲。

送岳駕部還里序

歲大計,岳子抑生罷官且被不美之名罷。諸大夫曰:"甚矣,岳子之無罪也!"何子曰:"岳子爾何無罪也?孟子曰:'爲政不難,不得罪於巨室。'岳子爾何無罪也?"雖然,岳子能使人不寒慄重足立乎?能使一郡無聲無敢夜行乎?能使家居郡國守相側行送迎乎?王之好樂甚,則齊國其庶幾乎?夫能使人不寒慄重足立、無聲無夜行、家居郡國守相側行送迎者,皆在人主左右,列於三公九卿,而岳子一官之不能免,何古今之不相及也。故曰:王之好樂甚,則齊國其庶幾乎?岳子酷嗜聖賢之道,酷好詞賦之業,酷躭臨池之技,歸以恣吾酷,夫誰而禁之?遁世不見,知而不悔,此之謂大丈夫。

送真上人入京求藏經序

藏經多矣,閱其書目尚不能了,吾何以知其義。爲聖門之學者,《語》、《孟》、六經盡之矣,約《語》、《孟》、六經之學,虞廷精一盡之矣。然則欲求佛者,佛所説十二部,其《語》、《孟》、六經乎?《心經》一篇,其虞廷精一乎?真上人與其徒衆裹糧繭足數千里,入京師求藏,亦何以爲?

予曰:爲是者有二端。一曰試心,二曰廣學。人之一生精力,專一途而堅之,則不至捨置於無用,况在空門,尤宜歷苦累艱以明其行,此試心者也。吾不能盡知,安知他人不知之?吾與夫人今生不能盡知,安知後生不知之。此廣學者也。二者皆佛之教而上人能之。予雖不及詳扣以佛義,乃上人至自漳中,居泉一月,求見予而後去,則其一念之專,出門之初已能如此,予安得不書以壯上人之行?上人異日得藏經而盡讀之,其將進於聲聞、辟支,不至如枯禪兀坐,徒取入定面壁爲能哉!

送鏡蒭上人北遊序

鏡蒭上人,南禪寺中之有文者也。戴居士精通内典,確持行戒,搆飛鐘寺以居佛,延上人爲首坐。兹將北遊,挾上人與偕。

夫空門之數,以静爲上,堂前臘樹,階下忍草,皆證性明心之地,又何待夫擔簦持鉢、飄摇數千里之外哉?爲是者亦有數端焉:一曰證。學人多矣,以吾之見證彼之見,不益長乎?一曰苦。世尊豈不足以自飽?而每晨乞食,用以和柔其心,勞碌其體,明處世之不得宴然也。一曰豁。凡梵刹禪林高僧必擇最勝者居之,蓋亦藉水光山色以發露靈心,而況數千里之遠,行脚皆山,浮舟皆水。一曰度。自度爲先,度人次之,以我自度,還度他人,教之所以不别自他也,聖賢周流轍環亦是此義。

上人兹游樂哉，又得居士爲依歸，又復樂哉！凡與人相處者，莫難乎久客。久客者，久與處者也，或晨夕而見焉，或浹旬而見焉。人未有不愛者也，惟夫久與處者，其情態必時露於衣食之間，而其神意或難禁夫貪嗔之色，此皆足以敗道，皆不足與久持。上人雖有文乎，余欲堅上人之性，故復以是語之。

鏡山全集卷四十五

序

張封公雙壽序

在肅廟之朝,文忠公以一言遇主,尊顯無貳,故東甌之張多忠智、孝友、惠良之士,若太公及子子經其一也。子經主事刑曹,時時爲予言二親春秋高,且請急歸養。會今年刑部五年,命曹郎分讞天下獄得減等論,故事,以郎中、員外往,而以主事往粤西者,特子經一人,蓋大司寇公廉知子經才,以子經名奏,故子經得藉道壽公夫人。子經曰:"家大人少貧甚,事我大父母盡色養之驩,吾母佐之順焉。我大父母視吾母如女,而東甌之人稱孝。吾諸父六人,吾大人爲畢婚娶無私,幼者乳哺之多,以呰窳嶢崅,自與吾母從臾焉。今吾諸叔父蒼然耆艾間,視吾母猶母也,而東甌之人稱友。德明與吾弟少讀書,吾大人則教以義方,而吾母不以姑息畜,而東甌之人稱慈。兹藉天子寵靈,釋其匏繫,歸壽吾親,天或者憐吾親德且老,使德明得宣於佚養,子其爲我占之。"

何喬遠曰:"天下之道,惟經常爲可以久。菽粟常淡,可以久茹;布帛常温,可以久衣;金石常固,故久不泐;松柏常潤,故久不凋。今夫東甌之器,其塗髹輕,便利天下,而惟其貞堅者可久。使東甌之束兩純紡,廻雪飄風,而惟其膩緻者可久服。其於人也亦然。夫太公事親至孝也,撫弟至友也,教子至慈也,太夫人佐之至順也。孝友慈順是皆常道,故可以久壽。天則必聰明强固是人,天則必阜蕃昌熾是人。使東甌之人奉太公,世世若王駘、亢桑,郡邑大夫虚禮推風,舉以式於其鄉,而鄉以不肅勸,是天所以壽公夫人者永無窮期,公夫人可以無藉於子經之養,子經亦可以無憂其親而一心以報國家。子經内温而外文,即之無涯，而俊偉敏達，可屬大事，將有以光明文忠公之業，則子經所以壽公夫人者，又於是在。”

尤封公雙壽序

予與伯昇稱同年十八載矣，諸同年率以繫籍初歲致慶父母，而予輩乃今始得從伯昇壽先生太夫人，非後也。先生弱冠則已舉伯昇，伯昇歌《鹿鳴》於鄉，先生猶爲博士祭酒。迨今伯昇教成均，治司徒，仕中外，立朝之日多於子舍，而先生亦僅及耆艾。今先生則既棄博士業有年，儼然受伯昇封君之號亦三年矣。先生於教子之效，若賈而贏，若耕而穫。伯昇以使歸之便，舉先生、太夫人觴，以年則宜，以服則寵，以福則備矣。

夫今之所侈於封君者，以其或屈首經生，或雜户齊民，身不謁主爵之庭，奕然列於縉紳大夫，以華其家族閭里，而先生不有也。又其所侈於封君者，或幸其子之要秩，善地田宅足以奇羡，絃絲歌舞足以驩娱，而先生不知也。先生之德，吾姑毋論其精微，而獨徵先生於酒。先生之於酒也，醉而寤，歌而休，不知宇宙之廣大也。展展而言，于于而行，不知人世之有慧巧也。頹然環堵，蓬蒿充逕，不知其釜甑之盈虚也。齊歡憂，一喜愕，不知吉凶悔吝之能欣戚人也。先生雖游於酒人乎，若夫羞斝獻爵，以薦饋嘗，先生卑静以正怵乎，其如存也；伏節蜡㫰，脾臄湑酤修諸門内，先生微醺而歌良士也。黨正父師徵先生之光操，延之鄉飲，賓介在席，洗篚在榮，先生側席而聽《宵雅》，不懈于司正也。凡酒之憑於人也，强者或以觸，懦者或以撊，謙者或以矜，和者或以流。即酒之資於人也，壅者或以暢，恚者或以温，忮者或以忘，怨者或以恩。然而皆有不勝之意。凡物勝則君，不勝則使，使則客，君則天。故凡高世之士有所托以寄其意，則有所勝以全其天。

先生向爲博士祭酒，游於《詩》、《書》六藝之林，固將不忘百姓之思，欲與之遊醉鄉之國，既其不遂，而徒君之於杯觴罍卣之間，其鴟夷瓠樽，且以天地日月爲籧廬，古今萬物爲浮漚，而殘瀋餘瀝亦足以孕育王駘、陶冶亢桑者也，又烏取如孺仲、侯光携其妻子耦耕俱隱乃爲高哉？吾聞醉鄉之國名華胥，其人率數百歲，先生與太夫人殆竊竊至焉。伯昇曰："誠得如子言，拔也，從我二三兄弟洗腆致慶，其又何後之有？"

蘇封公雙壽序

弘家守尚書户部郎出爲關使者，入還報命，其文學德譽籍籍縉紳間，聞於四方。天子才之，使掄士黔中，中道病，因請急歸，得侍其封君、封夫人怡愉也。居一年，爲封君、封夫人壽，弘家與其諸弟益舉觴稱百歲。蓋弘家發穎藝庠，而舉于鄉，年二十五耳。其明年遂成進士，小進士也。其時封君方五十一歲，封夫人四十有五耳。又之三年，弘家報稱得上恩，封爲封君、封夫人。以諸生疊取科第，即有如弘家少者，海内蓋僅僅十之一，即未有封君、封夫人如弘家之封君、封夫人年，即舉進士，服在州縣，人事不可知，即亦未得報政貤恩，可計歲而得若此者，天之所以與弘家也。弘家即不出掄士，中途病者，守於京師，即得過里門旬朔而已。即欲請急，終歲而侍封君、封夫人膝下，封君、封夫人謂吾年未也，必不許。而今得優游子舍爲孺嬉者三歲，造物者雖病弘家，亦所以與弘家也。

弘家曰："吾欲有所爲父母壽者，子其圖之，知我者莫若子。"予曰："子而少取科第也，蚤報政貤恩也，封君、封夫人而年未也，是三者非人之所能也，天也。而既得之矣。今所以壽封君、封夫人者，乃子所能者也。古人有以能名文辭壽其親者矣，其言足垂也；有以能名事功壽其親者矣，其澤足永也；有以能名道德壽其親者矣，其行足師也。三者子雖未大也，其文辭則天子既知之矣。爲政於關門，惠在行過大江以西者，所具體而微也。孝而惠，温良而慈讓，今夫趨百里者，以大昕則饒至之也，以日中則佹至之也，以昳則不至矣。以子之年，所謂大昕而趨百里，封君、封夫人日中觀之，凡子所以自壽者，皆壽封君、封夫人之日也。封君、封夫人而百歲其中之年，則子知非也，子化也，子勤小物也，子斐君子也，皆子饒至之。於以壽封君、封夫人，不既奢乎？"弘家曰："善，某也不敏，請從事焉。"

陳封公雙壽序

粤與余閩俱在中原之外，其通於上國最後。有唐中葉，張曲江出而爲名相，乃最得氣之先。而入明，丘文莊裔然海外孤生，窮百氏之學，總一代之貫，爲國名臣，又一奇也。士自其爲士時，患不顯耳；顯矣，又患不能成。士之一身，父生之，則望其成也，及出爲國家用，君亦望其成也。父望子成，不待言矣。君望臣成，毋亦曰：爲我謨明，爲我弼諧，事我而與我贊襄也。如是，則君父之於臣子，兩相望者也。父之於子也，既教矣，出而仕矣。就而觀之，其所以仕者與其所以教者，犂乎合否也。觀之而果合，其所以教其有不快然者耶？

户曹陳子麗南之爲南部也，蓋其太公從而觀之。而今太公將歸矣，麗南問余所以壽太公者，而併及其母太君。予聞太公之爲人也，非道弗脩也，非經弗訓也，非汲汲引諸生人人而時雨之弗樂也。已則不得志，而得諸其子，是猶己爲之也，猶己行之也，其有不快哉？且夫世俗之望其子成也，高官爾矣，厚利爾矣，太公而爲此念也，則不須來觀麗南矣。太公之觀麗南也，固欲爲國家謨明也，弼諧也，贊襄也。且夫世俗之爲太公而得一命於天子也，則侈而歸里門爲車上舞，而里人見無德與汝焉，而太公亦無此念也。太公而爲此念，則里門自爲之，又不須來觀麗南，與其居羅雀之署而茹飲冰之盤也。如是，則陳氏父子兩相成也，又兩相長也。太公歸，而與太君舉齊眉之觴，具繇房之樂曰："甚哉！吾子之能其官也，有不大快者哉？"

先輩彭濟物之守徽也，而不能治徽，其尊公從關中杖笠來，怒而笞之，笞已，旋返關中。彭公大悔恨，卒能治徽，以爲名臣。彭之能爲名臣則信然也，不免其父怒之，怒則非以壽其父。而麗南之爲郎也，太公喜之，麗南悒悒，自將執事有恪，避膏脂，恐染汗，太公不喜，其將能乎？麗南今者一曹郎耳，將進而求張曲江、丘文莊之事業。然予讀曲江傳，不見其先世，而丘文莊幼孤，其所以發憤而著名當代，皆文莊自爲之。麗南得奉太公於南中官舍，遭蓋侈二公，又無彭公所以怒其父，麗南之壽太公，顧不大哉？麗南之座主蔣中葆君，余門徒也。余將爲中葆述言，中葆且大喜。是麗南也，君、父、師交喜焉者也，是足以合壽太公、太君者也。

丘隱君雙壽序

余山居久，凡興漳四封之内多足履所到。近歲屢遊仙邑，而曾至所謂西鄉者，其原田沃衍，人民恬順，真土地風俗之美。韓退之稱“閩越地肥衍，有山泉禽魚之樂”，古人所云真不誣也。適黄子衷升來南都，其所親丘生一中道欲求余文以壽其親。丘子之尊甫則挺宇君，其尊堂則施碩人也。尊甫以七十，尊堂以六十，稱雙壽矣。

予謂天之愛人厚矣，吾輩爲人當思所以應之。如天厚我以科第，而吾屑越其官，上慢國事，下輕民事，可謂應天科第我之厚乎？天與我以富矣，而吾一膜自封，利己病人，徒爲錢虜，徒爲世蠹，可謂應天富我之厚乎？夫土地沃衍，人民恬順，而吾適居於此，夫亦天與我爲善之資之厚也，而平生無一善狀，見惡於鄉人，不齒於族黨，此亦負天與我爲善之厚之意。而予聞挺宇君寬然爲長者，不敢錯一趾，其好賢樂善愛敬人無已，而姓名不一至公府之庭，此豈非好修厚德長者而不負造物厚我之意者哉！君與施孺人爲善於家，爲德於鄉，而有子來南都以觀上國之光。韓退之所稱歐陽詹父母間離憂志樂，此之謂矣，一中勉乎哉！大其文章，實其德行，亦如歐陽詹以壽其父母於無窮，則其爲挺宇君、施孺人大年之祝，寧有既乎！然後知予所以祝丘子者，即所以壽挺宇君與施孺人也。

壽曾封公序

予大人宦安成，生予於邸，三歲乃去之。習安成有雅化衡州，舜、禹奄焉，聖人之風被之。石峰曾公自安成徙耒陽，生吴長楚，兼有二國之淳懿。爲人德，終身德之；爲人不德，念其時德，亦終身德之。孝其先而以廣敬，裕其後而以廣慈，此公所以善培而不昵卑也。有子舜徵起進士，文詞嫻富，守於禮官，而公氣不益旺，體不益倨，廬田不益肆，服御不益都，以爲慈悲客，以爲山澤叟，此公所以善持而不貌榮也。

公年七十遊於京師，以視舜徵。當其壽，舜徵貧無以觴，乃心謀曰："陸海之珍，鳳儀所不能市也，大人所厭充輓也。京師巨都大邑，人文之聚，鳳儀幸有虛名，諸公間可致也，而以張大人之行橐。"則名卿大夫進而拜公者不知其幾，以言張公者不知其幾。予與舜徵爲同舍郎最後時，公行一年矣，舜徵及焉，曰："子居南海以佐吾觴，猶海錯也。"予曰："喬遠，波臣也，請誦所聞。天下之事，未兆有符，已符有招。握其符，麾其招，善事將自來。其人廓落而薄施舍，符在富也；其人疎渫而長局度，符在貴也；其人平等而好德義，符在吉祥也；其人黧僡而堅葆嗇，符在壽考也。既符之矣，見富者易蹷而不汰，是所以永富招也；見貴者易卑而不驕，是所以永貴招也；見陽喜者有陰消而若無知聞，是所以永吉祥招也；見外豐者易中虛而若無遭際，是所以永壽考招也。四符，公培之矣；四招，公持之矣。公生於季代，隨於雅化，而若被於大舜、禹垂裳之風。予一以公爲嬰兒，予一以公爲真人。"

舜徵事公至孝，在萬里外猶子舍，在平時而沾沾求壽公，常如公之懸弧日，雖過其期，猶徵言以足之，及於最後同舍郎。舜徵行加修、文加顯，所交天下卿大夫加衆，其壽公加遠以久。公追先廣敬，意念安成人，舜徵若以喬遠之言進公，必唶曰夫夫昔生安成，是非南海波臣，乃我里中兒，舜徵之觴又且壹再舉矣！

壽蔣封公序

綺繡珍錯、醴酪歌舞之奉益，延賓客以壽其親，則或不能致，致或不能常致。且夫天下之事，有親願之而己弗能者矣，有己能而親弗悦者矣。夫不能致猶或致之爾，不能常致猶或常致之爾，親願之而己弗能，猶或强跂之已爾，患在己能而親弗悦。己能而親不悦，則將違其心志；或爲媚取之也，則將改其度操；或爲智徵之也。己不爲而强令爲之，則其遇也不可詭；己不爲而其身自爲之，則其諫也不可幾。夫如是，不能自壽也，人壽之乎？

吾僚蔣謦甫氏以名進士起家宜春，徵入尚書禮部郎，出守盱。今其尊大人北山公年八十矣，自蟄甫之束脩受筆研，公非孝弟忠信之言無與教也。蟄甫通籍，敭歷中外仕，公非忠信廉貞之行無與勉也。蟄甫仕而未有以見其功則愵然懷，有以身其教則融然喜。故蟄甫雖敭歷中外仕，遠在千百里，其所以守官而成民者，無異朝夕膝下禀顔色而承訓焉者也。公雖棲身林壑，得蟄甫以發明其教，則若身爲之。夫爲人父者，能使其子無違心改度之勤勞，輾然適於其志，環堵蕭騷，布衣蔬食之爲奉，乃若綺繡珍錯醴酪美而甘之，驩如徵歌逐舞，賓客遊從於其間。有親如此，不淬勵副之以守官而成民，則非子矣。且夫綺繡珍錯醴酪，多爲歌舞賓客，以壽其親，即力可常致，其弊亦使人蕩志役物，易厭而不可久生。蟄甫得二千石而君之冲然，堂序之上穆如，若有所禀承而爲之者，其子舍儉陋而不稱，而封公神益王、貌益腴。若此者，益見公之善自壽而蟄甫所以壽公者，將千萬歲而未已也。

壽吕封公序

中書吕君爾搏奉使過家，致賓客爲其太公壽。過不佞而徵文，而曰："家大人起家楮賈，與子之先仲同業相善。予得與子先仲之子夢駿託葭莩，既又稱同年，兩家至篤摯。壽家大人，宜莫若子。凡家大人所以起家，子莫掩焉，亦非家大人所諱也。"

不佞作而言曰：善哉！善哉！蓋自先王世官之法不行，以至于今，士之自致青雲者家世多出於貧賤。士出貧賤而後致於青雲，宜可不失其故。而一旦居養之所移，鮮不變更者。以彼雖名爲士，或其齒未而驟貴，或其日暮而求盈，則亦宜其中心之易亂而素位之頓改。若其爲士之親者貧且賤焉，倘得一子仕，而已視其成是皆平生積行累德，天謂善人而報之，亦其涉世之日長，宜明保持之道。然而不佞觀於世之人，蓋亦有所不免者矣。甚哉，人情得之之難，不若持之之難也！

太公昔居田野間，躬耕隴畝，足跡不至城市。既得中書君，察知其非常，稍長，挾入邑授經經師，而太公亦僦邑廛爲楮賈。廛不能尋丈，屏之以竹格，太公前賈楮而中書君後治經。每歲臘，塾中師散去，則中書君復從格後爲太公治楮金，鬻人焚化，以備獻歲之貨，如是以爲常。太公治賈廉，與人處質朴而和易，人競從太公賈者，餬口得不乏。今者，中書君少年躐取科第，唱名大鴻臚，染翰侍天子，藝苑之士流傳其文章，而視中書君與格後治楮金時無以異也。太公從市廛間釋其庶人衣冠，服禮於郡邑有司之庭，故時耕壠僦廛之侶見之，逡逡莫敢道平生，而視太公與故耕壠僦廛時無以異也。夫中書君太公今始爲中書太公耳，猶將有進而尊倨焉者，然當耕壠僦廛時，意念宜不及此，此之謂多矣，卒無有意加其故而掩之者，此可以見太公中書父子間。先民之志曰："毋登枝而捐其本焉。"富貴顯融，人所羨也，古人則謂之枝。故夫有意加而掩之也，乃所不得加而掩也；其無意加而掩之也，乃所不可加而無用掩之也，所以善守而善持之也。

於是，十月之十日，賓客群壽太公，不佞揚三觶而語。一觶曰："司馬遷云：'貪賈三之，廉賈五之。'太公今日所得，奚啻十！請以爲太公壽。"再觶曰："周之大夫壽，莫如老聃，其言曰：'事天治人莫如嗇。'太公無所掩且加得嗇道焉，請以爲太公壽。"三觶曰："仲尼有言：'孝始事親。'中事君立身揚名以顯父母。太公今所繇顯，責在中書君，請以爲太公壽。"諸客皆曰善。不佞因語客："予兩家則既篤摯矣，抑海内士大夫莫不可以壽太公，中書君何必不佞？其以不佞亦楮賈者季耶？其言也質。"

壽蕭太公序

蕭士威令君既從楚來令武榮也，則奉其太公少鶴翁俱。令君日薦牡蠣、海錯爲肴羞，龍目、荔支爲果核，綵衣退食舞。居一再月，太公曰："我且去，毋以乃公慁兒擊鮮。"於是令君置驛馬之輿，陳太令之騶，自減導從，越送郡城郭門外，長跽而觴別。郡人以此榮太公父子間。太公既抵舍，令君思之甚。會其明年春爲太公壽，諸公圖所以壽太公者以塞令君之思，則以命予。

令君十許歲爲楚中奇童子，弱冠舉于鄉，所至有聲，其所撰著爲楚人領袖。令於武榮，武榮人安其治教，無敢凌以犯，然則令君之不足者一第耳。令君又善爲貧也，囊不名一錢；善爲病也，湛精千秋之業，宵旦不懈，以此坐自苦。然脱有客問太公曰："爲公子者，擢甲科，掇上選，出門顯秩華鐫，若若纍纍，涉世當官，無所自表著，而公願之乎？"太公必曰："吾寧吾子。"客問太公曰："爲公子者，令得一州一郡之治無所益民，生民疾苦不問聞，以手嘗黿，以色欲炙，而公願之乎？"太公必曰："吾寧吾子。"客問太公曰："爲公子者，血氣完固，腰脊剛强，捧其便便之腹，晝坐堂上，退而渠渠軒軒，寢與食而不能病者，而公願之乎？"太公必曰："吾寧吾子。"太公雖布衣乎，故能爲詩賦文詞，令君加篤嗜焉，而以其湛精千秋之業應；太公橐不能容一金以應困與急，其好施無所不至，而令君以其不名一錢應；太公閭巷之身無所及物，而令君以其仕應。且夫人之有子也，莫不欲其仕也，以爲晚暮娱。其耳目之不慧智，文史之不淹通，雖有甲乙之科，亦以壯强得者，而令君童子則名童子，弱冠則名成人，楚則名楚，宇内則名宇内，然則令君所以娱太公者至矣。予落魄衡茅之下，不能趑趄貴人門。令君以尺一問之，予雖未得見令君，然得讀令君之詩矣。《樊港》之篇，《歲暮》之懷，予以知令君之爲孝子也。嘉靖中五才子之言曰："令海内可無文章之士，則鳳鳥喑岐山而麒麟化檮杌。"夫其不踐生芻，不食非練實而不飲非醴泉者，於是使烏失其哺，羊失其跪，駃騠之超失其騷，騂角之牡失繭栗，此謂季之所得與仲孰多。諸公度令君自不能以褭蹄壓絲遠將太公壽，徒欲取予不腆之言，塞令君壽父之思者，毋亦等於曩時衙齋牡蠣、龍目、荔支而佐舞。

壽程使君序

士君子所以能建俊偉光明之業者，皆其氣節行概可契前哲，而才又足以周當世之務，晰萬物之情態，辨而不可罔以詐，達而不可滯以方，故能爲也。蓋有身無鄉曲之譽，持蹈之素，仕宦赫然至卿相者矣。察其當時，皆有一世之才，非苟而已也，直氣節行概有所貶減，故其榮名當身而止，而無所尚於人倫。又有椎陋寒儉，量米爲炊、敝服毁躬以市清名者矣。試之曲折，失其本末，紛錯填糾，不知横縱，則亦如在天之箕、外澤之瓠，而無所補於當世。若此者，殆古今士君子涉世之通患也。

休寧蘿陽程公素有名士大夫間，自儀曹郎出守吾郡。其始至也，以敦本崇教爲先。居久之，察吾郡之風俗而知其淳澆之原，别其性情而知其剛柔之用，諦其習氣而知其静競之端，次第而輕重之，其條析洞朗，極於秋毫，民無所遁形，鑑而竟留。其不盡之仁，歸於忠恕而易簡，人遂以大安。察公之爲，高絜堅白，以之自將而不以外炫；方員平直，以之自準而不以撿物。公嘗爲予論薄屋藿食自爲拘攣，非不能也，以爲無當安國家、利社稷之數。士君子嶽嶽業業，固有在耳。昔者徐邈，當世貴清素之士，不改其常以求名高，及夫人漸奢靡，而雅尚自若，毋與俗同。胡質之清，至畏人知，不專倚以爲名，而綜事精良，所至具有治譽。閫人達士，其規爲蓋若此。比者，主上感漢家循良之治，修其故事，郡太守得用治行高等擢入爲卿佐，他日俊偉光明之業，其將屬公，請以爲公壽。然公方篤念母夫人甚，日圖懸車歸養，士民當道强起而後涖官，今日之位，已非公心之所存，又尚何計於其後，乃吾郡士大夫之所願望於公者如此矣！

壽陸安溪序

予嘗遊粤西，習其風俗而深歎其有上世之風也。蓋其民取給朝夕而無久儲庤，其土多閒曠而不闢，小人愿而不足於織，君子質而有餘於名，仕宦之家無數歲之積，雖國之元老、朝之達臣，所以遺其子孫者不過數椽之宫、數畝之田而已。其人協而不争，恬而不競，薄安而不多求，易足而不生外心，亦其俗然也。凡人不足則争，不止則競，求於身之外則多，求生於心之外則多。外心争競，不作無求而不生外心者，上世之風也。然是可以界小人而不可以域君子。小人者，一方一聚之居，其見固無以自廣，而力亦無以自從。而君子者，朗而多慧，仕而遊四裔，廣見而得以從心，飲食服御誰之不如，可以求之矣。妻妾宫室之美之奉，不見一方一聚，固見之四裔。且夫里中先正先達有所以遺其子孫者，其子孫易見也；無以遺其子孫者，其子孫亦易見也。凡國之初世，遐逖之區常儉於聲名，而其久也，文明之麗疎渫肹闔，而是國之初世，官刑臣箴，嚴儆而峻作，後稍曠蕩,得自便恕也。今西粵衣冠而仕者,棋置蟬聯既不減中州,又值國家熙恬曠蕩之會,而其君子之出遊於世者,猶未改其俗之故,予是以歎其有上世之風也。

桂林陸公漢鵬來令安溪,懲前事之不張,作而振之,清帑羨、正額賦、亭疑讞,拳拳以禔福生民爲念,毫不敢便其身圖。蓋其所以自贍其身與他日所以遺其家子孫者可推已。予益信粵西之多君子,公能持其先進之遺而不變。夫安溪在萬山之中,地陿而土瘠,民亦可以愿樸而無所競争,然而問之小人已不能之矣。有公持而象之,庶幾斯邑之風如公粵西。不特如此而已,以公布列穆穆,雖化天下可矣。請以爲公壽。

壽陳永春序

吏於永春者,所從來矣。以予覩邑乘所記,則有盧公琦、柴公鏞其著云。夫二公而外,豈盡無爲吏之實,而著名僅二公,則賢吏可多得乎哉?然以二公而已足著名矣,是亦非吏之難人而人難吏也。以予觀爲吏之道,潔以持其身,和以循其民,敬以事其上,持此三者,誠以行之,未有不名者矣。非不有持其身之意而未至於極潔也,時則必且和民以因循,敬上以諛佞。因循其民,則不稱和也;諛佞其上,則不稱敬也。身之不潔,則所以施之上下之間者皆僞也。以予耳目所覩記,大都如此矣。

起潛陳公之爲永春令也,二年於兹矣。十月十有二日爲公懸弧之辰,諸博士先生率其子弟稱一觴以爲公壽,則徵詞於予。予所覩君設施於前後者,誠也,先潔其身而後用之上下之間。蓋公之爲人伉爽深厚,自爲諸生時已褎然以文名東粵中。及來爲是邑,政清而胥史無所欺,訟簡而人不争於辨,錢穀徵輸,率聽民自爲會計,而公特理其成焉。爲之既久,邑以無事,則月朔會生徒課講校文,爲之設飯食以禮之,厚獎賞以進之,養其賢者而後周其貧困者。公以其政之所宜施於民者爲之有餘,然後以其精神用之士。施之民者易以簡,用之士者至以詳。公之始來,無矯然之譽,而久之自著名;無赫然之功,而久之自明用。予謂公之所爲於吏者一誠而已矣。夫如是也,與盧、柴二公又何先後焉?

夫博士先生與其弟子徵予文爲公壽，予固宜引岡陵之祝，申松柏之頌，而堇堇名二公。士君子之在天下莫大乎名之壽，而後身之壽隨之。吏於永春者所從來矣，二公而外，歸而壽於其家者可勝道哉！而永之人固不聞公之所爲者誠，誠者久也，聖門之學也，自壽之道也，予又烏能捨此爲公頌且祝耶！

壽石廣文序

聖門論學，先博文而後約禮。考亭宗聖，亦惟格致爲尊。夫其行則圭璧矣，其身則束修矣，其於天下事物之理靡所究焉，此特可謂之善人而已，而不可以爲士。士也者，廣其見於四遠之地，斂其行於一軌之中，然後學問充大，德業新富，華實同茂，而本末共流。鄉人者，一鄉之善人也。士也者，所以進於聖賢之士也。

貴陽於中州爲遠，雜夷而居，其人文隱而不著，雖在國家重熙累洽之後，士繇科第起者猶未大耀於光明。然而學校之所培植、掌固之所賓興，固視中州不亞，特以遠在萬里之外，則終朴焉而少文。而獨有鴻渚石先生者，辯博多知，緼藉不窮，議論蜂涌，品節條貫，其論天下之事理、前輩之人物，盡得其衡量。先生不遠萬里來教吾泉，予每對先生言，未嘗不斂袵而前膝也，而先生復罄折而能謙，洞虚而善受。予觀其進退作止之間，尺幅具有，繇前言之，可謂之博文；繇後言之，可以謂之約禮矣。夫學之與政無二也，然而繇科第出者久之，有政寄焉，當其事者多漸離而入於俗。惟夫師儒之職，則竟其身學問之中，而始終謂之士。少而學之，壯而至老，力行而不衰，然後可以謂之真君子。此孔子所以憤樂相乘不踰矩焉，而猶未測其終者也。凡天下之年莫不有盡，惟夫進德修業之士能以久特聞。予願先生之德與其年俱高而日進於無已。若夫期頤之算、岡陵之比，世俗之情耳，殆不足爲先生頌也。

壽沈老師序

士大夫用世，必其本根之地先有以樹倫常之極，而後以廉讓之操、詳敏之才、慈祥之政發之，乃可以稱賢人君子。喬遠獲事吾師十有九年矣。東曹之署屬官僚後，擯棄以來，自謂無從望顏色，而東山再起，節鉞閩中，意者天以吾師假我也。凡吾師立身涖政之詳，喬遠不能枚舉，即所觀道德於左右，準步趨於前後，而知吾師之爲賢人君子也。

吾師繇進士高第起家司空署，以才望轉禮曹郎，藩王乞封，會上意有所屬，越格予之。然其王空名耳，不費禄賜也，吾師執奏者三，竟不與，上亦竟無以奪。過滿考當遷，太宰才吾師甚，欲處以閩中督學之任，使人來言。師曰："太宰知我，惟所命之，乃先來言，不謂我欲乎?"則辭避不往。太宰不知吾師意，曰："是欲爲卿寺。"則益久不遷。吾師益惶恐，曰："將謂吾擇官矣!"强之主銓者，乞憲副楚中，不以督學。是時歷俸之期已過，衆謂吾師辭名而居詘。門生初得事座主，禮當置酒爲高晏，有壺觴匕箸則醵金爲之，座主一再辭，門生一再强，而遂受之。吾師將之楚，百强百辭，竟不受門生一鐶也。去宦楚業，晉參藩東省，念太公棄官歸舍，朝夕几杖下，若將終身焉。太公捐禄養，吾師畢窀穸之事，築室其傍，往來戀念，如奉几杖時，無復出山意。主銓者强起吾師。吾師涖閩，一以忠誠愷悌行之，不作聰明而情自達，不爲威用而民咸宜。今相國公當朝，海内仰之方如高山大川，吾師乃恂恂若書生，不類相國弟。閩人私相戲語曰："令徒相國弟尚可作氣勢，顧以名士大夫謙讓簡儉乃爾。"蓋吾師之鄉人又私相評曰："沈先生爲官不欺公，事親不有官，忠臣孝子也。"吾師爲諸生時，稍稍見知於假學使，固有忘之者，吾師視其家益厚，人益服吾師報恩。昔人有云：受人恩而不報者，必無忠孝之名。吾師念報矣。凡吾師於本根倫常之地，處之極其篤，踐之極其實，而後以廉讓之操、詳敏之才、慈祥之政發之，此有體有用之學也。

喬遠十九年事吾師，爲老門生，道不加修，學不加進，無以稱賢人君子之門人。敬因吾師之壽，誦道德步趨之概，侑而薦一觴，所以壽吾師也，亦所以自爲羹墻型範，以求不媿吾師之門人也。

壽姜太守序

仲尼論致理之道曰道以德、齊以禮，不信然哉！君子之爲政也，非家至而人見之也,本諸身焉耳矣。得百城之長而君之,欲以耳目爲察鑑,而人之耳目亦欲察鑑其君。問之居家,曰:"其人君子也。"問之居鄉,曰:"其人君子也。"問之所涖官昔日者,曰:"其人君子也。"及其既至也,具問其當官所行事,曰:"其人君子也。"而後群然而服。又非能盡人而服之也。服一人焉,而十百人未服;服十百人焉,而千萬人未服。然而吾之德在也,君子之不棄吾民也,則又有以教之,教之而又不服,而後拒之而不敢以非禮怨,撻之而不敢以非刑怒。猶有怨且怒焉,則君子亦姑置之,而無損於吾之德,而無損於吾君子之名。故夫君子之爲治勝也,其所謂身,所謂導德,其所謂教,所謂齊禮也。

泉亦閩之一大郡也,自唐、宋以來則有刺史知軍以涖之,鉅公先輩知名不少,而獨王龜齡、真景仁其著,何也?二君子所謂身導之者也。其餘大概不過明絜於法令而振刷於政治,蘊藏涵諳,諒不足以擬二君子之純全,不然,何二君子獨著也!夫其當時之爲政於是邦也,亦嘗求邦之人矣。邦人無稱,即有稱而未如二君子也者,蓋邦之人之亦求其君也。

丹陽同節姜公來守吾泉,期月而已,教化未洽,條約政令百未一布也,而泉之人皆服之者,何也?泉之人蓋問公於家、於鄉、於昔所涖官、於甫下車所任事,而具知公之爲人也。公之初政雖百未及一,其所以告語於人者,專務以德化下。德之爲言,智能者詘焉,君子者伸焉,予以是知公之爲泉有合於仲尼之訓,且將繼王、真二公之後而起也。於是嘉平之二十七日爲公之辰,夙所得交於公與公之門人若徐、陳諸君來求予言以壽。予雖一未及見公,然君子一言一政,而四封之民聞之,故即以公之所言所行者壽公,不徒壽公之身也,所以壽公之德與名於永永也!

壽范永春序

予未讀《粵圖經》時,意瓊、崖、儋、萬皆在高山邃谷中,及得讀之,乃知平疇沃衍,海外小中原也。是必有朴厚敦碩之士生而應山川之氣,而吾永春令公景麓范君意其當之。

予故不識令公，獨自爲東曹時，以公應舉告身，故不爲苛文相持。予雖無心於公，而公拳拳念予不置。公一出教宜春，遂遷今官，數爲予言海外鯫人資格，所至青氈甘老而已，不意一行作吏。某在宜春，未嘗求一日之知於上官，無枯木朽株之先容，上官之所以見推見譽者，何故也？公又爲予言："予海外之俗，實僻以朴，魚蔬米肉之類，不用衡石銖兩，準諸目成而已。今所治永春在萬山中，小民時有搆告，亦輒田産相涉，其寡可使益，多可使裒也，予亦如吾海外俗治之，而人以無事。"如公之言也，朴其身，朴其俗，而因以朴其治；如公之爲也，厚其身，厚其俗，而因以厚其治。美哉，君子也！

於是，公之誕日至，而葉生以其尊甫廣文於公之鄉，求予言以壽之。予則壽公也以朴以厚，蓋予自少時見故老耆舊，具言先進之人淳龐篤實，機械不生，其年皆至大耋，神完而形固，而今後輩若魑魅魍魎之不可測識，以爲古風古俗之不可再見。及予老而讀諸史傳他記，閱世代之變態，則人心澆漓久矣，豈應至吾身故老耆舊，復有淳龐篤實如古人者？天地之氣，厚則必久，朴則不壞。蓋故老耆舊耄耋百歲之時，而曩時後生所爲輕浮機械者，其化爲異物久矣，此生人壽道之端也。雖然，公今方爲令有聲，其事業尚更見於它日，學問當亦益進，公將望聖賢而師之，則公所爲朴以厚者，其孔子所謂有恒者乎！予尚爲公望之，以接公鄉丘文莊、海忠介之後塵，不徒壽公高年大耋而已也。

壽顔左史序

三王之世所以待老者何其厚也。自大夫、士而上，以至天子之尊，莫不致之學宫而敬養之，則有師憲乞言之禮，至於袒割饋酳、就室從珍、操几杖以隨東西行者不敢過焉，而其在庶民之家，無有不食肉衣帛，故老而生三王之世，其所以敬而養之綦厚矣！至於後世其久廢，僅存者惟有鄉飲酒之一端，乃徒取於耳目之近，而私有力者之所自薦其行之也，既不足以勸世而厲俗，則黄髮鮐背亦自頤自恬山澤之間而已。

今吾永春之邑乃有顔桃陵先生者，壽登九十，其邑令景麓范公率邑之秀士耆人造先生家稱觴爲壽，而徵文於余。范公所爲，何其合先王之道也！先生以明經推舉，仕江州别駕，棲遲翺翔，曳裾藩王之庭，則老而有位者也；娱心覃精於著作之業，詩造于陶、謝，而書體夫羲、獻，及今大耋之年，咏歌不輟，苦思極意，菁華焕然，大小真草行於海内，家而藏之，若璧與珠，則老而有文者也；身游忠信之域，心脱塵垢之表，言貌詞氣，温然長者，不見畔岸芒稜，雖嘗仕宦，貧莫贍家，時時潤資于筆札，則老而有德者也。夫老者，天所厚也，天將使其聰明强固，吉祥善事莫不駢集，故斷無有澆競險隻之人得躋大年，而長遊不閡之宇。故夫老者又天所表也，天表是人焉，以爲人心世道之維，則篤而厚之，内既厚於其心，而外則久其身。

公今雖以九十乎，齒之所嚼無不决利，其腸胃不薰亂於肴酒，一以善飯爲加匕，作蠅頭書，骨力充完，産少男穉女方以數歲。天所以厚先生心而及其身如此者，以人心世道表先生也。夫爲治之端豈在政教哉？蓋必有以風民而使自喻者。養老尊賢，天子所以慶諸侯矣。范公爲壽顔先生，而勸世厲俗於是乎在，夫安見斯民之不可三代？余樂其盛也，載筆而爲序。

壽周令公序

青城周公覽揆之辰，其門人陳應陛謀所以壽公者，而問言於余。公之辰蓋在十月之閏，時乎以十月爲辰，時乎以十一月爲展。先是十月之辰，會公有省行，則以是月之辰壽公可也。余因問陳生："子亦知公之爲人乎？"公爲人闓易展暢，虚受而有容，勢利無所涅於内，而鋒芒無所動於外，簑笠田里之民得以盡言左右而無畏，民之見公如親父兄，人有以盛氣中距來者，公包而孕之，令自媿以服。公之居位，其身在堂廊之上，而心未嘗不在湖山之間、巖耕藪釣之側也，大其心以茹天下，平其情以恕天下，和其衷以涉天下，而余所論公之爲人，庶其是乎！因語陳生："子亦知公之爲人有所象乎？"凡人稟天地之命，五行之氣，其爲人也皆象乎其所始稟者也。始公生而得閏，閏也者，虚而無定之位。君子之處天下也，可以上也，可以下也，可以往也，可以來也。上下無常，《易》之道也，故曰"變動不居,周流六虚"。公之爲人,其得之閏乎?天非閏無以成五歲,當吾之世,又安可以無公也,遂書以爲公壽。

壽吴文仲序

長洲吴文仲先生以少參知來鎮韶陽。居二年,其八月,屬先生覽揆之朝,韶陽諸大夫,若太守任公,郡佐陳公、李公、經公暨屬縣之長,走幣數千里,使喬遠爲文壽先生。

喬遠揚觶而語曰:古今論交衆矣,何元、白獨盛也!彼其以感物動人,情根言苗咸麗于詩。其爲作也,開古人所未及闡之懷,備古人所未及有之體,淺之愈以深,近之愈以遠,其往來書問不絶于綢繆,隔絶心想,不間于動静,亦可謂古今宇宙之至文矣。夫交之爲道,論契焉則交,志合焉則交,行孚焉則交,要久焉則交,論歛而爲志,志散而爲行,行篤而爲久,非久其身之謂也,若元、白之交,至今慕誦,可謂久者也。

予自家食則聞海内有文仲先生,數見其詩詞於楮箑之間,實焉而自華,醇焉而自暢,其可謂之論契。服官比部,得從朝夕,不意爲平生則與大梁劉玄子、楚黄王惟允、滇劉懋學、閩漳戴亨融、四明袁君學定心一向,交劘而共勵,其可謂之志合。文仲淹通不殊,喜愠自遠,輕扣之漠然,瀰索之淵然,其可謂之行孚。予得交文仲二十餘年矣,予之信文仲也無疑,而文仲察予亦若無異於疇昔,其可謂之要久。然則予與文仲今日如此矣,要未知後視元、白何如耳。夫元、白兩人雖自深交,其間固亦有高下。元之爲人,其晚節不無遺論,而白太傅貞静蹇諤,終始一致,至今高詞林間。自予與文仲處,緼袍蔬食,欿然寒素。自爲西曹時,朝赴官衙,暮操紙筆,寫録古今文字,累帙重篇,可比于讀書屬文之外,他無通曉。守在四明,上章論奏,不以疎遜而忘國恤,此先諫官言事者也。一官三十餘年未離藩臬,有如泛梗浮槎,信流乎安瀾,誠安懷處順,逍遥而自得,蓋文仲太傅之流也。予名位不及元遠甚,至其自處亦不敢蹈其所短,獨怪二公詩盛行當時,至禁省、觀寺、郵侯墻壁之上無所不書,王公、妾婦、牛童、馬走之口無所不道,而予讀元、白傳，亦但兩人自爲金石，士大夫居其間者固亦寥闊。

文仲一來韶陽，韶陽二三大夫走幣數千里求予言壽文仲，所謂世猶知有劉備，而所以居吾兩人間者，殆欲盛于元、白之當時。則二三大夫殆吾兩人通情達契之媒，而使在當時，則通江懸邈之地可以無贈答，元、白往還之集可以無編次，予又烏能已于言以佐二三大夫壽先生之一噱哉！

壽萬郡丞序

入仕之途至宋而廣矣，其父兄仕方面以上者，其子弟皆得用爲進身，至有尊顯至卿相，雖其國恩之太厚，良亦以世族華門之胄習于家學，狎于治譜，若琴之不待操縵，而錦之不待擇工，故曰士之子恒爲士。至我國朝，用父兄任爲官者，自非六卿之長不得，即其用之之途，仕亦不過爲州郡，則又皆注之遠地遐陬，且不得久其處，其得用于中州大方得久其處者，非其自致其道無繇。以此，士之得世父兄之業以用于世者亦鮮。然苟繇此途也以出，其亦異于寒畯之士、單薄之儒。蓋在先朝，其最著者莫若中州之靈寶、吾閩之泉山，而其餘父祖子孫昆弟踵武嗣芳亦自不乏，其所設施措注亦自有以異于人者，良繇所習所狎然也。

今海内士大夫惟江右諸君子講于學問，其爲人莫不鞠躬好修。而推衣冠之族，可比于泉山、靈寶，則惟南昌之萬若我貳車百谷公。自其尊甫少司寇公世廟時有名公卿間，而公之尊昆及諸父諸兄悉皆傑立偉竪、通顯於時，閩中之人得領萬氏之德舊矣。兹公復貳我郡，我郡之人掀掌引領而言曰："是習家學而詳治譜者乎？"及公之下車也，以明作爲治，以潔厲爲守，大意欲使其君子濟濟於禮讓之俗，而小人類焉以本業爲事，毋得闌出爲奸宄。跡公所以爲郡，皆曩昔先世所用以施之方州巨鎮之間，而公推而行之，於以崇體挈要、輯和人心，令其乖争凌犯之不作，而使訟不待聽，詞不待質，此公之盛心也。

余竊伏下風，覩公規模如是。而比者公移書山中所以見示，大指亦不離此。故因諸生之乞言壽公也，爲諸生誦之，亦見江右士大夫講於學問之素，而我國家所以得於世族華門之用者，有如此矣！

壽陳晉江序一

邑大夫宜蘇陳公以是月十一日爲覽揆之旦，其僚倪君、蘇君、朱君踵何生之門而求言焉。

何生曰：君子之學所以能成己成物者，何哉？其器足以苞萬貫之緒，其能足以酬萬務之施，其力足以勝萬委之强，其辨足以察萬叢之紛。故曰：成己，仁也；成物，智也。雖有其智，苟無其仁，功利世俗不足道已；雖有其仁，苟無其智，則守玄之士、不二之老皆足能之，與之器數，不知横縱，告之方域，不審南北。故夫仁者，德也；智者，材也。有德有材而後謂之全，誠聖門論自成自道之學如此其備矣。

陳公之以子大夫起家而宰吾邑也，蓋方壯之年，如日初升也，如月初生也，如春初萌而冰初泮也。世有老于韋布而悉于閭閻乎？而公不用也。世有歷于中外而飽于踐更乎？而公不需也。公之愷悌慈祥既缶于中，而慧心哲性復匠于用。民有未通之竅，公直而諭之以其心；民有難書之情，公曲而示之以其意。繇賦之額、户料丁舉，悉揭于紙書，而民不以勞隸算；質成之造，旦至夕輸，悉麗于情法，而民不以歎盆覆；日出受事，日中而畢，日入而逸矣。蓋世之仕者，如公之年，不有所矜詡，則有所委頓，不有麯蘖之躭，則有聲色之戀。公所以約己飭躬，一切無有。其論學則軌于正義，其論文則主于奇辨，其論治、論政則主于通世故而酌民心。論公之用也，如升之初而有其照體矣，如生之初而有其輝體矣，如萌之初而其有遂體矣，如泮之初而其有涣體矣。論公之受也，照而至于百昭宣，輝而至于百圓滿，萌而至于百盛茂，泮而至于百和融。然則公之所以會仁智之藴，而進于成己成物之學者，豈局之乎用，而淺之乎受哉？三君子而欲以壽公也，請以斯言佐公之觴。于是，三君子輾然進曰："夫子之説君子也，蓋夫子曰：'智者樂，仁者壽。'此足壽公矣。"

壽陳晉江序二

江夏陳公宜蘇來令我邑，察人物之情，比輕重之類，總條貫之緒，則既犂然就理矣。乃上記御史大夫若御史臺，若曰：令能爲政，不能爲規。政也者，令能知之亦能行之；規也者，將使久行守焉。令言於下，大府規於上，邑庶有瘳。令所宰邑，地陿民稠，耕畝於山，暨𧕿於流，姑舂婦擔，女市男田，坐賈工作，其細已甚。至其舌耒筆耕，至比於無鎛之粵、無函之燕，令不能教之開利孔竇以啓争私，惟願爲之去泰去甚，俾還《葛屨》、《蟋蟀》之俗，蓋興之利一，革之害十。古人屠酤之汁可以肥流水，而今也，水争於地，陂争於水，人争於陂，財争於人。令欲求不貪財之人使之守陂，不隤陂之事使之守水，不洩水之地使之受陂，庶幾乎田有餘登，農有餘粟，爲是首政。

若夫革害之道亦有可言。舉其錢穀之數十年，而書之籍，上之天府，乃今不按籍徵賦，時輒有私算，書吏、里正利而淆亂之。吏呼何怒？賦以不登。令業如藉書貳以付其家，官與民若臚列行之爲稍便。夫惟大府著爲令，則便徵賦，民不能無訟也。而是邑之訟棼，夫有訟者，有師訟者，家詩户禮變爲刀筆是用，多師而繁訟。夫惟大府著爲令，罰之加必則訟事簡，訟簡則刑清而政不煩。

人莫不愛生也，而是邑小民獨不愛其生者，不愛其生生者，以爲利于訟，爲誣而不反坐也，于財爲掠，而借以攫資也。且夫七邑惟三仵卒也，吏畏色臭，不敢嚮邇，有傷無傷，惟卒言也。多習之人則分而難爲行財也，人而三之何不財視爲生死也。夫天雖高也，猶可測也，地雖廣也，猶可推也，不曰三百六十節以當天數，孔竅血脉如川谷也乎？又胡爲不可習而知！夫惟大府著爲令，嚴反坐，禁賴掠，充廣仵卒，則人命得情，無伐天地之和。

夫修閭司寤，所以防盜也，柢而域之，柝而行之，盜亦稍鳥獸散，乃去之鄉落間。鄉落無有城堡關栅，盜可相翔，我必假捕卒。卒所勾糾，小盜耳，蓋偷鷄屠狗之徒，而真盜反不得。卒時時飲啖盜，盜與卒分財物，豈惟啖盜也？時或出一泛名姓可以影射平民，入其室，平民繆恭敬、具鷄黍則可以免，不則腰間有三寸鐵，袖出銀鐺係其頭，牛病而死，指目爲私宰。夫是害也，邑之安海鎮滋甚。是鎮也，貿夷通粵，其貨可以居，捕盜之官且圖數更，而况夫卒也。夫惟大府著爲令，防捕盜官若卒，嚴于其防盜也，則盜之生理絶。

夫牧豬之戲，君子恥之。而今有戲于市者，有戲于家者。市戲則傷其身物，家戲則傷其財産，而猶競爲之。戲于市，可法繩也；戲于家，不可法繩也，且曰我劉毅也，曰五丘生也。夫惟大府著爲令，無不得繩也，則不得爲博塞游而鶩于本事矣。

市有惡少年，夫非爲惡少年也，或有馮子都，或有秦宮。子都、秦宮以惡少年爲手足，惡少年以子都、秦宮爲衣食。非能背公死黨也，而能鬪嚚暴亂。夫惟大府著爲令，引繩批根，無所顧投鼠，夫有所當其罪者也。

夫祖于庭、葬于墓，所以即遠也。三月而葬，亦猶行古之道也。而是邑也，惑于相塚之言，停喪待吉，上及其高、曾，小民之家，亦寧火而藏之塈垦，而以待吉壤。其甚也，一坏之土，兩家搆難，竟世而不休。夫是邑也，衣冠人文甲海内，是盡地靈也，而乃相塚之爲惑。相塚之人利其有停待遷徙，若巫覡之言禍福也，是不可不峻逐也。夫惟大府著爲令，速之葬而峻之逐，民可使無惑也。

泉刀者，猶水之行地也，白金也而僞之，黑濁之氣未竭也，五銖不能也，乃至比鵝眼，使其易以廢，旋賤而收之而更爲私鼓鑄，民朝負擔而走于市，得耗金敗錢何以餬其口也。夫惟大府著爲令，責鍛工而嚴私鑄，則泉刀流布也。

夫惟隸胥役，古有名數也，而今何額哉！一邑之庭有輿隸也，附之以白役，一人在庭，十人在門。在庭者趨，在門者待，一有差遣，一人化而爲十人矣。夫是十人也，其家之父母妻子何財之贍，而身之資也，夫獨不有生業乎？夫惟大府置爲令，定其額數，除其冗散，使自爲生業也，則小民按堵而無鷄犬之驚。

土，瘠土也，海之所絶，山復障焉。土出不豐，百貨皆自外至，舟裝騾駝，數十鍾不能致一石，而官復税之。比年有中官之擾，税金且至千，民如何不竭也！而但儈復從而噲噦之。吏也念民慮夫税之多也，但儈利乾没爲噲噦，惟患慮其税之少也。夫是邑也，歲糧三萬有奇，何必藉此而後可以充公帑？比者令已請爲蠲而尚存二百有奇，乃區區之心，尚欲大府盡除之也。大府誠盡除之，令揭以告民則商賈至，商賈至則貨賄集，貨賄集則價值平，價值平則民用足，而免于饑寒之患，此尤令之所蒿目繫心也。敢以陳諸後。

于是，何生喬遠得而讀之曰：凡公之所上記，何其晰以辨也！且夫首之水利，教民務本也；終以除税，爲民阜財也。務本阜財于以富教，其有漸夫！乃因諸生之求文以壽公也，即公所陳，約而書之幛而以爲公壽。

鏡山全集卷四十六

序

壽鄭安溪序

聖人之治天下也，常有不盡之意，爲天愛道，爲地愛寶，爲人愛情，使天下之人欲之而不得，求之而不遂，孜孜戢戢，以自盡其所當爲，而無有望外之給、力外之羸。是以其民居則修身蹈善，無有淫心惰躬，動則急公上，明分義，晰於取予聚散之情，恬然而自安。自功利習□□山賁海，以富强其國，自爲得節宣生遂之術，而不知此□□□□□非弛之予民，則閉之以爲固，要以不啓人僥倖之□□□□□騖之心，使得其俯焉盡力于農畝，此所謂受之以不□之倉，游之于不貸之域，而治古之世所以爲盛也。

安溪小邑也，其地有溪山之樂，田疇阡隴多在崇岡複嶺間，雨露易滋，而山泉所注已足當澮畝，刀耕火耨，力省事倍，伐山爲薪，不如交於大國之易窮，民能安其俗，順其宜，終其天年，可以不相往來，乃至獄訟繁而囂競侈，求生于鼠牙雀角間，此在人情固已盡矣。又其地有鉛鐵之饒，鑿山採草以求之，率皆他方游手，爐錘椎鞴，終歲不休，既未嘗橐糗裹糧而至，則所旦夕供饘粥，率與我口中争啜哺，而吾粟米爲耗費，至其焦煅所及，草木爲髡而山爲童，而且有揭竿斬木、徒黨盤詰之慮。閩中有上下四郡，下郡負海，而上郡負山，稍稍行鹽。負山郡以資國課，惟汀延支邑界在境上，民竊竊鬻販往關嶺之間，負任相屬，其轉相争奪，至不有其軀，此皆逐末趨利，忘其本事。夫是者，豈非天之道、地之寶、人之情可繇以盡，而司土者所宜念哉？

歸善抑銘鄭公之爲是邑也，學校則既興矣，刑則既寬，征則既緩，簿書期會則既敏以勤矣，而尤先其所以處於獄訟囂競之際，要使民有不盡之情，而又毀採鉛之場，驅逐他方游手，不使一朝居。損冶鐵之竈，如額而止，禁絶私鹽，毋得越關市。公潔心自操，業已皭然無所磷淄，而政之所先，又在于是。予喜其有合於聖人治天下之道，□於詹生洪晉之求文壽公也，書以爲公頌。

壽蔡使君序

孔子曰："舜、禹之有天下也，而不與焉。"不與者，不有天下者也。吾聞有天下者矣，未聞不有天下者也。有天下者，君也。當官任職者，臣也。有不與天下者矣，有不與其官者乎？古之君子有與其官者矣，軸百揆之上，繫一障之保，無祟無庳，職思其居，日有孜孜，此之謂與其官者也。有不與其官者矣，駕輕策肥，不異芒屩，擁屏列戟，不異繩甕，此之謂不與其官者也。今之君子亦有不與其官者矣。日高而出，何有戴星？捧腹而居，何有察眉？乘之以中意，動之以四體，此之謂不與其官者也。夫有與其官者矣，觀火以爲明，成城以爲功，事無留行，民得宴處，濟洧而惠人，飲冰而愓已，此之謂與其官者也。夫今之君子之與其官、不與其官者則有間矣。然而不與之謂慢，與之之謂俗。存我者所以存天下也，厚我者所以厚蒼生也，古之君子之與其官也。遺其身而身安，外其身而身存，古之君子之不與其官者也。

五嶽蔡公之治我泉也，其當職之勤思，行政之公明，立體之惇大，慮患之切至，視民如子，撫衆若家，則既載於民之耳目，漸於民之心腹矣。乃余聞公都雅含弘，翛然簡遠，喜愠俱忘，諂瀆雙遣，精詳於世局之中，整暇於物致之表，潔焉而不有其跡，朗焉而不見其光，真所謂不倍不驕，極高明而道中庸。上德不德，是以有德；下德有德，是以無德。予見公行於太上之庭，軌於舜、禹之塗也。楚人之欲以王子搜爲君也，子搜固無意，楚人曰："此正予之所欲得以爲君者也。"夫公之不與其官，我泉之所欲得爲君者也，大府上官所欲得爲藉也，賓僚幕佐所欲得爲宇者也，聖明之朝、九列三事所欲得爲尊者也。

公覽揆之辰，諸幕佐張君輩請余文爲公壽。予以縉紳士民所稱誦於公者爲諸君道之,諸君曰:"子之爲是語也,能俾我公之壽考乎?"何生曰:"胡爲其不然也?舜年百有十二,禹年百歲,夫是不與天下者也。"

壽蕭司李序

西昌蕭公如城來李吾漳,今月廿四日其壽也。公之通家年友丘君夢周、洪君啓初,若諸生黄子賡臣、丘子胤昌、洪子承棟同來問言於余。予僻居山中,不知外事,不得聞公李漳之詳,聊舉公二事爲諸君頌之。

蓋予不閱縉紳之籍久矣,公忽來通刺,急足走報曰:"欲面主人。"予曰:"未交而孚,有是乎?"急走見公,坐定曰:"鄒爾瞻,吾師也。"語移時,别去,已往訪吾友蘇君弘家,且告之曰:"此來訪公及何穉孝也,實吾師鄒爾瞻命我。"此一事也。若黄生賡臣則爲余言,某諸生也,何知海内君子。忽吏欵門曰:"蕭使君召,呼子賡臣,不審何故。"踉蹌入見,則公語之曰:"張大來,吾師也。"語我尊公之爲人,予慕尊公,心不忘聞有君,故急欲見君,因索其所爲文觀之,即走入閫矣。比其返也,復召生,出文示之,其爲指引點綴。此又一事也。夫鄒公方以道學氣節師表海内,張公博雅而多文。公以學受教於鄒公,而以文受知於張公。二公有所語公,公不去心,則其尊師也至,而好善也篤矣。孟氏之語人也,動曰"如舜而已矣",夫舜豈異人哉?孔子稱其有天下而不與焉,而深山之野人,耕稼陶漁之叟老,卑鄙庸陋,與之應答,如響赴聲,舜之所以爲舜,如是而已矣。夫己氏也,得一甲科,游宦其地,矜尊作勢,令人不可嚮邇,毋論賢愚不肖,概以陽鱎之魚而撑拒之,何舜不與天下,而己氏也,而與一官也?

方今天下晏寧,士大夫濟濟彬彬,莫不敦尚仁義、標率人倫,直未嘗必求至聖賢而師焉,故予直以二事頌公而直進公於舜。夫公得鄒爾瞻先生爲之師,其得於傳習者素矣,寧不以予言爲然也,故直書以爲公壽。

壽馬使君序

海内人文之區,江浙、閩廣相綴連之地也。士大夫出而用世者,江浙以才勝，而閩廣以德勝。才之用事也，其轟騰揮霍之氣，亦足以綜世而成務。而勝之以德，則主以純誠而出之忠厚，其心體純白，于以綜世成務亦無所不貫綿之。處斯二者，雖不足以盡江浙、閩廣之人，而其概亦若此矣。

長星馬公，廣人也，來守莆郡一歲所矣。公之仁心義問，莆之人能道之，而予特舉公一節以見公之德，而公所以自禔其身出施於民者，皆可得而該也。蓋公曩歲守在太學，而予先兄得與公爲同僚之契，公之子與予兄子同學而友，而今去之十有餘年矣。世俗之情，炎涼稍異，面向頓殊，而公所以存念予兄子甚厚，初無有時過人殊之觀。予杜門山中，公車騶見枉，雖未及奉公顔色，而予兄子爲予言，公爲人坦白寬大，不設城府，下不鄙夷夫人，而外不苛刻夫政，一以忠誠長者待天下。要以公誠德矣，而精密敏練，才亦無所不舉。夫予先兄論世，師善有志君子之行，不妄友天下之人，而公與爲厚。予即先兄之不見棄于公，與公俯而就先兄友者，而公可見也。

公初度之辰，諸生郭學詹與予兄子九叡同請一言以爲公壽。予謂公壽之日，其執兕觥以躋公堂者，非莆中之父老子民，則其賢士大夫也。公自有治莆之政，可以介景福而祝無疆，予聊舉公一節以見公之德之厚，即此推公之大，必無附離面背之習。當宁誠屬公當世之事，將具爲國家圖惇大久遠之計，而公所以自壽其身者，且有與日俱進、晚節不懈，比於《淇澳》切磋琢磨之修。夫如是，則江浙、閩廣皆不足以論公，而公固褎然當世賢人君子矣。

陳令君壽册序

善乎，曹參幕之爲予言也，惠邑陳公，儒雅人也，每奉客，不過肴十柈、酒數行而已，推是心也，不欲以費毁節也；善乎，駱學使之爲余言也，陳公有賑饑之政也，就予而問焉，賤子有所白，公具如賤子言推行之也；善乎，楊生鑛之爲予言也，某也求二三君子爲某曹丘於陳公，公亦有言焉，使某有以餬其口，無奈公之堂如秋月而門如寒冰也；善乎，祖生煐之爲予言也，民之父母，吾邑大夫也，民夫人以事告公，雖僻聚窮鄉，公張一蓋、策一騎，從二皂親往視之，或時皂不具，其嚴重客如神明,客有所舉動不協於理義、快於人心,雖貴勢如山不摇奪,青青子衿,俯接無休暇,子衿有請,陽鱎魚之矣,其以文字見者,雖邑子弟未隸於學宫,爲講解不厭也。予曰:“厨傳不飭,此衰世之陋風,非太平之景象,蘇文忠猶爲此言也。”

予所聞於曹參幕,知公樸以古。民之利病,不縉紳知之乎?雖虞舜猶察邇也。輓俗作尊而自信,是以意爲政也。予所聞於駱學使,知公仁以虚,陽鱎之魚,治單父之所惡也。其政不平,民思鳴於公而求解於私,公之門如寒冰,或可能也,猶可禁止也,其堂如秋月,不可能也,民自不冤也。予所聞於楊鑚,知公清以静。古之君子非家至而人見之也,爲天下者爲之於堂上而已,奈何輕身而至僻聚窮鄉?其交驩於嚴重客也,與夫子衿也,慮有口也,民間之子弟比其口也,猶寒蟬也。予所聞於祖娗,知公慈以毅。夫公也,不求於人,而予亦非素聞門外事者,善行不踁而自孚,善言不響而自應。故於鄭生之請文壽公也,具爲公頌之。夫正人行善於家,而鄉之人無不知也,不特知其鄉之人而已,即上之人無不知也。士大夫作而行之,即下之人無不知也,有以見知於上,而後爲匹夫之善;有以共聞於下,而後爲士大夫之善也。

壽黄同安序

守令,古之師帥,將望令其政教流行、風俗淳美,非徒聽訟理牒之爲才諝而已。世之衰也,群趨於争也。孔子曰:“聽訟,吾猶人也,必也使無訟乎!”以孔子之時而有訟,則孔子之時而有争矣,故其教人曰:“君子無所争,無争則禮矣。”故又曰:“齊之以禮,必身教也。”又曰:“道之以德。”以予觀於今之天下,何其争哉!士君子且不免焉,而何責於民?夫民何争哉?走利如鶩,其上人之心如火之炎,而争生焉。錙銖之幾何多,而山河大地之爲幻幾何久也,惡聲之至,豈不可避之,非其自取之辱,豈不可以遣之,而輒曰使彼得多也,而吾有詘弱名。百年之幾何,以此相尋,未有已也。夫居於人上者,彼豈盡伯夷也,彼豈盡老氏也?未能伯夷,民且曰:“彼與我同利心也。”未能老氏,民且曰:“彼與我同上人心也。”訟獄之益繁而風俗之益以不敦,雖仲尼復生,男女别塗,膏豚不飾,價未可以期於世也。今曰有身率之,其庶幾乎?其可以令於民上乎?俸賜之入,吾未嘗利也,且以其餘賑人,束矢鈞金,吾無一爲問。居於民上,穆乎有山澤之容,而虚乎有善下之谷也,其庶幾乎?其君子觀之而知感,其小人動之而知變,相率以游於不争之化,以成禮讓之風也乎!夫同鄒魯之國也,争亦其習也。今群天下皆爲争者矣,而何怪一邑一鄉之不然也。

黄公以名進士來涖兹邑,冲夷而不競,豁達而能受。俸賜之入取足當官,水而田荒,民半菽,無所得飽,七尺之藏,一坏之土,無所得委蜕,而公悉以私俸賑之。縣有積穀之數,詞減訟息而不能取盈,蓋身以率夫民而待民之自化者。予於公之治,而知公之爲民以德,道民之君子也,輒於陳生之請文壽公也,於公乎祝之。

壽徐明府序

予誦《湯銘》而知新之爲道大也。己則新矣,而又以新其民。夫民新孰非己新者,民之精神日鼓日舞,民之意氣日奮日發,夫非己之精神意氣日鼓舞而奮發,夫安能與往來流行而不倦?有新而舊生其間矣,不見其舊,安得不新?既無舊對,新且不立,常培新故也。予之爲此言也,爲壽吾令君徐公而言也。

公承家學之傳,襲宦譜之業,天衢皇路,拾級聯騎,則爲新發軔;來治我同,方歷旬朔,則爲新服官;芳韶英齒,年未及壯,則爲新歲月。天與人以常新之會,而公又值方新之日,芚芚淳淳,不見其門,守德之宅,聲色不大,漻乎穆以静,冲然玄以遠,是公之自新其德也。政體在躬,無有小大;政應在人,無得親疎;痌瘝痌癢,日用爬櫛;禮俗風教,日用提醒,是公之自新其民也。騶孟氏極人之情也,自慕父母而至慕君,年變日遷,潛轉默化,有莫知其所以然者,仕宦之人亦復爾爾。年三十而仕,則異矣;四十而仕,則又異矣;五十而仕,則又異矣。天與人以漸異之新,而人不覺有受新之異,其在《詩》曰:“如日之方升,如川之方至。”又曰:“膂力方剛,經營四方。”夫當是時也,耳目何所不聰明,心懷何所不聖智,視嚮往之途方起於足下,而經綸展布之期方届於上春也,天下事何所不得哉!公業以己之新承天之新，異日秉樞當軸，任天下之重，而若新發軔，而若新服官，平格期頤，頌《淇澳》之詩，以比濬聖，而若新歲月，是公之自新新民無日已也。

陳生士康語予曰："子以斯言也爲我公壽，寧獨聖賢常新之學而已，雖廣成、黄帝用此道也。"

壽蔡子瑞序

先是，公之郎吏部也，遷一令秩。令爲怨家所搆，上言法不得遷，上逮令并及公，置對郎無賄邪，錦衣法曹不能具公獄，然上尚縶公久之，二年而後釋，而公今優游林間復九年矣。上之威斷欲因公以儆天下之吏，既知公論之不可掩而終無瑕疵公意者，上之明仁也。

先是，上在位久，日神聖，欲攬庶司之權，而先自裁吏部始。既而股肱不任，反欲借上威以自伸於吏部，會富平孫公爲冢宰，執法獨甚，而公佐之益力。股肱之相不能有加於富平而加於公。而先是有郎當得掌選，公爲數列名，不得旨，公旋請急歸矣。公之歸也，而選郎爲郎，怪公之不以名力請者，而會令之怨家搆獄，而選郎并以中公，而其時富平公亦去位矣。

公歸既久，諸公知上意稍寬，乃敢訟言。而富平復起爲冢宰，則獨上書訟公，謂"兹事者，實臣與蔡郎爲之，臣蒙恩復備舊員，郎雖無賦湘之感，而尚有覆盆之戴，使臣鬱焉有媿於位"。而復奏起公官者屢矣。公曰："方吾之逮縶，吾不加慼也，而吾無愧于吾心。今得諸公白吾之心，有復起田間之意，吾不加喜也，而適得吾心。"而何子觴而進曰："甚哉，夫子之不善處其心也！大凡仕者和顔爲同而已矣，而夫子必絶饋問、杜請謁；吏部，天下奔走地也，或有以先容，或有以自薦，而夫子必核其平生而考其才局。平衡也，猶或有低昂；綴衣也，猶或有密疎，而夫子必較其毫釐分寸。大凡夫子之不得志於時，皆過用其心之過也，内以苦於其心，外亦及于其身。外及于身，内終苦于其心，亦人之情也，而夫子形加豐、貌加澤，則夫子不用其心之過也。吾欲爲夫子壽也，而先以壽夫子之心。夫子用世有日矣，夫子之今日也，視林居之身無以異於昔日，當事之身請異日之用世也，即以今日林居之心爲當事之心。”公嫣然大笑曰：“吾有一心，惟求無媿而已。且夫子之所以自處其心者，亦猶所以處吾心，而尚何以爲吾勸爲？”于是，洗盞大酌壽公，而公因以壽予。

壽陳望台序

天地間有生之物皆物也，其有以異于物者，亦猶夫物也。今夫麟、鳳、龜、龍，世之所謂四靈也。龍也，則吾不得而知。麟也，鳳也，龜也，飲啄食取，猶夫物也。顧其中有以自異者，其次則莫鶴若也。夫鶴也，其飲啄食取有以異于鳧鴈、鷺鷥、鶬鶩之屬乎，而竟有以自異者，豈非以其高驚曠絶之姿，其聲振動而四聞，摩乎霄漢之上，不受緇垢而卑伏者哉？鶴千年而爲黄，又千年而爲蒼，又千年而爲玄，其所久者，以其能持也。故夫龍也以神，麟、鳳也以瑞，龜、鶴也以壽，無以自異而竟自異，有以自異而竟無以自異也。

望台陳公以賢良起家，爲令如皋，振政興教，如皋之人歎未嘗有。輶車之使，按節之長，綴牘連章，滿薦公車之下。司馬永州，當道交倚爲左右臂，借爲假令，輒以數邑，席不暇煖而輪不久居。要公所以得于上下士民之間者，惟其厲齒洗心，嚼無服玷而中懷坦易，人人樂與爲盡而殊無以異于人也。仕者以官爲家，一有未盡之塗，濡忍顧戀，令人厭射而後去之。而公曳裾王門，尚可陸沉卷懷，掉頭瀟然雲泉篁篠之外，是公仕亦高，隱亦高，予所謂無以自異而竟有以自異者。公令如皋，産鶴處也。永州在楚，有黄州焉，而懸裳縞衣，蘇子瞻所聞赤壁地也。故于諸公之求文壽公也，引鶴以爲公祝。抑不特如此而已。公子元齡，少年子衿，目未見書，胸中若海涵而地負，《易》曰：“鶴鳴在陰，其子和之。”斯可壽公也夫，斯可壽公也夫！

壽陳惠甫序

黄大司馬紹夫爲予友戴亨融言：“吾泉登壇之彦，必須惠甫也。”予觀惠甫字書，於《十七帖》宛如矣，即惠甫自謂於書無所不窺也。然則惠甫文乎？惠甫守在西曹矣，明决，忠信，毋畏，高明人謂郎倔彊也。出守吴興，吴興財賦貳於東吴，巨室避役，貧者破産。豈惟避之，又因以爲利，至于破産，又因以爲罪。惠甫取而瓜之如陳平肉，巨室闐然，不利于郡太守。至于今日，孰殺孰嗣，有同子産。節鎮青齊，武德一邑，有萑葦君子焉，枹鼓不鳴，則董少平也。然則惠甫政乎？惠甫自吴興調换鹺司，入而朝京，上皇帝書二萬言，不減蘇家父子，輦轂之下，人人自攝惠甫，惠甫則自如。其上憂主憂，下憂民憂，方以爲野食之獻，方以爲旁觀之局，惠甫則忠矣。惠甫尊人年七十餘，健無恙也，參知左粤，辭不之官，中裙厠牏，日侍子舍，竟終大事。爲宗人作祀先之堂，諸宗不給，餘光振之，毋使己諸弟寒餒先於己，惠甫則孝矣。

客曰："孔門四科，何其盛哉，惠甫兼之乎！"何喬遠曰："胡爲其不然也。禹治水，稷教稼穡，卨敷教，咎繇明刑，夔典樂，益烈山澤。而今之士大夫，今日可以司空，明日可以司農，又明日可以司寇，可以典太常，可以位秩宗，豈謂有加于禹、稷、卨、咎繇諸人，其可以歛歷而不隳其職，輒試而必任其用者，固今之才大夫也。其無兼而無不兼者，其有至有不至者也。至者古人也，兼者今人也。惠甫骯髒自命，期許不後於古人，外若夷粹而中懷傑特，不可撓屈，合於聖門之所謂剛。四科列贊，具體而微，今兹五十，則孔聖知命之歲也。命也者，文學、政事、德行之所從出，可謂聖人知之，吾人不知乎？自流溯源，因用合體，吾知惠甫必有企也。"

孝廉王君之驥走告喬遠曰："陳先生不佞，嚴事者也，今其壽也，吾子其張之。"當世之寄，大受之用，不足張惠甫也。頌惠甫之平生，見惠甫爲賢士大夫君子，而祝其企聖人之道也。

壽柯翁序

古之所以以不仕爲高者，何哉？其骯髒不能諧於世，其恬退不能偕於競，其潔白不能忍於污，其朴拙不能達于通。于是，有修于其身、行于其家，以求無媿于心而適得乎我。夫我也者，天之所以賦受者也。然則世之仕者，其皆失我矣乎！彼既骯髒矣，而人能和之；恬退矣，而才能發之；潔白矣，而不以律人；朴拙矣，而不以證人。外自混俗而内不失我，此仕與不仕者之所以異也。

安平孚蕙柯君，自其少有名諸生間，與蘇紫溪先生同時同學不相差亞，累試不利，去之，游成均，意謂功名可唾手得，既紫溪先生以文章顯用于時，而君竟諸生如故。久之，於例得仕，君曰："吾烏能仕哉？仕也者，争時之具也，吾烏能仕乎哉？"蓋其説如余所謂骯髒不能諧于世，恬退不能偕于競，潔白不能忍于污，朴拙不能達于通之謂者。君事父母至孝，與伯氏治宇君相得甚歡，至老無間言。赴其伯父池陽公，困阨不憚身瘁，修先世之祀而合子姓之親，至其重然諾，不苟取予，處人無遽色疾言，人人憚且愛。人謂君即不仕而能修於身、行於家，而君亦自喜，謂："吾之適得乎我者如是也。"

君有子恒耀，亦以諸生受業成均，去秋就督學使者試閩中，與閩中士競公車之選，而未得有當以奉君之歡。獻歲春仲，值君懸弧之期七十有一矣，過何子，曰："某不能有以奉家尊之歡，得先生之言，庶其足以明家尊之有以自好也。"於是，何子以君之所以不仕，能爲不失其我，爲君推而大之。蓋孟子有言："尊德樂義，可以囂囂得志，修身見於世，不得其志，獨行其道。"君其足當之矣。

壽謝翁序

謝子應禎與其兄應祚揖予而言曰："小子有父，今年七十，察其貌像形色而將老矣。祚也、禎也，將爲父壽，賓客或能致之，珍養之物或能供之，顧世之所謂養也。吾聞得至人之言可以引年，惟夫子賜之以壽吾父，其庶幾焉。"

何子曰：古稱至人，莫至孔子。孔子稱父母之年不可不知，而喜懼居一焉。知父母之年，豈但數其年歲如嬰孩之屈指而誦口，其心有所以知之者矣。知則知其父母德善行誼之實所以致此者，知則知其父母身世涉歷甘苦勞逸之狀所以抵此者。其喜也，喜其有此年，而亦喜其父母不媿此年；其懼也，懼其父母之有涯此年，而亦懼吾身有愧於父母之年，此子道也。聖門之學，以責之賢士君子而至于十室之邑，則但期以忠信。然至以忠信爲主，廣之篤敬，則士君子之學亦在焉,而子夏以未學爲學,意固如此。

今應禎所以稱其尊甫三軒翁之德善行誼者,惟其少年勤力勞生,轉轂流刀于東粤上下,歸以爲家,則致孝于先祖,致力于父母,友于昆弟,以及其昆弟之子之女,敦篤于倫常之間,而所以教誨于家庭者,皆有基無壞之道。夫少而勞,老而逸,人生之常也。以勞得之,而善用其所以爲勞;以逸居之,而益厚其所以爲逸,非能老者不能也。謝子求至人之言以壽其親,毋亦操几杖、捧盤匜而進於尊公之前也,曰:"何子命之矣。言忠信,行篤敬,至人之言也,亦至人之道也。明通乎道之謂精,闇合于道之謂真,吾父勿替守之,而祚與禎也勿替奉之。"父子兄弟共遊於至人之域,于以爲壽,不亦大乎!

壽黄翁序

予既與洪子生白爲文字之知,生白每有撰著必以命予,而兹復請文爲其尊丈人志齋黄翁壽。予近讀《王荆公集》,蓋荆公有寄二女詩,而獨其寄吴女者,稱其婉孌典刑,懷思父母,示之以擬寒山之章,而慰之以山泉皋壤之適,則知其女之淑靈有當于公之意,是以嫁爲官人婦,無媿其室,而王昌、富平方之未矣。生白以一諸生究心古文詞之業,出爲詩歌,宛有開元、大曆風致。予與二三子方獎許之不暇,而廼聞其室人時時勸以留心科舉之業,以求進于髦俊之選,則知丈人之女欲其夫子有名于世,其志甚大。而翁也有丈夫子曰子宣,方褎然孝廉之列,有聲京國間,巍科顯仕,不日掇之。夫人生有道,衣食粗給,身健體輕,兒女滿前,即以爲快事。翁也有子列孝廉有聲,女而佐其夫子績文讀書以蕲知名于世,此其爲孝蓋出于奉志怡顔之外者,翁之愉快殆可百年而無憂。而况予聞翁孝弟慈仁,蚤有譽于宗黨之間,其所以享有壽道,咸先得之。然則翁之爲壽,固不待予文,而翁之德亦非予文之所能盡,聊于生白女婿之請也,舉其父子間以明翁之一快在此矣。

壽楊翁序

自昔吾泉歐陽行周先生讀書相友皆負笈裹糧,往來莆田、福唐間,而霞中陳安卿先生從事紫陽,嗣響理學,時時入武夷事師,過吾泉與諸公講論,經年彌月。蓋吾閩之學,其自足相師友如此。

楊子鑚家貧無資,挾其詩册自漳來泉,唱和温陵人士間而受學于予,予不過稱其詩而已。一日,予友蘇弘家見而喜之曰:“是其詩才可以應科舉。”于是,生修科舉之業,居泉中且一歲。一日,告别曰:“且歸矣。”問之,則云其尊公生日,久離膝下,舉觴上壽也。與生游者歌壽詩而送之。予聞乃公精星文《易》數,有名閭巷,其居家孝友而刑于,蓋隱德士也。昔行周先生讀書莆、福,晨夕之念忽至,珍異之味偶得,即馳歸奔奉。生今兹行得無似之乎?

生學科舉之業而就也,得海内諸公之文跽而獻之曰:“此天下士所以壽吾親也。”則在生矣,則在生矣!

壽黄心泉序

永春李氏之昆方伯、尚璽二公,余畏友也。方伯公好言當世,質行長者,自縉紳大夫以及布衣閭巷,廣擷群摭。時方守尊人太公之服,過予言:“有中表兄爲吾先人服衰也,異時先母棄孤,中表兄持服亦然。”予知夫人之意良厚,而未審所爲太公、太君持服者如何,故既而問其姓名。則處士也,姓黄,名某,别號心泉,少孤,家落,走入雷州,依其叔父僑雷者二十有七年,而太公、太君遣人迓之歸。方伯、尚璽二公通一書貽雷守令,所以物色經營甚至。處士歸而後有室家長子孫,乃問處士所以依叔父於雷,則非徒逐什一爲計然而已,叔父棄其貲而遺藐諸,處士收貲而振之,撫其藐諸一同己出。其將歸雷,有叔氏之櫬,或曰:“火乎?”處士不可。或曰:“載舟入海乎?”處士不可。竟舁陸歸輿卒,先後若給傳矣。處士見人,一善言一善行不啻肺腑,願子孫效之,其不善,令匿毋播也,曰:“可以戒孝弟以刑家,質直以禔身,慈祥以度世。”其平生如此。

蓋予聞永之西溪有陳康氏者,十二世同居,自宋以來至今未變。要以田野之間修身貽訓,可爲難矣,然猶有先世漸靡之久,生齒族聚之衆,畝耕室處之安。久則易以襲,衆則易以集,安則易以習。處士生無上世之貽,銜恤靡至,孑然終鮮，飄蕩仳離於海上寂寥之鄉，乃其行踐乎彝常而軌契于詩書，可謂不雕而疏，不膠而固，豈非難之難哉！

處士有二倩求予文爲處士壽。予喜二倩所稱處士與所聞于方伯公者合，于是乎書。

壽鄧翁序

人情有所愛，能割其所甚愛而後可謂篤于情；人心有所私，能公其所甚私而後可謂廓于心。今夫己也者，人心之所私；而利也者，人心之所愛也。人心甚私，觀之於道，無足私矣；人情甚愛，觀之於道，無足愛矣。于是有捐利以行義，損己以益人。故夫貨惡其棄于地也，不必藏己；力惡其不出于身也，不必爲己，此上古之所以大道爲公者也。

合延以爲郡，不知幾千萬人，合永安以爲縣，不知幾千萬人，而能行其義推其仁者，吾惟聞鄧翁，何割愛公私之難也！翁所施捨在于賑饑振乏之德，而所急亟在于奉公赴事之勤，而至賴孺人復善承而佐之，于是鄧氏翁媪之名流溢建、劍間。予觀漢家徙富民以實京師，良謂其先公好義，緩急可倚爲肱臂，而終漢之世，有如樓氏、原氏之徒出于其間。國初有稅户人才之科，蓋亦仿漢之法，其人往往有至大官者。于今此法既廢，而公之行誼不減樓、原。予筆力不能爲班氏爲翁序而傳之，因翁子崇厚之請文爲翁媪壽也，聊舉大道之世所以郅隆于古者爲翁誦之。人盡爲翁也，仲尼觀上可以無歎，而三代小康之化不復馴致今日矣。

壽陳翁序

何子問陳翁于人，人曰太直；又問，曰太拙；又問，曰太朴。何子曰：今欲使翁滑稽輈張、無有虛盈、以貌爲言、舉圓承方乎？今欲使翁兩容顔適、一足能行、審牛察蟻、憐蚿憐風乎？今欲使翁知時通權、變化有概、執量操衡、銖兩不爽乎？今欲使翁飾冠劍、連車騎、揳琴瑟、高足捧股儛于車上乎？今欲使翁鱎魚相前、井飲相捽、擇蔭先休、避竈而煬、陰免踐更、令肉袒謝乎？今欲使翁趨《采齊》、行《肆夏》、便旋辟折、不失尺寸乎？今欲使翁竄句游心、東教篤時、擷芳爲馨、拾瀋自潤乎？夫是數也，市井之習也，翁不屑也；富貴之容也，翁不居也；縉紳士大夫之行也，翁不用也。

予始見翁子舉于鄉，翁倒屣握纑，貫錢或五或十，就道傍賈人鬻蔬米買蠃蛤，人過之而不知，問之而了無矜容。繼而見翁子高步承明，射策建禮，稱子大夫，翁治具食我，一饋十起，莫知其鄉，提盂大釂，醺然就寢，寤復對客，冷汰謑髁，見客如家人。夫乾坤選翁，翁如其初，父母育翁，翁如其故。去知去機，以游大通，渾沌未鑿，壽未有涯。予見翁懷葛之歲也，非其地樹之不生，非其意教之不成，翁之謂也。

翁爲誰？安成令君子儆之尊甫也。世不知翁，予獨舉爲翁壽，豈惟世也，以問子儆，亦猶曰吾家乃公太拙太直太朴者也。

壽張廣師序

廣師思園張公以萬户起家，積功爲西南大將，開閫建牙貴竹間，有名于時。挂冠里下，東陵之瓜、南山之虎不足豁暢心懷，乃從事西竺之旨，托於緇林，今年七十有三矣。其子黔産襲師之世，同官諸君與其同遊之友推黔産之孝，群來請言求予爲壽。

予曰：釋氏之教，如來尊矣。捨其國王之寵、太子之位，翛然遺外于物而遊無上之道。彼其忍辱慈悲，欲與斯世止于無競之域，而立于不二之門，宜其稍有雄心猛氣，如芥與沙，悉擯不與，乃其持法之嚴，至于羅刹、夜叉之屬，皆以邪魔外道持刀而勝之，其事若涉于鬬與争。至於有愛統鬼神、救護國土之人未忘誇侈之意，亦爲見大將軍之身與之説法，則其接引夫人可謂廣且大矣！况夫起于千百年之下，百億萬衆之中，觀白止火，雨淚翹誠，讖悔平生。自觀身内，有如吾師，得非如來之所與耶！夫黄梅之傳，明繼能後，可謂衍師之派，吾猶怪其捨四品將軍之貴，皈依有日，至于赶鉢奪衣，謬同拳曜，必聞行者之教，然後省己面目，何其遲於覺也！師結髮而在行間，翹然立功于波洶海立之際，捉倭夷之頸，糢糊髑髏，出人羅施鬼革間，提兵戈鎮之，而其身不異於行脚，而心不離于旃檀。然則遠而視夫如來世尊，棄其國土，捨其眷屬，令其國王、大臣、長者、居士群然而化之者，意豈異也？師今七十有三矣，恒河之性，居然不遷，客塵之感，一無所動，行將百歲，不啻而爲西來教主，吾又安測其壽之所極？聊爲一言，以答黔産同官同遊諸君之意如此。

壽許翁序

夫闕觀井坐之人與莊嶽康衢之人異矣，莊嶽康衢之人與通邑大都之人異矣，通邑大都之人與南舟北轅之人異矣。所涉愈大，則所見愈廣；所見愈廣，則所造愈高。北方之人一直焉而無他腸，南方之人一柔焉而無他梗，江以東之人機智焉而能慧以圓，江以西之人與徽歙之間，寧耐焉而能纖以儉，出而至於西南蠻夷之人，悉心輸信，殊有可以藉憑伏者，夫亦此南舟北轅之概也。涉于世焉，然後知忠信篤敬之可持也，孝弟仁義之可師也。有意於爲人也，無往不可以學爲人也。無意於爲人也，以爲車轅之所至，舟楫之所抵也。何也？試之而不通，行之而不宜，有言焉而人不以爲印，有事焉而人莫以爲仗，無所能行也。言焉而人信，事焉而人仗，無往而不可行也。非夫忠信篤敬之可持，孝弟仁義之可師，其何以能行之也。

安平許翁三泉，南舟北轅之人也。出口有無棄之言，處身有不選之行，居而鄉人信之，出而四方敬且重之。予壹不知翁生而然耶？或有藉於南舟北轅之助，見愈遠而造愈以高者耶？故夫居家而學之，讀古人之書而守之，行而如之，此夫以居家學爲人也。出而求友而證之人，人之與居，以試吾之所能通，行吾之所能宜，此夫以行游學爲人也。州里蠻貊，聖人訓之矣，蓋自士君子以至操工執技之人，莫有所試驗，因應而後，可以久恒於其身，而名之爲善。管子所謂士之子恒爲士，農之子恒爲工，商之子恒爲商，石民有四，其義一也。翁挾貲游江湖間，爲南舟北轅之人，見廣而造高矣。積善餘慶，厥謀貽後，予又意翁必有賢子孫焉，挾册而士，通於上京，敭于中外而爲南舟北轅之士者。既因翁子某之請書以爲翁壽，復廣而大之以爲翁祝。

壽林翁序

孝弟忠信，天所以與人之福也。天之愛人甚矣，人人而福之，吾能受天之福，則富貴壽考，子孫賢盛，無不福矣。天非別有一福以與人也，孝弟忠信是真福也。富貴壽考，子孫賢盛，枝葉生焉，天與我福，我不之受，譬之以物與我，而蹙踐之、蹂躪之，寧復有善物至我哉！

林君静墅，蓋所謂天與而受者也。君少業儒，嚴君蚤背棄而他徙，以長者之行行閭里間，閭里之人不名君，閭里而名君者曰君子士。中身有壯子六人，儒賈守業，異物不遷。賈者以贏，儒者以名，二子一孫，褎然膠序，而叔子可對列孝廉久矣。君今年政七十，孫子滿前，擇地而趨，循墻而立，非所謂福乎？而不知天福君而君受之，君所以受天之福，津津人口，而予所習知則有二事焉。蓋予先子亦蚤背嚴君，思親友弟，一生不輟於心口。君嘗得予先子之文，讀之而歎："何先生之言實獲我心。"予先子念立祠祀先，力不能就，居常恨之。予晚勉成，以副先志，而君曰："吾蓄此念久矣。"輙來觀其規製，諮其禮儀，斟酌裁度爲之。於是春秋之事，朔望之禮，肅穆明將，子姓族人無敢不率。以予所知君二事，已足生人之福，而况君所以鳴耳而陰修，望腹而顯授者百此，而不啻天與而受。庶人也而君子士，天與不受士大夫也，而庶人富貴壽考、子孫賢盛，間即不無是，猶竊人之物而以爲寄，其將取之也必矣。人之愛人也，予之以衣服、饋之以食飲，感而載之，珍而尚之，人之予之以衣服飲食者，將繼至焉。

君今七十，修福不懈，天之予君以福寧艾也。予表兄慶遠二車楊公命予曰："四月之三十日林君誕辰，其爲文以壽。"余見世人動稱有德有福，敢輙以即福即德之説進，將以爲不受天福而徒羨人福者發一儆也。

壽楊郡丞序

聖賢之學，惟求無愧本心而已，故曰仰不愧于天，俯不怍于人，有可不愧天而後可不怍人。天者，蒼蒼之謂乎？中夜之思，獨居之地，而天在焉。學者之爲學也,事不過事親從兄之間,動不過威儀泛應之會,初無可媒之勢利、可用之慧巧,至於當官行事,則有上可承,有下可治,欲得其所爲治,當先其所爲承,而後耳目易塗矣,魚肉寢處易施矣。自爲利媒,可以獲錢刀、富妻子;自爲勢媒,而得三轉七遷焉。當其出則揚揚而得意,迨其出則芮温充鞔,財帛流貯,田宅荒盈,施施於鄉曲朋友之間,然而中夜之思,獨居之地,反吾昔日所以居官者,何念何狀?無窺瞷顔色乎?無奴隸貌相乎?無出坐堂皇,納一紙訟計可獲若而贖鍰,徵一賦計可染若而羨贏乎?此時吾心若爲天,妻子若爲人,已不足啚吾之俯仰矣。

予之爲此言也,爲吾表兄賓瀛楊公言之也。公官不過下大夫,秩不過六百石,邅廻仕路之間,稍躓而能起,稍遂而能棄,用世則盡智盡能,立身則知幾知足。其生平行事,家庭之間時時舉以教誡其孫子,有時銜杯酒、對賓客,可追數諦述以佐聽語之資,而莊於歡笑之後者也。蓋公起家廣德學正,當得遷爲縣而稍轉高凉教授,而後乃得縣,而後遷貳車,而公則勇而退矣。公之爲縣廣之長寧,新造之邑,而爲貳車則西粤慶遠,荒徼之地也。而公爲之興學造士,平賦息訟,禁絶淫蕩,飽餼士卒,逐捕盗賊,宣鬱蒸之氣而導之太和,揭昒闇之域而出之於昭,不啻治之如其家,至之如其身。時時以攝治傍近郡邑,則如甘鹹辛苦之異調,而方圓曲直之異用。跡今公歸里二十餘年矣,其政聲則流誦於左右廣而未替,其德則載于里巷之口耳目,其年則登耄耋之會,其子孫則翩翩文學滿前盈膝,若第可口頷而日數,而其家督已白髮若弟兄然,而服布茹蔬,徒步里門,食指數百,衣食不充,公居之既無所怨悔,而人視之若不知公之貧,而第羨其年齒子孫之難致。蓋所難致者,公得之天,而所無怨悔者,公甘之已也。公所甘之者,其初求無媿其本心也。無媿本心,聖賢之學也。天地間惟心之用也無盡,而神常有餘,則公今雖八十乎,猶之乎嬰之初兆,行將百歲,不啻者也。

壽賀安溪序

唐人詩"出宰山水縣,讀書松竹林",此亦爲令之至樂也。天下佳山水多矣,以其在通都大邑之中,室廬填其谷,舟檝塞其川,而山水之性不完。山水之性不完，而風俗人情不得寧静。士宰其縣，得遂讀書之樂，鮮矣！縣有山水可以讀書，又無讀書之爲樂者，彼其視三家之市、十肆之區，不啻赤畿望緊之爲大，其土有毛焉，其幣有泉焉，何鍼之不可以削鐵，何沙之不可以研潤。夫如是，則山水讀書兩失之，其於爲令何涉也！

今夫清溪之爲縣，山水峭激，人民稀疎，簿書鮮少而應接不煩，縣言讀書山水之樂，莫是過也。而賀公爲之安燕而不擾無相，與無相爲縣，以大治楚，大國之風也。公以才情之餘緒發爲詩篇，流爲字書，而縣人士皆爲公珍寶而傳誦之。然則得爲縣之樂，莫公若也。“仁者樂山，智者樂水”，予於黄生羲陟之請文壽公也，輒爲公頌之。

壽郭寄山序

余與郭生聘卿論學，欲其體之身心日用之間以盡倫常之實，而後無媿於斯道之大，其他高明玄妙之談，一切以爲無當，如非絮之不可以温，非羹之不可以飽，而聘卿不以予言爲粗也。予徒知斯道之不可以高明玄妙入，而聘卿已能力體而身踐之。聘卿上之有可事之親，而其親有可養之志，外之求友以証斯道之歸，而内之事親以驗所學之進，是宜其心之孜孜亹亹而忘倦焉者也。子貢苦於孔子之學之不逮，而托之事父事君以求息，孔子勉之以終其身焉。夫君父豈息人之地，事父事君豈可息之物？子貢求是而休焉，故將以自考其淺深，以庶幾于夫子求子求臣之意，雖欲息於學，其心固未嘗息焉者也。古人之學以倫常爲大，以躬行實踐爲先，於此可見已。

聘卿之尊人寄山翁，其持身教子一以孝悌忠信爲本原，出之自然而行之無怠。聘卿有志於聖賢之學問，恬然不肯干進苟合以求時，翁不惟不以爲迂，又從而數奬引之，父子間其可謂有聞於斯道者矣。余願聘卿所以事翁者日求之幾微之間，而無有不慊於志，則父子兄弟各得其理，出之以事君交友，而道盡是矣。夫非求翁之身也，求之聘卿之心也。於聘卿之欲求文壽翁也，書以勉聘卿而祝翁之得賢子焉！

壽竇方伯序

大方伯淮南竇公凡三蒞我閩矣，而獨其守泉專而且久，是以泉之人士沐公之德與教尤深。若李、莊諸君皆嘗出公之門，是月十之二日屬公覽揆之期，諸君群來詣何生求所以壽公者曰："夫子之以文壽吾師也，亦所以闡明吾師之明德，而亦使予輩羹墻吾師於心也。"

何生曰：以予觀於公，蓋天下事無足爲公難者。繁委紛遝，鎮之以清静，深而通、茂而有間、積而不菀滯，公無難盤錯；地大人衆，見者觀光，聞者望景，雨露風偃，有如家至日見之象，公無難設施；坐乎堂皇之上，片言單辭，受明徹聽，俯而與匹夫一士煦媮乳翼，無所不得其意，公無難卑渫；錢穀之務，榷課之微，皦然明詳，以利公家，不爲惠於其内，不能爲于其外，公無難纖悉；曰我于藩，曰我于宣，不圖百年之便，非公是私，非我志也，非我職也，公無難紆永；莊色正詞，不見爲狥，包荒不遺，中行是尚，民夫人凛焉而不敢以非，道義至前，公無難剛毅；果敢而窒，揚己而高標，往而不可返，亦不可爲也，公無難巽婉；宦轍所至，無携孥挈僕之煩，蕭然一榻，有如禪居，公無難苦；鹽豉之饌，珍於庶羞，大布之衣，侈於縞紵，公無難儉；得行其志，于于與與，我道在也，不者，卷衾挾書，朝興念而夕躡屩，公無難歸；奉歡高堂，居媮樂而出夢思，稍聞居起之不時，屢及於國門，公無難孝。蓋公無欲人也，詎不稱神哉，尚有亢悔而難中正，夫彼未免有欲也。無欲，天也；有欲，人也。天之爲天也，生成萬物不遺而但見其高明而於昭，故夫高明於昭天之體也，悠久無疆，天之用也，有大德者，禄位名壽，所必得也。有德如公，不重禄乎？不高位乎？不盛名乎？不永壽乎？夫舜法天者也，公亦自念曰："欲爲臣，盡臣道，吾法舜而已矣。"諸君曰："夫子之壽吾師也，是壽吾師之心也，是吾羹墻吾師之心也。"

壽陳封公序

以予觀於衷古、予黼父子間，何其異也。衷古先生注想顓思，視不越尋丈，口逡逡不捨一辭；而予黼遠睇横睞，蒼宙咫尺，談辨無窮，幾軼爽衍。衷古先生讀經傳註疏不逸一言，爲文章依傍名理；予黼得其約略而已，掞藻紛披，敷繪葳蕤，於儒先註脚，或時合而時離。衷古先生孝弟忠信，斤斤守之，不得其心，寢不安席，食不寧匕；而予黼跡之不可測，按之未嘗不得。衷古先生螢窗蟫編，映月焚膏，學究以老；而予黼英韶雋妙，出掇科第若取諸懷也。子者，父之委蜕也，若草木之有根苗與其有結實也，若海有星宿、五嶽之有崑崙也，其異而同、同而異也，若蜾蠃之有祝奔蜂螢、爵之有化也。有逸有勞，有止有作，有圓有方，有實有虚，天之道也。先生之集於目而訥於口也，是天下之止體也；其學問之依名理而守經傳也，是天下之方體也；斤斤孝悌忠信之行，不得於身，不安於心也，是天下之實體也；其老爲學究，孜矻而無已也，是天下之勞體也。止化而爲作，方化而爲圓，實化而爲虚，勞化而爲逸，無不化也。蜕未嘗離于質，根盛於苗，以實傳實，以至百千萬億，有委有源，有支有幹也。

先生今年七十矣，學問則已潛矣，性行則已粹矣，耳目心思之用則已殫矣，是先生之逸候也。天逸予黼，使之作而不見其止，圓而不居其方，虚而不出其宗，然而將勞之也，天不勞予黼，予黼亦宜自勞也。服其官則思任其事，任其事則思勞其心，小而大視之，輕而重視之，當世之務不敢不究，圖獄訟、錢穀、屯田、水利、邊圉賑救之方，不敢不預講而熟謀之，當前而熟施之也，夜繼日，坐待旦，是予黼所宜自勞也。先生以其勞傳而化之，以有予黼之逸，予黼又以其勞以答天之意，以償先生之所苦，而不敢自即安。而後爲仁人，而後爲孝子，天所以寵予黼父子間者益厚。先生蘧然居，廓然視，晏然而無憂於其百歲也，不啻矣！

壽陳若蘭序

孟氏以仁義分事親從兄之實，而有子統而括之仁，蓋聖門之語圓矣。《禮記》謂“至孝近王，至弟近霸”，蓋即孟氏語，而予獨愛“不知手舞足蹈”之數言。夫孝弟而至於“不知手之舞之，足之蹈之”，則横身所置，横心所觸，無之非是，自非仁者，其能然乎？

予之爲此言也，爲連江陳翁若蘭言之也。凡翁所以事親者，予未之詳，而大理董見龍先生獨稱翁事廣文肖波先生細微曲折，無不如意。兄心自心，兄身自身，百凡内外，兄置不省，而獨翁精神耳目流注其間，廣文得爲賢君子，而已得爲賢布衣。兄弟二人年登大耋，相與相忘，後進師之，里閈仰之。夫如是，而翁所以事親可知也。抑翁逌事其親與不逌事其親，予皆未詳，而獨爲大理公當世賢人君子，故信之不疑，而所來命予文者薛生喬相，亦吾徒之賢而有志於古者也，予以是益信翁也。

連江一邑耳，而其人之盛，予得數焉：勳猷清尚則大司馬容所吴公，博學多聞、有物外之致則予友遊擊將軍季立陳公，而于今得翁。大理公所稱誦，自翁而外，又有林君良用、鄭君亦松。林以孝，鄭以悌。韓昌黎云："善人雖不吾與，吾將强而附。"予亦云："善人吾雖未見，吾若面而交。"蓋予于連江諸賢之中，獨與季立處最久，即大理公聲問相通而亦未之見也，夫予所謂已若面而交者也。予老矣，無父無兄之可事，而獨歉當日所以事父事君之未至。予即得面而交諸君子，又且將汗浹顏靦之不遑，而徒使予致室遠人遐之思也，亦可以省見君子而後厭然之一媿也！

壽馮北泉序

余讀《楊龜山先生集》，將溪之上有陳舜舉者，以貲豪里中，尋常不輕出户，即出户，其足跡可數，言笑不妄，夫婦相敬如賓。其人固無意世人之知，自龜山爲之傳，而陳了翁、鄒志完、游定夫、李伯紀諸賢爲之題跋，而舜舉遂以名後世。北泉翁隱於將溪之上，予初不識其人，其令子思理求予文爲翁八十壽祝。予聆翁爲人豈與舜舉異也！翁之爲人，要以孝親友弟、勤儉作家，禮儒雅之士，包荒泛愛，急公家之事如其自軫，親戚鄉里之困如其自患，而人世之吉祥善行，公悉舉之矣。公之平時，禮于當道，推於縉紳先生、文學子衿，固不待予言爲重，余將以斯文藉翁以傳，豈能如龜山之傳舜舉，而爲舜舉重也。翁先世有夢得先生，仕禮部尚書。翁所居里有玉洞焉，是生鍾乳、寒英、禹餘之雅。公侯之後，必復其始。翁修齡健啖，取玉洞金石之奇服而餌之，行百歲不啻，坐觀賢子孫之盛，以復公侯之始，予於翁乎祝之。

鏡山全集卷四十七

序

壽王封公序

今上之元年，進子大夫於廷試之，擢及第三人，再選而得讀書中秘者若而人，而竟陵王子六瑞與焉。當是時也，上以登極之慶，覃施大賚，凡兹臣子榮身逮親，雨敷雲垂，若而君子亦幾得一請如絲之寵，以爲親榮，其間有唯有否，若曰上恩大矣。幸而中秘也新，驟得若僭，普受若濫，毋寧遲也。王子曰："譬之一堂之上，長筵之間，爲人子者或手一尊酒焉，親必悦而飲之矣；或跽一匕箸焉，親必悦而食之矣。夫諸君子也，未必盡稱具慶也，而某也固具慶也。吾徼主上之寵之若渴也。"既未即得，會其冬，尊甫羅浮先生爲壽，則間言於何喬遠。遠曰："不敢也。凡翰林之官與六曹抗，無所與讓也，夫子前輩我也，不敢也。子生西楚，我生南閩，幸而豚子得齒賢書，又不得與於同籍之後也。夫子同籍我也，不敢也，遠也不能文我壽親也，是以愈不敢也。"王子曰："夫子也，先朝之耆舊也，吾是以前輩子也。予也與令子皆萬曆壬子舉于鄉，是以同籍子也。海内能文君子，吾鄉則李本寧先生焉，吾思其次惟吾子也，是以求文壽親子也。"

遠曰："文則吾豈敢，雖然，大矣哉《西銘》之義乎，其父乾而母坤矣，胞民而與物也。宗子大君而家相大臣也，是先儒之所賞也，而乃圓滯四海兄弟之言者，何也？夫仁也者，先天者也；義、禮、智也者，後天者也。先天性也，後天理也。孔子論仁，蓋曰：'一日克己復禮，天下歸仁焉。'夫其以天下爲己者也，凡天下之父兄、子弟、朋友而莫非己也。老者安之，所見無非父者；少者懷之，所見無非子者；朋友信之，所見無非兄弟者也。以仁事其親，以天事其親者也，故曰：'仁人之事天也如事親,孝子之事親也如事天。’故夫以物事其親者,八珍之養、四海九州之美味也;以身事其親者,左右服勞無方也;以心事其親者,一舉足一出言不敢忘父母也;以天事其親者,本初之命、元善之長也;以君事其親者,如絲之寵以爲親榮者也。以君事親,或得或未即得也;以天事親,動静食息無非親也。以天事親内也,以物以身外也,即以心猶屬之乎外也。凡六瑞之爲人也,邃而端,亮而和,則既肖子矣,乃若前輩我也,同籍我也,皆聖門老安少懷之義。中國一人之學,是謂以仁完天,以仁完天即以天事親,而壽親也大哉!子也,必使遠也言,其惟是乎!”

羅浮先生則古昔稱先生,服膺仁義,耳順而未衰。六瑞也以遠之言進之,必曰:“夫夫也,會合天人,推原性命,是誠善壽吾父子間,是誠能繼本寧先生而爲言者也。”於是取湘竹之杯,實以宜城之酌,北望翰林主人,大舉而大醉焉。

壽李蒼澤序

當世廟之朝,蓋寧晉李公尚寧安大長公主云。維大都督蒼澤公,大長公主之出,公以光宗皇帝册立東宫,及今上登極,一再加寵,進秩今官。今年春二月八日,則公之誕辰,公嗣子瑞請詩歌于諸公以爲公祝,問序于予。

予曰:“蓋予官光禄,每趨朝,從東華門入,與公同候朝會極門云。予每至,公未嘗不先在,或予先至,公則跡所在,招與同坐處。予深服公在公匪懈之節,退與人言,未嘗不歎公忠孝之盛也。夫在公匪懈,不其忠歟?公以天家之甥,趨朝勤勞,固以忠君,實亦念母,不其孝歟?維忠與孝,不其壽歟!趨朝不懈,是其筋力强而精神固,壽之徵也。維忠與孝,壽之本也。諸公頌之,人壽之矣;匪懈益恭,君壽之矣;維忠與孝,天壽之矣。故曰‘天壽平格’,此之謂也。予以罪廢還朝,感激上慈,雖每朝未嘗不從公,顧去冬病憊,偃卧私家者久,今已乞身南邁,他日於山陬海澨之間,問予鄉縉紳有自京師歸者:君從中朝,見戚畹上公有白髮朱顔,上每朝,未嘗不在文陛之側者乎?是蒼澤李公也。”

楊翁壽册序

予讀懷麓堂《都城故老傳》,事何奇也!《詩》曰:“彼都人士,狐裘黄黄。其容不改，出言有章。行歸于周，萬民所望。”豈非均是士也，行出於彼都，而後望歸于萬民乎！故是訓是行而又必近天子之光，予於潞陽楊翁乎有感也。

翁生平樂善好施，鄉譽無窮，有司尊禮，延爲鄉飲上賓，今八十餘矣。疇昔艱子，其得子三畏已過商瞿之歲。兹翩翩子衿，膠序上選，其於科第，猶掇之也。潞陽輪蹄湊集之地，縉紳先生行過是州者，三畏無不謁而求詩以爲父壽，且百餘篇。予來潞陽，三畏贄予爲師，命予序之。夫古稱孝子以天下養，三畏求天下賢人君子之言以壽其親，其爲壽不既大哉！抑懷麓堂叙都城故老則故老爾。楊翁身行善而有三畏爲之子，翁且益大，其爲萬民所望益無窮。《禮》云：“天子巡狩，先見百年者、九十者，就其室以珍從。”兹事雖古遠，萬一天子發問：“近畿有九十、百歲之老？”翁且出而應之矣。

壽林浦江序

天啓乙丑七月八日，仙壑宇華林公年八十矣。令嗣以予厠年末，承公教愛最深，徵予文爲壽。

余惟萬曆丙子舉鄉額者九十人，舉于京師者十有一人，而公與焉，合之爲百一人，歷三朝五十年，而今存者僅十一人而已。十一人者，晉安則今銀臺林公、今郡丞陳公，莆陽則公及大京兆吴公，予郡則苑馬卿謝公、郡倅莊公、今太傅大司空黄公、郡丞鄭公、參知陳公、郡丞李公與予。而年登八十者，則公與謝、莊二公三人。夫以百一人之多，三朝五十年之久，而存者僅十一，登八十者有三人，豈非天下之至難至難者哉！天下有用之用，有無用之用，有用不用之間。有用之用如嘉木繁陰，廣蔭數畝，雲氣助山川，乘駟偃其下；無用之用如掖楠（液樠）之木生於窮崕絶壑之濱，匠石不過，而亦無剥辱折泄之害；用不用之間如嶧陽之貢，召南之茇，有禅有茈，人仰人尊，不敢伐剪。夫無用之用則予是已，久於家而登於朝，而無勞於尺寸；有用之用則銀臺公、司空公、郡丞公是已，歷五十年矣，而猶見於時；用不用之間則公是已，教歷下，令合水，教潤州，令浦江，徘徊仕學之間，其道足以垂型，其澤足以及物，收而返之，而早賁丘園之貞，是其精神無所馳騖,筋力無所勞攘,天倪不動,太樸不梡,長生久視之道也。黄帝、廣成皆千有餘歲,彭以八百,堯、舜以百餘,而今也躛躛然視百歲如登天,不幾小乎?人有好游者,始而僦騎覓舟,觀於一郡一邑,既則通都百城,如此而已矣;既則陸海神臯,如此而已矣;陵崎嶁而穿岞崿,於以陟華岱、探衡霍,亦如此而已矣。人之少也,或有殘生之患,既而得五六十矣,既而得七八十矣,共是載生之質,共是養生之方,寧有異乎?而如之何其僅僅望以百也?毋勞毋摇,黄帝、廣成,此物此志矣。公在用不用之間,視不用者則爲拙,視用者則爲勞。

公有令子焉,知求予文以壽公。諸孫繩繩繞膝,其將以用大公之不用,以大用大公之用,公之用大,寧有窮期乎?

壽楊仙游序

天啓乙丑孟秋之末,何子將訪九仙人之跡于鯉湖之上。道湖縣有士七人過何子曰:"幸夫子之來,會吾師令君之壽旦,夫子爲我文之以壽吾師。"因具述令君之治狀,大概勤施於教民,多方於誘士,輕斂以急公上,聽訟而弛鈎束,一蔬一果,不以擾民,而精神穿貫於庶事,凡義倉社學、鹽吏馬甲之類,無不整暇而修明。蓋君政之詳,靡細不舉,而大要在于無求乎民。

何子曰:信然。予昨者覩令君之貌,聽其言辭,諸子之言有不信乎?雖然,予始至於縣,鄉舊方勞苦相往來,待予至湖上,爲七子辭之。越二日,何子躡何嶺,循何溪,暮抵湖上,燈火懸曙,泉流隱空,如風篁之聲,畏佳之籟。何子憮然曰:"仙人亦有藉乎?"入宫膜拜,環几之下皆人卧也,是布枕簟而求夢於仙人者也。傍有范氏神,是漢時湖上人,得交仙人。仙人有夢示意范氏,而范爲傳也。詰旦寐者覺,簟者起,人人言所夢,人人求解於人人,或以得所祈,或以挂所懷去,蓋吉凶與民同患之意,仙人具有之。何子又粲然曰:"凡仙人所以服食修煉,豈非求長生而久存者乎?既已長生久存矣,而又靈爽人人通之,響應人人授之,念慮未起,區畫未及,人人牖之先之,不亦勞苦無休廢乎?試以問仙人,仙人當曰:'我道固然。'今之讀書者,豈非以求仕哉?既已得仕矣,又有若楊令君無求於民而冰蘗其操守、焦勞其心思，令君不亦自苦如仙人？試以問令君，令君當亦曰：‘我道固然。’故夫神仙之度人與聖賢之救世一也。其始服食修煉而求長生久存者，令君之學焉。而求仕者也，仕者，學之藉也，得一縣而治之，是仙人擇湖山以居也。令君之欲人人濟者，是仙人之欲人人度之者也。夫七子求予辭壽令君，而予爲道令君之學之政之詳，將無予也，令君之范氏也。若夫流水不蠹，户樞不腐，令君與仙人同一自苦者，是仙人、令君同一自壽者也，是予所以壽令君者也。”

壽鄭廣文序

今海内蓋鮮廉吏云。夫甲科者，州縣其所合得也，而貪者尚欲得其膏腴以自潤。若鄉科則必待費力而求之矣，而其爲州若縣，又必求久其官，此非有力拔薦不得也。若夫司訓一薦，即可以得令，抑又難矣。夫鈞是人也，胡已氏也獨得薦也，薦而得爲令，又非求有力者其孰能得之？彼其有力援者，白援之乎？如是而出爲令也，其能廉乎？彼其初欲求而州縣也，固欲求自潤也，其心已不肖矣，而又必須有力薦，而又必求久其官，其得愈難，則其費愈鉅，而又自潤之心愈熾，欲求爲廉吏也，得哉？孟氏之論求富貴利達也，醒之以本心，羞之以妻妾，擠之下於行道乞人。蓋謂求也，苟名人也，求之而得，蓋有中夜耻者矣；其不名人也，求之而得，則有中夜快者矣。

今有人於此，不求聞而人聞，不求薦而人薦，此非有道君子其孰能乎？莆田鄭先生來爲南安司訓，恬然自守而已，而御史輒以爲薦首，此所謂不求聞且薦，而人聞且薦者也。先生視諸生若親子弟也，飲食教誨一切自行不問，游士大夫間，質心直行，照映人人，無他奇也，而得薦首者，何也？觀先生如此爲人而得薦首，其不得薦者可知也。豈衆人自處少而就先生之多，自處深而就先生之高乎！余觀仲尼之爲人也，無奇也，而爲千百世後大聖人者，何也？求好學于魯人而不得，求好學於天下而不得，而畢竟歸仲尼，是魯人與天下人自處少與深，而就仲尼高與多也。今鄭先生之薦何以異此，先生中夜思之，其可以無媿矣！異日出而爲令者,必能廉矣!夫其自爲守於潔而操之途,一不求于人而耗之途寡,異時海内有廉吏者,非先生其誰?

出先生之門者,則有黄生鳴晉輩,喜先生之得薦,而又逢先生之壽日,合辭以文請,一以爲賀,一以爲壽。《詩》不云乎:"周王壽考,遐不作人。"故教士治民,皆作人也,以賀以壽,不亦可乎!

壽吕爾搏序

余嘗棹舟訪友,海上初晏如也,中流風驚浪湧,波濤盡立,長年三老傍徨四顧無人色。登岸見友,友人大驚:"風如是,公海耶?"將返舍,爲具艅艎,帆檣數丈,槳櫓翼如。是日也,風日清佳,淪漣漾縠,如游家沼然,予然後知海體至恬。能使海者,天地也,海爲天地使而海不與。若夫罾網之所投,舲汰之所擊,水亦爲動摇,顧惡能震撼其太空耶?士君子之出爲國家用也,無事則精心効功,不見其爲,但見其成。即有事,即奔走馳驅定天下人,揮斥指使,挫其懦且怯者,使之喑無聲。若是者,爲國家使也。若夫犯我使我較,挑我使我戰,我不飄瓦虚舟,盛意氣,逞顔色,我之恬體爲人使矣。

爾搏吕先生起家右省郎儀曹,擢御史,按粤、浙二藩,凡文武掄才之役、洗冤澤物之政、綏邊靖海之略,悉爲朝家畢力竭智。神廟能先生,使視陪京學,誑者謂吕御史何能視陪京學者。誑者謂先生不能,不知先生以恬能者也。先生不出一言,斂衣裝,退而奉親於嶼頭之野,斑綵懽有歲,主爵者恬先生,上先生参議門下省,會兩奉諱,既釋服,無一字長安中,可一歲所。主爵者益重先生,晉先生貳太常,廼陪先生者夤緣得之。主上方斥逐黨比詬集之人,居有間,察得太常者無狀,褫其官,先生自如也。又有間,主爵者上先生貳門下省,主上又逐其陪先生者,而先生得請。先生之恬,上知之矣。凡五品京堂官腰帶銀也,而繖則黄,先生爲通参,繖則如其帶。比者得命有日矣,猶以故時繖與帶訪余鏡山之麓,問:"胡不易?"則曰:"未備。"此時出入可四騶,先生肩輿而已,此雖先生恬體之萬一,然足以觀先生。

先生今年六十所矣，親朋畢而致先生求予文，予何以爲先生壽？如欲極先生之所至，則異日者爲國家當大任，居無事而豫于不見不聞之表，不言而坐奏碩膚，又異日者，登高松之算，亦以夷猶常順而得之，蓋先生之遠猷大年，一恬焉具之矣。予與先生皆海客也，而先生所居去海尤近，故引海以壽先生。

壽張令君序

予萬曆中備官郎署，則見歲以八月十七日，千官鱗萃，山呼楯陛之下，蓋是日爲神宗皇帝萬壽節。其時，上春秋鼎盛，光宗皇帝尚在儲宫，萬壽以十一日，而世宗皇帝萬壽節則十日其辰。一時輦轂群臣交口讚頌，以爲中興之朝，祖孫父子其盛如此。維時相者申文定、王文肅以吴人，申壽十七以前，王壽十七日以後，輦轂諸公又交口讚頌此如雙鳳朝日、二龍夾雲，吴其盛哉！

而今我令君張公壽以十五日也。公與申、王二公並吴産也，不先不後，政秋之中，此尤壽耳。唐人翫月之辭："秋之於時，後夏先冬；八月於秋，季始孟終；十五於夜，又月之中。"宋人謂中秋月明則宇内同之，無有陰晴之别，此亦乾坤一大景會也。於聲爲商，則次君矣；於形爲金，則先王矣。露下氣清，天益高矣；潦盡光凝，暴益皜矣。在《易》爲兑，至説言矣；在《禮》爲摯，至察義矣。顧此秋也，未顓於人，在七繼六，其氣尚炎，在九開十，其候基霜，是以唐人之詞貴月之中。

今君之爲縣也，忠盡臣誠，金参民和，明朗斯高，純白維皜，説以孚之，義以和之，不震不戁，無黨無偏，衷而行之有如秋中，異日調劑天下之元氣，使方内政治正直平康，繄公是賴，豈特効一官、理一隅而已哉！予故舉公鄉先進二公以爲公祝如是，則鴻暉景爍於吴中，餘波蕩潏于閩海，予不佞與此中人士跂首望之矣。

壽林大司農序

國家有昌明淳固之運，則必有黄髮之老、不二之臣，相與孕苞太和、羽翼鴻緒，天降時雨，山川出雲，不偶然也。我明治化之隆，夐儷三五，開天之所選辟、列聖之所培乂，作人壽考，可陳梗概。其論思獻納之臣，則在内者楊廬陵、黄永嘉壽，而劉洛陽爲之最，以九十四；其分猷共念之臣，則在外者王鹽山、王三原、劉華容、馬禹州、林三山、陸華亭諸公壽，而魏蕭山爲之最，且百歲矣。之數公者，雖圓方動静之不同，莫不出爲臣師，居則民儀，望術知疆，觀瀾測海，天眷壽耇，實商恭周，所從來已。

若夫今上之朝，乃有林公省菴其人者。公宫墻聖域，步武庭趨，則昔稱先自學子而然。迨其馳驟皇逵、敭歷亨衢，仕司李則盡平反之詳，郎天曹則展清通之謂，歷奉常則竭駿奔之誠，長納言則允喉舌之委。繼而晉貳司農，躬勤勞勩。主上方倚之爲八柱，召之于上京，而公固辭，遜位以避賢者，上留再四，遷大司農而許之行，且録一子國學讀書。蓋自上即位以來，大臣賜歸未有隆恩如公者也。上隆公如此其恩，而士林無異詞，朝宷有生色。《書》不云乎："明四目，達四聰。"夫虞舜雖聖，豈有四目四耳哉？以己聰明，合天下之聰明，而尊賢用人具得之焉。公賜歸隆恩，而士林朝宷爲之翕如，是主上以己之聰明，達群下之聰明，而爲天下孚也。

公今年八十矣，一以爲嬰兒，一以爲處女，顛實睟盎，玉色山立。天表之異，異之以德；人表之異，異之以容。即以擬本朝諸先，又何間焉。里社諸公合謀壽公，使遠也揚觶而語。昔者王弇州之壽其邑中錢司寇也，稱引其先輩朱恭靖公，具言吴中人賢甲天下而獨恭靖公著。所以稱朱公，謂公闔門謝氛，無章言孅行易人視聽，而默化其郡邑郊外。内卿大夫不敢以飾見於國，士不敢以飾見於庠，畯賈不敢以飾見於市，父老子弟交相誡也，即衮趨何以聞朱公，而朱公益逡逡退讓，不敢挾以達。蓋在鄉言鄉，弇州公之壽其鄉先生宜爾也。遠也揚觶而語，亦何以易斯言。

泰山之樹，初無功德，岐山之鳥，僅想羽毛，賢士大夫，徵表世宙，固有出於聲色施爲之先者矣。若林公壽考質行，徵天下而已，雖三吴其孰當之！行見公之登於大年，而主上之嗣有隆恩也。

壽林對陽序

孟嘗君、張留侯豈非千古豪傑偉人哉！吾始以薛公魁然也，今渺小丈夫耳，留侯狀貌乃不稱其意氣。故夫聖人不相於先生，丹青莫狀夫靈臺，所從來也。

對陽林先生自弱冠即以隆慶丁卯孝廉起家，於今五朝，歲再丁卯，年八十有一矣，歷宦二十八載，仕中大夫亞轉運使，不薄也。有子克世其家，有孫爲磐，振而大之，以少年進士授户曹郎，歷兵而吏，猶掇之也。人謂公天人其姿乎，昂藏碩大其表乎，而公欿如爾矣，恂如爾矣。天若以其葆與嗇與先生，而先生即以葆與嗇應之。欲邇牀第，有若好色疑登徒，欲置妾媵，有若踰牆摟東家。天若以其媿與畏與先生，而先生即以媿與畏應之。手捫一錢即面赭而不能縮，口及一錢即喉棘而不能吐。故夫先生之容德符也，先生之貌道充也，先生之壽之福，以道與德受之者也。造物者與人以其美鬒長大之器，燿星電光之才，可謂厚之矣，而斯人也，必膏粱文繡以快之，妻妾宫室以侈之。夫是物也，不能不求而自至者也，則必跅跑揮霍，渾脱瀏離，令人以爲遠局廣度，作使惟意，而後目可得而掩、手可得而攫也，然後吾形可得而懌也，然後吾生可得而厚也。而孰知身非愛之所能厚，形非養之所能存。若先生者，所謂外其身而身安，遺其形而形治，所以充悦之容，清貞之守，歷八十餘年猶一日也。廣成子千二百年矣，而猶未衰也。據其自道，則無摇無勞而已矣。先生有生民未究之施，而天以壽其身；先生有詩書不盡之藴，而天以富其子孫。祖示則於上，孫繩武於下，其爲父子祖孫足法而人法之。彼世之爲軒厚華膴者，持此安歸乎？

余老矣，而爲磐不特公孫，公聞孫也，事余爲先輩甚恭，草木臭味、黍苗陰雨，若有合焉，故於諸宗老之乞言爲壽也，書而致之爲磐而上之先生。

壽黄姬璧序

適諸君造予鏡山之堂，有請曰："是歲十一月之朔，去隆慶之戊辰，姬璧黄公登年六十矣。不佞輩辱公金石肺腑之契，俯以游從，將以文壽公，知黄者必足下，足下無遜。"遠逡巡避席曰："誠無逾我。"

公善飲酒，又善讀書，又善宦也。蓋公有名焉，當予未交公時，謂公沉酣其中，俾晝作之矣，累月堪之矣。及與公飲，公酒數甚明，酒政雖寬，必一事不錯亂，傾靡不盈，吸靡不涸也。既得其趣，斂匕停盃，揖讓而别，此所謂善飲酒者也。士大夫業相命以文詞，則組纂爲工，諧比赴節，旋謂葳蕤滿紙，鼓吹盈縹矣，而公獨繫心性命道德之原，古今子史之苞，以及熙朝典故、前輩遺行莫不涉歷，驟而質之，如鐘待叩，徐聽陳義，一似張華之答，建章萬户千門，臚若列繪，此所謂善讀書者也。士大夫有號爲重厚長者，中或懵然，用之於世，不適圜方，宦名曰拙；其或濡染要津，窺瞰指使，九卿甘於四至，黄紙祈乎一押，以朝爲市，以宦爲海，則名巧矣。公正直和平，通明條貫，一不諧世顯志，思玄不貴而貞，不達而亨，不辱不殆，真明止足之義，此所謂善宦者也。天下之事，有可以極者，有不可以極者。可以極者，極在内者也。不可以極者，極在外者也。人之脾胃，猶囊橐者也，其於仕宦，猶幅尺者也。實囊橐而充牣焉，有底必漲裂，無底必墜瀉；引幅不可以恢綱，伸尺不能以舒尋，强所不宜，則必有性命之憂，陰陽之患。故夫天下事不可與爲盡也，此極在外者也。吾有精神，吾自奮迅，吾有耳目，吾自發舒，上該千歲，旁綜萬物，其虛足貯，其靈能變也，此極在内者也。極在内者，公善讀書是也。不極在外者，公飲酒宦遊是也。

吾郡先輩蓋有大司寇恭肅黄公云。公精探《易》理，博習朝常，錢穀兵刑，無不討究，當官入林，誦讀不輟，進不窺便利，退不弛束修，是公之祖也。公既穎敏洞悟，百朗千通，而又得於家學庭聞之素，故所就如此。以予寡劣，辱公教存。公具三善，余僅有一，差善宦耳，兩不如公，曷以壽公。然尚有一極可以相勉，志聖賢而聖賢矣，志神仙而神仙矣。黄帝、老聃，豈異人哉？窅冥昏默，谷神玄牝，發端自彼，其志然也。此道漢之君臣猶庶幾焉，唐宋無稱。良以世降流末，莫之敢望，如此，則梅福何貴於挂冠，弘景何勇於脱服！公與予皆善宦人也，相與嗇精保神，游具茨之庭，出流沙之關，得無意乎？則予且以二善副公三長。

公内助傅孺人，婉嫕仁慈，能成公志。自仕宦以至林間，所藉贊佐不尠，亦以今歲週甲，是稱雙慶，請并書以爲公壽。

壽蔡方伯序

五岳蔡公自莆田令入爲南曹郎，出知我泉州、觀察建州，仍以大方伯涖我泉也。曩公在郡閣,有詩曰"官爲荔支遲解綬",邈哉其思矣! 公服官四在閩,而三在荔支之郡邑,泉、莆之地於公若有夙緣焉。

維兹七月覽揆之辰,則七邑令君以遠習居公宇下,徵文壽公。公通貫禪理人也,遠則請於公曰:夫孔氏之教與釋氏之教有異乎? 彼皆潔净其心、空靈其性以趨於大道無爲之域,而救世度人之心無有已也。世之學者猥云,彼虚我實,彼寂我感,辭而闢之,而後有功夫聖道,則彼道皆非耶? 而所争又在毫釐之間。夫毫釐所以稱物也,其無物可稱,則貧子而已矣。苟有物可稱而尚毫釐之爲争,所謂唯之與阿相去幾何? 仲尼在東日也,釋氏在西月也,天下有稱日而貶月者乎? 第取以益吾學之資,以成吾道之大,不亦越哉! 世之衰也,離吾夫子天淵之不啻有一人焉,以釋治其身,以釋施於人,其有不爲賢人君子者乎? 惟公恬澹無欲,静定不擾,雖在坌壒囂雜之中,而精凝鎮定,無慌惚輈張之氣。既以内禔其身,而以出教著令。精則與之言性命之道,而粗則與之陳空門之訓。要使其感而易入,化而莫知其所以然,此公出世之大者也。比者海氛不靖,公拮据其間,周悉備至,泉藉以無恐。夫歷階而升膺,裔夷之俘不敢兵亂,鄰國媿焉。兩處負墮,詣謝世尊,一切獰惡,輯會受付。蓋上古之世不能無苗民、檮杌之輩,惟上聖有以化而處之爾。佛之爲道,譬如食蜜,中邊皆甜,此亦公之荔支也。古人之賦以荔支爲旁挺,而今侈然登上俎,而江南之客褰裳濡足幾幸一見焉。然則佛也者,亦聖門之旁挺者也。公志於是,其於眉壽無有艾。何者? 孔、釋之教,總之以無慾爲宗,而公有之。若夫敘公物望之隆,擬公名位之盛,公之餘事,公之塵跡也,而何足以壽公。

壽姚晉江序

士以韻勝。韻也者,出於有意無意間,可見不可見之表,而文章生焉,德行道誼出焉,才猷賅焉。人而無韻,名爲俗人;仕而無韻,名俗吏也矣。

皖中心甫姚公之爲吾邑也,予不知其他,知其韻而已。予又讀公之詩,不知其何所規摹,何所税駕,亦知其韻而已。公昔操觚讀書,游於象先,超於物表,懷之所到,興與之來,情之所投,神與之滙,得自我者也。今也得一縣而治之,能復見九江雨乎？能復見匡廬雪乎？能復見太湖水乎？能復飲龍山酒乎？能復望錦澗瀑乎？能問天池僧乎？能看寶樹於大林乎？能使湖口風乎？能讀《蕪城賦》乎？所遇之人尚復如奉先大夫乎？如懷令弟乎？如徑河關而寄細君乎？終日坐家園，看天如碟子大。一日乘輿，忽破宗慤風而着阮孚屐也。今也堂皇之上，小碟倍蓰，一碟之中，净穢雜呈，時有擊鮮，時有惡草，酸鹹辛苦失其調，燥濕寒煖爽其節。公能韻乎？不能韻乎？夫造物者之與夫我也，至不一也，而吾自有至一以居之。吾泠然能潤，是謂九江雨；吾皭然不滓，是謂匡廬雪；汪然無際，是我太湖水；飲人以醇，是我龍山酒；言堂滿堂，是我錦澗瀑；閭閻編户，是我天池僧；冠紳之倫，是我大林之寶樹；拂噓是我穆風，緯經是我賦詞。如是，則種種皆吾神情懷興，種種皆吾韻也。以閲衆甫我則父，人溟涬然弟我則弟，人爲細君君我則君，人所見無非風花雪月，所居、所任無非君父兄夫，如是誰非我韻，又誰見我韻者？王參軍柱頰稱西山，米漣水出石袖中以示大府，是皆勝流儁品，然所至都不綜敘。公之韻自有之而自儲之，容貌詞氣絶不顯露，去二人遠矣。

公生日，諸幕僚求予文爲壽。予若張公家世之盛，列公治狀之美，公幾以我爲不韻文乎，故書以付之，爲韻者之先。

壽黄冢宰序

士君子所以任斯世斯道之重者，則在剛哉！剛則公，私能剛乎？公則廉，貪能剛乎？剛則方以直，圓以曲能剛乎？剛則高以明，卑以暗能剛乎？人道經緯，萬端一有，動於念而不禀於道，皆謂之慾，故孔聖以無慾言剛，而公方廉明之屬，皆舉之矣。

大冢宰鍾梅黄公起家萬曆之代，自州郡牧守以至今官，仕凡幾敭歷，世凡幾遭逢，而以一剛處之。有所不可，去就决之而無留戀之意；有所不合，掉臂捍之而無比周之論。朝廷有大事，當衆論紛拏之際，衆喙群咻之會，獨見獨力，昌言其間。久之，事以定，心以明，論議以歸正。蓋公之持身養之也純，而見之也卓，故能遺禍福、輕利害，不撓不回，惟義之歸。公既以此持之身而用之世，而其餘寓之文章翰墨間者，亦皆遒勁老蒼，若飽風霜而撼雷霆而挺然無一荏弱之氣。

公今年政八十，朝家存問之典未至，而莊氏諸子嗣珂等世沐公德，命余一言爲酌者之先。

余謂古之名臣則太公、召公、畢公爲著，而皆以百餘歲。太公之鷹揚，召公之篤棐，畢公之克勤，是皆其精神力量充足有餘，是以能樹大功，能於當世而長生久視于人間，其爲剛而無餒無疑，而公之行事一一與合。公當官百凡謹毖，干謁杜絶，其可謂公；宦達五十餘年，産不踰中人，其可謂廉；百折不回，其可謂直；以方其軒舉之氣，峙立之象，心事可以示之人人，其可謂高以明。衛武公老矣，晚而進於叡聖。主上離明馭宇，比者召公，公獨以年辭，而閉户著書，不少休暇，此殆進叡聖時而深合於孔聖所謂剛。令公及洙泗之門，當無未見之思矣！

壽黄大宗伯序

當熹廟末造而閹豎之專也，二三君子出身横擊之，欲以清君側，而樹在山之勢，而遂無完身矣。其有因其熏灼之餘焰欲附麗以立功名者，而遂無完人矣。

始閹之起也，不過以飲食保護之小忠，而蒙垂光於天日，第亦不過爲厲於宫庭之内，以握婦寺之權，時有所恣睢於椒掖，或假借天語之重以行其意，初不敢呈身於外朝。自二三君子出身横擊之，而遂切齒摩牙，不可嚮邇，衣冠之禍，於斯爲烈矣。昔武廟之有劉瑾也，諸公持之急，彼群欲乞南自全而已，而諸公必欲鏟除而剿絶之，以有正德初年之及。然是小人也，雖其虎狼蜂蠆，而天理良心終有不可泯滅者，是以康武功、李北地皆在其敬嚮之中。惟武功稍一涉跡，遂以陷淖黏膠而不可化，而名遂以不完。蓋士君子之見幾明決者少矣，惟我大宗伯毅庵黄公則不然。

方閹之熾也，蓋起公田間，意欲黄扉一席相待。公雖逼於功令之嚴，强爲一出，而若弗聞者，至不投一刺，不交一語，一種冷落之象見之山立柱砥之間，而閹遂不悦。及公之乞身去國也，凡先朝優禮舊學恩數，一切無有，獨身出國門而已，而公初不言也。及乎聖明御極，雨雪見晛，諸君子之不得爲完人者，併以不得完身，而其不得完身者始得爲完人，然而終無補于身家而徒傷夫國體。至其中有一節挺特之氣者，皆得見知聖明以登高位而獲大行，而論敘之典又獨不及於公，而世亦莫爲公表明者，以公不言也。比者，聖明嘉禮耆舊，特予公玉，而黄扉調燮之地尚未借公一武，則其所以知公者，若第以先朝舊學之重，而公一往障川廻瀾之勁，使天下知有正色直躬之人，尚或未之知者，以公不言也。公之不言，蓋子推不及之意，而與周公金縢舉動稍爲恍忽，然而公之身名完矣。身也者，聖賢所甚重也。一曙失之，終身不可復得，驅而納之罟擭陷阱，莫之避也，可謂智乎？尊德性，道問學，以極夫高明中庸、廣大精微之玅，可謂畢世究之矣，而要歸之既明且哲，以保其身，以合於默容言興之宜，聖賢所以待其身如此其厚也。而詩人繼之曰“夙夜匪懈，以事一人”，彼其所以明哲保身者，惟其乃心悉在王家，以有不畏强禦之烈，以舉德輶而補衮闕。古人云：“若此者，臣能自壽也。”壽出於天而歸之自，則知君子所以壽其身于天下後世之遠者，自有所在，而松、喬、偓佺，殆爲次之。

余與公少有文字之雅，叨同年婣婭之末，奉公周旋五十餘年，於兹見公步趨尺寸，出言有章，難親難疎，可畏可象，知公所得於尊德性、道問學之旨者，微眇以精深，故敢書一言爲公壽觴之佐。

壽劉季公序

崇禎三年三月之吉，劉季公之壽辰也。公子伯、仲、季三人走告何子曰：“凡人之爲其親壽者，則致親朋以樂之，羅酒肴以享之，清歌妙舞以暢之，金寶繒帛以侈之。而吾父也，遊心於空門，棲志於玄寂，頹然一衣，泊然一蔬，視斯世無好也，吾何以壽吾父，則惟夫子之一言。”

何子曰：“子欲如人致親朋以樂親乎？吾爲子請尊公持杖上堂，吾且率眷屬萬二千人俱，惟尊公言諦聽。子欲如人羅酒肴以享親乎？吾爲尊公開香積之厨，芬禪悦之味，米汁以醲之，醍醐以甘之。子欲如人清歌妙舞以暢親乎？吾爲尊公擊大法鼓，吹大法螺，潮音以普之，鐘聞以辨之。子欲如人金寶繒帛以侈親乎？吾爲尊公舒金色之臂，湧七寶之塔，伽梨長付，結巾自解。雖然，明是者有本有原。佛之爲道，不生不滅者也。既初不生，何有於滅！即是不滅，豈不常生！故曰：'無所住而生其心。'生心者，常生之謂也。一有所住，便作滅見。故夫生也者，覺也。覺也者，大光明也。大光明也者，常生之道也。非此道也，何以致眷屬之諦聽，香積禪悦之醴甘，螺鼓音鐘之震聞，而舒臂湧塔、付衣結巾之炫燿也。而有美季公者，謂季公有父觀察公席世業殷填矣。季公敝屣若無有，而賑救施捨之爲拳拳。夫是則生刹利之家，何如世尊捨肉飼虎？何如世尊而何以區區者，足爲子公壽也。"

劉氏三子長跽拜曰："善哉！善哉！夫子之云若於《長阿含經》之論有合焉，所以壽吾父者大矣，吾二三昆弟敢不奉以獻之吾父。"

壽林封公序

孟氏言"三樂"，不以王天下與，而首之曰："父母俱存，兄弟無故。"豈非以俯仰教育所能自得於己，而父母兄弟有不可必之天者耶？孟氏願學孔子，以身承千聖之統，而父母兄弟之遭與孔聖同難。雖一聖一賢，俯仰教育可以無忝父母之所生，而天則有所不可冀者矣。居今之世，有人於此，父母則俱存矣，兄弟則無故矣，俯人仰天立無過之地矣，而教育英材之不可得者，何也？得一科第，拜一官，内而畿甸，外而州縣，皆有職事之當爲，門徒之多、交遊之盛，固世法之所禁也，則固與俱存，無故而同難。乃有父母俱存矣，兄弟無故矣，俯人仰天立無過之地矣。拜一官也，而得爲國子先生，國子先生也，而又丞也，次於祭酒司業之下，凡天下士就學於國學者，無所不得見，無所不得教也，此之爲遭，豈非兼三樂而有之，而孟氏所不與王天下者哉？

余之爲此言也，爲國子先生林君如召之壽其尊甫敬峰先生而言也。先生故程番太守旗峰公子。程番公仕二千石，五十懸車，享年百以四歲，生三子，長公則少峰公，少司徒也；次者愛峰，次者先生，皆諸生也。少司徒公子碧麓公亦爲少司空，而程番公及見其登仕，斯可謂極人世之福與壽。先生之子如程番公之數，長則國子先生，次則如周，方以歲薦入京師，次則如稷，侍先生也。夫松柏之下千歲爲茯苓，又千歲爲琥珀，先生今年八十一歲矣，余烏知其百以四歲而不啻？先生子孫雖未及如程番公之顯融，要有待焉。維是，程番公生先生也晚，公既長生久視於人世，伯與仲也皆在杖鄉杖國之年，公不欲其長在子舍，一切几杖哽噎之役，皆先生朝夕而左右，是以棄諸生而從焉，此則先生孝誠之大者。先生静以爲宅，淡以爲懷，浮雲人世不以入胸中，此皆不媿不怍之大根本。今上册立東宫，覃恩中外，國子先生以其所得於身者貤恩先生，而先生亦稱國子先生於其家矣。

仲秋既望，爲先生壽辰，吾鄉之仕於南者醵而爲先生祝，而問言於余。夫二三君子也，以予言爲足壽先生哉！國子先生之壽先生也，以天也，以其身也，以天下之英材也。夫以其天壽也，則大聖賢之所不能得於古者也，其以天下英材壽也，則士大夫之所不能得於今者也。

壽傅大司馬序一

爲大司馬於南中者，前輩有兩公焉，其一爲喬公希大，其一爲王公伯安。伯安明聖人之道，倡良知之學，其徒繽紛而從之。希大明詞賦之業，所遊皆達人長者，延接四方士無老賤，四方士方翕然歸向，每有登臨則高吟大刻，在所而是。而今則星垣傅公。

公自中秘出爲名御史，敭歷中外，以至今官。其爲勳功於宇内者，不可勝紀，而留心詞賦與喬公同，出爲撰著，朗月照而清風吹也。公不特其自爲詩傳播流誦於人人，而又以其間薦先輩之有名於斯道者，以爲世間尊彝璜璧之光欲與之共傳於世，意念遠矣。司馬治兵，詞人賦詩，皆有合焉。兵也者，律也，詩亦律也。列千乘萬騎於平沙漫漠之中，而行次不失，步伐止齊，此兵中之詩也。選字稱言，百淘千練，隊仗嚴整，聲調訇硡，此詩中之兵也。詩無感憤乖戾之音而曰“師克在和”，詩無旁門外道之竇而曰“師直爲壯”。既和既壯，兵氣以揚。公所標表建竪，將鵠立朝端百執之上，何止一兵？公所造詣就將且入聖賢之門與伯安相先後,何止一詩?而就今日言之,如此矣。

余老矣,從田間來,幾得見公,會公有覲京之役,而公之平生,則素聞之士大夫之口,而著見於文字之間,則猶若見公者。會宫保紹龍常公、心寰方公徵余言爲公壽,予既平生若見公,則欣然而爲之"維師尚父,時維鷹揚",封於營丘以百餘歲,此余之以兵壽公者也。"抑抑威儀,維德之隅。儆戒國人,九十有五",此余之以詩壽公者也。"既見君子,爲龍爲光",此常、方二公所以壽公者也,"賁然來思,爾公爾侯",此予所以壽公者也。

壽傅大司馬序二

舜一人耳,而天下之士皆悦之。周公一日而下白屋之士三千人。夫白屋之士,其才智足資周公有幾,而至於三千之多,而周公欿然而下之,彼皆貧夫人,夫豈無衣之、食之、左提而右挈之也,而能得其心之若是乎?則士之歸周公也宜也。舜之一人則耕稼陶漁之夫而已。即有帝爲之舅,彼時洪荒之世所憑藉幾何,而天下之士皆悦之者,何也?舜而能悦天下之士,必有所以得士之心者,而周公何獨不然?夫聖人之道,原非孤立於世宙者也。吾非斯人之徒而誰與?泛愛親仁,此其律例也。原夫舜所以悦天下之士之心者,惟其聞一善言,見一善行,沛然若決江河,而天下之士固欣欣然而歸向之矣。使驕且吝,成周公哉?有人於此,莊先生之容,修嚴䮂之色,士皆趑趄而不敢前,則雖壁立千仞之表,位置秋天之下,士仰而慕之則有矣,親而附之者固不可期也。以余來南都不久,而天下士皆稱星垣傅先生者,何也?凡先生敭歷中外,其風標物望固已著於人人,而先生之文章,余亦竊竊見之矣。

今秋先生之壽,其求余文以壽先生者有二焉,則懷遠侯常公、南和伯方公,而今則方子文煒。以予一人而兩壽先生,則夫海内之求言辭壽先生者何限,而況白屋寒畯,其口誦先生而入於余耳者尤不可勝道也。先生所謂博大真人者哉!人惟其真而已矣,則凡峻其門墻,嚴其扃鐍者,皆屬之有心。有心則不得真,不真則不名博大,不博大則不名真人,故曰:"易則易知,簡則易從。易知則有親,易從則有功,聖人之道也。”予故於方子之求余文壽先生也,舉舜與周公爲先生祝。夫舜何人也,周公豈欺我哉?余知先生優爲之矣。

壽鄭大司農序

羅一峰論士大夫用世惟以剛德爲先,剛則公,剛則明,剛則無欲。剛者,理也;不能剛者,情也。天下惟情之爲狥,則其始也,不過狥一人而已,而其既也,不可勝狥矣。夫外服之官則督學使者,狥情之大者也,而大司徒鄭玄岳公昔教我閩,未嘗一狥也,以是士盡得人,其樹之門墻而爲國家用者至今不絶。而公之聲名振起,受知主上,屢辭求退而上不之許也。蓋曰:“吾將有以用之,則不狥如。”公何所不得意而胡世之多狥也?公爲大司農,政當中外彫敝之日,廩庾匱乏之後,公一振而刷之,而軍民無所不受賜,蓋皆其不狥之爲政,而余獨舉夫公之爲督學我閩者頌之,何也?求余文爲公壽者,則户部郎蔡君邦俊、兵部郎唐君顯悦,皆公昔日門下士也。故余稱公剛德之大以爲公書,亦所以勉蔡、唐二君步趨先生之後也。

壽黄明立序

李太白生隴西,遨遊江東;杜子美生巴蜀,遨遊湖湘;歐陽永叔生廬陵,安於汝潁;蘇子瞻生眉州,安於陽羨。夫李、杜二公猶有羈窮迫阨、不自聊賴之意,歐、蘇二公則皆有官爵之榮,豈不能返居故處,而必安意於他邦者,何哉?古人視其身爲四通八達之身,略無拘礙,或其山川之好樂、人情之投合,則皆樂居而不去,又奚必戀戀于家室之謀,而作兒女團圞之態耶?

吾友黄明立先生教於松江,遷爲南國子先生,出守黄平,不樂之官,遂止南不去,其槖中裝亦不備携家之助,粗立家室於此,且廿有餘年,而南中人士亦莫不喜先生樂有依歸,先生益無歸意,而先生今年七十矣。當先生爲孝廉時,遠在田間,與先生爲文字之交,過逢無旬朔。今來備官於此,即日買舟東歸,而正值先生七十之年,臨岐可無一言爲壽耶?

予惟先生之爲國子也，則冬煖而兒號寒、年豐而妻啼饑之日也。其不樂之官也，則六百石自免，不用五斗折腰其人也。其止於南都也，則以官爲家，罷則無所於歸者也。南都之人樂先生之文章，奉爲依歸，而先生竟難卒歲，則本賣文爲活，翻令室側懸其人也。顧南都之人竟不能捨先生，而先生亦不樂捨南而去之，則虞荔之於晉安，而秦系之於泉州也。大凡古人之所以人樂與爲依歸者，皆必有稜稜廉尚之意，令人不可狎而又不能疎。則先生其人不然，南都亦冠蓋結軼之地，貨物稠雜之區，先生豈欲於此爲陽鱎魚而爲陽翟賈乎？東海之魚遊於東海，無不適也，春而孕子則必求之南海之石。鷽鳩榆枋，槍然樂也，北海之鴻、南海之燕，其來去也無時，夫物則有所適也。少居魯，冠章甫之冠；長居宋，衣逢掖之衣，故曰："某也，東西南北之人也。"夫聖人則亦有然者矣。天地之間有至人焉，遊之玄圃閬風之野，乘乎六氣以遊于無極。夫其止也，其遊也，孰得而測之？夫聖則不可幾矣，彼至人者亦時時有之也，不可幾也，而亦時可遇也。

先生今年七十矣，遠又過之四歲。先生與余並海上人，夫安知不遇斯人也，於蓬萊、方丈之間，則當此之時，不獨可以壽先生，亦當從先生以自壽者也。

壽張隨州序

余道潭邑，得見張先生云。先生飲余於禪刹之後一舍中，古木交蔭，流泉滙注，四窗黝然，虚亭頽然，余以爲先生游息之處、讀書之所也，既乃知爲先生之居。先生嘗令清河，不諧於世，再判隨州。予意縱不能家，亦有爽闓之居，堂奥嚴翼，階序廣延，而促膝乃爾！酒半，先生舉卮觴奉匕箸耳，絶無一語涉人事。問則答，不則若爲不訾省也者。

明日，先生之倩朱君之秀以壽詞請曰："家岳今年七十矣，請一言爲壽。"予因歎與先生同時而處者，豈無嬛辨之智、周通之給？其與先生同時而仕者，豈無巧取之術、生致之媒？歸而爲侈于鄉閭，膏腴其田宅，而娛樂於房闥。然或一旦不可知，則或無當身之譽，而但歸于同盡之途。而先生恂恂其言，瞿瞿其貌，嘗若有不足者，而鄉閭尊之，後進楷之，造物者久存之，此亦宇宙一大消息之機也。

若使智者當壽,則人争爲慧矣;若使能者當壽,則人争爲巧矣。慧與巧者,人之所以自鑿而非天之所以加厚者也,於彼不足,於此有餘,君子何居乎?

予聞先生自幼至孝,爲諸生時則受直指督學之獎。既舉於鄉,讀書僧舍,與老宿頭陀同其苦行。令清河,催科甘下考,縣瀕水,河工至急,先生捐俸以佐民。判隨州,視篆應山,不改其故。吾人謂先生不爲慧也,而予道先生最智人也;人謂先生不爲巧也,而余道先生最能人也。使以先生不爲智、不爲能,則聖賢先居之矣。何者?先生所以自持者,皆聖賢之道也。聖賢者,天之所厚也。先生以聖賢之道自持,造物其有不厚者乎!且也,老子曰:"事天治人莫如嗇。"嗇之爲道,内而不外,少而不多者也。即先生所以自頤,皆嗇道也。予見先生之壽,殆將百歲而不啻者也,而七十之年其始基之矣。遂書以復朱生,俾朱生持與先生之令器天徵張之堂上,以爲稱觴之佐。

泉州文庫

選堂題

（明）何喬遠 著
楊清江 點校

鏡山全集

（下）

泉州文庫整理出版委員會 編

创于1897
商務印書館
The Commercial Press

鏡山全集卷四十八

序

壽劉太君序

滇之山，大理名；滇之水，洱名。大理之産點蒼之石，累繡重葩，比金參玉；洱之蠙蛤應月之珠，其貝以爲刀布，流行天下。貴人富室之所服用，文軒曲陛之所蔽映，皆出於滇，則惟大理、洱海爲之母，故以甚名。

太夫人三從保寧公以仁三川，諸所産子，非舉進士則薦明經，無有惰業。二進士順徵、文徵同時官比部，迎太夫人於邸，出同車，入同舍。太夫人長子食而少子息，少子食而長子息。養於官，家之子望；養於家，官之子望。太夫人徒恨不兩其身，諸子又徒恨不一其室，斯亦人生之厚澤而閨閤之隆遭矣。夫文石蠙珠非有澤物功，徒充耳目所玩好。貝之刀即以濟通施，亦未有益於民命，大理、洱海猶然永此名也。

順徵今使三川，噓枯吹朽，活人於萬有一生之塗。文徵服在内寮，條奏天下，司空書廣生所不知何人。人之既生，私相念曰："是孰人子？善廣朝廷德意，願其父母壽考而子孫昌。"則太夫人之爲人母，陰繫人願，不可幾量，無貴大理、洱海。予辱以文章交二比部君，敢酌而祝太夫人。雖然，二比部君閎博鉅偉，著於文章之林，而予徒出靡曼雕蟲之技，求一當比部君，則予所取足比部君者，亦僅比於文石蠙珠之好，雖酌而祝太夫人，未若所不知何人者之祝太夫人甚也。予聞太夫人好讀書，敢以請。

壽陳母序

人情之弊，莫甚乎有己之爲見而不與人同。夫有己之爲見者，其視物也，岐矣。基必已立之,事必已成之,功必已營之,凡無與于已者,皆所不給也。不惟岐之,又將懞之。不惟懞之,又將難之。而目將攝焉,而耳將伺焉,而計將圉焉,而力將藉焉。異精神,别骨骼,安所足己所矣?夫不足己所者,精神骨骼莫非人也;足己所者,上下、遠邇、内外莫非己也。知己者無己,不知有己所以有己也,故力惡其不出于身也,不必爲己。太上之世也,所以降甘露、出醴泉,連理之木、同穎之穗並生交至,謂之太和。若是者,君子所以一氣類齊陰陽而參三光也。

從吾遊者陳生國錦,負笈辟雍,懷吾年友顔奇黄氏書來謁予曰:"國錦之母,姊於顔公。國錦客遊諸生,圖壽吾母而不得,吾情欲得夫子之文獻,敢從顔公以請。"不佞展刺一再讀,得奇黄氏所以頌母狀,則母非國錦所自出也,國錦蓋出於余而嫡母母也。夫行善而不已者,其應也不遠矣,不見其身而爲之,其爲福也,皆止於其身。當陳公之未子也,蓋未及商瞿之歲令,其時母謂公尚壯,而已亦尚可以望乳,使其衾裯之匹不得歌《小星》於門内,晝夜幸他姬,無子子矣。又或别孕殊育,不勝岐心以生懞難,即魚肉寢處,曷所不得?又不然,公即食德義之報幸,全如綫緒,母不加憐,念如自出。他日雖修然丈夫,子亦曰"母爾,母爾",公能爲石人乎?且孑然憂所不知何從於垂暮之齡。

而今國錦之視母,同離裹而念尸饔,則母氏所以得天之歲、受子之養者,蓋皆母自爲之,安所必己子?安所不得子哉?母事姑妐孝,待夫之兄弟侄子女恩禮備至,皆人所難。予直有感于世之人岐心懞物而已,亦無利焉者,曾不如母氏以笄佩之英,獨有以符天則而諧大道也,故書以壽母。

壽程太君序

休寧蘿陽程公既守泉,則數與參佐寮吏言:"吾僅有母,始令鄱陽,繼郎陪京典於刑、禮,皆得迎養邸下。其始母氏耆齡耳,及夫去我大鄣以入陪京,猶行家園也。以吾君之靈守兹海邦,母氏之年加增,歲歲山川跋履,不獲迎養如昔日。甚哉!吾思吾母也。"諸參佐僚吏既數數聞公言,則謀所以解公思以爲太君祝者。八月朔日,太君之生也。諸文學先生儼然造焉,問言喬遠。

喬遠曰：夫人有所不得如其心則思，思而得如其心焉，未有不喜者矣。君子之仕也有三思焉：内則思其君，外則思其民，家門之内則思其親。蓋有不可得兼者矣。得如其心於君，或不能得民；得如其心於君民，或不能得親。思而不得於親，而或得於君民，猶之乎得其親也。公結髮稟太君訓，策名登仕，不徒夫晨昏温清、佐餕治餔饈而已，太君不難别朝夕之養，數千里而遣公仕，亦不徒夫獲華膴、侈軾轓，爲家閲榮而已。公之守泉也，亦曰：吾有母矣。孰非人子？孰見非親？先農而望穲，先商而開資，以滋民也，亦爲人飽煖其父母也。民之得情不求深焉，已輕而輕重罪以寬民也，亦爲人惠寧其父母也。褒德而貴齒，尚文而好教，以表民也，亦爲人旌章其父母也。思親得親，未有不喜者矣；思民而得民，其又有弗喜者歟？得民與得親一也。禄二千石，而君之廣於經四境而勞於察萬室，若其民理政乎，則其廣也適見功，而勞也適遂志也。公昔令鄱陽也，尚規於縣邑，郎陪京也，多優于職事，入奉太君則歡矣，外猶局於推廣而施勞。今所以見功遂志者，視令與郎不翅倍焉，太君悦矣。雖年增也，悦而返童少，雖道遠也，悦而若几席，公又安徒在乎晨昏温清、佐餕治餔饈，爲恭且孝而已！

諸文學先生𩑶然曰："是可以解公思而善爲太君弘慈也。"則請書以爲寓觴之獻。

壽秦孺人序

孝廉黄君燿欲爲其母夫人秦壽，諸客過予徵壽辭。孝廉君因具述母平生，則己一身三母，並時在堂，而非如衆兄弟之母若前後繼者。怪而叩之，乃知母秦配孝廉君尊甫文學公，壯歲未子，因爲文學公娶如夫人者二人，施次之，柯又次之。柯出孝廉君，三歲而文學公没，三母煢煢共守孝廉君一子也，而以有今日。今者孝廉君不忍口言秦母嫡，亦不忍口言施母庶，則若别二母於其母也。又不忍口言柯母生，則若别己母於二母也。三母以少婦寡者，今孝廉君壯且强，三母皆蒼顔而白髮，皆足壽矣。念壓於秦母，壽秦母所以壽二母也。蓋當文學公之没也，秦母無有不終之義，處於不猶之命，藐諸三歲孤所不知者，存亡二母則無嫌不終也，即不得事其主、視其子。柯母無有不終之心，孤一而已，異時長也，能爲衆人子乎？而皆母我。施母則又無嫌不終也，共翼而分哺，遞噢而迭咻。母各以爲子，子合以爲母，少以爲之母，長以爲之父，主乎一室，有尊卑嫡庶之分，共利而同依，有姑姊妹妯娌之愛。夫非母氏廣恩以撫之，二母未必能終也；夫非母氏砥節以厲之，二母未必能終也；夫非母氏均慈以示之，未必不子孝廉者。以孝廉爲子，非孝廉母者，孝廉以爲母也。堂搆晏如，榱桷不移，是藐諸得一旦出襁褓中，任衣冠，起其家，昭其名聲，勗于先君之思。追念當時，厥惟艱哉，有烈丈夫之風焉。

人莫悲乎生而不識其父，而莫幸乎遇此母者。美矣哉！筓衿之砥柱，慈貞之嚆矢，天地所以久存大道，所以不毁世教，人綱永永斯維，是以久特聞，而衆人所不能匹者也。於以壽母，不亦悠哉！於是諸客皆曰："善，勝乎以百歲祝者。"遂以爲母壽。

壽黄母序

友人莊伯暉與予善，拉其彌甥黄生調鍾從予遊，予因得交其尊人振林公。而久之，振林公選闈得雋。會其年之八月爲母太夫人壽，黄之諸宗高母之年，榮子之雋，則合爲母氏舉觴，使調鍾徵予言。予問調鍾："子之祖母年幾何？"曰："八十所矣。"則曰："吾子之家聚指幾何？"曰："數千。""子之尊行有與子之祖母同輩者幾何人？"曰："不能以四五數。""子之尊行，有與子之祖母同年，而得觀其子之得雋選也有幾？"曰："不能二三也。"甚矣，振林公得奉母夫人之難也！黄氏之族，泉中爲望，以科第簪纓鬱起者大不乏人。其身得雋於時，其親八十見之者，已不能二三。甚矣，其難也。科第矣，或不能及父母；及父母矣，或不能以天年究之。則今日振林公之得於母夫人，難也！父母遣子學矣，或不能廪餼，得廪餼矣，或不能取科第，乃科第于人常可忽指取也。廪餼庠膠進成均焉，遠者非三十年，近者非二十許年，不能得也。則其間或有中道失者，或有幾失而復得者，則今日母夫人之得於振林公又難也。

大凡人之相與也,久則心相悉而愈歡,久則意相洽而愈親,久則情相關而愈難離。大凡母之衽子也,多在二十以上下,其十餘年則豢穉之日也,而不得孝焉;其十餘年則豢驕之日也,而不得孝焉,而母之年已四十矣。四十之外,或其力之不得遂焉而不能以孝,或其遇之不得順焉而不能以孝,過此以往,未之或知也。生于膝下,一體而分,其母以八十齡,音容久承之矣,意志久會之矣,而己之齒亦因以久長。其閱歷日久焉而順,其情性日油焉而生,則歡親而益難離之尤者也。子則子之日,母則母之日也,今者振林公上事母夫人之謂也。母夫人健勝聰明如平生,振林公天性少篤,疇昔亦無不遂不遇之遭,而今且有捧檄喜,母夫人皆嘗食振林公之食矣,獨未嘗嘗君之禄也。則自茲之日,皆振林公善養母夫人之日也。母夫人之日也,進焉而加稀,振林公之日也,戀焉而加愛。故曰:"子則子之日,母則母之日也。"

母夫人德善行誼具載黄氏諸宗睹記,予是以不具論,論振林公所以得孝母夫人之難如此。母夫人,前新興令玉泉先生長女,伯暉稱之曰丘妹,故其稱調鍾也曰彌甥。

壽陳太恭人序

人稟陰陽之性,受天地之命。凡其踈暢洞朗、豁達有爲者,則其作事必遂成。作事遂成,則其受福也必多。凡夫萬品榮盛,百昌條茂,日晶天瀅,停峙變化於其間者,天地之德也。人而象之,其得天地之盛德氣也多,而取多福也宜矣,無論丈夫、女子也。人稱丈夫之德者曰"處女",而稱女子之才者曰"女丈夫"。丈夫得天地之動德也,才居多於德;女子得天地之静德也,德居多于才。丈夫才也,而德若處女;女子德也,而才若丈夫,豈非世之所希覯見而造物福焉者哉?

予里中今者縉紳鬱起,冠蓋結軼,士大夫奉有高堂之驩者不可一二數。其有母夫人貴且壽,受其子恩寵於朝而其身有榮施者,類皆有貞靚懿美之德,然而未有若陳中丞公母太恭人,才即所謂才,亦素提挈米鹽絲枲間,以無非儀。或其煦煦嘔嘔，爲施於里媪巷婦，而未有如母恭人之疎暢洞朗、豁達而有爲者。太恭人既貴，在儔侶中，不諱其少窮困，多所施與縱弛，周人之急、平人之質，人人無不自得意。里中後進交驩中丞公者，太恭人時時以子畜之，數過從，綱紀其門以内事。中丞公與諸弟雖母愛太恭人，實憚肅如嚴君。太恭人所自處粗食澹衣，早興晏寢，行年八十，有寒閨之意，謂曰"女中丈夫"，不信然也！

昔者天子眷顧西南方，念羌駹僰筰時反覆，令中朝推特達通敏威重而有猷者，皆曰亡如中丞公。中丞公節鉞滇南七年矣，蠻莫頫首，緬猛受命，有以懼非常而晏厥成。天子嘉中丞，賜金增秩，久填撫其處，不復借箸煩而拊髀思。海内士大夫日夜相與推仰中丞公才爲不可及，而孰知非此太恭人不得如此中丞公也耶！太恭人一日加匕箸，則中丞公一日爲國家圉邊陲以寧西南，又轉而圉西北以爲長城，又轉而爲柱爲鼎廟廊之上。天壽我國家，必藉中丞公，則其爲壽於太恭人也，未有量也。蓋太恭人取天地盛德氣也多，其生也造物者先予之矣！

壽顧母序

孔子曰："妻子好合，如鼓瑟琴。兄弟既翕，和樂且耽。"父母其順乎，啜菽飲水盡其歡，斯之謂孝。《書》曰："厥父母慶，則洗腆，致用酒。"善矣，夫何必顯榮哉？

顧母者，先贈公之妹出也。母氏之舅歉齋公與先贈公同治舉子經義。前輩朋友相厚善，所與先贈公聚而治經者，凡十餘人，皆以婚媾好，而歉齋公以先贈公故，故納其妹女爲婦。母氏所歸者，則爲習齋公。習齋公爲人恂恂，以儒生終其身，竟年五十餘。母氏則以身撫五男，左提右挈，去之今凡二十年餘，而母氏七十矣。予之先姑早寡，而能持其家，母亦四十餘寡，而能持其家。予先姑平生晨昏治家，寸積銖累，無纖毫妄費，母氏亦以晨昏治而寸銖積者。予先姑口不妄言，身服質朴，雖粗衣厚絮，無鮮明之氣，而母氏亦以簡默質朴自理。甚矣！母之似其母也。予爲兒時，母氏過予先贈安人，常以旬餘乃去。而今予家之姑姊妹所與母氏相與者，半非昔之人矣，而予先姑子若婦已不及與母氏爲兄弟處矣。

母氏寡有年，而其家子已不及膝下養矣。則今顧氏之二三兄弟念其母氏拮据之勤勞，而思一觴奉之者。甚哉，其有合於周公、孔子之訓也！子之於父母也，思其平生，則念難焉；追其前難，則念幸焉；私其念幸，則念孝焉，孝之爲道，順慶歡而已矣，而不出于妻子兄弟、菽水洗腆之間，此聖人之教所以爲易從而人宜自致焉者也。甚哉，顧氏之子有合于周公、孔子之訓也！

顧氏子，其仲者讀書積行而爲儒，其叔與季嗣厥股肱以致孝養。諸孫方振振起其家，所以持而致之母者，又當不獨如今日而已也。

壽李母序

李子夢帥舉武科進士，授裨將，守川沙。亡何，迕當路解職，暫歸里。閑無事，則執贄請業於予如書生，予謝不敏而不能避也。居有間，其母夫人張七十壽。李子則過予曰："夢帥年十四背我先人，我母四十耳，我兄弟四人，兩者僅室家，我弟尚襁。我先人，海濱之人也，生無所遺諸孤，我母力貧以育以教，以有今日。夢帥，武夫也，上不能得國家一絲一綸爲榮，下又不能如里中豪列珍羞、考鐘鼓爲吾母壽也。既無以壽吾母，因而追傷先人不壽，不覺泣數行下。已而思之，惟得夫子之一言庶幾焉。"於是，何子聞其言而重違其意。

予惟國家制文臣之賞，官三歲上功狀，狀無害，予恩封其親。武不得矣，須有軍中功，軍中首功鉅伐，又率歸大將，裨將搴旗陷陣，敘官論賞耳，所得予恩封其親者，大將也，不然，則世胄循常例者得之。白衣繇武科進士，予恩封親難矣。然則李子固無以悦其母也。母之於子也，皆欲其坐有袴紈鳴箏跕屣之樂，寧欲其披堅執鋭，立于矢石之下。且夫臣子之愛國家也亦然，寧日夜跂首望多事，我披堅執鋭爲矢石立者。而白衣繇武科進士，欲邀國家一絲一綸，漸至大將以悦其親，非是無繇也。川沙，一亭一障之任耳，嘉靖中皆戚少保、劉湯諸總兵蕩寇除兇之地，繇此起其名，大其官爵。今也波濤不盪，艅艎晏如，李子一守其處，逡逡若隴西文臣，倚太平、坐高堂，大呵喊屈，折諸介胄，曲拳擎跪，稍不中心，關其舌而奪之氣，李子何繇得悦母也？自李子登武科之後，國家東有朝鮮，西有播酋之釁。今關白天殞、應龍自剄，李子不得操一戈從行，是命也。夫守一裨將，坐迮當路失之，李子又何繇得悦母也？夫北郭騷，古之列士也，乞養母於晏子。子路敢行三軍，負米以爲親釁，寧兔罝鷹揚之姿，不貧養也者。國家文臣一廢不復，武則可屢起，暫歸而射虎南山之下，且佃且漁，據目前爲母養，安知非造物者假手當路文臣，齮齕李子以成此悦也！

今日北堂一觴，致賓客羅而拜之，母寧不快年四十時耶？母固不願子之堅鋭立矢石，而李子不可無其心。爲臣子者固不跂首望多事，而李子不可無其具。有其心而具豫焉，得時則駕，此李子悦母時矣。

壽顔母序

吾郡安平鎮之爲俗大類徽州，其地少而人稠，則衣食四方者十家而七，故今兩京、臨清、蘇杭間多徽州、安平之人。第徽人以一郡而安平人以一鎮，則徽人爲多。是皆離其室家或十餘年未返者，返則兒子長育，至不相別識。蓋有新婚之别，聚以數日離者，語曰"十婦九妬"，非虚語也。以如之爲俗，婦恒不得與丈夫久處，固難之矣，而復不妬，則尤難也。婦之不妬，非曰任其丈夫耽縱自恣，不一儆攝之而已。或有其丈夫未子焉，廣之媵置，以嗣事其祖宗，此不妬之正者也。其丈夫未子，薦之媵置，冀他人子也，而竟已以子者，此以不妬報者也。既已子矣，慮其單弱不足拓先祚，而猶以媵置進，此尤不妬之見以遠者也。而出於不得與其丈夫恒久處者爲之，此不妬之大者也。

蓋予之同年兄顔君植庭語予曰："予家有從嫂，歸吾從兄某者。今侍御潤寰龔公，從女兄也，歸時值吾從兄家甚約，奔走衣食，什九在外。姑吕年老，嫂奉之孝敬，大當其心，臨盡稱吾嫂孝。吾從兄早歲未男，時時謀爲置側室，久之已則舉男，然尤以單弱慮，更擇宜子者進焉。今嫂氏之子名甲登者，補郡弟子員，而爲吾嫂所置出者名嘉胤，亦向學守其家。吾兄殁十餘年矣，二子所繇不墜兄緒，倚賢母也。至其端重静一，尤吾平生之所畏。兹年七十有二矣。吾侄子甲登欲求子一言張之，子其毋辭。"

夫植庭君平生固不妄譽人也，而况其家門之内顔、龔二氏族，予皆習聞其風教，益知母德所繇來。以母之見以遠其心，正以大天所爲，母氏不妬報者，其將後益昌，不特甲登有今日而已。抑予又得讀莆人佘宗漢昔年壽母詩，益知甲登交於四方賢士君子，以求悦其母矣！

壽黄母序

古者姓族繁衍，婚嫁往來，若崔、盧之門，朱、陳之村，子女姻娅，累世不絶，後世亦侈之，非其借族望爲重也。族之爲望，其人實衆，以世其家之爲女，喻於内教之所明，而詳於壼政之所熟，則其奉舅姑也孝，事君子也德，畜子孫也教。蓋與織紝絲枲並承而爲業，固無所借訓於外也。織紝絲枲承焉以爲業，其所業必精。孝義德教之訓漸於耳目，成焉若習，化焉若性，其有行也，則必有令譽矣。婦人之有外譽，非其出閨門之謂也。尊嫜宜之，子孫令之，上有補於其宗，下有補於其家之人，則其譽也令矣。譽不出于一時，而况足以傳諸遠，則必有君子之言以章之。君子之爲人也，非德善不譽也，非慈義不稱也。故得其人傳之，則遠傳矣。婦人雖無遠於傳世之心，而子孫與其家黨姻戚之人，固不忍使不聞也。

予之所以爲言者，武榮蘆川之黄孺人而出於阜陽之蘇者也。武榮有蘆川之黄，望族也，其有阜陽之蘇，亦望族也。孺人所歸之夫子則肖峰君。君伯仲四人，出自二母，而上有嫡母張孺人。事其所生母猶其嫡母，事其旁生母猶其所生母，而人稱孝。嘉靖之季，海上中寇，人人孔棘。孺人相夫子百凡拮据，家道乃振，推夫子之友及於諸昆，而人人稱德。夫子既没，孺人所舉子運卿、天卿、君卿，皆孺人養且成。其訓行於其子，至弟代兄難而脱其困，而人稱教。

運卿游南成均久，念孺人春秋高，謀所以爲壽者，其姻傅君輩以來問言於余。凡孺人之望族懿德蓋如前所云，而余之言有媿於君子爲不足以傳。然予所以傳孺人者未可知，而孺人所自壽於天者已可必。夫傅君輩皆武榮望族，亦習見夫衆以世有女德如孺人者，天所欲壽也。

壽李太君序

山非不高矣，而地載之；海非不大矣，而地涵之。地也者，所以孕山育海、生高大於無窮者也。地生高大於無窮，而不自見其高大，然而知山之高、海之大者，則以爲地而已。

予同年李君克蒼，始以少年進士作牧六安，最有能名，入爲比部員外郎，優游逶蛇，可得守相監司。而克蒼君蒿然國家之慮，直言被謫，稍遷至禮曹郎，茹荼以歸，見擯明主，守補銓曹二歲餘不得一命。克蒼之爲人，見慷慨氣節之士，慕效追隨如不及，人有困阨，拯援恐後，才能有可爲者，力爲推輓，不使人知，其於他人之名位重若己之名位。予與克蒼同爲禮曹郎時，銓曹已推克蒼爲尚璽丞，克蒼連上二疏，名已奏，竟不得中旨，二十年進士，尚一郎官而已。克蒼氣節之高峻，海内視如聳峰絶嶽，不可攀躋，而一接其風度，聽其言語，温温舒舒，包茹含納，千彙萬狀，白黑了於心胸而聲色晏如。甚哉，克蒼之氣節似山，而其宇度如海也！而有吴太夫人者，以爲克蒼地。不有是母，安有是子哉？於是十月廿九日爲太夫人壽，克蒼使客歌詩百章曰："吾且百歲祝吾母也！"而問壽序於余。

余謂太夫人者，克蒼之地也。人徒知山之高也，上拔千仞，干于霄漢，而或有複岫疊崗、深虚而邃秀，或有衍谷夷陵、谽谺而鬱紆。今夫海有時乎恬風安瀾，有時乎激日盪天，凡造物之變化也無常，而君子之學，精微廣大，遊乎無端，而錯綜不可象，其本在於静以應之。夫静者，地之道也。太夫人所以爲母，是宜克蒼所自進其平生，而大壽太夫人者也。

壽林夫人序

縉紳大夫之家，淑配賢媛則有之矣，其有通女典、閑文史，曾不一二覯也，遠者毋論，我朝則有楊升庵、孫季泉二家夫人。楊夫人之詩翩翩乎風也，孫夫人亦自能詩，至又能知時文，以占諸子科第高下，抑復難矣。嘉靖之初，桂文襄公嘗請開女學以明天下之婦教，其事竟迂而不能行。男之不可兼女也，門内之治也；女之不可兼男也，門外之事也。至乎書史文章，固可通焉，故古有彤管之載、女史之誦也，然而不可以立學教也。黄帝問道於廣成子，窅然喪其天下，黄帝與堯之妃不見於傳記，舜妃以堯女得名，則云蛾皇、女英，亦昧其行事。惟周家太姒則若以文章顯者，然使黄帝修道而成，不以天下爲意，恣堯、舜挈天下與人而無顧戀之心，此殆身處后妃之尊而心若高夫廣成、巢、許之行而慕之焉者。若夫孺仲之妻、萊子之婦，其文辭亦不少概見，後世徒得其一二語以爲高。至於蔡邕之女、竇滔之妻，豈不爛然足述？然而不名婦德也，此猶士之文章行誼有不可得兼者矣。

砂塘蔡先生夙秉希夷之尚，自尊忍辱之宗，怡神載籍，玩心詩賦，精臨池之技，求書者屨滿户内。其所自娱棋奕書畫、彝鼎古物之好，聲色衣御無一足動其心。仕粤參藩，年五十餘致政。歸而倏然，無涉於世，席門窮巷，四壁蔽風雨而已。里中以是尊先生行誼，而林夫人實成之。先生仕則無交謫之憂，居則有階隱之高，人亦謂夫人難矣。而夫人乃又通女典、閑文史，如曩所云楊、孫二夫人者。凡先生之希夷忍辱、與世無競而無涉者，亦所謂窅然忘天下者也。先生早隱，而夫人不言廢；先生無營，而夫人不言貧。是以先生以童年得雋，仕至上大夫，里人皆以不艷先生而稱先生爲孺仲、萊子，亦夫人之德聞也。夫升庵先生以大魁爲天子載筆之臣，其節概偉然，至間關行伍間，老而無悔，其夫人可知。孫氏簪纓之族，至夫人之家，其子益盛，有開必先，不偶然也。蔡氏固亦以簪纓名吾泉，夫人上有先生而下又得調中爲之子，其所行事與所遭遇，行先與楊、孫二夫人而三焉，故於調中之請文爲夫人壽也，書以爲酒觴之佐。

壽黄母序

《禮》曰："寡婦之子，非有見焉，不與爲友。"而王道思解之曰："《禮經》之爲此言也，所以訓天下之爲孤子者，使自勵也。天下之至無幸者莫比於孤，古人必待其見而後與爲友，則將無觀漸於前後，切磋於左右，而師友之益廢矣。"然則作《禮》者之爲此言也，又所以勵天下之爲寡婦者，使自教其孤子也。夫其人道之歡失於内，則人事之維弛於外，形影之弔悲於目，則姑息之愛生於心，爲寡婦者之欲教其子，不亦難乎？内不受教於寡母，外不受益於師友，因知孤子之與寡母當自兩相成者也。

友人黄賓宇君，所謂寡婦子也，其稱孤十一歲耳，而母孺人張之喪淩峰君，四十有六也。淩峰君上有瓊州太守後溪公爲之父，下有參知似山公爲之兄，今蘇郡掌固心溪公爲之弟，一門貴盛，而享壽之道於淩峰公獨嗇也。孺人有二姑，其一所生淩峰君母，晚而瞽，孺人獨身奉瓊州公以及二姑甚孝。賓宇君與其弟若女兄弟婚嫁之事，皆孺人孑孑而肩之，此女男子者也。而所時時舉以教賓宇者，曰："古人有云：立身行道，揚名於後，以顯父母，孝子之行也。"又曰："無子弗傳，子以志養。"此殆庶幾古所謂賢母之能訓其子者歟！

人情親十則壽，孺人今七十加一矣，以賓宇去歲遊成均而不及，是以今歲稱觴焉。夫賓宇今者雖烹熟羶薌，極戲綵之娱，於孺人荼苦之年不能十當一，惟有行道養志如孺人所時時舉以教者而身行之，是爲報孺人。然賓宇身雖未達，其文章翰墨，綽有古人之致，蓋已自見朋友間，抑以母氏之賢。予方將繇賓宇而稟承孺人之慈教，不特因賓宇之見而與友焉者也。

壽楊夫人序

予讀《采蘩》、《采蘋》之詩而歎婦道之修也，夫非其有家之助，貴而能勤、富而能儉而已，亦繇卿大夫潔白之德、質素之風行於閨門之内，爲其妻者相安於無可相安，相爲於無可相爲。故當時之爲卿大夫者，進則以事其君而無温飽之意，退則以教其家而無奢泆之衺，而周家有道之長所共成也。及其後也，北門之大夫雖其埤益鞅掌之勤勞備於一身，然摧讁之私亦因以起，即賢人君子不改其操，而反顧内尼之懷亦或有之矣。

鍾魯楊公爲丹徒令，入擢黄門，累陟太常、京兆以至銀臺之長，日不爲不久，官不爲不尊，然及公之子黄夫人在也，而無以爲家，此其於公何如周卿大夫，而夫人何如周卿大夫夫人也？當銀臺公方貴，夫人絜修中饋，治其肴尊核果以將銀臺公交游賓客，海内之賢士大夫無敢慢不飭，内自操淡食，苦綦縞之衣、大練之裙，而若不見貧。今銀臺公往也，人意公爲天子卿執之臣，雖不温且厚，亦可以家而始不見富，則夫人於周卿大夫夫人何如也？人惟無意於肥家則已，仕爲縣令，錢穀賦訟之入在其掌中，則可以家；自爲天子耳目之吏以至卿執之長，皆後塗之所推擬，遠目之所注望，其往來問餽非不足於金幣，則可以家；令夫人當時微見，牽制吝嗇，則可以家。有摧讁之私如北門大夫之妻，銀臺公豈得無顧尼，則可以家而竟不能家也，此於周卿大夫夫人何如也？今世論士大夫者，其鐃便孳息則嚄唶羡美，乃退而覈之，不能無求備之言。其無以爲家，將群嘆以笑曰："渠公騃且拙。"至定人品終歸焉。銀臺公人品已久定於身後，而夾助之功，故不少於夫人。然則夫人無以爲家，何如銀臺公之有以爲人！令夫人今日而有以爲家，吾恐銀臺公見求備也，此當成周之時，當有採風頌德之人詠歌而載之。而今也夫人七十，老矣，諸子欲爲夫人壽，又烏可使予之言不附薦於夫人之壽觥哉！

壽秦夫人序

在穆廟之時，新鄭柄國，有意延攬海内之賢才，而吾鄉鷺波秦公特受其知，繇海陽令擢給事黄門。公無所濡染於相國之庭，出爲藩臬，竟挂冠歸家，無中人之産，囊橐蕭然。問其所繇，則公俸賜之餘，悉以委諸弟，恣其出入不問。當是之時，泉人莫不歎公孝且友，而所以然者，實黄夫人善承之也。夫人雖厚遇其兄弟也，亦豈有不善遇其室家者乎？公之悉以俸賜公諸弟，不爲己子孫芮温充鞔計明矣。有夫人焉，從中撓之曰："獨不計子孫？"則亦慊慊纖且吝。又從私畜藏，亦曰"聊以禦冬"，此亦夫人之所得爲也。爲君子私子孫之心，雖不及爲君子愛兄弟之心，然以此告其君子，亦居家之當而人道之常。夫君子也而無有不善遇其室家，則於此亦有阻且尼焉，所以厚遇兄弟之心必有所分矣。夫人孰不爲子孫計，其子孫不能卒明祖父之意而善守之，終至家不踰中人，蕭然囊橐者何限？而秦公獨以此有名孝友間，固知夫人所以成公者大，而相公者遠也。

公既即世，公子伯起有文諸生中。人方謂公有子，而不第者久之，其貧困特甚，人且疑公當日不爲之計，而并以疑夫人。去歲伯起用諸生連舉進士，於是知天之道猶張弓矣。伯起雖業起家初授南北部，貧不減諸生時。然念吾向者奉二親幸而得名，獨吾母夫人在也，急請急爲夫人壽。伯起誠欲壽母夫人，然伯起固非夫人出者，夫人出者乃有文學諸弟。夫人不用後母見慈，而伯起不用前子見孝，蓋母子之間，外人皆已忘之，而不知此又見夫人所以善畜伯起者，不徒其善承秦公之志以處其兄弟者矣。

壽王媪序

子之事父母也，孫之事祖父母也，莫不有可以自致之情。不就其可以自致之情，必求世俗之所爲快者而後爲事，則所以事之者無時，而情幾乎虚矣。故曰啜菽飲水盡其歡，斯之爲孝。歡之爲言，固有出於啜菽飲水之外者矣。

王生有棟與其尊人復齋公始爲富家子，既而中落。有棟嘗讀書予舍，雖至貧，得羸錢必割肉以奉其祖母。既則又貧，至無可炊，其稍有羸錢，則復割肉以奉其祖母，既則又貧。友人皆笑之曰："是毋寧以其餘錢預畜炊，而不使至無炊乎？"即予心亦然，而王生不然也。度生之心，當其羸錢時，其情有不能已矣，使其嘗畜爲可炊者，則理家之政者爾，何以稱盡歡之菽水哉？推此一事，生所以歡其祖母可知已，而復齋所以歡其母又可知已。王生讀書日益進，從受業者日益多，束脯寬於人。兹夏則復謀所以祖母壽者，徵文於予，而祖母之歡亦可知也。予邑故有松莊蔡先生守考亭之緒論，以溯洙泗之傳，而生之祖母實爲之女。予邑故有未齋先生，綽有古行，落魄不遇，以文學終老，而生之祖母實爲之婦。以其父與夫之若是，生祖母之賢則又可知。

王生每口及其祖母，必曰吾外祖松莊，曰吾祖未齋公也，其存念也如是。故予因生之爲祖母壽也，頌生之歡，非徒美生也，所以進於洙泗考亭之訓，而合於色難養志之義也。

壽陳太君序

珠之爲寶，獨産於廉州，淮夷、大秦不著焉。夫其胎於蚌蛤，潤於淵淪，何與於方諸？而月盈則實，月缺則虧，其應也如是，其於人也亦然。隆南陳公以《毛詩》解閩第一名，於外徼重於天下，天下視陳君如千里之照、五夜之光，問誰方諸，則曾太孺人爲之母。公爲靈山令有聲，太孺人拜朝恩之賜，今年八十有七矣。太孺人之於年也，其盈矣乎！靈山公道則實諸躬，政則實諸民，以是徼天之靈，則福善吉祥實諸母，公與太孺人交相應者也。漢有廉吏，合浦之珠皆還，然則是珠能飛徙。公今爲政於廉州之縣，珠還當益衆，實益以多，以有太孺人之盈也。吾聞圓折之淵蚌殼半張，超海而飛，若光若月，故晉人謂之海月。月通於潮，其氣靡不噓也，靡不吸也。珠能涵月，月又通氣。靈山公之於太孺人也，奚取不甘旨，奚所不晨昏？豈必膝下哉，豈必膝下哉！

壽陳母序

友人陳君遴九既薦於鄉矣，尚擔簦鼓篋讀書城邑中，如諸生時。陳君居洛江之滸，十九在城邑中，予喜陳子之勤學不懈也。是秋，陳子將爲母夫人壽而問予，予則問陳子所欲壽母者。陳子曰："予母今年七十矣。平生績作治家，無敢一日休暇。所教兒子亦然，而獨喜兒子讀書，所以課責之者，亦如其績作治家不一日逸也。"

夫自先王上世所以教其民者，既有仁義禮樂爲之維持其大綱，攸叙其彝倫。其外則不過導之使遂其生，得其所以養身持家，至於久久而不困，是以五民之子使之恒爲五民之業，不見異物而遷焉。無日不討其人民，而申儆之曰人生在勤。至於夫里之布以罰不毛游惰之家，佚游之士冠以五寸之緌，而不敢私棄去，要使天下之人其筋骨常强而不弛，其精神常新而不怠，毋有淫心舍力，隳墮天之所以生人之意，此先王之世之盛也。其流風餘教至公父文伯之母尚能誦而傳之。至於後世，則聽其自勤自隋天地之間，博塞推（椎）埋，恣睢閭巷，有司不以治。而今自大江以南至幽冀之北，婦人率安坐閉門，仰口待哺，此又風俗隋窳之尤者也。

陳子所居洛江之滸，倚山當海，有耕作網罟之利，不則可以從海賈，泛大舟，浮江湖。其門官道也，縉紳冠蓋驛使之所馳逐，母夫子教子以勤，而命之勤者，又獨先讀書。此其於以養身持家，既有合先王之訓，又其所以命之勤者，與孟氏之母三遷得學宫之傍何異？《詩》(《禮》)曰："耆欲將至，有開必先。天降時雨，山川出雲。"此所繇有陳子也歟？陳子進而上焉，則有蚤夜孳孳，聖賢是師，出爲王臣，不懈于邦家熙帝之載，奠安黎民而心誠求之，斯所以勤於學問邁征，成久大之德業，而壽母益遠以厚矣！

壽賴母序

予邑有韋孝子者，痛其母節不聞，請旌於朝。且得且失，垂三十年而不倦，母始得旌，吾泉稱之曰"韋孝子"，今其子孫簪纓不絶。予家有寡嫂守節者三十餘年矣，予爲求旌，當道弗與也。與獎曰必至貧苦者、節至奇窮者。甚矣，節女孝士得聞於天朝之難也！韋孝編户之民，求之三十年而始成，予雖家貧，尚及中人，猶不能一日得之胥史而輒聞之有司。而今曰必至貧苦者、奇窮者，則亡論聞之朝廷之難，又安得朝夕至有司乎？朝廷之任官也，三載無過即得遷矣，九載無過得異等矣，守節自二十餘歲以至五十而得旌令甲也，而曰必至窮困奇苦，豈令甲之外又有特節偉行如荊軻、聶政之爲處閨閤之間者耶？蓋女之德不過曰貞而已，《柏舟》之詩亡他奇也。雖然，予所云者，爲人子孫之所以急聞其祖或母，而非爲人祖與母所以自居。

今德邑有賴母凌氏者，其先歸碧峰翁，而碧峰翁早棄母，母年二十四耳，乃今六十也。母氏風霜之所凄切，冰蘗之所堅忍，三十餘年間，不問可知。要以今日之所洗索，則非所謂貧苦奇窮者耳。乃予深有服於母者，先是母節聞邑中，其邑之宰旌而異之。母氏子喬若肇欲嗣爲請旌於朝，母氏不善也，叱之曰："吾求不没而先人足矣，更奚藉此！"母氏之意誠謂幽谷之蘭，豈待人芳！又若見得旌於朝之未易，而甘於無聞，此丈夫之識而賢士君子之行也。賢士君子之行也，不求必知，丈夫之見也，不覬必得，此予所以深服母。

喬與肇之友曰賴生㡘、鄭生瞻明輩，以母年六十爲喬與肇求予言壽母。母氏雖不善其子之求聞，然而邑宰異之，人人口之，今也二生又以予文壽母，亦聞矣。昔王道思贊節婦之不得旌者曰："明有王者之制，公有人人之論，而嚴有君子之書，苟不得王者之制，而有人人論之、君子書之，則亦足以爲榮。"予非君子，何足榮母，母氏之榮，又非不得而在不求，余即以不求壽母矣。

壽駱太君序

凡人生至切，莫如親之於子矣；而友道至契，莫如座主門生。夫其四方之人，一旦見知文字間，則爲之綢繆周旋，或爲謀其室家而計其行藏者，豈徒爲私暱厚庇如陸氏之莊而已，必冀其行道立身、爲功國家，以推廣吾所學也。親之於子也，莫不欲其任官得時陟尊、履華敭顯，亦豈徒爲其子計温飽而已，亦欲其爲功國家，以推廣吾之所蓄積也。然則親之於子與座主於門生，所期望一而已。人臣之誼也，曰以人事君，今有以人事其親者乎？今有不以綺縠粱肉，自文字間得士，他日有可以廣吾學而推吾親之所蓄積，如吾親所以望於吾者，是人子悦親之大者也。

武康駱公沆瀣，爲縣甌寧，其於莅官治民之大，既足以悦其親矣。是月之吉，爲其太夫人壽，而公門生張子鼎瀚告予曰："吾師之太夫人壽也，而鼎瀚無所以爲吾師獻。子舍則奈何！"於是何生推太夫人所以望公之意而推廣其學者有人，以爲即可悦母者，是爲壽太夫人之大者也。

壽王母序

孔子曰："父母之年不可不知也，一則以喜，一則以懼。"父母俱存，人之大欲也，二者不可得兼，亦有喜懼焉。父存矣，或不得母；母存矣，或不得父，戚然於父母之可以俱存而竟不得兼也。天之於人也何常？有可以俱存之父母，而竟不得父母,則父母俱不存焉,能違天乎?而今幸存也,斯人子所以喜也。父之與母均是人也,其年歲當相若也,血氣精神當相就也。一人溘然矣,而一人者得獨留,留也者,天之所以厚我也。天今厚我,昔也胡爲棄我,而不得兼也。庸知天之遽爲厚,不即遽爲棄,斯又人子所以懼也。懼之爲情,可以藏諸心而不可以告諸親;喜之爲情,則於親致之,與人共效之矣。而喜懼之意,又惟人子於母爲甚,母有不得偕諸其父者矣。彼丈夫也,有可以正續,有可以側置,外有可以朋友之歡,雜有可以聲色酒食遊戲之娱,則父亦不絶喜,父不絶喜,子亦喜之。而母不能矣,失人道之常而生鬱悴之感,蓋其可懼也乃居多於其父。

吾之爲此言也,爲王子鴻磐言也。鴻磐早失其尊甫處士公,是時母孺人年四十餘耳。處士公用積著起家,及其下世瀟然困。母獨依鴻磐,延師招友教之,不啻處士公在。而鴻磐不克早自振去,出居桃源之麓,母往依之。去歲始以書生再捷秋試,母氏始心開。是母自處士公下世之日,鴻磐可以爲母懼者甚多,而今乃始可喜。喜之,斯頌之,頌之,斯斑斕舞之,而賓客樂之。《詩》曰:"爰有諼草,言樹之背。"此其時也。夫父母之可以喜懼一也,予獨誦母之所以可喜、可懼者爲鴻磐致�報焉。若夫喜其身之稍得自振,不如向者落落穆穆,而又懼不能立身行道以顯父母,是於不可得兼之父母而同之。斯在鴻磐矣,斯在鴻磐矣!

壽彭節婦序

順昌邢翁盤澗來賈於泉,其母彭年八十矣。翁有子如震,爲諸生,受經於余,翁則使如震以書來求余之文以壽其母。如震之書曰:"吾祖父玉峰翁棄吾父兄弟時,年未三十也,而吾祖母方二紀,哭泣之甚,濱於亡絶,幸有吾父伯、仲、季三人在,强留而撫之。維時閩中兵荒,吾祖母携襁逃賊無虚日,育子之憫,蓋難言之矣。今也吾父兄弟,伯與季俱没,惟吾父在也,則惟夫子一言以爲吾父壽母歡。"

何子曰:爲人子孫之道,思父母之所以難者,則無不思孝矣。夫婦而室也,父母而子也,人道之常也,然固已難之矣。居室也而未必長育子,長育子也而未必能無饑寒疾痛，無饑寒疾痛也而未必能立家治身成爲人，蓋父母而常已難之矣。未必也，則有望可必也，則有喜可以必而固不可必也，則有愸然而思，跂然而想，是父母之常之難也。母也伉儷之體不諧於終天，艱難之狀獨力於人途，孰是非歲時，孰是非日月，何時釋此悲，何時得此歡，此人情之甚難者也。幸焉得釋其悲，幸焉得有其歡，八十之年有如一日，則天道之甚難者也。人情之難又有傷焉，天道之難又有阻焉，育此三孤，莫不成立，黄髮撫之，皓首承之，得長事母，僅留一仲，此又難而無常難者也。夫思人情之難，則興荼茹之歎矣；思天道之難，則動愛日之誠矣；思難中之難又有阻而傷者，則益思所以塞母之悲、延母之歡者矣。如是也，而後善爲人子孫，善爲人子孫也，而後善事其祖父母。蓋子孫之事其父母若祖父母也，竭吾之心，盡吾之力，而可以爲賢子孫矣。心者吾之心，力者吾之力，易爲竭與盡也，而祖父母之難者乃出於不可必之天，然則祖父母爲其難而子孫爲其易者也。斯言也，吾以答如震，以復於盤澗翁持以壽母千萬歲可也。

壽陳母序

陳子惟立從吾游有日矣。陳子居於海上，歲恒讀書郡城。陳子之居於海上也，入以奉其母；而讀書郡城也，出以事於學。故知陳子之從事於學以事其親，無時息也。學也者，所以明爲士也，而實以講於事親之道；事親也，所以習爲子也，而實所以踐學之理。子夏氏以學與仕分優焉，既不明於一貫之學矣，故其所以語於竭力致身與學分而二之。而子貢氏厭學之倦則托於事父事君以求息。夫事父事君而可以息也，則亦可以息於學也。

陳子讀書郡城，去其海上雖在跬步之間，未始無離合，然而吾謂陳子之學與其事親靡有可息者也。陳子之尊人既早不得受陳子之養，而陳子與其二兄所朝夕奉者，直有七十餘齡之老母在，陳子之二兄服賈服勞焉，力而□□□□□□學焉，心而致之母，陳子與其兄賈也、學也，雖出在外而心未嘗忘母，居則陳子之兄以其賈之餘、陳子以其學之實交之而致母，而母氏悦矣。古之人臣以天保祝其君，其所以致之君者，皆比之月升日恒，方至之川，莫非久而不息之物，則其所以自効之君者，亦必有不息之忠而後足以贊其君，而陳子之所以致其母者亦猶是也。

陳子從吾游有日，所以習於予之學而服於予之言者，既不以爲非而去之，予又益知所以與其二兄事母亦自有無息之孝焉。陳子他日將移孝以爲忠者，故并引詩人所以祝其君者以爲陳子之母也壽。

壽紀恭人序

治古之世，男安于耕，女安於織，士君子出而用世者，皆不離其本務。是以内外家室無淫心舍力之事，知民艱難而作其勤，此耕莘版築之徒所以侈於後，而采蘋采蘩爲士大夫妻者，猶以野饁宫功之業相君子也。治古俗廢，士與農分，于是華貴之族侈論門望，其有聰明特達通顯而用世者，率多高簡自將，不究知疾苦，居則聲妓膏粱之豢，而出則綺穀僕從之觀，閨門之内，隨之惰靡，有則以寒畯起家居在市井閭巷之間，日所習染，非羶悦之謀，則望塵之艷，其于出世之道遠，欲其旁周世務、事于本實而篤于忠誠者鮮矣。天下之事，惟朴爲可以持而實爲可以充。出而用世，推其道行之，而天下不治、風俗不變，未之有也。

慕蓼王公出於世族之胄，而居於大海之濱，少力農畝，奮而讀書，年四十餘遂奪解，選魁南宫，褎然子大夫郎署之間，出守太郡、陟爲學使者，處脂膏之地而不潤，踐融亨之途而不亢，而其恭人相莊而安之，繇其朴之有素而實之無他也。使公而生於古，毋論三代，即在漢晉之世，亦可以應孝弟力田之科，而恭人且擁絜負薪，一如吴氏晉陵之室，不可無褌，又當裂縑而笑矣。斯皆世道人心之係，公與恭人之生，夫豈偶然哉？予于諸公之請文爲恭人壽也，而于是乎有言。

壽周恭人序

士大夫出則砥礪於當官，而處也經營乎家室，此亦人情也。其出也，有事任之儆、民譽之極，所見無非官者；其處也，居食不可缺渝，子孫仰其庇翼，其所見無非室者。然其道恒相盭而不能以相成，于是以其居室之計行之當官之日，則其家雖可以居，而官固不能以有名，此士大夫之通患。而爲士大夫之妻曙于此道，尤賢乎其賢者也。

吾邑筍江之周爲郡著姓，科第蟬聯，頂踵相望，而其始廼自象峰公發之。公登嘉靖壬戌進士第九人，以郎官高等出守長沙。長沙人載公名宦之志，嗣是再補兖州，備兵徽寧，晉藩江右，所至有聲。公居官大要以名節爲先，廉謹爲本，而配王恭人善承之。公壽方踰中身，而恭人又公繼室，公捐賓御之日，恭人年三十有四耳，群兒呱呱，差池其羽。恭人從數千里外扶公櫬而歸，撫育諸郎，底于婚娶，母而師之。今皆森然玉立，翩翩諸生間，而恭人又出公餘俸蔽蓋第宅，斥置田産，使不失爲士大夫之後。夫公之所以居官者如彼，所以遺後人者則亦如彼，而恭人乃能如此者，道在勤儉也。恭人念公蚤捐賓御，無以爲家，而又不可不成士大夫之家，諸郎方在齠齡中，呱呱差池，習尚未端，趨操未覯，要當使其知生之之難，而用之也不敢以費，守之之節而出之也不敢以奢。彼已氏也，以當官之道先之，居室爲其後。人恒見夫充牣者之足以佚於志，而不慮夫廣大者之易於盡，用是其得之也雖足以居，而失之也亦恒不貲，則夫一舉而所以善相夫子、善教諸郎，其道兼焉。而恭人誠曙之也。恭人棲扃自嚴，無巫媪女師之往來，數縷而織，無女御酒食之治辦，名爲命婦，而實爲貞姜。按令甲而旌之，則業有翟茀之榮，而年不及於英韶之算。揆人道而喻之，則身遭風雨之晦冥，而志踰冰蘗之諒堅。此諸郎念恭人之德，于其以六十壽也，無所用貞以頌，而第即壽以祝。而予與親友一言以壽恭人也，不特表其貞，而直稱其賢足以當賢士大夫之配，良以貞者一節之極，而賢者累行之兼。然余雖以此壽恭人，而猶未敢謂足盡恭人也。

壽傅宜人序

奉常池公明洲以世廟時進士起家，令遂昌。遂，巘邑也，文書吏事不具，教化稀闊。公平其賦繇，整治獄訟，訓之詩書。秩滿已遷，邑人奔走乞留，得借再歲。登輿之日，送至江山界上，人屬一肩，以薦履誠，渡舟北行，更相挽曳，至今人立曳舟之亭于江縣之滸。此時宜人爲令妻矣。擢郎,主爵蔽天下之群吏,耳受心記,不爽辜功,綜銓賢否,區德分才,各稱其位。當權相柄國之日,外迂厥躬,内直其志,正直忠厚,獨苦並行。此時宜人爲賢仕妻矣。再晉奉常,以佐秩宗,朝著方仰風裁,而公已急流勇退。此時宜人爲名卿妻矣。奉常公引志明農,寂處海濱,舄履車騶,考德諮政,自非買舟拏筏不得問津,世人徒望聲光於渤澥之表、稽天之外。此時宜人爲耆舊妻矣。有子顯京,薦名天都,才于當世,元方、季方,名秩中外,門内外諸孫分行次列頷而撫之。此時宜人爲母、爲太母,與奉常公爲偕老妻矣。居而數易者,位也;榮而數膺者,名也;受而彌久者,年也;亨而彌厚者,福也。而問宜人所以爲奉常公偕老之妻,則還而念爲耆舊妻,則還而念爲名卿妻,則還而念爲賢仕妻,則還而念爲賢令妻,又還而念之,則傅氏之閨,池氏之婦,無改於初而已矣。其勤則猶初之勤也,其儉則猶初之儉也,其孝以敬、和以愛,則猶初之孝以敬、和以愛也。

聖人之著《易》也,以乾譬男,以坤譬女,以龍狀乾,以馬狀坤。龍與馬也,善行者也。龍善行天,馬善行地。馬善行也,牝至一也,一以貞行,故能合德于無疆。蓋《坤》之六爻隨位而易,而坤德一而已矣,宜人之無改于傅氏之閨與池氏之婦也,坤道也,地道也,户樞不蠹,流水不腐,于以配奉常公夕惕朝乾、夙興夜寐,無忝所生。推而遠之,世世爲池氏母,又世世可爲世人女、世人婦者,訓而莫非秉一之履,則坤之道。顯京求予言以壽宜人也,請以斯言質之奉常公。

壽楊安人序

建安謝劍雲公以名邑宰入爲御史,數言事,縉紳大夫方望公用,而公不盡其年。内相楊安人雖名命婦,牛衣萊室,無殊厥初。有子紹芳篤志勵業,奪雋南畿,安人顔開。而今者花甲初週,紹芳謀壽安人,乃求稍遠難致者以致之母而曰:“吾家在閩之北,何子其南,稍遠難致乎。”因爲予具告母安人之素,而何子得聞之。

何子曰:“凡子所以壽母安人,蓋難致者二,而子不與焉,而其可致者亦有二。其難致者,而母安人既致之矣,所可致者,吾子與母之所能得也。"蓋己酉之歲,建州山水驟發,浮蕩城中,居屋並高,安人坐屋棟者兩晝夜,得闔浮之乘以爲桴棣也,不力不能作篙勢,安人墜河溝之中,敗屋泛木杈枒溝下,承安人足,安人僅露其首,深夜之間茫無覩者,第有聞曰急救命婦,賴救得至,安人始甦。居一年而建州被火,祝融爲厲,若燎崑崗。安人所居對門宅煨燼矣,市門隘狹,相去丈許,母安人稽首籲天,天乃反風,居屋無虞。夫是二者,豈人力也?反火之風,鄰舍共之,水中夜語,此何神也。吾謂安人難致者二者,此也。

大凡丈夫之得壽也難,而女子之得壽也易。丈夫有滑和伐性之事,而女子以柔静專一得之,此母安人所可自壽者也。子也而患不能學,學也而患不能舉。子舉矣,用世出世有期矣,所謂立身行道以顯父母,此子之所得爲母安人壽者也。予所謂易致者二者,此也。難致者天,易致者人,因天以驗人,盡人以成天,予見安人之壽與吾子所以壽母安人者,兩無盡也。

于是紹芳蹶然起謝曰:"善哉!夫子能發吾母子之間。紹芳所欲求夫子言者,非其地之相去而難致之謂也,以難得夫子之言以善發吾母子之間之謂也。謝也不獨紹芳,惟先君九京亦拜吾夫子之賜。"

壽王孺人序

龔母王氏年二十四失所天歉吾公,其時建奕方十月耳,而又貧窶甚。於今建奕年五十餘,克有家,得丈夫子六人,孫曾繩繩,而母氏年八十一矣,則求母氏之内侄孝廉于賓君索余文以壽。

凡母氏守節之艱,與天所以報母於今日與將來者,皆未足頌母。而予深歎母氏之賢,有合於聖人《大學》之旨也。《大學》一書,首以止至善爲言,而其倫在於仁、敬、孝、慈、信之間。《易》言止者,莫如艮,次莫如坎。夫人之一身,目動而視,耳動而聽,口動而言,手足動焉而能行持。大而爲背,小而趾腓限輔,是皆不足當動之數,而聖人言此獨及之,此而常止則盡止矣。止在趾腓限輔,而所以止在心。不止則趾腓限輔皆心也,止則心皆趾腓限輔也。坎之爲止而至於習無不止也,習而有孚在心,險亦止也。憧憧往來,朋從爾思,其能止乎?斯丈夫士君子未之能也。匡衡之贊淑女也,曰:“情欲之感,無介於容儀;燕私之意,不形於動静。”善乎其言之者也。彼其琴瑟在御,房闥静嘉,而尚以爲德茂也。婦以失所天也,失所天而在於艷陽之歲也,不二庭矣,不重行矣。幽者不容其不幽,閑者不容其不閑,貞者不容其不貞,静者不容其不静也。返而至於太虚寧極之天,覩聞不及之地,猶有萌倪,猶有起滅,則悔吝之塗生焉。寂焉而若槁,頹焉而若隳,覺焉而若昧,苦焉而若甘,若是者見之,定養之至者也。自年二十四以至八十一也,耳目所睹記何限?牀笫幾何不契好,吉慶幾何不繽紛,姻婭幾何不譃笑,儔侣幾何不游敖,飲食幾何不衎衎,衣裘幾何不楚楚,母也視之,而悉若無有。其迨於今,契好或星稀,繽紛或雨散,譃笑或籟寂,游敖或煙消,衎衎或以餒,楚楚或以縷,而母氏不失其常焉。天之報母則異於昔,母之自持則如一日,得止體也。艮象爲止,坎象爲水。予於坎得母之定身焉,慇斯懃斯,育子憫斯。風雨霜露之險,慮子不足歷之;饑寒疾苦之險,慮子不足受之;外侮之險,慮子不足支之;内祀之險,慮子不足永之,母之以止而定身也。予於艮得母之定心焉,寂焉而若槁,頹焉而若隳,覺焉而若昧,苦焉而若甘,母之以止而定心也。坎止其用也,入於歸虚,蕩於沃焦,金石流不見其涸,百川騰不見其溢,水之壽也。艮止其體也,長於上古,不騫不崩而侔天地,以生以居,寶藏興焉,山之壽也。夫是地道也,坤道也,婦道也,則引以爲母壽,以明母之所以能有今日者,合於聖人《大學》之旨也。

鏡山全集卷四十九

序

壽章太孺人序

張子公仕自德化訪予,求予所以壽其母者。問之幾何年,曰八十矣。方公仕之少也,翩翩以文學名諸生間,入隸辟雍,橋門濟濟,有青者衿,萃海内賢哲之士與之把臂入見司成,講于禮樂絃誦之業,可謂盛矣,而不及專奉母也。一紆組綬得州涿郡,撫英雄之遺墟,覩畿甸之神臯,雙闕雲中,跂焉可望,黄紙詔書不旦夕至,冠蓋車馬往來都門者填軫連軿。公仕以其間交于賢士大夫,而不及專奉母也。判涿有聲,擢在幕府,地曰太寧,非如向者西接胡貊,寒霜烈風之所拂蒙,沙塞鹵磧,蕭蕭之馬移鎮内地,雄麗廣大,亞于上京,民人熙煦,土穀茂盛,所與朝夕二千之牧、六百之長,而不及專奉母也。

昔者母也從夫子涖于滇幕,在中州萬里外,文石之奇、罽琰之厚,亦既目洞身温,而兢兢獨子,惟恐其不任衣冠,齒於紳佩。公仕領倅入幕,去天咫尺,母氏抱孫子娱嬉而常有海涯天末之感。今也,一母一子聚首山間茅簷之下,可以向日林岫之表,可以行園汀溪之流,貫乎户下,龍潯駕雲,聳然而出其側,拔笋治蕨,舂(舂)黍釀秫,高堂無懸思之憂,愛子無游宦之懷,回視反顧,不覺昔之爲幻而今之爲真者。且也,夫人莫不有子,子也亦多躡屩離滐,登于皇途,至其歸也,擁阿堵、持籌算,屏居一室,饑食渴飲,目不涉文史之觀,而耳不暢咏歌之適,皇皇乎若有不終歲之經營。即有所以奉高堂,具甘旨,亦不出於口體之爲快。而公仕手不輟乎詩書,口不絶乎諷誦,篤于慈孝,恬于道德,于以奉母也若于天,而求以壽母也深於感。還而思于八十之前若謂今日之非望始,遥而冀于八十之後百之乎歲,而若有奢心而拳拳乎?益思所以若天而深感者,吾知且與母氏之壽兩無窮期也!

壽王太夫人序

《關雎》之詩,誰氏之作乎?是周家在廷諸臣之作也。若以爲周公之作,則周公自譽其母,天下之人其孰能信之?夫后妃也,豈徒不妬不淫於閨闈之間而已,疏附後先,爰有四友,其他穆穆布列、濟濟以寧,意者宫庭之内,别有以從臾文王立賢求士之美,所謂有人乎。繆公之側繼生周公,以有吐哺握髮之盛,天下之士悦周公,而爲周公頌母,而《關雎》之詩所繇作也。

予友顧所建所謂友天下之士者也。所建盡友天下之士,則母王夫人之教也。古人謂名譽不彰,朋友之罪。抑朋友也,能受人之幣帛饔飱貨賄爲之延譽收聲,使之不踁而馳、不羽而飛耶?相劘相磋,相嗅相通,而善也大矣。其劘其磋在於几席之近,其嗅其通在於州畿之遠,夫是之謂芝蘭之室,寤寐之思,雖欲不德成名彰不得也。已則善人君子,天下之善人君子有不推其父訓而誦其母教者乎?父之訓也,尊嚴而罕譬,是以有獨立之旨。母之教也,親切而詳誘,是以有三遷之型。所建冑躡武達,才擅文通,略以勇籌,行用仁積,居於淮海之濱,而縉紳挹其暉,巖谷仰其采。而溯厥所繇,實王夫人之教。是母是子,一以爲慈保,一以爲女師,一何盛也!王夫人使所建出而交天下善人君子,天下善人君子群而誦王夫人。甚哉!王夫人善自爲壽、善自爲名矣。

孔子贊《易》,首乾次坤,作《春秋》先王正月,而序《詩》則前《關雎》,良欲舉婦德之隆與男教並。夫詩也者,勝於情者也,情莫情於宫庭之内,聖人舉德而首情,欲天下之循婦道而修母教也。凡天下善人君子之言,所以爲所建頌王夫人,則既備矣。遠也又以《關雎》之説進,所謂以友天下之善士爲未足,又尚論古之人。所建以遠斯言也,副于壽觴而獻之王夫人,其爲所建一再加爵耶?

壽李孺人序

陳子鍾彦爲其舅氏顔君走書幣請予曰:“維吾舅氏有母在堂,年八十矣。

維母之遭中艱後夷，維母之德内純外健，敬奉尊嫜，中饋無儀，以佐君子大事克襄，則母氏之孝也；值家方儉，淺游深舟，君子賈行，維母居積，則母氏之順也；爰訓二子，勉以向學，教誨子婦，莫不柔嘉，則母氏之慈也；越至中身，君子大歸，而吾長舅繼之，母氏乃使吾舅修其先人之業，要第使無餒而已，此母氏之艱也；爰及今日，舅氏行四方，幸有以餬其口，甘旨之養不缺，定省之節加勤。母氏撫有諸孫，而吾長舅所遺呱呱抱子既四，孫曾繩繩，大且未艾，則母氏之夷也。今春舅氏蓋客游武林間，念母八十，躡屩亟返，圖爲母壽，惟求夫子之賜言。夫子而賜之一言，不特舅氏之榮，亦鍾彦所以榮吾母也。”

何子曰：天之于人也，不有艱之不有以明其持也，不有夷之不有以明其受也。婦人之德，曰純與健，居其固然，亦惟曰純，守其難濟，則必歸健。方母氏之孝于尊嫜，順其夫子，慈其家室，此母氏固然也。爰及中□，君子有不及偕老之歡，二難有不諧競爽之願，自非母氏健而守之，則中秉寧不終頹，而慈教寧不終弛？抑母不特如此而已也。當君子與其子客游四方之日，風雨晦明之感，晨夕門閭之望，皆結意懸心之時，母氏恒堅忍而居之，則當其固然之際，而已善爲健。《易》之稱坤也，譬之以馬，其德則順，其用之也則行地而無疆。維母之純，利用牝馬，至其健也，可謂無疆。蓋母之所以自持而受天之報者，得坤德矣。夫客亦有以駃騠語顔君者乎？是良馬也，生七日而超其母，至其所以良，必先求服焉！顔君而明于坤德之義，與所以服而能名良者，則用以上壽其母與自壽而致之母者，皆得之矣。

壽郭媪序

城中去横山四十里而遥，廣坡紆畛，沙徑泥岸，莽乎蒼乎，予冒熱而至者，爲聘卿也。六月暑杪，聘卿過予山中，欲請予至其舍。予曰：“大比之期也，子當有省行，奈何請我？”聘卿曰：“潔誠久矣。”則又辭，則不得。予曰：“其爲母氏壽乎？”則曰：“然！”座客皆笑予善臆，而不知聘卿性至孝，予所以臆聘卿之平日也。然則予之所以冒熱來者，爲聘卿之母也。天下之有可以理度情動大抵然矣，聘卿不爲其母，予辭聘卿如故也。聘卿爲予言：“是嫡母也，慈祥善順以事吾先君子，下以畜門内之人，中懷無嫉妬，以與吾母相忘于自然。吾母下世，吾所以見慈于吾嫡者益以篤。夫孝吾所合有也，母氏所以動吾劬勞之報者愈不能已。”夫母所以慈聘卿兄弟者，母氏有以感聘卿也。

予聞有以物壽親者矣，有以言壽親者矣，有以絲竹管絃俳優之戲以壽其親者矣，未聞有以道義之朋、切磨之友如予與聘卿者，而請以壽其親，則聘卿善于感母而予不感聘卿之孝，冒熱而來爲聘卿登堂而稱觴也，豈人情哉？遂書以爲壽母序。

壽金太宜人序

興國令蔡君鍾有來告曰：“鍾有不佞，吏於興國，所得幸無罪者，奉有大君子之明教也。維我赤城金公守在章貢，章貢之民被景蒙庥。公心在民，匪亟匪諼，維我宇下之吏以厥歲時，用修庭享，公不顧視，屏謝如仇，雖有惠太宜人甘旨在上，我宇下吏無繇先一匕也。惟吾子之言，庶乎可得公奉太宜人歡也。維公起家上第，當服曹郎，念太宜人之養，乞爲南署，曰：‘以將板輿，如行家園。’又曰：‘吾先大夫餘山公所嘗爲郎地也。’某有以知公明發，不舍二人，言則匪物，禮則匪財，用是知得公之奉太宜人歡也。”

何子曰：凡婦之道，用其順也。凡母之道，用其慈也。慈與順也，以行於家則未大也。偶於君子以從服官，産有佳兒，復見其成，此賢配德母所爲見順行慈之日也。今夫餘山公之起家縣令也，則在永嘉也，地富海錯，人饒資財。漆髹之器、縑帛之筐篚，名於浙東，公無遺也。今夫赤城公之守在章貢也，土鄰東粵，物産財賄，有東粵豐華曼衍之象，公不視也。士君子修其節於外乎，入其門内，而有無家之思、交謫之言，則不能無濡忍也。厥子守官，奉法而治，公乎有母在也，或以鳴鳩之愛爲美，則不能無圖羡於他子女；或以有行之遠爲薄，則不能無移潤于外昆弟。此亦非無情之人，而聽無聲、視無形者所宜念也。夫餘山公以廉竟其身，則太宜人善佐之也；赤城公以廉伸其志，則太宜人善成之也。太宜人之教不形於動静，而赤城公之心自誘其精神。赤城公不患己志之不伸，而太宜人不慮己懷之不喻，此其糠粃土苴猶足陶鎔夫加餐之雋、責鮓之陶者也。潁封之羹也，一飲一食，回君之心，而君子稱《詩》曰不匱，於陵廉高於灌園，而不得辭離母。起家子大夫，侈君之禄賜，取二千石而奉之者，則以二千石奉其母也。君於一州十邑之上，不以爲保姆，則以爲父師，奚翅一羹之爲罕譬，而一君之爲約納。故夫維則之思，在於能養，不匱之孝，廣於永錫，是母是子，金氏專之、古人兼之者也。

太宜人今八十有三矣，向事餘山公，近而未及久，遠而未及大。今也赤城公未艾，太宜人亦未艾，用以恩於蒼黔、樹於國家，餘山公猶生之年，太宜人猶嚴之君也。蔡君鍾有曰："小人不得養其母也，見人有母，如欲界之上仙也。母而出於我公，公也而奉太宜人之教以教我下吏以得幸無罪。其在今日，猶侍西弇之筵而與於方平之會也。"則夫余之爲蔡君一言，亦可比於青鳥之使，從官之儀，而介且擯於公母子間也。

壽何孺人序

天下有至變之遇，君子守之以其常；天下有至逆之遭，君子居之以其順。天之於人也，非故以變與逆爲人難也，消息盈虚之感，無心而自至焉。夫唯常守而順居之，此則我道之當然。舜、傅説諸賢聖之遭也，孟氏謂天若有意焉，天未必如此其屑瑟也。苦心勞事，偶然如風水之相觸，而諸賢聖以其順與常居之。夫是以憂悗易爲喜端，愁府化爲歡都，諸賢聖所以處之者，得其道也。君子若此，至於閨閤之英，衿珥之彦，夫孰云不然。

仙邑之有何孺人也，名家之女也。于歸陳君白川，生子瀹源，而白川公夭以歿也。孺人曰："吾妻道當貞。"哺啜瀹源君而教誨之，若不見寡也。亡何，瀹源君復夭以歿，孺人曰："吾母道當終。"與其婦吴孺人守其繈褓之孤曰胤祚。吴與孺人也，形影相弔，又若不見再世寡也。見其爲寡者，情也；不見其爲寡，與其爲兩世寡者，性也。感之以遇是爲情，恬之以道是爲性，安之以性是爲天。是以

“天只不諒”之詞不待入之於其耳,“嬰陶重行”之詠不待出之於其口。謂天難母,天無心也;謂天報母,天無意也。流行坎止,母氏遭焉,無平不陂,無往不復,天之道也。

孺人今有八十之年,晏然爲大母也,未必非天報母也。胤祚頎然丈夫子,績學嗜善,不遠百餘里走而求予文爲大母壽,以自處於順孫,未必非天報母也。使母百之乎歲,天尚有以報母也。使胤祚高其門而昌其世,天尚有以報母也。萬斛之舟,欻然入驚波巨浪之中,而今放之乎安流;泰山之松、徂徠之柏,雪壓霜欺,今也挺然千尺而獨秀,孺人福矣!天下莫大乎婦之貞、母之慈、孫之順,孺人兼有之,名節所以立,世教所以維,人世所藉以長存,乾坤所賴以不毁。大哉!守常居順之爲道乎!不佞之説君子也,夫徒以壽考昌熾祝孺人者,猶淺之乎壽孺人也。

壽林母序

安溪新峰林先生嘉靖中以學行爲諸生祭酒,厥子奕新君萬曆中舉孝廉于鄉,而皆無年。天啓初元,奕新君夫人王母年七十矣,宗人别駕我思君若而人造其子櫹,請爲孺人稱觴。櫹謀諸其弟曰:“吾兄弟置酒爲吾母樂之,歌舞爲吾母歡之。”母氏聞之曰:“而父生世而有歡樂乎哉?”櫹謀諸其弟曰:“吾爲母圖生以肖之,貽我子孫以奉之。”母氏聞之曰:“而父倉卒變而有圖生乎哉?”櫹謀諸其弟曰:“吾求君子之言以文之。”母氏聞之曰:“庶其可哉!”以告何子曰:“自吾母之于歸也,不獨我二公之無年,而有其二姑在,吾大父之弟尚泉君亦不有年,又不有後,吾母所奉三姑也。上事旁事,靡不肅雍,此其難一矣。母歸吾父,舉我兄弟,人曰有天;無幾何時,吾父舉孝廉,人曰有天;無幾何年,吾父無禄,天不可知。櫹年十三,次者八歲,次者在衽,母氏廿九歲耳。以二十九歲,上奉九十二歲之大母、七十二歲之母、五十六歲之叔母,下撫二孤以待腹孕,孰爲羹湯,孰爲哺啜,此其難二矣。母氏獨身耳,三姑先後棄孫子,誰袝之身、誰袝之棺、誰無使土親膚?櫹先世之二公曷有數畝之田以薦嘗蒸?櫹也兄弟曷有數椽之居?吾新峰先王父之遺書，孰使行之？檣也得遊夫子之門，又孰遣之？而皆母也，此其難三矣。"

何子曰："母氏無取于歡樂也，無時不歡樂也；母氏無取於圖生也，無時不生也。古之志士仁人，若逢于夷齊之倫，蘇武、顔真卿之輩，非歡樂之，又孰强之？故曰無時不歡樂。漆室之爲女，共姜、伯姬之爲婦，敬姜之爲母，今其貌尚在人間耶？故曰無時不生。貞可以恒，德可以傳，美可以風。結於天命之謂命，達於五常之謂性，合性與命之爲道。至道之精不可言，言則謂母氏之無取于余言可也。"

壽李孺人序

丘子夢周之尊甫象泉公舉孝廉矣，中道夭，李孺人拊而哭之曰："吾其從乎，如夫子之從父也。"孺人之姑李宜人曰："孰從我？"孺人乃不敢。孝廉之父，蓋京兆兗泉公。京兆殁，亡何而孝廉公亦殁矣，故孺人以爲從父。孺人之失孝廉也，年三十有一，而今且七十五矣。夢周以萬曆丁酉舉順天鄉試，其文奇不可讀，坐困公車，其孝廉之名若存若亡，若滅若没，夢周曰："此身外也。雖然，吾惟念吾母，即吾久客長安，求復故物，亦爲吾母也。今上二年元正之月，是爲吾母壽旦，以吾遠在萬里，不得與於膝下之觴，惟求爲吾先子友者，得其人之文爲母壽，其庶幾乎？"所謂先子之友，則何子喬遠云。

何子曰：人於天地，必有與立，惟孝與節。孝廉公，孝也；孺人，節也。符節之爲節，節之爲言，信也；節制之爲節，節之爲言，止也；節目之謂節，節之爲言，堅也；節操之謂節，節之爲言，久也。惟信與止，乃堅乃久，大節其盡矣乎！《節》之爲卦，兑下坎上，有險在上而説於下焉，故能甘而亨、安而往，有尚節而苦之，無畏險乎，何可貞也！孺人之於節也，甘之矣，安之矣。何子因謂夢周曰："天下之物無有無儲而能受、無積而能大者，方而母之子子時也，余見子方童烏也，若存若亡、若滅而若没也，惟母也堅而久之。今見子孝廉矣，有子有孫矣，又見先孝廉公之旌於朝矣，豈非儲乎？豈非積乎？試與子言我也。夫我也，粤西之謫吏也，鏡山之耕農也，其於功名也，若存若亡也，若滅若没也，而有今兹也。然則子之身爲孝廉也，今日若存若亡也，若滅若没也，其於將來詎可量乎！夫子之母也，以險而爲説者也，亦猶夫予與汝也之功名，亦以險爲説者也。雖然，昔也以險而爲悦，故能爲安爲甘不見險也。夫今也，當以悦爲險者也。今子之母之壽也，可謂悦矣。夫人之生也，毋論千百，即有兩七十五乎？則夫愛日之誠，養志之勤，所宜以悦爲險者也。即予也，晚節出山，安知能保不子也，而復其故物，能即光先世之業而大之乎？此當以悦爲險者也。悦以險節也，險以説困也，安不忘危、存不忘困之義也，益堅益久之道也。大人貞吉，朱紱方來，其應之矣，此夢周所以壽母也，亦夢周所宜自爲壽母者也。"

壽王太恭人序

太常王公虞石負君民之略，抱文武之猷，通三才之道，總百家之貫。理學書史靡不探窺，筆札詞賦罔匪精好。其目力可以當日光，其神識足以窮堪輿，星官曆書若職靈臺而令太史。騎而馳，上下如飛，射穿札，弓持滿，韎韐君子，未之或先也。時爲坐隱之戲，翩翩仙人也。爲縣令則爲名縣令，爲御史則爲名御史，爲大理則爲名大理，爲太常則爲名太常，蓋戛戛乎其名矣。問太常之嚴君，則新寧公也；問太常之慈君，則太恭人也。

無名天地之始，有名萬物之母。太常公之有此名也，太恭人之有之也。太恭人之佐新寧公也，以人也；其育太常公也，以天也。耳目所不及，佐之以慧哲；心思所不至，佐之以審繹，而人之道盡矣。天也者，形骸血氣之未屬，天培之；耳目心思之未至，天動之。故有所以鞠而全之者，天培也；有所教而化之者，天動也。今天地則廣矣，大矣，以生精金，出之麗水；以生美玉，出之崑岡；以生明珠，出之廉淵；以生勁鐵，出之礦地；以生竹箭，出之會嵇（稽）；以生嘉樹，出之南州。未見夫金之可以爲玉、爲珠、爲鐵、爲竹、爲樹也，又未見夫竹與樹之能爲鐵、爲珠、爲玉、爲金者也。而太常公一身而兼之，可君、可民、可武、可文、可三才、可百家也。兼之者太常公，而所以能得其兼者太恭人也。人之言曰："芝草無根，醴泉無源。”夫無根也，出何附麗而能竪也；無源也，依何氣候而能甘也。地生芝草而不見其根，地湧醴泉而不見其源，故曰“無名天地之始，有名萬物之母”也。舉世知太常公之戛然名也，而孰知夫恭人之不有其名也。女子、丈夫，内外異位也，其得天、得人則無丈夫、女子也，禄位、名壽是丈夫、女子之所同也。

太恭人從新寧公、太常公也，則既禄與位矣。太常公有如是之名也，太恭人之名也，則將從太常公並壽天地之間，固必至之事而自然之理矣。於是乎，太恭人之誕辰，吾閩中同太常公仕於朝者稱一觴以進，命余爲文先之，余不敢辭，是以有禄位名壽之祝。

壽王太君序

伍先生華武舉進士射策子大夫，當得綰符剖竹之任，其母太夫人遥命之曰：“老母懼吾兒不稱國家之任，使且習爲孔子廟堂掌固。”伍先生敬諾而曰：“吾欲觀於人文之會。”就銓得掌教吾泉。顧母夫人不從之官。居久之，慨然歎曰：“以吾母之不吾從，吾何心處此？”即欲請急歸侍，顧非制而先生行且升矣。會乙丑王正之月爲母夫人壽辰，泉庠弟子思所以解先生之思而致歡於母夫人，於是合爲祝辭，致之先生，而遥寄於安成之澥辭以問余喬遠。

喬遠曰：思也者，人心至精之致，旋致而旋，如在者也。先生有先生之思，母夫人有母夫人之思。先生之思，朝焉而念母，則若晨省矣；夕焉而念母，則若昏定矣；食焉而念母，則若匕箸進之矣；衣焉而念母，則若襦帛奉之矣。母夫人之思，得毋曰兒善立身乎？兒善誘人乎？兒獲上乎？兒孚衆乎？母夫人思立身，而先生善立身；母夫人思誘人，而先生善誘人；母夫人思獲上，而先生能；母夫人思孚衆，而先生能，則又若朝夕侍教母夫人之側也。令先生攝衣篋書，遵洛陽之涘，遥望安成而入子舍，而諸弟子願之乎？而母夫人悦之乎？故曰：“心雖離憂，志則樂也！”以天下養者，志寄天下者也；以一國養者，志寄國也；在一家養者，志寄家也；以天下英才養者，志乃寄於天下之英才也。故曰“永言孝思”，靡不思也；“孝子不匱”，言不匱於思也。朝見母夫人焉，夕見母夫人焉，而思念不萌。思念不萌，則其精神不鼓盪而意念不微妙。然則使先生深於思者，天所以母夫人予先生也。母夫人平生曙大義，先生先尊甫督先生嚴，而母夫人寬之；先生不得意於南宫，而母夫人慰撫之。奉姑嫂孝睦篤摯，居常叱聲不及臧獲，喙息蠕動不忍踐損。出自名家，所佩誦皆古賢姬大家之訓。此又天以母夫人予先生也。

昔者歐陽文忠之母則畫地荻，周益公之母則親督課，此皆先生之鄉先進君子，先生子母其似之已。令先生子若母與文忠、益公並存天地間，其爲壽也，不既大乎？遂書以解先生之思，而申泉庠諸弟子之祝。

壽池母序

池直夫從鷺門渡海，求予以文詞壽其母夫人曰："吾母含性清净，發心大覺，合家婦子依歸佛門，今也有年歲矣。健匕箸無恙，下拊子若婦，皆佛力也，子爲我言。"

何子捧觴而言曰：夫佛門之道，豈不以爲非空而弗貴也。空則子何有母？母何有子？空則人何有壽？空則壽何有文詞哉？凡佛之道有者也，然而歸之於空者，所以全其有也。諸凡耳根不净之物舉以屬空，則聞性真有矣；諸凡目根不净之物舉以屬空，則見性真有矣；一切山河大地舉以屬空，則天地之性真有矣。不有空者，何以全其不空者。故凡愛皆空，而母愛其子真有也；凡戀皆空，而子戀其母真有也。母愛其子，一切愛河皆割矣；子戀其母，一切戀舍皆除矣。故曰：仁之實，事親是也；義之實，從兄是也。以實事親，問之仁以外不空乎？以實從兄，問之義以外不空乎？空此仁外，空此義外，而後事親從兄也爲獨至，此孔門之實也。孔門之實，佛氏之有也。吾深有感佛氏之教有合於孔孟之道也。

若夫直夫之母夫人，爲貳奉常公者也。母夫人爲貳，而奉常公又有貳焉，耦則相猜，逼則相睽，所以傾母、離母、墮陷母、鴆毒母之子者，何弗至也。此時母夫人未聞佛也，而一切以爲空。及夫傾之不得，離之不得，墮陷之不得，鴆毒之不得，即時母夫人亦未聞佛也，固以爲空，而造物一切畀母夫人以爲有。今也，母夫人聞佛矣，登假化道矣，視向時諸空一切以爲有，視向時諸有一切以爲空，何也？有非真有，世諦也。人宜有此有也，而又何難焉？空非真空，本來也。無所不空，乃得此無所不有也。母實愛子，子實戀母。如雞菢雛，至專矣；如鱉守卵，至神矣。至專至神，外物莫入焉。孝慈一體，金石爲之開；内外合致，宇宙爲之苞。行將池氏母子福慶德澤，上及於忉利兜率，而下滿夫大地須彌者也。孔子曰：置之而塞乎天地，溥之而横乎四海，孝之爲念，貯胸幾何，以塞以横亘此高厚須彌芥之謂也。夫直夫也，内供其母以佛氏之門而奉母之所悦，外篤其身於聖賢之道以求己之所進，則堯、舜、孔、孟合聚直夫之一身。夫以堯、舜、孔、孟之身事其母也，母氏不既大乎？母氏不既尊乎？敢以是復直夫之壽請。

壽林孺人序

予游仙谿鯉湖之上，翌日，鄭子胤夔復載酒與其諸昆觴我於湖上。何子曰："昨過縣，業承諸昆之觴矣，何再爲？"胤夔曰："小子有母，明年七十，乘夫子來，請文預爲壽。"

何子曰："湖上之樂，具足壽母，何待予言？子見夫泉流石上，其窪者、坎者、方者、圓者、墒而凹者，母氏之筐筥錡釜、杯杓豆區之器也，以此思完，完可知已；子見夫曲而突者、深而可以擣者，母氏之井與臼也，以此思勞，勞可知已；子見夫長虹下垂，響荅不休，如一匹練者，母氏之機杼也，以此思勤，勤可知已；子見夫從空瀑下，觸石激風，細若飛雪者，母氏之粉餈粢粱，未下羹湯時也，以此思潔，潔可知已；子見夫如槽上滴、如池中浮者，母氏之事昔清之三酒，流馨垂漿時也，以此思豐，豐可知已；子見夫清石懸崖、鐵嶂立壁也，母氏之廩充扃鐍也，以此思藏，藏可知已；子見夫高石中立，群豎拱向者，母氏之奉舅姑也，子見夫鵁鶄鸂鶒，游翔泉次也，母氏之佐次公、奉兄弟、子子孫時也，以此思孝慈，孝慈可知已，又奚待予言哉？無已，則予將進子，予與諸君立觴九漈之上，雷轟者，欲子之聞於時耶？時而反風，泉泠泠拂予面者，欲子之逮於人耶？俯而望之，千仞之谿若人人恐危墜者，欲子之慎於身耶？如是，則子之壽母具是矣，又不待予言矣。”

胤夔與諸昆輾然曰:“夫子壽吾母而不煩以辭,子亦仙人耶!”予曰:“夫予也,鏡山之樵、東湖之漁,非仙人也。余見夫見羹堯羹、見牆堯牆,故夫胤夔也,所見無非母者,予爲此言堯、舜羹牆之道也。”於是胤夔與諸昆再洗而觴予。

壽李夫人序

夫之與婦,猶天之與地、日之與月、陰之與陽,相須而成者也。天則高明,地亦高明;日則芃曦,月亦芃曦;陽則饒壯,陰亦饒壯。以水濟水,誰能食之?琴瑟專一,誰能聽之?夫惟互相屈伸,能爲盈虛,此造化自然之理而萬物生始之端也。

其在神廟之朝,以賢相名者,無過吾泉李文節公。公一直如弦,一峻如嶽,勁如朔風,清如寒冰。其在朝著,公家之事,知無不爲,一切士大夫交際問饋不通毫絲,不問户外事。家居衣粗食糲,陋室确田,甘之若飴而處之若素,而林夫人就中斡旋焉。文節以直,夫人以委蛇;文節以峻,夫人以和寬;文節爲朔風,夫人爲陽春;文節爲寒冰,夫人爲冬日。交相爲濟,交相須也。予嘗覩北上一二大臣,無子則已終身不敢置一妾媵,曰:“吾與爾俱殄。”夫人靡有出,而有膝下鳳雛三,誰含茹之也?世俗視非其子者,路人矣。文節之未有子,而立弟之子爲後,而得爲文節子者誰卵翼之也?世俗無子而有女出者,彼知其女耳,無論珍重金銀、佳好帛縑,雖米鹽釐毛,毋所不公,爲携而私爲益,夫人有女且寡,而誰私庇覆之也?人視文節公夫人之存也,若兩不相宜而兩不相歡。然令夫人與公若出一轍,不濟水之水,而專聽之琴瑟耶!世之名君子也,曰“德若處女”,論女子之才也,則曰“女中丈夫”。文節、夫人一以爲處女,一以爲丈夫,五位相得而各有合,公夫人其是已。

夫人今年八十有一矣,以獨之家而主猶織,蓋敬姜從子而撫其家,東海京陵世世法則焉,然則文節公下世,其存李氏之門昌而大之者,非夫人其誰!夫人繼子則刑部君,其三子一則中書君,二則任子君,而爲夫人上壽者周君某等若而人，而爲文以壽者何喬遠也。

壽朱太孺人序

朱，國姓也，有宋道學先生則朱氏爲之大成，豈非其以爲義也焜煜朗耀、昭宣著明於天地之間，是以如此其盛且久哉！是以天有朱明，地有朱方，帝王之居則有朱户，仙人之洞則有朱陵；其於人也，則有黄庭之朱衣。"朱"之爲義，該且美矣。豳人之女，恭勤蠶織，以事其上，則有"我朱孔陽，爲公子裳"。裳，下體也。且夫天子諸侯，玄端朱裳，古之制也，以其女工奉上，而又備以爲裳，又不敢以獻諸其君，而以裳公子，豳人之女之謙也。天道福謙，地道流謙，卑尊而光，難踰謙之爲道也。

司理洪君母夫人，蓋朱姓也。朱亦一世族也，而母夫人在洪敬事贈公筆山公，不敢以偶配匹嫡齒，謙斯盛矣，慇斯懃斯，教鬻斯篤矣。夫以進士舉而仕於朝者，必三月而後授官，三歲考成焉，文亡害而後得薦於朝，而後得蒙推恩之賜，故事也。而洪君舉進士，適當主上龍飛之會，諸進士合以貤恩父母請，蓋曰："主上大慶，率土同歡，俾草莽新進臣得與於榮施，愛親者不敢惡於人，敬親者不敢慢於人，孝治之盛也。"主上曰："俞。"於是進士君初授司理于吉安，而贈公得贈爲郎，母夫人得封爲孺人矣。榮哉！母夫人。孝哉！司理君。是其子母間可相勉而相爲成者也。

吉安之郡，忠孝節義，文章道學之鄉也。司理君將母爲色養焉，母夫人所以教司理君得比於學宫之遷，天之會也。朱則正色，洪者大也。吉安之地，則以吉水。水所稱吉，以有文像，正大臨之，吉而且安，爵位永昌。母氏百年，不啻始基之矣。於是乎司理君過家壽母夫人，敬書以爲北堂之獻。

壽王孺人序

古今賢女不少矣，其得於紀傳之載何僅僅也。太史公行天下，豈不博採群摭？而《史記》一書，自王陵之母與其西蜀之婦，又復幾何？要以《關雎》之德盛矣，要以荇菜之孝敬、葛柔之儉、傾筐之體群臣、抱衾之逮下，此皆中庸之德、聖人之道而後世之名者也，皆必出於溝瀆之諒以爲烈，而後舉世從而難之，則必龍、干之爲侣，茅焦、朱雲之爲勁，而後可期於世乎！以今觀於林氏之母，則《關雎》哉，則《關雎》哉！

林氏之祧以覔明祭也，而母鷄鳴起。姑也，七十有八，老矣，創於背，危道也，而母吮之藥之，祈上蒼籲之，則至德也；有伯氏之姆也，不敢以鴈行齒，不敢與均勞，則至謙也；口約腹裁而積之，豆區鍾釜而施之，則至仁也；訓敕兒孫，嚴於朝典，則至毖也；宴客待師有剪髮剉薦之遺，則至廣也；叱訶不及臧獲，鞭箠不及鷄犬，則至慈也。徒以其德不出於閨，而名徒載於親串閭巷之言，而未得君子之一言。

林氏子欲得余爲之言。顧余非君子也，蓋母嘗藉子爲孟氏之母與二程氏之母皆是也，此其道在林氏之子與其子孫，而余所能名母者，竟能舉《關雎》之道合於聖賢之誼以爲世風，使世之以賢女得名者知其不在彼而在此也。

壽何孺人序

孝弟者，人之根本也。有子以孝弟爲仁之本，則凡夫人之平生有出入於仁不仁之間而謬託以爲仁者，皆不講於孝弟者也。人而真孝弟，則無念無事之非仁，而爲人之道畢矣。聖門弟子其得逮事其親者，吾不及知，其得於所聞知者，則有曾子之養志、閔子之無間、子路之負米，皆一時所謂有道仁人君子也。余居常講學，恒以“躬行”二字與吾黨黽黽言之，而望於門弟子尤切。夫躬行之實則孰有大於孝弟哉！故曰：仁之實，事親是也。

陳子龍甫，余門弟子也，好奇服於幼清，膺孝秀於芳茂，其家世則吾之世姻也，其所居則吾之對門也。陳子舉孝廉之日，有母在耳，而陳子孝養無方，入其門則一家雍雍奉母也。母氏有丈夫子五人，仕者仕，商者商，應舉者應舉，無有舍厥事，而妯娌之間莫不和好無間，蓋聚一家之歡以奉其母矣。遊情詩書之業，栖心恬虚之地，陳子也。陳子得雋，鼓吹不聞於堂，華綺不被諸躬，出見閭左右，父老子弟如其親父兄子弟。則陳子之兄弟也，舍幃闥之重温，出止廛肆，爲其季子守廛中貨物，不使其精神淪亂於貿遷，則母氏也。余鄰比切近，故知之最真如此。夫子又曰："里仁爲美。"予居城東偏，舊有仁里名。陳子近歲自城西來，徙家携其孝弟家風以入吾里。吾里之人如滲中之芷、麻中之蓬，其益顧化也。士修諸身難矣，以化其家；化家難矣，以化其鄉。夫陳子也，所謂有道仁人君子也。蓋丈夫之養壽也，與女子異。丈夫之養壽也，則玩空空，覈玄玄，安神閨房，振轡遼亮，即可以幾太上之年算，求至人之怳忽。而女子之所以養壽者，則惟在夫，兄弟翕耽、婦子孝謹，怡愉以樂其志而已。故夫子又以爲父母其順，夫人子也，以大耋高年貽其親，此順之至也。

陳子發軔方新，前路方長，一念孝弟，則修身建功本根盡在於是，吾實於陳子望之，故於諸子之請言壽母也，於是乎發焉。

壽黄母序

余自田間赴南司空之召，破老而來爲國儌也，其時挾黄近朱同之。近朱素有鳴劍伊吾之志，所以同來。其尊甫我熙君命之，而其祖母鄭慫臾之也。既來，則虜尋東遁，而近朱告歸矣。余曰："子且留，安知虜不再？"則曰："近朱思祖母焉，祖母年八十五，思得夫子之言，持而壽之也。"則爲余言："當嘉靖之季，倭躙仙遊，過其門不入也，此媪素爲德。萬曆末，水大至，他鄉走水無所歸，祖母命吾父資而遣之，水尋退，人以甦。此二事其大者。其餘以未亡人勤儉提家，德善教子孫，難更僕矣。"

余惟予始被命來，虜薄都城下，海内勤王之師群集，方岌岌有宗社之憂。予挾近朱來，虜悉遁去，與倭當時不入黄氏門者同一義，匹夫匹婦至微細，然一草一木一物猶或動天地、感鬼神，虜之遁去，其與祖母聲氣一念感通，或有如桴鼓者，然不可誣也。近朱持此言歸壽祖母，而予尋歸矣，方將道仙谿拜祖母堂中，祖母且曰："夫夫也，出有所因，歸不爲滯。"定不以春夢一言爲予解嘲也。

壽張太君序

父嚴母慈，所從來尚矣。而《易》曰：“家人有嚴君焉，父母之謂也。”君也者，養人者也，亦教人者也。教之所以成其養，非教無以稱養也。其幼也，鞠之育之；其長也，飲之食之。凡母之慈子，莫不皆然。而有以教之，非賢母不能也。而況有早背庭聞，徒循手澤，而有以立身行道，顯名於世，非奉母教，其將能乎？

臨海起霞蔡公之司李宛陵也，嚴於律身，嚴於治官，而宛陵之名聲翼然以大振，則皆奉太夫人之嚴而爲之也。蓋公之尊甫大鴻臚公，承家名哲，通籍華貫，李公學箕學裘之日淺而所秉以周旋者，率繇太夫人之教。太夫人以嚴教李公，而後成太夫人之慈德。李公以嚴治身當官，而後爲善奉太夫人之慈教。蓋褆躬持世之道，莫先於嚴，嚴則無弛慢之意，而有戰兢惕厲之美。天行健，聖純亦皆此道也。既健且純，可以名德，而亦可以稱壽。宛陵沈氏諸昆，無一人不在公慈教之下，而壽嶽又爲公之門人，於其合請求爲太夫人壽也，敢以嚴之一言爲太夫人頌德而祝大年焉！

壽詹淑人序

昔神祖在宥，欲以安静無事與天下共享晏如之福，是以大僚不補，臺省不備，常以一人兼數部，陪僚攝正官。而一時爲之大臣者莫不歛心拱手，毋敢干冒侵越，以能佐有四十餘年謐寧之理。臣無成而代有終，此其道也，無成臣也，無爲君也。天下寂然若無，而天下治矣。古人君之使其臣必念其家，若《卷耳》之篇，皆體其家人瞻望之勤勞，所以能安其臣之心，而臣樂爲用。北門大夫乃有室謫之歎，則國耻焉，然亦其室人不能善成其大夫以心事君之誼也。故賢士大夫，必有賢夫人爲之内助。内助之道，亦以無爲貴者也。無攸遂，無非儀，一有非儀，且罹詒及父母，豈不惟不寧其家，而且辱及其親矣，《彤管》之篇所以難繼乎！

若宣城張淑人之事故中丞魯泉詹先生也，以無爲道者也。蓋其始也，如淑人者也，而心無如淑人心也。及黄淑人捐女御，淑人爲真淑人，心無真淑人也。先生官於朝，淑人理於家，而心無從先生求便安侈貴也。婚嫁之事，詩書之教，爲先生畢之，先生不勞而門内治，而淑人無見佐先生能也。一以爲適然，一以爲當然。適然其遇也，當然其理也。“三十輻共一轂，當其無，有車之用”，此之謂也。

予爲郎時，得接先生，博大虚静，不妄言笑，而自然優裕以延長。及予隱山中，先生入内臺，以中丞攝總憲者數歲。先生之爲中丞也，如總憲者也，而無如總憲心；其攝總憲也，真總憲者也，而無真總憲心，故神祖待先生具有終始，爲先生在而不補真總憲若而年。今淑人所爲於先生若有合，真所謂有欒必有柱，有鳳必有凰，用六之貞應，地無疆則券諸坤。

淑人今母矣，而大母矣，閒居閒無事而皈心空門之化。空門之家，以無爲其道者也，其宜有天女散花之祥，龍女御珠之瑞，以應無疆不毁之真修。余於淑人乎必之，淑人二子方駿適有聲，定以余言爲喜矣！

壽高太君序

人生精誠，天地爲之動，金石爲之開，專之至也。鳥之伏雛也，無二念也；龜之守氣也，無二神也。高子仁趾之祖母姚太夫人則持高氏之門以有仁趾君，無二孫。仁趾君早失怙恃，獨身奉太夫人，則無二母。不二則專，專則精誠注焉，意念凝焉。蓋太夫人之事太學公也，而太學公無年，太夫人爲之寡；嬰陶所出，參軍雋虞公又復無年，而太夫人爲之敬姜。仁趾君，孫也，乃實子；太夫人，祖母也，乃實母。昔者太學公之無年也，雋虞公上事其祖中翰公。中翰公病，賴雋虞公割股而全之。中翰公喜曰：“吾雖不得吾子，而得吾孫。”諺云：“孫不如子。”夫豈其然！今仁趾君所以奉太夫人，豈異也！

維嘉靖以及隆、萬之朝，文端公佐肅、穆二廟爲太宗伯。隆慶初定，天地神祇之祀，則文端公有竑議，穆廟取以輔神宗皇帝。天下方想望公丰采，而不久於位。公一再傳爲太學、爲參軍，三世無年，而高氏至今相業不墜，門望仍崇，則惟太夫人之以高氏之世以千鈞,太夫人爲之一髮,高氏之世以九鼎,太夫人爲之一絲,綦重矣！疇昔之歲,虜寇門庭,仁趾君服在中翰,太夫人遥祝之,勉乎哉！努力報君父,毋以鲞祖母爲意,斯其教又綦隆矣！

仁趾君感太夫人之慈教,所至乞言。其來爲起曹,髫年好修,温然而有文詞,真無媿太夫人孫。問其膝下繩繩,非復向者三世如綫之緒。文端公之後,其將昌大！夫孔子,大聖人也,蓋單傳者數世,而伋妻白母,守其先世門内之嚴,則孔氏諸孫固難得祖母而奉之。乃今仁趾君得奉太夫人,自孔氏子孫其在今日,不億其麗。天眷高氏,至仁趾君其將昌,然皆太夫人一身乎藉重。仁趾君之事太夫人,神注念凝,太夫人天算,予於仁趾君乎卜之矣。

壽吕碩人序

余游莒口,則潭邑李生樣持其所業詩文以見。讀之,遒然其骨也,蒼然其藻也。予曰:"潭邑有士如此哉！"樣曰:"夫子少間待我於邑中。"余曰:"何者?"曰:"樣有大母吕,年八十矣。今年冬其帨辰,幸夫子來爲我文之。"余曰:"子之尊人在上乎?"曰:"在。"曰:"有叔諸昆乎?"曰:"有,余大母伯、叔、季皆在侍,有孫十二人,曾孫七人矣。余父與余仲叔善,襲先大父業,業釀。叔也儒,季也儒,已爲弟子員,而樣也厠其後。"因爲余道其大母之平生勤其家、訓其子孫最詳,而最後語余曰:"樣也,幼嘗從大母至考亭姨家,輒命樣往拜祠下,曰:'必勉之,此亦人子孫也。'"余曰:"善哉言乎！其意豈不曰子能爲文公先生,予豈不能爲程夫人耶?"凡人之生也,無論丈夫、女子,將來有所表於世,彼皆有所以自負者,將來乃可當之而無媿。今而視孟氏之母何如哉?下而視陶氏之母又何如哉?又觀李密、李百藥之祖母又何如哉?跡大母氏之言,其必有知樣而又有所以自負者矣。

樣也,當其尊人之壽也,上詩百篇以佐萊舞。及母氏之壽,又詩繼之。今吕大母之壽也,不知當復詩幾篇。則請於壽日也,子之尊人請與子之仲父以釀進,子之叔、季二父以文詞進,子也以詩進。余於暢月之吉,從鏡山下舉杯而歌烏烏曰:此李樣之大母氏之壽月也。余將曰:"樣也,善爲人孫子矣！"

鏡山全集卷五十

記

崇安縣四橋記

太倉惺涵顧公自崇安令徙爲晉江，則時時爲余言崇安人風俗之厚也。縣故孔道，故有橋，而皆圮，上自大安，下至縣西，清獻河涘，不惟民之病涉，四方游宦行旅亦勞招招。公念修復之，省公帑靡所出，鳩諸民，又念衆分而工鉅，安所得就，則召其父老里正試語之，以轉告其縣之人，縉紳士庶莫不樂輸，又有徽賈僑居者二人，人爲一橋，於是橋四焉。公政暇，輒往視工，筍輿一肩，角巾布履而已。里正皆得從公長揖手進茗，民之公作如其私家，公之視工如其家政。蓋自萬曆庚子歲五月興工，九月而落成。既成，公名其二橋，成於崇人者曰“聚善”、曰“會祥”，徽之二賈，一姓程，名希彦，一姓洪，名良輔，公名其成於程者曰“高程”，成於洪者曰“洪濟”。蓋崇人靡白金二千，徽二賈靡白金千有餘。橋之上翼然欄楯甃石而亭之，往來周通，暑雨避憇，勝於涂道。其橋端立公小行祠，常修治，崇人如實日見公。公則語予：“君子爲政於是邦也，有所興竪建置則其邦之人皆聚族而嘉譽之。吾不暇，任爲人譽，而深美崇之人能成吾之意，而副吾之令也。其君子欣心而輕財，其小人罄力而悉資。父老來請余記，余以屬公，公其毋言余功也。”

予惟孟子之言王道，其樹藝鷄彘皆有名數，《豳風》乘屋穹窒之政，若至其家而欵其廬，漢良守令民之纖嗇力作，莫不具知。古人以家爲政，其心術智慮若可剖以示民，故民信而樂從之，勞則争趨，事則争使，知非爲己也，爲我民也。公之爲是橋也，雖令余毋得言功，而公之心則崇人皆見之也，是以如此成公之意、副公之令也。古今人爲橋何限，其最著無如吾州之洛陽，其記亦最傳於後。然當時蔡忠惠公不自言功，而言吾州之民之所以成之者，而至今莫不知有蔡忠惠公，則公雖不言功，崇之後世當莫不知有公也。

公名士琦，萬曆戊戌進士，今擢禮部郎。

安溪縣修獄記

喬遠讀《大誥》，而見高皇帝所以教百官理獄之道也。時其飲食，潔其寢處，視其疾病，閉而幽之，隔而别之，若曰："令以法死，毋令以不法死。"而其再三叮寧之意，曰身其康强，孫子其逢昌。然則名之爲囚而以囚死之，名之爲囚而以囚虐之者，高皇帝之所誅也。

安溪縣故有獄在儀門之外，卑陋不足居囚，囚罪無輕重，盡繫一處。民以輕罪繫者，老囚率衣食之索，求不遂，即虐之以楚撻。有犯竊盜罪者，老囚即教之誣引非辜，令皆被繫，索取其貲財，聽索取者即教竊盜謬服曰妄言，不則楚撻如前，文致之於官，亦無所得脱，蓋亡辜被累多有至三四十人或一二十人者。

桂林陸公萬里來爲安溪令，數月察知其情，懸金獄中，令受害者得鳴金自訴。久之，慮輕罪甘受老囚虐者不敢以聞，則復曲處羡帑餘贖建内獄一所，扃别老囚，其中輕罪者令處外獄如故。民間有以竊盜告者，必人贜兼獲乃繫之，不則率與出，任或解悉焉。於是，獄無株蔓之囚，即輕囚繫獄亦無所苦。居一歲餘，而公以被劾去。安溪人思公之盡心於民無從見，所以不忍其去者，命余記之。

夫古之君子居是官焉，則不敢玩其事，事之不玩，故其及於民者周悉而精微。是雖公之一節，而其掊强扶弱之意深有合《大誥》所以幽閉隔别之道，此宜高皇帝當時之所旌而猶不免於去，則予記尚烏可已哉！

石湖浯嶼水寨題名記

泉之爲州，有石湖綰海門之口，捍門之山曰岱嶼，嶼石磈礧，故謂之石湖，或曰日湖，日所出也，其地百家之聚而已。其有浯嶼水寨，自萬曆壬寅始也。寨之鎮將,自宣城沈君士弘始也。浯嶼水寨之設,國初在中左所,屬於同安。雖曰泉蔽,其海曠遠而四達,異時有不虞之舶抵泉城下,郡太守清江程公謂:"奈何不虞舶城下而海無譏徼?"則欲徙浯嶼鎮將于石湖,顧安所得建置之需。君曰:"是皆在某。"始君爲水寨,捕寇逐虜,率過其汛界,殲寇虜海水中,資糧、舟檝、器械盡取之,數年捆積無所用,君又不以入私槖。於是用以搆材立宇,數月而畢工。至於公府之行署、閱練之亭臺,莫不翼然焕然,不費公帑一錢刀。

先是海上之沙,浪淘風湧,上於田畝者久歲,民有耕地率爲磧鹵,君不時使士輿石置之。一日,因其解汛大,召集爲長堤拒潮,頃刻而就,沙無所淘湧,磧鹵爲良疇。君嚴士而恩撫之,仁民而義教之,石湖人視君如師帥父母。是歲,遷浙江僉書。以行,來告予曰:"署實始予,題名未有,予將碑之,子尚爲記以告後。"

予早歲束髮從朝紳,好問西北東南邊事,考論名將所張設及究其指歸,不過曰勤訓練、利器械、慎戎伍、修實事以應之。其在將帥之身,則信賞必罰,與士卒同甘苦,古人之言,千載不誣。今也,且無論西北邊,即海上之舟,其柁檣刓敝,不可以乘長風、破巨浪,銃不能數火,數火則裂。鉤戟矛劍繡澁維剸剟,士忘操之,日嬉于市,攫市中物,不則博塞奸淫,主帥無所問,挂空名於籍,收其月錢爲我私蓄。士有所獲,不分而專之,鞭背貫耳,弛於公法而酷於私令,多所朘削。奉上官之顔色,寇虜竊發不聞,聞而中爲遮。若此,則何怪上官之目爲債爲懦,偃然據而抑之也!

予考論名將所張設,大自徐、常,近如俞、戚,無過修實事、依古法而已。蓋天下事未有物數不要於實,精神不貫於細,而能成之者,自德業之大,以及事功之盛,莫不皆然。古謂"將不論貪",又曰"武臣不惜死",殆虚言耳。夫將而貪也,尚能信賞必罰,與士卒同甘苦。徒不惜死,則一身而已,一身之死而士皆生,何以武臣爲?故夫爲將者當有士君子之廉,而後威信出焉。修其實事而無死地,而後人不敢曰債且懦。若是,則進而登壇建鼓,專制閫外,列校裨將,翕然從之,亦得保其首領,書功幕府而同有榮施,而有勞於國。余也不敏,敢書以告後來於斯寨者,以自致遠其功名而善作鎮我父母之邦。夫非余之言也,素所聞於士弘君之言也。士弘名籍在下，方其爲人，有權有識，仁義以爲幹，天下大事，士弘政可屬。

裴村公館記

崇安縣爲驛者三，在縣中者曰長平，北而上曰大安，南而下曰興田。自長平以至大安，繇興田而又南下至建陽，皆以五十里，獨興田以至長平以七十里。是爲官里，步計之，實百里也。溪險，而駛不可以舟，往來或用官舟矣，則率乘春夏下瀨行，而溯上流者鮮也。送車之卒，遵陸而趨，百里之遥，不能日一往返。而陸出武夷山下，客或游山不能無流連，卒之直於募者有數，而客過無常，至其留連又有不可以二日計者，卒前後送車不相應。縣欲多其募直，則爲費不貲，而直亦無所出。

金壇虞公來縣，察而歎曰："民勞且病，吾何可不爲計？"行求古路出于裴村，村中有民可以置卒。於是修途道，造橋梁，請客皆繇裴村行。先是，以陸遥飯客中道，自南上者飯中奢，自北下者飯石鼓。公置館垣二於裴村，悉飯其處，置村民爲官卒，食於公。興田之卒至裴村而替换，民朝送車，暮可歸家，道雖不出武夷山下，客有往游者，裴村之民皆其近地，亦不患久淹至。所以食裴村之卒，率節約其縣中官舟官舖之費，而無用者或減或罷，多置官馬以代卒勞。借署以關吏之間空者，不更請置驛宰，糜朝家俸。其益寡裒多、截長補短，貼然稱當，上不加費於公，而下不加賦於民，民以爲大便。

於是，使其門人蘇琰問記於余曰："非敢謂能也，使後之人明於改革之因，庶幾舊貫，以汔小康。"乃予所以答公，則謂治天下之道，惟其平而已矣。《大學》論治必曰"平"，治而所以平之之要，則出於絜矩。公慮興田之民往來驛道，動稽一日，不得兼事於南畝而通力於末作。其所以爲言於當道者，謂夫民以八口之家寄於兩肩，寸陰之勤貴於尺璧，坐令其擲可用之時光，糜有限之傭直，彼何事不可爲，而直爲此任重道遠、廢日而失務。其所以爲興田民計，愀然其欲悲，肅乎其若歎。即公一端，而所以爲縣可知；即公爲縣，而他日爲天下可知也。公視長平、大安之民較之興田，若在左右、前後、上下之間，而又以其身自爲前後、左右、上下以處興田之民，此《大學》之道而親民之旨也，則公之宜書豈特足備一縣之沿革而已，而深有合於明德至善之義，予安得不爲公記之！

公名大復，字元見，萬曆丁未進士。

重修浯渡橋記

浯渡橋者，郡南門橋也，是所取漳、潮道，南鄉海濱之民悉兹來往。橋造於有宋嘉定之季，所從來矣。維橋之前，累石爲堡，以臨重淵；維上有臺，浮屠截然，石人有二，介而戟門。諸門歲月既久，灰縫離次，撐柱將顛。維橋之西，溪海之會，風潮之所撞射，或激而鬬，或洪而怒；維橋之東，海船所湊，無地繫纜，樁於橋梁之下，風勢船力時與石鬬，樁去而石砉然離矣。此皆橋害也。城門之軌，兩馬之力歟，一以歷歲久，一以閱人多。

晉江令江夏宜蘇陳公目而形言："吾有俸金，吾能捐之，少不足以給也。吾欲令募施如僧道者，非吾理人之體也，且夫誰可任者？"安溪詹君仰憲，居則布德惠人，動則捨力爲公。公乃往請："子有厚德，且有計心，爲我任之！"詹君曰："小人亦有囊中之蓄，視公俸錙銖耳，勿募以施，從其人欲，顧亦不足以佐，抑有圖焉。橋東西兩傍有官地可鬻也，鬻可得金。若于傍留其一屋以居橋卒，使之監橋。風潮之蕩射，則係於天矣，海舶之纜，卒使禁之，橋庶幾無虞十之一。"公可之。壬子夏月而載工，癸丑春月而畢事，亦維鬻地與夫助工者之力、詹君之勞，然自非公形言捐俸，爲之詳計，亦無繇固以捷若是也。

於是，詹君謂何生喬遠記之。予惟天下之事，有成也必有虧也，惟於其中有人治其未蠱、遏其將釁，則繩繩永永可以千萬歲而無害，蓋天下國家莫不皆然，而橋特其小耳。公之爲吾邑也，所以治蠱遏釁，不可勝書，而兹橋亦特其一事。然以一橋之小而公繫心如是，則其大者、遠者可以類而推也。自詹君之外，又有耆民邵某、林某，皆有勞於橋，并附而書之，且以見公善任之一端云。

東莊水明樓記

出同安城西門,轉而東可五里許,一望土田舒曠而平夷,號曰東莊。有山突起,群木環其下而高石出其上,溪水流其前,溪中之石坐數十人者以數計,可以不涉而至,溪中之魚可數也。水流通海而舸艇得至於樓下爲東莊山樓,樓之名曰“水明”,洪公共父之所築也。公爲孝廉時,讀書斯樓之中,而比部蔡公敬夫,時時拉文學蔡君啓昌與公子啜伯、爾蕃游焉。一日,放舸冒雨而歸,歸與諸客爲詩四章,而東莊之勝遂以名同。而啓昌語予,斯樓也,有茂榕之蔭,下瀨之觀,石有若立若踞之奇,近皐遠郫有吠豹之聲、罾蛟之網,春華秋實,送巧獻妍,以助斯樓之色,攜榼朝游而放舸夕歸,其勝也如此。予雖未至,聞言勃勃矣。

同之爲邑,所從來也,其居者與宦游者,有蘇子容、朱仲晦諸先生,皆不繇之顯,而顯於共父,天開地闢,其有待耶?共父方舉進士,行將陟歷中外,著聞於時。後日玆山其將如匡山、徂徠,藉昔賢爲重。予既聞啓昌言,又讀公與敬夫若諸子詩,欣欣見之矣。於是公子命予記之,而遂爲之記。

沈公濬湖記

泉之東湖,在古最鉅,其時人民錯奠於武榮山之下,湖之延袤,北距北山,南距海,東距山,西距今郡城之行春門。《漢書》閩越王保泉山大澤中,是其處也。其後城郭之,廬舍之,田疇之,墳墓之,歷歲縣長,今之東湖,坳堂杯水而已,而廬舍之,田疇之,墳墓之,尚未有已也。北山之石,𡼏㠑魏𡻕,湖水演漾,以映以盪,則無有回禄祝融之虞。原田則水可車可戽,歲是以收離坎之會,文明興焉。設涵置牐,啓閉通海,古之法也。猶人之眉目軒張,血脉流暢,則無札瘥疵癘,和阜嘉生,豈不美歟?

宋四百年,泉州濬湖太守二人而已,其一曰劉公穎,其一曰顔公頤仲。二公濬湖封泥爲山,凡七峼嶁,劉公四之,顔公三之,名七星矣,餘未聞也。去今七百有餘歲,乃有沈公。公始來泉,見湖之美,徙賓客廬宿候館,作新於湖上。自冬徂春，湖則大旱，塊不可破。公出私錢謂予曰："吾將遵海而南，放乎七星，用灑其厓以滋灌溉，誰與我共此？"予曰："古卿大夫與先生謀賓介焉，至於息正息介，徵否惟所欲。夫子欲之，則遠請從。"於是爲公大召役卒，一月而竣。舉其闕土，聯湖爲堤，比於斗柄，毋置岸傍，生田疇心，堤下橋之，堤上亭之，亦擬《溱洧》，悦我士女，公不督鄙，謂可圖事。余於是爲公作亭記之。昔在唐貞元，邦牧席公、姜公來游斯湖，俯察遐觀，歐陽四門名亭，載厥盛事，碑湮文存，爲重刻之，以與記公之碑參伍並峙。

予於是告于邦人曰："史白之渠，繇來尚已。召信臣漢家循吏，亦惟與水相出入。白井、蘇堤本以興利，名勝隨焉。白不云乎：'如法蓄洩，瀕湖千頃，可無凶歲。'蘇不云乎：'失今不治，葑無湖也。'沈公濬湖，水氣通矣，火患熄矣，原田每矣，文明興矣，血脉暢矣，眉目軒矣。《書》載六府，水火居二，民於水火，惡其有餘，又惡不足也。聖王治天下，能使菽粟如水火。公玆濬湖，水火菽粟哉，美哉！禹功江淮河漢而已乎？畝澮溝洫，何巨何纖？然則有土民社之君子不在顓簿書徵發期會間明也。"

公爲政，大不勝書，在湖言湖。

張横渠先生祠堂記

余入建陽拜朱文公於考亭，因求文公墓而拜之。夜經崇化里之莒溪，則有張横渠先生新祠未就，怪而問之，乃先生子孫有一派於此，自關中入閩，累世矣。先生子孫四勿四可，焕南、其猷、拱北、天常數輩皆文學諸生也。留宿其中，有碑石方卧地。余曰："文未？"曰："未也。"予曰："請爲役，則幸甚！"遂以請。記曰：

君子之學，惟完天所以與我者而已矣。人之一身，父母生之，而實天地生之，故以天地爲大父母。《詩》曰："夙興夜寐，無忝爾所生。"言所生，而父母天地皆舉之矣。無忝父母，一身之事耳，必無忝天地而後爲全盡。心，吾之心；性，吾之性也。存而養之，而孟子以爲事天。孔子曰："仁人之事天也如事親，孝子之事親也如事天。"孔門之學以仁爲本，必至於事天如事親而後可以爲仁，不則不辱其身,不敢先父母之遺體行殆而僅謂之孝。故必欲立立人,欲達達人,而後弘之胞與者至無窮。故曰聖人能使天下爲一家,中國爲一人,然後此心之仁充周普遍於天地之間,此大成之學也。喬遠謂先生《西銘》一篇,括盡仁體,而要以完天所生爲主。無常變,無死生,一以順受天命,還稟天則,此先生一生横絶千古之見,合之《正蒙》所論譔,多是此意。是以仕宦所至,諄諄然與人爲善,引而進之,以求爲比屋可封之俗,此則先生之學存之論著而見之施爲者。楊龜山初年愛無差等之疑,既未能見先生本原之地,而程朱二先生理一分殊之説,似亦未呈露而使其燦然。而喬遠直以爲先生之學,惟求完天所以與我者而已矣。

喬遠平生雖有志於學,老大無聞,無所底究,而於先生《西銘》之篇,謬自謂能通其意,敢書之祠下以告學者,以答先生諸子孫求言之請,以表爲役之願,誠欲詡一言先生之祠以爲有榮施。

黄居士檀樾祠記

予友黄君文炤以其始祖守恭公開元寺《檀樾祠記》命予。

按公在唐時爲居士長者,家州西城門之外。垂拱二年,晝夢有僧欲化其宅爲寺,公曰:“待桑樹生蓮花乃可耳。”忽見千手千眼菩薩騰空而去。不數日,桑樹盡生蓮花。公神佛之靈,即捨爲寺,請僧匡護守之。公有丈夫子四人,問匡護求地,再卜所以居之者。匡護曰:“乃翁欲令子孫驟富貴乎?抑令世世安樂勿絶也?”公曰:“亦令其安樂世世耳。”於是爲公擇地四安,分四子居焉。惠安、同安、南安、安溪四縣,所謂四安也。公既有德於寺,寺中僧衆爲檀樾祠祀公。歲久頹落,但奉主伽藍側。黄之子孫朔望無所,而合族睦宗之義亦微。公裔孫陜西參政黄文炳公,文炤兄也,以萬曆二十四年請於郡守程公朝京,再爲公建祠戒壇之東。今四安子孫蕃盛,簪纓有人,具以歲時群來拜公祠下,而合族睦宗之意油然生焉。

於是何喬遠爲之記曰:黄氏子孫所以有今日之盛者,不過守恭公一念之捨耳。昔者堯、舜捨天下,夷齊、子臧、季札、王子搜之倫捨其國,薛包、孟嘗之徒捨其家，疏氏廣、受、陶潛之儔捨其官，捨外也。而所以捨，造於心莫貪。人心莫毒，人心莫欺，人心莫羡，人心莫妬。人心毒、欺、羡、妬，其原皆起於貪而不捨，故佛氏以爲首戒。一去其貪，天下爲輕，萬物爲小，虚室靈臺，空净無垢，斯其進道也爲大覺，而受其福也亦取盈。今夫貪其口者，明日必有醉飽之傷，而不能飲食；貪其視聽者，將來必有聾瞶之患，而不能明聰。天之與人也，其大者榮之以名，其次厚之以福，若堯、舜、夷、齊而下諸賢人君子以不貪名者也。如公之後以不貪福者也，則公之捨宅爲寺，豈徒如世俗福田利益之云哉！余以是知佛之爲教，未始不可通於聖人之道焉。

李氏祠堂記

李氏之姓系出唐太宗。武則天流武陽王皎於南方，而其子孫散處泉屬邑德化、清溪間，其在清溪者居藍湖，湖水藍，李氏居其湖端，故泉人以湖頭李爲著姓。其可知者從元處士君達公始，四傳而爲宗源、宗江。李氏以大，分東西派，至于今十三世，或自清溪家晉江，或仍故家清溪者，不啻三百人。其十一世祠部員外郎君懋檜曰："是其初一人也。吾聚族二縣間，歲節有享，諱有奠，無嚴祀之地、祼獻之位，貧者不能具，富者能具，奉主祀其家，則人自祖也。上者忘久遠，下者長幼尊卑失行輩，相見以貌，是行道之人也，吾宗幸未有此吾慮焉。吾以搆吾祠堂，而今幸成，古者有田以奉其先，有飲食以叙其宗族，非貨賄口腹是求，因其財物而致其孝敬焉也。繫而弗散，綴而弗絶，則千萬世一世也，千萬人一人也。吾祖自處士公訓掃將仕公森，故有田以供祀贍族，吾視吾力增焉。子孫有能通經求仕者，吾加佐之，室於堂偏；有自吾縣來試郡者，爨舍皆具有；自吾郡試行省者，吾取田之餘資資之。天下事有爲之者，則人競以爲也。小大以目，莫適先發，則無人爲也。凡吾之爲此備矣，而不敢以煩族人。吾之族人有欲仁孝其先世子孫者，嗣有可以爲也，子其爲我記之。"

余惟李氏族大，故分東西派，而今日惟將仕公子孫爲盛。將仕公起家齊民耳，以其勤苦，生致千金，而所生活普濟人者遍閩中，出私財赴公，爲郡邑治堂學、治黌宫,輸粟石二千以食餓者,英宗皇帝賜羊酒。復五歲,而公益爲閩中治盗,上首虜,上賜武功爵,惟所欲,公廉受將仕郎歸。夫國家之事有可以爲之者矣,公一編户,憂蒿如在位者,若將不量其身爲之,則祠部君爲堂以奉其先世,不煩族人焉,有以也。將仕公以一編户,憂國家在位者之憂,而李氏子孫至今食將仕公報。今祠部君閎達多緯經,舉進士四仕十八年,仆而復起,猶不越曹郎,其心思國病,直忤主聽,亦常憂在事者之憂,而不慮其不能爲之,又不特爲堂以奉其先世一事已也。然則後之爲祠部君子孫者,其可占已。將仕公子孫,顯於今日則有衢州别駕公瀾、常德守公道先、保昌令公仕觀、安化令公楨、選貢士公懋楚,是皆仁孝君子,樂觀祠部君之成而將嗣有以爲者也。

薛氏光會堂記

薛氏之先在國朝有默齋公克銘,永樂中以明經敦行舉,累仕教官、令尹,陟爲郡判,不樂其職,復請爲教官,復不樂其職,致仕歸,蓋薛氏廉白文學之令祖也。公自塘市徙居郡之會通里,有子二人,長居會通之上里,次居會通之下里。次子有曾孫曰藩伯公天華,爲嘉、隆間名方岳,而長公曰存素公,生九子,其存者七子。公居前三子會通如故,而分居其後四子於西街之肅清門。後五子之中,其季曰朴齋公禮,莊肅端嚴,以俠舉重其鄉,鄉人稱爲“薛九官”。又其後肅清之居益廓以壯,會通不如也。然以存素公居是大宗也,族人欲以會通爲默齋祀堂,而其子孫竟不能堂之。已而肅清廓壯之居,則又獨禮公與其兄義之子孫能守之無缺。其後義公子孫或换或移或不能如其故,而獨禮公之後爲盛,房之層有七,東西之廳有二,而禮公之後之盛皆以爲寢室私舍。其四層之堂原奉神龕,則又雜貯棺柩其中,久不以歸土,端直之門幾乎壅塞而從旁徑竇。

七世孫喬相心蠹久矣:“人家堂室之居當廓其缭垣,閎其宗祊,潔其里巷,而後人生精爽而興於禮義。吾宗雖藉子孫之多,而龐雜如此,可以家乎?維我朴齋公以德重于鄉,維我曾祖侃齋浩益隆厚之,維我先祖質軒昺績學無年,維我先祖妣詹守節全歸,維我先君方山公某骯髒治儒家言不遂,維我先妣潘以孝德佐之,至於小子喬相哉,晚而得名以有斯,今何敢讓焉?先是,會通之薛嘗不念乎《棠棣》之章,我先君甘相遠也,自稱曰下薛。繄小子相,僅舉于鄉,牛衣之未離,馬隊之爲肆,嗇出節入,量口裁腹,稱貸以贖居,鬻壤以助窆。於是,竈匽徙,户牖開,棺柩空,龕室明,一如默齋公之故,拜立有序,禮樂具興,而薛氏之居勝矣!於是,名堂曰'光會',言會族人而有光也,而又曰其有光於會通也。自南扁曰'對越',四層之堂,中祀默齋,左祀存素公,右祀朴齋公,堂前仍舊扁曰'京闈選士',堂中扁曰'氈祥垂裕',外門則署曰'初徙郡城應楷書,舉永樂乙酉三年順天府開科歷任博士默齋薛先生祠堂'。"以告何子喬遠記之。喬遠記而詩之曰:

於維薛子,初脱屬紲。趨禮好義,如響應節。遹念先猷,追補前缺。諸侯大夫,禮重封首。譬鄭與魯,桓公季友。旅假綏配,實惟明厚。肅清在薛,亦以義起。上牲不獻,望墓不祀。自爲一家,以別下里。寢堂奕奕,廊廡言言。柱老椽故,貌像自尊。上設先公,下列子孫。孰是孝弟,不根人心。未展謀生,而急德音。以垂後昆,匪今斯今。

石湖楊沈二公生祠記

國家自郡守而外,若戎旅之事,則有同知理之,其在戎旅都閫而外,陸而墩堡,水而汛瞭,則有寨遊把總理之。夫是文武二吏相爲用者也,武與節制,文與董視。二吏者而有私肥私羸之心,武吏則朘士以奉文吏,文吏得所以奉,則恣而不敢問。武吏軍卒觖望,器備苦窳,警禦懈隳。武不能振,文不敢問,則有怯於公戰,勇於私鬬,其寢處之所及,閭閻告病,不待寇至常若苦寇。嗚呼!是所從來遠,若如之習,海内若一。

清江楊公一桂來貳泉郡,宣城沈公有客來寨泉之浯嶼把總,二公皆滿九載乃遷。二公清潔以持身,嚴正以涖下,矢心以爲國,協體以安民;籍不列空伍,餉不出虚額。士見賊而懦,遇民而悍,責之無所不率;士以飽嬉,民用按堵,凡有一事之利以及百世之賴,沈公開之,楊公成之,楊公持之,沈公夾之。二公既遷,民士念恩，厥並生祠，屬余爲記。

余記二公敢云不媿。夫下之所以愛其上久不能忘者，豈不謂有之以爲利哉！儲蓄衣糧，士所以爲利也。國家有養士之實，十歛五削而下，徒被名，則士怨生。士飽且嬉，卒而遇賊，竭死前行，喪其身首，是則命也。平居饑以餒，求無怨，不可得也。田疇、閭門、市廛、鷄豚，民所以爲利也。境内有不虞之寇，當事之人爲我驅除勦殺，則當事之人責也。彼其有禄於詔，有任於專，且夫不虞之事有時有也，不能率士，無以御之，士之苦民則無時無有也。無時無有，而求民無怨，不可得也。清潔以持身，嚴正以蒞下，矢心以爲國，協體以安民。二公之謂行無事，之謂杜未萌。行無事而不見德，杜未萌而不見功，無功無德而人知之，而人願之，欲其無念不可得也。夫往者，來之鑒也；美者，徵之勸也。非以美往，而實鑒勸，二公之記，予何媿焉。

楊公之遷也，爲廣西潯州知府；沈公之遷也，爲浙江都司僉書，並在萬曆丙午之歲，是爲記。

丁中丞城崇生祠記

城，成也，盛也，所以盛民也，所以成民也。不盛胡成，不成胡以明盛也！

崇之爲邑，蓋建上游。表以武夷之高，則欲界之仙都焉；蕩以建溪之奇偉，則海若之崑崙焉。自江南而入者，崇俶其觀；自南嶠而行者，崇窮其盡。俶則戒其始也，盡則思其振也。垣墻之不堅也，樓櫓之不完也，何俶何窮，非有土之責歟？崇之爲城，蓋堅矣，完矣！山可束馬，水若建瓴，雨師不仁，河伯莫政，田疇沮洳，屋舍蕩析，蓋城嚙水者二百二十丈，是在萬曆壬子之歲，計其修復之費當千餘金。爲縣者詠土國之詩，歌澤門之章，爲崇人相度，未有端緒。大中丞丁公請急東歸，候代於此，既爲崇人告災，請得蠲賦于朝，復目崇城之未有秉植，爲縣者蒿目未有所底也，出朱提之以兩計者三百有五十，用肇厥端，令縣踵成之。夫公之所撫而涖者，豈不有五十餘城之廣以大，而亟先崇，公所目也，崇所急也。推公所目與崇所急，知五十餘城者並繫公心也。晏子彰君之賜則以仁三族，金以三百五十也，皆君賜之餘也。不然，亦可以比於聖主所以惠養老臣者。公出而資於崇，所以彰君之餘者，在其所涖之土而舉聖主所以惠養老臣者，不爲治飲食、奉賓客計也。公視古人何如也？

崇城既成，崇人奔走歡喜，以請令史君建祠奉公。令史君爲崇人走書幣求何生文識之。何生曰：於崇吾見武夷之高也，建溪之清深，於人知有宋諸儒，於仕宦吾知趙清獻公自閩左方伯轉涖節鉞，不用煜燿振蕩之跡，而直以惇大和平之氣爲閩人固本而維命。予嘗及見公立譚間，衷心坦白，徑畛不設，知公真當世長者鉅人，不媿有宋儒先。而清獻公爲公鄉達先輩，乃其起家爲令，所及不遠，所以垂惠於崇亦惟一渠之爲施。公今爲成與盛，於崇之人利何啻渠？崇人得公所以成而盛，而受公之施，蓋武夷同高而建水並深。公之東歸也，以六月息者也。公行再出而圖天下，公誠再出而圖天下，立朝勳業當益與鄉達先輩媲德儷美。此時閩人被公獨私，猶夫今日閩有五十餘城而崇先被一焉者也。

公諱繼嗣，字某，別號禹門，鄞人。令君諱孔吉，字某，別號亦步，溧陽人。

龔廣文生祠記

廣文故未有生祠，廣文之有生祠也，自南安掌教龔先生始也。

先生諱士鏢，字某，別號劍峰，莆仙遊人也。持身廉重，敦行孝弟，風木昊天，昕夕在懷，二釜之悲，篤於寤寐，每值諱辰節序，哀涕有加。諸生時有饋美食飲即以恭奉几筵，承睫不御。人謂徒增先生之痛，無復敢饋先生者矣。至其尊事先聖，籩豆有嚴，齋沐載遫，雖在遂事，未敢即安。所以待諸弟子課試訓廸，有盡無隱，束脩之饋，一無所問。其居約辭豐，恥心蹇舌，赤着於頰，汗沾于背，若恐汙浼。至夫振貧申抑，惟力是視，衷不辭苦，色不見德，苜蓿之餘，節口縮腹，群從姻婭，讓哺分啜，愍至肫切，孚於儔衆，忠實誠信。自士迨民，可謂先輩之懿軌，學者之方型矣。銓曹以例遷先生弋陽王府教授。諸弟子熟道德於耳目，洞肺腑於內外，不忍先生淵抑以去，聲實不彰，空學越境走告何生爲文記之。

何生曰：蓋遠伏覩我高皇帝隆師之盛矣！高皇帝立紀建極，爲生民統其法，最嚴於贓吏之罰。一時爲國學師者，惟宋文憲公訥最稱上意，謂其以道教人，有功於父兄之子弟，雖鞍馬幣帛踵門稱謝，適足明恭，一時萋菲官屬並置誅夷，其所以隆師之意，何其盛哉！孟子曰："無爲其所不爲，無欲其所不欲。"其論義也，欲人自其有所不爲達之於其所爲。夫其不爲不欲之心，蓋露於卒然勃然之間，而成其介然决然之舉，稍有遲疑顧念之情，則貪昧隱忍且從而隨其後。先生以正大光明之操，發慈祥忠孝之實，道徹於本原，而行峻於坊表，著頮沾背，若恐汙浼，所謂施諸四體，不言而喻。令先生而當鞍馬幣帛之加，必有所逡廵避却而不敢受。其幸而值高皇帝之時，眷注褒奬必且出宋文憲之上，而猶然不免於王官之行舍，曰棄之而必謂之還，然以先生取予辭受之介以决，其何况於進退仕止之大。而諸弟子之爲祠以祀先生也，若將見羹見墻，景先生而高山焉，抑以見好義之公，人人之所同然，而不爲不欲推而至於不可勝用者。諸弟子且守先生之教，共明而共行之也。

董建陽生祠記

士之仕於朱文公之鄉也，猶其仕於鄒魯也。守於兖州，令於曲阜、鄒、滕，而猶媿孔孟也，則負孔孟矣；守於建州，令於建、崇，而猶愧考亭紫陽也，則負考亭紫陽矣，夫非他諸郡邑守令可用越軼自寬也。生乎百世之下，聞百世之上，莫不興起也，而况吏於聖賢之土、近聖賢之居，餘澤遺風如此其親且切也，而無興起之心，又何望於其遠者也。夫建與崇同爲文公之鄉，而建陽親切矣。生百世之下，仰百世之上者，文公之於孔孟也，以語其地猶然，百千餘里也。今去文公也無有百世之上，吏於其土無有千百里之遠，而尚可有媿且負乎？夫孔孟之論政也，德禮政刑導，齊則有差矣。世之近也，而事益以近，其於道益以遠，乃夷考文公所與建、崇二令，若諸葛廷瑞、趙彦繩、姚耆寅諸公，莫非誦其表先賢、藏書籍、置學田之美，是爲後事而先道。後事先道，其亦猶德禮之訓也。盡己之性，盡人之性，其在兹乎？

蘇白董公之令建陽也,蓋合建陽士民教且養之。教以行之士,而亦有以養其士;養以行之民,而亦有以教其民。其顯且淺者,見於誨誘之文、榜册之布,以口代鐸,以俗代雅,要於庸夫孺子之所共知,而其寓意之深,實望以聖賢之可至,至其周廻反覆之詳,可比於殷盤周誥,款曲而再三。蓋公之於士也,飲食之矣,考校之矣,又從而申之曰:士不可不立名節。名節,士坊也。士不越防,然後爲士,猶女不踰閾,然後爲女也。公之於民也,均賦役矣,平獄訟矣,嚴保甲矣,復社學矣,恤惸嫠矣,撫流徙矣,又從而重之曰:民在自爲,何善惡之異歸?一人思善即少一不善人,人人思善則無一不善人。無一不善人,而天下大安,不特吾邑。公之望士與民如此其至也,其可謂無愧於考亭紫陽,而上之足以契合夫孔孟者矣!比者,直指使者薦公于朝,以球琅鸞鳳比公,而朝端且以銓曹臺省爲公虚席。

建陽人知公之不可久留於其邑,群建生祠,碑公而志之,而徵文於余。凡建陽人所以頌公不一一,予掇公之大意,要其所以望建人不虚生先賢過化之鄉,而欲與同歸聖賢之域者爲建人誦之,蓋非徒美公之政也,誠望建人圖所以不負公教且養之盛心也。

公名暹,字某,江夏人,萬曆甲辰進士。

陳義士祠記

陳義士祠,私乎?公乎?曰私也,私則曷爲祠?曰私也而實公。曷爲私也而實公?義士當嘉靖之季,蓋嘗入壘説賊云,賊以平,鄉郡以寧,而義士老閭巷間久矣。義士既口不自言,而會有言於太守竇公者。竇公延之賓席,義士則不往。竇公高之,贈之以冠帶,而義士之功始聞於人人。義士没,里長老詳言於郡邑,攝郡卜公以聞於御史臺。御史劉公則下郡邑祀之。有司選地不相應,郡有衛民祠以祀故郡太守熊公之死賊正統間者,則以義士配其側,距之十餘年,縉紳先生疑而擯之。

義士子豸臣曰:"國家褒旌之典,有以德論者,莫如忠臣孝子、貞婦善人;有以功論者,莫如斬將搴旗、邊境捉生、捕首虜。然要之下人疏之,上人覈之,再覈再疏,再報再奏,而朝廷如擬施行矣。吾父雖用布衣得祀乎,然亦里老言之,郡縣牘之,御史檄之,而猶不足信,則國家之論德論功者不以郡縣御史乎?何郡縣御史之檄之牘能信之他而獨不信之吾父也!”則以請於郡守蔡公,請得自爲祠,敢以郡縣御史臺爲徵,庶幾春秋之事有司修虔式靈,若配食熊公側如故,蔡公可之。

何喬遠曰:匹夫之行易修也,而爲信難;士大夫之行難修也,而爲信易。匹夫之行修之止其身,近而難以聞,往而易以息,誦而傳之者寡矣;士大夫修之身、措之天下,人見之,人知之,相與傳而誦之,第患其不修耳。陳君孝弟篤之家,誠信乎於鄉,此匹夫所宜有者也。事莫難於説賊而紓難,而不足以得信於人,然則節俠之夫自古而止耶?柱厲不知而死難,狼瞫見黜而奔師,弦高犒牛,禺人從踦,非絶德也。閭巷之人,叔季之世,蒿目而憂,與人同患,蓋有之矣。不則漆室且女也,恤緯且嫠也,故曰有其舉之,莫敢廢也,誰任受信?誰任受疑?甚哉!義士之祠之不可已也。君子之好人善也,瘞也而揭之,鏟也而抽之。況世如此其近,而猶在里長老之所覩記者乎?豸臣一子衿也,授經不足以餬口,而獨其爲斯祠也,視力之所至,蓋亦曰其先祖無美而稱之,是誣也;有善而弗知,不明也;知而弗傳,不仁也。天子之禮樂,豈魯周公所當得哉?然何成王當時不以予小子封唐叔虞也?故曰有其舉之,莫敢廢也。故謂是祠也,私也,而實公也。予爲其記而系之詩曰:

有蠢群醜,譬彼驕蟲。勢既披猖,禍實蘊隆。有攖負嵎,鮮不陷胸。陳君入穴,如闖室宫。揖讓有序,譚笑肅雍。衆始不信,擬刃擬弓。不阻不怯,彌見從容。厭亂悔禍,天意人從。師帥郡縣,式武且公。武則克詰,公實大同。泥首面縛,庶免即戎。不如我言,干戈省躬。爲爾開生,我心則忡。衆悦從君,遂欵垣墉。果得不殺,散而歸農。君口反舌,莫明君功。君功既伸,又復蔀蒙。九原易世,孰表勞庸。臺史文書,久列報崇。有子搆堂,復具始終。皎日不信,請質耆龐。不脱不拔,靡輟靡窮。

丁冏卿祠記

泉之七屬，惟德化爲巖邑。六邑之水，遠近滙海，惟德化之水西折而入於閩。其嶺水瀉川壑者，怪石碻磝，不可以舟而達於永春，自永春至郡城，則溪可舟矣，是以德化轉徙郡城之難也。先是，郡令德化民上倉於永寧衛。永寧極海，德化極山，相去幾何，民無見穀，必挾金入泉市穀，而後可以上永寧，勞困矣！太僕卿丁公告當事者，請除之，當事曰："諾。"郡政有積穀，縣當領郡金積穀於其縣。而德化民鮮儲蓄，穀僅足支歲，持金買穀無所也。太僕卿丁公告當事者，請除之，當事曰："諾。"德化道可走尤溪，出而達於上京大都也。諸縉紳大夫或利其便，往往從德化，顧縣無郵置肩任之役，皆捉民於田中。田中之民孰能堪此，皆棄耕逃。太僕卿丁公告當事曰："上官之行則不可已，請額派其能肩任者數十人以待，其餘請勿應。"當事曰："諾。"

於是德化民頌丁公德，醵資爲公立祠。其農人下户聞之曰："吾亦欲祠丁公。吾儕小人也，丁公登第四十餘年所矣，其敭歷以銓部，以卿貳，官非不尊顯、氣勢非不軒然也，而未嘗有一蒼頭入而聲色我，收田之成即結芒鞵去矣。市井有不平事，公未嘗不爲伸理。吾儕小人亦欲祠公。"其邑人士聞之曰："吾亦欲祠丁公。吾輩書生也，處女自命，何所求丁公？顧公以大比科額儉於二十人，請學使多之。學使者善公意而不敢大戾於令甲，則爲公增一人焉。苟吾輩能掇科者，即所增一人當之，是公之教也，公之施也。公無念其初亦諸生乎！卿貳矣，而猶念諸生，此他日我輩立朝居鄉所宜法式。吾亦欲祠丁公。"則群相謂曰："吾聞丁公所善無如鏡山老叟何某，請即而文之。"則群詣鏡山。夫士與民也，僕僕四百里入鏡山而問文，至勤矣，德丁公至厚矣！

予廷而問之曰："請問古有如公之人爲予舉而實之。"則曰："夫庚桑也，而人社稷之。夫石奮也，不内史車里門。王彦方也，鄉人爲不善，不敢使知。杜密也，陳説郡縣牋記括屬，要在拯民薦賢。斯古人之行也。"予曰："請進之。"則曰："夫范文正也，與其鄉人以絹三千匹，曰是諸里人也，見吾科第則喜，見吾官序日尊則喜，吾敢忘諸？夫朱文公也，爲其鄉人立社倉教小學，所執經而問道者，孰非其鄉後輩？斯儒者之行也。”予曰：“請大之。”則曰：“孔子居其鄉，恂恂如也。一以爲父兄，一以爲父母。齊伐魯也，使子貢門徒歛於魯鼓攻焉。孟子居鄒懼鄒，君妄動以敵楚人，語齊王遠諷之。鄒與魯鬨，不責鄒以媚魯，而歸咎於魯有司。斯聖賢之行也。”予曰：“進止矣，可以頌公矣。”

公名啓濬，字亨文，號蓼初，以仁義禔身，以忠厚維家。家晉江海上之涘，以數千人遵公教，毋敢一人僤車上。公所至蒞官，殫盡心力，知無不爲，上三召公爲太僕卿，所以用公未艾。予知海内之人爲公立祠者，將盡公之所至，不特德化一縣已也。

二賢祠記

建陽縣學聖殿之左，有小堂一區，先兄屏臺先生以祀前廣文先生敬軒。先兄轉爲國子先生，仕終大理評事。既没，潭人復奉先兄主其間，名曰“二賢”。

崇禎辛未六月己巳，予自南都歸，携余兒九雲與余徒黄鳴晉拜祠下。見其庭宇潔修，欄楹丹漆，深感二先生教澤之存、潭人士風之厚也。其日廣文先生新建鄒復魯、鶴慶張幼清與鄉先生南户部郎中袁文紹，孝廉涂良立，諸生李純敬、江左玄、李毓元等皆來集，張樂合飲於尊經閣下，歡聚竟日，要以寓依歸二先生之意，以侈二先生，以彰潭人士之厚。其明日，余喬遠遂書而識之。

鄧先生諱以誥，新建人，禮部侍郎文潔先生之弟，仕終轉運使，年九十餘。爲潭人建學興文，誘之以聖賢之道。余兄屏臺諱喬遷，晉江人，修《潭陽文獻》，以表先□□堂曰“宗朱”。歲月課試士，首課士得今袁先生，爲時名流，潭人謂余兄知人。

鏡山全集卷五十一

記

澄觀軒記

觀出於澄，有小大澄，亦有小大觀。漸車之水，没筳之流，當其激縈晶湙，蓋亦足以鑒眉髮。然而投之以甓，則坎然；石則汩然；又投之以大石，則百惡俱作，若壁若漆。若夫萬仞之淵、千頃之陂，照映星辰、涵影山岳而莫測其終。潦水納而不渾，大浸滙而不□，巨細投之，若有若無。故夫有大澄者，所以有大觀也；有大觀者，所以有大用也。

禮曹之屬四，精膳獨簡。旦日坐堂上，吏牒不數紙，摘紙署押，皆因循故事，可不費虞度；即有可虞度，數月僅一二。署之後，數折至郎軒，漻乎若山林之居。郎直日與同官望雲物、倚幽樹、聽禽鳥，暇則涉圖史、治文章，觀古人之象，考今代之故，稽持身之邪正，論涉歷之畏夷，是可以澄吾觀者，莫吾署若也。余自儀曹副郎郎精膳，去撑棟之圖籍，而案牘不掩几；遠摩肩之胥吏，而臺隸不蔽目；省窮日之磨勘，而綜刷不盈晷。且以余之拙訥亡能，不間於馳逐交游之政，而獲是署之不煩，署若與余有夙契。然愚戇儜憒，不可漸移，卒然投之，不得吾心，則岫岫省省，挾孤見而動邪氣者時時有之。

余小人也，不能有兹觀，余殆大負署，猶然名斯軒而記之，以告後之君子之善爲觀者也。

思庵記

有可托其精神朝夕而注想者，思也。君子視聽言動，瞬息宵晝，罔有不思，而尤篤於思其親。夫當其高堂在養，膝下之歡不改於前，而啜菽飲水有可以自致，鷄初鳴而盥漱，日入而旨甘。又復鷄鳴，又復盥漱，又復日入，又復旨甘，夙興夜寐，所見無非親者，則亦無非思也。及夫音容既遠，日月代更，充充有窮，皇皇不得，疑於無；肅然聲容，慨然歎息，疑於有。有無之間，難乎爲情矣。古之君子齋之日，思其居處，思其笑語，思其嗜樂。致愛則存，致慤則著。苟以致而後著存，齋而後思也，則平居之時，其終不思乎？然而見似目瞿，聞名心瞿，要以耳目覩記靡不思者，君子之篤於思如此其厚也。夫上士終身而獨慕，中人時改而漸遷，執途人而告以先人之容，則泫然以悲。然過時而不思，不思則遂忘也。君子有所思，必有所寄，其思不逐於物，不過時而遷焉。

吉水李君之父號某庵，李君事之孝謹，以不得終養而以思名其庵。君於是睠然斯庵之中，榱桷几筵，庶幾朝夕見之。若李君者，所謂上士乎？終身慕乎？惜余與李君遠不及接焉，而其兄南鎮君來司教鐸，李君依依然，萬里而南而托余以文。余知君之思其親，雖已離鄉土，隔廬墓而猶不懈，不特其家之追思已也。勉哉，李君！夫孝百行之原，奉父母遺體敢不敬歟？思其親，必思敬其身，自玆視聽言動，瞬息宵晝皆有所思，以軌於道。李君之學進於古矣，李君勉哉！

吴台山房記

州循北山而行者，多巖岩之奇；望南浯而渡者，多大海之觀。西涉武榮，川峰競映，巖壑互輝，水繇丁溪、清溪二支而會，折金雞，滙笱江而放於海，其交會之處，水曰“雙溪”，山曰“顏鑪”。山勢蜿蜒飛動，腋挾兩陂二支抵山之嘴，折而南流。昔有顏姓者就山而冶鐵焉，故號“顏鑪”。山陡絶不任趾，榴薈所蒙，虺蛇所營，吴生望其溪沄如以幽，其山突如以童，其石偃者、文者、廉者、頑者、鬬而窪者，各負形類，而多没於土中，乃剷制栫刈，削木爲椿，堤於岸滸，選石而第焉。偃者仰之，文者嵌之，廉者立之，鬬而窪者剥之，其頑者轉丸於椿，得不隳於溪，而山岈然以平。據高爲房，窗户玲瓏，天宇四周，千仞之淵雙來除下，泙渫映衽，歛灩弄楝。旁鑿二沼，左有石如室曰“一文窩”，其右曰“練月池”，則水溁溁然。

循山南下，幽篁駢植，俯屬於溪，行者忘其逕之仄險而不恐眩墜，曰“侶竹莊”。折而北，有巨石如皮，盈畝卧波，爲山齗齶，曰“乘槎島”。緣石皮復南，密樹相樛，香茆爲亭，負山之陰，太陽所不照，而斜景及焉，漁人泊舟晒網，往往而是，可觴可酌，曰“垂綸亭”。亭之巔有岫，曰“隔凡洞”。古人姓山以匡，名谷以愚，故總曰“吴台山房”，向所謂無任趾之地者，得有寢處登矚而遊。

何生曰：“余嘗信宿之矣，潮聲響月，竹樹颼風，伊軋進榜，中夜而聞，則天地人之籟兼之也。”生曰：“吾且成西歸之津梁，信宿於何有！”生神情澹暢，才氣卓犖。今年過武夷，徑苕溪，道淮陰，會予濟上，問記於余，且乞詩公卿大夫君子而侈其勝，而異時許予以偕隱。夫孰使我倦遊而喜者，非吴乎？與我共雙溪、顏鑪之勝者，非吴邪？

栩栩室記

質卿先生觴余雲巖之畔，謂余曰：“自吾予告林居，神無停遊，心有餘趣，凡巖中洞穴之美，得其勝十，惟栩栩室吾朝夕有之。吾攀緣上下，幽探逖觀，倦則頹然寢吾室，視漆園亡如也。”余曰：“有之乎？”就求其處，則即嵌爲房，因竇爲牖，數椽之所續，二膝之所容，山靈以之爲搯斡，天地以之爲蠻觸，而公樂焉。

公語余曰：“凡天下之物，無可樂者在彼，有可樂者在我。宫室之顯敞，服御之皓侈，鐘鼓之駴訇，車馬之赫喧，冠蓋之葳蕤，物曷嘗有可樂哉？而人情愛焉。愛生羨，羨生求，求生貪，貪生累。是吾終其身以物樂心，而無所自著吾樂。夫吾所大愛，惟吾有身。吾所終愛，不能竟吾身。天下無上吾身矣，而不能竟吾愛。故無情之宅，足以蕩萬釁；無方之應，足以化大通。觀乎天地之初，表於萬物之上，凡此吾所樂也。”余曰：“公所告我者是已。雖然，公之蓄德滙美，淵汪於灕山桂水之間，而宏施顯猷，饑渴於縉紳兆民之望，公雖欲自居於莊周，以終其栩栩之樂，得乎？”公曰：“余業有成言矣，豈以物易吾心哉！蝶夢於周，周將夢余焉！”

彌高亭記

天下之物無高卑也，以爲高焉則高矣，以爲卑焉則卑矣。山也而復有山，山也而復有天，天下何高哉！地也而復有水，水也而復爲地，天下何卑哉！自以爲高者，自之所不得高也。天下之所謂高者，天下所以愈見其高也，故曰“彌高”焉。富貴也，自以爲富貴，豪有力也，自以爲豪有力，自爲高者也。富貴而不見富貴，豪有力也而不見豪有力，天下之所謂高也。天下高之，猶不得爲彌高。彌之爲言，無盡之謂也。精於其心，和於其衷，敬於其事，謙於其躬，視天下之人皆高，而己獨卑。天下之所謂彌高也，莫高於天，而天無一物焉；莫高於日月，而日月無一物焉。無一物焉，而後能精於其心，和於其衷，敬於其事，謙於其躬。精於其心，和於其衷，敬於其事，謙於其躬，而後無一物，天下之所謂彌高也。

顏君居魯，家於安平之西鄉，其家在山之址，而其山房傍山之麓，其屋若相負，而其門若相俯，搆亭山房之顛，請名於其家之國相奇黄公。公命之曰“彌高”，曰：“此吾家語也。”索記於余。余聞君故俶儻魁岸，交游當世長者，然其爲斯亭也，當非爲杯觴游宴之地，殆將以修其隱志，韜藏其身，教其子孫，故以天下高卑之大理爲君一誦而存之，則請以并質國相公。

蕭齋記

謝公冏卿致偃師而歸隱鷲峰之野，闢屋傍舍爲齋，土墻四周，清池小鑿，軒窗朗敞，琴書之外，兀無一物。其前則群峰擁其户，其後則群木聳其口。公曰：“予將竹焉，命齋曰‘待我’。”予請命之曰“蕭”。蕭者，簡遠之意也。顏子非簞瓢陋巷，雖結駟連騎，語人以心齋坐忘，終成俗物。陶令無絺綌冬陳，缾罍校罄之景，不過一自免之郲曼容而已。觀公齋之無累，而公無累可知。故夫結搆趨止之間，可以觀人焉。抑竹之爲物也，截之可爲簫管，其美而名也在瀟湘之陰。蕭者，肅也，於物爲冬。彼其可爲簫管也，堅節而虚中，其在瀟湘之陰樂水焉。於氣爲冬，而不改柯易葉。公雖種竹，即以蕭命齋可矣。

天聽閣記

休寧蘿陽程公以萬曆甲午來守吾泉，與余謬有心期之契。去之十餘年，爲丁未歲，復來觀察閩中。自汀鎮過泉，飲予鏡山之亭，訪予讀書處，曰："是屋貼山而濕，不可居也。"其秋，余病。公聞，割俸金十寄余，爲予搆閣資，使得燥爽焉，且命其閣曰"天聽"。公既不言"天聽"之所以名，而自是旌節不復過泉，無從質問。予不敢隱公厚意，搆而成之，而爲之記曰：

予一不知夫公"天聽"之指也，古人有云："天聽自我，民聽出王，遊衍無非天者，凛然若天之聽，則無一日不畏天命而持戰兢。"公之意，其是歟？抑以予貶逐日久，老無所底，冀天聽可回，庶幾尚顯其身。然公之意皆不可知者，乃予之自銘曰：吾將勉夫不敢不畏，凛乎若天之聽者，其他用舍去就，生死之際，一聽之天而已矣。

喜雨亭記

蘇子曰："亭以雨名，志喜也。"何子曰："亭以雨名，美雨也。"蘇子所喜之亭，亭成而遇雨。何子所記之亭，美雨而爲亭。謂雨而有心乎，造物之故，孰可控搏？謂雨而無心乎，反風貫日，止火拜井，古人有之。然則其人足以當造物之應，則曰其人之致也；其不足以當造物之應，則曰非其人之致也。

同安令君青岱李公，蓋所謂其人者。禱雨而雨得，民其不喜乎！公非特一祈一禱之勞而已，施於有政，無非時雨者。祈焉而天雨，雨焉而民喜，喜焉而民亭之也。同人爲公立喜雨之亭，何子執筆爲之記，倣蘇子歌之曰："即令天雨襦，亦人有而人無。即令天雨粟，亦人足人不足。惟天雨雨，德施自普。上天貺令，遍此下土。民無繇德，天維令君之祜。"

見龍亭記

南安學之左方，所繇入郡城道也，田畝錯雜，溝塍駢貫，前邑令陳公愛爲橋高之以便行人。前郡丞丁公一中來視篆，曰："是在學宫之東，橋實如龍，而周道夷然，於以興起人文不稱。"即橋之首亭焉，亭曰"見龍"，若龍驤矣。今侯史公曰："曷若閣之？"捐俸金與廣文先生龔君、陳君、嚴君閣焉，名曰"文明"。於是，巍翼改觀，學宫之勢益壯。三廣文先生徵何喬遠爲文以記。

喬遠曰：於《易》有之："見龍在田，天下文明。"史公以加於見龍之上，意其是耶？公之名斯閣也，無非欲是邑之人聲名焜燿，事功宣朗，振起光大於無窮。乃予推公之意，則所以期之者遠矣。士也，有不篤實而能光輝者乎？備大人之事，則本於尚志。天民達，可行天下，是豈漫然應世者比哉！學以聚之，問以辨之，寬以居之，仁以行之，所以培滋其中，含弘其外，而要之，庸言之行，庸行之謹，規矩準繩，不得而越也。士備科舉之業而兼通詩賦文詞，猶以爲無害也，有備科舉之業而不可自準於聖人之道者乎？古之人一郡一邑之長，皆謂之君，故曰："雍也，可使南面。"得百里之地，而君之德博而化，利見大人，以爲君德，則夫士修其德，將以學君人也。畎畝之與居，溝塍之與侶，非士其誰？見龍在田也，當時舍之日而有文明之兆，大人之事備矣。然則我史公所以期望邑士之意，誠欲其先於庸言庸行以立其基，而後以造篤實光輝之盛，則其於宣朗焜燿，光大振起，有不期然而然者。夫惟斯邑之士設誠行之，然後無負有司之學建閣之盛心也。三廣文先生皆曰："善。"遂以爲記。

豁然亭記

予與柯軸叔步於五賁堂之後圃。軸叔曰："欄檻軒敞，素墁如雲，先生可大書乎？"予命其亭曰"豁然"，而遂記之。

君子之學也，大其心以涵天下之物，虚其心以觀天下之理。其涉也如浮，其應也如休，是以耳目不役，藩籬不設，以能豁然天地之外，而超然於萬物之表。今是亭也，林圃夷平可數十武，巍然之山實當其前，潤澤秀映，無險巇之石，盤互之峰，予愛其有合於君子也。是堂也，予友胡良甫築以居其子侄讀書其中，故予以斯義發之。良甫語予曰："江南無千畝之竹，吾園幸夷，吾將種竹萬箇，命之曰'緑猗'。吾命堂曰'五賁'，取无咎也。夫竹有通心，至虚矣。賁無華飾，至素矣。合虚與素，其有不豁然者乎？夫是豁然也，而非虚與素乎？而非君子乎？"

正氣堂記

余觀有宋士大夫居官遷轉,多者歲數,少者月數,所至皆設有亭榭池館以爲壺奕射燕之賓位。而國家士大夫一莅其官,遂至日不暇給,即有亭榭池館之可設,亦若以爲費於財而佚其任,是以遷轉之期即多於宋之歲月,而亦不肯爲之,何古今之不相同也。

余以天啓二年嘉平之月,備官光禄。四行屬署至珍羞之署後,畜養天鵝之所有堂一區,蕪穢不治,署官不一跡至焉。乃以明年仲春土工可興,穿其塓垣,屬於光禄之旁,而名其堂曰"正氣"。余惟陽之與陰,君子之與小人,中國之與夷狄,有介然而不可易者,一理而已矣。理,一氣也;氣,一命也。故曰吾之心正,而天地之心亦正;吾之氣順,而天地之氣亦順。國家承平且三百年於兹矣。主上踐祚,建奴跳梁於遼東,奢酋猖獗於蜀塞,安苗屯結於黔省,蓮賊蠢動於東郡,一年之間,漸次平除,而建酋釁孽尚未寧弭。吾輩既無邊圉封疆之責,則惟有養其氣以勝之耳。昔者,淝水陳師,謝安奕棋;澶淵盟虜,寇凖飲博,卒以成功而靖變。彼二子者,其氣有足以勝敵者也,而況遵聖賢之道,養剛大之真,精白一心,光輝顛實,足以對天人而無愧者耶?白日當空,魍魎遁逃,青陽吹律,凍沍消解,固事之必至而理之固然者。故因斯堂以告夫後之君子,皆以光明正大之衷,盡奉公忘私之誼,無一毫陰濁蔽翳介其中心,則葆攝温存於此,固有所銷鑠震盪於彼,而亦知余之名斯堂也,非徒如古人亭榭池館以備壺奕射讌之賓位者也。

不自棄堂記

宋人有《不自棄文》,余今有不自棄堂云。余家居遭回禄之變,居室既已燬,烈焰之餘,與所毀以紓火者,木猶槎櫱牙蘖堂序間。予不忍棄,載之鏡山,集以成堂焉。斷者續之,長者短之,方者圓之,侔材揣宜,各因其勢。於是,栟櫨畢備,宗桷悉完,而余堂遂成,因名其堂曰"不自棄"。昔文温州林令博野,枏、樅、柏、杉北土不産，第榆、柳、桑、棗多諸曲木而已。林爲令，取以新廨，曲屈者置諸陰，方直者置諸陽，百曲不呈，衆直並顯，林命其堂曰“致曲”，予兹名堂即此意也。

何子曰：“目，吾患其不明，終不明也，不棄目乎？耳，吾患其不聰，終不聰也，不棄耳乎？口，吾患其不戒，終不戒也，不棄口乎？手足，吾患其不恭以重，終不恭重也，不棄手足乎？目吾明之，且無論耳；耳吾聰之，且無論口；口吾戒之，且無論手足；久而合之，而明聰以戒，恭以重，則爲非禮勿視，非禮勿聽，非禮勿言動之人矣。故不自棄者，所以不爲棄人也。予老矣，平生自棄者多。孟子曰：‘謂吾身不能居仁繇義，謂之自棄也。’衛武公儆其國人曰：‘無以我老耄而捨我。’余幸未至武公之年，有登吾之堂者，時時以不自棄箴我，是不捨我者也。”

克薪堂記

古人有言：“其父析薪，其子弗克負荷。”荷薪重也，析薪輕也；析薪難也，荷薪易也。荷薪誠重，顧不過一手一足之力爾，析薪則必尋銼刃、費伐斫，經日閱朝而後成一荷。是父處其勞，子居其逸；父爲其難，子舉其易，而尚弗克也。堯、舜之道，孝弟而已。一行道，疾徐之間，而悌與不悌爲之分途，故曰：“非不能也，不爲也。”

故潮州司理湖林鄭公，翰林道圭君祖也。湖林諸子故祀公於家，太公印湖公謂非所以妥先靈，心念建祠堂祀公，久不克就，而道圭君起，買地一區，如太公意爲堂，未成而太公没。道圭痛先人有志焉，既底法矣，不及考厥宫，因名其堂曰“克薪”，以志負荷之美。蓋古人之望人子，不責人所難，如堂搆播穫之言，皆以其易者望夫人之子，誠恐其汩没墮隤，棄厥考之翼，惟聊且粗略便可當國人之稱願，故追王太王、王季，上祀先公天子之禮，此一賢士大夫能之，而周公成文、武之德即在於是，此道圭君所以追志其先人之美。而道圭異日爲朝家擔負天下，以推明印湖公未究之蘊，當不止一堂之建而已。余於是乎爲道圭頌禱，而不能如張老之爲晉大夫發者。

瞻雲堂記

予以戊辰之春過自永陽，張鯤水先生留予於瞻雲館者累日，因爲予曰："余官滇雲，是館也，予兒世樑所築以望予者也。予亦有望焉，望我子孫世詩書之業，躡高雲而上征者也，夫子爲我記之。"

予曰："孝哉！先生之子之能爲子也。"又曰："慈哉！先生之能爲人祖父也。《詩》，人君歌《鹿鳴》以賓其臣，臣歌《天保》以答其君。君臣、父子倫則有間，其相爲懷而相爲望一也。雖然，先生之子之望先生也，豈徒飲食興寐之節而已乎？必曰：殊方瘡痍，吾父瘳之乎？棘箐跳梁，吾父柔之乎？金寶賓賙，吾父投之乎？如是，則雖兩袖清風，一船明月，樑也，有餘榮也。先生之望其子孫也，豈徒科第衣冠之盛乎？必曰：能立身乎？能孝親乎？忠厥臣乎？如是則吾足以老矣，如是則兩相瞻也，兩相愛也。繇愛得畏，從畏愈愛，是謂張氏父子祖孫間。"

學好堂記

天生萬物，幸而得爲人。作好人尚不足盡人之道，況作不好人乎？作好人要學，玩詩書，探古昔，此士君子之學也，其在凡民，則發善心、行善事、觀善行，而人遂好矣。僧家每口口曰"阿彌陀佛"，言其欲如佛所爲也。惜乎大地皆是俗僧，口雖念言，心實悖之，若肯心如其口，豈不大極樂國世界哉？

張子維楨從吾游有年，予許可其文詞，而竟不得志於有司，以教讀之餼上養二親，二親以天年終，益無意與世人相角競。永春之蓬壺山，是維楨教讀地，山中諸人皆愛之。因維楨一心求佛，遂畀地一區，建作道場，而維楨名堂曰"學好"，長齋禪誦其中。維楨之名堂以自勗也，亦以勗世人。唐孟詵有言："善養性者，善言不可離口，善藥不可離手。"余於維楨及世人乎均望之矣。

幽居菴記

出蘭陰數里地名徐塢，四山盤擁，雙溪在前，萬峰列後，左連靈洞，右接豹巖,蓋奇秀包絡四外,而塢中自爲一乾坤。前朝有月堂心公居之。洪武中,有肅菴禪師者,見其山水而樂焉,瀝血書《華嚴經》,得檀施,積以搆材,乃即高美之處建殿三楹,莊嚴聖像,又建堂三楹,以處禪榻,名其堂曰"息心",歲久頹壞。

有無住禪師者復來建庵於此,始於萬曆三十六年,經今崇禎四年,三十餘年矣。法堂方丈森然嚴整,而禪堂廊廡尚在經營,語余曰:"吾師蓮池居士也。吾師之教,勸人苦行自力,不得妄求檀施,耗費物力,徒取自利。吾之爲此庵也,力盡於田,口縮於粟,錙累銖積以成此庵,是以其成之難也。此地有建文皇帝遺像云,其削跡於此,雖有知其蹤跡莫敢發覺者。蓋建文皇帝慈仁之德尚在人心,故雖其失國逃竄,而猶得以自存。"禪師即出建文皇帝像示余。余因有以知師不徒保護世尊,而繫心遜國舊君,不欲泯其一時之跡,意又甚厚!維蓮池居士倡道浙中,弟子雲萃,而師實爲上首。

余因考肅庵禪師遺事,蓋參懶牛於鍾金山,拜千巖長老於烏傷,禮志剛於石門,返而受具聖羅山菴,燕坐三年,足不履外。今禪師自楚遊越,得蓮池居士爲之依歸,而又得故中丞石樓徐公施地布金,爲之宰官外護。蓋蓮池居士欲得高足以廣其傳,大中丞公欲得出世高僧以表其地其山之勝,相成如此,良非偶然。因知空門一事,斷非無出世之德、出世之材可苟且就,而古今名刹流傳人世者有繇來也。

蕭氏祭義二田記

君子之道,仁義而已矣。上治祖禰,尊尊也;尊尊,義也。下治子孫,親親也;親親,仁也。旁治昆弟以合族人,仁之至義之盡也。有祖宗而後有我身,有我身而亦有昆弟族姓子孫之身。則吾之身即我祖宗也,吾昆弟族姓子孫即我身也。身被黻冕簪紳之榮,而春秋祭祀,簠簋不加,家人君上之賜,昆弟族姓困苦而不能存。自君子視之,則黻冕簪紳不足爲榮,家人禄賜不敢饗充軛者矣。孟嘗君告其父曰:"厚積餘藏欲以遺所不知何人。"大抵今之仕者多欲遺其所不知者爾。夫祖宗、昆弟、族姓子孫,故我一身也,若以大盡論之,則子孫於我亦無繫綴也,吾所大患爲吾有身,其吉凶禍福不能預知也,又安能知所不能知之子孫?然則不出於仁義之心,我子孫亦不可知也;出於仁義之心,遡我祖宗一世以及前千萬世無窮也,念我昆弟族姓子孫一世以及後千萬世無窮也。古人三月無君,聚而相弔矣,曰不得以祭,去國三世,兄弟宗族猶存,則反告於宗後,不忘本也。晏子敝車駑馬以彰君之賜。原憲褐衣糟糠匿於窮巷,其辭九百之粟,孔子不使以爲家。孫叔敖三爲楚相,一日可得百金,殁齒無分銖之積,其子負薪。自非以豐先祀而壽困宗,豈應空乏至此耶?然則古人之所以爲古人可知已。

陕西憲副汝南蕭君察起家邯鄲令至今官,宦遊十餘載,所得禄賜不敢自私,斥買田二頃於其始高曾祖兆,次又買田二頃有半,近其尊甫封邯鄲令公之兆,以供春秋祭享,别置若干頃曰"義田",擇族之賢而長者稟出納焉。族人貧不能婚娶,死不能瘞,生不能養且教者,皆周贍其中,量世屬遠近以爲厚薄。蕭君之心仁且孝,其無媿於君子古人也。君故吾閩人,自邯鄲令爲比部郎,周遷藩臬,備邊西塞,虜人皆聞其名。其在比部與余同時爲郎,每居閒過從,談説皆相勗以先輩之誼,故其存心如此。

黄氏祀田記

清溪靖江丞黄公大本,立祭田以祀其先,田百畝,其孫曦陟求余記之。何記乎?記難也,記永也。

何謂難?丞公蓋兄弟二人云。其弟曰大任,家故饒也,而大任出爲人後。其所後者視公産三之一,公念其薄,出父産與大任均之,人各九百畝。而此祭田者,亦丞公之田也,使己之子孫與弟之子孫遞收焉,以備犧牲粢盛之用。夫出己産以均後人之弟,難矣!立祭田又己産,又以均弟子孫,又難矣!是以謂之難。

何謂永?老子曰:"善建者不拔,善抱者不脱,子孫祭祀不輟。"令丞公也,銖積寸累,殷然起其家,以畜其子孫,以承其先世,以胙與餕集其弟之子孫分饗之,可以爲建矣,可以爲抱矣。於拔脱也,奚有不自有其家,不自私其子孫?出之一身,公之人人,夫是乃謂善建,夫是乃謂善抱,祭祀不輟,不亦宜乎!是以謂之永。

丞公學於莆林兆恩，講三教合一之旨，晰萬物同原之義，是以愛其弟，均其弟之子孫，有合於聖賢大公無我之意、方正均齊之道。古人有云："爲難於其易。"孝悌之心至易也，而人不能，乃於丞公乎見難。又云："永言孝思，孝思維則。"孝思一念，斯須之間耳，而時起時滅，不能永也，乃於丞公乎見永。余早歲聞丞公名不及交丞公，故於曦陟之請，爲公樂道之。曦陟耽書嗜善，爲之不厭，是將有以大丞公。

焦山枯木堂義田記

原夫聖相毫光歷千萬劫而不壞，智林慧炬一刹那頃而如新。鎮江焦山者，砥在江心之流，舊稱海門之國。自洪荒以降，未出於前聞，緣善財一登始章，其佛土久爲海雲師大菩薩證心之地，載在《華嚴經》六十卷有二之中。宋佛印上人之精專，望方拜禱；蘇子瞻内翰之才傑，倡首題詩。其始也，上灼漢霄，露靈光於五色；其後也，下呈基趾，發遺跡于千齡。敞高閣於寶蓮，圖真身爲顧象。既而宗風繼振，則有圜悟芙蓉大師。自是法界宏開，輒表焦山枯木；精舍歸真，影晦越世儀遷。入石三分，但知銘出王右軍之《瘞鶴》；閉關久歲，俱云居屬焦隱士之藏龍。

於今爰有道胤大師，春煦比心，秋霜如面。羊鹿兼引，狐鴿同馴。金容三千，大端麗表；繇旬五百，悉入净居。爰有嘉禾宰官、延平太守，仰尊顔而不捨，投五體以自歸；真定大王坐趙州而不下，裴家太尉奉蘗寺以爲尊師。惟念大事之無常，揭華嚴以喫緊，遂能令京口之蓬户，悉來拜上首於桑門。先是新安道人施金三百，師捐爲雲水之供；於今海心長者割田大千，家更罄儋石之留。眷屬俱來，雖不侔婆塞婆夷之衆；委蜕並至，皆祝爲無着天親之儔。師感其發心，並垂摩頂。於是延平太守、嘉禾宰官來乞記文，具述緣起，庶世人知慈雲之廣布，俾來茲席法海之弘流。於是，鏡石山人，扶桑海客，亦歛右肩，用題左券，不辭瞻拜而作偈言。偈曰：

無住無常住，則以非法故。非法不離法，能起有法心。惟兹大衆人，受記悉歡喜。念持甚堅固，不弱於金剛。聖亦不能成，瞖亦不能壞。成壞悉皆色，則有不壞故。惟兹大衆生，不作第二想。既罪還獲福，枯木之禪師。

顔氏兄弟同域記

襄相國顔君語余曰："自吾家安平鎮去南安縣三十五都之洪嶺有我兄弟之墳在焉。余與吾先兄同穴，斥吾官餘買田三十石，以使後之人守之，子其爲我記。"相國又曰："余少鮮兄弟，貧無立錐，人莫念也，幾不能讀書。余兄衣我食我，有無假我，我是以至今。余未子，莫適爲子者，乃子吾兄之子焉。於戲！此我同七世祖兄也。"相國又曰："管仲之賢也，鮑叔分財焉，卒世爲相知。韓淮陰功勳百戰，漂母一飯而德之。雖然，余非爲此，余將以媿夫世之同胞共乳視如路人者，余將以誨夫世之吝財而輕士者。"

於是同年何喬遠爲之記。記曰：古之豪傑之士，苟遇其人，雖在數百歲之下，思與同死，卒有死者曰："吾得與古人某某同遊地下矣。"況一門乎？相國之兄，蓋所謂豪士也，而身爲德於相國之身。然世之人微而德之，得時則忘之者往往。今世士大夫無子則多侈衣服飲食，大其營兆曰："吾所得於造物者僅此，此主父偃五鼎矣。"相國微時得其兄力，老而終念之，至與同穴，抑相國不能自爲穴與老處士者一丘，爲德之厚、爲吏之廉，皆可見於此。

相國名魁槐，仕廣昌令，遷楚雄同知，又遷襄長史。相國之兄名理學，賈而儒，可謂不負其名。

郭氏先壠圖記

圖者，何沅州太守以述郭公思其先人白石公與李孺人之壠而作也。水纏其左，田環其右。鬱然而丘者，林柄岡也；聳然而遠擁者，三台、雙陽衆山之勝也；灝然而滙流者，洛陽之江也。岡之中間，如几如屏，石柱雙望者，太守公之先壠也；博帶深衣，徐行而風颺者，太守登也。太守之登其壠也，思而若有告乎，疑而若有請乎，望而若有見乎，慕慕焉而若有惻然悲者乎！

人孰不欲其父母之存，而至於不能存者，人子之大極也，不壠可乎？奉柩中堂，猶若即而見父母，而曰非禮也。爲高丘焉，秘闉重門，庶幾春秋之事有所憑而拊焉，又何必靳絜無郄而曰非禮也。衣之以磚石，杵之以灰沙，若錮南山，庶幾恔於人子之心，然而吾親終不可得見矣。故其繇斂手足形而奉柩，繇奉柩而壠焉，人子之無可奈何而即遠其親也。藏焉而不得見，而爲主而祔之廟，若太守公焉，圖而寄之家者，人子之無可奈何而即近其親也。人而不仕，曰無以顯榮其親也，仕也，至于卿相尊顯矣，皆必歇歷中外乃能得之，則有三四十年而不得登其親之壠者，其不能不才而毀于官者，則曰無顔以上其父母之丘墓。服官中外，足稱任使，榮其先人，以州太守而得春秋奉其先人之壠者，莊周所謂處於材不材之間也。

林柄之岡，太守公先壠在焉，即家圖之，然而均不可得見父母也。欲登其先人之壠也，必出郭命車，果腹乃至。朝夕懸圖而朝夕見之者，則無異先人之壠次也。太守公之身登其先人之壠也實焉，而見虛；其圖其先人之壠也虛焉，而念實。吾以是知太守公思其先人無日已也。

蘇氏先壠圖記

蘇子介奉其尊甫艾齋公歸土，將有四方之行，圖其壠岡而告余曰："人心無不之也，無不留也，雖有太室、華岳、滄海、黄河之觀，心知其不可留，適當欣快，遂欲忘返，未及終夕崇朝，輒與俱盡。乃有阡表原頭，坂支草心，一奉親魄，終天與係。方其未也，杳不相聞；及其奉也，切不能判。且夫父母之在也，亦有居室宴游之處，去住遷止，適無定歸，名爲神棲，不曰體居。夫惟一丘一穴，終天居之，則終天奉之也。當吾父母之存，而莫喻吾愛也，吾有欲見趨而侍也，吾欲有言奉而誨也，雖愛父母，如不於父母也。今吾父母之亡也，而莫喻吾愛也，入門不見，入室不見，上堂不見，趨而之其體魄之鄉而又不見也，無幾何時而一往焉，無幾何日而又一往焉。歸則若忘之也，往則若失之也。欲愛父母，如不愛父母也。松楸者，吾父母之衣衾也；土石者，吾父母之庭除也；罣如臯如，吾父母之欏棟也，然而終不見父母也。終不見父母，而猶得無時至無日至也，一有四方之行，而并其所謂衣衾、庭除、棟宇，了不得而見之也。夫馬醫夏畦之丘，其子孫猶有朝跂夕懷者，况吾父母之德善行誼其所以教子者無窮，而其可以無示於人以式訓來者無盡也，吾如何不思也！吾圖吾親之壠，奉之篋中，雖有四方之役，值春雨秋霜之期，展而翫之，猶若目也。吾煩子記。”

於是何喬遠擬筆而爲之記，而爲之歌曰：

天柱之鄉，德人之藏，悲親以無窮；天柱之鄉，德人之藏，思親以無方；天柱之鄉，德人之藏，爰有遺蜕名樓于家邦。光而顯之，樂親以無央。

夢　遊　記

夜夢登一山焉，童如突如，秀色孤穎，遂稅駕乎居人。居人方會客，飲余一杯焉，其色紺如，味如醇醴。旁有一客，攘予飲之。一客着逍遥之巾，翩翩道衣，與余偕行數百步，踰一嶺，其地平曠，無有沙石泥塵，宛如帝畿通衢十二之街。其居人飲食衣服鮮麗，委貨於衢，雜列爲市，多菓品麪餈之食。客曰：“且去此而南臺遊。”又逶迤數百步，視南臺近，怪石礧礧不可登，必出東郭，自中郭門環入乃可至焉。造東郭門，則兩山對峙，似名崖口，瀰漫黏天之水，入崖口而下，浸乎城根。城根之階鐫大字曰“繇此西至九江”。其日晴光曠望，風波恬静，令人有張帆遠舉之意。傅城根而至中郭門，巨石臨江，欲落欲拜，多唐宋時人紀遊其上，復有“神跡”二字，筆意飛動倒絶，細模所書之人，闇剥難省，入其郛，始見南臺，則瓊宫貝闕，孤環獨峙，折入方丈，仲兄與李世禎已先造矣。因登樓背望，珠琳稠疊。鷄鳴一覺，嗒然相喪。

夫天下繁麗之都，名山巨滙，多余所願遊而未至者，若既至而遊之，猶夫夢而已。今無裹糧褰足之艱，而有湖山耳目之便，其於真遊何異？抑神啓我先，而於後遊卒有會耶？殆予膏肓泉石，而夢隨吾意所如往云耳。

遊天柱山記

漳多山，天柱最高，亦惟天柱最勝。天柱而外，忘歸石最勝。其他如象、如馬、如鷹、如蓮花者，不可勝比，獨二者奇耳。始繇洞門入，石相藉相支，穿空而徑，石盤鑿井如臼，以竹引泉，滿臼而滲壑，終歲不絶，是名“一線”。入門見寺矣，門際爲忘歸石。石廣可三丈，若砥，下俯幽絶。每夕陽夜月泛灑其上，可忘歸也。以其近在寺前，不費登陟，益爲佳。寺之右有梅閣，是皆古梅，環閣前後。繇梅閣而上，得石室可覆也。余嘗游粤西見風洞、華景諸山，石下可坐十餘席，是屋似之。屋從徑入，有石如人字上跨，余曰：“此懸磬也，寺右之勝盡此矣。”

天柱在寺東，過劍脊橋得其處。劍脊橋，石洞也，窈然以幽，暗泉、積苔、古木、樛枝、落葉殆滿石齒，齒如劍脊。然近處落葉石上，歲久化土，復生古木也。稍東天柱矣。柱特一石，高可十二丈，横半之，白者如玉，溜而苔者如緇，雙紋直下，余口占云“無聲瀑布乾相向”也。稍過，上一石無名，又一石爲燭峰，皆在峰顛，砥如忘歸，然皆不如，以其費登陟。去此東北，可眺温陵諸山，蓋見二百餘里也。

余以甲辰三月訪友人林德芬、戴亨融漳中。德芬家漳浦，遠不可至，即至，亦貧不能主。惟亨融居長泰，且石室主人，乃即亨融約德芬焉。長泰令管公彦懷散朗峻潔，有令外之致，拉余與亨融登兹山。去歲孝廉張紹和爲余言兹山，於心不忘也，今主人又增一管公。寺久廢，皆管公所修復。梅閣，管公所置。石室，國初先輩黄公文史讀書其上，而亨融前爲木屋焉。管公住山一宿，凡迷樵、觀海若燭峰諸小勝，並偕余登之。返寺，太僕唐公恕軒特來觴予。名德長者也，而遠勞若是。唐公若管公俱歸，余獨與亨融留兩日，徘徊天柱、忘歸者再。山月夜出，子規啼聲，至晝夢寐，殆非人間，苦不得德芬。計且去，適晚坐忘歸石上。樵人報有肩輿至者，皆逆喜曰：“此是矣！”既果然。余溢觴大酌，頹然就醉，而德芬尚醒，於是亨融再挽留山中六日。山日晴朗，俯視千山若豆登，而溪海如杯帶。又二日，雨氣微茫，及暮始散。殆如海中，有時下霧上霽，有時近烟遠日，變幻殊態，不可名狀。余三人者，日吟詩數篇，其聲律之嚴，一字殆不相假。余不能書，亨融日逼之書，乃勃勃有臨池興。

憶余上計時始識德芬、亨融魏博間，然與德芬縱飲劇談獨習。其明年，皆舉進士，亦皆東西散去。又數年，予爲郎，與亨融聚京師，常從吴吴文仲、楚王惟允、滇劉懋學、越袁君學攻擊彈射無虚日。而德芬爲州於外，會亦罷。余在魏博識亨融也，而不習，在京師習亨融也。不得德芬行二十年矣。今日復持鼎足峙於兹山之上，相與考德論業，引故道新，亦不負兹山之靈。此吾三人之大奇也，不可無記。聚凡十日，詩十九篇，從游者秀才王唐奕、士蔡夢星。

行建劍記

天之生物皆有意焉。余行建劍間，灘水甚多，行人苦之。予獨謂建劍山水陡瀉，不得多灘障拒，水勢則直流至海，溪力何恃？夫惟拒之捍之，水難爲流，溪力始全，而行水者方有所資，蓋天意也。

今夫劍州之灘，莫險黯淡，而人之過者，同於倏忽間耳。蓋緣仕宦好事者率以爲險，先後鑿除，自宋至今，鑿者不知幾人，每有所鑿，輒自爲功而記之。不知黯淡失險，不惟劍州之水難聚，而風氣且傷，人民亦且難富庶。故灘也者，行水之階級也，登高者而無階級以登，其於墜下也如轉丸矣。

因思自古吕梁洪若莊周所載，固天下之至險，古今之人輒行開鑿，於今不見有懸崖千仞之蹈矣。夫吕梁，黄河門户也，河靡捍拒，奔决於徐、邶之間，至今爲甚，皆坐失吕梁之險之所爲也。夫天下之勢，有時束之愈峻急而人情不得弛慢，反以治安；若夫放而使之蕩佚，則馬失御轡、牛失衡軛，更安得牛馬之用哉！

余書此記，不特治水也，亦所以推之治天下者也。

臘盡東行記

臘盡，葬期也。荆長史若長史弟、袁州使君趙子、户部江子、吏部潘子、學使李子、參軍陳子，皆葬其親洛陽之東南。余從參知劉子往拜。過橋循南，行盡於橋西北海隄上。以二日,其初拜江子墓葬母焉。江子反主,見其封君。轉劉子先墓。松柏蔽翳,知禁樵良力。遂至參軍墓上,參軍所葬其尊甫安東令公。安東令公三仕中,剖其俸資公諸兄弟,泉人稱爲孝友。先生,余爲銘其墓者也。安東公不問家人産,好飲酒,其下酒好用柑、橘、薑、蘿蔔、橄欖之皮,世人稱“五皮先生”。長者可念也,余指墓之前巒是可作佳兆。劉子曰:“吾侄之祖葬焉,葬後吾侄薦鄉貢。”吾平日語人識堪輿,人皆不信,及是乃服。因過參軍墓廬,一飯而過李子。

李子新喪,而遂葬,不歸虞,視窆畢,固其外封乃返。粥而蔬,有菜色,令人如不欲生。酌我酒,吾噈而不得下,悲乎哉!吾將行前慰之曰:“願卒勉之。斯道也,久亡矣,吾林間十餘年而得郭子儲琰能行三年喪,乃今得李子。”

返過潘子,潘子方返主,墓除罽然,享堂翼然,明月在庭,吾徐行憑欄,涕出復收者數四。潘子,清吏也。吾亦人子也,葬吾親二十年,無堂享吾親,吾有酒亦不能噈也。即宿其享堂。

明過趙子,使君在焉,方立墓前石,曰:“葬三月矣,今乃具。”吾歎二趙貧。循洛水渡過堤西,得徐氏樂丘,破塊至焉,虛亭曠然,崇巖窅然,高木宰然,澄泉瀰然,吾殊樂之。過村沽網池魚,是日立春,輿夫折梅桃二以來分篸焉,醉飽而還。

是行也,劉子足不任高,腹不任饑,余登頓上下,斥去肩輿,過午不飡,腹猶果然,爲之一快。是行也,有二悲二喜。吾喪父奪於慈母,吾喪吾母奪於病,皆不能行三年喪。吾見潘子之葬其親也而吾媿,吾是以悲,喜吾之知堪輿也,喜吾之任高任饑也。

泉州四烈記

泉有四烈女焉,蓋在五旬之内,世人以爲難,余是爲之記。

黄孫娘者,陳憲章之妻。海濱人通夷爲市,憲章從其父典箴往賈,而皆死於夷。訃聞,孫娘不勝慟,慟幾絶,則與其小姑約俱死。小姑者,聘于黄而未歸,其倩亦没於夷，是以約俱死。婦死以中元日也，曰："我爲陳婦數年，無功於陳，異時何敢以忌日累我伯叔氏母？亦惟是秋節，雖不血食之鬼得以饗焉。"至期，晨奉一茶一餅進之姑，曰："媪老矣，善自愛。"午而奠，則不慟，已黏香燃燈於憲章之几筵，闔户沐浴，令人不防也者，遂更潔衣而就死，時年二十三。孫娘事姑甚謹，姑病，焚香暗禱，願損己算以益姑年，人以爲孝婦。

陳英娘者，小姑也。許黄崇槺。孫娘且死，其家勸之百方，英娘獨不出一言，而私相約死。孫娘曰："吾婦也，而小姑未嫁人，奈何與我等死？"小姑曰："吾心許之，嫂亦幸毋忘成言。"孫娘睇英娘笑曰："小姑言如是，謂我艱一死耶？"英娘亦睇嫂微笑，小姑固不戀生。已而相向哭也。孫娘死，英娘悲慟於尸傍。其明日，拜奠典箴之靈前，已拜辭母，已遍拜其家人，從容就車，以往黄氏，既廟，見謁其姑嫜，不脱衰麻而寢於繐帳，蓋十日而死。英娘有慧質，嫻詩書，時年十有六。

黄氏，江甲燿妻也，歸則其舅姑家赤貧，黄氏左拮右据，併頭爲足。甲燿而尚讀書，黄氏曰："此夫子讀書時耶？"出其奩中餘，賃地數畦，勸之耕，身織紝爲舅姑養。甲燿病一再年，其頷頸中有惡瘡，濃血潰潰，黄氏與卧起不厭，食其餘者立盡，心知不能愈，曰："夫死，我死矣！"八月廿一日，甲燿死。黄氏曰："婦欲舉一奠而死，貧無以自致也，不如早從之。"又曰："夫在也，無能齒於人數。婦死，庶幾人人之甲燿陋巷之居。"其室不數武，不能容二柩，則請其舅姑促出甲燿殯，而遂沐浴更衣，死時年二十二。鄰人皆歎曰："烈女云'夫死我死'，吾聞其言有日矣，今果然朝化而暮隨之，不食言如此哉！"

顔氏者，柯日蕃妻，日蕃亦賈夷而死於夷。顔氏之父嘉梧甚愛之，日蕃訃至，顔自念欲死，嘉梧搶地觸案而留之，恐不聽，則擁之還家。其弟語其父："察姊動止，固必死者，當毋與返柯氏。"顔慮不得返柯，則與家人笑語自若。一日，請於父曰："爲女辦麻臬膏火，女且爲卒歲計。"父曰："此不死矣。"九月四日，蕃死期也，則又請曰："壻之小祥，女宜歸奠。"許之。顔氏鷄鳴起奠，哭極哀，合家盡慟。迨明，闔户投繯。嘉梧大傷，鑿坏而救之不得，時年二十二。

何子曰：異哉！四女之死也，皆有天性，亦合於禮義，其見決，其心堅，自許而自爲之，竟伸其志，豈非難哉！諸大夫教化之漸耶？冠紳道德之風耶？

鄧氏四世節烈紀

何喬遠曰：風烈所漸，豈獨文教哉，武亦有焉！

吾邑以軍功著名者，惟大都督虚江俞公，其次則總兵鄧將軍城。余嘗讀所爲《飲馬》詩，未嘗不激其英概，彼直念屠裂其身以報國家。已而知將軍早孤，乃繇母氏教，將軍身後子若孫，不幸有不年者，其諸婦或節或烈又三世焉。將軍之勇烈作於邊陲，而其風漸乎閨閤矣！

權夫人者，將軍母也，年二十歸將軍父炳。炳爲泉州衛百户，舉將軍三年而炳没，所爲荼苦拮据以存將軍之息，幼食而長教者，皆載乎鄧氏之家族姻親與里人之口也。夫人行年七十，而將軍當嘉靖之季禦倭東南陲有聲，所致頌言爲夫人壽者，皆四方名卿大夫君子，諸孫藉以爲觴獻。夫人泫然曰："吾年七十矣，得事先將軍三年耳，其心未别於處女而身不殊亡人，何入賀爲？若輩惟毋忘先人功，競奮報國，此所以壽我也。"亡何，將軍見銜分宜相者逮繫京師，夫人歎曰："兒勞苦矣，而受禍，雖然，幸有明主。"將軍在獄中凡五年，而夫人卒於家，爲壽七十一也。

俞夫人者，將軍冢婦而大都督虚江公侄女也，歸將軍長男銓，爲銅山把總，其孀居二十八歲耳，今年六十，猶存也。令甲所載孀不改者五十旌。若曰是不改，則不改矣。其平生皎然，始可信，而夫人又逾之十年焉。當其歸銓閲月，而將軍内舍李夫人病，一年没，夫人獨事權太姑恭謹也。李夫人没時，今歸善令鑣年十二，今廣東參將鍾年四歲，夫人以穉嫂稱健婦，撫之底有成。方將軍逮繫京師五載，出雲中立功贖罪，皆銓先後隨侍。及有功還職，將軍復禦倭莆中，遣銓歸祭權夫人且視家。夫人謂銓曰："權太姑之没也，舅氏倥偬，不敢旦夕離軍而哭母，夫子何輒去將軍子舍？得非謂妾持門户故？雖然，權太姑没，妾幸無不恭謹祭與殮。"趣馳侍，銓不解衣裝走侍，則將軍病矣，竟得扶歸而易簀於正寢，用夫人言也。久之，銓勦寇銅山，歸卒，夫人泣盡而繼之血矣。獨其孤中溥、中淵在前，則收止之曰："毋使兒子因父而悲。"母夫人識文義，好舉古詩數十篇以訓中溥、中淵，詩皆忠孝節烈之言。里中有孫氏女者，未嫁而殉夫夫家，夫人擊節曰："我見尤難。"走哭其位而賻之數金。中溥，故武進士，廣東僉書；中淵，今學諸生。

林夫人者，中溥妻也。中溥當遷僉書廣東，未行而卒于南湖守備之官舍。夫人水漿不入口者連晝夜，日望中淵至扶柩，而中淵不達。久之，夫人曰："吾不能待矣。"其妾曰："當小將軍在時，妾幸被夫人一盼之恩，得薦宴衾裯，以舉一子。天乎，小將軍捐弓矢，妾不以小將軍事夫人者有如小將軍。"夫人曰："知之矣，汝子我子，汝存我存也。雖然，孰從小將軍，我且待叔氏，以小將軍遺骨付之，而至今吾安能久視？"繞棺而號，晝夜不絕聲而竟死，其去僉書君卒之日日二十一也。江右士大夫表其事，有司易之名曰"淑烈"。

蔡氏者，歸善令公冡婦也，十七嫁歸善公長子曰華清者。將及免身，華清卒。蔡氏曰："男耶，妾生矣，即女不獨存。"則時時問俞夫人昔娣林氏所以死小將軍者何狀。後三十一日，僅舉女，蔡氏曰："孺子一綫之緒亡矣，顧其乳母善視我女也。"遂閉口不食。其母號踊譬之，登牀爲之匙粥，曰："女身屬鄧，非母有矣。母每欲生我，我不願面母。"母輒至輒反身内向，凡九晝夜而滅。

嗚呼！孔子曰："可以人而不如鳥乎？"王雎也，而《詩》於首風曰"摯不乘居"也；鴈也，而禮於昏別也，亡其匹而悲鳴，棲宿不別群也；鴛鴦也，而美於古人，其一失，其一思以死也，是德禽也，豈待碎首決脰哉！曩余居京師六年，見婦之爲烈者二矣，皆以饑餓滅也。王畿首善之地，不旬日上之宗伯，又不二日聞天子矣，獨江以南貴縊而殉者，而烈女皆行之。今於鄧門得二焉，要以權與俞也可無死也，林與蔡可以死也。林與蔡也，而當權與俞也，固不諱生也，而權與俞亦未必自貴生也。鄧氏不幸有斯丁，幸而有兹賢婦人，其身足存鄧者，忍命而維家；其身無足存鄧者，促生以昭世。余以是知其人具有天性，而閨門婦姑娣姒之所漸，鄧將軍勇烈之所貽，皆微以遠矣！

鏡山全集卷五十二

碑

惠安重修廟學碑

惠邑學宫,蓋自嘉靖初令萬公夔修治,去今百年。廟廡堂序非不揭翼,而柱蠹樑穿,節朽心空,楣橑櫨枅,脱撑露銜,蓋外雖可觀,内枵然矣。邑人按察使劉公會思所以新之,請邑侯陳公淙與諸縉紳叶謀僇力,陳公與諸縉紳欣喜唱贊,捐靡督率則劉公實多。

既成,學諸生李華盛等以記徵喬遠。喬遠作而言曰:今之學宫與古異矣。古之學宫,蓋一方之士群萃彙處,正業居學,課試升散,具有法度。迨我國初,猶存此意。而今士之隸學者,名籍耳,萃則隨其人之所便,處則從其身之所宜,顧學官弟子之籍既在,則邁跡奮庸之地必記其出身,以立於朝,著於四方,則曰此某邑人,此某學士,以故學宫之重居然猶昔。夫郡邑有學,所以奉吾夫子也。士之爲學,學夫子也。士學夫子,而其生也不思以登夫子之堂而無媿,殁也不思以俎豆夫子之側而有光乎四配十哲以及兩廡諸賢,此皆一時豐沛之舊。迨及後世,得厠其間何寥寥也!蓋其始也,詳考細諦、銖較龠量,乃得與此一主之位;至其久也,洗垢吹毛,尚有黜退。夫士隸學宫,不得與於科舉之名,中舉人、進士之科,則心耻之。生也,登夫子之堂而媿,殁而不得從廟庭之廡下,進也又以退,升也又以黜,可不謂耻乎?孟子曰:"如耻之,莫若爲仁。"仁也者,聖門教人第一義也。舉一身一生歸趣之仁,何其難也!乃聖門諸子或離或合,並得列洙泗之徒而稱賢者,又何易也!

夫士患不爲耳,即吾輩之爲士也,有不如今之學宫也乎?廟廡堂序,揭翼可觀,而其内之蠹穿朽空,已有不足支持之患。平居無事,或可芟舍,猝然遇地震雷擊、風盲雨怪之虞,寧復可據以爲安者!故夫禮樂文章,威儀言詞,士之外也;居之以仁,繇之以義,深於性命而富於道德,士之内也。功名富貴,士之平居也;貧賤、患難、夷狄,士之猝然也。必有可以歷貧賤、患難、夷狄之操,而後可以處功名富貴之會;必有居仁繇義、性命道德之實,顯之爲禮樂文章、威儀言詞之盛,而後可貞之貧賤、患難、夷狄之境,夫然後名爲士矣,夫然後進於仁而幾於聖矣。然則今日陳公與諸縉紳之修學,即所以教士也。士而明陳公、縉紳修學之意罕譬今日學宫之喻,有不勃然興起於吾夫子之道乎哉?遠雖老且陋,願從陳公、諸縉紳之後與惠邑之士共勉之。

功興於萬曆四十二年正月某日,成於是年四月某日。詩曰:

顧瞻廟學,實維周道。踐跡入室,是則是傚。陳侯設教,不誠自勸。俾予就之,繼無泮涣。作新以翼,礨落以亟。修斯游斯,孰敢不力!

晉江重修廟學碑

孔子所以賢於堯、舜者,何哉?精一執中之傳,如葩始萼,如樹始萌,至夫子而焕乎其英華,邕然其條枝。其德不賢於堯、舜也,其功則賢於堯、舜也。堯,大聖人也,未有天下祀堯也;舜,大聖人也,未有天下祀舜也。堯闢洪荒,開文明,無暇及學,至舜始立學,而商周繼之,而周大備矣。周雖大備,其時夫子未生,所祀者不過先師瞽宗之儔,士之通一經、成一名者耳。漢唐以後,則或有夫子之廟而無其學,或學焉而不隸於夫子之廟,至乎我朝偏州下邑,莫不有學有廟而所以事夫子者,極其盛以尊矣。天下之事,忽然出於耳目之所驟見,則驚動而群趨之,而歸之也至,而奉之也切。今夫子之廟無地不有,無日不見,而居習以爲恒。居習以爲恒,則狃於耳目之常,而身之所行、心之所注,益自遠於聖人之道。古之士者之居於學也,如工之在肆,如農之在畝疆也,上以學養之,而士非學無以進。今也,上不附其師,師徒贅於學。所名爲學,不過藉爲繫籍之地、進取之階而已。而我晉江之爲學也,則又附郭之縣,祭祀鄉飲之禮、鄉賢名宦之位、上官拜謁講習之儀,悉聚於府學。而堂廡崩頹,宫墻圮壞,則益無以啓人敬忌之心,而爲觀益褻,而修學之舉所以不可無也。

夫人之相聚也,什則思長之,百則思君之。方今晉江之名,甲於宇内,衣冠林立,何啻什百之衆?而上之師長與夫鄉之前輩爲諸士修舉學宫,以啓敬忌之心,而望以身心體踐之實,而吾儕諸士獨不思所以爲長而爲君乎?孟子語人,動曰:“舜何人也!”舜亦人也,至於自處則願學孔子。凡舜之所爲極難耳,舉舜以告夫天下,而自願學孔子,則求大成之歸,而希至極之詣也。此予所爲吾儕諸士望長望君之意也。

太守吴興蔡公善繼卽教從身,樹聲不變,貳車邵陽舒公有翼、别駕德清胡公公胄、司理江浦丁公明登協恭以道,成俗於師,邑令江都趙公時用、興化吴公甡、雲間張公履端黍稷公器,壎篪人誘,掌教龍溪朱公汝相、司訓莆田黄公襄、程鄉李公一楫木鐸宣聲,鼓篋遜業,鄉衮南兵部尚書黄公克纘、吏部侍郎史公繼偕、禮部侍郎黄公汝良等先達導人,作楷在邦,並捐俸鳩金,演成經始,敬書以告後之人。

時萬曆四十六年八月望日辛未,前禮部郎中何喬遠記。

泉州學田碑

萬曆二十八年,淮南竇公來爲泉州,首謁學宫,見其堂戺敝壞、禮樂積闕,將用修治,察視公錢,莫可爲處,既捐厥俸緡,稍徵贖鍰,仍而新之。又念後來修治計靡所出,學諸生貧不能讀書者無繇賑助,日在思維。

居二年,而同安縣廢觀有田五百二十五畝,久爲豪民私占,小人熙熙,互相較奪。公命同安尹洪君世俊清其漏賦,以聞於大方伯陳公而歸之官,割其二百六十二畝五分,歲徵金一百九十六兩八錢七分五釐以貯諸學官,以備修治廟庭齋舍祭器及賑助貧生婚喪之用。學官支給,必請命於府而後行之,而以其半畀之同安之學,亦如泉州學。其年,公以覲行,告諸廣文先生曰:“不可無記,非我自彰,庶以貽聞於將來,俾不廢所始,絶後覬者。”於是,廣文袁君士楚、揭君喬嵩、王君畿、石君維磐共來命喬遠記之。其詞曰：

泉之人文，鬱爲國華。紱冕蒸雲，鄒魯海涯。士在學宫，如族聚家。歷日縣長，弛其絃歌。堂牖傾頹，階戺蚜扠。有偭廟庭，不肅崇峨。凡百刓殘，梲敔尊犧。官帑靡羡，民賦無科。竇公盼諦，若己弗荷。鳩厥贖鍰，捨其俸鹺。丹堊維新，陛序有差。佾舞孔庶，禮秩無訛。尚曰庶幾，完美如何。後來崩斥，拮据則郙。亦有子衿，觸眼貧瘥。喪殯廢詘，婚娶蹉跎。我教兼牧，豈謂人遐。乃有腴田，廣衍原陀。同人所捨，以供大羅。黄冠亡散，分據如瓜。公剔公搜，剗其頑豪。歸于學宫，秷秸紛拏。修廢是儲，賑窮實多。士來于公，敬業肩摩。有養有送，私靡歎嗟。人恩斯頌，公示匪誇。伐石刻歲，以紀不磨。

林氏義田碑

揚子雲《孝至》之篇曰："孝莫大於寧親，寧親莫大於寧神，寧神莫大於得四表之歡心。"子雲之言爲有天下者發也。若夫公卿大夫所至有惠，利於人人，則公卿大夫之四表也。協比家室，使子姓兄弟無困窮之憂，則士庶人之四表也。

福唐處士林公仕生嘉靖之季，稟道居貞，篤懿敦行，周空賑廢，如恐後時。縣破倭夷，亡屍相枕，舉骸拾骨，自行埋瘞，作會無遮，妥厥靈魂。恒念出槖中金千置義田以贍族姓，未遂所懷，中道殂絶。厥子光禄丞汝球仰咨遺訓，追成耆欲，用千八百金置田而居之，輸賦之外，用以賑族，如父之志。汝球恐歲祀墜佚，命予作記，鐫於家廟之碑。

夫買田以祭，寧神也；賦餘賑族，得歡也；結思遺訓，寧親也。屬荒絶，聯支體，而仁義之道備矣。子雲之言，石奮、石建父子之美也。無是父，無是子；無是子，無是父，林氏之謂歟！系之詩曰：

古置義田，范氏文正。我明軌躅，維徐文靖。桓桓二公，佐國翼聖。孰是布衣，泛愛止敬。居則好義，動則急病。爲德既卒，懷心未竟。父言析薪，子乃負荷。愚公之移，吾兒必作音做。傾倒委積，鳩僝泉貨。原田每每，有穊有穤。以共粢盛，以望餧餓。千八百金，貲豐斧大。前楹後廡，家廟孔嚴。麗牲之碑，載礪載鎌。垂我後昆，聚而喁噞。如沐王風，靡不引恬。是父是子，仁孝斯兼。石慶石奮，《法言》炎炎。

巢雲書院碑

居官任職之謂忠，委世韜身之謂光，顯跡遂志之謂通，保終守固之謂貞。忠焉而不隱其愚，光焉而不任其晦，通焉而不變其塞，貞焉而不弛其毅，純德君子也。

維少司寇詹爾欽公，當嘉靖之季，宰邑南海，英概風舉，慤守日晶。入爲御史，不屑委順朝旨，窺瞷時局。所昌言者，宫闈琴瑟之和；所招尤者，社城灌薰之釁。雷轟方掀，地獄可晝，是公之忠也。餘生未殘，主恩是戀，絶人同人，涵世出世，探懷乎詩書，寓情乎詠歌。公以居不深則心不精，跡不遠則行不遥。就北山之麓，結巢雲書院而隱焉。身則辱於泥淤，氣則暢夫軒渠，是公之光也。策足再起，掉頭還歸，磁磷不侵，聲實並暢。天子不能捨公，召公再涖藩臬，九列遷於俄頃，八柱近在顧盼。而公必申其志，不枉所持，惟求合則，甘從忤世，急遂初衣，問征前路，是公之通也。節守段干，義高顔闔，望葵遺屨，飲水投錢。芘不止於葛藟，惠默沾乎蔀屋。汲引後進，如恐不及，歸依帝釋，不遺餘功，是公之貞也。公用世先後積十餘年，而隱於巢雲書院者以三十餘年，是豈特名德貞風與玆山俱崇，而精神之所萃聚，衣履之所振曳，其遺標餘輝未必不與玆山相棲遲也！檻外之雲，是公心之變態也；門前之泉，是公心之濬發也；山中風雨，公之所以抱如晦也；山中竹樹，公之所以展常春也。山中之土崇且削，公不以爲無餘地；山中之石磊且落，公不以爲無餘廉。公有玆山，玆山有公，交相重也。

公歿有年，公子洪鼎奉公主其中，使千百世而後頌公之有巢雲也，如東山之藉名謝客，香山之託靈白傅也。遠素辱公知，敬拜祠下，揩石爲研，沃泉寫記，深慮不足名公之秋毫而答洪鼎孝思之萬一也。

楊觀察興復東門二水碑

泉之爲郡，負山表海，其北鄙之山鬱確岧嶤，峻干而廣亘，潮汐之餘脉别隧分支絡，闤闠畝澮之下。昔人之爲此也，所以疎殺其澎湃洶奔之流而豁夷諸山怒騰嶼阻之氣，譬之人身，血理節竅，涵演串暢，自然可以遣疾病而爽精靈，而其沮澤之所滙豬，湍汩之所洞導，足以滋潤稻粱，通便舟楫，以爲利於合州者。

泉之大都也，附郡之東鄙有二水焉。一曰東湖，湖廣可百十畝，波浸乎山根，遍灌東山下田，居人仰其魚鼈菱芡之利，以比皇子鴻隙；其一爲城下之壕，開喉納海，引潮水灌負郭田，亦通山以西諸縣，芻薪粟米得免負任之勞。兹二水者，無言而利，潤下而致遠，所從來也。歲之既久，侵牟者實湖之邊規爲田，斷壕之幹規爲池，湖日隘，淤且爲陸，濠日夷，芻粟薪米不得方船至，民羹芋魁而歌黄鵠。

按察兵備副使蒼梧楊公來鎮之三年，爲萬曆乙未，其歲自正月至于六月不雨，吏民惶駭，卜筮祈走。會公出東郭望曰："是在吾履綦之下，方及赤地，無覭於天，庶其求之海。"民攀輿告曰："是爲東湖廣不及昔之九，是爲東濠長不及昔之三，向之所水，今幾爲陸。"公叩得其故，因憑軾指曰："濠湖相阻，一葦間耳，東湖且湮，其身高於湖之支，海水能潮，其漲亦能高於湖之身，獨不可鑿潮納湖。湖水溢，洩之海，涸即潮入焉，不灌東山田如故乎？不可壞近濠諸污池，注潮東郭下田，引舟納芻米如故乎？"下令亟鑿之。不三日雨。既數月，歲成，舟楫通，民以大便。

郡東父老走告何生喬遠，喬遠曰："公之舉也，有五善焉：徹豁疏利，政不閡也；考故除蠹，利同因也；指盼便事，惠無費也；賦民鋤侵，斷有武也；召雨致歲，精大通也。"父老曰："始二水之失故利也，萬室咨嗟，莫知我病。及夫沿久以爲固然，弊莫之能言。迨公之濬而復也，條歘俄頃不見我勞，民以爲未必然，卒得利逸，莫之能名言。昔者史公之渠猶勞版插，西門之役亦費日月，尚以慮始，難于在下。我公目之所矚，遂成承算；武之所移，遂滋洪澤。古人之政，有陰貽而莫知、易爲而久賴焉者，公之謂也。我民懼不能志公德長遠，又自慮懦且鄙，後有强梗而卒無以杜之，請書之石，以告我子孫，以法式後來良監司師帥。"喬遠曰："諾。"

沈將軍惠民碑

嘉禾爲嶼山斷而海爲之襟帶，自國初以來，徙丁壯，實尺籍，長子育孫。今而冠帶邵右往往輩出，生齒若一縣。其地上磽下鹵，率不可田，即田，不足食。民三之一則土人，出船貿粟海上，下至廣而上及浙，蓋船以三百餘間者。縣官之上匱，命中貴人監諸省税，中貴人遣使者四出，固令其税民貨物毋得及米粟，而使者至嘉禾，詭曰："中貴人云，米粟不税，但税鬻米粟者船。"於是度船廣狹以準額賦。使者挾中貴人之重，土民小弱，畏使者之勢，而中貴人無所得聞。

宛陵人沈將軍有容者，掌浯銅遊兵，平生慷慨豪舉，則約群告之。將軍曰："吾職海上寇耳，何敢闌語國税事。雖然，比歲海上苦倭寇掠者，寧獨倭好亂，皆我中人誘略彼人來。我中人所爲誘略彼人來者，皆坐苦無衣食，利其亡死而鋭鬬，挾以爲徒黨。今嘉禾一片地耳，税船則粟不至，粟不至則民益艱食。且夫粟者無所大踊賤，不若他異貨物，可乘時射利持價也。利價不厚而多，税其船與税粟米等，民之無衣食不下海，挾徒黨爲奸利，則候命於天耳。既也，而海上多寇，誰謂非吾職者！"謂中貴人聞而使之乎？而中貴人固不聞，即爲走檄請命，而中貴人果謂不聞也，亟罷之。於是土人之貿粟米者德將軍，群來告余，使文而碑之。詞曰：

於惟沈氏，宛陵令族。冠簪相望，芬懿有淑。維侍御公，來按我閩。煦煦稜稜，其風猶存。侍御有子，繄君叔父。高亢邁倫，魁名縣寓。權相在朝，塵視簪組。身雖長夜，名若當午。猗歟將軍，棄書學劍。插羽浮圖，深溝遼塹。廣馬閑閑，旗矛厭厭。巨海吞鯨，句麗截獫。結束從軍，是籌是覘。射獵南山，青門自占。海壇復起，殺賊如餂。浪舶風飄，惟有具染。載來浯銅，掌其游軍。隨潮浩汗，夜望海氛。賊浮東椗，帆馬人雲。有馘有俘，三十其群。如牛犂角，沉舟於澮。亡何彭山，賊闖洋外。君復犂沉，跳溺狼狽。其又一舟，我所見奪。君愛我人，拯其顛沛。攘臂先登，三級手劊。繼斬廿餘，靡一得脱。活我捕民，全歸無駾。凡君戰功，海邦所幪。乃有一言，活氓彌衆。瘠土貧生，開口望粟。税船誼諠,使不可告。將軍開譬,不韋不觸。舌如旃檀,香飽窮壑。琢石海隅,兹惟人欲。我何頌君,高牙大纛。

輞　川　碑

去惠安東北行十餘里,爲輞川鎮,鎮支海渡乃至焉。國初有蔡子甲爲二船以渡人,人畀其渡錢,甲自賦於官,入米二石。成化間,居民鳩工爲橋,渡廢,賦米無所出,甲子孫請于官,得箕斂商船錢抵賦,既以病商,久之,蔡氏亦微賦益逋。萬曆初,令蘇君請於部使,攤課合都民户,而蔡氏爲之綱。亡幾何年,蔡氏子孫逃竄盡,民告令劉君。劉君曰:"渡故屬輞川,則輞川民自賦之。"期至,隸役逐户箕斂,而民復病。

夫環輞川而居者,數百家也,賦米二石,即以精謬家不過錙銖也,然而民病者何也? 民之爲力也微,其見也隘,家合賦之,雖以十餘金,中人之産不辭也。催科之及,雖至典衣鬻器,朝賦其金於縣庭,夜歸告妻子帖帖也。所不當賦者,名一錢,猶以梃擊膚,用錐刺肉也。隸至民家,不鷄不黍則伯夷也,鷄之黍之,則賦於公者一,而費於家者五也。於是民告令羅君,請修蘇君之政,攤課合都民,毋獨累輞川。羅君曰:"是浮賦也,攤而不除,賦猶在也。賦而猶在,輞川合都何擇焉? 且夫二石米也,不賦則官不可廢也,賦而錙銖斂之,數百家亦莫適斂也。國家十年一定賦,今其時,民有新墾田而請賦者,可塞也。賦固蹠實除浮,浮之猶存,加實何利?"則請於部使,盡除之。父老以爲悦,吾小人始望不及此,相與碑之。

令君名繼宗,江西南城人,起家名孝廉,其祖圭峰公玘,弘、正間爲名學士,侯世其家。侯爲惠多善政,一邑所普也,此獨輞川之私,故輞川父老請予文。辭曰:

國之繇征,是賦是經,自昔有準程。輞川支海,艤舟以待蹵,互用不殆。有橋屬屬,匪泭匪彴,終古撑齟齬。渡廢賦存,竄子逃孫,課歛及孤村。居民有繁,隸來至門,狗吠何喧喧! 除浮蹠實,請儉望溢,國賦亦無失。民獲蓋幪,我君之功,弛舍以無窮。湜湜輞水,有碑巋巋,永告我孫子。

楊郡丞安平鎮海汛碑

天下西北防邊,東南防海,然大要謹烽燧之望,周要害之處而已。維泉沿海地,守衛禦所,幟竪戟列,水陸之軍,番休汛哨,以春秋往來海上。海上所出汛地凡十餘所,蓋擇其廬舍團結之聚,舟師扼控之游而爲之備,其密不啻西北邊。維是安平一鎮,在郡東南陬,瀕於海上,人户且十餘萬,詩書冠紳等一大邑,其民嗇力耕織,多服賈兩京師、齊、汴、吴、越、嶺以外,航海貿諸夷,致其財力相生泉一郡人。然其地爲海支股,不甚當盜艘往來衝。異時軍所出汛地,則守於圍頭而已。圍頭者,去安平可四十里許,可以爲捍,不可以備也。若有盜之不虞突來内闖,則黄頭之士亦有相稽而遁責已爾。

夫嚴於門庭之外,孰若聯於堂皇之内,與其後飭而追捄,孰若先毖而不補。吾郡貳車泰和楊公,蓋蠹然念曰:安平一鎮,人户十餘萬,等大邑,其詩書冠紳則人文之藪也,嗇力耕織則本務之民也,其馳騖南北東西,遠貿外夷,亦猶嗣股肱、牽牛車、養厥考長。支股海上地,海上軍所出汛,宜無先上記當道,請與諸汛地並列。每當汛,公輒憑軾臨之。於是,安平之人喜公之不忘其鎮,聚族而頌功。蓋余閲故郡志,宋之備海凡三地,曰寶林、法石、永寧而已,其圍頭之得列於備禦,自真文忠公始也。公又進圍頭而爲安平之内備,其窒隙杜萌、繫民之盛心足以追踵前哲,又烏可無記?頌曰:

維泉大鎮名安平,於郡支爪若股肱。户有十萬鱗次甍,文學冠蓋鼎有鐺。民生纖嗇但織耕,遠者服賈舟與軿。轂轉財物相生成,孤懸海上如絲縈。堂皇空虚圉門庭,儻有萬一誰拄撑?楊公爲政仁且清,囊無寸帛錢不名。防海七歲駈鯢鯨,枕席過師和且寧。婦子餔啜秔豆羹,蟻穴防隄牢固矜。睠拊兹鎮憂黎甿,弭車緩轡觀渤溟。水軍來集喧揚鈴,銃如雷擊砲發霆。賊徒聞風先膽驚,號令皎與秋天明。鎮人愛公何庚庚,春秋鐘鼓冀式靈。圍頭真公昔置兵,至今千秋拊字情。公加周密杜罅萌,不留一窟驕狸狌。精心石畫往哲并,大鐫深刻穹碑横。

戴氏世德碑

余邑有觀察陳先生者，居一鄉爲鄉人蠲忿平争，修其教化，兩相質者不至官府。其鄉德之，爲觀察先生立祠，請記於今少宗伯李公。少宗伯備言："吾儕登一第，鄉之人爲吾儕望慕讚歎，及其既也，無以厭厥心，乃苦若增一盜籍而幸其早於鬼録。"其言切至可以警夫世之爲士大夫修名於外而壞之鄉者，余方有味其指也。

居亡何，適訪吾友戴亨融氏於長泰，時亨融政以觀察塹居里門。長泰令管公者，有丰采才諝，以能令名一時，獨津津爲余道戴家子弟逡逡持門户，無有漁奪鬩而至公庭，無有家僮横臂肩邑子間。戴氏家法雖有先都憲梁岡公垂之於先，今大司馬總制鳳岐公飭之於上，然自予爲令政，觀察公居里門，都憲公所垂久，總制公所飭遠，吾特見觀察公習也。令不見民告無辜，其於爲政靡掣肘，皆恃觀察公在。而亡何，鄉人某某等來見予，請爲世德之碑以頌。余曰："亨融，未也，其於仕也，如方升之日，而百里之半也，而何以頌之？"則爲余道亨融所以居鄉者，不徒禁戢子弟，歛束其僮僕而已，乃爲當道上説下教，雖至雜賦市征，皆有益於吾民。總制公時時從家信中飭子弟甚嚴，子弟遵總制公教。吾民業立碑南門之外，頌總制公德，亦欲爲亨融剖片石並峙東西間。凡諸鄉人某等所與余道亨融上説下教事，余不能盡舉，亦不能盡信知然。

余與亨融登天柱山，山中有讀書者數人，年可二十許，並未隸名弟子員。亨融一見便稱弟。余戲語曰："丈何以不前輩自居乎？"亨融平生無嚴䮠之態，居數日，與予言士大夫心重財者終不能有靖於里中，余知亨融之居謙而見卓也。亨融祖都憲公而兄總制，乃其大人文軒公方耆年在上，家之馳騁皇路者，又有户部郎以讓公、孝廉熺、孝廉榜，皆亨融弟若姪。亨融雖能自砥礪潔白於其身，然子可以制父乎？亨融即善禁戢歛束，户部、孝廉諸公即亦曰："吾能自爲之。"乃今莫不與亨融一意同心。然則亨融所以見頌於人者，非孺子能家大人之教也，而弟若姪諸公復合爲蓬麻而滲芷，此又見戴氏一門之盛，上體總制公之意而欲與亨融共持都憲公之遺也。昔范文正公告其家人曰:“吾登第,鄉人爲吾喜;吾仕,鄉人爲吾喜;吾仕至大官,鄉人爲吾喜,有可贈鄉人者乎?”省其篋得千絹,悉分之,此其言與少宗伯同意。夫非一絹之能爲范文正公美也,其平時先憂後樂之志用之天下,有不加意於其鄉人者乎?古人云:“雖無德予汝,適歌且舞。”文正公又予之也。予望亨融遠且大,庶幾文正公。今日勉從鄉人之請,非頌亨融也,所以益進亨融也。亨融未也,方升之日也,百里之半也。

亨融名㷲,别號金梁,萬曆丙戌進士,以大行仕南御史,累遷今官。余與亨融厚,居相字,故曰“亨融”。

呼都閫造船頌德碑

今天下不負國家幾何人哉?修邊也,而邊墻壞;築河也,堤潰而河決;徵解也,物不中程式;欵虜也,紕雜薄惡,虜反生怒心;犀甲也不堅利,火藥也不焰發;矢也,俛翔而紆揚;弓也,不能因其君之躬。士有餱糧也朘以削,使其反目而稽唇。其始也,取公家帑以入己槖,以謂:“我一人也,無幾也。”有視事而旁睨者,曰:“彼何以獨如此也?”而去其一二矣。既又有視事而旁睨者,而復曰:“彼何以獨如此也?”而又去其二三矣。又復有視事旁睨者,而復去其三四矣。如此,則何怪乎邊墻不壞,河不决,徵解不中,欵虜也不能結,犀甲不堅利,弓矢不精勁,火藥不焰發,夫士也不羸以逃哉!彼其肥身家、飽妻子之念勝也,慮且得罪而失官,則曰有彌縫法,則曰有孝敬法,而又失其四五矣。夫若是者,皆無意於國家者也,不惟無意國家,而亦不念其身。夫身者,人之所以爲人也,納之卑污之中,垢之腥膻之途,而不得爲人,而徒知有其肥身家、飽妻子何爲也者?彼不念其身,胡知有國家?不知國家,何况其身!

今夫吾閩海上之有舟以備盜也,輕而疾之則曰“鳥”,大而重之則曰“冬”。奧之以爲艙,軒之以爲棚,取松以爲艕,取樟以爲梁,取鐵力以爲舵,取杉以爲桅,取鐵以爲碇,取竹以爲篷,取丁令以爲鉗,取膏䊦以爲瀶。徵商而開工,領公家帑而爲貲,而後爲完舟,而後可出以戰以禦,廉其直則舟可患矣。徵之商而薄其資,付之捕盗之卒而責之償,其所領於公家之帑入以爲囊中裝,而曰"例耳,例耳",其不可以冒陽侯之波入於鯨鯢之穴,届期而造,臨汛而修,而復如故。賊來,無奈而徒祝風於天,祈浪於海,其亦何貴有此帥也!

夫呼君之當此役也,而皆絶是弊。呼君所轄浯銅遊一寨兵,上官廉其才,使修浯嶼、彭湖并浯銅三寨之舟,以六十艘而不患。推君之功,可以利國家而不貽累於商與夫捕盗之卒,其小者也。而捕盗之卒群然見予,乞予之文頌君曰:"小人何知,嚮其利爲有德也。"予乃推衆卒之意而大之,而謂君可以利國家。

君名鶴鳴,字玄齡。其尊甫曰益齋公良朋,萬曆初爲大將軍,有名西南,而君方自稱小子,待罪行間,其行事若此,將來且不可量,將不有種哉!將不有種哉!

萬郡丞海上碑

萬公百谷之貳泉郡也,德惠旋流,治教霧潤,民庶以寧,方域以清,則既户誦家祝矣。海上之卒群然來告何生曰:"吾儕小人,備兹黄頭,島夷不驚,則受天貺。萑葦緑林時或出没,游徼吴若以命爲禦,枵腹不充,不能歌舞,何況執戈以警寇,攘鎧仗艅艎,則上授之,挾纊投醪,未之敢知。維我萬公,悉我虞艱,餉我飽我,先期足我,即有儲胥之不時,曲貸轉賑,不致我之。乙卯之春,泉米若珠,公遣材官請餉市粤,汎舟之役有如秦賜。抑不獨此,香山夷舶飄入内地,公如吾寨帥之議安而撫之,上狀兩臺,津遣獲歸。夷人合手膜拜,如再生身。緊公之德不特吾儕篤敬,忠信且載蠻貊。子大夫居桑梓間,得藉我公,海童聞語,扶桑稀(晞)髪,亦知我公之賜乎?言不宣心,喙欲大合,我將碑公,文則在子。"

何生曰:"君子之治,不法而不可爲也;法矣,不明而不可爲也;明矣,不仁而不可爲也。絜綱張目之爲法,察機相便之爲明,拊摩噢咻之爲人。國家借士力以防禦,士仰國家之養以庇身。急而借之,在於効命之日,即厚其衣糧,同其疾苦,士持應急之心,猶驁然而未就。寬而養之,在於庇身之會,飽煖娱嬉,婦子啜哺,上持居寬之意,已歡然而動赴。故夫急而借之,其平居無以養也;寬而養之，其急時足以役也。公世出名家，學有本原，習練典章，左右文武，其於洞晰戎機，周到下情，臨汛更撮信地，艅艎堅緻，鎧仗鮮明，與寨帥楊君協心壹意，指臂同事。而士之所云戴公若此，急可衝突，緩可諜偵，趨風赴火，且唯公使。是實桑土先繆，衣袽蚤戒，爲德於泉，爲障於閩，豈必列在伍旅者銜恩侈惠於無盡哉！是宜碑之，以式後楷。”

公諱廷謙，字某，百谷其號，江西南昌人。

陳惠安倉政碑

惠安縣崇武所倉，諸千户侯之廩與軍士之餉取給焉。職倉之政，倚縣主簿爲司農。倉米凡二千七百石有奇，歲十二月召民輸將，盡明年三月爲期。先是給軍印票，載其合得之數，散軍之日，入票爲徵，所從來也。簿也，不能人盡才；才也，不能人盡聽。民輸倉者，皆自遠鄉來，有僦運之直，一入倉厫，有斛面之費，衙役之需索，坐是苦之。於是，利折色矣，則使機兵下鄉追呼所得折色以入於倉，使乃軍有健黠者，謀其中爲攬户。軍藏月票，不耐貧，賤鬻之，而是攬户賤收之。給散之日，持票抵官，而官以爲了事矣。然而米價一石，入於機兵之手十僅九焉，入於倉使之手九僅七焉，入於攬户之手七僅五焉。其有本色散軍者，又率插沙和泥，無實太半。入於機兵之手，十焉僅九也，而又有蕩耗爲烏有，以累里胥重賠者。入於攬户之手七僅五也，而又有盜用月票、虛冒抵欺。軍何繇不貧，而邊圉何繇以充壯也？

邑大夫陳公涖官之明年，悉其情弊，上於監司，大爲清洗，奸蠹無所得蠶漁，而向時乾没皆徵入還官。公又上記督撫，請令自主倉，無復用簿，乃罷折色，除機兵追呼，用里胥。民來輸倉，公親詣視之，聽自平概，無取踢斛淋尖如往時。米流出斛，聽其掃歸，一無問焉。民相告報，競來輸將，不待明年三月而倉已完滿。葳蕤之鑰，公自筦之，毋得私入爲插和。今歲之春，公念民饑，復開倉先賑之。入米於倉，則受民之縮；出米於倉，則與軍之贏。於是，諸軍皆歡呼不安，願受一縮一贏，公乃許之。諸千户侯曰：“公爲德我軍，即爲德我，文而碑之，庶可久乎?”以問遠,遠曰:“周文襄所以爲國朝名臣者,何哉?維其司賦有心計,而掌庾有惠施,至今東吴之民思之,而士大夫亦樂道之。公有此政,何減文襄!實倉庾,惠編户,足軍士,固邊圉,諸美具焉。”爰作頌書石,俾軍士採而歌之。頌曰:

惠邑羸疲,陳公爲之,安静以寧綏。崇武有倉,言言穰穰,陳公實紀綱。昔如宰割,分啖竊啐,我但舐餘骨。今如春雨,霡霂淒淒,點滴漸苗黍。我股(腹)昔枵,今以招摇,婦子亦騰驕。公政何以,大使我喜,維其身戾止。出羸入縮,罄厥藏蓄,我敢谿壑欲?我士載歌,我武之和,頌公以無頗。後之視今,式此德音,則莫我侵尋。

崇武所禁墾護城碑

國家東南邊戍,碁置海上,崇武所,惠安縣戍地也。城郭聚民,寇入,可内收保而外備禦,不但完海上之室家,而可壯内地之樓櫓。斥鹵廣莫,飛沙所奄,國初,留近城地禁民耕墾,使其莎莽蔓生,綴帶盤根,則土膏用堅,風塵不動。而比者闌入近城地,插薯取煤,猥言墾荒,沙鬆易飛,風勁易吹,東南一帶垂而成丘,高且齊城,則樓季無難,跛牂可越,牆不貴女,堞無用雉矣。

令君陳公靖予奏牘大府,申厲舊禁,視舊所域,稍晝出之,起自旂尾任盡大岞港,所有墾荒科産爲之融派除豁。繇是,濱海垣墉不增自高,不障自堅。崇武所諸生甘棠等群詣何子曰:“公計海上,慮遠而周,夫一夫之衣食幾何,全城之人民實重。公保我城,不特一時,及我子孫,維先生爲我記之。”予曰:“斯地也,吾所嘗遊也。陳公此舉,信可徵來,請書而碑之,使全戍之人世拜公賜。”

公名淙,字某,靖予别號,浙江會稽人。

莊里君頌德碑

吾郡清源山蓋産茶云。萬曆七年,縣令彭公履畝欲令種茶於山者,茶千株實賦如一畝,肖陶莊公告令曰“請萬之”。令如其言。種茶人户群德莊公,欲碑而頌之。莊公辭曰:“吾以聽蒼蒼。”去之二十餘年,爲萬曆辛丑,公子陽初君舉進士,歷仕吏部郎,請急還里。諸德公而欲頌公者,復以請。吏部君曰:“吾親有善,彰明表著,孤之心也,父老之德也,不敢辭。”於是,何子爲之頌曰:

民生之用,莫大於茶。以通氊罽,西蜀彭巴。制之有權,柄在中華。得其上駟,騄駬騮驊。至乎饌飲,宇内家家。長筵廣坐,注乳流霞。陽羨安陸,天池蕣芽。蒙山石友,武夷葉嘉。千片輕身,七碗香芽。味重吴傖,價隆賨肥。手實雖繁,貿貲實遐。有如清源,彼岡披畬。瘠民所畊,行用匪奢。寥寥株種,聚鵲盤鴉。萬千相覯,如豆比麻。令曰千之,公請萬耶。土别隨隴,德益恒沙。公闓厥美,不敢詑誇。上蒼實聞,報之高車。數畝幾何,陋若汙邪。積而久之,種廣歲加。言雖一時,利則無涯。伊維令子,淵邃谽谺。厦廣庇貧,玉美倚葭。天之錫人,如耨如枷。既種而穫,不聞不賒。野人作頌,君子樂假。

陳侍御守城惠德碑

城者,乘也,所以盛民也;城者,成也,所以生民也。無以成之,胡以生之;無以乘之,胡以盛之也。人無富無貧無貴無賤,同乘此城者也。寇之不虞,登陴之役,守望之事,皆同成此城者也。民之蚩蚩,抱布貿絲。數口之不給,而又責以城守。城守之期,無日無月,又非如開溝洫、築堤障、引重致遠,有程有歲者也。

惠邑有城舊矣,寇警疊至。惠人議城守,侍御陳公告衆曰:“維此蚩蚩,朝之謀生不及於夕,而責以守寇,則未至民已莩矣。且彼父母妻子之外,無長物也,急則挈之而走,何所不可以逃生。維吾儕幸而有田有宅,大家者小民之望也,大家者小民之護也。莫若考籍計田,籍田若干,出人若干,守城堞若干,毋以累小民。抑大家守堞之不足,勢必募人,小民得此募役之直,又足以朝夕餬口,縱有悍鷙貧下惡少年,或不至走賊求衣食,夫如是者有數利焉。”衆皆大悦,當事有司喜從公言。於是,惠之父老走予乞言以頌公。

維公起家令吉水,繼入南臺,余每誦其吉水之政與南臺經畫屯田馬政之議,在在爲國家碩畫,爲生民謀久遠。今又出其緒餘,以施於鄉,予固知公之無所往而不爲國家生民念。惠之人民益以盛，惠之人民益以生且成，皆公之爲賜，因書以畀諸父老而碑之。

公名玉輝，字某，號荆璧，萬曆辛丑進士。

蔡光禄築海豐埭碑

同安縣人得里有光孝舊寺僧田焉，其莊曰"海豐"，其所資灌溉之水曰"苧溪"。嘉靖中，溪水横溢，决爲烟莽，寺僧戒静以請府公，府公謂任此事者必得方正公平。鄉先生以請僉事方塘莊公、知府逸所黄公主其役，有田其中者捐貲募工，爲之三年始成，計費千金矣。於是十分其田以一分給僧，又分其九分爲十，二以僧與諸家任賦。歲久復决，屢築屢壞，訖無成勞。

膳卿虚臺蔡公憫然告衆曰："築所以屢壞，繇入貲者不如約用，不克用之者復乾没冒破，不可算源。維兹海豐莊田受産二百八十餘畝，收不薄矣。海豐之上曰'朱埭'，朱埭决則患下貽於海豐，不築朱埭，海豐不田也。向莊、黄二公則有府公請，予居閒於此，其可無德以霑民？"乃召有田之家而語之曰："築實在予，予兹第田爲三等，曰沙壓田，曰崩流田，曰漫漲田。此三者皆非堤不可。沙壓田不堤，則人力雖能除沙，不能捍水；崩流田不堤，田則溪矣；漫漲田不堤，則小水薄收，大水必害。堤崩流田，必二三歲方可望收，其得利也遲，出貲當最輕；堤漫漲田，害在大水，小水可收也，出貲次之；堤沙壓田，必水去沙乃可除，出貲稍重。總之，下種以斗計者，以金伍鐶而止。"於是，衆皆如公約，凡築石岸，以丈計者六十餘，以高計者尺凡八，石之以丈計凡千九百八十，以厚計者寸凡九，以高計者寸凡八。起於泰昌元年，成於天啓元年。於是朱埭之田歲以有收，海豐之田一保無事。農人業户相與頌公德於無窮，請碑而銘之。銘曰：

銀同崇崇，苧水溶溶。水决則陷，堤成則豐。至其崩裂，莫可壅封。大浸懷襄，何異蘊隆。未憂鱉魚，先愁釜鍾。民之惄饑，非盗則凶。有美蔡公，目擊心冲。内揣外量，鳩氏僝功。堤岸告成，屹如崇墉。民之資斧，公實衷之。民之蓄儲，公實充之。有室有家，公飱饔之。以賦以役，公事終之。昔行經界，維朱晦翁。今兹有公,實躡其蹤。陳婆之陂,成唐宣宗。帝感麥飯,公與鞠藭。豆羹芋魁,不羨隙鴻。豹鄴白渠,異曲同工。碑以頌之,徠甫柏松。頌而碑之,四世五公。

傅崇安愛頌碑

崇邑諸生敍其令君傅公之賢,從福唐林廣文君求予文碑之。所條令君治崇狀凡十有七目:一曰修學以尊聖;二曰循誘以興文;三曰軫恤以振貧;四曰課責公平無私賦;五曰教民好義急邊需;六曰抑插和以通鹽;七曰捐官俸以濟涉;八曰壯崇墉以固圉;九曰剔衙蠹以翦奸;十曰懲下鄉以安豐蔀;十一曰化欺誣,除牙角;十二曰分縣驛,省民力;十三曰葺書院,敬先賢;十四曰嚴保甲,靖盜竊;十五曰平里役,甦畸困;十六曰飭厨傳,杜陋規;十七曰修廨舍,省分應,而令君之美具是矣。

予曰:"君子之平其政也,平其心者也;無所不平心,則無所不平政。條曰十七,不既少乎?心外無政,政外無心,條曰十七,又不既多乎?故夫有多於此者,令君之政也;有少於此者,令君之心也。凡如諸生所云,必也心術端其本源,學問極夫根究,思慮足及之,才諝足運之,是天與人交得力焉者也。得天之謂賦,得人之謂運。則夫視堂皇之上猶吾一家,視稠雜之庶猶吾一身,雖千貫萬緒,勃然卒然之間,皆有以應之,何所見政,何所見平?周子稱定仁義,中正以立人極,而本於無欲,先之主静,如傅令君殆其然歟!"

令君名崇中,别號丙明,江右南昌人。予嘗過崇,見令君之威儀,接其言辭,知令君君子也。既而採崇風謡,實如崇諸生所云,故敢爲崇諸生頌之而爲令君碑之。崇諸生又曰:"吾儕之欲碑吾令君也,非徒頌令君也,將以永人鑑示來者,俾後之蒞兹土者踵美紹馨,令崇人獲覆露以世世也。"則予益不能已於頌令君也。

繆惠安愛頌碑

士君子之治其民也,必使其民有不敢自外之心,不忍離之實。不敢自外者,聳乎其動之也；不忍離者，脉脉乎其聯之也。此非講於學問，從事聖賢之道，則其於愛民如保去之遠矣。

繆公之爲惠邑也，無求於民者也。民勃然而來，公漠然而應之；民噎然而茹，公拊然而吐之；民邈然而寬，公猝然而急之。以其漠然者應民之勃然者，而忿者息難者解；以其拊然者應民之噎然者，而困者蘇苦者甘；以其猝然者應民之邈然者，而疎者密弛者備。故孝弟仁義是公所以求諸民者也，銜轡糾纏非公所以求諸民者也。比者東魯發難，餽饟是憂，大司農請明旨嚴催科。公不及格，當被誚讓。惠民肩摩踵接，赴訴上官，公遂不謫。故夫待大吏之物色、士大夫之游揚者，一人之賞，一家之喙也，若剖心而明，若建鼓而追者，斯民所以直道而行三代之公也。公以學道愛民，而民以直道報公。於是，惠邑之民群求予言碑公於道左。予樂公與斯民以道相應唱也，於是乎書。

公名伯昇，字某，號某，浙之山陰人。

曹同安中左所功德碑

曹公治行最八閩，同邑之人則群頌而碑之矣。中左所，海上一戍垣耳，又何碑公？中左士民德公、功公，是以碑公。夫中左士民何以德公而功公？昔者海氛不靖，亡命作奸，有酋有徒突入中左所，火我舟檝，虔劉我人。我則無舟，戍垣重閉，不敢出入；我財無粟，又無芻薪，不佃不漁，束身而待盡。我人懷吞鯨之憤，奮僨豚之志，圖取商舟以備戰艦，得一舟即拘，維置之曰“不少爾直”，待我後舉，顧戰之無日，直不時具，商人苦之。貨海之人以粟而至，及夷賨賨，豪悍之人，藉口税公家税倍蓰。民爲賊掠者，士或得之，反以爲俘而以求賞。蓋中左之人困者一再月。公曰：“我不能飽食人，又使之困，我則不忍。悉反之。握符治軍，非我得爲，我則練鄉兵作敵愾。内政軍令，非古之人耶？非古之人耶？”於是，賊偵知公嚴爲海綢繆，仁爲民肺腑，悉望風遁去。而孤懸之島擬於長城，氿𩨨之勢奠於席枕。是以中左人德公、功公，而群碑公也。

公悉心爲同不具論，論其在中左者如此。若公治同之政，則停征甘於考拙，以舒饑饉；授兵緩於登陴，以息負任。無情之詞不可惑以非，不吐之剛不可劫以威，此其凡耳。而大要則歸之潔躬不淄，經德無回，謙以自牧，詳以盡下，尤公出政之本也。是以中左之地無公履綦與輪蹄，而有雨露之培滋；中左之人無公家至與日見，而有乳哺之嬉娛，群然而碑公也。予頌公多矣，復狥中左士民之請，誠以公有可頌者也。中左士民亦知余多頌公矣，而復有登門執贄之求，亦謬以余能頌公者也。

仙人相土命記之碑

原夫弱水三千，控飛流而可籥；蓬山十二，縮寸景以遐征。易無體而神無方，名可名亦道可道。辟毫相於佛土，孔孔金光；證人貌于天形，頭頭太極。

恭惟吕先生位下，握大象于元始，度寶筏於烝甿。是以四散分身，百方善世。慮群情眩於禍福，則借先覺以牖其聰；與人患同其吉凶，則託醫藥以解其厄。蓋不如此，即法堂外草深一丈；若我信好，將皮袋裏丹煖于春。是有白駒縶場，便留玄牝養谷。薄游海曲，來主司城。貞子之君命記壇中，爰徵孔氏弗父之祖。一沉重淵，一瘞高丘，一立乎庭門之東序，若懷羊叔子陵谷之遐思，下畜牛馬，中聚眷屬，上延乎平生之仙品，大似陶隱居樓栖之層數。蓋明言予之不朽，行令人曉其必傳；將使玉水珠淵，人能辯其流折。行待星文斗氣，世競識爲干將。不然豈慮己道不信於人，必藉吾文乃恃以遠也？

用是週廵水裔，延眺山岡。鴻漸鵬騫，髣髴三神於肘腋；菊江鰲海，招徠方丈於襟裾。侈綏山之豪，浮桃是命；飽西弇之實，小子慿偷。上下天門，此其離宫別館；蜉蝣世宙，示之太古小年。則依先生以求道者，皆可人游胥庭之淳穆；因至教爲極則者，莫不皇受血氣之尊親。亶其然歟？於戲休哉！詩曰：

兩儀奠分和四時，補天綻墜明不私。鴻濛叔季渺無期，泰階六符帝與司。偶然游戲羽旄旗，知我者知不知誰。我自息息垂鴻慈，何生白頭老鴟夷，神仙命文神飛疲。揣摩摸索爲此辭，仙耶人耶孰文詩。

鏡山全集卷五十三

碑

長泰龍溪兩邑管公生祠碑

出長泰五里,與龍溪接壤。昔有趙公珮令於是縣,不家其官,既去,父老遺之金,不受。泰人高趙公之誼,立“卻金亭”其處。歲久亭壞,令君五陵管公修而復之,以識前美。管公宰泰五年,會龍溪先後令缺,當道檄公兩視其縣事。公兼視龍溪,首尾可一歲耳,而二縣之人感公之治,又以公睠然前人卻金之地,立公生祠亭端,將使芳躅並流,賢聲儷盛。長泰之人出於兹亭,則戀公而不忘;龍溪之人入於兹亭,則瞻公而思見。將亭之爲地與公之爲人,龍溪、長泰之人共之也。於是,何生適遊兹邑,祠亦適成,諸父老群來請記。

何生曰:長泰百里耳,龍溪地大而人衆,則汎焉而不專。公專長泰五年矣,兼視龍溪可一歲,則暫焉而非久。古人云:何施而得斯於民也。聖賢論治,有以百年,有以期月,有爲政於一國之内,有中天下而定四海,必專且久。則聖賢之治將不復見乎?政易以風也,一舉而百舉矣,是以不虞汎民易以感也。立德而立快矣,是以不虞暫公之爲宰也。大要師求心之誠,勤察眉之意,修其禮讓而厲其綜校,洗其垢痒而調其苦甘。或婉而紆之,或直而遂之。巨室小民,無偏向之私;雨露雪霜,有兼操之權。公之所以厚施於二邑者,既皆千百年之計。至其牒牘棼紜,令教旁午,日見數百人治數十事,悉得其顛末孔竅,酬應錯處而不亂。又以其間與賢士大夫周旋揖讓,觴詠游眺,縱談天下古今事,不拘俗簿領間。其意氣之盛,山傾岳震,使人人願久要以自託。雖公之盡心於當事,亦其精神饒理之,而其才學饒貫之,他之欲企而如公者,皆自以爲不及也。古人有當士大夫敝車毁衣之日，服御修潔，而時論以爲通。及其末，習尚豐侈，無改於舊，而時論以爲介。公冰蘗之操既嚼然孚信於士民，起居服御亦不用瑟瑟羸敝見苦，即旦夕内遷去，當無俟借顯卻金之名。

然余嘗憩兹亭之下，問趙公當日所以爲政，父老已不能舉其詳。豈文獻寥落，世移代遷，將前人之爲僅僅不家於官止也？要以並躅齊聲，同宣於後，百年期月，殆將有所歸矣！泰人已記公行事，載之政書，余固論公大者，使後之人讀斯碑而求之政書之詳，則公所以能使汎焉而若專，暫焉而若久者，具在是。

公名橘，字彦懷，號五陵，宛之南陵人，萬曆乙未進士。

王冏卿祠碑

有二三父老踵門而告曰："予瀕海之民也，居於邑之十三都。近予之都有倉曰'福全'，以儲軍環，福全之民委輸焉。而吾都獨遠倉，又去邑遠，上儲之日，皆邑佐貳往視之，不能多爲期，尅日而受事。以吾都之遠，更苦不立辦，且有負任之勞與貨賄胥吏輿隸之費，所從來久矣。萬曆初年，潯陽彭公來爲邑令，時方度田，行視海濱，知方之近遠，請於當道，許吾都之民上直焉。行之有歲，胥不得歲費，則以浮言聳他令，令民上儲如故，民告病莫得也。吾都縉紳有冏卿王公玉溪者爲令言，乃得復上直，是時爲邑令者則海陵顧公。余輩喜冏卿公言行釀金爲壽，冏卿公麾而去之。冏卿公爲德於吾子孫世世也，余輩無以報冏卿公，則群立公生祠於都，庶吾子孫知吾都所以得免於委輸之勞者，藉冏卿公一言，則是吾之子孫世世受冏卿公德。又藉令有猾胥如往時，吾指冏卿公之祠爲正。唯吾子文之。"

予惟冏卿公起家觀察推官，歇歷西南陲，撫理牧人，視漕江淮重地，遷四岳之長，致之而歸。主上嘉公恬節，進秩是官。凡公所至，飭己愛民，一廉如水。其利澤則既普於中外矣，而居鄉所爲又復如此。公居常講於聖賢之學，不徒以官履著聲，則余敢以公所服行爲二三父老誦之。蓋聖賢之學不過邦家必達，以至無怨。迺無怨之云，豈僅僅遠咎而已，在彼無惡，在此無射，庶幾夙夜以永終譽。怨之所以無，譽之所繇終也。仲尼與子貢論仁，施不必博，濟不必衆，惟立達一念以爲仁方。方之爲言，猶之醫方、藥方，皆古人已試之，實可以起痾扶衰，旋至而立有効。公歇歷中外，利澤何可稱説，有一言爲德於鄉，而鄉人讚歎歸仰之不置，真可謂得仁方。而一日克己復禮，天下歸仁者，予信斯言之不誣也。公誠心爲質，聞有善言善行，踴躍歡喜如其自身。今老矣，尚求忘食忘憂而進之，是公平生之大而爲德諸父老其一節也。父老而命予文，則請以斯言碑之生祠之下，以見公之全。

公名任重，字某，玉溪其號。隆慶戊辰進士。系之詩曰：

維此海濱，噲庾言言。委輸于公，民之奔奔。十鍾一石，不敢告勤。邑有良牧，弛其負輼。婦子晏熙，以樂畊耘。挈令中厄，靡所控捫。王公一言，身不任恩。庚桑畏壘，我仰我尊。廣廡翼翼，高堂屯屯。匪以報公，示我子孫。乃公平生，靡悔靡瞀。優學優仕，令聞孔嘉。我詞斯碑，志公全純。峻巘崇岡，公與嶙峋。

姜使君祠碑

三代之化，何其隆哉！以君子長者之道待天下，而天下以君子長者之道應之。天下之人未必盡君子長者也，蓋有以此待之，而未必以此應者矣。而吾不失其待天下之道，是以治古之隆，雖千百世之下曉然如見其心。夫斯民也，三代所以直道而行也。人未離乎三代，而處之以叔季，是謂輕其民。輕其民，是謂輕其身。輕其民者謂："是何足與三代也。"輕其身者曰："吾烏乎能三代哉！"

丹陽姜公同節來守吾泉，政成入覲，擢廣東憲副以行。泉人思公不置，祠公洛水之上，群然問記於余。予與泉人贊公之美不可殫書，而挈公之心，則惟以三代自待，而以三代之道待人而已矣。蓋公治泉，大要在正人心、厚風俗、敦倫常、貴節誼、尊高年、尚有德、引多士、恤無告。民有不率之訓，公然教之而不徒取其平一時之咎忿。民有不韙之謗，卒然銷之而不徒取其奮一時之嚴健。公非不能爲精察，而但欲鎮以安靖；公非不能爲激勵，而但欲馴以教化。至於不靖不馴，公洸乎威之，雖有勢如山，不爲回。民乃莫測公所以武，而莫繇望公之更轉而爲祥。蓋公之治泉大都如此已。公誠心直道，獨澄其原而先立其大，所以厚望斯民，不啻切至。民蒙公賞者，真可擬華衮玄纁之錫；得公一言之怒，而甚於立石之耻，罰觥之辱，可謂不輕其身與民者也。

洛水之上，有宋蔡忠惠之祠在焉。公政之美，既不可殫書，而洛水之橋，南北往來過焉，公嘗修治以繼忠惠之績。於是，泉人祠公其上，知公遠可以不愧先賢，近可以示夫南北往來之人，而若耳目告之者。

公諱志禮，字某，萬曆己丑進士。

劉觀察生祠碑

惠邑故有寺田，籍民久矣。先是，軍府寡猷，張皇倭警，預計軍興，增其籍價，上下慫恿，當入官之直獨多，諸縣蓋萬七千有奇，驚熵鍥急，莫可料脱。觀察使望海劉公，時以侍御過家，走告當道，悉從蠲免。於是有田之民立碑頌公，請吏部張公迎文之。而民德公不已，去之十有二年，鳩財建祠，塑公登科之山，重來徵記。

予惟太上之世，佛教未生，田井於民無所貴賤。中世佛教盛行，乃有捨宅捐貲、輸田飯僧，最下之世，與僧争矣。争而歸民，誰不屬？民念故繫寺，增厥籍價，誰其争？民鄙於争僧，公出一言，捨輸在民，貽民久安，還歸太上，助德輔仁於邦君大夫不淺。民思有加，可謂無德不報。

公諱會，字逢甲，萬曆癸未進士。起家縣令，徵爲御史，出按粤、滇，入筦畿輔，藩屏舊京，急流勇退，用貴陽憲長蒙恩予告。公所至皆有聲績，此其爲德於鄉及衆而省鉅，曷可不記！

公告蠲民田在萬曆庚子之歲，今共建祠爲歲辛亥。晉邑何喬遠記。

陳晉江生祠碑

明察之吏，治辨之長，豈非世之難得而可貴者哉！一縣如此其大也，人民政事如此夥以煩也，朝而坐堂而紛紛焉，夕而聽訟而憒憒焉，雖有忠信之心，而才不足以運之，雖有拮据之勤，而力不足以勝之，則何貴夫握符綰綬名爲君也。

江夏陳公之爲我晉也，韶年駿發，逸思鴻飛，握刀而目無全牛，知物而價省問馬，以火爲觀，以水爲澄。陬澨之民，窮獨之夫，得公一言，而枉者以直，蔽者以明，弱者以植，困者以蘇。久淹之牘，繁稱之案，至於公前，如春冰解而四裂，霜鐘扣而自鳴。而公日坐堂皇，無媟褻之御，無聲色之嗜，暮知不得至于門，陽鱎不得賓於坐。公之嗜善，其中好在色象之表；公之愛士，其孚廸在卵翼之先。明察而本之忠信，辦治而勞於拮据，舉賢良長吏，非公其誰！

公名之淯，字澹夫，楚江夏人也。惟楚有才，惟晉得之。梗楠豫章，可備欒棟，而先取爲樣房；瑚璉彝鼎，可薦朝廟，而先陳於東序。短馭稍躓，長駕終騁，小知若詘，大受固存。晉人念公之德，則覆露之不敢忘；思公之才，則繁劇之不足爲也。飲食必祝，社稷是群，建碑立宇，於是乎頌書。

張符卿祠碑

天啓三年五月二十有八日，尚寶司少卿張公心廉卒于惠安之私第。惠安士民巷哭里弔，門外廛庶爲公縞素者三日，群走擁詣告于邑侯繆公，而求祀之。繆公俯睇仰歎，直道清風在人遠矣。士民祀公則相地衢塾之間。繆公曰："唯唯否否，公之德學無媿聖門，其祀之學宫。"以白學使楚黄周公，周公可之。祠在朱文公之祠左，祠成送主，釋菜奉牲，踵接肩摩，若疇曩所群擁而請祀者。蓋公之德，繆公尊德之心，士民好德之誠，一舉而三善見焉。公嗣子琮請何喬遠記之。

何喬遠曰：聖門之學，固非一端，孝、廉、貞、惠，其大者矣。維公祖襄惠公學術周、程，事功韓、范，恭敬以訓臣，端凝以立節，而公溯沿家學，步武庭聞。維公父孝廉公寓不永于年，公九歲而孤，獨身奉母，負荷析薪，省視尸饔。昔王駿高曾元之誼，恐傷其子；陽城學榮期之素，竟蹈忽諸。而公炊臼既夢，續膠斯絶，實維内省戍削，幾保暮齡，以敦菽水，一視兄弟，不求自出，但取宗祊有奉，即于門祚不隳,可不謂孝乎！人情仕宦,重北輕南,公成進士,當北選,固請求南,以便將母,俸入不足歸,取諸宮中而用之。再陟南銓,即矢考槃。神廟一再起公尚寶丞,光廟起公尚寶少卿,公上疏力辭,求遂固志。長安絶子公之書,里門滅段干之跡,可不謂廉乎？初爲南駕部,省艅艎市木之金,裁中官傳遞之擾。繼爲南庫部,武曹之試,請託不狥,鷹揚之宴,征繕悉罷。轉司銓郎中,曹吏授職,一憑試次,冑子較文,但任至公,持心如準,守法如繩,可不謂貞乎？弛券已責,增價鬻田,紀綱之僕不敢闌出户外,至鬭拯同室不憚昌言患圉。維桑唱之身始,閭澤布其旁唐,和風扇乎家俗,可不謂惠乎？孝著子臣之倫,廉勵堅白之操,貞立事義之幹,惠普仁慈之施。虞廷授受,祇有一言;聖學終身,初無二恕。公全此四德,守但硜硜,曰無意無必,吾病未能;必信必果,取裁而已矣。所謂大道無名而自珍,躬行不侈而自貴,自非固有積中,英華發外,何能使彝德之真感歎行路,揄揚之盛歆動守土,若兹之輝懿流燦者耶？

公諱迎,字禮卿,心廉其別號。萬曆乙未進士。頌曰:

言言學宫,非人弗入。學士經師,風聚雲集。有斐張公,其儀不忒。上庠瞽宗,差肩駢立。邑侯尊德,有懷靡及。躡景追風,士庶雜襲。用啓後人,如震春蟄。曷啓曷震,光明是緝。

吴上杭生祠碑

上杭令君武進吴公昆池調繁閩縣,既行,上杭士庶合力爲公生祠,而武平之人亦來助工,請孝廉郭君見龍不遠求記。

余曰:"上杭祠公,宜也,武平之子來也何居?"孝廉君則具道公禦二縣賊寇狀。蓋上杭、武平介在江西、東廣間,急之則東西走,是皆山洞深沮,獸穴鳥舉,莫可捕捉。崇禎元年,山寇竊發,洞於武平,距上杭七十里耳。公知縣之三圖勇民可任籍以爲兵,得六百餘人,公率之往攻,以是年四月斬兵先鋒奪其馬。五月,賊四千餘人併力攻杭,六百餘人者皆殊死戰,斬馘以數百。居數日,復大敗之,乘勝直擣其巢。賊自是不敢一跡窺杭城。其冬,賊攻江西之會昌,公躡之會昌。復轉而攻武平，城幾陷，聞公至，遂奔歸。公復乘夜入擊其巢穴，斬馘復無數。蓋公之爲功於二縣如此，是以二縣之民並祠公。至公爲杭，鐵耳冰心，政清刑簡，興士訓民，人盡顧化，藏身以恕，偃草自風，其爲條章難以枚舉，自有杭令以來未有如公者。

何喬遠曰：爲政之道，心兵爲上，戢兵次之，勝兵又次之。當其無事，兵則貴戢，使不忍盜。及其有事，兵則貴勝，使不能盜。世之末流，爲人上者，心兵實多，驅民使盜，又無籌策可消救之。孟氏挺刃之喻，實所繇生。公之爲杭，心兵寂然。居則雨潤，動則雷擊，卓魯趙張，泛應時出，此仁人之勇、上臣之烈也。公望閩縣行矣。汀寇在山，閩寇在海。海上之寇自有主者，當不煩公。令民安其田里，使不爲海上逋，則公優爲之。當今方内，黔、遼爲急，異日公以爲縣故事推而行之，寧獨上杭、武平二縣祠公？

公諱南灝，字尚之，昆池其號。天啓乙丑進士。

貢使君祠碑

余童子時則好考論當世士大夫，亦其性然也。守吾泉者久遠不詳列，隆、萬之間，以予所知，其以二千石遷轉運使者有兩公云：其一，衡陽朱公炳如；其一，宣城貢公靖國也。衡陽之治泉也，清而寬；宣城之治泉也，寬而清，而皆得平進，泉人所爲扼腕者也。第朱公之來也，以名御史，其時失意於新鄭相，其不得顯擢也，尚有名，而貢公直爲同官所擠耳。然朱公尚仕至大方伯，而貢公竟止轉運焉。當公之被擠於同官也，泉之士紳群語公，公胡不自明者，公曰："吾不忍爲薄道。"及上計，公幾不免，賴予座主翰撰莊公周旋以無害，而轉運之命下矣。

公待同官甚厚。故事，二千石出前車行，諸僚從車後。公與其同官行挽，使前肩輿相去竟尺許，而不得同官之歡者，何也？海濱之民饑且餒有日矣，曉起不自聊賴，鋤墻根忽得白金數鋌，同官知而捶楚之、鉗灼之，欲得其金。民，貧民也，絶不肯承。公語同官，天賜餒民，惟公勿問。凡公與同官異同，其鉅且密者，予不及知，此則至細小，道路之所傳聞者矣。此公所寬然爲長者也，犯而不較，公所以寬然爲長者也。

公中懷廓然,外體居要,觚朴因情,色聲不露。昔者,予兄隸于大理,厥性卞,有中表語之曰:"子何束馳馬?不見貢府公謁其庭,如入廣莫野。"夫予中表也,閭閻之民也,其爲此言,蓋輿誦也,此公所以寬然爲長者也。凡士大夫之仕,至身後見矣。公今去其鄉,子孫無以爲家,予謂公清以此也。異時吏於吾土而有美稱,則邦人碑之郭門之外。泉民德公深,碑公四達之衢,意欲人人知頌公。而四達之衢,負擔者倚撞其側,偃息者摩娑其下,碑遂蝕不可讀。公倩司李唐公金穎來李泉,按問曰:"吾樂公二千石之良者也,何不能得一碑久之?"碑出則已蝕,第碑首篆額與其端有半幅記耳。於是,泉人群爲公立祠於夷門。泉人立祠,雖以李公乎?令公非良二千石者,問之則不應,叩之而無以數也,司李公亦安能强之!

祠既成,泉人問記於予,予遂舉公細。蓋朱公在泉,當穆廟御極之初,其時海氛初靖,斗米以三分,元夕燒燈,夾街盈巷。貢公在泉,正神廟垂衣之候,其時年穀豐登,枹鼓不鳴,大家蒼頭奴,戢戢小民,不愬而得其欲。予自童子以至于今,回思往事,有足追歎者。野人之歎,蓋歎泉也。司李公審於謀而晰於斷,窮竟微曖,哀矜頌繫,真有樂廣之風,韓昌黎所謂天下有大事,公可屬。

周永春生祠碑

寧鄉周公玄映爲永春之朞年,銓部才公,調公福清。永春士民徬徨顛倒,若去父母。君門如天,莫可訴留。及公去之一年,乃相與謀:始公之初下車也,吾儕念邑公住縣廨者,比歲率不利,鳩材群爲公新而大之,公不可,居一寓舍,促膝而已。公今去,吾儕鳩材尚在,盍即是祠公,公當無念費我民。則具公所以爲治狀,群頌而告之于何子曰:"維我周公,維我父母。頌橘紉蘭,吞湘吐潙。才足剸犀,仁維乳鷇。爲縣及朞,弊剔蠹螯,疲起癃興。門無大府之卒,里絶下鄉之役。庭空諍訟,土實掩骼。劑薑桂而諳耆舊,育菁莪以樂中阿。太古小年,如山如日,吾民真不知有公,而公亦若不知有民也。今其之福清矣,福清人則善,奈吾邑何？雖然，猶我閩也，斗可分光，河猶借潤，吾儕祠我公，祠成有記文，夫子爲我圖之。”

何子曰：公始授永春也，小也；今調福清，大矣。始授永春也，簡也；今調福清，繁矣。公無困哉！唯唯否否，大小繁簡，論官則然，而公心固無小大繁簡也。悉其心以爲之，雖四海之遠，九州之大，猶以爲小也、簡也。不悉其心以爲之，雖三家之市，一吷之吹，猶以爲繁也、大也。故夫有小大繁簡也，勢也；無小大繁簡也，君子之心也。公心無一日不在永之人，而永之人出其心以戴公、尊公。予於是而知吾心之大也，徹遠近，通人己，溥之天下而垂之千萬世者也。公聲日著聞，位日益高，尚能復以區區永春、福清較大小繁簡哉？乃公心民心則然矣。抑予曩聞之道路，公來爲永春，蓋挾其家資以俱云。聞公尊甫延安公命公曰："爾爲縣令，則飲縣中水而已，孺子聽之。"子之能仕，父教之忠，延安公可謂永大父矣。公奉尊公之訓，不敢越軼，至孝也；以之官理，不負國家，至忠也。惟忠與孝，所以爲惠於永人，永人久久不忘，予以是徵直道焉。

公諱堪賡，字仲聲，玄映其號。銘曰：

予聞寧鄉之石鐘，語而叩之則不聞，不語而叩之則聞。鐘之叩也無寂感，猶公治民也，不以大小繁簡分。孔聖中都，則今車馬輪蹄，過者如雲，大耶？繁耶？維聖爲之，莫可名尊。子游武城，蕞爾阜崐。愛人易使，孰與蘊芬！故君子不遺几席之近，而騖馳驟之紛紜；不忽目前之圖，而忘意久大之功勳。爲難自易，爲高自卑。敢告後人，視我周君。

相國葉文忠公祠碑

所謂大臣負天下後世之望者，不以爵位之爲尊、榮寵之爲重，而惟其心在國家蒼生。心在國家，則視國如其家；心在蒼生，則視人如其身。則雖欲顧念其爵位之尊、榮寵之重，不惟心有所不能分，而亦勢有所不暇。及舜耕漁、禹胼胝、稷稼穡，彼其自處於監門臣虜尚慮不足，夫惟日而遑及其他？此不惟快恩讐、矜名譽者之不足薄，即置之不較不聞，風猶下也。

大相國福唐臺山葉公弼輔三朝，獨相萬曆之世，首揆天啓之代，前以八年，後以四年，稱師稱保，有蟒有玉，極人臣之榮，而以一身係天下之安危、四夷之傾仰。中朝得公，見爲無事，蓋被公斡運轉移，而不知一日無公，則輈張惶疑、左倚而右盼，公可謂至尊重，而公自視若無有也。公在鄉郡，爲其邑人治廟學、開講堂、廣試額、禮貧士、賑饑民、固城圍，改軍衛之拆徵，通海道之米粟，作橋以濟涉脛，砌塗以逸重繭。此士大夫之有心在民者，其力量能爲之，口舌能得之。而公之所以爲公，惟其布衣徒步，躡革沓之履，持驅蚊之箠，出入里巷間，輿卒無導從之觀，家僮無喑嗚之色。士民見公，得以非時入，公爲豁達其固志而疏暢其鬱懷，無不爽然意得去。仕於公鄉者，自不敢爲不肖，以幾見公。公忘丞相之爲尊與重，而鄉里之人亦不自知其身之輕且賤，一以爲父兄，一以爲里正。而公所被人而及之者，有蔑衆星而不見，潤九里而不知者矣。

遠初見公，擬公於玉皇悲院之語，而公深以爲獨契。兹公没未一年，鄉人醵錢祠公，告遠文之，曰："吾鄉鄭一拂公出片語熙寧間，上人既不之信，無繇下及於民。而惟其一言之爲重，吾鄉人祠之西溪，以爲吾鄉先進之光，况公德在我，忘德在公。其不忘於一人者，在一人之懷抱；其不忘於人人者，周遍於廣衆之宏思。祠公可以已，記祠之文亦其可以已。"於是，何喬遠作迎送神辭於公祠之碑，使福唐之人歲時歌以樂公。辭曰：

公之來兮不來，我心兮悠哉！公之來兮旗九斿，佩繽紛兮紳修。群靈導兮雲流，宛遥乘兮輕舟，其即路兮安輶。泛瀛洲兮層波，淹福廬兮高丘。

公之來兮中堂，我人兮樂康。進豆羹兮芋魁，莫薄牢兮濁漿。擊土鼓兮笙簧，公大嚼兮品嚐。我人侍公兮有存有亡，存者奔奔，亡者荒荒，紛肸饗兮景從。

公之行兮曷斯，天神趣兮雲逵。拊鸞兮驂螭，龍虬輿兮虎豹隨，衮衣兮以公歸。望跂余兮不及，俯涕泗兮從誰？士習詩書兮，農安畎畝。日月兮有時，公尚來兮安否？

張孺子幼清祠碑

夫渾淪未判則大道無名，玄黄既剖則人文斯彰。若響沉籟寂，即道德遏其孕苞，乃霞燦雲流，斯化成昭於宇宙。顧敏鈍禀乎天工，而遲速因爲人詣。要夫生而知之者，靈心慧氣，不皦而自光；學而成之者，偉質英姿，緣頓以超漸。是以項達巷七歲而規孔氏，魯仲連十二而折田巴，王輔嗣弱冠而《易》解成，陸士衡二十而《文賦》傳，莫不懸景振秀、借燧通明者矣。若夫異卉奇葩，纔蔵蕤而即隕；疾電迅霆，乍振播而尋收，此則僊道妙於夙成，而佛門幻爲空華者也。

清漳張子于壘，字凱甫。彩鵲應生，蠟鳳爲戲。五車十乘，目蹔眙而已貫；七步千言，心方屬而隨應。七歲而通古文，十齡而泱大風。急節短章，造次玄著；黄鐘大吕，舂容雅奏。十五歲從其尊甫孝廉公紹和出遊南郡，遍攬名區，淹跡考亭，探書委宛。山林丘壑既窈窕而崎嶇，亥豕魯魚兼編摩以比櫛。達官宿學進之，奬爲英流；黄髪蒼顔遜焉，甘於老鄙。群謂藝林之寶、廊廟之珍也。至乎游情物表，嘉意遁思，每逢勝賞，輒動雅懷，或留連竟日，或舒嘯彌旬，莫不遡其本初，窮厥玄妙。至撰爲載記，發皇名山，吐爲菁華，掩映前哲，斯館閣之宏才而煙霞之上侶者矣。

閩山所宅，武夷爲尊。商周則彭父子選爲丹穴，秦漢則魏曾孫綽其遐舉。群靈於此棲真，大儒於焉講學。君抉奇發秘，破險輕高，縹緲載毫，珠玉盈編。助宗少文之卧游，覺左大冲爲不備者也。其或阿翁殺青、穉子抽黄，揚烏有以佐玄，王逸省其操筆。幸哉有子，願及國人，有謂外人那得知，或曰不如阿戎談。匪特陳太丘喜其竊聽，嚴挺之詡有此兒者矣。薰香自燒，蔗都乃折。悲哉命之不淑，惜乎吾見其進。凡我詞林，以爲天之無意於斯文也。昔勃、賀名士，不至大年，然或登第幽素，或奉禮太常，乃君三千始升、二九不究，瘞明珠於泉下，埋玉樹于土中，自非無心，何能已已。况乎外示慈祥，内含淵默，修曾、閔之素行，而微淵、騫之具體者哉！

維兹士林君子，上及當路通人，痛衛玠之云亡，悼崔融之不活。式建芳祠，爰名"幼清"，奬此奇服，勵於後進。嗚呼！老未聞道，則黄耇比於菌蛄；幼而潔修，則摧藏亦名麟鳳。道之不没，人焉斯重。余忝父執，輒載蕪言爲迎送神詞，與吾黨同志之士歌而落之。辭曰：

蕙質兮蘭姿，芳心兮秀詞。佩璧瑺兮陸離，美衆妙兮參差。入修門兮躊躇，靈不來兮悲思。水澹澹兮流澌，風輕颸兮虚徐。

羌望靈兮不來，靈之來兮不久。土鼓兮蕢桴，玉漿兮朋酒。海若兮無以爲家，天孫兮不可以手。瞻玄馭兮誰從，緬思君兮疾首。

何氏祠堂碑

惠邑瀕海，上有戍曰“崇武”，何氏者居之。其來自南靖九世矣，聚族且百人，時時有長者出焉。而至于今，恪夫其著也。

恪夫爲人孝弟誠信，備諸百美。挾貲賈游秦、越、吴、楚間，資用既饒，遂建宗祠于戍城之中。前堂後寢，鳥革翬飛。尋置祀田以爲世世蒸嘗之計，不問族人一錢也。族人義之。祠成，使其諸生家駒者請記於予。

予歎曰：“有是哉！”《禮》曰：“禮不下庶人。”《孝經・序》：“庶人之行，止於謹身節用，以養父母。”《酒誥》之篇亦以奔走事厥考爲言，《豳風》之詩爲酒介壽以養其家之老人，外而至於奉田畯事，公子躋公堂而在野之事畢矣。然則庶人之行，固先王之所不廣逮，而聖人所不深求者也。自天子、諸侯以至于士皆得立廟以祭其先，而庶人於寢，豈惟名分之是嚴，要以庶人之力不足勝立廟之任。彼其一夫受田百畝，仰事俯育且亦廑廑，何暇問禮制之外乎？司馬子長、班孟堅所序《游俠》、《貨殖》之倫，夫皆閭巷之傑、山澤之隱君子也。彼徒以其赴急賑困爲惠于人，而内行之修不登於紀載，豈夫夫也，徒取見德於夫人之口耳，而孝弟之實、尊親惇睦之意所以合於聖人之道者，彼固未之講歟？惠之爲邑，自宋以來以數百歲，庶人之以德著於鄉而内修之家者，獨有小岞之陳氏，而今於恪夫乎見之。韓退之《送何堅序》，以韓于何爲同姓，而今恪夫同吾姓也，予之致美於恪夫，固將加人一等矣。於是爲之詩曰：

崇武之城，有堂言言。奥衍簷楹，盤亘周垣。庶人之寢，大夫之廟。祖考來栖，載燕載笑。闔門合族，來拜廟下。修秩有文，曾孫之稼。維此曾孫，牽牛服賈。聚財以義，考禮以古。何氏之世，綿綿瓜瓞。濬發其祥，大産賢哲。

程太守去思碑

公諱朝京，字元直，徽休寧人也。太公賈遊杭、衢間，公占籍西安，爲邑弟子，入貲太學，遂成進士。初授鄱陽縣令，理衝擾頑，剔立朝綱，擢採留都刑部主事，敬忌庶獄，才諝敷聞。調禮部儀制郎中，禮樂明備，文采焕燦。歲在叶洽，出典鄙邦。公疏敏磥落，耽綜詩書，翰墨吏牘皆應手立就，爲政果斷豁達，知悉民情。本郡民生貧薄，赴訟官司多屬責鬪，恐不收受，張皇䄎𡾕。公兩造至前，詰其要領，餘皆不問，枉情得直，鉅罪歸孅。又民之作業習戲牧豬，游手蕩人轉相誘誑。公憫其穉獰，出教譬諭，曉以積聚，告之治生，如親弟子。在宋忠獻魏公韓琦故生州治，當時人思功德，附祀學宫，歲久坍落，公承前守汪公訪求之後，建祠府廨，春秋祭享，復額府治之堂曰“忠獻”，以寄景慕之懷。

本郡文獻甲於天下，而往古脱漏、當代闕佚，公搜括千有餘篇，鍥木成書，刊示邦人，以垂永永。家有太夫人也，孝思切至。始初徵秩，便懷辭職。太夫人曰：“汝才猷芳茂，未得展劇，始授大郡，聊撫蒞之。”公拜服慈言，僶勉就道。下車之日，登高作賦，已著萌言。居有二歲，曰：“吾志業見，將母不遑，可令宦車生耳。”遂投劾長驅。連帥方伯留，拒益堅。郡中士大夫老穉民庶牽衣擁轅，不能挽其固志。既去之明年，郡人伐石興碑，紀公盛德，以繫思於無極。辭曰：

泉居海濱，瘠鹵無生。惟有文章，鬱爲國明。公教公治，以振群萌。理郡二載，禾黍豐成。婦子宴嬉，有粥有羹。旌哲褒賢，文事勃興。我文我師，有聞無聲。宜參鼎鉉，稽建皇靈。孝希曾閔，戢跡林扃。公則好耽，無如我氓。勒石繫思，遺歌景行。

陸别駕去思碑

公諱南至，字陽復，浙仁和人。積粹温毅，令色令儀，生於繁麗之都，雅有恬和之秉，擢桂詞林，剖竹堅望。初銓青部，領牧黄腄，拊負山表海之區，舉固民禦夷之政，教化芳醇，心懷皦白，顒然流聲海岱間矣。維此泉州，疊嶂繞其西北，巨浸亘其東南，魚龍之宅連於島寇，如山以東，帑藏空乏，組練黝敗。天子以公先任于腄，習於山海，以萬曆十九年擢判兹郡。時公甫除鞠艱，投牒闕下，方補薄姑之職，未及赴治，遂遷兹官。公益馴造父之御，有餘庖丁之刃，沿潔革穢，右公左私，司于廥廪，慎厥出納，乾没是嚴，京坻斯積。歲之大侵，以賑瘝寡。民用不凋，官之不贍，以謹守藏，官用不匱，二臺兩司交察互譽。本郡守僚、下邑縣令偶有缺員，皆屬視政。公準繩自律，絲毫不侵，不薳廬庖俎之間，所至宴如，盪盪有功。公臨下民，如見肺腸，下民仰公，如承冰蘗。

歲在徒維淹茂，公攝太守。上計京師，更奏累考，吏道允修，宦譽大振。還郡不久，擢貳真定。維中山博陵，内則拱護神皋馮翊、扶風之重，外則捍禦强虜北地、上郡之要。天子擢拜公，兹誠倚公南禦島寇、北控胡貉，急公之需、借公之重者矣。夫静民所以養之也，和民所以安之也。刺史守土，郡吏執事，司馬綽綽，可以從容，古人所云，於今一轍。公舒羽泉州，寇既不來，郡固無事，處綽綽從容之地亦如古人。然古人以無事放於山水之間，公以無事養其静和之政。民晏寢恬食，資息資生，不見擾喧，所謂"無德與汝，式歌且舞"，是宜鑱之金石，鋪厥聲香，以聞於無窮者乎！其辭曰：

維今三守，在古半刺。分駕等儀，屏星齊類。古曰監州，權或己出。善則及民，否亦民拂。今總太守，凡事有統。惟静惟和，可教可董。公視四封，若在棖闑。仁風所噓，被於飲歠。桂樹在山，望之自高。嵒嵒崇丘，雨戢風弢。不擾不苛，民晏不知。心在豐蔀，而居無爲。公職庾廥，庾廥言言。私贍民藏，公饒國屯。假守假令，其心實真。綱紀不隳，政教有倫。公旆翩翩，入守馮翊。天子愛公，股肱旌德。才公南之，德公北之。凡此邦人，是孿(攀)是追。維北有嶽，曲陽恒山。願公之功，比崇其間。

林廣文去思碑

士君子辭受之道，準孔孟矣。孔子居魯，魯人奉粟六萬，《鄉黨》一篇所記飲食、衣服精而且備，非具財物，烏足致之？其教門弟子也，自行束脩以上，未嘗無誨焉。束脩者,十脡之脯,固亦未可以易辦也。傳食兼金,孟氏蓋晏然有之,於諸侯交道接禮不鄙之猶禦,聖賢之待其身非恕也。鳥獸不可與同群,吾非斯人之徒而誰與?有所不屑於彼者,必有所不能充於此者矣,則於陵仲子所以必至於蚓而後可者也。然而高潔之士終有所不屑焉,聖人亦不以非之,而列之於狷,雖終以爲未至,欲引而進之大道,顧其人已爲聖人之所與矣。

今夫國家設學校之官,固將使之教其弟子,非欲其受弟子之贄也。然古者士相見則亦有執雉之禮矣。雉亦非家畜恒有,殆將市鬻而後得之,而後世代之以金帛。今之弟子執而見之學官者,其金不膴,其帛不厚,特一雉等耳。學官之禄既薄,爲弟子者非有膴厚難致,又以揖讓而進之師,則爲師者固可以受之而不疑。而永安林君騰鵠來爲晉江掌教,獨辭而返之。林君之辭而返之也,非特來爲晉江時也,其先爲福寧州司訓則已然矣。謂林君有意博名,希冀後來州縣美遷者,則林君之齒已長,其資格亦已甚難超。且夫以不受贄得名而得州縣遷者,則可以貪墨繼之乎?古之高士,蓋有飲水投錢、取芋繫金,非其力不食,而勺水自潤,即以爲涸轍之鮒快者,皆各有所見,非苟而已也。推此志也,可以媿夫世之沉溺於物欲,終其身宫室妻妾而不能自振焉者也。林君既以苦行清節涖晉江之庠,當道之人竟不能知。

林君遷王官以去,晉庠弟子高先生之風爲不可追,共碑而祠之。諸弟子祠碑之費固多於當日所執以見其師者,然或有索之而不應,或既受其卻而又不敢自利者,於此見人心之公而士之所以爲士也。則夫爲州縣之吏而鄙其民爲不足與治,爲師儒之官而鄙其子弟爲不足與教者,是皆未能生其戀慕之心,而動其自有焉者也。

王廣文去思碑

先生姓王,名璣,字欽在,漳州龍溪人。王在國朝,世有顯人,或羔鴈衡泌,隱跡自矜;或符組州郡,宦譽載馳。先生毓慶德門,夙承風流,孕質苞文,含和茹素,内辨外温,綽有條理,春膏之潤入而不知,在璞之輝孚以旁達,墳籍恢韜,詩選貫串，時流作者，未或之先。與伯氏珍同膺歲薦，貢於京師，並授學職。先生以萬曆二十六年來訓泉庠，誘掖生徒，循循湜湜，文修以上，未嘗無誨，厚薄有無，不見辭色。常曰：“行百里者半九十。吾自任衣冠，便知刻厲，晚遂薄宦，豈可毁改？”平生以入於回，忠臣孝子，義士貞女，懿德所好，揚闡正論，實出學校。先生每遇兹舉，昌言上官，不稍秘晦，周旋其間，以克成事。門牆被教，衿紳蒙誠，首尾六年，藹如一日。萬曆三十一年遷泰興教諭，漢尊掌固，蜀表學師。維此生徒感戀不已，因共剖石陷于學宫名宦祠之壁中，以識先生於久遠。遠敬爲之頌曰：

猗歟先生，外和内貞。飭躬靡惰，有聞無聲。戢戢孳孳，若驚若身。筐筥贄脯，靡怒以色。不拒不追，禮域是域。一簣吾往，飛蟲時弋。好秉先同，彰善必力。文史古初，靡不在臆。雲湧風流，不僭于極。聖門之學，德經行庸。匪求駭異，務于厥中。桃李不言，鐘鼓在宫。濟濟青衿，景德瞻丰。野人作頌，若考大鏞。

張使君去思碑

萬曆乙巳歲元日，使君張公大來以《春興》詩十章見示，大抵多蓴鱸之思。亡何，以其故爲南駕部時中考功法以去，泉人先後勉留，填門塞道，僚屬之吏、父老穉庶涕淚沾裾。公曰：“此非吾所得留也。”則群走之兩臺藩臬，上公所以治泉狀，冀爲公一明，而公行有日矣。行之日，泉人持長旛，大書太守功狀，闔郡所以當勉留意，壘石城門，城外之梁盡斷絶之。蓋一國若狂，公不得出，乃退而閉閤罷裝。及日中，度有城北門道可間行，乘輜軿出府門數百武，市上童子搴帷見之，大嘷嗄曰：“張公也！”市中之民復群來擁。於是，公不得行者三日。民固謂公可以留得，而公則以出處有義，朝汗難返，則竟去。而兩臺使者爲公上其事，請得降秩治泉如故，下吏部，竟以考功法持之，於是調公爲大名之别駕。

公政事之外兼有文章，古文詞賦，膾炙時流，褆身潔修，經德不回，其中考功法也，當世士大夫亦不知所以中法之因。公雖不得志於泉，然當事者以泉人留公之切，公名益重，而公枉益得白。公之爲泉也數月而已，方其始勉留也，得無見謂泉民貌愛，而不知實心在中、義動於色，雖公亦不自知所以得民之至而泉人愛公之深如此也。公治泉之日既淺，條教綱紀尚次第而未究，即有美公初政者，亦不過謂公懲民之無良，嚴其所以芟鋤之法，豪右斂手，胥史絶奸，邪蠹不能爲害，而善良有所無恐。而泉人所以愛公之深如此者，惟其以公明正大之衷，行愷悌肅穆之政，蓋公雖未盡厥藴而公心已焕然於人人矣。

公自大名别駕稍遷復爲郎，泉人日夜望公復來爲監司使者而未可得。公既去之五年，泉人請何喬遠爲文碑之以鑒後而傳世，而何喬遠爲之文。

公諱應泰，大來其字，涇人。萬曆壬辰進士。

于别駕署崇去思碑

萬曆壬子，天下郡邑以大計朝京師，崇安令則虞公往。令難其攝，中丞直指及監司、藩臬大夫簡厥良，無如建州于倅善，遂使攝。是歲，值崇災。城患水，版不没者三，列垣傾如齒齕，不可丈，民實有莩，辛苦饑墊，無從乞命。公至身勸，相賑困乏，出民於水，稍稍有蓋藏。是時，大中丞丁公候代命涖兹諸城，公請大中丞謀所以城城。大中丞捐金三百，公亦用俸餘佐之，率先爲役，勞事而竣，復爲崇人請於大中丞，得蠲今年田租。大中丞以請，尋報可。公之攝崇也，居廉静，持精敏，朝一奏記，夕惕若；夕一奉檄，朝聞斯。涖以假令而若拜真，爲以數月而若積歲。崇人之仰公也，政在倅建之日，而其德公也，尤當災困之後。自崇言之，災易福也，困易蘇也。自公言之，百爲福也，而後能爲福；百爲蘇也，而後能爲蘇。崇人感公之易，而公實當崇之難。今崇令公史公亦步嘗宰吾南邑，予友也，予父兄也，馳書幣告予敘述公勞苦狀與夫崇人所以戀繫于公而不忘者，求予爲言，貞公德於珉端，以示崇人，以傳崇人之孫子。

何生曰：蓋予聞公之世矣，高大其閈者，非以不冤民者耶？若公王父中丞公，若贈公孝廉公，若伯子比部公，非夫以廉明正直垂德之鏡，儲宦之譜者耶？予又聞公之入閩矣，夫不以數簏圖書溢其衣笥者耶？夫不米鹽碎雜不用累民舍,皆載諸其宫中而至者耶? 夫學也,而後可以政也。不欲也,而後可以不爲也。是所以能爲刺史分半,是所以能使邦國不空,是所以假令也而能如拜真,是所以數月也而能若積歲。造父之策馬也,居無事時飼馬芻秣,整馬銜轡,無不具也,一日用以旋蟻封,衝魚麗,二十四蹄猶若一也。公之倅也,未嘗不策馬也,猶夫芻秣銜轡之日也。以之攝崇,猶旋蟻封而衝魚麗也。承德鏡宦譜之傳,相法相觀,而又好學以殖之,不欲不爲,充類以盡之,此公所以治崇本且原也。蓋公崇政之善不可殫書,其不可殫書也,崇人共見共知也。予推公本原爲崇人誦之,崇之人不盡見也,不盡知也,遂以報史公之命以示崇人。

公諱某,字某,别號如菴,金壇人。

鄧惠安去思碑

安成鄧公文沙之爲惠邑也,愍旱傷,虔步禱,重興學,崈衡文,釐户口,清賦斂,贍軍實,蘇驛置,平市價,速聽讞,鋤豪虣,備海門,擒寇盜,事事有效,則既載惠人之口碑矣。公去,惠人求予銘公之碑。

予於公有道義之雅,所不敢辭。公之爲言曰:“凡天下之道,要其心之所安而已。”道即學也,學即政也。以鄉愿爲人,非學也;以鄉愿爲學,非政也。若保赤子心,誠求之,何有鄉愿意想一毫參其間。故曰:罔違道以干百姓之譽,無咈百姓以從己之欲,帝王所以治天下也。旨哉言也。夫政也者,君子所以調劑天下人者也。調如調羹,酸醎辛苦,適其宜焉。若滑與甘則謂之加,酸醎辛苦不任加焉,非也。純任甘滑,則以水濟水,誰能食之? 聖帝之世,已有吁有咈,何况今日? 蓋夫民也,可與共甘滑,而不可共酸醎辛苦者也。以甘滑養生,生則竟傷,調以酸醎辛苦,不吁不咈之道也。以甘滑與民者,鄉愿也。凡民之心,誰不如我公之爲惠,仁以育之,義以正之。久而民見公之所以爲心,所以在而愛、去而思也。

公沉毅粹温,立乎堂皇之上而有湫然静清之色,出接士大夫如有方隅,初無畛域,一念好善不及之懷,泯嘿風期之外。蓋江右故道學節義之鄉,而吉州爲盛，安成一邑，前輩則劉兩溪、鄒東廓，其卓然者矣。公漸於風尚，而又一稟仰以爲訓，故因心出政，而精神之所穿貫，條教之所注切，一求自安其心，而後以安人之心，誠政而本之學者也。夫鄉愿非學矣，而世競趨之者，何也？彼取其一時面目足以相酬對，世途足以久涉歷，不暇求之異日身後，而内省諸其心，故夫鄉愿之人出乎情哉！而以心持身，以心應世，則性也，命也。學本性命，斯爲真學，真學而後謂之真君子。是公所以篤志於聖賢而稟仰其先輩者也。公今擢在諫垣矣，天下事惟諫官得言，公心可以對生民，其不可以酬明主乎！

公諱英，字聲飛，萬曆己未進士，先爲霍丘，繼爲惠，在萬曆、泰昌、天啓間。銘曰：

愷悌君子，凡民所望。皇皇周道，坦然康莊。予攸好德，而色而康。户察家至，則在堂皇。鄧公雖去，名跡允臧。樹此豐碑，以詔四方。

鏡山全集卷五十四

世　家

鎮遠侯世家

鎮遠侯顧成者，湘潭人也，曾大父百門，大父千二，父萬二。以輯濯士來居江都笊籬灣，爲諸賈紀綱，族衆皆膂力拳勇，號拳棒顧。

侯字景韶。魁碩有武，在諸顧中尤最。爲人矜卹瘝孤，遇横人必摧辱困服之。能以其身絶流渡，自文軀體曰"入水以禦龍罔象"。元末，客遊燕，盜人舟衆，皆恐惧伏，侯挺身奮鬭，盜披靡走。事僞吴張士誠，去之，來歸太祖，是爲至正甲戌。侯事太祖，常爲太祖擁蓋。其春，充百户，從桑院判攻鎮江，偕十一人者轉鬭入城，城中人莫之敢攖，衆則大集共縶之，十一人者皆縶而受刃。侯奮絶縶，仆其持刃者，脱入水，亂流而渡，歸語衆曰："城中皆庸人，可取也。"遂先登克之。

青軍據揚州，侯母在揚，請往説。既置酒，賊將將害侯，侯覺，微服奉母亡歸。已，從征朱州判海舟，箭傷膊。已，攻常州，弩傷脛。明年，常州平，四月克宣州，選充旅正。已，克江陰，隨廖同僉攻通州，授千户。其明年，攻樅陽趙雙刀，箭傷足。從征安慶、江池二州。其明年，從中山王達攻興國及城山寨。已，從桑院判擊敗僞漢陳友諒龍江，獲船一艘、馬一匹，賜銀椀一。明年，克安慶、江州，攻取友諒八陣營。明年，下南昌。又明年，從中山王援安豐，破吕左丞兵，征廬州，鐵彈傷左臂，賜米三石。明年，克武昌，鎗傷右臂，弩傷其左膝。是年，除鳳翔衛百户，克荆、衡二州。明年，從開平王遇春克襄陽，其冬克泰州，牧馬邏港，同千户人傑守禦興化。明年，從中山王破張士誠舊館，其冬取湖州。

吴元年，太祖稱吴公，是爲歲丁未。從克士誠蘇州，弩傷左右手若左足，陞金吾衛副千户、帶刀宿衛。太祖即位，論功誥授武略將軍，爲洪武元年戊申。諸父老言太祖："君天下者宜都汴。"太祖往視汴，侯從至陳州。御舟膠，侯負舟行。太祖壯之，即日陞堅城衛指揮僉事。明年，率師攻信陽、唐州、興安、光石腦、玲瓏等寨，克之。其秋誥階宣武將軍。又明年，與世襲，從臨江侯德西取僞蜀夏明昇，擊敗夏將丁平章於青川，追擒其吴太尉子，獲尉楊花子等六十餘人，斬首百餘級。進攻羅江，擊敗其楊平章，擒其吴三舍、劉元帥等十二人，梟首軍前。遂入漢州，奮進追北，以入成都。成都降，調守之，改成都後衛指揮僉事，捕賊首王玄保，擒僞萬户李邦珍於重慶，西蜀盡平。太祖名其省曰"四川"，隸以貴州歸附諸蠻，以侯爲貴州衛指揮僉事，是爲洪武八年。其明年，蠻犵狫作亂，侯領兵攻甕傍、甕揑等山寨，生擒賊十九人，斬首三十六級。

十年，攻洛邦寨，巳，攻洛河山，攻刺掌山箐，攻黄絲山，攻谷阻山，攻蝦麻山，攻白石崖，攻紅邊山砦，攻壁勞都鎮，破賊巢，生擒數十人，斬首四百十二級，獲銅鼓、馬匹，前後數多，招降山砦一十三處。其秋，乖西叛亂。潁川侯友德檄侯與指揮成、指揮興克郎八保寨，于鄧家壩營，于揚塲征哨三千，八萬、白家等砦招諭故僞蜀土官王萬全等，先後擒賊五百餘人，獲馬五十五匹，尋克泥平、乾溪等砦。其各賊衆圍乖西，侯引兵捕之，賊迎敵殺我軍，侯督所部奮擊，大敗之，生擒五人，斬首九十六級。功聞，賜綵段五表裏。

十一年，擊黄絲堡，殺十八人，狥之。其秋，授世襲誥，進階廣成將軍，征叛賊龍小思。小思遁，獲龍猪狗等九人，追之於隴葬，遇他賊於饒平，擒其三十三人，斬首百有四級。明年，進營木瓜，擒賊於猛莊、卜空河，再擒債義、空桶等於西園，小思走入雲南以免。於是諸蠻懾服，請納歲賦。蠻人稱侯爲"顧老虎"以止兒啼。功聞，賜綵段表裏二。而是時太祖欲討元故梁王於雲南，命潁川侯友德往。侯以步騎先鋒首克其普安(定)，潁川侯使侯守之，爲留後，侯部分將士樹栅保障。其明年，從安陸侯復出兵克西堡，斬首八百，俘百六十八人。居二月，西堡蠻悉其衆可萬五千人來圍栅。諸將欲戰，侯止之，曰："我寡。"有頃，賊攀栅，侯介而馳出北門，率戰士奮進，手殺賊數十騎。諸將鼓而東西向戰，却之。圍未解，侯取所生擒十八人，斬其十七，縱一人歸曰："今夜二鼓盡殺爾矣。"及二鼓，舉銅角，發銃炮，賊聞聲狼狽奔，俘斬凡八百九十二人，遂名城北嶺曰"歡喜嶺"。已，從平凉侯聚征阿咱。已，攻膀土，攻落角當硬寨。已，攻賊首阿黑寨。已，攻破浦則硬、倚渡歹麽硬二寨，斬獲功多。當侯禦西堡賊時，太祖方使中使覘賊於雲南，歸具言侯所以捍禦普定狀。太祖嘉悦，特遣奉御策獎諭，齎賜金帶一、金龍紵絲襖三，陞普定衛世襲指揮使。

十六年，安陸侯復、平凉侯聚使攻阿黑、螺螄、犵狫等寨，破之，擒賊五人，斬首四百三十餘級。已，從平凉侯征七百房，破的窩、的弟、的麽谷、穰谷、三白黑、多心著、剌革等寨，擒賊三十，斬首九十八級，獲馬一十五匹。其明年，從黔寧王英降尾灑乃馬衆。

十九年，潁國公友德使征阿黑瓦硬寨，殺其百四十餘人，生擒二十一人，獲其妻子眷屬之逃入小西界者，得阿黑於龍山箐，生擒二十一人，斬首百五十九級。

二十一年，征扒古、谷勞、金剛諸寨，斬首三百四十六級，擒其九十人，男女百三十，牛馬數百。其秋，授世襲誥階昭勇將軍。其冬，征頂營，擒賊首莒蓬。明年，土官阿束、阿宗乘我軍遠駐東川，復來攻普定。侯率餘衆及土兵乘暑瘴深入，束遂就擒，宗遁走，追捕至隴革，克聰可、哥木、革阿、勬扯等十四寨。於是，蠻黨殺宗降侯，奏立普定爲衛，屬民以兵折三州六長官司分治之，大布恩信，諸夷嚮服。

二十五年入朝，賜白金四百兩，鈔五百錠，彩段三十匹，陞貴州都司都指揮同知。還鎮，首征康佐等長官司，并九十九寨不奉賦役諸蠻，生擒賊首安朶等五百四人，斬首三千六百六十一級，俘人口三千七百五十四。令副長官福壽招諭民人居種服征繇，其明年攻西堡。阿老唐諸洞不奉賦役，生擒八十七人，斬首百三十一級，俘二百八十二人。其春，授流官誥鎮國將軍，贈封父母妻。明年，西堡土官司阿得等寨長卜剌讚等不奉賦役，聚衆三千餘人亂，侯剿之，生擒大呰長阿都必莫牙等七十一人，梟以狗，斬首千六百二十二級，俘男女千五百六十六人。功聞，賜鈔三十錠。明年，征土官阿傍，破獅子孔、白石崖諸砦，擒二十三人，斬首三千一百四十六級，俘男女二千一百五十七人，獲馬二十四匹、糧三千七百三十八石。其秋，征都匀衛曹寧等長官司亂首鐵梁等，生擒六百八十六人，選丁壯五百送京師，斬首五千五百八級，梟諸通衢，俘獲男女四千六百五十九人，稻穀四千六百九十一石。

二十九年，入賀萬壽，陞右軍都督僉事官，侯子統普定衛指揮使。而水西蠻居宗尚不服賦役，戕殺普安衛軍。太祖命侯充總兵官，佩征南將軍印，率貴州都司軍馬大征之。侯破闊木、尅宗、那賈革、母龍等關及居宗等處，白熟等硬砦，生擒八十人，斬首三千三百八十六級，獲馬百三十四匹，男女二千六百一十四人。其明年秋，師旋，而五開蠻作亂，平羌將軍讓討之無功，命左軍都督文爲征虜前將軍代之，使侯仍佩征南將軍印佐其軍，復使勦捕鎮遠蠻賊之在臻部洞者，進擒二百九十四人，斬首九百三十五級，俘獲男女七百六十四人，馬騾二匹。其秋，征螃蠏、米毫、灣溪、舟溪、萬潮等處蠻賊，使副總兵暹從楚王剿天柱、天堂、春花、金井、蒲頭、大坪、小坪等處生苗，悉平之。復使副總兵征蒙池、攀丙、苗歸等砦之不奉賦役者，生擒百四十七人，斬首千四百三十三級，俘男女千八十三人。又明年，征克西堡、滄浪、羊場、洛么、阿資朗、阿姜等寨，還軍貴州。其夏，新添、洛角等蠻復亂，復使副總兵征之，復征平洲、六洞等長官司，苗坡、羡塘、光金、蒙臺等一百三十七砦及龍里等蠻之不奉賦役聚爲亂者，前後斬首二千八百六十四級，俘獲男女二千八百五十五人，馬六十二匹，其王石雍、郎克渡等砦之歸順者，悉撫諭安業，是爲洪武三十一年。

建文皇帝之二年，陞都督同知。居二年，陞右都督。明年，封鎮遠侯。成祖靖難師起，建文皇帝署侯右軍都督府事，使侯練兵水西。已，使從長興侯炳文、駙馬都尉堅、都督忠等引兵攻北平。長興侯軍真定，敗績。侯在執中，成祖得侯大喜曰："汝先朝舊人，皇考之靈，殆以授我。"因與語興師故，言已泣下，侯亦泣。送侯至北平輔世子居守。時成祖所倚仗姚恭靖廣孝，恭靖不習兵，與侯議兵不合，世子輒從侯。燕諸將言世子曰："侯，南將也，心叵測。"侯亦自遠。時被賜甲胄、刀劍、弓矢，輒辭讓，第輔居守而已。建文帝聞侯歸北軍，徵其眷屬二十五人誅，其出幼者十六人，侯子統在誅中，而侯始効計成祖矣。成祖會寧王於大寧，南軍攻北平者忽解去。侯度南軍將邀戰成祖，於是作書射南軍，尅日與戰。南軍恐北軍追之，守北平不去。群臣勸進，南軍有欲畫黄河爲界以求解兵者，侯並諫止。擢後軍都督府同知，已，爲右都督。

成祖即位，封奉天翊運推誠宣力武臣、特進、榮禄大夫、柱國、鎮遠侯，賜鐵券，世襲食禄一千五百石，身免二死，子免一死。元年，命鎮守貴州如故。蠻夷聞侯至，歡趨出拜，叛者皆歸。時成祖方北憂虜，漢、趙二王萌奪嫡，仁宗爲太子，危疑未定。侯至鎮，上書言："臣頃還鎮，方隅粗安，莫效微勞。當今四方邊徼，蠻賊間發，東南海倭寇時出没，臣皆謂無足慮，可慮者北虜遺孽。然未可遽動兵，宜遣人賞賚招諭。高垣深塹，屯田儲積，練兵養馬，預必勝計。至蚤立東宫以定國本，則朝廷大事，臣愚敢効犬馬獻一言。"上褒嘉之曰："卿祗事皇考，從朕艱難，忠而自信，勇而善謀，協成匡濟，勞績居多，命鎮舊邦，用佚高年。乃心不忘，嘉言來獻。特遣人賜卿鈔千錠、文綺四匹、羅絹各倍，用答惓惓。"頃，復賜侯銀幣，而謂侍臣曰："漢武窮兵，漢家凋耗。近者成言，甚合朕心，是以特獎。"居頃之，侯上言邊務，上復嘉勞。六年，車駕將北巡，時則仁宗立爲太子矣。上命之監國，召侯輔之，賜勑曰："卿年高遠外，朕念不忘，可即還京，少佚勞勩，慰朕延竚。"既入見，撫勞再四。侯言："皇太子孝友仁明，足任付托，左右文武大臣皆非臣所及。臣所治蠻夷，今雖帖服少競争，即持兵亂，非臣所敢決去留，惟陛下之所處。"上嗟歎良久，賜鈔四萬貫，白金二百兩，綵幣三十有六副，命還貴州如故。陛辭，退語皇太子曰："殿下事君父、恤兵民，素行有誠，萬事有天，瑕釁小人，當度外置之。"

侯在鎮十二年，招徠水西諸夷四百餘人合江州等十五寨，新添長官虎踞等十一寨，播州、清平、平越、都匀、普定百九十五寨，辰州筸子坪、苗長官、吴者泥等七寨，剿平谷勞、玉石等寨，蠻之連結土酋宏阿襖爲亂，古陳、蒙爛、土攀、村口十二寨及攀村諸寨之不從招者，清水、江革、真寨及五臺羅苗之叛者。而思南宣慰使田宗鼎、副使黄禧與思州宣慰田琛相攻累歲，勑召琛、禧對簿不至，更闞内庭欲爲變，勑侯以五萬兵壓境，兇黨叛亂，琛、禧並就擒。琛妻再復鼓諸蠻衆臺羅等爲亂，冀琛可遣還，俾招撫。侯擊繫其酋普亮，殺叛黨不可勝計。於是，上惡諸蠻夷反覆不常，郡縣其地，以爲貴州，則侯經略功爲多。

侯病，上遣醫馳視，又遣侯孫長壽等齎勑勞問。疾良已，永樂十二年，侯則又病，上復命醫視，侯方在軍中，班師還。尋薨。年八十有五。皇太子遣官致祭，上自北京還，傷悼侯，追封夏國公，謚“武毅”。其云“夏”，以僞夏昇僭號於四川，侯始功在貴州，本夏地也。侯少壯履行陣挺身無前，雖被創鉅，必致俘獲，料敵制變，百不爽一，通涉傳記，矯取其用，身至大將，未嘗富貴驕人。在鎮之日，蠻夷生祀之，及卒，吏民哀慟，還葬於笊籬，墓傍木烏集萬數，人謂侯烏。

侯長子統，初爲普定衛指揮使，被建文君徵還見殺。統任指揮使，佐侯征水西蠻居宗，破硬寨安郁闕，征土官阿傍把事卜剌讚、卜工杓，寨長阿火者，征五開蠻，破岑鞏關，入岑鼎山，征横坡、綾伍諸寨，征臺耶米亳賊，征哨萬朝諸寨，征西堡蠻，征阿姜硬寨，征滄源六寨，並有功。第五子勇爲貴州都司，合江、化從諸寨長韋翁同等引廣西賊韋萬良爲亂，引兵入梅花洞平之。正統初，鎮守普定蠻，阿遲、阿哈等僭號爲妖書，焚公署，流劫四境，勇捕得阿哈并其從，械送京師伏誅。從靖遠伯驥征麓川，斬賊首十餘人，進攻刁招寨，與賊戰，死之，贈都督同知，賜祭。

始侯嘗侍成祖，從容言。成祖問：“卿兒若何？”侯曰：“臣長兒統，始高皇帝以爲貴州都司，臣言兒性剛懼不稱，乃與之普定指揮，建文死之矣。次兒勇，貴州衛指揮，温柔通達，善騎射，貌寢耳。”上曰：“勇不在貌也。”侯薨之明年，爲永樂十三年，而統子興祖襲爲侯。興祖頎面美髯，博覽《詩》、《傳》，旁通諸藝。初爲普定衛指揮使，從征乖西諸寨，征清水江叛蠻宋阿留，獲其妻。後以侯鎮守貴州，入貢方物，留京扈從視行在。十七年，遣之吕梁，興人徒，治河通漕。二十年，成祖北征虜，命侯督山東、山西、河南餉。至沙窩，猝遇虜，戰敗之。至野猪口，虜大至，身被十三創，殊死戰，虜遁。

十九年，廣西慶遠洞賊韋錢望等僞稱王，殺巡按御史璞，奪其印。命侯爲廣西總兵官，率領湖廣、廣西、貴州三省兵討之。侯使指揮霆先勦永福通道，諭降桂林、荔源、修仁諸賊，身自廣西進兵，抵柳州督軍分捕，而馬平之三都、皂嶺，慶遠之莫住、安定、夷江、清潭、東香諸賊，合徒拒敵，侯劉其僞稱通天侯韋萬賢、廖用等以百數。次日，復勦過武計隘，直抵皂嶺，餘黨悉遁。其明年，義寧三江猺賊復亂。侯使指揮雄、指揮冏爲左哨，自古田縣施龍江進，都指揮榮爲右哨，自桑江口進，侯自中路督戰，擒其首賊梁善聰等，凡擒殺四千三百四十人，得御史印以歸。其明年，討平樊家賊於賀縣，擒韋錢望等，賊首韋萬、黄於融使官軍搜擣山箐，殺僞稱無敵將軍韋公嚮等千六百九十一級，乘勝進至思思川山，直抵五十二洞、河池、都銘、平林、三旺等處，戮其僞稱天都元帥覃萬兩、猛烈將軍韋笑等首從千七百三十九級。又明年，擊敗平樂、賀忻城、遷江、馴象諸賊。

洪熙元年，仁宗頒將軍印於諸邊總兵，侯得印曰“平蠻將軍”。是年，殺忻城賊首覃宣公廣等於烏泥江及其賊徒六百四十人，乘勝至武緣，戮其僞稱都督韋圓、韋香等首從二百三十九人。還軍桂林，請留貴州兵二千、湖廣兵一千爲守，戍湖貴，戍兩廣，自侯發之也。

宣宗宣德元年，廣西寇崇善土官暹恃險遠，謀拓地界，招納叛亡，聚黨二千餘人攻左州，執故土官，奪其印，殺其母，據村峒四百餘輿所，僭稱僞王，署僞官屬，流劫州縣。侯遣千户廣邀擊之，暹及首黨皆就擒。二年，擊走江華縣賊盤伯養、富川賊廖六招。是年，交趾夷人爲亂，命侯督兵備禦思明、龍憑諸路。侯駐軍太平府，戍兵内空。忻城諸猺賊覃朝喜等乘侯軍遠出，復流劫臨桂、永福、陽朔、古田、修仁、象州。侯率舟師數百艘自太平直趨南寧，分擊之，於是諸蠻復平。然而，自是交趾夷人偵知侯還，得破隘留等關，攻陷園丘温，而侯坐是逮繫矣，尋亦赦出。

正統□年，命侯領五軍左哨，尋總神機營。侯以神機軍士爲五軍外圍，或出不意，或值風雨陰霾，鎗銃火藥倉卒難用，請練東教場府軍前衛八千人爲一司，四面各爲四隊，縣增長牌五，長刀五，砍敵馬足，遮障弓矢，具得施行。十四年，車駕北征虜，侯從行。至土木，侯亡自歸，再下獄，其秋出之，降都督同知。景帝景泰三年，立子見濟爲皇太子，侯得宥，降爲伯。虜至都城下，侯與諸將帥兵守九門，侯陳阜成。英宗天順元年，承天門災，大赦天下，侯得復故爵，遂命同魏國公守備南京。七年，侯薨。

侯爲人忠實不欺，其守廣西，有言其居官不飭修浚而不親士，宣宗使侯自訟，侯即自伏罪，宣宗以爲質。至其治軍有律，軍有攘人笠禦雨者，立殺之。居恒諜間賊：山川蹊隧，部領器用，所貪嗜畏惡何若，以其人爲耳目爪距，故卒底平蠻夷有成功。

侯薨，子翰當嗣。而翰好詞賦、能酒工畫，不樂爲侯，隱於雪坡，以爵讓其弟玘。玘爲人服食節儉，而交接賢士大夫游宴無吝簡，他客至，亦無留門者，皆親修具設食飯、賑窮捐貸，人多歸之。然兩兄弟並無年。玘亦不及侯，而翰子淳以天順八年嗣侯。淳好文有父風，五爲正使，封晉、魯、肅、周、靖江諸府。靖江王有贐，侯辭讓不受，靖江王重之，與諸大夫國人歌詩贈行李。成化九年卒，無子，而玘子溥以其年嗣。

溥嗣侯，年十三耳，嘗一命管五軍營右掖，再命坐果勇營，三命佩征蠻將軍印，鎮湖廣。侯鎮湖廣，在孝宗弘治二年，年二十九矣。後八年，召入提督三千營。又三年，爲弘治庚申，上方注意京營，將臣皆悚慄辭免。一日御平臺，宣内閣臣咨問，面賜簡擇，尤慎團營之選，因出廷薦姓名，指侯而問，皆對曰“善”，問大學士東陽，東陽對曰：“溥鎮湖廣，甚稱。又新有貴州功，掌團營無踰溥。”孝宗手勑付兵部以命侯。於是，侯督團營兼三千營，掌前軍都督府事矣。東陽所稱侯鎮湖廣者，以侯能肅政令、率官屬、拔才俊、黜不職，拒却柴薪歲例及軍從錢，疏裁吉王府造宮室煩費、妄乞田土兼并貧民桑植。安撫司土官殘虐諸苗，苗人惡之，奪其印以逃，侯督兵捕得其首惡。或諷侯：“何不盡殲之？”侯曰：“苗人激於貪吏，非反也。”具首從法，上活五百餘人。其所言新有貴州功者，弘治四年，都勻長官司寨苗乜富架、重惡龍等僭稱都順王，殺戮都勻、清平等處。明年，命侯充行軍總兵官，與巡撫都御史廷瓚往討。侯正紀律、戒部曲，覘知逆順雜處，檄不從亂者毋驚擾，所保全四百餘寨，即授方略，諸將分兵五路，自率精兵間道刻期並進，生擒乜富架及其三子，凡破百有十寨，俘斬萬餘，招還流徙五千餘户，修復爛土長官司，奏創都勻府，二州一縣悉平境内。其時，上降勑獎勵，詔班師還鎮，論功加太子太保，歲禄二百石，特賜誥命加贈三代也。侯掌團營益守法，與中貴臣閱視諸營内外官，簡選軍士，及督工繕修禁門城垣、社稷壇事皆集。以母喪乞假歸，命其弟錦衣衛千户淵代行。先後被賜金白文綺、寶縧佩刀、蟒衣、珍饌諸物，不可勝計。瘡發背，命御醫診視，遣中官備物臨問。訃聞，上輟朝，賜祭賻米、布具、棺槨，治葬事，賜謚"襄恪"，給驛歸喪。侯純雅寡言笑，厚倫重義，居官涖下，寬嚴相濟，處家儉朴，雖都重位，家無餘貲。

溥没之明年，子仕隆嗣。正德初，先後領神機左哨兼管紅盔將軍，坐神機營兼掌府軍前衛事。五年，充總兵官，總督漕運，兼守淮安地方，所條上漕事凡二十餘疏，皆報可。賊劉七等蹂躪江南北，侯扼其吭，大窘，以有狼山之捷。武宗南巡，倖臣彬怙恣諸公間，侯輒自如。侯迎駕廟道口，上顧語侯亟歸，無誤漕計。至淮安，步入城，幸侯第，觀其銅屈戍，第無有。蓋嬖人言上，侯第銅屈戍大於大内，故上微行而觀之。平寧庶人之亂，侯有聲援功。侯涖淮十餘年，餼廩外無妄取，舍中兒言不出閫，漕屬請寄不行。寬不脱略，慈不姑息，明而不計小過，才而不見矜色，淮人美之。世宗即位，命鎮湖廣，尋命督三千營，掌右府事。二年，孝惠皇太后崩，梓宫將葬，加侯太子太傅，調掌中府事，司九門筦鑰。侯請申明永樂戒諭武臣榜文，上曰："善。"六年，而有王邦奇之獄。王邦奇者，正德中所傳陞千户。嘉靖登極，詔削冗官，邦奇與。邦奇怨詔草出大學士廷和，上章言廷和處置哈密失宜，爲屬夷開釁，詞連大學士宏、大學士珤、兵部尚書澤，廷和子惇、義子侍讀桂章、壻修撰一勛。命侯與廷臣會鞫。侯以正對，上切責侯，居頃之，輟侯營務，使掌中府如故。明年卒，贈太傅，謚"榮靖"。侯嗣爵二十六年，凡朝廷有公議、有大禮，侯並參其間。

其年，子寰嗣。侯爲人廉靖端勤。既嗣爵，命坐五軍營左哨，命管紅盔將軍，命僉左府事，命坐鼓勇營，命僉中府事，命慮囚南京，命祭江神以弭水，命修孝陵。已，命充總兵官提督漕運，鎮守淮安，所言漕七事。久之，命僉五府事，命坐神機營。乞假葬母於江都，命馳傳行。二十七年，復命督漕守淮。二十九年，改鎮守兩廣。侯至則與提督兵部侍郎櫝選募丁壯，備鵰剿截殺。所募丁壯，軍門副總兵各三千人，嶺南右江參將兵各二千人，左江海南參將兵各千，請厚賞重罰以涖之。於是，二廣兵悉習戰。桂林平樂徭戮知縣士毅，敵殺百户恩，侯與兵部侍郎櫝命僉事坤討之，連破一十五巢，生擒八十人，斬首百三十二級，俘獲二百七十人。七山猺據蒼梧、藤、岑三縣，阻山二百里，弘治以來，四征不克，嘉靖一覆軍。侯與提督兵部侍郎櫝使左參將寵攻其北，右參將昇攻其南，聲言征西，至潯州潛返，旋師入賊界，賊駭佈奔據高山。侯曰："無仰攻，謹守使毋逸。"不二旬，賊絶糧，老幼多饑死，其食草木而存者諸兵盡得之。於是，没其田廬，隸於尺籍，是爲嘉靖三十六年。

其年，復命督漕守淮，議濬新莊閘以下百里河通漕，募官兵分守洋麻港、雲梯關、廟灣東西海以禦倭，與總漕兵部侍郎曉同心共濟。倭犯海門縣，兵備副使景賢與戰吕四場，盡殲其衆。兵部言曉與侯有運籌決勝功，侯賜銀幣。他先後所條議十二事，皆著爲令。嘉靖中，更團營兵制，立三大營，曰"五軍"，曰"神樞"，曰"神機"。更京營總兵曰"總督戎政"，一命咸寧侯鸞，以罪誅；再命襄城侯墐，俄卒。其年以命侯，侯言："營兵免操月，勢渙難集，請留五軍營正兵及標下兵四萬人，分四班，班得萬人，每月番上，一班駐京，月加糧二斗，脱有急，即萬人可立致。"上曰："是。"給事中震得復議京營諸衛雜配，各營多寡參差，請以大小衛所兼配一衛、專隸一營。兵部覆奏，震得言是。侯言："三大營選正兵三千，餘爲備兵，分强弱二等，若衛隸一營，强弱混淆，兵將不習，秋防在邇，何以待之？"上是侯也。侯總戎政，先後條議二十一事，具見施行。四十年，永壽宫災，上移御玄都殿，聞京師多盜，命都督希孝率官校環衛。侯自言："臣總京營，入衛在臣。"遂與兵部侍郎縉率營兵守衛，嚴干梱，肅禁旅。四十二年，虜入墻子嶺，京師戒嚴。詔分布營兵城内外，選鋒鋭當東北二方。頃之，上手諭大學士階,問:“寰可將否?”階言:“謂侯將,難也!謂可代者,則又難。”上曰:“求代寰,必無勝者,若論戰陣,誠亦難事,破敵衝鋒,當别選,備緩急,寰專練兵矣。”

穆宗隆慶三年,車駕大閲武,下諭勉侯,侯率將士謝,賜銀幣。上勑侯充實部伍,精强士馬,爲國爪牙,稱張皇六師之意。侯言:“三大營,官軍不滿九萬,視初設兵數纔三之一,請清勾原額,務滿十萬。”報可。復命督漕守淮,勳臣四領漕厪侯耳,尋以老疾辭,許之。總督京營久缺,中旨復命侯。六年,命掌左府事。今上七年,力請老,加少保兼太子太傅。九年卒,年七十有九,賜謚“榮僖”。

侯修髯闊額,豐頤方吻,端重不苟言笑,事母蔡至孝,出鎮,留婦與弟侍,自單車之官所,共事文武大臣數十人,久而敬之無間言,士卒聞訃皆泣下。侯有二弟,曰宇,曰寵。宇爲人儉素自將,寒暑一裘葛,與婦糲食相對。侯請勳衛,叙當及宇,宇固讓寵,如先世翰所以讓玘侯者。寵爲人棘棘彊項,燕客不踰數簋,酒數巡而止,侯所留養母於京師者也。

侯卒無子,而宇子承光嗣侯。六月,典殿前大漢將軍,賜蟒衣,侍經筵,劒履上殿,改僉前軍都督府事,典禁直官軍。軍虚冒牢餼而驕,承光飭之,軍容改觀。代祀獻、裕二陵,歸而病,奉朝請,踰歲乞假歸江都視先隴,給傳行。再踰歲,還朝,復請休,又七年卒。侯少爲諸生有名,卒業南雍。其居父母喪盡禮,友于兄弟,今子姓五,析遺産以四畀諸季父昆弟,自取一焉。

子大禮嗣。而宇有仲子承學,少治《易》,爲郡諸生,省兄侯承光於京師,兄侯爲之請勳衛,辭不得。未朞年,乞歸,與故人徒步入里門。侍御史按部過之,匿不見,明日再過,將有咨問,佯出他語對。所以事兄如父,而事嫂如母,鄉人私謚爲“貞白先生”。有子曰大德、大猷。大德生而失母,育於大母。大母病,以指畫心遶屋晝夜走,斷葷血,危坐一室誦經,日過百遍,或跪或拜,或號或泣,手擁一箒,曰:“爲大母掃疾。”大母卒,遂犯狂易,無何,殤。江都人稱曰“孝痡”。

夏國公之後有留家金陵者,玘次子淵以兄溥平蠻都清蠻授錦衣鎮撫,復以功擢副千户。卒無子,以溥子仕忠爲子,而卒家金陵。其家貴州者,八世有信,萬曆癸酉舉人,仕雲南□州守,而貴州、普定兩衛世襲指揮者,苗緒蕃衍不勝載。

贊曰:顧氏始起以夏國,大矣哉,拓土之功乎!是夜郎王所不知漢大而宋祖斧畫之餘邦也。夫非刀矛虔劉殺伐而大創之,安能革其頑獷、反爲人心邪?故夫夏國之功烈矣。夏國之後人,或樹功湖、廣、雲、貴間,又或鎮嶺外,要之,皆令蠻夷率俾所以佐國家甚大。貞白先生語大猷曰:"予見唐人長孫氏《鳳池曆》、《柳氏序訓》載無忌歷官本末,公綽以下内外事跡若家子孫。其書不傳,當以言不文。予觀《史記·世家》猶如見也。夫予顧開國承家,于今十世矣,二公三伯一侯,更許子弟一人爲勳衛侯者予顧耳,非殊恩耶?孺子嘐嘐好古,無念爾祖圖之在此。"時大猷嗣勳衛,嘗請征倭以拯朝鮮之難,中官四出採礦、督税,間用錦衣官,大猷以爲恥,遂乞歸。所述九世事跡及勳臣家外紀,《廣陵文獻紀》累數百萬言。又游秦晉,討論邊政及漕鹽諸議,有俶儻之畫策,天下奇男子也!

述

先府君述

先府君諱烔,字思默。方嚴樸直,不爲瓦合,無機穽,一意讀書,奉先思孝,至老不懈。四歲遍識難字,王父洪公奇之。友人謂公曰:"吾抽難字數十難爾子者,不盡識,爾輸我一;盡識,吾輸爾三。"府君舉不竟數字,其人佯棄去。十三歲,失王父母也。

初,王父洪家貧,與仲王父浚賣苧。洪没,浚命府君續所業。府君至,不識衡石銖兩、泉布窳良,提所賣苧曰:"誰復辯此者?"因取故所受師書,伏肆下,涕且讀。浚憐而撫之曰:"雪爾涕,爾能讀書,紹大先人者,吾貧,寧給爾。"因令讀書而給之紙札膳膏之直。時大王父賢,九十在堂。府君二先姑、叔父燿四孤子在下,仲王父爲人仁,又外收諸甥之孤者。貧,實不足給,府君日再食飦粥而已。吾先姑時或一粥忍饑與兄讀書食也。前母家大詬仲王父曰:"孤子讀書自誤,早逐什一便宜耳。"爲人傭書縣中,縣簿汪洋召所傭兒試之,見府君獎而遣焉。

十九，以高等爲諸生。明年，不得與省試。故事，諸生不與試，得投考御史府。府君無行資，自隱涕。浚聞之，與之金。其夕，府君不告家人而行。此事雖細小，然吾叔父燿爲孤三言而三追涕。傷哉，貧也！歸，遂旁通五經、子、史、百家之言。

府君所讀書樓臨道，每夜分，書聲轍道，道人爲之嗟嘆。今家園藏書三百軸，皆府君手自點勘。孤嘗有所問校，府君曰：是在某書甲乙卷第幾帙。敏於文，善用衆。嘗嘆老氏禍天下，楊朱、墨翟皆原道德之意，作《楊墨辯》以附太史公申韓之義，作《守泉議》以規有位者。御史聶公豹、提學吴公仕兩奇府君，一日兩冠庠士，士論榮焉。里中侍郎顧公珀、尚寶李公源、中丞丘公養浩、參政王公慎中名德高文，推重一時，屈折儔侶，往復論難，諸弟子踰境越州，争先執贄。於是府君爲大都授，每有講説，登堂鳴鼓，徒侶乃集，競設疑義，至乎日中，府君復自依方問答，旁引汎徵，至乎詩賦稗史，聞者人人得意去。府君每小試，雖未嘗不在高等，每大比，雖未嘗不與選中，竟數奇。以歲貢上京師，時世宗皇帝勤政好文，天下以士貢者，必親閲其文，親擢府君第一。聶御史方尚書兵部也，曰："吾子即數奇，然以儒生蒙天子親擢，亦不負聶豹得士之明矣。"

選江西安福縣學訓導。府君懲末習之陋，發憤而爲師，告諸生依忠孝大旨，帥人必本諸身，祀鄉先生之湮滅者，鄉飲百年之老，獎節婦十九人，表諸生有行誼者，卹貧士之金。士嚮風勃起，知禮節廉退矣。彭理問爲父主簿求鄉賢，縣牒至，府君推牒告諸生曰："主簿，誠人也，第可祀其家爲不毁之宗，鄉賢不可易得也。諸生多習《春秋》者，《傳》不云乎：'人子不以非得而加之父。'"其事遂寢。郭生儼亦爲其舅王燁明，府君不内曰："子傚蔡卞乎？然恐子路毆公冶長。"儼曰："外父學於王陽明。"府君曰："孔門弟子三千，從祀七十。"儼媿謝而退。郡工曹朱者視令事，鬻老者冠服，其人私立承恩于堂。府君貽書讓之曰："竊謂足下欲寵高年，則禮幣可加，冠服不可妄授人也，必有恩詔乃可，此維辟作福之意。凡高年代所常有，恩詔歲不一下，非如《會典》所載，律令所陳，可得常遵。公爲臣子，尤不宜輕借以市人也。且公非真令，夫今其人私設承恩以自旌也，惟諸侯得以僭天子，故大夫得以僭諸侯，是豈某輩姓名所宜厠其間邪？”時祭酒鄒公守益倡道江西，府君執贄焉。鄒公七十門人多述不踰矩爲壽，府君心嫌之，具以質贄。一日，讀司馬温公《答武功石令飛卿書》，自喜曰：“得之矣。”今孤讀柳司馬《答杜温夫書》，亦猶府君之言是也，其方嚴樸直，不爲瓦合皆此類也。

府君誠心教士，士多帥府君之教。劉一允叔父罪當笞，一允白令以爲父。令聞大怒曰：“無父無君，是禽獸也！”府君曰：“劉生以愛叔之故，所謂觀過知仁矣。”語令宥之，一允繇是顯名。御者楊伏刲股療母，府君具羊酒其家，爲下拜。伍亮鬩于墻，府君引楊伏誨之，伍感泣，卒爲善士。賀兩生以失伍相訐，持譜爲證。府君曰：“夫譜以合宗，非爲訐也。”賀立爲兄弟如初。

遷靖江縣學教諭，所以教靖者如安福焉。靖本江島，地浮濕，每春積雨没人禾稼，夏秋爲甚。帥命府君往視。府君上帥議曰：“靖，水國也，痺處江心，歲歲苦潦。明府不遺荒陬，慮執事者不虔其職，民不蘇醒，甚盛心也。竊見靖河港自瀾港起至西開沙繆清共九十四港，水之支流不一，人之聚集不常，非若延陵秣陵河當午道通爲一帶，召工開濬，可一呼而集，委官廵視可一覩而知也。且厥土塗泥易爲崩淤，遞年開濬不可閣停，雖有得利，人失所宜，而恃强凌弱，勞逸不均，在在有之。又侵牟者多，深廣皆不如制，尤明府所宜更新者也。孟子曰：‘歲十一月徒杠成，十二月輿梁成。’謂農工已畢，可用民力也。竊謂靖江開港之期，若於收成之後則去春太蚤，易淤，延二三月則傷農桑，無於立春後一日鳩百工，一月之中縣官不治他事，專使遂之，可以二十日而畢，夏秋以後，官府亦無所煩。何以二十日而畢也？民貧富强弱不一，工勤惰公私不齊，或有規避，或有求索，或有欺負，停閣之弊，多生於此。若人派定開港步數，可一一考其成功。語曰：以衆地者，公作則遲，有所匿其力也；分地則速，無所匿遲也。故能二十日而畢也。何以效夏秋之後不煩官府也？往濬者但用鐵鍬，應手置岸上，天雨，水復流入河，則是未嘗濬河也。若人具畚一，去河岸三丈置土田中，其時麥苗未起，兼可肥田，是夏秋淋潦永無患也。遂事之後，令亭長刻石兩傍，某段廣三丈，每港口立一樁，深八尺爲度。石不得移，樁不得去，準直一定，歲以爲常，則河水入江,靖民永有粒食之慶矣。下官之言,粗疎煩絮,然而聾矇具聰明之用,負薪有廊廟之談,惟明府財之。”帥大善府君議。故人知府君樸直自遂,但曉讀書,不知籌畫規恢,可司民社也。

府君念兩仕無地望,難爲容,自免歸,諸生旅送道左。有劉生泣下,悲不能止。劉生者,好爲狀師,於縣門受直爲人狀,人以聞府君,府君大怒,召斥之,白提學笞之十。至是,府君曰:“君負子矣!”生曰:“後師至,誰得知有如吾師之教我者。”府君好言文章,因以知人臧否。安成故大理寺丞傅公應禎年三十未遇也,府君從學舍見其文,大驚,口薦大府若提學,累推轂之。萬曆初,應禎以御史力詆朝政,謫戍越中,起廢寺丞;故御史劉公臺廷論江陵相者,被害戍所;故參議鄒公德涵,守益公之孫,温退而文靖;今寧德簿范公節至孝,居喪能毁,皆府君所物色也。

歸田築齋,取名“運甓”。裋褐荷鋤,治圃植木,行汲糞穢,無所不躬勞,復讀書如諸生。時府君以泉州故鄒魯海濱,守者惟王龜齡、真景仁爲盛。鄉先哲自歐陽行周至于今代,作者數十家,文章茀廢,乃編次二書,一曰《温陵留墨》,一曰《清源文獻》,以備一郡故實。居常自謂曰:“吾思先一念,足蔽平生。”爲諸生時,葺永思堂,修族譜,入仕擬建宗廟、買祭田,力薄未舉。冬至、立春、春秋二仲,祖妣諱辰,一循《家禮》,肅事於寢門,灌獻祝嘏,攀几長跽以肋力爲禮,終遂而後即安。族譜凡三十餘年四易藁乃定。七十三猶爲《思親賦》。趙公恒讀府君所爲族譜,歎曰:“惜哉!方欲定交何公垂老之年,而公逝矣!”趙鄉先生舊守姚安,有文名,年七十餘秉燭讀書,子日崇、孫世典與二孤同年。

孫喬遠曰:吾父家傳、行狀有别具,至於《國語》、《左氏》、《公羊》、《穀梁》同著《春秋》,東觀、謝承、華嶠、荀悦並列《漢記》,所以流大其事,無泯前徽,不傳不狀,名曰“述”焉。

莊孝子述

余隸儀曹時,與里中今參政洪公爾介爲同舍郎。其時見孝子守闕上書,言其父僉事公與其叔父嘉靖中所爲《禦倭扞城狀》。余生也晚，不知僉事公詳，不悉當時狀信否，以問爾介，爾介乃爲余具言，且曰："吾祖州守公嘗舉僉事公詔我諸父曰：'吾安能及方塘公，方塘公活數萬人命也，吾安能及方塘公。'"方塘公者，僉事公也。僉事公居青陽里，爲郡之南鄉。倭警至，郡人閉城門，南鄉民逃賊者擁城下，門不得開，號泣數千人。其時僉事公從青陽至，請於有司，日坐城下驗視之，盡入南鄉人。故曰方塘公活數萬人命也。

孝子守闕狀蓋曰："方嘉靖之季，倭訌東南陲，臣父用賓，臣叔用晦，招募鄉兵三百餘人出殺賊，先後有擒斬。賊大恨，發先大父塚，剖其柩，載以行。臣父與臣叔直入賊壘竄取出，臣叔命斃於鋒鏑，而臣父身立於矢石，蓋次第破賊四十有餘壘。臣父故浙江僉事也，以天年終。臣叔書生耳。當時幕府上臣父、臣叔功，以臣父之剛正素忤於時，臣叔之賤，乃今臣鄉人實尸祝臣父若臣叔。惟陛下下臣疏禮部，追録臣父、臣叔功。"許之。禮部移福建撫按臣覆核，二年不得報。孝子孑孑南走，求得報上。則其時羅文懿公爲大宗伯，語余曰："以君之鄉有前輩若此乎！即今倭寇復起，中外皇皇，先朝勇烈之遺，宜表著以勵天下。"於是請移吏、兵二部，議所以優叙録蔭。上許，贈僉事公太僕少卿，春秋有司立祠祀公，弟録一子世百户。吾里人以孝子獨身書生耳，乃能顯父、叔功於三十餘年之後，起九原而顔色之以爲孝始。孝子以書生上疏已，孑孑南走，久蹇散長安市中，日叩大宗伯司馬門下，資斧窮匱。吾里人宦京師者皆謂僉事公誠功顧久矣，事在耳目之前尚不可爲，孝子殆自取戾契。既得請，則大驚詫。

嗚呼！閩去京師八千餘里也，僉事公功在先朝三十餘年也，孝子獨身書生也，决履垂橐，久守闕不去者，念其父若叔，非獨一身一門之行而已，功在國家而及其州里之人民也。父若叔身在，宜不言功，没而竟不得彰聞，則爲人子之罪也。慈孝之精，上通於天，况可以言説之君父。以一書生困而久守闕下而竟得請者，天之所佑、上之明仁而實孝子心精之所喻也。孝子歸里二歲餘，妥太僕公祀畢，謂其叔父業得蔭也，而身書生，作是念已，復走京師，且再請贈，未及一日而卒於武清之旅舍。孝子弟鳳鳴念孝子眷眷父若叔若此，而欲傚之，而使其兄之名以傳，是以余爲之述。

孝子姓莊，名鳳章，員上舍，晚歲有志於斯道，而游李見羅先生之門。

詹司寇公述

少司寇詹公咫亭，今歲九月廿日考終於里第，遺命諸子勿以行實示人，無求人作傳與狀者，諸子不敢違公之訓。縉紳士民咨嗟歎息，思公之美，維諸同志來語喬遠曰："公有所命，謂不宜出其子。公蓄德居身與立朝居鄉之大，歿而不傳諸後，吾黨之責也。子習從司寇公，觀步趨於前後，明出處之始末，傳司寇公莫如子。"喬遠曰："謂遠也足傳司寇公，則司寇公自足傳也。雖然，知司寇公莫如遠。"

公諱仰庇，字汝欽，咫亭其別號。泉州安溪人，邑世族也。五代時，祖敦仁爲邑令，俎豆于兹，而安溪以詹氏重矣。顯考諱源，登弘治乙丑進士，仕監察御史，官至憲副。公自少則有膽有識，嶄然異凡兒。憲副公家郡中，其宅在郡治之傍，使公就塾於外也。一日，郡獄之盜反斬圜扉而出。憲副公急召公塾中，立而待之門，捽之入曰："盜且至。"公徐徐而行，神色自若，憲副公異焉。年十二，憲副公見背。公兄闕略世務，而公弟尚幼，公冲齡秉家，喪祭如禮，人咸歎異。督學盧星埜公拔置異等，補邑弟子員。

甫弱冠，家釁、外侮并集公身。少司空熊北潭公時方守郡，奇重公器，輒得解釋。嘉靖辛酉，入南太學，從學邑先輩鴻臚御史觀吾公，深有長進，而司成裴内山公甚愛重之。甲子領薦南畿，明年成進士，授南海令，時方二十有六。年既英韶，才復恢展，其精敏治辦，爲之而有餘。自簿書獄訟之繁，以至器物銖兩之細，莫不明察。篚篋空虚，厨傳修飭，日數見上官，罄折鞠恭，毋敢傲惰，至其有所不可，直躬力持，雖逢卞督，不改厥度。四闢縣門，夫民片言寸懷悉得白訴。堂後懸琴而庭前馴鶴，終日危坐，罕入私廨，又以其間見邑賢士大夫、四方賓客，講德論政，而廣南治行，首推公矣。

廣有惡俗，捉人於埜，塗之面膏，肩之以輿，載之以舟，其登頓上下，疑之以爲數日之程，而實不出里許，則閉之如漆之室，飲食之，索其家之金錢，露言之以某日送至某所，如是以爲常。至是，有告者。公審問之，則番禺之人。公曰："非我治也。"其人益强公。公度左右胥史皆盗耳目，佯叱之，置不問。其人至暮不去，公密扣其狀，猝往見兵備使者，請發卒四十，聽令之所之。兵備使者許之，期以漏下則四十卒至。公命四十卒曰："若直趨某港，識某舟，二人先之，餘者後應。見揭褌於竿，其色白者，執以來。"卒往，果如公言。執其一人，其一人跳下水，悉被捕。公以爲導，窮其窟穴，得前後所捉人放歸家，而並誅諸盗。卒游徼者，故飲食其土之盗，而誣指泉、漳人之爲商者盗之，官没其貨，將以爲勠。公覈白其冤，全活百數。蓋終公之任，廣人無敢爲盗，而游徼卒不敢盗誣人。異時民間輸賦名目猥多，莫能省辦，公悉畝數括之，名曰"一條鞭"，而廣中以爲便。鄉縉紳龐惺庵公歎曰："此萬世良法！"及其爲巡撫，以奏聞通行天下，今賦役法名"一條鞭"，自公始也。至於平倉糴以賑饑，散廩米以粥餓，廣地雖凶，不至恇嗛，此公治南海之大概也。

居且三年，擢入爲御史，所屬道事隸於雲南，是爲穆宗二年之十月。始，憲副公以乙丑舉進士，所屬道事亦隸雲南。至是，人稱作述奇觀云。居臺兩月，上使户部購求寶石、珍珠諸物，以三日爲限，大司農馬鍾陽公與户科都給事中魏敬吾公請寢，不得也。公疏言："人君一心，攻之者衆，非至聖明，不惑玩好鮮矣。是以不邇不殖，仲虺戒湯；玩物喪志，召奭匡武。臣聞珍珠、寶石多藏中貴家，因陛下索之急，則彼持直益高。今南北多事，國家用財之際，兩廣軍興乏餉，疏請再四，當事者尚存根本之慮，不敢多與，而購一寶石坐費萬金，何視珠玉之貴而土地人民之賤？請今買進者已，其未買進悉行罷之。"

其明年春，内官監辦製烟火進奉，元夕火藥突發，延燒内房以十餘間。公復上《嚴究恣肆内臣》一疏，謂："人主損德害身之大，莫過逸欲，而逸欲之漸，恒起近習。宫禁閟嚴，奈何以研治火藥災及房屋，若燎不止，勢將奈何？内臣縱恣，一至於此，儻不究治近習府奸，侈靡逸欲，抵隙進矣。臣又見每歲上元自十一以至十五五日之間，京師東角頭張設燈市，每燈一架直金數百，中官富家誇財競買，而游觀喧雜，男女參厠。淫侈之俗，無此爲甚。請并勑廠衛禁革，以端表正之地，以成節儉之風。"皆寢不報。居數日，外廷聞陳皇后遷居别宫，寢疾危困，近侍稀少，皆以爲憂而莫敢言。公即上言："臣本草茅，荷先帝作養，叨任民社，無益尺寸。伏蒙陛下簡拔臺職，前後兩疏干冒天威，自分貶斥，幸蒙浩蕩，俯賜寬容，粉身碎骨，未足圖報。臣拳拳之忠，不敢一一煩瀆，特舉事關聖德者爲陛下陳之。臣聞天子有后，猶天有地。恭惟皇后殿下，先帝所賜以配陛下，以正位中宫者也。陛下宜遵先帝之命，篤宫闈之好，以爲宗廟社稷之主，四方家人之則。切聞皇后殿下舉動端莊，有拂聖心多年。而去歲聖駕謁陵，皇后隨行，朝埜歡慶，群疑盡釋。近乃聞久出坤寧，置之别宫，寢食起居不侍左右，以致抑鬱成疾，中外紛紛，聞者莫不垂涕。萬一疾甚不起，謂聖德何？臣每入朝，小大之臣莫不懷憂，事屬宫禁，不敢直言。臣謂知而不言者欺，輒瀝心血萬死以聞。"上故不手批章奏，是日手公牘下旨曰："后侍朕多年，無子，近且病，移居别宫，或可暢意樂心，以冀疾退，爾不知内事妄多言，姑不爾究。"

居亡何，詔公廵視監局庫藏。異時省直輸糧，中貴人監收之，率没其羡於地者。公謂："奈何盡民膏血滿斛則已？"外官吏輸帛内監，内監率取其額外鋪墊，不厭其意，即經年蠹朽，無所得入。公廉所困阨，必入廼罷。而監局盗冒租税，其費不貲，概難訾省。公搜剔欺匿，指主名具奏，即復上疏言："理財者經國要務，節用者爲治大端。今天下財用日竭，倉庫空虚，當事之臣哀籌無術，議下群工各陳所見。臣猥蒙任使，恨無濟時之策，徒懷竊禄之羞。臣奉命廵視監局庫藏，見内官監錢糧浩大，租税猥多，收納關支，莫可勾校，委行大使可華撿核得其歲籍，臣仍使之詳勘地租、畦租、房租歲入若何，從何支用，而内官監不肯條析，徒以揭報臣，謂先帝時凡傳造緊急，細巧御覽器物僱覔工匠攢造及四時□辦進供，南方茉莉、瑞香、蘭草、松桂等花木，俱是御前請出銀兩，本監量爲增添。今新政以來，前件傳造器物益見精美，而四時進供花草果品之類，俱本監委曲治辦，自非諸費，曷濟經度？宫中傳造不敢外宣，所以内監切於忌諱。今所謂地租者，或云楊村、寶坻二處，則其地窪下，先朝許御馬監放牧，而本監以備採打蘆葦苦，蓋皇木之用亦復奉有明旨。或云山西臺基等廠畦租者，則先朝許年老内臣出居其處，種植空閒之地，本監量取其租，輸之公堂，以備修繕房廠。所謂房租者，或云細瓦廠圍房，則先任太監芳建議增置，取其房資以供傳造圓鰲山，添僱工匠役、買辦物料，或如修理宫後花藥欄、欽安殿、觀花殿、清望閣、玉芳軒等亭，慈寧花園、乾清宫擺設各樣南花、松竹、桂株及四時供進時鮮蔬菜菓品，并修理南城河東金海亭軒、龍鳳船隻、鞦韆等項，及傳造寶雕渾貼金雲龍樹櫃、龍箱、擎臺、香几等件，及成造白玉石等盆，其費皆出本監，而于户、工二部並無干涉者也。臣因而品按細瓦廠東西樓房若而間，南北平房若而間，廂内房若而間，歲計可得千八百餘金；灰廠一處，内分三小廠，歲可得金若而干；糞廠一處，歲可得金若而干，此其一二耳。至如在外楊村、寶坻等處，抽分清河猪房、土城猪房、獐鹿房、馬鞍山大石窩、周口慈家屋、琉璃局、大石廠、小石廠、藍靛廠、皇木廠，在京神木廠、山西廠、鑄鐘廠、臺基廠、净車廠、稻田厫、楸棍廠、通廟宅、隆福寺、琉璃窑、黑窑、百果園、柳花園、流馬房、河西花園、外油漆作、蜂窩東給廠，凡三十餘處，俱有房、地二租，其他備用廠、金殿廠、外冰窑、廣通寺、張鉞房、西安門、北小石廠、海眼寺、蘆溝橋、狼岱地，亦有貲課，本監率用賣漏，不聽列糾。臣竊惟尚方質作，費雖殷繁，然各庫關領工部辦納則有歲額，細瓦廠店房係内府木石用在官匠作，則皆官錢，楊村、寶坻等處抽分，神木、山西等廠則皆官地，本監夤緣漁獵，竿緡充牣，懼露虚昧，動名供進，利填谿壑，過歸朝廷，當何罪耶！乞勑下户、工二部會同司禮監巡視科道官，逐處稽查。在外者，以委順天府行之。毋滋國蠹，毋重民咨。臣又伏見該監開稱成造圓鰲山，修理宫苑、花欄、龍鳳船、鞦韆架，傳造金竪櫃、白玉盆之類，悉皆浮冗無益經費。人君奢儉，四方係以安危；朝廷嗜好，左右觀爲趨向。伏望陛下念邊餉措處之難，嚴群小靡溢之費，身親節儉爲宫闈先，俾内監諸臣凛然畏肅，不敢欺冒。其有以逢迎玩好進者，屏斥而深罪之。”上怒，責公悖逆狂妄，屢次不悛，命錦衣逮至午門，杖一百爲民，各監局科道官大使俱行革去。

公爲御史八閲月耳，而四上疏，疏指斥中貴人爲多。其始，穆廟書公名屏間,每聞外廷疏至,則曰:“此又詹某來耶!”及其末疏,所以洗刷近倖,至令無瀋可啜,中貴人從中中公,指摘疏中一二字以爲不恭,而公及于罪矣。始,公之上《慰問陳皇后疏》也,其時公以試御史巡視皇城,遇醫官從禁中出,爲言皇后起居狀,内心憂。既過今相國王荊石公,時方編修,則亦與公同所睠切而歎曰:“臺省諸公,誰復言者?”公默然心念,謂真無敢言耶?既具疏入,而王公喜曰:“臺中詹君有疏矣。”公疏與諸他疏具載《實録》中,而慰問中宮疏末則綴數語曰:“始詹某疏上,衆謂禍且不測,而某亦自分重譴。既得命,中外翕然稱聖德焉。”公既廷杖、削籍,天下嘖嘖名御史也。此時江陵相者延攬賢士大夫,其行事求當于公議,天下方以江陵相爲賢。江陵相嘗與公議及時事有所不可,而公然之。他日,公行入朝門,江陵疑公以其所語上疏,使人追而問之。公曰:“某故無疏及公。”廷杖之日,江陵輒貽書慰問。而江陵有所善客過公曰:“公此歸名重天下,塗次徐徐,兼遊遨山水間,未害也。江陵,當今賢相,公入南京爲之游揚,江陵相當有以報公。”公默然不答。而行至淮上,史觀吾公則貽書于公:“公真男子。此一歸也,杜門好修,萬無干預人事。”公欣然曰:“正合我心。”

歸則誅茅巢雲山,開水榭于城西,閉户經月,讀書不出,時時結社吟詩,開樽倚杖于溪山之間,而翛然不有人世矣。公所嚴事則邑中黄恭肅葵峰公,所友契則故邑令朱玉橋公、山人黄吾野公、今太守林震西公、大宗伯黄儀庭公,非行業不砥,非文史不命也。穆廟升遐,今上詔復中外直臣廢置者,銓曹擬公爲河南道御史。既命下,則廣東參議而已。蓋江陵相者語人曰:“我知詹君,詹君不知我也。”公承上命,不敢不行,至則遂請歸。督撫殷石汀公見公輒下拜曰:“公真麒麟鳳凰,令我輩媿矣。”家居十有三年,撫按交章奏薦,顧江陵相在。相没再歲,銓曹復奏起江西參議。公感上恩至再,乃出圖酬,一轉山東副使,再轉南京太僕寺少卿。不二年,晉左僉都御史也。公在廣東,與殷公計剪劇盜林道乾,道乾亡入海,諸將請以戰捷聞。殷公謂公,公曰:“不戰而捷,上功也,何必謂戰!不戰謂戰,不欺上耶?”其在江西,直指使者欲作體面一疏,公止之曰:“上所處分是也,作體面一諍,得無啓上疑,異日有當諍而見不得諍者耶?”蓋公之立意不欺如此。

既爲僉都御史，王荆石公與吴郡申瑶泉公同相，而二山楊公爲冢宰，虚己求益，公亦多所規裨。時中外宿望布列大僚，公更薦起奉新蔡見麓公與漳浦朱澹庵公，後皆馴至大位。復推明蔡虚齋之學，爲之請謚，而蔡公得謚“文莊”也。他如申飭御史出廵事宜及定擬章奏體式，具見施行。晉左副都御史，與弊天下之群吏。中官鯨者陰阻朝政，閣部力諍，上猶豫未決。公抗言群奸未除、群疑未釋，懇乞顯示處分，而中官鯨即得旨黜逐矣。再晉刑部右侍郎，維時喬遠得事公爲曹郎，見故事曹上爰書于大司寇，侍郎署行字，惟大司寇之所决之。公獨貼紙判牘末，詳其可否。時大司寇爲李漸庵公，對人語曰：“詹公裨我實多。”公時時召諸曹郎之有文者坐語，移時則謂喬遠曰：“我判爰書之末，其跡似僭，顧朝廷業有是官，而但取容，容得無見左右侍郎贅員邪?”李公一日求去，上留至再，公造李公宅，請出謝恩。李公曰：“僕且出矣，顧尚欲一疏，儻再得旨，即廷謝也。”公曰：“公無恙也，業有出意而待再疏，得無欺耶?”李公曰：“承公之教，使某懼然。”其明日，廷謝矣。李公遷都御史，代者未至，公或與左少司寇更迭省訟，必更詳諮顛末，不草草也。公立朝一以正紀綱、崇體統爲意，嘗語喬遠曰：“吾黨意氣前無上古，後無當今，至于紀綱體統，維國善物，寧可鏟崖破岸以爲通脱。”其持論如此，然與世齟齬矣。

亡何移疾乞歸，吴郡相公使人謂公：“公再起田間，位不售望，少須臾大司空及矣。”公曰：“所貴大臣進退以道，寧計崇卑哉！且某自書生至此，位不薄也。”故事，卿貳再疏予告，而公六請廼得有旨；病痊之日，撫按官奏聞起用。上之注公如此。士大夫送出都門，佇望曰：“賢哉！詹公。出則犖犖，處則冥冥，可謂穆乎清風。”家居，復與耆舊契密，譚古道今，留連溪山間如故，或時至數旬廼還。大布之衣、籃輿之乘，見者不知爲公也。行部使者、郡國守相，旌旄相屬，一圖顔色。公守段干之義，兼絶澹臺之武，顧諸公時時伺公言爲是非。民之困征税而苦牽誣者，得公居常慨歎之聲，焦蒿之色，而田里之間，脉脉蒙覆露矣。朔望拜謁祖祠，教戒子弟敦本守分，雍雍如禮，僕僮戢戢，無敢生事者。

今夏，公偶自胗脉，曰："噫，吾其與世訣乎！"月餘，遂製歛衣，處分家事，具悉欵曲。一卷一籍得于餽寄者，悉以酬還。蓋綜理精詳，公之素也。八月間，不御酒肉，啜蔬數盂。越月初旬，僅食饘粥，而時時坐起，對親友譚笑。及中旬絶粒，移出正寢，居七日奄逝矣。昔蔡文莊公寢疾，自知不起，遂絶飲食曰："吾欲内潔。"公即此意也。疇昔之夜，有大星墜于城南而公應之。

維公之學，敦本實，尚踐履。廳事設二屏，大書"君子道四"及"博學審問"一節。常在左右而揭記于柱曰："子臣弟友，道在真修；學問思辨，功終篤行。"蓋生平具是已。詩酒寓興，時時自比醉吟先生。好學之勤，書册未嘗去手，晚節喜觀佛書，綽有妙契，而舉以印證于大道；綴詞掞藻，一字未妥，枕上凝思，必獲乃已；虚心精意，求古禮文之事，不恥下問詳諏；對家人未嘗苟言笑，至于序賓拉舊，殽饌潔蠲，親自審諦，然後延欵，至則杯酒沃洽，各得暢驩；每遇時節或佳風日，修禊登高，一如古人故事，其風致如此。公自登第四十六年，仕宦首尾十年而已，其餘皆林居之日。兩臺奏薦，歲無虚剡，其最中公之實者，則有"宇宙偉人，乾坤間氣；縉紳罕面，走卒知名"之語。公居鄉，使人有所慕而爲善，有所畏而不敢爲不義。参知潘洙君與喬遠論公"使公立朝，有虎豹在山之勢"；學使蘇茂相君則言"公居鄉，所謂'不用之用，無功之功'"。而喬遠約公爲人"俊偉光明，豪傑之作用；繩撿操律，聖賢之家法"。公其可謂名臣也矣。

喬遠既私爲此文，遂書一通貽公諸子，儻録置賓位，比于古人私誄私謚之意，或可得公影響，至于贈衄之榮、易名之典，則公行業之詳，自有朝埜覿記，而非喬遠一人所能揄揚什一也。

林孝母述

繫母以孝，何也？昔婦而孝，而今母也。人子之於父母也，一身也，一心也。婦之於舅姑也，非一身一心也。子於父母一身一心，然有二之者矣。婦於舅姑不一身一心，乃有一之者焉！一之爲道，無有二之者也。有一念不在父母舅姑，不名一也；一人之身耳，始終之際有一節不在父母舅姑，不名一也。

婦而一身一心於舅姑者誰也？孝廉林子泰闕之母吴也。母氏之夫曰庭霮，昔者吾友也。庭霮赤貧耳，有以養父母乎？少而讀書望顯揚也，讀書不售，去而學詩，亦欲有著於後并使人知有其父母也。是皆苦體弊精神而求之，而能專一養父母也乎？而母代爲子，當其父母兩人在也，竈廩汲舂，惟母獨也；奉其舅，祭祀賓客，惟母獨也；已而姑病目矣，百不治也，百不能也，奉之步履，坐卧飲啜，惟母獨也。然而兩人在也，雖貧以病，猶愉愉驩已。則舅没姑老，盲且憊矣，此時泰闕呱呱也，腹乳背襁，左撫兒而右陳熟薦食於姑側，爲之而有餘，其志樂也。而姑將死矣，病以五閱月，一盲老媪病以五閱月，景色可知也。坐牀坐足，五閱月而隨之，有時首觸牀，借小胡牀而假寐，未嘗就私寢也。姑氏有女憫嫂勞而代之。其母曰："汝則何能如嫂！"臨盡，連聲而呼："吾未報汝，報汝在天。"而自是右臂不舉矣。醫曰："夫五閱月而不寢也，風入於腠理，命予治之，其將能乎？"有一女醫劑之立愈。人曰："'報汝在天'，今其是矣！"庭霮没，母年三十餘耳，幾七十而泰闕舉孝廉，人曰："'報汝在天'，今其是矣。"

泰闕因與予汎論古今之爲人婦能與舅姑一身一心者，如樂羊、姜詩之妻之倫，何堇堇也，抑其專一之誠不詳於史載。予舉一人焉，東海孝婦非乎？然而大不幸。夫婦事姑，姑以爲累婦而死之，可不謂一身一心者乎？孝婦無子，母有子，幸矣！子又孝廉，幸矣！孝廉而又文學有士行，行將對策南宫稱子大夫，幸矣！其精神焕發而肋力强健，百觚二雅不啻也，幸矣！天報母矣。客曰："子述孝母而爲之幸，而及於二雅百觚，何也？"予曰："獻歲八日，是爲母壽，泰闕將觴我，泰闕將觴我！"

許烈女述

杜子美《新婚别》詩"努力事戎行"、"兵氣恐不揚"，豈不稱賢女哉！而又云"妾身未分明，何以拜姑嫜"，業新婚矣，特未廟見耳，尚曰"未分明"耶？乃今許氏女異是。

女生長海濱，許同里王氏子。王氏子賈東粤，女年十八未婚也。忽一夕夢王氏子死,無何果死。女號踊擗摽,請于父母求奔喪,累請而後父母許之。走見王氏之姑,告以其志。姑曰:“死烈,美名也,家世貧賤,恐不能名子。”女曰:“婦爲名乎?”姑曰:“貧也,無以周吾子之身。”女曰:“婦爲身乎?”以七月朔日而遂死於王氏之家。

何子曰:夢有六,女之夢正耶?噩耶?思耶?寤耶?喜耶?懼耶?精告之矣,神通之矣,吾何求哉!吾得正而斃,斯已矣,不然徐君之劍非耶,則女之夢正;得之若驚,失之若驚,其心繫之,惟艱虞之是見,則女氏之夢噩;后妃之未得人以事文王也,輾轉反側,則女氏之夢思;寐而若覺,寐不寐也,則女氏之夢寤;求仁得仁,則女氏之夢喜;得仁無怨,其未得也,患弗得也,則女氏之夢懼。古人以精神心術之運與日月星辰相爲感通,故辨而觀之,以占六等。女氏之死,日月麗而星辰列,飛霜貫日,同一揆矣。比者,邊隅多事,士大夫有踔厲伉潰,號爲才臣者,一聞喪師失疆,奔走狼狽,輂金長安市中以求自贖,禽息獸視,且欣欣焉。視許氏女,媿死哉!媿死哉!

鏡山全集卷五十五

傳

吕純陽先生傳

戊午嘉平，予留安平陳周士之來青閣十有一日，云爲吕純陽先生也。先生數命周士請予，予不應，先生趣之，予以月之二日至，先生示乩，以十八日行，蓋半月也。居數日，請曰："殘臘矣。"先生曰："當作十日飲。"至十日明當行，先生再留一日。再以請，再不許，謂："周士取予與何先生及諸子連日所作詩爲我彙之，請何先生作一傳。"予曰："先生之傳流傳人間久矣，烏用作？"先生曰："叙吾所來閣中與諸君游者耳。"予曰："先生幸示意。"曰："自予居此閣，閣前後晨夕多風露，餘則諸子能言之。"周士爲予言："自先生來此閣，菓木之未時者先已結爲纍垂，花卉之未時者不能鑰其藹葩，非先生布甘鼓和，何以有此？"予始見先生，謂先生以乩靈，前知人禍福吉凶而已，所挾以請先生亦以此。顧先生殊不喜作此，所以示世，所謂不若此則法堂前草深一丈矣。予始至，先生酒我，詩一句，命我酒一杯。又一夕，見先生喜書甚，而予心尚以吉凶禍福來。先生一日曰："子求我，我求子爲我作一贊。"贊成，先生大喜曰："我守真人也，子守神人也，子異人也。"予因問先生真神之義，以漸及於天地之所以流行，日月之所以懸明，雨露風雷之所以變化。先生無不極其詳悉，與人間所傳略少異耳。因而爲予道往古來今及當世行事之跡，無不詳盡，語及神仙之事於世廟時爲詳，予益服先生，而所挾吉凶禍福之心都盡矣。因舉書傳所用心不知其義者以請先生，先生以爲此石函書，今已無傳於世，因爲歷舉其事。

先生最喜作詩，詩不欲如人世之工，有時作下句而忘其前句，有時現前字書亦不能記憶。至其用典使字,上極上天,下極人世。上天則人世所不知,人世則耳目未覩記。至其放筆長歌,氣勢雄壯,真宰淋漓,有時爲憤世嫉俗之語,初不似神仙邃養中人也。先生與人詩,惡字嫌義皆必改避。與人言,婉曲切至,令人依依。予謂與先生處,便如一老成人之涉事者,然所欠對語耳,見余則大書"笑笑"、"喜喜",良以余爲其意中人也。余謂與先生處,嚴駔者可變爲樂易,直率者可變爲詳審,徑遽者可變爲從容。余謂客今有星相筮卜之人,則薦引之,飲食之,而況先生,敢不敬歟?余謂客今有老學究、小山人,亦必請業質疑,而況先生敢不敬歟?余謂客今有草木之神,少示靈變,亦必尸祝社稷,而況先生敢不敬歟?余與先生居十日,先生作詩甚多,將别,作《樂樂長歌》三章,皆步一韻,余所謂氣勢雄壯、真宰淋漓者也。其末章云:"余雖神仙人,不離宗丘軻。"余益見先生所養之純、所學之正有未易以語人者。先生又曰:"使天下無仙人則不成宇宙,使天下都學仙人則不成人道。"此又豈以荒唐幻冥教人者耶!先生謂周士曰:"請何先生爲我傳數言而已,無煩先生也。"余謂不詳先生世,將不知先生之道之大,而徒謂先生言吉凶禍福人而已,至此亦不覺其縷縷矣。

傅行人公傳

傅先生,名檝,南安人,正德六年進士。祖凱,父浚,俱相繼登第。檝有文學,既登第,授行人司行人。痛繼母不能安其室,父之死,有所不可知者,一哭嘔血數升,遂廢百人事,佯狂喪心。朝立風日中,夜卧地上,時拾餘菜殘菓朽腐之物食之。至所著作,上薄騷雅,然皆廋辭隱語,或雜以鄙俚字,往往持帖市門,不知者謂行人狂廢人,行人亦自隱也。行人多從市上投石囑喋人,遇善人則笑,遇不善人則哭。嘗至山中,有虎來前,行人當前坐,虎竟去。

行人佯狂久,瞰知父讐家僮,中戲而急繩之,取蒲鞭之。僮佯哭,行人取自鞭曰:"我乃不覺痛!"易以梃,遂撾死。時時袖筆研走月臺寺,釋《乾》文言義題,兩廡皆遍,先君子年尚穉,尾其後請所不解,則復佯狂去。直指某下車,即過行人,行人不爲禮。直指歸,行人突至儀門,礫之以石曰:"立乎人之本,朝而道，不行恥也。”遂出。琰聞於先君子如此，附記之。友人蘇琰附録。

九説聞之故老云：“武宗大行，諸守令縉紳用紅氍毹哭臨，行人小帽拜其後，悲號慟痛，至不能興，忽疾呼曰：茲行何禮，用紅氍毹拜耶？”衆爲愕然撤去。又倭亂編陴，行人大書紫雲塔寺，曰：“富者晝寐，貧者夜守，嗚呼蒼天，民至此極！”官聞而慚之，再覈户登陴，而貧者得無困。其秉禮持義如此。

行人殁，鄉人私易其名曰“隱孝”。并附記之。

先兄文學公傳

文學公，外史公仲子，諱著先，字誠孝。初，外史公與尤参議烈，少相善爲親家，公其婿云。公少試未知名，乞夢九鯉湖，得“君子好逑”之詩，外史公占之曰：“是宜爲孺子先授室。”於是，遣公婚於尤，後更名逑，補縣附學生。公僅髫，外史公授之經，曉暢微義，爲文沉鬱有思致，嶷如成人。長而于戇，善飲酒，談達不羈，處群稱善諢。友人爲之言曰：“何戇何戇，五足之驢。”謂驢善鳴，五足譬奔逸也。然其入子舍，至屏息不出一語，至有不稟命，外史公謂：“此子不能事我。”至於天性至孝，實躬身之，非言説可道也。丙辰，公省覲安福。壬戌，海寇作亂，道無行人，公航海從無諸徒步省覲靖江。乙丑，復覲靖江。時外史公方免官，喜曰：“逑來及侍我，甚善。”外史公六十七西遊楚。二日餘，公中夜起白太安人曰：“大人雖善飯，然老矣。有諸子在，豈謂不能養而遠遊大人？”立策馬追及莆楓亭，請外史公歸。太安人嘗癰篤，公爲太安人治藥物，至達旦不寐，太安人以公瘳，年三十九卒，子九德年二十四卒，無子。公後叔兄喬遷子九似公，尤機敏有意數。外史公兩仕，禄入，一以委公，公自食多用菜藁白小。太安人自官邸聞之蹙頞，爲公不甘味，而公盡以餘金買田宅貽諸弟，今所居食皆公賜云。

喬遠涉世久，見里人子不論父祖居何官，得官貲不愛惜，袖手遊蕩，服鮮衣，擁大蓋，失時則貧困；又見里人子身居嫡長，不公營而私蓄，藐諸小弱弟，示吝於匕箸盃酒之間，視公何如也！

彭處士傳

昔先君子教安福，得九亮諸生中，大奇之，望以不次之名。不弔喬遠棄背所天，而九亮伶俜垂三十年，去年始以貢士來京師，捧先君子遺像拜之，九亮愀然出涕曰："吾師！吾師！"蓋先君子既奇九亮甚，謂九亮功名如掇。而又廉偵處士平日當食報，且令日者爲九亮推算其家禄命曰："處士可得當爲封大夫，母可得封夫人否？"

先是，處士十歲能爲詩，援筆立就，弱冠而髯，試於縣，其儕謂曰："今邑令長好少，彼何知人年，多髯者爲老盍鑷去。"處士面赭，拂衣曰："毁而自獻其身，非人所爲。"遂束筆裹墨入王屯山中，歲教授其里中兒。久之，爲大都授，弟子踰州越境而從。處士既好吟詩，每有不如意事則但自吟詩。一日，其細君病篤，而處士廵廊吟如故。人或謂之曰："此子吟詩時耶？"則應之曰："此皆吾命宜若，子以爲不吟詩則已病者哉？"處士所居室宅，相曰："吉，可廟也。"其宗人競請之，處士即拓爲廟奉祧，而自斥居旁近隅舍。人謂之曰："曩吉者不可自庇哉？"處士曰："吾祧於是，將庇吾宗，宗猶庇焉，何况於吾。"

處士貧益甚，去而教於蒼梧之野。居二年，籍其束脩之金寄故人而歸之家，率用漫漶赫蹏爲包，金皆露其稜。既歸，家人謂之曰："子越國淹年，以力得數金，而不謹護持，不防利之者耶？"處士曰："彼獨非人乎哉？若將利之且并揭其金，求稜得乎？"處士質木無華，呐於口而平於心，儉於欲，不逆人詐，不校人犯，其慈祥可念大率類此。

蓋余嘗獲諸長老父黨，皆有顓愿朴洞之風，及之始行，扣之始應，雖自先君子輩爲官者亦然。而自余所儕接者多輕儇駃利、見事若習，擇善地自與，時或有刻苦撿押之人，然皆無先輩未鑿未琢之意。子曰："古者民有三疾，今或亡也。"信斯言也，其終不返耶？余因而思之國家之盛也，必有太和淳龐之氣，薰釀匝洽，泯然不見不聞之間，鍾之于人。維明之盛，萃于弘治。處士實生其時，豈非先王之民而盛世之徵哉？

余之傳處士也，殆有感焉，不特以先君子奇九亮故而因及九亮先人云爾。處士姓彭，名子麒，字時見。家世别有志。

王廣文父子傳

王先生熺者，晉江人也。父桓，母李氏。先生週而孤，李氏誓死育之。其媵洪氏不字，以從李氏老，故先生事母尤至孝。爲瀧水訓導，瀧人尚鬼信禨，先生删定《家禮》之節以教之，言必稱母訓。母好施，先生善推其意。雖貧，每新穀升，必播精以遍遺諸四鄰。親故忌日必哀，其生日雖年七十餘，不敢受子弟上壽禮如忌日。

庶子文昇。文昇有至性，年十二隨父入京師授官，以之瀧水，亡何，瀧水公病免，歸途遇盜，欲劫之，亡匿空館中，水至牀不及者尺，處士負瀧水公上牀卧，而自立侍水中三日，倍謹如不見水。居父喪如顔丁，居其嫡母喪，一如喪父。穿父塚，山有虎也，築者弗敢前。處士晨荷鍤爲諸傭山者先，夜歸殿之，時時猝遇虎，卒不害云。處士以母老，故遍結邑中醫。母病，邑中名醫弗請畢至，無不願爲處士愈母者。母春月病困，思啖荔枝不得，乃取陳藁者漬而進，自後處士薦荔枝未嘗不絶也。嘗有豪者據其祭田，處士不能直。當食及之，輒輟食不食，仰呼天，及病潰，呼鏞曰："不返祭田，不以我葬，歿不瞑。"鏞請乃瞑。

先生、處士恭謹慈祥無與比，其立身教子，以聖賢爲可至，然大要皆折入於全歸無忝之義，故人人稱王氏有二孝子。鏞亦善居喪，爲兒時，處士授之書，食之蔗，齕而食之，折其齒，鏞兹不食蔗矣。鏞，處士子，今孝廉。王氏之孝，予見於鏞而三也。

何喬遠曰：瀧水先生推曾參有餘之義，周粟以善施，處士漬藁遺痛，不食荔枝，王鏞所以見蔗而悲也。

鄭贈公傳

鄭贈公名士新，字熙卿，故爲文學諸生。其得稱贈公，以其子得書最大名令貴。公爲人醇雅重篤，廸行孝弟，内行鞠躬，藹如也。公祖良佐守潮州，爲賢太守。公少而及潮州公，潮州公甚奇之。既齔，屬詞出其塾諸兒，爲文學諸生亦出其學諸生，餼廩於庠舍。潮州公夫人之兄於公爲大舅，公父歿，太舅老而貧，公所以視其家如公父存。舅嘗病，癱甚，公爲湔滌穢惡，調進醫藥親且恭，比歿，厚殮葬之，而益善遇其孤，與共其饔飱。夫人之外氏皆喜曰："鄭甥孫不減吾孫。"泉警，有家者授戈登陴，公季叔父爇燧而失火於堞，有司怒，欲窮治之。公蒲伏前曰："寧箠楚我。"有司以公文學諸生故，竟免公季父。久之，得書舉孝廉，公曰："吾與革鞜玄袗辭矣。"乃自棄去其弟子員，喜而進之，曰："小子知而有今日乎？凡人之所得爲善報者，其祖父爲善積也。凡善之積也，如木植焉，不得於其身，而見於子孫者，其枝葉後暢發也。有歲數近而尋丈發者，積近而發之易也；有歲數久而穹窿發者，積遠而發之遲也。人有以其子孫尺寸進，爲豪俠武斷以愿有司，爲其鄉子弟患苦，已則偃然於巨室京囷以取饒可也，吾懼吾後之縮。人有其子孫尺寸進，徵諸歌舞，曳縠垂綃，彈箏跕屣，樂裸坐之會而施絶纓之笑，以兢縱可也，吾懼吾後之促。故非吾所能也，吾所能取饒而縱者，能廣之於不可知而增之於不可見，吾於吾先人之貽，兢兢爾矣。小子識之！"

贈公義以自廉，而常以財衣食人；介以自持，而常以量寬包人；約以自卑，而勇義矜奮，常有以健勝人。人謂贈公敬而慈、仁而勇。病革，召得書前語，語不能明，其意若曰："先君子歿，惟是窀穸之事所以從於地下者。"得書繹而長跽曰："即不諱，大人將從先大父母乎？"贈公首若肯者三。公歿二年，鄰舍遭回禄之難者百餘家，公孺人出粟家賙之，家失火者粟一石。亡何再火，亦如之，亡何又火，又如之，皆在一歲中。人謂贈公急義之訓尚垂於身後。

何喬遠曰：有子曰："孝弟爲仁之本。"誠哉是言也！無所不厚者，廣其親愛也；無所不禮者，廣其親敬也。贈公佩服孝弟至于垂死，而急惠之訓尚見于身後，其於愛敬也，非漸劘焉烏能篤而垂之哉？堯、舜之道也，雖其蓄而不遠施，居下而不崇知，所範身及物，足自著於後世矣，故余樂爲之傳。

洪孟公傳

洪孟公有子曰文衡，自户曹轉禮曹，又轉吏曹。會其禮曹同舍郎坐罪貶，文衡不忍獨拜吏曹官，而請急侍孟公膝下。孟公故事其父柳塘翁至孝，會翁年九十，且遍致諸親友貴人爲壽，而孟公遽没。文衡曰："諸孤有罪，不得有其父則已矣，乃吾祖亦不得有子，天之報施善人昧耶？"洪之宗老曰："孔子大聖也，尚不得久有鯉，鯉也，亦不以先孔子化者爲不祥，况我人哉！"於是，文衡茹哀，求所以永孟公名者，使喬遠傳。喬遠，文衡之同舍郎，坐罪貶者也，是宜傳公。

洪孟公，徽歙人。歙人多治生，雖秀資豐才，皆行商居賈，以故其中多賢豪長者，若孝於父母、睦於鄉族，好文學之士，矜尚然諾，解人困厄，不用爲德，則孟公其著者也。

孟公方少年，而翁柳塘、媪錢氏先後病，孟公通宵奉事，累月不懈。翁及耄耋，孟公年已艾，數爲賓客擊鮮從公樂飲，時時召歌者佐酒，而自和歌，歌聲歡四坐，以娱翁之心。凡所問遺周予，察翁之意，歲時修敬無怠。公貌美豐幹，河目巨口，偉丈夫也，而中氣苦羸戹，自其少年常病痰作不知人，夢一老父遺之藥廼愈。藥如粟，衣丹。問之醫曰："滚痰丸也。"公嘗服此以輔其年。錢媪没時，孟公年五十餘，絶粱肉爲孺泣也。諸宗老曰："喪年五十以上者，先王所恕也。子嘗患痰不知人，中氣恒餒，絶粱肉無如滅生。"何公曰："'哀哀父母，生我劬勞'，詩人謂我矣。即下嗌，終當鬲忔耳。"徽俗畏鬼信禨，洪之世祖千乙公當時没非病，葬既二百餘年，相沿莫敢上其塚。公太息曰："人本乎祖，且夫人死而歛，三日而大歛，殯而爲位，出而遷次，不一日已。若以非病能傳染人，昔者千乙公歛與殯當傳染其子若孫，土中之魄烏能至今日以及我與？若載具以往。"洪氏乃歲歲從公上塚祭祀千乙公。柳塘翁既立祠堂以祀先世，公復詳考《家禮》，定祭器，教族人登降周旋，具有儀則，又出緡治簉，聚諸子弟，交劘文事，身自視之。子弟之博雅多聞者，爲周其貧而急其病，其蕩竄不率則召榎楚之曰："不得繩爾耶？吾藏吾楚，不懲而艾，楚無恙也。"故洪氏諸少毋學不學皆相嚮爲善，久而文風大振。

文衡既舉進士，中曹郎，公曰："凡爲人父兄者，其子弟得登仕版則多其食指，便蕃燕樂，委所費於仕者子，即一家之人皆廢其故業作此，教仕者不廉也。我今給若薪米如諸生時爾，無所内問，壹意潔身奉公，它諸子儒者儒，賈者賈，稼圃者稼圃，毋易其故，吾一以節儉持之。"自文衡從户曹郎改儀曹，所手信具勑以忠孝大義語，不及家私。會喬遠以奏牘不恭被罪，而文衡轉爲吏部郎。文衡曰："予寔與何郎同事，不忍見何郎惡墜，余美官。"遂求去。喬遠曰："子三載且考績矣，家有大人可獲推恩，抑子所處友忠矣。我敢不以孝益子，子其留也。"文衡固不可。歸則公勞之曰："王父春秋高已，日望子來，子誼不負友，古人之行也，毋以不得推恩我爲意。"日率文衡從柳塘翁左右，時着田間冠、操壺沽盂蔬逍遥溪山上。諸當道或以賓禮禮之，或用年家子登堂求拜，皆避匿再三，强廼出曰："烏敢用兒子折節諸貴人爲！"日誡諸僮僕毋用我家加人，若有聞者笞百矣。方築舍溪間，召諸子弟聚學，而病日作，瀆甚，謝柳塘翁曰："大人幸自寬，兒乃不能終事大人。"召文衡："吾父宗祠備矣，尚欲爲鼎以薦烹飪而未及也，孺子圖之。"

公平生周於義而廉於財，念其子貴，用益謹。有一畞之園，里人有不求而葬其中，或謂鏟之，公乃使視焉，曰："彼無所歸，蓋於我乎主！"有良民胡姓者被誣盜，捕盜之率急縛將掠之，公曰："此人良民也，寬之，吾能言之公，若急而掠，罪在爾輩矣。"其人即得釋。有利人貲不擇耦而婚者，公面折其人，婚家内慚，欲購以重賄，公曰："子謂我兒貧也，以爲我地，然我善爲地者，不貧久矣。"孟公病革，鄉族之禱於社者數十百人，文學諸生十餘曹爲孟公求醫，没而皆哭之哀。有從百餘里來哭者，文衡曰："不知君所以哭先子何故哀若此？"其人曰："吾自爲孟公，非爲郎也。"

公名豪，字國傑。詳公之爲人，不媿名與字。

何喬遠曰：余習文衡，觀其爲人也，怯而勇，所不可爲者，慮無爲也。其嗜義也，無不爲也。不知其父視其子，余之知孟公也以此。

林文學君傳

泉有君子曰林君，名甫任，字志弘。其先燕人，元末有諱泰者，兄弟皆舉進士，爲泉州路同知，因家泉。泰之孫有曰觀者，入明爲歸州別駕。別駕之孫有曰茂森者，喪妻不娶，鄉里多質平焉。三傳而爲君之父某，以文學爲諸生祭酒，人稱曰"春亭先生"。君之生也，春亭公夢神人降其室，扈列嚴都，抱一男子授之，既生，足下有三黑子。能食，食時動止異凡兒之度。八歲從塾師曾者授書塾中。廣文先生某過其塾，試而奇之。年十二禀學于春亭公。春亭公時時稱説古先聖賢、有宋諸儒，君輒欣欣嚮焉。亡何，泉中有倭亂，君慨然曰："吾濟（儕）矻矻受書，佔俾文墨已爾，寇至，能北向讀《孝經》消滅之乎？"因乃旁通韜略諸書。二十二試行省，見知吴明卿先生，占首八閩，入學爲弟子員。二十六歲以家貧授徒，瞿然模範在念，繩趨尺步，弟子無敢以褻見。遂發憤聖賢之學，終日危坐讀書，不輟寒暑，自六經、宋四儒以及近世薛、胡諸先所著，仰思反求，内索外驗，以求其是，而見諸實踐。於是作四面圖，纂以自記，曰"居敬"，曰"立志"，曰"進學"，曰"遠識"，而曰："'敬'之一字，吾持之純，堅白刃弗能奪矣。"夜歸，則以日所教者跪正春亭公，父子間自爲淵源。君至孝，年三十時，母病暑，君事之不水不扇者終三月夏。俄，春亭公亦疾困，君爇燭焚香，夜禱于天，願捐己齒二十算以益親年。忽風起，二燭墮，君失心仆地曰："此其兆觭！"不敢語家人，則封識二燭，謹藏之，輒復露拜首搶地者數百矣。其明年，春亭公復病，祈代如前，自冬徂春，衣不解帶者九十日夜。春亭公知君憂其年，有小不快不君知也。君先意尋察，不恙而悚，私減餐食，以丐福壽。

居二年，君父母相繼歿，悲哀慘惻，蔬食避内舍者三歲，書警於坐隅曰："三年之喪，可以觀仁焉，可以觀禮焉，可以觀勇焉，甫任楙哉！"則出視所封燭篋中，對之大慟。其諸孤長跽請曰："不省大人所以泣燭者何故？"君召前語之而曰："吾父母齊年没，二燭同墜，其信徵哉！吾禱之歲，冀以二十年益吾親，而竟四焉，吾所以悲斯燭也。孺子藏之，如吾不諱，其以爇吾位。"遂奔走，益竭貲治葬，改遷其祖六世墳，而祔以君父母。墳在北山之巔，其高覽數里，君或從道中望見，告面祝禮若在壠次，即車遥遥必下。君以父母齊年没，而喪亦三年無以展明，發心欲爲六年服者，亡於禮乃已。先是，君之將喪其父母也，有持厚幣自邵武來者，將致君授經，君難去其子舍，春亭公强之，忽面目黧黑若病者，春亭公乃止。亡何，二親殁及小祥，貧不能葬也，有齎幣金求爲文壽親者，室人皆喜可以備牲饎。君曰："任也，敢以不祥之身稱祥於人，而又借其祥金以爲不祥奠？"竟卻之。

服既除，始授徒四方，所經聖賢儒哲之墟，多低回不能去，聲應氣求之士益汎集景附，而君之學亦日益進矣。君故遇二親諱辰，必先三日齋，至其日，悲慟不禁，在他鄉尤甚。縉紳大夫見之，至有感泣者。君孝於親，推及兄弟姻戚，又推及於朋友，又推及於行道之人，嘗曰："不愛敬其親，未有能愛敬他人者也。愛敬其親，亦未有不愛敬他人者也。"君僅有從兄一人，父事之，任其冠婚嫁娶十之七。女兄一人，相去數里許，暑月被病，君日一視之，往來者八餘月。其女弟一人，適人而與其倩先後死，皆君經紀之而撫其遺孤。其故塾師曾者病困，君亦盡心佐藥治喪。君之友善柳某者，家去君百餘里，一日寢疾篤，臨盡，呼君再三，而君亦奔視。至有故文學林某者，貧無子，寄居庠廡下，與君書舍相鄰，常周遺之，及死，馳告其知家，醵金治殮，殮畢，齎還所餘金知家。嘗遇一老人獨行而杖，就寒暄之，問其年與春亭公齒，因左右周旋，執子弟禮甚恭。門人問曰："於師故乎？"曰："吾適問其年，而與吾先人齒，吾殊念之。"其推孝親之意以逮於人人皆此類也。嘗曰："士君子苟存心愛人，皆有所濟，不必一命。"又曰："吾一日之間，心思幾遍天下，顧力不能行跬步。每骨内凋凉，親戚疾苦輙形痛，念身家之事以爲己責，時思朋類向隅，衆庶困瘁，悵然蹙頞欲振之，無從推此志也。能近取譬，將進而上之也。"

君資禀既異而心胸瑩豁，寤寐經藉，以古爲師，生平學問多出自得，未嘗專有所授受。當其著書立言時，雖偏部瑣語，必虚心評校，不敢棄遺。同志之士通記面語，或有同異，皆和心平顔，反覆論難，求是而後已。嘗言："理爲公理，學爲公學,不必於同,不必於異,要與天下共明之。”常反求之身心日用,務得其所謂真信者。晚歲更融通簡易,蓋求程伯子而師焉。每念正學久湮,精進寡人,故朋儕中有虚心願質者,後進中有質美願學者,皆樂與誘掖開盡,其誠意既足動人,而光霽又易爲親,即爲有不善遭棄斥者,其人反其所繇棄斥,媿悔自新,乃反與君愛敬如故。故從游最盛,皆以孝弟忠信爲學,其言談舉止,遇之循然有理者,不問知爲君弟子也。君之志,欲尚友四方而儉於轍迹,欲汲引同類而憚於門户,欲濟世安民而屯於命運,其名未布於海内賢士君子,然吾泉之人雖庸夫市豎亦知敬而愛之也。年五十三得疾,猶著書不勌。及革,妻子環哭,毫無動容,遺令以薄治喪,毋過前人。盥櫛待盡,告諸子曰:“吾且還太陰矣。翌日爲汝祖諱辰,姑待之諱。”既與其諸子訣,指心示之曰:“吾平生受用,惟此一片!”遂正冠整衾而逝。其諸子出所藏燭爇之,二十餘年而膏芒猶新,人咸異焉。

君平日所著有《詩經翼傳》、《四書管見》、《易録》、《禮録》、《書傳評》、《性理史評》及《感省集》、《省愆録》、《讀録》、《論治要語》諸書,其《管見大學》一編,則臨没時力疾所論著者,又討論《家禮》、《家訓》諸書,未及編次焉。君故友善余先人之友陳君欲潤及今孝廉王君鑄,唯余見君也晚,察君意且許與内交,而會余宦遊在外,歸,方欲交君而君殁矣。孝廉君因論次其哲行,而稱之曰有道先生。

蘇長樂公傳

嘉靖之季,有廣長樂令蘇公者,拙於爲廉而長於爲惠,卒不合世,拂衣言還。既没,其後人貧,計不能畢歲,予不敢使泯泯也。

公諱民,字利見,一字崇儲,晉江人。年三十餘以《春秋》舉鄉試,魁其本經,凡五上公車,領教廣順德,會丁其繼母憂,不果行。服闋,除補廣高明,奬誨生徒無虚日,未嘗苟取生徒一毫束脩。居二年,遷廣長樂令。廣中賊夕發惠潮間,如蜎盤據山谷中數歲。前令率閉門不給,不敢問城外事,城外民委與賊,任其自守鬬。公至,曰:“吾先教而後從事法與武。”則盡召城内外民與言:“敬老慈幼,各務其本業,毋舍穡事,入我縣門,健於訟者吾治之。”既爲民聽訟,率旦夕與民解,不深求其鍰,一縣自清,胥掾皆叩頭求去。有典史某者,善侵漁而巧爲媚,結腹心於桀黠民,每任滿,桀黠民輒詣留典史,上司瓦全十餘年,典史益自恣,以白封白上司狀,不與令知。公首按其臟罪,劾罷之,僚屬皆驚。邑有逸賊楊子亮者,流劫數州,連歲不獲,督撫所遣帥故僞爲俘得之。公廉其不實,別詳覘子亮狀,再圖形示統帥,竟馘之,亂乃定。

公復彊項,時時與上官過客相觝。一秀才訟御史臺不實,公徑封還御史所下檄不爲問。李官某者道長樂,以厨傳不豐,挾御史耳目恐公而怒。公不爲動,即奏記督撫若御史曰:“令所治長樂,彈丸耳,水陸交焉,冠蓋使者結軼道上,陸避賊不敢出,則皆索舟而行。軍旅數興,邑小民疲,是宜分勞旁近縣,汔可小康,既不可得,民弊不能供惟正,官反出帑輸下。小大有司不察令所以撙節意,不憂國詘而欲侈淫,惟大府裁格下令,令石守之。”於是,客從境上過者盡悶悶御公。而監司某者,其始至時,公郊迓不遠,亦以爲恨,日遣覘公縣庭。公邸中日蔬菜舍皆取諸官中俸餘,久之,無所得。

居頃之,督府欲興兵除寇,下問賊所據壘皆安在,我欲入賊壘道何從,令具行視之,即以對。蓋先時已遣別駕偵賊,賊留之。至是,公單騎而往,民築壘守賊,賊亦壘自守,如犬牙錯者也。公晝夜穿行其中,民以壺漿簞脯請公入其壘,倒闔而陳食,公悉哺啜拊循之,民皆大喜。因一一籍記其姓名老稺壯,誰陷某壘孰久孰近。而所行覘賊窟穴凡壘三百有奇,盡得其要領,乃徐叩別駕所留壘求之,賊出別駕。即亦有投書縣中者:“我等皆良民,爲無良有司至此,公父母我,我等願自納賦,不敢復逋。”公悉召赦之,而以所得賊要領具上督撫。督撫使帥往勦,帥如公所指畫,盡平之,俘獲以二千餘。帥與監司皆矜張動色,即上功督府曰俘二千。督府下公驗實,帥贈公良劍寶鞍及它諸玩貨以好公,公麾不受,而出其故行民壘籍記所陷賊姓名老稺壯孰久孰近者,俘能對如籍,則悉釋之,不待上記。及日中,釋者數百人,盡歡呼散去。監司聞之大駭,中事召公曰:“吾已上功督府曰俘二千,安得使我食言!公知讀書耳,何知爲令!”公沉思良久,曰:

“當有以實大人驗得者。令請分繫之，繫再月日，即亦謬報曰先後瘐死。”監司曰：“善。”然卒心怒公，第不能中以墨，即曰：“拙催科而傲其上。”公遂亦自免去。先是，有某使者過長樂驛，客視之行李塞甬道，客歸語公曰：“宦游之人，行李至此耶？即公行何若？”公曰：“安得無？”至是，裝兩篋而已。民送境外者數千人，護至家者復數百人，有泣者。歸而隱靈源山者二十餘年，敝廬故衣，充腹而已。

公十三失母，事繼母陳甚孝，嘗以不得姑驩怒其夫人沈，出之。老無子，晚乃生庶子琰。琰求地葬公，嘗夢入一石室，見陶彭澤像其中，傍有銘二十字，皆蝌斗書，不可辨。堪輿葉周者擇人而後試其術，慕公爲吏廉，乃爲琰求得其處，亦名曰“石室”。琰喜如所夢，遂以葬公，委余作二十字銘納之。琰能詩，與余善，余銘媿不如蝌斗古文。

何子曰：善乎古人之言也，善事上官，無失名譽，廉吏可爲，而不可爲令。公事上官刓觚磨稜，名以完令。公爲所不可爲，去官持粱刺齒肥，身死名泯，然家室雖富芳不宣，名不得就，家不得厚，不肯一日喪所守，蓋《詩》曰：“我躬不閲，遑恤我後。”

黄冏卿公傳

吾鄉先輩有出則嶽嶽，居則逡逡者，余不敢使無聞也，其人曰黄冏卿，是以爲之傳。

冏卿公諱襄，字國著，泉南安縣人。舉進士，初授大行人，秩滿，選監察御史，奉命出按遼東，爲嘉靖四十二年。是時遼東歲苦虜，虜闌入順義三河。世宗皇帝震怒，誅總督大臣楊公選。諸廵按御史往往坐失邊，有逮繫者，當事諸臣則日夕三四虚張捷級爲功勞，冀以移惑視聽，免於罪，公獨具實奏。撫臣某侵後軍饟，公直彈劾之，抗疏言本兵大臣與邊臣交相蒙，冒誣受賞。總兵楊照死虜，公則推奬，上其功，請贈廕官男嗣，祠祀之。虜入海州西寧，公則論劾指揮鳳者，請坐誅；虜入廣寧義州，公則論劾副總兵登、參將印等，請奪其官。凡所請褒、誅、舉、黜，具見施行。居二年，復奉命按真定，公又裁罷中貴人権木之税。漕河不通，當事請開新河，自河南至留城，久無効。公上疏請督責之，當事者悚然，報成功。某甲氏以貴人子豪暴州里，吏莫敢問，公收笞之，下獄數日死。而公赫然有聲三輔間。蓋是時與公同爲御史者，則有嶺南龐公尚鵬，號爲不避權横，而公與之齊名。

居二年，爲隆慶元年，向日在本兵爲公所疏論者方爲大冢宰，出公守黄州。公至，乃黜去其故時御史風，力劃角削觚，與民爲拊循。黄故苦影射之賦，公覈得，悉寛豁之，令據民見産爲徵。小大之獄，盡立剖焉。下里窮鄉，裹糧而待訟者，皆旦夕可去。民爲之語曰："黄公决訟如判冰，昔日聚糧今半升。"蓋郡人競稱太守"黄半升"矣。又二年，遷苑馬寺少卿。則曩時大冢宰尚在，而某氏甲者爲故大宗伯某子，其家人詣闕誣公，坐解職待勘，公亦遂無復世意。會新大冢宰者爲元洲張公，素知公，貽書勸公出。既出，不踰月，補山西行太僕寺少卿，是爲今上萬曆四年，去其解職之歲又七年矣。是時棅政者則江陵相君，公守黄時，相君爲翰林，公故不能好結之。其明年，相君子登進士，中外大吏多馳金帛入賀，公堇堇達空函，相君復公書，故謬書"黄"爲"王"，以使公悟，公若爲不知者。亡何，大計吏，公無所得罪，直自内旨出罷公矣。

公爲人簡重寡合，中心洞豁無它，至其强毅之氣屹不可覆屈，不能周旋婞婀，是以仕不逢世。其居鄉施德尚義，不以貴勢撓人，無不人人慕之者。自持陋儉，大布之衣、脱粟之飯，聊且而已。教誨諸子，多以酒盃歡聚之間，形義方之言，怡怡如也。所著則有《四書易經集説》藏於家。亦善爲詩。子五人，培禎、崇、巍、岑、培褕，巍、岑孝廉，與予善。

何子曰：當江陵相君敗時，有追數其罪而訟公者曰：曩行太僕寺少卿臣某者，疎逖之臣也，不罹吏議。陛下知人善任，即左右股肱者耳，何詎諦此遠臣不足任，使内旨罷之哉？相作威福，此可以見。夫亦可以見公。公爲御史則岳屹雷擊，爲太守則風恬雨濡，巖谷之間則草茹木處，户廷之内則鍾宫鶴陰，所謂體用雙孚，權實互備者邪？先輩君子也！

林文學公傳

《尚書》一經，孔氏訓其文，穎達尚其義，蔡沈通其意，其它諸儒所撰著，吾不能盡舉也。宋之末有夏僎者，集諸儒之説以便舉子，彼一時矣。吾鄉先輩林先生居騆馬山中，沉精極思，博暢旁會，復爲目録一書，大抵如夏僎當日解書之意，則此一時也。書既成而序之，其略曰：道有顯微無精粗，心有體用無内外，事具於心之謂"體"，道則隱而未顯；心應乎事之謂"用"，道則顯而非隱。二帝無敬而無不敬者也，其心與事聖焉；三王敬而無乎不敬者也，其心與事反焉；太甲、成王敬而無失者也，其心與事困焉；夏桀、商紂以敬不足行者也，其心與事狂焉。五十八篇之教，或論事，或論心，聖狂所以不相襲，存亡所以不相沿者，敬不敬異也。先生之書，每篇撮其正義冠於講首，中則採用諸家，参以己意，支分節解而脉絡貫明。没既有年，尚未出於人間，有竊其説者已先大行於世。今而後，士之習舉子業者，知爲先生説也。

先生體最羸，善病，諷咏弗輟，窮冬隆夏，宵分始罷，其費心疲神，雖凉爽之時汗濡重衣，猶未止也。不知夏僎當時集諸儒之説而綴其成，寧苦亦有之否？先生弱冠時，大司農婺源潘公來閩爲督學使者，試而大奇其文，以冠八郡士。既入棘，試官得先生文，復大奇之，互争元魁，試官必欲伸其意，乃竟罷。

先生嘗爲《奇貨可居論》曰："甚哉！商之害道也。先王務農焉。人農則童，童則機事寡而重流徙；人農則樸，樸則死其處而無二慮。商也者，所以斵天下之童樸者也。始計有無，既計多寡，又既計千萬，而天下之道盡矣。散千金之資以牟天子父之贏，謂君可暫立而即棄也，謂妻可偶置而復取也，謂子可此種而彼穫也。夫聞有以物商者矣，未聞以人爲商也，波之所漸，至以五倫爲貿遷。趙堯貨如意而薄惠儲，江充貨弗陵而薄衛據，魏徵貨秦王而忍建成，趙普貨太宗而背太祖，昌齡貨元佐而謀真宗。推而至於士大夫君子進退辭受之間，見得而忘義，廣解而恬禍，莫不胥爲商者，可畏也。"王公慎中見其文，抑先生坐曰："我拜子。"遂下拜。繇是通先生於毗陵唐公順之，唐公亦大驚曰："此子議論高千古!”因從書問中爲相知。

先生八試棘闈無所遇,年四十九卒。吾郡涉《尚書》顯者多本先生,則有林公雲程、李公載贄、紀公廷譽皆其門下知名士。先生質行,登其邑乘之孝友、文學誌。先生名鴻儒,字允德,安溪人。有子曰應漢,登賢書,竟夭殁。

何生曰:余讀韓退之墓銘,有所謂施先生者,明毛、鄭《詩》,通《春秋左氏》,其説二經時,諸生恐不卒得聞,聞先生講論如客得歸。先生死,經喪其師,學亡其明。林先生之於《尚書》,殆類之乎?然施先生猶仕太學博士,年六十九,林先生竟老蠹魚間,不及艾齡,可惜也。余讀其所謂《奇貨可居論》,嚴乎哉!聖門義利之學矣。

何中書公傳

何公觀者,晉江人,鄉進士,景泰中爲文淵閣中書舍人。時吏部尚書王直與二三大臣故比周中貴人王振、錦衣帥馬順。土木之變,振、順皆死,而直等猶居職如故。公上言:“此輩皆正統中阿附權奸,欺君誤國老猾,不宜在左右。”又言:“諸來朝北虜宜盡驅置之南方。”疏奏忤旨,下六科十三道看議以聞。時給事中毛玉當首議,諸大臣銜公甚,則嗾玉重劾之。玉具疏藁,言公誣罔大臣,擅開邊釁,宜明正其罪。且上矣,時林莊敏公聰爲給事,過玉所,勸之,更不從,亟謂葉文莊公盛,與俱往。玉外曰:“上怒甚,不可更也。”因而附耳道諸大臣意。文莊公曰:“朝廷從來未嘗罪一言者。雖怒何舍人,猶令我曹看議,蓋甚盛德。君不念劉球邪?球之死,人至今以罪王振、馬順。萬一雷霆之下,何舍人有不測,可謂非我曹爲之乎?且我曹言官亦當自爲地耳。”因爲玉削去其藁。奏入,命杖公錦衣衛,謫縣象山,視杖者,鎮撫門達,故得不死。達,慷慨慕義人也。公在象山,無何致仕,民追送至衢州界者數百人。歸而學道古玄山中,足跡不入城府。

公善書,嘗嫁女,無可具奩,作行草書一篋與之。今其書在者,吾泉人鬻之,一紙可數金。

隆慶中巡撫都御史何公寬者，象山人，行部過泉，特備金帛之奠何公，去公百有餘年矣，而猶若是，則公遺愛可知也。

傅廣文傳

退齋傅先生諱存仁，字君任，南安人。少剛伉有氣，尊甫饒平司訓寅軒公，名其齋曰“退”，以退之。先生大父則上猶司訓鈍齋公，祀在名宦云。

先生幼爲鈍齋公所器，九歲時挾之從官，墮江不死，益異之。居三年，從上猶歸，寅軒公授之書，益敏記，繼發憤下帷，冬夜蒙被讀達旦。二十四補邑弟子，越一年得廩，自是累試累高等。先生雖潛心舉子業乎，其任爲子、任爲孫，當户理會事中窾，鈍齋、寅軒二公以故無内外慮。有豪家者謀吞先世業，見告，先生孑身支吾者八歲。豪家乃陰與先生好言曰：“君所分業，未及三之一也。倍君金，割君所當得者，君但袖手無前，不勝幸甚。”先生曰：“吾忍背祖！”峻却之，而世業竟無它移。祖叔有投杼之禍，詣有司代白之。邑有蕭姓者，冒大姓搆婚于庶祖母姑，先生曰：“姑雖庶，先人一脉也，何忍使耦賤？”夫良賤耦者，律有罪。訟之官，邑尹護蕭，先生幾中危禍，退而曰：“此吾子孫義當爲。”蓋執方强立，自諸生時然矣。

先生爲人抱奇闊視，恥回護洟隱，語言疏暢，籌畫條理，聽者靡不傾伏。至論才品高下，事成敗當否，間有撫掌浩歎，意欲置於古人之列。又其文學錚錚膠序間，人固以大器期之，乃竟以數奇，繇貢士銓授歸善學訓，時年四十八。先是者，先生未子也，督學使者知先生，擬處以超貢，先生固不欲越同學舍中長，婉辭曰：“某未子，不便就學京師。”時人以爲善讓。及是至官，勵士以行義，而課之文章，束脩餽不問多寡。若故大司馬葉公夢熊、解元李公學一，先生當時輒獎識之曰：“葉當爲昭代偉人，李可選首也。”學舍故在城治外，寇至移署郡學尊經閣中，城中秀子弟益來，師授不論未在學。既三年，遷興寧教諭。寧俗朴野，先生以教歸善者教之導之，敦禮尚義，振飭有加，立白鹿之規，嚴課戒之程，士無惰者，貧不僧石儲則屢解推焉。捐俸修學，而廟宇祭器飭然一新。巡按御史才公，檄爲假令。甫三月，裁罷常例，搜剔吏蠹。辨假子之獄，而邑稱神君；除影射之奸,而民輸慈父。薦剡交騰,且擢真令,而先生卒矣。

先是,先生之在歸善也,邑有花腰蜂之寇,山民避寇入城,當事者編之城守。民以爲病,還竄伏故山藪,則多見剽掠,益苦。先生竊歎曰:“城以納民,民不得納而驚逃陷寇。吾非司牧,業目擊矣!”亟陳於僉憲方公罷其役,民乃悉負襁至曰:“誰謂生我,而出學先生!”及在興寧,寇復至,民逃入縣如歸善時。先生廓掃號房兩廡居之,寇退乃遣去。提兵帥者,吾泉虚江俞公,數造請先生,先生爲之籌賊甚備,竟以勦滅。當道交譽先生曰:“傅廣文有經世才,豈宜落寞一官者。”然在歸善時,當道才先生,使監造兵器,先生輒堅辭曰:“吾學先生也,而造兵器,即欲見才,不宜以此見。”及檄假令,乃曰:“吾見一二焉。”而竟卒。訃至歸善,歸善士爲位東坡亭,相與泣奠。櫬之行也,泣送江滸者甚衆。士曰:“師教我卹我。”民曰:“是假令時生我。”

先生性至孝。寅軒公訓饒平時,大比應廣試,卒于會城之坊南。後先生亦往試,過之,汪然出涕,廢食者竟日。其在歸善,以廣寇,不敢奉太孺人也。遷興寧,則太孺人病足,不便於扶侍,先生呼天而泣下。及疾臨盡,召子紹丁囑曰:“予少時墜江不死,今年五十有七,死何憾?憾吾母在耳,而先人尚厝淺土。余平生雖不能有所大豎,然隨分自盡,無欺予心焉,善事嫡母,嫡母,而母也。”先生晚生三子,曰紹丁、紹老、紹先,然皆非嫡孺人出。孺人愛子賢於己女,故先生語紹丁曰“而母”。母翁姓,自有傳。

何生曰:吾始以先生逡逡儒者,尚論其才乃旁出横逸。聞先生美鬚髯,豐頤秀眉,狀貌頎傑,良稱是一廣文。先生恢豁軒朗,可理數州。而世有繇甲科出者亦綰綬涖官,憒憒無所計,不知造物何生之然也。先生不大於用則已,其壽亦不永,此尤造物不可知者也。先生没有年,而紹丁命喬遠傳,紹丁可謂孝子。喬遠論先生,乃知先生與先子同時,故相善,則益不敢不傳先生,而歎不能自先子知先生者,乃自紹丁,益有媿紹丁也。

郭孝義公傳

郭尚謙者,予縣之石湖里人。石湖在海島上,嘉靖之季,賊數出没其間,至輒火人廬舍。君大父柩嘗爲所火，居常恨之。己未秋，君喪其父，賊適來，居人望見海上艘，盡逃去。君與其兄尚友及弟某，舁父柩出，未及門，賊已登岸。君曰："急矣，兄護母，尚謙護柩，誓與相存亡。"於是，尚友負母逃，君守柩不去，以麻絰自繫柩側。其夜，取瓣香籲天，作《孝敬歌》，其辭曰："嗟予此身一毛髮，總含父精與母血。精血二物兩不虧，交感方能作小兒。天地復我大父母，我心本有真良知。良知在人固天性，順性而行自孝敬。孝敬之理孩提有，物欲拂之戕所受。性一戕兮愛敬亡，乾綱坤維解其紐。嗟哉父母生子心，豈願淫暴化兇醜。仁人孝子世無多，思之到此可奈何？惟有自反我真性，順性而行自愛敬。孝敬自家人不知，我身當難復何疑。盡心盡事孝父母，豈問人知與天知？"遲明，賊入君家，見君，駭問之曰："病乎？而不去？"君曰："不也。""守財物乎？"曰："貧甚。"曰："然則胡留？"君跽請先人之櫬，恐從不戒或有他虞，以爲震驚，愚不知所出，請以身代。賊加刃君頸，君撫柩益悲，賊感傷去。賊去，君即卜宅葬父，扶母居郡城中，不復之石湖家。

君文學名諸生，課授生徒以養母，有間即走歸省，爲母撫摩抑搔，日數返爲常。生徒朝夕饁，有甘臑輒投箸不舉，間掇持還東家，翁憐其意，爲母更實饁，乃舉箸。母歿，哀毀逾禮，諸喪具一以身任，不復煩兄，其孝友如此。君所爲文本六經，出入先秦兩漢，其氣湧溢而奔馳。居常讀古人孤憤感慨之文，中懷悲壯，如欲從之九原。見委瑣齷齪，爲子孫牛馬而瘠其家族者，殆不欲與共世。蓋年二十九以卒。當道諸公咸有旌揚，竟未及請於朝，人稱曰"孝義先生"。尚友故亦諸生，拓落詩酒間，余及交之，而今所使余爲傳者，尚友之子望奎，爲君後。望奎亦諸生楚楚者，而問字於余。

何生曰：余讀郭君所爲《孝敬歌》，而悚然自悔平生爲人子。夫是歌也，人皆可以爲孔孟者也。聞君爲人意氣激露，故其算不修。然士所以遠於道者，皆其遇事若緩，尋常舒徐，而爲之不勇，以此墜不義者何限！其故皆起於不激，然若而人者多以得修。然君以孝義促而若而人以壽考修，吾又終不知其孰修，抑君當日棄柩逃者，亦年二十九死矣。

陳及峰傳

悟天地萬物之一體，而廓然其真機見，心性之周流，而融然其無礙，此紫峰陳先生之學也。乃有季子曰敦豫，守父師之訓，拳拳孜孜，以至於老，論者以方仲嘿之不媿焉。

公資稟沉静，少即知學，步履進退，雅有常度，年十七補郡弟子員。自以箕裘承考，益自淬礪。方喬遠先子以《易》學名一時，公從爲師，一見深器之。遂下帷發憤，夜分忘寐。其學以六經爲本原、宋儒爲階梯，未嘗弁髦舉業而能於蹊徑之外建旨明歸。慎修五德，潛繹六藝，謹凌侵於耳目，守神明于方寸。其所撿記皆先生之格言，過庭負墻之緒論，凛凛乎辨也。

方紫峰先生下世，公逾弱冠，哀毁骨立，至性絶人。奉王安人廿有餘載，朝夕竭歡。安人没，喪葬悉遵《家禮》。葺先生影堂於秀林山之墓，旦夕焚香，吾伊其下，護視松楸，鬱然抱杞。先生故合祀學宫之賢祠，公謂未足發明羽翼斯道之美，與諸弟子員告于當路，遂得專建。彙聚先生著作，旁搜遺軼，梓行于世，編次年譜以紀先生出處之大。先生山斗人文，雖世共仰止，而公所以發明昭闡之者不遺餘力矣。至於式廓先生之宅兆祠宇，立先祖祀田以成先生未竟之志，修《涵江族譜》，宗支世系疎戚同聯。事伯兄静心公嚴如師父，仲兄西浦公動咨可否。兄没而撫其孤，女兄没而撫其甥，從父之兄弟没而撫其孤女，貧無資者助之商，喪未葬者割之地，朝夕待舉火、婚娶待舉事者，有望不虚，靡求匪獲，則公孝友之大者也。嘗曰："祖宗父母，木本水源，頃刻忘之，是自斷其根、自絶其源也，尚望復趨生路乎？"是以朔望拜謁惟虔，歲時奠祭豐潔，無微不謹，以終其身。

公爲人務實而不求名，治己而不責人，居鄉敬老，至最年少禮亦與均。鄉中水旱荒歉，關民疾病者多方爲所，惟力是視，雖悍夫惡少，望而敬愛之，不義者惟畏公，知有陳太丘、王北海之風焉。晚年充養完粹，春温襲人，執亮而行通，内察而外融，孝弟忠信，退焉若無。蓋紫峰先生之高明心悟不輕語人者，又嘿會而心體之矣。嘗曰:“今之經典,古之人事,蓋人事正所以合經典也。”又曰:“學顧躬行何如耳? 豈必講哉!”既棄去弟子員,堅卧涵江之湄,名賢述作,朝夕几案,手抄《性理全書》,稍增減之,録《定性書》于《皇極經世》之後,附《諸子歷代》于《聖賢道統》之末。謂蔡虛齋先生所著《易蒙引》有繭絲牛毛之精,而人病煩,紫峰先生所著《易通典》有渾合未破之天,而人病略,乃以《通典》爲訓箋,採《蒙引》切要者爲主意,合名《典引》,以藏諸家。方公爲弟子員時,督學使者有以德行優公,及其老也,郡邑有司有以賓席禮公者,悉辭謝不受。公門無俗賓,而論文尊酒輒爲知己留連,雅有豪興,而引觴浮白,不以既醉爽度。鄉先生林象川公高卧東山,家與公近,時過從爲快,擬古耆英,常曰:“安得斯人消今世頑懦鄙薄之風?”春秋六十有九卒,與紫峰先生齊年,遠近聞者咨嗟歎息,而亦以爲考終。鄉先生紫南王公嘗許公父子間曰:“先生類曾晳之高,公類曾參之實。”廣文先生蘇中溪曰:“公平生當於古人中求之,真我師也。”郢人告逝則柯日,遠神交寤寐以爲流涕。

何生曰:遠先子之墓近秀林山,遠嘗徘徊紫峰先生墓祠。公已預勑從者:“何子來,必告我。”其日,具餚酒從涵江至,指其耳房示遠曰:“此先師設帳處,吾今猶有嚴心。”公蓋不獨孝敬於父兄,而所以事我先子者至矣。公之孫振曾四歲而孤,命予爲公傳,予又知公有孫也。

汪提舉公傳

公姓汪,諱雲秀,字子實,别號心村,世爲新安大阪人。在唐有華者封越國公,數傳爲銀青光禄大夫端公濆。濆仲子中元公則公派祖,在宋有廸功郎、廣德軍司户參軍公庭桂者,於公爲十世祖。公七世祖文亮公,國初舉德行,授徵仕郎,訊獄有陰德。文亮子檣,永樂間瘁躬王事。公高祖渙潛德弗仕。曾祖儼以鄉薦爲德興學諭,陳王道十策於朝,學者宗之,稱爲“北山先生”。檣以下並用儼子鋐榮和公貴贈太子太保、吏部尚書。榮和公世廟之材臣也,公祖鋐,以貢任鬱林州同知,則榮和公弟鬱林公生二子季。

公生正德甲戌歲八月戊申，其日祥雲蔽室，北山公異之，以故名公雲秀。生而沉静，稍長恂恂，讀書慧穎過人。弱冠入貲肄業南雍，司成魯公鐸器重之。公博通群籍，晝諷夜誦，師友游遜、詹一麟、俞文進三君，畜德修業必見之躬行也。鬱林公之棄公也，蓋櫬於官邸，公以不及執手終身痛。奉事母夫人羅，孝謹甚，日伺所嗜以供甘旨，宗戚姑姊中若鄰舍媪與母夫人善者，必朝夕延致，蘄與爲歡。公伯氏亦早世，公視嫂如母，撫兄子如所生，爲之教誨婚娶。母夫人病漸，遺言析産異居。公泫然泣下，讓兄子以所居室田，收其磽确者，蒼頭收其老不更事者，如薛包矣。母夫人卒，公居母喪，如毁鬱林公時也。公之言曰："人莫重於本始，禮莫大於饋祀，孝莫大於襄事，家莫急於財用，然而非吾一人也，當推及其宗族，而本始吾初之一人也。"於是，崇一本堂以寓家法，樹凝和樓以奉宗先，築古鎮墓以妥親靈，作八恒廪以稽出納之數。於是，族人之無依者，撫之；窮者，周之；券不能償者，焚之。公之言曰："先世清白恥自潤，吾不敢不遺子孫安，田園菽粟，使給而已，其餘以供祭宴賓、收族恤窮。不用是，損子孫智也。"

家食既久，謁主爵授官光禄良醖署丞。時方穆宗改元之初，公得奉廟祭、侍耕籍，已奉使遼左諸邊，還報命，荷恩詔，進鬱林公儒林郎，贈母夫人安人。有間，晉珍饈署正，再出判撫州郡。公故讀兩《漢書》，愛張子房圯下所以立功名，愛陳寔、荀淑所以居鄉，愛黄霸、仇香、卓茂、魯恭所以爲吏，至此曰："吾黄、仇、卓、魯時也。"至則汰冗蠹、謹門閾，纖毫無膩染。嘗兩督漕運賦，部運如期，而按漕直指使者最公名薦剡間矣。撫舊有判館垣，入爲觀察使者署，公捐俸金别創一區，不以損公帑。郡守胡公善公，謂曰："吾覈公帑，自有所出，可以新公館，不至累公。"竟堅持不受。當道才公，先後檄假令東鄉、崇仁、樂安三縣。公在東鄉，有巨室謀遷聖廟，陰奪學址者，力遏之。報羨餘，葺城堡，造輿梁，寬孤癩，而惠政次第舉行。在崇仁，復捐俸買學田五十餘畝，爲諸生會饌之費。在樂安，約會士民鰲溪、大成二書院，以朔望講讀聖訓，延鄉先生近溪羅公、蓉山董公爲之師，風俗翕然變焉。三載奏績，兩院會留，遷雲南黑鹽井提舉以去。先是，攝提舉篆者副提舉某有所乾没，公不忍言，已上官罪公，公不辯，曰："吾歸耳。"

諸公知公者，祖帳道左，舉觴賀曰："寧玉碎，不瓦全，汪公其人也。"

公樸茂直率寡言笑，粥粥若無能，其出而仕，歲十五官四遷，人不可染以一毫非義，干以一毫非法，卓然廉貞，乃丈夫也。始公祖廣德軍參軍以"存耕"額其堂，公即舊址居焉。歸老有年，則即所居之前爲堂而大之，環鮪水而面東山，穆然有參軍之思也。

公故自號心村，年過四十始舉三男子，則名之尚和、尚積、尚種。他日語客曰："吾少年欲仕也，而心在村，吾豈不欲諸子材也仕？所命名偏傍皆從禾，明農然乎哉！吾思吾參軍公，而知所以名堂者大也。古人曰：'但存方寸地，留與子孫耕。'材之爲字，從木從寸，木之象形也方；心村者，方寸地之謂也。和者，和此者也；積者，積此者也；種者，種此者也。"公之家豐而族衍，公割豐予人以示仁，範衍以禮以示義。公少年無所不讀書，晚節好《道德經》及程朱所論著若《孝順事實》、《爲善陰隲》二編，所校讐剞劂則有《世寶録》、《世範録》、《奏議文獻》諸書。其生平犖犖大者在尊祖宗，睦家族，顯誨人以善言而陰予人以善地。其爲德於鄉，嘗捐百金築堤壩以回地脉。鄉人水若饑，公與立常平法賑恤之，出粥以活餓者。里有虎，爲文告神逐焉。自冠蓋邵右之倫以及賣漿結鶉之輩，繇黄耇老叟至五尺童子，皆知公長者仁人也。新安令請公賓席者再，公一赴而已。有諸公故與公莫逆交，及來治徽，請見不得，歎曰："賢哉，汪君！官居不污身，林處不變塞。"

歲萬曆癸巳，公八十歲，健亡恙。其八月爲秋杜，與父老歡讌。是日陰雲翳然，讌畢，問長君尚和曰："今日何戊也?"長君曰："戊申。"公命具湯沐，端坐逝。公生戊申，而祥雲蔽室；没戊申，而陰雨翳天，非偶然矣。尚和爲吾郡參軍，乞予傳。

何生曰：家姪夢駿北上京師，歸爲予言吾郡汪參軍孝子也。駿謁而問其號，曰"存心"，怪其不類别號然者，參軍公乃具以尊甫"心村"對。及予得見參軍，參軍爲予言，家榮和嘗詒書戒鬱林公："吾弟當官，見財當如見大麻風。"予因知心村公宦蹟所從來，不然，能以貲郎累遷五品大夫哉？參軍在吾郡，亦嘗假邑令，奉檄委輸京師，大類心村公時也。

鏡山全集卷五十六

傳

趙池州公傳

趙池州公之居鄉也，鄉人仰若星斗山岳，讚歎慕羡，而遠從外舅氏黄君聞平生尤詳。

公諱秉孜，字恒守，舉進士，爲户部主事，左遷出爲靖州同知，稍遷嚴州倅，再量移池州同知。念母，棄官歸養。居鄉二十餘年，足跡不入城府，大練之衣、穎椎之履，蕭然自適。薄嗜慾，寡飲食，慕神僊輕舉之術，服氣鍊丹，子喬、弘景庶幾見之。邦君令尹接軫欵門，攝衣式廬，並不得一識其面，籩豆有踐，老更虚席。公伏匿遜避，比之段干。家人有觸其鄰婦者，鄰婦詬駡及公，毁辱無所不至，公安然受之。邑令聞其事，乃大創鄰婦，公不加恚，令其自服。或曰公始郎户部，關門榷場之務有涉利淄者一切辭免；倅嚴陵，興遂安水利灌溉民田，民比之史白文、鄭貳守；池州剖兩省軍民不决之訟，有宋包公故守池，池人又謂之稱曰“前包後趙”，其古廉人德吏耶？或曰神僊輕舉之術，吾不敢知，要其慈仁潔嗇、恬巽儉慎如老子，所示關尹外經道，未嘗不通聖學，趙公其篤修聖賢之學兼通而廣之者耶？

何子曰：革履不可以屨，絇宋不可以櫨，方玉不可以名圓珠，衡齊曲袷不可爲短後之趨。任官不足，居鄉有餘，蓋修真之士。厭華腴，佩服仁義，其行越趄，古之人也，古之人歟！

嵇府君傳

嵇府君諱錨，字子佩，浙德清人。父雲鳳，家故貧，舌耕自給，不妄取一不義錢。府君爲童子,侍父讀書,恒敝衣破袴。一日,有遠聘府君父者,父携府君去,府君顧視其衣,不覺慚色。府君父即訓之曰:“兒豈不聞‘不耻緼袍’?”府君遂憬然從去。年十六補弟子員,弱冠廪諸生,二十餘舉浙江鄉試,是爲嘉靖庚子歲。始府君新成室,不出户者一月,人謂府君歡宴爾,比出,則手繕五經文已遍,其篤學如此。既舉鄉試,不能造公府請謁,杜門而已。會辛酉歲大侵,家無所仰給。有以百金爲府君壽,謁府君薦舉者,府君竟不應,而當是時民至鬻妻賣媳捄饑餒。府君一日聞少婦哭甚哀,問其狀,則邑民傑將賣婦諸暨人,僅得錢千而已,婦實不忍去,又不能不受此賣身錢也。府君亟止之,爲贖身諸暨人。府君入試會闈,山東人有李公者乞試文於府君,府君示之,李公乃直書府君文,不易一字,府君不忤也,而終示之。既李公成進士,然府君終不語人。其後來守寧紹,輒稱道府君諸公間,數使人來迓,且報會闈之德,而後乃知府君有德於李公,然府君竟謝不往。或謂:府君餒甚矣,幸逢故人,可不受其周耶?府君曰:“即無故人,將復誰望?且李公繇我成進士,即寧紹之人問嵇生所以來,嵇生何繇得厚於李公,即李公報德至高,豈不重爲李公媿?”人始服府君長者。初,府君將北上,鬻縞製衣,屬工善爲之。工顧笑曰:“製綾絡多矣,詎難裁此!”府君曰:“我謂不減綾絡。”蓋不忘童子庭訓云。

久之,父卒,哀毁不勝。再上不第,念母老,以乙丑歲謁選得如皋令。如皋,故饒邑。府君至,省問故奉縣官私錢,歲例可二千金,皆一切裁罷。惟是潔己奉公,事上不阿,拊民用惠也。異時鹽院御史率遣令之儀真掣商鹽,諸鹽商則日夜置酒奉令,令聽私挾不爲驗,第滯之三月,即餽金可數萬,而令可身無往也,令亦有所修餽於院御史。府君往,如法掣,六日而竣,諸商欲餽不得間,亦無所修於御史。邑有土工十八人者,廵撿捕得其贓物,論劫盜。府君心疑之曰:“世有露贓而身不遁者乎?”故遲不决,使廉之,更使廉廉者,乃得盗故劫人分財棄其餘,工拾之,坐被捕,而真盗自有人。既得真盗,人人神明令也。百户顯者爲盗魁,其黨横行海上。往者院道官下吏捕,莫能得,亦殺傷抵抗,無之誰何。府君瞰顯獨居邑屋,率召其故人來曰:“吾知若爲顯故人,爲我致顯者賞,若不則若先死。”其故人詭造顯而卒縛致之,海上黨皆潰散,院道官以此共異如臯令矣。

如臯,汛地也。汛軍至,故雜寓民舍,公行攘攫,民疾如寇,令亦不能詰。會參將錫者且出汛,府君行視空舍,若寺觀可伍雜容者,率豫署之曰:某所若而舍,舍士伍若而人,衡市價而准之,令供帳。待將錫至,府君盛饗焉。將見府君甚恭,則驩然。府君謂將:“往時士舍民舍,攫民物,横市買不准價,將軍無軍法從事乎?”將曰:“謹受教。”會將如他所,軍遂有抑買市魚者,漁人堅不與,即格殺之。府君則收繫其軍,遣白將。將還,以府君故,斬抑買魚者,然心故嗛徑繫之也。府君乃上狀兩臺御史若諸院道,徧暴其事,將懼而奔訴于兩臺御史。是時冢宰關西孫公爲按臺,重府君不撓法云。頃之,歲不登,民不能輸税且溢千金。府君以羡金代輸,不入私槖一錢,孫公繇此益賢府君。而廵撫都御史爲參將所中,竟以他事論調府君,府君怡然歸家,無復再仕意。

居一歲,諸父子弟强之行,赴調安鄉,既心怦怦動,若聞空中語:“官不止,母則死。”府君匆匆俶裝矣。或勸之候官憑,府君不候也,竟馳歸。舟中望見里邑人,輒問:“吾家得亡故乎?”應者曰:“無事。”府君遥聽之,其音近“母死”,椎心大哭,家人曰:“非也,彼乃言無事。”然府君數問數哭,比歸家,母死數日矣。服闋,諸父昆弟爲府君賀當補,府君愀然不樂曰:“吾已無母。”諸子弟强爲府君治舟,諸父先行而祖之,府君不得已,至丹陽遂返棹。復爲諸父所强,赴補慶符縣,携孥以往,至瓜步,風甚,幾覆舟,有鹽商以巨艦相援,見公稽首曰:“此故我嵇公。”是時方年五十有七耳。至縣數月,即上狀益爲六十四,移疾乞歸,廵撫都御史不許。會有九絲城之變,縣主簿楊棟方至官便受遣如軍中。楊孥尚遠不能至,府君資護到廨,饔飡哺啜如自家人。九絲平,廵撫都御史才府君,使往視建城邑寘學校焉。宜賓令有許公者,敬讓府君德與才,自謂不如也。

府君不樂仕宦,竟强乞歸,廵撫都御史乃爲府君持疏請,歸則從其族黨里耆過從歡飲,一切生産作業寘不問。居恒語諸兒曰:“吾爲吏時,廪乎畏百姓耳!吏畏百姓,即不敢得罪於百姓。設得罪百姓,即擁騶騎出行道,百姓不言過,而背指數矣。自揣吾平生無善,‘忠愛’二字聊不媿也。”歸家居三年卒,年六十四，乃應移疾上狀之期。先是，府君父母墓近卑濕，以子姓繁不敢動。府君臨盡，撫枕歎曰："生無他恨，恨父母墓不遷高原，吾不能瞑也。"人以爲府君終身廉且孝。

府君有三子，汝漢、汝沐、汝浚。汝沐今爲建州司理。

郭文學傳

文學郭君以相卒，其子啓綵痛其父之勤于學問，勵於爲人，不得繇科第顯，命予傳之。

君諱元愷，以相君字也。祖賓峰公文焕以廣文起家，焯有學行。余垂髫時，尚及讀其《課程切問》，蓋繩尺於鉛槧而博洽於經史。君父士登君以《詩經》擅稱於時。君繼其業，弱冠讀書郡城東之靈丘山舍，明燈達曙，農家用不待蓄火。時鄉先輩參議尤公烈棄官歸隱靈山，與君書舍相近，君不一往見，尤公自來問之，借觀其文，大加歎服，遂請與其季子大作相磨磋。君與余先兄大理評同禄命，先廣文亦奇君文。於是，君及先廷評若大作尤君三人者交游好。余時垂髫，亦以先廷評故執筆從君後矣。君治《詩》日益有聲，弟子執業履滿户外，從延、建、汀、邵及楚、粤諸郡來者日益衆，授業之館至不得容。故先輩州刺史張公喬相延君爲弟子師，愛而留之者數歲，多有顯者。余嘗問君："君之交於人，久而相從多，亦有道乎？"君曰："吾無道也。群居而不敢褻慢，教之而不敢不盡其誠，課程一定，不敢有後倦先傳。"蓋君之教人，貧而嗜學者，且出資周之，間有軼法，束脯雖豐不容也，而爽豁洞朗無不人人宜者。七上棘闈，雖有物色，竟不得舉，然曰："通塞有數，吾不敢爲躍冶之金。"

君雅意彝倫，内行淳備。甫授室，君父見背，事母竭節，循理束脩之入，悉以上之，母養不乏也。君常旨蓄不忘心，母没，不忍食所嗜，遇歲時，未嘗不淚沾睫也。喪葬事不與兄弟較銖兩，多自爲之，與兄弟同甘苦悲愉；兄弟貧病，如其身所有，不以自封，子姪無異視焉。不輕然諾，人亦不敢輕然諾於君。有所憤搆不能抑伏者，得君一言解。以急告即借與之，不責其償。有亡友暴露，子不能殯，君先舉焉。僻嗜書史，積籍數十，家徒四壁，不以爲憂，其爲人如此。

何子曰：余讀《詩》有疑焉。《關雎》之篇，后妃思得淑女嬪于文王，故詩人美其不妬不忌，以有《螽斯》、《麟趾》之歌，而今曰周之宫人思得后妃也，后妃未行，猶在家未嫁之女，德未及於周宫中，周之後宫何爲而思之？又何文王未立后妃而先有宫人之盛也？鄭、衛之風，毛氏具有箋註，毛氏之學得之子夏，子夏得之孔子當真，今乃以意解之曰淫風也。孔子之解《易》也，"終日乾乾"，而曰"反復道也"，"乾乾"二字，相疊成文，謂之反復。一國之淫，一言之不足，又重言之，重言之不足，又屢言之，其爲反復，不既大乎！是豈聖人隱惡之教而不屑之譏也？斯語也，有宋先儒若近代洹水崔侍郎亦嘗論之，余嘗有概于中，以爲出於先儒而不敢齟齬，惜乎余之垂老而君方應科舉之業，不得爲君具述之也。然余少得執筆從君，間得問君《詩》，君就以科舉之論發明，已灑然可聽矣。《詩》之爲教也，志士賢人之所詠歌也，不得其人，則有懲有刺，以君爲人如是，其得於《詩》教深矣！則余又何必以齟齬於宋儒者爲君尚論之耶？

益相傳

益相垂髫時，從轉運使蕭公授經，蕭公爲諸生有名，好詼諧，相既得蕭公經學，文體時兼詼諧，亦傳其神意，或更便敏輳當，令人倒絶也。相諸生時至貧，伏臘無糟糠，怡然而已，間有脯脩之入，與友生剖而瓜之。既舉孝廉，久不遂，就教趙州，遷湖口令。每坐堂皇，率作利民事。湖口饑，相所以賑捄不遺餘力，每退堂食，則告其妻孥曰："吾今日出某政，行某事，如是如是，吾不能取民間一錢爲妻子肥潤。雖然，吾所貽豐矣！庶幾子孫振起有後人。"一日，上官至，相迎之，江風甚，挽舟不得近船，相曰："是不可以性命博官。"度上官亦未必即傅岸，歸止宿。而上官忽中夜至，無所發憤，提相所備魚腊嗅之曰："此餒魚也。"發怒去，竟中相。相坐左遷益審理。

是時益王好文學，天下遊士文客皆集王府下。相故能詩文、學作字，與王遊陪，王甚愛之，世子王孫皆延爲上客。王遂請於朝以爲相。府中尚有真相，相徒以理官加相名耳。居數年，御史行部，相與真相謁。御史曰："爾尚副相也，有其名耳，當列於理官，而同相謁何？"相投檄歸，御史謝之，不顧。

相爲人敦行孝悌，其先世自宋及今多有顯者，門祚寡瘠，墳墓失遺，相跋履險僻必尋求之。其先世家譜一字一事皆從手中出，遇父母忌辰，闔門垂涕。相爲人好飲酒吟詩，所居書籍遍其户下，壁上録古人雅語佳話，四堵殆週，楣柱之間，對偶詩句充充累累。讀古人詩，背誦散舉，自首至尾不遺其一字。客至呼酒，其内室賢甚，不拂相意，雖中夜至，肴觴潔蠲。相時召客鑰外門，酣歌排譃，客哇吐不任，酒流門下以爲歎洽。每孌童艷妓前唱，顧誤如周郎，時時反借其檀板曰："必如此唱乃佳。"所居室後地半畝，安庖湢，養溷豕，其餘闌以爲園，接木蒔花，輦古時塔石花下爲酒几。花發之日，延客匡坐，欣然樂之。

相爲人樂善諱短，有懷必吐，無所隱避，不拘拘小禮，其胸次開豁，笑歡終日而已，斯古醉吟居士、江湖散人之流歟？

相名應科，字弼父，姓諸葛，漢相後也。

林氏三世存没篤行傳

晉江西江之里，衣冠名族曰林氏，仕者颺於朝，居者信於鄉，莫不篤修懿德，敦行古道。余得其不仕者三世三人，而爲之《篤行傳》。

林尚新，字特起。祖曰秋江公嶢，貢士也，以子户部郎六川公性之貴，封户部主事。父户部公也。兄曰象川公一新，仕方伯。貢士嚴毅方正，以不仕終；户部、方伯慈祥敦謹，世仕爲廉吏，而三公皆没，祭于學宫之賢祠。

公篤志學問，自號"猛省子"、"懷畏子"，以聖門忠恕學問日儆日修，皎然無媿於幽獨。方伯公仕在外，付家於公。公不自私利，常推户部公睦族之愛拊畜族人。户部公有恤族之義田，田所不贍，公别爲區處，使不至寒餓。請於方伯公修葺祠廟，身當其勞，所尊先而奉者有三：曰遺行，曰遺墨，曰遺裳衣。族人殀死，塋葬之；流徙，歸恤之；同生姊妹無夫若子失其所者，廩之師之。嘉靖之季，邑有寇警，公挈家避城，而身守先人廬，輸公墾荒。姻戚避寇入城者，公皆爲綢紀，外倡其鄉之人築堡禦寇、捐地爲堡所，鄉人死寇者，招魂祭之，爲之掩於丘。平生與人處有終始，人之有事，如其自身，無所不盡力，至於自奉，蔬食布衣而已，出入徒步，緩以當車馬，嘗曰：“人生而有姻戚之愛、鄉鄰之好、朋友之交，皆與吾身接也，忽漫不親切是自輕其身。”故其所講於忠恕之學者，如此其不勸。公弱冠隸文學諸生，年未五十棄之，文學先生若郡太守皆驚曰：“此非茂才異等者耶？”固勉之，公不可强。時方伯公仕在外，公母太安人在堂，公既棄文學諸生，益以身無所係，奉太安人益朝夕至，退則治稼穡、課僮僕，親朋相過，論心酌酒。益爲所居鄉里修捍海之隄，濬灌田之淤，使其鄉人耕種無失業。

公没而鄉人悲號嘆息，若喪慈父。故梧州守丁公自申，文學長者也，作誄誄公，敘其孝弟忠信之行而謂之曰“君子”。公有子曰豫宗。

豫宗，鼎峰公中子也，字和仲，别號宅西。少事鼎峰公，鼎峰公期之，即其爲鄉人修隄濬淤，亦輒使公。公穎敏集事，悉能如鼎峰公意。鼎峰公嘗督過其長子，公時爲兄分搒，見其怒甚，權爲護走。公母孺人善慈，見鼎峰公嚴，不敢爲子道地，私涕泣也而減饔飧。公外承父顔，内譬其母不爲瘨痻狀。有醫人起鼎峰公母太安人疾於濱殆，鼎峰公感之終身，公即以丈人行事醫人。太安人最愛其少女若壻。女没，壻有繼，家已落，而是時鼎峰公亦没久，公召與爲婚以配其子曰：“以不忘吾王母若吾父之善承王母慈也。”其伯仲兄早世，公所以愛教兄子者若己子，以叔行父之道焉。有妹適鄧將軍，母氏愛之甚。妹死於將軍宦邸，公度訃至，母且慟絶，豫迎諸姑歸，使設説寬譬以紓其哀。妹無子，所以視妹側室子如自出。凡先祠之漶朽者，遠祖塋之迷没與諸父塋廢墜者，修治尋求必如意乃快。及鼎峰公塋有蟻、水之患，公傷見心，至喀血病殆，厝亡害乃已。户部公之宦也，先置族義田，其後欲爲貢士公祭田，力不逮，貢士公竟無祭田。公愀然告方伯公之子八柳公曰：“貢士公，吾家德人也。禮宗有德，貢士公祠學宫之祠，而無祭田於家，謂吾子孫何？且户部公有贍族之義田，族猶贍之，何況其父？請割數畝爲貢士公祭田，即户部公意也。善繼善述，是在吾兄。”而八柳不可，曰：“非先命也，挈瓶之智，守不假器，吾兢兢矣。”萬曆初年有履畝之令，其族義田有溢焉。溢九畝,則請割其溢又不可,於是共别圖埭田海蕩爲貢士公祭田。然田若蕩薄甚,公終不快,竟念割義田曰:“吾不敢逆吾八柳兄。”走其子茂先於五河,見五河令鄭申甫氏,請以告八柳。申甫於八柳公爲親表,曰:“必得賢表弟之一言。”然茂先走至真州已没矣。申甫聞之,而致命於公曰:“二仲氏莫不爲其先世也,人各有見,吾烏敢强之!”則割其俸資二十金上之母夫人,告母夫人曰:“請爲貢士公祭田,使貢士公得享於幽,亦曰:‘吾孫女之饗我也。’而以竟公之志。”

茂先,字敬冲。宅西公請置貢士公祭田不得,使之見申甫於五河,而茂先客死於儀真。先是,宅西公之使茂先也,茂先以告其婦曰:“有離憂也,吾不樂往。”婦曰:“盍辭諸舅氏?”茂先曰:“父命也,以死誰懟!”忽忽跋履,饑渴衣襖之不時,卒如其言。訃聞,宅西公曰:“悲哉,吾子也!令吾子有求於五河,亦曰夫夫有子,無所衣食,使餬其口於四方,而今所使五河也,爲父命也,爲吾祖之祭田也。悲乎哉!吾使吾斯子也,而無所不往,可謂盡心竭力,不避艱險。”敘其平生而作文以誄之,其辭曰:

吁嗟茂先,予何忍言?何忍一言,而忍無言。余年廿八,舉兒不凡。予考不及,祖妣愛旃。伯考方伯,時置膝前。循循率教,已在稺年。稍長孜孜,莫之或先。椓家多故,抑鬱辛艱。統言兒生,剛亦冲純。學問見大,矩矱具存。篤孝勇義,靡計煩冤。愛憎外置,志慮内堅。予素重本,父祖拳拳。見或異同,憂憤靡宣。嘔血遘疾,中懷如煎。乃若此兒,隨事身肩。祖墳吴山,流坑之堧。亦有澄澤,廢缺不全。我祠演慶,尊我家賢。我祖祀事,不備豆籩。祖之有墳,樵斧牛牽。我考祔塋,水漬蟻穿。我兄權厝,未頓下泉。如我老骸,莫有兆阡。我食我衣,海入我田。所不長堤,孰障孰完?我思我憂,實公匪專。不有兒承,余心殆焉。亦曰析薪,有子荷胼。亦曰搆堂,有子楹枅。靡堂靡薪,我莫遺延。嗟兒竭努,髓竭心乾。兒侍我病,我狀無端。靡思不到,靡慮不刓。出户跪牀,履跡恐聞。索在左右,視親糞便。予子喪二,寬我强顔。拮据勞勩,有瘁彌虔。不蓄尺布,弗私一錢。撫弟育妹,輟食罷眠。發憤公正,愛顧諾然。困厄死喪,如身痌瘝。觸禮而恭，匪仁不肫。嗚呼此兒，有難顯言。匪難顯之，復難盡言。骨體健固，志氣昂軒。嗜慾疎淡，文采嬋娟。爲我涉遠，不及報旋。雪墜霜敷，余心糾纏。

於是，余同年參政林公從奐及申甫氏皆爲傳以志君，而何生喬遠次宅西公之誄而識之，引經而贊之曰："《禮》云：'事親有隱，無犯左右，就養無方，服勤至死。'其敬冲之謂夫！"或曰："父誄子，禮耶？"曰："賤不誄貴，幼不誄長，哀公魯君而誄仲尼，禮也夫，禮也夫！"

何生曰：自仁率親等而上之至於祖，自義率祖順而下之至于禰。古之君子孝且敬祖若禰也。而今也等上至禰，祖則漸忘之，至于順而下之至其子孫，即爲之心周而意繫。夫後之子孫，不稱吾祖父哉！吾忘祖父，彼亦自繫其子孫。世之人多順而下之而忘乎等乎上者，何也？楊子拔一毛利天下不爲也，墨子摩頂放踵不得哉？亦卒以爲墨，蓋聖賢之道有漸施焉。予觀林氏三世有存有殁，有耆有夭，至其行事皆上念祖宗而後下及於孫子，先治其家，理而後廣之鄉族之人，即頂踵放摩不謂病。余傳之曰"三世篤行"，不信然哉？不信然哉？

王孝廉傳

吾泉理學之盛，自蔡文莊、陳布衣而後興起者僅僅，其當予之身所見三人焉，布衣陳欲潤、諸生林甫任、孝廉王鏞也。

鏞，字庚鑄，以庚戌生，其尊考夢得之，喜曰："是孔、朱二夫子生年也。"而字之曰"庚鑄"。長有志聖賢之道，覃精會思，手筆識之。既舉于鄉，七上春官，兩行不及，亦其亡意世途而欲抱聖人遺經以終老者。歲丁未下第，歸遊山東，卒濟南逆旅舍。家僮圖輕裝，取所著書火之。喪至家，其弟鍔驚問挾去所著書今安在，則已火發，大慟，而搜家篋中者次之。

凡鏞之言曰：天者，道所從出也；性，天命也。吾人日用飲食、彝倫事物，皆有天命貫其中間，而昧者以爲日用飲食事物而已矣。凡學不本天命皆僞也，故曰"誠者，天之道"；夫子罕言命，非不言也，其教人乃在居處恭、執事敬、與人勉。勉勉循循而爲之,故曰"下學而上達"。下學上達,孔子至命之學也。

鏞之言曰:聖門傳道,顔、曾二人耳。顔悟而默,夫子擬之愚;曾悟而遲,夫子目之魯。此兩人聰明不外露而内含,故曰"忠信所以進德"也。夫子何不曰"十室之邑,必有明敏如丘者",而曰"必有忠信",是聖人之學也。

鏞之言曰:孔子教人皆有所憑據操持。語仁也,曰"克己復禮";語禮也,歸之視、聽、言、動。視、聽、言、動有所憑據操持矣。禮即仁也,仁道大,故言禮,禮尚大,故曰視、聽、言、動。仰高鑽堅,瞻前而忽後,仁道大也。約我以禮,罷不能矣。

鏞之言曰:爲學本静,静則聰明。思慮不得外而含内,含内而後有真聰明、正思慮,非耽空守寂之謂也。心不動,耳無意,必固。我之謂不動,然後能常樂。静非耽空,寂樂非弄精魄。天地萬物、古今宇宙渾吾一體,莫匪静中生機。有事焉而勿正,心勿忘,勿助長之謂也。

鏞之言曰:立德在剛。凡德之所不立,私欲累之耳。私欲在人,如油漆相混、藤葛相蔓,惟剛可以分之而立剖,可以剗之而立絶。《乾》之龍德六位時成,要必先有此乾體,其歸之無首疑類非剛,乃其斟酌進退於潛見惕躍飛亢之間者,此非有大中至正之體,而無一毫邪倚之係,非極至純至粹之精,而無一毫渣滓之累者不能,故曰"剛健中正,純粹精也"。純粹精乃所以爲中正,中正乃所以爲剛健。

鏞之言曰:士君子有志聖賢,必超然自脱世俗□輩而别抱一胸襟,别開一眼孔。世俗千千萬萬人,千千萬萬胸襟,總之世俗胸襟;千千萬萬眼孔,總之世俗眼孔。夫以千千萬萬胸襟合爲一胸襟,而我一不世俗胸襟不能與之争;以千千萬萬眼孔合爲一眼孔,而我一不世俗眼孔不能與之争,士君子所以貴超然也。

鏞之言曰:世事人情也,一進退必點撿,使成學問之進退;一辭受取予必點撿,使成學問之辭受取予;一動止語默必點撿,使成學問之動止語默。内外關鬲,交融互透,出之無阻,行之無碍者,真學問也。日積月累,飽滿其中,盈溢於外,自無往不見意趣之流。故嘗觀學問深一分之士,自是深一分氣象;學問淺一分之士，自是淺一分氣象。

鏞之言曰：君子處世，惟有反己恕人而已。反己者，必能恕人；恕人者，惟有反己。聖人所以游世不礙，用此道也，舍此更無涉世法。

鏞之言曰：夫人不欲爲君子則已，欲爲君子，百事自當加謹。蓋人而爲一尋常人，則人自寬之，彼其自待固如此矣。既爲君子，此身冒一君子名，則衆目交視，衆手交指，所爲善，曰："彼固合然。"一有不善，則曰："彼平日君子自命，今何若此？"所以爲戰兢惕厲也。

鏞之言曰：人被謗而辯者，繇自信自修未至也。苟其自信之真，何必與人辯？苟其自修之力，何暇與人辯？

鏞之言曰：吾儕欲自立，最不可避迂闊名目，入就圓通，纔一避迂闊就圓通，其流將無不至。今士節所以日趨於卑，人心所以日入於敗。故士君子立身當隨所在，即以維持爲己任，勿云有人在，可推諉，從來維持世界止是一人而已。

嗚呼！讀其言知君之爲君子也。故曰："誦其詩，讀其書，可以論世也。"君自少知孝，五歲種痘稍愈，請尊考取筆作書，即書"老萊子孝奉二親"七大字。尊考啖之蔗，囓而傷其齒，即啼不食蔗，後竟不食也。執尊考喪，每飧二合米、數葉菜合煮之。陳布衣題君齋曰："今世誰有如王庚鑄行古人道！執父喪，蔬粥三年，未嘗一啓齒笑。庚鑄孝子矣！"尊考没後，圖像不肖，旦夕泣柩下，求假靈於圖工圖肖，因記其遺言遺行而藏之。事嫡母曲盡孝敬，事生母雖孝，然終嫡母世不敢與齒。嫡母所産姊寡而貧，致月米，存問不絶。撫弟鍔無有分財分身，舉其先祖妣若父若嫂、節孝五人，十餘年而始得旌表，而不憚爲之。鍔曰：凡吾兄孝友事，皆人所不能爲、不可爲、不必爲者也。至其教子不急舉業，第曉以孝友大義、立身本領而已。

君沉静堅忍，渾厚洪深，得失不介，喜怒不形，其言訥訥，其步徐徐，其貌迂迂，其行疎疎，其表温温，而大義所在，必爲必止，賁育不能奪也。爲秀才時，故事，諸生迎院司於道左無跪者，其後諸生始自絀跪。君院司至，未嘗不出迎見，班首跪，則輒遜去。趙撫臺者，欲求賢師以囑觀察，觀察求得君，而君已先受聘甘廣文所,固辭卻之。甘廣文曰:"此吾上官也,足下奈何重名義慢吾上官,而使見怪我乎?"不得已,往。既至,撫臺待之甚隆,謂曰:"他人求爲撫臺西賓不可得,先生求不爲撫臺西賓而不可得,真吾兒師也。"館二年,未嘗一事干,而獨爲言諸生道左跪迎事。撫臺出視屬郡,將至泉,貽君書曰:"從今迎院司先生可無遂去矣!"君爲其先祭園事與有力者詰争,有力者訟君提學,提學批狀端語峻切。適客來視,留之飯,家人驚恐來報,君漠然不動,終飯而辭客。既見郡太守,太守亦峻切。諸生被訟者率以囚首見,君獨青衣小帽進。太守目攝之曰:"迂儒。"竟直也。始君爲諸生時,年十五,提學姜公寶則美之曰:"骨鯁小秀才。"君作文不肯蹈襲,其試棘圍,二三場皆必自作,以故遲不能就卷。最後遲就,而監試御史寬之,卒中選。是時,主司爲翰林楊公起元,講聖人之學者,見試文大驚,遂見録,是爲萬曆戊子歲。君雖應公車,恬仕進,以故七上春官兩不及,不獨其試文遲。既久,人皆勸之仕,君曰:"吾而仕,必變吾心腸,必變吾面孔,必變吾口嘴,必變吾腰膝,乃吾則烏能變哉!"而竟以卒亡所得大就,天也!

何子曰:文中子生年二十餘耳,至今知有文中子也。吾鄉蔡文莊所以推重於世者,以有《密箴》四十餘條,王君所論,當亦無遜,得此數條,其餘焚之可矣。余讀《霍文敏集》,見所爲《李子長傳》,王君或時有迂節,殆類之,然乎?

鍔亦有志聖人之學而與予善也。

余高士傳

余草崕高士者,山人焕尊甫,名楠,字仕茂。焕爲人逡逡不出口,好文服義,不輟於躬。予及諸公皆與焕交好,而不知繇草崕教之也。草崕之言曰:"男兒志在四方,奈何儒衣冠而市人其心?捫一錢,汗出不忍釋去,此名'守虜',不願汝曹效之。"又曰:"人生一苦器也,豈必富貴成遂哉?學而明人倫,治生立家,不爽其度,此名人耳,其他俟命於天矣。"今焕果儒衣冠而儒心,足名人也,尊甫之教也。

焕語予曰:"先人十四而孤,依母爲命,所以事母至孝,處兄弟至友。有季父二人，一爲邯鄲令，一爲合肥校官。予先人所以提示之，皆用恪節致遠爲期，即所以教吾諸伯叔父之子亦如其己子。兄子有肺石之搆，予先人贖脱之。仲母病，予先人護視亡怠，死也，歛以吾母嫁時衣。悉出敝廬讓兄弟，自以勤儉之羨作一小屋貽焕曰：'此蝸殼也。蝸不自濡以之上壁，則殆矣。吾所居汝，聊寓此意。'予先人坦夷無城府，用禮自約，雅不以口郵傳人過，遇公正則發憤，人未嘗不服其辨而忘其詘，於適者曰司馬君實所爲可對人言，雖未能至，吾心勉焉。閲嗜書史，評隲詳當。所居搆亭累山，蒔花秇樹，容膝而已，視天地間無踰也。邑中名哲前輩，皆稱予先人今人而古心。子好予，予先人隱德漫滅不恢，宣將無以見先人地下，予用悼懼，亦子之責也。"予曰："唯唯。"次其語曰"草崕高士余先生之傳"。

莊少司徒公傳

公姓莊，諱國禎，字君祉。將生時有巨人現夢於公父封按察公，示之以名與其科第年歲及其爵位之躋，而誡曰："慎秘之，勿語人也。"及生，黧然黑矣，數日聲喤喤也。封按察公心喜巨人語我不虚哉！年十三而爲郡司理張公元所器。明年，直指王公瑛按郡，司理以告，直指公召入試，大奇之，以屬兵使陳公洙與俱至會城。既至，以屬學使者田公汝成。田公試，復大奇之，得就試行省，爲分校者所賞，格額不獲薦。直指愛公甚，召與鹿鳴之宴，郡人迄今傳爲勝事。王遵巖先生以文章名一世，休居里中，爲其愛女卜偶，召公試，又復大奇，遂許儷焉。年十八就婚遵巖先生家，而學問益進，年二十三領鄉書，爲嘉靖己酉歲。三十六當嘉靖壬戌進士，其舉于南宫，列名第九。蓋考功郎吴公承燾得公卷，擬以魁天下。適公卷爲從史所汙，逡巡不敢呈主考，而請於副考吴興董公先言之主考公而後敢進，以故僅第九矣。主考者，少保袁公煒，而吴興董公則學士份也。

需次授會稽令。此時分宜相在事，中外交賄，墨風大熾，視爲固然。公當上賦行省，賦長以例金數百進，叱曰："胡爲者耶？有復我抶殺汝矣！"相顧咋舌，乃有此人，自是一切羨金俱絶，至不費民間一蔬一茗。歲時修禮上官，若諸乘傳賓客,不廢敬而已,未嘗以寸絲自奉,亦未嘗以寸絲遺人也。民以訟至者,召其鄉三老與俱來,不攝之,臨讞出數語立剖,剖竟,手傳爰書立示之,不終訟者聽,掾與胥亡所得一錢,輒求去。公曰:“毋令我在也,掾得保其終,更牒博一官,胥亦得貼席卧,不至餒,何如往歲什九論鬼薪者?”皆泥首謝。山陰令闕,承檄兼治,治如會稽,暇亦如之。

有趙日新者,諸暨人也,年二十爲邑諸生,其族有以掾得冠帶者,故貲饒子姓,又衆族人皆逡廵事掾,而日新之父從其子爲諸生後,所以事之不如昔,掾大恨。會其鄉人有以久病死者,夙於日新父有睚眦,掾嗾使訟日新手格殺之,而身率族人爲証,更數官無能白。公始見日新,心驚曰:“是孱然弱歲也,而能手殺人?”既攣獄詞,文致甚未有决也。既就讞,曰:“言日新不殺人者左,言其殺人者右。”衆皆趨右,中有衣綈一人曳履過,大言曰:“日新信殺人,明府無疑也。”公心念族有一諸生也,即不幸扞法,猶當隱之,而何證之彊?衣綈衣曳履者,掾也。遂趣大杖杖掾,曰:“汝實誣日新。”掾争之彊,而公杖之痛。諸趨右者竊竊相語咎掾,公微聞之,乃再問曰:“汝曹今尚右耶?抑走而之左?”皆匍匐進:“微明府,我曹乃不敢言。”因備言掾所以,而日新得無罪。凡公所折獄,未嘗巧爲鉤鉅摘發,其臨機觀變,察言測色,洞晰微曖,亡有匿藏。其持法平恕,有死獄,爲之百求生,久枉繫者,尋端解釋之。旁郡有獄亡慮十數,或其滯者以數十年,皆必待公决。然至法所不容,雖有勢如山,不爲動矣。

公曩舉進士所主會試考少保袁公者,慈谿人,其家距會稽不數舍。其内戚管夫人弟將之京,挾舍人子俱,假傳符,所在要索,過當徑東關,憾其丞所以奉之不如意,持馬箠箠丞,破額流血,郵人被重創以十數。公曰:“是尚有三尺哉!”亟發健卒捕之,笞而繫之獄。諸上官聞之,人人頓足曰:“莊令,書生也,不解事乃爾!”張直指科爲下檄郡中,徑出繫者,乃得僦舴艋遁去。此其棘棘不阿,視諸平恕持法者異也。

公治理流聞,先後上官,人人倚重,中丞直指推轂爲浙中數十城最,而直指龐公尚鵬知公尤深。龐公鋭意行賦役條鞭法,諸郡邑吏相顧莫有任,獨公推而行之,邑大稱便,而龐公緣以推之全浙,其後他省無不踵而行之,實始公也。丙寅,詔徵可給事御史者,而公於邑爲第一人。先是,公之縶治袁少保舍人子也,少保聞,大怒:“令也,而又我門生,一至此!”乙丑當大計,移札司計者必去公,而其時故冢宰陸公光祖爲考功郎中,力持之曰:“是令也,宇内少雙,何論兩浙?必去令,郎請解印綬。”御史大夫王公廷自督漕入,稔聞公,是陸公言,乃得免。然少保公意恨甚。其明年,少保殁,而公始得以茂異徵矣。

既至京師,當穆廟改元,爲隆慶丁卯歲,選授户科給事中。上初嗣位,未見所發見,爲虛己望治,而一日有詔幸舊裕邸,禮臣争,不得。公疏言:“陛下舉動,億兆具瞻,當臨御之初,尤當謹慎終之慮。一幸不已,或至數幸,數幸不已,或至遠幸,此理欲消長之幾。而告君防漸,禮臣所以懷忠拳拳也。願毋以從諫爲難,毋以逆耳爲憚。”時方蒐世廟以來罪廢諸臣,不次召用,而一二麗法者間亦濫及。若郭宗皐以不能禦邊塞上,游震得以不能禦倭閩中,皆被推擢,公皆論罷之。當廵視太常光禄,按内府諸監局匠作籍,有自弘治初年支給酒食,及是八十餘年未已者,歎曰:“敝至是乎!”乃去其尤甚者,條上爲議牲價、議冗食、議冗役、議器皿四事,下所司行之。其秋,虜大入,破山西諸縣,詔廷臣集議防守策。公條上十議,亹亹數千言,於諸公中最詳確,而所謂慎行邊者,言比所遣侍郎遲鳳翔詘不可任,而當事大臣不悦之矣。

亡何,以次遷公於工科右給事中,屬其長闕,署科事,兼廵視諸廠庫。日求耗蠹而櫛爬之,有連中貴人者裁如法。中貴人夙聞公,亦亡敢撓也。所省水衡金錢甚多,而一時同官忌公才。有山西王某者,太宰鄉人,密言太宰,公於乃公將有所論列,太宰意不能亡動。會當推歲例外補,以公名上,而按察僉事之命下矣。是其所轄浙西三郡,三郡故稱膴饒處,而治所在嘉興,南北孔道,冠蓋結軼。公所用約畜自將,與所未嘗飾共具邀賓客,聲大都如其爲令時。至其汰墨吏、討軍實、繩豪强、弭姦慝,持法視令差嚴,曰:“法官,職也。”地當水鄉,盗易出没,伺間焚剽,旋鳥獸散,不知所之。公以策授干掫者,往往窮得之,三歲間境内晏如。庚午秋,當有入棘之役,直指周公禧素重公,藉公取裁而録文復以請公,其純雅名一時。

辛未,遷江西左參議,半歲遷廣西按察副使,鎮永寧。永寧故古田縣也,自韋銀豹等平後進爲州。公在鎮,當新造之會,芟荆棘,夷道塗,築城垣,繕館舍,正疆理,集流移,孳孳爲經久計。而銀豹之族韋狼要者,復糾永福、陽朔猺以叛,所在爲梗。公設購,生得之,其餘黨猶嘯聚。屬督撫受命,方有討懷遠之役,藩臬諸道各事行間,而議賈其餘勁,以靖諸附近竊發者。既剿陽朔,而洛容縣又告變,更移師剿之,以及永寧、永福、柳城諸峒悉平。公先後與督諸將,且覈首功,事聞,賜金幣與增歲俸者再。

可一歲,改視學江西。崇孝友、重隱逸、抑浮競,每行部進諸生,各就所質爲之詰難敷析,融洽穿貫,人人虚往實歸也。時江陵相當事,更畀璽書限進取之額,而時苦其太狹。公因地爲政,衷多寡行之,不戾法,亦不至妨才,人樂公善劑。相聞,亦無以罪也。故事,將入棘,直指得都試士,然往往藉爲倖竇。既撤棘,則直指張者以其都試所收檄公悉以充諸生。公曰:“充諸生出直指耶?”尼不行。直指風諸藩臬爲言公,公自如。會將大計,分道求公亡所得,而公遷左參政於廣西矣。己卯,遷廣東按察使,至則復有入棘之役,直指龔公懋賢所以藉公取裁,如其在浙中。亡何,上計京師所澄汰皆平當,雖鄉與舊亦無所私計。事畢,未抵官,遷雲南右布政。不數月,函表入賀。事竣,而遷廣西布政使。道聞封按察公喪,歸。服除,補河南。

河南周宗衆多,數至累萬,仰給藩司。值歲侵,有司徵不時至,數群聚譁。公至則爲請發往歲羨給之,而徐議補。與諸長吏約,凡徵,先其急者而次第其緩者;凡給諸宗,先其貧者而次第其富者,諸宗人人以爲使生我。逾歲,大祲,兩河間流移載道。公於一切荒政設誠致行,選擇倅之賢者分地界之,督率長吏,以時察其盡力與否爲殿最,諸郡邑無不竭蹷從事,民藉以全活不知其幾。上弟潞王當之國,國衛輝。先是,有廢邸而址稍陋,議拓郡城三之一,中貴人銜慈寧旨莅之。公所爲計經費、節浮冗、寬力役、調暴横,拮据甚,事以就緒而民亦不困。

戊子,遷都察院右副都御史,廵撫江西,公於是三入江西矣。其士民望見棨戟，引手加額。公從容延接問疾苦，則歲比中水，前都御史請於朝，乞改折漕糧三之一，不報。乃疏言："臣日者待罪河南，陛下不忍民窮，自發臨德倉米，外准改折三歲。江西之民，獨非赤子？願一視之。"報可。其明年，復大旱，公下所司議括贖鍰，借商税，發倉穀，分部給賑。復疏言："往歲被菑猶什三四，今歲環省無處不菑。當此之時，議賑難以遍及，議蠲亦徒虚名，惟全折南北漕糧通計可百餘萬石，大抵民間本色之費，每二石而致一石，是官無所損而民實受百餘萬石之惠也。惟陛下哀憐。"復報可。於是，下令弛刑緩徵，停不急之役，革浮靡之費。長吏以下有不率者，亟法按之，閭里間霍然起色矣。大盗劉汝國等稱亂安慶，李圓朗等稱亂贛州，先後與其帥合策捕之。事聞，復賜金幣。庚寅，廷推南京刑部右侍郎，得命甫受代，會户部右侍郎闕，復廷推，復得命。未上道，聞太夫人喪，歸。俄吏部右侍郎闕，復推公，及聞遭喪，廼止。而公自是不復出矣。

公狀貌瓌瑋，廣顙豐下，望之肅然，徐而即之，乃寬然長者。人有一善，推揚獎借如恐不及；間有非意之來，恬然受之，亦不復挂胸臆，恒謂昔人"理遣"、"情恕"兩言，終身誦之可也。人世紛華，靡麗種種，視之泊如，生而固然，非矯爲異。與人語，好稱引國家典制、前輩長者節概行誼，旁及今昔人情風俗、善敗汙隆之變，聽者悚然有所感動。居官奉法而行，耻養交借譽。其爲給事中，華亭相方柄國，而新鄭相所爲軋之已見端，其私人有爲之弋致公者，公不爲動也。江陵相得柄，雖恣甚，而猶好收羅天下賢者，見爲知人。一臺史將不利於公，密以請相，相曰："置之，賢者也。"公聞，竟不往謝。相最重客，公給事時有與之往還者，又或同年夙相善，公以入計入賀至京師，數示意於公，欲致之相所，公遜謝而已。其於儒先家言治之最深，所爲制科業最有法，所至鑒别得名。自其令會稽時，首得故大宗伯羅公萬化於諸生中，謂其可魁天下。以令與浙闈試，所薦皆知名士，連得雋南宫。督學江西，所得尤盛。西人稱學使之賢者，推公也。爲文典重深厚，詩春容渾雅，然常以仕宦所至，宜精勤職事，故自少作。家居，當路諸公干旌相屬，有所諏詢利害，未嘗不以告人；負枉不能直者，語次間爲直之，然絶不令其人知也。中丞、直指先後論薦無虚日，而公若爲不聞也者。

公子懋華,今爲廣東參政,以萬曆己丑成進士。當其始爲郎時,或以使事過家,依依膝下不忍發,公輒趣之曰:“不聞簡書可畏耶?”己亥,參政君有蜀中督學之命,又復依依不發,又復趣之曰:“吾父子經術淺薄,再世受上恩得教士,古人叱馭是何爲者?”癸卯,參政君入賀,念公老,疏乞歸養,不報。公曰:“耄我耶? 吾方從郡中諸老登臨賦詩,吾齒先諸老而濟勝之具不後也。”公歿,參政君在里中,得視含斂,執手訣。列官卿貳,享年望八,有子以金紫侍奉訣别,於人世福澤厚矣。公之年蓋七十有八,歿前兩月,日將夕,有大星隕宅東南,而公應之。

何喬遠曰:孔子思周之先有及見之歎,而鰓鰓然先進之是從者,何哉? 大凡有國之初,其風俗皆質實淳厚,其君子宅於中正,蹈於規矩,無皦厲振捷之意。其中情純白,持守堅定,久久而後知其人,密察覆按之,而復見其心也。司徒公有吏才不見其吏才,有風力不見其風力,有文章而不見其爲文,有武猷而不見其爲武,觸之即應,叩之即動,居常無事,若遲頓純魯不適於世,此如青天霽日,高山大川,雲興雨作,雷擊電流,而要歸於恬澹清晏。孔子所爲思周之先而必從之以爲埜人者,其在斯人歟? 其在斯人歟!

陳觀察公傳

南安有志齋陳公,起家進士,浮湛州縣,歷官觀察,致政而歸隱於梅山之麓。梅山之人,質平決疑無告者得伸雪,而豪暴不敢爲非,盜賊戢戢斷絶,則相與立公生祠以爲畏壘。公歿之日,載主迎神,或式或憩,不啻有道之碑、羅池之廟。

公居官大都冰蘖自持,骯髒厲節,有言必吐,無隱不可使顯。公之見服於人以是,而其適弗逢世亦以是。始仕爲南户部主事,督倉江浦、鳳陽間,除姦蠹,清出納,收支之人無所與爲難。轉禮曹郎,出守揚州,積案滯冤如帚掃塵,獄衰訟止,庭以無事。左遷守郴州,抱其夙秉,無所鑽刓,務盡下情,除厥不美之俗。郴男子婚而抱子,尚且不冠;父母初死,鼓吹三日,名曰“鬧喪”,葬時如之;舉女棄焉,民多無妻;夫有病篤,妻則行嫁,取其聘資,謂之“佐殯”。公一切禁除之。所治猺人自爲繩約,雖偷一鷄,罪至抵命,有官不平,欲行以中國之法,猺人立表唱變。公檄撫諭,但如其俗,群猺遂靖。轉撫州同知。撫故多盜,公至,大申緝盜之令與誣盜之條,盜捕得真,申達上官,撻之通衢,立斃杖下,與異時吏掩盜不敢上聞,得盜不置之死,待其扳誣夤緣以爲苟免者大有間矣。以是,撫遂無盜,郡以大治。復入爲禮曹郎,出僉江西臬憲,分察湖東。承大吏以道,馭屬僚以禮,民間興革利病當言當爲,上無伺指,下靡狥情,剷削一切委曲彌縫遷就之術,竟以是取忤歸,則方强仕之年耳。

公居貧不厭,好學不倦,遺外聲利,愛慕善美,隱居梅山,獨以讀書著文爲業。其所讀書,漁獵百氏,無論經史,著爲文章,悉有關世道,時寓平生感慨之歎,公正發憤之意。好聞朝家政事、里巷謠言以定人倫之鑒,斷流風之漸,其所繫心遠矣。所著有《清德堂集》、《宦譚類抄》、《世紀諸篇》。得年八十。名學伊,字某,志齋其别號,其成進士在嘉靖壬戌之歲。

何生曰:世人游人而公游天。仕也,其游乎人者也,求之有畔,是以失。公隱也者,游乎天者也,公與爲無畔,而人率以公爲天。夫爲政一鄉,能使一鄉之人生而仰之,歿而思之,此莊周所謂"真人"者也。

黄參知公傳

公姓黄,諱思近,字某,别號似山,邑南安人。父瓚,仕瓊州太守。母太恭人將舉公,夢有緋衣者降其室,旦而公生。舞象受《尚書》,弱冠補弟子員,嘉靖壬子歲偕計公車,壬戌成進士,以次當銓令。故相華亭徐文貞公於瓊州公同年莫逆也;大司空萬安朱公,公所受知,於是爲學使。時也,公當銓,而萬安公謂公曰:"子見徐公可得内補。"公曰:"内外,王臣也,某聽主爵之所授。"既就銓,得令分宜。

分宜者,嚴相之里也,是時相逐矣,顧其焰在,而海内士大夫未釋憤,朝論尚有所深求。公不以故相之餘焰曲法於其舍人子,亦不以朝論求相之意爲之引繩而批根,而分宜令用長者聞矣。秩滿,召入爲户部郎,屬有榷關之役,當事者多以地自占,次至公。而尚書馬公者,吾閩人也,公即請司徒公,不自取善地曰:

“庶幾家大人藉公桑梓之歡，而某有辭以白家大人。”於是，得榷武林。武林之於潛，有税様例金也。公不欲明謫之，第屬於胥役曰：“今而後，輸税様者必明委於庭。”於是，越之人遂以公與故少宰廣信楊公爲兩水部，蓋以兩公之囊如水云。還，晉郎中，出守襄陽。襄樊地沃而民湊，貨集税饒。往時，在事者一歲數榷樊，公守襄陽垂二載，一至耳。已，丁内艱，而江陵相謂人曰：“令楚守盡如黄襄陽，循良有傳矣。”釋服，再守饒州。饒舊有藩封校尉，而下用食齒繁削侵漁，而間以繁削溷餍於有司，公日加程約而日加優給也。公既以典郡累治平聲，於是，虔州兵備使者缺而遂領虔節矣。公領虔，瓊州公春秋高，念欲歸養。瓊州公曰：“虔，吾舊治，孺子好爲之。”蓋瓊州公舊守虔云。

久之，瓊州公捐館，公參政滇南之命亦至，公爲弗聞也者。歸而徬徨苫塊，栖止窀穸，若不問宦游事及京師新貴人，故癸未之計，公有蜚語，而少司寇餘姚邵公以都御史受事，邵公嘗以御史按楚，知公襄陽之政，攘臂而白。公服闋，起家參知粤東藩。閩粤接壤，陽翟少年往來其間，類多覬覦以爲乾没。公用公法治人，無敢干撓者。督撫連江吴公知公也，一切司篆有缺，悉畀公攝之。丁亥之歲，移憲六詔，加尊矣，而久之復參六詔政。公旬宣六詔，先後六年，旦夕所奏記吴中丞則以滇之帥重，宜裁跋扈之漸；滇之緬藩宜開三面之網，不者，將滋桀驁、開殺僇，萬里之外，冥傌可念也。旋而奏績，兩拜帑金之賜，而公尋自免歸矣。太倉相王公知公，再三勉留，公不應也。

公牽絲解龜三十二年，其於華亭則稱世誼子，於吴縣、太倉則稱簪盍鴈行，又江陵、分宜稱父母師帥，然未嘗以一書一幣自通。惟其居官未嘗以錢自溷，故自守也堅而待人亦介。公事父母至孝，母病，衣帶不解。即丁母艱歸，出橐中俸餘搆園亭、蒔花竹以娱瓊州公。待諸弟，雖非同産，曲有恩意。弟蚤亡者，撫其孤，視其子。家居二十二年，不輕造公門，未嘗以聲色意氣加人。於人不任受怨德，而家人亡醇謹跅跎莫不嚴公，至奉公顔色，如坐春風中也。生平不營貲産，陶情塵表，出鮮峻罰，入鮮苛讓，歸賦徜徉，偕諸大老枕漱水石，結詩社自娱而已。年七十有八卒。

始公之爲分宜時也，而同年某子甲爲郡推。某子甲受意於華亭相，有所齮齕，嚴氏子勸公同之。公曰："此自撫按事，吾縣令官卑，何得爲之？"某子甲曰："相君有意。"公曰："君自爲之。"某子甲尋陰揭嚴氏子於朝，卒罹大辟，而某子甲以是得擢爲銓司。及華亭相去位江西，人惡某子甲之所爲，必去之。涇陽李肅敏公爲考功，來問公某子甲之爲人，公曰："某子甲誠過當矣，顧當是時也，嚴氏子肆爲横於里，孰敢攖其鋒？而某子甲先爲之，其意氣有足尚者。"於是，李肅敏公歎服公所言，登車去，而某子甲竟以亡害。予謂公不爲人引繩批根而稱公長者，以此也。

何子曰：黄公之爲長者，豈獨其處分宜與某子哉？其所奏記滇中丞是□，予昔備官京師，嘗問諸滇人，緬之不靖，作何處也？滇人曰："孰敢不靖，吾自騷之耳。"蓋今天下治邊，北虜亡論已，其餘皆有信義，可撫而歸之，置而不問之也。然其人所使邊不靖者，皆以才與位顯，而公修之不知，圖之不見，而僅栖遲藩臬，何哉？然以此益見公之爲長者。

許方伯公傳

國家之登於理也，必有惇大博碩之臣分猷宣力於外，而吾仲葵許公當之。公諱國瓚，字鼎卿，登今上丁丑進士，授南京禮部主事。奉尊人諱，服除，改户部主事，轉廣東僉事、貴州參議，以罣累，左遷郴州守，復遷南户部員外，三載出守西粤之桂林。銓曹以公習其地，遞遷憲副大參，皆不出西粤。既以入賀行，銓曹益知公，畀公大藩，遂晉山東按察使。自山東以入計行，辭闕抵任，朝議推公邊才，更晉江西右布政，命方下，公遽卒於山東官舍。

公爲人精采敏贍，克勤小物，與人坦易明白，不設城府，慷慨重然諾，慈惠煦沫及於輿隸，所至繫思德政之碑、俎豆之祠、名宦之志，往往而是。譬出人誠，當無色愧。歛歷中外三十四年，宦橐清貧，没而三老、文學請祀公學宫。所謂惇大博碩，爲國家分猷宣力，其人非歟？

公僉憲粤東，駐海北，處置珠賊得宜，所全活甚衆。殄定李茂等叛黨，兵不血刃。時有被虜脅從者已在刃下，察其冤狀，立出之。其在粵西分臬右江，駐賓州，州故八寨盜藪也。異時，邀功者輒議出兵勦滅，公甚憫之，撫綏三年，不傷一命，地方清晏，群猺暢息，賓州之民哺啜安居，無干戈賦役之擾。公所在惠政在人，而賓州之祠尤甚，其祠田至百餘畝，蓋賓人所以德公大矣。公兄孟葵公爲憲副，二難競美，宦譽相輝。公登第先憲副公，其營喪治塚不以分責，處二弟甚友，囊橐公之，内外姻戚推恩周恤，不憚餘力，助喪舉婚若償負然。粵西入賀，不當公行，當行者憚遠，公自請代之。其處昆弟親黨朋友之間如此。公恥以脂韋逢世，是以久淹宦轍，世知公且柄用矣，遂爾捐賓客。然世雖惜公之不延，而一歲再遷，遷皆中土大藩，亦以見持正守道未嘗不得遇合之効也。

何子曰：予觀前輩諸公所繇致大位者，其人皆遲鈍樸實，知無不爲，而勤以集事，公其然耶！公而存者翕倐九列三事矣，嶽嶽大藩，尚不究施，天耶！天耶！

漢陽太守傳

漢陽太守所謂太上之人耶？舉進士，郎户部，職事之外，閉户而已。或時以杯觴會一二故人，訥訥如也。出監兑江西，嚴束部綱，軍民無所得囂争如往時，督兑者禀爲式。出爲袁州太守，但知清而已，一錢不入其私室。即有分例當得，視若染。自詑吾潔己奉公，上官何所不見知？何所用飭幣帛筐篚通慇懃，伺候其顏色？上官有陰中太守者，而太守弗聞也，坐改守漢陽。興學校，設城池，增雉堞，樹樓櫓，捍漢口之悍湍，而楚政遨然。會有璫榷楚横甚，太守屢與爲難，猶其弗聞上官顏色者。太守名挂璫章屢矣，有天幸，上不問也。所轄監司使者故意氣倜儻，雅以當世自負，而太守欲其剷削牙角，遵道而行，不爲使者所悦，排擠之。使者卒以罹詔獄之禍，乃其名亦不泯縉紳間。太守雖挂璫章，然亦不能承使者喜負之風，雖不罹詔獄之禍，然不能有其官，可謂直道事人，緣督爲經。

既歸田，太守之嚴君尚在，日夕奉杯酒爲膝下歡，有異母弟撫如同母弟。鄉有不平，群來質太守，太守慨然爲決，莫不輸服。郡邑大夫謂太守長者，延之賓席，太守聽《鹿鳴》之歌再。太守時時與故人飲，不能節量徐受，常先齁齁座上。

其與人言,詞不能豁然洞暢,其情懷心事一直可指。家中數米而炊,憐太守貧者資遺之,太守即出以市米反,用爲誇張:“吾幸不至貸。”太守爲郎時,病不知人者數日,家人謂太守死矣,太守竟生。及是年臨盡,家人痛甚,問所欲言,太守曰:“令吾爲郎死者今日亦痛耶!”太守雖用酒自全,至其結衣整冠輕矯肅穆,無慢緩之氣,日一揖先寢,雖疾病不廢。

太守姓傅,名道統,字某,别號承宇,享年六十有九歲。

鏡山全集卷五十七

傳

郭恭定公傳

公晉江人，姓郭，諱惟賢，字哲卿，別號希所，晚號愚菴。公年十五而文詞名童子間。亡何，贈公見背，則貧甚，顧受學益苦，人多不知，而亦有知者。鄰有余翁心奇公，携以見孝廉陳君惟立。孝廉試之文，閣筆良久。余翁恠之而撫之曰："孺子未朝食耶？"對曰："然。"孝廉君爲粥粥公，公粥已，下筆如流矣。孝廉大奇公也。公之貧而苦學也，寐而有叩公而語者曰："天之將降大任於是人也，必先苦其心志，勞其筋骨，餓其體膚，空乏其身。"公所從受業爲今大學士九我李公。乃李公諸生有名，而公一隸子衿，漸與埒亞。年十八，以儒士高等與棘闈試，二十一廩于庠，二十四而舉于鄉，二十八成進士，是爲今上萬曆之甲戌歲。授清江令。

自以諸生食貧，驟沾廩禄，徒取自潤，非國家所以養士，士所以自待，一意冰蘗自將，五載，吏民懷畏。論公所遺思於清江之人，則甦郵傳，平徵輸，禁圖賴，革包攬，節浮却羡，細大不遺，胥吏無所得緣爲姦，而民若不見令以治。行徵入，坐自遠於當路，選授南御史。始至，屬有掣鹽之役。故事，掣鹽，御史取贖鍰不貲矣，商船多者坐以夾帶，少即坐以盜賣，用此觸禁無恒，而御史所取贖鍰十一濟邊，餘私槖也。公疏言："御史職糾察而已，官以察爲名，奈何親鍰金？即如工部龍江廠竹木，主事一人掌之，而御史監督而已。臣謂户部職錢穀，御史職糾察，各有司存，請亦令主事掣鹽而御史按季監督，如工部龍江竹木例。"因言："理鹽所以足國，足國必先惠商。政先惠商，則包攬不可不禁，掣驗不可不親，常例不可不除，耗餘不可不革，宿垢盡剔，斯實惠沾溉，商人麕至，斯國計充盈。”上是之，而公首以清節聞矣。

江陵相柄國，言事諸臣多得罪，相死，得罪諸臣未復。會皇太子生，下恩詔中外，公言：“今恩詔雖下，而建言諸臣如翰林編修吴中行、檢討趙用賢，刑部員外艾穆、主事沈思孝、刑部辦事進士鄒元標及御史傅應禎、朱鴻謨、余懋學諸臣，多在戍籍，乞行赦宥。”是時相雖死，與相比者大璫保尚在。疏入，謫公江山丞。公丞江山逾月，保敗，上召復公官。公被召時行過吴中，見吴地困水，吴連歲流殍滿埜，屋井飄墟。既至，上疏請蠲吴人之賦，因言：“故相在時以考成之法繩督六曹，即户部錢穀之數一令送閣查驗，致地方諸臣奉行太過，一以督責爲主，民命何繇不殘，元氣何繇不耗也。”上亦是公言。公在臺，先後論劾浙江廵撫之庸懦而激兵變者，南國子監祭酒之便肆而招物議者，都御史之軟媚不職、裁抑御史以逢迎故相者，特薦海内耆碩之士如故禮部侍郎王公錫爵，光禄卿賈公三近、孫公鑨，太常少卿何公源，尚寶卿汪公文輝，保定廵撫孫公丕揚，福建廵撫耿公定向，貴州廵撫曾公同亨，吏部郎中王公鑑，廣東按察使胡公直，福建副使蔡公國珍，雲南副使劉公應峰，廣東參議詹公仰庇，推賢斥佞，一時名動天下。而頃之，刑部主事董公基以諫止内庭操練被旨降調，公申捄甚力，且請上復午朝盛典以詳閲言官之章奏，召諸大臣面對以商榷庶政之是非。疏入，上怒，念初見召，復薄換南大理評事，旋移南户部主事。

公以風紀之官移主錢穀，人謂坐晝而已。而公辰入酉出，簸揚概量，必躬必親，眯目甘己，選粟與士，士以大驩。俄晉南吏部稽勳郎中，尋改考功。值丁亥歲當典計，是時南冢宰爲李肅敏公世達，南都御史爲海忠介公瑞。公上書二公，請絶請託、斥巨姦、屏私暱。二公一聽公之所爲計底，中外咸服，而時相弗喜也，改南尚寶，乞休，不允。既至，會上萬壽節，尚璽殿中咫尺天顔，重瞳屢回，隨晉南通政司參議、應天府丞，旋改順天。會當辛卯校士之役，公條陳申飭，窒隙杜竇，一時簾内外號爲慎密，無所得訾議。尋視府尹篆數月，京師中貴人干請，一切拒之。一日，朝遇中貴人，中貴人戲問公曰：“公知長安中擊轂摩肩盡何物耶?”公曰:“貨賄貿遷耳。”中貴人曰:“公不知也。此盡譌物,而公何認真之甚耶?”畿内旱,上偵京兆所爲。公方齋沐請禱,未幾,甘澍應時,上心嘉悦。於是南北臺省交薦公可大用。適湖廣巡撫缺,廷推首公,遂以右僉都御史往受代,是爲壬辰之歲。公所代者爲慶陽今南大司寇李公楨。李公清節久聞,而公繼之,覯若畫一。則請定《三楚賦役全書》以省加徵私派之弊,請出給榷泰和山香税視泰山,以補宗禄兵餉之缺、備災傷賑濟之需,具得施行。

楚故有景王國。景王者,肅皇帝愛子,其分封之日,所予湖陂、土田、房屋之賦異等,諸王景絶,國除,賦額在也,顧其時類爲姦民投獻,妄張虚名耳。及上弟潞王之國,上適以景賦予潞,潞必得景額以聞上,上鐫司道府縣官俸,責撫按報聞甚急。公疏言:“景額有之,顧多虚名,楚中父老至今能言其狀。臣今者體皇上友于之意,爲潞王計畝,而加增新淤浮生者,履畝度之,或攤派以分平民之累,或曲處以蘇疲邑之供,所增賦計二萬五千有餘金,非如景額虚名矣。然臣有二請:潞去景遠矣,所徵賦率遣其府中人逼迫誅求,民實不堪,而王安得而知之?三楚剽悍其天性,加以旱乾水溢之後,疾苦萬狀,而王安得而聞之?臣所請者,則請徵之有司,送至潞府便。此臣一請。臣伏覩《大明會典》,皇莊及皇親公侯駙伯等官莊田如遇災傷,其徵收分數一準諸民田。夫曰皇莊、官莊,而藩租可例已,且各省直之民一遇災傷,皇上寬恤恐後,王獨不可仰體楚民之災,猶曰民也。臣見襄漢水溢,景陵、漢川諸縣廬井漂溺,王府佃民流移過半,然田里之民已稍復業,佃民未也。謂夫蠲卹之恩,里民猶可得之皇上,而佃民不能得之王也。儻荷上恩令,一如皇莊、官莊災傷蠲免,天下且以頌皇上者頌王,以頌王者歸皇上也。此臣二請。”

公復言:“臣竊見楚中軍戍長沙、寶慶、衡州三衛軍士率移戍武崗,而寶慶、永州、寧遠諸衛復遠戍廣西柳州。夫長沙、寶慶、衡州之戍武崗也,是以腹裏移守要害也。寶慶、永州、寧遠諸衛之戍廣西也,是以鄰省調戍遠地也。武崗之戍,蓋因正統間諸苗侵掠而設,而柳州之戍因弘治間借兵剿苗而留,是皆起一時權宜,後沿爲例也。貧軍窮伍,終歲不得休息,動輒怨咨,不肖武弁,巧立名色,視爲奇貨，而寶慶去粵西千餘里而遥，瘴癘交侵，生還有幾，是以邵陵軍士目爲‘死戍’。臣請分三衛之戍武崗者爲上下二班，更迭輪戍，其戍廣西者許之撤回，庶幾執戟之夫得荷更生之賜。”許之。

居久之，守備承天中貴人政催徵興邸舊賦，參奏佃户世林及潛江令珩，有旨令撫按官勾攝人犯就中貴人按問。公上言：“陛下命臣撫楚，臣無所不得問。令中貴人問矣，命臣等爲之勾攝，此二百年來明憲未有。臣知守法而已，固不敢使災禍遺黎罹於刀鋸餘人之網。”上爲之罷。楚宗庶出城淫賭爲非，江夏令傑笞之，宗庶不言，笞已乃言楚宗，大閧，窘令辱之。公言：“臣伏讀祖訓，宗人犯罪，但明賞罰，不加刑責，而禮部見行《宗藩事例》則有無名宗人一體究治之文，法固並行，律傑祖訓，傑誠罪矣，律以見例，亦未失也。且律嚴故勘故入而不知不坐，傑笞宗庶，坐不知耳。然臣請爲陛下竟言。嬰兒常病，傷於飽也；貴臣常禍，傷於寵也。宗室亦然。臣謂陛下平時宜有以教之，教之則莫若嚴宗正之官而行家約之訓，斯閑邪止惡之義也。”楚中貴人進貢茶鮮，濫索夫役，呼洶四逞。鍾祥令來，命執不與。中貴人大撓令，令自結束爲郵長，送卒輦致茶鮮於境上守承天者。大璫上言令，上罷令職，而公復申捄。蓋公之撫楚其勣如此，其他若城黄梅、城通城，請祀周元公父於啓聖祠，刻元公及二程之文爲《三儒集》，屈大夫、諸葛武侯、岳武穆之文爲《三忠集》，貽楚人以安利之業，而風之教化之原，則又其永且大者也。蓋楚地廣衍，顯陵爲誕聖之區，陵寢名都，而鎮守之中官横，列藩分封，楚宗號爲强衆。而當省會之地，岷峨導波，滙爲藪澤，囊山帶水，堤漏則民魚，火流則稼焦。而公爲之，當暵而復溢之候，青草巴丘，盗賊藪焉；五溪五寨，苗民時梗。公之所爲楚人請命於上，言其艱難困苦之狀若在目前，事所難爲，執義彌厲，而敷詞益温，故有所籲請，輒得施行，其所確持，亦竟不撓，蓋其善於握柄劑物以通上下之情者也。

公復陳治楚五事：一言重辰沅兵備之官，二言束土司東酋之責，三言禁官兵之私贖，四言議給餉之次第。而所言私贖一節言：“今之馭苗類尚安静，是以苗人靡所忌畏，擄掠我民，我金帛贖之，益以得志，擄掠益甚。此可謂安静苗乎？

墜軍士之鋭，滋異類之心，損國家之重，莫此恨耻！臣請約飭兵備將領諸臣，有向苗寨贖回人口者，聽臣驗治。苗若不悛，入擄我人，擇其甚者，兵而威之。”蓋盡公居楚之歲，諸苗戢戢莫敢爲惡。然苗黨嘗一相攻，縣以叛告，公謂此其醜伍自相戕殺，非侵我漢，但令服罪則已。計縛苗酋狗之境上，使屠牛大饗其衆，償以殺傷牛畜而遂罷。又見公之治夷有弛有張如此也。

秩滿，贈父如官，封母氏爲太恭人。乙未，召入爲左僉都御史，協理院事。秩六年滿，晉左副都御史，協理如故。此時上臨御久，儲位尚虚，嘉禮未行，礦税之使，旁午中外，天聽日高，俯視諸臣，無足稱上意。其於大僚庶職，寧空其位，不實以人。狂戇之臣，久棄屏地，得罪者三木項繫，無繇得覆盆之照。公屢條上大禮大政，用人理財諸疏，皆切劘上心，期折城社之焰，以征茅茹之吉。上雖未盡聽，公亦不之忤也。戊戌、己亥兩預計典，佐臺長，佐善黜姦，無所嫌避，如其南考功時。居二歲，聞太恭人病，上疏乞休，温旨慰留。亡何，訃至，擗踊哭泣，弔客興哀，援例請卹，得予祭典。星奔抵舍，苫塊練祥，莫不如禮。服闋，飲酒賦詩而已。薄營田宅，差足自老，無復出山意。而上常憶公，乙巳之冬，召起爲户部左侍郎，丙午元日聞命，而上元之日卒於正寢，年僅六十而已。

公朴誠亢厲，朗豁精密，心在舌端，思窮人表。其念繫乎天下國家之大，而最注意者人才用舍之間。其神週於器物服用之微，而最慎守者辭受取予之際。穿眸損胃，詳治牘牒，吹毛索纇，審諦事情。是以服官三十餘載，宦轍所至，綱挈目張，風清弊絶，跡其煢煢困疚之時，如孤根獨本錯於群卉，雨妬風欺，一旦立朝，挺然昂秀，萬鎰有所難縮，萬人有所必往，躓而復起，壹志獨行，世局久遷，我守常定，是以生而海内士大夫無所間然，没而讚歎思仰不少休置，豈非當世之人傑哉！

性喜書畫，然不甚辨真贋，取適觀而已。有遺趙松雪《八駿圖》，後聞其直二十金，遂謝歸之。俞参戎家有古畫，借觀二幅，懸對甚怡。忽聞参戎之訃，遣急足持還曰：“毋及斂也。”病至彌留，尚呼令嗣太學君曰：“余可著醫書一，古字一，在我案頭。書，吾乞得，字必返之。”公於玩好之物如此，大者可推矣。可著者善爲詩,公昔日鄰翁子也。公殁,上賜祭葬,贈右都御史,予令嗣君夢詹入太學,補給三代誥命,其眷公如此。朝議易名,公得"恭定",俞旨有日也。

何喬遠曰:公之爲名臣無疑矣。予從公游,見公泚翰占草,頃刻立就,其好善不及,雖一字之當,亦以爲師,不則低回遲疑,不安不置。公病,予過問公,公曰:"所爲得苦從君輩枕上凝思,遂爾致然。"臨没,囑二嗣曰:"吾晚而得何穉孝,兒曹與游,必有終始。"此公所以交予者也。

楊文恪公傳

晉江文恪楊公,道賓其諱,惟彦其字也。與予丙子歲同以儒士應試,同舉于鄉,及丙戌同成進士。公既舉進士,對大廷,上擢及第第二人,而遂褎然有名於時矣。公爲鄉舉時,與莊户部履朋、李相國夢麟、予兄大理喬遷與予喬遠並從山人黄克晦游,一時稱爲"五子"。公爲文贍秀,作字端楷,黄山人恒以鼎鉉之器期公。既及第,授翰林院編修。己丑丁其尊公含山尉公艱,辛卯服闋還朝。壬辰分試禮部,隨封淮王爲册使,便道壽母夫人,尋丁母夫人艱。闋還朝,丙申入内閣理誥敕。丁酉出主浙江試,晉國子監司業。戊戌晉諭德,掌南京翰林院篆。庚子召還,晉右庶子,主順天試。辛丑充東宫講讀,晉國子監祭酒。癸卯晉少詹事,纂修玉牒,仍充東宫講讀。乙巳晉禮部右侍郎,掌翰林院事,教習庶吉士。丙午,值上上慈聖皇太后徽號,覃恩得贈誥兩世,蔭一子成均。丁未主會試,尋轉左侍郎,攝尚書事。戊申充經筵日講,記注起居。顧念先人丘壠,累疏乞歸,不許,奉命有事齋宫,禮未成,以病掖還,遂殁。上贈公禮部尚書,謚"文恪",遣使護喪營葬,飭終之典,視常有加。

公之祭酒國子也,疏請東宫行齒胄之禮,表進《三國志》、《五代史》,論斥閹豎,公貨財,以古爲鑑,詞切而直。與諸國子按古射儀行之,射圃懸省日之賞以誘勸之,以推明高皇帝建立射圃學宫之意,以遡先王侯明旅射之風。

其攝尚書禮部也,疏陳五事,曰葆清明平旦之氣以澄聖衷,曰召閣部大臣入對以決壅鬱,曰復章奏批發之規以尊主權,曰慎内批中發之旨以杜群疑,曰去形迹體面之套以振事功。上萬壽聖節，公緣華封三祝之意推而衍之，請上勵精圖治，所以爲受天之壽貺；命東宫諸王出而就傅，所以爲受天之多男子貺；捐爵出禄，修廢官，補大僚，所以爲受天之富貺。復力請東宫不輟講讀。蒙卹諸大臣謚典久闕，公請疏具姓名，散與大小九卿及臺省諸臣，延訪其德業行操，送部詳加酌擬。朝鮮國王長子有疾，請立其少子，朝議莫知所信。公請選使者入朝鮮國，延問吏民而後許之。建州屬夷有二酋，曰奴，曰速，吞併海西南關之夷，而北關夷人亦爲壅隔，不復得奉貢，遂奪兩關夷先世所受勑書，冒名求賞。公兩上疏，請下宸斷詰問之。

公攝尚書事兼經筵講讀，每遇進講，必盥頮焚香，端坐待旦，入視部事邸舍，作《春秋》、《通鑑》講章，隨事發明，借古喻今，以幾納牖回天之誠。無夙與宵，竟以勞瘁，至於不起。

公一分試禮部，兩主鄉試，一主會試，士之浮誕鈲鰲詭於傳註者，率從黜抑，所得皆知名賢士大夫。分試禮部而得會元，主試浙江所取經魁得會元、狀元及第，主會試所取會元復得及第，世具服其鑒品。

公居家孝友，事含山公及母夫人先意承志。含山公宦歸而貧，一家之政皆公肩之，所得俸賜以公諸弟。兩居艱，擗毁哀慟，喪葬盡誠。與人煦温，不用峻露潔，人無卑賤莫不接霑，引己反躬，靡有繫吝，至乎義所不可、事所當爲，不肯苟爲狥巽。作箴自儆言："此身可貴，亦復可賤。此身可富，亦復可貧。當立定根脚，以樹不移不屈之概。我不必是，人不必非。我不必賢，人不必不肖。當剖破藩籬，以擴萬物一體之公。性命可惜，名節尤重。當審度權度，以嚴非道非義之操。位非戀可固，名非求可徼，禍非避可免。當勘破機關，以建掀天揭地之業。"其卓然以聖賢自待如此。

公存則天下士大夫望其柄用，殁而相與歎息咨嗟，爲之請身後之典，踵相接於闕下之牘。於是禮部爲公請謚，則曰："孝友孚於家庭，文章冠乎當世。"吏部爲公請贈則曰："置身憂讒畏譏之外，挺節波流茅靡之中。"工部爲公請葬則曰："巖廊方卜猷爲，夷夏共瞻丰采。"數語蓋足以形容公平生之大。而上亦曰"當波流茅靡之中獨行特立,值天儆人窮之會蒿目苦心,朕鑒樸忠,世推侃直”,可謂念公之深矣。公恒言:“生之有死,猶旦必夕。”絞衿衾帽,日製月修,殁而出之篋中,家無倉卒,人尤以爲達生。

何子曰:公子錫綸從余游,近出公所爲文,使余校而行之。余諦觀公作,典則而不穢,莊切而不浮,因言知人,固不誣矣。相國葉公銘曰:“比者世路巇巇,引繩批根,不遺餘力,雖賢不免。公直道而行,侃侃發舒,終始皭然,身名無替,倬乎完行之名臣也。”

徐通政公傳

南京通政司右參議徐公學詩,當嘉靖世爲刑部郎中,上書言事:“頃者逆胡犯順,侵闖畿甸,焚殺之慘,前此所無。致厪皇上勑諭文武群臣,凡有見聞可助大破逆賊虜寇者,人人盡言。昨又指示部院科道諸臣。仰見皇上憂勤惕厲之誠,先事預防之慮,群臣莫不震疊思効,條舉目張,而未有探本之論盡言皇上之前者。臣備員郎署,感激聖懷,伏念委質爲臣,身非己有,觸事積忿,義動於衷,敢不避貴勢,冒死宣陳。臣惟外攘之備在於内修,内治之修先端政本。大學士嚴嵩位極人臣,政本是司,貪黷險奸,内則勳貴之交結,外則群小之趨承,賄賂章聞,舟車填溢。凡文階武職自布政、參游以下,瑣瑣毋論,至如巡撫、總兵等官,每一遷擢,例索千金,他諸珍奇玩異,尚難計數,蓋不如是,即不能安其位。凡如此者,自非扣軍衣糧,便是朘民膏血。嵩輔政十年,既久且專。大臣不法,小臣鮮廉,民貧軍剥,日甚一日,釀成虜患,繇來漸矣,而猶泄泄得計,日肆罔誣。往歲參論序班龔桔等疏,無故自表云‘寸絲尺帛不敢收受,門下虚空,可以羅雀’等語,萬目所視,萬手所指,將誰欺?欺天乎?然此猶無事時耳。見今虜勢猖獗,武修廢弛,正張皇六師、克詰戎兵之日,嵩身居元輔,世受皇恩,尤宜食不下咽、寢不帖席,創往更新,捐軀圖報,而尚謬引‘佳兵不祥’之語,以謾清問。薊鎮總兵某奉旨拏問,嵩子世蕃接受失事問革總兵某金二千以代其任;漕運總兵員缺,嵩子世蕃接受年老昏庸總兵某金三千以補其缺。二臣失事老廢,衆所共知。又當此時委以重任,必且掊尅軍卒,倍利取償,安望其練精蓄鋭、屏衛京師,釐奸清弊、保障漕河哉?夫此其大也。至小而史館書辦、王府科吏,授官註撥,世蕃莫不受其多金,市恩作弊。蓋大而銓曹本兵之選擢起用,微而官辦吏胥之營求頂撥,藉世蕃權臨勢託而得美地者,十常八九。臣徒見積忿痛心,流毒滿目,不能悉數,而亦不敢瀆聞,誠前此輔相所無之貪,亦前此輔相所無之富也。夫嵩節蒙皇上優賚,歷叨一品厚禄,累計不下數萬,欲可足矣,而猶未之足也;賣官鬻罪,賂遺請托,累計何止數萬,欲可足矣,而猶未之足也。奈何宵旰不遑、喫緊用人之際,京師安危、糧餉緩急,所依賴之官而復賄囑失事老廢之總兵爲之,臣不知嵩心何心哉!又自九月初旬,嵩私宅後門暗集車輛數十,搬運行李出下潞河,滿載南歸,旬日未息,發回輜軿以四十餘,非其眷屬則皆世蕃衆多妾媵。心亦知其非,凡座船封識悉假别衙門名號,以誑路人。臣聞君逸臣勞,主憂臣辱。嵩平昔既不肯任事以成皇上之逸,臨變又乏籌策以舒皇上之憂,及事稍不寧,人尚驚洶,即反顧家屬、重賄悉徙而南,於己得矣,如君父何?負天地罔極之恩,積神人共憤之禍。臣每接士大夫,論及嵩父子,莫不切齒,而七八年間竟無一人少敢牴牾者,誠以世蕃狡鷙,擅執父政,内外結成。諸衙門奏請稍涉疑懼者,必先關知而後聞奏。嵩權柄足以假手下石,機械足以先發制人,勢利足以廣交自固,乘機搆隙足以示威脇衆,文詞便給足以飾非强辯,其精神警敏、揣摩精巧足以趨避利害、彌縫闕失,其私受密會、令色脂言又足以結權當路而緘其口。若前此論嵩者,嵩不能顯禍于正言直指之時,往往托事假人,陰中於遷除考察之際。如先任給事中王燁、陳塏,御史謝瑜、童漢臣等,彼時聖明離照,並蒙寬宥,而今安在哉?故天下之人視嵩如鬼蜮蒙昧,痛心疾首,敢怒而不敢言者,誠畏陰中其不測也。伏乞勑下科道詢訪參論,如果臣言不妄,將嵩父子蚤賜罷斥,别簡忠良,朝綱總攬於穆清之上,而六卿分治之職自無阻撓脇屬之患,天下官司庶府庶幾革心向化,而安攘之政一舉可振。此聖諭所謂破逆賊虜寇之大端也。宋臣岳飛當偏安板蕩之餘,論天下太平,不過曰'文臣不愛錢,武臣不惜死'而已,况四海一統,聖人在位,太平有何難致?惟是大臣不正,欲責小臣廉,必不得。文臣愛錢,欲責武臣死,亦不得。今街衢小民亦相語曰:‘臊子到門前,閣老還要錢。’有口不敢言,况陳列食禄者乎?故臣不量孤寒,踰分觸權於嵩,無一毫私怨也。”

公西曹冷局耳,而能知分宜相如此詳者,蓋公伯父應豐公以太常直中書,數知相事,故公内憤而發之。疏入,上責公爲親報復私仇,下錦衣拷問。獄上,放公爲民,而亦令世蕃罷職養親云。上旨云爲親報復,蓋指疏中御史謝瑜也。謝公,同里人,嘗出按蜀,自蜀中飛章詆相。相乘大計,假中旨民之矣。始公疏上時,上蓋三置三復,徬徨至丙夜,命大閹曰:“來日留嚴嵩説話。”而嵩未之聞也。既聞,大驚,亟行金上所幸陶真人所。真人亟入侍,泛言相忠狀。上出公疏袖中示真人,真人則又言是直爲其座師、鄉人甘心耳。座師者,彭公鳳也。彭公,相同里人,嘗面斥相奸,相銜之,嗾言者誣以他事,廷杖去。彭公於場屋中最爲知公。而鄉人,則謝公矣。其日,相入朝,諸閹以上命闌而譁之,微真人幾殆云。

公在京師,母安人劉就養邸舍。具疏前一日,欵客如平時,疏入,鬻棺備後,人莫知者。晨出候旨,猶給母安人曰:“結正署中事耳。”因就謁同舍郎沈公橋以父母託,入朝房而上旨下矣。逮校二人至,公酬之少物,校詬擲于地,一校曰:“徐公清官,安得重酬?”并取納公袖中,詣錦衣使陸炳,拷掠備至,必得主使者姓名。公曰:“夫人臣盟日夜、瀝肝膽,不憚蒙誅,爲朝廷發大奸慝,父母妻子不與知,誰主使者?彭鳳以場屋文字相投,固交道耳,謝雖同里,豈謂七尺軀輕十室邑耶!”公羸不勝拷,悶絶于地。錦衣吏錢塘李奎、石首王爵相向憤惋曰:“徐公即死,謂公議何?”微舉足踢械鎖,鎖稍寬,痛稍以不楚,使亦頓悟,杖數四,連舉碁拍案,若怒杖卒不力者,卒悟使意,杖亦轉輕。既入獄,扃衛甚嚴,橐饘之入輒爲群校所摽。而給事中沈公束久縶獄,具有一切飲食藥餌,出周旋公,公得不死。凡四十餘日,獄上,當事者當公絞刑,相擬謫之,上直民公也。公得爲民,旨詣户部註籍畢,瞟黑負創出城。相猶私遣二人尾公,居數日,上忽詢公名於諸閹,且令志之,而相始返尾公之人矣。後醮壇青詞有列姓名同公者,上復問:“即其人耶?”其人聞之,遂更名“學謨”云。而公伯父應豐,明年相以大計去之矣,乃上則特留之。後且十年,相竟中應豐以他事,亦被廷杖去。公出城之夕,同舍郎劉公松詣送不及,而有黄主事某輒以劉貢歡於相,相亦去之以大計。

公家居十有八年,歲之丁卯,上晏駕,遺詔録言事諸臣,朝議首公,遂起公南通政使司右參議,至未踰月而卒。始公舉嘉靖甲辰進士,授刑部主事,蓋隸曹貴州司。貴州司分掌吏部訟獄,吏部所送獄即多探其意指爲重輕,而公不少狗假,嘗一貸微眚之吏,而重正贓濫之官。千户李雄有前後妻,前妻生二女一子,女曰玉英、桂英,通書史,能詩,子曰承相,後妻一子曰亞奴。雄死,後妻私於其弟榕,謀以亞奴襲雄職,因共酖殺承相,誣二女有婬行,故殺其弟滅口,而証以《送春》、《别燕》二詩,蓋獄成者二十年所。公閲玉英自理疏,有“臣母事,臣不敢言”之語,一訊得實,即生之。且以二女請宥亞奴存雄後。丙午夏,京師淫雨浹旬,忽夜半,水大作,獄窪,墻且隤。公適提牢,亟請釋囚避水。囚幾千人,大司寇難之。公百身保囚,遂亟督隸卒,借隍祠所,集民材架巨栅,悉處囚其上,遍祝之曰:“吾以意縱汝,即逃,亡族矣!”諸囚洒泣曰:“敢哉!”囚饑且病,公出私錢市餅餌姜椒療飽之。出三日,水稍平,于是諸囚盡歡呼謝公。大司寇入部閲囚,囚無一死且亡,大奇公也。戊申,奉勑慮囚江北,却一切例鍰餽金,所平反不下數十百人。

庚戌,陞四川司員外,其秋,晉江西司郎中。會虜突騎薄都城,既去,世宗赫怒,選帥厲士,下旨求言,公劾相書上矣。歸則奉其尊考安寧州兩峰公及安人劉色養至歡。遺屋數椽,舉以讓其伯父,薄田不結(給),瓶無宿舂,而家族孤貧,不吝分賑,問畊課讀,待鄉黨穉少如親弟子,有争訟者,往往以禮諭止之。暇與親故留連,其獨居終日端坐,不發一語。邑令欲一睨其顔色不可得。胡公宗憲總制浙直,威名赫甚,而亦善敬禮賢士大夫,顧獨不得一交公。胡公跡公甚切,而公避益堅,他日上百金爲安寧公壽,公拜遣之。其後龐公尚鵬以御史按浙,所以跡公如胡公,而公竟見之,爲條浙中均傜之害,請更其法曰“條鞭”,而龐公推行之,今則江以南盡用此法矣。公所以避胡之堅而辭餽之峻,實以胡爲分宜相之人,第口不言耳。其後相敗,胡亦坐罪,公則歎曰:“雖然,胡公保障可念也。”

首爲頌冤。公故以論相廢哉,同時諸公有切齒相父子者,亦即輒慰解之。平生不見喜怒之色,而氣度兀然,其静證闇修、超然自得,往往見之吟咏箴銘,如曰:"洪爐煅煉那容雪,珠子圓成自走盤。"曰:"須識静中還有事,莫令着處轉成昏。"曰:"心欲自得終須得,物欲求全苦未全。"王龍溪先生稱公之於學,庶幾默而成者。趙公麟陽亦謂公蚤歲竪立本于天資之厚,其學問之涵濡充拓得于中歲以後者,淵乎未可測量也。

公字以言,别號龍川,浙之上虞人。

何喬遠曰:當分宜相在位,論相者如公疏中所云,王、陳、謝、童諸公竟罹罝罼。此時嚴氏之惡如方夭之棘,人有言之而亦未盡知之,而諸公先言之,故其被阱也隱,而諸公之直無所伸。其後言者則容城楊公、麗水沈公、仙居吴公、上海董公、柳州張公諸公,此時嚴氏之惡如將潰之毒,勢且横裂四决,人皆知之而不敢昌言,而諸公後言之,故其受禍也烈,或以死,或以戍。惟公與南海何公,先後建明,其時若虎方牙,如隼始擊,而二公折其齦、鎩其羽,雖未得有所頽落,而知人所共知,言人所難言,適當其會,故公與何公並坐廢逐,視死、戍得稍間。乃天子雖逐公乎,爲公罷相子世蕃職,不可謂不行公言而知公忠者。最後相敗,竟自長安鄒公發之,始知諸公之忠國家而國家藉諸公力不淺也。鄒公當時立以言蒙旌,容城、麗水禍最烈,穆廟登極以後,名亦最著,卹典亦最隆。何、吴、董、張四公皆至大官,公方展鴻逵之翼而奪於天,則世道不幸也。公孫孝廉憲龍命遠傳公,且言公被召時,同行三公皆應召出者,會於武林而三臺共餞之,迎謂曰"朝中三直",公戲答曰"海外三絶"。蓋當時客衣以襞積爲敬,而公與二公俱直裰而已。直裰,埜人之衣也,"裰"與"絶"相近,而公之簡朴,此亦一端哉!

徐照磨生傳

當萬曆辛丑、壬寅歲,池州蓋有徐照磨云。其時上遣諸鐺榷中外税,而楚璫奉者横甚,所爲起馮公應京之獄者也。池有六鎮,商賈輻凑處,奉則遣二人檄池守曰:"將税於六鎮。"檄直署照磨名。池人蹙蹙縮縮,而諸豪猾惡少年喜。其郡中幕侯方有事，願得從役，皆來餽遺照磨，照磨悉截絶之。照磨故有印，不得行其印，印在太守所。太守故心知税額不可開，無奈二人者日夕囂誶太守前，於是太守開縢取印，與照磨曰：“如鐺檄。”照磨語太守：“明府主一郡，何所不可爲，當力拒之，某亦不敢不盡力。”印送太守所，再往返。太守見照磨執之堅，則大悟，與照磨金五十，曰：“公好爲之，乃公不耐與小人争，且閉閤矣。”太守入閉閤，照磨持太守所予金，置酒會二人。酒酣，二人起屬照磨：“夫吾與公不過多得錢耳。六鎮貨賄甲江左，税額一開，數萬金可力致，池太守有異者，太守官且在我公手，何問閉閤？”照磨不爲動。照磨蓋浙之上虞人，而二人來者，其一爲山陰人，亦姓徐，然久變姓名，操北音，裝束爲北人。坐有間，山陰之徐引照磨密語敘鄉舊，而曰：“我與公同宗也，如我言不惡也，勉開數月以塞我公之來命，不兩利乎？”照磨曰：“我與君同宗也，何如從我太守而且有令名？”照磨與二人辨格不相下，照磨深念，欲贈二人金，則二人横索不能副谿壑，乃使人偵二人之所爲。二人方日挾二妓樂飲客邸中，二妓又善事二人，二人各歡甚。於是，照磨以二妓婦二人，屬之曰：“善爲間，不然府公有法。”妓喜且驚，往事二人，日爲二人語我太守與我幕公錚錚不可犯狀，而照磨盡舉太守金，出其橐中俸佐之，以贈二人，二人皆散去。於是，池太守之名以照磨故傾動南都。

或曰：“照磨公廉且勇。”却横鐺之税使，是其勇也，而不知其居家孝以廉。蓋照磨公尊甫則南通政公。南通政公當嘉靖之季爲刑部郎。其時，權相分宜黷以肆，中朝莫敢攖，通政公出而彈糾之，坐免爲庶人。通政公一刑部郎，謫籍田間，無以爲家，而照磨公家其外氏大學士潘公晟所矣。穆廟登極，起通政公爲通政參議。通政公謂其兩伯氏曰：“吾今有官，兒子當不餒。”以其先甫寧州守所遺田若舍，悉付兩伯氏，照磨公徒身耳。通政公抵留都，未彌月卒官邸，家如故。兩伯氏念孺子貧困，欲二分其田若舍，照磨公不可，曰：“敢異吾父！”取敝樓數楹與通政公所置磽瘠田數畝耳。通政公父寧州守公故有長畫，其置田無所虞水旱，上虞人言田美者必曰“寧州田”，而照磨無一焉。通政公有所遺宿負，照磨則悉爲償，曰：“毋以長物傷父廉於身後。”夫照磨公廉於家矣，故勇而廉於國。

或曰:“是其發也有祥,其貽也有方。”通政公赤心事主,清白持家,則義方貽之矣。若照磨之生,則通政公郎刑部時活囚日也。蓋始通政公郎刑部,有提牢之役,會京師霪雨浹旬,忽夜半水大作,獄墻壞,囚千餘人皆在水中没且浮。通政亟起撤闔,借居民木植爲高臺,悉脱囚械,使攀緣上集,且語之曰:“吾不告天子脱汝械,亡者死矣。”諸囚感泣曰:“公能生囚,囚敢死公?”囚竟日饑,通政公募善泅市餅餌,爲煮椒湯以療,人所食日二餅,凡捐俸五十金。於是諸囚復泣曰:“謂奴輩敢死公邪?”居三日,水稍退,尚書閲囚,知公所以活囚狀,嘖嘖嘆也。通政公活囚之日,是照磨公懸弧之朝也,夫非其祥歟?

照磨公諱鳴玉,字某,而通政公則諱學詩。

何生曰:照磨公今年七十餘,稱長春樓主人云。樓不知廣幾楹高幾尺也,名以“長春”,其閲春秋,更千歲未有改也。今海内往往作生傳者。公子孝廉憲龍語予曰:“吾父一服官耳,大在争榷税,是非耳目所覩記耶,久之且以爲誣諛。子其傳吾父。”何生曰:“國家涵濡教育之深,士得一命無不欲出死力、貢赤心、爲生民。是以當蕩靡趨諾之會,而有强項堅脊如乃公,乃公信不可使無傳也。”

蘇子介傳

蘇子介,予友也,三爲令。其始爲南召,其二爲寧陵,其三爲歙。凡子介之爲令也,盡心焉耳矣。鄉約、保甲,所以教民而防之也。子介教民以鄉約,防民以保甲,立善、惡二籍,書民而考之。善者有勸,惡者有戒。獄訟者情僞微曖,人所未易明,其已成者,吏皆狃成案莫反異。子介精審諦察,民既以無冤成案,有宜輕而重,或有宜重而輕,而無以懲民者,悉爲察小大之,比而麗之,要以宥罪而誠嚴。民有鬬死者,吏憚往視,受其告詞,遥度其情,即不辨,始往相其屍,屍已腐,死者易色,生者易口。而子介立往視之,先察其所傷何所,所鬬何器仗,備書而記之,及臨問,必與相當乃當。其獄隸下鄉易索擾,子介禁絶之。即有下鄉,徒步往,毋得輿若騎。輿若騎者,隸自出金耶?必索諸民矣。耕田,農事也,令孰之與知?而春時子介行視之,令其儲糞而具種,諭曰:官牛也,勿匿其犊,可以廣種。藝道傍柳，多植之，可以薪。徵賦之衡懸之於門外，民自知其重輕。民有流移，招而撫之，民疫，買藥置局，行施於四境，煢婺也收養之，死者施之槥。獄囚也爲之汛掃房榧、洗滌械杻，夏月予水，冬月予薪。諸生也月比而考試之。此子介爲令之大凡也。

南召、寧陵在江以北，南召簡而寧陵繁。子介爲寧陵，以能調也。歙在江以南，賦劇而人歡，子介以外艱，服闋補得，亦以能補也。寧陵逼近黄河，考城故有大堤防河，而寧陵復爲縷堤以護之。子介言上官："大堤，岡阜矣，足捍河。即河伯不仁，决大堤而東，區區縷堤，何能爲力？徒爲勞民，而且費。且夫小民既服繇役矣，而守縷堤者當有堡。夫皆派金而募人。夫是募人也，何嘗日夜往來堤上？小民費金竟被猾蠹乾没，令請罷縷堤以省勞費。縷堤罷，又可以省小民之派金募夫而堡守者。"而上官如其請。徽歙之俗，貧家溺女，富室停風水不葬，狡僞之徒造惡金以苦負販之民，而子介悉禁絶之。子介居歙七月而病作，不可治，竟歿。歙人於其病也，立壇壝爲禱；其歿也，一郡罷市，哀號遍四境。櫬還數月，而學使鄭公送祀之鄉賢矣。

鄭公故爲歸德守，知子介甚，其送祀鄉賢之檄曰："蘇公令寧陵，與當職有一日知，其縣河决後，鞠爲茂草，小民流徙且盡。當事者特疏自南召移公，南召之民攀轅號哭於縣門。公居寧陵兩年，蠲去煩苛，與民休息，均地均役，築城築堤，誅鬬草莽，彈壓豪强，凡可利民，髮膚靡愛，即古循良何以加？兹邑甚貧，而公又甚約，艱歸，垂橐而南，資斧不充，邑之賢縉紳爲貸廿金資公行，主僕三四人，行李一二肩而已。及補徽歙，蓋羶地，其人雄於貲，靡堅不破。公貽書知己曰：'蘇子始終，决非兩截人也。'半載風行，合郡如歸。使公永世，所就可量哉？聞公居鄉，易米而炊，不能多得。人知公之鄉評也，其官理，當職知之矣。名位未顯，功業未究，當職不言，又孰知公？"夫學使公謂人知子介之鄉評也，而未知其官理，乃學使公知子介官理矣，又知其鄉評。詩曰"鼓鐘于宫，聲聞于外"，不信也夫？

子介名懋祉，别號碩園，萬曆丁未進士。

何生曰：子介以庚子歲舉鄉薦，來見予，執隅坐禮，有問起立，對具稱名。其明年下第，子介之尊甫文學公，命與其兄子廸從余問字，則余告子介曰："毋過禮。"於是交子介父子間，兄文學公而弟子廸、子介矣。子介爲文若有天授，其出於口也不煩，而按於響也自合，不佞謂此當名世人也。子介未歿之數月，寄予書，其筆札精好而尺牘遒勁，又居常篤於學問，予謂所許名世不虚耳，而子介已矣。雖然，士要於成名，子介年四十二而歿，文章道德未有底極，而三縣之人尸而祝之，讀學使鄭公之檄，而子介以官理成名，官理成名，亦何必讓於文章道德耶？

李別駕傳

"古人非傲吏，自闕經世務。"唐人詠陶淵明之言也。大學士李公語余曰："士必涉世而後能經世。經世者，心也；涉世者，跡也。"學士平生可謂不涉世矣，而猶爲此言，其箴予良深。予因是而謂淵明非不能經世者，直不涉世耳。令淵明當時節鎮大吏許其以賓禮見，不令折腰道傍，必自有經世之略矣。夫圜轉敏駛，今之人也。遲鈍閔默、彊直自遂，古之人也。爲今之人可涉世矣，而不遲頓閔默、彊直自遂，又不足爲古人。今人者，其人也；古人者，其天也。而予謂李先生似之，於是爲李先生傳曰：

李先生事父母至孝，居喪號擗，如不欲生。伯兄歿，諸子未長，先生子之。平生所爲在倡義舉，恤貧乏。割私田以充公祀，時時捐橐金佐其族衆婚嫁死喪之不給贍者，郡人饑，出粟數百斛賑捄。所居在喧湫闤闠中，以道自高，漻然如深山大谷，寡接於世，無競於物。而其無名之樸，自足鎮俗而維風，可謂先進君子矣。一仕爲衢州别駕，搔除乾没，里胥不得營窟穴錢穀中相緇染。送織造上留都，無一縷不明清。一爲假守，三爲假令，獄訟衰息，政教流行，第不能爲容當事，當事者媒蘖之。先生方送織造留都，聞其萌芽，即拂衣歸里，歛襜帷、偃蓬帆，從衢城外過。衢父老莫蹤跡，日携壺漿江干，"李使君歸乎？何其久也"。於戲！世人仕宦携妻孥、挈僕從，終日行而不離輜重，無罷與還，濡移月日，視先生何如也？以先生治衢，謂先生不經世邪？先生仕本非好出，見人之求致高官大爵者，真不覺如楚人畸客見顆（夥）頤之爲沉沉者爾。先生棄衢歸，他日，黄尚書宿衢郵邸，問郵卒："李使君昔日治衢何如？"卒曰："清甚。"尚書曰："使君無籍衢爲肥也？"卒曰："公見肥人不喫酒炙乎？恨不兼人食耳。"尚書一日拉詹司寇飲先生所，司寇豪於酒者也，先生酒次，與縷譚今古，觴至無時，真不知人世有引滿浮白事。客曰："先生不知觴政，何知爲政，棄衢，宜也。"何子曰：古之人歟？古之人也。

先生諱瀾，子觀其字，中藍其號，得年八十，受學予先子。有子栻，舉進士。

林文學傳

林清源，字曰澄，漳之龍溪人也。少負大志，瑰偉不群，從祖伯長史薪山公啓學，長史公甚奇之。父自村公督公甚峻，而期之甚切。公弱冠即出，受弟子束脯，以其學傳之人，年三十餘以縣首選進邑庠生，鑽骨讀書，不得志於塲屋者久之。顧愈以不自懈，從受學者日益衆，造就教誨，悉有成立。竟一子衿以老，年八十餘卒。鄉人稱之曰"古先生"，士論誦之曰"庠正士"。此公之平生也。

公爲人孝友篤摯，歲所得束脯金以奉父母，毫不入私。與二弟同寢共食，父殁，爲之娶婦立家。先祖塋地、祀園，惓惓力圖之。内室梁氏臨盡，請公至前者三，不出一語。公曰："我知之矣，汝死之後，恐以繼續傷兒耶？"梁頷而諾。其時公子三植，生七月耳。而公終身不娶，呱呱而泣，不見所恃，公紿之曰："母且至，母且至。"且勞且紿，躬自粥哺，以庶幾一綫之存。及三植長，能讀公書，公喜甚，乃年二十餘殁，遺二子而已。公撫教二子如其所以撫子者。平生非義不取，有急必與，不乘危，不襲倖，不矜己，不鶩名，不妄言，不輕動，持家以儉，行事以慎，裕後以仁。其居鄉也若治家，鄉人有事必來質疑，公出衷腑應之，不爲藏匿依附。鄉閈時病疫，請公告神，疫遂罷絶，其爲明神所敬信如此。

公之長孫龍光從予學，予奇龍光文，於是龍光爲公請傳。

何子曰：士有百行，以難垂稱。不娶之義，蓋曾參、王駿僅僅見之。方公守其七月乳兒以踐臨别一語，雖古烈士何以加諸？推此心也，顛沛隕越，無不可仗也，儻其中道弱息不競，公終踐之耶？抑復不也？其所得留一綫之脉以大昌厥後，則天相之矣。然則告神疫絶，猶其戔戔者耳。鄉曰“古先生”，士曰“庠正士”，有以也。

朱敬所公傳

先生諱一泮，字達宗。生而恂遜，嚴重易和，齔歲稱孤。既數年，得其尊甫手書叢籍中，悲涕不止，感動家人。稍長，事母盡孝。晚節，母氏病風，先生所以起居不怠，志養無方。母殁，哀毁過當，素髪夕改。祭奠之日，精潔苾芬，式厥禮儀，子姓昆弟，遵而化之。先生少受經書，邃於《春秋》，旁通諸經子史，厭應舉俗學，設帳受徒，尊尚誠敬，衣冠危坐，靡間寒暑，雖漏屋之中，了無岸幘跛倚之態，康莊坦逵，肅恭矩步，及至曲巷旁途，亦紆轉方正，不斜側取捷跡。

先生平生，非禮之事不接於目，近利之行不邇諸躬。從先生學者儼然尊宗，雖至白首貴倨，猶憚畏如一日。先生之言曰：“一誠也，主一敬也。繇敬入誠，四勿是已。”又曰：“道，正氣也；精神，私氣也。吾儒從事於道而葆其精神。釋氏第葆精神而已，其所攝持亦類於敬，遺乎道矣。”先生以言爲塗，以行爲璽，用璽印塗，是以學者稱曰“敬所先生”。

何子曰：士之不能進於道者，豈非弛曼其外貌哉！夫耳目手足，人所共見也，猶不能矜且攝，况夫人所不見之心。先民有云“繇乎中以應乎外，制於外以養其中”，懿哉斯言，先生體之矣。先生無麻之蓬、不滲之芷，卓然自會於聖學而實究之躬行。惜乎其名僅止於閭巷，吾烏乎敢泯先生哉！

林坦齋公傳

有泉先輩之盛，士專一經者，子弟聚而師之，楷其模範而守其訓詁，終身無所改徙。以故師名其家，士名其學，文獻之盛，所繇來也。蓋自弘、正之間，蔡虚齋先生修明《易》學，士得領其緒論，轉相授受，其傳浸廣。而有林先生文明者，受《易》郭文博先生，而文博先生受《易》虚齋者也。先生褒衣博帶，與諸弟子雍容講説，紫峰陳先生與之相重，統會聖真，窮討理窟，至所旁獵《詩》、《賦》、《騷》、《選》、名物考索、對揚敷奏之文靡不闕究，其用切於身精，而道通於世務。弱冠隸名學宫，有聲諸生間。久之，爲郡别駕所知，與相厚善。郡别駕爲人誣引，先生遂斂退，不與提學使者試。久之，御史又復知先生，學使者怪先生不受己知而受知御史者，先生遂棄諸生不顧，而士不以先生失諸生，宗仰如舊，故知先生之學足述也。先生教人反覆諄切，句析條分，悉盡其誠，而規矩嚴密，無所假借。閲史籍見忠臣孝子、貞夫義婦遺事，輒掩卷垂涕，得一善言，隨筆劄記。爲人講論，不暢不休，以此得宗仰諸生間。先生幹質魁梧，與之處，油油若無皂白，至是非、義利，嶄然辨毫髮。事父母切至，孝敬不違。伏臘祭祀，汛掃焚香，終老忘倦。邑中饑疫流行，家無宿食，量力推賑於親友，往來恤問，亡少卻避。鄉有不平，得一言而退。其篤行如此，可謂恬淡樂道，不知不愠君子也。先生所講《四書》、《易經》，故有《草説》，皆手自訂定，及見紫峰先生《淺説》、《通典》，曰："足以傳矣，吾不能有加也。"臨殁，取而焚之，《草説》遂廢。

何喬遠曰：林志唯君與予譚其先大父事，令人發媿而自奮也。志唯尊甫廣文先生爲童子時，先生使餽肉於其友人，友人受肉而留其托。及返，先生詬曰："兒子憚持托耶？幼而不恭，長何所不自弛？"使還持托也。異時，廣文先生語志唯曰："當王父焚《草説》時，惜吾不能取而存之。取而存也，違而道，吾罪矣。"夫先生所説書，今不傳矣，乃質行不媿怍於俯仰。廣文先生與志唯君繼述有道之盛，皆先生開之。夫立德君子，烏在乎尚言耶！

吕文學君傳

昔予中表有廣文先生陳伯孝者，數數爲予言文學吕先生之行。廣文先生學博而内修，予信其言之不誣也。

先生居武榮之樸鄉，讀書郡城中，則與今廉訪林公尊甫贈公前淮若予友洪君晉尊甫雙槐砥礪切磨。二公皆質行長者，不知其人，視其友矣。予故聞先輩督學使者行郡邑，校文之後，輒使諸生背誦諸書，時有擊蒙之罰，以故其時文學諸生逡逡毋敢闌尺寸。翁每當使者至，與其仲文學君猷踉蹌入城，且行且舉。其所治經書應口成誦，一字不訛，兄唱弟和，若吹篪壎。時與行輩譚他經及諸子史，若倒囊物，用是名籍籍諸生間。屬泉中有寇警，先生之尊人垂暮，則輒辭去所業，爲奉親計，畜其弟猷若季弟豐，友于切篤。年過四十未子，即取豐子子之。人曰："若子之辭諸生與子弟子，皆太蚤計。"先生曰："名與親孰厚？弟之子皆親脉也，又奚必自出！"

先生爲人精勤詳辨，居恒未嘗漫出一語，接人温恭和易，雖僕役卑幼無不當其心者。家承先世之遺，勤儉而持之，其所周急撫育，旁及群從，外暨親友，無不沾洽。平生慎起居、忍嗜慾，老而彌康，易簀之時神閒氣定，殆有道者歟！

何生曰：吕之先在宋有樸鄉先生諱大圭者，官侍郎，受業陳北溪之門人王招以遡考亭，而丘公釣磯復出侍郎公之門。夫有乾坤以來，有此草木花卉，則其根葉葩蘤亘天地如一模象。人故有祖始，若文學先生之爲人，真侍郎公裔哉！真侍郎公裔哉！

如無老叟傳

金壇仲山虞公，崇安令公大復尊甫也。始爲諸生，最後入成均，年幾七十，以次遥授句臚丞，至八十三受令公封郎文林如其官。蓋公年五十而始生男，其育令公以五十二也，計其封最晚，計其期最蚤矣。乃公則自稱居士，自號"如無老叟"云。

公秉躬温理，氣度灑落，尊尊親親，赴急居夷，無怠無荒，不絿不競，人望而畏之，邇而親之。維虞之先在國初有玉雪公諱謙者，爲成祖所知，歷事仁、宣二廟，仕至大理卿。玉雪公嘗受《蘭亭》賜本，公寶藏惟謹，或欲展視，必盥手焚香乃出。玉雪公所有遺草，裒輯校讐壽之梓也。至其所以事二尊人至孝，母氏奇嚴，公時時幾諫，以能霽其心。父殁，舉氊衫畀公父受之，雖年所多歷，每臘寒必取而衣之，示父遺也。族父嘗被誣，坐重辟，公爲求其人以解。有族孫羸病未子,公勸之多擇宜子者,子尋生矣。廣文梁公之子殤,公出地葬焉。廣文衛公卒于宦舍,公賻之櫬。尉姚者,閩人,將死,請公曰"敢累公身後",公治含斂具積以歸,踰年其子間關來謝也。公有所受業師與所爲公子師並浙之餘姚人,公終事之無間。其一師晚來投公,忽眩絶仆地,良久蘇醒曰:"吾即死,得公所,不至無歸。"臨去,泣以别。其一師挾幼子從學,種痘幾殆,公與室湯孺人抱持之延醫,手湯藥也。

公豐頤隆準,聲如洪鐘,居常爽介,坐不憑,立不倚,顧闓懌慈祥,與人爲樂易。時時杖屨行鄉落,雜田夫埜老,矮屋低簷,村沽市脯,殊與爲盡,家人恒失公所往。至或值吉月,邑侯請詣賓筵,則山立陽休,威儀莫選,儼然歌隅抑矣。家蓄童僕,不輕易箠辱之,間有叛去者,尋亦念恩自歸。有時酒酣,令童兒來前雜舞,分班飲食,雖参横月墜,饌撤(撤)席散,亦必身視其餕餘,間舉畊傭作苦而訓誡之,毋令其生事敗德。至其爲德於鄉,排難解紛,或約己饒人,未易更僕也。嘗遇歲大侵,勸母舅于公賑粟三千。時海忠介公在留都,大義于公。而里人飲公之仁言,邑中有事,令君之賢者,輒問虞公云:"何其見信如此?"公嘗客白下,有空舍祟叢焉,公入宿,無所見。他日人居之,雖有官爵,祟不戢也。公再復入,又復無所見。一日,憑几坐,急鵲來投,諦視之,有流矢入肉,公手出之,鵲繞鳴三匝,若謝德然。人謂公正直通神明,仁慈洽禽鳥矣。

始公爲諸生時,蓋遭父兄之難云。釁之起也,有諸父客死,其子弱而來依公父,族人圖不利於孺子,而公父把持之,族人圖不遂。會家僮祥者既出分,有女臨嫁,寡。公母强以配家僮木,木者非祥之所欲,則倚醉横罵公母,醒,大畏怖。彼屠人也,鼓刀割女吻,鄰人驚捄之,女得不殊,乃紩之以鷄皮,而族人惎:"女不死者,汝無逃處,主不貸也。"祥驚殊之,訟於官,以爲公父逼其女以爲其長子妾,女不就逼,而以烈亡。邑令遂爲飲章,論公父抵死罪,公之長兄黜弟子員,罰千金爲烈女作廟,而虞氏之獄成。公長兄既黜弟子員,論罰金,走闕下訟冤,不克白。而久之,有直指尚者,其微時,妻爲人謀娶,事類飲章。於是尚直指杖公兄至死,而公亦不免於重創。然公周旋累歲,公父竟以出於罪。

令公之成進士也，公年七十有八矣。是歲季弟子隆亦與同舉，公歎曰："吾昔也無身有身，無子有子，今也不但身之，而又厚之，不但子之，而又成之，可不念哉！"所以貽子若侄書，令無儕俗徒取榮名以負天與祖宗厚善之意。令公得令崇安，公送之武林，揮涕命之曰："身非汝有，當爲國家出力竭忠。"是後頻仍示書，皆教之事上接下、待士撫民，以邑事視家，或叙説艱難，鍼砭鄙吝，用示韋弦，或發暢胸臆，矜詡矍鑠，以慰遊子之意，皆蠅頭小楷，言不下數十萬，且朱鉛其傍曰："此吾近況矣。"計公當父兄之難也，戴星囓雪，依墻索饘，羅刹夜叉，充堂塞户，道路躓硋，肉骨分張，或百里重繭，或通宵無寐，彼一時也。及公有令公若季弟之子簪聯佩綴印纍綬，若此一時也。然公當其彼一時也，洗腆致酒，會親賓貴人，歲歲上壽膝下，不以喪難之餘儉於菽水。及其此一時也，不敢忘集木臨谷之心，安燕侈奉，車上爲儛，即有時浮白醉驩，痛念父兄，酒盡而繼以哭，蓋戰兢惕厲，八十餘年如一日焉。

公諱立道，字子中，一字豫凡，仲山其别號。其歿也，屬纊之辰，封命適至，時令公方有入覲之行，且過子舍，居起，公已先卒矣。令公以公不及封爲恨，而爲公慶者亦以佹及於封命之爲榮也。

何喬遠曰：予所以傳公具矣。予讀令公請傳之言，悲其不能以旬日假於造物，以遂執手一訣之私，而痛其不永於封後之桑榆，以榮施吾君之明賜。傷哉！其言之也，曰："孤不痛以死，亦媿以死矣。"廼予所以慰令君，昔王文成封伯，命至，亦值其尊公屬纊之辰，文成公命家人毋爲孺子泣，所以不泣，良謂有足以不泣者矣。公之所以得縣令之封者，其舉令君遲也，然亦有足以不泣者。父母既殁，思貽令名必果，此又令君之足以不泣者也。

鏡山全集卷五十八

傳

王孝子傳

南邑沅州守王公承箕有子曰應篤，爲諸生，受業於先人。其没也，先人歎曰："是予之高弟也。"走唁沅州公。沅州公有十子，公其三，獨孝公也。問公所以孝，則凡沅州志與事咸體而爲之。沅州公仕，諸門内之政一委公。公賓祭恭而泛應，理其勞與費，不以剖判諸兄弟。嘉靖之季，邑中寇賊輒發人塚，邑中山落之聚獨公有家，寇眈眈公大父塚矣。公募死士與寇爲出入，發大父柩竁，扶之歸。寇物色之，已空塚，嘍啃去。先祖有開山之祠在闃寂山岫間，燬於寇者百餘年，公不惜勞且費，爲族人先，而族人從之，祠一新也。沅州公爲諸子成室，公脱其丘嫂奩具佐役爲多。沅州公爲壽藏，公跋履求吉壤焉，而亦公役治之。沅州公卞好譙讓，得公則驩。公每得美服食，先上沅州公也。少喪母而哀，事繼母毋怠。伯兄遘疾，公手湯藥，卧起與俱。仲兄爲寇所得，質之以求贖，公宛轉貲物而歸之。猶子產痘，醫曰黑則不可幾，吮之或望治，而公吮焉。宗族人有窮之不能婚喪者，皆公助以舉。他諸赴人之阨，急人之困，不遺餘力矣。既不得志於諸生，不年以死。死之日，里中農叟無不流涕者也。邑中子衿列狀有司而表之曰孝行。

何生曰：古人何稱孝子哉？先意承志，聽於無聲，視於無形。意之與志不出父母平居之所言説，躬身之所履蹈，易爲測也，先而承之，無有形聲，此曾氏子請與而元斯下也。又予讀陶朱公所委其季子解獄於楚，而益信家督之難才，以予游沅州公十子間，能行能家，具有其器品矣，乃獨孝公。語曰"知子莫若父"，豈待子衿之列狀、有司之褒揚哉？沅州公一稱而公百行之原具也。

詩賈傳

詩賈者，杭之賈人也，姓黄，名徽，字季美，出贅於沈翁。翁故爲閩賈居停，季美贅其家，翁使主，進退不私，又爲翁治賓客無勌，閩賈皆大喜，麕集沈翁家。既娶翁女歸，走閩中賈，旅舍船步，時時賦詩爲娱樂，詩自名《縠音》，如《送李左虚》詩："日落千山寂，秋深萬木寒。"《别曾三吾》詩："遠山春日静，新柳夕烟和。"《湖上》詩："水平孤嶼媚，花放六橋殊。"《桃花》詩："過雨繁枝重，含風碎萼新。"《浦城買舟》詩："山火夜不滅，灘聲寒愈流。"《贈莫紹棠》詩："乞火堪窮《易》，推窗可著書。"《六橋》詩："魚驚灘下鷺，風動水生波。"《秋日》詩："青蕪眯古砌，丹葉墜平溝。斫竹屏重補，爲幔布屢裁。"《閩中泊舟》詩："潮落客船歸去盡，只留斜日伴漁人。水口薛亭官長在，搜鹽日午始開關。平明捨舫山城外，竹轎迎人又索錢。"《元日大雨》詩："喜逢元日雨傾盆，天送清虚到蓽門。"《汎湖》詩："楊柳小堤通佛寺，梅花孤嶼隱仙家。"《卜歸》詩："茂陵夜雨相如卧，孟館秋風崔讓歸。"《田家》詩："扶筇老人喜客來，草堂設榻揮塵埃。"《法華菴》詩："崎嶇新逕山分出，颯爽松風竹引來。"其佳句也。季美既倦游，修沈翁之業而息之，客復以麕集。居無何，卒。其子通走書求予傳，予因掇季美佳句哀而稱之，使其聞于後。

何子曰：古之託於隱者多矣，儈牛緯蕭之倫皆能獨高其道，文采有以自見。至於賈而無之，何者？心有營也。若夫陽翟布衣招致賓客以成《吕覽》，蓋在得柄之後，乃其奇貨居人，有不爲大盜謀也者。夫季美也，囂紛也，其心寧以明；龐穰也，其學涉以篤；計算也，其志玄以邈；闤闠也，其韻翛以清。夫有唐也，以詩名其代也。桑門閨秀皆進乎技，賈人缺矣。季美詩不妨賈，賈不揜詩，儈牛緯蕭遂無前人以著吾世唐方之蔑，亦以見吾世之盛也。

蔡總憲公傳

龍溪蔡公念質起家隆慶戊辰進士，移疾家居，辛未授江西瑞州府推官，萬曆乙亥陞户部廣西司主事,庚辰陞員外郎,辛巳陞郎中,其年出爲雲南廣西府知府,丙戌陞貴州按察副使。戊子丁封公艱,服除歲餘,乃北上。尋丁繼母艱,服除再歲,乃入都。乙未補廣東副使,丁酉陞陝西布政司右參政,庚子陞廣東按察使,辛丑陞廣東右布政使,甲辰轉左,丁未陞都察院右副都御史,巡撫廣西。壬子陞南京户部右侍郎兼都察院右僉都御史,總督糧儲,累辭不允。乙卯陞南京都察院右都御史,引疾引年,復不許。丙辰秋七月卒於位。

公爲右都御史,則上今上書,陳從衆之益,欲上舍己從人如虞舜,其略曰:“人之生也,天地能覆載之,不能禄位之;父母能拊育之,不能華膴之。能禄位、華膴人者,君也。受君禄位、華膴而不圖報,則非人也。既思圖報,則凡有陳請皆忠愛也。乃今皇上多不聽納,間或嚴旨切責,上心無疑乎?皇上但觀一事行止,若有多官相繼言之,或有一署公疏言之,或有各署合疏言之,則其無可疑心可知也。皇上設以要譽干進爲疑,豈有衆而盡要譽干進?設以市恩植黨爲疑,豈有衆而盡希恩植黨?設以狥情行私爲疑,豈有衆而盡狥情行私?咈衆未見其損也,而久之則所損非微;從衆未見其益也,而久之宗社國家有賴之矣。今衆情所仰望者,有第一大事,有第一善事,有第一急事,有第一切要事。其在皇上之身,有第一可快事,有第一能勝人事,有第一能召福事。第一大事則皇太子之講學,皇長孫之出閣也;第一善事則礦税之罷免也,内帑之給發也;第一急事則科道官考選之賜允與舊科道官之允請允差也;第一切要事則章奏之無留中及中旨之無徑出也。虞舜之侈有天下也,禄、位、壽矣,而曰:‘必得其名焉。’名者,天下之所聖也,人主之所快也。皇上禄矣,位矣,壽矣,使天下群而聖皇上,皇上不快乎?《中庸》之誦聖人也,以爲配天。天之能勝人,孰不知之,而豈在咈人從己以爲勝乎?以天自處,皇上勝矣。‘神之聽之,介以景福’,‘保佑命之,自天申之’,神介大(天)申,皆言福也。福必本德,皇上聖焉而必得,其名能勝人焉,而不以自勝,皇上福矣。要而歸之,則在舍己從衆如有虞,此臣所謂益也。”

公又欲正疏議之體,挽習流之弊,以恪言官之職,輒上三事:其一曰疏詞戒冗晦,言無用浮曼之語以煩宸覽也,無用僻語奇字以勞聖思也。其一曰稱謂戒沿襲，無以地言臣也，如以相州言韓魏公，以涑水言司馬温公也；無以周官漢吏稱今官也，如稱吏部尚書曰冢宰，稱禮部尚書曰宗伯也，稱户部郎官曰度支郎，工部郎官曰將作官屬也；無以古輿圖言今省也，如以燕、吴言北直、南直，以豫章、於越言江、浙，以滇、黔言雲、貴也。其一曰論列戒深刻，無輒指人爲邪也，無輒目人爲姦黨也；不可厚誣以重人罪，無循羅織，無過粧點，無輕採人蜚語誣詞也；不可過激以擅擬人罪，如曰此當逐也，此當斬也。又請定官評之格，列賢否之實，欲於考語之下分列五欵，曰操守，曰才幹，曰心術，曰年，曰貌。每欲編定十字，各註下方，毋炫支詞，毋飾遁語，使考人者不爲皮傅，考于人者不爲膚受，據考人考於人者以觀人者不爲影捉，用以存註考之舊章，冀以得賢才之實用。並見嘉納。

公爲都御史時，廣有啼雞哨，哨官裴挺者叛附安南夷，易名曰“叱潘”；左江有遷隆峒民王恭者叛附安南夷，易名曰“該痛”，與安南僞侯、僞伯扶安、黄槾等以萬曆三十五年臘盡之日，突入欽州城，戕賊官民，大擄掠去。朝命廣東督臣與廣西共剿之。公召語文武將吏曰：“蕞爾南醜，釜魚穽獸也，廣東壓之大兵足矣，獨慮越山北竄耳，我西師第爲東聲援，遏其遁逃，摧其侵軼，無殺降，無殺良，殺降殺良者戮無赦，能廣招降人保全之，吾撫臣敘若功。”則命多爲表，建表夷村之前曰“善村”，則命多□幟，建幟夷隘之口曰招降，得夷人毋困之，過夷聚落毋擾動。乃使分守左江右參議廷蕙專監軍，乃使分巡右江副使文奇專督餉，乃使總兵崗調度諸將校帥土漢兵二萬以行。於是，廣東兵逼巢剿捕，西師爲犄角要遮。於是，思明府同知鳴時得那罷等二十四村叛民男婦二千四百二十餘名口，毋虔劉；得峒巃、峒夏等四十三村夷人男婦二千五百五十名口，毋虔劉；禄州夷官德慶生擒夷賊二十五人，毋虔劉；都事之契生擒叛賊八人，毋虔劉；副總兵鎮生擒夷賊二人，招撫板茂等十二村夷人男婦千三十八名口，毋虔劉；參將廷蘭生擒夷賊二十人，招撫峒巃等十八村夷人男婦千二百十八名口，毋虔劉；副總兵應科生擒夷賊二人，招撫那崕等三村降夷頭十九人，毋虔劉；參將萬紀生擒夷賊二十三人，招撫板江等十村夷人男婦三百八十名口，吞查等十村夷人男婦三百四十七名口，毋虔劉；守備萬化生擒夷賊三名，招撫顛程等七村夷人男婦二百四十五口，漯懷等九村夷人男婦三百四十七名口，毋虔劉。是役也，凡得夷賊八十二人，招降諸村男婦六千三百二十六名口。公使械繫八十二人，俟譯審定罪，而六千三百餘人者按籍綏定之，而上疏以聞。若謂："東土督臣肅將明命，振武徂征。臣於此時即當悉索西賦，與東兵鼓行前，庶幾同仇之誼。乃臣至愚不敏，日惟催督安南黎都統，使之擒獻賊魁，冀可省事省力。乃見廣東計畫既審，兵力又勁，料足獨殲群醜。於是，嚴飭廣西將校無容深入、無容妄殺，第使招降撫定，以斷群兇之羽翼，俟有窮寇兔脱狐踉，豕突蝮螫，即禽蒐而生致之，此其爲計至淺，爲用至無奇也。仰仗我皇上聖武布昭，天威震疊。以故文武將吏力圖執訊之策，共成有制之師，醜類八十餘徒，纍纍而縶，招撫六千餘人，繩繩而歸。自軍興以至凱旋，竟不血刃，亦無一矢相加遺，既章天朝好生之德，又表王師無戰之威。此於東方進剿似亦足相爲用者，顧我皇上之威靈也，諸將吏之力也。若臣碌碌捄罪之不暇，其何足宣玄略之秋毫，抒閎猷之末緒哉！"

雲南夷鳳酋聚衆倡亂，滇撫奉旨往征，乞餉金，廣東、西以五萬，明旨已下矣。公上言廣西貧困之狀，末言："雲南之求助於兩廣者，坐窘餉也。兩廣之不能爲雲南助者，坐餉窘也。遡厥所繇，則繇國税之未停罷也。蓋未税之前，則以税爲餉，而餉充；既税之後，則移餉爲税，而餉缺也。餉缺勢必取公帑矣，公帑匱勢必漸去兵矣，兵少勢必生戎心召外患矣。竊謂今日皇上倘免雲南之税，彼何須求助於廣東、西；倘免廣東、西之税，亦何至莫助於雲南！此特在九重之上，一言之寬耳。"

三殿重建，貴州當採運之役。黔撫復以困匱爲言，工部請責廣西協濟貴州木價銀十萬，以五年爲期。公復言："宸居鼎建，重務也；臣子分勞，本職也。惟是廣西宗藩，蕃齒而望腹，戍兵枵中而荷戈，洶洶脱巾、眈眈攫金，日夕患之。臣等先後捧誦明綸，本謂欲助大工，乃興税務。西税若罷，不以轉入内帑，協濟貴州，臣有策矣，况亦皇上所以示信於天下也。"粵西税使病死，公又請免税曰："皇上嘗念貴州貧，免貴州税矣。嘗念遼東邊，撤税使以遼税充遼餉矣。廣西與貴等貧，而宗禄兵餉之匱乏爲甚，與遼東等邊，而物力遜之。今税璫又不俟撤而死矣。皇上何不以念遼念貴者念西人也?”上又欲以四川税使來兼西税，公又陳其可虞者二、不便者三，事竟已。西兵恃廣東鹽爲餉，東人欲增課，公争之東人；税使税及西人米，公争之税使。始，公持節鉞西也，首禁土酋毋得入鎮城，文武將吏毋得納土酋貨賄，毋得訟牒追呼，毋得聽細人言驚擾之。其有不馴服，手文告而示之，明之以利害之鄉，諸酋盡感泣若更生。終公任，囂如岑雲漢，訟父阻兵；鷙如羅謙，竊據四堡，皆革心悔罪，爲我不叛之臣。

公爲布政使，與所司約，予職賦金以上户部。凡衡金自邑州而府而司，權惟一，毋輕重；凡在衡之金若百若什若兩，型惟一，毋凌雜；凡上賦以監收官故封識授轉解官，毋開動。書其所以於單目，鍥而上之户部，解官不如數，請户部毋發與解官單目，解官不得户部單目，空手還，布政使且罪解官。自其爲藩臬，四入賀，三入覲，有司餽贐不啓郵筒，不答之。

公爲按察使監試棘闈，御史與布政使相格於闈中，有旨勘問。後御史意有軒輊，公據當日目擊直書，無所避。

公爲参政，值榷使方張，發塚搜金相踵，公力争之，往往拉中使按視虚實，得告者奸狀，即重創併連逮之，幾至爲中使納印。

公爲按察副使，以敘平苗寇曹謫及先後之宜，先後再賜金。

公爲廣西知府，不以窮邊怠拊循。土酋羅雄内訌，公登陴誓衆設伏，得賊，釋其纍，密使齎蠟書遺酋謀主以間之，酋疑謀主謀生遁，賊驚擾，酋雄單騎而奔，遂獲之。幕府論功賜金。

公郎户部，不以苛小，尅核求當，部尚書指視錢穀，委使若避垢膩。王恭質公用汲爲公同舍郎，疏論江陵相，坐斥爲編民，公往餞之。

公爲瑞州推官，清嚴潔修若處女。

公敭歷中外垂五十年，世路如雲變，公屹然守故局，愚且拙，晚而大用，不自見風華，其所以靖獻密勿，經略中外者，皆以不用爲用，無功爲功，見爲無奇策偉論，而所以養國家和平之福，維士大夫忠厚正直之風者遠以大。

公諱應科，字思成，念質其別號。蓋公尊人號質夫，而公羹牆無朝夕也。

何子曰：予平生仰公而未及見公，及公子以公疏議見示，廼知得厠名薦剡之末，公予知己矣。方伯王公玄亭論公西師功曰："嗚呼！疆埸之事，難言之矣。明興，二廣黔蜀大征之，兵無歲無所用，奏捷書於中朝，銘勳伐於地下，貽封賞於後嗣，施及厮養賓幕者，皆人顱也。余親見蜀事，讀公'不血刃'一疏，未嘗不流涕也。"予所贊公不用之用、無功之功，不能有加方伯公所云矣。

黄宫庶公傳

故相李公文節，天下之介士也。公以介立身，而必欲天下如己之介。既得位，則朝士群起而攻之，避之荒廟之中，以待賜歸之命。居三餘年，不得命，而吾友宫庶黄公九石時時周旋其間。朝士攻文節而并以攻公，公不一語辯，第乞歸山中，而亦尋得命矣。方公之被言以歸也，知公者莫不爲公歎惜。居五年，上復以右春坊右庶子起公。公辭，不得命。無何而公没矣。知公者之爲公歎惜無如人何爾，既上念公而人亦知公矣，而天不留之，其如天何哉！

惟公孝友恭讓，廉潔慈祥，不求爲異，亦不求人知，而至其峻特凛洌之操，則有出於和顔煦語之外者，隱隱而後人見，久久而後人明，以此知公之真君子也。

維公科第敭歷，舉鄉試於萬曆己卯，爲第七人；登第於萬曆戊戌，選翰林庶吉士爲第一。庚子授編修，辛丑請急歸葬大父母及父母。甲辰還朝，丙午管理起居注，編纂章奏。丁未分校禮闈，持節册封楚。己酉奉命典浙闈。庚戌春充殿試受卷官，其夏管理誥勅。辛亥陞左春坊左中允。壬子陞左春坊左諭德兼翰林侍讀。壬子引疾歸。丁巳陞右春坊右庶子，掌坊事兼翰林侍讀。

維公孝友之行，庚辰上春官不第，歸。方入閩，聞贈公病，以五日夜馳還家。戊子當上公車，念贈孺人春秋高，止，不赴。並得奉贈公、贈孺人啓手足，誠信以無悔。庶母王，無出也，病血崩，醫曰："嘗之辛者不死。"公口嘗之，竟以生。叔父病，所居舍相去數百步，移就侍，一夜十起，寢食俱廢，叔氏以無害。辛丑當分校禮闈矣，念仲氏貳車公方上公車，亟走避，詣辭政府七，乃得免。辛丑請急，居三歲，當還朝矣，遷延至于甲辰之秋，亦以便貳車公上公車地也。

維公恭讓之德，念上惡諸臣出位，即有言不行，益以激聒增上怒，而又蒿目憂時，不能已於葵藿，則有擬《講學疏》，擬《東宫出閣疏》，擬《罷礦税疏》。東征捄朝鮮有議，撤川貴兵有議，有議邊，有議河，有議採金海上，有議代府封爵，有議收亡賴子爲客兵，以布諸公間，庶幾有位者行一二而不敢以聞上。公在起居注編纂章奏，一字不敢造次，曰："異日國史之取材也。"丁未禮闈之役，公念里中孝廉多習《易》者，請改閲《詩經》，以避瓜李。將拆卷，諸公寘卷首者皆南士，公首易北卷以平之。浙闈之役，與同事諸公歡相得也。

維公廉潔之守，不徑不室，自其爲諸生，謝病家居，不問屏以外事。與士大夫交處，虚聽觸舟，熱不因人。子嫌冠，公出其所冠時衣衣之，曰："此吾冠而祖製衣我者也。"

維公慈祥之美，官在京師，鄉舊姻親有疾病者、死亡者、遭父母喪者、旅櫬久於外困而無資斧者，公皆衝風冒雪，經紀勞倈，授餐迎醫，削牘佐費，所謂撤去酒食，食復不飽，傳出青齊，青齊荒饑。公辭夫廪闕米不受，傳有餘餉以給郵卒之奔走者與其干掫者。居京邸，夜，乞過門，袖錢畀之。家食日留米碗許或錢十餘，以備乞者請。邑有利病，數數言當道而邑人不知。他日發京師，合縣里胥盡送道左。公勞却數四，皆曰："今日令君爲我言，居常黄公戒予無急爾輩，爾輩平時所繇得予寬，爲黄公之言也。故合縣群送公。"他日，子嫌侍曰："大人時時爲德於人，毋使人知耶?"曰："知則吾爲名矣。"

維公峻特凛冽之操，親藩册封，藩府爲故事弁髦使者。公至楚藩，先檄其王相曰："有不肅，將以聞。"行事之日，王以下諸王若王孫罔敢不祗敬，馬首斯南，餽謝一無所受。漢陽王服公清嚴，贈冰桃瓜酒而已。閩中故大司馬張公半洲有禦倭功，不白而不免於罪，同縣故大將軍俞公虚江戰守有勞，久被湮抑，公皆昌言於朝，二公得不歿里中。福山令韋公、尋甸守蔡公先後忤礦税被逮繫，公百爾周旋，無所避畏。張直指者，先按滇，後來按閩，而滇中税璫切齒張公，伺其離滇，誣奏之，公求政府爲捄免。上怒，侍御劉公逮繫之。公晨夕焚香祝天，冀上宥而出之也。

維公學有本原，日新克己，户牖駢對，類多格言。有言："煉心性，煉自己心性，暴戾加人，增自乖張；砥廉節，砥自己廉節，表襮形人，昭自矯飾；積陰德，積自己陰德，權謀勝人，叢自惡業；崇退讓，崇自己退讓，盈滿傲人，露自淺薄。"又言："處世不可有德色想，善使人知，終非善；不可有鬱伊想，忍不能忍，忍乃大；不可有窮奇想，以不盡還天地，天地廼同流。"此公居常所以自儆而自修者也，而非所以見公於生死之際者也。

維公臨終手書數語云："參合於太和，委運於適然，默還造化，再度乾坤，不憂不懼，順受其正。"此則見公平生所學了然存順没寧之道，與至人之叱避無怛、先儒之手正角巾同其曠達而端凝者矣。

維公文章温潤，書法楷正，《文集》而外，所著有《四書質問》、《易經初解》、《左國迂評》，皆有會於心以闡明經傳之旨。公生而田廬不廓於舊，子弟僮僕不敢意氣加人。公臨没而明神來迓。既没之後，言公道德行誼於有司者無士與民，其亦可謂人心之同然一詞於萬口者也。

予少從公游，其後公久在館閣中，而予罪廢闔户。比來，公里告，方與公游從如初，且與公講德投契，而公溘然没矣。友朋離合，有天交焉，而况出處生死之大者乎！是用次平日所知公者以爲公傳，其果足傳公否也？

公諱國鼎，字敦柱，九石其別號。

楊丞君傳

萬曆之間，有台州寧海丞著精勤，懷文雅，立志操，治官舉其職。丞所治官屬，清軍伍，督糧餉。丞運獨智，創定式，一刷異時蠹胥猾吏包攬影射之奸。邑有水利陂塘之役，里甲總其事者，輒漏富虐貧，悉以貧户名上官。丞召責有力家，所上貧户名盡散除之。邑有死獄，坐冤誣不能决，誣之者曰易死者屍。郡司李檄丞治。丞到死者家，召其親鄰男婦，質以殯時所歛衣服之色，起瘞驗之，果然，而冤誣遂白。

方其始也，人不識丞，謂丞卑乎，懷苞苴踵丞後，丞厲聲叱遣之。令欲增建學宫以聚生徒，遽聞親訃，丞推官費之無碍者贊其成。事竣，寧人士大悦。而令聞訃時，上官承兵部檄責賦三千金若星火曰："必了此，方許令歸。"丞旦號召里老人津借數金曰："徵畢即抵若。"人悉樂輸，而三千金不出三日具，令行矣。會邑士新入學者學有宴，宴則令與丞當上座，學博士謂令不在，設上坐欲自據之。丞引分朝治班之禮，竟伸主賓之節，遂事而退。人人稱丞有骨幹，非徒辦治舉其官者。

亡何，擢王官去，棄之，歸。而故時令服除補廣之海陽，遣人迎丞至其縣，曰："向在寧海時，非公助予，予幾不能令。"客之上舍，厚資而送之。

何生曰：丞，吾邑之楊君裕也。世以掾史起家者，脅肩濡首，屑削蠅營，而楊君尊不貪之寶，秉不詘之方，褎然超俗。吾邑縉紳以行誼重者項背相望，置楊君其間，何媿哉！余恐其無聞也，是以爲之傳。

黄典寶傳

黄生曦陟曰："吾大父典寶極齋公，古所謂有道仁人君子也。大父遺世二十六年，曦陟今年三十有七矣，時時與吾父謀所以不朽大父者。父恒耽寂自好，曦陟自顧又一書生耳，不足發明大父。夫子論列當世之人多矣，惟爲我傳大父。"

客曰："典寶公蓋嘗丞靖江云。靖江，江中僻縣也，多萑葦君子焉。典寶領黄頭芟夷之，靖以無萑葦，民生祠焉，是足傳已。"何子曰："可以觀政矣。"

客曰："典寶公孝悌人也，少孤，事厥母，每晨起，束衣不待竟，即手揭趨母寢。夜入定母，母未便寢，輒與其弟環母坐，談笑雜出，曲意爲歡。有時欵客得佳饗，即致母，曰：'母非乏供，偶觸不能自已也。'弟故異出，愛之如同出。弟以次出後人，出己産均分之，不問其所得於所後者幾何。邑值兵後，族屬困急，倣古義田分給以數歲。族譜火於寇，延郡中高士江一鯉重修之。是足傳已。"何子曰："可以觀行矣。"

客曰："曦陟君謂典寶有道仁人君子，果然也。凡典寶公平生所交游，皆名德長者，所過從非名德長者則稱詩論學相摩勵者也。其始就學于其邑中詹縣丞洧者，繼從縣丞洧受學于王參知慎中公。已，聞莆中有布衣林兆恩者，倡導其鄉講三教合一之旨，復執贄而從之。兆恩門徒衆多，所謂與夫子中分魯，獨典寶公爲高弟。是足傳已。"何子曰："可以觀學矣。"

曦陟曰："吾大父遺世時，曦陟年十二，大父音容在目也。大父美鬚髯，善丰儀，時謌嘯吟諷，儻佯自欣。時頹然内念，若有所失，時對客談終日人人厭意，時有所叩而終不竟言，時手摩陟頂曰'孺子讀書'，輒自拊胸曰'須念，須念'，亦不竟厥言。陟於是時未解也，陟今乃知大父所頹然若有失者若悼己之未聞道也，有所扣而不終言者欲人自悟也，自拊胸云'須念'者反之而不出其宗不離於其次也。"何子曰："善哉，善哉！曦陟乎，曦陟乎，千聖所以克念者何事？聖賢所以教人求放心者何爲？子謂爾大父有道仁人君子也，則誠然也。"遂傳之。

公諱大本，字端叔，極齋其别號。初仕鴻臚序班，出丞靖江，終王府典寶。

沈別駕傳

予爲童子時，每元正之日則見吾先子之堂有二刺焉，其一黄公恭肅，其一惠州判沈公宗西也。恭肅公於先子無深交，予先子家近學宫，恭肅拜先師之廟必過先子。而宗西公授業於先子，每元正之日晨起而至矣，余以是知前輩慕交之敦而事師之嚴也。然先子自少年爲郡中大都授，受業先子者不一人，而獨宗西公先至，予又知事師之嚴者獨宗西公也。

公仁孝人也，繇其事師之嚴而推之其内行，則少孤而事母獨至，母教之嚴而公奉之篤，又上奉其祖母可以代其父之如存者。其喪父時年方十三，侍父病，隨醫採藥，至廢食寢。父没，哀毁如成人。繇其事父母之孝而上推之其祖宗，則立祠立田、修墳修譜，無所不獨任；繇其事父母之孝而下推之昆弟叔姪，則事叔之恭，友弟之厚，收族睦宗之懇以真；繇其事父母之孝而推之人己之間，則處友以信，教人以善，有獨爲君子之耻；繇其事父母之孝而推之仕，則攝身清勤，在位靖共,而愛民至到。

其始仕令廣之翁源,革除奸蠹,雅重儒術,捐金買學田贍士,召士試,公自爲備炊。縣值大征之役,治餉給士,贊畫機宜,一切精詳受事。一日,單騎入賊壘,下賊千衆而生擒其譎酋梁忠。上功幕府,爲同事者所冒,朝廷僅增公秩賜金,公不自言。梁忠既平,其餘黨聽撫於公,而私爲寇於旁縣,公復請督撫剿平之。督撫不以剿賊爲公功,而以餘黨不受撫爲公罪,劾調山西行太僕寺主簿,公不自言。公爲寺簿,督養馬廵邊,以其間受諸生《易》,諸生從之,有登上第爲顯官者。既遷蕪湖,縣當衝疲之區,公調停供應,節省民力,其興學立教,禮賢下士,視翁源有加。旬月,承重祖母憂,服除,補浙之慶元,所以興學教士如蕪湖。縣多礦盜,公嚴保甲,申鄉約,盜悉化良民。民有爭訟難决者,公身至其所,目見口剖,無隔垣射覆之爲疑。民或蔬菜餽公,公亦辭謝之。居慶五年,遷惠州通判,而公拂衣歸矣。

公之去翁源也,源民頂香欄車,里社各像公尸祝,時時入泉起居。公去之四十餘載,民思公奉公,祠名宦。其去蕪湖,士大夫作《湖陰遺愛》詩以送,以其居無何也,用不及祠公。公知慶元,民爭祠公,公悉扁爲鄉約所以教。民之攀公之切者直抵閩省,津遣乃去。每歲春之二月、秋之九月,多入泉上公壽者。蓋公母以二月壽而公以九月壽,故其民以時至群來。公去慶之四十餘年爲萬曆戊午,而公没有年矣,慶人復祠公於名宦。然後知公之所至,其爲德於民者深也。

公居家杜門讀書,履信修順,數武之宫不展,十畝之桑常閑。出行衢道,步武齊遬,與人言下氣怡詞,而一歸於孝弟忠信之行。畏壘尸於鄉,玄纁賓於庭,人無間言,身有終譽,其爲鞠躬好修君子也已,而皆本于仁孝而推之。予是以知立身當有根本,而爲學當求實踐也。公自敘以示子孫有曰:“予生平上無所報,下無所禆,生無可述,死無可誌。其幼而壯,壯而老,有所勉,有所戒,有所教者,不敢不書也。教者,教子弟以孝弟忠信,以敦厚崇儉,以守分讀書。上者,取科第名世;下者,隨本營生,不必空冒讀書之名,空負衣冠之家,高冠方履,博奕酣酒,以致敗落。若設館開帳,雖儒家本業,亦惟列子衿者爲宜,不則不如隨資輕重,隨身强弱,治生持家之爲爽且快也。戒者,自戒過求,自戒僭妄,戒諸子勿傳真像祀我,勿求詩文輓我,勿用僧道度我,勿科田丁浼親友祭我。勉者,吾勉改過,吾勉從善,吾勉自强,吾勉不敢慢人,吾勉不敢妬人,吾勉不敢欺人,吾勉不敢負人。"嗚呼,此公臨深履薄之意也!

公名維龍,字震卿,宗西别號。其舉於鄉爲嘉靖之戊午。

何生曰:聖門稱君子必以文質彬彬,公其人矣。跡公宦轍所至,於學道愛人奚加焉!論君子,必得真君子。如公,真君子也!

王未齋公傳

當嘉靖之時,晉江有蔡松莊先生講《易》,蔡莊之墅,弟子雲從,而吾先子怍菴先生與之相亞。當是時,王文成之學方新,學士大夫多議其簡徑,而閩中諸先去考亭尤近,尊守其致知力行之説,以合於聖門博文約禮之義,不敢一毫離於繩尺,其爲功甚勤,而其踐爲甚實。去之今日而始講性命以爲高,扣玄虚以爲歸,求之躬行實踐之際,茫然背馳不見其影響,而去諸先之學遠矣。當蔡先生與吾先子講《易》之日,而未齋先生尊之爲師,蔡先生知先生尤深,而妻之以女。予常見先生於先子之側,高明直達,無世人媕阿柔脆之氣,而知先生所依歸於蔡先生與先子者深矣。先生事繼母至孝,畜異母弟至友。蔡先生久居建州,臨没無子,作訣書割田遺先生,而先生不受。每朔興,具衣冠作禮祖先於寢門之内,誘子弟讀書,作譜垂訓,常欲倣古禮如河東義門,須有力行之而皆不果,則歎曰:"命也夫,命也夫!"先生讀書,寒暑不廢,爲詞章刻苦沉涵,十入棘闈,主司擬中選而卒不與,是又命也。其稍行其學,嘗一游鄧州。鄧假守滕公請公爲鄧州弟子開講,鄧弟子從者百餘人,開封守聞先生即延爲其子師。然先生時不遇,道不行,倦游歸矣。先生雖不行不遇,至今没四十年,人尚知有先生也。

先生諱國輔,字忠甫,未齋其别號。今有孫有棟,諸生有名,受業於余。然余之學有媿蔡先生及余先子,而有棟襲祖父之業則又將明昌而大之,而發先生所未盡也。

謝處士傳

謝子定勛踵門而求傳其祖父莘麓君,挾其祖父之友所與祖父書示予,曰:“不知其人,視其友。”書凡數通,則故相國九我李公、楚方伯貫齋楊公、故户部郎錦亭張公、純菴温公、故孝廉鳴山傅公、故文學嚴堂丘公。余曰:是皆吾里中先輩德行文學長者也,子之祖父亡疑焉。君既從諸公遊,自其少年則擔簦齎糧跋涉出山谷,就學城闉,其雋才可指取戾契致而竟挾一經以老,且也不得終牖下而居圜土中者餘三十年矣,且也挾雋才藴遠心厥父不省也,命從其母居而阻其膝下之養,則自其年之十四歲矣。古云:“不順乎親,不信乎朋友矣;不信乎朋友,不獲乎上矣。”君信乎朋友矣,曷爲不順乎親歟!信乎朋友矣,有司治之居圜扉以三十餘年,曷爲不獲乎上歟!君子曰:“信乎朋友,不獲乎上,古有其人矣,曰公冶長;信乎朋友,不獲乎親,古有其人矣,曰匡章。”夫二子者,得孔孟爲之依歸,其爲朋友,不亦大乎!君之不得於父,蓋以父别置側室之故,而謬以正家責其父。公之久縶圜扉,則其人梃傷母,與之鬩,徽纆之送之官,其人中途服毒斃,顧發難實君弟,君又不委之弟而自承之。然則君所以兩遭厄窮,皆爲母也。君之不得於父也當童年,令其在智慧開張之日,有不以幾諫見志者乎?君之爲母發憤也當壯歲,令其非血氣方剛之時有不以舒徐求直者乎?無所逃而待烹,申生也,勇於從而順令,伯奇也,伋與壽也争死,聖人不非也。朱文公之序《楚詞》也,曰:“原之爲人,其志行雖或過於中庸,然皆生於繾綣惻怛不能自已之志,意使世之放臣屏子,怨妻失婦抆淚謳吟於下,而所天幸而聽之,則於彼此之間豈不足以交發天性民彝之真而增三綱五典之重?”趙壹《嫉邪》之詩,散憤蕙芳,指斥囊錢;酈炎《見志》之章,哀傷蘭芝,歎息玉贙。君生雖無屈大夫之《騷》,酈、趙二子之作,觀所遭逢,足發千古同時之歎矣。

君名聘,字爾尹,莘麓其别號。

莊大參公傳

予自爲鄉舉時,則知吾惠邑有瓊泉莊先生也。嘗讀其《筠陽》、《巾笥》二集，而鄉先生丁公自申序之曰："先生以意爲古文辭而不以辭爲古文辭，自西京而下，其屬詞不必同，自眉山而下，其命意不能到。"誠哉言也！

先生諱朝賓，字于觀，起家嘉靖丁未進士，授南工部主事，以郎中出知瑞州，遷廣西按察副使、貴州左參政。亡何，仍參政廣西，致仕歸，上大夫之秩耳，而吾郡稱爲莊先生，其學足尊，其行足重也。

論先生家世，則浮羅葉公春及志其墓矣，曰："余令惠邑，邑有莊參政云。惠地淳鹵穀嗛，民鮮什一利，仕宦之家，競致饒益廣田宅，歲更負版。莊公無加賦，治第塗塈久不完。"

論先生平生，則吴郡劉公弘道書其狀，曰："余令惠邑，詢訪耆德，大參瓊泉莊公古端雅君子也，操行如一日，心事繩直，無不可使人知，燕居屢空，飲食服御如寒士，嘗貽友人書：'幸能護我本來面目，見江東父老無媿。問今日動定，盂飯盤蔬，置書坐隅，以供餘年。出郭外三四里許，先人之敝廬在焉，薄田數畝可饘粥，徒步往課僮豎之勤勞。古人云三宜去，七不堪，今我非耶？'又曰：'迂疎無似，不能蚤自引去，以至今日。若復少懷顧望，識時知幾，諒不如此。'讀公斯言，可謂安止足之分，明易退之節。"

論先生仕宦，則江西志書紀傳循良，民謡先生曰："錦江水清見底，我公清亦如此。"其按察廣西，分部右江，而夷人號爲"莊菩薩"也。先生爲南工部，督龍江水木場及蘆州税監、提舉造舡監，收内庫軍器，所至剔奸蠹、嚴課程，廉明敏幹，事以辦治。先生知瑞州，蒞事精明，决獄仁恕，徵料有法。先生分部右江，開鎮賓州，去州一舍爲賊巢，遠援、淥里諸賊，時出剽掠，先生戍守具有次第。念八寨賊鴟張久，有備無患，則可一大創之，料諸州兵惟東蘭爲强，而土官韋起雲者，沉勇可任，即屬以兵，復以思恩九司廵簡分鎮之八寨，聽令惟謹，廣賊張璉平，以督發功，受銀幣賜。再參政廣西，廣西自古田劇酋韋銀豹劫庫後，地方無寧日。先生區畫戍守如右江。此先生之仕宦也。

臨盡，恭人與訣，先生取筆書曰："囊無一錢，知我惟天。所庇我身，惟恭人之釵鈿。"此先生之卒也。

余既久知有先生，先子修《清源文獻》未竟，余載先生文於《清源文獻》，余作《閩書》，紀先生行事於《閩書》。玆其孫崇來京師，將倅武昌，以傳請。余作先生傳猶夢寐耳，泚筆便成，以知公素也。

何喬遠曰：今天下脊脊多事矣，邊陲之政，擇人而往。其始，人望之如富、歐、韓、范之復生，既則憒憒耳，甚至喪其生平，患在誇張爲大言，敢決作氣勢。夫人之精神不在内則在外也，誇張敢決之人，其精神用之外，内固枵然。夫惟用内之人恒静重縝密，足任天下事。然誇張敢決之人，世人恒見而服之，用以掩取功名，而静重縝密自非遇其事無以自見，且夫圖不見不聞之功而人莫之知矣。以吾觀惠邑先輩，其治廣西，名善治邊者，有張公岳、朱公一龍與先生三人焉。其功成名立見當世者則張公，而先生與朱公即所在之人與鄉里之人知之而已。然鄉里之人自非予之修《清源文獻》作《閩書》，亦未有能知朱公與先生者也。繇此推之，邊陲之政不得其人，所從來久遠如一日已。然鄉里之人如予知先生不一二，所云莊公貧，至死不變塞，則如出一口矣。

朱廣文公傳

江陵有廣文先生朱公，先輩有道君子也。喬遠得交公孫太常君世其，知其行，世其君命爲先生立傳，喬遠謹傳云：

先生諱大雅，字子正，訓導孝感，教諭合肥，教授鎮雄，棄官歸隱者二十年，八十考終。自其弱冠以及耄耆，稱道履義，所至人加敬畏焉。

先生訓孝感，有鼓刀兒，孝子也，先生舉之鄉飲，衆曰：“賤。”先生曰：“以德不以賤。”諸生蔣大孝，貧好學，歲大比，不得與試，先生力語令，令不聽，徑謁府公言。府公首之，大孝遂舉鄉書。諭合肥，合肥人蔡公淑達在諸生間，家亦貧，先生周之讀書，蔡遂舉進士。客有持先生里中相子弟刺通謁諸上官者，上官問先生，先生曰：“贋也，所通謁於下官者稱眷生，下官與相故無親姻好。”教授鎮雄，無幾何時自免歸，曰：“足矣。”上官勉留不得，獎之牒書，曰：“身禔絲素，道徹臯比，公其人也。”

先生自其失怙恃，以至垂老凡四十年，遇父母生辰諱節，哀痛徹晝夜。臨盡之日，兒子具祔身祔棺，靡所不莊飭。先生命去之，“吾踰先人矣”，淚簌簌下也。既則手書八字以貽子孫曰：“傳家孝友，萬年一日。”此先生之終也。

歸田之後，大布顈椎，如其平生，日手録先正格言以自箴勉，後輩比先生於衛武。至其夏不解帶，冬不燒爐，一榻翛然，黄河比笑，又以爲邵堯夫、程伊川之流也。郡邑大夫舉先生鄉飲者十餘許，先生一再往而已。此先生之老也。

先生設科自弱冠，既久在諸生，後輩尊先生通經學古，執贄受業爲大都授，凡就先生型冶者，莫不篤行好修，闇然稱君子。里中相弟從先生學，不率教，先生拒去之，曰：“不中繩墨，非我徒也。”衆謂：“先生不念相乎？”先生曰：“令某白首儒生，誓不借相爲重。”相父委曲藉客爲通，先生終不納。此先生之壯而爲諸生時也。

先生弱冠設科，時講堂之墻庳，婦人騎而過墻外者露其頂，先生告主人高之。其所設科之館邇在外家，家婦翁置酒會客，請先生，先生不往，家婦翁自往請，亦不赴，曰：“未婚也。”既婚之後，所得束脩封識上二親，不一錢私内室。雖教授百里外，午、臘二節，未嘗不徒步歸省也。先生尊甫聞先生手譚，貽先生詩，詩詞稱引“四勿”，先生捧讀泣下，自是至白首，客奕未嘗不泫然矣。客即有喜奕者，亦必須先生去乃奕，即先生審客有奕色亦謹避之。此先生少而爲士也。

先生没而江陵人士舉祀學宫，稱先生曰：“陳《詩》則不忮不求之侶，占《易》則有物有恒之儔。”又曰：“非曾閔莫方至性，惟陽湖可並教思。”其可謂知先生也矣。

何喬遠曰：“神以知來，智以藏往。”故曰通天地人之謂儒。先生不獨其篤行也，知其後必有子孫之賢者，而又知其人，撫世其君頂而摩之曰：“吾先世自合州而後，詩書仁義不乏矣，未有顯，若其在子乎？子必勉之。”又曰：“其在午未之間，恨我老不及見也。”先生之門人少宗伯劉公稱先生曰：“先生以廣文當進，率而棄若脱屣，進退委蛇，豈不可謂知命者哉？”遠曰：“先生之知世其君也，知命者也。先生之脱屣廣文也，安命者也。知命謂之知來，安命謂之藏往，儒歟，儒歟！”

趙惠州傳

沈溪趙生璧請予曰：“璧之先子令普寧，倅惠州，政行於官，教行于鄉，子教在子，身教在身。璧也欲明章先子於後世，夫子爲璧也傳之。”

潮之州，大海在其南，山谷罙阻，群盗之所穴也，爲縣十其五，縣置于嘉靖之季，以弭盗也。趙公之爲普寧也，是在萬曆庚辰，去其置縣之年不能二十也。割地爲縣，民之未鳩，賦之無度，公私空乏，訟獄猥詭。學較之地，堂序無位，刺桐靡城，墨守無固，百雉缺焉。公爲判都里，定賦役，詳聽斷，輸將送迎之費，出私財變通之，度田履畝，日在菁棘之日中，召諸生飲食教誨，不啻親弟子。於是揭陽缺令，借公署，爲揭陽如其爲普寧。公之爲普寧城也，業遷惠倅矣。監司盧公曰：“公也才，城成而後之倅。”城則成矣，石工有流言，公以此得謗，拂衣歎曰：“誰謂青蠅辱我白璧，歸歟，歸歟！”

歸而公之化在其鄉。公語其鄉人曰：“吾邑山有鐵，冶煤炭之利也，又有木也。鐵冶煤炭而使客户開之，木也而使客户斫之，吾邑無能自爲焉。夫是客户也，皆耗費吾邑米若粟，分吾口中餟，吾邑所以貧。雖然，吾邑自爲之，猶若可以爲善國，奈何不撙節也。夫竈，五祀之一也。禮竈有祭也，而媚之者何也？吾邑也，歲一爲竈，其爲竈也，去其陳土而取新土於龍脉之山，而又大之。夫家家而取土於龍脉之山也，幾何土也？而又大之，又幾何土也？山不傷乎？龍脉，邑治所從來也；竈，一家也；龍脉，一邑也，如之何不念也！且夫不惟大竈也，而又厚之釜，厚釜而薪炭費矣。他郡縣之燒竈，間以稻草也，江北則純草。而今也必以薪，必以炭，山不童乎？人之壽也，子爲其父母也，或以五十，或以六十，或以七十。今未三十而壽也，親朋雜至，酒肴紛遝，或宰牛，或宰猪，己也則壽，牛也，豬也，非生命乎？蜂蜜也，菰、笋二脯也，吾邑産也，而皆爲他商得之。女也不績其麻，不藝葛，不栽桑，不養蠶，而衣絲着布悉資於吴下浙中。女賓之會，茶省、口分、小食不可除乎？人家養鵝、鴨、鷄爲祭祀也，爲賓客也，今也以自養，費米耗轂，莫訾省也。賽神亦一俗也，而華粧袨服，假借盡大家，女巫歌舞無日夜，延賓也方丈，齋佛也萬錢，吾見夫奢之敗吾邑也。吾他日上計行於南北孔道，水陸所交，舟車所輳，可以富也。黄河之水歲歲浸城郭，荒旱頻年，野無青草，而若無寧日也，以爲天行乎？吾見其商賈人民習詆欺，留難、姣僞，淫奢不遺力而損快矣。若是造物實忌之也，而乃以爲天行也，是吾邑之鑒也。”此公之教于鄉者然也。

公之教子也曰：“古人讀書，上師聖賢以致君澤民，樹功名於後也。今也取富貴而已，經濟謀謨、匡捄時務不一講，朝廷養士何恃賴，毋亦商榷今古、談吐子史、席珍待聘自爲重哉？父子和則恩全，兄弟和則義盡，夫婦和則情親，僮僕和則分明。富貴無驕奢，貧賤無怨尤，《詩》不云乎：‘妻子好合，如鼓瑟琴；兄弟既翕，和樂且耽。’又曰：‘自求多福，聿修厥德。’吾有二兒，老而後生汝，而延師教汝，望汝也無日夜。當知天命之不易，禍患之無日。”如此者，公之教子也。

公早失父，母氏獨身守公。公爲太學生，上皇帝書曰：“恭惟皇上登寶位，上徽號，追隆所親，堯、舜之孝也。推恩臣下，詒贈詒封，優恤高年，賜之冠帶，含生之倫，並仰錫類。臣獻也，遠方之賤士也。貢於天府，讀書國學，思自表見明時，効鉛刀之割。今也，珍非席上，斷已溝中。念臣有父早淪黄土，念臣有母久露白顛，臣之烏烏，實逼桑榆，欲候選期，恐禄不逮，欲乞遥授虚銜，許臣歸養。臣歸養私門，仰頌皇恩，至婾快也。”書上，不報，故公最後而乃就官。公窀穸厥考，寇倅至，公不動，寇上公父塚，贊美之。與其弟會昌令某白首相從，友愛篤摯。此公之爲人也。

公諱獻，景賢其字，北巖其號，有宋之後也。

何子曰：予讀公訓鄉之言，所謂茶省、口分、小食而異之，不省謂何也。沈溪延女賓，以米爲餈藉，以紅薯、青艾、黄花以爲艷。糕有三：曰糖，曰鬆，曰豆。脯有四：曰瓜，曰茄，曰笋，曰肉。凡延女賓，取諸品聚堆一大盤，至廿餘樣，此之謂“茶省”。用雞魚肉卵五味謂之“口分”。取席上盤饌分張各盛一盤，令丫頭遍送，謂之“小食”。讀而喜之，可以備揚子雲《方言》也。

公爲縣循良矣，流言乃出於石工，民惡其上，宋國區區，有詛有祝，國中之黔,所以罪其民也。獨怪當時爲公上官者獨無黔也,而使之挂冠歸。公歸,凡與人書口此不置,可以見公之無媿,而自恨其壞於小民之無情。至於普寧、揭陽之民思公而圖像之,普寧父老歲歲來沈溪爲公壽,則公之爲令真可謂無媿於心,而有得於三代循良之遺。公爲縣時,其傍縣鄉先生林大春與公相厚,林公者能爲文辭,世稱井丹先生。

張光禄公傳

東虜奴酋壞我遼土,于今六年矣。天啓元年冬,調奢酋兵助攻之。行至重慶,索賞不遂,戕殺御史中丞及藩臬以下官,而敘州之興文縣尋被賊破,縣令張公振德率一家二十餘人自焚死之。唐之張、許,宋之蘇緘不是過也,可不謂烈哉!

公諱振德,字季修,别號峴孩,崑山人。祖情與其弟意並舉進士,爲閩中觀察副使,有遺愛於閩中。父應忠,崑庠博士,孝友贍聞,慷慨多節,騎射貔虎,草書龍蛇。公長身偉貌,儀觀修整。公父有一子甚奇譓,四歲殤,痛欲絶。公母已娠且免身矣,觀察君祝曰:"當再來,若彌月,一笑爲驗。"公生矣,彌月矣,觀察君抱視之戲曰:"再來耶?"公嫣然笑。觀察君曰:"此吾家羊叔子也。"因小字之曰"環",而賦詩自喜,有"峴山期汝淚碑漣"之句,故公自號"峴孩"云。公岐嶷端重,不妄言笑,宴坐静處,衣冠瞻視,儼若人中。五歲讀書,十一能文,十九補諸生。明年,餼學宫,試輒首。二十六選入太學棘闈,佹得雋矣,竟以溢額裁。萬曆丙辰謁主爵,授興文縣云。

縣故九絲蠻地也,萬曆初,九絲蠻爲變,征服之,改土爲流,其地插入黔中,與苗仲奢酋夷漢雜處,土墉三尺、弓兵數人而已。公至則言之撫、按兩臺,議復弓手舊額,免抽協防堡兵,嚴廵司比較法,申漢夷出入之禁。兩臺善之,以費無所出,未盡施行。奢酋蓄養奸徒,拐竊漢丁,動以千計,前令悉置不問。公即流配窩拐犯僧以清禍源,隨招還縣民之被掠者三百餘人,嚴諭土司寧可與朝廷爭民者。奢酋謂公猶前令也,三遺公書,公不應,最後持金爲公壽。公裂酋書,責其來人，拘繫之。公爲縣，視民饑窮如親弟子，與之語，淚輒簌簌下。爲令二年，盡捐俸薪糴穀備賑。遼事之興，百官捐俸助餉，顧不及近邊小縣，公則捐俸自如，别從其鄉人借貸給饔飱。至於遼餉加額，出詔旨，當事督責紛至，公力申請已，其盡心於民如此。嘗一署宜賓，再署長寧。在宜賓則採殿工之異材，解積逋之黔餉。在長寧則夙案之株連頓清，數年之劇盜盡得。諸所厝施，雖在俄頃，可利百世，人尸人祝。以三歲最，得進階貤恩矣。

重慶之變，公方從試官棘院中，一聞仰天欷歔，謂其僕唐科曰："縣必不保，蠻酋有日矣。蠻且不利，我四世受國厚恩，我必死之，急則闔門。"勑科還家，曰："貤恩也，當得勑書，可入都載敕而南，榮吾父母，善語吾子，勉自竪立。"科號慟搶地，請公手書。公曰："吾志已定，書復何言！"還縣三日，賊果猝至。公親督鄉民出城三戰，力盡援絶，號慟入城，與其妻錢孺人、子紀之婦顧、次子緄、女淑安、淑慶，妻婦子女六人，家人顧美、嚴英等長幼男女又二十人，北向羅拜，自焚而死。公子紀故亦隨侍，以公先遣之入試南都，以此得全一綫，公緒惟此紀也。嗚呼，烈哉！公訃至家之日，紀正拜貤恩之命，薰沐廟告，適聞此難，嗚呼傷哉！

公五歲時，公父授之諸葛《出師表》，讀至"鞠躬盡瘁"之句，廢書泣也。紀之幼也，公與秉燭讀張巡、許遠傳，失聲改容。公曰："罵賊而死，尚污賊刃，若夫我也，不容賊斫矣。"然則公之全節自焚，蓋夙見也。公于書無所不讀，尤精《史》、《漢》，有所著述，力追前人，博大典雅，書師虞永興，得其神意，而草書亦所兼長，所事所友皆海内鉅公偉人。選入辟雍，斤斤尺寸，教授四方，仰給甘旨。十年一敝繒，針紉之痕紛如纈繡也。善飲酒，酒後益喜古人節烈事，至奮髯抵掌，顧益温克端歛，如不飲者。又喜爲山水遊，道途偶便，一日偶閒，惟恐失之，恒思脱去雞肋，遠追禽向，體雖魁碩，至其入佳山水，上下峻險如飛也。年已五十，齒爲蟲蠹，更出兒者，髮茸茸黑，鬚鬢戟張，俱奕奕作紫色。予嘗讀其遊天目、峨眉二記，富有奇傑，使人如目見之。其《遊天目記》云："千巖萬壑，十步九廻。前日之登如賈胡入重淵，貪於得寶。今日之下，如遊子别知己，黯然銷魂。”《游峨眉記》云:“雙飛泉壑,奇甲天下;龍門洞峽,倍百雙飛。冒雨龍門,蟻附猱升,舍輿手蓋,履襪行水。首礙巘石,俛出其下,足怯深谿,僕掖其旁。”信乎遠心曠懷之偉作也!

外史氏記曰:天啓二年四月某日,崐山縣生員張紀上言:“臣父振德令興文,賊攻縣,自焚死,死闔家,僅存臣一人,大節已明,忠魂未憪,惟陛下哀憐。”詔下禮、兵二部。禮部臣覆奏:“臣謹按興文知縣臣振德剖符萬里,茹蘗五年,孤城固守,强寇莫支,妻子投焰,僮僕從焚,靡室靡家,死忠死孝。宜如近日遼東死事備兵副使何廷魁優恤事例,予葬謚立祠,家屬錢氏等祔祭祀中,建坊旌表;家人顧美如近日遼東備兵副使高邦佐家人事例,酌量優恤。”兵部臣覆奏:“臣謹按奢酋發難之初,長吏棄城者比比,興文知縣臣振德出死捍賊,力盡鼓衰,投火舉家,神閑氣定。臣死國,妻死夫,子女死于父舅,奴僕死於家公。撫臆誓肌,如空七尺,忠臣烈女,競萃一門。自遼事之興,逋臣逃吏,斲斷真性,以完軀之念,求免于寬網之朝。心既自私,公實奚賴?致身故是臣節,臣節,國脉也。報忠原是國典,國典,人心也。葬謚祠祀,褒及妻孥,禮臣業有請。若夫褒忠者人,存忠者天,振德子紀,天實存之。上天借忠臣之烈,以泚偷生之顙;陛下垂延世之恩,以招報主之魂。事可以風,行不待旦。”制曰:“張振德,贈光禄卿,給祭葬,予謚,建坊立祠。紀蔭錦衣正千户。妻錢氏等一體旌表祔祠,美若英等如例給恤,主者施行。”

鏡山全集卷五十九

傳

聶銀臺前傳

銀臺先生曰:“甚哉!聶子之不能其官也。夫聶子乎,萬曆丙戌歲所稱子大夫也,一知紫陽,再知富平,三判祁州,四知靈壽,五爲南度支郎,六知青,七知湘鄉,八丞撫州,九守慶遠,十丞延安,十一入爲比部郎,十二則今官,仕三十年往矣,而尚銀艾也。甚哉!聶子之不能其官也。”

銀臺先生曰:“穉孝乎,穉孝乎,我生巴蜀,子也生閩,何意與子同稱子大夫也。予也官不遂,子亦謫之嶺表之鄉且三十年,何意今日爲同官也。昔何以鳥散,今何以魚聚;昔何以雲飛,今何以雨集。若人生如子與我也,或者河清可俟也。雖然,如其不俟則奈何?吾欲子之爲我記之也。”遠拜手曰:“如子大夫也,不能爲吏,不遵聖賢之訓、前哲之誼,雖一蹴至卿相,腐草也。若其不背於聖賢,不詭於前哲,是能其官者也。老之柱下,孔之委乘,柳下之三黜,令尹之三已三仕之人也。雖然,銀臺先生而欲遠也傳,固不俟河之清也。古人有變徵之聲,遠將變傳焉,而名之曰《銀臺先生前傳》。”

遠傳先生之爲紫陽也,曰:紫陽,漢中小邑也,在萬山中,隸州興安,縣人怙勢者奪縣地,役縣丁,丁以州爲匿藪焉。先生曰:“丁匿而賦匿矣,縣何賦也。”爲之稽佚漏,寬積逋,一時丁出而賦清。邑産茶,茶税特重,商人以尺布分鏹沿户强俵之。明歲,責之以重衡。先生爲立平關之市,有以陳朽茶謬新茶者,手爪而口嚼之,收其陳久,引目而治之。居五月,調繁於富平縣,人頌先生清敏,乞留不得也。

遠傳先生之爲富平也,縣故饑饉,民徙死,先生擇地坎而瘞之。民有腊屍圖人者,先生歎曰:“古有帝羓,今也人腊,從今不得腊人。且夫有屍也,吾朝訟而夕按之,屍亦寧得腊者。”則下令曰:“生也人,死也鬼。人也處室,鬼也處土,是謂大祥。縣有百年不葬者,何也?無其親。始死時過爲祭與斂,以後則不給也。且夫親始死也,孝子致哀焉。其久也,哀散矣,而遲之百年之久,又誰哀也。自今有不葬,有子罪子,無子罪孫。”於是,縣民無不葬其親者。則又下令曰:“女嫁人,禮也,父母之心也,豈鬻女哉?而必責人財也。或有詆女有孕,俗之弊也,至有刳女腹相視者,是死其女也。又後母不予前女衣,使其無以嫁,或至投井死,是又死其女也。夫亦論門户耳。”於是縣民無不嫁其女者。蒲城者,富平之鄰邑也,有回夷窟穴其邑之栗園山,而蒲城亡賴民常通回爲寇。先生在縣,不敢也,先生入覲乃復來。先生覲歸,白上官與其鄰近三縣會剿之。先生關白水,絶鄜宜往來道,身提民兵四百,獲回人三百,治其元兇,餘黨縱去之,而鄰三縣僅僅自爲軍而已。北虜深入洮河,聲言内窺,公即城爲重門,曰:“勿自卑郲不備也。”城嶢确,風氣不聚,文風不興,先生新學宫,作鎮築峰,而人文大起。

遠傳先生判祁州也,當道謂先生也,豈可煩以判事,使攝清苑、安州、定興三縣。先生軫恤衝疲,所在過化,而先生尋遷矣。

遠傳先生之爲靈壽也,前之爲靈壽令也者,嚴隱畝之禁,至杖死人。民雖地不畝,不敢隱也。於是縣有賦而無畝,民弗能賦矣。前令曰:“不能賦也,取急供者代爲輸。”先生爲攤别賦轉充之,於是急供無代輸。先生洗索冗蠹,積累奇羡,縣儲穀備荒有額數,至是倍之。有流移民從外縣來者,且撫且賑,且貸且粥,不但出其積貯,復且易以俸錢。有鬻妻子來者,悉爲贖歸之。民不惟不僵仆也,且有父子夫婦焉。會朝廷有開採之詔,使閹之從來開採之於縣西之河坡,杖死縣民。顧五河實無銀沙,諸閹尋去。其後諸閹採於山西之廣昌,分派諸縣民驢駄銀沙,獨不敢及靈壽也。知先生靈壽爲政也。

遠傳先生之爲南度支郎也,得掌後湖户口之籍。郎故閒曹耳,而先生得以其間探聶氏之丁口,知其所本始,所從何移徙,退而收之家譜,而先生移忠爲孝也。

遠傳先生之爲青也，青海，堧也，陸則驛道四通，水則運河。中貴人進奉，自南而北者，舳艫相銜，曳挽之卒，徵金半百。驛吏見中貴人至，亟入避之菰蘆，或首弁夫須以爲豫，且曰："庶其免乎？"卒不可免，中貴人琅璫之矣。先生曰："以卒挽船則可，以金代也，其又何稽焉？吾增加之，加卒則可，加金則不可。"縣故濱河，可以通商，水則嚙城，而商不至，濱河民以其地私鬻滄大城，二縣飛酒欺隱，互相爲累。先生賦而載之符，家給一符，其賦也如符數而止，飛洒欺隱無從生焉。先生獲盗得真贓上直指矣，中貴人嬲直指反異也。然先生不如直指指，直指亦不能有加於先生。先生將入覲，視其社倉所積穀五倍於前。先生行，青人條善政二十餘事而碑之曰："以告來者。"覲歸，尊人之訃至。會天久雨，民自山東移也，有棄其子河中而負母以行。公曰："母可奉也，兒亦不可棄也。"出俸金四十資給之，慎毋棄兒矣。服闋，補知湘鄉，甫上，而有撫州之命云。

遠傳公之爲撫州也，丞職治戎，無所事事，然先生人人見其心，不待事爲信。既以無事，則上官請先生攝東鄉。東鄉，盗藪也。先生守不欲之訓，盗絶矣。有豪撓法，先生爲平之，不重豪罪也。豪尚倚貴勢撓法直指處，直指竟如先生也。於是，較士黔中，得八人焉，歸而守令以覲行。先生朝攝守而夕攝令也。其攝守也，則爲民寬章石之税，清臥曹之牘；其攝令也，則嚴下鄉之白役，除坐都之捕卒，一日而決三年不決之獄。坐誣山洞大盗者百三十人，而刑死病死者已三十人矣。先生曰："此三十人者，骨可肉也，則皆吾赤子也。"陸則保甲，水則哨船，先生盡心焉。要以保甲有密中之寬，而哨船有虚中之實矣。民則曰："撫無守，聶公盍守我。"中丞大府曰："袁無守，宜守以聶丞。"然皆不可得。夫先生不獨於其士民仁也，凡僚友有不能自矜飭，輒爲蔽覆，不言其短，下吏有不能其官者，教而引之，其去也，知其貧反資用之，士無賢愚均教之，無所私。

遠傳公之守慶遠也，朞月之政也。

遠傳公之丞延安也，上官請先生攝宜川，攝鄜州，亦猶夫丞撫州時之攝東鄉、攝臨川也。鄜之有回夷也，習先生之爲富平也者，盗如初，先生密偵其居止，産業佃主，某地主人，皆知其人。其無産業力作，岩居穴處者，亦從其長，知其處，使教誨之。於是回不敢盗，即盗亦無所逃。於是，廵撫大吏曰："延無守，若聶公者可守延也。"以聞銓部，銓部不應，猶其在撫州也。

遠傳公之爲比部郎也，亡何也，而熱審之期至，解釋死囚十有二人。大司寇曰："吾藉郎寡過焉。"

遠傳公之爲今銀臺也，而師相葉公語予曰："夫聶君也，子之僚也。其于朝著也，步中象夏，音中宫商，敷奏以言，出納惟允，蓋聶君乎！"

何子曰：聶先生何以游世而不諧於世也？是命也。夫是命也，夫其始爲富平也，是在銓宰之鄉。銓宰有如夫人，其姻有事至其縣也，上官使富平與旁二縣會按罪，銓宰如夫人之姻者不在先生也，旁二縣也。旁二縣也，不惟亡害也，且顯擢，而先生浮湛槖落三十餘年坐此也。所以三十餘年坐此者，其爲銓宰者，兩爲銓宰也。夫是銓宰者亦一世之名臣也。一雜於其如夫人之言而廢人也如是，故曰："美女破舌。"又曰："兼聽並觀，垂明當世。"夫其爲世之名臣，故予不敢舉其名，以其爲世之名臣也，即所以處聶先生一事，吾亦以《春秋》責賢之意舉之，以告後之君子。

蘇封公傳

若夫閟室静居，刑儀儼若，淵心内止，風望軒如，修天爵之本然，寘人榮於物外，政施君陳，酋似先公，是謂稱道耄期，明德君子，可得而述焉。

公姓蘇，諱士濳，字惟思，别號仲齋。四歲失恃，便有至性，七八齡哭祖母諱辰若成人然。稍長，從伯兄授經，自相師友。伯兄起家成進士，仕御史，晉觀察，敭歷中外，公子舍獨侍，承歡不懈。及觀察公先逝，送終信誠，營兆錮堅，上及祖父，大事畢舉。隸籍學官，領袖子衿，席珍待聘，而伯子茂相連掇上第，遂以華選，讓於後進。茂相郎户曹，守鄴下，督學江右，開府兩浙，教廉教忠，示以愛民之誠，責以敉寧之義曰："服我一言，養勝八簋。"茂相所以飭身勵躬、服勞王家，爲名中丞，皆公教之也。風之衰也，家有子弟得通宦籍，則其父兄怙侈縱恣爲車上儛。而公約德以風之,茂相三徼朝恩,侈有冠服之榮,公北向稽首拜恩之後,即深閉固扃,姻婭朋輩見面無從,有司之庭不一涉足,蒼頭拱掃除開閉而已,不敢闌出問人家事。夫人阿堵障身,晝金失市,而公惠心以廣之,散粟給族,較戚助貧,枯骨之恩及於親友,社倉之義施之鄰並。至其自奉則脱粟之飯、大布之衣而已。老不觔力,役必婦人,適則安車,公謂非所以模楷子孫,而莊懲肅括以示之。祭祀必齋,中夜起興褒拜跪,雖登八袠,不減少壯。年五十餘,莊缶遽擊,傍無侍姬,獨身而已。間出里門,舒遲步行,雖合杖鄉,且不敢策,長老因之,固謝閭門,儼於朝典無以過也。大兒中丞,叔兒孝廉,受天之慶,子孫咸宜,而公撙挹以居之。自大兒登第,堂衖之中不聞考鼓之聲,叔兒登科,門外張旗不及他舍。至其念伯兄,友季弟,雖老不衰,可謂慈孝著於一鄉,德善感乎同靈,心事朗二儀,榘範傳奕葉,踐履無愆,不愧不怍之君子也。

公年八十有一,稍示末疾,茂相心動,先時上疏侍養,不許。茂相念國恩未報,未敢瀆請,及今以户部侍郎領漕臺之命,而公已不復聞矣。茂相寓書喬遠,致終天之痛。而不知"吾精神如常,兒當一意朝廷",固公之命也。

何喬遠曰:予於里中見兩太公焉,其一爲公,其一則少司空林公尊甫前淮公也。兩公皆隸學官,皆年八十餘,皆子爲中丞。公嚴毅持重,寡所接待。而林公樂易可親,日與儕輩周旋。然要之皆不問門以外事,不見貴倨之跡。里人有所愛而親之,有所畏而憚之。嗚呼!使黄髮持世皆如二公,雖有宗彊比周,設財役貧,傲惰恣睢之習,皆瞿然而化矣。

舒封公前傳

國家有治祥則人盡無他之行,鄉族不二之老遐耇大年,以儀以象,使俗興於教化,户牖爲仁讓,蓋造物者假此以植純佑之幹,而維貞一之運者也。惟楚孝感舒君顯胤來僚大官,是署珍羞,其尊甫曰太宇先生,家貧嗜書,身健力學,王符借觀於書肆,歐陽得卷於敗簏,匡衡鑿壁,車胤聚螢,亡以踰其耽也。坐令苞往納來,至聱不可聲,軋不可句,莫不探鉤釋棘,澤吻譗喉,人問載酒之奇,智鬬摹碑之捷矣。先生之文，其高者以發性靈，閎紀載，至其黽勉接引，時時爲人染柔翰、治素書，聊廣厥途，以暢本藴。久隸學官，賈用不售，不以改絃，無怠益顓，黄雌出口，文價具定，以證成敗，若射雀目而貫蝨心，其奬詡後進不惜齒牙，後進亦往往歸之。當道有司請治其邑乘，邑之董狐也。密友貳車維揚請先生觀於吴溝，弔於隋墟，其意欲資先生，而先生辭謝。先生廉隅骫髒，禮法自持重，有芥視乘軒，虜視素封，友千古、空當世之意。先生許與意氣，倒屣顛裳，長者之車不絶門外也。歲儉求哺，傾囷瀉瓶，就哺之人以先生爲陳孟公，至其德善行誼，有以媿其邑之先輩而馴服其倨侮者。一先輩故任誕，見先生輒�然意下，曰："吾下舒先生一人爾，夫其齒我鴈行也不？舒先生即我父行、我大父行，我顧問哉？"一先輩曰："夫我，鄉先生也，人不先生我，或名我，而盡先生舒先生者何也？"方知二千石一逢掖，古人之言良不虚爾。

先生孝事父母，篤摯無私，當免母喪，諸門生觴之，不御而去，事父益勤。父病，搏顙籲天，歲製月修，臨盡之日，衿帽絞衾，無不精好，舉以呈父，"善哉！善哉"！反復言也。從弟借資久負，券室爲質。先生曰："弟乎，弟乎，吾質爾哉！"夫質弟也，不假弟矣。其敬宗收族之厚，群其涣散而廸其不率皆如親弟子。信口詠歌，可閨可閭，盡孝弟也。予所謂無他之行，不二之老，興俗教化，牖户仁讓，其斯人歟，其斯人歟！珍羞君曰："吾父今年八十有一矣，末光逾於初曦，所以教顯胤毋干進、無弛躬，故顯胤受教入官，可幸無罪。"

先生名守身，大甫其字。以珍羞君令東鄉，封先生如其官，兹又以皇子覃恩封先生如珍羞君之官。

何子曰：予爲先生前傳，蓋感於予先子云。先子苦學如先生，其爲諸生時，人號爲"行書櫃"，顧竟以廣文終。乃其貢入大廷，世宗皇帝親閲其文而親擢之。人之言曰："此何先生苦學之效也。"先子老，而予與先兄舉于鄉，爲同榜。予舉進士至今官，而予兒亦舉于鄉矣。人又言曰："何先生苦學之效乃至今。"夫學猶殖也，蓘藨不懈，必有倉箱。文者，天地之精華也，嘘雲爛霞，化爲雨露，以濡八區。蓋先生之子則珍羞君，祚也，宁也，儁也，喆也，以殖以華，寧有既乎？

予傳先生而知舒氏之門日以大，抑亦有感於予先子而推言之也。

劉奉常公傳

當萬曆之朝，蓋有名都諫晉江劉公弘寶云。公繇丙戌進士改庶常，選授給事中，歷户、刑、吏三垣，以至工垣都給事中，出爲浙江參政，謫尉惠來。而獨名其都諫者，都諫於其垣，事無所不理會。公都諫垣，則建白獨多，用心獨苦，而其有裨於國家獨鉅也。公建白大者無如諍燒造、諍織造、論治河三事，可得而言矣。

公諍燒造。上有旨造磁器七萬五千有奇，旨不下垣，承運庫太監持揭帖送部而已。公言："陛下比年以來傳造數矣，萬曆十一年則九萬六千有奇，十九年則十五萬餘有奇。九萬餘之數報完未幾，十五萬餘之數十未一二也。陛下謂江右物力饒耶？隔并屢臻，閭閻凋敝，藩祿告匱於日增，正供半挂於逋負。以未了之役加重派之徵輸，以孑遺之黎責并力之造辦，臣萬萬料不能已。且近年新降花樣，種種新奇，體製玲瓏，備極精緻，皆曰先朝所未經派，内府所未習傳。巧匠所駭目驚心，未敢措手；地方所屢試陶型，未能成功。臣又萬萬料不能已。曩歲傳造並旨下臣科，本科轉發該部，未有徑送該部，使臣等不得因事効忠，該部不便覆奏取旨，臣等空有其官矣。"不報。公復言："臣於燒造一事極口苦諍，總冀回天，待命旬餘，留中寂苦。臣謹按《大明會典》，凡内官、内使傳旨所司，補本覆奏，再得旨乃施行，祖宗朝所以防範内官如此其嚴。今明旨未再，部覆何依？閣臣職代言，無繇預聞其事，諫官司封駁，無繇靖獻其忠。隳紀壞綱，無論非國家之福，亦非内臣所以際清時、保祿位之道也。"復不報。亡何，復傳造春檯三百二十架，冠盏等器百七十件，兼以承運庫揭帖，有"數目不多，題本屬繁"之語。公復言："臣等於傳造磁器不謂兩諍未允，新旨復下。未逾二載，傳造四次。今西事孔棘，關中震動，東倭黠悍，海外倉皇，正陛下徹樂減膳之時，何不至熟念此。據該監揭帖有'數目不多，題本似繁'之語。夫祖宗設官，各有職掌，凡有急缺，奉旨具題，該監職也。看詳抄發，臣科職也。覆議施行，該部職也。

二百年來敢軼舊章？若謂題本繁文，則看詳封駁不須六科，而内官、内使無用該部覆奏傳旨矣。一埏一埴，孰非脂膏？爲銖爲兩，靡匪正額。古云：'無輕毫釐而積之。'而况萬計千計百計，尚云'不多'，輒輕視也。"居一歲，承運庫太監孫順復傳造花尊千二十對。公言："陛下臨御以來，約己裕民，蠲災恤患，無請不得，獨燒造一事，屢屢傳奉。自去秋以來，傳造膳碗、水連；未幾也，而又傳造春檯，傳造冠盉；未幾也，而又傳造方勝盒，而又傳造花尊。未越一朞，傳造者五。臣等私謂無益玩器則不必造，難就工力則不當造，窮困之民則不忍造，上供尚饒則不須造，征賦無藝則不可造。昔有虞漆器，廷臣獻規，神禹雕俎，官師執諍，千古以後，孰無是君，孰無是臣。爲民請命，臣敢昧死。"復不報。亡何，太監順復傳造各樣磁碗千二百箇。公言："比者，妖星示象，天鼓、雷火所在告變，關洛、齊楚、淮徐、江右、八閩諸處雨水同災，州縣多没，明旨屢屢蠲賑，而屢有傳奉，此不過該監藉口急缺，恣行瀆奏。若該監不題急缺，則陛下何知不敷？既陛下未知不敷，則何緣屢屢明旨？治祝治庖，所求不溺其職。陛下若問順'磁足用否'，順宜叩頭對'具有'。陛下若問順'傳造乎'，順宜叩頭對'江右之民困甚也'。陛下五次傳造，於今又六，祖宗朝有一年六次傳造舊規乎？陛下臨御以來，有六次傳造之政令乎？臣匡陛下，敢并糾順。"居一年，上下旨：棋盤、雙陸、象棋、鋪牌四樣難成，姑減其半，可添造磁缸若干。公復言："陛下顧畏民碞，減半造辦，真是盛舉。顧所免者棋盤四樣，而增添磁缸若干，則又不減也。陛下但知器用精好，可以快目娱心，豈念窮民陶鑄，盡是敲膚搥髓！大凡一器之造，多經數匠之手，坯成而雕畫則玲瓏易碎，雕成而塗膏則濕漬易壞。幸不壞碎，火候少差，合窑棄毁，其歪斜驚璺諸色，又以不及格不收矣。是用者一器抵供一器，製者十製乃得一成，成製固可抵數，虧製又當派賠。令陛下知採造陶鑄之艱如此，窮民苦累之狀如彼，則雖聲如哀玉、藻似靈葩，當有却而不忍觀，絶不復陳者矣。若必窮微極妙之爲快，則即前十五萬未足之數，將新樣之器開入，是亦變通一路，第不如停罷爲愈。"凡公之諍燒造如此。

其諍織造則言："傳造袍緞，自萬曆九年以來，浙直民力竭於絲躧，匱於括借，關税有留，贓罰有支，事例有扣，兵器翎毛有折，甚且議留漕糧以佐其費，那借途窮，供辦計詘。署部侍郎臣節甫深以爲言。臣考節慎庫錢糧皆爲織造議留，見存歲額較之去年頓減一十六萬，通計百萬水衡，所不稱罄，政復何幾。臣等慮及國計民生，切謂停造之外更無别策。”亡何，上下旨：“織造向已減數，寬限還如前者。”公復言：“織造一事，十七年有旨停緩，謂十七年災傷也。十八年有旨減半，謂十八年災傷也。十九年有旨分爲十二運，爲十九年災傷也。此則二十年災傷，陛下尚引舊旨者何也？天不爲前年之發生靳今年之化工，則聖明寧直爲前年減數寬限靳今年之恩澤者。且夫浙中災傷，浙中撫按之臣言之也，事目擊則心傷，言躬親則痛切。故流民之圖，非鄭俠目見不能繪；發倉之賑，非汲黯親見不敢行。伏惟陛下垂聽。”亡何，復下旨傳造太和山聖父聖母各宫殿觀十三處頂帳，合用玄色織金雲紵紗、羅絨線、金紙二千一百三十二緞匹斤，張工部轉行南部併工造辦。公言：“太和玄嶽祖宗崇奉已虔。上供服御，未蒙德音，金紫玄黄，何裨法教？古之聖主聞事神以爲民，未聞疲民以奉神者也。但臣聞本山香税歲不下數萬，雖坐修理，合有贏奇。以本山香税備本山玄奉，則費不别需、歛不及民，神民受福，嘉祥邕治，或一義也。”旨亦許之，令本山解銀萬兩以濟南織，而提督太監黄勳復言税少不足。公復言：“太和山跨連中土，士女奉神四方繈至，與泰山介齊東偏不同。今即以泰山論之，修泰山廟，備德、魯、衡三王府禄糧、慶賀表箋、夫價差役、修理城垣等費俱出其中，又近議解部春、冬二季各萬金有奇，其餘幣帛旛蓋，東省大小官員折俸一概取給。若太和香税歲不下十餘萬金，臣詢楚人及游宦楚中者具作是語。而本山之税僅僅供本山修理油燭鹽布及均州官軍折色、本官俸禄而已，税入則數倍加泰山，税出則數倍減泰山。太監勳敢以詘爲解，何欺抗甚也！臣請逐勳，别選廉忠内臣提督，給用事例一親泰山，庶欺抗有懲，綸綍加重。”凡公之言織造如此。

至公論治河，則欵欵乎詳矣。維時淮、泗漲溢，淮、黄交迫，運道艱阻，患及祖陵，在事諸臣議開濬及罷，不一一。公言：“臣睹河事，言人人殊，不出闢口、殺黄二端。臣謂總督河道，重臣也，領其職者臣舒應龍也。即以問應龍宜闢宜殺,孰居長便,所謂從之利害,兩言而决。”既復,並陳諸疏,而以己意折衷之,曰:“臣惟海口决不可濬,惟自草灣而上、頭舖而下,地勢窪深,便就疏之,築壩堵斷,令河北注,徑從灌口、漣河等處入海,出全河於新口,置舊套於度外,最爲便計。”而自作問答解之,論者殊以爲當。此公之言治河也,是其大略云爾。

至凡請朝講、平政體、論會議、用遺佚、酌吏治、阻内工、止召買、通錢法、詰錢谷、復屯鹽、究郵傳、論劾寵閹、糾官邪、裁戚畹、籌叛賊、罷倭封,所歷諸垣,詳哉其言之矣!上有報有不報,然亦不忤也。此時都垣久次當遷,故事,遷次論序,一内一外。公序當内,力求外,得參知浙江,作鎮台州。

居亡何,牛御史言河迫祖陵壞,上問誰言罷開河者,公與舒公諸論河者並鐫官。公得惠來典史,而不知公言治河當問舒,不言罷也。報命之時,方坐堂皇,合堂之人環公出涕。公曰:“毋庸。”取尉衣服之,居然尉也。公治台莫可狀,銘其坐右曰:“視公如家則不敢苟,視民如子則不忍傷,視同類如己則無有私便利心,視禄位如寄則無有患得失心。”公之銘坐,公平生也。公以謫官家居,上山公啓者數不得敘。居二十七年,今上登極,而公没數年矣。命諸大臣論敘得罪先朝合贈官者,公在敘中,遂贈公太常寺少卿。合朝歎曰:“劉公若在,其爲國家樹功立能豈少也哉!”今有孫鱗長,年少舉進士,爲工部主事,如公之爲人。

何子曰:今世仕宦有兩義焉,有則風裁稜稜,望而人畏之;有則和同周舍,無所忤衆,然質之所治官莫能舉,問操持若緇也。又有二托,其一則托之乎講學,又一則托之乎建言。是二者,有則招朋引類,有則假此豎標幟,按躬行邈矣。公居官不溺職於局之内,不風生於局之外,謫官久,家赤貧,居常矜莊毖畏。予於公易簀前問公,公衣服冠不敢以燕惰見,斯真所謂潔守篤行君子。吾何繇復見斯人哉!吾何繇復見斯人哉!

楊方伯公傳

晉江先輩理學則有蔡介夫、陳思獻,文章則有王道思,兼之而庶幾者其惟楊惟宗乎!

公諱道會，别號貫齋，惟宗其字。年二十二而舉賢書，是爲嘉靖甲子歲，二十六而成進士，則隆慶戊辰。授黄巖縣知縣，雖年少乎儼如老吏，聽訟出政，立斷立成。均傳遽走傳之卒，量道里遠近予募資卒，給募資無後時者。賭盜之民揭其廬而額之，悛乃撤。民有争者，好語之，俾自悟。賑饑賑溺，不啻痌瘝。修城垣，勤團練，清户口，革奸蠹，抑緇黄，尊黌序，入覲署上考矣。嘗謂守令無他奇策，在息訟緩征，設誠行之。二年遷南户部主事，平進而已。士民感浹心髓，像祠焉。在部筦復成橋倉，慎出納，時支放，輕水兑之折耗，而糧解爲甦。以母安人病，乞歸省。閩人仕宦去家遠，少歸省者，行之，自公始。

居三年，仍補舊官，是爲萬曆某歲。亡何，以母憂歸。是時許夫人方産子，公聞訃，三日行到家，搏顙黄楊，一慟幾絶。服闋，補工部都水司。值神祖上陵，公有兩水河行宫之役。嚴工省費，事竣賜寶鏹。嗣是出榷税南關，陛辭，謁江陵相者。相奬借公甚，因授意令伺察南方人情向背以報。公至關，第報視事日期而已。南關故榷竹木，至則首革本山税。本山者，始斧木之山也。故事，斧木報税毋得後。有訐者以漏貲没入之，雖屋室既成，不少貸。公待其及關，乃榷商以木直，訟者責償母錢，若民間逋負借口商税者勿受，榷數纖微悉輸。公入庖不膩，清名鵲起。庚辛歲，吴越洊饑，木少至，税額縮。時江陵相持官理最峻切，不如額者降謫。有差吏白公複本山，公曰："吾任歲詘而已，寧復二三，必取盈額。"公雖以不報察向背失相指，然相卒不問，第尼公遷。相没，公始徙爲郎，其員外在虞衡，其郎中在屯田。虞衡司街道，奉旨治道，既數年道不治。公出入戴星，持中貴勳戚之侵撓者，再月報成，賜金陞俸。其爲屯田，方事按覈，而守皖命下矣。皖，畿南巖郡，前政廢頽，瀕江緑林嘯聚之形見。公一切順流與更始行，尋理舊章，滌除苛網，而公父訃至，在官四十日而已。服闋，補官，會皖、台兩缺守，争得公。乃當事少宰故台人，竟借公。

台黄巖民聞公至，男女數千扶携迎迓天台東，不絶者三日，公下車步撫之亦三日。方公且至時，台士紳憮然曰："此嶽嶽難犯者！"公顧韜光窒采，拊循噢咻之。終公任，台無扞罔，請謁亦絶。己丑歲，台旱甚，民大饑。奸民借糴爲名，責富人傾倒囷廩，不則鬨敓之。公曰："此亂萌也。"擒首惡寘法，立解散。他日復報倭登陸，所在奔竄。公曰："是利人貲誑之走，覆其藏爾已。"報益急，諸士紳請公授兵登陴。公曰："吾輩一動，即亂民内訌。吾在，公等無恐。"已果然。行海使者發鍰金二千五百糴穀台、温二郡以給兵。公謂："人家有餘，然後可推鄰。並今天寧諸邑方待哺，何論鄰？第權處府縣預備倉穀應之可耳。"是時旁近諸郡聞使者令幾變，至是使者逡巡謝不敏。旱既太甚，公軫憂形色。或言郡有大龍潭，禱輒應，顧仄峻不可步，公曰："吾徒跣躬詣之。"至道觀漏下四鼓矣。篝燈捫蘿上，祝畢，轟轟有車霆音，道士曰："此龍吟也，龍神至矣。"遂得蜥蜴三枚以歸，有雲氣如車蓋覆之，大雨三日，四郊霑足。道士來言，公昨憇處震爲龍潭矣。公以吴越間非潦則旱，令民出粟贖罪，自此公私充羡，郡無流亡。公除民疾苦皆寬一面，當官勤勵，每事窮首尾，吏自不得爲奸，心有成畫所不可，雖兩臺檄督或豪家世族多方援附，無狥也。是歲，公入覲。藩司督責視篆者逋賦，不且繫吏。吏逼，欲自經，入禱城隍，夢神促之起曰："亡憂，府公至。"覺則公郵置來矣。既至，歎曰："台民魚鱉之餘，何逋也。"自爲請，事竟止。台隄數築數壞，一日，台人迎神鉦鼓之聲喧，公曰："神有靈，請爲我護隄！"築像隄下，自此隄不壞。此二事者，合前龍潭雷震稱三奇也。

晋廣西觀察，職驛傳事。撫公故從藩臬起，而待諸公甚厲，諸公皆憚伏之，公進退則自如。會臬長缺，撫公以篆屬藩司，公曰："臬無官耶?"遂投劾歸。撫公固留不得，於是待諸公乃不厲。踰年，薦起督廣西學。懷遠舊無學，公試士倣會塲爲南北卷，以寄籍生與土生分别之，其法稍重土生。於是邊鄙斌斌向上，仍推行之，有土生郡縣，精核名宦鄉賢，汰去其不當而俎豆其有功德者，至吾鄉宋蘇公緘、本朝張公岳、郭公應聘、吴公文華、俞公大猷，皆爲表勳伐，修祠廟，曰："世人類尊古而忽近，健羡遐外，洗索榆枌，此闇薄矣。"安南黎莫搆争，各有疏來請，兩臺意欲不以聞。公言："即不以聞，固自衛疆圉，示朝廷無開邊意。儻彼醜自以聞，而此中閴無一言，則舉朝不曉所謂，亦起疑端，請行勘。"兩臺欣然從公議。府江猺獞武人繩之急，相率挺起，蔓延平樂、荔浦、恭城間。公時攝司篆,條便宜,具兵食。事方靖,而岑溪頑獞與浪賊合變。大帥徂征,公居中調度,獞賊用平。公曰:“吏墨而刻,豪蠹而侵,夷未控告,張其狺噬,此亂本也。當事者芟夷不得,加以招,招不來,生其玩,玩莫制,啗以利,啗無厭,肆其驕。至于攻城據邑,劫帑戕吏,而大征舉矣。夫始真炎炎也,縱其燎原,土漢並集,玉石俱焚,夷可哀也。吏與豪,孰問之?”往殷公正茂撫西粵,大通粵東鹽,食鹽聽夾帶,粵庫遂盈積餘六十萬。其後有司限夾帶殊苛,公曰:“鹽賈不至矣。”不數年,司帑取備軍興,鹽筴不繼,庫藏枵然,論者方服公晰體云。

戊戌歲,晉湖廣參政,提督太和山,兼撫民及分守下荆南,治鄖襄。播州酋叛,徵楚兵,公挑選千餘,令指揮張光顯將之。東至綦江,伏發,力戰死,無一叛者。事平,賜寶鏹。已,皮林事起,復徵楚餉,公多方應之。太和山有璫主收其香錢,異時,在事諸公數與搆。公曰:“支收香錢,選用道官,毋得干預,勑書也。如勑,何搆?”璫服公廉以和,敬禮有加。已,礦税役興,璫陳奉實來。奉,横璫也,鄖人聞其至,皆膽落。有奸民某者謀爲導,公捕置獄曰:“璫入鄖而有風草動者,汝死之期也。”奸民黨與相傳言,盡匿縮,璫失向導,乃議鄖税。公延奉河干,視舟船寥寥耳,心沮矣。又榷税議遣官,公曰:“公無預税,第問我。”奉猶留滯旬日。太和璫遣人詒奉曰:“楊公,佛地菩薩也。公負楊公,玄神殛公。”奉遂去之襄樊間。襄樊當事者不能制,騷然矣。奉所挾武弁煒,原奏官也,開榷樊城,虎而翼,民閧然變。奉恐,上章訐奏襄有司三人沮撓。狀上,遣緹騎逮繫三人者,公爲三人治裝,開懷與緹騎好語,緹騎善護視三人以生。僉事馮公應京,磊落士也,縱民兵毆擊奉,沉其黨於江上。逮馮公召還,奉使趙司馬視楚。司馬至,公條煒罪,司馬轉聞,郵送京師,即復窮治奉黨,捶殺甚衆。一日以詥牒三百屬公,公召問,多影借語,入見司馬曰:“奉黨多不過百十人,其爲世指名者大抵已長繫,其餘或殛或溺,不則首鼠竄。似詥諜如許,率齮齕有力批引夙釁者也。”司馬收還牒。尋晉按察使兼參議,分守武昌,已,署臬糧道事。糧道故當部運入淮,公察敝竇,旗軍踢斛淋尖,運官需索常規,舟人毁舟,而令解户抵償悉如法論治。

尋乞休,不可。里居三歲,會楚宗變,以牿拳迸司馬公,司馬公死。上晉公楚右轄,令倍道之官。公曰:“此非臣子自逸時。”單車入楚,而諸宗就檻矣。諸司治楚獄,日夜不決。公謂:“楚宗始起事者,已坐辜,若株連,且人人恐生他變。”左伯乃列上罪狀爲數等,得旨施行。公語:“楚撫誅戮之後,宜停楚刑一年。”奏上,報可。公時時歎曰:“楚氛之起,國戚幾頓,牽纏斯長,亦因諸公操之太甚。令某在事,當不其然。”亡何,晉左轄,仍楚中。戊申之夏,淫雨五旬,楚幾懷襄。公折色代南糧以實倉庫,遠者分道賑給之。發官庾修築堤塍,就食隱民役於在官,悉增益其餼廩,毋重困民,自親王而下,具禮待之,曰:“大家巨姓且厚本支,况天潢乎?”南司空疏修顯陵配殿、明樓、紅城等處,及大木工費計不貲。公精算節省,議減派若干,留雜賦若干,再請内帑之一若干。又請分爲三運,寬以年數。是請也,凡清楚費以四百萬,疏上俞旨,而同事者攘爲己功,所在張皇,公嘿嘿而已。楚火,城内外居民延燒萬餘家,焚溺死莫勝計。公請兩臺發倉庫大賑之。净樂宫道官捃辱襄守、襄司理兩人,兩臺臺省劾璫,並不報。公密遣所親信千户偵捕之,疾治杖論戍。璫聞,走護已。後紅苗爲梗,黔蜀告急,部下楚議。公謂:“紅跟二苗賊殺黔職官,亦以減糧多殺故,楚無害也。如黔蜀興師,楚第提旅爲援足矣。”事竟寢。公登黄鶴樓,曼謳十章刻樓陰,曰平播,曰靖苗,曰榷税,曰採礦,曰鄂鬩,曰宗變,曰採木,曰地震,曰羽孽,曰燎溢,蓋皆憫楚而勞楚。久於楚,非公志。丁未歲入覲,遂乞身。銓部覆公疏,請許之需後用。於是楚人頌公曰:“拔葵懸魚,公示素絲;納垢藏疾,公弘山澤;薦蒟採韭,公廣忠益;鏡懸犀剸,公消狐魅;朱絲鐵柱,公表風猷;循墻蒲鞭,公揚愷悌。”楚人之言也,亦天下士紳之言也。

公貞而不激,和而不流,仕宦邅迴,遷官常在人後,倦飛出岫,結軫常在人先。爲州郡則心在民,爲藩臬大吏則報在國家,平生不齒榮利,未嘗一失足權貴人門。江陵相寢疾,部堂官率司屬爲齋禱,禱疏列公名。公詣齋所,求去之。楚王之爲假王也,其説起於楚巨公。巨公故有才名,衆謂爰立探取耳,公待之無加焉。其以二千石北上補職時,與公從弟文恪公同行,驢數頭而已。文恪公笑曰:

“公方五馬，今乃三間，亦造次嘉話也。”

公論爲官曰：“官非此身元有，行則爲姤，姤者，遇也，止則爲復，復故吾也。”論馭吏，曰：“不受餽。”論待民，曰：“無擾之。”論治官，曰：“與革弊，不若興利；與嚴下僚，莫若詳自治。”自其爲令時，即刻介夫先生《密箴》以自策，謂理學盡於《性理》，往鑑備于《綱目》，乃取《性理》精言採入《程朱全書》、《近思録》爲《性理抄》，修史依《春秋綱目例纂》成，自作論贊，以發前人未發。爲文原本六經，取裁曾子固，近代則吾郡王道思。其著述有《詩禮二抄》、《周禮詳節》、《四書商求》、《史綱節要》、《粤西備考》、《柳文選考》、《王文公集鈔》、《長慶集鈔》、《三蘇集鈔》藏于家。居常論吾輩學問須就庸言庸行上用力，又云：“古人無入而不自得，吾當只怕胸中有入耳。”又云：“天地間定有欠缺，豈能一一皆足！故曰：有所不足，不敢不勉。”又云：“古人學問，隨處點撿。大德不踰，據德也；小德出入，遊藝也。”此皆公自得之言也。予故以吾鄉理學文章自蔡介夫、陳思獻、王道思而後，公庶幾兼之也。

何喬遠曰：公年蓋八十云。人生少則志氣勃勃，老而解弛，非特操持之難純，殆亦精神之駑緩也。公大耋稱道，始終具有，天人無作，自非篤學好修，焉能至乎？故士患不庸言庸行矣。庸之爲言，常也，平也，亦恒也，久也。公平常哉，公恒久哉！

陳贈公傳

納言陳公益吾，踵何喬遠之門而告之曰：“於戲！吾聖人之後也。吾始祖子山公家海虞，至七世祖德基公占籍京師，再傳而爲知足公，有四子，其伯則撫州守公言，其季則永康令公交。吾先祖劍石公，褎然文學諸生也。至於予父乎遁而耕於虞山之野，跡其行事，雖古之孝友、獨行、節俠之倫不能過之也。而孰爲我明宣，悲乎哉！吾願吾子之言之也。吾先人遁而耕於虞山之野也，所望小子紹明命世之緒。小子久伏呫嗶，先人中夜起中庭立，仰天而歎，不使孺子知，見孺子則好慰之，小子益惘然。幸而得雋，以至登第。歸拜吾先人堂下，吾先人喜而且戒之，德音之幾何，不令小子以三釜養也。小子服在縣令者再，一爲南御史，忤於閹豎，取中旨削爲編民。聖明踐祚，蒙恩洗雪，凡三贈先人矣。先人有命服之榮，不以服之地上而服之地下，孤念之淫淫下也，悲乎哉！吾願吾子之言之也。孤先人見孤得雋於鄉，服其故衣冠出入里閈，慮損孤福也。孤舉進士，所戒者曰：‘毋損心，毋長傲，毋遺舊，毋改故面目。’慮損孤德也。日月之幾何，至於無庭可趨，吾涕盈吾胸而汗浹吾踵也。吾願吾子之言之也。”喬遠再拜避席曰：“明德也，賢士大夫之尊人也，遠則安能。”納言公曰：“雖然，吾願吾子之言之也。”喬遠曰：“唯唯。”

公諱堯，字仁夫，太室其别號。父則劍石公，母錢媪也，大父爲仰麓公。公生九歲，錢媪歿，仰麓公憐公孤，念之甚，見公與群兒戲，警敏異群兒，曰：“不意衰家有此寧馨。”已入塾，日記數千言，師不能難之，下筆爲文滚滚也。屢試屢詘其儕輩，及至見學使者，則如李將軍行異道，歎曰：“無巖穴處士之行而長貧賤，亦足羞也。”去之，治生，與室錢宜人相拮据。家稍給，錢宜人忽棄去。公再室張宜人，生殖僅僅，遭喪婚，孑然矣。張宜人來，復相與更始，積之廿年，得還先人之故，卜數椽居，奉劍石公居之，劍石公喜可知。則又群居其諸弟於居前後，俾得朝夕齊奉劍石公，男女諸孫繞膝扶牀，竟日在也。日所須，手調敬進，凉燠時省視，左右給事，未嘗敢使傷之。

劍石公娶于錢，生公，再娶劉，生四子。公痛母錢之不逮，歲時展瞻遺像，徬徨悲感矣，事劉無異出劉者。葬事獨身肩，不以累劉所出諸弟，遇錢母子若侄與其女兄弟之子如親兄弟也。叔氏二人貧老無後，月給之，歿而厚其終，又養其後，叔母無失所。其一有子客居郡，落魄歸，授田以耕，佐之娶室，用圖其息嗣。劍石公姊妹適徐適丁，兩人俱貧寡，時迎歸與劍石公相依。適蘇者之子槖落遠去，物色之數年。繼母劉之歿也，遺粟一囷數十石耳，所出四人穉且嬰。公舉囷中粟爲生息，久之，上息，籍劍石公曰：“息所長，分諸弟。”劍石公曰：“自汝息之，自汝分之，何煩老人爲！”公退而剖之，詳於劍石公自處分。又仍收其籍勾稽焉，毋使妄費一錢也。且不獨婚娶其諸弟也，又爲婚娶諸弟子。諸弟子延師教之。仲弟賢,早殁無子,喪葬之有加,爲實後。念其婦爲弟守節,禮之如嫂而推恩婦外家,曰:“如吾弟在也。”婦有姪窶子矣,收而傭書齋舍,厚其酬,俾於其姑也常常而見之。姊適繆,夭死,繆貧甚,爲斂其館穀經營而月給其衣食,召其後室子於家塾,教之如親甥。其適顧者則又貧,迎養之,贍其家。顧欲售田,予之田直,畀之耕,不責其收。叔氏有女適龔則又貧,資之焉,開示之生計。痛前母以勤死,無血胤,爲納言公聘仲舅女,以爲納言公夫人。至自處其外家錢,若張至愛也。

抑公不直盡倫於其父母昆弟家室而已。有族兄,才也,不能自料理,令主里中徭,食其贏焉,脱族兄之厄,貲力爲之罄。族弟某自鬻於人,贖歸而周之。有罹于法者橐饘捄。叔氏後其不能自存者,推解無所吝。至其他饑待哺、鰥待室、死待葬、危待持者,不遺餘力而讓能矣。

抑公又不獨率親率祖等,上順下周,厚門以内而已,而又推以篤摯於師友間亡踰也。髫年師貧且死,握公手曰:“一門生死老幼俱屬君矣。”公諾而經紀其喪,贍其八旬盲母及其二嫠,撫其三歲孤,長之。孤長,稱公曰“叔父”。公曰:“我與爾,兄弟耦也,何叔父我?”則謹對:“吾父遺命也!”公曰:“但稱兄。”陳翁、殷翁、傅翁皆公師,陳、殷二翁亦貧,爲持其門户。傅於陳則篤行,公命諸子衿式之。有友二人,一者以長妹適其子,厚恤焉。一者念其窮僊,延課諸弟而隆其脩脯。生平有一面之識,值其來告,傾身赴之。親知死喪,夜半扣門,不以舍中空爲解,交游深淺爲辭。某子甲受緩急於公,未償也,天大雨雪,來告其父死,展轉借給之。某子甲有急扣,亦值舍中空,息諸鄰重假而輕貸焉,故舊往昔通財者貧再請,明知必再負,即亦如請。

抑公又不獨爲德於其里閭而已,又以推之於鄉農。練塘,始祖創業地也。數里間窮民婚娶、疾病、死喪之憂,悉於公乎仰。邑東,始莊先世之籍在,地瘠民貧,歲捐粟若干石,補里中逃丁荒糧,其餘以供繇賦。佃人海有積逋,行鬻妻償公。公曰:“豈有離人室家充我囊篋!”呼其夫婦曰:“則俱來爲我騷除門户下。”

抑公又不獨爲德於其鄉之農佃人而已,又推而至無情之人。巨室貸農家粟,以昂值貸之,而以倍償收之。公獨貴貸而賤償,不能償,焚其券,得贋金,取而投諸淵曰:“毋悞後人。”

凡公所爲,人多笑公勞且拙。公曰:“勞逸巧拙在人,處勞逸巧拙在天。天之於人也,巧逸者,或予以巧拙;勞拙者,或予以巧逸。”自今觀之,公廼有天。抑公雖仁心質乎中懷,未嘗不伉儷,其孤直爽朗、心口洞達,有不合面折之,聽諛辭虛言,遇之輒嚴詛。以此忤流俗,行意則自如。侍御錢汝瞻公遇公先公厚,公輒爲盡心力,其他始初交之後富貴者斷席矣。抑公雖伉儷乎,又未嘗不挹損而爲厚,有少年恃家力,詢公于門,公闔扉掩耳也。少年尋悔,俛伏謝公,即與交歡。值一女子夜奔于僧舍,明召僧誡之,終身不言女誰氏之女也。此公平生之概也。

嗟夫!公雖布衣哉,其天性朗悟,才鋒迅發。諸凡公私利病,窟穴根株,目無遺矚。遇事即胸中有成畫,風雨追赴,紛錯變合,如出素斷,事後券成敗,而器局宏深,可喜可愕,猝當前不動也。如此之才,出而現世,何所不大行!天竟勞之拙之,則所不可知者也。

何喬遠曰:道莫大於倫常。倫常,性命也。踐於倫常,通於性命,此之謂明德君子。納言公曰:“以吾先人次於古孝友、獨行、節俠之人,又何讓焉!”何喬遠曰:“明德君子也,孝友、獨行、節俠云乎哉!”

黄下士生傳

天啓末造,宦豎熏灼,衣冠之禍,中外爲烈。清漳周公仲先以大中丞鎮撫吴門,與閹争是非,閹訴之大閹,而周公被逮。黄孝翼者,公好友也,數爲五嶽遊,將歸里,聞周公有逮命,輜輧中爲絮泣者三日。入門慰籍周公,告諸所與周公遊者曰:“不佞幸遊長安諸公間,諸公皆相善。吾將爲周公請諸公。”諸所與周公遊者曰:“子遠遊方入門,得無憊哉?”孝翼曰:“所得活周公,生死以之,寧論憊!”此時緹騎尚未入漳逮周公,孝翼則先周公行,過泉訪我鏡山而語之,故予歎息噫唏,作《李白篇》送之。

孝翼蹴躃入長安中，則向時諸公所與孝翼善者如鬼見帝，孝翼數候其門，輒以黎明往，造門既屢，邏卒物色之曰："此非閩人乎？其色黧黑，其髯長以疏，其身不及六尺，殆閩人也，此定有所干請。"於是稍稍知其爲周公來，因跡其棲止，則在佛寺中。寺僧微知之，告孝翼曰："子行，子行，禍將及矣！"孝翼微服侵晨出關，邏卒無所得。且行且止，旦暮遇周公途中。馬鶩觸樹，墜折骨，宿逆旅舍，棟撓幾壓乎其下，遂前。遂前而逢周公於茌山之墟，緹騎在後，相睇眴不敢聲。歸，無幾何時，則周公斃獄中。頓足歎曰："竟負周公，無所報之。"所與周公遊者曰："子重跰絶險以列周公，所以報周公足矣。以子所爲，何有於沈明臣哭墓下，汪新都其猶張之也。"

居亡何，今上御極，從田間起馬公劬思爲南大理丞，挾孝翼與俱。於是，孝翼又復爲金陵游。金陵有鄭一拂祠，祀一拂先生。一拂，宋介公俠也。孝翼日徘徊祠下，以告大理公曰："是祠一拂者，閩人也。祠三忠者，亦閩人莆人也。旁祔六生死于建文之難者，則我漳人。夫周公以大中丞鎮撫吴中，被閹豎之禍，祠而薦之，不亦可乎？"則又私圖曰："祀周公必有與俱者，方不爲吾漳人私。嘉靖之季，閩縣大司馬張公經被趙文華搆以死，其功在江南，江南人至今能道之，此可與周公俱矣。"大理公如孝翼言，遂以張公與周公合祀于一拂之祠旁。孝翼方自喜曰："吾蓬藋布衣也，所以報周公如此矣。"當孝翼自長安歸時，名大噪諸公間。福唐葉文忠相公握其手曰："義烈也，吾當爲子傳。"平湖朱平涵相公引與鈞禮曰："君國士。"固辭，曰："吾當築壇而拜君，何況上客！"

孝翼所爲四方遊則入虔州，下章江，登滕王之閣，揚彭蠡，過天子都，躋白嶽，眺黄山，道麻姑，探金精，此時年二十有六。已，作長安游，陟武臺，浮淛江，渡錢塘，泛明聖湖，適吴，徘徊武丘，拜季子墓，捫北固，蹴金焦，絶江望項彭城，徑薛問孟嘗養士處，講業孟子廟於鄒，訪董帷于廣川。極督亢以達京師，得從宫市中闖太液，騎而登西山，謁陵天壽山，遂於薊丘之崆峒望居庸關，得其扼要以圉胡人。還，止鍾陵，觀皇陵，遵滁放於琅琊，栧秦淮，踰牛首、攝山，慨六朝之遺事，繇刊（邗）溝拊迷樓遺趾，復折會稽求禹穴，入海膜拜普陀落伽，爲母祈年，此時年二十有七。二十九再客鍾陵,涉烏江,濟濡須,問亞父之居,髣髴巢父於卧牛之山。三十四時,馬公爲侍御,從之京師。會遼陽、廣寧相維失陷,念投筆起,亡薦者。三十六攀嶧岱候日,返於頓丘,留滯周公署中。周公解袖,取道大江,驪采石,漸大雷,俯小孤,考石鐘,策匡廬,盡五老瀑布、白鹿、東林諸勝。循栗里,復投豫章,溯十八灘,復至虔,見故所題詩於虔之通天巖,笑曰:"世猶知有黄孝翼。"還逗武林,比歲,枉潮州,鶩行黄岐,再出潯陽,穿黄梅,接五祖,討灊鎮,跂天柱。孝翼今年四十四,凡四入長安,五寓金陵。而於今又從銓部張九一公邸舍。

所譔著有《漱芳集》、《慕甯堂》、《史説》、《萱蘇》、《三都》、《吴楚》、《吴越》、《北征》凡八種,所藏書積至萬七千袠,見妬回禄,仰天歎曰:"平生所聚精竭儲盡於此矣!"顧雖不能舉其詞,已盡通其意。所習象緯、勾股、測望及於卜星醫理,而醫爲尤精。所討論詳明,國家典故、當世朝事能舉其本末,海内縉紳士大夫備知其出處。或問縉紳士大夫,悉口平生,見善如不及,而尤篤於鄉之前聞先哲。天啓初,莆林公琮先朝爲令,觸璫逮詔獄,敘卹不及。孝翼舉諸鄉衮間,林公則預卹里中。李倅文察公通樂律,嘗進《古樂律吕》諸書於世廟。世廟大悦,授以太常博士。孝翼得其書珍寶之,爲作傳出人世。其留心經濟,談吐間具有擘畫中欵。會山東妖賊平,撫臣獻俘告廟,詡爲功。孝翼怛然曰:"昔正德中,藍鄢寇平,詔令就梟於蜀中,林貞肅公加俸級而已。獻俘告廟,於何有?夫是潢池赤子也。"諸公以爲知言。其游潮,會海寇突至揭陽,孝翼與揭陽令策寇甚審。

孝翼孝於父母,厚於友生。其文章清潤瑩朗,渾古而多姿,其字書超超無俗氣。其名曰以陞,字孝翼也,鄉人尊之曰"孝公"。而孝翼自稱爲"下士",表其室曰"蟫巢",父孝廉公也。一日語余曰:"向者,夫子都下,予亦遊都下。今在南中,余又來南中,不可失也。近歲胡元瑞微罹霜露,求生傳於王弇州,夫子吾弇州也,無意乎?且也,下士一日未填溝壑,定不辱夫子之誨言。"

何子曰:吾夫子與其友生皆生傳之也,傳蘧伯玉曰"君子",傳子産曰

“惠”,傳原壤曰“無述”。不有原壤之無述,何以證傳伯玉、子産之非諛辭者?余傳孝翼亦然。

鄭孝義公傳

鄭孝義先生諱景星,字廷璧,次井其别號,仙遊人也。尊甫曰雪吾公,生四子,長、次俱無年,而雪吾公亦逝矣。其遺叔、季二子,則淮安貳守聚井公瑞星,與先生而已。少孤,家至貧,故儒業也,用貧棄之,力耕以養母,佐淮安公讀書,稍獲石田之餘,以不至四壁,乃始自成室,奮然曰:“吾有唐大府卿之後也,九世守一經,奈何埋首於扶犂?”發其篋中書,帶經鋤,日夜自鑽礪曰:“雖不發之於身,尚可以教人。”而鄉里後進子弟翕然而從之。始,既以耕佐淮安公,維兹束脩之入,亦足與淮安公相濡沫也。淮安公取科第,歷仕淮安。母氏病,不能從官所,先生獨身治尸饔。淮安公判贛,召之贛曰:“庶展我孔懷。”先生居不浹月,返曰:“有母在,吾兄勉爲廉,毋以弟爲意。”淮安公無禄,先生又獨身奉母日繼夜,至于九十二齡以終。先生自持至纖儉,其延師教子也具豐備,朝夕訓,惟恐其不得齒於爲人。家門振肅,暗室不欺,以和以忍,以教於家而推之鄉,貧者賑之,悍者訓之,弱者扶之,而鄉人用式化。其没也,鄉人稱之曰“孝義先生”。

何子曰:太史公傳奇節偉行之士,是賢人之文也。聖人蓋曰:“庸德之行,庸言之謹。”鄭先生庸德哉,無以加焉! 無以加焉! 而人有所不能,所以爲鄭先生。彼夫奇偉所稱烏在? 其能篤行耶!

張光禄後傳

余此傳作於天啓辛酉歲,此時公方死蜀難,公子紀急於明父忠,則舉其闔門十六人死賊狀如闕聞天子。天子下禮官贈官予謚、建坊立祠,廕紀爲錦衣矣。紀乃入蜀中物色公所死處,具得公手書遺命,備知其臨難之從容與被禍之慘烈。搏顙擗踊,恨不能代之當日。慟良已,土人皆來觀,具言公當日死事狀,且言公有幼子緄,而君之室夫人與君婢薛,余輩蒙公恩,火中捄出之,奉之以待君來也。

紀乃知其尚有三人在，與前疏稍異，歸而再聞之今上。上以宣付史館，君因寄書告余曰："夫子爲我先人傳欲行之久矣，以言前後不相實，故未敢也。《唐史》張、許二公，蓋傳聞異辭焉，其始聞也，其後見也。念此一事也，兩具奏，兩奉旨，不妨兩存之，夫子其再爲我先人傳。且夫邇來殉難諸公皆淪骸異域，吾先人藁葬有治命，孤也間關匍匐，得奉故骨歸，從殉諸僕亦獲首丘焉，天幸也！幼弟緄也，童子執戈，有報仇之志，微見其功能。孤皆以聞，上言不可不載也。"余曰："君言備矣，僕復何言！"遂舉而志之傳後。

史植齋傳

王生有棟告予，人之飲酒，以唇入酒，急釂徐舉，則在其人。有棟所從史先生遊，一尺之面，巨口而豐頤，直以杯望口投擲耳，而無涓滴沾衣裾几案者。客有從飲，酒不能勝，聽其自去，不追挽之。予曰："惜哉，吾獨不得與斯人同飲耶！"先生蓋長予二歲，而予不得從先生飲也者，斯亦天交之一欠也。

先生早孤，事兄如父，母没于宦次，撫兄子如其子，其急病甦瘠，重賢禮士莫及也。何子曰：予讀史見東晉之際，王、謝衣冠爲盛，且又兩姓合在一鄉，兩家諸公其著于時者衆矣，其家群從子弟當益多。彼其親戚之所附濡，僕從之所憑恃，其爲儛於車上，而虢暴其鄉閭，何所不得？而並不見於史載。意其中有儵然獨行之宗老有以風之，以是不敗其家世。今史之爲姓，固吾邑之王、謝也。而門外戢戢以寂，若謂非先生風之不可。先生之言曰："凡事得過其心斯可矣。"過心也者，適得其心之謂也。自慊則過矣，厭然則不過矣。遇可惻可隱之事而隱之惻之，則過其惻隱之心矣；遇可羞可惡之事而羞之惡之，則過其羞惡之心矣；遇可辭可讓之事而辭之讓之，則過其辭讓之心矣；遇可是可非之事而是之非之，則過其是非之心矣。過其是非之心則智矣，過其辭讓之心則禮矣，過其羞惡之心則義矣，過其惻隱之心則仁矣。仁義禮智過於心則性矣！

何子曰：予觀世人之藏機匿阱者何多也，彼皆深中而篤厚，圭角矜持而内有不可知。惟夫飲酒之人，始而莊，中而懌，終而豁然以大盡，一切藏機匿阱之心無繇而生，仰天抵掌，已而出肺腑相示矣。故善飲酒者必君子也。至于投擲杯觴於口中而無滲漏於几案衣衿之上，此養繇基之命中，痀瘻丈人之承蜩，不過如是。先生於酒可謂精以專。精以專也者，得酒之天也，是亦過心之酒也。

先生名繼蕃，字世植，別號植齋。

鏡山全集卷六十

傳

張贈公陳安人合傳

比部子寰張子使便過里，語予曰："孤先親與子同里門，先親之德，子所知也。孤欲傳先親，惟吾子惠我言，則人謂子信。"於是，何喬遠發比部君之孝，爲張贈公翁媪傳。

張贈公諱守化，字可化，泉世族也；而贈安人陳姓。贈公之祖伯父志選公舉進士，守毗陵有聲，而公祖文郁、父志立並以孝友隱德見尊鄉閭間。公十歲而孤，與其兄奉母黄至孝。時家則貧甚，公年十七，已出授里中兒，從兄後奉母饘粥相呴也。母病没，公侍湯藥、具殯歛無不盡。治經苦厲，爲弟子師自如弟子，稍益進，微具家。而泉中中倭寇，公兄陷賊。賊捉人索贖金急風火，不者則盡命。時公家故無有，起而索篋中，僅束脩遺與贈安人簪珥在耳，則謂贈安人："吾兄有難，子吝脱妝耶？"贈安人曰："恨婦妝不足脱耳，苟可以脱，而以脱君之兄，雖千百奚愛焉！"公則出其束脩遺與贈安人妝往。時公尚未舉比部君也，諸宗老皆勸勿往，曰："而父僅而兄弟二人，奈何并命爲？"公對曰："某所以奉吾兄，在《棠棣》之三章矣。夫吾父也，身周旋族弟之疫，藥而全之，備百艱瘁以活弟，孤豈吾之身而蘄之？且夫此皆吾父陰德在，往必亡害。"慷慨即途，諸宗老送之，途次私指目此荆卿西入秦矣。公行，挾關將軍香火夾袋中，結贖金肘後，身懸鶉之衣，中途遇他盗，亦不信公無有，脅索之，則果無，忽有異香從空下，盗怪之，去。去而達賊壘，賊少其金，公悽愴哀慟，賊輩爲之感歔，相顧曰："此孝禮也。"縱之歸。公與兄行未三里許，賊壘爲官兵所攻破，陷賊人盡見殺，公獨與兄生還。人以是益歎公，且服公稱父陰德不爽。

公既脱兄歸，家四壁立矣，復出授弟子海上寺。海上零寇百餘走寺中晨食，徘徊廡下。良久，鄉兵追至，乃遁去，而公尚閉門卧未覺也。山下野人叩扉而呼："張先生無恙耶？"公覺開門，則荷鍤者之屍解在。野人嘍嘈而歎："天真護先生！"公心動，棄學徒，歸。以其束脩之遺販市中米爲賈人矣。公雖逐什一，其意欲借以活餓者。時邑方饑疫，公第劑出入給數口餘以哺道饉人。人謂："先生設塾之贏幾何，而乃推廩，可後繼乎？"公曰："烏念繼後，饉者當前，不能已吾心，而吾推之矣。"居一再歲，寇疫良已，公之兄復羸病，所以奉事不懈。嘗問醫古雷山，重繭而行。天大雨，公渡水幾没，適得巨木，亂流而濟。人稱公所奉兄良苦，已而時有天幸，孝友何不可爲也。公兄臨盡，則握公手而泣："吾報吾弟於九原矣。"而贈安人適贈公時，公母已病困，母曰："不以陳婦見者目不瞑。"贈安人遂歸贈公。時公嫂楊事母故孝謹，母愛之，贈安人至孝與並，母益歡。母没，公與其兄哭外，母與其姒哭内。毗陵太守公聞而愴心，遍舉母孝於族人也。楊姒夭，林姒繼，比公之兄没，母所以處林益厚。公既晚歲，比部君兄弟知名，心稍寬，時語比部君與其弟機："而母與我操作攻苦若而年，吾修脯六之，母女紅四之，吾雖貧乎，差不憂。雖然，無難也。吾捄吾兄，微而母脱妝不任橐，而雖然，無難也。婦人誰不憐丈夫，又誰不憐丈夫之未有子？而母而無幾微而且慫恿我，而母丈夫矣。"蓋贈公、贈安人之自相爲孝友如此。及比部君領鄉書，而公與贈安人先後没。

何喬遠曰：悲哉！比部君一言而三出涕也。其言："昔令孝烏，今隸爽鳩，兩藉國恩，以有榮施。"祭之厚不如養之薄也，述贈公、贈安人所以期之甚遠而思之甚痛，乃予所以復比部君。父母難有得之子，子亦難有得之父母，無有領德蹈義方軌儷配比於古人，使其子雖貴且賢，凛凛然猶慮不能跡其武。夫如是者，所難得以爲父母而所以釋比部君之痛，其在此矣！其在此矣！

姚孺子陳烈女合傳

孺子者，未室之辭也。女者，未嫁之辭也。孺子死，女餓死以殉之，則有夫婦之義矣。女與孺子一許爲夫婦，而人猶曰孺子、女也。

孺子生而有節俠氣，最好老、莊、左氏、淮南、兩司馬書，他具非所存，目中無古人矣。孺子善讀書，人多欲友孺子，孺子亡所諧，所石交惟林生皇，蓋一人，其又無今人也。孺子念其父居至貧，讀書自奮，至丙夜不休，竟嘔血數升，病半歲而亡。陳烈女聞孺子病，從間處自減飡籲天。家人固望孺子有生理，而烈女之色焦如矣。孺子死，烈女爲位哭奠，日念死。《禮》曰："婦人從一而終。"烈女於孺子未從也。父孰不愛其女，曰："一未從！"母孰不愛其女，曰："一未從！"兄弟親戚姑姊孰不愛其女，曰："一未從！"烈女念益堅，絶粒益嚴。父曰："則之汝家矣。"女曰："孺子家，我家也，如舅姑貧何？"父曰："則爲女櫬而行。"女前櫬後輿泣至其家，哭奠如禮，聲絲絲不能續，體綿綿不能勝，然猶强泣强拜如禮至絶，蓋不食十有四日。鄉里來觀者以數百人，太息欷歔，共言其賢。有呂中質者前告居士曰："葬孺子，吾出墜穴之。"

孺子姓姚，名楷，年二十。烈女姓陳，年十七。

何生曰：烈女之亡也，余爲辭誄之矣。友人曰："傳者，傳也。請再爲烈女傳。"是以又合孺子而叙之。余與姚居士處，服其固窮不慍也，而其子節俠幽憂慕古人。友人告余曰："孺子之母蓋繼母，其病也，饘粥菜脯以哺歠孺子者，皆從姚母手口過，居數月不倦。非此父母不能得此子，非此父母不能得此婦。"若是則余又不忍其無傳矣。

丁贈公莊宜人合傳

吾泉閥閱之家，則陳江之丁爲盛。予間得其祖孫二人焉：則嘉靖之世有梧州守槐江先生，恬穆篤修，博物多識，身在牽絲，節在飲冰，年在解龜，志在囊螢；當萬曆之朝，有吾友亨文先生，筮仕司李，入典銓曹，貳于奉常，清風先驅，旭曦四映，靖恭直亮，鬱爲人儀。是祖孫二人並當世賢士大夫也。維贈吏部肖槐公以梧州爲父，以奉常爲子，慈孝宅心，書史潤躬。當梧州公之守梧也，留夫人於家侍其兩尊人。夫人則善病，居城中，而兩尊人在陳江舊宅，相去二十里矣。公旦趨陳江，暮入城市，起居大父母若母皆徒步往返，非甚風雨不間輟。所奉母夫人湯液，口嘗手進不敢怠，聞鼾息有聲乃始斂足退。少間一赴文社，或就館下課諸季，學恒過夜分。二女弟先後出閤，梧州夫人以病，故不任治奩，皆公爲手治。既具，移奩榻前，梧州夫人首頷而已。梧州公潔修當官，歸而築宫不能成，遷延以數歲，而皆公節縮經營之。梧州公不饒於産，産皆公所立，分諸弟無私。梧州公、公夫人歿，所治壙，皆公上下山坂，從形家覓吉，鞵爲穿而屐爲鋭矣。親友有不給求公，公出口中哺應之。從伯父歿，餘孤女，擇高門厚遣焉。宗姪奴于巨家，贖之金，不贖，必贖之。此公之爲人也。

梧州公家有希鄴之堂，比於古人藏書之富，公包羅指歸，綜尋源本，發爲文章，可著當世，則有《朝野萃言》、《六書考》、《續家譜》諸書，其一斑矣。其始梧州公郎南都，公則以文學見知於大宗伯丹陽姜公。梧州公守嘉陵，公則與大學士南充陳公同席研。公爲諸生，則大司寇四明趙公、少司馬蘄陽李公來爲閩學使，賞鑑其文詞。此公之爲諸生也。

亨文舉進士，公年四十六耳。居三年，有文林之封，公不能無唾壺之擊而又不能不喜於二釜之養，輟業拜受之。亨文司李於邵陽，公入楚視，其始至也，見有輂炭于外者，良久不得直入以爲譙讓。家僮曰："小主公篋中乃亡一錢。"公則大喜，亨文彌爲砥也。有一令饗餮于其官，亨文察之，令大驚，馳急足爲公壽，公知，叱走之，封其牘貽亨文曰："好處之，此非護身符也。牘具在，召令面返之。不召令面返者，吏且爲乾没，令莫知我誠贋，且益累兒名。"亨文拜牘訟泣彌爲砥也。此公之爲封君也。

大要公爲人子，有必學之裘，無不荷之薪；公爲人父，有争竈之炊，無登車之僻。美矣哉，内行鞠躬君子也，而有宜人莊氏善佐之。予又舉嘉靖之世，吾里中有以文章名天下者，爲參知遵巖王公，則宜人外王父也。予又舉萬曆之朝有以厚德長者名宇内者，爲少司徒陽山莊公，則宜人父也。宜人女無宦習，德修衆懿；婦則善婦，能佐贈公孝也；嫂則善嫂，能佐贈公友以慈也；母則善母，通書史，曙大義，舉以教兒如嚴師也。亨文之始爲吏也，貽之書曰："愛百姓是愛我也，自愛其身是愛親也。”亨文於今捧遺文篋中,未嘗不飲泣也。少司徒開府江右,時贈公不一至其邸,蓋宜人善佐贈公之爲廉。宜人有所用財,未嘗卒得也,又未嘗無不得也。其步摇、跳脱時時在質庫中,亦尋歸,亦尋在質庫,蓋善佐贈公之爲惠。宜人有弟爲方伯泰巖公,方伯公善事宜人,而宜人善畜之。方伯公不習門以内事,每月輒迎宜人歸,爲綜核凌雜、勾糾臧獲。宜人還莊,則莊氏一室皆喜宜人;還丁,則莊氏諸臧獲,亦皆喜綜核勾糾者行矣。蓋宜人善才其家,而又以及其外家。吏部公先封寶慶府推官,繼贈吏部郎中,宜人先封孺人,繼贈宜人。

公諱日造,字某,肖槐其别號,於梧州公爲長子,得年五十有四。宜人得年六十有五。

何喬遠曰:世有其君子持於外也,而室又詘於内;或有其室人揉於内也,而君子拙於外。善矣乎,贈公、宜人兩爲德也,而又兩爲名德也;兩爲才也,而又兩爲名才也。贈公、宜人所得於天者侈矣。亨文踐于皇塗,不辱父母之令名,其小者也。贈公一再入楚視亨文,最後廼即世于楚,亨文得視其含殮。丙午之歲,亨文蒙恩内召,戀母不忍去。宜人促至再:“孺子,孺子緩朝命者兩矣。”亨文皇恐,而尚爲趦趄徙期者三,而宜人忽然捐女御,又得視含殮,則亨文之於人子又侈矣。

東魯之教,報在餘慶。西竺之義,證在因果。梧州公與王參知公文章學問本道根真,醖芳釀美,載于贈公、贈宜人以有詵振之孫子,豈非東魯之餘波!宜人臨化,見白衣纓絡之人雙幢導前,没而重樓白花以數朵,高大可半尺餘,其狀類芝,其馨類蓮,發於前和之端以月餘,則以宜人晚節精奉大士之故。則贈公、宜人之獲報於東魯、證果於西竺者抑又侈矣!奉此三侈者,蓋天與人兼焉。丁氏之所以爲盛歟!丁氏之所以爲盛歟!

黄氏先世貞孝傳

黄喬鏜語何喬遠曰:“吾先世多有德善行誼,予爲子孫而弗論著,罪莫大焉。鐘也，老明經也，度不能徼朝家之寵命，不能爲先世榮。子也能文辭，夫惟吾子爲我圖之。”何子曰：“否否唯唯，我儀圖焉。”

其一曰丘孺人。丘孺人者，黄喬鐘之大母也。大父曰闇，闇父逵，官于粤之新興，爲廣文先生，僅舉闇耳。廣文先生念嗣續之孑然，而丘孺人體其意，于歸亡何，即爲置一媵，逾年媵舉一子直，而自亦舉一子衷。闇喜曰：“向也以未子也，未敢之新興省覲吾父。今有二，可以行矣。”行未及新興，中道夭。丘孺人不欲生也，勉而起撫孤，勉而思奉姑若舅。其視直也，無以異於衷也。廣文先生棄官歸，無家以居，丘孺人棄其裝遣買宅而待之。廣文先生歸，丘孺人代闇公爲子也。闇公之二祥諱辰，先數日哭，屆期盛供具，延内外親族爲奠祭，内外親族咸難之，而所以養廣文先生皆從孺人日夜爲紡績。廣文先生有季女未出配，治裝者孺人也。直也，衷也，皆垂髫補弟子員，其所以成學繇孺人也。蓋二孤晝夜讀而皆孺人與諷誦。於是士大夫咸高丘孺人節。二孤尋秦晉之盟，而皆得名家女焉。予數孺人守節之年年十九，其爲闇公置媵年十七耳，不但貞也，且不妬也。

其一曰文學先生，是爲衷也，喬鐘之父也。自其垂髫隸於學宫，文以有名，慨然歎曰：“使吾有三釜之養，勞於王事，安得常奉母也！子之養母也，亦保命遂志而已矣，何必榮也與其豐也？吾母十九而守孤，有他子乎？”則遂棄其文學去，而時方壯耳。文學先生之奉母也，母稍不怡色，即長跪，母不命起，不起也。母生酉歲，酉，雞屬也，文學先生終生而不敢食雞。母氏以壽終，文學先生所以居母喪者，古之所謂泣三年者也，廬於墓側，亦如古人之廬墓也。

其一曰蔣孺人，是蔣郎中之女，文學先生之配也，鐘母也，余所謂名家女者也。其于歸事姑也，不敢倚其外家貴倨也。姑也嚴，母氏嚴事之；姑也勤，母氏勤赴之。笄褘篋笥，一一奉姑而藏之，有所私財帛，一一奉姑而須之。姑諭之曰：“我之早寡也，猶如松柏之受霜也；新婦之歲也，猶如春花之枝也。何以卧起織作與我並朝夕也？”孺人泣曰：“姑也，卧起織作爲誰乎？爲誰爲之，誰能安之？”一日，問於文學先生曰：“夫夫子也，何以不食雞也？”文學先生曰：“是吾之羊棗也。姑也酉生，是爲雞年，吾所以不食雞也。”孺人嗜雞，蔣郎中翁媪大爲孺人畜雞，至是孺人從文學先生不雞，而又孺人别無嗜好，則蔬食而已。一日，姑病亟，文學先生減飡，孺人亦從文學先生減飡也。孺人以貴介女從孀姑之勤勞，竟不勝孀姑之勤勞，遂先孀姑殁。文學先生曰：“以吾婦之孝吾母也，而不得終事，吾何敢終娶！抑吾而終娶也，所不可知者何家之女也，其能如吾婦之孝吾母否也？”於是，遂獨居奉母焉。

何喬遠曰：鄧林之樹中多惡木，冀北之群中多敗馬，多劫人者，大國之風也。予觀巨室大族名爲善人者皆堇堇耳，乃一二寥寥之家多德人君子、貞婦賢母焉。彼其善也，易相觀也，易相勵也。黄氏繇吾友喬鏜而上也，則文學先生也。文學先生之兄直也，滕之子也。其子一曾亦廣文也。文學先生之父則逵也，新興廣文先生也。新興廣文，又有其仲正也，則舉于鄉也。逵公也，正公也，兄弟自爲師友而皆授《易》於蔡文莊先生之門也。黄氏之德四世矣，其人則寥寥也。大凡爲黄氏之丈夫也者與其爲室人也者，莫非德人君子、貞婦賢母焉。孔子曰：才難，不其然乎？有婦人焉。於志有之，是比肩而至、接踵而來者也。

蔡處士夫婦合傳

余觀世之有詔於朝、有興於家者，皆其先世有以貽之乎？芝草無根，醴泉無源，豈其然哉？予徵蔡處士夫婦，益信。

處士諱祚，字元貴，同安人，其婦蘇，而子鍾有則今分水令也。鍾有始令興國，能其官，古心直道，不遂於時，左遷徐州倅，守於吕梁，爲河堤上牛馬走。河漫決無時，奔漲疾風，鍾有乘艖行波中，幾葬魚腹者屢。山東妖賊發，去徐州三十里，鍾有以河夫爲卒，畚鍤爲兵，拒賊河上，賊竟北潰走。今爲分水，又復能其官。鍾有任官不以詘伸高下變所守，人知鍾有能而不知得之庭聞者素也。

處士之言曰：“爲子必孝，爲臣必忠。讀書者學爲忠孝也，不忠不孝，雖讀，亦奚以爲？”處士之言曰：“世間惟下人最不可爲。何謂下人？無廉耻者是。若文采無所表見，直村人耳。村人，古之鄉人也。鄉人無不可爲善，不可爲善乃下人矣。”處士之言曰:“吾觀爲官者,一人敬而奉之者億萬人也。夫此億萬人者,冀此一人爲人興利除害,是以敬奉若彼其至也。不爲人造福則亦已矣,殃而禍之,寧復有人心乎?”處士之言曰:“今之爲官,官己官耳,未有官民官者也。夫秀才也,有科舉之賞,有入試之資,舉人、進士也,有牌坊之金,皆出於民也,及一服官乃無一人念者。”處士之言曰:“子孫能讀書則爲士,不則農耳,慎毋爲胥吏。爲胥吏者,絶人與天者也。”處士之言曰:“出債之家權母子,計奇贏,惟日不足者也,人且睨其後,是其子孫終窶以貧。”處士之爲此言也,以訓其子孫也,亦以訓世也。若夫處士之婦,亦賢婦也,其教鍾有曰:“兒漸長矣,情竇開矣,當知世無可好之女色。”鍾有長跪問旨,曰:“夫其室則室也,妻則妻也,孀則孀也。有可破壞亂之否?此不特身命,直關陰隲。”處士夫婦之言如此。

夫不惟處士之婦未嘗學問,即處士亦未嘗學問也,其言固學問之言也。若夫遡處士夫婦之爲人,善人也,賢人也。處士之父廢疾,兄弟四人廢疾者二。處士爲兒時,第鬻蔬菓給父而已,即遠出,皆豫儲泉刀牀頭,計日使無乏。里有富翁孝處士之所爲,無子而欲子之。處士曰:“子翁甚善,顧吾父廢疾莫養,即欲迎翁家而養之,奈疾不可近何?”富翁益孝處士而厚贈處士。族有里正當朋當而給役於郡庭,役甚苦,費不貲,族人寧入貲於出身者,而不欲自爲役,皆厚其資,請處士任之,處士不辭。既竣役,資餘十二三,無自肥焉。先世有遠戍,亦戍者出身,族人資之。處士曾王父出身戍族,人許之貲,處士之父當索貲,乃不往。或以謂處士,處士曰:“吾父不往矣,敢違父志哉?”處士夫婦力本治生,繇詘入贏,不吝施與,雖昏夜叩必應。邑有寇警,處士夫婦携子女匿入山谷中,有餘餉,即以餉同匿兒相顧恤。處士好義,自喜結客,餉師無虛日。其於社事里役常先三老任,鄉鄰有忿争及爲公事人役所苦,輒致之家,浮大白解釋之。儒術方伎、匠作之流入鄉里者群詣處士,處士夫婦無所不欵待。處士之婦多種秫爲酒,畜五母二母種瓜菓蔬韭園中,海錯之賈多與之直而先給之,以故中饋時豐旨,祭祀伏臘,奉賓客裕如。鄉染大疫,處士婦亦病,晡時見群厲推擁入,齊聲求福。處士婦曰:“吾雖貧,能福爾。顧吾夫不在,夫歸,爾福矣。”言未既,有角巾白衣人從後呼曰:“勿誤,勿誤,此善人家,宜亟去。”於是群厲皆去,其色如煙縷騰騰上,其穿屋上走,屋瓦有如裂帛聲也。蓋處士夫婦修身而責報於後人,爲善冥冥,而亦受福於冥冥如此。鍾有能其官矣,顧不能徼一命九原之下以爲二親榮,余故以處士夫婦名處士。雖然,處士夫婦賢人也,善人也,寧須一命哉?鍾有能其官,上不負君,而下不媿於庭聞,亦寧須一命哉?余有激也,亦有羨也,是以爲鍾有傳處士。

鄭司李丘孺人合傳

鄭史公道圭將封君印壺公之命,持其尊甫司李公、母丘慈節孺人狀使余合傳之。

余曰:“凡賢士君子與淑女哲媛所以著於世者,要在得其理而已。有如少孤也,奮發淬厲,以得有名於時,非克家子之理歟?教一邑也,群諸生而牖之學,而廸之文,而親與爲啓發,而以俸餘賙振其貧匱,支邑旁近,聞風麕至,皆就講下,此非得爲廣文之理歟?受一郡而佐之,以李名其官,平反不苛,一本諸仁恕,此非得爲李官之理歟?以爲假令,寬民之罷困,裁其冗濫,尊經以教士,表忠以奉神,邑被兵饑,藉以不困,此非得假令之理歟?有如婦也,母也,佐夫子爲官,不厭其貧清,非得從官之理歟?自爲母也,而又爲衆母也,自爲母即自爲子,爲衆母也,而亦子其子如其子,此非得爲母之理者歟?身稱未亡人,節足維之,才足布之,肩紛糾,攖冤鬱,祭祀有禮,織紝惟勤,内外周洽,豐約適中,此非得未亡人持家之理者歟?而鄭司李、丘孺人具有之,賢士大夫、淑女哲媛不儷美鄭氏之門也。”

司李公以嘉靖丙午舉也,教于瑞昌,李于潮,拂衣而歸,早年艱子,是以多内嬖,五十之後八舉丈夫子,孺人得子焉,所以稱孺人衆子母也。司李公五十餘而舉子,六十餘而棄諸孤,而孺人時方三十餘,此所以稱“未亡人”也。

封公之言曰:“吾父失官而無憂,得官而不善旋周,花石琴書,日引滿道,故以樂朋儔,而啓視其厨無魚肉而篋無繒紬。視從兄如其兄,視從兄之女如其女。

其甘醪祝哽，嚴若慈母者，則其絶胤之寡姊許。吾父假揭陽，閩兵逐寇，至東馬懸鋒，威怒霆振。邑乏見糧，家爲空户，吾父立具儲賄，兵至，無所掔斂。進揭民而諭户毋怵毋訛毋棄徙而逃，則又進謁其帥爲好語。帥即提兵去，民案堵不譟讙，此所以潮人、揭人飲食祝吾父，至于吾母極難耳。吾父見背時，孤方四歲。及就傅，姑息之愛及於皮膚。又稍長，就外傅，晨往昏歸，倚門望矣，歸而携入室，粥饘之，夜篝燈對誦讀。宗之猾者將不利於孺子，妄以事訴令。母令故時僕負諸孤謁令。令憫之，榜訴者。里胥爲虐，挾鐵鎖譁中堂，索食徵逋，舉家無人色。母挈諸孤謹避匿，至乎寒風夜雨，屏息相依，吊影迸淚，里婦爲之旁泣。孤少病痢，久不治，母日夜號天祈自死，夜夢先司李拊母背曰：'勞苦無憂，勉爲我立孤。'孤冠，母喜。孤娶，則又喜。孤入學爲諸生，連舉二男，則又喜。今孤也，所舉男之玄以史事事上，交戟下，恨不吾母見之。令母在也，嚮日之喜，何如今喜者，抑孤今日雖喜，曷以塞向者吾母之悲也。"

何子曰："悲與喜，外也，難在德矣，孰有賢士大夫、淑女哲媛儷於鄭氏之門乎？"於是合而爲之傳。

司李公諱良璧，字世崑，湖林其號。丘慈節孺人，司理公繼室也。

楊隱君偕隱傳

陽剛者，君子之屬也。陰柔者，小人之屬也。陽剛之發也，爲侃直，爲挺厲，即其過也爲激亢，又過也爲强陽，而不失屬君子也。陰柔之發也，爲巽順，爲和易，迨其流也，則卑污渫涊之習見，小人矣。孔子思剛，必曰無慾，何哉？所謂無慾者，我哆口欲人善，人返之曰子則不善；我哆口欲人廉，人返之曰子則貪；我哆口欲人公，人返之曰子則私。夫其不善也，貪也，私也，非慾乎？故曰：焉得剛！

余觀楊隱君有慨焉，何其有合於聖門之旨也。隱君無他腸，譬其中腸，筆耳矢耳，氣嶽嶽，遇事輒發，不能陰陽圓伺，家族子姓有過失，面折之，無所問貴介。楊氏之門三事大夫，九列貳卿，下及孝秀高第，賁相望於門閥，而楊氏子姓不嚴其冠纓之尊而嚴其韋布之賤，雖其閭里亦然。閭里子弟望隱君不敢不莊憚也。

問隱君何以得此聲，要其内行修，性至孝，少失怙，事母老不衰，其事兄如父，撫兄遺孤若子也。而又多擘畫，善爲族人持門户，身任其征繇踐更，善急人困，若其貧不能存，冤不能理，見之若在身，涕泗嗚咽相對也。有友械繫於會城，隱君日馳百餘里鋭身捄之。既一門貴盛矣，不與夸争權，不與勢争利，守布衣自如，行衢道見片楮隻字亟拾之袖中，道人錯愕之曰："夫夫也，屢有所俯，取遺金邪？"其知之者曰："此人欲傚王孝先父，顧不知有嘉好兒否？"公聞而應之："何知父孝先？吾心尊聖賢。"隱君以貧老而得其配莊媪佐之，有萊婦王妻之風，和瑟調羹，齊德侔年。

何子曰：聖門惡鄉愿者，以余觀之，居今之世，鄉愿易得哉！"夫其善，斯可矣"之一言，非而刺之者誰耶？世俗如此不同不合，何自異也！然聖門惡之者，以其見地不高明、進取不鋭踔。乃余以爲今世得如此人，比屋可封矣。以今之世何論不肖暴子弟，即我太祖國初極重老人之選，以爲之人也，必其壽有德，既也不然，《大誥》之篇責而僇之曰："是皆凶人苟壽於高年。"故余謂鄉愿之難也，而所以讚美於隱君者，則以其合於狂者之意而具有剛者之品也。太史公致歎巖穴處士之行，彼不以素封耶？隱君，一蓬桑老人，具狂具剛，此真巖穴處士矣！隱君有子曰錫璜，登高第，令金壇有賢聲，隱君與其配並以貤恩得封贈。而予稱隱君者，欲伸隱君之高則如隱君之舊也。

先妣林安人傳

林安人，諱金祼，父俊，母李氏。少而窈窕端重，俊公愛之甚，曰："女當婦官人。"久之，公、李氏連殁，安人每哭盡哀，鄰媪聞之，爲之輟飧投箸。其時季弟榮方九歲，嫂氏或庋其餘肉食之蔬。安人曰："兄嫂持家欺孤子。"索鑰發庋肉食榮。既釋服，外史公納采繢膠焉。林之伯叔謂安人兄富曰："而翁謂女當婦官人，今何秀才以博學名，其徵乎？"既歸，外史公爲酒見安人諸親黨。酒半，長者就席舉酒賀外史公得淑配。既數日，探外史公囊中曰："人稱夫子歲授書，有脯金，囊中乃可懸獨書籍？"外史公笑曰："書籍固予囊。"安人曰："書中自有千鍾粟,夫子謂歟!”乃自解首飾典田入穀,兄富心謂不然。安人曰:“婦當理家,惡用飾首者?”於是,日夜躬治女紅,秋冬之交,手出布襪五百雙,釀米酒數斛,家用是稍不見貧。富乃見而喜曰:“妹嫁八月耳,不虚食丈家一飯也。”

外史公仕安福,從安福轉靖江。從靖江,在邸教二女習紡絍,事蠶絲。歸家率諸婦習故業多至丙夜,必督婢子謹蓋藏、固扃鑰乃寢。黎明呼童起事事,老以爲常。嘗曰:“吾自始嫁時即目不交睫,以思家計。今諸婦不然也。”蓋外史公一生讀書,不問家人産,安人勤儉佐之。外史公一生孝祖宗,敬祀事,安人蠲潔祭器,治必豐,祭必親,自黎明至卒事,乃敢食朝食。性尚修潔,不正之味不入于口。夜坐室中,出入必燭,雖倉冗衣服必飭,非甚疾病未嘗廢梳櫛。又性至慧,不大讀書而多識字,出入之數皆手自記藏。能誦《觀音經》,奉道至虔。外史公歸靖江,舟出閩溪灘,洶洶幾没。安人心動,忽見有二女子莊嚴相,入舟翼安人。公既殁,夢大士告之曰:“夫人家三歲厄一人,今其及乎?速移居。”奈二孤貧不能移,則輒夢大士數督促之。蓋吾家自喪仲兄逑逮外史公三歲一遭喪云。丙戌歲,二孤上春官,而安人之夢徵矣。

安人素病心,病甚,語諸婦曰:“我老死不恨,幸不妨二兒應舉也。”嗚呼!安人臨殁竟念二孤,二孤歛不在侍,禄不逮養,終天之痛,曷其有極!筦家政凡五十年,門内不嚴而肅,待族黨及外家具有條理不偏私,畜子孫不専柔愛之道,待臧獲嚴而有恩,臧獲被責者退無所恨。終安人身未嘗言死,亦未嘗以死詈人。其贈安人以喬遠禮曹考績。

葉烈婦傳

葉烈婦者,安溪人,窮山女也,嫁同邑許志超。

安溪故僻阻巖邑,葉氏所居、所嫁皆在邑窮山中。其年纔十九,爲夫婦七月耳,志超病死。婦坐卧匱側不離次。越三日,焚香請告,剪髮誓死。絶飲食者五日,姑氏勸而强之,竟歠米湯以延餘息爾。或勸之曰:“婦誠自苦。顧我等居深山中,幽遐僻昧,家貧力薄,誰知而旌揚之者,即引決,朽草耳。”婦曰:“盡吾心耳矣。”既三七之旬,悉出所有簪珥分諸娣姒,爲永訣。諸娣姒悲泣不自勝,婦顔色如常,徐慰之曰:“毋悲,婦從夫子,得婦所也。”在傍者勸解百端,婦曰:“金石不能開吾志矣,慎勿復言。”因拜謝舅姑及夫之弟曰:“願翁姑加湌飯,敬事父母如吾夫在日,則叔氏勉之。”遂自縊死,萬曆二十一年也。有司上其事,詔旌表其門。

何生曰:余隸禮曹,天下郡國孝義節烈之事,具計於曹,曹以時上奏,下郡國旌之。簿牒中所載其行事甚盛,即國初以來者具有,方欲輯成一書,書名《風教翼》,使孝子、悌弟、仁人、貞婦得察焉。未就,余以罪去,葉烈婦事則余且去時所計至也。方葉氏求死之日,其戚屬且勸以窮鄉下陬無適爲知者。婦死,省風使者褒異如恐後,名列公車之牘,詔書朝奏而夕旌。夫閭巷蓬門之士爲善,又安可怠哉!

蔡烈婦傳

蔡烈婦者,吕氏女,晉江人。爲女時,母氏恚而齧其臂,恐聞於人,雖楚弗泣也。日屈首織作簾簿下,不聞其聲。年十六歸蔡國襄。國襄者,南安邑諸生,家故貧,娶一月而值開歲,之安平鎮授書。鎮去其家五十里許,至五月以時節歸省父母,忽得疾委頓。吕氏扶持湯藥,祈天請代,竟不起。吕氏慟哭,自誓不水漿者數日,曰:“旬之三七,婦死期矣。未亡之軀尚備衰絰,以視服喪則猶三年也。”蔡生母聞而驚止之,勿聽。其母趨而又止之,又勿聽。乃自裂繯帛與其父母訣,而日以篦、笄二物常自隨持,他婦飾弗問也。先是蔡生殮,吕氏遍搜其平生所用服以納諸棺,得一筆一硯一巾櫛,而篦與笄最後得,不及納,故常隨持之。吕氏朝夕哭奠不絶聲,旬之三七則所預死期也。其日,四方來觀者數百人。於是朝奠,吕氏輟不哭,已入室,具常服,懷篦笄出拜柩前,已,拜舅姑及戚屬尊行,以次拜謝生諸師友,亡漏禮者。斂衣升几,就繯於懸死焉。計其爲夫婦七月耳,相居之日不能三之一。始吕氏爲女時,織作簾簿,不得一人聞其聲也。歸蔡而寧於母家,見生縮瑟不能舉面。及其蹈死也,觀人闐室中,吕氏視瞻注詳,舉止雍謹，遠近之人共相嗟歎。既死，群泣下。

户部郎金君邦泰語余曰："是余女甥也，不可使無傳。"余是以爲之傳。

何生曰：余觀節婦詩，春秋之間，夫子獨贊共姜、伯姬，何哉？餘則無聞焉。豈當時閭巷之下，尚有捨其軀命以殉所天，夫子謂其過於德貞而亡取焉者耶？嗚呼！當周之末，先生禮義之教晦餂甚矣！世族之長，有國之尊，期桑乘垣袒以爲君衷，猶不知其所止，安有殉於所天甘以其身從之哉！夫日月之流無期，視聽之接能易，方寸之懷易動，燕私之念難持也，雖剛哲君子持謹於平時，猶未自信其所終，況夫女與婦？惟決焉捨而置之，則足以皎然於其志而自畢其平生。且夫宋伯姬之年六十矣，嫠居二十餘載，端堅潔厲之操固足以信於人。人必避火而全生，亦何傷於大義，徒拘待姆之禮以及於譆譆。夫子不謂其女而不婦而詳贊之《春秋》，則聖人之志見矣。爲伯姬者誠恐倉卒變動之際或下堂而自混，則四十餘年粹白之身，曾不足當須臾之一點，此王凝之妻所以自斧其臂，使人千載之下猶怒其主人焉者也。然則吕氏之死，正有合伯姬之義而宜見與於聖人。予見世之衡烈婦者，或泥《詩》、《春秋》之不傳，謂死者徒激榻前之悲傷，得快於一瞑，而不視而身之可以無殉也，故附論於此云。

潘媪傳

潘媪者，余里中媪也。其父素軒公遲舉丈夫子，望丈夫子甚，得媪，丈夫子之，使髫而就傅，即通曉聖賢大義。亡何，其母張媪教諸女繡，求刺繡者爲女師。媪往來諸女間，竊竊窺女師繡，女師謂媪幼不省，徒撓亂諸女兒，去之。媪積思自悟，遂習且善，持媪繡而鬻諸市，直不減女師之直。將嫁，父母以其所得直裝送之，乃居奩具三之一。

媪所嫁者方山薛翁，姑故早寡，媪入門孝事之。歲節月辰或與其親黨里中諸母相過會食，媪供具視諸婦獨豐整，曰："姑久寡，吾子婦不孝養，孰歡者？"然所出具饌擊鮮，自媪十指間矣。姑嗜海物鮓鱠，必媪手治乃食，曰："是婦潔良。"老而病，媪事姑孝過姑所生女，侍姑病者非無他諸婦，姑呼媪獨多，曰："是婦柔謹。”姑没,媪念姑平生所嗜,求而敬薦之,凡媪奠卜珓則皆晏婡如所請。他日,薛翁葬其父,媪方任勞苦,杵舂以備傭保之餉,不勞諸先後。或曰:“孺人勞苦矣,日且任爲翁婦者,孺人乎哉!”媪婉辭曰:“婦人娠,坐卧過多則血脉底滯,且病難産。妾之當事,非獨爲家公窀穸而已。”凡媪之孝事舅如此也。

媪又旁事其太伯姑與其伯叔諸母,爲治衣韤毋怠。媪又以其潔蠲上佐薛翁祭祀之事,烹牲之湯瀋,猶不令人,輒先嘗。媪歲時上其父母塚,則皆哭。媪慈仁愛人,尤爲慇懃而切至。俗言,婦人任子者,不可見死人。薛翁有弟死,媪復任,則手治衣殮,哭臨之。郡中兵疫大興,同室人傳染數百指人,莫敢近。媪與翁手調藥生活焉,竟皆亡害。翁故忼慨骯髒,每事不欲後人。媪修翁之意,厨中之突,裂茭而炊。顧身無敝衣,室無塵居,不示人困憊可憐色,顧亦善以時時約撿槖藏,限日爲用,雖貧殊不大困。或至慶弔問遺,翁囊中無藏錢,媪焚膏刺繡趣得之矣。蓋媪治女紅,夜則兼晝,晝則兼人。人求善紅者競赴媪,媪以巧與疾得直倍他媪。他媪競欲效之,然不能如媪巧,即亦不能如媪疾。諸姑歸而以媿其婦,諸伯叔丈夫歸而以媿其妻。薛氏之族,徒手起貨殖者可屈指數,至内人治女紅無藉而給困窶、成禮義,獨媪一人,人謂媪健矣。而媪事翁甚卑,翁時待之急,媪下氣不敢聲,益謹過其平日,諸壻欲見之,非固請不得面。然至其舉止言語,嚴重有度,薛氏之子弟皆莊憚之。若有外侮,媪與校亢乃有男子氣。生六子,畜不以姑息,晚而獨存其五子喬爲。喬爲數試不遇於有司,媪曰:“兒不敏不精耳。吾少就傅時,聞師語即了了,長治女工,積思而得繡,兒文得如我繡,不乃可答有司?”媪兩目終始繡紋間,竟老盲,則買瓜予摸捉副之以鬻諸市,曰:“人生長世無所事事,犬豕食耳! 我婦人老也,手閒心燥,安能待死期邪?”喬爲從鄭申甫學,好奇,是以不早遇。媪死,喬爲曰:“傷哉母也!”謂喬遠曰:“子也文,傳以永吾母。”

何子曰: 古人同巷相從夜績,女工月得四十五日焉。夜則兼晝,晝則兼人,媪也,一月之間得九十矣,非夫精心敏思,烏能致之耶? 曰: 得如吾繡,不其於斯文異途同喻已,媪以十指持一家,舉之有餘,固自有獨詣之智,奚論健勝丈夫已耶!

陳如夫人傳

陳如夫人者,泉有道先生廣文黄公仰蓮之如夫人也。廣文以文學貢京師,棄官不仕,授空銜歸。人問之,則曰:“宦世孰與山林,吾腰肢脊膂大不能摯曲者。”故人稱之“有道先生”。

先是,先生正室蔣夫人卒,先生篤師曾參、王駿之義,不復授室有年。已而諸子長,先生悉出分之,娶如夫人者一人侍巾櫛之政,是爲陳氏。先生獨居池館中以詩酒自娱,如夫人從之池館中,不敢處正室,日夕謹奉先生,不以先生既衰踈於歡而惰其嚴事。

先生棄官隱,亡何,季子一良君舉于鄉,又七年,先生伯子徵良之子曰日曜者復以垂髫舉,其明年,季君成進士。先生驚駭曰:“物禁太盛。吾老矣,其殆乎?”居亡何,先生歿。是時季君方在京師,伯君亦挈其子未返也。先生彌留,命以稻田百畝、離支園數區與如夫人終老,若更嫁,則聽之。如夫人曰:“令吾温飽老以死,即亦無所鳴堅白。”固請從,先生曰:“若決從我,今吾子若孫方在遠,盍姑待之。”及先生歿,如夫人如先生言,抑哀奉奠畢百日禮,處池館中如故。先生家諸婦請曰:“向者吾先翁在也,今獨處池館中,不可,請歸舍。”如夫人曰:“吾且死,何自遠形跡爲居?”頃之,進士君與其兄若兄子歸矣。如夫人日夜從池館中篝燈織絜,或爲人刺繡治箴功。人謂日月遠,如夫人艾稍寬,如夫人亦不自言。及五月,先生朞小祥,如夫人先數日者自製殮具,損餐櫛如故,趣進士君爲之治木。進士君曰:“以如母之奉先君無有息胤,以爲如母憂。如母即遂從先君,其以孤也不能爲先君子乎? 而不强留,坐令如母死,不可。”如夫人趣之:“吾志決矣。幸及目而得以藏吾軀,又幸及夫君之小祥,他日得從享一奠焉。若子使我得以堅白,歸見夫君而不媿,政子所以爲先君子也。”已則召其兄弟,出奩中金鈿一遺之曰:“吾他無所私,諸昆父母未葬,葬以此。”及其日,遂死,爲年二十有七。如夫人先死之日,家諸女若婦來永訣者,勸之言不應,與之相壯,則了了嘔嘔如欲遠別者然,不似死者,其烈也若是。

何生曰：如夫人卑且少也，則可無貞也。廣文先生有所遺之以資老，先生子若孫奉惟謹，則可無烈也。於此見如夫人大慧之資焉，於此見廣文先生内刑之化焉。廣文先生曰："物禁太盛。"夫一門冠蓋，脱穎髫年，人所時有也。先生敝屣功名，超超物表，如夫人忘其卑以少，卓然自附古烈女，捨身而從之，斯可謂盛矣。

蔡孺人傳

詹母蔡孺人者，處士東涯翁之配，而保昌丞拱辰及次公拱宿之母也。

孺人七歲失母，其外祖母洪憐愛之，召與居十年，歸公。歸時逮事其大舅侃齋、舅友毅公，而不及其二姑。侃齋公性嚴重，兒孫在前有錯趾者，輒見譙責。鄉有貴人爲豪，竟不能折服侃齋公，而反與好，其見畏憚如此。孺人與諸婦直進食，孺人飯精饌潔，置盤筯具有方位，侃齋公以此遇孺人異諸婦。翁賈遊在外，友毅公先侃齋公卒，孺人持喪如禮，若子在也。侃齋公居常則恒歎："蔡新婦孝敬我，我老無所惠新婦，祝新婦之子孫婦如新婦者。"及侃齋公没，諸父謀所以葬，難其費，孺人語翁獨領之。詹有宗祠焉，堂成矣，而未能完搆，孺人出奩中金居諸父半，搆成之。翁有母弟一、女弟二，皆孺人爲之納采具衿褵，於是詹氏之族人人歎孺人。

翁雖游於賈人乎，廉不得息，益不具母錢，而亡何海寇至，孺人盡鬻出家中物佐翁賈。孺人奔走逃賊，轉徙迫阨，其舉次公乃在空塚中。孺人更離其先世之宅，自成室焉以居，其規摹體製及市材飯匠，皆自心手出。而向所謂鄉貴人豪者，復攛掇起獄重相窘。孺人數數爲翁言侃齋公時事，勸無争也，翁不聽。孺人語翁曰："夫子不聽即游賈，有我在。"孺人雖不出身詣官，所處分具中條理，獄竟亡害。先是者，無歲不賊，既八年復大至。孺人出走，賊火孺人宅，孺人歎曰："數年之拮据盡矣！"賊退，還四覓其家中器蕩然，而尚有一升一斗不及於煨燼，孺人則喜曰："天尚升斗我也。"頃之，復拮据起宅如故。其明年，賊破海上堡，孺人母子没入賊。孺人謂其所親曰："我有簪珥或銀物在某所某家，數直多少，爲我取來乃自贖出。”蓋賊之至也，翁率在賈游，孺人但獨崎嶇荆棘間。初尚漬米爲炊，最後乃摘取黍稷，手代釜臼摩粃炙餅，又後繼以粃糠，又繼以藜藿，遇賊輒棄去，無常飽矣。孺人自嘉靖以至辛酉、壬戌十餘年中，化居而没息者二，經始者再，排外侮者一，家蕩而復振者八九，孺人一人耳！孺人主錢帛、粟米，不用注算，料事更久久如晝。聽人言，備得其終始，及後記之，皆有益於用。其爲翁籌賈貨，散積所宜，及他日，貴賤皆不差爽。翁不如孺人言，竟失利。初，賊至時，疫亦大作。孺人同母弟一、異母弟二及諸妗相籍淪没，竟遺一子女。翁之叔父没於寇，其妻繼殞，有子女煢如，則皆孺人撫之，以有室家。其死者，孺人殯瘞之。詹氏家有一奴告孺人曰：“奴其行也。”孺人曰：“行何之？”奴告其家逋賦甚衆，奴一身耳，何以輸官？孺人問賦幾何，自出金三之一使奴先輸，曰：“離亂之後而不知也，而尚有宗族在某所某處，可往覓。以吾所代爾輸者緩一時鞭笞，爾覓宗族，賦可稍稍足，而胡爲棄而田舍牛犢自取離散爲？”蓋孺人不但立其家，又能立人之家。

孺人性恬澹，蔬褐自喜。翁賈獲之入無一錢妄費，見人蓄柔脆靡麗之物，輒爲廢匕箸曰：“是寧可食乎？”遇生日不許子孫具一麪，輒稱説當年攻苦狀，繼泣數行下，常曰：“人生勤儉而已，吾當破敗之餘，蔭一室，煬一竈，井臼蕭然，吾未明求衣，夜深乃寐，母子更命，併日而食。吾紡績也，背爲傴，嚴寒臘月，手爲皴，今老矣，若可少閒，猶儉食粗衣，望有贏餘者，令爾子孫念我，又令我諸婦化我。”初，保昌君丞保昌時，孺人從侍養也。今保昌君或出游，行過其處，父老争持牛酒勞問太孺人無恙云。蓋保昌君昔嘗杖逋賦者，孺人聞遽止之，曰：“恐有他人負累而及之。而不記我家奴？向非我輸，亡矣。”保昌君俛受教。自是見杖者率呼救太孺人，保昌君輒止。故保昌君出保昌，父老争持牛酒問太孺人也。孺人今年八十有二。

何子曰：人家有老人，必平明先起，夜宴後寐，口多督促，手勤攻治，嚴儉不中，遠於人意。然家道所興，常必繇之，不者惰縱所爲生。跡孺人行事，所謂女中男子，不有艱難崎嶇、數蹶數起，何以明孺人！能使我爲是傳者，則次公之子夢鷺，是予姪甥。善矣哉，知承孺人者也！

魏　母　傳

魏母林氏者，魏嗣宗之母也，其以未亡人寡守嗣宗。嗣宗方生七月而母年二十八耳。

先是，母歸魏處士大復時，上有舅姑，下有諸季，食指殊繁。舅姑賢母，悉委之家政，能無害。姑善病，母事姑久久靡怠。亡何，舅姑與諸季若處士先後淪没。歲之庚辛，泉中方兵荒，而魏家諸喪相仍。當是之時，竈突不烟，朝暮不知死所，母持節益堅。母之父伯成公仕於粤，爲將仕郎，而今觀察副使喬楠公則母弟也。將仕公仕粤時，觀察公正諸生，扶持將仕公夫人於粤，而請母歸與觀察公夫人居。姑妗相依，乃有讒賊人從傍撓母，必奪其志，徑許人婚。婚有期，母囑嗣宗於觀察夫人，密從寢室自經。觀察夫人疑之，尾其跡，卧内門堅閉，急呼僮排闥，則母懸梁垂絶矣。觀察夫人力爲解結，呼天大慟，痛罵讒賊，母亦幸蘇。從此獨居一室，織紝其中，錙銖積累，一歲而舉諸喪下土，於是内外人皆歎母能。將仕公既免歸，其夫人卒。繼將仕公室者，時時與母爲難，復陰迫使更嫁無日夜，弗堪如前。一日登寢閣，復欲自盡，適母之女弟歸寧，念母向卧内久，急抉門隙窺，則溺滲閣板下。女弟疾呼，觀察公大驚，破門入，直扶抱解繩免，息已絶。觀察公置母安寢，通其咽，呵而受之氣，三四餉乃漸甦。

去年秋，母年七十，日將午，息於内。睫未交，忽見老嫗六人，皆年可八十餘，練衣霞冠，自稱“齋媪”，推户入曰：“吾儕將徽若爲會，併而七人。”母謝曰：“吾素不佞佛，亦不齋。”媪曰：“若茹冰四十二年矣，齋孰與爾？”言已不見。母驚起出户，時日正中，見階下如花如果如亂葉蔽庭而是，母熟視大駭，亦忽不見。其冬，母復坐逝，自寅至酉舉家皆哭。既衾既襲，既而眉睫間稍動，既而能張視，又既而足稍曲，又既而手微温。嗣宗收哭，喜不自勝。母舌轉能言曰：“我無所不往，無所不見，不具論，遇有若金人者與前六嫗俱在，道：‘此完節正人，何遽來此？’促我歸。”

於是，嗣宗念母平生苦節，又喜母之行既信於人又佑於天，使予傳之。嗣宗又爲予言："母即獨撫嗣宗也，不以姑息輟挟不勉者。將仕公之繼室虐吾母，其後生女，繼母七日亡，母撫女若同乳妹。觀察公無他兄弟也，其之官挈家，請母視之，母不藉自封曰：'吾不使筐有飯帛，庾有私穀，以負吾弟。'母時時平於直而約爲取，歉於受而豐爲施，人或笑母徒手好行德矣。"

何生曰：古謂士有五觀六驗，其品乃真，僊佛外道不劫則不得成。母氏平生觀且劫矣，是以以完節鳴。

謝烈婦傳

何子曰：婦節豈非天性哉！予家子婦有之，寧忍言哉！寧忍言哉！而謝子應禎欲予爲傳其弟婦，而予又得不言，而予又得不言。謝婦之死，蓋去吾子婦五十有餘日也。

謝氏子應祚，邑之福全里人，其父曰春儼，其兄曰應祝、應禎，應祚其季也。與其兄應禎俱讀書，下筆作文有崚嶒之氣。年少未得舉於有司，則向武林吴會恣游自廣。其冬歸，遽稱疾，遽不起，爲年二十有二，而蔡氏歸年十九耳。當應祚病時，婦焚香籲天，泣拜中庭，願以自代，語酸楚不堪聞也。應祚没，殮畢，婦扃門自經，取帛懸頭。帛忽斷，若有從上割之者。家人急開户救起，久而寤嘆曰："意者腹中或有遺孤乎？天其祚季子？"乃焚香取筊祝曰："腹有孕者，則以此身許遺孤，天與我筊三。腹無孕，則以此身許季子，天與我筊二。"筊既擲，竟二也。晨起，告泣其舅姑以必死意，舅姑弗能止也。應祚之二兄往告其家之父母諭解之，告其家之兄諭解之，竟不解。居三日，以不得舅命，固以請，而舅微許之，姑方泣于卧床也。婦破涕爲笑，詣姑床前曰："舅許婦矣，雖死之日猶生之年。"語未竟，姑淚下沾臆，婦手拭之，還以姑前所勞婦者勞姑，心安而意諭，詞平而色和。其父母家、其妯娌悲不能自伸，婦自如也。十一月之朝，去季子死日七日矣。黎明出拜靈几，取所供飯喫之，啜其供酒曰："即死，尚歆君子馨。"蓋從應祚病後，婦而今始餔啜也。其父母家即在鄰舍，則步歸告其外氏，成禮而還,而遂拜舅姑宗族之伯叔兄弟。拜且祝,無不以舅姑爲念。出袖中帛就義而亡,神氣如生,目端渺渺,有紫光氣。是日,狂風吹石,陰霾不開,天地若爲震動,遠近咸嗟異之。

婦名賡娘,其父考箴,文學諸生也。

何子曰:善乎,謝婦之以筊祝也,得孕祝則生矣,明明乎以存孤爲義,豈一決從袵席之愛者哉!知所重者也,故謂之賢婦人。

鏡山全集卷六十一

傳

祖氏母子傳

崇武所有祖氏者,世千户侯也。有曰宗源者,其父老,以千户與宗源。宗源年少有才諝,受當道知。當道委視海上事,溺海死,而其妻莊聞訃欲自絶也。舅氏語莊曰:"吾兒即死,幸有一子一女,血胤之遺,何忍棄諸?"莊氏强進一匕,稱未亡人矣。

先是莊歸宗源,年十七而已,其時姑已没,持舅家者庶姑,莊事庶姑不異姑也。舅負官緡,貧莫能贖,莊拮据欲爲舅贖,而庶姑輒耗之,莊竟脱簪珥爲舅贖也。舅得宗源年已晚,是時老矣。會歲荒,莊忍口節饑,蓄精米爲炊以奉舅,至其食孤,雜野菜糠粃中耳。舅却之曰:"吾孫少且乏食,老人奈何飽此?"莊泣曰:"孫雖少,尚能耐,舅老矣,食弗甘,孰代亡兒成立孤者?"舅卒,貧無他活,莊謀之庶姑,斥園以殮,而是時孤年十二矣。家益貧,并日食,猶願資孤讀書無怠。兄某見妹困孤又衰薄,諷令改適,莊與絶也。孤年十六襲職,歸娶婦,升堂拜姑□後喜可知。孤受官,温恭廉平,大得人譽,屢立功行間,陞本所正千户,璽書賜金褒奬,署所篆二十年,蓋莊之教矣。孤之名曰繼芳,而惠安令劉公弘道署祖氏之門曰"表節"。

祖之莊母以節自勵,而所産女嫁黄百户舍人某,曰烈婦。烈婦字玉,質性聰慧。兄繼芳時讀書,烈婦凭几聽指所讀,教之輒曉其義。及笄,適舍人。舍人失怙,家貧,烈婦恪修婦道,鷄鳴出汲,昧旦供具,雖族戚罕見面者。莊母迎烈婦歸,烈婦不自言其貧頓也。舍人死,烈婦曰:"天絶舍人耶!"莊母欲拉之歸,曰:

"幸尚有孤,女從子矣。"顧舍人母不欲烈婦守孤,第欲其蚤嫁耳。舍人母故亦寡也,謀重行,欲逼烈婦嫁,不得,則使其季子與同榻。烈婦曰:"姑浼婦耶?"急呼鄰母與歸。莊母問故曰:"老革荒悖,汝今無往。"烈婦使人告舍人母曰:"奉歡無時,無幾相見。"而亡何,孤死也。烈婦仰天絶脰曰:"舍人一綫盡矣。"莊母向烈婦鼻嘘之,氣還續,瞋目曰:"母也難兒,兒非死無以了此生。"莊母與兄防之棘,即佯爲不死者。兄請諸姑妹寬譬之,終不應。莊母日夜與烈婦同坐起,久而疲瘀,烈婦遽自縊死。舍人之母聞之良快曰:"惜後耳。"鄉里有欲上烈婦事者,兄繼芳力止之曰:"毋彤重行之醜。"

何子曰:祖氏子烶從予游,予因得交其兄熑。烶能詩,而熑隸諸生,當襲官,俛就職。其當職,潔操無垢,人謂祖君弁也,若官紳者。今得傳其母子二人,祖氏門内外之政可知矣。

潘太宜人傳

閨閤之彦,通貫文史,貴而益勤,介而知廉,老而聞道,千百之中莫一二數也。以予所覩,潘太宜人其然耶!

太宜人姓郭,蓋符卿冠山公立彦女,歸于潘贈公春江公。贈公隸文學,攻苦讀書,率厲諸子若兄弟之子日夜鞭弭。太宜人佐之,敝席垢帷,茹蔬食淡,躬自節約者約二十年。而子藩參君洙發穎解元,連掇進士,俛授廬州府庠,入爲國子先生,轉冬官郎,調銓曹郎,自稽勳轉驗封、考功二司,出參江西藩。當藩參君郎考功時,累誥封太宜人。其時封贈公已應貢太學,尚刻厲諸生業,不受封。贈公殁,藩參君始請於朝,得贈爲考功郎中,而太宜人獨先受朝封者二十餘歲。始贈公之娶太宜人也,以贅居。符卿公得子晚,宦於朝,無持家者,太宜人母尤宜人委家太宜人,太宜人不私一錢也。及尤宜人殁,郭之子姓鬨然欲來筦符卿公家,曰:"女與壻也,奈何筦翁家?"而太宜人堅持之。符卿公歸,太宜人籍所筦,不私一錢也。

太宜人自贅歸,事舅南浦公孝以謹。南浦公有所不安節,太宜人雖嚴冬子夜,敬侍户外,事庶姑如其姑。贈公兄弟長者爲户部君瀾尊甫封公澄江公,次者爲侍御史登南公,一門貴盛矣,而昔皆韋布耳,太宜人事贈公兄弟無所不和敬。

太宜人佐贈公讀書,非贈公休不敢休,即贈公有過從夜飲,非贈公歸不敢就寢席。贈公病,太宜人已老,尚侍榻寢累月。藩參君兄弟之少也,延嚴師教之,師鞭藩參君出血,太宜人弗恚也,釜中有臠肉,太宜人非出半餉師,不敢飲食矣。其孝慈嚴恭如此。太宜人所受文史自《左》、《國》、班、馬以及《通鑑》、《國志》無不徹通,最好《太上感應篇》、《古今格言》,下至《本草》、《通書》,亦經覽閲。藩參君自其孺子背誦,太宜人能舉之而授之句,屬筆爲詩,雖出口占,咸切於事理。所示藩參君詩"願子爲官廉以德,絶勝斑衣舞老萊",所咏《牡丹》詩"人生名利等秋葉,惟取丹心天地裁",雖漆室憂國、彤管箴家,未之讓也。

藩參君教廬庠、國子,及以冬官郎榷武林,孺人悉受養邸舍而後歸,歸而藩參君以藩曹郎兩予告,侍贈公、太宜人家園前後且十年。至其出就官,太宜人所以勗藩參君時時寄手札間矣。藩參君郎考功時,一覆疏致人言,太宜人馳書誨之:"出處命也,惟自信而已,慎毋意氣加人。"藩參君徑直少蓄,太宜人常教以忍也。藩參君會客,恨不爲之盡杯勺之間,時有過度。明日,匿不敢見。太宜人則就問之曰:"不念君恩、母願兩未酬耶? 而時時被酒?"藩參君夜侍欿而思退,太宜人正色曰:"與母言未竟而退,禮耶?"藩參君瞿然不知睡魔之去四肢也。太宜人遇事了了,斷之以義,贈公有事輒時時與太宜人商略。太宜人或從屏間竊聽與客語,未嘗不知其事之是非、人之邪正也。少從符卿公京邸,一一能記當日朝政,若嚴分宜、張司馬、王中丞、陸錦衣始終成敗,老而爲藩參兄弟誦之,如歷焉。藩參君有弟藻爲予言,符卿公故與南浦公兄筍峰公同學相善,一日對弈學舍中,南浦公入見,提其局,掃抹其弈子,正色曰:"學也,而弈耶?"符卿公畏之曰:"吾友乃有諍弟。"而以太宜人締婚贈公以此。

何子曰:昔山濤之妻能識嵇、阮屏間,太宜人其類之耶! 予讀《洹詞》,見崔子鍾載其母"憂食羊不如樂飲湯"之言,善乎哉! 此太宜人所訓藩參君詩語矣。當母爲女時,從大司馬湯陰公京師,聽石渭南之驧聲,知其及也。太宜人所論嚴分宜、陸錦衣時事，一一似之哉！

鄭太孺人傳

鄭申甫之母死，遠往吊。申甫具幣出狀，杖而請："維嶽也所狀吾母，而有不信，有如皎日。"於是遠傳母焉。

母姓林，名姆恩，户部郎中六川林公性之女也，年二十歸贈文林郎朋峰公某，二十一歲而生申甫，四十八歲而申甫舉于鄉，八十以申甫爲令五河，秩滿貤恩，得封太孺人。

太孺人少隨户部公宦邸，户部公教以小學諸書及古嘉言善行，不忘也。户部公有三女，嘗出俸予女，人五金。太孺人以上母陳安人，曰："兒無使處。"至其及笄，不畜一錢矣。陳安人病，太孺人冒雨奔侍，晝夜不懈。安人卒，太孺人手浴而手襲之。太孺人之爲人女如此也。

歸贈公時，雖户部公捐館，而兄方伯象川公成進士矣。太孺人不以貴門自異也，事姑蘇母至孝且謹。贈公兄弟析箸，太孺人勸贈公迎姑自養，别貯伯叔氏所割田養姑之入，以奉姑不時之需。贈公欣然從之，而姑亦樂與太孺人居。太孺人奉姑居終身也。姑晚病瞶，便溺無時，太孺人手爲洗治，毋令婢子厭惡。太孺人之爲人婦如此也。

嘉靖之季，寇作疫興，贈公病殆，太孺人搏顙籲天矣，而亦尋愈。念申甫獨身也，數進媵侍於贈公。忽有一媵娠矣，不自言，而太孺人知之，召問之，則曰："官人未嘗近我，我有所他通。"太孺人不信也。贈公曰："婢自不承，無亂吾宗何？"太孺人曰："婢小人之見也，彼謂爲人妾苦，而吾非其人，君又獨子，且婢素性愚分，吾知其非通人者。"因出錢與女父，父徐譬女，乃自承也。太孺人遂薦之副室。其後娠墜死，太孺人曰："吾盡心矣。"方太孺人之强媵承娠，諸娣姒皆笑之曰："人有真其夫之孕也，尚不與婢妾承之。母也强婢妾承丈夫之孕，則異乎人情。"太孺人曰："吾儕輩有是舉動，吾嘗勸之，異日何以見其人？"娣姒大服。太孺人之爲人妻如此也。

太孺人雖育申甫獨子乎，夜讀時佐之書聲，訂其譌謬，而示之曰：“讀書非但欲曉其字句而已，嘗(當)觀古是何人能如此也！”申甫之少也，人目爲癡兒，方伯公宦歸，見而撫之曰：“此兒長者，邑里胥有人矣。”方伯之弟從傍贊曰：“是兒内暗外明。”方伯公試申甫課業，啞然而笑，人所指目申甫癡兒者，繇太孺人教而閑之，一切機事恢譎不令人耳目，而申甫年及垂髫如木雞爾。太孺人之爲人母如此也。

當贈公析箸時，諸兄弟不無分顓，而太孺人慫恿贈公辭讓，曰：“妾雖無知，嘗聞薛包之事矣，且夫兒之佳惡，惡在財哉！”族有惡子弟得罪於伯氏，申甫既得舉，伯氏欲擯之，太孺人曰：“是皆吾同枝，恩禮柔之，猶可馴也，絶之將甚，且謂我貴而驕。”伯氏意解，而族子亦不復惡。太孺人之處夫之兄弟子侄如此也。

陳安人生二女，臨殁，太孺人與妹之孤女侍。陳安人出金釵，手弄之，意若難所屬，太孺人曰：“盍與妹之孤女？”或謂太孺人：“孫女也，安得比女，而母也讓釵焉？”太孺人曰：“吾以分釵來乎哉？”其處姊妹之子如此也。

太孺人從贈公逃寇城中，寇退，田疇荒蕪。太孺人驅諸僕下田，手爨饁之，行汲自提也。饁不足，太孺人忍不食，人謂：“母氏辟穀耶？”平生不肯逋官府一稅錢也，曰：“食土之毛而闕其稅，是皆有神明司籍，何可爾！”太孺人持家如此也。

寇之至也，閭里聞聲直麇走，共争一船，贈公遣婢負太孺人上船，不肯也，厲而行水中，衣盡濡，娣姒勸之易衣，則又不肯，擁濡而居。申甫曰：“吾母謂婦人不可違禮，厲或得溺，濕或得病，固將安之？”有妖憑巫嚇太孺人曰：“媪不信吾，吾殺若孫。”諸母驚，輒令太孺人謝。太孺人立逐之曰：“而正神耶？不妄降禍；而邪神耶？何能爲者！”太孺人持身如此也。

鄉有横嘗得過太孺人，陳安人謂方伯公必報之。太孺人曰：“死矣，有閻王代我報也。”顧其人實未死。太孺人以和飲人，厚德撫之，樊圃之果木蔬菜莫敢踐掇，下至犬羊之屬，椎埋惡少亦爲護持之。太孺人之睦鄰如此也。

太孺人平生用德報怨，已德矣，又復怨，無所不復德。其急人之困，燔券解負,絶無所吝,内外之親,喪婚舉火望太孺人,緘縢如己家物。至其據理疏事,按情辯枉,若歷若見,莫不開心,雖被正色嚴詞,無所怨忿。老而紡績不衰,舉敬姜勞逸之言爲諸孫誦之。

何子曰:户部、方伯二公,世載清德。方伯公弟鼎峰公、子八柳公、侄□□公,俱有古先民之意。户部公四女,其一嫁謝宅相偃師,高段干之風;一嫁許生堇産;一女配爲林婦,烈以殉夫。太孺人在鄭,内外戚屬莫不稱賢。申甫好古篤行,爲令而有餘思於五河,林氏一門男女其清淑之氣之所毓萃耶!方申甫北上時,贈公實携之行,遠與余兄水舟陸居並從左右,見贈公龐然長者也。太孺人爲之配,得其儷矣。

程太宜人傳

予友洪文衡平叔於丙申之歲喪其尊甫贈大夫公。是時,平叔以銓部謫籍家居,不遠數千里寄書於其友人何喬遠,使傳之,何喬遠所爲作《洪孟公傳》者也。於今壬子十有七年,而平叔起家晋秩官大理少卿矣。是年,母封太宜人仙逝,復貽書曰:"昔者予父得子傳以傳,今又不得有母也,子其復爲我爲之,使吾父母之名皆藉於子也。"於是,何生傳太宜人焉。

太宜人者,績溪之程姓,其尊甫處士濤授經里門,邑士多執經從處士游。太宜人沾染庭訓,通領大義,服母之喪,哀毁如士,舉宗占其賢女,年十五歸贈公。是時翁柳塘公、媪錢氏方僇力治生,太宜人年雖少,拮据奉舅姑意,乙丙之夜,非命之休不敢休。舅姑稱佳,内外咸宜。錢媪晚得瘵,醫云當滋以人乳。貧也,安所得乳啜?而是時平叔生方週月,太宜人即食平叔食,瀝乳乳姑,諸媪不忍曰:"嬰兒而食,不已亟乎?"則應之曰:"兒可再也,姑一而已矣。"既錢媪病目眚則太甚,醫又云:"得衁乃復明。"太宜人刺衁於指,漬姑目,久之,姑明。姑方其眚時,不省太宜人之自刺其衁也,及復明,謂太宜人曰:"新婦衁我耶?"太宜人曰:"非也,兒利空青之液以授新婦,婦所用愈姑。"此時錢媪年五十矣。媪瘵與眚病良已,而柳塘翁復病,病則癰,危疾也。醫禱之技殫,太宜人佐贈公侍疾無朝夕也。衆憊不憊，衆疲不疲，舅氏復以愈，此時舅年則六十。及當其周甲之日，親朋踵門稱觴，翁舉大嚼（爵）自壽，爲一再加嚼（爵）曰："新婦生我。"贈公故時時苦羸歷，及其屢侍二尊人疾，疾亦集厥躬，亦太宜人謹奉持先後之。既贈公先柳塘公没，太宜人茹泣而不敢出聲曰："恐傷我舅氏。"此時平叔已貴，而太宜人亦老矣。其所以事姑無改新婦之舊。太宜人毖其祭祀，潔修賓客，健以持家之瘁，佚以紓家之窘，烹紝澣炊可兼數婦，乳女哺男不廢家役。人謂太宜人孝純之美、力量之全，天實私之。平叔既貴，太宜人不忘居約時，老而持齋素食，行其仁慈之意。子孫若婦四百餘指繞膝環牀，太宜人均愛惟一，諸子孫若婦亦孝敬無怠，以事太宜人，人又謂太宜人得天侈也。自贈公即世，舅氏捐館，太宜人當門户。里有不平事，輒哀鳴質太宜人，太宜人時以退讓和平訓而解之，食饑衣寒，持危赴急，動中窽會。至其精于識鑒，長于料億，邁往之氣不沮不縮，人以比偉男子云。蓋先是里有震鄰之盗望門而入，亦入太宜人家，此時贈公尚在，太宜人障贈公謹避之，自出叱盗，盗慚恐退，亦不敢爲暴於太宜人之里人，謂太宜人偉男子也。以此，太宜人之將盡也，平叔與諸昆泣而捧乳以進，太宜人揮手曰："大運已盡，乳庸遽充乎？"語其婿程生曰"努力爲人"而已。

何子曰：往平叔之送贈公終也，則以銓部謫籍家居矣。兹其喪太宜人，又值有奉使荆藩之役，得以視含歛，平叔孝子哉！古所謂心動者耶！昔予鄉蔡文莊爲王存敬作文壽母，言及其親之不諱爲人子無可奈何，人子當别有以壽其親者，篇末言他人聞此且以爲不祥，存敬當不爾爾。喬遠自計偕登第，並不得送吾親之終，視平叔若有喜心，然存敬壽親而文莊興之哀，平叔痛母而予導之喜，意若有相近者。若夫太宜人孝敬純明，自足不死，而況平叔醇心卓行，哀然方爲一時名卿，則所以不死其親者，可勝道哉，可勝道哉！

黄太孺人傳

黄太孺人者，故璠州太守後溪公之如恭人，而彌勒州太守衷溪公母也。璠州公弱冠舉孝廉，娶於丘，是爲丘恭人。公年二十五未有息胤，公母何太安人欲爲廣之，則求名家女以副丘恭人。太孺人者，吴氏女，居家端静，慧婉仁慈，其父長沙公愛之，不以與凡兒，既聞何太安人欲得佳婦，又稔知璚州公文章豪俊，鬱然時名，遂許歸公。自太孺人事公，其孝足以奉何太安人之志，其德以輔丘恭人不逮，其和煦含弘足以得黄氏一門之驩心。蓋太安人遇之以婦，恭人遇之以姊姒，而群從子姓奉之以諸母矣。丘恭人所出參知似山公，見太孺人輒稱字，不敢居貴倨，其嚴重之如此。

始何太安人肅治家，家事必程禮，博愛好施，豐奉賓客，太孺人佐丘恭人綜理曲當。歲時饗奠，劑量咸宜，喪葬舅氏，朝夕敬毖，而太安人悦之。璚州公成進士，官户曹，中饋盡賴太孺人。太孺人節儉自持，纖悉條理，是用公無内顧之憂。及出守章贛，太安人春秋高，籲於就養，太孺人從丘恭人奉侍甘旨，病躬湯藥，既歿，盡哀殯歛如禮，是用公無不遑之歎。當何太安人歿時，丘恭人已舉三丈夫子，而孺人尚二女。太安人臨没，熟視太孺人也，曰："婦也孝，吾願俟其子而後瞑。"淚汩汩出矣。太安人歿後，孺人尚舉三女，而最後廼得彌勒公。方太孺人孕女時，則輒夢太安人來指其腹曰："女矣。"既則又指其腹曰："女矣。"又既則又指其腹曰："又女矣。"最後孕彌勒公，乃指太孺人腹："子也。有福有壽，是汝孝報。"彌勒公能就傅，孺人輒舉《小學》中大義訓挈之，勉之接武而躡躅。彌勒公舉于鄉爲隆慶庚午，與璚州公舉于嘉靖之歲同一甲子，人人歎曰："此真接武躡躅！"彌勒公屢上春官，念太孺人老，不欲行，太孺人曰："速行，父望汝甚！"竟督彌勒公往。孺人竟没，其得年八十有三，與恭人之年同，人益以爲儷德。彌勒公雖不第，其廻翔郡邑，刻勵當官，不用拓橐改操，蓋追奉太孺人明教，其所得朝恩以贈太孺人，是爲萬曆之三十七年，公官潯郡爲司李。

何生曰：太孺人居孕時，輒夢姑指腹語，何奇也！母篤於得子，神者先告耶？而不可必，得之先姑。姑日式靈而日格思，致愛則存，致慤則著，是之謂耶？彌勒公曰："久於仕，非我志，所希得朝恩榮吾母。"此可見太孺人母子間。

邵貞節傳

邵孺人，昌化人，年十四嫁其邑人王君天職。居一年，舉子子文。又十三年，天職君歿，今年六十有二，人稱孺人曰“貞節”。孺人父彌昌，母王，多男女，方祔孺人，厭而擬勿舉也。彌昌有母，年八十，臘朔其壽旦。彌昌則笑指婦腹而謂之曰：“若子也，逢吾母之壽旦，毋論男女，則皆舉之。”母曰：“是無舉矣。”蓋數母免身期當在十月。則不免身，過之一月，則又不免身。臘之朔，母氏上堂壽姑，入舍子孺人也。夫婦啞然笑，竟舉之。

孺人居王十年，孝而且敬，甚宜於門内。體素孱，既免身，益篤。舉子文彌月，抱之出門，眩而墜於汪。是時天寒甚，死復蘇，醫不愈，夜夢一媪指示曰：“祖師之宫有道人焉，可延也。”遣人往訪，得道人療之，而遂愈。孺人事王君，王君治博士家言，屢試不利，下帷益力，繼以病而歿，孺人泣盡出血。撫子文，母也而且師。子文有聲諸生間，登國子上舍，當授官，欲侍孺人，毋行。孺人曰：“吾年二十餘守汝，寧爲血胤計，亦欲汝也毋忘父志，展我艱難撫教心。”子文授爲南邑簿，欲迎養孺人，孺人病不行。又欲不之官，孺人所以督之官如前言。子文官南邑二年，孺人病遂去，體健爽過，其平生孝節之報歟。

贊曰：孺人孝愛，自其始嫁。姑病籲天，願己年假。身欲殉夫，念有體下。嫠居悲思，棼華盡謝。有足如攣，有口似啞。家事繁碎，涉心不舍。過之數年，若時日者。招友延師，教子言雅。晚而持齋，喜施樂捨。族有鬻妻，贖使歸舍。煑粥飽餓，傾貲如瀉。修道治梁，官作差亞。簿君念母，言及悲叱（咤）。埜人作傳，爲世婦冶。

李節婦傳

李節婦，王顒之妻也。顒父鵬爲人伉爽，嘗拾金還人，郡邑扁門旌之。顒少受書於許南岡先生，而秦耻壘、洪心岵二公皆與友善，益發憤劬書，志在青雲矣。而李氏者，處士榮公之女，孝廉君拯伯姊也。榮公選壻，得顒遂許聘焉。婦自其齠齓，舉止如成人，榮公授以《孝經》、《内則》，悉了大義。及長，日思倣其所行，聞人言某家婦敬戒孝順，則輒忻然曰：“固當如是。”間或及孀醮事，切齒誚罵，夷於非人也。十八于歸，奉舅姑幾微無失禮，竭力拮据，靡不襄辦，弱而若健矣。

顒以劬書竟坐瘁瘵，當其困時，婦輟飡廢箸、籲天搏顙，而顒竟不起也。其時得年二十三耳。李抽簪投地，哭踊絶粒，欲就懸以從。舅氏大慟止之，曰：“吾非奪而生，婦素賢孝，以顒不幸，婦能孝我如顒在也，决脰而死，吾亦從此逝矣。抑吾有次男，長且可子，婦子其子，以不墜顒緒，佼顒地下，何不爲哉？”李乃勉就舅言，僅恃漿爲活。三年除服，有以再醮諷者，李大恚，唾之，自是不問户外，置機寢室，軋軋之聲自辰達酉，及夕初定，則閉户自安，不設膏燭。至於飲食指使，惟一婢自給，蓋三十年如一日也。舅或小恚，終夕徬徨未嘗寧息，或有訶怒，求人勸解百端。榮公既没，而拯舉于鄉，間一相過，輒謂之曰：“父不可作矣，弟幸自愛，善成父志。臣事君，子事父，妻事夫等也。富貴，貌耳，而當有其實，惟忠與孝，吾弟勉之。此吾父所以不死也。”拯既事姊如母，而婦亦子視之。近者顒弟朝楨列名鄉校，有子十歲，頗知讀書。婦始色喜曰：“舅所許我佼地下者，今有人矣。”於是，鵬君念婦三十年苦貞，間關瘁楚，代夫爲子，不徒一死畢命者，請予傳而記之。

何生曰：婦貞有二，節也，烈也。烈者激一時，其難在舍生；節者持之久久，其難在蹈道。夫死矣，代爲之子，禮事舅姑，立孤而存之，此聖門所謂庸德也。夫子曰：“中庸不可能。”婦道亦自有中庸矣。如李所操，何容易哉！

楊烈婦傳

安溪山中有楊烈婦焉。婦，文學楊君楷之冢婦也，姓黏，其父亦爲文學諸生，曰洪勳，居於晉江之里，予姻也。婦自幼時則從其父聞《孝經》、《女則》之訓，十八于歸楊君之子曰啓炤者。相夫丙夜讀而績麻佐之，幾幸其君子之有成。居三歲，啓炤就試不利，鬱鬱走歸而竟死。烈婦號慟曰：“所望君子，而至然耶？”抱尸而哭，誓不欲生。朝夕之奠，婦執匕箸侍食几筵，夜聯櫬傍寢宿，一如生時，而時時以其殉烈之意露於夫之妹氏。妹氏走告父母，父母止而撫慰之，則曰：“未亡婦一日得從地下，偶儷如初，是婦遂志之時也。詩書禮義，幼亦有聞，何忍背之。”姑姒姊妯娌慰解百端，婦陽俞而已，日坐櫬傍側，鍼縫吉衣。妹與娣娌見而駭之，則曰："婦將肅衿以見君子。"悉出簪珥分遺爲别。妹、娣娌泣不能仰視，而烈婦自若也。五旬之奠，几筵且徹，使人之邑中走報其父若叔。父、叔得見，而婦喜可知也，遂以其日服凶，拜告天地、祖宗，遍辭祖父母舅姑戚族，尊長有一未至，正身立而待，禮畢，入變吉衣就縊。里族環觀，莫不驚駭。於是何子聞而爲之傳。

何子曰：自吾婦從烈，而吾不忍言烈事也。彼其處於不幸，晰於大義，甘死如飴，殆有天性耶？不然，可動而移，可靡而衰矣！

徐婦張女傳

徐奕開以御史罪廢也，以爲御史時激也。張孝廉叔儀罹漁網之設也，以罪史累也。罪史、孝廉締姻兒女，孝廉以女，罪史以男，男則孺子渡。渡博學嗜書，自其童子時有天疾，疾在手足，如腋樠之木，猶益攻苦，病益甚。罪史貽孝廉書曰："孺子病矣，令息自爲計，孺子不敢爲兄弟。若孺子病間，某也擇寒下女配之，即不諱無嫌，更所天。"張氏女泣不受也。結褵之日，孺子病，同寢如異舍，則猶女也，上奉舅姑以及王舅姑，雖新羹湯猶習薦甘旨也。孺子病，奉侍孺子若宿昔内舍也。孺子死，女欲從之，姑曰："孰奉朝夕奠？"不敢也。及徹奠，又欲死，罪史病且死方間，不敢不奉舅也。罪史病良已，即欲死，王舅封公奄然棄堂搆，女雖獨居，名冢孫婦，不敢也。王舅之奠徹且小祥，女欲死，念孺子之介弟方授室，其人吾將托立孤焉，抑舅姑得次婦，方吉祥，不可以填溝壑之未亡人厭之，不敢也。托孤之人至，且大祥，念可矣。孺子未有七尺窀穸地，舅氏未錫我同穴，朝夕祈請。舅氏歎曰："賢哉，婦也。不佞縉芳承祖父簪纓之舊，至於予乎，心念之，竟坐罪廢，吾猶臣乎哉？豈惟爲孺子營同穴，吾亦將有菟裘之封，惟我子我、婦與我糟糠之妻萃爲首丘以志吾恨，以明吾不棄賫志之子、守貞之婦也。"張女念舅氏所以待吾良厚，吾祈請舅姑已畢志，大祥將及矣。吾聞北地之貞婦多有餓而死者，彼其聞於首陽之道也，先大祥之兩月預絶粒，日煑阿迦嚧汁食之，計及期且盡，不盡則計自爲盡，亦易耳，而竟死先孺子大祥之日，命保媪櫛沐我，令我以好見孺子也。

文信國知宋事之不可爲也，而興勤王之師曰："吾國家養士三百餘年，無有一人起而應緩急，吾豈不知宋之將亡哉！"是張氏女之意也。信國服腦子不死，不食不死，竟至死不急也，是張氏女之圖也。孺子不良手足，罪史辭焉，孝廉不許，以信累其女也；孺子疾不可爲，讀書良苦不休，疾益甚，以承家累其妻也；天與罪史不良子，以子累其婦也，孺子學古慕節，韶齡志古人，女有以善成其夫也；父實有信，女實從之，有以善成其父也；體信於父，修恭於夫，舅氏口歎心服，纍臣孤子，不如我婦，有以善成其舅也。天下事成與毁也，盈與虧也，未有定也。成爲毁根，毁爲成基，盈爲虧因，虧實盈證，一張一弛，張弓之天也。

何子曰：孺子居常慕何九轉之爲人也，曰："其人雖無所就，年實限之，好古而行高，修詞而力彊，可念也。"張氏婦曰："吾欲學王承静了然生死之際，不媿其夫，不媿其舅之庭訓。"二人何意哉！曹蜍、李志，其骨不足以供狐狸貒貉之一嘬，逐臭嗜痂，自有此人耳。九轉，予子也；承静，子婦也。何、徐通家累世矣，媪媪媒獲，日數往來也。内人語予曰："徐氏之婦，故豐且莊，今其歛就木咫尺耳，圍不能數扶，其死也如是。"

王節婦傳

王節婦者，邵之建寧人，廖生大器之婦也。王氏代以詩書節義顯，而節婦之父别駕池陽，節婦方少，讀《孝經》、《内則》，輒知其大義。既歸廖生，四年而生没，是時節婦有身矣，曰："男耶，如吾夫子在也。女耶，徐圖死。"則舉女，乳之既畢，生窀穸之事，籍記其所常佔視筆牘若鉛槧、衣履内之篋中，時時啓函泣也。春秋從保母啼號於墓次。比歸寧，請得鬻絲枲金條脱，意欲大其壙以竢他日者。别駕公爲之捐石峽山，待改兆焉。而節婦尚欲爲生立後也。既其娣氏余舉丈夫子，節婦則取育之。去之三年，嗣子離襁褓，而節婦所生女亦嫁人，節婦密紉縫衣，告别駕公改兆石峽山，大其壙也。雖然，恐傷别駕公心，待其宦遊之明年，驟歸訣其兄而遂死，爲萬曆丁亥歲，年三十有七，去其生死之年十七年矣。始，節婦育其女以存也，人謂節婦有改節意，媒妁爲居間，節婦怒且泣，心自矢也，至是死。

何生曰：節婦之死，在夫亡十有七載之後也。古人云："死易，立孤難矣。"乳其女，長之以適於人，待其娣氏生男育之，以至離襁褓，存孤明志，徐而圖焉，貞女久久乃見，而又待別駕公出宦遊，然後乃從之死。斯豈惟貞哉？其可謂之孝也已！

王淑人傳

同年苑馬卿謝登之公手其室淑人王氏之銘曰："予妻則既葬矣，雖然，予心不釋然，是吾糟糠之侶也。予淑人享年四十有八，與吾居三十有二年，爲貧士婦十有三年，爲孝廉婦四年，爲仕人婦十有六年，而終不異其爲貧士婦也。予與淑人居，無妾媵之歡。淑人没，吾不以繼嫡偶淑人。淑人没，孫子盈前而淑人不得撫焉。盈前矣，其中有克肖而爲我喜者，而淑人不得教焉。吾念之也，天下事，辱者榮根也，輕者重根也，拂鬱者順利根也，而吾幸得之。嫗翼之下，或不能慧智，專獨之任，或不能推移。衆輕之，雖慈母不能以信子；衆尼之，雖勇夫或至於卻步。貴也，固自不至貧；貧也，亦或不至病；病也，亦或不至死。而淑人皆反之。予爲童子時，予母没，合家皆病，獨予扶杖喪次。縣令者，西粤人，急催徵。里正索予父不得，繫予去，予辱矣。予秉憲粤西，令乃爲予部民。淑人之母郭無他子女，予贅淑人家。予父兄困諸生，六禮不備，予性卞口吶，不能具鮮潔衣冠，市上人見輕侮，而予有今日。予發憤讀書，下筆滚滚，自喜謂能，即同學少年亦謂予能。八閩大收士日，未中，予上所試卷爲八閩人士先，顧獨不能得有司一鎖榜，年幾三十而後得爲子衿，而後乃以次順利取科第，此予所謂幸而得之也。郭氏母既無他子女，淑人日在母傍耳。入予室，予意其不嫻習，而淑人若素操家揀者，此淑人嫗翼之下能慧智也。淑人自贅返予舍，内無慈姑，外無貧舅，予束手受書，四面牆壁，一切薪水炊爨佯爲不訾省，淑人亦不訾省予，此淑人專獨之任能推移也。以予曩所見輕侮，不能無憤然，淑人寬我以予卞與吶，淑人不但拮据佐予讀，時時規箴予不逮，此衆輕而淑人我信也。予久困於學，試不得意則病，病幾於痿痺，淑人調攝我萬方，益慫恿我，此衆尼而淑人不我卻也。予舉孝廉，則幾遂志矣，貧如故。又有長男之殤，而淑人傷之甚，且傷且機杼，以至復孕復至不育。予與予兄同時舉進士，淑人處之猶孝廉也。予授一官教寧國，予命淑人之官，道途險不易。學官冷局，寧國濕以寒，淑人坐先年之墜妊，血益衰，成宿疾。予遷國子，北地寒尤甚，薪炭之不備，淑人病益滋。予曰：'吾夫婦幸勉支。無幾，或他徙。'及徙，則大理貧如國子先生。予不耐淑人病，送淑人歸。予出守韶陽，淑人來守舍。予方入覲還，與淑人居半載，而淑人殁矣。此予謂世貴也，或不至貧；貧也，或不至病；病也，或不至死，而淑人皆反之也。雖然，予與淑人居，悲也而歡，離也而合。始予王外父爲淑人擇壻，占夢曰：'有配其家，兒女叶慶，秦晉之匹也。'而身坐乎其傍外父者，予母太淑人之姪也。其稱予先人曰姑，夫傍坐矣既得，予喜叶夢，既甚愛，而郭母以單女，故愛尤甚，居常曰：'使吾壻成立，吾死瞑目已。'及郭母死，亦不及見予爲子衿也，而淑人爲其母悲。雖然，使予不得爲子衿也，則奈何？淑人爲子妻，幸及予登第矣，出守郡矣。天不假年，生前僅一封，予叨國恩，敭歷中外，備官冏卿，帝寵私門，恩榮再至三，予淑人不存也。雖然，使淑人一封不受者，則奈何？淑人之來韶陽守舍也，余方覲。覲還，舟繇左蠡，風濤大作竟日夜，舵柝檣顛，飄摇晦冥，如狂人疾走暗室中，崩頭磕腦，又如騎風奔之馬，跳崖歷塹，被髪持韁，聽其所之，天明得無害，閣一沙灘，疾走負行李。既登灘，而舟遂裂。亡何，抵守舍，見淑人病中，悲喜相勞苦。居數月，淑人没矣。雖然，令予左蠡葬魚腹，不得返守舍，淑人没，莫視其含殮，則奈何？予又謂與淑人悲也而歡，離也而合者也。雖然，此余夫婦之情，今昔之感也。若夫勤儉孝敬，退讓忍辱，卒遇非意之遭，寧耐甘受，飲食菲約鹽豉之外，無他殽饌，此則淑人平生之大者，可以垂女則，佐士範，所以助予不逮而貽孫子。今日振詵之慶皆繇乎此，惟子爲我傳之，庶吾念吾淑人得少紓也。"

予告苑馬卿曰："夫子之言，衷言也，悃言也，中閨之言也，不能有加焉。"遂次而爲之傳。

蔡母傳

六十者，天道之大週也，人生其間，人理備矣，人遇盡矣。人生五十而不謂之夭，六十也順於其常矣。生也可以無憾，死也可以無深悲矣。人始生而十年也，而未有所智識思慮爲遠計長圖，其於人世之道昧昧而已矣。過此而十年，而耳目方聰明，而肌理方充實，而方念人道之始，而無有思慮識智遠計長圖，去之乎十歲之前不遠也。

有女君子於此，十七于歸，歸三歲而夫子歿，而膝下之孤以十月遺，其於夫子也，則若夢遘之也；其於孤也，則若俛育之也。六十餘年而往也，子以老，孫以賢，而女君子以八十四年終，豈不一完節盛事乎哉？孫則賢矣，子則壽矣，而女君子之爲未亡人也則以六十五年也。伉儷者，人生之大願也，而不得以三年；淹子者，人之蜕體也，而以十月遺。六十年，人理之修也，而過之五齡。遲且久，歡愉居十一，寥閴居十八。子以十月遺也，毋論疾痛害事也，偶有小苦，有不旁皇不知所出者乎？雖有瘨痡瘖疣，無不懸懸乎念之也。良農之護稼也，旱虞無雨，雨虞淫，虞風不疏之，風虞疾。然而稼穫則畢功，其虞之也復以明歲。始以一母撫一孤，無日不旱，無日不雨與風也。子而長也，長而壯也，壯而老也，而猶虞之也，非襁褓之謂也。而不特母之患其子也，其愛子之至自有所苦也，而不敢名言，慮其子與同苦也；有時不能飲食也，而强飲食，欲其子之飲食也。凡若此者，蓋慈母撫孤之同情。而撫以六十餘年，則愈久而愈篤，愈久而愈以難盡。蓋予爲吾友蔡君龍明爲予述其母氏陳孺人而推言之也。

孺人十七而歸蔡華山君。華山君，諸生也，應試閩省會以卒，時孺人年十九耳，所遺龍明以十月遺者也。當是時也，華山君兩尊人俱在上，孺人上奉兩尊人若不見寡者，退而撫孤，與死門之關隔一線而已。龍明爲予言曰："我母子間百乎瘁矣，百乎愛矣。吾母幼則慮孤不長也，長則慮孤不壯也，壯則慮孤不老也。孤老矣，而母氏日召之，一日四五至。夜不寢，又復一二至，孤無晝夜敢離次也。老人無他，寢與坐而已。我母寢曰：'汝坐我榻。'我母坐曰：'子寢我牀。'母氏無他精神,孤其精神矣。母氏無他手足耳目,孤其手足耳目矣。母氏去孤,孤有全耳目手足乎哉?孤有全精神乎哉?母久病足,足曳頓,臨盡,歛之若容重,其手也拱之若翼,若見吾先君子而與之偕行。吾母匪特節也,而且恭也。孤爲吾母私易名曰'恭節',以塞孤之終天。子爲我傳之。"喬遠曰:"諾。"遂傳之。

李烈女傳

壻已葬其父母,壻之伯父致命女氏曰:"某之子有父母之喪,不得嗣爲兄弟,使某致命。"女氏許諾而不敢嫁,禮也。壻免喪,女之父母使人請壻弗取而後嫁之,禮也。凡孔子所云禮,皆聞之老聃者也。孔子遠矣,老聃抑又遠矣。古之人皆行之,而又以爲禮也。乃今有未婚而以死殉者,禮之變例也。季子聘道於徐君,徐君心欲其劍,歸而徐君死,挂劍焉;欒布奏事黥布之頭下,此皆烈士之所爲,故未婚而以死殉,名曰"烈女",蓋意氣作用,先王不責人所難,故不以載之《禮經》,如我太祖不旌割肝刲臂股之孝,不責人難之義也。然有一人焉,未婚而殉父母且死割肝刲臂股而捄之,先王與我聖祖不心義之耶?乃今見之於吾郡李氏女也。

李氏之許楊某也,楊死,李尚未笄,聞其訃,日夜戚,私設位而私祭之,憫默不言,一日而遂死,母氏不知也,毋論父矣。郡人以爲烈,楊氏子之伯父慶遠公使予傳之。

予則讚曰:"先王與我聖祖不責人難,今則未婚而烈,朝命旌矣,割肝刲臂股孝子,朝命亦旌矣。性植於天稟,義生於人心,自有不得已者。不然,馮道之與豫讓,何霄壤哉!"是爲傳。

鄭烈婦傳

諸生鄭靖臣踵門告予曰:"悲乎哉!吾嫂以貞烈聞,然於令甲不得旌,年三十有九矣。夫子爲我志之。"問其狀,則鄭嫂歸其兄某,兄之歿也,以癸亥歲九月二十有九日,四壁四孤,傷哉貧也。有胤嗣冀成立耳。乃去之甲子,其幼男殤，旬日，長男繼之。去之乙丑，次男又殤。僅一少者，甫六歲，今年丙寅又殤也。嫂氏自矢必殉。心念九月廿九是其夫諱，以是日死，庶可分一卺之奠。伯姊妯娌寬譬之，憫憫默默。屆期晨起，哭泣獻酒楮如疇昔，一似無意死者，特爲其姑言，寄聲叔氏，甚謝叔氏之分束脯爲婦養孤也。姑殊不喻，午入室餉久，有鄰婦來叩門，絶無聲，驚呼排入，投繯中，氣盡矣。盆中浴湯已冷，衣履結束，四周繫頸之繯，其兄曩時設奠之魂帛也，帛不足，纑續之。嫂黄氏，先正大參東石公曾孫女，今太史太穉之從姑也。

何子曰：伯夷與太公同時人，稱天下大老。計其死首陽，不下八十矣。叔齊其弟，豈少也哉？顔平原赴火就縊，七十有七。常山太守則其兄也，忠烈之士，豈復論年？黄氏之烈，黄氏之遭也。世之烈婦死之日，必指臆誓肌，出拜祖禰，辭舅姑，别姻親，驚動國都，感歎路衢。婦也，憫憫默默，不自暴著。此一息尚存，不容少懈之意，奚論年哉！奚論年哉！

李烈婦傳

同邑林氏子毓蘭卒於萬曆庚戌之歲，其妻李五娘殉之天啓丁卯，相去十有八年矣。相去以十八年死者，而猶謂殉節者，何也？當毓蘭之死也，其舅在也，而又無姑。毓蘭之李欲殉之死，舅曰：“大宗不可廢，嫡子不可以無後。吾老矣，庶子惸懦，强宗偪人。婦其託孤，及我無死。”李曰：“諾。”癸丑之歲，舅病則殆，召李囑之無忘前訓。舅没，李哀慕痛切，一切喪祭皆出準度，鄉族稱有禮焉。服闋，穿塚葬舅以及其姑，祔之毓蘭，指其穴右曰：“是吾如生之同室也。”此時毓蘭庶弟某方一子耳，未可以爲後。居亡何，庶弟家業蕩耗，彼偪人者實來耽耽如舅氏言。又亡何，其次子生，遂會宗老立爲夫後，詣先人之廟而告之曰：“婦事畢矣，婦將歸見夫，報吾舅有後也。”宗老喻之百方，竟不可奪。絶粒旬有三日，不死，廼以是年之二月十日，沐浴更衣，投繯自盡。於戲，死難矣！從容十八年之後，處分得宜，又難矣。

何子曰：其所以難，挺於剛也；所以又難，裁於義也。十八年之久，有改志則當日立改矣。無改志，則其心已恬於獨居而戒已定於内閑，而猶不忘死者，謂息視而存生無益也。一瞑不視，則浩然之氣固足以奠四極而麗三光，此其義在漢之蘇屬國、宋之文丞相，皆持重需之，執方終之。屬國有丞相之節而無可死之道，故歷日久而身完；丞相有屬國之難而無可生之法，故歷日久而節終。林氏之婦，殆有合焉。非學焉而求合也，天地之經，人心之維，無男女内外、豪傑笄黛，貫而通焉者也。

張孺人傳

漳中先輩林樓山公，年三十六喪偶不娶，壹意讀書。予既從其孫龍光之請，爲之著傳矣。龍光復以其母張孺人之傳命爲之。予讀而歎曰：何林氏一門奇窮至此也！舅氏以三十六不娶者，粱肉潔修以奉之，滫瀡以甘之、尸之者，非孺人也耶？亡何，而龍光之父業儒不遂，中道棄捐，年僅三十，此時龍光兄弟二人、女一人，龍光方九歲，餘可知也。孰是織紝以生之，燃膏斷機以教之，非孺人也耶？此時祖姑王尚在堂，孰是代舅之養，求孤之生，非孺人也？去之十年，曾母以天年下世，孰是袝身袝棺爲朝夕奠而孺子哭，非孺人歟？去之六年，舅氏又復没，孰是又袝身又袝棺又朝夕奠又孺子哭者，非孺人也？此時龍光幸有室，亡何龍光又入學爲諸生，孺人喜可知。顧爲次子置媳，爲女治妝，非孺人耶？二子有室矣，而次子行賈海上，没波臣，葬魚腹，又復有所遺産，齔者、褓者、遺腹者，撫摩煦沫，非孺人也？龍光向未子，近者寘别室得一子，而母氏亡何没。林氏門大奇窮，母身當之也。

何子曰：予觀書史所載女中之貴顯華盛者不絶，然罕得而稱焉，其以奇窮著者何衆也。貴顯華盛處其易，而奇窮處其難。貴顯華盛非有善言大行則不必傳，而女之言有枝葉者少也。若其大行之著，則必有立言君子表章之而後見，而奇窮之人，人人難之，善處其遭，則人人傳之，是以見世者易而自著者衆也。或曰："如此，則天之生人，欲其難乎？"何子曰："有其難，則貴其有以持之也。天之爲道，日月有時而薄蝕，星辰有是而朓朒，山有時崩，川有時竭，五行六氣有時而不順軌,而天自爲天者,天有以持之也。持之者何?一而已矣。一,常道也,故凡日月星辰山川之爲變也,天亦不能違。而天恃有天之常道,若孺人者,自盡常道者也。奇窮之遭,孺人亦一一而應之,而當道不毁於其心,如是,則貴顯華盛者之罕稱於世,而孺人之遭人人難之乎!一一而明章之也宜哉,而不必待予之能爲立言君子也。"

鏡山全集卷六十二

行　狀

傅封公暨陳孺人行狀

同安封御史禾江傅公没已有年，而繼爲封侍御公室者陳孺人年九十餘，以去年秋卒。公季子鑰將以明年春孟三日奉公匱，從以陳孺人與封太孺人劉氏合葬焉，請銘於李見羅先生，而使喬遠狀。蓋封侍御公後其子中丞近山公鎮卒二歲。先是，中丞公爲太孺人塚穿土立石門，可啓視曰："使鎮也春秋祭掃，得從樿旁拊吾母，猶吾母在也。"而會嘉靖之季海寇作亂，詗知傅氏塚石可穿，撞門取太孺人匱去，泛之海上，大索傅氏金而後返之。傅氏危懼者累歲，故封侍御公與劉太孺人在殯者四十年，而今鑰也將複土重封，不復如中丞公時矣。

公珙諱，質温其字，其先福清人。隸尺籍，一再徙，爲中左所，爲今同之嘉禾，公所爲號禾江也。公父福，福父興，興父宗緣，而父爲福公季子。福公之得公，年季矣。公不辭勞筋力，服賈爲養，時時轉販稻米漳、泉間，時其貴賤爲往來，不多取人直，有多直輒舉還之。了晰經史，尤好《通鑑》書，能舉其首尾，嘗讀至所記彊項令者，而追歎之曰："斯丈夫矣！"公有兄二人，長曰琮，次曰珍。珍公逮繫省獄，公橐饘從，力爲訟冤出之。亡何，珍公客死福安，人謂孤旅也，火之便，公弗從，竟以櫬歸。亡何，公父卒，公哀毁如禮。是日，伯兄亦卒，公喪如父。既撫二孤姪，鞠之誨之，爲之有室，用底于成，即又若己子，其篤於天倫如此。

始中丞公兒而穎，公心奇之，則常舉古人言勉之曰："學則庶人之子爲公卿，兒學乎哉？"中丞公年十五爲諸生，文日有名，公輒誡之曰："文莫吾猶人也，其當先士行。”中丞公舉進士，則又馳書示之曰：“夫人幼而學之，壯而欲行之，今其時矣。”中丞公從行人選爲御史，歟歷藩臬，進南操江右都御史，皆以清節著聞。或時過家，雖俸餘無所留羡，而公心善之也。中丞公之爲都御史固嚴重，其爲御史嘗長河南道，例與銓曹弊天下之群吏，則亦嚴重。當道諸貴人時時存公，公殊不以意氣加其鄉人，鄉人乃不知有太公。邑令致之鄉飲，勉一出而已。鄉有兄弟争田者望公居間，則將挈田而畀公。公留其人與歟酌，反覆諭之曰：“辱君意誠厚，顧君視予於君昆弟，孰戚哉？何者不以讓昆弟而獨遺予？”其人大媿去，遂好如初。

劉太孺人之葬，中丞公在也，其行事已具大司寇蘭谿唐公銘中。而陳孺人者，爲人質朴如太上，其坦直無機與封侍御公甚當。有爲讒語謾詞於孺人前者，孺人若不曉，後人亦不敢以讒謾進。封侍御公曰：“吾大兒先我没也，雖其服官中外，無分寸贏遺，皆我先後拮据。吾大兒有三子，其三分吾産，二以與大兒子，一與季子鑰也，此無所私吾少子矣。”鑰曰：“雖然，亦以大兄在也。吾父乃以易爲産，鑰之爲大人遺體後也，何可比大兄子，願與大兄子四分之。”時年十八。孺人聞之喜曰：“吾子廉於義。”盜發劉太孺人塚，時鑰年則二十，急括家中貲，僅三十金，裝一長槖，裹金槖口，而下實碑石，以懸諸門，謾言曰：“此百二十金，有能奪還吾家匱者與之。”人踴躍縋城下，既不可奪，寇載太孺人匱以船，遠之海中，皆鑰與其諸兄子使人要説行成。孺人聞之又喜曰：“吾子勇於孝。”蓋孺人騃而晢，質而知大義，此所以爲鑰母。

封侍御公生成化丙申，卒嘉靖壬戌，得年八十七。子二，長即中丞公鎮，劉太孺人出；次即鑰，陳孺人出也。孺人禾山陳興周之女，生正德丁卯，卒萬曆庚子，得年九十四。中丞公德善功勞在國家，予祭予葬，其睹記在士大夫。鑰善爲詩，好游名山川，交諸公間，而與喬遠善，最後乃有志聖人之道，受學見羅先生之門。故喬遠也，敢一言爲之先，俾鑰持而詣先生請銘焉。

蔡審理公暨陳安人行狀

公姓蔡，諱霽，字用明，以字行，更字晦仲，别號見南。蔡自唐季居於同安縣之浯嶼，二十餘傳矣。公曾大父彝舒公爲永春掾史，以絜法佐其令，令閱獄用他請，欲撓平，公争弗得，投筆歸，稱病卧，令强起慰勉之，永人推爲遺直。大父環碧公明經、矩行，學者所宗，應貢不仕，得壽九十三歲。父秀鐘公事父母以孝聞，秀鐘公舉丈夫子四人，公其仲也。生而端穎，弱不好弄，進止如成人。公大父授之經，遜志力讀，十七，母陳卒，慟感傍人，奉兄嫂撫弟妹備當。家世食貧，公父仍自隱永春掾史，公在家耕且讀。甫授室，公父挾入永授小兒經，永春令聞而召試，大奇之。公父乃遣公授經郡城，既就試，爲邑令所知，首薦之學使者。學使者試公高等，補弟子員，以萬曆己卯歲舉于鄉。

公爲孝廉，讀書山寺，不能請謁居間上公車者久之，家益困，兄弟共爨，食指累數百，率望責家而食。公父老且病，丙戌歲，公上公車，將乞儒官，庶幾得鍾釜，忽夜夢身衰絰，起，大慟，亟馳歸，則公父誠病。病良已，己丑歲乞恩大田縣教諭，抵延津，公父訃至，痛不欲生。鷄骨三年矣，壬辰歲復除教諭長泰縣。公律己謹嚴，振德不倦，歛其人士豪舉之氣，範諸禮撿，時出私錢治酒食，召與結社講藝，若今侍御林君秉漢，進士楊君瑩鍾，孝廉戴君熺、盧君春蕙、戴君榜，俱所器拔，孝廉王君敷恩、楊君鼎鍾則得之子弟中者，他所鑑賞，尤多知名之士，上官多厚遇公。有某生甲見中怨家，爲中蜚語出飛謗，某生甲故備諸生郡庠，不隸泰庠中，且並不識公。公爲白督學使者，竟無罪，卒不受其謝金，其砥節如此。泰士大夫争結驩公，數過從談名理，公亦與之爲盡。甲午歲，聘湖廣内簾官，得雋八人，則今銓曹郎朱君光祚，工曹郎馬君天錦，州守張君之厚，邑令楊君世勳、周君師旦，孝廉楊君繼哲、王君德純、史君繼勳，蓋已五人成進士。

乙未冬，陞樂至縣知縣。樂至故在蜀西北萬山中，去閩萬里矣。公忽忽欲無往，會其春長君刑部君復一以弱冠舉進士，公念有子受國恩方新，不可虚負，又自念父母不及禄，庶幾徼寵逝者，遂單車往。至則邑陋甚，衙齋不治，塵厚於席，黔薄於突，移時不得食，昏黑無所取照，而公心安之。會有採木之役，大木所産皆邊夷僰道，岡壑箐崖，絶人跡，去治所數千里。故事，給官鏹募民役，先是多相冒規免，展轉株累，又民苦先出募錢，事竣竟不得官給，往往破家。公下車見耆老,人給小方,令疏注其鄉之巨户,各以所臆疾書,毋得交語,既上,爲之參稽糧册以閲其丁賦之上下,比證甲牌以覈其廛房之多寡,然後榜示占役者姓名於縣門,丁弱賦强則賦其金,募人不任者許自訴,蠲其實者而抶其誣服與妄求免者。乃更爲立補助之條,定番休之規,信給領之令。往役者,官護其家,禁奸民毋乘出造獄擾之,而募民皆應矣。木分三運,以十之六爲及格,公最後乃滿十,人皆服公調度有方也。採木已而旱,已,民中疫,公藉其勤撫紓歲之虐,賦訟取平,若醒蘇厥病,乃尊其高年,召課其秀士。農人黎邦价者年百歲,公屏騶往視,請臺使者優禮之,予冠帶襲衣,歲時糒肉相繼。所課歲士於學宫,皆自出俸鏹供諸筆札茗饌,而大作新其廟學。公爲人疎貴游而暱窮交,其於爲政也亦然,急單下惟恐傷之,痛抑諸豪猾。豪猾翳閭左犯科者壹視三尺當論訊,豪猾匐匍請贖。公笑曰:“若不憚贖,何贖之能創?”悉杖之,邑故無縉紳渫惡。民輸貲爲司臺胥吏,則又猾,胥吏謁令,令延胥吏坐,報之長刺,公絶不與禮,引繩無所借。郡司理行部者作氣勢如臺使者,人人其習態,公故不能苛禮事之。會公所部使者缺,而安綿治兵使者來署,下檄徵縣額餉金曰:“不解者數歲矣,庫有無礙金乎?行且爲餉,備則取數百來。”公大驚,餉金歲歲解,何云不也?且金安得無礙?直上言:“餉歲解,解卒得大府庫符,而後敢歸報令。即今歲之額,令亦解上道矣,曷敢稽數歲?今故無無礙,又焉得數百?藏鏹皆有主,不敢謬他動,抑欲加派於民,則非下官之所知。”使者氣短,止檄,然心望公甚。諸司理從傍中公,猾而胥吏者竊竊依狐鼠報公曩日所引繩。會公鞫强盜未獄,捕一庫子侵匿者。庫子走亡,而公繫其妻,猾二人行貲棊獄中盜及所捕庫子言冤御史臺。御史熟樂至令無害,悉杖繫之,更杖斥二猾,事大申雪。然公已厭苦令,移疾乞休矣,而會銓曹徙公爲淮府審理。

公之移疾也,又方有征播之役,大發民夫餽餉,公猶精心爲之部署行伍,令相補助如其初至調度採木時,戒以緩急相扞,其諄誨若家老謀子弟者。督木使者過縣,耆倪擁車,言令治狀,涕泣祈留,軔不得發。離縣有日,尚奏記督學使者,請廣諸士解額,以興陋邑之文事,蓋公不傳舍其官如此。東下灩澦、瞿塘,汎不可舟，舟子請多裝岸石，重之以壓險，“陸績鬱林，江革會稽”，非虛語也。是爲庚子歲冬，會長君先以使事過家，聞公且歸，乞得傳符，遣蒼頭持迓公關外，公悉不用，自賃車馬如故。歸則促長君還朝，而長君不欲久離子舍。辛丑歲，復請急侍，其明年冬，公卒，公配陳太安人亦卒。

太安人，秀才某公女，十九歸公，每以不逮事姑爲恨，奉王舅彝舒公及王姑吕勤慎，當其心。王舅老，子孫四走，衣食不能長侍，侍而當心者獨太安人一人。太安人所上王舅飲食衣服不待頤指，操作居先，食息居後，語無出堂，履不聞閾，王舅大悦。嘗會諸鄉間長老，酒遍行而大稱太安人，坐中鄉間長老皆稱太安人孝且敬。太安人事舅如王舅則又當其心，則又事嫂黄孺人當其心，撫叔妹、睦諸娣姒無弗當心者。公以諒直，太安人以柔婉，相宜相成，御窮於内，爲惠於外，稱德配云。

公至性若曾、閔，奉親先志，和色而深之，幾諫而久之，親之所嗜，終身不忍食，遇諱垂涕思慕，與兄弟通衣食有無，恣極歡愛，訓督猶子，無間毛裡，恩恤諸妹，閔逝念存。長君弱冠登第，公所飭戒，皆令其母矜少年之氣，勉以正人君子之道。與人交，廣情而約義，好施而慎取，面背初終，顜若一致，至目擊不平事，彈指咄叱不休，時喜面折人，人知其坦中直腸，甚忤不恨也。從孝廉至宦歸，廿餘載僦陋室數楹，稍買瘠田十餘畝而已。自奉寒儉，絶不見操，每謂長君：“貧吾自知，開口告人下矣。”可謂勵於節也。公之宗祠久燬於倭，而再世在淺土，方力圖之，以廉吏不能卒爲恨。長君用郎秩進封，公泫然不樂，久之曰：“吾自劾勵一官，不得一命沾父母，竟負終天，刺心芒芒，亦復何意？”而太安人既貤恩以後，劬苦如故，人謂榮不忘親，貴不忘貧者，公與太安人之德也。公爲文取達意而傳以古法，詩直抒胸臆，近寫景物，有集若干卷藏於家。

公生嘉靖某年月日，卒萬曆某年月日；安人生嘉靖某年月日，卒萬曆某年月日。公得年五十六，安人得年五十一，其卒也，後公二十四日而已。子二，長即復一君，萬曆乙未進士，今爲刑部四川清吏司郎中。復心，郡庠生。刑部君卜以是年某月日葬公及太安人於縣東某山，其墓隧之銘將以請中丞郭公，而使喬遠先爲狀。喬遠讀刑部君所屬草已備矣，方謝不敏，刑部君謂喬遠：“吾思吾親，橅寫三年，今方得就，猶慮陋虧，不足記萬一。吾爲人子，而不忍割也，子其爲我挈撮進中丞公。”蓋喬遠讀刑部君草，亡慮五千言終也。蓋敘懿鑠者一語一傳神，而悲尊人不達於宦，痛其不永於天者，一字一淚也。早歲喬遠當上計，與公遇於魏博之間，僦舍聚首者數月，見公大布之衣，短氈之巾，其語肫肫，其誠豚豚，與刑部君所稱述無間。

嗚呼！孝子雖不欲隱其親乎，亦何敢誣其親。喬遠讀刑部君草，知不誣也，是以薈撮如指，備中丞公採擇焉。

先叔兄小廷尉公行略

遠既聞先兄訃，悲不能文，而孤姪似等急記先人之行，乃以遠所素從先兄及孤姪從宦所聞者合叙之。

先兄之始生也，先母夢鷚雀止庭屋，遂生。兒時先子問之曰：“長欲作何人？”對曰：“兒亦欲濟世澤人耳。”自是皆從先子遊宦。先子歸田，先兄年二十二，以文試高等於督學使者，爲今冢宰蔡公。其爲諸生十年，每試輒高等，三十一以《禮經》魁福建第四，是爲萬曆丙子。先兄年二十九，時遇先仲兄文學公病垂盡，中夜發誓禱天，願减己十歲益之，既不遂所禱，先母乃買紙錢爲兄解誓。其爲孝廉而遇先親之喪，祔棺祔身皆所精心豫營，遠時年穉，但有執杖從號哭而已。先子之歿也，先兄以兄弟從公車，不得侍一訣爲恨，歸侍先母更孝。先母每病，兄中夜擦摩及于鳴鷄，愈乃已，亦竟以上公車不及侍先母訣，痛有加。先兄爲孝廉十有七載，少一第，竟强就廷試，得首選，遂銓建陽學諭，慨然曰：“吾過庭有教譜，矧乃朱文公之鄉。”至則扁其堂曰“宗朱”，大書先子舊所，書學宫之壁者亦如之。出私錢以課士，卻常贄以振貧，修建陽人物爲誌，彙成曰《潭陽文獻》，建陽令魏公濬明梓行焉。其課士所獲，如孝廉詹生玉鉉、李生聞韶、袁生文紹，皆自少年未知名中物色。學故有賑貧生公費，每歲終，他學官率召貧者至，曰：“某少贄，某少歲餽。”盡入其私囊，所從來久遠。先兄曰：“可若是？”第其下極輕重給焉。

先兄儀觀修飭，進退襜翼，出言有章，在學官中不趑趄折節爲恭敬，見當道貴人禮可而止，亦無敢倨怠。兩臺交薦其學行宜備六館，遂以甲午歲校文江右，得士五人，又越本經房薦士，得一人。其明年，陞國子學正。至則大司成李九我公委以校讐二十一史之役。先兄勘對精敏，在六堂中最爲先入後出。先後司成率重之，超擢大理寺右寺右評事，寺中卿丞諸公如吴公止庵、甘公紫亭、李公修吾、張公見庵，皆重先兄文行，凡有製作，必出其手。蓋先兄文學宋歐、曾，其詩若近日中原七才子者。先兄雖未當事，所讞疑獄甚多。民有盜人米三斗以强論，先兄曰："此饑所驅耳，且未嘗刃人，爲甌缶之儲，刑入於死者，情輕律重，奈何？"遂駁還刑部爲疑獄。强盜合死者，當先兄視奏，先兄輒緩之曰："吾無能爲之生，使寬數日活，足矣。"有獄一女可十五，其母先招壻贅家，母察女若破色者，詰之而曰："鄰人裁衣者强奸我。"刑部送獄，先兄鞫之曰："汝家有贅壻，安知非先合者？且女待母詰而後自首裁衣，和耶强也？"亦駁還出之。遠之得罪也，坐奏牘不恭。先兄每視奏草，雖點畫亦必校勘。胥曰"太纖"，先兄心銘曰："豈吾兄弟爲臣子一慢不訟，尚不數馬足？"先兄爲大理之明年，念先人丘壠，借户部邊儲之役解餉遼左，便歸里門，凡解銀十萬，秋雨途濘，車三前四後，陷淖不得驅，先兄策一馬從車立霖雨中無敢離一轍。從者强之，先兄曰："設中道有萑葦君子焉，將誤國事，吾即先入傳能飡與寢？"故事，邊儲至邊，郎屬一指揮挾胥能注算者接儲於關上。先兄方退食，胥從旁預作注記，某鞘少若干，某鞘輕若干。先兄堂後引步伸首目得之，遂出堂召胥詰曰："是銀尚未開鞘，我與爾指揮未敲兑也，汝安從知輕少？吾軀與車馬同勞，雨泥守之，未至而汝先漁之乎？"即欲發其罪，指揮搶地爲解乃已。既至家，數拜望先壠上，從先叔父與遠盤旋數月乃還朝報命，竟卒於京邸，僅年五十六。經紀先兄喪者，同年宫詹荆巖楊公、户部郎彙所尤公、工部郎遜齋洪公及姻家中舍吕天池公。撿其篋，無十金之儲，乃從吾鄉林姓之家京師者假衾棺周身。

於戲！遠荒憒中論叙先兄之平生云爾。憶遠初自刑曹改爲禮官，先兄正以計偕入國門，聞之喜動顔色。及遠得罪途歸，先兄時校文江右，又可便道偕計矣。念未見遠，返之建陽十日，竢不遇而後行。去歲奉使還，見遠衣服縷敝，顧謂曰："爾猶從縉紳後也，雖貧，奈何示可憐之色於里中？"二三父兄於是與遠一把繖、一圍帶、一襲衣。遠衣猶未製也，而繖與帶以出，里中怪曰："何穉孝今日張繖？"友人見者亦問："君腰帶何寬？"一日召遠曰："聞汝廢而遁於飲也？"自清朝酌之，曰："不醉無休。"先兄雖不飲，亦執盃眈眈以爲快。亡何，又召先子老家僮："汝當吾前而大釂。"蓋先兄在京邸時，數謂嫂氏曰："吾久念先人壠，又不見吾子孫，而吾弟亦老矣。令一不可知，何從相見也！"此以爲愛而亦以爲不祥占乎？是歲，遠數夢先人之廬圮，齒連骨拔，友人吏部郎潘鵬江君夢遠之舊廬多陳彝卣，宗器悉傾，欹不可支。

嗚呼！梁木其壞，哲人其萎，雖不敢當天下，豈非吾私門哉！鵬江君於先兄無宿昔厚誼，入而涕承睫，此可謂知先兄也。因爲孤似等詳記之，并以示我子孫。

陳孝廉贈公行狀

贈奉直大夫、易州知州斗山陳公，閩惠安人。故孝廉先生也，系出宋平章俊卿公。其裔孫曰伯昇者，莆人，貧，知地理，過惠後坑里，愛之，携子彦文來徙家，席其地庇。至彦文子昂中發家千金，慷慨然諾，能贍家族之貧而賑其鄉人荒歲。昂中生允珪，允珪不問生，生稍落而用子睿貴贈户部主事。睿官某省參政，没祀學宫，子桂贈工部郎中，有昂中之風。桂子三人：煒，上石知州；煌，曲靖知府；煇，翁源知縣。皆莅官有惠政，泉人謂之"三牧"。煒生圻，娶贈太常卿黄天錫孫女，爲公父母。

公諱鍔，字巽卿，斗山其别號也。少穎異，授書不再讀。及長，長八尺餘，負意氣，下筆爲文，娓娓千餘言不絶。陳自參知公没，三牧公繼逝，諸豪宗稍睥睨陳氏。公修行砥名，用禮義自衛，豪宗相戒曰："勿謂陳無參知、三牧，陳且有參知、三牧。"邑學行鄉飲禮，時多循故事，敦請鄉先生爲賓介。公爲諸生，投書文學掌故曰:“鄉飲者,所以嚴耆宿、尊德行、崇孝弟,而生感勸也。比見黌校之所推風,州縣之所虚禮,惟鄉先生宅者是視,序故秩之崇庳,班諸賓介,是尚爵也。夫鄉飲嚴耆宿、尊德行、崇孝弟、生感勸,故行之學宫。若以尚爵則有方伯廉訪之庭、二千石刺史之堂,何以煩掌故?今山林脩遁之士光響夐遼,閭里呰窳,氣習稗敗,凡以所嚴非所感,所尊非所勸也。”公是時方弱冠,抗先諸廪膳、增廣秀才論教化之道,諸秀才無不目攝公。惠令嶺東葉公春及,名士也,嘗爲萬言書上天子。葉公意所可者,與傾洽,忘其令;所不可者,自居令,若大府無所與爲禮。縣門通謁曰陳秀才,葉公雖視堂上,輟牘下迎。葉公討惠故載諸《政書》諮公,公條具其户口徭俗之數、關保阸塞之形、原隰高下之等、衣食力作之原,更進以所宜治惠者佐葉公,皆可施行。公故好讀書,善古文辭,能飲酒,魁幹遠岸,玄袗革鞜,摇曳諸公間,即體詘其逡恂者,身脱其困阸者,財周其窮匱者。若於貴游倨輩,有不當公意,公偏不與通,諸公以此憚且慕。然公所好古文辭不諧於制義,知公竟希。

久之,貢入太學,以萬曆四年丙子舉孝廉順天,歸家食者又久之。司農檄丈天下畝數,檄至邑,令懷檄問公,公曰:“今部檄所欲行清丈者,謂海足河濱之田,波濤之所損撼,連阡累陌,没溺消泐,民無實田,虚受其賦,名爲累耳。瘠鹵惠安,介於巖崎,陂唐沿海貼河,田固甚少,潦澗之所衝决,陁崗之所崩壓,亦時有虚賦名,然十不能一二。令官吏督促旁午,周落而呼履畝,在官之人將因爲奸孔,豪右之家反更得詭射,小民弛耒輟耜,烹豚爔鷄,以候里胥之不時。虚賦未减,而目前已困矣。生計惠有田之家不下千餘,而虚賦不過數十畝。若以數十畝之虚賦散之有田之家,家不過出銖兩,可以給公上,小民無厚困,官吏無重勞,明府何不利而爲之?”於是,令出教,止丈均賦。是役也,公以一言省邑人千金之費,故曰美言可以市。公再上春官,再躓。有子濂,以萬曆十年壬午舉于鄉,公携濂北上,道途所經,山川險易,民物之謡,尚指顧命曰:“小子識之,使我與爾異日寄一命也,勉圖哉!”公抵京疾作,以其明年歸,卒濟上。

公淳本厚彝,推其孝,上及於親盡之祖;廣其弟,旁及於盡親之支。居恒根不久及養父,念至輒涕洟。艾年得事母,則爲孺子戀。母病傽偟,嘗湯藥,願身代。倡義以修陳氏既燬之廟,而自出金置彦文公祭田,曰:“吾鼻祖也。”事仲父若父,畜庶弟若母弟,畜從弟若弟,忘其小忿而友其大懿,曰:“吾肢親也。”公既没,公母耋,而康人咸弔公而賀母曰:“固然,公疇昔發念言祈代母。”公能飲酒,酒終不亂,好讀書,病殆不釋卷。公没四年,濂以萬曆十四年丙戌舉進士,守易州,秩滿蒙恩,贈公如其官。

公生嘉靖辛卯某月日,卒萬曆癸未某月日,年五十三,元配李氏,今封太宜人。男五:長即濂,次洛、浞、渤、漢。嗚呼!仁者必有後,才者必有施。公之仁,蓋嗇身而昌後。公之才不及施,第稍見其爲謀於父母之邦,而教濂以相勉於异日者。幸濂守易,入爲尚書刑部員外郎,能其官,蓋已代公施,公其不殁也已。濂昔圖葬公,羈於位,至是以當門子承重其黄大母喪,將歸而以日月葬,請銘於師大宗伯趙先生,使喬遠狀。喬遠昔附公鄉舉之末,已與濂同薦進士。濂得趙先生爲之師,而喬遠亦以師之師得承趙先生私淑之教,復爲先生禮曹之隸交。念既得交公父子間,而又事趙先生以禮與教,其敢辭狀?若夫以名世之文章粉藻化者,是在趙先生。

黄文簡公行録有序

吾鄉有先正曰:“大宗伯黄公入孝出忠,進禮退義,蹇蹇在朝,噩噩在野。”遠在後學,實惟師仰,繫綴中表,又得兄事,敢識大端,名曰《行録》。

公諱鳳翔,字鳴周,少而見知於王道思先生,年二十三以諸生選首,中嘉靖辛酉鄉試第四人,去之隆慶戊辰,年三十舉南宫廷對第二,是爲穆宗選進士之首科,而吾泉破荒第一也。泉中狀元宰輔不乏,然皆當宋之世,入我朝而鼎甲及第,自公發之,故稱破荒第一云。授翰林院編修,居四月,奉命教内書堂。内書堂者,小内使讀書所也。故事,内使自弱冠而下,總角而上,擇其穎慧者讀書習字,董以詞林官五人,直日遞進,皆自内閣揭請得命者,其以新授詞林往,則自嘉靖乙丑始,其例發於華亭相徐文貞。文貞謂曩教内書堂,故以屬資深諸公,是其交游稠衆，時分校典試，狎習中涓，或至夤緣干請，又或階之媒進以累名行，故用新授者主之。公所同與事者，同年狀元修撰羅公、探花編修趙公。公謂二公：“往哲所稱奄宦，自東漢迄後唐，惟吕彊（彊）、張承業兩人。其稱許太儉，且爲絶軌不可躅。即如黄門令史游、鉤盾令鄭衆、中常侍良賀、濟陰丁肃、下邳徐衍、南陽郭耽、汝陽李巡、北海趙祐、小黄門甘陵吴伉，類可稱述，則漢奚直彊？如俱文珍、馬存亮、嚴遵美、楊復光，唐又不直承業也。”乃相與攟摭節略，彙次名籍，以授小内使誦而讀之。會念其尊人封中允公病，告歸，里居三年，中允公趣之還朝。尋丁中允公艱以歸，服闋，赴補原官，是爲萬曆丙子，今上之四年。

其年與修《世廟實録》。明年，《實録》成，進修撰，纂修《會典》，管理誥敕，充經筵官，與同考會試。其時，相者江陵張公。江陵奪情起，復不滿於士論。吉水鄒公元標以新進士起家，即上書彈劾之。江陵恚甚，取中旨杖之，意在斃鄒，以鉗在廷口。而公昌言於朝曰：“鄒公新進，烈烈如此，胡可死之？”囑其同年甘公雨多方周旋，鄒公竟無恙。甘公者，公是年所取士也。而頃之有編管章奏之役。編管章奏者，諸公所辭避，謂其當揣相意爲去留，而公悉編入之，毋所諱隱。江陵請假治喪，有趙御史者獨不會葬。御史意不自得，尋請疾。御史大夫某劾御史託疾避事，吾泉中王恭質公用汲疏劾御史大夫，坐罷爲民。是時，恭質公故當得覃恩制敕，以罷斥不及，請公當視草補而遺之。

庚辰春，復當會試，公故習《春秋》也，老於詞林者得兼經閲士。江陵欲公閲《易經》，使次相授公意，而公辭之。《易經》者，江陵子所習，江陵所以請，意欲爲其子地，而公所辭者，明不欲收其子也。公不入閲士，而江陵子中雋矣。當是時也，權要貴人子皆營圖中雋，司文者相視爲固然。及壬午歲，有少宰某亦欲如江陵相，所屬南畿主試度以次當及公，求吾鄉貴人爲居間。貴人方發口，公左右視，酬應以他詞，貴人反報少宰，少宰以請江陵易他公往云，而其年江陵殁矣。公尋陞右中允，管司業事。時祭酒遷去，屬公視事，則有扈駕謁陵之役。公自持米蔬往，不費國學一錢也。

癸未，陞右諭德，掌南京翰林院事。凡詞林之臣率重北輕南，而相蒲州張文毅以謂公:"南院缺,公閒局之否?"公曰:"修德讀書,莫如閒處,某請往。"

甲申,陞南國子監祭酒。監有膳夫乾魚銀爲養士校書費,有司徵解不時,常供缺乏。公特請申飭,仍赴該科註銷,以明無他糜濫。故有鏹金數百不登籍,記事者糜濫之。公曰:"吾爲潔與刻,以明前人不可。"潛捐俸以補先事者之所費,不自言也。朔望則集諸生課第之,生徒撥歷,一循資限。限不滿一日者,雖有達官貴人爲請,不一得,曰:"不如是,則不得畫一,而謂吾有異觀。"

亡何,則乞歸養太安人。居三年,爲歲戊子,起公國子監祭酒。公念太安人,不肯行。太安人曰:"吾與爾俱。"遂奉以行。上聽講《貞觀政要》,特命罷之,以《禮記》進,而命校刻《十三經註疏》。公至《禮記》刻就,上表進,其略曰:"頃皇上之以《禮記》進講也,臣仰見聖學淵微,弘超邃古。值兹刻成,請擇其切者以進。臣讀曾子答公明儀之問,曰'敬父母之遺體'而見聖躬之當珍護焉。臣讀《學記》'學然後知不足'而見聖學之當緝熙焉。臣讀《月令》之篇'四時敷政,法天行健'而見聖政之當勤修焉。臣讀《文王世子》篇有保傅之設、齒學之儀而見聖儲之當蚤立預教焉。臣惟皇上聰明天授,聖學日新,當特命進講之日,已若有神交妙契於千古之上者。伏望當萬幾之暇,垂重瞳之觀,不徒托諸空言,且以見諸行事,則所謂帝王之學識大而行見德業之盛無窮。"上優答之。

己丑,陞禮部右侍郎兼翰林院侍讀學士,充經筵講官。公則擇時政所急者以用人理財之説進,其疏曰:"頃者狡虜陸梁,盤桓内地,捐軍覆將,遠邇震驚。皇上惻席宵衣,敕諭屢下,臨朝召對,聖慮周詳。在廷群臣咸色喜曰:'精神折衝,威伸萬里矣。'聖壽聖節,傳免朝賀,諸臣復相語曰:'邊境靡寧,聖衷軫念,嵩祝盛典,不獲展敬,主憂臣辱,此非其時。'逮十九日免朝,則諸臣又竊竊言:'得無内庭留連宴樂?'逮二十一日傳免經筵,則有竊竊議:'今諸司、四夷鱗集闕下,復值天驕内訌、羽檄交馳之會,明明天子,猶然安宴,豈有出則外患、入廢拂士?'臣蒙陛下恩列在班行,衣繡肉食,私自恥詬,謂陛下誠宜惕厲憂勤,屏游燕,御朝講,圖修攘,振内外,順治威嚴,萬世一時也。天下承平久矣,一旦醜虜犯順,而行伍空虚,帑藏匱乏,顧視文武罕足備應猝。臣謂用人理財最急耳,宋臣有言:‘平居無極言敢諫之臣,則臨難無敵愾敢死之士。’故軍中韓、范,西賊膽寒,彼其當初皆極言敢諫者也。吏部員外郎鄒元標與其他建言謫外諸臣如潘士藻、孫如法皆其人也。元標直聲勁節,業受上知,頃銓司特擬召用,而上意頓改于前。士藻、如法諸臣亦擬量移,而章疏中寢。夫以諸臣狂戇薄斥,猶且不被收録,復奚望夫盧洪春、李沂諸臣之獲譴獨重,跧伏田畝者也。平居縻爵禄,臨難不全軀保妻子乎?陛下方與輔臣面商邊事,庶幾趙充國、諸葛亮其人,而何可不預畜之也?臣之爲陛下言用人也,願陛下不以爲迂。昔宋藝祖欲積縑帛二百萬匹易胡人首,宋太宗移内藏、上供物爲用兵賑給之資。二君非堯、舜而猶若是,天子不言有無,諸侯不言多寡,今户部二十萬之歲進,既非舊額,積爲常供,屢經執奏,未蒙俞允。額外之輸,貯諸内藏,而經費賫予,外庭莫知,如之何保無濫也?臣見都城内外,宫廟寺觀,或建或修,金碧堂宇,壯麗熒煌。詢諸道路,皆曰内帑所捐,而遠方梵刹之供奉,歲時燕醮之翳釀,亦復絡繹頻仍,與其厚費冥漠之鬼神,孰若蠲輸孑遺之民命!今東南財力已竭,西北邊務方殷,真國民交病之日,反裘負薪之景。宋之藝祖、太宗有何難逮,出内帑之稿以富軍市之資,則養士募兵,充然而有餘,惟在霈發德音,特賜停止,則中外之歡聲雷動,主計之常格大破。臣之爲陛下言理財也,願陛下不以爲狂。臣起家詞林,濫躋卿貳,靡有尺寸上答崇高,偶觸時艱,謬陳膚見,皆陛下之耳熟而諸臣之口贅。顧謂臺省言之不聽,則大臣言之;一人言之不聽,則人人言之,亦謂天下大計無出此也。”

疏入,報聞。時皇太子未立,中外屬望最切,而上意又欲國本之定出自君父,宣諭閣臣且以明歲舉矣,第毋使外廷知也,彼且藉以爲盡力。時山陰相王文瑞公遂以聖意傳語禮部,禮部諸公皆喜,遂上明春册立之儀。上怒曰:“朕密諭也,而又宣之。”公與尚書東阿于公慎行、富順李公長春並奪俸三月。二公不敢有言,而公復諍曰:“太子,天下本也。臣以職事從尚書慎行後,署名陳牘,跼蹐待命,未奉宸嚴。太祖高皇帝之訓曰:‘天子之子與公卿士庶人子不同。公卿士庶人之子繫一家之盛衰,天子之子繫天下之安危。’大哉皇言!萬世聖子神孫宜永念也。今倫序已定,家法昭然,而聖意攸屬,綸音屢播。明春皇子年正十齡,是陛下昔日青宫之第五歲也。孔子曰:‘愛之,能勿勞乎?’册立舉行,此真愛也。受事之禮,一日可遂,講讀之節,游息時有,未爲勞也。勞之且愛,况又愛不至勞。維兹元正閣臣,恭睹皇長子立皇上之側,龍姿鳳表,岐嶷非常,方爲陛下踴躍稱慶。今姿表日偉,聰明日開,前後之師保凝丞,四時之《詩》、《書》、《禮》、《樂》,萬不容緩。即九重有身範,中禁有肄業。深宫易玩,孰與廣厦大庭?近習易狎,孰與鴻儒碩彦?頃年以來,朝野拭目,臣僚瀆奏,皆爲陛下愛皇長子也,又爲陛下愛億萬年宗社也。陛下一發德音,諏吉明年具儀册立,出閣講學,次第舉行,慰九廟在天之靈,遂兩宫貽謀之願,洽禁御雍睦之歡。大順太和充塞宇宙,一舉而萬福駢焉,不然,道路揣摩之口,無怪紛紛,而陛下真愛至情,亦無以明示天下也。臣積誠未孚,無足仰動天聽,蓋焚香默禱,齋心澄慮,而後敢言,穹昊祖宗臨之在上。”疏入,不報,而公遂上疏乞休矣。杜門月餘,得回籍調理之命。

壬辰冬,起禮部左侍郎。癸巳春,改吏部,俱兼官如故。已,復陞南京禮部尚書,復疏辭,不許,且有清望之褒。公復疏辭,許之。甲午歲,典禮南都者以乏清譽挂白簡,上復命擇有清望者聞。銓司以公與莆田陳公經邦上請,復得俞旨。公復疏辭,上復以公素有清望不許。公復疏辭,得旨:“黄某疏辭懇切,准以新御在籍召用。”公之屢辭,以奉太安人也,蓋其時太安人年八十餘矣。公癸巳辭疏則謂:“臣母今年八十有四,臣曩趨朝,臣母慫恿臣行,許以扶養,臣心有知年之喜。及今退歸子舍,則輒追悔悸心,令臣有母不耐勞頓也,朝露之謂何?母年日邁,臣悔方新,竊恐以事陛下尚有可致之身,以事臣母則有不竭之力,進退兩失,爲聖朝羞。”再辭之疏則謂:“臣母八十有五矣,飲食步履頗幸康强,然堇可優游里居,難與跋涉道路。閩嶺阻絶,須是抗旌叱馭,非如吴越一水,可以倚棹揚帆。臣曩扶養京邸,一往一返,屬有天幸焉。幸不可再,天不可恃。夫傾葵向陽,遠在萬里,慈烏返哺,近在慈闈,臣願爲其近者。夙夜在公,難於報稱,菽水竭力,易於承歡,臣願爲其易者。臣雖依膝下,忍割主恩?綸命屢頒,陪京在望,每一興念,戒僕輒已。進恐限愛日之後悔,退恐罹方命之嚴譴,焦心愁慮,肉顫魂摇，當盛暑而心冰，際隆寒而汗雨。伏惟陛下覆冒湛濊，草木昆蟲咸沾闓澤，有如臣母，亂臣方寸，一觸聖衷，必先軫恤。”甲午辭疏則謂：“臣不意枯朽再蒙召用，敢不就列，以圖報稱。顧臣所爲偷生梓里、自棄清時者，直爲烏鳥私戀，難以遠違。此陛下所垂憫，而臣又藉以逭偃蹇之誅者也。臣母年八十有七矣，雖神明未隔而榮衛轉衰，暖日微曛，猶能含飴哺啜，周游院落，或烈風陰霾，則惟闔扉隱几，葆嗇天和。惟其駒隙餘光，慎自調適，故能恬愉抱一，享兹遐齡。君親大倫，輕重難觭，臣誠不愛此身以負陛下，而猶不忍此身以負臣母。陛下在廷非一臣，而臣母在家僅一子，絶裾倚門，實繫臣心。”乙未辭疏則謂：“臣所恃以報陛下者，此身此心耳。臣身臣心屬臣母矣，敢持自私之身、操不專之念以上酬覆載？陛下不以臣不肖付之禮官，臣曩備員國學，亦嘗撮《禮經》之旨獻規陛下，《禮》實有言：‘八十者一子不從政，九十者其家不從政。’先王之予人事親也，繇子而及其家，望陛下之教臣事君也，因禮而揚之孝。”公先後辭疏如此。上所以清望亟之先，而以懇切體之後者也。迨及丙申，太安人歿，此時公五十有八，執喪哀毁無異少壯。及公服闋，每有爰立之命，朝議輒以推公。去之十八年爲甲寅之冬，而公逝矣。訃聞，上未及覽，復有旨特起公南禮部尚書，已知公歿，復有旨如例予祭二壇，仍加一壇，造墳安葬。蓋上之於公，具有終始云。

凡詞林之臣與閣臣爲前後輩，繇其推引以致大用，誠閣臣也，則用其所賢；不閣臣也，則用其所喜。當公在詞林，閣臣相厚善者獨蒲州文毅、山陰文端二公，而二公亦不久於其位。昌言於朝，周旋鄒進士，則江陵怒矣；盡編入章奏，則江陵怒矣；視草輒與罷爲編氓者制勑，則江陵怒矣；使之兼經閲士也，不應，風之南畿主試也，不應，則江陵又怒矣。其後爲相者，長洲申公，雖無所得親疎，其穆穆落落，方轡遒軫，凡上書言事，大抵皆新進少年之爲，而公獨抱杞憂，發爲葵論，殆亦當軸所不喜也。公以右侍郎乞休，無恩旨焉。迨其後也，推公爲左則上俞，推公貳銓則上俞，一再推公南宗伯則上俞，擬旨清望則上俞。去之二十餘年，推公爲南宗伯則上俞，身殁之後加公卹典則上俞，而後知公之忠孝自結於明主，而其邅廻於仕路者可知也。

公舉及第四十七年，而在官十三年耳。詞林之臣，得分考，得再分考，得典試鄉闈，得典試會闈，公一分考耳，然會闈之試，公政家居，分考至再，典試兩畿，非有不委心，而公視若凂。及公不應，而代公應者，座主、門生身名俱毀，然後知公之所持者正，所見者遠也。

公平易忠孝而狷介謹嚴，不設道學之名，而體其實。溺於學問，毋論在官在家以至衰老，子史諸書靡不涉閲，要必終其卷袠，審其條貫，鞫其贋謬，撿其重複，輕陶潛之流觀，淺杜甫之過難，是以每讀一書，輒有論著，有剖疑祛蔽出乎千古之上者，有覺蔀牖迷切乎世俗之邇者。如言《三墳》、《乾坤鑿度》、《竹書紀年》、《穆天子》、《汲冢周書》之爲僞也；言老子之非僊人，道家《道德》五千，以虚爲本，而用之治身、治國、治天下也；《家語》舛駁之多，非聖人之言也；《晏子春秋》之不得列於子也；王通之非房、魏之師也；文中子書福時之僞也；項羽爲天下誅無道秦，所以得列本紀也；周之幽、厲，豈不有嗣王，奈何子議父也；夷於諸侯，不得有所爲也；二十一史之不能無是非也。既縷舉毛析之矣，而曰："《元史》者，我朝因革損益之原也。文不艱深，事要顯明，高皇帝之論也。讀書萬卷，不讀《元史》，非時務之俊傑，而謂斷爛朝報者謬也。"讀《洛神賦》曰："非感甄也，冤哉陳思，處於危疑顛沛之會，敢賦甄也！《天問》曰：'胡羿射夫河伯而妻彼雒濱。'《遠遊賦》曰：'騰告鸞鳥迎宓妃。'植自附屈原，尚不敢顯語，託宋玉也。"謂鄭歆後相時而巧於自匿，天下之智人也。此所謂剖疑祛蔽出乎千古之上者也。裁歐陽子《本論》以論今也，曰："不必火其書，廬其居，人其人，第禁寺宇之新創，裁田糧之浮濫，限披鬄之名額，佛教自尊，僧衆自減也。"論宋儒之宗法也，曰："泥古也，非周封建，又何宗也？今之世胄猶或可從，不然，則宜子弟尊父兄也，著鄉邦捄時之實，鄉約、義倉皆爲文具。當禁奉淫神也，當裁節民間衣食服用，令循禮也。不侈以費，則衣食自足，而無流失、敗壞之俗。"其破錢神之論而作《錢文篇》也，謂："錢亦有文，轉圜之子喜其輪郭而羶之于外，拘方之子愛其肉好而執之于内，夫何必錢？何必不錢？致質用儉，受禮辭義，天下之至神，天下之至文也。"其《非相塚篇》曰："郭璞葬母，何遭王敦之難也？陶侃牛眠,何子瞻、子斌、子稱皆不得其死也？舒元輿吉壤何死甘露之變也？袁氏四世五公,何司空敞自殺、太傅隗爲董卓所害,紹與術也,圖霸阻兵,竟無噍類也?”此所謂覺蔀牖愚切於世俗之邇者也。爲文爾雅深醇,取法於漢,取體於宋,取財於史,取理於諸儒,所著有《田亭草》若干卷,所編輯《嘉靖大政紀》、《嘉靖大政編年録》、《泉州府志》。

自奉粗飯淡羹,革韜蒼衫,一二蒼頭侍立,自盥自櫛而已,使之出市中,戢戢如寒蠅。治屋宇,取足庇孫子,門絶釁髹,柱削開楄,寧獨無臺榭之觀,聲伎酒席之奉而已。晚而却謝交游,辭避干旄,偶段干之閉門,參管寧之闕圃,而惟實證實修,斃然後已,豈非太羹玄酒,布帛菽粟之先正楷範也！是用敢掇其大以著於世。

柯處士行狀

處士柯君秉德蹈義,垂老不衰。郡邑大夫聞名而循下風,以萬曆辛丑之歲引年受榮,余時屬文爲君稱賀。去之十有一年,而君奄然化矣。君有六丈夫子,其二子莘藻、春耀,予得託于文字之契。既卒且葬,請予爲狀,將以銘累宗伯黄公,予則奚辭!

按君諱香,字孚蘭,邑之安平鎮人,先世自莆來徙家,數傳而有池州公實卿。其尊甫曰某者,以池州公貴贈刑部員外郎,是爲君大父某,生某爲諸生,君父也。君生仕族,無膏粱之氣,吾伊一編,丙夜不休。維時太僕少卿蘇公濬贅于君門,君相與切劘,蘇公輒服君勤敏,自謂不如,而池州公亦器之。維君具聰明之質,稟貞固之資,會稽箭筈,不亨於銛;崑山璞玉,莫晦其光。奉親居孝,誨弟用友,幸席先庇有一畝之宫、數頃之田,守冲寡嗜,挹損玄默,以爲壑谿,遠鄙弓角之義,興思《小宛》之詩,慈惠急於姻族,忿戾銷于眉宇,望之知其爲德人善士也。君不窺田園,不問生計,室有孺仲萊子,誘之以政,撫厥孫子,訓之勤生,而勉之紹緒,旦夕申之,晚節通於服氣攝生之義,康强無疾。疇昔之辰,偶夢冲舉,爰告友人,無怛化哉！宵而閉户,日高未起,諸兒謂君睡熟,良久捧扃,竟覩魄遺。時方炎暑，忽凉風四起，一室生寒。屬纊之時，顔色無異，所謂“冲舉”，厥其符耶！

君生嘉靖某年月日，卒萬曆某年月日，享年七十有一。初娶國學陳某公次女，繼娶都諫曾公仲魁子諸生宗孔女，其六丈夫子某某。

程參政公行狀

維萬曆之朝，徽歙之間有名大夫焉，其人謂誰？中大夫、福建右參政程元直先生也。公禀剛正之氣，含博達之資，朗心直腸，與人言吐底裡，其後可覆按，一毫回遹隱伏之意無所入其胸中，即而望，久而交，莫不知其爲有道仁人君子也。

公名朝京，元直其字，蘿陽其號。其先世出忠壯公，父璉，母余，閔閔公所自出也。既長，隸浙西安，入其學爲弟子。已，以貲入成均，久舉不中。一夕，夢有女主擁幼君，而公朝焉。已，以萬曆元年癸酉舉順天鄉試，時神宗方十歲，而太后擁之，公之夢徵也。比癸未成進士，除鄱陽令。胥易公新，以滯案爭請決。公叱去之，籍一縣田賦之數示之縣民。里中三老給事縣庭，與逆旅舍主人主民之自鄉落來入賦者無所得，名爲代輸，久逋負，以愚弄之，民入賦，隨銖兩，不以凌雜拒。作新學宫，改其面勢，延一二有道之士爲士子師，而賓興大振。大理卿胡公閏者靖難死節，邑先輩也，其鄉舊爲胡公連坐充戍者數十家，二百餘年矣。公遇赦詔，按籍除之，榜於縣門。天方午，有旋風攝榜入雲中，久之仍墜於縣庭甬道，縣人驚詫，公爲胡公建祠而祀之。邑饑，出贖鍰二千餘金畀邑中富人，分區治舂，民得便糴，市價不踊，立廠粥之，凡三閲月，民悉無害。

景德窑丁乘荒倡亂，鑿鵲湖之礦，推浮梁人藍芳威爲帥，有衆六千餘人，潛匿深山，一夕而造寨三百餘所。上官威名公使公往。公素嚴保甲，悉召居民歸閭里以孤賊勢，督丁壯五千去鵲湖一舍許，下令曰：“爾輩逼荒耳，聚則賊，散則民，何常之有？”芳威焚寨而遁，公召降之，撫之曰：“足用也。”力言上官赦芳威罪，芳威後從行伍中爲大帥，屢建功邊徼間。

以卓異薦，僅授南刑部山東司主事，轉雲南司郎中，旋换禮部儀制司，擢守吾閩之泉州。府治爲韓魏公所生地，故有祠在府中，府堂名“忠獻”。歲久，祠移於外，不“忠獻”名堂矣。公悉復其故，刻泉州諸先遺文名《清源文獻》置郡齋。泉故多薦紳先生，公處諸公如兄弟朋友，視民若子弟。有時巾屨菈之，呼之前，噢咻之，時時與諸公覽勝登高若方外友，不自名太守也。有大府下府索海物，公第應之。諸胥史皆前跪：“恐大府意不在海物，府君當自解。”公曰：“奈何以不肖意上官？”又有大府，故亦爲泉守，大府行泉，泉司李故大府守時僚也，會其病甚，大府入司李廨視之，公戒騶從遠出，若弗聞也者，曰：“使太守執手板迎故太守府門耶？”尋以念母乞歸。母没，服除，補永平守。

其時方出朝璫爲税使，民聞税使來，皆徙竄。公轉移府中税爲民上璫，不使騷動。璫無所得，漁獵恣鴟張，市井惡少爲璫牙爪，即子衿亦跳入其中。公嚴鋤治之。府朵顔、建州諸虜入貢道，虜弛我武，多所要挾。公立飛將軍營郭外，集丁壯其中，曰：“虜來，入營。虜不來，皆還畊。”自是虜來貢至永平，望見營中軍盡戢戢。府市馬當遠出居庸關外，公即開馬市郡中，諸馬商皆來府，遂不遠市馬。歲豐，買穀貯之，歲歉而散，民不見歉焉。郡逼灤河，牐而堤之，名其牐曰“孤竹”，灤可濟輓，而異時從陸運，公舟焉，民大以爲便。永平者，伯夷、叔齊里，在漢爲北平李廣太守地也。故公以“孤竹”名牐，而名營爲“飛將軍”。公居北（永）平六年，威望大著。銓曹遷公參政，備兵昌平、開原、天津，數十上，皆不得旨，最後仍以副使鎮閩漳南道。其鎮在上杭，是王新建用兵處。公試騎射，募超距，壘壁旌旗可守險。民張寶，畜蠱中人，攝人魂，役作之，所中死人三十餘矣。公捕治，絶其原。以薦轉參政，鎮漳南如舊。亡何，入賀，疏引年，銓曹爲覆奏，奏多褒。居十二年，卒年八十矣。

公性至孝，其背尊人在孝廉時，入仕爲官，第奉閔太恭人耳。之官留都，舟適與今少師葉公之舟會，每夕入舟爲小飲。太恭人令人來止酒也，公逡廵起，葉公强之不可留。以南儀曹郎過家，堅意子舍，太恭人强促之官。守吾泉時，念太恭人家居，每與吾輩酒間語次，淚淋淋杯觴中。既得請，則朝夕率諸孫綵舞上壽，而以“賜綵”名其堂。太恭人病，奉事靡夙夜。太恭人捐女御，終喪哀痛，蓋其年則古人不毀之年矣。家居作還古書院，奉祀宋元先賢，迎致海内儒碩講學其中,給輿馬之資斧,立霞川義學以教族子弟,請師課膳焉。臨没,聞遼左變,眠食爲減,踰年卒,瀆甚,猶計憂邊庭之兵餉,心語意畫,當若何當若何,不及家政而逝。蓋公一心忠孝,其平生也。

曩公守吾泉時,余故不識公,公謬知予甚。所云《清源文獻》,是先子彙萃之書,公一見刻行之,蓋不惟自孝于親,而兼以廣人之孝。余成室,公行視至匽及溷。公副使上杭,道過泉,訪余石鏡山中。座上口占贈余,率頃刻就,其文章直遂開發如其人。見予山中屋卑濕,出俸資爲予作閣,名閣曰"天聽",林下猶手書聞問不絶。蓋公平生見人賢善,傾懷瀝膽如恐有隱,去之久久不忘,雖予之不逮,無所裨於公,而公所以拳拳於予,即古所稱"吐握虚懷"無以過也。令公顯仕大官,其所拔擢物色,當不知凡幾,而堇堇一藩臬大吏,用不盡才,位不究德,其天也乎? 公没,公孫某走京師請狀,予不忍狀公,而又不忍不狀公也。

鏡山全集卷六十三

行　狀

太師大學士葉文忠公行狀

公諱向高，字進卿，福州府福清縣化南里人。曾祖仕儼，祖廣彬，父朝榮養利州知州，俱以公貴，贈特進、左柱國、少師兼太子太師、吏部尚書、中極殿大學士。

公以嘉靖三十八年己未七月晦日生，有三母，曰郭、曰康、曰林。公，林太夫人之出也。閩，海上郡，福清尤邊海。公生時，閩中中倭數歲矣。太夫人逃倭而生公於敗垣之厠，時與少師公相失也。生越日，少師公始至。又越日，復逃。又越數日，復他走。如此者以三歲。一日，舅氏父子又相失，林太夫人襁公而徒行，裙繫解，忽有婦人來繫之。又饑甚，無所得食，一僧遺太夫人數餠曰："善哺兒。"隨失所在。公好哭，每賊及，太夫人祝公毋哭，輒不哭。一日，賊迫甚，度不能脱，賊忽顧見他婦人，遂捨去。又一日，匿叢薄中，賊亂鎗刺叢薄，無所中。或謂太夫人："是呱呱者，何不捨置之?"太夫人曰："吾舅年近七十，吾夫年四十，而僅此兒也。"居一年，少師公念逃賊無已時，僑居於鎮東，夜有神人告曰："賊且至。"太夫人徒步襁公，中途復遇賊，憊極不前。忽有老人來代襁曰："待爾龍江之橋。"太夫人不與，舅氏在傍曰："事急矣，當如老人言。且此時也，而爲人負兒，必長者也。"遂與之。次日，至龍江橋，則老人已先在。問姓名，不告，去。居三年，倭難平。少師公自鎮東携家還鄉，登舟於龍江，且解纜，適有友人亦移家，强少師公待之與同載。少師公亦念有異夢，從之。前舟發，遇颶覆不數里也，而少師公家無恙。少師公曰："夢徵矣。"

公乳名“厠”,以生故。六歲就學,讀書不再過也。十歲而爲莊皇帝登極之年,爲戊辰,少師公以恩選入太學,即攜公至京,館於魏給事。公在館中,嬉戲過常度,給事苦之。同邑計部施公觀民過給事,一見驚喜曰:“此兒非吾儕所及。”飲公酒,公與擲塞藏鬮,無所辭讓。十二從少師公歸,十四就縣試,邑令南陵許公夢熊大奇之。而督學宋公儀望亦奇公,命公以童子應試,延譽於士大夫間,此時十六,未婚。許南陵爲遍求婚,得諸女氏姓名,于其父母告天而鬮之,得俞夫人。少師公倉卒不能具聘,許南陵治聘幣、削婚牘,使掾送至俞氏家,而酒公於公堂,邑人皆來觀。

年二十一舉福建鄉試,是爲萬曆七年己卯。過之四年而舉南宫,廷試二甲,選庶吉士,入翰林爲館師無錫周公子義、武進吴公中行所知,首揆吴郡申公時行亦喜公文。時同館諸公多時髦有憑藉,公海上孤生,踽踽如也。居三年,解館授翰林編修。二十八丁少師公憂。既服闋,赴京補官。尋奉太夫人諱,服闋,補官,尋轉南京國子司業。時祭酒虚席,太學生近三千人,公遴以應試,其高等者後皆爲大官。其秋,改右春坊左中允,仍以司業視司成事。在成均三年,待諸生有恩意,諸生依公爲父師,而獨撥差撥歷不以勢要亂序次。

二十五年丁酉,副典南畿試,明年陞左春坊左庶子兼侍讀,掌坊事,充皇長子侍班官,主講解對句及寫倣字義。公言語簡明,皇長子殊喜。公長髯于思,風來拂拂動,皇長子私告中貴曰:“此飛鬚先生也。”其秋,當主考武闈,内閣擬公,陪者爲袁中允。上與袁,袁不自安,公曰:“上命也!”袁曰:“初不備,無録文奈何?”公曰:“吾有草,即遺公。”袁大喜,同館皆服公。

三十七年己亥,陞南京禮部右侍郎,嘗一再預廷推閣臣之選。居二年,以入賀行,上册立東宫,覃恩得封廕。尋代晉江李公廷機爲南吏部侍郎。其時冢宰爲吉水曾公同亨,一見相懽甚也。公復署户、禮二部事。户、工二部以神帛争,公告曾公,兩部皆朝廷外帑,争無益,不如量費而縮之。曾公以爲然,使人告祝給事裁縮,所減以萬餘金。故事,神帛出内府織造,有額供。中貴夤緣漁獵,復傳造萬匹,祝給事爲定價,費大浮,而均費於二部,户部以非例,持不與,故争。

至是乃平。居三年考滿，當北上，意不欲行，遂歸里，上疏請告。

先時皇長子之未册立也，中外疑神廟有他屬，匿名爲妖書貼宫門，神廟震怒，捕之急。首揆者四明沈公一貫與次輔歸德沈公鯉不善也，頗欲移咎于歸德。公貽書四明相，勸其平心和氣，恬風波爲止水，化荆棘爲周行。四明大恚，書報公："本無風波，誰作風波？本無荆棘，誰生荆棘？"此時公當教習庶常，格不與公矣。當公選庶常時，閩中有二人，其一人四明相所取士也，心欲留其一人者，公幾不得翰林，顧以申文定公喜公，公竟留。沈故忌公，先時業以皇長子侍班阻公不得，此時復因教習格公。公居里，再請告，不允。其秋北上，中途聞有大宗伯之命，又見格，則並四明以前故南中當考察。公至，與曾公同事，察疏留中，曾公以滿行，公屢請乃得。

公自陳疏亦久乃下，尋以庶母喪求去，不許，最後奉旨慰留。庶母者，林姓，酷愛公，當逃賊與太夫人互襁公云。公在南中請止礦税者再，請罷採礦於南畿，請逮遼東税監淮，言甚切。至三十五年丁未，上以四明、歸德歸再選相，陞公禮部尚書兼東閣大學士，同被召者爲東阿于公慎行及李公廷機，而遣官召太倉王公錫爵于家爲首相。上特知公也，疏辭，有旨褒嘉，趣赴召。尋王行人以召命至，再疏辭，上再速公。公入疏謝言："臣詞林下品，留省疎蹤，誤蒙聖主破格登庸，内省行能茫無以稱，惟是勉竭庸愚，毋孤任使。至於營身肥家，狥私罔上，以成心違衆，以勝心敗群，以名心要譽，以黨心植交，以患得患失心固位，臣萬不敢。伏惟聖明俯鑒微誠，時垂宸慮，念今日政地最爲難居，思天下人心豈容久失？事事毋至壅格，言言必見施行，犬馬愚臣不勝欵欵。"上嘉公懇切忠愛。

上召公時，名列李公上，而李公者，少師公恩選同年也。公具疏前李公，上嘉公讓，許之。時爲首相者，山陰朱公賡。故事，首揆爲政，次相不發一言，唯諾而已。公有所商榷，悉直言，朱公亦無忤也。亡何，朱公逝，李公竟避言去，公獨相者七年。此時神廟宫居久，萬幾遲久不時應，諸大典率阻閣，中外有釜鬵之憂。其大者則福王，上愛子，既受封，久不之國，皇太子日在危疑間，且出閣講學久輟。至於大僚空虚、考選沉滯、謫籍永錮、宣索過多、邊餉靳發、礦税不罷，諸臣爲礦税數被逮繫，間有傳諭，外難奉行。公心血爲竭，脣吻爲枯矣。賴公才情敏妙，言詞敷暢，或時中官立待還奏，公口占授書，反覆詳盡，是以獨任有年，孔庶畢給，至其戇而誠、婉而明，即上讀之亦心開。有時觸忤，久亦爲霽。

公先後言："比年皇上每言時事艱難，臣竊謂上自爲難也。倘一下德音，則壅滯立通，廢弛立振，悴者立蘇，餒者立飽，天回地轉，更無停留，雷動風行，誰敢淤遏，此政無難。"又言："自古災異之生，説者謂天心仁愛，然不過日月吉凶、星辰變異之類，猶是以虚文譴告，今乃舉天下財賦之區，東西數千里，盡據馮夷，人民漂流死徙不可數計。臣每讀所在報災之奏，輒爲隕淚。日出入長安門，所在遺民匍匐至京，哀號望救，擁臣輿、牽臣衣，責臣以轉聞，臣常掩袂過。自江淮以北如陝西、河南等處，又旱魃爲虐，赤地千里，彼苦有餘，此苦不足。則是今天下無一處樂土，百姓從何安生？官司從何設法？明歲邊餉錢糧從何措辦？頃者頻奉温綸，議蠲議賑，然而無米難炊，捉襟露肘，若不及今多方講求，臣恐北方無食，南方無民，邊兵枵腹，内地抛荒，相挺爲盗，理勢必然。古稱帝王盛節，曰愛惜人才，曰待士有禮，而人臣尊君，輒謂之天。若藴隆惔焚，天澤不加，將何以奠位高卑、清寧世界？聞往時朝廷有奏輒報，閣中疏揭甚稀。今外廷章奏十九留中，不得已轉望閣臣，乃至有一事而數十揭者，愈瀆愈輕，愈煩愈厭，于是閣中疏揭無異外廷章奏矣。天下責望臣等彌甚向時，而臣等感動精神無加往日。臣真病不敢言病，宜去而不敢言去，真不能爲而不敢言不能爲，悒悒奄奄，中焦如火，荏苒因循，終歸誤國。伏惟聖明立賜臣罷。"又言："天下有必至之勢，因其未至而忽之，則釁必深；天下有共憂之情，以爲不足憂而翫之，則患更大。今日天下禍患可謂必至而共憂。南直隸及浙江、湖廣各省爲洪水渰没，至今未退，數百萬生靈轉徙流離，未有還定之日。征榷之令未除，土木之工未艾，織造之困未舒，苟非大沛皇仁，終難盡起涸轍。六曹九卿，朝廷所倚以綱維庶務，年來寥落晨星，近又累牘連章稱病求去，其應聽與否，似當速賜處分，使其進退分明，公私各便。至於卿寺科部諸臣，亦復如是，政體朝綱大是屑越。太倉者，軍國所恃以立，如人身之有血脉，不可一日隔啬。今老庫懸罄業已多年，各處轉輸朝不謀夕,至于那移馬價,閭藏俱空,而日者薊鎮報警,羽檄紛紜,撫臣請餉,計臣告窮,彼此徬徨,莫知所措,不識明歲,何以支吾?近言官條陳,事關兵食,概不見報皇上。誠思此等貨物,豈真有天降地出、鬼運神輸以供國家之用?亦豈真守邊之士能飱風吸露、忍死躭饑從事戎馬之塲?臣未解也。國家承平二百四十餘年矣,稽之史册,千載一時,無平不陂,無往不復,凡有心知,莫不慴懼。以我皇上聰明神聖,其能晏然?伏惟察臣孤苦之情,深惟宗社之計,若泄泄悠悠,付之罔聞,臣惟有鬱結愁思,無聊以死,以七尺之軀還之皇上,償此一官而已,豈復有他策哉!"

上爲公感動者屢矣,爲公蠲江南租、留税銀賑濟,而考選之命亦下。遼東税監淮以暴虐爲遼人所逐,走入山海關。上怒甚,欲罪遼人。公具言淮暴惡致此,遼人不宜罪,上稍霽,召淮歸,然猶欲逮繫參將李獲陽、同知王邦才,公請毋下之詔獄。又欲嚴追淮遺下税銀解進,公具揭極言恐摇動人心,上爲公罷,是爲三十六年。

其明年,公上言:"天下治亂,必有其形。治非豐亨豫大之謂,朝政清明、庶官輯睦即謂'治';亂非禍變擾攘之謂,法紀凌遲、人心囂競即謂'亂'。皇上視今天下治耶?亂耶?臣不敢言他,即如近日進言諸臣,意見稍分,門户遂立,藩籬既樹,釁隙彌開。始而臭味,繼而參商,又繼而水火矣。始而旁觀,繼而佐鬬,又繼而操戈矣。株連蔓引,枝節横生,暮跖朝夷,好莠自口,遂使盡言無諱之朝反釁白馬清流之禍,一何諸臣失計也!朝廷者,臣下紀綱威命所自出也,言一事則必决一事之從違,毋因一事而滋盈廷之議;言一人則必斷一人之用舍,毋因一人而開群枉之門。今皇上一切涵容,無所可否,當去不去,當留不留,當决斷不决斷,聚之使争,養之使鬬,奏牘日多,事端日起,職此之故。夫自古忠邪不分,朋黨爲害,多見之叔季之世、庸弱之君。今聖明在御,乾綱獨攬,豈容有此?誠宜盡發諸臣之疏,勑下部院,評其是非曲直,以聽聖裁,言當則行,不當則止,中有顛倒謬戾之甚者,量處一二,以警將來。夫天下事非一家私議,自譽爲君子,無益也,天下後世以爲君子,則真君子矣;見詆爲小人,未傷也,天下後世以爲小人,則真小人矣。臣與諸臣比肩事主,無嫌無疑,惟望諸臣和衷以事上,皇上明斷以肅下,則議論分明,人心震肅,朝宁之間,廓然有天清地寧之象。"

其夏公病,告爲吏部請下推補并請補閣臣。上遣御前牌子朝用來問病,有賜物。公疏謝。上命公稍愈即出。公再請,上曰:"特許卿假,卿當即出。"其秋,内官永壽請給錢糧,工部言就中有不宜給者。上傳諭宫内:"多繁全與之。"公封還原疏,揭言各部匱乏,永壽所請皆乾没不可聽。上亦罷。是月以萬壽節在邇,復入直,復疏求去。再疏懇言時政,又揭請賑卹福建、山西災傷,釋放以礦税繫詔獄者。知縣滿朝薦及王邦才等爲上萬年之祝,又以災異極言時政,自陳乞罷。先是,諸王婚禮所費不過數萬,上弟潞王亦僅八萬,惟福王以愛,故户、工二部各費二十萬。至是端王且婚,欲引福爲例,工部不敢争,請借於太僕。公言冏寺馬價借用已多,乞仍視潞。夫潞,上弟也。上留中半月,然竟從公請。有一墨御史聞吏部將外推,劾公爲名求自免,公走告太宰免之。太宰曰:"吾去墨御史,非爲輔臣。"公以御史言,遂求去,堅辭票擬。上遣文書官用傳諭,公不得已票擬如舊,而仍求去,上復慰留。尋以聖母壽節屨長,届期遣鴻臚寺傳諭不得,因小臣譖言,杜門堅請。公疏謝,復辭。上復强公,稱公:"公忠清謹,守正無私,其即入閣贊襄,慰朕懸望。"上是時病目,聖母遣人問故。上對:"閣臣難我,被所惱耳。"聖母諭上:"勿嗔,閣臣衹一人,須好語慰留之。"故温綸連下。及聖母壽,公以其日衹賀宫門,宴賜如故事。上命司禮大璫再三傳諭入閣,公尚不敢奉命而當郊。上遣公分獻,不得辭,乃强出。

其冬,内傳擬嚴旨催進户部金花、買辦銀兩。公言:"金花銀,正供也,當如數進。若買辦銀,原無豁派,乃近年添出名色。户部那移供命,計已入六百餘萬,太倉所積幾何,尚能堪此?"復將原疏封還留中。後復屢諭再擬,公復力言,乃罷。蓋兹事行之三十年所矣,至公始力争,自是户部歲省二十萬金。公復以邊餉窘極,告急狎至,先後不一言。及歲暮,乃得旨,發馬價銀二十五萬、工部税銀十五萬於各鎮,其北直隸、山東、河南、陝西、福建、四川本年進供税銀准以二分解部,一分賑濟。蓋上之曠恩,而實緣公請也。

三十八年庚戌王正，上言："國家三歲舉計吏比士，典至隆重，四方萬國耳目盡在此時。皇上臨御以來，此典十三舉矣。玆亦極盛之世，而聖德有未盡光、世道有甚可慮者，大端有二，曰時政壅塞也，議論煩多也。時政壅塞，則大僚壅極，廢弁壅極，章疏壅極；議論煩多，則辨訐煩極，奏對煩極，彈論煩極。時政之壅也，如隔食之病，令人困悶而不聊生；議論之煩也，如霍亂之病，令人昏憒而不自覺。如臣愚衷，竊以爲聖政新則群情服，而人言自斂戢；人言省則天聽清，而聖政可挽回。症雖異治，藥則相須，自非上下之間各盡其道，必無以匡扶天下而永聖明綿昌之曆。"

閏三月，復言："竊見今歲入春以來，逐日風霾異常，黄埃黑霧，匝地連空，較之往歲，氣候獨惡，而又日久不雨，麥苗焦枯，人情嗷嗷，復慮荒旱。昨河南廵撫官又以兩頭四眼四耳之牛妖來報，盜賊横發，岌岌然有禍亂立至之憂。以皇上神聖，覽察宇内，今日情形或安或危，豈不洞矚？臣每見邊陲有事，批答處分較常獨速，以是知皇上極爲留心邊陲。顧臣以爲今日可憂，邊陲固急，内地爲尤急。内地之可憂在各省直固甚，而在朝廷爲尤甚。大臣者，陛下股肱也，今户部只一尚書，而外困多口、内困病魔，伏枕哀號，無復展布之望矣；刑部自舊八月至今，印封貯庫，頃雖點用侍郎遠未即至，而署印之官又屢請不報矣；兵部戎政原各專官，今只尚書李化龍竭蹷支吾，左右侍郎亦久不補矣。兵、刑、錢、穀，國家精神命脉所係，今或空署無人，或有人而不得其用，或得用而力不能兼，經年累歲，翫忽因循，事務廢閣，不知其幾！假令如此而可長治久安，則唐虞九官、成周六典皆屬冗員，而聖帝明王所爲兢業幾康、率作省成，惟叢脞是虞者，不幾多事而過計哉！臣竊論今天下必危必亂之道蓋有數端，而水旱災傷、夷狄盜賊、物怪牛妖尚不與焉。承平日久，一也；上下隔絶，二也；士大夫好勝喜争，三也；多藏厚積，必有悖出之釁，四也；風聲氣習日趨日下，不可挽回，五也。此非奮然振作，簡用老成深意之士布列朝端，將年來廢弛政事一一講求，臣恐宗社之憂有萬倍今日遼東之建夷者矣！則我皇上安得獨以邊陲急也！"

其時，天不雨自仲春至于孟夏矣。公上密揭："臣受恩深重，未稱報，今雖病請，豈得恝然？伏枕思惟我皇上千古聖主也，臨御將四十年，乾綱獨斷，海宇久安，而且仁孝兼隆、寬嚴並用，即黄帝、堯、舜之盛，何以加諸？其少累聖德，惟是礦税一事，皇上爲此受多少煩言？忍多少閒氣？惹天下後世多少議論？其實所積之物終歸無用，乃將巍巍蕩蕩聲名被其玷缺，臣竊惜之。此事行來已久，閭閻膏脂亦已罄竭，故一遇凶荒，百姓便流亡死徙，不自聊賴。至于今歲更苦更虐，近而京畿，遠而山東、山西、河南，又遠而四川，百姓饑死無數，樹皮、草根剥盡，骨肉相食，慘不忍言，官司拯救無計，惟有坐視其死，坐待其亂而已。人情嗷嗷，皆咎榷税之害，若一夫作難，必相響應，如漢之赤眉、黄巾，隋之竇建德，唐之黄巢、秦宗權，皆因飢窮倡亂，毒流四海，國祚隨之，甚可鑒也。今所在災傷賑濟甚難，惟有亟罷此項，可以收拾人心，使其雖餓死不忍爲亂，而且歡欣鼓舞感戴皇仁。臣區區愚衷，實以此事爲今日第一義，而不敢露章請，故力疾手書密封上聞，伏望親發德音，頒自内庭，豈但宗社生靈之幸，其於聖德聖治大有補焉！"

復言："前此雖災，民間尚有贏餘，有司尚能設法賑救。今公私竭盡，無可奈何，如癰疽之病屢發則難醫，奔潰之流久防則必決，理窮勢極，豈復可僥倖希冀如前此之不亂？即使不亂，而甘心束手就於死亡，我皇上天地父母之心亦寧不惻然動念？而回視向年所爲步禱郊壇、發帑遣官到處賑濟者，何相去遠。今編户齊民中有發心修善者，尚能舍業布施，自種福田，況我皇上至聖至仁，千古罕儷，内帑之積充牣如山，豈不能割此毫毛救元元於溝壑？臣非不知此事言之極難，但旱災如此，必不得不救，舍此又别無救法，故不得不言，言又不得不出於此。"

復言："當此旱災爲虐之時，臣乃以奉職無狀，杜門待罪，甚懷跼蹐。每日晨昏，必扶掖叩拜，少助我皇上爲民祈禱之誠，其不敢匍匐入直者，實以人言紛紜，日相罪責。臣若强出，則攻者復至，毫無益于國家，而反取辱招尤，上累君父。昨接九卿諸臣揭帖，其爲災民請命至切至苦，言言皆真，字字欲涕，不知曾經御覽與否？諸臣移書責臣不爲力請，臣伏枕殘生，叩閽無路，惟有媿死，尚復何言！皇上引咎責躬、齋心精禱業已多時，而雨澤猶慳、風霾轉甚，夜來狂飈怒號,震撼大地,幾於摇動人心,增其恐懼。想此荒凉凄慘景象,皇上即深居高拱,亦必有動于衷。儻諸臣所言百姓流離、父子相食之狀尚疑不信,則遣人一訪,便證虚實。人情當窮迫之後,何事不可爲,一旦相聚爲亂,迫近國門,于此時而下蠲賑之令,人亦不感,即欲用兵剿除,亦無人用命。此時即有金如山,誰與共守?爲今之計,必發帑金數十萬分道賑濟,庶幾少救,如聖意未能慨然,亦乞先發二三十萬,再命外間設法措處,以相補助。其所以必用帑金者,蓋欲恩出自上,萬姓感悦,一金可當數金,不然,天下之財,孰非皇上之財?臣等何爲苦苦陳瀆,必欲割所甚愛以自取違忤之罪哉!"上覽奏,于是出帑金五萬行賑,發米數十萬石捄畿輔民,聖母亦賑金十萬,宫中各出費剩資佐之。時蜀、閩亦以水旱告,公請并留二季税銀賑二省,皆允行。上復諭兩京内外并各衙門及諸陵墳、各門廠等處並捐資俸,而諸大僚亦捐俸體上意。

未幾,得雨,人情大安,公始入直。蓋杜門者三,乞休者七,上慰留者三,遣鴻臚官宣諭者一。而争論漕撫李公三才及顧公憲成之事起,朝中紛然,公復上言:"臣久求聖斷以息紛呶,奈不聽何?夫人臣聽命于君,君而不斷,誰爲斷者?至于大小臣工擅離國門,皆皇上不斷之弊。臣又一言爲諸臣規:夫封事不妨直陳,若俚語譫語宜稍芟除,所以尊君父也;糾彈不妨臚列,若蔓引株連宜少顧惜,所以成人才也;是非不妨並見,若好醜稱譏毋太溢濫,所以存公道也;意見不妨異同,若勝心客氣宜各消融,所以防禍釁也;恕德不妨直報,若睚眦胸臆宜勿發舒,所以先公家急也。人生天地間,百年瞬息,縱事事如意,亦所得幾何?況自古至今,邪自邪,正自正,君子自君子,小人自小人,從未有口吻間能奪天下萬世之公論而顛倒其是非者!宋臣程灝有言:'新法之行,吾黨亦自有過。'臣敢舉斯言爲諸臣忠告,爲皇上治安一助。"

上爲下吏部詰問臣僚擅去狀。顯陵守備中官茂之役人光裕暴害,人不堪。史御史按楚道承天,承天民群以告,御史下承天守勞謙捕治,因而相激。茂遂遣人哭訴于聖母、皇上,言被勞謙困辱不堪,捕去人皆剜目折脛,備極楚毒。上大怒,下錦衣逮勞謙及郡中幕佐。公請毋輕發,楚俗剽悍,深所當慮,上頗心動,下茂疏，發世廟所給護守顯陵碑閣中，蓋碑載“守陵人役有犯當奏聞，地方官不得擅拿問，擅拿問者即拿地方官”之語，上意欲依此擬。公言：“郡守擅捉守陵人，誠違制，御史道承天，承天人闌訴諸惡於御史，御史暫拘洩衆忿。尋奏請此御史權宜法令，御史不下，承守擾亂矣。且人情若此，復逮勞謙，衆必大鬨，上驚陵寢。聖祖湯沐地，聖子神孫當世世加厚，毋動摇之。望聖明詳思。”上意大解，而公復以危言動諸大璫，百方阻止，勞謙遂不逮，且移守得大郡，諸幕佐皆如故，而光裕等正法。

上發織造龍袍數目内續派以四萬匹，命擬旨下工部毋停減。公言：“前派未完，又續派四萬匹，計費須百萬。東南災傷後，萬難供應。”封還，原疏留中，久之乃批出，准半。

有訟内官人命於刑部者，刑部題請方敢提内官乃故事，而遽下宛平令刑治，内官諸璫環上前泣也，一宛平令敢擅刑近侍官，上大怒，且逮繫令。公密爲救解，發閣擬，遂併下内官法司。法司擬令贖杖，還職留中。久之，公復爲屢請，乃得降級調外。

吴中田土十九入縉紳家，其貧者亦投托寄户，不供繇役。應天徐巡撫請均之，士大夫當復者以官高下爲差，踰額者皆供役。吴中縉紳在京者群來訴公，公言：“此情也，難以聞上，上若詰問有田逃役而無田當差，坐何等罪，曷置對？且諸公能必世世如諸公？”皆咈然去。時署户部者爲渭南孫公瑋，力贊巡撫議立覆奏。公擬嚴旨允行，著爲令。

其冬考三年滿，吏部引奏具題，奉聖旨：“葉向高簡任密勿，贊效忠誠，兹當考滿，勞績茂著，著復職加太子太保、文淵閣大學士，尚書如故，廕一子中書舍人，照新銜給與應得誥命。”公疏辭，奉聖旨：“卿令德宏猷，勳勞茂著，考績加恩，原係彝典，宜承眷命，不允所辭。”隨遣中官賜鈔二千貫，羊一隻，酒十瓶。公疏謝，仍再辭加恩，不許。三十九年元正復疏辭加恩，又不許，乃出廷謝。故事，考滿加恩，一辭而已，而三辭乃受，公之謙也。是年當考察京官，循例自陳，復奉温旨慰留。公復欲移俞夫人之封于其郭、康兩前母，上並許贈兩前母，毋移夫人封。蓋上之眷公如此。

凡考察，故事當諮訪，是時太宰則富平孫公丕揚也。其時朝中有淮上黨、東林黨、顧李黨。王元翰之黨有給事中某者，太宰鄉人，太宰心腹之，惎太宰列此四欵于訪單，分散註欵，太宰善之，以告公。公謂："無故事，且'黨'之一字，乃一網打盡術，誰能甘受？"太宰不聽。亡何，復有傳御史鄭某所遺同官劉某書于太宰，中言欲逐公必先逐太宰與耀州。耀州者，侍郎王公圖也。太宰出其書示少宰蕭公雲舉，蕭以告劉。劉故與考選御史五人者不合，遂謂此書五御史所捏造，露章言。中朝大紛，蕭公復欲公向太宰索此書。公曰："我正欲人逐去，何問也！"且告太宰："書真僞不可知，願公勿談。"太宰唯唯。亡何，有金御史疏劾耀州，太宰大怒前書真矣，疏言金御史要挾爲免察計，公力止不得，而金御史疏辯誤犯上諱者再。上怒，立欲重處金御史，命公擬。公謂當下部，上使人來，毋下部，必從中處者，公極力婉解乃已。其後部議上御史閒住去，而公所以救金御史無遺力矣。刑部秦主事復疏駁察典謬，太宰疏辯，且封進訪單。上發，擬重處秦，公謂撓亂察典，自有明例，當下部議，訪單可勿究，究則事多，仍繳還，上允之。然秦疏上，諸異議者紛然是之，即士大夫虛心者亦未明本末，相與爲助，至謂當改察。公謂："察典，大典也，國家遵行二百餘年矣，孰敢更者？就中一二人去留輕重少有失平，亦從來如此，豈可因一二人壞一代舊章，且令後來何以司察事？"上素信向太宰，不爲動，然而察疏久寢，公屢請亦不報，朝中議論愈多。居一月，太宰欲徑去，上乃允發而慰留太宰甚。至是時北察疏已發，南察尚留中，公屢請乃得。而南臺省劾駁北察又至，上又欲重處之，公言："察竟矣，望毋啓群争。"擬旨責讓，終歸不究。上諭司禮姑如閣擬，仍令文書官告公以委曲寬宥意，且問："更有何言？"公附奏感謝而已。

是時京師淫雨連旬，公私廬舍崩塌無數，市水如河。公疏請修省賑濟，復以患病乞罷。而南中尚以公搆金御史爲言。公併及之，得旨慰留，末云："小人疑誣，卿勿介意。"是時上久寢考選疏，他章奏一切停閣，公屢請補閣臣，殊不見聽。再疏乞罷，上慰留。公復再乞罷，上復再留。公復以精極勢窮懇求罷斥，得旨:“近來議論煩多,卿佐理勤苦,朕所悉知。求去懇切,已屢旨慰留,特遣鴻臚寺官宣諭,卿宜勉遵,毋負朕意,政務俟朕簡發。”公疏謝。上諭公亟出,公念聖節在邇,不得已復出。其秋,皇貴妃王氏薨。貴妃誕育光宗皇帝者也,上一幸有身,其後絶不得見,薨三日始傳。公具揭恭慰,復爲請擇地請安葬,竟得厚其喪儀。廣東按察知事道昌又有言,公不辯,一意求去而已。上温旨慰留,欲廷杖道昌,公三日不寢食,密託中璫營救。上稍解,批公疏留公,公再上疏,上復慰留,遣鴻臚寺官宣諭,公疏謝復辭,上留公轉切,又遣文書官體乾至,是爲臘月盡日。

明年元旦,公詣宮門叩賀,賜宴如故事。居三日,上言:“臣歷稽三代以至宋元三千餘年,帝王享國四十年以上者僅十君,惟殷之大戊、高宗稱爲盛治,宋仁宗差治,其餘皆亂。周宣王、唐玄宗、梁武帝則始治而終亂。然則三千餘年間享國久長而克終者二三君耳,何其難也!萬曆之紀已四十年,天下大器久則必敝,自非嚴恭寅畏以保持之,鮮有不敗者。”語甚危切。越數日,又申前說。

二月,公自新春屢言事不報,遂杜門決去,連疏乞罷,皆不報。宣大總督涂公宗濬以虜封未就,疏論禦虜機宜。先是,虜王俺答死,其子亦死,嫡孫卜石兔應襲封。而虜有三娘子者,俺答外孫也,俺答納之,嬖甚。三娘饒機智,習兵,部落皆畏之甚。委心中國,朝廷封爲忠順夫人。俺答死,子孫襲封者皆先偶忠順,然後得襲業三世,至是忠順年六十矣,卜石兔年少也,不欲與忠順偶。諸酋如五路、素囊皆桀黠,心忌卜石兔,亦阻卜石兔之偶忠順也,以是封久不諧。廷議恐塞下有變,欲急之。公具告涂公:“今人視封事太重,持論太輕,不知塞下安危全不係虜封成否,所以封虜亦以故事如此,其遲其速何足介意。譬如小兒索菓,但當與菓,食與不食不必强也。且虜所以要我,以我欲封,封愈急,即虜愈挾我,不如示以不急,以待其自請。彼諸酋角立,勢不能久。其合而求欵于我,固我之利,即離而自相搆難,亦非我害也,何汲汲焉!”涂如公意疏言之。未幾,忠順竟婚卜石兔。忠順死,諸酋果來請封事,亦就此時,公連疏乞罷者兩月,疏語甚戇。上疑公要挾,難其答,久不報。

其六月再上疏,上又稱公公清直亮,温旨慰留,遣鴻臚寺官宣諭,而公意決去。其時皇貴妃發引,公惟命俞夫人往送,復因陳謝懇辭。而八月聖節且至,上遣鴻臚官宣諭,尋遣司禮太監口傳,公不得已出賀聖節,復密揭懇請下考選命。上爲公發擬而復留中,蓋上謂言路諸臣逞臆輕譟,任性所爲,故甚厭而故甚難之。公復乞罷,再密揭:“考選不下,必挂冠徑去。”上復遣文書官登慰留,又使口傳聖諭。公疏謝,再以請。上遂下考選疏送公私第。考選屬吏部事,故事當發吏科,而送公私第,明爲公也。上又令司禮監傳諭再留二三日,俟奏過方發。公曰:“此當即發,可更遲疑?”中官曰:“若爾,我當罪矣。”遽持去。公佯言曰:“政體則然,敢違聖諭?”中官便留疏與公,再三叮嚀毋遽發也。公念景象如此,聖意尚猶豫,萬一取入,永無下時。時昏夜暴雨,門卒皆散,乃遣蒼頭持詣吏科,囑其傳播考選諸君,乘夜報名廷謝。次日,上果命取疏,司禮云:“已廷謝矣。”上怒,盡墩鎖司禮名下諸閹,然終不咎公也。考選下,公疏謝,且勸諸公平心和氣,勿植黨狥私,彼此争勝負任使,一時皆以爲是。而未幾大鬨,又紛然攻擊矣,有給事中二人遂論及公。上震怒,欲罪之,然終不欲以處言官故,使委咎公,但批公疏,道所以倚賴輔理之意而已。公又以乞歸情切,懇補閣臣,得旨温慰如前,且命鴻臚寺官宣諭。公疏謝,以趙太宰被論處分及補四川廵撫二事附請,上慰留如前,而慰留太宰、點用蜀撫之命下矣。上又以聖母壽節且至,遣文書官用命公入賀,又遣文書官登如用所傳者,併令公傳示註籍各官各出行慶賀禮。公不得已復入直,而趙太宰亦出,是爲十一月。自九月盡至是月,催補閣臣疏凡十八上,上竟不聽。公别出《認罪恭聽處分》一疏,上復褒美慰留,令候旨。

四十一年元旦,至宫門叩賀,宴賚如常儀,連日再請補閣臣,復求去,復揭請福王之國,皆不報。是歲當大比天下士,故事閣臣主之,而閣中惟公一人,公擬用詞臣四人爲正副,上特命公章奏即送闈中票擬,而起陞故國子祭酒方公從哲備副考,如公之所薦。公聞命再辭,内中謂上已勑斷,公辭疏送還公。公復遣典籍官親賫往,爲文書官言萬分當辭狀。乃得奏聞,上不許。此時天下諸士子皆恐上遲試期,盡望公入。而善公者謂:“辭而不答則奈何,且夫此亦異日納牖機也。”公乃入。上每日遣中官送章奏入擬,中官止門外而俟。公入闈,百事加毖,必躬必親,而謬悠怪誕之文概擯不録,天下以爲陸敬輿、歐陽永叔復出。上又爲公特增制額五十人不爲例,及廷試,特擢公選首周公延儒仍爲及第第一人,人人歎服上遇公專且厚也。

先是,福王之國,上久定在今春。至是,兵部以請,上復諭:“養贍田土未完,錢糧未到,今已春暮,其待之明春。”公封還不擬,具擬力言田土難完,王行必難緩,又密揭再三苦請。上意稍動,而南御史又有言公不宜主試事者,公復求去,且力請枚卜、之國諸事。上復慰留公,且言:“主試大典累科弊竇昭章,朕遵祖制主以重臣,何有疑忌,卿宜即出。”而鄉人戴燝者有文學,里居久,出補官得備兵,尋改爲提學,則銓司爲政,而言者亦以攻公。上責言官煩囂攻擊,慰公如故。而先數日者,公以負罪日重,萬分難留,懇賜罷斥。得旨:“卿忠清正直,忠藎朕知,群小喜事,歸怨於卿,卿何咎愧?欲決去者,如國體大義何?”公所以爲福王莊田再三苦請者,則謂:“福王之請莊田頃以四萬,動稱祖制,動引景府。夫祖制云何?則祖訓也,《會典》也,累朝功令也。以若之數,祖制有乎?《會典》有乎?累朝功令有乎?國家親王不少數千頃而已。景府之多也,皇祖愛故,而一時之聽有所失也。鄭太叔段、漢梁孝王豈曰不愛,景府封後以沙市激變。臣恐其今日若存四萬頃莊田,亦未必能守。王當之國之初,不誦法前代與本朝賢王,而動言景府,臣竊謂爲王左右者之計左也。潞之封也,廢府遺産盡歸之矣。兹又分外求,奸徒怨家以投獻爲名,何所非田?小人得志,轉相傚尤,將中州、齊、楚間有田之家人人危懼,亂之道也。地方休戚、國家安危,王實與共。瘠百姓、危公家,自取肥富,王亦何利之有?明興二百餘年,列聖子孫其麗不億,並未有以莊田缺少坐受窮餓者,但使皇祚有萬斯年,王子孫必無饑寒之憂,亦不待爲之先計也。”蓋公之讜如此。

而亡何有王曰乾事。曰乾者,武弁也,與京師無賴人孔學等相訟於刑部。訟未終,突入皇城放砲,進本刑部,坐禁城放砲事論死。曰乾急,遂訐奏孔學嘗受皇貴妃旨,咀呪聖母、皇上,擁戴福王,謀害東宫。御史應琦、御史崇德受學金錢爲庇護,從獄中具疏向通政司投遞。通政司不敢奏,持疏人陳六持刀欲自刎以脅之,通政司惶懼,遍商諸公無所出。梁通政持疏詣公,公曰:“毋動。”遣人告大璫之掌東廠者,令偵邏上聞,即亦不可張皇動上怒,璫唯唯。因具揭密言:“貴妃賢明,福王賢孝,臣萬萬保無他。奸人所爲,當静處之,一爲所動,即中外紛擾,其禍將大。彼奸不過拌一條性命,乃國家所損多矣。萬望勿介聖懷。”上初覽曰乾疏,震怒拍案,叫呼左右,辟易良久,沉吟曰:“有此大事,如何閣中初無一言?”左右乃以公揭進。上聞公有揭,即稍霽,覽畢,天顔益和,手緘原疏並無一語,宫中皆大幸。次日,復問司禮:“疏當批發否?”公業先告司禮疏必不可發,即發當付閣,不可從中下。司禮以公意對。公復密勸上無發,發則上驚聖母,下怖東宫,即皇貴妃與福王皆不自安,且萬一其中有影響疑似則奈何?惟留中勿宣布,其奸徒俟别疏批治之,要以國法國體兩盡無傷,而又速定之國吉期,以息群喙,則天下恬然無事,宗社之幸大矣!上悉聽公言,踰月乃别批付法司究治曰乾。蓋公一言回天,而内自宫闈,外及縉紳,莫不清晏,即中璫輩亦言上甚以此感公善全其父子兄弟間。

而先是公有密揭力言福王必當之國,而引嘉靖時景王留邸致皇考危疑爲戒,且礦税之行,欲竭天下膏脂以予福王,語甚危激而不以告人。至是復遣文書官文元傳諭:“覽卿屢奏,具見忠誠爲國,清正無私。國家政務,卿凡事開陳,朕所倚毗。近日議論煩多,人情輕險,卿欲堅意求去,朕心何安?福王所請養贍田土并錢糧等項乃祖宗成例,非今始創,味卿昨揭言及景王,朕思皇祖時皇考與景王比肩,王今名分已定,皇太子又有皇孫,何猜疑之有?況親王之國祖制在春,今已踰期。昨明諭卿,何乃大小臣工不能静俟?卿又言及礦税,夫此一舉也,爲三殿也,非爲福王。卿輔弼重臣,不得過爲疑忌,宜即出安心贊襄。”公疏謝:“聖恩稠疊,臣當勉出。臣小人也,過計私慮,故前揭有景王留邸致皇考裕邸危疑之説,皇上爲臣剖析,以諸皇孫爲言,思深慮遠,臣復何辭!唯是皇考當時雖名分未正,然講讀不輟,情意常通。今東宫輟講業已八年,不奉天顔聞亦久矣。而福王時節入宫,每月兩次,皆人所知。親疎懸殊,已生猜忖,又以遷延留滯,之國無期,悠悠之口,實難家喻,小則巷議私譚,大則妖言惡語,蔓延不已,將皇上父子兄弟間有難處之事。此廷臣所以苦口力諍不能自已,豈真疑皇上與福王有他端哉！今聖諭已明,人情自慰,更須急令該部擇定明春吉期,明示天下。至于莊田一事,外間議論方謂王借此極難題目以緩之國,臣以死明王,乃請求不已,人言愈增,寧獨非皇上所以愛王,即亦非王所以自愛？其臣前揭礦税之云,天下實以此疑皇上,皆謂三殿未興,民力已盡,宫中歲入之數,中外共知,皇上持此安歸乎？此在聖心,必自明白。”得旨:“知卿入閣,朕心嘉悦。卿言福王時節入宫,不知朕傳免久矣。若時入宫,必多隨從耳目,其能掩乎？日期明諭,不必疑惑。”公初上密揭,既不以告人,至是諭傳,人方知公之力言於上也。又福王久不入宫,公所明知而復云云,借外廷爲謾語以動上聽,速王行耳。上心復若難自明,再遣文書官體乾諭意:“朕不但免福王朝也,舊例有進謁本生母妃亦免久矣。朕與皇太子天倫至情,何疎之有？卿疑忖太過。”公回奏:“臣耳妄聞,無所逃罪。臣非以福王入宫朝謁爲不可也。皇上,福王父;皇貴妃,福王母。子見父母,情理當然。臣有一子,數年不見,臣與臣妻每常念之,乃謂福王不當入宫朝謁,臣無人心矣。臣意蓋以皇太子輟講多年,屢請不報,中外徬徨,不知其故,敢借此一伸其愚,庶幾皇上察臣之言,仍命皇太子出講以慰天下之望耳,豈敢以皇上爲疎皇太子哉!”上喜公婉,第促公入閣而已,而復遣文書官登諭公出。

尋冢宰趙公、左都御史孫公及都御史許公並求去,而許公屢温旨慰留。旨皆從中出,不出公,言官謂皆公假借困許公。公復自明,温旨慰留,命文書官忠來,諭意亦如旨,公方勉入直。而南中御史又有言公不肯任事者,公復杜門堅請,挂冠徑行。得旨:“卿輔政多年,忠藎爲國,凡事畢力,冒謗蒙譏,朕豈不洞悉？任事甫及半月,又復杜門,意欲高蹈,何得輕躁傚尤,還以國體休休,慎勿介懷。閣臣將補矣,鴻臚寺堂上官其宣諭朕意。”隨遣文書官體乾傳諭如前旨,時爲七月末旬,而下月聖壽且至。公復上疏辭併請閣臣,得旨:“國家賴卿分猷共理,何得捨朕？朕何負卿,迫切若此？况朕壽節届邇,百官鱗集,還着鴻臚寺官宣諭,速出以慰朕懷。推補閣臣,朕目前簡發。”隨遣文書官文元捧諭,備述聖躬有所苦,壽節届邇,當表率群臣,毋得嫌介,即出入閣,以副眷倚。其日又遣鴻臚官傳諭。公復以聖節備上切要諸務力請舉行,上俱如奏。公所力請者則補閣臣,補大寮,點用巡撫,舉廢官,下候補,釋逮繫。滿朝薦、卞孔時、王邦才等三人,上欲促公出,即出朝薦等於獄,而閣臣亦得會推命,復命鴻臚寺官宣諭:"朕壽節在邇,卿輔弼重臣,豈得不表率朝班,杜門不出,是何君臣禮?"公皇恐入賀,具疏陳謝,再申前請。上覽疏喜悦,而是科考選庶吉士,公請試期亦即行。丁未之役,考選得旨甚難,是科隨請隨得,上蓋念公所得士云。閣臣推上留中,久之,公復屢請,不報。

九月,公復引疾杜門,告上:"臣孥先發矣。"仍催請東宫講學、福藩就國。上遣文書官忠諭公:"覽奏,情詞苦切,知卿爲國焦勞,朕心惻然。卿子雖遠,尚有卿孫爲伴,何乃遂使去?卿所屢請,不必再陳。"公具奏陳謝,上報聞,復言:"即追回卿孫與卿依伴,鴻臚寺官其宣諭朕意。"公復疏謝堅請。上問司禮:"朕待輔臣如至親,何堅求去?"司禮對:"朝廷諸事不行,外復責望,渠之求去,是不得已。"上問:"即欲留之,便當何計?"司禮言:"補閣臣是渠所急,似宜出此。"上首肯。及朝聖母以爲言,聖母曰:"彼拮据五六年,一身勞苦矣,使人分肩是也。"上頓首,還宫即點用方公從哲、吴公道南入閣。公請補閣臣,至是七十餘疏矣。而公復欲推讓歸德爲首相,請召起之不得也。信宿,上問司禮:"閣臣點用矣,葉閣老何尚不出?"司禮語公:"當如上意,且毋使我失言於上。"公遂入。

十月,屢以福王之國請,文書官忠捧聖諭到閣:"福王之國前諭已明,朕思聖母稀齡,壽節在邇,朕當親率皇太子及諸王恭祝。之國擇吉定以次春,卿可外傳,毋過生疑慮、亂視聽。"公念聖母稀齡尚在明冬,坐待慶賀又兩歲矣,乃佯不省者,謂上:"預慶今冬明春福王之國,虞舜大孝、周文止慈,兩兼之也。"上意大忤,其夜五鼓遣文書官登諭:"朕謂賀聖母稀齡者乃四十二年,之國擇吉乃四十三年也。卿意見失真,謂預慶者不專不尊,聖母毋責非禮,且目前朕病足,亦不能勝事,卿體朕孝誠。"登告公:"上撰此諭不寢也,立待報。"公曰:"即草進。"登曰:"不能待,當先入口奏。"公言:"此當封還,不敢以傳外。預賀聖母與夫及時賀者惟上。若福王必之國,不得引爲辭。"登失色:"上怒叵測矣!"公曰:"公但奏言，上怒罪我耳，我甘受，若承順以誤大典，萬不敢。”登馳回，上迎問閣臣謂何，登具對，上默然。公隨奏：“上壽聖母而實留王，王曰乾之徒，天下之人其孰能户説？自此外庭喧嚷無刻安静，聖母聞之，必爲不歡。是皇上壽聖母，適累聖母。以皇上孝事之盛心，而使人疑爲暱留愛子之私意，即福王亦何能一刻不跼蹐？以臣愚見，庶民之家上父母旬壽皆于一二年前行禮。聖母稀齡，僅隔一歲，今冬預賀，聖母必不責非禮。有如聖意必俟明冬，臣不敢强，惟是福王來春必當之國，不可遲留。且潞王，聖母愛子也，亦在外藩。福王在國，上表稱賀有何不可？皇上恩臣如天，愛臣如子，苟可將順，何所不爲？惟見人情事勢如此，不得不言，不忍不言，所奉聖諭，臣謹封上，未敢遽傳。”上覽奏，徘徊嘆息。次日，遂遣文書官捧諭：“如公請，以明春。”公奏謝：“臣錯解聖意，臣萬死。自古聖帝明王，燕翼貽謀，轉圜從諫，未有及我皇上者也。”始諭之下也，中朝始而惶駭，繼而喜且定，謂公忠誠膽智，真足回天。即公亦自感泣上日月也、天也，下覆垂光，鑒此微誠。中官亦私相語：“曩者閣臣盡如是，事定久矣。”

其冬，以延鎮三次大捷，加公少保兼太子太保，進武英殿大學士，改户部尚書，廕一子中書舍人，賞銀百兩、彩段二表裏。公堅辭不受，温旨不許。公再疏極懇，有“即上百强，臣百辭”之語，上知公堅，成公勞謙之美，仍加賜大紅紵絲斗牛胸背一襲。故事，邊鎮大捷，閣臣必加恩，至沈歸德、朱山陰始辭，然僅一再辭。公歎曰：“閣臣何與於邊功？”是以辭之屢，上成公志云。福王之國雖得命，顧取盈四萬頃莊田之數，嚴旨督促。公屢揭苦言，得減萬頃，復再請減萬頃，且密言今番再減，當出自王，使天下頌王賢。于是，王自精減，公擬旨賢王，又減萬頃。一日，王具雍、伊、徽三府田土之數，託司禮監之筦事者楊中貴持揭示公，求公擬旨。公言：“伊、徽二國已久除，雍封在成化之朝，於今百餘年矣，今尚存，世廟時豈不以與景王，王日自請減萬頃，中外方頌王，何王自壞也？王如欲之，我家有薄田二百畝，請以奉王。”楊中貴往復辯折，久之，王意大沮。公又以此意具揭，極言于上，事乃寢。

此時公以一品滿三歲考，心念無功於國，不欲報。人言舊章也，乃循例咨部，遂以病乞罷兩疏，上並褒嘉慰勞，下吏部特晉秩加一等，以少傅兼太子太傅改吏部尚書、建極殿大學士，廕一子尚寶司丞，給誥命，賜宴禮部。再辭，不允。尋有部郎與言官相攻，波及公，公引罪而已。上慰公，下郎疏部院看議，而詰責言官。公於是三辭恩命。上命公祗承勉抑遁思，遣文書官元諭公。公疏謝，因以省墓請，得旨："省墓孝思何如國事爲重，爲親舍朕，卿心何安？尚其勉留，以成我君臣相得之美。履端在邇，着鴻臚寺官往諭朕意，佇俟入閣，以慰朕懷。"公疏謝，因言福王之國日期當發，必不可緩。上又欲促公出，即以其夜發下日期，仍報公知之。先數日，以考滿賜銀五十兩，紵絲四表裏，内大紅織金蟒衣一表裏，原封鈔五千貫，茶飯桌五桌，羊三隻，酒三十瓶，遣文書官體乾齎到私寓。閣臣考滿例有賜，而此獨優，蟒衣尤爲異數。公疏謝。此時去元旦只一日，上愈望公出，日問大璫十餘次。大璫再三來言："且勉出賀正慰上意，完福王之國事再請未晚也。"公復出，先以疏聞，併請補大僚諸事。上甚喜，稱公忠敬之誠，致身許國之誼，請補大僚許以新春簡發。四十二年元旦，詣宫門叩賀，宴賜如常儀。公四辭加恩不獲命，及請受加官誥勅而辭廕子、賜宴。得旨："卿勞瘁，加恩尤所宜。承前捷敘懇辭尚稽懋賞，今復執謙固遜，使朕優禮元臣之意鬱而未伸，亦卿心所不安也，卿勉受之，毋負朕命。"向來閣臣考滿加恩，一辭即受，多則兩辭，公辭者五矣，上意必不允，乃不得已謝恩，而再辭廕子、賜宴，不許，再辭賜宴，上勉從之。

是月，聖母自壽節後即違和，宫禁事秘不聞，至是始具揭問安。上舉聖母違和狀報公，公因勸上修實政、行善事、撤税使、補大僚、起遺逸、賑災傷、給邊餉，德音大涣，陰功萬倍，將百萬生靈稽首籲天以助。皇上孝誠，聖母聞之亦必倍加悦豫，長享尊親於萬斯年。上覽之心動，慰諭報聞。蓋上孝誠篤至，聖母違和，日夜拜伏祈禱願以身代，公因爲上廣推之如此。福王之國，經繇道路，上意欲從衛輝入黄河，然後至洛陽封國。公念此必從徐州乃達，河流險急，非所以安王，必從衛輝入黄河，則水路已絶，當鑿舊沁，河道乃通，非假以歲月、費數十萬金錢不得。是時工部所擬則自潞河至臨清，折而西，從衛河至衛輝，登陸五百里至洛陽。公第請如工部擬，而所省多矣。公復請沿途水次篷廠俱免搭蓋，而沿途復省。

二月九日，聖母崩逝。上諭公不勝哀痛，命公撰聖母遺誥。公擬誥中有“封婚諸大典禮皆已有定期”等語，蓋慮福王藉大喪爲解。王果遣璫來言。公言：“聖母服制二十七日而畢，與之國吉期不相害，事已定，王慎毋輕言。王終不能留，而徒關天下口無益。若王必留，某請先去，不然，能爲王受罪？”王意沮，又以上命撰聖母赦文，開列十八條以請，而中言楚宗一事。楚宗者，楚府宗室也，故以訐奏楚王、戕殺巡撫被反逆名，已坐法六人矣，其餘諸宗幽縶高墻閒宅者五十人，家屬百餘人，困苦不堪，中外諸臣屢請不得也。公既擬入赦條，而并請罷礦使、收廢官、停榷税、蠲免近京重疊小税、鹽運新添各課、陝西未完羊羢。上徘徊久之。公懇請再三，上乃出楚宗，蠲税銀三之一，起廢爲民者微有敘及，惟羊羢袍服不減。公揭謝，得復減税額半。聖母之喪，命婦入臨。上察文職命婦兩人而已，心怪其少，已知俞夫人在，甚喜，問中官，知夫人無坐處，即命張帷幔、賜茶菓，慰問甚至。又命皇貴妃賜銀萬壽字一百雙。中官又道上意：“閣下先生欲去，皇爺不能留，夫人可爲皇爺强挽。”俞夫人大哭：“臣夫妻皆老，離家已二十餘年，今病困不支，皇爺若不放去，將死長安中矣。萬望皇爺開天地恩，放臣夫婦殘生，使歸故山，世世感戴，無有窮期。”中官入奏，内中皆感嘆，知公不可復留也。

禮部上聖母尊謚，上以病欲改期。公言：“册寶謚詔日期刊定，不便更改。皇上憂勞太過，步履不勝，示臣憂畏，臣仰見孝思敬慎，請但力疾於宫中几筵扶掖行禮。”上從之。三月，福王疏請改二長史爲參議僉事便鎮壓，上命如王請。公言非祖宗制，無已，請不待考滿先加四品服俸如潞王例。福王又請折賣陸路篷殿爲從人蓋屋之資。公言：“此皆辦借民間物，事畢給還，中有舖設器物及紵絲等項，其價尤重，若一許折賣，將席捲而空之，地方賠累將不可言。如果從官屋少，自當酌量添造，或量給價值。折賣篷殿，於事不雅。”上並從之。是月，福王就國有日，鄭貴妃時遣人詣公，當稍看福王，無過催迫。公答：“分封祖制必不可違。若欲留王,不過延一歲而已。此一歲中不知生多少事端,添多少議論。若今日即行,則從前悠悠之談一旦冰釋,天下人且交口頌王,萬年磐石之基皆在於此。某所以請王行者,所以深爲王也。抑今大内金錢山積,皇貴妃所蓄不貲,王行惟所欲耳,萬一時移事改而後去,皇貴妃即欲厚于王亦無可奈何。”皇貴妃大感動,然終不欲王去,日夜號哭,祈上留王,臨發尚泣請,上竟不聽。禮部進王辭東宫禮,見東宫四拜,東宫坐受無片語也。公念兄弟遠别,何得草草乃爾。遣人啓東宫:“福王來辭,必須加意。”東宫大然之。至日,福王入宫,東宫即下座欲答拜,福王必欲東宫坐受,兩相推讓,乃立受兩拜,兩拜答之,握手涕别送至宫門。福王大喜,上與皇貴妃偵知亦大喜。王行,公送至郊外。王停輿呼公,囑曰:“先生看顧我。”公答:“之國好事,王途中宜自愛,約束從人,毋生事擾害,使到處皆有頌聲。”王首肯。公隨念皇上宫中此際何以爲情,因淒然泣下。王亦感泣。

福王者,皇貴妃鄭之出。貴妃,上所絶幸,王寵愛冠諸子,而東宫母妃王一幸有身,不復得見,廷臣屢請册立不能得,至多所譴斥,人咸疑上屬意王,請册立者愈衆,至舉朝争之,不知長幼之序上心久定也。久之,東宫册立,福王與瑞、桂、惠四王並封,顧福王留邸中者十餘年,東宫又久不出講,人情危疑,口語日多,妖書之獄、王曰乾之奏皆繇是興,中外以謂此宗社安危大計,陳請無數而責公尤力。公爲廢寢食、嘔心血,婉言、直言、危言、苦言,無所不至,賴上眷公知公,即公封還御札亦不咎也。至是,中外人情莫不舉手加額,以爲國家之福,下至輿隸、市井小民無不歡喜,謂得公力,而公歸之聖斷云。

福王行,公又以乞歸請,上留公,復遣文書官諭意。公疏謝,復請補大僚,起廢官。上言:“朕知即今聖母大典未襄,國家多事,正賴匡襄贊理,豈宜久卧求去?”特遣文書官諭公私第。公疏謝,仍求去。復不許。而閩中税監高寀爲暴於閩中,劫廵撫、質同知,閩大擾亂。廵撫袁公疏聞。有大璫受寀金錢,力言於公。公謂:“寀諸惡無論,即以内官劫廵撫,辱之通衢,從古有此事否?此而不問,則國家紀綱法度蕩盡,大亂必作,若輩之罪且通于天,祖宗列聖,必不汝宥。”璫語塞，而上意尚猶豫，公復極言其利害如所以告璫者。上竟召寀回，而令巡撫用心撫安地方，旨下甚温。蓋自稅使發難，凡地方官之搆争者，輕則譴責，重則逮繫，而獨此番無一語責地方官。公服上明聖，而公之福閩中不少也。公請撤寀疏，中有“寀自爲救死計”語，不知者謂公爲寀也。公謂：“此輩窮急，而内中羽翼實繁有徒，若不稍開以生路，彼内外協力，勢將潰決。正德間劉瑾等被攻，業自求安置南京，閣中持不已，遂至決裂，此可鑒耳。”

先是，四明相以楚藩、妖書二事與宗伯郭公正域左，宗伯幾罹大禍，相以此不爲公論所與，而淛中頗有附麗之者，仕路中談者輒云浙人浙人，公常非之。庚戌外察，浙人居多，公向太宰力争，而浙人不知也，疑公以宗伯故有憾於四明，過御史以爲言。公疏辯，得旨：“卿輔政有年，公平正大，毫無偏黨，坦衷直道，朕所鑒知，言官未悉卿平生，妄相猜疑，何足深辯，卿宜安心，即出贊理定國，是濟時艱，毋得再有托陳。”

六月，聖母梓宫發引，時大雨泥淖盈尺，公獨與二三大僚步行至土城關，時已二鼓，因揭請加添人夫，得旨：“朕昨攀送梓宫，正慮難行，驚慌憂懼，卿等執紼步送，勞苦可嘉，所奏添撥人夫，尤見敬慎至意。”次日，奉命詣山陵題主。故事，母后題主率用次輔。上孝思，欲重其事，特以命公，心念公方求去，必辭，而公奉命趨赴，上益喜公。禮成，公念福王之國，聖母大事已襄，復言：“臣日述父母養育之艱、流離顛沛之情狀，百未盡一，然字字皆真。仰惟皇上聖孝光昭，精神孚格，鴟鴞且革其性，豺狼且變其心，而臣二十年離鄉背井，抛棄塚墓，公私俱失，忠孝兩虧，一旦化爲飛禽，淪爲走獸，即鴟鴞、豺狼且羞與爲伍。”詞絶迫至，得旨：“朕以山陵禮畢，方望卿即出，何爲復有此請？展墓孝思，朕非不體念，但大臣國事爲重，義不得復顧其私，況今煩議漸消，群情稍輯，正賴卿從容調燮，濟世和平，何故堅持去志？立候入閣，慰朕眷倚之懷。”公復奏：“愚臣求去情迫，萬難停待，懇恩亟放。”得旨：“朕以卿獨任有年，忠勞可念，故特允卿請增置二輔。今新輔道南未即至，卿若必去，政本又復乏人，豈前日求補意？宜亟挽遁思，稱朕始終倚毗之懷。”復遣鴻臚寺官宣諭。公具奏謝，乃懇切求去，得旨：

“覽卿奏，情詞愈苦愈切，朕心惻然。但今國事多艱，非卿弛擔之日，且朕壽節在邇，偃卧私家，於心何安？朕眷倚至懷，卿所素體，即百疏懇請，必難允從。”公求去不得，遂遣家出城，而自移居福清會館，因奏言：“臣妻病，先行，待臣與俱，萬萬不能留。如復奉命强留，是臣從前祈籲之語皆欺皇上欺天下，世間無此昧心塗面之人，臣即死而作負恩□鬼耳不能爲也。”得旨：“卿連疏懇辭，情真詞苦，豈有所欺！但君臣之誼必難恝然，果卿妻病，正宜留此調理，何爲先令出城？卿還安心輔佐，無負朕眷倚至懷。”着鴻臚寺宣諭。即出，尋文書官登捧出聖諭：“朕覽卿奏情詞懇切，卿忠君愛國，清正無私，年來勞苦，朕所鑒知。聖母昇天、福王之國，朕心痛切不已。幸典禮告成，又值朕弟潞王薨世悲哀，神思恍惚。况今時勢多艱，紛囂甚亂，當爲朕分憂化理，匡維輔弼，挽回世道，豈得疏辭徑去？卿元輔重臣，豈可傚尤，有失君臣大體。且朕壽節届邇，卿即遵屢旨，速出入閣，慎勿再有托陳。”時大臣多有不得請徑去者，而尚書王象乾、侍郎孫慎行又近事，公疏引爲擬，故聖諭如此。公隨奏謝，仍求允放，因附奏儲講、起廢、補大僚及大選各官，因吏科無掌印不得畫憑，資斧缺絶，守候甚苦者。得旨：“覽奏知卿去志甚决，但朕眷留至念尤甚於卿，行己意而傷朕懷，卿必不忍。所請儲講、起廢諸事，待卿一出，便可次第舉行。吏科掌印官，朕即簡發，其候憑各官著吏部速行赴任，毋得久稽。卿宜勉遵屢旨，副朕延佇。”而前鴻臚官所傳諭留，奏謝并辭，亦得堅留温旨，有“使朕孤立于上，國體謂何”之語。公復再申王尚書、孫侍郎事。上復諭：“大臣爲國爲君，去留自有大體。卿既以朕壽節爲念，分當勉留，豈可傚尤二臣，不顧君臣之義？朕懸望甚切，宜即出輔理。”

及萬壽節，公詣賀仁德門畢，復上一疏，言：“臣自此永無再到宫門之日，謹再五拜三叩頭，一以謝皇上累年養育厚恩，一以伸微臣遠離闕廷私念，伏望察臣微誠，成臣素志，即賜俞音。臣于私寓恭候數日，至不得已而傚尤，亦非臣得已也。”奉旨：“覽奏，卿求去愈切，情詞愈苦，朕心不寧，但閣務繁重，豈從哲一人所能獨理，少待新輔至即聽卿去。卿既念朕恩，當思終始圖報，且八年勞苦，何惜數月勉留，若傚尤徑行，不候朕命，既非卿從來忠愛之誼，將貽朕以恩禮不篤、簡忽輔臣之名，卿心忍乎？”公具奏言：“臣隻身受事七年，今不二三月道南當至，從哲豈不能辦？且皇上謂待道南來而後放臣，則道南必復自疑，以爲彼來乃速臣去，又將躊躇趦趄，不敢即前。是臣既以道南故不得去，道南又以臣故不果來，豈不兩誤？”于是上知公不可留，以八月廿五日薄暮發公疏，命方公擬温旨允放。少頃，復追回，既而曰：“既允之去，不如早發，令其歡喜。”五鼓，上忽催方公入閣，仍發疏擬上。中官云：“上遲回一夕，度終難强，故發擬耳。”故事，章疏擬上，次日批紅，又次日覆奏，又次日方發，而公疏發下在一日間耳。奉旨：“卿輔朕多年，秉公奉法，竭誠匡贊，勞怨不辭，獨任忠勤，從來未有。朕傾心名德，眷倚方深，卿乃堅意乞歸，連章懇請，情詞之苦，至不忍聞。朕鑒此悃誠，豈容終强，特允回籍調理，成卿雅志。著加少師兼太子太師，差官護送馳驛去，仍賜路費銀百兩，彩段四表裏，大紅紵絲坐蟒一襲，稱朕始終優禮至意。卿宜善攝爲國愛身，以需召用。”公辭免加官，併效餘忠。上命公祗受，而遣中使傳語：“上放公矣，且留數日，無遽去。”公留三日乃行。陛辭，復詣文華門叩首，具疏勸上舉政、徵召名哲，而特薦鄒公元標當大用。

公去，奄宦觀者無不嘆息，公卿士大夫供帳祖道，絡繹不絶，道路觀者謂百年未有盛事。而俞夫人迎謂公曰：“公所得歸，我爲公請，上以我故。”公爲一笑。公八年政地，屬人情乖忤，議論紛紜，宫府隔絶，呼籲艱苦，無時不求去，上雖不盡用公言，而遇有大事未嘗不行，諸所執争及内降封還者，皆未嘗不聽，所慰留公，無所不至。公每奉一番温綸，必一番感泣，而度之時勢必不可留，上亦無可奈何，直至六十二疏而後聽許，恩禮曲盡。至于少師之加，坐蟒之賜，留連之命，尤從前僅見。原公所以受知于上者，唯是朴誠恭謹，知無不言，言無不盡，上久而益信。每告近侍：“此閣下未嘗欺我一言、壞我一事，疏揭皆明白洞達，覽之了然，又頃刻立辦，無所停滯，所以惓惓懇懇不能舍公。”而公自念在事以來，未嘗害一人，未嘗受一人金錢，向六曹請一事，上與内璫皆知之，上竟公在事爲公，未嘗譴責一言官，即甚怒，亦未嘗有“這厮”、“這畜”之語。趙太宰語公：“今日爲九卿，甚太平。吾向在刑曹不期年，嚴旨譴呵至三四下也。往六曹本章,字或錯誤,必票出,著回話,俟認罪而後免之。”公謂:“以過誤而督九卿似亦可已。”凡過錯誤俱不拈出,即文書官來言亦爲捄護,其所以得人心者如是。惟是,當士大夫分曹樹黨之日,諸以攻門户爲名者,責公不爲左袒,然終不能有加於公,惟謂公調停而已。公謂:“宋世之黨,如元祐皆真君子,熙豐皆真小人,故調停之説不可用。若今日則彼此各有君子,各有小大,但當用其君子,去其小人,勿問其爲何黨,乃爲蕩平之道。若必欲偏護求勝,務使快心,恐禍與國家相終始也。”有稱公調停之説,在宋室則爲促齡之斧,在今日則爲續命之膏,公深以爲知言。

公行至揚州,遇楚宗之出自高墻者,登舟泣謝,公歸德主上,且告諸君今後省躬安静,切勿譚及楚王及四明以重取罪,皆唯唯去。當釋楚宗時,人有疑公借此以禍四明者,而不知公設心如是。抵家則公子成學卒一日矣。公僅一子,然有諸孫三云。明年,遣人奏謝并及子亡事,上好慰公,著撫按官存問,公奏謝。復廕公一孫爲中書舍人。故事,閣臣八十始存問,其謝恩疏有子孫齎上者予廕,遣人則否。公年未六十,齎本遣人而蒙恩存問、予廕及孫,皆異數也。聖母山陵禮成,上又遣人齎賜銀一百兩、紵絲四表裏。上念聖母賓天,爲助冥福,分布《藏經》於天下佛寺,而公里黄蘗道場與焉。其後有張差者,狂易人也,持梃入太子宫,擊内侍,旋被捉,都下洶洶,皆有所委咎。上爲杖斃二奄,逮繫一御史。上感王曰乾事,曰:“令葉閣老在者,無此矣。”公在家六年,爲孝於家,爲德於鄉,爲憲於親戚朋友,開福廬山終老焉。上時時念公,欲再召公,會有尼之者而止。

四十八年仲夏,聞大行皇后喪,具疏恭慰。是時,上亦不豫,見公疏,令中瑠讀而聽之,甚喜。而齎奏人來,道上病危甚,公爲經月不寐。其秋,上升遐,公不勝哀慕。而八月之朔,光皇登極,諭内閣:“朕思舊輔葉向高匡時偉器,經濟宏才,今國家多事,正賴協贊。南京禮部尚書朱國祚,講幄舊臣,著改禮部尚書兼東閣大學士,與向高一併差官召來,同從哲夾輔佐理。”時光皇立,即日欲發召命,有阻之者延至再旬。上復違豫,乃决意召公。吕行人以諭來,蓋上東宫中時時念曰:“我有大恩人未報。”故召公之切如此。居一月,上崩,熹廟即位,公疏賀,復趣公。其明年,公疏辭,不許。而是時建州夷奴酋爲亂於遼東,遼東失。上所以敦促公甚至誠,望公復入,嚴令賫勑行人會同撫按官敦趣就道,有“中外多事,軍國大計急需元老之壯猷,佇望康侯之晉接,勉期遄發,副我眷懷”之語,又再遣詹事府簿吴錫岱敦趣。

公念旬月間二聖崩殂,外憂復至,哀痛徬徨不能已已,遂以其夏就道,先遣上聞,兼以陳奏,至崇安以病告,且行且辭,上不許。入黄河,龍神附人告以水期,轉淤爲流,以迅公舟,龍復化蛇,伏於舵後,至出河險。公言東事而辭黔賞。既入朝,上許講筵面恩而隨入閣,異數也。尋請發帑金濟邊,上爲發二百萬。尋疏辭延鎮敘功賞。劉主事、周給事中上疏言事,上怒,擬降之,公力救免。孫給事中論劾故遼撫與司理之尅削軍餉者,公具揭逮繫。而給事中復論大學士劉公一燝、吏部尚書周公嘉謨,中牽引内璫安。公擬旨,稍責給事而慰留二公,上不喜。及二公辨疏上,傳諭允其去。公念二公當光皇升遐之日並受顧命,擁戴上登極有勞,力言其不可,始得留慰之旨。璫安者,光皇伴讀也。光皇居東宫二十餘年,處危疑之地,安悉心擁護,有失必規正,光皇亦推心委信。登極不浹月,悉行諸善政,安殊有力。上初立,亦恃安而强。然不學無術,悻直自遂,以上冲齡,可行其意,欲一日盡剗宫中積弊,發諸璫奸利事下之法司,其夤緣賜玉者悉奪褫。諸璫大不堪,共搆之。上英明欲自操斷,憎安剛嚴繩束之。屬安求退,遂黜充南海子净軍,而盡用安所排擠之人。安以此縊死於南海,暴屍不得收。公時謁告,因具疏勸上勤政講學,勿輕去大臣,而微言安。上殊不悦,然猶以公前朝舊臣,特賜温答云。時遼東既失,重慶爲永寧酋奢崇明所圍,殺一廵撫及監司郡守佐併命者十餘人。公慨然思先朝將帥之勳,爲故都督戚繼光追頌功伐而併及俞公大猷。上感念勞臣,予謚,官其一子世錦衣,而故都督俞亦敘及,人咸謂當。公則請謁皇祖皇考陵,悲思感涕,作《誦德》詩十二章以獻。上嘉歎,付史館。尋屢辭,慶陵工成,加恩受金幣而已。

東事之役有經、撫二人,經略則熊廷弼,廵撫則王化貞,不協也。公下廷議,令同心禦虜。明年，奴酋舉兵渡河，此時我已退守廣寧。賊至，二人俱逃入山海關，監軍諸道悉從之，死者惟兵備高邦佐一人。京師大震，公擬諭旨傳布約束，責所司安插遼人。而朝論多謂經、撫兩人宜並逮。公擬逮王而熊經略聽行勘。議者謂輕重不倫，紛拏久之。公意亦以兩罪同而逮先撫者，以熊方尾難民而西叩關，求入億萬計，急之恐衆有意外，待徐解去而後逮之，則法行而巖關有恃，已而公果擬熊逮矣。方虜欲入犯，王廵撫欲渡河應之，同官有從臾公如王撫謀。公謂往日戰覆三將軍，今豈宜孟浪再擲，封疆事不可不慎。蓋公之持重經遠如此，仍自引誤國乞罷，不許。尋擬諭户、兵二部，免天下帶徵錢糧二年，畿内加派盡免，令有司設法團練鄉兵，安插邊民，募壯勇爲兵，録用其豪傑，諭中有"朕實不逮，貽累吾民"語，上不悦，諭改之。公謂："罪己之詔，帝王盛舉也，如此方足感動人心，不但無損聖德，且有光焉，何必改者。"上卒如所擬。又與同官合辭引咎，上曰："此經撫罪，與卿等無涉。今東西交訌，正賴卿等運籌帷幄，佐理劻勷。還傳示大小臣工協心并力，共圖安攘，以慰朕懷。"而言官尚有以處分經、撫不同爲公票擬之不當，公再求去，不許。上謂："廷試在邇，朕以首科，臨軒策士大典也，卿當爲讀卷，首臣供事，延佇良切，慎勿再陳。"公不得已入直。是科廷試第一人爲文公震孟，公所拔也，輿論以爲得人。事畢，再疏乞罷，不許，再遣文書官捧出聖諭留公，勉公以多事之時，當爲同舟之濟。

公素苦不寐，眩暈時作，至是復自言。上慰留公，命講筵五日一侍，要緊事情仍不時奏對。公尋陳五事：曰安遼民，曰省煩言，曰明職掌，曰卹民困，曰收人心。其明職掌則言權歸六部，閣臣票擬而已，票擬不行，六部當任其責；卹民困則深言驛遞之勞苦，夫馬舟船之濫用，近又以河西失事，人無固志，討差告病踵踵，爲累益深，今後自真正公差外，其有借差及告病回家，悉不許，冒封傳違者悉行參治罷黜，不發覺者罪坐地方官；收人心則請免雲南貢金，減省織造及非時宣索，且將十庫錢糧可緩者盡行改折以濟軍興。詞甚懇切，上悉允行，惟織造、十庫二件難以改折停免。復以人言再乞罷，不許。而鴻臚官復傳聖諭至，疏謝慰留復切。

章給事疏論蘇杭織造，中官實内傳打降，公揭救不聽。帥御史言朝政謂外朝萬歲呼聲聒耳，乃巫祝之忠，且詆閣臣爲聾瞶。上大怒："帥御史無人臣禮，閣臣皆係廷推，何聾瞶者，行打降。"公于講筵極言織造之擾，爲章給事苦救，又謂帥御史意圖語滯，不足深罪，上終不釋然。公復與司禮大璫數人往復辨折。司禮曰："謂公等聾瞶，是何語也？"公因言："我輩實爲聾瞶，若其明聰，聖心轉移，國事匡濟矣。"司禮中有一人云："此爲宰相肚裏好撑船。"公曰："宰相乃爾，則聖上之肚天空海闊，何不容納，豈復以單言片詞計較言官？"司禮輩亦解頤，但云言官論事當爲國，豈可沽名激瀆！公曰："彼亦爲民一念。"相與酬答久之。上在閣中相距咫尺，備聞公言。公復强之入告，上仍不允，因言："先生當自奏。"公曰："正欲面奏，但我輩輔弼之臣，言必當聽，如上不可，則必執争，上下相持，君臣體失矣。公輩日侍左右，言可委曲，俟聖意回，而我輩言之，庶爲兩盡。"司禮輩亦歡然入奏，出曰："上看先生面，免其廷杖。"公曰："我所言者乃免其謫官，若廷杖則是國家大不美事，上仁聖，又初踐祚，决不爲此事，何待諄諄！"司禮唯唯："先生且休矣，我輩從容言之。"公遂入見上，稽首謝，上答："已知。"旬日後傳旨奪給事俸一年，而下帥御史疏，責令回話奏上。上責其支吾，調外任。公再申救，得旨如前。公與同官協救，言："自古聖帝明王設立諫官，皆欲自聞闕失。益之戒舜曰：'儆戒無虞，罔失法度，罔逸于游，罔淫于樂。'周公告成王'罔淫于觀、于逸、于游、于田'。夫以帝舜之聖，豈有失法度逸游淫樂之失？成王幼冲踐祚，亦何暇及于觀、逸、游、田？乃益與周公惓惓言之。朝廷，腹心也；封疆，四支也。朝廷，根本也；封疆，枝葉也。封疆有急，固不可不力圖，然使腹心根本無恙，則雖有致亂，尚不至决裂。孟氏有云：'入則無法家拂士，出則無敵國外患者，國恒亡。'然則敵國外患乃聖賢所借以爲儆戒之資，而惟無法家拂士匡救主失，禍乃更大。又古者刑不上大夫，近世如宋，史臣猶稱其鞭朴不行于殿陛，罵辱不及於公卿，所以養廉耻之風而責報禮之重也。至我朝乃有廷杖之法，然自正、嘉以前亦不數見。皇祖臨御四十八年，杖者數人，如鄒元標、王德完、沈思孝、吴中行、趙用賢輩，天下咸稱爲忠臣義士，即皇祖旋亦悔之，多見録用。今元標見在左都御史,我皇上未嘗不嘉其忠也。廷杖非國家美事,臣知皇上之必不行,但不可時形批答耳。"自是帥御史得免調。而先日以遼事降處,言今有驗者,亦悉復官。公乃勉出疏謝。

光廟賓天,禮臣家居感憤,誤藥,及召入,委罪舊輔,謂當以弑逆論。公申救舊輔,罪進藥人。楚中諸公爲故相張公居正頌枉,公謂:"張公輔皇祖冲年鋭然,有所施爲,而以專擅失人心,是以身後皇祖褫其官,奪其謚,戍其子,籍其家,顧其任勞任怨,功亦不可泯。"擬旨復官,予祭葬。文忠之謚過實,請改之。上如公擬。

兵部侍郎陳公邦瞻言事侵上保母客氏,且有"婦寺"語。上謂:"此科道小臣不諳事者之言,邦瞻大臣,亦如何有此説?如不用'婦寺',何人答應?便着吏部等衙門尚書官進内侍奉?"下閣擬旨。公但擬令陳盡心料理邊事,不必效小臣瀆奏而已。上如公擬。毛文龍者,遼東裨將也,與奴酋相距於鎮江,以二百人擒斬數十,因跳而之海外,爲奴後拒,上嘉其功,以爲總兵,又以御史言,欲賜文龍劍。公言:"日旨賜總兵江應詔劍已爲濫,若相沿不止,人將玩視,天威褻矣。又若其倚劍爲重,用之不當,且生他釁。"上又如公擬。尋以疾告,又復乞休,不許,復遣鴻臚寺官宣諭。太常寺少卿高公攀龍追論李選侍觸忤聖母罪,上謂事已處分,欲降調之。公擬奪俸而已,上又如公擬。刑部尚書王公紀以論劾大學士沈公潅,中當多爲沈左袒,而中王以稽遲讞獄事,上譴斥之,公言:"紀與閫臣相攻,皇上但責以大臣争論之失體,自當無詞,乃斥逐之,則以緩獄故,此從前所無事。獄,重事也,紀所稽遲二獄,大獄也,不詳不慎,一不當,罪滋大。紀歷官中外,有清正名,乃敢欺君枉法,曲態叛逆?臣知紀不敢。自臣受事以來,見言者懲年來廢弛之弊,每勸皇上嚴威果斷。臣時語同官,主上英明,所少者非威與斷,第恐威斷未必盡當,異日者,臣下不得言耳。今旬日之内嚴旨屢下,緹騎四出,又繼之以斥逐尚書。威已章矣,斷已行矣,然而終坐非其罪。伏惟少霽天威,令紀供職如舊,責以結正前獄,則大臣體全,國法君恩亦爲兩盡。"不允。尋傅給事論救王公,上又欲降調之。公爲請免,僅免傅給事而已。先是,三宫皇親用事人有張拱宸，上責其生事害人，用大枷枷三月。時流傳内中有不利于三宮者，故發此難。公屢言不聽，而蜀中鄉紳劉時俊領兵殺奢賊，有言與賊通者，公第請發蜀中御史按問，而上必逮之，故有“緹騎四出”語。而王公之不得命，則以内中左袒沈公甚也。

公自疾告後，自七月至八月七上疏，上並不允，遣鴻臚官宣諭者二，文書官宣諭者一，最後以甄給事疏留，上復諭留，乃勉出。其冬，朱給事劾鄒公元標與左副都御史馮公從吾建書院聚衆講學，得旨慰留。而又有兩給事佐之，謂明歲當考察之期，二臣門徒衆多，必多所庇護者。上每傳諭欲毁書院，公疏争。每中貴至閣，必與辯折，中貴至誣鄒公受賄事。公曰：“如鄒某有此行徑，吾以一家保之。”中貴言：“上以宋室敗壞皆因講學，故欲如此處分。”公言：“鄒元標在皇祖朝直聲震朝野，三尺童子無不知爲忠臣，淹伏數十載，海内共惜。皇上援之田間，任以九列，足稱清朝盛舉。臣素不習元標，近與周旋，見其懇懇愛人之念，渾渾赤子之心，絶無分毫負氣籠罩矯飾之態，私甚慕之。即或者謂其居山已久，于世局有所未諳，宅衷太虚，于人言有所易入，然自無損本色。元標在朝，如麒麟鳳凰足爲瑞，如渾金璞玉足爲型，何必規規然責以服乘之能、雕鏤之技哉！若逐去元標，則其他講學氣節之臣皆不安其位，衆望皆疑，紛錯又生，門户之禍必與國家相終始。朝廷之上已先自亂，又何暇問封疆事哉！夫講學之禁從來未有，乃二科臣之疏屢奉内傳，頻更票擬，至謂宋室禍敗繇於講學，誰爲此言以告皇上？獨不思宋方盛時，正以濂、洛、關、閩講明學術，比及南宋王淮、韓侂胄、陳賈輩始立僞學題目，搆陷朱熹諸賢，而宋祚遂終。我太祖高皇帝立綱陳紀，設科取士，一本宋儒。成祖文皇帝復令儒臣采輯宋儒論學之書爲《性理大全》，頒行學宫二百五六十年，一道同風，一切裂防决網之事有所忌憚而不敢爲，皇上奈何輕聽二科臣之言而不深考祖宗一代治法？日來言路諸臣條陳甚多，率多咈而少俞，乃二科臣獨有當于聖心，臣誠不知其故。如以講學爲結黨，則世之結黨者豈盡講學之人？苟欲結黨，何待講學！如以元標之講學爲可議，則臣又有忠告之談。當嘉靖時，海瑞以忠直著名，謫歸，起官爲應天巡撫，剋覈操切，人皆不堪，卒被擠以去。其後再起，再被人言。當時有以言者爲是，至今瑞高名如故，而言者卒爲世所詬病。今元標之失未至如瑞，而求多者反甚焉！臣又安知他日議論當竟何如？夫當聖明之朝，有道學之禁，臣爲執政而諸賢連翩去國，天下萬世清議謂何？且將與王淮、陳賈輩同被惡名，是亦臣之所踧踖而不安者，故敢冒昧一伸其愚。”上甚是公言。公緣此兩乞罷，上並不許。然鄒、馮二公竟相繼去，其後書院竟廢，并毁公所爲碑。皇第一女生，公隨班慶賀，隨又乞休，得旨：“昨朝班中見卿稱賀，朕甚嘉悦，何乃又有此奏？”尋遣鴻臚寺官宣諭。

山東妖賊徐鴻儒聚黨數十萬，趙巡撫討之久不克，議者欲移置趙，公力持不可，趙所奏請一切從之，遂以成功。蔣御史言事得罪，公則救。夏御史攻遼帥毛文龍，上怒，傳諭閣中，令與言遼事者沈給事、吴御史同謫，公則救。夏御史者，故嘗窘辱公，胥役即公爲言亦不聽，他日箠一中官，諸璫皆鬨，傳旨降處，公爲力救免，而御史終不釋然，當司城又數窘公鄉人之質成者，至是貽書悔謝，託人道意。公曰：“吾自公言耳。”

天啓三年當大察，公自陳不職，上褒留公。尋以玉牒成，加恩晉中極殿大學士，廕一子尚寶司丞，給與誥命。公一再辭。上謂：“公三朝元老，輔佐忠勞。經歲以來，屢辭恩命，慰公受之。”

貴州夷安酋叛，圍貴陽，貴陽城中至人相食。新巡撫王三善屯平越不得進，比急，乃遣援，大敗于甕城。廷議欲逮王，别推往，公力持之，擬旨責讓，而王公奮勇敗賊，貴陽以全。公尋爲請帑以餉，上爲發十萬，其後王公竟深入，死賊中，人謂公知人也。鄭國泰者，神廟時鄭貴妃兄，其于先朝有嫌，奸人忠樑上其子養性罪，下法司。讞上，公擬旨謂：“皇考仁孝涵容，於鄭氏且加優待。今日不必深求，第令養性于外遠居住。”坐忠樑誣告發配。其後養性卜居浙杭城，爲浙撫所論，公復擬旨，令别覓安静地方。二月，上怒方給事言事率意，欲重處之，公又爲申救，得旨奪俸而已。三月，公乞休，至是凡七上。張御史疏責公不當去，上益留公，隨遣文書官造公第勉留，公疏謝。四月，禮部因奏災異，語有觸犯，欽天監又失奏日食。時尚書盛公以弘以會推閣臣不用，上責其覬覦政府不遂，遂致明激，且疏道左右近習爲陰，欲屏絶之，致朕孤立于上。咋欽天監失占候，乃平昔統轄無法。令回奏。公因爲請寬，而降禮部司屬二級於外任，公再揭申救乃已。

公乞歸不得，因與同官上言："唐臣董晉有云：'欲知宰相能否，視天下安危，所謀議上前者不足道也。'則是宰相之職不在謀議。然昔之宰相，事得專行，故不必於謀議。今之閣臣虚冒相名，自票擬外毫無事權，苟中有所見，嘿無一言，是併謀議而失之。臣等目擊鵁難，耳聞輿論，不敢不直陳君父之前，以庶幾蒭蕘之採，大概有四端焉：

"一則任事之乏人也。今天下賢才巖穴畢搜，曹署填實，稱極盛矣，而東西有事，並無一人出力。臣等問吏、兵二部孰可當任，茫無應也，而吏、兵二部亦遂不博訪此人以備緩急。臣觀古之才臣，受一面之寄輒有以自見，即當艱難危困之秋，亦能設法措置，自作生涯，如張詠之於益州，韓世忠之於楚州，李抱真之於澤潞，孟珙之於襄陽，皆不歲月間化貧弱爲富强。今之督撫伏鉞建牙，專制一方，蓋合古節度、制置、安撫併爲一官，任何隆重！且一缺出，推擇而使，咸翹然欲自試其奇，至及受事，多告苦訴窮，若不可一朝居。地方有急，一縷一粟皆仰給朝廷，豈古今人果不相及？將時勢不同耶？抑遷轉太驟，傳舍其官不皇展設？抑雖當局備極苦心，而旁觀或未盡曉？此臣等所謂任事乏人者也。

"一則錢糧之欠清也。國家定制，歲入租賦原足供用，徒以弊孔潰漏、冗蠹侵漁，遂至空乏。年來重以東西軍興，騷然煩費，主計之臣策無所出。臣等竊謂宫府一體，若肯彼此通融，公同會計，盡捐不急，畢杜旁蹊，銖銖兩兩，悉佐公家，當充然有餘。唯是因循日久，振刷爲難，臣等疎庸，不能遽得之皇上，若在各部，則兵餉之出入茫無的數，獨不可一勾稽乎？各省之解納，假印假批無從對質，獨不可一嚴覈乎？開納事例，半入奸胥棍徒之橐，如近日南北監所發覺僅百一耳，其在他曹官吏，朦朧互相容隱，獨不可一搜治乎？各衙門冗胥冗役，蠶食公家，獨不可一裁減乎？關税榷税，賢者固有，不肖者染指實多，今議者復欲抽税，誠爲不便，獨不可就舊税酌量再行加增，慎選清吏一爲充擴乎？諸如此類，皆竭力爬搔,赢一分即得一分之用,亦何至坐困若是！夫天下之勢,急則重,緩則輕,今日最急無如財用,則其最重無如理財之官,彼典禮之清閑、銓樞之華膴以養尊處優可矣,奈何驅度支之賢者稍有才名即竄入其中,而陞轉之遲速高下又大相懸絶？重其所緩,輕其所急,雖沿習之舊規而衡以救時急務,則亦何以勸賢曹而奬能吏？此臣等所謂錢糧欠清者也。

"其一則詔令之寢格也。人主所以臨制萬方在出令者,故曰'令出惟行',又曰'令行禁止'。如上令而下不應,則主權失矣。臣等觀近日旨下,往往有該科留滯不即發抄,抄而該部不即覆,覆,奉旨矣,而仍不行也。其行之省直者,撫按不能得之司道,司道不能得之郡邑,即要期回奏亦束高閣,雖有考成之法,無可奈何。古稱六卿率屬,皇祖曾親灑宸翰,懸示諸曹。今此義不明,朝廷處一屬官,則堂官不自安;堂官自處一屬官,則群起而詬,以爲怪事。上下相習,以苟且涵容爲長厚惇大,令安得行？法安得伸？此臣等所爲詔令寢格者也。

"其一則風俗之日澆也。語云:'争名于朝,争利于市。'名利必争,其來久矣。然昔之争在昏夜,今之争在白晝。蘇軾論宋事,謂一官而三人共史,居者一人,去者一人,而伺之又一人。以臣等所見伺者何止一人,如巡撫缺出,至擬更三四人而猶不定,其他善地善官莫不皆然,甚至坐席未温又圖他徙。雖恬淡無營君子世自不乏,然十人競而一人恬,則恬者亦不能自主,波流茅靡,將無紀極。朝廷設一官則有一事,今官愈多事愈不治,皆繇躁競之害。誠以競官之心競事,則何事不可爲？以讓事之心讓官,則何官不可居？是在主爵之臣,力奬其恬静而深抑其講嚷,搶者庶幾其有瘳。此臣等所謂風俗日澆者也。

"以上四端,未足盡今日利弊。臣等特粗舉言之,有當與否,臣等不能知。或言或有當,而各衙門肯斟酌施行與否,臣等不能强,要亦自盡其救世憂民之一念而已。伏乞勑下該部留意裁擇,稍比于臺省之條陳。如其汗漫無益,則亦姑存其説,以俟異日徵閣臣之謀議者。"

上嘉公讜論忠猷,下部院上緊覆奏施行。然積弊已久,閣臣權輕,亦竟無奉行者。尋以曹御史論公處朝鮮、遼撫二事,且同年中有恨公不爲遷京堂官者,公復求退，復不許。甘肅李巡撫疏言時政，中有勸上遠色及“毋近龍陽”等語，上怒，傳諭責怪，且謂龍陽更褻，當擬入旨中。公爲力解，中使曰：“上意，公寧可違？”公曰：“龍陽是何物，我尚不知，上從何知之，須説明白方可擬。”中使笑而去。公擬旨，第責其語言輕率失告君體而已。工部尚書鍾公羽正以遲給中官冬衣銀爲中官所辱，集衆數百喧鬨部堂，毁其公座。鍾公求去，公擬旨慰留，鍾竟不安，予告去。而上尚欲處司屬官，公爲力救解，而杖責中官之爲首者數人。都民德等以争市易小事闌入禁地，呼萬歲爺稱冤，奉旨立枷長安門三月。公言：“德極貧細民，擔負爲生，所争不過數錢，愚昧無知，乃爾唐突，此如人有疼痛呼天呼地呼父母之類。齊王不忍觳觫即可以王，若皇上目見當亦愴惻。”上尋釋之。

始遼事陷没，都下縉紳紛紛乞差告假，遣孥還鄉，勳戚輩又蓄壯兵爲走計。諸大璫請于上，擇中官强健者三千人，日夕訓練後苑。公時于講筵，言其不便，不聽，而諸臣亦前後言之，至是南劉御史復以諫，上責劉御史：“今東西交變之際，内操之備原爲拱護朕躬，肅清紫禁，諸臣連章累牘屢有諭旨，顯是不遵，必有主謀之人。卿等傳示各官，以後如有瀆聒，定行重處。”公揭言：“諸臣請罷内操皆出于愛君，防微杜漸，爲此不必然之慮，安有主謀？”擬旨不深究劉御史，上從之。七月，《光廟實録》成，上嘉公特進、光禄大夫、上柱國，兼支尚書俸，廕一子尚寶司丞，給與誥命。公疏辭，更言：“上柱國之加尤爲越分，人臣無上，肅皇帝時已有辭，此其後大臣加銜皆特進、左柱國而止，臣何人，斯復敢當之？”上褒美公：“皇考在東宫，卿多翼戴功。”不許辭，第許辭上柱國如公請。公再疏辭不敢居功。上復嘉公忠勞不伐，不許。公復固請，上許辭兼俸，體公克讓之美。

公晚年有泄痢痔瘍之病，至是復請假，尋連章乞歸。上賜公食品猪羊米蔬等物，遣文書官宣諭者一，鴻臚寺官宣諭者一。復以東省妖賊平敘功，加恩特進、上柱國，兼支尚書俸，賞銀六十兩，彩段二表裏，廕二子尚寶司丞。復一再辭，上乃許。刑部朝審疏上，公念是冬上初郊，引故事請停刑。上善公言，但欲刑其大奸逆惡、情真無赦者。公復奏：“皇上好生，臣不勝欣幸，但中大奸極惡無赦之倫，尚未知聖意所在。竊惟郊祀大典，前代皆有特赦，良以肅殺之典不可先于明禋之儀，呼號之聲非敢徹于上帝之聽，合四海之歡心成一人之感格，虔恭慎重如此至也。皇祖初郊亦免行刑，蓋不惟重郊而又重初。夫當皇祖初年，亦豈無大奸逆惡、情真無赦之徒，則以敬天心勝，仰體憫下。臣竊窺聖意，以爲去郊尚遠，不知各省直處决正與郊祀同時，皇上方執珪幣冕而見上帝，而四海九州乃以其時刑戮，有不勝悲號慘淡之意，臣誠以如天之仁歸之皇上。”乃得停免。

亡何，皇子生，公乃出稱賀。及郊，奉命分獻星辰，復以皇子生加公上柱國，兼支尚書俸，廕一子尚寶司丞。復疏辭者再。上許辭上柱國、兼俸，而廕子令公勉承。尋以延、寧、甘三鎮大捷，加恩如前旨，公復不受。蘇州同知楊姜管掌織造，坐太監實論其阻撓被逮，公力救解，下撫按提問，許給事中以爲言。上謂楊姜稽誤上用，却又密買科臣阻撓瀆奏，傳旨重處。公言：“當此民窮財盡之時，而每歲袍段之費浮于常額，至萬有餘金。給事之言，誠爲地方，而謂其出於楊姜密買，則臣等敢保必無。”擬奪俸半年。有周、孫二給事，劉御史皆因言此事，傳諭重處，公並揭救，亦得奪俸，擬降姜一級調外用，内批削籍爲民。

十二月，公以一品考六年滿，得旨：“元輔向高首司幾務已經三考，贊襄神祖，翼衛先皇，功在社稷。迨佐朕躬，純忠懋績閱十八年，備極勞苦。兹一品六年考滿，朕心嘉悦，著仍舊輔理，加上柱國、太傅，兼支尚書俸，餘官如舊，廕一子尚寶司司丞，給與應得誥命，還賞銀五十兩，大紅紵絲坐蟒一襲，彩段四表裏，羊二隻，酒二十瓶，新鈔三十貫，仍賜宴禮部，示朕優禮元輔意。”公疏辭懇切，許辭太傅。已，再疏，許辭上柱國。公復辭，上許停部宴。

先是，萬曆之世，蒙神祖譴謫者率不得敘復，及光廟即位，盡行收召，朝列填壅。言官欲停添註，且欲令其自陳給假以待推用。公疏言：“京堂添註，因皇祖遷謫過多，皇考與皇上盡行收召，遂使數十年前遺逸布列朝端，爲一時盛事。惟是人多缺少，勢不得不出於添註，蓋所以通起廢之窮。而添註無已，必至冗濫，故明旨定以天啓四年冬止，于通變之中寓限制之意，甚爲得宜。頃緣科道官屢言京堂人多，遂將添註遽停，此自言者之失。夫添註既停，則京堂壅滯愈甚，故言者又多所抉摘，且欲其盡請假告疾去，此爲疏通計則得矣，然揆之政體實爲不平。夫京堂諸臣，雖年力才品容有不同，然遠者皆沉淪摧折二三十年始蒙録用，其近者亦累資積俸而得。往皇祖朝，海内喁喁，日以起廢爲望。今諸臣之起不一二年，其至九卿八座者僅有數人，又多不究其用以去，奈何又生厭薄，欲一舉空之？今時非無事，一旦緩急，雖未必諸臣之盡可用，而亦安知無可用者出其間？且今日京官率多往日科道，而今日科道又多異日京官。爲法之弊，必將自及，臣等每見人情，例推則唯恐其多，内推則惟恐其少。比類而觀，其情自見。反躬而度，其氣自平。即如巡撫一官，向多用老成歷練之人，今盡推資淺之有才望者，其資深諸臣，豈無年力尚强、才猷夙抱，獨不可兼用一二以示至公？至于外寮，至布政而極。向者巡撫之推，一内一外，故布政多爲開府，次乃京堂，今巡撫無一布政矣。南京科道與北頡頏，北多轉京堂，南無一焉，甚至管考察者亦不得比例内推，又何怪考選之時人人趨北而厭南？此皆遷轉不平事。臣目擊京堂諸臣，内不自安，紛紛欲去，失朝廷所以任賢求舊、愛惜人才之盛心，故敢冒昧一言。”上允行，自四年止。公自開春乞歸，疏又復四上。時言官多有留公者，公言：“言官責臣，臣不敢辭；譽臣，臣不敢當；而所爲望臣，臣不敢任。臣所慮者，言官而留閣臣，閣臣而爲言官所留，他日皇上有所譴怒，言官、閣臣慮上疑其朋比，必不敢救。”又求去甚力。上留公，復遣鴻臚寺官宣諭，復遣文書官持諭諭公，以東虜、黔鎮二事委重于公。

其月，聖躬違和，公蒙召問安，出復求生，復遣鴻臚寺官宣諭。公上疏言窮，遂責及同官韓公不爲票擬。復屢上疏，而南中御史復有留公者。公言：“年來人情分門别户，一起一伏，互相猜防，以臣持論稍平，故共欲留之，以彌縫撑柱其間。不思世路如水，微風鼓之而生波，疾風激之而成浪，欲水之平，當息其風。以今日之風而求波浪之靖，即馮夷、海若亦縮手無計。要其病根所在，止是争官競進一念日甚一日，歲甚一歲，舉天下士大夫無智愚賢不肖，精神皆歸并於此，有不遂意則怨謗横生，令人轉思昏夜乞哀之爲恬。臣無伐毛洗髓之術爲之蕩滌更换，其能以區區空言維之？第使臣脱然而去，天下人或以愚鈍如臣尚頗知止足之義，萬一有所感動而少抑其躁競之心，將臣去賢于留。”上稱公秉心公虛，持論正大，勸公急出平章。時言官亦多有留公者，而六月都御史楊公漣劾逆璫魏忠賢之事起。

忠賢者，故名進忠，上少時，忠賢恒以小忠事上，上即位，甚委用之，爲改今名。寖寖干朝事，中外慮之，公乃正言規勸，有傳諭不可者，輒執争，甚至欲拂衣去，忠賢亦不敢忤也。而楊公言其二十四大罪，最大者皆宫闈中事。上大震怒，下閣擬旨。九卿科道諸臣連章繼上，公言此事未易力争，當聽閣臣從中挽回，勸上聽忠賢歸私第，解其事權以保全之。上歷敘在春宫時忠賢擁衛之勞，倚公調劑鎮定，以釋諸臣附和猜忖之疑，復傳旨逮繫科道官爲首者詔獄，公解乃已。上復遣文書官持諭，公言：“昔中官暴横莫過汪直、劉瑾，閣臣如商輅、劉健、謝遷止有一去，李東陽之隱忍、焦芳之貪戀，遂千古遺譏。臣雖不才，自處已審。”而忠賢不悦於公矣。會工部郎萬燝以陵工經費不給，疏請内府廢銅。上大怒，廷杖之。公疏請不從，燝竟死，而林御史復繼之。林御史者，嘗責内使，諸璫大恨之，群閧其家，數百人持鐵錐待御史，御史亡去，呈身順天巡撫，乃逮杖。時長安大索御史數日，而先是誤傳御史爲公甥，遽而搜公宅，蓋出忠賢意。公語諸璫：“朝廷逮一御史而閣臣匿之，是閣臣敢于抗旨，罪浮御史矣！若輩但遍索無有，則何辭？”璫輩逡巡去。公尋具揭自明，且云：“中官圍閣臣第，是國家二百餘年所無事，臣不去，尚有何顔！”上慰留公，而盡收回中官。公遂令家人移居城外，具疏再辭。七月，公自移居于福清會館，再疏辭。上知公不可留，下旨褒美，加太傅，蔭一子中書舍人，遣行人護送馳驛歸里，加賜銀一百兩，彩段四表裏，大紅紵絲坐蟒一襲，地方官以時存問，月給廩米五石，輿夫八名，又特加賜銀百兩，彩段六表裏，大紅紵絲坐蟒一襲。蓋前後六十七疏而後得此。公再疏謝加恩，不許，再辭，乃許辭太傅。故事，告病官不陛辭，公念朝恩深重，請面辭，許之。公陛辭已，復陞金臺至御座前叩首，勸上寡慾養身，勤政講學，爲宗社計。上答：“朕知。卿宜爲國愛身，以待召用。”是禮也，公創爲之，而上猝答公語甚雍容。上復目送公出掖門乃已。公復上疏再效餘忠，請上嚴杜佚慾，敬體臣下，寬省民力,召還譴謫,遂因兵食併及内操事,末言:"内廷近侍諸臣朝夕左右,中間固有調護勤勞,外廷不及知。然但能挽回聖心,力行善事,一時雖不見亮,久當自明,即人不能明,天地鬼神亦能明之。歷觀漢唐以至國朝,中官之邪正善惡,青史昭然,並未嘗枉却一人。如必以憤激之心作快意之事,彼此紛拏,終至決裂。"以爲内廷近侍之勸,蓋亦爲忠賢發。書奏,上並嘉納。

至家,俞夫人病卒,公謝恩及之。上命卹俞夫人,尋以慶陵工加恩上柱國,廕一子尚寶司丞,賜銀五十兩,彩段四表裏,給與應得誥命。公辭,不許。方欲再辭,而自公歸後,朝事大變,方坐聽譴罰,且以數遣人入都非宜,於是竟不敢,領誥命而已,是爲天啓五年。

其明年,公病作,稍復愈,其明年則又病,就醫于省城,以漬甚,輿歸而遂不起,爲八月二十九日,得年六十有九,去熹廟崩殂之期五日耳。

公在萬曆時承神廟知眷,真有腹心手足之誼,公亦獨身竭力,知無不爲。而其時朋黨釁開,力不能挽,且連及公,故哀鳴乞歸,神廟不得已聽之。光廟在東宫,知公調護苦心,言及輒泣下。登極後,即來召公,公已久絶世念。亡何,光廟崩,熹廟立,復屢詔敦趣。公感念國家多難,勉出而圖吾君一行。至都則見閣臣權寄愈輕,日嘵嘵口争無益于事,上神聖多從中決,又復思歸,而上下苦相挽留,遷延三歲,同官韓公輩堅不肯擬,公哀懇不聽,至于詬駡。其時黨禍復張,物情屢失,公再三規勸不聽。中官素欲攬權,屢傳上旨,公遇事力争,久亦厭苦,而中亦往往有藉内力以行其意者,比楊都御史疏上,其交益合,公亦無如之何也。然同官終以上意未允,閣中徑票爲難。值林御史事起,而公決不可留已。及乎瑠焰薰灼,衣冠塗炭,城門殃及於池魚,覆巢盡破乎餘卵,封爵名上公,建祠遍宇内,附之者登天,離之者入地,天下將有不可知之勢。公念身爲大臣,受三朝知遇,坐視國事至此,鬱結無聊日甚一日,對客談每舉范文子祈死以自況,臨盡爲其孫誦陶靖節"應盡便須"之句,竟屬纊無私言。今上登極,誅逆憫忠,大示蕩平之象,宫中首詢公,有召用意,而公不可作矣。尋以殿工加恩太傅并賜銀幣綵段二表裏,大紅坐蟒一襲。訃聞,上爲震悼。公孫中翰益蓀述公遺疏意稱謝,得旨有“明德元老，政本功多”之語，蓋若嘉公羽翼光考者，而殿工許辭免以成公志，詔所司議卹，務極優。于是，禮曹以祭請，上予九壇例，外更加其一。銓曹以贈廕請，予贈太師，廕尚寶丞。起曹以葬請，遣中書舍人吴甘來開壙，與俞夫人合窆焉。往例開壙不專遣，蓋異數云。而以勳爵例特加柎槅一，予諡曰“文忠”。賁終之典，極其隆渥。

公坦直夷易，在朝不以城府待士大夫，家居布衣，徒步與田父樵牧童相應答如響。爲文章明白條暢，盡發胸中之所欲言，詩詞朗徹照映，書翰一札十行，晃如雲流。退朝之後，延接酬寄，觴咏碁奕，綽然其有餘暇。遇佳山水，意興勃生，神韻散朗，一似神仙中人。平生見講學之人十九空談，故絶口不道，而遇講學人未嘗不敬禮之。嘗與鄒公元標言：“公講學必講孔孟，而余只講閻羅王。”鄒公曰：“何謂也？”公曰：“不佞老矣，填溝壑之日近，若有欺君、傷人、害物等事于閻羅殿前勘對不過者，皆不敢爲。”鄒公笑而首肯。遠嘗謂公文起八代，道濟天下，兼而有之，至上可陪玉皇，下可陪悲田院乞兒，亦惟公能，公亦謂知己。所著《蒼霞草》、《續草》、《餘草》、《綸扉奏草》、《續奏章》、《綸扉尺牘》、《讀史隨筆》，詩則《紀遊》、《小草》、《賜歸》凡三篇行于世。元配俞氏封一品夫人，儉勤懿德，具公自爲誌中。子三：成學，尚寶司司丞，祀鄉賢，邑人又爲特祠。成孿，側室湯氏子；成季，俱殤。孫三：益蕃、益芭，俱官生；益蓀，中書舍人。曾孫四：進晟、進昱、進昇、進暹。賜塋在閩縣方岳里之東臺，坐甲向庚，公所自卜。益蕃以日月之有時，命遠敘公歷官行事以求銘於當代名公。遠敘公不敢後朱紫陽所以敘陳正獻、王弇州所以敘徐文貞者。謹狀。

鏡山全集卷六十四

行　狀

昔者吾友蘇司寇公行狀

於戲，予忍狀弘家哉！弘家年二十六舉進士，英英有資氣，授户部主事。時神宗方閟燕，弘家首上疏請朝講，其曹尚書弗善也。奉使過山東，東民大饑，上疏請賑恤，東人大稱之。榷關潯陽，度税足額即止，不苛細，舟人德之。宗伯悉弘家有文，屬典貴州試。余所居在夷門，有鼓吹而過者，家僮走報曰："蘇爺！蘇爺！"余曰："蘇爺方典貴州試，其然耶？"家僮曰："果蘇爺也。"走問之，則以心動之故。歸則太夫人果病，然已痊，里門奉嚴慈至樂也。假滿，擢彰德守。至郡，首刻邵康節《孝悌歌》以勸民，民以無訟。趙藩宗禄出諸邑所解鏹，與之不虧一毫，諸宗呼忭，不如曩時爲誶詬。臺使者薦卓異第一，以内艱歸。既免喪，無仕宦意。主爵補弘家汝寧，未之任，擢江西副使，改督學江西。吾鄉蔡文莊昔督學江西，弘家一如其條約。尋移病歸，弘家不語人，人不曉其故，蓋爲故輔浼之拒之而不從也。家居七載，譽望大振，起南尚璽，晉太僕寺少卿，振飭馬政，清還牧地，用伏波銅馬式廣收其駿，佐軍興。

晉僉都御史，廵撫浙江。在浙三年，六靖大亂，其一曰台州之亂兵元、成，其二曰寧區之亂兵敬、鳳，其三曰昌國之亂兵辰、應瑞，其四曰金華之廢將祥，其五曰海上之寇鍾、錦，其六曰湖州妖人朗生。

台州之亂兵曰元、曰成者，其首亂蓋以守土逗餉及將吏朘削故。裨帥泰階執元、成枷項狗衆，元、成號衆曰："我枷爲爾，爾等固安坐？"於是衆兵皆喧，破元、成枷，燬泰階署，按史疏聞，未理也。而海門之兵始傚尤名冒糧，群毆指揮官。台守懼,出餉手與軍,軍復譁,欲得放班銀,守復與。放班銀,額外銀也,白大府不許,守再散餉。尅其一月,抵放班,衆復怒。守不信,擁衆入台城,燬公私廨舍,列坐府庭中,出獄中捕繫者二人,此其事已五年矣。弘家至,飛檄撫諭之,别置帥,帥恇怯無所爲。會募兵援遼,台之驁卒多往應募。弘家曰:"此其時。"勑兵廵道張副使師繹密捕逸獄者,千户懋志擒元、成于楓山,格殺元,成逸去,衆復亂。副使白,弘家再撫諭副使,外揚言軍門之標兵且至,若等無死所,衆相戒毋敢爲戎首。於是,諸亂兵次第搜捕,其捕者材官朝幹、千户志、裨帥一玉,是弘家所知人而使之者也。

寧區亂兵曰敬、曰鳳者,其大師朘削之,忿有日。朝廷募援遼兵,有譌言山東募人金五十,敬、鳳輩乘之鼓煽欲如山東兵,以白廵海道鄧參政。參政曰:"即朝廷厚招兵,何至此?"衆怫然譁,裂參政之門旗,走軍塲歃血,不與者燬其家。參政急白弘家。弘家曰:"朝廷問寧能滅奴不耶,何問譁?苟滅奴矣,譁者且得官,寧止不論罪?"敬、鳳等聞言已意得,於是參政請即用敬、鳳領兵三百,偕新募五百行。敬、鳳,故縣隸也,投尉刺,尉不作禮,幾辱尉,從此所經爲跋扈。至餘姚,餘姚令閉城門,敬、鳳踰垣入,挾令出堂,索賞以倍蓰,我兵爲其擠,溺水死者五人。參政白弘家:"急宜戮。"弘家曰:"有前語。"命五百人者急登舟,徐檄統兵者袁參將,撫公問踰餘姚城者誰也。敬、鳳皆前來,參將故詰衆曰:"敬、鳳皆言踰餘姚城者汝輩也。"衆皆忿:"乃敬、鳳,何指我?"輒相語:"撫公問餘姚耳,我等不與,亡患。"皆前行參將謂敬、鳳,與我還復撫公也。既至,弘家曰:"乃公非理踰餘姚城者。"乃坐門旗事。故事,中丞無殺人轅門者,弘家命即梟敬、鳳首轅門之外,蓋急以靖衆。於是長途兵盡帖然曰:"撫公雖遠,可畏也。"

昌國水兵曰辰、曰應瑞者素藐視其帥。王彝,水帥也,三門哨官蔣良忠者覬代彝,謀辰、應瑞訟彝逐之,餌備倭總獻琛爲請。弘家曰:"意出自下,何以撫公爲遣材官?"應奎代拒不納,揭竿曰:"良忠。"道府官白弘家:"姑與之,善後則在公。"弘家曰:"姑息養亂,如後日聲罪何?"辰等有憾於鄉貴挾索之名,借糧道府。以告弘家,弘家知其謀出良忠,又若不知出良忠也者,檄副總兵可大往昌國觀變。良忠擁衆挾賞於可大，逼獻琛連牒不可大兵不靖。弘家曰："唶！可脅得耶？"下廵海道覆按，别諭他部毋與亂。同事裨帥楊懋忠出不意擒良忠，廵海道責懋忠："撫公檄未至，何擅也？"弘家得良忠，語廵海道："專之可也。"楊懋忠，故奇士，杖殺良忠。辰等次第皆受法。

廢將賈祥者，金華人。遼事起，祥請前撫領兵報效，前撫不許，走入京師爲大言："祥有家養卒五百，願出募二萬并招集家養卒。"本兵方急兵，信之。職方郎知祥誑，第許其集家養卒。祥持部檄見弘家。弘家曰："家養卒安在？"祥曰："實無有，待募。"弘家曰："爾云五百者，何也？"會朝廷遣御史募兵金華，募額二千而已，諸烏合應御史募者殆萬餘人，窮無歸。有奸人告祥曰："朝廷徵兵西蜀，不惟蜀不應，且爲變，我等將萬人至，必大喜，此我等立功之秋也。"祥曰："大善，大善。"鍥符萬餘散諸烏合者，曰："且自食，前途有厚犒。"皆欣從。祥見弘家："家養卒集矣。"使覘之，溢五百。遲之數日，則萬餘人者先後至。衆白弘家："祥有異志，宜圖之。"弘家曰："名勤王，圖之不義。"則又曰："若此，即設賞，尺籍而殊之。"弘家曰："賞有限，衆益來，寧復有金穴？"察祥有壻爲裨將，使語之："而翁欲立功，二千人足矣，寧須萬？萬則途中何以食？"祥意沮。是其人皆幕下材官鄉曲，使徧語之曰："世有無餉而可招兵乎？汝輩真大騃。汝輩但問賈弁餉安在，如無也，即博其犒爲歸資，及此時離家尚不遠，不且無及。"下令幕下兵各執兵聽調，發兵甲盡犀利，諸烏合皆驚，已，漸散，其未散者，令諸舊兵轉相語："某人歸，某人歸，爾等將何待？若不歸，不惟無所利，且有大不利，蓋廛有存者矣。"賈祥挾二千以行，盡饑民也，所日食皆分養卒之餱糧，舟中數米炊，借貸無所。至吴江，與吴江人争船，欲執爲難端。弘家聞，急遣祥壻責止之，令之曰："以實數聞，毋隱也，撫公方爲爾處分。"祥大喜，弘家出餉金如其兵數，使紹興判賫往鎮江、淮安、德州三府鎮先待之，至者次第給，於是賈祥乃得率兵入京師。

曰鍾、曰錦，皆王姓，海中南麂者，閩浙界地也。閩浙人通倭以數萬，窟穴其中，謂界地也，兩省但相視莫爲。先則推鍾、錦爲酋長，大作擾海上，弘家飭兵廵道賈參政嚴禦之。鍾、錦無所得通倭，願自歸，從賈參政，面縛納器械。弘家釋之，雙分於寧、温二區使自效。二人德弘家，爲弘家言："有張、吳二賊不日至，人千餘，小人德公，敢以告。"弘家召楊懋忠曰："向吾不責爾事，今報我。"頓首曰："願盡力。"至會其來，拏漁船誘入伏，斬首四級，生擒吳二老等三十餘人。賊復來報讐，裨將起翺、裨將際明合兵擊斬其總管大王等首級十六，生擒六十餘。蓋見弘家善用楊懋忠，皆作而怒以有成功，於是海上賊如掃。疏聞，兵部方急遼急黔，不覆敘，然而海上之人曰："微蘇公，我寧得安枕?"亡何，封公没於家，報至，而朝廷已先陞弘家户部侍郎，理漕運。方移鎮待新撫，而葉朗生之事起。

朗生，湖州醫生也，海寧人。有馬文玄者，持齋二十餘年，習幻術，自詡能望氣遁甲，至人家言休咎輒驗應，江南、浙西人皆敬事之，朗生與諸惡少年皆奉爲師。遼事起，文玄漸萌異志，爲海中蛇山王，檄遍吳浙中，約起兵舉事。亡何，又變曰："野人沙沙在海中有兵萬餘。"其實固無有。始山東徐鴻儒蠢動，文玄預知其謀，倡言曰："吾望山東殺氣大盛。"既果然，衆謂神。文玄曰："今浙中乃更甚，若得吾符佩身，身家當無害。"以此惑衆取金，雖大家皆予金别驚徙。文玄又言："我徒中儲鄴侯、蔡石梁、費龍生皆有貴徵。"遂與朗生、鄴侯等置酒，大會嘉興之煙雨樓，拜天地，吃血酒，約日舉。鄴侯、石梁、龍生皆諸生也，鄴侯體四乳，石梁貌甚偉，髯至膝，龍生長身白面。其約日舉，各有部署，朗生署湖州，謂湖地廣民饒，多宦家，傍有太湖，急可走也，即成事，取蘇州，控上流，窺杭嘉，圖金陵，反掌間耳。此時弘家已偵聞，預飭文武吏嚴爲防，又慮蔓衍於吳會，則貽書江南御史共備之，檄諸裨帥以水兵十艘夤夜鼓行，虛聲曰有營兵三千爲後繼，而湖守杜公喬林已捕得朗生於其黨與包包山之牀下。弘家即下守立械朗生來，梟朗生首函示諸郡，應朗生者皆鳥獸散，而文玄與龍生走匿松之白龍湖，亦爲松守張公宗衡所得，坐置法。

弘家在浙中三年，火燒杭城數日，即爲機房請命，疏減織造半，表章台先正方孝孺，爲故南康守吳公寶秀求卹，劾權璫不得，以屬禮凌有司，其行事皆關大體有節目，而此六事者猷最壯。浙中大宗伯薛公三省頌弘家："公撫浙，熟計卒伍所以亂，則以數十年軍政務包容，衆無所惕警。乃外示鎮定爲之方略，或假權宜于分方，或寄心計于偏裨，或易置示更始，或使過觀後効，或陽用其魁以收衆，或陰部其衆以離黨，或復額餉滿其望，或剔宿蠹快其心，或顯宥以明信，或密持以固壘，或借衆助，或衷群策，而主之以獨裁。大旨務在必正其戮，以肅軍律，伸國家法。蓋國家卒伍亂亦數矣。急用師，緩用謀，遷移歲月，甚至撫鎮數易而後僅乃定，未有聲色不動曾不越時殲厥渠魁，明示以法如今日者也。"大中丞陸公完學曰："觀史定亂之烈無如張忠定，其鎮蜀諸事最艷稱，乃生平得力不出乎公事，有陰陽二語若智囊然。公生平言語不離六經，人謂恂恂儒者，至沉幾獨决，驕將悍卒不覺咋指，蓋忠定得《易》之見儒而俠，公得《易》之惕儒而儒者矣。"大中丞張公宗衡曰："比徐鴻儒起山東，經歷三時，海内幾耗，僅僅收拾于殘破大壞之餘。公談笑春容，聲色不動，保全三千里封疆，生靈如故，財貨依然，此其澤生民、功宗社，判乎月與星。"膳部郎方公應祥曰："古大臣之烈多在已亂，蘇公撫吾土，所爲經營振刷，整剔熨輯，候桴以鳴，當機而發，欛柄内湛，斷以出之，福食上下，已不必功。性情經緯之妙，非陶練澄汰于問學之醰邃，其孰臻此？"孝廉張公燮曰："余按籍，先是定浙難者莫著張肖甫，公聲名不露，徐養膚功，動刀甚微，殆猶勝耶？"

服闋，起南京刑部侍郎，未之官，尋改户部左侍郎，督理漕運，蓋還弘家舊物。既至，言："江北諸郡旱潦蝗蝻相繼發，煢煢孑遺，莫不引領。顧臣職漕糧，敢代請命。惟是海、徐二州，贛榆、桃源二縣死亡甚衆，請爲悉改折。"於是海得折漕十之五，徐及桃、贛二縣得折漕十之三，復遣官齎京庫銀往江廣登處，賤糴以賑饑而濟漕。遼東逃人魁、逃人棟詐咨印文取淮金六千三百兩，弘家詰其贋，十皆輸服，奏聞抵罪。於是列五事以急漕，曰急回空，曰早催徵，曰備船袋，曰輸水次，曰改淺船。頃之，復條八事：漕事急務二，曰輕齎宜覈，曰缺船宜補。撫事急務六，曰徐鎮宜重，請以徐爲郡；曰道屬宜明，欲明徐、淮兩道所轄屬以便安民而備寇；曰徐武宜振，稍汰淮南、淮北營兵，召募精壯實徐行伍；曰甲科宜選，欲以鳳之宿、壽、亳、潁、泗五州，淮之海、邳二州，鳳陽、臨淮、睢寧、桃源諸縣皆用甲科之饒有識見骨力者補之，方能不畏彊禦，身捍百姓患；曰材勇宜收，古今英雄徒步立功名者何限，如漢之信、噲、曹參，我祖宗朝徐、常、廖、傅諸元勳皆江淮靈秀也，治世則虎臣，亂世則亡命，請凡起身行伍者量開其功名之路，以寓蒐羅雄俊之微權；曰庫藏宜明，毋開那借之門以貽乾没之罪。上善其方略，下部議，此時弘家已陞總督倉塲尚書矣。

會清口淺不勝漕，幾平陸。或告曰："金龍四大王可禱也。"弘家遣材官禮往禱，得水僅三尺。弘家曰："必親行。"天啓丙寅閏六月二十有五日，率清江户部主事鳴璠、淮安鈔關户部主事有年、漕運理刑主事時雍、清江造船主事鍊、漕儲道按察使國盛、淮海兵備道副使守勳、淮安府同知躍、同知長春、同知尚祖、同知元弼、同知維韓、通判效乾、推官毓秀、山陽知縣肇興、清河知縣若蒙、安東知縣君聘、沐（沭）陽知縣大進及諸裨將材官親詣四大王祠下，刑牲膜拜。四大王，黄神也，遜淮；張將軍，淮神也，祈捍黄。越五日，雨大至，水瀇瀁彌望，幹舟悉過。於是請褒加二神封號，許之。

此時弘家子文焻方省覲，跽而稱觴獻《神河》之賦，賦曰："粤將漕之奥區，洵司天之都市。滙則壤於惟貞，福屆賦成而慎底。標四瀆與百川，擅五林于中坻。需天吴以潤重，翊鴻圖於康祉。何驕炎之亢辰，兼騰蝨以駢臻。淤流沙於地防，寧水伯□□仁。睠天衢之萬寶，司吸呼于通津。公屏營而悱惻，引艱大□□身。棐篤弼兹精誠，總朝宗而匡護。釐百度於正平，率群屬以傾愫。耿白意于穹蒼，輸誠言於水步。冀導利於神工，紓宸衷之南顧。依中懷之敻明，實鑒觀於昭靈。指五日以爲期，集霧霈之鏗訇。波浮光而生榮，浦疑温而涌精。河挽天以銀注，瀵湧醴而神傾。浩擅瀾以風乘，風盪漾於雲深。挹瀴溟以流帶，縈翁呷之朗音。晃珠玉之揚起，涵柁楫於鏡琴。孰體玄而運有，信雲雨之繇心。羌鴻溶之既疏，集舸艦兮胥行。遝千艘而鱗鶩，貫萬軸以霞征。掉黄龍兮青鵲，騰彩鷁兮蒼鷹。凌長波之儵忽，實億庾于坻京。吐馨香於廻洑，壯威神乎大盈。虞戒䘖於蠢動，廑杞憂而未平。殷民氣以昇杲，斯貔虎之峥嶸。匪乃倉其乃積，疇夫往而夫驚。慶峙儲之不涸，慰王心于載寧。濤觸氣而盤礴，泉感誓而飛英。龍集堰而懸溜，夷舞冰而貢禎。真聖謨之召順，豈葵悃之無徵。泝瓊流兮萬里，鞏金甌兮永清。”於是知弘家父子間自以文字爲師友。

既至，以掌漕者用持籌稱計相，改刑部尚書。今上龍飛，懲權璫忠賢之大憝，洗刷楊公璉等及忠直無罪諸臣，其爰書平亭皆出弘家手。上方鋭意古帝王，面命部院大臣各陳所見。弘家曰：“臣，刑官也，在刑言刑，輒言三事：請重刑部之選，以儲養經世材，毋冷曹視之。官刑部者，各守其官，毋得借差遣他部臣。覩高皇帝怒錦衣非法刑人，火其刑具，自權璫起亂用刑，刑具有腦箍、烙鐵、一封信、鼠彈筝、欄馬棍、燕兒飛諸種，皆立抽人筋、立斷人骨、立綻人皮肉。臣聞前年楊璉諸臣之死，皆備極慘毒，氣息尚屬，肢骸先離，哀於人心。皇上至仁大聖，已除立枷刑，伏惟上法高皇帝，取錦衣諸色刑具悉焚燬。”末勉上持之永久，以上同天地之無疆。上曰：“裨新政悉如弘家言。”弘家曰：“上神聖，師濟有人，老臣歸矣。”三請乃得賜傳以行，在朝諸公稱弘家哲且勇。

弘家少時爲鄉先生趙公恒所期許，爲諸生受知王敬美、耿叔子，三先生皆海内鉅人。既登第，余方爲郎，叔過余，多求海内名文詞讀之。余曰：“上之。”弘家遂博綜今古，其轃學如流水，所著《讀史韻言》蓋上下之矣。弘家治《春秋韻言》，寓褒貶皆《春秋》之意，晚更進於道，與大司徒林公學魯最善，相砥礪於聖賢，於是有《寶善》之編，户牖皆格言也。其事親孝，處諸弟友，世人論孝友以弘家爲師。通籍四十餘年，乞休沐者七，家居三十載，泊如也，一當事任，大有撑拄。夫人之德善行事，或可得而文也。若弘家之戡亂致身，不可得而文也。蓋在官有牒牘，在朝有奏章，是宜載國史。

弘家先世後嗣有别載。

亡婦王氏行次

於戲，吾婦亡矣！婦歸亡兒十有四年。亡兒酷好讀書，急於進取，三舉不遂，吾知吾婦之嗇於福也；僅得一子，子復多病而又不育，吾知吾婦之嗇於胤也；

雖爲吾婦，僅免糟糠，吾知吾婦之嗇於生養也。吾喪吾妻，吾多山居，每歸歲時之見，居閒語不聞外，吾不知吾婦也。吾兒死，婦且以身殉之。臨盡之期，婦家之兄世都君述其妹事，而吾僕婢亦爲吾説。

婦從其父弋陽公遊宦，讀書官舍。十許歲，師命之對，曰“紛紛名利客”，應聲曰“文文禮樂人”。婦居室作家，常語耳，無一語及文字。及將死，乃爲其兄誦少所讀史，曰：“女媧乃能補天，妹死，於世道無補乎？”予乃知吾婦之嫺於學也。平生不與人借貸一錢，或有所親，貸之不得，終絶口不再貸也。臨盡，先期還所負市坊米鹽雜直，分豁纖甚，出遺衣布盡分與人，稱其多寡，予乃知吾婦之潔於廉也。吾問吾婢：“凡肴饌飲食上予前者，少主母治之敏乎遲也？”曰：“甚遲。”曰：“何也？”曰：“皆自其手攢溲。”有吾友内室常見過曰：“何公佳婦，而兩手若枯魚皮。”問之，曰：“凡事皆親操。”吾乃知吾婦之精於勤也。内外和順，無所勃谿，臨事通敏有丈夫氣，過其外家，語人曰：“使吾爲士大夫妻，當有所給賑施爲。”吾乃知吾婦之朗於資也。自誓欲死，諸母若内外親鄙若其母勸之通日終夜，不聽從，吾自止之，亦竟不可。既得吾肯，大寐達旦，語人曰：“我得舅請，夜夢有長虹裹吾身。”吾乃知吾婦之聞於神也。諸母過勸，度無可言又不必言，則以他辭亂之，一面笑一面啼，傍觀者或曰：“彼未必死也。”里媪鄰婦過而見之，悲不能開口，而彼筦然曰：“吾且安之，何預彼事！”及出見吾，則莊語明志，吾乃知吾婦之脱於識也。其語予也，曰：“以婦今遭不一二歲，不半歲，等死耳，不可明吾志。”及期，語人：“吾今如鶴冲舉白雪之中矣。”女媵悲啼，輒止之曰：“此吾好事。”吾乃知吾婦之韙於名也。臨盡之夕，噉粥飲酒數盃，傍婦竊竊語曰：“且死，何飲食爲？”則私語其兄曰：“妹數日水粒矣，兄視吾肢體冷盡也，吾恐出謁先祖尊長而不能成禮。”吾乃知吾婦之執於敬也。自誓欲死，念吾止之，每有心事，必語其兄。首已入繯，告其兄曰：“妹行矣。”語母毋傷。吾不知爲舅之道，婦歸，輒語外家：“吾舅畜我，慈母不啻。”其夕復語曰：“吾没有靈，敬佑舅氏百有餘歲。”吾乃知吾婦之摯於孝也。既出廳事，拜跪有禮，無恐怖色。拜畢，闔扉而出，吾氣短矣，仍請吾入，囑亡兒之祀事及所以嫁幼女者，吾乃知吾婦之要於終也。

於戲！自吾亡兒在日，别内外男女甚嚴，待吾婦甚下，婦順而承之，而不知今日成婦節也。吾兒意不可一世，矯矯高邁，余笞駡之："曷不平淡爲?"婦及是，語諸姪曰："吾與他婦不同，汝叔甚高，吾當副之。"想其牀笫衽席之間，有以相厲，今日成婦志也。兒未嘗作吾一私書通當道貴人，家無錢帛，甘而受之，有可以不假書札得人錢帛者，亦不肯爲，吾又知兒平生成婦廉也。於戲！遠學問多愆，悔尤並積，四旬之内，子亡、孫亡、婦亡，天禍極矣，傷楚之至，寧復微有人理，而吾親友楊孟孺、張爾衢强余出一言見婦，聊不倫而次之如此。

婦姓王，名承静，年二十八，死之日爲九月初十日。亡兒名九轉，諸生也。弋陽公名居瓚。

誄

先師莊修譔公誄有序

萬曆十八年八月初四日，翰林院修撰莊先生卒于家。於戲哀哉！古之高賢大良弗克佑世，則有門生故人勒厥盛美，載之旒旗，若我夫子懿行顯文，宜躋鮐耇，而青陽未逝，玄夜永辭，斯亦不刊之實也。文以寓哀，詞以累實，烏容已諸?辭曰：

悠悠顯祖，吏于漆園。傲世遺榮，著書萬言。迨及少師，胄華於宋。待制焕章，爲國樑棟。峩冠長纓，克闔盈闃。以入皇明，青陽實重。廼有參知，翛然出類。曼容免官，長公去位。嘯傲家林，倚酒自恣。翰動雲飛，筆落雨至。矯矯詞壇，李白是譬。載生茂才，接履承綦。豪爽高持，盱衡瞠視。維我夫子，幼承休聞。克振祖武，恪服庭訓。復與令弟，聯翩繼奮。如林自喬，若蘭相薰。夫子孝友，實出於天。心流意表，聽察聲先。定省有加，親愛無愆。冲夷懇至，博達負堅。汎心愛衆，不怙世權。引手援能，不必有連。廣記洽聞，其書滿車。筆無暫閣，思不宿儲。伸紙爲文，弗慮後餘。忽爾滿箋，霧散霞舒。寂寥短札，偪側片書。莫不周浹,綢疊紛挐。薦名上京,儲材史館。百戰藝林,屢先華選。帝御經筵,勑纂《會典》。天幄進言,大官賜饡。章不虛陳,筆無輕吮。方萃榮名,忽窮大限。於戲哀哉!昔在令弟,潛心遠叢。謬好喬遠,鼓其顰頻。蔽翼連謦,如鶼如鰈。僅服郎官,賫志而死。何如今者,復失夫子,於戲哀哉!昔在令弟,旅櫬上京。夫子茹恤,携之南行。家艱繼遘,疾首交并。量米限漿,忍死于頸。形以毀悴,命用摧傾。於戲哀哉!小人有父,學惇地執。遠乞一言,以光遺集。夫子展讀,中文而泣。孝友斯人,使我心惻。爰有殘編,殺青未及。夫子許我,及爾哀輯。用竢千秋,以副石室。成言方踐,修文永畢。於戲哀哉!川不再西,日無復中。人思士軌,國失代工。悲集梁木,涕感絲桐。撫棺無路,拭袂難窮。於戲哀哉!

潘處士誄有序

歙有處士曰潘君召南,因心遁榮,履素稱貞。治白圭之術,饒陳平之智。曹劌之見師知敗,魯連之辭爵不居。孝友敦篤,恬愉天合之親;仁讓摯孚,無間人群之譽。經史沉涵,靡不貫淹,六藝游戲,盡名精絶。有子之恒,聲馳汗竹,曾握手於葬年;遠折疎麻,重繫傷乎椿歲。喬遠敬爲之誄,其詞曰:

維潘受氏,自畢公高。胙土分茅,比鄭與曹。爰自乾符,實來刺州。柳薦璽旌,章徹宸旒。宋有名公,以詩名家。與梅都官,掞藻酬葩。棲巖開鎮,居自武節。婺歙遷移,麟陬鳳穴。嚴君汀州,服官令尹。素節委蛇,遥心軫隱。維君齠齔,指使群兒。博戲逞巧,寓穎于嬉。學書不成,脱厥縶鞅。梁鴻隱舂,段干逐駔。嘉靖之季,豺虎無象。殺越于貨,伏戎在莽。維玆凡賈,腰金纏繦。齒焚是娱,璧懷安往。君獨不然,載菽具榜。投金其間,棄篋捐帑。盜來揚菽,金益下盪。逝而去我,藏實於慌。遏矣島夷,横厲煽熾。公遥諦聽,策其必躓。致果盧公,偏裨未名。君告嚴考,可委長城。嚴考語帥,付之勁兵。鑿穴焚衝,卒翦鯢鯨。帥與嚴考,令子饒智。從我行間,牙璋立致。君拜言辭,毋掣我翅。山椒有芳,若洲堪檝。公雖服賈,負氣任俠。進不負主,貎恒加狎。孰是販裨,誰者財甲。挺身白宼,盆血先歃。面斥萬户,數其囓嚕。下馬負荆,媿於折摺。鄉與豪訟,周號里族。槖饘爲備,投金滿匱。石梁風旆,倒我囊篚。以涉以浮,行道受福。維君所好,子史老莊。諧心有限,流覽無旁。五木六箸,搴衣繞牀。擊劒握槊,百以十當。角觸投壺,憑陵飛揚。西射南指,馬目鴈行。驥老如駒,足蹷猶强。君事父母,愛本心恭。嚴考持下,見君解容。入官致政,甘節守窮。繄君左右,潔奉飱饔。讓産敦兄,假溢任弟。儉謹豪曠,各順情體。交和處峻,日煦風颸。事尊拊卑,不縱不諂。緇羽技俠,屠酤畊槩。暢情飫心,解棼挫剡。君所敬畏,匪直夷醜。先輩縉紳,咸美良友。嚴以寬諷,文用情誘。粹玉可鍛,直木無揉。天生善人,如壎如塤。壽雖登年,魄已藏坻。靡長靡世,以爲人師。嗚呼哀哉!維君有子,展厥靈文。蛇珠鵠玉,起于海濆。悵望下泉,延竚蒿焄。臯魚王裒,目絶心焚。於戲哀哉!維我與君,遐心同臭。望峰在山,仰宇於宿。不即于祚,不輻于輳。作此誄章,匪石匪籀。嗚呼哀哉!

莊允元司業誄有序

何子曰:古今賢士君子不年者多矣,則必有一往勃發遒上之氣,若世之不足與慮,而人之不足與言,其肝膽肺腑透徹呈露無有掩蓋,以爲不如是則尚不免於鄉愿之闇。然其唾沫可以上青天,其肢體可以錮地獄,竪之莫知所極,放之未有其涘,不則其文章英邁而恢誕,超乎人想所不及,彷佛之莫得其門焉。求之於古,漢則有賈誼,唐則有王勃、李賀之徒,宋則有石曼卿、僊人白玉蟾,我明有李文祥、何景明、鄭善夫、陳束諸君子,若此者何異前所云?今有士大夫於此,十九而登薦書,二十六而稱子大夫及第第二人,三十五而修文於地下,名爲官翰林十年,其歸省以三年,丁憂内艱以三年,病以三年,其立朝之日首尾不過一二年耳。其居家事祖母二親,撫兄弟無間,其蘭臭金斷在於朋友之交,其惠澤沾丐及下走賤子。其聲色形貌不以加人而獨以加諸爲不義之徒,若不能旦待其非。其人雖貴人權位,視之若無有。其氣勢横鉅,直欲爲國家修政立事,肅綱紀於朝端,拯陷溺於溝中,驅逐胡虜沙漠之外,赴鋒刃不顧反,而其位既未及,其年又不能久,有待汩汩自輕趫。其遠興豪舉托之乎杯觴之間,累夜浹日,無倦怠之色,平生蓄積從此吐露，其所切憤亦因之以直見。其臨池抒楮可以前掩古人而猶不以自好，其憐才嗜善不啻若其口直出之自爲而若以爲不及。有士大夫如此，其可以與古之賢士君子不年者一例乎？

予舉其人曰莊君奇顯，允元其字也，予里人也。君客死京師，太史陽羡周公，同年選首也，哭之若不能生，曰："何有斯人，何有斯人！"君家居，與吾兒九雲及鄭之玄諸人懽甚，里中有林胤昌、黄景昉者，孝廉而多文，君未之見也。臨死謂之玄曰："平生願交於二君，今不可得已。"之玄、胤昌今年舉進士，君當益自歎其游於交之外也。君死以病足，先數日，予往省候。君自垂髫，予數爲君論文，而君尊予爲前輩，每見輒逡廵。是日爲予舉巨觴，予一吸盡。君平生喜酒，至此不能，顧勉爲予舉觴之半。居數日，君卒。余往哭君，君弟語予曰："自從與先生飲半觴，忽忽不寐，至今盡矣。"余哭曰："君當盡也，乃爲予舉觴者至盡哉！"誄曰：

天不遺英才而藏之於深山大壑。於戲！死者無知也，九京之下則不可作。死而有知也，以爲夫傖父者猴而冠之沐。

葉進卿太師誄有序

天啓七年八月下旬，太師葉公薨于里第，於戲哀哉！鏡山何喬遠聞訃音五内摧裂，即負牲芻，望靈慟哭。會大行殂落，詔書未至，不敢越境修臣子禮，譬如人子聞父母變未有確信不敢成服，顧于百事都已廢絶。越皇帝登極之元，海寇蠢動，烽警疊至，居人不寧，及兹撫和，敬以二月癸巳朔爲文誄公。其詞曰：

武夷之山，與天嶙峋。裨海浩茫，橫無際垠。大儀灝元，鍾此鉅人。爲帝良弼，爲國名臣。神廟之末，公宦南都。遥眷遥知，召贊謨樞。帝雖眷公，萬事其難。轉移調護，凡百憂殫。帝又獨任，特公是肩。首尾八歲，中多回天。公有奏章，條暢明達。帝亦喜公，易于識察。凡所挽捄，十輒七八。補牘封還，不見嗔喝。外庭莫知，莫鑒苦心。喙鳴孔多，公其難任。公言礦税，帝爲之罷。公言考選，帝爲之下。帝有愛子，不忍出封。朝叩夕求，帝亦牖聰。帝顧左右，歎公忠誠。知公能麵，不減羹蒸。喜曰南人，乃亦北能。痔瘍苦公，公屢求歸。亡慮數十，許公卷衣。

神廟賓天，皇考來蹟。趄趑公行，龍髯忽斷。熹廟承之，如霖望旱。維時闕門，孽夷載睆。公雖不言，默有旋斡。公尋求歸，不急不緩。優游林泉，文酒自將。洛社司馬，鑑湖如章。海湧山摧，公應其祥。於戲哀哉！

公懷宏達，廓無一物。微攖猝投，應洞渺忽。開心酬世，恩逮厥末。不害一人，不厲一卒。聞義而行，載和以出。悠悠蒼天，溘然永畢。於戲哀哉！

公之文章，實起代衰。清詩逼人，如濯澠淄。臨池之學，遠祖芝、羲。班旨玉局，妙及奕碁。百函並發，十下俱披。悠悠蒼天，哲人其萎。於戲哀哉！

天啓末造，貂璫竊政。凡士大夫，莫必其命。朝士糾璫，冀伸國病。虎大磨牙，肆厥梟獍。公請逐之，幾墜其阱。坐公朋黨，仆公文碑。切齒怒目，所未張施。公但自廢，桑柘娛嬉。視蔭苟全，祈死興悲。聖皇御極，肆閹誅閹。收召顛夭，洗逐來廉。公則不見，遂背明君。曷不少留，覩此大昕。於戲哀哉！

余官京師，望公馬首。足限門樞，心依瓊玖。放逐廿年，世厭老醜。公適來泉，慨然與友。爰有朝士，先輩自命。響發景從，具曰予聖。野人何知，但有自靖。目我奸邪，或唱或應。公曰否哉，公聽我諍。獨立特行，彼秉其正。郢匠既亡，堊人誰聽。伯牙雖存，鍾期靡證。於戲哀哉！

余久不遷，公告銓宰。余累求去，公挽不怠。百疏則那，緊有我在。被言則退，公加我官。竟負宿期，永奉盤桓。於戲哀哉！

維予卑末，長公一歲。去年七十，壽我詩幣。明年壽公，心謂勿筮。胡不旬朔，孔杖遂曳。於戲哀哉！

人生宇宙，孰不大歸。所貴不朽，以爲世師。公雖云亡，其不在兹。淋然雨泣，永矣山頽。於戲哀哉！

姚烈歸誄有序

予有友人姚司亮，篤學自高，貧苦不肯干人，予所爲叙其詩者也。有子曰楷，年二十，善爲古文辭，念其父貧，故益發憤讀書，嘔血死。而所聘陳氏女年十七，聞楷死，自其家爲位，西向朝夕哭奠，不食者累日，告其父母曰："女將女夫。"父母不能止也，送之姚家，日夜卧楷柩下，朝夕上食如禮，去其絶粒之日十晝夜而亡。里社途人衆目駢闐，合口歎息，有流涕者。於是何喬遠聞而哀之，爲辭以誄之，其辭曰：

維此烈女，桑自有虞。堅貞之德，生性不渝。許配姚家，父母所圖。脢咸未占，桃夭未歛。孰貌孰言，孰覯孰愉。維姚氏子，栗栗湜湜。文史克敦，詩書是慖。庶幾顯親，以代食力。命之不融，值此六極。

維此烈女，義心自斷。束髮之年，時從女伴。談及嫠醮，可披可贊。孰是心許，不媿面靦。姚子告病，輟飡下淚。家人莫知，誰爲愁繫。及聞訃音，抽簪投地。括其髦縰，棄厥蘅薛。卻水絶漿，僅續息氣。親黨來云，死何容易。未見君子，嗣爲昆弟。情豈有綴，事宜可繼。

維此烈女，耳不承聲，目不轉睇，哀思之懷，形於寐寤。設案上食，指日同殪。父母莫違，用壯掩親。告廟行笄，祝以成人。往送夫家，遂彼長勤。

維此烈女，載戚載欣。結其輜軿，如歸于姻。伯叔姑姊，咸白衣巾。或送或别，有悲有辛。輿人臧獲，泣雪聲吞。觀者路隅，亦不能言。

維此烈女，搶首繐帷。敬拜姑嫜，造次無虧。委頓疲饑，若存若痿。寸心不昧，神意靡衰。枕簟前和，如奉揮椸。恭其甒筲，若等齊眉。垂没之音，防禮自維。勿近男子，歛毋綺絲。庶以潔端，奉君子儀。爰有十日，溘焉全歸。於戲哀哉！

昔在季子，許劍增樹。頭下奏事，趣湯欒布。俠士達人，永垂義譽。孰謂貞姜，踐盟亦赴。於戲哀哉！

苕華之質，委巷之姿。綱常藉重，大道是師。於戲哀哉！日星不墜，幽冥若覩。我作來辭，以鑒終古。於戲哀哉！

哀　詞

劉庭蘭哀辭有序

萬曆四年，予與梁山劉庭蘭同舉於鄉，今九年矣。其時庭蘭占舉首，侍御晏清江公奇庭蘭爲甚,閩前後首舉者多推庭蘭。又五年而庭蘭舉進士,文名海內。吴越人好偉健之言,尤好學其爲文。

於戲!衆萬之生襍糅紛龐,誰知其然?然天之生才與人之自成之難也,縣都歷井,家諷人吟,而不得一人求通於古。嚮於古矣,而不能成其辭;成其辭矣,而不能道其意。辭比意致矣,而不能專一家。庭蘭能道其意矣,而不憖留之,後之專一家者誰邪?明二百餘年天下,漳州人踵貴上國,能以道學鳴者一人而已,布衣陳真晟也。其鳴文辭者,自吾身而方聞見三人焉,梁山林纘振、劉庭蘭,天寶黄一龍。三子方有意於古之作,人弗逮也。纘振官京師以卒,庭蘭今已矣,一龍方卑而未自致。二子自致矣而竟不留,天何爲哉!庭蘭未謁主爵,遭其父喪,哭泣垂絶,服除且戒行,又奪其幼女,而哭之悲,其配病悸而革,庭蘭又病死,配亦死,而莫相聞其夫之死也。於戲!庭蘭何罪而罰之烈?潰甚,其弟問之:"可奈何?"曰:"天固生我,而無意邪?而終然邪?"又甚,又問之,曰:"天固命之,又誰解之,予達人也。"

於戲!庭蘭醇而慧,其容齊而栗,白面秀眼,與之居而終日冲冲。予及同舉時尚未辯文章,讀其文但知其句讀訇然。嗣後以事過漳,則庭蘭詩詞已清泠可聽語。自庭蘭成進士而又不與居殆五年矣,必其神識加於曩者,而不終覯之也。黄一龍居常謂:"吾曹品隲關後世都鄙,是以不敢妄歎。"林公悦爲文多取咄嗟辦,欲令我俟公悦於後世,則公悦猶在汗血也。彼謂纘振實之,不知是以不長,不知庭蘭今坐何等耳?古之爲哀辭者以相其父母昆弟之哀而寬其悲惋,庭蘭之親既没,其昆在遠,獨吾二三兄弟吊斯人之云亡。然庭蘭誠自憐愛,其潰甚之言懸解於天刑,吾二三兄弟縱悲庭蘭,能勝庭蘭之自解乎?辭曰:

盤礴百歲兮挺南漳,誰師友兮能文章。志準古兮行蹈方,翼足具兮道煩長。孤生孰究兮修名孰張,幽門黯黯兮燭不光。君執文螭兮立帝旁,乞魂司命兮還我藝場。魂不還歸兮倘佯扶桑,太悲無爲兮君能齊同。

莊中益哀辭有序

天寶劉國徵之亡,予既爲哀辭以紓予哀,不意今者失吾中益也。國徵之亡也，去其女子之亡與其婦之亡以數日也。中益卒於京師，又未有子，祝融爲厲，及其前和。天於劉、莊二生何其烈耶！中益明邁博爽，自恣不可拘縶，雙眉拂額，背隆隆然，望之如神人，怪物不可嚮邇，有氣岸不能下人，至遇同氣壹志之士，傾心輸膽，如懼不及愛然。中益手出一篇、臨池書一紙，未嘗不意得也。余嘗責中益："離朱之明不能自見其睫，君侯有意作者之軌，曷不取財於當世而坐自喜爲？"中益曰："凡吾所儀的政在作者耳。予心既以合於作者而出之，不合作者不出也。出之以作者，又何取財矣！"予屢及傅國毗與中益屬詞，國毗予以一，中益以兩，予國毗以兩，中益以四。予嘗責中益："古人爲文按之深深，出之徐徐，君侯奈何不併思合精，取多於一，而獨求倍夫他人？"中益曰："吾思而若相之，吾書而若趣之，伸筆引紙，予動於天而不知其所以然。且夫相如以鈍，枚皋以疾，太冲十年，正平一晷，子殊不敏而責予倍，請問孰屈哉？"中益居常不惟下無今人，而上無古人，未可言語説也。及其成進士，而貌加卑，心加細，若媿其前之沾沾者，勉焉而相師下。予亦私論中益之文如急雷破山，驟馬躍坂，適於莽蒼之野，而疾風之偃枯莖也，兩軍相望，伐鼓鳴鏑交於前後也。至於淵朗演迤之態、和平容與之韻，含光蓄耀，出之自然，急節短章，莫不中窾，固甚尠。而又以中益年方壯、氣方升，且及今有反其沾沾之意，則俟之年歲當有得於意象之外，胡虞中益不幸死矣！於戲！國徵之文健而短，中益雄而長，二子之作殊狀而皆不永於世，吾不知所以論文矣。辭曰：

予年未三十兮，而屢泣良朋之永棄。高明昭顯以不永生兮，而窮固之得志。抑天不可與慮兮，生之難而死之易。若論於古之人兮，舍斯人其誰與歸叶！

林庭霔哀辭有序

詩人林庭霔故與孝廉陳榜、李宗熹遊，一日，爲二詩因莊應曙謁予，驩若平生。予故好爲驚人語，不必自唐道者，庭霔始駭予，予漸與語，乃漸然予説。予語庭霔曰："唐三百年稱詩諸君子，其初則沿六朝駢麗之習，其後浸淫乎科舉矣。杜甫一生謂'語不驚人死不休'也，當時孰爲語所經？患不經語於諸子百家者耳，不患唐矣。又《馬嵬》、《回紇》流傳篇什，唐之當時孰是經者？宋元及今四百餘載矣，其事輙諱而不敢道，道則謂非唐，即唐人生今，豈庸不用宋也！令《馬嵬》、《回紇》當今迺見，吾輩不瞪目歛手耶？士君子上下觀千歲，直烏用奴詩爲？”庭霹固甚然予説，益發憤讀書，丙夜倦，隱几卧，起復讀至晝。甚家中一貧無所之，庭霹皆不問，雖病猶强讀。

居久之，過予曰：“吾今得之矣。向所駭子者，未涉子所至耳。”因數與陳棨、李宗熹諸子分韻賦。庭霹每見予詩則曰：“子詩病人之詩也。予每與子會歸而不能寐者，連日夜求爲子語弗得，予則病矣。”余曰：“予欲刺取本朝文字成一代之書，皆可被之金石，明示後世，賦頌之事一以累子。”因盡發國朝諸子詩與庭霹，詩中有《鄭善夫集》，庭霹弗善也，曰：“是其才能爲發端，而不能竟其意。”予曰：“若則子之居予詩也何居？”曰：“子詩當在獻吉、元美間。”予曰：“甚矣，子之不知詩也。善夫先生，吾閫桓、文，而子貶焉。固以我詩病人也，置之李、王間。”庭霹雖居予李、王間，固益彈射予甚。

居有間，病益進，鬲不下淅。一夕，夢有峩冠君子造焉，曰：“吾鄭生繼之也，吾詩爲閫桓、文，乃獨不當子。”庭霹曰：“固也。”善夫見庭霹無遜降意，因出。明之夜復來曰：“即向所善諸子讓予矣，曷獨不當子？”色有作，庭霹驚寤，遂嘔血數升没。所善諸子謂予與棨、宗熹也。於戲！庭霹居吾詩獻吉、元美間，未然也，數彈射予而今不復得矣，予能不悲哉！作哀辭以與棨、宗熹共哀之，辭曰：

室赤貧兮耽詩書，饑糟糠兮飽璠璵。心千古兮金石歌，有志無年兮孰爲子謀？譴詞人兮下黄壚，郢人亡兮子期徂。徂期子兮亡郢人，鼻不可與堊兮琴不可與陳。吁嗟兮，余山中之人！

孟楊孺哀辭

於戲！子之爲人，豈弟謙虚，懇切周至，而誰謂竟止是也？子之爲文，流麗潔精，絶翳去塵，而誰謂竟止是也？子繼志承家，不隳父傳，奉侍繼母，得其驩心，友愛諸弟，不論資産，而誰謂竟止是也？子持門户，兼爲家督，當文恪顯揚之日，兢兢擇地，恐有尺寸侵人，歿而百凡以身當之，而誰謂竟止是也？子之於我也，有疑必質，有言必受，道心爲質，進修不怠，而誰謂竟止是也？予有二子，與子游從。大兒夭歿，蓋鬱憤於功名之際，子哭之哀、悲之甚而痛其不能自寬也。次兒僥倖賢書，聞子爲我喜甚，而徒以自不得雋恐無以慰文恪地下，遽爾憤鬱類予大兒，是何不以寬予大兒者何自寬也？

予初聞子訃，驚謂不然，音問既真，悼痛靡任，訖今三月，始爲一詞哭子，蓋始不能爲詞而終不能已於詞，以稍書吾意也，然而悲痛莫解，終不能成吾詞而寫吾意也矣。

嚴太安人哀讚有序

嚴太安人，曾鳳儀舜徵母也。舜徵以骫髒失令，改四門先生，轉儀、祠二部尚書郎。太安人就養京邸者五歲，居常誨舜徵曰："今之仕者，多外飾爲名高而内循其官轍，廢曠不舉，小子勉之，奉法循理可以稱周任，焉用赫赫者爲哉！"舜徵所莅官無違于心，不貌于榮，太安人之教也。去歲，舜徵使之青州，奉太安人便道歸，會封公爲孺子娭者一歲有半，而報命之期及，太安人病，手足拘攣，舜徵因低回子舍間。太安人强之曰："子之愛我也在外望，謂我不能復食乎？顧將差矣。王程有期，趣治裝，不則我益疾。"舜徵逡廵就道。入都浹旬，而太安人之訃至，哭失聲曰："天乎鳳儀，其不能子乎？而終失吾母！"以謂同官何喬遠："予有不孝之罪，不能自宥，其曷以寫予悲？"喬遠亦故以宦游不及視終母者，觸故痛新，乃爲太安人哀讚，以比于神誥靈表之文。讚曰：

猗惟哲母，淑慎其儀。六行天至，四德生知。蘭氣襲衡，蕙風載闈。展矣祥門，鬱爲憲師。二七于歸，苕榮珪朗。從公幼孤，育于母黨。借月績麻，聽鷄問幌。至敬慎微，餘恭過曩。曾之方儉，纖嗇纍儲。忍口節儉，勉求克虚。在約如豐，處窘有餘。作力雖勤，散財則疎。施黨浹姻，自爲處謀。衣寒食饑，不訴不求。以樂曾公，弛其内憂。靡善不積，曷德不酬。合掌齋心，限旬刻朔。忍辱慈悲，契心太覺。愛子匪驕，協教義方。慈用益肅，和以申莊。之子挺奮，麟遊龍驤。程之先民，恬澹名場。殫克厥心，奉職循常。忠則有恒，晦其彌光。祁祁槐宫，雍雍蘭省。脂瀡弗充，服食輒屏。曰我從臘，慰爾引領。營養母勞，或污官儆。臣典維毖，帝命有燉。青齊奉使，駪駪于原。舁此潘輿，返耕鹿門。琴瑟静好，絲竹繁喧。伯叔諸姑，六姻二姓。莫不登堂，展禮收敬。衡嶽以南，傳説贊慶。人歎女師，女服婦鏡。家宴未終，王程欲及。羸老暴侵，迴風巾濕。遲遲孝子，出閤還入。母乃示痊，矜精蹶立。曰我復初，爾妄愁邑。鬱進懽廖，寧我視革。悠悠孝子，踟蹰首路。于邁于征，將恐將懼。萱草萎于上春兮，慈竹摧于景風。僕夫逼于途次兮，憂思悴于懷中。涕合棺而不見兮，愴含飯而不躬。魂爽飛沉於見星兮，筋骨顛挺于削桐。情憭亂以無端兮，思鬱棘而堅堅。問何辜于上天兮，瀉深悲于重泉。

超度李魁奇陰魂詞

寓大田驛鏡山翁告于李魁奇之魂靈曰：

吾來此地，豚兒有病，聞汝示言，知汝有望於我也，我詳示汝顛末。當時鄭芝龍之投欵入城也，汝率群衆聽命城外，蔡兵備難鄭，鄉縉紳留鄭，鄭用是留滯數日。我屢告鄭不早出城必定有變，及汝果疑而變去也。我遣人招汝，汝則不來。及汝再來，我又與蔡兵備遣人招汝，汝大無禮兵備之人而獨禮我人，稱我何公有書，定是真意。及汝與鄭作搆，不得結煞，特來請我招安。是汝雖盜賊，知我是仁人君子也。汝自聽招之後，安靖地方，刊刻我所諭示，戒束徒黨。吾甚喜汝，知汝欲做好人。不意鄭反出汝不意，致汝無備，歸於殺身。當鄭之欲加害於汝，亦來相聞，我勸其毋再生事。書末云“伐國不問仁人”，此言何爲至於我哉？爾送我黄蓋一，自爾被擒之後，我常對家人云：“李季叔雖是盜賊，然有心於我，今已死矣，我亦不忍撑所送蓋，好納之關帝之廟，不則以借人迎賽之會，俾受陰庇。”我常告人，鄭家好男子當自擒李，何待我招之後方收漁人之利耶？我昨到延平，對延平太守亦作此言。汝有陰靈，當自知之。但汝生爲盜賊，殺人無厭，既死之後,被殺陰魂恨不得汝入鬼門、下地獄。汝既做好人,欲圖再生,汝被殺省城,吾來此地,非望我超度,更復誰靠? 汝之示言,亦其宜也。我今告汝,以十二日延道士爲汝誦經,俾爾再生人世,閻羅天子一念懺悔便許天堂。我尚欲爲汝作一疏文,告閻羅天子,我平生心事天日可表,不惟汝知,三界鬼神亦當知之,汝其毋怖。且出汝陰靈爲我告懇三界諸神,保佑我兒。我有德於汝,知汝不忘也。我又告汝,汝被害後,我復爲鍾斌出一生路,勸其招集舊人數百輩,出家財,從我勤王,鍾不信,今日安在? 誰欲度他? 汝之遇我,亦汝幸也。

鏡山全集卷六十五

祭　文

贈禮部主事考怍菴公妣林太安人焚黄文

維萬曆二十三年，歲次乙未，春二月甲辰朔，越十有五日戊午，孝子喬遠謹以牲醴庶羞，敢昭告於勑贈承德郎、禮部儀制清吏司主事、前直隸常州府靖江縣儒學教諭顯考怍菴府君，勑贈太安人顯妣賢淑林氏之靈曰：

維我顯考，身備仁孝，道合緯經，學博行尊，士林推重。顯妣德純于女，政肅在闈，孝敬先祀，恭惠家族，行高居下，畜廣施隘，育我二孤，生成教誨，克愛克威，行殆之戒，切于夢寐。遠乃謬以愚鈍，獲先薦舉，初銓刑部，繼擢禮官，捄過夙宵，懼墜先訓，乃三載考績，猥沐浩蕩，徼假天章，推被泉壤，跂首南歸，庶獲申告，而方蒞職司，未繇如願。又居二年，遠戾盈罪積，竟以奏牘不恭，蒙恩薄竄，暫過家門，詣拜玄堂，奉宣天語。仰切遠親之悲，俯恨辱身之釁。哀慕終天，不知所極。敬倣勑命二道，謄之别紙，恭製冠服二副，以兹吉月良日焚獻墓下，尊慈如在，伏冀鑒承。尚饗。

贈太僕寺少卿考怍菴公妣林太恭人焚黄文

維天啓三年，歲次癸亥，二月辛酉朔，越二十四日甲申，寓京師光禄寺卿孤喬遠謹遣兒九雲賫誥命二道，抄謄黄紙，焚于誥贈中憲大夫、太僕寺少卿、前靖江縣學教諭顯考怍菴府君，誥贈太恭人顯妣賢淑林氏竹轎山之墓次曰：

嗚呼！府君垂老生孤，老愛幼子，夫人同符。造物寵孤，慧于童駒，府君喜劇，寘膝弄娱，一日戲言：“能封我乎？”孤對不封，豈其贈無？孰知今日，如璽印塗。廿九登第，五載郎官，不才主棄，閉跡家園，雖邀朝恩，莫報親尊。二十餘年，死魄斷魂，誰知艾耆，忝竊飛翻，豈孤迨此，積慶之源。孤昔與兄，同舉于鄉。有莘君民，垂孤義方。孤雖不敏，敢不紀綱。主上冲年，仁慈恭儉，可以有爲，用天下撿。國家有事，孤欲疏附；國家有急，孤欲禦侮。靡不恪共，靡不肺腑。移此報親，將之報主。孤始出山，恐世不與。兩疏乞歸，甘用爲鼠。既蒙主恩，褒奬不許。黽勉在位，庶積官序。再獲綸綍，以榮我祖。仰慰府君，終天思父。王言在軸，冠衣在笥，雖處輦轂，有如膝侍。尚饗。

前母世太恭人焚黄文

維天啓三年，歲次癸亥，二月辛酉朔，越二十四日甲申，寓京師光禄寺卿孤喬遠謹遣兒九雲齎誥命二道，抄謄黄紙，焚于誥贈太恭人顯妣静莊世氏龜山之次曰：

國家有追贈前母之典，非遇大慶覃恩不得與也。孤昔爲郎禮部，三歲考績，僅得貤恩所生，而我顯妣巾幗如士人妻者，三十年於此矣。每遇春秋祭饗忌辰之奠，且媿且惄。所幸孤奉身無狀，不見棄於世論，銓曹起廢，無歲不與。光廟登極八日，即發神廟時疏，而喬遠得遷光禄少卿。無何，復以今上登極再遷太僕少卿，一歲之中得覃恩者再矣。而我顯妣獲徽宜人、恭人之命，三十年媿惄之懷庶幾少紓。孤雖奉主上之恩，我顯妣默庇陰佑有厚藉焉。冠帔在笥，豆籩在列，惟我顯妣，實鑒臨之。尚饗。

先室温恭人焚黄文

維天啓三年，歲次癸亥，二月辛酉朔，越二十四日甲申，寓京師何子稺孝告於前勑封安人先妻温氏之靈曰：

維我與子，適爲夫婦，兩非窶子窮家也。余十九登科，廿九登第，三十五而封子爲安人，非淹久老儒困屈而後遇者也。而子遑遑若不足者，何也？問子之衣則粗布也，問子之食則糲羹也。子所以爲海錯上珍而旨於味者，則醋炒之空豸也。子所以畜藏而不忍與人者，則人家嫁婦之香餅與謝祭之饅頭也。仕宦不遂亦人士之常，而子必欲我一路順風而致公卿也。憂家之貧、憂夫子之仕宦不遂，而身則不能存矣。予也雖貧，三十餘年林下，未嘗突無烟也；雖仕宦不遂，孑孑旌旄，未嘗不在浚名，未嘗不入山公之啓也。兹幸徼朝恩，予爲光禄少卿而子宜人矣，予爲太僕少卿而子恭人矣，子而若存，子其喜乎！然予諒子之喜，而子終不快予，予貧如故也。予貧如故，子憂不改，雖有宜人、恭人，其能喜乎？然子即不喜，吾終爲子樂。使我如子之憂，無論宜、恭之不可得，雖有吾身，其能存乎？今以所得誥命二道，使九雲焚子之墓，奉子冠帔，有如平生。吾子有三，汝子則一，子能無告之神祇、祖宗貽我孫子，又俾其早騰天衢，以膺紱組，無自貽冥憂，如向日所以憂我者乎？有酒在尊，有羞在豆，宛乎合巹之日、舉案之時也。尚饗。

羅一峰王一臞二先生安主告文

維年月日，何喬遠率諸生某等敢昭告于故翰林院修撰、謚文毅、前泉州市舶提舉司提舉一峰羅先生并孝廉一臞王先生之神曰：

惟羅先生當成化之朝，昌言正辭，扶綱常，維名教，謫宦於此，遺風尚煽，直氣猶存。王先生來主教事，志同道合，其起人景慕之意，豈偶然哉！維羅先生書院頹毁，故相李先生歸田方謀創造。哲人無禄，遠等協同豎建。新宇告成，敬安二先生神位，禮重厥初，不敢不告。伏惟二先生先覺如存，開牖明聰，庶以紹明前修，不墜將來。尚饗。

祭王鳳洲大司寇文代

嗚呼！國家貴文章之士，猶鳥獸之不恒睹乎麟鳳，而草木之不恒有乎檀旃，故古今之代工宗匠常歇曠軼絶，不得接武而並肩。明興以來，後有北地、信陽，前有金華、青田，其間勞紙腐毫，人人自以爲游、夏，然多旁詣偏師而不獲其純全。

維公弱冠登朝，縱心稽古，輒與李宗諸子得其上駟而相遇於中原，至乎條貫九家，綱網百代，鳳舞龍躍，璧合珠騈，則公之文章如水之有海而宿之有天，故當公之身，顯布盛行，不待易世而後傳。蓋公之横遘家難，忍死而籲冤也，天下惟慮天子不爲公照地下之覆盆，令公復出于人間。及公之總制江襄，乞身南還也，天下又慮天子不再起公林園而令風猷之復宣。迨公歷貳司馬，致政秋卿，則公猶未華其顛也。天下方想望公爲詞林之靈蓍神蔡，胡公逖去而之僊？

某等道號大通，交稱莫逆，曾追陪於僚籍之契，而磨厲於學問之源，痛公之去，恨不能爲世道稍延。然覩公以無涯之智結爲大年也，則又將視公如侵假怛化，而名曰並帝之先。絜酒束芻，庶幾如公之生而來享於九泉。

合祭蔡比部文

嗚呼！惟我秋部，官浮於事，六曹之中，實爲閒地。僚友師師，各相自媚。倚閣登樓，傲然自恣。我不人嚴，人不予异。予輩與君，宵盤晝憇。接弁連鑣，翩翩遐致。惟君温克，從善若跂，高明顯融，曾不是志。人言造物，惟盈是忌。君爲曹郎，儒生而吏。或言造物，常薄儇智。而君趨舍，好修寡嗜。朝躋華省，夕設虚位。聞望未彰，精魂永棄。遺槖蕭然，一日無積。白頭在堂，穉子如寄。歸骨天涯，路人下淚。前和首路，後旌離次。送君之還，目眙心悸。

祭黄侍御文

嗚呼！兄之學問，方進而未見其止也；兄之事功，方鋭於建明而未有其底也。兄歇中外，而後知黷貨者之鄙也；兄立臺端，而後知苟位者之耻也。兄李韶州，嚼冰厲齒，載陟南臺，有峻無毁。其臺于南，二年而已，無知不言，忠猷盈紙，繄及蓋棺，篋無羡藏，厨無宿庋，行道嗟傷，寀寮歎美。此其見豈無所挾，而其守豈無所恃也！予與兄相聚燕京，定契萍水，去之數年，相託兒子，蓋知兄朴直之可師，而純誠之足倚也。而兄今亡矣，豈徒内悼瓜葛之親？蓋下爲吾生痛此良朋，而上爲朝家惜此修士也！

祭婦翁温文學文

嗚呼！舅氏齠齡，先人是師。脱穎芹宫，尚在童兒。青雲得蹶，荆璞受癡。志業不售，孰知其爲？昔我先人，歸田海湄。遠時九齡，媒妁未議。爲舅求女，結我衿褵。舅氏不棄，夙好斯追。去之十年，我舉南陲。翁在芝城，喜見睫眉。越歲梅摽，俟女著而。其時太君羸病，方滋米鹽之務，廢莫可治。翁遣女氏，及衣及私，簪佩脯修，細瑣無紕。又復十年，我薦彤墀。先慈有訃，萬里歸馳。蒲柳之質，毁頓三期。我視我問，舅氏頻來。服闋趨朝，我理舟艤。翁携女氏，從履用秪。害止害興，何險何夷。臘月吴門，阻於冰澌。我遂北趨，翁泊南涯。獻歲入都，凡閱三時。扶掖登頓，豈告勞疲。我宦上京，白雲之司。禄無兼晨，厨不贍炊。翁日在言，念我周饑。寄取家緡，遠佐鈲掜。視女抱孫，翁娭翁嬉。三載念遠，績其前綏。女氏傷别，雪涕門基。翁亦泫然，覆面而垂。我遷東省，闖茸莫稽。得罪西竄，以禦魅魑。女氏就館，我西未歸。命之不淑，母子俱萎。維翁傷女，痛割心脾。左臂不仁，忽若失遺。迨我西還，翁召來詒："幸及見汝，有亟毋遲。吾傷吾女，恐亦顛虧。"我曰寬哉，舅言何誰？舅臂雖傷，視聽匪衰。孰謂坐此，竟賈不貲。禮不及心，奠不勝辭。惟有此懷，悲莫之知。女氏在侍，召歆食之。

祭莊西洛廣文文

嗚呼！先生好學無厭，執方不易。燕私惟嚴，無怠惰之色；儲蓄屢罄，絶寒乞之聲。此自諸生之時而已然矣。晚就貢途，守官闕下，上書勸學，竟爾留中。已而兩宦東粤，辭禄卻贄，諄諄善誘，不負厥官。世莫予知，拂袖言還。餬口無餘，力修先人之寢；耕舌尚在，復設教授之科。晚而兩目廢明，餘齡尚健。則子夏索居，猶共宗于西河；張籍不盲，能自譽於浙東。掌固口授，何謝伏生；耆舊胸中，可當益部。顔回屢空以不改，原憲非病而自甘。先生所以食芹炙背於吾君，孝悌忠信於其子弟而慎行其身者，蓋庶幾於古之人，而求今之世鮮矣。遠先子夙慎交遊，獨與先生過從無時。先子既没，遠從吾兄習侍杖屨，則益信先子所以愛先生有爲。而今不可復見已。先生既以天年終，亦何得長處人世？而遠爲不復見之悲者，不復得見如先生之人也。

祭蘇君禹臯長文

嗚呼！公自選解元，薦登高第。敭歷中外，藩臯是崇。文章居乎盛名，而官位侈於諸公。困士窶生驟之既失其平素，時流譽宦久之且改其心胸。而公藜藿不遷，緼絮是常，田疇差比於中人，居處僅蔽乎雨風。出而當事，不爲矯矯尤異之跡，而勁節壯概潛寓乎冲融。退而問學，已造乎屋漏精微之旨，而不開門列户以自炫其聰明。急流勇退，歸隱巷市，勢利不及，詩酒混同，蓋蹈豪傑之高明而一出處於窮通。尚論吾鄉先輩，竊謂陳思獻先生而後，公可與之匹倡而符衷。昊天不弔，名哲遘凶。遠自登進士，赴選天曹，途經於越。公時方爲兩浙之文宗，出詩品隲，下問瞶矇。壬辰之秋，遠轉禮曹，公入拜萬壽，闕下呼嵩，又獲杯酒談歡，望月梧桐。迨乎得罪西竄，公方參粵藩，相見之間，交勗道術，俯校雕蟲。迨公解組西歸，遠亦乞假來還，二年之内，方欲從公學問，自益磨礱，而不知公遂棄我而長終也。蓋公所以交遠者，在語言象貌之外；而遠所以事公者，闕於親炙而過逢，誠不意天奪公之速而畀我之窮也。人之云亡，邦國殄瘁。豈特吾黨之愾歎，固可爲世道出涕而悲忡。嗚呼哀哉！

祭王弋陽文

嗚呼！惟兄圭璧束脩，緼藉風流，德醇行備，不剛不柔。始兄習《禮》，予兄同學。予在童穉，仰若先覺。兄魁闔省，予乃後來。講藝論文，時或相開。兩心投契，遂托兒女。我既兄知，兄亦我許。公車屢上，我忝而先。紕薄既售，何有純堅。兄乃屢北，卑處滁山。四載鶯遷，令于餘干。剔劇翦蘖，循良與比。大吏蔽賢，進食于耳。予時禮曹，坐罪西逐。兄亦見貶，步履相屬。當官一廉，歸則四壁。既視家人，生事相迫。以此禄仕，丞秩從容。扃户羅庭，擁鼻哦松。薦剡交騰,競美潔厲。帝復故物,仍官西溢。君仲從行,驟賈旅舍。兄念鞠哀,悼怛悲吒。惟兄孝友,遠慰尊人。父也過憂,我乃無身。孰知愁愴,身遂不存。書則慰親,心實傷昆。弋陽太末,道遠幾何。絃邑未涖,《蒿里》已歌。嗚呼!方兄補丞,我赴西幕。在水方舟,於陸同轂。我從吉州,判袂而西。兄遂涉江,以理北輗。誰謂别日,遂作訣年。書問雖續,言貌奚傳。兄履既端,而志又勇。天報善人,令淪墓塚。有牲在豆,有酒在尊。不罄不御,使我心焚。嗚呼哀哉!

祭先叔南陽公文

嗚呼!吾叔奄化,忽已九旬,孝弟之純,勤儉之敦,詩書之勤,皆不可復見矣。隱德高年,全歸地下。或奉吾祖父母於八十餘齡之後,而初識其顔也;或會吾父於十九年之别,而追敘其懽也;或靈相孫子而大振曾玄也。稟仰遺儉,僅薦豆觴,尊靈如在,必不謂凉。嗚呼哀哉!

祭先兄齊孝公文

嗚呼!兄今訃至四十日矣。兄去歲自舍下還朝也,遠惡夢洊驚,祈以不兆,而今兆也。家書繼至,稱病冀愈,今不愈矣。訃前數日,惡聲外聞,猶望非真,今真矣。勤苦半生,僅博魁薦,飭勵持身,憔悴爲國,憂慮艾後,心之繁勞,竟以損崩。孀嫂盛年,男婚未畢,萬里櫬歸,征途何許,合家哀跂,魂入重泉,骨寄天表。嗚呼痛哉!

吾家自父母棄違之後,二十年間骨肉分離,送終之際,子背父母,孫捐祖父,弟離其兄,夫捨其妻,皆兩地悲決,一方懸絶,何罪何坐,罹此烈酷?先人之志未繼,兄生平未展,世俗之情則子孫之佑未有憑依,胡忍溘然去耶?去秋,遠將有西行,既而不果,而吾叔父没於遠手。今姪子夢駿從兄北上,兄手足付啓,此雖差可,寧足遺萬一耶?父母不謂不生賢兄矣,朝廷不謂不用兄矣,當世不謂不知兄矣。造物命之,其又何辭?遠常念我家單門零祚,詩書代有,然或位不顯,或年不究,皆清白無所遺餘。所有今日,皆吾先世不竊造物之全,不歛後人之厚。

兄之子孫,纍纍哀哭,惟有以此爲寬耳。

遠少受兄教,蚤年同舉,旅途官邸,多所追隨,歲之使歸,戀欵益摯。今日之痛,如鳥失翼,如獸折角,白首黃泉,寧復見期?念吾同生四人,長兄廿九,次兄加十,皆乏息胤。遠少嬰病,約今年四十有四,殊非望始,兄五十有六,有子有孫,亦復何憾。韓昌黎云:“康强早世,衰者其能久存?”兄平生居處不避風寒,飲食不擇冷煖,匡坐常至夜分,聲音噌吰,腰脊强剛,股肱充如,兼人有半,竟爾下壽。遠雖幸至今,眶頬作酸,雙耳若雷,右臂及膝痛軟已十許歲,後安可知耶!然而不可知者無可奈何,而可知者情如逝波。没祭充几,不若生存一匕。兄魂萬里,翕忽爲期。嗚呼哀哉!

祭邢翁文

維翁既老,以拙自命。厭人巧趨,惡世紛競。口皆裹言,躬無疵行。敦心貧賤,遠跡貴盛。折券忘恩,倒囊急病。童僕訢怡,户庭肅正。授簡執經,問奇證聖。來者川歸,敬則門迎。和與世飲,澹受人映。雖有鳳鸞,亦寠梟獍。越石繫纍,冶長陷穽。蜕蟬不濁,泥蓮終净。善藉直扶,禮辭賓聘。翁囑身後,無有求請。銘墓虚諛,奠章謬敬。士行難淳,叔季非孟。顧我後生,覩翁絶夐。實爲道基,拙惟德柄。哲人云亡,頽風何竟。括詞代誄,臨文增怲。

祭陳公衡文

士合志譽道,同方同術,恒絶世隔地,不可時見;見矣,不久相聚;聚矣,或造物奪之,吾不知何心也。方公衡早歲,予聞其馳逐詩賦之埸,結客盈坐,散家千金。已而省去,進於旁門玄秘,又已進於斯道,求海内先達爲師,然未得見其顔面而聆其聲音。公衡既言事坐貶來過吾泉,獲從把臂,則抗心邁上千古學術用以自任。嗚呼!繇高明以入沉潛,自豪傑而幾聖賢,公衡可謂獨於志學而勇於駸駸矣!予久聞公衡名,方得與聚,公衡譚天下事若目見掌指,其論道以六經、《語》、《孟》爲宗。箴予威重,言猶在耳,遽去我而何尋也!嗚呼!公衡來泉,念予之貧，旅橐相資，我公我親。今其四壁，乃過於予，溘然云亡，鬼神何居。泉莆相去，曾幾何地，不得憑柩，一灑予淚，修身以竢。孔門實云："天既命之，又何戚欣？"

祭朱中丞文

嗚呼！予昔與公受事西曹也，雖相與在半歲之間，見公端詳簡重，已知其廊廟之大器。及公敭歷中外，秉憲粵西也，予以罪竄謫，雖不及受事宇下，固隸名府中之屬吏。迨公晉藩方伯，撫我閩中也，誠不敢通謁請見，而公過我茅茨，詢訪綢繆，乃虛左之不啻，洛橋杯酒，促膝須臾，見公於嘉言善行亹亹而不置，公遂一夕棄官歸也，知公有憤世疾俗之意。天子固不舍公，復令假鉞我閩也。朞歲之間，公復以書相聞，拳拳䄥袍之誼。予得讀公所爲評釋杜詩，又知公軍暇多整，好學嗜古，造堂而嚌胾。胡手書下逮不及半月，遂哭公於位也！車敝馬羸，無能繭足策杖及公之櫬一拊一視也，中夜悲歎，徒痛哲人之云亡，邦家殄瘁而已矣。

祭趙特峰太守文

嗚呼！維公文學粹美，德行醇茂，出爲國華，居鼎人舊。維年大耋，厥後英秀，蓋天所以延有道之長而徵仁者之祐也。日遠先子，晚歲定交，蓋欽公文行，久要是究。維先子銘墓之藏，實托公名筆，貽於我後，而遠與先兄高山是仰，亦服膺于左右。百年有盡，大限俄仆，先進君子，又孰予覯！嗚呼哀哉！

祭李封公文

嗚呼！遠初登第，遂聞母訃。其時叔玄，背亦萎樹。相對歎悲，共言懷慕。叔玄告我，幼師章句。自山來城，迨歸歲暮。生身廿餘，侍慈靡素。及禄雖新，奉歡無路。失母留父，所恃翁存。瞻依朝夕，癢搔痛捫。惟翁艾年，上從壽昆。白髮怡怡，載笑載言。西遊亡害，巴蜀太原。文軒雖邁，戀慕不淺。解裝挾圖，貌顔是展。帝命轉漕，歸樂斑綵。幾尼前行，如燕入壘。維翁望子，趣裝者每。嚴命敢違，奉翁所在。漕事趣燕，翁遂還家。途侮二豎，煩懣叉呀。所得孝婦，刲股除瘥。叔玄聞知，棄印拋緺。立奉翁還，乃健彌加。帝不罪私，浙東復借。踟蹰惟翁，色喜心怕。翁則如前，星言促駕。遊子遑將，既出思返。稱賀闕門，懷歸慮晚。數日兼程，踉蹌入揵。五旬之內，瑟琴其宛。嗚呼孝子，一腸九反。不待謂何，惟憂用損。遠於叔玄，匪漆匪膠，念厥終天，體其瞀怓。我亦棄親，額擊頭敲。於今思翁，涕泗如泡。嗚呼哀哉！

祭黄太公文

嗟世人之蹇劣兮，何方圓之貿遷。見效顰而捧心兮，有婗訾而脅肩。目眩瞀若玄黄兮，頰削戉而無顴。或用壯以厲廉兮，又忘下而升顛。於人情或枘鑿兮，見迂直而無旋。維哲人之毖懷兮，皎潔白其中宣。心非義誠不念兮，足非道誠不緣。謂吾方以自拘兮，恐前路之迍邅。内一腔之無怨兮，外百事之善便。若毁節以遊世兮，實瓦合之自圓。維公以此教子兮，雅聖賢之芳荃。

曩吾挹公之遺邈兮，蓋璞玉其渾全。竊何養而神王兮，竊何抱而心淵。居城郭之數里兮，若一方之爲天。予既巖居而屏跡兮，公亦携子以遊燕。望公福之無涯兮，亦吾道之大年。公遂去我而奚歸兮，與令子之涕漣。得庭訓之詒穀兮，悟圓方之所然。倘明德以服膺兮，又素履之奚瞀。跪椒漿以陳詞兮，恍夢寐兮古先。

祭張春宇文

嗚呼！世有道不逢時、位不配德，此士君子百六之遭而上天無全畀之付也。順天之付而無怨，適人之遭而無悔者，此遁世不知之學而達人無改之度也。惟公脱穎少年，振纓巖邑，孰不謂羽翼於天衢而蹄躈於皇路也，乃牛刀小試，熊副方新，遽辭彼鵷鵠而狎此鷗鷺也。然而學不輟乎槧鉛，文常裁乎觚摫，古人先正，時恍乎若有遇也。晚而弭洲題嶼，汎宅浮家，如人世之無可群而禮恭之不足足也。以公之無驕無訾，其昧者以爲癖，而羨者以爲妬也。天其竟有以全公，而公亦不言此趣也。如予知公之深、慕公之至，而道之云遠莫能赴也。予獲附驥公兄，得侍燕笑之間，乃去之三十許年，若流霞而散雨也。晚乃以文字之契交游令子，如衆山之相湊而百川之同注也。德歛自輝，神全靡卻，又何論年齡之未暮也。有委者蜕，游情千祀，無脛四裔，孰非公之耿光精氣流衍而布濩也。思公之兄，美公之子，予得交其間，一言薦公，孰知悲之故也。

祭王玉溪太僕文

嗚呼！仕宦無公，世盡濁矣；鄉里無公，人盡俗矣；學問無公，道盡駁矣；人心無公，真盡琢矣。公敭歷中外，一廉自牧，束修鞠躬，不表不襮，彼皦皦者，一猷是朂，以我規規，陋彼婗婗，况復濡首，忘其貪黷，故曰得公乃不濁。公之居鄉，有尸有祝，築壇磨碑，頌公海曲，索我蕪詞，覆在華屋，維彼杜門，亦稱原慤，劉勝、杜密，孰兼孰獨，况從里子，齮齕魚肉，故曰得公乃不俗。公之好善，無有崖略，如赴如趨，居谿居谷，監司既貴，忘其牙纛，執贄豐城，善師自淑，亦有輜綏，哆然捧腹，孰肯托面，歸誠先覺，或其超曠，棲心葱竺，中槁外虚，托之緬邈，於道二門，反躬多欲，故曰得公乃不駁。維公真誠，布泉菽粟，口無綺言，躬但緣督，聖門論仁，所重訥木，有輝之玉，不秘在璞，緊彼流波，有圭有角，藏舌于心，視人以目，顧其游世，亦限尺幅，故曰得公乃不琢。

遠行齒後公，仰公耆宿，居則慕思，見則齋遨。公之引我，時携時握，有道是謀，臨文共榷。公今云亡，我莫式穀，酹酒束芻，長詞雜哭。嗚呼哀哉！

祭劉公可文

兄起甲科，遂登清貫。一落千丈，進不能寸。人生百歲，微過其半。升堂循序，不聞慨歎。嗟夫悲哉，孰夜孰旦。曩昔從兄，荆玉齊獻。予憂而歸，兄籍甲觀。予備署郎，兄長垣諫。開口吐陳，無位靡患。讓官外補，自求退巽。國家轉漕，河流是患。發言盈庭，欲濬欲埠。兄執其中，且求審算。祖陵及水，帝命下按。當事不揆，同罹延蔓。頩首甘心，啞若吞炭。固窮頓荒，裘葛無换。人雖有心，清德共讚。孰周厥饑，孰挽厥遁。哲士行善，中懷自斷。追悼往流，雲消霧散。兄病而亡，存者誰健。天道固定，久後乃券。告奠于兄，薄酒麄飯。同病相憐，有淚如線。嗚呼哀哉！

祭蘇碩園文

嗚呼！君自登科，即來訪遠。隅坐呼名，手謁若版。心實乃虚，言從如蹇。誰謂龍蛟，下俯蜒蝘。蹔屈扶搖，復敲户楗。執義論文，雲流風偃。我好古人，恠君生晚。共詑朋儕，獲此琰琬。君有高堂，爲君善飯。君有賢兄，爲君甲卷。掇手上第，兩宦洛苑。民惠若煦，事積不菀。薦牘北騰，奉諱南返。啜粥嚢荼，陟岡攀巘。起領歙州，瓴屋丸坂。新溪黄嶽，衿振纓涴。仙舄忽飛，縣花未暖。邦紳告我，空嚢罄甗。處脂不潤，用寒居煖。乃如之人，見此近輓。君心默默，桂阿蘭畹。君心遥遥，希鵬斥鷃。才不沾沾，藏峰斂櫶。守不嘵嘵，塞門杜鍵。已具體裁，所未竪建。幽宅下奄，曦馭莫反。我喪良友，失此令憲。目涕不窮，心憂難圈。嗚呼哀哉！

祭洪懋孫文

憶昔庚辰，從兄南歸。聯舟九子，意氣無違。詩吟山寺，賦及江妃。從兹洽窾，詡璧誇璣。丙戌之歲，我擢禮闈。慟絶杯圈，死濱疾威。省食視眠，審諦詳微。非兄拊畜，我身餘幾。爰及己丑，兄宦王畿。鴻音雖邇，芝室難依。至于壬辰，風培乃飛。聚首闕門，朝夕弦韋。兄李大庾，我逐湘圻。韝鴈檻猿，憔悴癖痱。兄久震起，既碩且頎。水衡覈歷，粉署光輝。循良奏績，東廣歙徽。卓異天旌，如勒常旂。拾級登序，密邇棘薇。顧兄自謀，匪及輕肥。緊念我貧，屢賑嚼嘰。災木覆瓿，不待請祈。我非良苗，爾何不揮。朔風其凉，四牡騤騑。我適海濱，弗及摻衣。尚惠德音，慰我調饑。奈何奄忽，札在人非。感歎之聲，充堂塞扉。哲人彫謝，令聞曦暉。宦轍所至，靈光則歸。

祭莊毓儒文

友人何喬遠敬一言告于莊君崇道丈之靈曰：

嗚呼！天之生善人也有數，而其有善人也又不留，吾不知其何心？方吾與子講學耻躬之堂也，連章累句，討繹而思尋。吾喜子之行顓志篤，雖未究於君子之地，而已上達而駸駸。吾方與子會萬境於一途，收衆美於德林，而子返錦田之故鄉，隱霞曾之高岑。吾意子造詣日邃，體會日深，而孰知子已修文地下，隔兩月之光陰也。古人云："死而後已。"子今往矣，尚可已耶？不可已耶？不然，何以曰天地鬼神，在傍可質，在下有臨也。嗚呼哀哉！

祭從兄實吾從姪夢騁文

嗚呼！三月靈辰，兄與群從，集于水濱，歡欵飲食，遂及大盡。不滿三旬，兄之既歸，我心傷悲，朝夕哭奠，則有嗣兒。誰云再月，兄亦霣隮。維兄孝弟，不言自知。有如草木，宵倍暗滋。弟姪科第，喜暢心脾。爲將大宗，豈地爲私。書史文字，穎過儒師。信口觸心，輸瀉靈奇。以我薄宦，當有供送。力則不能，有如儔衆。兄之愛我，則在飲食。飲必二三，食必充斥。肴核近移，匕箸促迫。臨期將盡，啜蔗與甘。尚索其餘，使我同銜。我姪諸生，雖未楊穿。久餼於庠，可跂青氊。至其養生，亦慎周旋。孰謂不禄，不及衰年。我父昆弟，生子六人。今其存者，兄及我身。其前二夭，二餘五旬。兄過七十，我謂壽民。兄若得登，我且後臻。誰謂溘然，近在夙晨。孰與隨後，孰與次倫？杯奠匕薦，兄强醉歡。庶如生前，詩奕盤桓。嗚呼哀哉！

祭姪孫幼竑文

維年月日，祖叔穉孝携酒饌飯食，告幼竑姪孫之靈曰：

嗚呼！汝之純明，内外共宜。發憤讀書，期大先人。年不如志，何氏之門當未昌耶？吾轉初歿，汝復繼之，首尾三年，其何以堪！父獨子幼，汝而有靈，於心何忍？家門多故，老人易感，中宵平旦，不敢思及。其爲痛剜，不言自知。粗肴薄飯，一似生時，汝能來饗，我心尚慰。

祭洪懋訓文

嗚呼！君之慕道，不削而直，不扶而趨；君之操行，有裳而襞，有屨而絇；君之游世，憑中發外，不智不愚；君之績學，破椎攻魯，專如橛株。我有撰述，然疑參半，請君抹塗。君來校讐，敏手精心，截紕割腴。歲之不登，捄口不贍，大詘我庾。君亦我知，收書卷簟，謝我盤盂。我曰秋成，有豆有羹，待君啜哺。丹鉛復陳，圖書載披，則遂前圖。爰君生朝，拉我諸弟，燕笑于于。君雖病中，强起陪從，神旺形癯。月之幾望，未遑居起，塵事喧呶。偶爾過君，問君動定，方及户樞。君則已矣，歛手足形，木欲親膚。念君屬疾，省視間闕，及此斯須。君之内舍，出君手訣，要我糜腧。以君醇懿，視我闇劣，君贏我輸。若夫文詞，闡美揚徽，我有君無。君目欲瞑，有何舒閒，冀此區區。薄言瀉哀，以抒百行，則舉一隅。君嗜我文，尚欲永終，我敢墓諛。嗚呼哀哉！

兒轉大祥祭文

嗚呼！吾轉歿三年矣，而始能爲一言告汝。汝之病也，吾懼而不能爲汝謀，知汝平日不善其生也。汝之死也，吾悲而不能自爲謀，知吾之老而不能自振也。今汝弟幸得一子，吾稍自寬，而吾心時憒憒而莫知所之，疑汝之胡然而生，胡然而死也。以汝聰明好學，而出於吾之家，産於吾之腹，豈吾重爲汝累乎？稍不得志，鬱鬱不遂，何汝觀之不達而見之不遠也。夫妻父子相淪一月之中，天何使汝至於此極！吾敢曰予之無罪哉？予之無罪哉？容貌辭氣在目中而永不可見，吾與汝永永相訣矣，悲夫！悲夫！

祭李叔玄文

嗚呼！我之識見，在於覊丱。端莊恬默，已不可選。登第而後，契好綢繆。

兄方背萱,容貌凄愀。我仕京師,旦夕相過。每與戴子,蘭臭靡他。世亦知兄,秩兄華貫。屢起屢辭,優游泮涣。君理漕河,奉父以行。判而南歸,心緒怦怔。不及執手,泣踊號天。我來拜父,兄涕如漣。海内共推,天子是才。陪京榮命,再賁蒿萊。幡然改圖,捨其石心。如鳥出谷,以懷好音。中外多故,邊陲不靖。我謂兄出,可佐廟勝。軫不及關,車已還家。辟穀飲水,空舉遥遐。嗚呼哀哉!

兄之事親,既孝既慈。以之從兄,如父如師。平居交友,輒有諍辭。持操當官,靡所磷緇。居鄉拯捄,急於惸嫠。去而何之,實繄人思。嗚呼哀哉!

兄之文章,清瑩刻露。出爲詩篇,雲生霞布。率爾十行,亦叶《韶濩》。游戲翰墨,賞令勞故。修門大歸,尚未及暮。嗚呼哀哉!

兄之秉身,方峻肅括。講德陳詞,曼延有截。卒度卒獲,足則足法。望之可畏,就之如脱。何斯人斯,載羝而軷。嗚呼哀哉!

予之於兄,古人是望。脉脉含情,執心相嚮。易簀之言,氣勢彌壯。四大雖遺,千秋尚旺。嗚呼哀哉!

祭潘士鼎方伯文

嗚呼!余哭叔玄,又哭兄也。叔玄方峻,具廷楹也。維兄夷易,若孩嬰也。若其同德,均廉貞也。至所不可,莫敢攖也。皎皎物外,何亭亭也。一緇不染,甘拘儜也。先教廬州,士有程也。遷秩成均,大育英也。郎于水衡,貢羡羸也。服官天曹,明且清也。俯就外藩,鐵柱擎也。郵政洗刷,靡敢横也。起參兩浙,鎮嘉興也。旄倪臨岐,攀霓旌也。總臬粤右,湘灕澄也。方岳豫章,舊知名也。轄藩五嶺,表百城也。出教下令,恤嫠惸也。督率僚吏,避羶腥也。昊天不弔,災三彭也。士失儀刑,國喪楨也。

兄學顓門,工戴經也。出戰文場,冠海溟也。惟孝友于,直諒誠也。胸懷洞暢,徹垣扃也。衣履毁敗,藿藜羹也。所未斷飲,家釀傾也。余時從兄,比步兵也。老不曲謹,媿交并也。不然完備,大周行也。旬朔夢夢,心如酲也。善德謂何,遽杳冥也。我曷報兄,保餘生也。兄靈在天,光熒晶也。嗚呼哀哉!

祭易仁甫教授文

維遠從兄,韶歲攻文。兄齒長余,十有四春。兄忘年少,列爲弟昆。兄文見知,領餼于庠。積月累歲,得貢未央。余蒙斥貶,已久于鄉。爲兄吐氣,魯戈揮光。兄訓龍溪,人人親己。不言成蹊,則是桃李。昭州掌固,是名超遷。上官知公,委畀政權。身同牽絲,政比鳴絃。小試之端,十一百千。賢藩振鐸,且教天潢。如何中道,畫然摧傷。

惟余與兄,同文同業。老而杯盤,白首孚浹。談笑詼諧,四坐皆洽。勝水名山,風追雲躡。復有胡公,與兄最契。鼎足臭蘭,有若盟礪。兄遷益藩,胡守盱溢。予云二君,聚首西邁。竟爾不同,幽明隔翳。風斤既絶,雞壇誰誓。心之憂矣,則不可制。嗚呼哀哉!

祭李禿翁文

維天啓四年正月二十八日,何喬遠以予告南還,憩于通州,敬謁李卓吾先生之墓而告之文曰:

嗚呼!公有莊周之才,公孫龍之辨,四海雖大,不能容公一身,横被誣謗,死于神祠。論者謂神廟初無殺公之意,而公自輕其生,遠知公心之不然也。公氣矯才高,心直口盡,一被誣謗,爲詖爲淫,囚首束腰,長跽司寇之庭,公其能乎?公有《五死》之篇,其於身後之事若先見之矣。遠於公生同里閈,忝在後進,知公學問文章不軌正義則或有之,居公莊周、公孫龍之間,自以爲知言也。用是謁公墓而拜焉,而告公以文辭,公尚鑒之。

祭鄒南皐總憲文

於戲!先生氣節學問足以振頑懦、發昭曠,廢放家居,人謂是惟不出,出則與夔龍相揖讓。幸而出也,乃不能三年淹朝著之上。先生所至,人争求而師之,如寂慕響,如晦逐光,何嘗尋引以相仗,而求多者尚有身後之議,以至獲罪於旒纊。先生二十七歲而舉進士,當權相之熏灼,此何等時,一見其奪情忘哀輒填胸發悵,抗疏而被杖。杖後不死,謫戍貴州,極蠻夷之箐棘,飭邊徼之毒瘴。及夫權相敗亡,神祖感悟,夕郎東省,風雲游遏,卷舌藏智,豈不足以躋掇崇膴,而先生報國之心固倍切而彌壯。既而神祖震怒,置之南都,退從家居,蓋三十年而猶不見諒。光考嗣極,克遵遺詔,朝宁召公,官秩有閔。主上即位,方任用舊碩,而世已枘鑿而譏謗矣。

遠自勝冠,得與里選,已仰先生之高,庶幾其一傍。及乎登朝服官,方欲從游,無何先生去之南都,而予亦矢房插而弓服韔。迨乎相繼賜環,追隨教言,方喜吾道之有師,豈惟不意先生初服,而造物者亦不憖遺而道喪也！南州之路既遥,西川之慟安仰？予悲先生,豈特淚承睫而音短吭哉！

祭蔡子瑞太常文

維公履矩飭方,執極不變。少壯登朝,豪曹瑚璉。初命爲郎,繄干是典。抒靈濬精,垢剔蠹翦。治軍請寄,請功棼緬。干謁混冒,不禁自殄。慎勤明公,聲振轂輦。帝鑒其衷,天曹斯轉。我介是貞,匪席可卷。不昵不私,以僶以勉。舊臣子姓,攘臂膴腆。瑣瑣姻婭,逮公置辨。循俸依資,公用登選。孰是黯伯,略厥輶淺。去時戴盆,歸則見晛。鼎棄舊湖,龍御新冕。載念舊臣,仍掌櫜鞬。膳卿容臺,敭歷斯徧。棲山在懷,還輪用餞。今雨俄散,晞露靡褰。嗚呼哀哉！

昔在西曹,承公拂剪。提携同升,欲比衛僎。被罪杜門,公亦迍邅。靡觴不偕,無詠弗遣。仆而再興,復相後先。垂老歸田,踵武接踐。言念先世,親串如繭。今我兒孫,又獲來連。公名特達,公德曼衍。顧此幽明,絶若重鍵。嗚呼哀哉！

祭李巨川文

嗚呼！先生學問精粹,少也不昧,老而轉鋭。多方惠施,旁及瑣碎。醫卜卦數,天心地肺。百家抓摫,五行分配。昔教吾庠,大伸道喙。我唱耻躬,君實心佩。以君喆聰,明我墜憒。吾喜斯文,賴君交淬。浯水分携,憂緣堂背。告我違行,不齒人輩。我仍聞君,轉官逐隊。掌教分庠,鄘之與邶。誰謂修文,入此冥昧。聞君訃音,百歎愁倍。踊躅往來,廢殆與殨。人之云亡,孰與晤對?唯有終生,不敢自廢。君聽我私,魂歸光回。嗚呼哀哉!

祭蘇眉源大參文

嗚呼!比人言兄,脾胃不調,吾則不信,兄講長生,自當不凋。良久起居,謂已食粥。余曰果然,豈有蘇公,而遂不穀。訃音來聞,踊足搥胸,今果然矣!孰謂善人,而不永終?兄通道經,而究禪乘,兼精藥石,伐髓代毛,祈還真性。不食不饑,不衣不寒,單袷禦冬,獨坐徹宵,如炙如暄。殿中水銀,睦州鍾乳,雖則然矣,粱肉綺紈,亦人荼苦。兄信堪輿,屢行改築。此我未知,周公瀍澗,實惟一卜。兄之莅官,所至清嚴。其在高凉,芳祠大楹。民感行鹽,守令强項,太府敬憚。及遷於東,誰投杼機,望空而彈,輦上君子,致意于兄。賀者在門,我壑我丘,凡百不應。

我從兄游,餘三十年,道德洙泗,色空乾竺,黄白神僊。我則壽兄,兄亦壽我。今不敢知,其亡其亡,因人自考。兄之愛我,匪直心期,精粻我飽,華服我衣,醉我杯卮。我之南歸,帝有綸言,兄來歎嗟,臣則君知。我額君門,玄家有云,道成脱械。早就則速,晚結則遲。兄初盡卦,我來奠兄。牲酒在側,我心孔悲。兄尚如生,不飲不食。嗚呼哀哉!

祭從姪夢駿文

嗚呼!汝之純明,不練而融。汝之通脱,不介而同。汝之仕宦,發穎露鋒。上官見知,事集于公。下民率懷,無有蘊崇。初仕廣文,教洽北方。一知麗水,譽流浙東。閩疆粤上,如室與宫。順性而理,尤愜人衷。汝判毗陵,兼綰縣章。尊卑攸宜,條貫皆綜。吾漫他述,考試生童。僥倖無聞,展我明聰。寒士歡喜,刻石儷穹。參軍粤右,吾謫此中。吾久蒙恩,汝蹔移量。旌德之命,解汝絛籠。

如何奄逝,在天一方。念汝顯考,孝德斯臧。季次黔婁,不厭糟糠。汝奮而興,苦志勞躬。僅見登名,不養汝豐。知汝垂悲,抱恨長終。又念吾門,振振衣裳。向吾弟兄,恃汝全龍。吾兄逝矣,不失雙鴻。又得吾兒,參厠後行。今汝又去,誰和鼓鐘。所可慰者,年比父長。孫子繩繩,亦祖有光。庶幾將來,謂我謝王。汝飲汝食,勿怨勿恫。嗚呼哀哉!

祭鄭申甫文

嗚呼!自漢儒訓詁之業興,其於先聖人之禮樂文章、制度儀則之詳,以及形聲音切之分、古文今文之異,莫不考究纖微,至于白首而不得竟其要。自有宋理學之道興,其於先聖人之心傳奧藴、内外精粗、大小顯微之實,以及反觀省察之功、入門下手之路,莫不搜剔闡發,至于畢世而不能盡其妙。二者皆所謂先儒之學也,雖其造詣不同,要皆鑽心研慮,返之得其所安,而不敢妄蹈夫疑殆臲卼之誚。

吾兄結髮讀書,白首彌厲,其於審諦搆述之勞,蓋晷没而膏繼。其始之旁徵遠引,終之獨斷獨明,誠繇博以入約。宦轍所至,文學政事,並舉兼修,廢而入林,又未嘗一日違離簡編,而但求聖賢之酷肖。久之,借牖借堂,觀静觀空,廣之以西來之佛教,或繇虚證實,或即覺明性,如萬川印月,千蹊適國,以會通於魯鄒之奥窔。夫人有墮體黜聰之靈,兄之精心苦學,至于一目墜睛,兩耳杜竅,竟終生而莫療。是以扣者鐘應,悔者雨泣,莫不鼠腹滿河,載捆垂槖,誠如尊置中衢,聽夫人之淺斟而大釂。以予斤斤繩尺之塗,惟欲反躬視履,證之虞廷洙泗之精微,不令空言以虚剽。自知視兄也淺,用力也近,若與兄日月之不相爲照,而廓之一致,同歸之極,則已六通四闢,相視而大笑。夫子云亡,無所爲質,吾將抱此區區,又誰獎而誰譙?若夫平生游從之雅、意氣之驩,此朋友之恒也,曾何當於群咻而孤嘯?嗚呼哀哉!

祭潘士雅文

嗚呼!士雅訣我而尚與我講曾氏之學也,其言請與對,有即託孤寄命之根,蓋曾氏之學全在死而後已，啓手足，易華晥之際。士雅此言固已覘其平生之學，而亦洞于生死之觀矣。士雅得一令，令於長樂，不問宦中有無，時時飲酒而已，日向何物小兒曹功名拘縻我懷抱耶？士雅有兄方伯公，亦清節舉其官，飲雖不多，興亦復如是，而仕至方伯，有名於時。

士雅爲令，不得人一錢，而官評以飲酒少之。嗚呼！彼自明經鄉舉出者，自謂得一官去路不長科罰酷暴以恣谿壑者比比也。士雅一明經，出自世家，亦有羽翼培植之助，苟且其官，何所不至歲月？而一清如是，而尚以飲酒少之。夫方伯公以飲而至方伯，士雅以飲而不得進於令，士何可不出身自甲科也！士雅努力而令不得伸其志，鬱鬱以至死，不知造物者其愛之耶？其憎之耶？嗚呼！此自吾論士雅爾。

士雅少年時與吾亡兒轉及五六友者爲文會，恨不千古、目無一世也，然五六友者竟先後浮沉死，即挂名孝廉者亦不得一官，士雅得一官矣，長樂之人，飲食而祝之，何不得耶？斗酒之奠，士雅能與我飲如平日否？嗚呼哀哉！

祭沈士弘總戎文

於戲！萬曆之歲，予謫家居。入視瓶缶，靡斗靡儲。兄俯而顧，太息躊躇。時兄守帥，來鎮扶胥。先後處分，繼廩拓廬。予始晏然，安意讀書。及列朝班，一貧如昔。兄在遼左，頻有寄斥。予書謝兄，我似儳慕。道之未成，要人外護。兄哂寄我，子自立豎。儳道若成，吾寧子妬。我歸舊山，兄亦還闕。書寄頻仍，慰藉踈頑。我有郡李，緊兄之親。貽書及我，從此頻頻。胡聞兄訃，曾不歲旬。嗚呼哀哉！

曩兄在東，堅守海陲。意圖萬全，蓄鋭待時。與同事者，自許熊羆。間有訊馘，祇襲零奇。國家起見，兄遂與岐。我時乞苦，兄亦求歸。人謂居起，步履顛危。我時不信，謂兄托辭。誰知哲人，不久而萎。嗚呼哀哉！

惟兄胸懷，洞朗堅决。擒犂劇寇，底其窟穴。兵必實伍，糧無虚折。有不用命，軍法火烈。器仗精良，無不浴鐵。既離閩中，有伐在浙。我閩重來，如旱望蜺。遂移於東，大部是批。誰知遼左，罄竭心血。所圖不遂，意見唇舌。殄此名將，大旗誰掣。嗚呼哀哉！

惟兄嗜善，不戒而趨。當其投契，如鼓應桴。若我睽違，掉首不濡。大府褒薦，不報錙銖。或退或没，時異勢殊。兄獨拳拳，肝膽瀝輸。居常分財，兄我鮑子。我之報兄，衹載筆紙。闒㳙不倫，能闡盛美。誰謂哲兄，不我夷鄙。人之云亡，干城傾否。嗚呼哀哉！

我聞兄訃，已隔年所。我友兩人，友交在譜。葉公鳳麟，兄則貔虎。投漆與膠，兩無拒阻。一年之内，後先終古。我拜福唐，淚無乾土。又來哭兄，目枯心腐。惟其衰病，遲寄一炷。草率製辭，不罄心腑。嗚呼哀哉！

祭郭廷璋民部文

何子病困蓬藋之牀旬有三矣，客來看，曰："郭廷璋亡已。"何子驚起曰："渠三日前尚乃看我，而遽然耶？"越三日，黏以平曰："異哉！郭廷璋以一日謁其尊人司徒公學宫之祠，以一日過先生居，一日入宗祠與宗族子弟別，以一日命製絞衿衾帽之屬，使楮師作楮轎，而以其夕化去也。"何子曰："異哉！廷璋别我耶？"

既數日，何子病有間，携酒與豆哭于廷璋之靈，曰：嗚呼，廷璋而遽然耶！嗚呼，廷璋而遽然耶！當國家遼左之失也，廷璋自上書請得領兵殺虜，願獨當一面也，誰人省廷璋者？當此之時，虜勢猖獗，廷璋去，即未必能復遼地，設有不幸，豈與夫督邊守邊大臣抱頭鼠竄、求須臾無死、身入犴狴而頭竿藁街者同乎哉？廷璋爲户曹郎，有廵視科道官在，廷璋嶽嶽其間，不少退縮也。予知其筦天津倉時，爲國家惜糧儲如其私家財。筦倉臨清前廷璋爲郎者亦大臣子，其酷虐無與比，廷璋清净臨之而已。余歸山中，而廷璋亦見擯還矣。昔蘇東坡與王晉卿游，晉卿能事特善畫耳，其阨窮不怨、樂而不驕，東坡取以爲佳公子，至赤氣浮面，戰復河湟，尚是期待之語，能有如廷璋之欲出身而爲之者耶？余故不識廷璋，晚而以司徒公見念之故，司徒公遂以廷璋見我。司徒公臨没，囑廷璋曰："何穉孝勿失之耶！"而廷璋厚視我，予衣食、分財帛無間，蓋念其尊人故。他日命予爲其令祖書祠堂之碑,書畢,跪而觴我。嗟乎!司徒公有子,廷璋無媿司徒公子,獨余薾然没齒,無所以處司徒父子間耳。酬酒有涸,老眼亦枯,而所以歎息廷璋者,無窮期而已矣!

祭林登卿太守文

於戲!登卿先生其亦已焉。嘉靖之代則有濟南、吴郡鵲起壇坫,以古文辭嚆矢于中原,一時臭味傳之,爲温翼之在空,若張助甫、魏順甫諸人皆奉櫜韃而與之周旋。其後乃有汪伯玉、陳玉叔之倫欲踵其前武而策其長鞭,閩獨無一人焉可厠乎其間。於是先生厲甲摩兵,守宵凌晝,而欲振其鏑鏗。至其泚穎臨池,又時希鍾繇之搥胸而旁通趙、鮮之如椽,以是流譽諸公,掞藻藝圃,而聲華氣勢亦流暢於區寰。當時閩無先生則亦闇然無色,而何以發皇茫渺之山川,仕宦至二千石,不知者謂先生不能其官,而烏知倔彊伉髒不能與廣舌鋭頭之侣聯足而並肩!壽至九十有六,人皆羡先生之大耋厚德,爲鄉邑之蓍蔡,標後輩之旌旃,而烏知當日之嚮往固在百禩與千年。夫觀登九成之臺者尚未盡一級,而群歎者以爲不至其巔;觀行百里之塗者未盡一程,而共悵者以爲不一蹴跳越而抵燕。先生至百歲尚少一千五百餘日,人以爲隆施於天,而余尚恨其不少延也。蕪詞致奠,哀則無可哀,悲則無可悲,而念及斯文代興之緒,不能不爲先生涕泗而如漣也!

祭王翁文

維兄先尊未齋先生,先子之門徒也。而兄子阿櫟又予之門徒也,而余兒雲也、説也、禄也與諸侄、諸侄孫也,又皆兄子阿櫟之門徒也。維未齋先生之學,傳自其外舅蔡松莊先生,而松莊先生又與先子爲篤契,兩家學問淵源所自來矣。

昔者孔子教於洙泗之上,曾子父子皆從受業,而孔子之孫子思又受業於曾子。朱文公則蔡西山父子皆從受業,而未聞有朱氏子孫從蔡氏父子者。聖賢宗統固非末學可比,而余兩家綢繆盤亘,則又若過於大聖大賢者,豈非宇宙間有數之交耶？兄力學好德，居家庭父子間，上蒸下潤，熏爲太和，殆不言所利，美利自見。而阿樑又善孝也，生事死喪，無不盡道。兄上有父而下有子，固人生倫理學問一大快事矣。兄今往也，予率諸門徒出於阿樑之門同來哭兄，蓋皆感兩家學問淵源之自有所觀摩而興起者。有肉在豆，有酒在樽，惟兄欣然而臨之。

祭林仰晉少司農文

維公兩爲名縣，入首諫垣。公家之事，知無不言。諫垣官守，建白爲先。其於舊例，輪次更番。見賞則承，罪自當愆。神宗在御，諸臣不逮。時有貶逐，空署聯陛。言官申捄，職掌所係。當公在垣，臺省合斥。輪次之人，首縮舌翕。公獨披誠，上冀皇格。爾黨爾朋，朝奏夕謫。鼎湖遺使，起此廢官。公出蔀屋，翱翔朝班。大庖天圉，西寺賢冠。卷而懷之，賁于丘園。同起廢者，時列禁闥。合喙齊詞，共表勁節。先帝寵嘉，司徒晉秩。賜之驛馳，載脂載牽。歸卧鄉閭，雅正末俗。如衣負緼，若脉任督。云胡大盡，人之不淑。聞公薨逝，閭弔巷哭。匪以位崇，斯維人欲。遠昔於公，未嘗把臂。同起廢官，兄弟不啻。出處既均，語默一致。歸圖策杖，省公潮陽。公之不留，我心悲傷。且網困龍，衰梧送鳳。臨風寄言，寫我哀慟。於虖哀哉！

祭蘇弘家大司寇文

嗚呼！兄之於我，年少十歲。我登甲科，兄服鞶帨。我不識兄，兄曷我對？我宦儀曹，兄正登第。我因我兄，與兄交契。兄選户郎，無所晤語。朝夕過從，稍間延佇。我居三年，謫官歸山。兄校貴陽，忽以病還。既愈還朝，出守鄴郡。尋奉慈諱，城隅栖遁。起而視學，江右之邦。兄思嚴親，鬱勃難降。淹遲子舍，無意爲官。譽望翕歸，復爾弱冠。卿列薦登，遂晉中丞。爲德越吴，始翦仆輿。嚴君復背，哀痛□□。□□雞骨，亦既溢米。帝呼其門，司寇留都。尋改總漕，以護儲胥。重累台階，爲大司寇。勇退急流，不染濁垢。今年之春，我來自南。兄載酒肉，祝我前驂。纔到南中，忽聞訃音。去無日月，别以古今。嗚呼哀哉！

維兄讀書,窮盡經史。隱義單辭,莫不該舉。既筆之章,檃括韻語。裒集善類,模楷包貯。兄志聖賢,勇猛步武。及其至孝,又孰能侶?兄爲司寇,政值改革。權閹於兄,曾不疇昔。兄走入林,惟恐不亟。舉世摧毁,兄獨完璧。兄慎起居,坐必避風。延客數簋,肅别下舂。攝輯清宴,食擇虔恭。時見我驚,老而愚惷。放飲大嚼,每至宵中。出口放言,無所顧詳。心必謂我,定損天躬。孰知我存,兄不秋冬。嗚呼哀哉!

生死大歸,亦人之常。玉碎當受,金躍不祥。惟有令名,可以久長。兄之建竪,兄之文章,自非賢哲,其孰能當!青天白日,失此良友。大事無常,令我反走。天之罰我,奪我耳口。天之罰我,摧我足手。嗚呼哀哉!

望空擣膺,不拊兄棺。哭誄盈篇,不及對言。人之朋友,亦有缺陷。弔影傷魂,長江天塹。

祭丘見南少宗伯文

嗚呼!公之去我,日凡幾更。隔一牆垣,不聞笑聲。擲塞呼幺,寂寂酒鐺。虚院碁局,闃然丁丁。公真已哉!

我過花間,公寧出迎。我開屏序,公我過經。公真已哉!

公之敭歷,玉堂金門。公之製作,大册高文。我昔一官,屏棄南荒。老而見録,傀儡登場。出處隔絶,追隨無從。豈圖官舍,聯比畝宫。我則過公,笑語冲融。徐而扣之,如聽洪鐘。公之心事,一直如筆。平易間通,靡畛靡域。何斯人斯,古之先輩。塵垢粃糠,世俗一汰。金陵游宦,兩俱未到。公言名勝,我所欲造。公足不良,有限時日。我亦官曹,少所暇逸。公遂已哉,缺此奇蹊。譬如禁鼎,不嘗一臠。從公杯斝,曾不時刻。尊候稍乖,嘅焉永畢。嗚呼哀哉!

我亦乞身,圖返丘壑。西晻之日,當風之燭。蟲(蟲)臂鼠肝,造化所設。叱避無怛,一笑而别。

祭史扶淵文

我昔衡門,君來扣我。越人公子,何夕舟舸。君當此時,春花嬝娜。我則墜落，坻頽山陁。既無曼衍，安有炙輠？臭味所投，有順無左。相公立朝，黼黻藻火。我時出山，故紳重拖。芳塵接承，氣韻哀袲。真以君故，盼睞加餺。君有愛女，玉輝枝儺。許我豚犬，視若奔蜾。南都信音，廣陵封裹。謂因長途，因此娛娝。寄語攝持，神封氣鎖。夏秋之間，君覲驋娑。柏府烏臺，委蛇頤夥。我則謂君，四體帖妥。誰知沐休，骨膂戍擶。返奔子舍，尚冀薪荷。入門魂散，四肢如豅。悲此蚡胡，竟失幹笴。痛此荆崑，莫覩玉嵯。我老猶活，君韶遽墮。蠱（蟲）臂鼠肝，孰弄孰播？豆薦蕪蔞，漿奠澤菏。心之憂矣，誰能割剁？

祭黄外祖母文

遠讀《清源志》，宋時蓋有百歲媪云，其時真文忠爲太守，聞于朝，爲建坊東門之外，未嘗不侈以爲盛事也。近歲有黄媪者，百餘五歲，有司僅僅一旌而已。吾母九十又九矣，此兩漢盛時所爲賜酒肉帑帛之年，而竟含飴分甘庭户之間，有司不及知，鄉里不以聞，豈非教化久廢、高年不尊之驗歟？三代兩漢之盛，其不可見也久矣。母氏享如是之齡，計紀數閏，雖百歲不啻，而竟不可見也久矣。母氏享如是之齡，計紀數閏，雖百歲不啻，而竟不全百人之完年。造物尚忌，又何怪今世之人無三代兩漢之風也？母氏齡配其德，子孫賢孝，康强無疾，翕忽若僊，此遠之所以不用爲母悲而深爲世道惜。嗚呼哀哉！

先妻大祥祭文

於戲！安人去我，忽已三載，夢寐之間，猶或見之。憶予在京師，舅姑之奠，安人謹飭佐享，不謂今日忽稱先姑，以臨子婦之獻。顧人生有盡，更復何疑！獨念安人居室勤儉，雖子蒞官清約，安人處之，不異士女。白首未期，中道相棄，以爲太息。惟是孫子嗣續之盛，所望安人默佐陰佑，亦若生存。嗚呼哀哉！

祭女肅嫣文

父六郎因二哥會試之便，附鷄肉酒楮之直告吾女肅嫣之墓曰：

女之去我十有五年，其不拊女墳亦十餘年。女之慧孝，吾所夙愛。母氏愛汝，今亦安在？我之謫宦，萬里羈疾。收骨何時，拊墳何日？汝兄臨行，吾附問汝。有淚沾胸，莫可告矣！

祭周烈婦文

嗚呼！婦恃夫天，女爲説己，是以有斷臂裁鼻、尅面劓耳、毁厥形生，示無足喜而明己志之如泚也。至於顧後無憑、誓心不委、明明天地、生不如死，則有絶粒引脰，奉竄于頸，决一志以弱喪，遂須臾之靡俟。維此貞姜，烈心不毁，相從之期，有遠無邇。待衰麻之易身，奉晨昏之奠祀，慮舅姑之痛悼，潛鷄鳴以申矢。何章志之不渝而冥言之先擬也，中道夭亡。予亦有子，予婦執貞烈，姜實似婦，死比姜前於十日，姜居去婦同此井里，驚慟國都，感歎詞誄。同憂莫捄，使我心疢。敬告斯文，有顙實泚。嗚呼哀哉！

祭洪母文

嗚呼惟母！蚤喪君子，持家有立。聿觀三郎，俊爽煜熠。晚有懋孫，高躡名級。邸舍迎歡，孝慈交翕。懋孫過里，國門請急。實緊母故，中懷縈縶。屢章不報，理郡遂及。遷延遲回，奚啻五十。檄書督促，固辭堅執。母乃示健，矜精見給。上引先靈，遠體州邑。爾仰爾望，豈可稽澀。爾豈嬰兒，待我居濕。我豈耄衰，不任膏粒。我偕爾行，爾無憂悒。懋孫聞言，喜恐交集。遂奉潘輿，登坂下隰。徒御宴怡，輕此巇岌。既之官舍，色衎顔輯。外視簿書，内恭羞湆。覲期伊邇，意奉母入。母及中變，行李思戢。吾所偕爾，懼爾弢襲。胡坐尸饔，而乖王汲。越鳥巢南，龍蛇存蟄。回車之志，捷於呼吸。懋孫棄組，群牽群拉。皆祝縣長，何圖啜泣。

遠於懋孫，交章過廿。曩棄吾母，有同瀋拾。痛楚中途，不能拜揖。尚賴懋孫，支持補葺。今此七尺，乃勝簑笠。豈意兹者，涕泗齊浥。芷繁敬薦，不具羹汁。長跪陳詞，悲思莫挹。嗚呼哀哉！

祭温外母文

嗚呼！遠壻温門，母則善病。始初見母，頤豐瞳鏡。曰是百年，如松之盛。歸告女氏，以爲笑柄。母憂旦夕，何論遠慶。年復一年，力與命競。遂至八十，迥然遐夐。三月之末，壽母晨正。孫子稱觴，嬉笑詔令。大家驚詫，絶異曩性。今也軒渠，曩則重鄭。載言載欣，尚在窺映。忽爾溘然，西弇爲政。母有二女，具落泉穽。女氏從我，曾邀朝命。今有子雲，名列珍聘。念女愛孫，憂與喜并。維母兢業，以持家柄。舅氏即世，慈教彌勁。所望諸孫，毋論季孟。若有躋掇，喜處温凊。諸孫皆才，未有將迎。人事未諧，天心難偵。顧惟膝下，實孝以敬。少善居室，長能歌詠。内有淳心，外靡羶行。天之福母，豈待祈禜。酒取盈樽，豆不蔽檠。體母儉勤，意重物輕。玄夜杳冥，見母難更。跪而陳詞，白首餘倩。嗚呼哀哉！

祭莊師母文

嗚呼！莊世多難，胤嗣不蕃。自非母氏，孰存其門。翰林公孝，母氏尊焉。翰林公友，母氏敦焉。翰林公學，母氏騫焉。翰林公仕，母氏掀焉。長公不壽，母何煩冤！多生少育，孰能捄援。一脉如絲，賴母撫捫。門外或侮，母爲莊樊。銖兩儉纖，莊有饔飧。吾師無禄，我孰瞻奔？仰賴剛妣，我寒我暄。匪母斯母，實以爲坤。今其往矣，蒙袂而反。惟有神理，耿耿高騫。以見吾師，不媿淑媛。嗚呼哀哉！

鏡山全集卷六十六

神　道　碑

贈大方伯前泉郡丞先師陸公神道碑銘

夫出世拯民，必須高文之英；厚德載物，是資大邦之彦。良以文高則學懋，經緯具存；邦大則道弘，見地斯廣。乃寶劍乍出於硎，匪遽發其精光；若鼎彝久埋於世，乃倍尊于廊廟。

泉州府同知陸公一鳳，字子韶，嘉靖壬子以《禮經》魁其鄉之第四人，學刃鏃鏃，文鋒颸颸，通不置葩，徐匪爲容，非高文乎？公蘇之常熟人，具區震澤之靈滙，泰伯、言、游之風聲，非大邦乎？八試而後得舉，八試而竟不利，而後以銓試第一人得貳泉州，非寶劍閟而鼎彝埋乎？公雖卒於位，泉人思公德政，祀公名宦，善慶所貽，以孫問禮貴，天子先後贈公浙江按察司按察使、廣東布政使司左布政使如問禮官，贈公元配陳、繼配吴兩夫人如公官所合稱，非精光現硎而廊廟出尊乎？

惟是泉州岐海所給，百夷斯通，犀象角齒，鯨鯢齸齶，須治軍實以遏寇盜。公一歲中兩行海視師，綜理餱餼，組練長明，資裝不缺。初至料羅澳，謂是當泉上游，爲賊要衝，揀選卒徒扞拒遊寨，不吝錢鏹以作艨艟，久鹵不蠹，巨颶無敗，而馮夷所宅，重門如扃矣。

粤寇林鳳擾海有年，梅循莫圉。公奉檄夾討，出其偏師，收以全勝，鳳奔無地，竄身滅跡，海童宴語，弁韐交賀，而公獨曰：“禍本未弭，是且走海南諸島，而伺我解。”諜之，果走入吕宋之夷。於是，蹙之以重兵，諭之以政誼，吕宋追逐鳳酋俘獲上獻，因請入貢，比於暹邏諸番。臺下公議，公曰：“夷，海外區脱地，其國則不籍職方氏，其名則難溷大句臚。夫其効小順則厚賞犒之，用臺勞則羈縻收之。”臺如公議，格吕宋之請而厚舌人之賜。吕宋夷膜拜忭舞，解纜南歸。事聞，賜公白金一鎰。蓋鯨鯢畢逋而犀象靡載已。

安平李戴美者，大猾也，賣漿爲名。陳明、陳貴者，狐文也，製緣以循。公先後授計賊曹，生致於法。泉田在山嶢，人習伏税，公悉搜出，以賦瘠民。鹽禁覺察，負任有捕，公寬之，使出息完課鹽，以歲登課，無逋額。有詐繻乘傳者自嶺左右所經過，遠莫蹤跡者，入閩界，被公詰立敗。他至清戎理屯，龐雜猥多，悉有條緒，吏胥束手，而公暇坐嘯矣。先後臺使交薦，謂當亟遷。維是吏士固留，乞且蹔借。以是，臺委彌重，公志彌舒。公再入棘闈，鑒别錙銖，三視郡篆，布政優遒。晉江缺令，則急之而晉江，南安缺令，則急之而南安，最後急而之永春，又急而之德化，山谷往來，寒暑結轄，以至竟身。屬纊之日，守問欲言，惟及郡政，不恩豢私。輤車遄發，泉民巷哭，弔祭纍纍不絶，可謂得民之深者也。

維公風流醖藉，貴重人倫。泉士有陳紹功者能文辭，公自其爲秀才之日則俯與爲友，其後陳竟登進士。視師海上，則有布衣傅鑰者名能詩，公時時訪之，與分韻應酬，歡如也，而棘闈所舉士則多弱冠以上者。喬遠出公門下，時年十九，公批其牘有“博雅淵懿”之稱。屣倒中郎，譽及蘭奢，白頭老大，叨貳卿執。而公孫問禮以公之神道碑，不遠見命，喬遠敢不銘？銘曰：

陸於江左，偕宋、張、顧，爲四著姓。宋徙江陰，有景山公，光禄宴禜。元莊簡侯，孫布衣治，琴川避命。僕丞温守，閩使轉運，爰流厥慶。繄公之生，軀偉頤豐，美髯韶令。弱冠授經，陪京上選，五十觀政。泉海貳車，不吴不敖，海波斯靖。巨酋跳梁，公覆其巢，如吞如併。窮極所往，蹙之海中，島夷傒應。援功請貢，則匪職方，拒而不聽。鏐幣肴驛，以享小供，回船奔命。入棘中程，假攝如真，載衡載鏡。靈輀遄發，奔走弔祭，荔蕉摩競。鯨鯢既絶，犀象徒空，官囊懸磬。斷謀咨國，寬裕及民，廉謙德柄。聞孫大門，黼藻焕賁，日月臨映。虞山之陽，阡隴鬱紆，豐碑絶敻。門生銘辭，蠡海管天，莫闡鉅盛。

少保禮部尚書林文簡公神道碑銘

崇禎元年五月，前浙江按察副使草土臣林銘鼎謹奏："臣父堯俞繇萬曆十七年進士，改庶吉士，授簡討，歷任右春坊贊善、諭德，南京國子監祭酒，先後請告家居幾二十年。天啓初元，起禮部右侍郎管祭酒事，陞本部左侍郎，尋陞尚書兼學士，以《光廟實録》成，加太子少保，再以廣陵工成，加太子太保。五年引疾乞休，蒙恩予告。明年十二月七日，在籍病逝。臣省撫按臣具奏，旨下所部，卹典尚稽，恭遇皇上嗣登大寶，未敢節瀆宸聰。玆者日月有時，窀穸未措，臣伏思念聖主龍飛，萬物快覩，山陬海澨，莫不舉手加額，舞蹈太平。而臣父典禮舊臣，溘先朝露，不得從林居諸大臣後拭觀盛典，一生清苦，三禮勤勞，或亦聖明惻然軫念。謹將臣父生平操履及在事忤權本末披瀝君父之前，伏惟皇上俯垂帷蓋，寵錫華衮，勑下所部，給與祭葬贈謚，俾幽壤重光，白骨再肉，不惟先臣死且不朽，微臣孫子銜結世世。"上曰："林堯俞學行清醇，秩宗勞茂，應得卹典，其如例優給。"於是，禮部覆奏，予祭九壇，遣官造墳，安葬予謚。吏部覆奏，贈少保，廕一子入監讀書。禮部覆奏，謚曰"文簡"。

公生而穎異，有貴徵，幼遭顛沛，嘗有神護，童年勤敏，文即有名。二十二舉于鄉，三十二而成進士，改庶吉士，讀書翰林，潛心大業，博通蘊奥，恬約是將，名節是砥，於凡古今治亂、昭代典章，探討編摩，不遺餘力，至文詞歌賦莫不研精抽秘，自成一家。其在翰林典修正史，直起居，掌制誥，教習内書堂，分較禮闈，册封親藩，隨事恪慎。其較禮闈，崇雅黜浮，力正文體，演綸贊幣，毫無所受。桐封交際，概從謝卻。至京省，典試東朝，講讀詞林，榮艷事輒處後處錞，不屑不競，可謂生無媚骨、水似臣心者矣。十年史館，量移宫坊，遂以萬曆己亥歲爲省覲之請。歸，尋奉母夫人之諱，實繄孝感，時時依依子舍，奉其尊公臬憲公備極色養，己亦奉諱，而公仕進若遺矣。

居八年，以吏部薦章，政府催取，始起補原官。宫寮之淹，向未曾有。是年京闈典試，當事擬公，公遲遲河干，若有遜避。明年，轉左諭德兼侍講。以次宜禮闈領房，堅辭不與，以便族人孝廉之試。其冬，主考武闈，明年轉南祭酒。南祭酒，詞林所薄，公曰："吾先人嘗爲國子先生，視南司成如天上，寧不足耶？"自請行，至則毖規條、肅士習。居三月，詞林中風波突起，張網彌天，公亦在弋中，復以條答本貫水利，不爲勢豪左袒，同手下石，公連章乞身，時爲萬曆己酉歲。歸而究極文史，枕籍詩騷，尋壑經丘，漱石枕流，自擬同官之谷，不作承明之夢者矣。去之十有四年，哲皇臨御，求舊惟殷，特起公禮部右侍郎管國子監祭酒事，控辭不允，途次自陳。温旨再承，旋以禮部左侍郎尋拜尚書。

公寅清益虔，夙夜不懈，軌物章程，燦然明備，凡郊祀、幸學、殿工、陵寢、册號、選婚、實録、貢舉，以至宗藩四夷封貢諸大典，繹舊肇新，不爽條貫。每有面恩致詞，神意安詳，威儀嫻習，群工目屬，主上心嘉。其他章疏文檄，悉手創撰，彬彬斑斑，而尤留心於遵祖制、裁冒濫、抑倖門、杜請託，矢公矢慎，蹇蹇諤諤，去就爲輕也。《光廟實録》成，擬進御製序文有"金縢無圭璧之祈，靈藥寡瞑眩之効"等語，頗爲權貴所不喜。奉旨選閹，增額逾制，疏爭至再，中引祖制訓辭，而繼以"願垂履霜之戒，毋啓旁落之端，便嬖惟供乎使令，繼述允成乎大孝"，語極諒切，觸撓逆璫魏忠賢。忠賢每向人恚曰："林宗伯無意綸扉一席地耶？何遽張拳相向？"公聞，笑謝曰："予知祖制，不知其他。"及奉命會選，巨璫援故事欲據中坐，公預戒胥吏席於兩柱間，虛堂中，設篆案，閹揖下，愠見，公徐徐曰："公等故繇本部選進，安可一日輒相躋躐？"璫爲氣沮，竟均席拂拂罷去。

上念李選侍有襁褓恩，擬爲進封號。公謂："選侍有女，請待其選婚方併議之。"竟不許，而公寖爲用事者所齮齕矣。朝鮮國王李倧被其家人李輝幽廢，遼帥毛文龍爲輝請封號。時奴酋擾遼海，倚文龍爲後蔽，朝議方急奴人，重違毛帥意，欲從之，且以結輝因而牽制奴，公力持不可。業有中旨趣題覆，公猶移檄勘結，詰以大義，迨取具成案，乃因而羈維之。西虜入貢，閽閹受賄，縱之闌出，比復入，閹格勿納，遂至互鬨，擒繫一虜，虜聚百餘，憤噪梃擊，主客郎往諭，大被閹窘。公馳一介歸所繫擒虜，立解散。懷冲太子誕，逆璫與上保母客氏爲謀詭秘，幾危母后。其時有雨雹黄霾之兆，公向一二中涓，曉以古今順逆報應，無不感激雪涕者，中宫所以危而復安，公調護也。山陵之役，躬行相度，櫛風沐雨，茹粗餐糲，壯者所不能受，而公神彌王。天壽馳道，衝寒馬上，舉止自若。駕幸太學，扈蹕如雷，圜橋填壅，一時導從大寮多踉蹌失次，公奏對趨蹡，不失常度。郊天導駕，熹廟玉步甚迅，公擁不得前趨，重瞳屢回，戒璫讓路，其眷遇如此。每值頒曆受璽，實録進呈，天顔咫尺，授受相親。

公音吐洪亮，盤辟周旋，悉中規矩，嘉廟爲之肅然。嘗恭進大祀册，繇中御路直抵皇極門，上親起受，閲視良久，立而目送。煌煌天語，每蒙褒嘉，大内傳宣，時承召對。諸大禮既成，上尊珍饌，朱提文綺，拜賜尚方，頁相望於邸舍，誠儒臣稽古之極榮也。累加太子太保，誥贈三代，予玉予廕，蓋異數云。乞骸之請，再疏慰留，最後情詞益懇，予告傳歸。歸方修賓舊之歡，敘戚屬之慶，而以京邸積勞，馴致不起，去其生年嘉靖戊午六十有九矣。

公簡儉清貞，冲和慈惠。以爲慢易非所以恪履也，故尺寸自將，毫錙靡罅，不皦直以止謗，不躐級以讓夷，相門無私謁之行，偃室惟公事之至；以爲坌塵非所以潔尚也，故家園結留雲之閣，南谿築鑿垣之居，晴霞貫其牖中，泉水周於户下，命必勝侣，拉惟名緇，墨瀋雲流，詩翰璧合；以爲草野非所以事上也，故敷奏詳允，進止端莊，老不避勞，瞿不弛敬，三命爲之益恭，一辭於焉明義；以爲觀望非所以自獻也，故恪守憲章，擁護宫闈，嚴夷貢之防，格熏腐之幸，徹至高之天聽，耳不慭瑱，失中央之人和，足靡濡汙。以諛聞非所以覽逖也，故兼總九流，傍搜百氏，稱引動則据經，耆舊傳及益部；以廉劌非所以酬物也，故泥飲皆歡，虚舟任觸，稱人之善，急士之困，恩逮童叟，仰罄萌隸。公没，遺命衿帽，惟時含歛不施，欲造極樂之國，以登兜率之天，可謂異王孫之倮葬，笑司馬之石槨，一空有齊死生者矣。

公字咨伯，兼宇其號，莆田上林人也。系自比干，先出汲郡，追晉入閩，唐有九牧，公則端州刺史葦公之後。入明，而有累封諭德公堂，其長子禮部左侍郎公文，繇宣德庚戌及第，謚襄敏，其四子晚晦公立。立生軻，樂善好施，開疏水利，爲德鄉人。軻生鐵，有隱德，是爲公高祖。鐵生溱，丞回岐，稱長者，則曾祖。溱生贈資政大夫、太子少保、禮部尚書兼學士、前南寧府同知應采，維公祖，歷官令丞，並有惠政。應采生贈資政大夫、太子少保、禮部尚書兼學士、前湖廣按察僉事公焲章，則公父，備兵湖北，以平播功有帑金之賜，先丞永平，單騎定石門兵變，士以不譁，推舉卓異，爲刑部副郎。公配黄，累封夫人。子二：長即副使君，黄夫人出；次銘吕，庶黄氏出，先公卒。孫男三：長濬芳，恩廕胄監；汝芳，郡諸生；瀛芳，恩廕胄監。副使君以崇禎元年某月日奉公葬延壽里前黄之原，以從山穴之利，嗣乃疏聞於朝，得全卹命，遂以神道碑銘見委。

公出處進退合乎古人，孝悌仁讓無間鄉族，允矣君子，展也大成，而喬遠叨公文字契好之末，其敢不銘？銘曰：

閩海之濱，比干之系。晉唐及今，聞望世世。産此鉅人，掌帝之制。無文猶興，投孔斯契。景星明霞，方流側理。遺榮實師，競進所耻。觸奸忤邪，不露齦齒。抗則鳳飛，墜斯烏止。穆穆哲皇，淵嘿其容。公諧神人，夙夕寅恭。哲皇有心，翼我明聰。公於人和，久失中央。巷寺末造，口含天憲。雨雪晛藏，玄黄龍戰。公折其角，則莫之見。及其原燎，公已懷卷。奔欣載懷，文酒是命。去來生死，大鈞禀聽。莊達輪尻，佛明覺性。曳杖易簀，吾道之正。黼黻淪昧，斗璧熹微。阜垤文塚，洮涸墨池。螢乾筆返，孰睹撝披。壽陵失步，郢客亡師。新皇御宇，再圖求舊。魯誄憖遺，商悲純佑。天寵厚終，皇恩屢又。銘碑不文，尚煩史籀。

墓　表

劉長公墓表

孔子教於洙泗之濱，齗齗如也。其没不久，而四方之士乃有墨翟、田駢、慎到、莊周、惠施之徒，家自爲論，人自爲學。當時匹夫之言未遽信於人心，而先王之教未大明也，然其析亂鉤釽，雖詭正義，亦能剖天地之美、析萬物之理，以成一家言。若莊周者，明知《詩》以道志，《書》以道事，《禮》以道行，《樂》以道和，

《易》以道陰陽,《春秋》以道名分,鄒魯縉紳先生之所明者本德門道,謂之聖人,直其心欲去此而之芴芒之鄉,以爲天下沉濁,不可莊語,自託於瑰瑋參差以爲快而已。孔子之學,《詩》、《書》六藝以至百家之論,無所不究,然後道以會之、德以體之,故曰"博學於文,約之以禮"。至於今聖人之道既明,士固不敢肆爲異說,闌出於其際,然所以爲學問者,大抵文章之技譬如錦繡雕組,雖工而不適,其有志而講於學者又超悟簡輕,不復廣求,故亦德淺而言陋。夫老聃,衰周一時之道術也,夫子適而問焉,當時大賢小賢名字已不著於《春秋》,其人必無以高於墨翟、田駢、慎到之徒,乃亦無常師而學之,誠欲自多其見聞而求之大道也,豈特自究而已,且思以化而易焉。至若荀卿、申、韓諸人,則又皆聖人之徒之所教,得其一偏一曲而流委之所極者,可見聖人之道之在當時廣矣大矣。

滇人貢士劉德徵四歲能讀《尚書》、《正蒙》、《太極》、《通書》諸書,九歲從其尊人宦蜀,文藝寖廣,二十餘放於滇池之南,縱觀其境内之勝,而文日奇、學日益。一夕,夢帝遣巫賢招之大道,德徵詣前長跪,請巫賢鑿其迷心,復厥恒性。巫賢語之曰:"太乙無形,陰陽始分。惑生有欲,太乙乃鑿。榮禄孰與清净?機巧孰與素樸?稽載於上天孰與浮生於下土?"德徵曰:"高下相傾,美惡相形,彼此相參,吉凶相尋,天人神化,願究其源。"巫賢曰:"我知子趣矣。"乃指授六籍道德之奥,德徵恍如有悟。於是夙夕沉思,廣置筆墨,凡著書二十餘種。在昔宣父統一道真,聖神徂慮經教,遂弛探索以復帝衷,作《經籍窮道》。德徵辰日音聲,六書蔚發,篆籀既絶,蒼雅不振,欲會意以同文,作《古文韻測》。檀左絶音,文章支蔓,沿及後代,聲韻靡然,乃勤丹鉛,載水鑑,作文品史,上下數千歲,尚論其世,摘微指瑕,君子不廢也,作《讀史秘譚》。魂静心舒,夢安神定,日之所記,夜所得也,意者鬼神將通之,作《北窗寤言》。生斯世也,無神僊絶粒之術,而食農夫,衣紅女,憫其勞,述其事,作《農瑰篇》。《易》演簭筤,《貢》稱篠簜,淇園比學,感而述焉,又性所好,作《此君名類》。娶妻生子而出家,臣周友孔而遁世,玄言寂寂,見性養生,乃辨非取是,作《二教法徑》。大塊高旻,不可窮紀,凌虚歷覽,真人法之,碧落壤泉,考其劫運,作《補天地終始論第一》。古之大聖,躬無爲之教，行不言之化，民無得稱焉，久則忘，忘則罔，考古之志，不可昧也，作《補邃初大聖論第二》。五行之在天下也，其用大且多，聖人立極，法德相生相尅之論，予欲窮之，作《補五德紀運論第三》。陰陽不測，變怪百出，九鼎有記，耳目所不及者衆也，天堂地獄，僊境佛界，余不敢置不論，作《補迂怪之變第四》。總曰《補衍論》。又其昔年作《小史續編》、《庸史》、《法書詮》、《芙蓉譜》，加考訂以爲一書，復著《測海》一篇，《省心録》、《秋興集》附以家藏《虞紀》、《庸史備遺》、《道載極清録》終焉。一夕，夢神告之曰："子之著書富矣，非世所明也，天之所秘也。"發其書留其三編，餘悉携以行，乃更輯而得之，爲《人間書》，凡五編，以備一家之言。

嗚呼！德徵生中原萬里外，不友不師，年三十六以貢士没于京邸，而製作之盛如此，可謂奇矣！君讀書無定處，卧闥之内，卷帙四週，杜門默注，家人不知其出入。或側身冗案，或貼臂屋柱，尺楮寸管，意之所至，頃刻千言，故久而充牣盈溢於篋笥之間。惜乎其年不永，其所廣收而大蓄者，未及折以聖人之道，然勇於學而辨於筆，博於作而誇於見，墨翟、田駢、慎到之徒，其聰明智故當無以尚之也。君生西海，喬遠生南海，豈徒不及牛馬之風而已！惟是君弟今蒼梧守文徵以文章行誼相砥，遂爲金石之交。余與君弟方學聖人而師之，又安可使辨博之士泯没昭朗之代耶？故于見命也遺之以文，使刻石而表於其阡，以見當世之有人云爾。

謝封公墓表

公諱九思，字可學。沿申伯之遺封，襲江左之舊苗，厥初在泉，宋時有仕潮廣知郡，九傳至其高祖復守潮州，攄理人之莊，副共我之稱，俎豆斯延，華表尚在。公祖、公考具列青衿，蚤背玄泉，公之祖妣亦不永世，僅餘繼祖妣蔡氏及其仲父公與蔡妣嘔沫相依。畀百藥之艱名，絶五尺之家僮，發憤下帷，兼綜傳記，數奇李廣，老謝夏侯。公切依劉之誠，動李密之夢。自恨幼孤，夭闕庭闈之歡，寄慨興懷，頻仍楮墨，王裒所以廢講，匡鼎末繇解頤。他日披簡手澤，就於廢簏得其尋常疏記，比于不能讀父之書，裝演作軸，珍襲在笥，可謂思其居處，思其笑語，仰視榱桷，俯視几筵，不覺涕泗之無從者矣。所以奉侍蔡妣左右無方，眠食稍違，便虔露禱，顔色不怡，斯爲長跪，窀穸之事，役築身先，風雨四時，護視楸壟，登年耄耋，尚感劬勞，嫁女送終，爲繼祖妣費者悉捐靡囊篋，不問仲父。更割己産充奉蒸嘗，撫諸群從，洽若同氣，可謂切無念之修，動孔懷之誠，契軌參、騫，似酉薛、孟者也。

伯子吉卿魁薦南宫，莅縣海鹽；仲子台卿同榜齊名，列卿牧寺。闡弓冶子夏之傳，展庭趨學言之對。伯子所在良牧，若父若師，道顯跡淹，祇奉温清；仲子溶陟中外，臨津敘優，封章四及，父如子官，又得貤封公父，遂公孝誠。公輾然而言曰："不有淹者，孰奉印桑榆？不有陟者，孰褒印艾朱？其虛其徐，印得寧吾軀。"躋壽九袠，内外孫曾千指有餘，冬日炙人，春風煦物，斗酒歡洽，咏歌諧謔，郡邑師帥請登賓位，姻黨後進瞻承履綦，方之於古則羔鴈在廷、脱屨盈户者矣。小子不敏，以先世舅甥之親厠伯仲仕學之籍，敬用拜手表公之墓，其辭曰：

於惟至孝，萬事根兮。公毖其根，福寧垠兮。宣美人世，天予恩兮。豈不狩獵，有縣貆兮。孰足槖閣，不址垣兮。暦紀縣年，閟玄門兮。揭祉噓馨，芳杜蓀兮。

陳處士墓表

予至安平，有所謂西園者，結搆回復，邃遠而疏通，知園中主人有文雅之致，會其試南都不在也，主人有弟亦入闈省會。久之復至西園，主人不在如舊。又久復至，則主人出肅客矣。所謂主人者，陳生鍾彦，而所謂主人之弟則鍾浹也。是夕留宿園中，見其几上悉古文詞賦，客有善古文詞至安平者，陳氏兄弟無所不爲禮，知其得於家傳者舊也。陳生兄弟既與予往來益習，則出其先人處士公墓表見屬。處士墓誌出黄宗伯父，處士不没已，而復使予表於阡，予益知彦與浹也欲不没其先人之厚也。

處士諱珊，字廷珍，故家南安縣之衙斗，少時父母俱亡。泉中中倭，兄弟子姪悉分散，處士脱身往來安平市，市頭有顔丈人者物色處士，女歸之，任之橐中裝。處士善役使之，自其壯年，積著益厚，處士乃爲其二親襄大事，分財諸父昆弟及其疎族，無所恡私。其祖父有所建置禪刹久廢，亦爲新而大之，以無忘先世，而處士之誼高閭里間矣。

言也者，心之響也；行也者，心之影也；子也者，身之蜕也；蜕也者，心之傳也。聲滅而言銷，影脱而行泯，所恃有著述文字之傳，庶幾若見其人。而處士結髮受計然之策，無所事著。有彦與淶也，心慕乎古人，而知交皆當世豪傑長者，其爲蜕傳最至，予見陳氏兄弟若見處士也。陳氏兄弟足載其先人以見於世，而又求宗伯公與余之文志其内外之阡，以比于著述文字之傳，則處士其終不没矣夫！處士其終不歿矣夫！

陳郡丞公墓表

當萬曆癸巳、甲午間，廣東有二陳云。大陳則遵江公榮祖，爲德慶州知州；小陳則鰲海公榮選，爲儋州知州，再遷爲廣東同知。二公棠棣天倫，素絲人譽，並操身潔修，處官辦治，鬱然表一時。或曰："二公家席素封，寧患貪哉？"何子曰："人之心也無涯，則其望之也無涯；人之智也無盡，則其求之也無盡。貧者厭貧，富者益富，此夫人之情性不學俱然者也。得百里之地而君之，可以恣其無涯之望而索其無盡之智，其有所不屑焉者，必有以著勞能於國家、軫隱恤於民萌焉者也。"

凡遵江公之爲州，予不具論，獨論鰲海公申六諭以導民、别户數以齊民、清獄訟以蘇民、勸農桑以養民，建欽恤堂於蘇長公之載酒堂傍，率士子講德考業其中。中貴人新奉旨榷税驛騷，民苦奔命。公憫焉，小康之徵發役使，不以賦民户，不以費官帑，裝家中資佐焉。黎人梗化，撫而招之不用命，就俘獲者察其輕冒，縱而釋之，題其刺而讞之牘曰"冥積"，此公之爲儋州者也。攝篆香山，海舶所奏，夷寶所聚，公揮鋤金而歃貪泉。自其平昔，中貴人欲多榷税之額，公爲香山人力争，其荏苒脂韋可以媿其上官，稍見中貴人意舉於色，斯俟不終日，此公之爲廣州者也。公官二州，有轉有退，二州父老並扃城遏裝、遮道牽衣，或泣或留。其轉也，人羨於其遷；其退也，人媿於其決。公學問人也，居常手不釋書，雖在喧雜之中，神氣穆閒，途車客舍，莫不挾册自隨，著有《易書旨》、《禮記集註》、《老莊解》，皆白暢澹夷，若玄酒之有餘味，而採之以當官治身，其茹精咀華，不徒旨於其言者也。公出爲人後，事其父母，並隆所生，里人有兄弟争死之誼，久繫獄中，撫臆誓肌，白而出之。衣不重彩，食無兼肉，有以緩急叩者，不解不辭，此公之平生有本有末者也。

公墓誌行狀若傳，已藉當世君子納於土中，著於人間。公子若孫若曰："表者，表也，表於墓，使人讀之，庶乎未施敬於人而人敬，未施哀於人而人哀也。"余忝公同年，希公有心，事公有歲，於是乎書。

唐滁州公墓表

武昌興國州與九江之瑞昌縣壤相接也，江流支别，山勢亘盤，剽賊奸宄伏匿其間。於是興國州地爲瑞昌民所據，其户則四，其衆則數千，其所據地則六十餘里，其所逋租税之額則千四百餘金，守是州者莫究詰久矣。

蘭谿默齋唐先生以萬曆初年來守，甫下車，曰："是我州之民也，非瑞昌之縣民也。"入山而招之曰："里爾。夫普天之下，莫非王土；率土之濱，莫非王臣。有爾無所屬之百姓邪？"民皆鼓舞忭喜曰："山氓惷愚，但樂逋租税，得自恣爲奸酋豪長，得明府言，民乃晰大義，明府生長我。"先生曰："兹事不可草草，宜聞諸朝。"以告巡撫都御史若巡按御史，以上聞，事遂定。於是吴楚無争民，州無侵地，賦不逋額具足，江藪之間，奸宄絶出没，蓋不特興國安而瑞昌亦安。居一年，奔母喪歸。服闋，補守滁州。先生於懷保小民，其所能也；奉上人意指，所不能也。居二年，大吏劾先生，歸矣。先生歸，而劾先生者坐贓論戍，於是先生之不能奉上人意指昭然也。

先生少年慕王文成之學，從游文成高第錢公德洪、王公畿，蓋無意仕進，母太宜人勉之曰："見欲聖賢乎？行道濟時，此聖賢事爾。"於是，先生乃治科舉之學，以嘉靖甲子舉于鄉。既一上公車，母太宜人復勉之曰："第乎？即不第，母年八十矣。"於是先生即以隆慶初年就教靈璧，其佳譽鵲起，入爲南國學，而以興國守出也。

余予告南歸，公子廷賓爲歙州參軍，家居老矣，與其兒兵馬使宗琳、予邑舊丞宗瑜以墓前之石見命。予曰："王文成之學，其見諸事功者有浰頭、安遠諸捷，彼其時久弄兵潢池中，不干戈，靖之不得也。先生招瑞昌之民以爲興國之民，銷患未萌，貽安永世，所謂得文成之學而善用之者耶！而其本遵母氏'行道濟時'一語，夫其事母則孝，治民則惠，予非斯人之表而誰表？"

先生諱汝禮，字大嘉，默齋其號。

楊贈公暨旌表節孝郭淑人墓表

楊起伯氏寓書若幣至於余門曰："甚哉，洪震有莫塞之悲也！生在繈褓而不有吾父，不識父何容也。吾祖老而撫之，吾母獨守洪震一身，門祚之微，幾不知有所能存。洪震席先世之業，藉上恩待罪行間，庶幾有以養吾母，而爲日不長，念而戚然悲也。人生而不識其父，尚有其伯叔昆弟，一家一身，母氏韶年而僅存之，悲矣哉！吾痛吾父之志不得聞於人，而歎吾母之節不見永於天。惟吾父母懿德善行則已得賢士大夫之一言以表於阡，庶夫逝者得以垂光於無窮。"

君諱拱文，字爾學，其先壽春人。其始祖朝先從高帝行間爲小校，竟以亡於陣。其二世祖福從成祖引兵靖難，累功至都指揮使，亦亡陣間。而楊氏遂爲世官。公少有英雄之概，始紆襟緩帶稱博士弟子，既棄去，後先業射策得武科，從里中俞都護擒薙倭寇，上首虜，且得敘功。會其尊人昭勇將軍公老謝事，公之京襲職，竟卒於京。

公配郭淑人拮据捋荼，厪厪視一息起伯君也。起伯君稍長，則語以先世之故，訓之以文學，而厲之以武事，以有今日。嗟夫！志也者，人之所易靡也。藉有先世之遺，紈袴馳逐可坐得世官，而君有不安於是者，射策司馬門，從都護鳴鏑手劍，以幾積伐於幕府、奏勳於旂常，萬里出門，輛軸折死，非君所惡也，不得從其填壑喪元之願而奪於天君之所自傷也。節也者,人之所易敗也。日也,有不年視之乎?歲也,有不紀視之乎?維日有月,有不風雨晦視之乎?悲乎哉!人生莫大於失伉儷之歡而岌岌一綫之緒也,其存乎吾將終吾天,其不存乎吾將終吾天。設爲可知之存,則尚有冀懷,設爲不可知之不存,則無日不繫於心也。殷斯勤斯,育子之憫斯,淑人之所自持也。志者,人易靡,論其皦然可見,則何必功能以永世,而顔氏之子是乎!節者,人易敗,論其皭然久存者,可以維天地而參三光,則何有於伉儷之歡而何論于一綫之緒,而共姜《柏舟》是乎!夫如是,則於公爲君子,於淑人爲哲媛,天始奪之而終成之,如是則起伯君之哀可塞,而公與淑人不待余言而自可垂光於無窮矣!遂繫之辭曰:

天始傷之,而卒昌之。志以洸洸,節以煌煌。不惟其昌,而又大彰。

李贈公暨劉太宜人墓表

汶上桂亭李公,魯國奇男子也,其爲言曰:"《孟子》七篇言仁義,皆是也。余獨不然其'鄉鄰有鬬'之一語。夫鄉鄰鬬而人人閉户,則孰爲排難?孰爲解紛者?又安所貴當世豪傑之士哉?"故其平生見利弗趨,見害不避,見義憤不猶豫,往往急人之難,彌大隙,已大訟,即畢世之仇累結而不解,公出一言無不立罷散。兖丞王履畝行縣用重法,多斃人杖下,桁楊宵晝不絶聲。公爲書三紙,裹石投丞署中,丞行庭得公書草間,即日滌刑省事。邑人皆怪曰:"是誰爲丞言也,丞自悟耶?"歲大饑,邑令馬賑粥後時,且不得其方,怨讟盈路矣。公上書白狀,並陳捄荒賫粥諸備。亡何,令被劾去,自悔恨李長者之言未之能行也。至其他隱人之過、體人之私、忘人之怨、振人之乏,不可勝道矣。嗚呼!孟氏之言曰:"夫夷子信以爲人之親其兄之子,爲若親其鄰之赤子乎?彼有取爾也。"予亦曰鄉鄰之言有取爾者也,不然,鄒孟一生歷齊、梁、滕、宋之君,述唐、虞、三代之德,其拯民水火,不忍時君率獸而食人,此其義何啻捄鄉鄰鬬?李公雖不取孟氏閉户之説,跡其所爲語其丞若令,視歷齊、梁、滕、宋之君而述唐、虞、三代之德,意殊同耳。

公嗜古躭書，其博綜流覽，無異書不讀也，有疑義，窮思問辯，不渙然不休也。其吐名理玄言，一發四坐皆驚，有時微言角險，亦莫不絶倒奇中也。嚴嫉惡，慎交游，意不可一世而又無一人之不可與者，其平生如此矣。既不得志於時，則以望其子。察諸子惟今觀察公可任，日提而教之。其所爲教者，皆直節忠孝勤民幹國之事業，而歷舉古名臣以實之，又彙集前人之修德獲儁者而示之，而不徒以文詞，揭三語而常目之曰："顯世惟有讀書，延世惟有積德，豐世惟有持儉。"嗚呼！其所以望觀察公者遠且大矣。

觀察公之舉進士也，去公下世之日以十餘年，則以公受命惟中身，而見觀察公之成者，劉宜人也。觀察公之舉進士而歸省劉宜人也，劉宜人掩泣而歎曰："惜哉而父之不及見，而父之命而忘之乎？"觀察公長跽曰："不敢。"宜人曰："起。"老寡母又足之辭曰："潔其官所以爲忠，忠於公所以爲孝，孝於其死者所以孝于其生，爾惟念哉！"故觀察公仕宦所至，無非奉公忠孝勤幹之四言，而秉直太過，至於邅廻仕路，垂二十年而後至今官，而同觀察公舉者褎然尊顯矣，然而不負於庭訓，道固在也。

余生天南，觀察公生天北。曩者晉闈之役，得從事觀察公後如親弟兄。兹蒙恩從田間備員南工，觀察公曰："此於我東土相望。"會奉公與前房宜人及劉宜人之合葬，走書命予表公、宜人墓，余不能辭而爲之。

公諱養質，字子彬，桂亭其别號，以觀察公累贈奉直大夫、户部河南清吏司員外郎，劉宜人以觀察公累封太宜人。凡公之詳具在當世名公之志狀，余表公墓，特紀其大者，以附公於孟氏之義。

墓　碑

林烈女墓碑

林烈女者，惠安崇武人林毓之女也，聘於李氏子。萬曆十八年，李氏子競渡而溺，時女年十九，哀傷悲懣，顔色憔悴，以禮自約，不敢奔訃。居數日，值其家喪，女隨母往。便道戚家，近于李君，召李氏子妹泣而語之曰："若兄既亡，我死有日，妹合代兄善事父母，我無見期。"因出衣帶錢令市楮幣，代告靈几，泣别而歸，朝夕歔欷，杜門不出。父母慮有自盡之虞，囑其鄰女防衛甚至，母親與卧起。媒妁則來，正色拒叱，如是者再。父母不曉所謂，疑女擅欲擇婚。女私慚恨，願父母養女三年，以待備禮。其年冬，媒妁復至，堅拒如前。父母詬詈甚厲，女乃入房，改櫛笄縰，更新衣履，室户不扃，以示無疑，倏然自縊。母呼不膺，入視則瞑，鄰里駭悲，冠紱弔拜。有司君子有表有祝。至於是歲，天子有詔書搜褒貞躅，惠人以聞其邑令君羅侯。侯會邑人捐金改葬，歸骨於李氏子之丘，而將上其事於朝。惠人乃合而碑之，辭曰：

於維烈女，秉性恂静。靡通女史，乃一視聽。賦資有警，閑身以敬。古有貞姜，用刀引鏡。亦遠父母，伊嫁匪聘。洽陽未禮，黄壤盡命。靡貳靡回，得一斯正。窀穸合魄，及爾親迎。天子制詔，邑侯奉令。風女以男，著教於政。後千百年，有永令名。

欽恤忠順西洋報効若翰哥裏亞墓碑

奴酋作亂，失我遼左，於今五年矣。我所以禦之者莫如火攻，火攻之器銃最良，銃之製造西洋國最良，發銃之法西洋國之人又最良。天啓元年，太僕少卿李公之藻奉朝命治戰車，鍊火器。李公言於朝，請召西洋之賈於廣東香山者。遂有學道人龍華民等率其族二十四人至于京師，圖形上覽。上嘉其忠順，宴勞至再。居數月，教藝練藝，具有成績。朝中諸公請演于草場，發不費力，至可及遠，諸公奇之。演二日，若翰哥裏亞炸傷焉。上聞悼惜，賜葬于西便門外青龍橋之陽，柔遠人也，獎忠義也。於是龍華民請何喬遠碑之。銘曰：

西溟洋洋，黏天無垠。載厥瓌寶，航葦望暾。嶺表海裔，以鬻以屯。鐘自鳴時，鏡可矚氛。復有火器，一發百奔。天子召試，禦我虓獟。水治舟艭，陸飾車�。教我和合，啓我發歕。撬爆炸裂，死于厲薰。國殤不辭，華慕斯芹。帝錫黄壤，寵之塗輴。形圖丹陛，骨配蒼珉。彼酋者奴，累世陪臣。朝貢不絶，燕賜良勤。害馬布帑，壓手金銀。一朝跳梁，悖我撫填。瘠牛其畏，瘈犬徒狺。視此翰哥，如山比蚊。彼生而殄，此歿而聞。遥遥西極，洸洸忠魂。我作銘牌，垂示礨獯。

鏡山全集卷六十七

墓 誌 銘

林處士君暨黄何二孺人墓誌銘

君姓林,諱特,字士奇。其先炎州固始人,從王審知入閩,居莆,自莆入晉江居藍田。其爲林始祖宣義者,自藍田徙塗樓,五傳生璋,自塗樓徙前間。璋生顓。顓娶于陳,生君塗樓。前間,晉江北鄙也,其山谺問叢厲,其水濺激涔渤,無紆餘之氣,其人力耕纖儉,富者鑿山疏沼自饒。君獨挺頂磨角治《春秋經》。爲儒既不得意,則亦習纖儉饒益之業,與諸富人等,而獨以内行淳備,素信其里人。里中常取平於君,既君平,無不委心。君五歲喪父而哀,母病,籲北斗求代。兄聰嘗被盗,白於官,官使卒逐盗,卒求得他盗,亡去亡驗,反以窘聰,謂聰以意誣陷其怨家,繫都縣獄,累年無以自白。君多方辨理,至控訴提刑使。提刑使疑之,又繫聰獄。再經冬,而君橐饘周旋,從臘不肯歸家,感動獄中人,竟聰赦解乃返舍。歲大饑,粥餓者若而人。凡所爲里人信服以此也。里人既多質君平,君盡以《春秋》之義權之,率得其肯綮。君美鬚、長大,竟年五十六終。配二,一黄氏,一何氏。

黄孺人治麻枲、督僮僕,佐君纖儉之計,亡何卒。何孺人則斥芮去肥,不治賓客,出分僮僕,背襁子自炊,且綼纑爨下,刈楚拾穗,轉糞誅蔓,崎嶇山阪間,與君荆棘霜露同勞。夫婦相謀畫,省使而節費,并力以兼勤,人謂孺人粃可研膏,跌而拾芥。中歲君歿,育其孤一夔。老而一夔殁,而育其孤如源,幼子童孫皆出護持,以存林氏之世。年七十六終。

君子男三:一鵬,黄出,先君卒;一鶴,郡庠生;一夔,俱何出。一鶴無子,亦先何孺人卒。一夔子如源。何孺人,予先君子妹也。一夔精通行草書,習圖繪,好堪輿言,從顔左相遊楚,客死楚中。初,君之歿也,既葬橄欖山有年矣。一夔用堪輿家言,以萬曆二年遷于大墩。亡何,改家于僊游,踰年卒楚中,而何孺人與其妻相繼歿。家門多故,林氏之緒有如懸絲,是以闕志。及今則如源子矣。以是年某月日奉何孺人合葬君墓,而并請追銘。

喬遠惟先君子棄背王父母時,先君子年十三,孺人年十一,饘粥不相續,孺人常餙食讓饘飽先君子。先君子托君孺人,君歲時遺餉先君子,以捄束脩之絶。先君子老而愛孺人,朝夕不忍相去。予念君、孺人,不覺涕之横集也,况如源復有請。銘曰:

《春秋》之義,覸如銖也。以古揆今,何不無也。誦言而游,豈魘株也。吁嗟乎君人!中儒也,貨殖治生,智所圖也。何物中饋,一婦婁也。俯拾仰取,如鷙梟也。吁嗟孺人,女丈夫也。修身作家,兩可摹也。銘以志之,永不徂也。

傅孝廉公暨鄭孺人墓誌銘

萬曆丙子歲,予同年舉于鄉者,泉州凡三十三人,其貢成均而舉京邑者又四人,而其三人没矣!陳君鍔、張君問仁、傅君秀岐也。陳君博碩魁梧,善飲,飲不醉。張君能爲書,積古今書畫充几盈厨,酒後慷慨論平生,常沾襟泣下。傅君温然爲儒者,時好弈碁之戲。陳君有子濂復與予同舉進士。張君即浮湛郎署州郡間,其子尚不至餒,且二君皆獲耆艾之年。而傅君年四十四以没,其配鄭氏亦没,雲章藐一人耳,所生母别出適,雲章僅寄食於外氏,其亦可歎也已。

君以丙子舉舉人,兩上春官不第,濡滯京師。少中丞劉公思問延爲子師,甚重之。居亡何,卒其館。諸縉紳先生醵助喪佐葬之費金且百餘,其家僮皆乾没竄去。至于今十八年矣,露櫬枯蓬之中,雜於他柩,幾不别,其又可悲也!

君父瑄,母張氏。瑄别號白溪,曰:"吾無益于時,白過一生耳。"其舉君爲次子,母氏現祥夢焉,及生而岐嶷秀穎,故命之曰"秀岐",字之"存周"。六歲就師塾,過目成誦,九歲下筆滚滚如流水,師友盡驚異之。既爲諸生,校藝常先其儕輩,文日有名,四方執經從者,館次至不能居。君即出其先人所遺破屋薄田以讓於兄,而自舌耕餬口。久之,貢入京師,今相國太倉王公時爲大司成,愛其文曰:“天下士也!”及至丙子舉,王公則甚喜,子視之。其時君館於少司馬吴公塾,適吴公視師塞上,召君與偕行,意欲稍爲贈,君媿而婉辭之以言。故江陵相者,其諸子多結名士自援,慕君文,求通焉。君曰:“相國諸公子,非能有折節爲周行好也,不過欲吾文耳!”即出所結綴,轉寄諸公子,竟不一至其門。嗚呼!一逢掖待詔公車下,東方之饑,從古所苦,即有脂膏,不先於蟻蠅,有其意之亦有可以就之者矣!故江陵相者,聲勢熏灼,得意可使登青天,失意可使入黄泉。稍遊其門,進士可得也。君於二家有介然不渝之志,又不欲顯其跡,婉辭以言,而轉致以其所爲文,其爲外温而内辨者,皎然不可得而緇磷也。君卒於中丞公之館,太倉相國過而與中丞公哭之傷,皆華斂而美材,直以其久而不能葬以爲雲章哀。

予乃爲謀諸君故人及諸同年,再贈之。君後之微,其壤或於形家不利焉,不敢復祔君先塋之側。適予有地在紫帽山金地院之原,因以畀雲章,奉君之柩與其嫡母鄭氏同葬,是爲萬曆丙申年閏八月二十日也。狀君者,君之友王君同廉,知君爲詳,故予信其言而志之不誣也。銘曰:

坎而即宫,斧鬣以爲封。猶賢乎,擿之於枯蓬。

唐都閫公暨鄭淑人墓誌銘

前將軍唐公喬楨,持户部郎鄭公得書狀,謁予曰:“先鎮國將軍没有年所,未啓菆塗者,以吾母淑人未下世。今母氏以天年終,孤等將以是歲某月日,奉葬于晉江縣磁竈村真君山之原。子其爲銘。”予曰:“公家將軍,吾仲兄外伯氏也,敢不銘!”

予爲童子時,見公數過先府君。公長身玉立,神觀英朗。每至,先府君布席酢茗甚恭。長而讀王道思先生所贈公文,謂公“謹職守,慎名法,文采之華暢,器識之敏妙,足自藻潤藩餙”。論公之世,雅歌文酒,逡逡人也。而讀鄭户部所爲狀，公乃甚武。唐氏於明爲世官，公襲爵時年少矣。一日郡狴之囚逸，郡太守不知所爲。公聞，不請太守，馳一騎，從兵仗數十人逐之衢，盡得之，以送太守。太守執公手曰："微公，吾乃不知所爲。"或曰："公自輕公責耶？"公曰："孰公責者？"頃之，清勾永寧衛。常例，軍伍有餽送，公一切卻焉。當道復委公治兵浯嶼水寨。撫帥貪得賊爲功，下令捕賊彭湖。公曰："彭湖，某所轄汛地，無賊何捕？若在海外，我徒衆少遠，逐必窮。"撫帥不從，竟令軍士捕賊波濤中。賊詐爲賈舶，來火吾船，船卒上厭無忌而下吞於天吳矣。帥則大悔。未幾，當道檄公把總南日，南日善地，把總或得自饒。公用親老稱疾乞歸。當道固留曰："君不屑自饒，固乃益，欲得公饒士。"固挽公。尋有旨，遷公守備汀漳，以都指揮體統行事。汀漳故有李巨寇，出没大帽山，相戒曰："唐都司來，無孟浪作賊，是自求死。"脇黨皆瓦散。陞貴州都指揮僉事。御史行部，拉公偕咨謀焉。一日，摭求畢節備兵使者，令公爲證，公曰："僚友無罪，何忍相負爲！"御史默然。亡何，入賀聖壽，轉廣東都指揮同知。尋中貴州御史事報罷。

公歸，倭正寇閩中，撫帥復以南日借公。時寇已陷莆田，所擄掠子女、金帛，用巨艘載歸。公整兵截之海上，生擒真倭九十餘人，斬首百餘級，奪還女子千餘人，而莆田之人，几香於户，壺漿於門，以勞公班師之人。至泉，寇復訌泉。公教守陴爲傳籌法，城柝無害。鄉民數百人避賊來城下，不得入，公厲聲曰："奈何棄民！"入之。賊平，而公雅歌文酒，游士大夫間，逡逡如曩時。萬曆某年月日卒，年六十有五。

配鄭淑人，能讀《内傳》，又旁絡子史書。公治軍浯嶼、南日時，淑人理家，爲公敬養二親無怠。公在軍中將殺，則止御曰："内友屬我，無滑手矣！"老而塑坐終日，若修真者。年八十六以壽終，萬曆某年月日也。

公諱濟澄，字士潔，先世應天六合人。始祖益，從高皇帝定天下有功，予世官，爲泉州衛指揮僉事。六傳而爲公父鈺，生公。鄭淑人則潮州守鄭良佐公女，狀公者户部郎之祖姑也。子五人：喬楨、喬穗、喬棉、喬栻、喬橚。喬楨襲公爵，今又以與其孫熙。銘曰：

凡百守官，武帥爲難。遵道遊樊，厭其綺紈。則曰夫夫，孰足控摶。捨其鎧杆，從我文翰。我韔我軒，射虎拕貙。又曰夫夫，雙目如眢。不悦不敦，刃鈍脾臆。匹騎逐囚，一無或闌。帽賊相詘，戢喙收嘽。莆人迎師，爇其沉檀。而後知公之桓桓也。我飽爾士，無爾没乾。賊不可窮，請帥無煩。御史負塗，觸其豸冠。而後知公之班班也。下坎窅深，上巑岏也。幽用識之，明以爲人觀也。

黄處士夫妻合葬墓誌銘

予少與黄學洙對門居，學洙長予一歲，數嬉戲甚歡。學洙十歲時，其母蔣已見背，年十五，其尊人濱渠君亦没。予兩人者，各自向學，不相聞。亡何，予薦爲鄉貢士，學洙亦成立，而其妻死，貧不能再娶，去教授村落中，益不相聞者有年。而先府君廣文先生一日見學洙書，善之，以筆札相委。學洙日莊事先府君，予亦以學洙善書，故追敘少小，歡如平時。予語學洙曰："子之書信楷矣，抑未識古法。"則大出晉人書觀之，居有頃，學洙書法如晉人。予宦京師數年，以罪歸，學洙尚守晉人法不懈。予又語學洙曰："子之書信法矣，抑未游法之外，其骨力未也，當兼取長焉。"學洙乃益博以歐、虞、顔、柳，而書法益進。予喜，則請學洙曰："子始何繇能書也？"曰："予少從塾師學，歸而先大人考所業，曰：'吾讀書無成，直望孺子，即未論孺子文，抑子日所作字楷，未也以呈我，我亦未論古人書法。'視其偏者而鞭之。學洙之掌墳也，而先大人鞭未已，以故學洙不敢苟且書也。今欲先大人一鞭得哉！"

學洙書既有名，當道使者愛其書，以爲諸生，然而貧日甚，君夫妻之殯頓室中者三十餘年。去歲郡庠廣文馮君者遷令新興，挾學洙行，既别，贈之以其貲。而學洙繼所娶妻又復家中死，學洙歸，不問更娶事，向予大喜曰："先父母得歸土矣！兹行幸有餘橐金。"居數日，得地於本縣三十六都崎嶺山之陰，要予觀之。予曰："奇而隱，不可語俗堪輿，我即請爲子地師。"學洙曰："寧地師也？穿塚而銘堂，皆以請子。"遂以萬曆己亥某月日葬。學洙叩予而拜曰："庶人之德不出家，其大者不出於里閭，非子，孰使我父母聞後世！願毋讓也。"予因摭君平生而銘之。曰：

君名徽金，伯珍字也。垂髫喪父，年十二也。伯兄踵歿，人訟吏也，奮而力争，家室以無毁也。承歡寡母，愛厥弟也。養兄孤女，己不啻也。人愛人敬，美莫諦也。亦惟賢妻，允其儷也。君年四十有六，蔣少之十歲也。善乃不耈，胡然帝也。勿云庶人，行不外也。乃如之可師，直吾世也。我銘諸幽宫，明若永契也。

任百户夫妻合葬墓誌銘

泉武冑以文學舉者，自吾友定安令任君才欽始。定安君四上服其尊人昭信校尉肖軒公之艱，又復一上，就銓定安令之官，百五十日，母安人詹氏訃復聞，於是東嚮匍匐則哀其不能養也。已，貧無以葬，既釋服，始得地南安縣二十一都龍母山之原，以萬曆某年月日奉公、安人匶而掩諸幽。先期勒公、安人行狀委喬遠銘，事及於猥瑣，曰："欽也敢醜窮蔽先人艱難起家狀，惟子文之。"

按狀，公諱富，字國裕，其先和人。祖閏，從高皇帝起濠上，授世襲昭信校尉，調守信陽軍。子咬成，襲辦錦衣衛事，生慶，襲調泉州衛如祖官。慶生盛，盛生三子，曰旺、曰廣、曰賢。旺、廣之子轉相襲，皆無嗣。賢乃承其官，是爲公父。謝氏、林氏則公母。公父善飲酒，精方藥、外術，以醫自隱，不問家人事。一之京師襲官，比試一不中，竟不復再往，家坐貧。公椎朴質任，少有膽勇，七歲喪母謝，以貧故，二十五歲始克娶詹安人。始，泉中先輩有詹敬者，安人叔祖也，雅器安人，選公而嫁之。安人年方十八于歸，則與公孝謹舅姑。舅氏弛其遷酒之怒，而姑林忘其繼。居亡何，舅姑令安人從公出，分釜甑無兼晨。公持公父所治方行醫，安人以其女紅錢，勤勞相挈，以免於匱餓。

公父卒，公語安人，有世官，奈不能謁主武爵者何？安人發苦願，日損一飱，以爲公祈，乃盡括其家中資，彳亍北上，得五百錢，其冒絮三千而已。人皆爲公揶揄，夫夫也，不慮僵踣乎？中道走萬里，而提三千冒絮錢五百。既行，公妻弟送出城東門，公乃更返其五百錢四之三與持還，以爲安人家費。及至建，會主事清漳林公一新亦赴闕，子病不能前，得公醫立愈，大喜，遂挾與偕行。已抵京師，則爲吾泉主事歐山黄公醫，亦立愈。居頃之，大冢宰句東石塘聞公病陰，諸醫無不欲爲大冢宰醫，盡無驗，則亦無不立愈者。公常以醫自資，而所挾冒絮三千置篋中如故。同舍門子某亦襲官，不能活，公見而憐之，則盡與其冒絮，曰："可鬻此。"及當襲，主武爵者以公父官久廢格公。吾泉故太僕少卿王公東臺，則又與聞石塘公競先容公，主爵者乃上公名，許襲。命下，公買一官帽長安市中，冠入謝闕，更不能具袍帶。遂走歸家，解裝易冠而告祖。安人曰："寧冠也，無袍帶？"公曰："吾不忍同舍門子某貧，賙之以冒絮，是以不能具。"安人曰："於諺有之：'假人以其瓶罌，而自盛酒於臼。'夫子之謂夫！"已，亦出公東門所返錢上公，曰："錢無恙，新婦晝夜作，足給爾。"公、安人乃皆笑。

公蒞任歷考，潔己愛士，與士同甘苦。武弁中多以拙嗤公，公反以其故得上官信，使以一人委署十所篆者十許年。泉郡守先後皆察公倚公。嘉靖之季，倭寇訌閩中數載，上官令公守城東門。公提鞶帶劍，日譏宵柝，時時領兵出城游徼，兼扞他諸門，泉以無害。城東門者，寇所從北來道也。寇已，公守官數歲如平生，而定安君是時已翩然子衿矣。

定安君之幼讀書也，皆詹安人口授其句讀。稍長，鷄既鳴，輒誨之曰："而父木彊一官，坐早喪母，不能竟學耳。汝學毋論文武，崛然起其家，不亦偉乎！"此定安君所繇翩然也。及公六十，定安君跽請曰："才欽不能即勝先世介胄以爲大人憂。大人衰矣，才欽亦惟决拾蹶張是虞。"公乃請老。既九年，定安君舉于鄉。捷書至，公閉門不内，曰："有是哉！孺子能破荒！"捷者以杖撾闔，益急。公乃曰："果然！"即亦徐内之，油然不改其度。於是里中來賀，稱公、安人爲太公、太君，公與安人素約如故。已，與人折券棄責曰："幸哉，已有子。"

公不生人已，不别白黑，知陰而止，含滿而惡。溽暑不蓋，修途無輿。安人衣粗食糲，簋蔬寸縷不妄費，獨歲時伏臘，魚菽之祭必蠲。夫弟婚娶之禮，與其游歲之貲，不恡其財，事無公私緩急巨細，咸代公處分中窾會，此其大略也。

萬曆庚寅某月日，公年八十有一卒。丙申之歲安人卒，則七十有九矣。先及定安之計偕也，囑曰："予年晐矣，兒即官，當令老母見。"是以定安君就銓。其卒也，是爲其年某月日。公、安人二子，長即定安君，次用欽，郡庠生。銘曰：

翁也鶩朴，而其天不破；媪也慧健，而於人不惰。既武迺文宣曲之，世用是大。慶自天申，德繇人作，予以銘泉下。

林處士夫妻合葬墓誌銘

林君一夔少讀儒書，攻舉子業。年三十餘不遂，則歎曰："吾學如是而不遂，豈吾之宅舍墳墓有所不足乎？"則悉改治之。既有年，則又曰："吾父墳墓，吾所擇自善，吾之宅，沿吾先世其居，在於山足與水涯。吾即不遂，吾安能不望吾子？"遍走善地可宅者，於近山無所得。一日與形家過僊游縣道上，望有山一區，盤鬱而深秀，大樂之，則棄其故前間所居，於是築舍而家焉。僊游人怪且詫，既漸悉其人，習其文雅之容，而洵其篤實之行，乃群來結友托親。久之，其邑令亦知君，折節與往來。君歎曰："吾布衣也，而邑令長與我禮。吾爲儒不遂，無所張吾能，曳裾王門，以爲其内史，不亦善乎！"而是時適桃源顔範卿先生爲岷府左相，將之岷，君附之行，將繇顔先生以見岷王。未幾病卒，則爲萬曆辛巳，年四十一耳。

始君連産七女，而後得男如源，時始六歲。君卒於楚中，久之乃還櫬。君母何孺人與君之謝孺人，三世一孤子，恓惶無依，乃相挈入郡城，依何孺人之兄廣文先生。居亡何，廣文先生亦卒，何孺人繼之。謝孺人始還歸，居前間之故居，而亡何亦卒，則爲萬曆甲申，亦年四十四。於是孺人之從兄謝君有文者，爲如源婦翁，乃爲之經理其家。而君有姊嫁杜，爲今户部郎應楚君之母者，以如源歸養，而至於今乃克葬君、孺人也。

始君之父曰特，兩娶生三子。其娶一爲黄孺人，一爲何孺人。其子曰一鵬，曰一鶴。一鶴爲邑庠生，時公殁而一鶴亦没，竟何孺人生君一子在也。是時君方五歲，何孺人莫適爲經理，則孺人之弟非我先生視其家。何孺人拮据捋荼，百方勞瘁，而適泉中倭寇大作，何孺人携君走入郡城。賊稍退，君復走入山中視家，且復入城，賊人相目："此林氏子，孤一身耳，而家有微貸可獲也。"逐之。君不徑直道，跳越田畛下，一跳以累畛，賊亦氣盡乃止，逐君未至。而何孺人聞君爲賊逐，驚仆不能甦。比漏下，君散髮跣足叩門，喘不可語。孺人且抱且驚，若再得男也。君事何孺人至孝。方孺人六十，君欲爲孺人壽，孺人故纖儉，懼損一錢，以足頓地，不肯。君曰："豈吾母子相依至今，兒不報母勞？"竟上壽。廣文先生曰："一夔孝子也。《詩》曰'殷斯勤斯，育子之閔斯'，夔乎念閔矣！"始君早孤，而又孱弱。族之藐諸者，齮齕萬狀。既長，乃能自竪立。賊之迫也，君獨間關賊中，襄其父兄諸喪，使無所得要劫爲質。君之婦翁無子，不克葬，君捐地界之，倡諸僚倩出金鳩工。杜户部，君之先公，爲賊獲質之。君謀謝孺人脱簪珥相資賂賊，竟出焉。及甥有他搆，爲之周旋百方。

君治家行春秋祭祀禮，爲族人倡議建宗祠，且捐饘粥之遺以爲祭田，而竟未就。其與親朋相聚，滴酒不能入口，而道故懽然，日夜不勌厭。蓋終君之身，家無餘財，衣不完采，短褐蔬食，出入緩步。惟夫尸饔祭祀賓客，式於豐其布衣之誼。賦公家不敢後，既賦又賦，以代族人之匱者。爲人排紛解難，輕財重諾。族有大繇役，皆君主辦，不平事得君一言居間，鮮訟於公門。爲人計度事，後事若見於事前，人稱之曰"小諸葛"。於是昔之齮齕爲骨肉，而鄉閈之人若姻婭。而謝孺人者，又常力爲厚，以贊君之施；力爲詳，以贊君之治。力爲甘毳服御以奉其姑，以贊君之孝。其器用鮮明、肴饌精治，以佐君賓祭之共。蓋君之家屢遷而孺人經營，累喪而孺人護持，親族中謂孺人女丈夫矣。始君與孺人累女不子也，孺人謂君置側室，君曰："吾夫婦行事無所得天譴，盍待之。"竟舉如源。既而督之甚，不以幼難子者弛嚴。君卒，而孺人又不用早孤弛，刻勵之有加，蓋無非欲子儒也。

君字國韶，生某年月日，卒某年月日；孺人生某年月日，卒某年月日。墓在某山。如源奉柩以是歲嘉平之月望日葬焉，而具狀以請銘，狀甚悉。

嗚呼！所謂君母何孺人者，遠之先姑；而廣文先生，遠先親；非我先生者，遠之先叔也。始皆用幼孤，兄妹姊弟相懽愛。吾先姑一生與孤惸相終始，爲林持門户,君亦從幼孤發憤,業雖不遂,不失儒生。蓋宅相之貽,而如源今亦不媿其父也。吾先親故念兄弟姊弟少孤苦,愛孺人篤摯,而君時時在我家,遠方垂髫,則君以愛弟畜之。君精通行草書,遠幼時臨池常有所指教。嘗見古草書,歎曰:“惜乎!吾間尚有未解者。凡古人之書也,可以意會而不可以筆拘。”惜乎,今不得與君共論之也!君之學書,雖空坐亦用手指畫,及與顔左相之楚,聞其學繪畫,則遠不得見也。遠以卜葬先親之故,亦頗識于形家。登君之壠,語如源曰:“是壠也,風氣歡藏而山環峙,當是先尊意所愛。”銘曰:

其子孤而能悉父母之行者,非一耳一口也;其子孤而竟掩父母之藏者,非一足一手也。生也人以爲善人,没而瘞於土者瓊玖也。

王沅州公暨陳宜人墓誌銘

南安有先輩曰閒齋王先生疇,與吾邑紫峰陳先生善,屢見先生集中者也。有子曰沅州公。公生而佻達任放,幼獷不可訓。試屬對,應聲出,先生大奇愛之。先生晚始得公一子,公狎先生愛,一日,卸其衣履池水傍,潛上山娭戲。先生覓不得,見衣履大驚,曰:“孺子其溺矣!”令游者四没之。移時公歸,牽先生裾大笑。先生收驚作喜,曰:“孺子劇顛。”及長,從陳紫峰先生受學其業有歲,日益進。二十九中鄉試舉人,爲嘉靖十九年。不第進士者久之。年五十餘,授沅州守,居二年,自免歸。

公通侻骯髒,不拘小體,出言有章,時襍以詩詞詼笑,聞者莫不傾悦。爲秀才時,差役未廢,嘗身直衙前之役,爲邑尉具饍。尉少之,擲於地,公曰:“而欲虚靡官家廪禄耳?”訴之令,令竟直公。既爲舉人,時時以公正發憤郡邑間。邑令、郡守惟公言,郎輩請者亦競推公前。九上公車,有當途遇公倨,公抗色曰:“以王掾識江東米價耶?”其人歛容謝。既任官,不久廢,才無所爲。多男而家困,其計畫乃施之種畜樹藝。日督僮僕蓐食執田功,身與同儉陋。數從鄰父野人越陌度阡,多用恩意鼓舞少賤人,人人樂公親己,皆願盡至。所仰取俛拾,率米鹽凌襍。人或以譏公纖儉朴野,公終老自如。

乃公守沅州時，其政事可稱師者，不一二數。沅所取夜郎道也，水郵六，馬郵四。公擇其水郵相去不遠者裁之，除罷驛官吏上爲縣官損芻俸。大吏以轉聞，朝廷可其奏，凡得裁二郵。其馬郵二：一在州之上，一在州之下。郵各四十馬，而州中無馬，吏使過州，盡從觀察使者驗視關文，稽停一再日，郵卒當縶馬待馬，馬家苦之。公取二郵馬聚置州中，更減去五十，上下沅者，令從州中倒馬，民以大便。州故無官井，出行汲，歲費募汲者金四十餘，廨吏人私募亦費。公相治穿井，除去歲募汲者金，公私兩便，而得人不止若丁氏家。州士有穎秀者，暇輒召教之，士風大變，一歲中三拔儁。其他均軍餉、繕城隍、簡獄訟，衎衎井井，沅人大悅。先是，某子甲坐誣論死，公下車察白其冤，出之，其人餽金謝，公艴然怒曰："則當坐如故！"惶恐叩頭，良久乃解。

其後也，某司李閱州帑欲有徵取，公屹不絲毫應，坐爲齮齕歸。公歸時，方有丈夫子六人，分俸金四十兩，葛布十二丈而已。公居常語諸孫："吾先人有訓，子孫有能取科第入仕，受賕枉法者，不如世爲搖錢樹。予是以不敢。我豈不愛錢！"既歸有年，萬曆中大司農下檄楚中，驗問錢穀之數，按楚御史上沅錢穀并敘公當時所以節省狀，大司農復下檄追奬有加。公聞，戲諸孫曰："大司農奬我如是，設復用我奈何？"公竟老。凡十子，爲吏失意困歸，不以纖儉持家，有轉溝壑而已，胡言譏也？

喬遠先君子雅莫逆公，先諸父比部公琚亦與公爲同年。異時喬遠謁公，公嘗言："我少侍紫峰先生，先生飲酒，恒令我立酌。予父曰：'君不爲我教子耶？'先生曰：'此所以教君矣！'及領鄉貢謁先生，先生餉我而後終日立。其夫人使告曰：'王子今舉人矣，命子也坐。'先生曰：'汝家舉人大如此耶！'"觀公所爲喬遠言者，蓋有吾猶及見之歎焉！公老，常跨馬入市，高下不用鞍銜。年八十三而没，子女十五人，今繩繩五世矣！公目擊之諸婚嫁聘娶，外姓氏不悉紀，紀出公者，子壽禎、壽祺、應篤、壽祐，俱邑庠生。以節，癸酉舉人。鴻騄，邑庠生。鳴嵩、以蕃、鳴崗、鳴嶽，孫某某，凡二十五人，曾孫某某，凡四十人，玄孫某某，凡十人。

公諱承箕，字維肖，别號紫南。元配楊氏，繼配陳氏。楊氏年二十有八、陳氏年六十有六，皆先公卒。楊生子四：禎、祺、篤、祐是也，已先葬。陳氏，海康縣知縣陳公佐女，婉娩孝慈，恬淡肅莊，喜愠無見，逭事公父母若生母。二人歸公四十七年間，公什伍在外，宜人爲公養老送終，嫁女教男，俯仰徬徨，具有條貫。鳴鳩無别於胞乳，衿裯齊驩夫妾媵。與公同粗共糲，薄積以遺後，此其大者也。子一，則長清教諭君以節。以節君生子孟遴，七日而喪母，皆宜人撫教之。今孟遴舉孝廉，方有聞，恨日于報劉，公没六年矣。兹壽祺等將以是年某月日奉公、陳宜人合葬焉，持解元李宗謙狀來乞銘。喬遠念先君子，敢辭銘！銘曰：

纖悦而人或以譏，廉清而人有所不知。云誰其父師！吁嗟麟兮！則百男斯，其將昌公之未施！

李鴻臚公合葬墓誌銘

公諱纘，字存孝，先世楊姓，故農家，居晉江安仁鄉之鈔舍。公父興仁，早孤，贅縣中陳氏。陳氏之母李，李氏舅無子，遂育興仁公爲子，從李姓，王道思先生所爲志處士楊角山之墓者也。角山者，興仁公號。蓋公初仕爲郎，葬角山。公行復故姓。會亡何，出爲景王府相，又亡何歸，以是不及。角山公有二子，公次。公生魁梧穎慧，貧而早背母。顧不用貧廢學，昕夕自鑽厲，有名童子間。時喬遠先君子以文學高等，授經里中，公出先君子門。嘉靖丙午歲，以儒士應鄉試，舉第十人。至庚戌歲會試，舉第四，遂成進士。

公習《禮經》。《禮經》者，孤經。其會試目有二義，無所質問。公場中滚筆冒而卜之。主司得公文，大契其意，遂魁禮房。是時，吾郡先輩同公舉者，會元則傅公夏器，臚傳則田公楊，其後用文章事業顯人爲多，蓋公爲諸先一時之盛。既選授户部雲南司主事，服除，補禮部精膳司主事，歷祠祭司郎中。時肅皇帝居西齋宫受釐撰，直四方言瑞應踵至，上常夜半下禮官，趣具儀章，上謝玄天之貺。禮官輒表賀具儀，不稱者蒙呵問。賀表或誤觸謬，嘗手乂而抹之。大宗伯凛凛受事，旨下輒問公，公被不勝襆，所上奏輒稱。吏部以文學擢公，名在啓事者數。

時高安吴文端公爲大宗伯，過冢宰公請留者亦數，曰："郎無如李祠祭。幸需而優以卿寺。"

居亡何，有都御史某公卒，其家人來請卹典，事隸於祠曹。某都御史者，故起家中秘，以言事被斥退，而杜門大修道德文章之業，有深源、東山之望，上斥久不用。會江南倭起，都御史公慨然自見功，以策干當事。當事者，權相之人，言都御史於權相。不二年，從郎官驟貴顯，天下故望都御史公深源、東山，則噲然訾之。都御史公既出，亦竟爾爾。故事，四品京堂官未滿考卒者，非日講、軍功不得予恤典。權相以都御史卒軍中爲言文端公。文端公不許，公益力持之。他日，上有事齋宫，禮官當入直，則見權相於直房。權相出上所賜珍醖，坐禮官飲，且退，命巨觥立酌，曰："天寒，公等皆多。"又已而曰："觥，昨某中丞家人子所致也。"既辭退，僚有郎與公善，問公曰："相君巨觥我，言觥所繇，何也？相君有謂，公宜審思。"公曰："郎所守國家典章，豈相君能以意軒輊耶？"竟不與。權相大怒曰："郎好不解事！"

會景王之國，上欲擇郎官習禮與刑者二人往相。時京山高公岱郎刑部，有詩名，數以詩送得罪權相謫者。權相一日見高曰："聞公詩名藉甚。"遂以公與高俱出爲長史，相景王行，公居左。公行，文端公亦坐斥歸，而後都御公得卹典。人皆爲公歎曰："王長史，官阱也，李公當不復敘遷矣！"公在道，謝却一切交際贈遺，曰："改官改守耶？"景王，故肅皇帝愛子，諸從官及中貴人恃寵張甚，常魚肉途次及其國中民。公數諫王，又以法匡繩之，諸從官、中貴人皆戢戢畏公。居三載，詔加四品服俸。未幾，王薨亡子，召入爲南鴻臚寺左少卿。禮儀肅若，清節益振。會穆廟登極，復有故相修郄於公，而公竟罷歸，則杜門掃軌，小結園池，蒔花若竹，與諸君子結詩社自娱。然以仕宦不遂，其憤悒不平之意，亦時於詩乎發之。

公天性孝友，其郎户部時，角山公往視，竟旅卒。公涕泣如不欲生，閲祥禫而彌痛。家産故薄，厚割畀兄，肩艱與瘁，周旋兄子。爲人和容而温厚，砥行而禔身。宅而有司禮於鄉飲之筵，没而黌宫秩於鄉賢之祀，其可謂完行君子也已。配吴安人，端敏嚴下，事舅姑孝謹，撫諸子女有恩愛。其事姑謹，亡論非出公者；

其撫子女愛,亡論非出己者。當公貧時,安人拮据艱難以佐公之學;及公隸籍蘭省,若見爲通,安人勉以佐公之仕;及公出爲國相,若見爲抑,安人慰以達公之遇。公有子曰夢麟,舉于鄉,而公及見之。公没十年,夢麟令雲夢,滿考赴闕,上疏請復公舊秩。奉旨予致仕,安人如故。居久之,夢麟自雲夢轉建水知州,而安人没,會夢麟亦再轉韶州同知。

公生正德某年月日,卒萬曆某年月日,年六十六;安人生嘉靖某年月日,卒萬曆某年月日,年七十七。墓在縣高魁山之原,祔於角山公。蓋公所手治,不忍離其二親者。夢麟以甲辰年某月日奉葬焉,遵先孝也。夢麟不請顯者銘,以委喬遠,曰:"子與我故同籍,以文章爲石契,舍子其誰!"喬遠逡廵不敢,繼而曰:"以授經出先君子門甚衆,先君子家居,惟公執故弟子禮最謹,不以有年怠。喬遠非敢托於文章,亦惟世舊是踐。"銘曰:

據經而守官,何如曲學而保禄。身殁而行尊,何如生顯而姦觸。高魁之原,過者曰有道鄉先生之麓。問誰銘之?則無媿以恧。

蔡别駕公合葬墓誌銘

公姓蔡,諱存省,字宣楙,别號輿巖。其高祖某,曾祖某,祖某,父某,其母李。其官以舉人爲安鄉教諭,爲永明知縣,再爲杭州府教授,爲國子監助教,爲臨江府通判。其年生嘉靖甲申某月日,卒萬曆丁亥某月日,爲六十四。其配爲陳、爲李。其子爲庠生仲寮、庠生朝宷、庠生仲焕、仲焆、仲宸、仲寓,凡六人。其孫爲豐壎、豐培、豐陛,庠生星伯、豐垓、豐埏、豐坦、豐壂,凡八人。公軀不滿七尺,孱然儒生,外温内栗。其仕宦不可干以貴勢,其退居托於文酒,韜焉自遁。嘗曰:"寧鴻而冥,毋蠅而營;寧鸞而枳集,毋鷙而鳳音。"公先世汴人,其入閩居晉江之青陽,世儒家。後就田青石之錢湖,某公復就學于安平,因家安平。至公乃居晉江郡城中。公年十六,從舅氏學于循州,舅氏奇之。公母死,自循奔喪,舅氏執公手,拭淚誦賢甥明月之詩,曰:"此别節哀,端成宅相。"公歸,痛不見母,撫其六孤弟,上得家尊心。益苦學不怠。年二十餘爲諸生,試有聲,郡太守、督學使者至，榜公文宫墻，以式多士。

嘉靖三十七年舉閩薦，三上春官，俛授安鄉教授。安鄉瀕楚，洞庭水荒頻歲，庠士多枵乏。公至，先積俸賑貧，後立教規，要使砥行而專業，士用奮勵，不自廢於凶歲。應聘校文江西，得士若李公頤、萬公一貫、萬公文卿，今皆當世名公長者。永明在楚西陲，俗褋徭蠻，婚媾瀆禮，嫁娶靡時。公揭《家禮》訓之，兩開情理，以譬訟民，止其競心。衙蠹鄉癰，三尺是繩，而奸頑衰止。德意威信行於徭酋，公暇郊行勸課農桑，諸徭酋皆出羅拜，曰："此吾父母！"有旱步禱輒應。其教杭州，使士砥行專業，類安鄉時。益明示諸生，毋倚生大地，習儇浮恩。有司督學使者因廣行公教規兩浙中。始公至杭，杭士稱廣文曰"老先生"，通謁曰"門下生"，公曰："大謬！"乃正師生之名焉。頃之，應廣西校文聘，得人亦類江西時。歸而視海寧之縣篆，既行，海寧人脱公靴以尸。公在海寧尚寬大以化爭，輕徭賦以息貧，杜干請以伸憲。某貴人者，海寧士大夫。有富人死，其主藏之奴竊其金亡投某貴人家。富人之妻訟某貴人爲奴庇，隱其主僕之分而以請，公竟寘富人奴法。公爲助教，與六堂講藝，大司成王公荆石輒曰："蔡君生虚齋之鄉，是其可從！"臨江多盗，數火劫。公嚴廵緝、禁窩藏、責邏捕、編保甲，盗以去他界。藩司委公京解，公白藩長："京役良苦，又苦鏹不如數。蓋筦庫之胥吏責常例焉，大人當嚴覈之。"藩長面詡公，實心内嗛公。行，不半載竣事，遂賦"歸去來"。百姓群枳車泣，薦紳學士比公爲陶公。始公教杭州，坐爲永明時不能逢上官而拒巨室請者；其出判臨江，坐海寧貴人爲孽；其賦歸去，坐失藩長矣！此所爲鴻冥而鸞枳。

公元配陳，破其嫁奩佐舅之貧，廣以昫諸叔，修其中饋，佐夫之學，推以教諸兒。勤織作而寬臧獲之任使，儉衣食而急閭里賑施。享年僅三十五，不及從公分宦游一日之禄。公所悼念也。仲寮等將以今年十二月乙亥奉公暨陳孺人窆於寶蓋山之原，而虚其右壙爲繼配李孺人樂丘。惟公子仲宸，實遠先兄大理公婿。仲寮乃使遠也銘。銘曰：

有佳山川，必待其人。匪公之人，曷與嶙峋！

劉翁媪合葬墓誌銘

劉君公可持狀之其同年何喬遠，泣而告曰："悲哉！弘寶之不能子也。登第十九年，仕三品皆不及滿遷，不得一命榮父母。向者備官省垣，歸葬吾父，曰有待也，不敢請銘諸君子。今將合葬吾母焉。吾書吾父母諱，猶然田間也。悲乎哉！吾書而不竟諱，吾涕再四霑吾襟，吾終不敢請銘諸君子也。"其時漳浦同年林德芬在坐，歎曰："甚哉！子之悲也。命之榮也，何如德之厚。子不敢請銘他君子，何不使穉孝？"公可曰："吾不敢也。"乃使合銘。

按狀，公諱篪，字時逵。其先居晉江洛陽橋南。祖積，父欽新。公朴茂惻怛，守禮樂善。居常無疾遽言容，生養送終，極其孝敬。父母諱，遍市所嗜熟薦。急人甚己，有求輒應。存育婚娶，待族黨尤厚。邑有里賦，里人推公督。適歲侵，十九逋負。公對貧户灑泣良久，歸自鬻田産代逋者輸。邑令君歎曰："是民先義。"召勞之有加。里中父老子弟持羊酒踵門相賀，民也而得令君勞，乞言鄉先生何、趙二公紀事而榮之，尸祝曰："世世父母德公也。"某子甲久貸而貧，鬻田廬將他徙。或謂公，此索貸時矣。公不忍，曰："索且失彼業。"公故業儒，公父生公，獨身耳，以故廢業代老爲家督，然益望其後人。築小齋，購經史，圖書充滿，延師嚴課其長君弘溥，而時公可君尚幼也。公故室王孺人，後室黄孺人。既以施故家漸落，故不用落弛施。黄孺人歸，家政落，竭蹷佐公，卒其德，毖祀睦宗，莫不體公意。嘉靖季，荒饉兵疫，邑寇充斥。寇至，公挾何、趙二公贈言出走，曰："此吾藏器。"餘悉委之。寇入公齋，攤經史圖書爲牀，寢卧其上。其多如此。而亡何，弘溥没，公悲不自勝，旬日亦繼没。

黄孺人以寡母守獨子，力絍織易粟，食無常飽，齋而減飡，祈籲公可亡恙。稍長，遣就傅。督公可學甚力，曰："父如綫緒僅爾，父殫家遺行德于人，人亦曰庇爾後兄乎！急自奮。"公可君舉進士，選翰林院庶吉士，歷工科都給事中，出爲浙江參政。奉孺人官邸，公可時製綺紵進，孺人一服輒笥；進肥甘，曰："吾不旨焉。"時時勉公可約以勵操，忠以業官，恕以待民，曰："不可孤而父所種樹。"

公可君坐諫垣時封事謫尉朝陽,孺人促之行,曰“君命也”。公可假歸,奉驩七年而孺人卒。

公生某年月日,年六十。孺人生某年月日,年八十又七。公先室王孺人已祔於先兆矣。公子二:長爲弘溥,次則公可君弘賓。弘溥,王孺人出也。公課弘溥遍讀其所購書,而弘溥善爲日,告公曰:“兒數奇,成父志者其在弟。”墓在惠安縣九斗山之原。公葬以萬曆某年月日,孺人合葬以萬曆某年月日。銘曰:

施不問貧,甘不忘辛。子成矣,不及其身;宦達矣,驟而不得恩。天耶,君耶,親耶!

胡贈公合葬墓誌銘

同安胡君明佐爲南城令,滿考貤恩,贈先人見塘公如其官,贈母李爲孺人。胡君以不能卒逢世,别調令宜城者久之,乃遷南京户部郎。念其先人尚在淺土,以賫捧之役,便道過家,與其弟文學君明卿謀擇地葬,而曰:“吾父生也,無競於人,無羨於世,吾將擇世所棄以葬吾父,而使其人銘之。”既得地於其縣某山之麓,不犯人屋廬,不妨人田,屈指布衣交,得何氏喬遠,曰:“是皆世所棄,無競無羨,與吾先人心合。”乃求得地,以萬曆某年月日奉葬,而使遠銘。

公名旦,字子熙,見塘别號也。家居縣之莊江。其始祖八郎公,四傳爲員齋公,能亢宗。六傳爲元軒公,德誼長者。七傳爲庸夫公,以介静尊尚於時。庸夫公有四子,次子曰愛園公,才智長厚,胡氏始益大。愛園公娶於張,生公兄弟二人,女兄弟三人。愛園公無年,公兄十歲而孤,而公方四歲。其伯叔父爭育公。公少無所攔束,好擊毬之戲。叔氏痛折抑之,食以鮭蔬,使負石灌園。公時幼少不爲懟,乃知叔父愛我。年十五,公兄坐誣殺人不能明,逮繫縣獄,挺身代之,從獄中求識達人授書問字,益廣其智。年二十三,始得白出,而後乃得成室於李孺人。公兄以公能弟,與公分異,盡讓以腴美産業,視公若子,而公亦父事公兄,母事公嫂,視公兄三子如子也。公奉先至謹,雖甚乏,祭必潔豐。祠堂火,諗於宗人,節約祠田之費而更新之。父妾以無出别嫁靡依,公歲時賙捄,没爲之治喪。

公有妹寡而貧，召居傍近，時解推之。常傾囷倒廪以賑他諸兄弟之貧，諸兄弟有事，晝夜營度如其身當。數數奬許宗人之善，而訓戒其不善者。或有鬧鬭，力爲解紛，不使至速訟。處鄉黨朋友，一用忠誠，交易無契券，約束不盟誓，雖負之不變。鄉有公利攘于豪右，公奮臂率鄉人白官復之。通於醫藥，時爲人醫，無所受謝，來求者雖至細賤，必應之，不問晝夜寒暑，貧者并捨其藥資。公幼孤不及庭訓，其行事乃若推其父母之心，以恭其兄，以愛其妾，以恤其女，以孝事其先，睦其宗人，善其鄉黨朋友，而儒者之行備矣！

公四十六歲喪李孺人，户部君年方十二，二弟相次齠齔。然公卒希曾參、王駿之誼，不再娶。心奇户部君兄弟甚，盡付其家兄子，携之郡城，讀書學宫，身爲爨。既五年所，家益落，始携其季子歸耕。一父一子，鋤種相依。家中無人，敝衣故襦，時付其女家補綴，而鄰人視公突少烟矣，然公心安焉。户部君蓋入學爲弟子員，姑得娶。公二次子有室，則用户部君領薦書時也。於是户部君請爲公置媪，公曰："若孺子言，向所不娶爲貧乎？吾今處之不易。"始，公早歲任俠自喜，有其中表窘於龍溪尉，尉捕之急。公開門匿之。尉知在公所，持公亦急，公悉其家中橐奉尉，曰："恣君之所取，必問某人，絶無也。"又急而將往死之，尉乃不敢有所言。至其中年，折節于禮義，晚節益務爲和柔，以行其信。勸人必求息，要人必求終，或時長跽爲解，嘗曰："令我得處聖人之門，可當子路矣！"

萬曆戊子秋，户部君計偕北上，行至建州，公家没。彌留所以命其二子者，亦惟是兄子與其從昆弟子若其老姊爲屬，至諸僮指，無不及恩者。寄命户部君，他日有成，茹淡食苦，損己裕人，此吾平生，是亦爲爲政者也。没之日，宗黨鄉鄰無少長戚疏，皆爲盡哀。户部君奔歸奠公，寢堂燕子數萬，三飛三宿，禮成而後去，人以爲德祥。

公生嘉靖某年月日，卒萬曆某年月日，得年六十六。李孺人與公儷德相恭，生嘉靖某年月日，卒隆慶某年月日，得年四十。子男三，長即户部君，萬曆壬辰進士。次明卿，其爲文學諸生，隸龍溪。次明贊，夭，無嗣。銘曰：

無師而哲，不習無不合。朗德闓心，旁唐匝匼。胡氏將昌，則公先煜霅。有燁天章，永安地榻。不替斯年，如嘉穀之種長植，而有輝之璞再納。

張廣文公暨陳郭二孺人墓誌銘

同安故清江縣儒學教諭菊水張公，暨其配陳、郭二孺人，葬于陳林山，九年所矣，未有誌銘。萬曆戊申某月日，其孤日益始復竪碑碣，治庭阯，表而飾之，追請銘於喬遠。日益語喬遠曰："始孤以萬曆庚子某月日，奉吾父母而厝之，而未有誌銘。其時孤方隸太常之籍，自度生平不敢負吾父母教，庶幾發身科甲，不者即綰一州縣，必不敢苟且，一命寵及於窀穸或可圖也。而今已矣！其所以爲吾父母者，僅此一抔之窆。惟望子一言，而追掩諸幽。"蓋日益久隸太常不遂，一出謁銓，得令靈璧。靈璧之民罹水旱災傷者八歲。日益至縣，招流亡，畀田廬，而上官徵靈璧賦税急，日益不忍，則言靈璧民所以困死流亡者於上官，再三申狀不絶，上官乃以爲不舉其官，徒虚詞爲張皇，而日益遂至左遷鄭府審理。日益自其爲令至左遷，月十六而已。

按公名翼，爲同邑庠生，後改應星，字子翼，菊水爲别號。其先光州人，籍邑青嶼。正統季，曾祖乾育避居郡城。祖太淵，復自郡城遷邑之東園，生世弘，公父也。世弘生子二人，長塤，次坦。坦即公名。于庠始爲翼，最後爲應星。始成化間，張氏有曰敏者爲内侍，有保護孝廟功，張氏之門烜赫盛一時，通籍仕紳。太淵公於敏爲近兄弟，獨無所倚，詩禮自娱。至世弘公，躬行紹世，鄉稱善士。而公與其兄塤獨自奮習科舉。塤公以歲薦仕平陰教諭，而公教清江。公自幼開敏，喜讀書，不狎戲。同學童子有長者習制義，公擬其目陰爲之帖置席下，塤公見而驚奇之，語父母，父母亦奇之。晉江史公于光以翰林吉士請告還里，大教生徒，設帳輪山，從學者五十人，公年十五，爲最少。史公課其文獨喜。繼又事其邑先輩提學僉事林公希元，盡契林公所著書。師弟相重，以役其身。公爲諸生，與其兄並前矛，人稱"大小張"。嘉靖戊子試棘闈，已中選，監試御史以是歲同士得雋多，削公名。至己酉歲入試，督學使者誤書試目一字，是時公已爲廩膳生，坐停廩，令郡邑毋復收公。投試御史臺，御史試第一，奇公，面召之。學使者悔且忌，囑執事毋分紅。是時功令嚴確，試卷不交紅不得録，竟罷歸。公猶子某謂公曰："吾父受知御史，學使者固已悔且忌矣。不見而歸，學使者能忘乎？幸再行見學使者。"公强行，而竟中道歸，曰："有命。"然學使者竟以御史故復公廩。自如又十年，爲丁巳，得薦上公車。同薦者謀以賄速銓，公又曰："有命。"又遲之四年，再試京闈不利。謁銓，又有爲公謀善地者，亦曰賄可得。公又曰："有命。"竟分教會昌。

會昌，小邑也，在窮山中，諸生百餘人而已。公寬度夷衷，禔躬爲楷，揭白鹿洞規以教，視如家弟子。諸生貧者樂自近，而其賢者樂求正。其始至時，邑令沈公奇公文，甚重之。公不激不隨，絶無趨求意，令始重公文，既重公操，復執手語曰："今日更見張先生。"令好優人戲，而公最厭之。每與令同席，目不終日舉。時獨供具延令，苜蓿而已。同官曰："沈公必不歡。"乃令至，更極歡罷。甲子，督學使者何公某會考贛、吉二郡廣文，直拔公置諸鄉科署廣文者上，召入正學書院，長諸士會，尋入試秋闈。隆慶丁卯，繼督學使者爲徐公某。徐公以德行先士，諸廣文入試，分授片紙，令書無德行之尤者爲下下考，公獨不書。徐公怪問之，公曰："諸生性質不齊，然皆可自改，一概苛責，恐累人終身。"徐公大喜，爲止下考簿。徐公試公《世變江河》詩，公賦末章曰："厥行伊何？行己有耻。有耻云何？不殖不邇。顔生四勿，聖門要旨。庶幾多士，是則是示。"徐公曰："張廣文自謂耳！"與講學，諄切數日乃别去。都御史周公某以"敏而好學，清不求知"奬公。邑令張公歎曰："甚哉！周公知先生！"公爲官懿行修潔，俸入外毫髮無所染緇。重道輕勢，信理信心。中靡加損，外不表襮。終身訢然，無入而不自得，故以此重上下間。亡何，轉清江學教諭，便道過家。將之官，至永定，道卒。會昌諸生聞者，相率爲位湘江書院哭公，不遠千里，函賻而至。

公不談道學，而事事依道，曰："日用天則，豈在多言！"平生孝思切至，率仁率義，事兄如父，視兄弟子如子。將葬大父母，雨甚，仰天大慟，不須臾霽景見，人以爲孝感。有姊嫁于宋，寡無子，壯至老，月往視之，不則不寧心。其將之清江，所以便道歸，實爲姊。生平與人交無二口，善寬人過。子弟有失，必徐問有無,委曲導之,不急督,曰:“恐傷天性。”偶見盜李者,急歛足退曰:“奈何以菓食故慚人!”至於大義實見,輒抗言而堅守之百不移。在會昌時,嘗以天旱面詰張令,令爲見色。會昌諸生黄一蘭者,有父喪,袖鑲筯十雙公所,曰:“父遺也。貧未葬,不忍毁之。不欲與他人,以易之吾師。”公强歸,割俸畀之。他日葬,廬墓側,公貽書戒之歸,曰:“毋毁父而傷母。”黄廬墓間省母竟三年。學使者至,公上黄生,掌教者與公異意,公自摭黄生善行數條獨上之,學使者竟從公,獎黄生。公對客春風,不危巖而從容。獨坐竟日,無所蹻倚。書籍位置斬斬案頭,即手筆改塗,亦有行欵。嘗戒日益曰:“言語必誠,而最忌輕。與富人言,雖窘,毋自説,若見爲求也;與貴人言,雖是,毋過贊,若見爲諂也。”平生所著有《四書大略》、《易經管窺》、《易經燈影》,詩文若干篇,藏於家。其所作詩有二章,其一章曰:“實勝未爲耻,名勝不恧而。良賈戒深藏,所貴知者稀。務實不務名,聖賢是楷梯。”其一章曰:“公孫儒者爲最下,猶必强起始登駕。古人自重今自輕,我亦胡爲乎營營?”嗚呼!可以知公之爲古人矣!

元配陳,南安人,簡默無堂外聲,婉娩勤儉,善事夫子。歸公不及舅姑,而當妯娌意。生子一,曰希范。繼配郭,同邑人,則日益母。郭孺人十九歸公,撫希范而忘其無母。既生日益,日益不知獨爲孺人子也。孺人端而嚴,日益少不喜讀,公諭遣之,孺人則鞭撻立至。稍長,讀而怠,公徐需之,孺人則愠詈不已。父母間相濟寬嚴,以行趨庭之教。每父母諱日之前,公披遺言,一字而一涕,祭之朝,孺人佐茅灌,一酹而十欷,子婦間各竭思力以展終天之慕。至其淡約菲惡,公與孺人並終其身,而門内之政肅雍而有則,其偕美如此。銘曰:

悲乎哉!仕而不得榮所天,然而無媿乎爲我之前人。有其子則必推父之賢,而况父德之足以自宣。然終無以解吾之結懸,則必求仁人君子之一言。惜予非其人也,言不足傳。庶幾與其子稱後死者慕先進之德,步武而差肩。則公之好修獨行,已足溥人心之同然。彼區區榮施於地下者,孰若公身之自爲年!

歐陽鎮國公暨王淑人墓誌銘

吾泉自歐陽行周先生以文獻傳,至今不知幾世矣!入明有裔孫曰深者,嘉靖季納級爲指揮僉事，提兵殺賊。是時賊合倭犯鄉郡，數萬不翅，深公慨然領兵當鋒，與戰數合皆勝，竟死之。公信朋友，篤倫誼，散家財，養兵募士，交友賑貧，無所悋惜。既没，天子悼憫，予世官。公長子模當世，模已舉進士，時又未子，移與次子樞。

公，樞也，字某。方深公提兵殺賊時，公方年二十餘，列子衿，乃能從父軍中，集謀士，調兵食，議戰守所宜，而深公奇之。天子既與公家世官，公兄移官予公，公不欲就，强，乃可。以材知當道，使署高浦所。篆所在海中，軍人獰悍不曉書文。公群子弟，立學舍，延賢師教之，廪以俸金。所課文字，時爲第甲乙。士遂有興者，併公所延師，亦登高第爲達官。所軍有不伍者，故時罰月糧，公不也，法繩之，給糧如故，軍無不應伍者。移署崇武篆，崇武軍視高浦軍爲良，公軫恤賙貸，撫之以恩。有倭乘風突海來寇，公操小艇逐入巨浪中，手擒真倭二人，溺死者亡算。時孟諸戚公繼光爲都督，歎曰："真故歐陽將軍子也！"陞署泉州衛都指揮使，老少要遮，從間道乃得行。崇武人畫攀轅圖置所堂中。尋擢銅山把總。時巨寇林道乾擁海劇掠，公嚴斥堠，修戰備，道乾不敢闖近海。久之，還衛如故。衛有三軍政掌篆，視操督屯，上官遞委公握之。前官相因循，減士糧自潤，爲上人充筐篚，公悉耻不踵。凡律己繩人，一依於法度。衛堂久圮，公聚僚捐俸新之，軍容振焉。萬曆丙子，從藩臬諸公入賀萬壽，本兵譚襄敏公會試天下閫官，置公前。里中俞公大猷故與公尊人善，方爲大都護，造戰車破虜。公陳古車戰法，上方略。俞公執公手曰："丈夫立功當在西北邊，咄咄里下，不足起名。"且表薦之。公念母淑人老病，力辭，歸侍五年，母淑人下世，又三年告休。

時模公已官廣西按察副使，亦告休久。公請模公以官予其子，遂卜居東田之麓，名其窩曰"太平農"。東田，公先世居里也。公力耕手種。客至，開尊命局，留連日夜。公既不能去客，客亦自傾倒，家日削不問也。時人論公不但武也如乃公，好客輕財亦如之。公嚴兄而友弟，篤大倫，又無不如乃公者。

元配淑人王氏通《内則》、《列女傳》諸書，事姑至孝。深公死賊時，淑人痛舅之没，勞于事姑，亦以其年卒。公乃繼娶陳淑人。今壙三，公左，淑人右，虚其一以待陳。公生嘉靖某年月日,卒萬曆某年月日,年六十五。王淑人生嘉靖某年月日,卒嘉靖某年月日。公尊公於喬遠先子爲夙契,是以公子委喬遠銘。銘曰:

大澤深山,是生龍蛇。龍蛇遺種,匪螻匪涯。桓桓歐公,霆鞭日車。血誠膽智,萃於鏌鋣。公武公文,匪括繼奢。弱冠登壇,維桑開衙。時清道泰,緩帶柔緺。入海手賊,圉寇刀韡。一斑微露,粒譬河沙。功雖阻邊,聲無陨家。南山靡虎,東陵有瓜。親串來同,乳酒槍茶。方剛是營,大耋無嗟。先似凌飇,後若舉霞。我銘斯人,伊肖匪誇。後千百年,寄此篆蝸。

鏡山全集卷六十八

墓　誌　銘

蘇處士公暨黄孺人墓誌銘

蘇母黄孺人以萬曆某年月日歿,年九十有五矣。孺人久喪其君子榕坡公,是爲嘉靖某年戊申之歲。今兹之歲,復爲萬曆戊申。苦貞堅志六十年一日。而孺人之子封君守愚公、文學守冲公與其弟某某,以前六十之年喪父,以後六十之年喪母,悲促歡延,亦天道之一奇也。蓋榕坡公之葬也,泉適中倭。方公歿時,封君、文學若其二弟煢煢耳,未有所以銘公。於是封君與諸弟及其長君户部主事宇庶公奉母柩於一都田乾山之原,以是年某月日啓公窆而合之,使長君請所銘而并追誌公平生。長君對曰:"請使何子喬遠。"封公曰:"何子於予有先後僚婿之雅,且子友也。嗟夫!今歲之夏,吾母病亟矣!子孫環泣,吾母曰:'未也,今方暑,吾待凉秋。'更憶一二歲前,吾母病亟矣,子孫環泣,吾母曰:'未也,吾孫宦在外,必待其歸見之。'吾母繫心者吾子,吾子所使其人銘,吾亦惟子言。"

謹按,蘇氏之先,自光州也,居泉而爲展。展公宋紹興時來爲泉州觀察推官,罷不能歸,家於晉江之槐市,十二傳爲聯芳公,贅于陳。陳居前埔,今爲前埔人。聯芳公三傳而爲洪照公,給棤施槥,燀湯賁粥,爲德生死貧病之人,於是乃生公。公名續宗,長娶於黄,爲孺人。孺人,安平鎮人。其弟鄧州守公錫,名族也。蘇氏自展公有簪紱之遺,既居田間,務本業農,有世矣。而公與孺人思振而大之。其本行起於孝弟,篤於仁義,而所維護在於家門,貽謀及於孫子。蘇氏子孫之昌,不亦宜乎!蓋公孫宇庶公爲户部郎,而公之弟墀宗,有子守一,與宇庶同年舉進士,亦爲刑部郎。而公子守冲若公孫宇熊、宇羔,列在諸生,於今蓋子男四、孫八，有曾孫二十人，玄孫二焉。蘇氏子孫不其昌歟！

公爲人魁梧博碩，議論風生，其時既有意振大先人之業，乃其體貌談辯，亦自異疇衆。則冠儒冠，爲儒衣，交縉紳諸公間，出入戒僕從盛車徒，沾沾詩書自命。里中有招提之祀，公撤而毀之，奉文公朱子其中。要契里人讀法講德，延博士掌固爲弟子師。宗屬長老，種離支、龍目諸樹，秋夏食其實，其枝葉蔽虧，環堂前後，不闓於睥觀，公芟而除之，即心不欲者，不靳金爲買，軒牖豁然，有高門之氣。公父菟裘所自營也，費可二百金。公葬父，形家謂不利，別穿塚，費溢之。凡公所以勞心永計，無非欲大其後人。乃春秋三十有四而終，而孺人知公之意，體而承之。

公在日，故以豪舉命里中。公歿，而思圖寡婦之利者，戈矛起堂内，而外侮亦至。孺人計晝捍圉，裂肝碎心矣。乃益憑柩而號君子在也，固欲兒子也，學甘廢耕，禍患洊至，不有讀書，誰持門户哉！益延掌固先生教子弟，如公在時。其時公弟墀宗方幼，孺人身自嚴重，嫂而母之。而亡何，倭寇至，孺人使封公草奉公柩以葬，而守先人廬，戒毋輕去就。警益急，孺人祝曰："逃也，其居？先人示之兆。"爐中之篆散光如炬，東榮甕數武走庭中，孺人曰："逃矣！"移數里，賊火而色爲焦，於是孺人家落寠，不如曩時，而其時亦有孫矣。乃孺人所以課子若孫益奮，時時隕淚涔涔，爲諸孫談説往時孤寡事，激發之。蓋蘇氏之有今日，繇公、孺人如此。然其原本，不出於公事父母、孺人事舅姑孝，公提幼弟，孺人育小郎友，而好施爲德，以篤於仁義。至於孺人老而壽康，見子姪若孫貴且顯，挹損而持之者，其餘也。銘曰：

蘇自有宋，紱冕蒞泉。人父人師，襜帷是褰。傳世本行，則往于田。厥德雖豐，乃躬弗宣。公振而起，若鶴唳天。衣褒帶緩，馬怒御鮮。爽堂廓搆，詩書是傳。鳴臯羽折，儷侶悲咽。毋毀我巢，毋泠我氈。鼓鐘在宫，于外訇闐。殷斯勤斯，我實憫焉。耆欲將至，有開必先。福祥善慶，爰啓大前。鬱鬱蒼蒼，後千萬年。

唐廣文贈公暨王黄二孺人墓誌銘

安溪唐公時興，自淮安貳車轉爲蜀王相，當之官，念母黄太孺人不能行，太孺人强之行，一再發舟車，中道返，太孺人不阻也，而相樂者居三歲餘。太孺人捐女御，時興自其奉湯藥起居有數月，鬚鬢盡白。太孺人捐女御，而時興得侍側，然後知時興之孝也。始時興爲孝廉時，則其尊甫教諭公以萬曆戊子歲卒，而時興以辛卯歲葬之清源山之麓。其時方有公車之役，未及請銘當世，自爲志納壙中。既而乞官教上杭，遷樂平令，滿三歲考，則已推恩教諭公贈文林郎如其官，太孺人有封章之及矣，而教諭公墓中之石如故。今則以太孺人没，將以三月十五日啓公窆合葬，而使喬遠銘。喬遠者，與其兄大理評事喬遷偕時興同舉孝廉者也。

按公諱堯衷，字恒卿，别號益山。其先光州人，梁開平間入閩，始基于安溪之湯泉。十五傳而有瑭公，徙郡中，待其子孫以大，始有仲子鎧，廪于庠，娶于翁，而生公。公年十八，充邑諸生。二十二補增廣生，次歲改泉郡庠，二十六進廪生，四十八超選貢士，五十二授進賢縣學訓導，五十七轉來賓縣學教諭，六十又一歲而致政歸。公教進賢，端軌作人，褒重風化。來賓地雜猺狪，不忍鄙棄，所以教之一如進賢時。來賓饑，勸縣令發倉活民，而問所繇致政，則以養庶母也。

始公二歲失母，而四歲失父，出鞠於其母家之外大母蔡。不三載，蔡母亦殁。而公有庶母彭生子堯文，公乃彭是依。彭既愛且教公，公長所以養彭母，與堯文無間。公父崇嫡長，多與嫡長田，子孫得爲諸生者又復有田租之給，公並以分堯文，不自私。蓋人不知公之非彭母子，而不知堯文之爲異母弟，公所以奉彭起居餐食，係想戀心。雖在官，問及輒流涕。其家不能容居，而後與堯文分異。及在來賓，憮然歎曰：“母春秋高，即不諱，吾恨無窮。”屢乞歸，而當道屢勉留之。公則敞門稱疾，至許乃已。嗚呼！世有孝於其母者矣，棄官而養其庶母，即古未之前聞也！公持身讎肅，雖盛暑未嘗去衣冠。諸兒侍立終日，毋有惰容。與人交，温恭誠一，然諾必踐。篤宗盟，厚舊故，以急告者，度力分財。其見善加親，而見不善若浼。公正發憤，絶不爲婞婀態。食不重肉，飲不至醉。着一布袍，恒經兩紀。他諸褻服且無斁厭，曰：“以示兒曹，非徒師吾儉。異時羔羊素絲，自此中來。”生日，登隴痛憶勞劬；先祖忌辰，尚腆致潔。教育諸子勉以恢前人，報國家，毋徒取世資爲身榮。時興以萬曆丙子歲舉孝廉，公則時時戒以養志蓄德，勿墜慆溢。時興連不得志於公車，公則時時戒以當作好人，勿慕美選。臨没，竟以彭母之尸饔囑也。

始公爲司訓時，署中役夫僅三人，公日役其二人，而令一人歸，俾自爲仰事俯育計。始至，市馬鬻馬者多公直，馬既市，疲甇不任，有勸公更其駒者，後來可得償故直。公曰：“吾取代步足矣，奈何令斃他人手！”既徙官，又不以市，而以遺其弟子某，曰：“吾馬之齒長矣，爲我善遇之，使得有敝帷終。”公之存心爲人如此。

公先娶王，資性端重，體公之意，孝事彭母，睦於妯娌，生一女夭。公悼其賢而思之不置。繼娶黄太孺人也。孺人年十七，稟家政，酒漿織紝，諸務精辦，所以體公之意，孝事彭母，而睦妯娌，一如王孺人。至其爲王育所遺女無異己女矣。公之生時興等兄弟三人，年已晚，而太孺人不以故弛寬，每寢興、飲食、行立、誦讀，戛戛不使越尺寸，不則榎楚隨其後。時興等不敢比匪人、納邪僻，蓋其少已然。公應貢上京師，太孺人持門以内整。公教進賢，太孺人善相之。公教來賓，太孺人歸課子持家，比前益力。時興教上杭、遷樂平、貳淮安，太孺人皆就養邸舍。其始從上杭學舍中觀時興所以教士，不減進賢、來賓時，則愉愉喜。在縣邸見時興挂桁楊、絶苞苴，不取民間一物，則愉愉喜。見其境内雨暘時若，則又愉愉喜。稍遇霖潦，即憂形中，爲民請命。時興宰樂平，幾六歲矣，歲米斗以三分，民謂邑中太和，吾令君有母也。時興在淮安職戎務、關市之政，則惠商撫士，太孺人所拳拳焉。太孺人聞人吉祥，則爲忻；聞人愁苦，則爲戚；聞人衣食，則爲計。見善加愛，見不善加嫉。服御整潔，朝夕饔飧，戒諸子澹泊節儉，囑前母忌辰必豐也。時興徼有國恩，太孺人猶恨格前母，至其御臧獲有法，而最恤其饑寒，周旋其父母，門以内莫不愛且畏。

公生正德某年月日，卒萬曆某年月日，享年七十。王孺人生嘉靖某年月日，卒某年月日，享年二十有二。黄太孺人生嘉靖某年月日，卒萬曆某年月日，享年七十有九。子男三，長即時興；次時遷，邑庠生；時選，邑庠生。孫男某某。公之孫曾，蓋詵詵未艾云而。公弟堯文則亦以其子時熙爲崇義令，受封如其官。銘曰：

居今之世，隱然先正。處閨以内，鬱有士行。道挽風頹，德爲女鏡。靡墜人趨，不失天性。我作斯銘，竊歎遐敻。千百年後，揭揭名姓。

莊封公暨丘褚二孺人改葬墓誌銘

孔子少孤，不知父墓，問陬人曼父之母，其引也，蓋殯也，然後得合葬於防，蓋改葬也。朱文公卜遷父母之墓，各異其處。古人慎重事也，不敢復有悔，或有悔也，又不敢不慎重事。莊子喬申之祖父封編修公，與其祖母丘、褚二孺人，蓋吾師修撰公履豐奉葬於晉邑僊景山之原有歲矣，至是喬申啓而遷之某山之原，蓋其慎也，猶行古之意也。吾師先後葬編修公與二孺人皆有志，喬申則使喬遠約前三誌而合之，而仍以故誌納壙中。

按封編修公諱望槐，父爲浙江參政公一俊，母王宜人。丘孺人父御史中丞公養浩，而褚孺人，詩山處士某女也。參政公以郎選入銓部，骯髒忤時貴，爲浙藩罷官，用詩酒自豪。公讀書參政山館中，以奉過庭之訓。參政公賓客過逢無虚日，而公扃户讀書，當喧處寂，修孝承嚴。既舉不遂，入古玄山中苦學，至忘櫛枕，名在諸生間。又久不遂，則歎曰："吾有二子。"二子者，其一吾師，其一户部主事君履朋也。其時方諸生耳，而公奇之甚。然參政公廉於官，不能家。公又久讀書不問生，會郡城中寇，家則大落，飧飯不足以接餒，始用歎悔，從人學治生，資不贏，勑家人庇鬻粔籹而已，粔籹立盡。織篨，篨不售；畜馬騾，馬騾死。一市人盡笑公所爲。公曰："果非吾宜爲，吾竟藉二子。"復苦學先二子，所以督課不遺餘力。顧實用寬柔教，而二子不嚴而能。參政公乃戲謂曰："若至勝吾，勝吾者，以有兩奇男子。"吾師成進士，入中秘讀書，公携吾師之家以就京師，上有慶疏恩，當得封，公進取不忘，其初弗受也。吾師屬諸同年强公，公乃受，入廷謝。而亡何，户部君亦成進士矣。往參政公有詩酒之豪，故自喜負，當其對酒屬客,下筆數千言,多李太白、孟浩然之致。公承家學風流,筆力文藻大抵相似,以能啓吾師與户部君一門文章之盛。公居參政公喪致毀,友諸弟切至。吾師讀書中秘時,少宗伯海虞趙公用賢以翰林忤時相廷扑。相,權相也,無有所敢左右,吾師獨周旋殷勤。時相復授當事者意,窘少司寇洪公朝選至斃獄,不出屍者三日。吾師過當道頌言之。當是時也,權相之勢赫日熏天,縉紳諸公畏聲警影。吾師出身開口,張膽明目,公聞不用厄畏,顧逾以喜。公有季女適人,先富後貧。公令其謹事夫家,勿用我家怠。蓋所謂義方者歟!王孺人年三十三没,吾師與户部君皆其出。褚孺人繼之,能教王孺人子有成,其德皆足配君子。

嗚呼!喬遠故與户部君同籍,時年少盛意氣,發憤爲文章,圖不朽盛事,相視莫逆。吾師用户部君故,小友畜我。及壯登第,出吾師之門。吾師子視之。吾師往矣!户部君早棄人間,世徒我在也,擯棄於時而又老矣!追念師生朋友之誼,今日又感喬申之孝,不忘厝祖父體魄於安全者,故敢辭銘!銘曰:

玉則色潤,壤朽能黑。珠則明輝,泥污能匿。徙玉名山,移珠深澤。方瘞圓漩,斯止厥域。天作高山,以應明德。不憚重遷,維孝孫之力。

亡兒九轉婦貞烈王氏墓誌銘

於戲!是吾亡兒九轉亡婦貞烈王承静之墓也!吾兒博古好學,有名諸生間,年三十賫志而殞。其孤幼劭旋殤,吾婦雉經而從之。於虖!悲夫!銘曰:

無書不讀,趣嚮先覺。有志無年,子殪父哭。文章之氣,結爲丹碧。節義之衷,明於皎日。下有重泉,上則斗星。旁唐鬱射,以慰冥冥。

周文學公合葬墓誌銘

《春秋》之書,必兼通《左傳》、《國語》,乃能知其意。戴氏一經,篇累而文繁。士之通二經出身者,鮮矣!習焉而無師,營焉而寡友。非其心顓識朗,則不能以通。而吾邑肖戆周先生獨以《戴經》名一家。其身雖終老於子衿,而爲友者若而人,所從而授經者若而人,莫不博科第,致通顯。泉人名能《戴經》者,必曰:"周先生,周先生。"先生所授弟子經,三塲兼課,不獨顓顓制義而已。而其文辭通穎,鑒别精實,又足爲後進之宗。先生雖以是經資補於人人,然而繇先生博科第、致通顯者,先生一無所求望。即先生一門貴盛,其處諸父群從間,嶽嶽無所不敢言。人謂先生真戇人也。

先生早孤,母善病,善事之不懈。伯兄相繼歿,撫育孤幼若自己出。而公之室陳孺人又能與君貧相安,以遂其恬節,而善成其孝養,人又謂孺人賢。公有子一人名道新,隸諸生。女二人,一適林武苴,一適盧益秀。武苴公舉武進士,官湖廣行都司指揮使僉書,以勤事贈至都指揮使。有子三人,其長曰欲楝,今仕户部郎中;其季欲楫,今仕翰林庶吉士。林氏兄弟相繼登上第,在先生晚歲,先生甚喜。先生卒,道新貧不能謀葬,會户部君予假里門,遂擇地葬先生、孺人。去其贈都指揮公墳可百步,曰:"令吾父不遠於吾祖,庶幾翁壻若平生,吾母亦得以奉泉臺之朝夕。"人謂先生有賢外孫也。

先生諱良宰,字以制,肖戇其别號。生嘉靖某年月日,卒萬曆某年月日,享年八十有四。陳孺人生嘉靖某年月日,卒嘉靖某年月日,享年三十有八。墓在某山之原,葬以萬曆某年月日。先生,予先兄大理評君之師也,而予喬遠與道新爲夙契,亦嘗以文字受知先生。乃爲銘曰:

《禮經》繁萃,孰究其微?匪叡弗通,若鈍曷揮。新學初生,得其膚韋。時隱時明,如燭照幃。公來講説,啓牖開扉。若寐得醒,若宿得歸。公霑公溉,不翼自飛。立表持引,孰望以晞。既流己潤,不借人肥。我處我居,自馥自菲。我經儒行,是我所希。我銘斯人,則不可幾。

盧永豐公暨洪孺人墓誌銘

予嘗泛海至金門之上,飲於嘯傲之亭,則徵君盧人紀挈榼修贄爲竟日會。人紀言吶吶,若無所有,其古貌古心,瞻之有餘丰,而即之有餘地。予知人紀非世俗人也。兹將改葬其尊公永豐令龍泉公與其母洪孺人,於邑翔風里十九都動石山之原,問銘於余。予曰:"不知其父,視其子矣!"

公以嘉靖丁酉歲領薦閩中，遲佪公車者久之。歲庚申，就銓得永豐。此時江浙之間，寇賊雲擾，永豐邑小而又無城，公請移置庫獄於府治。簿禦賊被擄，要贖金四百。公罄官俸不足，借庫金與之，顧無所得償庫，民重公義，捐資代公償，曰："毋苦我父母也。"邑有饑民，糾衆剽穀，失主聞得其人，請置之法，公解遣之，曰："彼爲饑爾。"民有訟子不養者，按之而實貧，公慰謝之，而亦遂自念家無寸銖，宦遊千里，二親無可奉朝夕，不覺涕泗横集，飄然有挂冠之意矣！會當入覲，直指以邑遭殘破，奏請丞代。丞居下考，知旦得罪，中道遁去。銓部以此連公，而公亦遂罷官。廣信守江公珍重公廉，醵諸令金爲贈，公始得歸。

公曰："吾罷官無所憂，喜吾得奉二親也。"居久之，二親先後没，公悲痛柴脊，竭力喪葬。宗戚里閈咸謂盧公處官薄而養親厚矣。居家恂恂，不與物忤，絶跡偃室。令君恨不識荆，即邑里之間，亦罕覯覿，乃其長厚之聲，流於人人，雖島夷肆虐海上，亦知有盧公，相戒毋犯也。洪孺人孝事舅姑，躬勤織紝，敬順夫子，佐其廉慎之政，居常衣布浣，食藜藿，閫範恬肅，稱君子之配焉。

公諱天祐，字以順，生某年月日，享年六十有三。洪孺人生某年月日，享年八十。子三，長昴，邑庠生，先卒；次參，人紀也；三井。葬以萬曆甲寅王正之吉。銘曰：

不仕無養，古人謂以無子也。罷官不憂，公乃謂有以子也。令而無以爲家，盗而不入其里。有巋斯丘，千秋萬祀。蓋所輕在彼，所重在此。

曾武部公暨李安人墓誌銘

予郎儀制時，東海島夷搆患朝鮮。朝命捄援，無所紓難，大司馬則使客往説，許夷封貢若市。而曾公君彦語予曰："夷於中華，若黍苗之仰陰雨，封無不可，使客説要之何？狡夷不靖，二祖固絶之。嘉靖季，躪蹂内地，是内讐也，又可許之貢與市！"予上疏争之强，而君彦郎職方，則數與大司馬辨之疾。君彦故郎比曹，其得職方繇大司馬也，不德司馬，慮國家持大體，爲司馬益友，君彦之事大司馬忠矣！歲甲午，當比士，予以公名薦大宗伯。宗伯固久知公，請使主左廣試，而予坐罪逐。居一歲，公亦用武選副郎謫右廣之賓州。既赴謫所，退而家居，講德論學。予方受公誘教，而公竟棄人間也。始乙未之冬，兵部大察軍政，既竣，兵科都給事中請斥漏察者若而人，上移怒兵部他事，詰問兵科臣安在者？兵科及武選長並謫小吏，餘皆鐫三級，并譴逐臺諫部幕官四十有餘人，而公在鐫三級中。此時公以職方郎奉使南都，途接武選命，足未躡署也，時論謂公尤冤。

公諱偉芳，君彦其字，宋魯公弟公稔進士裔孫也。洪武初有沂者徙居惠安東海上，一傳生某，公高祖。某生榮琛，公曾祖。榮琛生汝惠，公祖。汝惠生綴幽公福，公父也。

公自少力貧讀書，以古文辭名諸生間。年四十餘始舉于鄉，連成進士，是爲萬曆己丑。念母黄孺人久殁，請急歸葬，兼侍綴幽公養。還朝謁選，爲刑部郎，則取律誥諸書熟讀箋釋之，每一讞獄精心擬比。有武弁某當論死，廉出之，以告大司寇，大司寇用是知公。公雖法曹乎，其於國家體要、利害、興革、邊境、島夷、漕河、扼塞，目記心畫，期以見之厝施。受事數月，首陳建儲、防漕二疏。大司寇言公司馬，聞有曾君者，才也，可使治邊。司馬請銓部以爲屬，而公於是改職方矣。至則首上朝鮮善後事宜，力陳島夷不可封貢狀。疏入，下部酌議施行。凡庶官上疏，得旨而已，曰“酌議施行”，上知公也。公益用奮發，慮無不首踵報君父。侵晨入署，達夜歸舍，縮腹料邊，雖寒雪數尺，居署益勤。差寧夏定叛功次、驗軍籍、覈戎政，手自削牘，無所漏洩。指揮某受賕豁軍，公摘發之。中貴爲居間，弗聽；同舍郎爲中貴請，亦弗聽；最後大司馬亦爲中貴請，而公即欲拌一官廷劾之。三殿工作，中貴求公多役軍，庶幾得乾没，先持金五十爲公壽，公正色卻焉。左廣典試道出江右，有持金六千，暮夜道傍，囑鬻舉子三人者，公即時擒治，馳奏以聞。既至，簾内外供具一切峻卻之。蒼頭偶持一錐，公急索還之，曰：“汝持一錐，刓我全稜。”既報命，則軍政事興，公於諸衛所官，廉墨强脆，器局能否，參核已詳，因才用之。異時得綰印章筦事者，輒用賄旁圖，至是能者不費一錢，不能者有金如山無所使。凡公當官，勁直廉正如此。

當公奉使南都，蓋秩三歲滿矣，得封綴幽公如官，贈母孺人爲安人。公過家上壽綴爾公，而焚黄安人之墓隧。亡何，則賓州報至，冒暑赴謫，繳憑還歸。暑月瘴鄉，蒼頭死且病，公獨無恙，反時爲煑粥曰："吾無他方却病，自製澹然一丹而已。"公在比曹時，得交李孟誠先生獄中，及歸，先生政成閩，相從講明性命之學，而以鄉約保甲行其東海上，以見是亦爲政之意。凡公所以教東海上，人書善而紀之，記過而誨之。其於誨人之過，痛切曉譬，根極自身，繼以欷歔太息，冀於改圖，而又衣食其貧家，處置其凶歲，是以人心感動，民行束修。間爲當道言鄉邦桑土之謀，耿耿杞憂，有如在位，當道莫不信從。上既久棄逐臣，無復環賜，諸逐臣有遭内外喪者，率用家居，不報銓部。公曰："此爲欺也！"綴爾公歿，以報銓部，服闋赴除换。上益棄公，公歸矣。歸而尋卒。

始贈安人歿時，泉方中寇，公垂髫耳，而獨負贈安人踉蹌走郡中。贈安人垂没，公抱持哭極哀，已，從富家泣貸，辦送終事。謫宦家居，奉綴爾公力耕怡老，綴爾公亦忘其子之廢也。送葬之夕，有雙鶴南飛繞墳，人謂公負土誅萊，無所不躬親，此孝感矣，名阡曰"翔鶴之阡"。蓋公之孝如此。

憶予未交公時，以進士赴闕，而公應南宫試，策蹇獨行，風沙狹斜，非公先予，則予先公。予固以怪公新得意即澹泊自將，筋力耐勞苦。及予從司寇詹公游，司寇則數問公。予問司寇何從識曾公？司寇言："我見曾公以進士出都，若書生擔簦者然，心服之。"以是知士之有意道德事功者，起家之日，心志已定矣。

公配李，從公封安人，孝事後姑，嚴訓二子。勤儉治家，好德爲施。百凡閫政，公心委焉。自公之歿，海内士大夫莫不爲直道痛惜。自安人歿，宗黨内外以逮臧獲，亦無不望鄉閭而悽心者。哲人淑媛，伉儷非偶然也。

公生嘉靖某年月日，卒萬曆某年月日，享年六十有二。安人生嘉靖某年月日，卒萬曆某年月日，享年五十有七。子二，長士林，邑庠生；次士楚，邑庠生。士林、士楚以萬曆某年月日奉公、安人柩合葬邑鳳山之陽，因追敘海内士大夫某公、某公皆與公有道義之契，而予遠亦在其列，即請銘。海内諸公不可卒致，而第使予遠。銘之曰：

績學子衿，四十始發，何遲久也。服勞有位，三歲見逐，坐何咎也。我不求通，窮匪醜也。志在國家，世我何有。學問未究，我恐後也。君子之名，歿世無負。窀斯穸斯，固不朽也。

諸葛處士暨林趙二孺人墓誌銘

諸葛生昺以萬曆己酉某月日葬其祖父處士公、祖妣林、趙二孺人於南安鄭山之原。先期，持其先尊甫益府長史公之狀，而請予銘，曰："嗟夫！先子欲塋此久矣！以相塚之疑，不得果從事。及决窆於是阡，日有期，而先子即世。凡先子所以請銘於叔氏者，狀已具。具狀在病中，先子未畢之恨也！惟叔氏重圖之！"予受狀而讀，而悲長史公之志，其言曰："嗚呼！先君之棄不孝孤也，詎今春秋三十有八，而當不孝孤九歲時，孺人即見背。今不孝孤老矣，又病且死。所蜕者將化去，蜕者猶未即抔土安。九京之下，不孝孤何以見先君與二孺人！兹力疾圖襄，念知生平坎壈之遭，二人明發之懷，惟吾穉孝氏。不孝孤不朽之圖，將徼諸穉孝，將持報先人地下，蓋不孝孤待此而瞑目。"嗚呼！是長史公垂絶之言也，余手之而不能竟。

按處士諱希孟，字毅之，别號守吾。諸葛之先世有官有學，無所遺後。處士與其兄少食貧，相與貸富人錢，浮海爲生，卒大困。富人操子母來算，先世之遺幾盡。處士力持之，僅僅有所存。處士父殁，力貧支億，跼蹐舌畊筆耨間。念久居約無窮時，歎曰："晨門抱關，侯嬴守賤，丈夫子何所不可爲！"因投府中爲功曹掾。處士雖游於功曹乎，美鬚髯，容止雅都。居嘗手古書，所與游皆賢豪長者。郡太守童公稱處士雖在掾中，質行不可及，文學足相贊也。太守遷，欲强處士與偕行，處士曰："小人有母。"太守遂不敢强處士，貌處士與其所自貌，共爲一圖以去。而是時長史公已嶄然見頭角，處士復不樂爲掾，棄之去，入奉母而出教長史公也。乃其處兄弟孝友甚。長史公弱冠受知學使者備子衿，處士之從兄子業儒久困，乃謂長史公曰："是子衿者，寧可移易與之乎！"處士所以處從兄弟與從兄弟之子，甘苦共之，有無與通，即數百金恣所出入，第受成紙上而已。外及婭姻友生，咸倚處士爲外府。處士與而若棄之，假而若亡之矣。人謂處士洗橐更致固當饒，處士曰："吾能饒，吾能自忍困，不能忍人之困，吾能饒晚節。"泉中有寇難，處士家復落。顧其素所爲德者，絶不過其門，獨與其平生交游若賢豪長者，斗酒擊鮮，意氣自如。

處士初配林，閒重寡言笑，繼配趙，性行同之。二孺人處處士，豐約間具有佐相，而所佐處士孝事二親於存没之際者，亦無不同也。處士生正德某年月日，卒隆慶某年月日。林孺人生正德某年月日，卒嘉靖某年月日。趙孺人生嘉靖某年月日，卒嘉靖某年月日。男二：長應輔，先夭，無子；次應科，長史公也。孫男一，即昺。維處士父守素公某後其叔父廣文訥夫公某。祖樂義公某，割股以療母。曾祖恬齋公某，爲令尹。高祖公某，爲御史。其先世在國朝有檢校公某，有高隱退齋公某。在宋則有轉運副公安節、兵部侍郎公廷瑞、開國男公直清。其在於漢則武侯。處士之葬也，在開國公墳之東偏。銘曰：

以子養親親不及，風木無停百憂集。以身葬親身不存，窀穸未就悲重坤。手狀乞銘哀且思，精消魂離心無衰。孝孫襄事繼厥考，七尺崇封千載保。

李與熙暨黄孺人墓誌銘

嗚呼！與熙其死矣！嗚呼！與熙其葬矣！與熙知名最蚤，其交於予也最後，而其與予交也最密。其胸懷坦蕩，軒豁豪舉，有烈丈夫之風，而實不出於繩尺。其論文操筆有睥睨千古之意，而其鑄鍊而成，虚求而博証，善下之谷無如也。予謫籍里居，時年方三十餘，求里中博雅之士而與之游，而得秀才王唐仲紹、孝廉陳榜宸甫、今國子先生黄居中明立、今比部郎秦鍾震伯起，而與熙與焉。當其時，論文析義，縱酒譚詩，過逢無日夕。嗣後諸子相踵而至，而實與熙爲之先。於今出處死生，各以分途。予日以老，交游日斷絶，無復向者意氣之盛、臭味之投矣！有友如斯，卒歸於土也，寧不爲生人一大悲痛哉！與熙事父母孝，處伯叔兄弟分財無私，祖宗之事，以身肩之，不以貧自解。與朋友交，堅忍可托，朋友没，見其子絶甘分少，如親子侄。其高誼卓行，在于人口。七上公車，夭殁於京師。天之生才，何其艱哉！而割亡之易也，其可悲也！

與熙之子伯瑜，以萬曆乙卯某月日奉與熙柩與其配黄葬于本縣國田院坑尾山之原，而請予銘。黄賢孝有德，不媿與熙妻，而同即此土，其可相莊九原之下也。與熙姓李，名宗熹，登福建戊子鄉試。銘曰：

塚歟文塚歟，與熙宅此，瘞璧埋珙。後千百年，山川之色，猶發其光輝，而松柏之膏，取潤其液湩。

黄處士夫妻合葬墓誌銘

武榮孝廉黄君翼登泣而語予曰："先府君生不孝孤年五十三，母氏四十有四矣。垂白暮齒，始克有孤，日夜冀成立。丁酉之秋，孤得薦鄉書，府君以八月之望捐館，而弗及見也。母氏以十月二十有三日相繼下世，而弗及養也。孤幾不人矣！煢焉謭劣，未克揚昭。兹以今歲季冬之吉，卜兆吾縣二十一都之師皐山，奉府君與母氏葬，願惠徼於吾子，以無朽逝者。"何子敬諾。

按君諱思通，字有睿，别號雲洲。始祖忠勇公，元季仕閩，閩人戴之，因是占家。累傳至高祖允易，居十九都之澗埕里。允易生儀，儀生仁仲。仁仲不問家人産，有古俠士風。都有浮灘，爲有力者謀奪，仁仲爲其都人訴闕。是爲君父。君少治《春秋》，其爲博士家言好引古文詞，而其時方尚經生嫩秀之語，坐不遇。或勸之詭合，君曰："吾筆自僵，不能曲也。"棄之徙居晉江爲廛民，不能與世競錐刀，陸沉閭巷間，以長者名。後三十餘年，博士家言群然趨古文詞，而公老矣，則歎曰："昔人有云：'其君好老而臣尚少，其君好少而臣已老。'吾文之謂歟！雖然，吾以教兒。"其意蓋在孝廉君。

而問孺人所以晚得孝廉君，則具有陰德。孺人嘗立門簾之間，有與鄰人市而遺橐於門者，孺人以竹叉之入而藏之，亡橐者去已遠，覺而歸索諸鄰，大號呼天，曰："此中白金七銖，珥墜一雙，乃鬻一女以入官贖罪，今已矣，二命休矣！"孺人聞，出疾聲曰："毋號！橐在也！"擲予之。亡橐者號彌甚，請留一爲孺人壽，孺人堅辭之。其人呼天曰："無以報媪，願天賜媪所少者，某一家効犬馬矣！"是時孺人少在丈夫子，而其月孕孝廉君也。孝廉君生，亡橐者持雞酒賀，里人喧嘖，稱孺人。君先娶於張，生一子一女矣。孝廉君之弱冠也，君欲分業於張母之子，數金而已，則欲悉舉以與張母子，謀諸孺人，孺人曰："甚善，吾業出簪珥數金先陰佐之矣。"君太息曰："若爾子何？"與孺人相視泣也。君太息於無以貽孝廉君，而不知孺人以七銖雙墜博孝廉，而貽之者大也。

君醇謹敦樸，孺人用慈和篤摯以撫其家，夫婦間相勉爲德人，然家四壁如故。君則居恒歎曰："吾以學古人之文，不能俛與世合而名絀；吾以守古人之義，不能巧與世角而利絀，其知失邪，且固命也！"因朗吟"莫道桑榆晚，遺霞尚滿天"之句，自號"桑霞居士"，而其心常在孝廉君矣。君與孺人寢一室，夜若有警其枕者三，皆驚起，黎明，孺人往武榮，君送出户，室中棟撓椽墜，閭里駭且慶，是爲孝廉君得雋之年，此時何其福也！乃君卒，去孝廉得雋之期數日耳，而靳得見之。孺人見矣，居再月，而靳得久之。此所以不能解孝廉君之悲。然天以君、孺人所少者與君、孺人，先示危險，出之安地，而予之以全歸，天所以報君、孺人至矣。而況孝廉君所以揚昭君、孺人者，尚猶遠且大。

君生正德某年，卒某年，年七十有八。孺人生某年，年六十有九。男二：張母之出曰行烈，母氏之出孝廉君，猶未艾也。銘曰：

親不及養，風木之悲。有子明昌，慶德之貽。匪古先民，篤行是師。榆景霞天，斯焉取斯。

柯處士夫妻合葬墓誌銘

維柯之先，在宋有龍圖述者通守漳州，致馴鵲之異，見於蘇文忠之詩；有隱士翰者，教授諸生，作一經之堂，見於朱文公之記。蓋其世德有自來矣。龍圖公有兄弟四人，分居泉郡之四安，其裔則居同。元時有時泰者，令龍溪、漳浦、將樂、同安，仕終漳州路治中，徙居莊江之上，是維溟渤之濱，文圃之麓。至于國初兵燹爲難，柯氏子孫溷跡漁農有年數矣。嘉靖間有處士者喟然歎曰："吾鄉山則文圃，水則溟渤，輝映浩蕩，發爲人文。謝、洪與石，嘗擅厥美。剥復弛張，天道在人。"遂携其子日森入郡城讀書，求縉紳孝秀之賢而師事之。日森齠歲就庠，二十餘應隆慶庚午鄉試，翁喜可知也。蓋莊江之上，閭閻數千，其棄家倒橐，携子入郡城讀書者有三人焉。先者陳，次者翁，次者胡。陳翁者，大司寇陳公道基尊甫也。而胡翁者，有子明佐，今爲惠州守。日森公仕終孝豐令矣。始陳翁之携司寇公入城也，人皆竊竊指以笑，翁曰："傖父何知！彼且爲鴻鵠舉。"於是，次者翁，次者胡，皆及見其子繼司寇公起，莊江之人莫不艷翁而智之。

翁諱揚，字文藴，别號方圃。貌偉聲閎，磊落坦質，善縱横握算，資用以不乏，而又慷慨好施予，慕尚賢豪長者如不及。其號"方圃"，曰："非爲吾居文圃之下也，惟兹山也，石無磝碻，樹無荆棘，吾可自况焉！"翁生而孤，逾月喪母，又九月喪父也。族人利是藐諸，厄危者屢，賴其祖母葉藏掖于婿家以免。迨翁壯，有以爲家，乃不念前惡，與爲綢繆敦洽，昔之欲刳腹者，化而爲肉袒。而翁又念終鮮兄弟緦功之昆，進而同胞腹，而鄉閭之間，咸儀孝友矣。翁既携子讀書郡城，遂即居于郡城，曰："吾所據海上地，得無虞海寇。"不數年，海寇作，戚里入城避寇者，得翁有所依止，而翁因以振其衣食，行仁義焉。人復歸翁智且仁。翁老，又曰："莊江之上，吾上世拱木之遺，百年之後，吾魂魄遊毋去也。"修葺宗祠，别居其子日林，出於其側室馬者。蓋今之居郡者，孝豐公子若孫，而其居莊江者日林。翁墓在其里石牛之阡。孝豐公歸田，擬奉以葬，未遂而卒。兹萬曆癸丑，孝豐公子德安司李恬，與其弟諸生彦，奉翁及配黄孺人合葬焉。

黄孺人耿介莊嚴，善以勤儉佐翁。翁幼而藏掖于其祖母葉，孺人之奉葉也孝以恪。葉自庀寢丘，翁念遠居郡，未决奉葬，而孺人慫恿之曰："但使化者安即土，是爲夫子孝至。"其所以撫馬側室，有若姊與妹，視馬出如己出矣。

翁有二子長爲孝豐公，次日林，其餘夭且殤。孝豐公之配温。温氏者，封户部主事學周公之女，而潮州府判學舜之姪女也。初，翁之携孝豐公入城也，擇縉紳孝秀之賢而師之，其所物色於縉紳，則潮判公，而所從授經於孝秀者，遠之先子也。先子知孝豐公於垂髫，爲之相攸，孝豐公所以得壻於温。孝豐公子四，長即德安司李恬，次即彦，次忻，次凌霄，晉江邑庠生。日林子一，曰協。銘曰：

奮跡羊豕，不安於斯里，維以有子。不維子之，曾孫式似。推本念源，寔維翁之。以陳有司寇，胡有惠州，翁參其間，以侶以儔。馴鵲咏蘇，經堂記朱。予獲銘翁，能不恧夫。

林處士夫妻合葬墓誌銘

林子之梅執贄及門，稱予先生，泣而告曰："先人五十八歲而始得孤，七十三而棄孤往也。孤之嫡母杜，育孤如其自子，亦以其年見背。其時孤年十五，今十有七春秋矣。窀穸之役，未有所厎，孤日夜念之。維先人少厲書史，不遇於時，逐身曹掾，不樂棄去，種圃藝蔬。有纍垂之實，葱蒨之色，循畦行畝，割其黄青，以飽室家，餘無所與於人。世受道書鍊氣之學，吞烟摩擦，老其餘生。或有客至，則吾母杜出寒具畜旨，以佐酬酢，而先人不問。吾先人以孝事親，以德重鄉，如桂樹生泰山之阿，而樗櫟茂於廣莫之埜。之梅雖蚤棄先人，習聞其教。比歲薄游璚海，得隸璚學宫爲弟子員。先人之傳，則已請於璚臺大宗伯王公，惟是窀穸之及未有誌文，是望先生。"予聞之梅言，以問習於之梅尊甫者，其行事良是，於是爲之銘。

按公諱存仁，字元卿，世族也。喜諸葛孔明、陶淵明之爲人，嘗舉以自況，而依以訓子曰："吾平生瞻仰二明矣！"所著有《教子雜詠》、《同社唱和》藏於家。有德而隱者歟！而杜氏亦邑之名家，之梅則其生母許出。銘曰：

太上之世，夫人熙熙。萇楚厥端，舉其無知。以遂天年，不夭不菑。末俗昧昧，但豐其肌。烹燔炮炙，厥皻熬腝。腐腑爛腸，形亦隨衰。或有智士，節口約脾。筋强骨固，目如明曦。愚蒙鄙笑，山削澤萎。公雖家室，仙侶是師。吐納經伸，如熊如龜。期頤雖未，撫順大委。還形宇宙，聽彼寶夷。我銘同穴，則契庭羲。

史處士夫妻合葬墓誌銘

孩童之歲涷而傷趾，就傅問經，讀"樂正子春下堂傷足"之言，潸然涕也。父有所鞠兄弟之孤，服食起居與之鈞一，諸兄之子撫摩提携，庶幾古人兒無常父、衣無常主之誼。母病，傍徨問醫藥。友人有請貸，出室氏簪珥予之。有士如此，可以壽乎哉！歸于君子，效《鷄鳴》贈佩之風，上佐老姑，祭祀、賓客、酒食之議，朝夕受事，匐衿綦屨之飾，盥洗紉綴之詳，莫敢不敬，有《内則》“櫛縱（縱）雜佩，以適舅姑之所”之勤恭。有婦如此，可以福乎哉！是爲史君朝鍹與其配李孺人之行。君以二十而夭，孺人二十一而寡。抗節維終，兩有立孤，不竟厥紹。謂天道有親耶？君尊人宏詢公守沅州，伯兄朝録公令德清，仲兄朝鉉公以給事中出守湖州。厥父與兄一門金紫，伯兄有子書言令于湘陰，仲兄有子書元方選貢士、書官舉鄉薦，而君之一脉已焉！天其果有親也？君既不竟立嗣，獨有女一人歸于諸生李子文滉，孫子繩繩也。中郎遺慶，意其在斯。

孺人以今歲庚戌没，去其嘉靖壬戌君没之歲四十有九矣！貢士君爲君穿塚于靈跡山之麓，依其大父墳而以嗣男度之殤者祔焉。與李子問銘于余，余感貢士君之事叔如父，而李子又予密契也，於是屬銘。銘曰：

年不足，行有餘。節永貞，歷居諸。既同穴，偕老如。契金石，佐扶輿。

丘處士夫妻合葬墓誌銘

杲有處士曰丘良箴，伉爽敏邁，篤意孝弟慈祥之行。其先世在國初有名重者，歷官四部郎，以文學被推擇，從楊文敏公榮纂修國史，一時稱丘良史也。去之已久，丘公之名漸不在人。處士曰：“可泯前徽！”揭金樹棹楔爲公顯之，人乃知丘公之爲良史，而比處士於董狐之裔也。處士有父老矣，無可爲養，處士即釋書史爲經營。處士之父喜交游，結儒雅。客有父所心喜者，處士治茶鐺酒罍不懈，而處士之孝聞於閭里間。處士之父没，求縉紳大夫之賢者爲志其墓。及葬，縉紳大夫送車數十輛，里人喧曰：“何處士也，致車徒送父若是！”處士奉其繼母如母，繼母所出女妹之如同産。處士父没，遺二孤弟，撫之若身。處士畜其妹及其妹之夫，亦若家兄弟。處士生四子，教之友于之道。及處士歿，兄弟遵教，不忍復析箸。處士爲人慷慨，直心立談，多丈夫氣。里閭族黨有不平，必得處士一言解。其爲德倡義，無所吝係，雖有負其貲者，至再至三，處士不以見顔色。有挾右挾豪相齮齕者，處士奮髯前弗避也。人又曰："處士固古義俠人也。"處士有配曰許孺人，以其纖儉佐處士施，以其潔蠲佐處士禮，以其順佐處士德，以其嚴佐處士之教子慈。夫婦一心，終始一意，其可謂儷美也。

處士字孔訓，我省其別號。父某，母黄，繼母梁。生某年月日，得年六十七。孺人生某年月日，得年七十有一。子四，長然卿，瑞金尉；次啓熙，郡庠生；次應禱，英德尉；次啓和。然卿、應禱雖領黄綬，所至能其官，而啓熙以文學與予游。兹以某年月日合葬于某山之麓。銘曰：

有德不恢，而在其家。行著州里，名亦不遐。有善必昌，有質必華。後百千年，安固以無涯。

鄭文學夫妻合葬墓誌銘

永春鄭子良佐從吾游有年，以萬曆甲寅某月日，葬其尊考文學月塘公及妣葉氏於文章山之麓，特至郡城告予曰："非夫子莫銘吾親者。"而又告予曰："嗚呼！吾先子雖老佔僤哉，其孝友行誼有足述者。先子游泮蓋在弱冠之年，併心績學，念在四方。會吾邑中寇，吾祖考妣接踵棄人間，先業蕩盡。先子二弟一妹，渺爾孑遺。慟哭不支，强起肩艱，袝棺袝身，必致信誠。尋復襁弟與妹逃竄城邑，百計經營。兵燹稍定，亟歸謀葬，而是時祖妣陳柩尚在殯，先子捐饔飧貿金買地爲祖妣治塋，絶不問諸父，諸父尸虞奠而已。弟妹未有室家，而先子爲婚娶。仲弟委之家，而季弟督之學，曰：'吾兄弟蚤喪所天，依依同胞，當勿離耳。'既舉佐兄弟二人，二叔亦舉子。先子督課並厲，子姪靡間，夫人歎曰：'鄭氏兄弟可謂在田匪荆，在張匪忍。'即四十餘載，先子老矣，始相謂曰：'吾兄弟今已苟合，諸子孫差好，人家析箸，此亦其時。'顧其歡婾不殊同居。易簀之日，惟以孫子詩書無失儒風爲佐兄弟命之。至吾先子所以兄弟篤友，子姪和平，則皆吾母善承之，以佐兄弟子孫所繇知學，亦惟母氏所以畜之愛而能勞之故。嗚呼！吾父母豈不如古人哉！"於是何子聞言而哀之，而且慰之曰："士以其行，不以其人，所以爲人，惟其積躬，不在逢世。"因爲之銘曰：

文章之山，古有陳光，發穎其間。公乎埋玉，遂與陳氏，有名斯谷。士重孝弟，惟修厥躬。人倫攸繫，福慶有門。不在其身，則在子孫。

謝應祚暨蔡烈婦墓誌銘

晉江寮頭鄉有謝氏子者，讀書棘棘，不爲俗韻，自喜古文詞。年弱冠，未得舉有司，去之爲武林游，歸而病以死。其婦蔡氏殮葬畢，闔户自經，帛上斷若有割之者，歎曰："腹有孤乎？"起焚香祝筊，曰："筊三也腹有孤，兩乎不矣。"筊竟兩。初，婦遑遽密扃以就死也，既帛斷爲家人所覺知，則不得死，乃以其意告之舅姑、父母，累日始得命。去謝氏子死之七日而後，婦以成禮，稱貞烈。里君三老以其事聞於縣，上於府，遞至御史臺。御史方爲婦請旌，而謝氏之兄弟念日月有期，將葬矣，不能待旌書之及，以請其父葬之，而告何子誌之。

何子曰："夫也，父也，君也，天也；婦也，子也，臣也，地也。父以德義行善教其子，子以能肯堂荷薪。君以無成代終使其臣，臣以能竭力盡能。天道也，夫道也。乃有命之不會，世之不逢，子以幹蠱克家揚其父。乃有國步多艱，天造是虞，臣以鞠躬盡瘁張其君。地道也，婦道也。大國之蘭不能以一枝獨芬，崐山之玉不能以無雙自輝。善人必與善人居，不善人自與不善人居也。謝氏子文秀行芳，方芬方輝，蘭悴玉碎，天實爲之。天既爲之，又誘其婦以克顯世，令謝氏子不慧不淑，必不得與其婦流芳揭馨，名上于天子之廷，節記於里志之書，垂千萬禩，父藉子揚，君藉臣張。地道也，亦天道也。"

謝氏子名應祚，其死以萬曆某年月日，年二十二。婦姓蔡名賡娘，死以萬曆某年月日，年十九。葬在赤土山之原，以萬曆乙卯某月日。謝氏子之父名春儼，婦父名考箴，文學諸生，嗣子一伯。銘曰：

辟妻晏御，以顯其夫。杞崩哀哭，驚動方隅。何斯人斯，不與爲徒！維天星辰，奠地河漢。釁鈎碧萇，經古不散。漫漫長夜，揭揭朝旦。

杜寬甫夫妻合葬墓誌銘

大凡邑屋居之人櫛比鱗次，雖有大宗巨姓雜儔偶中，莫適爲雌雄。惟山谷之入，鄉自爲社，族自爲望，以勢相役，以財相君。於是遂有齮齕曳掣，以豪相命。自非有識幹强力，而孝弟忠信之行先之，則不足保門户。君自幼而孤，二十八而夭，而克持其世，妻戴蚤寡，守三孤子底成立，孫子聯翩。其夫婦皆足述也。君所謂識幹强有力，以保其門户，其枝梧其宗之有力人與其鄉之驟起而貴者。而所謂孝弟忠信之行，則父身陷賊，君籲天請代，鬻金幣爲出之。其居父喪，泣血數絶。事母至孝謹。歲時先祖之奉，不敢不腆豐。家有大繇，身爲主辦。值人困阨，死喪不難。麥舟之濟，而黄壤之割，自任家督，以讀書遣其二弟。二弟一舉進士，一舉鄉貢，而克昌其祚，則君之所以以行先人者也。君之歿也，戴何難一死從君，而撫育三孤，拮据責課，其二孤爲文學諸生。戴氏持健於三十五年之間，有以體君生存之意，補其所欲爲而不逮。孔子曰："家人有嚴君焉，父母之謂也。"孔子不直以嚴君爲父，而併當以母，則戴氏之謂矣！

君諱應碩，字寬甫。高祖某，曾祖某。父某，以次子應楚貴，贈承德郎、户部主事。母林氏，贈安人。林之母，爲何子先姑也。戴氏，南安戴某之女。子三：凝霄，次聯霄，郡諸生；次甲先，邑諸生。弟舉進士者曰應楚，仕終南昌守；曰應頎，今爲香山簿，舉鄉貢。葬本鄉四十四都之山門，窆以萬曆丙辰某月日。予與君有甥舅之親，遂從凝霄等請銘而爲之銘曰：

君則不年，而有其妻，以主錡釜；君則不年，而有其子，以大繩武。山門之巔，有固其封，自足千古。後有賢子孫，焚黄兹土，則復公侯，去天尺五。

吕于昭夫妻墓誌銘

何子曰：舜之使夔典樂教胄子也，期以直温寬栗，無虐無傲，而所以教民，則有侯明撻記書識否威之典。胄子與民教固不同哉，民之與士已有間矣，而胄子則又公卿大夫之子，習其冠冕簪佩之風，而明於家庭之訓，其於道德仁義，可以觀法而漸靡。蓋有貴於士，而甚異於民也。

龍溪吕于昭君，蓋少宗伯公之子。君雖父宗伯公，宗伯公秩未滿三歲，未得以任子請，而君之心亦曰吾直自致耳，不欲以任子居。其繇子衿而挾册成均，則故士也，而出於公卿之子，則古冑子也。冑子之生，誠襲其家承之舊，而自先王之教不行，不曰“鮮克繇禮”者乎？君當宗伯公之存也，逢辰藉叢，掃塵却紛，所探討窮搜，極羽陵之蠹，宛委之藏。識者謂吕氏之子沓軌連光行有日矣！亡何，宗伯公捐館。君號呼擗踊，感動路人。廣柳既歸，堊室是閉，入奉母恭人，則破涕承懽，支骨不露。至乎克襄大事，躬親畚鍤，淺養生之孝，發用情之深。喪服既除，成均是隸。友必名流，謁盡長者。有時每倚閭念至，含飴思生，時時廣市方物，馳上慈堂。及恭人無禄，君哀毁不勝，而亦不久於人世矣！君之爲人，其於直温寬栗，無虐無傲之道何如也！

室孺人王氏，自其于歸事宗伯公、恭人至孝，恩逌姻戚，寬沾臧獲。嘗與恭人同患瘫，慮不圖身，而姑是惶惶，焚香私禱，願殞自躬，兩卒俱瘳。君所尚友古人而交天下，發憤讀書，無所内顧，皆孺人佐之，亦古“采菽”、“采蘩”之家婦，所以當門而長其世者也。而君年五十有五，孺人之年三十有二，何天之與善如此也！

君諱懋，于昭其字。高祖崇述，曾祖琅，祖景鳴。父旻，即宗伯公。母恭人姓楊。孺人父唯恕，仕參知。子一，名子熙，邑諸生。子熙美秀有文，志交海内賢人君子，振宗伯公之門而大之，而竟君之志，在子熙也。子熙將以是年某月日奉君、孺人葬麒麟山之原，不遠數百里而請予銘。銘曰：

維古才子出名族，嗟吾得之哲而淑。有能不施年歲趣，昔賢之言因君觸。麒麟高山秀且矗，君之夫婦中埋玉。千歲萬歲不陵谷，予文君骨永地軸。

黄太學公暨張孺人墓誌銘

予歸隱有年，而國子生黄生拱垣從予游。予讀其詩，及接其尺牘，斐如也。已知其母張孺人稱未亡人有年，而門以内肅如也。久之，爲壬子之歲，拱垣舉應天，予得從家慶後拜母，矯如也，而丙辰歲拱垣試南宫，孺人捐女御去之。己未，拱垣舉其先人凌峰公于權厝之地，奉葬于汰溪之山，以居同穴，而于不佞遠問銘焉。

維凌峰公名思述，字與敏，家於筍江，遷自蘆溪。其自蘆溪遷者曰晉卿，晉卿四傳而爲贈户部郎公邦胤，五傳而爲瓊州太守公瓚，則公大父若父也。瓊州公生五子，其三爲參知公思近，其五爲州守公思新，伯若仲皆夭弗子，而公居第四。瓊州公初守處州，公生於官舍，於參知公爲異母弟。顧參知母丘恭人絶憐愛公，以是參知公撫公如同母出者。參知公少受《尚書》于里中大司寇陳公道基，公從授經。嘉靖辛亥，參知公受知于督學使者大司空朱公衡，爲博士弟子，公亦從公爲弟子。戊午，參知公偕計，公從入國學，試順天。壬戌，參知公舉進士，令宜春，公奉丘恭人宜春邸。復以甲子試順天，而復不第。慨然曰："難必者名，不待者親。吾代吾兄爲色養。"日奉瓊州公，無不在前後，山巔水湄，花朝月夕，惟瓊州公杖屨之所之。瓊州公喜賓客，客盈門，公視瓊州公所問好者，先問好之，所饔飧者，先饔飧之，若山人陳鷗、黄克晦稱詩里中，瓊州公得二山人以樂，二山人得公以不寂寞，是公之孝也。公不惟奉參知公謹而已，仲兄夭弗子，其病也抱持之，其卒也殮含之，其弗子也，不一齒其遺産餘殖，惟瓊州公意所屬。公有二從伯父相繼淪没，皆公經紀其喪，而善視其孤，則公之悌也。公取功名不遂，而託於酒，而自怡山水間。郊村有别墅曰石崎，日寢處其中，以奉瓊州公。與二三詩人眺嘯遨遊，而郭中三畝之宅，歲一再至而已。所居園之西江之渚，人指爲公習池醉鄉。有問公教子，則曰"吾自教兒矣"。有問公生涯，則曰"吾老於糟丘矣"。至奉瓊州公色養，則惟恐尊罄罍空。聞瓊州公與二三母氏咳唾呻吟，未嘗不倒衣而趨，無方而求也。己卯之歲，瓊州公寢疾踰時，公日夜不懈。瓊州公爲起色，而公以其冬卒。瓊州公思公之孝，亦不能以三年老矣。公不設城府，不立輕重于懷，視薦紳長者與田畯野叟如一，急人而忘己之急。爲德于人，而忘己之有德于人。嘗讀書山中，山中之人以公爲庚桑。

張孺人，其父爲龍潯文學養素公，養素公有子爲别駕，孺人母弟也。孺人少，養素則命與别駕公相從受經。孺人於六經、諸史、《孝經》、《内則》，無不晰也，無不志也，而以于歸，則能佐公學，以處朝夕，以備甘旨，則能佐公孝以持籌算，以禦荒凶，以備公游學資斧之需，則能佐公之内治。公之没也，拱垣年十一耳。孺人撫而泣曰："有孤子毋屬乎？"公張目而視，曰："苦而業，苦而行，九原可作，若庭趨也。"孺人曰："孺子聽之。"出就傅，歸而詢所業，問所能，時時舉《孝經》"身體髮膚"、"立身揚名"數語爲拱垣勵也。生二女，嫁而娶，而率拮据遺孤以至白首，以無愧於孺人，則能佐公身後教兒女也。黄口當門，内災外患不一一，而孺人身肩之，隨發隨弭，而率無侮予，則能佐公身後之持其家也。

公生嘉靖某年月日，卒萬曆某年月日，享年四十六。孺人生嘉靖某年月日，卒萬曆某年月日，享年八十三。子一，即拱垣，娶廣東參政李公熙女。葬以某年月日。銘曰：

以孝爲基，以文爲飭。世莫我知，而遊於酒。德動也天，行静也天。居不耆其年，而饗之徐徐。書史牖聰，絲枲代匱。女德莫選，而瘏荼艱瘁。兒之未成，以覆以翼；兒之有成，既康亦且色。汰溪之上，有巍其山。久離複合，相莊以奉顔。内則堅固，外則鬱蒼。子孫百世，敬奉于珪璋。

邢處士夫妻合葬墓誌銘

順昌蓋有邢盤澗處士與其配吴孺人云。予讀其子如震狀，何德之儷也！

處士早孤，事寡母至孝。寡母疾，願身代。母天年終，處士病足甚，匍匐攀戀，號泣無聲，竟繼母亡。而孺人則日夜焚香，祈姑百歲。姑亡夫逝，孺人傷痛，亦隨之没。

處士賈遊江湖，所交盡賢豪長者，褆躬甚嚴，待人甚厚，用禮成義，急病讓夷。歲時伏臘，欵親賓黨族，悉與爲歡醉。孺人内治肴酒，列長筵，靡有疎節怠意。處士愛子侄讀書，每客遊得古文新詞，輒爲子侄市歸。即交游中有子若侄能讀書者，束脩筆札資給之。而孺人爲如震具飲食供文會，悉力所至，不足解簪珥佐之，以激勸之學問。所望諸子侄，即亦如處士所以望子侄。處士治家自纖儉中累積，所施予皆急義，無絲毫妄費。而孺人秉家，出納井井，機杼朝夕，臧獲操作，使令肅治，能使處士忘其外行賈。處士與兄弟分荆，田園屋宇，自擇磽瘠偏窄者，孺人靡内言。處士居衆中，衆有不平事，得處士一言，靡所不悦服。而諸衿佩中莊孺人,亦如衆人所以悦處士也。

處士諱大德,字尚卿。父某,母某氏。孺人父某,母某氏,皆德人。處士生嘉靖某年月日,卒萬曆某年月日。孺人生嘉靖某年月日,卒萬曆某年月日,並年六十。子如震,庠生;次某,次某。葬以萬曆某年月日。墓在本邑孔山之陽。如震從予遊,自媿書生也,無以榮其親,所以求予銘,亦冀萬一使其親見於世也。銘曰:

孔山之陽,雙璧之藏。風固水長,孫子靡不臧。

黄參政公偕洪恭人墓誌銘

蓋肅皇帝壬戌之歲,正文治熙洽之日。其時以進士舉者及第三人,皆爲宰輔,而太倉王文肅尤名當時,其他諸進士亦多以公輔著。而吾閩之名爲大臣者數人焉,而長者鉅人濟濟相望,則吾泉之黄公似山其一也。

公諱思近,字某,别號似山。父瓚,爲瓊州守,母恭人丘氏。公二十三而舉于鄉,三十三而成進士,授分宜令,入爲户部郎,出守襄陽。丁内艱,復除饒州,副使江西、參政雲南。丁外艱,降而參議廣東,仍爲副使、參政於雲南,致仕歸。方公當銓時,徐文貞公父執,公不謁請圖取善地,得分宜。其爲郎時,大司農爲閩縣馬恭敏公,於公爲同鄉,公不求美差遣可自肥潤,得榷關武林。公爲襄陽守,江陵相知公政,公不尺幣八行遺問之。公守饒,有淮王府之尊重公,東王之人毋有敢肆。公副使江西,作鎮于虔。虔有都御史節鉞其地,公不激不隨,善自持也。公中蜚語而餘姚邵公爲都御史,嘗以御史按楚,知公襄陽之政,攘臂白公枉,竟得落一官。公參議廣東,連江吴襄惠公爲督撫,知公平生,時時使兼綰諸道章。公副使、參政於雲南,上記吴都御史,毋爲夷人開邊端,安静鎮之。公自免歸,王文肅深勉留公,公不應。公林居而與少司徒莊公、大宗伯黄公、少司寇詹公、中丞林公、太守林公、觀察歐公游意山水,娱情詠歌,不問門以外。公盎然春風,無有城府,宅量甚弘,待人甚恕,事父母至孝,處兄弟至恩。持身以慎,治官以廉。不排擠人,不齮齕人。位雖不登於公卿,澤雖不普於寓縣,而所至人稱長者,以晚節究,以天年終。豈非鄉邦之光,後進之儀者哉!

公生某年月日,享年七十八。配洪氏,參政洪公富女,恭于舅姑,謹于從官,飭於持家。祭祀、賓客、贈問、烹餁,惟禮惟豐。翟珮衣褕,惟儉惟朴。十六年爲女,三十餘年爲婦,六十年爲公配,内外咸宜,族戚尊仰。生某年月日,年八十有四。儷德偕老,同室同穴,此天合也。銘曰:

維泉南,有鉅公。年則高,德則崇。出平恕,處抑冲。禄匪薄,家匪豐。臧貽謀,哲亢宗。厥内相,比梁鴻。山穹窿,固以封。後千百年有始終。

鏡山全集卷六十九

墓誌銘

林少參公暨傅孺人墓誌銘

當萬曆癸未之歲，神宗皇帝富於春秋，文治熙洽，俊良登崇。是歲以子大夫射策天子之庭者，無論海内，若吾閩則有吾縣文節李公、福唐少師葉公，兩爲名相，而公列其間。公晉邑諸生也，壬午之歲出而魁閩，爲《易》選首。尋舉進士，若取娑羅菓於世尊之前，其易如此。甲申授行人，凡三奉使，禮儀卒度，問遺盡卻。己丑選授廣東道御史，居二年以病告。癸巳起補山東道御史，奉勑廵按宣大，兼督學政，閱視邊防。公舉劾不爽，賞罰有章，出納惟詳，三載間邊關晏如。公又陳邊陲要務，建常平倉，定軍馬錢糧，經制奏墾荒千八百餘畝，免額外新糧，請蠲賑以恤災傷，赦宥諸疑獄、重辟及貧民賦贖之不能具者。主上明聖，並見嘉納。有以常例三千金進公，公封還府庫，不納私槖。報命之日，行李蕭然而已。還朝，勸上勤視朝、親宰輔，召還斥逐諸臣。朝論韙之。出爲廣西參議，分臬右江。會有岑溪之役，籌策安撫，中外帖定。榮叙方加，而公溘然亡矣！

公雙瞳鳳盻，兩臂鵠張。出言定詳，舉止軒徐。早失怙，事母至孝。爲諸生苦學劬書，涉世和夷無競，於物衣食絇素，絶華奢。文節先生稱其廉静恬寧，有古君子遺風。少師公稱公居官矯矯不爲循名，輶車所至，功實並茂。其見重於兩先生如此。公，予先師翰撰莊公之姻友也，余因是得從莊公以交於公。公爲御史時。與予長安聯邸舍，數過從。及按宣大，予爲禮部郎，公示予獨石廵邊之詩，命予屬和，欣然有當也。大凡居臺中不樂外補，公之粤西，予亦謫爲粤小吏。送公浯江之滸，公怡然不見顔色，則予之所以交公而信公者如此。

元配傅，以公勑封孺人。與公儷德，體公孝，善事姑，内甘貧儉而外樂施賑，蓋賢母云。

公姓林，諱寅賓，字爾亮，别號述源，唐九牧之後也。高祖安，曾祖宗。祖肅，居鄉爲長者，鄉稱孝義公。父某，積學不售而又無年，母某氏某。公以公贈，母氏以公封。公没先母，臨盡以此大慟痛。孺人傅，饒平司訓琮子庠生存原女也。公生以嘉靖某年月日，卒以萬曆某年月日，得年五十三。孺人生以嘉靖某年月日，卒以某年月日，得年七十二。男一，喬翰，郡庠生，娶先師莊翰撰女，近卒。喬翰子爲礪等奉公柩葬於縣之秀林山，是爲天啓某年月日，爲礪請予銘。銘曰：

公爲進士，值主上熙洽而右文。公爲御史，值主上達聰而闢門。公廵宣大，則畿輔之肱臂；公鎮右江，則輿甸之衿裙。明作布功，鎮静樹勳。東北西南，聲實流聞。不狥名而孑孑，不襲世而汶汶。秀林之山，冢土嶙峋。是曰名法從賢監司之高墳。

王參政公暨連恭人墓誌銘

公名約，字伯一，别號仰石。其先光州人。祖奇橙，領鄉書，令益陽有聲。父以佐，爲廣文先生，朴古君子也。母陳恭人。始生公，夢青龍遶其卧榻。恭人殁，公年十二，哀毁如禮。事繼母黄，無異所生。當廣文先生分教東粤，其伯氏二孝廉先後無禄，公時方弱冠，持門户，養遺孤，無敢外侮。暇則僬僬讀書，軥録疾力。舉隆慶元年鄉試，萬曆五年成進士，授官行人。一使百粤，再使韓藩，無有辱命。總督某公餽公以曹丘生，千緡可得，公不爲意，以是廉名藉藉。時江陵爲相，喜彊忍猛厲，才能可任用，又善望氣占風而順事之者。公一木强人耳，既任滿，不以臺諫與公，公僅得户部主事。公在户部，轉餉昌平，督兑江右，剔蠹清革，畢悉心力，大司農殷公繼茂每稱王郎官殫其才、王郎官潔其守。秩滿，出守惠州，立剖冤獄，郡服神明。丁父艱，服闋，補瓊州，一年牛税之入可二千金，而公除罷之，曰："太守牛儈耶？"先是，郡司理視瓊篆庫藏不潔清，公執問主藏吏，司李憾公，爲飛語中公。公挂於人言，然竟無以加公，平調平樂。

兩江猺夷擾邊界，公繕城堡，賙糧備，修戈鋋，製火器，竟殲夷，晝策善後甚詳備。餉金之羨以數千，悉予之别駕。天子褒賚，遂擢左江備兵使者。左江，交南咽喉也，鈐轄土司三十六州。公諭之朝廷威德，以弭其悍獷。暇則延章縫教誨之，而進之文學，荒陋以興。時右江虚署，兩臺借公兼制。土酋韋文燦者覬視争襲，治兵相噬，禍及數州。當事議攻剿，公不可，嚴諭恐愓之，文燦投戈受縛。按部太平，酋長以三千金贄公，公嚴責通謁者而遣之。交南夷争主其國事，求啓關奉貢。舌人私語公，但受其貢物，主國事者定矣。公曰："天朝所重名義，奈何倒置以濟！"杜關力却之。楚中皮林夷告急，三省會勦。當事徵公督餉紀功，公三月行間，兵不匱糧，將無攘袂也。天子賞公銀幣，加陞參政，尋以覃恩，贈公父母。公有賫捧之役，歸過里門，而遂懸車。會其長子卒，公益無世意。

公俊爽平淡，不設城府，士大夫與公游者，人人稱公長者。然稍有關鍵事，即嶄然不可易。孝於祖先，恩於本支，睦於鄰里，而溷於儔衆，田夫野老莫不親公。輓近衰薄，親朋有至其宦所者，無不刻谿逼逐，或鄉人有犯，輒借法以示公，而公獨不爾。當在惠州，閩中有越貫入學者二人，惠士鬨甚。公力庇之，其後一人竟登科。在瓊州，閩商有困海禁者，爲疏洗之。親朋渡海而求公，公踵至踵應無難色。其中飛語，蓋坐是。里居時，上官督惠邑漏税以千餘金，公力言免之，以故所至有長者稱。

配連恭人，暢禮而明義，一一體公之意，而盡其所能，爲公慳息。嗣恭人有《樛木》逮下之恩，故公僅得有息遺。

公以萬曆庚戌年卒，距生嘉靖丙申，年七十五。恭人以泰昌庚申年卒，距生嘉靖丁酉，年八十四。子男二，長明遇，連恭人出，先公卒，無子。次明選，駱母出。選走告曰："日月有期，將葬矣，請夫子銘。"蓋遠先子與廣文先生最相厚善，故選命遠銘。銘曰：

綽綽其才，可以建旗纛；揭揭其守，可以薦黼藻。謂世不知公，則帝與蕃宣，錫之文綺與驪裹；謂知公而盡公，則名跡所淹，不出乎嶺表。惟其閭憚扇吹，如雨露之灑旻昊;心事洞徹,如日月之見昏曉。將玄泉露靈,青山緼寶,祭祀不輟於子孫,而拔脱永固夫建抱也歟!

李審理公合葬墓誌銘

萬曆之季,海内蓋有開採之役云。安溪李公楨四爲令,三真一假。三爲苦心而三爲賜於民。蓋役之興也,率中貴人爲政,與之爲難則身危,厲而須之,柔而徐之,乃靡不消釋。

公始令安化,中貴人奉,妄言縣有礦砂則將來。公召三老審詢之,砂無有,既命三老具狀,公言之上官,而徑進之奉所,奉竟罷。又則朝旨徵羡於瀏陽,羡以五百金,瀏陽令莫支柱,竟亡去。公署瀏陽,請御史臺緩之,日緩日寢,奉乃卒不問。公令臨高,界内礦中貴人敬主之,此爲公前事亡復挽回理,惟是寬礦徒之疲困,恤其窮匱,礦徒德焉。會地震甚,公告税事於敬,請敬身臨視,敬感其意,税亦罷,罷及瓊一府。居亡何,朝旨罷礦,顧文書未下諸州縣,諸礦商乘文書未下,日夜率礦徒鑿礦也。公曰:"礦徒能食礦耶?食資米,禁米不入礦,礦徒則饑散。"蓋二鐺者故持朝旨,鍥急有司,一張目抗,即輙飛章誣訟,鋃鐺立逮,縶創而入詔獄矣!而奉尤恣睢。公不動聲色,二鐺以馴民陰受芘,所謂厲而須之,柔而徐之者也。此公之三爲賜於楚、粤民者也!公四令三真一假,蓋安化、湘鄉、臨高爲真,瀏陽則假。而公於湘鄉則以茶陵刺史行事云。而最後乃得楚藩審理之量移也。令而三官,而以刺史行事,幾於三仕,仕而至三,而竟終藩理也,微見爲黜乎!

公椎魯狷介,一似木强人,而中懷潔白,先哲自將。心常在國家,意常繫斯民,第不能脩上官之名譽,而候其顏色,所以三仕不失令,三令不能美,令遷者乎,公三調劑開採之役,其大者矣!其他省訟、絶餽、興學、慎獄、緩征歛、重符信、鋤奸梗,以公廉自誓,而以移風易俗望民,蓋所至若一。是以上官有"商彝秦鏡"之褒,楚民有"耳勁筆貴"之謡。至楚值征播之役,粤值欽州之變,公佐飛輓,靖羽檄,能爲地方助一臂,則公通變之才,大不可以木强論者也。

公字克輔，别號幹宇，生嘉靖甲辰，卒萬曆丁巳，享年七十有四。父潢，祖鉞，皆諸生。曾祖坤。高祖森，天順間以尚義旌於朝，授廵徼攝三令事，其系則出於李唐。母王氏，惠邑益陽令奇橙公女。公十八游庠，未二年，父棄背，與其伯兄諸生柱，持遺書相泣也，而攻治益力。季弟槦，遺腹産者，未十歲，母王歿，公子撫之。久之伯兄復歿，公又子撫其諸孤焉。娶張氏，以公最封宜人，爲女爲婦，悉孝敬，亦能爲公母槦也。從公宦，羹藜絮緼相勉爲廉仁，念公中身始舉丈夫子，而爲公弘穆木之恩，内外姑姊、鄉鄰、媪婦，下逮臧獲，無不咸宜。敬賓客，勤中饋，羞言財利，憑重禮教。公將之臨高而宜人卒，爲萬曆甲辰，去其生嘉靖乙巳，得年六十。子一，曰熑。孫三，光陛、光墀、光壐，光陛舉于鄉矣，而與其父先後先公卒。公素不通佛書，至是，學禪以遣妄，然亦不久人世矣。於戲！

公，予丙子同年舉也。丙子之薦，公家舉者以三人，而余亦從先兄評事後爲同榜，蓋一時稱"李何"爲盛。予與公早歲悉有四方之役，迨公懸車，則余謫宦里居二十餘年矣。居常過公，但見公編蒲緝柳，無虚日月，暇則鼓《漁陽》撾爲三弄而已。所著有《狷介編》，若自爲譜者，外則有《問奇便覽》、《仕隱緒言》、《家藏年譜》、《宦中獨鑑》、《梅苑談藝》諸書，見公一生仕學兩無負也。銘曰：

聖重狂狷，而惡鄉愿。公仕公學，庶幾不畔。世人碌碌，蓋書史簿領不通，串爲一貫。則雖居華擁膴，第見其闒茸而泮涣。有斐李公，敬修可願。夫士也，非無令名之難，而無令德之患。三尺高丘，若墳若觀。要以嶽嶽煜煜，則若軒地竅而造天半者耶！

黄國相公暨葉莊二孺人墓誌銘

萬曆之季，吾里蔡公情符守松江，當之官，予有請：先輩黄東石公亦守是邦，公無表章之乎？及蔡公遷官過家，語余曰："公謂我表黄公，夫黄公而待余表哉！余出郊過三清祠下，入而視其主，則祀前守三人，而吾里中居二焉。其一黄公，其一黄公逸所也。"余曰："泉乎！泉乎！厥惟盛哉！"蓋余少時得讀姚州守趙特峰公志陳侍御之墓云曰："泉人名公東呆，而稱侍御西呆也。"呆者，騃也。泉人以不要官不要財爲"呆"，陳公居城西，號西廓；公居城東，號東石，故以東西二呆稱也。

東石公舉正德辛巳進士，去之天啓乙丑百有五年矣。乃有玄孫景昉舉進士，讀書中秘，以"東厓"自號，師公德也。景昉則奉其尊人之命，將葬其祖崇相觀石公，又奉尊人命以來請銘。余曰："合君一家，當名東石爲'前呆'，觀石爲'中呆'，而君'後呆'矣！"公起家隆慶丁卯鄉貢第七人，久之謁銓得令新寧，擢刺泗州，改判全州，倅紹興，終崇府左長史。公官中所行事不以語家人，即子孫莫得詳也。第中秘君嘗於故帙中簡得公自贈駢語曰："於崇，吾得見王，深慙左史倚相，入門室交讁，我有似北山大夫。"味斯言也，呆可知也。公在新寧，豁田賦，均繇役，延雋士課教之，士漸有舉于鄉者。其後中秘君與計偕渡泗，宿故亭長，詢黄使君狀，潸然雨涕也。言州刑故嚴於他州，公悉輕弛之，拳梏委地。歲苦潦，預爲修賑，他諸惠政種種難更僕。蓋公之子孫，知公者此數事。而公治泗，自非中秘君宿泗亭長家亦莫得聞也。

公豐顏輪耳，巨口垂頤，讀書警敏，瞥目便記，下筆滚滚。歲踰舞勺，遂領子衿，一再公車，幾奪上第。余童子時，讀公應舉文能成誦也，已從公計偕，後知公豪於酒，時望見心驚曰："夫夫也，酒人也。"公家居，余亦坐廢，時時有招余同席者，見公杯罍列陳，一吸都盡，心驚曰："夫夫也，酒天也！"余今老矣，進乎技矣，酒天酒人，恨不得當公。而中秘君語余曰："吾蓋有伯父焉，文行褎然諸生間，中歲不年。吾祖傷之甚，爲此飲也，澆愁中也。"唯唯否否。夫酒也，愁境不可不飲，樂境不可不飲。劉伶、張旭，又何澆哉！彼自有樂地，適來適去，天地萬物不入焉。故陶元亮有《止酒》之篇，止之爲言於止，知其所止也。至重倫誼、篤宗盟、好奬借賢士大夫，恤諸父諸弟不問有無，力貧而就三世之窆，爲德於鄉，懽洽同氣。有弟東溟公國賢郎水部，與公並著，清節壹同。公呆則公家學淵源之漸，而篤行敦倫之大者也。

諱國彦，字士美，觀石其別號。元配葉孺人，饒倅葉公廷麟女。恭勤有令儀，早卒無子。繼配莊孺人，處士莊廷芳女。入門佐公學，從公粤東西，梱内事一倚辨，肅穆惠慈，稱比德焉。公生嘉靖辛丑某月日，卒萬曆己酉某月日，享年六十有九。葉孺人生嘉靖辛丑某月日，卒壬戌某月日，享年二十二。莊孺人生嘉靖丁未某月日，卒萬曆己丑某月日，享年四十有三。墓在晉江三十二都雙路舖之左，葬以天啓某年月日。銘曰：

家有令祖，清風是師。敦倫篤行，鬱爲世儀。出其緒餘，文章有光。餘事末興，以及德將。展錯游刃，陸沉韜采。喬松獨貞，谷蘭不改。晚暮寄懷，異書奇字。沈賦霓音，蔡枕鴻秘。我道則然，我後當興。我始必復，我武斯繩。官路軫紆，溪山瀠繞。章翟長扃，箕裘永紹。

彭贈公暨鄭孺人墓誌銘

"榛苓"之章，懷思美人，説者謂人在西方，思文王也。莆田彭公憲章以"懷西"爲號，生乎千百世之下，仰乎千百世之上，無待而興，豪傑人耶！

公字紹休，别號子野，晚更諱思鵬，號懷西云。配則鄭孺人。余考莆故彭氏之先，在宋爲盛，入明而惠安公韶爲名臣。有提學僉事甫聚書壺隱之陰，抗身闍横之朝；有長蘆都運使大治望郡持法，無貨無來，蜀道入山，有執有舍；有廣西左參政文質殲叛寇而左上功，裁驕藩而教循禮，致仕瀟然，樂道無間。緊鄭之世，則有河南按察使茂力禦海寇用保鹽官，大勦峒猺，克壯梧肇，是兩家諸公皆操修皜皜，宦履奕奕。維公曾祖僉事，公祖運使，公父參政公，而孺人則河南按察使公長女也。有本有源，以匹以儷，不合璧乎！

公生而至性，十歲能文，弱冠游燕，觀於車書玉帛之會。既壯，厥志歸，而青青其衿，壹意修古，剪葉芟枝，以不逢時，年四十餘，棄而去之，闢治一室，净几明窗，壅竹蒔花，列古物、燃清香，客至命觴，何有何無，屢空晏如。三旬寂若，而孺人黽勉之。公事參政公至孝，朝夕見無敢以頻仍頽惰，隆寒盛暑如一日。事繼母如事父母，病篤於建州，奔走扶持，迎醫立愈。臨子姓，儼朝典，至兄弟怡怡如也。有弟憲副公憲范以清德聞，當其困時，公煦濕濡沫若一身口，而孺子承將之。與人交若峻若夷，若儒若俠，瓶粟賑饑，鶉衣贈寒，宴子通人已責燔券，德己則記,德人則忘,解紛息鬬,若仲繇要而季布諾也,而孺人慫恿之。公篤嗜左史,手自纂編以數十卷,爲詩歌慷慨淋漓,嘗與客夜泛建溪,即舟中立集唐句十絶。行草翩翩,尤精孫過庭之法,所臨摹有譜若帖,最珍古玩書畫,然假人而常若棄之。凡公所爲物外之高,就其百年之嗜,匪孺人孰成之耶?夫百行兼該,九流共貫,士則止矣,令西方美人處公之地,寧加之乎!

公父則參政公,母郭淑人、顧淑人,顧淑人繼母也。公生嘉靖某年月日,没萬曆某年月日,得年五十三。孺人生嘉靖某年月日,没萬曆某年月日,得年六十五。子四:汝琦、汝楠、汝問、汝位。問、位先公卒;汝琦,諸生也;汝楠以萬曆丙辰進士,銓知會稽縣,以最贈公文林郎如其官,贈母爲孺人。今上登極而汝楠召入爲禮科給事中,以覃恩改贈徵仕郎如給事中官,贈孺人如故。

汝楠立陛戟間開口論天下事,莫非欲爲朝家壯國威,盛戎暨,驅不逞狂夷置之混同江外,而今進爲都給事中矣。先是,以給事中請急歸里,以天啓某年月日,奉公、孺人柩葬文賦里之金鷄山,已有壙中之志,復徵銘於喬遠,且曰:"悲乎,吾攻苦博一第,去吾父下世之年二十,去吾母之年六年矣!先府君已葬穀城山,先靈弗妥,頻來徵夢。孤等朝夕傷之,豈非貧哉!乃今始得以元士禮葬吾父母,祭之豐不如養之薄也。"銘曰:

穆穆文王,於緝熙敬止,仁敬孝慈信,若在我目與耳。簡兮之人,胡爲企而欲與比。堂堂七尺,慕古生今,則莫我敢柅。翹翹彭公,惟其有之是以似。何生老矣,而令嗣使之銘,豈亦謂斯人也,亦懷思西方之一士也!

林贈公暨黄宜人墓誌銘

朱考亭、王陽明葬其親,屢遷之,惟恐化者不附於吉壤,敬慎重遲之至也。吾友南比部郎林君奇檪,葬其贈公東井公,屢遷焉。其始則葬於晉江縣黄塘坂,是爲萬曆辛亥。越二年癸丑,啓而權厝之。又越二年乙卯,卜兆惠安縣之鍾坪山,不果葬。又越五年己未,兆於惠安霞棲鄉之虎豹山,奉公葬。然亦未銘,曰:"孤慮兆未利,且吾嫡母黄太宜人在也。"天啓癸亥,太宜人以天年下世。越二年丙寅，乃謀合葬於公阡，乃請余銘。銘曰：

維林氏之世，有太平守鉞，賢士大夫也。與吕涇野、顧東橋、屠赤山、張甬川同時而與之游好。守太平，竟卒於太平。孤太毓以六月産者也。太平人祀之名宦，又移檄泉州，求泉人祀之鄉賢。卒官次也，子以六月産也，祀名宦，又請祀之鄉賢，此豈有氣勢求請哉！

太平公始娶閩縣趙尚書榮公女，趙尚書奉使虜廷，迎復英宗駕者也。奇公才，故以女託公，然竟夭。繼娶于徐，徐恭人四産皆殤。嘉靖辛卯，太平公覲京師，納張氏女，乃以癸巳歲産公於家。報至，太平公喜甚，名公曰“太毓”。蓋高帝定天下，首下姑熟，名郡曰“太平”，而懿文太子報生至，高帝鐫其山曰：“到此山者，不患無嗣。”是以太平公以太毓名公也。始公在胎，林人有覬爲後者，誘張登樓擠下之，胎自如。既誕數月，奪公襁中，弄垂欄閒爲戲，亦竟不死。嘗公艱嗣時，禱於神：“何時子也？”夢神告之曰：“燕都其至也。”曰：“小官夫是也。”孰得而死之！

公長，徐恭人愛之甚，擇名師教誨之。爲娶于黄，是爲瓊州守黄公瓚女，而比部君封爲太宜人者也。太宜人歸與公，事徐恭人孝謹甚。徐恭人愛其少女，公與太宜人順承之，恣所予，而張宜人亦婉順，爲盡徐恭人大驩。公居自悼不辰，不逮事父，歲節伏臘，霜降雨濡，見其涕之無收也。太平公諱，與黄太宜人治蘋藻粢盛，達旦不休。嘉靖季，里中有倭難，輒發人塚，質人棺，求贖金。有奸人市太平公塚於賊，公不知也。忽心動，謀徐恭人，脱太宜人簪珥，募壯士舁出之。旦，賊至，視其塚空，而長兒殤焉。是時，公堇堇此兒耳！其殤也，蓋以舁公不利於干支。公曰：“吾豈以子易父哉！”而久之，太宜人爲公娶于蔡，生比部君兄弟四人，森森見頭角也。公侍徐恭人輒著兒膝下，徐恭人揞頤而笑，最後指比部君曰：“是子類太平公。”公喜可知也。徐恭人病，公朝夕侍。恭人即世，公慟絶也。恭人臨盡，囑公曰：“死即瘞我。”問之卜吉，在明年，公曰：“我則不敢違母。”囑即以其年啓太平公窶合葬焉。明年，公病不起矣！始公殤其兒也，業曰不以子易父，今其促葬母，乃以身易母哉！此時公得年僅四十有四，比部君方六歲。

太宜人五日不突也，持荼蓼、捍凌侮，以存林氏之門。督比部君兄弟讀書兼晨夜，比部君嬉塾中，太宜人從屏間窺見之，呼而跽責之曰：“而忘而祖耶！而忘而父耶！”跽且責，責且泣。比部君歌《鹿鳴》，太宜人愾然意未釋。萬曆丙辰，太宜人八十四，春秋高矣，比部君銓守澧州，太宜人益愀然：“爾第爲余作五斗耶？”家人自澧還，問政廉平乎，無他及。三載秩滿，格得封，以蔡母憂急歸，歸而依依子舍者四年，所念太宜人耄也。太宜人促之曰：“吾不封則已，不念而父之未贈。”癸亥，入補東牟，乃得贈公爲奉直大夫、澧州知州，而太宜人封母也。此時太宜人九十又一，比部君郎矣！頻戒曰：“毋歸，吾尚健匕箸。”而竟卒。始公之表徐恭人也，曰：“使得當吾母，吾寧日損一餐。”迨太宜人歸，公弗子，卜夜焚香告天曰：“天乎！寧絶賢者後，苟吾丈夫有他室子，視以他室子者，有如日！”遂得蔡母，以有比部君兄弟。是夫是妻，則可謂善養善禱者矣！

公優容淳厚，終身無皇遽色。飲不甚豪，顧手酌不厭，客丙夜至，約太宜人好延之。築室黄璚州之旁，甥舅追隨，出從諸縉紳觴咏，户外屨相踵也。既不問家人産，家益落，好施予彌亟，客以急告，即囊羞，貸子母濟之。歲入不給二鬴，半以餽貧交。然悉太宜人佐之也。於戲！所謂徐恭人延名師教公，則里中先輩李白齋公及吾先子怍菴公也。始公與予先子同巷，先母淑人熟識公。及其後，先子徙家於夷門，公夜見先子，先淑人竊竊視林氏子，而既長耶，美如冠玉，偉丈夫也，孰知美好而不大年！銘曰：

有美林公，孝懿慈祥。奕奕嚴君，循良倡之。翩翩令子，清德將之。警敏疏通，厥儷惟摯。上順慈姑，已出事之。下撫諸兒，已出視之。兩世艱子，輒别求耦。達人之出，逶迤不偶。生世布衣，地下大夫。言謝内子，爲我捋荼。爰即封矣，晉之陽矣。一再遷矣，惠之鄉矣。防崩防矣，洛食藏矣。我思古人，朱與王矣。

韋司訓公暨張孺人墓誌銘

古人之學，以經史爲先，至於奇字音釋，亦必字研畫勘，然後其文章有本源，而翰墨有調度。張安世亡書三篋,具録無遺。張廵,武人也,能記《漢書》盡卷,首尾不錯。方言奇字,漢則揚雄,陳則庾持。古人之學,蓋可以見。古人之學志於道,則志而已;據於德,則據而已;依於仁,則依而已。是三者,皆有涵養無形像,有神理無日用,然則舍游藝安屬心又安實力哉!游於藝者,蓋《詩》、《書》六藝之文,而孔門所謂"博學於文,約之以禮"者也。約之以禮,至收斂矣!要之尚有三千三百之繁,彌約何容易!聖人以謂非借此無以定其性而馴其守也。予爲此言也,爲韋氏綸求銘其父墓言也。

韋氏之父名崇模,字厚甫,野鶴其號。少爲諸生,蓋本六經,鶩子史,旁及奇字、音釋,一不當不快焉。是之謂聖門之真學,然竟以諸生終。吾慮無以勸世之爲學者廻帖括、佔俾之瀾,而開其耳目之障也。古有博學宏詞之科,斯人而逮其時猶可冀乎!公父尚賢爲九江守,晚節子綬舉于鄉,仕廣文先生不究。然公一生若寒士,前後無倚傍,不唯不資其芘,而尚有以成之。居常誦九江公之訓以教子孫,留飯與子孫。留子孫以飯,斯其所學者深也。公精神奕奕,兩顴隆起,鬚髯戟張,壇宇坊表,望之儼然。至與人輒和易平恕,洞見底理,有質成者,多内媿去。督學使者馮婝高公行誼,以功令授公司訓,亦知公之深於學也。配張孺人,與公儷德,孝淑天植,内作手技爲諸婦式。公年八十五,孺人年九十,可謂孟公同隱、弄玉俱仙者矣。始九江公娶於黄,生崇廉公,及其弟崇抃,側室劉氏子也。張孺人父爲常州守公志選。子二,長綬,廣文先生也,先公卒。次即綸。孫龍光,舉人,綸子也。銘曰:

六經之文,古人心精。史傳所載,則影與形。匪心不傳,匪行不載。其中奇字,如金玉碎。我是不圖,登枝捐本。中心好之,求澤口吻。窮年矻日,敝神匱思。匪今斯今,古人我師。青衿以老,皂攊之下。莫改官鬼,莫驅驛馬。猶勝劉晌,繫名黄閣。聞名心瞿,改曰恥格。野鶴之野,七尺其丘。豕韋之裔,魯國之鄒。

莊文學合葬墓誌銘

萬曆之季,豐城李孟誠來閩中講止修之學,而莊公君任游其門。其後予過惠邑，登科山之顛，則君任來，觴予甚盛。連日談吐，具見心腑，予於是知公君子也。公方伯公應禎之子，方伯公嘉靖中名方岳也，公其仲。公從方伯公宦游，歷江、楚、燕、粤間，所至山川形勝，接目涉足，又遇諸名公達人，挹其議論風格，得開廓其心胸，而練達其識見。其興壞民風、利病因革，多所諳通，而嘉言善行，心識之不忘也。爲文染筆伸紙，數百言立就。奮發踔厲，七上棘闈，竟不遇合。曰："命也夫！"棄之去。今大宗伯興化李公署學事，廉公志行，優加獎賞。邑大夫延之上庠，歌《鹿鳴》之詩，顧非公志之所存。公既不遇於時，其脩於身，化於家，及於其鄉者不一一。方伯公夫人享年百歲，公至老色養不懈，居常課兒曹，動述方伯公，已愴然泣數行下也。季弟疾有年，所以調護無方，長見有子毓慶，今觀察蜀中，公知其後器，素期許之。邑有留公陂，陂壞苦澇，公請當道堰之，民田以豐，得額外産田若干畝，語當道入爲學租。爲鄉人排難解紛、賑捄施與惟恐後時。方外、醫卜、星曆之屬，有到門者，皆與欵洽爲盡，下至黄童胥役，無不慰藉厭其意，所謂與道相從，柳下爲工者矣！公邑曾職方稱公曰："令君一從縉紳當任使，當使大司農饒財、大司馬足兵，無憂東防倭、北防虜矣！"蓋曾職方奇公岸略，而論者謂知公。

元配孺人蔡，晉江人，與公相莊也，而又相宜也。孝于舅姑，順于少長。女紅慧巧，若出天造。歲時衣食舍皆取諸宫中，内外鄰里無不沾洽。

公諱以藎，宗坡其别號。父方伯公，大父璋，曾大父璣。公享年七十有四，卒萬曆戊午，距其生乙巳。孺人享年四十有一，卒萬曆己酉，距其生乙巳。子男六：毓謙、毓彦、夢昭、毓衮、毓庶、毓庭。墓在本縣前郭山之原，葬以天啓某年月日。銘曰：

其道不昌，其功不尸，惟德以爲師；孚于其鄉，宅于其居，而名爲之輿。萊婦鴻妻，合璠儷璵。後百千年，曰哲人之玄廬。

許隱君暨潘孺人墓誌銘

士有士之行，庶人有庶人之行，各爲其至者而已矣。揚子雲曰：聖人之言遠如天，賢人之言近如地。遠如天，中庸而極則也；近如地，緣日行不離輜重焉。孰匪中庸，孰匪日用？玄駒之步也，雉之晨雊也，物化也。人而不能化，化則以賢人，知天而已，尚不能爲之地，有如庶人也，其持行不出於其家與其一身也。有人焉，養母也贏其甘旨而隱之以爲儉，慮其母以爲難致而不忍嘗也。母病，籲天代也；母没，而水漿不入口也。有飲食設位焉，如生而奉膝下也。厥怙早失，終鮮兄弟，而親族兄弟如離裡也，無不振也，無不周也。鄰里而賙之也，貸而不責償也。即有時不自振，意亦望人之償，覘其有漸沮之色，而自爲亡去也。拾遺金竢其人還之也。有鬻於人，人忘其值而與之多而不敢受之也。己有井，旱，甘稿其園中蔬而留以潤鄰人爨也。至乎立義田以祀先也，遇賢人學士禮貌焉，與之爲平生也，此豈人所難哉！而夫人難之也，於是見斯人也，雖庶人也，若如地之賢人也。不惟地之而且天之也。

於戲！斯惠邑隱君許君諱晚芳、字維新者之所爲也。君孝友仁廉，直寬温栗。盛暑深夜，衣冠不懈。惡言不及物畜，而門閈無有巫優。兒孫見之，一以爲春風，一以爲冬雪，非如地也，又誰地也？厥配潘孺人佐其内外，以致無間。夫孺人也，婦道也，母道也，亦地道也。杞梓産深林，人未之知，言材必歸焉，況其久也。芽蘖挺萌，參漢干霄，又誰不知杞梓也！珠玉掩重泉，人未之玩，言寶必歸焉，況其久也！精氣呈現，灼極明淵，又誰不玩珠玉也！君有子朱，五常爲師，六學爲友，本本元元，不舍晝夜。方舉孝廉，行勝英茂。斯非君杞梓之萌，而珠玉之氣乎！朱也，踵余之門，持户部郎郭龍湖公狀以來請銘。銘曰：

豪閭里，匪任俠。德有準，行有攝。産英物，光華葉。其秘於下土也傑傑，其揭於人世也曄曄。

張處士洎毛孺人墓誌銘

京師孝廉張君星，五歲而喪其母毛孺人，十四而喪其父處士岐山公，以行狀求余文爲志父母之墓，其情悲痛，其文辭條達而沉到，予讀之且爲潸然，而況孝廉君之自爲之乎！因爲志曰：

張氏之先，蓋出曲江，而魏公南軒，皆其祖也，其他諸先貴而賢者難殫述。宋嘉定間，有武略將軍岳，繇合肥徙會稽縣之永樂村，創名余貴，因家焉。武略溯曲江公十七世矣。入明永樂間有半古者，爲郡大賓，將入郡學，修容於學前陳處士之舍，有子八人，從之擎跪中度，陳處士心慕焉，以女求歸其第八子。八子遂贅於陳氏，老而自稱隱居先生。隱居先生慕戴安道之爲人也。子五人，次則水齊公，官粤幕。子三人，仲則敬潭公，季則道南公。道南公不子，子敬潭之第六子，是爲竹坡公，官司庾，是處士之父也。司庾公十餘歲即隨道南公來京師，因家京師。亦久不子，又子他人子，中歲乃生處士。

處士性至孝，司庾公游宦不遂，貧且病，病且甚，處士方髫齔，嘗湯藥、視匕箸，几杖依依床簀下，至衣不解帶者數年。司庾公没，處士養母益無資，故精九宫，乃去舉子業，爲人書九宫。久之，遂爲九宫師，以得具菽水。處士和且端謹，防柙不踰尺咫，行止出入皆有常度。與人語煦煦，惟恐傷之，要約期信，曾不越宿，即不遂，必踐乃已，人皆曰“張岐山長者”也。處士所以事母，奉眠食必躬親，或他出，不能以時歸，歸即丙夜，必起居即安乃退。母所子他人子蕩不率，其婦亦無復婦理，處士爲再娶，周贍之。敬潭有長孫五十尚爲牧犢子，處士爲立家。再從叔某流離他所，處士轉召之來，來即嬰重疾且潰甚，處士爲延醫祈禱，視糞溺，出生於死中，引與生計，其後積高貲爲豪，處士終不言前事。處士養母差足，即屏謝經營，若嚴君平下簾肆也。其自奉甚菲，至延師教子，不敢以二簋褻，擇館地之爽塏以居師徒。孝廉既能文，課試之如有司之試，以文請於先達諸公，諸公許可而後自喜其有子也。處士雅量，能飲百壺，與朋儕交驩傾倒，然令色令儀，雖頹如玉山，未嘗失一語。居恒養母跽進一觴，或自作兒舞，或令其二子戲博解母頤。遇二子課業之期，肅食飲以竢他時，或令二子歌古詩樂府，處士浮白鼓節爲笑樂。至其稱引古賢，敘述祖訓，以訓二子，即詩書所稱縉紳先生所道蔑加矣！處士銖積寸累，入貲於官，當得一命，年四十四遽卒。臨盡向母氏稽顙隕涕，若謂不獲終養，痛絶復甦者再四。讀孝廉所以叙處士，處士慈孝仁義可知也。

毛孺人者，句章名族贈武成中衛毛鄖山之女。未笄背父，養於諸舅。及歸處士，柔懿淑順，一心孝姑。孺人雖練習閫政，處士終以筦鑰上母氏，不委之孺人。性至靈慧，言及閫外事，一語洞始末。族人從余貴來者，即知其爲某某某支，欵酬厚薄，無不曲當。至其侍於姑側，若無所短長者。女紅精巧。知讀書，時時以教兒。他及絲竹之類，一見輒曉，以非婦事不敢與聞知。僅得年二十九而已。時孝廉方五齡，含歛之際，號跳引孺人臂以哭曰："母爲兒起！母爲兒起！"親鄰婢僕，無不爲孝廉失聲。甚矣！孝廉之悲也。甚矣！孝廉之孺子慕也。

處士生嘉靖辛酉，卒萬曆甲辰。孺人生嘉靖丙寅，卒萬曆癸巳。子二，長應武，萬曆戊午順天武舉人；次則孝廉君，以萬曆己酉舉。銘曰：

自浙之湄，來居京師。匪選匪遷，陵邑之毗。從父惟孝，奉母思慈。友于兄弟，内不見私。言念義方，曰惟詩書。武奮文興，庭趨靡虧。飲酒温克，莫不令儀。律己接人，中準符規。内德佐之，如琴絙絲。不秩不年，懿德則垂。九京之下，我作銘辭。維此孝廉，好忘醜疵。

張英德公暨留孺人墓誌銘

予自爲鄉舉時，則讀鳳崗張公之文章，喜其蒼勁而雅質，有挺然獨立之氣。去之四十餘年，而公孫若從予游。比歲過惠，則得從若拜公像，而追贈公以詩。於是若也又命予銘公墓。予於公，若有投分之契焉。

公諱宇，鳳崗其字。博學讀書，有幅尺無涯涘，其於古今成敗得失之故、天下民生之利病、國家虛實强弱之情形與其所以設施厝置之方，莫不物物有源委，事事有體會。其收取之也既多，則又從而啜精汰粕，資深逢原。歛其奇氣而歸之純實，融其行墨而出以戰兢。其意恒欲宿之道德而見之事業，而僅一令英德以卒。然其治行章章可表著，爲之不及而俎豆尸祝於英德之人，亦其一班也。英德故粵衝，諸侯之館人恒詘，公出家槖，市馬與船以給行李之困乏，縣有例金可取以自潤，一切揮斥之。公用不足，則取諸其宫中，宫中不足，就家人牧田園屋廬之税以充官用。而又善剖斷疑獄，痛繩奸猾。有以死圖賴人，蕩破人産，必不輕貸。礦賊有自柳、永來者以千輩，設計撲滅。生黎盤國清交讐殺，不費鏃矢，用間密捕之。其學問而見之施爲，文章而發之政事，具有窾會矣！

公祖慎，故亦以令英德，卒英德，而英德人祀慎公於南山，至是以公配。公伯父則襄惠公岳，氣節勳名高一世，絶愛公。父子間自爲千秋，而公卓犖奇瑋，亦自與襄惠公相似。其游京師時，張江陵聞公名，欲遣子就學，不屑也。粤人葉春及來令惠，其人俶儻多奇節，破格而當官，顧時時與公往來無間。公即與葉公往來乎，常規以虚心平氣，通物而成，務以進之於儒者，而不徒以偃室不至爲名高也者。孝廉祁衍曾亦粤中奇士，爲武夷游，過惠資斧罄。公物色延欵，祁大喜如平生。及公没，祁從順德直來英德哭之慟，而龐公尚鵬中丞閩中遣賻歸喪，輤車不委諸草莽，蓋皆慕公平生而爲者。嘉靖之季，閩中倭，惠城幾破。公散貲享士，與保伍雜處，有墨守功，惠竟以完。林御史議割惠隸興化，公言其六害，御史議竟寢。則所以爲政於鄉者如此。

余觀公像，魁梧疎秀，偉丈夫也。留孺人孝謹静約，内外咸宜。公未遇時，則無内顧之憂；公入官時，則無室讁之苦。善哉，君子之配也！公父嵩，祖即英德公慎，曾祖萍鄉令綸，高祖桐廬丞茂。生嘉靖甲申，卒萬曆丁丑，得年五十有四。孺人生嘉靖甲申，卒萬曆癸未，得年六十。墓在上塗格山之麓，葬以崇禎某年月日。銘曰：

昂昂乎千里之駒，而堇堇乎百里之凫。今人與居，古人是模。又何必大耋期頤，徒自壽其軀。有如之人，展也碩儒。我銘其藏，千古不渝。

黄隱君夫妻合葬墓誌銘

莆澄溪黄煜從予游有年數矣，其言衎衎如也，其行斷斷如也。能詩能書，能篆能畫。挾其技出遊江湖間，名士大夫争致爲上客。煜得筆札之潤以歸養其父母，而父母樂焉。父曰肖野，君有兄弟四人，君庶出也。父命其後叔氏，所以養生送死於其所後無憾。嘉靖之季，泉中倭，奉其所出父母奔竄四外，左右無方，所生父母得返而歸正寢。其兄弟三人先後死,先後周旋之。侍其長兄病,雖賊至不去,所遺家累百指,悉撫存之,而後返承父祀而亦不失叔氏之祧。父嗜荔,母嗜墨魚,祭必薦,嘗則不忍,以此知君孝也。君緼静寬和,林龍江先生引與爲友,時及於方外道術。一日,嘿坐假寐先生所,則見僊人張三丰來與揖讓而曰:"子好人也,必勉之!"以此知君修也。煜也,游江湖間,值君壽六十,詔公引例具章服及所爲詩若序寓之煜,使歸而上之君。君欣然受其詩若序,而章服則命篋之。至萬曆壬寅,神廟之光廟爲太子覃恩海内臣民,郡太守重君,特以君應詔,賜爵一級,君始不得辭,以此知君讓也。孝爲行根,脩爲道徵,讓爲禮秉。君,君子矣!而君反而内顧,則有林孺人與君同爲萊婦之操,鹿門之隱,以居煜父子間。煜有此父子間,即不執珪分組,班諸生縉紳之次而已足以賁丘壑,侈逢掖已,况煜業從予游有年,委予銘,敢不銘!銘曰:

鄉有澄溪,人則稱之。樂善好修,德則柄之。終和且平,神則聽之。天道鼓桴,後則應之。

朱憲副公暨黄安人墓誌銘

廣西按察司副使朱任齋公没有年,將葬矣,其子光祖持其家中允公之狀以來請銘。公萬曆庚辰進士,越三年,授刑部主事,至爲郎出守肇慶,晉憲副粤西,以養母乞歸云。公主事刑部轉員外郎,奉命卹讞東粤,治爰書爲諸道最。既守肇慶,棘棘不阿狥,竟憲粤西,念母歸也。

公治肇慶,持大體,不苛細,當審聽,虚懷霽色,人人竟欲言,以故民間利病疾苦靡不洞察。郡有黄江廠税以備内外軍興,守故親涖之,其後委之幕佐,恒相與詆欺,公裁罷其無名者,以分委僚佐及屬邑之長,取充額而止,餘無所嘗黿。其事兩臺監司無所不謙讓,至有不可執法争,不仰其鼻息。有李陽春者,巨猾也,吏捕不得,謬執其黨囚繫之。公出其黨不治,監司怒,佯爲苛節推語者。公曰:"訊陽春,守也,守知折獄,出無罪而已。然陽春且出,公待之。"監司不聽,取中丞指論置就决。無何陽春出,監司爲公媿,所謂棘棘不阿狥者此也。

論公所以讞東粤，和平縣民有弟昏夜殺兄者，則以兄奸其妻之故，論凌遲矣。公言弟故殺兄者，凌遲。兄姦弟妻，絞律也。以昏夜殺不名爲故而宣淫之絞，其可獨寬，則論矜。軍餘一隆以瓜皮雕印行使得金一鐶，而三人分之，坐大辟。公言僞印可斬也，雕而用瓜皮與銅蠟木石有間，三人而分一鐶，大辟坐之，人命重矣，則論矜。興寧民崇高，童子也，其母與其伯氏相惡，殺伯氏，而崇高與母同論死。公言崇高小弱，子既不能止母之惡，又不敢白己之冤，其始則子可以制母乎，其既又不敢委罪母也，則論矜。海陽民大通其父母爲娶婦，顧未成室也，母怒毆婦，大通助之，婦死，大通論抵。公言大通雖助母之惡，乃心在順母，姑無償婦之理，子有順母之孝，則論矜。揭陽民汝泰詐爲府公文，原案引詐爲都察院文書罪坐絞。公言若府文爲重將律，不特揭都察院矣，則論矜。凡公精覈法比，兼寓教化之意，皆此類也。所謂爰書爲諸道最者此也。

公早孤，執喪哀毁，事母至孝。自粤西解組歸視母，恒中夜起，稍疾病，彷徨廢寢食。其先祖都憲公鑑，國朝名臣，公爲立祀田於家廟。都憲公嘗以御史按粤有遺愛，公爲重修其祀，刻其奏議條約，以仍教粤民，以至撫兄弟子若戚屬，具有恩意。仕宦所至，不受私囑，亦不自求人道地。升沉顯晦一聽之。配黄安人，出巨族，嫻《内則》，明大義。當其于歸即執贈公喪，哭奠盡禮，逌事大姑與其姑昕夕孝敬，得兩慈人歡。公卹粤有陰德，守肇慶有循良聲，則皆安人佐之。

公生嘉靖庚子，卒萬曆戊戌，得年五十有九。安人生嘉靖己未，卒萬曆乙卯，得年七十有七。公諱天應，字國聘，任齋其號。先出邾儀父，歷漢、唐，有顯人。唐古田令璣者，自光州固始遷于莆，族屬蕃衍，代有聞人。宋有器高者，爲泉山書院山長，因家焉。三傳而至都憲公。公其六世孫也。父楷，贈刑部主事，母封太安人。子一，即光祖，國子生。銘曰：

志操端醇，才猷卓茂。誠究厥施，何功不奏？甘宦如飴，隙中觀鬭。我有尸饔，不羡文繡。玄堂晏寢，九原恒晝。孫子庚之，時如太簇。

李贈公暨王孺人墓誌銘

（上原缺）之柩葬於晉江縣紫帽之前山，穿三壙以窆公、孺人，而虚其一以待。林公名士振，字克發，鍾藍其别號。生嘉靖甲子，卒天啓丁卯。王孺人生隆慶丁卯，卒萬曆己丑。曾王父某，王父某，皆力田。父某，諸生也。子一，則鳳鳴岡甫君也。銘曰：

維周之先，起家則以力田，其後也昌，大以綿綿。藍溪之李，力田四祀，上有旌義，賜爵天子。以至于公，詩書規矩，亦承其先，亦振其武。藍溪所生，紫帽所歸。水則洋洋，山則巋巋。

方贈公暨鄭宜人墓誌銘

當吾之世，莆中有方次公云。方次公，布衣也。事祖宗孝，事祖父母孝，事父母則又孝。處室人有禮，處國族有信，處童僕有恩。夫人一身終生逢合，上自祖宗，至于父母，中自妻子，外自國族，下自童僕，而人盡是矣！處之具有條理，而立人之道備矣！論公所以事祖宗，則葺祠堂先之，脩世塋以十餘所。論公所以事祖父母，則逮事其祖母鄭。倭躪海上，莆城陷，室廬夜瀕燬，鄭病劇，人勸公父奔，公父曰："夜無所於奔。"第守鄭，率公向空稽顙，風旋火熄，晨視鄰灰燼矣，獨母居無恙。此時公年十八，公父年望六，鄭耄矣！賊鋒正熾，公力負鄭逃，與賊相出入，賊欲刃鄭，公父乞代母，公乞代父，賊憐，兩釋之，予之幟，以告後賊，竟得全。論公所以事父母，公父則高士，公兄國佐也，成進士，授民部，没又無子。公父鬻田廬葬父，家始落。公父攻苦舌畊，已則爲楚、粤游，公悉從。父游封川，公從之封川。父教陽春，公從之陽春。父移長泰，公從之長泰。父念其伯氏民部公之無禄，公請以父所畀負郭田捐入宗祠，以無餒民部公之祀。公母吴嬰夙疴，公朝夕侍，訪求善方瘳之。母没，哀毁如不欲生。論公所以處室家，與室如賓共貧如一日。論公所以處國族，始業儒也，不能家，則治生。家駸駸起，廼好施予，弗侵然諾，遇請求，倒囊應不問負。即負，敝蹝之矣。人有過，侃侃規諍，逢紛競，偲偲爲解釋。論公所以處童僕，僕從公治生，致金可四百餘，買田廬寄公券，其田則寄公之户籍。一夕死無子，公不有，呼其遠侄而歸之，因爲之經紀身後事。人皆笑："方公方公，此其囊中，何至乃爾！"此公所以爲公也。

論公之室，鄭宜人則貞静婉淑，通聖經及《小學》、《列女傳》諸書，善楷法。不逮姑，獨事其舅至孝矣；其所以周急爲慈仁、處鄉族、御臧獲亦如公，德人之配也。

公名應修，字時敏，居莆之方巷。方巷者，古剌桐巷也。蓋唐都督公琡，宋金紫大夫公廷範之裔，延入國朝，莫不簪冕舄奕，德行章徹。高祖曰文煇，貢士也。祖鐸稱高士，居家鄉有萬石之風。祖母鄭，則大司徒紀之長子女。高士公生子二：伯國佐，次國休。國佐，民部公也；國休，首隆慶龍飛貢士，選教陽春，教長泰，莆人稱曰學博公，則公父也。母則吴孺人。配鄭，南湖名族也。子二，曰尚祖，曰尚學。尚祖今爲刑部主事，有文學，長吏治，凡三贈公矣。其始令封川，則贈公；其次丞淮郡，則贈公；其三爲應天府治中，則贈公。封川，公疇昔從學博公遊處也，時方十九。夜夢有衣冠人導從甚都，曰："君後來當令兹土。"覺而怪之。久之則治生絶想矣！後五十年，以尚祖果贈封川也。而尚祖語余曰："吾母，吾師也。自尚祖能言，以至垂髫，皆母氏口授經旨，績而課，夜讀有不至，未嘗弛榎楚。"肩而與尚祖友者過齋頭，母輒至窗間聽其爲論文較藝也者，始爲設酒食。

公生嘉靖乙巳，没萬曆癸巳，壽四十九。母生嘉靖己酉，没萬曆辛卯，壽四十三。墓在文賦里石美山之麓，公之世阡也，亦嘗曰："樂哉斯丘。"銘曰：

惟公制詞，幽扃有慶。朗秀而文，孝恭本性。誠回祝融，伯延祭禜。千金季諾，三尺烈敬。母之制詞，天語鍠鍠。永言篤孝，維德敦行。母姑父翁，潔白晶熒。嚴師慈怙，愛教並生。帝曰尚祖，汝父母賢。小臣爲銘，闡此王言。靡德弗慶，靡美弗宣。受言藏之，永世其傳。

張贈公暨劉孺人墓誌銘

關隴之人質直仁厚，崇信義，篤倫本，其天性也。今則有三原之張贈公。公諱有功，古峰其别號，户部主事張書紳父也。書紳之讀書也，公則命之曰："勉乎哉！爲子盡孝，爲臣盡忠，莫以善小而不爲，莫以惡小而爲之。且夫豈必他師，我先世足矣！昔我先世之事其親也，兄弟馴鳩，增齡夢帝；其事君也，父子批鱗,血泚丹陛。而豈必外求師,庶其率祖繇行。”是以書紳舉于鄉,令太谷,爲名令;入爲南户部郎,爲賢郎官也。而公所以得贈官,實如其太谷之官云。公先世詩書纓冕,有源委矣!乃去而商湖海間,其所以商湖海間,俻其尊甫世業也。公尊甫商于蜀,而卒于蜀,是時公方弱齡耳。即鬻産備資斧扶櫬歸,歸而爲尊甫營葬,無所不致,至傾其家囊,而家中落矣。又其所以商,亦所以養母。母年高無以爲養,皇皇若無以爲人。每出爲商,則祝其室劉曰:“善事我母也!”無有弗及。其貿易湖海,口不二價。儕輩中有不平事,得公一言解。其後權子母的皙中窽,致千金矣,而好義樂施不絶也。商白下,有市兒欺負之,此時公有鄉舊方爲南御史,欲爲公法市兒,公謝罷。其人聞之,請罪感泣。族有惡少,責公苛禮,入公門大駡詈,公塞耳掩關爲弗聞也者。族有盜所質物,返教質主,重其價以難之,公不出一言,加償焉,曰:“無令骨肉被盜名。”其順受待我横逆者,君子也。至其恩禮子侄至厚,有踐更之役,爲身任之,不以分。其學聯鄉黨以和,勸勉後進,霽色法語並行,而一方之人多感化者,一時族黨推公尊且長,請爲黨正,質平事則却走避也。

配劉,外翰劉得芳女,以書紳貤恩贈孺人。贈孺人貞静純朴,洵德人配。公之挾貲出,所以祝贈孺人養母,贈孺人倍謹倍豐倍精鑿,又加於公之所以相命者已。告贈公曰:“以夫子若而貲也,即有子母獲,亦安足資養?婦之奩飾也,易以博金,此可豐養母矣!”贈公感其意。贈公居外,率以歲數返,贈孺人朝夕與姑俱,無一不得其歡心也。母氏祝贈孺人乃若贈公,贈孺人視姑如母矣。母卒,贈公在外,家積僅粟百石,盡舉以治喪。如贈公身誠信,而贈孺人孝聲溢閫内外。至其自持謹重,閫外事不聞也,非迎送不出中庭,鄉黨罕覩其面。處公姊若妹用和惠,拊書紳君用慈,御下用恩,終身不見有怒戾色,其又合於《内則》之道也。

維公先世關中之洛川人,宋末有秀者,尉涇陽,遂家焉。三傳而爲覺賢,當國初徙居三原之龍橋鎮,生仲遠。仲遠生杲、生果,兄弟俱以孝聞。親病籲天請代,病而思食鳩,群鳩狎至,得取以供饌。夢帝語曰:“以汝孝親,予親齡矣!”里黨私謚兩兄弟曰“孝莊”、“孝誠”云。杲生曉，按察河南，直聲振世。曉生原，仕給事中，以諍世廟大禮，廷杖殞，贈公所以命書紳率祖繇行此事矣。果生暘，輸粟濟邊，賜爵義官。暘生阜，阜生陵，贈公父也。贈公則以孝望書紳，俾其率祖繇行。贈孺人所以勗書紳慎交游、勤居業，惟恐煩其心、分其精神，以使壹志於學問。觀張氏、贈公、贈孺人所以教其子若此，書紳不賢，其將能乎！

公生嘉靖乙未某月日，卒萬曆庚戌某月日，壽七十六。孺人生嘉靖甲午某月日，卒萬曆己亥某月日，壽六十六。書紳方受事司農，念公久厝，則請急將以崇禎庚午某月日合葬于西郊新塋，而以志銘見命。余嘗攝司農篆，得交書紳君，一見知其君子也，是以樂爲銘。銘曰：

在昔先王化逮閭閻，是以封可比屋，而人自以爲黄、炎。迨及末世，詩書之教不興，而黨塾之設不嚴。民之有志於道者，非其天資之合，則見聞之漸。有偉張公，僿而中實，直而不纖。以開家學於銈銛，而遺後澤於蒼黔。葬父必厚，養姑必豐，寧其夫婦之自爲喁噞。此所以卒大其家，益昌其先，而九土之下，沐恩寵於陛廉者耶。

張贈公暨柳安人墓誌銘

清漳青山之島，有隱君子焉。居於浦，耕於青山之野。俯而鋤，仰而歌，衣粗食糲，以答四壁，斗衡之不辨，而囊篋之不設，夜見鬼物無怖畏。當其頫首深耕，雷起擊蒻笠，若不知也者。鄰人之耕侵掘其園地，過之不訾省。天久雨，田畔之農潛移其田畛，笑且歎曰：“吾田也具有頃畝，即混畛，尺寸也，雖十水十移，其烏能盡之？”

鄉人以爲長者。其卒也，私謚之曰“直庵”。

隱君子名景陽，純旭其字，儒者也。去而耕，葢以奉其父之饘粥。顧好讀書不絶也，循諷《性理》、《綱目》具有所得，曰是聖賢之精藴，經世之作用。見群籍中有格言，抽而黏諸壁。又能自出其潛慧，旁通陰陽、尅擇、堪輿、醫筮諸家，不用人口授。晚而好《易》，心索手註，眼昏塵絆，殊亦不捨手。有三子，長森，次嚞，季矗。嚞則今銓部公，更名國經者也。當隱君子没，年五十八，其時有父在堂，森年十五，仲與季纍纍矣。去之二十年，銓部公廼用儒士登薦書，又十餘年，舉進士，令興安、分宜，晉今官，隱君子不及見之已。顧隱君子生而自有遠志，青山之島孤懸海上，苦兵火，限見聞，張氏家世缺焉。隱君子稽版藉、詢故老、搜遺券，遡七世而立譜。念族單而賦重，著爲訓，後子孫有能致青雲，蠲繇復者，宜公之族人，勿以私。宗戚死喪病苦匍匐赴之。教銓部公多以忠貞大義，鬻地而留其旁蹊，曰："使後人於此建坊表。"此其志可見。作詩題壁曰："明月好風窗外爽，白鹽赤米腹中清。焚香默坐消運蠱，祝願良家早太平。"味斯詩也，有道之士也。

配柳安人，醇樸温柔，以順事隱君子，訓子亦如隱君子之義方。勤紡績，潔蘋藻，焚膏課子，剪髮待賓，可儷古賢母。嘉靖之季，漳被寇，人多疫，大母舅姑及隱君子亦病。孺人獨身支持，四病人彼呼此謕，寢食俱廢。大母見安人篤，泣且歎曰："乃勤孫媳！我若有靈，福爾善事，疫不害家。"盡以痊可。舅氏善饑，孺人中夜作饘以進，歷寒暑雨晦，無休輟。隱君子没，王姑慟，病艱展轉，扶移洗穢，一夜十起，凡三匝月。鄉里謂孺人婦道、母道，有光於前史。爲壽七十九，而銓部公登賢書十年矣。銓部公報最分宜，乃贈隱君子、安人若其官秩之名號。嗣以選部郎，覃恩晉今秩。始銓部公以萬曆乙卯年奉葬隱君子于潮東之犀山，繼以崇禎三年奉孺人葬邑南梁山之下，曰："不使泄地氣。"墓未有志銘，謂余遠曰："以待子。"庶乎異葬而合銘。遠不敢辭，銘曰：

昔者贈君、贈安人祥氣合聚於人間，用以有銓公。今者犀、梁二山祥氣合閟於地下，則張氏子孫昌大也以無窮。

丘憲副公暨丁安人墓誌銘

公姓丘，諱應和，字中甫，號致齋，以國子生領萬曆戊子順天鄉薦，戊戌舉進士，出同里史相國之門。釋褐除全椒令，調繁寧國，歷户部郎，出觀察浙江，備兵東甌，抽簪返。公令全椒，興善鋤强。椒子衿有凌於豪商者，商故閩籍，兩造至前，覬公念維桑。公奮髯呵之曰："有三尺。"立置法。有巨猾行子母錢坐法，即訊，初欲爲梗，陽人相溷，公持之急，則又詆欺出謾語，公治如律。椒故尠積貯，公於常平倉外别立社倉，令好義之民主之，椒不歲不害。公爲寧國，寧國户口賦役視椒數倍，公處之不繁如治椒，增社倉、修黌序，黨塾有訓，里賦有衡，搜藟剪莠，不遺餘力，而真誠惻怛之意流溢法外，士民信愛亦如椒士民。公爲户部，初試黄土諸倉，處臺省及中貴人茹納得體，再筦下糧廳，嚴尺籍、立挈簽，新舊間發，胥無得下上。七萃帖無譁，三督儲密雲。制臺西蜀蹇公，博大夷直人也，公精簡劑之。于時封樁之鍵塵封，太倉之積如洗，兵缺數月餉，時時思譁伍。公至而庚癸不呼，沙中寂如。公仍□爲散給，毋令全軍後時，權貸馬價，毋令商賈久滯。每歲杪，詢訪諸子衿與其父老，貧有賑，孤有餼，桑間少餓夫，柏舟鮮食貧矣！公備兵東甌，值閩粤烽火久靖之時，一切安静寧一。鎮之闕略苛細，獄市付有司，門以内肅如。暇復期會子衿訓詔之。歲餘，甌中文風灑然一變。宦興稍闌，蓴鱸興動，望衡門返焉！

公京兆兖泉公子也。兖泉公諱有嵩，舉嘉靖癸丑進士。公少從京兆公留都，本業之外復博稽諸司掌故，蓋舞象時已留心世務。既從京兆公宦燕邸，因卒業成均，每試輒冠軍。戊己間，京兆公及其伯兄孝廉應賓相繼捐館，公哀痛毁瘠，瞿瞿梅梅。母李宜人持家嚴，公事之誠謹，惟恐傷之。育孝廉公孤底成立。年方壯，失其丁安人，不娶也。戊午，公子思周薦順天，踵公後，公色不加艷，杜門掃軌，一意讀古人書，有得拈置屏幄屋壁間，如銘箴。嘗自題其像曰："我古其貌，亦古其心。世莫我知，亦莫我親。"斯公之爲人哉！

丁安人者，梧州守槐江自申公女。十六于歸，洞曉《女訓》、《母儀》諸篇，無貴倨態。事姑李宜人嚴恭稱其意。家時逢儉，脱簪珥佐賑，親故窮賤交仗以爲槖。時欲有所白於公，見公方握卷操觚，輒斂足退，其自抑下如此。

公生嘉靖戊申某月日，卒天啓乙丑某月日，得年七十有八。丁安人生嘉靖壬子某月日，卒萬曆戊寅某月日，得年二十有七。子二，長思周，薦順天者也，丁安人出；次毓周，郡庠生，張出。墓在晉江碧湖山，坐艮揖坤，作三壙，中妥公，左

妥丁安人,右留一,爲毓周生母張氏之壽藏。銘曰:

廉吏無倬然之績,其爲之也,安静以寧一。哲人無矯然之儀,其脩之也,純誠而坦夷。游宦知止,車不生耳。飛蟲時獲,則揭四壁。蓋與古爲徒,莫得親疎。世人所以仰公,而實公之所以自模。

朱安化公暨王孺人墓誌銘

吾里中有孝感令朱玉橋先生,善爲詩,詩大似晚唐。余行江南,於山寺中往往見其壁間詩。王道思先生大詫其奇,以爲搜神臟而破鬼膽。先生爲孝感令一歲歸。詩能窮人,文善憎命,固其所也!乃有箕裘之種,氣味之續,篤生令子五臺公,令安化,又僅僅三月耳。豈詩人流風餘韻尚漸染家庭間耶!原公所以失官,則以失大吏賄之故。象有齒以焚其身,賄也,公官不遂,乃坐無齒,物有不齊若此者哉!公爲令三月無所得見,特見其一事。有富家子殺人,夜持千金求脱罪,公怒而叱之,坐之法也。有官如此,與之索賄容可得乎!公自安化歸,見玉橋先生心念其庶子,出田畝與中分,復傾笥畀之,先生喜可知。公既貧於官,復貧於家,則惟五尺跛奚應門治圃而已。尋山望水,抄書坐隱,泊如也。

公舉賢書於隆慶丁卯,其授官以萬曆丁丑,諱昌竹,字國苞,五臺其别號,遊粤卒於粤中,得年□十。元配黄,繼配王,子男七。公既撫念庶弟厚,而玉橋先生前子不給,王母所以資之,亦能如公之於庶弟。賢配也,卒之歲得年五十。維公子明佐者,以文字受余知,予平生號爲善知文,至明佐而失之。然明佐能書能畫又能忍貧,固自不俗,不失爲德門子弟也。銘曰:

宦之不達,車而無牽。不特道阻於時,而且貧及其身。千秋之後,夏屋既覆,則又孰貧而孰富!

鏡山全集卷七十

墓誌銘

劉處士墓誌銘

劉氏子語至不予識，欵門而求予誌其親。予以知劉氏子之好奇矣！手其狀，詰曲廻洑三四反，乃曉其義。予以信劉氏子之能奇也！

劉氏先爲光州固始也，始祖相韓公，因兵來泉，勝國時有益者，以良家子討寇有功，授邑尉。會天下饑，益首義輸餉至京，進南昌簿，令長西域那兀納等至州，炮烙州民，以索賄也。益則不忍，出私錢數百萬贖所炮烙者，存活甚衆。其存活人聚於西峰院飯僧，爲益祈福，年八十餘以壽終。益生正宗，正宗生睿，睿生元祐，元祐生公，諱天植，字可立。

公雖非士人哉，實一男子也！有至性，多長者行誼。初勝衣，能骯髒立門户，持父母喪，毁中於禮，而又明大關節，肯向前爲人首先。内外宗戚之孤而無衣食者，喪而不能葬者，先業之侵牟於外侮者，公獨身勤劇經紀展拓之。他日出而過鬬於路者，鬬人身懷五金，當其急時而寄公金。公既不識鬬者，鬬者亦遂前去，忘取其金。公旦日抵其處，物色其人，而還所寄金。又他日釜錫於清溪，故事，先出錢於山之莫徭，俟銍蔗而後取錫焉。公則貸金六百多矣，其後貸者貧，不能具息入，公對衆所貸券燔之。當還金燔券時，屬歲大侵，斗米百錢，路之殍民僵踣相枕，人以此時得金於公，而公之不責償於人也，豈特翳桑之壺飡，代舍之牛酒也歟哉！然則公長者也，有益公之風焉，其飯僧以爲公祈者，當不減西峰，人且益衆。是以競者畏公而平，譎者媿公而伏，誕者望公而誠，吝者慕公而施。

公配林氏，繼配張氏，又配蔡氏，皆偶德也。林與張先公没。公葬之邑東鸞歌里之象山，至是語至啓竁合焉，而語予曰："維吾劉世葬象山而不知益公之墓。異時吾父上下其處，指一壤焉，曰'樂哉斯丘！我所欲也'。及掘土丈餘，得冢罜如，獲骨舄如，取視其銘章，是爲益公之藏。乃歛公骨以堲周，自祔於其前，以爲二母也葬於是。"爲之銘曰：

維劉長者，先有益公，後則公，是宜其同封。

蘇長樂公墓銘

石室閿，蘇公穴。生世界界底廉節，後千百年名不滅。

王弋陽公墓誌銘

於戲！吾忍銘兄乎哉！兄始爲廣文先生於滁，入上公車，予時爲禮曹郎，餽予金不受，兄以書相强曰："是吾以揖讓得之者也。子以我爲不禮接者哉！"予既得罪西竄，君亦以餘干令爲大吏所誣劾，赴京换授，與予同舟西行。時時與予語，去餘干時，父老遮送，傾其邑中，多流涕者。既入舟，語妻孥曰："令吾遭黜，而人若是，吾又何媿！"余以兩者益見兄矣！

君姓王，名居瓚，字圭甫，以《禮記》舉萬曆元年閩省亞魁，五上不第，念其尊甫帶峰公老，乞恩授官，廷試得第一，選署滁州學正。

君丰儀温秀，氣宅舒和，上官望見者，無不重之。有童子師某，同時爲滁判官。判卑，戢戢上官前，君因推引之，爲恭敬，遇上官必讓下之曰："某有師在。"上官以此并重判。州乏長吏，君爲假守，上撓郡太守，出冤獄死罪者一人，上官以此益能君。滿三載餘，徙令餘干。餘干故畏邑，大率邑中多猾蠹，朋倚逋負，令操之急，則譁然起。君確廉其尤甚者一二人，寘之法，悉蠲舊所逋，予爲期，期别所輸賦，上下其賞罰，期月之間，胥吏無宿蠹，而民轉急公。君喜曰："餘干畏耶！"居亡何，行鹽御史憾君他事，誣劾君，尚以廉勤不能絶其官，謫補金壇丞。金壇令知君，凡邑之守障、戎伍、鹽鹺、錢穀、舳艫、獄訟之政，悉以便宜相委，君亦爲之盡。居亡何,令與君聲兩起,兩臺御史交章薦保,滿三載,召還爲弋陽。將之官,而卒于衢州之旅舍,得年五十而已。君之自金壇入弋陽也,其仲文學君居瓚亦與君同行,先卒于杭州。君悲之甚,貽書帶峰公曰:"願大人毋痛瓚也。痛則瓚亦不能獨存。"然竟以傷文學君卒,去之不能二十日。嚴親在堂,兩子歸櫬,里中人謂王氏一門無所行失而天罰之虐,共嗟傷之。

君事父母至孝,計偕京師,母亡,君聞訃慟絶,歸而病悸,久廼瘳。帶峰公有外人子,君物色訪歸,與之家産三之二。友好文學君,不失其意。事伯父侍御育齋公孝謹,方侍御公當路時不敢倚其勢凌人。廣祖父祀田,祭之日得以胙遍諸宗,無有闕者。其待母家厚善,篤於恩禮。如是而天虐罰之何也!君始舉于鄉,工舉子業耳,後漸好先秦古書,尤愛《世説新語》,多以用之尺牘、奏記。其丞金壇時,始爲詩,則以詩并書寄予曰:"予顛毛種種矣,猶作此面孔向人。雖然,吾所哦松,豈減崔斯立!"予發其詩次第誦之,皆清穩從順。金壇于孔兼者,昔與予爲同舍郎,其人矯矯有氣在士大夫間,見君行事與所撰著,皆敬而下之。

君之旅櫬歸而殯於廣莫之海濱。君夫人日夜悲君不得安厝,遂使其孤承寰請命帶峰公,以其年之十二月乙酉奉葬於惠安縣覆舟山之原,去其死之六月乙未,凡七十有餘日,其合於禮也。君王、高而上世有隱德。曾大父綱生子七人,曰宗源、宗濬者,皆舉進士,宗濬公爲户部郎中,以抑徽宗王横忤世宗皇帝者,廷杖下獄。綱公以子貴封大理評事,進贈户部員外郎。祖父宗淮以侍御公貴贈如其官。侍御公名廷稷,帶峰公名廷召。君母黄氏子二,承寰君正室黄氏出,承賓側室翁氏出。承寰娶某氏,承賓聘某氏。女二,一適某,一適予子九轉,爲邑庠生。銘曰:

生世無益,百年以爲巧也。有德無年,五十以爲夭也。天乎割之,人乎悲之。後千百年,式此兆也。

諸葛大行公墓誌銘

予以萬曆二十二年得罪,且出都門,鄉同年諸葛公儀君表與吾友今彰德守蘇君茂相不忍别予,則數携酒肴過我邸舍。公儀惘惘數日而送予。一日,携酒過我舍,而公儀遂醉飽卒。於戲!公儀念數日送予,孰知予乃經紀公儀喪也!公儀早喪父,事其母夫人與其兄茂才君甚孝弟,有所不足母兄懽,即長跪竟日不復辯説。其爲舉人時,聲伎飲博,過從窮日夜,亦時時從邑子後干請有司,久之不得意去,而乞恩爲莆陽校官,乃思自歛厲。萬曆十七年,公儀繇校官舉進士,授行人,遂益折節自尅,絶去向所好。其奉使過家,有以邑子請者,公儀嚴拒之。時獨未能忘於酒也,他好悉絶去矣!一未能忘,竟以殞其身。公儀既授大行人,居常言咄咄一書生,數持節奉使宣大,使僅僅牛馬走耳,尚未有以效吾君一日。爲《勤政講學疏》,上之闕下,騎而過予,若自喜者,已而竟不報。公儀尚欲尋求大事可排擊者,幾得一言之,竟未有會。友人有爲公儀言老母在上,君又未子,顧奈何輕博言者名?若得大事一排擊,無如身何!公儀意不是也。居亡何,轉行人司副,又轉司正,而公儀卒矣!

公儀以坦夷慈祥在士大夫間,其餽餉士大夫惟恐不受,飲饌豐盛,致客皆竟夕,客人人醉懽乃喜。家無餘貲,多其子母假貸富人,錢及入手用如流水,亦無所惜。視布衣舊賤不間通顯貴人,人有求者靡不應之,有以貧困來歸者,悉衣食焉,下至僮僕厮卒,亦無不令人人厭意。始公儀少得哮喘之疾,其家長者皆不欲其讀書,公儀必欲受書讀。其於書若放縱無所磨勘,而其天資敏發,皆能會其趣,及乎唾手取科第,公儀又盡尅絶少年習,人以爲得矣,乃竟年四十四,無子以卒,不知天何所用處公儀!

公儀既歿,予奉其母、妻同歸,以京師諸公所賻金爲買田贍之。既七年,會其進士同年吏部郎潘君洙請告,以告諸其同年督學使者湖州沈公儆玠爲之處分公錢,付其母、妻葬焉。公儀母夫人曰:“吾兒居世不遂,然幸列縉紳間,吾將以葬之大道之傍,吾兒禮與惠在人,上自士大夫,下及厮養卒,間行有過而相念者。”乃爲葬之其祖墳之近官道者,其山曰“皇蹟”,葬以今歲某月日。予曰:“是近居人,有酒肆,公儀尚可魂遊而飲也。”公儀父應元,母陳氏,妻徐氏,以兄茂才君子茂燭爲後。女一,適某。系出諸葛武侯。在宋有廷瑞公,仕兵部侍郎,以忠節稱。其家世多顯仕，具載之家譜。其諸父益府長史君應科與予同公儀舉者，公儀自少皆從之受學，今其葬也，亦長史公相地焉。銘曰：

萬物皆幻，身復何有。永瘞兹丘，既固以久。

曾里君墓誌銘

邑諸生曾鳳甲士夔，偕其妹夫柯維南以來，欵門而請曰："先府君粤中没也，孤兄弟四人，不得執手訣，卒世痛。去年匍匐扶櫬還鄉，今將以來春奉葬於南安縣之梅峰山，以合先母之兆焉。重念府君身服賈，即無大徽，懿有一二，安敢掩前，貽就泯泯？於戲！古所云'擊鍾連騎，素封之雄'，是遵何德？何以著今逢腐令也！

"府君諱守吾，字以慎，別號思石。祖克寬，曾祖汝紹，母柯氏。世居晉江安平鎮之西安里，爲宋樞密曾公從龍裔孫。府君蚤孤，所號思石，思吾祖也。既孤且貧，是用束身從賈。然具有信斷而大之，以好行其德，不離於儒術。始客潮，有同舍亡其百金，諸同舍人人自疑，要神矢。府君獨不行，曰：'吾自信心。'頃之，同舍金亦得。其後稍遷粤，稍饒，諸少年徵逐錐刀，府君則不屑，曰：'在鬭智。'府君念少貧也，時時急爲義，哀人困，而獨不能爲德於惡少年。有偷兒十餘輩，椎埋里中，府君惡之，陳於公，置之法，論鬼薪、城旦。諸偷乃大恨，瞰府君之粤，露刃夜劫，燒廬子，燬二甥。諸偷度府君且歸，不免并道走粤，偵行期必伏戎焉。府君謾出言曰：'我乃不返。'密趣裝從間還，再陳諸偷於公，斃之。

"府君敦尚孝友，雅慕詩書。仲兄没，猶子少，所居折於稱貸，府君完其負而畀之宅。課孤等皆廣致名諸生，毋敢失禮。間訓曰：'車裘共敝，昔何人哉！'爲貧士德賢他費，府君於利害成毁、人物情態，不再計而詳。其服賈也，本之以信，佐之以智，因之以天，以處厚爲丈夫，以任運爲明達。常舍競而多奇中，中經折閲亦無所苦，故始爲末，繼爲中，而終以大。於戲！先府君行不越閭里，業無所致青雲，顧其市義積仁，當不列雍伯、張里後，惟先生哀而賜之銘。"

遠再四逡廵不敢已，因謬竊比近世李獻吉廢居大梁，汪伯玉退居大鄣，每與汴、徽之賈銘頌爲多，矧鳳甲士夔也，秀而有文詞，而維南爲予友，因爲之銘曰：

直過塞侯無欺人，寧亡人金不要神。智鬬鴟夷善任時，再分三致廉五之。俠並翁伯魯朱家，折節孤獨摧夜叉。筆擬腐令敘諸公，我則豈敢謬僭蒙？子有甲夔秀且傑，竊比李、汪銘君穴。

先兄廷評公墓誌銘

公姓何，諱喬遷，字齊孝。先自光州固始來泉晉江，至于國初，詩書代有，科貢相望。曾祖賢，祖洪，隱德不仕。父炯，常州府靖江縣學教諭，以季子喬遠贈禮部儀制清吏司主事。母林氏，贈安人。公少名並先，年二十二更名遷，以儒士高等應鄉試還（選）入學。三十一更名喬遷，舉鄉試《禮經》魁第四名，上南宮六科，凡十七年，俛授建寧府建陽縣學教諭，以文學有聲，陞國子監學正，居年餘，又陞大理寺右寺右評事爲美轉，又年餘，奉命解餉遼左，便道歸家，數月還朝，卒于京師之邸舍，爲年五十有六。

公儀觀肅飭，言辭敷達，孝友儉勤，修身著家，淹貫子史，旁暢《詩》、《騷》，有名於時。爲建陽大推，尊考亭朱氏之學，訓厲諸生，表章先哲，以範來者。所拔擢獎識，亡何盡顯。爲學正，校讐二十一史，精勤敏密，其文行爲祭酒、司業所推重。爲大理評，恭慎奏牘，平反疑獄，死中求生者以數事，大有佐於廷尉。解餉遼左，勤于道途，周防緡鏹，不敢負朝廷勞士安邊之意。卒之日，士大夫之賢者悲嗟歎息，以爲不竟於用。匱至建陽，諸生群迎，出涕盡哀，學未測其止歸，而道不博於斯人。命也！

生嘉靖丙午五月甲申，卒萬曆辛丑三月己酉。妻三，元配唐氏，繼陳氏、魏氏。子四，九似、九叡、九甸、九雍；女一，適蔡仲宸。唐、陳二孺人，公在，先兆於南安縣下墓山。今爲二壙，左葬公，而虛右爲魏，其地曰陳宅，相去一舍許。銘曰：

是惟吾兄，千古之藏。不大其用名永存，不究於身後必昌。

莊文學公墓誌銘

惠安孝廉莊君毓傑，以萬曆癸卯喪其尊公文學華東君，遂以其年某月日奉葬於某山，去其喪之月七月耳，禮也。孝廉手狀求余銘，悲不及養，其辭甚哀。

問其尊公之德，曰："吾先人篤於祖宗，孝事二親，恭伯叔，友厥兄，慈諸兄弟之子，睦于族人，以恤鄰里，恩及於死者。吾先人一老文學也，爲善不出於鄉，如是而大矣！"問其篤祖宗，則曰："吾先世故惠科龍溪人也，至吾五世祖廷愛公而徙霞曾里，生七子，其次元璣，吾先人曾祖也。元璣生尚寶公璋，則先人祖。璋生典膳公應鴻，則先人父。先人次子也。先人十歲而喪吾祖母鄭，發憤劬學，十七備邑弟子，二十一復喪吾祖，家貧矣。念廷愛公祀田中廢，損己田以充春秋之祀。邑警倭夜至，族子競負篋挈孥，踉蹌奔竄，先人獨入先祠，抱廷愛公以下主出避之，先祠燬於倭，而累世先人主如故。"問其孝二親，則曰："先人之二十一而孤也，蓋柴毀骨立，鼻口中病出血，猶哭泣不休。下上山水得馬鬣之封，身執役襄事焉。吾祖母故鄭，而黄大母，吾父繼母也。其始至也，待諸子不無間，而待諸子婦不無卞。先人長跽號泣者數矣，而不敢有私藏，束脯之入，一以養孤等，二以供大母。孤等稍長，携就外傅，至捐家慈奩中，斥割數畝佐費，貧甚也，而供吾大母不絶。黄大母乃悔嚴化慈，視先人如己出，而撫循孤等枕背餔啜如己諸孫。黄大母以癰没，其病也潰甚，先人朝夕滌治不離側。"問其恭伯叔，則曰："吾先人之叔父有三人焉，曰應文、曰應會、曰應禎。應禎公官西粤大方伯。應文公之没也以疫，方病，即子亦稍避去，先人獨侍湯藥惟謹，没，收殮之。方伯公家惠城，偶過故里，先人察其神頓異，密隨之城，備二柎焉。時方伯公故强飯，諸子肄業自如也。二柎備，一家盡駭。甫畢，而方伯公捐館矣。先人與方伯公諸子同寢苫者蓋三月。喪應會公亦如之。"問其友厥兄，曰："先人無他兄弟也，獨兄以渾公。先人喪吾先祖父母，持喪襄事之費不及其錙銖，室居其陋，田取其磽确，以父事吾伯父，而命諸孤亦如之。伯父偶有意外禍，時方伯公出空頭訴詞於官，意不忍先人獨當禍，先人曰：'郡大夫明也，必無言。抑某有四子，吾兄煢然耳！'遂挺身出，竟解。伯父晚苦貧，先人事之尤倍。應文公既没，其子以濟公亦疫，而妻亦避之。先人侍湯藥如侍應文公。以濟公臨盡，顧謂先人曰：'吾所親且遠我，吾弟不怖耶？'以濟公既即世，先人亦染是病。病甚，寤見神人持針砭其心竅手足，曰：'余昊天神也，若有德者，若病亟矣，非余不能醫。期至某日愈。'果然。"問其慈諸兄弟之子，則曰："方伯公之孫毓序與其嫡兄同患痘而垂斃，嫡懼其染己子也，且出瘞矣。先人遇諸塗，撫其胸微温，借傍居媪室守之，久之，稍蘇，眼閉若翳，先人每五鼓躬舐其眼，竟無害。"問其睦族，則曰："吾小子毓傑雖然薦于鄉也，而自視猶處女，族有徭役公事，小子不能白當道。先人曰'孺子以處女爲書生，甚善'。顧族人之公也，此豈處女時耶！族某有蕭墻禍，先人心知其冤，抗持公議，竟得脱。族某心德先人，密懷數金爲謝，先人忿然卻之曰：'此市人我矣！'"問其恤鄰，則曰："縣當役民，里人求免，其求免於先人也以賂，先人卻其賂而并免其役。我家失盗，有受盗寄者，我邑令使償我家數金。夫是貧人也，而受盗之寄，秏没矣。先人詢知其鬻女償我，懷金入白令，出釋之，令君嘖嘖賢先人也！鄉有楊寡婦者，老而孤以貧。先人歲時周焉。倡築崩窟前塘之水利二，以灌溉吾鄉田，而吾鄉不苦旱也。"問其恩及於死，則曰："吾先人夜行水畔，若有二三魔立水中若泣者。先人曰：'吾鄉有三四暴骸，豈其向我訴？'捐金盡葬也。嗚呼！吾先人一老文學也，爲善不出鄉，如是而大矣！"

而告予曰："是當上計之年也，孤且行矣，先人命之曰：'孺子行必偕李宗謙，慎毋它從。'既命之矣，若其日之漏下二鼓，而先人没。夫世有千鍾三釜皆足樂親，天乎！悲哉！孤不及三釜也，抑先人知宗謙，宗謙亦知先人。"曰："先人動軌古人，步趨以之。今若重以夫子銘，則先人可以没而塞孤三釜之悲。"

按公諱以瑞，字君圭，華東其號。生嘉靖某年，卒以是年，壽六十五。配洪孺人。子四：偉、毓儒，俱郡廩生。毓傑，孝廉君也。毓僎，邑庠生。銘曰：

順而孝，愛匪貌，慈以孝，德可傚。樂哉斯丘！千百年後，公永樂。過而式之曰：惠安之先覺。

許處士墓誌銘

文學先輩許君必大，年七十餘矣，始奉其祖妣埅周之遺骸，復歸于土，而請銘於予。

按公諱清，字元明，生於天順某年，卒於嘉靖某年，爲年六十有六。妣黄，卒於嘉靖某年，而失其生；林氏生於成化某年，卒於嘉靖某年，爲年七十有三。公夫妻之殁，至是六七十年矣！先是公殁，公之三子麒、麟、麃葬公於南安縣潘山溜汰之原，其坎深，久而覺其濕，往啓視則水傷柩，始歛骨骸爲三塑周，將改葬焉。亡何，公三子相次殁，時必大爲公冢孫，八歲耳。長而追悼前咎，博求吉壤，不敢輕率葬，亦念身爲諸生，或有以榮公之葬禮。既而白首不遂，以祖父之未即安，自究于堪輿，乃今得穴于馬壠山之西以奉葬公。馬壠山，許氏故山也，其先兩入於豪家，最後必大與其母王孺人畢力贖歸。而今必大老且貧，獨身經營，與傭保雜作，不分費於其子姪，爲人子孫至是良亦苦矣！公有姪子鳳，登嘉靖戊子鄉薦，論其所繇成名，以公居長任家督，庇其弟，得悉心經史教課之。蓋公爲人孝且友。公父全，全父忠誠，忠誠父羅漢。先世汴州人，有九州團練使、户部右侍郎巖浦公爲始祖，其後有提舉福建公，入泉卜居南安縣之三都，又其後贅晉江之笋江里，而今即家焉，其先世如此。遠先兄大理君與必大有文字之契，是以命遠銘。銘曰：

其没必有以歸也，歸而有遠有近，則子孫之爲也。力貧而遲久，孝可推也。積善餘慶，公侯復始，天道之微也。

汪興國公墓誌銘

汪生藎臣年二十餘，自潮陽遠來讀書，奉其尊甫興國公狀以請銘墓之文，予有以知公父子間也。

公登萬曆十六年鄉薦，久之，授徐聞學諭，居數年有父喪，服闋，補灤城。又二年，令江右之興國，甫兩月，有母喪，又一年而公卒。公之爲學校官也，進諸生講説相印證，剖決玄微，劃然有會。諸生有貧不舉火，妻死不得木、又不能娶者，悉爲料理之，一時翕然稱賢師。其爲令也，持政不苛，治豪强如法。縣有倉庫之役，故倚辦邑民，甚者鬻妻孥，輕亦至折産。公爲疏白，用吏曹更替，民以不至疲困。縣郵騎故二十有七，自寧藩告變，四之三爲他縣借辦，冠蓋往來數倍，公爲請復故,一時翕然稱賢尹。此公之政教也。公之在徐聞也,公父病至委頓,公子胤臣年十六割股愈之,公聞請急歸省,未抵家而公父尋卒,公恨不得親殮襚,日夜孺泣,腰絰不解者三年。及居母之喪,而遂不起。此公之孝也。恂恂然,貌無所緣飾,與人欵接無長語,至緩急事輒獨力肩承。其居家不治生産。此公之行也。然計公自入官以來,父母繼喪,公不久歿,而子胤臣尋亦化去。天之所以報公嗇矣!

公諱巨澣,字叔度。先世浮光人,祖源,元時南行省參政,至國朝與其弟樞密興歸附,並授昭信校尉。源子用以軍功進武略將軍,調南京,調鳳陽,調南寧,最後調潮之甲子所,遂爲潮人。武略公生福公,傳至公父汝盈,任俠多瑰行。公母曰翁孺人。公生以嘉靖壬戌某月日,卒以萬曆庚戌某月日,享年五十有一。娶賴氏,繼娶浦氏。子三:胤臣,邑諸生,賴出;藎臣、聞臣,浦出。墓在甲子所漁磯之原。銘曰:

奪儁鄉闈,再試而屈。敷教九年,牧人兩月。化雨有時,清風載發。負墻弟子,聞教斯蹶。剖竹佩銅,蘇醒嗟咄。坐席未温,流惠已浡。大限難窮,幽光莫遏。我銘斯丘,不脱以拔。

林南陵公墓誌銘

德化林生熶持其尊甫南陵令公狀以來請銘,曰:"日月有時,將啓吾母之竁合葬焉。"

維公生嘉靖某年月日,歿萬曆某年月日,六十有八其年也。樞其名也,昚甫其字也,貢士其所出身也,南陵令其所服官也,林翰山之原其墓也。是年某月日,其葬期也。曰太學生東原公,其父也;曰某孺人,其母也;曰樂會令機,其兄也;曰李孺人,其配也;曰熶、曰焌、曰煜、曰焻、曰熚、曰爙、曰焞,其子也,而熶、焌、焻並爲諸生;曰啓鄂、曰啓韡、曰啓瑜、曰啓璞、曰啓琦、曰啓瑾,其孫也。

維公年十五補弟子員,再試廩于庠,屢困鄉舉。辛巳之歲,以明經入太學,名籍籍都下,爲相國歙許公潁陽、太倉王公荆石、吴郡申公瑶泉先後所知。試京闈已中選矣，又削落，許公爲歎惋甚。先後五試不遇，旅食長安邸，固窮薪玉，益鋭螢壁。予爲禮曹郎，與同時爲户曹郎者、今學使蘇公弘家，予二人過公邸中，銜杯論文，無恒朝夕。亡何，予以罪逐，蘇公亦時有奉使請急之役，而公俛焉仕矣。

南陵，劇邑也，公一出爲令，精綈簿書，折衷獄訟，立驛舍以蘇疲卒，生津梁以濟涉人，課文會以興雋士，罷無名費以節冗用。出接四方賓客，典謁旁午，衝寒暑，忍饑渴，與在官者同勞，時時以其間爲上官削牘治書啓，無所不得其意。宦家有兄弟之訟，積歲不能平，公立爲剖决，其兄弟皆刻木像祀公。入覲之日，吏胥以例錢進，公峻拒之。父老子弟絡繹攀送，涕泗臨岐漣漣，不忍别去。而公性故植良善，摧豪右。邑有貴勢有所攫取，而公杜絶之。尉急捕盗，不恤人冤，公屢卻其章，尉以得罪恨公甚。尉有所憑藉齮齕，而公忽焉免矣。

公免歸山中數年，嘗一再來郡，予與蘇公從公銜盃論文如長安邸時。一日出所爲文使予序之曰："此予帳目籍記也。人家若有帳目籍記，載其田産區畝以遺子孫，予獨無有，以此遺之，亦使知有祖父讀書如此也！"予爲之序，比於陶編白吟。居亡何，而公溘焉逝矣！夫相國三公，天下所爲名文章者也，其所鑑識士不知幾何人，而獨失之公，而俛焉仕者，命所域也！入覲之日，父老子弟攀泣流涕，公且以南陵爲桐鄉，而忽焉免者，資所格也。逍遥田園，以其詩篇爲帳目籍記以遺子孫，無取於天地之贏，而招人物之妬而溘焉逝者，數所極也！於是爲之銘曰：

雖有所域，飛亦自有翼。雖有所格，名亦有所式。雖有所極，化亦無所息。蓋孔子之教子貢也，望其壙而以爲如罣。

郭廣文墓誌銘

公姓郭，諱忠信，字希曾，寧國之宣城人。處士永慶公高祖，處士欽公曾祖，處士景公父也，商丘令忠顯、汾水教諭忠貞公兄也。公之父兄其隱者，力善敦行，聲聞鄉族；其仕者，篤修力學，道著官宲。公承家學之傳，植之以孝悌，組之以詩書，以孔、孟爲羹墻，視程、周若旦暮。以貢選授辰州通州，不能俯仰於時，調金華教諭，二年而歸。

維宣州之鄉，有盱江羅公爲郡太守，楚黄耿公爲督學御史，而先輩鄒文莊諸公宦學其旁近地，倡新建良知之旨。鄉國之間，有梅菀溪、貢受軒、沈古林、周都峰、古林二子肖林、少林諸公，緣新建之學擴而大之，其學以萬物一體爲宗，致知慎獨爲際。公稟領父師，切磋内外，篤任斯文，顓業道境，無心皇路。逼而後起，摶志親闈，强而後試。自爲諸生，守不見之義。有司當道虚訪勤求，稍出應命，即見推重。公非郡邑利病、民事冤曲，不以白訴，至於救死賙乏，闡隱揚休，己不言功，人莫知計，而公名大尊諸生間矣！

公判辰州，隨署溆縣，開導真誠，整齊頑嚚，修明法紀，葆遂善良。開聖學以化雜夷之風，積精誠而獲神道之教，忤拂時相，禮其怒人，託諷上官，規之正守，而公不能安於位也。既調金華，辰之士民忿激號呼，公處泰然。鄒、魯、蘇、湖復用法式，祭祀鄉飲，靡不恪共，可謂不知、不愠、不懈於位者也。公應貢授官以隆慶戊辰，挂冠歸隱以萬曆壬午，世棼不及，磬室自安。平生所學，終身守之。以萬曆甲午歲去其正德己卯之生，爲年七十有五而終。維公古林先生兄子之婚，公將葬，古林先生之孫驃騎將軍有容以公子可化之狀來請銘，遂爲銘曰：

學則不俗，而或疑爲局；守之不變，卓然爲先覺。學則不迂，而或疑爲愚；推之不勸，翕然爲世模。蓋其粗也，動之於爲；而其精也，誠之於思。於戲！是郭先生之玄居，魯無君子者，斯焉取斯！

劉贈公墓誌銘

南昌惟後劉公洪謨舉萬曆乙未進士，令建德、仁和二縣，郎留都工、禮二曹，守承天、真定二府，分憲易州，參藩我閩也。蓋蒙上恩，贈先公者再，其一令仁和時，贈公文林郎；其一郎禮曹時，贈公奉政大夫，率如其官。贈公考終於萬曆甲戌，去之二十二年而參藩公成進士，其奉公葬於朱山鹿石坑，蓋在辛丑之歲。葬未有誌銘，曰：“卬須我友。”既得喬遠，曰：“此可爲我友也。”於是出所爲贈公狀，委喬遠銘。

蓋參藩公於贈公爲季子，贈公没，參藩公尚幼，所以狀公，皆諮之世父先友故老以得其詳，而公之德義行善，參藩公若圖形刻木，宛然目見矣！

公諱廷績，字與懋，別號後埜。高祖某，曾祖子玖，祖嶟，父伯還，母張氏。公體不及七尺，修髯偉貌，善攝生。世食貧，鋭意讀書，潛修内治。淡泊寧静，蔬韋自嗜。雖與鼎鍾狐貉者久處，色不阻，神不移。諸生執經受業，自其家人族子，以至踰邑越州，莫不擔簦負墻，至于楚之當陽、池之青陽，率有及門弟子，而公辭受取與，一裁諸義。束脯之入，恒用以養親贍弟，施之孝友信義之間。卒困子衿，食貧以老。爲人嚴重如山岳，外不可犯，即之乃盎若春温，可親可問。其寬裕含弘，和顔下氣，能使忿者見之解，隘者見之茹。至其義所當爲，勇輒副之，周急扶危，無所忌避。而自守確然，不忮不求，不訐不争，不甘不媚。即家人父子相問答，惟天理人事是規是勸，此公之平生也。

公弱冠以《毛詩》遊邑庠，爲學使徐文貞公階、蘇總制公祐、蔡司徒公克廉先後所知，而欿心弢志，忠信篤敬，尺寸無所踰越，學者尊曰“後埜先生”。一時與其宗老問埜先生推爲“二劉”，尊而重之。公事二尊人色養志養，惟恐不逮。母張孺人先尊公卒，公授經外歸，哭泣幾滅。寢不入内，衣帶不解三年，苫塊有如一日。爲尊公再娶余母，事如自出。嘉靖己酉歲將入試棘闈，余母疾篤，輒輟不試，其所以周旋余母不懈，而余母竟没。夫南昌省會地，朝入試，暮可歸侍母，而公何不爲也？余母殁，復爲尊公求所以繼余母者，而尊公不欲，公亦遂不敢强，而所以奉尊公者，與内室贈宜人惟謹有加。其所以勸尊公，居於兄弟而益篤其愛，處於鄉黨而盡融其乖。蓋有肫乎其切至，而廓乎其容收者矣！尊公之曾祖故依其季兒，遠食於泗州，殁而葬於泗，尊公欲還之未能也，時時憫號。公輟業貸錢，直入泗求祖骨附江舟以歸。夕輒奉骨與寢，中夜骨蒸蒸温也，私自喜曰：“我祖我孫氣脉相貫矣。”颶濤作難，舟幾溺，公禱天泣曰：“庶祐祖骨乎！”遂以免，歸而葬之三公之山，而尊公大悦。公復廣尊公之志，於凡尊公之曾祖、若祖、若其兄之塚並表而識之石，若孔氏之崇防墓者然。尊公病，公爲通滯手穢，延醫請方。及殁,年九十餘,而公亦五十有八矣,所以持喪如其持母孺人喪也。至于孝遠祖母而返其侵丘,愛母弟廷綬,詳廸教訓,曲扶衰疾,不啻父之而不啻子之,而廷綬竟仕郡博士,此公孝友之大者也!至其所以處内室贈宜人,母嗔佐嗔,母撻佐撻,以解母孺人之下,甚且欲出而遠之。其平居相對如嚴賓,無褻狎之見。所以督課參藩公昆弟,惟《曲禮》、《少儀》、《内則》、《弟子職》是師,所以示之學,人休不休,人卧不卧,若甯越矣。一日,參藩公侍,公咨嗟太息,參藩公請問,曰:"余寡過一生,祖、父、神、人未嘗敢負,負友叔伯崛耳。崛漬甚,妻子托我,我諾之,死骨未寒,産廢妻棄,二子流離。吾恨吾諾之有餘責也。"公將棄人間世矣,時時祝參藩公昆弟:"我無他遺,遺汝心田,汝善畊之,我且不朽。若乃金玉文章,齷齪德行,身雖榮貴,曷訓曷繩!"蓋公平生大都如此。

公所授經弟子奉新大冢宰蔡公國珍,名德最著,餘多以科第顯,而所治《四書》若《詩》,恪尊朱註,蒐鑄蔡、林、唐、瞿諸家意,藁存篋笥,未付剞劂,學士後輩尚歎未得見公所詣之邃以全也。殁以萬曆甲戌某月日,距其生正德甲戌某月日,爲年六十有一。配爲龍孺人,今兩贈曰宜人。子三:長仕洵;次仕湜;季仕沐,今名洪謨,即參藩公。仕洵,邑諸生;仕湜,究心理學。參藩公道準乎古人,而澤加乎當世,所以推明光大,貽公令名者,尚未有窮。孫男三:曰棨、曰棐、曰學。銘曰:

我道當然,不敢有違僭。我心則天,不敢有鑿穿。我學聖賢,不敢厭蹄筌。其造之也全,其執之也堅。其種綿綿,其發闐闐,是曰有道先生之阡。

蘇封公墓誌銘

維萬曆庚戌王正之月,封君蘇公艾齊冠其寧陵令懋祉子肇煌於阼階之東,筮余爲賓,醮加踐位,禮序有秩,宗鄙里閈,復見古初。過之五月而公逝矣!公有二子:孝廉君懋祺,初授署長汀校官,而次子寧陵君。公之殁也,長汀君正過家,得執手訣,以不憾終天。維公醇德保身,惇切人倫。繩尺員方,毫無割刓。色養奉親,悲哀垂老,析産分弟,推饒與殉。捐割負郭,用充祀田。閨閤之内,伉儷相莊，無婉戀之愛。禨教庭聞，嚴於朝典，緊克己治躬，用以似穀貽訓。聲色意氣，亡所加人，温和之風，披拂穉庶。婚姻死喪，貧乏量施。次君先令南召，换授寧陵，萬里詔書，拳拳潔愛，公正耐忍，以不負朝家簡授之意。一聞善政，喜而不寐。至其綜理家務，大小條貫，器物位置，簿籍契約，咸締諗密察。居常嗜周、程、張、朱及郡中蔡、陳二先生理學之書，户牖墻壁，咸列格言。臨殁之時，猶手校《薛河東遺録》。平生論學，以躬行爲先，論治以節愛爲尚，論移風易俗，以樸儉爲貴。或時舉禨祥因果，藉以訓嚚革頑，而歸之大道，所謂施之有政，是亦爲政。公少年多疾，繕性攝生。初過古稀，怛然而化。《洪範》考終，其斯人歟！

名存淑，字世與，艾齋其别號。生嘉靖庚子某月日，卒以是年某月日，壽七十有一。與元配李合葬縣三十六都天柱山之原，負壬揖丙。銘曰：

慈惠温良，春日煦之。儼恪安莊，屋漏注之。德善行誼，百川赴之。格言明訓，蔡蓍顧之。景行大歸，造物寤之。雖無蕲絜，南山錮之。

傅國毗墓誌銘

泉州同安縣有海島曰“鷺門”，山人傅鑰國毗稱詩其間，因自號曰“鷺門山人”，而名所居之樓曰“醉墨”。山人自其少時鳴劍躍馬，慨然思衛、霍之勳，則結束學武。久之，厭且棄，一意爲詩，以詩交諸公間。鷺門之地入泉與漳道里均適，山人壯歲遊二京、吴會，探鴈宕、五羊之勝，晚而有老母在堂，則第往來漳、泉間。漳、泉諸公爲倒屣授餐，愛其風流藴藉，經月彌旬而不得返，而山人亦樂與諸公爲盡。又其後也，從豐城李孟誠講聖賢之道，而山人有志於學問矣。山人所交諸公，大將軍俞大猷志輔，文武而忠孝；参議尤烈子偉狷潔土木，其所嚴事也；吾泉翰編莊履豐中熙、中熙弟户部郎履朋中益、郡丞陳紹功及卿、余兄大理評喬遷齊孝、若余喬遠、文學蔡一咸春廓、莊夢梯彦升、山人陳鷗忘機、趙貢如公弼，漳中比部郎金鉉邦鼎、孝廉黄文炳孚軒，皆以詩名，其所友善也。若豐城李孟誠講聖賢之道，山人所師也。鷺門爲海上最要害，其仕泉、漳間，以視海來者，莫不願交於山人，則有泉郡丞丹陽丁一中、常熟陸一鳳、漳郡丞溧陽殷康、閫帥福唐呼良朋、秦經國、歙許師古、宣城沈有容，皆慕尚山人，相與周旋唱和，結爲莫逆者也。山人爲人喜譚諧，爲小語，其中心切至。處家庭群從無間言，每出言度人意所向，不輕易一發，其處人事如己，必求當以便。其爲詩思心最苦，晚而從事於學問，要以提攝修束，蓋不慕講學爲名高，亦非拘方守株，徒執其尺寸。

山人所交諸公，晚節盡凋謝，獨余交山人最後，而亦最後死，而山人亦已困且病，不來泉有年矣！一日渡海挾所爲詩命予序而行之，刻成而山人亡何歿。乃余所以叙山人詩者二，其初則曰一字未妥，千金不易，晝以忘昃，夜以申旦。其次則謂珠玉琥珀，空青丹砂，水銀之美，皆聚物之精，或數百年乃成良工藥。三即採琢亦取其菫菫，故其精光靈氣，獨爲世所寶需，山人繇苦致精，即欲不聞於後不可得。山人以予爲知言也。

山人父珙，母陳，兄鎮，中丞也。父以中丞爲侍御時封御史，其得山人最晚而最愛之，然山人有讓産急病之高。中丞諸子雖齒長於山人，每見山人逡逡爲謙讓也。山人凡五娶：蘇氏、林氏、黄氏、莊氏、彭氏。有五子：南曦、南暉、南昭、南暐、南曙，而南曦近没矣。南暉挾狀造予求銘，曰："欲同穴不能六之，而以二母祔。"亦使予併銘其三母，予曰："予銘山人焉，其祔山人之二母併銘於不能從山人者三母，使尊公專美，而五母共銘，亦猶同穴之意也。"南暉曰："善。"銘曰：

大海之隈，宋有高士，曰丘釣磯葵。丘也篤學，鑰則能詩，晚亦得師。質行自好，不忮不求，先後一逵。魯無君子，斯焉取斯，非夫人之銘而誰爲！

洪處士墓誌銘

吾徒洪子啓祚之尊甫曰侃公，字汝威，别號南渠，邑之英林人也。公少育於蔡，瀕老而歸，長者之名著於閭里。里人始稱曰蔡翁，既稱曰洪翁。而問翁所以育於蔡，則其父旻公也。旻公少讀書，有田不年，至爲人御其族，歲當烝祭，祀田之入亦不逢年，旻公不敢廢祀，則出公鬻蔡，蔡翁無子，而遂子翁。翁居蔡雖少，顧心知其故洪産，猶識其里墟畛畦，念之而不敢言。蔡氏翁媪歿，翁祭葬如禮，而後行求其故處。適翁有姊亦來物色，鑒姊形相與己不殊，大泣且號，扶服歸洪。負骸造塚，以答父母，故老見翁莫不感涕。翁雖歸洪，存蔡之門，猶如其故。蓋翁逐於什一乎，其少受書試，有司知名矣，棄而去之，蔡氏翁媪所以得具饘粥皆出於翁。翁爲人慎取與，重然諾，其交遊皆豪士。顧司徒公既殁，其子被誣殺人，嘅曰："吾安得洪君一言?"翁聞，語所知曰："司徒有德於鄉，今殁，其子被誣，我輩目覩冤狀，官有問，當力解。"竟解，司徒子懷金爲謝，翁驚卻之。郡守熊公用明響爲治。屬隸偵市中陰事最用事者，藉而漁奪人，隸之黨攫人金，誣之以博進。公過隸所而數之，隸驚不敢爲左袒，即執攫金者聞，守捶殺之。泉饑，爲粥食餓。里中寇，寇執翁，翁噱笑而歌，寇大駭，而里中子先爲寇得者爲翁請命，寇驚曰："不自求生乃爲此人，此人異人邪!"釋之。既歸，洪畊隱翠閬山中。山下温泉出焉，浴盥行歌，旦輒一至。饒乏求取，不設於心，而其赴急爲義一如平時。有友人没，貧不能葬，爲之穿塚勞頓，竟病，自知不起，吟嘯自如，遺命勿治浮屠。是爲萬曆癸巳，去其所生嘉靖甲申之歲，爲年七十。於是萬曆庚戌某月日，啓祚與其兄啓禧奉翁匶以葬於邑洛陽上曾之岡，而請予銘。銘曰：

有鵲有鵲，離巢方觳。雄鳩來飼，其雌來覆。風雨既至，鳩歸無所。鵲有好音，不能鳩語。載集載翔，銜瘗委羽。尋復故族，哀鳴舊乳。歲往月徂，化而爲鶴。緱山遠游，狐丘臯復。其子在陰，羽毛光鮮。華表或歸，則聞于天。

顔國相公墓誌銘

余同年顔公奇黄居海上，殁兩月，而余不知也。既其侄孫君迎將其孤胤忱、胤百之命以誌銘請，曰："今年十月癸酉葬期也。先人臨盡曰'銘我必穉孝'，是以請。"問其病，曰："他無所苦，飲水以十餘日。"余作而歎曰："公生而飲冰，殁飲水哉!"

公以萬曆丙子與余及予伯氏齊孝同舉于鄉，余兄弟於同年中，最相知厚。公居十年不第，就銓教東安，居三載，陞廣昌知縣，又三載，遷楚雄府同知，亡何，遷襄府長史，而公挂冠歸矣!東安畿内地，北地鮮文，而□□□具生采藻。廣昌褊邑也，賦役産業多出豪右。公明約申條，剔蠹緩徵，豪右逋賦，一無所貸，小大之獄，剖析誨教，政平訟息。暇則鳩士講藝，額其甲乙，市廛秀民亦優禮資給之，皆斌斌薦進。邑有貴人，方當路豎棹楔侵民舍，公格之，貴人銜公，多方媒蘗，然竟不能害。蓋公爲令，卵翼其民，譽髦其士，雪霜其胥吏，而骯髒其豪貴有力人。古人之爲也，行之今世其可哉！是以纔遷楚雄，旋徙襄相，而公亦旋挂冠矣！

憶公爲孝廉時，公侄子鴻盤公爲户科給事中，方貴顯，於請謁無所不可得，而公絶跡偃室，當道無知者。先是，陳紫峰先生以户部主事致政歸涵江之滸，家無書室，寓居佛宫之後，時人爲之語曰："佛教當興，後宫增一員主事。"主事者，諺稱首座僧也。是時同年莊中益戲爲屬對贈公曰："科叔自重，公府絶半武孝廉。"其詞雖戲，可見公矣！公歸家有年，而丹陽姜公志禮來爲泉太守，時時過公談故道昔，歡然平生。姜公古君子也，公爲廣昌時，姜公爲郡推，非知公之深，其肯交公之厚乎！

公生七月而孤，兄弟終鮮，與母氏相依爲命。爲諸生時甚貧困，有其七世同祖兄名理學者，資之讀書，以成爲士，而公又久未子，乃以理學公之子胤忱爲子，穿塚與理學公同之，余所爲《顔氏兄弟異乳同域記》者也。既公六十有三始舉胤百，而胤百之母側室黄年三十有七矣，合爲百歲，故公以"百"名子也。

公名魁槐，奇黄其字，植庭其别號。父顯，母吴。生嘉靖某年月日，卒萬曆某年月日，享年七十有九。娶于黄，先公卒，年五十八，已葬矣，墓在南安縣洪嶺山之原。銘曰：

猶古不諧今，而實獲我心。今則異古，而與世迕。將先民之離離，抑世俗之頎頎。死者如可作也，非斯人吾誰與歸！

莊應曙墓誌銘

予舉進士，則見莊應曙詩於友人所，知其究心風雅之業。既授官京師，居五年以罪見逐，得應曙喜不自勝，而應曙數過予論詩矣。應曙獨學無直諒之友，既得予，予欲進應曙，攻擊彈射無虚時，應曙則盡倒篋中詩示予。予曰："此詩有風情,第其源出於小詞,而乏大雅。”應曙啞然曰:“吾果讀柳耆卿諸公之作而爲此。”予曰:“此詩有雅道,如王右丞。”應曙啞然曰:“吾果讀王右丞詩而作是詩。”予曰:“此似杜爾。”應曙啞然曰:“吾按杜爲之。”予雖攻擊彈射應曙甚,應曙時時執所見,不輕易從予改易。予語之曰:“凡子所爲詩,將生而對人讀之耶? 抑死後而任人讀之也? 將生而對人讀,則有莊應曙在傍曰,吾詩是如此如此;若死而任人讀之,則必使吾之意千秋之後而知見其人、如見其事、如聞其語,而觀者自得之,尚可從傍曰吾詩是如此如此耶?”應曙啞然曰:“予從子改易矣!”應曙於書畫骨董之屬,具知其真贋,得其價。品骨董之屬,則吾不得而知。其語予書曰:“書貴瘦勁方通神。”真知書者也! 應曙酒後自喜爲猜枚之戲,嘗以左右手鼓兩拳而賭兩客。予既不能拂應曙之意,而又慮有不勝者,應曙且屬予巨觥,則常精思而與爲敵。余廢家居且十有五年,接應曙文酒無間旬時。一日而應曙病矣,予過之,應曙曰:“予殆不起。子鏡石之山,無應曙之跡矣!”應曙年五十餘方得一子,去之六十四歲而卒,悲戀厥子甚。居五十日,家人爲應曙飯僧薦福,夜半事畢,天大雨,諸僧未得返舍,忽附其侄子之身,操筆索紙甚狂,所書情事良苦,曰:“吾魂未嘗不遶舍也。”而其末則念予曰:“有友何翁不得嘯舒。”予與應曙平生之交盡此矣!

應曙,字伯暉,其於予如韓文公之於侯喜、張籍也。故吾書應曙名而爲之銘曰:

維莊在宋,大纛高牙。君考如愚,新興綰緺。弱冠君孤,弟妹參差。内佐母秦,室釁塞瑕。長娶于陳,不實而華。納蔡側室,彦珙呱呱。去之十年,虞淵西斜。壬寅戊申,厥生有涯。君魂遶室,如轉輪車。毛羽既長,執紼引些。君生仁孝,質行無邪。安貧躭讀,逐日父夸。有父爲令,叔教絳紗。君在庭階,如蘭茁芽。牢之無忌,演藻流葩。甥秦比部,屈宋官衙。我叙内外,有如世家。

陳毓泉墓誌銘

萬曆甲午歲,豐城李孟誠先生以止修之學倡道閩中,閩中士從遊甚衆,獨同安陳時仰君以諸生稱高第，而李先生推同有“三陳”焉，其一爲君，其一則君之族子從新，其一某也。楩楠豫章，得匠石顧而方重；懸璆結琭，得卞和寶而始珍。人知李先生之推重於君，而不知君之無待而興，自任衣冠而已然者。蓋君之學見李先生而發其止修之旨，廼君之學未見李先生而一尊居敬窮禮之緒，則尤確然而精密。李先生之説盛行閩中，君不過沿其意指而推明之，而居敬窮理之緒，自非究心程朱，汎濫諸儒，未有能獨契其藴者也。

君之言曰：二程年十四五便鋭然欲學聖人，吾年幾何，勿謂後生，轉眼便是四十、五十。又云：朱子年十四歲便慨然有求道之志，窮理致知，反躬實踐，色莊言厲，行舒而恭，坐端而直，几案必正，書籍器用必整，自少至老，祁寒盛暑，造次顛沛，未嘗少離。學者第患無志，立志如此，我便是朱明道弟兄，又何愧乎！又曰：今之論士貴有識見，然徒善議論能文章耳。識者，識聖賢之可學而能也，識己之當學聖賢也，識學聖賢之愈於求功名富貴萬萬也。不愛貧，不諱賤，惟恐不及聖賢而已。又曰：吾身有大威儀，總之一敬而已。緝熙敬止，自流爲仁敬孝慈信，敬用五事，自符於言貌視聽思。於戲！我小子其敢夙夜不敬！又曰：大德不踰，小德出入可也，此可恕人，非所律己。守道之士，寧拙毋巧，寧拘於道内，毋溢於道外。步步收斂，至德性堅定之後，自然員融而不滯矣！又曰：工夫在平［時］，平時未見工夫，惟於欲斷未斷之時，勉强接去，大工夫也，見於綱常事物之大，尤貫穿於着衣納履、開卷合書之一舉一動。又曰：無賓也而如見，無祭也而如承，無思也而儼若，不顯也而亦臨，無斁也而亦保，此真所謂默而識之也。又曰：學問晝卜之妻子，夜卜之夢寐。涵養到，則夢想之間不在身心，即在天下；涵養到，則妻子之際非相教誡則相肅雍。又曰：會友所以輔仁，講學所以修德。自昔賢人，千里從師，皇皇求友，患難周旋不輟，是豈閒事空譚。士友先必見此意趣，如魚得水，然後可相勵有成也。蓋君未見李先生之時，堅於志而邁於往，已如此矣！

維吾泉蔡文莊公於今稱理學名臣，夷考當時所與門徒講論者，不過即科舉之中引而入於聖賢之道，而文莊之學所以翕然推仰於世無間然者，惟其《密箴》

五十條，切切克治進修之務。蓋士未有不切於自治而可以妄獵學問之虚聲也。如君自任衣冠之日，所以自勉如此其至，吾方以李先生之門，藉君爲重，而非君之學藉李先生而長者。君自得從李先生之後，所以發明師説，不遺餘力。蓋求友聚會、敦行敬業，而於漳中吴九州、蔡述齋，泉中王台鑄則契好尤深，後進初學方藉君發蒙立槼，而君溘然亡矣！然君雖亡，而所以治身修修之言具在，有志於道者，當聞而興起也。

君諱金鉞，時仰其字。世爲同之莊江人，其先有貞震公，六傳而生存立公，存立生見泉公，是生君。生嘉靖某年月日，卒萬曆某年月日，得年五十五。子某某。銘曰：

仁爲己任，死而後已，是惟莊江之陳子。採白蘋兮薦芳芷，酹秬鬯兮盛牟匜。思美人兮終古已，後千百年瞻剢旒。

婦翁温文學公墓誌銘

遠先子以《易》學名泉中，授徒常數百人，而文學温公碩公輔與其弟户部員外公顯公宣與焉。先子官歸，遠方八歲，爲遠擇親。念師生夙契，求與公女爲婚，而公許之。公尊人封户部主事公。學周之兄學舜舉進士，仕通判，亦與先子爲席研交，而學舜公曾祖中書公良與遠高祖伯儋州公相厚，蓋温之於何，絫世矣。而最後遠廼壻公之門，而又獲從先兄評事與户部公稱同籍，其爲天遘可知也。

公尊人封公慈祥和易，交遊諸公間，諸公皆樂與爲趣好，其欲大先人之業甚，既使其二子授《易》先子之門，公益與户部公鑽研摩厲。年十三而已隸弟子員矣，其後有名黌序，竟不得薦。而其後户部公成進士，棄之去曰："有弟足慰吾親，毋以諸生困我。"而最後遠舉進士，公則携女氏於京師曰："吾久不得志於諸生，以今觀於四方，覩都邑宫闕之鉅麗，亦聊以畢吾志。"蓋與遠居京師者三年。又三年，遠奉竄，歸居一年，女氏歿，又二年，而公下世矣。

遠嘗得覩公篋中書，皆短紙蠅頭，出自手録，雖皆一時科舉之文，然當公之世,時文率及千餘字,公作如是書者,不啻十餘部,有以知公學之勤也。封公殁,户部公方宦京師,公獨身治後事,袝身袝棺,無論誠信。始死之日,號泣晝夜。户部公殁,未能葬封公,公手治塋,築茅舍塋側,坐是右臂痛,竟以是得疾没。有以知公之孝也。户部公方官京師,公未嘗以一紙書通有司而爲得意於里中,與遠居京師累年,不問門外事,有以知公之守也。公雖不得志於諸生,立身行事無媿君子,得年六十三以殁,雖不得上壽,其亦可謂之全歸也已。公殁既二十年,公配黄母念公尚在殯,而長子庠生如琠近者死,遂命其次子如珙、三子如琉,奉公柩以葬於橄欖山之原,以袝先世之兆。葬以萬曆乙卯某月日。遠女壻也,誼當銘。銘曰:

温氏世有德人,公亦備美在身,修之於家乃真。何必王家作賓,未究以待詵振。幽宫爲公勒珉,後千百世嶙峋。

楊豐鍾墓誌銘

楊氏之先遠矣,南唐時有海者,仕泉州南安縣之武勝塲,已,改塲名縣長泰以屬漳,而楊氏遂定居焉。長泰屬漳,自海請也。元時有稷者,嘗署邑學事,爲長泰文人。四傳而爲御史釜,有名我朝景泰間。釜次子鈞,鈞子準,準子果,果子恭,恭子泰,萬曆庚子中式順天,號"貞樂先生"。貞樂先生有三子,公其長云。

公名豐鍾,字濟郎。以孝弟忠信爲根,以好學篤志爲經,嗇情忍嗜,節性慎儀,守嚴欹器,言箴白圭。父祖爲師,趨步是程。弱冠游庠,知己不伸,發憤下帷,誦讀靡懈。已,貞樂先生舉順天,弟瑩鍾、鼎鍾以癸卯歲得舉于鄉,而瑩鍾連舉進士。公雖尚隸膠庠,業稱貴介,鞠躬束修,不改其則。徙居曲巷,緼袍藜莧,若將終身。勵學益勇,邁征彌勤,風行黨巷,教浹杭汀,人謂九苞必出於鳳族,獨角必總於麟囿,而公已矣!

公之爲孝,不獨父祖,遠及先祧。其所爲惠,不直所親,推及父執。維武勝塲海公兆域迷失,靡載年數。甲辰王正見夢於公:"爾葺吾宇。"覺噩莫聘。亡幾何時，土人鬻山，公售之券，旁一破塚，叢棘盤虺，莫敢邇近。公咨塚名，第曰"楊公"，心未省察，去之歸家。土人斬棘虺莫知之，棘夷虺亡，塚額昭顯。公告父兄，再展再祀，若新堂搆此。公之爲孝，不獨父祖，遠及先祧者也。公心欲施，雖鞭之長，顧有告乏，割我餬口，充彼望腹。公父所善昔者張君，張之云亡，子弟胥窘。公給資斧，若親手足，精鏐白粲，後先不絶。此公之爲惠不直所親，推及父執者也。若公之操德行善，宜乎令譽當世，遐齡人外，而竟服在子衿，艾年過一子，不知天於善人何如也！

公配吴，錦江以斷之女，婉温慧勤，事曾祖母、祖母並得歡心，紡績調飪，不習而能，茹淡食貧，昕夕女紅，勞苦致疾，弗永所受。今公子鴻謨，以萬曆某年月日奉公柩與孺人合葬於南靖縣繇義里祖塋之側，公弟瑩鍾今爲贛州守，余雖未得執事，而以文字之契得好於鼎鍾，是宜爲銘。銘曰：

未知其兄，視其弟冲冲然；不見其貌，聞其行充充然。有岡巃巃然，有阜葱葱然，公則瞢瞢然，人則顒顒然。後千百年，有如武勝埸公之封然。

劉觀察公墓誌銘

今上萬曆之朝，有名御史曰惠安劉公會。謹樸敦裕，忠厚正直，不茹不吐，無小無大，職思其居，以能契聖明靖共爾位之意，而天下以爲長者。公爲御史一廵京城，再廵山海、居庸二關，三廵廣東，四廵雲南，五廵視京營，六刷卷南京畿道。公在廣東，東人大饑，公大行賑饑政。既歲豐，公爲東人立義倉，置倉田，使東人有餘於食。士大夫一時遷謫嶺外者，遷禮推薦，與爲主賓，填委清明，剌舉平當。在雲南，會礦税役興，閹璫暴横，公吻乾心焦，百計調停，閹竟不敢大肆。與都御史陳公用賓芟夷百濮，奏設流官，關徼如内地，復爲滇人脩學宫、餼學田、立義倉、置倉田及諸他治，如按廣東時。居滇八年，滇人仰公如父母。公先視京城，後視京營，刷卷京畿，悉精心而受事，乃公繇高第得入爲御史，則以其知蕭山縣有聲。公治蕭，築海塘，作樓閘，廣社倉，禁江渡，撫流移，乞蠲免，興湖湘之利，罷折差之役，精旱魃之禱，行掩骼之仁，急匍匐之捄，不妄費蕭人一錢，不輕桁楊一罰笞，所以治蕭如其家，所以愛蕭人不啻如其身。蕭之人咸以公足繼宋楊龜山之後。公爲御史十有八年，其用心勤勞，布政優裕，中外莫不食公德。當入爲卿佐，竟循常調以參政，鎮徽、安、池、太諸道，而公亦倦游矣，遂請致仕。朝命加公爲貴州按察使，予告以優之。

公履孝體弟，事贈公及贈恭人備極愉惋，與二弟某州别駕公晉江西觀察副使公春相友不衰。治祠廟、鬻祭田以奉先世。家居禮賢下士，優給寒畯，有赤貧者需舉火。自其諸生，犯而不校，絮被松牀、囊螢鑿壁。及至貴顯，常誦理遣情恕之言以訓子孫。惠邑故有寺田，久籍在民，當事者張皇倭警，預增籍價備軍興，價萬七千有奇。有田之家，驚煽鍥急，莫可料脱。公時以按滇過家，言當事盡免之，爲德鄉人，鄉人相率即縣之登科山建祠像公。公宦轍所至，美不勝書，惟於立倉儲粟爲惓惓，誠念積貯民大命，俗阜家殷而後其民可治也。

公字逢甲，别號望海，生嘉靖某年月日，卒萬曆某年月日，年七十五。登隆慶庚午舉人，萬曆癸未進士。曾祖瓚，祖清，父録，邑庠生，有學行，以公貴。配淑人袁氏，莊四教，淑三星，與公終始同德，先公卒，已葬縣南石船東山之麓。兹子慶等啓窶合之，期以萬曆某年月日，慶等使予銘。銘曰：

峩峩御史，有鐵其冠。名則觸邪，公惠且寬。我皇久道，心在安民。争辯激聒，惡爲狥名。公車所至，不鷹以隼。阜俗厚財，高倉京囷。令則先愛，臺則先威。克愛克威，下民是依。顯允令德，君子垂之。疇離佳祉，君子綏之。鬼神護呵，山勢松形。逸景未淪，若挹户庭。

歐陽九山墓誌銘

歐陽生照謁予甚恭，手狀爲其尊甫九山君求予誌其墓。予讀之甚悲也。維九山尊甫東田公，以良家子領兵殺賊，卒死軍中，朝廷贈爲昭毅將軍，予世官。東田公與先子有世契，而生禮甚恭，其狀甚悲，余烏得無言也！

生之言曰：先人艱得子，其生孤時，年四十矣。及五十八，而先人見背，悲乎，孤不得奉先人一日之懽也！孤生也晚，不能知先人行事，惟記憶其遺言。先人詔孤曰:“我年十四而汝王父見背,汝王母洪太淑人憐予季,而汝伯八山公愛好尤篤,嘗携余京師自課之,然吾侍汝伯,終日罔敢嬉笑,不啻父也。太淑人善病,我侍湯藥惟謹,退而罔安於懷。迨及大故,伯父宦游,我肩喪事,哀毁盡禮,自强食以至服除猶之鷄骨支牀也。吾無足當意,所□事母事兄者如此。小子識之!”他日詔孤曰:“吾三上闈闈,再試南雍。維時伯父禆我秉家,諸凡祖先窀穸廬舍之事,一切遺我。我羸形孱病,以故輒去舉子業。人有不得於身而得之子孫者,小子識之!”他日詔孤曰:“何知貨財? 好行其義爲亨利。汝伯父託我宦資,我洗手其間。汝祖屋價頗豐,伯仲以畀我叔季二弱弟,吾叔兄不論其直,舉什五之一畀我,我一無難色。小子識之!”他日詔孤曰:“吾平生不欲分毫累人,曩遊南都時,雖親友有在宦邸者,不稍沾其竿牘,至親戚故人有貧來相依者,不敢不爲室其鰥,煖若突也。小子識之!”他日詔孤曰:“吾一生擇人而交,擇言而語。晚年以病後之身,閒從二三物外結社醵飲,竹肉競奏,雜以恢諧,然一遇有無行子,絶不狎片語也。小子識之!”於戲! 此吾先人所以詔孤者耳! 孤見先人家庭之間,嫡庶有體,男女等視,遇臧獲有恩,處里閈以厚,恤鄉睦族,千里誦義。生平爲人衷挈情理,未嘗責人難,即處諸猶子,不廢義方。或有諷諭,先佐以酒,從容解譬,諸猶子皆憚其正而不厭其拘。性好客,毋敢簡禮,所居客輒滿座。詩不甚工,然時時爲小記短贊。中年歸耕東田山中,搆登賢館延友生相娱樂,晚復携孤之城市讀書,曰:“我兄弟桑榆矣! 白首相依,一快也!”孤居閒問及卜藏事,先人曰:“禮重首丘,吾舍東田何適哉!”竟得鄉之大埔山而手樹焉。凡照之所以狀君如此。

君諱棉,字碩甫,九山其號。生嘉靖某年,卒萬曆某年,世居南安縣之東田鄉。國初始祖應期,四傳而爲祖璹,篤行種德,君高祖也。璹生夏,君曾祖也。夏生暠,君祖也。暠生深,是爲贈昭毅將軍東田公,君父也。東田公四子,長爲廣西按察副使模,君所稱八山公者也;次泉州衛指揮樞,以昭毅公得官;三庠生機;君其季也。葬以萬曆某年。銘曰:

歐陽之先,爲四門詹。交韓吏部,其名炎炎。以及昭毅,殺賊身殲。爲國死難,莫邪無銛。昭毅之生,揮金如鹽。私財養士,餘潤起痁。君出德門,滃中之漸。有父有兄,文贍武兼。雖不用世,道直而廉。醉人以和,秉德在嚴。身後有子,文采貫淹。負畚成丘,致孝巆崦。我銘君塚,闡閟昭潛。公侯必復,有如記鉗。

林處士墓誌銘

蓋世有不葬其親者,非不葬也,不渴葬也。惑於風水,拘於公位,兄弟用財輒分爾我,不但歲月而且年數,不但年數而且平生。泉南有閭巷君子曰林一奇,父母即世,求宅諸幽,延形家館穀十餘年,所以奉之如父。居恒告其兄:"父母没,急謀築葬,乃不忝子。"日夜爲親行求佳穴。既得穴,穿塚之費不顲其二兄也。公之長兄名芝奇,受經爲諸生,遊學於外;次兄仲奇,賈四方。父既没,母宋獨居,獨君侍膝下,病請身代。蓋君所以生事死葬,秉□焉耳矣! 慷慨坦蕩,處族屬親朋禮義謙愛,賑其匱急,而周旋其災患。月旦教子弟稱父訓,龍不近腥,鳳多自盤,惜乎,享年僅五十有七,不得龐碩。耆舊巋然,世鏡可念也!

父某,祖某。男其鵬、其鴻、其敬。葬在本邑彌勒山之原,期以萬曆戊午某月日。其敬受學于予,而求予銘,以葬其親,毋媿其先君渴葬之意。銘曰:

璞之未琢,無不琢也。雖曰未學,必謂學也。學則不俗,琢則美玉。予於君葬父之渴與奉母之篤,敢銘彌勒之山曰:孝子之峪。

鏡山全集卷七十一

墓誌銘

葉石洞公墓誌銘

三代而上非不謂吏也，而官之意多；三代而下非不謂官也，而吏之意多。官者，主也，主政而治之，主道而教之，而吏則簿書之事而已。予讀《書》，至于遒人之狗，瞽、嗇夫、庶人之鼓、馳、走；予讀《詩》至《豳風》之篇，田畯之嘗，公堂之躋；予讀《周禮》，至臣妾之聚，鄰長鄉師之掌，而見三代之世，上下之間如其一家，如其一體；予讀《春秋》、《傳》，見管仲聯比其民以霸國，子產保持其國以明民，司城子罕以其真心白意固結於國與民之間，而見其去古未遠；余讀《史》、《漢》，召信臣、秦彭之倫，教民治民，如行門庭而理園圃，而見其有三代之遺也。歸善葉公令惠安，其是乎？

公爲惠安，密其梳櫛而悉其痛癢，疏其底滯而屬其泮涣。嚴保甲、和鄉約，立"旌善"、"申明"二亭，建里壇、作社學、舉射飲，月朔望致高年而禮之。凡制書所載，無不奉行惟謹。一縣之中，凡道里、村落、山川、陂堰、橋梁、廨宇、邑屋之興治，人民之數，具載圖籍。履畝、均輸、免役、除保，下至市價物估，皆有準平，即鄉約、保甲之衆，撮而分之，保有長，都有舖，舖有甲，甲有總，率有羽檄之警，某子長，某子甲，會其什伍，旗鼓兵革不謀而具。蓋古之文武備以不懼夫良民。其責明神以逐盜，挫豪家以伸枉，簡大府以守禮，絶大府傔從之餽遺，皆古所稱彊項明決，世不數數見。其未嘗取民一臬，口民一湯，是古之釜可塵、甑可鱗、家婦可以無褌，至廉至苦，而後世頌之者。時而與民班荆泥飲，入其家室，見其婦子。一二文學茂才從之，騎步之間，與之語文章、道政事。是古所謂父生師教，而君正用之者。其毁淫祠、遵四禮、講小學、興鄉校，是儒者之風，學道愛人之君子也。公之教化，草偃風行，越疆踰區，觀化質成，繪像而事，飲食必祝。諸縣之長咸來問政於公，公煦暖扇風，是何等也。而公之鋒穎局規，則已見於其教閩清時。

公教閩清，治號舍，會齋膳，擊鼓升堂，肅揖稽業，晚揖如朝，焚膏續晝，是其治縣奉制書，不懈者之先軌也。歲膳不取，積爲諸生日會月會之需，治縣廉苦已定之矣。而其教子弟以水利、兵刑、天文、地理、禮樂、曆算之詳，立程積分，是宋之儒者胡瑗之儔。又教之習冠婚、喪祭、鄉射、投壺、士相見禮，設德、藝二科，德曰"敬身明倫"，藝曰"課"曰"讀"，不善之罰曰"立"曰"朴"，是皆三代庠塾學校之遺意，而學道愛人所爲始基者也。

公既爲令有聲，遷賓州守。凡之官，則奉有銓曹之檄，賫檄者多索公金，公不應，其人亡去。公至潯，移疾於賓，遂棄歸。一時大府皆鄙俗吏，目公爲逃，以上聞，放爲編民，居二十許年，爲萬曆之壬辰，賢公卿、名大夫交剡薦公，起公知興國州，擢郧陽丞，入郎户部。亡何，公卒矣。

公自其爲兒時，即設先聖四配之神，率群兒作禮祭祀，爲遷善改過文，誓于學宫。十二而通《尚書》、《毛詩》。十三通《易》、《春秋》。十五爲童子、秀才，二十一舉其鄉。其居父喪，自其秀才時，不脱麻衰。居母喪，則已舉于鄉，飦粥廬墓，拾野芋以接餒。公母謂其爲鄉先輩陳獻章後身，鄉人稱之曰"葉聖人"。其將之閩清，正穆廟嗣服之初，開口論天下事，上書三萬言，天下之人以爲賈誼、崔寔復生。老入爲郎，上書請求逸書於日本，引涑水司馬《日本刀歌》爲證。一時當朝既無好古博聞耆艾之佐，則亦空言委之而已。繼草覈邊之疏，未上而卒。以公平生博學多聞，其文章足以垂世，其風節崚嶒而俊偉。而予論公令惠安獨詳者，予服公爲治，深有契于三代治官之旨，其於《春秋》之名大夫、兩漢賢守令有合也。公爲惠時，予方童子，十二三爾。慕公如天人，不意垂老自謫籍還朝，得交於公婿遂安令韓晟，以公銘見委。予銘人墓多矣，未有銘如公者。

公名春及，字化甫，别號絅齋，讀書羅浮山之石洞，人稱"石洞先生"。晟爲遂安令，有直節，奏《萬年賦》於神宗，伏闕言利病，昌黎之李漢也。銘曰：

粤自南海，及于瓊崖。際天浴日，英賢挺培。誰其鉅傑，曰海公瑞。危言劘上，孤貞拔萃。嘉、隆、萬曆，公與頡頏。名德不淄，直氣同方。曰維海公，真切爲文，菁華委萃，恐不能如公之輪囷。海公治吴，孰殺子産，翔洽訔敷，恐不能如公之穹窿朗融。順風而呼，以及於無窮。公爲州縣，不立殿陛，所有功勳，口碑手紙，博文約禮，維先聖之道以無否。自非識大識小，則不知公之德行文章可垂于後死。石洞幽幽，羅浮巋巋。後有作者，舍斯人吾誰與歸！

錢副使公墓誌銘

當嘉靖之季，浙中有沈純父先生，以錦衣經歷，上書論嚴相嵩，謫田保安。嵩子世蕃，尚未慊於志，必殺之。其誣殺之者，巡撫宣大都御史順、御史楷也。隆慶初，徐文貞爲相，論死此兩人。文貞去，相者高文襄則反文貞所爲，議出楷。此時海虞錢公順德爲比部郎，告其部尚書曰："出罪人楷者相君，非公意也。雖然，請毋以某也名列牘。"尚書不快，以屬他郎，於是錢比部之名，翕然諸公間矣。公蒞官行法，有所不可，必伸其志乎。其出爲郡守監司，要以因人之情，清静守之，揆道德炳于仁義而已，非有震撼激烈，遠於人情而務爲希世者也。公爲郡守者再、監司者三，仕止焉。公以比部郎出守常德，拯民多方。平賦役、賑凶饑，流離之民皆復本業。以内艱，歸補興化。興化閩中並海地，其田以水爲命。公至郡則大旱，有蟹眼泉者，在壺公山頂，去郡二十里。公徒步向泉禱。明日雨甚，徒步歸，踉蹌泥淖中，不顧懈。夾道父老喧呼，曰："勞苦使君！使君車矣！"遷浙江按察副使，備兵嘉湖，有來撓公者，公不懌，請他徙，得金衢道。以病調簡補山東武德道，是運艘要衝，所轄海豐、霑化、利津，碁布海上，與天津相唇齒。其時倭躪朝鮮，公蒐軍實，繕板幹，戒舟車，賙糧糗，白巡按御史無張皇無夸大，修實備庀，實事鎮静以戢民，戒嚴以待寇，如是而已矣。御史怯公，爲公請徙之内地。公曰："世不我知，其已矣夫！"遂不出。公去後，倭雖小得志於朝鮮，能到天津一步，至于登、萊海上否也。御史怯公，誰謂御史勇者？

公字道充，别號春池。父體仁，以公貴贈爲郎。大父曰元貞，承事郎。曾大父曰泰，承事郎。三輩皆以節俠好施稱。其先吴越武肅王，古遠者，籛鏗矣。公有兄順時，舉嘉靖己未進士，浹歲而殞。公舉進士，則嘉靖之乙丑，其應殿試，以隆慶戊辰。公服官守廉，計口食俸，居恒悛悛老書生也。補衣角巾，俛首徒步，食不過三簋，飲不過三爵，堂無華榱，室絶弱紈，篤於問學，不以蓋人。其卒也，發其篋中書，丹鉛有爛，標記錯落，人始知其俛焉日有孳孳也。其動止具矩度，無疾言失色。其事父至孝，既登第矣，少拂父意，長跽謝罪，至介賓客請。其從進士公讀書，易衣并食，繼膏壯火，夏月納足兩甕中以避蚊虻之患，其專勤不懈有年數矣。進士公知禄命，知其兄弟兩人當貴，又自知其無年也，其卒也，挈其七歲兒授公，而公子之。兒長，視公父也，是爲宫諭受之先生之尊甫，以太學生贈宫允公者也。贈公孝公甚，謀葬公不遂。宫諭公與公子世熙公、孫謙貞奉葬于野橋之阡，命志於喬遠。喬遠以文詞交受之先生，受之先生文名海内，不自銘公，而以命喬遠，喬遠辭不獲。銘曰：

我有七尺，奉之璠璵。磨堅涅白，豈敢淪胥。殺人媚人，狼虎蝍蛆。毋以不腆，汙名爰書。成民之道，順其所於。養以蘇醒，謹厥滌除。寇在遠疆，其虚其徐。自爲惟擾，備之反疎。舉世愞懦，而公守据。舉世矜踔，而公煦嘘。直木韞璞，自設周阹。豈命不尤，我道當如。友于兄弟，撫孤樂滑。没齒篋笥，惠施五車。有如之人，道德權輿。後千百年，式此玄墟。

林少司空公墓誌銘

工部左侍郎隆南林公之鎮撫粤西也，蓋在萬曆之季。先是，三殿大工徵材於黔，徵價於粤。粤之濟黔，以十萬計。先公撫者爲粤人請命，得先徵三萬，繼復得减半。公至，上言於朝：臣所撫粤西，窮粤也，拮粤之不遑能爲黔濟，减半之徵，臣如數具上，若如十萬，臣萬死爲粤人請。武靖州其地故大藤峽，峽寇芟夷，朝命州之，治州之官以土酋岑鐸。鐸暴其民世世，至萬曆間，三繼三絶，公言岑鐸先非欵附功，靡捍藩裂地，設州藉爲壯固，三繼三絶，天殄之矣。比時旁近土酋眈眈睥睨，亂之孽也。臣請改州爲鎮，鎮以通判，屬之桂平，判不須設，移當判使鎮之，其官俸並不增加，寧疆圉，晏衽席，利莫此爲便。交有黎、莫二酋焉，其黨與犯邊，互相枝拄，他日禄州、諒山、七源諸州來入寇，衆曰守曰剿，公曰："毋庸。"文告諭之，二酋擒斬送欵，邊關以靖。公上書於朝，毋恃寇欵，請留兵留餉爲後計。久之，夷黨扶隆復來，公言南寧太平，苦交屢矣。上下石二州，賊衝也，壘而戍之，方可爲備。臣計當用額兵五百人，招募土漢人五百餘人，合爲千餘，往來戍守，以防以屯。梧，督撫開府地也。故有土司諸兵更迭戍，此初設時事，今開府久歲，安瀾有日，乞量移諸兵屯厥要害。臣睹北邊則有防秋，濱海則有防汛，左江距省會遠，省會主將坐而制之，雖鞭之長矣。臣請于冬、春間令其移駐南寧，如防汛防秋故事。若陛下賜臣便宜，臣請竭蹶指揮之。礦税及粤西，先是撫粤者爲粤人，請得免三之一。公言請三得一，洪恩也。粤無腴匿而有夷警，協濟黔木，臣前請矣；留兵留餉，臣前請矣。民生日蹙，臣智已窮，惟陛下全蠲之。亡何，夷黨督勝復來攻上思、思明，公言："臣所請留兵留餉以備粤難，天聽至高，若弗聞也者。如是，則將待其侵尋不已，騷動湖以南、廣以左乎？則將待其蔓而難圖，興師十萬，日費千金，乃驅除之竈上乎？臣曰，毋使滋蔓，蔓難圖也。"凡公撫粤三年，所言於上，有可有不可，然公則計之詳而言之切也。公復上記銓宰用甲科，以展方輿之才，嚴違限以振呰窳之氣，行破格以奮迅其精神，免調用以始終其臂指。所以安民察吏，爲西人計者，蓋不遺餘力。三年於粤，而粤西大治。□蠻作逆，貴竹告急，公出偏師與協勦，俘獲甚衆，黔地以寧，有銀幣之賜。秩滿報政，得贈廕如功令，廷推工部左侍郎。十餘上不得旨，而公已倦游，四五請矣。上亦知公，竟以侍郎加秩予公歸也。

公鎮撫粤西，蓋從粤西左右方伯遷；公爲左右方伯，從河南按察使遷；公爲按察使，從河南、江西兩參政遷；公爲參政，從江西副使遷；公爲副使，從知饒州府遷。公遇事周練，應物和平，獨其廉貞之操，大畏人知，世亦不知有公也。乃知饒州時，觀察襄陽鄭公介人也，覘公得之，大稱畏友。公治饒不動聲色，而得劇盜于萑苻之中，殪嬖優於藩王之府。鄭公時時稱公有張忠定公之風云。公撫粤西，此時鄭爲宰公，舉公於人中矣。其始成進士，則從計部郎歷官。其未成進士也，教睢州以圖養也。公教睢，中州學使則萊掖趙公，其知公大不減鄭，而趙後亦爲宰公云。

公諱欲厦，字從奂，隆南其别號。文章遒潤，精字書，爲人孝友切至。少矜名行，晚節礪官，不一足權有力門。好汲引後進，待寮吏必致其情，有不足面誨之，至其詭于法，毫不得而覬也。神廟晚歲，貂璫四至，大無寧日。公謂此輩嚴嫉之則自絶，無所不至，惟有戢之以禮，而徐開其向善之路，璫大欣服。公之威信素孚邊徼，所以折簡召之而來，折箠笞之而弭。流夷劇掠於外，而内面獻俘；剗馬竊發於内，而抑心悔罪。其擊斷用之於和順，迅疾出之於詳徐，大率如此，而鄭公所以稱公有張忠定公之風者，信然也。公在粤西請于神廟，有得有不得，其以少司空上，終得而始不得。然計神廟於公，上督撫而得命，上功而得賚，上報政而得恩，上解官而得加秩，亦不可謂不知公者矣！

公生嘉靖某年月日，卒天啓某年月日，享年七十有九。元配贈淑人蔣氏，生嘉靖某年月日，卒萬曆某年月日，享年三十有四。繼娶陳氏，封淑人。蔣淑人當家之儉，事舅姑至孝，紡織至勤，米鹽至纖，未及覩公登第而没，内外稱歎不置也。始泉中倭，淑人幼，從母逃于穴室，倭掠母去，於淑人若弗見也者，人驚神祐。而侍郎公少讀書社塾中，及暮，人見其有持雙絳燈導前者，至則無有，人謂是夫是婦，有不偶然者矣！公曾祖某，祖某。父某，諸生祭酒也，並以公累贈中丞。祖母陳，母陳，並以公累贈淑人。子二：經國，官生；次華國，邑庠生，俱蔣淑人出。先是，公自卜吉於本縣羅裳山之原，中以自藏，左以屬蔣淑人，虚其右以待陳淑人。經國卜于天啓某年月日，奉公與蔣淑人合葬，持公弟光禄卿欲棟公之狀，而使余銘。銘曰：

有沉幾之哲，應世酬物，尺寸不失節；有鎮定之才，馴兇弭逆，金石爲之開。介然守貞，如日月之恒；決乎勇退，得語默之會。是以上告天子，不見逆耳；下交士大夫，悉消吝鄙。非所謂古之正人君子，吉祥視履者乎！羅裳之原，珪儷璋比。後千百年，周道如砥。

林觀察公墓誌銘

同安負蒼林公應翔，萬曆癸巳應選貢上京師，甲午舉順天鄉試，乙未登進士，授永嘉令。丁父艱，補令京山，遷南户部郎，出守汝寧，調廣州。一日，有所不快，棄官歸居十餘年。起守衢州，遷湖廣按察副使，竟卒於衢，年六十有二。先生夙好僊術，兼通釋氏，遺外紱冕，不嬰世念。年六十二以卒，人怪其宜修而不得修也。然予觀東方朔、梅福、陶弘景、葛洪之流，皆游戲禄位，既而去之，而亦未嘗不死在人間。宋之白玉蟾，三十餘歲卒，有言："成道速者化之速，成道遲者化之遲。"公其在遲速之間乎？公自號"念不先生"，其爲《念不傳》最奇，曰："念不先生，不知何許人，聞在母娠，天使報和靖先生至而寤生。幼奇疾，長蹣跚諸生間。亡何，入明經選，輒自喜曰：'有是哉！吾念不到此也。'策蹇衛北行，道逢歲惡，齧草根木皮。入長安，驟登黄金臺，躍馬玉河坻。爲街傍兒女子所指拍笑者再，則自喜曰：'有是哉！吾念不到此。'主爵令治甌，坐嘯畫諾者四載，以憂歸。既藏先蜕於名山，僦邑市隱，稍營田宅，若將老焉。俗業逼之起，治郢執法，幾陷大獄，賴主上明聖免，稍遷治粟内史。觀魚濠上，時時馭風逍遥臺，潦倒銀杏雙樹下，則又喜曰：'有是哉！吾念不到此。'出守天中，謁端木、漆雕二賢及裴晉公祠下。時至隆中，讀《出師》二表，恍若作三顧主人。則又喜曰：'有是哉！吾念不到此。'主者大先生材，移之南海郡，治澳夷，澳夷至郡者，信奉之，若指撐黎。運甓齋、浮丘在焉，先生愀焉，拂衣東歸。灌園白鶴山下，搆洞樓蓮花山中，又爲浮居汎宅，往來海上。其間孤山劍池，以意會境，若近若遠。有子五人，長者課督，幼者携與嬉戲。日以兩時闔户行氣，則又喜曰：'有是哉！吾念不到此。'夫愚夫結念火則焚廟，愚婦結念石可封山。一念既不，名相俱滅，呼馬呼牛，呼麟呼鳳，無所不可。"公作此《傳》，命其子曰："即死，以此志我，毋求人爲也。"

公治永嘉，縣歲苦疫，春夏尤甚。民慮傳染，骨肉周親相棄也。爲備糗具，遣之泠廟樓櫓，甚且非疫而疫之。公喟然歎息，爲申親睦之誼，勗民相收恤。問之,病者云:“疫有鬼馮人。”公爲立五靈廟,使厲司有歸,疫遂永絶。浙中大旱,公縞衣躡屩,迎龍母五十里外,甘澍隨降,然止其所治。採礦中使至,公百計阻之,甌民以全。公治京山,多方撫字,不避彊禦,時時行閭陌間訪疾病,勸農桑,停車決訟,不使至庭。楚藩搆逆,郢中繹騷,公練兵葺墉,長城井然。公爲南户部主餉中都,受事之時,公儲折色金錢僅九萬,居四年秩滿,積至二十四萬。公守汝寧,勤造士、撫流移、扶孤藩。汝、黄之交,有逋逃主號“自在王”者,藉冠紳倚錢神爲蛇豕,公殲其魁,而豬其宫。四封之内,米菽獨賤,白兔祥麟見郊藪。公治廣州,決積牘千六百卷,平反死獄以八十餘。一日,封印綬、庫藏,拂袖東歸,不異挂冠神武門也。居家十年,爲德于鄉者,不可勝記。起治衢州,恤宣聖之後人,字趙清獻子孫之貧窶者。修衢志,造橋、建塔,便民興士。爲龍游縣,民陳利病,罷協濟本色,陰戒諸縣毋輕訪獲。龍游有勝奇兄弟二人爲劇盜,擒其魁首,覆其巢穴。開、婺之間有程五龍等盜,戕殺官兵。使者發兵捕治,兵入近村,村民惶惑,鼓譟逐之,兵歸告使者,村有千餘家盡勝、廣也,兵使者怒且恐。公曰:“大府毋張皇,某尺組繫之矣!”縶其戎首,烏合悉散開之。良民得白不反,肖像祠公也。公起治衢,蓋百廢具興,一介不苟,而楚臬命下,即被病卒衢邸。方病時,衢旱,公從牀簀間授西安令造土龍歌、蜥蜴法,意未嘗不在民也。

公學有淵源,躭藉書史,晝諷夜吟,益以閎肆。爲文取咄嗟辦。其宅心仁,持己介。居官以清净拊循爲先,遇沮格輒去就狥之。芟穢除奸,莫不雀目鼠步。折獄片言,罰疑惟輕。士有執經問難者,爲傾囷倒廩。治家則萬石君,居鄉則陳太丘。本和靖後身也,守衢時,拜和靖祠下,居一年,而遂没。昔有宋人主問釋教于高僧,對云:“釋迦之教,即伊尹,天民先覺者是,而仙家之道,皆以出世捄世爲宗。”公居好仙術,仕而濟施,豈非以聖人之教,參仙、佛之間哉!

贈安人陳氏,孝舅念姑,練習織紝,方舟泳游,佐公勤學,從居官,服犓茹淡,不異平時。年三十八卒,公爲不再娶。

公字源滙,别號負蒼,後更號止巖,更稱“念不先生”也。高祖邦玉,曾祖武碩,父國和,並處士,父贈某官。母某氏,生公七歲而没,贈安人。子龍采,辛酉舉人；嘉采、懋采、斌采，並邑庠生。龍采以天啓某年月日奉公、安人柩葬安嶺山之陽，索何喬遠銘。銘曰：

朱門華樂無心往，知難立止恒欲就。戢翼斂景宗無爲，楚君子搜故求舊。一念不起名相滅，得道夙成豈以壽。本之立達弘濟人，輔以靈明大普捄。儒爲真儒吏真吏，夜臺千秋明似晝。

朱郡丞公墓誌銘

廣州郡丞錦崗朱公將葬，其孤文學諸生允元、允升、允懷持其姊夫太僕卿丁公亨文所爲狀以來乞銘。

嗚呼！公，予同年也，敢不銘！憶萬曆丙子歲，公與其侄子夢賢同舉于鄉，泉人稱"叔侄朱"。居久之，公母弟于贊復舉于鄉，泉人又稱"兄弟朱"。此時，公二尊人皆年八十餘，在堂無恙，泉人稱福德矣。維公之先莆人也，元時有器高公爲泉山書院山長，即家于泉。器高生德驥，德驥生則文，夫婦孝節有異徵，生鑑爲都御史。景泰中，禦虜鴈門關，阻易儲，有社稷功。四傳而爲鳳期公，文學諸生也，則公父。鳳期公兄則藩參公安期，而同時高、曾、伯、仲以科第顯者凡數輩，朱氏之門歷久遠，盛昌如此。

鳳期公有三丈夫子，公其仲。長身岳立，幼讀善記，藩參公摩頂曰："是亢吾宗。"補邑弟子員，試輒高等。其在朱氏群從中，尤若蒼頭異軍特起。既舉鄉書□□□竟報罷，公曰："吾念菽水。"就選人得署教許昌。許昌人士朴謹，有河洛間意。公爲大興文社，至割水晶鹽與諸名士，日夕所就甚夥。擢浦江令，直己便事，靡所掣肘，推赤柔猂，鬬訟爲衰。一時上官如衛公、張公，並負冰蘗聲，頗操束濕，獨于浦江令，一切寬假，且借以廣厲旁邑吏。直指彭，卞人也，行部至婺，顧謂監司曰："吾廉朱令者，大得民。"復謂公勉之哉，無以資格自限。屬台州防海缺丞，彭貽王中丞書，徙朱浦江爲之，疏未上，會直指坐事歸。

乙未入覲，擢守珠崕，奉檄子舍，行期屢徙，二尊人怪之，乃知其橐中裝一不備。抵州，念民夷雜處，釁生市易，亟下令：太守所以來，固將安之，爾詐我虞，三尺是徵。自是夷守黄龍之約,晏如也。更爲崕人修學宫、輯志書,而文獻大備。三年奏最,貤恩于二尊人,元配蘇亦封宜人矣。庚子入覲,遷貳柳州。念二尊人春秋高,堅决侍養。二尊人趣之急,於是留室事二尊人,獨身之柳。柳守缺,公爲假守,一用蓋公教卧理之。思明叛,公持以鎮静,持緩得宜,夷人解散。公條兵食便宜數事,數世利也。滿三年考,中丞楊疏薦于朝,請爲真守,而公相繼聞内外艱。公業倦游,親友競轅祝勉。入都謁銓,得廣州。廣,大郡也,會復缺守,公復爲假守,百務殷繁,公十指五官爲畢,赴入省,篋中則珠璣果布一無有。以覲行次河源而疾作,猶料理計事枕函間。抵家不支,而遂卒。

公丰容睟穆,人莫窺涯際,然與處久益親。居家言不出口,一當官守,山立刃割,莫可移奪,故所至事集民安,去而見思。所事浙中彭直指、西粤楊中丞兩公者,皆耳目人,無己者也,而得其敬且愛,兩爲上奏,雖以事會中寢,然其所以得此,非砥行立節,有以信服上官之心,其將能耶!

公葬地在紫帽山龍頭嶺之麓,是太僕公所相。太僕公稱公自其坦腹華門時,有所貽書,未嘗不以古先正相勗也。公名于訓,字某,錦崗其别號。銘曰:

紫帽之麓,龍頭之山,昔歐陽行周讀書其間。公窀公穸,則千年之地脉,旺氣若爲循環。後有過者曰:是山也,有唐聞人,大明循吏,印爪之泥,藏舟之壑,兩爲不刊者也。

謝海鹽公墓誌銘

晉江蓋有詞人謝修之先生云。夫講德問業之會,藜藿可飽也,若夫結社賦詩,則必治酒肴、盛盤飧,恣客和卺,心融意洽,比于止懽之稗子。予謫官家居,謝先生招我入社,每歲春,悉先生發端延請,他人一之,先生再之,又無恒相過,不厭欵留,如是者十餘年,合社皆稱謝大兄。大兄者,祭酒也。又以先生年最高,又長其母弟苑馬卿公,爲長公。先生之詩和平穩順,格律不失,其長篇累句至與古人争長,而不窮於詞。閩中一時桃源則有顔範卿,莆中則有佘宗漢,而先生其一也。

先生諱吉卿，修之其字，别號月航。隆慶庚午，以葩經舉于鄉，去之十年，爲萬曆庚辰，與苑馬卿同舉進士，褎然魁其經。苑馬公則台卿其諱也。是歲以兄弟同舉者，有金壇之于、漢陽之蕭、華陰之王，自先生兄弟起，與三家斷鼇而爲四，乃蕭氏之兄爲會元，王氏之弟爲探花，先生魁其經，于二家峙鼎而爲三。

辛巳就銓，得令清江。其前令蓋吾邑恭定郭公。恭定公政理嚴明，先生繼之，以慈祥愷悌爲煦畜。清江稱恭定曰“郭父”，先生“謝母”也。甲申坐塌屋事波及，謫粤西臬幕。去之十年，予亦謫其土。粤士服膺先生，宣成書院之教，猶一日也。上官庀先生視篆興安，先生以興安爲真令，不代庖傳舍之。戊子移浙江泰順，居一年，調繁海鹽。先生治泰順，課收養，秇黍稷，建義倉，立借貸法，蹇嵯爲瘐，貧羸以豐。在海鹽，賑盈塗之殍，築沿海之塘，皆捐俸舉事。巨姓殺人以計脱亡，捕而置之理。有故家豪奴結官司凌弱主，且援婚主母之族。先生力摧之，判令離婚，二事大快海鹽人。辛卯春，以曲庇前令獲戾御史，前令不知也，反修郄含沙，都御史刺先生，先生歸矣。

歸則奉封公家園，油油翼翼，以省苑馬公之離憂。封公下世，先生幾七十，毁不輟也，蓋茹齋終喪。早喪母淑人，事繼母至孝，丁繼母艱，七十有九矣，猶遂遂古禮，不弛老且倦。對妻子莊嚴靡懈也。

己未之夏，絶粒三日，苑馬公侍側，不勝痛，先生顧視笑，遂端拱逝，無一語嗚咽。距其生嘉靖己亥歲年八十有一。始先生舉進士時，其座主某公夢與同房考官争薦卷，某公曰：“以讓吾兒，吾兒縣令也。”公卒三爲令，然而有年，而同房考官所薦無年焉，豈非前定哉！豈非前定哉！

先生先世自宋潮廣知郡公諱復，八傳爲潮州守光，高祖元，曾祖暲，祖繼宗。父九思，諸生，以苑馬公封苑馬寺卿；母某氏，贈淑人；内相賴氏。子琦，孫廷録、廷馻、敬、繩、祥並諸生，曾孫頤孫、觀孫、豫孫、冲孫、萃孫，未艾也。琦相土南安縣楊梅山之曾清窩奉先生葬，爲天啓某年月日。遠六世祖壻謝家，於先生表叔侄行，先生執侄禮甚恭琦，來請銘。銘曰：

古人有云，以昌其詩。公宦不遂，詩則昌而。雖云不遂，所至良牧。有才無命，管樂安屬。楊梅之山，義存所宅。義存禪宗，公乃詩客。魯有君子，人具取斯。後千百年，知文在兹。

張金壇公墓誌銘

予備官牧圉時，會張凌九公以金壇令入覲，時公方病在牀間，一聞予至，欣然延入道平生，豈以予碌碌之節，於公有合耶？病稍間，入謁銓曹，則先過予，曰："步履無恙矣。"孰知無幾何時，卒於京師旅舍。公報政有日，政當考選之會，於臺諫猶掇之，而卒憖不遺，天其無意於世道耶！

公在金壇，朔望之期，輒以所行事焚香告天。斷請謁之門，摧豪右之奸。民有被殺無證者，坐燭其奸而償其冤。訟獄無滯，催科有序，除加派之田，覈封樁之藏。捄蝗蝗絶，禱雨雨應。暇時進子衿而教之，其較藝定文，佳惡不爽，邑中科目大興。金壇人相與推獎讚歎，前此未有令也。金壇蓋名邑衝途，地大人衆，而公投之所嚮，悉中竅會。天下事尚有足爲者耶，而要之，則自其宅心潔白秉衷貞，一以先之。一切求田問舍，遺所不知何人，蓋羞悚不能出口。有親友見公居儉用詘，曰："君政成矣，盍亦自圖焉？"公曰："咄咄，張生豈前清後濁者耶！"公事父母至孝，家無立錐，弱冠舌耕，多方甘旨，父母有微恙，動念即知。己有外侮，咸用理遣。至當事持衡，不苟狥也。酒詩自豪，吟諷靡怠。載書出入，手不停披。車轍所至，具有題咏。蓋所謂大雅哲人。天假之年，其可量哉！

公諱翰冲，字某，陵九其别號。父某，母某氏，妻曾，封孺人。男三：懋璟、懋珤、懋璐。孫男五：果邁、果趯、果英、果穎、果遴。生隆慶庚午某月日，卒天啓壬戌某月日，享年五十三。墓在惠安縣之鳳山。公素有靈夢，萬曆丙午舉于鄉，夢天使語之曰："今歲選士尚未及子。"公固請，曰："父母老矣，幸俾及見之。"天使許焉。丙辰歲進士，文塲中夢異人示之大籍，書厥名姓。及入覲時，夢僧持牒詳其前生今世，而請與雲遊，公憮然也。銘曰：

驥騁長途而天限之，鵬方圖南扶摇偃之。本書爲行，孰有諼之？秉儉以貞，孰能卷之？世有治譜，孰不憲之？不淄不磷，孰能涴之？玄門既固，安得遠之？

明德遥遥，又孰遠之！

蔡户部公墓誌銘

國子生蔡春霑造鏡山而請曰："戴亨融，吾婦翁也。吾父没有年，未即土，求夫子銘。"何喬遠曰："令先公也，託子于亨融，是可銘矣。未論其行事。"

公諱乾釜，字宜亨，石山其號，宋學士忠惠公裔也。有如松者，司理新興，亦宋進士。入明有諱德者，應聘授中書。德生東，東生爟，爟生琛，琛生公。公十二歲補弟子員，十三試高等，領學餼，三十一舉鄉試，四十一舉進士，五十二而没。年則不高，自其以户部主事、員外郎中丁外艱，起補職，卒于邳州之旅舍。位則不尊，然而公之所以爲公，有在也。公爲郎，一榷税正陽門，一監兑江西，並以清謹能其官。家居敦睦孝友，人無間言。其卒也，邑髦士請祀公學宫，縉紳登于郡邑之乘，公不自有公哉！

公之諸父有名烈者，講學鶴鳴山之白雲洞，漳人以爲陳真晟復出。方公之少也，烈器而奇之。烈講學之言曰："孔門求仁，未嘗出事外也。堯、舜之道，孝弟而已矣。夫子之道，忠恕而已。"論公所爲，所不合於堯、舜、孔子者，否耶？公娶于杜，繼娶鄭，並封爲安人。春霑，鄭出也，公卒時甫三歲。墓在某山之原。銘曰：

不懈于位，不弛于躬。暢支發業，黄流在中。羈丱有名，艾服而隮。含堇懷荼，卒喪下邳。維君諸父，篤學布衣。孝弟忠恕，先聖我師。公遵公守，靡離靡虧。髦士申言，俎豆賢祠。郡邑志乘，又復采之。巖巖方伯，公子是私。銘以告後，亦證我友。我友然之，後人傳之。

黄編修公墓誌銘

翰林國史編修鷺峰黄公，以萬曆戊戌年卒京師，去其嘉靖癸亥之生年三十六耳。身後有二子：長廷雷，游太學；次廷槿，諸生也，試輒選首。方圖葬公，遽先後捐館舍。太學君之圖葬公，行狀已具矣，公配丘孺人乃使其孫燁瑋、燁玠，賫狀詣予,請予銘。予曰:“孺人,張圓之劉夫人也。”

公以萬曆丙子舉儒士,入試科,列名第十四,年方十四。予時年十九,則列名第四。見公恬然無邊隅,相歡也。及予科第先公,遂各分别不相見,但聞知公累試,督學使者異恒等。迨辛卯,公以解元發閩省,至京師,復未得一見。亡何,予謫官歸,公以乙未歲舉進士,讀書翰林,亡何,選編修,亡何,卒矣。公讀書館中,每試又恒異等於諸公。其爲諸生時,故沉酣經史,殫精羲《易》,至是愈旁通天文、地輿、日曆、術數家,肆力不懈,竟猝而不受天年也。公父淮相錫悼公甚,致生之訃至,輒謂謬,待喪歸乃發喪。蓋淮相自少奇公,時時提携公謁見諸達官長者,達官長者謂黄君乃有此兒。而相先是守鄧州,督撫蒲州楊公交相甚恭,蓋美其文檄筆札之來往,以爲鄧州有此文學使君也,而不知多出公手,公時未冠也。公孝友切至,哭母而哀,事從兄、撫從侄無間。與丘孺人相莊甚。即房闥讀書,不待幽齋重軒,乃得静定。與人交無忤,非意加不拒也。平居寡呐若拙,有懽讌乃與人爲盡。待僮僕有恩,處鄉黨用和巽。當上計,蒼頭中道病,舍輿輿之。在京師聞蒼頭有苦鄉人者,發憤始罵,至抵几摧案。

公諱志清,字以度,鷺峰其號。公生,有群鷺集其先墳之樹,將發解,鷺復來,故自號鷺峰。丘孺人,文學丘維栻女,大中丞集齋公孫女也。丘氏父子無隱顯,皆名德,故有女賢如此。墓在麒麟山。銘曰:

有志無年,有德無夭。崇之亨階,杳乎重淵,是謂帝之解縣。

謝苑馬公墓誌銘

公諱台卿,字登之,韋紳其别號。含靈叡照,緼藻令通。執極不遷,若御史大夫之期期;周慮有廻,似征西將軍之艾艾。撲滿損於公孫,佩韋警于鄴豹。十年曰幼,已袖經而從父;成童舞象,遂抒藻以躡兄。土壁甚堅,無光可鑿;練囊亦乏,孰燿堪藏。維是晝諷夜温,宵搆晨寫。時執簡以叩先達,或贄文而通下坐。充然有求,廢如而歸。鴻鵠豈知乎燕雀,鵬鯤亦笑夫鷽鳩。翟子威之遲頓,骨相誰知;劉道和之檳榔,弟昆共戲。時當寇盜,歲復凶饑,合家染癘,慈母終堂。中夜求醫，行穿屍柩之中而不効禰衡之哭；踐更被督，身受里胥之困而幾罹甯越之鞭。既而名列子衿，聲蜚黌序。萬曆丙子之歲，予與先兄厠公墨榜之末。以逮庚辰之科，公與令兄騰在金閨之上。初銓教于宛陵，繼衡文于北畿。束修以上，收當代之名流；鑑衡一空，落彼其之孽子。躡足成均，抗顔齒胄，被物色者遂得狀頭，蒙陶甄者多榮燒尾。

歷大理寺評事、寺副、寺正三官。律非耳剽，夫人自謂不冤；決常涕流，死者於我無憾。慮囚黔、滇之域，大蜚皋、吕之稱。胥靡網開，省左氏之交易；胡椒囊晰，出陳亮於餘生。蓋丹筆所詳著爲絜令，城旦所治流作貴紙矣。出守韶陽，裁費用，省刑罰，抑豪右，汰髡緇，立蘭會以課士，培龍脉而興文。舜風所薰，韶石有韻，唐賢自起，曲水生光者也。居年及三登剡，凡四陟副西粤臬，猺亂息戈。善後借箸，臺臣交薦。帝賚惟繁，入賀萬壽，轉苑馬寺卿。三千駝騋，歌衛文之塞淵；成群雲錦，克錫公之蕃庶。

已奉封公之諱，遂懸林下之車。愸爾廢莪，曠然掃軌。友朋相過，疏氏之金殊盡；塤篪遞奏，姜牀之被最長。酒籌支月，象奕度年。賙責已進，茹侮伸滯。比劉寬之下車，擬太丘之質成者也。至于式訓子孫，頻述艱難，念覆墜如燎毛，冀保持若登天，可謂之推訓家、伏波誡子者矣！公自然質任，一無枝拄。卿苑寺時，有倅侵尅藩禄，激怒宗室，公按之以法，立解其官。其在韶陽，有他郡守中傷其倅，公參聽直之。乙未覲回還官，夜渡蠡湖，狂風蕩舟，晨旭方霽，長年三老謂公吉人。長君病，殆見衣緋之人手援捄之曰："我故某倅，感尊公恩，故用相見。"蓋公正直慈祥，所以予德攸好，冥報見貽者矣！銘曰：

視其宫廓如有容，是公之空空也。望其封聳如以崇，是公之隆隆也。即其中有虹其雙，是公之梁鴻孟光也。即其罣如，息於事父事君，而可以付之大終者，是公垂美於無窮也。

顧貞白公墓誌銘

高皇帝有天下，封功臣予世，既世矣，官其子弟一人，曰勳衛，典禁兵，隨上左右，胄而劍其後。雖濫觴乎，在國初時，得此官者，三公二伯一侯六家耳。維揚顧公邗野，所以得勳衛者，緣其祖夏國公云。公名成，從高皇帝有天下，又從文皇帝靖内難，專征西南夷，作鎮貴州，廟食世世。其没也，反葬于揚州之舊里，故邗野公居維揚矣。萬曆之朝，嗣侯者承光，公兄也。

公隸維揚諸生，久不第，年四十省兄京師。兄欲爲公納官，公曰："諸生也，安能爲天子典禁兵?"侯曰："不念三公二伯一侯六家而僅有之者耶!"緣是公就官勳衛矣。居一年，不樂其職，還歸里第。公隸諸生，弱冠耳，受經《周易》，親師取友，亟學亟問，悛悛持讓謹也。既居里，不倚侯家勢，即出乘車，自儆而已，不請官卒，誡蒼頭擊摩□□迫陋之區，讓路讓財，毋爲車上僊也。御史慕公見公，公避□□□□□，寒暄而已，不敢闌他語。其賑窮濟困，恤死存孤，不遺餘力。歲大祲，粥與槥不遺餘財矣。遠祖有不祀者，捐緡充祀費，使子姓遞主焉。授業師老而貧，父之也。性峭直，樂與貧賤交，遇富貴容者不苟同。有時質人於人中，人知無他，亦無瞢也。其孝兄恭嫂，有過人之節。兄侯公，過里還朝，路岐惘惘，行道動色。其持父母喪，支牀溢米，不忍見也。先是喪母夫人，徐失其長子大德，公獨子耳。而大德孝，其哭祖母也顛眴。公持母喪尤甚也。晚乃舉子大猷。稍長，召誨之曰："昔高皇帝見有散騎舍人衣鮮衣，召問之，知其直，責之曰：'上農歲入也，而輩席家芘，何功能衣若此?'夫散騎舍人者，侯家子，我輩是爾。孺子念之，吾非見大賓未嘗去布衣，食未嘗厭藜藿也。吾輩侯家去縣官近矣，高皇帝訓，尤宜念之。"公廣顙美髯，神姿高徹。不勝杯酌，寄意于奕枰，好藏書，尤嗜典故，故其訓大猷皆典故語。没而廣陵人諡之曰"貞白先生"。大猷博極群書，能古文辭，遍交海内長者，予是以得友大猷。余予告，道維揚，大猷以公志銘託余，是以志公銘曰：

悛悛諸生，秉德遵素。繼晷足冬，惟恐遲暮。玩象體爻，周思孔遡。强而後起，世胄不隕。虎旅魚符，班列陛楯。立山立雨，皇武孔允。湯湯大江，我居其濱。闕我遁嘉，不告他人。有鄙聚鷸，有樂懸鶉。没世咸感，一詞貞白。玄泉之下，德音貊貊。人桀人儀，莫不□□。

劉文學贈君墓誌銘

工部主事劉君鱗長，其尊甫子曦卒于京邸，將奉其柩以歸，請於余曰："鱗長之還也，將葬矣。惟夫子爲我銘。"嗚呼！君，予之年侄子也。厥考公可公與予同舉進士，選翰林庶常，出爲諫垣，歷工科都給事中，再出爲浙江參政。以諫垣時，論治河事，謫尉惠來以卒。今上登極，贈太常寺少卿。惟公可公清德恬節，有名于時，而君爲之子，無貴介氣。兹鱗長君守在冬官，毖飭祗慎，有乃祖之風。君爲之父，無尊重氣。君不特上承其父下啓其子而已，其秉心砥行，欲與古人相上下。今上登極，鱗長得貤恩于君，君謝不受，意尚欲有爲於世，以自見於明時，而今已矣。

嗚呼！君自垂髫則從公可公宦京邸，與予亡兒九轉及諸同年、同官之子爲文會。予讀君文，告公可公曰："異日有成者，兒兒也。"不意不在其身，乃在其子。鱗長君又垂髫爲予所知器，果年二十三舉進士。其守在冬官，鞠躬束脩，通當世之務，而君猶慮其弱且拙，不能其職司，從京邸省視之，所以教之當官事。君懇懇乎其言之也，而孰意鱗長之不得長奉君也！念吾郡同公可舉進士者惟我在，日夕過我，銜杯酒談詩若文。一日觴之，杯不任也。過之二日，而君没矣。寧獨鱗長之慟，亦吾之痛也！

惟君奉父母至孝，奉亡兄至恭，拊諸弟至友，處室至莊，篤古質慤，無一毫流俗之氣，視其貌而知其有道仁人君子矣。其方嚴勤儉出于天性，酷嗜書史，矻矻孳孳，留心古今治亂興亡之大機，及聖賢學問經濟，可以裨身心捄世務者，手記目識，無虚日月。望之而無崖岸，即之而介，久之而欵欵中孚，如金如石。其臨事祗慎，不敢造次。其于"敬"之一字，被服終身，以求無媿。公可公之家學，其真有道仁人君子也！

君諱廷焜，子曦其字，有名諸生間。八戰不利，餼于庠而將貢于澤宫矣。有用之材，中道捐廢，此人人所以爲君惜而不徒其子鱗長之悲也。公可公諱弘寶，公可其字也。銘曰：

天恩旁逮，命服有章，而用之附殉。牙翣綍引，若即玄宫，而載之旅櫬。敦厚遲頓，可柏可松，而生世也如蕣。其使童子備官也，可憲老更之惇史，不得奉爲趨庭之對，而僅比寘耳之瑱。惟洞觀乎終始，通徹乎晝夜，則大塊勞我以生，佚我以死，可以比於無非至教之煨燼。

何贈公墓誌銘

郡丞臨海蘭池何公，兩報政天子，以爲東諸侯，蓋貳鹺司云。將行，以其贈奉直大夫、泉州府同知、尊甫金庭公之墓來乞銘，曰："我先大夫葬有年矣，惟是未銘墓。"因述贈公彌留之語，曰："'嗚呼！我何氏三高之苗裔也，以至我祖，先代有顯人。予先子二千石，廉而卒官次，天其猶未有知。學而不殖，落於予乎，孺子念哉！我死毋渴葬也，寧渴銘以待諸其人。'我先大夫有斯言也，是以不佞向令安遠，我先大夫雖受朝贈，未遇其人，不敢請也，兹以煩夫子。"何喬遠曰："惜哉！贈公所待其人者是也！而公所委其人者非也！"

贈公諱某，字某，金庭其別號，台郡城所居也。何氏貴盛，爰自栅浦徙家。其先五季間，又自麗水徙栅浦云。曾祖白溪公某，祖進賢尉某。尉公有子宜山公某，仕南冢宰，並贈曾祖父如其官，而公父則潮州二千石文峰公某也。二千石公守潮，當嘉靖之季，賊寇擾潮無寧日。二千石公安而撫之，民不見寇。二千石公卒于位，潮人巷哭罷市，以與前守楚人袁公鳴鳳並祀，曰"雙賢"。

公生穎敏夷粹，長而儀觀瑰瑋，出入暎帶數人，爲文駿發犀利，筆不加點。太宰公素奇愛之，曰："必續我。"二千石公守潮，公隨之官。弱冠耳，而能治朝夕，謹扃鑰，毋使舍中兒與外人關通，以佐二千石公治兵城守之不暇。二千石公没，公不欲生也。潮人既爲祠祀二千石公，復醵金送櫬。公曰："勞苦諸父老，血燎其靈神而紼綍其歸骨，先人何德，孤子何心！且二三父老何懷且憐之甚也！"再三卻，竟不受。潮人歎曰："何氏父子皆能廉。"

公奉諱歸，悲痛以思父，改容以奉母，而母顧宜人忘未亡。二千石公丈夫子五人，公其仲，伯氏廓落不能儉，性卞急。公家財恣出入，有所受事，唯唯而已。

而與其叔子庠生公某、季子贈文林公某，夷如也，穆如也，人謂公能弟也，而又能爲兄。公豪于酒，有時會集昆弟子姓以及其渭陽舅氏，莫不沾歎，曰："此歡伯也。"借此以洽於人倫。至其奬誘後進，雖豎孺不啻口出，曰："吾以風厲之爲人。"輕財好施，施盡其所有，不足爲旁貸，貸不還，爲售之，不能家，以至於所産。嘗一省侍冢宰公，留都臨别，冢宰公慰藉曰："吾慚無以勞吾子。"公曰："兒足未嘗躡陪京，天畀我叔父與我雨花高座之勝，侈矣。涉目既麗，袖手復豐，可得兼哉！"

故治《詩》，兼通左氏《春秋》，歎曰："使國家功令以二經取士，吾豈不得當耶！匡衡、杜預，吾將俎豆其間。"郡守若令，知公平生，又晰公文章，莫不嚴重公。台守又與公有雅故，以文字爲知己。公一無所干染，雖可以影響得者，亦不承，守若令滋益重公。咄咄諸生不遂，以《春秋》授鹺司公曰："以遂吾志。"既鹺司公童弱有名，從公後試棘院，公歎曰："今日乃與孺子角勝，雖然，寧使孺子勝我。"既兩不勝歸，奉母宜人病。宜人病荏苒，復當試，公一意子舍，謝罷之。母宜人曰："勉哉！焚舟之役，在此行也。"歸而宜人病不可爲，一哭輒嘔血數升，去之數月，棄其恒幹，年四十六耳。台人嗟嘆曰："悲哉！何次公廉尊其父，孝殉其母，乃不至壽耇。"銘曰：

赤城之標，神仙所宅。鬱勃在人，産此宏略。高不以名，德不以爵。孝至滅生，廉可銘獨。慨然先酋，凝睇後昆。鹺司嶷嶷，厥心載欣。翺翔郡縣，至于朱幡。飲冰暢潤，公教斯尊。公待其人，不負所云。彼人匪人，東海波臣。銘以志公，百不一宣。

吴文學君墓誌銘

《記》曰：師嚴而後道尊。夫師惡能嚴，必其窮身履之，其所教人，無異其自持，諸弟子尊而守之，不肅而自成，此其所以嚴也。以予觀於吴君可久，大抵然耶。君所以教弟子，既不異其所自持行，察而求之，又恬然爲温恭君子。至其論今古人物事跡，若棊置丸弄，無暇間可攻乘。故從君游者，莫不虚往實歸，翩然競起。

君十九而游庠，二十八以高等受餼，佹得雋者屢，竟報罷。乃益游意詩酒遁法，所著有《筍江録》、《思親雜文遺稿》二卷，皆有益于人倫日用。君性至孝，父没，盡焚貸券。母没，啜菽持素，骨爲之立。與兄弟聚食，晚方分異。有田宅輒讓其佳好者。與夫人交，不謔不弄，雖温恭德讓哉，一語不當心，輒睨壁無言，其人雖罄肺腑示之，不面與之也。

君字爾親，别號德齋。父𣅂，母陳氏、傅氏，君傅産也。生嘉靖己亥，卒萬曆癸巳，享年五十又五。妻曾，有賢行，生嘉靖戊戌，卒萬曆辛亥，享年七十又四。男三，明藎、明華、時發。時發，諸生也。先是，明藎已葬君晉江之崎林，山地卑濕，玆時發將葬傅于鳳凰鳥坪之原，遷而合焉。銘曰：

轂何必朱丹，名何必登上蘭。士行不媿，環堵之室而儒其衣冠。葬而復遷，以即其安。士之子恒爲士，其久也，必有持戈戟而登坫壇者矣！

李瓊臺墓誌銘

士之聰明純誠者，一入門而闖聖賢之門户，其或有居心之未净，持念之未固，則究釋部以通之，講道流以廣之，此亦殊途同歸之道也。其有嗜之極其篤，而發之極其詳，託之以爲廬，守之以爲穴。士之不得志于學，而欲有以自哲其身之所爲也。其或窮青烏之書，覈秦越之難，用以尊生而度人，士之無濟于世而欲自濟于世之所爲也。其有狎于儔侶，遁于麴蘖，蹶然孺仲賢妻之言，門二仲而室萊婦，士之不高於世而自高其道之所爲也。有是數者，予是以志李瓊臺先生之墓焉。

先生仙遊人，諱芳聲，字効譽，瓊臺其號也。先爲唐江王裔，至伯玉宦于泉，家莆之白塘。元季知縣炳徙于仙，三傳而爲天麟，生締。締生嘉猷，嘉猷生相，爲永安令，先生父也。永安公爲令，而先生適補弟子員，見永安公於官邸。永安公趣之歸，曰："兒乎，今幸得恒爲士，庶幾克荷薪，然破柱霜威，至今有餘烈焉。子必勉之！"蓋英廟時，以侍御疏中官而陷北征駕者，先生之曾伯祖梁公也。公既居庠有聲,屢失於時,則歎曰:“命也夫!”而釋部道流栖志於其中,青烏、秦越人旁暢於其外矣!先生門著雍穆之風,學憲老更之禮,鄉化烈、寔之教。平生大義,則拓宗嗣、妥先靈,出笥中金成圯橋,以代溱洧。鄰里有急告,急賙之,喪爲賻,不憚匍匐。倚爲都竈者,不啻族而三。至于嘯侶命儔,不十日懽不止也,而皆其内相方孺人佐之。先生始艱子,孺人爲置貳,竟有子。賢妻萊婦,蓋其人歟!

先生生嘉靖某年月日,卒天啓某年月日,享年七十有七。方孺人生嘉靖某年月日,卒萬曆某年月日,享年七十。歐氏,貳室也,生嘉靖某年月日,卒萬曆某年月日,享年四十八。子一其煒,先公逝。孫鷹,曾孫長公。仁人之後必其昌,公乃如綫矣,然以公之德之學,其門有不終大者哉!墓在東埔之陽,面甲背庚,葬以天啓某年月日。鷹也,介吾友孝廉李叔玉來乞銘,曰:“吾叔父也,生平雅慕先生。”銘曰:

學豈不如人,天則畸之;德豈不如人,我則尸之。爲善於家,修名於鄉,其德則光,其後當大昌。東埔之陽,有巍者崗。千百斯年,樂游之鄉。

王應元墓誌銘

應元王君寓南都,渡揚子,夜夢有神人告之:“旦至白馬墩,當覆舟。汝有孝德,吾則拯汝。”旦買舟渡,敝舟也,渡人又衆,應元坐艙中,方出韻經理詩帙,舟旋覆。應元自水中伸臂上,果一神人掖出之。歲丙午夏給事子陽、王行人某奉使册封琉球,求詩客可語者,人以應元告。二使聘與俱,及其反也,海風大作,有二巨魚夾舟,長數十丈,目光如電,舵折舟旋,二使者面無人色,應元獨自如。二使者太息曰:“命止此乎!”應元曰:“二公奉天威而來,何波臣之敢災?”盥手焚香,出詔書向船頭宣讀,風尋息。應元其福人耶?抑其誠與養有素定者也?

應元名元卿,伯台其號,郡諸生也。家有伯父宗會公仕僉憲,以《戴經》起家。應元治其經,予與予兄大理亦治應元經。應元與予兄游,時予童子爾。應元褎然有名諸生中,設帳爲都授。及予以罪廢,而應元老矣,棄子衿之業。應元家大人宗會公故善詩，應元又習爲詩也，則時時與予以詩相唱和。郡人恭定郭公哲卿、贈奉常劉公公可、奉常蔡公子瑞亦在其中，而所授經如方伯士鼎、廉憲士觀二潘公、御史奕開徐君、長樂令士雅、孝廉士涣二潘君、孝廉詹君先後顯達矣。應元此時遨遊諸君間，惟文酒是好，家中有無不問也。然窶甚，終不以語人。其配鄭孺人謂曰："郎早治生，何至困苦如今日！"應元曰："吾所以貧，爲吾親也，豈以不治失之哉！"蓋應元之大人欲作室，計無貲，仰屋歎，應元前跪請大人何歎？君之大人曰："欲室，汝無室貲，計有捐田耳。田者，先大人所授，捐之非孝，吾是以歎。"應元曰："幸新婦有奩田。以此捐之，可無捐先世矣！"君之大人喜曰："有是哉！"此君所以以爲親而貧應鄭孺人語也。應元事父母至孝，畜弟妹至友，百凡身肩之，捐鄭孺人之奩田，此其一事矣。晚聞惠陽楊文懿公起元講學，徒步往訪，又有志於道云。平生奇其子士彦，没後，士彦舉乙卯鄉薦，今爲判南雄，惜君之不及見之也！

君生以嘉靖丙午，没以萬曆癸丑，得年六十有八。子長即士彦，次某某。葬以天啓某年月日，墓在烏石山之原。銘曰：

孝悌人根，詩禮其華。華以培之，根則倍嘉。聞道非暮，寄興彌遐。出江入海，坦于褒斜。茫茫大塊，玄丘是家。俯睇重泉，仰滄明霞。

李培之墓誌銘

惠邑諸生李窽，以其兄諸生實之狀託祖烶來乞銘曰："吾兄冏卿公曾孫也，祖某，父某。父没時，吾兄十一歲，窽猶在腹也。念少孤自憤奮，兄弟形影相弔，相將讀書，至《小宛》之章，未嘗不流涕也。母氏曰：'勗哉，孺子！'益刻苦，博物洽聞，金玉其相。人謔人歌，人親人儀，有行有文，不酒不色。年三十七以没，爲之何哉！夫惟夫子賜之刻辭，庶或有聞。"余觀東晉之時多名士，又多無年。士須名爾，實也没，自縉紳以及儓庶，無不歎畫悼切。不名而能之乎！天不與年，謂之何哉！冏卿公諱慎，所著有《靖邊》一經，可用世。君字培之，妻某氏，子邁恒、邁得。子瑾所以昌大培之，實在於是。銘曰：

立行以爲本，績文以爲華。我悲鞠哀，秉于童丫。得年雖儉，賦哲則遐。天實爲之，何殤夭而彭賒。

林山人墓誌銘

天啓某年月日，林生泰闞葬其先人子發，問銘於予，曰："知先子莫夫子若也。"予曰："而先子之没，予有哀詞，而尚存之乎？非志銘而何？"因重書以付之，使納諸墓，而爲之銘。曰：

何生小吏還粤謫，結社吟詩東城陌。神仙中人不易得，林子撒手抵矛戟。予時狂如韓可惜，視爾宗師喜湜籍。又學眉山老仙軾，秦、黄、晁、張充門客。楊慎近年成闕索，李、張、唐、王、楊廷禄。爾來舉眼先輩窄，詆鄭吏部如黯伯。篇章格調嚴諮諮，恨我不受絛痕摑。助我巍冠高赤幘，詩心才思結肝膈。入土不蝕心與額，我老行歌疑枯腊。來聽吟詩風雨夕，修門沉沉邇泉液，是子文家膏與澤。

郭處士墓誌銘

漳人士郭成英彊毅有立，嶽嶽不可一世，居常歎世而憂天，其文若詩皆軒舉獨詣之言。走三百餘里以文爲贄，出其尊甫亨吾君傳，命予曰："爲我銘。"

君起家掾也，棄之去爲里中豪。所好《左氏傳》、《大學衍義補》，近而昭代之制，上而前世軍國之務、邊境之謀，近而所居海上事，靡不參究而規畫之。辭避脂膏，處以儉退。觸墮陷阱，蒙以夷坦。其絶甘分少，急病讓夷，皆古人之誼。夫古人蓋有以掾爲天子三公者，至乎布衣之誼，高于當世，公卿虚席叩門而求之。今也，徒守咫尺之分，爲鄉黨自好之徒而已。然而夫子論人，始於孝悌言行，察於家族鄉黨，則夫孟氏所謂"經正而興，邪慝不作"者，其在斯人矣！其在斯人矣！

君諱學任，字用甫，其先太原人，始祖從陳將軍入閩開漳，遂爲漳人。成英其長子也，國子生，次晚麟，皆自商瞿歲得之，其諸孫誅誅未艾。銘曰：

以學自砥,以德自膏。修我民彝,解厥天弢。我銘斯人,豈曰無豪而易高。

陳處士墓誌銘

匹夫而修於家,一鄉可得而化也;匹夫而化於鄉國,與天下可得而治平也,豈以簪組詩書哉!簪組,人之羽毛也;詩書,人之枝葉也;而孝悌也者,人之精神本根也。故曰:匹夫而修於家國,與天下可得而平治也。以予所銘永春陳處士天鑄者,故農夫也。自其祖逵以來,同居五世矣。以至于君之身,未之有改也。曰吾子孫雖百千其口,其初一口也;雖百千其指,其初一指也。以一口一指相視而相愛,則無離析之日也。嗚呼!非其甚修,焉有此哉!維君宋提刑休齋公知柔之後,世有望人,以至我朝,爲青(清)門、爲庶。夫農也,而實士大夫之後也;農也,而實士君子之行也。夫非斯人之銘,而誰銘!銘曰:

陳君厥考名大昇,提兵殺賊死石芹。六歲依母形弔影,出又遇賊幾喪元。慧而哀告得解釋,喘息只與絲毫分。長大先酋式先祖,同居合爨相哺脯。一身百役擔兩肩,傭保雜作爲儔伍。叔父留客出房饌,意得生鱗荐波面。寒冬皸瘃嚴霜威,解衣入水性命賤。手摸持一倔强來,辱齒互擊肉毛顫。祖先祀寢未同堂,水源木本思未央。貸田折閱寄與人,結搆題榜森華房。擺列俎豆兩楹底,葅醢肴炙紛酒漿。他諸財禮儉與豐,悉中欵度無低昂。本初天朴不雕鑿,豈逐世界隨圓方。嗚呼陳君賢如此,我欲書之垂千祀。而况乞銘瘞土中,重繭而來有令子。

黄氏生死四世墓誌銘

武榮文學黄榜春困一經,久不得志,泉地稠繁,不足餬其口,乃移家於左廣之海豐縣,曰:"是縣也,年年樂歲,庶幾無饑。夫子爲我銘之。他日得以式靈海豐之后土山川,維吾曾祖、吾祖、吾父則既葬吾邑之山矣!銘不具,即具亦弗文,夫子爲我重銘之。吾將以瘞諸三世之墓下。"何子曰:"孝也,亦禮也。"因爲之銘:

寧州州判黄天申,字某,别號龍溪。内行修,骯髒丈夫子也。以貲爲遼東衛經歷,在嘉靖中葉。此時邊徼之吏皆上車騎,繁導從,戟門置鼓銃,發銃打鼓,喧呼而後開堂門。蓋朝廷令邊吏皆如此,所以爲威於夷狄。公居此官,無入貲氣;介介爲清節,邊人皆畏之。嘗出一萬户侯死命,萬户侯清夜率其妻孥携千金爲公壽,公峻却之。遷寧州判,將行,遼人遮道留韡。公至寧州,胸臆鬱結,馭繩墨,遂辭歸。銘曰:

公官則詘,公抱則隆。有崇斯岡,有坎斯宫。靈氣燭空,長天亘虹。

處士宅沙公以政治博士家言,不遇,種竹栽花,杖藜看雲,瀟然野鶴寒鷗之爲侣。有園數畝,親友相訪,求一蔬一盂相樂也。作《宅沙賦》以自寫。其爲人正大端謹,族衆推服,卑幼子弟嚴憚之。好文而尊師,日以兒孫振起爲望,無他覬也。銘曰:

以沙爲宅,一似蝸牛。殻足自濡,亦又何求。生也數畝,死則一丘。

諸生黄衮,字裳綗,别號杜念。與其兄從龍並奮厲青雲之業,卒不遇時。其孝謹著於家,父母樂其志焉。搆堂宇,治先塋,不靳費。爲堂成,先迎父柩安於新寢,而後携入其妻、兒。父柩且火,竟以免。其宗兄弟不能家,破壞摧撓之不回轉,忍耐勞苦人也。銘曰:

内璞中玉,始玉終璞。其璞在地,紫葵之麓。其玉在人,彝常之篤。

黄榜春,字道賡。念杜之所遺子孫者薄矣,而其兄長復不能持其家,養生喪死,悉榜春一書生身肩之,而皆自其舌耕之所獲。三黜棘闈,顧其家中婦舌在否也;駑馬十駕,何敢以末力輟?其堅忍逼阨,雖百困,油油焉,而曰:"忠孝勤儉,奉以周旋,不敢失墜。"今治生墓於海豐縣崖海之傍。銘曰:

子欲爲歐陽六一乎,葬于潁;子欲爲蘇東坡乎,葬于郟。異日倘得意而歸乎,則曰太公還葬於周,曰其首丘。其終于此乎,則有何喬遠之銘。曰:吾東西南北之人也,不可不識也。是爲吾之樂遊。

鏡山全集卷七十二

墓誌銘

謝偃師公墓誌銘

求古人於今人之中，蓋有之矣；求古人之文於今人之文，則未之見也。予讀《虞荔山披傳》，所以叙荔之高不一一，而天下之人信之；春秋之末，所稱鮑焦、爰旌目之儔，數語而已，而天下之人信之；范曄始爲《獨行傳》，傳人數事，而天下之人又信之。而今也，以連篇累牘頌人，人贋之矣，其寥寥數語，人棄之矣。豈非人有古人之人，而文無古人之文耶！予之爲此言也，將以銘吾受謙謝公，而恐天下之人不予信也。

公一舉于鄉，授教河南之新安，遷偃師知縣，再調教大埔，遷靖江王府教授以歸。所居在深山之中，當其隨牒時，有司不識縣中有此舉人也。服官歸林，壽以九十餘，不惟仕宦于泉者不知公何人，即泉之仕宦人，亦不知有公。即知有公，亦不知是何科舉人，是何官也。世人得官而歸者，即僅僅，亦有求田問舍之資，而公歸家治草屋三間，一檽不具。有人如公，不知其始應舉求官，欲作何等也。公治偃師不一歲調去矣，上官署考曰："賦税率用寬徵，刑獄概從末減。"如此則三代之風也，而遽得調去者，何也？一偃師緩征，而大農之國計遂詘耶？一偃師縣刑獄輕減，而大梁之墟，寇賊奸宄遂出没莫可禁禦耶？夫上官以此署其部吏，欲求天下之治媲淳古之隆，而復兩漢之盛，何可得也！且夫陽城之催科政拙，高適之鞭撻心悲，何以傳後世也！且夫不一歲耳，使其習爲吏，何不可寬假也。且夫不宜治民，則宜教士矣，而又以王官廢置之，又何甚也！凡此皆予之不可曉者，而古人之文所必傳者也。

公年蓋九十一歲，六十五歲而始生一子懋明，爲諸生，又得見其孫與曾孫，天之報施善人遲遲也云爾。公茂德淵深，孝友切摯。長身鶴立，望之如神仙中人，即之則若洪鐘大吕，禹鼎周篆，居然上世法物。諱大有，字同卿，受謙其號。墓在其本鄉張坑山之麓。銘之者，何喬遠。爲懋明具狀以請銘者，曰林如源。銘曰：

君平既棄世，世亦棄君平。惟有千載後，永永垂德聲。敢告後之人，則惟先民程。

張斷事公墓誌銘

萬曆之季，余讀書鏡山之麓，張君公仕從龍潯來叩門而訪余，坐定，出所爲詩讀之，穩秀而深厚，隱然風人之致也。嗣後往來無間，每一至郡城，輒爲文酒之會，與同好徒侶過。逢旬月日，其至自龍潯，少所挾書，輒從余借書觀之，有疑義互相欵質，名物器數有所未知，互鈎索也。龍潯之鄉有林仲謨者，豪雋士，君歸其家，又輒與林子友矣。所居城南，青松翠竹環繞前後，夏秋之間，留侶命儔，折藕浮瓜，以爲樂事。素好游，足跡遍江南。善畫墨竹，竹乃似文與可也。予自出山歸來，君一再至郡城，其後有書來，道其稍病，而不知遂不起矣。君有母在也，今年九十有七。向時求予文壽母，而今不得長奉母膝下，豈非臨訣一痛哉！兹其葬有期，其子起龍從予求銘焉。嗚呼！敢不銘！

君諱仕賓，公仕其字，别號四門。讀書求官無所遇，入貲爲國子生，亦不得售。就銓涿州同知，居六年，薦剡重疊，有權貴犄之，僅遷大寧都司斷事，即棄去不顧，擲組徑歸。涿州畿輔重地也，冠蓋往來絡繹，貂璫據其中，最易骫法。君釐弊蠹蠹，不吐不茹，長吏咸敬倚之。罪有不麗法，雖有勢如山不爲動。權貴有劉姓者，囑君死盜，君曰："雖盜也，顧其罪不至死。"權貴怒，危言撼之，則自如。甲辰秋，州大水，漂没民田，君乘艓親行水，州民數百人，腰大瓢從君，慮君之不虞。君視其有災傷者，力請當道蠲其秋税之半，民無不舉手加額祝也。汲無義塚，貧民父母死或委之溝壑，君出私錢塚之。再攝州，三視邑篆，驗榷關、清馬政者各一，所至盡心焉。吏畏民安，古循良不過也。

君爲人孝悌，居父喪，柴毁盡誠。孝奉母章孺人，身六十老矣，昕夕視食寢，節寒燠不勸怠。倡立義田，以食家族之貧人。有功弟不恭于君，君捐百金并居宅一區與之，終身無間言。析券以與貧人，不問負也。其所爲詩有《噓雲社草》、《金陵游草》、《栩亭松莊近草》，所纂輯有其邑之《九仙山志》。

公，曲江之後也，南唐時有官于閩者，因徙家侯官，宋末遷龍潯之湖上，元末有文昌公者，卜九仙山後居焉，十傳至文，君祖也。文生□，桃源丞，君父也。母則章孺人。生嘉靖甲子某月日，卒崇禎戊辰某月日，得年六十有五而已。配則周孺人，爲名山周隱君道俊女。墓在湯嶺之仙人崎。其地負未揖丑，君所預兆也。葬以崇禎己巳某月日。銘曰：

生住九仙山，没葬仙人崎。君其仙耶？生死而與之爲宴嬉，千百年後以昌其詩。

鄭隱君墓誌銘

曩歲予游九鯉湖之上，仙遊鄭子胤夔、胤龍兄弟求余爲詩，追壽其尊甫隱君次井公。余曰："孝矣哉！是顧道通求王弇州之後再見者也。"兹余官南都，胤龍踵門見，余曰："胡爲乎來耶？"曰："孤兄弟奉先子葬于折桂里太平之山有日矣，請夫子銘。"曰："尚有營乎？"曰："是行也專。"余又曰："孝矣哉！胡爲輕數千里而求銘？"又曰："善言必再，既銘矣，請傳之。"余曰："子謂予文能不死而親乎，則安敢！"乃爲銘。

君諱景星，字廷璧。生嘉靖乙卯歲，卒歲爲萬曆庚申，六十有六甲子矣。其先莆南湖唐鄭大府卿露之後，其後入于仙。祖某，父某，母某氏，妻謝氏。謝氏年九十二而卒。兄曰瑞星，淮安貳守。子胤夔、胤龍也。胤夔，貢士。胤龍，國子生。隱君治《詩》，又以《詩》教其鄉之人，而鄉之人無不從隱君稱《詩》者。質其平生，無非《詩》也。其在《詩》曰："哀哀父母，生我劬勞。"而隱君何怙以思父。其在《詩》曰："播厥百穀，有實其積。"而隱君力畊以養母。其在《詩》

曰:“此令兄弟,綽綽有裕。”而隱君之耕不惟養母,又以佐其兄。其在《詩》曰:“如彼蜚蟲,時亦弋獲。”而隱君反耕而爲讀。其在《詩》曰:“似續妣祖,築室百堵。”而隱君立寢,以春秋先人之祀。其在《詩》曰:“教誨爾子,式穀似之。”而隱君德善行誼,誨子無朝夕。其在《詩》曰:“夙興夜寐,有懷二人。”而隱君無解帶交睫,獨身奉母以天年終。其在《詩》曰:“維桑與梓,必恭敬止。”而隱君以其修之身者推之鄉人,鄉人式而化之。余見隱君平生,無非《詩》也。銘曰:

孔門稱《詩》,興觀群怨。而教其子,曰《周南》、《召南》。曾汝爲《子夏閒居》,三無五起,惟《詩》證之。下及韓嬰,亦引以結其辭。有斐隱君,踐斯履斯,獨守專門,以爲世師。予銘斯人,亦曰文其在兹。

林汝寧公墓誌銘

閩自林員外,“十才子”稱詩國初而閩中爲盛,寥寥百餘年,繼者僅鄭吏部。嘉靖之季,濟南李按察、瑯琊王司寇首倡中原,建旗置鼓,氣勢勃張。海内諸公有文詞者,翕然應之,獨閩中暗無聲。乃有晉江震西林先生挺出海涯,馳神古初,而一時所稱海内諸公之倫,先生厠其間。不有林先生,吾懼閩中之旗靡而鼓死也。先生一時交與,有吴中張太學伯起幼于、王山人叔承崐崘、越中胡太守涍順所、沈山人明臣嘉則、通州顧兵侍養謙益卿、汝南張中丞九一助甫、楚陳大理卿文燭玉叔、李宗伯維楨本寧、同里詹司寇仰庇爾欽數公,皆人倫長者。助甫稱先生崛起濟南,瑯琊後不虚爾。顧益卿每與胡順所抵掌論事,必稱登卿登卿云。登卿,蓋先生字。

先生歷宦,兩爲州,兩爲郎,兩爲二千石,浮湛州郡郎署間,然不以淹通廢學問。自言其以博士起家,子史百氏不惟未嘗寓目,家且無是書。通仕登朝,一行作吏尚未暇,及移官留署,乃搆集群册,連架盈箱,維時同里黄參軍以藩、黄山人孔昭俱在留京,相與倡和揚扢,自是乃竭蹷而趨,併晷而讀。黄孔昭與奉常李叔玄言,自先生仕,某數從見,所至多置古史圖書環左右。每退食、若罷謁,則琅琅手一編,日爲甲、乙,每誦盡乙其處,雖往來車馬,不間輟。先生所居,古帖、法書、遠香、名畫，雜陳于前，暇則玩賞濡染，追昔遡今，莫不涉目。於是其詩早年遂躡曹、劉之峻峭，躋顔、謝之孤高，七言歌行有王、岑之致，逮其晚節，闖入白樂天、韋應物户庭；其書置之李懷琳、孫過庭之間，未見多讓也。

先生爲吏，子視其民，撫摩備至，而弗畏强有力者。豪右屏跡，請託無地。聲爲神明，又不熟下官事。事不便民，亟趣騎請罷，上官稍色撓之，亟趣裝矣，其所浮湛州郡則此之故。然而所在離次，民無不孺子號而終天慕者。在通州時，爲州人均徭賦，悉預知其人户消長豐約，前後相覆，與夫不相覆者，既案籍均派，一州皆驚使君微行詗之耶。戚總戎繼美鎮通，相得也。白蒲廵司被盗，盗不得，兩臺見責讓，乃掩諸進香狼山寺人及丐子三十餘輩。先生廉其枉，具言戚。戚曰："聞之兩臺矣！"先生曰："向陷不知也，知而故入，公無遺種乎！"時戚尚未子，聞言大怏怏然，無以奪，竟活二十四人者出。先生爲政，大都如此也。先生始仕宿州，入爲户曹員外，晉郎中，丁内艱，服除補刑曹，再謫南通州，入爲工部員外，晉郎中，以督陵功，受白金賜，出爲九江知府，丁外艱，服除補汝寧，竟以繼母艱歸，而先生不復仕矣！

先生名雲程，登卿字也，别號則震西。唐九牧後，居莆，元末居晉江，一再傳，移居縣之青陽市。祖寒庵，生二子：長曰崇，仕司訓，司訓有宿學，既歸林矣，猶作大魁想。次曰磋，公父也，有厚德，人稱西浦公。公自其七歲時，與司訓公二子俱歸塾，並時入門。司訓公目之曰："兄友弟恭家道成。"先生即應聲曰："天尊地卑兩儀定。"其偉如此。長從學里中大司寇陳公道基、贈太僕少卿莊公用賓，兩公有文字鑑，大推服之。歸家四十餘年，壽以九十六歲。先生林居懿行，不可殫述，鄉人望之爲靈龜景星。要其爲人，大旨在《蘭窗雜記》一書，出之忠厚而施之平恕，所謂仁義之言藹如也。在宿州時，嘗道行逢一老翁，伸手入輿中授一編，物色立無有，視其書皆玄言。先生終身服之，而居常言："吾有八字符云：'比上不得，比下有餘。不辱不殆，所以大年。'"次老聃也歟！子二：肇符、肇金，皆諸生。肇符以崇禎某年月日奉先生葬于某山之麓，出狀命遠銘。肇符背先生四年所矣，言及猶承睫也。遠自少年服膺先生，敢不銘！銘曰：

大道無名，而强屬吾形。有形不居，是以弗去。先生雖隱於玄丘乎，冥冥濛濛，吾又何以知其處！

林州倅公墓誌銘

林公存嬰判明州，州有二耆舊，其一禮書周公應賓，其一宫庶楊公守勤，並文辭足徵實。周公贈公之言曰："公胸中具有武庫，而不欲自著，其懸河與人，氣温於萮，章大信，布大愿，心腹俱披，纖毫無隱覆。"楊公贈公之言曰："公於民取休息，事取理，解賦取完額，訟取息争，有罷法者，未嘗屑屑窮竟，至義所不可，雖撓之暴豪傑黠，不可動。外寬中執，有古名臣之風焉。"讀二公之贈言，公官理可知也。判職治餉，公清宿蠹，實虚耗，儲將大脩。出榷商舶，弛諸厲禁，税登民便。兩攝慈谿縣篆，捐俸修學，步禱回旱，不代庖，視之且報滿，解組歸。其於勇退之義，有合也。公少有文譽，十赴試闈，竟以明經選，而所與切磋治文辭者，乃皆至大官。省試時，有同舍生病亟，公時苦頰瘍，朝夕周旋，没而經紀其喪，人稱好友矣。告老歸家，戀戀父母之丘墓，上而率祖，下而睦宗，一以孝友爲根脉。至潛釋外侮，賑貸窮匱，引掖後進，而創艾其不及。拳拳乎仁者之心也！浚郊干旄，莘野瑟笙，郡邑大夫不啻段干禮之。

公諱懷永，字貞夫，存嬰其别號。系出殷少師比干之後，宋時有常春者，來居安溪縣大帽山之柏葉，七傳爲復春，遷駟馬山之赤嶺。復春嘗輸粟八百斛助建郡治、賑饑民，事聞，朝廷官之七品。三傳爲回，以貢入太學，爲公祖。某，公父也。維林之家，科貢代有，公處其間，尤爲玉中之璞，沙中之金，品重而質隱。生嘉靖辛亥某月日，卒崇禎庚午某月日，享壽八十。配傅氏。公没之明年，子澠池知縣廷著奉葬于南安縣之陳塘，以誌銘請。銘曰：

彭澤陶公，漢陰丈人。其道存存，其天豚豚。日吉時良，歸此玄門。則千秋之後過之者曰：是惟賢半刺之林君。

蘇大參公墓誌銘

蘇嗣諧，字庶其名，眉源其號。年二十八，魁鄉試第四名，登萬曆壬辰進士。

三爲令，始旌德，繼保定，繼大城，陞應天府通判、刑部主事、撫州府知府，調繁南昌，陞廣東按察司副使兼參議，復陞山東布政使司右參政，不之官，致其事。

君舉進士時，善病，學養生，遂修坐功，治煎爊或服金石散，晚而寒冬可袷，或躶體，自詡通内練。已，又學聖賢之道，其學以虚和爲主，不懈爲宗。言爲仁之道，從事上用工者，如大石壓草，石去草生；從心上用工者，如草根净盡，不用石壓，其自得如此。然不以語人，授門徒自治而已。數爲余論羅公汝芳之爲學。其于養生之道，謂："得道者死之日自了了。莆中林兆恩以艮背養生，吾察其臨盡不了了。"又數數爲余言赤肚道人事。遡嗣諧之所爲，以道宜壽，以養生宜壽，而竟六十四以卒，其有數耶？然嗣諧嘗自題像，謂"卦盡當行"，殆了了者。

君爲旌德，里役苦解鏹，用吏代之，取火耗爲水脚及吏行資，後縣遵用之。有訟者，令其人與其親識偕和處，不即和處者，面諭使心服。催科預爲期，不如期者，書逋數揭其門以媿之，終不遣隸卒下鄉。隸無所得衣食，皆自引去。至其搏擊豪强，不畏强禦，一按諸理。有李直指酷好禪，廵風以僧自隨，居僧於山寺，僧受人金妄爲。直指説君所治事不實，事凡二，君具二事，連訟人送臺問，公自聽。直指大怒，訊竟日，不能易君一字，然憾而思中之，以此調保定，改大城。北方民淳直，不似南方，君與行無事。守撫州，章家石税故屬守，君辭去如避膻。撫多盗，設法擒勦，朝報盗，夕就戮矣！其執法不骫骳，如旌德時。有翰林子殺人，廵撫戒君勿受被殺家狀，君曰："殺人不受被殺家訟，守更受何訟詞！林即貴顯，他日有禍，守自當！"廵撫怒見色曰："守辱我。"轉副使廣東，未行，連丁内外艱。服闋謁選，仍得廣東，其鎮在高凉，去省會遠，法網疎闊。君禁諸佐貳首領官，毋得遣隸下鄉。往時隸下鄉，魚肉民，民多去爲盗。君榜示村落，凡差役無本道印信腰牌者，許村人會社綁解至，則治如法。高凉之鹽商把持行市，君灑派鹽課於人户，禁鹽商毋市鹽我境内。民衣食有賴，盗以衰息。已，參政山東，未行，中考功法。所以中君者，無少影響，國人皆笑以此中蘇公所謂"撾婦翁而盗嫂"，君曰："毁譽如是，不可已乎！螘行鵲起，庶不失吾已。"

君所至不惟有惠政，又善治獄。旌德有張、胡二人争佃，胡從遠方誘一行乞至家，醉之酒擊死之。詰朝，張過胡門，胡兄弟與争毆，出死者於門外，謂其兄。張不能自白，自伏，居數月，稍稍露而終不得死者名。君乃異胡兄弟獄，誘而誤之，使自首，主名竟得。有蔣鉞者，索負一老倡家，鬩成仇，倡賄一賊，令扳鉞窩家云，就鉞家得首飾數十，倡復賄一失主實之，鉞坐論辟。以冤訟不休，耿中丞委君訊，君詰失主曰："你貧人何得首飾多若是？"曰："小人有母有妻有嫂有妹，合之乃得如是。"君曰："四分之，孰爲母與妻？孰爲嫂與妹？"其人如君言謬分之，君曰："吾將亂之，召爾母、妻、嫂、妹來物色，則何若？"失主詞窮，乃吐實，而蔣冤始雪。沈姓者，貸潘中貴金三百，絶無還意。中貴率僕逼取之，時天寒甚，沈則夜半令一僮奉冷酒於中貴僕以怒之，囑之曰："彼怒，必毆。"中貴僕果怒毆，沈與妻弟趙禮突入，滅火擊死其家僮，大號："中貴殺我家僮！"訟于官，中貴不能辯，然竟以昏夜莫爲証，未得論罪。陳侍郎以屬君，君辯詰良久，即問中貴當夜有人在彼。君即遣人入矣，召商訊之，云："其夜小人睡西廊，夜半趙禮來同睡，通體戰慄，小人問故，曰：'毋聲，某僮死矣！'以此推之，殺人必趙也。"公立逮趙禮，禮見事露，始自實"沈使我"，於是當沈、趙罪，釋中貴。是獄也，十五年矣！前後不能决，得君始涣然。蓋君遇事精審乃爾也。嗚呼！君念我貧賑我，無衣衣我，無食食我，有文詞或字書委我，推以待我者，其急人好善，何所不至。

君父某，封某官，母温，元配張，並封恭人。子四：文瀾、文演，文漼，又名更生，並諸生，張恭人出。文涍，又名曾，側室高出。墓在某山之原。君弟諸生宇羔偕文演、文漼來請銘。銘曰：

孔孟爲師，偓佺是慕。犧象雕未虧，盆盎還其故，則又將誰妬！

陳文學墓誌銘

陳子宗瑛，少孤，而不及其祖，數從家庭間問祖遺事，披其像則曰："吾祖深穩冲粹，儒者之容也。"讀其遺書，則見其所註《四書》諸書，遜志校讐，疏纂微奥，可爲紫陽註脚，曰："吾祖儒者之業也耳。"其生平遺事，質之耆舊長者，則曰:"吾祖古心質行,冥昭如一,無媿儒者名也。"持此來請銘。

余曰:爾之知爾祖也,不如我。緊爾祖之父曰東亭公者,年九十餘,吾先贈侍郎公表弟也。前輩人倫篤厚,不如今人爲儇薄,中表兄弟不啻親兄弟。維隆慶丁卯,予先兄大理公遊泮,而爾祖與之偕,中表兄弟二人不勝喜,以爲後進有嗣。後余兄弟得科第,而爾祖乃久困諸生,至于無年,儕輩悼惜,而爾之曾祖傷甚矣!方爾祖與先大理遊泮時,余方童子,見爾祖穿一白布袍,手鞠躬行道傍,語不出口,若板若笨,有大歡,微笑而已。彼時李文節正中解元,亦如是舉動。豈與今之後生,衣綵繒灑手行路線,負任者不遜避,叱咤見顔色,白日衢道中,笑語喧無忌者同乎哉!孔子猶思禮樂先進,至今宜特甚,乃至予又有古可思者,何也?蓋國家之初,率尚質,其後乃文,文至不慙則闌出規矩之外矣,其在今,殆文勝之後乎?予之爲爾祖發此言也,亦先進之思也。

君諱繼虞,字伯韶,敬齋其號。配黄氏,恭祭祀,孝舅姑,敬齋倚以專於學。宗瑛少孤,獨身耳,能自成學,學雖未成,其爲人有畔岸,克家子也。銘曰:

維古之人,今不逮;銘兹幽宫,道有在。

劉孺人墓誌銘

劉孺人諱睿貞,字守柔,永新邑士劉公之女,安福處士彭子麒之妻,而貢士九亮母也。處士好讀書咏歌,不問家事,孺人内辦以整,自極難苦而處處士休逸,事既辦,處士愕然出不意。處士貧,去之江夏、蒼梧爲大都講,比歲乃歸。孺人養其舅如處士親養父,身自厨下治舅氏食,温凉寒煖必適,有美餌多方蓋聚,專上之舅氏,雖兒子叫怒索弗割與。舅氏老病垂没,至惡聞聲,孺人與處士不敢譻糜高語,有欲不索而具。如是以三年,舅殁之日,與處士倍哀痛。孺人又善事其介姆如母,善事其諸母如介姆,又善事其諸姆之悍者如諸姆之慈者,故其慈者贊而爲德頌,而悍者化而爲慈心。孺人孝敬祖宗,羽翼處士,多大義訓九亮,不以長大姑息。處婦女無稗言,皆依婦德、婦工。故孺人之美,彭氏諸婦稱訓于其家婦,彭氏諸姆稱述於其娣姒,劉氏之人以自多于彭。年七十八卒。子九亮、九彦、九克。九彦殤。孫逢震、逢泰、逢豫。葬祔於油漕陂之祖塋。

九亮曰："吾母女道完備，至性合天，家貧老以死，彼蒼福善之報至吾母而爽也。惟子不諛，爲我銘。"喬遠曰："銘不待諛，又何爽矣！"銘曰：

敬順事人，勤儉持世，修于庭内。弗華弗給，毋非毋嫉，尊卑並逮。和睦洽訚，愛者生誠，悍者反悔。孺人之性，不訓不師，而閒《内則》。男説女教，轉相讚述，以爲法式。久久無怠，君子之勇，仁人之德。言不越閨，步不踰閾，蹈美襲芬。譬彼哲士，行善巖穴，不求有聞。九亮念母，喬遠爲銘，是以聞聞。

亡女肅嫣壙志

於戲！是吾女肅嫣之壙！肅嫣以萬曆十七年從父官京師，不三月以卒。先是，鄉人李度支曾居室有鬼魅之徵，屢勸吾易之，吾乃不惑。肅嫣入室一日而病，兹不知其死於魅邪？抑信病耶？肅嫣七歲而知爲人女之道，聰慧柔順如成人，從吾水陸萬里而能朝夕吾，而能喜吾顔。今其死矣！地壇之西偏有地焉，吾鄉人死者皆葬之，而以肅嫣祔之。是爲其年之六月庚寅日。銘曰：

其父官于斯，而女傷于斯，悲何之其！

亡妻温安人墓誌銘

温之先在宋有名革者，仕福建轉運使，有名於時。入明天順中有良者，爲中書舍人，善書，書學趙子昂體，與余高伯祖儋州同知公祐善。三傳而有潮州府通判學舜，善余先府君，亦如儋州之於中書。學舜弟子碩、顯，皆受業先府君，而温與何爲世講，碩爲郡文學諸生，顯與余同舉于鄉，第進士，仕户部員外郎，亦以文采著。余爲先府君少子，而安人文學公長女。先府君歸田時，過訪文學公，温家婢背負安人，先府君一見，以親相許，而師生乃爲兩親家。

安人年十九，余舉于鄉，二十歸余爲婦，二十二爲母。二十九余舉進士，又二年，余赴闕除官，安人從。又三年，余以刑部主事轉禮部，考績得封，稱安人。又二年，余以罪謫粤西過家，安人從歸家。余之粤西，安人家産男子，産八日卒，凡得年三十八。子三：九轉、九雲、九騠。安人居何十八年，逭事先府君、先安人與余，共持三年喪。安人爲婦，事舅姑甚嚴，恭入竈下，治飲食饔器皆潔修，然後敢進。從官邸，值先府君、先安人忌，自治饔，恭謹過其生存。余謫宦過家，適先安人忌，無以爲禮，安人自毁銀帶以市祭物。自余與安人處，衣服皆練布，未嘗見美，然未嘗不飾也。口約腹裁，以食夫、兒。雖供客未嘗見豐，然所儲賄未嘗不具也。未嘗肯妄使一錢，至修治譜牒，爲先府君文字殺青，及余讀書交友之費，所與兒子束脩，未嘗不樂出也。與余居，未嘗見綢繆之愛，歲時月節未嘗不以禮，相承望余顔色，未嘗不莊憚也。未嘗私其外家，母、昆弟恩意未嘗不洽也。安人居常語余："人言婦目紋稍上拂，殆無年者。"及余有西行，安人謂余："使巫視我將免，身且不吉，奈何?"余謂安人，目雖上拂，神王也，而下又豐。既余行兩月，安人果卒。

昔者潘岳貯悲於莊缶，蘇軾擬嘆于牛衣，近世李獻吉撰結腸之操，王道思著存悼之篇，良以淑媛難留，結髮不再。揆之今日，千古同哀。余既喪安人，不更娶，以其死之七月，穿塚晉江縣金地院之山葬焉，是爲萬曆二十三年十二月十有七日也。塚凡二壙，名其岡曰罣如，待息與休，以盟同穴。塚與先府君、先安人塚相望，庶幾百世之後，得侍吾父母春秋之事，而安人亦奉舅姑如平生。因自爲之銘誌。銘曰：

孰使爾生而有爾形，孰使與我居而又使爾去？千百世後其同處。

林孺人墓誌銘

晉江郭隱君文煃之孺人林，萬曆某年月日捐女御，七十五歲矣。以其年某月日葬某山，爲郭先兆。兆不遠，先葬不越年，禮也。孺人父銓，母丘。隱君於父慎菴公爲季子，孺人歸隱君，守其母氏柔婉貞靚之訓以奉舅姑。衣粗食糲，餝饋手進之，蚤夜力作，常爲其妯娌居先勞，毋敢以少子婦怙愛。賄旨庋美，待隱君從學交遊之客，又推及隱君母、昆弟。常出以佐其妯娌，御夫子賓筵，於諸妯娌子若婦，均接一視，如其自出。又能推隱君之意，廣恩宗家外黨，靡不洽情中度。郭氏宗家外黨鉅大，不翅數十百人，皆能得其意，使隱君無所分繫而肆於學。舅姑歿，執喪修祀如禮，厚遇其故所愛敬者。及析産稟政，家事盡治，琴瑟静好。平生恭隱君，慍媟不見容。曰："婦人天夫。"居常自戒，隱人過失。處親戚曰："寧厚毋薄也。"人有所丐請，即隱君有所問遺贈恤，皆倒囊傾橐，曰："寧人負我，毋我負人。"嘉靖末年，兵癘大興，民避寇入城，假居巨室。巨室人多閉不與，死則惡之。孺人曰："死人必有也，厄而棄之，助癘不祥。"盡闢除堂奥室牖窓假焉，又出私錢賑活羸瘵而瘞其死者。寇退癘已，孺人一門平善。孺人勑諸子不教笞，而訓督臧獲不苛，趣而有程。簪衣荆布，無鉛華之御。治中饋潔修精澡。自其爲婦，以至君姑大母若一日，曰："不可以足飾，不可以老佚。"孺人嘗病急，視孺人者踵屬户。及瘳，則群賀。子五：士嵩、良崗、士岩、士崑、士岱。良崗故庠生。喬遠於士岩爲竹馬之交，視孺人母也，敢辭銘！銘曰：

凡女之德不踰閾，柔婉貞順宜潔飾。嬉弛睢盱兩皆慝，又有門内乘夫職。彼爲善之恬不惑，孺人慈襟生慧識。莊好坦徹無反側，敬恭夫子比冀缺。暗合敬姜教無斁，鄉閭族黨頌且式。有子以我能翰墨，使我銘幽紀千億。周匝瑣細難盡述，請書大指附《女則》。

先嫂魏孺人墓誌銘

曩歲先兄從大理奉使歸也，則爲吾二嫂氏治藏，未及葬，抵遠書曰："吾將爲二嫂銘墓，日月有時，儻道遠不及寄，則但汝爲之。他人可以銘墓，况夫之弟哉！"亡何，寄卒至。嗚呼！烏知遽銘吾魏嫂也。先兄蓋三娶。始娶唐，繼娶陳，孺人其三也。

孺人，惠安魏一忠之女，年十八歸吾先兄，而吾贈儀部公、母安人不在堂久矣。越月，先兄上春官，其明年先兄乞恩署建陽之學，又三年徙官國子，又二年徙大理評，又二年奉使還家，還朝未及一歲，卒京邸，皆孺人從，首尾十一年耳！又二年，而孺人没。孺人念不事舅姑也，吾先兄於贈公、贈安人諱日加敬，孺人佐以謹。吾先兄念二三其室子纍纍然，有髫者，有襁者，孺人佐以慈。吾先妻從吾宦又蚤卒，孺人所與鴈行者，惟吾仲嫂氏，孺人母事之。孺人見吾嚴而有禮，不用嫂故倨。事先兄甚順，先兄時有疾遽之言色，孺人忍受之，下氣怡聲，以故先兄懽相得也。先兄病京師三月餘，良苦，二子在家，其侍膝下者幼小，孺人進匕箸湯藥，身晝夜毋懈。先兄曰："吾娶三妻而爾最順我，又以我苦爾，而今累爾矣！"先兄櫬出都門之日，孺人悲哀甚，及歸家，從屏處垂涕洟，念益篤。其所出子九雍方五歲餘，則晨暮督之學，曰："而不知而之孤，而不知而父之念子學乎？"

孺人以先兄没之次年壬寅冬病，越歲癸卯正月二十四日遂不起。孺人之疾也，遠時視，常以口致謝，及臨盡，語遠曰："吾疾爲而兄爾。吾持家儉甚也，未嘗買一斤肉，不敢出錢買啖百荔枝也。"又曰："吾甚儉，吾不私吾父母一錢，善視我兒。"兄宦無積，篋有數十金，諸兒均分之，則又口致謝如他時。遠出一茶，頃而遂暝，距生萬曆甲戌十二月二十日，爲年三十耳。先兄有四子：長九似，次九叡、九甸，孺人出則九雍，今七歲，聘樂平令唐時興公女。唐公，吾兄弟同年也。九似等遂以孺人没後一月，奉柩於陳宅山景行岡之原，以合先兄窆，是爲其年之二月二十六日清明節。銘曰：

女人之德孝順儉，至其大端貞節烈。生乎秉德死也完，臨盡有禮六無缺。二嫂分葬孺人合，同穴豈復悲夭折。嬰雛長大自有時，千秋景行岡巇巉。

李孺人墓誌銘

孝廉蘇懋祺、懋祉持其母孺人李氏之狀，奉尊甫文學公之命以來請銘。淚沾衣袖間不能止也。蓋孺人于歸文學公，舉一子慧而殤。文學公困苦劬書，因善病，病有年。文學公母丘在堂，近憂子而遠祈孫，掩泣日夜望。以文學公病有年，孺人乃自病中孕懋祺，若有不能自明於其家衆者矣，慇斯懃斯，育子之閔斯，此懋祺兄弟所以淚沾衣袖間不能自止也。懋祺以萬曆甲午舉于鄉，越歲庚子，懋祉跐美，聯翩孝廉間，然而孺人已先乙未歲亡。

始孺人於李，爲郡諸生鍾秀女，裝送貧家而已。文學公父古泉公故饒貲，丘母則兄御史中丞，於時娣姒傔媵，競來覘新婦，退有呰薄語。孺人心自念，誓願生子無女，後生世無作婦人身也。竟如孺人志，有懋祺、懋祉二子而已。而不得觀懋祉之趾美孝廉，與後來兄弟之且薦甲科也。此所以淚沾衣袖間不能自止也。

孺人自幼事祇静嘉，粗通《内則》、《小學》、《女訓》諸書，能解其大意。長而莊體詳睇，端步寡言。既歸蘇，以孝敬事舅姑，以肅雝事文學公，以婉惻和易待其妯娌族黨，無少長貴若賤。及有懋祺兄弟，而以教與愛畜之。始姑治家方毅，孺人椎布操作雜婢子。丘姑質明起，孺人先以鷄鳴；丘姑乙夜休，孺人後以丙夜後。一日起稍後，輒稱病不敢食，至其真病，猶不敢言病。嘗煑茗爐破，出私錢購而烟熏之，令如其舊爐，其謹畏如此。古泉公既老，兩目廢，丘姑先卒，古泉公復發心病，孺人從文學公左右，先後如護嬰兒，矢溲裙腧，手爲浣滌，終不假婢子，曰恐其厭苦而有怨言。其事古泉公之女如其事姑，又恩且禮其子若女。當文學公善病時也，孺人自遠衽席之愛，佐以君子之德，出其女紅餘錢爲文學公醫藥禱祠；而素食減飱，搏顙籲天者屢矣。復時時推文學公餘誼，以急其友人。至孺人所以待諸妯娌族黨，無少長貴若賤者，面背可覆按也。懋祺兄弟爲兒時，或索鮮衣美食，絶靳不與，曰："當令孺子惜福。"長就傅，且束脩獨厚，夜則篝燈紡績，對之讀書。時其惰而督之，亦時勞苦而休之。間少出入，不問時，乖戾必痛楚之。居恒教曰："人生要在作福。凡吾所爲，爲若輩子孫地耳。"又曰："自吾爲女家婦，勞瘁倍人，我弗憚，衣食慊慊，我弗耻，吾憚女之安於佚而不耻於不爲君子也！"

孺人生嘉靖某年月日，卒萬曆某年月日，年五十三。墓在晉江縣某山，葬爲某年月日。文學公名存淑，早歲有名於黌序。李公鍾秀一子，名載贄，爲姚安守，故棄官客遊，譚學問文章及於禪理，其所著書雖擯身後不行，而海内士共推之。懋祺、懋祉辱與余遊，篤於文學，而砥於行誼，余敢不銘！銘曰：

敬事尊嫜，深夜質明，終始以爲常。柔順居正，覺子德行，造福以爲盛。牛醫從遊，聲應氣求，吾敢不銘幽！

秦孺人墓誌銘

吾邑新興令莊玉泉先生如愚，故有文名，與王道思游，而甚重之。玉泉先生娶於潘，既早世，秦孺人實用德接。孺人聰慧百解，既歸先生，惟順惟儉。先生一再官，終窶且貧，罔有讁懟。敬奉父祖，沾溉弟姪，百兹稱塞，以成先生孝友之意。先生既没，孺人撫側室子，無敢求多而私所出，惟是均也。撫潘夫人四女，粧送無敢處薄，遣己五女，不敢加焉。曰："吾撫潘夫人女，不敢薄吾女，吾女無加也，吾處男加他諸兒。"

孺人生嘉靖某年月日，卒萬曆某年月日。子一應曙，其側室子則應辰。應曙能爲詩，與予善。孺人有五女，其一女嫁廣西參議秦女（子）舜翰爲夫人，生子鍾震。鍾震自其諸生則有文名，以去年成進士，任南比部郎。應曙貧甚，無以養，見其甥舉進士爲郎，則挾詩爲兩京遊，庶幾得養母。會鍾震亦過家，應曙與俱歸，稱觴上孺人壽，未浹月而孺人没。遊子歸家，外孫上壽，人方賀孺人，孺人遽没，祔身祔棺，亦有所出焉。人亦謂孺人福。應曙以孺人卒之三月，奉柩於某山以合玉泉先生之壙，而使予銘。余曰："秦甥有文，宜令銘。"應曙曰："必子銘。"曰：

夫也有文而子能詩，華滋流暢，及女之兒。是何閨閤而斯取斯？斂手足形，貧其又奚悲？永固其封，曰廉吏之妻。

蔣安人墓誌銘

觀察江公國材持其室安人之狀告予曰："始吾列子衿時，吾先父母以及兄弟、室人無不語予，謂能蚤致青雲，而予久困始伸。吾先人積學不遇，去之南雍，復留滯久之。吾先世資斧坐吾父子執一經求進，家産日落，而得吾婦持之也。吾婦一婦耳，奩中之遺不敢言豐，吾婦不自私也。十指之出，終日之勤，不敢言積，吾婦不自息也。吾母處室莊下，十坐九起，吾婦終日侍立不敢跛倚，以修婦工也。吾守在蓬窗，不患吾婦有樂羊子之妻之憂，風雨之夕時歸子舍，寢不煖席，吾婦敬奉無怠也。吾徼天之幸，以有今，兹命服之寵、天語之頒，吾婦不及榮之也。吾年三十未子，吾婦數舉女請吾置媵妾以廣嗣，續已更娶，又復未子，所有未息，實出吾貳，而吾婦不及撫之也。吾婦歿，吾先人私易其諱曰‘孝德’。吾婦何以得吾先人之易此名也？吾先人爲吾婦穿塚，塚三之，曰：‘以待吾子同穴之盟。’吾婦何以得吾先人之作此念也？今没有年矣，吾父母亦往矣，顧自諸父諸母、妯娌姬姑，下及臧獲，言及吾婦，無不追想流涕。吾繼室雖賢，吾貳室雖子，而無以易吾心。歸土有日，子爲我銘，亦見吾不背負之意也。”

按狀，安人姓蔣，邑之福全所人。父某，母黄安人。幼讀《列女傳》諸書，知大義。少長，幽閒貞静，其父母奇之。無何黄母即世，安人年未笄，代操家揉，井然有條，撫二弟一妹，忘其失恃。刺繡之業，不習而巧。歸觀察公，所以事之，動必以莊，燕必以貌。觀察公屢躓諸生，温言相慰，無幾微愠色。生嘉靖丁巳某月日，卒萬曆丁亥某月日，年三十一，舉三女。庚子歲，以觀察爲平樂司理，贈孺人。辛丑歲，觀察公以户曹覃恩，進安人。所舉女，二殤，一適永州府通判陳公文進子、郡學生元齡。元齡博學有文，爲安人壻亦當其有子。墓在惠安縣孫卿山之麓，葬以某月日。銘曰：

薛山陽之作達，無以立教；武侍御之畫佛，莫從塞悲。有毖其丘，禮修少君，其在於斯。

陳母墓誌銘

邑故處士陳君某之配顔孺人，以萬曆某年月日卒，去其生於嘉靖之歲，年八十又一矣。孺人有弟，襄府左史魁槐公，命其孤國子生國錦，即以是年某月日奉而合處士，葬於邑斗坑山之原，而使求喬遠也銘。國錦持狀泣以請曰：“誰謂孤非母出哉！孤有今日，惟母鞠之，惟母教之，豈惟母成，實惟母生。撫所生，孤以立，孤生緊豈母生，勝母自生。”於是喬遠手狀讀之，曰：

嗚呼！誰謂慈之無報也！蓋孺人歸處士君，六舉丈夫子不育，因育處士弟之女爲女，而急爲處士置副室，以得余氏母，而孺人姊妹畜之。余母遂舉國錦，而孺人所以畜國錦,勝自生矣。方孺人之歸處士也,處士賈行吴越中,舅姑老在堂,孺人爲處士致養至孝,處弟姒有恩,内外戚屬、諸母若姑之外家,待之無不以禮與愛。晚節舅失視,而姑患痺,孺人與其姒事益謹,能使舅姑忘病廢。舅姑即世,孺人佐治喪葬,誠信綜辦,戚易互均,内外稱焉。方處士賈行吴越時,孺人拮据纖儉,以佐處士之生,代處士致養。處士家既成,父母歿,處士亦倦游,孺人則擊鮮治臘,供賓客讌飲,體處士之意,助其豪舉,乃自奉泊如。處士没,孺人益攻苦以教育國錦,而遇余氏母益愛且厚,飲食起居,不使余母後於己,人謂國錦有二母也。國錦亦遲子,其婦吕歿,孺人爲國錦娶婦洪,薦吕氏之媵於國錦,於是其媵得子曰喬彭,而孺人所以持陳氏之門者至矣。孺人所育其姒之女,嫁于國子生曰史廷璋。銘曰:

孝事尊嫜,代夫爲子。翕翕雍雍,洽于娣姒。伯叔諸母,姑之外氏。問遺欵曲,有甘有旨。敏手折躬,盈其積委。抱衾逮庶,式穀誨似。雖在簪衿,侔德冠履。我銘斯穴,不媿其所。後千萬年,丘陵峛崺。

詹氏二母墓誌銘

益藩尚璽詹君拱宸持狀告予曰:"不佞數奇,先娶蔡而没,予母爲予復娶於蔡,而是時不佞丞保昌,則又擇霍焉,粤人也。先娶之蔡既久未即土,而霍亦没矣,兹將合而葬之。惟夫子與不佞有姻親之好,而不佞子夢鳳亦從夫子授經,舍夫子其誰銘?"於是何子爲之銘曰:

詹君之母,本出自蔡。從女配君,重之肺腑。燕恬静好,匪靡匪繪。初歸于詹,舅值狼狽。奔走竄伏,避賊之鋭。瘡痍既瘳,蕭然廩廥。脱簪解釧,以佐駔儈。提携同生,拊摩門帨。盥洗櫛總,熨帖縡縩。妯娌宗戚,臧獲内外。兼洽並逮,無不潤濊。繄霍相蔡,中閫斯賴。慧詰挈撮,劑伍参會。從官於丞,佐厥簿最。鼎謂夫子,丞官不大。民應民承,宜惠宜賚。剔蠹振凋,毋犯干掫。歸而持家,服粗茹糲。喪祭財禮,無有菀蹛。母喪蔡婦,初多悲嘅。既其得霍,意愉顔藹。今母在堂,悲此遺蜕。靈輀載祖,歎音尚厲。我作銘詞,約言毋忲。視千萬世，不磨不汰。

傅山人五室墓誌銘

傅山人鑰蓋五娶：蘇氏、林氏、黄氏、莊氏、彭氏，皆山人室也。所生凡五子，曰南曦、曰南暉、曰南昭、曰南暐、曰南曙。暉也，林出；曙也，彭出；而曦、昭、暐，則蘇氏之娣洪所生也。蓋山人五妻而一妾，於今妾猶在也。

蘇氏者，教諭蘇桂女孫，十四于歸與山人，居十五年而卒，卒爲隆慶辛未，距生嘉靖甲辰年二十八矣，無子，乃其娣生三子，亦猶蘇出也。

林氏父曰某，其仲曰叢槐，爲户部郎。林入山人之門，啖苦攻作，樹桑家園中，以成蠶絲。山人好爲四方游，林時時解佩佐山人游。山人好客，爲客置餚酒，無虚日夜，林治供具不懈。項有癧瘡，生南暉，瘡不醫，曰："死已矣，恨我子少也。是能長乎？幸善視之。"使人抱暉前，潸然出涕而遂死。死以萬曆甲戌，距生嘉靖甲辰，爲年三十有一，是時南暉方週也。

黄氏者，父曰和賡，歸山人不半年卒，爲萬曆乙亥，距生嘉靖己未，年十七耳。山人春秋之事，念之淒然也。

莊氏者，國子生標女，生一子七歲殤，而莊亦卒矣，卒以萬曆辛巳，距其生年嘉靖辛酉，爲年二十有一。

彭氏，彭某女，生子曰南曙。彭之愛曙也，無以過於其愛暉，而期暉之遠也，乃大過曙。山人晚而葬其封侍御公與扶其母孺人之喪，而皆彭佐之。其卒也，後於山人，以萬曆壬子，距其生年嘉靖甲寅，則五十有九歲矣。

山人五子，獨曦與暉爲諸生，曦近亦歿。顧山人在時，獨奇南暉也，於此時也，襄母之役，惟南暉任之。山人居嘗語暉曰："我死也，則以蘇與而母從我葬。夫吾五妻也，不能以同穴矣。"及是葬，南暉歎曰："吾生於母，又更三母矣，獨得終事彭，彭母撫我厚也，從吾父之命，如彭母何？且吾獨與曙也，嫡母之出也。"告其宗老曰："暉也，欲以蘇與黄從吾父，使吾母與彭同穴也，且以明暉不私其母以從先人。"宗老曰："不如次也。"南暉曰："是孤心爾。"以語何子，何子曰：

“禮,時爲大,順次之,次之之謂順。”於是蘇、林從山人穴矣。何子又語南暉:“穴則二母從而父,吾爲爾銘,而父一銘,五母同一銘,猶五穴之意也。”南暉曰:“善。”於是遂爲銘。銘曰:

孰室之多也?生如之何也?爲山人妻,維以聞嘯歌也。没則歸去,有異其穴,有同其銘。若佳樹之連理,而靈羽之並柯也。

曾如孺人墓誌銘

隆慶之初,吾邑蓋有長樂令鵬東蘇先生民,廉能吏也。先生令長樂,撫循劇盜,昭雪誣民,功在東廣間,不具次。始先生艱子,得曾母爲如室,遂舉子琰於長樂官舍。迨先生棄官歸,琰年十有九而先生歿。歿之二十三年,爲萬曆己酉,而琰舉于鄉,去嘉靖己酉先生舉鄉之歲,六十甲子矣。又去之五年,琰成進士。琰舉進士之次年,而母氏歿云。先生故居邑之南鄉,聚族吴山。當其棄官歸時,去之五里許,僦居安平鎮。母居吴山自如,先生使一二老蒼頭畊植吴山自給,而母常身灌園治蔬,禾黍登塲,晒曝舂簸,無不身操作。最後先生即居於安平,久疾不出户,家給日乏,則先生正室李氏亦往吴山視耕植,母氏治田園轉饋,操作益勞苦。迨先生没,琰也少,欺侮頻仍,娶婦不年,又未有子,孑然身耳。琰雖列博士弟子,再娶得孫乎。顧爲諸生十餘年,貧逾於昔日,而母年已六十矣。未明而興,入暝不怠,所衣敝衣,所食粗飯糲羹,所操鹽米凌雜,無虚晷刻,即琰婦往從之,猶謂其不如意,而身自作治。及琰舉于鄉,母居恒謂琰婦曰:“而舅氏不舉鄉哉,家乃爾,吾當田園吴山如故。”琰成進士居京師,竟夢數不祥,急請急歸省,亡何,而母氏没矣。

當先生之求母氏也,以冀子也,先生求母氏不以色,母氏事先生不以愛。先生廉而不虞,母氏爲交徧。先生貧而不虞,母氏爲惰窳灌園治蔬之役,晒曝舂簸,轉饋操作之苦。蓋監門之養、臣虜之作,古之聖相賢臣所以事君父者,母以事先生,一何盛也!家政中落,餬口之需,靡夕靡朝,母氏作勞,不減少壯子。稍得意,慮深疇曩,人生在勤,育子閔斯,獨毋織屨,又何賢也!琰雖以進士舉,嘆其不得一日養，邀朝家一命於服官之後，然而得以請急之役，定省晨昏，幾至一歲，治歛治葬，有加於諸生，况乎方以文辭取名當世，將有以顯母氏，母則怡矣，而琰猶以不孝之罪比於滔天，悲乎哉！琰之爲子也！銘曰：

生而作勞，人則邑邑，母氏以爲逸。晚而有子，人則暇豫，母氏以爲慮。廉吏之家，而可以爲，何母氏之羸疲，尚不足以持支？廉吏之家，不可以爲，何福履之重綏，子若琰者斯焉取斯？

黄孺人墓誌銘

嗚呼！孺人，封户部主事温公學周之婦，而文學公碩之妻，而文學如璵，布衣如珙、如瑶之母也，而雲南安寧州同知黄公某媪、九十九歲趙氏之女也，而予喬遠之外母也。予年二十，婿于母氏之門。六十而母氏没，蓋奉母四十年所矣。母氏時時謂予曰："吾事姑謹，今諸婦不如吾謹也。吾處妯娌睦，今諸婦不如吾睦也。吾治家勤儉，今諸婦不如吾勤儉也。吾事父母孝，吾諸子不能如吾孝也。"諸子若婦時時被譙讓，然亦尋解。手不妄費一錢，至於禮與惠，不敢缺以薄。時時多疾病，調之有道亦尋愈。至言及予妻，則甚喜，曰："類我，類我。"予不喜吾妻吝，而母氏以其類己儉也；予不喜吾妻凉凉然，而母氏以其類己肅也。母氏之遇有可恨者，見如璵與吾妻先母卒也。日夜望子孫讀書，無一進取。母氏既没，而子衿者纍纍也。日夜謂予久鬱鬱田間，母氏既没，而予得蒙恩收録也。母氏又有可喜者，珙與瑶也，雖遊於布衣乎，珙也以文詞鳴諸公間，諸公造門而請珙也，詩若書，書若畫，以孝弟恭讓聞於鄉族。瑶也，治生之外亦不妄費一錢，子孫森森若立戟，他諸孫濟濟有文，將大其家也。予兒九雲幸而發一科也。母氏子若婦，時時被譙讓，母氏没，然後知母之嗃嗃也。母氏子若孫不能無疑母纖以嗇，母氏没，發其篋，精鏐若而，鐶鈿釧釵鐲之屬若而件，在笥之衣若而襲，杯斝巵匜之屬若而枚，喪祭殯葬之事不勞諸子一區畫，然後知母氏之糾糾也。

予初壻母氏之門，母善病，既數月而後得見母，歸謂吾妻曰："而母壽人也。”吾妻曰:“卿真不解事,吾母終歲牀蓐間,恨無有起色,奈何言壽也?”予郎京師,予妻時時蓄物具,曰:“吾將遺吾母。”予曰:“吾貧也,母氏又豐足,夫豈無他日?”吾妻曰:“吾母也,與吾也,寧復有可知者!”而女果先母没,然則予與予妻也,善知母與自知也。母氏豐頤垂耳,見者以爲百歲人。無上事自云病,病至惶悸厥决,輒自治祔身事,及其將卒之年,予登堂壽母,母氏大粲笑,諸子若孫若子曰:“母壽不可量。”乃大快。去之十餘日,母氏遽卒,則母之惶悸厥决也,慎生也;粲笑以卒,委順也。

母氏生嘉靖某年月日,卒萬曆某年月日,得年八十有三。夫與子俱見文學公志中。葬在南安縣橄欖山之麓,是爲文學公之窻,珙與琺也啓而合焉,是爲天啓元年某月日。銘曰:

有美賢德,其儀不忒。合葬于兹阡,千古其安宅。

黄母墓誌銘

無仕宦甲科之業,游於大人先生,其内行潔修,其意氣軒舉,其文章辨博而深厚,求之於古,則石曼卿、陸務觀之倫。有子如此,其可以爲子也乎。席門窮巷,多長者車轍,採樵行歌,負米爲炊,安然樂養,以比尹焞之母。有母如此,其可以爲母也乎!而黄氏母子以之。

黄氏之子龍溪人,名以陞,字孝翼者也。母則謝,其夫子孝廉鰲伯也。鰲伯舉孝廉三歲,而孝廉捐,母氏爲孝廉養舅姑。舅姑歿,治舅姑喪如孝廉生爲之。其教陞也,如孝廉生而教之也。陞也孤窮,而文益有名。母氏爲筮,得《漸》之三爻,曰:“孺子隱矣。”陞也,觀於二京,浮於五湖,講學齊、魯之都,母雖離憂,其志樂也。其筆札之贈遺,歸有所以養母焉。養雖不腆,母志樂也。陞也則求四方之有道賢士君子,志孝廉公之墓,傳其生事。母氏没,又求傳其母。而今也,欲舉母柩以合孝廉之窻,而命志於予。予也雖非有道賢士君子,陞也命之,則亦可爲有道賢士君子也矣。銘曰:

天門中開訣蕩蕩,曲江翠幙排銀牓,夫君上計忽長往。東門之池可漚麻,裂襦斷裙賣漿家，《柏舟》之死之靡他。我命本無笄六珈，天門斗柄開文昌。少微之星葮茭裳，小兒上酒新婦湯。席門窮巷樂未央，穿池復土葬黄腸。昔何別離今在傍，有如雙劍合魚腸。何生誌墓厠塚傍，陞乎陞乎永不忘。

李母墓誌銘

李母曾孺人者，惠邑李文學培之之母，而述之嫡母，龍洲公某配，而苑馬卿肖峰公某之婦，而御史曾龍山公承芳之孫女也。龍洲公兄弟二人，其弟曰古濠公某。孺人適龍洲公不年，古濠公繼之，此時龍洲公二尊人在堂老矣。龍洲公無子，述之、培之，古濠公出也，於是孺人子述之。孺人子述之如其子，撫培之如述之，視述之生母如己也。孺人教二子，上奉二尊人，抑悲諧心，使二尊人忘亡。收拾遺書，稽綜籍算，戢慴臧獲，約束丁佃，以及親疎之際，凶嘉之禮，縫缺概盈，目張網結，以存苑馬公之門風。孺人撫二子，繩之甚嚴，而養之至儉，至其所以供讀書之費，一無所吝。有賢文學諸生敬致之，久不衰，賢士大夫過其門，豐肴潔饌，如陶母所以急范逵然。孺人莊强自持，信理而不惑，巫覡禨祥、醫藥卜筮之屬，拒而不聽。他日在機，疾雷破柱，孺人織自如。海寇警，夫人挈家逃，孺人曰："吾守此，先匱在堂，吾何之？"里人爲之語曰："何知黄岐，不治中醫。何鬼何邪，影弓誤蛇。不震不驚，守其純誠，《女則》之爲程。"孺人臨盡，語其孤若婦曰："破席敝履，無改吾故風之奔也。"紈縠繒綺，壓衱緣絇，摇曳沓拖，星聯乎衢閭，聞孺人之風，可以媿矣！孺人年六十四以没。述之私作女謚曰"貞慈"。於其葬也，請予銘之。銘曰：

貞也不忘先君之思，慈也合其本而茂其枝。貞故能堅，一切不信乎祥禨；慈故能廣，敬恭乎賢士大夫，與夫諸生學士之善爲文詩。玄墟窈窈，高塚巍巍，千百年後，是曰女師。

張如夫人墓誌銘

爲賢士大夫之婦難也，爲賢將帥之婦爲尤難；爲居無事之如夫人難也，爲摤家政之如夫人爲尤難。將爲賢將帥之婦歟？將必廉，廉則不有其家，誰拮据是？將必勇，勇則不有其身，誰婉孌是？如夫人輕也，輕則人難調；如夫人卑也，卑則人易侮。乃今有黎夫人張母，佐黎將軍廉以勇，無侮無難調，孰是賢母也，吾不銘之！

吾泉文獻之邦，獨黎氏一門以武顯。黎將軍世官也，有丈夫子五人：國耀、國輝、國檡、國炳、國煌。耀、炳並爲總兵，國輝千户也，國檡興都正留守。國檡、國煌，夫人出也。黎將軍凡兩娶，其一蘇夫人，其一傅夫人，而皆不得終老。其後娶母爲如夫人，又其後有吴如夫人以副母。母歸將軍年十六，將軍太夫人魏在堂也，而耀與輝也，方在提襁中。母氏事魏夫人恭以孝，畜耀、輝慈以禮。魏夫人捐女御，時將軍方被誣頌繫詔獄，供匕箸、奉湯藥、附稻粘、薦白華，具有條理，以使將軍恔中心。將軍放歸，諗其詳，呼母爲“孟光”。母所以待吴如夫人不嫉妬。有門下卒，盜將軍金，卒默移之母，母侮矣，不辨也，其後事發露，將軍乃益重母。將軍患背瘡，母侍年餘如一日，盡貨所有爲將軍治。方將軍没于三山，扶櫬携孤歸，橐蕭然矣。國耀伏闕訟父冤，家中虚無資，諸孤纍纍也。母乃與吴如夫人作陌額絮自給。將軍諸子先後顯，母微開舒。而檡也先母卒，又以諸孤累母，母百憂如曩時矣，而年七十一以卒。國煌請予銘，曰：“傷哉，貧也！吾母終生集于蓼。”予故曰爲廉勇將帥之婦難，爲如夫人則又難。然難之者，母所遭，而母爲之易易然。

將軍諱鵬舉，嘉靖中名將帥，先後建功江南、閩浙間。嘗與賊戰，軍潰，將軍抽手中刀與卒，賊麕至，將軍舞空鞘决命，賊群刺之，將軍仆，賊刃將軍頸甲入三寸，賊謂將軍死，就將軍身衂，勿刃衁，棄之去，將軍竟生。事聞于朝，世宗嘉將軍忠勇，賜金幣。閩浙人呼將軍曰“忠勇將軍”。銘曰：

東海京陵，崔、郝其風。誰宜錫之，石窌之封。將軍勇忠，夫人固窮。左挈右提，爲黎氏禦冬。玄宅斯崇，曰是賢將帥之孟光。

楊如孺人墓誌銘

自予得從詹司寇爾欽先生游，先生則時時道其友人黄�之賢。筠洲公非獨其有賢行也,其好延賓客,爲懽無日夜,而率殽核治辦,樽俎潔修,人人醉歡去,但知其内相傅孺人之爲能,而不知楊孺人副之。傅孺人蓋不息,筠洲公取能息者以三人,而楊孺人三子矣。其一顔孺人有子矣,特一耳。天啓丁卯,孺人七十八以壽終,而諸孫盈階遶牀,就中已有爲諸生祭酒者矣。此時孺人業顯爲孺人。孺人雖顯爲孺人乎,其爲諸娣姒時,不敢居於諸娣姒也;其有子也,不敢自居母也;其有婦也,不敢自居姑也;其有諸孫也,不敢自居於祖母也;其子姓昆弟,諸母承之也,不敢自居於諸母也;其男女臧獲主母之也,不敢自居於主母也。孺人雖不自居娣姒乎,其覆蓋之恩,順其所欲而遂其所喜,則真娣姒也;孺人雖不自居母與祖母乎,其膳膏而榎楚之,則真母、真祖母也;孺人雖不自居姑乎,其夙興夜寐、澡櫛而蓋藏,處分家政無鉅細,諸婦悉母怠不敢以不櫛不笄見,則真姑也;孺人雖不自居於諸母乎,其推恩旁逮,據禮自持,則真諸母也;孺人雖不自居主母乎,男女臧獲截截受事,罔敢有後先,則真主母也。孺人之持身與家,其精者在於德善行誼之計,而其粗者在於織衽玄黄、酒漿醢腊、筐篚之束修,其手之也極其良,而調之也極其旨,而要其終生之概,惟其退然謙下,罔敢有自上之心而已。

遡孺人之家,則著姓也。其父鳴周,則文學諸生也。惟其遭倭寇之難,蕩析孑遺,是以副筠洲公之室。筠洲公不得孺人,則厥後不昌,詩書不大矣。孺人之子三,曰鳴昌、曰夢旦,諸生也,能爲詩,與予善。曰鳴晉,諸生也,受學于予,予知其將遠到。諸孫曰琢、某、某若干人,皆偉器也。筠洲公諱某,筠洲其别號。鳴昌等以崇禎三年某月日奉孺人柩以合於顔母,而近筠洲□□□使余銘。銘曰:

□□以遂,惟德是萃,孫子以不匱。天好地流,道則固然,君子用□□。筠洲之阡,比差祔之,以追孝孫,百禄注之。後千百年,南山□□,□作斯銘,懿德副之。

鏡山全集附録一

輓　　章

賦

哲　萎　賦

五因山人林如源

夫□□柄之已東兮，風觱冽以猶朔。既日躔乎營室兮，猶晻曖其若蒙谷。紛百卉方含含以望春兮，胡嚴霜奄離披乎喬木。驚哲人之忽萎兮，寧詎壞樑而頹岳。悼一老之不憖遺兮，人百身以莫贖。詞壇失夫宗工兮，後學喪乎先覺。嘆邦國之乏儀兮，將下民之無禄。

粤弱冠而掇巍科兮，甫壯而司禮樂。旋謇謇以投荒兮，齊升沉於一粟。霽月光風其襟懷兮，白日青天其心曲。聖學之毋欺兮，王佐之無欲。是以環堵似原思兮，總忘貧病；著書類子雲兮，不覺寂寞。康樂之屐兮，幾五十載；文舉之樽兮，歲三百六。龍門之登兮多髦譽，皐比之下兮靡不録。閲世趨而茫茫，□□□典則逐逐。聞雅事則心開兮，聽猥雜而頞蹙。上陪菩薩諸天兮，下陪貧乞愚俗。冥柳下之龢光兮，同其直介；追眉山之逸軌兮，無其抵觸。波汪汪其千頃兮，豈澄淆所清濁。若乃揮毫兮則落紙王、趙，操觚兮鼎倚馬潘、陸。爾乃實茂聲英兮，蜚不假翼，騰無俟足；如干將之埋兮，璵璠在璞。輝韞石而外炫兮，光射斗而上燭。肆三載而正位九列兮，終用不竟其才而老於閒局。世徒見豐年之玉兮，未識荒年之穀。羌憂國匡時之壯猷兮，渴觀其上兩府之書與三朝之奏牘。

余小子猥承先世之懿兮，謬托覆育。過從靡間，尊卑脱略，濁酒清歌，雅談善謔。夙教學詩，詞賦繼作。荷惓惓之奬許兮，謂追古而不怍。重玄晏爲殺青兮，寄絶筆而留讀。惟重陽之前夕兮，闌杯爵以敘歡。忽中宵而哀慟兮，痛前人相依之煢獨。遂從兹而永訣兮，故詞愴而情篤。憶訣語兮悲填膺，睹絶筆兮泪盈目。忍扣馬策兮，過西州之路；誰爲虎賁兮，對北海之酌。惟古人有言，上爲天下慟兮，下爲吾私而哭。

詩

哭何鏡山先生詩

吴縣友弟姚希孟

人似香山洛社僊，正宜更老在賓筵。滿牀竹素同眠食，萬壑松風代管絃。倦眼轉青聊玩世，熱腸垂白尚憂天。岱宗一去風流掃，落月空梁倍黯然。

其　二

先民誰是魯靈光，猿鶴相迎伴草堂。集冠累朝詩作譜，先生以萬曆、天啓名集。官尊九列墨爲莊。清評有道辭標榜，白社無功頌醉鄉。此際忘年小友在，酒壇吟社感悽涼。

檇李後學陳懋仁

公孝忠發天，恭清貫宇，綜研七目，羽翼六經。初以五聲聽獄訟，程望轉儀制，朝家典禮無小大，大宗伯一决于公。堅持並封，磐石震器。議闢宗科，疏通天派。斥東倭之封貢，請劍尚方；拂别奏之署名，飴玦西粤。公，泉産也，名尊陝府，不爲可爲。入鏡山二十餘年，等迹麟鳳，雖剡章啓事無虚歲，而公皆不知。光廟膺圖，特注公爲群賢首，獨召公一人，以風四海，遂成一月堯、舜之聖政。大行詔聞，公哭之慟。久乃出，而抗論廣寧宜修守、毋遽戰。章既上，而淺識者易之，公曰："外負勝心，内無存變，必至守不成守，戰不成戰，潰禍方大。但願吾言不驗，則幸矣！"未幾廣寧果陷，積至于薊，不守不戰，開千古未有之禍。而後知公之言，乃先事固圉，養力待時，安國家、保黔庶之至計也。典晉試，無賫書，獨稱得士，而試録推首，咸曰："大匠斲也！"長大烹，則鋭意興除，盤蔬不改，而群瑺亦無以加葺其間。荒屋而顔其堂曰"正氣"，堂前眢井久沩而茶，堂成忽變甘冽，咸謂公清徵。甫轉納言，遂思巖岫，疏數上，始進户侍寵行，蓋褒恬之異數矣！海寇流毒，公挺喻散黨，乃克底定。南工侍缺，今上推先朝首召意，特筆簡公，輿論咸快。時羯黠孔熾，公立陳機要，温旨褒答，兼攝户、工，持綱得體，稽實節浮，潔身臨屬，交代乞還，而囊無長物也。秋還，及冬，紫帽雲落。遐邇聞之，莫不同情摧惋。固矣！然公蹇諤立朝，宏規經遠。乞歸，得請卹，予加隆。且家有殉節，鳳毛比比，踵武休德，光昭隆緒。公雖騎箕而千秋如在，奚其惋！惟是洙泗闕流，人紀淪則。兼余琴失子期，永絶志在之賞；駑違伯樂，長懷垂耳之慟。因識永思，敢云克播。若公光朝燭野之節，含今振古之文藻，斲精參纘諸鴻典，則有國史及鉅碩之颺言，在俚作不足觀采。爰集古句，爲詩三十四章，百一遺德，且代《薤露》云爾。

有匪君子《衛風》，莫莫高山四皓。聖世利見顔延之，威儀孔閒秦嘉。

其　二

碩人其頎《衛風》，克光前則傅毅。執憲靡顧韋孟，民以寧一《晝一歌》。

其　三

君子陽陽《王風》，承帝之明《安世歌》。直言是務晏子，莫我肯衿韋玄成。

其　四

洵美且仁《鄭風》，居今行古任安謡。是列是理韋玄成，頃失其所《龍蛇謌》。

其　五

樂只君子《小雅》，中心翔翔《白雲歌》。宗疏事哀《岣嶁碑》，田里風行逸詩《辟雍》。

其　六

會且歸矣《齊風》，大夫君子逸詩《貍首》，一見《鄘風》。禮樂其民《黄竹詩》，以介休祉束皙。

其　七

子之還兮《齊風》，儀刑有作陸雲。化静世波上，教少以學逸詩《左傳》。

其　八

其從如雲《齊風》，吐珠於澤《春秋緯》引古語。國有大命荀子，率繇舊則曹植。

其　九

不我遐棄《周南》，厥德允升王粲。奮翼北遊嵇康，帝朝伊衡阮籍。

其　十

于以用之《召南》，邦國不空晉謡辭。禮遇兼加，吴薛瑩，進思盡忠傅咸集《易》爲語。

其十一

清人在軸《鄭風》，無懈于位應貞。羽儀上京傅咸，動類斯大束晳。

其十二

邦之司直《鄭風》，有集惟彦陸機。如琢如切摯虞，盡美盡善曹毗。

其十三

不素飱兮《魏風》，亹亹我王陸雲。治道在儒潘岳，思輯用光荀勗引《大雅》。

其十四

素絲五紽《召南》，彫反素樸張華。枳棘充路《廷陵歌》，戚戚懷瘼謝靈運。

其十五

泄泄其羽《邶風》，民卒流亡逸詩《左傳》，一見《大雅》。討伐亂逆《嶧山碑》，兵甲不藏蘇秦。

其十六

憂心殷殷《邶風》，卒勞百姓逸詩《禮記》，一見《小雅》。乃重太息逸詩，荀子，時屯啓聖北齊《武德樂》。

其十七

職思其憂《唐風》，道用潛通齊無名氏。嗟斯氛霧梁簡文，廣宅頽墉陸雲。

其十八

我聞有命《唐風》，在物立言丘遲。獻納宸樞謝朓，世以教安王儉。

其十九

出言有章《小正》，民猶草偃曹毘。誰契立功謝朓，皇心惟眷謝康樂。

其二十

采苓采苓《唐風》，物任其情顏延之。固此苦節王韶之，啓滯導生張華。

其二十一

還車言邁《邶風》，肆盼巖岫王豐之。委弁釋位陸雲，俯尋嘉好高允。

其二十二

薄言歸沐《小雅》，有鳳戢翬鄭季曼。欽聖茲遠任昉，方夏以綏歐陽建。

其二十三

月出皎兮《陳風》，光以永照晉王讚。圖坐長林袁宏，豈不和樂曹植。

其二十四

衡門之下《陳風》，怡志養神嵇康。遘此春景繁欽，以謌以吟陸雲。

其二十五

其儀不忒《曹風》，蕩志浩然嵇中散。我皇龍興宗欽，羅網高懸陳留父老。

其二十六

自天申之《大雅》，特蒙招命薛瑩。君子攸宜吴張純，以告于正傅咸《周官詩》。

其二十七

既見君子《小雅》，弘道維新晉王濬。時之和矣束皙，高迹可尋棗據。

其二十八

曰歸曰歸《小雅》，思託茂林杜育。於時我后潘尼，景庇清陰陶潛。

其二十九

松柏丸丸《商頌》，嚴邁商風孫綽。鮮不玉折庾闡，在始思終陶潛。

其三十

終焉允臧《鄘風》，神繇昧徹王齊之。思我懿範陸雲，今永乖别曹植。

其三十一

遵大路兮《鄭風》，邈不可追陶潛。抱道懷德越王祝辭，誰其嗣之子産誦。

其三十二

克開厥後《周頌》，矯矯公子晉段承根。克奉厥緒韋孟，子將不死《白雲謡》。

其三十三

率履不越《商頌》，清節爲秋陸機。風珮清清葛洪，天廻地游張華。

其三十四

曰止曰時《大正》，寥寥遠邁庾友。大儀在御顔延之，祚鍾有代高允。

太原門人王邵

於惟我師芳躅標，奕奕名卿逐影道。我欲頌師鴻與駿，既有天章若漢昭，況乎誄些迭咏軼宋追《騷》。惟師知我時三十，謂我學古如靡及；雕蟲幸録厠前矛，自此依皈時負笈。我師逢人讚厥美，我媿蹉跎經一紀。黒貂幾敝乃成名，我師聞之孳孳喜。師喜余，余自矢，式如金玉以周旋，永吾生兮願如此。懽同鏡子翔玉墀，塤爲唱兮篪則吹。迢迢三釜養已榮，藹若春風拂於兹。胡爲乎！天不憖遺。吁嗟乎！岱頽梁萎。不呻吟而奠兩楹，忽騎鶴而游帝京。目擊者競資含歛，聞訃者相向失聲。天竟無意斯世耶？遽迓我師以遐征。雖然德猶龍、望如斗，作述則已勒不朽，陳謨則已動我后，家學箕裘嘉創守，七十子歌賡薪槱。秩宗敦典異數宣，明禋肇舉香千年。或兼清任和以贊，允矣不愧乎聖賢。我詞若蕪我泪湧泉，非敢對揚乎萬一，曰惟服膺而拳拳。

邑友弟張維樞

弱冠中原建鼓行，盛年望遂重燕京。德言卿本無慚長，元季方真有難兄。去見侯垣深洒涕，佇聞農牧盡吞聲。悠悠長夜千秋别，翹首鏡山淚自傾。

其　二

尺疏歸休塘上亭，分將屐齒慰山靈。三洲一曲安漁艇，八座此生當葉萍。人悵貳卿難滿望，公酣五斗是初醒。相看白首堪同老，何意修文遂窈冥。

其　三

近日猶酣田父觴，牛羊社裏鶴廻翔。甘同野老深山侶，懶與朝紳熱地颺。九鼎言堪安反側，四鄰依若戴庚桑。平生心事向天告，七十五秋白傅腸。

輪山友弟蔡獻臣

羡爾大儀能守官，聲名籍甚重長安。孤忠自許甘投儆，啓事幾廻滯轉丸。却藉餘閒供著作，終歸公望表朝端。慚余先後續貂者，惟有一丘傲歲寒。

其　二

勳寺追隨尋舊懽，此曹猥冗濫清班。我遭讒口還初服，公累乞身晉一官。論定屈伸仍自迴，情投出處亦齊觀。却憐大壑藏舟蚤，剩有遺編照藝壇。

其　三

到老百篇詩思豪，終朝揮翰不辭勞。古來才子似公少，作者之壇任爾操。院乞玉皇皆可侶，乘車戴笠總吾曹。昨冬荒徑聯杯酒，忽漫騎箕列宿高。

邑友弟黄居中

翛然承諱訝非真，幾度咨諏倍愴神。信宿猶爲長夜飲，彌留遽作大歸身。塵埋玉樹悲通國，社祝庚桑感四鄰。老淚無繇沾宿草，虞翻知己更何人？

其　二

得遂初衣歸去來，林中花鳥總無猜。作朋方擬歌三壽，思友何堪賦七哀。梁木憑誰支國厦？壑舟藏却濟川才。臨岐數語能追憶，舊日緘題不忍開。

其　三

朝野巖瞻北斗尊，知交四海盡銜恩。叔孫不朽誰三立，文子同歸孰九原？名上景鐘青史在，室餘懸磬素風存。鏡山芳草年年緑，斷送詩魂與酒魂。

其　四

交同蘭臭嘆芝焚，一别胡爲生死分。老過百年終大夢，官高九棘亦浮雲。選言昭代徵文獻，載筆名山續典墳。神理未應隨化盡，俗情傷弔豈堪聞！

梅塢樗人秦鍾震

靈麟豈常産，貞松無塵姿。既生爲世重，何天不憖遺！清和各有極，先生渾一之。和不與物淆，清不令人知。好古良已毁，作述本孝思。昔當不諱朝，春曹陳侃詞。疏逖安餘分,吾駕矢如斯。皎皎一逐臣,蕭蕭歸海濱。城東休山麓,石鏡不淄塵。自誓固明志,醉月適天真。結社振大雅,栖遲三十春。田叟時對飲,終焉丘壑人。廼逢求舊日,林卧舒久絀。鳳苞翩偕翔,含章以時發。大官毖率屬,甘泉湧靡竭。感激籌社稷,孤清揭日月。司徒洎司空,蒼生景再出。倒屣我後輩,曾殊疇昔不?黄扉佇坐論,皓齒思故園。香山咏池鶴,疏傅辭華軒。菊露初罷酌,梅臘甫迎暄。寒風砉動地,大星落曜垣。喆人忽云殁,全歸莫招魂。名山元有記,文徵垂世存。悽惻兮嗚呼,吾道念當孤。上下五百載,髯翁何與蘇!科名並蚤歲,文字轉同符。玉帝至乞兒,盡可與之俱。蘇先八年貴,何後八年俱。疑此先後身,孰謂理所無?散樗從鞭弭,猶未脱伊吾。而今鞠衰晉,仍不鄙持扶。念昔無信宿,羹芋便傾壺。善我能爲腹,不以形迹拘。感兹中心摧,邈如想黄虞。椒漿賦達生,三號據槁梧。慨向知者言,斯人不存乎!

漳海鮮民黄道周

鏡山先生方騎箕尾,不肖道周適坐瞢蠅中,不能馳數行爲哭。既還初服,又草草塵次,欲具素冠,就驢鳴之位,猶惆悵未遑。走詩四章,以捫一淚。過車腹痛,實愍於懷,無疑平昔,作如何往還也!

欲盡人才失比量,白詩歐史蘇文章。世間自掩長明書,天上空添若木光。野老能談萬曆集,石渠曾寫名山藏。後生不死難復遇,露結江湖滿地霜。

其　二

要繫斯文不墜難,斯人墜却爲時艱。稠中未識王河渚,門下平麾應太山。禮樂於今窮再作,詩書到老屬誰删?儒林並得大臣傳,莫擬揚荀季孟間。

天啓癸甲間,周在東觀,壺榼自食,人事垂斷,鏡山先生時卿光禄,值新錢初頒,輒分貫見貽,此古今佳話。然周方欲去,不欲與同輩表章此誼。去之十年,遂成隔世。此誼即不可作,後來亦誰能傳之者?舊有詩數首已湮滅難憶,再詠兩章,草草行道,不復工也。

古人事蹟已難尋,不負古人相對心。玉署當年驚雅事,清卿分俸與翰林。

途人共載子華帛，樵客難辭吴札金。此道蕭條誰記説？墓門劍草自清深。

其　二

縞帶風前不復酬，莫言國子自悠悠。朋心合在瓊桃外，遠志不徒飱璧求。谿刻將身生亦厭，渾沌報爾古翻愁。幾行詩史難傳説，未忍便忘記昔遊。

漳浦後學張國經

崩崖動壑競號攀，石鏡無光對慘顔。本謂玄襟辭絳紱，那應蒼鬢謝青山。登吟縱酒月同酌，樵答漁歌日與還。一自訃音來白下，何人不墮淚潸潸？

其　二

從無十載在朝班，二十科名七十還。賴得神籌消海祲，免教戈甲蹂鄉關。悟參圖馬羲皇上，省猛鳴鷄舜跖間。掩卷難消當日語，文壇誰復把書删？

邑友弟黄文炤

弱歲相從傳一經，登堂尚憶隨趨庭。墨林吟社推英妙，璞玉渾金有典型。五步廊草雕蟲耳，鴻篇倚馬四筵驚。公入仕籍年方壯，温公持重魏公量。直道不妨頻忤時，浮名如屣超馬曠。三揖而進一辭退，四十六禩幾立朝。中間三紀鏡休栖，一觴一咏輒枉招。泉山書院紫陽社，數百年來重開闢。絃歌詩誦振斯文，周程張朱敷教術。三紀追隨有潛夫，二字耻躬大昭揭。晚將書法□扶餘，富有詞華壓元白。渭陽青出温中閎，踵武道思擅雙璧。慭遺一老天何如，泰山梁木忽焉折。去年迫歲病維摩，牀前幾過鄭公履。今年逼除聞公病，摳衣訊公溘不起。夢幻泡影聞禪偈，死生晝夜自易理。屈指蓂莢加一年，曳杖逍遥而已矣。公登膴仕老春秋，求田問舍拙於鳩。數畝負郭鏡山下，蓋棺誰不嘆清修！公從典謨濬傳心，邵有伯温蔡有沉。豈徒簪纓蘭桂昌，厥後道脉從此嗣徽音。

三山後學馬歘

紫帽峰頭紫氣昏，喆人化去黯清源。論交耆輩長開社，講德諸生盡在門。

緑埜無堂貧水部,青山有屐老丘樊。怪來凶問驚難定,雙袖龍鍾灑淚痕。

其　二

兩起東山歷兩都,冬官卿貳佐司虞。水衡錢盡愁傷脉,土木工繁策剥膚。勞髮更添冠裏白,憂心空淚暗中珠。主恩劍履方垂渥,請老懸輿謝紫樞。

其　三

初仕批鱗海内欽,慕君風節結交深。片函託寄還通夢,兩地暌携莫逆心。春到刺桐臺已夜,山藏遺草古猶今。騎箕渺渺歸天上,哽咽經過玉樹林。

三山後學徐𤊹

清朝累疏乞懸車,忽爾騎箕在歲除。九辨靈魂招楚些,千秋信史重閩書。泰山頹後人安仰,蔣徑開時客已虚。細數廟廊諸大老,文章道德更誰如!

其　二

憶從昔歲客清源,舍我書堂喜晤言。分韻幾回尋勝地,開尊十日飲平原。冠裳不復存耆舊,弓冶元堪繼子孫。此後西州如再過,羊曇空有哭聲吞。

龍溪後學黄以陞

登庸四十六年秋,抗疏功名沉與浮。模楷人群争慨慕,清恬帝鑒許歸休。騎星傅弼經千載,如水司空剩一丘。春事蕭條花信蚤,傷心風雨慟西州。

其　二

經年别緒記江干,乍拆中台望已單。著作藏山遺閃爍,經綸負地枉凋殘。東湖蹟比知章賜,鏡石悲同峴首看。奕世諸何多子朗,交聯未許便盟寒。

其　三

從來吾道屬全閩,繼述如公負荷身。直比杏壇多弟子,可憐緑野失真人。九重震悼亡舟楫,三晉衣冠泣鳳麟。後死斯文何敢預,空嗟梁木自霑巾。

其　四

孔禰忘年意氣深,兩都遊蹟日相尋。流連濁酒平原約,點次青編亘古心。

東閣梅花空有詠,小山叢桂寂無音。素車百里休磨鏡,泉咽松號總不禁。

福唐後學葉益苞

正氣三朝仗老臣,司空天上本星辰。九僊姓著何家舊,八郡書成董筆新。過客及門誰問字,名駒繞膝總稱神。竟虛四海蒼生望,不獨傷心在士紳。

漳霞門人黄廷標

南浦招魂事已真,乾坤黯淡獨傷神。書藏鏡石名山舊,劍隱休泉紫氣新。八座清班空峻秩,四朝元老失孤臣。試探當日茂陵篋,剩有殘編總未貧。

其　二

誰云今歲是龍蛇,梁壞山頽滿世嗟。四海榮哀元有在,一時悲涕更何涯!魂依河嶽迷幽紼,氣結星辰咽暮笳。哭罷蘇躭腸寸裂,百年玄草屬侯芭。

邑後學黏洪旦

欲哭不成章,濡毫即斷腸。過門心已慟,况忍數登堂。

其　二

地震大星隕,生榮死則哀。先賢既長往,後學復誰開!

其　三

生有貳卿貴,死無買槨錢。寸帛臨時給,家唯萬卷懸。

其　四

乾坤當季世,一老不相遺。山頽梁木壞,空嘆喆人萎。

反　騷

輓何鏡山先生辭

武進後學黄襄

帝南顧兹清源之鬱鬱,錫文人於衡皐。蒐今古以爲佩,爰奴僕而命《騷》。

蓋自神祖中歲,迄今上履端四十餘年,海以北咸知清源有何先生。初學渺識,咸以先生非今之人。即今之人,亦當與北地、信陽並驅而齊名,而下視歷下之白雪樓、婁江之東西弇,茫茫焉,若陪乘之塵。乃先生固今之人,且謝五濁,游青冥,未幾旬也。襄以先生覯熙時倡實學,侃侃争大義螭坳間,異於古宿莽木蘭之儔,乃爲反巫陽之辭以招曰:

魂兮歸來!今天子之神聖而右文,胡爲乎去而遊帝庭些。百執事之瞻望弗及,綉裳衮衣盍徜徉些。遡先生未解組之前,騷壇峩峩峙留都些。棲霞、牛首分班而拾級,以乞華箋些。胡爲南檣,江流繞帶些。歸來歸來,白門柳暗,亂鶯啼些。再遡其前,胡塵暗塞,公登途些。慷慨園林,蒼松赤柏實聆公言些。公之瀝肝腎、睠聖神而胡不少留些。海蜃噴霧,猰貐攖人些。公詣其壘,諭以忠義些。巨艦摧帆,韜霜刃些。紅蕉青子,永無飽於賊腹些。泉民萬口,號秋原些。濬七星之爛爛,而寬其逋責,無待叩先生之廬以搏顙些。九關虎豺,焚椒蘭以媚艾蕭些。道路以目,舌噤筆墮些。公獨貽書,慰文姚些。歿有吉水,存有烏程,哭奠贈言,涕下霑襟些。風波終息,津吏不可以讐予些。前茲委珮,列清卿些。陪祀圜丘,靈連蜷些。雲冥用霏,濕蕙裳些。上帝可以誠格,降瑩泉於井渫些。豐頤鳳彩,先皇爲之却顧些。胡不延佇,輔今皇些。給饟中涓,無淹留些。忭躍銅墀,拜先生之猥潔而弗爲皦皦些。雕題碧眼,獻龜琛些。願趨東垣,殛孽胡些。酬以羽觴,嘉遠人之慕義些。司衡三晉,過堯都些。顧語多士,眺五雲之八彩,勿以蟲刻自矜些。朱虎夔龍,匪伊異人些。重耳以下,姑列觶於門廡些。燭風燁燁,聆春蚕些。洞開重垣,盟衷日月些。福唐吉水,前揭車而後江蘺些。菲菲馥馥,漱群芳些。遡彼鏡山,一宿而不起者數十載些。閒齋静圃,細論文些。班、馬、韓、歐,揖讓於綺疏些。窮鄉穉髫,叩玄亭些。分肌襞理,辨妍媸些。得其一臠,群馳聲於四遐些。清源之學,實而不爲名些。效蘧瑗之憂過,步胡威之畏知些。纂述如山,備志林於八閩些。兹先生之餘事,若寒木之發春華些。猗與姜侯,越格薦剡些。麟鳳雲星,異瑞不可以遏些。王戎死孝,骨支牀些。公念松楸,襆被月往些。跨彼濬冲純德,匪以獵稱些。縹緗碎金,貯胸臆些。鄴侯千軸,渺先生之一隅些。回首春曹,步逍遥些。芳草王孫,翱銀潢些。花軸錦綸,毋靳秘些。選珪璋於帝族,倡議自公些。三韓磨牙,毒海氛些。力阻封貢,公之勳些。司馬咋舌,憚危言些。前星未耀,衆正謼謼些。醞釀夸毘,借刃於銓典些。陳、薛六子,謫長沙些。公於其間,弩自戟髯鼓馮夷些。考先生之軌躅,匪朝與夕些。未嬰簪紱,蚤猿詒而鶴淚,攀木哀鳴,血洒於二人些。幼有奇慧,鼠獄雞碑些。麻姑古碣,畫鐵鈎銀些。尚友魯公,詎曰翰墨些。得古帖之神情而變化之沉着痛快,腕有千鈞些。緇流市儈,持箋懷箑,口占手揮些。彭湖金粟,山川幽勝些。屣屐眺賞,毋爲負此良辰些。層梯鳥道,趨建陽些。考亭遺址,拱蔡而揖黄些。上稽横渠,吾千秋之二友些。顧語門人,大道無名些。奏議在朝,誦説在野些。歲時伏臘,斗酒相勞些。望衡接棟,其永敦此鄰好些。毋憚而匿,毋希而鬻些。齒牙奬借,盡爲名公些。翰苑聲價,定之立談些。猗嗟先生,今之完人些。我欽其高,岱霍恒華些。何繇仰紫帽,岩岩些。魂兮盍歸來,其終惠此下土些。

亂曰:公之誕育兮九州之南,公之再賜兮金臺之環。白鷺洲横兮毅其遄還,楓橋月落兮弔高周之三子。所以潄石兮,礪往歲之齒。所以彈冠兮,襲今辰之祉。陳諫果兮奠椒漿,魂歸來兮雲錦裳。

誄

先師何鏡山先生誄

邑門人林欲楫

維崇禎四年歲次辛未,臘月己丑,明通議大夫、南京工部右侍郎鏡山何夫子歿于正寢。門人林欲楫聞訃哭失聲,既奔視歛含,復以舅悌兄之委,譔次行狀。越明年正月辛丑,迺采椒跪奠,而爲文以誄之。其辭曰:

閩海間氣,汪洋勃鬱。鍾于清源,偉人代出。孰是得全,欹歟吾師。學識其大,文不在兹。誕自安成,夙感異夢。少與大理,二難伯仲。筮仕比部,折獄引經。稍遷儀曹,直哉惟清。國本危疑,抗疏補牘。力破倖竇,中貴側目。萬里投荒,處之夷如。歸來鍵户,佃獵五車。

明興以來,不乏作者。師也起衰,追步班、馬。詩則盛唐,間入韓、蘇。擬議變化,别具冶罏。書法獻之,臨池惟肖。無所不入,迺造精妙。片詞隻字,價重連城。師謂蟲技,詎了一生。反而求之,吾性吾命。濂洛是宗,衾影獨證。

光皇御宇,師起庖卿。祛弊弊絶,酌泉泉馨。白髮丹心,屢廻天眄。薪樵晉士,思皇之彦。遼事破壞,經撫藏身。師請尚方,誅此逃臣。毅然慷慨,請纓自矢。懦夫膽寒,義士髪指。

既進銀臺,箕舌高張。奉身而退,爲德於鄉。海寇剥膚,孤城縮頸。師如展季,片言九鼎。推誠二鄭,執訊李、鍾。桑梓按堵,伊誰之功?陪京再起,實有師命。小試霖雨,言旋菊逕。鏡山父老,扶杖歡呼。師爲盡醉,一飲百觚。謂師眉壽,如岡如陵。胡然末疾,騎箕上升。嗚呼哀哉!

惟師褆躬,一介必嚴。官居卿貳,家無寸縑。唯師作人,循循善誨。霽月光風,屢滿户外。憶在壬寅,楫方櫪伏,師讀楫文,欣然刮目。期楫翰苑,如持左符,更有勗者,不朽是圖。三十年來,驅馳世路。奉師之訓,罔敢失步。去歲師歸,示我周行。老當益壯,刻刻提醒。仲冬手書,諄諄相黾。似夢兩楹,預知將盡。先夕地震,有聲如雷。師忽告逝,百身遏追。嗟師大年,争光日月。矧諸賢郎,翩翩駿發。唯是小子,梁壞山顛。哲人之思,涕泗如漣。嗚呼哀哉!

祭　文

祭何鏡山先生文

邑友弟史繼偕

天生名臣,唯國是賴。有神司之,開世之泰。方公之試爽鳩而秩典禮也,力沮東封,册停三王,乃謫湘漓,添註南荒。著書積秩,名山有藏,蓋豹隱者三十年,人共以比之千仞孤凰。及夫光廟登御,起廢泰昌,八日而晉卿光禄,如尹、説之遇明王。至如恢復議緩,山海固防;文靖先見,慮淵識長。經略請誅,劾疏首揚;蓮妖議撫,浩恩玆祥。戴星趨漏,問夜未央。而報主不懈之心,猶若宵夙而未遑。載起司空,匪慕帝鄉,玁狁孔棘,公始徬徨,王事多難,兼筦太倉。方意公爲撑天柱地之事,而公忽遁跡乎鏡山醉月之傍。文章居乎盛名,道德侈於諸公。蹲鴟果腹,被服蒙戎。田疇無成都之産,廳事有旋馬之風。温厲恭安,霽日霄空,而勁節壯概,潛寓乎冲融。不爲不欲,已揭乎日月容光之照,而與潔與進,直拓乎江海谷王之宗。廉頑敦薄,夷惠渾同。蓋與介夫、思獻,擅山川之淑氣,而河津、姚江,亦若合節而同堂。記在木天,公方奮庸,跡遐心邇,欽公人龍。邇同林棲,冀藉陶鎔。不鄙兒舃,婚媾情鍾。比舃亡禄,公淚溶溶。易憂爲愉,慰我慎終。公言在耳,公意何窮。不意天奪公之速,欲遡之而無從。人之云亡,邦國殄瘁,豈惟吾黨之愾嘆,固可爲世道出涕而悲忡。

邑友弟張維樞

嗚呼!昔之文士或阨數奇,公弱冠即領鄉薦,盛年即擢春闈,有太冲、東野之才,而無其窮羈。昔之文士或難並詣,公軌秦漢以沿八家,匠魏晉以及唐世,有司馬、青蓮之手,而兼其節制。士得一命,即爲榮通。公繇儀郎而卿寺,繇納言而司空,被紫紆金,卿貳已崇。其祝公者,尚望三事於高崧。人生七十即稱古稀,公四十餘年游戲,七十五年息機,曳杖逍遥,賢聖同歸。其惜公者,尚長百年而噓欷。乃樞所重公,不在瑣靡。

公清濁齊觀,如柳下之寬鄙;羲皇一枕,如靖節之栗里;醉醒醉吟,如白香山之道履;似禪似僊,如蘇玉局之行止。心事可告天帝,朴野可狎農桑,中孚可解刀劍,脱粟可全餓僵。學問不分門户,而質任直腸;平居不營田舍,而賑急倒囊。淺視者疑爲劉伶、阮籍之達,稍知者羨爲曾晳、琴張之狂。而不知策疏之剴切周詳,天性之忠孝坦實。棘璧屈乘,聽其評隲;牛、李、洛、蜀,任其雜糅;名山大川,供其灑逸;秋月春花,遂其真率。雖落落浩浩,而自符度律;雖穆穆汪汪,而一腔天日。解衆之紛若救疾,喜人之長若加膝。真非柳下、栗里,香山、玉局,無足爲公述者。

樞久逐塵土，晚乃綢繆，公招之白社，引以素修，敦以媚婭，樂以拍浮。濁賢清聖，聽松狎鷗，方謂可共理乎一觴一咏、一壑一丘。曾旻天之不弔，遽半夜之藏舟。嗚呼！身名俱泰，齒角或蹇。孰如公之飄風玉樹，垂譽丘園。太常議謚，社祭長存，然此瑣屑世福，何足向達觀者論公！方且散筆花爲列屋，並山斗以共尊。獨樞後死，出涕潺湲，當以鏡山一片石，作西州之門。嗚呼哀哉！

邑友弟黄琰

嗚呼！南極斂精，閩海汩和。泉山黯其奪色，晉水泂而無波。嗟一老之不憖遺，使我追憶而涕滂霑。

憶公文章，珠藏玉府，炳烺長夜，追琢萬古。鍾國秀與岳靈，擅雕龍而繡虎。著述富于新都，閱詞林而誰伍。

憶公學術，步洛範朱，高不竺乾，卑不媛姝。憫曲士之多徑，競弔詭而吹竽。揭正學以示的，紹遺統於真儒。

憶公褆躬，不錯寸趾，膏膩探湯，浮名螻螘。襟期友於古人，世氛絶其染指。處淡素以自飴，類陶令之栗里。

憶公服官，含鷄握蘭，抗疏忤時，置散投閒。既嘉遁以正志，逢鼎革而彈冠。惟直道以事人，再引退而名完。

憶公交遊，如酌醇酒，青白不形，雌黄絶口。有片長而必收，亦循循而善誘。芝宇洽於名流，和煦逮於野叟。

嗚呼！公有振衣千仞之操，而不標異以見奇；公有大海容納之度，而不諧世以取資。北海座客，眉山逶迤，上陪天帝，下陪田兒。千載惟公，追蹤令儀。至乃顧念桑梓，應時發機，海氛猖獗，八行飛馳。忠信重於甲兵，片紙貴於鼎彝。遂化逆而效順，消烟塵以飽嬉。故知達人閱世，動静咸宜。儼喬岳之長峙，樹典刑於明時。

嗚呼！造物不恒，風雨剥琢，洛陽掩扉，長沙賦鵩。非二豎之爲虐，乃騎鯨之告速。將玉樓之見召，何斯人之無禄！昔扶杖以逍遥，神聖亦委運而轉轂。

惟是世風日下，忠信土苴，倚罵爲訌，弁髦聖書。嗟老成之雕謝，維枘鑿而焉如。公焉箢爾以觀化，吾儕能不感懷而欷嘘！

嗚呼！百年有盡，不朽者名；死生交誼，無窮者情。哲人萎矣，曷求友聲！束生芻而一奠，寫哀悃而淚盈。倘靈爽其如在，庶來格而來憑。

邑後學蘇琰

嗚呼！天生先覺，以覺後知，斯言自古，今曷我欺？我侍先生，三紀于兹。乃今我棄，不禁懷思。初識先生，綵筆陸離。涉其涯涘，望洋自嗤。漸看筏喻，作世度師。循循善誘，一似涼颸。介同柳惠，清則胡威。在識焉學，有思匪夷。妙年華省，壹意匡時。清朝鳴仗，楚客湘纍。左圖右史，山鏡湖湄。感麟取義，吐鳳摛辭。鐵船風掉，天馬空馳。千秋文載，隻手搴旗。蒲輪辛酉，四載龍墀。事關宗社，畫判安危。語默旋斡，心苦情悲。誰號將伯，一木難支。留都再借，黄髮應期。屢疏籌國，肝膽都披。三仕三已，不磷不淄。人謂先生，未究厥施。我觀爻象，果碩羽儀。竊希天意，縱彼期頤。奈何後學，頓失蓍龜。天不我問，我哭我私。生來中下，箴砭是資。汗流籍、湜，愈也莫追。戇愚從後，猘猛多隨。此皆塵幻，聊且置之。世周世莽，學術多岐。先生衾影，不怍孔姬。覺形側玉，出和言卮。枌榆密邇，杖屨參差。無有乎爾，寤寐調饑。

嗚呼！天棺月葬，風馬雲輜。蔽乎西極，乘彼東維。洋洋下上，靡不在其。曷乾我淚，薄薦心詞。嗚呼哀哉！

邑門人徐縉芳

臘月二十有一日，子夜之半，季弟奕章徬徨叩門，垂滋長呼曰："吾外翁何夫子捐館舍矣！"時芳方病困，驚怖昏憒，不知所答，詫孺子無得妄言。已復言："吾外翁身無分文之蓄，無尺帛寸縑之遺，舅兄孝廉躃踊呼天，周身袝棺，莫知所以爲計。"芳放聲大慟，曰："有是哉！天乎，何至是！"計吾夫子神素王，體最健，間一晝居浸晨即愈，芳嘗疑吾師有内煉功。比芳患風痰，手書規戒者一，躬臨者再，教以聖賢保身養親之義、僊佛出世入世之諦，語甚悉。計别未六日，又無大恙，直云腰間少痛，不嘗藥餌，遂至大故，竟成永訣。嗟乎！痛哉！

愚謂吾師立朝家居之概，難進易退之操，文章節義、道學人品，皎皎日星，海宇共知。當年如諍出閣、阻東封等事，皆關國本，係封疆大計，仗馬一鳴，垂老投荒。既而鼎湖再泣，神聖當陽，直道在人，公論不泯，廼從卿寺，掄才三晉，還自牧圉，陟左納言，正席勳卿，爲帝喉舌。時方以老成持重倚先生，開導宸聽，宣達民隱，乃先生幾先明哲若燭照，群情之日嚚競也，南北司之日水火也，逆璫煽焰，白馬必烈。一辭而退，不俟終日。嗣後諸君子駢首就戮，先生歸老鏡山，著作日富。福唐每盱衡時事，感歎群賢，輒曰："三十年青山皓首，磨礲鍊得真聖賢，有體有用，温陵何侍郎一人耳！"會鄭建德、陳陽羨、熊進賢、劉南昌、徐新建皆在留都，伐木緇衣，群情時望，咸歸先生，於是以南少司空趣駕。先生年籍資望又在諸公之右，雅不欲以名炫，曾一貽書，則曰："無名大道之始。"復懷歸志，仍再請以歸。平生撰述刪定如《八閩通誌》、《名山藏》、《名山編年》、《皇明文徵》諸書，俱堪滿志。晚所縈懷者，惟紹明濂洛關閩之傳，以大暢泉南鄒魯之遺，而深怪夫好學者之少也。平生不道及貧乏，客至炊黍設酒醴，至其自飲食麥飯茄菜，終日陶陶。亦曾推言周、程、朱、張諸先儒皆不甚樂饑。其升於朝，連拜九卿，澹然如故也。少司空之歸也，敝袍徒步，頹壁空山。海内望之，爲名世公卿，而就之則田更褐父而已。其卒也，不病不怛，談笑委順，雖二氏之深於性命死生之際者，了無以異，師真天人也哉！此小子所以始而悲，繼而爲之釋然以慰也。

謹以文寄長公舅悌，而告几筵曰："師之山，維鏡與休，近而不可攀；師之閣，天之聽之，其與中山、姚江諸君子遊且宿；師之書，萬、泰、天、崇四元五車；師之年，七十有四，上儀洙水，下弟鄭玄。吾師乎！吾將安仰！其惟以服膺乎師訓者，庶幾於聖人之徒，而吾道爲有傳也。尚克鑒之！"

邑門人鄭之玄

吾師何少司空鏡山先生，終於好德里第，越明年壬申三月，訃至京師，門人鄭之玄聞之，怔忡皇惑，不敢爲信，既乃素服而哭，爲文釃酒，告于先生之靈，曰：

嗚呼！之玄嘗有感於蜀人譙周之言："昔孔子七十三，揚雄、劉向皆七十一，吾年過七十，必當長逝。"其意將欲竊比於古人，而以遂死爲不足嗟也。審若爾，則反袂之哭，何其愴然！而山頹木壞，何其痛之至於如斯也，豈非吾道之衰而斯文之恐墜也耶！嗟乎！先生其數亦止於此而已。先生之學真狂真狷，而必以躬行實踐爲先，不爲不欲，而尤以忠君愛國爲務，誠足以動風雷，信足以格禽魚。是故善者以之勸，而不善者以之愧。若夫處而無阨窮之色，出而無安飽之懷，其舉盃落落，浩歌自得者，萬物無足以介其胸；其著書矻矻，白首不輟者，千秋不足以圍其志。然而顔子簞瓢，尚有負郭之三十；孔明澹泊，亦有遺桑之八百。先生庇先人之敝廬，鋤先人之五畝，啜蔬藿食，若將終身。當其生而無以爲奉，及其終而無以爲斂。嗚呼！尚忍言哉！三代以下，人品斯難。借如更生彊諫，而有鑄金之惑；子雲草玄，而有投閣之慙。是皆不足致慕，而譙周之言若彼者。先生立身行己，毫無間然。其生而爲聖人之徒，則其殁而食於聖人之廡，又何疑焉！

嗚呼！之玄束髮而遊先生之門，先生即知其將能奮起於孤生也。今頭髮種種矣，無以與於先生之道，而又捨之去，豈不悲哉！蘇子瞻之哭歐文忠也，譬如深淵大澤，龍亡虎逝，則變怪雜出，舞鰌鱓而號狐貍；陸務觀之哭朱紫陽也，曰某有贖百身起九原之思，有決長河赴東海之淚。之玄所以哭先生，有如此矣！萬里椒漿，悲來涕集，攬筆嗚咽。嗚呼先生！維其鑒之！

邑後學黄景昉

嗚呼先生！其遂厭代而上升也乎！道爲百世師，言爲天下法。壽踰七衮，尊爲南北之貳卿。生如是足矣！臨風涕隕，猶不無致疑於造物者。傷哲人淪喪，懼絶學之不終。明粤我泉山之靈粹，肇唐閲宋，光落落乎晨星。學至蔡祭酒而正，文至王參政而盛，行至李大學士而貞，先生實兼之，合夷清惠，和尹任之美，而躬總其大成。若廼諫章慷慨，史筆峥嶸，藏副名山，負《左》、《國》素臣之志;披纓同室,銷潢池赤子之兵。雖躬遇四朝,立朝也,不能數歲;雖班躋九列,没之日,無尺帛寸鏹之或羸。惟是斯文未墜地之統,與夫一飯不忘君之誼,孜孜矻矻,以畢此生。所以學者有所慕,仕者有所程。人益勸而爲善,其不善者亦若神沮於鏡山丙房之側,退徙而不敢萌,莫不望門牆若跂也。迂愚如昉爾,獨自外於陶型乎,然猶幸以草木臭味從令子,淑緒論而惠締之詩書之好、兒女之盟。蓋嘗狂談燕邸之中,微以孺子爲可教。日奉諱歸也,又特顧而勉之曰:"喪禮之不復也久矣!"意若哀憫其煢煢。二端者媿未有所踐,而先生則已乘雲馭氣,偕佺期而遄還於玉京。後死之責,敢不勉承。矢與令子,我邁而征。奠椒漿兮桂酒,緊其鑒此欵誠。

龍溪小友張燮

嗚呼!百齡影徂飄緒,芬其無沬三立。道在挾藻,景以常鮮。慨彼隙駒,睠兹靈烏。是國家之可惜,將神理以何權!緊惟先生,實推命世。神襟滄曠,兼道淵德藪之宗;義肆紛綸,在思風言泉之表。輸赤心而報主,本白賁以救時。大地倚爲津梁,高壇奉爲甍棟。方夫鑪烟繚繞,關心長樂之鐘;朝典森羅,正色大儀之席。時清節著,甘瘴嶺以脂車;身詘道尊,卧故棲而却掃。問奇載酒,門無留賓;屏息望塵,吏稀識面。掩關者二十餘載,真泉石之膏肓;著書可數千萬言,饒休明之鼓吹。啓事之牘屢補,安車之命方徵。瞻卿月以頻明,披皇風而徐暢。或懸境求士,冀答右文之朝;或借箸籌邊,欲繫左賢之頸。講堂折理,即任扣之洪鐘;封事鋤奸,同辟邪之寶鼎。是皆有源頭之學問,而爲無限量之經綸。屢疏乞身,鑒仍先夫止水;有詔晉秩,車暫遂夫還山。松量腹而蘚度形,扣之不殊,其在寒素;局露初而爵星晚,見者不知,其爲公卿。迨逢維新之朝,正符求舊之典。聞塞塵而叱馭,趨詣陪京;營職事以匡朝,長懸北闕。遨神山水,微存生白之虚;娱志《典》、《墳》,爰竟殺青之緒。顧臣精之漸耗,邀主眷以來歸。翰墨壓舟,蘭蕙作佩。詩律漸細,方在處以含毫;勝具猶調,乃隨緣而蠟屐。秋風鱸熟,甫返蓴羹;臈月霜殘,乍聞《蒿里》。百身之贖已矣,兩楹之奠奈何。汪汪千頃之波,乍蓬海而清淺;朗朗萬間之屋,忽玉山之頹唐。此遠近所以沾裳而翔泳因之鏟采者也。

夔御李龍登,攀稽鳳舉。文情義概,早篤忘年。酒算詩筒,倍成投分。要以君房既貴態,尚念夫狂奴;若乃文舉自超薦,猶沿乎處士。知己之感,曷日忘懷;同心之言,久要無爽。雨別滋久,星聚難期。方圖越嶺以相求,忽報乘箕而永隔。九原可作,彌深隨會之思;西州未逭,先灑羊曇之淚。歌以當哭,文生乎情。英靈在天,冀窮誠之下鑒;粃糠鑄世,容剩沫之遐沾。莫附驢鳴,時存雞炙云耳。

福清後學葉益芭

文章氣節,豪傑所稱。至於道德,惟聖賢能。公未垂髫,已修壇坫。尚論孔門,即抑聚斂。君子道四,立之以誠。泣齒攀木,通於神明。年少皇州,用行得志。鳴鳳翺翔,獨與衆異。白雲清肅,爰敭秩宗。獄序好生,五典剿庸。三王並封,震虢披瀝。祖訓堅持,朝無待嫡。東封夷島,司馬何顏。諤諤砥柱,國體以還。典試近臣,玉牒仕路。議不可磨,今成掌故。中涓弗善,麾以粵西。去國如葉,芳名斗齊。垂三十年,潛惕不惰。光皇求舊,吾道碩果。兩董天庖,一蒞羿垣。帝曰俞哉,汝作納言。三晉掄材,羅盡髦俊。諄諄教忠,事堯法舜。人瞻陸海,我凛秋霜。片翳心除,正氣名堂。協心寅亮,欲挽分局。太廟恪共,重瞳廻矚。逆焰初煽,鏡山逍遥。毒遍神州,不到漁樵。新聖思勳,司空載陟。林壑疏忠,褒嘉體國。虞農兼代,傳舍豈心。役冗倉虛,窮蠹所侵。淮漕濫徵,溢二十萬。納牖宸聰,東南甦困。茹蔬飲冰,爲百辟先。縣官公帑,不費一錢。四柏言别,松關堪睇。鶴亦不携,清況何繫。筆無屬草,萬斛湧流。棄爲非真,屋漏反求。懲忿窒欲,漸歸有定。四壁繪賢,閣曰天聽。鄉開民利,萬頃湖渠。因釋微辜,草墅耕鋤。扶桑祲氛,潛銷就撫。通禁哺民,生我者父。惟先文忠,肝膽快談。千秋事業,相讓以三。慷慨胸中,百盃尚寡。經著青牛,詞傳白馬。先人行譜,如篆賜彝。方竚台階,奚騎尾箕。名在世間,神居帝所。虔托籬香,千年尸俎。

鏡山全集附録二

疏　揭

疏

請特祀疏

巡撫福建都察院右僉都御史臣鄒維璉,題爲乞題特祀表章名賢,以崇正學、以勵風化事。

據按察司帶管提學道按察使申紹芳詳稱,崇禎五年八月初四日,奉臣批,據泉州府知府樊維城申,據本府晉江縣儒學生員葉奇、林喬登等呈,稱"原任南京工部右侍郎何喬遠,孜矻明道,無愧濂雒,卓犖興朝,有光伊、吕,學者稱爲鏡山夫子。奇等素欽典刑,同切仰止,呈請特祀"等情。據此,案照前事,奉府帖,蒙提學道副使何萬化憲牌、蒙巡按御史劉調羹批,據泉州府晉江等七縣舉人李焻等、廩增附生員黄繼冕等,各僉呈批,提學道查報,行府帖縣查取,各畢狀去後。

今准泉州府晉江縣在籍鄉官大學士史繼偕等公揭,爲公舉理學清正名臣,乞題請特祀,以崇正學、以勵世風事。竊惟旂常標百世之勳,藏諸册府;郡國謹先儒之祀,列在瞽宗。至爲昭代殊絶之英,則有黌宫特祀之典。道恢聖統,禮示國華。切見南京工部右侍郎何喬遠,體備中龢,學深性命。遡濂、雒、關、閩之緒,窺見本原;兼游、夏、曾、閔之長,出爲經濟。蚤躋華省,即砥素心。國本藩封,批鱗抗疏。刑章膳志,汗簡成著。賦懸則字挾風霜,身絀而名高月旦。進以禮,退以義,出處無媿古人;默成象,語成爻,文章獨妙天下。輒於藏脩之餘暇,窺共纂述之一班。四十載南北卿僚,居惟立壁;二百年春秋史瀍,副可藏山。漢紀猶分隸固、遷,唐書亦洊更歐、宋。功歸一手,事罕前聞。爾廼揭"耻躬"、"知晳”之名，居然負後死斯文之意。緊昔軺車趣駕，共傳入晉之新篇；于時講席宏開，尚藉上樑之妙筆。立朝無借交植黨，真是真非；論學不别户分門，庸言庸行。天其留是碩果，地乃變爲甘泉。始自視聽言動之各宜，徐而喜怒哀樂之中節。衣錦尚絅，還歸聲臭闇然；蔬食飲水，日尋聖賢樂處。又若便便謹爾，循循誘人。魯國諸生，半歸陶淑；益部耆舊，屢賴表章。雖復黄文節之贊元公，光風霽月；程伊川之稱伯子，良玉精金。侈爲同心，當無愧色。賜環繼起，有屢疏以答朝家；易簀全歸，無一錢之遺孫子。稽生平素履，大忠大孝，念念可對天知；合中外建明，實政實心，事事允堪世法。我朝自薛河東而後，王、陳、胡源流各别，此道訖當大成；敝鄉繇蔡文莊以來，德言功建豎兼全，本宦首爲具體。宜分一席宫牆之地，永示千秋俎豆之思。非獨鄉邦，私切典刑，抑亦海寓，共深懿好。伏乞遡稽往典，俯採輿情，特疏比例，奏聞請旨，建祠奉祀。庶真儒紹聖之統，永賁日星；而盛世作人之風，益充鄒魯。斯文幸甚，天下後世幸甚等因。又據晉江等七縣舉人李焻、黄潤中等，生員陳明殿、葉有聲等，晉江縣坊長陳德等俱結，同前情到學，覆結無異，牒呈到縣。

隨該本縣知縣戈簡看得，本宦手抉扶輿，胸蟠象緯。少即服膺聖賢，長而有志修齊。直道持身，風雨矢徐君之度；匪躬謀國，江湖抱范子之憂。步趣必準乎臯、夔，出處無慙於伊、吕。羽翼國本，則諍在言先；排絶東封，復明見事。始述人物、編年二紀，居然昭代典墳；疏《大學》、《商誥》諸章，洵矣清時濂雒。幾載山林之暇，大暢玄風；再還京闕之班，愈堅素節。當廣寧失守，身請行邊；迨榆塞喪師，奏誅逋帥。散海上之劇寇，片言頓落欃槍；撫東省之蓮妖，數語全銷鋒鏑。仁而有勇，犯且無欺。節不苦而泉乃甘，介知幾而石可鏡。蒼生盡切爲霖，士類倍深仰斗。允宜題敍，以稱明揚。具結申報到府。

該本府知府樊維城看得，本宦勁節摶霄，文光射斗。德功言三立之大舉，備於禔躬；清任龢四氣之全，並行於開世。生來以聖賢爲範，於關、閩、濂、雒盡究其宗；隨處皆學問所陶，雖風雨晦冥不改其度。略陳其概，則定國本、止東封，卓矣大臣之慮；直遡其行，則矢清白、絶陵援，允哉君子之光！况其居官每政成書，信足明徵一代；兼之借箸本仁能武，可堪爲憲萬邦。中間家食而嘉惠後生，鏡山之有藏書，將作尼山羽翼；俸入而分沾宗戚，晏子之待舉火，並稱何子清脩。可謂卓立儒門，有光盛典者也。允應題叙，以永令聞等緣繇，呈詳本院。

奉批：故宦何喬遠，大雅君子，有道仁人。夙抱真儒之學，居然王佐之才。生恨大道之未盡行，殁宜顯揚以昭特典。據詳公結具在，衆論僉同，此本院與按院所必題之事，而學道職掌所獨操之議者也。仰即詳報，以便會題。繳。奉此。

隨該署提學道事按察使申紹芳覆看得，故宦何喬遠謹獨不愧屋漏，畏天如質風雷。早擢巍科，總無心於安飽；洊登華省，能盡展其忠貞。定國本、止東封，慮周事始；守廣寧、散劇寇，功睹樂成。引遺詔而褒愍忠，肉已灰之枯骨；冒不測而彈驕戚，寒未死之奸魂。廷所獻即家所修，允矣内聖外王之學；行諸躬隨紀諸筆，一皆信今傳後之規。廼至家居，彌彰偉望。孝友篤於庭内，諄諄周室之君陳；清白遺之後人，凜凜弘農之伯起。毫端衮斧，不朽又在立言；胸際甲兵，當事親爲憲乞。好學不倦，集後進以起予；得全而歸，留遺言以淑世。蓋所得力，皆弘毅之工夫；故竟生平，盡聖賢之舉動。雖未弘施底藴，以輔舜而相堯；猶令興起餘風，足作忠而教孝。宜聽專祠於膠序，永爲多士之師資等緣繇，呈詳到臣。

該臣會同廵按福建監察御史劉調羹看得，已故泉州府鄉官、原任南京工部右侍郎何喬遠，天予間氣，嶽降靈神。博雅盡人間之書，繇文章而聞性道；自任以天下之重，入道德而薄功名。讜論正言，三任三已，立朝則無家想；角巾野服，一詠一觴，隱居則無宦情。白首下帷，過董生之《繁露》；青氊講學，兆伯起之祥鱣。每覩大道之難容，則常急流而勇退。蓋出處同歸于一潔，而卷舒真合乎四時。元禮天下之楷模，林宗人倫之冠冕。功安國本，諫寢東封；義擊權奸，瀝彈驕戚。一言而海氛頓清，數語而蓮妖立浄。俸周三族，鄉曰典刑；德冠四朝，邦稱司直。論其人，已在三代之上；聞其風，可稱百世之師。蓋其德行升顔、閔之堂，六經藉其羽翼；而於文學分游、夏之座，諸子避其高深。易簀正終，蓋棺論定。雖人亡而琴絶，然薪盡而火傳。斯民之直道猶存，本宦之遺編不朽。既經公舉，合請表揚。葬祭從優，易名以謚。并訪先賢恩例，用建特祀黌宮。下以慰乎人心，上可裨於治理。至于孔廟從祀之典，又關國朝間舉之光，是在皇上遍訪儒臣，折衷群論。此又徵臣仰止夙心，秉懿真好，而不敢不爲名賢一言，以俟公議者乎。伏乞皇上勑下吏、禮二部，勘議施行。爲此具本，耑差承差潘鯤化親賫，謹題請旨。

奉聖旨：該部知道。

瀝血陳情疏

太常寺典簿廳典簿臣何九説奏，爲瀝血陳情，懇乞天恩，優卹贈謚，以光泉壤，以勵臣節事。

臣父何喬遠，係福建泉州府晉江縣人。繇萬曆十四年進士，本年丁母憂。十七年四月授刑部雲南司主事。十九年十二月調禮部儀制司主事。二十年四月考滿，陞本司員外郎，本年九月陞精膳司郎中。二十一年九月調儀制司郎中。二十二年五月欽降廣西布政司經歷。泰昌元年九月起陞光禄寺少卿。天啓元年六月到任，本年九月陞太僕寺少卿。二年四月陞通政使司左通政，本年十一月陞光禄寺卿。三年十二月陞通政使司通政使，告病，加陞户部右侍郎回籍調理。崇禎二年九月，起改南京工部右侍郎，三年四月到任。四年三月緣病乞休，奉旨准回籍調理，以成恬尚，不幸於崇禎四年十二月二十二日身故。竊念臣父喬遠通籍四十六年，居官不滿十載。處則安貧力學，以表章六經爲己任；出則盡瘁體國，以計安社稷爲己悦。方在儀制司時，值三王並封，臣父上《恭繹祖訓》一疏，以朝廷無待嫡之條，震器非久虚之位，力請册立，遂寢並封；及倭攻朝鮮，兵部尚書石星請封貢，臣父劾其失策，封貢亦阻；又覆開宗科，天潢濟濟嚮用。緣本部上奏，誤遺父名，謫降經歷。屏居鏡山二十七載，足跡不入城市。釋經纂史，著述千卷。先後撫、按、臺、省交章疊薦。光廟登極，八日即起父光禄，晉太僕。時值遼陽失守，父疏宜嚴守廣寧，及廣寧再陷，父奮不顧身，請以京官四品對除邊道。事雖不果，人咸壯之。經、撫繼逃，又合疏請逮以正典刑。晉左通政，值山東妖賊創敗，父以赤子無知，與遼東、黔、蜀之寇不同，疏請乘大捷招撫。

晉光禄卿，父洗手自將，革去解户鋪墊，宿蠹爲清。署垣多圮，捐俸修葺，廨中苦井化爲甘泉，故輔葉向高紀其事。晉通政使，旋以病乞歸，五疏得請，晉户部右侍郎歸。復屏居山中，茹蔬食糲，爲寒士所不堪。海寇猖獗，臣父除夜登埤，推誠諭鄭芝龍兄弟，欣服就撫。李魁奇再叛，慘毒海上，父躬至中左所，慷慨曉諭，譬以禍福，立散賊黨八千人，遂收剿定之功。皇上御宇，日月重朗，銓臣以父名陪推南京工部右侍郎，蒙恩欽點。聞虜薄都門，即日就道抵任，條奏兵餉機宜，蒙"老成體國"之旨。署户、工二部，鋭意振刷，以京衛漕船有造有支有銷，自天啓末，虚張其數，曰二十萬，因上"核經費"疏。未幾，力求引年，蒙皇上鑒臣父清名恬尚，得遂賦歸，賫志以殁。殁之日，無寸帛半褷之積，蕭然窮窶。遠近士民，咨嗟流涕。

伏覩國家舊典并節年題請恩卹事例，凡大臣病故，果有行業超卓，輿論共推者，撫、按衙門據實開列，聽禮部議覆，俱准祭葬、贈謚。又查《大明會典》一欵：凡三品以上致仕官，其雅負時望，懇疏乞休者，照見任例，給與應得祭葬。又一欵，凡二品、三品文臣，曾經賜葬者，妻故，俱許祔葬。又一欵，文職官一品至五品，如生前散官果有功績，合加封者，例與加贈。又查二欵，大臣應得謚者，禮部廣加諮詢，稽覈名實，酌議題覆。臣父見任三品，生平行業輿論共推，應得祭葬、贈謚，與例相符。臣母累贈淑人温氏，先於萬曆二十三年六月病故，例得開壙合葬。竊惟完懿全節者，臣子之常分；褒忠卹後者，朝廷之特恩。查得原任工部侍郎丁懋遜、刑部侍郎韓策，俱三品，未經考滿病故，蒙恩賜祭葬，各贈本部尚書，廕一子入監讀書。今臣父官階履歷實與相同，伏乞皇上俯念臣父恪其靖獻，於光廟有翼戴之忠，刻厲操修，於聖賢有躬行之實，勑下該部，照例查覆。俾臣父得附丁懋遜、韓策之後，獲叨贈謚、祭葬、廕子，臣母温氏係三品京堂之妻，乞照例開壙合葬，以彰天朝體卹之仁，而臣父九原、臣門世世，當効結草銜環之報矣！臣兄舉人何九雲，萬里伏苫，未能匍匐陳奏。臣聞訃摧裂，幸依輦下，不忍久没父蹟，臣下情不勝悚慄待命之至。

奉聖旨：該部知道。

遵例陳情疏

原任南京工部右侍郎、贈工部尚書何喬遠男，福建漳州府漳平縣儒學署教諭事舉人臣何九雲奏，爲遵例陳情，懇乞天恩，賜覆謚廕，以廣皇仁、以勸臣忠事。

臣父何喬遠，繇萬曆丙戌進士，授刑部主事，歷陞禮部儀制司郎中，欽降廣西布政司經歷。更二十七載，光廟登極八日，即擢臣父光禄寺少卿，洊歷太僕寺少卿、通政使司左通政、光禄寺卿、通政使，告病，加陞户部右侍郎，於天啓四年回籍調理。皇上聖神御宇，臣父以臺省交薦陪推南京工部右侍郎，聖恩點用。崇禎三年四月内到任，上有《謹瀝林壑微忠》一疏，奉聖旨："何喬遠聞警趨任，條奏兵餉機宜，具見老成體國。欽此。"苦心拮据，著有微勞。四年三月内，緣病乞休，奉聖旨："何喬遠屢疏乞休，准回籍調理，以成恬尚。欽此。"於崇禎四年十二月内，不幸長逝。竊念臣父在神祖朝，《恭繹祖訓疏》請册立，又論倭夷不可封貢，覆開宗科以敦天潢，實自臣父始。在光、熹二廟間，疏守廣寧、奏請乘大捷解散山東妖賊，薦舉德行，以勵頽俗，及蒙皇上再起田間，聞虜薄都門，即日就道，疏奏禦虜要務，又請開鎮江練湖以通運道，署户、工二部，疏請徹底清查錢糧，疏請覈漕船經費，此臣父立朝本末之概也。至於林居幾三十年，講德著書，樂道安貧，糠糲不繼，芋羹自給。時戊辰己巳間，海氛正熾，臣父挺身撫諭鄭芝龍，遂蒙聖明赦罪，收其桑榆之用。再諭降叛寇李魁奇，遂使撫臣運策，殲之樊檻之中。此皆鄉邦童叟萬口能言，臣不敢一毫矜飾於天聽之下者。即臣鄉撫臣鄒維璉，諒臣父真品真行，題請特祀學宫，經奉明旨下部，在案可查也。

先是崇禎五年具疏，瀝血陳情，懇乞優卹，欽蒙聖恩憫念，准贈臣父工部尚書，并給祭葬如例。惟廕子之典，未蒙恩予。臣萬里貧寒，不能間關泣請，今歷查近例，因知聖主浩蕩之恩，原無不被。遠如工部侍郎丁懋遜、刑部侍郎韓策，近如崇禎元年刑部左侍郎費兆元、刑部左侍郎楊東明，崇禎六年南京兵部左侍郎徐必達、兵部左侍郎宋槃，俱各贈本部尚書，廕一子入監讀書，皆出皇上卹下至仁，非久年冒乞者比。臣父履歷，正與諸臣相同，若臣隱忍不言，不得與諸臣同沐恩施，是自外於天地之覆載，其何以靦然爲人子、爲人臣乎！溢美則欺，隱善則忍，皆臣誼之所不敢出。是用冒死披陳，伏乞勑下該部確覈，比照前例，覆請准廕，以徼聖明一視之仁。至於應得謚典，亦已奉旨下部，久候彙題，并祈申命速覆施行。臣下情不勝戰慄隕越待命之至。

奉聖旨：該部查議具奏。

揭

擬請謚卹揭

揭爲公舉忠清理學之臣，仰祈賜卹易名之典，以昭公道，以慰輿情事。

伏見職鄉故南京工部右侍郎何公，諱喬遠，學者稱爲"鏡山先生"。公生於安成之學舍，當贈侍郎公爲安成學博，公母林太淑人夢若城隍鼓吹導送而至者。稍長而偉異，五六歲，贈公教作大字，取大甎書之，贈公試以駢語曰："乍雨乍晴天未定。"公對曰："有麟有鳳國將興。"贈公自靖江歸，始就塾師。塾師命去其所嘗讀唐詩，公心不爲善，遂輟歸，獨贈公教之，即博綜六經、子史及建安、《文選》、《唐詩品彙》，皆過目登誦，日有志聖賢之學。十四五發憤爲古文辭，贈公摩其頂曰："今翰林諸公，惟王荆石公聞人，兒後當拜其門耳。"督學胡二溪公拔公應儒士試，遂與兄大理公同舉，時年十九。既赴公車，贈公歿於家，公毀泣腐恨，賦《攀木篇》，於巾軸中得裹贈公齒，作《泣齒文》。丙戌登第，果出荆石文肅公手拔，而太淑人已先於正月即世。公痛益楚，徒跣骨立，奔入門，杖不能起，遂得血疾。從大理公草屨步山谷擇地襄事，以釋服過蘇門，贄文於王弇州公。

冬至京，頓城外者久之曰："吾豈市人覲官帕金哉！"授刑部主事，當提獄。先是，江陵故相家人罪置獄，公召謂之曰："若富於贓，其以裹足布百餘煖囚者。"公明習典章，又曩時西曹無事，與同舍之賢者六子，過從論詩，爲刻燭吟，一時藉甚。擢禮曹爲儀郎。是時三王並封之議起，公上疏以祖訓無待嫡之條，請行册立,於是並封議寢。倭攻朝鮮急,本兵封貢之議起,公指切大司馬石星以和欺主,疏言其失策,且上書王文肅,言主上未嘗以封貢堅持於上,閣下爲他人紓難,而自以其國當禍胎,於是封貢議寢。他如京官主考之議,宗室入仕之議,皆自公儀曹時發之。而會肅藩王薨,其子請襲爵,大宗伯羅公以藩府與朝廷不同,當以行三年喪爲正,肅府浼中貴爲地,公力拒,且將以私書聞上,於是中貴人噏噏飲憾於公矣。適部中公疏誤遺公銜名,主政洪公文衡當對讀,過不在公,即坐公得罰俸,中貴人故苛持之,六改旨,謫廣西布政司經歷。洪公上疏願自受,公亟止之曰:“無爲俱去也。”歸家過洛陽橋,六金而已。之粵幕,慷慨夷猶,無遷謫意。

以公配温淑人喪假歸,講德授徒,窮鄉絶谷之士,無不執經贄文而來,公一一手定,卜其他年所就皆不爽,以故門弟子日益進,而四方之墨客游人重趼懷刺者,屨滿山中。公貧,故不能具脱粟,率刈麥劚薯芋與客共宿飽,亦或多攢眉去,公不以爲疲也。然公自以文章詞賦無關大道,恐學問日卑,扁其齋曰“寡過”,而又執仲父之喪,聞大理之訃,天性孝友,所遭多痛,方四十四歲而鬚髮盡白。取古人誓墓之義,名其齋曰“自誓”,益專心性命,無出山之志矣。前太守蘿陽程公再來爲觀察,聞公病,以公鏡山之屋貼山而濕,割俸爲創一閣,名曰“天聽”,公奉孔夫子位其中,壁圖諸名賢像,海内列自本朝,閩自唐歐陽四門而下,朔望肅衣冠拜,至老不替。復創休山書院,買田舍數椽爲之,命其堂曰“耻躬”。凡海内士大夫之知公,與夫未嘗知公而聞公之名者,奏薦無虚日,公落落如也。

光廟登極八日,即起公爲光禄少卿。公以爲大行而得遷,非臣子榮進所忍言。亡何,龍髯再斷,公以數月之間,兩遭大喪,北向號慟於山中,作野哭詩,而葉文忠公深爲勸駕,然後先生乃出。公又以神廟遺詔,起用詿誤諸臣,不及死者。光廟遺詔,所指僅國本諸臣,投揭當事,令其推廣詔書,論敘歿者,時議韙之。典山西試,得士爲盛。方是時,遼陽已失,中朝鋭意恢復,公上疏宜嚴守廣寧,國人以爲迂。已而廣寧再陷,始歎公之言之爲老成也。公每當食,而歎念莫爲朝廷分憂者,請於樞部,願得以京朝官四品對除邊道,事雖不果,人咸壯之。

經、撫繼逃，公合疏請並逮治，且上書政府，言孔明罪李平、廖立，公何惜失事諸臣，以不悮山海關之守。山東妖賊發，公上言赤子無知，與遼東之虜，黔、蜀之蠻異，請於大捷之後招撫赦宥。上嘉其言，勑與解散。工部尚書鍾公羽，正東人，詣宅再拜曰："某當率東土士大夫謝活我東人恩也。"紅丸獄起，朝士喧然，欲以李可灼之罪塞鼎湖之悲。公徐引孝宗皇帝定李孜省罪、穆宗皇帝定金儆等罪爲議，人謂公識大體。言者謂鄒公元標不當於都下建書院講學，公自言書院上樑之文，實出臣手，請與元標同去。再疏不允，而仍用爲光禄卿。公自爲光禄，不名一錢，惟勾稽積弊，剔其濫蠹。每放米，親爲驗發，諸交納鋪墊皆罷之，事事以節省金錢爲務。其俸餘則以治天庖署垣之腐圮者。别搆一堂，名曰"正氣"，署中苦井化爲甘泉焉。先是，將事太廟，熹宗爲之屢廻瞳顧。一日，問侍臣曰："光禄卿是前日太廟捧爵、白鬚如土地者耶？是何處人？"公自以少而登朝，老而出山，襆被自將，饑飽不時，勵匪躬之誼，養生粗簡，非寒士所堪，蕭然無以異於鏡山之東菑，而勞過病生，方志乞歸，旋有銀臺之命。言者偶及公因病得陞，公聞之，即日出國門。上以公篤學清修，起用未久，不許。公堅辭，疏凡五上。葉文忠公親出國門挽之弗克，乃晉户部右侍郎以歸。其歸也，槖中金六星而已。

還鏡山，作客位帖，引太祖高皇帝戒汪仲魯告歸不得，輒通郡邑官長；作祠堂帖，引孔子於鄉黨恂恂，張横渠稱乾父坤母。得宋李文肅公邴醉月巖故址，樂而建之，因故宋朱文公祠爲泉山書院。逆璫焰熾，幾於僞學之禁，公益坦然不爲阻。里中海氛幾惡，累十餘年，村廛郭邑，依鏡山而居者，倚以無恐。公開誠於鄭芝龍，親約束之，一如公指。李魁奇再叛，兵道五岳蔡公率郡縣詣山中，請公一再撫，曰："是爲數百萬生靈耳，豈爲治兵守土官哉！"公躬至中左，譬以禍福，弭耳不敢動，既而旋就羈靮，以臻蕩平，皆公力也。

今上赫日當天，深谷雷動，啓事者以公陪南京工部右侍郎，上特破格用之。公引年甚切，且言無點陪之例。家人齎疏者至山左，而虜騎適薄都城，道梗阻歸，公慨然曰："此亦非臣子高卧時也。"臨行，令園丁護視山中松柏，曰："乃公行既歸矣！"甫入南都，即上疏，言虜盤據内地，須日夜撓亂之，毋以塘報爲了事，截殺爲虚名。請開鎮江之練湖，以通運道。上嘉其老成體國，署户、工二部。帷帳蕭然，几凳櫃竈之屬，皆不以累官。作斷肉食者至經旬，窮約甚於囊爲光禄日。在户部則言清冗役，考倉期，在工部則言近日經費與《會典》無一事相應。又言京衛漕船有造有支有銷，自天啓以來，虚張其數曰二十萬，至今爲口實，請益覈經費。公惟見中外空虚，所極口無非財府之事，不以代庖而傳舍之。及乞骸骨，上以清名慰留，再力請乃許歸，以成恬尚。公猶復上開洋議於當道，以奸民無所得食，勢必驅爲盗賊。是時部議已稱其不便，然公終上開海禁一疏。今海禁卒弛，而漁民賴以爲生。比公之出南都，又槖中餘一金而已。

公爲學不分别門户，不支離心性，惟戒謹恐懼，躬行實踐，終身下學，不敢放過，如饑有食，如寒有衣。教人循省一歲之間，善念幾多，惡念幾多，庶漸漸有改過遷善之功。最後又拈“懲忿”、“窒慾”二解，以切磋道學，一語已盡格物之意，不待補亡，作《釋大學》；以宋儒易置《武成》篇非闕疑之旨，作《釋武成》；以少讀三誥迷困，二孔之解昧於道，蔡氏之解昧於文，作《釋大誥召誥洛誥》。他纂述之作，在刑曹提獄有《獄志》，在禮曹精膳有《膳志》。而其大旨，採本朝實録，遍搜家藏野乘以爲典謨傳記，有《名山藏》；取列聖鴻藻及賢士大夫所論著，擇其雅馴，兼收衆體，以闡揚昭代文章之盛，有《皇明文徵》；閩志久軼，前直指山陰陸公請公爲之，盡裒（哀）八郡一州五十七邑之乘，有《閩書》。自著詩文百餘卷，取從周之意，有《萬曆集》、《泰昌集》、《天啓集》、《崇禎集》，又以左氏成傳，厥有《國語》，更取先朝實録，纂爲《編年》，猶删訂仁、宣二廟，而公絶筆矣！

公無疾而逝，縉紳、門弟子之徒相與匍匐走哭，號慟動地，傭夫走卒、深山稺叟，無不太息唏嘘流涕。篋中如洗，無寸帛半襁，假木貸衣，而後爲歛。嗟夫！雖諸葛亮“臣死之日，不使有餘財餘粟以負陛下”，陸贄“上不負天子，下不負所學”，何以加焉！

謹按少司空何公終始四朝，後先一節。論學以誠意爲主，立朝以靖共正直爲主。抗疏匡時，無非國家之大計；著書垂世，獨翼聖賢之遺經。安貧樂道，學以忘饑，鞠躬厲行，斃而後已。誠忠清之名臣，理學之真儒也。故事，大臣祭葬，載在令甲，而公行業超卓，輿論共推，以忠棐，則宜贈其官；以清白，則宜録其後。至于易名之典，允須論定。公立身行己，實無間然，釋經纂史，述作之功，尤不可泯，亟宜上謚。仰冀當道主者俯賜採擇，則勸忠之道得，而崇雅之權伸矣！世道斯文幸甚！

大白兄揭藁極老成明潔，紀傳高手也。即徑以作傳，自佳。值其末造，多病中得此一篇好文字，結二十年師弟之局，亦儘不負耳。友弟黄景昉識。

此門人贊善鄭道圭先生筆也。先生在燕邸聞先子之訃，服素累日，手爲揭稿，約同鄉之官都下者，共上當事。會有言其非揭辭，欲再更之，而先生以楚節行矣。不孝九雲方冀先生歸，請爲先子□□之文，以爲不朽之託，而先生繼爾崩逝。始從其家索稿讀之，聞先生時已病矣，竭兩日夜而成，當時竟不獲播聞。嗚呼！李清臣之請謚歐陽，未即上於朝省；宋景濂之私議淵穎，尚獲留於門生。不孝九雲，其又何敢使先生盛心湮没不傳也！不肖孤九雲稽顙識。

請覆謚廕揭

福建泉州府晉江等縣在京仕紳左春坊左諭德兼翰林院侍講黄景昉，右春坊右諭德兼翰林院侍講張維機，翰林院簡討賴垓，工科右給事中何楷，工科給事中傅元初，江西道監察御史王龍震，湖廣道監察御史洪啓遵，吏部文選清吏司員外郎周廷鑨，禮部儀制清吏司員外郎候改授李焻，户部山東清吏司員外郎許成楚，陝西清吏司主事吴載鰲，雲南清吏司主事李鳳鳴，刑部浙江清吏司員外郎吴逢翔，雲南清吏司員外郎楊錫璜，大理寺右評事李近古，行人司行人孫枝灼，中書舍人黄兆稜，行取候考選知縣李拯、蔡鵬霄、黄熙胤等，揭爲名臣全卹未沾，同鄉公論尚鬱，仰祈查議，賜覆廕子易名，以光大典、以昭公道事。

《會典》：凡二三品以上大臣，品望殊絶，輿論共推者，身後有祭葬、有廕、有謚，謂之全卹，固所以優名賢，亦所以勸臣忠也。敝鄉何鏡山先生，諱喬遠，繇萬曆丙戌進士，授刑部主事，歷陞禮部儀制司郎中、欽降廣西布政司經歷。更廿七載，光廟登極，擢光禄少卿，洊歷太僕少卿、通政使司左通政、光禄寺卿、通政使，告病,加陞户部右侍郎,回籍調理。崇禎三年起改南京工部右侍郎,拮据年餘,仍屢疏乞休,奉旨准回籍調理,以成恬尚,不幸於崇禎四年十二月身故。其祭葬已蒙禮部具覆,准給加贈工部尚書矣。惟是鏡山先生處明聖賢之道,出抒忠愛之猷,方筮仕于禮曹,請定册立,諫止東封,志每傾葵以向日。晚洊登夫卿寺,疏守廣寧,條散蓮賊,時獨抱杞而憂天。黜浮費於南都,視豐鎬以爲根本,覈漕船於淮上,恐金錢之如泥沙。鄉邦之焚溺頻仍,仁爲干櫓;同室之纓冠倍切,信及豚魚。蓋始終四朝,先後一節。論學以誠意躬行爲主,立朝以靖共正直爲先,安貧味道以療饑,譯經纂史而忘老。今其諸子貧無中人之産,至於謚廕之典,未能陳請。

近其長男孝廉何九雲以乞恩教職旅食京師,因查有工部侍郎丁懋遜,刑部侍郎韓策,刑部左侍郎費兆元、楊東明,南京兵部左侍郎徐必達,兵部左侍郎宋槃,各贈本部尚書,廕一子入監讀書。鏡山先生履歷與諸公相同,應得謚典,亦奉旨下部,久候彙題,遂具疏瀝血上請,奉有查議具奏之旨。伏念明綸所稱查者,查其典例也。凡侍郎加贈尚書,俱蒙廕子,所援諸例,歷歷允符。議者,議其生平也。先生忠孝可對天知,著述尤堪世瀍,易名之典久已論定。景昉等誼忝桑梓,情切表章,伏祈貴部老先生垂念名臣,俯採公道,先將蔭典查例速覆,仍移咨禮部,并與議謚,庶勸忠之道式慰幽遐,而崇儒之權大彰廣厲,世道斯文幸甚!

鏡山全集附録三

特 祀 祠 記

何鏡山先生特祀祠記

楚黄後學樊維城譔

《傳》稱没而言立,謂之不朽。如以言而已矣,毋論往代,即國朝著作者不下百千家,將俱可不朽乎？抑猶未也。屈指以理學倡者,姚江、新會諸君子;以功業鳴者,青田、佚官諸君子;以史學顯者,武原、京山諸君子;以藝文見者,蘭溪、北地諸君子,大都可盡以數十人,其餘表章羽翼之士,固若夜郎之視漢。至于踵事增華、隨機得悟者,方之蔑如也。然則立言亦不易矣！天未喪文,是以鏡山何先生起而續之。

先生登第於神廟初年,仕不擇官,必盡其職;禄不營家,必敬其事;言不相時,必攄其忠;志不希進,必投其合。故立朝五十年,聲名滿天下,而官止于少司空。宅僅能以蔽風雨,租不足以供饘粥,而蕭然自得於性命之内,彈琴讀書詠先王之風。其出而當官,則與士大夫言政;其歸而閉户,則與門弟子論學。用是其書富有,其德日新。世之慕鏡山而思造其門者,踵相接也。虚而往,實而歸。凡士之入温陵而不能得其一言一字者,以爲辱,然先生亦不疲於屢照。雖昔年海寇未降者,不畏有司之法,而畏先生之片言,投戈恐後,盛哉德乎！雖古之陳太丘、王彦方,何以加焉！迄今讀其《名山藏》,足以作皇明一經,傳之無窮矣。疏《大學》、《商誥》,而儒術正,又慮文格日壞,選《文徵》而梓於南都,録生平之詩文爲《萬曆》諸集,而梓於家。既捐館舍,長公又出其所私藏未焚之奏議,而居官之概亦見於是。理學、功業、史學、藝文,昭昭于後來之耳目間,於虖,亦足以不朽矣！然此皆先生之糟粕，而其不傳者，已與先生俱往矣！先生之門人蔣太史中葆、鄭太史道圭，爲文以哭，比之於游、夏，比之於永叔，而稱爲真狂獧，可續聖賢之傳，誠知言哉！

維城初得郡，喜遂御李之願，乃後屬纊之百日而始任。既而中丞公疏請易名特祀，始謀立基于櫺星門之右隅，次公以余慕之，屬以爲記。忝綰郡符，固宜贊述先德，但既非其人，而文又不足垂後。昔蔡中郎稱爲人作碑，惟郭有道不愧。中郎有道固足相當，先生之祠，宜得名賢手筆，乃以委小子，媿矣！疏請於壬申之仲秋，建祠以其玄冬，既踰年而不獲肯搆，將俟賜金爲先人光，否則求仁者之粟以祀耳。余適者輯瑞之行，且未能率衆爲一椽助，因並記之。時崇禎癸酉陽月下元吉日。

鏡山全集附録四

佳　話

何司徒佳話

五因山人林如源次

鏡山何公，清品雅度。道德文章，昭昭一代。輿論煌煌，巨公椽筆。行當郡國有史，何藉蒭蕘之言。惟是甲子秋，公過五因，見命曰："爾爲我撰《何司徒佳話》，我當拜而受之。"于兹九載，無時或忘。第謂公川至恒升，懿鑠尚當與年未艾，故荏苒至今，而公往矣！奄忽以來，正懷屬草，適舅悌貽書山中，云："弟欲輯吾父遺事，兄與吾父親而且愛，周旋最篤。杯咏叙嘯之間，有所存憶者，願綴譔以著吾父。"乃憶追陪四十年間，得軼事七十餘則，雖言皆識小，事若無奇，然忠厚之遺僾然，風雅之致自在。謹依年次編纂，仍遵公所命名，不文以當口碑，實録以供筆削，慙娩海以蠡測，庶幾豹得管窺云爾。

公於親誼最篤，而念吾祖母尤摯。萬曆甲午冬，會葬先祖母，題詩云："艱苦兄同妹，提携舅及甥。少孤悲齒髮，天地荷生成。"後每相過，輒一再諷誦。兒曹方幼，指謂如源曰："是皆當常以此語之。一代是一代人，異日何知先世之情，前輩之誼耶！"

公起復謁選鬻田，一宦家治裝粤歸，以饋贐之餘問贖，時宦已殁，其家頗求多，公一切從之。衆謂公便宜與人，自失體面。公曰："士大夫而與故宦之家往復計量，更失體面。吾捐數十金買胸中多少閒適，殊爲便宜。"

如源少孤，多外侮，每賴公周旋。丙申間，先業爲某紳所據，而心憚公。郭恭定公其年姻也，某浼之屬公。公復郭書云："林如源者，家先姑之孫也。先姑與先府君少孤相依,老尤篤摯。先姑一子蚤夭,如源煢煢四五歲耳。族之惡少强賣其田,先姑一老孀婦,無如之何也。乃今如源長矣,訟一年餘,始復故物,而某兄忽認爲己有。日會某兄,動以存孤之誠,盛以閉户之誼,還其所費之直,歸以今歲之禾,無所不可,而某兄復以煩長者如此。嘗謂士君子處世,初無難處之事,惟撤去有己之私,不難喫虧一念,則於人何所不宜!昨所告某兄已盡,今所望某兄者,'高誼平心'四字而已。若必欲以公庭爲訟府,則非所知也。"恭定初頗謂公動氣,後方知公真摯,交契殊深。

公性度寬夷,萬曆丙申,舅悌方七歲,嘗取公印章一奩,更番問字,公歷歷以告,至公名字,亦詳語之,如是再三。如源默坐,頗不謂然。公心知之,從容謂源曰:"我八歲時,尊甫來我家,每教我學書,夜或教我象弈,燭至跋。今觀爾似不能矣。"

公飲酒必曲悉主人之情,雖寒士村農,薄醨濁醠,咸爲盡醉。半酣,酒懷益豪。間或病酲,終不能拒。嘗謂如源曰:"日五十盃,廼吾應得物,過此乃將性命盡人事。又過此,却把性命作豪傑矣!"

己亥歲,大理公奉使過家,姿度豐偉,儀觀甚都,公獨抱隱憂。嘗私語如源,謂其乏寬綽、少藴藉也。急丏夢九鯉,益不安。及大理公報命入都,公日夜不去心。亡何,大理公竟不禄。乃知袁、張之鑒,和、扁之醫,能見未形,固有之精,亦誠之至耳。公孝友篤誠,故見人所未及見。嘗謂此事風鑒之中,别見友悌之性。

公庭訓甚寬。長公翁悌素負才名,不可一世。適海澄令公龍廉孺抗稅閹窊,拂衣過泉,公遣候之。龍頗誕酒,刺入,久之未出,翁悌遽對閽者詬厲,取刺歸,公怒其徑悻,楚撻之甚。寬而能肅,信義方之教也。

公飲食無所擇。方營鏡山時,常以朱薯度餐。酒後惟進果蔬,紅柿、黄柑能噉三五十枚,嘉肴惟恐不持去也。辛丑、壬寅間,如源過自誓齋,見公麥粥淡菜之羹,哺啜致飽。以源不時至,命市荒邨所有,加空豸一缶而已。固是淡素,亦自不知天地間何者美好,嘗曰:"吾凡事俱作平等觀。"

吾鄉有馬鞍林,長可里許,古木蓊翳,不見天日,春夏之間,黄鳥終日不絶聲。公每至,必飲於中林,謂如源曰:“此吾經行所未見。雖僅里許耳,使前更十里,後更十里,景亦不過是。”對曰:“人生飽煖外,紅朽亦復如是。”公撫几曰:“好説,好説。”時壬寅三月也。

一日,飲馬鞍林,既晡,歸鳥喧聒,公欣然命多張燈懸布樹上,滿林輝煌,公歡甚,撫源臂曰:“爾家自有此林數百載矣!想此樂從來未有。”是夜,公大醉,就坐榻舁歸五因。

公謫居以來,竿牘屏絶,當道推重。一友人以關節相干,公不許。其人曰:“公見重如是,一言何難!”公徐語曰:“請問,所以重我者何故?”

壬寅卜葬先親,戚氏大哄,不獲襄事。公遣人語之,戚氏謁公,歷數源先後忿遽之言。公徐曰:“所云直言語之傷耳,懿親何至是!”其人忮心稍戢,襄事以濟。

如源少年時,不足窺公。每見公處事教人,一味讓忍,嘗私評公見道而不涉世。或爲公述之,公謂源曰:“多謝箴誨。祇繇今人涉世見道,却分爲兩,故只涉世俗之世,遂不見涉世之道耳。”如源慙悔失言,從此領益實多。

如源蚤歲課子過嚴,公謂曰:“科第有分,非課督所致。昔吾贈公課吾長兄最嚴而行賈,次兄稍寬而子衿,三兄又寬而孝廉,於吾無所問而進士。使課督有効,長兄進士,而吾行賈矣。”見諸兒曰:“而父望爾曹深,尤望爾曹作好人,爾兄弟勉副父意。”

如源初從公學詩,問所宜取法。公曰:“作詩如作字,無帖不臨,總作自家字;無集不讀,總作自家詩。”

杜生某,先世鬻田於贈公。厥後,杜之佃卒築屋杜山何田之間。時公在宦邸,掌家政者,着認基税數十年矣。戊申,生謁公五因,偶及前事,公歸覈原券,召杜生還其地,并佃卒所認券,曰:“是不與原券俱來者。”

公五因酒中,曰:“人生如檻車中大囚,閻羅符到奉行,一毫出脱轉動不得。”時方分韻賦詩,源曰:“檻車中想無此生活。”公曰:“緙纑刺髮網,亦作詩度日也。”又嘗語如源曰:“人生倏忽塵幻,吾兩人兩堆糞土相對耳。”公達觀之譚多此類。

寒宗有謁公五因者，言止謹愿，容服癯朴。公見而喜之，留于坐席，曰："世皆稱古君子，吾獨喜其古野人。"

公林居後，即扃鐍冠服。當道造訪，角巾野服見之。郡守姜公嘗致文綺，請公修衣，公曰："自能辦此，但以林居既久，新飾章服無所爲耳。"謝不受。

公自奉菲薄，服食居處有寒士不能堪者。丁未病瘧三月餘，所親徬徨，公亦頗虞不測。源入問疾，曰："公福德無涯，而未嘗分毫受用，保無他虞。"公曰："雲兒所言亦同此意，固是正理，聽之可以蠲疾。"

先是郡中烈殉者，庠中必預舉于當道，是日大集賓親，結高棚，縱士庶聚觀，且迎學師親視投繯、解繯，詑爲故事。王貞烈將殉翁悌時，親友以請，公曰："此非家門吉祥也。幽閨之節，事後表章之可耳，先自顯揚乃爾耶！"届期，公命扃中門，貞烈出中堂拜辭，本支外，外戚惟源等三四人。既小斂，方啓門。學官、士友、賓親、閭里匝門填市，始獲入拜，庠中乃舉於有司。

公弈棋好用奇勝，又好多饒人。戊申，山中與如源對局，輸一子，飲一盃，以果核爲籌。是日，公先後下百餘籌，半酣，瞪目相視，曰："爾看我酒籌，爾喫一日不盡。"

庚戌歲，粤藩寄俸金，或以田求售，田丁講曰："是磽确而高燥，仰水於天，十歲不三稔也，不可。"公曰："自有此田，即有買之者。何吾獨不可！"曰："久覓買主不得，故至今不售也。"公意决，謂如源曰："此寢丘之地也，孫叔敖所宜。"遂割俸畀之。

公嘗臘蜡出，歸謂如源曰："我今者所見，多貧士老生，敝衣菜色，無尺布斗粟可爲卒歲計者也。其踽踽遑遑，行無所之之狀，吾甚憐焉！"爲長嘆者久之。公林居食貧，而人饑猶己，每如此。

泉中多圖張僊以挾二彈，爲誕二子之祥，圖者求公贊多驗。黄太宜人以請公題，云："我爲某某贊張仙，各舉丈夫子，是我能作贊也。我今年二妾各舉一男，是我能生子也。既能生子，又能作贊，但當敬順，事我老漢。"迅手具有風趣。公嘗持出相示，後公舉太常，如源寄詩，有云“生兒作贊風流甚，弧旦應誇老漢雄”正謂此。

有訪兄宦邸者，值生日，其兄忘之，大恨，謂兄佯不知也。或向公述其事，公曰：“此無庸恨，何不出私囊從外沽買，語兄曰：‘今日弟生日，願與兄暢飲。’斯言初若諧玩，然洽兄弟、消嫌隙無過此者。”

公有姊嫁吾宗，蚤卒無子，繼甥貧，弗克葬。公念之甚，亦食貧。甲寅臘盡，有餽潤筆金，即日寓書如源訂過從。遂以乙卯歲旦二日至，入門笑曰：“吾乘此時尚有過歲准備，故急來了此，越數日則不能矣！”延堪輿，庀料鳩工，分毫皆取辦於公，不預主人，竟葬姊若夫，以及繼姊、繼甥、繼甥婦凡七，喪事竣，喜曰：“了吾四十年積念。”

公葬亡姊日，中表杜香山攜盛饌來墳所，適繼甥亦傳餐至，見盛饌不欲陳，公取其枯魚乾脯置盛饌中，一一下箸，爲盡村白一壺，曰：“酒既盡，今可撤去。”乃徐舉香山之饌。

公來如源山居，率停十餘日。公素善早起，每飲至夜分，間或鷄鳴，輒昧爽而興，以爲常。乙卯春，家新育一蒼頭，日夜執役，大駴曰：“素未嘗見人如此。”及公將行，謂公從者曰：“乃公若再留者，我病矣！”從者以告，公大笑。後公至見此僮，笑曰：“是尚未病，吾猶可留。”

丙辰春，公以古窑器見贈，是歲大侵，源以米餉，致書云：“承惠豐年玉，敬報荒年穀。”公報以酒，答書云：“豐玉荒穀，到是佳語。今遺我酒骨，敬報米汁。”

一日，諸詞客集鏡山，謝月航、林季翀二先生在座，謝故未識林也。林所持扇頭有名書，諸客傳觀，謝閱題欵云：“似林季翀太史。”問曰：“此季翀贈汝者耶？”衆笑曰：“正季翀先生也。”謝愕然起揖，有不自安之意。公曰：“見二公俱不曾向郡邑賓館相會。”滿座欣然，謝亦歡慰。

丁巳人日，共飲裴亭，分韻賦詩。公謂源詩似杜，對曰：“近正看杜集。”源亦謂公詩似《選》，公撫掌曰：“諺云：兒難偷生。吾臘間方讀《文選》耳。”

如源宿性頗卞急，公所贈窑器爲家僮觸碎，公問知爲某僮也，頃之，僮至，公徐起更衣，私問："汝前觸碎甆盌，乃公杖汝多少？"對"無有"。公曰："但怒罵耶？"對"亦無有"。公謂其不敢言也，僮曰："緣未嘗杖罵，故負罪滋深。"公曰："此果然矣！"大喜而出觴如源，曰："此最福德事。"公之愛我以德，而與人爲善也如是。

先是，公嘗以《萬曆集》相寄，丁巳過五因，忽取觀，源下筆略遍，公閱畢曰："所評具悉肯綮，我今知子真許我矣！不然，任意獨觀，信筆裁竄，豈料吾今日復見之哉！"公當代文章宗工，而虚心問察如此。

公爲文未嘗起草，既命意伸紙疾書，即小詠偶語，亦迅筆成趣。嘗飲一書舍，密邇黌宫，主人以聯語請，公應聲云："若夫豪傑之士，無待猶興；而况聖人之居，如此其近。"丁巳上元，五因臨别，源亦請聯語，曰："須移不動。"公立題云："因水因山因樹因石，且又因先人之蹟，此謂五因草堂；隱農隱圃隱釣隱屠，何如隱詩酒之間，乃稱真隱君子。"敏確皆此類。

公族子買田，故主以親故，自佃歲入减縮，搆訟不已。公厭苦之，多方那移，代承前田，以解其訟，所親請曰："此故主里魁也，今公在耳，異日必爲子孫患。"公笑曰："吾子孫而爲里魁所奈何，亦不必以田與之矣！"

後故主亦歲負公租，公以親故，不問也。一日，故主謁公五因，酒酣自言其育諸弟之孤，甚至坐客誦其義，公漫應曰："乃我育之。"客不悟，公曰："我歲租二千斤，足供彼之尚義矣！"故主默然。

公禀異質，飲酒不避風露。戊申夏，飲馬鞍林，梅雨暴至，源命撤席，公曰："正當賞雨，奈何避之？"張三四蓋，環飲不輟。兩食頃，雨霽，公曰："人定勝天。"戊午中秋，公邀如源泛東湖。日晚，公解衣坐船頭，鬚髯當風盛拂，衆謂風駛，請公授衣，公曰："非風駛也，乃吾鬚揚帆故駛耳！"

有得公書數幅，如市易米數升者，一門生語公宜自珍重，公曰："使彼得以舉火，正獲我心。"

己未五月十九日，公過五因，時驟暑苦熱，飲至初更而罷，徙倚庭中，前山吐月，公曰："此景實眠不得。"源請再命酒，公曰："不敢請耳！"乃摘園蔬，就小橋折荷葉爲筒，飲數廵，賦詩，荷上露珠鋪滿榻間，如積水也。公起坐前溪磐石上，以背臨流，云作背水陣飲，用一巨觥遞飲，飲畢，各濯于溪流，曰："此洗盞更酌也。"

庚申秋，公即家起光禄少卿。如源山中寄書道喜，公復札云："向因大行得遷，已非臣子所忍言，今則龍髯繼斷，天步艱難，雖在遠臣，能不夙夜！"崇禎改元，公私語如源曰："世廟登極，亦纔十六，做如許大事。今上在藩邸，夙聞英睿，殄滅權璫，此其時也！"其忠君憂國休戚，蓋四朝與共云。

如源少年時到城，每懷歸，公輒留，時有許留而徑歸者，又間嘗有求於公不盡從可，亦怫然不辭而歸，公皆大怒。怒必貽書自敘相念之篤，及述先世相依之情，厥後兒曹復然，公皆貽書如初。兒曹嘗語人曰："何公往往怒時見情。"

紅丸議，公援先朝李孜省、金倣等罪案，又引和合御藥錯誤律，平恕詳緩，成法確然，既不爲曖昧深文，亦無傒旁引經傳。起頭云"先帝升遐之故，皇上侍疾自明"，始末二語，情事簡徹，如日朗天開，故舉朝稱爲得體，即異議者亦莫能置喙。然公此議，乃不越宿而具，先衆議而出者也。非諳律例、熟掌故、卓有定見、不觀望異同者，豈易卒辦！

公自林居以來，每誕辰，客滿户内，與親故聚歡者幾三十年。辛酉録士山西，郵亭逢誕，無可對酌，乃呼一老郵吏共飲。吏頓首謝不敢，公挽之就位，盡醉至五鼓而罷。右二事，公嘗偶爲源及之。

公素不信服餌，嘗謂如源曰："戒色慾、勿服藥，是吾養生要訣也。"或言有善爲養生者，公曰："彼寧能終不死耶！"癸亥冬，公在京師，有嘔逆之疴，知故徬徨，共邀名醫至。公一概謝絶，請診脉亦不許。有通家子頗曉經方，懇請診脉，公不答良久，勃然伸手曰："聊與汝一診。"聞之姊子黄夢梅云。

公遊泰山，歸語如源曰："名山喬嶽，如名公大人，氣象渾厚宏博，俊偉光明，初無一奇可稱，似不若幽蹤勝蹟，泉石之奇，堪供賞玩。然觀其出雲興雨，真有不崇朝遍天下之勢。"公此語，蓋若自狀者。

公宴集，惟清譚雅謔竟日夜，絶無歌曲管絃之娱。甲子秋，舅悌上壽，請用梨園按樂，公許之。甫初昏即罷遣，謂如源曰："此輩若夜來不散，則姦盗詐僞之事，無所不有。"

公相過，嘗曰："吾每到此，魂夢甚安，真其至如歸也。"臨别，常更爲數日留，曰："其去如戀也。"甲子秋，過五因，有信自城來，云："某官將入都，候一面而别。"公遂戒行。源請再遲一日，公不可。適山中猝乏輿夫，公舍然曰："若此，則吾心無歉矣！"遣信轉語某官："吾欲回而輿夫不具。"命家中爲贐可也。

吾鄉俗刻有《昔時賢文》，實里諺而多格言，村童丘婦悉能舉之，學士大夫不道也。公築亭鏡山之麓，不設樊障，人恣登遊，名曰"衆樂"，乃録全文亭中，手題其後云："此吾邑相傳之恒言也。然於世情物態，模寫詳備，凡在民庶，體貼力行，亦可免於過差矣！因余以'衆樂'名亭，欲衆人來此談笑玩味，亦移風善俗之一助乎！"公教人不離庸行庸言，而不遺愚不肖如此。

公素不飲卯酒，甲子九月望五，因早飯畢，將别過吾家，謁辭先祖母，源曰："不飲空歸去奈何?"公笑曰："當爲爾破戒。"命巨觥立酌，徐步出中庭，舉數觥；出門，又數觥，且行且酌，至馬鞍林立酌移時。季兒方八歲，繼至，公問："汝來何爲?"對曰："送叔翁。"又問："誰教汝?"對曰："自來。"公遽下拜曰："小兒亦知愛敬尊親。"三四頓首而别。

甲子冬，如源過鏡山，請叙《五因閒抄》。既落藁，遂命酒，公曰："試舉叙中何語最佳?"中有云：古人且耕且讀，後世讀書求得科第而已。及其久也，無論得不得，並棄擲縹緗，如出妻絶交，不復相近。源曰："'出妻絶交'四字刻甚。"公曰："此吾一篇最得意語，子誠具眼。"便各浮兩大白。

如源侍鏡山，嘗取《名山藏》翻閲，公曰："此藁猶未定，吾每喜閲者任意删改，雖未必盡合吾意，然再閲到此，合則從，不合則否，不輕易放過矣。"

公歲節四方餽餉踵至，源在公家，見公概無所拒，而各視其土産所無者報之。公笑曰："我到此時，輒作一大市易，以山物餉者，我以所受海物易；以海物餉者，我以所受山物易。"公之清不絶俗，此其一端。

公未嘗翻閱佛藏，而雅會佛理。嘗有禪客至，公問："我於釋門應似何等？"對曰："六祖。"公問其説，曰："一字不識，而具得箇中。"如源在座，深賞其言。

公與人交，務以大節相勗。見素李公居喪茹素三年，肌色減損，親友皆勸復膳，公獨曰："斯道也，絶久矣，願卒勉之。"丙寅，繇貞周公被逮，其時閹焰方熾，莫敢嚮邇。公遣人入漳致餽，貽書慰勉，周公復書感公道義之愛，且云生平少學問，承教不敢不於此際求得力。

丙寅夏，公觴如源丙房，夜分移席中衢，源醉甚潛逃，公覺而步追。時公方病足，僕夫請就肩輿，公曰："侍郎追山人，乘輿則俗矣。"孝廉、太常扶掖，蒼頭携酒肴，直抵如源城北書舍。源方解衣就寢，忽報公至，復命酒數巡而歸。

大參劉公惟後行部過泉，爲公建鏡山書院石坊。天啓丙寅，書院有禁，詔所在毀折。公以灰塗石刻，改題"鏡休山房"，坊表不動，於時禁亦無所妨。公明哲不露，而簡易恰當如此。

贈公嘗以手造硯贈吾先公。丙寅，公在五因，捧硯愀然，携歸，取案頭所用硯相易。少郎珍之，請更他硯，公不答，俟其入，語家僮曰："急抱去，勿令阿禄見也。"

丙寅冬，公以三十金買一塋兆，既成券受直矣，中一人若有未厭者，公遽還其地，且予書云："併前直不取。"時公在五因，如源曰："還地可耳，前直不取，無傷惠乎？"公曰："此三十金者，當道所餽。吾辭之弗獲，生平不欲受所不欲，今聊准賑貧耳。"

公營芡淀，有傭作不力，或謂公去之，公曰："彼雖不力，亦須終日逐隊方得一日之直，能安坐家中得之耶！"

丁卯歲，叔兒麟禎以諸生謁公，公教之曰："爾家自祖宗來皆積行讀書，竟未有知者。今爾兄弟既得爲諸生，德行、文學俱從此日立基，爾宜勉之！"公之望諸兒、誨後進，每諄諄如此。

公夜飲喜露坐。丁卯冬，夜與如源飲中庭，時熹宗大行，報久矣。公曰："丁國喪而飲酒，甚不可。然喪禮，七十縗絰在身，飲酒食肉而居於内。吾今即居父母喪，於禮亦無禁也。”是夜風霜甚，源頗不堪，徐諷曰：“請居於内。”公遂入，此事似通實至。

如源修家譜成，既請敘於公，起語大略謂：“林出比干，比干之剖心與刳孕、斮脛，崇侯、九侯之脯醢，同一酷虐，而比干獨著，豈非以其忠哉！”此自妙語，而宗人或謂非佳事。源未能免俗，戊辰春，公來五因，因祈公改數語。公遂别作一篇曰：“吾生平爲文無請改者，此破格第一事也。”如源再拜謝。昔蘇東坡爲王晉卿作《寶繪堂記》，晉卿亦嫌“嘔血發塚、害國凶身”數語，請改，坡竟不從。公之愷悌過坡公矣！

戊辰春，公欲偕如源訪謝偃師公，時謝公九十餘耄矣。源曰：“訪必不能相見。”公曰：“但存吾意耳！”遂緩步同行。二僮執蓋，一蒼頭携杖，蹊間仄逼，執蓋者或顛頓不能從，公曰：“執蓋但存一意耳，豈足蔽日！”源曰：“公步履輕快，携杖亦意耳。”公笑曰：“今日事事有意。”

戊辰秋，如源謁公壽旦，酒半酣，公問：“我可方前代何人？”源曰：“蘇長公。”公曰：“我琴畫不如。”對曰：“棋酒勝之矣。”公大笑。復問：“可方孔門何人？”對曰：“顔淵、曾晳之間。”公復大笑，謂言中有褒彈。

是歲季秋，公游鯉湖，歸道五因，爲如源述夢解者謂公當百歲，公謂源曰：“再得兩三年便足。”源駴問，公曰：“朱晦翁七十一，孔夫子七十三，吾今已七十一矣，何敢多過！”

諸兒五因侍席，公謂源曰：“吾觀今世封君多改其素，至虐貧下以供奢靡，吾甚恨焉。異日爾若有是，吾挾榜笞而來矣！”顧諸兒曰：“而父必爲爾曹所累。”

公租入不能給半歲，而食客滿座，四方遊士至必首投公，稍有材藝者，既不惜齒牙，至一無能人亦留寘賓幕，有三四年不厭者。家人或有言，公曰：“我若不飲食之，餓死矣。”嘗有吴客托名山人，到處投詩，實皆假手。公知之，而每與遊。一日，諸縉紳雅集，公挾以往，諸縉紳見公至，競請賦詩，公慮吴客之敗也，以他辭辭。若公真廣大教化功德主也。

他日,與公論及昭代不繇館閣謚文者數人,公曰:"爾意中寧欲擬謚我耶?試舉我日後當得何謚?"源未及對,一客云:"文正。"公曰:"此不敢當。"仲兒夢甲在座,對曰:"家嚴素以蘇長公,擬公'文忠'可矣!"公爲解頤。

公温厚,未嘗稱人之過。嘗有言某紳圖不丁繼母憂者。公曰:"其見不長,所就可知。昔吾里中有歲貢生,其父娶一老妻,謂之繼母。余問阿爺命汝丁繼母憂,奈何?對曰:'既稱繼母,自合丁憂。'及繼母死,父命之勿丁憂。雖以父命不丁憂,而對予之言則得矣。後其人風病,猶得一官,延挨三年,亦對余一言有可取者。"語如鈇鉞,而鋒鋩不露。

逆璫煽虐,當事苦心,有行李文正之權而罹後議者,衆頌公明哲,公曰:"此直所遭有幸不幸耳。使吾當日在事,翰箋字書,求必與之,餘波亦及我矣!"公不自表暴,而護名輩如此。

有以玉盃贈南都之行者,公以通家,故受之。後聞其出自賃借,苦於酬直也,公歸前杯,仍賸犀爵二隻,以明無所愛。

公南都歸,如源造訪鏡山,公謂曰:"禮,七十致政。官尚不要做,况預人間事耶!孔子曰'老者安之',孔子欲天下之老舉安,今乃不能自安一身,可乎?"語甫畢,一知故至,坐定,以俗事相瀆,公遽掩耳,謂如源曰:"頃間所言,爲我述之。"

越日,與公飲醉月巖。夜分,謂如源曰:"我知子,子亦知我,但子愛我不逮我耳!"又曰:"不有我姑,爾身從何來?爾念此,便愛我矣!"因道先世艱苦相依之情,忽大慟,涕洟交下。久之,顧謂如源曰:"老翁可念,從兹一别,遂成永訣。"時辛未九月初三夜子也。

如源以所作《酒賦》呈公,蒙公過許,即援筆題跋,出貲爲梓,曰:"我不知爾賦至此,可多作數篇以傳。"源感公言,續爲《鹽賦》寄公,時公已寢疾,命信,停候强起,報手書云:"《鹽賦》大佳,方今海内布衣那得有此。留讀之,足下自有槀也。"是爲辛未十二月十七日中。公絶筆也。公之噓枯吹朽,奬進後來,可謂没身不倦者矣!

右所譔次,皆身奉周旋,不採傳説,彷彿昨日,而契闊死生。風規既人世莫嗣,情景亦我生難再。落藁展閱,懷舊彌深。憶公嘗戲謂如源曰:“我死必掌閻羅。”源問:“公掌閻羅,我來何以處我?”公曰:“當以上客相待。”噫!再奉前歡,其須爲公上客時耶!

鏡山全集附録五

言行補遺

鏡山何師言行補遺

橫山後學郭儲琰識

先生無往非學,而文機敏妙。憶己酉歲到寒家,時所解《大學》古本及《武城》篇方成,入門便出相示。因論止至善之功,始於誠意。琰謂誠者天之道也,慎獨便是思誠。先生是之,曰:"惡惡臭,好好色,何曾思勉得來?"晚飯後散步外庭,見月挂前山,遂論生魄、死魄之義。詰朝值先母誕辰,先生方梳洗,一茶,琰求文爲壽,既欣然濡筆,文不屬稿,紙無行格,須臾而成。文奇奇古古,今刻集中,字可徑寸許,皆懸筆立書,而疎密長短恰稱。座客傍觀,無不驚嘆異才。

先生論學,最重躬行,至解經不拘拘前人,曰:"後輩所以推尊先儒者,謂其禔躬措行,卓然可仰耳。若意見,則安能盡同!"

一日,琰過先生家,值贈公忌祭,因留燕飲。先生愀然獨坐,琰心知其意。及他日與琰論忌祭之禮,琰謂古人三日齋宿,今恐有事不便,亦當前期一日。先生乃自道是日未嘗御酒肉,乃知先生動皆仁孝之思也。

有友在座,稱譽先生盛德者,先生嗛然曰:"凡君子所爲,皆當然之事,何況區區。即有美可稱,亦是有不美者形之耳。"因論鄉先輩以至古聖賢,止緣人自不及,若皆企而及之,亦尋常之人矣。大抵無豪傑自興之志,而與俗浮沉者,皆是作成他人爲聖賢、爲君子者耳。其醒發人如此。

一友自稱狂生,琰謂狂非放縱不拘之謂,嘐嘐然曰:"古之人非口而已也,蓋心中直以古今事爲己事,故出之口如此。繇此言之,惟孔、孟做得狂人成耳。"先生因曰:"孔子、文王,名位相去遠甚,乃曰:'文王既没,文不在兹乎?'孟子三聖,世代亦殊遼隔,乃曰欲'承三聖者',斯真狂矣。"遂書之以爲其友贈。

先生每聚會之間,雖飲酒歡笑,一談及其贈公與太淑人,輒容色悽然,或涕洟不自禁。知交見其如是者屢,後皆以爲戒,不敢及矣。其至性如此。

琰先墳與贈公相近,每寓贈公饗堂中,見其中庭甬道花柏交蔽,全碍冠幘。問之守塚者,曰:"老爺造次行動,皆循廊下,未嘗當中一步,以故花枝俱任繁塞。"雖瑣事,亦見舉足不忘敬親也。

先生少時,郡二守少鶴丁公喜得士,每王正公暇之餘,儒童不時就試,先生亦逐隊而入。至則見皆不設棹凳,伏階廉而書,先生心口自語曰:"朝廷取士自有正試,何用乃爾!"拂衣出。門者戲之曰:"大魁大魁,腹中無可試耶?胡遽去?"而蓋進禮退義之節,已見其概矣。

先生自言生平無以踰人,只是此心如青天白日,全無遮蔽而已,吾自三十歲時,便已存心如此。琰見其表裏可望,而知誠哉!

先生於死生之際甚達,每酒酣,謂琰曰:"聖人云:'朝聞道,夕死可矣。'吾於斯道不爲無見,想可死已久,况行年七十乎!"因論及遼事,曰:"朝廷倘以見委,當不與奴酋俱生。死於金革,與死於牀簀,有異乎?死何足懼哉!"其達而且壯如此。

先生於琰,察其愚直,頗爲忘年忘分。每閒居獨造,或静夜相對,皆曰:"我輩當相規勉,方不負此生交知。"先生固自粹白,然亦以吹求纖曲爲喜。若琰,則誨諷實多。舉其一二:如琰蒙難之□,坐中行酒,即出一令曰:"内文明而外柔順。"蓋以擲骰之數奇爲文明,偶爲柔順也。琰心知其有爲言之矣。又如甲子歲,先生自京師歸數日,琰造謁,謂曰:"吾歸祭先墳,知尊甫新塚相近,甚佳,然問之□者,云數月未見省視,何耶?豈途遠不便耶?"琰殊愴然。□□□琰以試事羈城,而又欲迂俟俗節也,當日不敢更□□□□私識其愛人以德而已夫。自念其親,又代琰念親□□類之□□□□此,至今登塚,語猶在懷。

鏡山全集附録六

明史何喬遠傳

喬遠字穉孝,晉江人。萬曆十四年進士,除刑部主事,歷禮部儀制郎中。神宗欲封皇長子爲王,喬遠力争不可。同官陳泰來等言事被謫,抗疏救之。石星主封倭,而朝鮮使臣金晬泣言李如松、沈惟敬之誤,致國人束手受刃者六萬餘人。喬遠即以聞,因進累朝馭倭故事,帝頗心動。而星堅持己説,疏竟不行。坐累謫廣西布政使經歷,以事歸。里居二十餘年,中外交薦,不起。

光宗立,召爲光禄少卿,移太僕。王化貞駐兵廣寧,主戰。喬遠畫守禦策,力言不宜輕舉。無何,廣寧竟棄。天啓二年進左通政。鄒元標建首善書院,朱童蒙等劾之。喬遠言:"書院上梁文實出臣手,義當並罷。"語侵童蒙。進光禄卿、通政使。五疏引疾,以户部右侍郎致仕。崇禎二年起南京工部右侍郎。給事中盧兆龍劾其衰庸,自引去。

喬遠博覽,好著書。嘗輯明十三朝遺事爲《名山藏》,又纂《閩書》百五十卷,頗行於世,然援據多舛云。

(《明史》卷二百四十二列傳第一百三十)

福建通志何喬遠傳

何喬遠,字穉孝,晉江人。第萬曆丙戌進士,除刑部主事,歷禮部儀制郎中。神宗欲封皇長子爲王,喬遠上疏,言恭繹祖訓,震器不可以久虚,國本不可以徐定。議竟寢。石星主封倭,而朝鮮使臣金晬泣言李如松、沈惟敬之誤,致國人束手受刃者六萬餘人。喬遠以聞,言封倭之不可。在廷諸臣群謀僉同,星乃敢逞臆飾非,與諸臣較逆覩之明,角前知之見,臣以爲欲徵後舋,當觀已敗。方東事之起也，舉朝謂倭狡而善戰，鋒不可當，不如量助金錢，晝江守之。星攘臂自奮，越國餽糧，喪師異域，此一敗也。侍郎宋應昌鄉評物望無一可許，舉朝謂不足與計，星請遣經略，前後跋疐，狼狽而歸，此二敗也。沈惟敬市井無賴小人，言何足聽，星任其欺弄，此三敗也。且嘗請太倉之儲造戰船矣，遣人説暹羅代倭爲内應矣，遣人航海偵探關白動静矣，迄皆虚費妄行，毫無左驗，自有東事以來，無一舉動足快人意，則推之後事不問而知其僨也。因進累朝馭倭故事，帝頗心動，而星堅持己説，疏竟不行。

肅王薨，其子請襲，賄中貴得封。喬遠力言藩府宜終三年喪，拒所請。中貴無以難，然恨刺骨。鄭世子載堉辭爵，議封子翊錫以成其讓。晉藩新橦、新牲當封，爲猾胥所抑，冒給月餉，立覈故牒，笞吏還其封屬。進《宗室名封本》紙尾忘署名，坐奏牘不恭，例停俸。中貴緣前憾，謫廣西布政司經歷。遂歸。

光宗立，召爲光禄少卿，移太僕少卿。王化貞駐兵廣寧，主戰，與熊廷弼議不合。葉向高方再相，化貞座主也，頗右之。廷臣惟喬遠右廷弼，言宜專守廣寧，無何廣寧竟棄。喬遠遂與他寺少卿馮從吾、董應舉、朱一桂、許惟新等疏請逮治，當時傳爲“五少卿疏”。天啓二年，進左通政，山東妖賊數萬攻陷城邑，疏言“赤子無知，請乘大捷之後招撫赦宥”。從之。時朝士欲聲李可灼紅丸弑逆之罪，喬遠引孝宗定李孜省、穆宗定金倣等罪爲議，人謂其識大體。鄒元標建首善書院，朱童蒙等劾之，喬遠言“書院上梁文實出臣手，義當并罷”。旋進光禄卿，疏薦同縣李光縉、永春李開芳、同安黄文照、海澄丁玉明、龍溪張燮及華亭陳繼儒。遷通政使。五疏引疾去，以户部右侍郎致仕。既歸，橐中無一金。居鏡山講學，户屨益滿。魏忠賢煽虐，屢欲起之以收人望，堅不赴。鄭芝龍猖獗海上，潛兵入城，惟鏡山前後十里戒勿動。喬遠開誠曉諭，欣然就撫。李魁奇再叛，鍾斌羽翼之，益咆哮。喬遠馳至同安，委曲譬諭，魁奇等俛首去。

崇禎二年，起南京工部右侍郎，請開鎮江、練湖通運道。帝令兼署户部，疏請清冗役、考倉期，又陳經費致匱之由，并言年輸淮庫二十萬金非舊例。有旨按勘，而忌者側目，給事盧兆龍劾其衰庸，遂引去。臨行復請開海禁，謂“弭盜安民,莫先此舉”。

喬遠終始四朝,後先一節,安貧樂道,鞠躬厲行,與人交洞見肺腑,里居多年,益博覽,好著書,嘗輯明十三朝遺事爲《名山藏》,又纂《閩書》百五十卷行於世。善飲,至數百杯不亂。當典試山西,還朝,一榜諸生聚餞於郊,爲人酌三巨觥,世傳爲佳話。卒贈工部尚書,賜祭葬。子九轉、九雲、九説,再從子夢駿。

九轉,字翁悌。爲諸生,好學,取家藏書讀之,手撮其要,爲《砭庸録》。巡按御史行部集講,有慢色。九轉請“在上位,不陵下”二語,意頗激切,御史爲斂容。詩文清和博達,揮毫立成。小楷精遒學晉人,草書奔放淋漓,兼得蘇美筆意。又豪於酒。年三十卒。

九雲,字舅悌。崇禎癸未進士,選庶吉士。未第時,以所得恩廕讓其弟。嘗過揚州,鹺使爲父門生,馳書相問。淮商欲夤緣納賄,九雲曰:“奈何以不肖之行辱我乎?”由漳平教諭陞應天教授。南京士習,尚意氣,喜與當道争。九雲多方訓誨,士風爲變。又增祀鄉賢中允景暘以下十人。既登第,或謂宜見政府,謝曰:“某平生不敢喪其所守。”未幾,甲申變作,南歸。葬父畢,杜門不出。初,九雲崇禎間以舉人爲教諭,捐俸建陳布衣真晟祠,購廛税以供歲祀,又於東山寺側構堂講學,置學田,每釋奠必親,務豐潔。前後居官者鮮有其匹。

九説,字兄悌。以廕授太常典簿。襄役德陵,受銀幣之賜。樂舞生糜月廩二千石,九説汰數百人。晉太僕丞,改南京户部主事,監水兑。先是,南糧解役有候數年不能給通關者。九説隨收隨給,役困乃蘇。進員外郎。孝陵衛設護軍六千令甲,凡年老物故,其親屬應補者,未經科道給牒不許開支,至百歲之軍,亦隨例支給。九説按籍稽覈,清汰可二千人。指揮千百户多虚糜廩禄,言於尚書,請選擇用之,不果行。擢永昌知府,明年京師陷,福王立南京,九説上疏,乞崇儒臣從祀,舉公論最覈者三人曹端、吴與弼、蔡清。不報。尋卒,年三十四。

夢駿,字履悌,喬遴之子也。喬遴見《孝義傳》。萬曆甲午舉人。授三水知縣,始至視庫空虚,衆驚駭。夢駿察椽柱爲蟻所齧,土異色而墳起,取土令鍛之,獲白金如故額。邑賦重,又爲盗藪,嚴捕緝,禁誣訐,追徵無羡餘,民得安業。遷常州通判，攝宜興知縣。值編審，以實産定徭賦，凡詭寄搜剔殆盡，請託不行，豪右讋服。被議，改太倉州判，遂歸。《明史》、道光舊志

（民國《福建通志》總卷三十四列傳卷三十七明十一）

泉州府志何喬遠傳

何喬遠，字穉孝，號匪莪，晉江人。炯仲子也，生於安福學舍。先夕，母林氏夢城隍鼓吹導送，生而異香滿室。稍長，奇偉不凡。父炯置膝曰："必亢吾宗。"五六歲工楷書。八歲，父試以駢語曰："乍雨乍晴天未定。"即對曰："有麟有鳳國將興。"知爲國楨。命破題，題爲冉有某句，不稱賢者，而門人之。父曰："誤矣。"曰："聚斂附益，烏得賢？"一生清白，已見其概。攜筆入學舍，仲父指筆命破題，應聲曰："觀孺子之妙手，察良工之苦心。"又知其必以作者名世。就塾，藏詩几中，塾師命棄去。即厭歸，獨遵父教。博綜經史子集、《文選》、唐詩，過目成誦。十四五即工古文詞，復鋭志舉業。父炯摩其頂曰："今詞林惟荆石王公爲聞人，兒當拜其門下。"而督學胡公二溪拔喬遠應儒士薦，時年十九，與兄喬遷同登萬曆丙子鄉榜。丁丑，歸娶。與兄喬遷、楊文恪、陳及卿、李世禎、山人黄克晦結社賦詩，有"温陵五子"之稱。壬午，赴公車，父炯歿於家，痛泣幾絶，賦《攀木篇》，於巾軸中得裹父齒，作《泣齒文》。服闋，矢志奉母，不赴春官。母以貧故，累趣之。萬曆丙戌成進士，果出荆石王公錫爵手拔，而母林氏已先於正月即世。聞訃殞地，復蘇，徒跣奔歸。襄事竣，釋服，謁選過蘇，贄詩文於王弇州，大加引重。冬至京，頓城外，不受入覲官帕金。

夏四月，選授刑部雲南司主事。西曹多暇，與戴亨融、袁君學、吴文仲、王惟允過從論詩，爲刻燭吟。擢禮部精膳司員外、儀制司郎中。時有三王並封之旨，上疏言："恭繹祖訓，震器不可以久虚，國本不可以徐定。"其議始寢。考功郎趙南星被斥，陳泰來、賈巖、薛敷教、顧允成、張納陛、于孔兼等論救鐫秩。喬遠極言，不宜爲宰執報復。倭攻朝鮮急，兵部尚書石星闇懦，爲請封貢，而朝鮮使臣金晬泣言：李如松、沈惟敬之誤，致國人束手受刃者六萬餘人。喬遠上言：兵

部失策而一再;上王荆石書不當狥私人聽封貢。其後東事數年始解,石星斃獄,人愈服其膽識。甲午鄉試,科臣議欲典衡。喬遠力主京考爲是,而宗室入仕之法,亦喬遠首發之。會肅藩王薨,其子請襲,賄中貴得封。喬遠力言藩府宜終三年喪,拒所請。中貴無以難也,然挾恨刺骨矣。鄭世子載堉辭爵,議封其子翊錫,以成其讓。晉藩新橦、新牲當封,爲猾胥所抑,冒給月餉,立覈故牒,笞吏還其封。其强精吏事,人慴服不能欺。浙生王某,中順天鄉試,以冒籍革,復中於浙及應天,均以坐革之案難之,喬遠曰:"有才如此,豈他籍、本籍盡錮之耶?"爲復之。儋貢生范時化牒歿於水,路遠不能歸取牒,赴部訴於喬遠,即准入試。十五年後,范令永春,通刺稱"門生",駭之,范縷述始知。屬有宗室名封之事,本尾誤遺喬遠銜名。主事洪桂渚對讀不及詳,坐"奏牘不恭"例罰俸。中書吹求,六改旨,謫添註廣西布政司經歷。吏請委罪於洪,叱去之,洪亦作疏願自受,亟止之。不數日,洪改吏部,歎曰:"我誤何長官,敢就職耶?"即告歸。喬遠赴粤,慷慨夷猶,無遷謫意。

以元配温氏不禄,假歸,賦《悼亡》諸篇。父舊居推任兄子,自寄居友人郭翁右舍二歲。郡守程蘿陽公重其風節,爲搆丙房一區,代刻其父《清源文獻》,王梅溪、真西山二公留墨於郡邸。而竇淮南公來代守,益相契,每事造廬問教,毫無所干,而爲邑人條利病不少靳。開泉雅社,諸士問業雲集,日與縉紳遊士唱酬清適,既而念詞賦末技,無益身心,黽勉不休,思紹先聖道脉,扁其父炯所居之東曰"寡過齋",念北山先墓在焉,爲父手植荔園,遂之鏡石結土屋數椽,名其齋曰"自誓"。刈麥掘番薯爲飯,客至,沽村白與醉,時從田父泥飲不厭也。每與許敬庵、李見羅、徐匡嶽、范晞陽、洪桂渚諸公論學,不分列門户,不支離心性,惟欲於庸德庸行,步步繩尺,庶不負終歲讀書求友之意。報許訇南書大略,謂《大學》一書,盡之誠意,所謂"致知格物",謂必明於本末之物,窮至其理,然後知吾一念之微,可通天下,國家之大,而無敢有不誠其意,以明此德此精一旨也,何必泥在一字一句之文。且如切如磋者,道學也,一語已盡,又不待補亡也。其于六經,多發前人所未發。戊申,子九轉歿,一孫亦殤,子婦王承静自經以殉。摧楚之餘，爲之穿穴聚甓，庶幾延陵之達焉。

先丁未歲，程公蘿陽復來觀察，訪之山中，爲搆閣曰“天聽”。己酉成，喬遠懸孔子像並圖諸名賢，朔望拜焉。郡守姜同節入覲，越格疏薦，少司農吕天池按粵西，括俸金爲成祠宇，置祀田。癸丑，門人林欲楫入都謁葉向高，問：“稺孝何如人？”楫曰：“何師不講道學，乃真道學，生平得力，惟自誓寡過，不求人知。”葉文忠歎曰：“粹然君子也。”請郡守蔡五嶽公修羅一峰書院，因痛發先生所以取重者，只緣參透“無爲不爲，無欲不欲”一章書。與鄭孩如、唐見梅、韋衷芹、黄季弢、張元中率諸門人集講，以“恥躬”名社。嘗題聯座右曰：“人心中無私便聖，天理内行事最樂。”復於鏡山下買田家數椽爲休山書院，扁曰“恥躬堂”。喬遠家食幾三十年，久無仕進意。海内以喬遠與鄒南皐、馮仲好、趙儕鶴並稱“四君子”，屢推汝寧通判、欽州知州，光禄、大理少卿，皆爲中官奏罷。

光宗登極，八日即起光禄少卿。時鄒南皐同起，抵京握手曰：“吾道之碩果也。”神廟遺詔，僅起詿誤諸臣；光廟遺詔，所指僅國本諸臣，喬遠投謁部院，請推廣詔書，論敘殁者，時議韙之。七月，有山西典試之命，閱卷詳加評訂，遂拔宗生二人，試録典雅剴切，南北群推。還朝，晉添註太僕少卿。時大清已取遼陽，朝中鋭意恢復。喬遠疏且嚴守廣寧，人以爲迂，及廣寧再陷，始服其先見。每念神京單危，無人分憂，其冬，謝絶入覲餽遺，經臣熊廷弼、撫臣王化貞先後逃，喬遠屬稿，與馮從吾、董應舉、朱一桂、許維新等疏請逮治，以正典刑，時傳“五少卿疏”。晉添註左通政。山東妖賊數萬攻陷城邑，疏言：“赤子無知，請乘大捷之後招撫赦宥。”從之。時朝士欲聲李可灼紅丸弑逆之罪，喬遠引孝宗定李孜省、穆宗定金倣等罪爲議，人謂其識大體。科臣朱童蒙劾鄒元標建首善書院講學，疏言：“書院上梁之文實出臣手，當并黜。”再疏，不報。冬進光禄卿，洗手剔蠹，宿弊盡銷。以積勞成疾，乞歸，不許，仍擢通政使。言者謂因病得陞，即日出都抗疏力辭，加户部右侍郎以歸，槖中不滿一金。

甲子夏抵里，即便道鏡山。其講德考業、求書問字益屨滿。會移建朱子祠爲泉山書院，延主教事。魏璫煽焰，先時遠害，璫屢欲起之以收人望，不赴。鄭氏猖獗海上，聲言潛兵入城，惟鏡山前後十里毋動。喬遠開誠曉諭，欣然就撫。李魁奇蓄疑再叛，鍾斌羽之，氣益咆哮，當事及縉紳合詞來爲解鬬，喬遠毅然至同安，委曲曉諭，魁奇等俛首就戎索。後當事得運密籌，鼓芝龍、芝虎一戰擒魁奇，再戰溺鍾斌，皆其先事解攜力也。

懷宗即位，臺省交薦，以南户部右侍郎召。具疏引年，會有警不得達，因念國家有急，即日就道，令園丁護視山中松竹，曰："乃公行即歸矣。"過蘇常入周季侯、周蓼洲、高景逸家，弔其遺孤。至南都，上《先瀝林壑微忠》一疏，請開鎮江之練湖，以通運道。莊烈帝嘉其"老成體國"。兼署户、工二部。在户部有"覈清冗役，以破窟穴，考倉期以示振刷"疏；在工部陳經費致匱之由，又言年輸淮庫二十萬金非舊例。有旨科按勘查。而忌者側目叢起，會有諷以衰老，以瀝辭，臨行復上《開海禁》疏，謂"弭盜安民莫先此舉"。出南都，則槖中又餘一金耳。

入閩，遍謁紫陽、蔡西山、九峰劉屏山、雲莊黄勉齋諸祠墓。崇化里有張横渠子孫，爲書祠記。舟入將樂，謁楊龜山祠，遊玉洞探奇而還。復會講于泉山書院，撰《懲忿》、《窒欲》二解。未踰年，卒，年七十四。先夕地震如雷，有巨星閃閃自地騰上。贈工部尚書，予祭葬。巡撫爲請建特祠於學宫。

喬遠和平樂易，與人交，洞見肺腑，獎掖後進不倦，田夫野老，接以至誠。每歲時伏臘，招飲盡歡，數百杯不亂。當典試山西還朝時，一榜諸生聚餞於郊，每人爲酌三巨觥，至今傳爲佳話。在官在家，著書不輟，刑曹有《獄志》，禮曹有《膳志》，在粤有《西征集》，假歸有《泉州府志》，其最著者，一代賢士大夫所論著爲《皇明文徵》，纂《閩書》一百五十卷，皆有功藝苑，足資後來修史考訂。其自著詩歌古文辭及《家乘》，計百數十卷，不可殫舉。學者稱爲"鏡山先生"。子九雲，崇禎癸未進士，授庶常。甲申後歸隱。《明史》、《通志》、林平庵述、《何氏家傳》合參。

（清乾隆《泉州府志》卷之四十四人物列傳明列傳九）

乾隆晉江縣志何喬遠傳

何喬遠，字穉孝，炯仲子，自少奇偉不凡。萬曆丙戌進士，選授刑部雲南司主事，擢禮部精膳司員外、儀制司郎中。倭攻朝鮮，上言兵部失策。再上王錫爵書，謂不當狥私人，請封貢。其後東事數年始解，人愈服其膽識。以宗室册封本尾誤遺銜名事，謫廣西布政司經歷。假歸幾三十年，日與縉紳遊士倡酬論學，講德考業，求書問字，益屨滿。魏璫煽焰，屢欲起之以收人心，不赴。名德碩望，與鄒南臯、馮仲好、趙儕鶴，海内並稱爲"四君子"。光宗登極，起光禄少卿，晉光禄卿。以疾歸。懷宗即位，以南户部右侍郎召，忌者側目，即瀝辭。未踰年卒，年七十四。贈工部尚書，予祭葬。巡撫請特祠於學宫。生平著述不可殫舉，學者稱爲"鏡山先生"。子九雲。

（清乾隆《晉江縣志》卷之九人物志明列傳）

道光晉江縣志何喬遠傳

何喬遠，字穉孝，炯仲子，自少奇偉不凡。萬曆丙戌進士，選授刑部雲南司主事，擢禮部精膳司員外、儀制司郎中。倭攻朝鮮，上言兵部失策。再上王錫爵書，謂不當狥私人，請封貢。其後東事數年始解，人愈服其膽識。以宗室册封本尾誤遺銜名事，謫廣西布政司經歷。假歸幾三十年。日與縉紳遊士倡酬論學，講德考業，求書問字，益屨滿。魏璫煽焰，屢欲起之以收人心，不赴。名德碩望，與鄒南臯、馮仲好、趙儕鶴，海内並稱爲"四君子"。光宗登極，起光禄少卿，晉光禄卿。以疾歸。懷宗即位，以南户部右侍郎召，忌者側目，即瀝辭。未踰年卒，年七十四。贈工部尚書，予祭葬。巡撫請特祠于學宫。生平著述不可殫舉，其最著者《名山藏》、《閩書》二集，足資後來修史考訂，學者稱爲"鏡山先生"。子九雲。

（清道光《晉江縣志》卷之三十八人物志名臣之二）

前賜同進/士出身/誥贈工部/尚書前南/京工部右/侍郎　欽/賜

祭葬　/予謚　欽/建特祠

學宫　晉階/光禄大夫/七十四

翁/鏡山先生/匪莪何公/暨配誥/贈一品夫/人前敕/

封安人肅/懿温氏合/葬墓志

銘/(篆額)

前賜進士出身、誥贈工部尚書、前南京工部右侍郎、欽賜祭葬,予謚,欽建特祠學宫,晉階光禄。/

清賜進士出身、考授内閣中書舍人、孫婿黄志瑍頓首拜撰文。/

賜進士出身、直隸真定府井陘縣知縣、甥孫蔡致遠頓首拜書丹。/

己酉解元、戊辰會魁、候補殿試、從曾孫制龍文稽顙拜篆額。/

志瑍少時即聞吾鄉有大儒焉,曰鏡山何公云。公生於萬曆之世,其時海内士大夫競尚講學,類皆分門别户。/

沉顯晦四十餘年,其道德文章、氣節經濟,昭昭垂史册間,而所著《名山藏》一書,言明代信史者必宗之,以醇儒而/

其改葬也,樂得而敬志之。按:公諱喬遠,字穉孝,號匪莪,鏡山先生,學者共稱之也。始祖子進公,先光州固始人,再使/

諭。公爲怍庵公第四子,生於安成學舍。先夕,母林太淑人夢安成城隍鼓吹導送而至。因而名“福城保”。幼時,贈公抱置□/

贈公以當作賢者。公曰:“若聚斂,安得賢?”贈公益大喜。年十九,與兄大理屏臺公同舉丙子賢書,丙戌成進士。出王荆石公□/

《獄志》序,好生欽恤,取動上蒼。暇即遍抄《明朝實録》、《祖宗明臣事績》,纂修成帙,所謂《名山藏》。自此始,又與吴文仲、戴亨融、袁君學/

至是風雅再振。轉禮部儀郎。時有三王並封之旨,公上疏謂:震器不可久虚,國本不可徐定,祖訓無待嫡之條,元子無册封之/

人服公文靖蚤見也。所論捄言事,陳泰來六臣及履開宗科,皆關宗社大計。會肅藩薨,其子説中貴請封,公言藩府宜終三/

西藩幕,公飄然之官,無幾微見顔色。旋假歸,結茅鏡山,與郡中縉紳及四方墨客遊士唱酬吟詠,麥飯白酒,陶陶自樂。時從/

諸公論學,惟欲著之身心以知行下學,戒慎恐懼,無放過一生爲主。所訂

《大學》□文，改《尚書》傳注，釋“武城”、“三誥”，盡發濂洛關閩/

蔡五嶽相繼來守温陵，皆重公風節，每事造廬問教。公關節一無所通，而爲邑人稱利弊不少。□後蘿陽公復以觀察至，爲公構/

山書院，扁其堂曰“恥躬”。嘗語人當以聖賢自期，聖賢無不□□□□□，以公與鄒南皋、趙儕鶴並稱，謫居三十年，東山之望愈重。/

藻鑒如神。尋轉太僕，晉左通政。值山東妖賊發，當事議剿滅。公言：“無知赤子，與黔蜀異，宜開恩使自新。”得旨報“可”。大司空益都鍾公/

孝宗定李孜省、穆宗定金倣等罪爲議，人謂公識大體。科臣論鄒南皋於都下建書院講學，公抗言：“上梁之文，實出臣手，乞與元標同。”/

文以記，署中苦井忽變甘泉，至今長安傳爲奇事。熹宗一日□□臣曰：“光禄卿實前太廟捧□，白鬚如土地者耶！”蓋心重公云。既以疾速/

篤學清修之旨，褒諭慰留。相國葉文忠公至越例出城力挽，公意益堅，乃加户部侍郎，馳驛以歸。歸則益與同志砥礪躬行之學。葺泉山/

幾於僞學之禁，海内士大夫杜門喑□。公於鄒南皋没，寄文爲奠之焉：“吾道之□，至如朱平涵、文湛持、姚孟常諸公，皆逆璫所欲耳心者。”公貽書/

李魁奇者，畜疑再叛。公復與至巢窟，譬以禍福，立散其黨三千人，收回巨艦利□，旋俛首就□索。論者謂公忠誠智勇，與韓昌黎比烈。崇禎初年，□/

特點命下矣。時中外空虚，南工錢糧素與户、兵二部朋比爲奸。公徹底清查，疏劾冒濫以數十萬計；又疏核漕船經費，亦□數十萬計，侃侃敷陳，而/

方生徒，聞公歸，從遊講學，日益雲集。所撰《懲忿》、《窒欲》二解，語尤切至。蓋公躬行心得，步步著實地，其於異學、俗學，徑路懸殊，洵孔孟傳燈矣。卒之日，地火□□/

學名臣，疏請特祠黌宫。制詞有“質備温和，品成狂狷。香山玉局，素尚□符。汾水姚江，真儒可賀”之語，蓋實録也。公忠孝根幹，天性蚤□，公車而贈公歿。比隆節□/

筋涕漣，謫居林下，值元旦萬壽節，必登山北望叩首，居恒蒿目時艱，有憂國

忘身之意。惜當時未有大用之者。兩度出山,盧無一錢所攜,惟書五六篋。南署嘗□/

平生布衣蔬食,無求安飽,雅負人倫,鑒於文字中,舉人科第不爽。天資高穎,過目輒成誦。文好司馬遷、韓愈、柳宗元、蘇軾;詩好杜甫,所作格力有與頡頏,凡四方亭/

立書,如萬斛之泉,隨地而湧。所著《名山藏》外,有《家譜》,有《郡志》,有《閩書》,其他詩文有《萬曆前後集》,《泰昌》、《天啓集》,文選《明代文徵》,皆公一生精神所注。書法出入王/

占與之。前輩張賢中先生稱公"道宇德圜,天空而海闊,月霽而風光,斟酌於邵、程、蘇、白之間,自成其爲真君子"。可謂得公之概者。公真一代偉人哉!配温夫人/

戊午八月初二日午時,卒於崇禎辛未十二月廿二日子時,享年七十有四。温夫人生於嘉靖戊午四月廿七日卯時,卒於萬曆乙未六月廿四日午時,享/

公居瓚女,先公卒,王氏以烈殉。次九雲,癸未會魁、翰林院編修,娶丁丑進士、監察御史黄公華秀女,温夫人出。三九説,雲南永昌府知府,娶恩貢生拱昌公女/

一娶崇明縣知縣顔公魁登女。五九户,娶文淵閣大學士史公繼偕孫女,俱側室王氏出。女一,適兩淮御史徐公縉芳弟縉瑞,封恭人,黄氏出。孫男九,自九/

希慎,漳平庠生,娶侯官縣儒學教諭蔡公構女,繼娶林君元愷女。自九禄出者運禎,娶邑庠生温君朝賓女,繼娶乙未進士劉君廷藩曾孫女;運裘,娶明成□/

標後營把總李君龍功女。自九户出者崇捷、崇嶽,皆早卒。孫女十二,一適浙江參政周公良寅孫、邑庠生大□,九轉出。一適文淵閣大學士黄公景昉男□□/

生志鏡;一適瓊州府知府史公延亮男、甲午舉人、魯山縣知縣印俊,九雲出。一適志玦;一適贛州府知府李公總嘉孫成;一適刑部左侍郎王公啓浚孫□/

禎男志煌；一適右都御史陳公用賓曾孫士謙，九禄出。一適辛卯舉人鄭公僖昌胞侄鉉羡；一適翰林院庶吉士張公元琳男、庚申舉人、侯官教諭純仁；/

常寺卿楊公錫璜曾孫彭壽，弘瑜出。談英、推英未許，希慎出。餘繩繩未艾云。先是，公葬夫人□□□□□自□爲壙，以盟同穴，題曰□如□，既公葬鏡山/

温夫人舊塋之左，坐子向午兼壬丙，奉公與夫人合窆，爲公志也，因爲之銘。銘曰：吾鄉理學，自蔡文莊。惟公比肩，入室升堂。歷仕四朝，清譽□/

山藏。凌班過馬，孰與頡頏。汗青照耀，俎豆馨香。帽峰聳鼎，佳氣鬱蒼。新阡叶吉，同穴相將。燃盧似續，源厚流長。/

康熙己巳年陽月吉日　襄事承重孫希慎泣血稽顙　期服孫運□/

附記：

何喬遠墓志銘二〇一一年間在晉江市紫帽鎮金地院泉州出口加工區工地出土，系殘碑，上部文字大部分清晰，中下部斷殘。是文根據志銘傳拓件整理。

校點後記

《鏡山全集》七十二卷，明何喬遠著。

何喬遠生平事跡，《名山藏》的《校點後記》已著録，不贅。

何喬遠一生著述豐富，《明史》稱其"好著書，嘗輯明十三朝遺事爲《名山藏》，又纂《閩書》一百五十卷，頗行於世"。此外，尚編有《明文徵》七十二卷，纂有《鏡山先生全集》、《西征集》、《獄志》、《膳志》等多種著作。

《鏡山先生全集》即《鏡山全集》，爲何喬遠的詩文集，在其生前即自選編。起初彙刻爲正續（或稱"前後"）二編，萬曆三十六年（一六〇八），其年友洪懋孫、陳道源，門徒高第合力鋟梓，至四十年剞劂告成，乃以紀年名集，自題《何氏萬曆集》。隨後於萬曆四十八年即明光宗朱常洛改元泰昌之年，復彙近稿，題曰《泰昌集》，命其門人蔣德璟編輯。崇禎初年再輯《天啓集》，工部侍郎張維樞爲之作序，稱"今得讀《天啓集》，益躍然神爽也。……俟《崇禎集》出，見先生才學兼至及德、言、功之大全也"。崇禎二年（一六二九），何喬遠受任南京工部侍郎，都人士請合刻《萬曆集》、《泰昌集》、《天啓集》於金陵，而總曰《鏡山三集》，以鏡山爲何氏里居撰述處也。《崇禎集》起自崇禎元年至四年，前後四年，爲何喬遠身後由其仲子何九雲、叔子何九説輯版刊行。

崇禎十年，何九説、何九雲兄弟復將《萬曆》、《泰昌》、《崇禎》諸集"更爲排纘倫次，別類分體，盡蒐其漏佚，不遺隻字，彙而付之梨棗，加精焉，蓋敬其親之美，不忍失墜，以詒地下羞，息索俸羡以共役，孝之至也。刻成，仍題曰《鏡山全集》"（黄居中《鏡山全集序》），洋洋灑灑一百五十餘萬字。時爲崇禎十四年，歷時前後五年。

解元李光縉稱其集"于詩備歌行、排律、五七言近體，於文備序、贊、傳、記、表、誌諸雅體，種種臚列，稱大國之風”（李光縉《萬曆集序》）。

霞野下士黄以陞稱鏡山“先生之詩，融鑄六朝，駕王、岑而躋陶、韋，七言歌行悲壯渾雄，則昔之青蓮，今之崆峒也。大都文闡經指關世教，綽有菁華。若誌傳紀録，則斷斷遷、固、范、劉、荀、袁間，又非唐以下諸所能及也”（黄以陞《鏡山三集序》）。

太常寺卿李懋檜稱何喬遠“其於詩也，體無所不備，境無所不詣，情至而神成，思人所未嘗思，語人所不敢道，杖履寵賁，紙筆淋漓，即或嬉笑，亦成佳叶。古無齊、梁之靡，律有元、曆之盛。《三百》以後，未可多得。……其發爲古文辭也，内不窘於意，外不牽於詞，所欲從心，無之非是。如輕車之熟道，萬斛之珠，建瓴之水也，宋蘇長公似之，而穉孝之得於兩司馬者，尤深也”（李懋檜《萬曆集序》）。

《鏡山全集》不爲《四庫全書》收録，《四庫禁毁書目》也不見著録。何喬遠的著作，目前國内能查閲到的，除了《閩書》、《明文徵》、《名山藏》之外，衹有故宫博物院所藏的《何氏萬曆集》和南京圖書館所藏的清鈔本《何氏鏡山集》（不分卷）、福建省圖書館藏《冠悔堂叢書》中的何喬遠《釋騷》（殘卷）鈔本。《鏡山先生全集》流失海外，爲日本内閣文庫所收藏。二〇〇二年，福建文史研究館館長盧美松等人訪問日本時，從日本内閣文庫中複制購回。二〇一七年，《泉州文庫》辦公室從網上購置是書，複印後進行點校。原稿中個别地方字跡漫漶不清者，根據上下文文意補正，不出校記；未能判定之字，則以□表示。

書末附録增補《明史》，民國《福建通志》，清乾隆《泉州府志》、《晉江縣志》，道光《晉江縣志》中何喬遠傳，以及二〇一一年出土的何喬遠墓志銘。

編　者

二〇二〇年六月

圖書在版編目(CIP)數據

鏡山全集/(明)何喬遠著;楊清江點校.—北京:商務印書館,2021
(泉州文庫)
ISBN 978-7-100-20319-7

Ⅰ.①鏡… Ⅱ.①何… ②楊… Ⅲ.①中國文學—古典文學—作品綜合集—明代 Ⅳ.①I214.82

中國版本圖書館 CIP 數據核字(2021)第 173733 號

責任編輯 閻海文
特約審讀 李夢生

鏡山全集
(明)何喬遠 著

商 務 印 書 館 出 版
(北京王府井大街36號 郵政編碼100710)
商 務 印 書 館 發 行
山東韻傑文化科技有限公司印刷
ISBN 978-7-100-20319-7

2021年11月第1版 開本 705×960 1/16
2021年11月第1次印刷 印張 121.25 插頁 6
定價:460.00元(全三册)